164
작품

메가스터디

# 문학 총정리

고전 문학

# 차례

## 고전 시가

### 수능 연계 작품 (시즌 1)



### 수능 연계 작품 (시즌 2)

CONTENTS

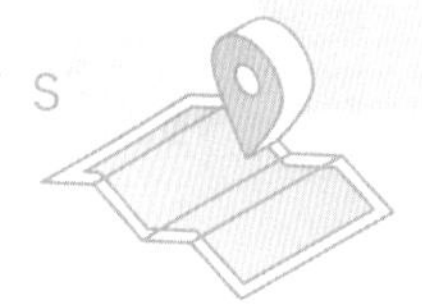

## 고전 산문

### 수능 연계 작품 시즌 1



### 수능 연계 작품 시즌 2

# 차례

CONTENTS

## 극·수필

### 수능 연계 작품

시즌1

# 구성과 특징

STRUCTURE

<메가스터디 문학 총정리>는 2025 수능 연계 문학 작품을 모두 꼼꼼하게 분석하여 학생들이 스스로 학습할 수 있게 하고 좀 더 효율적으로 시험에 대비할 수 있도록 구성하였습니다.

**작품 이력**

수능 · 평가원 · 교육청 기출 여부, 국어 · 문학 교과서의 수록 여부를 제시하여 수능 연계 문학 작품의 이력을 확인할 수 있도록 하였습니다.

**핵심 포인트**

수능 연계 문학 작품을 학습하면서 꼭 알아 두어야 할 핵심 내용과 개념을 정리하여 효율적 학습이 가능하도록 하였습니다.

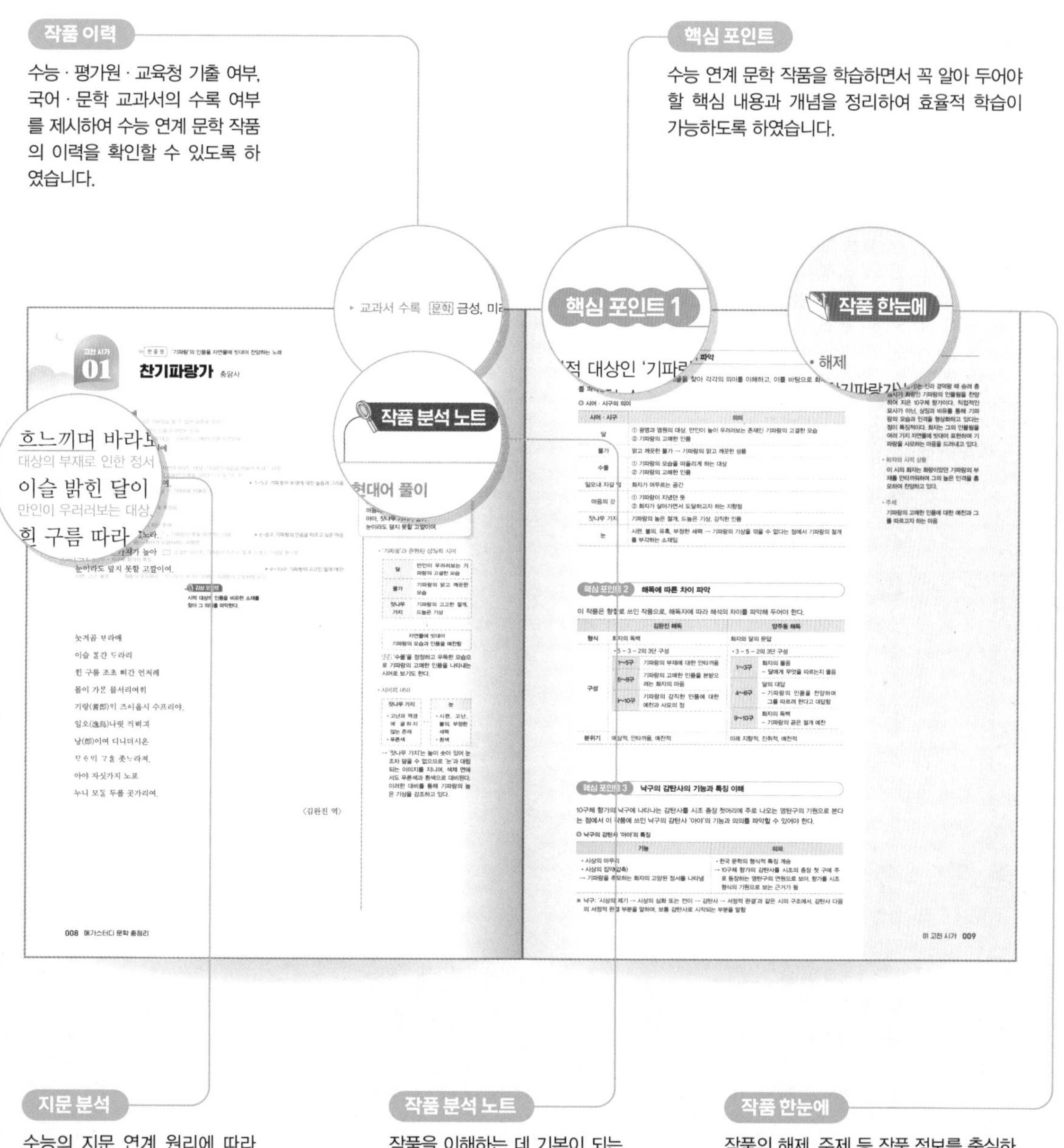

**지문 분석**

수능의 지문 연계 원리에 따라 전문을 수록하거나 지문을 재구성하여 수록하였습니다.

**작품 분석 노트**

작품을 이해하는 데 기본이 되는 핵심 요소를 한눈에 파악할 수 있도록 정리하였습니다.

**작품 한눈에**

작품의 해제, 주제 등 작품 정보를 충실하게 제시하여 작품의 빠른 분석과 이해가 가능하도록 하였습니다.

# 영역별 찾아보기

# 고전 시가

메가스터디
문학 총정리
**고전 문학**

고전 시가 01

◇ 한 줄 평 '기파랑'의 인품을 자연물에 빗대어 찬양하는 노래

# 찬기파랑가 충담사

▸ 교과서 수록 [문학] 금성, 미래엔, 좋은책

흐느끼며 바라보매
대상의 부재로 인한 정서 – 더 이상 기파랑을 볼 수 없어 슬픔에 잠김
이슬 밝힌 달이 ▒ : 기파랑의 인품과 관련된 소재
만인이 우러러보는 대상. 광명과 염원의 대상 – 기파랑의 고매한 인품과 연관됨
흰 구름 따라 떠간 언저리에
기파랑의 맑고 깨끗한 인품
모래 가른 물가에 ① 화자의 시선이 머무는 대상. 기파랑의 모습을 떠올리게 하는 대상 ② 기파랑의 고매한 인품을 상징한다고 보기도 함
기랑의 모습이올시 수풀이여. ▸ 1~5구: 기파랑의 부재에 대한 슬픔과 그리움
물가의 수풀을 보고 기파랑의 모습인 줄 앎 → 기파랑을 떠올림
일오내 자갈 벌에서
화자가 현재 있는 공간. '일오'는 지명으로 추정됨
낭이 지니시던
기파랑. 예찬의 대상. 고매한 인품을 지닌 존재
「마음의 갓을 좇고 있노라.」 「 」: 기파랑의 뜻을 따르려는 마음 ▸ 6~8구: 기파랑의 인품을 따르고 싶은 마음
기파랑이 지녔던 것(고귀한 뜻) – 화자가 도달하려는 지향점
아야 잣나무 가지가 높아 ▭: 고결한 이미지. 기파랑의 지조와 절개, 드높은 기상을 환기함
낙구의 감탄사 – 10구체 향가의 특징
눈이라도 덮지 못할 고깔이여. ▸ 9~10구: 기파랑의 고고한 절개 예찬
시련, 고난, 불의 / 화랑의 우두머리 – 잣나무의 윗가지 부분이 기파랑의 고깔처럼 보임

**감상 포인트**
시적 대상의 인품을 비유한 소재를 찾아 그 의미를 파악한다.

늣겨곰 ᄇᆞ라매

이슬 ᄇᆞᆯ갼 ᄃᆞ라리

힌 구룸 조초 ᄠᅥ간 언저레

몰이 가ᄅᆞᆫ 믈서리여히

기랑(耆郞)ᄋᆡ ᄌᆞᅀᅵ올시 수프리야.

일오(逸烏)나릿 ᄌᆡ벽긔

낭(郞)이여 디니더시온

ᄆᆞᅀᆞᄆᆡ ᄀᆞᅀᆞᆯ 좃ᄂᆞ라져.

아야 자싯가지 노포

누니 모ᄃᆞᆯ 두폴 곳가리여.

〈김완진 역〉

**작품 분석 노트**

**현대어 풀이**

(내가) 흐느끼며 바라보니
이슬 밝힌 달이
흰 구름을 따라 떠간 언저리에
모래가 펼쳐진 물가에
기파랑의 모습과도 같은 수풀이여.
일오에 있는 냇가의 자갈 벌에서
기파랑이 지니시던
마음의 끝을 좇고 있노라.
아아, 잣나무 가지가 높아
눈이라도 덮지 못할 고깔이여.

• '기파랑'과 관련된 상징적 시어

| | |
|---|---|
| 달 | 만인이 우러러보는 기파랑의 고결한 모습 |
| 물가 | 기파랑의 맑고 깨끗한 모습 |
| 잣나무 가지 | 기파랑의 고고한 절개, 드높은 기상 |

↓

자연물에 빗대어 기파랑의 모습과 인품을 예찬함

[5구] '수풀'을 정정하고 우뚝한 모습으로 기파랑의 고매한 인품을 나타내는 시어로 보기도 한다.

• 시어의 대비

| 잣나무 가지 | ↔ | 눈 |
|---|---|---|
| • 고난과 역경에 굴하지 않는 존재<br>• 푸른색 | ↔ | • 시련, 고난, 불의, 부정한 세력<br>• 흰색 |

→ '잣나무 가지'는 높이 솟아 있어 눈조차 덮을 수 없으므로 '눈'과 대립되는 이미지를 지니며, 색채 면에서도 푸른색과 흰색으로 대비된다. 이러한 대비를 통해 기파랑의 높은 기상을 강조하고 있다.

## 핵심 포인트 1 시어 · 시구의 의미 파악

시적 대상인 '기파랑'과 관련된 소재들을 찾아 각각의 의미를 이해하고, 이를 바탕으로 화자의 태도를 파악할 수 있어야 한다.

**◎ 시어 · 시구의 의미**

| 시어 · 시구 | 의미 |
|---|---|
| 달 | ① 광명과 염원의 대상, 만인이 높이 우러러보는 존재인 기파랑의 고결한 모습<br>② 기파랑의 고매한 인품 |
| 물가 | 맑고 깨끗한 물가 → 기파랑의 맑고 깨끗한 성품 |
| 수풀 | ① 기파랑의 모습을 떠올리게 하는 대상<br>② 기파랑의 고매한 인품 |
| 일오내 자갈 벌 | 화자가 머무르는 공간 |
| 마음의 갓 | ① 기파랑이 지녔던 뜻<br>② 화자가 살아가면서 도달하고자 하는 지향점 |
| 잣나무 가지 | 기파랑의 높은 절개, 드높은 기상, 강직한 인품 |
| 눈 | 시련, 불의, 유혹, 부정한 세력 → 기파랑의 기상을 꺾을 수 없다는 점에서 기파랑의 절개를 부각하는 소재임 |

## 핵심 포인트 2 해독에 따른 차이 파악

이 작품은 향찰로 쓰인 작품으로, 해독자에 따라 해석의 차이를 파악해 두어야 한다.

| | 김완진 해독 | 양주동 해독 |
|---|---|---|
| 형식 | 화자의 독백 | 화자와 달의 문답 |
| 구성 | • 5 – 3 – 2의 3단 구성<br>1~5구: 기파랑의 부재에 대한 안타까움<br>6~8구: 기파랑의 고매한 인품을 본받으려는 화자의 마음<br>9~10구: 기파랑의 강직한 인품에 대한 예찬과 사모의 정 | • 3 – 5 – 2의 3단 구성<br>1~3구: 화자의 물음 – 달에게 무엇을 따르는지 물음<br>4~8구: 달의 대답 – 기파랑의 인품을 찬양하며 그를 따르려 한다고 대답함<br>9~10구: 화자의 독백 – 기파랑의 곧은 절개 예찬 |
| 분위기 | 애상적, 안타까움, 예찬적 | 미래 지향적, 진취적, 예찬적 |

## 핵심 포인트 3 낙구의 감탄사의 기능과 특징 이해

10구체 향가의 낙구에 나타나는 감탄사를 시조 종장 첫머리에 주로 나오는 영탄구의 기원으로 본다는 점에서 이 작품에 쓰인 낙구의 감탄사 '아야'의 기능과 의의를 파악할 수 있어야 한다.

**◎ 낙구의 감탄사 '아야'의 특징**

| 기능 | 의의 |
|---|---|
| • 시상의 마무리<br>• 시상의 집약(압축)<br>→ 기파랑을 추모하는 화자의 고양된 정서를 나타냄 | • 한국 문학의 형식적 특징 계승<br>→ 10구체 향가의 감탄사를 시조의 종장 첫 구에 주로 등장하는 영탄구의 연원으로 보아, 향가를 시조 형식의 기원으로 보는 근거가 됨 |

※ 낙구: '시상의 제기 → 시상의 심화 또는 전이 → 감탄사 → 서정적 완결'과 같은 시의 구조에서, 감탄사 다음의 서정적 완결 부분을 말하며, 보통 감탄사로 시작되는 부분을 말함

### 작품 한눈에

• 해제

〈찬기파랑가〉는 신라 경덕왕 때 승려 충담사가 화랑인 기파랑의 인물됨을 찬양하여 지은 10구체 향가이다. 직접적인 묘사가 아닌, 상징과 비유를 통해 기파랑의 모습과 인격을 형상화하고 있다는 점이 특징적이다. 화자는 그의 인물됨을 여러 가지 자연물에 빗대어 표현하며 기파랑을 사모하는 마음을 드러내고 있다.

• 화자와 시적 상황

이 시의 화자는 화랑이었던 기파랑의 부재를 안타까워하며 그의 높은 인격을 흠모하여 찬양하고 있다.

• 주제

기파랑의 고매한 인품에 대한 예찬과 그를 따르고자 하는 마음

고전 시가
02

한 줄 평 (가) 아버지의 사랑보다 더 깊은 어머니의 사랑을 예찬하는 노래
(나) 나무로 만든 닭이 우는 불가능한 상황 설정을 통해 어머니에 대한 마음을 표현한 노래

# 사모곡 작자 미상
# 오관산 문충

▸ 교과서 수록 (가) 국어 동아

**가** 호미도 날이건마는 (호미: 아버지의 사랑 / 날: 연장의 가장 얇고 날카로운 부분 / □: 부모의 사랑을 농기구에 비유함(화자의 신분 암시 – 일반 서민(농민)))
낫같이 들 리 없어라 (낫: 어머니의 사랑 / 호미보다 낫이 더 잘 듦 → 어머니의 사랑이 더 크다는 것을 표현함) ▸ 1~2행: 호미와 낫의 비교
아버님도 어버이시건마는 (어버이: 부모)
위 덩더둥셩 (여음구)
어머님같이 사랑하실 이 없어라 ▸ 3~5행: 아버지와 어머니의 사랑 비교
「아소 님이시여」 (「 」: 시상 고양 / 감탄사 – 10구체 향가의 흔적)
어머님같이 사랑하실 이 없어라 ▸ 6~7행: 어머니의 사랑 예찬

(3~5행: 비교를 통해 어머니의 사랑을 부각함 / 5~7행: 반복을 통해 어머니의 사랑을 강조함)

**나** 「나무토막으로 조그만 당닭을 깎아 (당닭: 닭의 한 종류) 木頭雕作小唐鷄 (목 두 조 작 소 당 계)
(「 」: 실현 불가능한 상황의 설정(역설적 표현) – 나무토막으로 깎은 닭이 '꼬끼오'하고 울 리 없음)
횃대에 얹어 벽에 올려 두었네 (횃대: 옛날에 옷을 걸 수 있게 만든 막대) 筯子拈來壁上栖 (저 자 념 래 벽 상 서)
그 닭이 꼬끼오 하고 때를 알릴 때에야」 此鳥膠膠報時節 (차 조 교 교 보 시 절) ▸ 1~3행: 나무로 만든 닭이 우는 불가능한 상황
어머님 얼굴이 비로소 서쪽으로 기우는 해 같기를 (서쪽으로 기우는 해: 늙으신 어머니를 비유함 / 어머니가 늙지 않기를 바람(반어적 표현), 어머니에 대한 영원한 사랑을 표현함) 慈顔始似日平西 (자 안 시 사 일 평 서) ▸ 4행: 어머니가 늙지 않기를 바람

**감상 포인트**
작품에서 주제를 형상화하는 방식을 파악하고, 그러한 방법이 주는 효과를 이해한다.

## 작품 분석 노트

**현대어 풀이**

가 호미도 날이 있지마는
낫같이 잘 들 리가 없구나.
아버지도 어버이시지마는
어머님같이 사랑하실 분이 없도다.
아아, 임이시여.
어머님같이 사랑하실 분이 없도다.

• 가 비유적 표현

| 호미 | | 낫 |
|---|---|---|
| 아버지의 사랑 | < | 어머니의 사랑 |

→ 은유법을 활용하여 어머니의 사랑(원관념)을 '낫'(보조 관념)에, 아버지의 사랑(원관념)을 '호미'(보조 관념)에 비유하고 있다. 호미와 낫은 모두 농기구이지만, 호미보다 낫이 더 날카롭듯이 아버지보다 어머니의 사랑이 더 깊음을 나타내고 있다.

• 나의 창작 배경
〈오관산〉에 대한 《고려사》 악지 속악조의 기록은 다음과 같다.

〈오관산〉은 효자인 문충이 지은 것이다. 문충은 고려 사람으로 어머니를 매우 효성스럽게 모시면서 오관산 영토사의 골짜기에 살았는데 개경과의 거리가 30리나 되었다. 그는 어머니 봉양을 위해 벼슬살이를 하였는데, 아침에 나갔다가 저녁에 돌아오면서 얼굴 뵙고 잠자리 살피기를 조금도 게을리하지 않았다. 그는 어머니가 늙어 감을 한탄하면서 이 노래를 지었다.

• 나 불가능한 상황 설정

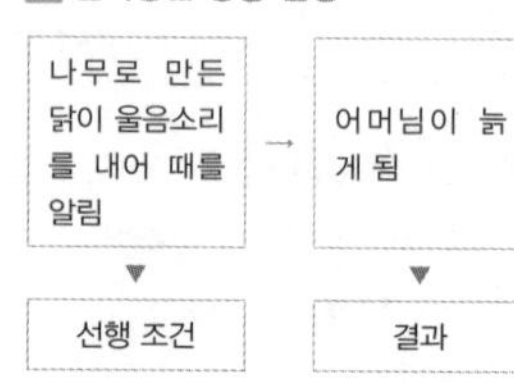
나무로 만든 닭이 울음소리를 내어 때를 알림
어머님이 늙게 됨
선행 조건
결과

→ 나무로 만든 닭이 우는 것은 현실적으로 불가능하다. 화자는 이렇게 실현 불가능한 일이 일어날 때 어머니가 늙게 될 것이라고 말한다. 이는 어머니가 늙지 않기를 바라는 화자의 소망을 나타내고 있는 것이다.

## 핵심 포인트 1 작품의 종합적 이해

(가)의 1~2행에서 비교 대상인 '호미'와 '낫'의 관계는 3~5행에서 비교 대상인 '아버님'와 '어머님'의 관계와 병치를 이룬다. 이렇게 유사한 의미나 상황이 나란히 제시되었으므로, 1~2행을 통해 3~5행의 의미를 유추해 낼 수 있다. 따라서 이런 구조를 통해 시상을 전개하고 있다는 점을 파악할 수 있어야 한다. 또한 고려 가요로서의 특징을 이해하고 다른 갈래와 비교할 수 있어야 한다.

**병치적 구성**

| | | |
|---|---|---|
| 1~2행 | 호미와 낫의 비교 | '호미-낫'의 관계와 '아버님-어머님'의 관계를 병치하여 부모님의 애정을 비교함 |
| 3~5행 | 아버지와 어머니의 사랑 비교 | |
| 6~7행 | 어머니의 사랑 예찬 | |

**형식상 특징**

- 고려 가요의 특성인 3음보 율격과 여음구가 나타나지만, 일반적인 고려 가요와 달리 단연시로 되어 있음
- 6행에 '아소'라는 감탄사가 쓰였다는 점에서, 낙구의 첫머리에 감탄사가 사용된 10구체 향가와도 형식상 유사함
- 여음구를 제외하면 3장 6구로 구성된 시조와도 유사하다고 볼 수 있음

## 핵심 포인트 2 다른 작품과의 비교

(나)는 불가능한 상황 설정을 통한 역설적 표현으로 어머니가 늙지 않기를 바라는 마음을 드러내고 있다. 이처럼 불가능한 상황을 가정하여 주제를 형상화하는 유사한 작품과 비교, 감상할 수 있어야 한다.

**고려 가요 〈정석가〉와의 비교**

| | [현대어 풀이] |
|---|---|
| 삭삭기 셰몰애 별헤 나는 | 바삭바삭 소리가 나는 가는 모래로 된 벼랑에 |
| 삭삭기 셰몰애 별헤 나는 | 바삭바삭 소리가 나는 가는 모래로 된 벼랑에 |
| 구은 밤 닷 되를 심고이다 | 구운 밤을 다섯 되를 심습니다. |
| 그 바미 우미 도다 삭 나거시아 | 그 밤이 움이 돋아 싹이 나야만 |
| 그 바미 우미 도다 삭 나거시아 | 그 밤이 움이 돋아 싹이 나야만 |
| 유덕하신 임을 여희아와지이다 〈제2연〉 | 유덕하신 임을 이별하고 싶습니다. |

→ 〈정석가〉의 화자는 모래 벼랑에 구운 밤을 심어 그 밤에서 싹이 나면 임과 헤어지겠다고 한다. 이는 불가능한 상황을 설정하여 대상과 영원히 함께하고자 하는 마음을 드러낸다는 점에서 〈오관산〉과 연관 지어 볼 수 있다.

## 핵심 포인트 3 외적 준거에 따른 감상

고려 가요는 조선의 건국 이념에 부합하는 주제를 가진 경우 궁중의 악장 · 악부로 수용되었다. 이런 외적 준거를 바탕으로 (가)와 (나)의 수용 · 전승 과정이나 내용 등을 파악할 수 있어야 한다.

**궁중의 악장 · 악부로 수용된 고려 가요**

고려 사회에서 유행한 민간의 노래 중 아내의 일편단심이나 이별의 상황에서 임을 향한 변함없는 사랑, 부모님에 대한 효심 등을 주제로 하는 노래들이 조선 시대 궁중에서 행사 때 쓰이는 궁중 음악인 악장 · 악부로 수용되어 향유되었다. 〈사모곡〉과 〈오관산〉이 바로 이에 해당한다.
송축과 찬양을 주된 목적으로 하는 악장의 일반적인 성격을 고려했을 때, 〈사모곡〉은 모성애로 상징되는 절대적인 사랑을 기리는 작품으로 볼 수 있다. 한편 고려 때 문충이 목계(나무로 만든 닭)를 앞에 두고 어머니가 늙지 않기를 기원하며 부른 노래인 〈목계가〉가 사람들의 입에 회자되었고, 이제현에 의해 그중 일부가 한역시 〈오관산〉으로 전해졌다.

**〈오관산〉의 전승 과정**

| 우리말 노래 | → | 이제현에 의해 한역됨 | → | 악부로 수용됨 |
|---|---|---|---|---|
| 문충의 〈목계가〉 | | 〈오관산〉 | | 《고려사》 악지의 〈오관산곡〉 |

### 작품 한눈에

**가**

• 해제

〈사모곡〉은 호미와 낫에 아버지의 사랑과 어머니의 사랑을 빗대어 표현하고, 아버지의 사랑과 어머니의 사랑을 비교하여 어머니의 지극한 사랑을 예찬하고 있는 고려 가요이다. 부모님의 사랑을 농기구에 비유하여 표현하고 있다는 점에서 작가가 농경 생활을 하는 인물이었다고 짐작할 수 있다.

• 화자와 시적 상황

화자는 농경 문화에 익숙한 인물로, 호미와 낫의 날카로움을 비교한 뒤, 아버지보다 어머니의 사랑이 더 깊음을 말하고 있다.

• 주제

어머니의 깊은 사랑 예찬

**나**

• 해제

〈오관산〉의 원래 노래 제목은 〈목계가〉이다. 이제현이 〈목계가〉의 일부를 한문으로 번역한 작품이 〈오관산〉이다. 모친의 늙음을 안타까워한다는 내용이 '효'와 관련이 있어 조선 시대에 궁중의 악부에 수용되었다. 불가능한 상황을 설정한 뒤, 그것이 실현될 때 어머니가 늙게 될 것이라고 하며 어머니가 늙지 않기를 바라는 마음을 드러내고 있다. 우리말 노래 사설은 현재 전해지지 않고 노래의 창작 배경과 한역시만 남아 있다.

• 화자와 시적 상황

화자는 효심이 깊은 인물로, 나무로 만든 닭이 울면 그때서야 어머니가 늙게 될 것이라고 말한다. 이는 불가능한 상황을 가정하여 어머니가 늙지 않기를 바라는 효심을 드러내는 것이다.

• 주제

어머니가 늙지 않기를 바라는 마음

고전 시가 03

◇ 한 줄 평 유학에서 강조하는 인간의 다섯 가지 도리인 오륜의 가르침을 담은 노래

# 오륜가 작자 미상

判陰陽 位高下 天尊地卑
판음양 위고하 천존지비
生萬物 厚黎民 代作聖賢
생만물 후려민 대작성현
仁義禮智 三綱五常 秉彝之德
인의예지 삼강오상 병이지덕
위 萬古流行ㅅ 景 긔 엇더ᄒᆞ니잇고
만고유행 경
葉 伏羲神農 皇帝堯舜 伏羲神農 皇帝堯舜
복희신롱 황제요순 복희신롱 황제요순
위 立極ㅅ 景 긔 엇더ᄒᆞ니잇고
입극 경

음양을 나누고 고하를 자리 지우니 하늘은 높고 땅은 낮으며
(귀함과 천함을 구분하는 것을 의미함(수직적 상하 질서))
만물을 내고 백성들을 두터이 하려 대대로 성현을 내도다
인의예지 삼강오륜 상도를 지키는 덕
(상도: ① 항상 변하지 않는 떳떳한 도리 ② 항상 지켜야 할 도리)
(유학의 덕목. '인의예지'는 '어질고, 의롭고, 예의 바르고, 지혜로움'의 네 가지 성품을, '삼강오륜'은 '군위신강, 부위자강, 부위부강'의 세 가지 강령과 '부자유친, 군신유의, 부부유별, 장유유서, 붕우유신'의 다섯 가지 도리를 가리킴)
아아, 만고에 널리 퍼져 행하는 광경 그 어떠합니까
(반복(경기체가의 형식적 특징))
[엽(葉)] 복희신농 황제요순「복희신농 황제요순」
(엽: 우리 전통 음악의 한 형식 – 본곡의 뒤에 추가된 악절)
(「」: 하늘이 낸 성현들. 도를 세움 → 중국의 임금을 나열하여 조선 임금의 성덕을 드러냄)
아아, 도를 세운 광경 그 어떠합니까 〈제1장〉
(도: 근본, 법칙)
▸ 만고로부터 이어져 온 오륜을 지켜 도를 세운 광경

주목

父爲天 母爲地 生我劬勞
부위천 모위지 생아구로
養以乳 敎以義 欲報鴻恩
양이유 교이의 욕보홍은
泣竹笋生 扣氷魚躍 至誠感神
읍죽순생 구빙어약 지성감신
위 養老ㅅ 景 긔 엇더ᄒᆞ니잇고
양로 경
葉 曾參閔子 兩先生의 曾參閔子 兩先生의
증삼민자 양선생 증삼민자 양선생
위 定省ㅅ 景 긔 엇더ᄒᆞ니잇고
정성 경

「아버지는 하늘이요 어머니는 땅으로서 나를 낳으시느라 애쓰셨도다
(「」: 부모를 자연물에 비유하여 부모의 은혜를 드러냄 → 유교적 가치인 효 강조)
젖으로 기르시고 의리로 가르치셨으니 큰 은혜 갚으려네」
「대밭에서 눈물 흘리니 죽순이 나고 얼음을 두드리니 고기가 튀어 올라 지극한 정성 귀신을 감동시켰으니」
(효와 관련한 맹종의 고사 / 효와 관련한 왕상의 고사)
(「」: 효행으로 이름난 인물들의 고사나 인물들을 열거하고 반복함)
아아, 늙은 부모 봉양하는 광경 그 어떠합니까
[엽(葉)] 「증삼 민자 두 선생의 증삼 민자 두 선생의」
(공자의 제자인 증자와 민자건을 가리킴)

• 증삼과 민자
증삼은 매일 아버지께 고기반찬을 올려 효도를 다했으며, 민자는 자신을 학대하는 계모를 아버지가 쫓아내려 하자 이를 만류하고 효도를 다했다고 함

아아, 혼정신성하는 광경 그 어떠합니까 〈제2장〉
(혼정신성: 밤에는 부모의 잠자리를 보아 드리고 이른 아침에는 부모의 밤새 안부를 묻는다는 뜻으로, 부모를 잘 섬기고 효성을 다함을 이르는 말. 《예기》에 나오는 말)
▸ 부모에게 효도를 다하는 광경

## 작품 분석 노트

### 현대어 풀이

〈제1장〉
음과 양을 나누고 위와 아래를 구분 지으니 하늘은 높고 땅은 낮으며
만물을 내고 백성들을 두텁게 하기 위해 대대로 성현을 내었도다.
인의예지와 삼강오륜은 (인간이) 항상 지켜야 하는 덕이로다. / 아아, 오랜 세월 동안 널리 퍼져 행하는 광경 그 어떠합니까.
(고대 중국의 제왕인) 복희씨 신농씨 헌원씨 요임금 순임금과 복희씨 신농씨 헌원씨 요임금 순임금
아아, 도를 세운 광경 그 어떠합니까.

〈제2장〉
아버지는 하늘이요, 어머니는 땅과 같아서 나를 낳으시느라 애쓰셨도다.
젖을 먹여 기르시고 의리로 가르치셨으니 큰 은혜를 갚으려 하네.
(맹종이) 대밭에서 눈물을 흘리니 죽순이 나오고 (왕상이) 얼음을 두드리니 고기가 튀어 올라 지극한 정성이 귀신을 감동시켰으니 / 아아, 늙은 부모를 봉양하는 광경 그 어떠합니까.
(공자의 제자로 효행이 뛰어났던) 증삼과 민자 두 선생의, 증삼과 민자 두 선생의
아아, 아침저녁으로 부모를 섬기는 광경 그 어떠합니까.

• 작품의 구성

| 〈제1장〉 | 서사 | |
|---|---|---|
| 〈제2장〉 | 부자유친 | 각 장에서 유학의 오륜을 하나씩 읊음 |
| 〈제3장〉 | 군신유의 | |
| 〈제4장〉 | 부부유별 | |
| 〈제5장〉 | 장유유서 | |
| 〈제6장〉 | 붕우유신 | |

• 〈제2장〉 관련 고사

| 맹종의 고사 |
|---|
| 중국 삼국 시대 때 맹종은 늙고 병든 어머니가 죽순이 먹고 싶다고 하였는데 겨울이라 죽순을 구할 수가 없어서 이에 대밭에서 눈물을 흘렸다. 그러자 홀연히 죽순이 땅 위로 올라왔다. |
| **왕상의 고사** |
| 중국 삼국 시대 때 왕상은 어느 겨울에 계모가 생선을 먹고 싶다고 하자 강으로 나갔으나, 강물이 꽁꽁 얼어 있었다. 그래도 왕상이 물고기를 잡으려 애쓰자 얼음이 저절로 깨지고 잉어가 튀어 나왔다. |

納諫君 盡忠臣 居仁有義
납간군 진충신 거인유의
尙文德 韜武功 民得其所
상문덕 도무공 민득기소
耕田鑿井 含飽鼓腹 太平聖代
경전착정 함포고복 태평성대
위 復唐虞ㅅ 景 긔 엇더ᄒᆞ니잇고
복당우 경
葉 麒麟必至 鳳凰來儀 麒麟必至 鳳凰來儀
기린필지 봉황래의 기린필지 봉황래의
위 祥瑞ㅅ 景 긔 엇더ᄒᆞ니잇고
상서 경

이상적인 군신의 모습
간언 듣는 임금 충성 다하는 신하 인과 의에 거하며
임금에게 옳지 못하거나 잘못된 일을 고치도록 하는 말
문덕을 숭상하고 무공을 감추니 백성이 그 처할 곳을 얻었도다
전쟁이 없어 무기를 사용하지 않는 상황 백성의 생활이 안정된 상황
밭 갈고 우물 파서 배불리 먹는 태평성대에
함포고복: 잔뜩 먹고 배를 두드린다는 뜻으로, 먹을 것이 풍족하여 즐겁게 지냄을 나타냄
아아, 요순시절 회복한 광경 그 어떠합니까
중국의 전설에 등장하는, 상서로움을 상징하는 상상의 새
[엽(葉)]「기린이 반드시 오고 봉황이 늠름하게 오니 기린이 반드시 오고 봉황이 늠름하게 오니
성인이 이 세상에 나올 징조로 나타난다고 하는 상상 속의 짐승
「 」: 성인 또는 성군의 등장에 대한 확신 또는 조선을 건국한 성군에 대한 경탄
아아, 상서로운 광경 그 어떠합니까」 〈제3장〉
복되고 길한 일이 일어날 조짐이 있는
▸ 군신의 조화와 정치의 안정으로 태평성대를 이룬 광경

男有室 女有家 天定其配
남유실 여유가 천정기배
納雙雁 合二姓 文定厥祥
납쌍안 합이성 문정궐상
情勢好合 如鼓瑟琴 夫唱婦隨
정세호합 여고슬금 부창부수
위 和樂ㅅ 景 긔 엇더ᄒᆞ니잇고
화락 경
葉 百年偕老 死則同穴 百年偕老 死則同穴
백년해로 사즉동혈 백년해로 사즉동혈
위 言約ㅅ 景 긔 엇더ᄒᆞ니잇고
언약 경

- 〈제4장〉의 '백년해로' 유래
死生契闊(사생계활) 與子成說(여자성설)
執子之手(집자지수) 與子偕老(여자해로)

죽든 살든 그대와 했던 약속 이루리라.
그대의 손을 잡고 백년해로하리라고.
– 《시경》의 '격고(擊鼓)' 중

→ '격고(북을 두드린다는 뜻)'는 전란 중에 한 병사가 말을 잃은 채 전쟁터를 헤매며 돌아갈 기약도 없이 고향에 남기고 온 여인을 생각하며 부른 노래이다.

남자는 아내 얻고 여자는 시집갈새 하늘이 배필을 정해 주고
《예기》에 나오는 '이성지합(二姓之合)': 남녀의 혼인을 가리킴 혼례를 위한 길일을 정하는 것
쌍기러기 들이어 두 성이 합할새 아름답게 그 상서 정해지며
혼례 때, 신랑이 기러기를 가지고 신부의 집에 가서 상 위에 놓고 절하는 '전안(奠雁)'의 예
정세가 호합하여 거문고와 비파를 두드리듯 부부가 서로 따르니
《시경》에 나오는 '여고슬금': 두 악기가 어우러져 아름다운 소리를 내는 것 같은 부부간의 사랑
아아, 화락한 광경 그 어떠합니까
《시경》에 나오는 '사즉동혈': 부부가 죽은 뒤에 한 무덤에 묻힌다는 뜻으로, 부부의 사이가 매우 좋음을 뜻하는 말
[엽(葉)] 백년까지 함께 살고 죽어 함께 묻힐지니 백년까지 함께 살고 죽어 함께 묻힐지니
《시경》에 나오는 '백년해로': 부부가 되어 한평생을 사이좋게 지내고 즐겁게 함께 늙음
아아, 언약하는 광경 그 어떠합니까 〈제4장〉
부부간에 굳게 약속하는, 또는 약속을 굳게 지키는 모습
▸ 남녀가 부부의 연을 맺어 화합하는 광경

**현대어 풀이**

〈제3장〉
(신하의) 간언을 듣는 임금과 (임금에게) 충성을 다하는 신하는 인과 의에 살며
학문의 덕을 숭상하고 무기를 감추니 백성이 그 처할 곳을 얻었도다.
밭을 갈고 우물을 파서 배불리 먹는 태평성대에
아아, (태평성대였던) 요임금과 순임금 시절을 회복한 광경 그 어떠합니까.
(복되고 길한 일이 일어날 조짐인) 기린이 반드시 오고 봉황이 늠름하게 오니, 기린이 반드시 오고 봉황이 늠름하게 오니
아아, 상서로운 광경 그 어떠합니까.

〈제4장〉
남자는 (장가들어) 아내를 얻고 여자는 시집가니(남편을 얻으니) 하늘이 배필을 정해 주고
(혼례식에서) 기러기 한 쌍을 받아들여 두 성이 합하니 아름답게 그 길함이 정해지며
부부의 정이 좋게 잘 만나서 거문고와 비파를 연주하듯 부부가 서로 따르니
아아, 어울려 즐거운 광경 그 어떠합니까.
(부부가) 평생 함께 살고 죽어서도 함께 묻힐지니, 평생 함께 살고 죽어서도 함께 묻힐지니
아아, 언약하는 광경 그 어떠합니까.

- 유학의 오륜

| | |
|---|---|
| 부자유친 (父子有親) | 아버지와 아들 사이의 도리는 친애에 있음을 이름 |
| 군신유의 (君臣有義) | 임금과 신하 사이의 도리는 의리에 있음을 이름 |
| 부부유별 (夫婦有別) | 남편과 아내 사이의 도리는 서로 침범하지 않음에 있음을 이름 |
| 장유유서 (長幼有序) | 어른과 어린이 사이의 도리는 엄격한 차례와 복종해야 할 질서에 있음을 이름 |
| 붕우유신 (朋友有信) | 벗과 벗 사이의 도리는 믿음에 있음을 이름 |

- 경기체가의 특징 – 동일 구절의 반복

위 ~ 景 긔 엇더ᄒᆞ니잇고
(아아 ~ 광경 그 어떠합니까)

- 각 장의 전절과 후절 끝에 반복되는 후렴구와 같은 역할을 하는 구절로서 경기체가의 형식적 특징임 → '경기체가'라는 갈래의 이름이 붙여진 것과 관련됨
- 제시된 광경에 대한 감탄을 드러내면서 화자의 자부심을 담은 표현으로 볼 수 있음

兄及弟 式相好 無相猶矣
형 급 제 식 상 호 무 상 유 의
鬩于墻 外禦侮 死生相救
격 우 장 외 어 모 사 생 상 구
兄恭弟順 秩然有序 和樂且湛
형 공 제 순 질 연 유 서 화 락 차 담
위 讓義ㅅ 景 긔 엇더ᄒᆞ니잇고
양 의 경
葉 伯夷叔齊 兩聖人의 伯夷叔齊 兩聖人의
백 이 숙 제 양 성 인 백 이 숙 제 양 성 인
위 相讓ㅅ 景 긔 엇더ᄒᆞ니잇고
상 양 경

미워하고 시기하는 것을 의미함
형와 아우는 서로 친하고 의심이 없으며
형제간의 우애 강조
울타리 안에서 싸워도 밖에서는 남의 업신여김 막아 생사 간에 서로 구해 줄새
외부의 위기에 단합하여 함께 대처하는 형제의 모습
형은 공손하고 아우는 형을 따라 질서 정연하고 화락하며 즐거우니
윗사람(형)과 아랫사람(아우) 사이의 질서 강조
아아, 사양하는 의리의 광경 그 어떠합니까

[엽(葉)] 백이숙제 두 성인의 백이숙제 두 성인의
중국 은나라 말기의 형제 성인인 백이와 숙제
아아, 서로 양보하는 광경 그 어떠합니까 〈제5장〉
왕자였던 백이와 숙제가 서로 왕위를 양보한 일
▶ 형제간에 서로 위하며 양보하는 광경

益友三 損友三 擇其善從
익 우 삼 손 우 삼 택 기 선 종
補其德 責其善 無忘故舊
보 기 덕 책 기 선 무 망 고 구
有酒湑我 無酒沽我 蹲蹲舞我
유 주 서 아 무 주 고 아 준 준 무 아
위 表誠ㅅ 景 긔 엇더ᄒᆞ니잇고
표 성 경
葉 晏平仲의 善如人交 晏平仲의 善如人交
안 평 중 선 여 인 교 안 평 중 선 여 인 교
위 久而敬之ㅅ 景 긔 엇더하ᄒᆞ니잇고
구 이 경 지 경

사귀어서 해가 되는 친구
좋은 친구 셋 나쁜 친구 셋 가운데 좋은 이를 가려 따라
사귀어 유익함이 있는 친구 / 좋은 친구를 따르라는 의미
그 덕을 보충하고 착함을 취하며 옛 친구를 잊지 아니하여
친구 간에 덕을 채우고 선을 권하는 모습
술 있으면 거르고 술 없으면 술 사다가 휘적휘적 춤을 추니
친구와 어울리는 모습
아아, 정성을 드러내는 광경 그 어떠합니까

[엽(葉)]「안평중의 좋은 사귐 안평중의 좋은 사귐
「 」: 《논어》의 구절 '안평중 선여인교 구이경지' 인용
아아, 오랠수록 공경하는 광경 그 어떠합니까」 〈제6장〉
오랜 친구 사이일수록 공경하는 모습
▶ 친구 간에 정성을 다하며 공경하는 광경

**감상 포인트**

작품에서 강조하고 있는 유교적 가치를 살펴보고, 이를 드러내는 화자의 태도를 파악한다.

**현대어 풀이**

〈제5장〉
형과 아우는 서로 친하고 의심이 없으며
울타리 안에서는 싸워도 밖에서는 남의 업신여김을 막아 살거나 죽거나 서로 구해 주니
형은 공손하고 아우는 형을 따라 질서가 가지런하고 화목하고 평안하며 즐거우니
아아, 사양하는 의리의 광경 그 어떠합니까.
(형제인) 백이와 숙제 두 성인의, 백이와 숙제 두 성인의
아아, 서로 양보하는 광경 그 어떠합니까.

〈제6장〉
좋은 친구가 셋이고 나쁜 친구가 셋이니 그 가운데 좋은 친구를 가려서 따라
그 덕을 보충하고 착함을 취하며 옛 친구를 잊지 아니하여
술이 있으면 걸러 오고 술이 없으면 술을 사다가 휘적휘적 춤을 추니
아아, 정성을 나타내는 광경 그 어떠합니까.
(공자가 칭찬한) 안평중의 좋은 사귐, 안평중의 좋은 사귐
아아, 오랠수록 공경하는 광경 그 어떠합니까.

• 〈제5장〉 관련 고사

**백이숙제 고사**

은나라의 고죽군은 세상을 떠나며 왕위를 셋째 아들인 숙제에게 물려주었지만, 숙제는 큰형인 백이에게 양보하려 하였다. 이에 백이는 나라 밖으로 달아났고 숙제도 왕위를 버리고 떠났으며, 왕위는 둘째 아들이 이었다. 이후 백이와 숙제는 주나라 무왕이 은나라 주왕을 치려 하자 이를 만류하였으나 뜻대로 되지 않았다. 이에 이들은 주나라 땅에서 나는 것은 아무것도 먹지 않기로 결심하고 수양산에 들어가 고사리를 캐 먹으며 살다가 굶어 죽었다.

• 〈제6장〉에 인용된 《논어》 구절

子曰(자왈), 晏平仲(안평중) 善與人交(선여인교) 久而敬之(구이경지)

공자께서 말씀하셨다.
"안평중은 남과 잘 사귀도다. 오래되어도 그를 존경하는도다."

→ 안평중은 제나라의 대부이다. 공자는 안평중이 다른 사람과 친구로서 사귀는 데 뛰어났는데 서로 사귐이 오래되어도 친구를 존경했다고 평하며, 친구를 사귀는 데 공경이 중요하다는 점을 제시하였다.

## 핵심 포인트 1 화자의 정서와 태도 파악

이 작품은 경기체가로서, 조선 왕조를 개국하는 데 주도적 역할을 하였던 신진 사대부 계층의 자신감과 이념을 기반으로 한다. 따라서 이와 관련하여 화자의 정서와 태도를 파악할 수 있어야 한다.

**〈오륜가〉에 드러난 화자의 정서와 태도**

| 장 | 내용 | | 정서와 태도 |
|---|---|---|---|
| 제1장 | 유학의 도가 세워진 광경 찬양 | → | 오륜의 도리가 세워지는 광경 제시 및 이에 대한 찬양<br>→ 확신에 찬 태도와 자부심 및 유교적 이상 실현에 대한 염원을 드러냄 |
| 제2장 | 부모에게 효도하는 광경 찬양 | | |
| 제3장 | 태평성대를 이룬 광경 찬양 | | |
| 제4장 | 부부가 화합하는 광경 찬양 | | |
| 제5장 | 형제가 서로 위하며 양보하는 광경 찬양 | | |
| 제6장 | 친구가 서로 공경하는 광경 찬양 | | |

## 핵심 포인트 2 표현상 특징 파악

이 작품은 경기체가의 형식적 특징이 잘 나타나 있으므로, 표현상 특징을 파악할 수 있어야 한다.

**경기체가의 정형적 형식**

| 행 | 내용 | 구분 | 특징 |
|---|---|---|---|
| 1행 | 父爲天∨母爲地∨生我劬勞 3·3·4 / 3음보 | 전절 | • 각 장에서 1~4행은 전절, 5~6행은 후절로 구분되며, 각 절의 끝에서 '위 ~ 景 긔 엇더ᄒᆞ니잇고'가 반복됨<br>• 1~3행, 5행의 음수율, 음보율이 고정되어 반복됨<br>• 5행은 같은 어구가 반복됨 |
| 2행 | 養以乳∨敎以義∨欲報鴻恩 3·3·4 / 3음보 | 전절 | |
| 3행 | 泣竹筍生∨扣氷魚躍∨至誠感神 4·4·4 / 3음보 | 전절 | |
| 4행 | 위 養老ㅅ 景 긔 엇더ᄒᆞ니잇고 | 전절 | |
| 5행 | 曾參閔子∨兩先生의∨曾參閔子∨兩先生의 4·4·4·4 / 4음보 | 후절 | |
| 6행 | 위 定省ㅅ 景 긔 엇더ᄒᆞ니잇고 | 후절 | |

**작품에 사용된 표현 방법**

| 표현 방법 | 내용 |
|---|---|
| 영탄, 의문형 종결 표현 | 각 장의 4, 6행에 나타나는 '아아, ~ 광경 그 어떠합니까(위 ~ 景 긔 엇더ᄒᆞ니잇고)'<br>→ 감탄사와 의문형 종결 표현을 통해 격앙된 감정 및 이상적 광경을 강조하여 표현함 |
| 반복 | • 각 장의 4, 6행에서 '아아, ~ 광경 그 어떠합니까(위 ~ 景 긔 엇더ᄒᆞ니잇고)' 반복<br>• 각 장의 5행은 동일한 어구 반복('증삼 민자 양선생의 증삼 민자 양선생의' 등)<br>→ 화자의 정서와 주제 의식을 강조하여 표현함 |
| 열거 | 오륜의 덕목과 관련된 인물, 고사, 성어 등 나열('복희신농 황제요순 복희신농 황제요순' 등)<br>→ 의미를 강조하여 표현함 |

## 핵심 포인트 3 다른 작품과의 비교

'오륜가'라는 제목은 경기체가뿐만 아니라 시조, 가사 등 다양한 갈래에서 찾아볼 수 있다. '오륜가'라는 제목을 가진 작품들은 대체로 유교적 덕목의 실천을 권유하는 교훈적 내용으로 목적성과 교술적 성격이 나타난다는 공통점이 있으므로, 이를 바탕으로 여러 작품들을 비교할 수 있어야 한다.

**김상용의 〈오륜가〉 제1수, 주세붕의 〈오륜가〉 제2수**

어버이 자식 사이 하늘 삼긴 지친(至親)이라
부모곳 아니면 이 몸이 이실소냐
오조(烏鳥)도 반포(反哺)를 하니 부모 효도하여라
(오조: 까마귀 / 반포: 자식이 커서 부모를 봉양하는 일)
– 김상용의 〈오륜가〉 제1수

아버님 날 낳으시고 어머님 날 기르시니
부모곳 아니시면 내 몸이 없으렷다
이 덕을 갚으려 하니 하늘 끝이 없으샷다
– 주세붕의 〈오륜가〉 제2수

| | 차이점 | 공통점 |
|---|---|---|
| 경기체가 〈오륜가〉 제2장 | 효와 관련한 인물과 고사들을 나열해 효행을 강조함 | 부모의 은혜를 제시하며, 부모로 인해 화자가 존재할 수 있었음을 밝힘 |
| 김상용의 〈오륜가〉 제1수 | 자연물(까마귀)을 통해 효도의 당위성을 강조함 | |
| 주세붕의 〈오륜가〉 제2수 | 부모의 은덕을 갚기 어려움을 직접적으로 제시함 | |

### 작품 한눈에

• 해제

〈오륜가〉는 조선 세종 때 지은 것으로 추정되는 작자 미상의 경기체가이다. 총 6장으로 구성되어 있는데, 제1장은 서사이고 제2장~제6장은 유학에서 내세우는 오륜의 도리를 하나씩 다루고 있다. 각 장은 6행으로 이루어져 있으며, 경기체가의 전형적인 형식이 나타난다. 조선 초기에 국가의 안정과 유교 윤리를 바탕으로 한 사회 질서 확립을 위해 창작된 작품으로 볼 수 있다.

• 화자와 시적 상황

화자는 유학의 도가 오랜 세월 동안 이어진 광경, 부모를 문안하며 섬기는 광경, 임금과 신하의 충의로 태평성대를 이룬 광경, 부부가 화합하여 해로하는 광경, 형제가 서로 양보하는 광경, 친구 간에 정성을 다하는 광경을 신념에 찬 태도로 노래하면서, 오륜의 덕목을 실천할 것을 강조하고 있다.

• 주제

사람이 지켜야 할 다섯 가지 도리인 오륜의 가르침

고전 시가 04

◇ 한 줄 평 유교적 가치관을 바탕으로 사람의 올바른 도리를 자손에게 가르치기 위한 노래

# 훈계자손가 김상용

「이바 아이들아 내 말 들어 배워스라」
(훈계의 대상 / 「」: 말을 건네는 방식 / 교훈을 주고자 하는 창작 의도가 드러남 / ▒: 명령형 어미 → 바람직한 행동을 하거나 그릇된 행동을 하지 말 것을 촉구함)
어버이 효도(孝道)하고 어른을 공경하여
(효도와 어른 공경이라는 유교적 덕목을 강조함)
일생에 효제(孝悌)를 닦아 어진 이름 얻어라 〈제1수〉
(훈계의 궁극적 의도)
▸ 제1수: 효제를 실천할 것을 당부함

남의 말 이르지 말고 내 몸을 살펴보아
(자아 성찰의 자세)
허물을 고치고 어진 데 나아가라
내 몸에 온갖 흉 있으면 남의 말을 이르랴 〈제2수〉
(자신을 먼저 돌아보는 자세를 권유함. 설의법)
▸ 제2수: 남의 허물을 말하지 말고 어진 일을 행할 것을 당부함

사람이 되어 있어 용한 길로 다녀스라
(용한: 기특하고 장한, 착한 / 사람의 도리를 행하라는 뜻)
언충신(言忠信) 행독경(行篤敬)을 염려(念慮)에 잊지 마라
(《논어》의 '위령공편'의 내용. 말이 진실하고 믿음이 있으며 행실이 돈독하고 공경함이 있다는 뜻)
내 몸이 바르지 않으면 동네 안인들 다니랴 〈제3수〉
(올바른 언행의 중요성 강조. 설의법)
▸ 제3수: 올바른 언행을 할 것을 당부함

말을 삼가 노(怒)한 제 더 참아라
(화가 났을 때 말실수를 하기 쉬우므로 말을 삼가라는 의미)
한 번을 실언(失言)하면 일생(一生)에 뉘우치리
(실수로 잘못 말함 / 실언의 결과)
이 중의 조심할 것이 말씀인가 하노라 〈제4수〉
(말의 중요성 강조)
▸ 제4수: 말을 삼가고 신중할 것을 당부함

주목

남과 싸움 마라 싸움이 해 많으니라
(싸움을 금해야 하는 이유)
「크면 관송(官訟)이요 적으면 수욕(羞辱)이라」
(관가의 송사 / 수치와 모욕 / 「」: 싸움을 했을 때 생길 수 있는 문제 상황 제시. 대구법)
무슨 일로 내 몸을 그릇 다녀 부모 수욕(父母羞辱) 먹이리 〈제5수〉
(자신의 잘못된 행동의 결과가 부모에게까지 미치게 됨. 설의법)
▸ 제5수: 남과 싸우지 말 것을 당부함

> • 〈제1수〉의 '효제(孝悌)'
> '효제'는 사전적 의미로 '부모에 대한 효도와 형제에 대한 우애'를 뜻함. 《논어》에서는 "군자는 근본에 힘써야 하니, 근본이 확립되면 도가 생겨나는 것이다. 효성스럽고 공경스러운 것은 인(仁)을 실천하는 근본일 것이다.(君子務本 本立而道生 孝弟也者 其爲仁之本與)"라고 하여 효제를 효도와 공경으로 보았음.

## 작품 분석 노트

### 현대어 풀이

〈제1수〉
이봐 아이들아, 내 말 들어 배워라.
부모님께 효도하고 어른을 공경하여
평생 동안 효도와 공경함을 닦아 어진 이름을 얻어라.

〈제2수〉
남의 말을 하지 말고 내 몸을 살펴보아
허물을 고치고 어진 데로 나아가라.
내 몸에 온갖 흉 있으면서 남의 말을 하겠느냐.

〈제3수〉
사람이 되어서 착한(바른) 길로 다녀라.
말은 미덥게 하고 행동은 공손하게 하는 것을 마음속에 잊지 마라. / 내 몸이 바르지 않으면 동네 안인들 다니겠느냐.

〈제4수〉
말을 삼가 화가 났을 때 더 참아라.
한 번 말을 실수하면 평생 동안 뉘우치리.
이 중에 조심할 것이 말씀인가 하노라.

〈제5수〉
남과 싸움하지 마라. 싸움이 해가 많으니
크면 관가의 송사요, 적으면 수치와 모욕이라. / 무슨 일로 내 몸을 그르게 다녀 부모 욕을 먹이리.

• 〈훈계자손가〉의 의도 및 훈계 내용

|  |  |
|---|---|
| 창작 의도 | 자손들이 지켜야 할 올바른 도리를 가르치고자 함(훈계) |
| 훈계 대상 | 아이들 |
| 훈계 내용 | • 부모에게 효도하고 어른을 공경할 것<br>• 남의 말을 하지 말고 어진 일을 행할 것<br>• 말을 진실하고 믿음 있게 하고, 행실을 돈독하고 공경함이 있게 할 것<br>• 말을 삼가 신중하게 할 것<br>• 남과 싸움하지 말 것<br>• 잘못을 뉘우치면 다시 하지 말 것<br>• 부귀빈천에 연연하지 말고 어진 일을 행할 것<br>• 욕심을 부려 몹쓸 행동을 하지 말 것<br>• 일상에서 효를 실천하고 학업에 충실할 것 |
| 지향하는 인간상 | 어진 사람: 어진 일을 하고 어진 이름을 남기는 사람 |

그른 일 몰라 하고 뉘우치면 다시 마라
같은 잘못을 반복하지 말라는 뜻

알고도 또 하면 끝끝내 그르리라
부정적인 결과를 제시함으로써 잘못된 행동을 경계함

진실로 허물을 고치면 어진 사람 되리라 〈제6수〉
화자가 제시하는 바람직한 인간상

▸ 제6수: 잘못을 고쳐 어진 사람이 될 것을 당부함

자신의 처지에 만족하라는 의미, 대구법

빈천(貧賤)을 슬퍼 말고 부귀(富貴)를 부러워 마라
「」: 부귀빈천에 연연해하지 않고 자신의 처지에서 최선을 다하는 삶을 권고함

인작(人爵)■을 닦으면 천작(天爵)■이 오느니라
사람으로서 할 일을 꾸준히 하면 좋은 일이 생긴다는 의미

만사를 하늘만 믿고 어진 일만 하여라 〈제7수〉
여러 가지 온갖 일 / 어진 일을 행하면 하늘의 복을 받게 됨을 의미함

▸ 제7수: 자신의 처지에 만족하고 어진 일을 행할 것을 당부함

주목

욕심(慾心)난다 하고 몹쓸 일 하지 마라
욕심대로 행동하면 몹쓸 일을 저지르게 될 수 있음을 경계함

나는 잊어도 남이 양자(樣子) 보느니라
모양새, 모습

한번 악명(惡名)을 얻으면 어느 물로 씻으리 〈제8수〉
악명을 얻으면 벗어나기 어려움을 비유적으로 표현함, 설의법
→ 욕심부리지 말고 신중하게 행동할 것을 훈계함

▸ 제8수: 욕심을 부려 악명을 얻지 않을 것을 당부함

일찍 일어나 세수하고 부모께 문안(問安)하고
일상생활 속에서 효를 실천하기 위한 구체적인 행동

좌우(左右)를 모셔 있어 공경(恭敬)하여 섬기되
일상에서 어른 공경을 실천하기 위한 구체적인 행동

여가(餘暇)에 글 배워 읽어 못 미칠 듯하여라 〈제9수〉

▸ 제9수: 효를 실천하고 학업에 충실할 것을 당부함

■ 인작: 사람이 정하여 주는 벼슬이라는 뜻으로, 공경(公卿) · 대부(大夫)의 지위를 이르는 말.
■ 천작: 하늘에서 받은 벼슬이라는 뜻으로, 남에게서 존경을 받을 만한 선천적 덕행을 이르는 말.

**감상 포인트**

각 장에서 권장하는 바람직한 행동과 경계해야 할 행동을 살펴보며 훈계 내용을 파악한다.

**현대어 풀이**

〈제6수〉
그른 일은 몰라 하고 (그른 일을) 뉘우치면 다시 하지 마라.
알고도 또 하면 끝끝내 잘못되리라.
진실로 허물을 고치면 어진 사람이 되리라.

〈제7수〉
가난하고 천함을 슬퍼하지 말고 재산과 지위를 부러워하지 마라.
사람이 정하여 주는 벼슬을 닦으면 하늘에서 받는 벼슬이 오느니라.
모든 일을 하늘만 믿고 어진 일만 하여라.

〈제8수〉
욕심난다고 하여 몹쓸 일을 하지 마라.
나는 잊어도 남이 (내) 모습 보느니라.
한번 나쁘다는 평판을 얻으면 어느 물로 씻으리.

〈제9수〉
일찍 일어나 세수하고 부모께 문안을 올리고 좌우를 (살피며) 모셔서 공경하여 섬기되 남는 시간에 글 배워 읽어 못 미칠 듯하여라.

• 가정적 표현

| 행위 가정 | 행위로 인해 부정적 결과 |
|---|---|
| 〈제3수〉 내 몸이 바르지 않음 | 동네 안도 다닐 수 없음 |
| 〈제4수〉 한 번 실언을 함 | 일생 동안 뉘우치게 됨 |
| 〈제5수〉 싸움을 함 | 관송을 하게 되고 부모를 욕되게 함 |
| 〈제6수〉 그른 일을 알고도 또 함 | 끝끝내 그르게 됨 |
| 〈제8수〉 욕심을 부려 악명을 얻음 | 어떤 것으로도 악명을 씻기 어려움 |

↓

잘못된 행동이 일어나는 상황을 가정하여 올바른 행동을 할 것을 권고함

## 핵심 포인트 1 표현상 특징 파악

이 작품의 화자가 훈계의 의도를 효과적으로 전달하기 위해 사용한 표현 방법과 그 효과를 파악할 수 있어야 한다.

### 표현상 특징

- '이봐 아이들아'와 같이 말을 건네는 어조를 통해 시상을 전개함
- '그른 일 몰라 하고 뉘우치면 다시 마라'와 같은 직설적 표현으로 대상을 훈계하고자 하는 화자의 의도를 드러냄
- '내 말 들어 배워스라', '남과 싸움 마라' 등에서 '-라'와 같은 명령형 어미를 활용하여 바람직한 행동을 촉구하거나 바람직하지 못한 행동을 금지함
- '남의 말을 이르랴', '동네 안인들 다니랴' 등에서 의문형을 활용한 설의적 표현을 통해 올바른 언행의 중요성을 강조함
- '끝끝내 그르리라', '어진 사람 되리라' 등에서 '-리라'와 같은 추측을 나타내는 종결 어미를 활용하여 미래의 결과를 예측하며 훈계함
- '한 번을 실언하면 일생에 뉘우치리', '크면 관송이요 적으면 수욕이라' 등에서 가정적 표현을 활용하여 발생할 수 있는 부정적 결과를 제시함으로써 언행을 조심할 것을 훈계함

## 핵심 포인트 2 시어의 의미 파악

유교의 도덕적 규범을 바탕으로 한 작가의 창작 의도를 고려하여 시어의 의미를 파악할 수 있어야 한다.

### 시어의 의미

| 시어 | 의미 |
|---|---|
| 어버이, 어른 | 효도하고 공경해야 할 대상 |
| 사람 | 도덕적 행위의 주체 |
| 실언 | 말실수. 평생의 후회를 불러일으키는 행위 |
| 관송, 수욕, 부모 수욕 | 그릇된 행위로 인한 결과 |
| 인작 | 사람이 주는 벼슬. 사람이 닦아야 할 도리 |
| 천작 | 하늘이 주는 벼슬. '인작'을 닦음으로써 얻게 되는 결과 |
| 하늘 | 도덕적 당위의 근거. 인간의 행위를 심판하는 존재 |
| 양자 | 다른 사람들에게 평가되는 자신의 모습이나 언행 |
| 글 | 효를 실천하면서 힘써야 할 대상 |

## 핵심 포인트 3 외적 준거에 따른 감상

이 작품의 중심 내용은 유교 사상을 바탕으로 한 훈계이므로, 유교의 도덕적 가치관과 관련된 내용이 〈보기〉로 제시될 수 있다. 이러한 외적 준거를 바탕으로 각 구절에 나타나는 화자의 인식과 태도를 파악할 수 있어야 한다.

### '효'와 '수신(修身)'의 중요성

> 맹자가 말하였다.
> "섬기는 데는 무엇이 가장 큰일인가? 부모를 섬기는 일이 가장 큰일이다. 지키는 데는 무엇이 가장 큰일인가? 자기 몸의 올바름을 잃지 않고 그의 부모를 잘 섬긴 사람이 있다는 말을 나는 들어 본 일이 있으나, 자기 몸의 올바름을 잃고서도 그의 부모를 잘 섬긴 사람이 있다는 말을 나는 들어 본 일이 없다."

→ • '일생에 효제'를 닦기를 권유하는 것은 부모를 섬기는 일이 가장 중요한 일이라는 인식을 보여 주는군.
• '그른 일 몰라 하고 뉘우치면 다시 마라'를 통해 자기 몸을 지키기 위해 어떤 태도를 가져야 하는지 알 수 있군.
• '남의 말', '실언', '싸움', '욕심'과 같은 것들은 결국 자기 몸의 올바름을 잃는 행위라고 볼 수 있겠군.
• 나의 허물이 부모의 허물과 같으므로 남과 싸우지 않고 스스로 몸을 삼가는 것이 효라고 할 수 있겠군.

## 작품 한눈에

• 해제
〈훈계자손가〉는 조선 중기의 문신이자 유학자인 김상용이 사람으로서 지녀야 할 올바른 도리를 자손에게 가르치기 위해 지은 총 9수의 연시조이다. 훈계의 내용은 유교적 규범에 바탕을 둔 덕목으로, 작가는 부모께 효도하고 어른을 공경하며 어진 행실을 할 것 등을 당부하고 있다. 교훈적인 성격이 강한 작품으로, 병자호란 때 명나라와의 대의를 지키기 위해 청나라와 맞서 싸우자는 신념을 굽히지 않다가 청나라에게 강화 산성이 함락되자 자결한 작가의 유교적 가치관을 엿볼 수 있다.

• 화자와 시적 상황
화자는 청자인 '아이들(자손들)'에게 사람으로서 지켜야 할 도리와 올바른 삶에 대한 가르침을 전달하고 있다.

• 주제
사람의 올바른 도리와 바람직한 삶에 대한 가르침

고전 시가 05

◇ 한 줄 평 (가) 임금에게 버림받고 백구와 함께 놀겠다는 의지를 읊은 노래
(나) 대나무를 이용한 언어유희를 통해 이별의 아픔을 읊은 노래
(다) 얄미운 개를 원망하며 임을 향한 그리움을 읊은 노래

# 백구야 놀라지 마라 김천택
# 백초를 다 심어도 작자 미상
# 개를 여남은이나 기르되 작자 미상

▸ 교과서 수록 (다) 국어 미래엔, 좋은책
▸ 기출 수록 (다) 평가원 2022 예시 문항

**가** 백구야 놀라지 마라 너 잡을 내 아니로다 ▸ 초장: 백구에게 놀라지 말라는 당부를 함
(백구: 갈매기 → 청자, 말을 건네는 방식 / 백구, 의인화 / 로다: 감탄형 종결 어미)

성상이 바리시니 갈 곳 없어 예 왔노라 ▸ 중장: 임금에게 버림받아 이곳에 오게 됨
(성상이 바리시니: 임금에게 버림받은 상황 / 예: 자연)

이제란 찾을 이 없으니 너를 좇아 놀리라 ▸ 종장: 백구를 좇아 놀겠다는 의지
(찾을 이 없으니: 한가한 상황을 맞이함 / 너를 좇아 놀리라: 화자의 의지 반영 → 자신의 상황에 대한 긍정적 인식)

└ 임금에게 버림받은 부정적 상황을 백구와 함께 놀 수 있는 기회로 여기는 모습 → 상황의 합리화

**나** 백초를 다 심어도 대는 아니 심을 것이 ▸ 초장: 온갖 풀을 다 심어도 대는 심지 않겠다고 함
(백초: 온갖 풀 / 대: 젓대, 살대, 붓대를 만드는 대나무)

젓대는 울고 살대는 가고 그리느니 붓대로다 ▸ 중장: 대로 만든 젓대, 삿대, 붓대의 기능
(젓대를 불면 소리 내어 울 / 살대를 쏘면 날아감 / 붓대로 그림을 그림)

구태여 울고 가고 그리는 대를 심을 줄이 있으랴 ▸ 종장: 대를 심지 않으려는 이유와 의지
(울고 가고 그리는: 젓대, 살대, 붓대의 기능을 임과 이별하여 울고 가고 그리는 상황과 연결함 → 언어유희, 해학성 / 대를 심을 줄이 있으랴: 설의법, 화자의 의지 반영)

- 젓대: 우리나라의 전통적인 목관 악기 가운데 하나. 삼금(대금, 중금, 소금) 가운데 가장 큰 것으로, 묵은 황죽이나 쌍골죽으로 만든다. = 대금.
- 살대: 화살의 몸을 이루는 대. = 화살대.

**감상 포인트**
화자의 정서와 태도를 이해하고 이를 표현하기 위한 발상, 표현상 특징 등을 파악한다.

**다** 개를 여남은이나 기르되 요 개같이 얄미우랴 ▸ 초장: 얄미운 개
(개: 임에 대한 원망을 전가하고 있는 대상 - 애꿎은 원망의 대상 / 여남은이나: 열이 조금 넘게 / 얄미우랴: 설의법)

미운 임 오면은 꼬리를 홰홰 치며 치뛰락 내리뛰락 반겨서 내닫고 고운 임 오면은 뒷발을 버동버동 무르락 나으락 캉캉 짖어서 돌아가게 한다 ▸ 중장: 미운 임은 반기고 고운 임은 돌아가게 하는 개
(홰홰: 가볍게 자꾸 휘두르거나 휘젓는 모양 / 치뛰락 내리뛰락: 뛰어올랐다 내리뛰었다 / 홰홰, 버동버동, 캉캉: 음성 상징어 / 개의 행동을 사실적으로 묘사함)

쉰밥이 그릇그릇 난들 너 먹일 줄이 있으랴 ▸ 종장: 쉰밥도 얄미운 개에게는 먹이고 싶지 않은 마음
(설의법, 개에 대한 응징, 원망을 노골적으로 표현함)

└ 얄미운 개의 대조적 행동, 화자는 마치 개가 고의적으로 자신의 마음과는 반대로 행동하는 것처럼 표현함 → 해학성

• 다 의 시상 전개

대상과 그에 대한 화자의 감정(얄미운 개) 제시
↓
대상에게 화자가 특정 감정을 가진 이유 (개가 얄미운 이유) 제시
↓
대상에 대한 화자의 대응(개에 대한 응징)

## 작품 분석 노트

### 현대어 풀이

**가** 갈매기야, 놀라지 마라. 너를 해칠 내가 아니로다. / 임금께서 (나를) 버리시니 갈 곳이 없어 이곳에 왔구나. 이제는 (나를) 찾을 사람이 없으니 너를 좇아 놀리라.

**나** 온갖 풀을 다 심어도 대나무는 아니 심을 것이 / 젓대는 (소리 내어) 울고 살대는 (쏘면) 날아가고 (그림을) 그리는 것이 붓대로다. / 구태여 울고 가고 그리는 대나무를 심을 줄이 있겠느냐.

**다** 개를 열 마리 넘게 기르지만 이 개처럼 얄밉겠느냐.
미워하는 임이 오면 꼬리를 휘저으며 뛰어올랐다가 내리뛰었다 하면서 (미워하는 임을) 반가이 맞이하고, 사랑하는 임이 오면 뒷발을 바둥거리며 뒤로 물러났다 앞으로 나아갔다 캉캉 짖어서 (사랑하는 임을) 돌아가게 한다.
쉰밥이 그릇그릇 난들 너 먹일 줄이 있겠느냐.

• 나의 시적 발상과 언어유희

| 대나무로 만든 물건 | | 화자의 이별 상황 |
|---|---|---|
| 젓대 | 울림 | 화자가 욺 |
| 살대 | 날아감 | 임이 떠나감 |
| 붓대 | 그림을 그림 | 임을 그리워함 |

↓

'울고 가고 그리는' 특징 → 언어유희

• 다의 다양한 해석

**고운 임이 변심하여 화자를 찾지 않는 상황에 대한 변명**
화자는 고운 임이 자신을 찾지 않는 것이 고운 임을 내쫓는 개의 방해 때문이라는 관점을 취함으로써 부정적 감정을 다스림

**고운 임을 둔 채 미운 임을 만나는 상황에 대한 변명**
화자는 개가 미운 임을 반겨서 맞이했기 때문에 부득이하게 미운 임을 만날 수밖에 없다는 이유를 내세움으로써 도덕적 부담감을 덜어 보려 함

## 핵심 포인트 1 표현상 특징 파악

(가)~(다)에 사용된 표현상 특징을 살펴보고, 이 작품들의 공통점과 차이점을 파악할 수 있어야 한다.

**⊙ 표현상 특징**

| | |
|---|---|
| (가) | • '백구'라는 청자에게 말을 건네는 방식을 사용함(대화적 어조)<br>→ '백구야 놀라지 마라 너 잡을 내 아니로다'<br>• 감탄형 종결 어미 '–로다', '–노라'를 사용하여 화자의 정서를 강조함<br>→ '백구야 놀라지 마라 너 잡을 내 아니로다 / 성상이 바리시니 갈 곳 없어 예 왔노라'<br>• 다짐의 뜻을 나타내는 종결 어미 '–리라'를 사용하여 백구와 더불어 자연에서 노닐겠다는 화자의 의지를 강조함<br>→ '이제란 찾을 이 없으니 너를 좇아 놀리라' |
| (나) | • 감탄형 종결 어미 '–로다'를 사용하여 화자의 정서를 강조함<br>→ '젓대는 울고 살대는 가고 그리느니 붓대로다'<br>• 설의법을 사용해 대(대나무)를 심지 않겠다는 화자의 의지를 드러냄<br>→ '구태여 울고 가고 그리는 대를 심을 줄이 있으랴'<br>• 대나무로 만든 도구인 젓대, 살대, 붓대의 기능을 언어유희를 통해 '울고 가고 그리는' 이별의 상황과 연결 지어 표현함으로써 해학성을 확보함<br>→ '젓대는 울고 살대는 가고 그리느니 붓대로다 / 구태여 울고 가고 그리는 대를 심을 줄이 있으랴' |
| (다) | • 음성 상징어를 활용하여 얄미운 개의 행동을 생동감 있게 묘사함<br>→ '미운 임 오면은 꼬리를 홰홰 치며 ~ 고운 임 오면은 뒷발을 버둥버둥 무르락 나으락 캉캉 짖어서'<br>• 설의법을 사용해 개에 대한 원망의 마음을 표현함<br>→ '요 개같이 얄미우랴', '쉰밥이 그릇그릇 난들 너 먹일 줄이 있으랴' |

## 핵심 포인트 2 화자의 정서와 태도 파악

(가)와 (나)는 화자가 심리적 갈등을 겪는 가운데 자신의 상황을 합리화하거나 갈등의 원인을 다른 곳에서 찾는 모습을 보이므로 그 양상을 이해할 수 있어야 한다.

**⊙ (가)의 시적 상황 및 태도**

| | |
|---|---|
| 임금에게 버림받은 상황 | 임금에게 버림받은 부정적 상황을 자연에 머물며 백구와 놀 수 있는 긍정적 기회로 여기며 상황을 합리화함 |

**⊙ (나)의 시적 상황 및 태도**

| | |
|---|---|
| 임과 이별한 상황 | '울고 가고 그리는' 임과의 이별 상황이 벌어진 것을 울고 가고 그리는 데 사용되는 대(대나무)를 심었기 때문이라고 여김 |

## 핵심 포인트 3 소재의 기능 파악 / 시적 상황 파악

(다)는 미운 임은 반기고 고운 임은 내쫓는 개의 대조적 행동을 묘사하여 기다려도 오지 않는 임에 대한 원망을 표현하고 있다. 따라서 책임 전가의 대상으로서 '개'의 역할이나 작품에 내재된 갈등의 이중적 구조를 파악할 수 있어야 한다.

**⊙ (다)에 나타난 갈등의 이중적 구조**

| | |
|---|---|
| 표면적 갈등 | 화자 ↔ 개: 화자의 마음과는 달리 미운 임은 반기고 고운 임은 내쫓는 개와의 갈등 |
| 이면적 갈등 | 화자 ↔ 임: 기다려도 오지 않는 임 또는 화자를 만나지 않고 돌아가는 임과의 갈등<br>→ 개에 대한 미움과 원망, 책임 전가의 방식으로 표면화됨 |

### 작품 한눈에

**가**

• 해제

〈백구야 놀라지 마라〉는 임금에게 버림받은 화자가 자연으로 돌아와 백구를 벗 삼아 노니는 삶에 대한 지향을 드러낸 시조이다. 초장에서 백구에게 말을 건넨 화자는 중장에서 자신이 이곳에 오게 된 사연을 밝히고, 종장에서 백구를 좇으며 놀겠다는 의지를 표출하고 있다. 강호가도 계열의 작품으로 볼 수 있다.

• 주제

백구와 더불어 자연에서 노닐겠다는 의지

**나**

• 해제

〈백초를 다 심어도〉는 언어유희를 통해 이별의 슬픔을 형상화한 시조이다. 젓대 · 살대 · 붓대는 대나무로 만드는 도구로서 각각 소리 내고, 쏘면 날아가고, 무언가를 그리는 기능을 한다. 화자는 이것을 자신의 이별 상황과 연결하여 '울고 가고 그리는 대'라고 표현하고, 이 대를 심지 않겠다고 함으로써 임과 이별한 아픔을 드러내고 있다.

• 주제

임과 이별한 아픔과 그리움

**다**

• 해제

〈개를 여남은이나 기르되〉는 임을 향한 그리움에서 비롯된 원망을 애꿎은 개에게 돌리고 있는 사설시조이다. 고운 임이 오지 않는 이유가 실제로 개 때문은 아니지만 원망의 대상이 필요한 화자의 심리를 개의 대조적인 행동을 생동감 있게 묘사하여 해학적으로 풀어 내고 있다.

• 주제

임에 대한 그리움과 개에 대한 원망

고전 시가 06

◇ 한 줄 평 (가) 자연과 더불어 살고자 하는 마음을 표현한 노래
(나) 간신의 횡포를 비판한 노래
(다) 세간의 소문에 속지 말 것을 경계하는 노래

# 말 없는 청산이오 성혼
# 구름이 무심탄 말이 이존오
# 대천 바다 한가운데 작자 미상

「 」: 대구법

**가** 「말 없는 청산(靑山)이오 태(態) 없는 유수(流水)로다
(청산: 묵묵하고 변함없는 푸른 산(자연) / 유수: 자유롭고 유연하게 흐르는 물(자연))
▶ 초장: 의연하고 자유로운 자연

값 없는 청풍(淸風)이오 임자 없는 명월(明月)이라」
(청풍: 값을 매길 수 없는 맑은 바람(자연) / 명월: 누구나 마음껏 누릴 수 있는 밝은 달(자연))
▶ 중장: 마음껏 누릴 수 있는 자연

「이 중(中)에 병(病) 없는 이 몸이 분별(分別)없이 늙으리라」
(이 중에 병 없는: 속세의 삶에 대한 작가의 부정적 인식 / 분별없이: 걱정, 근심 없이)
「 」: 물아일체, 자연 친화
▶ 종장: 자연 속에서 걱정 없이 살고자 함

(표시: 자연 ↕ 대조법 속세)

**나** 구름이 무심(無心)탄 말이 아마도 허랑(虛浪)하다
(구름: 간신(임금의 총애를 믿고 국정을 어지럽힌 신돈) / 무심: 사심, 욕심이 없음 / 허랑하다: 허무맹랑하다, 거짓이다)
▶ 초장: 간신의 부정한 마음

「중천(中天)에 떠 있어 임의(任意)로 다니면서
(중천: 조정의 중심 / 임의로: 마음대로)
▶ 중장: 조정을 어지럽히는 간신

구태여 광명(光明)한 날빛을 따라가며 덮나니」
(구태여: 일부러 / 광명한 날빛: 임금(공민왕)의 총명)
「 」: 횡포를 부리는 간신의 모습
▶ 종장: 간신의 방해로 임금의 총명함이 백성에게 전달되지 못함

(나)의 시대적 배경: 고려 시대 공민왕에 의해 등용된 승려 신돈은 공민왕의 총애를 받아 집권하며 국정을 어지럽히고 횡포를 저질렀다. 이 시조의 작가이자 충신인 이존오는 신돈을 탄핵하기 위해 상소문을 올렸으나 공민왕의 노여움을 사서 좌천되었다.

**다** 「대천(大川) 바다 한가운데 중침 세침(中針細針) 빠지거다
(중침 세침: 중간 크기의 바늘과 가느다란 바늘)
▶ 초장: 바늘이 큰 바다 한가운데에 빠졌다는 소문

여남은 사공(沙工) 놈이 끝 무딘 상앗대를 끝끝이 둘러메어 일시(一時)에 소리치고 귀 꿰어 냈단 말이」 있소이다 님아 님아
(여남은: 열이 조금 넘는 수의 / 상앗대: 배를 가게 할 때 쓰는 긴 막대 / 끝끝이: 저마다 / 귀: 바늘귀)
「 」: 현실적으로 불가능한 일, 터무니없는 소문
▶ 중장: 여러 사공들이 바다에 빠진 바늘의 귀를 꿰었다는 허무맹랑한 소문의 내용

「온 놈이 온 말을 하여도 님이 짐작하소서」
(온 놈이 온 말을: 온 세상 사람들이 온갖 말을 / 짐작하소서: 분별하소서)
「 」: 자신을 믿어 주기를 임에게 호소함
▶ 종장: 소문을 분별하여 수용하라는 당부

**감상 포인트**

작품 속 소재를 대하는 화자의 태도와 해당 소재가 내포하는 의미 등을 파악한다.

## 작품 분석 노트

### 현대어 풀이

**가** 말이 없는 푸른 산이오, 모양 없는(잘난 체하지 않는) 흐르는 물이로다.
값을 매길 수 없는(내지 않아도 되는) 맑은 바람이오, 주인이 없는 밝은 달이로다.
이러한 자연 속에서 병 없는 이 몸이 걱정 없이 늙으리라.

**나** 구름이 아무런 욕심이 없다는 말이 아마도 허무맹랑하다.
하늘 한가운데에 떠 있어 마음대로 다니면서
구태여 밝고 환한 햇빛을 따라가며 덮는구나.

**다** 넓은 바다 한가운데 중간 크기의 바늘과 가느다란 바늘이 빠지었다.
열 명이 넘는 사공들이 끝이 무딘 긴 막대를 저마다 둘러메어 한번에 소리치고 (바다에 빠진) 바늘의 귀를 꿰어 건져 냈다는 말이 있습니다. 임아 임아.
모든 사람이 온갖 말을 하여도 임이 분별하여 들으소서.

• **가**의 자연과 속세의 관계

| 자연 | | 속세 |
|---|---|---|
| • 청산, 유수, 청풍, 명월<br>• 화자가 더불어 살고자 하는 대상 | ↔ | • 말, 태, 값, 임자, 병<br>• 화자가 부정적으로 인식하는 대상 |

• **나**의 '구름'과 '날빛'의 관계

| 구름 | | 날빛 |
|---|---|---|
| 간신 | ↔ | 임금의 총명 |

→ 자연물을 통해 말하고자 하는 바를 우의적으로 드러냄

• **다**의 시상 전개 과정

| 초장, 중장 | 터무니없는 소문이 퍼지고 있는 세태 제시 |
|---|---|

↓

| 종장 | 화자가 임에게 이성적 판단을 부탁함, 화자 자신을 믿어 주기를 임에게 호소함 |
|---|---|

## 핵심 포인트 1 표현상 특징 파악

(가)~(다)는 모두 '말(言)'에 대해 언급한 작품들로 '말'과 주제 의식의 관련성을 파악하고, 작품의 표현상 특징과 효과를 이해할 수 있어야 한다.

**표현상 특징**

| | |
|---|---|
| (가) | • '말 없는 청산'에서 '청산'을 의인화함 → '청산'은 침묵의 미덕을 지님<br>• 세속적 삶과 자연의 모습을 대조하여 주제 의식을 부각함<br>• 대구적 표현을 사용하고, '없는'을 반복하여 운율을 형성함<br>→ '말 없는 청산이오 태 없는 유수로다 / 값 없는 청풍이오 임자 없는 명월이라' |
| (나) | • '구름'을 의인화하여 간신을 비판함 → '구름이 무심탄 말이 아마도 허랑하다'<br>• 자연물을 인간에 빗대어 주제를 효과적으로 드러냄 → '구름'을 간신에 비유함<br>• 우의적 방식을 통해 부정적 대상('구름')을 비판함 |
| (다) | • 초장, 중장에서 과장된 표현을 사용하여 '말'(소문)의 허구성을 드러냄<br>• 종장에서 구체적 청자('님')에게 말을 건네는 방식을 사용하여 '온 말'에 대한 경계의 의도를 전달함 |

## 핵심 포인트 2 화자의 인식과 태도 비교

(가)~(다)의 화자는 모두 특정 대상에 대해 긍정적 인식과 부정적 인식을 드러내고 있다. 그러므로 (가)~(다)에서 긍정적 대상과 부정적 대상이 무엇인지 파악하고, 그에 대한 화자의 인식과 태도를 비교할 수 있어야 한다.

**화자의 인식과 태도**

| 구분 | (가) | (나) | (다) |
|---|---|---|---|
| 인식 | 자연을 화자 자신이 함께 살고자 하는 긍정적 대상으로, 속세를 부정적 대상으로 인식함 | '구름'(간신)을 국정을 어지럽힌 부정적 대상으로, '날빛'(임금의 총명)을 긍정적 대상으로 인식함 | '말'을 진실하지 않은 허무맹랑한 소문 또는 화자 자신을 모함하는 참언으로 인식함 |
| 태도 | 자연 속에서 아무런 근심과 걱정 없이 살아가겠다는 의지를 드러냄 | 간신을 비판하고 임금에게는 충정을 드러내며 나라를 걱정하는 마음을 표현함 | 임에게 소문 및 참언의 내용을 분별하여 올바르게 판단하라고 당부함 |

## 핵심 포인트 3 외적 준거에 따른 감상

(가)~(다)는 모두 자연을 주요 소재로 활용하여 주제를 형상화하고 있다. 따라서 조선 시대 선인들의 자연관이 드러나는 작품과 (가)~(다)를 연관 지어 해석할 수 있어야 한다.

**자연의 의미 비교**

| | |
|---|---|
| 도덕적 지향점 | 청산(靑山)은 어찌하여 만고(萬古)에 푸르며<br>유수(流水)는 어찌하여 주야(晝夜)에 그치지 아니하는가<br>우리도 그치지 말아 만고상청(萬古常靑)하리라 - 이황, 〈도산십이곡〉<br>→ 불변하는 '청산'과 '유수'를 도덕적 지향점, 학문 수양의 목표로 삼음 |
| 정치적 현실을 비유한 대상 | 까마귀 눈비 맞아 희는 듯 검노매라<br>야광명월(夜光明月)이 밤인들 어두우랴<br>임 향한 일편단심(一片丹心)이야 고칠 줄이 있으랴 - 박팽년<br>→ 간신을 '까마귀'에, 충신인 자신을 '야광명월'에, 단종을 '임'에 비유함 |
| 사실적 노동 공간 | 논밭 갈아 김매고 베잠방이 대님 쳐 신들메고 / 낫 갈아 허리에 차고 도끼를 벼려 둘러메고 울창한 산속에 들어가서 삭정이 마른 섶을 베거니 자르거니 지게에 짊어져 지팡이 받쳐 놓고 샘을 찾아가서 점심 도시락 다 비우고 곰방대를 톡톡 털어 잎담배 피워 물고 콧노래 부르면서 졸다가 / 석양이 재 넘어갈 때 어깨를 추스르며 긴 소리 짧은 소리 하며 어이 갈꼬 하더라 - 작자 미상<br>→ '논밭', '산속'이 노동의 공간으로 나타남 |
| 아름다움과 유희의 대상 | 삼춘가절(三春佳節)이 좋을씨고 도화 만발 점점홍(桃花滿發點點紅)이로구나 / 어주 축수 애삼춘(漁舟逐水愛三春)이라던 무릉도원이 여기 아니냐 - 작자 미상, 〈유산가〉<br>→ '도화'를 아름다움의 대상으로 여기고 완상함 |

### 작품 한눈에

**가**

• 해제

〈말 없는 청산이오〉는 청산과 흐르는 물, 맑은 바람과 밝은 달이 있는 자연 속에서 근심 없이 살고자 하는 화자의 바람을 나타낸 작품이다. 화자는 속세와 자연을 대비하고 있는데 속세의 삶을 '병'으로 표현하며 부정적 인식을 드러내고, 자연과 동화된 물아일체의 삶을 추구하는 모습을 보이고 있다.

• 화자와 시적 상황

화자는 자연 속에서 자연과 더불어 근심 없이 지내겠다는 의지를 드러내고 있다.

• 주제

자연과 더불어 근심 없이 사는 삶에 대한 지향

**나**

• 해제

〈구름이 무심탄 말이〉는 고려 시대의 간신 신돈이 공민왕의 총애를 믿고 국정을 어지럽혔던 정치적 상황을 표현한 작품이다. 화자는 상징적 소재인 '구름'과 '날빛'을 대비하여 간신을 비판함과 동시에 임금에 대한 자신의 충성심을 드러내고 있다.

• 화자와 시적 상황

화자는 밝고 환한 햇빛을 따라가며 가리는 구름을 비판하고 있다.

• 주제

간신의 횡포에 대한 비판

**다**

• 해제

〈대천 바다 한가운데〉는 터무니없는 소문, 화자에 대한 참언이 퍼지고 있는 상황을 제시하며, 임에게 소문 및 참언의 내용을 분별하여 수용할 수 있는 지혜를 발휘하라고 요구하는 작품이다. 화자는 허무맹랑한 소문이 떠도는 세태를 풍자하면서도 임에게 올바른 판단을 당부하고 있다.

• 화자와 시적 상황

화자는 자신을 모함하는 말에 현혹되지 말 것을 임에게 당부하고 있다.

• 주제

세간의 소문에 속지 말라는 당부

고전 시가 07

◇ 한 줄 평 임에 대한 그리움, 사랑, 믿음을 드러낸 노래

# 마음이 어린 후이니 서경덕
# 연 심어 실을 뽑아 김영
# 마음이 지척이면 작자 미상
# 가슴에 구멍을 둥시렇게 뚫고 작자 미상

**가** 「마음이 어린 후이니 하는 일이 다 어리다」 ▶ 초장: 스스로의 어리석음을 자책함

(중장 · 종장에서 구체화되는 내용 / 어리석은 / 어리석다 / 「 」: 자신의 어리석음에 대한 탄식)

만중운산에 어느 님 오리마는 ▶ 중장: 만중운산에 임이 올 리 없음을 앎

(임이 찾아오기 매우 힘든 여건, 임과의 만남의 장애물)

지는 잎 부는 바람에 행여 그인가 하노라 ▶ 종장: 지는 잎 바람 소리에 임이 온 줄 착각함

(화자에게 일시적인 기대감을 갖게 하는 소재 – 간절한 그리움에서 비롯된 화자의 착각으로 이어짐)

(초장의 어리석어서 '하는 일'→ 임이 올 리 없다는 것을 알면서도 지는 잎 부는 바람에 임인가 하는 착각을 함)

■ 만중운산: 첩첩이 겹쳐 구름이 덮인 산.

**나** 「연(蓮) 심어 실을 뽑아 긴 노 비벼 걸었다가」 ▶ 초장: 연 심어 실을 뽑아 노끈을 만듦

(노끈을 만드는 과정 / 「 」: 연속적인 행위)

사랑이 그쳐 갈 제 찬찬 감아 매오리라 ▶ 중장: 사랑이 그쳐 갈 때 노끈으로 묶겠다는 의지

(사랑을 지속시키기 위한 행위, 사랑(추상적 개념)을 노끈으로 감아 맬 수 있는 대상인 것처럼 표현함)

우리는 마음으로 맺었으니 그칠 줄이 있으랴 ▶ 종장: 임에 대한 변함없는 사랑의 마음

(임과의 사랑이 그치지 않을 것이라고 생각한 이유 / 설의적 표현, 임과의 사랑이 그치지 않았으면 하는 소망이 반영됨)

(■: 심리적 거리의 표현 ■: 물리적 거리의 표현)

**다** 마음이 지척이면 천리(千里)라도 지척이오 ▶ 초장: 마음이 가까우면 천 리 먼 곳도 가까움

(마음이 서로 가까우면 / 먼 거리도 가깝게 느껴짐 / 대구, 대조)

마음이 천리오면 지척도 천리로다 ▶ 중장: 마음이 멀면 가까이 있어도 멂

(마음이 서로 멀면 / 아주 가까이 있어도 천 리 먼 곳에 있는 것처럼 느껴짐)

우리는 각재(各在) 천리오나 지척인가 하노라 ▶ 종장: 임과 마음으로는 가까이 있다고 느낌

(임과 멀리 떨어져 있지만 마음만은 가까이 있다고 생각함. – 자신과 임과의 사랑에 대한 믿음을 드러냄)

**감상 포인트**

화자의 정서와 태도를 형상화하기 위해 사용한 공통적인 방식에 주목한다.

**라** 「가슴에 구멍을 둥시렇게 뚫고 왼새끼를 눈 길게 너슷너슷 꼬아」 「 」: 연속적인 행위

(왼쪽으로 꼰 새끼 / 그물 따위에서 코와 코를 이어 이룬 구멍) ▶ 초장: 가슴에 구멍을 뚫고 왼새끼를 꼬음

그 구멍에 그 새끼 넣고 두 놈이 두 끝 마주 잡아 이리로 훌근 저리로 훌적 훌근 훌적 할 적에는 나남즉 남대되 그는 아무쪼록 견디려니와 ▶ 중장: 가슴의 구멍에 새끼줄을 넣어 이리저리 당기는 시련은 견딜 수 있음

(극단적인 시련의 상황을 견딜 수 있다고 하는 것 → 화자의 변함없는 사랑을 강조)

아마도 임 외오 살라 하면 그는 그리 못하리라 ▶ 종장: 임을 여의고 살 수 없음

(여의고 / 임과 헤어질 수 없다는 의지를 담음)

(가상의 상황 설정)

**작품 분석 노트**

**현대어 풀이**

**가** 마음이 어리석으니 하는 일이 다 어리석다.
첩첩이 겹쳐 구름이 덮인 산속에 어느 임이 찾아오겠느냐마는
떨어지는 잎 부는 바람 소리에 행여나 임인가 하고 생각하노라.

**나** 연을 심어 실을 뽑아 긴 노끈을 비비어 걸었다가
사랑이 그쳐 갈 때 (그 노끈으로) 찬찬히 (사랑을) 감아 매오리라.
(하지만) 우리는 마음으로 맺었으니 (사랑이) 그칠 줄이 있으랴.

**다** 마음이 가까우면 천 리라도 아주 가까운 것이요,
마음이 천 리로 멀면 아주 가까이에 있어도 천 리처럼 멀도다.
우리는 각자 천 리 밖 먼 곳에 있으나 (마음은) 아주 가까운가 하노라.

**라** 가슴에 구멍을 둥그렇게 뚫고 왼쪽으로 꼰 새끼를 눈이 길도록 느슨하게 꼬아
(가슴에 난) 그 구멍에 그 새끼줄을 넣고 두 놈이 (새끼줄의) 두 끝을 마주 잡아 이리로 훌근 저리로 훌적 훌근훌적 할 적에는 나나 남이나 다 그는 아무쪼록 견디겠지만
아마도 임 여의고 살라 하면 그는 그리 못하리라.

## 핵심 포인트 1 표현상 특징 파악

(가)~(라)에 사용된 표현상 특징을 알아 두고, 이들의 공통점 · 차이점을 파악할 수 있어야 한다.

| | |
|---|---|
| (가) | • '첩첩이 겹쳐 구름이 덮인 산'이라는 공간의 특성에 기반하여 어느 임이 이곳에 올 수 있겠느냐는 화자의 생각에 근거를 제시함<br>→ 만중운산에 어느 님 오리마는<br>• 대구적 표현을 활용하여 운율감을 확보함 → 지는 잎 부는 바람 |
| (나) | • 대비되는 의미를 지닌 시어의 사용이 나타남<br>→ 사랑이 그쳐 갈 제 ↔ 마음으로 맺었으니<br>• '사랑'이라는 추상적 개념을 노끈으로 감아 맬 수 있는 물리적 대상인 것처럼 구체화함<br>→ 사랑이 그쳐 갈 제 찬찬 감아 매오리라 |
| (다) | • 대구적 표현을 활용하여 운율감을 확보하면서, 대비되는 의미를 지닌 시어를 활용함<br>→ 마음이 지척이면 천리라도 지척이오 / 마음이 천리오면 지척도 천리로다<br>• '마음'이라는 추상적 개념을 측량 · 측정할 수 있는 시각적인 대상인 것처럼 구체화함<br>→ 마음이 지척이면 ~ 마음이 천리오면 |
| (라) | • 극단적인 상황 설정을 통해 변함없는 사랑의 의지를 표현함<br>→ 가슴에 구멍을 둥시렇게 뚫고 ~ 이리로 훌근 저리로 훌적 훌근훌적 |

## 핵심 포인트 2 외적 준거에 따른 감상

(가)는 작가가 사제지간으로 지내던 황진이를 기다리며 지은 시조로 알려져 있다. 이에 화답한 것으로 알려져 있는 황진이 시조와의 관련성을 파악할 수 있어야 한다.

**황진이 시조와의 비교**

| | |
|---|---|
| 내 언제 무신(無信)하여 님을 언제 속였관대<br>월침삼경(月枕三更)에 온 뜻이 전혀 없네 [A]<br>추풍에 지는 잎 소리야 낸들 어이하리오<br>– 황진이 | [현대어 풀이]<br>내 언제 믿음이 없어서 임을 언제 속였기에<br>달도 없는 깊은 밤에라도 찾아오려는 뜻이 전혀 없네<br>가을바람에 떨어지는 잎 소리야 (임이 오시는 소리로 들리는 것을) 낸들 어이하리오 |

| | |
|---|---|
| 형식 | (가)와 [A] 간에 '만중운산'과 '월침삼경', '지는 잎 부는 바람'과 '추풍에 지는 잎 소리'가 대응함 |
| 내용 | (가)를 아무런 소식 없는 임에 대한 원망을 담은 노래라고 해석할 경우<br>→ [A]의 첫 구절 '내 언제 무신하여 님을 언제 속였관대'는 자신이 임을 속인 적이 없음을 들어 스스로를 변호하는 내용으로 볼 수 있음 |

## 핵심 포인트 3 다른 작품과의 비교

(라)와 유사한 내용의 노래가 《대은선생실기》에 전해지는데, 이 작품과 비교 감상할 수 있어야 한다.

**《대은선생실기》 中**

내 가슴에 말[斗]만 한 구멍 뚫고
길고 긴 새끼줄 꿰어
앞뒤로 끌고 당겨 갈고 쓸지라도
네가 하는 대로 내 마다치 않겠으나 [B]
내 임 빼앗고자 한다면
이런 일엔 내 굽히지 않으리라
– 변안열

→

**창작 맥락**

• 태조 이성계가 조선 건국을 계획하던 당시, 고려의 재상들을 초청하였는데, 이때 그의 아들 이방원이 그들을 회유하기 위한 노래를 부름
• 정몽주와 변안열은 이방원의 노래에 고려에 대한 변함없는 충절을 드러내는 답을 함

**(라)와 변안열의 시조 [B]의 비교**

• (라)와 [B]는 모두 가슴에 구멍을 뚫고 여기에 새끼줄을 넣어 당기는 극단적인 상황을 가정함
→ (라)의 '두 놈'과 [B]의 '네'는 각각 화자의 의지를 보여 주기 위해 설정한 상황 속 인물에 해당함
→ (라)의 '훌근훌적' 하는 것과 [B]의 '앞뒤로 끌고 당'기는 것은 화자가 겪을 시련의 정도를 나타냄
→ 극단적인 상황을 (라)는 임을 여의고 사는 것, [B]는 임을 빼앗기는 것과 비교함으로써 임에 대한 사랑, 고려에 대한 충절을 지키기 위해서는 그 어떤 시련이라도 견딜 수 있다는 의지를 효과적으로 드러냄

### 작품 한눈에

**가**

• 해제

〈마음이 어린 후이니〉는 임을 향한 그리움을 담고 있는 시조이다. 화자는 만중운산에 임이 올 리 없음을 알면서도 '지는 잎 부는 바람'과 같은 미세한 움직임에도 임이 온 것은 아닌지 떠올리는 자신의 모습을 가리켜 어리석다고 하고 있다. 이는 화자가 얼마나 간절하게 임을 기다리고 있는지를 보여 준다.

• 주제

임을 기다리는 마음

**나**

• 해제

〈연 심어 실을 뽑아〉는 임과의 사랑이 그치지 않기를 바라는 마음을 담고 있는 시조이다. 화자는 순수함, 질긴 생명력의 상징인 연에서 실을 뽑아 그것으로 노끈을 만들어 두었다가 사랑이 그쳐 갈 때 그 끈으로 사랑을 감아 임과의 사랑을 지속하겠다고 하고 있다. 이는 마음으로 맺은 임과의 사랑이 영원하기를 소망하는 화자의 간절함, 의지를 보여 준다.

• 주제

임을 향한 변함없는 사랑의 의지

**다**

• 해제

〈마음이 지척이면〉은 마음의 거리를 물리적 거리에 빗대어 사랑에 대한 믿음을 표현한 시조이다. 화자는 마음이 가까우면 멀리 있어도 지척에 있는 듯 느껴지고, 마음이 멀어지면 가까이 있어도 멀리 있는 듯 느껴진다면서 '우리'는 멀리 있어도 마음은 가까운 사이라며 사랑에 대한 믿음과 확신을 드러내고 있다.

• 주제

① 임과 자신의 사랑에 대한 확신
② 멀리 있어도 가까이 느껴지는 마음

**라**

• 해제

〈가슴에 구멍을 둥시렇게 뚫고〉는 임을 향한 강렬한 사랑을 담아낸 시조이다. 화자는 가슴에 구멍을 뚫고 그곳에 새끼줄을 넣어 훌근훌적 하는 시련의 상황을 설정하고 있다. 그리고 이는 견딜지라도 임을 여의는 것은 받아들일 수 없다고 함으로써 임을 향한 사랑, 임과 절대로 헤어질 수 없다는 의지를 드러내고 있다.

• 주제

임을 향한 변함없는 사랑

고전 시가 08

◇ 한 줄 평 (가) 술을 마시기 위해 지인의 집을 찾아가는 모습을 해학적으로 나타낸 노래
(나) 병든 남편에 대한 아내의 사랑을 해학적으로 나타낸 노래

# 재 너머 성 권농 집에 정철
# 서방님 병들여 두고 김수장

「 」: 화자가 '성 권농 집'을 찾아가게 된 이유

**가** 「재 너머 성 권농* 집에 술 익닷 말 어제 듣고」 ▶ 초장: 벗의 집 술이 익었다는 소식을 들음
성씨가 '성'인 권농. '권농'은 농사를 장려하는 직책을 이름 / 눌러 타고
누운 소 발로 박차 언치* 놓아 지즐 타고 ▶ 중장: 서둘러 벗의 집에 찾아감
술을 마시고 싶은 마음에 급히 가는 화자의 모습을 해학적으로 표현함
아이야 네 권농 계시냐 정 좌수* 왔다 하여라 ▶ 종장: 벗의 집에 자신이 도착했음을 알림
청자(아이) / 화자 자신(정철의 분신 같은 존재로 볼 수 있음)

**나** 서방님 병들여 두고 쓸 것 없어 ▶ 초장: 병든 남편을 둔 여인의 가난한 형편
필요한 것을 살 수 있는 돈이나 값나가는 물건이 없어 / 감탄사를 통해 당황한 여인의 모습을 표현(영탄법)
종루 저자에 다리* 팔아 배 사고 감 사고 유자 사고 석류 샀다 아차아차 잊었구나
돈을 마련하기 위해 머리카락을 팖 / 시장에서 구입한 과일들 열거
오화당*을 잊어버렸구나 ▶ 중장: 머리카락을 팔아 물건을 샀으나 사탕을 빠뜨림
수박에 술 꽂아 놓고 한숨 겨워하노라 ▶ 종장: 화채를 만들면서 실수를 한탄함
숟가락 / 자신의 실수에 대한 한탄

- 권농: 조선 시대에, 지방의 방(坊)이나 면(面)에 속하여 농사를 장려하던 직책. 또는 그 사람.
- 언치: 말이나 소의 안장이나 길마 밑에 깔아 그 등을 덮어 주는 방석이나 담요.
- 좌수: 조선 시대에, 지방의 자치 기구인 향청(鄕廳)의 우두머리.
- 다리: 예전에, 여자들의 머리숱이 많아 보이라고 덧넣었던 딴머리.
- 오화당: 오색으로 물들여 만든 둥글납작한 사탕.

**감상 포인트**

작품에 나타난 시적 상황 및 이에 대한 화자의 정서를 살펴보고, 이를 표현하는 방식의 공통점을 파악한다.

## 작품 분석 노트

### 현대어 풀이

**가** 고개 너머 성 권농 집에 술이 익었다는 말을 어제 듣고
누운 소를 발로 박차 등에 깔개를 얹어 눌러 타고
아이야, 네 권농 계시냐 정 좌수가 왔다고 고하여라.

**나** 서방님이 병이 들었는데 돈이 될 만한 것이 없어
종로 시장에 가서 머리카락을 팔아 배 사고, 감 사고, 유자 사고, 석류 샀다
아차아차 잊었구나, 오색 사탕을 잊었구나.
수박에 숟가락 꽂아 놓고 한숨에 겨워하노라.

• 가, 나의 화자

| (가)의 화자 |
|---|
| 종장의 '정 좌수'는 화자 자신을 가리키는 말로, '좌수'라는 벼슬로 보아 화자는 지방에 거하는 관리임을 알 수 있음 |
| (나)의 화자 |
| 초장의 '서방님'과 중장의 '종루 저자에 다리 팔아' 등으로 보아 화자는 여염집 여인임을 알 수 있음 |

## 핵심 포인트 1 화자의 정서와 태도 파악

(가), (나)에 나타난 시적 상황을 각각 살펴보고, 이 상황에서 화자가 한 행위를 바탕으로 화자의 정서를 파악할 수 있어야 한다.

| (가) | 구분 | (나) |
|---|---|---|
| 재 너머 성 권농 집에 술 익닷 말 어제 듣고<br>→ 벗의 집 술이 익었다는 소식을 들음 | 시적 상황 | 서방님 병들여 두고 쓸 것 없어<br>→ 남편이 병들었는데 돈 될 만한 게 없음 |
| 누운 소 발로 박차 언치 놓아 지즐 타고<br>→ 누워 있는 소를 발로 차서 안장을 얹어 올라타 벗의 집으로 감 | 화자의 행위 | • 죵루 저자에 다리 팔아 배 사고 감 사고 유자 사고 석류 샀다<br>→ 머리카락을 팔아 돈을 마련하고 화채에 쓸 재료들을 구입함<br>• 아차아차 잊었구나 오화당을 잊어버렸구나 / 수박에 술 꽂아 놓고 한숨 겨워하노라<br>→ 재료 중 사탕이 빠졌음을 뒤늦게 앎 |
| 벗의 집에 얼른 찾아가서 함께 술을 마시고 싶은 기대감과 즐거움 | 화자의 정서 | • 병든 남편에 대한 사랑<br>• 재료 하나를 잊은 실수에 대한 한탄과 아쉬움 |

## 핵심 포인트 2 표현상 특징 파악

(가), (나) 두 작품에 공통적으로 나타나는 표현상 특징을 파악할 수 있어야 한다.

**해학적 표현**

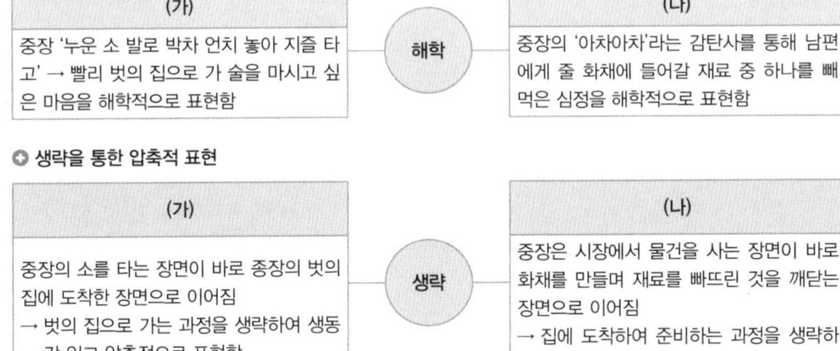

| (가) | | (나) |
|---|---|---|
| 중장 '누운 소 발로 박차 언치 놓아 지즐 타고' → 빨리 벗의 집으로 가 술을 마시고 싶은 마음을 해학적으로 표현함 | 해학 | 중장의 '아차아차'라는 감탄사를 통해 남편에게 줄 화채에 들어갈 재료 중 하나를 빼먹은 심정을 해학적으로 표현함 |

**생략을 통한 압축적 표현**

| (가) | | (나) |
|---|---|---|
| 중장의 소를 타는 장면이 바로 종장의 벗의 집에 도착한 장면으로 이어짐<br>→ 벗의 집으로 가는 과정을 생략하여 생동감 있고 압축적으로 표현함 | 생략 | 중장은 시장에서 물건을 사는 장면이 바로 화채를 만들며 재료를 빠뜨린 것을 깨닫는 장면으로 이어짐<br>→ 집에 도착하여 준비하는 과정을 생략하여 압축적으로 표현함 |

## 핵심 포인트 3 외적 준거에 따른 감상

(가)의 '성 권농'은 정철과 친하게 지냈던 성혼을 가리킨다고 알려져 있다. 성혼의 〈말 없는 청산이오〉 역시 전원에서 유유자적하는 화자의 삶을 형상화한 작품인데, 두 작가와 친분을 나누었던 한호(한석봉)의 시조 〈짚방석 내지 마라〉 역시 이와 비슷한 주제를 다루고 있다.

**한호, 〈짚방석 내지 마라〉**

짚방석 내지 마라 낙엽엔들 못 앉으랴
솔불 혀지 마라 어제 진 달 돋아 온다
아이야 박주산채(薄酒山菜)일망정 없다 말고 내어라

[현대어 풀이]
짚방석 내지 마라. 낙엽엔들 못 앉겠느냐?
솔불을 켜지 마라. 어제 진 달이 다시 떠오른다.
아이야! 변변하지 못한 술과 산나물일지라도 없다 말고 내오너라.

### 작품 한눈에

**가**

• 해제

〈재 너머 성 권농 집에〉는 벗의 집에 술이 익었다는 말을 전해 들은 후 소를 타고 부랴부랴 찾아가는 화자의 모습을 익살스럽게 그리고 있다. 전원에 살면서 벗과 함께 술을 마시며 풍류를 만끽하고자 하는 화자의 설렘과 즐거움을 해학적 표현을 통해 효과적으로 나타내고 있다.

• 화자와 시적 상황

화자는 성 권농의 집에 술이 익었다는 소식을 듣고 술을 먹기 위해 소를 타고 가서 자신이 왔음을 전하라고 이르고 있다. 얼른 벗의 집에 가서 함께 술을 마시고 싶어 신이 난 화자의 모습이 제시되고 있다.

• 주제

전원에서 벗과 함께하는 풍류

**나**

• 해제

〈서방님 병들여 두고〉는 병든 남편을 둔 가난한 집의 아내가 자신의 머리카락을 팔아 남편에게 줄 화채를 만들 재료들을 구입했지만 재료 하나를 잊어버리고 돌아온 뒤 자신의 실수를 한탄하는 내용을 담고 있다. 실수를 깨닫고 당황한 순간을 감탄사를 통해 해학적으로 표현하고 있다.

• 화자와 시적 상황

화자는 형편이 어려운 여염집 부녀자로, 남편이 병이 들자 자신의 머리카락을 팔아 아픈 남편의 입맛을 돋굴 화채 재료를 산다. 그러나 돌아와서 재료 중 중요한 사탕이 빠졌음을 깨닫고 안타까워하는 모습을 보이고 있다.

• 주제

병든 남편을 위한 정성과 사랑

고전 시가 09

◇ 한 줄 평 세상의 이치에 어두운 자신을 한탄 · 탄식하는 심정을 담은 노래

# 우활가 ▸ 정훈

어찌 생긴 몸이 이대도록 우활(迂闊)한가
사리에 어둡고 세상 물정을 모르는 자신에 대한 한탄

「우활도 우활할샤 그토록 우활할샤」 ▒: 자신의 어리석음을 자탄하는 동일 시행 반복 → 의미 강조
「 」: a-a-b-a 구조 – 운율감 형성

이봐 벗님네야 우활한 말 들어 보소 ▸ 서사(1~3행): 자신의 우활함에 대해 토로함
◯: 청자(벗님네, 아희)를 설정하여 말을 건네는 방식을 취하고 있으나 내용상 독백에 가까움

이내 젊었을 때 우활함이 그지없어

이 몸 생겨남이 금수(禽獸)와 다르므로
날짐승과 길짐승. 곧 모든 짐승

애친경형(愛親敬兄)과 충군제장(忠君弟長)을 분내사(分內事)만 생각했더니
부모님을 사랑하고 형을 공경하며 임금께 충성하고 어른을 공경함. 유교의 기본 덕목 / 자신의 분수에 맞는 한도의 일

한 일도 못 되며 세월이 늦어지니
① 자신이 원하는 바를 이루지 못한 처지임을 드러냄 ② 나이 먹도록 입신양명하지 못한 자신의 신세를 드러냄

평생(平生) 우활은 날 따라 길어 간다
젊었을 때 그지없던 우활함이 평생토록 이어져 옴

「아침이 부족한들 저녁을 근심하며
「 」: 우활함으로 인한 궁핍한 삶(의식주)

일간 모옥(一間茅屋)이 비 새는 줄 알았던가 ▭: 의문형 문장을 사용하여 화자의 정서를 부각함. 설의법

현순백결(懸鶉百結)이 부끄러움 어이 알며」
옷이 해어져서 백 군데나 기웠다는 뜻. 가난한 삶의 비유

어리석고 미친 말로 남의 미움받을 줄 알았던가
다른 사람을 의식하지 않고 한 화자의 말(어리석고 미친 말)이 남에게 미움 받음

우활도 우활할샤 그토록 우활할샤

「춘산(春山)의 꽃을 보고 도라올 줄 어이 알며 ▒: 춘하추동의 사계절
「 」: 사계절의 아름다움에 빠져 자연의 정취를 즐기며 유유자적 지내옴 → 젊은 시절의 우활한 모습

하정(夏亭)에 잠을 들어 꿈 깰 줄 어이 알며

추천(秋天)의 달 맞아 밤드는 줄 어이 알며

동설(冬雪)에 시흥(詩興) 겨워 추움을 어이 알리」

사시(四時) 가경(佳景)을 어찌할 줄 모르도다
사계절의 아름다운 경치 ▸ 본사 1(4~18행): 젊은 시절의 우활함을 한탄함

말로(末路)에 버린 몸이 무슨 일을 사렴(思念)할까
말년. 나이 먹어 늙은 자신의 처지 / 근심하고 염려함

인간(人間) 시비(是非) 듣도 보도 못하거든
세속

일신(一身) 영고(榮枯) 백년(百年)을 근심할까
번성함과 쇠퇴함

우활도 우활할샤 그토록 우활할샤

아침에 누워 있고 낮에도 그러하니

하늘이 생기게 한 우활을 내 설마 어이하리
우활을 하늘이 준 자신의 천성으로 여김. 운명으로 수용함 ▸ 본사 2(19~24행): 말년의 우활함을 한탄하고 체념함

**감상 포인트**
우활의 의미에 주목하여 화자의 태도를 파악해야 한다.

■ 우활: 사리에 어둡고 세상 물정을 잘 모름.
■ 애친경형: 어버이를 사랑하고 형을 공경함.
■ 충군제장: 임금에게 충성하고 어른에게 공손함.
■ 현순백결: 옷이 해어져서 백 군데나 기웠다는 뜻으로, 누덕누덕 기워 짧아진 옷을 이르는 말.

## 작품 분석 노트

### 현대어 풀이

어찌 생겨 난 몸이 이토록 우활한가.
우활하기도 우활하구나 그토록 우활하구나.
이봐 벗님들아 우활한 말 들어 보소.
내가 젊었을 때 우활함이 그지없어
이 몸 생겨남이 짐승과 다르므로
부모님을 사랑하고 형을 공경하는 것과 임금께 충성하고 어른을 모시는 것을 내 분수에 맞는 일로 생각했더니
한 가지 일도 못 이루며 세월이 늦어지니
평생 우활은 나를 따라 길어 간다.
아침이 부족한들 저녁을 근심하며
한 칸의 초가집이 비 새는 줄 알았던가.
누덕누덕 기운 옷의 부끄러움을 어찌 알며
어리석고 미친 말로 남의 미움 받을 줄을 알았던가.
우활하기도 우활하구나 그토록 우활하구나.
봄산의 꽃을 보고 돌아올 줄 어찌 알며
여름 정자에서 잠이 들어 꿈을 깰 줄 어찌 알며
가을 하늘에 달을 맞아 밤새는 줄 어찌 알며
겨울에 내리는 눈에 시를 짓고 싶은 마음을 못 이겨 추위를 어찌 알리.
사계절의 아름다운 경치를 어찌할 줄 모르노라.
일생의 마지막 무렵에 버린 몸이 무슨 일을 근심할까.
인간 세상의 옳고 그름을 따지는 것을 듣지도 보지도 못하는데
이 몸의 처지(영고성쇠)를 백년을 근심할까.
우활하기도 우활하구나 그토록 우활하구나.
아침에 누워 있고 낮에도 그러하니
하늘이 만든 우활을 내가 설마 어찌하리.

• 화자가 스스로를 '우활하다'고 인식하는 이유

• 애친경형과 충군제장을 분수로 여겼지만 원하는 바를 이루지 못한 채 세월이 늦음
• 가난하여도 가난한 줄 모르며 근심하거나 부끄러워하지 않음
• 어리석고 미친 말로 남의 미움을 받을 줄 모름
• 사계절의 경치를 즐기느라 시간도 추위도 모름
• 아첨하거나 아름다운 얼굴로 꾸밀 줄 모름

↓

화자가 자신이 우활하다고 인식하는 이유를 통해 유교적 가치를 지키며 살아가고자 하였음이 드러남

그래도 애달프다 고쳐 앉아 생각하니
시대를 잘못 타고남을 애달파 함
이 몸이 늦어 나 애달픈 일 많고 많다
희황과 요순시대의 사람
일백(一百) 번 다시 죽어 옛사람 되고 싶어
과거로 회귀하고자 하는 소망 → 현실에 대한 불만이 드러남
「희황 천지(羲皇天地)■에 잠깐이나 놀아 보면
태평성대
요순■ 일월(堯舜日月)을 조금이나마 쬘 것을」 「 」: 태평성대에 살고 싶은 마음 → 화자가 처한 현실에 대한 부정적 인식
「순풍(淳風)이 이원(已遠)하니 투박(偸薄)이 다 되었다」 「 」: 풍속이 순박하지 않은 현실에 대한 비판적 태도
순박한 풍속 / 박정하고 불성실함
한만(汗漫)한 정회(情懷)을 누구에게 이르리오
되는대로 내버려 둔 어지러운 생각과 마음
태산(泰山)에 올라가 천지팔황(天地八荒)이나 다 바라보고 싶네■
태산에 올라 천하를 작게 여긴 공자의 고사와 관련됨
추노(鄒魯)에 두루 살펴 성현강업(聖賢講業)하던 자취나 보고 싶네
추나라와 노나라. 공자와 맹자의 나라로 공자와 맹자를 지칭함 / 성현(공자와 맹자)께서 학문하던
주공(周公)■은 어디 가고 꿈에도 보이지 않는가
주공 같은 이가 없어 정치적 기틀이 잡히지 않은 현실에 대한 한탄
「이심(已甚)한 이내 쇠(衰)를 슬퍼한들 어이하리」 「 」: 자신의 처지에 대한 자조와 체념
지나치게 심한 / 쇠함. 늙음
만리(萬里)에 눈 뜨고 태고(太古)에 뜻을 두니
희황 천지, 요순 일월, 성현강업, 주공 같은 옛일, 옛사람을 동경함. 현실적 고뇌를 해소하기 위한 행동
우활한 심혼(心魂)이 가고 아니 오는구나
자신의 마음을 털어놓을 대상이 없어 답답함
인간(人間)에 혼자 깨어 누구에게 말을 할까

▶ 본사 3(25~38행): 우활함으로 인한 갈등을 해소하고 싶어함

「축타(祝鮀)■의 영언(佞言)을 이제 배워 어이하며
투박한 풍속의 구체적인 모습
송조(宋朝)■의 미색(美色)을 얽은 낯에 잘할는가」 「 」: 아첨과 미색을 갖추지 못한 자신의 우활함을 탄식함 → 아첨과 미색으로 출세하는 현실에 대한 비판적 인식
얼굴에 우묵우묵한 마맛자국이 생긴
우첨산초실(右詹山草實)■를 어디서 얻어먹으려노
미움받고 사랑받지 못함이 다 우활의 탓이로다

▶ 본사 4(39~42행): 우활함에서 벗어나지 못하는 상황을 한탄함

이리 헤아리고 저리 헤아리고 다시 헤아리니
일생사업(一生事業)이 우활 아닌 일 없도다
일생에 해 온 모든 일이 우활한 일이라고 규정하고 한탄함
이 우활 거느리고 백년(百年)을 어이하리
화자의 우활함이 남은 생애에 계속될 것에 대한 탄식
아희야 잔 가득 부어라 취(醉)하여 내 우활 잊자
술을 통해 갈등을 잊고자 함

▶ 결사(43~46행): 술로써 우활함을 잊고자 함

현대어 풀이

그래도 애달프다 다시 앉아 생각하니
이 몸이 늦게 태어나 애달픈 일 많고 많다.
일백 번 다시 죽어 옛사람이 되고 싶어
태평성대에 잠깐이나 놀아 보면
요순시대의 해와 달을 조금이나마 쬘 것을
순박한 풍속이 멀어지니 거친 풍속 다 되었다.
어지러운 정회를 누구에게 말하겠는가.
(공자처럼) 태산에 올라가 온 세상을 다 바라보고 싶네.
공자 맹자 살던 옛 세상 두루 살펴 성현께서 학문하던 자취를 보고 싶네
주공은 어디 가고 꿈에도 보이지 않는가?
이토록 심한 나의 삶을 슬퍼한들 어찌하리.
만 리에 눈뜨고 태고에 뜻을 두니
우활한 마음이 가고 안 오는구나.
인간 세상에 혼자 깨어 누구에게 말을 할까?
축타의 아첨하는 말솜씨를 이제 배워 어찌하며
송조의 미모를 얽은 얼굴로 잘하겠는가?
산에 나는 사람을 미혹시킨다는 풀과 열매를 어디서 얻어먹으려는가?
미움 받고 사랑 받지 못함이 다 우활의 탓이로다.
이리 헤아리고 저리 헤아리고 다시 헤아려 보니
일생에 해 온 일이 우활 아닌 일이 없구나.
이 우활 거느리고 백년을 어찌하리.
아이야, 잔 가득 부어라 취하여 내 우활 잊자.

• 시상 전개 과정

| | |
|---|---|
| 서사 | 자신의 우활함에 대해 토로함 |
| ↓ | |
| 본사 | 자신의 우활함을 한탄하고 체념함 |
| ↓ | |
| 결사 | 술로써 자신의 우활함을 잊고자 함 |

• 시어의 의미

| | |
|---|---|
| 일간 모옥, 현순백결 | 화자의 가난한 처지를 보여 줌 |
| 희황 천지, 요순 일월 | 어진 임금이 잘 다스리어 태평한 세상이나 시대 → 화자가 동경하는 유교적 이상 사회 |
| 축타, 송조 | 아첨과 미색으로 출세한 인물 → 화자가 갖지 못한 것을 가진 존재로 성리학적 수양만으로는 벼슬을 얻지 못하는 세태를 보여 줌 |
| 술 | 화자가 자신의 우활함을 달래기 위한 수단 |

■ 희황 천지: 복희씨 때의 태평한 시대.
■ 요순: 요임금과 순임금이 덕으로 천하를 다스리던 태평한 시대.
■ 태산에 올라가 ~ 바라보고 싶네: 《맹자》의 진심장 상편에 실린 내용으로, "공자께서 동산에 올라 노나라를 작게 여기셨고, 태산에 올라 천하를 작게 여기셨다."라는 데서 유래함.
■ 주공: 중국 고대 주나라의 기틀을 확립한 정치가.
■ 축타: 아첨하는 말을 잘 하여 권력을 잡은 인물.
■ 송조: 잘생긴 얼굴로 권력을 잡은 인물.
■ 우첨산초실: 《박물지》에 실린 내용으로, "우첨산에 사는 제녀가 변하여 첨초가 되었는데, 그 잎은 무성하고 꽃은 누렇고 열매는 콩과 같아서, 이 열매를 먹으면 사람을 미혹시킨다."라고 함.

## 핵심 포인트 1 표현상 특징 파악

작품에 나타난 표현상의 특징 및 효과를 파악하고, 이를 바탕으로 화자가 말하고자 하는 의도를 이해할 수 있어야 한다.

**작품에 나타난 표현상 특징과 효과**

| | |
|---|---|
| 말을 건네는 방식 | '이봐 벗님네야 우활한 말 들어 보소', '아희아 잔 가득 부어라 취하여 내 우활 잊자'<br>→ 청자('벗님네', '아희')에게 말을 건네는 방식을 사용하여 자신의 처지와 정서를 드러냄 |
| 설의법 | '일간 모옥이 비 새는 줄 알았던가', '어리석고 미친 말로 남의 미움받을 줄 알았던가', '말로에 버린 몸이 무슨 일을 사렴할까', '일신 영고 백년을 근심할까'<br>→ 설의법을 사용해 시적 상황에 대한 화자의 한탄과 탄식을 강조함 |
| 중국의 고사, 특정 인명, 지명의 인용 | '희황', '요순', '태산', '추노', '주공', '축타', '송조' 등<br>→ 중국의 고사, 특정 지명과 인명을 인용하여 태평성대에 살고 싶은 마음이나 성현에 대한 동경, 현실에 대한 부정적 인식을 드러냄 |
| 특정 단어, 시행의 반복 | '우활한가', '우활한', '우활도 우활할샤 그토록 우활할샤'<br>→ '우활'이 들어간 시구 · 시행을 반복적으로 사용하여 주제 의식을 강조함 |

## 핵심 포인트 2 화자의 정서와 태도 파악

이 작품에서 화자는 자신이 우활한 존재가 된 원인으로 부정적 현실을 제시하고 있다. 따라서 화자가 자신이 처한 현실과 처지에 대해 지니고 있는 인식과 이에 대응하는 태도를 확인하는 것이 중요하다.

**화자의 현실 인식과 대응 태도**

- 잠깐이라도 희황 천지, 요순 일월(태평성대)의 옛사람이 되고자 함 → 태평성대와는 거리가 먼 현실
- 순풍이 구현되지 않는 투박한 시대
- 공맹이 가르치던 자취를 보고자 함 → 공맹의 가르침이 실현되지 않는 현실
- 주공의 자취가 꿈에도 보이지 않음 → 정치적 기반이 바로서지 않은 현실
- 축타와 송조처럼 영언과 미색으로 출세하는 현실

| | |
|---|---|
| 화자의 대응 태도 | 자신의 우활을 '하늘이 생기게 한' 것이라고 보며 술에 취하여 자신의 우활함을 잊고자 함<br>→ 우활한 천성으로 태어난 스스로에 대한 체념이자 부정적 현실에 대한 체념으로 볼 수 있음 |

## 핵심 포인트 3 외적 준거에 따른 감상

이 작품은 강호가도형 가사와 다르게 작가의 현실적인 삶의 모습을 담고 있으므로 작가의 삶 또는 작품의 창작 배경과 관련된 외적 준거를 바탕으로 화자가 자신을 우활하다고 한탄하는 이유를 파악할 수 있어야 한다.

**작가의 삶과 작품의 특징**

작가인 정훈이 살았던 시기는 임진왜란의 발발과 거듭되는 당쟁 등으로 나라 안팎이 모두 혼란스러운 시대였다. 특히 당쟁이 심화되던 사회 현실로 인해 작가는 정계 진출의 기회조차 얻을 수 없었고, 이러한 불우한 처지에서 작가는 현실에 대한 안타까움과 슬픔을 느끼며 자신을 어리석다고 여기거나 부정적으로 인식하는 우활 의식을 갖게 된다. 이처럼 작가의 우활 의식은 자신이 가졌던 포부나 가치를 이루지 못하고 시대 현실에 대한 처신을 제대로 하지 못했다는 자책과 자기반성적 의식의 소산이라고 볼 수 있다.

### 작품 한눈에

- 해제

〈우활가〉는 사리에 어둡고 세상 물정을 잘 모르는 자신의 우활함을 한탄하는 심정을 노래한 가사이다. 화자는 스스로를 우활하다고 여기며 탄식하고 있는데, 이러한 화자의 모습에는 명문 가문의 후손으로 성리학적 수양의 길을 걸어 왔으나 부정적인 현실로 인해 관직 진출의 기회조차 얻을 수 없었던 처지에 대한 작가의 인식이 반영되어 있다. 화자는 가난한 생활 속에서 자신의 어리석음을 운명으로 여기며 살아가겠다는 체념적 태도를 보이면서도, 자신의 우활함을 한탄하며 우활을 잊고자 하는 마음을 드러내고 있다.

- 화자와 시적 상황

이 시의 화자는 스스로를 두고 우활하기가 이루 말할 수 없다고 자탄하고 있다. 화자는 젊었을 때 유학자로서 추구해야 할 가치를 지키며 살아가고자 하였으나 이를 제대로 실현할 수 없었으며, 사계절의 자연을 배경으로 은거하며 지냈음을 밝히고 있다. 그러면서 자신이 말년에 버려진 처지라고 하면서 자신의 우활조차 하늘이 만들어 준 것이므로 어찌할 수 없다는 체념적 인식을 드러내고 있다. 화자는 태평성대를 떠올리며 아득한 옛날로 돌아가고자 하는 희망을 품기도 하지만 이내 그 뜻을 이룰 수 없는 시대임을 깨닫고 자신의 일생을 우활함으로 규정하면서 평생 우활에서 벗어날 수 없다고 토로하고 있다. 그리고 잠시라도 술에 의존하여 그 상황을 잊고자 한다.

- 주제

자신의 우활함에 대한 탄식

고전 시가 10

◇ 한 줄 평 늙어서 쓸모없게 된 소의 모습을 통해 삶의 회한을 읊은 노래

# 늙은 소의 탄식 이광사

「진창에 빠지고 흙덩이에 넘어져 다만 음머 하고 울고」 陷泥蹶塊但雷鳴
(동적 이미지(시각적 이미지) / 고난 앞에서 무력한 소의 모습, 청각적 이미지 / 「 」: 늙은 소가 겪는 고난이 구체적으로 드러남) 함 니 궐 괴 단 뢰 명

높든 평지든 무거운 짐 끌고 감이 어림없네 無望高平引重行
(노쇠하여 제 역할을 해내지 못하는 소의 모습) 무 망 고 평 인 중 행

▶ 기: 쇠약한 늙은 소의 모습

아침엔 초록 언덕에 누워 해그림자에 의지하다 朝臥綠坡依日晷
(시각적 이미지) 조 와 록 파 의 일 귀

밤엔 외양간에서 배곯으며 날 밝기만 기다린다 夜饑空囤待天明
(의욕을 잃은 수동적인 삶의 태도) 야 기 공 돈 대 천 명

▶ 승: 할 일 없이 연명하는 늙은 소의 모습

갈까마귀 등을 쪼다 「수척한 것 슬퍼하고 寒鴉啄背悲全瘠
(늙은 소에 대한 연민을 가진 존재 / 늙은 소의 모습 / 의인법, 감정 이입) 한 아 탁 배 비 전 척

망가진 쟁기 허리에 걸쳐 밭 갈던 일 생각하네.」 敗耒橫腰認舊耕
(「 」: 현재와 과거를 대비하여 소의 현재 처지를 부각함 / 힘이 넘치던 소의 과거 모습을 강조함) 패 뢰 횡 요 인 구 경

▶ 전: 수척해진 현재와 밭 갈던 과거의 대비

쓸모없어 버려짐은 예부터 그러하니 用盡身捐終古事
(토사구팽(필요할 때는 쓰고 필요 없을 때는 야박하게 버림)) 용 진 신 연 종 고 사

저기 다만 하비에서 명성 있음이 불쌍쿠나 憐渠祇得下邳名
(화자의 정서가 직접적으로 나타남 / 공연히 실속도 없이 이름만 남음) 련 거 지 득 하 비 명

▶ 결: 비정한 세상사와 허무한 현재의 삶에 대한 한탄

**감상 포인트**

시적 대상인 늙은 소에 대해 화자가 지닌 정서와 태도를 중심으로 이 작품에서 전하고자 하는 주제 의식을 파악한다.

**작품 분석 노트**

• 시상 전개 과정

|  |  |
|---|---|
| 기(1, 2구) | 노쇠한 소의 고난 |
| 승(3, 4구) | 근근이 살아가는 소외된 늙은 소의 하루 |
| 전(5, 6구) | 수척한 현재와 힘이 넘치던 과거의 대비 |
| 결(7, 8구) | 쓸모가 없어져 버림받는 세상의 이치에 대한 슬픔과 한탄 |

• '하비명'의 의미

마지막 구의 '下邳名(하비명)'은 당나라 한유가 소 가죽신을 의인화하여 쓴 가전 〈하비후혁화전〉에서 유래한 것이다. 이 작품에서는 공연히 실속도 없이 이름만 남았다는 자조적 의미로 활용되고 있다.

## 핵심 포인트 1 외적 준거에 따른 감상

이 작품은 작가의 삶과 관련지어 화자의 정서, 시어 · 시구의 의미 등을 파악할 수 있어야 한다.

**'늙은 소'에 투영된 이광사의 삶**

이광사는 대대로 판서 이상을 지낸 명문가 출신으로, 개성 있는 서체인 원교체를 완성하여 후대에 많은 영향을 미쳤다. 그러나 소론의 중심 인물이었던 부친이 노론과의 다툼 과정에서 유배당하고, 이후 이광사 본인도 역모 사건에 연루되어 23년간 유배지에서 머물다가 죽음에 이르게 된다. 이러한 작가의 생애를 고려할 때, 〈늙은 소의 탄식〉은 유배지에서 쓸쓸하게 지내는 자신의 모습을 늙은 소에 투영한 작품으로도 볼 수 있다.

→ '저기 다만 하비에서 명성 있음이 불쌍쿠나'는 유배지에서 늙고 소외된 자신에 대한 연민과 회한으로 해석할 수 있다.

## 핵심 포인트 2 소재의 의미와 기능 파악

이 작품은 '늙은 소'의 모습을 통해 주제 의식을 드러내고 있으므로, 주제 의식과 연관 지어 소재에 담긴 의미와 기능을 파악할 수 있어야 한다. 그리고 이 작품에서 '늙은 소'는 화자가 관찰한 대상으로도, 화자 자신을 형상화한 것으로도 해석이 가능하므로 이를 염두에 두고 감상할 수 있어야 한다.

| | |
|---|---|
| 늙은 소 | • 젊은 시절에는 주인을 위해 열심히 밭을 갈았으나, 이제는 늙고 쓸모없어 아무도 거들떠보지 않는 존재<br>→ 화자가 늙은 소를 관찰하며 자신의 삶을 투영하여 인생무상을 표현함<br>→ 화자가 늙은 소를 시적 화자로 내세워 자신의 삶을 형상화함 |
| 갈까마귀 | • 늙은 소를 괴롭히는 존재이나 야윈 소의 등을 보고 연민을 느낌<br>• 늙고 수척해진 소의 현재 처지를 부각함 |
| 망가진 쟁기 | • 무력한 현재의 모습과 달리 힘이 넘치던 소의 과거 모습을 부각함 |

## 핵심 포인트 3 표현상 특징 파악

이 작품의 표현상 특징을 알아 두고, 각 표현을 통해 나타내고자 하는 것이 무엇인지 파악할 수 있어야 한다.

| | | | |
|---|---|---|---|
| 시각적 이미지 | 동적 이미지 | 진창에 빠지고 흙덩이에 넘어져 | → 늙고 힘없는 소의 모습과 늙은 소가 처한 상황을 효과적으로 보여 줌 |
| | 색채어 | 초록 언덕에 누워 해그림자에 의지하다 | |
| 청각적 이미지 | | 음머 하고 울고 | |
| 의인법, 감정 이입 | | 갈까마귀 등을 쪼다 수척한 것 슬퍼하고 | |

## 핵심 포인트 4 다른 작품과의 비교

이 작품은 쓸모가 없어 버려져 유배지에서 생을 보내는 화자의 처지를 늙은 소에 빗대어 표현한 작품이다. 유배지에서 자신의 처지를 한탄하며 임금이 불러 주기를 기다리는 화자가 등장하는 다른 작품과 비교 감상할 수 있어야 한다.

**한시 〈야좌문견〉과의 비교**

궁궐에서 먼 남쪽이라 수목도 무성한데 掖垣南畔樹蒼蒼
꿈속에서도 혼은 멀리 옥당에 올라가네 魂夢迢迢上玉堂
두견새 우는 소리에 산죽도 짜개지는데 杜宇一聲山竹裂
외로운 신하의 백발은 이 밤도 길어지네 孤臣白髮此時長

– 정철, 〈야좌문견〉

→ 〈늙은 소의 탄식〉과 〈야좌문견〉은 모두 자연물을 활용하여 사회적 권력으로부터 멀어진 상황에서 느끼는 화자의 정서를 표현한 한시이다. 그러나 〈야좌문견〉은 사회적 권력으로부터 배제된 현재 상황에 대한 슬픔과 더불어 복권에 대한 소망을 지니고 있으나, 〈늙은 소의 탄식〉은 희망은 배제하고 현재 상황에 대한 슬픔과 탄식만을 표현하고 있다.

### 작품 한눈에

• 해제

〈늙은 소의 탄식〉의 화자는 늙은 소의 쇠약해진 모습에서 명성만 남은 자신의 처지를 떠올리며 이를 탄식하고 있다. 쓸모도 없고 의욕도 없는 늙은 소의 모습에 화자의 모습을 투영하여 자신의 삶을 한탄한 것으로 볼 수도 있고, 늙은 소를 화자로 내세워 자신의 삶을 형상화한 것으로 볼 수도 있다. 이 작품의 작가 이광사는 명문가 출신으로 한때 자신만의 서체로 명성을 이루었으나, 역모 사건에 연루되어 오랜 기간 유배지에 머물다 생을 마쳤다는 면에서 명성만 남은 '늙은 소'의 모습과 유사하다고 볼 수 있다.

• 주제

쓸모를 다한 삶에 대한 한탄

고전 시가 11

◇ 한 줄 평 시집살이의 고통과 설움을 해학적으로 풀어낸 노래

# 시집살이 노래 작자 미상

▸ 기출 수록 평가원 2014 6월 AB형

「형님온다 형님온다 분고개로 형님온다」
a a b a 「」: a-a-b-a 구조(민요에서 많이 나타나는 구조)
형님마중 누가갈까 형님동생 내가가지
시집 간 사촌 형님이 친정을 찾아오고 사촌 동생이 맞이하러 가는 것으로 시작
형님형님 사촌 형님 시집살이 어떱뎁까
사촌 동생의 질문
▸ 사촌 동생이 사촌 형님을 마중 나가 시집살이에 대해 물어봄
이애이애 그말마라 시집살이 개집살이
사촌 형님의 답변 – 시집살이의 어려움을 직접적으로 드러냄
앞밭에는 당추심고 뒷밭에는 고추심어
유사한 시어의 반복, 대구 표현 – 리듬감, 음악성
고추당추 맵다해도 시집살이 더맵더라
둥글둥글 수박식기 밥담기도 어렵더라
수박처럼 둥글게 생긴 밥그릇
도리도리 도리소반 수저놓기 더어렵더라
둥글게 생긴 조그마한 상
오리물을 길어다가 십리방아 찧어다가
아홉솥에 불을때고 열두방에 자리걷고
시집살이의 육체적 고통 – 며느리가 맡은 가사 노동을 제시하여 시집살이의 어려움을 드러냄
외나무다리 어렵대야 시아버니같이 어려우랴
나뭇잎이 푸르대야 시어머니보다 더푸르랴
「시아버니 호랑새요 시어머니 꾸중새요
호랑이같이 무서움 꾸중을 잘함
동세하나 할림새요 시누하나 뾰족새요
남의 허물을 일러바침 불만이 가득참
시아지비 뾰중새요 남편하나 미련새요
퉁명스럽고 성을 잘 냄 어리석고 둔함
자식하난 우는새요 나하나만 썩는샐세」
「」: 시집 식구들과 자신을 새에 비유하여 해학적으로 표현함
시집살이의 정신적 고통 – 시집 식구들과 자신을 새에 비유한 후 나열하여 시집 식구들로 인한 시집살이의 고통을 드러냄
귀먹어서 삼년이요 눈어두워 삼년이요
말못해서 삼년이요 석삼년을 살고나니
시집살이로 9년을 보냄
눈, 귀, 입을 막고 견뎌야 하는 시집살이의 어려움
「배꽃같던 요내얼굴 호박꽃이 다되었네
「」: 고통스러운 시집살이 때문에 아름다웠던 용모가 흉해짐
삼단같던 요내머리 비사리춤이 다되었네
댑싸리비 모양으로 거칠고 뭉툭해진 머리털
백옥같던 요내손길 오리발이 다되었네」
열새무명 반물치마 눈물씻기 다젖었네
두폭붙이 행주치마 콧물받기 다젖었네
▸ 사촌 형님이 시집살이의 어려움과 한(恨)을 토로함
울었던가 말았던가 베갯머리 소이졌네
소(연못)를 이뤘네 – 눈물이 연못을 이루었다고 과장되게 표현함
그것도 소이라고 거위한쌍 오리한쌍
자식들이 화자의 품으로 들어오는 모습을 해학적으로 표현함. 시집살이에 대한 해학적 체념이 담김
쌍쌍이 때들어오네
▸ 시집살이에서 비롯된 눈물을 해학적인 체념으로 견디고 있음

**감상 포인트**

작품에서 인물의 정서와 주제 의식을 드러내기 위해 어떤 표현을 사용하고 있는지 파악한다.

## 작품 분석 노트

**현대어 풀이**

형님 온다 형님 온다 분고개로 형님 온다. 형님 마중을 누가 갈까? 형님 동생인 내가 가지 / 형님 형님 사촌 형님 시집살이 어떻습디까?
이애 이애 그 말 말아라 시집살이 개집살이다.
앞밭에는 당추 심고, 뒷밭에는 고추 심어 고추와 당추가 맵다고 해도 시집살이가 더 맵더라.
둥글둥글한 수박처럼 둥근 그릇에 밥 담기도 어렵더라. / 둥글고 작은 밥상에 수저 놓기는 더 어렵더라.
오 리 떨어진 곳에서 물을 길어다가 십 리 떨어진 곳에서 방아를 찧어다가
아홉 개의 솥에 불을 때고, 열두 개의 방에 자리를 치우고
외나무다리가 어렵다고 한들 시아버지같이 어렵겠느냐. / 나뭇잎이 푸르다고 한들 시어머니 서슬보다 더 푸르겠느냐.
시아버지는 무서운 호랑새요, 시어머니는 혼내는 꾸중새요
동서 하나는 일러바치는 할림새요, 시누 하나는 불만이 많은 뾰족새요
시아주버니는 퉁명스러운 뾰중새요, 남편 하나는 어리석고 둔한 미련새요
자식 하나는 우는 새요, 나 하나만 속이 썩는 새네.
귀 먹은 채 삼 년을 보내고, 눈 감은 채 삼 년을 보내고 / 말 못한 채 삼 년을 보내 시집살이 구 년을 살고 나니
배꽃 같던 이내 얼굴이 호박꽃이 다 되었네.
삼단 같던 이내 머리카락이 비사리춤이 다 되었네.
백옥 같던 이내 손길이 오리발이 다 되었네. / 고운 무명 남색 치마는 눈물 씻느라 다 젖었네.
아주 좁은 행주치마는 콧물 받느라 다 젖었네 / 울었던가 말았던가 베갯머리에 눈물이 연못을 이뤘네.
그것도 연못이라고 거위 한 쌍, 오리 한 쌍 / 쌍쌍이 떼로 들어오네.

• 화자의 정서와 태도

| | |
|---|---|
| '시집살이 개집살이', '시집살이 더맵더라' | 모진 시집살이에 대한 한탄, 하소연 |
| '나하나만 썩는샐세', '눈물씻기 다젖었네', '콧물받기 다젖었네' | 힘든 시집살이에 속 썩고 눈물 흘림 |
| '그것도 소이라고 거위한쌍 오리한쌍 / 쌍쌍이 때들어오네' | 시집살이의 고통을 수용하며 체념함 |

## 핵심 포인트 1 표현상 특징 파악

이 작품은 사촌 동생과 사촌 형님의 대화 형식과 다양한 표현 방식을 활용하여 시집살이의 한과 체념을 드러내고 있으므로 표현상의 특징과 효과를 파악할 수 있어야 한다.

**표현상의 특징**

| | |
|---|---|
| 대화의 형식 | 사촌 동생이 '시집살이 어떱뎁까'라고 묻고, 사촌 형님이 이에 답변을 하는 형식으로 구성됨 |
| 일상적 소재의 활용 | '당추', '고추', '둥글둥글 수박식기', '도리도리 도리소반' 등에서 일상적인 소재를 활용해 시집살이의 어려움을 드러냄 |
| 반복법 | • 시어나 시구의 반복: '앞밭', '뒷밭'과 '고추', '당추'와 같은 유사한 시어나 '형님온다', '삼년이요', '다되었네' 등과 같은 동일한 시구를 반복하여 운율감을 형성함<br>• 유사한 통사 구조의 반복과 대구: '외나무다리 어렵대야 시아버니같이 어려우랴 / 나뭇잎이 푸르대야 시어머니보다 더푸르랴'에서 시집살이의 어려움을 부각함 |
| 비유법 | 시집 식구들과 자신을 '새'에 비유해 시집 식구들에 대한 부정적 인식과 신세 한탄을 나타냄 |
| 언어유희 | '시집'과 '개집'의 발음의 유사성을 이용한 언어유희로 시집살이의 고됨을 해학적으로 표현함 |

## 핵심 포인트 2 다른 작품과의 비교

이 작품과 허난설헌의 〈규원가〉는 남성 중심의 가부장적 사회에서 살아가는 기혼 여성의 한스러운 삶을 담고 있으면서, 차이점이 있으므로 두 작품을 비교하며 감상할 수 있어야 한다.

**내방 가사 〈규원가〉와의 비교**

장안 유협 경박자를 꿈같이 만나 있어 / 당시의 용심하기 살얼음 디디는 듯
삼오이팔 겨우 지나 천연여질 절로 이니 / 이 얼굴 이 태도로 백년 기약 하였더니
연광이 훌훌하고 조물이 다시하여 / 봄바람 가을 물이 뵈오리 북 지나듯
설빈화안 어디 두고 면목가증 되었구나 / 내 얼굴 내 보거니 어느 님이 날 괼소냐
스스로 참괴하니 누구를 원망하리 — 허난설헌, 〈규원가〉

| | 작자 미상, 〈시집살이 노래〉 | 허난설헌, 〈규원가〉 |
|---|---|---|
| 향유 계층 | 평민층 부녀자들 | 양반 사대부층 부녀자들 |
| 화자의 태도 | 시집살이의 고통을 솔직하게 토로함<br>→ 솔직한 여인상 | 남편의 방탕함과 부재에서 비롯된 한을 토로함<br>→ 인고의 여성상 |
| 중심 내용 | 부당한 시집살이의 고충을 고발함 | 눈물과 한숨으로 외로운 결혼 생활을 견딤 |

## 핵심 포인트 3 외적 준거에 따른 감상

시집살이 노래는 시집살이의 경험을 토대로 서러운 사연을 노래한 부녀자들의 민요로 장르적 특성을 고려해 작품을 감상해야 한다.

**시집살이 노래의 장르적 특성**

시집살이 노래는 여인들의 비극적 삶이나 신세를 한탄하는 내용이 중심을 이루며 그 분포가 거의 전국적이고 여성 민요의 대표적인 위치를 차지한다. 시집살이 노래에는 이본에 따라 다양한 유형이 있고, '사촌 형님과 사촌 동생 사이의 대화로 이루어진 노래'는 〈사촌 형님 노래〉에 해당한다. 〈사촌 형님 노래〉는 내용에 따라 세 가지 유형으로 나눌 수 있다.

| | |
|---|---|
| 한탄형 | 사촌 형님이 사촌 동생에게 시집살이에 대해 하소연함 |
| 항의형 | 사촌 형님이 밥을 해 주지 않자 이에 대해 항의함 |
| 접대형 | 사촌 형님이 친정을 방문하자 동생이 여러 음식을 장만해 대접함 |

**〈시집살이 노래〉에 형상화된 보편적인 시집살이 경험**

| | |
|---|---|
| 시집살이가 어떻게 어려운지 구체적으로 말함 | 화자가 시집살이 중 어렵게 느끼는 것들을 나열함 |
| 시집살이 전후로 자신의 모습이 어떻게 변했는지 말함 | 얼굴, 머리, 손길이 못나게 된 것을 시집살이 탓으로 돌림 |
| 시집 식구들의 부정적 행태를 드러냄 | 시집 식구를 각 인물의 속성과 닮은 동물에 빗대어 부정적 행태를 표현함 |

### 작품 한눈에

• 해제

〈시집살이 노래〉는 남성 중심 가부장적 사회에서 고된 시집살이를 하는 여인들의 생활을 사촌 자매 간의 대화 형식으로 표현한 민요이다. 일상적 소재와 소박한 시어를 활용해 서민 여성들이 겪는 시집살이의 고충을 솔직하고 생생하게 전달하고 있다. 사촌 형님이 사촌 동생에게 시집살이의 경험과 감상을 공유하고 고통을 하소연하는 노래를 통해 시집살이의 어려움을 토로하고자 한다고 볼 수 있다.

• 화자와 시적 상황

사촌 동생은 시집 간 사촌 형님이 친정에 오는 것을 마중 나가 시집살이에 대해 묻고, 사촌 형님은 시집살이의 어려움에 대해 토로한다. 사촌 형님은 고된 가사 노동과 시집 식구들로 인한 정신적 고통을 하소연한다. 또한 힘든 시집살이로 용모가 변하고 눈물로 지냄을 밝히면서 자신이 흘린 눈물이 연못을 이루어 그 연못에 거위와 오리가 들어왔다고 함으로써 고된 시집살이에 대한 체념의 정서를 보여 주고 있다.

• 주제

시집살이의 어려움과 체념적 수용

◇ 한 줄 평 (가) 앞 못에 갇힌 고기들을 보며 동병상련을 드러낸 노래
(나) 처녀 적 친구들과 함께 놀던 시절을 그리워하는 노래

# 앞 못에 든 고기들아 작자 미상
# 기녀반 허난설헌

외부와 차단된 좁은 공간 / 선택의 의미 / : 의문형 종결 어미의 반복 → 화자의 정서 강조

가 앞 못에 든 고기들아 네 와 든다 뉘 너를 몰아다가 엿커를 잡히여 든다
청자, 연못에 갇힌 존재 → 자유롭지 못한 처지의 화자와 유사한 상황에 있음 / 강제의 의미 / ▸ 초장: 연못에 갇힌 고기들

북해 청소(北海淸沼)■ 어듸 두고 이 못에 와 든다
넓고 자유로운 공간 / ▸ 중장: 넓고 맑은 연못에 가지 못하고 앞 못에 갇힌 고기들

들고도 못 나는 정(情)이오 네오 내오 다르랴 ▸ 종장: 고기들에게 동병상련을 느끼며 처지를 한탄함
설의적 표현. 앞 못에 갇힌 고기들에게 동병상련의 심정을 느낌
→ 자유롭지 못한 처지의 신세 한탄

■ 북해 청소: 북쪽의 바다와 같은 맑은 연못

나 예 놀던 길가에 초가집 짓고서 結廬臨古道
옛날. 처녀 적 친구들과 놀던 때 (결 려 임 고 도)

날마다 큰 강물을 바라만 본단다. 日見大江流
(일 견 대 강 류)
▸ 수: 초가집을 짓고 날마다 강물을 바라봄

거울에 새긴 난새는 혼자서 늙어 가고 鏡匣鸞將老
거울 속 자신의 모습에 대한 비유 → 홀로 외롭게 늙어 가는 처지 (경 갑 난 장 로)

□: 계절적 배경의 활용
꽃동산의 나비도 가을 신세란다. 園花蝶已秋
나비가 힘을 잃는 상황. 소멸·쇠락의 이미지 (원 화 접 이 추)
▸ 함: 홀로 늙어 가는 난새와 같은 자신의 처지

쓸쓸한 모래밭에 기러기 내리고 寒沙初下雁
(한 사 초 하 안)

저녁 비에 조각배 홀로 돌아오는데, 暮雨獨歸舟
화자의 정서를 심화하는 풍경 묘사 – 쓸쓸한 이미지 (모 우 독 귀 주)
▸ 경: 쓸쓸함을 자아내는 자연의 배경

하룻밤에 비단 창문 닫힌 내 신세니 一夕紗窓閉
사창 / 규방에 갇혀 외롭고 쓸쓸하게 살아가는 처지. 친구들과 놀던 과거와 대비됨 (일 석 사 창 폐)

어찌 옛적 놀이를 생각이나 하랴. 那堪憶舊遊
1. 친구들과 놀이를 하던 옛 처녀 시절에 대한 그리움 (나 감 억 구 유)
2. 과거와 달리 규방에서 외롭게 살아가는 현재의 상황에 대한 안타까움
▸ 미: 친구들과 함께했던 옛 시절을 그리워함

**감상 포인트**
시적 공간에 주목하여 화자가 느끼는 정서와 태도를 파악한다.

## 작품 분석 노트

**현대어 풀이**

가 앞 못에 든 고기들아 네가 (스스로) 와 들었느냐, 누가 너를 몰아다가 넣었기에 잡혀 들었느냐.
북쪽의 바다와 같은 맑은 연못은 어디에 두고 이 못에 와 들었느냐.
(못에) 들어와 못 나가는 사정이야 너와 내가 다르겠느냐.

• 가의 작가에 대한 논의
- (가)는 작자 미상의 시조이지만 전하는 기록에 따라 어느 궁녀의 시조로 보기도 한다.
- 조선 시대 궁녀는 궁에 들어와 궁궐의 엄격한 규율 아래 일평생 왕실을 위해 일하면서 수절해야만 했다. 환관(宦官, 내시) 외의 남자와는 절대로 접촉하지 못하는 등 외부와의 접촉이 상당히 제한되었다.
- 어느 궁녀의 시조로 볼 때, (가)는 앞 못에 든 고기들이 연못을 벗어나지 못하는 처지는 궁중에 들어와 나가지 못하는 화자의 신세를 빗댄 것으로 이해할 수 있다.

• 나의 작가 및 창작 배경
- 허난설헌은 15세 무렵 김성립과 혼인하였으나 부부 사이가 원만하지 못하여 고독하게 살았다고 전한다.
- 조선 시대 부녀자들은 결혼을 하면 그 가문을 위해 헌신하는 것이 당연한 도리였으며 친구들과의 모임이나 친정 나들이까지도 거의 금기가 되었다.
- 이를 종합적으로 고려할 때, (나)는 당시 규방 부인의 삶과 정한을 담고 있는 작품으로, 봉건적 가부장 사회에서 규방에 머물며 고독하게 살아가는 여인이 결혼 전 친구들과 함께 놀며 즐거웠던 시절을 그리워하고 있는 것이라고 이해할 수 있다.

## 핵심 포인트 1 표현상 특징 파악

(가), (나)에 사용된 표현상 특징을 알아 두고, 이들의 공통점 · 차이점을 파악할 수 있어야 한다.

| | |
|---|---|
| (가) | • 연못의 '고기들'에게 말을 건네는 방식으로 시상을 전개함<br>→ 앞 못에 든 고기들아<br>• '든다'와 같이 동일한 단어(-ㄴ다의 의문형 종결 어미)를 반복하여 화자의 정서를 강조함<br>→ 네 와 든다 ~ 엿커를 잡히여 든다 ~ 이 못에 와 든다<br>• 설의적 표현을 활용하여 '고기들'과 자신의 처지가 다르지 않다는 동병상련의 정서를 드러냄<br>→ 들고도 못 나는 정이오 네오 내오 다르랴 |
| (나) | • 계절적 배경을 활용하여 애상적 분위기를 조성함<br>→ 꽃동산의 나비도 가을 신세란다. / 쓸쓸한 모래밭에 기러기 내리고<br>• 거울에 비친 자신의 모습을 '난새'에 비유하여 홀로 늙어 가는 처지를 나타냄<br>→ 거울에 새긴 난새는 혼자서 늙어 가고<br>• 배경 묘사를 통해 화자의 쓸쓸하고 외로운 정서가 심화하는 상황을 나타냄<br>→ 쓸쓸한 모래밭에 기러기 내리고 / 저녁 비에 조각배 홀로 돌아오는데, |

## 핵심 포인트 2 소재 · 배경의 의미 파악

(가)의 화자가 바라보는 '고기들'과 (나)의 화자는 모두 외부와 단절된 공간에 머물며 자유롭지 못한 처지에 있다는 점을 고려하여 각 공간의 특성을 알아 두어야 한다.

(가)의 공간 대비

| 앞 못 | | 북해 청소 |
|---|---|---|
| • 좁고 답답한 공간<br>• 화자의 생활 공간과 유사한 공간<br>• 거부의 대상(부정적 공간) |  | • 넓고 자유로운 공간<br>• 화자의 생활 공간과는 다른 이상적 공간<br>• 지향의 대상(긍정적 공간) |

(나)의 시적 공간

| 비단 창문 닫힌 곳 |
|---|
| • 규방(부녀자가 거처하는 방)<br>• 독수공방하며 홀로 늙어 가는 곳<br>• 친구들과 함께 놀며 즐거웠던 과거와 달리 외로움을 느끼는 공간 |

## 핵심 포인트 3 외적 준거에 따른 감상

(가)는 어느 궁녀의 시조라는 기록과 관련하여, (나)는 작가의 생애 및 창작 당시의 사회 · 문화적 배경과 관련지어 작품을 감상할 수 있어야 한다.

(가)의 시구에 대한 이해

| | |
|---|---|
| 앞 못에 든 고기들아 ~ 이 못에 와 든다 | 앞 못에 갇혀 자유롭게 오가지 못하는 고기들에 궁궐의 엄격한 생활에 매인 화자의 모습을 투영한 것으로 볼 수 있음 |
| 들고도 못 나는 정이오 네오 내오 다르랴 | 엄격한 규율 아래 궁에 갇혀 살며 외부와의 접촉이 제한되었던 궁녀의 고충을 표현한 것으로 볼 수 있음 |

(나)의 시구에 대한 이해

| | |
|---|---|
| 거울에 새긴 난새는 혼자서 늙어 가고 | • 경란(鏡鸞, 거울 속 난새)은 이별의 슬픔을 지닌 부부를 가리키기도 함<br>• 혼자서 늙어 가는 '난새'는 남편에게 사랑받지 못하고 규방에 갇혀 고독하게 살아가는 화자의 처지를 표현한 것으로 볼 수 있음 |
| 꽃동산의 나비도 가을 신세란다. | 꽃동산의 나비가 가을이 되어 처량한 신세가 된 것은 규방 안에서 화자가 느끼는 외로움이 반영된 표현으로 볼 수 있음 |

### 작품 한눈에

**가**

• 해제

〈앞 못에 든 고기들아〉는 자유롭지 못한 처지에 대한 한탄을 담아낸 작자 미상의 사설시조이다. 이 작품은 1885년(고종 22)에 간행된 것으로 추정되는 《화원악보(花源樂譜)》에는 어느 궁녀의 시조로 기록되어 있기도 하다. 작가의 신분을 궁녀로 본다면 연못에 갇혀 사는 물고기에 빗대어 궁궐에 갇혀 사는 화자 자신의 신세를 드러낸 것으로, 궁녀의 처량함을 토로한 작품으로도 볼 수 있다.

• 화자와 시적 상황

화자는 앞 못 속에 갇힌 고기들을 바라보며 물고기들과 자신의 처지가 다르지 않다며 자유롭지 못한 처지에 대한 동병상련의 마음을 드러내고 있다.

• 주제

① 자유롭지 못한 처지에 대한 한탄
② 궁궐에서 벗어나고 싶은 간절한 마음

**나**

• 해제

〈기녀반〉의 제목은 '처녀 적 친구들에게 부침'이라는 뜻으로 허난설헌이 지은 오언 율시이다. 처녀 시절 친구들과 놀이하며 즐거워하던 과거를 추억하면서 규방에 갇혀 살아가는 현재의 불행한 처지를 그려 내고 있다. 허난설헌의 삶과 관련지어 볼 때, 15세에 김성립과 결혼한 후 유교 사회의 규범에 따라 규방에 갇혀 지냈던 허난설헌의 쓸쓸하고 외로운 삶과 그 속에서 느낀 정서를 담아낸 작품으로 볼 수 있다.

• 화자와 시적 상황

화자는 처녀 시절 친구들과 놀던 길가에 초가집을 짓고 날마다 강물을 바라보며 홀로 늙어 가는 자신의 처지를 확인하고 있다. 또한 창밖의 풍경에 쓸쓸함을 느끼고 친구들과 놀이하며 즐거워하던 옛 시절에 대한 그리움을 드러내고 있다.

• 주제

친구들과 즐겁게 놀던 처녀 시절에 대한 그리움

고전 시가 13

◇ 한 줄 평 | 월별로 농가에서 해야 할 일과 세시 풍속을 읊은 노래

# 농가월령가 정학유

▸ 기출 수록 평가원 2016 6월 A형 교육청 2019 10월

## 정월령
일월령

정월(正月)은 맹춘(孟春)이라 입춘(立春) 우수(雨水) 절기로다 ▸ 정월의 절기 소개
(맹춘: 초봄 / 입춘 우수 절기로다: 정월의 절기 소개)

산중 간학(澗壑)에 빙설은 남았으나
(간학: 물이 흐르는 골짜기)

평교(平郊) 광야에 운물(雲物)이 변하도다 ▸ 정월의 정경 제시
(산중 ~ 변하도다: 정월의 경치 묘사 / 운물이 변하도다: 겨울이 지나고 봄이 오고 있음)

어와 우리 성상 애민중농(愛民重農)하오시니
(성상: 임금 / 애민중농: 백성을 사랑하고 농사를 중시함 → 농업을 중요하게 생각하는 당시 지배층의 가치관을 엿볼 수 있음)

간측(懇惻)하신 권농(勸農) 윤음(綸音) 방곡(坊曲)에 반포하니
(간측하신: 간절하고 지성스러우신 / 권농 윤음: 농사를 권하는 임금의 말씀)

슬프다 농부들아 아무리 무지한들

네 몸 이해(利害) 고사하고 성의(聖意)를 어길쏘냐
(성의를 어길쏘냐: 임금의 뜻을 명분으로 제시하여 농업의 중요성을 강조하면서 농사일에 힘쓸 것을 촉구함. 설의법)

산전 수답(山田水畓) 상반하게 힘대로 하오리라
(밭농사와 논농사를 균형 있게 하라는 의미)

일년 풍흉(豊凶)은 측량하지 못하여도
(풍흉: 풍년과 흉년)

인력(人力)이 극진하면 천재(天災)를 면하나니
(천재: 자연 현상으로 일어나는 재난 / 인력이 극진하면: 지성이면 감천)

제각각 권면(勸勉)하여 게을리 굴지 마라 ▸ 농사일에 힘쓰도록 권면함
(게을리 굴지 마라: 명령형 어미 사용 → 근면한 생활 태도를 강조함 / 농민을 계몽하고 교훈을 주려는 의도를 직접적으로 드러냄)

일년지계(一年之計) 재춘(在春)하니 범사를 미리 하라
(일년지계 재춘: 봄은 일 년의 계획을 세우는 시기임 / 범사: 모든 일)

봄에 만일 실시(失時)하면 종년(終年) 일이 낭패되네
(농사에서 정월의 중요성을 나타냄)

농기(農器)를 다스리고 농우(農牛)를 살펴 먹여

재거름 재워 놓고 일변으로 실어 내어
(재거름: 재로 만든 거름)

「맥전(麥田)에 오줌 치기 세전보다 힘써 하소」
(맥전: 보리밭 / 「」: 비옥한 땅을 만들기 위한 행위 권장)

늙은이 근력 없고 힘든 일은 못 하여도
(↓ 노인의 역할 분배)

낮이면 이엉 엮고 밤이면 새끼 꼬아
(이엉: 지붕이나 담을 이기 위해 짚이나 새 따위로 엮은 것)

때 미쳐 집 이으면 큰 근심 덜리로다

실과(實果)나무 보굿 깎고 가지 사이 돌 끼우기
(보굿: 굵은 나무줄기에 비늘 모양으로 덮여 있는 겉껍질 / 가지 사이 돌 끼우기: 그해 과일이 많이 열리기를 바라는 민속 의식)

정조(正朝)날 미명시(未明時)에 시험조로 하여 보소
(정조: 설날 아침 / 미명시: 날이 밝기 전)

며느리 잊지 말고 소국주(小麴酒) 밑하여라
(소국주: 막걸리의 하나 / 밑하여라: 걸러라)

삼춘(三春) 백화시(白花時)에 화전 일취(花煎 一醉)하여 보자 ▸ 정월에 농가에서 해야 할 일
(삼춘 백화시: 온갖 꽃이 만발한 춘삼월 / 화전 일취: 화전을 안주 삼아 취하여)

상원(上元)날 달을 보아 수한(水旱)을 안다 하니
(상원날: 정월 대보름날 / 달을 보아: 어떤 징조를 경험함 / 수한: 장마와 가뭄)

노농(老農)의 징험(徵驗)이라 대강은 짐작나니
(노농: 농사일에 경험이 많은 농부)

「정조에 세배함은 돈후(敦厚)한 풍속이라」 「」: 정조의 세배 풍속
(돈후한: 인정이 두터운)

새 의복 떨쳐 입고 친척 인린(鄰隣) 서로 찾아
(인린: 이웃)

노소 남녀 아동까지 삼삼오오 다닐 적에

### 작품 분석 노트

**현대어 풀이**

**[정월령]**
일월은 초봄이라 입춘, 우수의 절기로다.
산속 골짜기에 얼음과 눈이 남아 있으나
넓은 들과 벌판에는 경치가 변하기 시작하도다.
어와 우리 임금께서 백성을 사랑하시고 농사를 중히 여기시어
농사를 권장하시는 간절하고 지성스러운 말씀을 방방곡곡에 알리시니
슬프다 농부들아, 아무리 무지하다고 한들
네 자신의 이해관계를 제쳐 놓고라도 임금의 뜻을 어기겠느냐.
밭과 논을 반반씩 균형 있게 힘대로 하오리라.
일 년의 풍년과 흉년을 예측하지는 못한다 해도
사람의 힘을 다 쏟으면 자연의 재앙을 면하나니
제각각 서로 권하고 격려하여 게을리 굴지 마라.
일 년 계획은 봄에 하는 것이니 모든 일을 미리 하라.
봄에 만약 때를 놓치면 한 해를 마칠 때까지 일이 낭패되네.
농기구를 정비하고 농사지을 소를 잘 보살펴서
재거름 (잘 썩도록) 재워 놓고 한편으로 실어 내어
보리밭에 오줌 주기를 새해가 되기 전보다 힘써 하소.
늙은이는 기운 없어 힘든 일은 못 하여도
낮이면 이엉 엮고 밤이면 새끼 꼬아
때맞추어 지붕을 이으면 큰 근심을 덜리로다.
과일나무 껍질을 벗겨 내고 가지 사이에 돌 끼우기,
정월 초하룻날 날이 밝기 전에 시험 삼아 하여 보소.
며느리는 잊지 말고 소국주를 걸러라.
온갖 꽃이 만발한 춘삼월에 화전을 안주 삼아 한번 취해 보자.
정월 대보름날 달을 보아 (그 해의) 장마와 가뭄을 안다 하니
농사짓는 노인의 경험이라 대강은 짐작하네
정월 초하룻날 세배하는 것은 인정이 두터운 풍속이라.
새 옷을 차려입고 친척과 이웃을 서로 찾아
남녀노소에 아이들까지 몇 사람씩 떼를 지어 다닐 적에

물건의 빛깔 번성하고 화려하다
와삭버석 울긋불긋 물색이 번화(繁華)하다
음성 상징어를 활용하여 정월 초하룻날의 풍경을 생동감 있게 그려 냄
사내아이 연 띄우고 계집아이 널 뛰우고

윷 놀아 내기하기 소년들의 놀이로다

사당에 세알(歲謁)하니 병탕(餠湯)에 주과(酒果)로다
설날 사당에 인사하는 일 떡국 술과 과일
엄파와 미나리를 무엄에 곁들이면
움파. 겨울에 움 속에서 자란, 빛이 누런 파 설의법
보기에 신신하여 오신채(五辛菜)를 부러하랴 ▸ 설날의 풍속
신선하여 자극성이 있는 다섯 가지 채소
보름날 약밥 차례 신라 적 풍속이라
약식 고기로 만든 음식
묵은 산채 삶아 내어 육미를 바꿀쏘냐
설의법
귀 밝히는 약술이며 부럼 삭는 생률이라
생밤
먼저 불러 더위팔기 달맞이 횃불 켜기
정월 대보름날에 남에게 더위를 파는 풍속
흘러오는 풍속이요 아이들 놀이로다 ▸ 정월 대보름의 풍속

(설빔 새 옷이) 와삭버석거리고 울긋불긋하여 빛깔이 화려하다.
남자아이들은 연을 띄우고 여자아이들은 널뛰기를 하며,
윷 놀아 내기하기 소년들의 놀이로다.
설날 사당에 인사를 드리니 떡국과 술과 과일이 제물이로다.
움파와 미나리를 무 싹에 곁들이면
보기에 신선하니 오신채를 부러워하겠는가.
보름날 약밥 지어 먹고 차례를 지내는 것은 신라 때의 풍속이라.
묵은 산나물을 삶아 내니 고기로 만든 음식과 바꾸겠는가.
귀 밝으라고 마시는 약술이며, 부스럼 삭으라고 먹는 생밤이라.
먼저 불러서 더위팔기와 달맞이 횃불 켜기는
옛날부터 전해 오는 풍속이요 아이들의 놀이로다.

(중략)

**칠월령**

이른 가을
칠월이라 맹추되니 입추 처서 절기로다 ▸ 칠월의 절기 소개
칠월의 절기 소개
화성(火星)은 서류하고 미성(尾星)은 중천이라
서쪽으로 감 하늘의 한가운데
「늦더위 있다 한들 절서야 속일쏘냐」
절기의 차례, 또는 차례로 바뀌는 절기 「 」: 늦더위가 있더라도 절기의 변화(계절의 순환)에 따라 가을이 오고 있다는 말
비도 밑이 가볍고 바람 끝도 다르도다
계절의 변화가 나타나고 있음
가지 위의 저 매미 무엇으로 배를 불려

공중에 맑은 소리 다투어 자랑하는고
음력 칠월 초이렛날의 밤. 견우와 직녀가 오작교에서 일 년에 한 번 만난다는 전설이 있음
「칠석에 견우 직녀 이별 눈물 비가 되어
「 」: 설화를 차용하여 비가 내리는 상황을 비유적으로 나타냄
섞인 비」 새로 개고 오동잎 떨어질 제
가늘고 길게 굽어진 아름다운 눈썹
아미 같은 초승달은 서천에 걸리거다 ▸ 칠월의 계절적 특징 제시
비유적 표현(직유법) 서쪽 하늘
슬프다 농부들아 우리 일 거의로다
농사일이 얼마 남지 않음
얼마나 남았으며 어떻게 되나 하노

마음을 놓지 마소 아직도 멀고 멀다
부지런히 일할 것을 권면함
꼴 거두어 김매기 벼 포기에 피 고르기
말이나 소에게 먹이는 풀
낫 벼려 두렁 깎기 선산에 벌초하기
갈아
거름풀 많이 베어 더미 지어 모아 놓고
질 좋은 자채벼를 심을 만큼 땅이 기름지고 농사가 잘 되는 논
자채논에 새 보기와 오조밭에 정의아비
일찍 여무는 조 허수아비
밭가에 길도 닦고 복사도 쳐 올리소
물에 밀려 논밭에 쌓인 모래
살지고 연한 밭에 거름하고 익게 갈아
기름지고

칠월에 해야 할 농사일을 열거함

**[칠월령]**
칠월이라 이른 가을이 되니 입추, 처서의 절기로다.
화성은 서쪽으로 가고 미성은 하늘 가운데에 있다.
늦더위가 있다고 한들 절기의 순서야 속일 수 있겠느냐.
비 온 뒤끝도 가볍고 바람 느낌도 다르구나.
나뭇가지 위의 저 매미는 무엇을 먹고 배를 불려
공중에 맑은 소리를 다투어 자랑하며 우는고.
칠석에 견우와 직녀의 이별하는 눈물이 비가 되어
섞인 비가 지나가고 오동나무 잎이 떨어질 때
눈썹 같은 초승달은 서쪽 하늘에 걸리었다.
슬프다 농부들아, 우리 할 일은 거의 끝나 가는구나.
얼마나 남았으며 어떻게 된다 하나.
마음을 놓지 마소 (일할 철은) 아직도 멀고 멀다.
꼴 거두어 김매기, 벼 포기에 피 고르기
낫 갈아 두렁 깎기, 선산에 벌초하기
거름용 풀을 많이 베어 더미 지어 모아 놓고
자채논에 (날아오는) 새 쫓기와 올조밭에 허수아비를 세우고
밭가에 길도 닦고 물에 밀려 논밭에 쌓인 모래도 쳐 올리소.
기름지고 부드러운 밭에 거름 주고 익게 갈아

김장할 무 배추 남 먼저 심어 놓고
가시 울 진작 막아 잃는 것이 없게 하소 ▶ 칠월에 농가에서 해야 할 일
농작물 관리에 힘쓸 것을 당부함
부녀들도 혬이 있어 앞일을 생각하소
헤아림
베짱이 우는 소리 자네를 위함이라
부녀자를 깨우는 소리
저 소리 깨쳐 듣고 놀라서 다스리소

장마를 겪었으니 집안을 돌아보아
곡식이 썩거나 의복이 상하지 않도록 하는 행위
곡식도 거풍하고 의복도 포쇄하소
바람을 쏘임 젖거나 축축한 것을 바람에 쐬고 볕에 바램
명주 오리 어서 뭉쳐 생량 전에 짜내어
가을이 되어 서늘한 기운이 생김
늙으신네 기쇠하매 환절 때 조심하여

추량이 가까우니 의복을 유의하소
가을의 서늘한 기운
「빨래하여 바래이고 풀 먹여 다듬을 제
「 」: 추워질 때를 대비하여 의복을 준비하는 모습
월하의 방추 소리 소리마다 바쁜 마음」
베를 짜는 도구
실가의 골몰함이 일변은 재미로다
집. 또는 가정 농가의 노동이 고통스러운 것만은 아님
소채 과실 흔할 적에 저축을 생각하여
온갖 푸성귀와 나물
박 고지 호박 고지 켜고 오이 가지 짜게 절여
겨울에 먹을 반찬 준비 귀중한 물건
겨울에 먹어 보소 귀물이 아니 될까
설의법. 겨울 식량 준비를 권함
면화밭 자로 살펴 올 다래 패었는가
목화밭 목화 열매
가꾸기도 하려니와 거두기에 달렸느니 ▶ 칠월에 부녀자들이 해야 할 일

(중략)

### 십이월령

십이월은 계동(季冬)이라 소한 대한 절기로다 ▶ 십이월의 절기 소개
음력 12월. 늦겨울 십이월의 절기 소개
설중(雪中)의 봉만(峰巒)들은 해 저문 빛이로다
뾰족하게 솟은 산봉우리에 눈이 내린 해 질 녘의 풍경 – 십이월의 경치 묘사
세전에 남은 날이 얼마나 걸렸는고 ▶ 십이월의 정경과 한 해가 얼마 남지 않은 상황
설을 쇠기 전
집안의 여인들은 세시 의복(歲時衣服) 장만하니
물감을 들인 빛깔
「무명 명주 끊어 내어 온갖 무색 들여 내니
「 」: 옷감을 마련하여 세시 의복을 준비하는 과정
자주 보라 송화색(松花色)에 청화(靑華) 갈매 옥색(玉色)이라
열거법. 다양한 색채를 활용하여 세시 의복의 빛깔을 감각적으로 표현함
일변으로 다듬으며 일변으로 지어 내어

상자에도 가득하고 횃대에도 걸었도다」
옷을 걸 수 있게 만든 막대
입을 것 그만하고 음식 장만하오리라
세시 음식
「떡쌀은 몇 말인고 술쌀은 몇 말인고
「 」: 열거법. 세시 음식의 재료를 준비하고 음식을 장만하는 과정
콩 갈아 두부하고 메밀쌀 만두 빚소

김장할 무와 배추를 남보다 먼저 심어 놓고
가시 울타리로 미리 막아 잃는 것이 없게 하소.
부녀자들도 헤아려 앞일을 생각하소.
베짱이 우는 소리는 자네를 위함이라.
저 소리를 깨쳐 듣고 정신을 가다듬어 (살림을) 다스리소.
장마를 겪었으니 집안을 돌아보아
곡식이 상하지 않도록 바람을 쏘이고 의복도 말리시오.
명주 조각을 어서 뭉쳐 추워지기 전에 짜내고
늙으신 어르신네 기운이 약하니 환절기를 조심하여
가을의 서늘한 기운이 가까워 오니 의복에 관심을 가지고 준비하소.
(옷을) 빨래하여 볕에 바래고 풀을 먹여 다듬을 때
달빛 아래 방추 소리 소리마다 바쁜 마음
집집마다 골몰하여 바쁨이 한편으로 재미나는 일이구나.
푸성귀와 나물이 흔할 때에 (뒷날을 위한) 저축을 생각하여
박과 호박 얇게 썰어 말리고 오이와 가지를 짜게 절여
겨울에 먹어 보소. 귀중한 음식이 아니 될까.
면화밭을 자주 살펴 일찍 익은 목화 열매 피었는가 보오.
가꾸기도 하려니와 잘 거두기에도 달렸느니.

**[십이월령]**
십이월은 늦겨울이라 소한, 대한의 절기로다.
눈 덮인 산봉우리에 해 저물어 가는 어둑한 빛이 비치는구나.
새해 전에 남은 날이 얼마나 있는가.
집안의 여인들은 설빔을 장만하니
무명과 명주를 끊어 내어 온갖 빛깔을 들여 내니
자주, 보라, 노란색에 푸른색, 초록색, 옥색이다.
한편으로 다듬으며, 한편으로 옷을 지어 내어
(옷이) 상자에도 가득하고, 횃대에도 걸었도다.
입을 것은 그만하고, (새해에 먹을) 음식 장만하오리라.
떡쌀은 몇 말이고, 술쌀은 몇 말인가?
콩 갈아 두부 만들고 메밀쌀로 만두를 빚소.

협동 조직
세육(歲肉)은 계를 믿고 북어는 장에 사세
설에 쓰는 고기 짐승을 꾀어서 잡는 틀
납평(臘平) 날 창애 묻어 잡은 꿩 몇 마린고
민간이나 조정에서 조상이나 종묘 또는 사직에 제사 지내던 날
아이들 그물 쳐서 참새도 지져 먹세

깨강정 콩강정에 곶감 대추 생률(生栗)이라
열거법
주준(酒樽)에 술 들이니 돌 틈에 새암 소리
술을 담아 두는 큰 통 샘물 소리 청각적 이미지
앞뒷집 타병성(打餠聲)은 예도 나고 제도 나네
떡을 치는 소리
새 등잔 새발심지 장등하여 새울 적에
밤새도록 켜 두어
윗방 봉당 부엌까지 곳곳이 명랑하다
섣달 그믐날 저녁에 그해를 보내는 인사로 웃어른께 하는 절
초롱불 오락가락 묵은세배 하는구나 ▶ 세시 의복과 음식을 장만하여 한 해의 마지막을 보냄
십이월의 풍속

설에 쓸 고기는 계에서 갈라 사기로 하고 북어는 장에 가서 사세.
납평 날에 덫을 묻어서 잡은 꿩이 몇 마리인가.
아이들 그물 쳐서 참새도 잡아 지져 먹세.
깨강정, 콩강정에 곶감, 대추, 생밤이라.
술통에 술을 따라 부으니 바위 틈에 (새어 흐르는) 샘물 소리 같구나.
앞뒷집에서 (설에 먹을) 떡 치는 소리가 여기도 나고 저기도 나네.
새 등잔의 새발심지에 불 켜 놓고 밤 새울 적에
윗방과 봉당 부엌까지 곳곳이 밝고 환하다.
(거리거리에) 초롱불을 들고 오락가락 (다니는 것이) 묵은세배를 하는구나.

## 결사

어와 내 말 듣소 농업이 어떠한고
말을 건네는 방식
고된 농사일 속에서도 즐거움을 찾음
종년 근고(終年勤苦)한다 하나 그중에 낙이 있네
한 해를 마칠 때까지 고생한다 하지만
「위으로 국가(國家) 봉용(奉用) 사계(私計)로 제선(祭先) 봉친(奉親)
받들어 씀 사사롭게는 조상께 제사하고 어버이를 받들어 섬김
형제 처자 혼상(婚喪) 대사(大事) 먹고 입고 쓰는 것이
혼인과 초상에 관한 일 감당
토지 소출(所出) 아니러면 돈 지당을 뉘가 할꼬」
「 」: 농업이 국가와 개인의 삶을 지탱하는 토대가 됨
예로부터 이른 말이 농업이 근본이라 ▶ 농업의 가치와 중요성
농업의 중요성 강조, 중농 사상
배 부려 선업(船業)하고 말 부려 장사하기
배로 사람이나 물건을 실어다 주는 영업
전당 잡고 빚 주기와 장(場)판에 체계(遞計) 놓기 상품 화폐 경제가 발달한 상황
장에서 비싼 이자로 돈을 꾸어 주고 장날마다 본전의 일부와 이자를 받아들이던 일
술 장사 떡 장사며 술막질 가게 보기
생활이 넉넉하여 아쉬움이 없으나 주막 영업
아직은 흔전하나 한번을 뒤뚝하면
재산이나 세력이 있는 집안의 자손으로서 집안의 재산을 몽땅 털어먹는 난봉꾼 농업 이외의 일에 대한 부정적 시각 및 경계
파락호(破落戶) 빚꾸러기 사던 곳 터도 없다
자칫하다가는 삶의 터전을 잃을 위험이 있음
농사는 믿는 것이 내 몸에 달렸느니
농사일은 자기 노력에 따라 달라짐
절기도 진퇴 있고 연사도 풍흉 있어
농사가 되어 가는 형편
수한풍박(水旱風雹) 잠시 재앙 없다야 하랴마는
장마와 가뭄, 바람과 우박 등 농사에 타격을 주는 자연재해 자연의 이치에 따라 농사일에도 기복이 있지만 온 가족이 한마음으로 최선을 다하면 굶주림은 피할 수 있음
극진히 힘을 들여 가솔(家率)이 일심하면
굶어 죽음
아무리 살년(殺年)에도 아사를 면하느니
크게 흉년이 든 해 사람이 놀라거나 흥분하여 시끄럽게 법석거리고 떠들어 대는 일
제 시골 제 지키어 소동(騷動)할 뜻 두지 마소
농민들의 이동 현상에 대한 경계
황천(皇天)이 인자하사 노하심도 일시로다
하늘을 인간에게 우호적인 대상으로 인식함
자네도 헤어 보아 십 년을 가량하면

칠분은 풍년이요 삼분은 흉년이라

**감상 포인트**
월별로 농가에서 해야 할 일을 파악하고 작가의 창작 의도를 이해한다.

**[결사]**
어와 내 말 듣소, 농업이 어떠한고
일 년 내내 고생한다고 하나 그중에 즐거움이 있네.
위로는 나라를 받들고 사사로이는 조상 제사와 부모 봉양
형제와 처자식의 혼인과 장례 같은 큰일을 치르며 먹고 입고 쓰는 것이
논밭에서 나는 소출이 아니라면 돈 감당을 누가 할꼬.
예로부터 이르는 말이 농업이 모든 일의 근본이라.
배를 부려 뱃일을 하고 말을 부려 장사하기
전당 잡고 돈 꿔 주기와 시장판에 이자 놓기
술 장사, 떡 장사며 주막 운영 가게 보기
아직은 생활이 넉넉하여 아쉬움이 없겠지만 한번 기울어지면
집안의 재산 몽땅 털어먹은 난봉꾼 빚꾸러기가 되어 살던 곳 터도 없어진다.
농사는 믿는 것이 내 몸에 달려 있으니
절기도 진퇴 있고 농사에도 풍년과 흉년이 있어
홍수, 가뭄, 바람, 우박과 같은 재앙이 없다고야 하랴마는
정성을 다해 힘을 들여 온 가족이 한마음으로 노력하면
아무리 큰 흉년이 들어도 굶어 죽는 것은 면하니
제 고향을 제가 지키어 떠날 뜻을 두지 마소.
하늘이 인자하시어 노하시는 것도 잠깐 동안이로다.
자네도 헤아려서 십 년을 대강이나마 짐작해 보면
열에 일곱은 풍년이요, 셋은 흉년이라.

천만 가지 생각 말고 농업을 전심하소
성실하게 농사일에 임하기를 권함 → 주제 의식
▶ 농업에 전심할 것을 권함

하소정(夏小正)■ 빈풍시(豳風詩)■를 성인이 지었으니
지극한 뜻 받아서 대강을 기록하니
창작 경위

이 글을 자세히 보아 힘쓰기를 바라노라
▶ 창작 경위 및 농업에 힘쓰기를 권고함

■ 하소정: 옛 중국의 기후 관련 저서. 천문 · 농업 · 목축업 등에 관한 풍부한 기록을 담고 있음.
■ 빈풍시: 주나라 주공이 백성들이 농사짓는 어려움을 인식시키기 위해 지었다는 시.

천만 가지 생각지 말고 농업에 온 마음을 다하소.
하소정 빈풍시를 성인이 지었으니
지극한 뜻을 본받아서 대강을 기록하니
이 글을 자세히 보아서 (농업에) 힘쓰기를 바라노라.

• 〈농가월령가〉에 반영된 작가 의식

| 중농주의 |
| --- |
| 농업을 모든 일의 근본이라 여김 |
| **실학사상** |
| 경제적인 관점에서 농업을 국가와 개인을 지탱하는 물적 토대로 인식함 |

• 〈농가월령가〉의 창작 배경

상품 화폐 경제가 발달하며 농민들이 더 많은 이익을 좇아 농업을 버리고 도시로 이탈하는 현상이 나타남

↓

향촌 사회의 동요 발생

↓

〈농가월령가〉를 통해 농업을 장려하고 농가의 삶을 긍정적으로 그림으로써 농민들의 향촌 이탈을 막고자 함 → 농업을 기반으로 한 향촌 사회 안정화의 목적

## 핵심 포인트 1 표현상 특징 파악

화자가 자신의 의도를 효과적으로 드러내기 위해 사용한 표현상의 특징을 알아 두어야 한다.

**◎ 표현상 특징**

| | |
|---|---|
| 일상어의 사용 | 농촌 생활, 세시 풍속과 관련된 구체적 어휘가 다양하게 나타남<br>→ 농우, 이엉, 새끼, 김매기, 피 고르기, 떡쌀, 술쌀, 묵은세배 등 |
| 명령형 표현 | '-하라', '-하소', '-마소' 등의 명령형 표현으로 농부들을 향한 권면과 훈계의 의도를 드러냄<br>→ 제각각 권면하여 게을리 굴지 마라, 일년지계 재춘하니 범사를 미리 하라, 가시 울 진작 막아 잃는 것이 없게 하소, 제 시골 제 지키어 소동할 뜻 두지 마소, 천만 가지 생각 말고 농업을 전심하소 |
| 열거법 | • 색채어를 나열하여 세시 의복의 빛깔을 감각적으로 표현함<br>→ 자주 보라 송화색에 청화 갈매 옥색이라<br>• 음식의 재료를 열거하고 세시 음식을 장만하는 과정을 나타내어 농촌 생활을 구체적으로 보여 줌<br>→ 떡쌀은 몇 말인고 술쌀은 몇 말인고 / 콩 갈아 두부하고 메밀쌀 만두 빚소 ~ 깨강정 콩강정에 곶감 대추 생률이라<br>• 농업 이외의 일들을 열거하면서 이들에 대한 부정적 시각 및 경계의 태도를 드러냄<br>→ 배 부려 선업하고 말 부려 장사하기 / 전당 잡고 빚 주기와 장판에 체계 놓기 / 술장사 떡 장사며 술막질 가게 보기 |
| 설의법 | • 임금의 뜻을 명분으로 제시하여 농사일에 힘쓸 것을 권면함<br>→ 간측하신 권농 윤음 방공에 반포하니 ~ 네 몸 이해 고사하고 성의를 어길쏘냐<br>• 정월 대보름에 먹는 음식이 매우 맛있음을 표현함<br>→ 보기에 신신하여 오신채를 부러하랴, 묵은 산채 삶아 내어 육미를 바꿀쏘냐 |

## 핵심 포인트 2 작품의 내용 이해

이 작품은 농가에서 일 년 동안 해야 할 일과 세시 풍속을 달마다 읊은 월령체 가사이므로 전체 내용을 정리해 둘 필요가 있다.

**◎ 〈농가월령가〉의 전체 내용**

| | |
|---|---|
| 서사 | 일월 성신의 역대의 월령 및 당시에 쓰이는 역법의 기원 |
| 정월령 | 정월의 절기와 일 년 농사 준비, 정초와 보름날 풍속 |
| 이월령 | 2월의 절기와 봄갈이와 가축 기르기, 약재 캐기 등 |
| 삼월령 | 3월의 절기와 논농사, 파종, 과일 나무 접붙이기, 장 담그기 등 |
| 사월령 | 4월의 절기와 모내기, 초파일 등불 달기, 고기 잡기 등 |
| 오월령 | 5월의 절기와 보리타작, 고치 따기, 그네뛰기, 민요 화답 등 |
| 유월령 | 6월의 절기와 간작, 북돋우기, 유두의 풍속, 삼 수확, 길쌈 등 |
| 칠월령 | 7월의 절기와 칠석 견우직녀의 이별 이야기, 김매기, 피 고르기, 벌초하기 및 무 · 배추 파종하기 등 |
| 팔월령 | 8월의 절기와 곡식의 무르익음과 수확, 중추절(한가위)을 위한 장 흥정하기, 며느리 친정 보내기 등 |
| 구월령 | 9월의 절기와 늦어지는 추수의 이모저모, 이웃 간의 온정 |
| 시월령 | 10월의 절기와 무 · 배추 수확, 겨울 준비, 화목 권장 등 |
| 십일월령 | 11월의 절기와 메주 쑤기, 동지의 풍속, 거름 준비 등 |
| 십이월령 | 12월의 절기와 새해 준비, 묵은세배 등 |
| 결사 | 농업에 전심하기를 권고함 |

## 핵심 포인트 3 시적 공간의 이해 / 다른 작품과의 비교

이 작품의 배경이 되는 자연(농촌)은 조선 전기 가사에 주로 나타나는 관념적 자연과는 차이를 보인다. 따라서 이 둘을 비교하여 공간의 특성을 알아 두어야 한다.

**◎ 조선 전기 가사와 〈농가월령가〉에 나타난 '자연'의 비교**

| 조선 전기의 '자연' | 〈농가월령가〉의 '자연' |
|---|---|
| • 안빈낙도를 추구하는 공간<br>• 질서와 조화를 갖춘 이상적 공간<br>• 세속과 대조를 이루는 공간으로 완상의 대상 | • 노동의 현장이자 삶의 터전<br>• 삶의 고달픔과 기쁨, 보람이 모두 있는 구체적인 생활 공간 |

### 작품 한눈에

• 해제

〈농가월령가〉는 농가에서 일 년 동안 해야 할 농사에 관한 실천 사항과 철마다 다가오는 풍속, 지켜야 할 예의범절을 달에 따라 노래한 월령체 가사이다. 권농(勸農)을 목적으로 한다는 점에서 교훈성 · 목적성이 강하다. 서사와 열두 달을 노래한 본사, 결사가 차례로 구성되어 월령체 가운데 가장 길고 짜임새 있는 작품이라 평가받는다. 한편, 농민들에게 필요한 농사일을 구체적으로 열거하여 실생활에 도움이 되도록 했다는 점에서도 중요한 의미를 지닌다.

• 화자와 시적 상황

화자는 열두 달의 순서에 맞춰 각 달에 해야 할 농사일과 세시 풍속을 소개하고 있다. 작품의 마지막 부분인 결사에 이르러서는 작품을 지은 경위를 밝히며 농업에만 힘쓰기를 권장하고 있다.

• 주제

① 농가에서 해야 할 농사일과 세시 풍속 소개
② 농업 권면

고전 시가 14

◇ 한 줄 평 여성의 고된 노동과 시집살이, 어머니의 죽음으로 인한 한을 읊은 노래

# 밭매는 소리 작자 미상

주목

불같이도 더운 날에 뫼같이도 우거진 밭을
계절적 배경: 여름 / □: 공간적 배경 변화
한 골 매고 두 골 매고 삼세 골로 매고 나니
「땅이라 내려다보니 먹물로 품은 듯하고
색채 이미지(검은빛)
하늘이라 쳐다보니 별이 총총 나왔구나」
「 」: 시간의 경과(날이 어두워지고 별이 뜸) – 오랜 노동 시간
▶ 더운 여름날 밭에서 고된 노동을 함
행주치마 떨쳐입고 집이라고 돌아오니
시어머님 하신 말씀
아가 아가 며늘아가 무슨 일로 그렇게 늦게 했느냐
일을 늦게 마쳤다는 시어머니의 핀잔
친정어머니 죽었다고 부고 왔다 그렇게 말씀하니
사람의 죽음을 알림
▶ 집에 돌아와 친정어머니의 부고를 들음
마음이 산란하여 친정으로 향하여
한 고개라 넘어가니 상두꾼이 행상소리 길길 나네
상여를 메는 사람 / 상여꾼들이 상여를 메고 가면서 부르는 구슬픈 소리

주목

아고 답답 울 엄마요 살아생전 못 본 얼굴
시집온 후 친정어머니를 만나지 못함
뒷세상에나 보려 했는데
내세 – 죽은 뒤에 다시 태어나 산다는 미래의 세상을 말함
하마 행상길이 가는군요
'벌써'의 방언
「서른둘 행상꾼요 잠시 조금 머물러 주소
「 」: 화자의 요청 – 죽은 어머니의 얼굴이라도 보고 싶은 간절함
우리 엄마 얼굴 주검이나마 한번 봅시다」
아이고 아이고 울 어머니
감탄사(영탄적 표현) – 어머니의 죽음으로 인한 슬픔
들은 체도 아니 하고 상두꾼 황천길로 가는구나
화자의 요청이 받아들여지지 않음 – 화자의 슬픔 심화 / ▒: 감탄형 종결 어미 → 영탄적 표현
▶ 친정으로 가는 길에 친정어머니의 상여를 만남
친정에 들어오니 친정 올케 하신 말씀
오빠의 아내
시누아가 어제아래 왔었으면 엄마 주검이라도 볼 건데
'엊그저께'의 방언
무슨 일이 그리 많아 지금에 왔느냐 하니
형님 형님 그 말 마소 시집살이 살다 보니
「귀 어두워 삼 년 살고 눈 어두워 삼 년 살고
「 」: 민요 〈시집살이 노래〉의 일부와 유사한 내용
말 못 해 삼 년 살고 석삼년을 시집 살고」
저물도록 밭을 매고 집에 오니 어덥까
어머님이 하신 말씀을 듣고 왔습니다 하니
▶ 친정에 와서 늦은 이유와 시집살이의 고통을 말함

## 작품 분석 노트

• 표현상 특징

|  |  |
|---|---|
| 직유 | • 불같이도 더운 날: 뜨거운 여름 날씨를 '불'에 빗댐<br>• 뫼같이도 우거진 밭: 거친 밭의 모습을 '뫼(산)'에 빗댐<br>• 땅이라 내려다보니 먹물로 품은 듯하고: 날이 어두워진 상황을 '먹물을 품은' 데에 빗댐 |
| 대구 | '불같이도 더운 날에 뫼같이도 우거진 밭을', '땅이라 내려다보니 먹물로 품은 듯하고 / 하늘이라 쳐다보니 별이 총총 나왔구나', '귀 어두워 삼 년 살고 눈 어두워 삼 년 살고 / 말 못 해 삼 년 살고' → 유사한 구조의 어구를 짝지음 |
| 영탄 | '아이고 아이고 울 어머니 / 들은 체도 아니 하고 상두꾼 황천길로 가는구나' → 감탄사와 감탄형 종결 어미를 통해 화자의 감정 표출 |
| 문답 | '시누아가 어제아래 왔었으면 ~ 지금에 왔느냐', '형님 형님 그 말 마소 ~ 어머님이 하신 말씀을 듣고 왔습니다' → 친정 올케의 물음과 화자의 대답 제시 |
| 반복 | '아가 아가', '아이고 아이고', '형님 형님' → 운율 형성 |

• 민요 〈시집살이 노래〉와의 유사성

> 형님 형님 사촌 형님 시집살이 어떱데까
> 이애 이애 그 말 마라 시집살이 개집살이
> (중략)
> 귀먹어서 삼 년이요 눈 어두워 삼 년이요
> 말 못해서 삼 년이요 석삼년을 살고 나니
> 배꽃 같던 요내 얼굴 호박꽃이 다 되었네

이 작품과 〈시집살이 노래〉는 모두 시집살이의 괴로움을 드러내고 있다는 공통점이 있다. 또한 이처럼 유사한 구절이 여러 작품에서 나타난다는 점은 구전되는 민요의 특성 중 하나이다.

동생 말이 그렇거든 배고프니 밥이나 요기하라카네
시장기를 면할 정도로 먹음

「삼 년 묵은 보리밥을 식기 굽에 발라 주고
'굽'은 그릇의 밑바닥에 붙은 나지막한 받침을 뜻함 - 매우 적은 양을 줌

삼 년 묵은 둥개장을 종지에다 발라 주니」
「」: 형편없는 음식을 그나마도 적게 주는 올케의 푸대접

어안이 하도 막혀 개야 개야 검둥개야

내 안 먹는 거 너나 많이 먹어라 ▶ 친정 올케가 형편없는 밥상을 차려 줌
개밥 같은 밥상을 받은 화자의 어이없는 심정 부각

개를 불러 밥을 주고 하도 하도 시리워시

형님 형님 울 형님아 너무나도 무정쿠마

「쌀 한 접시 찾았으면 구정물이 남았던들 「」: 남은 음식이라도 가까이 있는 대상에게 주기 마련인데 올케는 멀리 시댁에 있다가 친정에 돌아온 화자를 되려 박대함

곁에 있는 니 개 주지 니 소 주지

먼 데 있는 내 소 주나

누룽지가 남았던들

곁에 있는 니 개 주지 먼 데 있는 내 개 주나」

그렇게 섧던 맘이 호천망극(昊天罔極)■ 통곡하니

어느 누가 이내 심정 알아주리 ▶ 서러운 마음을 토로함
화자의 서러움을 알아줄 사람이 없음(설의적 표현) - 친정에서도 시댁에서도 박대 당하는 며느리의 처지

그럭저럭 집에 돌아오니 시어머님 하신 말씀

「어제아래 아니 오고 저 김을 누가 매노
「」: 며느리가 늦게 돌아와 할 일이 밀렸다며 핀잔을 주는 시어머니

저 밭을 누가 맬꼬」하니 어머님요 제가 합니다 하매 ▶ 집에 돌아와 시어머니에게 타박을 받음
화자의 대답

행주치마 떨쳐 입고 몽당호미 손에 들고
밭일을 하기 위한 채비 - 상을 당한 슬픔을 달래기도 전에 노동에 내몰리는 처지

밭에 가 엎드렸으니 눈물은 비가 되어
밭에서 시작해 다시 밭으로 돌아온 회귀적 구조

서산에 오는 비를 부슬부슬 뿌려 주고
음성 상징어 - 처량한 정서 환기

한숨은 바람 되어 오초동남(吳楚東南)■ 부는 바람

쓸쓸히도 희롱하소 ▶ 일하러 밭에 나가 눈물과 한숨으로 한탄함

■ 호천망극: 어버이의 은혜가 넓고 큰 하늘과 같이 다함이 없음을 이르는 말. 주로 부모의 제사에서 축문(祝文)에 쓰는 말.
■ 오초동남: '동쪽의 오나라, 남쪽의 초나라'라는 뜻으로, 중국의 옛 나라인 오와 초의 경계가 동남쪽으로 갈렸음을 가리킴.

**감상 포인트**

작품에 나타난 여성의 삶과 관련하여 시적 상황 및 화자의 정서와 태도를 파악한다.

• 표현상 특징

| | |
|---|---|
| 대구 | '삼 년 묵은 보리밥을 식기 굽에 발라 주고 / 삼 년 묵은 둥개장을 종지에다 발라 주니', '구정물이 남았던들 / 곁에 있는 니 개 주지 니 소 주지 / 먼 데 있는 내 소 주나 / 누룽지가 남았던들 / 곁에 있는 니 개 주지 먼 데 있는 내 개 주나' → 화자의 상황과 정서 부각 및 운율 형성 |
| 반복 | '개야 개야', '하도 하도', '형님 형님' → 운율 형성 |
| 설의 | '어느 누가 이내 심정 알아주리' → 화자의 서러운 마음 강조 |
| 문답 | '어제아래 아니 오고 ~ 저 밭을 누가 맬꼬', '어머님요 제가 합니다' → 시어머니의 물음과 화자의 대답 제시 |

• 여성 민요인 〈밭매기 소리〉

이 작품은 여성들이 실생활에서 불렀던 여성 민요에 해당하며 작품 속에 여성들의 생활상이 반영되어 있다.

**여성 민요의 유형**

• 노동할 때 부르는 노동요: 〈밭매는 소리〉, 〈베틀 노래〉, 〈연자방아 찧는 소리〉 등
• 놀이할 때 부르는 유희요: 〈강강술래 노래〉, 〈그네 뛰는 소리〉 등

**여성 민요의 특징**

• 화자의 감정 토로: 주로 부녀자의 신세 한탄을 표현함
• 시집살이에 대한 느낌과 생각을 대화체로 표현: 사촌 형님과 동생 간의 대화를 통해 시집살이의 고충에 대한 하소연, 사촌 형님에게 받은 박대에 대한 분노 등을 드러냄
• 서사성: 길고 단조로운 노동의 지루함과 고단함을 달래기 위해 서사적 구조를 갖춤

⬇

〈밭매기 노래〉는 친정과 시댁에서 박대 당한 며느리의 신세 한탄을 '시어머님 - 며느리', '올케 - 시누(며느리)'의 대화를 통해 보여 줌. 혼자서 밭매기를 하는 노동의 상황에서 불렀으며 일정한 서사를 갖추고 있다는 점에서 여성 서사 민요의 특징을 보여 줌.

## 핵심 포인트 1 시상 전개 방식 파악

이 작품은 서사성을 갖는 민요로, 화자의 이동에 따른 공간적 배경의 변화를 중심으로 사건의 진행 양상을 파악할 수 있어야 한다. 작품 속에 나타난 평민 여성의 고단한 삶에 주목할 수 있다.

**공간의 이동과 사건 전개**

| 공간 | 밭 | 시집 | 고갯길 | 친정 | 시집 | 밭 |
|---|---|---|---|---|---|---|
| 사건 | 무더운 여름날 우거진 밭을 매며 장시간 노동함 | 시어머니에게 늦게 돌아왔다는 핀잔과 친정어머니의 부고를 들음 | 친정어머니의 상여 행렬을 만나 시신이라도 보고자 했으나 무시당함 | 시집살이의 고충을 토로함, 올케에게 성의 없는 밥상을 받고 서러워함 | 늦게 돌아와 할 일이 밀렸다는 시어머니의 핀잔에 밭일을 하러 가겠다고 대답함 | 눈물과 한숨으로 슬픔과 쓸쓸함을 쏟아 냄 |

회귀적 구조

↓

- 시집과 친정에서 모두 소외된 주변인으로서의 여성 제시
- 긍정적 미래에 대한 전망이 부재하는 닫힌 세계 속에서의 단절감 부각

## 핵심 포인트 2 화자의 정서와 태도 파악

이 작품에서 화자가 자신이 겪는 사건에 대해 어떠한 정서를 표출하고 있는지 파악할 수 있어야 한다.

**화자의 정서와 태도**

| | |
|---|---|
| 친정어머니의 죽음을 뒤늦게 접한 슬픔과 한 | '아고 답답 울 엄마요', '아이고 아이고 울 어머니 / 들은 체도 아니 하고 상두꾼 황천길로 가는구나' → 출가 후 제대로 얼굴도 못 본 어머니의 얼굴을 시신이라도 보고자 했으나 무산되어 슬프고 답답함을 드러냄 |
| 친정 올케에게 홀대 받은 후의 서러움 | '개를 불러 밥을 주고 하도 하도 서러워서 / 형님 형님 울 형님아 너무나도 무정쿠마 ~ 그렇게 섧던 맘이 호천망극 통곡하니 / 어느 누가 이내 심정 알아주리' → 친정에 왔으나 올케에게 먹지도 못할 형편없는 밥상을 받고 개에게 줘 버린 후 서러움을 토로하며 자신의 마음을 알아줄 이 없음을 한탄함 |
| 시어머니에게 타박 받고 일하러 나가서 느끼는 슬픔과 쓸쓸함 | '눈물은 비가 되어 / 서산에 오는 비를 부슬부슬 뿌려 주고 / 한숨은 바람 되어 오초동남 부는 바람 / 쓸쓸히도 희롱하소' → 시집으로 돌아오자마자 늦었다는 핀잔을 듣고 바로 밭으로 노동하러 가서 자신의 처지에 대한 서러움과 슬픔 등을 토로함 |

## 핵심 포인트 3 외적 준거에 따른 감상

이 작품은 시집살이를 하는 평민 부녀자를 주인공으로 하는 서사 민요로 볼 수 있으므로, 이에 대한 외적 준거를 바탕으로 작품을 해석할 수 있어야 한다.

**서사 민요와 여성의 현실**

서사 민요는 특정 인물과 사건이 나타나는 이야기의 성격을 지닌 민요로, 주로 여성들이 밭을 매거나 길쌈을 하거나 기타 집안일을 하는 등의 노동을 하면서 불렀다. 따라서 서사 민요에는 여성의 현실이 잘 반영되어 있으며, 이는 조선 시대의 유교적 사회 질서 및 규범과 밀접한 관련이 있다. 조선 시대에 여성은 유학의 덕목인 오륜 중 하나인 '부부유별'에서 비롯된 내외법의 시행과 여성을 대상으로 하는 각종 규범의 영향으로 사회적 역할이 제한되었으며, 행동 반경 또한 가정 내로 축소되었다. 서사 민요에는 이러한 당대 여성의 현실과 위상에 대한 인식이나 태도가 드러난다.

| | |
|---|---|
| 작품에 나타난 여성의 현실 | • 밭일 등으로 종일토록 노동함<br>• 고된 노동 후나 모친상을 당한 후에도 구박을 당하는 냉혹한 시집살이에 순종해야 함<br>• 혼인 후 친정과의 왕래가 어려워 친정어머니의 임종도 지키지 못함<br>• 친정에서도 제대로 된 식사 대접조차 받지 못함(출가외인) |
| 현실에 대한 화자의 태도 | 이 작품의 화자는 시집살이와 노동으로 힘겨운 삶을 이어 가지만 적극적으로 맞서거나 항거하는 모습을 나타내지는 않으며, 자신의 처지와 심정을 알아줄 사람이 없음을 한탄하는 데 그침 |

### 작품 한눈에

• 해제

〈밭매는 소리〉는 제목에서도 알 수 있듯 여성들이 밭매기를 하면서 불렀던 노동요이다. 밭매기 민요는 불린 지역에 따라 다양한 이본이 존재하는데, 이 작품은 경상북도 영천에서 채록된 것으로, 부녀자의 힘겨운 현실과 이로부터 느끼는 감정을 표출하고 있다. 작품 속에서 무더운 여름날 밭에서 별이 뜰 때까지 일을 하는 모습, 며느리를 노동력으로만 여기는 시어머니의 모습 등은 기혼 여성의 고단한 삶을 보여 주며, 이에 친정어머니의 죽음이라는 비극적 상황이 더해지면서 고단한 삶의 모습은 극대화된다. 작품의 마지막은 처음과 마찬가지로 밭에서 노동하는 장면으로 맺어지고 있으나 친정어머니의 죽음으로 의지할 곳을 상실한 화자의 한과 삶의 무게는 더욱 심화되었을 것이라고 볼 수 있다.

• 화자와 시적 상황

화자는 시집살이를 하고 있는 여성이다. 고된 밭일에 시달리다가 귀가한 화자는 친정어머니의 죽음을 알리는 부고를 듣고, 친정으로 가는 도중 어머니의 상여 행렬을 마주치게 된다. 친정에 도착했지만 어머니가 부재하는 집에 화자를 위로해 줄 사람은 없고 올케에게 먹지도 못할 밥상을 받는다. 서러운 마음으로 시집에 돌아온 화자를 기다리는 것은 할 일이 많은데 늦게 돌아왔다는 시어머니의 구박뿐이다. 다시 밭으로 나간 화자의 마음은 슬픔과 쓸쓸함으로 가득하다.

• 주제

시집살이와 고된 노동에 시달리는 여성의 삶과 어머니를 여읜 슬픔

고전 시가 15

한 줄 평 도덕적으로 타락한 세 우부를 교훈 삼아 어리석은 행동을 하지 말 것을 훈계하는 노래

# 우부가 작자 미상

▸ 기출 수록 평가원 2025 6월

화자가 하는 말이 미친 소리가 아니라는 의미, 화자 자신의 말에 확신을 지님
내 말씀 광언(狂言)인가 저 화상을 구경하게 : 개똥이에 대한 화자의 부정적 평가가 나타남
어떤 사람을 마땅치 않게 여기어 낮잡아 이르는 말
: 세 명의 우부 가운데 한 명
남촌 한량(閑良) 개똥이는 부모덕에 편히 놀고
일정한 벼슬 없이 놀고먹던 양반 계층(풍자의 대상)
호의호식(好衣好食) 무식하고 미련하고 용통하여
좋은 옷을 입고 좋은 음식을 먹음 / 소견머리가 없고 매우 미련하여
「눈은 높고 손은 커서 가량(假量)없이 주제넘어
자기 능력이나 처지에 대한 어림짐작이 없이 / 「 」: 개똥이의 과시하는 성격을 비판적으로 평가함
시체(時體) 따라 의관(衣冠)하고 남의 눈만 위하겠다」
그 시대의 풍습과 유행 / 남에게 과시하는 것을 좋아함
▸ 개똥이에 대한 구경 권유와 개똥이의 성격 제시 및 비판적 평가
장장춘일(長長春日) 낮잠 자기 조석으로 반찬 투정
기나긴 봄날 / 아침저녁으로
매팔자로 무상출입(無常出入) 매일 장취 게트림과
빈들빈들 놀면서 먹고사는 걱정이 없는 팔자 / 거만스럽게 거드름을 피우며 하는 트림
이리 모여 노름 놀기 저리 모여 투전질에
노름질
기생첩 치가(置家)하고 오입장이 친구로다
첩을 얻어 따로 살림을 차림 / 방탕한 일을 하는 사람을 낮잡아 이르는 말
사랑에 조방(助幇)꾸니 안방에는 노구(老嫗) 할미
부부가 아닌 남녀를 주선하는 사람
명조상(名祖上)을 떠세하고 세도(勢道) 구멍 기웃기웃
이름난 조상 / 권문세가에 뇌물을 바침 / 세도가를 찾아 기웃거림
염량(炎凉) 보아 진봉(進奉)하기 재업(財業)을 까불리고
더위와 추위 – 세력의 성쇠 / 재산을 낭비하고
허욕(虛慾)으로 장사하기 남의 빚이 태산이라
헛된 욕심
내 무식은 생각 않고 어진 사람 미워하기

「후(厚)할 데는 박(薄)하여서 한 푼 돈에 땀이 나고
적은 돈도 아까워함
박할 데는 후하여서 수백 냥이 헛것이라」
「 」: 대구법, 대조법. 효율적으로 돈을 쓰지 못하는 개똥이의 행위에 대한 비판
승기자(勝己者)를 염지(厭之)하니 반복소인(反覆小人) 허기진다
자신보다 나은 사람을 싫어함 / 언행을 이랬다저랬다 하는 옹졸한 사람
내 몸에 이(利)할 대로 남의 말을 탄치 않고
탓하여 나무라지 않고
친구 벗은 좋아하며 제 일가(一家)는 불목(不睦)하며
서로 사이가 좋지 아니함
병날 노릇 모다 하고 인삼 녹용 몸 보(補)키와

주색잡기(酒色雜技) 모도 하여 돈 주정을 무진하네
술과 여자와 노름 / 돈을 함부로 쓰는 일
부모 조상 돈망(頓忘)하여 계집자식 재물 수탐(搜探) 일가친척 구박하며
부모와 조상을 섬기는 일에 관심이 없음
내 인사(人事)는 나중이요 남의 흉만 잡아낸다
▸ 개똥이의 용렬된 인물됨에 대한 비판
언행이 몹시 더러운 사람 / 경계하고 삼가야 할 규범이 쓰인 판
「내 행세는 개차반에 경계판(警戒板)을 짊어지고
「 」: 자신의 나쁜 행실은 돌아보지 않고 남의 행동에 대한 시비를 가리기 좋아함. 개똥이의 모순된 행위 비판
없는 말도 지어내고 시비의 선봉(先鋒)이라」
앞장서다
날 데 없는 용전여수(用錢如水) 상하탱석(上下撑石)하여 가니
돈을 물처럼 흔하게 씀 / 아랫돌 빼서 윗돌 괴기. 임시변통
손님은 채객(債客)이요 윤의(倫義)는 나 몰라라
빚쟁이 / 윤리와 의리
입 구멍이 제일이라 돈 날 노릇 하여 보세

**작품 분석 노트**

**현대어 풀이**

내 말이 미친 소리인가 저 인간을 구경하게
남촌의 한량 개똥이는 부모덕에 편히 놀고
호의호식하지만 무식하고 미련하고 소견머리가 없고
눈은 높고 손은 커서 대중없이 주제넘어
유행에 따라 옷을 입어 남의 눈만 즐겁게 한다.
긴긴 봄날 낮잠 자기 아침저녁으로 반찬 투정
놀고먹는 팔자로 (술집에) 돈 없이 드나들고 매일 취해 게트림을 하고
이리 모여 노름하기 저리 모여 투전질에
기생첩을 얻어 살림을 차리고 난봉꾼이 친구로다.
사랑방에는 조방꾸니, 안방에는 중매 할미가 드나들고
조상을 팔아 위세를 떨고 세도를 찾아 기웃기웃하며
세도를 따라 뇌물을 바치느라고 재산을 날리고
헛된 욕심으로 장사를 하여 남의 빚이 태산처럼 많다.
자기의 무식은 생각하지 않고 어진 사람을 미워하며
후하게 할 곳에는 야박하여 한 푼을 주는 데도 아까워하고
박하게 할 곳에는 후덕하여 수백 냥을 낭비한다.
자기보다 나은 사람을 싫어하니 소인들이 비위 맞추느라 배가 고플 지경이다.
자기에게 유리하면 남의 잘못된 말도 따지지 않고
친구들은 좋아하면서 제 친척들과는 화목하지 못하며
건강 해칠 일은 모두 하고 인삼, 녹용으로 몸보신하고
주색잡기를 모두 하여 돈을 함부로 쓰네.
부모와 조상은 아주 잊어버리고 계집과 재물만 좋아하며 일가친척을 구박하고
자기가 할 도리는 나중 일이요, 남의 흉만 잡아낸다.
자기 행동은 개차반이면서 경계판을 짊어지고 다니며
없는 말도 지어내고 시비 거는 일에 앞장선다.
돈이 나올 데가 없는데도 돈을 물처럼 쓰고 나서 임시변통하기에 바쁘고
손님은 빚쟁이 취급을 하고 사람의 도리는 모른 체한다.
먹는 것이 제일 중요하니 돈 나올 일을 하여 보세.

전답 팔아 변돈 주기 종을 팔아 월수 주기
이자를 무는 빚돈 본전에 이자를 합하여 다달이 갚는 빚

구목(丘木) 베어 장사하기 서책 팔아 빚 주기와
몰락한 양반의 모습 – 무덤가에 가꾼 나무(구목)와 책을 팔아 버림

「동네 상놈 부역이요 먼 데 사람 행악(行惡)이며
「 」: 양반의 지위를 이용하여 횡포를 부리는 개똥이의 모습

잡아 오라 꺼물리라 자장격지(自將擊之) 몽둥이질
꿇어앉혀라 남에게 시키지 않고 손수 함

전당 잡고 세간 뺏기 계집 문서 종 삼기와

▒: 개똥이의 탐욕적인 행위를 나열함

살결박에 소 뺏기와 불호령에 솥 뺏기와」
옷을 벗기고 알몸뚱이 상태로 묶음

여기저기 간 곳마다 적실인심(積失人心)허겠구나
인심을 많이 잃음

사람마다 도적이요 원망하는 소리로다
개똥이에 대한 사람들의 부정적인 평가

이사나 하여 볼까 가장(家藏)을 다 팔아도 상팔십이 내 팔자라
집안의 물건 가난하게 살았던 앞선 여든 해. 중국 주나라의 강태공이 80년간은 가난하게 살다가 그 뒤 80년간은 정승이 되어 잘살았다는 데서 유래함

종손 핑계 위전(位田) 팔아 투전질이 생애로다
제사 경비에 쓰기 위해 마련하는 토지

제사 핑계 제기(祭器) 팔아 관재구설(官災口舌) 일어난다
제사에 사용하는 그릇 관청에서 비롯되는 재앙과 시비

▶ 개똥이의 허랑방탕하고 탐욕스러운 행실 열거

뉘라서 돌아볼까 독부(獨夫)가 되단 말가
설의적 표현, 개똥이를 아무도 돌보지 않음, 자업자득(自業自得)

가련타 저 인생아 일조(一朝) 걸객(乞客)이라
몰락한 개똥이에 대한 화자의 평가 몰락한 양반으로서 의관을 갖추고 다니며 빌어먹던 사람, 패가망신한

「대모관자(玳瑁貫子) 어디 가고 물렛줄은 무슨 일고
개똥이의 처지를 드러냄
물렛줄로 갓끈을 한 것. 개똥이의 가난한 처지를 드러냄

통영갓은 어디 가고 헌 파립(破笠)에 통모자라
술을 마셔서 생기는 체증 해어지거나 찢어져 못 쓰게 된 갓

주체로 못 먹던 밥 책력(冊曆) 보아 밥 먹는다
개똥이의 몰락한 처지를 단적으로 드러냄. 매우 가난한 생활

양볶이는 어디 가고 씀바귀를 단물 빨듯
소의 위를 볶아 만든 음식 술찌끼를 물에 타서 뿌옇게 걸러 낸 탁주

죽력고(竹瀝膏) 어디 가고 모주 한 잔 어려워라
대나무 줄기를 구우면 나오는 끈끈한 진액을 뽑아 만든 술

울타리가 땔나무요 동네 소금 반찬일세
집 울타리를 땔감으로 쓰고 소금을 반찬으로 먹어야 할 만큼 가난함

각장장판(角壯壯版) 소란(小欄) 반자 장지문이 어디 가고
두꺼운 종이에 기름을 먹여 바른 장판

벽 떨어진 단칸방에 거적자리 열두 잎에
짚으로 엮은 깔개

호적 종이 문 바르고 신주보가 갓끈이라
신주를 모셔 두는 나무 궤를 덮던 보

은안 준마 어디 가며 선후 구종(驅從) 어디 간고
은으로 장식한 안장과 빠르게 잘 달리는 말 말을 타고 갈 때 앞에서 고삐를 잡고 끌거나 뒤에서 따르는 하인

석새짚신 지팡이에 정강말이 제격이라
끈이 매우 성글고 굵은 짚신 말이나 가마 등을 타지 않고 제 발로 걷는 것을 빗댄 표현

삼승 버선 태사혜가 어데 가고 끄레발이 불쌍하고
비단이나 가죽으로 만든 남자 신발 단정하지 못하고 어수선한 옷차림

비단 주머니 십륙사 끈 화류면경(樺榴面鏡) 어디 가고
화류 나무로 손잡이를 단 거울

버선목 주머니에 삼노끈 꿰어 차고
담비 종류 동물의 모피 추울 때 쓰던 모자

돈피 배자 담비 휘양 어디 가며 능라주의(綾羅紬衣) 어디 간고
추울 때 저고리 위에 덧입는 옷 비단옷과 명주옷

동지섣달 베창옷에 삼복 다림 바지 거죽」
가난으로 인해 계절에 맞지 않는 옷을 입는 상황

「 」: 부유하고 화려했던 개똥이의 과거와 거지가 된 개똥이의 현재 처지를 대비하여 몰락한 상황을 강조함

궁둥이는 울근불근 옆걸음질 병신같이
▒: 음성 상징어를 사용하여 인물의 행동을 묘사함

담배 없는 빈 연죽(煙竹)을 소일 조로 손에 들고
담뱃대

어숙비숙 다니면서 남의 문전걸식하며
이 집 저 집 돌아다니며 빌어먹음

---

논밭을 팔아서 이자 주고 종을 팔아서 이잣돈을 주고
무덤가의 나무를 베어 장사하고 서책을 팔아 빚을 주고
동네 상놈을 불러서 일을 시키고 먼 데서 온 사람에게 행패를 부리며
잡아 오라 꿇어앉혀라 제 손으로 직접 몽둥이질하고
전당 잡아 세간을 뺏으며 계집 문서로 종을 삼고
알몸으로 몸을 결박하여 소를 뺏고 불호령으로 솥을 뺏으니
여기저기 가는 곳마다 인심을 많이 잃겠구나.
사람마다 그를 도적이라 하여 원망하는 소리가 높구나.
이사나 해 볼까 집안의 물건을 다 팔아도 가난살이 내 팔자라.
종손이라고 핑계하고 위전을 팔아 노름하는 것이 일이로다.
제사를 핑계 삼아 제기를 팔아먹고서 관가로부터 봉변을 당한다.
아무도 그를 돌아보지 않으니 완전히 외톨이가 된단 말인가.
가련하다 저 인생아, 하루아침에 거지가 되었구나.
고급스러운 관자는 어디 가고 물렛줄로 갓끈을 맨 것은 무슨 일인가.
(품질이 좋은) 통영갓은 어디 가고 찢어진 갓에 통모자를 썼구나.
술을 마셔서 생긴 체증으로 못 먹던 밥 이제는 달력을 보아 가며 밥을 먹는구나.
양볶이(좋은 음식)는 어디 가고 씀바귀를 단물 빨 듯 먹고
죽력고(좋은 술)는 어디 가고 모주 한 잔 먹기도 어렵구나.
울타리가 땔감이요, 동네 소금이 반찬이네.
비싼 장판과 반자, 장지문은 어디 가고
벽이 떨어진 단칸방에 거적자리 열두 잎에
호적을 썼던 종이로 문을 바르고 신주 싸던 보자기를 갓끈으로 쓰는구나.
호사스럽게 꾸민 좋은 말은 어디 가며 앞에서 말을 끌고 뒤에서 따르는 하인은 어디 갔는가.
성글고 굵은 짚신과 지팡이에 두 발로 걷는 것이 제격이라.
삼승 버선과 태사혜가 어디 가고 단정하지 못한 옷차림이 불쌍하고
비단 주머니에 고운 끈이 달린 고급 거울은 어디 가고
버선목 주머니에 삼노끈을 꿰어 차고
담비 가죽으로 만든 옷과 담비로 만든 모자 어디 가며 비단옷과 명주옷은 어디 갔는가.
동지섣달에는 베로 만든 웃옷에 삼복더위에는 두꺼운 바지 입고
궁둥이는 울근불근 옆걸음질 병신같이 하고
담배 없는 빈 담뱃대를 할 일 없이 손에 들고
어슷비슷 다니면서 남의 집에 문전걸식하며

역질 핑계 제사 핑계 야속하다 너의 인심 원망할사 팔자타령
동네 사람들이 전염병, 제사를 핑계로 개똥이를 도와주지 않음(개똥이가 동네에서 인심을 잃음)
▶ 패가망신하여 거지가 된 개똥이의 모습

주목

저 건너 꼼생원은 제 아비의 덕분으로 돈천이나 가졌더니
: 세 명의 우부 가운데 한 명 / 돈천: 적지 않은 돈

술 한잔 밥 한술을 친구 대접하였던가
주위 사람들에게 인색함

주제넘게 아는 체로 음양 술수 탐혼하여
음양 술수: 길흉화복을 점치는 방법

당대발복(當代發福) 구산하기 피란 곳 찾아가며
부모를 좋은 묘지에 장사 지냄으로써 자식이 부귀를 누리기 위해 명산을 찾아다님

올 적 갈 적 행로상(行路上)에 처자식을 흩어 놓고
집안의 가장임에도 처자식에게는 무관심한 꼼생원

유무상조(有無相助) 아니 하면 조석 난계(難計)할 수 없다
조석 난계: 아침저녁을 잇기 어려움

「기인취물(欺人取物)하자 하니 두 번째는 아니 속고
기인취물: 사람을 속이고 재물을 빼앗음

공납범용(公納犯用)하자 하니 일갓집에 부자 없고」
공납범용: 국가의 세금을 마음대로 씀 / 일갓집: 친척집
「 」: 대구법, 남을 속이거나 국가의 세금을 횡령하려고 하는 모습을 통해 꼼생원의 도덕적 타락을 강조함

뜬재물 경영하고 경향(京鄕) 없이 싸다니며
뜬재물: 우연히 얻은 재물 / 경향: 서울과 시골 / 싸다니며: 여기저기를 채신없이 분주히 돌아다님

재상가에 청(請)질하다 봉변하고 물러서고
청질: 권세 있는 사람에게 부탁하여 그 힘을 빌리는 일

남의 골에 검태 갔다 혼겁에 쫓겨 와서
검태: 체면을 돌아보지 않고 재물을 얻음 / 혼겁: 관가에서 잡인의 출입을 금하던 일

혼인 중매 혼자 들다 무렴(無廉) 보고 뺨 맞으며
무렴: 염치가 없음을 느껴 마음이 부끄럽고 거북함

가대문서(家垈文書) 구문 먹기 핀잔먹고 자빠지기
가대문서: 집문서 / 구문: 흥정을 붙여 준 대가로 받는 돈

불리 행세 찌그렁이 위조문서 비리호송(非理好訟)
찌그렁이: 남에게 억지로 떼를 씀 / 비리호송: 이치에 맞지 않는 송사를 잘 일으킴

부자나 후려 볼까 감언이설(甘言利說) 꾀어 보세
후려: 보(洑)를 막기 위하여 둑을 쌓거나 고치는 일 / 감언이설: 귀가 솔깃하도록 남의 비위를 맞추거나 이로운 조건을 내세워 꾀는 말

언막이며 보막이며 은점이며 금점이며
언막이: 논에 물을 대기 위하여 막아 쌓은 둑

대로변에 색주가(色酒家)며 노름판에 푼돈 떼기
색주가: 술집

남북촌에 뚜쟁이로 인물초인(人物招引)하여 볼까
남북촌: 남촌과 북촌 / 뚜쟁이: 중매쟁이 / 인물초인: 사람을 꾀어 끌어감

산진매 수진매에 사냥질로 놀러 갈 제
산진매 수진매: 매의 종류

대종손(大宗孫) 양반 자랑 산소나 팔아 볼까
대종손: 큰 종갓집의 맏자손

혼인 핑계 어린 딸은 백 냥짜리 되었구나
집안의 가장임에도 무책임하고 비윤리적인 모습을 보이는 꼼생원

아낙은 친정살이 자식들은 고생살이

일가에 눈이 희고 친구의 손가락질
일가에 눈이 희고: 친척들이 눈을 흘기고

부지거처(不知去處) 나가더니 소문이나 들어 볼까
부지거처: 간 곳을 모름
▶ 꼼생원의 악한 행실과 그에 대한 비판

산 너머 꾕생원 그야말로 하우(下愚)로다
: 세 명의 우부 가운데 한 명 / 하우: 아주 어리석은 사람
: 꾕생원에 대한 화자의 부정적 평가가 나타남

거들어서 한 말 자랑 대장부의 결기로다
반어적 표현, 꾕생원의 거들먹거리는 태도를 비판함

동네 존장 몰라보고 이소능장(以少凌長) 욕하기와
존장: 어른 / 이소능장: 젊은 사람이 나이 많은 사람을 업신여김

의관열파(衣冠裂破) 사람 치고 맞았다고 떼쓰기와
의관열파: 옷과 갓을 찢고 부수며 싸움

남의 과부 겁탈하기 투장(偸葬) 간 곳 청병하기
투장: 남의 산이나 묏자리에 몰래 자기 집안의 묘를 쓰는 일 / 청병하기: 떡 달라고 하기

친척 집의 소 끌기와 주먹다짐 일쑤로다

부잣집에 긴한 체로 친한 사람 이간질과

---

돌림병 제사 핑계하는 동네 인심을 야속하다 탓하면서 팔자를 원망하는구나.
저 건너 꼼생원은 제 아비의 덕분으로 많은 돈을 가졌더니
술 한잔 밥 한술을 친구에게 대접하였던가.
주제넘게 아는 체로 길흉화복 점치기에 빠져
당대에 복을 받고자 좋은 묏자리를 찾아다니며
올 때 갈 때 길바닥에 처자식을 흩어 놓고
있는 사람들이 돕지 않으면 끼니를 잇기 어렵다.
사람을 속여 재물을 빼앗자 하니 두 번째는 아니 속고
국가의 세금을 횡령하자 하니 친척집에 부자 없고
허황된 재물을 바라면서 여기저기 분주히 돌아다니며
재상가에 부탁하다 봉변당하고 물러서고
남의 고을에 재물 얻으러 갔다 관아의 출입 금지에 쫓겨 와서
혼인 중매를 혼자 들다 무안을 당하고 뺨 맞으며
집문서를 가지고 흥정비를 받으려다 핀잔 듣고 자빠지기
이롭지 않은 행동을 하고 생떼 쓰며 위조문서로 송사를 일으키고
부자나 속여 볼까 달콤한 말로 꾀어 보세.
언막이며 보막이며 은광이며 금광이며 (찾아다니고)
큰길가에 술집이며 노름판에 푼돈 떼기
남북촌에 뚜쟁이로 사람들을 끌어 볼까.
산진매, 수진매에 사냥질로 놀러 갈 때
대종손 양반 자랑 산소나 팔아 볼까.
결혼을 핑계로 어린 딸은 백 냥짜리가 되었구나.
아내는 친정살이 자식들은 고생살이
친척들은 눈을 흘기고 친구들은 손가락질
어디론가 나가더니 소문이나 들어 볼까.
산 너머 꾕생원은 그야말로 아주 어리석은 사람이로다.
거들먹거리며 한 말 자랑 대장부의 결기로다.
동네 어른 몰라보고 업신여기고 욕하기와
의관 찢고 싸우며 사람 때리고 맞았다고 떼쓰기와
남의 과부 겁탈하기 몰래 무덤을 쓰는 곳에 가서 떡 달라고 하기
친척 집의 소 끌고 가기와 주먹다짐 일쑤로다.
부잣집에 아첨하고 친한 사람을 이간질하고

월숫돈 일숫돈 장변리(場邊利) 장체계(場遞計)며
사채와 고리대금과 관련된 행위

「제 부모의 몹쓸 행사 투전꾼은 좋아하며 손목 잡고 술 권하며

제 처자는 몰라보고 노리개로 정표 주며

자식 노릇 못하면서 제 자식은 귀히 알며

며느리는 들볶으며 봉양 잘못 호령한다」 「 」: 노름꾼이나 다른 여자에게는 쓸데없이 잘하면서, 가족은 돌보지 않는 꾕생원
웃어른을 받들어 모심

기둥 베고 벽 떠러라 천하 난봉 자칭하니 부끄럼을 모르고서
언행이 허황하고 착실하지 못하며 주색에 빠져 행실이 더러운 사람

주리 틀려 경친 것을 옷을 벗고 자랑하며
형벌을 받은 것

술집이 안방이요 투전방이 사랑이라

「늙은 부모 병든 처자 손톱 발톱 제쳐 가며
「 」: 가족들이 손발이 상해 가며 잠 못 자고 길쌈한 것을 도박에 탕진함

잠 못 자고 길쌈한 것 술 내기로 장기 두고」
실을 내어 옷감을 짜는 모든 일

책망(責望) 없이 버린 몸이 무슨 생애 못하여서
아무도 잘못된 것에 대해 책망하지 않고 그냥 놔두는 버려진 신세

누이 자식 조카자식 색주가로 환매(還賣)하며
물건과 물건을 직접 서로 바꿈

부모가 걱정하면 와락더락 부르대며

아낙이 사설하면 밥상 치고 계집 치기
잔소리나 푸념을 늘어놓으면

도망산에 뫼를 썼나 저녁 굶고 또 나간다
언어유희를 통해 집 안에 있지 않고 밖을 나돌아 다니는 꾕생원을 풍자함

포청 귀신 되었는지 듣도 보도 못할레라
포도청에 잡혀가서 죽은 귀신

▶ 꾕생원의 악한 행실과 그에 대한 비판

**감상 포인트**

작품에 나열된 인물의 행동을 중심으로 작품의 주제 의식을 파악해야 한다.

월숫돈, 일숫돈, 이자 받기며
자기 부모에게 몹쓸 짓하고 투전꾼은 좋아하며 손목 잡고 술 권하며
제 아내는 몰라보고 (다른 여자에게) 노리개를 정표로 주며
자식 노릇 못하면서 제 자식은 귀히 알며
며느리는 들볶으며 봉양을 잘못한다고 호령한다.
기둥 베고 벽 떨어라 천하에 난봉꾼이라 스스로 칭하니 부끄러움을 모르고서
주리 틀려 혹독하게 벌 받은 것을 옷을 벗고 자랑하며
술집이 안방이요 투전방이 사랑방이라.
늙은 부모 병든 처자 손톱 발톱을 젖혀 가며
잠 못 자고 길쌈한 것 술 내기로 장기 두고
책망 없이 버린 몸이 무슨 생애 못하여서
누이 자식, 조카자식을 술집에 팔아넘기고
부모가 걱정하면 와락 달려들어 거친 말로 야단스럽게 떠들어 대며
아내가 푸념하면 밥상 치고 아내 때리기
도망산에 묘를 썼나 저녁 굶고 또 나간다.
포도청 귀신이 되었는지 듣지도 보지도 못하겠더라.

• 작품의 성격

| | |
|---|---|
| 교훈적 | 세 우부의 도덕적 타락상을 보여 줌으로써 바람직한 삶의 태도를 일깨움 |
| 풍자적 | 윤리를 지키지 않고 타락한 삶을 사는 세 우부를 비판하며 풍자함 |
| 사실적 | 몰락한 양반의 삶과 서민 사회의 모습을 묘사함 |

• 작품의 구성

| | | |
|---|---|---|
| 개똥이 ↓ 꼼생원 ↓ 꾕생원 | 서사 | 비판의 대상이 되는 인물 제시 |
| | 본사 | 각 인물의 비윤리적 일탈 행위 열거 |
| | 결사 | 각 인물의 패가망신한 모습과 그 이후 상황 제시 |

## 핵심 포인트 1 표현상 특징 파악

작품의 주제 의식을 나타내기 위해 사용된 다양한 표현상의 특징 및 효과를 파악할 수 있어야 한다.

### 표현상 특징

| | |
|---|---|
| 대상과 거리 두기 | 행동의 주체를 3인칭으로 제시하여 의도적으로 거리를 둠<br>→ '저 화상을 구경하게 / 남촌 한량 개똥이는', '저 건너 꼼생원은', '산 너머 꾕생원' |
| 열거, 반복 | 내심의 타락한 행동을 구체적이고 적나라하게 나열함<br>→ '이리 모여 노름 놀기 ~ 오입장이 친구로다', '가대문서 구문 먹기 ~ 뉘소문서 비리호송', '동네 존장 몰라보고 ~ 주먹다짐 일쑤로다' 등 |
| 대조, 대구 | 대조와 대구를 통해 대상의 잘못된 행위와 현재 상황을 부각함<br>→ '후할 데는 박하여서 한 푼 돈에 땀이 나고 / 박할 데는 후하여서 수백 냥이 헛것이라', '대모관자 어디 가고 물렛줄은 무슨 일고 / 통영갓은 어디 가고 헌 파립에 통모자라' |
| 직접적 제시 | 대상의 성격을 직접적으로 제시하여 대상에 대한 화자의 비판적 태도를 드러냄<br>→ '무식하고 미련하고 용통하여', '가량없이 주제넘어', ' |
| 반어 | 반어적 표현을 활용하여 대상에 대한 부정적 평가를 드러냄<br>→ '거들어서 한 말 자랑 대장부의 결기로다' |

## 핵심 포인트 2 시적 대상의 이해

이 작품에는 '개똥이' 외에도 두 명('꼼생원', '꾕생원')의 우부가 더 등장하고 있다. 이들의 공통적인 모습을 통해 작품의 주제 의식을 파악할 수 있어야 한다.

### 작품에 형상화된 '개똥이'의 특성

| 시적 상황 | | '개똥이'의 모습 |
|---|---|---|
| '시체 따라 의관하고 남의 눈만 위하겠다' | → | 남의 눈을 의식하고 남에게 과시하는 성격이 드러남 |
| '명조상을 떠세하고 세도 구멍 기웃기웃 / 염량 보아 진봉하기' | → | 권력자에게 아부하고 뇌물을 바치는 기회주의적인 인물의 면모가 드러남 |
| '내 무식은 생각 않고 어진 사람 미워하기', '승기자를 염지하니' | → | 덕망이 있는 사람을 시기하고 미워하는 '개똥이'의 용렬한 성격이 드러남 |
| '내 행세는 개차반에 경계판을 짊어지고 ~ 시비의 선봉이라' | → | 자신의 잘못된 행동은 돌아보지 않고 남의 시비만 가리며 싸우기를 좋아하는 '개똥이'의 위선적인 면모가 드러남 |
| '동네 상놈 부역이요 먼 데 사람 행악이며 / 잡아 오라 꺼물리라 자장격지 몽둥이질' | → | 남에게 폭력을 가하고 횡포를 부리는 '개똥이'의 포악한 성격이 드러남 |
| '전당 잡고 세간 뺏기 계집 문서 종 삼기와 / 살결박에 소 뺏기와 불호령에 솥 뺏기와' | → | 남의 재물을 빼앗는 탐욕적인 '개똥이'의 성격이 드러남 |

### 작품에 형상화된 세 우부(어리석은 남자)의 공통적 모습

| 개똥이 | | 꼼생원 | | 꾕생원 |
|---|---|---|---|---|
| 부모덕에 호의호식하나 재물을 사치와 낭비로 탕진하고 가난한 서민을 대상으로 악질적인 고리대금업을 하여 인심을 잃음 | = | 조세를 함부로 쓰고 문서를 위조하는 등 사기 행각을 벌임. 개똥이와 마찬가지로 무절제한 삶을 살아감 | = | 평생 빚에 의지하여 술과 노름에 빠져 살면서 돈 때문에 가족 간에 지켜야 할 윤리마저 파괴하는 타락한 삶을 살아감 |

↓

| 작품의 주제 의식 |
|---|
| 세 명의 우부는 타락한 삶을 살아가다 비참한 말로를 맞이한다는 공통점이 있음<br>→ 도덕적 타락에 대한 비판과 부정한 행동을 해서는 안 된다는 훈계의 목적을 담고 있음 |

### 작품 한눈에

• 해제

<우부가>는 제목을 통해 밝히고 있는 바와 같이 어리석은 짓을 일삼는 남자들의 행태를 제시하며, 이에 대한 비판과 경계의 필요성을 강조하고 있는 가사이다. 이 작품에 등장하는 우부는 '개똥이', '꼼생원', '꾕생원'으로, 화자는 패륜과 패악을 일삼는 이들에 대해 강한 비판의 의노를 드러내고 있다. 그러면서 무위도식하거나 분별없이 행동하는 이들의 비윤리적인 일탈 행위를 다양한 표현 방법을 사용하여 다채롭게 묘사함으로써 설득력을 높이고 시상 전개상의 흥미를 유발하고 있다. 또한 이들의 파렴치한 행동에 따른 비참한 결과를 제시하여 처세를 조심해야 함을 부각하는 동시에, 도덕적인 삶의 중요성을 강조하고 있다.

• 화자와 시적 상황

화자는 '개똥이', '꼼생원', '꾕생원' 등 세 명의 어리석은 남성의 부패한 행태를 나열하며 풍자하고 있다. 화자는 이 세 인물과 거리를 두며 비판적 시선으로 그들의 삶을 그려 내고 있다.

• 주제

어리석은 남자들(우부)의 도덕적 타락에 대한 비판과 경계

고전 시가 16

한 줄 평 (가) 백성의 뜻이 전달되지 못하는 현실을 비판하는 노래
(나) 부조리한 현실에서 고통받는 백성들의 삶을 읊은 노래

# 벌의 줄 잡은 갓을 신헌조
# 착빙행 김창협

▸ 기출 수록 교육청 (나) 2008 7월

감상 포인트
현실을 바라보는 화자의 정서 · 태도에 주목한다.

**가** 벌의 줄 잡은 갓을 쓰고 헌 옷 입은 저 백성(百姓)이
(벌레가 친 줄 / 초라한 외관으로 고통받는 백성의 모습을 제시함 ▸ 초장: 전할 뜻이 있어 관아를 찾아온 초라한 백성의 모습)
그 무슨 정원(情願)으로 두 손에 소지(所志) 쥐고 공사문(公事門) 들이달아 앉는
(진정으로 바람 / 예전에, 청원이 있을 때에 관아에 내던 서면 / 다급한 상황에 처한 백성의 모습)
고나 동헌(東軒) 뜰의 쥐 같은 형방(刑房) 놈과 범 같은 나졸(羅卒)들이 아뢰어라
(백성의 뜻이 제대로 전달되는 것을 막는 중간 관리들(직유법) / 형방과 나졸의 발화 인용)
한 소리에 혼비백산(魂飛魄散)하여 하올 말 다 못 하니 옳은 송리(訟理) 굽어지네
(관리들의 호령에 위축되어 말을 제대로 못함 / 올바른 송사가 이루어지지 않음 ▸ 중장: 형방과 나졸의 태도에 제 뜻을 제대로 전하지 못하는 백성)
아마도 평이근민(平易近民) 하여야 도달민정(到達民情) 하리라
(평소에 백성과 가까이함 / 백성들의 속사정을 잘 알게 됨 ▸ 종장: 백성들의 뜻을 알기 위한 평이근민하는 태도의 중요성)

▪ 동헌: 지방 관아에서 공사를 처리하던 건물.

**나** 동지섣달 한강이 처음 꽁꽁 얼어붙자 — 季冬江漢氷始壯 (계동강한빙시장)
(공간적 배경 / 계절적 배경, 11~12월(음력))
천 사람 만 사람이 강 위로 나와서는 — 千人萬人出江上 (천인만인출강상)
(얼음 채취 부역에 동원되어 고통받는 백성들)
쩡쩡 도끼 휘두르며 얼음을 깎아 내니 — 丁丁斧斤亂相斲 (정정부근란상착)
(의성어, 청각적 이미지로 현장의 느낌을 생생하게 전달함)
은은한 그 소리가 용궁까지 울리누나 — 隱隱下侵馮夷國 (은은하침빙이국)
(과장 → 백성이 하는 노동의 힘겨움을 강조함 ▸ 1~4행: 겨울철 얼음 채취 부역에 시달리는 백성들)
깎아 낸 층층 얼음 흡사 설산 같아 — 斲出層氷似雪山 (착출층빙사설산)
(비유를 통한 시각화, 과장법)
쌓인 음기 싸늘히 뼛속까지 스며드네 — 積陰凜凜逼人寒 (적음늠름핍인한)
(촉각적 이미지)
「아침마다 등에 지고 빙고에 저장하고 — 朝朝背負入凌陰 (조조배부입릉음)
(얼음을 넣어 두는 창고)
밤마다 망치 끌을 들고 강에 모이누나」 — 夜夜椎鑿集江心 (야야추착집강심)
(「 」: 밤낮을 가리지 않는 노동의 과중함 ▸ 5~8행: 겨울밤까지 과중하게 노동하는 백성들)
낮은 짧고 밤은 긴데 밤새 쉬지 않고 — 晝短夜長夜未休 (주단야장야미휴)
(백성들이 밤에도 고된 일을 하는 상황)
강 위에서 노동요를 서로 주고받네 — 勞歌相應在中洲 (노가상응재중주)
(청각적 이미지)
정강이 가린 짧은 홑옷에 짚신도 없어 — 短衣至骭足無扉 (단의지한족무비)
(짧은 홑옷, 맨발 차림으로 일을 하는 백성들의 모습 시각화)
강가 모진 바람에 손가락 떨어지려네 — 江上嚴風欲墮指 (강상엄풍욕타지)
(강가의 매서운 바람에 손가락이 얾, 과장법, 촉각적 이미지 ▸ 9~12행: 백성들이 겪는 노동의 비참함)
유월이라 푹푹 찌는 여름 고당 위에는 — 高堂六月盛炎蒸 (고당유월성염증)
(계절적 배경 / 높다랗게 지은 집)
「미인이 고운 손으로 맑은 얼음 전해 주니」 — 美人素手傳淸氷 (미인소수전청빙)
(「 」: 시각적 이미지 / 노동하지 않은 손 → 고통받는 백성들의 모습과 대비됨)
난도로 내리쳐서 온 자리에 나눠 주면 — 鸞刀擊碎四座徧 (난도격쇄사좌편)
허공 밝은 태양 아래 하얀 눈발 흩날린다 — 空裏白日流素霰 (공리백일류소산)
(무더위 속에서 얼음을 즐기는 양반들)
당에 가득 즐기는 사람은 무더위를 모르거니 — 滿堂歡樂不知暑 (만당환락부지서)
(고당 ↔ 한강 ▸ 13~17행: 백성들의 고통과 희생을 모르는 양반들)
얼음 깨는 수고로움을 그 누가 말해 주랴 — 誰言鑿氷此勞苦 (수언착빙차로고)
(설의법, 백성들의 수고를 알아주는 사람이 없는 현실)
「그댄 못 보았나 길가에서 더위에 죽어 가는 백성들을 — 君不見道傍暍死民 (군불견도방갈사민)
(무더위 속에서 얼음을 즐기는 양반들의 모습과 대비됨)
대부분 강 위에서 얼음 캐던 사람이라네」 — 多是江中鑿氷人 (다시강중착빙인)
(「 」: 말을 건네는 방식과 도치법 활용 → 백성들의 참상을 강조함(문제 제기) ▸ 18~20행: 백성들이 죽음으로 몰리는 부조리한 현실 비판)

## 작품 분석 노트

**현대어 풀이**

**가**
벌레가 줄을 친 갓을 쓰고 헌 옷을 입은 저 백성이
그 무슨 진정한 바람이 있기에 두 손에 소지 쥐고 공사문을 들이달아 앉는구나.
동헌 뜰의 쥐 같은 형방 놈과 범 같은 나졸들이 '아뢰어라' 외치는 소리에 (백성이) 혼비백산하여 할 말을 다 못 하니 올바른 송사가 이루어지지 않는구나.
아마도 평소에 백성과 가까이해야 백성들의 속사정을 잘 알게 되리라.

• **가**의 비유적 표현

| 쥐 같은 형방 놈과 범 같은 나졸들 |
|---|
| 형방을 쥐에 빗대고 나졸을 범에 빗대어 관리들의 간사하고 무서운 성격을 나타냄 |

• **나**의 '한강'과 '고당'의 공간 대비

| 한강 | ↔ | 고당 |
|---|---|---|
| 백성들이 얼음을 채취하며 노동에 힘겨워 하는 공간 | ↔ | 양반들이 무더위 속에서 얼음을 즐기는 공간 |

• **나**의 소재의 의미와 기능

| 소재 | 의미 |
|---|---|
| 고운 손 | • 얼음을 나눠 주는 손<br>• 미인의 노동하지 않은 손 |
| 하얀 눈발 | 얼음을 깨자 햇살 쨍쨍한 공중으로 흩날리는 얼음 조각 |

↓

더운 날 얼음을 즐기는 양반들의 모습 형상화

↓

겨울에는 얼음을 채취하고 여름에는 무더위에 시달리는 백성들의 상황과 대비를 이룸

## 핵심 포인트 1 시상 전개 방식 파악

(가)와 (나)의 화자가 시적 상황을 인식하는 과정을 바탕으로 작품의 구조와 주제를 파악할 수 있어야 한다.

**(가)의 구조**

전할 뜻이 있어 관아를 찾아온 초라한 백성의 모습
↓
형방과 나졸 등 관리들을 두려워하며 할 말을 제대로 못하는 백성에 대한 안타까움
↓
**관리들이 평상시에 백성들과 가까이 지내야 한다는 개선책 제시**

**(나)의 구조**

얼음 채취 부역에 동원된 백성들의 비참한 모습
↓
무더위 속에서 얼음을 즐기는 양반들의 모습
↓
**고통받는 백성들의 삶에 대한 문제의식 제기, 부조리한 현실 비판**

## 핵심 포인트 2 표현상 특징 파악

(가)와 (나)는 주제를 형상화하는 과정에서 다양한 표현상 특징을 활용하고 있으므로 이를 알아 두어야 한다.

**(가)와 (나)의 표현상 특징**

| | |
|---|---|
| (가) | • 구체적 외양 묘사를 통해 백성의 모습을 시각적으로 나타냄<br>→ '벌의 줄 잡은 갓을 쓰고 헌 옷 입은 저 백성'<br>• 비유적 표현을 통해 형방과 나졸의 성격을 짐작하게 함(직유법)<br>→ '쥐 같은 형방 놈과 범 같은 나졸들'<br>• 형방과 나졸의 발화를 인용하여 이들이 백성에게 호령하는 상황을 생생하게 그림<br>→ '쥐 같은 형방 놈과 범 같은 나졸들이 아뢰어라 한 소리에' |
| (나) | • 시각적 · 청각적 · 촉각적 이미지 등 다양한 감각적 이미지의 활용이 나타남<br>• 계절적 · 시간적 배경을 활용하여 대상이 처한 상황을 강조함<br>→ '동지섣달 한강이 처음 꽁꽁 얼어붙자 ~ 얼음을 깎아 내니', '유월이라 푹푹 찌는 여름 ~ 맑은 얼음 전해 주니'<br>→ '아침마다 등에 지고 빙고에 저장하고 / 밤마다 망치 끌을 들고 강에 모이누나'<br>• 설의법을 사용해 백성들의 수고를 알아주는 사람이 없는 현실에 대한 안타까움을 드러냄<br>→ '얼음 깨는 수고로움을 그 누가 말해 주랴'<br>• 말을 건네는 방식과 도치법을 활용하여 부조리한 현실에 대한 각성과 성찰을 유도함<br>→ '그댄 못 보았나 길가에서 더위에 죽어 가는 백성들을 / 대부분 강 위에서 얼음 캐던 사람이라네' |

## 핵심 포인트 3 다른 작품과의 비교

(나)는 백성들의 비참한 삶을 다룬 다른 작품과 비교하여 감상할 수 있어야 한다.

**김창협의 〈산민〉과의 비교**

> 말에 내려 인가를 찾아가 보니 / 아낙네 문간에 나와 맞이하네. / 띠집 처마 아래 손을 앉게 하고 / 나를 위해 밥과 반찬 내어 오네.
> (손: 손님)
> 남편은 어디에 나가 있냐 하니 / 아침에 따비를 메고 산에 올라 / 산밭을 일구느라 고생을 하며 / 저물도록 돌아오지 못한다네.
> (따비: 풀뿌리를 뽑거나 밭을 가는 데 쓰는 농기구)
> 사방을 둘러봐도 이웃은 없고 / 개와 닭도 산기슭에 의지해 사네. / 숲속에는 사나운 호랑이 많아 / 나물도 마음대로 못 뜯는다네.
> 슬프다 산속 외딴 살이 무엇이 좋아서 / 가파른 이 산중에 있는고. / 평지에 살면 더없이 좋으련만 / 가고 싶어도 벼슬아치 두렵다네.
> – 김창협, 〈산민〉

→ (나)와 〈산민〉의 시적 화자는 모두 사대부로서 백성들의 비참하고 고된 삶을 제시하고 이에 대한 연민의 감정을 드러내고 있다. 또한 백성들의 고달픈 삶의 원인이 되는 부당한 사회 현실을 고발하고 있다.

### 작품 한눈에

**가**

• 해제

〈벌의 줄 잡은 갓을〉은 작가 신헌조가 강원 관찰사로 재직했을 때의 경험을 바탕으로 창작한 작품이다. 형방과 나졸의 고압적인 태도에 혼비백산하여 할 말조차 제대로 하지 못하는 백성의 모습을 통해 당시 공공연하게 행해졌던 중간 관리들의 횡포의 한 단면을 보여 주고 있다. 작가는 이와 같은 모습을 비판하는 데 그치지 않고 선정(善政)을 위해서는 '평이근민'하는 태도가 필요함을 제시하고 있다.

• 화자와 시적 상황

화자는 초라한 모습을 하고 전할 뜻이 있어 관아에 어려운 걸음을 한 백성을 바라보고 있다. 그리고 백성이 형방과 나졸들의 호령에 겁을 먹고 말을 제대로 하지 못하면서 올바른 송사가 이루어지지 못하는 데 대해 안타까움을 느끼며 관리들이 평이근민하는 태도를 지녀야 한다고 말하고 있다.

• 주제

선정(善政)을 위한 평이근민하는 태도의 중요성

**나**

• 해제

〈착빙행〉은 한겨울에 얼음을 채취해야 하는 백성들의 고통과 무더위 속에서 얼음을 즐기는 양반들의 환락을 대조적으로 제시하여 백성들의 비참한 현실을 부각하고 있는 작품이다. 마지막 구절에서 특히 '그대'라는 청자에게 말을 건네는 듯한 표현을 사용하여 부조리한 현실에 대한 각성과 성찰을 유도하고 있다.

• 화자와 시적 상황

화자는 동지섣달 한강에서 밤낮없이 얼음을 채취하는 백성들의 고통스러운 모습을 그리고 있다. 그리고 유월 여름이 되어 양반들은 얼음을 즐기는데, 겨울철 얼음을 캐던 백성들은 더위로 인해 길가에서 죽어 가는 상황을 안타까워하고 있다.

• 주제

고통받는 백성들의 비참한 현실 고발

고전 시가 17

◇ 한 줄 평 | 사신의 임무 수행을 위해 간 일본에서 고향에 대한 그리움을 표현한 노래

# 홍무 정사년 일본에 사신으로 가서 지음

정몽주

주목

| | |
|---|---|
| 섬나라에 봄빛이 움직이지만 (계절적 배경, 시각적 이미지: 화자의 처지와 대비되는 상황 / 공간적 배경, 일본) | 水國春光動 (수 국 춘 광 동) |
| 하늘가의 「길손은 못 돌아가네」 (「」: 고향에 돌아가지 못하는 처지 → 괴로움의 원인이 됨 / 먼 길을 가는 나그네 – 화자의 처지를 비유함) | 天涯客未行 (천 애 객 미 행) |
| 풀은 천 리 잇달아 푸르러 있고 (고향과의 공간적 거리감 / 색채 이미지 / ▒: 고향에 대한 그리움을 심화하는 객관적 상관물) | 草連千里綠 (초 연 천 리 록) |
| 「달은 타향 고향에 함께 밝구나」 (「」: 화자가 바라보는 달이 고향도 밝게 비출 것이라고 여김 / 시각적 이미지) | 月共兩鄕明 (월 공 양 향 명) |
| 유세에 황금 죄다 써 없어지고 (사신으로서의 임무 수행의 어려움) | 遊說黃金盡 (유 설 황 금 진) |
| 고향이 그리워서 흰머리 나네 (화자의 주된 정서 / 타지에서의 고생과 고향에 대한 그리움을 시각적으로 형상화함) | 思歸白髮生 (사 귀 백 발 생) |
| 사나이가 사방에 뜻 두는 것은 (사신으로서의 임무를 생각함 – 시상의 전환) | 男兒四方志 (남 아 사 방 지) |
| 공명만을 위한 것은 아닐 터인데 (일본에서 머무는 이유가 개인적 공명만을 위한 것이 아니라, 나라와 임금을 위한 것임을 드러냄) | 不獨爲功名 (불 독 위 공 명) |

〈제3수〉

▶ 제3수: 고향에 돌아가지 못하는 안타까움과 대장부의 큰 뜻

| | |
|---|---|
| 평생 동안 남과 북에 분주했지만 | 平生南與北 (평 생 남 여 북) |
| 마음먹은 일은 자꾸 빗나가도다 (사신의 임무를 뜻대로 수행하지 못함을 탄식함) | 心事轉蹉跎 (심 사 전 차 타) |
| 고국은 바다 서편 언덕에 있고 (공간적 거리감을 통해 고국과 멀리 떨어진 화자의 처지를 나타냄) | 故國海西岸 (고 국 해 서 안) |
| 외로운 배는 하늘 이쪽에 있네 (의인법, 감정 이입의 대상) | 孤舟天一涯 (고 주 천 일 애) |
| 매화 핀 창가에는 봄빛 이르고 (화자가 거처하는 공간 / 계절감, 시각적 이미지) | 梅窓春色早 (매 창 춘 색 조) |
| 판잣집엔 빗소리 크게 나누나 (고향 생각으로 인한 화자의 괴로운 심경 반영 – 청각적 이미지) | 板屋雨聲多 (판 옥 우 성 다) |
| 홀로 앉아 긴 해를 보내거니와 | 獨坐消長日 (독 좌 소 장 일) |
| 집 생각의 괴로움 어찌 견디랴 (괴로움의 근본적 원인 / 설의법) | 那堪苦憶家 (나 감 고 억 가) |

〈제4수〉

▶ 제4수: 사신으로서의 괴로움과 고향에 대한 그리움

감상 포인트
계절적 배경 및 다양한 소재를 통해 드러나는 화자의 정서에 유의하며 작품을 감상한다.

| | |
|---|---|
| 꿈꾸는 건 계림의 우리 옛집뿐인데 (고향에 돌아가고 싶은 간절한 마음) | 夢繞鷄林舊弊廬 (몽 요 계 림 구 폐 려) |
| 해마다 무슨 일로 돌아가지 못하나 (고향으로 돌아가지 못하는 처지에 대한 탄식) | 年年何事未歸歟 (연 년 하 사 미 귀 여) |
| 반평생을 괴로이 허무한 공명에 묶여 (사신으로서의 책무, 자책감) | 半生苦被浮名縛 (반 생 고 피 부 명 박) |
| 만 리 밖 풍속 다른 나라에 있네 (고향과의 거리감 / 이국땅인 일본) | 萬里還同異俗居 (만 리 환 동 이 속 거) |
| 바다가 가까워서 먹을 고기 제공하나 | 海近有魚供旅食 (해 근 유 어 공 려 식) |
| 「하늘 멀어 소식 전할 기러기 없네」 (고향에 소식을 전달하는 매개체 / 「」: 고향에 소식을 전하고 싶지만 단절된 상황) | 天長無雁寄鄕書 (천 장 무 안 기 향 서) |
| 배 돌아갈 때는 매화를 얻어 가서 (고국으로 돌아가는 때) | 舟回乞得梅花去 (주 회 걸 득 매 화 거) |
| 시내 남쪽에 심고 성긴 모양 보리라 | 種向溪南看影疏 (종 향 계 남 간 영 소) |

〈제5수〉

▶ 제5수: 고향에 대한 그리움과 고향에 돌아가고 싶은 마음

## 작품 분석 노트

• 계절적 이미지의 활용

| | |
|---|---|
| 〈제3수〉 | • 섬나라에 봄빛이 움직이지만<br>• 풀은 천 리 잇달아 푸르러 있고 |
| 〈제4수〉 | 매화 핀 창가에는 봄빛 이르고 |

이 작품에서는 '봄빛이 움직이지만', '봄빛 이르고'라는 표현과, '풀', '매화'와 같은 소재를 통해 봄이라는 계절적 배경을 드러내고 있다. 이렇게 화자가 이국땅에서 맞이한 봄은 고국을 그리워하는 화자의 정서를 부각하는 계절적 배경이라고 할 수 있다.

• 화자와 '배'의 관계

| 화자 | | 배 |
|---|---|---|
| 이국땅에 머물며 고향으로 돌아가지 못함 | = | 바다 서편 언덕(고국)과 멀리 떨어져 있는 외로운 존재 |

• 화자의 주된 정서

| 사신으로서의 책무와 괴로움 | 고향에 대한 그리움 |
|---|---|
| • 사신으로서의 임무 수행의 어려움<br>• 사신의 임무를 마음먹은 대로 수행하지 못하는 것에 대한 탄식 | • 고향으로 돌아가지 못하는 처지에서 느끼는 외로움<br>• 집(가족) 생각으로 인한 괴로움 |

• 이 작품의 창작 배경

정몽주는 1377년 9월 일본에 사신으로 갔다가 이듬해 7월에 귀환하였다. 〈홍무 정사년 일본에 사신으로 가서 지음〉은 이 기간에 지은 총 11수의 한시로, 위국충절과 향수를 담고 있다. 그 당시 고려에는 왜구의 침입이 빈번했는데, 이에 조정은 화친을 도모하기 위해 일본에 사신을 보냈다. 많은 신하들이 사신으로 가는 것을 위태롭게 여겼으나 정몽주는 두려워하는 기색 없이 일본에 건너가 맡은 임무를 수행하고, 왜구에게 붙잡혀 간 고려 백성 수백 명을 귀국시켰다고 한다. 이 작품에는 일본의 풍광과 함께 외교 사명을 띠고 일본으로 온 그의 처지와 태도, 고향을 그리는 마음이 조화롭게 나타나 있다.

## 핵심 포인트 1 표현상 특징 파악

각 수에 나타난 표현상의 특징 및 효과를 파악하고 이를 바탕으로 화자의 정서와 태도를 이해할 수 있어야 한다.

**표현상의 특징**

| | |
|---|---|
| 시적 배경 | 타국에서 맞는 봄이라는 시적 배경을 제시하여 화자가 느끼는 고향에 대한 그리움을 환기함<br>→ '봄빛', '푸르러 있'는 '풀', '매화 핀 창가'(계절적 배경)<br>'섬나라', '판잣집'(공간적 배경) |
| 감각적 이미지 | • 시각적 이미지와 색채 이미지를 통해 시간적 배경을 드러냄<br>→ '봄빛이 움직이지만', '풀은 천 리 잇달아 푸르러 있고', '달은 타향 고향에 함께 밝구나', '매화 핀 창가에는 봄빛 이르고'<br>• 청각적 이미지를 통해 고향과 떨어져 있는 괴로운 심경을 표현함<br>→ '빗소리 크게 나누나' |
| 감정 이입 | 특정 사물에 화자의 정서를 투영하여 타국에서 느끼는 외로움을 드러냄<br>→ '외로운 배는 하늘 이쪽에 있네' |
| 설의법 | 의문의 방식을 사용하여 고향(가족)에 대한 그리움을 부각함<br>→ '집 생각의 괴로움 어찌 견디랴' |

## 핵심 포인트 2 시어의 의미와 기능 파악

이 작품에서 화자는 다양한 시어를 통해 타국에서 느끼는 고향과 가족에 대한 그리움을 표출하고 있다. 따라서 작품에 등장하는 다양한 시어의 의미와 기능을 파악할 수 있어야 한다.

**시어의 의미와 기능**

| | |
|---|---|
| 봄빛, 풀, 매화 | 봄이 찾아오는 이국땅에서 고향을 그리워하는 화자의 마음을 부각함 |
| 달 | 화자가 타국에서 바라보는 대상으로, 달이 고향도 비출 것이라 생각함<br>→ 화자로 하여금 고향을 떠올리게 하는 매개체<br>→ 고향에 대한 그리움이라는 화자의 정서를 심화함 |
| 배 | 고향으로 돌아가지 못하고 외로움을 느끼는 화자의 처지를 나타냄 |
| 빗소리 | 고향 생각으로 인해 괴로운 화자의 심정을 반영함 |
| 기러기 | 고향에 소식을 전하고 싶은 화자의 마음을 드러냄 |

## 핵심 포인트 3 다른 작품과의 비교

이 작품에는 타국에서 느끼는 고향에 대한 그리움이 나타나 있다. 따라서 이 작품과 창작 동기 및 주제가 유사한 다른 작품과 비교하여 감상할 수 있어야 한다.

**양태사의 〈야청도의성〉과의 비교**

서리 내린 달밤 은하수 밝은데 霜天月照夜河明
나그네 돌아갈 생각에 시름이 깊어라 客子思歸別有情
긴 밤 앉아 새우자니 시름겨워 견딜 길 없는데 厭坐長宵愁慾死
문득 이웃 아낙네의 다듬이 소리 들려오누나 忽聞隣女擣衣聲
바람결에 끊어질 듯하다가 이어지면서 聲來斷續因風至
밤 깊어 별 지도록 잠시도 멎지를 않네 夜久星低無暫止
고국을 떠난 뒤로 저 소리 듣지 못했더니 自從別國不相聞
먼 이역 땅에서 듣는 소리 서로 비슷하구나 今在他鄕聽相似

– 양태사, 〈야청도의성〉

| | 〈홍무 정사년 일본에 사신으로 가서 지음〉 | 〈야청도의성〉 |
|---|---|---|
| 공통점 | • 화자 자신을 '길손(나그네(客))'로 표현함<br>• 타국(일본)에서 느끼는 고향에 대한 간절한 그리움을 노래함 | |
| 차이점 | • 계절적 배경: 봄<br>• 화자의 정서를 심화하는 소재: 풀, 달, 매화, 기러기 | • 계절적 배경: 가을<br>• 화자의 정서를 심화하는 소재: 다듬이 소리 |

### 작품 한눈에

가

• 해제

〈홍무 정사년 일본에 사신으로 가서 지음〉은 정몽주가 일본으로 건너가 사신의 임무를 수행하면서 느끼는 어려움과 고향과 가족에 대한 그리움을 표현한 한시이다. 화자는 타국의 일렁이는 봄빛 속에서 고향에 대한 그리움과 가족과 떨어져 홀로 지내는 외로움을 드러내고 있다. 그리고 이러한 화자의 정서는 '날', '배', '매화', '빗소리' 등의 다양한 소재와 감각적 이미지를 통해 효과적으로 나타나고 있다.

• 화자와 시적 상황

화자는 타국(일본)에서 사신 임무 수행에 대한 어려움을 토로하며 고향에 대한 그리움과 고향으로 돌아갈 수 없는 처지로 인한 괴로움, 나라와 임금에 대한 충정을 드러내고 있다.

• 주제

타국에서 느끼는 고향에 대한 그리움

• 각 수의 주제

| | |
|---|---|
| 〈제1수〉 | 타국 사람들의 인정(人情)과 타국에서의 흥취 |
| 〈제2수〉 | 이국땅에서 맞는 봄과 보국의 공을 세우지 못한 고뇌 |
| 〈제3수〉 | 고향에 대한 그리움과 대장부의 큰 뜻 |
| 〈제4수〉 | 이국땅에서 홀로 지내는 외로움과 고향에 대한 그리움 |
| 〈제5수〉 | 고향에 대한 그리움과 고향에 돌아가고 싶은 마음 |
| 〈제6수〉 | 뜻을 이루지 못한 것에 대한 자책과 고향에 대한 그리움 |
| 〈제7수〉 | 이국땅의 지리 및 풍속과 문화인으로서의 자부심 |
| 〈제8수〉 | 이국땅의 낯선 풍속과 고국으로 돌아가고 싶은 절실한 마음 |
| 〈제9수〉 | 이국땅의 풍경 및 풍속과 고국에 대한 그리움 |
| 〈제10수〉 | 이국땅에서 느끼는 쓸쓸함과 고향에 대한 그리움 |
| 〈제11수〉 | 이국땅의 풍속과 새해의 풍경, 타국에서 홀로 지내는 외로움 |

◇ 한 줄 평 　은거지의 정경에 대한 예찬과 왕명을 받들어 먼 길을 떠나는 심회를 읊은 노래

# 봉산곡 채득기

일명 '천대별곡'이라고도 함

○: 작가가 은거하는 곳의 명소

주목

가노라 옥주봉아, 있거라 경천대야,
심양으로 떠나기 전의 작별 인사. 도치법, 대구법, 돈호법

「요양 만릿길이 멀어야 얼마 멀며」 「 」: 먼 길을 떠나기 전에 스스로를 위로하는 말
중국 심양에 있는 도시(문맥상 심양을 의미)

그곳에서의 일 년이 오래되었다 하랴마는
자신이 보필해야 하는 소현 세자와 봉림 대군이 중국 심양에 볼모로 끌려간 지 1년이 됨

상봉산 별천지를 처음에 들어올 때
화자가 현재 은거하고 있는 곳을 이상적인 공간으로 여김(별천지: 특별히 경치가 좋은 곳)

노련의 분노* 탓에 속세를 아주 끊고
명나라를 버리고 청나라와 강화하는 정세에 대한 분노 → 화자가 속세를 떠나 은거한 이유를 고사에 빗댐

발 없는 구리솥 하나 전나귀에 싣고서
소박하고 단출한 살림살이

추풍(秋風) 부는 돌길로 와룡강 찾아와서,
제갈공명이 은거하던 곳에 있는 강 → 작가가 은거하는 곳의 강을 비유

「천주봉 석굴 아래 초가 몇 칸 지어 두고
수간모옥 – 청빈한 생활

무우정(舞雩亭) – 유유자적한 삶에 대한 소망을 담아 지은 이름

고슬단(鼓瑟檀) 행화방(杏花坊)에 정자 터를 손수 닦아」
'거문고를 타는 곳'이라는 뜻 　'살구꽃이 피는 터'라는 뜻 　「 」: 자연에 은거하려는 화자의 의지가 나타남

낮에야 일어나고 새 달이 돋아올 때
세속적 생활에서 벗어난 한가하고 여유로운 생활

「지도리 없는 거적문과 울 없는 가시사립,」 「 」: 소박한 거처의 모습
돌쩌귀, 문장부 따위를 통틀어 이르는 말 　가시나무로 엮어 만든 사립문

적막한 산골에 손수 일군 마을이 더욱 좋다.
속세의 번잡함에서 벗어난 공간 　└ 현재 지내는 곳에 대한 자족감

▶ 서사: 화자가 지금의 은거지를 찾게 된 내력

■ 노련의 분노: 노련은 제나라의 장수 노중련으로, 그는 위나라와 조나라가 주나라의 천자를 버리고 진나라 왕을 천자로 추대하려 하자 진나라가 천하를 차지한다면 동해에 빠져 죽겠다며 분노했다고 함.

## 작품 분석 노트

• 소재의 의미

| | | |
|---|---|---|
| • 발 없는 구리솥 하나<br>• 초가 몇 칸<br>• 지도리 없는 거적문<br>• 울 없는 가시사립 | ⇨ | 소박하고 청빈한 삶 |

생애는 내 분수라 담박한들 어찌하리.
안분지족(安分知足)의 태도
밝은 세상 한 귀퉁이에 버린 백성 되어서
병자호란으로 인해 자연에 은거하게 된 화자
솔과 국화 쓰다듬고 잔나비와 학을 벗하니
자연과 동화되어 사는 삶 – 사대부의 관념적 표현
어와, 이 강산이 경치도 좋고 좋다.
영탄적 표현, 자연 경관에 대한 만족감
높다란 금빛 절벽 허공에 솟아올라
경천대 / 주체: 금빛 절벽
구암을 앞에 두고 경호 위에 선 모양은
구암 주변을 잔잔하게 흐르는 강물
삼신산 제일봉이 여섯 자라 머리에 벌인 듯.
중국 전설상의 세 산 / 고사의 활용
붉은 놀, 흰 구름에 곳곳이 그늘이요
색채 대비, 아름다운 풍경
유리 같은 온갖 경치 빈 땅에 깔렸으니
용문(龍門)을 옆에 두고 펼쳐진 모래밭은
여덟 폭 돌병풍을 옥난간에 두른 듯.
직유법: 절벽에 둘러싸인 모래밭의 아름다움
맑은 모래 흰 돌이 굽이굽이 경치로다.
자연 경관에 대한 예찬
(경천대 주변의 절경 예찬)
그중에 좋은 것이 무엇이 더 나은가.
여러 경관 중에서도 경천대가 가장 뛰어남
구암이 물을 굽혀 천백 척 솟아올라
물 위로 높이 솟아 있는 구암의 형태, 과장법
구름 위로 우뚝 솟아 하늘을 괴었으니
'경천(하늘을 숭배함)'이라는 이름을 붙인 까닭
「어와, 경천대야. 네 이름이 과연 헛된 것 아니로다.」 「 」: 영탄법, 의인법
본래의 명칭은 '자천대'였으나 작가가 '경천대'로 바꾸어 부름
시인이 뛰어난들 누가 시로 다 써내며
화가가 신묘한들 붓으로 다 그릴까.
설의적 표현
(글이나 그림으로 표현할 수 없을 정도로 경관이 빼어난 경천대에 대한 예찬, 대구법)
가을바람 건듯 불어 잎마다 붉으니
계절적 배경: 가을
물들인 비단을 물 위에 걸친 듯.
직유법: 붉은 단풍이 맑은 물에 비친 모습
꽃향기 코에 들고 온갖 과실 익었는데
후각적 이미지 / 가을의 풍요로움
매화, 치자 심은 화분 황백 국화 섞였구나.
노란 국화와 하얀 국화가 핌
풍경도 좋거니와 물색(物色)도 그지없다.
단풍과 매화, 치자, 황백 국화 등의 빛깔
(시각적 이미지)
빈산의 두견 소리 소상반죽을 때리는 듯.
청각적 이미지 → 고요하고 적막한 분위기 강조
모래밭의 기러기는 포구의 석양을 꿈꾸는 듯.
평화로운 이미지
(직유법, 대구법, 시각적 · 청각적 이미지)
한밤중 강 가운데에 옥빛 달을 걸었으니
밤중에 하늘에 뜬 달이 강물 위에 비치는 장면을 표현함
소동파의 적벽 홍취를 저 혼자 자랑할까.
경천대 주변의 가을 정취를 즐기는 것을 소동파가 적벽강에서 뱃놀이하던 정취에 견줌
추운 날 가난한 집에 흰 눈이 흩뿌리니
계절적 배경: 겨울 / 화자의 집
「온갖 바위 골짜기가 경요굴이 되었구나.」 「 」: 눈 내린 상봉산의 겨울 풍경
달 속에 있다는, 아름다운 구슬로 된 굴, 상봉산의 눈 내린 아름다운 경치
푸른 솔 봉일정은 절개를 굳게 지켜
눈 속에서도 푸르름을 잃지 않는 소나무의 모습에서 절개를 떠올림(관습적 상징물)
바위 위에 우뚝 솟아 추운 날에 더욱 귀하다.
고고한 자태 / 예찬적 태도
어부가 나를 불러 고기잡이 하자거늘
생계를 위한 활동
석양을 비껴 띠고 낚시터로 내려가서

• 〈봉산곡〉의 공간적 배경에 대해 기록한 글

> 세 개의 봉우리가 그 뒤에 솟아 있고, 큰 강이 그 앞을 지나간다. 절벽이 병풍처럼 둘러 있고, 기암괴석이 펼쳐져 있다. 그 가운데 널찍하고도 시커멓게 물이 고인 곳이 우담(雩潭)이다. (…) 험준하게 절로 솟구친 것이 자천대(自天臺)다. 그 기이하고 교묘함이 특이하여 사람의 힘으로 만든 것이 아니다. 새로 그 위에 정자를 얹고 무우정(舞雩亭)이라 하였다. (…) 산에서부터 정자까지, 정자에서 우담까지 흰 모래로 띠를 두르고, 푸른 소나무로 울타리를 삼았다. 또 아름다운 나무와 희한한 꽃들, 이름난 화초와 기이한 풀들이 봄가을 화장을 하고 예쁘게 꾸며 아래위로 어리비친다. 이 지역의 빼어난 경관과 아름다운 경치는 진실로 한두 마디로 말할 수 없다.
> – 김상헌, 〈채씨우담신정기〉

• 소재의 상징성

- '구름 위로 우뚝 솟아 하늘을 괸' 경천대의 구암
- 눈속에 '푸른 솔 봉일정'

⇨ 화자의 지조와 절개 상징

• 화자의 공간 인식

- 속세를 벗어난 공간
- 유유자적한 삶이 가능한 공간
- 자연의 아름다움을 만끽할 수 있는 공간
- 화자의 은둔처이자 안식처

↓

화자의 이상이 구현되어 있는 공간, 무릉도원

배 한 척 손수 저어 그물을 걷어 내니
겨울의 고기잡이 – 자급자족하는 소박한 생활
은빛 나는 물고기가 그물코마다 걸렸구나.
드는 칼로 회를 치고 고기 팔아 빚은 술을
깊은 잔에 가득 부어 취하도록 먹은 후에,
가난하지만 풍류를 즐기는 생활

자연 속 풍류를 즐기며 안빈낙도하는 삶의 모습

두건을 비껴쓰고 영귀문 돌아들어
'시를 읊으며 돌아오는 문'이라는 뜻. 은거지로 들어오는 입구를 의미
「경천대 위 바둑판돌 높이 베고 기대니
신선 같은 삶
장송에 내린 눈은 취기를 깨우는 듯.」
「 」: 자연과 더불어 살아가는 삶을 형상화함
쌀쌀한 추동(秋冬)에도 경물이 이러하니
아름다우니, 절경이니
꽃피는 봄, 녹음의 여름이야 한 입으로 다 이르랴.
설의적 표현
봄과 여름의 풍경은 말로 표현하기 어려운 정도로 아름다움. 자부심
산수 경치 혼자 좋아 부귀공명 잊었으니
세속적인 가치
인간 세상 황량은 몇 번이나 익었는가.
메조 → 부귀영화의 덧없음을 비유적으로 이르는 말
「유정문(幽靜門) 낮에 닫아 인적이 끊겼으니
주체: 화자
천지가 무너진들 그 누가 전할쏘냐.」
(그 소식을)
「 」: 속세와 단절된 삶
고사리 손수 캐어 돌샘에 씻어 먹고
소박한 음식
명나라를 떠받들고 목숨이나 유지하면
화자의 정치적 가치관이 드러남: 숭명배청(崇明排淸)
장성(長城) 만 리 밖에 백골이 쌓인들
이곳이 별천지니 청춘을 부러워하리.
그 어떤 것도 부럽지 않다는 자족의 태도
「거문고 줄을 골라 자지곡(紫芝曲) 노래하니」 「 」: 세상일을 잊고 풍류를 즐김
중국 진시황 때에 난리를 피하여 상산(商山)에 들어가 숨어 지낸 은사들이 지은 노래
소금도 장도 없이 맛 좋구나, 강산이여.
초라하고 단출한 음식
거친 밥 풀죽에 배부르구나, 풍경이여.

안빈낙도, 안분지족의 태도. 대구법. 영탄법

▶ 본사 1: 경천대 주변의 아름다운 정경과 자족감

시비(是非) 영욕(榮辱) 다 버리고 갈매기와 늙자더니
세속적인 삶 / 자연에 은거하는 삶
무슨 재주 있다고 나라에서 아시고
스스로를 낮춤
쓸 데 없는 이 한 몸을 찾으시니 망극하구나.
자신을 겸손하게 표현함
상주 십이월에 심양 가라 부르시니
청나라의 심양에서 볼모로 잡혀 있는 세자와 대군을 보필하는 임무를 맡음 → 은거지를 떠나게 된 이유
어느 누구 일이라 잠시인들 머물겠는가.
설의적 표현
임금 은혜 감격하여 행장을 바삐 챙기니
자신의 재주를 인정하고 큰 임무를 맡긴 은혜
삼 년 입은 옷가지로 이불과 요 겸하였네.
먼 길을 떠나야 하는 준비 – 검소하고 단출한 행장
남쪽의 더운 땅도 춥기가 이렇거든
화자가 지내는 곳(상주)
한겨울 깊은 때에 우리 임 계신 데야.
12월 / 중국 심양 / 소현 세자와 봉림 대군
다시금 바라보고 우리 임 생각하니
(우리 임 계신 곳을)
이국의 겨울달을 뉘 땅이라 바라보며
청나라
타국 풍상을 어이 그리 겪으신가.
청나라 / 많이 겪은 세상의 어려움과 고생을 비유적으로 이르는 말

심양에서 고초를 겪고 있는 '우리 임(세자와 대군)'에 대한 안타까움

• 화자의 정서와 태도

• 소동파의 적벽 흥취를 저 혼자 자랑할까
• 산수 경치 혼자 좋아 부귀공명 잊었으니
• 꽃피는 봄, 녹음의 여름이야 한 입으로 다 이르랴

↓

세속적 가치를 멀리하며 여유롭게 자연을 즐기며 사는 삶에 대해 만족감과 자부심을 드러냄

• 화자의 삶의 모습

| 직접 일을 해 생계를 꾸려 가는 생활 | 유유자적하게 풍류를 즐기는 생활 |
| --- | --- |
| • 배 한 척 손수 저어 그물을 걷어 내니<br>• 고사리 손수 캐어 돌샘에 씻어 먹고 | • 고기 팔아 빚은 술을 / 깊은 잔에 가득 부어 취하도록 먹은 후에<br>• 거문고 줄을 골라 자지곡 노래하니 |

↓

세상과 단절된 곳에서 소박하고 여유롭게 살아가는 은일의 삶

• 작품에 반영된 시대적 상황

1636년 병자호란이 발발함

↓

• 1637년 조선이 항복함
• 청과 군신 관계를 맺음(삼전도의 굴욕)
• 소현 세자와 봉림 대군이 볼모로 심양에 끌려감

↓

1638년 작가가 볼모로 잡혀간 소현 세자와 봉림 대군을 보필하기 위해 심양으로 떠남

높은 언덕에 뻗은 칡이 삼 년이 되었구나.
조선이 병자호란으로 청나라에 굴욕을 당한 지 삼 년이 됨

굴욕이 이러한데 꿇은 무릎 언제 펼까.
조선이 청나라의 신하국이 된 상황 / 청나라의 속박에서 벗어나고픈 소망

조선에 사람 없어 오랑캐 신하 되었으니
병자호란에서 패해 청나라와 군신 관계를 맺은 일

삼백 년 예악문물 어디로 갔단 말고.
조선의 주체성이 사라진 상황에 대한 한탄

오늘날 포로들이 다 옛날 관주빈(觀周賓)이라.

병자호란 이후 조선의 정치적 상황에 대한 울분

'현재 청나라에 인질로 끌려간 사람들이 예전에는 중국에 사신으로 갔던 사람들'이라는 의미
[다른 해석] 오늘날 청나라의 인질이 된 사람들이 마치 옛날 주나라를 방문한 손님 같다는 뜻으로, 굴욕을 당한 나라가 복수를 생각지 않고 오히려 침략국에 동화되는 상황을 비판하는 말

태평 시절 막히고 찬란한 문물 사라지니
병자호란으로 인해 정치적, 경제적, 문화적으로 피폐해진 상황

동해물 어찌 퍼올려 이 굴욕 씻을런가.
청나라에 대한 적개심과 복수심

오나라 궁궐에 섶을 쌓고 월나라 산에 쓸개 매다니■
와신상담(臥薪嘗膽) → 청나라에 당한 굴욕을 갚고자 함

「임금이 굴욕당하면 신하는 죽어야 고금의 도리인데
조선의 임금(인조)이 청나라의 장수에게 절을 하며 항복했던 삼전도의 굴욕을 의미

하물며 우리 집이 대대로 은혜 입었으니

아무리 힘들다고 대의를 잊겠는가.」
「 」: 유교적 충의 사상 – 당시 사대부들의 일반적 가치관

어리석은 계략으로 거센 물결 막으려니
명나라를 쇠퇴시킨 청나라의 위세를 비유

재주 없는 약한 몸이 기운 집을 어찌할까.
청나라의 신하국이 된 상황을 비유

위기에 빠진 나라에 도움이 되지 못하는 안타까움

방 안에서 눈물 내면 아녀자의 태도로다.
상황 개선을 위한 실천 없이 한탄만 하는 것은 옳지 않음 → 자신이 할 수 있는 일을 하겠다는 의지

이 원수 못 갚으면 무슨 얼굴 다시 들까.

악비의 손에 침을 뱉고 조적의 노에 맹세하니■
청나라에 당한 굴욕을 씻으려는 의지

내 몸의 생사야 깃털처럼 여기고
왕명을 수행하기 위해 죽음을 무릅쓰겠다는 다짐

동서남북 만 리 밖에 왕명 좇아 다니리라.
왕명에 따라 심양으로 가겠다는 결심

▶ 본사 2: 왕명을 수행하기 위해 은거지를 떠나는 심정

있거라, 가노라, 가노라, 있거라.
동일한 시어를 반복, 변주하여 리듬감을 형성함. 떠나야 하는 아쉬움

무정한 갈매기들은 맹세 기약 웃지마는
굴욕을 씻고 다시 돌아오겠다는 기약

성은이 망극하니 갚고 다시 돌아오리라.
신하의 도리를 다하고 은거지로 돌아오겠다는 다짐

▶ 결사: 심양으로 떠나는 상황과 은거지로 돌아오겠다는 다짐

**감상 포인트**

병자호란 직후의 시대상을 중심으로 하는 반영론적 관점에서 화자의 태도와 정서를 감상할 수 있어야 한다.

■ 여섯 자라 머리: 발해에 동쪽 바다에 떠 있는 다섯 신산을 머리에 이고 있다는 여섯 마리 큰 자라의 머리.
■ 소상반죽: 중국 동정호 남쪽의 소수와 상강 지역에서 나는 얼룩무늬 반점이 있는 대나무. 이 반점은 순 임금이 죽자 왕비인 아황과 여영이 사모하는 정을 이기지 못해 상강에 몸을 던지며 흘린 눈물이 얼룩이 져서 생겼다고 함.
■ 황량: 찰기가 없는 조. =메조. 중국 당나라 때 노생이라는 소년이 한단의 여관에서 여옹의 베개를 빌려 잠을 잤는데, 꿈속에서 80년 동안 부귀영화를 누렸으나 깨어 보니 여관 주인이 짓던 메조밥이 채 익지 않았다는 고사에서 유래한 말임.
■ 오나라 ~ 매다니: 불편한 섶에 누워 몸을 눕히고 쓸개를 핥으며 복수를 다짐한다는 '와신상담'을 가리킴. 중국 춘추시대 오나라의 왕 부차가 월나라의 왕 구천에게 죽은 아버지의 원수를 갚기 위해 장작더미 위에서 잠을 자며 복수를 맹세하였고, 결국 부차에게 패한 구천이 십여 년 간 매일 쓸개를 핥으면서 복수를 다짐한 데서 유래한 말임.
■ 악비의 ~ 맹세하니: 악비와 조적의 고사를 인용한 구절임. 중국 송나라 고종 때의 충신 악비는 손에 침을 뱉으면서 금나라와의 강화를 반대했고, 중국 동진 원제 때 조적은 뱃전에 노를 치며 중원을 회복할 것을 맹세했다고 함.

• 작품에 나타난 작가의 사상

| | |
|---|---|
| 숭명배청 사상 | • 명나라를 떠받들고 목숨이나 유지하면<br>• 조선에 사람 없어 오랑캐 신하 되었으니<br>→ 명나라에 대한 의리를 중요시하고, 청나라를 오랑캐로 여기며 배척함 |
| 유교적 충의 사상 | • 아무리 힘들다고 대의를 잊겠는가<br>• 내 몸의 생사야 깃털처럼 여기고 / 동서남북 만 리 밖에 왕명 좇아 다니리라<br>→ 임금의 은혜에 보답하기 위해 왕명을 따르고자 함 |

↓

병자호란이라는 역사적 사건과 관련된 작가의 정신 세계가 드러남

• 시구의 비교

| 서사 | 결사 |
|---|---|
| 가노라 옥주봉아, 있거라 경천대야. | 있거라, 가노라, 가노라, 있거라. |

↓

• 동일한 시어 사용
• 대구적 표현
• 떠나는 아쉬움을 드러냄

## 핵심 포인트 1 화자의 정서와 태도 파악

화자는 시적 상황이나 대상에 대해 각기 다른 태도를 취하고 있다.

| | |
|---|---|
| 자연 정경 | 은거지의 아름다운 경치를 예찬하며 그 속에서 풍류를 즐김 |
| 자신의 삶 | 욕심 없는 소박한 삶에 대한 만족감과 안빈낙도의 태도를 드러냄 |
| 정치적 현실 | 청나라의 속국이 된 정치 현실에 대해 안타까워하며 그것을 설욕하고 싶어 함 |
| 왕명(王命) | 유교적 충의 정신을 바탕으로 왕명을 적극적으로 따름 |

## 핵심 포인트 2 외적 준거에 따른 감상

이 작품은 창작 당시의 시대상과 밀접한 관련성이 있다. 따라서 병자호란 직후의 역사적 상황을 외적 준거로 하여 작품을 이해할 수 있어야 한다.

**〈봉산곡〉의 창작 당시 상황**

이 작품은 1636년 병자호란이 일어난 뒤 조선이 굴욕적인 항복을 한 그 이듬해인 1638년 겨울에 지어졌다. 당시 삼전도에서 조선의 항복을 받은 청나라는 조선과 군신 관계를 맺은 뒤에 소현 세자와 봉림 대군 등 왕족을 볼모로 끌고 갔다. 이런 치욕적인 상황은 명나라를 숭상하던 당시 조선 사대부들의 반발을 불러일으켰고 병자호란의 치욕을 씻고 청나라를 정벌하자는 북벌론이 대두되었다. 이런 상황에서 작가 채득기는 청나라를 사대의 예로 섬길 수 없다며 상주 경천대 근처에 은일하는 삶을 선택하였다. 그러다가 청나라에 볼모로 끌려간 소현 세자와 봉림 대군을 보필하라는 왕명을 받고 심양으로 떠나면서 은거지의 풍경을 예찬하며 그곳을 떠나는 심회를 읊은 〈봉산곡〉을 지었다.

## 핵심 포인트 3 다른 작품과의 비교

이 작품은 병자호란 이후 소현 세자와 봉림 대군, 그리고 청나라와의 강화를 반대했던 신하들이 중국 심양으로 끌려 간 일을 배경으로 하는 다른 작품과 비교 감상할 수 있어야 한다.

이역(異域)에서 봄을 맞으나 봄인 줄 모르다가 絶域逢春未覺春
아침결에 눈송이 새로 날리는 것 놀라며 보네 朝來驚見雪花新
외물(外物)의 변화에 즐거워하거나 슬퍼하지 말지니 莫將外物爲欣慽
봄날의 기운은 분명히 이 몸에 있기에 春意分明在此身

– 최명길, 〈춘설유감〉

| | 〈봉산곡〉 | 〈춘설유감〉 |
|---|---|---|
| 공통점 | 병자호란 이후의 상황을 배경으로 함 | |
| 차이점 | • 임금의 은혜와 대의를 생각하며 청나라로 떠나는 화자의 심회가 나타남<br>• 화자의 상황 변화가 드러남<br>(경천대에서 은거함 → 심양으로 떠남) | • 청나라 볼모로 끌려가 억류되어 있는 화자의 심정이 나타남<br>• 화자의 상황 변화가 드러나 있지 않음 |

반 밤중 혼자 일어 묻노라 이내 꿈아
만 리 요양(遼陽)을 어느덧 다녀온고
반갑다 학가(鶴駕) 선객(仙容)을 친히 뵌 듯하여라 〈제1수〉

풍설(風雪) 섞어 친 날에 묻노라 북래 사자(北來使者)야
소해 용안(小海容顔)이 얼마나 추우신고
고국(故國)의 못 죽는 고신(孤臣)이 눈물겨워 하노라 〈제2수〉

– 이정환, 〈비가〉

| | 〈봉산곡〉 | 〈비가〉 |
|---|---|---|
| 공통점 | • 병자호란의 치욕에 대한 비통한 심정이 나타남<br>• 청나라에 볼모로 붙잡혀 간 소현 세자와 봉림 대군에 대한 그리움이 나타남 | |
| 차이점 | 국치에 대한 울분과 함께 그것을 설욕하고자 하는 의지와 청나라에 대한 적개심이 나타남 | 국치를 당하고도 목숨을 연명하는 자신을 부끄러워하는 화자의 비관적 태도가 나타남 |

### 작품 한눈에

• 해제
〈봉산곡〉은 병자호란 이후 청을 사대의 예로 섬겨야 하는 현실을 거부하고 상주의 경천대 주변에서 은일하던 화자가, 심양에 볼모로 잡혀 있던 소현 세자와 봉림 대군을 보필하라는 왕명을 받아 심양으로 떠나면서 그 심정을 노래한 가사 작품이다. 작품의 전반부에서는 은거지의 소개와 그곳에 깃들게 된 내력, 은거지 주변의 다채로운 지형과 빼어난 경관, 은거지에서 여유와 흥취를 즐기는 소박한 삶의 모습을 제시하고, 작품의 후반부에서는 당시 정치 현실에 대한 안타까움과 왕명을 받아 심양으로 떠나는 심회를 제시하고 있다. 일반적인 은일 가사가 자연에 귀의하면서 창작된 것과 달리 이 작품은 자신의 은거지를 떠나면서 창작되었다는 특징이 있다.

• 화자와 시적 상황
경천대에서 은일하던 화자가, 심양에 볼모로 잡혀 있던 소현 세자와 봉림 대군을 보필하라는 왕명을 받고 은거지를 떠나야만 하는 처지가 되자, 화자는 경천대를 떠나는 아쉬움과 함께 왕명을 받들어 신하로서 충성을 다하겠다는 다짐을 드러내고 있다.

• 주제
왕명을 받아 먼 길 떠나는 심회와 은거지에 대한 예찬

고전 시가
19

한 줄 평 귀양살이의 고달픔과 임금에 대한 충정을 표현한 노래

# 단가육장 이신의

▸ 기출 수록 평가원 2011 9월

장부(丈夫)의 하올 사업(事業) 아는가 모르는가
□: 의문형 어미를 사용하여 효제충신의 실천을 강조함
효제충신(孝悌忠信)밖에 하올 일이 또 있는가
화자가 지향하는 도덕적 가치
어즈버 인도(人道)에 하올 일이 다만 인가 하노라 〈제1장〉
감탄사 / 사람이 마땅히 지켜야 할 도리. 여기서는 '효제충신'을 의미함
▸ 효제충신이 장부의 할 일임

남산(南山)에 많던 솔이 어디로 갔단 말고
한양(대유법) / 충정을 지킨 수많은 인재(많던 솔)들이 숙청을 당한 일을 의미함
난후(亂後) 부근(斧斤)이 그다지도 날랬시고
'솔'을 없앤 대상으로 숙청을 주도한 세력을 가리킴
두어라 우로(雨露) 곧 깊으면 다시 볼까 하노라 〈제2장〉
① 우로(비와 이슬): 임금의 은혜를 상징함
② 앞으로의 상황 변화에 대한 기대감을 담은 표현
▸ 당대의 정치적 상황과 임금의 은혜에 대한 기대

창(窓)밖에 세우(細雨) 오고 뜰 가에 제비 나니
화자의 심회 유발
적객(謫客)의 회포(懷抱)는 무슨 일로 끝이 없어
화자의 처지(유배당함)를 드러냄
저 제비 비비(飛飛)를 보고 한숨 겨워하나니 〈제3장〉
제비와 달리 유배당해 자유롭지 못한 자신의 처지에 대한 탄식
▸ 유배된 자신의 처지에 대한 한탄

적객의 벗이 없어 공량(空樑)의 제비로다
유배지에서 느끼는 외로운 심정 / 들보
종일(終日) 하는 말이 무슨 사설(辭說) 하는지고
제비가 우는 것을 시름의 말을 하는 것으로 여김(청각적 심상)
어즈버 내 품은 시름은 널로만 하노라 〈제4장〉
우국지정 / ① 너만(이) 하노라 ② 너보다 많노라
▸ 유배 생활에서 느끼는 외로움과 시름

인간(人間)에 유정(有情)한 벗은 명월(明月)밖에 또 있는가
화자의 시름을 달래 주는 대상
천 리(千里)를 멀다 아녀 간 데마다 따라오니
화자가 '명월'을 벗으로 여기는 이유 – 변함없이 함께함
어즈버 반가운 옛 벗이 다만 넨가 하노라 〈제5장〉
'달'을 의인화함
▸ 변함없이 자신과 함께하는 달을 통해 시름을 달램

설월(雪月)의 매화(梅花)를 보려 잔을 잡고 창(窓)을 여니
지조와 절개의 상징
섞인 꽃 여윈 속에 잦은 것이 향기(香氣)로다
유배 생활로 야윈 화자의 모습 / 임금에 대한 충성심(후각적 심상)
어즈버 호접(蝴蝶)이 이 향기(香氣) 알면 애 끊일까 하노라 〈제6장〉
호랑나비. 임금을 상징함 / 임금이 자신의 지조와 절개를 알아주길 바람
▸ 임금에 대한 변함없는 충정을 알아주기를 바람

■ 효제충신: 어버이에 대한 효도, 형제끼리의 우애, 임금에 대한 충성과 벗 사이의 믿음을 통틀어 이르는 말.
■ 부근: 큰 도끼와 작은 도끼.
■ 적객: 귀양살이하는 사람.

**감상 포인트**
작품에 나타난 시적 상황(귀양살이)을 바탕으로 화자의 정서와 태도 및 시어의 의미를 파악한다.

## 작품 분석 노트

### 현대어 풀이

〈제1장〉
사나이로서 할 사업을 아느냐 모르느냐.
효제충신밖에 할 일이 또 있겠느냐.
아, 사람의 도리로 할 일이 다만 이것뿐인가 하노라.

〈제2장〉
남산에 많던 소나무가 어디로 갔단 말이냐.
난리 이후에 도끼가 그처럼 날랬단 말이냐.
두어라, 임금의 은혜가 많으면 다시 볼까 하노라.

〈제3장〉
창밖에 가는 비 내리고 뜰 가에 제비가 나니
귀양살이하는 사람의 회포는 무슨 일로 끝이 없어
저 제비가 나는 것을 보고 한숨 겨워하나니.

〈제4장〉
귀양살이하는 사람에게 벗이 없어 들보의 제비뿐이로다.
하루 종일 하는 말이 무슨 말을 하려고 하는 것이냐.
아, 내가 품은 시름은 너만이 풀어 주노라.

〈제5장〉
사람에게 다정한 벗은 밝은 달밖에 또 있겠느냐.
천 리를 멀다고 하지 않고 가는 곳마다 따라오니
아, 반가운 옛 벗이 다만 너뿐인가 하노라.

〈제6장〉
눈 내린 밤에 비추는 달빛에 매화를 보려고 잔을 잡고 창을 여니
뒤섞여 있는 꽃 시들은 속에 가득한 것이 향기로다.
아, 나비가 이 향기를 알면 몹시 슬퍼할까 하노라.

• 소재의 의미와 기능 – 제비

| 〈제3장〉 | 〈제4장〉 |
|---|---|
| 화자의 처지와 달리 자유롭게 날아다님 → 화자의 시름을 심화하는 대상 | 고독한 화자의 마음을 사설로 달래 줌 → 화자의 시름을 풀어 주는 대상 |

## 핵심 포인트 1 표현상 특징 파악

이 작품에 나타난 표현상 특징과 효과를 파악하고, 이를 바탕으로 화자의 처지, 태도, 정서 등을 이해할 수 있어야 한다.

**표현상 특징**

| | |
|---|---|
| 의문형 표현 | '장부의 하올 사업 아는가 모르는가 / 효제충신밖에 하올 일이 또 있는가'<br>→ 의문형 표현을 반복하여 효제충신을 지켜야 한다는 화자의 생각을 강조함 |
| 대구 | '창밖에 세우 오고 뜰 가에 제비 나니'<br>→ 운율을 형성하고 화자의 정서를 심화하는 환경을 제시함 |
| 대조 | '적객의 회포는 무슨 일로 끝이 없어 / 저 제비 비비를 보고 한숨 겨워하나니'<br>→ 유배지에 묶인 '적객'과 자유롭게 날아다니는 '제비'를 대조하여 화자(적객)의 처지를 부각함 |
| 의인 | '인간에 유정한 벗은 명월밖에 또 있는가', '어즈버 반가운 옛 벗이 다만 넨가 하노라'<br>→ 자연물인 '달'을 '벗'으로 의인화하여 친근감을 드러냄 |

## 핵심 포인트 2 외적 준거에 따른 감상

이 작품은 작가가 유배지에서 지은 것으로, 작가의 삶에 대한 외적 준거를 바탕으로 작품을 해석할 수 있어야 한다.

**작가 이신의의 삶**

이신의는 조선 중기의 문신으로, 임진왜란 때 향군을 이끌고 나가 왜적과 싸워 공을 세우기도 하였다. 임진왜란 이후 조정에서는 광해군과 영창 대군 간 세자 책봉 문제를 놓고 정치적 대립이 발생하였다. 광해군을 왕으로 추대하려 한 신하들은 영창 대군을 죽이고 영창 대군의 어머니인 인목 대비를 폐위하려 하였으나, 이신의를 비롯하여 이에 반대하는 신하들은 인목 대비의 폐위에 반대하는 상소문을 올렸다. 이 사건으로 인해 광해군이 왕위에 오르는 과정에서 많은 신하들이 숙청당했으며 이신의 역시 함경도 회령으로 유배를 가게 되었다. 훗날 인조반정으로 이신의는 유배에서 풀려나게 된다.

| | |
|---|---|
| 〈제1장〉 | 유교적 이념에 대한 실천 의지를 나타냄<br>→ 유배지에서도 임금에 대한 '충(忠)'을 잃지 않는 화자의 태도 강조 |
| 〈제2장〉 | 당대의 정치적 상황을 상징적으로 표현함<br>→ 정계 복귀에 대한 화자의 기대감 제시 |
| 〈제3장〉~〈제6장〉 | 다양한 자연물을 통해 유배지에서의 소회를 드러냄<br>→ 유배지에서의 고독, 시름, 변치 않는 충정 등 표출 |

## 핵심 포인트 3 시어의 의미 파악

이 작품은 유배지에서의 심정을 노래한 것으로, 화자의 상황과 내면을 드러내기 위해 사용된 시어의 상징적 의미를 파악할 수 있어야 한다.

**시어의 상징적 의미**

| 시어 | 표면적 의미 | 상징적 의미 |
|---|---|---|
| 솔 | 사계절 내내 푸른 소나무 | 절개를 지키는 충신 |
| 부근 | 크고 작은 도끼들 | 인목 대비 폐위를 주도한 정치 세력(화자의 반대파) |
| 매화 | 겨울에 피는 매화 | 화자의 절개(매화의 '향기'는 임금에 대한 화자의 충성심을 상징함) |
| 호접 | 매화의 향기를 맡는 나비 | 화자의 절개를 알게 된 임금 |

### 작품 한눈에

• 해제

〈단가육장〉은 작가가 인목 대비 폐위를 반대하는 상소를 올렸다가 유배당했을 때의 심정을 담은 연시조이다. 작가는 '효제충신'을 대장부가 추구해야 할 가치이자 인간의 당연한 도리로 여겨야 함을 천명하고 '남산'과 '솔', '부근(도끼)' 등의 소재를 활용하여 당대에 벌어졌던 정치적 숙청을 상징적으로 나타내면서, 임금의 은혜에 대한 막연한 기대감을 '우로'가 깊어질 것으로 표현하고 있다. 또한 자연물인 '제비'를 활용하여 유배된 상황 속에서 자유롭지 못한 처지에 대한 한탄과 유배객으로서의 시름을 표출하기도 하고, 자신의 곁에 변함없이 함께 있어 주는 '달'을 벗으로 삼으며 시름을 달래는 등 유배객으로서의 복잡한 심경을 드러내고 있다. 작가는 유배된 처지에서도 임금에 대한 변함없는 자신의 충정을 '매화'에 빗대어 표현하고, 임금이 자신의 지조를 알아주기를 바라는 마음을 드러내며 시상을 맺고 있다.

• 화자와 시적 상황

화자는 귀양살이를 하는 처지로서, 유교적 도리에 대한 신념을 지니고 있다. 귀양지에서 당대의 정치적 혼란상을 떠올리기도 하고 고독감을 느끼기도 하며 자연을 벗 삼아 시름을 달래기도 한다. 또한 변함없는 자신의 충정을 임금이 알고 은혜를 베풀어 주기를 소망하고 있다.

• 주제

유배지에서의 고달픔 및 임금에 대한 변함없는 지조와 충정

◇ 한 줄 평 (가) 세월의 흐름도 잊은 채 자연과 함께 지내는 탈속적 경지를 담아낸 노래
(나) 반달의 유래에 대한 참신한 상상력이 돋보이는 노래

# 불일암 인운 스님에게 이달
# 반월 이양연

▸ 기출 수록 교육청 (가) 2004 4월

**가**

스님이 거처하는 공간

절집이 흰 구름에 묻혀 있기에, (: 시각적 이미지) 寺在白雲中 사 재 백 운 중
공간적 배경 / 속세와 단절된 공간
▸ 기: 흰 구름에 묻힌 산사의 정경

시적 대상

흰 구름을 스님은 쓸지를 않아. 白雲僧不掃 백 운 승 불 소
절을 찾아오는 손님이 전혀 없음
▸ 승: 흰 구름을 쓸지 않는 스님

바깥손님 와서야 문 열어 보니, 客來門始開 객 래 문 시 개
시간이 흘렀음을 일깨워 주는 존재
▸ 전: 손님의 방문으로 비로소 문을 엶

시간의 경과를 알려 주는 소재

「온 산의 송화는 하마 쇠었네.」 萬壑松花老 만 학 송 화 로
소나무의 꽃 이미, 벌써
「 」: 계절이 바뀜. 시간의 흐름을 잊은 채 자연과 동화되어 살아가는 모습(물아일체)
▸ 결: 손님이 오고 나서야 시간이 흘렀음을 알게 됨

**감상 포인트**
시상의 중심을 이루는 소재의 의미와 기능에 주목하여 시적 상황을 파악한다.

**나**

달빛이 밝은 이유

옥거울 맑게 닦아 푸른 하늘에 걸어 놓았더니 玉鏡磨來掛碧空 옥 경 마 래 괘 벽 공
달 / 색채어, 시각적 이미지, 화자의 상상력이 동원됨
▸ 기: 옥거울을 닦아 하늘에 걸어 놓은 것 같은 달

화자가 주목한 달의 속성

거울 빛 밝고 맑아서 여자들 단장에 그만이었는데 明光正合照粧紅 명 광 정 합 조 장 홍
여자들이 외모를 꾸밀 때 활용하기에 안성맞춤임
▸ 승: 달빛이 여자들이 치장하기에 알맞음

중국 고대 전설상의 제왕인 복희씨의 딸

「복비와 직녀가 서로 가지려 다투다 宓妃織女爭相取 복 비 직 녀 쟁 상 취
견우직녀 설화에 나오는 여자 주인공
「 」: 복비와 직녀가 각각 물과 하늘에 사는 설화 속의 인물이라는 것에서 착안함 → 반달의 유래를 상상함
▸ 전: 복비와 직녀가 달을 두고 다툼

반쪽은 구름 속에 다른 반쪽은 물에 있게 되었네.」 半在雲間半水中 반 재 운 간 반 수 중
하늘에 떠 있는 반달이 물 위에 비친 모습을 두 인물이 거울을 나누어 가진 것으로 표현함
→ 구름 속의 반달: 직녀가 가진 거울
물에 비친 반달: 복비가 가진 거울
▸ 결: 달의 반쪽은 구름 속에, 다른 반쪽은 물에 있게 됨

■ 복비: 복희씨의 딸. 낙수에 빠져 죽어 물의 신이 되었다고 함.

**작품 분석 노트**

• 가의 시상 전개 과정

| | |
|---|---|
| 기(1구) | 구름에 묻힌 절집 (고적한 분위기) |
| 승(2구) | 구름을 쓸지 않는 스님 (달관의 경지) |
| 전(3구) | 손님의 방문으로 비로소 문을 엶 (자각의 계기) |
| 결(4구) | 시간이 흐름 (탈속적 삶의 모습) |

• 나의 시상 전개 과정

| | |
|---|---|
| 기 · 승 (1~2구) | 푸른 하늘에 걸린 옥거울(달)이 여자들이 치장하기에 알맞음 (달의 속성: 밝고 맑음) |
| 전 · 결 (3~4구) | 복비와 직녀가 옥거울(달)을 두고 다투어 옥거울이 반으로 나뉘게 됨 (반달의 유래: 작가의 상상) |

## 핵심 포인트 1 표현상 특징 파악

(가)와 (나)에 나타난 표현상의 특징 및 효과를 파악하고, 이를 바탕으로 각 작품의 내용을 파악할 수 있어야 한다.

**표현상 특징**

| | |
|---|---|
| (가) | • 색채 이미지('흰 구름', '송화')를 나타내는 시어를 통해 시적 상황과 분위기를 형상화함<br>• 탈속적 이미지('절집', '흰 구름')를 나타내는 시어를 통해 주제 의식을 효과적으로 드러냄 |
| (나) | • 하늘에 떠 있는 달을 깨끗하게 닦은 '옥거울'에 비유함<br>• 시각적 이미지('푸른 하늘', '거울 빛 밝고 맑아서')를 활용하여 대상의 특징을 부각함<br>• 달을 묘사하는 과정에서 시선의 이동(하늘 → 물)이 나타남<br>• 설화 속 인물을 활용하여 대상의 유래에 대한 참신한 생각을 드러냄 |

## 핵심 포인트 2 소재의 의미와 기능 파악

(가)와 (나)는 시상의 중심을 이루는 자연물을 이용하여 시적 상황을 나타낸다는 유사성을 가지고 있으므로 이들의 의미와 기능을 파악할 수 있어야 한다.

**주요 소재의 의미와 기능**

| | | |
|---|---|---|
| (가) | 흰 구름 | • 절이 속세와 단절된 공간임을 나타냄<br>• 자연 속에 묻혀 사는 시적 대상의 초월적인 삶을 드러냄<br>• 한적하고 고요한 산사의 분위기를 시각적으로 드러냄 |
| | 송화 | • 봄에 피는 꽃으로, 시간의 경과를 나타냄<br>• 한적하고 고요한 절 주변의 분위기를 시각적으로 드러냄 |
| (나) | 반달 | • 밝고 맑은 속성을 지니며, 반원의 모양을 띠는 존재<br>• 구름 사이에 떠 있고, 물 위에 비치는 존재 |
| | 복비, 직녀 | • 설화에 등장하는 인물로, 복비는 낙수에 사는 물의 신이며, 직녀는 은하수 서쪽 하늘에 사는 하느님의 손녀임<br>• 달을 두고 다투는 싸움의 주체 |

## 핵심 포인트 3 다른 작품과의 비교

(나)는 설화를 차용하여 반달을 거울 반쪽으로 빗댄 참신한 비유가 돋보이는 작품이다. 따라서 (나)와 동일한 설화와 자연물을 활용하여 참신한 발상을 드러낸 다른 작품과 비교 감상할 수 있어야 한다.

**황진이의 〈영반월〉과의 비교**

| | | |
|---|---|---|
| 누가 곤륜산 옥을 잘라<br>직녀의 빗을 만들어 주었던고<br>직녀는 견우님 떠나신 뒤에<br>시름하며 허공에 던져두었네 | 誰斷崑山玉<br>裁成織女梳<br>牽牛離別後<br>愁擲碧空虛<br>– 황진이 | 〈견우직녀 설화〉를 차용하여 하늘에 떠 있는 반달이 견우와 헤어진 뒤에 직녀가 던져 버린 빗이라고 표현함 → 임과 이별한 슬픔을 드러냄 |

→ 〈반월〉과 〈영반월〉은 모두 '반달'의 형태에 착안하여 달을 여성들이 주로 사용하는 사물(거울, 빗)에 빗대어 나타내고 있으며, 〈견우직녀 설화〉를 차용하여 설화 속 인물인 직녀를 등장시키고 있다. 그러나 〈영반월〉은 자연물을 활용하여 임과 이별한 화자의 정서를 드러내고 있다는 점에서 〈반월〉과 차이가 있다.

### 작품 한눈에

**가**

• 해제

〈불일암 인운 스님에게〉는 5언 절구의 한시로, 계절의 변화도 잊은 채 자연 속에 묻혀 살아가는 탈속의 경지를 보여 주는 작품이다. '절집', '흰 구름'과 같은 탈속적 이미지의 시어를 활용하여 속세와의 단절감을 강조하고 '흰 구름', '송화'와 같은 시각적 이미지를 통해 산속 절의 고요하고 신비로운 분위기를 표현하고 있다. 손님이 와서야 문을 열어 보고 계절의 변화를 알게 되는, 세상일에 무심한 스님의 모습에서 자연과 하나가 되어 살아가는 탈속적 은둔자의 모습을 엿볼 수 있다.

• 화자와 시적 상황

화자는 자연 속에 묻혀 시간의 흐름마저 잊고 사는 스님을 통해 탈속적 세계를 그리고 있다.

• 주제

자연 속에서 시간의 흐름을 초월하여 살아가는 탈속적 경지

**나**

• 해제

〈반월〉은 7언 절구의 한시로, 자연물에 대한 기발한 해석이 나타나 있는 작품이다. 하늘에 떠 있는 달을 옥거울을 깨끗이 닦아 걸어 놓은 것으로 표현하고, 설화 속 인물인 직녀와 복비를 활용하여 반달의 유래를 상상하는 것에서 작가의 참신한 발상이 돋보인다. 주로 시각적 이미지를 사용하여 달의 모습을 형상화하고 있으며, 특별한 기교 없이 깔끔하게 한시의 미감을 살리고 있다.

• 화자와 시적 상황

화자는 하늘에 떠 있는 달에서 옥거울을 연상하고, 설화와 연결하여 하늘에 떠 있는 반달이 물 위에 비친 모습을 통해 반달의 유래를 상상하고 있다.

• 주제

달을 보며 느끼는 심회

고전 시가 21

◇ 한 줄 평 | 제비를 비롯한 다양한 새들의 모습을 읊은 노래

# 제비가 작자 미상

만첩산중(萬疊山中) 늙은 범 살진 암캐를 물어다놓고 에– 어르고 노닌다
판소리 〈춘향가〉의 '사랑가' 중 한 대목 ▶ 늙은 범이 살진 암캐를 물어다 놓고 노님

광풍(狂風)의 낙엽처럼 벽허(碧虛) 둥둥 떠나간다
직유 / 푸른 하늘 / : 음성 상징어 사용

일락서산(日落西山) 해는 뚝 떨어져 월출동령(月出東嶺)에 달이 솟네
유사한 의미의 어구 중첩, 상투적 한자어 사용

만리장천(萬里長天)에 울고 가는 저 기러기
아득히 높고 먼 하늘 ▶ 높은 하늘에 기러기가 울고 감

「제비를 후리러 나간다 제비를 후리러 나간다
동일 어구 반복 / 「」: 판소리 〈흥부가〉 중 놀부가 제비를 몰러 나가는 대목과 관련됨

복희씨(伏羲氏)* 맺힌 그물을 두루쳐 메고서 나간다

망탄산(芒宕山)*으로 나간다 우이여–어허어 어이고 저 제비 네 어디로 달아나노
: 여음구 반복

백운(白雲)을 박차며 흑운(黑雲)을 무릅쓰고 반공중에 높이 떠
흑백의 대비 / 땅으로부터 그리 높지 아니한 허공

우이여–어허이 어이고 달아를 나느냐

내 집으로 훨훨 다 오너라

양류상(楊柳上)에 앉은 꾀꼬리 제비만 여겨 후린다
꾀꼬리를 제비로 보고 후림 – 제비를 잡고 싶은 욕망

아하 이에이 에헤이 에헤야 네 어디로 행하느냐」
여음구 ▶ 제비를 잡으려 함

공산야월(空山夜月) 달 밝은데 슬픈 소래 두견성(杜鵑聲) 슬픈 소래 두견제(杜鵑啼)
청각적 심상, 유사 어구 반복

월도천심야삼경(月到天心夜三更)에 그 어느 낭군이 날 찾아오리
〈춘향가〉와 관련됨. '삼경'은 밤 열한 시에서 새벽 한 시 사이를 가리킴 ▶ 깊은 밤에 임을 그리워하며 슬프고 고독함을 느낌

「울림비조(鬱林飛鳥) 뭇 새들은 농춘화답(弄春和答)*에 짝을 지어
나무가 빽빽하게 우거진 숲에서 나는 새 / 고독한 춘향의 처지와 대조됨

쌍거쌍래(雙去雙來) 날아든다
쌍쌍이 오고 감

말 잘하는 앵무새 춤 잘 추는 학두루미
다양한 종류의 새들 열거

문채(紋彩) 좋은 공작 공기 적다 공기 뚜루루루루룩
무늬와 빛깔

숙궁 접동 스르라니 호반새 날아든다」
다양한 새들의 울음소리 / 「」: 남도 잡가 〈새타령〉의 일부

「기러기 훨훨 방울새 떨렁 다 날아들고

제비만 다 어디로 달아나노」
제비를 잡지 못함 – 욕망의 좌절 / 「」: 판소리 〈흥부가〉와 관련됨
날아드는 새들과 달아나는 제비 대조 ▶ 다양한 새들이 날아들고 제비는 달아남

- 복희씨: 중국 고대 전설상의 제왕. 그물을 발명하여 고기잡이의 방법을 가르쳤다고 함.
- 망탄산: 중국에 있는 산. 〈삼국지〉에서 장비가 전투에서 패한 후 이 산에 숨었다고 제시됨.
- 농춘화답: 봄의 정취에 겨워 서로 노래로 답함.

**감상 포인트**

작품의 갈래적 특성, 표현상 특징을 파악하고 관련한 다른 작품들과 비교한다.

**작품 분석 노트**

**현대어 풀이**

겹겹이 둘러싸인 산중에 늙은 범이 살진 암캐를 물어다 놓고 에– 어르고 노닌다.
거센 바람에 날리는 낙엽처럼 푸른 하늘에 둥둥 떠나간다.
서쪽 산에 지는 해는 뚝 떨어져 동쪽 고개에 달이 솟네.
아득한 하늘에 울고 가는 저 기러기
제비를 후리러 나간다, 제비를 후리러 나간다.
(중국 전설상의 제왕인) 복희씨가 만든 그물을 둘러메고서 나간다.
망탄산으로 나간다. 우이여–어허어 어이고 저 제비 네 어디로 달아나느냐.
흰 구름을 박차며 검은 구름을 무릅쓰고 허공에 높이 떠
우이여–어허이 어이고 달아를 나느냐.
내 집으로 훨훨 다 오너라.
버드나무 위에 앉은 꾀꼬리를 제비로 여겨 후린다.
아하 이에이 에헤이 에헤야 네 어디로 가느냐.
사람 없는 산중의 밤 달 밝은데 슬픈 노래 소리 두견의 울음소리 슬픈 노래 소리 두견의 울음소리
달이 하늘 한가운데에 이른 깊은 밤에 그 어느 낭군이 날 찾아올까.
나무가 빽빽이 우거진 숲에서 나는 여러 새들은 봄의 정취에 겨워 지저귀며 짝을 지어
쌍쌍이 오가며 날아든다.
말 잘하는 앵무새 춤 잘 추는 학두루미
화려한 무늬와 빛깔 좋은 공작 공기 적다 공기 뚜루루루루룩
숙궁 접동 스르라니 호반새 날아든다.
기러기 훨훨 방울새 떨렁 다 날아들고
제비만 다 어디로 달아나느냐.

• 〈제비가〉에 나타난 욕망

| 욕망의 주체 |
| --- |
| • 제비를 잡으려 하는 놀부<br>• 춘향을 갈구하는 이몽룡(늙은 범)<br>• 이몽룡과 짝을 짓고 싶은 춘향 |
| **욕망의 좌절** |
| • 다른 새들만 날아들고 제비를 잡지 못함<br>• 현실적 제약으로 춘향과 맺어지기 어려움<br>• 이몽룡과 이별하고 고독한 처지가 됨 |

## 핵심 포인트 1 표현상 특징 파악

이 작품에 나타난 다양한 표현 방식과 그 효과를 파악할 수 있어야 한다.

**표현상 특징과 효과**

| | |
|---|---|
| 반복 | '제비를 후리러 나간다 제비를 후리러 나간다', '슬픈 소래 두견성 슬픈 소래 두견제', '우이여-어허어 어이고', '우이여-어허이 어이고'<br>→ 의미를 강조하고 운율을 형성함 |
| 음성 상징어 | '둥둥, 뚝, 훨훨, 떨렁' 등 의태어와 '뚜루루루루룩, 숙궁 접동 스르라니' 등 의성어 사용<br>→ 대상을 생동감 있게 표현하거나 운율을 형성함 |
| 색채 대비 | '백운을 박차며 흑운을 무릅쓰고' → 흑백의 대비로 역동적인 이미지를 선명하게 구현함 |
| 대조 | '울림비조 뭇 새들은 ~ 방울새 떨렁 다 날아들고'와 '제비만 다 어디로 달아나노'에서 날아드는 다양한 새들과 달아나는 제비 대조<br>→ 제비를 잡고 싶은 욕망과 그 좌절로 인한 안타까움을 강조함 |
| 열거 | 앵무새, 학두루미, 공작, 호반새, 기러기, 제비 등의 특징과 모습 나열<br>→ 제재(다양한 새들)를 강조하고 운율을 형성함 |
| 중첩 | 유사한 의미의 한자, 우리말 어구 중첩: '일락서산 해는 뚝 떨어져 월출동령에 달이 솟네'<br>(일락서산 – 해가 떨어짐, 월출동령 – 달이 솟음)<br>→ 의미를 강조함 |

## 핵심 포인트 2 외적 준거에 따른 감상 / 다른 작품과의 비교

이 작품의 갈래인 잡가에 대한 외적 준거를 바탕으로 작품을 이해하고, 관련성이 있는 다른 작품들과 비교하여 해석할 수 있어야 한다.

**잡가에 대한 이해**

잡가는 조선 후기에 기존의 가사, 시조, 민요, 판소리 등 다양한 시가를 받아들여 새로운 방향을 모색한 노래이다. 주로 전문 가객들에 의해 서민들의 놀이판에서 가창된 노래로, 남녀 간의 사랑과 이별, 아름다운 경물, 주변의 소박한 자연 풍경이나 자연물, 인생무상과 향락 등 다양한 소재를 다루고 있다. 서울과 경기 지방에서 발전한 십이잡가(〈유산가〉·〈적벽가〉·〈제비가〉·〈소춘향가〉·〈선유가〉·〈집장가〉·〈형장가〉·〈평양가〉·〈달거리〉·〈십장가〉·〈출인가〉·〈방물가〉)가 대표적이다. 십이잡가에는 내용상 유기적 관계를 갖는 것과 비유기적 관계를 갖는 것이 혼재하며, 전자에는 〈유산가〉, 〈적벽가〉, 〈방물가〉 등이 있고 후자에는 〈제비가〉, 〈선유가〉 등이 있는데 그 형태는 다양한 양상으로 나타난다. 이러한 잡가는 조선 후기 서민들의 향상된 생활과 활발해진 활동을 배경으로 하여 대두된 것으로 볼 수 있다.

**〈제비가〉 관련 고전 문학 작품**

| | |
|---|---|
| • 만첩산중 늙은 범 살진 암캐를 물어다놓고 에- 어르고 노닌다<br>• 월도천심야삼경에 그 어느 낭군이 날 찾아오리 | 판소리 〈춘향가〉의 '사랑가' 중 이몽룡이 춘향을 업고 놀려는 장면, 춘향이 이몽룡과 헤어진 후 탄식하는 내용 |
| • 제비를 후리러 나간다 제비를 후리러 나간다 ~ 아하 이에이 에헤이 에헤야 네 어디로 행하느냐<br>• 기러기 훨훨 방울새 떨렁 다 날아들고 / 제비만 다 어디로 달아나노 | 판소리 〈흥부가〉 중 놀부가 제비를 몰러 다니는 장면 |
| • 슬픈 소래 두견성 슬픈 소래 두견제<br>• 울림비조 뭇 새들은 농춘화답에 짝을 지어 ~ 숙궁 접동 스르라니 호반새 날아든다 | 남도 잡가 〈새타령〉의 일부 |

→ 다른 시가 작품을 다양하게 차용하여 내용상 일관성이 약함

**남도 잡가 〈새타령〉 중 〈제비가〉 관련 부분**

산고곡심무인처(山高谷深無人處) 울림비조 뭇 새들이 / 농춘화답에 짝을 지어 쌍거쌍래 날아든다
말 잘하는 앵무새 춤 잘 추는 학두루미 / 소탱이 쑤꾹 앵매기 뚜리루 대천(大川)에 비우(飛羽) 소루기
남풍 좇아 떨쳐 나니 구만리 장천(長天) 대붕새 / 문왕(文王)이 나 계시사 기산조양(岐山朝陽)의 봉황새
무한기우(無恨忌憂) 깊은 밤 울고 남은 공작(孔雀)이
소선적벽시월야(蘇仙赤壁十月夜) 알연장명(戛然長鳴) 백학(白鶴)이
(중략)
저 두견이가 우네 저 두견이가 울어 야월공산 깊은 밤에 울어 저 두견새 울음 운다
저 두견새 울음 운다 야월공산 깊은 밤에 울어 저 두견새 울음 운다

### 작품 한눈에

• 해제
〈제비가〉는 십이잡가 중 하나로, 제비를 중심으로 한 각양각색 새들의 모습을 생동감 있게 나타낸 작품이다. 한자로는 〈연자(燕子)가〉라고도 한다. 민요 〈새타령〉, 판소리 〈춘향가〉와 〈흥부가〉 등 다른 시가 작품의 차용이 복합적으로 나타나 내용상 일관성이 약한 편이나, 장단과 곡조의 변화가 역동적인 노래로 당대에 큰 인기를 얻었다고 알려져 있다.

• 주제
제비를 비롯한 여러 새들의 각양각색 모습

고전 시가 22

◇ 한 줄 평 자연에 묻혀 한가롭게 살며 학문을 닦는 즐거움을 읊은 노래

# 낙지가 이이

공명(功名)은 하늘이라 생각도 아니 하니
자신에게는 하늘이 부귀공명의 복을 내려주지 않았기에 아예 기대도 안 함(운명론적 인생관)
공부를 힘써 하여 적은 녹봉 얻자 하더니
관리의 삶
재주 식견 모자르고 학문이 허술하여
아홉 번이나 장원 급제한 작가의 이력을 볼 때 자신을 낮추어 겸손하게 표현한 것임
이십 년 노력 중에 헛수고뿐이로다.
자신의 벼슬살이에 대한 평가
꽃다운 내 세월을 속절없이 다 보내고
청년기와 장년기를 모두 벼슬살이를 하며 보냈으나 덧없게 느껴짐
도성 큰길 홍진(紅塵)을 창연히 돌아보니 ○: 자신의 지난 삶을 부정적으로 여기는 심정이 직접적으로 드러남
'번거롭고 속된 세상'을 비유적으로 나타냄
영욕(榮辱)이 반반이라 도리어 겁이 난다.
좋은 일과 나쁜 일이 엇비슷함 / 이유
좌우에 함정이요 앞뒤에 구덩이라.
관료들 간 시기나 질투, 정쟁으로 인한 모함 등
만일에 실족(失足)하면 몸 보전도 못 하리라.
행동을 잘못함
차라리 다 떨치고 산중에 은거하여
화자의 현재 상황
신야(莘野)에서 따비 잡고 윗들에서 밭을 갈아
이윤이 은거하며 농사짓던 땅 / 농기구의 하나
밭이랑에 마음 붙여 고기 잡고 나무하여 스스로 즐거우니
전원에서의 생활에 대한 만족감
이윤(伊尹)의 세상이요 소남(召南)의 생애로다.
중국 은나라의 전설상의 명재상 / 《시경》 '국풍'의 편 이름. 당대의 평화로운 풍습을 노래함
「장통(長統)의 뜻을 즐겨」 좋은 밭과 넓은 집 살 곳을 정하고
사회에 대한 비판 의식이 투철하기로 유명한 중국 후한의 학자인 중장통 「 」: 자신에 대한 세상의 평가에 신경 쓰지 않겠다는 의미
「강절(康節)의 도를 좇아」 꾀꼬리와 꽃나무 즐기기를 겸하리라.
중국 북송의 학자인 소강절. 학문이 높았으나 벼슬을 대부분 사양함 「 」: 벼슬살이에 연연하지 않고 유유자적하게 살겠다는 의미
맑은 시내 위 푸른 물 아래에 수간초옥 지어 두니
풍광이 아름다운 자연 속에서 청빈하고 소박하게 사는 삶
산기운이 서리고 좋은 풍취 옷깃을 희롱하여
자연에 동화된 삶
도인(道人)의 연경(烟景)이요 무이(武夷)의 경개(景槪)로다.
신선이 사는 곳처럼 아름다운 풍경 / 주자(주희)가 은거하며 학문을 닦았던 곳 → 학문 연마에 대한 화자의 의지 / 경치
맑고 넓은 백운(白雲) 속에 한가히 앉았으니
흰 구름(색채 이미지)
베개 아래 물소리요 지게 밖에 산빛이라.
청각적 심상 / 시각적 심상
무성한 숲 큰 대나무 울 삼아 집을 짓고
맑은 시내 흰 돌은 구름같이 벋었으니
색채 이미지 / 직유
산새는 벗이 되고 사슴이 이웃이라.
자연 친화적인 태도, 의인화
「자지곡(紫芝曲) 마친 뒤에 흰 깃 부채 손에 들고
중국 진시황 때에 상산(商山)에 들어가 숨은 은사들이 불렀다는 노래
수수로 빚은 맑은 술을 표주박에 가득 채워
두세 잔 먹은 뒤에 명정(酩酊)히 몹시 취해
몸을 가눌 수 없을 정도로 술에 몹시 취함
줄 없는 거문고 한 곡조로 솔바람에 화답하니
무현금(無絃琴)
매화 창문 밝은 달의 미인이 들어오고
매화를 심어 둔 창문을 통해 달빛이 들어오는 상황

## 작품 분석 노트

• 작품의 전체 구조

〈낙지가〉는 총 313구에 이르는 장편 가사로 크게 '서사 – 본사 – 결사'로 나눌 수 있으며, 본사는 네 계절에 따라 다시 네 부분으로 나눌 수 있다.

| 서사 | | 전원에 은거하며 사는 삶의 만족감 |
|---|---|---|
| 본사 | 춘사 | 봄의 정경과 일상 |
| | 하사 | 여름의 정경과 일상 |
| | 추사 | 가을의 정경과 일상 |
| | 동사 | 겨울의 정경과 일상 |
| 결사 | | 자연 속에서 학문을 익히며 사는 삶의 즐거움 |

• 화자의 과거와 현재

| 과거 | ↔ | 현재 |
|---|---|---|
| 홍진(속세) | 처소 | 산중 |
| 벼슬길에 나아가 영욕을 겪음 | 상황 | 밭일, 고기잡이, 나무하기 등을 함 |
| 헛수고 | 평가 | 소남의 생애 |
| 창연함(서운하고 섭섭함) | 정서 | 즐거움 |

• '줄 없는 거문고(무현금)'의 의미

옛 문인들은 직접 연주할 수는 없지만 줄이 없는 거문고를 두고 마음으로 울리는 음악을 즐기곤 하였다. 특히 무현금과 관련한 도연명의 일화가 유명하다.

> 중국 동진의 시인인 도연명은 줄이 없는 거문고를 자주 어루만지곤 했는데, 그 이유를 묻자 "거문고의 흥취를 알면 되지 어찌 줄을 통겨 소리를 내야만 하겠는가?"라고 답하였다.

대숲 섞인 바람 옛 벗이 찾아온다.」 「 」: 전원에서 술을 마시고 노래를 부르며 자연을 즐기는 풍류
대나무 숲에서 바람이 불어오는 상황
거친 베옷과 검은 두건으로 표연히 홀로 앉아
수수하나 격식을 차린 옷차림
산천(山川)의 맑은 복을 나 혼자 누렸으니
현재의 삶에 대한 만족감
희황(羲皇)의 상인(上人)이요 회갈(懷葛)적 백성이라.
어떠한 근심이나 걱정도 없는 태평성대의 백성(화자 자신)
공명(功名)은 가짜 몸이요 부귀(富貴)는 뜬구름이라.
세속적 가치에 대한 화자의 인식(부귀공명은 덧없음)
이 강산의 맑은 복을 삼공(三公)과 바꾸런가. ▶ 전원에 은거하여 유유자적하는 삶의 즐거움
영의정, 좌의정, 우의정

(중략)

밭둑의 일을 마치고 일신이 한가하니
늦가을이 되어 농사일이 대부분 끝남
앞내의 고기 낚아 부모 봉양이나 하오리라.

대나무 장대를 둘러메고 낚시터로 내려가니

편편(翩翩)한 백구(白鷗)들아, 날 보고 나지 마라.
나는 모양이 가볍고 날쌘
너 잡을 내 아니라, 너를 따라 예 왔노라.
자연 친화적 태도
쓸데없는 이내 몸이 찾을 이 아주 없다.
세상과 단절되어 지냄
반평생 세월을 덧없이 다 보내고
벼슬살이를 했던 지난날을 덧없게 여김
깊고 깊은 외진 곳에 할 일이 전혀 없다.
세상과 단절된 은거지 / 농사철이 다 지나간 상황
화표주(華表柱) 어젯밤에 원학(猿鶴)과 맹세하고
무덤 앞의 양쪽에 세우는 한 쌍의 돌기둥 / └ 원숭이와 학(관념적으로 제시되는 자연물)
백로주(白鷺洲) 오늘날에 너를 좇아 이리 오니
백구
한가함은 하나로다, 넌들 설마 모를쏘냐.
화자와 백구가 모두 한가함(물아일체)
「홍료화(紅蓼花) 떨어지고 갈대 꽃이 희었는데,」 「 」: 색채 대비, 가을의 계절적 배경
단풍이 들어 꽃처럼 빨갛게 된 풀
단풍나무 숲 찾아 앉아 낚싯대 드리우니

잔잔한 물결이요 물 튀기는 고기로다.
정적 이미지 / 동적 이미지
한동안 잠갔다가 찌를 보고 채쳐 내니

뛰노나니 은빛 비늘이요 걸리나니 옥척(玉尺)이라.
시각적 심상, 동적 이미지 / '옥척'은 '옥으로 만든 자'를 가리킴 – 큰 물고기를 낚았다는 의미
부드러운 버들가지 한 가지 꺾어 내어

작은 고기 도로 넣고 굵은 것 골라내어
강물로 돌려보내고
하나 꿰고 둘 꿰어서 한 꿰미 다 차거든

「낚싯줄 대에 감고 짚신을 찾아 신고
낚시를 끝내고 돌아갈 준비를 함
석양과 짝을 하여 달 속으로 돌아오니
저녁 늦게까지 낚시를 하다가 돌아옴(유유자적)
아내가 뜰에 내려 솥 씻고 기다린다.」 「 」: 낚시를 하고 귀가하는 과정이 시간의 흐름에 따라 제시됨
낚아 온 물고기로 음식을 만들 준비를 함
회 치고 속을 발라 늙은 부모께 드리니
부모에 대한 효를 중시하는 태도
이 역시 맛이라, 그 아니 다행한가.

앞산에 단풍 들고 정원 국화 만발하니
가을이 완연해짐
꽃 밑에 술을 먹고 머리에 수유(茱萸) 꽂고
중양절의 풍습 – 국화주를 마시고 붉은 수유 열매를 머리에 꽂음

• '희황의 상인'과 '회갈적 백성'의 의미

**희황의 상인**

'희황'은 중국 고대 전설상의 제왕인 '복희씨'를 가리킴. '희황상인'은 복희씨 이전의 오랜 옛적의 사람이라는 뜻으로, 세상일을 잊고 한가하고 태평하게 숨어 사는 사람을 이름

**회갈적 백성**

'회갈'은 중국 고대의 제왕인 '무회씨'와 '갈천씨'를 가리킴. 이 시절은 태평하고 풍속이 순박하여 백성들의 근심, 걱정이 없었다고 전해짐

• 소재의 의미와 기능 – 백구

'백구'는 다양한 갈래의 고전 시가에 종종 등장하는 자연물로, 시적 화자의 자연과의 합일(물아일체의 경지)을 드러내는 관습적 표현에 활용되었다.

• 백구야 놀라지 마라 너 잡을 내 아니로다 / 성상이 버리시니 갈 곳 없어 예 왔노라 / 이제는 찾을 이 없으니 너를 좇아 놀리라
– 김천택의 시조
• 백구야 펄펄 나지 마라 너 잡을 내 아니란다 / 성상이 버리시니 너를 좇아 예 왔노라……
– 작자 미상의 가사 〈백구사〉

저물도록 멀리 보며 기다리니 그 뉘런고.
학수고대

그리던 동생들과 생각하던 친척들이
화자가 기다리던 대상

짧은 처마 초가 몇 칸에 역력히 화목하게 모여 앉아

술잔을 손에 들고 성은(聖恩)을 노래하니
태평하고 화목하게 사는 것을 모두 임금의 은혜로 여김

감격의 눈물 앞을 가려 갈수록 망극하다.

남산(南山)같이 높아 있고 북해(北海)같이 깊었으니
임금의 은혜가 매우 큼(대구, 직유)

살아서 머리 숙이고 죽어서 결초한들
결초보은

하늘 같은 이 은혜를 만분의 일이나 갚을런가.

한 입으로 다 못 하니 붓으로나 적으리라.

유교적 충의 사상 강조

▶ 가올의 일상과 임금의 은혜에 대한 감사

(중략)

빈 배를 홀로 저어 학문의 바다를 찾으리라.
학문적 욕구를 충족하지 못한 상태 └ 화자가 추구하는 대상

「예의(禮義)로 돛을 달고 충신(忠信)으로 노를 저어」 「」: 대구, 은유
예의, 충신: 학문을 위한 자세

마음이 머슴 되어 참된 근원을 찾아가니
성현의 말에 순종하는 마음(은유)

사나운 물결이 하늘에 닿고 흐린 물결 솟구쳐 △: 학문 연마에 장애가 되는 요소

멀고 넓은 큰 바다 중에 갈 길이 아득하다.
닦아야 할 학문의 범위가 매우 넓음 정이천의 학문 비유

명도께 길을 물어 이천의 큰 바닷물을 ○: 성리학의 주요 학자들
북송의 유학자 정호 북송의 유학자 정이

내 양껏 다 마시고 주무숙을 찾으리라.
북송의 유학자 주돈이

「염계(濂溪)로 들어가니 광풍제월(光風霽月)이 넓고 크게 끝이 없고」 「」: 주돈이의 학문을 익힘
주돈이의 호 주돈이의 학문적 경지

「주회암은 어디 있나, 창주(滄洲)로 찾아가니
송나라의 유학자 주희(주자) 주희가 다스린 창주 땅, 혹은 주희가 무이산에 세운 '창주정사'

무이수(武夷水) 아홉 굽이 차례로 깊었도다.」 「」: 주희의 학문을 익힘
주희가 쓴 〈무이구곡가〉를 의미함(이이는 이를 본떠 〈고산구곡가〉를 지음)

맑은 강이 어디런가, 한담(寒潭)이 맑았으니
학문의 진수 차가운 못

깊고 넘치는 넓은 물에 가슴속 바다가 시원하게 틔는구나.
성현의 학문을 배우는 즐거움을 비유함

관내곡(欸乃曲) 한 소리를 뱃노래로 화답하고
뱃노래의 곡조 – 성현이 남긴 글을 의미함

지국총 닻을 들어 민중(閩中) 낙양(洛陽)을 다 건너서
의성어(배에서 노를 젓거나 닻을 감는 소리) └ 성현들의 학문을 익힘('민중'은 주희가, '낙양'은 정호와 정이가 활동하던 곳)

기수(沂水)에서 목욕하고 수사(洙泗)로 들어가니
공자의 학문을 익힘('기수'는 공자가 태어난 노나라의 강, '수사'는 공자의 고향과 가까운 강임)

「도(道)의 물결이 활발하여 참된 근원이 여기로다.」 「」: 공자의 학문을 성리학의 정수이자 근원으로 여김
도의 근원, 본성

주목

여파(餘波)에 정을 품고 그 근원을 생각해 보니
잔잔하게 이는 물결(학문 수양 후 맑고 깨끗한 무욕의 상태)

연못의 잔물결은 맑고 깨끗이 흘러가고
□: 인간의 올바른 본성(심리적으로 안정된 상태)

오래된 우물에 그친 물은 담연(淡然)히 고여 있다.
맑고 깨끗하게

짧은 담에 의지하여 고해(苦海)를 바라보니
△: 부정적인 속세를 의미함(비판의 대상)

「욕심의 거센 물결이 하늘에 차서 넘치고

탐욕의 샘물이 세차게 일어난다.」
「」: 탐욕이 만연한 세태에 대한 비판

흐르는 모양이 막힘이 없고 기운차니 나를 알 이 누구인가.
탐욕에 빠져 본성을 잃어버린 세태 또는 세상 사람들이 화자의 가치를 알아보지 못하는 상황에 대한 한탄

**감상 포인트**

작품에 나타난 비유적 표현의 의미와 그 속에 담긴 작가의 의도를 파악한다.

인간의 마음을 물에 빗대어 바람직한 삶의 태도를 제시함

• 임금에 대한 화자의 태도

| 임금의 은혜 찬양 |
|---|
| • 가족, 친척이 모여 앉아 즐기는 중에 임금의 은혜를 떠올리며 감격함<br>• 평안한 일상과 가정의 화목이 모두 임금의 은혜 때문이라는 인식이 나타남 |

↓

| 당시 사대부들의 보편적 충의 정신 표출 |
|---|

• 은유적 표현의 이해

작가인 율곡 이이는 평생 성리학을 연마했던 학자로서, 은유적 표현을 통해 학문 추구라는 작가의 지향을 드러내고 있다.

| 보조 관념 | 원관념 |
|---|---|
| 빈 배 | 학문적 욕구를 채우고자 하는 상태 |
| 돛 | 예의 |
| 노 | 충신 |
| 머슴 | 학문을 하려는 겸허한 마음 |
| 사나운 물결, 흐린 물결 | 학문 연마의 장애 요소 |
| 큰 바닷물, 넓은 물 | 성현의 학문 |
| 물을 마심, 목욕함, 물에 들어감 | 학문을 익힘 |
| 맑은 강 | 학문의 진수 |

• 시어의 대비

| 긍정적 | 부정적 |
|---|---|
| • 여파<br>• 연못의 잔물결<br>• 오래된 우물에 그친 물 | • 고해<br>• 욕심의 거센 물결<br>• 탐욕의 샘물 |
| ↓ | ↓ |
| 사람의 올바른 본성, 안정된 심리 상태 | 부정적인 속세의 모습, 불안정한 심리 상태 |

평생을 다 살아도 백 년(百年)이 못 되는데
인간 삶의 유한성에 대한 인식 → 세속적 가치를 벗어나 학문을 닦으며 사는 삶의 추구
공명(功名)이 무엇이라고 일생에 골몰할까
부귀공명의 덧없음
낮은 벼슬을 두루 거치고 부귀에 늙어서도
자신의 지난 삶에 대한 회고
남가(南柯)의 한 꿈이라 황량(黃粱)이 덜 익었네.
남가지몽(南柯之夢: 부귀영화의 덧없음을 이르는 말)
나는 내 뜻대로 평생을 다 즐겨서
자연 속에서 은일하며 학문을 연마하는 삶 추구
천지(天地)에 넉넉하게 놀고 강산에 누우니
자연 친화적 태도, 유유자적하는 삶
「사시(四時)의 내 즐김이 어느 때 없을런가.」「 」: 일 년 내내 계절의 변화를 즐기며 살아감
네 계절
편안히 지냄
누항(陋巷)에 안거(安居)하여 단표(簞瓢)에 시름없고
화자가 지내는 곳 ↔ 진계 잘 먹고 잘살기를 욕망하지 않음
「세로(世路)에 발을 끊어 명성(名聲)이 감추어져」「 」: 공명을 욕심내지 않음
세상길
충의, 효행, 우애 등 유교적 도리
은거행의(隱居行義)■ 자허(自許)■하고 요순지도(堯舜之道) 즐기니
세상에 드러나지 않고 자신의 의지로 도리를 지키며 살아감
내 몸은 속인(俗人)이나 내 마음은 신선(神仙)이오.
신체적으로는 속세 사람과 같으나 정신적으로는 신선과 같이 지냄(자신의 삶에 대한 자부심)
「진계(塵界)가 지척이나 지척이 천 리(千里)로다.」「 」: 속세와 물리적 거리는 가까우나 심리적 거리는 매우 멂(역설적 표현)
티끌세상
제 뜻을 고상(高尙)하니 제 몸이 자중(自重)하고
정신을 고상하게 하면 말이나 행동 등이 자연스럽게 조심스러워짐
일체의 다툼이 없으니 시기할 이 누구인가.

「뜬구름이 시비(是非) 없고 날아다니는 새가 한가하다.」「 」: 시비 다툼 없이 한가롭게 살려는 마음을 드러냄
◯: 긍정적 대상(화자가 추구하는 삶의 모습을 나타내는 자연물)
여년(餘年)이 얼마런고 이 아니 즐거운가.
남은 인생 현재의 삶에 대한 만족감
제 뜻을 제 즐기고 제 마음 제 임의(任意)라.
화자 자신이 바라는 대로 살아가면서 스스로 그것을 즐김
먹으나 못 먹으나 이것이 세상이며
입으나 못 입으나 이것이 지락(至樂)이다.
더할 나위 없는 즐거움
물질적 조건에 집착하지 않는 삶의 태도(대구)
• 단사표음(청빈하고 소박한 생활)
• 안분지족(제 분수를 지키며 만족할 줄 앎)
아내가 베를 짜니 의복(衣服)이 걱정 없고
입는 것을 걱정하지 않음(검소한 의복에 만족함)
앞 논에 벼 있으니 양식인들 염려하랴.
먹을 것을 걱정하지 않음(소박한 음식에 만족함)
자급자족
늙은 부모가 건강하니 내 무슨 시름이며
걱정이 없음
형제가 화목하니 즐거움이 또 있는가.
즐거움이 지극함
내 뜻에 내 즐거워 낙지가(樂志歌) 지어 내니
〈낙지가〉를 지은 계기
묻노라 청허자(淸虛子)야, 이를 능히 좋아하면
마음을 비운 맑고 깨끗한 존재
평생에 이를 즐겨 죽도록 잊지 마라.
부귀영화를 탐내지 않고 소박하게 사는 것
교훈적 의도를 드러냄
▶ 학문을 연마하며 안분지족하는 삶의 즐거움

■ 광풍제월: 마음이 넓고 쾌활하여 아무 거리낌이 없는 인품을 비유적으로 이르는 말. 황정견이 주돈이의 인품을 평한 데서 유래한다.
■ 은거행의: 숨어서 의로운 일을 행함.
■ 자허: 자기 힘으로 넉넉히 할 만한 일이라고 여김.

• '황량' 관련 고사
'황량'은 찰기가 없는 곡식인 조를 의미하는데, 이와 관련하여 '황량일취몽'이라는 고사성어가 있다.

당나라 소년 노생이 어느 여관에서 도사인 여옹을 만나 자신의 가난을 한탄하다가, 그의 베개를 빌려 베고 잠이 들어 부귀영화를 누리며 80세까지 산 꿈을 꾸었는데, 깨어 보니 여관 주인이 짓던 조밥이 채 익지 않았다. 이로부터 유래한 '황량일취몽'은 인생이 덧없고 부귀영화도 부질없음을 비유적으로 이른다.

• 역설적 표현의 의미
'진계가 지척이나 지척이 천 리로다.'

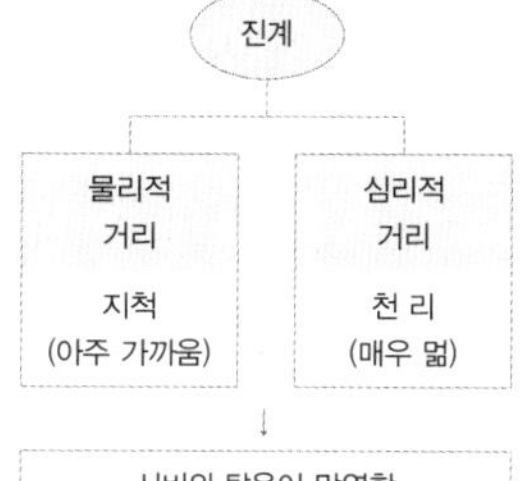


시비와 탐욕이 만연한 속세에 대한 경계

• 삶에 대한 화자의 인식과 태도

**인간 삶에 대한 화자의 인식**
• 인간은 백 년도 안 되는 유한한 생을 살아감
• 일생 동안 공명과 부귀를 추구하는 것은 헛되고 덧없음

↓

**화자가 추구하는 삶의 태도**
• 자연 속에서 시비 다툼 없이 소박하게 살아감
• 자급자족하면서 화목한 가정을 이루어 시름없이 즐겁게 살아감

## 핵심 포인트 1 화자의 정서와 태도 파악

이 작품에 나타난 과거와 현재의 삶에 대한 화자의 정서와 인식, 태도 등을 파악하고 비교할 수 있어야 한다.

**과거의 삶과 현재의 삶 대조**

| 과거의 삶 | | 현재의 삶 |
|---|---|---|
| • '홍진', '고해', '세로', '진계' 등 → 속세, 벼슬길<br>• '함정'과 '구덩이', '욕심의 거센 물결', '탐욕의 샘물' 등 → 욕망을 추구하며 다툼을 일삼는 삶<br>• '헛수고', '가짜 몸'과 '뜬구름', '남가의 한 꿈' 등 → 덧없음 | ↔ | • '산중', '외진 곳', '누항' 등 → 자연, 은거<br>• '한가함', '여파', '연못의 잔물결', '오래된 우물에 그친 물' 등 → 시비 다툼과 욕심 없이 유유자적하는 삶<br>• '맑은 복', '즐김', '지락' 등 → 즐거움, 만족감 |
| 부정적 인식 | | 긍정적 인식(화자의 지향) |

## 핵심 포인트 2 표현상 특징 파악

이 작품에 나타난 주요 표현상의 특징과 그 효과를 파악할 수 있어야 한다.

**표현상 특징**

| | |
|---|---|
| 비유 | '빈 배를 홀로 저어 학문의 바다를 찾으리라 ~ 도의 물결이 활발하여 참된 근원이 여기로다', '여파에 정을 품고 그 근원을 생각해 보니 ~ 흐르는 모양이 막힘이 없고 기운차니 나를 알 이 누구인가' 등<br>→ 학문의 과정과 인간의 마음을 '바다'와 '물'에 비유하여 의미를 효과적으로 제시함 |
| 대구 | '좌우에 함정이요 앞뒤에 구덩이라', '이윤의 세상이요 소남의 생애로다', '희황의 상인이요 회갈적 백성이라', '내 몸은 속인이나 내 마음은 신선이오', '먹으나 못 먹으나 이것이 세상이며 / 입으나 못 입으나 이것이 지락이다' 등<br>→ 운율을 형성하고 의미를 강화함 |
| 의문형 표현 | '이 강산의 맑은 복을 삼공과 바꿀런가', '하늘 같은 이 은혜를 만분의 일이나 갚을런가', '사시의 내 즐김이 어느 때 없을런가', '여년이 얼마런고 이 아니 즐거운가', '앞 논에 벼 있으니 양식인들 염려하랴' 등<br>→ 의문문 형식을 활용하여 의미를 강화함 |

## 핵심 포인트 3 외적 준거에 따른 감상

이 작품은 작가가 벼슬에서 물러난 뒤 시골에서 은거할 때 지은 작품이므로, 작가의 삶과 관련한 외적 준거를 바탕으로 작품을 해석할 수 있어야 한다.

**작품에 반영된 사대부의 삶**

〈낙지가〉는 과거 시험에서 9번이나 장원 급제를 하고 고위 관직을 두루 거친 뒤 은퇴한 작가가 시골에 은거하면서 쓴 작품이다. 조선 시대 사대부들은 관직에서 물러난 후 대부분 고향으로 돌아가 여생을 보냈다. 이러한 때에 창작된 문학 작품에는 어지러운 속세와 단절되어 자연에서 유유자적하는 풍류적 삶, 안빈낙도의 소박한 삶의 모습이 묘사되는 경우가 많았다. 이는 사대부들의 관념 속에서 이상적으로 여겨지던 삶의 방식이 반영된 것이라 볼 수 있다. 또한 개인적 흥취를 제시하는 데에서 더 나아가 탐욕을 경계하고 자기 수양과 학문의 성취를 이루어야 한다는 교훈을 전달하는 경향이 나타나기도 하였다.

| | |
|---|---|
| 화자가 직접 고기잡이를 하고 밭일 등을 하는 모습 | 사대부의 실제 삶의 모습이라기보다는 관념적 인식의 반영으로 볼 수 있음 |
| 속세의 삶에 대한 부정, 자연에 은거하는 삶에 대한 긍정 | 당대 사대부들이 이상적으로 생각하던 삶의 모습이 반영된 것으로 볼 수 있음 |
| 학문(성리학)의 길 제시, 탐욕에 대한 비판 의식 | 탐욕에서 벗어나기 위한 자기 수양과 학문의 성취를 이루어야 한다는 교훈을 전달하려는 의도로 볼 수 있음 |

### 작품 한눈에

• 해제

〈낙지가〉는 자연에 묻혀 사는 즐거움을 표출한 장편 은일 가사이다. 이 작품은 '서사, 춘사, 하사, 추사, 동사, 결사'의 6단 구성을 취하고 있다. 서사에서는 세속적 가치에 매몰되어 시비가 끊이지 않는 속세에 대한 부정적 인식을 바탕으로 이와 대비되는 자연 속에서의 삶에 대한 만족감을 드러내고 있고, 본사에서는 은거지의 계절별 정경과 일상생활의 모습을 제시하면서 전원에서 소박하면서도 유유자적하게 살아가는 삶의 즐거움을 나타내고 있다. 마지막으로 결사에서는 학문에의 정진, 단표누항과 안분지족 등 화자가 추구하는 삶의 태도를 제시하고 있다. 한편 혼탁한 속세에서 떠나 자연에 은거하면서도 임금의 은혜를 떠올리는 모습, 효행과 우애를 실천하는 모습에서 사대부로서의 유교적 가치관을 찾아볼 수 있다.

• 화자와 시적 상황

화자는 혼란한 속세를 떠나 자연에서 안빈낙도하며 은거하는 유학자로, 자연을 즐기고 학문을 익히면서 한가롭게 지내는 자신의 삶에 대해 만족감을 나타내고 있다.

• 주제

자연에 은거하며 유유자적하게 사는 삶의 즐거움

고전 시가 23

◇ 한 줄 평 전원에 은거하며 사는 삶의 즐거움을 동 · 서 · 남 · 북을 기준으로 한 수씩 읊은 노래

# 호아곡 조존성

□: 제목('아이를 부르는 노래')과 관련된 시구, 통일성 부여

아이야, 구럭 망태 찾아라, 서산에 날 늦겠다.
(아이에게 일을 시킴 / 서산에 빨리 가야 한다는 의미)

밤 지낸 고사리 벌써 아니 자랐으랴.
(시간이 더 지나기 전에 고사리를 빨리 뜯고 싶은 마음)

이 몸이 이 나물 아니면 끼니 어이 이으랴.
(고사리 / 밥을 어떻게 먹겠는가(고사리 = 일상의 양식 → 넉넉지 않은 형편, 소박한 삶))

〈제1수〉

▶ 제1수: 서쪽 산에서 고사리 캐기

※〈제1수〉와 관련된 고사: 백이숙제 고사
백이와 숙제는 제후국인 주(周)나라의 무왕이 천자국인 은(殷)나라의 폭군 주왕을 토벌하자, 천자를 공격한 주나라 땅에서 난 곡식을 먹을 수 없다 하고 수양산에 들어가 고사리를 캐어 먹다 죽었다. 이들이 남긴 〈채미가〉에 '저 서산에 올라 고사리를 캐노다.(登彼西山兮 采其薇矣)'라는 구절이 있다.

아이야, 도롱이 삿갓 차려라. 동쪽 골짜기 비 내린다.
(비를 막기 위한 도구 / 동쪽에 있는 골짜기의 시내)

기나긴 낚싯대에 미늘 없는 낚시 매어,
(고기를 낚을 뜻이 없음 → 무욕(無慾)의 삶 또는 때를 기다림)

저 고기야, 놀라지 마라. 내 흥 겨워 하노라.
(고기에게 말을 건넴(자연 친화적) / 낚시질 자체만 즐기려는 태도)

〈제2수〉

▶ 제2수: 동쪽 골짜기에서 낚시하기

※〈제2수〉와 관련된 고사: 여상(강태공) 고사
주나라 사람 여상은 70세까지 관직에 나가지 않고 공부만 했다. 그는 집 근처 위수 강변에서 낚시를 즐겨했는데, 이때 끝이 곧은 낚싯 바늘로 낚시를 했다고 전해진다. 그러다 주나라 문왕의 눈에 띄어 중용된 뒤 주나라에 큰 공을 세웠다.

아이야, 죽조반 다오. 남쪽 논밭에 일 많구나.

서투른 따비는 누구와 마주 잡을꼬?
(농사일에 서투른 화자의 처지(벼슬을 하다가 낙향한 상황이 엿보임))

두어라, 성대에 밭 갈기도 임금님 은혜이시니라.
(직접 농사짓는 상황을 임금의 은혜로 여김(유교적 충의) → 전원에 은거하면서도 임금을 생각함)

〈제3수〉

▶ 제3수: 남쪽 논밭에서 밭 갈기

아이야, 소 먹여 내어 북쪽 마을에 새 술 먹자.

잔뜩 취한 얼굴을 달빛에 실어 오니,

(전원에 은거하며 흥겹게 사는 삶을 구체적으로 형상화함)

「아아, 태평시대 백성을 오늘 다시 보는구나.」
(화자 자신의 모습 → 현재 삶의 만족감과 흥의 함축, 안분지족의 태도)

「 」: 현재 자신의 삶에 대한 만족감, 영탄적 표현

〈제4수〉

▶ 제4수: 북쪽 마을에서 술 마시기

**감상 포인트**

작품의 구성을 바탕으로 현재 자신의 삶에 대한 화자의 정서 및 태도를 파악해야 한다.

## 작품 분석 노트

**현대어 풀이**

〈제1수〉 – 서산
아이야, 구럭 망태를 찾아 챙겨라, 서산에 해가 지겠다.
밤을 지낸 고사리는 벌써 자라지 않았겠느냐.
내 몸이 이 고사리가 아니면 어찌 끼니를 잇겠느냐.

〈제2수〉 – 동쪽 골짜기
아이야, 도롱이와 삿갓을 준비해라. 동쪽 골짜기에 비 내린다.
기나긴 낚싯대에 갈고리 없는 낚싯바늘을 매었으니
저 고기들아, 놀라지 마라. (너를 잡으려는 것이 아니라) 내가 흥에 겨워 (낚시질 하는 흉내를) 하노라.

〈제3수〉 – 남쪽 논밭
아이야, 아침 먹기 전에 일찍 먹는 죽을 다오. 남쪽 논밭에 일이 많구나.
서투른 솜씨로 따비(농기구의 일종)는 누구와 마주 잡을꼬.
두어라, 태평한 시대에 몸소 농사를 짓는 것도 또한 임금님의 은혜이시니라.

〈제4수〉 – 북쪽 마을
아이야, 소 먹여 내어 북쪽 마을에 가서 새로 빚은 술을 먹자.
(술에) 잔뜩 취한 얼굴을 달빛 맞으며 돌아오니,
아아, 태평한 시대의 행복한 백성을 오늘 다시 보는 것 같구나.

• 시상 전개 방식

네 방위에 따른 시상 전개

• 〈제1수〉는 서산에서의 고사리 캐기를, 〈제2수〉는 동쪽 골짜기에서의 고기 낚기를, 〈제3수〉는 남쪽 논밭에서의 밭갈이를, 〈제4수〉는 북쪽 마을에서의 음주를 노래함
• '서 – 동 – 남 – 북'의 네 방위로 배열됨
• 공간의 변화에 따른 시상 전개

| | | |
|---|---|---|
| 〈제1수〉 | 서산채미(西山採薇) | 생계를 위한 일 |
| 〈제2수〉 | 동간관어(東澗觀魚) | 일상의 흥겨움 |
| 〈제3수〉 | 남묘궁경(南畝躬耕) | 생계를 위한 일 |
| 〈제4수〉 | 북곽취귀(北郭醉歸) | 일상의 흥겨움 |

• 각 수의 구조

초장 앞 구에서 아이에게 일을 시키고, 뒷구에서 그 까닭을 제시함. 그리고 중장에서 화자가 할 일이나 행위를 구체화하고, 종장에서 이에 대한 감흥을 제시함

| | |
|---|---|
| 아이야, 구럭 망태 찾아라. | 아이에 대한 명령 |
| 서산에 날 늦겠다. | 명령의 이유 |
| 밤 지낸 고사리 벌써 아니 자랐으랴. | 화자가 할 일 제시 |
| 이 몸이 이 나물 아니면 끼니 어이 이으랴. | 중장의 일에 대한 감흥 |

## 핵심 포인트 1 표현상 특징 및 각 수의 내용

작품 전체에서 드러나는 시상 전개 방식과 각 수에서 반복되는 구조, 의미를 효과적으로 전달하기 위한 주요 표현 방법 등을 중심으로 작품을 이해할 수 있어야 한다.

**표현상 특징**

| | |
|---|---|
| 방향의 전환과 공간의 이동에 따른 시상 전개 | 〈제1수〉는 서산, 〈제2수〉는 동쪽 골짜기, 〈제3수〉는 남쪽 논밭, 〈제4수〉는 북쪽 마을이 공간적 배경으로 제시되면서 '서–동–남–북'의 네 방위를 중심으로 시상이 전개됨 |
| '아이야'의 반복과 말을 건네는 방식 | • 동일 시어의 반복: 각 수의 초장 첫 음보에서 '아이야'를 반복하여 통일성을 부여하고 운율을 형성함<br>• 말을 건네는 방식: '아이'에게 말을 건네는 방식을 활용하여 자신의 삶의 모습과 가치관을 드러냄 |
| 설의적 표현 | '밤 지낸 고사리 벌써 아니 자랐으랴', '끼니 어이 이으랴' 등에서 설의적 표현을 활용하여 전원에 은거하며 사는 소박한 삶을 노래함 |

**각 수의 내용 정리**

| | 활동 | 활동의 의미 | 삶의 자세 |
|---|---|---|---|
| 제1수 | '서산'에서 고사리 캐기 | 생계 활동 | 지조를 지키는 삶 |
| 제2수 | '동쪽 골짜기'에서 낚시하기 | 일상의 풍류 | 무욕(無慾)의 삶 |
| 제3수 | '남쪽 논밭'에서 밭 갈기 | 생계 활동 | 충(忠)의 가치관 |
| 제4수 | '북쪽 마을'에서 술 마시기 | 일상의 풍류 | 풍류를 즐기는 삶 |

→

| 주제 의식 |
|---|
| 전원에서 누리는 안분지족의 삶 |

## 핵심 포인트 2 외적 준거에 따른 감상

작가의 삶과 가치관을 바탕으로 구절의 함축적 의미를 파악할 수 있어야 한다. 이때 당대 사대부가 지녔던 일반적인 인식도 고려해야 한다.

**작가의 삶과 작품의 관계**

이 작품은 작가가 정쟁에 연루되어 파직된 후 용인에서 칩거할 때 쓴 작품으로 알려져 있다. 당시 용인은 정치의 중심지에서 벗어난 서울 외곽이었으며, 당시의 정치적 상황을 고려할 때 작가가 이곳에 칩거한 것은 당쟁하에서 자신을 지키기 위한 은거로 볼 수 있다. 유교적 가치에 충실한 사대부들에게 임금이 있는 서울은 '출(出)'의 공간이고, 관직에 있지 않은 상태의 시골은 '처(處)'의 공간이다. '출'의 상황에서는 정치적 이상을 실현하기 위해 온 힘을 다하지만, '처'의 상황에서는 자연이나 현재 상황을 즐기며 유유자적하게 지낸다. 그런데 '출'과 '처'는 상황에 따른 선택의 문제이기에 언제든지 바뀔 수 있다. 이를 고려할 때 작가는 변방에 위치했지만 언제든지 서울로 돌아가 정치적으로 재기하려는 마음을 지녔던 것으로 볼 수 있다.

| | |
|---|---|
| 이 몸이 이 나물 아니면 끼니 어이 이으랴 | 백이, 숙제와 같이 당장의 이익에 휘둘리지 않고 정치적 지조를 지키고자 하는 태도 |
| 기나긴 낚싯대에 미늘 없는 낚시 매어 | 주나라의 강태공처럼 정치적인 능력을 펼칠 수 있는 때를 기다리는 태도 |
| 성대에 밭 갈기도 임금님 은혜이시니라 | 전원에 은거하고 있으면서도 임금을 생각하는 모습 |
| 잔뜩 취한 얼굴을 달빛에 실어 오니 | 낙향하여 은거하면서 유유자적하고 태평하게 지내는 모습 |

## 핵심 포인트 3 주요 소재의 의미

| | |
|---|---|
| 고사리, 도롱이 | 소박한 삶의 모습 |
| 미늘 없는 낚시 | 무욕(無慾)의 생활 태도, 자연과 융화된 삶의 모습 |
| 죽조반 | 부지런하게 일하기 위한 준비 |
| 따비 | 화자가 직접 농사일을 하는 상황 |
| 술 | 유유자적하게 풍류를 즐기는 삶 |
| 태평시대 백성 | 화자 자신의 모습, 현재 상황에 대한 흥겨움과 만족감 |

### 작품 한눈에

• 해제

전원에 은거하며 유유자적하고 소박하게 살아가는 삶의 흥취를 노래하고 있는 전 4수의 연시조이다. 각 수의 초장은 모두 '아이야'로 시작되며, 네 곳의 공간(서산, 동쪽 골짜기, 남쪽 논밭, 북쪽 마을)을 배경으로 고사리 캐기, 낚시하기, 밭 갈기, 술 마시기 등과 같은 화자의 일상이 구체적으로 제시되고 있다. 이때 강태공 고사 같은 중국의 고사를 활용하여 전원에서 지내면서도 현실 정치에 대한 관심을 아예 버리지는 않았음을 암시하고 있다.

• 화자와 시적 상황

화자는 사대부로서 전원에서 소박하게 살아가는 자신의 삶에 만족하고 있다. 구체적으로 보면, 제1수에서는 고사리를 캐며 사는 소박한 삶을 보여 주고, 제2수에서는 갈고리 없는 낚싯대로 낚시를 하며 자연을 즐기는 무욕의 삶의 태도를 보여 준다. 그리고 제3수에서는 직접 농사를 지으며 임금의 은혜에 감사하는 충의의 태도를 보이며, 제4수에서는 취하도록 술을 마시는 풍류의 삶의 태도를 보여 준다. 이런 상황은 당시 사대부들이 관념적으로 꿈꾸었던 삶의 모습으로 볼 수 있다.

• 주제

전원에서 은거하는 소박한 삶의 즐거움과 한가로운 흥취

고전 시가 24

◇ 한 줄 평 관서 지방을 둘러본 감상을 기록한, 우리나라 최초의 기행 가사

# 관서별곡 백광홍

(제목 아래에 붙어 있는 서문 역할의 글(작자가 쓴 글이 아님))

을묘년에 공(公)이 평안 평사(平安評事)가 되어 국경 지대 방위 상황을 두루 살펴보고, 민간의 노래를 채집하여 〈관서별곡〉을 지어서 임금을 사랑하고 변방을 걱정하는 충정을 펴내었다.

(1555년 / 작가 백광홍 / 관서별곡을 지은 계기 / 민요를 채집함 / 관서별곡에 담긴 작가의 마음)

주목

관서 명승지에 왕명(王命)으로 보내심에
(관서: 한반도의 북서부 지방. 현재의 평안남도, 평안북도, 평양시, 자강도 일대를 포함하는 지역)
(관서 지방을 둘러보게 된 계기 - 관리로서 공적인 임무를 수행하기 위한 것)

행장을 꾸리니 칼 하나뿐이로다.
(단출한 행장(무인으로서의 모습))

연조문 내달아 모화고개 넘어드니 ※□: 화자의 여정
(연조문: 현재의 독립문 자리에 있던 문 / 모화고개: 무악재. 관서로 가는 시발점)

임지로 가고픈 마음에 고향을 생각하랴. ▶ 왕명을 받고 임지로 떠나는 심정: [서사]
(임지에 빨리 가고픈 마음. 설의적 표현)

「벽제(碧蹄)에 말 갈아 임진(臨津)에 배 건너 천수원(天壽院) 돌아드니」 「」: 빠른 속도감이 느껴지는 전개 → 임지로 향하는 들뜬 마음
(벽제: 경기도 고양시의 지명 / 임진: 임진 나루 - 관서와 관북의 분기점 / 천수원: 개성 동부에 있는 역원(공공 여관))

개성(開城)은 망국(亡國)이라 만월대(滿月臺)도 보기 싫다.
(개성: 고려의 수도 → '고려'를 의미 / 조선은 고려 왕조를 무너뜨리고 건국한 나라이기에 고려의 수도인 개성의 경관을 보려 하지 않음)

「황주는 전쟁터라 가시덤불 우거졌도다.」 「」: 자연물을 통해 황주의 현재 모습을 제시함
(황주: 황해북도의 지명 / 중의적 표현 ① 고려 때 황주에 있던 극성(가시나무 성)에서 착안한 표현 ② 쇠락하여 가시덤불만 무성한 황주의 상태)

석양이 지거늘 채찍으로 재촉해 구현원(駒峴院) 넘어드니
(시간적 배경 / 구현원: 황해도와 평안도의 경계에 있는 역원)

생양관(生陽館) 기슭에 버들까지 푸르다. ▶ 한양에서 생양관까지의 노정: [본사①]
(생양관: 평안남도 남부에 있는 역관 / 계절적 배경 - 봄)

재송정(栽松亭) 돌아들어 대동강 바라보니
(재송정: 평양의 초입에 있는 여각 / 대동강: 평양 한가운데를 가로지르는 강)

십 리의 물빛과 안개 속 버들가지는 위아래에 엉기었다.
(화자의 흥겨움이 드러남 / 대동강의 아름다운 풍경)

| 여정 | 재송정 |
|---|---|
| 견문 | 대동강과 화선의 여인들 |
| 감상 | 매우 아름다움 |

춘풍이 야단스러워 화선을 비껴 보니
(화선: 정재(춤과 노래로 하는 궁중 연회)를 베풀 때 쓰는 배로, 무희나 기생 여러 명이 탈 수 있을 만큼 큼)

녹의홍상 비껴 앉아 가냘픈 손으로 거문고 짚으며
(녹의홍상: 곱게 차려 입은 젊은 여인의 옷차림: 기생)

붉은 입술과 흰 이로 채련곡을 부르니
(단순호치(丹脣皓齒): 아름다운 여인)

신선이 연잎 배 타고 옥빛 강으로 내려오는 듯
(비유적 표현. 아름다운 풍경 속에서 신선처럼 여유롭게 풍류를 즐기는 모습)

슬프다, 나랏일 신경 쓰이지만 풍경에 어찌하리.
(내적 갈등(왕명도 중요하지만 풍경이 너무나 아름다워 어찌할 수 없음))

| 여정 | 부벽루 |
|---|---|
| 견문 | 능라도의 풀과 금수산의 꽃 |
| 감상 | 봄빛 자랑 |

연광정(練光亭) 돌아들어 부벽루(浮碧樓)에 올라가니
(연광정: 대동강가에 있는 정자 / 부벽루: 대동강가에 있는 누각(경치가 아름답기로 유명함))

능라도(綾羅島) 꽃다운 풀과 금수산(錦繡山) 안개 속 꽃은 봄빛을 자랑한다.
(부벽루에서 본 대상 / 시간적 배경)

(재송정~능라도: 대동강가의 아름다운 풍경과 화자의 흥취)

천 년 평양의 태평문물(太平文物)은 어제인 듯하다마는
(평양은 고조선부터 고구려까지 오랫동안 수도였음 / 회고의 정)

풍월루(風月樓)에 꿈 깨어 칠성문(七星門) 돌아드니
(풍월루: 평양에 있는 누각 / 칠성문: 평양에 있는 고구려 평양성의 북문)

① 아름다운 풍경과 회고의 정에 빠져 있다가 꿈에서 깨어나듯 현실로 돌아옴
② 평양에서 하룻밤을 잤음을 암시

단출한 무관 차림에 객수(客愁) 어떠하냐. ▶ 대동강과 부벽루의 풍경 및 칠성문까지의 여정: [본사 ①]
(화자의 차림새 / 화자의 심정(쓸쓸함))

누대도 많고 강과 산도 많건마는
(사람이 만든 누각과 자연이 만든 아름다운 풍경이 많음)

백상루(百祥樓)에 올라앉아 청천강(淸川江) 바라보니
(백상루: 평안남도 안주읍에 있는 누각(여정) / 백상루에서 본 대상(견문))

세 갈래 물줄기는 장하기도 끝이 없다.
(청천강에 대한 감상)

| 여정 | 백상루 |
|---|---|
| 견문 | 청천강 |
| 감상 | 세 갈래 물줄기가 장함 |

## 작품 분석 노트

• 〈관동별곡〉 도입부와의 비교

| 〈관동별곡〉의 도입부(서사) |
|---|
| 강호에 병이 깊어 죽림(竹林)에 누웠더니<br>관동 팔백 리에 방면(方面)을 맡기시니,<br>아아 성은(聖恩)이야 갈수록 망극하다.<br>연추문 달려들어 경회 남문 바라보며<br>하직하고 물러나니 옥절(玉節)이 앞에 섰다.<br>평구역 말을 갈아 흑수(黑水)로 돌아드니<br>섬강은 어디메오 치악(雉岳)이 여기로다.<br>- 정철, 〈관동별곡〉 |

**공통점과 차이점**

[두 작품의 공통점]
- 기행의 계기가 왕명임(관리로 임지 부임)
- 속도감 있는 전개(단순 교통로로서의 지역은 지명만 제시함)
- 서울(임금이 있는 곳)에서 출발함
- 임금에 대한 충정을 드러냄

[두 작품의 차이점]

| 관서별곡 | 관동별곡 |
|---|---|
| • 관서로 부임하기 전의 화자 처지는 언급되지 않음<br>• 화자의 직책이 언급되지 않음(서문에서 '평안 평사'로 제시됨) | • 강원도로 부임하기 전의 화자 처지가 제시됨<br>• 화자의 직책이 제시됨('관동 팔백 리에 방면을 맡기시니' → 강원도 관찰사) |

• 〈관동별곡〉의 유사한 구절과 비교 ①

| 관서별곡 | 관동별곡 |
|---|---|
| 나랏일 신경 쓰이지만 풍경에 어찌하리 | 왕정(王程)이 유한하고 풍경이 싫지 않으니 |

↓

관리로서의 공적 임무와 아름다운 풍경을 보는 사적 감흥 간의 내적 갈등

하물며 결승정(決勝亭) 내려와 철옹성(鐵甕城) 돌아드니
평안북도 영변에 있는 정자 / 부임지(최종 목적지). 평안북도 영변에 있는 고구려의 성곽

구름에 닿은 성곽은 백 리에 벌여 있고
철옹성의 웅장함
여러 겹 산등성이는 사면에 뻗어 있네. — 대구

| 여정 | 철옹성 |
|---|---|
| 견문 | 철옹성과 주변의 경관 |
| 감상 | 팔도에 으뜸 |

사방의 군사 진영(陣營)과 웅장한 경관이 팔도에 으뜸이로다. ▶ 백상루의 풍경 및 철옹성의 위용: [본사 ①]
우리나라 전체 / 영탄적 표현

동산에 배꽃 피고 진달래꽃 못다 진 때
봄이 한창인 시절
진영에 일이 없어 산수를 보려고
화자가 관할하는 지역이 태평함(자신이 임무에 충실했음을 은근히 과시함) → 산수를 즐기는 풍류에 정당성 부여
약산동대에 술을 싣고 올라가니
평안북도 영변의 약산에 있는 천연의 대(臺) / 흥을 돋우기 위한 수단

| 여정 | 약산동대 |
|---|---|
| 견문 | 대 앞을 흐르는 물과 기생들 |
| 감상 | 선경(仙境)처럼 아름다움 |

눈 아래 구름 낀 하늘이 끝이 없구나.
일망무제(一望無際)
백두산 내린 물이 향로봉 감돌아
천 리를 비껴 흘러 대(臺) 앞으로 지나가니
약산동대
굽이굽이 늙은 용이 꼬리 치며 바다로 흐르는 듯
약산동대 앞에 흐르는 굽이치는 물줄기를 꼬리 치며 나아가는 용에 빗댐. 직유. 동적 이미지
— 약산동대에서 본 풍경
형승(形勝)도 끝이 없다, 풍경인들 아니 보랴.
뛰어난 지세나 풍경 / 설의적 표현
선녀처럼 가냘프고 아름다운 기생들이
화려하게 단장하고 좌우에 늘어선 채
거문고, 가야금, 생황, 피리를 불거니 타거니 하는 모양은
약산동대에서 기생들과 음주가무를 즐김
주목왕 요대에서 서왕모 만나 노래 부르는 듯

주(周)나라 목왕이 서왕모의 연회에 초대받아, 서왕모의 거처인 요대에서 노래를 주고받았다는 고사를 활용하여 기생들과의 풍류를 비유적으로 표현함

서산에 해 지고 동쪽 고개 달 오르고
시간의 흐름 → 낮부터 밤이 되도록 연회를 펼침
아리따운 기생들이 교태 머금고 잔 받드는 모양은
낙포의 선녀가 양대에 내려와 초왕(楚王)을 놀래는 듯

초(楚)나라 회왕이 연회를 즐기다가 잠깐 낮잠이 들어, 꿈속에서 아름다운 여인을 만나 정을 통했는데, 그 여인이 양대에서 비와 구름이 되어 회왕을 그리워하겠다고 말하며 사라졌다는 고사를 활용하여, 술잔을 받드는 기생들의 아름다운 모습을 비유적으로 표현함

이 경치도 좋거니와 근심인들 잊을쏘냐. ▶ 약산동대의 경관과 기생들의 아름다운 모습: [본사 ②]
관리로서 나랏일은 한순간도 잊지 않겠다는 의지

어진 소백과 엄격한 주아부가
어진 관리 → 문신 / 엄한 장군 → 무신
일시에 동행하여 강변으로 내려가니
문무 관리가 모두 출동하여 관할 지역을 순시함

- 소백: 중국 주(周)나라의 왕족인 소공(召公). 선정을 펼친 인물로 유명함
- 주아부: 중국 한(漢)나라의 장수. 군대의 군율을 엄격하게 다스렸다는 일화가 전함

빛나는 옥절(玉節)과 휘날리는 깃발은
관직을 받을 때에 증서로서 받은 신표(信標)
넓은 하늘 비껴 지나 푸른 산을 떨치고 간다.
하늘을 찌를 듯 깃발을 높이 들고 산길을 위풍당당하게 행진하는 모습
도남(都南)을 넘어들어 배고개 올라앉아
평안북도 강계의 지명으로 추정됨 / 강계에 있는 고개로 추정됨

| 여정 | 배고개 |
|---|---|
| 견문 | 설한령, 장백산 |
| 감상 | 언덕과 관문이 험겨움 |

설한령(雪寒嶺) 뒤에 두고 장백산(長白山) 굽어보니
강계에 있는 고개 / 강계에 있는 백산(白山)
연이은 언덕과 관문은 갈수록 어렵도다.
갈수록 고개와 관문이 많아짐 → 변방을 순시하는 어려움
백이중관과 천리검각도 이러하던가.
중국 진나라 때 설치한 수많은 관문 / 중국 장안에서 촉으로 들어가기 위해 통과해야 했던 매우 험난한 길
팔만 용사(勇士)는 앞으로 내달리고
삼천 기병(騎兵)은 뒤에서 달려오니 — 대구. 조선 군대의 위세
「 」: 압록강가에 오랑캐(여진족) 마을이 하나도 없음 → 조선이 오랑캐를 모두 복속시켰다는 자부심
「오랑캐 마을이 우러러 항복하여
백두산 내린 물에 한 곳도 없도다.」
압록강가 / 땅의 형세에 따라 얻는 이로움이나 편리함
긴 강이 요새인들 지리(地利)로 혼자 하며
압록강이 오랑캐의 침입을 막는 천연의 요새 역할을 한들

- 《맹자》의 한 구절을 차용함
'천시(天時: 하늘의 도움이 있는 시기)는 지리(地利: 지리의 유리함)만 못하며, 지리는 인화(人和: 사람들의 화합)만 못하다.(天時不如地利 地利不如人和)'

- 화자(작가)가 직접 간 장소와 그곳에서 바라보거나 떠올린 장소

| 직접 간 장소 [여정] | 바라보거나 떠올린 장소 |
|---|---|
| 재송정 | 대동강 |
| 부벽루 | 능라도, 금수산 |
| 백상루 | 청천강 |
| 배고개 | 설한령, 장백산 |
| 통군정 | 봉황성 |

- 〈관동별곡〉의 유사한 구절과 비교 ②

| 관서별곡 | 관동별곡 |
|---|---|
| 동산에 배꽃 피고 진달래꽃 못다 진 때 / 진영에 일이 없어 산수를 보려고 | 영중(營中)이 무사하고 시절이 삼월인 제 / 화천 시냇길이 풍악으로 뻗어 있다 |

↓

- 관할지가 태평하여 별달리 신경 쓸 일이 없는 상황
- 봄이 한창인 시기

↓

산수를 즐기는 풍류를 정당화하는 조건

- 〈관동별곡〉의 유사한 구절과 비교 ③

| 관서별곡 | 관동별곡 |
|---|---|
| 천 리를 비껴 흘러 대(臺) 앞으로 지나가니 / 굽이굽이 늙은 용이 꼬리 치며 바다로 흐르는 듯 | 천 년 늙은 용이 굽이굽이 서려 있어 / 밤낮으로 흘러내려 넓은 바다에 이었으니 |

↓

굽이굽이 흐르며 바다로 향하는 물줄기를 늙은 용의 움직임에 빗댐

- 〈관동별곡〉의 유사한 구절과 비교 ④

| 관서별곡 | 관동별곡 |
|---|---|
| • 행장을 꾸리니 칼 하나뿐이로다. • 빛나는 옥절과 휘날리는 깃발은 / 넓은 하늘 비껴 지나 푸른 산을 떨치고 간다. | • 행장을 다 떨치고 돌길에 막대 짚어 • 깃발을 떨치니 오색(五色)이 넘노는 듯 / 북과 나발을 섞어 부니 바다 위 구름이 다 걷히는 듯 |

↓

출발할 때는 단출했던 행장의 규모가 커지고 화려해짐

군사와 병마(兵馬) 강한들 인화(人和) 없이 하겠는가.
우리나라 군대와 무기가 강하다고 한들 / 백성들의 화합이 가장 중요함

「시대가 태평함도 성인(聖人)의 교화로다.」 「」: 모든 공을 임금에게 돌림 → 유교적 충의 사상
임금

▶ 변방의 순시와 감흥: [본사 ②]

봄날도 쉬이 가고 산수도 한가할 때 아니 놀고 어찌하리.
시간의 흐름(늦봄이 됨) / 공적 임무 〈 사적 흥취 → 진영에 일이 없음을 암시

수항루(受降樓)에 배를 타 압록강 내려오는데
압록강가에 있는 누각

강변의 진영은 장기알 벌인 듯하였거늘
군대의 진지가 압록강을 따라 쭉 줄지어 늘어서 있음 → 배 위에서 본 풍경

오랑캐 땅을 역력히 지내보니

「황성평은 언제 쌓았고 황제묘는 뉘 무덤인가.」 「」: 배 위에서 오랑캐 땅을 바라보며 옛 나라의 흥망성쇠를 생각함
중국 금(金)나라의 도읍 / 금(金)나라 황제의 묘

지난 일 감회 젖어 잔 다시 부어라.

비파곶 내리 저어 파저강(婆猪江) 건너가니 층암절벽 보기도 좋도다.
황해도 또는 평안도에 있는 곶 / 중국 랴오닝성에서 발원하여 압록강에 합류하는 강

구룡연(九龍淵)에 배를 매고 통군정(統軍亭)에 올라가니
평안도 의주 압록강가에 있는 못 / 평안도 의주에 있는 군사용 누각

「웅장한 누대와 해자는 오랑캐와 중국 사이에 있도다.」
성 주위에 둘러 판 인공 못 / 「」: 중국 당나라 시인 왕발의 〈등왕각서〉의 한 구절을 인용하여 통군정의 모습을 묘사함

「황제국이 어디인가 봉황성 가깝도다.」 「」: 중국 땅을 보며 중국 대륙을 호령했던 고구려를 회상함
중국에 있는 고구려 산성(동명왕이 있던 성으로 알려짐)

서쪽 가는 이 있으면 좋은 소식이나 보내고 싶네.
고구려에 대한 회고의 정 + 고구려의 후예로서 번성한 조선의 모습을 과시하고픈 마음

천 잔 먹고 크게 취해 덩실덩실 춤추니
술을 많이 마심. 과장법

저물녘 추운 날 북, 피리 소리 울리는구나.
해질 녘까지 술자리가 요란스럽게 계속됨

▶ 압록강의 풍경과 통군정에서의 풍류: [본사 ②]

「하늘은 높고 땅은 멀고 흥진비래■하니 이 땅이 어디인가.」 「」: 중국 당나라 시인 왕발의 〈등왕각서〉의 한 구절을 인용한 표현
흥청대던 술자리가 끝난 뒤에 느껴지는 객수

어버이 그리는 눈물은 절로 흐르는구나.
부모에 대한 그리움. 망운지정(望雲之情)

서쪽 변방 다 보고 감영■으로 돌아오니

장부의 마음 조금이나마 풀리겠네.
변방 순시를 하면서 느꼈던 복잡한 심사가 조금 편안해짐

슬프도다, 화표주의 천년학인들 나 같은 이 또 보았는가.

※ 화표주의 천년학: 중국 전한 시대의 사람 정영위가 신선이 되는 도를 배운 뒤 학으로 변해서 날아갔다가 천년 만에 돌아와 성문의 화표주 위에 앉았는데, 한 소년이 활로 쏘려 하자 하늘로 날아오르면서 무덤만 늘어나고 있는 세상을 한탄하였다는 고사 → 화자는 관서 지방을 순시하고 돌아온 자신을 천년 만에 돌아온 학(천년학)에 빗대어 표현함

어느 때 풍광을 기록하여 임금께 아뢰리오.
화자가 부임지로 오는 과정에서 본 것과 부임지에서 본 것들

조만간 임금께 글로 알려드리리라.
화자의 포부

▶ 어버이에 대한 그리움과 임금에 대한 충정: [결사]

■ 흥진비래: 즐거운 일이 다하면 슬픈 일이 닥쳐온다는 뜻으로, 세상일은 순환되는 것임을 이르는 말.
■ 감영: 조선 시대에, 관찰사가 직무를 보던 관아.

**감상 포인트**

여러 '여정' 중에서 화자가 특히 중요하게 여기는 장소와 그곳에서의 '견문' 및 그것에 대한 '감상'을 파악해야 한다.

- 공간의 이동에 따른 구성

| 전체 여정 |
|---|
| 한양[연조문 → 모화고개] → 경기도[벽제 → 임진] → 천수원(개성) → 황주 → 구현원 → 생양관 → 평양[재송정 → 연광정 → 부벽루 → 풍월루 → 칠성문] → 안주[백상루] → 영변[결승정 → 철옹성 → 약산동대] → 강계[도남 → 배고개 → 수항루] → 압록강 → 비파곶 → 파저강 → 의주[구룡연 → 통군정] |

- 〈관서별곡〉에서 장소를 제시하는 방법

'연조문, 모화고개, 벽제, 임진' 등과 같이 단순한 교통로의 의미를 지닌 곳은 지명을 중심으로 간략하게 제시한 반면 '평양(대동강, 부벽루), 안주(백상루), 영변(철옹성, 약산동대), 의주(통군정)' 등과 같이 경치가 아름답거나 역사적 의미가 있는 곳은 풍경이나 화자의 감상을 자세히 제시함 → 기행 가사의 일반적인 성격

- 결사 부분의 충정(忠情)

〈관서별곡〉은 작가가 '왕명'을 받고 관서 지방을 돌아본 후에 지은 작품이므로 왕에 대한 충정으로 마무리하고 있다. 하지만 여정을 단순히 제시하는 부분과 부임지에서 국경의 오랑캐 지역을 바라보는 부분을 제외한 작품 대부분은 작가가 사적인 입장에서 본 풍경과 연회에 대한 감탄으로 이루어져 있다. 이런 맥락에서 본다면 결사 부분에서 나타나는 왕에 대한 충정은 개인적 여행의 흥취를 정당화하기 위한 장치 또는 사대부의 관습적인 표현으로 볼 수 있다.

- 〈관서별곡〉의 전체 구조

| | |
|---|---|
| 서사: 기행의 계기 | 왕명을 받아 임지로 출발함 |
| 본사 1: 부임지까지의 노정 | 한양에서 생양관까지의 노정 |
| | 대동강과 부벽루의 풍경 |
| | 백상루와 철옹성의 풍경 |
| 본사 2: 부임지에서의 행적 | 약산동대의 풍경과 풍류 |
| | 변방의 순시와 감흥 |
| | 압록강의 풍경과 통군정에서의 풍류 |
| 결사: 충효의 마음 | 어버이에 대한 그리움과 임금에 대한 충정 |

## 핵심 포인트 1 작품에 드러난 공간의 성격 파악

화자의 태도 및 정서 등을 기준으로 작품에서 제시되는 여러 공간이 지닌 성격을 파악할 수 있어야 한다. 이때 하나의 공간이 둘 이상의 성격을 지니는 경우도 있다.

**구체적 공간의 성격**

| | |
|---|---|
| 단순한 이동로로서의 공간 | '연조문, 모화고개, 벽제, 임진, 천수원, 개성, 황주, 구현원, 생양관, 연광정, 칠성문, 결승성, 도남, 수항루, 비파곶, 파저강, 구룡연' 등 화자가 다른 목적지를 가기 위해 거쳐가는 공간. 가장 많음 |
| 자연의 아름다움을 보여 주는 공간 | '재송정, 대동강, 부벽루, 능라도, 금수산, 백상루, 청천강' 등 화자의 예찬이 이루어지는 공간 |
| 풍류 및 유흥의 공간 | '대동강, 약산동대' 등 화자 또는 다른 주체에 의한 유흥이 이루어지는 공간 |
| 이념 및 도덕적 인식의 공간 | '철옹성, 배고개, 통군정' 등 관리로서의 임무나 태도가 드러나는 공간 |

## 핵심 포인트 2 표현상 특징 파악

작품의 내용과 화자의 정서 등을 바탕으로, 표현상의 특징과 효과를 파악할 수 있어야 한다.

**표현상 특징**

| | | |
|---|---|---|
| 추보식 구성 | | 시간의 흐름과 공간의 이동에 따라 시적 대상이 달라지며, 그에 대한 화자의 태도 및 정서를 제시하는 구성을 취함 → 기행 가사로서의 성격 |
| 속도감 있는 전개 | | 특정 목적지까지 가는 이동 과정을 간략하게 제시하여 속도감 있게 전개함<br>• 연조문 내달아 모화고개 넘어드니<br>• 벽제에 말 갈아 임지에 배 건너 천수원 돌아드니 |
| 수사법 | 비유 | • 신선이 연잎 배 타고 옥빛 강으로 내려오는 듯<br>• 굽이굽이 늙은 용이 꼬리 치며 바다로 흐르는 듯<br>• 선녀처럼 가냘프고 아름다운 기생들 • 강변의 진영은 장기알 벌인 듯 |
| | 설의 | • 고향을 생각하랴 • 풍경에 어찌하리 • 풍경인들 아니 보랴<br>• 근심인들 잊을쏘냐 • 인화 없이 하겠는가 |
| | 영탄 | • 구름 낀 하늘이 끝이 없구나 • 보기도 좋도다 • 슬프도다 |
| | 대구 | • 서산에 해 지고 동쪽 고개 달 오르고<br>• 팔만 용사는 앞으로 내달리고 / 삼천 기병은 뒤에서 달려 오니 |
| | 과장 | • 구름에 닿은 성곽 • 천 잔 먹고 |
| 청각적 이미지 | | • 붉은 입술과 흰 이로 채련곡을 부르니 • 북, 피리 소리 울리는구나 |
| 고사의 활용 | | • 주목왕 요대에서 서왕모 만나 노래 부르는 듯<br>• 낙포의 선녀가 양대에 내려와 초왕을 놀래는 듯<br>• 어진 소백과 엄격한 주아부 • 화표주의 천년학 |

## 핵심 포인트 3 정철의 기행 가사 〈관동별곡〉과의 비교

이 작품은 우리나라 최초의 한글 기행 가사로, 수십 년 뒤에 창작된 정철의 〈관동별곡〉에 많은 영향을 주었다고 평가된다. 따라서 이 작품과 〈관동별곡〉과의 공통점과 차이점을 비교 분석할 수 있어야 한다. 특히 작품의 마지막에 해당하는 결사 부분을 주의 깊게 비교해야 한다.

| | 관서별곡 | 관동별곡 |
|---|---|---|
| 결사 부분 | 천 잔 먹고 크게 취해 덩실덩실 춤추니<br>저물녘 추운 날 북, 피리 소리 울리는구나. (중략)<br>서쪽 변방 다 보고 감영으로 돌아오니<br>장부의 마음 조금이나마 풀리겠네.<br>슬프도다, 화표주의 천년학인들 나 같은 이 또 보았는가.<br>어느 때 풍광을 기록하여 임금께 아뢰리오.<br>조만간 임금께 글로 알려드리리라. | 이 술 가져다가 사해(四海)에 고루 나누어<br>수많은 백성을 다 취하게 만든 후에<br>그제야 다시 만나 또 한 잔 하자꾸나.<br>말 끝내자 학(鶴)을 타고 공중에 올라가니<br>공중의 옥퉁소 소리 어제런가 그제런가.<br>나도 잠을 깨어 바다를 굽어보니<br>깊이를 모르는데 끝인들 어찌 알리.<br>명월(明月)이 온 세상에 아니 비친 데 없다. |

### 작품 한눈에

• 해제

〈관서별곡〉은 작가가 평안도 평사(評事)가 되어 부임지까지 가는 과정에서 본 자연 정경과 부임지에서 본 풍경을 노래한 작품이다. 당시 관서 지방으로 가는 일반적인 경로가 드러나며, 그 과정에서 본 정경에 대한 주관적 감상을 제시하고 있다. 우리나라 최초의 기행 가사로 정철의 〈관동별곡〉을 비롯하여 다양한 기행 가사에 영향을 주었다. 하지만 여행한 곳의 풍습이나 그곳 사람들의 삶 등이 거의 드러나지 않는 점과 관념적인 풍경 묘사 등은 한계로 지적된다.

• 화자와 시적 상황

화자는 관서 지방에서 평사 임무를 수행해야 하는 관리로서, 부임지까지 가는 여정에서 본 명승지의 아름다운 경치를 예찬하고, 부임지에 도착해서도 그곳의 아름다운 경치를 감상한다. 하지만 관리로서의 임무를 잊지는 않는다.

• 주제

관서 지방의 아름다운 경치를 보는 흥취와 임금에 대한 충정

고전 시가 25

◇ 한 줄 평 임과의 이별을 거부하며 영원한 사랑을 다짐하는 노래

# 서경별곡 작자 미상

▸ 교과서 수록 문학 천재(김), 천재(정)
▸ 기출 수록 평가원 2019 6월 교육청 2008 10월

지금의 평양, 화자의 삶의 터전 / 한 나라의 중앙 정부가 있는 곳, 수도

서경(西京)이 아즐가 서경이 서울이지마는

여음구 – 의미 없음, 운율 형성 / 당시의 수도는 송도이나 평양은 송도에 준하는 도시임

위 두어렁셩 두어렁셩 다링디리 — 후렴구 – 악기 소리(의성어), 고려 가요의 형식적 특성, 리듬감 형성

작은 서울 = 서경

닦은 곳 아즐가 닦은 곳 쇼셩경 고외마른

터를 닦아 놓은 곳 / 사랑하지만

위 두어렁셩 두어렁셩 다링디리

(임과) 이별할 바엔, 이별하기보다는

여히므론 아즐가 여히므론 질삼뵈 버려두고

길쌈과 베, 길쌈하던 베 – 화자의 생업(화자를 여성으로 추정하는 근거), 임과 함께하기 위해 버릴 수 있는 대상

위 두어렁셩 두어렁셩 다링디리

괴시란ᄃᆡ 아즐가 괴시란ᄃᆡ 우러곰 좃니노이다

사랑하신다면, 사랑해 주신다면 / 울면서 쫓아가겠습니다, 따르겠습니다(이별의 거부 – 적극적, 의지적 태도)

위 두어렁셩 두어렁셩 다링디리

▸ 1연: 이별의 거부와 연모의 정

**감상 포인트**

이별의 상황에 처한 화자의 정서가 어떠한 태도와 방식으로 나타나는지 파악한다.

구스리 아즐가 구스리 바위에 떨어진들

화자와 임과의 관계 / 장애물(시련)

위 두어렁셩 두어렁셩 다링디리

끈이야 아즐가 끈이야 끊어지겠습니까 나난

영원한 사랑, 믿음 / 끊어지지 않을 것이다(설의법) / 여음구

위 두어렁셩 두어렁셩 다링디리

천 년을 아즐가 천 년을 외따로 살아간들

오랜 세월 / 홀로

위 두어렁셩 두어렁셩 다링디리

신(信)이야 아즐가 신이야 끊어지겠습니까 나난

임을 사랑하고 믿는 마음이야 / 끊어지지 않을 것이다(설의법)

위 두어렁셩 두어렁셩 다링디리

대구와 반복을 통한 의미의 강조, 〈정석가〉의 6연과 유사함

▸ 2연: 임에 대한 변함없는 믿음과 사랑

대동강 아즐가 대동강 넓은 줄 몰라서

이별의 공간 / 임과의 거리감 부각

위 두어렁셩 두어렁셩 다링디리

임에 대한 화자의 원망이 전이된 대상

배 내어 아즐가 배 내어놓았느냐 사공아

대동강이 넓어 건너기가 힘든데, 사공이 배를 내어놓아 임이 떠나 버렸다고 사공을 원망함

위 두어렁셩 두어렁셩 다링디리

「네 가시 아즐가 네 가시 럼난디 몰라서」

각시 / 바람난 줄, 음란한 줄

다양한 의미로 해석 가능함: ① 네 각시가 음란한 줄, 바람난 줄 ② 네까짓 것이 주제넘은 줄 ③ 네 각시도 강을 넘을지

「 」: 사공의 아내를 모함함, 임이 떠나는 데 일조한 사공에 대한 미움에서 비롯됨

위 두어렁셩 두어렁셩 다링디리

「가는 배에 아즐가 가는 배에 얹었느냐 사공아」 「 」: 임을 배에 실어 대동강을 건너게 한 것에 대한 원망

태웠느냐

위 두어렁셩 두어렁셩 다링디리

대동강 아즐가 대동강 건너편 꽃을

화자가 질투하는 대상 – 새로운 여인

위 두어렁셩 두어렁셩 다링디리

배 타 들면 아즐가 배 타 들면 것고리이다 나난

꺾을 것입니다 – 화자의 염려와 질투, 강을 건너고 나면 임이 새로운 여인을 만날 것이라는 의미

위 두어렁셩 두어렁셩 다링디리

▸ 3연: 사공에 대한 원망과 떠나는 임의 변심에 대한 염려

## 작품 분석 노트

**현대어 풀이**

서경(평양)이 서울이지마는
새로 닦은 곳인 소성경(평양)을 사랑합니다마는
(임과) 이별할 바엔 (차라리) 길쌈하던 베를 버리고서라도
사랑하신다면(사랑해 주신다면) 울면서 (임을) 따라가겠습니다.

구슬이 바위에 떨어진들
끈이야 끊어지겠습니까.
(임과 헤어져) 천 년을 홀로 살아간들
(임에 대한) 믿음이야 끊어지겠습니까.

대동강이 넓은 줄을 몰라서
배를 내어 놓았느냐, 사공아.
네 아내가 음란한 줄을 몰라서
가는 배에 (임을) 실었느냐, 사공아.
(나의 임은) 대동강 건너편 꽃을
배를 타고 (건너편에) 들어가면 꺾을 것입니다.

• 〈정석가〉와의 유사성

〈서경별곡〉의 2연은 〈정석가〉의 6연과 유사하다. 이는 이와 같은 구절이 당대에 유행했음을 알려 주고, 해당 내용이 구전되거나 속악에 편입되는 과정에서 추가·첨삭되었을 가능성을 보여 준다. 또한 고려 가요가 민요적 특징을 지닌 노래임을 알려 준다.

• 〈서경별곡〉에서 드러나는 고려 가요의 특징

| | |
|---|---|
| 형식 | • 후렴구, 여음구 사용<br>• 3음보의 민요적 율격 사용<br>• 연과 연이 구분되어 있는 분연체 구성 |
| 내용 | '남녀상열지사'라고 지칭하는, 남녀 간의 애정을 진솔하게 드러내는 부분이 많음 |

## 핵심 포인트 1 화자의 정서와 태도 파악

이 작품의 화자는 사랑하는 임을 떠나보내야 하는 상황에서 자신의 정서를 진솔하게 표현하는 한편, 태도 변화를 드러내므로 화자의 정서와 태도를 이해할 수 있어야 한다.

**화자의 태도 변화**

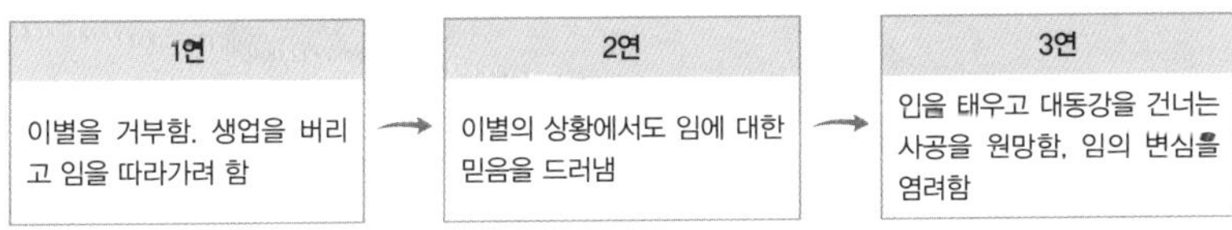

1연
이별을 거부함. 생업을 버리고 임을 따라가려 함
2연
이별의 상황에서도 임에 대한 믿음을 드러냄
3연
임을 태우고 대동강을 건너는 사공을 원망함. 임의 변심을 염려함


## 핵심 포인트 2 소재의 의미와 기능 파악

이 작품의 주제 의식을 형상화하는 데 사용된 다양한 소재들의 의미를 파악할 수 있어야 한다. 특히 '구슬'과 그것을 묶고 있는 '끈'에 빗대어 임에 대한 사랑과 믿음을 드러내고 있으므로 이들의 의미와 기능을 파악할 수 있어야 한다.

**'구슬'과 '끈'의 이미지**

구스리 바위에 떨어진들 ~ 끈이야 끊어지겠습니까 ~ 천 년을 외따로 살아간들 ~ 신이야 끊어지겠습니까

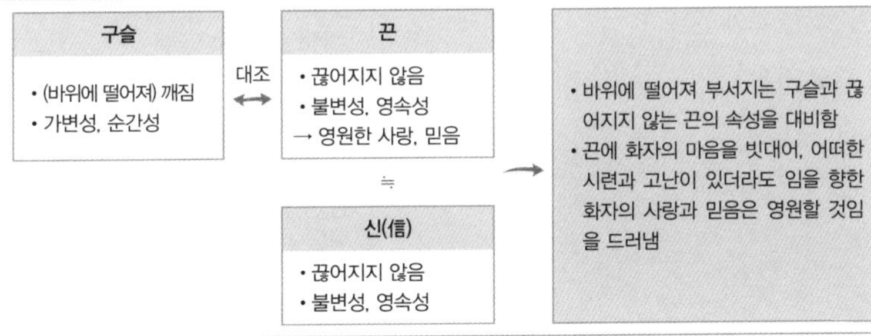

구슬
• (바위에 떨어져) 깨짐
• 가변성, 순간성
대조
끈
• 끊어지지 않음
• 불변성, 영속성
→ 영원한 사랑, 믿음
≒
신(信)
• 끊어지지 않음
• 불변성, 영속성
• 바위에 떨어져 부서지는 구슬과 끊어지지 않는 끈의 속성을 대비함
• 끈에 화자의 마음을 빗대어, 어떠한 시련과 고난이 있더라도 임을 향한 화자의 사랑과 믿음은 영원할 것임을 드러냄


## 핵심 포인트 3 공간의 의미와 기능 파악

이 작품은 '대동강'이라는 구체적인 공간적 배경과 관련지어 시상이 전개된다. 따라서 대동강과 대동강을 경계로 하여 나눠지는 공간적 배경의 성격을 파악할 수 있어야 한다.

**'대동강'의 의미와 '물'의 이미지**

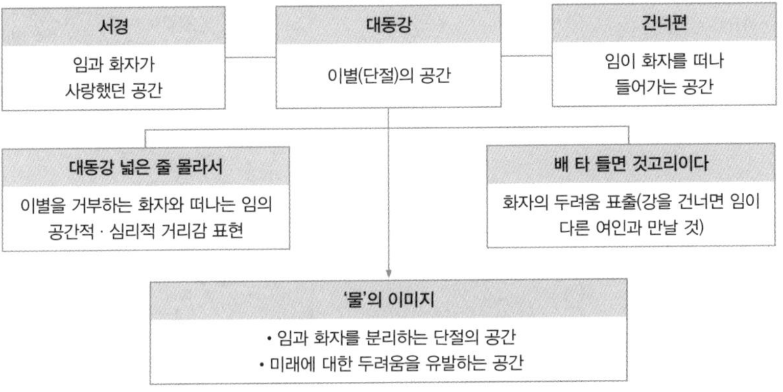

서경
임과 화자가 사랑했던 공간
대동강
이별(단절)의 공간
건너편
임이 화자를 떠나 들어가는 공간
대동강 넓은 줄 몰라서
이별을 거부하는 화자와 떠나는 임의 공간적 · 심리적 거리감 표현
배 타 들면 것고리이다
화자의 두려움 표출(강을 건너면 임이 다른 여인과 만날 것)
'물'의 이미지
• 임과 화자를 분리하는 단절의 공간
• 미래에 대한 두려움을 유발하는 공간


### 작품 한눈에

• 해제
〈서경별곡〉은 여성의 목소리로 애절한 사랑과 이별의 정한을 노래한 고려 가요이다. 1연은 이별을 슬퍼하며 삶의 터전이나 생업을 버리고서라도 임을 따라가고자 하는 의지를 드러내고 있고, 2연은 임에 대한 변함없는 사랑과 믿음을 '끈'에 빗대어 그려 내고 있다. 3연은 대동강 건너편으로 임을 싣고 떠나는 사공을 원망하며, 임의 마음이 변하지 않을까 염려하는 마음을 드러내고 있다.

• 화자와 시적 상황
화자는 서경(평양)에서 길쌈을 하며 살고 있는 여인이다. 화자는 사랑하는 임과 이별해야 하는 상황에서, 삶의 터전인 '서경'과 생계 수단인 '질삼뵈'마저 버리고 임을 따르겠다고 말하고 있다. 이는 이별에 대한 강한 거부의 태도로 이해할 수 있으며, 적극적이고 의지적인 태도로 사랑을 이어 나가려는 모습을 보이고 있는 것이다.

• 주제
이별의 정한, 임에 대한 영원한 사랑

고전 시가 26

◇ 한 줄 평 강호에서 살아가는 소박하고 한가한 삶을 읊은 노래

# 강호구가 나위소

▸ 기출 수록 교육청 2018 3월

「 」: 대구법

「어버이 낳으시고 임금이 먹이시니」
(자연적 출생 / 관리로서의 생활)
낳은 덕(德) 먹인 은(恩)을 다 갚으려 하였더니 — 화자가 관직에서 은퇴하기 전의 생활
(화자가 자연에서 살기 전에 추구했던 것 – 유교적 충효(忠孝) 사상)
: 작품 전체에 통일성을 주며 각운을 형성함
숙연(倏然)히 칠십(七十) 넘으니 할 일 없어 하노라 — 은퇴한 뒤의 생활 〈제1수〉
(어느새, 잠깐 사이에 / 사회적인 역할 보은(報恩))
▸ 나이가 들어 한가하게 지내는 화자의 현재 상황

유교적 충의 사상과 연군지정이 드러남
「어와 성은(聖恩)이야 망극(罔極)할사 성은(聖恩)이다」
「 」: 영탄적 어조, 반복적 표현
분외사(분에 넘치는 일) ↔ '분내사(분수에 맞는 일)' – 제8수 종장
강호(江湖) 안로(安老)도 분(分) 밖의 일이어든
분수 밖의 일 ① – 자연에서 편안히 늙음
분수 밖의 일 ② – 자식의 정성 어린 봉양을 받음
하물며 두 아들 전성영양(專誠榮養)은 또 어인가 하노라 〈제2수〉
① 정성을 다해 부모를 영화롭게 잘 모심
② '전성영양(專城榮養)'으로 제시된 경우도 있음. 이 경우 수령이 되어 부모를 영화롭게 잘 모신다는 의미임
무슨 일인가
▸ 자신의 편안하고 즐거운 삶을 모두 임금의 은혜로 여김

주목

안개와 노을 → 자연(대유법)
연하(煙霞)에 깊이 든 병(病) 약(藥)이 효험(效驗) 없어
연하고질(煙霞痼疾), 천석고황(泉石膏肓) / 인간이 만든 약으로는 치료할 수 없음 → 자연에서 살아야 함
강호(江湖)에 버려진 지 십 년(十年) 넘게 되었구나
(자연 속에서 은거한 지 / 오랫동안 속세와 거리를 두고 지냄. 영탄법)
그러나 「이제 다 못 죽음도 긔 성은(聖恩)인가 하노라」 〈제3수〉
십 년이 넘게 자연 속에서 한가로이 지냈는데도 아직 살아 있음
「 」: 자연 속에서 오랜 기간 은거해 온 것을 임금의 은혜 덕택으로 여김 → 전형적인 강호가도(자연 + 충의)의 태도
▸ 자연 속에서 살면서 임금의 은혜를 잊지 않음

다리를 절름거리는 나귀 / 시간적 배경 – 저녁
전나귀 바삐 몰아 다 저문 날 오신 손님
손님이 단출한 행장으로 방문함 / 화자가 배를 타고 나가게 되는 계기(손님에게 대접할 음식을 마련하기 위해)
「보리 피 거친 밥에 찬물(饌物)이 아주 없다」 「 」: 화자의 소박한 생활
반찬거리가 되는 것
아희야 배 내어 띄워라 그물 놓아 보리라 〈제4수〉
손님 대접을 위해 직접 물고기를 잡으려 함
▸ 손님을 대접하기 위해 직접 물고기를 잡으려 나감

시간적 배경 – 밤
달 밝고 바람 자니 물결이 비단 같다
작은 배 / 비유(직유법), 시각적 이미지, 잔잔하고 아름다움 – 화자의 정서와 호응하는 자연적 배경, 풍경에 대한 감탄
단정(短艇)을 빗기 놓아 오락가락하는 흥을
배를 탄 채 물결에 따라 물 위를 왔다 갔다 하는 즐거움 – 가어옹(假漁翁)의 한가한 삶, 풍류
백구(白鷗)야 하 즐겨 말고려 세상(世上) 알까 하노라 △: 속세 〈제5수〉
자연을 즐기는 화자의 정서가 투영된 자연물(의인법), 돈호법 / 세상 사람들이 자연 속에서 지내는 삶의 즐거움을 알까 두렵다는 뜻 → 현재의 삶에 대한 만족감
▸ 작은 배를 타고 즐기는 달밤의 흥취

## 작품 분석 노트

### 현대어 풀이

〈제1수〉
어버이 (날) 낳으시고 임금이 (봉록으로) 먹이시니
낳아 주신 (어버이의) 덕과 먹여 주신 (임금의) 은혜를 다 갚으려 하였는데
어느새 칠십이 넘으니 할 일이 없어 하노라.

〈제2수〉
아아 임금의 은혜여. 끝이 없는 임금의 은혜이구나.
자연에서 편안하게 늙어 감도 (내) 분수 밖의 일인데
하물며 두 아들이 정성을 다해 나를 봉양하는 것은 또 무슨 일인가 하노라.

〈제3수〉
아름다운 자연에 깊이 빠져 버린 (나의) 병에는 약이 효과가 없어
자연에 버려진 지 십 년이 넘었구나.
그러나 이제 다 죽지 않음도 그것이 임금의 은혜인가 하노라.

〈제4수〉
다리 저는 나귀를 바삐 몰아서 해가 다 저문 날 오신 손님
보리 껍질 거친 밥에 반찬할 만한 것이 전혀 없네.
아이야 배 내어서 띄워라. (내가 가) 그물을 놓아 보리라.

〈제5수〉
달이 밝고 바람이 잔잔하니 물결이 (마치) 비단 같구나.
작은 배를 비스듬히 (물 위에) 놓아 오락가락하는 흥겨움을
갈매기야 너무 즐겨 말아라. 세상 사람들이 (이런 즐거움을) 알까 염려하노라.

• 〈강호구가〉의 구성

| | | |
|---|---|---|
| 제1수 ~ 제3수 | 자연에서 편히 늙어 가는 것에 대한 감사함 | 자연 속에서 살아가는 삶이 임금의 은혜 덕분임을 드러냄 |
| 제4수 ~ 제6수 | 배를 타고 나갔다가 돌아오는 흥취 | 자연 속에서 가어옹으로 살아가는 생활을 구체적으로 보여 줌 |
| 제7수 ~ 제9수 | 소박하고 한가롭게 사는 삶에 대한 만족감 | |

↓

안분지족, 강호 한정

모래 위에 자는 백구(白鷗) 한가(閑暇)할사
화자의 한가한 생활을 상징적으로 드러내는 정경

강호(江湖) 풍취(風趣)를 네 지닐 때 내 지닐 때
자연 속에서 사는 삶의 흥취 / 백구(의인법)

석양의 반범귀흥(半帆歸興)은 너도 나만 못하리라 〈제6수〉
시간적 배경 – 저녁 / 돛을 반 정도 올리고 돌아오는 멋. 자연을 즐기고 돌아올 때의 흥 / 자신의 생활에 대한 화자의 자부심

**감상 포인트**
자연 속에서 소박하게 살아가는 화자의 상황과 이에 대한 화자의 정서 및 태도를 중심으로 작품을 감상한다.

▶ 배를 타고 집으로 돌아올 때 느끼는 흥취

▨: 화자의 삶에 대한 다른 사람들의 시선이나 평가

가는 비 빗긴 바람 낚대 멘 저 할아비
생계를 위해 낚시를 해야 하는 어부를 힘들게 하는 자연환경 / 할아비 – 화자

네 생애(生涯) 언제 마치라 수고로움도 수고로울사
할아비 / 화자의 마음을 알지 못하는 사람들의 평가(안타까움, 가여움)
사람들이 화자에게 하는 말(화자를 진짜 어부로 여기고, 화자에 대한 연민을 드러냄)

「생애(生涯)를 위함이 아니라 어흥(漁興) 겨워 하노라」 〈제7수〉
생계 / 화자가 추구하는 것(어부처럼 지내며 자연을 즐기는 흥)
「 」: 사람들의 말에 대한 화자의 반응
→ 생계를 위해 물고기를 낚으려는 것이 아니라 낚시하는 행위 자체를 즐기는 것임

▶ 낚시를 통해 즐기는 어흥

「피 소주(燒酒) 무절임 우습다 어른 대접(待接)」 「 」: 자신의 분수에 맞게 소박하게 어른(손님)을 대접함
'피(곡물)'로 만든 소주 / 소박한 술과 변변찮은 안주 / 음식이 변변찮다는 것을 화자 자신도 인식함

남은 이르는 말이 초초(草草)타 하건마는
속세에 사는 사람들 / '피 소주'와 '무절임'에 대한 속세 사람들의 평가 / 초초(草草)타 – 갖출 것을 다 갖추지 못하여 초라함

「두어라 이도 내 분(分)이니 분내사(分內事)인가 하노라」 〈제8수〉
분내사(分內事) – 자신의 분수에 맞는 일 ↔ '분(分) 밖의 일' – 제2수 중장
「 」: 안빈낙도(安貧樂道), 안분지족(安分知足)의 태도

▶ 소박한 음식에도 만족하는 삶의 태도

**주목**

식록(食祿)을 그친 후(後)로 어조(漁釣)를 생애(生涯)하니
벼슬아치가 받는 녹봉(곡식, 돈 등) / 자연 속에서 낚시로 소일함(어부의 일을 생계 유지를 위한 직업으로 삼은 것은 아님 – 가어옹)
화자가 벼슬살이를 하다가 물러난 상황임을 알 수 있음

혬 없는 아희들은 괴롭다 하건마는
생각 / 자신과 달리 아이들(세상 사람들)은 화자의 현재 생활을 부정적으로 여김

「두어라 강호한적(江湖閑適)이 이 내 분(分)인가 하노라」 「 」: 안분지족의 태도 〈제9수〉
강호한적(江湖閑適) – 자연 속에서 한가롭고 얽매인 데가 없이 지냄 – 화자의 현재 생활과 지향점을 단적으로 드러냄

▶ 자연 속에서 유유자적하게 사는 삶을 자신의 분수로 여김

**현대어 풀이**

〈제6수〉
모래 위에서 자는 갈매기가 한가롭구나.
자연의 풍취를 너도 지니고 나도 지니나
해 질 녘에 돛을 반쯤 올리고 돌아오는 흥겨움은 네가 나만 못하리라.

〈제7수〉
가는 비 비스듬히 부는 바람에 낚싯대 메고 가는 저 할아비
네 생애 언제 마치랴. 수고로움도 수고롭구나.
(나는) 생계를 위함이 아니라 어부의 흥을 즐기노라.

〈제8수〉
피로 만든 소주에 무절임, 어른(손님) 대접이 우습구나.
남들은 이를 초라하다고 말하지만
두어라. 이도 내 분수니 분수에 맞는 일인가 하노라.

〈제9수〉
(벼슬을 그만두어) 녹봉이 끊어진 뒤로 낚시질로 살아가니
생각 없는 아이들은 (소박한 음식만 먹는 생활이) 괴롭다고 하지마는
두어라. 자연에서 한가하게 지내는 것이 이 내 분수인가 하노라.

• 화자의 모습과 '가어옹'

| 진어옹(眞漁翁) | 가어옹(假漁翁) |
|---|---|
| 강호에서 생계를 위해 어업을 하는 어부. 실어옹(實漁翁)이라고도 함 | • 강호에서의 유유자적이나 낚시의 즐거움을 목적으로 하거나 일시적으로 강호 생활을 하는 어부<br>• 윤선도의 '어부사시사(漁父四時詞)'에서 비롯된 것으로 생계를 위한 어부(漁夫)가 아니라 취미 생활을 하는 어부(漁父)라는 의미임 |

↓

생애를 위함이 아니라 어흥 겨워 하노라

가어옹으로서의 화자의 모습을 드러냄

## 핵심 포인트 1 화자의 정서와 태도 파악

이 작품에 나타난 화자의 모습이나 생활상을 통해 화자의 가치관과 정서를 파악할 수 있어야 한다.

**화자의 정서와 태도**

| 유교적 충효 사상 | 낳은 덕 먹인 운율 다 갚으려 하였더니 | |
|---|---|---|
| 연군지정의 충의 사상 | • 어와 성은이야 망극할사 성은이다<br>• 이제 다 못 죽음도 긔 성은인가 하노라 | 강호가도<br>(자연에서의 즐거움 + 충의 사상) |
| 자연 친화적인 강호 한정 | • 연하에 깊이 든 병 약이 효험 없어<br>• 단정을 빗기 놓아 ~ 세상 알까 하노라<br>• 모래 위에 자는 백구 한가할사<br>• 석양의 반범귀흥은 너도 나만 못하리라<br>• 생애를 위함이 아니라 어흥 겨워 하노라 | |
| 안분지족, 안빈낙도의 태도 | • 두어라 이도 내 분이니 분내사인가 하노라<br>• 두어라 강호한적이 이 내 분인가 하노라 | |

## 핵심 포인트 2 공간의 기능 파악 / 표현상 특징 파악

이 작품에 나타난 대비되는 공간의 기능과 표현상 특징 및 효과를 파악할 수 있어야 한다.

**공간의 대비**

| 속세 | ↔ | 자연 |
|---|---|---|
| • 과거, 관직 생활<br>• 세상<br>• 식록<br>• 남, 혬 없는 아희들 | ↔ | • 현재, 관직을 은퇴한 이후의 삶<br>• 강호, 어조<br>• 보리 피 거친 밥, 피 소주, 무절임<br>• 연하에 깊이 든 병, 반범귀흥, 어흥, 강호한적 |

**표현상 특징**

| 영탄과 반복 | • 숙연히 칠십이 넘으니 할 일 없어 하노라<br>• 하물며 두 아들 전성영양은 또 어인가 하노라<br>• 두어라 강호한적이 이 내 분인가 하노라 | '-노라'라는 감탄형 어미를 반복하여 화자의 정서를 부각하고 운율을 형성함 |
|---|---|---|
| 비유 | • 달 밝고 바람 자니 물결이 비단 같다 → 달밤에 물결이 이는 아름다운 풍경을 직유법을 통해 표현함<br>• 백구야 하 즐겨 말고려 세상 알까 하노라 → 자연물을 인격화하여 자연 친화적 삶을 나타냄 | |
| 도치 | 피 소주 무절임 우습다 어른 대접<br>→ '어른 대접'과 '우습다'의 순서를 뒤바꿈으로써 화자의 소박한 생활을 부각함 | |
| 인용 | • 가는 비 빗긴 바람 낚대 멘 저 할아비 / 네 생애 언제 마치라 수고로움도 수고로울사 / 생애를 위함이 아니라 어흥 겨워 하노라 → 화자의 삶에 대한 세상 사람들의 말과 그에 대한 화자의 반응을 제시하여 화자가 추구하는 삶을 드러냄 | |

## 핵심 포인트 3 소재의 기능 파악

이 작품에 제시된 시적 상황과 화자의 정서나 태도를 바탕으로 소재의 역할과 기능을 파악할 수 있어야 한다.

**소재의 의미와 기능**

| 보리 피 거친 밥, 피 소주, 무절임 | 화자의 소박한 생활, 안분지족 |
|---|---|
| 단정, 그물, 낚대 | 가어옹으로서 살아가는 화자의 모습, 화자가 자연을 즐길 때 사용하는 도구 |
| 달 | 시간적 배경, 자연을 즐기는 화자의 취흥을 고조시키는 자연물 |
| 백구 | 화자가 자신의 정서를 투영하는 대상, 자연에서 느끼는 흥이나 만족감 부각 |

### 작품 한눈에

• 해제

〈강호구가〉는 관직에서 물러난 작가가 고향으로 돌아와 한가롭고 편안하게 여생을 보내는 모습을 형상화한 연시조이다. 이때 화자는 강에서 그물이나 낚싯대로 고기를 잡는 어부의 모습으로 나타나는데, 생계를 위해 물고기를 잡는 실제 어부가 아니라 어부처럼 지내면서 자연을 즐기는 '가어옹'이다. 이런 모습은 세상의 부귀영화를 멀리하고 자연 속에서 유유자적하게 지내는, 당시 사대부들이 꿈꾸었던 자연 친화적인 삶을 상징한다고 볼 수 있다. 한편, 속세를 떠나 은거하지만 모든 것을 임금의 은혜로 여기는 충의 사상도 드러나는데, 이는 강호가도(江湖歌道)의 전형적인 내용으로 볼 수 있다.

• 화자와 시적 상황

화자는 벼슬에서 물러나 자연에 은거하는 노인으로, 평안하게 말년을 보내고 있다. 비록 경제적으로 넉넉하지 않지만 소박한 음식을 먹고, 마음껏 자연을 즐기며 유유자적하는 삶을 자신의 분수로 여기며 만족해한다. 또한 자연과 더불어 사는 삶을 임금의 은혜로 여기는 충의 정신을 잊지 않는 사대부의 모습도 보여 주고 있다.

• 주제

자연 속에서 유유자적하게 사는 삶의 즐거움

고전 시가 27

◇ 한 줄 평 계절마다 펼쳐지는 어촌의 아름다운 경치와 어부 생활의 흥취를 읊은 노래

▸ 교과서 수록 [문학] 미래엔, 지학사, 천재(김)
▸ 기출 수록 [수능] 2000 [평가원] 2014 대비 예비 시행 A/B형
[교육청] 2016 10월, 2014 4월 A/B형, 2011 10월

# 어부사시사 윤선도

주목

압개예 안개 것고 뒫뫼희 히 비췬다
시간적 배경(아침). 아침에 어부들이 고깃배를 띄움

빈 떠라 빈 떠라
여음구. 배의 출발부터 돌아오는 과정을 통해 작품을 유기적으로 연결함

밤믈은 거의 디고 낟믈이 미러 온다
밤사이 썰물이 밀려 나가고 밀물이 밀려 들어옴

지국총(至匊悤) 지국총(至匊悤) 어ᄉᆞ와(於思臥)
닻을 감거나 노 젓는 소리를 나타내는 의성어 / 노를 저으며 '어기여차' 외치는 소리

강촌(江村) 온갓 고지 먼 빗치 더옥 됴타 〈춘사(春詞) 1〉
온갖 꽃들이 피어 있는 강촌의 아름다운 봄 풍경

▸ 강촌의 아름다운 봄 풍경

우는 거시 벅구기가 프른 거시 버들숩가
: 봄의 계절감을 드러내는 소재 / 버드나무 숲

이어라 이어라
노를 저어라. 여음구

어촌(漁村) 두어 집이 닛 속의 나락들락
안개 속 / 어촌의 풍경을 그림 그리듯이 묘사함

지국총 지국총 어ᄉᆞ와

말가ᄒᆞᆫ 기픈 소(沼)희 온갇 고기 뛰노ᄂᆞ다 〈춘사(春詞) 4〉
맑은 / 봄이 온 자연의 생동감을 표현함(역동적 이미지)

▸ 배에서 바라본 봄날의 어촌 풍경

- 밤믈: 썰물.
- 낟믈: 밀물.
- 강촌: 강가의 마을. 여기서는 어촌을 의미함.
- 소: 땅바닥이 둘러 빠지고 물이 깊게 괴어 있는 곳. 여기서는 바다를 의미함.

## 작품 분석 노트

### 현대어 풀이

〈춘사 1〉
앞 개울에 안개 걷히고 뒷산에 해 비친다.
배 띄워라 배 띄워라.
썰물은 거의 빠지고 밀물이 밀려온다.
찌그덩 찌그덩 어기여차
강촌의 온갖 꽃들이 먼 빛으로 바라보니 더욱 좋구나.

〈춘사 4〉
우는 것이 뻐꾸기인가, 푸른 것이 버들 숲인가?
노 저어라 노 저어라.
어촌의 두어 집이 안개 속에 들어갔다 나왔다 (하는구나)
찌그덩 찌그덩 어기여차
맑고 깊은 못에 온갖 고기 뛰어논다.

• 여음구 및 후렴구의 기능

| | |
|---|---|
| 각 수의 초장과 중장 사이의 여음구 | '빈 떠라 빈 떠라 ~ 빈 븟텨라(붙여라) 빈 븟텨라(붙여라)': 출항에서 귀항까지의 과정을 보여 줌 → 작품을 유기적으로 연결함 |
| 각 수의 중장과 종장 사이의 후렴구 | '지국총 지국총 어ᄉᆞ와': 노 젓는 소리(지국총)와 노를 저으며 어부가 외치는 소리(어ᄉᆞ와)를 나타냄 → 시상 전개에 사실감을 부여하고 흥취를 돋움. 평시조의 단조로운 흐름에 변화를 줌 |

• 사시가(四時歌)로서의 〈어부사시사〉

이 작품은 사계절에 따라 다르게 펼쳐지는 어촌의 정경과 어부 생활의 흥취를 각 계절마다 10수씩, 총 40수로 노래한 연시조이다. '사시가'는 사계절의 추이에 맞추어 시상을 전개하는 시가를 일컫는다. 사시가에서는 계절에 관한 시상이 드러나는 연들을 유기적으로 연결하기 위해 동일한 어휘나 시구를 연마다 반복하는 경우가 있으며, 또한 자연을 묘사하기 위한 시어 및 구절을 먼저 제시한 후 화자의 반응이나 정취를 덧붙이는 것이 일반적이다.

녀닙희 밥 싸 두고 반찬으란 쟝만 마라
화자의 소박한 삶, 안분지족(安分知足)의 삶

닫 드러라 닫 드러라

청약립(靑蒻笠)은 써 잇노라 녹사의(綠蓑衣) 가져오냐
푸른 갈대로 만든 삿갓, 화자의 검소한 삶 / 짚으로 만든 도롱이(비옷), 화자의 검소한 삶

지국총 지국총 어ᄉᆞ와

무심ᄒᆞᆫ 빅구(白鷗)ᄂᆞᆫ 내 좃ᄂᆞᆫ가 제 좃ᄂᆞᆫ가 〈하사(夏詞) 2〉
욕심이 없는 / 자연(백구)과 하나가 되는 물아일체의 경지

▶ 배 위에서 느끼는 삶의 흥취와 물아일체

주목

어촌(자연)을 하나의 온전한 세계로 인식함
슈국(水國)의 ᄀᆞ올히 드니 고기마다 ᄉᆞᆯ져 인다
가을의 풍요로움

닫 드러라 닫 드러라

만경딩파(萬頃澄波)의 슬ᄏᆞ지 용여(容與)ᄒᆞ쟈
자연 속에서 누리는 즐거움을 한없이 느끼고 싶음

지국총 지국총 어ᄉᆞ와

인간 세상(속세)
인간(人間)을 도라보니 머도록 더옥 됴타 〈추사(秋詞) 2〉
속세를 떠나 자연에서 사는 삶이 더 좋다는 화자의 인식이 드러남

▶ 속세를 떠나 자연에서 살아가는 즐거움

**감상 포인트**
계절의 흐름에 따른 경치 변화와 화자의 흥취를 파악한다.

옷 우희 서리 오ᄃᆡ 치운 줄을 모를로다
추위를 잊을 만큼 자연의 아름다움을 즐기고 있음

닫 디여라 닫 디여라

속세의 삶과 비교가 안 될 정도로 현재의 삶에 만족함
됴션(釣船)이 좁다 ᄒᆞ나 부셰(浮世)과 얻더ᄒᆞ니
낚싯배, '부세(속세)'와 대조되는 공간으로 화자는 속세에서 벗어나 자유롭게 자연을 즐김

지국총 지국총 어ᄉᆞ와

ᄂᆡ일도 이리 ᄒᆞ고 모뢰(모레)도 이리 ᄒᆞ쟈 〈추사(秋詞) 9〉
자연과 더불어 사는 현재의 삶이 지속되기를 바람(안분지족)

▶ 찬 서리를 맞으며 배 위에서 자연을 즐기는 감회

- 청약립: 푸른 갈대로 만든 갓.
- 녹사의: 도롱이. 짚, 띠 따위로 엮어 허리나 어깨에 걸쳐 두르는 비옷.
- 슈국: 바다의 세계. 또는 강이나 호수 따위가 많거나 바다로 둘러싸인 나라를 비유적으로 이르는 말.
- 만경딩파: 한없이 넓은 바다.
- 슬ᄏᆞ지: 실컷. 마음껏.
- 용여ᄒᆞ다: 한가롭고 편안하여 흥에 겹다.
- 됴션: 낚싯배.
- 부셰: 헛되고 덧없는 세상.

**현대어 풀이**

〈하사 2〉
연잎에 밥을 싸 두고 반찬일랑 장만하지 마라.
닻 들어라 닻 들어라.
푸른 갈대로 만든 삿갓은 쓰고 있노라. 도롱이는 가져왔느냐?
찌그덩 찌그덩 어기여차
욕심 없는 갈매기는 내가 저를 좇아가는가, 제가 나를 좇아오는가?

〈추사 2〉
어촌에도 가을이 찾아오니 고기마다 살져 있다.
닻 들어라 닻 들어라.
아득히 넓은 바다에서 마음껏 한가롭게 놀아 보자.
찌그덩 찌그덩 어기여차
인간 세상을 돌아보니 멀면 멀수록 더욱 좋구나.

〈추사 9〉
옷 위에 찬 서리가 내려도 추운 줄을 모르겠구나.
닻 내려라 닻 내려라.
낚싯배가 좁다 하나 헛되고 덧없는 세상과 어찌 비교하겠는가?
찌그덩 찌그덩 어기여차
내일도 이렇게 살고 모레도 이렇게 살자.

• 주요 시어의 함축적 의미 및 기능

| | |
|---|---|
| 녀닙 밥, 청약립, 녹사의 | 화자의 소박한 삶, 안분지족의 삶의 태도를 보여 주는 소재임 |
| 빅구(갈매기) | 화자와 하나가 되는 물아일체의 대상으로, '빅구'는 탈속, 자연을 상징함 |

• 시적 공간의 대비

| 자연 | 대비 ↔ | 속세 |
|---|---|---|
| 슈국, 됴션 | | 인간(인간 세상), 부셰 |

• 작품에 나타난 화자의 정서와 태도

| | |
|---|---|
| 〈추사 2〉 | 속세를 벗어나 자연과 더불어 사는 삶에 대한 만족감, 자연의 삶이 세속의 삶보다 더 좋다는 인식을 드러냄 |
| 〈추사 9〉 | 화자는 추위를 잊을 만큼 자연의 아름다움을 즐기고 있으며 자연과 더불어 사는 현재의 삶이 지속되기를 소망하고 있음 → 'ᄂᆡ일도 이리 ᄒᆞ고 모뢰도 이리 ᄒᆞ쟈' |

지난밤
간밤의 눈 갠 후에 경믈(景物)이 달랃고야
눈 덮인 어촌의 아름다움

이어라 이어라
노 저어라

압희ᄂᆞᆫ 만경류리(萬頃琉璃) 뒤희ᄂᆞᆫ 천텹옥산(千疊玉山)
겹겹이 쌓인 흰 산의 아름다움

지국총 지국총 어ᄉᆞ와

인간 세상
션계ㄴ가 불계ㄴ가 인간이 아니로다 〈동사(冬詞) 4〉
: 속세와 대비되는 이상 세계 / 눈 덮인 어촌의 아름다운 풍경이 이상 세계와 같다는 인식을 드러냄
▸ 눈 덮인 어촌의 아름다운 풍경

마땅하다
어와 져므러 간다 연식(宴息)이 맏당토다
날이 저물면 쉬는 것이 순리라는 화자의 인식이 반영됨

ᄇᆡ 븟텨라 ᄇᆡ 븟텨라
배 붙여라. 바다에서 돌아온 배를 정박해 놓음

ᄀᆞᄂᆞᆫ 눈 ᄲᅮ린 길 블근 곳 흣더딘 ᄃᆡ 흥치며 거러가셔
색채 대비를 통해 자연의 아름다움을 묘사함 / 흥겨워하며

지국총 지국총 어ᄉᆞ와

서산
셜월(雪月)이 셔봉(西峯)의 넘도록 숑창(松窓)을 비겨 잇쟈 〈동사(冬詞) 10〉
눈 내리는 밤의 흥취를 즐김
▸ 눈 내리는 밤의 흥취

- 경믈: 계절에 따라 달라지는 경치.
- 만경류리: 만 이랑의 유리라는 뜻으로, 유리처럼 반반하고 아름다운 바다를 이르는 말.
- 천텹옥산: 수없이 겹쳐 있는 아름다운 산.
- 션계: 선경. 신선이 사는 세계.
- 연식: 편안히 쉼.
- 숑창: 소나무가 있는 창.

**현대어 풀이**

〈동사 4〉
지난밤에 눈이 갠 후에 경치가 달라졌구나.
노 저어라 노 저어라.
앞에는 유리 같은 끝없는 바다, 뒤에는 겹겹이 쌓인 흰 산
찌그덩 찌그덩 어기여차
신선이 사는 곳인가, 극락세계인가, 인간 세상은 아니로다.

〈동사 10〉
아! 날이 저물어 가는구나. 편안히 쉬는 것이 마땅하다.
배 붙여라 배 붙여라.
가는 눈이 내린 길 위에 붉은 꽃잎 흩어진 데 흥겹게 걸어가서
찌그덩 찌그덩 어기여차
눈 내리는 밤에 달이 서쪽 산봉우리를 넘어갈 때까지 소나무가 비치는 창가에 비스듬히 기대어 있자.

• 시적 공간의 대비

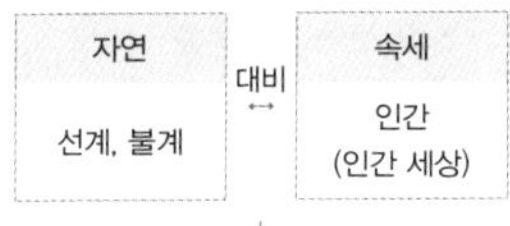


자연을 속세와 대비되는 이상적 공간으로 형상화함

• 표현상 특징

| | |
|---|---|
| 대구법 | 대구법을 활용하여 아름다운 자연의 풍경을 부각하고 리듬감을 형성함 → '압희ᄂᆞᆫ 만경류리 뒤희ᄂᆞᆫ 천텹옥산' |
| 색채 대비 | 색채 대비를 통해 겨울날 아름다운 자연의 풍경을 묘사함 → 'ᄀᆞᄂᆞᆫ 눈 ᄲᅮ린 길 블근 곳 흣더딘 ᄃᆡ' |

## 핵심 포인트 1 여음구와 후렴구의 특징 및 효과

이 작품에는 조흥의 역할을 하는 여음구 및 후렴구가 뚜렷하게 드러난다. 이는 일반적인 시조에서는 찾아 볼 수 없는 특징이다. 따라서 형식적 측면의 특징과 효과를 파악할 수 있어야 한다.

**① 초장과 중장 사이의 여음구: 각 계절별로 출항과 귀항의 단계에 따른 배의 조작 행위가 일정하게 반복됨**

- 〈제1수〉~〈제5수〉 ⇨ '출항' 과정

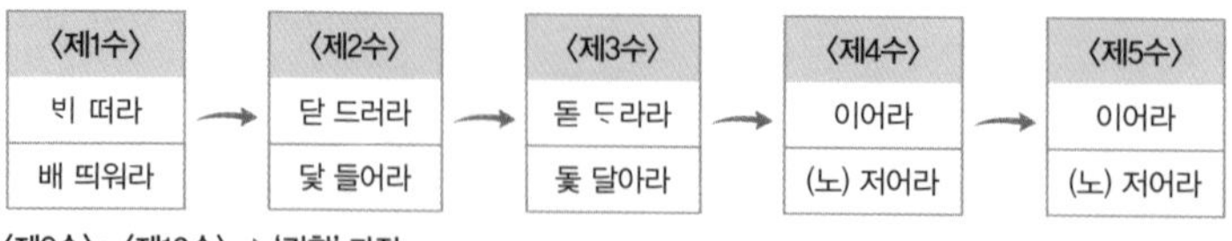


- 〈제6수〉~〈제10수〉 ⇨ '귀항' 과정

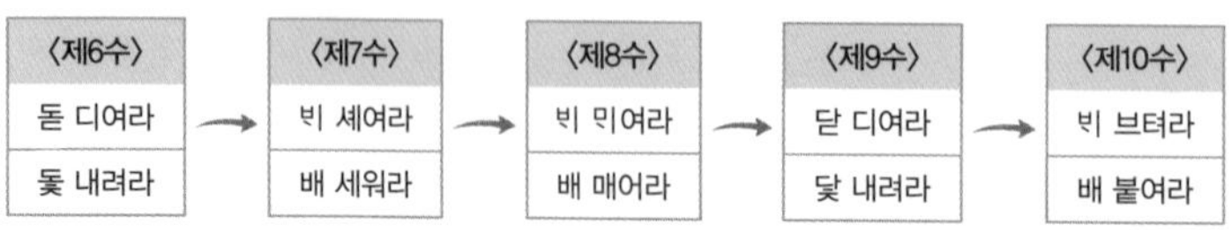


**② 중장과 종장 사이 후렴구: 배를 조작하거나 노를 저을 때 외치는 소리를 흉내 낸 한자음 의성어의 반복**

| 지국총(至菊悤) | 어사와(於思臥) |
|---|---|
| 노를 젓거나 닻, 돛을 내리거나 올릴 때 나는 소리 | 노를 저을 때 외치는 소리 |

※ 여음구 및 후렴구의 효과
① 유유자적한 어부 생활의 흥취를 강조함
② 작중 상황에 생동감 및 사실성을 부여함
③ 작품을 유기적으로 연결하고 통일성을 형성함
④ 평시조의 단조로운 흐름에 변화를 줌

## 핵심 포인트 2 대립적 공간 인식

이 작품의 화자가 현재 있는 공간은 여유롭고 평화로운 삶이 가능한 이상적 세계로 묘사되는 반면, 자신이 떠나온 인간 세상은 시끄러운 소리와 갈등이 있는 부정적 세계로 묘사되고 있다.

**자연과 속세의 대립적 의미**

| | 화자가 현재 은거하는 곳[자연] | ↔ | 화자가 떠나온 곳[속세] |
|---|---|---|---|
| 지칭 | 어촌, 수국(슈국) | | 인간, 인간 세상, 세상 |
| 태도 | 긍정적, 예찬적 | | 부정적, 비판적 |

※ 예외적으로 속세에 대한 화자의 안타까움이나 걱정이 드러나는 구절
– (사공의) 뱃노래 속에 들어 있는 오랜 근심은 그 누가 알까? – 〈하사 6, 종장〉
– (전쟁 때 오리 떼를 놀라게 했던) 아압지를 누가 쳐서 치욕을 씻었던가. – 〈동사 6, 종장〉

## 핵심 포인트 3 표현상 특징 파악

이 작품에서 대상을 묘사하고 화자의 정서를 형상화하기 위해 사용한 표현법을 파악할 수 있어야 한다.

| | |
|---|---|
| 우리말의 묘미를 잘 살린 표현 | 작가는 한자를 주로 사용하는 양반 계층임에도 우리말의 묘미를 살려서 작중 상황을 현실감 있게 표현하고 있음<br>→ 밤들은 거의 디고 낟들이 미러 온다 (〈춘사 1〉), ᄂᆡ일도 이리 ᄒᆞ고 모뢰도 이리 ᄒᆞ쟈 (〈추사 9〉) |
| 계절의 변화에 따른 시상 전개 | 사계절의 순차적 흐름에 따라 춘사, 하사, 추사, 동사 순으로 시상을 전개함 |
| 계절감을 나타내는 소재의 활용 | '동풍, 뻐꾸기, 버드나무 숲'(봄), '연잎, 청약립(삿갓), 녹사의, 버들 숲 녹음'(여름), '기러기, 서리, 낙엽'(가을), '눈, 저녁 눈, 눈 위에 비치는 달빛'(겨울) 등 다양한 자연물을 활용하여 어촌의 사계절을 드러냄 |
| 시간의 흐름과 공간의 변화에 따른 추보식 전개 | 각 계절별로 아침에 출항해서 저녁이나 밤에 귀항할 때까지 어부의 하루 일과를 시간의 흐름에 따라 읊음 |
| 다양한 수사법 사용 | 대구, 설의, 대조, 은유, 직유, 의인, 활유, 인용, 반복 등 다양한 수사법을 사용하여 대상을 묘사하고 화자의 심정을 제시함 |

### 작품 한눈에

• 해제
이 작품은 작가 윤선도가 중앙 정계를 떠나 전남 보길도에서 은거하고 있을 때 지은 총 40수의 연시조이다. 춘하추동의 네 계절에 각 10수씩 배정하고, 계절의 흐름에 따른 경치의 변화와 그것을 보는 화자의 심정을, 배를 타고 나갔다가 되돌아오는 어부로서의 생활을 중심으로 유기적으로 형상화하고 있다. 다만, 어부로서 화자의 삶은 생계가 목적이 아니라 아름다운 자연 정경에 대한 완상을 목적으로 하는 '가어옹'의 모습이다. 한편, 화자는 자신이 지내는 곳을 어떤 걱정도 없이 유유자적하게 지낼 수 있는 이상적인 공간으로 여기는 반면, 인간 세상(속세)은 부정적으로 여기며 거리감과 단절 의지를 드러낸다. 이는 조선 후기에 유행하던 강호 시가의 전형적인 특성으로 볼 수 있는데, 혼란스러운 속세를 벗어나 향촌에 은거하며 자연의 아름다움을 즐기고 여유로운 삶을 누리고자 했던 작가의 가치관이 반영되어 있다. 이런 화자의 삶은 '안분지족, 안빈낙도, 유유자적, 강호한정, 물아일체' 등으로 표현할 수 있다.

• 화자와 시적 상황
화자는 어촌에서 지내며 아침이면 낚시를 하기 위해 배를 타고 바다에 나갔다가 해 질 무렵에 집으로 돌아오는 생활을 하고 있다. 이런 출항과 귀항의 과정을 바탕으로 계절의 변화에 따라 달라지는 아름다운 자연 정경을 마음껏 누리면서 자신의 삶에 대한 만족감과 자부심을 드러내고 있다.

• 주제
자연 속에서 유유자적하게 살아가는 삶의 흥취와 만족감

## 핵심 포인트 4 작품의 전문 감상

장편 가사나 연시조의 경우 빈틈 없는 연계 학습이 가능하도록 작품의 전문을 감상할 필요가 있다.
(※ '기출 확인'과 직접적인 관련이 있는 부분은 파란 망으로 표시함)

평가원st 순한 맛 지문

주목

앞 개펄에 안개가 긷히고, 뒷산에 해가 비친다.
배 띄워라 배 띄워라.
밤물(썰물)은 거의 빠지고 낮물(밀물)이 밀려온다.
지국총 지국총 어사와 지국총 지국총 어사와
강가 마을에 온갖 꽃이 (피었으니) 먼 빛이 더욱 좋다. 〈춘사 1〉

▸ 강촌의 아름다운 봄 풍경

주목

날이 덥도다. 물 위에 고기가 떴다.
닻 들어라 닻 들어라.
갈매기가 둘씩 셋씩 오락가락하는구나.
지국총 지국총 어사와
낚싯대는 쥐고 있다. 막걸리 병은 (배에) 실었느냐. 〈춘사 2〉

▸ 낚시를 하기 위한 출항 준비

동풍이 살짝 부니 물결이 곱게 일어난다.
돛 달아라 돛 달아라.
동호(東湖)를 돌아보고, 서호(西湖)로 가자꾸나.
지국총 지국총 어사와
앞산이 지나가고, 뒷산이 나아온다. 〈춘사 3〉

▸ 배 위에서 바라보는 풍경

우는 것이 뻐꾸기인가, 푸른 것이 버드나무 숲인가?
노 저어라 노 저어라.
어촌의 두어 집이 안개 속에 나락들락(하는구나).
지국총 지국총 어사와
맑고 깊은 못에 온갖 고기 뛰노는구나. 〈춘사 4〉

▸ 배에서 바라본 봄날의 어촌 풍경

고운 햇볕이 쬐이니 물결이 기름 같다.
노 저어라 노 저어라.
그물을 던져 둘까, 낚싯대를 놓아 둘까?
지국총 지국총 어사와
(굴원이 지은) 탁영가에 흥이 나니 고기도 잊겠노라. 〈춘사 5〉

▸ 아름다운 물결을 보는 흥과 여유로움

석양(夕陽)이 지고 있으니 그만하고 돌아가자.
돛 내려라 돛 내려라.
언덕의 버들과 물가의 꽃은 굽이굽이 새롭구나.
지국총 지국총 어사와
삼정승을 부러워하겠느냐, 세상만사를 생각하겠느냐? 〈춘사 6〉

▸ 해 질 녘의 아름다운 정경을 보는 만족감

향기로운 풀 밟아 보며 난초와 영지도 뜯어 보자.
배 세워라 배 세워라.
나뭇잎처럼 작은 배에 실은 것이 무엇인가?
지국총 지국총 어사와
갈 때는 안개 뿐이요, 올 때는 달이로다. 〈춘사 7〉

▸ 낮과 밤에 즐기는 자연과 풍류

(술에) 취하여 (배 위에) 누웠다가 여울 아래 내리려다
배 매어라 배 매어라.
떨어진 붉은 꽃잎이 (물결에) 흘러오니 무릉도원이 가깝도다.
지국총 지국총 어사와
인간 세상의 붉은 먼지가 얼마나 가려졌는가? 〈춘사 8〉

▸ 자연에서의 여유로운 삶과 속세와의 단절 의지

낚싯줄 걷어 놓고 배의 창문으로 달을 보자.
닻 내려라 닻 내려라.
설마 밤이 되었느냐? 두견새 소리가 맑게 난다.
지국총 지국총 어사와
남은 흥이 끝이 없으니 갈 길을 잊었도다. 〈춘사 9〉

▸ 봄밤의 흥을 다하지 못하는 아쉬움

내일이 또 없겠느냐, 봄밤이 곧 샐 것이다.
배 붙여라 배 붙여라.
낚싯대로 지팡이 삼아 (내 집의) 사립문을 찾아 보자.
지국총 지국총 어사와
어부의 생애는 이럭저럭 지내는 것이로다. 〈춘사 10〉

▸ 어부로서의 유유자적한 삶

• 여음과 후렴구의 의미와 기능

| | |
|---|---|
| 여음 | 출항에서 귀항까지 어부의 일과를 정연하게 보여 주어 작품을 유기적으로 연결해 줌 |
| 후렴구 | 노 젓는 소리와 노 저을 때 외치는 소리를 나타내는 의성어로, 자연에서 사는 흥겨움과 활기를 사실적으로 드러냄 |

↓

일반적인 시조와 다르게 여음과 후렴구가 규칙적으로 나타나 시상 전개에 사실감을 부여하고 강호에서 느끼는 흥취를 북돋아 주며 평시조의 단조로운 흐름에 변화를 주는 역할을 함

궂은 비는 멎어 가고, 시냇물이 맑아 온다.
　배 띄워라 배 띄워라.
낚싯대를 둘러메니 깊은 흥을 참을 수 없구나.
　지국총 지국총 어사와
안개 낀 강과 겹겹이 싸인 봉우리는 누가 그렸는가? 〈하사 1〉

▶ 비가 갠 뒤의 아름다운 정경

연잎에 밥을 싸 두고 반찬은 장만하지 마라.
　닻 들어라 닻 들어라.
삿갓은 쓰고 있노라, 도롱이는 가져 왔느냐?
　지국총 지국총 어사와
욕심 없는 갈매기는 내가 (저를) 좇는 것인가, 제가 (나를) 좇는 것인가? 〈하사 2〉

▶ 배 위에서 느끼는 삶의 흥취와 물아일체의 경지

주목

마름 잎에 바람이 나니 배의 창문이 서늘하구나.
　돛 달아라 돛 달아라.
여름 바람이 일정하겠느냐, (바람에 따라) 가는 대로 배를 두어라.
　지국총 지국총 어사와
북쪽의 포구 남쪽의 강, 어디 아니 좋겠는가. 〈하사 3〉

▶ 여름철 배 위의 시원함과 마음의 여유로움

주목

물결이 흐리거든 발을 씻은들 어떠하겠는가.
　노 저어라 노 저어라.
오강(吳江)을 가려 하니 (오자서의 원한으로) 천 년이나 노한 파도가 슬프겠구나.
　지국총 지국총 어사와
초강(楚江)을 가려 하니 물고기 뱃속에 있는 (굴원의) 충성스러운 혼을 낚을까 두렵구나. 〈하사 4〉

▶ 부정적인 세상 일에 대한 안타까움

버들 숲 녹음(綠陰)이 우거진 곳에 이끼 낀 바위 참 좋구나.
　노 저어라 노 저어라.
(나루터) 다리에 다다르거든 (다리를 먼저) 건너려는 어부들의 다툼을 허물 마라.
　지국총 지국총 어사와
머리가 하얗게 센 노인을 만나면 뇌택에서 (순 임금에게) 자리를 양보한 (옛일을) 본받자꾸나. 〈하사 5〉

▶ 어부들의 자리 다툼과 노인에 대한 양보의 미덕

해가 긴 여름날이 저무는 줄을 미처 몰랐도다.
　돛 내려라 돛 내려라.
돛대를 두드리며 (수양제가 지었다는) 수조가(水調歌)를 불러 보자.
　지국총 지국총 어사와
(사공의) 뱃노래 속에 들어 있는 오랜 근심을 그 누가 알까? 〈하사 6〉

▶ 풍류 속에서 떠오르는 세상에 대한 근심

해 질 녘의 햇빛이 좋다마는 (어느덧) 황혼이 가깝도다.
　배 세워라 배 세워라.
바위 위에 굽은 길이 소나무 아래로 비스듬히 나 있다.
　지국총 지국총 어사와
푸른 나무의 꾀꼬리 소리가 곳곳에서 들리는구나. 〈하사 7〉

▶ 해 질 무렵의 아름다운 정경

모래 위에 그물을 널고, 배 지붕 밑에 누워서 쉬자.
　배 매어라 매 배어라.
모기를 밉다 하겠는가, 쉬파리는 (또) 어떠한가?
　지국총 지국총 어사와
다만 한 가지 근심은 상대부(桑大夫)가 들을까 (하는 것이로다). 〈하사 8〉

▶ 자연 속에서의 유유자적한 삶에 대한 만족감

밤 사이에 풍랑이 일어날 줄을 어찌 미리 짐작하랴.
　닻 내려라 닻 내려라.
사람은 간 데 없고 배만 가로 놓여 있음을 누가 말하였던가.
　지국총 지국총 어사와
시냇가에 자라난 풀이 참으로 어여쁘구나. 〈하사 9〉

▶ 예상치 못한 풍랑이 친 뒤의 어촌 풍경

(나의) 작은 집을 바라보니 흰 구름에 둘러싸여 있다.
　배 붙여라 배 붙여라.
부들로 만든 부채를 가로쥐고, 돌길로 올라가자.
　지국총 지국총 어사와
늙은 어부가 한가하더냐? (자연을 구경하는) 이것이 구실이로다. 〈하사 10〉

▶ 자연을 구경하느라 한가한 겨를이 없는 생활

• 화자의 정서 및 태도

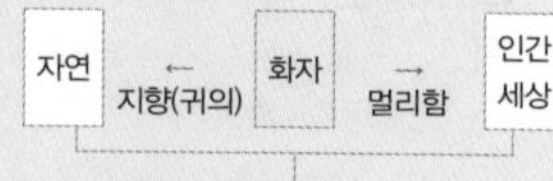


- 사계절의 아름다운 풍경을 즐김
- 자연과 하나가 된 삶을 즐김
- 속세를 떠나 자연 속에서 한가롭게 지내는 것에 만족함
- 속세를 벗어나 자연을 즐기며 유유자적한 삶을 살고자 함
- 인간 세상을 멀리하고 자연에 귀의하고자 하는 태도를 보임

↓

속세를 벗어나 자연 속에서 한가롭게 사는 삶을 추구함

인간 세상 밖의 좋은 일이 어부의 생애 아니더냐?
　배 띄워라 배 띄워라.
고기 잡는 늙은이를 비웃지 마라. (자연을 그린) 그림마다 그려져 있더라.
　지국총 지국총 어사와
사계절의 흥이 한가지로 비슷하나 (그중에서도) 가을 강이 으뜸이다. 〈추사 1〉

▸ 어부로서의 삶에 대한 자부심과 가을 강의 흥취

주목

수국에 가을이 드니 고기마다 살져 있다.
　닻 들어라 닻 들어라.
끝없이 넓고 맑은 물에서 실컷 느긋하고 여유롭게 놀아 보자.
　지국총 지국총 어사와
인간 세상을 돌아보니 멀수록 더욱 좋구나. 〈추사 2〉

▸ 속세를 떠나 자연에서 살아가는 즐거움

주목

흰 구름이 일어나고 나무 끝이 (바람에) 흐느낀다.
　돛 달아라 돛 달아라.
밀물에 서호(西湖)로 가고, 썰물에 동호(東湖)로 가자.
　지국총 지국총 어사와
흰 마름과 붉은 여뀌는 (가는) 곳마다 절경이로다. 〈추사 3〉

▸ 배를 타고 즐기는 가을의 풍경

주목

기러기 떠 있는 뒤에 못 보던 산이 보이는구나.
　노 저어라 노 저어라.
낚시질도 하려니와 가진 것이 (바로) 이 흥이라.
　지국총 지국총 어사와
석양이 비치니 온 산이 수놓은 비단이로다. 〈추사 4〉

▸ 배 위에서 바라본 먼 산의 아름다움

주목

크고 좋은 고기가 몇이나 걸렸는가.
　노 저어라 노 저어라.
갈대에 불붙여 (잡은 고기를) 골라서 구워 놓고,
　지국총 지국총 어사와
(술이 든) 질병을 기울여 바가지에 부어 다오. 〈추사 5〉

▸ 물고기 안주에 술을 즐기는 흥취

옆바람이 곱게 부니 다른 돛에 (바람이) 돌아온다.
　돛 내려라 돛 내려라.
석양빛이 나아오는데, 맑은 흥과 운치는 다하지 않네.
　지국총 지국총 어사와
단풍이 든 나무와 맑은 물이 싫지도 밉지도 않구나. 〈추사 6〉

▸ 바람이 불어오는 가을 저녁의 흥취

흰 이슬이 내렸는데 밝은 달이 돋아 온다.
　배 세워라 배 세워라.
봉황루(鳳凰樓)가 아득하니 밝은 달빛을 누구에게 줄까?
　지국총 지국총 어사와
(달 속에서) 옥토끼가 찧는 약을 호탕한 사람에게 먹이고 싶구나. 〈추사 7〉

▸ 밝은 달이 뜬 가을 밤의 흥취

하늘과 땅이 제각각인가, 여기가 어디인가?
　배 매어라 배 매어라.
속세의 먼지가 (이곳까지) 못 미치니 부채질하여 무엇하리.
　지국총 지국총 어사와
(내가) 들은 말이 없었으니 (왕좌를 거절한 허유처럼) 귀를 씻어 무엇하리. 〈추사 8〉

▸ 속세와 떨어져 있다고 느끼는 거리감

옷 위에 서리가 내리되, 추운 줄을 모르겠구나.
　닻 내려라 닻 내려라.
낚싯배 안이 좁다고 하나 덧없는 세상과 (비교하면) 어떠한가?
　지국총 지국총 어사와
내일도 이렇게 지내고, 모레도 이렇게 지내자. 〈추사 9〉

▸ 찬 서리를 맞으며 배 위에서 자연을 즐기는 감회

소나무 사이에 있는 석실(石室)에 가서 새벽달을 보려 하니
　배 붙여라 배 붙여라.
빈산에 낙엽 (쌓인 길을) 어찌 알아볼까?
　지국총 지국총 어사와
흰 구름이 쫓아오니 입은 풀 옷이 무겁구나. 〈추사 10〉

▸ 가을의 새벽달을 보고 싶은 마음

구름이 걷힌 뒤에 햇빛이 두텁구나.
배 띄워라 배 띄워라.
천지가 (얼어붙어 생기가) 막혔는데, 바다는 그대로구나.
지국총 지국총 어사와
끝없는 물결이 비단을 펼친 듯하구나. 〈동사 1〉

▶ 겨울 바다의 아름다운 정경

낚싯줄과 낚싯대를 손질하고, (배에 물이 새지 않도록) 뱃밥을 박았느냐?
닻 들어라 닻 들어라.
(중국의) 소상강과 동정호는 그물이 언다고 한다.
지국총 지국총 어사와
이런 때 고기 잡기에 이만한 곳이 없도다.
〈동사 2〉

▶ 겨울의 출어 준비와 사는 곳에 대한 자부심

얕은 갯가의 고기들이 먼 바다로 다 갔느니.
돛 달아라 돛 달아라.
잠깐 날이 좋을 때에 바다에 나가 보자.
지국총 지국총 어사와
미끼가 좋으면 굵은 고기가 문다고 한다.
〈동사 3〉

▶ 겨울 바다에서 짧은 시간 이루어지는 낚시질

지난 밤에 눈이 그친 후에 경치가 달라졌구나.
노 저어라 노 저어라.
앞에는 유리처럼 넓고 맑은 바다, 뒤에는 겹겹이 둘러싸인 백옥 같은 산.
지국총 지국총 어사와
신선의 세계인가 부처의 세계인가, (아무튼지) 인간 세계가 아니로다. 〈동사 4〉

▶ 눈 내린 어촌의 아름다운 풍경

그물 낚시 잊어두고 뱃전을 두드린다.
노 저어라 노 저어라.
앞 바다를 건너려고 몇 번이나 헤아려 보았는가.
지국총 지국총 어사와
(어디서) 느닷없는 된바람이 혹시 아니 불어올까?
〈동사 5〉

▶ 된바람을 기다리는 상황

자러 가는 까마귀가 몇 마리나 지나갔느냐?
돛 내려라 돛 내려라.
앞 길이 어두우니 저녁 눈이 잦아졌다.
지국총 지국총 어사와
(전쟁 때 오리 떼를 놀라게 했던) 아압지를 누가 쳐서 치욕을 씻었던가. 〈동사 6〉

▶ 나라의 치욕을 씻고 싶은 마음

붉은 빛과 푸른 빛의 절벽이 병풍처럼 둘러쳐져 있는데,
배 세워라 배 세워라.
주둥이가 크고 비늘이 가는 물고기를 낚으나 못 낚으나
지국총 지국총 어사와
외로이 떠 있는 배 위에서 도롱이, 삿갓만으로 흥에 겨워 앉았노라. 〈동사 7〉

▶ 아름다운 경치 속에서의 여유로운 낚시질

주목

물가에 외로운 소나무 혼자 어찌 씩씩한가.
배 매어라 배 매어라.
험한 구름 원망하지 마라 세상을 가리운다.
지국총 지국총 어사와
파도 소리 싫어하지 마라. 속세의 시끄러운 소리를 막는도다. 〈동사 8〉

▶ 속세와 단절되어 자연 속에서 살아가는 삶

주목

(신선이 산다고 하는) 창주 오도를 옛날부터 (사람들이) 말하더라.
닻 내려라 닻 내려라.
칠 리(七里)의 여울에서 양피 옷(을 입고 낚시하던 엄자릉)은 그 어떤 이였는가?
지국총 지국총 어사와
(강태공이 했다는) 삼천 육백일 간의 낚시질은 (문왕과의 만남을) 손꼽을 때 어떠하였는가?
〈동사 9〉

▶ 신선 세계 같은 곳에서 은일하는 삶에 대한 자부심

아아, (날이) 저물어 간다. 편히 쉬는 것이 마땅하도다.
배 붙여라 배 붙여라.
가는 눈 뿌린 길에 붉은 꽃 흩어진 데 흥겨워하며 걸어가서,
지국총 지국총 어사와
눈 위에 비치는 달빛이 서쪽 봉우리를 넘을 때까지 소나무 창에 기대어 있자. 〈동사 10〉

▶ 눈 내리는 밤의 흥취

• 〈어부사시사〉 내용과 형식의 유기성

| 내용 | 자연을 즐기는 흥취와 여유로움 |
| --- | --- |
| 형식 | • 연시조의 형식을 취함<br>• 여음구를 사용하여 변화를 줌 |

↓

자연 속 삶의 흥겨움이라는 내용을 연시조와 여음구라는 형식에 유기적으로 담아 냄

고전 시가 28

한 줄 평 용문산 낙은암 주변의 경치를 즐기며 유유자적하게 사는 은일의 삶을 읊은 노래

# 낙은별곡 남도진

▸ 기출 수록 교육청 2024 5월

주목

야단스러운 조물주가 산천(山川)을 빚어낼 때
자연

낙은암(樂隱岩) 깊은 골을 날 위하여 만드시니
화자가 은거하며 자연을 즐기는 곳(경기도 용문산 북쪽 골짜기)

산봉우리도 빼어나고 경치도 뛰어나다
낙은암 주변 경치에 대한 화자의 평가

감탄사(영탄) 세속적 가치(명예와 이익)

어와 주인옹(主人翁)이 명리(名利)에 뜻이 없어
'낙은암 깊은 골'의 주인인 늙은이라는 뜻. 화자 자신을 가리킴

「진세(塵世)를 하직하고 암혈(巖穴)에 깃들이니」 「 」: 속세를 벗어나 자연에 은거함
속세 산속, 자연

욕심 없는 삶 설의적 표현

내 생애 담박(淡泊)한들 분수이니 상관하랴 ▸ 속세를 벗어나 낙은암 근처에 은거하는 삶
안분지족, 안빈낙도의 태도 (자연에서 지내는 것을)

농환재(弄丸齋) 맑은 창에 주역(周易)을 살펴보니
작가 남도진의 호(號)이자 작가가 용문산에 지은 집 이름 자연에 은거하며 학문을 닦는 모습

소장진퇴(消長進退)는 성훈(聖訓)이 밝아 있고
세상사가 변화하는 원리 성인이나 임금의 교훈

낙천지명(樂天知命)은 경계(警戒)도 깊어세라
천명을 깨달아 즐기면서 이에 순응함. 《주역》 '계사전'에 나오는 구절

화자가 《주역》을 읽으며 깨달은 점 – 성현의 교훈과 삶의 이치가 깃들어 있음

둥근 달을 희롱하고 말 잊고 앉았으니
즐기고

천지(天地)를 몇 번이나 왕래한 듯하네
《주역》에 담긴 깊은 뜻을 깨달은 듯함을 비유한 말

「거문고를 비껴 안아 무릎 위에 놓아 두고
「 」: 풍류를 즐기는 화자의 모습

평우조(平羽調) 한 소리를 보허사(步虛詞)에 섞어 타며
국악 가곡의 한 종류 궁중 의식이나 잔치 때에 연주하던 음악의 하나

긴 가사(歌詞) 짧은 노래 나직이 불러 낼 때

유연이 흥이 나니 세상 걱정 전혀 없다」
속세를 떠나서 사는 삶의 여유로움

남쪽 마을 늙은 벗님 북쪽 이웃 젊은이들
화자가 어울리는 사람들

송단(松壇)에 섞여 앉아 차례 없이 술을 부어
소나무가 있는 언덕, 솔밭 사회적 지위를 따지지 않고

두세 잔 기울이고 무슨 말씀 하옵나니

앞 논에 벼가 좋고 뒷내에 고기 많데

봄 산에 비 온 후에 고사리도 살졌다네

마을 사람들의 말을 인용함 → 속세의 명리에서 벗어난, 평범하고 일상적인 대화

한가하게 이런 말로 소일하기 족하거니
개인적 이익을 따지지 않는 말 설의적 표현(들리지 않음)

분분한 시비(是非)야 귓결엔들 들릴쏘냐
속세에서 자주 들을 수 있는 말 – 옳고 그름이나 이익을 따지는 말

은거지에서 보내는 일상을 구체적으로 제시함

▸ 학문과 풍류를 즐기며 속세의 일에 관심을 두지 않고 살아가는 삶

해당화 깊은 골에 낚싯대 메고 내려가며
생계를 위한 것이 아니라 자연을 즐기기 위한 낚시질 → '가어옹(假漁翁)'의 모습

어부사(漁父詞) 한 곡조를 바람결에 흘려 불러
자연에서의 한가한 삶을 노래한 가사

목동의 피리 소리에 넌지시 화답하니

석양 방초(芳草) 길에 걸음마다 더디구나
석양에 향기로운 풀 화자가 느끼는 여유로움이 행동으로 드러남

동풍(東風)이 건듯 불어 가랑비를 재촉하니
봄바람이 살짝 불며 가랑비가 내리기 시작함 – 봄의 풍경

도롱이 걸치고 바위 위에 앉으니
비옷

「용면(龍眠)을 불러 내어 이 모습 그리고자」
송나라의 화가 이공린 「 」: 자신의 삶에 대한 화자의 자부심이 드러남

## 작품 분석 노트

• 강호 가사로서의 특징

| | |
|---|---|
| 강호 가사의 개념 | 벼슬살이에서 물러났거나 벼슬을 하지 않은 사대부들이 향촌 사회의 자연 속에서 지내며 자신을 수양하고 만족을 얻는 상황을 노래한 가사 작품 |
| 내용 | 속세를 떠나 은일하면서 자연을 즐기며 소박하고 유유자적하게 살아가는 강호한정(江湖閑情)과 안빈낙도(安貧樂道)를 주로 노래함 |
| 〈낙은별곡〉의 특징 | 조선 시대 사대부들의 강호 가사에 일반적으로 드러나는 '연군지정(戀君之情)'이나 충의(忠義) 사상이 드러나지 않음 |

↓

화자가 스스로 벼슬살이를 거부하였으므로 연군지정을 표출해야 할 이유가 없었음

• 타인을 통해 알 수 있는 화자의 삶

주인옹(화자)
명리에 뜻이 없음

∥

남쪽 마을 늙은 벗님
북쪽 이웃 젊은이들
일상의 사소한 대화를 나눔

↓

• 명리와 거리가 먼 이야기로 소일함
• 속세와 같이 시비를 따지는 말이 들리지 않는 삶에 대한 만족감을 드러냄

영욕(榮辱)을 상관치 않으니 세사(世事)를 내 알더냐
영예와 치욕 → 세상사의 부침 / 탈속적 가치관, 설의적 표현

주육(酒肉)에 빠진 분들 부귀(富貴)를 자랑 마오
부귀공명 등의 세속적 가치를 추구하는 사람들

: 화자의 소박한 생활을 보여 주는 소재
: 세속적이고 화려한 삶을 상징하는 소재

여름날 더운 길에 먼지 속에서 분주하며
수레와 말이 일으키는 먼지 / 관리들이 수레와 말을 타고 바쁘게 오감

「겨울밤 추운 새벽 대루원(待漏院)에 서성이니」
관원들이 이른 아침에 대궐 문이 열리기를 기다리는 곳

늘 바쁘고 고되게 살아가는 관리들의 삶 ↔ 화자의 현재 삶

「 」: 권력을 지키기 위해 애쓰는 모습

자네는 좋다 하나 내 보기엔 괴로워라
속세에서 살아가는 관리 / 관리의 삶에 대한 화자의 부정적 인식

「어와 내 신세를 내 이르니 자네 듣소」
「 」: 상대방에게 말을 건네는 방식
영탄적 표현 → 독자의 관심 유도 / 세속적 가치를 추구하는 사람, 벼슬아치(관리)

삼복(三伏)에 날 더우면 백우선(白羽扇) 높이 들고
매우 더운 여름 / 새의 흰 깃으로 만든 부채

바람 부는 창가에 기대 다리 펴고 누우니
여유롭고 한가롭게 누워 있는 모습

관리들과 대조되는 여름철 화자의 한가로운 모습

편안한 이 거동을 그 누가 겨룰쏘냐
↔ 고단한 관리들의 모습 / 설의적 표현

동지 밤 눈 온 후에 더운 방에 이불 덮고
추운 겨울밤

목침(木枕)을 돋워 괴어 해 돋도록 잠을 자니
베고 / 늦잠을 자니

관리들과 대조되는 겨울철 화자의 한가로운 모습

화자의 삶을 드러내는 표현 / 관리들의 삶을 드러내는 표현

편하기도 편할시고 고단함이 있을쏘냐
설의적 표현

삼정승 → 높은 벼슬

「삼공(三公)이 귀하다 하나 나는 아니 바꾸리라
「 」: 현재 생활에 대한 화자의 만족감과 자부심

값을 쳐 비긴다면 만금(萬金)인들 당할쏜가」
설의적 표현

**감상 포인트**
화자가 자신의 삶에 대한 만족감이나 자부심을 드러내는 방법에 초점을 두고 작품을 감상한다.

보리밥 맛 들이니 팔진미(八珍味) 부럽잖고
소박한 음식 / 아주 맛있는 음식을 비유적으로 이르는 말

헌 베옷 알맞으니 비단 가져 무엇 할까
소박한 의복 / 설의적 표현

▶ 소박하고 유유자적한 삶에 대한 화자의 자부심

신세가 한가할사 경치도 맑고 깨끗하다
마음이 여유로우니 자연의 아름다움이 더욱 잘 느껴짐

녹문산(鹿門山) 달빛 아래 나뭇가지에 안개 끼니
중국 호북성의 명산. 문맥상 화자가 완상하고 있는 경기도 용문산을 의미함

방덕공(龐德公) 맑은 절개 산처럼 높고 물처럼 기네
벼슬을 그만두고 녹문산에 은거하며 살았다는 중국 후한 말의 인물

율리(栗里)의 높은 바람 소유산(巢由山)을 불어 넘어
중국의 시인 도연명이 은거한 곳 / 요임금 때 소부와 허유가 은거한 기산(箕山)

[율리(栗里)]
도연명이 은거한 곳의 지명이지만 이 글의 작가인 남도진이 은거하던 경기도 가평에 있는 마을(밤자골[栗里])을 이르는 지명으로 볼 수도 있음

낙천당(樂天堂) 베개 위에 이 내 꿈을 맑게 하네

천마봉(天馬峰) 장한 형세 구름에 닿았으니
천마봉이 매우 높고 곧게 하늘을 향해 뻗어 있음

창천(蒼天)이 돌아갈 때 몇 겁(劫)을 갈았는가
푸른 하늘 또는 동쪽 하늘 / 천마봉이 오랜 시간 동안 갈고 닦여 현재의 모양이 되었을 것이라는 감탄

['창천이 돌아갈 때'라는 표현]
옛날에는 천동설을 믿었기 때문에 동쪽 하늘이 돈다고 생각했음

천만년(千萬年) 지나도록 낮아질 줄 모르나니
천마봉이 오랜 세월 동안 높게 솟아 있음

중산(中山)의 아침 안개 절벽 가운데 젖어 있고
경기도 가평의 지명

곡령(鵠嶺)의 저문 구름 짧은 처마에 비꼈구나
경기도 가평의 지명

은거지 주변의 아침과 저녁 풍경. 시각적 이미지. 대구

용문산(龍門山) 그림자가 팔절탄(八節灘)에 잠겼으니
경기도 가평과 양평에 걸쳐 있는 산

본래 중국 낙양 부근의 여울목인 용문(龍門)에 있는 물살이 센 여덟 물굽이(팔절석탄)를 말함. 이 작품에서는 아름다운 경치를 지닌 낙은암 주변의 여덟 곳 '일곡 팔경(逸谷八景)'을 비유함

입협(入峽)에서 내린 물이 와룡추(臥龍湫) 되었구나
팔절탄 ①

□: 화자가 지내는 낙은암 주위의 명승지인 '팔절탄(일곡 팔경)' – 와룡추, 옥류폭, 탁영호, 반곡천, 무릉계, 자연뢰, 구변담, 선부연

물결을 잔잔하게 다스려 만곡수(萬斛水)를 담았으니
주체: 와룡추(많은 물을 담고 있음)

노룡(老龍)의 서린 자취 굴곡(屈曲)이 되어 있다
와룡추에서 흘러내리는 물줄기(은유) / 이리저리 굽어져 있다

풍운(風雲)을 언제 좇아 굴(窟)을 옮겨 갔는가
주체: 물줄기(활유)

주목

옥류폭(玉流瀑) 노한 물살 돌을 박차며 떨어지니
팔절탄 ② / 역동적 이미지, 의인법

• 관리의 삶과 화자의 삶 대조

| | 관리 | | 화자 |
|---|---|---|---|
| 여름 | • 더움<br>• 길 위의 먼지 속에서 분주함 | ↔ | • 시원함<br>• 창가에 기대 다리를 펴고 누움 |
| 겨울 | • 추움<br>• 새벽부터 대루원에서 기다림 | | • 따뜻함<br>• 더운 방에서 이불을 덮고 늦잠을 잠 |

↓

속세(관료)의 삶에 대한 거부감 + 자연 속에 사는 자신의 삶에 대한 만족감

• 말을 건네는 방식

상대에게 말을 건네는 화자

'자네는 좋다 하나 내 보기엔 괴로워라 / 어와 내 신세를 내 이르니 자네 듣소'

\+

화자가 한 말의 내용

여름과 겨울철의 관리들의 분주하고 고된 생활과 화자의 한가롭고 편안한 생활을 대조하여 말함

↓

'자네', 즉 관리들에게 말을 건네는 방식을 통해 관리들에 대한 자신의 생각과 자신의 생활에 대한 만족감을 드러냄

• 소재의 상징성

화자의 소박한 생활

낚싯대, 도롱이, 보리밥, 헌 베옷

↕

세속적 가치

주육, 부귀, 삼공, 팔진미, 비단, 공명

• 시적 대상의 변화

화자는 '신세가 한가할사 경치도 맑고 깨끗하다'라고 하여 자연 속에서 한가롭게 사니 아름다운 자연이 눈에 잘 들어옴을 언급한 뒤 낙은암 주변의 경치를 소개하며 예찬하고 있다.

자연 속에 사는 화자 자신의 삶

자연 속에서 편안하고 한가롭게 사는 자신의 삶을 드러냄

↓ 자연 경관으로 시선을 돌림

낙은암 주변의 경치

낙은암 주변의 아름다운 경치를 노래함

합포(合浦)의 명월주(明月珠)를 옥쟁반에 굴리는 듯
은고리로 수정렴(水晶簾)을 난간에 걸었는 듯
티끌 묻은 긴 갓끈을 탁영호(濯纓湖)에 씻어 내니
「귀 씻던 옛 할아비 자네 혼자 높을쏘냐」
반곡천(盤谷川) 긴긴 굽이 초당(草堂)을 둘렀으니
드넓은 저 강물아 속세로 가지 마라
「긴 모래톱에 막대 짚어 무릉계(武陵溪) 내려가니
양 언덕에 도화(桃花) 날아 붉은 안개 자욱하다」
물 위에 뜬 꽃을 손으로 건진 뜻은
봄 경치를 누설(漏泄)하여 세상에 전할세라
단구(丹丘) 넘어 들어 자연뢰(紫煙瀨) 지나가니
향로봉(香爐峯) 남은 안개 햇빛에 눈부시네

구변담(鷗邊潭) 고인 물이 거울처럼 맑구나
「속세 잊은 저 백구야 너와 나 벗이 되어」
안개 낀 물가에 노닐면서 세상을 잊자꾸나
청학동(靑鶴洞) 좁은 길로 선부연(仙釜淵) 찾아가니
반고씨 적 생긴 가마 만들기도 공교하다
형산에 만든 솥을 그 누가 옮겨 왔나
바위 사이 걸린 폭포 위아래 못에 떨어지니
요란스런 벼락 소리 대낮에 들리는가
계산(溪山)에 취한 흥이 해 지는 줄 잊었으니
쌍계암(雙溪庵) 먼 북소리 갈 길을 재촉하는구나
퉁소에 봄을 담아 유교(柳橋)로 돌아오니
서산(西山)의 상쾌한 기운 사의당(四宜堂)에 이어졌네
어와 우리 형님 벼슬 뜻이 전혀 없어
공명(功名)을 사양하고 삼족와(三足窩)로 돌아오니
재앙의 남은 물결 신변에 미칠쏘냐
장침(長枕)을 높이 베고 두 늙은이 나란히 누워
슬하(膝下)의 모든 자손 차례로 늘어서니
먹으나 못 먹으나 이 아니 즐거우랴
아마도 수석(水石)에 소요(逍遙)하여 남은 세월 마치리라

(주석)
- 명월주: 어두운 곳에서 빛을 내는 구슬. 중국의 합포가 주요 산지로 유명함
- 명월주: 원관념 – 폭포의 포말(물거품)
- 수정렴: 원관념 – 폭포의 물줄기
- 1~2행: 비유(직유, 은유), 대구
- 탁영호: 팔절탄 ③
- 굴원의 〈어부사〉 구절을 인용하여 탁영호의 맑음과 자신의 정신을 부각함
- 귀 씻던 옛 할아비: 중국 고대의 이름난 은자인 허유
- 높을쏘냐: 설의법(자네 혼자 높지 않음 = 화자도 높음)
- 「 」: 자신의 기상이 허유에 뒤지지 않는다는 자부심
- 반곡천: 팔절탄 ④
- 초당: 초가집, 소박한 생활
- 저 강물아: 의인법, 돈호법
- 속세로 가지 마라: 속세와 단절하겠다는 화자의 의지
- 무릉계: 팔절탄 ⑤
- 「 」: 무릉도원(이상향)의 이미지
- 도화: 도화(복숭아꽃) 꽃잎이 날리는 모습, 은유
- 붉은 안개: 색채어를 활용한 시각적 이미지
- 물 위에 뜬 꽃: 화자가 은일하는 곳을 세상에 알리는 단서
- 세상에 전할세라: 자신이 있는 곳의 아름다움을 세상 사람들이 알까 염려함
- 단구: 붉은 언덕 – 무릉계 아래 도화가 핀 언덕
- 자연뢰: 팔절탄 ⑥
- 구변담: 팔절탄 ⑦
- 맑구나: 구변담 물이 매우 맑음, 직유
- 백구: 화자가 자신과 동일시하는 자연물, 의인법
- 「 」: 물아일체
- 안개 낀 물가: 자신이 지내는 은거지에서 자연과 함께 살아가려는 마음
- 선부연: 팔절탄 ⑧
- 가마: 원관념: 선부연(은유)
- 공교하다: 솜씨가 뛰어나고 재치가 있다
- 반고씨 적 생긴 가마: 매우 오래전에 생성된 '선부연'이 가마솥 모양임
- 형산에 만든 솥: 원관념: 선부연(은유)
- 위아래 못에 떨어지니: 하강 이미지, 시각적 이미지
- 벼락 소리: 폭포 소리(은유)
- 해 지는 줄 잊었으니: 시간 가는 줄 모르다가 문득 해 질 녘이 됨
- 계산: 시내와 산
- 흥: 자연 경관에 대한 화자의 심정
- 쌍계암 먼 북소리: 인근의 절(쌍계암)에서 저녁 예불을 알리는 북소리가 들려옴, 청각적 이미지
- 유교: 버드나무가 있는 다리
- 사의당: 작가 남도진의 형인 남도규의 서재 이름 → 형에 대한 이야기로 이어짐
- 낙은암 주변을 구경하다가 해가 질 무렵 형의 집을 방문함
- ▶ 낙은암 주변의 여기저기를 돌아다니며 경관을 완상하는 모습
- 벼슬 뜻이 전혀 없어: 화자와 마찬가지로 세속적 가치에 초연함
- 삼족와: 남도규의 서재 이름, 형님의 집을 의미함
- 재앙의 남은 물결: 벼슬을 하다가 맞을 수 있는 재앙
- 미칠쏘냐: 설의적 표현
- 장침: 긴 베개
- 두 늙은이: 화자 자신과 화자의 형
- 슬하의 모든 자손 차례로 늘어서니: 대가 끊기지 않고, 가족이 화목함 → 집안에 큰 화가 생기지 않음
- 즐거우랴: 설의적 표현, 자연에 은거하는 삶에 대한 만족감
- 수석: 자연(대유법)
- 소요: 이리저리 돌아다니며
- 남은 세월: 여생
- ▶ 속세를 떠나 자연에 은거하며 여생을 보낼 것을 다짐하는 화자

[귀 씻던 옛 할아비]
중국의 전설상의 성군인 요임금이 허유에게 왕위를 물려주려 하였음. 그러나 허유는 더러운 말을 들었다고 하며 영천이라는 강물에 자신의 귀를 씻었다고 함. 이때 허유의 친구 소유가 소에게 물을 먹이러 왔다가, 허유의 말을 듣고는 그가 귀를 씻어 더러워진 물을 소에게 먹일 수 없다고 하며 소를 끌고 돌아갔다고 함 → '허유소부(부귀영화를 마다하는 사람 상징)'라는 말이 유래됨

[반고씨]
중국의 신화에서, 천지개벽 후에 처음으로 세상에 나와 만물을 다스렸다는 천자

[형산에 만든 솥]
중국의 신화에서, 황제 헌원씨가 100살이 되던 해에 형산 아래에서 청동 솥을 만들었다고 함

• '물'을 이용하여 속세와의 단절 의지를 드러내는 시조

| 〈낙은별곡〉의 속세에 대한 단절 의지가 드러나는 구절 |
| --- |
| '반곡천 긴긴 굽이 초당을 둘렀으니 / 드넓은 저 강물아 속세로 가지 마라' |

| 이현보의 〈어부사〉 제2수 |
| --- |
| 굽어보니 천심녹수(千尋綠水) 돌아보니 만첩청산(萬疊靑山)<br>십장홍진(十丈紅塵)이 얼마나 가렸는가<br>강호에 월백(月白)하거든 더욱 무심하여라<br>→ '천심녹수(천 길이나 되는 푸른 물)'는 '만첩청산'과 함께 속세와의 단절 의지를 형상하는 소재임 |

• 아름다운 자연 경관을 대하는 화자의 태도가 대조적인 작품

| 〈낙은별곡〉 |
| --- |
| '봄 경치를 누설하여 세상에 전할세라' → 화자는 낙은암 주변의 명승지를 세상에 알리고 싶지 않음 |

↕

| 이이의 〈고산구곡가〉 제3수 |
| --- |
| 이곡은 어디인가 화암(花岩)에 봄이 늦었구나<br>푸른 물에 꽃을 띄워 야외(野外)에 보내노라<br>사람이 승지(勝地)를 모르니 알게 한들 어떠리 |
| 화자는 명승지를 세상에 알려 사람들과 함께 즐기고자 함 |

• '팔절탄'을 소요한 화자의 여정

화자는 아침에 집을 나와 저녁에 형님의 집에까지 이르고 있다. 이 과정에서 화자는 공간을 이동하며 낙은암 주변의 명승지들(팔절탄)을 완상하고 있다.

와룡추 → 옥류폭 → 탁영호 → 반곡천 → 무릉계 → 자연뢰 → 구변담 → 선부연

## 핵심 포인트 1 표현상 특징 파악

이 작품의 주제 의식을 형상화하는 데 쓰인 다양한 표현 방법과 그 효과를 파악할 수 있어야 한다.

**◐ 표현상 특징**

| | |
|---|---|
| 대구적 표현 | '소장진퇴는 성훈이 밝고 / 낙천지명은 경계도 깊구나', '여름날 더운 길에 먼지 속에서 분주하며 / 겨울밤 추운 새벽 대루원에 서성이니', '보리밥 맛 들이니 팔진미 부럽잖고 / 헌 베옷 알맞으니 비단 가져 무엇 할까', '중산의 아침 안개 절벽 가운데 젖어 있고 / 곡령의 저문 구름 짧은 처마에 비꼈구나' 등<br>→ 운율을 형성하고 시적 의미를 강조함 |
| 설의적 표현 | '내 생애 담박한들 분수이니 상관하랴', '분분한 시비야 귓결엔들 들릴쏘냐', '세사를 내 알더냐', '고단함이 있을쏘냐', '비단 가져 무엇 할까', '자네 혼자 높을쏘냐', '신변에 미칠쏘냐', '이 아니 즐거우랴' 등<br>→ 의문형 진술을 통해 자연 속에 은거하며 사는 삶에 대한 만족감을 강조함 |
| 영탄적 표현 | '어와 주인옹이 명리에 뜻이 없어', '어와 내 신세를 내 이르니', '곡령의 저문 구름 짧은 처마에 비꼈구나' 등<br>→ 자신의 삶과 경치에 대한 화자의 정서를 부각함 |
| 비유적 표현 | • 직유법, 은유법: '산처럼 높고 물처럼 기네', '합포의 명월주를 옥쟁반에 굴리는 듯', '은고리로 수정렴을 난간에 걸었는 듯', '붉은 안개', '반고씨 적 생긴 가마', '형산에 만든 솥', '벼락 소리' 등<br>→ 비유를 통해 낙은암 주변의 아름다운 자연 경관을 인상적으로 나타냄<br>• 의인법: '옥류폭 노한 물살', '드넓은 저 강물아', '속세 잊은 저 백구야'<br>→ 자연물에 인격을 부여하여 생동감을 부여하고 자연 친화적 정서를 드러냄 |
| 대화의 인용 | '앞 논에 벼가 좋고 뒷내에 고기 많데 / 봄 산에 비온 후에 고사리도 살졌다네' 등<br>→ 사람들의 말을 인용하여 현장감과 화자의 가치관을 부각함 |
| 고사의 활용 | '티끌 묻은 갓끈을 탁영호에 씻어 내니', '귀 씻던 옛 할아비' 등<br>→ 중국의 고사를 활용하여 화자의 정서와 태도를 부각함 |

## 핵심 포인트 2 화자의 정서와 태도 파악

이 작품은 관리들의 일상적 생활과 화자의 일상적 생활을 대조함으로써 화자가 추구하는 삶을 부각하고 있다. 따라서 대조되는 상황에 대한 화자의 정서와 태도를 파악할 수 있어야 한다.

**◐ 대조되는 상황**

| 관리들의 일상 | | 화자의 일상 |
|---|---|---|
| 주육에 빠짐 | | 영욕을 상관치 않음 |
| 여름날 더운 길에 먼지 속에서 분주함 | ↔ | 삼복에 날 더우면 백우선 높이 들고<br>바람 부는 창가에 기대 다리 펴고 누움 |
| 겨울밤 추운 새벽 대루원에서 서성임 | | 동지 밤 눈 온 후에 더운 방에 이불 덮고<br>목침을 돋워 괴어 해 돋도록 잠을 잠 |
| ↓ | | ↓ |
| 부와 명예 등의 세속적 가치를 긍정하며<br>분주하게 살아감 | | 자연 속에서 한가롭고 편안하게<br>살아가는 삶에 긍정적 가치를 둠 |

### 작품 한눈에

• 해제

〈낙은별곡〉은 관직에 뜻을 두지 않고 세속적 가치를 멀리한 채 자연을 즐기며 살아가는 삶을 노래하고 있는 가사이다. 작가 남도진은 경기도 가평의 낙은암 주변에서 은거하면서 자신과 생각을 같이 하는 사람들과 어울리며 유유자적하게 살았는데, 이 작품은 이때의 생활을 바탕으로 창작되었다. 특히 관리들의 힘겨운 일상과 자신의 한가한 일상을 대조하는 부분과 다양한 표현 방법을 활용하여 팔절탄, 즉 일곡 팔경을 이동하며 자연을 완상하는 모습을 형상화하는 부분에서 자연과 더불어 살아가는 즐거움이라는 주제 의식이 뚜렷하게 드러난다.

• 화자와 시적 상황

화자는 《주역(周易)》을 깨칠 정도로 학문적 경지가 높은 사대부이다. 하지만 벼슬살이로 상징되는 세속적인 삶을 부정적으로 여기며 스스로 향촌 사회에 은거하며 살아간다. 그리고 은거지 주변의 명승지를 유유자적하게 돌아보며, 자신과 뜻을 같이하는 형님 가족과 함께 남은 생을 지금처럼 살아갈 것을 다짐한다.

• 주제

향촌에 은일하여 자연을 완상하며 살아가는 삶의 즐거움

고전 시가 29

◇ 한 줄 평 관동 팔경을 두루 유람한 후 그 풍경과 소회를 읊은 노래

# 관동별곡 정철

▸ 교과서 수록 국어 금성(류), 좋은책, 천재(이)
▸ 기출 수록 수능 2015 B형, 1999 평가원 2021 6월, 2010 6월 교육청 2002 3월

강호(江湖)애 병(病)이 깁퍼 듁님(竹林)의 누엇더니
자연을 사랑하는 마음으로 병이 생김 = 천석고황(泉石膏肓)
관동(關東) 팔빅(八百) 니(里)에 방면(方面)■을 맛디시니
강원도
어와 셩은(聖恩)이야 가디록 망극(罔極)ᄒᆞ다
임금의 은혜
「연츄문(延秋門) 드리ᄃᆞ라 경회(慶會) 남문(南門) ᄇᆞ라보며
경복궁의 서쪽 문 / 광화문
하직(下直)고 믈너나니 옥졀(玉節)■이 알픠 셧다」 「 」: 여정의 과감한 생략 – 속도감 있는 전개
관찰사의 상징물
평구역(平丘驛) ᄆᆞᆯ을 ᄀᆞ라 흑슈(黑水)로 도라드니
경기도 양주 / 경기도 여주
셤강(蟾江)은 어듸메오 티악(雉嶽)은 여긔로다」
강원도 원주 / 원주 치악산
(관찰사 임명과 부임 과정)
(▒: 화자의 여정)

「쇼양강(昭陽江) ᄂᆞ린 믈이 어드러로 든단 말고」 「 」: 연군지정
소양강 → 한강 → 한양 → 임금 연상 / 흘러든단 말인가
「고신거국(孤臣去國)■에 빅발(白髮)도 하도 할샤」 「 」: 우국지정
근심, 걱정
동쥐(東州) 밤 계오 새와 븍관뎡(北寬亭)의 올나ᄒᆞ니
철원 / 겨우 새워
「삼각산(三角山)■ 뎨일봉(第一峰)이 ᄒᆞ마면 뵈리로다」 「 」: 연군지정
임금이 계신 곳
궁왕(弓王) 대궐(大闕) 터희 오쟉(烏鵲)이 지지괴니
까마귀와 까치
쳔고(千古) 흥망(興亡)을 아ᄂᆞᆫ다 몰ᄋᆞᄂᆞᆫ다
(인생무상(人生無常), 맥수지탄(麥秀之嘆))

회양(淮陽) 녜 일홈이 마초아 ᄀᆞᄐᆞᆯ시고
마침
중국 한나라의 한 고을 – 강원도 동북쪽에 있던 고을과 이름이 같음
급댱유(汲長孺) 풍치(風彩)를 고텨 아니 볼 게이고
중국 한무제 때 선정을 베푼 회양의 태수
(선정(백성을 바르고 어질게 잘 다스리는 정치)에 대한 포부(고사의 인용))
▸ 서사: 관찰사 부임과 그에 따른 정서

■ 방면: 방면지임(方面之任)의 준말. 관찰사의 소임.
■ 옥졀: 옥으로 만든, 임금이 신표로 주는 패. 예전에 관직을 받을 때에 증서로서 받았음.
■ 고신거국: 임금의 신임이나 사랑을 받지 못하는 신하가 서울을 떠남.
■ 삼각산: '북한산'의 다른 이름.

## 작품 분석 노트

### 현대어 풀이

[서사]
자연을 사랑하는 병이 깊어, 대나무 숲에 누웠더니,
관동 8백 리의 관찰사 소임을 맡기시니,
아아, 임금의 은혜야말로 갈수록 끝이 없다.
연추문으로 달려 들어가 경회루 남쪽 문을 바라보며,
임금께 하직하고 물러나니, 옥절이 앞에 서 있다.
평구역에서 말을 갈아타고 흑수로 돌아 드니,
섬강은 어디인가? 치악산이 여기로구나.
소양강의 흘러내리는 물이 어디로 흘러든단 말인가?
외로운 신하가 임금 곁을 떠나니 백발이 많기도 많구나.
동주의 밤을 겨우 새우고 북관정에 오르니,
삼각산 제일 높은 봉우리가 웬만하면 보일 것도 같구나.
궁예 왕의 대궐 터에 까막까치가 지저귀니,
오랜 세월 동안 흥하고 망하는 역사를 아는가, 모르는가?
이곳이 회양이라는 옛 이름과 공교롭게도 같구나.
급장유의 풍채를 다시 볼 것이 아닌가?

• '서사'에 나타난 화자의 현실 인식

| 구절 | | 현실 인식 |
|---|---|---|
| • 쇼양강 ᄂᆞ린 믈이 어드러로 든단 말고<br>• 삼각산 뎨일봉이 ᄒᆞ마면 뵈리로다 | → | 연군지정(한양에 있는 임금을 생각하는 마음) |
| 고신거국에 빅발도 하도 할샤 | → | 우국지정(임금 곁을 떠나며 나라에 대해 걱정하는 마음) |
| 회양 녜 일홈이 마초아 ᄀᆞᄐᆞᆯ시고 / 급댱유 풍치를 고텨 아니 볼 게이고 | → | 선정에 대한 포부(급장유처럼 선정을 펼치는 관찰사가 되고 싶은 마음) |

[본사 1 금강산(산)]

영듕(營中)■이 무ᄉᆞ(無事)ᄒᆞ고 시졀(時節)이 삼월(三月)인 제
관내가 태평하고 → 선정의 과시

화쳔(花川) 시내길히 풍악(風岳)■으로 버더 잇다
봄이지만 흥취를 돋우기 위해 금강산의 가을 이름을 사용함

ᄒᆡᆼ장(行裝)을 다 썰티고 셕경(石逕)■의 막대 디퍼
간소한 차림으로

ᄇᆡᆨ쳔동(百川洞) 겨ᄐᆡ 두고 만폭동(萬瀑洞) 드러가니
(음영): 화자의 여정

은(銀) ᄀᆞ튼 무지게 옥(玉) ᄀᆞ튼 룡(龍)의 초리
만폭동 폭포의 모습 묘사(대구법, 직유법, 은유법)

섯돌며■ ᄲᅮᆷᄂᆞᆫ 소ᄅᆡ 십 리(十里)의 ᄌᆞ자시니
과장법(청각적 심상)

들을 제ᄂᆞᆫ 우레러니 보니ᄂᆞᆫ 눈이로다
만폭동 폭포의 역동적 모습(대구법, 은유법)

금강ᄃᆡ(金剛臺) ᄆᆡᆫ 우층(層)의 션학(仙鶴)■이 삿기 치니
도교적 신선 사상

츈풍(春風) 옥뎍셩(玉笛聲)의 첫ᄌᆞᆷ을 ᄭᆡ돗던디
옥피리 소리

호의현샹(縞衣玄裳)■이 반공(半空)■의 소소 ᄯᅳ니
학

셔호(西湖) 녯 쥬인(主人)을 반겨셔 넘노ᄂᆞᆫ ᄃᆞᆺ
중국 송나라 때 서호에 은거했던 시인 임포 → 화자 자신(정철)

▶ 본사 1-①: 만폭동 폭포의 모습과 금강대의 선학

- 영듕: 감영 안. '감영'은 조선 시대에 관찰사가 직무를 보던 관아를 뜻함.
- 풍악: 가을의 금강산을 이름. 금강산은 봄에는 금강산, 여름에는 봉래산, 가을에는 풍악산, 겨울에는 개골산으로 불림.
- 셕경: 돌이 많은 좁은 길.
- 섯돌며: 섞여 돌며.
- 션학: 신선이 타고 다닌다는 학.
- 호의현샹: 흰 비단 저고리와 검은 치마 차림. 학의 모습을 비유적으로 이르는 말.
- 반공: 땅으로부터 그리 높지 않은 허공.

**현대어 풀이**

**[본사 1-①]**
감영 안이 무사하고, 시절이 3월인 때,
화천의 시내 길이 금강산으로 뻗어 있다.
행장을 간편히 하고, 돌길에 지팡이를 짚어
백천동을 지나서 만폭동으로 들어가니
은 같은 무지개, 옥 같은 용의 꼬리
섞여 돌며 내뿜는 소리가 십 리 밖까지 퍼졌으니
멀리서 들을 때에는 우렛소리 같더니 가까이에서 보니 눈이 날리는 것 같구나.
금강대 맨 꼭대기에 학이 새끼를 치니
봄바람에 들려오는 옥피리 소리에 선잠을 깨었던지
흰 저고리 검은 치마로 단장한 학이 공중에 솟아 뜨니
서호의 옛 주인 임포를 반기듯 나를 반겨 넘나들며 노는 듯하구나.

**• 금강산 유람 여정 ①**

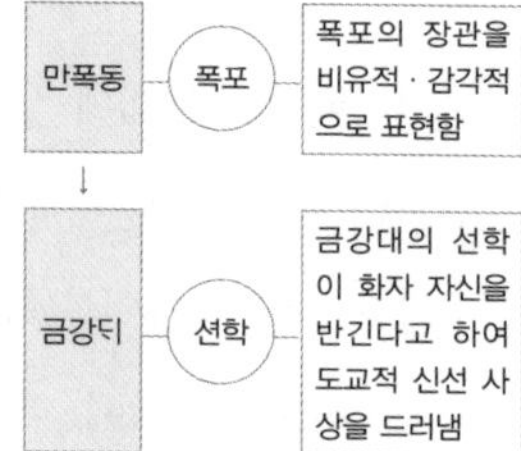


**• 만폭동 폭포의 장관 묘사**

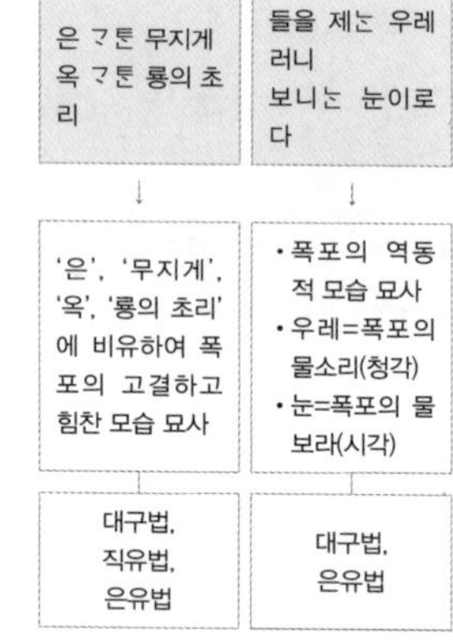

은 ᄀᆞ튼 무지게 옥 ᄀᆞ튼 룡의 초리
들을 제ᄂᆞᆫ 우레러니 보니ᄂᆞᆫ 눈이로다
'은', '무지게', '옥', '룡의 초리'에 비유하여 폭포의 고결하고 힘찬 모습 묘사
• 폭포의 역동적 모습 묘사
• 우레=폭포의 물소리(청각)
• 눈=폭포의 물보라(시각)
대구법, 직유법, 은유법
대구법, 은유법


**• '셔호 녯 쥬인'과 화자**

셔호 녯 쥬인을 반겨셔 넘노ᄂᆞᆫ ᄃᆞᆺ

↓

화자가 자신을 송나라의 시인 임포에 빗댄 표현으로 금강대에서의 풍류를 드러냄

쇼향노(小香爐) 대향노(大香爐) 눈 아래 구버보고
만폭동 어귀의 두 봉우리

정양ᄉᆞ(正陽寺) 진헐ᄃᆡ(眞歇臺) 고텨 올나 안즌마리
표훈사 북쪽의 절 : 화자의 여정

녀산(廬山) 진면목(眞面目)이 여긔야 다 뵈ᄂᆞ다
중국 여산의 참모습 → 금강산의 아름다운 경치 비유

어와 조화옹(造化翁)이 헌ᄉᆞ토 헌ᄉᆞᄒᆞᆯ샤
야단스럽기도 야단스럽구나 – 매우 아름다워 놀랍다는 감탄의 의미(영탄법)

ᄂᆞᆯ거든 ᄯᅱ디 마나 셧거든 솟디 마나
송순의 〈면앙정가〉에서 영향을 받음

부용(芙蓉)을 고잣ᄂᆞᆫ ᄃᆞᆺ 빅옥(白玉)을 믓것ᄂᆞᆫ ᄃᆞᆺ
연꽃 / 아름다운 산봉우리

동명(東溟)을 박ᄎᆞᄂᆞᆫ ᄃᆞᆺ 북극(北極)을 괴왓ᄂᆞᆫ ᄃᆞᆺ
동해 / 북극성(임금)

산봉우리의 변화무쌍한 모습(대구, 직유, 활유법)

「놉흘시고 망고ᄃᆡ(望高臺) 외로올샤 혈망봉(穴望峰)이
화자의 지조와 절개를 산세에 빗댐(의인, 대구, 도치법)

하ᄂᆞᆯ의 추미러 므ᄉᆞ 일을 ᄉᆞ로리라
임금

천만겁(千萬劫) 디나ᄃᆞ록 구필 줄 모ᄅᆞᄂᆞᆫ다

어와 너여이고 너 ᄀᆞᄐᆞ니 ᄯᅩ 잇ᄂᆞᆫ가」
망고대, 혈망봉(의인법) 「 」: 충신(화자)의 곧은 절개를 우뚝 솟은 망고대와 혈망봉에 비유함

▶ 본사 1-②: 진헐대에서 바라본 금강산의 절경

■ 조화옹: 만물을 창조하는 노인이라는 뜻으로, '조물주'를 이르는 말.
■ 천만겁: 아주 길고 오랜 세월.

**현대어 풀이**

[본사 1-②]
소향로봉 대향로봉 눈 아래 굽어보고
정양사 진헐대 다시 올라 앉았더니
여산의 진면목이 여기서 다 보인다.
아아! 조물주의 솜씨가 야단스럽기도 야단스럽구나.
날거든 뛰지 말거나 섰거든 솟지 말거나
연꽃을 꽂은 듯 백옥을 묶은 듯
동해를 박차는 듯 북극을 괴는 듯
높을시고 망고대 외롭구나 혈망봉이
하늘에 치밀어 무슨 일을 아뢰려고
천만겁 지나도록 굽힐 줄 모르는가?
아아! 너로구나! 너 같은 이 또 있는가?

• 금강산 유람 여정 ②

여산의 진면목이 여기서 다 보인다고 하며, 화자의 지조와 절개를 망고대, 혈망봉의 산세에 비유함

• 망고ᄃᆡ, 혈망봉의 장관

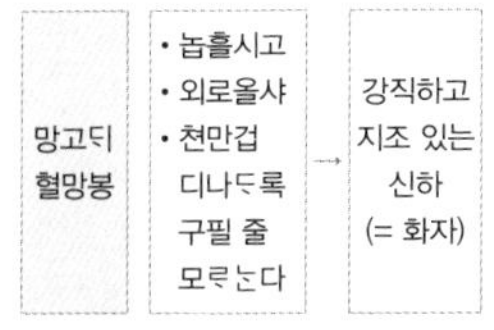


• 굽힐 줄 모르는 강직한 자세로 우뚝 솟은 망고대와 혈망봉의 모습에서 임금에게 간언하고 나라에 충성하는 강직한 신하를 떠올림
• '어와 너여이고 너 ᄀᆞᄐᆞ니 ᄯᅩ 잇ᄂᆞᆫ가'라고 하여 자신도 망고대와 혈망봉처럼 절개를 지키는 신하가 되고자 함

ᄀᆡ심ᄃᆡ(開心臺) 고텨 올나 듕향셩(衆香城) ᄇᆞ라보며
: 화자의 여정 / 금강산의 봉우리

만 이쳔 봉(萬二千峰)을 녁녁(歷歷)히 혀여ᄒᆞ니
금강산(대유법) / 헤아리니

봉(峰)마다 ᄆᆡᆺ쳐 잇고 긋마다 서린 긔운
산의 정기

ᄆᆞᆰ거든 조티 마나 조커든 ᄆᆞᆰ디 마나
맑고 깨끗한 산의 정기(대구법, 연쇄법) – 송순의 <면앙정가>에서 영향을 받음

뎌 긔운 흐터 내야 인걸(人傑)■을 ᄆᆞᆫᄃᆞᆯ고쟈
인재를 양성하고 싶은 마음 – 우국지정

형용(形容)도 그지업고 톄셰(體勢)■도 하도 할샤

텬디(天地) 삼기실 제 ᄌᆞ연(自然)이 되연마ᄂᆞᆫ
저절로

이제 와 보게 되니 유졍(有情)도 유졍(有情)ᄒᆞᆯ샤
조물주의 뜻이 담겨 있구나(영탄법)

비로봉(毗盧峰) 샹샹두(上上頭)의 올라 보니 긔 뉘신고
맨 꼭대기

「동산(東山) 태산(泰山)이 어ᄂᆞ야 놉돗던고
중국에 있는 산

노국(魯國)■ 조븐 줄도 우리ᄂᆞᆫ 모ᄅᆞ거든
공자의 고국

넙거나 넙은 텬하(天下) 엇찌ᄒᆞ야 젹닷 말고

어와 뎌 디위ᄅᆞᆯ 어이ᄒᆞ면 알 거이고
공자의 정신적 경지

오ᄅᆞ디 못ᄒᆞ거니 ᄂᆞ려가미 고이ᄒᆞᆯ가」
비로봉에 올라갈 수 없는 자신의 처지를 정당화함(설의법)

「 」: "동산에 올라보니 노나라가 좁게 보이고, 태산에 올라보니 천하가 작게 보인다."라고 한 공자의 말을 떠올리며 공자의 정신적 경지(호연지기*)를 예찬함

*호연지기: 하늘과 땅 사이에 가득 찬 넓고 큰 원기. 거침없이 넓고 큰 기개

▶ 본사 1-③: 개심대에서 바라본 비로봉의 모습

- 인걸: 특히 뛰어난 인재.
- 톄셰: 모양새.
- 노국: 중국 노나라.

### 현대어 풀이

**[본사 1-③]**
개심대 다시 올라 중향성 바라보며
만 이천 봉을 역력히 헤아리니,
봉마다 맺혀 있고 끝마다 서린 기운
맑거든 깨끗지 말거나 깨끗하거든 맑지 말거나
저 기운 흩어 내어 인걸을 만들고 싶다.
형용도 끝이 없고 체세도 많고 많다.
천지 생기실 때 저절로 됐건마는
이제 와 보게 되니 유정도 유정하구나.
비로봉 꼭대기에 올라 본 이 누구신가?
동산과 태산 중 어느 것이 (비로봉보다) 높던가?
노국 좁은 줄도 우리는 모르거늘
넓고도 넓은 천하 어찌하여 작단 말인가?
아아! 저 경지를 어찌하면 알 것인가?
오르지 못하거니 내려감이 이상할까?

• 금강산 유람 여정 ③

동산, 태산에 올라 천하를 작게 여긴 공자의 호연지기를 부러워함

• 화자의 우국지정

뎌 긔운 흐터 내야 인걸을 ᄆᆞᆫᄃᆞᆯ고쟈

금강산의 맑은 정기로 뛰어난 인물을 만들고 싶음

↓

당쟁으로 얼룩진 나라의 기강을 바로잡을 인재의 출현을 바람

↓

우국지정

원통(圓通)골 ᄀᆞᄂᆞᆫ 길로 ᄉᆞᄌᆞ봉(獅子峰)을 ᄎᆞ자가니
좁은 길

그 알ᄑᆡ 너러바회 화룡(火龍)쇠 되여셰라
넓은 바위 / ▒: 화자의 여정

「천년(千年) 노룡(老龍)이 구ᄇᆡ구ᄇᆡ 서려 이셔
'화룡소의 굽이지는 물'과 '화자 자신'을 비유(중의법)

듀야(晝夜)의 흘녀내여 창ᄒᆡ(滄海)예 니어시니

풍운(風雲)을 언제 어더 삼일우(三日雨)를 디련ᄂᆞ다
바람과 구름 – 선정의 여건 / 삼일 동안 내리는, 농사에 흡족한 비 – '선정'을 비유

음애(陰崖)예 이온 플을 다 살와 내여ᄉᆞ라」 ▶ 본사 1-④: 화룡소에서 느낀 선정에 대한 포부
그늘진 언덕의 시든 풀 – 힘들게 살아가는 백성 / 「 」: 선정에 대한 포부, 애민 정신이 드러남

마하연(磨訶衍) 묘길샹(妙吉祥) 안문(雁門)재 너머 디여
만폭동의 가장 깊은 골짜기 / └ 돌벽에 새긴 커다란 불상

외나모 ᄡᅥ근 ᄃᆞ리 블뎡ᄃᆡ(佛頂臺) 올라ᄒᆞ니
썩은 다리

천심절벽(千尋絶壁)을 반공(半空)애 셰여 두고
높이가 천 길이나 되는 절벽

「은하슈(銀河水) 한 구ᄇᆡ를 촌촌이 버혀 내여
「 」: 십이 폭포의 장관 묘사(은유법, 직유법, 대구법)

실ᄀᆞ티 플텨이셔 뵈ᄀᆞ티 거러시니」
폭포의 근경 / 폭포의 원경

도경(圖經) 열두 구ᄇᆡ 내 보매ᄂᆞᆫ 여러히라

니덕션(李謫仙) 이제 이셔 고텨 의논ᄒᆞ게 되면
당나라 시인 이백

녀산(廬山)이 여긔도곤 낫단 말 못ᄒᆞ려니 ▶ 본사 1-⑤: 불정대에서 바라본 십이 폭포의 장관
이백의 〈망여산 폭포〉에 나오는 중국의 여산 폭포

**감상 포인트**

화자의 여정과 기행 과정에서의 감상 및 현실 인식을 파악한다.

- 창희: 넓고 큰 바다.
- 풍운: 바람과 구름을 아울러 이르는 말. 용이 바람과 구름을 타고 하늘로 오르는 것처럼 영웅호걸들이 세상에 두각을 나타내는 좋은 기운.
- 삼일우: 삼 일 동안 오는 비. 가뭄을 해소해 주는 비라는 점에서 임금의 은총이나 선정을 비유하는 말.
- 음애: 햇빛이 들지 않는 낭떠러지나 언덕. '음애예 이온 플'은 햇빛이 들지 않는 낭떠러지나 언덕의 시든 풀.
- 천심절벽: 천 길이나 되는 높은 절벽.
- 촌촌이: 마디마디.
- 도경: 산수의 지세(地勢)를 그림으로 그려 설명한 책.
- 니덕션: 적선은 하늘에서 내려온 신선을 뜻하며, 이적선은 당나라 때 시인 이백(701~762)을 말함. 중국 최고의 시인으로 추앙되며 여산 폭포를 묘사한 〈망여산 폭포〉라는 시가 잘 알려져 있음.

**현대어 풀이**

**[본사 1-④]**
원통골 좁은 길로 사자봉을 찾아가니,
그 앞에 넓은 바위 화룡소가 되었구나.
천년 노룡이 굽이굽이 서려 있어
밤낮으로 흘러내려 창해에 이었으니,
풍운을 언제 얻어 삼일우를 내리려나.
음애에 시든 풀을 다 살려 내려무나.

**[본사 1-⑤]**
마하연, 묘길상, 안문재를 넘어 내려가
외나무 썩은 다리 건너 불정대에 오르니
천 길이나 되는 절벽을 공중에 세워 두고
은하수 큰 굽이를 마디마디 잘라 내어
실같이 풀어서 베처럼 걸어 놓았으니
도경에는 열두 굽이라 하였으나, 내가 보기에는 더 되어 보인다.
만일 이백이 지금 있어서 다시 의논하게 되면
여산 폭포가 여기보다 낫다는 말은 못할 것이다.

- 금강산 유람 여정 ④

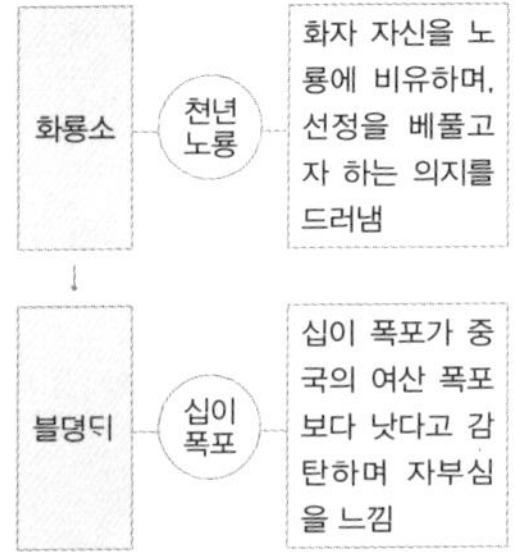

화룡소
천년 노룡
화자 자신을 노룡에 비유하며, 선정을 베풀고자 하는 의지를 드러냄
불명디
십이 폭포
십이 폭포가 중국의 여산 폭포보다 낫다고 감탄하며 자부심을 느낌

- 선정에 대한 포부

| | |
|---|---|
| 천년 노룡 | 경륜과 포부를 지닌 화자 자신 |
| 풍운 | 선정을 베풀 기회 |
| 삼일우 | 선정, 임금의 은총 |
| 음애예 이온 플 | 헐벗고 굶주린 백성 |

↓

노룡이 삼일우를 내려 풀을 살려 내듯이 화자도 굶주린 백성에게 선정을 베풀겠다는 실천 의지를 드러내고 있음

[본사 2 | 관동 팔경(바다)]

주목

산듕(山中)을 ᄆᆡ양 보랴 동ᄒᆡ(東海)로 가쟈ᄉᆞ라
(산듕: 금강산 / 동ᄒᆡ: 바다)

남여완보(藍輿緩步)ᄒᆞ야 산영누(山映樓)의 올나ᄒᆞ니

□: 감정 이입의 대상 　 ▒: 화자의 여정

「녕농(玲瓏) 벽계(碧溪)와 수셩(數聲) 뎨됴(啼鳥)ᄂᆞᆫ 니별(離別)을 원(怨)ᄒᆞᄂᆞᆫ ᄃᆞᆺ」
(녕농 벽계: 눈부시게 맑은 시냇물 / 수셩 뎨됴: 아름다운 소리로 우는 새 / 「 」: 주객전도(금강산을 떠나는 아쉬운 마음))

「졍긔(旌旗)를 ᄯᅥᆯ티니 오ᄉᆡᆨ(五色)이 넘노ᄂᆞᆫ ᄃᆞᆺ
(오ᄉᆡᆨ이 넘노ᄂᆞᆫ ᄃᆞᆺ: 깃발이 서로 뒤섞여 나부끼는 모양)

고각(鼓角)을 섯부니 ᄒᆡ운(海雲)이 다 것ᄂᆞᆫ ᄃᆞᆺ」
(「 」: 관찰사 행렬의 위풍당당한 모습(대구법))

명사(鳴沙)길 니근 ᄆᆞᆯ이 취션(醉仙)을 빗기 시러
(취션: 취한 신선 – '화자 자신'(도교적 신선 사상))

바다ᄒᆞᆯ 겻ᄐᆡ 두고 ᄒᆡ당화(海棠花)로 드러가니

ᄇᆡᆨ구(白鷗)야 ᄂᆞ디 마라 네 버딘 줄 엇디 아ᄂᆞᆫ
(갈매기와 벗하며 자연에서 노닐고자 함 – 물아일체, 자연 친화 사상)

▶ 본사 2-①: 금강산에서 동해로 향하는 감회

금난굴(金蘭窟) 도라드러 총셕뎡(叢石亭) 올라ᄒᆞ니

ᄇᆡᆨ옥누(白玉樓) 남은 기동 다만 네히 셔 잇고야
(ᄇᆡᆨ옥누: 옥황상제가 거처하는 누각 / 남은 기동: 총석정에서 바라본 네 개의 돌기둥 / 네히: 사선봉)

공슈(工倕)의 셩녕인가 귀부(鬼斧)로 다ᄃᆞᆷ은가
(바위의 기이한 자태가 마치 장인이 만들거나 귀신의 도끼로 다듬은 것 같음 / 사선봉의 모습 예찬)

구ᄐᆞ야 뉵면(六面)은 므어슬 샹(象)톳던고

▶ 본사 2-②: 총석정의 장관

- 남여완보: 뚜껑이 없는 작은 가마를 타고 천천히 감.
- 고각: 군중(軍中)에서 호령할 때 쓰던 북과 나발.
- 명사: 아주 곱고 깨끗한 모래.
- 공슈: 옛날 중국의 유명한 장인.
- 셩녕: 연장을 제작하는 솜씨. 혹은 그 작품.
- 귀부: 귀신의 도끼라는 뜻으로, 신기한 연장이나 훌륭한 세공(細工)을 이르는 말.
- 샹톳던고: 형상했는가. 본떴는가.

**현대어 풀이**

**[본사 2-①]**
내금강을 매일 보랴, 동해로 가자.
남여를 타고 천천히 걸어서 산영루에 오르니
영롱한 시냇물과 여러 소리의 산새는 나와의 이별을 원망하는 듯하고
깃발을 휘날리니 오색 기폭이 넘나드는 듯하며
북과 나팔을 섞어 부니 바다 구름이 다 걷히는 듯하다.
모랫길에 익숙한 말이 취한 신선을 비스듬히 태우고
해변의 해당화 핀 꽃밭으로 들어가니
흰 갈매기야 날지 마라, 내가 네 벗인 줄 어찌 아느냐?

**[본사 2-②]**
금란굴 돌아들어 총석정에 올라가니,
옥황상제가 거처하던 백옥루의 기둥이 네 개만 서 있는 듯하구나.
공수가 만든 작품인가, 조화를 부리는 귀신의 도끼로 다듬었는가?
구태여 육면으로 된 돌기둥은 무엇을 본떴는가?

• 관동 팔경 유람 여정 ①

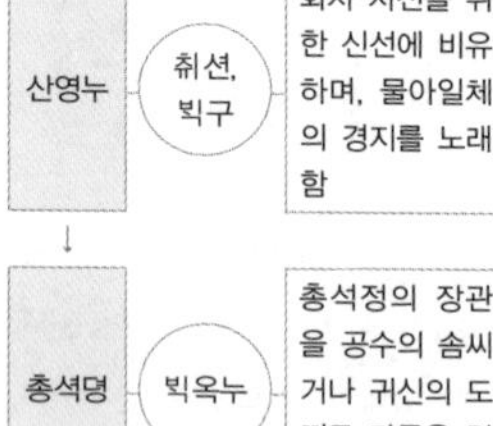


• 공간의 이동

| 산듕(금강산) |
| --- |
| • 위정자로서의 모습과 생각 = 선정, 책임감<br>• 유교적 충의 사상 |

↓ 이동

| 동ᄒᆡ(바다) |
| --- |
| • 개인적인 인간으로서의 욕망 = 풍류<br>• 도교적 신선 사상 |

신라의 네 화랑이 삼 일 동안 머물렀던 장소

고셩(高城)을란 뎌만 두고 삼일포(三日浦)를 ᄎᆞ자가니 : 화자의 여정

신라의 네 화랑

단셔(丹書)는 완연(宛然)ᄒᆞ되 ᄉᆞ션(四仙)은 어ᄃᆡ 가니

붉은 글씨 – 삼일포 남쪽 절벽에 '영랑도남석행'이라고 쓰여 있었음

예 사흘 머믄 후(後)의 어ᄃᆡ 가 ᄯᅩ 머믈고

'삼일포' 지명의 유래

션유담(仙遊潭) 영낭호(永郎湖) 거긔나 가 잇ᄂᆞᆫ가

사선이 놀았다는 연못

쳥간뎡(淸澗亭) 만경ᄃᆡ(萬景臺) 몃 고ᄃᆡ 안돗던고 ▸ 본사 2-③: 삼일포에서 생각하는 사선

니화(梨花)ᄂᆞᆫ ᄇᆞᆯ셔 디고 졉동새 슬피 울 제

계절적 배경 – 늦봄

낙산(洛山) 동반(東畔)으로 의샹ᄃᆡ(義相臺)예 올라 안자

동쪽 언덕

일츌(日出)을 보리라 밤듕만 니러ᄒᆞ니

임금 / 한밤중에 일어나니 – 일출에 대한 기대

샹운(祥雲)이 집픠ᄂᆞᆫ 동 뉵뇽(六龍)이 바퇴ᄂᆞᆫ 동 → 해 뜨기 전

상서로운 구름 / 충신

바다히 ᄯᅥ날 제ᄂᆞᆫ 만국(萬國)이 일위더니 → 해 뜨는 중

솟아오를 / 일렁거리더니

텬듕(天中)의 티ᄯᅳ니 호발(毫髮)을 혜리로다 → 해 뜬 후

(일출의 장관)

가늘고 짧은 털, 아주 작은 물건

간신

아마도 녈구름 근쳐의 머믈셰라 – 우국지정

이백의 시 〈등금릉봉황대〉에서 인용한 구절 – 간신배들이 임금의 총명을 흐리게 할까 걱정함

시션(詩仙)은 어ᄃᆡ 가고 히타(咳唾)만 나맛ᄂᆞ니

이백 / 훌륭한 사람의 말이나 글 – 이백의 시구를 의미함

텬디간(天地間) 장(壯)ᄒᆞᆫ 긔별 ᄌᆞ셔히도 ᄒᆞᆯ셔이고 ▸ 본사 2-④: 의상대에서 바라본 일출

이백이 〈등금릉봉황대〉에서 묘사한 일출의 장관

- 단셔: 붉은 글씨. '영랑도남석행(永郞徒南石行)'이라는 글씨가 있었다 함.
- ᄉᆞ션: 신라 때의 국선(화랑의 지도자) 네 사람.
- 일위더니: 일렁거리더니.

**현대어 풀이**

**[본사 2-③]**
고성을 저만큼 두고 삼일포를 찾아가니
단서는 뚜렷이 남아 있으나 이 글을 쓴 사선은 어디로 갔는가?
여기서 사흘 동안 머문 뒤에 어디 가서 또 머물렀던가?
선유담, 영랑호 거기나 가 있는가?
청간정, 만경대를 비롯하여 몇 군데에 앉았던가?

**[본사 2-④]**
배꽃은 벌써 지고 소쩍새 슬피 울 때,
낙산사 동쪽 언덕으로 의상대에 올라 앉아
해돋이를 보려고 밤중에 일어나니
상서로운 구름이 뭉게뭉게 피어나는 듯,
여섯 마리 용이 해를 떠받치는 듯
바다에서 솟아오를 때는 만국이 흔들리는 듯하더니
하늘에 치솟아 뜨니 터럭도 헤아릴 만큼 밝도다.
혹시나 지나가는 구름이 해 근처에 머물까 두렵다.
시선(이백)은 어디 가고 시구만 남았는가?
천지간 굉장한 소식이 자세히도 표현되었구나.

• 관동 팔경 유람 여정 ②

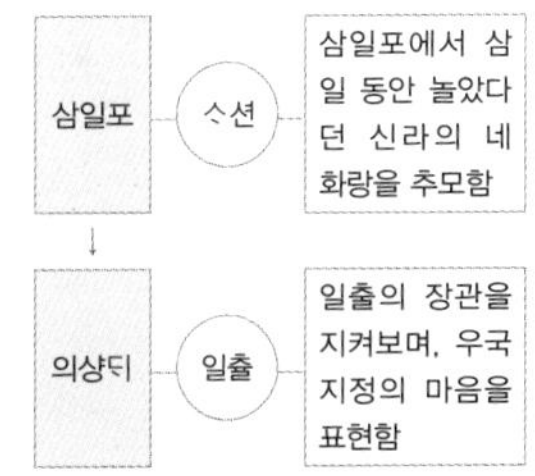

삼일포
ᄉᆞ션
삼일포에서 삼 일 동안 놀았다던 신라의 네 화랑을 추모함
의샹ᄃᆡ
일출
일출의 장관을 지켜보며, 우국지정의 마음을 표현함


• '삼일포' 이름의 유래

강원도 고성군에 있는 호수. 신라 때 네 화랑(사선)이 이곳에 왔다가 아름다운 경치에 반하여 사흘을 머물렀다고 하는 데서 유래한 명칭

• 시어, 시구의 비유적 의미

| 일(日) | 임금 |
|---|---|
| 뉵뇽 | 충신 |
| 호발을 혜리로다 | 임금의 총명과 예지 |
| 녈구름 | 간신배 |

↓

해가 떠오르는 장관에 빗대어 임금의 총명과 예지를 예찬하고, 우국지정을 드러냄

사양(斜陽) 현산(峴山)의 텩툑(躑躅)을 므니불와
(석양 / 양양 북쪽의 산 / 철쭉 / : 화자의 여정)

우개지륜(羽蓋芝輪)이 경포(鏡浦)로 ᄂᆞ려가니
(신선이 탄다는 수레 – '화자 자신'을 신선에 비유(도교적 신선 사상))

십 리(十里) 빙환(氷紈)을 다리고 고텨 다려
(얼음같이 희고 깨끗한 명주 – '경포호의 물결'을 비유)

댱숑(長松) 울흔 소개 슬ᄏᆞ장 펴뎌시니
(실컷)

믈결도 자도 잘샤 모래ᄅᆞᆯ 혜리로다
(물속 모래알을 셀 수 있을 만큼 경포호가 잔잔함)

고쥬 히람(孤舟解纜)ᄒᆞ야 뎡ᄌᆞ(亭子) 우희 올나가니
(외로운 배의 닻줄을 풀어)

강문교(江門橋) 너믄 겨ᄐᆡ 대양(大洋)이 거긔로다
(동해 바다)

「동용(從容)ᄒᆞᆫ댜 이 긔샹(氣像) 활원(闊遠)ᄒᆞᆫ댜 뎌 경계(境界)」
(조용하구나 / 경포의 기상 / 넓고 아득하구나 / 대양의 경계 / 「 」: 대구법)

이도곤 ᄀᆞ존 ᄃᆡ 또 어듸 잇닷 말고
(경포보다 아름다운 경치를 가진 곳이 없음(설의법))

홍장 고ᄉᆞ(紅粧古事)ᄅᆞᆯ 헌ᄉᆞ타 ᄒᆞ리로다
(홍장의 고사가 야단스러울 정도로 조용하고 아름다운 경포호)

→ 경포의 아름다움 예찬

강능(江陵) 대도호(大都護) 풍쇽(風俗)이 됴흘시고

졀효졍문(節孝旌門)이 골골이 버러시니

비옥가봉(比屋可封)이 이제도 잇다 ᄒᆞᆯ다
(늘어선 집들이 모두 벼슬을 줄 만한 요순 시절의 태평성대임)

→ 강릉 지방의 미풍양속 예찬
→ 이와 같은 풍속을 낳을 만큼 태평성대임
→ 화자 자신의 선정 과시

▶ 본사 2-⑤: 경포의 아름다운 풍경과 강릉의 미풍양속

- 우개지륜: 예전에, 녹색의 새털로 된, 왕후(王侯)의 수레를 덮던 덮개. 또는 그 수레.
- 빙환: 얼음같이 희고 빛이 고운 명주.
- 홍장 고ᄉᆞ: 고려 말의 강원 감사 박신이 임기가 끝나 서울로 돌아갈 때, 강릉 부사가 경포에 뱃놀이를 준비하고 강릉의 명기였던 홍장을 선녀로 변장시켜 박신을 유혹하게 한 일.
- 졀효졍문: 충신 · 효자 · 열녀 등을 표창하고 그 정신을 기리기 위하여 세운, 붉은 칠을 한 문.
- 비옥가봉: 집집마다 덕행이 있어 모두 표창할 만하다는 뜻으로, 나라에 어진 사람이 많음을 비유적으로 이르는 말.

**현대어 풀이**

[본사 2-⑤]
석양 현산의 철쭉을 잇달아 밟아
우개지륜을 타고 경포로 내려가니
십 리 빙환을 다리고 다시 다려
큰 소나무 울창한 속에 실컷 펼쳤으니
물결도 잔잔하기도 잔잔하구나 모래를 헤아리겠도다.
배 한 척을 띄워 정자 위에 올라가니,
강문교 넘은 곁에 대양이 거기로다.
조용하구나 이 기상 넓고 아득하구나 저 경계
이보다 갖춘 곳 또 어디 있단 말인가?
홍장 고사를 요란타 하리로다.
강릉 대도호 풍속이 좋을시고,
절효정문이 동네마다 벌였으니,
비옥가봉이 이제도 있다 하겠구나.

• 관동 팔경 유람 여정 ③

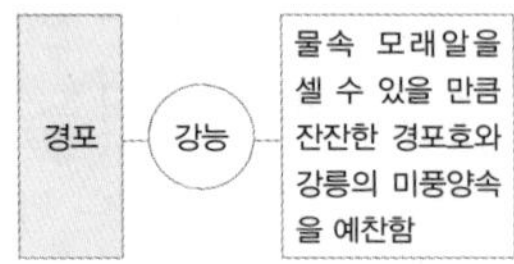


• 경포의 아름다움 예찬

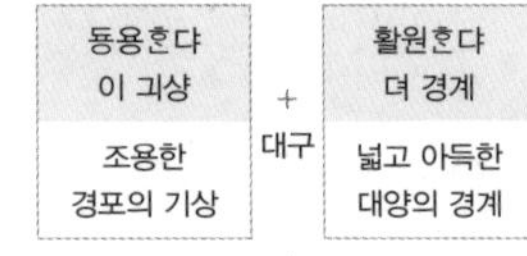

진쥬관(眞珠館) 듁셔루(竹西樓) 오십쳔(五十川) ᄂᆞ린 믈이
태ᄇᆡᆨ산(太白山) 그림재ᄅᆞᆯ 동ᄒᆡ(東海)로 다마 가니
ᄎᆞᆯ하리 한강(漢江)의 목멱(木覓)의 다히고져
왕뎡(王程)■이 유ᄒᆞᆫ(有限)ᄒᆞ고 풍경(風景)이 못 슬믜니
유회(幽懷)■도 하도 할샤 ᄀᆡᆨ수(客愁)도 둘 ᄃᆡ 업다
션사(仙槎)■ᄅᆞᆯ ᄯᅴ워 내여 두우(斗牛)■로 향(向)ᄒᆞ살가
션인(仙人)을 ᄎᆞᄌᆞ려 단혈(丹穴)의 머므살가

진쥬관: 삼척 / 듁셔루: 화자의 여정 / 목멱: 서울 남산의 옛 이름 / 왕뎡: 관원의 여정 / 못 슬믜니: 싫증나지 않으니 / ᄀᆡᆨ수: 나그네의 쓸쓸한 심정 / 션인: 신라의 사선 / 단혈: 사선이 머물렀다는 동굴

오십천의 물을 임금 계신 한양에 닿게 하고 싶음 – 연군지정

관리로서의 책임감과 자연을 즐기고자 하는 욕망 사이에서 갈등하는 화자

신선 세계에 대한 동경과 심리적 방황을 드러냄

▶ 본사 2-⑥: 죽서루에서 느끼는 객수

텬근(天根)■을 못내 보와 망양뎡(望洋亭)의 올은말이
바다 밧근 하ᄂᆞᆯ이니 하ᄂᆞᆯ 밧근 무서신고
ᄀᆞᆺ득 노ᄒᆞᆫ 고래 뉘라셔 놀내관ᄃᆡ
블거니 ᄲᅳᆷ거니 어즈러이 구ᄂᆞᆫ디고
은산(銀山)을 것거 내여 뉵합(六合)■의 ᄂᆞ리ᄂᆞᆫ ᄃᆞᆺ
오월(五月) 댱텬(長天)의 ᄇᆡᆨ셜(白雪)은 므ᄉᆞ 일고

텬근: 하늘의 끝 / □: 은유적 표현 / ᄀᆞᆺ득 노ᄒᆞᆫ 고래: 거칠고 큰 파도(은유법) / 은산: 높이 솟아 부서지는 흰 파도(은유법) / 뉵합: 온 세상 / ᄇᆡᆨ셜: 하얗게 부서지는 물보라(은유법)

성난 파도와 부서지는 물보라를 감각적, 비유적 표현을 활용하여 역동적으로 묘사함

▶ 본사 2-⑦: 망양정에서 본 파도의 모습

- 왕뎡: 임금의 일로 다니는 여정.
- 유회: 마음속 깊이 품은 생각.
- 션사: 신선이 탄다는 배.
- 두우: 북두성과 견우성.
- 텬근: 하늘의 맨 끝을 상상하여 이르는 말.
- 뉵합: 천지와 사방을 통틀어 이르는 말. 곧, 하늘과 땅, 동 · 서 · 남 · 북임.

**현대어 풀이**

**[본사 2-⑥]**
진주관 죽서루 오십천 내린 물이
태백산 그림자를 동해로 담아 가니,
차라리 한강의 목멱(남산)에 닿게 하고 싶다.
왕정이 유한하고 풍경이 싫증나지 않으니,
유회도 많기도 많고 객수도 둘 곳 없다.
선사를 띄워 내어 북두칠성과 견우성으로 향할까?
선인을 찾으러 단혈에 머무를까?

**[본사 2-⑦]**
하늘의 끝을 끝내 보지 못하고 망양정에 오르니
바다 밖은 하늘인데 하늘 밖은 무엇인가?
가뜩이나 성난 고래를 누가 놀라게 하기에
물을 불거니 뿜거니 하면서 어지럽게 구는 것인가?
은산을 꺾어 내어 온 세상에 흩뿌려 내리는 듯
오월 드높은 하늘에 백설은 무슨 일인가?

• 관동 팔경 유람 여정 ④

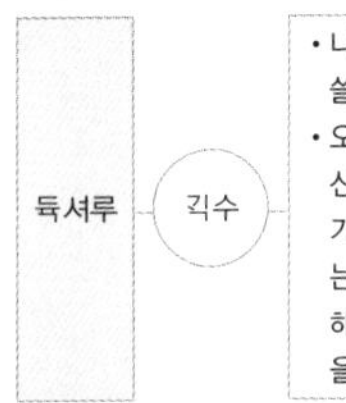


• 나그네의 쓸쓸한 심정
• 오십천이 남산으로 흘러가기를 바라는 마음을 통해 연군지정을 드러냄

↓

거칠고 큰 파도를 고래에, 높이 솟아 부서지는 흰 파도를 은산에 비유하며 파도의 장관을 표현함

• 화자의 내적 갈등

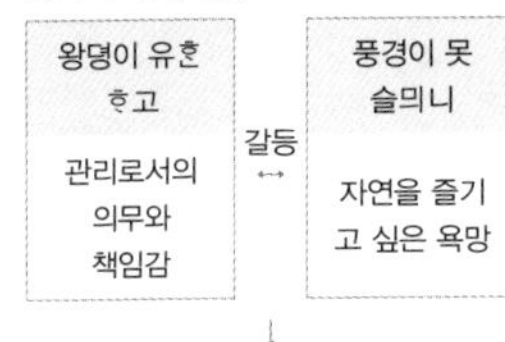


↓

**유회도 하도 할샤 ᄀᆡᆨ수도 둘 ᄃᆡ 업다**
아름다운 자연을 계속 즐기고 싶지만 관찰사로서의 책임 때문에 갈등함

↓

**션사ᄅᆞᆯ ᄯᅴ워 내여 두우로 향ᄒᆞ살가**
**션인을 ᄎᆞᄌᆞ려 단혈의 머므살가**
화자의 심리적 갈등이 심화된 부분으로, 속세로 돌아가기 싫어 차라리 신선이 되고 싶다는 소망을 나타냄

져근덧 밤이 드러 풍낭(風浪)이 뎡(定)ᄒᆞ거놀
잠깐 사이에 / 가라앉거늘

부상(扶桑)[■] 지쳑(咫尺)의 명월(明月)을 기ᄃᆞ리니
달맞이

셔광(瑞光) 쳔댱(千丈)이 뵈는 ᄃᆞᆺ 숨는고야
천 길만큼 뻗은 상서로운 빛 – 달빛

쥬렴(珠簾)[■]을 고텨 것고 옥계(玉階)를 다시 쓸며
옥같이 희고 고운 섬돌

계명셩(啓明星) 돗도록 곳초 안자 ᄇᆞ라보니
금성

「빅년화(白蓮花) ᄒᆞᆫ 가지를 뉘라셔 보내신고
흰 연꽃 → 달 → 임금의 은혜(은유법)

일이 됴흔 셰계(世界) ᄂᆞᆷ대되 다 뵈고져」 「」: 선정에 대한 포부, 애민 정신
남(백성)에게

뉴하쥬(流霞酒)[■] ᄀᆞ득 부어 ᄃᆞᆯᄃᆞ려 무론 말이
화자 자신을 신선에 비유

영웅(英雄)은 어ᄃᆡ 가며 ᄉᆞ션(四仙)은 긔 뉘러니
이백

아ᄆᆡ나 맛나 보아 녯 긔별 뭇쟈 ᄒᆞ니
영웅과 사선의 소식

션산(仙山) 동히(東海)예 갈 길히 머도 멀샤

▶ 결사 1: 망양정에서의 달맞이

■ 부상: 해가 뜨는 동쪽 바다.
■ 쥬렴: 구슬을 꿰어 만든 발.
■ 뉴하쥬: 신선이 먹는다는 술.

**현대어 풀이**

**[결사 1]**
잠깐 사이에 밤이 되어 바람과 물결이 가라앉기에
해 뜨는 곳이 가까운 동해의 바닷가에서 명월을 기다리니
상서로운 빛줄기가 보이는 듯하다가 숨는구나.
구슬을 꿰어 만든 발을 다시 걷어 올리고, 옥돌같이 고운 계단을 다시 쓸며
샛별이 돋아 오를 때까지 꼿꼿이 앉아 바라보니
백련화 한 가지를 어느 누가 보냈는가?
이렇게 좋은 세상을 다른 사람 모두에게 보이고 싶구나.
신선주를 가득 부어 손에 들고 달에게 묻는 말이
옛날의 영웅은 어디 가고 신라 때 사선은 누구더냐?
아무나 만나 보아 옛 소식을 묻고자 하니,
선산이 있다는 동해로 갈 길이 멀기도 멀구나.

• 선정에 대한 포부와 애민 정신

| 빅년화 ᄒᆞᆫ 가지를 뉘라셔 보내신고 | + | 일이 됴흔 셰계 ᄂᆞᆷ대되 다 뵈고져 |
|---|---|---|
| 백련화 ↓ 달 ↓ 임금의 은혜 | | 이렇게 좋은 세상을 다른 사람(백성) 모두에게 보이고 싶음 |

↓

밝은 달의 아름다운 모습을 모두에게 보여 주고 싶다는 말로 임금의 은혜를 백성들에게 베풀겠다는 의미임

↓

위정자로서의 선정에 대한 포부와 애민 정신이 드러남

숑근(松根)을 베여 누어 풋ᄌᆞᆷ을 얼픗 드니 [현실 → 꿈]
소나무의 뿌리

ᄭᅮᆷ애 ᄒᆞᆫ 사ᄅᆞᆷ이 날ᄃᆞ려 닐온 말이 ○: 신선 △: 화자
화자의 갈등 해결의 매개체

「그ᄃᆡ를 내 모ᄅᆞ랴 샹계(上界)예 진션(眞仙)이라
하늘나라(선계)

황뎡경(黃庭經)■ 일ᄌᆞ(一字)를 엇디 그ᄅᆞᆺ 닐거 두고
신선이 읽는다는 도가의 경서

인간(人間)의 내려와셔 우리ᄅᆞᆯ ᄯᆞᆯ오ᄂᆞᆫ다」
인간 세상(하계) 「 」: 화자를 선계에서 잘못을 저질러 인간 세상에 내려온 신선으로 표현함

져근덧 가디 마오 이 술 ᄒᆞᆫ 잔 머거 보오

(꿈속 신선의 말)

븍두셩(北斗星) 기우려 챵ᄒᆡ슈(滄海水) 부어 내여
북두칠성 – 국자 / 푸른 바닷물 – 술(뉴하쥬)

저 먹고 날 머겨ᄂᆞᆯ 서너 잔 거후로니
기울이니

화풍(和風)이 습습(習習)ᄒᆞ야■ 냥익(兩腋)■을 추혀 드니
솔솔 부는 화창한 바람

구만 리(九萬里) 댱공(長空)애 져기면 ᄂᆞᆯ리로다
아득히 높고 먼 하늘

(소동파의 〈적벽부〉에 나오는 '우화이등선(羽化而登仙)'이라는 구절에서 연상한 말. 신선이 된 기분을 하늘로 날아오르는 것만 같다고 표현한 것)

이 술 가져다가 ᄉᆞᄒᆡ(四海)예 고로 ᄂᆞᆫ화
온 세상 / 골고루 나누어

억만창ᄉᆡᆼ(億萬蒼生)을 다 취(醉)케 ᄆᆡᆼ근 후(後)의
수많은 백성

그제야 고텨 맛나 ᄯᅩ ᄒᆞᆫ 잔 ᄒᆞ쟛고야

(화자(정철)의 말. 목민관으로서 백성을 먼저 걱정하고, 나중에 즐김 – 선우후락*, 애민 정신
*선우후락: 세상의 근심할 일은 남보다 먼저 근심하고 즐거워할 일은 남보다 나중에 즐거워함)

말 디쟈 학(鶴)을 ᄐᆞ고 구공(九空)■의 올나가니

공듕(空中) 옥쇼(玉簫) 소ᄅᆡ 어제런가 그제런가
옥 피리 소리

나도 ᄌᆞᆷ을 ᄭᆡ여 바다ᄒᆞᆯ 구버보니 [꿈 → 현실]

기픠ᄅᆞᆯ 모ᄅᆞ거니 ᄀᆞ인ᄃᆞᆯ 엇디 알리

명월(明月)이 쳔산만낙(千山萬落)의 아니 비쵠 ᄃᆡ 업다
밝은 달 – 임금의 은혜 / 온 세상

▶ 결사 2: 꿈속에서 신선을 만나 갈등을 해소함

- ■ 황뎡경: 도가(道家)의 경서. 신선이 옥황상제 앞에서 이 경서의 한 글자만 잘못 읽어도 그 죄로 이 세상에 내쳐진다는 말이 있음.
- ■ 습습ᄒᆞ야: 바람이 산들산들하여.
- ■ 냥익: 양쪽 겨드랑이.
- ■ 구공: 아득히 높고 먼 하늘. '구만리장천'의 준말임.

**현대어 풀이**

**[결사 2]**
소나무 뿌리를 베고 누워 선잠이 얼핏 들었는데
꿈에 한 사람이 나에게 이르기를
그대를 내가 모르랴? 그대는 하늘 나라의 참신선이라.
황정경 한 글자를 어찌 잘못 읽고
인간 세상에 내려와서 우리를 따르는가?
잠시 가지 말고 이 술 한 잔 먹어 보오.
북두칠성과 같은 국자를 기울여 동해물 같은 술을 부어
저 먹고 나에게도 먹이거늘 서너 잔을 기울이니
온화한 봄바람이 산들산들 불어 양 겨드랑이를 추켜올리니
구만 리 하늘도 웬만하면 날 것 같구나.
이 술 가져다가 온 세상에 고루 나눠
온 백성을 다 취하게 만든 후에
그제야 다시 만나 또 한 잔 하자꾸나.
말이 끝나자 학을 타고 하늘에 올라가니
공중의 옥퉁소 소리가 어제던가 그제던가
나도 잠을 깨어 바다를 굽어보니
깊이를 모르는데 끝인들 어찌 알리.
명월이 온 세상에 아니 비친 곳이 없다.

• 화자의 내적 갈등과 해소

이 술 가져다가 ~ ᄯᅩ ᄒᆞᆫ 잔 ᄒᆞ쟛고야

좋은 것을 백성들과 함께 나눈 후에 다시 만나 술을 먹겠음 (선우후락, 애민 정신)

↓

선정(유교적 · 사회적 가치)을 펼친 후에 자유로운 삶(도교적 · 개인적 가치)을 추구하겠다는 결론에 도달함으로써 갈등을 해소함

## 핵심 포인트 1 화자의 정서와 태도 파악

이 작품은 화자가 강원도 관찰사로 부임하여 관동 지방의 절경을 유람하면서 느낀 감회를 담고 있는 것으로, 화자의 여정 및 현실 인식 등을 파악할 수 있어야 한다.

**◎ 〈관동별곡〉의 전개 및 중심 내용**

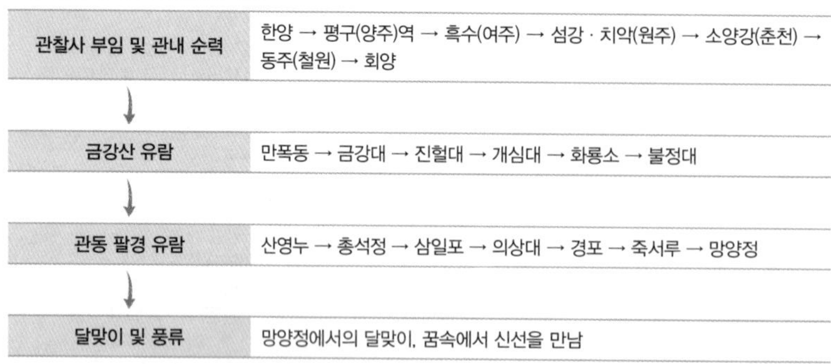

| | |
|---|---|
| 관찰사 부임 및 관내 순력 | 한양 → 평구(양주)역 → 흑수(여주) → 섬강 · 치악(원주) → 소양강(춘천) → 동주(철원) → 회양 |
| ↓ | |
| 금강산 유람 | 만폭동 → 금강대 → 진헐대 → 개심대 → 화룡소 → 불정대 |
| ↓ | |
| 관동 팔경 유람 | 산영누 → 총석정 → 삼일포 → 의상대 → 경포 → 죽서루 → 망양정 |
| ↓ | |
| 달맞이 및 풍류 | 망양정에서의 달맞이, 꿈속에서 신선을 만남 |

**◎ 〈관동별곡〉에 나타난 작가의 현실 인식**

| | |
|---|---|
| 선정에 대한 포부, 애민 정신 | • '회양 녜 일홈이 마초아 ᄀᆞ톨시고 / 급댱유 풍치를 고텨 아니 볼 게이고'<br>→ 급장유와 같이 선정을 펼치는 관찰사가 되고 싶은 마음을 드러냄<br>• '쳔년 노룡이 구ᄇᆡ구ᄇᆡ 서려 이셔 ~ 음애예 이온 플을 다 살와 내여ᄉᆞ라'<br>→ 백성들에게 선정을 베풀겠다는 목민관으로서의 자세를 드러냄<br>• 'ᄇᆡᆨ년화 ᄒᆞᆫ 가지ᄅᆞᆯ 뉘라셔 보내신고 / 일이 됴흔 셰계 ᄂᆞᆷ대되 다 뵈고져'<br>→ 임금의 은혜를 백성들에게 베풀겠다는 마음을 드러냄 |
| 우국지정 | • '고신거국에 ᄇᆡᆨ발도 하도 할샤'<br>→ 강원도 관찰사가 되어 임금 곁을 떠나며 나라에 대해 걱정하는 마음을 드러냄<br>• '뎌 긔운 흐터 내야 인걸을 ᄆᆞᆫᄃᆞᆯ고쟈'<br>→ 금강산의 맑은 정기로 나라의 기강을 바로잡을 인재를 만들고 싶은 마음을 드러냄<br>• '아마도 녈구름 근쳐의 머믈셰라'<br>→ 간신들이 임금의 총명을 흐리게 할 것에 대한 염려를 드러냄 |
| 연군지정 | • '쇼양강 ᄂᆞ린 믈이 어드러로 든단 말고 ~ 삼각산 뎨일봉이 ᄒᆞ마면 뵈리로다'<br>→ '소양강 – 한강 – 한양 – 임금'의 연상으로, 한양에 있는 임금을 그리워하는 마음을 드러냄<br>• 촐하리 한강의 목멱의 다히고져<br>→ 아름다운 태백산의 풍경을 담은 오십천이 임금이 계신 남산으로 흘러가기를 바라는 마음을 드러냄 |

## 핵심 포인트 2 표현상 특징 파악

이 작품은 다양한 표현 방식으로 경치를 묘사하고 있으므로 표현상 특징을 파악할 필요가 있다. 또한 '적강 모티프'를 활용하여 화자의 상황을 표현하고 있다는 점을 이해할 수 있어야 한다.

**◎ 표현상 특징**

- 생략과 비약을 통해 관찰사 부임 과정의 복잡한 절차를 간결하게 표현하고 속도감 있게 시상을 전개함
- 힘차게 쏟아지는 만폭동의 역동적인 모습을 포착하여 대구, 비유적 표현 등을 통해 생생하게 표현함
- '비로봉 샹샹두'를 '동산 태산'과 비교하여 공자의 호연지기를 예찬함

**◎ 적강 모티프의 활용**

- 화자가 스스로를 '취 션(취한 신선)'에 비유함
- 꿈속 신선이 화자를 '샹계예 진션이라'고 하여 천상계에서 내려온 존재로 설명함
- 꿈속 신선이 '황뎡경' 한 글자를 잘못 읽어서 화자가 지상으로 내쳐졌다고 하여, 화자의 현재 삶이 천상계에서 지은 죗값을 치르는 과정과 관련 있음을 드러냄

↓

적강 모티프를 통해 화자가 남다른 자질, 능력을 갖춘 인물임을 표현함

### 작품 한눈에

• 해제

〈관동별곡〉은 작가가 강원도 관찰사로 임명되어 관내에 있는 내금강과 동해안 지역을 여행하면서 쓴 기행 가사이다. 발길마다 나타나는 빼어난 자연 경관에 대한 찬탄과 함께 관찰사로서의 임무와 자연을 즐기고 싶은 마음 사이에서 갈등하는 화자의 모습을 진솔하게 담아내고 있다. 우리말이 가진 묘미를 잘 살린 표현이 많아 정철 문학의 대표작이자 가사 문학의 백미로 일컬어지고 있다.

• 화자와 시적 상황

화자는 관동의 여러 절경을 유람하면서 자연의 아름다움에 감탄하고, 목민관으로서 우국지정과 선정에 대한 포부를 드러내고 있다.

• 주제

관동 지방의 절경 예찬과 연군, 애민의 정

## 핵심 포인트 3 작품의 전문 감상

고어를 현대어에 가깝게 풀어 표기하는 평가원의 최신 경향을 고려하여 작품의 전문을 감상할 수 있어야 한다. (※ '기출 확인'과 직접적인 관련이 있는 부분은 파란 망으로 표시함)

평가원st 순한 맛 지문

[서사]

강호(江湖)에 병이 깊어 죽림(竹林)에 누웠더니
관동(關東) 팔백 리에 방면(方面)을 맡기시니
어와 성은(聖恩)이야 갈수록 망극하다
연추문(延秋門) 들이달아 경회(慶會) 남문(南門) 바라보며
하직(下直)하고 물러나니 옥절(玉節)이 앞에 섰다
평구역(平丘驛) 말을 갈아 흑수(黑水)로 돌아드니
섬강(蟾江)은 어디요 치악(雉嶽)은 여기로다
소양강(昭陽江) 내린 물이 어드러로 든단 말고
고신거국(孤臣去國)에 백발(白髮)이 하도 할샤
동주(東州) 밤 계오 새와 북관정(北寬亭)에 오르니
삼각산(三角山) 제일봉(第一峰)이 하마면 뵈리로다
궁왕(弓王) 대궐(大闕) 터에 오작(烏鵲)이 지저귀니
천고(千古) 흥망(興亡)을 아는가 모르는가
회양(淮陽) 옛 이름이 마초아 같을시고
급장유(汲長孺) 풍채(風彩)를 고쳐 아니 볼 게이고

[본사 1-①]

영중(營中)이 무사(無事)하고 시절(時節)이 삼월(三月)인 제
화천(花川) 시냇길이 풍악(楓嶽)으로 뻗어 있다
행장(行裝)을 다 떨치고 석경(石逕)에 막대 짚어
백천동(百川洞) 곁에 두고 만폭동(萬瀑洞) 들어가니
은(銀) 같은 무지개 옥(玉) 같은 용(龍)의 꼬리
섯돌며 뿜는 소리 십 리(十里)에 잦았으니
들을 제는 우레러니 보니 눈이로다
금강대(金剛臺) 맨 위층에 선학(仙鶴)이 새끼 치니
춘풍(春風) 옥적성(玉笛聲)에 첫잠을 깨었던지
호의현상(縞衣玄裳)이 반공(半空)에 솟아 뜨니
서호(西湖) 옛 주인(主人)을 반겨서 넘노는 듯

[본사 1-②]

소향로(小香爐) 대향로(大香爐) 눈 아래 굽어보고
정양사(正陽寺) 진헐대(眞歇臺) 고쳐 올라 앉았더니
여산(廬山) 진면목(眞面目)이 여기야 다 보인다
어와 조화옹(造化翁)이 헌사토 헌사할샤
날거든 뛰지 마나 섰거든 솟지 마나
부용(芙蓉)을 꽂았는 듯 백옥(白玉)을 묶었는 듯
동명(東溟)을 박차는 듯 북극(北極)을 괴었는 듯
높을시고 망고대(望高臺) 외로올샤 혈망봉(穴望峰)이
하늘에 치밀어 무슨 일을 아뢰리라
천만겁(千萬劫) 지나도록 굽힐 줄 모르는가
어와 너여이고 너 같은 이 또 있는가

[본사 1-③]

개심대(開心臺) 고쳐 올라 중향성(衆香城) 바라보며
만 이천 봉(萬二千峰)을 역력(歷歷)히 헤아리니
봉마다 맺혀 있고 끝마다 서린 기운
맑거든 좋지 마나 좋거든 맑지 마나
저 기운 흩어 내어 인걸(人傑)을 만들고자
형용(形容)도 그지없고 체세(體勢)도 하도 할샤
천지(天地) 생기실 때 자연(自然)히 됐건마는
이제 와 보게 되니 유정(有情)도 유정할샤
비로봉(毗盧峯) 상상두(上上頭)의 올라 보니 긔 뉘신고
동산(東山) 태산(泰山) 어느 것이 높던가
노국(魯國) 좁은 줄도 우리는 모르거든
넓고도 넓은 천하(天下) 어찌하여 작단 말고
어와 저 지위를 어이하면 알 것인고
오르지 못하거니 내려감이 괴이할까

[본사 1-④]

원통(圓通)골 가는 길로 사자봉(獅子峰)을 찾아가니
그 앞에 너럭바위 화룡소(火龍沼) 되었어라
천년(千年) 노룡(老龍)이 굽이굽이 서려 있어
주야(晝夜)에 흘러내려 창해(滄海)에 이었으니
풍운(風雲)을 언제 얻어 삼일우(三日雨)를 내리려나
음애(陰崖)에 이온 풀을 다 살려 내여스라

[본사 1-⑤]

마하연(摩訶衍) 묘길상(妙吉祥) 안문(雁門)재 넘어 내려
외나무 썩은 다리 불정대(佛頂臺) 오르니
천심절벽(千尋絕壁)을 반공(半空)에 세워 두고
은하수(銀河水) 한 굽이를 촌촌이 버혀 내여
실같이 풀어서 베같이 걸었으니
도경(圖經) 열두 굽이 내 봄에는 여럿이라
이적선(李謫仙) 이제 있어 고쳐 의논하게 되면
여산(廬山)이 여기보다 낫단 말 못하려니

주목

[본사 2-①]

산중(山中)을 매양 보랴 동해(東海)로 가자스라
남여완보(藍輿緩步)하여 산영루(山映樓)에 오르니
영롱(玲瓏) 벽계(碧溪)와 수성(數聲) 제조(啼鳥)는 이별(離別)을 원(怨)하는 듯
정기(旌旗)를 떨치니 오색(五色)이 넘노는 듯
고각(鼓角)을 섞어 부니 해운(海雲)이 다 걷히는 듯
명사(鳴沙)길 익은 말이 취선(醉仙)을 빗기 실어
바다를 곁에 두고 해당화(海棠花)로 들어가니
백구(白鷗)야 날지 마라 네 벗인 줄 어찌 아느냐

[본사 2-②]

금란굴(金蘭窟) 돌아들어 총석정(叢石亭) 올라 가니
백옥루(白玉樓) 남은 기둥 다만 넷이 서 있구나
공수(工倕)의 솜씨인가 귀부(鬼斧)로 다듬었는가
구태여 육면(六面)은 무엇을 상(象)톳던고

[본사 2-③]

고성(高城)일랑 저만치 두고 삼일포(三日浦)를 찾아가니
단서(丹書)는 완연하되 사선(四仙)은 어디 가니
예 사흘 머문 후(後)의 어디 가 또 머물고
선유담(仙遊潭) 영랑호(永郎湖) 거기나 가 있는가
청간정(淸澗亭) 만경대(萬景臺) 몇 곳에 앉았던고

주목

[본사 2-④]

이화(梨花)는 벌써 지고 접동새 슬피 울 제
낙산(落山) 동반(東畔)으로 의상대(義相臺)에 올라 앉아
일출을 보리라 밤중만 일어나니
상운(祥雲)이 지피는 동 육룡(六龍)이 받치는 동
바다에서 떠날 제는 만국(萬國)이 일위더니
천중(天中)에 치뜨니 호발(毫髮)을 헤리로다
아마도 녈구름 근처의 머물세라
시선(詩仙)은 어디 가고 해타(咳唾)만 남았나니
천지간(天地間) 장(壯)한 기별 자세히도 할셔이고

[본사 2-⑤]

사양(斜陽) 현산(峴山)의 철쭉을 잇달아 밟아
우개지륜(羽蓋芝輪)이 경포(鏡浦)로 내려가니
십 리 빙환(氷紈)을 다리고 고쳐 다려
장송(長松) 울흔 속에 실컷 펼쳤으니
물결도 자도 잘샤 모래를 헤리로다
고주 해람(孤舟解纜)하여 정자(亭子) 위에 올라 가니
강문교(江門橋) 넘은 곁에 대양(大洋)이 거기로다
종용(從容)하다 이 기상(氣像) 활원(闊遠)하다 저 경계(境界)
이보다 갖춘 데 또 어디 있단 말고
홍장 고사(紅粧古事)를 헌사타 하리로다
강릉(江陵) 대도호(大都護) 풍속(風俗)이 좋을시고
절효정문(節孝旌門)이 골골이 벌였으니
비옥가봉(比屋可封)이 이제도 있다 할까

[본사 2-⑥]

진주관(眞珠館) 죽서루(竹西樓) 오십천(五十川) 내린 물이
태백산(太白山) 그림자를 동해(東海)로 담아 가니
차라리 한강(漢江)의 목멱(木覓)에 닿게 하고저
왕정(王程)이 유한(有限)하고 풍경(風景)이 못 슬믜니
유회(幽懷)도 하도 할샤 객수(客愁)도 둘 데 없다
선사(仙槎)를 띄워 내어 두우(斗牛)로 향(向)하살가
선인(仙人)을 찾으려 단혈(丹穴)에 머므살가

주목

[본사 2-⑦]

천근(天根)을 못내 보아 망양정(望洋亭)에 오르니
바다 밖은 하늘이니 하늘 밖은 무엇인고
가뜩 노한 고래 뉘라서 놀랬관데
불거니 뿜거니 어지러이 구는지고
은산(銀山)을 꺾어 내어 육합(六合)에 내리는 듯
오월(五月) 장천(長天)의 백설(白雪)은 무슨 일고

[결사 ①]

져근덧 밤이 들어 풍랑(風浪)이 정(定)하거늘
부상(扶桑) 지척(咫尺)에 명월(明月)을 기다리니
서광(瑞光) 천 장(千丈)이 뵈는 듯 숨는구나
주렴(珠簾)을 고쳐 걷고 옥계(玉階)를 다시 쓸며
계명성(啓明星) 돋도록 곳초 앉아 바라보니
백련화(白蓮華) 한 가지를 뉘라서 보내신고
이리 좋은 세계(世界) 남들에게 다 뵈고져
유하주(流霞酒) 가득 부어 달더러 물은 말이
영웅(英雄)은 어디 가며 사선(四仙)은 긔 뉘러니
아무나 만나 보아 옛 기별 묻자 하니
선산(仙山) 동해(東海)에 갈 길이 머도 멀샤

[결사 2]

송근(松根)을 베어 누워 픗잠을 얼핏 드니
꿈에 한 사람이 나더러 이른 말이
그대를 내 모르랴 상계(上界)의 진선(眞仙)이라
황정경(黃庭經) 일자(一字)를 어찌 그릇 읽어 두고
인간(人間)의 내려와서 우리를 따르는가
져근덧 가지 마오 이 술 한 잔 먹어 보오
북두성(北斗星) 기울여 창해수(滄海水) 부어 내어
저 먹고 날 먹이거늘 서너 잔 기울이니
화풍(和風)이 습습(習習)하야 양액(兩腋)을 추켜 드니
구만 리(九萬里) 장공(長空)에 저기면 날리로다
이 술 가져다가 사해(四海)에 고루 나눠
억만창생(億萬蒼生)을 다 취하게 만든 후(後)에
그제야 고쳐 만나 또 한 잔 하잣고야
말 마치자 학(鶴)을 타고 구공(九空)에 올라가니
공중(空中) 옥소(玉簫) 소리 어제런가 그제런가
나도 잠을 깨어 바다를 굽어보니
깊이를 모르거니 끝인들 어찌 알리
명월(明月)이 천산만락(千山萬落)에 아니 비친 데 없다

주목

고전 시가 30

◇ 한 줄 평 하급 관리의 터무니 없는 송사와 그 판결 과정을 서사적으로 읊은 노래

# 순창가 이운영

주목

순창 서리(胥吏) 최윤재는 사또님께 소지(所志) 올려
(서리: 지방 하급 관리 / 최윤재: 소장을 올린 주체 / 사또: 소송에 대한 판결을 내리는 권한자(순창 사또 = 관찰사) / 소지: 예전에, 청원이나 진정 등을 위해 관아에 내던 소장(訴狀))

원통함을 아뢰노니 올바르게 처결해 주소서. ▶ 최윤재가 순창 사또에게 소지를 올림
(처결해 주소서: '처결 하실까'로 제시된 판본도 있음. 이 경우 제3자인 서술자에 의한 설명으로 보기도 함)

[최윤재가 순창 사또에게 올린 소지]

구월 십사일은 담양 부사 생신이라
(구월 십사일은: 화자 / 생신이라: (담양 부사의 생일이 되기))

소인의 사또가 사흘 전에 달려갈 때
(소인의 사또: 순창 사또 / 사흘 전: 구월 십일일)

소인이 수행원으로 행차를 따라갔는데
(관아의 행정 실무를 담당하는 하급 관리로서 해야 할 일)

광주 고을 목사와 화순 창평 남평 원님
(담양 부사의 생일을 축하하려 모인, 인근 고을의 수령들)

십사일 아침 식사 후에 일제히 모이셨네. ▶ [소지] 담양 부사의 생일에 순창 사또를 수행함
(십사일: 담양 부사 생일 당일 / 일제히 모이셨네: 본격적인 생일잔치를 하기 위해)

「바야흐로 큰상에 성찬(盛饌)을 벌여 놓고
(성찬: 풍성하게 잘 차린 음식)

관악기 현악기는 누각에 늘어놓고

기묘한 곡조 힘차게 부르는 사람이 상좌(上座)에 앉아 있고
(힘차게 부르는 사람: 담양 부사 / 상좌에 앉아 있고: 생일을 맞은 담양 부사가 윗자리에 앉음)

도내(道內)의 제일 명창 담양 순창 명기(名妓)들이

춤과 노래 준비하여 이날을 보낸 후에」 「 」: 생일잔치를 성대하게 치름
(이날: 담양 부사의 생일)

보름달 밝은 밤의 후약 어디인가 ▶ [소지] 성대한 생일잔치를 치름
(보름날 밤에 만나자고 약속한 곳은 어디인가 → 생일잔치 후 모임이 이어짐)

호남 소금강의 경치를 보시려고
(호남 소금강: 순창의 강천산)

화려한 육각(六角) 양산 청산(靑山)에 나부끼고
(호남 소금강으로 산수 유람을 떠나는 수령들의 화려한 행차)

다섯 마리 말이 끄는 쌍가마는 단풍 숲으로 들어갈 적에
(쌍가마: 신분이 높은 사람이 타는 마차)

「옥패(玉佩)는 쟁그랑쟁그랑 걸음마다 울리고
(옥패: 옥으로 만든 패물 / 쟁그랑쟁그랑: 음성 상징어)

낭랑한 말소리는 말 위에서 오고 갈 때」 ▶ [소지] 호남 소금강으로 산수 유람을 가는 행렬의 모습을 묘사함
(「 」: 청각적 이미지 → 생동감 부여)

「동산의 고상한 놀이 용문의 눈 구경에
(기생을 대동했던 산수 구경)

> • '동산의 고상한 놀이'
> 진나라의 재상이던 사안은 관리로 지내면서 틈틈이 동산에 올라가 풍류를 즐겼는데, 그때마다 기생들을 대동했다고 함. '동산의 고상한 놀이'는 서안의 이런 풍류를 의미함
>
> • '용문의 눈 구경'
> 북송(北宋)의 전유연이 서도 태수로 있을 때, 당대의 문인 사희심과 구양수가 용문의 향산에 이르자 음식과 기생을 보내며 용문의 눈 경치를 구경하라고 한 고사를 의미함

기생이 따라감은 예부터 있는지라

아리따운 기생들이 의기양양 무리 지어

말 타고 군졸들과 수레를 뒤따르니」
(「 」: 고사를 인용하여 산수 구경에 기생을 대동함을 정당화함)

백발의 화순 원님 기생에게 다정하여
(백발: 나이가 많음 / 기생에게 다정하여: 뒤따르는 기생에게 관심이 많음)

굽어진 곳에서 자주 돌아보시기에

소인은 아랫사람이라 말에 앉아 있기 황송하여
(최윤재가 말에 탔다가 내렸다가 반복한 이유 – 뒤를 돌아보는 '화순 원님'의 눈치를 봄)

탔다가 내렸다가 내렸다가 탔다가
(같은 행동을 여러 번 반복함. 대구와 반복 – 리듬감 형성)

오르락내리락 몇 번인 줄 모르겠네.
▶ [소지] 기생들을 자주 뒤돌아본 화순 원님 때문에 최윤재가 수시로 말을 오르내림

황급히 내렸다가 다시 올라타려다가

석양에 큰길 아래서 헛디뎌 넘어져서
(최윤재가 자신의 실수로 말에서 떨어짐 → 최윤재가 크게 다친 이유 / 석양: 해질 때까지 구경이 계속됨)

## 작품 분석 노트

• 〈순창가〉의 구조

작중 인물들의 발화와 작품 밖의 서술자의 상황 서술을 통해 내용이 전개됨

| | |
|---|---|
| 최윤재가 올린 소지 | 자신이 낙마하여 죽을 지경이 된 것은 기생들 때문이니 그들을 처벌해 달라. |

↓

| | |
|---|---|
| 서술자 서술 | 상황에 대한 놀라움을 드러낸 뒤 관아에서 네 명의 기생을 잡아온 과정을 제시함 |

↓

| | |
|---|---|
| 순찰 사또의 말 | 기생들이 최윤재를 죽을 지경에 이르게 했으므로 법에 따라 처벌할 것이니 죄를 인정하라. |

↓

| | |
|---|---|
| 서술자 서술 | 사또의 일차적인 처분과 잡혀 온 기생들의 나이를 제시함 |

↓

| | |
|---|---|
| 기생들 항변 | 최윤재가 낙마한 것은 자신들과 상관 없는 일이며, 미천한 기생 신분으로 살아가기가 매우 힘들다. |

↓

| | |
|---|---|
| 순찰 사또의 판결 | 최윤재가 무고한 기생들을 모함한 것이 분명하므로 기생들을 석방한다. |

↓

| | |
|---|---|
| 서술자 서술 | 사또의 판결과 같이 송사의 판결권자들이 현명한 판결을 내려야 함을 당부함 |

↓

하나의 사건을 다양한 관점에서 보게 하는 효과가 있음

돌들이 흩어진 곳에 콩 태(太) 자로 자빠지니
한자를 활용해 실족한 화자의 모습을 시각적으로 떠올릴 수 있게 함

「팔다리도 부러지고 옆구리도 삐어서
「」: 몸에 심각한 부상을 입음

어혈(瘀血)이 마구 흘러 가슴이 펴지지 않는데」 ▶ [소지] 최윤재가 말을 타려다가 넘어져 크게 다침
피멍

금령(禁令)이 엄하여서 개똥도 못 먹고
민간요법에서 어혈을 치료하는 약으로 사용되던 개똥을 먹지 못하게 법으로 금지했음을 짐작할 수 있음

병세가 기괴하여 날로 점점 위중해지니

푸닥거리 경(經) 읽기는 모두 허사로다.
굿이나 불경 읽기 같은 주술적 방법

이제는 하릴없이 죽을 줄 알았더니

곰곰이 앉아 생각하니 이것이 누구 탓인고?

강천(剛泉)에서 배행(陪行)하던 기생들의 탓이로다.
윗사람을 모시고 따라감 / 자신이 다친 이유를 기생들의 탓으로 돌림
자문자답을 통해 자신의 잘못을 기생들에게 떠넘김

「'네 쇠뿔이 아니라면 내 담이 무너지랴.'
자기 집 담이 무너진 데 대하여 소의 주인을 탓하는 속담

옛날부터 속담에 이런 말이 있었으니」
「」: 속담을 인용하여 자신의 주장을 정당화함 → 위 속담은 자기의 손해를 남의 책임이라고 억지를 부리는 것을 비유함

죽어 가는 소인 목숨 불쌍하지 않으신가.
판결자인 사또의 동정심과 연민을 자극함 → 감정(동정)에 호소함

소인이 죽거든 저년들을 죽이시어
기생들에 대한 부정적 감정이 표출됨

불쌍히 죽는 넋을 위로하여 주옵실까
최윤재 자신

실날같이 남은 목숨 살려 주시길 바라나이다.
기생들 때문에 원통하게 죽게 된 자신의 한을 풀어 주기를 사또에게 간청함
▶ [소지] 자신의 낙마를 기생들 탓으로 돌리고 기생들의 처벌을 바람

**감상 포인트**
소지를 통해 화자(최윤재)가 청원하는 내용이 무엇인지 파악한다.

실제 살인은 아니지만 최윤재가 죽을 수 있으므로 살인 사건에 준하여 송사가 진행됨

[서술자의 상황 서술] 「어와 놀랍구나, 살인이 났단 말인가.」
「」: 순찰 사또(관찰사)의 말로 보기도 함

형방(刑房) 영리(營吏) 처리하여 범인을 잡았구나.
형방의 일을 하는 하급 구실아치 / 호남 소금강을 유람할 때 따라간 기생들

「도화와 춘운은 담양부에 공문 보내고
기생 이름(담양부에 소속된 관기)

수화와 차겸은 순창군에 공문 보내니
기생 이름(순창군에 소속된 관기)

지자군은 분주하고, 성화같이 재촉하니
지방 관아들 사이에서 공문서나 물건을 지고 다니던 사람

형방 사령(使令)이 잡아들여 도착 즉시 (순찰 사또가 있는 선화당으로) 압송하네.」
「」: 속도감 있는 전개
▶ [서술자] 최윤재의 소지를 보고 순찰 사또가 기생들을 압송함

선화당(宣化堂)에 좌기하고, "분부를 들어라.
순찰 사또가 출근하여 일을 시작함 / [순찰 사또의 말]

너희는 어찌하여 사람을 죽게 했는가?
압송된 기생들

사람을 상하게 한 자 벌 받고 살인자 죽는 법은
사람을 죽인 자는 사형에 처함

법률에 분명하니 네가 무슨 변명을 하겠는가?
마땅히 법에 따라 벌을 받아야 함
순찰 사또가 피의자인 기생들을 범인으로 단정하고 있음 → 재판관으로서 적절하지 않은 태도

순창 서리 최윤재가 만약에 죽게 되면

너희들 네 사람이 무사하기 어려우니
최윤재가 죽으면 더 큰 벌을 받게 될 것임

곤장 팔십 대가 될는지 태(笞) 오십 대가 될는지
죄의 경중에 따라 처벌의 경중이 달라짐

한 차례 심문하고 거제 남해 이원(利原) 벽동(碧潼) 삼수(三水) 갑산(甲山)
예로부터 유배지로 유명한 곳들

동서남북 간에 어디로 보낼는지

상처가 있나 없나 자세히 살핀 후에
최윤재의 피해 정도를 객관적으로 확인함

• 최윤재의 억지 논리

| 네 쇠뿔이 아니라면 내 담이 무너지랴 |
|---|
| 기생들이 유람하는 사또들을 따라감 → 화순 원님(사또)이 뒤따르는 기생을 자꾸 돌아봄 → 이 때문에 자신이 말을 자주 오르내리다가 실족해서 다침 → (기생들이 없었다면 화순 원님이 뒤돌아보지 않았을 것임) → 따라서 자신이 다친 것은 기생들 탓임 |

↓

논리적으로 잘못된 논증인 '거짓 원인의 오류(원인 오판의 오류)'에 해당함

※ 거짓 원인의 오류: 어떤 사건의 원인이 아닌 것을 참된 원인으로 판단하는 데에서 생기는 오류

| 죽어 가는 소인 목숨 불쌍하지 않으신가 |
|---|
| 논리적인 설득보다 상대방의 동정심과 연민 등에 호소하여 자신의 주장을 받아들이게 함 |

↓

논리적으로 잘못된 논증인 '동정에 호소하는 오류'에 해당함

• 속도감 있는 전개 및 운율 형성

| | |
|---|---|
| 형방 영리 처리하여 범인을 잡았구나. ~ 형방 사령이 잡아들여 도착 즉시 압송하네. | 네 명의 기생들을 체포해서 순찰 사또(관찰사)가 있는 곳까지 데려오는 과정은 중심 내용과 직접적인 관련이 없으므로 간략하게 처리함 |
| 도화와 춘운은 담양부에 공문 보내고 / 수화와 차겸은 순창군에 공문 보내니 | 대구법과 반복법을 활용하여 운율이 두드러지게 함으로써 사건 전개에 속도감을 더함 |

법전
속대전(續大典) 펼쳐 놓고 법률을 적용할 것이니
사사로운 감정을 버리고 법률에 따라 처벌하겠다는 의미
우선 너희들은 사실대로 자백하라."
사또가 기생들을 압박하며 추궁함

▶ [순찰 사또] 기생들에게 최윤재를 다치게 한 죄를 추궁함

[서술자의 상황 서술]
흰 백(白) 자(字) 위에 동그라미 치고 그 아래 수결하고
진실을 말하겠다는 다짐을 기록하고 죄인의 서명을 받음
크나큰 칼 목에 씌워 감옥으로 보내니
중죄인으로 취급함
원문에는 '사오옵고'로 되어 있음
의녀 춘운은 금년에 스물이요
당시 기생은 의녀의 역할도 했음. 의기(醫妓)
의녀 도화는 금년에 스물넷이요
'삼팔이오'
의녀 수화는 금년에 스물다섯이요
'오오옵고'
의녀 차겸은 금년에 스물하나라.」
'삼칠이라'
「 」: 작품 밖에 있는 서술자(화자)가 작중 상황을 설명하여 독자의 이해를 도움

대구, 반복 – 운율 형성

• 고전 작품에서 인물의 나이를 제시하는 법
① 인물의 나이를 직접 제시하지 않고, 곱셈을 활용하여 제시함. 예를 들어 16살이면 '이팔(2×8=16)', 20살이면 '사오(4×5=20)'라고 함.
② 나이를 나타내는 별칭을 이용함. 예를 들어 15살은 '지학', 16살은 '파과', 20살은 '약관(남자)'이나 '방년(여자)'이라고 함

▶ [서술자] 기생들이 감옥에 갇힘

주목

[기생(의녀)들의 말]
"죄가 중하다고 저리 분부 내리시니
물불에 들라 하신들 감히 거역하리까.
목숨을 걸어야 하는 위험한 상황 비유 / 설의적 표현
죽이시거나 살리시거나 처분대로 하려니와
자신들에게 내려질 처분을 수용하겠다는 태도
의녀 등도 원통하여 생각을 아뢸 것이니
자신들의 억울함과 무죄를 호소하려 함
일월(日月)같이 밝으신 순찰 사또님께
관찰사
한 말씀만 아뢰고 매를 맞고 죽겠나이다.
어떤 처벌을 받든 결국은 죽게 될 것이라는 인식이 나타남

▶ [기생들] 순찰 사또에게 하소연을 시작함

「의녀 등은 기생이요 최윤재는 아전이라
기생이 아전에게 간섭할 일 없사옵고」
「 」: 사회적 신분과 하는 일이 다르므로 서로 간섭할 일이 없음
「화순 사또 뒤돌아보시기는 구태여 의녀들을 보시려 하셨던 건지
「 」: 화순 사또의 행위가 기생(의녀)들을 보려던 것인지 경치를 구경하려던 것인지 명확하지 않음을 지적함
산 좋고 물 좋은데 단풍이 우거지니
호남 소금강의 아름다운 경관
경치를 구경하려다 우연히 (우리를) 보셨던 건지」
아전이 인사 차려 자기 말에서 내려오다
최윤재 / 지위가 높은 화순 사또의 눈치를 보느라
우연히 낙마했으니 만일에 죽는다 한들
어찌 의녀들이 살인한 게 되리이까.
설의적 표현

최윤재가 말에서 실족하여 죽을 지경에 이르게 된 것은 기생들과 무관하며 전적으로 본인의 실수 때문이라는 의미

▶ [기생들] 아전인 최윤재가 낙마한 일과 기생인 자신들은 무관함을 주장함

기생이라 하는 것은 가련한 인생이라.
화제가 기생의 신세 한탄으로 전환됨 → 원통하고 힘든 자신들의 상황을 사또가 헤아려 주기를 바람
논밭 노비가 어디 있사오며
안정적인 생활을 할 수 있는 기반
쌀 한 줌 돈 한 푼 주는 이 있으리까.
경제적으로 도움을 주는 사람

설의적 표현

먹고 입기를 제가 벌어 하는데
조선 시대에 음악을 가르치던 기관
오(五) 일마다 교방(敎坊)에서 음률을 익히고
기생이 해야 하는 일 ①
누비 바느질 상침(上針)질과 솜 피우기를
기생이 해야 하는 일 ② / 기생이 해야 하는 일 ③
관가 이력에 맞춰 밤낮으로 애쓰고,
다른 곳에서 관리들이 자신이 있는 관아를 방문할 때
대소 관원이 오락가락 지나갈 때
기생이 해야 하는 일 ⑤
차모[茶母]야 수청(守廳)이야 소임 맡아 나섰는데,
기생이 해야 하는 일 ④ – 차와 술대접 등의 잡일

• 작품을 구성하는 두 가지 이야기

| 사건 | 최윤재의 실족 | 기생들의 압송 |
|---|---|---|
| 내용 | 최윤재가 수령들을 배행하다가 말에서 떨어져 크게 다친 뒤 기생들을 고발함 | 수령들을 배행했던 기생들이 최윤재의 고발로 압송되어 순찰 사또의 심문을 받음 |
| 심정 | 억울함 | 억울함 |
| 서술 방식 | 소지 형식의 진술 | 사또에게 직접 항변하고 호소함 |

↓

최윤재의 모함으로 최윤재와 기생들은 대립 관계를 형성함

• 인물에 대한 이해

| | |
|---|---|
| 담양 부사, 화순 원님 | 상류 계층. 문제 상황이 발생한 계기를 제공하는 인물 |
| 순찰 사또 | 상류 계층. 문제 상황을 해결하는 인물 |
| 최윤재 | 중간 계층(서리). 상류 계층에게는 아무런 질책을 못하고 하급 계층인 기생들에게 죄를 뒤집어 씌우는 인물 |
| 기생들 (의녀들) | 하급 계층. 순찰 사또의 명령을 수용하면서도 자신들의 억울하고 힘겨운 상황을 당당하게 하소연하는 인물 |

• 순찰 사또의 행위에 대한 비판 의식

| | |
|---|---|
| 순찰 사또는 최윤재의 소지를 받고 곧장 기생들을 잡아들임 | 소지 내용의 진위를 따지지 않고 무조건 믿음 |
| 기생들의 변명을 듣지도 않은 채 큰칼을 씌워 감옥으로 보냄 | 기생들을 범인으로 단정하여 처분함 |

↓

중간 계층에게 휘둘려 일반 백성을 제대로 보살피지 못하는 지배층의 무능력함을 비판함

한 벌뿐인 옷이나마 초라하게 하지 않고
큰머리 노리개를 남만큼 하느라고
밤낮으로 탄식하고 기생임을 원망했는데,
가뜩이나 서러운 중에 운수가 고약하여
순찰 사또 분부 내려 벗 보기를 금하시니
얼어서도 죽게 되고 굶어서도 죽게 되어
이제는 하릴없이 죽을 줄 아옵나니,
좋아리를 맞아도 더없이 원통한데
연약한 몸이 큰칼을 목에 메고
천둥벼락 같은 위엄 아래 정신이 아득하여
죄를 아룀이 늦어져 황공하나이다."

(높은 사람을 모셔야 하기에 돈이 없어도 치장을 해야 함 / 큰머리: 다리, 가체 / 탄식하고: 살아가기 힘든 상황에 대한 한탄 / 순찰 사또가 기생들을 감옥으로 보냄 / 감옥에 간 기생들의 목숨이 위험해짐)

▶ [기생들] 가련한 인생을 살아오다가 감옥에 갇혀 목숨이 위험해진 처지에 대해 호소함

(좋아리를 맞아도: (아무런 죄 없이) / 연약한 몸이 큰칼을 목에 메고: 매우 원통한 상황 / 정신이 아득하여: 두려움)

▶ [기생들] 두려움 때문에 억울한 사정을 늦게 아룀을 사죄함

[순찰 사또의 말]
"어허 그렇더냐? 진정 그러하구나.
순창 서리 항소 사연 모두가 모함이요
너희들 네 사람을 풀어 주어 석방하거늘
너희 말 들어 보니 절절히 그럴듯하다."

(기생들의 말에 수긍함 → 순찰 사또의 태도 변화 / 어허: 감탄사(독자의 주의 유도) / 순창 서리: 최윤재 / 항소 사연: 자신의 부상은 기생 탓이라는 내용 / 모함: 최윤재의 소지에 대한 순찰 사또의 판단 / 너희들 네 사람: 잡혀 온 기생들 / 석방하거늘: 최종 판결 → 무죄 석방 / 절절히 그럴듯하다: 모두 옳다고 여겨진다)

▶ [순찰 사또] 기생들의 말을 받아들여 모두 석방함

[서술자의 당부]
감사(監司) 병사(兵使) 수령님네 이렇든 저렇든
덕을 베풀려면 베풀 곳에 베풀어라.
그래야 선비의 도리 따라야 오복(五福)이 갖추어지리라.

(이렇든 저렇든: 누가 어떤 말을 하든지 그것에 휘둘리지 말고 / 감사 병사 수령님네: 송사 사건을 판결할 권한을 지닌 고위 관리들 / 덕을 베풀려면 베풀 곳에 베풀어라: 약자의 입장을 잘 고려해서 판단할 것을 당부함 / 오복이 갖추어지리라: 하늘이 내리는 복을 받으리라 / 작품 밖의 서술자가 사또의 판결에 대해 긍정적으로 평가함)

▶ [서술자] 송사를 올바르게 판결해야 함을 당부함

- 당대의 신분 질서와 관련된 작품의 의의
  - 하급 관리인 최윤재의 행동을 통해 당대 지배 계층의 부조리함을 간접적으로 비판함
  - 기생들(의녀들)의 말을 통해 그들의 힘겨운 생활 및 그들에 대한 사회적 인식을 드러냄
  - 신분 질서가 지닌 문제점을 간접적으로 지적함

- 기생에 대한 순찰 사또의 태도 변화

| 부정적 | • 최윤재의 편에 치우침<br>• 최윤재의 소지만 읽고 상황도 살피지 않은 채 기생들을 범인 취급하여 무거운 형벌을 내릴 것을 언급함<br>→ 미천한 신분인 기생들에 대한 차별적 태도를 드러내는 것으로 볼 수 있음 |
|---|---|

↓

| 긍정적 | • 기생들의 항변에 귀기울임<br>• 기생들의 이야기를 듣고는 수긍하여 최윤재가 기생들을 모함한 것이라고 판단한 뒤 기생들을 석방함<br>→ 서술자의 말을 고려할 때, 올바른 관리(재판관)의 모습으로 볼 수 있음 |
|---|---|

## 핵심 포인트 1 인물 간의 갈등 파악

이 작품은 당대 세태를 있는 그대로 드러낸 가사로 인물 간의 대립과 갈등이 나타난다. 따라서 인물 간의 갈등 관계를 파악할 수 있어야 한다.

**◎ 인물 간 갈등 양상**

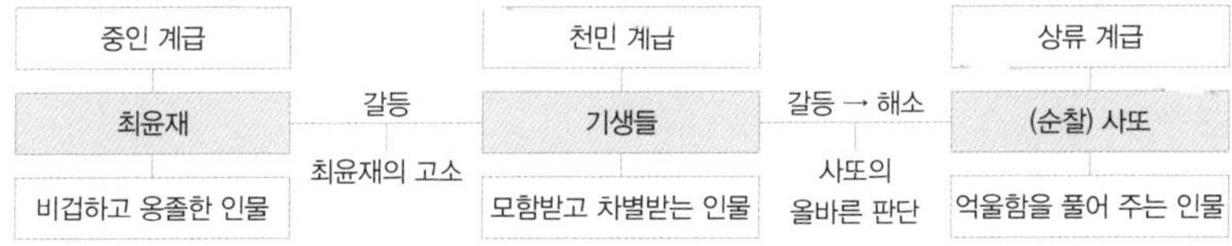


## 핵심 포인트 2 시상 전개 방식의 이해

이 작품은 작중 인물의 발화와 서술자의 진술을 통해 내용이 전개되고 장면이 전환되므로 각 화자에 따른 장면의 특징을 파악할 수 있어야 한다.

**◎ 시상 전개 방식의 특징**

- 서술자의 진술은 작중 상황을 제시하는 정도에서 비교적 간략하게 제시됨
- 공간적 배경의 변화가 많지 않으며 주로 기생들과 사또의 발화로 사건이 전개됨
- 소장을 제출한 최윤재와 가해자로 지목된 기생들은 서로 갈등 관계이지만 송사 과정에서는 직접 대면하지 않음
- 최윤재가 자신의 억울함을 호소하는 부분은 소지(所志) 형식으로 제시됨
- 기생들이 기생의 설움을 나열하며 하소연하는 대목은 따로 떼어 낼 수 있을 정도로 장면이 극대화되어 독자성을 지님

## 핵심 포인트 3 표현상 특징 파악

이 작품은 다양한 표현 방법을 사용하여 주제 의식을 형상화하고 있으므로, 작품에 나타난 표현상의 특징 및 효과를 파악할 수 있어야 한다.

**◎ 표현상 특징과 효과**

| 표현 | 특징과 효과 |
|---|---|
| 설의적 표현 | 의문의 형식을 사용하여 화자가 말하고자 하는 의미를 강조함<br>→ '네가 무슨 변명을 하겠는가?'(기생들을 범인으로 단정하고 추궁), '감히 거역하리까.(순찰 사또의 위엄 인정)', '어찌 의녀들이 살인한 게 되리이까.'(자신들의 무고함 강조) |
| 대구적 표현 | 유사한 문장 구조를 반복하여 의미를 강조하며 운율을 형성함<br>→ '도화와 춘운은 담양부에 공문 보내고 / 수화와 자경은 순창군에 공문 보내니', '의녀 등은 기생이요 최윤재는 아전이라' 등 |
| 영탄적 표현 | 감탄사와 감탄형 종결 어미를 활용하여 상황에 대한 놀라움을 강조함<br>→ '어와 놀랍구나, 살인이 났단 말인가.', '어허 그렇더냐? 진정 그러하구나.' |
| 비유적 표현 (직유) | 원관념을 보조 관념에 빗대어 의미를 구체화함<br>→ '실날같이 남은 목숨', '일월같이 밝으신 순찰 사또님' |
| 고사와 속담의 인용 | 고사를 인용하여 상황에 정당성을 부여하고 속담을 인용하여 인물(최윤재)이 자신의 주장을 정당화함<br>→ '동산의 고상한 놀이 용문의 눈 구경', '네 쇠뿔이 아니라면 내 담이 무너지랴.' |
| 자문자답 | 스스로 묻고 답하는 방식으로 자신이 깨달은 바를 강조함<br>→ '이것이 누구 탓인고? ~ 기생들의 탓이로다.' |
| 음성 상징어 사용 | 의성어나 의태어를 사용하여 상황에 생동감을 부여함<br>→ '옥패는 쟁그랑쟁그랑 걸음마다 울리고', '오르락내리락 몇 번인 줄 모르겠네.' |
| 대상의 희화화 | 인물(최윤재)의 행동을 과장적으로 희화화하여 표현함<br>→ '탔다가 내렸다가 내렸다가 탔다가 / 오르락내리락 몇 번인 줄 모르겠네.', '콩 태 자로 자빠지니' |

### 작품 한눈에

- **해제**

  〈순창가〉는 송사 사건의 과정을 등장인물의 발화와 작품 밖의 서술자의 서술을 통해 전개하는 가사이다. 지방의 하급 관리인 최윤재라는 인물이 무고한 기생들을 처벌해 달라고 청원하면서 벌어지는 사건을 통해 지배 계층의 부정적인 모습과 천민 계급에 해당하는 당대 기생들의 고달픈 삶을 드러내고 있다. 이때 기생들은 부당하게 고통받는 백성들을 대표한다고 볼 수 있다.

- **화자와 시적 상황**

  이 작품의 화자는 다양한 인물로 설정되어 있다. 먼저 최윤재라는 인물이 올린 소지(소송장)가 제시되고 이어 송사의 재판관인 순찰 사또와 송사의 피의자인 기생들의 항변, 그리고 다시 순찰 사또의 판결이 제시된다. 이 사이사이에 서술자의 진술이 제시되면서 서사적으로 내용이 전개된다.

- **주제**

  부도덕한 지배 계층의 횡포 및 공정한 판결에 대한 바람

고전 시가 31

◇ 한 줄 평 부조리한 군정(軍政)으로 고통받는 백성의 삶을 읊은 노래

# 갑민가 작자 미상

주목

어져 어져 저기 가는 저 사람아
영탄적 표현 / 갑민을 가리킴

네 행색을 보아하니 군사 도망(軍士逃亡) 네로고나
생원은 갑민의 차림새를 보고 군정(軍丁)이 신역을 피해 도망가는 상황임을 알아챔

「요상(腰上)으로 볼작시면 베적삼이 깃만 남고
「 」: 갑민의 초라한 차림새, 구체적 외양 묘사 / 잠방이: 가랑이가 무릎까지 내려오도록 짧게 만든 홑바지

허리 아래 굽어보니 헌 잠방이 노닥노닥」

곱장 할미 앞에 가고 전태발이 뒤에 간다
곱장: 등이 굽은 / 전태발이: 다리를 절뚝이는 사람 / 갑민의 가족이 북청으로 이주하는 모습. 대구법

십 리 길을 할레 가니 몇 리 가서 엎쳐지리
할레: 하루에

「내 고을의 양반(兩班) 사람 타도타관(他道他官) 옮겨 살면
「 」: 갑민을 만류하는 생원의 말. 고향을 버리고 타향으로 도망하여도 비참한 현실을 벗어나기 어렵다는 생각이 드러남

천(賤)히 되기 상사(常事)여든 본토 군정(本土軍丁) 싫다 하고
타향에서 살면 천한 신세가 되는 것이 예삿일임 / 군적에 있는 지방의 장정

자네 또한 도망하면 일국 일토(一國一土) 한 인심에

근본(根本) 숨겨 살려 한들 어데 간들 면할쏜가」

차라리 네 살던 곳에 아모케나 뿌리 박여

「칠팔월에 채삼(採蔘)하고 구시월에 돈피(獤皮) 잡아
채삼: 인삼을 캠 / 돈피: 담비 종류 동물의 모피 / 공채 신역을 갚을 수 있는 방법

공채(公債) 신역(身役) 갚은 후에 그 나머지 두었다가
공채: 공과금 미납으로 인해 진 빚 / 신역: 나라에서 성인 장정에게 부과하던 군역과 부역

함흥 북청(咸興北靑) 홍원(洪原) 장사 돌아들어 잠매(潛賣)할 제
잠매: 물건을 몰래 팖

후가(厚價) 받고 팔아 내어 살기 좋은 너른 곳에
후가: 후한 값

가사 전토(家舍田土) 고쳐 사고 가장집물(家藏什物) 장만하여
가사: 사람이 사는 집 / 전토: 논과 밭 / 고쳐: 다시 / 가장집물: 집에 놓고 쓰는 온갖 살림 도구

부모처자 보전하고 새 즐거움을 누리려무나」
「 」: 고향에 계속 머물며 공채와 신역을 갚고 잘 살 수 있는 방법을 제시하는 생원
▸ 생원이 군사 도망하는 갑민에게 공채 신역을 갚으며 살 수 있는 방법을 제안함

어와 생원인지 초관(哨官)인지 그대 말씀 그만두고 이내 말씀 들어 보소
화자: 갑민. 생원의 제안에 갑민이 반박을 시작함

이내 또한 갑민(甲民)이라 이 땅에서 생장하니 이때 일을 모를쏘냐
갑산의 사정을 잘 알고 있는 갑민 / 설의법

우리 조상(祖上) 남중 양반(南中兩班) 진사 급제(進士及第) 연면(連綿)하여
갑민의 신분이 양반이었음을 알 수 있음 / 연면: 끊어지지 않고 계속 잇달아 있음
(화자가 갑민으로 전환됨)

금장 옥패(金章玉佩) 빗기 차고 시종신(侍從臣)을 다니다가
시종신: 임금의 곁에서 문학으로 보필하던 벼슬아치

시기인(猜忌人)의 참소 입어 전가사변(全家徙邊) 하온 후에
전가사변: 조선 시대에, 죄인을 그 가족과 함께 변방으로 옮겨 살게 하던 일 / 갑민의 집안이 몰락하여 갑산으로 오게 된 사연이 드러남

국내 극변(國內極邊) 이 땅에서 칠팔 대(七八代)를 살아오니
갑산의 위치. 살기 힘든 곳

선음(先蔭) 입어 하는 일이 읍중(邑中) 구실 첫째로다
선음: 조상의 숨은 은덕 / 읍중 구실: 읍에서 양반에게 주어지는 역할

들어가면 좌수 별감(座首別監) 나가서는 풍헌 감관(風憲監官)

유사 장의(有司掌儀) 채지 나면 체면 보아 사양터니
유사 장의: 하급 관리직 / 채지: 하급 관리 채용 시 주는 사령서
▸ 조상 대대로 양반 신분이었던 갑민의 일가

「애슬프다 내 시절에 원수인(怨讐人)의 모해(謀害)로써 군사 강정(軍士降定) 되단 말가」
갑민의 대에 이르러 모해를 입었음 / 모해: 꾀를 써서 남을 해침 / 군사 강정: 군사로 신분이 강등되어 군역을 지게 된 갑민의 처지
「 」: 갑민의 집안이 몰락한 이유

내 한 몸이 헐어 나니 좌우 전후 많은 일가(一家) 차차 충군(次次充軍) 되것고야
헐어 나니: 몰락한 신세 / 차차 충군: 군대에 편입시킴

## 작품 분석 노트

### 현대어 풀이

어져 어져, 저기 가는 저 사람아.
네 행색을 보아하니 군사가 (신역을 피해) 도망가는 것이 너로구나.
허리 위를 보자면 베적삼이 깃만 남고
허리 아래를 굽어보니 헌 잠방이가 누덕누덕.
등이 굽은 할미가 앞에 가고 다리를 절뚝이는 이는 뒤에 간다.
십 리 길을 하루에 가니 몇 리 가서 엎어지리.
내 고을의 양반도 다른 도나 고을로 옮겨 살면
천하게 되기가 예삿일이거든 고향의 군정 노릇이 싫다 하고
자네 또한 도망하면 한 나라 한 땅 같은 인심에
근본을 숨겨 살려 한들 어디에 간들 면할 것인가.
차라리 네가 살던 곳에 아무렇게나 뿌리 박여
칠팔월에 인삼 캐고 구시월에 담비 가죽 잡아
공채 신역 갚은 후에 그 나머지 두었다가
함흥 북청 홍원에 장사꾼 돌아들어 물건을 몰래 팔 때
후한 값 받고 팔아 내어 살기 좋은 넓은 곳에
집과 논밭 다시 사고 온갖 살림살이 장만하여
부모처자 보전하고 새 즐거움을 누리려무나.
어와, 생원인지 초관인지 그대 말씀 그만두고 이내 말씀 들어 보소.
이내 또한 갑산의 백성이라 이 땅에서 태어나고 자라니 이때 일을 모르겠는가.
우리 조상은 남쪽 양반으로 진사 급제 계속하여
금장 옥패 비껴 차고 임금을 가까이 모시는 벼슬아치로 다니다가
시기하는 이의 참소를 입어 온 집안이 변방으로 강제 이주당한 후에
우리나라의 변방인 이 땅에서 칠팔 대를 살아오니
조상의 숨은 은덕 입어 하는 일이 읍에서의 구실아치 첫째로다.
들어가면 좌수 별감이요, 나가서는 풍헌 감관이거늘
유사 장의 같은 하급 관리 임명장 나면 체면 보아 사양했더니
애슬프다 내 시절에 원수의 모해 입어 군사로 강등되단 말인가.
내 한 몸이 몰락하니 좌우 전후 많은 가족 차차 군역을 지었구나.

여러 대의 조상의 제사를 받듦
누대봉사(累代奉祀) 이내 몸은 하릴없이 매어 있고
여러 친족
시름없는 제 족인(諸族人)은 자취 없이 도망하고
과도한 신역을 피해 고향을 버리고 떠남
여러 사람 모든 신역(身役) 내 한 몸에 모두 무니
도망간 친족의 신역까지 부담하게 된 갑민의 처지
한 몸 신역 삼 냥 오 전(三兩五錢) 돈피 이 장(獤皮二張) 의법(依法)이라
구체적인 신역을 제시하여 현실성이 드러남 / 법에 의거함
십이 인명(十二人名) 없는 구실 합쳐 보면 사십육 냥(四十六兩)
도망간 친척이 12명이나 되어 갑민이 부담해야 할 몫이 늘어남
「해마다 맞춰 무니 석숭(石崇)인들 당할쏘냐」 ▶ 과도한 신역을 감당해야 하는 갑민의 신세
중국 진나라 때의 부자 「 」: 부자라도 감당할 수 없는 과도한 부담임을 비판. 설의법
약간 농사 전폐하고 채삼(採蔘)하려 입산하여
농사로는 신역을 감당할 수 없음 / 생원이 제안한 방법 ① – 인삼 캐기
「허항령(虛項嶺) 보태산(寶泰山)을 돌고 돌아 찾아보니
「 」: 인삼 캐기를 시도하였으나 뜻대로 되지 않음 → 생원의 제안 반박
인삼(人蔘) 싹은 전혀 없고 오가(五加)잎이 날 속인다」
갑민의 신세를 더욱 처량하게 만드는 대상
하릴없이 공반(空返)하여 팔구월 고추바람
빈손으로 돌아와 / 살을 에는 듯 매섭게 부는 차가운 바람
안고 돌아 입산하여 돈피 산행(獤皮山行) 하려 하고
생원이 제안한 방법 ② – 담비 가죽을 얻기 위한 사냥
「백두산 등에 지고 분계강하(分界江下) 내려가서
「 」: 산에서 돈피 사냥을 하였지만 실패한 갑민 → 생원의 제안 반박
싸리 꺾어 누대 치고 이깔나무 우등 놓고
모닥불
하나님께 축수(祝手)하며 산신(山神)님께 발원(發願)하여
두 손바닥을 마주대고 빌며 / 소원을 빌어
물채줄을 갖추 놓고 사망 일기 원망(願望)하되
장사에서 이익을 많이 얻는 운수, 좋은 운 / 원하고 바라되
내 정성이 불급(不及)한지 사망 실이 아니 붙네」 ▶ 인삼 캐기와 담비 사냥에 실패한 갑민
일정한 수준이나 정도에 미치지 못함
빈손으로 돌아서니 삼지연(三池淵)이 잘 참이라
백두산 근처에 있는 세 개의 호수
입동(立冬) 지난 삼 일 후에 일야설(一夜雪)이 사뭇 오니
「대자 깊이 하마 넘어 사오 보(四五步)를 못 옮길레」
「 」: 밤새 폭설이 내려 제대로 걷지 못하는 상황
양진(粮盡)하고 의박(衣薄)하니 앞의 근심 다 떨치고
식량이 떨어짐 / 옷이 얇음
목숨 살려 욕심하여 지사위한(至死爲限) 길을 헤여
죽을 때까지 자기의 의견을 굽히지 아니하고 뻗대어 나감
인가처(人家處)를 찾아오니 검천 거리(劍川巨里) 첫 목이라
인가가 가까이에 있는 곳
계초명(鷄初鳴)이 이슥하고 인가 적적(人家寂寂) 한잠일레
새벽에 맨 처음 우는 닭의 울음소리
집을 찾아 들어가니 혼비백산 반 주검이
몹시 놀라 넋을 잃음 / 거의 죽을 지경에 이른 갑민의 상황
언불 출구(言不出口) 넘어지니 더운 구들 아랫목에
아무 말도 하지 못하고 / 온돌방에서 아궁이 가까운 쪽의 방바닥. 따뜻한 곳
송장같이 누웠다가 인사 수습(人事收拾) 하온 후에
정신을 차림
두 발끝을 굽어보니 열 가락이 간데없네
극심한 추위에 동상으로 발가락을 모두 잃음
간신 조리(艱辛調理) 생명(生命)하여 쇠게 실려 돌아오니
간신히 몸을 보실펴 / 소에게 ▶ 얼어 죽을 뻔한 고생을 하고 집에 간신히 돌아온 갑민
팔십 당년(八十當年) 우리 노모(老母) 마중 나와 이른 말씀
「살아왔다 내 자식아 사망 없이 돌아온들
수확 없이 빈손으로
모든 신역(身役) 걱정하랴」 전토 가장(田土家庄) 진매(盡賣)하여
「 」: 노모의 말 / 논밭과 살림살이 / 모두 팔아
사십육 냥(四十六兩) 돈 가지고 파기소(疤記所) 찾아가니
신역 부담을 위한 물품을 거두기 위해 백성의 명부를 보관하던 곳
중군 파총(中軍 把摠) 호령하되 우리 사또(使徒) 분부내(分付內)에

**현대어 풀이**

여러 대 조상의 제사를 받들 이내 몸은 어찌할 도리 없이 매어 있고
시름없는 여러 친족들은 자취 없이 도망하고
여러 사람 모든 신역 내 한 몸이 모두 감당하니
한 몸 신역 돈으로는 세 냥 오 전이요, 돈피로는 두 장이 법에 따름이라.
열두 사람 없는 구실 합쳐 보면 사십육 냥
해마다 맞춰 무니 큰 부자인 석숭인들 당하겠는가.
얼마 안 되는 농사 전부 그만두고 인삼 캐러 산에 가서
허항령 보태산을 돌고 돌아 찾아보니
인삼 싹은 전혀 없고 오갈피잎이 날 속인다.
할 수 없이 빈손으로 돌아와 팔구월 차가운 바람을
안고 돌아 산에 들어가서 담비 사냥 하려 하고
백두산 등에 지고 (국경의) 경계가 되는 강의 아래로 내려가서
싸리 꺾어 누대를 만들고 이깔나무로 모닥불을 피우고
하나님께 손 모아 빌며 산신님께 소원을 빌어
물채줄을 갖춰 놓고 좋은 운수 일어나길 소원하되
내 정성이 부족한지 좋은 운이 아니 붙네.
빈손으로 돌아서니 삼지연에서 잘 참이라.
입동이 지난 삼 일 후에 밤새 눈이 사뭇 오니
다섯 자 깊이 이미 넘어 네다섯 걸음을 못 옮기네.
식량이 떨어지고 옷이 얇으니 앞에 했던 근심을 다 떨치고
목숨 살려는 욕심내어 사력을 다해 길을 헤아려
인가를 찾아오니 검천 거리 입구로다.
새벽의 닭 울음소리가 이슥하고 인가는 적적한 것이 (아직) 한잠이네.
집을 찾아 들어가니 혼비백산. 반죽음 상태가 되어
아무 말도 하지 못하고 넘어지니 더운 구들 아랫목에
죽은 사람같이 누웠다가 정신을 차린 후에
두 발끝을 굽어보니 열 개의 발가락이 사라졌네.
간신히 몸을 보살피고 살아나 소에게 실려서 (집으로) 돌아오니
팔십 되신 우리 노모 마중 나와 이르신 말씀
살아왔다. 내 자식아. 빈손으로 돌아온들 모든 신역 걱정하랴. 논밭과 살림살이를 모두 팔아
(얻은) 사십육 냥 돈을 가지고 파기소를 찾아가니
중군 파총이 호령하되 우리 사또 분부하시길

각 초군(各哨軍)의 제 신역(諸身役)을 돈피 외(獤皮外)에 받지 말라
돈이 아닌 현물(돈피)로만 받으라는 수령의 분부

관령 여차(官令如此) 지엄(至嚴)하니 하릴없어 퇴하놋다 ▶ 거의 전 재산을 팔아 세금을 바치려 가나 신역을 해결하지 못함
사정을 하소연하는 글

돈 가지고 물러 나와 원정(原情) 지어 발괄하니
신역으로 돈을 받지 않고 돈피만 받기 때문임　자기편을 들어 달라고 남에게 부탁하거나 하소연하니

물위 번소(勿爲煩訴) 제사하고 군노 장교(軍奴將校) 차사(差使) 놓아
수령은 번거롭게 소란 피우지 말라고 하며 관리를 보내 신역을 해결하도록 재촉함

성화(聖火)같이 재촉하니 노부모의 원행 치장(遠行治裝)
죽은 후 먼 길을 떠날 수 있도록 마련한 수의

팔 승(八升) 네 필(匹) 두었더니 팔 냥(八兩) 돈을 빌어 받고
돈피 마련을 위해 노부모의 수의를 팖

팔아다가 채워 내니 오십여 냥(五十餘兩) 되겠고야

삼수각진(三水各鎭) 두루 돌아 이십육 장(二十六張) 돈피 사니
거의 (가까워 옴)　▶ 부모의 수의까지 판 돈으로 삼수 지역을 돌며 돈피를 마련함

십여 일 장근(將近)이라 성화(星火) 같은 관가 분부(官家分付)
돈피 마련에 걸린 시간

차지(次知) 잡아 가두었네 불쌍할사 병든 처는
남을 대신하여 형벌을 받던 사람 = 갑민의 아내

영어 중(囹圄中)에 던지어서 결항 치사(結項致死) 하단 말가
감옥　갑민의 아내가 괴로움을 이기지 못하고 목을 매어 죽음

내 집 문전 돌아드니 어미 불러 우는 소리
문의 앞쪽　갑민의 아내

구천(九天)에 사무치고 의지 없는 노부모는

불성인사 누웠으니 기절하온 탓이로다
제 몸에 벌어지는 일을 모를 만큼 정신을 잃은 상태

여러 신역(身役) 바친 후에 시체 찾아 장사하고
제사 지내는 일을 맡아 함

사묘(祠廟) 모셔 땅에 묻고 애끊도록 통곡하니
참새 따위의 작은 새를 통틀어 이르는 말. 감정 이입물　슬피

무지 미물(無知微物) 뭇 조작(鳥雀)이 저도 또한 설리 운다 ▶ 돈피를 구하는 사이 갑민의 아내가 옥살이를 하다 죽음
아는 것이 없는 동물　갑민의 슬픈 정서가 조작에 투영됨

막중 변지(邊地) 우리 인생 나라 백성 되어 나서
변두리의 땅

군사(軍士) 싫다 도망하면 화외민(化外民)이 되려니와
임금의 교화가 미치지 못하는 곳의 백성 → 법의 보호를 받지 못함

한 몸에 여러 신역(身役) 물다가 할 새 없어
갑산의 백성들이 유랑민이 되는 이유 – 한 사람이 여러 사람의 신역을 부담해야 함　또다시 돌아오는 신역을 견딜 수 없기에 유리민이 되어 떠돌 수밖에 없음

또 금년(今年)이 돌아오니 유리 무정(流離無定) 하노매라 ▶ 갑산에 사는 백성들의 고충과 실정
임금이 있는 곳　일정한 집과 직업이 없이 이곳저곳으로 떠돌아다님 = 유랑

나라님께 아뢰자니 구중천문(九重天門) 멀어 있고
갑산의 실정을 임금에게 알리기에는 현실적으로 어렵다는 생각이 드러남

**감상 포인트**
생원과의 대화 속에 나타난 갑민의 삶을 통해 작품의 주제 의식을 파악한다.

요순(堯舜) 같은 우리 성주(聖主) 일월같이 밝으신들
어진 임금　해와 달　뒤집힌 항아리 아래

「불점 성화(不沾聖化) 이 극변(極邊)에 복분하(覆盆下)라 비칠쏘냐」
임금의 교화를 누리지 못하는　「」: 임금님의 어진 덕이 갑산에까지 미치지 못함을 한탄함. 설의법

주목 그대 또한 내 말 듣소 타관 소식(他官消息) 들어 보게
생원　북청

북청 부사(北青府使) 뉘실런고 성명(姓名)은 잠깐 잊어 있네
선정을 베푸는 관리

허다 군정(許多軍丁) 안보(安保)하고 백골 도망(白骨逃亡) 해원(解寃)일레
매우 많은　편안히 보전함　죽은 이　원통한 마음을 풂

각대 초관(各隊哨官) 제 신역(諸身役)을 대소 민호(大小民戶) 분징(分徵)하니
한 초를 거느리던 종구품 무관 벼슬　모든 백성에게 고르게 부담 지움

많으면 닷 돈 푼수 적으면 서 돈이라
갑산과 달리 북청 고을의 가벼운 신역 부담

인읍 백성(隣邑百姓) 이 말 듣고 남부여대(男負女戴) 모여드니
가까운 고을　남자는 짐을 지고 여자는 머리에 인다는 뜻으로, 가난한 사람들이 살 곳을 찾아 이리저리 떠돌아다님을 이름

군정 허오(軍丁虛伍) 없어지고 민호 점점(民戶漸漸) 늘어 간다 ▶ 북청에서는 신역의 부담이 적음
군적에 등록만 되어 있고 실제로는 없던 군정　백성들이 군정의 폐단이 없는 북청으로 이주함

나도 또한 이 말 듣고 우리 고을 군정 신역(軍丁身役)
관찰사가 직무를 보던 관아　백성이 고을 원의 판결에 불복하여 관찰사에게 올리던 민원서류

「북청 일례(北青一例) 하여지라 영문 의송(營門議送) 정탄 말가」
「」: 군정과 신역을 북청과 같이 시행해 주기를 바라는 송장을 관아에 낸 갑민

**현대어 풀이**

각 초군의 모든 신역을 담비 가죽 외에는 받지 마라.
관청의 명령이 이와 같이 매우 엄하니 할 수 없이 물러난다.
돈 가지고 물러 나와 억울한 사정을 글로 지어서 하소연하니
번거롭게 송사하지 말라 하고 군아의 사내종과 장교를 파견하여
몹시 급하게 재촉하니 노부모의 수의로
여덟 승과 네 필을 두었던 것을 여덟 냥 돈을 받고
팔아다가 채워 내니 오십여 냥 되겠구나.
삼수의 각 지역을 두루 돌아 이십육 장 담비 가죽을 사니
십여 일이 거의 지난지라. 몹시 급한 관가의 분부에
(나 대신) 아내를 잡아 가두었네. 불쌍하다 병든 아내는
감옥 안에 갇히어서 목을 매어 죽었단 말인가.
내 집의 문 앞을 돌아드니 (아이가) 어미 불러 우는 소리
구천에 사무치고 의지 없는 노부모는
인사불성으로 누웠으니 기절한 탓이로다.
여러 신역을 바친 후에 (아내의) 시체 찾아 장사 지내고
사당 모셔 땅에 묻고 애끊도록 통곡하니
아는 것이 없는 동물인 뭇 새가 저도 또한 슬피 운다.
변방이라도 우리 인생 나라의 백성이 되어 나서
군사 되기 싫다고 도망하면 임금의 교화가 미치지 못하는 곳의 백성이 되려니와
한 몸에 여러 신역을 부담하다가 할 수 없어
또 금년이 돌아오니 이곳저곳으로 떠돌아다니노라.
나라님께 아뢰자니 궁궐의 문이 멀리 있고
요순 같은 우리 임금이 해와 달같이 밝으신들
임금의 교화를 누리지 못하는 이 극한 변방, 뒤집힌 항아리 아래와 같은 곳에 (임금의 덕이) 비추겠는가.
그대 또한 내 말 듣소, 타관 소식 들어 보게.
북청 부사 누구신가 성명은 잠깐 잊어버렸네.
많은 군정을 편히 보전하고 죽어 없어진 이는 원통한 마음 푸네.
각 부대 초관 여러 신역을 고루고루 크고 작은 집이 나눠 내니
많으면 닷 돈 푼 정도, 적으면 서 돈이라.
가까운 고을의 백성이 이 말 듣고 이리저리 떠돌다 (북청으로) 모여드니
거짓 군정 없어지고 백성의 집이 점점 늘어 간다.
나도 또한 이 말 듣고 우리 고을의 군정 신역
북청의 예를 들어 하옵소서 관아에 상소를 바쳤는데

본읍(本邑) 맡겨 제사(題辭) 맡아 본 관아(本官衙)에 부치온즉
관부에서 백성이 제출한 소장이나 원서에 쓰던 관부의 판결이나 지령

불문 시비(不問是非) 올려 매고 형문 일차(刑問一次) 맞단 말가
잘잘못을 가리지도 않고 형문(죄인의 정강이를 때리던 형벌)을 당한 갑민 ▸ 갑민이 북청의 예를 들어 수취 제도 개편을 청했다가 벌만 받음

천신만고(千辛萬苦) 놓여나서 고향 생애(故鄕生涯) 다 떨치고
온갖 어려운 고비를 다 겪으며 심하게 고생함

인리 친구(隣里親舊) 하직(下直) 없이 부로휴유(扶老携幼) 자야반(子夜半)에
노인을 부축하고 어린이는 이끈다는 뜻으로, 늙은이를 도와 보호하고 어린이를 보살펴 주는 것을 이르는 말 / 한밤중에

후치령로(厚致嶺路) 빗겨 두고 금창령(金昌嶺)을 허위 넘어

단천(端川) 땅을 바로 지나 성대산(聖大山)을 넘어서면 북청(北靑) 땅이 긔 아닌가

거처 호부(居處好否) 다 떨치고 모든 가속(家屬) 안보(安保)하고 신역(身役) 없는 군사(軍士) 되세
좋음과 나쁨 / 한 집안에 딸린 구성원 / 갑민의 소박한 소망

내곧 신역 이러하면 이친 기묘(離親棄墓) 하올쏘냐 ▸ 갑민이 갑산을 떠나 유리를 결단하게 됨
친족과 이별하고 조상 묘를 버림

비나이다 비나이다 하나님께 비나이다
반복을 통한 간절함 강조

「충군애민(忠君愛民) 북청(北靑) 원님 우리 고을 들르시면
임금께 충성을 다하고 백성을 사랑함

군정 도탄(軍丁塗炭) 그려다가 헌폐상(軒陛上)에 올리리라」 「」: 갑산의 군정 문제가 임금께 알려져 개선되기를 바람
몹시 곤궁하여 고통스러운 지경 / 임금님께

「그대 또한 명년(明年) 이때 처자 동생 거느리고
내년

이 영로(嶺路)로 잡아들 제 그때 내 말 깨치리라」 「」: 생원도 갑산에 살면서 군정의 폐해를 겪는다면 자신의 말을 이해할 수 있을 것이라는 의미
고갯길

내 심중에 있는 말씀 횡설수설(橫說竪說)하려 하면

내일 이때 다 지나도 반나마 모자라리
심중에 맺힌 말이 많음

일모 총총(日暮悤悤) 갈 길 머니 하직하고 가노매라. ▸ 갑민이 자신의 소망을 이야기하고 북청으로 떠남
날이 저묾 / 몹시 급하고 바쁜 모양

### 현대어 풀이

본읍에 맡겨 판결을 맡아 본 관아에 부쳤더니
시비는 묻지 않고 올려 매어 놓고 정강이만 한 차례 맞았단 말인가.
천신만고 (끝에) 풀려나서 고향에서의 삶 다 떨치고
이웃 친구 인사 없이 일가족을 데리고 한밤중에
후치령 길 빗겨 두고 금창령을 힘들게 넘어
단천 땅을 바로 지나 성대산을 넘어서면 북청 땅이 그곳 아닌가.
거처의 좋고 나쁨은 다 떨쳐 버리고 모든 가족 보호하고 신역 없는 군사 되세.
내 사는 곳 신역 이러하면 친족과 이별하고 조상 묘를 버리겠는가.
비나이다. 비나이다. 하나님께 비나이다.
임금에게 충성을 다하고 백성을 사랑하는 북청 원님 우리 고을 들르시면
군정의 도탄을 그려다가 임금님께 올리리라.
그대 또한 내년 이때 처자 동생 거느리고
이 고갯길로 접어들 때 그때 내 말 깨우치리라.
내 심중에 있는 말 횡설수설하려 하면
내일 이때 다 지나도 반 남짓도 모자라리.
해 저물고 바쁘게 갈 길 머니 작별하고 가노매라.

## 핵심 포인트 1 표현상 특징 파악

이 작품에 사용된 주요 표현상의 특징을 바탕으로 화자의 상황과 정서를 파악할 수 있어야 한다.

**표현상 특징**

| | |
|---|---|
| 시간의 흐름에 따른 시상 전개 | 시간의 흐름에 따라 시상을 전개하여 '갑민'이 겪은 부정적 변화를 제시함<br>→ '우리 조상 남중 양반 진사 급제 연면하여 ~ 군사 강정 되단 말가 / 내 한 몸이 헐어 나니' |
| 설의적 표현 | 설의적 표현을 활용하여 '갑민'이 처한 상황을 부각함<br>→ '이내 또한 갑민이라 이 땅에서 생장하니 이때 일을 모를쏘냐', '해마다 맞춰 무니 석숭인들 당할쏘냐', '불점 성화 이 극변에 복분하라 비칠쏘냐' 등 |
| 감정 이입 | 자연물에 '갑민'의 정서를 투영하여 아내를 잃은 인물의 슬픔을 강조함<br>→ '무지 미물 뭇 조작이 저도 또한 설리 운다' |

## 핵심 포인트 2 작품의 내용 파악

이 작품은 등장인물 간의 대화 형식을 통해 시상을 전개하고 있다. 따라서 생원과 갑민의 대화 내용을 파악하고, 각 인물 간의 입장 차이를 이해할 수 있어야 한다.

**대화체를 활용한 시상 전개**

| 생원 | | 갑민 |
|---|---|---|
| 고향(갑산)에 머물며 갑민이 처한 문제(공채, 신역)를 해결할 수 있다고 여김 | | 고향(갑산)을 떠나 북청으로 이주하는 것만이 문제를 해결할 수 있는 방안이라고 여김 |
| • 갑산을 떠나 타향에서 살면 천한 신세가 되기 쉬움<br>→ '내 고을의 양반 사람 타도타관 옮겨 살면 / 천히 되기 상사여든'<br>• 도망가서 근본을 숨기고 살아도 비참한 현실에서 벗어나기 어려움<br>→ '자네 또한 도망하면 일국 일토 한 인심에 / 근본 숨겨 살려 한들 어데 간들 면할쏜가'<br>• 인삼을 캐고 돈피 사냥을 해서 공채와 신역을 해결할 수 있음<br>→ '칠팔월에 채삼하고 구시월에 돈피 잡아 / 공채 신역 갚은 후에'<br>• 신역을 갚고 남은 인삼과 돈피를 팔아 가족들의 생계를 유지할 수 있음<br>→ '그 나머지 두었다가 ~ 부모처자 보전하고 새 즐거움을 누리려무나' | 제안  반박 | • 도망간 친족들의 신역까지 모두 감당해야 함<br>→ '시름없는 제 족인은 자취 없이 도망하고 / 여러 사람 모든 신역 내 한 몸에 모두 무니'<br>• 인삼 캐기와 돈피 사냥에 실패함<br>→ '채삼하려 입산하여 ~ 내 정성이 불급한지 사망 실이 아니 붙네'<br>• 돈피를 구하고 있던 중 감옥에 붙잡혀 간 아내가 자결함<br>→ '삼수각진 두루 돌아 ~ 결항 치사 하단 말가'<br>• 과도한 신역 부담에 북청의 예와 같이 해 달라는 상소를 올렸으나 처벌받음<br>→ '영문 의송 정탄 말가 ~ 불문 시비 올려 매고 형문 일차 맞단 말가'<br>• 신역 부담이 적고 선정을 베풀고 있는 북청으로 떠나려 함<br>→ '일모 총총 갈 길 머니 하직하고 가노매라' |

## 핵심 포인트 3 시적 공간의 이해

이 작품은 갑민이 벗어나고자 하는 공간인 '갑산'과 이상적 공간인 '북청'을 대비하여 부조리한 현실 비판이라는 주제 의식을 드러내고 있으므로, '갑산'과 '북청'의 의미와 성격을 이해할 수 있어야 한다.

**'갑산'과 '북청'의 공간적 의미**

| 갑산 | | 북청 |
|---|---|---|
| • 갑민의 조상이 참소당해 강제로 이주한 곳<br>• 국내 극변(중심지에서 아주 멀리 떨어진 변방)<br>• 갑민의 조상들이 칠팔 대를 살아온 곳<br>• 갑민의 대에서 모해 입어 신분이 군사로 강등된 곳<br>• 갑민이 도망간 친족들의 신역까지 부담하며 힘들게 살아가는 곳<br>• 갑민의 아내가 감옥으로 끌려가 자결한 곳<br>• 임금의 교화와 덕이 미치지 못하는 곳 | ↔ | • 북청 부사가 선정을 베푸는 곳<br>• 많은 군정이 편히 보전되고 죽은 이가 원한을 푸는 곳<br>• 신역을 여러 백성에게 공정히 나누어 부담이 적은 곳<br>• 허위 군정이 사라져 군정의 폐단이 없는 곳<br>• 인근 백성들이 모여들어 민가가 늘어나는 곳<br>• 갑민이 고향을 떠나 가족을 데리고 향하는 곳 |

### 작품 한눈에

• 해제

〈갑민가〉는 조선 영·정조 시기 함경도 갑산에 사는 백성이 지었다고 알려진 현실 비판 가사이다. 이 작품은 생원과 갑민이 대화를 주고받는 형식으로 시상이 전개되는데, 군정의 폐단과 가렴주구로 인해 고통받는 당대 백성들의 현실이 사실적으로 나타나 있다. 작품 앞부분에서 생원은 갑산에서 고향을 버리고 도망가는 갑민을 발견하고, 다른 곳으로 가도 근본을 숨길 수 없으니 갑산에서 공채와 신역을 갚으며 살아갈 것을 조언한다. 이에 갑민은 자신이 신역을 부담해야 하는 몰락 양반이 된 이유를 설명하고, 도망간 친척 대신 자신이 모든 신역을 져야 하는 족징의 폐해, 삼 캐기를 실패하고 돈피(담비 가죽)를 구하기 위해 산에 올라간 사이 감옥에 끌려간 아내가 자결한 사연, 관아에 상소를 올렸으나 오히려 처벌을 받은 경험 등 자신이 겪은 비참한 현실을 들려준다. 이후 갑민은 이웃 마을 북청에서는 백성들에게 신역을 과중하게 부여하지 않고 선정을 베풀고 있다며, 생원에게 인사하고 갑산을 떠나 북청으로 향한다.

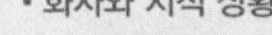

• 화자와 시적 상황

– 생원은 갑민에게 충고를 하는 인물로, 갑산을 벗어나 다른 곳으로 가도 현실의 문제를 해결할 수 없으므로, 갑산에 머무르라고 한다.

– 갑민은 몰락한 양반 신분으로, 도망간 친척의 신역까지 부담해야 하는 상황에 처해 있어, 갑산을 벗어나 선정을 베풀고 있다고 알려진 북청으로 가고자 한다.

• 주제

군정의 폐단으로 인한 가혹한 현실 비판

고전 시가 32

한 줄 평 술로 상징되는 향락적 욕망의 추구와 이에 대한 경계를 드러낸 노래

# 삼가 뜻하는 바를 작자 미상

(소장을 통해) 삼가 뜻하는 바를 펴고자 하는 저는 상제께서 처분하오소서

청원이나 진정을 처분하는 권한을 지닌 절대적 존재 / 술샘을 자신의 소유로 만들고자 하는 욕구 / 자신이 바라는 것을 청원하는 글인 '소지' 형식의 시조임이 드러남

▶ 초장: 청원인이 상제에게 청원을 올림

술샘이 주인 없어 오래도록 황폐하였으니 그 이유 살피신 후에 제가 바라는 일을 처결하여 허락함을 공증 문서로 발급하옵소서

술맛이 나는 물이 샘솟는 곳 = 주천(酒泉) / 술샘을 관리할 주인이 없음 / 술샘이 황폐해진 까닭 / 술샘의 주인이 되고 싶음 → 술에 대한 권리를 독차지하려는 의도 / 술샘의 소유권이 청원인에게 있음을 공식적으로 증명해 주기를 바람

▶ 중장: 술샘의 주인이 되기를 바라는 청원의 내용

상제께서 소장 안에 호소하는 바를 다 살펴보았거니와 유령 이백도 토지나 전결세를 나눠 받지 못했거든 하물며 (술샘은) 「세상의 공적 물건이라 제 마음대로 못할 일이라」

초장과 중장의 청원 내용 / 술을 몹시 즐겼던 중국의 시인들 / 토지와 관련된 세금 / 문맥상 술샘에 대한 권리를 의미함 / 술은 개인의 것이 될 수 없음 → 화자의 청원을 들어줄 수 없는 근본적 이유 / 「 」: 과도한 음주 혹은 개인의 과도한 욕망에 대한 경계

▶ 종장: 타당한 근거를 들어 청원을 거부하는 상제

**감상 포인트**

화자의 청원 내용과 그것에 대한 상제의 처분을 중심으로 작품을 감상해야 한다.

## 작품 분석 노트

• 시상 전개의 흐름

| | | |
|---|---|---|
| 청원 | 초장 | 청원자의 청원 |
| | 중장 | 술샘의 주인이 되는 것을 허락하는 공증 문서의 발급을 요구함 |
| 바라는 바를 이루어 주기를 청원함 | | |

↓

| | | |
|---|---|---|
| 처분 | 종장 | 술샘은 공적 물건이라 청원을 들어줄 수 없음 |
| 청원을 거부하고 개인의 과도한 욕망을 경계함 | | |

• '상제'가 화자의 청원을 거부한 근거

① 술을 즐기기로 유명했던 유령이나 이백도 '술샘[주천(酒泉)]'에 대한 어떤 권리도 부여받지 못함

② '술샘[주천(酒泉)]'은 개인이 소유할 수 없는 공적 물건임 → 청원 거부의 근본적 이유

## 핵심 포인트 1 표현상 특징 파악

이 작품은 다양한 표현 방법을 효과적으로 활용하여 과도한 욕망에 대한 경계라는 주제 의식을 드러내고 있으므로, 이 표현상의 특징을 알아 두어야 한다.

**〈삼가 뜻하는 바를〉의 표현상 특징**

| | |
|---|---|
| 역사적 인물인 '유령'과 '이백'의 전고 활용 | 유령과 이백이 술을 매우 즐겼다는 전고(典故)를 활용하여 상제가 청원자의 청원을 거부한 처분의 정당성을 강화함 |
| 말을 건네는 방식 | 초장과 중장은 소지 문서의 내용으로 '상제'를 청자로 설정하여 바라는 바를 제시하고 있으며, 종장은 이에 대한 상제 대리인의 답변을 제시하여 대화를 주고받는 듯 생동감 있게 전개함 |
| 청원자와 처분자의 신분 차이를 드러내는 높임 표현 | 초장과 중장의 화자(청원자)는 상대(처분자. 상제)를 높이고 있지만, 종장의 화자(처분자의 대변인)는 상대(청원자)를 높이지 않음 |

### 작품 한눈에

• 해제
이 작품은 소지의 형식을 활용하여 청원자가 바라는 바를 '상제'에게 요구하고, 그 청원에 대한 상제의 처분 결과를 제시하고 있는 소지형 시조이다. 초장과 중장의 화자는 상제에게 술샘(주천)을 자신의 소유로 인정해 달라는 청원을 하는데, 이는 향락이나 풍류 같은 즐거움을 독점하고 싶은 욕망을 상징한다고 볼 수 있다. 그리고 종장에서 상제의 대변인으로 볼 수 있는 화자가 청원을 거부한다는 상제의 처분을 제시하고 있다. 청원을 거부한다는 상제의 처분은 과도한 욕망에 대한 경계로 볼 수 있다.

• 화자와 시적 상황
초장과 중장의 화자와, 종장의 화자가 다르게 나타난다. 초장과 중장의 화자는 자신이 바라는 바를 들어주기를 상제에게 청원하는 청원인이며, 종장의 화자는 상제의 처분 결과와 그 근거를 상제를 대신해 청원인에게 전달하는 대리인이다.

• 주제
과도한 향락적 욕망과 이에 대한 경계

## 핵심 포인트 2 '청원 – 처분'의 전개 구조

이 작품은 '소지'의 형식을 활용하여 청원을 하고, 그것에 대한 처분 결과를 제시하는 소지형 시조의 구조를 보이고 있다.

**〈삼가 뜻하는 바를〉의 구조적 특징**

| | | |
|---|---|---|
| 초장과 중장 – 청원 | 청원 내용 | 술샘에 대한 청원자의 소유권을 인정하는 공증 문서의 발급 요청<br>⇨ 술을 통한 풍류나 향락을 독점하고 싶은 욕망 |
| | 청원 근거 | 오랫동안 주인이 없어 술샘이 황폐해짐 |
| 종장 – 청원에 대한 처분 | 처분 내용 | 청원을 거부함<br>⇨ 과도한 욕망에 대한 경계 |
| | 처분 근거 | ① 유령과 이백도 술샘에 대한 권리를 부여받지 못했음<br>② 술샘은 공적 물건이라 개인이 차지할 수 없음 |

**[참고] 주제와 내용이 유사한 소지형 시조**

右謹言所志矣段 陳地立案成給ᄒᆞ소 劉伶의 노던 ᄃᆡ 醉鄕이 무게셔이다
世上애 爭望ᄒᆞ리 업게 依法成給ᄒᆞ쇼셔

[현대어 풀이]
삼가 뜻하는 바를 아뢰오니 묵은 땅의 권리를 문서로 발급해 주소서
유령(劉伶)이 놀던 장소인 취향 땅이 묵혀 있으니
세상에 다툴 이 없게 법에 의하여 문서를 발급해 주소서

上帝 념기샤ᄃᆡ 狀辭的實ᄒᆞ올지라도 陶淵明 李太白도 立案 못 낸 싸히어니
天下애 公物을 사마 모다모다 노라ᄉᆞ라

[현대어 풀이]
상제 생각하시되 소장 내용이 사실이라 할지라도 도연명 이태백도 권리를 얻지 못한 땅이니
세상의 공적 물건으로 삼아 누구나 놀도록 하여라

– 김득연의 시조

# 영역별 찾아보기

# 고전 산문

고전 산문 01

한 줄 평 양반 자제인 남자 주인공과 기생 신분인 여자 주인공의 신분을 초월한 사랑을 다룬 이야기

# 눈을 쓸며 옥소선을 엿보다 임방

## 장면 포인트 1 주목

- 이 작품은 임방이 지은 조선 후기의 야담집 《천예록》에 수록된 이야기이다. 사대부 신분인 생과 기생인 자란의 신분을 초월한 사랑 이야기를 다루고 있다.
- 해당 장면은 생과 자란이 처음 만나 인연을 맺고 사랑에 빠졌지만 불가피하게 이별을 하게 되는 상황이다.
- 생과 자란이 이별을 겪게 된 이유와 생의 심리 변화에 주목하여 작품을 감상하도록 한다.

감사의 생일날이었다(생과 자란이 처음 만나게 되는 시간적 배경). 추향당(秋香堂)(공간적 배경)에서 손님들과 술자리를 벌여 놓고 기녀들을 불러다 노래도 부르고 춤도 추게 하였다. 술이 거나해지고(술이 어느 정도 취함) 왁자지껄 웃음소리가 주위를 덮으며 한창 분위기가 고조되었을 무렵, 「감사는 아들(생)에게 일어나 춤을 추라고 하였다. 그러면서 수기(首妓)(우두머리 기생)를 불러 젊은 기녀 중에 하나를 골라 아들과 짝이 되어 춤을 추게 하라 일렀다.」(「 」: 생과 자란이 처음 만나게 된 계기) 연희의 흥을 더하려 한 것이다. 기녀들이나 관영(각 지방의 요충지에 있던 관청과 군인들의 집)의 사람들은 너나 할 것 없이 예쁜데다 재주까지 뛰어난 자란이(자란의 특성을 직접적으로 제시함)가 당연히 도련님의 상대가 되어야 한다고 여겼다. 둘이서 만들어 내는, 여린 버들처럼 감돌다가 다시 제비같이 가볍게 돌아 나는 듯한 춤사위는 절묘하였다(생과 자란의 아름답고 조화로운 춤사위를 비유적으로 표현함). 지켜보던 사람들은 그 모습에 감탄하며 입을 다물 줄 몰랐다. 「관찰사(= 감사)도 너무 기뻐서 자란을 불러다 술상 앞에 앉아 보라 하였다. 그러고는 맛있는 음식을 권하며 상으로 비단까지 듬뿍 내려 주었다. 그는 자란에게 자신의 아들을 시봉하는(모시어 받드는) 기녀로 남아 있으라 일렀다. 이때부터 자란은 아들 옆에서 차를 올리거나 먹을 가는 일을 하게 되었다. 늘 그의 주위에 있으면서 함께 장난치며 놀기도 하였다.」(「 」: 생의 아버지의 주선으로 가까워지게 된 생과 자란) 그렇게 몇 해가 지나 둘은 사랑하는 사이가 되었고 서로에게 깊이 빠져들었다. 「정생(鄭生)과 이와(李娃)가, 장랑(張朗)과 앵앵(鶯鶯)(당대의 대표적인 애정 전기 소설 〈이와전〉과 〈앵앵전〉에 등장하는 남녀 주인공)이 나눈 유명한 사랑의 이야기도 이들에게는 미치지 못할 정도였다.」(「 」: 애정 소설 속 연인들을 언급하며 생과 자란의 깊은 애정 관계를 부각함)

▶ 생과 자란이 만나 사랑하는 사이가 됨

감사의 임기가 만료되었는데도 조정에서는 그(생의 아버지)가 평안도를 잘 다스렸다 하여 다시 그 직임을 맡겼다. 이렇게 모두 육 년을 지낸 후에야 비로소 임기를 마치고 중앙으로 복귀하였다(생과 자란이 이별하게 된 이유). 돌아갈 일이 가까워지자 감사와 그의 부인은 자란과 이별해야 할 아들 생각에 걱정이 태산 같았다. 버리고 가자니 상심한 아들이 상사병에라도 걸려 괴로워하면 어쩌나, 그렇다고 데려가자니 장가도 안 간 아들의 앞길에 행여 방해라도 되면 어쩌나 하는 걱정이었다(자란과 이별해야 하는 아들을 염려하는 감사와 부인). 이러기도 저러기도 곤란하기는 마찬가지여서(진퇴양난의 상황) 선뜻 판단을 못 내리던 감사 내외는 직접 물어보기로 하고 아들을 불렀다.

주목 "사내대장부가 좋아하는 것이면 비록 아비라 해도 자식에게 하지 말라고 강요하진 못하는 법이란다. 그러니 난들 마음대로 막을 수 있겠느냐? 너하고 자란이가

### 작품 분석 노트

- 〈눈을 쓸며 옥소선을 엿보다〉의 구성

| 단계 | 내용 |
|---|---|
| 발단 | • 평안도 관찰사의 생일에 생과 기녀 자란이 춤을 추게 됨<br>• 생과 자란은 서로 사랑하는 연인이 되어 6년간 함께 지냄 |
| 전개 | • 관찰사의 임기가 만료되어 관찰사의 가족이 서울로 올라가게 되면서 생과 자란이 이별함<br>• 자란을 잊지 못한 생은 자란을 만나고자 길을 떠남 |
| 위기 | 생은 자란의 집을 찾아가며 추위와 배고픔에 시달림 |
| 절정 | • 자란은 새로 부임한 사또 아들의 사랑을 받고 있어 산정에서 나오지 못함<br>• 과거에 생이 목숨을 구해 준 구실아치의 도움으로 생과 자란이 재회함<br>• 생과 자란은 마을에서 도망쳐 촌가에 숨어 지냄 |
| 결말 | • 자란의 권유로 생은 과거 공부에 몰두하고, 장원으로 급제한 생은 아버지와 재회함<br>• 생의 사정을 들은 왕은 생과 자란의 혼인을 허락하고, 자란은 생의 정실부인이 됨 |

이미 정이 들대로 들어 헤어지기도 어려울 것 같고, 그렇다고 아직 장가도 안 든 네가 그 애와 함께 지낸다는 건 혼인에 방해될 일인 듯싶어 걱정이 되는구나. 다만 남자가 첩을 두는 건 세상에 흔한 일이니, 혹시 네가 그 애를 너무 사랑해서 도저히 잊을 수 없다면 어쩔 수 없지 않겠느냐? 네 뜻에 따라 결정할 생각이니 숨기지 말고 다 말해 보거라."

6년이라는 오랜 세월을 함께 지냈기 때문임

기생인 자란을 아들의 혼인 상대로 생각하지 않음

당시의 가부장적 사회의 모습

자란을 아들의 첩으로 둘 생각은 하고 있음

아들의 의견을 존중하는 감사

뜻밖에도 아들은 아무렇지 않은 듯 대답하였다.

「"아버님께서는 어찌 제가 고작 기생 따위와 이별했다 하여 상사병으로 몸이 상할까 걱정하십니까? 비록 한동안 분간을 못하고 한눈을 팔긴 했지만, 그 애를 버리고 돌아가는 것은 해진 짚신을 버리는 일처럼 쉽습니다. 아버님께서는 더는 걱정 안 하셔도 되옵니다."」

「 」: 생은 오랜 기간 함께 지내 왔던 자란과 헤어지는 것을 대수롭지 않게 여김

자란을 버릴 수 있다고 장담함

**감상 포인트**

인물 간의 관계를 이해하고, 이를 바탕으로 인물의 심리 및 태도의 변화를 파악한다.

감사 부부는 너무 기뻤다.

내심 아들이 자란을 포기하기를 바랐음이 드러남

"우리 아들이 진짜 대장부로구나!"

이렇게 감사 일행은 서울로 떠났다. 떠나는 날, 자란은 목이 메어 차마 눈도 마주치지 못하고 흐르는 눈물만 삼키는데, 생은 아쉬워하거나 연연해하는 기색이 조금도 없었다. 이 모습을 지켜보던 관영 안의 사람들은 그의 남다른 의연함에 탄복할 뿐이었다. 왜냐면 둘이서 함께 생활한 지가 오륙 년이고 단 하루도 떨어져 본 적 없다가 세상에 둘도 없는 이별을 하면서 이렇게 가뿐하게 떠날 줄은 몰랐기 때문이다.

자란과는 대조적으로 이별에 의연한 모습을 보이는 생

관영의 사람들이 생의 담담한 태도에 탄복하는 이유

▶ 생이 담담한 태도로 자란과 이별함

감사는 평양에서의 직임을 마치고 대사헌이 되어 조정으로 복귀하였고, 생도 부모님을 따라 서울로 돌아오게 되었다. 그런데 생은 자신이 점점 자란을 그리워하고 있음을 깨닫게 되었다. 하지만 감히 말로도 표정으로도 드러낼 수 없는 일이었다.

공간적 배경의 이동: 평양(평안도) → 서울

생의 심리 변화: 담담함, 의연함 → 자란에 대한 그리움

사대부 신분이기 때문에 기녀에 대한 그리움을 자유롭게 표출할 수 없음

이런 즈음 과거를 본다는 방이 나붙었다. 아버지의 명에 따라 생은 친구 두셋과 함께 산사로 들어가 시험 준비를 하게 되었다. 산사에서 지내던 어느 날 밤이었다. 친구들은 모두 잠이 들었고 생도 잠자리에 들었으나 웬일인지 잠이 오질 않았다. 그래서 혼자 일어나 뜰 앞을 서성대었다. 한겨울 눈 내린 밤, 달빛이 눈부시게 환하였다. 깊은 산속의 고요함에 온갖 소리들이 스며들었다. 달을 바라보며 자란을 그리워했던 생은 울컥 가슴이 메어 왔다. 자란의 얼굴을 한 번만 봤으면 하는 마음을 누를 길 없었고 점점 미쳐 버릴 것만 같았다. 아직도 밤은 반이나 남아 있는데, 급기야 생은 뭐에 홀린 듯 평양을 향해 길을 떠났다. 입고 있던 다 해어진 명주옷에 가죽신을 신은 채로 걸어서 길을 떠났으니 채 십여 리도 못 가 발이 퉁퉁 부어올라 더는 갈 수조차 없게 되었다.

산속에 있는 절

자란에 대한 그리움으로 잠을 이루지 못함

자란에 대한 그리움을 고조시키는 배경

자란에 대한 그리움을 심화시키는 소재

자란에 대한 생의 그리움이 걷잡을 수 없이 커짐, 오매불망(寤寐不忘: 자나 깨나 잊지 못함)

과거 시험 준비를 포기하고 자란을 찾아가는 것에서 생이 아버지의 명보다 자신의 욕구를 우선시함을 알 수 있음

▶ 그리움을 이기지 못하고 자란을 찾아가는 생

• 공간의 이동에 따른 서사 전개

| 평양(평안도) | 생과 자란이 처음 만나 서로 사랑하는 관계로 발전하였으나 이별하게 됨 |
|---|---|

↓

| 서울, 산사 | 생이 자란을 그리워하고 있음을 깨닫고, 자란에 대한 생의 그리움이 점차 고조됨 |
|---|---|

↓

| 평양(평안도) | 자란에 대한 그리움으로 생이 자란의 집을 찾아가지만, 자란을 만나지 못함 |
|---|---|

• '생'의 심리 변화

| 이별 전 | 자란과의 이별을 '해진 짚신을 버리는 일'에 빗대며 대수롭지 않게 여김 |
|---|---|

↓

| 이별 | 자란과 달리 울지 않고 의연하고 담담한 태도를 보임 |
|---|---|

↓

| 이별 후 | 자란에 대한 사랑을 깨닫고, 이후 그리움이 깊어짐 |
|---|---|

• '생'의 태도

자란을 보기 위해 산사를 떠남

↓

가부장적 질서와 입신양명의 길을 거부한 채 신분적 제약에 얽매이지 않고 자란과의 사랑을 선택함

↓

- 주체적인 태도
- 애정 지상주의적인 태도

**장면 포인트 2**

- 해당 장면은 자란을 그리워하던 생이 구실아치의 도움을 받아 잠시 자란의 얼굴을 보게 되고, 이후 자란이 생을 만나기 위해 사또 아들에게 거짓말을 하고서 집으로 돌아오는 부분이다.
- 조력자의 역할을 하는 구실아치가 자란을 만나고 싶어 하는 생에게 어떤 도움을 주었는지에 주목하여 작품을 감상하도록 한다.

[앞부분의 줄거리] 기녀 자란과 사랑에 빠진 평안 감사의 아들 생은, 아버지의 감사 임기가 끝나자 자란을 두고 미련 없이 서울로 떠난다. 뒤늦게 자란에 대한 자신의 마음을 깨달은 생은 평안도로 돌아가지만 자란을 만나지 못한다. 갈 곳이 없었던 생은 과거에 자신이 도와주었던 구실아치의 집에서 신세를 지게 된다.

(신분을 초월한 사랑)

그곳에서 며칠을 묵으며 생은 구실아치와 함께 어떻게 하면 자란을 만나 볼 수 있을지 방도를 궁리하였다. 그러던 중에 구실아치가 이런 제안을 하였다.

(구실아치의 집) (구실아치: 각 관아의 벼슬아치 밑에서 일을 보던 사람. 과거에 생에게 은혜를 입은 인물로 은혜를 잊지 않고 적극적으로 생을 도움)

"조용히 만나 보기는 아무래도 어려울 것 같고……. 한 번만이라도 얼굴을 보고 싶으시다면야 제가 한 가지 꾀를 내보겠습니다. 헌데 도련님께서 따라 주실 수 있을런지요?"

(조력자의 역할을 하는 구실아치)

"물론이지. 어서 말하게."

"지금은 눈이 내린 뒤라 감영에서는 제설하는 부역이 있을 겝니다. 이 일은 으레 성안에 사는 백성들에게 분담시켜 왔고 소인이 이 일의 책임을 지고 있습죠. 도련님께서 부역하는 인부들 사이에 섞여 산정으로 들어가 비를 들고 눈을 쓸고 계시는 겁니다. 그러다 보면 산정에 있는 자란의 얼굴을 볼 수 있지 않을까요? 그것 말고는 지금으로선 별다른 방도가 없습니다요."

(눈: 생이 자란과의 재회를 이루게 되는 계기로 작용하는 소재) (감영: 관찰사가 직무를 보던 관아) (제설: 쌓인 눈을 치우는) (부역: 국가나 공공 단체가 공익사업을 위해 보수 없이 의무적으로 하는 노동) (산정: 산속 정자) (구실아치가 생을 위해 자란을 볼 수 있는 위한 방법을 강구함. 생에게 인부인 척하며 산정의 눈을 쓸라고 함)

> **감상 포인트**
> 조력자의 역할을 하는 인물이 누구인지, 조력자가 누구에게 어떤 도움을 주는지 파악한다.

생은 그 계획을 따르기로 하였다. 다음 날 이른 아침, 여러 인부들과 함께 산정으로 들어가 뜰에서 비를 들고 눈을 쓸기 시작하였다. 사또의 아들은 그때 마침 창을 열고 문턱에 기대어 앉아 있었고 그 옆으로 자란도 있었으나 밖에서는 보이지 않았다. 한편, 건장한 다른 인부들은 별 어려움 없이 기세 좋게 눈을 치우는데 생은 비를 다루는 게 서툴러 다른 사람들과 확연히 차이가 났다. 「사또의 자제는 그런 그의 모습을 보고 웃음을 터뜨리며 자란을 불러 그 꼴을 같이 보자 하였다.」 이윽고 자란이 부름을 받고 방 안에서 밖으로 나와 난간 앞쪽으로 섰다. 생은 이때다 싶어 털모자를 뒤로 젖힌 채 앞으로 지나가면서 자란을 쳐다보았다. 그러나 자란은 간절한 눈빛으로 자신을 보는 생을 그저 물끄러미 한 번 쳐다보았을 뿐 바로 방으로 들어가 문을 닫아 버렸다. 그러더니 다시 나오지 않았다. 순간의 해후는 그렇게 무참히 끝나 버렸다. 생은 아쉬움과 서글픔을 안은 채 구실아치의 집으로 돌아올 수밖에 없었다. 평소 총명하고 지혜로운 자란은 행색이 달라졌긴 해도 단번에 그가 도련님이란 걸 알 수 있었다.

(그 계획: 인부인 척 산정에 들어가 눈을 쓰는 것 → 자란을 보고 싶어 사대부인 생이 인부로 위장함, 자란에 대한 절절한 그리움이 드러남) (신분이 높은 생은 비질을 해 본 적이 없어 일하는 것이 서툶) (사또의 아들은 생의 정체를 알아차리지 못함) (「 」: 자란이 산정에서 생을 보게 되는 계기로 작용함) (작품의 제목 '눈을 쓸며 옥소선을 엿보다'와 연관되는 부분) (자란이 자신을 알아봐 주기를 바라는 데서 비롯된 행동) (자란은 어색하게 비를 다루는 인부가 도령인 줄 알아차렸지만 사또 아들에게 자신의 마음을 들킬까 봐 조심스럽게 행동함) (자란과 함께할 수 없는 상황) (해후: 오랫동안 헤어졌다가 뜻밖에 다시 만남) (자란의 특성을 직접적으로 제시함) (자란이 산정에 잠입한 생을 한눈에 알아봄)

▶ 구실아치의 묘책으로 자란을 보게 된 생

[중략 부분의 줄거리] 자란은 생을 만나기 위해 사또 아들에게 거짓말을 하고 집으로 돌아온다. 자란은 생이 자신의 집을 찾아왔으나 그가 어머니로부터 자란을 만날 수 없다는 말을 듣고서 떠났음을 알게 된다.

(아버지 기일에 올릴 제삿밥을 마련하지 못할까 봐 걱정된다고 거짓말을 함)

**작품 분석 노트**

- '구실아치'의 역할

| 생에게 도움을 받은 구실아치 |
| --- |
| 과거에 구실아치는 큰 죄를 짓고 죽을 날을 기다리고 있었음. 구실아치를 불쌍하게 여긴 생이 아버지에게 그를 살려 달라고 요청한 결과 그는 목숨을 구하게 됨 |

↓

| 생에게 도움을 주는 구실아치 = 조력자 |
| --- |
| 구실아치는 제설하는 인부인 척 몰래 산정으로 들어가면 자란의 얼굴을 볼 수 있을 것이라고 생에게 조언함 |

- 인물에 대한 이해

| 인물 | 이해 |
| --- | --- |
| 생 | 과거 준비를 하라는 아버지의 명을 어기고, 자란을 만나기 위해 평안도로 돌아가는 고난의 길을 선택함 |
| 자란 | 새로 부임한 사또 아들의 사랑을 받고 있으나, 생을 만나기 위해 사또 아들에게 거짓말을 하고 산정을 떠남 |

→ 생과 자란 모두 사랑을 위해 일시적으로 자신의 본분에서 벗어나 일탈하는 모습을 보임

「이 말을 들은 자란은 그동안 감추고 있던 울분을 토해 내듯 엉엉 소리 내어 울며 어머니를 탓하였다.」

생이 자란의 집을 찾아왔으나 자란의 어머니로부터 자란을 만날 기약이 없다는 말을 듣고 떠남

「 」: 생에 대한 자란의 간절한 그리움이 드러남

"사람으로서 할 짓이 아닌데도 우리 엄마가 그걸 하셨군요. 나와 도련님이 어떤 사이예요?「동갑내기 우리 둘, 열두 살 때 수연에서 함께 춤추던 날 관영에서는 모두들 내가 그의 짝이 된다고 하였지요. 비록 남을 통해서 인연이 되긴 했지만 하늘이 맺어 준 배필이라 생각했어요. 도련님과는 한시도 떨어지는 일 없이 함께 지내며 성장하였고 사또께서도 나를 미천하다 내치시지 않고 도련님의 배필이라 생각하여 위로하고 후하게 배려해 주셨지요. 제가 어디서 그런 극진한 사랑을 받겠어요? 그리고 평양 땅에 아무리 많은 귀족들이 왕래해도 도련님같이 기품 있고 재주가 뛰어나신 분은 없었어요. 그래서 더욱 도련님과 부부로 믿고 의지하며 살아야지 하는 마음을 품고 있었지요.」 그런데 목숨이라도 끊어 절개를 지켰다면 떳떳했을 텐데, 그러지도 못하고 목숨 부지하겠다고 위세에 눌려 다른 남자에게 마음이 없는 아양이나 떨며 살고 있는 처지가 되어 버렸잖아요. 귀하신 도련님이 뭐가 아쉬워 천 리 길도 마다 않고 오셨겠어요? 아무리 집에 제가 없어도 그렇지, 낭패를 무릅쓰고 힘들게 걸어서 오신 그런 분에게, 옛날 그 댁에서 내려 주신 은혜와 정은 까맣게 잊은 채 밥 한 그릇 따뜻하게 대접하기는커녕 어디로 가셨는지 모르다니요. 사람으로서는 할 짓이 아닌데도 우리 어머니가 매정하게 하셨단 말이죠? 어찌 그럴 수가 있어요?"

생을 붙잡지 않고 보내 버린 어머니를 원망함 / 생일에 음식을 차려 놓고 여러 사람이 모여 즐김 / 「 」: 과거에 일어난 사건을 요약적으로 제시함 / 감사(생의 아버지)가 수기(首妓)를 불러 생과 함께 춤을 출 기녀를 고르게 한 것 / 생과의 인연을 천생연분으로 생각함 → 자란의 운명론적 가치관을 엿볼 수 있음 / 감사가 기생인 자란을 생의 곁에 두게 한 일 / 생에 대한 자란의 인식이 나타남 / 신분을 뛰어넘는 사랑을 추구한 자란 / 자신이 사랑하지 않는 사또 아들의 산정에서 지내야만 하는 신세 / 자신의 감정을 적극적으로 표출하는 자란의 모습

▶ 자란이 생을 붙잡지 않고 보내 버린 어머니를 원망함

이런 이야기를 늘어놓으며 한참 동안을 목 놓아 울던 자란은 이내 마음을 진정시키고는 한 가지 생각을 떠올렸다.

'이 성안에는 낭군이 거처할 만한 곳이 없지. 필시 아무개 구실아치 집에 있을 거야!'

인물의 내적 독백. 생의 거처를 추측하는 데서 자란이 지혜롭다는 것을 알 수 있음

그녀는 뛸 듯이 밖으로 나가 곧장 구실아치 집으로 달려갔다. 과연 그곳에 도련님이 있었다. 둘은 서로의 손을 잡고 눈물만 흘릴 뿐, 아무 말도 하지 못했다. 한참 뒤에 자란은 도련님을 집으로 모시고 가서 술과 안주를 풍성하게 갖춰 대접하였다. 밤이 되자 자란이 생에게 말을 건넸다.

자란과 생이 극적으로 재회하는 공간 / 재회의 기쁨

"내일이면 다시 볼 수 없을 텐데 어쩌지요?"

의논 끝에 두 사람은 몰래 달아나기로 했다.「자란은 옷상자에서 비단으로 수놓은 옷가지를 꺼내어 옷 속의 솜은 다 빼내고 약간의 금은과 비녀, 패물 등 돈이 될 만한 것을 보자기 두 개에 나누어 싸 놓았다.」둘은 밤이 깊어지자 어미가 깊이 잠든 틈을 타, 미리 싸 둔 짐을 짊어지고 몰래 달아났다.

애정을 성취하기 위해 주체적인 선택을 함 / 「 」: 도망한 후의 생계를 위해 돈이 되는 물건을 챙기는 자란 / 야반도주(夜半逃走)

▶ 함께 살기 위해 도망치는 생과 자란

• '자란'이 사또의 아들에게 한 거짓말

| | |
|---|---|
| 거짓말을 한 상황 | 자란이 인부인 척 산정에 몰래 들어온 생을 알아본 상황 |
| 거짓말을 한 이유 | 생을 만나러 가기 위해 |
| 거짓말의 내용 | 자란은 아버지의 기일을 맞았지만 제삿밥을 마련하지 못할까 봐 걱정이 되어 울고 있다고 말함 |
| 거짓말에 대한 사또 아들의 반응 | 자란을 사랑하는 사또 아들은 자란을 의심하지 않고 믿음. 또한 자란에게 제사 음식을 가득 챙겨 주며 집에 가서 제사를 지내고 오라고 함 |

• '자란'에 대한 이해

| | |
|---|---|
| 예쁘고 재주가 뛰어남 | 기녀들과 관영의 사람들은 자란이 생의 춤 상대가 되어야 한다고 여김 |
| 대범하고 기지가 있음 | 생을 만나기 위해 사또 아들에게 거짓말을 함 |
| 지혜로움 | • 인부 행색으로 산정에 들어온 생을 단번에 알아봄<br>• 자신의 집에 왔었던 생이 구실아치의 집에 있을 것이라고 짐작함 |
| 주체적임 | 애정을 성취하기 위해 생과 함께 도망감 |

## 장면 포인트 3 주목

- 해당 장면은 자란의 조언으로 생이 과거를 보기로 결심하는 부분과 장원 급제한 생이 임금에게 지금까지 겪은 일들을 실토하고 아버지와 재회하는 부분이다.
- 생과 자란이 어떤 방식으로 당면한 문제를 해결해 나가는지를 주목하여 작품을 감상하도록 한다.
- 생과 자란이 과거의 잘못을 용서받고 행복한 결말을 맞이하는 과정과 작품의 주제 의식을 연관 지어 이해할 수 있도록 한다.

자란이 거처를 마련하여 안정을 찾은 후, 생에게 이런 말을 건넸다.

"재상집 독자인 당신이 어쩌다가 나 같은 창기한테 홀려 부모도 저버리고 궁벽한 산골짜기로 도망 와서 숨어 지내게 됐는지, 집에서는 살았는지 죽었는지도 아실 리 없으니 이런 불효가 또 어디 있을까요? 행동을 조신하게 하여 불효의 죄를 깨끗이 씻어야 할 텐데요……. 마냥 지금처럼 이곳에서 이렇게 늙을 수는 없는 일이구요. 그렇다고 빤빤한 얼굴로 집에 돌아갈 수도 없구요. 서방님께서는 장차 어찌하실 요량이세요?"

(재상집 독자인: 생의 신분이 사대부임을 알 수 있음 / 창기: 몸을 파는 기생 / 집에서는 살았는지 죽었는지도 아실 리 없으니 이런 불효가 또 어디 있을까요?: 생이 자란을 찾으러 산사를 떠난 이후 생의 부모는 아들의 생사조차 알지 못하는 상황임 / 행동을 조신하게 하여 불효의 죄를 깨끗이 씻어야 할 텐데요: 사랑을 성취하자 부모에 대한 효성이라는 가치를 추구하는 모습 / 빤빤한: 사랑을 위해 부모를 버리고 도망 온 것을 부끄러운 일로 여김 / 서방님께서는 장차 어찌하실 요량이세요?: 생의 미래에 대해 염려함)

생은 이 말을 듣고 눈물이 줄줄 흘렀다.

"실은 나도 그걸 걱정하고 있었소. 다만 어떻게 해야 할지 방도가 떠오르지 않을 뿐이오."

(다만 어떻게 해야 할지 방도가 떠오르지 않을 뿐이오: 걱정만 할 뿐 해결 방법을 찾지 못하는 생의 무능한 모습)

"한 가지 방법이 있긴 합니다. 과거의 허물도 덮고, 위로는 어버이를 다시 모시며 아래로는 세상에 다시 설 수 있는 일이니까요. 서방님께서는 해 보실 의향이 있으신지요?"

(한 가지 방법이 있긴 합니다 ~ 일이니까요: 문제를 해결할 수 있는 방법을 마련하는 지혜로운 자란의 모습)

**감상 포인트**
인물들이 문제를 해결하는 방법과 그 과정을 파악한다.

생은 마음이 바빴다.

"어서 말해 보시오. 어서요."

"오직 하나, 과거에 합격하여 이름을 큰길에 날리는 것이옵니다. 더는 말을 하지 않더라도 서방님이 아실 거예요."

(과거에 합격하여 이름을 큰길에 날리는 것이옵니다: 과거 급제, 입신양명을 통해 사회에 다시 진입하는 방법을 제시함)

생은 너무 기뻤다.

"낭자가 말한 방도가 참으로 극진하오. 그런데 어디서 책을 구해 읽는단 말이오?"

(낭자가 말한 방도가 참으로 극진하오: 자란의 제안대로 과거 급제, 입신양명을 통해 사회로 복귀하고자 함)

"그것은 걱정하지 마세요. 어떻게든 제가 마련해 볼게요."

▶ 자란의 조언에 따라 과거를 준비하고자 하는 생

(중략)

마침 나라에서 알성과를 치른다는 소식이 들렸다. 「자란은 마침내 건량(乾糧)을 준비하고 여행 채비를 단단히 꾸려 놓고 생에게 과거를 치러 떠나라 하였다.」 생은 걸어서 서울로 올라와 성균관의 시험장으로 들어갔다. 임금이 친히 행차하여 표제를 내었다. 표제를 받은 생은 생각이 샘솟듯 하여 일필휘지로 금세 다 쓰고 나왔다. 방이 나오고 임금이 그 자리에 뜯어보게 하였더니 장원은 바로 생이었다. 그때 생의 아버지는 이조 판서의 직함으로 어탑 앞에 입시해 있었다. 임금은 이조 판서를 불러 물어보았다.

(알성과: 임금이 공자를 모신 사당에 참배한 뒤 실시하던 비정규적인 과거 시험 / 건량(乾糧): 먼 길을 가는 데 지니고 다니게 쉽게 만든 양식 / 「」: 적극적으로 생을 돕는 자란 / 표제: 신하가 임금에게 올리는 글의 제목 / 일필휘지: 글씨를 단숨에 죽 내리씀 / 방: 과거 합격자 명부 / 장원: 과거에 일등으로 급제함 / 어탑: 임금이 앉는 상탑 / 입시: 대궐에 들어가서 임금을 뵘)

**작품 분석 노트**

- 문제를 대하는 인물의 태도

|  |  |
|---|---|
| 자란 | 과거의 잘못을 덮고, 사회에 재진입하기 위한 구체적인 방안(과거 급제)을 생각해 냄<br>→ 계책을 마련해 내는 현명한 모습 |
| 생 | • 미래에 대해 걱정하지만 걱정을 해소할 방법을 생각해 내지 못함<br>→ 스스로 문제를 해결하지 못하는 모습<br>• 자란의 조언에 따라 과거 공부를 하여 장원 급제함 |

- '과거 합격'의 의미와 기능

| 과거 합격 |
|---|
| 아무런 말없이 산사를 떠났던 생이 잘못을 용서받고, 다시 부모님을 모시고 세상에 다시 설 수 있는 방법<br>→ '효'라는 가치를 다시 실현할 수 있는 계기, 사회에 재진입할 수 있는 계기 |

「"지금 장원을 한 자가 경의 자식인 것 같은데, 다만 자기 아버지의 직함을 '대사헌'
「 」: 임금이 생의 아버지의 직함을 이조 판서가 아닌 대사헌이라 적은 것을 의아하게 여김
이라고 썼으니 이 무슨 까닭인고?"」
생이 자란을 찾아 떠날 당시 아버지의 직함이 '대사헌'이었음

그러면서 시지(試紙)를 꺼내 이조 판서에게 보여 주도록 하였다. 생의 아버지는
과거 시험에 쓰던 종이
그 시지를 보더니 자리에서 물러나 눈물을 흘리면서 아뢰었다.
죽은 줄 알았던 아들이 살아 있는 것에 대한 기쁨

"이놈, 신의 자식이 맞사옵니다.「삼 년 전에 친구들과 함께 산사에서 글을 읽다가
생의 필적을 보고 장원을 한 자가 아들임을 알게 됨 「 」: 과거에 발생한 사건을 요약적으로 제시함
하룻밤 사이에 갑자기 종적을 감춰 끝내 찾을 수 없었나이다. 필시 맹수에 물려 죽었거니 생각하고 절 뒤편에다 가묘를 쓰고 지금은 탈상까지 마친 상태옵니다.」
정식으로 묘를 쓰기 전에 임시로 쓰는 묘 삼년상을 마침
신에게는 자식이라곤 이 아이 하나뿐이었는데 재주와 품성이 뛰어난 편이었사옵
생의 성격을 직접적으로 제시함
니다. 뜻밖에 자식을 잃은 슬픈 심정은 그때나 지금이나 마찬가지옵니다. 지금 이
생이 죽었다고 생각하여 계속 슬퍼하며 지냄
시지를 보니 과연 이 아이의 필적이 맞사옵니다. 아이를 잃었을 때의 신의 직함이
분수에 지나침 생이 시지에 아버지의 직함을 대사헌이라고 쓴 이유
외람되게도 대사헌이었기에 그렇게 쓴 것으로 사료되옵니다. 허나 이놈이 삼 년 동안 어디서 어떻게 살다가 이번 시험에 응시했는지는 전혀 모르겠나이다."
▶ 아들이 장원 급제했다는 사실을 알게 된 이조 판서

임금은 이 말을 듣고 참 신기한 일이라 여겨 곧바로 생을 불러들여 인견(引見)하
윗사람이 아랫사람을 불러서 만나 봄
였다. 생은 장원의 홍패(紅牌)가 내려지기도 전에 불려 나갔기에 입고 있던 유생 복
문과의 두 번째 시험인 회시에 급제한 사람에게 주는 증서 유학을 공부하는 선비
장 그대로 입대를 하게 되었다. 임금은 산사에서 무슨 연유로 내려왔으며 삼 년 동
궁중에 들어가 임금을 뵘
안 어디서 살았는지 등을 직접 하문하였다. 이에 생은 자리를 파하여 머리를 숙이고 아뢰었다.

"신은 면목이 없사옵니다. 부모를 저버리고 도망을 쳤으니 사람으로서 크나큰 죄
자신의 죄를 고하며 임금에게 처벌을 요청함
를 지었사옵니다. 저에게 엄한 벌을 내리옵소서."

"임금과 부모 앞에서 숨기는 일이 있어서는 안 되느니라. 비록 과실이 있긴 하나
과인은 너에게 죄 주지 않을 것이니라. 그러니 너는 숨기지 말고 모든 사실을 낱
임금이 생의 잘못을 용서함
낱이 아뢰거라."

이에 생은 전후 일어났던 사실과 자신의 행동을 하나하나 아뢰었다. 주위 사람들
생이 산사를 떠나 겪은 일을 임금에게 상세히 말함
은 귀를 쫑긋하며 듣지 않을 수 없었다. 임금도 누누이 놀라고 기이해하더니 마침내 이조 판서에게 하교하였다.
임금이 명령을 내림

"경의 아들이 지금 과오를 뉘우치고 과업에 힘써 이름을 신적(臣籍)에 올리고 조
신하의 명부
정에 서게 되었소. 남자가 젊었을 때 잠시 여색에 빠지는 일이야 크게 우려할 바는 아니니, 이제 지난날의 죄는 다 용서하고 이를 계기로 훗날 큰 사람이 되도록 독려하시오. 자란과 함께 산속으로 숨어 들어간 일도 기이하고,「그녀가 과오를 보
궁중 또는 관청에 속해 가무, 기악 등을 하던 기생
충하고자 생에게 책을 사 주어 과업에 힘쓰도록 한 것도 갸륵하오.」관기(官妓)라
「 」: 생을 도와 온 자란의 노고를 인정하고 칭찬함
고 해서 천하게만 여겨서는 안 될 것 같소. 이 아이는 따로 아내를 얻을 것 없이
기생을 천한 신분으로 여긴 당대의 고정 관념을 깸 자란의 신분이 기생에서 생의 정실부인으로 상승됨
자란을 정실로 삼도록 하시오. 내, 여기서 낳은 자식은 청현직에 오르는 데 구애
청환(학식과 문벌이 높은 사람에게 시키던 벼슬)과 현직(문무 양반만이 하는 벼슬)을 이르는 말
됨이 없도록 할 것이니."
▶ 임금에게 잘못을 용서받은 생과 신분이 상승한 자란

• '시지'의 의미와 기능

시지(과거 시험을 보는 종이)

과거를 볼 때 시지에 응시자의 성명뿐만 아니라 사조(四祖: 아버지 · 할아버지 · 증조할아버지 · 외할아버지) 등을 쓰도록 함

↓

- 생이 관례에 따라 자신의 아버지의 이름과 직함을 적고, 이것을 본 임금이 생의 아버지(이조 판서)를 불러들임
- 생의 아버지가 시지에 쓰인 필적을 보고 장원 급제한 사람이 아들임을 알게 됨

• 야담의 의미와 특징

야담(野談)

- 민간에서 사사로이 기록한 야사(野史)를 바탕으로 흥미 있게 꾸민 이야기로, 조선 후기에 한문으로 기록된 짧은 이야기를 말함
- 당시의 세태와 사회상이 반영되어 있음
- 설화와 소설의 중간자적 위치에 자리함
- 서사적 요소가 강하고 구전된 이야기가 많음
- 교훈적인 요소와 흥미를 유발하는 요소를 두루 갖추고 있음
- 대표적인 야담집으로 유몽인의 《어우야담》, 작자 미상의 《청구야담》 등이 있음

• 임금의 태도

- 부모를 저버린 생과 기생 신분으로 양반 자제와 도망간 자란을 용서함
- 자란이 생의 과거 급제에 도움을 준 사실을 높이 칭찬하고 생의 정실부인으로 삼게 함
- 생과 자란의 자식이 벼슬에 구애를 받지 않도록 조치함

↓

기생을 천시하지 않고 자란의 신분을 상승시킴

↓

애정 지상주의와 신분 상승의 요소를 결합한 작품으로, 중세적 신분 질서를 부정적으로 보는 독자층의 욕구를 충족하기 위한 것으로 볼 수 있음

## 핵심 포인트 1 인물의 심리 변화 파악

사건이 전개되는 과정에서 나타나는 공간적 배경의 변화와 그에 따른 주요 인물의 심리 변화를 파악할 수 있어야 한다.

**'자란'에 대한 '생'의 심리 변화**

| 평안도 | | 서울로 떠나는 이별 상황 | | 서울, 산사 |
|---|---|---|---|---|
| 자란과 함께 지내며 사랑하는 사이로 발전함 | → | 슬퍼하는 자란과 달리 이별을 쉽게 수용하며, 이별에 대해 의연한 태도를 보임 | → | 자란에 대한 자신의 깊은 사랑을 깨닫고, 부모의 뜻을 저버리고 자란을 찾아 나섬 |

## 핵심 포인트 2 인물 간의 관계와 역할 파악

작품에 등장하는 다양한 인물 간의 관계를 파악하고, 이들이 서로에게 어떤 영향을 주고받는지를 이해할 수 있어야 한다.

**인물 간의 관계**

| 인물 | 역할 | | 생 |
|---|---|---|---|
| 구실아치 | 인부 사이에 섞여 산정으로 들어가 눈을 쓸다 보면 자란을 볼 수 있을 것이라고 생에게 조언함 | → 도움을 줌 | • 구실아치의 조언을 따라 자란의 얼굴을 보게 됨<br>• 자란의 도움으로 장원 급제함 |
| 자란 | • 과거에 합격하여 입신양명하면 잘못을 덮고 부모님을 다시 모실 수 있을 것이라고 생에게 조언함<br>• 생에게 과거 공부에 필요한 책을 사 다 주고 공부를 독려함 | | |

## 핵심 포인트 3 다른 작품과의 비교

이 작품과 같이 '신분이 다른 남녀 간의 사랑'을 제재로 한 다른 고전 산문과 인물의 태도, 결말 방식 등 다양한 측면에서 비교, 감상할 수 있어야 한다.

**고전 소설 〈심생전〉과의 비교**

〈심생전〉의 줄거리
어느 날 심생이 종로에서 임금의 행차를 구경하고 돌아오다가 계집종에게 업혀 가는 한 소녀를 본다. 심생은 소녀의 아름다움에 반해 뒤를 따라가고, 그 소녀가 한 중인의 딸임을 알게 된다. 심생은 소녀를 사랑하는 마음을 억누를 수가 없어 밤마다 그녀의 집 담을 넘어가기를 20일 동안 계속했으나 좀처럼 만날 수가 없었다. 그러다가 심생의 진실된 사랑을 안 소녀가 심생이 자신을 기다린 지 30일이 되는 날 심생을 불러들이고 자신의 부모를 설득한다. 그 뒤 심생은 밤마다 그녀를 찾았고 이를 눈치챈 심생의 부모는 심생에게 북한산성으로 올라가 공부하도록 한다. 부모의 명을 거스를 수가 없어 산사에 들어간 심생은 그녀가 보낸 유서를 받는다. 자신의 처지를 한탄하는 내용이 담겨 있는 그녀의 유서를 읽고 난 뒤, 심생도 슬픔에 싸여 일찍 죽고 만다.

| | 〈눈을 쓸며 옥소선을 엿보다〉 | 〈심생전〉 |
|---|---|---|
| 제제 및 주제 | • 제재: 신분이 다른 두 남녀의 사랑<br>• 주제: 신분을 초월한 남녀 간의 사랑 | |
| 인물의 태도 | • 걷잡을 수 없는 사랑에 빠진 남자 주인공이 적극적으로 연인을 찾아 나섬<br>• 여자 주인공은 자신의 의견을 당당히 밝히며 사랑을 성취함(여성의 의식 성장 및 역할 강화) | |
| 결말 | 행복한 결말(고난을 극복하고 백년해로함)<br>→ 봉건적 신분 질서를 부정적으로 인식하는 독자층의 기대를 충족시키고 민중의 신분 상승에 대한 욕망을 반영함 | 비극적 결말(남녀 모두 비극적 죽음을 맞이함)<br>→ 신분의 벽을 넘지 못한 데서 오는 이별, 이에 따른 여자 주인공의 죽음을 통해 당시 신분 제도를 비판함 |

### 작품 한눈에

• 해제
〈눈을 쓸며 옥소선을 엿보다〉는 사대부 남성과 기생과의 신분을 초월한 사랑 이야기를 다루고 있는 작품이다. 야담이면서 소설이기도 한 이 작품은 세상의 어려움을 모르던 귀공자가 연인과의 이별 뒤에 비로소 사랑을 깨달은 후 모든 것을 버리고 연인을 찾아 나서 결국 사랑을 성취한다는 내용을 담고 있다. 남녀 주인공은 사랑을 이루기 위해 마을에서 도망치는 일탈적 행위를 하지만, 과거 급제를 통해 사회에 다시 복귀하며 과거의 잘못을 용서받게 된다. 이 작품은 장원 급제를 한 남자 주인공이 정승에 오르고, 정실부인으로 신분 상승한 여자 주인공이 남자 주인공과 함께 부귀영화를 누리는 결말로 마무리된다.

• 제목 〈눈을 쓸며 옥소선을 엿보다〉의 의미
– 원제목인 '소설인규옥소선(掃雪因窺玉簫仙)'을 풀어 쓴 것으로, 생이 인부인 척 몰래 산정에 들어가 눈을 쓸며 자란(= 옥소선)을 본 장면에서 비롯되었음

양반인 남자 주인공이 이별한 연인을 보기 위해 신분을 위장해 재회한 뒤 함께 도망가 살다가 과거 급제를 통해 사랑을 인정받는 이야기로, 양반과 기생 간의 신분적 제약을 뛰어넘어 사랑을 성취하는 모습이 잘 드러나 있는 애정 소설이다.

• 주제
신분을 초월한 기생과 사대부의 사랑

**전체 줄거리**

성종 임금 시절에 새로 부임한 평양 감사의 생일 잔치에서 감사의 아들 생과 옥소선이라는 이름난 기생이 함께 춤을 추었다. 감사는 옥소선에게 상을 주고 생을 시봉하는 기녀로 삼아 함께 지내게 하였는데, 두 사람은 사랑하는 사이가 된다. 감사가 임기를 마치고 중앙으로 복귀하게 되자 생은 옥소선을 두고 의연하게 서울로 떠나지만, 이내 옥소선을 그리워하다 과거 시험 준비를 하던 중 평양으로 떠난다. 옥소선의 집에 도착한 생은 그녀가 새로 부임한 사또의 자제를 모시는 일을 하고 있으며, 외출을 하지 못해 집에도 오지 못하고 있다는 말을 듣게 된다. 생은 한 구실아치의 도움을 받아 옥소선과 만나고, 옥소선은 아버지의 제사를 핑계로 집에 다녀오는 것을 허락받는다. 생과 옥소선은 재회한 후 단둘이 몰래 달아나 깊은 산속에 숨어 살고, 생은 과거에 합격한다. 생과 옥소선의 사연을 들은 임금은 두 사람을 용서하고 옥소선을 정실부인으로 삼으라고 명령하여, 두 사람은 해로하게 된다.

고전 산문 02

한 줄 평 만남과 이별을 반복하는 청춘 남녀의 비극적인 사랑을 그린 이야기

# 위경천전 권필

## 장면 포인트 1 주목

- 이 작품은 중국의 강남 지역을 공간적 배경으로, 임진왜란이라는 역사적 사건을 시대적 배경으로 하여 청춘 남녀의 비극적 사랑을 그린 애정 소설이다. '만남'과 '이별'이 반복되는 서사 구조와 주인공의 운명을 비극으로 이끄는 현실적 세약에 주목하여 작품을 감상하도록 한다.
- 해당 장면은 동정호로 유람을 간 위생(위경천)이 소숙방을 만나 인연을 맺고 집으로 돌아온 이후의 상황이다.
- 소숙방의 집에서 온 '편지 한 통'과 '소숙방의 시'에 담긴 의미와 기능을 파악하도록 한다.

[앞부분의 줄거리] 임진년 봄에 명나라 금릉 사람인 위생은 친구 장생과 함께 봄 경치를 즐기기 위해 동정호에 배를 띄우고 논다. 위생은 장생이 술에 취해 잠이 들자 혼자 밖을 거닐다가 노랫소리가 들리는 마을에서 소숙방과 인연을 맺는다. 집으로 돌아온 위생은 소숙방에 대한 그리움으로 병이 든다.

어느 밤, 위생(위경천)의 부모가 위생이 누워 있는 침상 앞에 와서 위생을 부둥켜안고 눈물을 흘리며 말했다.

"옛날 성인(聖人)께서 '부모는 오직 자식의 병을 근심할 뿐'이라고 하셨거늘, 네 병(소숙방에 대한 간절한 그리움으로 인한 상사병)을 보니 이제 스무 날 서른 날이 지났을 뿐인데 날이 갈수록 증세가 심해져 목숨을 건지기 어려운 지경에까지 이를 듯하구나. 이러니 우리도 근심에 시달리다 너를 따라 죽을 것 같다. 네가 무슨 마음을 먹었기에 숨기고 말하지 않는 게냐? 가슴속에 있는 생각을 남김없이 말해서 후회가 없도록 하거라.(병이 난 이유를 자세히 말하라고 위생을 설득함)"

주목

위생이 이 말을 듣고는 놀라 눈물을 흘리더니 잠시 마음을 가다듬고 작은 목소리로 말했다.

"부모님께서는 저를 낳으시어 정성을 다해 길러 주셨습니다. 하늘 같은 그 은혜에 보답하고자 하나, 소자가 불초하여 증삼(효자로 유명했던 공자의 제자인 증자)과 같은 효성은 본받지 못하고 결국 자하(아들의 죽음을 슬퍼해 실명한 공자의 제자)의 아픔만 끼쳐 드리고 말았으니 불효막심한 죄(소숙방에 대한 그리움으로 병이 들어 부모님께 심려를 끼침)가 이승과 저승에 쌓일 것입니다. 바라옵건대 제 속마음을 모두 말씀드려 유감이 없도록 했으면 합니다.(소숙방과의 인연을 말하기로 결심함)

「지난날 친구와 함께 좋은 절기를 맞아 배에 술을 싣고 남쪽 지방을 유람한 일이 있습니다. 이때 그만 소상국 댁에 잘못 들어가 경박한 행동으로 담장을 엿보는 죄를 범했으니(선비로서 하지 말아야 할 경박한 행동을 했기 때문) 만 번 죽어 마땅할 것입니다.」(「 」: 소숙방과의 만남을 요약적으로 제시) 붉은 누각에서 한번 이별하고 나서는 만 리 강물에 산길도 험하여 소식을 통할 방도가 없었습니다.(위생의 병은 소숙방에 대한 사랑과 그리움으로 인한 것임) 오직 그 한 가지 생각이 가슴에 맺혀(소숙방에 대한 애절한 사모의 정) 결국 미친병(상사병)이 생겼으니, 죽은 뒤에야 편안해질 것이요 다른 방법은 없는 듯합니다."

▶ 위생이 소숙방과의 인연을 부모님께 말함

부모가 손으로 눈물을 훔치고는 눈을 크게 뜨고 말했다.

"우리가 그런 사정을 일찍 알았다면 너를 이 지경으로 만들었겠느냐?"

### 작품 분석 노트

- '만남'과 '이별'이 반복되는 서사 구조

**만남**
동정호로 유람을 간 위생이 소숙방을 만나 하룻밤 인연을 맺음

↓

**이별**
- 집으로 돌아온 위생이 소숙방에 대한 그리움으로 병이 듦
- 소숙방도 위생과 이별한 후 위생에 대한 그리움으로 병이 들어 위독해짐

↓

**만남**
- 소숙방의 부친 소상국이 위생의 집으로 편지를 보내 위생과 소숙방의 혼례를 추진함
- 위생과 소숙방이 혼례를 올리고 함께 지냄

↓

**이별**
- 위생이 임진왜란에 참전하여 소숙방과 이별함
- 소숙방에 대한 그리움으로 인해 위생이 죽음
- 위생의 소식을 들은 소숙방이 자결함

급히 늙은 하인을 불러 소상국 댁에 보내며, 혼인을 청하여 혼례 날짜를 정하고
위생의 문제를 해결하기 위해 부모가 적극 개입함
오도록 분부하였다. 하인이 미처 문을 나서다 말고 허둥지둥 뛰어 들어오더니 기쁜 목소리로 외쳤다.
소상국 댁에서 보낸 심부름꾼이 먼저 도착했기 때문

"상국 댁에서 보낸 심부름꾼이 먼저 도착했습니다요!"

위생의 부친이 급히 사랑채로 나가 심부름꾼을 불러들였다. 붉은 관을 쓰고 쇠로 만든 띠를 찬 8척 장신의 남자가 뜰에서 두 번 절하고는 무릎을 꿇고 상국의 편지를 바쳤다. 산호로 만든 함 속에 얇은 비단 몇 폭과 함께 좋은 종이에 쓴 편지 한 통이 들어 있었다. 편지의 내용은 다음과 같았다.
소상국 댁에서 보낸 심부름꾼
위생의 고민을 해결하는 기능 – 소숙방의 집에서 먼저 혼약을 제의하는 내용이 담김

저는 대대로 높은 벼슬을 지낸 가문의 사람으로, 조정에서 벼슬하여 재상의 지위에 오르고 부귀도 누렸습니다. 지금은 여생을 편안히 보내기 위해 벼슬에서 물러나 집에서 쉬면서 멀리 고적을 답사하기도 하며 지내고 있습니다. 물고기와 새를 벗으로 삼고 꽃과 대나무를 즐기며 맑은 흥취를 돕기도 하고, 손님을 맞아 술자리를 열고는 하루를 보내기도 합니다. 지난날 아드님께서 아름다운 경치를 따라 우연히 저희 집에 들른 일이 있었습니다. 제 딸아이가 정이 많아 문득 그 미천한 몸으로 꽃이 이슬에 젖듯 달이 구름에 헤치듯, 홀로 지내며 생긴 원한을 떨치지 못하였으니, 모든 것이 이 늙은 애비의 죄입니다. 일이 이미 이렇게 되고 말았으니 후회한들 어쩌겠습니까? 「초나라의 진귀한 옥이 이미 깨지고 진나라의 난새는 모여들지 않으니, 이별의 한이 결국 병이 되어 남은 목숨이 실낱과 같습니다.」 난새가 죽으면 봉황새도 스러지나니, 만일 부부의 정을 가로막는다면 천지가 다하도록 부모의 마음이 어떻겠습니까?
소숙방의 집안이 명문가이며 부친이 고관임을 알 수 있음
소숙방의 부친이 현재 벼슬에서 물러나 한가롭게 지내고 있음을 알 수 있음
아드님: 위경천 / 제 딸아이: 소숙방
「 」: 고사를 인용하여 두 사람의 이별과 그로 인한 한을 드러냄
진나라의 소사와 농옥이 퉁소를 불면 봉황새가 날아들었다는 고사
난새: 소숙방 / 봉황새: 위경천
자식을 둔 부모의 심정에 호소하여 말함

속히 좋은 날을 잡아 혼례를 올리게 해 주시기 바랍니다. 「모쪼록 귀댁에서 저희 집의 한미함을 탓하지 말아 주시기를 빕니다.」
편지를 보낸 목적
▶ 소숙방의 집에서 먼저 혼인을 제의함
한미함: 형편이나 지체가 구차하고 변변하지 못함
「 」: 자신의 집안을 낮추면서 상대 집안을 존중하는 자세를 보임

편지를 다 읽자, 심부름꾼이 두 번 절한 다음 저간의 사정을 아뢰었다.
위생과 헤어진 이후 소숙방의 상황을 알려 주는 역할

"저희 집 아씨가 귀댁의 아드님과 헤어진 뒤로 늘 꽃밭 가운데서 기다리다가 며칠 전 어린 종 하나를 강촌으로 보내 아드님의 소식을 수소문하게 했습니다. 그랬더니 마을 사람들이 이렇게 답했다고 합니다.
저희 집 아씨: 소숙방

'접때 젊은이 두 사람이 건강부에서 와 호숫가에 배를 대고 한바탕 즐기다가 돌아갔는데, 그 뒤로는 못 봤구려.'
젊은이 두 사람: 위생과 장생 / 건강부: 남경의 강소성 일대

돌아와 들은 대로 알리자 아씨는 마침내 자리에 누워 일어나지 못했습니다. 주인 어르신께서는 아씨의 마음을 헤아리지 못하고 계셨는데, 어느 날 아씨가 잠든 틈을 타 아씨의 비단 상자를 들춰 보다가 '그리움'을 노래한 시 몇 수를 발견하시
위생을 다시 만나지 못할 것이라는 절망감과 위생에 대한 그리움으로 병이 듦
소숙방의 부친이 소숙방의 병의 원인을 알게 되는 소재

• '편지 한 통'의 의미와 기능 파악

| 편지 한 통 |
| --- |
| • 소상국이 자신의 가문과 지위, 현재 상황에 대한 정보를 제공함<br>• 위생과 소숙방의 만남, 소숙방의 현재 상황에 관한 정보를 제공함<br>• 위생과 소숙방의 혼례를 정중하게 제의함 |

↓

위생과 소숙방이 겪고 있는 문제 상황을 해결하는 계기가 됨

게 되었습니다. 이 일을 가지고 아씨에게 캐묻자 아씨도 더는 숨기지 못하고 모든
소숙방의 부친은 소숙방에게 직접 사정을 듣게 됨
사정을 남김없이 털어놓았습니다. 주인 어르신께서 이 말을 듣고는 즉시 말을 달
소숙방의 부친
려 혼인을 청하고 오라는 명을 내리셨기에 감히 귀댁에 오게 된 것입니다."

심부름꾼은 손수 파란색 주머니를 열더니 시를 적은 종이를 꺼내 책상에 올려놓으며 말했다.

**감상 포인트** '만남'과 '이별'이 반복되는 서사 구조에 대한 이해를 바탕으로 '소숙방의 시'를 파악한다.

"아씨가 지은 시입니다."

위생의 부친이 종이를 펼쳐 보았다.

버드나무 한들한들 연못엔 물 가득
꽃떨기 우거진 속에 꾀꼬리 지저귀네.
슬픔을 유발하는 자연물
슬퍼서 〈상사곡(相思曲)〉 연주하노라니
가락이 비감해 줄이 끊어지누나.
줄이 끊어짐을 통해 이별의 상황을 비유적으로 드러냄

배꽃에 바람 불고 누각은 찬데
계절적 배경: 봄 공간적 배경
향로엔 향 꺼지고 밤은 깊었네.
등불에 비친 눈물 자국 남이 모르게
붉은 연지 찍어 가리고 난간에 기대네.

주렴에 제비 울고 꽃은 어지러이 나는데
봄바람 불어오니 비단 장막에서 꿈을 꾸누나.
강남의 방초는 한이 서렸는데
강남의 향기로운 풀로, 소숙방을 비유함
천 리 밖 내 임은 돌아올 줄 모르네.
위생이 돌아오기를 바라는 마음

(중략)

위생의 부친이 손바닥을 어루만지며 한숨을 쉬더니 이렇게 말했다.

"기이한 재주가 소약란보다도 뛰어나구나!"
위생의 부친이 소숙방의 재능을 높게 평가함

위생은 그 시를 보고 그리움이 더했지만, 혼인할 날이 멀지 않았기에 마음을 누그
위생과 소숙방의 위기 상황을 해소함
러뜨리게 되었다. 위생의 병이 차츰 나아 가자 온 집안에 기쁨이 가득했다.

▶ 소상국 댁 심부름꾼이 소숙방의 시를 전달함

■ 소약란: 남북조 시대 전진 사람인 소혜를 가리킴. 자신을 버리고 첩만 사랑하는 남편의 마음을 돌리기 위해 오색 비단에 800여 자로 된 회문시를 지어 보내 결국 남편의 사랑을 되찾았다는 고사가 전함.

• '소숙방의 시'에 담긴 의미와 기능

**'소숙방의 시'에 담긴 의미**
• 비유적 표현을 통해 이별의 상황을 암시함
• 공간적 배경을 통해 위생에 대한 그리움과 홀로 남겨진 슬픔을 드러냄
• 계절적 배경을 활용하여 위생을 기다리는 소숙방의 슬픔을 드러냄

↓

**기능**
• 소숙방의 처지와 정서를 드러내는 기능을 함
• 위생의 부친이 소숙방의 재능을 판단하는 계기가 됨

• 남녀 주인공의 위기와 극복

**이별로 인한 위기**
• 위생과 소숙방은 인연을 맺은 후 붉은 누각에서 이별함
• 이별 후 위생과 소숙방은 각자의 집에서 서로에 대한 그리움으로 인해 병이 듦

↓

**양가 부모님의 조력**
• 위생의 부모와 소숙방의 부친이 위생과 소숙방의 관계와 서로에 대한 그리움을 알게 됨
• 위생의 부모가 소숙방 댁에 하인을 보내 혼례 날짜를 정하고 오도록 분부하고, 소숙방의 부친 또한 위생과 소숙방의 혼례를 추진하고자 하는 뜻을 담은 편지를 보냄

↓

**위기의 극복**
위생과 소숙방은 혼례를 올림으로써 이별로 인한 위기를 극복함

장면 포인트 2 주목

- 해당 장면은 전쟁터로 떠난 위생(위경천)이 소숙방을 그리워하다 병이 들어 죽는 상황이다.
- 조선에서 일어난 '임진왜란'이 서사 전개에서 어떠한 기능을 하는지를 살피고, 두 번째 이별의 상황을 대하는 소숙방과 위생의 태도를 파악하도록 한다.

이해 8월, 왜군이 조선을 쳐들어왔다.(조선에 임진왜란이 발발함) 조선의 국왕은 수도를 버리고 멀리 신의주까지 피난을 와서 중국으로 끊임없이 사신을 보내 구원을 요청했다.(조선에서 명나라에 원군을 청함)

황제는 병사를 징집하는 격문(군병을 모집하기 위한 글)을 보내고, 위생의 부친을 왜군을 정벌하는 장군으로 임명하여 3만 병사를 거느리고 멀리 요양(중국 요령성의 지명)으로 가게 했다. 전쟁터는 사지(死地)인데다가 멀리 동쪽 변방에 들어갔다가 언제 돌아오는지 알 수 없는 일이었다. 한편 위생의 부친은 그 막하에서 서기관(書記官)의 임무를 수행할 만한 마땅한 사람을 구하기가 어려웠다.(위생이 전쟁에 참여하게 되는 직접적인 계기) 그리하여 그는 즉각 위생에게 편지를 보내 함께 계문(북경성 서쪽의 지명)으로 가자고 했다.

▶ 임진왜란에 참전하게 된 위생의 부친이 위생에게 참전하기를 요청함

위생은 부친의 편지를 읽고는 눈물을 흘리며 식음을 전폐한 채 마음을 잡지 못했다.(소숙방과 이별하는 것에 대한 슬픔을 드러냄) 소숙방이 문득 슬픔을 억누르고 사리를 따져 가며 위생을 타일렀다.

"듣건대 남자는 세상에 태어나 붉은 활을 들고 백마를 타고 싸움터에 나아가 죽음을 무릅쓰고 싸울 뜻을 가져야 하며, 철기(鐵騎)를 타고 병부를 꿰어 차고는 마침내 큰 무공을 세워야 한다고 하더군요.(당대 남성이 지향해야 할 보편적 가치를 드러냄) 하물며 천하의 굳센 병사를 모아 변방의 흉악한 무리를 섬멸하고자 하는 지금, 산을 누를 듯한 기세는 있으되 땅이 무너질 듯한 근심은 없으니, 훌륭한 공적을 세우고자 하신다면 지금이 바로 그 기회입니다. 어찌 오활한(사리에 어두운) 선비의 모습을 보이며 끝내 서재를 지키고 앉아 계시려 합니까? 더구나 지금 아버님께서 변경 먼 곳에서 근심을 안고 계시건만, 아들 된 사람으로서 아버님의 괴로움을 어찌 모른 척할 수 있겠어요? 속히 돌아올 수 있을 테니 아버님의 뜻을 어기지 마셔요.(자식으로서의 도리를 내세워 위생이 참전하도록 설득함)

다만 제 팔자가 기구해서 세상사가 자주 어그러지더니, 좋은 인연을 맺자마자 슬픈 이별이 또 찾아오는군요. 인생이 얼마나 된다고 함께 기쁨을 누리는 날이 이리도 짧은지요? 이제 뜰의 오동나무 잎이 지고 바닷가 기러기가 구슬피 울며 달빛이 섬돌을 비출 때 누가 제 피리 소리를 들어 주겠어요? 새하얀 벽에 벌레만 울고 원앙새의 꿈도 차갑게 식어 저는 다시 애태우며 망부석이 되리니, 오직 낭군께서 하루빨리 돌아오시기만을 바랄 뿐입니다."

말을 마치자 술을 마련하여 안채에서 작별의 자리를 가졌다. 소숙방은 아이종 몇 명으로 하여금 〈채련곡〉(남녀가 서로 그리워하는 마음을 담은 노래)을 부르게 했다.

(중략)

**작품 분석 노트**

- 역사적 배경('임진왜란')의 기능

| 임진왜란으로 인한 사건 전개 |
|---|
| 위생의 부친이 황제의 명으로 장군이 되어 참전하게 됨 → 위생의 부친이 서기관을 구하지 못하자 위생에게 참전할 것을 권함 → 어쩔 수 없이 위생이 전쟁에 참가하게 됨 → 소숙방에 대한 그리움으로 병이 든 위생이 결국 전장에서 죽게 됨 |

↓

| 기능 |
|---|
| • 위생과 소숙방이 다시 이별하게 되는 계기로 작용함 → 사건을 새로운 상황으로 전환하는 기능을 함<br>• 위생과 소숙방의 죽음이라는 비극적 결말의 계기가 됨 → 개인의 운명에 영향을 미치는 사건으로 기능함 |

- '소숙방'의 말하기 방식

| 작중 상황 |
|---|
| • 임진왜란이 발발하여 위생이 전장에 참전해야 함<br>• 다시금 위생과 소숙방이 이별해야 하는 상황이 발생함<br>• 위생이 식음을 전폐한 채 마음을 잡지 못함 |

↓

| 소숙방의 설득 |
|---|
| • 당대 남성이 지향해야 할 가치를 언급함<br>• 자식으로서의 도리를 내세워 위생에게 참전할 것을 권유함 |

주목

노래가 끝나자 좌중에 있던 사람 모두가 눈물을 흘렸다. 위생은 억지로 취토록 마시고는 부축을 받아 말을 타고 떠나갔다. 소숙방은 집 밖까지 따라 나가 통곡하다가 혼절했는데, 한참 뒤에야 깨어났다. 보는 이들이 모두 가련히 여겼다.

위생과 이별하는 소숙방의 슬픈 심정을 알 수 있음

▶ 임진왜란으로 인해 위생과 소숙방이 이별함

위생이 말을 달려 집에 이르러 보니, 장군은 북을 울리며 군사를 막 출발시키려던 참이었다. 위생은 간신히 그 뒤를 따랐다.

위생과 위생 부친이 함께 전장으로 떠남

「위생은 마음이 극도로 허한 데다 산을 넘고 강을 건너며 바람과 서리를 맞다 보니, 잠도 제대로 자지 못하고 밥도 제대로 먹을 수 없어 결국 예전의 병이 재발하고 말았다.」 낯선 땅 낯선 곳에서 돌아갈 생각만 더욱 간절하여, 보는 것마다 마음을 슬프게 할 뿐이요 사람을 마주해도 아무 말이 없었다. 이런 위생을 보고 있자니 장군의 근심 또한 매우 컸다.

「 」: 소숙방에 대한 그리움으로 병든 위생의 상황

소숙방에 대한 간절한 그리움으로 쇠약해진 위생의 모습

▶ 소숙방에 대한 그리움으로 위생이 병이 듦

어느 날 밤 군대가 흥부(興府)에 이르렀다. 병이 매우 위독해져 잠을 이룰 수 없던 위생은 침상에 기대앉은 채 시 한 편을 써서 벽에 붙었다. 그 시는 다음과 같다.

흥부(興府): 의주에 있던 진을 가리키는 것으로 추정됨

**감상 포인트**

작품의 내용과 연관하여 삽입 시의 의미와 표현상 특징을 파악한다.

「서리 가득한 외로운 성에 군대 머무니
지는 달빛 아래 뿔피리 소리 군막에 울리네.」
등불 앞에서 괴로이 강남의 밤 생각노라니
기러기는 울며 초나라로 돌아가누나.

외로운 성: 외로움의 정서가 드러남 / 뿔피리 소리: 청각적 이미지 → 쓸쓸함 부각 / 「 」: 전쟁 상황임이 드러남 / 등불 앞에서 괴로이 강남의 밤 생각노라니: 소숙방에 대한 그리움이 드러남 / 기러기는 울며 초나라로 돌아가누나: 초나라로 돌아가는 기러기와 달리 강남으로 돌아가지 못하는 화자의 처지를 대비하여 그리움의 정서를 부각함

군막 안에 김생(金生)이란 사람이 있었는데, 그 또한 글재주가 뛰어난 인물이었다. 김생은 위생의 병이 위독한 것을 보고는 곁을 떠나지 않고 우스갯소리로 위생의 마음을 편안하게 해 주었다. 그러던 중에 위생의 금란선을 빼앗아 부채 위에 시 한 편을 썼다. 그 시는 다음과 같다.

금란선: 금빛 난새가 그려진 부채

「힘차게 우는 백마 타고서
용검(龍劍) 휘둘러 누란 쳐부술 날 그 언제런가.」
「가을바람은 만 리 밖 변방에 불고
피리 소리에 강남의 조각달 서늘하구나.」

「 」: 용맹을 떨쳐 적군을 물리치고자 하는 김생의 마음을 드러냄 / 누란: 오랑캐, 적군을 의미함 / 「 」: 감각적 이미지를 통해 전장의 분위기를 드러냄

위생이 웃으며 말했다.

"자네의 시는 이렇게 호방한데 나는 슬프고 괴로운 소리만 내니, 우리 생각이 참으로 다르구만."

자네의 시는 이렇게 호방한데: 김생은 군인으로서 적을 물리치고자 하는 기개를 드러내는 시를 씀

▶ 위생이 시를 통해 소숙방에 대한 그리움을 드러냄

이러구러 몇 달이 지났다. 위생의 맥이 실낱같아 금방이라도 목숨이 끊어질 듯하자 부하 한 사람이 급히 장군에게 소식을 알렸다. 장군은 전투 계획을 뒤로 미루고

이러구러 몇 달이 지났다: 시간의 경과 / 위생의 맥이 실낱같아 금방이라도 목숨이 끊어질 듯하자: 명재경각(命在頃刻): 거의 죽게 되어 곧 숨이 끊어질 지경에 이름 / 장군: 위생의 부친

• 삽입 시의 의미와 기능

| | |
|---|---|
| 위생의 시 | • 참전한 상황에서 외로움의 정서를 직접적으로 표출함<br>• '뿔피리 소리 군막에 울리네.'에서 청각적 이미지를 활용하여 쓸쓸함을 부각함<br>• 소숙방과 처음 만났던 밤('강남의 밤')을 떠올리며 소숙방에 대한 그리움을 드러냄<br>• 초나라로 돌아가는 '기러기'와 고향으로 돌아가지 못하는 자신의 처지를 대비하여 그리움의 정서를 부각함 |
| 김생의 시 | • '힘차게 우는 백마 ~ 그 언제런가.'에서 전쟁에 참전한 군인으로서 적을 물리치고자 하는 호방한 기개를 표현함<br>• 감각적 이미지를 활용하여 가을밤의 풍경을 묘사함으로써 전장의 분위기를 드러냄 |

황급히 달려와 위생의 이마를 어루만지며 말했다.

「"내 황제의 명을 받들어 천 리 길을 함께 왔다만, 부자간의 도리가 중하니 네 목숨을 꼭 구할 것이다. 너를 데리고 온 건 병약한 아비를 도와 달라는 뜻이었는데, 늙은 아비가 덕이 없어 네가 먼저 중병이 들고 말았구나. 하늘 끝에 칼 한 자루 들고 선 나는 이제 누구를 의지해야 할지? 전쟁터에 나와 약을 쓸 겨를도 없었으니, 내 참담한 마음이야 너도 잘 알겠지. 고향 땅이 비록 멀지만 돌아갈 길이 험하지 않으니 배를 타고 하룻밤이면 강남에 도착할 수 있을 게다. 마음을 편히 먹고 조금도 근심하지 말거라."」

네가 먼저 중병이 들고 말았구나: 이별의 아픔으로 인해 위생이 죽을병에 걸리게 됨
참담한: 몹시 슬프고 괴로운
「 」: 아버지의 위로와 한탄, 아들에 대한 배려심이 동시에 드러남

위생이 부친의 말을 듣고 고개를 드는데, 서글픔에 눈물이 줄줄 흘러내렸다. 마침내 장군의 손을 꼭 잡고 목메어 울며 이렇게 고하였다.

"소자의 남은 목숨은 재앙을 면하지 못할 것 같습니다. 전쟁터에서 지병이 더욱 심해져 편작이 온다 해도 고치지 못하리니, 운명을 어쩌겠습니까? 다만 마음에 걸리는 건 아버지께서 변방에 와 아직 교전 한 번 못하신 채 자식의 죽음에 곡하며 상심하게 될 일입니다. 어려서는 재주가 없어 부모님께 영예를 끼치지 못했고, 커서는 부모님보다 먼저 세상을 떠서 평생 곁에서 모실 수 없게 되었으니, 이승에서나 저승에서나 제 죄는 용서받지 못할 것입니다. 저승에서도 이 원통함이 사라지지 않으리니, 어찌 제가 눈을 감을 수 있겠습니까? 저는 황량한 산에 떠도는 외로운 혼과 다를 것이 없습니다. 바라옵건대 제 뼈를 고향 선산에 묻어 주십시오."

소자의 남은 목숨은 재앙을 면하지 못할 것 같습니다: 자신의 죽음을 예감함
편작: 전국 시대의 명의
편작이 온다 해도 고치지 못하리니: 위생의 병세가 매우 위독함
운명을 어쩌겠습니까?: 자신의 죽음을 운명으로 수용함
제 죄는: 자신이 부모보다 먼저 죽는 것을 불효를 저지른 것으로 생각함
고향 선산에 묻어 주십시오: 위생의 유언

위생은 말을 마치자마자 돌연 숨을 거두었다. 장군이 통곡하며 초상 준비를 서두르는 한편, 고향에서 장례를 치르고 선영(先塋) 곁에 묻도록 명하였다.

선영(先塋): 조상의 무덤
고향에서 장례를 치르고 선영(先塋) 곁에 묻도록 명하였다: 위생의 유언을 들어줌

▶ 위생이 전장에서 숨을 거둠

상여를 떠나보내는 날, 위생이 장군의 꿈에 나타나 이렇게 말했다.

"소씨 댁 낭자와는 정을 다 나누지 못했습니다. 살아서는 함께 살지 못했지만, 죽어서는 한 무덤에 묻히고 싶습니다."

그러고는 홀연 보이지 않았다. 장군이 놀라서 깨니 꿈이었다.

꿈: 인물의 간절한 소망(죽어서라도 소숙방과 한 무덤에 묻히고 싶음)을 드러내는 장치
살아서는 함께 살지 못했지만, 죽어서는 한 무덤에 묻히고 싶습니다: 위생의 마지막 소원 – 아내에 대한 애절한 사랑, 소숙방이 자결하고 한 무덤에 묻히는 결말로 본다면 일종의 복선임

▶ 위생이 부친의 꿈에 나타나 소숙방과 한 무덤에 묻히기를 소망함

• 17세기 애정 소설의 경향

임진왜란과 병자호란, 명청 교체기의 전란 등은 동아시아 주변국에도 영향을 미치는 중요한 사건이었다. 문학에서도 많은 변화가 나타나는데 〈위경천전〉, 〈주생전〉, 〈최척전〉과 같은 17세기 애정 소설은 동아시아의 전란을 배경으로 한 작품으로 사실성의 강화, 인물 설정에서의 변화, 시간적 · 공간적 배경의 변화, 결말 처리 방식의 변화 등으로 이전의 고전 소설과 다른 양상을 보여 준다.

• '꿈'의 내용과 기능 파악

| 내용 |
| --- |
| 장군의 꿈에 위생이 나타나 죽어서는 소숙방과 한 무덤에 묻히고 싶다고 말함 |

↓

| 기능 |
| --- |
| • 소숙방에 대한 위생의 지극한 사랑을 드러냄<br>• 청춘 남녀의 비극적인 사랑이라는 주제를 부각함 |

## 핵심 포인트 1 서사 구조에 대한 이해

이 작품은 '만남'과 '이별'이 반복되는 서사 구조를 통해 남녀 간의 비극적 사랑을 형상화하고 있다. 따라서 이러한 서사 구조를 중심으로 작품의 내용을 파악할 수 있어야 한다.

**'만남'과 '이별'이 반복되는 서사 구조와 비극적 결말**

| | |
|---|---|
| 만남 | 위생이 친구 장생과 동정호로 유람을 떠남 → 소상국 집의 담장을 넘어가 소숙방을 만남 |
| 이별 | 위생이 소숙방과 이별한 후 집으로 돌아옴 → 위생이 소숙방에 대한 그리움으로 병이 듦 |
| 만남 | 위생과 이별한 소숙방이 위생에 대한 그리움으로 역시 병이 들어 위독해짐 → 소상국이 위생의 집으로 편지를 보내 두 사람의 혼인을 청하자 위생의 부친이 화답함 → 위생과 소숙방이 혼인함 |
| 이별 | 조선에 임진왜란이 발발하여 위생의 부친이 장군이 되어 병사를 이끌고 참전하게 됨 → 서기관을 구하지 못한 위생의 부친이 위생을 참전하도록 함 |
| 비극적 결말 | 전장에서 소숙방을 그리워하다 병이 든 위생이 결국 죽게 됨 → 위생이 숨을 거두었다는 소식을 듣고 소숙방이 자결함 |

## 핵심 포인트 2 소재의 의미와 기능 파악

이 작품의 서사 전개에 중요한 기능을 하는 소재의 의미와 기능을 파악할 수 있어야 한다.

**소재의 의미와 기능**

| | |
|---|---|
| 소상국의 편지 | • 소숙방의 부친인 소상국이 자신의 삶의 내력을 요약적으로 제시함<br>• 위생과의 만남 이후 현재 소숙방이 처한 상황을 전달함<br>• 위생과 소숙방을 혼인시키고자 하는 의사를 드러냄<br>→ 위생이 겪고 있는 문제 상황을 해결하는 기능을 함 |
| 소숙방의 시 | • 위생과 이별한 소숙방의 상황을 암시하며 위생에 대한 그리움을 드러냄<br>• 위생의 부친이 소숙방의 재능을 평가하는 계기가 됨 |
| 전쟁(임진왜란) | 위생과 소숙방이 다시 이별하게 되는 원인이 되며 비극적 결말의 주된 요인으로 작용함<br>→ 사건을 새로운 상황으로 몰아가며 위기감을 조성함 |
| 위생 부친의 꿈 | • 죽어서라도 소숙방과 한 무덤에 묻히고 싶은 위생의 간절한 소망이 담겨 있음<br>• 소숙방에 대한 위생의 지극한 사랑을 드러냄<br>→ 작품의 주제 의식(청춘 남녀의 비극적 사랑)을 부각하는 기능을 함 |

## 핵심 포인트 3 외적 준거에 따른 감상

이 작품은 17세기에 창작된 애정 소설이므로 당대의 사회 · 문화적 맥락과 17세기 애정 소설의 경향을 바탕으로 작품을 감상할 수 있어야 한다.

**〈위경천전〉에 나타난 17세기 애정 소설의 특징**

| | | |
|---|---|---|
| 사실성 | | 남녀 주인공의 만남과 이별, 임진왜란의 발발, 죽음 등에서 알 수 있듯이 사건 전개에서 전기적 요소가 약화되고 현실적 요소와 사실성이 강화됨 |
| 배경 | 공간적 | 중국의 강남 지역을 공간적 배경으로 함 |
| | 역사적 | 임진왜란이라는 역사적 사건이 사건 전개에 중요한 배경이 됨 |
| 인물 | | • 영웅이 아닌 평범한 인물을 주인공으로 내세움<br>• 남주인공 위경천은 개인의 애정을 중시하는 경향을 보임<br>– 영웅적 능력을 발휘하는 인물이거나 사회 문제를 해결하고자 하는 인물이 아님<br>• 여주인공 소숙방 또한 사랑을 삶의 중요한 가치로 여기는 모습을 보임<br>– 참전한 위경천이 죽자 위경천의 뒤를 따라 자결하는 장면에서 확인됨 |
| 결말 | | 애정 추구를 중시하는 주인공들의 의지가 전란이라는 외적 상황에 의해 좌절됨 → 비극적 결말 |

### 작품 한눈에

• 해제

〈위경천전〉은 '만남'과 '이별'이 반복되는 서사 구조를 통해 청춘 남녀의 비극적 사랑을 그린 애정 소설이다. 즉, 이 작품은 애정을 성취하고자 하는 남녀 주인공의 개인적 욕망이 사회의 보편적 가치나 예기치 못한 외부 세계의 개입으로 인해 좌절되는 비극적 운명을 그리고 있다. 위경천은 유람을 떠난 곳에서 남몰래 인연을 맺은 소숙방을 잊지 못해 병이 든다. 위경천은 양가 부모의 주선으로 소숙방과 혼인하지만 타국에서 발발한 전란(임진왜란)에 참전하면서 소숙방과 이별하게 된다. 위경천은 전쟁터에서 소숙방에 대한 그리움으로 병이 들어 죽고, 이 소식을 들은 소숙방도 자결한다. 이처럼 〈위경천전〉의 두 주인공은 사랑을 삶의 유일한 가치로 여기며 사랑이 깨어졌을 때 삶의 의욕을 갖지 못하는 인물로 등장한다. 특히 남주인공 위경천은 사랑하는 여인과 이별한 상황을 의지적으로 극복하지 못하고 좌절감에 휩싸여 병이 들어 죽는 나약한 남성으로 형상화되어 있다.

• 제목 〈위경천전〉의 의미

– 위경천의 비극적인 사랑 이야기

〈위경천전〉은 우여곡절 끝에 소숙방과 혼인한 위경천이 임진왜란에 참전하여 전장에서 소숙방을 그리워하다 병이 들어 죽자 그 소식을 들은 소숙방도 자결하는 비극적 결말의 애정 소설이다.

• 주제

청춘 남녀의 비극적이고 애절한 사랑

**전체 줄거리**

명나라 때 위생은 친구 장생과 함께 동정호 남쪽 지역을 유람하다 술을 마시고는 배 안에서 잠이 든다. 먼저 깬 위생이 장생을 깨우지만 일어나지 않자 혼자 노랫소리가 들리는 앞마을에 간다. 어느 집에 들어간 위생은 뜰을 산책하다 선녀 같은 자태의 소숙방을 만나 하룻밤을 함께 보내게 되고, 다시 만날 것을 약속하고는 헤어진다. 그 후 위생은 소숙방에 대한 그리움이 심해져 병이 들고, 위생의 부모는 소숙방과의 일에 대해 알게 된다. 위생의 부모가 혼인을 청하려고 소숙방의 아버지인 소상국 댁에 하인을 보내려는데, 소상국 댁에서 온 심부름꾼이 편지를 가지고 먼저 도착하고 소숙방 역시 위생을 그리워하다 병이 들었으니 혼례를 올리자는 소식이 전해진다. 위생과 소숙방이 혼례를 올리고 얼마 후 왜적이 침입하고, 위생은 부친을 따라 참전하게 된다. 온갖 고생을 겪은 위생은 병이 재발하여 죽게 되고, 소숙방은 그 소식을 듣고는 자결한다. 소상국은 두 사람의 죽음을 애통해하며 두 사람을 함께 묻어 준다.

고전 산문 03

◇ 한 줄 평 생사를 초월한 남녀 간의 사랑을 그린 이야기

# 만복사저포기 김시습

▸ 기출 수록 수능 2010 교육청 2016 10월

## 장면 포인트 1

- 이 작품은 만복사에서 곁방살이를 하는 양생이 왜구가 침입하여 난리가 났을 때 해를 입어 죽은 여인의 환신과 만나 사랑을 나누다 이별하는 내용을 그리고 있으므로, 남녀 주인공의 만남과 이별의 과정에 주목하여 감상하도록 한다.
- 해당 장면은 양생이 부처님과 저포 놀이를 하여 자신이 이기면 아름다운 여인을 만나게 해 달라고 소원하고, 내기에서 이긴 양생이 아름다운 여인과 만나 즐거운 시간을 보낸 후 서로가 부부가 되기로 약속하는 상황이다.
- 만남 과정에서 나타난 양생과 여인의 심리와 태도를 파악하도록 한다.

남원 땅에 양생(梁生)이라는 사람이 있었다. 그는 일찍이 부모님을 여의고 아직 결혼도 못 한 채 만복사의 동쪽 방에서 홀로 살고 있었다. 방 밖에는 배나무 한 그루가 서 있었는데 바야흐로 봄이 되어 배꽃이 흐드러지게 피었다. 그 모양이 마치 옥으로 나무를 깎은 것 같기도 하고, 은 무더기 같기도 하였다. 양생은 달빛이 그윽한 밤이면 늘 그 배나무 아래를 서성거리곤 했다. 낭랑한 목소리로 시도 읊었다.

(남원 땅에: 구체적 지명으로 사실성 확보 / 그는 ~ 살고 있었다: 양생의 외로운 처지가 드러남 / 배나무 한 그루: 양생의 외로운 처지를 형상화함 / 옥으로 ~ 하였다: 낭만적 배경 묘사 / 시도 읊었다: 글의 단조로움 탈피, 주인공의 심리 부각)

(중략)

시를 다 읊었을 때 홀연 공중에서 소리가 들려왔다.

(공중에서 소리가 들려왔다: 전기적 요소 – 비현실적 요소)

"그대가 아름다운 배필을 얻고 싶다면 어찌 이루어지지 않을까 근심하리오?"

양생은 이 말을 듣고 마음속으로 기뻐하였다.

(양생의 심리 변화: 외로움 → 걱정 → 기대감)

▸ 홀로 살아가는 양생이 외로움을 토로하자 공중에서 응답이 옴

다음 날은 마침 삼월 스무나흘이었다. 이 고장에서는 이날이면 만복사에 등불을 켜 달고 복을 비는 풍속이 있었다. 그날도 많은 남녀가 만복사에 모여들어 제각기 소원을 빌었다.

(양생과 여인이 만나게 되는 계기)

날이 저물고 범패도 끝나자 인적이 드물어졌다. 양생은 법당으로 들어가 불상 앞에 섰다. 그러고는 소매 속에서 저포를 꺼내어 앞으로 던지며 말하였다.

(범패: 석가여래의 공덕을 찬미하는 노래 / 소매 속에서 ~ 말하였다: 이 작품의 제목 '만복사저포기'와 관련된 부분)

「"제가 오늘 부처님과 더불어 저포 놀이를 한판 하려고 합니다. 만약 제가 진다면 법연을 베풀어서 제사를 올리겠습니다. 하지만 부처님께서 지시면 아름다운 여인을 얻어 제 소원을 이루어 주셔야 합니다."」

(저포 놀이: 백제 때에 있었던 놀이의 하나. 주사위 같은 것을 나무로 만들어 던져서 그 끗수로 승부를 겨루는 것으로, 윷놀이와 비슷함 / 법연: 부처님을 기리고 불법(佛法)을 선양하는 집회 / 제 소원: 좋은 배필을 얻는 것 / 「 」: 내기의 내용)

양생은 축원을 마치고 저포를 던졌다. 결과는 양생의 승리였다. 그는 즉시 불상 앞에 꿇어앉아 아뢰었다.

(축원: 신적 존재에게 자기의 뜻을 아뢰고 그것이 이루어지기를 비는 일 / 결과는 양생의 승리였다: 사건의 전개 방향 암시 → 여인과의 만남)

"일이 이미 정해졌으니 절대로 속이시면 안 됩니다."

(자신이 이겼으니 아름다운 여인을 만날 수 있도록 해 줄 것을 부처님께 청함)

▸ 양생이 부처와의 저포 놀이에서 이김

양생은 말을 마치고 불상을 모셔 놓은 자리 아래 숨어서 약속이 이루어지기를 기다렸다. 잠시 후 어떤 아름다운 여인이 나타났다. 나이는 열대여섯쯤 되었을까, 양 갈래로 땋아 내린 머리와 수수한 옷차림이 얌전한 아가씨였다. 하늘의 선녀나 바다

(하늘의 선녀나 바다: 재자가인형 인물)

### 작품 분석 노트

- '양생'의 시

| '양생'의 시의 내용 |
|---|
| 한 그루 배꽃나무 외로움을 함께하누나.<br>가련하여라, 달 밝은 이 밤을 허송하다니.<br>젊은이 홀로 누운 외로운 창가로<br>어디서 아름다운 임이 퉁소를 불어 보내나.<br>물총새 쌍을 이루지 못해 외로이 날고<br>원앙도 짝을 잃고 맑은 물에 멱을 감네.<br>누구의 집에 약속 있나 바둑 두는 저 사람<br>한밤 등불꽃 점을 치며 창에 기대어 시름하네. |

↓

| 기능 |
|---|
| '배꽃나무', '물총새', '원앙' 등 자연물을 통해 양생의 외로운 처지와 배필을 소망하는 간절한 마음을 드러냄 |

- '저포 놀이'의 기능

| 저포 놀이 |
|---|
| • 양생과 여인을 이어 주는 매개체<br>• 양생과 여인의 만남에 필연성을 부여함 |

의 여신처럼 아름다운 그녀는 바라볼수록 단정한 모습이었다. 여인이 기름병을 들어
귀족 집안의 규수로 젊은 나이에 목숨을 잃음. 부처의 도움으로 양생과 인연을 맺고 소원을 풂
등잔에 기름을 부은 후 향을 꽂았다. 그리고 부처 앞에 세 번 절을 올린 후 꿇어앉아 슬픈 한숨을 내쉬며 말하였다.

① 복이 없고 팔자가 사나운 ② 수명이 짧은
"사람의 인생이 아무리 박명한들 어찌 이와 같을까?"
여인의 기구한 운명을 엿볼 수 있음

그녀는 품속에서 축원문을 꺼내어 불상 앞 탁자 위에 바쳤다. 그 글의 내용은 다
축원문의 기능: ① 과거 사건의 요약적 제시 ② 현재 처지에 대한 한탄 ③ 여인의 소망 제시
음과 같았다.

아무 고을 아무 지역에 사는 아무개가 아룁니다. 「전에 변방의 방어가 무너져 왜구가 쳐들어왔을 때 칼날이 눈앞을 가득 채우고 봉화가 해마다 피어올랐습니다. 왜구
「 」: 왜구의 침략으로 백성들이 피해를 입은 상황
들이 집들을 불살라 버리고 백성들을 노략질하니 사람들은 동서로 달아나 숨고 사방
떼를 지어 돌아다니며 사람을 해치거나 재물을 강제로 빼앗은 짓
으로 도망가기 바빴습니다.」 이 와중에 친척과 하인들이 뿔뿔이 흩어지고 말았습니
난리를 겪으며 가족들과 헤어지게 됨
다. 소녀는 냇버들처럼 연약한 몸으로 멀리 갈 수가 없었습니다. 그래서 규방 깊숙이 숨어 끝까지 정절을 지키고 깨끗한 행실을 보전하면서 나라의 화를 면하였습니
정절을 지키려다 목숨을 잃게 되었음을 짐작할 수 있음
다. 부모님께서는 딸자식이 정절을 지켜 낸 것을 기특하게 여기시고 한적한 곳으로
여인의 무덤이 들판에 있음을 암시함
피신시켜 임시로 초야에 묻혀 살게 하셨습니다. 그게 이미 삼 년이 되었습니다. 하
난리 중에 죽은 여인이 가매장된 지 3년이 됨
지만 가을 달밤과 꽃 피는 봄날을 상심한 채 헛되이 보내면서 정처 없이 떠다니는 구름, 흘러가는 강물처럼 무료하게 하루하루를 보낼 따름입니다. 인적 없는 빈 골짜기
지루하게 / 여인의 무덤이 있는 곳
에서 쓸쓸히 지내면서 박명한 한평생을 한탄하였습니다. 또 맑게 갠 밤을 홀로 지새
시집가지 못하고 젊은 나이에 죽은 자신의 운명에 대해 한탄함
우면서 아름다운 난새의 독무(獨舞)를 슬퍼하였습니다. 날이 가고 달이 갈수록 혼백
중국 전설에 나오는 상상의 새. 여인의 외로운 처지를 드러냄(객관적 상관물)
이 상해 가고, 여름낮 겨울밤에는 간담이 찢어지고 창자마저 끊어질 듯합니다. 부처님께서는 부디 연민의 정을 드리워 주시옵소서. 「일생의 운명은 이미 정해진 것이고,
여인이 부처님께 자신의 처지를 불쌍하게 여겨 주기를 호소함
전생의 업보도 피할 수 없겠지만 저에게 부여된 운명에 인연이 있다면 어서 빨리 만
선악의 행업으로 말미암은 현재의 행과 불행 / 혼백의 처지이지만 인연을 만나 누구의 연을 맺고자 하는 바람을 드러냄
나 즐거움을 누릴 수 있도록 해 주시옵소서.」 간절히 비옵나이다.
「 」: 여인의 운명론적 인생관이 드러남. 여인도 양생처럼 배필을 얻기를 소망함

▶ 아름다운 여인이 나타나 축원문을 올림

여인은 글을 내던지고 소리를 내며 흐느껴 울었다. 양생은 틈새를 통해 여인의 자태를 보고 연정을 주체할 수 없었다. 그래서 불쑥 뛰쳐나가 여인에게 말을 건넸다.
아름다운 여인의 모습을 보고 첫눈에 반한 양생

"조금 전에 글을 올린 것은 무슨 일 때문입니까?"

여인의 축원문을 읽어 본 양생의 얼굴에는 기쁜 빛이 넘쳐 흘렀다.
기다리던 배필을 만난 기쁨

"그대는 어떤 사람이기에 홀로 여기에 왔습니까?" / 여인이 대답하였다.
양생의 의심

"소녀 역시 사람입니다. 무슨 의아한 일이라도 있으신지요? 그대는 아름다운 배필
여인의 방어적 태도
만 얻으면 그만이지 이름은 물어 무엇하시렵니까? 그렇게 당황하실 것 없습니다."
배필을 얻기를 바라는 양생의 소망을 여인이 이미 알고 있음

이때 만복사는 이미 퇴락하여 승려들은 절 한구석에 머물고 있었다. 법당 앞에는 행랑채만이 쓸쓸히 남아 있을 뿐이었고, 행랑이 끝나는 곳에는 아주 협소한 마루방
좁고 작은

• '축원문'의 내용과 기능

| 축원문의 내용 |
|---|
| • 왜구의 침략으로 인해 여인이 정절을 지키다 죽게 됨<br>• 여인을 가매장한 무덤이 들판에 있음<br>• 여인이 무료하게 시간을 보내며 박명한 인생을 한탄함<br>• 여인이 자신의 운명에 정해진 배필을 만나기를 소망함 |

↓

| 기능 |
|---|
| • 과거 사건을 요약적으로 제시함<br>• 현재 처지에 대한 여인의 한탄과 배필을 얻어 부부의 연을 맺고 싶어 하는 여인의 소망을 드러냄<br>• 여인의 운명론적 인생관을 드러냄<br>• 여인이 양생과 인연을 맺게 되는 계기가 됨<br>• 정절을 중요시 여기는 시대 상황이 드러남 |

• '양생'과 '여인'의 대화 양상

| 양생 | 여인 |
|---|---|
| 여인의 존재에 대해 의심을 품음 | 양생의 의심에 대해 방어하는 형식을 취함 |

↓

• 긴장감을 유발함
• 여인의 출현이 비현실적이고 환상적인 요소임을 짐작하게 함

이 있었다.

양생이 여인을 유혹하여 그리로 데리고 가자 여인도 주저하는 빛 없이 따라갔다.
양생과 여인이 처음 만나 서로 인연을 맺음
서로 이야기를 나누며 즐기는 것이 보통 사람과 다름없었다. ▶ 여인과 양생이 인연을 맺음
여인이 보통 사람이 아님을 은연중에 암시함

이윽고 밤이 깊어 달이 동산 위로 떠올랐다. 달그림자가 창살에 어른거리는데 갑자기 밖에서 발자국 소리가 들려왔다. 여인이 물었다.

"게 누구냐? 시중드는 아이가 온 게냐?"

"예. 평소에 아가씨께서 중문 바깥에 나가시는 적 없고 서너 걸음 이상을 떼지 않으시더니 어제저녁에는 우연히 나가신 후 어찌 이곳까지 오셨습니까?"

여인이 대답했다.

"오늘 일은 우연이 아니다. 하늘이 돕고 부처님이 돌보셔서 고운 임을 만나 백년
여인이 양생과의 만남을 운명으로 생각함 / 양생
해로하게 된 것이지. 부모님께 고하지 않고 혼인을 한 것은 비록 예법에는 어긋
유교적 가치관이 드러남
나는 일이지만 서로 즐거이 맞이하게 된 것은 분명 평생의 기이한 인연이라 할 수 있을 게야. 너는 집에 가서 돗자리와 주과(酒果)를 가져오너라."
술과 과일

시녀는 명을 받들고 가서 뜨락에 술자리를 베풀었다. 시간은 벌써 사경(四更)이나
새벽 1시~3시
되었다. 차려 놓은 방석과 주안상은 소박하여 아무 꾸밈이 없었다. 그러나 술에서 풍기는 향내는 정녕코 인간 세상의 맛이 아니었다.
여인이 이 세상 사람이 아님을 암시함

양생은 의아하고 괴이하였다. 하지만 여인의 말소리와 웃음소리는 맑고 고왔다.
여인의 정체에 대한 양생의 의심
얼굴과 몸가짐도 점잖고 얌전하여 분명 귀한 집 처자가 담을 넘어 나온 것이라 여기
여인의 아름다운 모습과 고상한 태도에 의심을 가라앉힘
고 양생은 더 이상 의심하지 않았다. ▶ 여인과 양생이 술자리를 가짐

(중략)

노래가 끝나니 여인이 서글픈 표정으로 말했다.

"지난날 봉도(蓬島)에서 만나자던 약속은 지키지 못했지만 소상강가에서 옛 임을
당나라 현종과 양귀비가 봉래산에서 만나기로 약속했다고 함
만났으니 어찌 하늘이 내린 행운이 아니겠습니까? 낭군께서 만일 저를 버리지 않으신다면 끝까지 건즐(巾櫛)을 받들겠습니다. 그러나 만일 제 소원을 들어주시지
지아비로 정성껏 섬기겠다는 의미
않는다면 우리는 영원히 하늘과 땅처럼 떨어지게 될 것입니다."

양생이 이 말을 듣고 한편으로는 감격하면서도 한편으로는 놀라서 대답하였다.

"어찌 감히 그대의 말을 따르지 않겠소."
여인의 말에 따라 부부가 되기로 함

그러나 여인의 태도가 범상치 않았으므로 양생은 유심히 그 행동을 살펴보았다.
양생이 여인을 의심함

이때 달이 서산 봉우리에 걸리고, 닭 울음소리가 외진 마을에 울려 퍼졌다. 절에
시간의 흐름
서 울리는 첫 종소리와 함께 이내 먼동이 트기 시작했다.
귀신들이 돌아갈 시간이 됨

여인이 말하였다. / "얘야, 자리를 거두어 돌아가거라."

시녀는 대답을 하자마자 사라졌는데 어디로 갔는지 알 수가 없었다.
비현실적 요소 ▶ 여인과 양생이 부부가 되기로 약속함

• '여인'의 말에 나타나는 가치관

| |
|---|
| 오늘 일은 우연이 아니다. ~ 분명 평생의 기이한 인연이라고 할 수 있을 게야. |
| 인연을 중요하게 여기는 불교적 가치관이 드러남 |

+

| |
|---|
| 부모님께 고하지 않고 혼인을 한 것은 비록 예법에는 어긋나는 일이지만 |
| 부모의 허락이 있어야 남녀가 혼인할 수 있다는 유교적 가치관이 드러남 |

• '양생'과 '여인'의 심리와 태도

| | |
|---|---|
| 양생 | • 처음 본 여인을 유혹해 인연을 맺음<br>• 여인을 의아하고 괴이하게 생각함<br>• 여인의 아름다운 모습과 고상한 태도에 귀한 집 처자가 몰래 담을 넘어 나온 것이라 생각하며 여인에 대한 의심을 가라앉힘<br>• 부부가 되고자 하는 여인의 뜻을 따르기로 함 |
| 여인 | • 양생의 유혹에 주저하지 않고 인연을 맺음<br>• 부모에게 알리지 않고 양생과 인연을 맺은 것은 예법에 어긋나지만 양생과의 만남을 운명으로 생각함<br>• 양생이 자신을 버리지 않으면 양생을 끝까지 남편으로 받들겠다고 함 |

## 장면 포인트 2 주목

- 해당 장면은 양생을 위한 이별 잔치가 벌어지고, 양생이 여인의 부모를 만나 여인의 사연에 대해 알게 되는 상황이다.
- 여인이 양생과 다시 만나기로 약속하면서 건넨 '은그릇'의 서사적 기능에 주목하여 작품을 감상하도록 한다.
- 또한 여인이 죽은 사람임을 알게 된 이후의 양생의 태도에 주목하여 이 작품의 비극적 결말을 통해 작가가 드러내고자 하는 주제 의식을 이해하고 작가의 가치관을 파악하도록 한다.

양생 또한 글줄이나 아는 처지라 그들(여인의 이웃 처녀들)의 시법이 맑고도 운치가 높으며 음운이 금옥과 같이 아름다운 것을 보고 칭찬해마지 않았다. 그리고 즉석에서 고풍(古風)(당나라 이전의 시 형식. 법식에 얽매이지 않고 자유로운 것이 특징임) 장단편 한 장을 단숨에 지어 화답하였다.

이 밤이 어인 밤이기에 / 이 같은 선녀를 만났던가.
(여인을 만난 데 대한 양생의 감격)
꽃 같은 얼굴 어이 그리 고운지 / 붉은 입술은 앵두 같아라.
(여인의 아름다운 외모를 나타냄)
「지은 시구마저 더욱 교묘하니 / 이안(易安)(송나라 여류 시인 이청조)도 입을 다물리라.」
(「」: 여인의 시적 재능이 뛰어남을 드러냄)
직녀(여인의 비유)가 북실 던지고 은하 나루 내려왔나.
상아(달 속에 사는 선녀. 여인의 비유)가 약 방아 버리고 달나라를 떠났나.
정갈한 단장은 대모연(玳瑁筵)(바다거북 껍질로 장식한 술상을 차린 잔치)을 비추고
오가는 술잔 속에 잔치 자리 즐겁구나.

▶ 양생이 여인의 이웃들과 함께 시를 지으며 잔치를 즐김

(중략)

술을 다 마신 후 헤어질 때 여인이 은그릇(여인과 양생의 신표 → 사건 전개에 필연성 부여) 하나를 양생에게 주면서 말하였다.

"내일 저의 부모님께서 저를 위하여 보련사에서 음식을 베푸실 것(여인의 제사를 지내는 것을 의미함)이옵니다. 만약 당신이 저를 버리지 않으실 거라면 보련사 가는 길에서 기다리고 있다가 저와 함께 절로 가서 제 부모님을 뵙는 것이 어떠신지요?"(부모에게 혼인 관계를 승낙받고자 하는 의도)

양생이 대답하였다.

"그러겠소."

▶ 여인이 은그릇을 주며 보련사 가는 길에서 만나기로 약속함

주목

이튿날 양생은 여인의 말대로 은그릇을 들고 보련사로 가는 길가에서 기다리고 있었다.

그런데 과연 어떤 귀족 집안에서 딸자식의 대상(大祥)(사람이 죽은 지 두 돌 만에 지내는 제사)을 치르려고 수레와 말을 길게 늘여 세우고 보련사로 올라가는 것이었다. 그러다가 길가에서 한 서생(양생)이 은그릇을 들고 서 있는 것을 보고, 하인이 아뢰었다.

"아가씨의 무덤에 묻은 물건(은그릇)을 벌써 어떤 사람이 훔쳤습니다."

주인이 말하였다. / "그게 무슨 말이냐?"

하인이 대답하였다.

"이 서생이 들고 있는 은그릇 말씀입니다."

주인(여인의 아버지)이 마침내 양생 앞에 말을 멈추고 어찌 된 것인지, 은그릇을 지니게 된 경위

**감상 포인트**
서사 전개에 중요한 기능을 하는 소재의 의미와 기능을 파악한다.

**작품 분석 노트**

- 〈만복사저포기〉의 특징
  - 우리나라의 구체적인 지역을 배경으로 하며 우리나라 사람을 주인공으로 삼음
  - 귀신과의 사랑이라는 비현실적인 사건을 다룸
  - 행복한 결말을 통해 권선징악의 주제 의식을 보여 주는 고전 소설의 일반적인 결말과 달리 비극적 결말을 보여 줌
  - 삽입 시를 통해 인물의 정서를 압축적으로 드러냄

- '은그릇'의 의미와 기능

| 은그릇 |
|---|
| • 여인이 죽었을 때 여인의 무덤에 묻은 부장품<br>• 양생과 여인의 부모를 연결하는 매개체<br>• 여인이 부모에게 자신과 양생이 특별한 관계임을 알리는 매개체 |

↓

사건 전개에 필연성을 부여함

를 물었다. 양생은 전날 여인과 약속한 그대로 대답하였다. 여인의 부모가 놀랍고도
여인이 은그릇을 주며 자신과 함께 부모님을 만나자고 한 말
의아하게 여기다가 한참 후에 말하였다.
양생에게 죽은 딸과 만났다는 이야기를 들었기 때문임

「"나에게는 오직 딸아이 하나만이 있었는데 왜구가 침입하여 난리가 났을 때에 적에게 해를 입어 죽었다네. 미처 장례도 치르지 못하고 개령사 골짜기에 임시로 묻어 주었지. 이래저래 미루다가 오늘에 이르게 되었다네. 오늘이 벌써 대상 날이라 재나 올려 저승길을 추도하려고 한다네.」 자네는 약속대로 딸아이를 기다렸다가 함께 오게. 부디 놀라지 말게나."
여인이 죽게 된 원인이 밝혀짐
「 」: 여인의 부모의 말을 통해 여인이 죽은 사연이 모두 밝혀짐 - 요약적 제시

그는 말을 마치고 먼저 보련사로 떠났다. ▶ 양생이 여인의 부모를 만나 여인이 목숨을 잃은 사연을 듣게 됨
여인의 부모와 양생, 여인이 만나는 공간(현실계와 비현실계가 교섭하는 공간)

양생은 우두커니 서서 기다렸다. 약속한 시간이 되자 과연 어떤 여인이 계집종을 거느리고 나긋한 자태로 걸어오는데 바로 그 여인이었다. 양생과 여인은 서로 기뻐하면서 손을 잡고 보련사로 향하였다. ▶ 양생과 여인이 함께 보련사로 감
여인과의 약속을 지키려는 마음
죽은 여인임을 알고도 기쁘게 맞이하는 양생 - 여인에 대한 사랑이 지극함

여인은 절 문에 들어서자 부처님께 예를 올리더니 흰 휘장 안으로 들어갔다. 그러나 여인의 친척들과 절의 승려들은 모두 그것을 믿지 않았다. 오직 양생만이 혼자 볼 수 있을 뿐이었다.
여인의 모습이 보이지 않으므로 여인의 존재를 믿지 않음
양생이 비현실적 존재와 소통할 수 있음을 나타냄. 전기적 요소

여인이 양생에게 말하였다.

"함께 차와 음식이나 드시지요."

양생은 그 말을 여인의 부모에게 고하였다. 여인의 부모는 시험해 보고자 양생에게 함께 식사를 하라고 시켰다. 그랬더니 오직 수저를 놀리는 소리만 들렸는데 마치 산 사람이 식사하는 소리와 같았다.
오직 양생만 여인을 볼 수 있으므로 양생의 말을 의심하여 시험하고자 함
여인의 부모가 양생의 말을 믿게 되는 계기로 작용함

그제야 여인의 부모가 놀라 탄식하면서 양생에게 휘장 곁에서 같이 잠자기를 권하였다. 한밤중에 말소리가 낭랑히 들렸는데 사람들이 자세히 엿들으려 하면 갑자기 그 말이 끊어졌다.
여인의 부모가 양생과 여인의 관계를 인정함
여인과 양생이 대화를 나누는 것이 비현실적인 일임을 드러냄

여인이 양생에게 말하였다.

"제가 법도를 어겼다는 것은 저 스스로 잘 알고 있어요. 어려서 《시경》과 《서경》을 읽었으므로 예의가 무언지 조금이나마 알지요. 《시경》의 《건상(褰裳)》이 얼마나 부끄럽고, 《상서(相鼠)》가 얼마나 얼굴 붉힐 만한 것인지 모르는 것이 아닙니다. 그러나 오랫동안 쑥 덤불 우거진 속에 거처하며 들판에 버려져 있다 보니 사랑하는 마음이 한번 일어나자 끝내 걷잡을 수가 없었답니다.
어린 시절 경전을 읽으며 예법을 익혔음
《시경》의 〈정풍〉에 실린 시편으로 음탕한 여인이 남자를 유혹하는 시
《시경》의 〈용풍〉에 실린 시편으로 예의가 없는 것을 풍자한 시
왜구가 침입했을 때 적에게 해를 입어 죽은 후 들판에 묻혀 있었음
애정 추구의 욕망

지난번에 절에 가서 복을 빌고 부처님 앞에서 향을 사르며 일생 운수가 박복함을 혼자 탄식하다가 뜻밖에도 삼세의 인연을 만나게 되었지요. 그래서 머리에 가시나무 비녀를 꽂은 가난한 살림이라도 낭군의 아낙으로서 백 년 동안 높은 절개를 바치고, 술을 빚고 옷을 지으며 한평생 지어미로서의 도리를 닦으려 했던 것이랍니다. 하지만 한스럽게도 업보는 피할 수가 없어서 저승길로 떠나야만 하게 되
양생과의 운명적인 만남
양생의 아내로 살아가고자 한 여인의 마음을 알 수 있음
양생과 여인이 이별하게 된 원인, 운명

• '보련사'의 의미와 기능

**보련사**
- 여인의 부모가 여인을 위한 재를 지내는 곳
- 여인은 양생에게 보련사로 가는 길에서 기다리고 있다가 자신과 함께 부모를 만나자고 청함

↓

양생과 죽은 여인의 환신, 여인의 부모가 만나는 공간으로, 현실적 세계와 비현실적 세계가 교섭하는 공간임

• 이 장면에 나타나는 전기적 요소

- 다른 사람들은 여인을 보지 못하고 양생만이 여인을 볼 수 있었음
- 수저 놀리는 소리만 들렸지만 산 사람이 식사하는 소리와 같았음
- 양생과 여인의 말소리가 낭랑히 들렸지만 사람들이 자세히 엿들으려 하면 갑자기 중지됨

↓

양생과 여인의 인연이 신비롭고 특별한 것임을 강조함

• '여인'에 대한 인물들의 태도

- 양생은 여인의 부모를 통해 여인이 죽었음을 알고도 여인에 대한 사랑을 드러냄
- 양생의 말을 들은 여인의 부모는 양생에게 딸과 함께 보련사로 올 것을 당부함 → 양생과 여인에게 식사를 하도록 한 후 여인의 수저 소리를 듣고 양생의 말을 믿음
- 여인의 친척들과 승려들은 여인의 모습이 보이지 않으므로 여인의 존재를 믿지 않음

었어요. 즐거움을 다 누리지도 못했는데 슬픈 이별이 갑작스레 닥쳐왔군요.
부부의 즐거움을 다 누리지 못하고 이별하게 됨

이제 제 발걸음이 병풍 안으로 들어가면 신녀 아향이 수레를 돌릴 것이고, 구름과 비는 양대에서 개고,■ 까치와 까마귀는 은하수에서 흩어질 거예요. 이제 한번
여인이 양생과 이별하게 될 것임을 비유적으로 표현함
헤어지면, 훗날 다시 만나기를 기약하기 어렵겠지요. 작별을 당하고 보니 정신이
양생과 여인이 영원히 이별하게 될 것임을 의미함
아득하기만 해서 무어라 말씀드려야 할지 모르겠군요."

이윽고 여인의 영혼을 전송하자 울음소리가 그치지 않았다. 영혼이 문밖에 이르자 다만 은은하게 다음과 같은 소리만이 들려왔다.
▶ 여인이 자신의 사연을 전달하고 양생에게 이별을 고함

저승길이 기한 있어 / 슬프게도 이별합니다.
저승길로 가야 하는 시간이기에 슬프지만 이별함. 여인의 정서가 직접적으로 드러남
우리 임께 바라오니 / 저를 멀리 마옵소서.
양생에게 자신을 멀리하지 말 것을 당부함
애달파라, 우리 부모님 / 나를 짝지워 주지 못하셨네.
아득한 저승에서 / 마음에 한 맺히리.
양생과 이별한 후 저승에서 겪게 될 여인의 심정이 드러남

소리가 차츰 잦아들면서 우는 소리와 분별할 수 없게 되었다. 여인의 부모는 이제야 그동안의 일이 사실임을 깨닫고 다시는 의심하지 않았다. 양생 또한 그 여인이
양생의 말(여인의 환신과 양생이 인연을 맺은 일)이 사실임을 완전히 믿게 됨
귀신이었음을 알고는 슬픔이 더해져서 여인의 부모와 함께 머리를 맞대고 흐느꼈다.

여인의 부모가 양생에게 말하였다.

"은그릇은 자네가 맡아서 쓰고 싶은 대로 쓰게나. 딸아이 몫으로 밭 몇 마지기와 노비 몇 명이 있으니 자네는 이것을 신표로 삼아 내 딸을 잊지 말아 주게."
딸의 한을 풀어 준 데 대한 감사의 표시. 여인의 부모로부터 부부의 인연을 인정받음

다음 날 양생은 고기와 술을 마련하여 전날의 자취를 더듬어 찾아갔다. 그랬더니
제물 / 여인을 따라 여인의 집으로 간 일
과연 그곳은 시체를 임시로 묻어 둔 곳이었다. 양생은 제물을 차려 놓고 슬피 울면서, 그 앞에서 종이돈을 불사르고 장례를 치러 주었다.
여인을 가매장한 무덤

(중략)

이후에도 양생은 여인에 대한 애정과 슬픔을 이기지 못하였다. 밭과 집을 모두 팔아
여인에 대한 양생의 지극한 사랑을 알 수 있음
사흘 저녁을 계속해서 재를 올리니 공중에서 여인의 목소리가 울렸다.

"당신이 지성을 드려 주신 덕분에 저는 다른 나라에서 남자의 몸으로 다시 태어나게 되었습니다. 비록 이승과 저승이 멀리 떨어져 있다고 해도 당신의 은혜에 깊이
여인이 남자로 환생함 – 불교의 윤회 사상
감사드립니다. 당신은 부디 다시 깨끗한 업을 닦아 함께 윤회의 굴레를 벗어나시기 바랍니다."
여인이 양생은 윤회에서 벗어나기를 바람 → 인간의 운명에 대한 비극적 인식을 보여 줌

양생은 이후 다시 장가들지 않았다. 지리산에 들어가 약초를 캐며 살았는데 그가
비극적 결말
어떻게 생을 마감했는지 아무도 알지 못한다.
▶ 양생은 여인의 장례를 치른 후 속세를 떠남

■ 구름과 비는 양대에서 개고: 양대는 중국 사천성 무산현 동쪽에 있는 땅으로 초나라 회왕과 양왕이 꿈에 선녀를 만났던 곳. 무산 선녀가 양왕을 모셨다가 떠나면서 아침에는 구름이 되고 저녁에는 비가 되어 아침저녁으로 양대에 있겠다고 하였다 함.

• 삽입 시의 기능

〈만복사저포기〉에서는 삽입 시를 활용하여 사건을 전개하고 있는데, 특히 인물의 내면 심리를 드러내는 부분에서 삽입 시를 사용하여 인물의 심리를 효과적으로 묘사하고 있다.

**삽입 시의 기능**
- 인물의 심리나 정서를 드러내면서 분위기를 형성하는 데 기여함
- 산문이라는 단조로움에서 벗어나 변화를 주는 역할을 함

↓

**〈만복사저포기〉에서 삽입 시의 기능**
- 서사 문학의 단조로움을 극복하게 함
- 작중 상황을 압축적으로 전달하고, 양생과 여인의 심리를 효과적으로 보여 줌
- 작품의 낭만적 분위기를 조성하고 서정성을 강화하는 역할을 함

• 결말 처리 방식과 작가 의식

〈만복사저포기〉의 결말 부분에서 여인과 이별한 양생은 죽은 여인의 장례를 정성껏 치른 후 장가도 들지 않은 채 지리산으로 잠적한 것으로 이야기를 마무리하고 있다. 이러한 양생의 모습은 고전 소설의 전형적인 특징인 행복한 결말과는 다른 것으로, 인간의 운명에 대한 작가 김시습의 비극적 인식을 반영하고 있다고 볼 수 있다.

**결말 부분**

여인은 다른 나라에서 남자의 몸으로 다시 태어났다며 양생에게 윤회의 굴레를 벗어나기를 바란다고 말함
→ 사랑을 성취하고자 하는 주인공의 소망이 좌절되는 결말을 보여 줌

↓

인간의 운명에 대한 작가의 비극적 인식이 드러남

## 핵심 포인트 1 배경 · 소재의 의미와 기능 파악

이 작품은 산 사람과 죽은 사람이 사랑을 나눈다는 비현실적인 내용의 전기 소설이다. 이승의 존재와 저승의 존재가 만나는 사건 전개 과정에서 나타나는 공간적 배경과 주요 소재들의 의미를 알아 둘 필요가 있다.

**공간적 배경의 의미**

| | |
|---|---|
| 만복사 | 현실계의 존재인 양생과 비현실계의 존재인 여인이 처음으로 만나는 공간 |
| 여인의 집 | • 여인의 무덤이 있는 공간<br>• 잔치를 열어 이웃 처녀(귀신)들과 함께 시를 지으며 노는 공간 |
| 보련사 | 여인의 부모와 양생, 여인이 다같이 만나는 공간(현실계와 비현실계가 교섭하는 공간) |
| 지리산 | 양생이 속세를 등지고 삶을 마감한 곳 |

**주요 소재의 의미와 기능**

| | |
|---|---|
| 저포 놀이 | 양생과 여인을 이어 주는 매개체 → 사건 전개(양생과 여인의 만남)에 필연성을 부여함 |
| 축원문 | • 여인이 과거에 겪었던 일을 요약적으로 제시한 글<br>• 현재 처지에 대한 신세 한탄과 배필을 얻고 싶어 하는 여인의 소망이 드러난 글 |
| 은그릇 | • 양생과 여인의 부모를 연결하는 매개체, 여인이 부모에게 자신과 양생이 특별한 관계임을 알리는 매개체 → 사건 전개에 필연성을 부여함<br>• 현실계와 비현실계의 매개물 |

## 핵심 포인트 2 외적 준거에 따른 감상

김시습의 《금오신화》에 실린 작품들의 공통적 특징을 이해하고, 이를 이 작품에 구체적으로 적용하여 감상할 수 있어야 한다.

**《금오신화》에 실린 작품들의 공통적 특징과 〈만복사저포기〉에 나타난 구체적 양상**

| 《금오신화》에 실린 작품들의 공통적 특징 | | 〈만복사저포기〉에 나타난 구체적 양상 |
|---|---|---|
| 등장인물들은 주로 현실과의 갈등 속에 불우한 인생을 보냄 | → | 외로운 처지의 양생과 왜구의 침략으로 억울하게 죽은 여인이 등장함 |
| 우리나라가 배경이며 우리나라 사람이 주인공으로 등장함 | → | 전라도 남원이라는 구체적 공간과 왜구의 침략이라는 역사적 배경이 드러남 |
| 대체로 현실과는 거리가 먼 전기적(비현실적)인 내용을 다룸 | → | 인간과 귀신의 사랑이라는 비현실적 내용을 다룸 |
| 행복한 결말로 끝맺는 다른 고전 소설 작품들과 달리, 비극적 결말 구조를 지님 | → | • 양생과 여인이 생사를 초월한 사랑을 하지만 결국 헤어짐<br>• 양생은 여인과 헤어진 후 세상을 등지고 산속으로 들어감 |

## 핵심 포인트 3 작가의 가치관 이해

이 작품은 설화적 소재에 불교적 색채와 작가의 가치관을 담아 생사를 초월한 남녀 간의 사랑을 그리고 있다. 따라서 작품 속에 드러난 작가의 가치관을 살필 필요가 있다.

**〈만복사저포기〉에 드러나는 작가의 가치관**

| | |
|---|---|
| 애정 지상주의 | 이승의 양생과 저승의 여인이 사랑을 나눈다는 점에서 사랑은 생사를 초월한다는 애정 지상주의를 엿볼 수 있음 |
| 불교의 윤회 사상 | 여인의 전생이 현생과 연결된다는 점에서 불교의 윤회 사상을 엿볼 수 있음 |
| 운명에의 순종 | 이승의 양생과 저승의 여인이 사랑을 나누지만, 여인이 업보로 인해 저승으로 떠나면서 영영 만날 수 없게 되는 결말을 맞이한다는 점에서 운명은 거스를 수 없다는 생각을 엿볼 수 있음 |

### 작품 한눈에

• 해제

〈만복사저포기〉는 김시습이 쓴 한문 소설집 《금오신화》에 실린 다섯 편의 소설 중 하나로, 인간과 귀신의 사랑을 그린 애정 전기 소설이다. 이 작품은 전라도 남원의 양생이 만복사에서 부처님과 저포 놀이를 한 후 죽은 여인의 환신을 만나 사랑을 나누고 이별한다는 비현실적인 이야기이다. 불교 사상을 바탕으로 '이승 사람과 저승 영혼의 만남 – 사랑 – 이별 – 이승 사람의 탈속'의 사건 전개를 보인다. 한편 작가인 김시습은 5세에 신동이라 불릴 정도로 재능 있는 인물이었으나 과거를 준비하던 무렵에 수양 대군이 단종을 폐위했다는 소식을 듣고 책을 불태우고 출가하여 방랑하며 지냈다. 그는 평생 단종에 대한 절의를 지킨 생육신의 한 사람으로 평가받지만 불우하게 일생을 보낸 인물이다. 《금오신화》는 이러한 그의 삶을 허구의 형식으로 담고 있다.

• 제목 〈만복사저포기〉의 의미

– 만복사의 양생이 아름다운 배필을 만나기 위해 부처와 저포 놀이를 한 이야기

〈만복사저포기〉는 만복사에 의탁하여 사는 양생이 부처님과의 저포 놀이에서 이겨서 자신의 소원대로 아름다운 여인을 만나 사랑을 나누지만, 그 여인이 이미 죽은 사람이었기에 운명의 법도에 따라 이별하게 되는 비극적 내용의 애정 전기 소설이다.

• 주제

생사를 초월한 남녀 간의 사랑

**전체 줄거리**

남원에 사는 양생은 일찍 부모를 여의고 결혼하지 못한 채 만복사 동쪽 방에서 혼자 살고 있었는데, 외로운 마음에 시를 읊자 공중에서 배필을 얻을 수 있다는 소리를 듣게 된다. 다음 날 양생은 아름다운 여인을 얻게 해 달라는 소원을 빌며 부처님에게 저포 놀이를 제안하고, 승리한 양생이 불상 아래 숨어 있자 얼마 후 아름다운 여인이 나타나 운명의 배필을 만나게 해 달라는 축원문을 올린다. 양생은 여인과 즐거운 시간을 보낸 후 함께 마을로 내려가지만 사람들은 양생이 여인과 함께 있다는 것을 알지 못한다. 양생은 작은 집에서 여인과 사흘을 보내고, 여인은 은그릇 하나를 양생에게 주며 내일 보련사에 함께 가 자신의 부모를 만나자고 한다. 이튿날 양생은 여인의 말대로 은그릇을 들고 여인을 기다리다가 여인의 부모를 만나 여인이 죽었다는 사실을 알게 된다. 여인과 함께 보련사로 온 양생은 함께 식사를 하고, 작별 인사를 하는 여인의 목소리를 들은 여인의 부모는 양생의 말이 사실임을 알게 된다. 다음 날 양생은 여인의 장례를 치러 주고, 여인의 환생을 알게 된 후 지리산에 들어가 살았는데 생을 어떻게 마감했는지는 아무도 알지 못한다.

고전 산문 04

◇ 한 줄 평 기생의 딸과 양반 남성의 신분을 초월한 사랑을 그린 이야기

# 춘향전 작자 미상

▸ 교과서 수록 국어 금성, 동아, 좋은책, 지학사, 창비, 천재(박), 해냄 문학 비상
▸ 기출 수록 평가원 2018 9월 교육청 2010 7월

## 장면 포인트 1

- 이 작품은 남원 부사의 아들 몽룡과 퇴기 월매의 딸 춘향의 신분을 초월한 사랑을 그린 애정 소설이다. 춘향이 몽룡에 대한 절개를 지켜 자신의 사랑을 성취하는 과정에서 겪는 고난에 주목하여 작품을 감상하도록 한다.
- 해당 장면은 단옷날 광한루에서 그네를 뛰던 춘향이 몽룡의 눈에 띄어 두 사람이 만나게 되는 상황을 제시하고 있다.
- 춘향에 대한 몽룡과 방자의 인식을 살펴보고 이들을 대하는 춘향의 태도를 통해 춘향의 성격을 파악하도록 한다.

[앞부분의 줄거리] 숙종 대왕 시절, 전라도 남원의 퇴기 월매와 성 참판 사이에서 태어난 춘향은 미모와 행실이 뛰어났다. 남원 부사의 아들 이몽룡은 명문대가의 후손으로 풍채와 문장이 뛰어났다. 오월 단옷날, 이몽룡은 남원의 명소인 광한루로 나간다.

"통인아."
(통인: 조선 시대, 지방관아의 관장 밑에 딸려 잔심부름을 하던 사람)

"예."

"저 건너 화류(花柳) 중에 오락가락 희뜩희뜩 어른어른하는 것이 무엇인지 자세히 보아라."
(오락가락 희뜩희뜩 어른어른하는 것: 춘향이 그네 뛰는 모습)

통인이 살펴보고 여쭙되,

"다른 무엇 아니오라 이 고을 기생 월매 딸 춘향이란 계집아이로소이다."

도련님이 엉겁결에 하는 말이,

"매우 좋다. 훌륭하다."

통인이 아뢰되,

"「제 어미는 기생이오나 춘향이는 도도하여 기생 구실 마다하고 백화초엽에 글자도 생각하고, 여공 재질이며 문장을 겸전하여 여염 처자와 다름이 없나이다.」"
(「 」: 신분은 천하나 여염 처자의 재질을 갖춤 / 백화초엽: 온갖 꽃과 풀잎 / 겸전: 여러 가지를 완전하게 갖춤 / 여염 처자와 다름이 없나이다: 춘향을 여느 기생과 다르게 생각하는 통인)

도련님이 허허 웃고 방자를 불러 분부하되,

"들은즉 기생의 딸이라니 급히 가 불러오너라."
(춘향을 기생으로 생각하는 몽룡의 태도)

방자 놈 여쭈오되,

"설부화용이 남방(南方)에 유명하기로 방첨사(防僉使) 병부사(兵府使) 군수(郡守) 현감(縣監) 관장(官長)님네 양반 외입쟁이들도 무수히 보려 하되 장강의 색과 임사의 덕행(德行)이며, 이두의 문필이며 태사(太姒)의 화순심(和順心)과 이비(二妃)의 정절(貞節)을 품었으니 금천하지절색이요 만고여중군자오니 황공하온 말씀으로 불러오기 어렵나이다."
(설부화용: 눈처럼 흰 살갗과 꽃처럼 고운 얼굴이라는 뜻으로, 미인의 용모를 이르는 말 / 임사: 주나라 문왕의 어머니와 처인 태임과 태사. 덕성 있는 여성을 의미함 / 외입쟁이: 외도를 일삼는 남성을 가리킴 / 장강: 춘추 시대 위나라 장공의 아내로, 아름다운 외모로 유명함 / 이두: 이백과 두보 / 태사: 주나라 무왕의 어머니 / 화순심: 온화하고 순한 마음 / 이비: 순임금의 부인인 아황과 여영 / 금천하지절색이요 만고여중군자: 빼어난 미모와 재주와 덕을 갖춘 여자 – 춘향에 대한 방자의 평가)

도련님이 대소(大笑)하고,

「"방자야 네가 물각유주를 모르는도다. 형산의 백옥과 여수의 황금이 임자 각각 있느니라. 잔말 말고 불러오라."」
(물각유주: 물건에 제각각 임자가 있음 / 「 」: 자신감 넘치는 몽룡의 성격이 드러남)
▶ 몽룡이 방자를 보내 춘향을 불러오게 함

## 작품 분석 노트

- 주요 등장인물

|  |  |
| --- | --- |
| 춘향 | • 퇴기 월매의 딸이나 자신을 기생이라 생각하지 않음<br>• 이몽룡과 백년가약을 맺고 그에 대한 절개를 지킴<br>• 변학도의 횡포에도 굴하지 않고 지조를 지키는 주체적이고 의지적인 성격을 지닌 인물 |
| 이몽룡 | • 남원 부사의 아들<br>• 신분을 초월하여 사랑을 성취하는 인물 |
| 방자 | • 이몽룡의 하인<br>• 양반을 상전으로 모시면서도 능청스럽게 조롱함 |
| 변학도 | • 신임 남원 부사<br>• 전형적인 탐관오리 |

- 판소리계 소설 〈춘향전〉의 서술상 특징
  - 의성어, 의태어를 활용하여 대상이나 상황을 생동감 있게 표현함
  - 산문체와 운문체의 결합이 나타남
  - 상투적 · 관용적 표현, 고사, 한문 어구 등이 사용됨
  - 비속어, 언어유희, 희화화 등을 활용한 해학적 · 풍자적인 표현이 나타남
  - 편집자적 논평을 통해 인물의 행위나 상황에 대한 서술자의 주관적 견해를 직접적으로 드러냄
  - 열거, 대구, 반복 등을 활용하여 특정한 장면을 확장한 '장면의 극대화'가 나타남
  - 판소리 사설의 어투가 나타남

방자 분부 듣고 춘향 부르러 건너갈 제 맵시 있는 방자 녀석 서왕모 요지연에 편
요지에서 벌이던 잔치. '요지'는 주나라 목왕이 서왕모와 만났다는 선경을 뜻함
지 전하던 청조같이 이리저리 건너가서,
반가운 사자(使者)나 편지를 이르는 말. 푸른 새가 온 것을 보고 동방삭이 서왕모의 사자라고 한 한무(漢武)의 고사에서 유래함

「"여봐라, 이 애 춘향아."

부르는 소리에 춘향이 깜짝 놀라,

"무슨 소리를 그따위로 질러 사람의 정신을 놀라게 하느냐."」
「 」: 춘향과 방자는 서로 반말을 함 – 신분이 비슷함

"이 애야, 말 마라. 일이 났다."

"일이라니 무슨 일?"

"사또 자제 도련님이 광한루에 오셨다가 너 노는 모양 보고 불러오란 영이 났다."
공간적 배경 / 명령

춘향이 화를 내어,

"네가 미친 자식이다. 도련님이 어찌 나를 알아서 부른단 말이냐. 이 자식 네가 내 말을 종달새 열씨 까듯 하였나 보다."
춘향의 당돌한 성격 / 종달새가 삼씨를 까먹는 것처럼 조잘거렸다는 의미

"아니다. 내가 네 말을 할 리가 없으되, 네가 그르지 내가 그르냐. 너 그른 내력을 들어 보아라. 계집아이 행실로 추천(鞦韆)을 할 생각이면 네 집 후원 담장 안에 줄을 매고 남이 알까 모를까 은근히 매고 추천하는 게 도리(道理)에 당연함이라. 광한루 멀지 않고 또한 이곳을 논지할진대 녹음방초승화시(綠陰芳草勝花時)라. 「방초는 푸르렀고 앞내 버들은 초록장 두르고 뒷내 버들은 유록장(柳綠帳) 둘러 한 가지 늘어지고 또 한 가지 펑퍼져 광풍을 겨워 흔들흔들 춤을 추는데」 광한루 구경처(求景處)에 그네를 매고 네가 뛸 제, 외씨 같은 두 발길로 백운 사이에 노닐 적에 홍상(紅裳) 자락이 펄펄 백방사(白紡紗) 속곳 가래 동남풍에 펄렁펄렁, 박속 같은 네 살결이 백운 사이에 희뜩희뜩, 도련님이 보시고 너를 부르실 제 내가 무슨 말을 한단 말인가. 잔말 말고 건너가자."
몽룡이 춘향을 부르는 원인이 춘향에게 있다는 뜻 / 당대 시대상 반영 – 여성의 바깥출입이 제한되며 행동에 제약이 많음 / 우거진 나무 그늘과 풀이 향기로울 때가 꽃 피는 시절보다 좋음 / 「 」: 대구, 음성 상징어를 활용하여 초여름 풍경을 묘사함 / 비유, 음성 상징어를 통해 춘향의 그네 뛰는 모습을 묘사함 → 춘향의 행실이 단정하지 못했다고 지적함

춘향이 대답하되,

"네 말이 당연하나 오늘이 날이라 비단 나뿐이랴. 다른 집 처자들도 예 와 함께 그네를 뛰었으되, 그럴 뿐 아니라 설혹 내 말을 할지라도 내가 지금 시사가 아니거늘, 여염 사람을 호래척거로 부를 리도 없고 부른데도 갈 리도 없다. 당초에 네가 말을 잘못 들은 바라."
단오 / 춘향이 몽룡의 부름을 거절한 이유 ① / 기생 등이 그 매인 마을에서 맡은 일을 함 / 춘향이 몽룡의 부름을 거절한 이유 ② / 사람을 오라고 불러 놓고 곧바로 내쫓음

▶ 춘향이 몽룡의 부름을 거절함

방자 이면이 붉어져 광한루로 돌아와 도련님께 여쭈오니 도련님 그 말 듣고,

"기특한 사람이다. 언즉시야로되 다시 가 말을 하되 이리이리 하여라."
말인즉 옳음 / 춘향의 거절 이유가 타당하다고 생각함. 자신이 부른다고 쉽게 오지 않는 춘향에게 더욱 호감을 품게 됨

방자 전갈 받들어 춘향에게 건너가니 그새에 제집으로 돌아갔거늘 저의 집을 찾아가니 모녀간(母女間) 마주 앉아 점심밥이 방장이라. 방자 들어가니
바야흐로 한창임

"너 왜 또 오느냐."

"황송하다. 도련님이 다시 전갈하시더라. '내가 너를 기생으로 앎이 아니라 들으니 네가 글을 잘한다기로 청하노라. 여가(閭家)에 있는 처자 불러 보기 청문에 괴
춘향을 부르기 위해 몽룡이 내세운 표면적 이유 / 여염집 / 남녀의 자유로운 만남이 제한된 당대 사회상 반영

**감상 포인트**
인물의 말과 행동을 통해 인물의 성격을 파악한다.

• 춘향과 이몽룡의 만남

| | |
|---|---|
| 이몽룡 | 광한루에서 그네 뛰는 춘향이 기생이라 생각하여 방자를 시켜 춘향을 불러오도록 함 |
| ↓ | |
| 춘향 | 거절하는 구체적인 이유를 제시하며 가지 않음 |
| ↓ | |
| 이몽룡 | 춘향이 글을 잘한다고 하여 부른다며 다시 불러오도록 함 |
| ↓ | |
| 춘향 | 이몽룡을 만나러 감 |

▼

• 춘향과 이몽룡의 만남이 이루어지는 '광한루'는 남원에 실재하는 공간으로 서사에 사실감을 부여함
• 춘향에게 반한 이몽룡의 마음과 춘향의 당당한 태도가 드러남
• 여성의 바깥출입이 제한되었던 당대의 사회상이 나타남

이(怪異)하나 혐의로 알지 말고 잠깐 와 다녀가라.' 하시더라."

꺼리지 말고

춘향의 너그러운 마음에 연분이 되려고 그런지 갑자기 갈 마음이 난다. 모친의 뜻을 몰라 한동안 한참 말 않고 앉았더니, 춘향 어미 썩 나앉아 정신없게 말을 하되,

몽룡의 두 번째 전갈을 받고 춘향이 몽룡에게 호감을 갖게 됨

"꿈이라 하는 것이 모두 허사는 아니로다. 간밤에 꿈을 꾸니 난데없이 연못에 잠긴 청룡 하나 보이기에 무슨 좋은 일이 있을까 하였더니 우연한 일 아니로다. 또한 들으니 사또 자제 도련님 이름이 몽룡이라 하니 '꿈 몽(夢) 자 용 룡(龍) 자' 신통하게 맞추었다.」 그나저나 양반이 부르시는데 아니 갈 수 있겠느냐. 잠깐 다녀오라."

「 」: 지난밤에 꾼 꿈을 근거로 춘향과 몽룡의 만남을 우연이 아니라고 생각하는 월매

청룡: 이몽룡

① 양반의 부름 ② 신분 상승의 욕구 ▶ 몽룡이 방자를 보내 춘향을 다시 불러오게 함

춘향이가 그제야 못 이기는 모습으로 겨우 일어나 광한루로 건너갈 제,「대명전(大明殿) 대들보의 명매기걸음으로, 양지(陽地) 마당의 씨암탉걸음으로, 흰모래 바다의 금자라 걸음으로, 달 같은 태도 꽃다운 용모로 천천히 건너간다. 월(越)나라 서시(西施)가 배우던 걸음걸이로 흐늘흐늘 건너온다.」 도련님 난간에 절반만 비켜서서 그윽이 바라보니 춘향이가 건너오는데 광한루에 가까이 온지라. 도련님 좋아라고 자세히 살펴보니 요염하고 정숙하여 그 아름다움이 세상에 둘도 없는지라. 얼굴이 빼어나니「청강(淸江)에 노는 학이 설월(雪月)에 비친 것 같고, 흰 치아 붉은 입술이 반쯤 열렸으니 별도 같고 옥도 같다. 연지를 품은 듯, 자줏빛 치마 고운 태도는 석양에 비치는 안개 같고, 푸른 치마가 영롱하여 은하수 물결 같다.」 고운 걸음 단정히 옮겨 천연히 누각에 올라 부끄러이 서 있거늘, 통인 불러 말한다.

명매기걸음: 맵시 있게 아장거리며 걷는 걸음

씨암탉걸음: 아기작아기작 가만히 걷는 걸음

월(越)나라 서시(西施)가 배우던 걸음걸이: 월나라에서 오왕에게 미인 서시를 바치기 위해 3년 동안 걸음걸이 연습을 시켰다는 고사

「 」: 춘향이 몽룡에게 가는 모습을 다양한 대상에 비유하여 묘사함

「 」: 비유를 활용하여 춘향의 빼어난 미모를 묘사함

천연히: 자연스럽게

▶ 춘향이 몽룡을 만나러 감

"앉으라고 일러라."

춘향의 고운 태도 단정하다. 앉는 거동 자세히 살펴보니「갓 비가 내린 바다 흰 물결에 목욕재계하고 앉은 제비가 사람을 보고 놀라는 듯, 별로 꾸민 것도 없는 천연한 절대가인이라. 아름다운 얼굴을 대하니 구름 사이 명월이요, 붉은 입술 반쯤 여니 강 가운데 핀 연꽃이로다. 신선을 내 몰라도 하늘나라 선녀가 죄를 입어 남원에 내렸으니, 달나라 궁궐의 선녀가 벗 하나를 잃었구나. 네 얼굴 네 태도는 세상 인물 아니로다.」

절대가인: 세상에 견줄 만한 사람이 없을 정도로 뛰어나게 아름다운 여인. 춘향의 미모에 대한 단적인 평가

은유법, 대구법

선녀라고 할 수 있을 정도로 춘향이 아름다운 외모와 태도를 지님

「 」: 가까이서 본 춘향의 아름다운 모습을 다양한 대상에 빗대어 표현함 → 춘향의 아름다운 모습에 반한 몽룡의 심리가 드러남

이때 춘향이 추파를 잠깐 들어 이 도령을 살펴보니 천하의 호걸(豪傑)이요 세상의 기이한 남자라. 이마가 높았으니 젊은 나이에 공명을 얻을 것이요, 이마며 턱이며 코와 광대뼈가 조화를 얻었으니 충신이 될 것이라. 흠모하여 눈썹을 숙이고 무릎을 모아 단정히 앉을 뿐이로다. 이 도령 하는 말이,

추파: 미인의 맑고 아름다운 눈길

춘향의 시선을 통해 몽룡의 외양과 인물 됨됨이를 제시함. 몽룡이 입신양명할 것임을 암시함

"옛 성현도 같은 성끼리는 혼인하지 않는다 했으니 네 성은 무엇이며 나이는 몇 살이뇨?"

동성혼을 금지하는 시대상이 드러남

"성은 성(成)가옵고 나이는 십육 세로소이다."

이 도령 거동 보소.

판소리 사설 문체

"허허 그 말 반갑도다. 네 연세 들어 보니 나와 동갑 이팔이라. 성씨를 들어 보니

이팔: 16세 무렵의 꽃다운 청춘

• 인물에 대한 묘사

| | |
|---|---|
| 춘향 | • 이몽룡의 시선을 통해 춘향의 아름다운 외모와 태도를 드러냄<br>• '절대가인', '달나라 궁궐의 선녀' 등으로 평가됨<br>• 다양한 대상에 비유하여 춘향의 미모를 묘사함 |
| 이몽룡 | • 춘향의 시선을 통해 이몽룡의 외양과 인물 됨됨이를 제시함<br>• '천하의 호걸', '세상의 기이한 남자' 등으로 평가됨<br>• 이몽룡의 관상을 통해 입신양명할 것임을 암시함 |

• '춘향'과 '이몽룡'의 성격과 태도

| | |
|---|---|
| 춘향 | • 이몽룡의 부름을 거절할 정도로 당돌한 성격을 지녔으나 이몽룡과의 만남에서는 단아하고 순종적인 태도를 보임<br>• 유교적 가치관을 내세우며 이몽룡의 청혼을 거절함 |
| 이몽룡 | • 춘향을 보자마자 청혼하는 경솔하고 철이 없는 태도를 보임<br>• 부모의 결정이 아닌 자신의 의사에 따라 혼인을 결정하려 함 |

하늘이 정한 인연 일시 분명하다. 혼인하여 좋은 연분 만들어 평생 같이 즐겨 보자. 너의 부모 모두 살아 계시냐?"

천생연분 / 몽룡의 청혼 – 경솔한 몽룡의 태도와 자신의 의사에 따라 혼인하려는 자유연애 사상이 드러남

"편모슬하로소이다."

홀로 남은 어머니를 모시고 있는 처지

"형제는 몇이나 되느냐?"

"올해 육십 세를 맞은 나의 모친이 무남독녀라. 나 하나요."

아들 없는 집의 외동딸

"너도 귀한 딸이로다. 하늘이 정하신 연분으로 우리 둘이 만났으니 변치 않는 즐거움을 이뤄 보자."

춘향과의 만남을 천정(天定)으로 여기며 춘향과 혼인하고자 하는 몽룡의 태도 – 춘향에게 첫눈에 반한 몽룡의 심리를 드러냄

춘향이 거동 보소. 고운 눈썹 찡그리며 붉은 입술 반쯤 열고 가는 목소리 겨우 열어 고운 음성으로 여쭈오되,

판소리 사설 문체

"충신은 두 임금을 섬기지 않고 열녀는 지아비를 바꾸지 않는다고 옛글에 일렀으니, 도련님은 귀공자요 소녀는 천한 계집이라. 한번 정을 맡긴 연후에 바로 버리시면 일편단심 이내 마음, 독수공방 홀로 누워 우는 한(恨)은 이내 신세 내 아니면 누구일꼬? 그런 분부 마옵소서."

충신불사이군(忠臣不事二君) 열녀불경이부(烈女不更二夫) – 유교적 가치관

여염집 여인이라고 하면서도 신분적 차이를 의식하고 있는 춘향의 모습

몽룡에게 버림받으면 홀로 쓸쓸한 처지가 될 것임을 걱정하며 몽룡의 제안을 거절하는 춘향

▶ 춘향이 몽룡의 청혼을 거절함

• 중심인물이 겪는 갈등의 원인

| 시대적 배경 |
| --- |
| 신분제가 있고 유교적 가치관이 지배하던 조선 시대 |

↓

- 서로 다른 신분인 춘향과 이몽룡이 사랑을 하는 것은 일반적인 일이 아님
- 개인의 자유 의지에 따른 연애는 봉건 사회의 도덕적 규범에 어긋나는 행동에 해당함

## 장면 포인트 2 주목

- 해당 장면은 몽룡이 서울로 떠난 후 남원 부사로 변학도가 부임하여 춘향에게 수청 들 것을 강요하는 상황을 제시하고 있다.
- 춘향의 신분에 대한 주변 인물들의 인식과 태도 및 수청을 강요하는 변 사또에 대응하는 춘향의 태도를 파악하도록 한다.
- 인물들이 자신의 의도를 효과적으로 드러내기 위해 활용하고 있는 말하기 방식을 파악하도록 한다.

언언히 고운 기생 그중에 많건마는 사또께옵서는 근본 춘향의 말을 높이 들었는지라, 아무리 들으시되 춘향 이름 없는지라.

(언언히: 아름답고 어여쁘게 / 근본 춘향의 말을 높이 들었는지라: 춘향의 명성이 널리 알려졌음)

사또가 수노를 불러 묻는 말이,

(수노: 관노의 우두머리)

"기생 점고 다 되어도 춘향은 안 부르니 퇴기냐?"

(점고: 명부에 일일이 점을 찍어 가며 사람의 수효를 조사함 / 퇴기: 지금은 기생이 아니지만 전에 기생 노릇을 하던 여자)

수노 여쭈오되,

"춘향 모는 기생이되 춘향은 기생이 아닙니다."

(춘향은 기생이 아닙니다: 춘향의 신분에 대한 수노의 인식)

**감상 포인트**
작품의 핵심 갈등을 중심으로 춘향에 대한 주변 인물들의 태도와 인식을 파악한다.

사또 묻기를,

"춘향이가 기생이 아니면 어찌 규중에 있는 아이 이름이 높이 났느냐?"

(춘향을 기생으로 인식하고 있는 변 사또)

수노 여쭈오되,

"근본 기생의 딸이옵고 덕색(德色)이 있는 까닭에 권문세족 양반네와 일등재사 한량들과 내려오신 관리마다 구경코자 간청하지만 춘향 모녀 거절하옵니다. 양반 상하 막론하고 한동네 사람 소인들도 십 년에 한 번쯤이나 얼굴을 보되 말 한마디 없었더니, 하늘이 정한 연분인지 구관 사또 자제 이 도련님과 백년가약 맺사옵고, 도련님 가실 때에 장가든 후에 데려가마 당부하고, 춘향이도 그렇게 알고 수절하여 있습니다."

(권문세족 ~ 간청하지만: 춘향이 남성들에게 유명함을 드러냄 / 양반 상하 ~ 말 한마디 없었더니: 춘향의 행실이 기생의 행실이 아님을 드러냄 → 춘향이 자신을 기생으로 인식하지 않음을 보여 줌 / 하늘이 정한 연분: 천생연분 / 백년가약: 젊은 남녀가 혼인하여 평생을 함께할 것을 다짐하는 아름다운 언약 / 수절: 정절을 지킴)

사또가 화를 내어,

"이놈, 무식한 상놈인들 무슨 소리냐? 어떠한 양반이라고 엄한 아버지가 계시고 장가도 들기 전인 도련님이 시골에서 첩을 얻어 살자 할꼬? 이놈 다시 그런 말을 입 밖에 내면 죄를 면치 못하리라. 이미 내가 저 하나를 보려는데 못 보고 그냥 두랴. 잔말 말고 불러오라."

(무식한 상놈인들 무슨 소리냐?: 수노의 말이 이치에 맞지 않다고 생각하는 변 사또 / 어떠한 양반이라고 ~ 할꼬?: 몽룡의 행실이 양반가 자제로서 용납될 수 없다고 생각하는 변 사또 / 내가 저 하나를 보려는데 ~ 두랴: 춘향을 기생으로 여기는 변 사또의 태도)

춘향을 부르란 명령이 나는데, 이방과 호장이 여쭈오되,

「"춘향이가 기생도 아닐 뿐 아니오라 전임 사또 자제 도련님과 맹세가 중하온데, 나이는 다르다 하지만 같은 양반이라, 춘향을 부르면 사또 체면이 손상할까 걱정하옵니다."」

(춘향이가 ~ 중하온데: 춘향을 기생으로 여기지 않으며, 몽룡과의 백년가약을 존중하는 이방과 호장의 태도가 드러남 / 「 」: 춘향을 불러오라는 변 사또의 명이 부당하다는 인식이 깔려 있음)

사또 크게 성을 내어,

"만일 춘향을 늦게 데려오면 호장 이하 각 부서 두목들을 모두 내쫓을 것이니 빨리 대령하지 못할까?"

(아전들에 대한 변 사또의 횡포)

육방이 소동하고, 각 부시 두목이 넋을 잃어,

## 작품 분석 노트

• '춘향'의 신분과 정체성

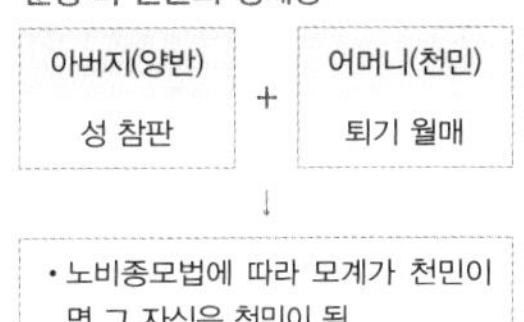

| 아버지(양반) | + | 어머니(천민) |
|---|---|---|
| 성 참판 | | 퇴기 월매 |

↓

- 노비종모법에 따라 모계가 천민이면 그 자식은 천민이 됨
- 춘향은 자신을 천민(기생)으로 여기지 않음(신분과 관련한 정체성)

• '춘향'의 신분에 대한 주변 인물의 인식

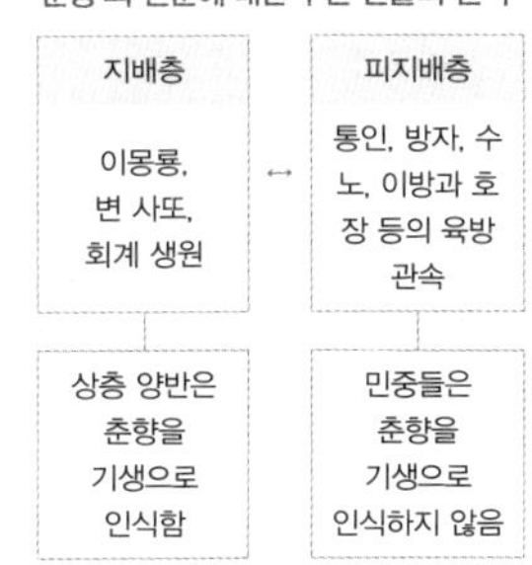

| 지배층 | ↔ | 피지배층 |
|---|---|---|
| 이몽룡, 변 사또, 회계 생원 | | 통인, 방자, 수노, 이방과 호장 등의 육방 관속 |
| 상층 양반은 춘향을 기생으로 인식함 | | 민중들은 춘향을 기생으로 인식하지 않음 |

"김 번수야 이 번수야. 이런 별일이 또 있느냐. 불쌍하다 춘향 정절, 가련케 되기 쉽다. 사또 분부 지엄하니 어서 가자 바삐 가자." ▸ 신관 사또 변학도가 춘향을 불러오라고 함

(당번을 서는 사령 / 변 사또로 인해 춘향이 정절을 잃게 될지도 모른다는 판단이 드러남)

사령과 관노가 뒤섞여서 춘향 집 앞에 당도하니, 이때 춘향이는 사령이 오는지 관노가 오는지 모르고 주야로 도련님만 생각하여 우는데, 「망측한 환을 당해 놓았으니 소리가 화평할 수 있으리오.」 남편 잃고 독수공방하는 계집아이라 청승이 들어 자연히 슬픈 목소리가 되었으니 보고 듣는 사람의 심장인들 아니 상할쏘냐. 임 그리워 서러운 마음, 입맛 없어 밥 못 먹고 잠자리가 불안하여 잠 못 자고, 도련님 생각 오래되어 마음이 상했으니 피골이 상접이라. 양기가 쇠진하여 진양조란 울음이 되어,

(관노: 조선 시대에 각 관아에서 일하던 하급 관리 / 춘향이는 사령이 오는지 관노가 오는지 모르고: 춘향이 자신에게 닥칠 일을 전혀 알지 못함 / 주야로 도련님만 생각하여: 일편단심(一片丹心), 오매불망(寤寐不忘) / 망측한 환: 몽룡과의 이별 / 「」: 편집자적 논평 / 청승: 궁상스럽고 처량하여 보기에 언짢은 태도나 행동 / 보고 듣는 사람의 심장인들 아니 상할쏘냐: 편집자적 논평 / 잠자리가 불안하여 잠 못 자고: 전전반측(輾轉反側) / 피골이 상접: 살가죽과 뼈가 맞붙을 정도로 몹시 마름 / 진양조: 느리고 애원하는 듯한 느낌을 주는 국악의 곡조)

갈까 보다 갈까 보다 / 임을 따라 갈까 보다
천 리라도 갈까 보다 / 만 리라도 갈까 보다
비바람도 쉬어 넘고 / 날진수진, 해동청 보라매도 쉬어 넘는
높은 산꼭대기 동선령 고개라도 / 임이 와 날 찾으면
나는 발 벗어 손에 들고 / 나는 아니 쉬어 가지
한양 계신 우리 낭군 / 나와 같이 그리는가
무정하여 아주 잊고 / 나의 사랑 옮겨다가 / 다른 임을 사랑하는가

(aaba 구조로 운율감 형성 / 동일 어구(갈까 보다) 반복 / 날진수진: 야생의 매와 길들인 매 / 보라매: 사냥에 쓰이는 매 / 나는 발 벗어 손에 들고 / 나는 아니 쉬어 가지: 몽룡에 대한 춘향의 그리움의 정도가 드러남 / 다른 임을 사랑하는가: 몽룡을 믿지 못하는 춘향의 마음이 드러남)

이렇게 서럽게 울 때, 사령 등이 춘향의 슬픈 소리를 듣고 사람이 목석이 아니거든 어찌 감동하지 않겠느냐. ▸ 춘향이 이별한 몽룡을 그리워함

(사람이 목석이 아니거든 어찌 감동하지 않겠느냐: 편집자적 논평)

(중략)

주목

사또 대혹하여,

"책방에 가 회계(會計) 나리님을 오시래라."

회계 생원이 들어오던 것이었다. 사또 대희하여,

"자네 보게. 저게 춘향일세."

"하, 그 계집 매우 예쁜데. 잘생겼소. 사또께서 서울 계실 때부터 '춘향, 춘향' 하시더니 한번 구경할 만하오."

사또 웃으며, / "자네 중신하겠나?" / 이윽히 앉았더니,

"사또가 당초에 춘향을 부르시지 말고 매파(媒婆)를 보내어 보시는 게 옳은 일이었을 것을, 일이 좀 경(輕)히 되었소마는 이미 불렀으니 아마도 혼사할 밖에 수가 없소."

사또 대희하여 춘향더러 분부하되,

"오늘부터 몸단장 정히 하고 수청으로 거행하라."

"사또 분부 황송하나 일부종사 바라오니 분부 시행 못 하겠소."

사또 웃어 왈, ▸ 춘향이 변 사또의 수청 요구를 거부함

(대혹: 몹시 반함 / "책방에 가 회계 나리님을 오시래라.": 춘향을 보고 반한 변 사또가 자신을 도와줄 조력자를 불러오게 함 / 사또께서 서울 계실 때부터 '춘향, 춘향' 하시더니: 변 사또가 서울에서부터 춘향을 탐내고 있었음이 드러남 / 한번 구경할 만하오: 춘향의 미모가 뛰어남 / 중신: 중매 / 매파: 혼인을 중매하는 할멈 / 경히: 경솔하게 / 혼사: 춘향이 변 사또의 수청을 들게 하는 일을 말함 / 일부종사: 한 남편만을 섬김 / "사또 분부 황송하나 일부종사 바라오니 분부 시행 못 하겠소.": 춘향이 일부종사를 이유로 변 사또의 수청 요구를 거부함 → 춘향의 지조와 절개를 보여 줌)

• 〈춘향전〉에 나타나는 삽입 시가

〈춘향전〉의 삽입 시가
• 시가를 여럿 삽입하여 작품의 분위기를 나타냄
• 사설시조, 한시, 가사 등이 다양하게 차용되는 모습을 보임

↓

'갈까 보다 ~ 다른 임을 사랑하는가' – 사설시조 차용

바람도 쉬어 넘는 고개, 구름이라도 쉬어 넘는 고개
산지니 수지니 해동청 보라매도 쉬어 넘는 고봉 장성령 고개
그 너머 임이 왔다 하면 나는 아니 한 번도 쉬어 넘어가리라

↓

• 진양조의 곡조로 임에 대한 춘향의 그리움과 이몽룡과의 이별로 인한 슬픔을 효과적으로 드러냄
• 사설시조 속의 임을 기다리는 화자와 이몽룡을 기다리는 춘향이 동일시되어 춘향의 심정을 잘 보여 줌

"아름답고 아름답도다. 계집이로다. 네가 진정 열녀로다. 네 정절 굳은 마음 어찌 그리 어여쁘냐? 당연한 말이로다. 그러나 이수재(李秀才)는 경성 사대부의 자제로서 명문 귀족 사위가 되었으니, 일시 사랑으로 잠깐 노류장화(路柳墻花)하던 너를 일분 생각하겠느냐? 너는 근본 정행(正行) 있어「오로지 수절하였다가 아름다운 얼굴이 늙어 가고 백발이 날리면 물같이 흘러간 무정한 세월을 탄식할 제 불쌍코 가련한 게 너 아니면 누구겠느냐?」네 아무리 수절한들 열녀 칭찬 뉘가 하랴? 그것은 다 버려두고 네 고을 관장에게 매임이 옳으냐, 동자 놈에게 매인 게 옳으냐? 네가 말을 좀 하여라."

춘향의 마음을 돌리기 위한 의도로 하는 칭찬 / 이몽룡 / 춘향의 마음을 돌리기 위한 의도로 하는 거짓말 / 아무나 쉽게 꺾을 수 있는 길가의 버들과 담 밑의 꽃. 기생을 비유적으로 이름 / 잠시라도 / 올바른 행실 / 「 」: 몽룡을 기다리며 수절하는 것은 홀로 늙어 가는 것에 불과함 / 수절이 춘향에게 도움이 되지 않음을 언급함 / 변 사또 / 이몽룡

**감상 포인트**
자신의 의도를 효과적으로 드러내기 위한 인물들의 말하기 방식을 파악한다.

춘향이 여쭈오되,

"충신불사이군이요 열녀불경이부라 절(節)을 본받고자 하옵는데 수차 분부 이러하니 사는 것이 죽는 것만 못하옵고 열녀불경이부오니 처분대로 하옵소서."

충신은 두 임금을 섬기지 않고 열녀는 두 남편을 섬기지 않음 → 춘향의 수절에 명분이 되는 유교적 가치관 / 죽게 되더라도 변 사또의 수청을 들 수 없다는 춘향의 의지

이때 회계 나리가 썩 나서 하는 말이,

"네 여봐라. 어 그년 요망한 년이로고. 좁은 세상에 하루살이 같은 인생, 빼어난 미모라도 네 여러 번 사양할 게 무엇이냐? 사또께옵서 너를 추앙하여 하시는 말씀이지「너 같은 창기 무리에게 수절이 무엇이며 정절이 무엇인가? 구관은 전송하고 신관 사또 영접함이 법전(法典)에 당연하고 사리에도 합당하거늘 괴이한 말 내지 말라. 너희 같은 천한 기생 무리에게 충렬이자(忠烈二字) 왜 있으랴?」"

인생이 허망한 것임을 들어 춘향에게 수청을 권유함 / 몸을 파는 천한 기생 / 「 」: 춘향을 기생으로 인식하고 변 사또의 수청을 들어야 한다는 회계 나리의 태도 / 기생이 마땅히 해야 할 일임을 들어 변 사또의 수청을 들 것을 명령함 / 기생은 '충렬'의 윤리를 지킬 필요가 없음

이때 춘향이 기가 막혀 천연히 앉아 여쭈오되,

춘향이 회계 나리에게 항변함 → 의지적

「"충효 열녀 상하 있소? 자세히 들어 보시오. 기생으로 말합시다. 충효 열녀 없다 하니 낱낱이 아뢰리다. 해서(海西) 기생 농선이는 동선령(洞仙嶺)에 죽어 있고, 선천(宣川) 기생 아이로되 칠거(七去) 학문 들어 있고, 진주 기생 논개는 우리나라 충렬로서 충렬문(忠烈門)에 모셔 놓고 천추향사 하여 있고, 청주 기생 화월이는 삼층각(三層閣)에 올라 있고, 평양 기생 월선이도 충렬문에 들어 있고, 안동 기생 일지홍은 생열녀문 지은 후에 정경 가자 있사오니 기생 해폐(害弊) 마옵소서."」

기생에게는 충렬이 없다는 회계 나리의 신분 차별적 발언에 대한 반박 / □: 주장에 대한 근거가 되는 인물들을 구체적으로 제시함 / 여성의 도리인 칠거지악을 능히 안다는 의미 / 길이 제사를 받들어 모심 / 살아 있을 때 열녀문을 지은 후에 정경부인의 품계를 받음 / 「 」: 충렬을 지킨 기생들을 열거하여 회계 나리의 발언을 비판하고 수절하고자 하는 자신의 의지를 정당화함

춘향이 다시 사또 전에 여쭈오되,

「"당초에 이수재 만날 때에 지닌 태산 서해 굳은 마음, 소첩의 일심정절(一心貞節) 맹분 같은 용맹인들 빼어 내지 못할 터요, 소진과 장의의 말솜씨인들 첩의 마음 옮겨 가지 못할 터요, 공명 선생 높은 재주 동남풍은 빌었으되 일편단심 소녀 마음 굴복시키지 못하리라. 기산(箕山)의 허유는 요임금의 천거도 거절했고 서산(西山)의 백이숙제 양인(兩人)은 주나라 곡식을 먹지 않았으니, 만일 허유 없었으면 누가 속세를 떠나 은거하는 선비 되며, 만일 백이숙제 없었으면 난신적자(亂臣賊子) 많으리라. 첩의 몸이 비록 천한 계집인들 소부 허유와 백이숙제를 모르리까? 사람의 첩이 되어 지아비를 배반하는 일은 벼슬하는 관장님네 나라를 망치고 임

대단한 힘과 용기를 지녔던 제나라 사람 / 중국 전국 시대의 달변가 / 중국 삼국 시대 촉한의 뛰어난 군사 전략가. 조조의 대군을 동남풍을 이용해 대파함 / 요임금이 왕위를 물려주려 하자 도리어 자신의 귀가 더러워졌다며 영천(潁川)에서 귀를 씻은 후 기산으로 들어가 은거함 / 주나라 무왕이 은나라 주왕을 치려는 것을 반대하였으나 받아들여지지 않자 수양산으로 들어가 굶어 죽었음 / 나라를 어지럽히는 불충한 무리 / 남편에 대한 아내의 정절은 임금에 대한 신하의 충절과 같다는 인식(유추)

• '변 사또'의 말하기 방식
- 춘향의 미모와 정절을 칭찬함
- 이몽룡이 훌륭한 가문의 사위가 되었다는 거짓말을 함
- 춘향과 이몽룡의 신분 차이를 일깨움
- 이몽룡을 위해 수절하는 것보다 자신의 수청을 드는 것이 현명한 선택임을 강조함

↓

- 설의적 표현을 반복하여 춘향에게 수절이 무의미한 행위임을 일깨워 주고자 함
- 춘향이 수청을 들도록 회유하고자 하는 의도를 담고 있음

• '회계 나리'의 말에 대한 '춘향'의 말하기 방식

정절이나 충렬을 지킨 기생들의 사례를 열거하여 충효 열녀에 상하가 없다는 자신의 주장에 대한 근거를 제시함

↓

상대방의 발언을 반박하고 수절하고자 하는 자신의 의지를 정당화함

• '변 사또'의 말에 대한 '춘향'의 말하기 방식
- 구체적인 인물들과 관련된 고사를 열거함
- 남편에 대한 아내의 정절과 임금에 대한 신하의 충절을 동일시함

↓

수청을 요구하는 상대에게 수절하고자 하는 자신의 의지를 강조함

금을 배반하는 것과 같사오니 처분대로 하옵소서."」

「 」: 다양한 인물들의 고사를 활용하여 수절 의지를 드러냄

사또 대로하여,
크게 노하여

「 」: 수청 들기를 거부하는 춘향에 대한 분노와 춘향에게 국법을 명분으로 죄를 물으려 하는 의지가 부각됨

"이년 들어라. 「모반 대역하는 죄는 능지처참하여 있고, 관장 조롱하는 죄는 법률(法律)에 써 있고, 관장 거역하는 죄는 엄형(嚴刑) 정배(定配) 하느니라.」 죽노라 설워 마라."

능지처참: 대역죄를 범한 자에게 과하던 극형
엄형: 엄하게 형벌을 내리는 것
정배: 죄인을 귀양 보내는 일

춘향이 악을 쓰며,

"유부녀 겁탈하는 것은 죄 아니고 무엇이오?"
자신은 유부녀와 같으므로 자신에게 수청을 요구하는 것 또한 죄라는 춘향의 항변

사또가 기가 막혀 어찌 분하시던지 책상을 두드릴 제 탕건이 벗어지고 상투 고가 탁 풀리고 대마디에 목이 쉬어,
대마디: 한두 마디의 짧은 말. 또는 첫마디의 말

"이년을 잡아 내려라."

호령하니 골방의 수청통인,
수청통인: 수령의 명령을 받드는 통인

"예."

하고 달려들어 춘향의 머리채를 주루루 끌어내며,

"급창!"
급창: 관노

"예."

"이년을 잡아 내려라."

춘향이 떨치며,

"놓아라."

중간 계단에 내려가니 급창이 달려들어,

"요년 요년, 어떠하신 존전(尊前)이라고 대답이 그러하고 살기를 바랄쏘냐?"
존전: 존귀한 사람의 앞
춘향이 관장인 변 사또를 조롱하고 거역하는 죄를 저질렀다고 말함

「대뜰 아래 내리치니 맹호 같은 군노 사령 벌 떼같이 달려들어 김 감태같은 춘향의 머리채를 젊은이들 연실 감듯, 뱃사공이 닻줄 감듯, 사월 초파일 등대 감듯 휘휘칭칭 감아쥐고 동댕이쳐 엎지르니,」 불쌍타 춘향 신세, 백옥 같은 고운 몸이 육(六) 자 모양으로 엎더졌구나.

「 」: 비유와 음성 상징어를 활용하여 가혹하게 시달리는 춘향의 모습을 묘사함
불쌍타 춘향 신세: 춘향의 시련에 대한 서술자의 감정이 직접 드러남. 서술자의 개입

▶ 변 사또의 수청을 거절하여 춘향이 시련을 겪게 됨

• 〈춘향전〉에 나타난 주제 의식

| | |
|---|---|
| 표면적 | • 여성의 정절 의식<br>• 권선징악 |
| 이면적 | • 인간 존중 의식, 평등 의식<br>• 신분 상승에의 욕구<br>• 부패한 권력에의 저항 의식<br>• 자유연애 사상 |

## 핵심 포인트 1 작품의 종합적 이해

이 작품에서 인물이 겪는 갈등과 이를 통해 드러나는 작품의 주제 의식을 파악할 수 있어야 한다.

**〈춘향전〉의 갈등 양상**

| | |
|---|---|
| 춘향 ↔ 이몽룡 | • 춘향을 기생으로 인식하고 방자를 시켜 불러오도록 하나 춘향이 거절함<br>• 춘향이 거절한 뜻을 알아차리고 글을 잘한다는 이유로 다시 불러옴<br>• 춘향과 인연을 맺고자 하는 이몽룡의 뜻을 춘향이 거절함 |
| 춘향 ↔ 사회 | • 이몽룡과 혼인하고자 하는 춘향에게 신분제 사회가 장애 요소가 됨<br>• 춘향이 이몽룡의 정실부인이 됨으로써 신분적 제약을 극복함(수록 외 장면) → 신분제가 와해되어 가던 당대의 사회적 상황과 서민의 신분 상승 욕구가 반영됨 |
| 춘향 ↔ 변학도 | • 이몽룡에 대한 절개를 지키고자 하는 춘향과 춘향을 기생으로 인식하여 수청을 요구하는 변학도 사이에 갈등이 형성됨<br>• 권력을 이용하여 개인적 욕망을 이루고자 하는 변학도와 이에 저항하는 춘향의 갈등을 통해 부당한 권력에 맞서는 민중의 저항 의지를 드러냄 |

## 핵심 포인트 2 다른 작품과의 비교

이 작품은 당대의 큰 인기로 인해 다른 갈래의 작품들에도 영향을 미쳤다. 특히 조선 후기의 잡가 〈소춘향가〉와 〈춘향전〉의 관련 장면을 비교하여 감상할 수 있어야 한다.

**잡가 〈소춘향가〉와의 비교**

| | |
|---|---|
| 춘향의 거동 보아라 / 오른손으로 일광을 가리고 / 왼손 높이 들어 저 건너 죽림 보인다<br>대 심어 울 하고 솔 심어 정자라 / 동편에 연당(蓮塘)이요 서편에 우물이라<br>노방(路傍)에 시매오후과(時賣五候瓜)요 문전(門前)에 학종선생류(學種先生柳)라<br>긴 버들 휘늘어진 늙은 장송 / 광풍에 흥을 겨워 우줄우줄 춤을 추니<br>저 건너 사립문 안에 삽살개 앉아 / 먼 산만 바라보며 꼬리 치는 저 집이오니<br>황혼에 정녕 돌아오소 | 춘향의 말 |
| 떨치고 가는 형상 사람의 뼈다귀를 다 녹인다<br>너는 웬 계집이건대 나를 종종 녹이느냐<br>너는 웬 계집이건대 장부의 간장을 다 녹이나 | 이몽룡의 말 |
| 녹음방초승화시(綠陰芳草勝華時)에 해는 어이 더디 가고<br>오동추야(梧桐秋夜) 긴긴 달에 밤은 어이 수이 가노<br>일월무정(日月無情) 덧없도다 옥빈홍안(玉鬢紅顔) 공노(空老)로다<br>우는 눈물 받아 내면 배도 타고 가련마는 / 지척동방 천 리인가 어이 그리 못 보는고 | 춘향의 말 |

→ 〈소춘향가〉는 판소리 〈춘향가〉의 일부를 보여 준다는 의미에서 붙여진 제목으로, 조선 후기 전문 예능인에 의해 불린 잡가이다. 잡가는 사건의 개연성을 토대로 한 서사 갈래와 달리 논리적 연관성 없이 특정 장면을 축약 · 변형 · 확대하여 편집하는 방식으로 사설을 구성하는 경향을 보인다. 흥행을 목적으로 공연되는 잡가의 노랫말은 청중의 정서를 자극하기 위해 판소리, 가사, 시조, 민요, 한시 등 기존 작품의 익숙함을 바탕으로 대중적 취향과 욕구를 충족할 수 있는 표현들로 재구성된다.

## 핵심 포인트 3 외적 준거에 따른 감상

이 작품의 주인공 춘향은 죽음도 두려워하지 않는 용기와 의지로 절개를 지키고자 하는 인물이다. 따라서 춘향의 이러한 행위가 지니는 의미를 중심으로 작품을 감상할 수 있어야 한다.

**〈춘향전〉에 나타난 '정절'의 의미**

정절은 남성에 의해 강요된 양반 사회 내부의 규범으로 양반 여성이 양반 남성에 대하여 짊어지는 도덕적 의무이며 남편에게 무조건 순종하게 하는 구속의 윤리이다. 따라서 여성에게 요구되던 정절은 개인의 욕구와 자유를 억압하고 수직적인 신분 질서를 안정시키는 구실을 한다. 그런데 〈춘향전〉에서는 양반 여성에게 요구되던 윤리를 하층 여성이 자신의 필요에 의해 유리하게 활용함으로써 실질적 성격과 기능이 달라져 버린다. 춘향에게 정절은 억압적으로 요구되는 의무적 윤리가 아니라 자발적 · 의지적으로 실천하고자 하는 권리로 인식되고 있으며, 중세적 윤리인 정절을 수단으로 중세적 신분 질서를 극복한다는 점에서 역설적 의미를 지닌다.

### 작품 한눈에

• 해제

〈춘향전〉은 조선 후기의 서민 예술인 판소리 〈춘향가〉가 소설로 정착된 판소리계 소설이다. 판소리는 서민들에 의해 발생 · 향유되었기 때문에 그것의 기록 문학 형태인 판소리계 소설의 밑바탕에는 서민 의식이 자리 잡고 있다. 〈춘향전〉은 영웅적 인물을 주인공으로 하는 전대의 작품들과 달리 천한 신분의 춘향을 주인공으로 하여 서민들의 신분 상승에 대한 욕구를 담고 있는데, 120여 종이 되는 다양한 이본을 통해 당대의 높은 인기를 짐작할 수 있다. 다양한 이본이 존재하지만 '기생의 딸 춘향이 변학도의 수청을 거부하고 절개를 지켜 양반가 자제인 이몽룡의 정실부인이 된다.'라는 공통적인 서사 전개 양상이 나타나는데 이를 통해 신분을 초월한 남녀 간의 사랑과 신분적 제약에서 벗어난 인간 해방이라는 주제 의식을 보여 준다.

• 제목 〈춘향전〉의 의미

– '춘향'을 주인공으로 하는 이야기

〈춘향전〉은 기생의 딸이라는 천한 신분의 주인공 춘향이 수청을 요구하는 변학도의 횡포에 당당히 저항하여 자신의 절개를 지키고 신분 상승을 이루는 과정을 그리고 있다.

• 주제

① 신분을 초월한 남녀 간의 사랑
② 신분 상승에 대한 서민의 욕망
③ 부패한 권력에 대한 서민들의 저항 의지

**전체 줄거리**

조선 숙종 때 전라도 남원의 기생 월매는 성 참판과의 사이에서 딸을 낳아 이름을 춘향이라 지었다. 새로 부임한 남원 부사의 아들 이몽룡은 광한루 오작교로 구경을 갔다가 그네 타는 춘향을 보고 반한다. 이몽룡은 춘향에게 인연을 맺자는 제안을 하고, 춘향의 집을 찾아와 춘향과 평생을 함께하자는 연분을 맺는다. 그러던 어느 날 동부승지로 임명된 남원 부사가 한양으로 가게 되고 이몽룡과 춘향은 헤어진다. 남원에 새로 온 사또 변학도는 수절 중인 춘향을 불러 수청을 강요하고, 이를 거절하는 춘향을 매질한 후 옥에 가둔다. 이몽룡은 과거에 장원 급제하여 어사가 된 후 자신의 신분을 감추기 위해 거지 차림으로 전라도로 암행을 나오고, 춘향의 소식을 듣고서 월매를 만난다. 이몽룡과 재회한 춘향은 사또 생일에 죽을 것이라며 장례를 부탁하고, 이몽룡은 춘향을 위로한다. 다음 날 변 사또 생일에 나타난 이몽룡은 어사출또를 단행하고, 변학도를 파직한다. 끝까지 수절을 지킨 춘향은 이몽룡과 재회하여 백년해로한다.

고전 산문 05

한 줄 평 꿈을 매개로 전쟁의 참상과 전쟁 영웅들의 공과에 대한 평가를 그린 이야기

# 달천몽유록 윤계선

## 장면 포인트 1 주목

- 이 작품은 꿈의 형식을 통해 임진왜란의 비극성을 드러내고 전쟁의 공과를 논평하는 내용을 담은 몽유록계 소설이다. '몽유록' 소설이 지닌 특성에 주목하여 작품을 감상하도록 한다.
- 해당 장면은 파담자의 꿈속에서 귀신들(탄금대 전투에서 죽은 병사들)이 신립 장군의 잘못으로 전투에 패배했음을 비판하는 상황을 제시하고 있다.
- 인물들의 대화나 발언에 나타난 말하기 의도와 말하기 방식을 파악하도록 한다.

[앞부분의 줄거리] 임진왜란이 끝나고 시간이 흘러 선조 33년에 파담자는 암행어사가 되어 충주를 순시하던 중, 달천강 주변에 수북이 쌓인 뼈를 보고 죽은 원혼을 위로하기 위해 시 세 편을 짓는다.

파담자가 돌아와 임금께 보고하고 몇 달이 지나지 않아 화산 수령으로 나가게 되었다. 고을 일이 한가롭고 처리할 문서도 적어 문집을 펼쳐 보고 있었다. 「변방의 성 위로 달이 떠올랐고, 동헌은 고요하여 설렁 소리도 들리지 않았다.」 맑은 밤이 한창 깊어갈 때 베개를 베고 잠을 청했다.

(파담자: 작가 자신을 가리킴('파담'은 작가의 호임) / 화산: 황해도 옹진 / 「 」: 조용한 밤 풍경 묘사 / 설렁: 관아의 수령이 사람을 부를 때 잡아당기면 소리를 내는 방울)

▶ 파담자가 책을 읽다가 깊은 밤에 잠을 청함

비몽사몽간에 커다란 나비 한 마리가 유유히 날아오더니 파담자를 인도해 앞으로 나아갔다. 순식간에 산을 넘고 강을 건너 문득 한 곳에 이르렀다. 「구름과 안개는 서글픔을 띠고, 바위와 시내는 원망을 쏟아 내는 듯했다.」 모든 짐승은 보금자리에 들었고, 눈을 들어 봐도 사람이라곤 보이지 않았다. 방황하며 홀로 걷다가 나무에 기대어 생각에 잠겼다.

(나비 한 마리: 몽유자인 파담자를 특정 장소로 인도함 / 「 」: 비유적 표현을 통해 비극적 분위기 형성 / 모든 짐승은 ~ 보이지 않았다: 적막한 분위기)

잠시 후 성난 질풍 소리가 몰아치더니 들판에 살기가 가득해지며 천지가 칠흑처럼 어두워져 지척을 분간할 수 없었다. 그때 한 무리의 횃불이 멀리서부터 가까워 오는 것이 보였다. 장정 일만 명의 떠들썩한 소리가 차츰 가까이 들려왔다. 파담자는 정신을 바짝 차리고 그 자리에 멈춰 섰다. 모골이 송연했다. 급히 숲속으로 몸을 피해 그들의 행동을 엿보았다. 장정들이 떼를 지어 몰려오며 울부짖는데 그 형체만 간신히 분간할 수 있었다. 「머리가 없는 자가 있는가 하면, 오른팔이 잘린 자, 왼팔이 잘린 자, 왼발이 잘린 자, 오른발이 잘린 자도 있고, 허리 위는 남아 있지만 다리가 없는 자, 다리만 남고 허리 위는 없는 자도 있었다. 배가 부풀어 올라 비틀비틀 걷는 자는 강물에 빠져 죽은 자인 듯했다. 풀어헤친 머리카락으로 얼굴을 온통 가린 채 비린내 나는 피를 뿜어 대며 사지(四肢)가 참혹하게 망가진 그 처참한 모습」을 차마 볼 수 없었다. 그들이 하늘을 향해 한번 울부짖고 가슴을 치며 통곡하니 산이 흔들리고 흐르는 강물도 멈춰 서는 듯했다.

(모골이 송연했다: 파담자의 두려움을 표현함 / 급히 숲속으로 ~ 엿보았다: 몽유록에서 몽유자의 역할 – 주로 관찰자나 청자의 입장을 취함 / 「 」: 장정들의 처참한 모습 묘사 – 전투에서 죽은 군사들임을 드러냄 / 그들이 하늘을 ~ 듯했다: 죽은 장정들의 울분과 원통함을 드러냄)

이윽고 구름이 흩어지며 달이 높이 떠오르고 사방이 고요해졌다. 하얀 이슬이 서

### 작품 분석 노트

- 환몽 구조(액자식 구성)

**외부 이야기(현실)**
- 암행어사인 파담자가 달천 강가에 쌓인 임진왜란 희생자들의 뼈를 보고 시를 지어 그들의 원혼을 위로함
- 화산 수령이 된 파담자가 글을 읽다 잠이 듦

↓ (입몽)

**내부 이야기(꿈)**
- 탄금대 전투에서 죽은 귀신들이 신립 장군을 비판하는 이야기를 들음
- 죽은 병사들의 비판에 대해 신립이 자신의 입장을 밝힘
- 임진왜란에 참전한 여러 인물들이 모여 자신의 생각을 드러내고 시를 지으며 즐김
- 파담자도 시를 지어 감회를 드러냄
- 작별하고 오던 중 잔치에 참여하지 못한 원균을 귀신들이 조롱하는 것을 보고 파담자도 함께 조롱함

↓ (각몽)

**외부 이야기(현실)**
- 파담자가 잠을 깨어 꿈에서 만난 인물들을 생각하며 슬퍼함
- 파담자가 제물을 마련하여 제문을 짓고 죽은 이들을 추모함

리가 되어 우거진 갈대 위에 내리니 차갑고 적막한 밤의 들판이 흰 비단을 펼쳐 놓은 것처럼 보였다. 귀신들은 눈물을 닦으며 말했나.

"하늘이 무너지고 땅이 꺼져도 이 원한은 사라지지 않아. 달 밝고 바람 맑은 이 좋은 밤을 그냥 보내서야 되겠나. 한바탕 이야기로 오늘 밤을 보내세."

과장을 통해 귀신들의 원한이 크다는 것을 드러냄

꿈속 사건의 핵심적인 내용

그러더니 한목소리로 노래를 부르기 시작했다. ▶ 꿈에서 참혹한 형상을 한 장정 무리를 봄

(중략)

노래를 마치자 귀신들은 서로 팔꿈치를 맞대고 바싹 붙어 앉아 이야기를 나누었다.

"「백발의 부모님께 맛난 음식은 누가 드릴까? 규방의 어여쁜 아내는 원망 어린 눈물만 부질없이 흘릴 테지. 내 생사에 대해 반신반의하고 있다가 주인 잃은 말만 돌아오는 것을 보고는 천지간에 외로운 신세가 되어 괜스레 지전(紙錢)을 태우며 남편의 혼을 부르겠지.」 이런 생각을 하면 마음이 울적해지지 않을 도리가 없어."

「 」: 늙은 부모에 대한 걱정과 자신의 죽음을 슬퍼할 아내에 대한 안타까움

지전: 저승 가는 길에 쓰라는 뜻으로 관 속에 넣는 돈 모양으로 오린 종이

주목

그중에 있던 한 귀신이 미소 지으며 말했다.

"너무 쩨쩨하게 굴지 말게. 속세에서 오신 손님이 지금 엿듣고 있으니."

파담자가 엿듣고 있음을 이미 알고 있음

파담자는 자신의 존재를 눈치채이자 급히 나아가 인사했다. 그러자 귀신들이 일어나 공손히 읍하고 말했다.

읍: 인사하는 예의 하나

**감상 포인트**
작품에 나타난 파담자가 어떤 역할을 하는지 파악한다.

"그대는 지난번 여기에 오셨던 분 아니십니까? 그때 우리에게 주신 시를 삼가 잘 받았습니다. 고시와 율시는 풍자하는 의미가 깊고 절구는 처절해서 차마 읽을 수 없을 지경이었으니, 이른바 귀신을 울린다는 것이 바로 그 시들을 두고 하는 말입니다. 오늘 밤이 어떤 밤이기에 군자를 만나게 되었는지 모르겠습니다. 지난 일은 구름과 같아 자세히 다 이야기할 수 없지만, 그중 한두 가지 이야기할 만한 것을 말씀드릴 테니, 세상에 전해 주시면 참으로 다행이겠습니다."

파담자가 암행어사가 되어 달천을 지나간 일을 가리킴

군사들의 죽음을 슬퍼하며 파담자가 지었던 3편의 시

고시, 율시, 절구: 한시의 종류

탄금대 전투의 패배 원인

▶ 귀신들이 파담자에게 자신들의 이야기를 전해 줄 것을 부탁함

그러고는 이야기를 시작했다.

"장수는 삼군(三軍)의 목숨을 담당하는 자리에 있고, 병사는 장수 한 사람의 통제에 따르는 존재입니다. 그러니 만일 장수가 현명하지 못하면 반드시 일을 망치는 것이지요.

장수와 병사의 역할

장수의 역할의 중요성

「충주의 지세는 실로 남쪽 지방과 접한 요충지요, 조령은 하늘이 내려 준 최고의 요새이며, 죽령은 믿고 의지하기에 충분한 지형을 가지고 있습니다. 이 때문에 한 사람이 관문을 지키면 일만 병사도 길을 뚫지 못하니 저 험하다는 촉도*보다도 험난하고, 백 사람이 요새를 지키면 일천 사람이 지날 수 없으니 그 좁고 험하다는 정형구*만큼이나 험준합니다. 이곳에 나무를 베어다 목책(木柵)을 만들고 바위를 늘어세우면 북방의 군대가 어찌 날아 넘어올 것이며, 남풍 구슬픈 소리가 어찌 예까지 흘러올 수 있겠습니까?* 편안히 앉아 피로한 적을 기다리니 장수와 병졸이 베개를 높이 베고 편히 잘 것이요, 주인의 입장에서 객을 제압하니 승리가 분명했을 겁니다.」

「 」: 험난한 지형을 활용하여 전술을 세웠다면 분명히 승리할 수 있었을 것이라는 생각이 드러남

목책: 말뚝 따위를 죽 잇따라 박아 만든 울타리. 또는 잇따라 박은 말뚝

조령과 죽령의 지형을 잘 아는 입장에서 왜적과 싸우므로 당연히 승리했을 것임

• 귀신들이 한목소리로 부른 노래

살아서도 쓰이지 못했거늘
죽어서는 무엇할까.
나를 낳아 주신 분은 부모님이거늘
나를 죽인 자는 누구인가.
길러 준 나라의 은혜 깊거늘
나라의 일이 위급했네.
장부가 한번 죽는 거야
애석할 것 없네.
한스러운 건 장군의 경솔한 말
어쩌다 이 지경에 이르렀단 말인가.

↓

신립의 잘못된 전술로 인해 군사들이 죽게 되었음을 원망하고 한탄함

• 신립과 탄금대 전투

신립(1546년~1592년)

- 22세의 나이로 무과에 급제했으며, 선전관, 도총부 도사 등을 역임하고 진주 판관을 지냄
- 온성 부사로 재직할 당시 두만강을 넘어온 여진족의 무리를 대파하여 용장(勇將)으로 이름을 떨침
- 1592년 임진왜란이 발발하자 선조가 신립을 삼도 순변사로 임명하고 충주로 파견함
- 여진족과의 전투에서 조련된 기마병으로 승리했던 신립은 기마병을 이용해 왜군과 평원에서 싸우기로 결정함
- 신립은 군사를 이끌고 달천에 배수진을 쳤으나 왜군에게 방어선이 무너지자 왜적 수십 명을 죽인 뒤 탄금대에 뛰어들어 죽음

↓

- 임진왜란 당시에 벌어진 가장 중요한 전투 중 하나인 탄금대 전투에서 패배한 장수로 기록됨
- 초기에 왜군을 막지 못함으로써 한양으로 향하는 길을 내주었다는 평가를 받음
- 용감한 장수이나 전투의 계책 면에서 부족한 인물로 평가되기도 함

애석하게도 신 공(申公)은 이런 계책을 세우지 않고 자기 위엄을 내세워 제 고집만 부리며 남의 말을 듣지 않았습니다. 김 종사(金從事)의 청이 어찌 근거가 없었겠으며, 이 순변의 말이 참으로 이치에 맞는 것이었건만, 신 공은 귀담아듣지 않고 감히 자기 억측만으로 결정했습니다. 신 공은 이렇게 말했지요.

전투를 지휘한 장수인 신립에 대한 비판

종사관 김여물이 조령의 지형을 이용하여 싸우자고 신립에게 건의한 것

순변사 이일이 조령을 점거해서 왜적을 막아내지 못했으니 후퇴해서 서울을 지키는 것이 낫다고 말함

'배에서 내린 적은 거위나 오리처럼 걸음이 무거울 것이요, 이틀 길을 하루에 달려온 적은 개나 돼지처럼 책략이 없을 것이다. 이런 적이라면 너른 벌판에서 한 번의 공격으로 박살 낼 수 있거늘, 무엇하러 높은 산 험준한 고개에서 군사를 두 길로 나누어 지킨단 말인가?'

왜적에 대한 신립의 억측

자신의 억측을 바탕으로 김여물과 이일의 말을 무시한 신립의 태도

마침내 탄금대(彈琴臺)로 물러나 진을 치고는 용추 물가에 척후병을 보낸 뒤 거듭 자세히 명령하며 북을 울리고 오위의 군사에게 재갈을 물렸습니다.

신립이 탄금대에 더 이상 물러설 곳이 없도록 배수진을 침

아무 이유 없이 군대를 놀라게 한 자의 목을 베는 것이 손자(孫子)의 병법이고, 사지(死地)에 든 뒤에야 살 수 있다는 것이 한신(韓信)의 기막힌 계책이라지만, 신 공의 용병술은 교주고슬(膠柱鼓瑟)이요 수주대토(守株待兎)일 뿐이었습니다. 김효원을 죽이고 안민의 목을 벤 일도 본래 이런 데서 말미암은 겁니다. 건장한 젊은이는 핏덩이가 되고 씩씩한 병사는 고기밥이 되고 말았으니, 얼마나 참혹한 일입니까? 더욱 가소로운 일은 군사들이 서릿발 서린 큰 칼과 햇빛에 번득이는 긴 창을 휘둘러 섬광을 일으키고 펄쩍 뛰어올라 성난 함성을 지르는데, 전투 직전에 진법(陣法)을 바꾸고는 바라를 치고 군대의 깃발을 눕혀 군사를 물러나게 하니, 당당하고 정연하던 군진이 구름이 흩어지고 새가 흩어지듯 허물어져 용감하고 씩씩한 군사들이 좌우를 돌아보며 달아날 궁리만 하게 된 것입니다.

병법서로 유명한 손무

중국 전한 시대의 무장

고지식하고 조금도 융통성이 없는 어리석은 계책이라는 뜻

김효원과 안민이 왜적의 선봉이 이미 쳐들어왔다고 알리자 신립은 허황된 말로 군사들을 놀라게 한다고 하여 두 사람의 목을 벰

배수진을 쳤으나 군사들이 모두 물에 빠져 죽게 되는 결과를 낳은 어리석음을 비판함

왜적이 들이닥치자 신립이 진(陣)의 대오를 바꾸게 한 일

놋쇠로 만든 타악기의 하나

주목

마침내 관문을 훌쩍 뛰어넘고 수레의 끌채를 끼고 달릴 만한 용력과 큰 쇠뇌를 쏘고 쇠뿔을 뽑을 만한 힘을 가진 병사들이 비분강개한 마음을 품은 채 핏덩이가 되고 말았으니, 당시의 일을 차마 입에 올릴 수 있겠습니까? 장수는 싸움에 능했지만 병사가 싸움에 능하지 못했다면 우리의 목이 베인들 억울할 게 없습니다. 불세출의 재주로 불세출의 공을 세웠다더니 우리가 여기서 죽음을 당한 건 어째서입니까?"

장수의 잘못된 판단과 전략으로 용감한 병사들이 모두 죽음을 당함

장수의 어리석음으로 인해 전투에서 참혹하게 패배한 데 대한 억울함

용장으로 이름이 높았던 신립에 대한 당대의 평가

신립의 잘못으로 전투에서 패배했다는 비판적 인식

말을 마치고는 근심스러운 얼굴로 비 오듯 눈물을 쏟았다.

▶ 잘못된 계책으로 달천 전투에서 패배한 신립 장군에 대한 비판

- 신립에 대한 죽은 병사의 평가

  - 장수와 병사의 역할을 제시하고 전쟁에서 장수의 역할이 중요함을 밝힘
  - 조령과 죽령의 지형적 특성이 전투의 승패를 좌우하는 조건임 → 신립은 지형적 조건을 활용하지 않아 승리할 수 있었던 전투에서 패함
  - 신립은 고집을 부리며 이치에 맞는 김 종사나 이 순변의 말을 귀담아 듣지 않음
  - 신립은 탄금대로 물러나 배수진을 쳐 모든 병사들을 물에 빠져 죽게 함

↓

  - 신립의 어리석음으로 인해 전투에 패하고 병사들이 죽음을 당했다고 평가함
  - 신립이 뛰어난 장수라는 세간의 평가에 의문을 제기하여 비판적 인식을 드러냄

- 촉도: 촉(중국의 사천성 지역)으로 통하는 험준한 길.
- 정형구: 중국의 하북성 지역의 군사 요충지로, 길이 험하고 좁음.
- 북방의 군대가 어찌 날아 넘어올 것이며: 중국의 진나라 후주가 침공해 온 수나라 군대를 걱정하자 신하인 공범이 양자강은 천혜의 요새이니 북방의 군대(수나라 군대)가 양자강을 날아서 건널 수 없다고 한 것을 이름.
- 남풍 구슬픈 소리가 어찌 예까지 흘러올 수 있겠습니까?: 진나라의 악사 사광이 남풍, 즉 남쪽 초나라의 음악은 활기가 없어 전쟁에서 패할 것이라고 한 것을 이름.
- 척후병: 적의 형편이나 지형 따위를 정찰하고 탐색하는 임무를 맡은 병사.
- 오위: 조선 시대의 중앙 군사 조직.
- 교주고슬: 아교풀로 비파나 거문고의 기러기발을 붙여 놓으면 음조를 바꿀 수 없다는 뜻으로, 고지식하여 조금도 융통성이 없음을 이르는 말.
- 수주대토: 한 가지 일에만 얽매여 발전을 모르는 어리석은 사람을 비유적으로 이르는 말.
- 쇠뇌: 쇠로 된 발사 장치가 달린 활.

## 장면 포인트 2 주목

• 해당 장면은 군사들의 비판에 대해 신립이 자신의 입장을 변호하는 상황, 임진왜란에 참전한 여러 인물들이 등장하여 잔치를 벌이고 파담자도 이에 참여하는 상황을 제시하고 있다.
• 탄금대 전투의 패배에 대한 신립의 생각 및 신립이 자신의 의도를 드러내기 위해 사용한 말하기 방식을 파악하도록 한다.
• 환몽 구조에 따라 서사가 전개되고 있다는 점에 주목하여 작품을 감상하도록 한다.

잠시 후 실의에 빠진 한 사내(신립을 가리킴)가 얼굴 가득 부끄러운 빛을 띤 채 고개를 떨구고 머뭇머뭇 발걸음을 주저하며 입을 우물거리다가 읍하고 말했다.

"고아가 된 자식들과 과부가 된 아내들의 원망이 모두 나 한 사람에게 모였군요.(패전으로 죽은 병사들의 자식과 아내들이 모두 자신을 원망하게 됨) 제가 비록 죄를 지었지만, 오늘의 이야기에 대해 변명하지 않을 수 없습니다.(잘못을 인정하면서도 탄금대 전투에 대한 변명을 하고자 함)

저는 본래 장수 집안의 후예요, 귀한 가문 출신입니다. 기운은 소를 삼킬 만하고 말달리기를 좋아해서, 삼대가 장군을 지내서는 안 된다는 경계(진나라 왕전, 왕분, 왕리 삼대가 내리 장수가 되었으나 그 끝이 좋지 않았던 데서 유래한 말)를 모르고 병법을 배웠습니다. 그리하여 무과에 급제했는데 장원이 못 된 것은 한스러웠지만, 백 보 밖에서 버들잎을 꿰뚫을 정도로 활을 잘 쏘아(양유기가 백 보 밖에서 활을 쏘아 버들잎을 꿰뚫었다는 고사 활용) 실로 이광(명궁으로 유명한 중국 한나라 때의 장수)의 활 솜씨를 이었다고 할 만했습니다. 그러다 현명한 임금께 제 재주가 잘못 알려져 외람되이 변경을 지키는 장수가 되는 은혜를 입었습니다. 「북방의 여진족이 준동(불순한 세력이나 보잘것없는 무리가 소란을 피움)하던 시절에 서쪽 요새에 우뚝 성을 쌓고, 한 칼로 번개처럼 내리쳐 적의 우두머리를 모조리 해치우니, 삼군이 우레처럼 떨쳐 일어나 여진의 소굴을 완전히 소탕했습니다.」(「」: 온성 부사로 재직할 당시 여진족 이탕개의 무리를 토벌한 일) 장료의 이름만 들어도 두려워 강동의 아이들이 울음을 그치고(조조의 장수 장료가 800명으로 손권의 10만 대군을 격파하여 울던 아이가 장료가 온다고 하면 울음을 그쳤다고 함) 이목의 위세에 굴복해서 북쪽 변방의 말이 감히 나아가지 못했던 것과 같았습니다.(조나라 장군 이목이 변경을 지킬 때 흉노가 이목을 두려워하여 십 년 동안 침입하지 않았다고 함) 세운 공은 미약했지만 보답을 후히 받아서 지위가 높아지니(여진족을 소탕한 공로로 함경북도 병마절도사에 오름) 득의만만했습니다. 이 강 저 강을 누비며 황금 띠를 허리에 찼고, 임금의 측근 신하들이 숙직하는 곳에 드나들며 임금의 칭찬을 받았습니다.

> **감상 포인트** 작품에 나타난 신립에 대한 병사들의 평가와 그 근거를 파악한다.

변경에 적이 침입해서 석 달 동안 봉화가 그치지 않아 임금께서 수레를 밀어 주시니(임진왜란이 발발하자 선조가 신립을 삼도 순변사로 임명한 일) 싸움터에서 죽겠다고 결심했습니다. 어전에서 간절히 아뢰자 임금께서 감동하시어 도성 밖에서 장수들을 통솔하는 대장군의 권한을 저에게 일임하셨습니다. 오랑캐들의 실태를 꿰뚫어 보고 군대를 운용하는 일이 내 손 안에 있다고 쉽게 여겨서, 처음에는 적장의 맨 어깨를 드러내고 갑옷 위에 채찍질할 일(적장의 항복을 받는 일)만 생각했지, 문을 열어 적을 끌어들였다는 것(조령에서 적을 막지 못한 것)은 깨닫지 못했습니다. 내 의견만 고집하면 작아진다는(『서경』의 '중훼지고'에 나오는 말) 옛사람의 가르침을 잊었고, 적을 가벼이 여기면 반드시 패한다는 점에서 마복군(馬服君)의 아들 조괄과 같은 잘못을 범했습니다.(마복군 조사는 아들 조괄이 전쟁을 쉽게 여기는 것을 경계하였는데 조괄이 장군이 된 뒤 진나라 장군 백기에게 40만 대군이 몰살당함) 사람의 계책만 나빴던 게 아니라 하늘도 돕지 않았습니다. 어리진(魚麗陳)(물고기가 떼를 지어 앞으로 나아가는 것처럼 둥글고 긴 대형이나 진법)을 펼치기도 전에 적의 매서운 선제공격을 받았습니다. '먼저 북산을 점거한 자가 이긴다'(요충지를 먼저 점령해야 싸움에 유리하다는 뜻)는 말처럼 유리한 지형(조령과 죽령의 산세)을 가지고 있었거늘, 병사들이 앞다투어 강물로 뛰어들기에 이르렀으니(배수진을 침으로써 병사들이 몰살되고 전투에서 참패하게 되었음) 대사를 이미

### 작품 분석 노트

• 신립의 변론

- 명문가 출신으로 무인의 후손임
- 용력이 뛰어났으며 병법을 익힘
- 무과에 급제하였으며 탁월한 활 솜씨를 지녔음
- 변경을 지키는 장수가 되어 여진족을 소탕하고 임금의 신임을 얻음
- 장수를 통솔하는 대장군의 권한을 맡아 적의 실태를 파악하고 군대를 운용하는 일이 자신의 손에 달렸다고 생각함
- 자신의 의견만 고집하고 적을 가볍게 여겨 전투에서 패함
- 강물에 몸을 던져 자살함
- 죽어서도 수치를 씻기 어려운 답답한 마음을 하소연함
- 자신의 패배는 하늘의 결정에 의한 것이라 생각함

↓

- 자신의 일대기를 읊으며 무신으로서의 공로와 과실을 모두 드러냄
- 자신의 패배는 하늘이 결정한 것이라는 숙명론적 태도를 나타냄

그르치고 말았습니다.

아아! 어디로 돌아가리? 나 홀로 무엇을 한단 말인가? 마침내 8척 내 몸을 만길 강물에 던지고 말았습니다. 성난 파도와 무시무시한 물결이 넘실넘실 치솟아도 이 수치를 씻기 어렵습니다. 많은 강과 급한 여울은 슬피 울고, 원망하고, 부르짖으며 제 마음을 하소연합니다. 계곡 어귀에 구름이 잠기고 연못에 달이 비칠 때면 제 넋은 외로이 기댈 데가 없고, 제 그림자 또한 외로이 스스로를 조문합니다.

(탄금대를 싸고도는 강에 투신하여 죽음 / 장수로서 자신의 잘못을 씻기 어려움을 인정함 / 자연물에 의탁해 인물의 심리를 드러냄)

시간이 쏜살같이 흘러도 제 답답한 마음을 펴지 못했거늘, 다행히 그대를 만나 속마음을 토로할 수 있었습니다. 아아! 항우는 산을 뽑는 힘과 온 세상을 뒤덮는 기개를 가지고 백전백승했지만 끝내 오강에서 패했고, 제갈공명은 와룡의 재주와 몇 사람 몫의 지혜를 가지고 다섯 번이나 군사를 일으켰지만 결국 기산에서 아무런 소득도 얻지 못했습니다. 하늘이 그렇게 정한 일이니 인간의 힘으로 어찌하겠습니까? 누구를 원망하고 누구를 탓하겠습니까? 저 하늘은 유유하기만 하거늘!"

(그대: 파담자 / 항우와 제갈공명이 뛰어난 기개와 재주를 지녔으나 결국 실패함 → 자신도 뛰어난 장수이나 실패함 / 항우와 제갈공명과 마찬가지로 자신의 패배도 하늘의 결정에 의한 것임)

사내는 서글피 노래하고 눈물을 흘리며 몸을 가누지 못했다.

▶ 병사들의 비판에 대한 신립의 변론

잠시 후 곁에 있던 한 사람이 눈썹을 추켜올리고 신 공을 향해 눈을 부라리며 말했다.

"시루는 벌써 깨졌고, 모든 일은 이미 끝났소. 일의 성패에는 운수가 있고, 시비는 이미 정해졌는데, 또다시 미주알고주알 이야기할 필요 있겠소? 오늘 밤 여러분이 모이기로 약속을 했고, 마침 방외인이 오셔서 저기 계시니 윗자리로 맞이해 우리들의 즐거운 놀이를 구경하시도록 하는 게 좋지 않겠소?"

(전투의 패배는 이미 돌이킬 수 없는 일이 되었음 / 방외인: 세상 밖의 사람. 이승의 사람인 파담자를 가리킴)

미처 앉기도 전에 요란한 거마 소리가 사방에서 들려왔다. 깃발을 휘날리며 창검을 빽빽하게 든 무리가 있는가 하면, 부절(符節)과 인수(印綬)를 차고 옷차림이 말쑥한 이들도 보였다. 앞에서 "물렀거라!" 외치며 길을 인도하더니 대열이 금세 탄금대 앞에 이르렀다. 백면서생과 젊은 무인들이 공손히 인사하고, 겸양하며 자리로 올라왔다.

(거마: 수레와 말 / 탄금대에 나타난 인물들의 외양 묘사 / 백면서생: 한갓 글만 읽고 세상일에는 전혀 경험이 없는 사람)

문득 강에 많은 배가 모여들어 뱃길에 노 젓는 소리가 들려왔다. 바람을 타고 오는 돛단배의 행렬이 꼬리를 물고 천 리에 이어지더니 마침내 강가 갈대숲에 닻줄을 묶었다.

(『 』: 임진왜란 때 활약한 인물들이 등장함)

『대장군이 누런 휘장을 두르고 내려오자 여러 손님이 일제히 일어나 맞이했다. 대장군이 우선 오른쪽의 첫째 자리를 차지했다. 왼쪽의 첫째 자리에는 고 첨지가 앉았다. 그다음 최 병사, 김 원주, 임 남원, 송 동래, 김 회양, 김 종사, 김 창의, 조 제독이 차례로 앉았다. 오른쪽 둘째 자리에는 황 병사가 앉고, 그다음 이 병사, 김 진주, 유 수사, 신 판윤, 이 수사, 이 첨사, 정 만호가 차례로 앉았다.

(대장군: 충무공 이순신 / 고 첨지: 의병장 고경명)

남쪽 줄에는 심 감사, 정 동지, 신 병사, 윤 판사, 박 교리, 이 좌랑, 고 임피, 고 정자가 차례로 앉았고, 아랫자리에는 승장(僧將)이 앉았다.』

(승장: 서산대사의 제자로 승병을 일으킨 영규)

김 종사가 자리에 앉은 여러 사람들에게 말했다.

• 탄금대 전투 패배의 원인에 대한 인식 차이

| 병사들 |
|---|
| 자신의 고집만 내세워 옳은 의견을 묵살하고 잘못된 전술을 펼친 장수 신립의 과오로 인해 뛰어난 병사들이 몰살당하고 패배함 |

↕

| 신립 |
|---|
| 자신의 의견 고집과 적을 가벼이 여긴 잘못은 인정하지만 항우와 제갈공명도 실패했듯이 인간의 힘으로 좌우할 수 없는 하늘의 뜻으로 패배함 |

• 몽유록 소설의 특징

- 제목이 '~몽유록'으로 나타남
- 몽유자가 꿈속 사건의 관찰자나 청자, 전달자의 역할을 함
- 꿈의 형식을 통해 주로 현실 비판적 주제 의식을 형상화함
- 꿈속 사건에서 논쟁, 토론, 연설 등의 말하기를 통해 작가의 의도를 드러냄
- 대표 작품으로 〈원생몽유록〉, 〈안빙몽유록〉, 〈강도몽유록〉, 〈수성궁몽유록〉 등이 있음

"이승의 선비가 여기 계신데, 맞아들이는 게 어떻겠습니까?"
파담자

모두들 좋다고 해서 파담자도 말석에 앉게 되었다.

▶ 임진왜란에서 전사한 여러 인물들이 모여 잔치를 벌임

(중략)

파담자가 시를 써서 올리자 좌중의 사람들이 무릎을 치고 탄식하며 말했다.

"시어는 밝고 굳긴하며 이기는 격렬하고 절실하니, 족하(足下)의 재주는 참으로 대단하군요. 부(賦)를 지어 적을 물리쳤다고 하나, 시를 읊는 것이 나라를 지키는 데에는 도움이 못 되지요. 하지만 그대의 재주로 무예까지 겸비해서 활을 쏘고 말을 달린다면 못 할 일이 무엇 있겠습니까? 그대의 문장은 나라를 빛내기에 족하고, 무예는 외적을 막아 내기에 충분할 겁니다. 우리는 이미 저승 사람이니 그대가 힘써 주십시오."

족하(足下): 같은 또래에서 상대를 높여 이르는 말
그대의 재주로 ~ 있겠습니까?: 파담자에게 문무의 겸비를 권면함
우리는 이미 ~ 주십시오.: 파담자가 나라를 위해 힘써 줄 것을 부탁함

파담자가 일어나 감사를 표하고 말했다.

"가르침을 잘 받들겠습니다."

파담자가 작별하고 내려오니, 긴 강가에 뭇 귀신이 손뼉을 치며 웃고 있었다. 이유를 물으니 통제사 원균을 기롱하는 것이었다. 원균은 살이 쪄서 배가 불룩하고, 입은 삐뚤어졌으며, 얼굴은 흙빛이었다. 엉금엉금 기어왔으나 배척당해 모임에 참석하지 못하고, 강가에 두 다리를 펴고 앉아 팔뚝을 내뻗으며 탄식할 따름이었다.

긴 강가에 ~ 것이었다.: 귀신들이 원균을 조롱함 → 임진왜란 당시 원균의 행적에 대한 부정적 평가
살이 쪄서 ~ 흙빛이었다.: 인물의 외양 묘사 – 인물에 대한 부정적 인식 표현
엉금엉금 ~ 따름이었다.: 잔치에 참석하지 못하고 배척당하는 원균의 처지

파담자가 껄껄 웃으며 원균을 조롱하고 기지개를 켜다가 깨어나 보니 한바탕 꿈이었다.

파담자가 ~ 조롱하고: 원균에 대한 파담자의 비판적 태도
깨어나 보니: 꿈에서 깸(각몽)

▶ 꿈속에서 만난 이들과 시를 나눈 후 원균을 조롱하다가 잠을 깸

■ 부절: 예전에, 돌이나 대나무·옥 따위로 만들어 신표로 삼던 물건. 주로 사신들이 가지고 다녔으며 둘로 갈라서 하나는 조정에 보관하고 하나는 본인이 가지고 다니면서 신분의 증거로 사용하였음.
■ 인수: 병권(兵權)을 가진 무관이 발병부(發兵符: 조선 시대에 군대를 동원하는 표지로 쓰던 동글납작한 나무패) 주머니를 매어 차던, 길고 넓적한 녹비(사슴 가죽) 끈.

• 잔치에 모인 인물들과 원균

| | |
|---|---|
| 대장군 | 충무공 이순신 |
| 고 첨지 | 의병장 고경명 |
| 최 병사 | 의병장 최경희 |
| 김 원주 | 왜군과 싸우다 전사한 원주 목사 김제갑 |
| 임 남원 | 정유재란 때 전사한 남원 부사 임현 |
| 송 동래 | 성을 지키다 전사한 동래 부사 송상현 |
| 김 회양 | 성문 앞에서 왜적에게 참살당한 회양 부사 김연광 |
| 김 종사 | 신립의 종사관 김여물 |
| 김 창의 | 창의사 김천일 |
| 조 제독 | 공주 제독을 지낸 조헌 |
| 황 병사 | 진주성에서 전사한 무신 황진 |
| 이 병사 | 남원성에서 전사한 무신 이복남 |
| 김 진주 | 진주성 전투에서 전사한 진주 목사 김시민 |
| 유 수사 | 임진강 방어전에서 전사한 유극량 |
| 신 판윤 | 한성부 판윤을 지낸 신립 |
| 이 수사 | 부산에서 전사한 전라 우수사 이억기 |
| 이 첨사 | 노량 해전에서 전사한 첨절제사 이영남 |
| 정 만호 | 좌수영 앞바다 싸움에서 전사한 녹도 만호 정운 |
| 심 감사 | 경기도 삭녕에서 왜군의 기습으로 전사한 경기도 관찰사 심대 |
| 정 동지 | 남원성 함락 때 전사한 문신 정기원 |
| 신 병사 | 신립의 동생 신할 |
| 윤 판사 | 상주 전투에서 전사한 판중추부사를 지낸 윤섬 |
| 박 교리 | 상주에서 전사한 교리 박호 |
| 이 좌랑 | 상주에서 전사한 병조 좌랑 이경류 |
| 고 임피 | 진주성이 함락되자 남강에 투신한 임피 현령 고종후 |
| 고 정자 | 금산 전투에서 아버지 고경명과 전사한 고인후로 정자 벼슬을 지냄 |
| 승장 | 승병을 일으켜 왜적과 싸우다 전사한 승려 영규 |
| 원균 | 이순신을 무고하여 투옥시키고 삼도 수군통제사가 되었으나 적에게 대패하여 목숨을 잃음 |

## 핵심 포인트 1 서사 구조에 대한 이해

이 작품은 환몽 구조를 바탕으로 하는 액자식 구성을 취하고 있으므로, 이러한 서사 구조의 특징을 알고 사건의 전개를 파악할 수 있어야 한다.

**환몽 구조(액자식 구성)**

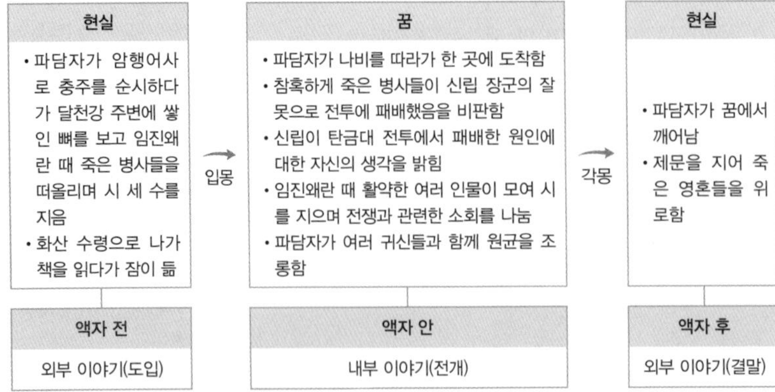

현실
• 파담자가 암행어사로 충주를 순시하다가 달천강 주변에 쌓인 뼈를 보고 임진왜란 때 죽은 병사들을 떠올리며 시 세 수를 지음
• 화산 수령으로 나가 책을 읽다가 잠이 듦
입몽
꿈
• 파담자가 나비를 따라가 한 곳에 도착함
• 참혹하게 죽은 병사들이 신립 장군의 잘못으로 전투에 패배했음을 비판함
• 신립이 탄금대 전투에서 패배한 원인에 대한 자신의 생각을 밝힘
• 임진왜란 때 활약한 여러 인물이 모여 시를 지으며 전쟁과 관련한 소회를 나눔
• 파담자가 여러 귀신들과 함께 원균을 조롱함
각몽
현실
• 파담자가 꿈에서 깨어남
• 제문을 지어 죽은 영혼들을 위로함
액자 전
외부 이야기(도입)
액자 안
내부 이야기(전개)
액자 후
외부 이야기(결말)


**'액자 안(내부 이야기)'의 서사 구조**

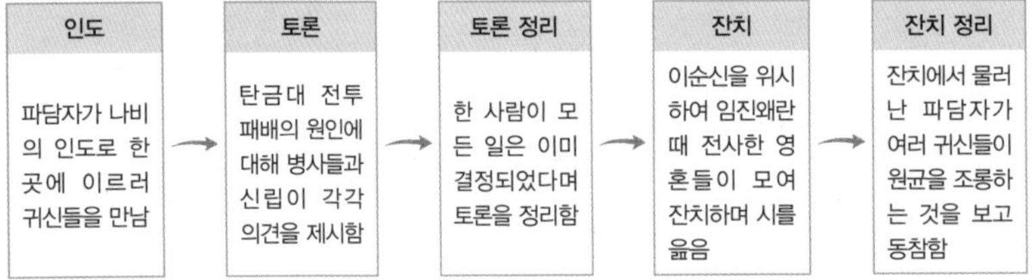


파담자가 나비의 인도로 한 곳에 이르러 귀신들을 만남

한 사람이 모든 일은 이미 결정되었다며 토론을 정리함

이순신을 위시하여 임진왜란 때 전사한 영혼들이 모여 잔치하며 시를 읊음

## 핵심 포인트 2 인물의 성격과 태도 파악

이 작품에는 임진왜란이라는 실제 역사적 사건과 관련하여 다양한 인물들이 등장한다. 이러한 인물들에 대한 작가의 관점 및 인물들을 통해 작가가 드러내고자 하는 바를 파악할 수 있어야 한다.

**주요 인물에 대한 이해**

| 인물 | 이해 |
|---|---|
| 파담자 | • 몽유자이자 작가와 동일시되는 인물<br>• 꿈속에서 만난 인물들의 외양, 말과 행동 등을 관찰하여 전달하는 역할<br>• 시와 제문 등을 지음으로써 작가의 생각을 드러냄 |
| 병사들 | • 참혹한 형상으로 묘사되어 전쟁의 비극성을 드러냄<br>• 장수인 신립의 잘못을 비판함으로써 패전의 원인에 대한 당대의 인식을 나타냄 |
| 신립 | • 무인으로서의 공로와 과실을 아울러 제시함<br>• 항우, 제갈공명과 같은 역사적 인물들의 실패를 들어 패전이 하늘이 정한 운명이었다고 변론함 |
| 잔치에 참여한 인물들 | • 임진왜란 때의 실제 전사자들<br>• 나라를 위해 순국하여 '충의(忠義)'의 가치를 드러내는 긍정적 인물들 |
| 원균 | • 잔치에 참여하지 못하고 조롱거리가 됨.<br>• 이순신을 무고하고 전투에서 대패한 인물로 파담자(작가)의 부정적 평가의 대상 |

**신립에 대한 관점**

작가 윤계선은 병사들의 목소리를 통해 패전의 원인이 신립에게 있다고 밝히면서도 그를 부정적으로만 평가하고 있지는 않다. 잔치에 원균이 배척되는 것과 달리 신립(신 판윤)은 참석하고 있고, 추모의 대상에 포함되기도 한다. 탄금대 전투 때 신립의 전술에 대해서는 그럴 수밖에 없었다는 평가도 존재하고, 같은 제목의 다른 작품인 황중윤의 〈달천몽유록〉은 패전의 더 큰 원인을 당대의 잘못된 제도와 정책에서 찾으며 신립의 충의를 부각하고 있기도 하다.

### 작품 한눈에

• 해제

〈달천몽유록〉은 '현실 → 꿈 → 현실'의 환몽 구조를 통해 역사와 현실에 대한 작가의 비판적 의도를 드러낸 몽유록계 소설이다. 제목인 〈달천몽유록〉은 꿈에서 '달천 전투'에서 죽은 귀신들을 만난 일을 기록하였기 때문에 붙여진 것이다. '탄금대 전투'로도 불리는 달천 전투는 임진왜란이 발발하자 한양으로 가는 요충지였던 충주를 방어할 임무를 맡은 신립 장군이 조령과 죽령의 지세를 이용하여 왜적을 격파해야 한다는 주변 사람들의 말을 듣지 않고 탄금대에 배수진을 치고 싸우다가 패배한 전투이다. 작가는 꿈의 형식을 통해 달천 전투의 패배 책임을 신립 장군에게 물으면서 동시에 그 전투에 대한 신립의 생각을 제시함으로써 신립에게 변론의 기회를 제공하고 있다. 또한 잔치에 참여한 인물들과 참여하지 못하고 배척당하는 원균의 대비를 통해 임진왜란에 참전한 인물들의 공과에 대한 작가의 평가를 보여 주고 있다.

• 제목 〈달천몽유록〉의 의미

– 꿈에 달천 전투에서 죽은 혼령들을 만난 이야기

〈달천몽유록〉은 꿈에서 만난 인물들을 통해 임진왜란 패배라는 비극적 역사를 드러내고 전쟁의 공과에 대한 견해를 드러낸 몽유록계 소설이다.

• 주제

임진왜란의 비극과 전쟁의 공과에 대한 평가

**전체 줄거리**

1600년(경자년) 봄에 파담자(윤계선)는 어사가 되어 충청도를 암행하라는 명령을 받아 가던 중 충주 달천 강가에 이르러 하얗게 된 뼈가 쌓여 있는 것을 본다. 파담자는 임진왜란 때 장군 신립을 잘못 만나 무고하게 희생된 사람들을 생각하며 시 세 편을 짓는다. 암행 후 화산의 수령으로 부임한 파담자는 어느 날 꿈에서 나비를 쫓아가다 죽은 혼령들을 만난다. 혼령들이 자신들의 대화를 파담자가 엿듣고 있다는 것을 눈치채자, 파담자는 혼령들과 인사를 나눈다. 혼령들은 자신들의 이야기를 세상에 전해 줄 것을 부탁하고, 신립 장군이 고집을 부리는 바람에 많은 병사들이 억울하게 죽임을 당했다며 눈물을 흘린다. 신립 장군의 혼령은 부끄러워하며 나타나 자신의 잘못을 고백하고는 서글프게 울며 전투에서 패한 일을 뉘우친다. 그 후 사방에서 임진왜란 때 희생당한 귀신들이 몰려들어 자신의 이야기를 하고 시를 짓자, 파담자는 화답하는 시를 지은 후 꿈에서 깬다. 파담자는 꿈에서 만난 혼령들을 위해 제문을 짓고 제사를 지낸다.

고전 산문 06

한 줄 평 계모의 학대와 처첩 간의 갈등을 극복하고 이루어진 사랑을 그린 이야기

# 정을선전 작자 미상

▸ 기출 수록 교육청 2019 7월, 2014 4월 B형

## 장면 포인트 1

- 이 작품은 주인공 정을선이 유추연과 정혼한 후 행복한 가정을 이루기까지의 우여곡절을 그린 가정 소설이다. 전반부는 계모의 음모에 의한 추연의 자결과 회생, 후반부는 정을선과 먼저 혼인한 조 씨(조왕의 딸)의 질투와 모함으로 인한 추연의 시련과 그 극복 과정을 다루고 있나. 따라서 추연이 겪는 갈등을 중심으로 작품을 감상하도록 한다.
- 해당 장면은 천자가 정을선에게 조 씨와의 혼인을 권하였으나 정을선이 이를 사양하고 유추연과 혼례를 올리는 부분과 혼례를 올린 날 밤에 노 씨의 계략으로 정을선이 유추연을 오해하여 집으로 돌아가는 상황이다.
- 정을선과 유추연의 애정 성취를 방해하는 다양한 갈등 요소를 파악하도록 한다.

[앞부분의 줄거리] 송나라 인종 때 정 승상의 아들 을선은 부친과 함께 유 승상의 회갑 잔치에 갔다가 유 승상의 딸 추연을 본 후 상사병을 앓게 된다. 집으로 돌아온 을선의 병세가 위중하자 그 이유를 알게 된 정 승상이 유 승상에게 구혼하는 편지를 보낸다. 추연이 을선과 혼인을 약속하자 유 승상의 후처 노 씨는 추연을 시기한다.

차시 유승상이 정을선의 등과함을 듣고 기쁨을 이기지 못하여 편지를 가지고 내당에 들어가 노 씨에게 "정 승상의 아들이 장원급제하여 벼슬이 벌써 시랑에 이르렀으니 아니 장한 일인가?" 노 씨 거짓 기뻐하는 체하나 내심에 추연 해할 흉계를 생각하더라. (자신의 친딸과 을선이 혼인하기를 바랐으나 뜻대로 되지 않았기 때문에) 소저가 유모의 전언을 좇아 정생의 과거하였다는 말을 듣고 기쁨을 이기지 못하는 중 모친을 생각하고 슬퍼하더라. (추연이 죽은 친모를 생각하며 슬퍼함) ▸ 유추연과 정혼한 정을선이 과거에 급제함

차시 황상이 사랑하시는 조왕이 일녀(一女)를 두고 구혼하더니 을선을 보고 청혼한대, 시랑이 허락지 아니커늘, (추연과 정혼하였으므로 조왕의 구혼을 거절함) 조왕이 대로하여 이 연유를 천자께 주한대, 상이 초왕 부자를 부르도록 명하시니, (을선이 장원 급제하자 천자가 정 승상을 초왕으로 봉함) 승상 부자가 황망히 들어가 엎드리니, 상 왈,

"짐의 조카 조왕이 아들이 없고 다만 일녀가 있어 경의 아들과 짝하염직하고, 또 짐이 사랑하더니, 금일 들은즉 경의 아들이 퇴혼(退婚)하고 거절한다 하니 짐이 사혼(賜婚)코자 하노라." (사혼: 임금이 혼사를 맡아 주관함)

초왕이 엎드려 주 왈, / "과연 그러하여이다." (초왕: 천자가 을선의 아버지를 초왕에 봉함)

상 왈,

"짐이 조왕의 공주와 을선을 사랑하여 친히 권하는 것이니 사양치 말고 허혼하라."

초왕이 주왈, / "일이 그렇지 아니하오니 을선을 불러 하문(下問)하옵소서." (하문: 윗사람이 아랫사람에게 물음)

상이 옳이 여기사 즉시 시랑을 불러 허락지 않은 사연을 물으니, 을선이 주 왈,

"소신은 미천하옵고 조왕은 지존하오니 불가하옵고, (을선이 자신과 조왕의 신분 차이를 들어 혼인할 수 없음을 밝힘) 신이 모년월일시 아비를 따라 전 승상 유한경의 집에 가 잔치 참예를 하옵더니, 풍경을 탐하여 그 집 내 화원에서 추천(鞦韆)하는 (그네 뛰는) 규수를 보옵고 마음이 자연 방탕하와 인하여 병이 나서 (추연에 대한 그리움으로 인해) 죽기

### 작품 분석 노트

- 〈정을선전〉에 나타나는 늑혼 화소

**늑혼 화소**

늑혼은 억지로 혼인을 하는 것으로, 권력이나 지위를 이용하여 혼인 당사자의 의사와 상관없이 혼인을 진행시키려 하는 이야기 단위임

↓

**천자의 개입으로 인한 늑혼**

- 천자의 조카인 조왕이 자신의 딸과 정을선이 혼인하기를 바라고 구혼하나 정을선이 이를 거절함
- 조왕이 천자에게 이 사실을 고하여 정을선과의 혼사를 주선하도록 청함
- 천자가 정을선의 아버지인 정 승상에게 정을선과 조 공주의 혼인을 권하나 정 승상은 정을선의 의사를 묻기를 청함
- 정을선이 천자에게 유추연과 정혼한 사이임을 들어 조 공주와 혼인할 수 없다고 밝힘

↓

천자가 정을선의 뜻에 따르기로 함

에 이르매, 하릴없어 매파를 보내어 정혼 납채하였사오니, 부부는 오륜에 뚜렷하
신랑집에서 신붓집에 혼인을 구함. 또는 그 의례
오니 납채한 혼인을 물리치고 부귀를 탐하여 타처에 성례하옴은 국법에 손상하온
추연에게 구혼하여 정혼한 이후 조왕의 딸(공주)과 혼인하는 것은 국법에도 어긋난 것임을 들어 혼인할 수 없음을 밝힘
바이니 원컨대 폐하는 신민의 지극한 원통함이 없게 하소서."
추연과 혼인하지 못하게 되면 몹시 억울할 것임을 드러냄
상이 한참 동안 깊이 생각한 후에 이르시길
유추연
"경의 사정이 그러하고 혼인은 또한 인륜대사라. 어찌 위력으로 하리오? 또 유녀
권력을 이용해 혼인을 강요할 수 없다는 생각
가 자모(慈母)를 잃었다 하니 그 경상이 가련한지라. 어찌 남의 천연(天緣)을 어기
어머니 / 하늘이 맺어 주어 저절로 정하여져 있는 인연
리오? 네 원대로 하라."
추연의 부친
하시며, 이에 특별히 유한경의 죄를 사하라 본직을 주시고 사관을 보내어 부르시니
유한경은 간신의 참소로 인해 관직에서 물러났음
초왕 부자가 천은을 감사하고 물러나니, 조왕이 천자의 위세를 빌어 을선을 사위 삼으려 하였더니 황제의 뜻이 굳으사 사혼지를 도로 거두시니, 하릴없어 애달픔을 이기지 못하더라.

▶ 정을선이 조왕의 사위가 되기를 거절함

길일이 가까우매 위의를 갖추어 길을 떠나니 혼인을 온전히 이룰 수 있을 것인가?
독자의 호기심을 유발하는 서술자의 개입
다음을 볼지어다.

이적에 유 승상 부인 노 씨 추연 소저를 해할 꾀를 생각하고 일일은 독약을 죽에
정을선을 자신의 딸과 혼인시키고 싶었으나 추연과 혼인하게 되자 이를 시기하여 추연을 죽이고자 함
타 소저를 주어 먹으라 하니, 소저가 마침 속이 불평한지라. 이에 받아 유모를 들리고 침소에 돌아와 먹으려 할새, 하늘이 살피심이 소소(昭昭)한지라, 홀연 난데없
밝고 밝음
는 바람이 일어나 티끌이 죽에 날려 들거늘, 소저가 티끌을 건져 문 밖에 버리니 푸
추연을 구하기 위한 우연에 의한 사건 전개
른 불이 일어나는지라. 대경하여 이에 유모를 불러 연유를 말하니, 유모가 크게 놀
비현실적 요소 / 유모의 지혜로운 대처
라 이에 개를 불러 먹이니 그 개 즉시 죽거늘, 소저와 유모가 더욱 놀라 차후는 주는 음식을 먹지 아니하고 유모의 집에서 밥을 지어 수건에 싸다가 겨우 연명만 하더라.
추연의 조력자 역할을 하는 유모
노 씨 마음에 생각하되, '약을 먹여도 죽지 아니하니, 가장 이상하도다.' 하고 다시 해할 계교를 생각하더니, 세월이 여류하여 길일이 다다르매, 정 시랑이 위의를 갖추
정을선
어 여러 날을 행하여 유 부(府)에 이르니, 시랑의 풍채 전일보다 더욱 뛰어나 몸에
유 승상의 집
운무사관대를 입고 허리에 금사각대를 띠었으니, 천상 신선이 하강한 듯하더라.
혼례복을 갖추어 입은 정을선의 모습 / 정을선의 외모를 신선에 비유함

(중략)

▶ 계모 노 씨가 유추연을 해치고자 함

이튿날 예를 갖추어 전안(奠雁)할새, 근처 방백 수령이며 시비 하리(下吏) 쌍으로
혼례 때 신랑이 신붓집에 가지고 온 기러기를 상 위에 놓고 절하는 의례
무리 지어 신부를 인도하여 이르매 신랑이 교배석에 나아가 눈을 들어 신부를 잠깐
신랑과 신부가 절을 하는 자리
보니 머리에 화관을 쓰고 몸에 채의(彩衣)를 입고 무수한 시녀 옹위하였으니 그 절묘
무늬와 빛깔이 고운 옷
한 거동이 전에 그네 뛰던 모양보다 더욱 아름답더라. 그러하나 신부 근심스러운 기
추연과 유모가 혼례를 보지 못하고 죽은 최씨 부인(유추연의 어머니)를 생각하여 슬퍼함 → 을선의 오해를 유발하는 계기가 됨
색이 얼굴에 가득하고 유모 눈물 흔적이 있거늘 심중에 괴이하나 누구를 향하여 물
옥으로 만든 촛대
으리오. 이에 교배하기를 마치고 동방에 나아가니 좌우에 옥촉과 운무병이 황홀한지
침실 / 구름과 안개를 그린 병풍
라. 괴로이 소저를 기다리더니 이윽고 소저가 유모로 등불을 잡히고 들어오거늘 시랑이 팔을 들어 맞아 앉을 자리를 정하매 인하여 불을 끄고 원앙 이불 속에 나아갔더

• 〈정을선전〉과 계모형 소설의 특성

**계모형 소설**

- 계모와 의붓자식 간의 갈등을 주된 내용으로 하는 소설
- 악인의 전형인 계모의 학대로 인해 전처 자녀가 고통과 수난을 겪음
- 계모나 전처 자식을 돕는 조력자들이 등장하여 선악 대립 구조를 형성함
- 계모가 악행을 하는 원인은 주로 재산이나 가정의 계승권 때문이나, 계모의 악한 성품 자체가 원인이 되기도 함
- 가장의 부재나, 어리석음, 주변 인물의 오해 등이 전처 자식의 고난을 가중함

↓

**노 씨 ↔ 유추연**
**(계모) (전처 자식)**

- 성품이 어질지 못한 노 씨는 자신이 낳은 딸과 정을선이 혼인하기를 바랐으나, 유추연이 정을선과 정혼하자 이를 시기함
- 노 씨가 유추연의 죽에 독약을 타서 유추연을 죽이고자 하나 실패함
- 노 씨가 사촌 노태를 시켜 유추연이 다른 남자와 간통한 것처럼 꾸밈

니, 문득 창밖에 수상한 인적이 있거늘 마음에 놀라 급히 일어앉아 들으니 어떤 놈이 말하되,

노 씨의 사촌 오빠인 노태

"네 비록 시랑 벼슬을 하였으나 남의 계집을 품고 누었으니 죽기를 아끼지 아니하는가?"

노 씨가 노태를 사주하여 추연과 사통한 남자의 역할을 하도록 지시하였음

하거늘, 창틈으로 엿어 보니 신장이 구 척이오 삼 척 장검을 빗기고 섰거늘, 이를 보매 심신이 떨리어 칼을 뽑아 그놈을 죽이고자 하여 문을 열고 보니, 문득 간 데 없거늘, 분을 참지 못하여 탄식하고 생각하되, '오늘 교배석에서 보니 근심스러운 기색이 얼굴에 가득하여 괴이히 여겼더니, 원래 이런 일이 있도다.' 하고 분을 이기지 못하여 칼을 들어 소저를 죽여 분을 풀고자 하다가 다시 생각하되, '나의 옥 같은 마음으로 어찌 저 더러운 계집을 침노하리오.' 하고 옷을 입고 급히 일어나니, 소저가 경황 중에 아름다운 목소리로 가로대,

추연에게 사통하던 남자가 있다고 오해하고 있음

"군자는 잠깐 앉아 첩의 말을 들으소서."

하거늘, 시랑이 들은 체 아니하고 나와 부친께 전후 사정을 고하고 바삐 가기를 청한대, 초왕이 대경하여 바삐 승상을 청하여 지금 발행하여 상경함을 이르고 하인을 불러 '행장을 차리라.' 하니, 유 승상이 계단에 내려 허물을 청하여 왈,

"어찌한 연고로 이 밤에 상경코자 하시나뇨?"

정공 부자가 한마디도 대답하지 아니하고 발행하니라.

길을 떠남

몹시 화가 난 상태이므로

▶ 유추연을 오해한 정을선이 집으로 돌아감

원래 이 간부(姦夫)로 칭하는 자는 노 씨의 사촌 오라비 노태니, 노 씨 전일에 독약을 시험하되 무사함을 애달아 밤낮으로 깊이 생각하여 소저 죽이기를 꾀하더니, 문득 길일이 다다르매 한가지 꾀를 생각하고 이에 심복으로 노태를 불러 가만히 차사를 이르고, 금은을 많이 주어 행사하라 하매, 노태 금은을 욕심내어 삼척장검을 집고 월광을 띠어 소저 침소에 이르러 동정을 살피고 입에 담지 못할 말로 유 소저를 함정에 빠뜨리니, 가련하다, 유 소저 백옥 같은 몸에 누명을 실으니 원통한 심정을 뉘게 말하리오. 분하고 원통한 마음을 이기지 못하여 칼을 빼어 죽으려 하다가 다시 생각하니, '이렇듯 죽으면 내 일신이 옥 같음을 뉘 알리오.' 하고 이에 속적삼을 벗어 손가락을 깨물어 피를 내어 혈서를 쓰니 눈물이 변하여 피 되더라.

간통한 남자

마음놓고 부리거나 일을 맡길 수 있는 사람

추연이 자신의 정부(情婦)라며 모함한 말

추연의 원통한 상황에 대한 감정 표출 – 서술자의 개입

자결하면 자신의 결백을 밝힐 수 없다고 생각함

자신의 결백함을 드러낸 글을 써서 유모에게 남김

▶ 노 씨의 계교로 추연이 위기에 빠짐

• 인물의 고난을 가중하는 요인: 오해

**혼례식**

- 혼례일에 신부인 유추연이 돌아가신 어머니 생각에 얼굴에 슬픈 기색이 있으며, 유모도 눈물 흔적이 있었음
- 정을선이 추연과 유모의 슬퍼하는 모습을 보고 이상하게 여김

↓

**오해**

- 혼인한 날 밤에 창밖에 외간 남자가 나타나 유추연이 자신의 여자라고 말함
- 정을선은 유추연이 다른 남자와 통정했다고 확신함

↓

**비극적 결과**

- 정을선이 자신의 집으로 돌아감
- 유추연이 원통함과 억울함으로 슬피 울다가 죽음에 이름

## 장면 포인트 2 주목

- 해당 장면은 유추연(유 부인 = 충렬부인)이 자신보다 먼저 을선과 혼인한 정렬부인 조 씨의 계략에 의해 외간 남자와 간통했다는 모함을 받고 옥에 갇힌 이후의 상황이다.
- 유추연의 고난과 그 극복 과정에서 보인 주변 인물들의 행위와 그에 따른 결과를 통해 권선징악의 주제 의식을 파악하도록 한다.

금섬이 탄 왈,

「"우리 부모는 나의 동생이 여럿이니 설마 부모의 경상(景狀)이 편치 못하리오? 사람이 세상에 나매 장부는 입신양명(立身揚名)하여 나라를 섬기다가 난세를 당하면 충성을 다하여 죽기를 무릅써 임금을 도움이 직분이요, 노주간(奴主間)은 상전(上典)이 급한 일이 있으면 몸이 마치도록 섬기다가 죽는 것이 당연하니, 내 이리 하는 것은 나의 직분을 다함이니, 너는 말리지 말라. 부디 내 말대로 시행하여 부인을 잘 보호하라."」

(자신이 죽어도 동생들이 부모를 돌볼 것임 / 유교적 이념인 입신양명과 임금에 대한 충성을 강조함 / 노주간: 종과 주인 / 상전: 종이 그 주인을 일컫던 말 / 금섬은 자신의 주인인 유 부인을 위해 목숨을 바치는 것을 당연한 도리라고 여김 / 주인을 위한 종의 죽음을 임금을 위한 신하의 죽음과 동일시함 / 「 」: 금섬이 충성스러운 시비임을 알 수 있음)

하고 옥문을 열고 월매와 한가지로 들어가 고 왈,

"부인은 빨리 나오소서."

부인 왈, / "너는 어디로 가고자 하느냐?"

금섬이 대 왈 / "일이 급박하니 바삐 나옵소서."

부인이 비례(非禮)임을 알되 애매히 죽음에 원통한지라. 이에 나올새, 월매는 부인을 뫼시고 나오되 금섬은 도로 옥으로 들어가니, 부인이 괴히 여기나 묻지 못하고 월매를 따라 한 곳에 이르니, 월매가 부인을 인도하여 구덩이 속에 감추고 왈,

(비례: 예에 어긋남 / 유 부인(유추연)은 자신이 정렬부인의 모함을 받아 죽게 된 것을 억울하게 생각함 → 금섬의 말에 따름 / 금섬이 옥으로 들어가는 것을 이상하게 여김 / 월매가 유 부인을 구덩이 속에 숨김)

"이목이 번거하오니 말씀을 마시고 종말을 기다리소서." 하더라.

(다른 사람의 눈을 피해 일이 해결될 때까지 숨어 있으라고 함)

어시에 금섬이 옥중에 들어가 백포 수건으로 목을 매어 자는 듯이 죽었는지라.

(어시에: 이때에 / 금섬이 유 부인을 대신하여 옥에 들어간 뒤 자결함)

▶ 시비 금섬이 유추연을 대신하여 죽음

(중략)

**주목**

이적에 월매 유 부인을 구덩이 속에 넣고 밥을 수건에 싸다가 겨우 연명하더니, 하루는 기운이 시진(澌盡)하여 죽기에 임하였더니 문득 해복(解腹)하니, 여러 날에 굶은 산모가 어찌 살기를 바라리오? 정신을 수습하여 생아를 보니 이 곧 남자이어늘, 일희일비(一喜一悲)하여 차탄(嗟歎) 왈,

(이적에: 이때에 / 구덩이: 유 부인을 숨긴 장소 / 연명: 목숨을 겨우 이어 살아감 / 시진: 기운이 다함 / 해복: 아이를 낳음. 해산 / 유 부인의 고달픈 처지에 대한 서술자의 개입 / 유 부인이 지함 속에서 아들을 낳음 / 일희일비: 아들을 낳은 기쁨과 자신의 처지로 인한 슬픔)

"박명한 죄로 금섬이 죽고 월매 또한 죽기에 이르렀으니, 어찌 참혹지 않으리오?"

(금섬과 월매가 자신 때문에 희생을 당하는 것에 대해 매우 안타까워하고 슬퍼함)

하여 아이를 안고 이르되,

"네가 살면 내 원수를 갚으려니와 이 구덩이 속에 들었으니 뉘라서 살리리오?"

하며 목이 메어 탄식하니, 그 부모의 참혹함과 슬픔을 이루 측량치 못할러라.

(네: 아들 / 도와줄 사람이 없어 유 부인(또는 유 부인과 그 아들)이 죽을 위기에 처함)

▶ 시비 월매의 도움으로 탈출한 유추연이 구덩이에서 아들을 낳음

「차시 월매가 독한 형벌을 당하고 옥중에 갇히었으나 저의 괴로움은 생각하지 아니하고 도리어 부인의 주림을 자닝하여 탄식하기를 마지아니하더라.」

(밥을 갖다주던 월매가 옥중에 갇히자 유 부인이 죽을 위기에 처하게 됨 / 유 부인이 굶주리는 것을 불쌍하고 애처롭게 생각하여 / 「 」: 월매가 충성스러운 시비임을 알 수 있음)

차시 금섬의 오라비 유 부인의 글월을 가지고 주야배도(晝夜倍道)하여 서평관에

(주야배도: 밤낮을 가리지 않고 길을 걸어)

### 작품 분석 노트

- 갈등과 해결 양상

| 갈등 상황 |
|---|
| 조 씨가 유 부인(유추연)이 외간 남자와 사통하는 것처럼 꾸며 유 부인을 모함함 → 왕비(= 정을선의 모)가 유 부인을 옥에 가두도록 함 |

↓

| 조력자에 의한 구출 |
|---|
| • 시비 금섬이 유 부인을 대신하여 옥에 들어간 후 자결함 → 월매가 자결한 금섬의 얼굴을 훼손하여 얼굴을 알아보지 못하게 만듦<br>• 월매가 유 부인을 옥에서 빼내어 구덩이에 숨겨 놓고 음식을 가져다줌 |

다다라 진(陣) 밖에 엎드려 대원수 노야 본댁(本宅)에서 서찰을 가지고 왔음을 고하니, 차시「원수가 한 번 북 쳐 서융을 항복받고 백성을 진무하며 대연(大宴)을 배설(排設)하여 삼군으로 즐길새, 장졸이 희열하여 승전고(勝戰鼓)를 울리며 즐기더라.」

(노야: 나이 많은 남자를 높여 이르는 말 / 대원수: 정을선 / 서찰: 유 부인의 편지 / 진무: 난리를 일으킨 백성들을 진정시키고 어루만져 달램 / 대연을 배설: 큰 잔치를 베풀어 / 「 」: 전쟁에서의 승리 과정을 요약적으로 제시함)

일일은 원수가 일몽(一夢)을 얻으니 충렬부인이 큰칼을 쓰고 장하(帳下)에 들어와 이르되,

(일몽: 유 부인이 죽을 위기에 처했음을 알려 주는 기능을 함 / 큰칼: 죄인에게 씌우던 형틀 / 장하: 장막 아래)

"나는 팔자가 기박하여 정렬부인의 음해(陰害)를 입어 죽기에 임하였으되, 승상은 타연(妥然)히 여기시니 인정(人情) 아니로소이다."

(정렬부인의 음해: 조 씨가 유 부인이 간통한 것처럼 꾸민 일 / 타연히: 사리에 어긋나지 않고 알맞게 여기시니 / 인정 아니로소이다: 꿈속에서 유 부인이 자신을 구하러 오지 않는 정을선을 원망함)

하거늘, 원수가 다시 묻고자 하더니, 문득 진중(陣中)에 북소리 자주 동(動)하매 놀라 깨니 남가일몽(南柯一夢)이라. 놀라고 몸이 떨리어 일어나니 군사가 편지를 드리거늘 개탁(開坼)하여 보니 유 부인 서간이라.

(진중: 부대 안 / 놀라고 몸이 떨리어 일어나니: 유 부인이 위기에 처해 있는 꿈으로 인한 불안감 / 개탁: 봉한 편지나 서류 따위를 뜯어 봄 / 유 부인 서간: 유 부인이 자신의 처지를 적어 보낸 편지)

(중략)

원수가 이에 청총마(靑驄馬)를 채찍질하여 필마단기(匹馬單騎)로 삼 일 만에 황성에 득달하니라.

(필마단기: 혼자 한 필의 말을 타고 감 / 득달: 목적한 곳에 다다름)

차시 조 씨가 다시 형틀을 차리고 월매를 잡아내어 형틀에 올려 매고 엄히 치죄하며 유 부인의 간 곳을 묻되 종시 승복하지 아니하고 죽기를 재촉하는지라. 조 씨가 치다 못하여 그치고 차후에 혹 탄로할까 겁을 내어 가만히 수건으로 목을 매어 거의 죽게 되었더니 뜻밖에 승상이 말을 타고 들어와 말에서 내려 정히 들어오더니 문득 보니 한 여자가 백목으로 목을 매었거늘 놀라 자세히 보니 이 곧 월매라.

(월매를 잡아내어 ~ 재촉하는지라: 유 부인을 지키기 위한 월매의 충성스러운 면모 / 조 씨가 ~ 죽게 되었더니: 자신의 악행이 드러날 것을 두려워하여 월매의 목을 매어 죽이려 함)

▶ 전장에서 돌아온 정을선이 죽을 위기에 놓인 월매를 구함

바삐 끌러 놓고 살펴보니 몸에 유혈이 낭자하여 정신을 모르는지라. 즉시 약을 흘려 넣으니 이윽한 후 정신을 차려 눈물을 흘리며 인사를 차리지 못하니 승상이 불쌍히 여겨 이에 약물로 구호하매 쾌히 정신을 진정하거늘 원수가 연고를 자세히 물으니 월매가 이에 금섬이 죽은 일과 유 부인이 화를 피하여 구덩이 속에 계심을 자세히 고하니 승상이 분하게 여겨 급히 월매를 앞세우고 구덩이에 가 보니 유 부인이 월매의 양식에 의지하여 겨우 목숨을 보전하다가 해산하매 복중이 허한 중 월매가 옥중에 곤하매 어찌 양식을 이으리오?「여러 날을 절곡하매 기운이 쇠진하고 지기가 일신에 사무치니 몸이 부어 얼굴이 변형되어 능히 알아볼 수 없는지라.」그 가련함을 어찌 다 말로 하리오? 아이와 부인을 월매로 하여금 보호하라 하고 내당에 들어가 왕비께 뵈오니 왕비가 크게 반겨 승상의 손을 잡고 왈,

(인사를 차리지 못하니: 정신을 잃어 의식이 없음. 인사불성 / 유 부인이 ~ 이으리오?: 유 부인이 처한 상황과 그에 대한 서술자의 판단 – 서술자의 개입 / 절곡: 음식을 먹지 못함 / 「 」: 유 부인의 비참하고 가련한 모습 → 유 부인의 고난 / 그 가련함을 어찌 다 말로 하리오?: 유 부인의 처참한 모습에 대한 감정 표출 – 서술자의 개입)

"만리 전장에 가 대공을 세우고 무사히 돌아오니 노모의 마음이 즐겁기 측량없도다. 그러나 네가 출전한 후 집안에 불측한 일이 있으니 그 통한한 말을 어찌 다 형언하리오?"

(집안에 불측한 일: 유 부인이 간통을 저질렀다고 오해하고 있음)

하고 충렬부인의 자초지종을 말하니 승상이 고 왈,

"모친은 마음을 진정하옵소서. 처음에 충렬의 방에 간부(姦夫) 있음을 어찌 알았

(간부: 간통한 남자)

• 소재의 의미와 기능

| | |
|---|---|
| 꿈 | • 유 부인이 죽을 위기에 놓였음을 알려 줌으로써 문제를 해결할 수 있는 실마리가 됨<br>• 정을선에 대한 유 부인의 원망을 드러냄 |
| 편지 | • 꿈의 내용을 확인시켜 줌<br>• 정을선이 유 부인의 문제를 해결하기 위해 집으로 돌아가는 계기가 됨 |

으리오."/ 하니 왕비 왈,

"노모의 서사촌 복록이 와서 이리이리하기로 알았노라."
왕비가 복록의 말을 믿고 유 부인이 간통했다고 판단함

승상이 대로하여 복록을 찾으니, 복록이 간계가 발각될까 두려워 벌써 도주하였거늘, 승상이 외당에 나와 형구를 배설하고 옥졸을 잡아들여 국문하되,
형벌을 가하는 기구 / 나라에서 중대한 죄인을 심문하던 일. 갈등 해결의 기능

"너희들이 옥중의 죽은 시신이 충렬부인이 아닌 줄 어찌 알았으며 그 말을 누구더러 하였느냐? 은휘치 말고 바른대로 아뢰라."
금섬의 시신 / 꺼리어 감추거나 숨기지

하는 소리 우레와 같으니 옥졸들이 황겁하여 고 왈,

"소인들이 어찌 알았겠냐마는 염습할 때에 보니 얼굴과 손길이 곱지 못하여 부인과 다르므로, 소인들이 의심하여 서로 말할 적에 정렬부인의 시비 금련이 마침 지나가다가 듣고 묻기에, 소인이 안면에 말하지 않기가 어려워 말하고 행여 누설치 말라 당부하올 뿐이요, 후일은 알지 못하나이다."
시신의 얼굴과 손의 모습을 보고 유 부인이 아니라고 판단함 / 금련과 친분이 있어

승상이 들은 후 대로하여 칼을 빼어 서안을 치며 좌우를 꾸짖어

"금련을 바삐 잡아들이라."/ 호령하니 노복 등이 황황하여 금련을 잡아다 계하에 꿇리니 승상이 고성으로 문 왈,
남복을 하여 유 부인을 곤경에 빠뜨린 인물

"너는 옥졸의 말을 듣고 누구더러 말하였느냐?"

금련이 혼불부체하여 주 왈, 「정렬부인이 금은을 많이 주며 계교를 가르쳐 남복을 입고 충렬부인의 침소에 들어가 병풍 뒤에 숨었던 말과 정렬부인이 거짓 병든 체하오매 충렬부인이 놀라 문병하고 탕약을 갈아 드려 밤이 깊도록 간병하시니 정렬부인이 '병이 잠깐 낫다' 하고 충렬부인더러 '그만 침소로 가소서.' 하니, 충렬부인이 마지못하여 침실로 돌아가신 후 조 부인이 성복록을 청하여 금은을 주고 왕비 침전에 두세 번 참소하던 말을 자초지종을 낱낱이 고하니,」 왕비가 하늘을 우러러 탄식하고 통곡하여 왈,
몹시 놀라 혼이 몸에서 떨어져나감. 혼비백산 / 「 」: 조 씨가 유 부인을 모해한 과정을 금련이 사실대로 밝힘

"내 불명(不明)하여 악녀의 꾀에 빠져 애매한 충렬을 죽일 뻔하였으니 무슨 낯으로 현부(賢婦)를 대면하리오?" / 하고 슬퍼하니 승상이 고 왈,
사리에 밝지 못하여 / 정렬부인 조 씨 / 어진 며느리 = 유 부인

"이는 모친의 허물이 아니시고 소자가 집안을 다스리지 못한 죄오니, 바라옵건대 모친은 심려치 마옵소서."

왕비가 흐르는 눈물을 거두고 침석에 누워 일어나지 않으니, 승상이 재삼 위로하고 즉시 조 씨를 잡아들여 계하에 꿇리고 크게 꾸짖어 왈,
유 부인을 오해하여 옥에 가둔 일에 대한 미안함과 자책감

"네 죄는 하늘 아래 서지 못할 죄니 입으로 다 옮기지 못할지라. 죽기를 어찌 일시나 너그러이 용서하리오마는 사사로이 죽이지 못하리니 천자께 주달하고 죽이리라."
개인적으로 처리하지 않고 조 씨에 대한 처분을 천자에게 맡기려고 함

조 씨가 애달파 가로되,

"첩의 죄상이 이미 탄로되었으니 상공의 임의대로 하소서."

▶ 정을선이 국문을 통해 사건의 진상을 밝힘

승상이 더욱 노하여 큰칼 씌워 궁 옥(窮獄)에 가둔 후 상소를 지어 천정(天庭)에 올리니 그 글에 하였으되,
천자의 궁궐

• 작품에 나타난 주변 인물의 역할

| 금섬, 월매 | 금련 |
|---|---|
| • 금섬은 유 부인을 대신하여 옥에 갇힌 후 자결함<br>• 월매는 유 부인을 옥에서 구출한 후 돌봄<br>→ 유 부인을 위해 자신의 몸을 아끼지 않는 충직한 시비 | • 조 씨를 도와 유 부인을 모함하고 죽이려는 데 가담함<br>→ 조 씨에게 매수되어 악행도 서슴지 않는 시비 |
| ↓ | ↓ |
| 유 부인의 조력자 | 조 씨의 조력자 |

승상 정을선은 돈수백배하옵고(머리가 땅에 닿도록 절하옵고) 성상 탑하(황제의 자리 앞. 탑전)에 올리나이다. 「신이 황명을 받자와 한 번 북 쳐 서융을 항복 받고 백성을 진무하온 후 회군하려 하옵더니 신의 집 급한 소식을 듣고 바삐 올라와 보온즉 여차여차한 가변(家變)(집안의 변고)이 있사오니 어찌 부끄럽지 아니하겠습니까?」(「 」: 집안일로 인해 자신의 임무를 수행하지 못하고 돌아온 데 대한 잘못과 부끄러움을 드러냄) 이 일이 비록 신의 집 일이오나 스스로 처단하지 못하여 이 연유를 자세히 상달하옵나니 원하옵건대 폐하는 극형으로 국법을 쓰시어 죄 있는 자(정렬부인 조 씨)를 밝히 다스리시고 신의 집 시비 금섬이 상전을 위하여 죽었사오니 그 원혼을 표창하심을 바라나이다.(유 부인을 위해 목숨을 바친 시녀 금섬의 선행을 알리고 이를 치하할 것을 제안함)

하였고 그 끝에 유 씨가 구덩이에 들어 해산하고 월매의 충의를 힘입어 연명 보전하였음을 세세히 주달하였더라.

**감상 포인트**
주인공의 위기 극복과 갈등 해결 양상을 통해 작품의 주제 의식을 파악한다.

상이 보신 후에 대경하사 가라사대,

"승상 정을선이 국가의 대공을 여러 번 세운 짐의 주석지신(나라의 중요한 신하)이라. 가내에 이런 해괴한 변이 있으니 어찌 한심치 아니리오."

이에 전지(傳旨)(왕의 명령을 전달하는 문서)하사 왈,

"정렬과 금련의 죄상이 전고에 짝이 없으니 즉각에 참(斬)(참수. 목을 베어 죽임)하라."

하시니 여러 신하들이 주 왈,

"이 여인의 죄가 중하오나 조왕의 딸이요, 승상의 부인(높은 신분)이니 참형이 너무 과하오니(조 씨의 신분을 고려할 때 너무 잔혹한 형벌이니) 다시 전교하사 집에서 사사(賜死)(독약을 내려 스스로 죽게 하는 일)함이 옳을까 하나이다."

천자가 옳게 여기사 비답(상소에 대한 임금의 대답)을 내리시되,

짐이 덕이 부족하여 경사는 없고 변괴가 일어나니 매우 참괴하도다(부끄럽도다). 비록 그러하나 정렬은 일국 승상의 부인이니 특별히 약을 내려 집에서 죽게 하나니 경은 그리 알고 처사하라. 금섬과 월매는 고금에 없는 충비(忠婢)니 충렬문을 세워 후세에 이름이 나타나게 하라.(시비인 금섬과 월매의 충성스러운 행동에 대해 보상함)

하시니 승상이 사은하고 퇴궐하여 「즉시 조 씨를 수죄하여 사약한 후 금련은 머리를 베고 그 나머지 죄인은 경중을 분간하여 다스리고 금섬은 다시 관곽을 갖추어 예로써 장례하고 제 부모는 속량(종의 신분에서 벗어나게 함)하여 의식을 후히 주어 살리고, 충렬문을 세워 주고 사시로 향화를 받들게 하고 월매는 금섬과 같이하여 충렬부인 집 앞에 일좌 대가(大家)를 세우고 노비 전답을 후히 주어 일생을 편하게 제도하니라.」(「 」: 인물의 행위에 따른 결과. 권선징악의 주제 의식이 나타남)

▶ 정을선이 조 씨를 징계하고 유추연을 도운 시비들에게 상을 내림

• 갈등의 해결 양상과 주제 의식

| 정을선의 '국문'에 의한 진상 조사 |
| --- |
| • 조 씨가 흉계를 꾸며 유 부인을 모함한 것임을 밝혀냄<br>• 금련이 조 씨를 도와 월매와 유 부인을 위기에 빠뜨렸음을 밝혀냄<br>• 조 씨가 성복록을 매수하여 유 부인을 참소하는 말을 왕비에게 하도록 한 사실을 밝혀냄 |

↓

| 처리 |
| --- |
| • 조 씨는 사약을 내려 죽이고 금련은 머리를 베어 죽임 → 악인에 대한 징치<br>• 금섬은 예를 갖추어 장례하고 부모를 속량하여 잘 살도록 마련해 주었으며, 월매는 일생을 편하게 살도록 해 줌 → 선인에 대한 보상 |

↓

| 주제 의식 |
| --- |
| 악인은 벌을 받고 선인은 상을 받는 결과를 통해 권선징악의 주제 의식을 드러냄 |

## 핵심 포인트 1 서술상 특징 파악

이 작품의 사건 전개 양상을 중심으로 서술상 특징을 파악할 수 있어야 한다.

**◎ 〈정을선전〉의 서술상 특징**

| | |
|---|---|
| 동일한 갈등 요인의 반복 | 유추연과 계모 노 씨, 유추연과 조 씨의 갈등은 모두 유추연을 시기하는 여인들로 인해 발생함 → 유추연이 정절을 의심받도록 상황을 꾸며 유추연을 위기에 빠뜨림 |
| 비현실적 사건 | • 노 씨가 갑자기 피를 토하고 죽음: 악행에 대한 천벌의 의미를 지님<br>• '유추연의 원혼이 나타남 → 유추연이 회생함'의 사건 전개<br>• 정을선의 꿈에 유추연이 나타나 자신의 위기를 알림 |
| 조력자 | • 악인을 돕는 조력자 : 노태, 복록, 금련 등<br>• 선인을 돕는 조력자 : 유모, 금섬, 월매 등 |
| 편집자적 논평 | 인물의 행위나 상황에 대한 서술자의 감정, 평가, 반응 등이 직접적으로 나타남 |

## 핵심 포인트 2 작품의 갈등 양상 파악

이 작품은 계모와 전처 자식 간의 갈등을 다룬 계모담과 일부다처제로 인한 여인들의 갈등을 다룬 쟁총담이 결합되어 있다. 따라서 인물 간의 갈등과 그 해결 양상을 통해 작품의 주제 의식을 파악할 수 있어야 한다.

**◎ 갈등 양상과 주제 의식**

| 계모담 | |
|---|---|
| 유추연 ↔ 노 씨 | • 계모 노 씨가 유추연을 시기하여 유추연에게 독약을 탄 죽을 먹여 죽이려고 함 → 실패함<br>• 계모 노 씨가 노태를 간부로 위장시켜 정을선과 유추연이 있는 신방으로 보냄 → 유추연과 정을선의 혼인이 깨지고 유추연이 죽음 → 유모가 유추연의 혈서가 담긴 적삼을 유 승상에게 전함 → 노 씨는 피를 토하고 죽고 노태는 목을 매어 자결함 → 유추연의 혼령의 도움으로 정을선이 신기한 구슬을 얻어 와 유추연이 회생함 |

| 쟁총담 | |
|---|---|
| 유추연 ↔ 조 씨 | 정렬부인 조 씨가, 충렬부인이 되어 아이를 가진 유추연을 시기함 → 조 씨가 남장을 한 금련을 보내어 유추연이 간통한 것처럼 모함함 → 유추연이 옥에 갇힘 → 유추연이 시비 금섬과 월매의 도움으로 옥에서 빠져나와 목숨을 연명함 → 정을선이 집으로 돌아와 사건의 진상을 밝힘 → 정을선이 천자에게 상소를 올려 조 씨와 금련을 처벌하고 금섬과 월매를 포상함 |

| | |
|---|---|
| 주제 의식 | • 악행을 저지른 인물들은 모두 죽고 주인공을 도와준 인물들은 후한 상을 받음<br>• '권선징악(勸善懲惡)', '사필귀정(事必歸正)', '선자필흥 악자필멸(善者必興 惡者必滅)'의 주제 의식을 구현함 |

## 핵심 포인트 3 외적 준거에 따른 감상

이 작품은 가족 간의 갈등을 그린 가정 소설의 성격을 지니고 있으므로 가정 소설의 특징을 바탕으로 작품을 감상할 수 있어야 한다.

**◎ 가정 소설의 특징**

가정 소설은 가정을 배경으로 하여 가정 내에서 일어나는 갈등을 그린 소설로, 갈등 요인에 따라 처첩 간의 갈등을 그린 쟁총형 가정 소설, 계모와 전처 자식 간의 갈등을 그린 계모형 가정 소설, 형제간의 갈등을 그린 우애형 가정 소설로 나뉜다. 이 중 쟁총형 가정 소설과 계모형 가정 소설에서 첩이나 계모는 악인으로 그려지며, 그들은 정실부인과 전처 자식을 미워하고 시기하는 것부터 그들을 죽이기 위해 음모를 꾸미는 등의 횡포를 부린다. 정실부인과 전처 자식은 가정에서 축출됨으로써 맞게 된 고난을 조력자나 배우자를 만나 극복하거나, 과거 급제와 같은 출세를 통해 극복하며 그 과정에서 전기적 요소가 나타나기도 한다. 소설의 결말은 대체로 권선징악이라는 교훈을 전달하는데, 이는 가족 구성원 사이의 윤리 문제를 중요시한 당시의 분위기를 반영한 것으로 볼 수 있다. 대표적인 계모형 가정 소설에는 〈장화홍련전〉, 〈콩쥐팥쥐전〉, 〈어룡전〉 등이 있으며, 대표적인 쟁총형 가정 소설에는 〈사씨남정기〉, 〈소현성록〉, 〈월영낭자전〉 등이 있다.

### 작품 한눈에

• 해제

〈정을선전〉은 조선 후기의 가정 소설이다. 이 작품의 전반부에서는 남녀 주인공의 결연담과 여주인공에 대한 계모의 학대 사건을, 후반부에서는 한 남편을 두고 벌이는 처첩 간의 갈등을 다루고 있어, 가정 소설의 대표적인 갈등 구조를 모두 담고 있다. 이 작품은 당대 여성에게 중요시되던 정절을 훼손당했다는 모함에 의해 여성이 겪는 수난과 시련을 잘 보여 준다. 또한 죽은 사람이 귀신이 되어 나타나고 다시 살아나는 비현실적 사건을 통해 이야기가 전개되고, 억울한 여자 주인공을 위한 시비들의 조력이 나타난다는 점이 특징적이다.

• 제목 〈정을선전〉의 의미

정을선이 유추연과 안정된 가정을 이루기까지의 과정을 그린 이야기

〈정을선전〉은 정을선이 유추연과 행복한 가정을 이루기까지 유추연이 겪는 두 번의 위기와 그 해결 과정을 그린 가정 소설이다.

• 주제

가정 내의 갈등으로 인한 여성의 수난과 극복

**전체 줄거리**

정 승상은 아들 을선을 얻고, 유 승상은 딸 추연을 얻으나 부인이 일찍 죽자 계모 노 씨를 들인다. 노 씨는 추연을 노예처럼 대하고 유 승상이 딸을 아끼는 것을 시기하여 추연을 죽이기로 한다. 유 승상의 회갑 잔치에 초대된 정 승상은 을선과 함께 잔치에 방문하고, 을선은 추연에게 한눈에 반해 상사병을 얻게 된다. 정 승상은 유 승상에게 자식들의 혼례를 올리자는 편지를 보내고, 유 승상은 혼례를 허락한다. 이후 을선은 과거에 장원 급제하고, 노 씨는 추연을 해칠 계획으로 독약을 먹여 죽이려 하나 실패한다. 추연과 혼례를 올린 을선은 첫날밤 수상한 남자가 나타나 남의 계집을 품었다고 꾸짖자, 추연의 정절을 의심하고 정 승상과 함께 떠나 버린다. 추연은 자신의 억울함을 담은 혈서를 남긴 후 자결하고, 정 승상은 을선과 조왕의 딸 조 씨를 혼인시킨다. 얼마 후 추연이 원귀가 되어 나타나 사람들이 죽는 일이 일어나자 천자는 을선을 보낸다. 을선은 유모의 도움으로 추연의 원혼과 만나고 추연은 을선의 도움으로 환생한다. 조 씨는 추연이 정실부인이 된 것을 시기하여 추연이 다른 남자와 통정했다고 왕비에게 모함한다. 이에 옥에 갇힌 추연은 시비 금섬의 도움으로 탈옥하고, 을선은 금섬의 오라비가 가져온 편지를 읽고 돌아와 숨어 지내던 추연을 구한다. 을선과 추연은 부귀영화를 누리다가 한날한시에 세상을 떠난다.

한 줄 평 유씨 가문의 두 남매가 혼사 장애를 극복하는 과정을 그린 이야기

# 옥린몽 이정작

## 장면 포인트 1 주목

- 이 작품은 유씨 가문의 남매 유원과 유혜란이 황실의 개입에 의한 혼사 장애를 극복하고 각각의 배우자와 결연하는 과정을 그린 가정 소설로, 유원과 유혜란의 서사가 유씨 가문과 범씨 가문을 중심으로 나란히 전개된다. 절대 권력이 개인의 혼인에 개입하는 늑혼(억지로 혼인을 함) 화소를 중심으로 작품을 감상하도록 한다.
- 해당 장면은 양가 부모에 의해 정혼한 사이인 범경문과 유혜란이 황제의 개입으로 인해 혼인을 하지 못하게 된 상황을 제시하고 있다.
- 갈등 상황에 대처하는 인물의 말과 행동을 통해 인물의 성격을 파악하도록 한다.

[앞부분의 줄거리] 송나라 때 유담은 슬하에 딸 혜란을 두었지만 아들이 없었는데, 현묘진인의 사당에 후사를 빌고 옥기린을 받는 꿈을 꾼 후 아들 원을 얻게 된다. 유담은 자신의 딸 혜란과 노국공 범질의 아들 경문을 정혼시킨다. 그 후 범질이 죽고 유담도 병이 들자 유담은 혜란과 경문의 정혼을 지킬 것을 당부하고 죽는다.

이때 부마도위(임금의 사위에게 주던 칭호) 여방은 태조 황제 친동생 태원 공주의 부마더라. 다른 자식은 없고 다만 딸아이가 하나 있으니 이름은 교란이라 하더라.(부마도위 여방의 외동딸 여교란의 등장)

「용모가 상당히 빼어나고 태도가 아름다워 해당화 한 가지가 아침 이슬을 머금어 봄바람에 흔들리는 것 같고,(비유를 활용하여 여교란의 외모와 태도 제시) 가는 허리와 가벼운 몸놀림 그리고 아름다운 눈썹과 붉은 입술은 족히 탐내어 볼 만하더라.」(「」: 여교란의 아름다운 외모와 태도 묘사)

비록 한 나라를 기울일 정도의 미색(경국지색)은 아니지만, 또한 가히 당대의 아름다운 여자라 일컬을 만하더라.(서술자의 개입 – 여교란의 외모 평가)

「재주와 정신이 잽싸고 빨라서 한번 입을 열면 목소리가 맑고 깨끗하며 열 손가락 가운데 또한 묘한 재주가 있어서 글씨를 쓰는 재주가 세밀하고 교묘하여 다른 사람의 글씨체를 똑같이 모방하고(필체 위조를 통해 유혜란을 모함하고 집안에서 축출하는 데 활용됨) 옛사람의 뛰어난 필체를 또한 익숙하게 익혔더라.」(「」: 여교란의 재주 제시)

그러나 안으로는 크게 갖추지 못한 것이 있으니 그것은 타고난 성품이 간사하고 교활하여 마음이 부정하되 부드러운 말솜씨와 온순하고 공손한 태도로 밖으로만 꾸밈이 있으니(여교란의 표리부동한 면모) 부마 부부가 어찌 그 문제가 심각함을 알겠는가?(부마 부부가 딸의 교활한 성품을 제대로 알지 못함(편집자적 논평))

「오직 사랑으로만 길러 귀중함이 비교할 곳이 없고(금지옥엽) 또 얌전하고 아름다운 숙녀가 재주마저 빼어났으니 비록 반희나 최녀라도 미치지 못할 것이라 하여 당대의 가장 빼어난 남자를 얻어 아름다운 인연을 이루고자 하더라.」(「」: 여교란에 대한 부마 부부의 애정이 드러남)

널리 그 짝을 찾아보되 마침내 마땅한 곳을 얻지 못하여 세월만 보내더니 소저의 나이가 이러구러 벌써 십오 세에 다다랐더라. ▶ 태원 공주의 딸 여교란의 뛰어난 외모와 재주 및 간교한 성품

주목 부마가 범 공자(범경문)의 금옥같이 빼어난 문장과 용모를 듣고 매파를 보내어 구혼하다가 물리침을 당하고(범씨 가문이 유혜란과 정혼한 것을 들어 구혼을 거절함) 또 소저(여교란)가 처음 범생의 아름다운 소식을 듣고 매우 흠모하더니 매파가 돌아와 범가의 소식을 낱낱이 전하니 마음속에 번뇌함을 마지아니하더라.

### 작품 분석 노트

- 인물의 성격 – 여교란

| 여교란의 성품 |
|---|
| • 타고난 성품이 간사하고 교활하여 마음이 부정함<br>• 겉으로만 부드러운 말과 온순하고 공손한 태도로 꾸밈 |
| ↓ |
| • 어질고 너그러운 성품을 지닌 유혜란과 대비되는 반동 인물로, 갈등을 형성함<br>• 유혜란을 모함하고 죽이고자 계략을 꾸밈 |

공주가 딸의 그러한 거동을 보시고 마음속으로 딱하고 안타깝게 여겨 예의에서 금하는 것을 어기고 황제께 조회할 때 정사(政事)가 한가한 틈을 타 말씀드리기를,
공주가 딸을 위해 예의에 어긋나는 행동을 함(정혼자가 있는 범 공자를 사위로 삼으려 함)

"신이 아들이 없고 다만 늦게야 천한 딸아이를 하나 두었는데 그 아이의 나이가 바야흐로 비녀를 꽂아 시집을 갈 나이가 되었습니다. 노국공 범질에게 아들이 있다는 말을 듣고 구혼했더니 저쪽에서 말하기를 범질이 생시에 정혼한 곳이 있다고 하며 허락하지 아니합니다. 만일 황상께서 권고하지 않으시면 일이 진실로 이루어지지 못할 것 같습니다. 엎드려 바라건대 폐하께서는 이 뜻을 살피셔서 소녀로 하여금 태평성대에 원한을 품은 여자가 되지 않게 하신다면 신의 모녀는 하늘 같은 폐하의 성덕을 뼈에 새겨 저승에 가더라도 그 은혜를 가히 잊지 못할 것입니다."
여교란 / 범질의 아들에게 구혼하였으나 성사되지 못한 이유를 밝힘 / 황제의 힘을 빌려 혼인을 이루고자 하는 공주의 의도 / 딸이 범질의 아들과 혼인하지 못하면 깊은 원한이 될 것임을 드러내어 자신의 뜻을 이루고자 함

황제가 말없이 한참 동안 생각에 잠겼다가 말씀하시되,

"임금과 부모는 한가지다. 범질이 생시에 정하였을 것 같으면 어찌 임금의 명령으로써 아버지의 명령을 어그러지게 할 수 있겠는가?"
범질의 뜻을 어길 수 없다는 의미 / 범질이 생전에 정한 아들의 정혼자를 임금이 개입해서 바꿀 수 없다는 의미

공주가 거듭 빌기를 간절하게 하니 황제가 어쩔 수 없어 허락하시더라.
정당한 행위가 아니라고 인식하면서도 공주의 청을 들어줌

공주가 매우 기뻐하며 집에 돌아와 이 말을 이르니 소저가 입으로 말하지는 아니하나 기쁜 빛이 얼굴에 가득하더라.
▶ 공주가 딸 여교란과 범경문이 혼인할 수 있도록 주선해 주기를 황제에게 부탁함

황제가 다음 날 조회를 받으실 때 모든 신하들이 예의를 갖추기를 마칠 때까지 기다렸다가 말씀하시기를,

「"지금 부마도위 여방이 하나의 딸을 두었는데 금지옥엽(金枝玉葉)이요 덕과 재주를 겸하였다. 젊은 남자를 얻어 그 짝을 이루고자 한다. 승상과 간의대부는 각각 한 명의 남자아이를 들은 대로 아뢰어라. 짐이 마땅히 친히 중매가 되리라."」
① 왕실의 자손 ② 귀한 자손
「 」: 황제가 공주의 딸과 범경문의 혼사를 주선하기 위해 승상과 간의대부에게 남자아이를 추천하도록 함

이날 조정의 대신들이 비록 자식을 둔 자가 있으나 어찌 감히 임금의 뜻을 감당하겠는가? 조정의 모든 관리들이 함께 말씀드리기를,
임금의 뜻에 맞는 사람을 추천하기 어려움(편집자적 논평)

"비록 천한 자식을 둔 사람이 있으나 재주와 용모가 충분하다고 일컬을 사람이 없고 이제 간의대부 범경완의 한 아우가 있으니 아름답고 잘생긴 외모와 소년의 문장이 당대에 제일인가 합니다. 폐하께서 부마의 집을 위하여 사위를 구할 것 같으면 이 사람이 거의 폐하의 찾음에 합당할까 합니다."
주변 인물을 통해 범경문의 뛰어난 외모와 재주가 드러남

황제가 매우 기뻐서 말씀하시기를,

"부마는 짐이 매우 소중하게 여기는 사람이다. 이제 딸을 위하여 사위를 선택함에 그 아들 범생이 또 이렇게 뛰어나니 어찌 하늘의 뜻이 아니겠는가? 사천감으로 하여금 빨리 날짜를 가려서 혼인을 이루게 하라."
여교란과 범경문의 인연이 하늘의 뜻임 → 두 사람이 천정배필이라는 의도를 드러냄

경완이 머리를 조아리며 빌어서 말하기를,

"신의 아우는 재질이 용렬하고 학문이 부족하니 이미 폐하가 구하시는 것에 미치지 못하고 또 신의 아비가 생시에 고승상 유담으로 더불어 정혼한 지 오래되었습니다.
경문이 여교란과 혼인할 수 없는 이유 ① – 재주와 학문이 부족함 / 경문이 여교란과 혼인할 수 없는 이유 ② – 이미 정혼자가 있음

• 혼사와 관련한 황가 인물들의 태도 ①

| | |
|---|---|
| 공주 | 예의에 어긋남을 알면서도 황제에게 부탁하여 자녀의 혼사를 이루려 함 |
| 황제 | 부모가 정한 혼사를 임금이 바꿀 수 없다고 생각하면서도 공주의 청탁을 들어줌 |

↓

유혜란과 이미 정혼한 경문을 여교란과 혼인시키는 것이 부당함을 인지하면서도 권력을 행사하여 이를 추진함

• 혼사와 관련한 갈등 양상 ①

| 공주 부부 | ↔ | 범씨 가문 |
|---|---|---|
| • 딸 여교란을 정혼자가 있는 범경문과 혼인시키고자 함<br>• 권력(황제)을 동원해 혼사를 성사시키려 함 | | 범경문이 이미 정혼한 곳이 있음과 아버지의 약속을 들어 구혼을 거절함 |

황제의 개입

범경문이 여교란과 먼저 혼인하고 과거에 급제한 후 유혜란과 혼인하도록 명함

폐하의 명령이 비록 엄하시나 이제 돌아가신 부친의 약속을 저버리는 것은 인간의 자식으로서는 차마 하지 못할 것입니다.
경문이 여교란과 혼인할 수 없는 이유 ③ – 아버지의 약속을 어기는 것은 자식의 도리가 아님
신이 감히 폐하의 명령을 따르지 못하오니 어진 군자를 다시 찾아보시고 신의 아우를 물리쳐 사사로운 정을 펴게 하소서."

황제가 말씀하시되,

"경의 말과 같다면 먼저 여 씨를 아내로 맞고 과거에 급제한 후에 다시 유 씨를 맞는 것이 마땅하다."
갈등 상황을 해결하기 위해 황제가 제시한 방안

경완이 다시 아뢰되,

"신의 아우는 재주와 학문이 얕고 짧아서 만일 등용문에 오르지 못할 것 같으면 돌아가신 아버지의 남긴 말씀을 헛되게 할 것입니다. 어찌 한평생의 한이 되지 않겠습니까?"
황제의 말에 따를 경우 경문이 급제하지 못하면 유혜란과 혼인할 수 없으므로 아버지의 유언을 지키지 못하게 됨

**감상 포인트**
작품의 갈등 양상을 혼사 장애 화소를 중심으로 파악한다.

황제가 말씀하시되,

"경의 아우는 뛰어난 재주가 있는데 어찌 과거에 급제하지 못할까 근심하겠는가? 짐의 뜻은 이미 결정되었으니 다시 물리쳐서 내치지 말라."
황제의 개입으로 인한 늑혼 화소와 혼사 장애 화소가 나타남
▶ 황제가 여교란과 범경문의 혼인을 명함

경완이 능히 마지못하여 황제의 은혜에 감사를 드리고 집에 돌아와 태부인께 말씀드리니 부인과 공자가 놀라움을 이기지 못하여 서로 돌아보며 말이 없고 이 소식을 모두 유가에 알리니 부인이 쓸쓸하게 얼굴빛을 변하고 눈썹을 찡그리며 소저를 돌아보아 말하기를,
부인을 높여 이르는 말로, 범경문의 어머니를 가리킴
황제의 명령으로 유혜란과 혼인할 수 없게 된 상황에 대한 범경문과 그 어머니의 반응 – 놀람과 당황
유혜란의 어머니(정 부인) 표정 묘사를 통한 심리(염려와 걱정) 제시

"저가 이미 황제의 명령을 받들어 여 씨를 취하여야 되는데 「여 씨가 만일 사람 된 바탕과 타고난 성품이 인자하다면 너의 화목하고 숙성되며 너그럽고 어진 마음씨로 자매의 정을 맺어 함께 군자를 받드는 것이 어찌 아름답지 않겠는가마는」 「다만 여 씨가 황실의 친척으로서 황상이 중매하였음을 자랑스럽게 여겨 의기양양한 가운데 현명한 사람을 시기하여 상대방을 재해에 빠지게 한다면 어찌 너의 일생이 가련할 뿐이겠는가? 반드시 범생의 총명을 가리고 황제의 은혜로운 조치를 욕되게 할 것이다. 걱정이 이런 것에 미치니 어찌 한심하지 않겠는가?」"
저가: 범경문 / 범경문이 여 씨와 혼인하는 것을 피할 수 없는 상황
「 」: 여 씨의 성품이 어질다면 유혜란과 함께 남편인 경문을 받들며 살아도 좋다는 생각
현명한 사람: 유혜란
「 」: 여교란의 성품이 어질지 못하면 자신의 딸을 시기하여 재앙이 일어날 것이라고 염려하는 마음 → 여 씨와 유 씨 간 갈등 암시

소저가 즐겁고 기쁜 말씀으로 나직하게 말씀드리기를,

"이것은 모두 팔자에 있는 앞날의 운수입니다. 사람의 힘으로 어찌할 수 있는 것이 아닙니다. 여 씨는 금지옥엽으로 좋은 가문에서 생장하였으니 몸가짐과 어른 섬기는 법도가 반드시 저보다 뛰어날 것입니다. 어머니께서는 어찌 저의 마음속을 먼저 알아서 지나치게 허물을 말씀하시는 것이 옳겠습니까? 쓸데없는 걱정으로 귀하신 몸을 상하게 하지 마소서."
자신에게 일어난 일이 모두 팔자에 의한 것임 → 운명에 순응함

하더라.
▶ 범경문과 여교란의 혼인을 수용하는 유 소저

범씨 집안에서 혼례일이 다다름에 여 씨를 맞을 때 빛난 위의(威儀)와 풍성한 추종들이 십 리에 이어져 있으니 보는 자가 공경하여 부러워하지 아니할 사람이 없더
추종: 따르는 자

• 유혜란의 혼사에 나타나는 화소

**늑혼 화소**
'늑혼'은 억지로 혼인을 하거나 강제에 의해 이루어진 혼인을 의미함 → 황제의 명에 따라 범경문이 어쩔 수 없이 공주의 딸인 여교란과 먼저 혼인하게 됨

**혼사 장애 화소**
부모의 유언을 지켜 혼인하고자 하는 범경문과 유혜란의 소망이 좌절됨

• 인물의 미래와 갈등 암시

**정 부인의 예측**
여 씨의 성품이 어질지 않다면 시기와 질투로 딸 혜란이 곤경에 빠지고 재앙이 닥칠 것임

↓

- 여 씨와 유 씨 사이에 갈등이 발생할 것을 암시함
- 여 씨의 계교로 유혜란이 고초를 겪게 될 것을 암시함

• 인물의 성격 – 유혜란(유 소저)

**유혜란의 성품과 태도**
- 화목하고 숙성되며 너그럽고 어진 마음씨를 지니고 현명함
- 정혼자인 범생이 여 씨와 혼인하게 된 상황을 팔자에 따른 것으로 생각함
- 여 씨가 자신보다 몸가짐이나 법도에서 뛰어날 것이라 말함

↓

- 어진 성품을 지닌 긍정적 인물(주동 인물)
- 숙명론적 태도
- 자신을 낮추고 타인을 높이는 겸손한 태도

라. 다만 태부인이 홀로 기쁜 마음이 사라져 삭막하고 비록 밖으로 손님들의 축하를 받으나 얼굴에는 근심을 띠시니 어찌 황제의 은혜가 도리어 좋은 일에 방해가 되지 않겠는가?

황제의 명에 따라 공주의 딸과 아들 경문이 혼인하게 되었지만 유 씨와의 혼인을 이루지 못한 것을 근심하는 태부인

그러나 공자는 신부의 매우 예쁘고 꽃같이 아름다운 태도를 보고 일단 살뜰하게 사랑하는 정이 비교할 곳이 없더라. 부인은 여 씨의 사덕이 부족함을 모르는 것이 아니나 여 씨가 말을 주고받으며 응대하는 것이 매우 민첩해서 남편의 뜻을 잘 받들어 사랑을 받음이 많기에 어찌할 방법이 없더라.

범경문이 여교란의 외모와 태도를 보고 사랑하게 됨 / 여 씨의 덕이 부족함을 꿰뚫어 본 태부인

세월이 오래되니 정이 저절로 깊고 두터워지니 여 씨 스스로 자신의 신세가 쾌활함을 기뻐하고 모든 일을 처리하는 데 교묘하게 잘 꾸며서 조금도 불량한 모습을 나타내지 아니하더라. 또 지금의 장부가 하는 태도로 보아서 유 씨의 여자가 비록 들어온다고 해도 어찌 나의 권세와 총애를 흔들어서 침범할 수 있겠는가? 이로부터 마음을 놓고 세월을 보내더라.

여 씨가 본성을 드러내지 않고 겉으로 꾸며서 잘 처신함 / 범경문의 총애를 받고 득의양양한 태도를 갖게 됨

▶ 여교란에 대한 범경문의 애정이 두터워짐

생이 또한 마음속으로 생각하기를

범경문

"이제 여 씨가 비록 태임(太妊) 태사(太姒)[■]의 덕량이 없으나 성품과 행동이 온순하고 공손하여 시어머니와 남편을 공경하며 도리에 거슬리는 것이 없고 또한 유 소저가 현숙하다는 말을 들은 지 오래되었으니 나의 한평생은 가히 쾌활할 것이다.「내가 만일 한 번의 과거에서 합격하지 못한다면 위로는 선조의 남긴 뜻을 저버리는 것」이 될 것이고 아래로는 유 소저의 규방에서의 팔자 사나움을 맛보게 할 것이다."

범경문은 여 씨가 부덕을 갖춘 인물이라고 생각하지 않음 / 「 」: 황제의 명령에 따라 과거에 급제해야 원래 정혼자였던 유 씨와 혼인할 수 있음 / 선조: 돌아가신 아버지 / 자신과 혼인하지 못하면 유 소저가 홀로 늙어가게 될 것임

세월이 흐르는 물과 같아서 벌써 삼 년이 지나니 유 부인이 공자(유원)와 소저(유혜란)로 더불어 승상의 삼년상을 마쳤으나 슬픔이 가득 찬 모습과 야위고 파리한 거동이 오랫동안 변하지 않더라.

이때에 황제가 문묘(文廟)[■]에 참배하시고 인재를 뽑으시니 범생이 붓끝을 가다듬어 시험장에 나아갈 때 붓을 떨침에 수많은 말들이 아주 짧은 시간 사이에 이루어지더라.

범경문의 재능이 뛰어남을 드러냄

▶ 과거에 급제하여 유혜란과 혼인하고자 하는 범경문

■ 위의: 위엄이 있고 엄숙한 태도나 차림새.
■ 태임 태사: '태임'은 주나라를 건국한 문왕의 어머니, '태사'는 문왕의 비이자 무왕의 어머니로, 주나라 왕실의 기틀을 확립하는 데 기여한 여성 성인들로 추앙받음.
■ 문묘: 공자를 모신 사당.

• 여 씨에 대한 주변 인물의 태도

| | |
|---|---|
| 범경문 | • 겉으로 드러나는 여 씨의 아름다운 외모와 태도에 사랑하는 마음을 가짐<br>• 여 씨가 덕을 갖춘 인물은 아니나 성품과 행동이 온순하고 공손하여 시어머니와 남편을 공경하며 도리에 어긋나는 것이 없다고 여기며 만족함 |
| 태부인 | • 여 씨의 덕이 부족하다고 판단함<br>• 여 씨의 태도가 민첩하고 남편을 잘 받들어 사랑을 받으므로 여 씨를 받아들임 |

↓

여 씨의 교활하고 간사한 본색을 알아차리지 못함

## 장면 포인트 2

- 해당 장면은 범경문이 과거에 급제하여 유혜란을 둘째 부인으로 맞이한 이후, 유혜란의 남동생인 유원과 범경문의 친구인 장사원의 동생 장 소저가 겪는 혼사 장애 상황을 제시하고 있다.
- 갈등 상황에 대처하는 인물들의 태도를 통해 인물의 성격을 파악하도록 한다.
- 개인의 혼사에 황실이 개입하여 갈등을 일으키는 서사가 지니는 의미를 파악하도록 한다.

이름난 높은 벼슬아치들이 유 학사(유혜란의 동생 유원)의 재주와 얼굴 생김새를 사랑하여 구혼하는 사람이 날이 갈수록 북적북적하고 복잡하지만 각각 모자란 곳이 많더라.(마땅한 혼처가 나타나지 않음) 옳고 그름을 따지는 일이 어지러워 마침내 마땅한 곳을 얻지 못하더라.

간의대부 사복이 그 딸아이로써 구혼하자 비중 있는 매파가 소리를 응하여 왕래하니 말씀이 높은 산에서 흐르는 물처럼 유창하고 그 숙녀의 아름다움이 빼어나며 그 집안이 대단함을 다투어 칭찬하더라.(매파가 사복의 딸이 아름답고 집안이 대단함을 들어 중매를 함)

정 부인(유혜란, 유원의 어머니)이 딸아이(유혜란)를 대하여 말하기를,

"중매쟁이의 말을 들어보면 사씨 집안의 소저가 현세에 제일인 것 같다. 혼인을 허락하는 것이 어떻겠는가?"

소저가 대답하기를,

"비록 그러하나 중매쟁이의 말을 다 믿지는 못할 것입니다.(유 소저의 신중한 면모가 드러남) 이미 재주와 덕을 일컬음이 없으니 이 또한 수상한 일입니다.(매파가 사 소저의 재주와 덕이 아니라 외모를 칭찬함 → 유 소저의 지혜로움이 드러남) 너무 쉽게 허락하는 것은 좋은 방법이 아닌가 합니다."

부인이 머리에 새겨 두고 말하기를,

"너의 말이 정말 나의 뜻과 한가지다. 또 일찍 사복의 인물 됨됨이를 들으니 원래 덕행이 있는 군자가 아니라 하니 어찌 능히 그 자식을 모범으로 가르침이 있겠는가?(사복의 평판을 근거로 그 딸의 인물 됨됨이를 판단함) 하물며 부귀를 자랑하는 것은 군자의 좋은 짝을 구하는 바른 도리가 아니다.(매파가 사복의 집안이 대단히 부유함을 들어 혼인을 성사시키고자 하였음) 그러니 결단코 가볍게 허락하지 못할 것이다."

하고 여러 매파를 대하여 말하기를,

"나의 자식이 못나고 가문이 한미하여 능히 좋은 뜻을 받들지 못하니 이 뜻으로 돌아가 말씀드려라."(가문과 아들의 부족함을 들어 혼인을 거절함)

매파가 사씨 집에 돌아가 부인과 소저의 문답하던 말들을 자세히 전하여 말하니 사복이 듣고 마음속으로 분함을 이기지 못하여 하더라.

▶ 사복이 딸의 구혼이 거절되자 유씨 가문에 원한을 품게 됨

(중략)

이때 사복이 유 학사가 장 씨(범경문의 친구인 장사원의 누이)와 정혼함을 듣고 마음속에 한바탕 분한 생각이 끝없이 일어나더라.

그래서 유가의 백년가약을 방해하여 가슴속의 분한 마음을 풀고자 하여 생각이 매우 바쁘되 묘한 방법을 찾지 못하여 온갖 고민을 다하더라.(사복이 딸의 혼인을 거절한 유씨 집안에 앙심을 품고 유원의 혼인을 방해하기 위한 방법을 고민함) 그때 마침 초왕의 질

## 작품 분석 노트

- 혼사와 관련한 갈등 양상 ②

| 사복 | ↔ | 유씨 가문 |
|---|---|---|
| • 유원을 딸과 혼인시키고자 매파를 보내 구혼하나 거절당함<br>• 매파를 통해 거절당한 이유를 듣고 앙심을 품음 | ↔ | • 사 소저가 재주와 덕을 갖추었는지 의심함<br>• 사복은 덕행 있는 군자가 아니며, 부귀 자랑도 바른 도리가 아님 |

**황제의 개입**

사복의 계교로 황제가 유원과 정혼한 장 소저를 귀비로 간택하려 함

병이 날이 갈수록 깊어져서 회복할 기약이 없으니 세자의 자리가 비게 되어 나라의 후사를 잇는 중한 임무가 돌아갈 곳이 없게 되었더라.

황제가 매우 근심하셔서 오직 당대의 현명한 여자를 간택하여 삼천 궁녀의 위치에 두어 종묘사직(宗廟社稷)의 대통을 잇는 매우 즐거운 일을 행한다는 명령을 내리시거늘 사복이 매우 기뻐서 말하기를,

왕실과 나라를 통틀어 이르는 말

"이것은 정말 나의 교묘한 꾀를 펼칠 때다."

장 소저를 황제의 귀비로 간택되도록 하여 유원과의 혼사를 방해할 계략을 꾸밈

하고 드디어 태감 주옥에게 당세에 재주와 외모를 쌍으로 갖추어 귀비의 위치에 마땅할 자는 오직 장사원의 누이를 넘어설 사람이 없다고 하면서 매우 칭찬하고 다음 날 조회에 나아가 엎드려 아뢰기를,

「"폐하께서 요사이 중대한 자리를 염려하셔서 귀비를 널리 구하시니 이것은 다만 등한시할 일이 아니라 생각됩니다. 그 신하가 된 자는 마음에 새겨 받들어 모셔야 하는 것이 도리에 합당하다고 생각합니다. 높은 벼슬아치 중에서 딸을 둔 자는 마땅히 귀비를 다시 정하는 일에 참여하여 폐하께서 간택하심을 기다리되 감히 위반하는 자가 있으면 불충한 죄로 다스리는 것이 마땅하다고 생각됩니다."」

「 」: 장 소저가 귀비로 간택되도록 하려는 사복의 의도

신하의 도리를 앞세워 자신의 의도를 달성하려 함

장 소저가 반드시 황명을 따르도록 하려는 의도

▶ 사복이 황제의 귀비 간택을 이용하여 유원과 장 소저의 혼인을 방해하고자 함

폐하께서 허락하시니 대단한 가문이 다투어 아름다움을 다투며 궁궐의 간택에 나아갈 때 사복이 또한 어쩔 수 없이 딸아이를 아름답게 꾸며서 내보내더라.

사복이 자신의 딸도 황제의 귀비를 간택하는 데 내보냄

자신전 넓은 뜰에 매우 화려하고 야단스러운 잔치를 성대하게 베풀고 궁중에 있는 내명부의 여자들이 모든 여자들을 인도하여 차례로 나오니 옥으로 만든 패물 소리가 요란하고 붉고 푸른빛이 햇빛을 가릴 정도가 되었더라.

여인들의 치장이 매우 화려함

아리따운 낭자들의 향기로운 바람이 일렁이니 온갖 꽃이 모두 한 자리에 모여 수풀을 이룬 것 같더라.

비유적 표현을 통해 아름다운 여인들이 모인 광경을 나타냄

궁궐 문을 활짝 열고 맑은 바람이 임금의 거동을 알리니 용과 봉의 부채 그림자가 움직이는 곳에 만세 황제가 옥좌에 왕림하셔서 잠시 눈을 들어 수많은 여자를 점검해 보아도 한 명도 마음에 드는 사람이 없더라.

▶ 황제가 귀비 간택에 참여한 여인들 중에서 마음에 드는 사람을 찾지 못함

황제의 얼굴에 기쁜 빛이 사라지니 태감 주옥이 황제를 향하여 잠시 기색을 살피다가 엎드려 아뢰기를,

「"한림편수 장사원이 한 명의 누이가 있는데 달과 꽃을 부끄럽게 할 만한 아름다움이 있어 족히 북쪽의 아름다운 여인을 능멸할 만합니다. 조용하고 정숙하여 덕성스러움이 옛사람에게 부끄럽지 아니합니다. 궁중의 높은 위엄을 이 사람이 아니면 감당하지 못할까 합니다."」

「 」: 태감이 사복을 통해 장 소저에 대해 알게 된 내용을 황제에게 고함

황제가 말씀하시기를,

"새로 명령을 내린 것이 매우 엄격하거늘 장사원이 건방지게 죄를 범하여 황제의 위엄을 두려워하지 않으니 빨리 대리옥이란 감옥에 넣어 그 죄를 법으로 다스리

장 소저를 귀비 간택에 참여시키지 않음

• 황제의 귀비 간택 사건

| 사복의 상황 | 황실의 상황 |
| --- | --- |
| 유씨 집안이 자신의 딸과의 혼담을 거절하자 원한을 품게 됨 | 세자가 병들어 후사를 잇기 위해 황제가 귀비를 간택하고자 함 |

• 사복이 유씨 가문에 대한 원한을 풀기 위해 황제의 귀비 간택을 이용함
• 유원과 장 소저의 혼사 장애가 유발되는 계기가 됨

고 그 누이는 간택에 참여하게 하라."

하시니 사원이 조정의 명령에 따라 감옥에 나가니 동평장사 이방이 상소를 올려서 말하기를,

「"장씨의 여자가 이미 다른 사람에게 허락하여 예단을 받았으니 제가 만일 죽음으로써 신의를 지킨다면 어찌 필부라 하여 그 뜻을 빼앗을 수 있겠습니까? 만약 그렇지 않다면 그 행실이 가볍고 낮은 여자일 것입니다. 어찌 임금을 모시는 후궁의 위치에 두는 것이 옳겠습니까? 굽어살피시어 사원의 죄를 용서하시고 빨리 조정의 명령을 거두시어 여자의 사사로운 정을 펴게 하신다면 성스러운 덕이 더욱 아름답게 되지 않을까 합니다."」

「 」: 이방이 황제에게 올린 상소의 내용 – 장사원을 용서하고 장 소저를 간택에 참여시키는 일을 철회할 것을 청함

필부: 신분이 낮은 여자

황제가 보기를 마치니 사복이 아뢰기를,

"폐하가 새로 명령을 내려서 그 뜻이 매우 엄격하시거늘 사원이 건방지게 죄를 범하여 임금의 뜻을 받들 뜻이 없으니 그 죄가 심상치 않다고 하겠습니다. 반드시 용서하지 못할 것입니다. 이방이 나라의 법을 경멸하여 죄인을 구하려고 하니 마땅히 사원과 함께 죄를 논해야 할 것입니다."

(황제가 이방의 뜻에 따르면 자신의 계책대로 되지 않을 것이므로 사복이 이방을 공격함)

황제가 말하기를,

"이방은 나라의 중요한 신하다. 체면이 손상될까 걱정이 된다. 가볍게 죄를 논하지 못할 것이다. 이후에도 망령되게 이 문제로 시끄럽게 하는 사람이 있으면 무거운 법률을 더하여 처리할 것이다. 빨리 장씨 여자를 귀비 간택에 참여하게 하라."

하시는 명령이 성화같더라. 온 집안이 놀라고 당황하여 장 부인이 두 눈에 눈물을 흘리고 딸아이를 어루만지며 말하기를,

"복 없는 남은 인생에 찬 그림자가 세상에 머물러 모든 희망이 다 무너지고 소상강에서 피눈물을 흘리던 아황(娥皇)과 여영(女英)처럼 피눈물마저 마르게 되니 어찌 잠시라도 살 뜻이 있겠는가? 저승으로 가는 마음이 어쩔 수 없이 너희들을 간절하게 생각하여 밤낮으로 혼인이나 하기를 바랐다. 마침 사원이 등용문에 올랐고 너 또한 뛰어난 인물의 구혼함을 얻으니 어찌 늙은이의 행복이 아니겠는가? 늘그막에 거의 근심스러운 회포를 위로할까 하였다. 그런데 천만뜻밖에 어려움을 만나 황제의 위엄으로써 연분을 옮겨 다시 맺고자 하는 생각이 급하니 이에 이르러 어찌 좋은 방법이 있겠는가? 의지할 곳 없는 약한 몸이 이런 일 때문에 죽음을 맞게 될 것이니 이것은 모두 나의 팔자가 사나운 탓이로다. 내 어찌 이러한 상황을 대하여 차마 살기를 바라겠는가?"

(고사를 활용하여 자신의 심정을 드러냄)

(황제의 개입으로 인한 혼사 장애)

(숙명론적 태도)

소저가 머리를 숙이고 길게 탄식하며 말하기를,

"오빠의 살고 죽음이 소녀의 거취에 달려 있으니 어찌 작은 내 몸을 위하여 조용한 평지에 풍파를 일으키겠습니까? 마땅히 황제 앞에 나아가 만일 철없는 여자아

(자신의 결정에 오빠인 장사원의 목숨이 달려 있음)

(자신의 마음을 드러내어 황제를 설득하고자 하는 의도)

• 유원의 혼사에 나타나는 화소

| 늑혼 화소 |
| --- |
| 유씨 가문에 앙심을 품은 사복의 계교에 의해 황제가 개입하여 이미 유원과 정혼한 장 소저를 귀비로 간택하려 함 |
| **혼사 장애 화소** |
| 귀비 간택으로 인해 유원과 장 소저의 혼인이 무산될 위기에 처함 |

이의 한마디 말이 족히 황제의 마음을 감동시키지 못할 것 같으면 차라리 의로운 혼백이 천정연분의 신의를 지킬 것입니다. 마음속의 분명한 속내를 나타내는 것이 오직 이번 한 번 가는 것에 달려 있습니다. 어머니께서는 미리 지나치게 근심하지 마소서."

죽음으로 유원에 대한 의리를 지키고자 하는 의지

▶ 황제가 장 소저를 귀비 간택에 참여시킬 것을 명함

그날 바로 궁궐에 들어갈 때 부인과 소저가 다만 흐느껴 울며 다시 아무 말도 없고 아름다운 얼굴에 눈물만이 계속 흐를 뿐이더라.

드디어 황제 앞에 나아가 엎드려 눈물을 흘리며 말씀을 드리고자 할 때에 황제가 눈을 들어 잠깐 살펴보시니「의복의 빛남이 없고 아름답게 화장을 하지 않았으나 이미 꽃과 달의 빛난 모습과 옥구슬의 맑은 빛을 품수(稟受)하여 행동거지가 조용하고 한가하며 태도가 지극히 아름다워서 가을 달이 근심을 머금고 봄꽃이 말을 전하고자 하는 듯하더라.」

「 」: 황제의 시선을 통해 장 소저의 아름다움을 표현함

비유적 표현을 통해 장 소저의 뛰어난 외모와 태도를 드러냄

황제가 얼굴에 은은하게 기쁜 빛을 띠며 말씀하시기를,

"이는 진실로 덕성과 용모를 겸하여 갖추었으니 반드시 수명과 복이 두루 갖추어졌을 것이다. 한 번 보면 가히 알 것이니 어이 하늘의 뜻이 아니겠는가? 오늘부터 궁중에 머물게 하고 사천감으로 하여금 좋은 날을 택하라."

황제가 장 소저를 귀비로 간택함

하시니 좌우에 모신 궁녀들이 다투어 만세를 부르더라. 장 소저가 황제 앞에 머리를 조아려 말하되,

"신첩이 어려서 아버지의 참혹한 화를 당하고 오직 어머니와 서로 의지하여 단지 살기만을 도모하였기에 재주와 본바탕이 용렬하고 누추하며 덕행을 배운 것이 없으니 폐하 앞의 높은 자리를 감히 제가 감당할 수가 없습니다. 하물며 저는 이미 다른 사람에게 시집가기로 약속하여 예단을 받고 혼인할 날을 정한 지가 이미 오래되었습니다. 비록 혼례식을 올리지는 않았지만, 오히려 삼종지의의 의리가 있으니 여자가 남편을 좇음에 가히 터럭만큼도 구차해서는 안 될 것입니다. 이제 만일 천정가연의 의로운 혼인을 꺼리고 금과 옥같이 화려한 부귀를 사모할 것 같으면 자손만대에 더러운 이름이 저에게 머물러 열녀와 현명한 사람들의 끝없는 시비와 침 뱉어 욕함을 받을 것입니다. 차라리 놀란 혼백이 날카로운 칼끝에 흩어져 즐거운 귀신이 되기를 오히려 다행으로 생각할 것입니다. 열녀와 충신의 두 사람 섬기지 아니하는 의리를 살펴서 천한 소녀의 사사로운 정을 굽어살펴 주시면 산과 바다 같은 덕택을 마땅히 뼈에 새길 것입니다. 저의 아버지가 저승에서라도 이 사실을 아신다면 또한 풀을 맺어 은혜 갚을 것을 생각할 것입니다."

장 소저의 아버지 장경이 모함을 받아 죽은 일

여자가 지켜야 할 세 가지 도리. 어려서는 아버지를, 결혼해서는 남편을, 남편이 죽은 후에는 자식을 따라야 함

유원과의 정혼을 깨고 부귀를 좇아 황제의 귀비가 되는 것은 사람들의 비난을 받게 될 일임

죽음으로 유원에 대한 의리를 지키고자 하는 의지를 드러냄

유원과 혼인할 수 있도록 황제가 은혜를 베풀어 주기를 간청함

결초보은

황제가 말하기를,

"부부는 만복의 근원이다. 처음에 가히 삼가지 아니치 못할 것이다. 짧은 인생은 햇빛을 받은 아침 이슬과 같은 것이다. 어찌 괴롭게 조그마한 신의를 지켜서 금방

인생의 유한성(비유적 표현)

유원과 정혼한 일

• 장 소저의 말에 나타난 당대의 가치관

| 삼종지의(三從之義) |
|---|
| 아버지, 남편, 자식으로 이어지는, 남성에게 종속된 여성의 삶 → 가부장적 가치관 |
| 열녀불경이부(烈女不更二夫) |
| 열녀는 두 남편을 섬기지 않음 → 정절을 강조하는 유교적 가치관 |
| 충신불사이군(忠臣不仕二君) |
| 충신은 두 임금을 섬기지 않음 → 충의를 강조하는 유교적 가치관 |

• 혼사와 관련한 황가 인물들의 태도 ②

| 공주 | 황제 |
|---|---|
| 정혼자가 있는 범경문을 딸과 혼인시키려 함 | 정혼자가 있는 장 소저를 귀비로 간택하려 함 |

↓

도덕과 윤리를 알면서도 자신들의 욕망 추구를 위해 이를 저버리는 태도를 나타냄 → 비판의 대상

사라질 청춘의 아름다운 자질을 상하게 해서 봄바람과 호랑나비들로 하여금 꽃이 떨어지는 한을 머금게 하겠는가? 궁궐의 빛나는 부귀를 차지해서 황제를 도와 천하를 태평하게 할 것 같으면 진실로 여자의 아름다운 일이 아니겠는가? 모름지기 고집을 부려 사양하지 말라."

황제의 귀비가 되어 부귀영화를 누리며 황제를 보필하는 것이 여자로서 누릴 수 있는 귀한 행복임

소저가 옷깃을 여미고 애달픈 말씀으로 열렬한 의논이 청산에 흐르는 물처럼 도도하니 말이 정대하고 기운이 매우 엄숙하여 다른 사람으로 하여금 존경해서 복종하게 하는 생각이 저절로 일어나 칭찬하지 않을 수 없게 하더라.

황제 앞에서 자신의 의노를 분명하게 드러내는 장 소저의 의연한 태도

▶ 장 소저가 황제에게 유원과 혼인하고자 하는 뜻을 밝힘

■ 아황과 여영: 중국 고대의 제왕인 요임금의 두 딸. 자매가 모두 순임금과 혼인하였는데 후에 순임금이 죽자 강에 빠져 죽음.
■ 품수: 선천적으로 타고남.

• 인물의 성격 – 장 소저

장 소저의 태도

• 황제 앞에 나아가 귀비가 될 수 없음을 고함
• 유원과 혼인하지 못하게 된다면 죽음으로 의리를 지킬 것을 다짐함

↓

• 권력에 굴하지 않는 의연한 태도
• 죽음도 불사하고 지조와 절개를 지키려는 결연한 태도

## 핵심 포인트 1 인물의 성격과 태도 파악

이 작품에 등장하는 다양한 인물들의 성격과 태도를 파악할 수 있어야 한다.

**주요 인물들의 성격과 태도**

| | |
|---|---|
| 유 씨 | • 주어진 상황에 순응하고 자신을 낮추는 겸손한 태도를 갖춤<br>• 상황을 파악하는 데 신중한 면모를 보이며 지혜롭고 현명함<br>• 부모에 효도하고 남편에 순종하며 형제와 화합하는 전통적인 여성의 미덕을 실천함(이상적인 여성상으로 제시됨) |
| 여 씨 | • 아름다운 용모와 태도를 지니고 있으나 간사하고 교활한 성품을 타고남<br>• 황제의 힘을 빌려 범경문과 혼인하고 본성을 감추어 총애를 받자 의기양양한 태도를 나타내는 부정적 면모를 보임 |
| 황제 | • 정혼자(유혜란)가 있는 범경문과 공주의 딸인 여교란의 혼인을 명령하는 부도덕한 면모를 보임<br>• 정혼자(유원)가 있는 장 소저를 자신의 귀비로 간택하려는 부도덕한 면모를 보임 |
| 사복 | • 유원과 자신의 딸을 혼인시키려 구혼하였으나 거절당하자 유씨 가문에 적대적 태도를 나타냄<br>• 사사로운 원한을 풀기 위해 귀비 간택을 악용하는 부정적 면모를 보임 |
| 장 씨 | • 유원에 대한 정절을 지키기 위해 권력에 굴하지 않는 용기를 지님<br>• 부덕(婦德)을 실천하는 이상적인 여성상으로 제시됨 |

## 핵심 포인트 2 작품의 갈등 양상 파악

이 작품에서 갈등의 요인이 되는 늑혼과 이로 인한 사건 전개를 파악할 수 있어야 한다.

**늑혼에 의한 혼사 장애 화소의 반복**

| | |
|---|---|
| 유혜란<br>(유 소저) | 양가 부모에 의해 범경문과 유 소저가 정혼함 → 공주가 딸 여교란을 범경문과 혼인시키고자 함 → 범씨 가에서 유 소저와의 정혼을 이유로 공주의 구혼을 거절함 → 공주가 황제에게 딸의 혼사를 이루어 주기를 청함 → 황제가 조정 신하들에게 여 씨에게 마땅한 배우자를 천거하도록 함 → 조정 신하들이 범경문을 추천함 → 범경완이 아우가 이미 정혼하였음을 들어 거절함 → 황제가 범경문에게 여 씨와 혼인한 후 과거에 급제하면 유 씨와 혼인하도록 명령함 → 범경문이 여 씨와 혼인함 |
| 유원 | 사복이 유원을 사위로 삼고자 함 → 유씨 가에서 사복의 인물 됨됨이를 탐탁지 않게 여겨 구혼을 거절함 → 사복이 이 사실을 알고 유씨 가에 원한을 품음 → 유원과 장 소저가 정혼하자 사복이 이를 방해하고자 함 → 황제가 귀비를 간택하려 하자 사복이 계교를 내어 장 소저를 추천하도록 함 → 황제가 유원과 정혼한 장 소저를 귀비로 간택하고자 함 |

## 핵심 포인트 3 작품의 주제 의식 파악

이 작품에 나타나는 갈등과 그 해결 양상을 통해 드러나는 주제 의식을 파악할 수 있어야 한다.

**〈옥린몽〉의 주제 의식**

| | |
|---|---|
| 가정 화목의 중요성 | • 간교한 여 씨로 말미암은 가정의 불화와 파탄 및 그 회복 과정을 통해 화목한 가정의 중요성을 드러냄<br>• 가족 구성원들의 이별과 재회 과정을 통해 가정의 소중함을 강조함 |
| 권선징악 | • 여 씨가 여러가지 간계로 유 씨를 괴롭히고 유 씨가 여 씨와의 대결에서 정도(正道)로 맞섬으로써 선인과 악인, 소인과 군자의 대립이라는 갈등 구조를 형성함<br>• 선인의 승리를 통해 권선징악의 주제 의식을 드러냄 |
| 유교적 윤리의식 강조 | • 처처 갈등과 혼사 장애 갈등 속에서 유교적 윤리에 충실한 사람들이 승리함<br>• 도덕과 예의에 어긋나는 황제에 의한 늑혼이 성사되지 않거나 불행한 결과를 초래함<br>• 유 씨, 장 씨를 통해 여성이 지녀야 할 부덕, 범경문과 유원 등을 통해 충(忠)의 가치를 드러냄 |

### 작품 한눈에

• 해제

〈옥린몽〉은 조선 후기의 문인 이정작이 창작한 장편 소설이다. 이 작품은 중국 송나라를 배경으로 하며 유씨 가문의 남매인 유혜란과 유원의 혼사 장애 및 가족의 이별과 재회를 중심으로 전개된다. 먼저 유원과 장 소저의 결연 및 유원의 입신양명 과정이 작품의 한 축을 이룬다. 작품의 핵심 서사인 유원과 장 소저의 혼사 장애담의 구조는 유원의 아들 유재교와 장소아의 결연 과정에서도 나타난다는 점이 특징적이다. 한편 작품의 또 다른 한 축을 이루는 것은 유혜란의 결연과 '처처 갈등'이다. 간교한 여교란의 모함으로 인한 유혜란의 수난과 그 극복 과정을 통해 권선징악과 유교적 윤리 의식 강조라는 주제 의식이 드러난다.

• 제목 〈옥린몽〉의 의미

– 신선이 나타나 옥기린을 주는 태몽을 꾸고 낳은 아들인 유원과 그 가족의 삶을 그린 이야기

〈옥린몽〉은 신선이 나타나 옥으로 만든 기린을 주는 꿈을 꾸고 낳은 아들인 유원이 입신양명하기까지의 과정과 그의 누이 유혜란이 범경문과 혼인하여 겪게 되는 '처처 갈등'을 그린 가정 소설이다.

• 주제

① 가정 화목의 중요성
② 선인의 승리를 통한 권선징악의 교훈
③ 충과 부덕의 유교적 가치 실현

**전체 줄거리**

송나라 때 도사 현묘진인이 득도하여 하늘로 올라가자 사람들은 그의 사당을 세우고 소원을 빈다. 새로운 안찰사로 부임한 유담은 현묘진인의 사당에서 비를 내려 달라는 소원과 아들(유원)을 얻고 싶다는 소원을 빌고 현묘진인은 그의 소원을 들어 준다. 장수 유담이 위기에 처하자 장경은 그를 구하려다 감옥에 간 후, 친구 범질의 아들 경문과 딸(유혜란)을 혼인시키라는 유언을 남기고 죽는다. 하지만 황제의 명령으로 경문은 여방의 딸 교란과 혼인하고, 이후 다시 유 씨와 혼인하자 여 씨는 유 씨를 시기한다. 유원은 우연히 만난 소년 설생을 집에 데려오고, 여씨는 설생을 해칠 결심을 하여 그를 살인 미수로 모함한다. 여 씨의 계략으로 설생과 유 씨가 쫓겨나게 되고, 경문은 유배를 가게 된다. 여 씨는 설생과 유 씨를 다시 유배 보내고, 석유을 시켜 유원의 가족들을 공격한다. 이후 유원과 경문은 함께 집에 돌아오고, 경문은 유 씨를 내쫓은 일은 후회한다. 여 씨는 자신의 죄를 은폐하려 하나 황제에 의해 죄가 드러난다. 경문과 유 씨는 화해하고, 그들의 아들 재교는 부모와 재회한 후 태자의 스승이 된다. 여 씨는 유 씨의 도움으로 사면되고, 재교와 왕 소저는 결혼한다. 이후 죄를 뉘우친 여 씨가 집에 돌아오고, 현묘진인은 유 씨의 어머니 정 부인의 꿈에 나타나 가문의 번창할 것이라는 예언을 한다.

고전 산문 08

◇ 한 줄 평 역적을 물리치고 나라를 구한 영웅의 활약상을 그린 이야기

# 조웅전 작자 미상

▸ 교과서 수록 문학 동아
▸ 기출 수록 평가원 2014 6월 B형, 2020 6월
교육청 2015 7월 B형, 2023 7월

## 장면 포인트 1 주목

- 이 작품은 주인공 조웅이 자신의 아버지를 모함하고 반역을 일으킨 이두병을 응징하고 나라를 구하는 활약상을 그린 영웅 소설이다. 영웅 소설의 서사 구조를 중심으로 인물의 행적을 이해하도록 한다.
- 해당 장면은 조웅이 노옹에게 보검을 얻은 후 철관 도사를 만나 도술을 익히고 말을 얻는 상황이다.
- 조웅이 영웅적 면모를 지닌 인물로 거듭나는 과정을 파악하도록 한다.

[앞부분의 줄거리] 송나라 문제 때 승상 조정인은 간신 이두병에게 참소를 당하자 음독자살을 한다. 문제가 병으로 죽은 후 이두병이 어린 태자를 폐하고 스스로 황제가 되자, 조웅은 이두병의 악행을 고발하는 글을 써 궁궐 문에 붙인다. 이 일로 조웅은 어머니와 함께 이두병을 피해 도망하고 그 과정에서 여러 차례 위기를 겪는다. 그러다가 월경 대사를 만나 강선암으로 들어가 지낸다. 그곳에서 월경 대사에게 학문과 술법을 배운 조웅은 15세가 되자 세상 구경을 하기 위해 절 밖으로 떠난다.

웅이 보기를 다함에 대경 대희하여 노옹께 극진 배례하고 칼 값을 물으니 노옹이 익히 보다가 웅의 손을 잡고 크게 기꺼 왈,
(칼 위에 붙어 있는 글로, 노옹이 웅에게 칼을 팔고자 하는 내용이 적혀 있음)

주목

"그대 이름이 웅이냐?" / 대 왈,
(노옹이 웅을 이미 알고 있음)

"웅이옵거니와 존공은 어찌 소자의 이름을 아시나니이까?"

노옹 왈,

"자연 알거니와, 하늘이 보검을 주시매 임자를 찾아 전코자 하여 사해 팔방을 두루 다니더니, 수월 전에 장성(將星)이 강호에 비쳤거늘, 찾아와 수월을 기다리되 종시 만나지 못하매 극히 괴이하여 「밤마다 천기를 보니 강호에 떠나지 아니하고, 그대의 행색이 짝 없이 곤박하매 분명 유리걸식(流離乞食)하는 줄 짐작하였거니와」 찾을 길이 없어 방을 써 붙이고 만나기를 기다리니, 그대 만남이 어찌 그리 늦은가?"
(하늘이 내린 칼의 주인을 찾아 온 세상을 다님 / 칼의 주인이 나타날 것이라는 하늘의 계시 / 괴이하여: 이상하여 / 천기: 하늘에 나타난 조짐 / 짝 없이: 비할 데 없이 / 곤박: 절박 / 유리걸식: 떠돌아다니며 빌어먹음 / 「 」: 천기를 통해 웅의 처지를 짐작함 → 고전 소설의 전기성이 드러남)

하며 칼을 내어 주거늘, 웅이 고두(叩頭)사례하고 칼을 받아 보니, 장(長)이 삼 척이 넘고 칼 가운데 금자(金字)로 새겼으되, '조웅검'이라 하였거늘, 웅이 다시 절하고 왈,
(고두사례: 머리를 조아려 감사를 표함 / 장: 길이 / '조웅검': 칼 주인이 정해짐 → 우연성, 전기성이 드러남)

"귀중한 보배를 거저 주시니 은혜 백골난망이라. 어찌 갚사오리까?"
(보배: 조웅검 / 백골난망: 백골이 되어도 은혜를 잊기 어려움)

노옹 왈, / "그대의 보배라. 나는 전할 따름이니 어찌 은혜라 하리오?"
(노옹: 하늘이 내려 준 조웅검을 조웅에게 전달하는 역할을 함)

하고 웅을 데리고 수일을 머물고 못내 사랑하다가 이별하여 왈,

"훌훌하거니와 그대 갈 길이 바쁘니 부디 힘써 대명(大命)을 이루게 하라."
(대명: 천명, 웅이 하늘로부터 받은 명령)

웅 왈, / "어디로 가면 어진 선생을 얻어 보리이까?"

노옹 왈,

## 작품 분석 노트

• 조웅의 시련과 극복

**시련의 과정**
- 조웅이 태어나기 전, 아버지 조 승상이 이두병의 참소로 음독자살함
- 조웅이 이두병을 비판하는 글을 써 궁문에 붙이자 이두병이 조웅 모자를 죽이려고 함
- 조웅이 어머니와 함께 유리걸식하며 다니다가 도적을 만나는 등 많은 고난을 겪음

↓

**극복의 과정**
- 조웅 모자는 월경 대사를 만나 강선암에서 숨어 살게 됨
- 조웅은 월경 대사에게 무예와 학문을 익힘
- 조웅은 노옹에게 조웅검이라는 보검을 받음
- 조웅은 철관 도사에게 도술을 배우고 명마를 받음

• '월경 대사'와 '노옹'의 행위와 역할

| | |
|---|---|
| 월경 대사 | • 조웅 모자가 절에서 숨어 지낼 수 있도록 함<br>• 조웅에게 학문과 도술을 가르침<br>→ 조웅 모자를 보호하고 조웅이 영웅적 활약을 할 수 있는 힘을 기르도록 돕는 조력자 역할 |
| 노옹 (화산 도사) | • 조웅에게 보검을 전해 줌<br>• 조웅에게 철관 도사를 찾아가 술법을 배우라고 당부함<br>→ 조웅이 영웅적 활약을 하는 데 필요한 무기를 제공하는 조력자 역할 |

"이제 남방으로 칠백 리를 가면 관산이란 뫼가 있고 그 산중에 철관 도사 있나니, 정성이 지극하면 만나 보려니와, 그렇지 아니하면 낭패할 것이니 각별 근성(謹省)하여 선생을 정하라."

'어진 선생'에 해당하는 인물: 조력자 / 어진 선생을 만나기 위한 조건 / 조심하여 살핌

▶ 조웅이 노옹으로부터 하늘의 보검을 얻음

하고 서로 손을 나누어 이별하고 웅이 허리에 삼척장검을 차고 남방을 향하여 여러 날 만에 관산을 찾아 들어가니「산세 기이하고 경개(景概) 절승한지라. 만장(萬丈) 절벽 간에 개벽하여 천지를 열어 있고 수간모옥(茅屋)에 석문(石門)을 열었거늘 공수(拱手)하고 들어가니 지당(池塘)에 연화는 만발하고 층계에 국화로 둘렀더라. 외당(外堂)이 고요하고 몇몇 동자 앉아 바둑을 희롱하거늘」웅이 나아가 선생이 있는지를 물으니 동자 일어나 읍하고 왈,

경치가 비할 데 없이 빼어나게 좋다 / 몇 칸 안 되는 작은 초가 / 두 손을 앞으로 모개어 잡음 / 연못 / 「 」: 공간적 배경 묘사 → 탈속적 분위기

"근간(近間) 천렵(川獵)에 골몰하사 벗님을 데리고 나가 계시오니 늦게야 오시리다."

냇가에서 하는 고기잡이

웅이 낙심하여 문 왈, / "어느 때에 오시리까?"

동자 답 왈, / "황혼에 달을 띄우고 돌아오시리다."

달이 뜰 무렵에 돌아올 것임

(중략)

주목 이때 철관 도사 산중에 그윽이 앉아 그 거동을 보더니 벽상에 글 쓰고 감을 보고 마음에 척연하여 급히 내려와 벽의 글을 보니, 그 글에 하였으되,

조웅이 철관 도사를 만나지 못하자 자신이 왔다 간 사실을 글로 써서 남김 / 근심스럽고 슬퍼

| | |
|---|---|
| 기작십년객(幾作十年客)이 | 십 년을 지내 온 나그네가 |
| 영견만리외(迎見萬里外)라 | 만 리 밖에서 찾아보도다 |
| 몽택(夢澤)에 용유비(龍有飛)어늘 | 흐린 연못에 용이 있어 날아오르거늘 |
| 시성(是誠)이 미달야(未達也)라. | 이 정성이 도달하지 않는구나. |

나그네: 조웅이 자신을 가리키는 표현 / 용: 조웅이 자신을 가리키는 표현 / 자신의 정성이 부족하여 철관 도사를 만나지 못했다는 생각이 드러남

도사 보기를 다하매 대경하여 급히 동자를 산 밖에 보내어 청하니, 웅이 동자를 보고 문 왈,

크게 놀라

"선생이 왔더니까?" / 동자 왈,

"이제야 와서 청하시나이다."

**감상 포인트**
영웅 소설의 서사 구조를 중심으로 인물의 행위와 역할을 파악한다.

웅이 반겨 동자를 따라 들어가니 도사 시문(柴門)에 나와 웅의 손을 잡고 흔연(欣然)소 왈,

사립문 / 기쁘게 웃으며

"험하고 험한 길에 여러 번 근고(勤苦)하도다."

마음과 힘을 다하여 애씀

하고 동자로 하여금 석반(夕飯)을 재촉하여 주거늘 웅이 먹은 후에 치사 왈,

저녁밥

"여러 날 주린 창자에 선미(善味)를 많이 먹으니 향기 배에 가득하니 감사하여이다."

철관 도사가 대접한 음식

"그대 식량(食量)을 어찌 알아서 권하였으리오?"

음식을 먹는 양

하고 책 두 권을 주며, / "이 글을 보라."

하거늘, 웅이 무릎을 꿇고 살펴보니 이는 성경현전(聖經賢傳)이라.「다 본 후에 다른

유학의 성인과 현인이 지은 책

• 조웅이 지은 글의 의미와 기능

조웅이 벽에 쓴 글에는 철관 도사를 만나지 못하고 돌아가는 조웅의 심리적 정황이 담겨져 있는데, 이 글을 읽고 철관 도사가 조웅을 급하게 부르고 있으므로, 조웅이 지은 글은 조웅의 고민이 해소되는 계기가 된다.

| | |
|---|---|
| 1행 | 자신이 위협을 피해 다니며 때를 기다려 왔음을 드러냄<br>• 십 년: 조웅이 이두병을 피해 도망다니며 때를 기다려 온 시간<br>• 나그네: 조웅 자신을 가리킴 |
| 2행 | 자신의 정성과 노력을 드러냄<br>• 만 리: 긴 시간을 지나 멀리서 찾아왔음 |
| 3행 | 자신이 영웅적 능력을 지닌 인물임을 드러냄<br>• 흐린 연못: 혼탁한 세상을 비유함<br>• 용: 영웅적 능력을 지닌 조웅 자신을 비유함 |
| 4행 | 철관 도사를 만나지 못하고 돌아가는 안타까움을 드러냄 |

• '철관 도사'의 행위와 역할

| | |
|---|---|
| 철관 도사 | • 조웅에게 책을 제공하고 술법을 가르침<br>• 조웅에게 용총을 줌<br>→ 조웅이 영웅적 활약을 하는 데 필요한 능력을 길러 주고 말을 제공하는 조력자 역할 |

책을 청하니, 도사 웃고 육도삼략(六韜三略)을 주거늘 받아 가지고 큰 소리로 읽으
주나라 태공망과 진나라 황석공이 지은 병법서
니 도사 더욱 기특히 여겨 천문도(天文圖) 한 권을 주거늘 받아 보니 기묘한 법이 많은지라. 도사의 가르치는 술법을 배우니 의사(意思) 광활하고 안전사(眼前事)를 모를 것이 없더라.」
생각이 넓어지고 모든 일에 통달함
▶ 조웅이 철관 도사에게 학문과 술법을 배움
「 」: 자신의 능력을 키우기 위해 적극적으로 노력하는 조웅의 의지가 드러남 → 조웅이 영웅적 능력을 갖추어 나감

일일은 석양이 이서(移西)하고 숙조투림(宿鳥投林) 할 제, 광풍이 대작하며 무슨 소리 벽력 같아서 산악을 스치거늘 웅이 대경하여 왈,
시쪽으로 옮지인 / 새들이 잠을 자려고 숲으로 들어갈 때
과장적 표현을 통해 말의 신이함을 드러냄

"이곳에 어찌 짐승이 있나니까?" / 한대, 도사 왈,

"다름이 아니라 내 집에 심히 노곤한 피마를 두었으되 수척(瘦瘠)하여 날이 새면 산중에 놓아기르더니「하루는 천지진동하며 산중이 요란하거늘, 괴이하여 말을 찾아 마장(馬場)에 들어가니 오운(五雲)이 만산(滿散)하여 지척을 분별치 못하고 말이 없더니, 이윽하여 뇌성이 그치고 구름이 걷혀 오며 말이 몸을 적시고 정신없이 섰거늘, 진정하여 이끌고 집에 와 여물과 죽을 먹여 두었더니 새끼를 배어 낳은 후 한 달이 못 되어 어미는 죽고 새끼는 살았으되,」 사람이 임의로 이끌지 못하고 점점 자라나매 사람이 근처에 가지 못하고 날이 새면 산중에 숨고 밤이면 마구간에 자고 신풍(晨風)에 고함하고 가니 사람이 상할까 염려라."
성장한 암말 / 몹시 야위고 말라
「 」: 어미 말과 새끼의 신이함을 드러냄
말이 거칠고 사나워 보통 사람이 다루기 어려움

하거늘, 웅이 다시 보니 천장 만장(千丈萬丈) 층암절벽으로 나는 듯이 오르고 내리기는 비호(飛虎)라도 당치 못할러라. 이윽하여 들어오거늘「웅이 내달아 소리를 크게 하니 그 말이 이윽히 보다가 머리를 들고 굽을 치며 공순(恭順)하거늘 웅이 경계하여 왈,
나는 듯이 빨리 달리는 호랑이 / 말이 매우 빠르고 날쌤
사나운 말이 조웅을 보자 유순해짐

"인마역동(人馬亦同)이라. 임자를 모르난다?"
사람과 말이 한가지라 / 주인

그 말이 고개를 들고 냄새를 맡으며 꼬리를 치며 반겨하는 듯하거늘」웅이 크게 기뻐 목을 안고 굴레를 갖추어 마구간에 매고 도사에게 청하여 왈,
「 」: 웅에게 순종하는 말의 모습을 통해 웅이 말의 주인임을 알 수 있음 → 웅의 비범함을 드러냄

"이 말의 값을 의논컨대 얼마나 하나이까?"

도사 왈,
웅의 조력자

"하늘이 용총(龍驄)을 내시매 반드시 임자 있거늘, 이는 그대의 말이라. 남의 보배를 내 어찌 값을 의논하리오? 임자 없는 말이 사람을 상할까 염려하더니 오늘날 그대에게 전하니 실로 다행이로다."
용마, 매우 잘 달리는 훌륭한 말 / 조웅이 하늘이 낸 영웅임을 의미함
말의 주인을 찾았으므로 값을 치를 필요가 없음 / 말이 주인을 만났음을 다행으로 여김

웅이 감사 배 왈. / "도덕문(道德門)에 구휼(救恤)하옵신 은덕 망극하옵거늘, 또 천금준마를 주시니 은혜가 더욱 난망이로소이다."
절하며 / 조웅에게 밥을 주어 굶주림을 면하게 해 준 일에 대한 감사
값비싼 말

도사 왈,

"곤궁(困窮)함도 그대의 운수요, 영귀(榮貴)함도 그대의 운수라. 어찌 나의 은혜라 하리오?
곤궁함과 영귀함이 조웅의 운명임 → 운명론적 사고

웅이 도사를 더욱 공경하여 도업(道業)을 배우니 일 년이 지내어 신통 묘술을 배워 달통하니 진실로 괄목상대(刮目相對)러라.
시간의 흐름이 나타남
▶ 조웅이 철관 도사에게 용총을 얻고 도업을 배우며 성장함
눈을 비비고 상대편을 본다는 의미로, 웅의 재주가 몰라보게 향상되었음을 뜻함

• 소재의 의미와 기능

| 조웅검 | 하늘이 내려 준 보검으로, 노옹을 통해 얻음 |
| --- | --- |
| 용총 | 하늘이 내려 준 명마로, 철관 도사를 통해 얻음 |

↓

• 조웅의 영웅적 활약을 위해 필요한 수단을 의미
• 하늘이 내린 물건들이 조웅에게 전해짐으로써 조웅이 비범한 인물임을 드러냄
• 조웅의 역할이 천명에 의한 것임을 드러냄

## 장면 포인트 2

- 해당 장면은 조웅과 백년가약을 맺은 장 소저가 정절을 지키기 위해서 강호 자사의 청혼을 거부하고 조웅의 모친이 있는 강선암으로 몸을 피한 이후의 상황이다.
- 작중 인물들의 만남과 이별이 우연한 계기로 이루어진다는 점을 이해하고, 그 과정에서 인물들의 행동이나 대화에 담긴 심리와 태도를 파악하도록 한다.
- 사건 전개에 중요한 역할을 하는 소재의 기능을 파악하도록 한다.

일일은 부인이(조웅의 모) 소저(조웅과 혼인을 약속한 인물)와 월경을 데리고 한가지로 말씀하다가 왈,

"내 들으니 강호 장 소저는 절대가인이라 하되(소저가 조웅의 배필인 장 소저에 가깝다고 생각하고 물음) 내 소견에는 아마도 그대에게 지나지 못할까 하노라.(소저의 아름다움을 칭찬함)"

소저 내념(內念)(내심)에 공경 왈, / "어찌 장 소저를 알으시나이까?(자신은 부인을 모르는데, 부인이 자신에 대해 알고 있으므로)"

부인 왈, / "내 일찍 들었거니와 소저는 장 소저를 아느냐?"

소저 대 왈, / "규중 여자 어찌 남의 집 처자를 알리이까?(부인이 어떤 사람인지 몰라서 아직 자신의 정체를 밝히지 못함)"

하며 내념(마음속에 깊이 새겨진 근심 = 조웅에 대한 그리움)에 가장 괴이히 여기고 부인도 소저의 진적(眞迹)을 몰라 호의(狐疑)하더니(의심하더니) 일일은 장 소저 명월(조웅을 떠올리는 매개체)을 대하여 수회를 이기지 못하여 행장(여행할 때 쓰는 물건과 차림)의 무엇을 내어 물전(物前)에 놓고 이윽히 축원하거늘 부인이 가만히 들으니 소저 불전에 분향재배(향을 피우고 두 번 절함)하고 축원하여 왈,

"부모와 낭군(남편, 연인)을 이리 만나 보옵게 산령지하(山靈之下)에 아뢰나이다.(축원의 내용 → 어머니와 조웅을 만나게 해 달라고 빎)"

하고 무수히 발원하며 슬퍼하다가 흔적을 감추고 나오거늘 부인이 괴이히 여겨(장 소저가 혼인하지 않았다고 했는데 낭군과의 재회를 빌고 있으므로) 월경더러 그 일을 설화하니 월경 왈,

"그 여자 분명 낭군이 있으되 일양(一樣)(한결같이 그대로) 기정(欺情)(겉으로만 꾸미고 속마음을 드러내지 않음)하니 그 행장을 보면 가고(可考)(참고할)할 것이 있으리라."

하고 의논하더라. ▶ 장 소저가 강선암에서 조웅의 어머니(왕 부인)를 만남

일일은 소저 시비를 데리고 목욕탕에 가 목욕하거늘 부인과 월경이 소저의 행장을 펴 보니 다른 것은 고사하고 한 자루 부채(조웅이 장 소저에게 신표로 준 것, 장 소저가 조웅의 배필임을 알게 해 줌) 있거늘 자세히 보니 과연 공자의 부채뿐이라. 부채에 풍월을 썼으되, '장 씨에게 신물(信物)(신표로 주는 물건으로, 여기서는 장 소저와 조웅이 혼인을 약속했음을 나타냄)로 주노라.' 하고 '조웅은 서(書)하노라.' 하였으니 다시 의심이 없어 부인과 월경이 대희하여(소저가 조웅의 배필임을 확인했기 때문에) 부인이 월경더러 치사(칭찬하여) 왈,

"대사의 명감은 귀신도 측량하지 못할지라.(소저가 혼인한 듯하고, 조웅의 배필인 장 소저일 수도 있다고 판단한 현명함) 이 사람이 무슨 연고로 행색이 이러한고? 기이한 일이로다.(양반집 딸이 시비와 함께 초라한 행색으로 깊은 산속에까지 들어온 것에 대한 의구심)"

하며 둘이 수작하더니 소저 들어와 부인을 보니 희색이 안면에 가득하거늘(소저가 조웅의 배필임을 알고 기뻐함) 소저 문 왈,

"희색이 상안(上顔)에 천연히 나타나오니 무슨 즐거운 일이 있나이까?"

부인이 왈,

「"자식을 난중에 보내고 사생을 알지 못하더니 아까 대사를 데리고 불전에 정성으로 발원하여 소식을 들으니 과연 즐거운 마음이 있도다."」

「 」: 사실을 밝히지 않고 상대의 정체를 확인하기 위해 떠보고 있음, 우회적 말하기

## 작품 분석 노트

- '조웅'과 '장 소저'의 결연담과 '장 소저'의 시련담

| | |
|---|---|
| '조웅'과 '장 소저'의 결연담 | 조웅이 '조웅검'과 '용총'을 얻은 후 어머니가 있는 강선암으로 돌아가던 중 장 소저의 집에서 묵게 됨 → 딸의 배필을 구하던 위 부인이 웅을 보고 탄복함 → 장 진사가 장 소저의 꿈에 나타나 웅이 장 소저의 배필임을 알려 줌 → 조웅이 몰래 장 소저와 혼인을 약속함 → 조웅이 장 소저에게 부채를 신표로 줌 |
| '장 소저'의 시련담 | 강호 자사가 장 소저를 강제로 후처로 삼으려 함 → 장 소저가 아버지 장 진사의 유서를 보고 강선암으로 가서 의탁함 → 장 소저가 강선암에서 왕 부인을 만났으나 자신의 신분을 드러내지 않음 |

소저 역시 자식을 난중에 보냈다는 말을 듣고 일변 괴이히 여기고 일변 반가운 마
자신과 혼인을 약속한 조웅이 말한 가족사와 비슷한 내용이어서
음이 중심에 나는지라. 소저 문 왈, / "어찌 소식을 알았나이까?"

부인이 왈,

"이 절 불상은 각별 신령하여 정성이 지극하면 소원을 다 가르치나니 소저도 무슨
소저가 기도하기 위해 부채를 찾는 과정에서 부채가 사라진 사실을 알게 하기 위해
소원이 있거든 정성으로 대사를 모시고 불전에 가 발원하라."

소저 즉시 기꺼 행장을 내어 무엇을 찾다가 대경실색하거늘 부인이 거짓 놀래어
조웅에 대한 소식을 알고 싶은 간절함 / 부채가 없어져서
문 왈, / "무엇이 없느냐?"
자신들이 숨겨 놓고도 모른 체함. 소저가 조웅의 배필임을 직접 말하게 하려고

소저 정색 대 왈,

"행장에 신물(信物)을 두었삽더니 없사오매 가장 괴이하여이다."
조웅이 신표로 준 부채

부인이 왈, / "잃은 것이 부모의 신물이냐?"
조웅이 준 것임을 알면서도 모른 체함

소저 묵묵부답하고 눈물이 솟아 옥면에 흐르는지라. 시비 곁에 있다가 종시 속이
부채를 잃은 슬픔
지 못하여 여쭈어 가로되,

"과연 소저 낭군을 처음 만나와 즉시 이별하올 제 낭군이 주고 가신 신물이로소이다."

하거늘 부인이 그제야 비회를 이기지 못하여 소저의 손을 잡고 가로되,
소저가 조웅의 배필인 장 소저임을 알게 된 감격

"네 어찌 장 소저면, 장 소저는 나의 며느리라."
자신과 조웅의 관계를 장 소저에게 밝힘

하시며 부채를 내어 주며 왈,

"이 부채는 자식 웅의 부채라. 연전에 강호 왕래할 때에 장 진사 댁 사위가 되었노
조웅이 과거에 장 소저에 대해 부인에게 말하였음
라 하고 네 말을 하되 생전에 보지 못하고 죽을까 주야 한이 되었더니 오늘날 이리 만날 줄이야 꿈에나 뜻하였으리요?"

하며 반갑고 사랑하온 마음을 어찌 다 측량하리요?
서술자가 장 소저와 웅의 모친이 만난 상황에 대한 감격을 드러냄 – 서술자의 개입

소저도 내심에 절로 의혹이 있다가 그제야 쾌히 파혹(破惑)하고 일어나 재배 왈,
의혹을 풀어 없앰

"객지에 모친을 두셨단 말씀을 들었삽더니 이곳에 계신 줄을 어찌 알았으리까."

하며, 비회를 이기지 못하거늘 부인이 다시 문 왈,
마음속에 서린 슬픈 시름이나 회포

"나는 팔자 기박하여 이리 와 머물거니와 너는 무슨 연고로 이곳에 이르렀느뇨?"
장 소저가 깊은 산골까지 오게 된 사연에 대한 궁금증

소저가 비회를 그치고 처음 공자 만나던 말씀이며 중간에 병 고치던 사연과 여차
조웅과 헤어진 후 장 소저가 중병에 걸리자 웅이 나타나 소저의 병을 고친 일
여차하여 도망하여 나오던 말씀을 자세히 여쭈오니 부인과 제승들이 듣고 못내 기특
강호 자사가 장 소저에게 혼인을 강요하여 도망친 일
히 여겨 이날부터 고부지례(姑婦之禮)를 차려 부인 섬기기를 지성으로 하니 그 효행
시어머니와 며느리 사이에 지켜야 할 예절
은 비할 데 없더라.

▶ 조웅의 어머니(왕 부인)가 장 소저가 조웅의 배필임을 확인함

(중략)

이 적에 왕 부인이 소저와 월경 대사와 그 선문을 보고 일경일희(一驚一喜)하여
조웅이 대원수가 되어 장 소저의 어머니(위 부인)를 모시고 강선암으로 온다는 글 / 한편으로는 놀라며 한편으로는 기뻐함
부인을 모시고 산정에 높이 올라 오는 양을 구경하더니 이윽고 「동구(洞口)에 천병만
「 」: 조웅이 강선암으로 올라오는 모습 묘사. 조웅의 당당함과 영웅적인 면모를 드러냄
마 덮어 들어오나니 그 가운데 일원 소년 대장이 황금 갑주에 삼척검을 비껴들고 금

• '부채'의 의미와 기능

| 부채 |
| --- |
| • 조웅이 장 소저에게 준 신표<br>• 조웅과 장 소저를 이어 주는 매개체<br>• 왕 부인이 소저와 조웅의 관계를 알게 되는 계기가 됨<br>• 조웅에 대한 장 소저의 애정을 확인할 수 있음 |

안 준마(金鞍駿馬)에 뚜렷이 앉았으니 황룡이 오운에 싸여 일월광(日月光)을 앗음 같
비유적인 표현(황룡 = 조웅, 오운 = 천병만마)

은지라.」 석문 밖에 유진하고 암당에 들어가니 제승이 부인을 모시고 원수를 맞을새
군사들이 머물러 있게 하고 / 조웅

부인이 원수를 붙들고 일희일비 왈,

"꿈이냐 생시냐? 네가 분명 웅이냐 아니냐?"
부인이 아들 조웅과 만남

하시며 여광여취(如狂如醉)하여 실성함 같은지라. 원수 위로 왈,
아들이 살아 돌아오는 것이 실감 나지 않을 만큼 기쁘고 반가움

"모친은 정신을 수습하옵소서."

하며 붙들고 앉히며 위로하니 부인이 정신을 진정하여 왈,

"너를 난중에 보내고 소식이 적조하니 살아 돌아옴을 일신들 잊으리오? 대체 그 때 일을 대강 설화하라."
서로 연락이 끊겨 오랫동안 소식이 막힘

하신대 원수 다시 땅에 엎드려 주 왈, 「서번을 쳐 항복 받고 위국을 도와 평정한 말씀이며 대원수 되어 오옵는 길에 강호에 들렀삽더니 진사 댁이 환란을 만나 이러이러하옵거늘 다른 옥수들도 통개옥문(洞開獄門)하여 놓삽고 자사는 죄상이 거중하옵기로 처참하옵고 장 소저는 도망하여 부지거처(不知去處) 하옵기로 위 부인을 모셔 오는 사연을 자상히 아뢰니 부인과 월경이며 제승이 다 듣고 기꺼 칭찬하며 즐기더라.
장 소저와 혼인하고자 하는 강호 자사에 의한 시련
은사(恩赦)로 죄의 경중을 가리지 아니하고 모든 죄인을 풀어 주던 일 / 장 소저의 정절을 빼앗으려 했던 인물
목을 베어 죽이는 형벌 / 간 곳을 모름
「 」: 조웅의 활약과 조웅이 겪는 사건을 요약적으로 제시함

부인이 왈,

"혈혈단신이 이렇듯이 귀히 와 나의 눈앞에 영화를 뵈니 귀함을 어찌 다 측량하며, 장 진사 댁 소식은 먼저 들었노라. 모월 모일에 장 소저 도망하여 이리 왔기로 내 서로 수회를 지켜 있고 서로 의지하여 있더니 네 오늘날 사부인을 모셔 오니 이런 즐거움이 어디 있으리오?"
의지할 데 없이 외로운 홀몸
장 소저가 자신과 함께 있음을 아들에게 알림
장 소저의 어머니, 위 부인

하며 소저를 청하니 소저 나가 위 부인 오심을 듣고 급히 나오니 위 부인이 소저를 안고 궁굴며 통곡하니 즐거운 암자가 도리어 비창한지라. 부인이 또한 위로하며 왈,
생사를 몰랐던 딸을 만난 기쁨의 표현

"모녀 상봉하였으니 이제야 무슨 근심이 있사오리까? 너무 슬퍼 마옵소서."

위 부인이 정신을 차려 왈,

"경아 네 죽어 혼이 왔는냐? 살아 육신이 왔는냐?"
딸이 살아 돌아온 것이 믿기지 않음

하며 보고 다시 보며 아마도 꿈인가 싶으다 하고 하 반겨하며 하 슬퍼하니 보는 사람이 뉘 아니 울리요?
서술자가 위 부인과 장 소저의 만남에 대한 감격을 드러냄 – 서술자의 개입

소저가 울음을 그치고 부인을 붙들고 위로 왈,

「"모친은 천금 귀체를 진중(鎭重)하소서. 천지간 불효 막대하온 자식을 위하여 이렇듯 슬퍼하시니 어찌 자식이라 하오리까마는 천우신조하와 오늘날 이렇게 만났사오니 복망 모친은 잠깐 진중하옵소서."」
「 」: 생사를 모르는 딸을 만난 기쁨과 놀라움에 정신을 가누지 못하는 어머니를 안심시키는 장 소저의 모습
하늘과 신령이 도움
간절히 바람

하며, 무수히 위로하니 부인이 진정하거늘 원수가 두 부인과 소저를 별당으로 모셔 그리던 정회와 고생하던 말씀을 밤이 되도록 수작하며 못내 반기더라.

▸ 조웅이 어머니와 장 소저를 다시 만남

• 가족의 이별과 재회를 중심으로 한 '장 소저'의 시련담

| 장 소저가 강호 자사를 피해 집을 떠나면서 위 부인과 이별함 |
|---|
| ↓ |
| 장 소저가 강선암에서 조웅의 모친인 왕 부인을 만남 |
| ↓ |
| 서번을 물리친 조웅이 장 소저의 집에 들러 위 부인을 만나 장 소저의 사정을 듣게 됨 |
| ↓ |
| 조웅이 장 소저의 모친인 위 부인을 모시고 강선암으로 감 |
| ↓ |
| 강선암에서 장 소저와 위 부인이 재회함 |

## 핵심 포인트 1 작품의 갈등 양상 파악

이 작품에 나타난 인물 간의 갈등 양상과 주변 인물의 역할을 파악할 수 있어야 한다.

**〈조웅전〉에 나타난 인물 간의 갈등 양상**

| | |
|---|---|
| 조웅 ↔ 이두병 | • 간신 이두병의 참소로 조웅의 아버지인 승상 조정인이 음독자살함 → 조웅의 개인적 원한을 형성함<br>• 조웅이 이두병의 반역 행위를 비판하자 이두병이 조웅을 죽이려고 함 → 조웅이 국가적 위기를 해결하기 위한 명분을 획득함<br>• 조웅은 태자의 목숨을 구한 후 위왕과 연합하고 강백을 휘하에 두게 되며 이두병의 많은 장수들을 물리치고 이두병의 목을 벰 |
| 이두병 ↔ 태자 | • 황제인 문제가 죽자 이두병이 어린 태자를 섬으로 유배보내고 스스로 황제라 칭함<br>• 이두병이 사자를 섬으로 보내 태자를 죽이려고 하지만 조웅이 태자를 구출함 |
| 조웅 ↔ 서번 왕 | • 서번이 위국을 침공하자 조웅이 위국을 도와 서번의 군대를 격파하고 서번 왕의 항복을 받음 |
| 장 소저 ↔ 강호 자사 | • 강호 자사가 강제로 장 소저를 후처로 삼고자 함 → 장 소저가 위기에서 벗어나려고 도망함<br>• 조웅이 강호 자사를 징계함으로써 갈등이 해소됨 |

**〈조웅전〉에 등장하는 조력자들**

| | |
|---|---|
| 월경 대사 | • 조웅 모자가 이두병의 화를 피해 강선암에서 지낼 수 있도록 도와줌<br>• 조웅에게 글과 술법을 가르침 |
| 노옹 | • 조웅에게 하늘이 내린 보검을 전달하고 철관 도사를 찾아가라고 당부함 |
| 철관 도사 | • 조웅에게 책을 제공하고 술법을 가르치고 하늘이 내린 용총을 내어 줌 |
| 황 장군 | • 전쟁터에서 죽은 귀신으로, 조웅에게 갑옷과 칼을 줌 |
| 위왕 | • 조웅이 황성을 치고 송나라를 회복하는 데 조력함 |

## 핵심 포인트 2 소재의 의미와 기능 파악

이 작품의 서사 전개에 중요한 역할을 하는 소재의 의미와 기능을 파악할 수 있어야 한다.

**소재의 의미와 서사적 기능**

| | |
|---|---|
| 조웅검, 용총 | • 하늘이 조웅에게 내려 준 것으로 조웅의 영웅적 활약을 위해 필요한 수단을 의미함<br>• 하늘이 내린 물건들이 조웅에게 전해짐으로써 조웅이 비범한 인물임을 드러냄 → 조웅의 역할이 천명에 의한 것임을 드러냄 |
| 조웅의 글 | • 조웅의 처지와 심정을 압축적으로 드러냄<br>• 철관 도사와의 만남이 이루어지는 계기가 됨 |
| 부채 | • 조웅이 장 소저에게 준 신표 → 조웅과 장 소저를 이어 주는 매개체<br>• 왕 부인이 소저와 조웅의 관계를 알게 되는 계기가 됨 |

## 핵심 포인트 3 외적 준거에 따른 감상

이 작품은 조선 시대에 가장 널리 읽힌 영웅 군담 소설이다. 주인공이 위업을 달성하는 과정에 나타난 군담의 의미를 파악할 수 있어야 한다.

**〈조웅전〉에 나타난 군담에 담긴 의미**

중국을 배경으로 한 창작 군담 소설은 중국과 오랑캐의 갈등, 충신과 역신의 갈등을 통해 주제 의식을 구현한다. 창작 군담 소설에서 황제의 통치를 끊임없이 위협하는 주변 오랑캐와 군신의 의리를 위반하는 역적은 통치 질서를 어지럽히는 악한 세력으로서 완벽하게 척결되어야 할 대상으로 규정된다. 〈조웅전〉에서는 역적 이두병과 오랑캐인 서번국과의 대결을 통해 영웅적 능력을 발휘하고 현실 세계의 질서를 바로잡는 조웅의 과업을 '천명'에 의해 정당화함으로써 주제 의식을 더욱 분명하게 드러낸다.

### 작품 한눈에

• 해제

〈조웅전〉은 조선 후기에 널리 향유된 작품으로, 나라에 충성하는 마음과 자유연애를 주제로 한 영웅 군담 소설이다. 영웅의 일대기 구조에 따른 조웅의 영웅적인 면모가 잘 드러나 있다. 작품의 전반부에서는 조웅의 고행담과 장 소저와의 결연담이 주된 서사를 이루고, 후반부에서는 적대자 두병을 물리쳐 나라를 구하는 조웅의 영웅적 무용담(군담)이 펼쳐진다. 이 작품은 일반적인 영웅 소설들에서 나타나는 기자 정성에 대한 이야기나 적강 모티프는 나타나 있지 않다. 유교적 사상인 효와 충을 배경에 둔 작품이지만 조웅의 고행을 사실적으로 그리고 있으며, 당대로서는 보기 드문 솔직한 연애 감정이 드러나 있다.

• 제목 〈조웅전〉의 의미
– 아버지의 원수를 갚고 국가를 위기에서 구한 조웅의 영웅적 일대기

〈조웅전〉은 자신의 아버지를 참소하여 죽게 하고 황제의 자리를 찬탈한 역적 이두병을 죽여 원수를 갚고 나라를 구한 조웅의 영웅적 행적을 그린 영웅 소설이다.

• 주제

진충보국(盡忠報國)과 자유연애

전체 줄거리

충신인 조정인이 공을 세워 좌승상에 오르자 우승상 이두병이 시기하여 그를 참소하고 조 승상은 자결한다. 왕 부인은 자식을 잉태한 지 일곱 달 만에 조 승상을 여의고, 그 후 낳은 아들을 웅이라고 하였다. 황제가 죽자 이두병은 역모를 일으켜 황제 자리에 오르고 태자를 유배 보낸다. 이를 알게 된 조웅은 대궐 문에 이두병을 욕하는 글을 적는데, 왕 부인의 꿈에 조 승상이 나타나 도망가라고 알려 준다. 왕 부인과 웅은 이두병의 위협을 피해 달아나다 월경 대사를 만나 도움을 받는다. 15세가 된 조웅은 우연히 만난 노인에게 조웅검을 받고, 철관 대사를 찾아가 술법을 배우고서 용마를 얻는다. 그 후 조웅은 어머니를 만나러 가던 길에 장 소저와 인연을 맺고, 위왕을 도와 서번을 격파한다. 강호 자사의 구혼을 피해 달아나던 장 소저는 강선암에서 월경 대사와 왕 부인을 만나고, 조웅은 이두병이 보낸 사자를 물리치고 태자를 구한다. 이후 조웅은 대군을 이끌고 황성에 가 이두병을 처단하고 태자를 황제에 등극시킨다.

고전 산문 09

◇ 한 줄 평 고난을 극복하고 나라를 위기에서 구하는 남녀 주인공의 활약상을 그린 이야기

# 이대봉전 작자 미상

▸ 기출 수록 평가원 2025 6월 교육청 2023 3월

## 장면 포인트 1

- 이 작품은 이대봉과 장애황의 결연담과 두 인물의 영웅담을 그린 영웅 소설이다. 이대봉과 장애황의 영웅담은 각각 독립적으로 전개되다가 두 사람이 다시 만나 애정을 성취함으로써 서사가 마무리되는데, 이러한 서사적 특성에 주목하여 작품을 감상하도록 한다.
- 해당 장면은 이대봉 부자가 간신 왕희에 의해 유배지로 가던 중 겪는 시련과 대봉이 영웅적 면모를 갖추게 되는 과정을 제시하고 있다.
- 이대봉의 시련과 그 극복 과정에서 나타나는 전기적 요소 및 주변 인물들의 역할을 파악하도록 한다.

[앞부분의 줄거리] 이부시랑 이익은 금화산 백운암에 시주한 후에 아들 대봉을 얻는다. 그의 지기인 장 한림이 같은 날 애황을 얻자 두 사람은 대봉과 애황을 혼인시키기로 한다. 이익은 국정을 어지럽히는 우승상 왕희를 비판하는 상소를 올렸다가 왕희의 참소로 아들 대봉과 함께 귀양을 가게 된다. 왕희는 뱃사람을 매수하여 귀양지로 가는 이대봉 부자를 물에 빠뜨려 죽이게 한다.

각설(却說), 선시(先是)(이에 앞서)에 이 시랑(이익) 부자가 적소(귀양지)로 가다가 사공의 불측(不測)한(음흉한) 해를 입어 만경창파(萬頃蒼波)에 떨어지니, 사람이 나래가 없으니 무변대해(無邊大海) 중에 어찌 살아나리오?(죽을 위기에 처한 이 시랑 부자의 상황에 대한 서술자의 생각. 편집자적 논평) 차시(此時) 서해 용왕(초월계의 조력자)이 시랑 부자가 창파에 빠진 줄 알고 크게 놀라 용자(龍子) 둘을 불러 분부 왈,

「"대명국(大明國) 사람 이익의 부자가 애매히 간신(왕희)의 참소를 입어 적소로 가다가 속절없이 죽게 되었으니,」 급히 가 구하라." (「」: 서해 용왕이 이대봉 부자의 일을 다 알고 있음)

하니, 두 동자가 명을 받들어 각각(이 시랑, 대봉을 따로 구하러 감) 표주(瓢舟)(작고 가벼운 배)를 타고 서남을 향하여 가더라.

「이때 시랑이 물에 빠져 정신을 모르더니, 어떤 동자가 배를 타고 와 시랑을 건져 언덕에 눕히고 약물로 구호(救護)하니, 오래지 아니하여 정신이 돌아오는지라」 (「」: 서해 용왕의 명에 따라 한 동자가 물에 빠진 이 시랑(이익)을 구함) 시랑이 동자를 대하여 무수히 사례 왈,

"어떠한 선동(仙童)이완대 죽은 사람을 구하여 내시니 은혜 난망(難忘)이로소이다."

동자가 대 왈, / "소동(小童)은 서해 용왕의 동자이옵더니, 우리 왕이 급히 상공을 구하라 하시기로(이 시랑을 구하러 오게 된 경위를 밝힘) 이에 와 구하였사오니 다행이로소이다."

하고 다시 배를 저어 한 곳(위기에서 벗어난 이 시랑이 머물 곳. 이후 이대봉과 재회하는 공간이 됨)에 이르러 배를 대고 내리라 하거늘, 시랑이 살펴보니 만경창파 중에 한 섬이라. 동자더러 문 왈(問曰)

"이 섬 이름이 무엇이며 예서 중원(中原)이 얼마나 되나뇨?"

동자가 대 왈, / "이곳 이름은 무인도요, 중원이 삼만 리로소이다.(가족이 있는 중원에서 멀리 떨어진 곳에 위치함)"

시랑이 배에 내려 동자를 이별하고 좌우를 살펴보니 과실나무 무수하거늘, 가지를 휘어 얽어 집을 삼고 떨어진 과실을 주워 먹어 목숨을 보전하나, 부인과 아들을 생각하고 주야 눈물로 세월을 보내니(가족에 대한 그리움), 그 참혹한 정경(情景)을 어찌 다 기록하리오?(무인도에서 홀로 지내며 가족을 그리워하는 시랑에 대한 서술자의 생각. 편집자적 논평)

▶ 적소로 가던 중 물에 던져진 이익을 서해 용왕의 동자가 구함

공자(이대봉)가 그때에 부친(이익)과 한가지로 창파에 떨어져 거의 죽게 되었더니 풍랑에 밀리

## 작품 분석 노트

- 갈등 상황과 위기 극복

**갈등 상황**

이대봉의 아버지 이 시랑이 국정을 어지럽히는 승상 왕희를 비판하는 상소를 올림 → 왕 승상의 참소로 이대봉 부자가 섬으로 유배를 당함 → 왕 승상이 사공을 매수하여 이대봉 부자를 물에 빠뜨려 죽이려 함

↓

**위기 극복**

- 서해 용왕이 보낸 동자가 이 시랑을 구해 무인도에 데려다줌
- 서해 용왕이 보낸 동자가 이대봉을 구해 금화산 백운암으로 갈 것을 알려 줌

이대봉 부자가 초월적 조력자에 의해 위기를 극복함

어 한 곳에 다다르니, 어떠한 동자가 배를 타고 급히 와 공자를 건져 배에 얹거늘,
또 다른 동자가 서해 용왕의 명에 따라 대봉을 구함
공자가 정신을 차려 동자를 보니「푸른 소매가 달린 옷을 입고 월패(月佩)를 차고 왼
예전에 허리나 가슴에 차던 달 모양의 패옥
손에 금강(金剛) 옥피리를 쥐고 앉았거늘,」공자가 일어나 동자더러 사례하여 왈,
「」: 동자의 모습에 대한 묘사

"어떠한 동자완데 대해 중에 귀한 몸을 아끼지 아니하옵고, 잔명을 구하시나잇가?"

동자가 답 왈,

"나는 서해 용왕의 동자러니, 우리 왕의 명을 받자와 공자를 구하였나니이다."
이대봉을 구하러 오게 된 경위를 밝힘

대봉이 다시 치사(致謝) 왈, / "사지에 든 인생을 용왕이 구하시니 그 은혜 백골난
고맙고 감사하다는 뜻을 표시함
망(白骨難忘)이라. 만분지일이나 갚사오리오?"
죽어서 백골이 되어도 은혜를 잊을 수 없음

하고 다시 문 왈,

"나는 중원 사람으로서 서해 산천을 알지 못하니, 이 지명이 어느 땅이라 하나뇨?"

동자 왈, / "이 땅은 서촉국(西蜀國)이라 하나이다."

하고 이윽히 가다가 배를 언덕에 대고 내리라 하거늘, 공자가 배에 내려 다시 문 왈,

"어디 가야 잔명을 보전하리잇가?"

이익이 재물을 시주한 절로, 대봉의 출생과 관련이 있는 곳
동자가 왈, / "저 산명(山名)은 금화산이요, 그 산중에 절이 있으되 이름은 백운암
이대봉이 가야 할 목적지, 백운암
이라. 그 절을 찾아가면 자연히 구할 사람이 있으리이다."
이대봉에게 도움을 줄 조력자

대봉이 동자를 이별하고 금화산을 찾아가니, 만학천봉(萬壑千峰)은 하늘에 닿아 있고 오색구름이 산봉우리 위에 걸렸더라. ▶ 동자의 도움으로 목숨을 건진 대봉이 백운암을 찾아감

(중략)

차시「이 공자 대봉이 금화산 백운암에 있어 불철주야(不撤晝夜)하고 공부를 부지
「」: 이대봉이 영웅적 능력을 획득해 가는 과정 / 밤낮을 가리지 아니함
런히 하여, 시서백가(詩書百家)와 육도삼략을 무불통지(無不通知)하는지라.」세월이
16세 무렵의 꽃다운 청춘. 또는 혈기왕성한 젊은 시절 / 병법서 / 무슨 일이든지 환히 통하여 모르는 것이 없음
여류하여 나이가 이팔(二八)에 이르렀더니, 일일(一日)은 선사(禪師)가 공자더러 왈,
시간의 흐름을 통해 사건을 빠르게 전개함

"이제는 공자가 액운(厄運)이 진(盡)하고 길운(吉運)이 돌아왔으니 빨리 경성에 올
나쁜 운수가 끝나고 좋은 운수가 돌아옴 → 운명론적 사고
라가 공명을 이루라."

공자가 대 왈, / "소생의 궁박한 운명이 대사의 두터운 은혜를 입사와 칠 년을 의
이대봉이 7년간의 수련으로 영웅성을 획득했을 것임을 짐작할 수 있음
탁하였삽더니, 오늘날 나가라 하시니, 부모의 생사를 알지 못하고 아는 사람이 아무도 없는데 어디로 가라 하시니잇고?"

노승 왈, / "공자가 이 절에서 노승과 칠 년을 동거하였사오나, 금일은 인연이 다
하고 공자의 부모를 반기고 국난(國難)을 평정하여 공적을 이루소서."
이대봉이 해야 할 일 → 앞으로 전개될 사건을 암시함

말을 마치고 행장을 재촉하니, 공자 왈,

"예서 중원이 얼마나 되며, 어디로 가야 도달하리잇가?"
이대봉이 가려는 목적지

노승 왈, / "황성은 예서 일만사천 리요, 농서(隴西)는 삼천 리오니, 농서로 가오
중원을 가기 위해 이대봉이 거쳐 가야 할 곳
면 자연 중원을 득달하리이다."

하며 바랑을 열고 실과(實果)를 내어 주며 왈,

• 공간적 배경의 의미

**금화산 백운암**

- 이 시랑이 절을 중수할 수 있도록 재물을 청하는 노승에게 시주를 많이 한 후에 이대봉을 얻음
  → 이대봉의 신이한 출생과 관련 있음
- 죽을 위기에 처한 이대봉이 초월적 조력자의 도움으로 살아난 후 찾아가 학문과 무예를 수련한 곳
  → 이대봉의 비범한 능력과 관련 있음. 이대봉은 '백운암'을 거쳐 영웅적 면모를 갖추게 됨

"서(西)로 향하여 가다가 시장하거든 이로써 요기하소서."

하고 서로 이별할새, 피차(彼此)에 연연(戀戀)한 정을 이기지 못하더라.

이날 공자가 금화산을 떠나 농서로 향하다가 천문(天文)을 살펴보니 북방(北方) 신성(新星)이 태극(太極)을 범하였거늘, 북흉노가 중국을 범하는 줄 알고 분기를 이기지 못하여 밤낮으로 달려가더라.

이대봉의 비범한 능력이 드러남

이대봉의 충성심이 드러남

▶ 금화산 백운암에서 수련한 이대봉이 중원으로 감

각설, 흉노가 대병을 거느려 상군 땅에 다달아 묵특남 동돌수를 돌아보아 왈,

흉노가 중원을 침범한 장면으로 전환됨

『"중원 산천을 보니 장부의 마음이 즐겁도다. 오늘은 비록 명제(明帝)의 강산이나 지나는 길은 반드시 우리 천지 될 것이니 어찌 즐겁지 않으리오? 중원에 비록 인물이 많다고 하나 나 같은 영웅과 그대 같은 명장이 어디 있으리오?"』

명나라 땅을 지나가면서 자신들의 땅으로 만들 것임

『 』: 흉노가 중원을 차지할 수 있다는 자신감을 드러냄

하며 상군읍에 이르러 보니, 대명 대원수 곽대의 성중에 들어 군사를 쉬이고 격서를 보내 싸움을 청하거늘, 흉노가 동돌수를 불러 대적하라 하니, 동돌수 내달아 곽대의와 싸워 수합에 못하여 곽대의를 사로잡고 진중에 들어가 좌충우돌하니, 명진 장졸 장수를 잃고 적세를 당하지 못할 줄 알고 성문을 열어 항복하거늘, 동돌수가 항서를 받고, 『이튿날 북해 태수가 나와 항복하거늘 북지를 또 얻고, 이튿날 진주를 얻고, 또 이튿날 건주를 쳐 얻고, 하북에 다다르니 절도사 이동식이 군을 거느려 대진하다가 패하여 달아나거늘 하북을 얻고, 군사를 재촉하여 여러 날 만에 기주에 이르니 자사가 대진하다가 도망하거늘,』 흉노의 장졸이 기주 성중에 들어가 자칭 천자라 하고 군사로 하여금 백성의 곡식을 노략하니, 그때 백성이 다 견디지 못하여 도망하더라.

군병을 모집하거나, 적군을 달래거나 꾸짖기 위한 글

진중에서의 전투를 간략히 서술함

『 』: 사건의 요약적 진술 – 흉노가 중원을 점령해 나가는 과정을 빠르게 전개함. 흉노의 기세가 거침없음을 드러냄(파죽지세)

흉노의 횡포

▶ 흉노가 중원을 침입함

이적에 양 부인이 또한 흉노의 난을 피하여 모란동을 버리고 천천히 나아가 여러 날 만에 서주 지경에 이르니, 어떤 여자가 앞에 와 반기며 절하고 슬피 체읍 왈,

이대봉의 어머니

난향과 만나는 계기가 됨

난향

눈물을 흘리며 슬피 욺

"부인이 소비를 몰라 보시나잇고?"

부인이 경문 왈,

"그대는 어떤 여자완대 나 같은 궁도행인을 보고 이다지 하난다?"

곤궁한 처지의 행인

그 여자가 다시 고 왈,

"소비는 장미동 장 소저의 시비 난향이옵더니, 난을 피하와 이리 지나다가 부인을 뵈오니 마음에 우리 소저를 대한 듯 한편 반갑삽고 한편 비감하여이다."

이대봉의 정혼자 장애황

고전 소설의 우연성이 나타남

부인 왈,

"나도 또한 난을 피하여 고향을 버리고 천 리 타향에 와 너를 보니 소저를 본 듯 슬픈 마음이 한가지라. 나는 노야와 공자를 이별하고 비회 골수에 박히니 어찌 다 말하리오? 너의 소저는 왕희의 아들 석연의 욕을 피하여 어디로 갔다 하더니, 네 그 사이 혹 소식을 들었느냐?" / 난향이 여쭈오되,

나이 많은 남자를 높여 이르는 말. 남편인 이 시랑을 가리킴

슬픈 시름이나 회포

장 소저가 겪은 일을 이대봉의 어머니가 알고 있음

"작년에 소저가 남자 옷을 입고 잠깐 다녀가시더니 그 후에 다시 소식이 아득하여이다."

여성 영웅담의 남장 화소와 관련됨

▶ 피란 중에 이대봉의 모친이 난향을 만남

• '흉노의 침입'에 따른 위기 발생과 극복

| 위기 발생 |
| --- |
| • 흉노의 침입으로 인해 성이 함락되고 백성들의 피해가 심각함<br>→ 국가의 위기<br>• 이대봉의 어머니 양 부인이 흉노의 난을 피해 피란함<br>→ 가족이 모두 헤어짐으로써 개인의 위기가 심화됨 |

↓

| 위기 극복 |
| --- |
| • 탁월한 능력을 갖춘 이대봉이 흉노를 물리쳐 국가적 위기를 해결함<br>• 부모와 재회하고 장 소저와 혼인함 |

## 장면 포인트 2 주목

- 해당 장면은 난향이 장 소저를 대신하여 왕석연에게 끌려가고, 남장을 하여 탈출한 장 소저가 '장계운'으로 개명한 후 학업과 무예를 익히는 상황을 제시하고 있다.
- 여주인공 장애황의 서사와 관련하여 '남장 화소'의 서사적 기능을 파악하도록 한다.

주목 차설(且說), 왕희의 아들(왕석연)이 길일(吉日)(운이 좋거나 상서로운 날)을 당하매 노복과 교자(轎子)(가마)를 갖추어 장미동에 나아가니, 이때 야색(夜色)이 삼경(三更)이라.(깊은 밤에 장 소저를 납치하려 함) 노복이 들어가 소저를 납치하고자 하더니(왕석연이 장미동에 온 목적이 드러남) 이때 소저가 등촉을 밝히고 《예기(禮記)》를 보더니, 외당(外堂)에서 사람들이 시끄럽게 떠드는 소리가 들리거늘, 소저가 마음에 놀라 시비(侍婢) 난향을 불러 왈,

"외당에서 사람 소리가 요란하니, 네 가만히 나가 그 동정을 보라."

난향이 나아가 보고 급히 들어와 고 왈,

「"왕 승상의 아들이 노복, 가마꾼을 거느려 외당에서 주저(躊躇)(머뭇거리며 망설임)하더이다."」(「 」: 외당에 나가서 소저를 향한 위협을 확인하고 내당으로 와 소저에게 이를 알림)

소저가 대경(大驚) 왈,

"지난번에 왕희 청혼하였거늘, 내 허락하지 아니하고 중매하는 이를 물리쳤더니(사건의 발단 : 왕희의 청혼에 대한 소저의 거절) 오늘 밤 작당하여(무리를 지어) 옴이 분명 나를 납치하고자 함이라. 이 일이 급박하니 장차 어찌하리오?"

하고 비단 수건을 들어 목을 매려 하거늘, 난향이 고 왈,

「"소저는 잠깐 진정하소서. 소저가 만일 자결하시면 부모 향화(香火)(제사)와 낭군(이대봉)의 원수를 누가 갚으리잇고?(가족 간의 인륜을 들어 소저를 설득함) 바라건대 소저는 소비(小婢)와 의복을 바꾸어 입고 소비가 소저의 모양으로 앉았으면(난향의 제안 – 애황의 위기 상황에 대한 해결책 ①) 적인(敵人)(원수)이 반드시 소저로 알지니, 소저는 급히 남자 옷으로 바꾸어 입고 후원을 넘어 피신하옵소서."(난향의 제안 – 애황의 위기 상황에 대한 해결책 ②)」(「 」: 갈등 상황에 침착하게 대처하는 난향의 모습이 드러남)

소저가 왈, / "네 말이 당연하나 내 몸이 규중(閨中)에 생장하여 능히 밖 문을 아지 못하거늘 어디로 갈 바를 알리오?(자신의 성장 환경을 근거로 난향의 제안을 거절함. 바깥출입이 자유롭지 않은 규중 여인의 생활상이 나타남) 차라리 내 방에서 죽으리라."

하고 슬피 우니, 난향이 다시 고 왈,

"천지(天地)는 넓고 크며 인명(人命)이 하늘에 달렸사오니, 어디 가 몸을 보전치 못하리오? 일이 가장 급하오니 소저는 천금같이 귀한 몸을 가볍게 버리지 마소서."(소저가 자결하지 않기를 당부함)

하며 급히 도망하기를 재촉하니, 소저가 눈물을 흘리며 왈,

"난향아, 만일 네 행색이 탄로나면 왕희의 손에 네 목숨을 보전치 못하리니(난향이 겪게 될 고난을 염려함) 한가지로(함께) 도망함이 어떠하뇨?"

난향이 왈, /「"소비 또한 이 마음이 있으되, 왕가 노복이 소저를 찾다가 없으면 근처로 흩어져 찾을 것이니, 소저가 어찌 화를 면하려 하시나니잇고? 빨리 행하시고 지체하지 마소서."」(「 」: 자신의 목숨보다 소저의 안위를 먼저 생각하는 난향의 충직한 면모가 나타남)

소저가 하릴없어 복(服)을 벗어 난향을 주고 남자 옷을 갖추고 후원 문을 나가(난향이 제안한 해결책을 따름) 몇 리를 행하니라.

▶ 왕석연의 납치를 피해 장 소저가 남장을 하고 탈출함

### 작품 분석 노트

- '장 소저'에게 닥친 위기와 해결 과정

**위기 상황**

간신 왕희의 참소에 의해 이대봉 부자가 유배된 것에 상심한 장 한림이 죽자 얼마 후 그의 부인도 죽음 → 왕희가 장 소저의 미모를 듣고 며느리로 삼고자 함 → 장 소저가 거부하자 왕희의 아들이 밤중에 소저를 납치하려 함

↓

**위기 해결**

장 소저는 남장을 하고 피신함 → 시비 난향이 장 소저 대신 끌려감

차시 난향이 소저의 의복을 입고 서안(書案)에 의지하여 앉았더니, 이윽고 왕 공자가 노복과 시녀를 거느려 내정(內庭)에 돌입하여 시녀를 명하여,

난향이 소저인 척 행세함

부녀자가 거처하는 곳

"소저 빨리 뫼시라."

하니, 시녀가 명(命)을 받고 들어가 소저를 보고 문안하니, 난향이 들은 체 아니하거늘, 시녀가 다시 고 왈,

"왕 공자 찾아오셨사오니, 소저는 백년가약(百年佳約)을 맺으소서. 이 또한 천정연분(天定緣分)이오니 이런 좋은 때를 잃지 마소서."

왕석연 / 평생을 함께할 것을 다짐하는 아름다운 언약 / 하늘이 정해 준 부부의 인연

하고 교자에 오르기를 재촉하거늘, 난향이 마음속으로 우습고 또한 분노하여 꾸짖어 왈,

심리의 직접 제시 – 난향이 지닌 충절을 드러냄

"내 집이 비록 가난하고 변변치 못하나 조정 중신(重臣)의 집이어늘, 너희들이 외람되이 무단(無斷) 돌입(突入)하여 어찌코자 하느뇨? 내 어찌 더러운 욕을 보리오?"

함부로 쳐들어옴 / 수치

하고 비단 수건으로 목을 조르니, 왕가 노복 등이 많은지라 강약(强弱)이 부동(不同)하니 어찌 당하리오? 하릴없어 교자에 올라 장안으로 향하여 갈새, 동(東)으로 벽파장 이십 리에 다다르니 동방(東方)이 밝는지라. 벽파장 노소인민(老少人民)이 다 구경하며 하는 말이,

힘이 같지 않으니 난향의 뜻대로 할 수 없음. 서술자의 개입

난향의 애황 행세가 지속됨

"장 한림의 여아 애황 소저와 승상의 자제가 정혼 신행(新行)하신다." / 하더라.

신부가 신랑집으로 감

난향이 승상의 집에 다다르니, 잔치를 배설하고 대소빈객(大小賓客)이 구름같이 모였더라. 『난향이 교자에서 내려 내아(內衙) 대청(大廳) 위로 들어가니, 모든 부인이 모여 앉았다가 난향을 보고 칭찬 왈,

『 』: 사람들이 장 소저의 얼굴을 모르고 있어 난향을 장 소저로 여김

"어여쁘다. 장 소저여! 진실로 공자의 짝이로다."』

하며 칭찬이 분분(紛紛)할새, 난향이 일어나 외당으로 나아가니 내외빈객(內外賓客)이 대경(大驚)하는지라. 난향이 승상 앞에 나아가 좌우를 돌아보며 왈,

크게 놀람

"나는 장미동 장 한림댁 소저의 시비 난향이러니 외람이 소저의 이름을 띠고 승상을 잠깐 속였거니와, 왕희는 나라의 녹을 받는 중요한 신하로 명망(名望)이 일국에 으뜸이요, 부귀 천하에 제일이라. 네 자식의 혼사를 이룰진대, 매파를 보내어 혼인의 예(禮)를 갖추어 인연을 맺음이 당연하거늘, 네 무도불의(無道不義)를 행하여 깊은 밤에 노복을 보내어 가만히 사부가(士夫家) 내정에 돌입하여 규중처자(閨中處子)를 납치함은 무슨 뜻이뇨? 우리 소저는 너의 더러운 모욕을 피하여 계시나 결단코 자결하여 원혼이 되었을 것이니 어찌 통분치 않으리오?"

장 소저처럼 행세하여 왕희를 속임

왕희를 치켜세움으로써 왕희가 저지른 일의 무례함과 부당함을 부각함

혼인을 중매하는 노파

사람이 마땅히 지켜야 할 도덕과 의리에 어긋남

애황이 왕희 부자에게 당한 억울한 일을 밝힘

말을 마치고 슬피 통곡하니, 승상이 대경(大驚)하여 난향을 위로 왈,

"소저는 백옥(白玉) 같은 몸으로서 천한 난향에게 비(比)하니 어찌 이런 말을 하나뇨?"

승상이 난향의 말을 믿지 않음

하고 시비로 하여금 내당으로 보내고 소저의 진가(眞假)를 분별치 못하여 장준을 청

난향이 애황 행세를 하며 왕석연과 왕희를 속일 수 있었던 이유를 짐작할 수 있음

장 한림의 육촌으로 애황과 석연의 혼사를 위해 왕희가 매수한 인물

- '신부 바꿔치기'를 통한 위기 극복

난향이 장 소저를 대신하여 왕희의 집으로 감

↓

난향이 왕희 앞에 나가 자신이 장 소저가 아니라 시비임을 밝힘 → 난향은 왕희가 혼인의 예를 갖추지 않고 규중처자를 납치하는 무도한 행위를 한 것을 꾸짖음

↓

왕희가 장 한림의 육촌인 장준을 불러 난향의 말을 확인함

↓

왕희가 난향을 죽이려 하다가 난향이 충비이므로 살려 줄 것을 청하는 손님들의 말에 따라 난향을 돌려보냄

하여 보라 한데, 장준이 들어가 보니 과연 질녀가 아니요 난향이라. 대경하여 바삐
조카딸
승상께 고하니, 「왕희 대로(大怒)하여 난향을 죽이려 한대, 만좌(滿座) 빈객(賓客)이
「 」: 만좌 빈객의 만류로 왕희의 처분이 좌절되고, 난향이 위기에서 벗어남 / 자리에 가득한 손님
말려 왈,

"난향은 진실로 충비(忠婢)이니, 그 죄를 용서하소서."
충성스러운 시녀

승상이 크게 부끄러워 장준을 몹시 꾸짖고 난향을 보내니라.」
▶ 왕희의 집으로 간 난향이 자신의 정체를 밝힘

각설. 장 소저가 그날 밤에 도망하여 남(南)으로 향하여 정저 없이 가더니, 수일
화제 전환
만에 여람 땅에 이르러 이름을 고쳐 장계운이라 하고 한 집에 가 밥을 빌더니, 이 집
장애황의 위기 극복에 남장과 개명이 활용됨
은 최 어사 집이라. 어사는 일찍 기세(棄世)하고 부인 희 씨 한 딸을 데리고 치산(治
세상을 버린다는 뜻으로, 웃어른이 돌아가심을 의미
産)하되 살림이 부유한지라. 부인이 문을 사이에 두고 장 소저의 거동을 보니, 인물
집안 살림살이를 잘 돌보고 다스림
이 비범하고 풍채 준수하거늘, 부인이 소저에게 왈,

"차인(此人)의 행색을 보니 본대 걸인이 아니라."
희씨 부인이 사람을 보는 안목이 있음
하고, 시비로 하여금 서헌(書軒)으로 청하여 앉히고, 부인이 친히 나와 소저를 향하
공부하기 위해 마련한 방
여 문 왈,

"공자는 어디 살며 나이 몇이나 되고, 이름은 무엇이라 하나뇨."
애황을 남성으로 생각함

소저가 대 왈,

"본대 기주 땅에 사는 장계운이라 하옵고 나이는 십육 세로소이다."
애황은 이름을 장계운으로 바꾸고 남성으로 살아가려고 함

부인이 또 문 왈,

"부모는 구존(俱存)하시며, 무슨 일로 이곳에 이르시나뇨?"
모두 살아 계심

소저가 대 왈,

"일찍 부모를 여의고 의탁할 곳이 없어 동서로 떠돌며 사해(四海)로 다니나이다."

부인 왈, / "공자의 모양을 보니 걸인으로 다니기는 불쌍하니, 공자는 아직 내 집
부인의 제안
에 있음이 어떠하뇨?"

소저가 사례 왈, / "부인이 소생의 고혈(孤孑)함을 생각하사 존문(尊門)에 두고자
가족이나 친척이 없어 외로움
하시니 하해(河海) 같은 은혜를 어찌 다 갚으리잇고?"
부인의 제안을 수용함

「부인이 희열하여 노복을 명하여 서당을 깨끗이 치우고 서책을 주며 왈,
「 」: 부인은 애황을 남성으로 생각하여 애황이 사회 진출을 할 수 있도록 도움

"부디 학업을 힘써 공명(功名)을 취하라."」
입신양명의 유교적 출세관이 반영됨

소저가 서책을 받아 보니, 성경현전(聖經賢傳)과 손오병서(孫吳兵書)라. 「소저가
유학의 경전 / 손무와 오기의 병법에 관한 책
학업을 공부할새 낮이면 시서백가를 읽고 밤이면 손오병서와 육도삼략(六韜三略)을
「 」: 장애황이 영웅적 능력을 획득해 가는 과정 / 병법서
습독(習讀)하여 창검(槍劍) 쓰는 법을 익히니,」 부인이 각별 사랑하여 기출(己出)같이
글을 익혀 읽음 / 자기가 낳은 자식
여기더라.

일월이 흘러서 삼 년이 지나니, 장 소저가 나이 십구 세라. 재주는 능히 풍운조화
장 소저가 재주와 용력이 탁월한 인물로 성장함
(風雲造化)를 부리고 용력(勇力)은 능히 태산을 끼고 북해(北海)를 뛸 듯하더라.
▶ 장 소저가 이름을 계운으로 바꾸고 최 어사 집에서 학문과 무예를 익힘

**감상 포인트**
여주인공이 처한 갈등 상황을 중심으로 남장 화소의 서사적 기능을 파악한다.

• '남장 화소'의 서사적 기능

- 왕희의 노복들이 장 소저를 납치하러 오자 소저는 난향의 말에 따라 남장을 하고 피신함
  → 위기 극복의 방법으로 활용됨
- 애황을 남자라고 생각한 희씨 부인의 호의로 최 어사 집에 의탁하게 됨
  → 조력자를 만남
- 희씨 부인이 장 소저가 공명을 이루기를 바라며 학업에 힘쓸 수 있도록 서책을 주며 도와줌
  → 희씨 부인의 조력으로 장 소저가 비범한 능력을 길러서 관직에 오를 수 있는 계기가 됨

## 핵심 포인트 1 서사 구조에 대한 이해

이 작품은 남주인공 이대봉과 여주인공 장애황의 서사가 유사한 구조로 나란히 전개되는데 공간이나 조력자 등 서로 구별되는 요소가 있으므로, 이를 바탕으로 작품을 감상할 수 있어야 한다.

**남녀 주인공의 서사 : '영웅담'과 '애정담'이 결합된 서사**

| | | |
|---|---|---|
| 이대봉 | 출생 | 자식이 없던 이 시랑이 시주하고 낳은 아들로, 장애황과 한날한시에 태어남 |
| | 결연 | 부모에 의해 하늘이 정해 준 배필인 장애황과 정혼함 |
| | 시련 | 유배지로 가던 중 왕희의 계략으로 아버지와 함께 바다에 빠짐 |
| | 구출 | 초월적 조력자인 서해 용왕의 도움으로 구출됨 |
| | 비범한 능력 | 금화산 백운암에서 무예와 학문을 수련한 후 세상에 나감 |
| | 과업 수행 | 황성을 점령한 흉노를 물리치고 왕희 부자를 무인도에 유배 보냄 |
| | 결말 | 장애황과 혼인하고 초왕이 되어 부귀영화를 누림 |
| 장애황 | 출생 | 이 시랑의 죽마고우인 장 한림의 딸로, 이대봉과 한날한시에 태어남 |
| | 결연 | 부모에 의해 하늘이 정해 준 배필인 이대봉과 정혼함 |
| | 시련 | 부친의 죽음 → 모친의 죽음 → 왕희의 청혼 거절 후 왕석연이 납치하러 옴 |
| | 구출 | 시비 난향의 도움으로 남장을 하고 피신함 → 남장한 채 최 어사의 집에 의탁하며 무예와 학문을 수련함 |
| | 비범한 능력 | 과거에 장원 급제하여 한림학사가 됨 |
| | 과업 수행 | 선우족이 침략하자 대원수로 출정하여 이를 물리침 |
| | 결말 | 자신이 여성임을 황제에게 밝힘 → 이대봉과 혼인하여 부귀영화를 누림 |

## 핵심 포인트 2 여성 영웅 서사에서 자주 활용되는 남장 화소 이해

이 작품은 여성 영웅 소설의 전개 양상을 보이는 장애황의 서사에서, 여성인 장애황이 남성 중심 사회의 제약 속에서 능력을 획득하고 발휘하는 데 '남장 화소'가 활용되고 있으므로, 이를 중심으로 작품의 의미를 파악할 수 있어야 한다.

**장애황의 서사에서의 '남장 화소'**

- 장애황은 자신을 납치하여 아들과 혼인시키고자 하는 왕 승상에게서 벗어나기 위해 남장을 함
  → 위기를 해결하기 위해 선택한 수단으로, 여주인공의 혼사 장애 화소와 결합되어 나타남
- 남장한 후 이름을 장계운으로 바꾸고 최 어사의 집에 의탁하여 희씨 부인의 도움으로 무예와 학문을 익힘
  → 조력자를 얻고 미래를 위해 준비할 수 있는 힘을 기르게 됨
- 과거에 장원 급제하여 한림학사가 되고 선우족이 침략하자 대원수가 되어 출전하여 적을 물리침
  → 입신양명이 남성의 영역으로 제한된 사회에서 여성도 동등한 성취를 이룰 수 있음을 입증함
- 황제가 이부상서 벼슬을 내리자 스스로 황제에게 글을 올려 자신이 여성임을 드러냄
  → 불가피한 상황으로 인해 어쩔 수 없이 남장을 선택하게 되었음을 밝힘

## 핵심 포인트 3 작품에 나타난 다양한 화소 이해

이 작품에 나타난 이대봉의 서사와 관련된 다양한 화소를 중심으로 사건 전개를 파악할 수 있어야 한다.

**이대봉과 관련된 다양한 화소**

| | |
|---|---|
| 가족 이합 화소 | • 아버지와 섬으로 유배 가던 중 왕희의 계략으로 인해 아버지와 이별함 → 섬으로 달아난 흉노를 추격하다가 돌아오던 중에 대풍에 휩쓸려 무인도에 도착함 → 무인도에서 아버지를 만남<br>• 우연적 · 비현실적인 사건 전개로 헤어진 가족과 재회함 |
| 복수 화소 | • 왕희와 그의 아들을 무인도로 유배 보내어 그 죄를 평생 사면받지 못하도록 함<br>• 왕희가 이대봉 부자에게 한 행위와 동일한 방법으로 복수함 |
| 군담 화소 | • 중원을 침범한 흉노를 물리침 |

### 작품 한눈에

• 해제

〈이대봉전〉은 조선 후기의 대표적인 창작 군담 소설로, 첫째는 〈조웅전〉이요 둘째는 〈이대봉전〉이라는 뜻의 '일 조웅 이 대봉'이라는 속담이 있을 정도로 높은 인기를 누린 영웅 소설이다. 이 작품은 천정배필인 남녀가 정혼하였으나 적대자로 인해 이별한 후 우여곡절 끝에 재회한다는 애정담의 서사 구조와, 시련을 극복하고 비범한 능력을 발휘하여 과업을 수행하고 승리하는 영웅담의 서사 구조가 결합되어 있다. 특히 남녀 주인공인 이대봉과 장애황의 서사를 번갈아 전개하면서 두 인물의 영웅적 행적을 그린 것이 특징적이다. 두 인물의 개별적 서사를 결합하여 국가적 위기를 해소하고 개인적 시련을 초래한 적대자를 징치하며 천정배필인 남녀가 재회하는 과정을 그려 내고 있다.

• 제목 〈이대봉전〉의 의미

– 이대봉과 그 배필인 장애황이 시련을 극복하고 영웅적 활약을 펼친 후 혼인하는 이야기

남자 주인공 이대봉과 여자 주인공 장애황이 각자의 시련을 극복하고 탁월한 능력을 발휘하여 외적을 물리친 후 혼인하는 과정을 그린 영웅 소설이다.

• 주제

국가의 위기를 해결하고 사랑을 성취하는 남녀 주인공의 영웅적 활약상

**전체 줄거리**

이부시랑 이익은 부처의 점지로 아들 대봉을 낳고, 한림학사 장화는 부인이 봉황이 날아드는 꿈을 꾼 후 딸 애황을 얻는다. 이 시랑이 간신 우승상 왕희를 비판하다 대봉과 함께 유배를 가게 되고 바다에 빠져 죽을 위기에 처한다. 한편, 장 한림은 대봉 부자의 일에 분노하다 병을 얻어 죽고, 애황은 부모를 모두 잃게 된다. 왕희는 애황을 며느리로 삼으려 하고, 애황은 시비 난향의 도움으로 남장을 한 후 도망친다. 대봉 부자는 서해 용왕의 도움으로 살아남고, 대봉은 금화산 노승에게 수학한다. 애황은 이름을 계운으로 바꾸고, 최 어사의 집에 가 밥을 구걸하다 부인의 도움으로 집에 머무르며 학업에 정진한다. 과거가 열리자 계운(애황)은 장원 급제하고, 대원수가 되어 선우족을 물리친다. 한편 대봉은 흉노군을 무찌르고 황제를 구한 후, 이 시랑과 재회하여 황성에 돌아온다. 계운(애황)과 대봉은 황제에게 왕희를 처단할 것을 청하고, 두 사람은 왕희의 처형장에서 상봉한 후 혼인하여 부귀영화를 누린다.

◇ 한 줄 평 | 개인적 고난을 극복하고 영웅적 능력을 발휘하여 나라를 위기에서 구하는 설홍의 일생을 그린 이야기

# 설홍전 작자 미상

▸ 기출 수록 교육청 2021 3월

## 장면 포인트 1 주목

- 이 작품은 '변신 화소', '저승 체험', '계모 박대 화소', '주노(主奴) 갈등', '군담 화소' 등의 화소를 중심으로 설홍의 영웅적 일대기를 그린 영웅 소설이다. 변신 화소를 중심으로 한 설홍의 고난과, 주인과 노비 간의 갈등을 중심으로 한 여주인공(왕 소저)의 고난을 당대의 현실과 연관 지어 감상하도록 한다.
- 해당 장면은 진 숙인이 먹인 독약 때문에 짐승으로 변한 설홍이 갖은 고난을 겪다가 왕 승상에게 구출되고 노승의 도움으로 회복하는 상황을 제시하고 있다.
- '변신 화소'와 설홍의 고난을 '영웅의 일생' 구조와 연관하여 파악하도록 한다.

[앞부분의 줄거리] 설 처사는 늦도록 자식을 얻지 못하자 쌍용사 금불암에 축원하여 아들 설홍을 얻는다. 설홍을 낳은 후 친모가 죽고 설 처사마저 세상을 뜨자 설홍은 설 처사의 후처인 진 숙인에게 맡겨진다. 진 숙인은 설홍이 전생에 지은 죄로 설 처사가 죽었다고 생각하여 설홍을 학대하다 시비를 시켜 설홍을 산중에 버린다. 흑운산 당월굴에 버려진 설홍이 죽게 되자 봉황이 환생초를 물어 와 설홍을 살려 낸다.

주목 이때 진 숙인은 설홍을 산중에 버린 후에(영웅의 일생 구조에서 '기아' 화소. 설홍의 시련) 자연히 몸이 노곤하여 피골이 상접하고 몸에 살 한 점이 없는 고로(진 숙인이 점쟁이를 부른 이유) 점쟁이를 불러 물으니, 점쟁이 말하기를,

「"자식 같은 사람(설홍)을 산중에 버리니 그것이 원혼(冤魂)(분하고 억울하게 죽은 사람의 넋)이 되었으니 부인의 일신이 어찌 편하겠습니까? 그러한 일이 있거든 원혼을 착실히 풀어 주시면 몸도 자연히 편해지고 죽기도 면할 것입니다."」(「」: 진 숙인이 아픈 이유가 설홍을 산중에 버린 일 때문임을 알려 줌)

하니, 부인이 이 말을 듣고 속으로 생각하되

'설홍의 원귀로구나.'(점쟁이의 말을 믿는 진 숙인)

하고, 이튿날 시비를 불러 말하기를

"설홍을 산중에 버린 지 여러 해라. 굶어도 죽었을 것, 얼어도 죽었을 것이니 제 죄는(진 숙인은 설홍의 전생의 죄로 설 처사가 죽었다고 생각함) 만사무석(萬死無惜)(만 번 죽어도 아까울 것이 없음)이라 산중에 썩어도 아깝지 아니하지만, 처사의 골육(설 처사의 혈육)이므로 뼈나 찾아다가 제 부친 묘 아래 묻어 주라."(진 숙인은 자신의 건강을 위해 점쟁이의 말을 받아들여 설홍의 유골을 찾아 원혼을 풀어 주려 함)

▸ 진 숙인이 산중에 버린 설홍의 뼈를 찾아 묻어 주도록 함

하였다. 시비 운섬이 명령을 따라 흑운산 당월(설홍을 버린 곳) 아래로 들어가 살피니 뼈가 한 개도 없는지라.(설홍의 유골을 찾지 못함) 마음에 생각하되 설홍은 어린아이라 필연 무슨 짐승이 잡아먹었으리라 생각하고 집으로 돌아오고자 하였으나, 갑자기 어디서 울음소리가 들리거늘 이상한 생각이 들어 소리를 찾아가니 과연 아이가 바위에 앉아 울거늘, 그 아이에게 물어

"공자는 뉘시기에 이런 공산(空山)에 앉아 우나이까?"(설홍을 산중에 버린 지 오래되어 설홍을 알아보지 못함)

하니, 설홍이 울음을 그치고 한참을 보다가 가로되

"나는 금능 땅 앵무동 설 처사의 아들 홍이오니 일찍 부모를 잃고 이곳에 와 머뭅니다."

## 작품 분석 노트

- '영웅의 일생' 구조와 설홍의 시련

**영웅의 일생 구조**

고귀한 혈통 → 비정상적인 출생 → 비범한 능력 → 유년기의 위기(1차) → 구출자(조력자)에 의한 위기 극복 → 성장 후 위기(2차) → 위기 극복과 과업 성취

↓

**설홍의 위기와 시련**

부모의 사망으로 홀로 세상에 남겨짐 → 계모인 진 숙인에게 학대를 당함 → 진 숙인에 의해 산중에 버려져 죽을 위기에 놓임 → 봉황(조력자)에 의해 살아남 → 진 숙인이 준 독약을 먹고 짐승으로 변함 → 진 숙인에게 조롱과 학대를 당함

⬇

- 계모에 의한 학대가 주인공에게 시련으로 작용함
- 계모의 학대로 인한 주인공의 변신이 시련을 가중하는 요소로 작용함

- 진 숙인이 설홍의 유골을 찾으려는 이유와 태도

**점쟁이의 말**

진 숙인이 설홍을 산중에 버린 일 때문에 진 숙인이 마르고 몸이 아픈 것이니 설홍의 원혼을 풀어 주라고 함

↓

진 숙인이 시비에게 설홍의 유골을 찾아 설 처사의 무덤 아래에 묻어 주라고 함

⬇

- 설홍으로 인해 설 처사가 죽었다고 생각해 설홍이 죽어 산중에 썩어도 아깝지 않다고 여김
- 설홍을 내다 버린 자신의 죄를 뉘우치는 것이 아니라 자신의 건강을 회복하기 위해 설홍의 유골을 찾음

하였다. 「운섬이 그제야 설홍인 줄 알고 거짓으로 반기는 체하며

「 」: 죽은 줄 알았던 설홍이 살아 있는 것을 보고 거짓말을 함

"소저는 공자 댁의 시비 운섬이오니 부인께서 공자를 데려오라 하옵기로 왔나이다."」

진 숙인

하며, 안아 노복의 등에 업히니 설홍이 생각하되,

'부인이 나를 버리고 연화봉으로 가시더니 이제 나를 데려오라 하시나 보다.'

설홍은 얼마 전 만난 친모가 연화봉으로 간다는 말을 하였으므로 친모가 부르는 것으로 생각함

하고, 노복의 등에 업혀 갔다. ▶ 시비 운섬이 설홍을 찾아 집으로 데려감

운섬이 숙인에게 알리되

"노복을 데리고 그 산중에 가오니 죽지 아니하고 살아 있기에 데려왔나이다."

하고, 홍을 숙인 앞에 보내니 부인이 홍을 보고 칼 같은 마음이 불꽃같이 일어나거늘, 시비 운섬을 불러

설홍에 대한 증오심

"내 설홍을 보면 안 하던 병이 절로 나므로 너로 하여금 홍을 산중에 버려 죽게 하였더니, 너는 내 말을 생각지 아니하고 무고한 사람의 자식을 데려와 내 심장병이 나게 하니 어찌 노복 간에 정이 있으리오?"

인연이 없는

하고, 은돈을 주며,

은으로 만든 돈

"남모르게 독약을 구하라."

하더라. 설홍은 남의 흉계를 모르고 독약을 받아먹으나 본디 불에 익힌 음식을 먹지 아니하고 생식만 한 탓으로 죽지는 아니하고 수족이 굳어 놀리지를 못하여 혀가 굳어 말을 못 하고 얼굴에 검은빛이 나며 몸빛도 검은 털이 가득하여 눈만 빠끔하니 갓 난 곰의 새끼 같더라. 진 숙인이란 사람의 마음이 악한 일 하기를 조석으로 더하니 포악하고 잔학한 자라. 「부인이 더욱 미워하여 설홍의 모양을 보고 큰길 누각 위에 자리를 깔고 우리를 만들어 그 안에 가두고 이름을 인곰이라 하고 매일 나와 구경하되 작대기로 쑤시니 홍이 괴로움을 이기지 못하여 그 작대기를 피하여 이리저리 다니니 부인은 그리하는 거동을 보고 더욱 기뻐 좋아하여 이리저리 쫓아가며 작대기로 무수히 찌르니 홍이 더욱 견디지 못하여 몸을 웅크리고 통곡하는 모양을 보고 박장대소하더라.」

설홍에게 독약을 먹여 죽이려는 진 숙인의 흉계 / 설홍이 그동안 봉황이 물어다 준 선과(신선이 먹는 과일)만 먹었음을 의미함 / 독약을 먹고 짐승의 형상으로 변신한 설홍 / 진 숙인의 성격을 직접적으로 제시함 / 독약을 먹고도 죽지 않았기 때문임 / 곰의 형상 / 박장대소: 손뼉을 치며 크게 웃음

「 」: 곰처럼 변한 설홍을 괴롭히는 진 숙인의 행동을 통해 잔인하고 비인간적인 진 숙인의 성격이 드러남

▶ 진 숙인이 독약으로 인해 곰처럼 변한 설홍을 학대함

(중략)

**주목** 세월이 물처럼 흘러 여러 해를 지남에 설홍의 발길이 안 간 곳이 없더라. 이날 소주 땅 구화동에 이르러 놀이를 시작하는데 남녀노소 모여 구경하니 세상에 보지 못하던 짐승이라. 「채복(彩服)을 갖추어 앞발로 소고(小鼓)를 들고 한참 치다가 온갖 재주를 하니 모들빼기 살판이며 공중으로 덕수도 넘으며, 앞발을 들고 섰더니 옥잔에 술을 부어 앞앞이 올리며 절을 공순히 하니」 사람마다 술을 받아먹고 은전을 많이 주니 그 재물이 적지 아니하더라. 왕 승상이라는 한 재상이 나와 구경하여 그 짐승을 보니 「제 주인을 두려워하여 재주를 잘하나 그 괴로움과 슬픔을 이기지 못하여 검은 눈물을 털 속에서 흘리거늘, 승상이 자연 슬픈 마음이 들어」 그 주인을 불러 말하기를,

설홍이 명선에게 납치되어 여러 곳에 끌려다니며 재주를 부림 → 변신으로 인한 설홍의 시련 / 짐승으로 변한 설홍이 세상 사람들의 구경거리가 됨 / 채복: 색깔이 고운 옷 / 「 」: 설홍이 사람들 앞에서 재주를 부리는 모습을 묘사함 / 모들빼기 살판이며 공중으로 덕수도 넘으며: 몸을 날려 땅을 넘거나 공중제비를 하는 모양 / 은전: 은돈 / 명선이 곰이 된 설홍을 돈벌이 수단으로 삼음 / 돈벌이 수단으로 설홍을 착취하는 명선으로부터 설홍을 구조함 / 제 주인: 명선

「 」: 왕 승상이 곰처럼 변한 설홍을 불쌍히 여김 – 명선에게 설홍을 사서 북산도에 데려다 놓는 이유

• 소재의 기능 – 독약

| 독약 ▶ | • 진 숙인이 설홍을 죽이려 하는 데 이용한 것<br>• 설홍을 짐승으로 변신하게 하는 소재<br>• 설홍의 시련을 가중하는 계기로 작용함 |
|---|---|

• 설홍의 고난과 극복 과정

| 진 숙인 | 어린 설홍을 산중에 버려 굶어 죽도록 함 |
|---|---|
| ↓ | |
| 봉황 | 선과를 먹여 설홍을 키우고 돌봐 줌 |
| ↓ | |
| 진 숙인 | 설홍에게 독약을 먹여 죽이려 함 → 설홍이 죽지 않고 곰의 모습으로 변하자 설홍을 괴롭힘 → 설홍의 일이 알려질 것을 두려워하여 설홍을 물에 빠뜨려 죽이도록 함 |
| ↓ | |
| 나무 둥치 | 갑자기 나타나 바다에 빠진 설홍을 태우고 북산도로 데려다 줌 |
| ↓ | |
| 응백 | 북산도의 초동들이 발견한 설홍을 불쌍히 여겨 집으로 데려가 돌봐 줌 |
| ↓ | |
| 명선 | 응백의 집에서 설홍을 훔쳐 달아남 → 돈을 벌기 위해 설홍을 데리고 다니며 재주를 부리도록 함 |
| ↓ | |
| 왕 승상 | 설홍이 우는 것을 보고 명선에게 설홍을 사서 북산도에 데려다 놓도록 함 |
| ↓ | |
| 노승 | 설홍의 꿈속에 나타나 설홍에게 약을 줌 → 약을 먹은 설홍이 원래 모습으로 변신함 |

⬇

• 적대자: '진 숙인', '명선'은 설홍을 시련에 빠뜨려 갈등 관계를 형성함
• 조력자: '봉황', '나무둥치'는 비현실적 조력자, '응백', '왕 승상'은 현실적 조력자, '노승'은 현실계와 비현실계를 넘나들며 설홍의 고난을 해소하는 역할을 함

"저 짐승을 어디에서 데려왔으며 본디부터 재주를 잘하더냐?"

명선이 여쭈오되,
설홍을 돈벌이 수단으로 이용하는 인물

"이 짐승이 북산도에서 귀한 물건으로 하나밖에 없다고 들었습니다."

승상 왈,

"섬 속에 있는 짐승을 데려다가 은전을 많이 얻으니 너는 좋지마는 저 짐승은 불쌍하지 않느냐? 내 은전 백 냥을 줄 것이니 팔고 가라."

하거늘, 명선이 생각하니 은전 백 냥도 적지 아니하거니와 승상의 말씀을 어찌 거역하리오.
왕 승상의 명을 거역할 수 없어 은전 백 냥을 받고 설홍을 승상에게 내어 줌

"그리하옵소서."

하면서 그 짐승을 바치고 돌아갔다.

승상이 그 짐승을 데리고 집으로 돌아와 며칠을 머문 후에 시비를 불러 말하기를,

"이 짐승이 북산도에 있었다 하니 그곳에 남모르게 두고 오라."

하니, 시비가 명을 따라 그 짐승을 데리고 남모르게 북산도에 버리고 오라는 말씀대로 하였다.
▶ 왕 승상의 도움으로 설홍이 북산도로 돌아감

설홍의 처지에 대한 서술자의 개입

슬프다. 설홍이 승상의 손에 구해져 명선과 이별하고 그곳에 와 있으니, 즐겁기는 측량없으나 배고픔을 이기지 못하여 풀로 머리를 고이고 수목 사이에 누웠으니 홀연 몸이 노곤하여 잠깐 졸았더니 한 노승이 나타나
왕 승상이 설홍의 조력자 역할을 함 – 설홍의 고난이 일시적으로 해소됨
입몽(入夢) 설홍을 굶주림에서 구조함

"공자는 전생에 무슨 죄로 저러한 허물을 쓰고 이곳에 와 굶주려 죽게 되었는고?"
곰의 형상

하며, 바랑에서 대추를 내어 주면서 이것을 먹으라 하거늘, 홍이 받아먹으니 배부르고 정신이 씩씩하더라. 홍이 일어나 공경히 절하며

"존사(尊師)는 어디에 계시며, 무슨 일로 굶주려 죽게 된 인생을 살려 주시니 그 은혜가 백골난망이로소이다."
'도사'를 높여 이르는 말 설홍 자신
죽어서 백골이 되어도 은혜를 잊지 못함

**감상 포인트**
작품에서 갈등 해소의 계기가 되는 '꿈'의 서사적 기능을 파악한다.

하니, 노승이 웃으며 말하기를

"소승은 덕음산 쌍용사에 있사오니 동구에 다니다가 잠깐 굶주린 모양을 보고 위로하였거늘 어찌 은혜라 하오리까. 이곳을 떠나 북편 소로(小路)로 수백 리를 들어가면 추용산이라 하는 산이 있고 그 안에 운담 도사 있사오니 그 도사를 만나 도업을 배운 후에 왕 승상의 은혜를 잊지 마시옵소서."
설 처사가 자식을 낳기 위해 기도한 곳 절로 들어가는 산의 어귀
설홍이 해야 할 일을 지시함 → 앞으로 전개될 사건을 알려 주는 기능을 함

하면서, 한 약을 주거늘 홍이 받아먹으니 노승의 은혜는 측량할 수 없더라. 그러나 곧 간데없거늘 이상한 마음에 두루 살폈더니 문득 뒷동산의 뻐꾹새가 뻐꾹뻐꾹 우는 소리에 깨어 보니 꿈인지라. 일어나 자신의 몸을 살펴보니 일신에 가득하던 병이 없고 수족을 임의로 놀리면서 능히 말을 하니 죽은 재에서 다시 불꽃이 살아나 피운 것 같더라.
설홍이 본래의 모습(인간)으로 변신하도록 하는 기능
각몽(覺夢)
꿈에 노승이 준 약을 먹고 본래의 모습으로 변한 설홍 → 전기적 요소가 드러남
▶ 설홍이 노승이 준 약을 먹고 원래의 모습을 회복함

• 〈설홍전〉에 나타나는 변신 화소 ①

| 진 숙인이 준 독약을 먹고 곰으로 변함 | → | 노승이 준 약을 먹고 인간으로 변신함 |
|---|---|---|
| ▼ | | ▼ |
| 진 숙인에게 학대당하고 명선에게 돈벌이 수단으로 이용당함 → 고난의 계기가 됨 | | 고난이 극복되고, 운담 도사에게 도술을 배워 영웅적 면모를 갖추게 됨 |

→ 자신의 의지와 상관없이 외부 인물의 개입에 의해 신체적 변화가 일어남

• '노승'이 나타난 '꿈'의 기능

꿈속에서 설홍이 노승과 만남

▼

- 노승이 준 약을 먹고 설홍이 본래의 모습으로 변신함 → 설홍의 갈등 상황을 해결하는 기능을 함
- 추용산에 가 운담 도사에게 도업을 배우고 왕 승상의 은혜를 잊지 말라고 함 → 설홍이 가야 할 곳과 해야 할 일을 알려 줌(앞으로 전개될 사건을 알려 주는 기능을 함)

• 공간적 배경의 의미

| 북산도 | • 진 숙인에 의해 바다에 빠진 설홍을 나무둥치가 구해 데려다준 곳<br>• 명선에게 설홍을 산 왕 승상이 설홍을 다시 데려다준 곳<br>• 꿈에서 만난 노승이 준 약을 먹고 설홍이 원래의 모습을 되찾은 곳 |
|---|---|
| 덕음산 쌍용사 | • 설 처사가 자식을 낳기 위해 기도한 곳<br>• 설홍의 꿈에 나타난 노승이 있는 곳 |
| 추용산 | • 설홍의 꿈에 나타난 노승이 설홍이 찾아가도록 지시한 곳<br>• 설홍에게 도업을 가르쳐 줄 운담 도사가 있는 곳 → 설홍이 영웅적 능력을 갖추기 위해 거쳐 가야 할 곳 |

## 장면 포인트 2

- 해당 장면은 돌쇠가 윤선을 죽이려 할 때 설홍이 나타나 돌쇠를 꾸짖는 상황을 제시하고 있다.
- 이 작품에 빈번하게 나타나는 '꿈'과 설홍의 '변신'이 지니는 서사적 기능에 주목하여 작품을 감상하도록 한다.
- 왕 승상이 노비인 돌쇠의 손에 죽고 돌쇠가 그의 딸과 혼인하고자 위협하는 '주인과 노비 간의 갈등'을 통해 당대의 사회적 현실을 파악하도록 한다.

이날 밤 삼경에「승상이 피를 흘리고 들어와 소저의 손을 잡고 눈물을 흘리며

"너를 버리고 집을 떠난 후에 돌아오지 못하고 돌쇠의 손에 죽었으니 한심하지 아니하리오. 그러나 오늘 밤 삼경에 돌쇠가 들어와 너를 해하고자 할 것이니 돌쇠는 너의 불구대천(不俱戴天)의 원수라. 죽어도 말을 듣지 말고 살아서 모월 모일의 금능 땅 앵무동에 사는 설홍 공자가 이곳에 와 나의 원수를 갚아 주고 너의 분함을 풀 것이니 모쪼록 목숨을 보존하여 있으라. 또한 그 사람은 너와 배필이 될 것이니라. 예절을 생각하고 백년가약을 잃지 말라. 그 사람은 천지 무가객(無家客)이라. 한번 가면 만날 기약이 어려울 것이니 명심하여 잊지 말거라."」

(왕 승상은 황성에 사는 친구를 만나기 위해 돌쇠를 데리고 가던 중 돌쇠에게 살해당함 / 왕 소저에게 일어날 일을 미리 알려 줌 / 불구대천: 하늘을 함께 이지 못한다는 뜻으로, 이 세상에서 같이 살 수 없을 만큼 큰 원한을 가짐을 비유함 / 왕 소저에게 일어날 일을 미리 이야기함 → 전개될 사건을 알려 주는 기능 / 설홍과 왕 소저가 혼인하게 될 것임 → 전개될 사건을 알려 주는 기능 / 무가객: 집이 없는 손님. 설홍이 정처 없이 떠돌아다니는 인물임을 드러냄 / 「」: 왕 승상이 왕 소저의 꿈에 나타나 자신이 살해당한 일과 앞으로 소저에게 있을 일을 알려 줌)

하며, 문득 사라지거늘 소저 놀라 깨어 보니 꿈인지라. 그제야 돌쇠의 흉계인 줄 알고 시비 난양을 불러 꿈의 일을 말하고 분함을 이기지 못하였다. 과연 이날 밤 삼경에 돌쇠가 삼척검을 들고 들어와 소저 곁에 앉아 말하기를

(꿈을 통해 과거에 일어난 일과 미래에 일어날 일을 알려 줌 / 돌쇠의 흉계: 아버지 왕 승상이 죽게 된 일)

"소저는 그 사이에 기체 안녕하십니까?"

(기체: 몸과 마음의 상태)

하니, 소저 안색을 숨기고 대답하기를

"나는 천지를 이별한 사람이라. 어찌 편하다 하리오. 너는 집에서 자지 아니하고 어찌 왔느냐?"

(천지: 부모를 가리킴)

돌쇠 대답하기를

"내 임의로 들어온 것은 다름 아니라 소저와 오늘 밤 인연을 맺고자 왔나이다."

(주노(主奴) 관계를 저버린 돌쇠의 무례함이 드러남)

하니, 소저 크게 노하여 말하기를

"노복 간이 분명한데 너는 상하를 모르고 이러한 강상지죄(綱常之罪)를 범하니 하늘이 두렵지 아니하느냐?"

(노복: 사내종 / 상하: 주인과 종의 관계 / 강상지죄: 사람이 지켜야 할 도리를 어긴 죄)

하니, 돌쇠 소저의 말을 듣고 크게 분하여

「"내 너의 가엾은 신세를 생각하여 인연을 맺고자 하였더니 너는 나를 천한 신분이라 여겨 이렇게 홀대하니 왕후장상(王侯將相)이 어디 씨가 있다더냐? 내 말을 듣지 아니하면 이 칼로 너의 목을 베리라."」

(가엾은 신세: 아버지를 잃은 신세 / 왕후장상: 왕과 제후와 장군과 승상. 고귀한 신분 / 어디 씨가 있다더냐: 원래부터 정해져 있는 것이 아니라는 뜻 / 「」: 상전의 딸을 위협하여 혼인하려고 함)

하고, 칼을 들어 소저의 목을 치려 하거늘, 소저 속으로 생각하되

'내가 죽으면 부친의 원수를 뉘가 갚으랴? 제 마음을 달래어 나중을 봄이 옳다.'

하고, 거짓으로 웃으며 말하기를

"이 미련한 놈아, 내 부친을 여의고 수일간 누워 잠자지 못한 줄은 너도 알 듯하

(설홍이 나타날 때까지 시간을 벌기 위한 왕 소저의 행동)

### 작품 분석 노트

- '왕 승상'이 나타난 '꿈'(왕 소저)의 기능

꿈속에서 왕 소저가 왕 승상과 만남

▼

- 돌쇠가 자신을 살해했음을 알려 줌
- 돌쇠가 왕 소저를 해치려 할 것임을 알려 줌
- 설홍이 나타나 왕 소저를 구해 줄 것임을 알려 줌
- 설홍과 왕 소저가 부부가 될 것임을 알려 줌

↓

- 과거에 일어난 사건을 요약적으로 제시하는 기능을 함
- 미래에 전개될 사건을 미리 알려 주는 기능을 함

- 〈설홍전〉에 나타나는 주노(主奴) 갈등

- 노복인 돌쇠가 상전인 왕 승상을 살해하고 주인 행세를 함
- 노복인 돌쇠가 상전의 딸인 왕 소저와 혼인하고자 함

↓

- 극단적인 주인과 노비 간의 갈등을 통해 신분제가 동요되던 당시 사회상을 엿볼 수 있음
- 양반 지배층에 대한 부정적 인식이 반영된 것으로 볼 수 있음

니, 돌아가 내가 찾을 때를 기다리라."

하니, 돌쇠 그제야 칼을 놓고 말하기를

"소저의 말씀이 당연하오니 사흘 후에 다시 오겠나이다."

하고, 칼을 들고 나가거늘 소저 분함을 이기지 못하였으나 부친의 말씀을 생각하며 날로 설홍 공자가 오기만을 기다렸다. 삼 일이 지나지 못하여 돌쇠가 올 날을 생각하니 하룻밤이 남았고 설홍 공자는 아니 오니 이런 막막한 일이 어디 있으랴? 내 몸이 차라리 죽어 이도 저도 모르는 것이 좋겠다 싶어 수건으로 자결하고자 하니 시비 난양이 붙들고 울며 왈

설홍이 나타나 자신을 구하고 아버지를 죽인 원수에게 복수하기를 기대함

서술자가 개입하여 왕 소저의 심정을 대변함

'앵난'과 동일 인물

※ 〈설홍전〉의 경우 필사 과정에서 필사자가 사건에 중점을 두어 특히 동일 원전 안에서 주변 인물이나 지역명 등이 다르게 표기되는 부분이 많이 나타남

「"소저 승상을 버리고 죽으시면 승상의 원수를 뉘라서 갚겠사옵니까? 소비를 따라 쌍용사의 승을 찾아가 그곳 스님과 같이 삭발하고 머물러 다음을 기다립시다."」

계집종이 상전에게 자신을 낮추어 이르는 말

「 」: 난양이 왕 소저에게 승상의 원수를 갚아야 함을 강조하며 자결을 만류함

하였다. 소저 생각다 못해

"네 말이 옳다."

하고, 통곡하더니 돌쇠 깊은 밤에 창검을 들고 들어와 앉아 말하기를

"소저는 길일(吉日)을 당해 어찌 이렇게 서러워하십니까?"

운이 좋거나 상서로운 날. 왕 소저가 돌쇠 자신과의 혼례를 올리는 날임을 의미함

하니, 소저 말하기를

"너는 내 아버지를 죽인 원수라. 게다가 분한 마음을 먹고 나를 범하고자 하니 너는 짐승이라. 너 같은 놈이 사람 모양을 하고 있는 것이 안타깝구나."

하니, 돌쇠 소저의 말을 듣고 분심이 탱천하여 눈을 부릅뜨고 소리를 높여 칼을 겨누며 말하기를

분한 마음이 하늘을 찌름

"내 너를 지난밤에 죽여야 할 것을 네 간사한 꾀에 속았거니와 오늘 밤에는 네게 속지 아니할 것이라."

설홍이 나타날 때까지 시간을 벌기 위해 부친을 여읜 슬픔을 핑계로 혼인을 기다려 달라고 한 일

하고, 소리를 크게 지르며 달려드니 소저 계속 고함을 지르노라 목이 막혀 말을 못하다가, 크게 꾸짖어 왈

"도마 위에 오른 고기가 어찌 칼을 두려워하리오. 이놈아 칼로 찌르려거든 찌르고 베려거든 베어라. 내 죽은 혼이라도 너를 베어 원수를 갚으리라."

죽을 위기에 처한 왕 소저의 상황을 비유함

하더라.

▶ 왕 승상을 살해한 노복 돌쇠가 왕 소저에게 혼인할 것을 위협함

한편 이때 운담 도사 설홍을 불러 이르기를

동일한 시간에 다른 공간에서 일어난 사건을 제시함

"너는 세상에 나가 천병만마(千兵萬馬)에 둘러싸여도 염려 없으리라."

아주 많은 군사와 말

설홍이 운담 도사 밑에서 수련한 후 탁월한 능력을 지니게 됨

하며,

"급히 산 밖에 나가 소주 구화동 왕 승상의 은혜를 갚으라. 나는 서촉 익산봉으로 가리라."

설홍이 해야 할 일을 알려 줌

남에게 보이지 않게 여러 가지 술법을 써서 몸을 마음대로 감추는 일

하며, 둔갑장신을 베풀어 소리도 없는 바람이 되어 가거늘 설홍이 이에 따라서 그곳을 향하여 몸을 돌려 산 밖에 나오니 몸과 마음이 광활하여 눈앞에 겁이 없더라.

전기적 요소

▶ 설홍이 왕 승상의 집으로 감

• 갈등 상황에 대한 인물의 대처 방식

| 노복인 돌쇠가 주인인 왕 승상을 살해하고 그 딸인 왕 소저와 혼인을 하고자 하는 상황 |
|---|

↓

| | |
|---|---|
| 왕 소저 | • 강상지죄를 범한 돌쇠를 꾸짖음 → 원수인 돌쇠에 대한 분노<br>• 아버지를 죽인 원수를 갚기 위해 돌쇠를 달래어 보냄 → 임기응변으로 위기를 일시적으로 넘김<br>• 설홍이 오지 않자 자결하고자 함 → 절망감에 극단적 선택을 하려 함 |
| 난양 | 왕 승상의 원수를 갚기 위해 피신하여 기회를 기다리자고 함 → 훗날을 도모할 것을 설득함 |

• 운담 도사의 역할

| 운담 도사 |
|---|
| • 설홍에게 도술과 병법을 가르쳐 줌 → 조력자로 설홍이 영웅적 능력을 갖추도록 하는 역할<br>• 소주 구화동으로 가 왕 소저를 구하도록 함 → 설홍이 해야 할 일을 알려 주는 역할 |

여러 날 만에 소주 구화동에 이르니 이미 날이 저무니 유숙할 곳이 없었다. 마침 바라보니 한 집이 있으되 가장 깨끗하거늘 주인 없는 줄 알고 객실에 머물렀더니, 이 집은 설홍을 돈을 주고 사다가 북산도에 버려 주었던 왕 승상의 집이라. 잠깐 조는데 승상이 와서 가로되

(유숙할 곳: 묵을 곳 / 설홍을 돈을 주고 사다가 북산도에 버려 주었던 왕 승상: 곰 형상을 한 설홍이 명선에게 끌려다니며 돈벌이 수단으로 이용당하는 것을 왕 승상이 구해 줌)

「"설홍 공자는 접대할 주인도 없는데 무슨 재미로 이다지 깊이 자는가? 선생의 명을 받아 나를 찾아왔거든 내정에 들어가 나의 여식을 살려 줌이 어떠하오?"」

(「 」: 설홍에게 위기에 빠진 왕 소저를 구하기를 요청하는 왕 승상 / 선생: 운담 도사 / 내정: 부녀자가 거처하는 곳 / 여식: 딸)

하고, 간데없거늘 설홍이 깨어 보니 꿈이었다. 그제야 왕 상국의 집인 줄 알고 바로 내정에 들어가니 등촉이 휘황한데 방 안이 요란하거늘 급히 문을 열고 들어가니 어떤 한 놈이 삼척검을 들고 앉았는데, 처자가 방 안에 혼절한 듯 쓰러져 있거늘 놀라 말하기를

(꿈: 왕 소저의 위기를 알리고 해결해 줄 것을 요청함 / 어떤 한 놈: 돌쇠 / 처자: 왕 소저)

"그대는 어떠한 사람이기에 이 깊은 밤에 사람을 죽였는가?"

하니, 돌쇠 왈

"나는 이 집 주인이라 저 아이가 내 말을 듣지 아니하기로 죽이고자 했거니와 너는 어떠한 아이길래 외람되게 남의 내정에 들어와 이러한 말을 하느냐?"

(나는 이 집 주인이라 ~ 죽이고자 했거니와: 상전인 왕 승상을 죽이고 주인임을 자처하는 돌쇠 / 외람되게: 분수에 지나치게)

하며, 설홍을 칼로 치거늘「홍이 둔갑장신을 베풀어 칼을 피한 후에 소저를 업어다가 순금 장식 각게수리에 두 층 쇠로 된 용두 위에 삼중석으로 돋우어 높이고 운무가 그려진 병풍 두른 안에 뚜렷이 높이 앉히고 상체를 살펴 소저를 구하니,」왕 소저 겨우 정신을 차려 묻기를

(「 」: 설홍의 비범한 능력을 드러냄 / 각게수리: 귀중품을 보관하는 일종의 금고 / 운무: 구름과 안개)

"공자는 금능 땅 앵무동 설홍 공자 아니요?"

하니, 홍이 대답하기를

"과연 그러하나 소저는 저를 어찌 아십니까?"

하였다. 소저 그제야 눈물을 흘려 말하기를

「"부친께서 몸에 피를 흘리시며 들어와 눈물 흘리며 탄식하기를 나는 돌쇠의 손에 죽은 몸이 되었으니 그 누가 알리요. 모월 모야에 설홍 공자가 이곳에 와 원수를 갚아 주리라 하셨기에 알았습니다. 돌쇠는 본디 포악한 놈이라 몇 번이나 검을 차고 집에 들어와 나쁜 뜻을 먹고 더러운 말을 하기에 분함을 이기지 못하여 꾸짖었더니 칼을 들어 찌르려 하였나이다."」

(모월 모야에 ~ 알았습니다: 왕 소저가 설홍을 알고 있는 이유 – 왕 승상이 꿈에 나타나 설홍이 올 것임을 알려 줌 / 「 」: 왕 소저의 말을 통해 그동안 일어난 사건을 요약적으로 제시함)

하며, 그간의 모든 일을 설홍에게 얘기하였다. 이에 설홍이 크게 분하여 돌쇠를 꾸짖으며

"이놈, 너는 승상 댁 노복으로 불의한 마음을 먹고 승상을 죽여 소저에게 강상대죄(綱常大罪)를 범하였으니 네 어찌 세상이 용납하리오. 내 너에게 이 칼을 더럽히고 싶지 않으나 하는 수 없어 내 칼로 네 목을 베어 소저의 원수를 갚으리라."

(불의한: 도리에 벗어난 / 강상대죄(綱常大罪): 돌쇠가 노비 신분임을 잊어버리고 상전을 죽이고 상전의 딸과 혼인하려고 한 죄를 가리킴)

▶ 설홍이 왕 소저를 구하고 돌쇠의 죄를 꾸짖음

• '왕 승상'이 나타난 '꿈'(설홍)의 기능

꿈속에서 설홍이 왕 승상과 만남

▼

• 설홍에게 운담 도사의 명에 의해 자신에게 은혜를 갚으러 왔음을 일깨움 → 사건의 긴박성과 달리 설홍이 잠이 들어 꿈을 꾸는 화소를 삽입함으로써 갈등 해결을 의도적으로 지연시킴
• 왕 소저의 위기를 알리고 해결해 줄 것을 요청함 → 설홍과 돌쇠의 대결을 예상할 수 있도록 함

• 〈설홍전〉에 나타나는 변신 화소 ②

설홍이 운담 도사에게 도업을 배운 후 둔갑장신술을 부려 왕 소저를 구함

↓

설홍의 영웅적 능력을 드러내는 기능

• '설홍'과 '돌쇠'의 대결이 갖는 의미

| 돌쇠 | ↔ | 설홍 |
|---|---|---|
| 상전인 왕 승상을 살해하고 그 딸을 능욕하는 포악한 노복 | ↔ | 돌쇠와 왕 소저의 갈등을 대신 해결하는 역할 |

• 설홍이 왕 승상에게 입은 은혜를 보답하는 기회가 됨
• 설홍이 비범한 능력을 발휘하는 계기가 됨

## 핵심 포인트 1 작품의 갈등 양상 파악

이 작품은 설홍이 다양한 인물과 겪는 갈등과 그것을 극복해 가는 과정을 중심으로 사건이 전개되므로 갈등 양상을 바탕으로 작품의 내용을 파악할 수 있어야 한다.

**〈설홍전〉에 나타나는 갈등 양상**

| | |
|---|---|
| 설홍 ↔ 진 숙인 | 진 숙인이 설홍을 산속에 버려 굶어 죽도록 하고, 살아 돌아온 설홍에게 독약을 먹여 설홍이 짐승의 형상이 되자 학대하며, 설홍을 죽이려고 물에 빠뜨림<br>→ 어린 시절 설홍이 겪는 시련 |
| 설홍 ↔ 명선 | 북산도에서 설홍을 돌보는 응백의 집에서 명선이 설홍을 훔쳐 달아나 설홍에게 재주를 부리도록 하여 사람들에게 구경시키고 재물을 모음<br>→ 설홍의 시련이 심화됨 |
| 설홍 ↔ 돌쇠 | 상전인 왕 승상을 살해하고 그 딸과 혼인하려는 노복 돌쇠를 죽임<br>→ 설홍의 영웅적 능력을 드러냄 |
| 설홍 ↔ 돌뿌리 | 돌쇠의 동생인 돌뿌리가 형을 죽인 설홍에게 복수하려고 하자 돌뿌리를 죽임<br>→ 설홍과 돌쇠의 갈등의 연장선으로, 설홍의 비범한 능력을 드러냄 |
| 설홍 ↔ 곽섬 | 곽섬이 반란을 일으키자 곽섬의 목을 베어 죽임<br>→ 설홍의 비범한 능력으로 국가적 위기를 해결함 |
| 설홍 ↔ 가달왕 | 가달의 군대를 물리치고 가달의 장수들과 가달왕을 죽임<br>→ 설홍이 국가의 위기를 해소하고 강동의 왕이 됨 |

## 핵심 포인트 2 소재의 의미와 기능 파악

이 작품에 빈번하게 나타나는 '꿈'의 서사적 기능을 파악할 수 있어야 한다.

**'꿈'의 서사적 기능**

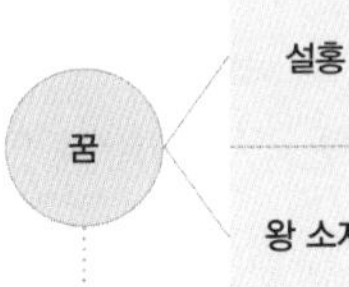


| | |
|---|---|
| 설홍 | • 꿈에 나타난 노승이 준 약을 먹고 원래의 모습을 되찾음<br>• 꿈에 나타난 노승이 설홍이 가야 할 곳과 해야 할 일을 알려 줌<br>• 꿈에 나타난 왕 승상이 소저의 위험을 알리고 소저를 구해 줄 것을 청함 |
| 왕 소저 | • 꿈에 나타난 왕 승상이 자신이 돌쇠에게 살해당했고 설홍이 왕 소저를 구할 것임을 알려 줌<br>• 왕 승상이 돌쇠의 동생이 복수하러 올 것이므로 피신할 것을 알려 줌 |

- '꿈'은 인물의 갈등을 해소하는 기능을 하며, 사건 전개의 방향을 알려 주는 기능을 함
- '꿈'을 통한 갈등 해소는 비현실적 사건 전개로 환상적 분위기를 조성함

## 핵심 포인트 3 외적 준거에 따른 감상

이 작품에 나타나는 '변신 화소'와 관련된 외적 준거를 바탕으로 작품을 해석할 수 있어야 한다.

**주인공의 유년기에 나타나는 변신 화소**

변신 화소는 특정 대상이 자의나 타의에 의해 신체적 변화를 겪는 이야기로, 갈등을 유발하거나 해결하는 장치로서 서사적 흥미를 유발한다. 〈설홍전〉에서 설홍의 유년기에 나타나는 변신 화소는 주인공의 시련과 적대자의 횡포, 조력자에 의한 위기 극복 등 영웅 소설의 특징 및 주변 인물의 성격을 드러내는 요소로 활용된다.

- 설홍이 '독약'을 먹은 후 '곰' 형상으로 변함 → 설홍이 자신의 의지와 무관하게 적대자에 의해 변신함
- 진 숙인이 설홍을 우리에 가두어 괴롭히고, 명선이 설홍으로 하여금 재주를 부리고 구경거리가 되도록 함 → 설홍이 유년기에 겪는 극심한 시련 및 진 숙인과 명선의 비인간적인 면모를 드러냄
- 왕 승상이 설홍을 명선에게서 구출하고 '북산도'로 돌려보내도록 함 → 설홍의 시련이 일시적으로 해소되며, 설홍의 조력자 역할을 하는 왕 승상의 자애로운 면모를 드러냄
- 노승이 설홍의 꿈에 나타나 '약'을 주어 설홍을 '짐승'의 형상에서 인간의 모습으로 돌아오도록 함 → 변신으로 인해 설홍이 겪는 현실의 갈등 상황이 해결됨

### 작품 한눈에

• 해제

〈설홍전〉은 개인적 고난을 극복하고 국가를 위기에서 구하는 설홍의 영웅적 행적를 그린 영웅 소설이다. 전반부는 부모가 죽은 후 계모에 의해 버림받아 죽을 위기에 처하고 짐승으로 변하는 등 설홍이 겪는 다양한 시련이, 후반부는 조력자의 도움으로 원래의 모습을 회복한 설홍이 영웅적 능력을 갖추고 왕 소저와 결연하며 가달국과의 전쟁에서 승리하여 강동왕이 되는 과정이 전개된다. 이 작품에는 설홍과 여러 인물들 간 갈등이 나타난다. 설홍의 계모, 명선, 돌쇠, 돌쇠의 동생인 돌뿌리, 반적 곽섬, 가달국 적장인 묵특 등은 설홍과 갈등을 빚는 적대자이다. 반면 응백, 왕 승상, 쌍용사 노승, 운담 도사 등은 갈등 해결에 도움을 주는 조력자이다. 설홍은 적대자들을 징벌하고, 조력자들의 은혜에 보답한다. 이러한 설홍의 행위는 권선징악의 주제 의식을 잘 보여 준다.

• 제목 〈설홍전〉의 의미

– 주인공 설홍이 시련을 극복하고 영웅적 활약을 펼치는 이야기

〈설홍전〉은 설홍이 가달국과의 전쟁에서 승리하여 강동왕이 되기까지 겪는 고난들과 그 극복 과정을 그린 영웅 소설이다.

• 주제

설홍의 시련과 영웅적 활약상

**전체 줄거리**

처사 설희문의 부인이 신선 꿈을 꾼 후 아들 설홍을 얻지만 부부가 모두 죽고, 설희문의 후실 진 숙인은 설홍을 원수로 여겨 죽이려 한다. 버려진 설홍은 죽을 위기에 처하나 봉황의 도움으로 선과를 먹고 자라나 세상만사를 모두 깨우치게 된다. 팔 년 후 봉황은 날아가고 설홍은 염라대왕을 만나 선관이었던 자신이 적강한 이유를 듣고, 부모를 만난 후 꿈을 깬다. 진 숙인의 시비 운섬은 산에서 설홍을 만나 집으로 데려오고, 진 숙인은 독약을 먹여 설홍을 죽이려 하나 설홍은 죽지 않고 곰 새끼처럼 털이 나고 검게 변한다. 진 숙인은 설홍을 인곰이라 부르며 괴롭히다 물에 빠뜨리고, 설홍은 응백의 도움으로 살아나지만, 명선에게 납치되어 재주를 부리는 데 이용되다가 왕 승상에게 구조된다. 설홍은 꿈에 나온 노승에게 약을 받아 먹고 병이 나은 후, 운담 도사를 만나 도술과 병법을 배운다. 한편 왕 승상은 돌쇠라는 종에게 살해되고, 돌쇠가 왕 승상의 딸인 윤선과 혼인하려 하자 설홍이 돌쇠를 죽이고 윤선을 구한다. 윤선은 돌쇠의 동생 돌뿌리를 피해 달아나고, 돌뿌리는 형의 복수를 하려다 설홍에게 죽는다. 이후 설홍은 장원 급제하여 가달의 침입을 물리치며 황제를 구하고, 강동의 왕이 된다.

◇ 한 줄 평 쥐와 다람쥐를 의인화하여 조선 후기 지방 관리와 토호의 부패상을 그린 이야기

# 서대주전 작자 미상

▸ 기출 수록 교육청 2009 7월

## 장면 포인트 1 주목

- 이 작품은 서대주(큰 쥐)가 타남주(다람쥐)의 물건을 훔쳤음에도 불구하고 뇌물과 교묘한 언변으로 소송에서 이긴다는 내용의 우화 소설이다. 우화 소설은 동물을 통해 인간 사회를 풍자하는 의도를 담고 있으므로 동물 간의 갈등을 통해 드러나는 당대 현실에 주목하여 감상하도록 한다.
- 해당 장면은 타남주가 자신들의 물건을 훔친 죄로 서대주를 관가에 고발하자, 이에 원님의 명을 받은 사령이 서대주를 잡으러 간 상황이다.
- 서대주를 잡으러 온 사령을 대하는 서대주의 태도와 서대주에게 뇌물을 받은 사령의 태도를 파악하도록 한다.

[앞부분의 줄거리] 농서의 소토산 아래 바위 구멍에 사는 서대주(큰 쥐) 무리는 굶주림을 해결하기 위해 타남주(다람쥐)가 저장해 둔 알밤을 훔쳐 간다. 타남주는 작은 다람쥐를 서대주의 소굴로 보내 그 무리가 알밤을 훔쳐 간 사실을 확인하고 관가에 고소장을 제출한다. 이를 본 원님은 서대주를 체포해 오라고 사령(조선 시대에 각 관아에서 일하던 하급 관리)에게 명한다.

석굴의 문 앞(서대주의 소굴)에 도달하여 문을 두드리며 소리 지르니, 조금 있다가 어린 쥐가 허둥지둥 나와서는 아주 심하게 꾸짖었다.

> 감상 포인트 송사 소설의 서사 구조를 중심으로 작품의 내용을 파악한다.

"너는 어느 곳에 사는 놈이관데, 감히 이 존문(尊門)(남의 가문이나 집을 높여 이르는 말) 앞에 와서 이리도 요란스럽게 떠드는 것이냐? 우리 주인 어르신(서대주)께서 병이 들어 아직 화평하지 못하고 쾌차하지 못하거늘, 네놈이 어찌 감히 이리도 스스로 죽음을 재촉한단 말이냐? 얼른 가 버려 남은 목숨이라도 보존토록 해라."

사령은 노기가 등등하여(노하거나 성난 기운이 얼굴에 가득하여) 크게 꾸짖으며 말하였다.

"네 놈의 말이야 꾸짖을 거리도 못 된다. 너의 집 주인 영감(서대주)을 불이 나게(빨리) 불러오되, 만일 일각(아주 짧은 시간)이라도 지체하면 소굴을 헐어 부수고 그 소굴 속의 무리도 전멸시킬 것이다."

사령이 허락도 없이 뛰어들려는 기색을 보이니, 어린 쥐가 놀라고 당황하여 벌벌 떨며 들어가 제 주인 영감을 뵙고 알렸다.

"문밖에 어떤 흉악한 놈이 와서 이러이러하옵니다."(사령이 온 사실을 서대주에게 알림)

조금 후에, 석굴의 문이 열린 곳으로 크고 작은 쥐들이 한 늙은 쥐(서대주)를 부축하며 왔다. 사령이 성난 눈으로 쳐다보니, 「초췌한 얼굴에 흰 수염이 나고, 등은 굽어 활과 같고 뾰족한 입은 송곳 끝과 같고, 눈은 검은 콩과 같았으며, 머리에는 풍차(風遮)(추위를 막기 위하여 머리에 쓰는 방한용 두건)를 쓰고 왼손에는 파리채를 들었고 오른손에는 청려 지팡이(명아줏대로 만든 지팡이)를 짚고서 천천히 걸어 나오는 것이었다.」(「 」: 늙은 서대주의 모습을 묘사함)

사령이 그 거동을 보고는 저도 모르게 한바탕 웃고 큰 소리로 꾸짖었다.

"네놈이 서대주냐?"

서대주(鼠大州)가 대답하였다.

### 작품 분석 노트

• 갈등의 발생 양상

| 타남주 | ↔ | 서대주 |
|---|---|---|
| • 겨울을 나기 위해 모아 둔 알밤을 모두 도둑맞음<br>• 서대주 무리가 알밤을 훔친 사실을 확인함<br>• 관가에 고소장을 제출함 | ↔ | 서대주 무리가 굶주림을 면하기 위해 타남주 소굴로 몰래 쳐들어가 알밤과 보물 등을 훔쳐 옴 |

↓

**사령**
- 원님의 명을 받아 서대주를 잡으러 감
- 서대주에게 좋은 음식과 술을 대접받고 야광주 한 쌍을 뇌물로 받음 → 부패하고 타락한 관리를 상징함

• 송사의 진행 과정 ①

**타남주의 서대주 고발**
- 원고는 타남주이며, 피고는 서대주임
- 타남주가 자신의 알밤을 훔쳐 간 서대주를 관아에 고발함

↓

**서대주의 출두**
- 원님은 사령을 보내 서대주를 잡아 오게 함
- 사령에게 뇌물을 바친 서대주가 편의를 제공받으며 관아에 출두함

「"내 존호야 정녕 그러하다만, 네놈은 어디 사는 상놈이관데」 감히 내 집에 와서 이같이 소란을 피우고 또 나의 호를 버릇없이 함부로 부르는 것이냐? 그 죄가 가볍지 않도다."

남을 높여 부르는 칭호 / 「」: 자신을 높여 부르고 사령을 하대하는 서대주의 태도

사령이 더욱 더 크게 노하여 패자(牌子)를 던져 보이고는 손으로 귀싸대기를 때리며 꾸짖었다.

지위가 높은 사람이 낮은 사람에게 권한을 위임하던 공식 문서 / 사령의 횡포를 엿볼 수 있음

"이런 소견머리 좁은 쥐 새끼가 관가의 명도 모르고 망령되이 스스로 우쭐대며 허세를 부리어 관아의 사령을 능멸하다니, 다시 말할 여지가 없다! 이같이 억세고 사나운 놈을 번거롭게 끌고 갈 것까지 있으랴?"

'소견'을 속되게 이르는 말 / 늙거나 정신이 흐려서 말이나 행동이 정상을 벗어난 데가 있는 것처럼

사령이 두 팔을 잡고는 오랏줄을 꺼내어 서대주가 손을 내밀기도 전에 결박을 하니, 서대주는 놀래어 덜덜 떨면서 말하였다.

도둑이나 죄인을 묶을 때에 쓰던 붉고 굵은 줄 / 서대주의 태도가 변함

"다만 개인의 일인 줄로만 알았지, 관가의 명이 있는 줄은 몰랐소이다. 만약 관가의 명이 있었다는 것을 알았다면, 어찌 감히 거역하였겠소?「다만 제가 나이가 너무 많은 데다가 묵은 병이 깊어서 바로 나와 영접하지 못하였소만, 그 죄야 만 번 죽어도 시원찮을 만큼 무거우니 어찌 살기를 바라겠소? 바라건대, 관리님께서는 이놈의 병을 살피시어 죄를 용서하고, 노여움을 푸시고 천천히 가시오.」"

사령을 꾸짖은 데 대한 변명 / 「」: 사령에게 굽실대며 용서를 구하는 서대주의 모습 / 손님을 맞아서 대접함 / 사령에 대한 호칭의 변화: 네 놈 → 관리님

▸ 사령이 서대주를 체포하러 옴

서생이 후당(後堂)으로 들어갈 것을 청하니, 사령은 손을 내저으며 말하였다.

"관가의 명이 지엄하기가 성화(星火)같으니 잠시라도 머물 수가 없다. 그대는 단지 빨리 갈 따름이지 더 말할 필요가 없다."

몹시 급하고 심하니

사령이 문밖으로 끌어내니. 서생은 다시 애걸하며 말하였다.

서대주

"공직에 종사하는 사람의 도리는 진실로 마땅히 이리해야 할 것이오. 그러나 옛말에 '죽을 약 옆에 또한 살 약도 있다.'고 했소이다. 저 때문에 이 험한 곳까지 오셨는데 아직 술 한 잔을 권하지도 않았고 따뜻한 정소사도 표하지 못하였으니, 집주인 된 자의 간절한 부탁을 어찌해야 하시겠소?"

사령이 공무 수행을 올바르게 하고 있다며 추켜세움 / 아무리 힘든 일이라도 빠져나갈 구멍이 있다는 의미 / 사령이 온 이유가 자신의 탓이라며 미안한 마음을 드러내어 사령을 대접하고자 함 → 사령에게 뇌물을 주기 위함

서생이 거듭거듭 간청하며 옷소매를 끌고 들어갔다.

사령은 처음에는 노하였으나, 이제는 애걸하는 것을 보니 가련한 마음이 들지 않을 수가 없었다. 그리하여 결박한 것은 풀어 주고 서생의 뒤를 따르며 좌우를 둘러보니. 정원은 탁 트여 넓고 뜰로 들어가는 대문이 겹겹이 세워져 있었다.

사령의 태도 변화: 노함 → 가련함 / 서대주의 부유한 형편이 드러남 → 서대주는 조선 후기 부유한 토호 세력을 의인화한 것임

(중략)

사령이 술을 받아 마시니 정신이 흐렸다가 깨어났는데, 비로소 세상의 재미를 깨달은 듯했다.

진귀한 술과 안주로 서대주에게 대접을 받은 사령의 모습

서생이 손수 한 물건을 받치면서 말하였다.

야광주 한 쌍

"이 물건은 비록 하찮은 것이지만 험악한 곳을 산 넘고 물 건너서 오신 수고에 보답하려는 것이니 제 뜻을 받아 주시기를 바라나이다."

사령에게 야광주 한 쌍을 뇌물로 건넴

• '사령'에 대한 '서대주'의 태도 변화

사령의 정체를 알기 전

- "네놈은 어디 사는 상놈이관대 ~" 등으로 사령을 하대하는 모습을 보임
- 사령이 자신의 호를 함부로 부르는 것을 꾸짖음

↓

사령의 정체를 알고 난 후

- 놀라서 덜덜 떨면서 사령을 꾸짖은 데 대한 변명을 늘어놓음
- 사령에게 굽실대며 용서를 구함
- 사령을 '관리님'이라고 칭함

• '쥐'들의 송사 사건을 다룬 우화 소설

| | |
|---|---|
| 〈서대주전〉 | 도둑인 서대주(쥐)와 피해자인 타남주(다람쥐)의 송사에서 죄를 저지른 서대주가 승리함 → 부당한 판결을 통해 관리들의 무능과 부패를 풍자함 |
| 〈서동지전〉 | 어질고 후덕한 서대주(쥐)의 도움을 받은 다람쥐가 서대주를 거짓으로 고발하여 소송을 벌이지만 현명한 관리가 시비를 분간하여 정당한 판결을 내림 → 배은망덕한 인간들을 경계하고 당대의 사회적 현실을 풍자함 |
| 〈서옥기〉 | 나라 창고를 침범한 큰 쥐가 창고 신에게 잡혀 심문을 받는 과정에서 자신의 죄를 면하기 위해 다른 동식물을 거짓으로 고발함 → 자신의 죄를 남에게 전가하는 교활하고 비굴한 인간의 행동을 풍자함 |

사령이 손을 내저으며 사양하며 말하였다.

"천한 제가 이 귀한 곳에 와서 정성스런 대접을 받고 두루 노닐며 경치를 구경한데다 맛이 좋은 술과 음식을 배부르게 먹고 취했으니 더할 나위 없이 감사하외다.
서대주의 대접을 받고 서대주에 대한 태도가 처음과 달라진 사령의 모습

어찌 또다시 다른 물건을 주려는 특혜를 바라겠소?"

사령이 굳이 사양하여 받지 않았다. 서생이 거듭 절하며 애걸하였다.

"주인 된 자로서의 정을 표하고자 하는 것이지 정녕 다른 뜻이 아니온데, 귀한 손님이 이같이 물리치신다면 주인 된 자의 심정이 어떠하겠습니까?"
뇌물이 아니라는 의미
야광주 한 쌍은 뇌물이 아니라 자신의 마음이 담긴 선물이라며 받아 줄 것을 간청함

서생이 여러 번 애걸함에 사령이 부득이 받아서 보니 야광주(夜光珠) 한 쌍이었다. 겉으로는 사양했을지라도 속으로는 실로 바라는 것이어서 옷 속에다 단단히 넣어 두고는, 서생에게 감사의 말을 하였다.
마지못하여 하는 수 없이 / 어두운 데서 빛을 내는 구슬. 뇌물
서대주가 주는 뇌물을 받은 사령 → 부패한 관리의 모습

"받은 물건이 너무 많아 감사하기 그지없소." ▶ 서대주가 사령에게 술과 음식을 대접하고 뇌물을 줌

주목

그리고 사령이 떠나자고 하니, 서생이 말하였다.

"늙은 놈이 여러 해 동안 병으로 집 안에 틀어박혀 있어서 다리 힘이 없으니, 먼 길 걷는 것은 실로 감당하기가 어렵습니다. 감히 청하건대, 노새를 타고 가다가 관아에 이르러서야 법대로 잡아들여 주시면, 실낱같은 남은 목숨일지언정 관아에 가기까지는 보전할 수 있을 것이옵니다. 잘 모르겠습니다만, 사령님의 뜻은 어떠한지요?"
서대주가 늙고 병들어서 관아까지 걸어갈 수 없다는 의도를 드러냄
개인적 편의를 제공해 달라는 의미
관아까지 노새를 타고 갈 수 있도록 해 달라는 의도가 담겨 있음

사령은 많은 후한 대접을 받았고 게다가 뇌물까지 받았기 때문에, 어쩔 수 없이 그렇게 하도록 허락했다.
서대주의 뇌물을 받고 서대주를 일반 죄인과 다르게 호송함 → 부패한 관리(부정부패가 만연한 현실)의 모습을 보여 줌

서생은 머리를 조아리며 고맙다고 인사하고 안으로 들어가 세수 목욕하고는 「가느다란 망건에 옥관자(玉貫子) 달고 정주 탕건관(宕巾冠)에 풍잠(風簪) 찌르고, 대구(大邱) 허리띠에 누런 주머니 달고, 흰 비단 땀받이에 초록 토시 끼고, 공단(貢緞) 홑바지, 왜단(倭緞) 장옷, 옥색 조끼, 여우 가죽의 갖옷, 명주 낭의, 흰색의 모시 솜옷, 우단 건(巾), 돼지털로 만든 쓰개, 은으로 된 갓끈, 호박 구슬, 붉은 융사로 감싼 가는 줄의 띠, 중의 머리처럼 꼭지가 둥근 부채, 병투서(屛套書), 이궁정 현추(离宮丁懸墜) 등과 같은 것을 이리 매고 저리 매고 하여 든든히 몸단장을 끝내고」 노새를 타고 앉았는데, 옷차림은 사치스럽고도 화려하고 거동은 기세당당하여, 의젓하고 점잖기가 부잣집의 자제와 같았다. 말 앞에서 끄는 마부나 뒤따르는 심부름꾼들도 옷차림이 화려하였다. 어린 쥐 하나가 편발에 기름을 바르고, 푸른 도포에 검은 띠를 매고, 가슴팍을 꾹 눌러 질근 통영(統營) 서랍장을 동여매고는, 삼등초(三登草)를 김해 동래의 좋은 담뱃대에 넣어 법도 있게 손에 들고서 주인을 부축하여 가는 것이 마치 겸종(傔從)과도 같았다. ▶ 화려하게 치장한 서대주가 말을 타고 관아로 감

옥으로 만든 망건 관자(망건에 달아 당줄을 꿰는 작은 단추 모양의 고리) / 망건의 당 앞쪽에 대는 장식품
「」: 열거와 비유를 통해 사치스럽고 화려하게 몸단장을 한 서대주의 외양을 묘사함
두껍고 무늬는 없지만 윤기가 도는 비단
일본 비단
부채와 인장 등으로 화려하게 꾸밈
화려하고 사치스러운 옷차림 → 자신의 부유함을 과시하는 모습
길게 땋아 늘인 머리
양반집에서 잡일을 맡아보거나 시중을 들던 사람

• '사령'을 대하는 '서대주'의 태도 변화와 그 의도

| | |
|---|---|
| '사령'의 신분임을 알기 전 | '사령'에게 호통을 치며 무례하게 행동함 |
| '사령'의 신분임을 알게 된 후 | • 좋은 음식과 술을 대접함<br>• 진귀한 물건('야광주 한 쌍')을 뇌물로 줌 |

↓

| 의도 |
|---|
| • 자신에 대한 상대방의 적대적인 태도를 호의적으로 바꾸기 위해<br>• 자신이 준 뇌물을 받은 상대방이 자신의 요구를 들어주도록 만들기 위해 |

• 장면의 극대화

| 장면의 극대화 |
|---|
| '가느다란 망건에 옥관자를 달고 ~ 든든히 몸단장을 끝내고'에서 열거와 비유를 통해 사치스럽고 화려하게 몸단장을 한 서대주의 모습을 묘사함 |

↓

| 효과 |
|---|
| 몸단장에 치중하는 당대 양반들의 행태를 풍자함 |

• 관아로 가는 '서대주' 일행의 모습

• 서대주가 사치스럽고 화려한 치장을 하고 감 → 부유함을 드러내어 타남주의 알밤을 훔칠 이유가 없음을 보여 주고자 함
• 어린 쥐가 통영 서랍장을 동여매고 삼등초를 김해 동래의 좋은 담뱃대에 넣어 손에 들고 감 → 옥졸들을 매수하기 위해 여러 가지 물건을 챙겨 감
• 여러 쥐들이 서대주를 따라감 → 옥에 갇힌 서대주의 몸종 노릇을 하기 위해 따라감

## 장면 포인트 2 주목

- 해당 장면은 원님이 서대주를 심문하자 서대주가 원님에게 억울함을 호소하며 결백을 주장하고 타남주를 모함하는 상황이다.
- 송사에서 이기기 위한 서대주의 말하기 방식과, 가해자인 서대주가 승소하는 원님의 잘못된 판결을 통해 드러나는 당대 현실의 문제점을 파악하도록 한다.

관아의 문이 점점 가까워지자, 사령은 미리 관문 앞에 가서 서 있었다. 서생이 말을 달리게 하여 관문에 도착하니, 사령이 서생을 잡아 내려 관대(冠帶)를 벗기고 문 밖에서 결박하였다.(관문까지 말을 타고 온 서대주를 관아로 데려가기 위해 결박함) 그러고는 급히 형리(刑吏)(지방 관아의 형방에 속한 구실아치)에게 알리니, 형리가 다시 바로 원님께 아뢰었다. 원님이 크게 화를 내며 '즉시 잡아들이라.' 하니, 사령이 상투를 틀어쥐고 나는 듯이 재빠르게 서대주를 잡아가는데 발이 땅에 닿지도 않았다.(원님의 권위가 높음을 드러냄. 비유법, 과장법) 머리칼이 바람에 흩날려 더펄거린 채 넋을 잃고, 심한 두려움이 온몸에 엄습하여 덜덜 떨며 앉았는데, 뾰족한 입이 오물거리고 두 귀가 발쭉거리며 두 눈이 깜작거리는 것이 죽은 것도 같고 산 것도 같았다.(서대주의 외양 및 행동 묘사를 통해 서대주가 쥐를 의인화한 인물임을 환기하면서 서대주의 무섭고 불안한 심리를 드러냄)

원님이 성난 목소리로 물었다. / "네가 서대주냐?"

대주가 정신을 수습하여 얼굴빛이 조금도 변하지 않은 채 대답하였다.

"참으로 그 이름이 적실하옵니다.(틀림이 없이 확실하옵니다)"

원님이 죄상을 막 심문하려 할 즈음, 형리가 앞으로 나아와 고하였다.

"날이 이미 저물어서 심문하기가 어려우니 잠깐 하옥하였다가, 날이 밝기를 기다려 심문하는 채비를 차리시되, 둘 모두 잡아들여서 상세히 조사하여 물어보시는 것이 사리에 맞고 또 마땅하옵니다.(서대주와 타남주를 모두 불러 조사하는 것이 공정한 재판이 될 것이라는 의견을 제시함)"

원님이 말하였다.

"그러면 옥에 넣어 엄히 가두어라! 내일 심문하겠다."

형리가 사령을 불러 말하였다. / "서생 놈을 칼을 씌워 하옥하라."

▶ 원님이 서대주를 다음 날 심문하기로 함

사령이 형리의 분부를 받고는 큰칼을 씌우고, 그 몸을 검은 포승으로 묶고 수족(手足)에다 차꼬(죄인의 발에 채우는 형벌 도구)를 채워 갔다. 서생을 모시고 따라온 쥐들은 일시에 슬피 탄식하고, 길가에서 보는 자들은 크게 비웃지 않은 자가 없으니,(서대주에 대한 인식이 좋지 않음을 보여 줌) 차마 보기가 딱한 광경이었다. 사령이 데리고 가서 옥졸에게 넘겨주자, 옥졸이 옥에 끌고 들어가 단단히 가두고 나서 '돈 내라.'고 괴롭히니,(죄인에게 뇌물을 요구하는 하급 관리들의 부패한 행태) 서대주는 가지고 온 물건을 옥의 수졸(守卒)에게 많이 주었다. 수졸들이 매우 기뻐하고는 큰칼을 풀어 편히 쉬게 하면서 마치 부리는 하인처럼 돌봐 주니,(서대주가 옥졸들에게 가지고 온 물건을 뇌물로 주고 옥에서 편히 지냄 → 부패한 옥졸들의 모습) 돈이라도 많으면 존귀해진다고 할 수 있는 것이었다.(조선 후기 시대상에 대한 편집자적 논평) 서대주가 피로에 지쳐 누워 있는데, 「대서(큰 쥐)는 그 손을 주무르고, 중서(중간 쥐)는 그 다리를 안마하고, 동서(어린 쥐)는 그 허리를 밟으며 대주의 심란한 마음을 위로하고 약간의 대추와 밤 등속으로 시장기를 면케 하면서 밤을 새우니,」(「」: 옥에 갇힌 서대주를 극진히 대하는 서대주 무리의 행동을 열거함 → 부유한 자들의 행태를 엿볼 수 있음) 보는 자가 배를 움켜잡고 웃지 않는 사람이 없었다.(주변 반응을 통해 서대주에 대한 비판적 인식을 해학적으로 드러냄)

▶ 서대주가 옥졸들에게 뇌물을 바치고 옥에서 편하게 지냄

### 작품 분석 노트

- '서대주'를 대하는 관리들의 모습

| 구분 | 모습 |
|---|---|
| 사령 | 서대주의 뇌물을 받고 관문까지는 서대주가 말을 타고 갈 수 있게 함 → 관문 앞에서 서대주를 결박하여 원님 앞으로 데려감 |
| 원님 | 성난 목소리로 서대주를 심문함 → 서대주에게 속아 공정하지 못한 판결을 내림 |
| 형리 | 서대주와 타남주를 모두 잡아들여 다음날 심문할 것을 권함 → 서대주에게 칼을 씌워 하옥하도록 함 |
| 옥졸 | 서대주에게 돈을 요구하며 괴롭힘 → 서대주가 준 물건을 받고서는 서대주를 극진하게 대함 |

- '서대주'의 모습을 본 사람들의 반응
  - '길가에서 보는 자들은 크게 비웃지 않은 자가 없으니'
  - '보는 자가 배를 움켜잡고 웃지 않는 사람이 없었다.'

↓

**효과**

서대주와 같은 인물을 지켜보는 당대 사람들의 일반적인 반응이나 인식을 드러냄

다음 날, 원님이 심문할 채비를 크게 차리고는 둘 모두를 잡아들여서 동서로 나누어 꿇어앉히고, 고소장에 근거하여 크게 꾸짖었다.

"변변하지 못하고 조그마한 네 놈이 간악하기가 매우 심하여 남의 물건을 하룻밤 사이에 모두 훔쳐 갔다는데, 과연 그러하냐? 사실 그대로 말할 것이되, 조금이라도 거짓이 있다면 당장에 엄한 형벌로 무겁게 다스릴 것이다."

서대주의 절도 사실을 확인하기 위한 질문

형리가 성내어 큰 소리로 꾸짖는데, 그 소리가 너무나 우렁차 비록 겁이 없고 배짱이 두둑한 자라도 놀라서 겁낼 만하거늘, 하물며 죄가 있는 작고 나약한 자임에랴!

서대주가 이 말을 듣고서 속으로는 벌벌 떨렸으나 겉으로는 평소처럼 태연한 척하면서, 정신을 힘써 진정하고 얼굴빛을 조금도 변치 않은 채 우러러보고 크게 웃으며 말하였다.

자신의 죄를 감추기 위한 서대주의 행동

**감상 포인트** 인물의 말하기 방식과 그것을 통해 드러나는 인물의 성격을 파악한다.

"원님께서는 어찌 이리도 멸시함이 심하십니까? 평소에 두터운 친분조차 없는 터에 처음에는 간악하다 하시고 다시 도적놈이라 하시니, 원님께서 객(客)을 대하는 태도가 아주 억울하고 원통하옵니다. 제가 지금 심히 애매하게도 뜻밖의 일에 걸려들어 죄수로 있기 때문에 홀대를 잠깐 참고 있지만, 평소에 이 같은 말을 듣는다면 열 마디이건 한 마디이건 간에 그 분함을 참지 못했을 것입니다. 비록 그러하나 저 또한 공훈이 있는 가문의 후예입니다.

자신을 죄인으로 단정하고 무시하는 원님에 대한 항변 → 죄가 없음을 드러내기 위한 의도

자신을 객(= 손님)이라 칭함. 억울함을 호소하며 죄를 짓지 않았다는 의도를 드러냄

자신이 현재 처한 상황은 뜻밖이며, 자신은 평소 이와 같은 대접을 받는 인물이 아님을 밝힘

자신이 나라에 공을 세운 훌륭한 가문의 후손임을 드러냄

「저의 28대조(代祖) 서원은 전국 시대 때 족속 수백만을 인솔하고 밤에 적의 진중으로 들어가 적의 화살을 갉아 없애고 환의 줄을 끊어서, 우리나라가 크게 승리하였습니다.」 조정에서 이것을 듣고 천자님께서 그 충성된 뜻을 가상히 여기시어 즉시 농서백(隴西伯)을 제수하셨습니다. 또 각 도 부 현 중 곡식이 있는 곳에서 백 섬 중 한 섬씩을 거두어 주어 여러 생명이 살아갈 수 있도록 은택을 베풀어 주셨습니다. 27대조 서문은 재주가 출중하여 당대에 유명했고, 26대조 서경 이하 서동, 서언, 서석, 서각, 서이, 서오, 서추, 서흔, 서족, 서혁, 서유, 서작, 서리, 서분, 서발, 서번, 서겸, 서태, 서비, 서요, 서표, 서류, 서지, 서익이 대대로 부유하고 자손이 번성했습니다.

「 」: 조상들이 나라에 세운 공훈을 구체적으로 드러냄 → 타남주의 알밤을 훔치지 않았음을 드러내기 위한 근거로 활용됨

작위를 얻음

저의 대에 이르러서는 시운이 불행하고 운수가 순탄하지 못하여 다섯 아들과 두 딸을 두었으나, 「큰아들 서사는 주색에 빠져 기생집과 술집을 쓸고 다니어 모르는 곳이 없더니, 상사동 임 군 집의 술 빚은 큰 항아리 속에 빠져 죽었습니다. 둘째 아들 서포는 음탕한 짓을 함부로 즐기며 방탕함을 그치지 않고 쏘다니더니, 마전교의 우 첨지 집의 큰 개에게 물려 죽었습니다. 셋째 아들 서돌은 쌀을 받아 오는 일 때문에 선혜청에 갔다가 창고 안으로 잘못 들어가서 뚫린 창고 구멍 속에 압사하였습니다.」

조상들과 다른 자신의 불행한 처지를 드러냄 → 남의 물건을 훔칠 마음이 생기지 않을 정도로 힘들었음을 주장함

「 」: 자신의 불행한 처지를 드러내기 위해 자식들이 죽은 사연을 제시함

선혜청: 조선 시대에, 대동미와 대동목, 대동포 따위의 출납을 맡아보던 관아

• 송사의 진행 과정 ②

| 심리 시작 |
| --- |
| 타남주와 서대주를 모두 잡아들여 심리를 진행해야 한다는 형리의 말을 듣고 원님이 타남주와 서대주를 모두 잡아들임 |

• '서대주'의 발언 내용과 말하기 방식

| 말하기 방식 |
| --- |
| • 자신을 무시하는 원님에게 자신의 억울함을 태연하게 토로함<br>• 이번 소송은 타남주의 속셈에 의한 것이라고 주장함<br>• 자신이 공훈을 세운 훌륭한 가문의 자손임을 밝힘<br>• 자신은 집안에 불행이 겹쳐 일어난 불쌍한 처지라고 밝힘<br>• 자신의 부유함을 드러냄<br>• 흉년으로 인해 타남주는 알밤을 모을 수 있는 형편이 아님을 지적함<br>• 타남주의 무례함과 타남주와 자신의 불편한 관계를 밝힘 |

↓

| 의도 |
| --- |
| • 자신이 타남주의 알밤을 훔친 도둑이 아님을 강조함<br>• 타남주의 말이 거짓이며 타남주가 자신을 모함하고 있다고 지적함<br>→ 자신에게 유리한 판결을 얻어 내기 위함 |

↓

명백한 범죄를 저지르고도 상대방을 비방하고 모함하는 서대주의 비양심적이고 뻔뻔한 면모를 보여 줌

(중략)

주목

이런 신세라서 차라리 돌연 죽고자 했지만 죽지 못했습니다. 여러 해 동안 쌓인 한스러움에 만념(萬念)이 모두 재처럼 식어 버렸으니, 타인의 물건을 훔쳐 가는 일을 할 겨를이 어디에 있었겠습니까? 저놈이 올린 고소야말로 어찌 윗분을 속인 것이 아니겠습니까? 하물며 또한 근년 이래 흉년이 극심하여 살아 나갈 길이 없는 터에 어떻게 알밤을 갈무리해 둘 수가 있겠습니까? 이것은 더욱 아주 맹랑한 말이옵니다.

자신의 신세가 죽고 싶을 정도로 힘든 상황임을 드러냄 / 서대주가 자신의 불행을 언급한 의도가 드러남 – 타남주의 알밤을 훔치지 않았음을 말하기 위함 / 적반하장 격인 서대주의 태도 / 흉년이 극심하였으므로 곡식을 저장해 놓기 어려웠음 → 타남주가 알밤을 저장해 둘 수 있는 상황이 아님

저는 본시 대대로 부유하여 이와 같은 흉년에 한 홉조차 다른 것들한테 꾸지 않아도 되는데, 빌어먹는 놈의 밤을 훔쳤다는 것이 어찌 옳겠습니까? 이놈의 평상시 소행을 제가 하나하나 다 아뢰겠나이다. 「매년 봄여름이 되면 농사 잘 짓는 자들을 널리 구하여 밤낮으로 가을걷이를 한 후에는, 그들 중에서 절름발이, 도둑놈, 귀머거리, 맹인, 쓸모없는 늙은 할미는 방 가운데에 가두어 두고, 그 밖의 자들은 쫓아내어 흩어지게 하였는데, 또 봄여름이면 이와 같이 그대로 하였습니다. 매년 겨울이 되면 방에 가둔 자들을 마을에 떠돌아다니는 거지가 되게 하여, 보는 자가 차마 볼 수 없고 들을 수 없는 짓을 행하였기 때문에 분개하는 바가 있었습니다.」 마침 사냥하러 나갔을 때, 소토산 왼편의 용강산 기슭에서 만나고도 인사조차 하지 않기에 그 행실머리 없음을 아주 심하게 꾸짖었습니다.

흉년에도 곡식을 남에게 빌리지 않을 정도로 부유한 형편임 → 남의 것을 훔칠 이유가 없음 → 타남주의 말이 사실이 아님 / 타남주가 부도덕하고 흉악한 인물임을 드러내고자 함 → 타남주가 자신을 무고하였음을 드러내기 위함 / 타남주가 농사 잘 짓는 자들에게 일을 시킨 후 쫓아냈으며 늙고 병들고 불쌍한 자들은 감금하였다고 거짓말함 / 「 」: 타남주의 악행을 구체적으로 제시하여 자신의 말에 신빙성을 부여함 / 타남주가 늙고 병들고 불쌍한 이들에게 구걸을 시켰음 / 타남주의 악행에 대한 분노를 드러냄 / 타남주의 무례함과 자신의 엄정함을 드러냄

그 후로 자기의 잘못을 스스로 알지 못한 채 항상 분노의 마음을 품고는, 사리에 맞지 아니한 터무니 없는 말로 저를 얽어매는, 도리에 어긋난 간악한 송사를 꾀했으니, 세상천지에 이와 같은 맹랑하고 무뢰한 놈이 있겠습니까? 제가 비록 매우 졸렬하기는 하지만 역시 대대로 공훈이 있는 가문의 후손으로서, 이러한 무도하고 못난 놈한테 구차하게 고소를 당하여 선조의 공훈에 더럽힘을 끼치고 관정을 소란스럽게 하오니, 죽으려고 하여도 죽을 만한 곳이 없어서 사는 것이 죽는 것만 못하옵니다. 밝게 살피시는 원님께 엎드려 바라건대, 사정을 살피시어 원한을 풀어 주옵소서."

타남주가 자신에게 질책받은 일에 앙심을 품고 거짓 소송을 했다는 의미 / 타남주의 행위에 대한 비판과 분노가 담김 / 타남주의 고소가 조상의 명예를 더럽히는 일이 되었음 / 죽고 싶을 만큼 억울한 일임

「서대주가 옷섶을 고쳐 여미며 단정히 꿇어앉았는데, 뾰족한 입이 오물거리고 두 귀가 발쭉거리며 두 눈이 깜작거리면서 두 손 모아 슬피 빌고 눈물이 흘러내려 옷깃을 적시니,」 보는 자가 더할 나위 없이 애처롭고 불쌍하다고 할 만한 것이었다.

「 」: 소송에서 이기기 위한 서대주의 가식적인 행동 / 서대주의 행동을 쥐가 하는 행동으로 표현함 / 서대주의 행동이 주변 사람들에게 동정심을 불러일으켰음 / ▶ 서대주가 거짓말을 늘어놓으며 타남주가 자신을 무고한 것이라 주장함

원님이 서대주의 진술하는 말을 들으니 말마다 사리에 꼭 들어맞고, 형세가 본디부터 그러하여 죄를 주기도 어려워, 결박한 것을 풀고 씌운 큰칼을 벗겨 주고는, 술을 내려 주어 놀랜 바를 진정케 하고 특별히 놓아주었다. 타남주는 도리에 어긋난 간악한 소송을 한 죄로 몽둥이 세 대를 맞고 멀리 떨어진 외딴섬으로 귀양을 가니, 서대주가 거듭거듭 절하고 머리를 조아리며 갔다.

원님이 서대주의 말에 속아 부당한 판결을 내림 → 무능한 지배층의 모습이 드러남 / 부당한 판결로 인한 타남주의 시련 → 부패하고 무능한 지배층으로 인한 백성의 시련을 드러냄 / 서대주의 승소 / ▶ 원님의 잘못된 판결로 서대주는 풀려나고 타남주는 귀양을 감

• 송사의 진행 과정 ③

서대주와 타남주에 대한 심문 진행
• 서대주는 타남주가 올린 고소장 내용에 대해 타남주가 거짓 소송을 벌였다고 주장함
• 원님은 서대주의 말만 듣고 타남주의 말은 듣지 않음

↓

판결
원님은 서대주의 진술만 듣고 서대주를 방면하고 타남주에게 형벌을 내림

• 등장인물 간의 관계

| 타남주 (다람쥐) | 갈등 ↔ | 서대주 (큰 쥐) |
| --- | --- | --- |
| • 피해자<br>• 성실하고 순박한 서민 | | • 가해자<br>• 부유하고 권세 있는 토호 세력 |

↓

원님
피해자를 징계하고 가해자를 석방하는 판결자 → 무능한 관리

• 송사의 결말과 그 의미

| | |
| --- | --- |
| 서대주 | 명백한 범죄를 저질렀으나 타남주의 고발이 무고인 것처럼 속여 무죄로 풀려남 |
| 타남주 | 양식을 탈취당하였으나 죄인으로 몰려 매를 맞고 귀양을 감 |

↓

• 지방 토호들이 관권의 비호를 받으며 백성을 부당하게 착취하고 횡포를 부리는 현실을 드러냄
• 무능하고 부패한 관리들에 의해 억압받고 고통을 당하는 서민들의 현실을 드러냄
• 서대주의 진술만으로 판결이 이루어지는 것을 통해 공정한 재판이 이루어지지 않는 당대 현실을 드러냄

## 핵심 포인트 1 서술상 특징 및 갈등 양상 파악

이 작품에 나타난 서술상 특징과 갈등의 해결 양상을 파악할 수 있어야 한다.

**서술상 특징**

- 묘사를 통해 서대주의 외양을 표현함: '가느다란 망건에 옥관자 달고 ~ 이리 매고 저리 매고 하여 든든히 몸단장을 끝내고'
- 편집자적 논평을 통해 부정적 인물과 당대 시대상에 대한 비판적 의도를 드러냄: '돈이라도 많으면 존귀해진다고 할 수 있는 것이었다.'
- 열거를 통해 서대주를 따라간 쥐들의 행동을 구체적으로 묘사함: '어린 쥐 하나가 편발에 기름을 바르고, 푸른 도포에 검은 띠를 매고, ~ 주인을 부축하여 가는 것이', '대서는 그 손을 주무르고, 중서는 그 다리를 안마하고 ~ 밤을 새우니'

**갈등의 발생과 해결 양상**

| 인물 | 내용 | | 원님 |
|---|---|---|---|
| 타남주 | • 월동을 위해 모아 둔 알밤을 서대주에게 도둑맞음<br>• 서대주가 훔쳐 간 것을 확인하고 관가에 고소함<br>• 선량한 서민을 상징함 | 송사 | • 심문 과정에서 서대주의 말만 듣고 판결을 내림<br>• 서대주의 거짓말에 속아 서대주를 풀어 주고 타남주를 귀양 보냄<br>• 무능한 관리를 상징함 |
| | ↕ 갈등 | | |
| 서대주 | • 타남주가 모아 둔 알밤을 모조리 훔쳐 감<br>• 가문과 부를 과시하며 거짓말로 타남주가 자신을 무고했다고 몰아감<br>• 지방 토호 세력을 상징함 | | |

## 핵심 포인트 2 인물의 말하기 방식 파악

이 작품에서 서대주는 타남주의 알밤을 훔쳐 간 범죄를 은폐하면서 자신의 무죄를 호소하고 있다. 이러한 서대주의 말하기 방식에 드러난 서대주의 성격을 파악할 수 있어야 한다.

**'서대주'의 말하기 방식**

- 자신의 조상들이 나라에 공을 세워 대대로 부유한 가문이므로 남의 물건을 훔칠 필요가 없음
- 집안에 닥친 불행한 일로 인해 한탄하느라 남의 물건을 탐낼 경황이 없음 → 동정에 호소하는 오류, 논점 일탈의 오류
- 근년의 심한 흉년으로 인해 타남주가 알밤을 모아서 저장하는 것은 불가능하므로 타남주의 말은 거짓임 → 성급한 일반화의 오류
- 타남주는 무례하고 무도한 인물이며, 자신이 타남주의 무도한 행동을 꾸짖은 일이 있었는데, 타남주가 이에 대한 앙심으로 소송을 벌였을 가능성이 높음 → 인신공격의 오류

**'서대주'의 성격**

- 타남주가 애써 모은 양식을 탈취하고도 죄의식을 갖지 않으며 오히려 당당한 모습을 보임
- 교활한 언변으로 타남주에게 죄를 뒤집어씌우는 뻔뻔한 모습을 보임

## 핵심 포인트 3 외적 준거에 따른 감상

이 작품은 조선 후기에 집중적으로 나타난 송사형 우화 소설이므로 조선 후기의 시대상과 연관하여 작품에 나타난 사회 현상을 파악할 수 있어야 한다.

**'송사형 우화 소설'에 나타난 시대상**

송사에서 뇌물 수수는 법의 권위를 훼손하여 사회 기강을 문란하게 하는 행위로 조선 전기부터 꾸준히 지적되어 온 폐단이었다. 그런데 조선 후기에 송사형 우화 소설이 집중적으로 나타난 것은 상품 화폐 경제의 발달로 인해 '경제력이 송사의 향방마저 좌우하기 시작한 세태'의 영향이라 할 수 있다. 〈서대주전〉에서 죄인인 서대주가 뇌물로 사령과 옥졸을 매수하여 여러 가지 편의를 제공받고, 옥졸들이 서대주에게 노골적으로 뇌물을 요구하는 행태는 뇌물이 횡행했던 당대 현실의 일면을 보여 주는 것이다. 이처럼 '송사형 우화 소설'에 나타나는 뇌물 수수 문제는 조선 후기의 사회적 폐단을 보여 준다고 할 수 있다.

### 작품 한눈에

• 해제

〈서대주전〉은 타남주(다람쥐)의 알밤을 훔친 서대주(큰 쥐)가 관가에 고발당하여 발생한 소송을 다룬 조선 후기의 우화 소설이다. 이 작품은 도적질한 서대주는 석방되고 피해자인 타남주는 벌을 받는 판결을 통해 당대 현실의 문제점을 드러내고 있다. 가령 소송을 당하자 사령과 옥졸을 뇌물로 매수하며 교묘한 언변으로 타남주에게 죄를 뒤집어씌우는 서대주의 모습은 관권의 비호를 받으며 백성을 부당하게 착취하는 조선 후기 지방 토호의 전형을 보여 준다. 또한 사건의 진위를 밝히지 못하고 부당한 판결을 내리는 원님은 백성의 삶을 더욱 힘들게 만드는 무능하고 부패한 관리의 모습을 보여 준다.

• 제목 〈서대주전〉의 의미

– 다람쥐의 알밤을 훔쳐 간 뻔뻔한 쥐 이야기

〈서대주전〉은 겨울나기를 위해 모아 둔 알밤을 도둑맞은 타남주(다람쥐)와 타남주의 알밤을 훔쳐 간 서대주(큰 쥐) 사이의 소송을 통해 가해자가 풀려나고 피해자가 벌을 받는 상황을 그린 우화 소설이다.

• 주제

① 불공정한 판결이 이루어지는 당대 현실에 대한 풍자
② 부패하고 무능한 관리에 대한 비판

전체 줄거리

중서암이라는 바위에 사는 큰 쥐 서대주는 흉년이 심해지자 굶주림에서 벗어나기 위해 다람쥐 타남주 무리가 모은 알밤을 훔치기로 한다. 타남주 무리는 부지런히 알밤을 모아 저장한 덕분에 흉년에도 굶지 않는 것을 즐거워하며 잔치를 열고 술에 취해 잠든다. 서대주의 명령을 받은 서표는 타남주 무리의 알밤과 옷, 보배 등을 모두 훔쳐 가고, 술이 깬 타남주는 재산을 모두 잃은 것을 알아채고서 도적질한 서대주를 관아에 고발한다. 원님은 사령을 보내 서대주를 잡아오게 한다. 뇌물을 받은 사령은 서대주의 편의를 봐 주고, 옥에 갇힌 서대주는 뇌물을 주고 수졸들을 하인처럼 부린다. 다음 날 원님은 서대주의 죄를 심문하고, 서대주는 도적질할 겨를이 없다며 억울함을 호소한다. 그리고 서대주는 흉년에 알밤을 모아 두었다는 타남주의 말은 거짓이며, 예전에 자신이 타남주를 꾸짖은 일에 분노하여 타남주가 송사를 벌인 것이라고 읍소한다. 원님은 서대주의 말이 사리에 맞다고 생각하여 그를 풀어 주고, 타남주는 간악한 송사를 했다며 귀양 보낸다. 훗날 서대주의 자손들은 도적질로 생활하여 사람들에게 죽임을 당한다.

고전 산문 12

◇ 한 줄 평 기생 모가비(우두머리)가 된 도학자 이춘풍의 삶을 그린 이야기

# 삼선기 작자 미상

## 장면 포인트 1

- 이 작품은 이춘풍이 홍도화 · 류지연이라는 두 기생에게 속아 도학자의 삶을 버리고, 기생 교방을 운영하는 모가비(우두머리)가 되어 새로운 삶을 살게 되는 과정을 그린 세태 소설이다.
- 도덕군자인 체하다 훼절 사건으로 위선적 실체가 폭로되는 대개의 훼절 소설의 주인공들과 달리, 이춘풍은 훼절 이후에도 고결한 성품과 품위를 유지하므로 그의 훼절은 조롱의 대상이 아니라는 점에 주목하여 작품을 감상한다.
- 해당 장면은 이춘풍의 고결한 도학자로서의 특성을 보여 주는 일화와 홍도화 · 류지연이 경성으로 올라와 활량들에게 수모를 당하는 이춘풍을 보고 그의 절개를 꺾고자 마음먹는 상황을 다루고 있다.
- 이춘풍의 인물됨과 이춘풍을 대하는 주변 인물들의 태도를 파악하도록 한다.

[앞부분의 줄거리] 이춘풍은 명문대가(훌륭한 문벌의 큰 집안)의 장남으로 사형제 가운데 가장 뛰어난 인물이다. 경학(經學)에 깊이 몰두하여 학식과 덕망을 갖추었으나 부귀공명에는 뜻이 없어 관직에 나아가지 않는다. 또한 인물이 준수하여, 여염의 여인들이 모두 그를 흠모할 정도이지만 이춘풍은 여색을 멀리하고 학문에만 전념한다.

이생의 이름난 학식이 나라에 두루 유명하여 대신이 천거하되(이춘풍의 학식이 뛰어난 것이 널리 알려져 대신이 그를 관직에 추천함), 이모(李某)는 명환(중요한 자리에 있는 벼슬) 귀족의 자손으로 공명에 뜻이 없어 세상 번화를 뜬구름같이 여기고, 경학에 깊이 마음을 두어 치국평천하(治國平天下)할 만한 재덕을 품었다(대신이 이춘풍을 천거한 이유: 명문가 자손으로 부귀공명을 멀리하고 경학을 깊이 연구하여 훌륭한 관리가 될 재주와 덕을 갖춤) 하여, 사헌부 장령과 경연 시독관(이춘풍을 위해 천거한 내직)을 시키되 들은 체 아니하고, 군위 현감 영광 군수(지방관. 민정을 다스리게 됨)를 제수하니, 내직(內職)도 아니하거든, 어찌 어수선하고 소란스러운 민정을 다스리려 하리요(군위 현감, 영광 군수를 맡아 할 리 없음). 공부가 차지 못하고 몸에 병이 있음(이춘풍이 벼슬을 거절한 이유)을 갖추어 표(表)를 올리고, 벼슬에 나아갈 마음이 아주 없으니, 뉘 능히 그 분명한 뜻을 돌리리요(서술자의 개입). 이른바 불사왕후고상기사(不事王侯高尙其事)(은자의 지조)요, 종남첩경(終南捷徑)(쉽게 벼슬하는 길)을 코웃음 치더라(이춘풍이 진실로 벼슬에 뜻이 없음).

▶ 부귀공명에 뜻이 없는 도학자 이춘풍

「하루는 그 처남 김시랑(金侍郞)이 와 보고 왈,

"형이 성현의 도를 즐겨하옴은 인정하려니와, 대(代)를 이를 생각을 하지 아니하니(이춘풍의 성격: 여색을 멀리함) 후사(後嗣)(대를 잇는 자식)를 어찌 하려느뇨. 불효를 범하지 아니할까(후사가 없는 것을 불효라고 여기는 당대인의 인식이 나타남)."

하온되, 이생이 이윽고 보다가 왈,

"형의 말씀이 지당하도다."

하더니, 그 부인이 잉태하여 일자(一子)를 두니라.」

「 」: 아내조차 멀리할 정도로 여색을 꺼림
→ 이춘풍의 고고하고 깨끗한 도학자로서의 면모를 드러내는 일화

▶ 여색을 멀리하며 깨끗하게 살아가는 이춘풍

항상 그 아우더러 경계 왈,

"너희들이 너무 일찍 공명에 뜻을 두어 어지러이 다툼을 면하지 못하니, 부디 조심하여 옛 성현의 심연박빙(深淵薄氷)(깊은 못을 임한 듯 얇은 얼음을 밟듯 두려워하며 행동을 삼감)의 훈계를 생각하고, 동동촉촉(洞洞屬屬)(공경하고 삼가며 매우 조심함)하여 부모와 조상에게 욕이 돌아오지 아니하게 하라."

## 작품 분석 노트

- 인명 기술 기준

  수능 연계 문학 작품에서는 홍도화를 홍도 낭자로, 류지연을 벽도 낭자로 지칭함. 본 교재에서는 '『(역주) 조선 후기 세태소설선』, 신해진 역주, 월인, 1999'에 근거하여 홍도화를 벽도 낭자로, 류지연을 홍류 낭자로 기술하였음

- '이춘풍'의 인물 특성과 의미
  - 높은 학식으로 유명하여 대신이 관직에 추천하나 공부가 차지 못하고 몸에 병이 있음을 이유로 거절함
    → 부귀공명에 뜻이 없음
  - 처남이 후사가 없는 것을 걱정할 정도로 부인조차 가까이 하지 않음
    → 여색을 멀리함
  - 동생들이 이춘풍의 가르침을 존중하여 따름
    → 집안을 잘 다스림
  - 매월 초하룻날과 보름날마다 부모의 산소에 성묘하러 감
    → 부모에 대한 효성이 지극함

  ↓

  **이춘풍**

  도덕군자인 체하는 위선적 인물이 아닌, 학문과 덕을 갖춘 이상적 인물임

- 고사의 의미

  **불사왕후고상기사**

  벼슬하기를 싫어하고 숨어 살면서 뜻을 높이하여 절도를 지키는 은자의 지조 있음을 의미함

  **종남첩경**

  사람 발길이 드문 곳에 지조 높은 척 은거하면서 세상 사람들의 존경을 받아 허명(실속 없는 헛된 명성)을 널리 알려 출사하는 지름길로 이용함을 의미함

겸손한 태도로 남에게 양보하거나 사양하는
그 아우 형제 형의 엄한 훈계를 받들어 겸양하는 덕이 조정에 유명하더라.
중국 사신들이 서울 성안에 들어오기 전에 임시로 묵던 공관 ▶ 엄한 가르침으로 아우들의 존경을 받는 이춘풍
하루는 부모의 산소에 성묘하러 갈새, 홍제원(弘濟院)을 지나니, 모든 활량들이
이춘풍은 매월 음력 초하룻날과 보름날마다 부모의 산소에 성묘를 함 → 효성이 지극함
활을 쏘다가 이 학자 지남을 보고 일시에 나와 인사하고 뵈옵기를 청하거늘, 면면
이춘풍을 가리킴
(面面)이 답례하고 후일 만남을 기약하였더니, 이튿날 돌아올 제, 마침 날이 저문지
라. 활량들이 기다리고 있다가 일시에 겨드랑이를 붙들어 모시고 가거늘, 이생이 대
① 무과의 합격자로서 전직이 없던 사람 ② 일정한 직무 등이 없이 놀고먹던 말단 양반 계층
경하여 무수히 막은들 어찌 당하리요. 한 곳에 이르러 모셔 앉히거늘 마지못하여 앉
서술자의 개입. 활량들이 갑자기 달려들자 이춘풍이 당해 내지 못하고 끌려감
았더니, 그중 한 손[客]이 꿇어앉아 왈,

"우리들이 사람 되는 도리를 알지 못하나니, 원컨대 선생님께옵서 가르치소서."
활량들이 도학이 높기로 유명한 이춘풍에게 사람의 도리를 가르쳐 줄 것을 청함
하고 차례로 술을 권하거늘, 이생이 사양하며 왈,

"학생이 아는 것이 없으니, 어찌 여러분들을 가르치며, 본디 술을 먹지 못하오니
이춘풍이 스스로를 겸손하게 가리켜 이르는 말
용서하시어 수이 놓아 보내소서."

좌중이 일시에 웃고 왈,

문반과 무반 무과 출신의 벼슬아치
"세상에 문무(文武) 양반(兩班)이거늘 무슨 일인지 본디 무변(武弁)을 천히 여기는
문반과 무반이 모두 양반이나 세상이 무반을 천하게 여기는 가운데, 이춘풍이 더욱 무반을 무시한다는 말
중 선생님이 더욱 더하신 까닭으로, 오늘 모시고 온 것은 그 연유를 묻고자 함이라."
이춘풍을 데리고 온 핑계
하고, 패악한 말과 무례한 행동이 듣던 바 처음이라. 이생이 귀를 씻고자 하나 아무
도리에 어긋나고 흉악한
리 할 수 없어, 「따뜻하고 부드러운 말씨로 사양하며 왈,
「 」: 활량들의 모욕에도 너그러움을 잃지 않는 이춘풍의 모습
"학생이 성질이 너그럽지 못하고 옹졸하여 외인(外人)과 교섭(交涉)이 없사오니
자신이 무반을 업신여긴다는 활량들의 주장은 사실이 아님
어찌 여러분들을 괄시하오리까."」 ▶ 선산 성묫길에 활량들에게 수모를 당하는 이춘풍

(중략)

이에 모든 활량들이 의논 왈,

유교 도덕에 관한 학문 이름이나 평판이 높다
"이 사람의 도학(道學)이 대단히 고명하다 하니, 우리 그 도학을 깨뜨림이 어떠하
이춘풍의 도학을 훼손하고자 하는 활량들의 제안
뇨? 그러나 술만 깨면 그 빙설 같은 마음을 누가 능히 돌리리요?"
얼음과 눈처럼 결백한 마음씨

좌중에 한 여자가 자원하되,
홍도화. 평안도 기생 훼절
"내 능히 그 절개를 변하게 하리니, 나와 백년해로(百年偕老)하여도 아무 양반도
이춘풍을 훼절시키고 그와 부부가 되어 살아가려 함
시비 말으시리이까?" ▶ 홍도화가 이춘풍의 절개를 꺾겠다고 나섬

모두 보니, 이는 기생 홍도화(紅桃花)라, 본디 성천(成川) 사람으로 십 세에 가무
갖추고
와 음률을 구비(具備)하고 인물이 빼어나게 아름답더라.
홍도화의 성격 직접 제시

평안도 내에 이름난 기생이 두 명 있으니, 안주(安州)에 류지연(柳枝蓮)이요, 성천
에 홍도화니, 음률은 물론이고 문필이 유여하며 지조가 특출하되, 이미 기생 출신인
류지연과 홍도화 성격 직접 제시
까닭에 마지못하여 행공거행(行公擧行)하나, 항상 마음이 답답하여 사람을 구하더라.
평생의 반려자로 삼을 이상적인 남성

「감사(監司)와 수령(守令)은 세력으로 꼼짝 못하게 하고, 호화로운 가문의 자제와
「 」: 기생을 대하는 태도 기생으로서 겪는 홍도화, 류지연의 괴로움
오입쟁이들은 노류장화(路柳墻花)를 다투되,」 어찌 복종하여 괴로움을 견디리오. 나
아무나 쉽게 꺾을 수 있는 길가의 버들과 담 밑의 꽃이라는 뜻으로 기생을 비유적으로 이르는 말
이 십구 세 되도록 사람을 만나지 못하여 양인(兩人)이 의논 왈,

- '홍제원'에서의 사건
  - 활량들이 문반과 무반이 모두 양반이거늘 무변을 천히 여기는 까닭이 무엇인지를 묻겠다는 핑계를 대며 이춘풍을 잡아 온 후, 이춘풍에게 억지로 술을 먹이고 괴롭힘
    → 당대인들의 무반에 대한 인식을 엿볼 수 있음
  - 이춘풍이 활량들의 무례한 행동에도 품위를 잃지 않고 너그럽고 겸손한 태도를 보임
    → 이춘풍의 훌륭한 인품을 확인할 수 있음
  - 활량들이 이춘풍의 도학을 깨뜨릴 것을 모의하자 이를 본 홍도화가 자원함
    → 두 기생이 이춘풍을 훼절시키는 사건으로 연결되는 계기가 됨

- '홍도화 · 류지연'의 인물 특성
  - 평안도 내에 이름난 기생. 가무 · 음률 · 문필 등을 갖추고 빼어난 미모를 지님
  - 견문이 좁은 것을 한탄하며 이상적인 남성을 만나고자 하여 경성으로 올라옴
    → 자신의 처지에 순응하지 않는 인물
  - 이춘풍을 자신들이 찾던 이상적인 남성이라 판단하고 그와 인연을 맺기 위해 계교를 꾸며 목적을 이룸
    → 치밀하고 적극적인 면모를 보여 주는 인물

"우리 외딴 시골에서 나고 자라 견문이 넓지 못하니, 천금씩 들여 기안(妓案)에서 제명(除名)하고, 경성에 올라가 마음대로 구경하리라."

관아에서 기생의 이름을 기록하여 두던 책

이름을 뺌

하고, 수천금을 들여 정속(正贖)한 후 즉시 올라와 두루 다니며 살펴보되 하나도 마음에 들지를 않는지라, 교방(敎坊)을 찾아가니 모든 기생이 모였고, 곳곳에 오입쟁이가 돌아앉아 재주를 시험하거늘, 면면이 인사하고 말석에 앉으니, 좌중이 적적하여 정신이 없더라.

기생을 양성하고 관리하는 기관

양인이 다시 일어나 치하 왈,

"우리들이 멀리 떨어진 시골에서 나고 자라 견문이 부족하옵기로, 장안 물색을 구경하고자 하여 왔삽다가 오늘날 화려한 잔치에 참여하오니, 시골의 천한 사람에게 지극히 범람하와 두서를 차리지 못하오니, 여러 군자들과 모든 형제께옵서 용서하시오리까?"

분수에 넘쳐

교방에 모인 사람들

좌중이 처음 그 모양의 출중함을 보고 십분 흠앙하더니, 그 말을 들으매 뉘 아니 흠복하리오.

공경하여 우러러 사모함

마음속 깊이 존경하여 복종함

홍도화와 류지연의 뛰어남에 대한 서술자의 평가

▶ 견문이 좁은 것을 한탄하며 경성으로 온 홍도화와 류지연

 주목

• 해당 장면은 홍도화 · 류지연이 성별과 신분을 바꿔 그의 문하생이 되기를 청한 뒤 다시 선녀로 가장하여 이춘풍을 속였음을 모두 고백하는 부분으로 이춘풍이 이전과는 다른 삶을 살아가기로 결정하는 상황이다.
• 이춘풍이 삶이 변화하는 계기가 되는 사건을 찾고, 일반적인 '훼절담'과 비교하여 이 작품만의 특성을 파악하도록 한다.

양랑이 좌우에 모시고 앉아 다시 술을 권할새, 벽도 낭자 왈,
(두 낭자. 홍도화와 류지연 / 홍도화가 자신을 선녀인 벽도 낭자라며 이춘풍을 속임)

"오늘 즐거움이 평양 객점(客店)에서 홍 · 류 두 문생(文生)을 데리고 경학 강론(經學講論)하시던 것과 어떠하시니잇고?"
(홍도화와 류지연이 남장을 하고 이춘풍에게 와 제자가 되기를 청하므로 이춘풍이 두 문생에게 경학을 강론한 일)

이생이 흔연(欣然)히 왈,
(기쁘거나 반가워 기분이 좋게)

"온자한 재미는 있거니와 몹시 홍겨운 풍취야 어찌 이만하오리오!"
(포용력이 크고 점잖은 / 선녀인 두 낭자들과 보낸 시간이 더욱 홍겨움)

또 문(問) 왈,

"두 문생의 온화 정대하옴이 첩들과 어떠하니잇고?"
(문하에서 배우는 제자 / 의지나 언행 따위가 올바르고 정대함)

답 왈,

"차등이 없을 듯하여이다."
(두 문생과 두 낭자가 모두 훌륭함 → 두 문생과 두 낭자가 동일인임을 인식하지 못하는 이춘풍의 모습)

또 문 왈,

「"낭군이 항상 허황한 일을 믿지 아니하시거니와, 만일 홍 · 류 두 문생이 일조(一朝)에 남화위녀(男化爲女)하여 평생을 모신다 하오면 낭군은 어찌하시리잇고?"」
(홍명학(홍도화) · 류봉학(류지연) / 남자가 변화하여 여자가 되는 것 / 「 」: 두 기생이 이춘풍을 속인 사실을 털어놓기 위해 춘풍의 의중을 떠봄)

이생이 추연(惆然)히 왈,
(처량하고 슬프게)

"그럴 이치가 없으나 두 문생은 나의 지기지우(知己之友)라. 평생을 함께 지내기로 서로 약속하여 잠시 이별을 하였으니, 만일 범절(凡節)과 모양이 그러한 여자 있으면 어찌 아름답지 아니하리오! 그러나 두 낭자가 속객(俗客)을 대하여 조롱이 심하도다."
(두 문생을 자기의 속마음을 알아주는 참된 벗으로 생각함 / 홍명학(홍도화) · 류봉학(류지연)이 고향에 다녀온다는 핑계 등으로 자리를 비우고 선녀로 꾸민 뒤 춘풍을 속임 / 이춘풍이 자신을 가리키는 말 → 속세에서 온 손님 / 두 낭자를 진짜 선녀로 믿기에 자신을 속객이라 칭함)

▶ 두 기생이 선녀 행세를 하며 이춘풍을 속임

이에 두 낭자가 비녀를 빼어 일시에 땅에 엎드려 사죄하며 왈,

"백 년을 함께 사는 일이 지중(至重)하여 천첩(賤妾)이 대군자께 중죄를 지었사오니 차생차세(此生此世)에 어찌 다 속죄하오며, 대군자의 하늘 같은 대덕(大德)을 세세생생(世世生生)에 어찌 다 갚사오리까? 일월(日月) 같으신 군자의 안광(眼光)으로 어찌 몰라 보시리잇가? 첩들을 어여삐 여기사 용서하심인가 하나이다. 당초에 여화위남(女化爲男)하여 몇 달 모실 때와 평생을 배운다 하여 모시고 내려올 때는 혹 분별하지 못 하실 듯하옵고 첩들의 죄상도 오히려 용서하심을 바라려니와, 허황한 휼계(譎計)로 선녀를 가탁(假託)하여 정대하오신 군자를 산 위로 유인하여 연분(緣分)을 맺는다 하옴은 그 죄상이 만 번 죽어도 아쉽지 않으리라. 그러하오나 하향 천첩들이 대군자의 권고지택을 받자오니 오늘 죽어도 한이 없을지라. 엎드려 삼가 바라건대 대군자 서방님께옵서 용서하옵소서. 오늘 이후 첩들의 사생
(홍도화와 류지연이 이춘풍과 부부의 연을 맺기 위해 그를 속인 일을 실토함 / 사물을 보는 힘 / 홍도화와 류지연이 남장을 하고 이춘풍의 문하생 되어 지낼 때 / 남을 속이는, 간사하고 능청스러운 꾀 / 선녀인 척하며 / 이춘풍 / 중앙에서 멀리 떨어져 있는 지방 / 돌보아 준 은혜)

**작품 분석 노트**

• '속고 속이기'의 서사 구조

| | |
|---|---|
| 주체 | 기생인 홍도화와 류지연 |
| 대상 | 도학자인 이춘풍 |
| 의도 | 문장과 인물이 뛰어난 이상적 남성을 찾던 두 기생이 이춘풍의 비범함을 알아보고 이춘풍과 부부의 인연을 맺으려 함 |
| 과정 | 두 기생이 남장을 하고 이춘풍에게 와서 제자가 되기를 청함 → 이춘풍이 두 문생과 지기(知己)가 됨 → 두 기생이 이춘풍을 속여 평양으로 데려간 후 선녀로 가장하여 춘풍을 훼절시킴 |
| 결과 | 두 기생이 이춘풍을 속인 사실을 모두 털어놓고 용서를 구함 → 이춘풍이 기생의 모가비(우두머리)가 되어 교방을 운영함 → 고고한 도학자로 살아가던 이춘풍의 삶이 이전과 달라짐 |

영욕(死生榮辱)이 서방님께 달렸사오니 강과 바다와 같은 은혜를 바라나이다."
죽고 사는 일, 영예와 치욕

하거늘, 이생이 청파(聽罷)에 정신이 어지러워 꿈인지 생시인지 깨닫지 못하다가 한참 후에 왈,
듣기를 다 마침

"말씀이 하도 맹랑하여 믿지 못하겠으니 자세히 해명하라. 중원(中原)에서 밤에 홍도 낭자 만날 때에는 홍생이 성천에 간 자취가 분명하고, 이번은 류생이 안주에 간 일이 확실하거늘 어찌 그러하리오?" ▶ 두 기생이 춘풍을 속인 사실을 실토하나 믿지 못하는 이춘풍
두 사람이 털어놓은 사실을 믿기 어려워함
홍생(홍명익)으로 행세하던 홍도화가 고향인 성천에 간다고 거짓말을 한 후 선녀로 꾸며 이춘풍을 속였음
류생(류봉학)으로 행세하던 류지연이 고향인 안주에 간다고 거짓말을 한 후 선녀로 꾸며 이춘풍을 속였음

두 낭자가 머리를 조아리며 사죄하여 왈,

"조그마한 천첩들이 하늘이 내신 대군자를 기망하올 때에 무슨 꾀를 아니 쓰리잇고? '성천이나 안주에 간다' 하고 지척에 있은들 서방님 눈에 띄지 않으면 어찌 아시며, 「자고로 소인과 천인은 얕은꾀가 많사와 군자를 모함할 때 도리를 벗어난 악한 짓을 갖가지로 하는 법이옵고, 군자는 정직한 심장과 정대한 행세가 평생 거짓된 일과 사곡(邪曲)한 꾀는 아주 모르시니 어찌 요량하시려잇고? 그런고로 왕왕히 소인의 모함에 빠져도 요행으로 면할 궁리를 아니 하나니, 서방님께옵서 천성이 고상하시와 부귀 번화를 좋아하지 않으시고, 세상에 태어나 이십팔 년 동안 정대한 성인(聖人)의 책만 읽으시어 정대한 마음과 정대한 일만 아시고 바깥 사람들과 접촉하지 않으시니, 어찌 권변술수(權變術數), 사모기계(邪謀奇計)를 아시리잇고? 맹자 말씀이 '군자는 가기이기방(可欺以其方)이라 하시오니, 첩들의 백 가지 휼계를 어찌 측량하시리잇고?"」 「」: 자신들이 온갖 재주와 계략으로 속이는 것을 정대한 마음을 지닌 이춘풍은 알기 어려움 → 일의 책임을 자신들에게 돌리며 이춘풍을 옹호함
기만. 남을 속여 넘김
이춘풍을 속이기 위해 두 기생이 계략을 꾸몄음
고향에 간다는 거짓말을 하고 이춘풍 가까이 있었으나 이춘풍이 알아차리지 못했음을 뜻함
요사스럽고 교활한
부정한 책모와 교묘한 계략
일의 형편에 따라 임기응변으로 일을 처리하는 온갖 재주
군자는 도에서 어긋난 그럴듯한 꾀로 속일 수 있음

하고, 전후 사실을 일일이 이야기하온대, 이생이 다만 두 사람의 입만 보고 아무 말도 아니하다가, 다시 꿇어앉으며 왈,

"도무지 학생의 공부가 차지 못한 연고이니, 누구를 원망하리오."
두 사람에게 속은 것을 학문이 깊지 못한 자신의 탓이라 여김

하고, 묵묵히 앉았으니 위엄이 있는 사색과 정대한 언사 감히 우러러 보지 못하되, 엄위한 가운데 춘풍 화기(春風和氣)가 융융하고 정대한 가운데 인자하고 자상하여 두렵기도 그지 없고 반갑기도 한량 없어 천만인의 심간(心肝)을 녹일 지경이니, 하물며 문무에 능하고 문장과 색태를 구비한 여중호걸인 홍류 두 낭자의 마음이 어떠하리오. ▶ 두 기생에게 속은 일을 자신의 학문이 부족한 탓이라 여기는 이춘풍

(중략)

양인이 청파에 땀이 등에 흠씬 젖고 낯이 두터워 감히 우러러보지 못하고 떨며 왈,

"지금 이후에는 첩들의 생사고락이 서방님께 달렸사오니 분부대로하리이다."

이생이 냉소(冷笑)하여 왈,

「"남복하고 있을 때에 그다지 공손한 듯하되 속에는 딴 마음을 두고 표리부동하다가 선녀를 가탁하여 대장부를 요혹케 하되 농락이 무상하더니, 오늘은 다시 지극히 공경하는 것이 간교한 일이요, 제 임의로 못할 짓 없이 하다가, 이제 나에게 달
겉으로 드러나는 언행과 속으로 가지는 생각이 다름
두 기생이 남장을 하고 이춘풍의 문하생 되어 살던 일(첫 번째 속임)
두 기생이 선녀로 가장하여 이춘풍과 인연을 맺은 일(두 번째 속임)

• '홍도화 · 류지연'의 가짜 선녀 행세
• 이춘풍과 인연을 맺어 평생을 함께 살고자 하는 두 기생의 욕망이 반영된 행위
→ 이춘풍을 훼절시킴
• 이춘풍의 삶을 변화시키는 계기로 작용함
→ 홍도화 · 류지연이 가짜 선녀 행세로 자신을 속인 것을 알게 된 이춘풍이 이전의 삶을 버리고 두 사람을 받아들여 기생의 모가비가 됨

렸다 함도 요악한 말이요, 그리 당돌하여 못할 말 없이 하다가 이제 새로이 두려워 떨기는 무슨 일인고? 도무지 휼계 중 농락이요, 이제 나의 용모에 혹하여 잠시 그러함이나 그 조변석개(계획이나 결정 따위를 일관성이 없이 자주 고침)하는 무리를 어찌 믿으리오! 자세히 설명하라."

「 」: 교묘한 꾀로 자신을 속인 일을 꾸짖으며 때때로 태도를 바꾸는 두 사람의 말을 믿을 수 없다고 함

하고 사색이 엄려하고 언사가 정대하니 추상 같은 호령이 늠름하여 사람의 정신이 어지러울지라. 이에 두 낭자가 대단히 황공하여 혼이 몸에 붙지 못할 듯, 겨우 입을 열어 아뢰되,

"다시 형언할 말 없사오니 서방님 처분만 바라나이다."

**감상 포인트**
두 기생이 이춘풍을 속이는 과정과 이춘풍의 삶에 일어나는 변화를 파악한다.

주목

이생이 사색(辭色)(말과 얼굴빛)을 풀고 왈,

"내 너희를 버리거나 두는 것은 내게 달렸거니와, 만일 너희들과 백 년(백년해로)을 함께할 경우에는 너희 생각에 어찌하고자 하는고?"

두 사람과 부부의 연을 맺고 살아갈 경우를 상정하여 두 사람의 계획을 물음

두 낭자가 꿇어 고(告) 왈,

"이전의 죄상은 만 번 죽어도 아쉽지 않사오나, 하해 같으신 홍량대덕(洪量大德)(넓은 도량과 큰 덕)으로 첩들을 거두실진데 첩들이 분골쇄신(몸이 부서지도록 노력함)하고 부탕도화(赴湯蹈火)(끓는 물에 뛰어들고 불을 밟는다는 뜻으로, 위험을 피하지 않음을 이르는 말)라도 사양치 않을 것이어늘 어찌 스스로 편안코자 하리잇고?"

이생이 왈,

"그런 게 아니라 내 명색이 경학(사서오경을 연구하는 학문)하던 선비로 기생첩을 엽렵히 세우고 들어가면 우선 아우들의 모양이 어찌 되며(아우들에게 망신이나 폐를 끼칠 수 있음), 또 너희들을 데려다가 규중에 가두고 나는 다시 공부할 지경이면 너희들의 적막함은 물론이고 내 일도 쓸데없는 짓이라.

이춘풍이 예전과 같은 삶을 살 경우: 두 사람이 외로워지며 자신의 삶도 의미가 없음 → 삶의 방식을 바꾸고자 하는 이유

공연히 식구만 보탬이니 무슨 효험이 있으리오! 너희들 편함이 곧 나의 편함이니 좋은 도리로 의논하라 함이요(두 사람의 뜻에 따라 삶의 방식을 결정하려고 함), 너희들을 겁주려 하는 것은 아니라. 그러므로 예부터 선비된 자의 조심하기 어려움이 이러한 연고로다."

두 낭자가 그제야 안색에 화기가 돌아오고 공경하여 대답 왈,

"서방님께옵서 은택을 드리우사 첩들의 중죄를 용서하옵시고, 천금같이 귀하신 몸이 친히 왕림하실 지경에는 첩들의 재물이 수천 석이오니 무슨 도리를 못 하오리까?(훗날 홍도화 · 류지연의 재물로 이춘풍이 평양에서 교방을 운영하게 됨) 좋을 대로 주선하올 터이옵고 일동일정(一動一靜)(모든 행동)을 서방님께 여쭈어 하올 것이어니와, 우선 압경(壓驚)(놀란 마음을 진정시킴. 술을 마심을 의미함)이나 하사이다."

이생 왈,

"오죽 못난 놈이 무당의 서방 되며, 여간 잡놈이 기생의 모가비(우두머리)가 되겠느냐? 너희 생각대로 하라."

이춘풍이 도학자로서의 삶을 버리고 새로운 삶을 선택하게 됨

▶ 두 기생과 함께 새로운 삶을 살아가기로 결정한 이춘풍

• '쓸데없는 짓'의 의미

| 내 일도 쓸데없는 짓이라 |
|---|
| 기생첩을 집에 들이고 도학자로 살아가는 것<br>→ 이율배반이며 위선적인 모습으로, 예전과 같이 공부를 이어 가는 의미가 없음 |

• 훼절 사건으로 인한 '이춘풍'의 변화

- 고고한 도학자 → 기생의 모가비
- 평양에 '관서제일루'라는 교방을 세우고 운영하여 교방 풍속을 교화함
- 도학자로서의 학식과 덕을 교방 운영에 발휘하여 교방 문화의 격을 높임 → 유교적 가치를 다른 영역에서 실현한 것이라 할 수 있음

## 핵심 포인트 1 인물의 성격과 태도 파악 / 작품의 내용 파악

이 작품의 제목인 〈삼선기〉는 세 명의 신선에 대한 이야기라는 뜻이다. 이때 '삼선'은 이춘풍, 홍도화, 류지연을 가리키므로, 작품의 주인공인 세 사람의 행적을 알아 두어야 한다.

**주요 인물에 대한 이해**

| 이춘풍 | | 홍도화 · 류지연 |
|---|---|---|
| • 명문대가의 자손<br>• 부귀영화를 추구하지 않고 학문에 몰두함<br>• 여러 여인의 흠모를 받으나 여색을 멀리함<br>• 홍도화 · 류지연과 함께 평양에 교방을 세우고 풍속을 교화함<br>• 수통인 노영철과 기생 심일청(옥경선)의 모함으로 유배를 떠남<br>• 모해 사건이 해결된 이후, 홍도화 · 류지연과 더불어 대성산 아래 초당을 짓고 살다가 여생을 마침 |  | • 평양의 이름난 기생<br>• 견문이 좁은 것을 한탄하며 경성으로 올라옴<br>• 이상적인 남성을 찾다 이춘풍의 비범함을 알아봄<br>• 남장을 한 뒤 신분을 바꾸어 이춘풍의 문하생이 됨<br>• 온갖 꾸며 낸 이야기로 이춘풍을 평양으로 데리고 옴<br>• 가짜 선녀 행세를 하면서 이춘풍을 속이고 인연을 맺음(→ 이춘풍의 훼절) |

## 핵심 포인트 2 외적 준거에 따른 감상

이 작품은 대개의 '남성 훼절담'과는 다른 특징을 지니고 있으므로 이를 파악하고, 동명의 인물을 주인공으로 한 훼절형 소설 〈이춘풍전〉과 비교하여 감상할 필요가 있다.

**일반적인 '남성 훼절담'과 〈삼선기〉의 비교**

| | | |
|---|---|---|
| 남성 훼절담 | 사건 | 도덕군자로 자처하는 남성의 절개를 깨뜨리고 조롱하기 위해 관리와 기생이 공모함 |
| | 주제 의식 | 지배층의 위선과 허위를 폭로하는 비판적 의도를 구현함 |
| | 작품 | 대표적으로 〈배비장전〉 〈오유란전〉 등이 있음 |
| 〈삼선기〉 | 사건 | • 관리와 기생의 공모가 약화됨<br>→ 홍제원 활량들이 이춘풍의 도학을 깨뜨리고자 모의하고 두 기생이 실행하나 활량들은 '남성 훼절담'에 나타나는 관리와 성격이 다름<br>• 두 기생이 이름난 도학자인 이춘풍의 위선을 폭로하고 조롱하기 위해서가 아니라, 자신들이 찾는 이상적인 남성으로 인식하여 훼절시키고자 함<br>• 두 기생이 자발적으로 치밀한 계획을 세워 이춘풍에게 접근함 → 가짜 선녀 행세를 하며 이춘풍을 훼절시킴 → 이춘풍이 기생의 모가비가 되어 교방을 운영함 |
| | 주제 의식 | 기존의 경직된 관념에서 벗어나 새로운 삶을 선택하는 도학자 이춘풍의 가치관 변화를 보여 줌 |

**〈삼선기〉와 〈이춘풍전〉의 인물 비교**

| 〈삼선기〉의 이춘풍 | 〈이춘풍전〉의 이춘풍 |
|---|---|
| • 높은 학식과 고결한 인품을 지닌 인물<br>• 홍도화 · 류지연이라는 두 기생에게 속아 그들과 인연을 맺으면서 훼절을 경험하고, 도학자의 삶을 버리게 됨<br>• 홍도화 · 류지연과 함께 평양에서 '관서제일루'라는 교방을 운영하면서 세속적 삶을 살지만 오히려 교방 문화를 교화하는 등 고결한 정신을 유지함<br>• 홍도화 · 류지연과 속세를 떠나 살아감 | • 방탕하고 위선적인 인물<br>• 평양으로 장사하러 가나 추월이라는 기생에게 빠져 돈을 모조리 탕진하고, 추월의 집에서 하인 노릇까지 하며 박대와 수모를 겪음<br>• 아내가 비장으로 변장하고 나타나 이춘풍을 구출하고 돈을 찾아 주었으나, 이춘풍은 또다시 거만하게 굴다 정체를 드러낸 아내에게 망신을 당함<br>• 개과천선하여 아내와 화목하게 살아감 |

### 작품 한눈에

• 해제

〈삼선기〉는 고결한 도학자의 삶을 살아가던 이춘풍이 두 기생을 만나면서 이전의 삶을 버리고 기생의 모가비가 되는 과정을 그리고 있다. '삼선'은 '세 명의 신선'이라는 뜻인데, 대성산 아래에서 초당을 짓고 이춘풍, 홍도화, 류지연이 신선과 같은 삶을 살아가므로 세상 사람들이 이들을 지상의 삼선이라고 불렀다고 한다. 이때의 '신선'은 세속적 욕망에서 벗어나 자신이 추구하는 삶을 자족적으로 누리는 사람을 가리킨다고 볼 수 있다. 이 작품에서 아내마저도 멀리하던 이춘풍이 두 기생으로 인해 훼절하는 훼절 화소는 대개의 '훼절형 소설'에 나타나는 양반 남성의 훼절과는 다른 형태를 보인다. '훼절형 소설'의 훼절은 대개 인물의 위선과 허위를 폭로하고 조롱하기 위한 도구로 사용되지만, 이춘풍의 훼절은 기생의 모가비가 되는 새로운 삶을 선택하게 되는 계기로 작용함으로써 인물의 성격 변화를 가져 오게 된다.

• 제목 〈삼선기〉의 의미

– 지상의 신선이라 불린 이춘풍, 홍도화, 류지연 세 사람의 이야기

〈삼선기〉는 고결한 도학자인 이춘풍이 홍도화 · 류지연이라는 두 기생에게 속아 도학자로서의 삶을 버리고 기생의 모가비가 되어 새로운 삶의 가치를 찾아가는 과정을 그린 세태 소설이다.

• 주제

도학자 이춘풍의 훼절 및 새로운 삶에 대한 모색

전체 줄거리

명문 귀족 집안의 맏이인 이춘풍(이생)은 높은 학식으로 유명했으나 관직에 나아가지 않았다. 어느 날 홍제원을 지나던 이생은 무례한 활량들을 만나 조롱당하고 이들이 권하는 술을 마시고 쓰러진다. 이에 활량들은 이생의 높은 도학을 깨뜨리자고 모의하고, 특출난 군자를 만나러 경성에 온 평안도 기생 홍도화와 류지연은 이생의 풍채와 기상이 뛰어남을 알아보고 그의 절개를 깨뜨리려 한다. 두 기생은 각각 홍영학과 류봉학이라는 선비로 위장하여 이생을 찾아간 후 함께 평양을 구경하자고 제안한다. 세상 구경을 하고 싶었던 이생은 두 선비를 따라 평양에 가고, 이생은 두 기생이 위장한 선녀를 만나 인연을 맺는다. 이후 두 기생은 자신들이 이생을 속였음을 고백하고, 이생은 교방을 운영하게 된다. 간교한 노영철과 기생 심일청은 이생의 교방 운영 방식에 불만을 품고서, 주색을 좋아하는 평양 감사의 아들에게 이생이 인물 좋은 기생을 감추었다고 모함하여 이생을 귀양 보낸다. 이후 새로 온 평양 감사는 이생의 억울한 사연을 듣고 그를 유배에서 풀어 주고, 이생은 홍도화, 류지연과 소박하게 살다 생을 마감하는데, 사람들은 이 세 사람을 지상의 삼선이라 부른다.

고전 산문 13

◇ 한 줄 평 | 과거 시험 답안을 사고파는 세상에 대한 비판을 그린 이야기

# 유광억전 이옥

## 장면 포인트 1 주목

- 이 작품은 과거 시험의 답안을 팔아 생계를 삼은 유광억이라는 인물을 대상으로 하는 전(傳)이다.
- 해당 장면은 작품의 전문으로, 당시 세태에 대한 논평으로 시작하여 가난하고 미천한 유광억의 처지, 과거 시험의 답안을 대신 써서 생계를 유지하다가 자신의 죄가 드러날 것을 두려워하여 자결한 유광억의 행적, 그리고 그에 대한 논평으로 이루어져 있다.
- '유광억'이라는 인물의 행적을 통해 드러난 당대의 부정적 현실에 주목하여 작가의 논평이 지니는 의미를 파악하도록 한다.

주목 천하가 버글거리며 온통 이끗을 위하여 오고 이끗을 위하여 간다. 세상이 이(利)를 숭상함이 오래되었다. 그러나 이끗을 위하여 사는 사람은 반드시 이끗 때문에 죽는다. 그렇기 때문에 「군자는 이(利)를 말하지 아니하고 소인은 이끗을 위하여 죽기까지 한다.」

(이끗: 이익. 재물의 이익이 되는 실마리 / 이익을 추구하는 세태를 드러냄 / 이익을 추구하는 행위가 불러올 부정적 결과를 경계함 → 유광억의 삶에 대한 평가 / 「 」: 이익을 추구하는 것은 소인의 행동임 / 유광억을 평가하는 말)

「서울은 장인바치와 장사치들이 모이는 곳이다. 뭇 거래할 수 있는 물품은 가게들이 별처럼 벌여 있고 바둑판처럼 펼쳐 있다.」 남에게 손과 손가락을 파는 사람이 있고 어깨와 등을 파는 사람도 있고, 뒷간 치는 사람도 있고 칼을 갈아서 소 잡는 사람도 있고, 얼굴을 꾸며 몸을 파는 사람도 있으니, 세상에 사고파는 것이 이처럼 극도에 달하고 있다.

(장인바치: 손으로 물건을 만드는 일을 하는 '장인'을 낮잡아 부르는 말 / 「 」: 상업이 발달한 조선 후기 서울의 모습을 알 수 있음 / 많은 물품이 거래되는 서울의 즐비한 가게를 비유적으로 표현함 / 손과 손가락을 파는 사람: 허드렛일을 하는 사람 / 어깨와 등을 파는 사람: 짐꾼 / 뒷간 치는 사람: 화장실의 대소변을 퍼내는 사람 / 소 잡는 사람: 백정 / 얼굴을 꾸며 몸을 파는 사람: 기생이나 창녀 / 사회 전반에 이익을 좇는 행위가 만연함 → 당시의 사회상을 알 수 있음)

외사씨(外史氏)는 말한다.

(외사씨: 전(傳)의 논평자. 작가 자신을 가리킴)

"벌거숭이 나라에는 실과 비단을 파는 저자가 없고, 살아 있는 것을 잡아 날 것으로 먹던 시대에는 솥을 팔지 않았다. 수요가 있어야만 파는 자가 생기는 것이다. 「큰 대장장이의 문 앞에서는 칼이나 망치를 선전하지 못하고, 힘써 농사짓는 집에는 쌀 행상이 지나가면서도 소리치지 않는다.」 자기에게 없는 다음에라야 남에게서 구하는 것이다."

(저자: 시장 / 옷에 대한 수요가 없음 / 음식을 익혀 먹는 도구인 솥에 대한 수요가 없음 / 과거 시험의 부정과 관련된 대전제 – 과거 시험의 답지를 사는 사람이 있어 답안을 대신 써 주는 사람도 있음 / 「 」: 이미 갖추고 있어서 수요가 생기지 않으므로 팔 수 없음을 드러내기 위한 예시 / 사고파는 것이 이루어지는 전제 조건)

▶ 이익만을 추구하는 세태에 대한 비판

주목 유광억은 영남 합천군 사람이다. 그는 시를 대강 할 줄 알았으며 과체(科體)를 잘한다고 남쪽 지방에 소문이 났으나, 그의 집이 가난하고 지체는 미천하였다. 먼 시골 풍속에 과거 글을 팔아 생계를 삼는 자가 많았는데, 광억 또한 그것으로 이득을 취하였다. 일찍이 영남 향시(鄕試)에 합격하여 장차 서울로 과거 보러 가는데, 부인들이 타는 수레로 길에서 맞이하는 사람이 있었다. 당도해 보니 붉은 문이 여러 겹이고 화려한 집이 수십 채인데, 얼굴이 희고 수염이 성긴 몇 사람이 바야흐로 종이를 펼쳐 놓고 팔 힘을 뽐내며 글을 써 보여 그 진퇴를 기다리고 있었다. 그 집 안채에 광억의 숙소를 정해 두고 매일 다섯 번의 진수성찬을 바치고, 주인이 서너 번씩 뵈

(유광억의 집안 사정과 신분에 대한 소개 / 과체: 문과 과거에서 시험을 보던 문체 / 미천: 신분이나 지위 따위가 하찮고 천함 / 부정한 방법으로 과거를 치르는 사람이 많았던 당대 사회상을 보여 줌 / 과거 시험 답안을 대리로 작성하여 돈을 벎 / 향시: 지방에서 실시하던 과거의 초시. 여기에 합격해야 서울에서 복시를 치를 수 있음 / 대리 답안 작성을 위해 유광억을 기다려 맞이함 / 유광억을 극진히 대하는 주인의 태도 → 과거 시험에서 좋은 결과를 얻게 해 달라는 의도가 담긴 행동)

### 작품 분석 노트

- 〈유광억전〉의 구성

인물의 가계나 내력을 먼저 기록하는 인물전의 일반적 구성(가계–행적–논평)과는 다른 형식을 취한다.

| 논평 |
|---|
| 당대 세태에 대한 외사씨의 논평 → 당대 세태를 잘 보여 주는 인물인 유광억의 삶을 서술하기 위한 도입부 역할을 함 |

↓

| 유광억의 삶 |
|---|
| • 인물 소개: 영남 합천 사람. 가난하고 미천한 선비<br>• 인물의 행적: 돈을 받고 과거 시험의 답안을 대신 써 줌 → 자신의 잘못이 발각되려 하자 지레 겁을 먹고 자결함 |

↓

| 논평 |
|---|
| 유광억과 같은 타락한 지식층과 부패한 현실에 대한 비판 |

러 와서 공경히 대하는 것이 마치 아들이 부모를 잘 봉양하듯이 하였다. 이윽고 과거를 치렀는데 주인의 아들이 광억의 글로 진사에 올랐다. 이에 짐을 꾸려 보내는데,
유광억이 과거 시험 답안을 대신 써 주고 이익을 얻음
말 한 필과 종 한 사람으로 자기 집에 돌아와 보니 이만 전을 가지고 온 사람도 있었
돈과 권력을 가진 자들이 유광억에게 과거 시험에 대한 청탁을 함 → 부정적 세태가 드러남
고, 그가 빌렸던 고을의 환곡(還穀)은 이미 감사가 갚은 터였다.
▶ 유광억이 과거 시험의 답안을 팔아 이익을 얻음

「광억의 문사(文詞)는 격이 별로 높은 것이 아니고 다만 가볍게 잔재주를 부리는
서술자의 평가
것이 장기인데, 이로써 또한 과거 글에 득의하였던 것이다.」 광억은 이미 늙었는데도
「 」: 유광억의 글이 지닌 특징 → 당시 과거 시험의 한계를 드러냄
더욱 나라에 소문이 났다.
유광억이 과거 시험의 답안을 잘 작성하는 사람으로 유명해짐

경시관(京試官)이 감사를 만난 자리에서 물었다.
조선 후기에, 3년마다 각 도에서 과거를 치를 때에 서울에서 파견하던 시험관

"영남의 인재 가운데 누가 제일입니까?"

감사가 답하였다.

"유광억이라는 사람이 있습니다."
감사는 유광억이 글을 잘 쓴다는 것을 알고 있음

"이번에 내가 반드시 장원으로 뽑겠소."
유광억의 글을 알아볼 수 있다고 자신함

"당신이 그렇게 골라낼 수 있을까요?"

"능히 할 수 있습니다."
경시관이 글을 평가하는 자신의 안목에 대한 자신감을 드러냄

마침내 서로 논란하다가 광억의 글을 알아내느냐, 못 하느냐로 내기를 하게 되었다.
유광억이 자결하게 되는 계기로 작용함 ▶ 유광억의 글을 두고 경시관과 감사가 내기를 함

경시관이 이윽고 과장(科場)에 나와 시제(詩題)를 내는데 시제는 '영남 시월에 중
과거를 보는 장소
구회(重九會)를 여니, 남쪽과 북쪽의 기후가 같지 않음을 탄식한다.'라는 것이었다.
음력 9월 9일에 여는 모임. 중양절 놀이
조금 있다가 시권(試券) 하나가 들어왔는데 그 글에,

| | |
|---|---|
| 중양절 놀이가 또한 중음달에 펼쳐지니, | 重陽亦在重陰月<br>중 음 역 재 중 음 월 |
| 북쪽에서 오신 손 남쪽 데운 술 억지로 먹고 취하였네.<br>(손: 손님) | 北客强醉南烹酒<br>북 객 강 취 남 팽 주 |

라고 하였다. 시관이 그것을 읽고 말하였다.

**감상 포인트**
유광억의 삶을 통해 드러나는 당대 현실의 문제점과 논평자의 입장을 파악한다.

"이것은 광억의 솜씨가 틀림없다."
유광억의 글임을 확신하는 경시관

주묵(朱墨)으로 비점(批點)을 마구 쳐서 이하(二下)의 등급을 매겨 장원으로 뽑았
붉은 빛깔의 먹 / 시가나 문장 따위를 비평하여 아주 잘된 곳에 찍는 둥근 점
다. 또 어떤 시권이 있어 자못 작법에 합치되므로 이등으로 하였고, 또 한 시권을 얻어 3등으로 삼았는데, 미봉(彌封)을 떼어 보니 광억의 이름은 없었다. 몰래 조사해
과거를 볼 때 답안지 오른편 끝에 응시자의 성명, 생년월일, 주소, 아버지 · 할아버지 · 증조할아버지 · 외할아버지 따위를 쓰고 봉하던 일
보니, 모두 광억이 남에게 돈을 받고 돈의 많고 적음으로써 선후를 차등 있게 한 것
돈의 액수에 따라 차이가 나게 답안을 작성함. 유광억이 글의 수준을 조절할 정도로 과체에 능했음을 보여 줌
이었다. 시관은 비록 그러한 사실을 알았지만, 감사가 자신의 글 보는 안목을 믿지
경시관이 유광억을 조사하려 한 이유
않을 것을 염려하여 광억의 공초(供招)를 얻어 증거로 삼기 위해 합천군에 이관(移
범죄 사실에 대한 죄인의 진술
關)하여 광억을 잡아 보내도록 하였다. 그러나 실상 옥사(獄事)를 일으킬 뜻이 있었
공문을 다른 부서로 보내어 / 유광억을 벌주기보다 감사와의 내기에서 자신이 이겼음을 밝히기 위한 의도였음
던 것은 아니다.

광억이 군수에게 잡혀 장차 압송되기 직전에 스스로 두려워하면서,

• 감사와 경시관의 대화

| | |
|---|---|
| 감사 | 유광억이 글을 잘 쓴다는 사실을 이미 알고 있었음이 드러남 |
| 경시관 | 자신의 글 보는 안목에 대한 자신감을 가지고 있음 → '반드시', '능히' 등의 어휘에서 그런 경시관의 태도가 잘 드러남 |

• '내기'의 과정과 기능

경시관과 감사의 내기

유광억의 글을 알아낼 수 있느냐를 두고 경시관과 감사가 내기를 함 → 경시관이 장원, 이등, 삼등으로 뽑은 글이 모두 유광억이 대리로 쓴 답안이었음 → 유광억의 진술을 얻기 위해 경시관이 유광억을 체포하도록 함 → 유광억은 잡혀가 벌을 받게 될 것이 두려워 자결함

↓

유광억이 자결하게 되는 계기로 작용함

• 경시관이 유광억을 잡으려 하는 이유

경시관이 유광억을 장원으로 뽑겠다고 감사에게 장담함: 자신이 글을 평가하는 안목이 있음을 증명하려 함

↓

경시관이 장원으로 뽑은 글에 유광억의 이름이 없음: 경시관이 글을 보는 안목이 없다는 것을 말해 주는 꼴이 됨

↓

유광억을 찾아 자신이 과장에서 뽑은 글이 유광억이 쓴 글이라는 사실을 밝히려 함: 자신이 글을 보는 안목이 있음을 입증하고 감사와의 내기에서 이기기 위함

'나는 과적(科賊)이라 가더라도 역시 죽을 것이니, 가지 않는 것만 같지 못하다.'고
과거에 합격하기 위해 온갖 부정행위를 하는 사람 경시관의 의도를 모른 채 처벌당할 것에 대한 두려움을 가짐

여겨, 밤에 친척들과 더불어 마음껏 술을 마시고 아내 몰래 강에 투신하여 죽었다.
유광억이 지레 겁을 먹고 자결함

시관은 듣고 애석해하였다. 광억의 재능을 아까워하지 않는 이가 없었지만, 군자는
자신이 내기에 이겼음을 증명할 수 없고 글재주가 있는 유광억이 허무하게 죽었기 때문임

"광억의 죽어 없어지는 것이 마땅하다."라고 말하였다. ▶ 옥사를 두려워한 유광억의 자결
당대의 논평. 유광억이 저지른 행위에 대한 비판

매화외사(梅花外史)는 말한다.
논평자. 작가 자신(작가 이옥의 호임)

세상에 팔 수 없는 것이 없다. 몸을 팔아 남의 종이 되는 자도 있고, 미세한 터럭과 형체 없는 꿈까지도 모두 사고팔 수 있으나 아직 그 마음(양심)을 파는 자는 있지 않았다. 아마도 모든 사물은 다 팔 수 있지만 마음은 팔 수가 없어서인가? 하지만 유광억과 같은 자는 또한 그 마음까지도 팔아 버린 자인가? 아! 누가 알았으랴,
대리 답안을 작성하여 돈을 번 유광억의 행위에 대한 서술자의 비판적 논평

천하의 파는 것 중에서 지극히 천한 매매를 글 읽는 자가 하였다는 사실을. 법전
당대 지식인의 매문 행위와 그러한 행위가 통용되는 현실에 대한 탄식과 비판

(法典)에 "주는 것과 받는 것이 죄가 같다."라고 하였다.
유광억뿐만 아니라 답지를 산 자들도 똑같이 처벌받아야 함 → 과거에 부정행위가 만연한 현실에 대한 비판적 인식

▶ 양심을 팔아 버린 지식인과 부패한 사회에 대한 비판

• 〈유광억전〉의 인물 유형

| | |
|---|---|
| 유광억 | • 과거 시험의 답안을 대리로 작성하여 먹고삶 → 생계를 위해 자신의 능력과 양심을 파는 인물<br>• 작가가 비판하는 대상 |
| 주인 | 아들의 과거 급제를 위해 돈으로 사람을 매수해 대리 답안을 작성하게 함 → 자신의 이익을 위해 수단과 방법을 가리지 않는 타락한 인물 |
| 경시관 | 감사와의 내기에서 이기기 위해 유광억의 진술을 받으려고 그를 체포하려고 함 → 과거 시험의 부정을 알고도 자신의 체면을 먼저 생각하는 인물 |

• '매화외사'의 논평

• 세상의 모든 사물은 팔 수 있지만 마음(=양심)은 팔 수 없는 것임
• 유광억은 마음까지 팔아 버림 → 글 읽는 자가 지극히 천한 매매를 함 → 당대 지식인에 대한 비판
• 유광억과 같이 글을 파는 자뿐만 아니라 그것을 산 자들도 모두 죄인임 → 부패가 만연한 지배층에 대한 비판

## 핵심 포인트 1 서술상 특징 파악

이 작품은 구체적인 일화를 통해 인물의 특성을 드러내고 있으므로 이와 관련된 서술 방식과 그를 통해 드러나는 대상에 대한 서술자의 태도를 파악할 수 있어야 한다.

**서술상 특징**

- 일화를 통해 인물의 행적을 드러냄
- 요약적 제시를 통해 인물의 내력과 특성을 드러냄
- 인물의 행적에 대한 작가의 논평을 통해 주제 의식을 부각함
- 특정 인물의 삶을 통해 당대의 부정적인 세태를 드러내고 비판함

**〈유광억전〉에 나타난 작가 의식**

| 유광억의 삶 | 과거 시험의 대리 답안 작성으로 이익을 챙김 → 경시관에 의해 부정행위가 밝혀질 위기에 처함 → 자신의 죄가 밝혀질 것이 두려워 강에 투신하여 자살함 |
|---|---|

| 작가의 논평 | • 아마도 모든 사물은 다 팔 수 있지만 마음은 팔 수가 없어서인가? 하지만 유광억과 같은 자는 또한 그 마음까지도 팔아 버린 자인가?<br>• 아! 누가 알았으랴, 천하의 파는 것 중에서 지극히 천한 매매를 글 읽는 자가 하였다는 사실을. 법전(法典)에 "주는 것과 받는 것이 죄가 같다."라고 하였다. |
|---|---|

| 작가 의식 | • 마음을 파는 것이 가장 천박한 행위임 → 그러한 행위를 '글 읽는 자'가 하고 있음 → 지식인들이 양심을 파는 천박한 행위와 그러한 행위가 일어나는 현실에 대해 비판함<br>• 주는 것과 받는 것이 죄가 같음 → 유광억뿐만 아니라 그에게 글을 산 자들도 마땅히 처벌받아야 한다는 인식을 드러냄 |
|---|---|

## 핵심 포인트 2 외적 준거에 따른 감상

이 작품은 유광억의 행적을 줄여서 간략하게 쓴 약전(略傳)으로, 일반적인 인물전과 다른 구성상 특징을 보여 준다. 이와 관련된 내용을 제시한 외적 준거를 바탕으로 작품을 적절하게 감상할 수 있어야 한다. 또한 이러한 구성을 통해 작가가 드러내고자 하는 주제 의식을 파악할 수 있어야 한다.

**〈유광억전〉의 구성**

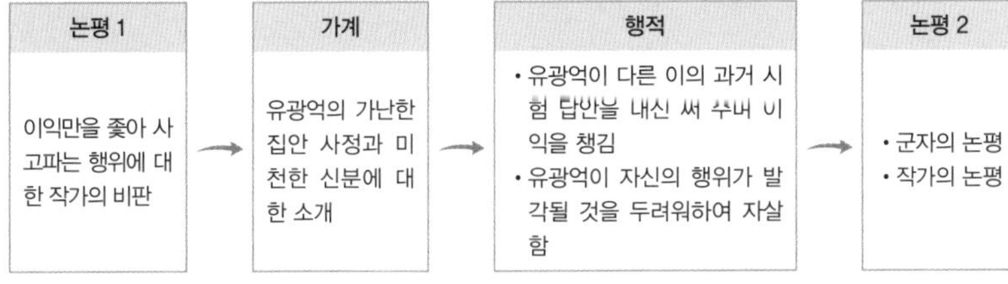


## 핵심 포인트 3 작품에 반영된 사회상 파악

이 작품에는 과거 시험의 부정이 만연한 세태와 이익만을 좇아 매매되지 않는 것이 없었던 조선 후기의 사회상이 반영되어 있으므로 이를 파악할 수 있어야 한다.

**〈유광억전〉에 반영된 사회상**

- 조선 후기 상업이 발달한 도시의 면모를 보여 주는 서울 → 사회 전반에 이익을 추구하는 행위가 만연함
- 유광억의 과거 시험 답안 대리 작성 → 조선 후기 사회 질서와 기강이 문란해져서 각종 사회 제도가 그 역할을 제대로 수행하지 못하고 있었음을 보여 줌
- 유광억의 문사는 격이 높지 않고 잔재주를 부리는 것이 장기인데 과거 시험용 글을 잘 지음 → 인재 등용을 위한 과거 시험의 문제점과 한계가 드러남
- 글 읽는 자들이 지극히 천박한 매매 행위를 함 → 조선 후기 지배층 내에서 부패가 만연해 있음을 보여 줌

### 작품 한눈에

• 해제

〈유광억전〉은 과거 시험의 답안을 대리로 작성해 생계를 이어 가는 선비 유광억의 행적을 간략하게 쓴 이야기이다. 이 작품은 일반적인 인물전의 구성과 달리, 작품의 전반부에도 '논평'을 제시하고 있다. 이는 당대 현실에 대한 비판적 입장을 미리 밝힌 다음, 유광억의 삶을 예화로 활용하고자 한 작가의 의도로 보인다. 작가는 유광억의 삶을 통해 세상에 팔지 못할 물건이 없게 된 조선 후기의 현실을 개탄하고 있다. 특히 지극히 천박한 매매를 '글 읽는 자'가 하고 있음을 들어 양심을 파는 지식인들의 행위를 비판하고 양반 지배층에 존재하는 만연한 부패를 질타하고 있다.

• 제목 〈유광억전〉의 의미

– 과거 시험의 답안을 팔아 이익을 챙긴 유광억에 대한 이야기

〈유광억전〉은 가난하고 신분이 미천한 선비인 유광억이 과거 시험의 답안을 대리로 작성해 주고 돈을 벌지만 결국 자신의 잘못이 발각될 것을 두려워하여 자살하는 내용을 담은 작품으로 조선 후기의 현실을 잘 보여 주는 세태 소설이다.

• 주제

① 과거 시험에 부정행위가 만연한 당대 현실에 대한 비판
② 양반 지식층의 부패와 타락에 대한 비판

**전체 줄거리**

과거 시험의 문장을 잘 쓰기로 유명한 유광억은 집이 가난하고 신분이 미천하여 과거 글을 팔아 생계를 이었다. 어느 부잣집 아들이 유광억이 대신 써 준 글로 과거에 합격하자, 유광억의 글을 받기 위해 큰 돈을 가지고 찾아오는 사람이 있을 정도였다. 그의 재주는 나라에 소문이 났고, 경시관과 감사는 과거 시험에서 유광억의 글을 가려낼 수 있는지를 두고 내기를 하였다. 그런데 경시관이 뽑은 장원부터 삼 등까지의 글 중에는 유광억의 이름이 없었고, 알고 보니 세 글 모두 유광억이 돈을 받고 대신 써 준 것이었다. 경시관은 자신의 글 보는 안목을 감사가 믿지 않을 것을 걱정하여 광억에게 범죄 사실을 진술한 문서를 받아 증거로 삼고자 했다. 그런데 유광억은 자신의 죄로 인해 죽게 될 것을 걱정하여 강에 투신하여 죽어 버렸다. 유광억의 죽음에 대해 경시관은 애석해하였고, 사람들은 그의 재능을 아까워하기도 하고 그가 죽어 마땅하다고 평하기도 하였다. 매화외사는 유광억 같은 자는 마음까지 팔아 버린 자라고 비판하며, 법전에서 주는 것과 받는 것은 죄가 같다고 했음을 지적한다.

고전 산문 14

◇ 한 줄 평 '지극한 선(善)'의 경지에 도달한 예술가의 삶을 그린 이야기

# 송경운전 이기발

## 장면 포인트 1 주목

- 이 작품은 17세기에 비파 연주가로 명성을 날린 송경운의 행적을 기록한 '예인전(藝人傳)'이다. 송경운이 지닌 음악에 대한 관점과 그가 사람들에게 미친 선한 영향력을 이해하고, 이러한 송경운의 삶에 대한 작가의 논평에 주목하여 감상하도록 한다.
- 해당 장면은 작가가 길에서 우연히 송경운을 만난 일화를 제시하며 송경운이라는 인물을 소개하고 그의 명성을 드러내는 부분이다.
- 도입부에서 작가가 말하는 '선'의 의미를 송경운의 행적과 관련지어 이해하고, 송경운의 행적을 드러내는 서술 방식을 파악하도록 한다.

다들 말하는 선(善)이라는 것을 숭상하지 않을 이 누가 있으랴? 그런데 「그중 가장 위대한 선을 찾고자 한다면, 그것은 자신의 마음을 다하는 일이라 할 수 있을 터이다. 자신의 마음을 다하는 사람이라면 그의 마음은 공정할 것이며, 그 마음이 공정한 사람이라면 그의 내면은 조화(造化)를 따를 것이다. 그 내면이 조화를 따르는 사람이라면 하늘로부터 얻은 순수한 본성이 손상되지 않았다고 할 수 있겠다. 만약 하늘로부터 얻은 것을 조금도 손상시키지 않은 사람이라면, 그가 펼치는 행위들은 반드시 스스로에게만 훌륭한 데 그치지 않고 장차 온 세상과 나라에 영향력을 미칠 수 있을 터이니, 어찌 이보다 나은 것이 있을 수 있겠는가?」

(모두가 '선'을 숭상함(설의법). 작가가 말하는 '선'은 인간이 지닌 미덕을 포괄적으로 나타냄 / '가장 위대한 선 = 자신의 마음을 다하는 일'. 맹자는 "자기 마음을 다하면 그 성(性)을 알 수 있고 그 성을 알면 천(天)을 안다."라고 함 / 하늘로부터 얻은 순수한 본성: '가장 위대한 선'을 행하는 사람이 지닌 마음 / '가장 위대한 선'을 행하는 사람의 영향력: 자신 → 온 세상과 나라로 확장됨 / '가장 위대한 선'을 행하는 사람에 대한 예찬 / 「 」: 연쇄법을 활용하여 작가의 주장을 드러냄)

「그런데 그의 지위가 비천하고 그의 이름이 남에게 알려져 있지 않다는 이유로 그를 훌륭하다 여기지 않는다면 어찌 지혜로운 사람이라 하겠으며 어찌 이치에 합당한 말이라 하겠는가?」

(「 」: 지위가 비천하고 이름이 알려지지 않았다고 하여 '가장 위대한 선'을 행하는 사람의 가치를 깎아 내리는 것은 옳지 않다는 작가의 인식이 드러남 → 서술 대상인 송경운의 신분과 삶을 염두에 둠)

▶ 지위와 명성에 관계없이 가장 위대한 선을 행한 자의 위대함에 대한 예찬

주목

무심자(無心子)는 이렇게 말한다. 「예전에 있었던 일이다. 나는 해진 베옷을 입고 여윈 말을 타고 노복(奴僕)도 없이 혼자 전주성(全州城) 서쪽을 따라 얼음 고개를 오르고 있었다. 그때는 봄이고 삼월 상순(上旬)이라 복사꽃과 자두꽃이 온 성안에 가득 피어 있었다. 저 멀리 어떤 장부(丈夫) 한 사람이 보였다. 대지팡이를 등에 지고 허름하고 짤막한 베옷을 입은 그는 마음껏 노래하며 천천히 걸어가고 있었는데, 그 살쩍과 머리칼이 눈처럼 희었다.

(무심자: 작가의 호 / 노복: 사내종 / 해진 베옷을 입고 ~ 혼자: 벼슬에서 물러난 무심자(작가)의 처지가 드러남 / 상순: 초하루부터 초열흘까지의 사이 / 대지팡이를 ~ 노래하며 천천히 걸어가고: 송경운의 자유롭고 호탕한 면모를 알 수 있음. 간접 제시 / 송경운의 외양에 대한 묘사 / 살쩍: 관자놀이와 귀 사이에 난 머리털)

그의 노래를 들어 보니 이러했다.

**감상 포인트** 서술 대상인 송경운의 행적과 그에 대한 무심자의 태도를 파악한다.

강호(江湖)에 기약(期約) 두고 십 년을 분주하니
그 모르는 백구(白駒)는 더디 온다 하건마는
성은(聖恩)이 지중(至重)하시니 갚고 갈까 하노라.

(강호: 자연. 화자가 지향하는 세계 / 십 년을 분주하니: 성은의 지중함을 실현하기 위해 보낸 시간 / 백구: 갈매기. 자연의 대유 / 더디 온다 하건마는: 자연으로 돌아가지 못함 / 성은: 임금의 은혜 / 사대부로서의 책임감이 드러남)

내가 탄 말 바로 앞에 다가와 그제야 자세히 보았더니,

바로 서울의 옛 악사(樂師) 송경운(宋慶雲)이었다.

(서울의 옛 악사: 송경운이 장악원 등에 소속된 악사로 활동했음을 드러냄)

### 작품 분석 노트

- '선(善)'에 대한 작가의 인식
  - '선'은 모두가 숭상하는 인간의 미덕임
  - '가장 위대한 선'은 자신의 마음을 다하는 일임 → 자신의 마음을 다하는 사람의 마음은 공정할 것임 → 마음이 공정한 사람은 내면이 조화를 따를 것임 → 내면이 조화를 따르는 사람은 하늘로부터 얻은 순수한 본성이 손상되지 않았을 것임 → 순수한 본성이 손상되지 않은 사람은 자신의 행위로 인한 영향력이 온 세상과 나라에 미칠 것임

↓

- 지위와 명성에 상관없이 '가장 위대한 선'을 행하는 사람은 훌륭함
- 지위와 명성을 따져 '가장 위대한 선'을 행하는 사람의 가치를 깎아 내리는 것은 지혜롭지도 정당하지도 않음

↓

**작가의 의도**

비천한 신분이었지만 지극한 경지에 이른 비파 연주자 송경운이 '위대한 선'을 행한 사람이었음을 예찬함

- 송경운이 노래한 시

**현대어 풀이**

자연에 묻혀 살겠다고 약속을 하고도
십 년을 바쁘게 일(벼슬)을 하니
그 뜻을 모르는 갈매기는 더디 온다고 하겠지만
임금의 은혜가 지극히 무거우니 그것을 갚고 갈까 하노라.

↓

조선 중기의 문신인 정구가 지은 시조로, 자연을 즐기며 살고 싶지만 관리로서 임금의 은혜를 받은 이상 그 은혜에 보답하고 가겠다는 뜻을 드러냄

무심자는 예전에 그와 교분(交分)이 있었기에 웃으며 이렇게 말했다.
무심자와 송경운이 알고 있는 사이임

"대지팡이를 짚은 건 늙어서일 테고, 짤막한 베옷을 걸친 건 가난해서일 테고, 그냥 걸어가는 건 말이 없어서일 텐데, 그렇게 마음껏 노래하는 건 어째서인가?"
송경운이 노래하는 이유를 궁금해함

경운은 이내 활짝 웃는 얼굴로 대답했다. : 무심자와 송경운의 대화가 상대의 초라한 행색을 지적하기 위한 것이 아니라 친근감을 표현한 것임을 알 수 있음

"쇤네 이제 나이가 일흔이 넘었습니다. 그리고 쇤네는 예전에 음악을 좋아했지요. 그러니 쇤네는 늙은 악사입니다. 노래란 음악 중에 으뜸가는 것이지요. 늙은 익사교시 봄날의 흥에 겨워 노래가 나오는 것입니다. 선생님은 이게 이상하신지요? 쇤네가 알기로 선생님은 옛날에 임금님을 가까이서 모시던 분인데, 수놓은 비단옷을 해진 베옷으로 바꿔 입고 멋진 청총마(靑驄馬) 대신 여윈 말을 타고설랑 그 많던 뒤따르던 종들은 어찌하시고 노복 하나도 없이 서울의 큰길 대신 산길을 가고 계시는지요? 어째서 이렇게 고생을 사서 하고 계십니까? 쇤네는 선생님이 유독 이상해 보입니다."

노래에 대한 송경운의 인식 / 악사인 자신이 노래를 부르는 것은 당연하다는 의미 / 작가가 과거에 중앙의 높은 관료였음을 알 수 있음 / 갈기와 꼬리가 파르스름한 흰말 / 송경운이 화려했던 과거와 다른 무심자의 초라한 모습을 보고 고생을 사서 하니 무심자가 자신보다 더 이상하게 보인다며 농담을 함

그리하여 마침내 서로 즐겁게 노닐며 한나절을 보냈던 것이다.」
「 」: 전주에서 산길을 가다가 송경운을 만난 일화
▶ 어느 봄날 무심자가 악사 송경운을 만나 즐거운 시간을 보냄

송경운은 서울 사람이다. 자기 말로는 옛날에 이 절도사(李節度使)의 노복이었는데 민첩하고 재주가 있어 특별히 노비 장부에서 빠져나올 수 있었고 마침내 군공(軍功)으로 사과(司果) 벼슬까지 얻었다고 한다. 체구가 훤칠하게 컸고, 풍채가 좋고 피부가 희었으며, 가느스름한 눈은 별처럼 빛나는 데다, 수염이 아름답고 담소를 잘했으니, 말하자면 참으로 호남자(好男子)였다.

충청 수군절도사를 지낸 이담으로 추정됨 / 군사상의 공적 / 조선 시대 오위(五衛)에 둔 정6품의 무관직 / 송경운이 노비의 신분에서 벗어나 평민이 됨 / 임진왜란 무렵 군공을 세워 정6품의 무관 지위에 오름 / 송경운의 외양 묘사 / 송경운에 대한 긍정적 평가를 보여 줌
▶ 송경운의 출신과 외양

그는 타고나길 유독 음률을 잘 알았다. 아홉 살 때 비파를 배웠는데 노력하지 않고도 잘하게 되어 지극한 경지에 이르렀고, 열두어 살에는 서울과 그 근방까지 이름이 났다. 「아로새긴 대들보 아래 화려한 잔치 자리가 그의 거처였고 금인(金印)과 옥관자를 한 고위 관료가 그의 동반자였다. 꽃 장식을 하고 구름같이 풍성하게 머리를 올린 기녀들이 그의 좌우에 있었고 둥둥 울리는 장구와 삘릴리 하는 피리가 그의 위의를 도왔다. 강물 같은 술에 산과 같은 안주, 일천 속(束)의 비단과 일만 관(貫)의 돈이 그 잔치의 비용으로 쓰였다. 누구의 집에서도 그에게 밥을 주었고 누구든지 그에게 옷을 주었다. 하루가 이렇게 지나갔고 한 달이 이렇게 지나갔다. 한 해가 이렇게 지나갔거니와, 반평생 역시 이렇게 지나간 것이다.」 사람들이 어깨를 부딪고 말들이 서로 발굽을 밟으며 서로 밀 틈조차 없을 정도로 북적거리는 연회석에서는 이런 말이 나오곤 했다.

송경운이 음악적 재능을 타고났음 / 천부적인 음악적 재능으로 지극한 경지에 이른 송경운의 비파 연주 실력 / 3품 이상의 고위 관료만 사용함 / 지체 높은 집안의 잔치에 자주 불려 갔음을 드러냄 / 높은 벼슬아치가 쓰는 도장
「 」: 탁월한 비파 연주로 고위 관료가 모인 화려한 잔치에 초대되어 연주를 하며 살아온 송경운의 삶

"송 악사 어딨나?"
화려한 잔치에는 당연히 송경운이 있을 것이라는 기대를 함

"아무 궁가(宮家)에서 불러 갔다지."
왕족의 집

"송 악사 어딨나?"

"아무개 상공(相公)이 불러 갔다는군."

그가 이미 한 군데에 불려 가 버리고 나면 남은 자리가 쓸쓸해져 즐거워하는 이가 드물었다. 온 도성 사람들이 모두 그랬다.
송경운의 비파 연주가 모든 사람들을 즐겁게 하였음을 드러냄

• 인물에 대한 이해

| | |
|---|---|
| 무심자 (작가) | • 송경운의 행적을 '전(傳)'으로 서술한 작가<br>• 서울에서 벼슬살이를 할 때 악사인 송경운과 알고 지낸 사이임<br>• 벼슬에서 물러나 전주에서 송경운을 다시 만났으며, 송경운의 행적을 기록하여 그의 삶을 예찬함 |
| 송경운 | • 서울 출신의 노비였으나 면천된 후 군공을 세워 무관 지위에 오름<br>• 음악적 재능을 타고난 비파 연주가임<br>• 정묘호란 이후 서울에서 전주로 주거지를 옮김<br>• 자유롭고 우아한 예술가의 풍모를 보여 줌 |

• 무심자와 송경운의 대화

무심자
'대지팡이를 짚은 건 늙어서일 테고, ~ 그렇게 마음껏 노래하는 건 어째서인가?' → 늙고 가난한 처지에 무엇이 좋아 즐겁게 노래를 부르냐는 뜻이지만, 자유롭고 호탕한 송경운의 면모에 대한 무심자의 긍정적인 인식을 농담조로 표현한 것임

↓↑

송경운
'쇤네가 알기로 선생님은 옛날에 임금님을 가까이서 모시던 분인데, ~ 어째서 이렇게 고생을 사서 하고 계십니까?' → 중앙 관료로 화려한 생활을 했던 무심자를 기억하며 오늘날 초라한 행색을 한 것을 농담조로 말한 것으로, 무심자에 대한 송경운의 친근감을 바탕으로 함

• 비파 연주자인 송경운의 서울에서의 삶

• 천부적인 음악적 재능으로 9살 때 비파를 배워 탁월한 연주자가 됨
• 화려한 잔치나 고관대작의 연회에서 연주를 하며 생활함
• 특정 분야에서 최고의 경지에 이르렀을 때 '어째 송경운의 비파 같네!'라고 하는 유행어가 생길 정도로 송경운은 뛰어난 비파 연주로 유명했음

「온갖 기예들, 이를테면 글씨 쓰기나 활쏘기, 말타기, 그림, 바둑, 장기, 투호 놀이 같은 것을 하는 이들은 서로의 지극한 경지를 칭찬할 때 다들 자기 친구에게 "어째 송경운의 비파 같네!"라고 했고, 나무하고 소 먹이는 아이들이 모여 놀다가 누가 몹시 재미있는 말을 했을 때도 자기 친구에게 "어째 송경운의 비파 같네!"라고들 했으며, 말을 배우는 두어 살 된 어린애들조차도 아무 상관없는 것을 가리키며 '어째 송경운의 비파 같네!'라고 하는 것이었다.」 당시 송경운의 이름이 알려진 것이 대략 이러하였다.

「 」: 송경운의 비파 연주가 지극히 훌륭하였으며 그의 명성이 널리 알려졌음을 드러내는 예

송경운의 비파 연주 실력이 뛰어난 경지에 이르렀음을 드러냄 → 무언가를 매우 잘할 때 칭찬하는 표현으로 널리 쓰임

▶ 탁월한 비파 연주 솜씨로 서울에서 명성을 날린 송경운

장면 포인트 2 주목

- 해당 장면은 송경운이 전주로 내려온 이후의 그의 행적과 전주 사람들에게 미친 음악적 영향력에 대한 내용이다.
- 음악을 통해 주변 사람을 대하는 송경운의 태도와 그러한 송경운에 대한 주변 사람들의 평가를 파악하도록 한다.
- 음악에 대한 송경운의 관점과 송경운의 삶에 대한 작가의 논평이 지니는 의미에 주목하여 작품을 감상하도록 한다.

그는 정묘년(1627)의 난리(정묘호란) 때 전주로 흘러와 성(전주성 서문 근처) 서쪽에 집을 빌려 거처했다. 집과 마당을 깨끗이 청소하고 이내 화초를 가꾸는 데 마음을 두어 사람들에게 널리 구하였다.(화초를 구하면서 자연스럽게 전주 사람들에게 다가감) 「그러자 친한 사람, 잘 모르는 사람, 멀리 사는 이, 가까이 사는 이 할 것 없이 모두, 아무리 희귀하고 특별한 화초라도 아까워하지 않으며 저마다 자기가 가지고 있는 것들을 지치지도 않고 가져다주었으니,」(「 」: 외지인인 송경운에게 호의적인 전주 사람들의 모습) 천만 가지 화초가 빠짐없이 그의 뜰에 갖춰지게 되었다. 게다가 괴석(怪石)(괴상하게 생긴 돌)을 많이 가져다가 화초 사이에 두기도 했다. 경운은 꽃이 활짝 핀 아침이나 달빛이 좋은 저녁이면 언제나 비파를 안고 꽃길을 거닐었다.(예술가 송경운의 운치 있는 풍모가 드러남) 그 우아한 정취는 조그만 화단과 잘 어울렸고 맑은 가락은 향기로운 꽃들 사이로 흘러내렸다. 마치 신선이 사는 곳을 도시 한복판에 옮겨다 놓은 것과 같아, 떠들썩한 세상에 몸담고 있으면서도 속세에 찌든 생각을 끊어 버릴 수 있었기에, 경운은 언제나 스스로 이렇게 즐겁게 지냈다.(속세에 있으면서도 신선과 같은 삶을 누리는 송경운의 삶)

▶ 정묘호란 때 전주로 내려온 송경운

주목 전주는 큰 도회지이다. 인물이 많기로는 우리나라에서 제일가지만 백성들이 살기에는 어려움이 많고 화려한 것을 숭상하지 않는 풍속이 있었기에 관가(官家)에서 말고는 그 경내에 음악 소리가 들린 적이 전혀 없었다.(당시 전주라는 도시의 특성을 드러냄 → 음악을 즐기는 분위기와는 거리가 멂) 그런데 경운이 전주에 와서 살고부터 이곳 사람들은 그의 음악을 듣고 모두들 즐거워하게 되어 밀려오는 파도인 양 잔뜩 몰려들었다.(송경운이 전주 사람들에게 자신의 비파 연주로 즐거움을 줌) 손님이 찾아올 때마다 경운은 비록 무슨 일을 하던 중이더라도 어김없이 서둘러 그만두고 비파를 가져오는 것이었다. 그의 말은 이러했다.

"쇤네같이 하찮은 것을 귀하께서 좋게 보아 주시는 이유는 쇤네의 손에 있습지요. 쇤네 어찌 감히 손을 더디 놀릴 수 있겠으며 쇤네 어찌 감히 마음을 다하지 않을 수 있겠습니까?"(자신의 연주를 듣고자 하는 사람에게 마음을 다하여 연주함 → 작가가 말하는 '가장 위대한 선'을 행하는 인물임)

그러고는 곡조를 갖추어 비파를 타기 시작하여, 듣는 사람의 마음이 흡족하게 되었다는 것을 알고서야 연주를 끝냈다. 비록 별 볼 일 없는 하인 같은 사람들이 찾아와도 이렇게 응대하지 않는 경우가 없었다.(신분을 가리지 않고 자신의 연주를 듣고자 하는 사람을 극진히 대함 → 마음이 공정한 송경운의 면모) 이러기를 20여 년에 이르도록 게을리하지 않았으니 이로써 전주 사람들의 마음을 기쁘게 해 줄 수 있었다. 전주 사람들은 이렇게 말했다.

"전주는 큰 도회지라 인물도 적지 않은데 사람들 하나하나마다 그 마음을 다해 기쁘게 해 주다니, 송경운은 아마 보통 사람은 아닐 것이야."(전주 사람들의 긍정적 평가를 통해 도입부에서 작가가 말한 '가장 위대한 선'을 행하는 송경운의 면모를 드러냄)

▶ 전주 사람들에게 항상 진심을 다해 비파 연주를 들려주는 송경운

항상 수십 명의 제자를 거느리고 있었는데, 그 행동거지의 범절이나 스승을 사랑

작품 분석 노트

- 비파 연주자인 송경운의 전주에서의 삶

| |
|---|
| • 뜰에 화초를 가꾸며 꽃이 핀 아침이나 달밤에 비파를 안고 꽃길을 거니는 운치 있는 삶을 살며 즐겁게 지냄<br>• 사람들이 자신의 음악을 듣고자 찾아올 때마다 하던 일을 멈추고 마음을 다하여 연주함<br>• 신분을 가리지 않고 자신의 연주를 듣고자 하는 사람에게 마음을 다하여 연주함<br>• 전주의 옛 풍속인 수계 모임을 오랫동안 이끌어 나감 |
| ↓ |
| • 전주 사람들이 송경운의 음악을 듣고 모두 즐거워함<br>• 많은 제자들이 송경운을 사랑하고 존경함<br>• 송경운의 명성이 전주에 널리 알려짐 |

- 전주 사람들에게 미친 송경운의 영향력

| 송경운이 전주에 오기 전 |
|---|
| 관가 밖에서는 음악 소리가 들린 적이 없음 |
| ↓ |
| **송경운이 전주에 온 후** |
| 음악을 듣고 즐거워하는 일이 많아짐 |

- 송경운에 대한 전주 사람들의 평가

| 송경운은 아마 보통 사람은 아닐 것이야. |
|---|
| • 송경운은 자신의 연주를 좋아하는 사람들에게 손을 더디 놀릴 수 없다고 하며 마음을 다해 연주함 → 자신의 마음을 다하는 사람<br>• 송경운은 신분의 귀천에 상관없이 자신의 연주를 듣고자 하는 사람에게 극진히 연주함 → 마음이 공정한 사람 |
| ↓ |
| 송경운은 도입부에서 작가가 말한 '가장 위대한 선(善)'을 행하는 인물에 해당된다고 할 수 있음 |

하고 존경하는 방식은 유교에서 인륜을 가르치는 경우와 다름이 없었다. 그래서 그의 명성은 나이가 들수록 더욱 성대해졌다. 근방의 고을 수령이나 절도사 등이 틈을 보아 먼저 데려가려고 다툴 지경이었으므로 그가 집에 있는 경우는 드물었다.

제자들이 송경운을 존경하는 태도가 그의 명성을 드높이도록 함 / 그의 명성이 널리 알려졌음을 드러냄

▶ 제자들의 존경과 관리들의 사랑을 받는 송경운

언젠가 그와 함께 음악 이야기를 한 적이 있었는데, 경운은 이런 말을 했다.

"비파는 옛 곡조와 요즘 곡조가 다른데, 지금 사람은 대체로 옛 곡조를 내치고 요즘 곡조를 숭상하고 있지요. 「유독 저는 옛 곡조에 뜻을 두고 있습니다. 그래서 소리를 낼 때 전부 옛 곡조로 채우고 요즘 곡조가 끼어들지 못하게 하면 저의 마음에 흡족하고 이야말로 음악답다고 여겨집니다. 그렇게 하여 조급하지도 천박하지도 않으며 넉넉하게 여유가 있는 소리를 낸다면 말세의 사악한 소리를 씻어 내고 저 훌륭한 옛날의 바른 음악을 회복할 수 있을 것 같고, 내 평생을 그런 음악을 하여 후세까지 전하는 것이 마땅하다고 생각하고 있습니다.」 그렇지만 저의 연주를 듣는 이들은 모두가 평범한 사람들인지라 그렇게 연주를 하면 그다지 기뻐하지도 않고 잘 이해를 못해 즐거워하지 않더군요. 가만히 생각해 보니 「음악에서 중요한 건 사람을 기쁘게 하는 일인데 만약 음악을 듣고도 즐겁지 않다면 비록 안회(顔回)나 증점(曾點)이 여기서 거문고를 연주한다 한들 또한 사람들에게 무슨 유익함이 있겠는가 싶습니다.」 이 때문에 저는 다만 저의 곡조를 변주하여 요즘 곡조를 간간이 섞음으로써 사람들이 기뻐할 수 있도록 만들었습니다."

당대의 음악적 경향이 드러남

「 」: 옛 곡조를 숭상하며 이를 통해 바른 음악을 회복할 수 있다고 여김 → 송경운이 근본적으로 추구하는 음악적 지향

송경운이 생각하는 요즘 곡조의 특징

옛 곡조로 연주하면 연주를 듣는 사람이 즐거워하지 않음 → 송경운이 옛 곡조에 요즘 곡조를 섞어 연주하는 이유

공자의 제자들로 곤궁하게 지내면서도 거문고를 타며 도를 즐긴 인물들

고매한 정신을 담아 거문고를 연주한들 듣는 이들을 즐겁게 하지 않으면 쓸모가 없음

「 」: 음악의 효용을 즐거움에 있다고 생각하는 송경운의 인식이 드러남

옛 곡조와 요즘 곡조를 섞어 연주함 → 청중의 취향에 따라 자신의 음악에 변화를 줌

▶ 송경운의 음악관

**감상 포인트**
비파 연주자 송경운의 음악에 대한 관점과 태도를 파악한다.

- 음악에 대한 송경운의 관점과 태도

> • 노래를 음악 중의 으뜸이라 여김
> • 비파의 옛 곡조를 숭상하여 연주할 때 옛 곡조로만 채우고 싶어 하며, 옛 곡조만이 음악답다고 여김
> • 자신의 연주를 듣는 평범한 사람들이 옛 곡조를 이해하지 못해 즐거워하지 않음 → 자신의 곡조를 변주하여 옛 곡조에 요즘 곡조를 간간이 섞어 연주함으로써 듣는 사람을 즐겁게 만듦
>
> ↓
>
> • 옛 곡조를 통해 옛날의 바른 음악을 회복할 수 있다고 생각함 → 옛 곡조를 지켜 후세에 전하는 것을 자신의 사명으로 인식함
> • 음악의 효용을 즐거움으로 인식하는 관점이 드러남
> • 자신의 음악관을 고수하기보다 듣는 이의 즐거움을 위해 연주하고자 하는 태도가 드러남

전주의 옛 풍습으로 뜻을 같이하는 이들이 수계(修契) 모임을 가지며 약속을 정해 서로 깨우쳐 주고 물품을 모아 도와주는 것이 있었다. 그러나 가난하기 때문에 계획대로 물품을 모으는 것이 여의치 않고 또 한결같이 약속을 지키지도 못해 대체로 시작은 했어도 끝은 유야무야되는 일이 많고 몇 년이 지나도록 폐지되지 않는 경우는 없었다. 전주에서는 아전들이 제법 피폐하지 않은 편이라 여항(閭巷)의 백성들은 아전을 꽤 공경하고 조심스레 대했다.

일종의 계 모임 / 수계 모임의 성격 / 수계 모임이 오래 지속되지 못하는 이유 / 흐지부지하게 되는 / 오래 지속되지 않음 / 관아에 속한 구실아치 / 서민들을 가리킴

경운은 몇 명의 아전들을 인솔하여 수계 모임을 가졌는데 봄과 가을마다 한 번씩 모였다. 조금이라도 약속대로 하지 않으면 경운은 그때마다 정색을 하고 꾸짖었는데 언제나 이치에 근거하여 말을 했기에 좌중이 모두 숙연해지는 것이었다. 경운은 여항 백성의 부류인데도 아전들이 되레 그를 공경하고 조심스레 대하게 되었으니 사람들은 이렇게 말했다.

올곧은 송경운의 성격이 드러남 / 송경운의 신분 → 서민 / 아전들이 자신보다 낮은 신분인 송경운을 공손한 태도로 받듦

"기개(氣槪) 있는 사람이라서, 지역의 분위기나 관습도 그를 어쩌지 못하는구나!"

씩씩한 기상과 굳은 절개

이렇게 십여 년이 되도록 조금도 차질이 없었으니 전주 사람들은 모두 그의 역량에 대해 일컬었던 것이다.

송경운이 오래 지속되지 못하던 수계 모임을 오랫동안 운영함 → 송경운의 역량을 알 수 있음

▶ 아전들을 인솔하여 수계 모임을 주도한 송경운의 역량

- 송경운의 성격

| | |
|---|---|
| 자신이 숭상하는 옛 곡조만을 고수하지 않고 듣는 이를 위해 요즘 곡조를 섞어 연주함 | 세상의 변화에 대처하는 유연한 성격임 |
| 오래 지속되기 어려운 수계 모임을 자신보다 높은 신분인 아전들을 인솔하여 오랫동안 운영함 | 기개 있고 통솔력이 있음 |

평소에 아픈 적이 별로 없었는데 갑자기 기궐(氣厥)을 앓아 일어나지 못하게 되었

기가 순환되지 않아 생기는 병

다. 임종 무렵 제자들을 모두 불러 이렇게 말했다.

"불행히도 나는 자식이 없다. 타지에서 흘러들어 온 사람으로, 자식도 없이 고향 도 아닌 곳에서 죽게 되었으니, 어찌 보잘것없지 않겠느냐? 그렇지만 나는 음악을 업으로 삼은 사람이다. 내가 죽으면 나를 아무 산의 양지에다 묻어 주고 그 가는 길에 너희들이 모두 나의 업인 음악을 연주하여 나의 정신을 즐겁게 해 다오. 혹시라도 해괴한 풍속이라 여기지 말고."

송경운은 서울 출신임
음악에 대한 사랑과 예속에서 벗어난 자유롭고 초탈한 면모
상례에 어긋나는 행동으로 여겨 꺼리지 않도록 당부하여 자신의 유언을 실천해 주기를 바람

말을 마치자 세상을 떠났으니 이때 나이가 일흔 셋이었다. 제자들은 그의 말대로 했으니, 새벽달 아래 서천(西川)을 건너 상여 행렬이 산 남쪽을 향할 때 여럿이 연주하는 비파 소리가 상엿소리에 섞여 들려오는 것이었다. 「성안 가득 나와서 구경하던 이들은 모두 눈물을 흘리며 이렇게 말했다.

송경운의 유언대로 상여가 지날 때 제자들이 비파를 연주함
「 」: 음악으로 자신들을 즐겁게 해 주다가 일생을 마친 송경운에 대한 전주 사람들의 슬픔

"세상에서 이런 사람을 어찌 다시 볼 수 있겠는가!"」

송경운은 평범한 사람이 아니었음 → 송경운은 '가장 위대한 선'을 실천한 인물이라는 작가의 의도를 드러냄
▶ 송경운의 유언에 따른 장례
다섯 줄로 된 고대 현악기의 하나

아아! 경운은 이러한 재능을 가지고 있었으나 크게는 순임금의 뜰에서 오현금(五絃琴)에 화답하여 연주할 수 없었고, 작게는 태산과 같은 높은 산에 올라 연주함으로써 천하의 불평한 기운이 모두 사라지게 할 수도 없었다. 다만 전주성 서쪽에 흘러들어 와 거처하면서 전주 사람들을 즐겁게 해 주며 그 일생을 마쳤으니 어찌 서글프지 않은가? 고금의 사람들 가운데 위대한 재능이 있으면서도 울울하게 그 마음을 펼쳐 보지도 못한 사람이 오직 경운뿐이랴?

송경운의 재능이 제대로 쓰이지 못한 데 대한 아쉬움을 드러냄
송경운의 음악이 천하의 모든 사람들의 불평한 마음을 위로할 수 있는 기회를 얻지 못한 데 대한 안타까움을 드러냄
송경운의 재능이 전주 사람들에게만 영향을 준 데 대한 아쉬움
마음이 상쾌하지 않고 매우 답답함
작가는 송경운을 위대한 재능을 지녔으나 그 재능을 제대로 펼치지 못한 인물로 평가함

「아! 선하여라, 경운의 마음이여! 그는 사람들이 자기에게 바라는 것을 알고 그들이 바라는 것을 이루어 주었다. 그는 사람들을 기쁘게 해 주는 일이 중요하고, 자신의 조그만 수고로움을 괘념할 시간은 없다는 것을 알았다.

도입부에 제시한 '선'의 의미와 연결됨
마음에 두고 걱정하거나 잊지 아니함
송경운이 생각하는 음악의 우선적 가치
송경운은 사람들을 위해 연주하는 것을 수고롭게 여기지 않음

그는 자신의 작은 재주가 많은 사람을 기쁘게 해 줄 수 있어 행복하다는 것을 알았다. 그는 작은 재주가 있다고 남에게 교만하게 굴어서는 안 된다는 것을 알았다. 그는 자신의 업인 음악으로 남들에게 좋은 영향력을 미칠 수 있다는 것을 알았다. 그는 음악을 저 혼자 소유해서는 안 된다는 것을 알았다. 그는 으스댈 필요가 없다는 것을 알았다. 그는 이렇게 하고 나서야 자신의 천성을 손상시키지 않게 되리라는 것을 알았다.」 「 」: 송경운의 선한 마음을 구체적으로 제시함 → 마지막 부분에서 벼슬아치가 지녀야 할 마음으로 확장됨

송경운의 겸손한 면모

그의 이런 마음을 더 위대한 일에 옮겨 놓았더라면 얼마나 훌륭한 성취를 이루었을지 상상할 수 있다. 만약 벼슬자리에 있는 사람들이 그 마음을 가져와 본받는다면 천하와 국가를 다스리는 데 얼마나 큰 도움이 되겠는가? 그런데 지위가 낮다고 하찮게 여기고 이름 없는 사람이라고 무시할 수 있겠는가? ▶ 송경운의 삶에 대한 예찬적 논평

송경운의 삶의 태도를 벼슬아치들이 지녀야 할 바람직한 태도와 연결함
송경운의 신분을 따져 그의 삶을 하찮게 여기거나 무시할 수 없음

• 송경운의 삶에 대한 작가의 예찬적 태도

| 송경운 |
|---|
| • 사람들이 자신에게 바라는 것을 알고 그것을 이루어 줌<br>• 사람들을 기쁘게 해 주는 일이 중요하므로 연주하는 것을 수고롭게 생각하지 않아야 한다는 것을 알고 있음<br>• 자신의 재능이 많은 사람을 기쁘게 해 줄 수 있는 것을 행복하게 여김<br>• 자신의 재능을 겸손하게 여기며 남에게 교만하게 굴어서는 안 된다는 것을 알고 있음<br>• 음악으로 남들에게 좋은 영향력을 미칠 수 있다는 것을 알고 있음<br>• 음악을 혼자 소유해서는 안 된다는 것을 알고 있음<br>• 으스댈 필요가 없다는 것을 알고 있음<br>• 이렇게 해야 자신의 천성을 손상시키지 않게 되리라는 것을 알고 있음 |

↓

• 송경운이 갖춘 덕을 드러내어 예찬함
• 송경운이 도입부에서 작가가 말한 '가장 위대한 선'을 실천한 인물이라는 인식을 드러냄

• 송경운의 마음을 지녀야 할 벼슬아치들

송경운이 지녔던 마음을 지닌다면 더 위대한 일에서도 훌륭한 성취를 이룰 수 있을 것임

↓

벼슬아치들이 송경운의 마음을 본받으면 천하와 국가를 다스리는 데 큰 도움이 될 것임

## 핵심 포인트 1 인물에 대한 이해

이 작품의 주인공인 송경운의 삶은 '서울'과 '전주'를 중심으로 살펴볼 수 있으며, 음악을 통한 송경운의 영향력은 전주의 삶에서 드러나므로 공간을 중심으로 인물의 삶을 파악할 수 있어야 한다.

**송경운의 삶**

| | |
|---|---|
| 서울 | • 노비 출신이지만 민첩하고 재주가 있어 주인에 의해 면천됨 → 군공으로 무관 지위에 오름<br>• 음악에 대한 천부적인 재능이 있어 어릴 때 배운 비파 연주 솜씨가 지극한 경지에 도달하여 서울과 그 근방에 이름을 떨침<br>• 궁중 악사로 활동하였으며 고관대작의 화려한 잔치에 불려 다니며 비파를 연주함<br>• 최고의 경지에 이르렀음을 칭찬할 때 '어째 송경운의 비파 같네!'라는 말이 있을 정도로 유명했음 |

↓ (정묘호란)

| | |
|---|---|
| 전주 | • 자신의 음악을 듣기를 원하는 사람이 있으면 신분을 가리지 않고 마음을 다해 비파를 연주함 → 송경운으로 인해 전주의 사람들이 그의 음악을 듣고 즐거워함<br>• 수십 명의 제자들이 스승인 송경운을 존중하고 사랑하므로 그의 명성이 더욱 높아짐<br>• 송경운은 죽기 전에 예법에 어긋난다 하더라도 자신의 상여가 지나가는 길에 제자들이 비파를 연주해 줄 것을 당부함 → 예속에서 벗어난 자유롭고 초탈한 면모를 보여 줌 |

## 핵심 포인트 2 음악에 대한 인물의 관점과 태도 파악

이 작품은 당대 최고의 비파 연주가인 송경운의 삶과 예술을 기록하고 있으므로, 음악에 대한 송경운의 관점과 태도를 파악할 수 있어야 한다.

**송경운의 음악에 대한 관점과 태도**

• 노래를 음악 중에 으뜸가는 것이라고 여김: 송경운은 연주가이면서도 기악보다 성악을 우위에 둠
• 별 볼 일 없는 하인 같은 사람들이 찾아와도 듣는 사람의 마음이 흡족하게 되었다는 것을 알고서야 연주를 끝냄: 항상 진심을 다해 연주하는 송경운의 태도가 드러나며, 음악은 신분에 상관없이 누구나 동등하게 즐길 수 있는 것이라는 송경운의 인식을 엿볼 수 있음
• 비파의 옛 곡조를 숭상하여 옛 곡조를 통해 옛날의 바른 음악을 회복할 수 있다고 생각하고 평생 이와 같은 음악을 하여 후세에 전하는 것을 사명으로 여김
• 평범한 사람들이 자신의 연주를 이해하지 못해 즐거워하지 않으므로 옛 곡조에 요즘 곡조를 섞어 듣는 이를 즐겁게 함: 세상의 변화와 듣는 이의 요구를 수용하여 자신을 변화시킴. 이러한 태도는 음악에서 중요한 것은 사람을 기쁘게 하는 것이라는 인식에서 비롯됨

## 핵심 포인트 3 도입부와 논평부에 드러나는 작가의 의도 파악

이 작품에서 작가는 미천한 신분의 음악가인 송경운을 긍정적 시선으로 바라보며 그의 삶을 예찬하고 있다. 이러한 태도가 드러나는 논평부를 통해 작가의 의도를 파악할 수 있어야 한다. 또한 송경운에 대한 논평과 관련하여 도입부가 하는 기능도 함께 이해할 수 있어야 한다.

**송경운에 대한 작가의 서술 태도와 주제 의식**

| | |
|---|---|
| 도입부 | • '선'은 모두가 숭상하는 인간의 미덕임 → '가장 위대한 선'은 자신의 마음을 다하는 일임 → 자신의 마음을 다하는 사람의 마음은 공정할 것임 → 마음이 공정한 사람은 내면의 조화를 따를 것임 → 내면의 조화를 따르는 사람은 하늘로부터 얻은 순수한 본성이 손상되지 않았을 것임 → 순수한 본성이 손상되지 않은 사람은 자신의 행위로 인한 영향력이 온 세상에 미칠 것임<br>• 지위와 명성에 상관없이 '가장 위대한 선'을 행하는 사람은 훌륭하며, 지위와 명성을 따져 '가장 위대한 선'을 행하는 사람의 가치를 깎아내리는 것은 지혜롭지도 정당하지도 않음<br>➡ 도입부에 나타난 작가의 주장은 송경운의 삶을 평가하기 위한 전제로 기능함 |
| 논평부 | • 비천한 신분이었지만 지극한 경지에 이른 비파 연주자 송경운을 '위대한 선'을 행한 사람으로 평가하여 예찬함<br>• 벼슬아치들이 송경운의 마음을 본받으면 천하와 국가를 다스리는 데 큰 도움이 될 것이라는 의도를 드러냄 |

### 작품 한눈에

• 해제

〈송경운전〉은 17세기 중엽까지 활동한 비파 연주자 송경운의 생애를 다룬 전(傳)이다. 이 작품은 조선 후기에 창작된 예술가의 전기 가운데 최초의 작품으로, 문학성이 높다는 평가를 받고 있다. 송경운은 서울의 노비였으나 면천된 후 군사적 공적을 세워 벼슬까지 한 인물이다. 그는 음악에 천부적인 재능이 있어 아홉 살 때 비파를 배운 후 비파 연주자로 명성을 떨쳤다. 정묘호란을 계기로 전주로 거처를 옮긴 송경운은 자신의 연주를 듣고자 하는 전주 사람들에게는 신분을 막론하고 진심을 다해 연주를 들려주었다. 작가 이기발은 서울에서 관직 생활을 한 사대부로, 서울에서 알고 지낸 송경운을 자신의 고향인 전주에서 다시 만난 것을 계기로 송경운의 삶을 기록했다. 작가는 송경운의 전주에서의 삶을 중심으로 그의 삶과 음악이 전주 사람들에게 미친 선한 영향력을 드러내어 '가장 위대한 선'의 경지에 오른 예술가 송경운의 덕을 예찬하고 있다.

• 제목 〈송경운전〉의 의미

– 비파 연주자 송경운의 삶을 담은 전기

〈송경운전〉은 천부적인 음악적 재능으로 당대 최고의 비파 연주가로 살아가며 명성을 떨친 송경운의 삶을 기록한 전(傳)이다.

• 주제

음악으로 선(善)의 경지를 이룬 송경운의 삶

**전체 줄거리**

어느 날 전주성 서쪽을 따라 고개를 오르던 '나(무심자)'는 우연히 서울의 옛 악사였던 송경운을 만나 즐겁게 한나절을 어울려 논다. 서울 사람인 송경운은 과거 절도사의 노복이었으나 민첩하고 재주가 있어 공을 세워 벼슬을 얻었다. 그는 특히 음률적 재능을 타고나서 열두 살 무렵에 이미 뛰어난 비파 연주 실력을 갖추어 "어째 송경운의 비파 같네!"라는 유행어가 생길 정도로 서울 근방까지 유명해졌다. 그는 정묘년 난리 때 전주로 내려와 화초를 가꾸며 살았는데, 그 덕분에 전주 사람들은 송경운의 비판 연주를 즐기게 되었다. 송경운은 자신이 뜻을 둔 옛 곡조와 요즘 사람들이 좋아하는 요즘 곡조를 섞어 연주함으로써 사람들을 기쁘게 하였고, 전주 사람들은 모두 그의 역량을 인정하였다. 임종을 앞둔 송경운은 자신이 가는 길에 사람들을 즐겁게 하는 음악을 연주해 달라는 유언을 남기고, 제자들은 그의 말대로 장례를 치렀다. '나'는 송경운의 죽음을 서글퍼하며 그는 마음에 터득한 것이 있어 속박을 벗어던진 사람이라고 평가했다.

◇ 한 줄 평 조선 시대 때 신분의 벽을 뛰어넘어 입신양명을 이룬 노비의 이야기

# 노비 반석평 유몽인

## 장면 포인트 1 주목

• 이 작품은 조선 중기에 유몽인이 지은 《어우야담》에 수록된 야담 중 하나이다. 민간의 야사를 바탕으로 한 이야기 속에 담긴 당대 사회상과 민중의 의식에 주목하여 감상하도록 한다.

• 해당 장면은 노비 출신 반석평이 신분을 숨기고 급제하여 관직을 얻은 후에도 주인집에 예를 갖추었으며, 신분을 숨기고 과거에 합격했다는 사실을 밝힌 이후에도 조정에서 표창을 받고 관직을 유지했다는 내용이다.

• 이야기 뒤에 덧붙인 글쓴이의 논평을 통해 이 이야기를 제시한 글쓴이의 의도 및 가치관을 파악하도록 한다.

반석평은 재상집의 노비였다(반석평의 신분). 어렸을 적 재상이 그의 순박하고 명민함을 사랑한(재상이 반석평을 사랑한 이유) 나머지 시서(詩書)를 가르쳐 아들, 조카들과 함께 배우도록 하였다(신분보다 재능을 중시한 재상의 배려). 석평이 조금 자라자 재상은 그를 먼 시골의 자식 없는 자에게 주어(반석평을 아들로 받아들이기 쉽도록 자식 없는 자에게 반석평을 양자로 보냄 – 반석평의 과거 응시가 가능했던 이유) 자취를 감추고 배움에 힘쓰면서 주인집과는 관계를 끊고 통하지 못하게 하였다(반석평이 노비 출신임을 숨기려는 의도).
▶ 반석평의 신분과 성장 과정

석평은 성장하여 법을 범하고(노비는 과거를 볼 수 없게 한 법을 어김) 과거에 응시하였으나 사람들이 알아차리지 못하였다. 드디어 과거에 급제하여 재상 반열에 이르렀지만(반석평의 성취) 겸손하고 청량하였다(인품이나 성격이 깨끗하고 선량함). 나라의 뛰어난 신하가 되어 팔도의 관찰사를 역임하고 지위가 2품에 이르렀다(신분을 뛰어넘어 탁월한 능력으로 출세함).
▶ 신분을 숨기고 벼슬길에 나가 성공한 반석평

주인집의 재상은 이미 죽고 그의 자손들은 모두 빈궁하고 천하게 되어(재상이 죽은 후 주인집이 몰락함) 외출할 때에 나귀도 없이 거리를 걸어가야 할 정도였다. 「반석평은 그들을 길거리에서 만날 때마다 매번 초헌(조선 시대에, 종이품 이상의 벼슬아치가 타던 수레)에서 내려 진흙탕 길을 종종걸음으로 달려 나가 절을 올리니,」(「 」: 주인집의 은혜를 잊지 않고 예를 갖춤) 길가에서 이를 지켜본 사람들은 매우 이상하게 생각하였다(재상이 천한 사람들에게 예를 갖추었기 때문).
▶ 주인집 자손들에게 예를 다하는 반석평

그러자 반석평은 글을 올려 사실을 실토하고 관작(관직과 작위)을 삭탈해 줄 것과 주인집 자손에게 관직을 줄 것을 청하였다. 조정에서는 이를 의롭게 여겨 그를 표창하고 노비 문권을 찢어 본래 직분에 나가 전처럼 계속 관직을 지니도록 하고 주인집 자손에게도 관직을 주었다(재상의 의로움을 높이 평가한 결과).
▶ 반석평의 실토와 조정의 표창

**감상 포인트** 작품에 등장하는 인물들의 태도와 행적을 바탕으로 글쓴이의 가치관을 파악한다.

고흥 유 씨(글쓴이인 유몽인)가 말한다.

"우리 동방의 땅(조선을 가리킴)은 치우쳐 있고 작아서 인재의 산출이 중국의 천분의 일도 되지 못하는 데다 기자(箕子)(전설상의 기자 조선의 시조)가 남긴 법에 국한되어 노비가 벼슬길에 오르는 것을 허락하지 않는다. 현자(賢者)를 세움에 출신을 따지지 않는 것이(글쓴이의 가치관과 부합) 삼대(三代)(고대 중국의 세 왕조인 하 · 은 · 주)의 성법(盛法)인데도 우리나라에 이르러서는 벼슬길에 오르지 못하도록 막는 것이 매우 견고하니 사대부의 의론은 편협하고도 시기심이 많다(당대의 관직과 신분 제도에 대한 비판).

반석평은 충성스럽고 의리 있는 사람이다(반석평에 대한 긍정적 총평). 자신은 법망(法網)에서 벗어나 조정의 높은 벼슬아치가 되었는데도 상정(常情)(사람에게 공통적으로 있는 보통의 인정)으로 말미암아 종적을 가리고 감출 겨

### 작품 분석 노트

• 작품의 구성

| 인물의 일화 |
|---|
| 주인공인 반석평의 출신과 성장 과정 |
| ↓ |
| 높은 벼슬의 성취(탁월한 능력) |
| ↓ |
| 주인집에 대한 충의 |
| ↓ |
| 사실의 실토와 조정의 표창 |

\+

| 글쓴이의 논평 |
|---|
| • 당대의 신분 제도와 이에 따른 관직의 제한에 대한 비판<br>• 반석평의 인물됨과 주인집 재상의 인덕 칭송 |

• 실존 인물 '반석평'

조선 중종 때의 문신. 중종 2년(1507)에 문과에 급제한 후 지중추부사를 거쳐 의정부 좌찬성에 이르렀으며, 온건하고 청렴한 관리로 이름이 높았다. 반석평의 출신에 대해서는 여러 기록이 있다.

• 족보와 무덤 앞 비석에 새겨진 글: 양반 출신으로 제시
• 《어우야담》과 《성호사설》, 홍명희의 소설 〈임꺽정〉 등: 노비 출신으로 제시
• 《중종실록》: 서얼 출신으로 제시

를 없이 수레에서 내려 한미한 선비에게조차 몸을 굽힐 수 있었다. 또 조정에 아뢰어 스스로 자신의 천한 신분을 드러냈으니 이는 진실로 동방에서 듣기 어려운 아름다운 소문이다. 또 「주인집의 재상은 법에 통분했을 뿐만 아니라 편협과 시기를 버리고 인간의 미덕을 이루었으니 이 같은 인(仁)을 두고 "지인(知人)이 선비를 얻었다."라고 이를 만하다.」

몰락한 주인집 자손

「 」: 주인집 재상에 대한 칭송

여타 사대부들과 대조되는 면모

사람의 됨됨이를 잘 알아보는 사람

▶ 반석평 이야기에 대한 글쓴이의 논평

## 핵심 포인트 1 인물의 심리와 태도 파악

이 작품에 등장하는 인물들의 행위 및 태도에 담긴 의도나 심리를 파악할 수 있어야 한다.

| 주인집 재상 | | 반석평 | |
|---|---|---|---|
| 행위 및 태도 | 의도나 심리 | 행위 및 태도 | 의도나 심리 |
| 자신의 자손들과 함께 반석평에게 학문을 가르침 | 신분에 구애됨 없이 인재를 기우고자 함 | 노비 신분이지만 법을 어기고 과거에 응시함 | 신분의 한계를 넘어 자신의 능력을 펼치고자 함 |
| 반석평을 먼 시골의 자식 없는 집에 양자로 보내고 왕래를 끊음 | 반석평이 신분을 감추고 벼슬길에 나아갈 수 있도록 하려 함 | 높은 관직에 오른 후에도 몰락한 주인집 자손에게 절을 올림 | 자신에게 은혜를 베푼 주인집에 끝까지 충성하고 의리를 지키려 함 |

## 핵심 포인트 2 외적 준거에 따른 감상

이 작품의 글쓴이인 유몽인과 관련한 외적 준거를 바탕으로 작품의 내용을 해석할 수 있어야 한다.

**유몽인의 문학관과 《어우야담》 집필 동기**

유몽인은 자신의 본색을 '장자'에 견주었다. 《장자》의 핵심적인 서술 방식은 다른 것에 빗대어 논변하는 '우언(寓言)'이라 할 수 있는데, 《장자》에 따르면 "세상이 혼란할 때에는 진정한 말을 할 수 없으므로 우언을 하여 널리 퍼뜨린다."라고 하였다. 즉 우언은 부정적 현실에 대한 비판 의식과 밀접한 관련성을 지닌다고 할 수 있다. 이렇게 볼 때 유몽인은 장자식 우언으로서 민간의 패설*에 주목하여 《어우야담》을 저술함으로써 당대의 현실을 비판, 풍자하고자 하였고, 그 중심에는 17세기 전후 격변하는 시대에 대응하고자 했던 현실 인식이 자리 잡고 있었다고 볼 수 있다. 《어우야담》에는 다양한 인물 군상이 등장하는데 그 속에는 노비, 서얼, 여성 등 사회적 소수자가 포함되어 있다. 이는 유몽인의 소외 계층에 대한 관심과 중세 봉건적 질서의 모순에 대한 비판 의식을 반영한 것이다.

* 패설(稗說): 민간에 떠도는 짤막한 이야기. 역사적 사실이나 인물, 문물제도, 세태 풍속, 고을 이름 등과 관련된 다양한 주제를 다룸.

→ 노비가 조정에 진출하여 능력을 펼친다는 이야기는 신분 체제의 이완이라는 당대의 사회상을 반영하며, 사회적 소수자인 노비와 당시의 봉건적 사회 제도에 대한 작가의 관점을 드러낸다.

## 핵심 포인트 3 작품의 주제 파악

이 작품의 뒷부분에 나타난 글쓴이의 논평을 중심으로 집필 의도와 작품의 주제 의식을 파악할 수 있어야 한다.

**반석평 이야기**
- 노비 출신이지만 뛰어난 능력과 인품으로 관직에 진출한 반석평
- 편협함과 시기심을 버리고 재능과 인품을 겸비한 노비를 인재로 육성한 주인집 재상

↔

**조선의 현실**
- 땅이 작아 인재의 수가 중국보다 적음에도 국법으로 노비의 관직 진출을 막음
- 사대부의 의론은 편협하고 시기가 많아 노비가 벼슬길에 오르는 것을 허락하지 않음

**집필 의도와 주제 의식**
- 신분에 따라 관직 진출을 제한하는 사회 제도 비판
- 신분에 구애되지 않는 인재 등용 주장

### 작품 한눈에

- 해제

〈노비 반석평〉은 조선 광해군 13년(1621) 어우당 유몽인이 지은 야담집 《어우야담》에 수록된 야담이다. 조선 중종 때의 문신이었던 실존 인물 반석평에 대해 민간에 떠도는 야사를 바탕으로 지은 이야기에 글쓴이의 논평이 덧붙여진 구성을 취하고 있다. 논평의 내용으로 미루어 볼 때, 당대 신분 제도에서 최하층에 속하던 노비 출신 반석평이 국법을 어기고 급제하여 조정에 나아가 탁월한 능력으로 성취를 이룬 이야기를 제시한 것은, 인재 등용에 신분의 제한을 두지 않아야 한다는 글쓴이의 가치관을 부각하기 위한 의도로 볼 수 있다.

- 제목 〈노비 반석평〉의 의미

– 조선 시대 때 신분의 벽을 뛰어넘어 입신양명을 이룬 노비 반석평에 관한 이야기

비록 출생 신분은 천하지만 뛰어난 능력과 성품을 지닌 반석평과 그를 알아보고 기회를 제공한 주인집 재상에 대한 이야기를 통해 당대의 신분 제도와 인재 등용 방식에 대한 글쓴이의 비판적 인식을 드러내고 있다.

- 주제

① 노비 반석평의 충의와 입신양명
② 신분에 구애되지 않는 인재 등용의 중요성

**전체 줄거리**

노비 반석평의 총명함을 알아본 주인집 재상은 그에게 공부를 가르치고 집안 자제들과 어울릴 수 있게 하였다. 반석평이 자라자 재상은 아들이 없는 사람에게 반석평을 보내어 배움에 힘쓰도록 하면서 주인집과는 교류하지 못하게 하였다. 반석평은 어른이 된 후 노비는 과거를 볼 수 없다는 법을 어기고 과거에 합격하여 재상의 반열에 오른다. 주인집 재상이 죽은 후 집안이 몰락하여 자제들은 가난하고 천하게 되었는데, 반석평은 길에서 그들을 만나면 매번 절을 올렸고 사람들은 이상하게 생각하였다. 반석평은 조정에 신분을 속이고 과거를 본 죄를 고하였으나 조정에서는 그의 행동을 의롭게 여겨 죄를 묻지 않았다. 고흥에 사는 유 씨(작가 유몽인)는 조선은 땅이 작고 인재도 적은데 노비의 벼슬을 막고 있는 법을 비판하고, 반석평과 주인집 재상의 됨됨이를 칭찬했다.

고전 산문 16

◇ 한 줄 평 천자의 무리한 요구를 지혜로 해결한 아이를 그린 이야기

# 천자를 이긴 아이 작자 미상

## 장면 포인트 1 주목

• 이 작품은 논박형 '아이 지혜담'으로 분류되는 민담이다. 중국 천자가 조선에 인재가 있는지 시험한다는 명목으로 중국 땅 모두를 덮을 만큼 큰 바람막이 포장과 두만강 물 전체를 퍼 담을 가마를 바치라는 명을 내리자 조선의 한 아이가 지혜를 발휘하여 재치 있게 문제를 해결하는 과정을 다루고 있다.
• 해당 장면은 정승의 열두 살짜리 아들이 중국 천자의 무리한 요구에 임금이 근심한다는 이야기를 전해 듣고 중국으로 건너가 논리적 대화를 통해 천자가 자기 주장의 비합리성을 인정하게 함으로써 문제 상황을 해결하는 부분으로, 작품의 전문이다.
• 중국 천자와 아이 사이에서 이루어지는 대화 내용, 아이의 논박 양상 등에 주목하여 작품을 감상하도록 한다.

대국 천자가 조선 왕한테루 사신을 보내 달라 그랬어요. 그러니깐 사신을 보낼 만한 사람이 없드란 말이죠. 예 그래서 어무니가, 나라에서는 근심두…… 인제 아들이 글방에 갔다 왔는데, 과택(寡宅)에 외아드님인데, 글방에 갔다 오니까는,

(사신: 임금이나 국가의 명령을 받고 외국에 사절로 가는 신하)
(사신을 보낼 만한 사람이 없드란 말이죠: 중국 천자의 무리한 요구를 해결할 만한 사람이 없음 → 임금의 근심으로 이어짐)
(아들: 문제 상황을 논리적 대화로써 슬기롭게 해결하는 인물)

"나라에서는 큰 근심이 계시단다."

그러니까,

"무슨 근심인가요?"

"그래 나라에서 중국에서 사신을 보내 달라고 허는데 사신을 보낼 만한 사람이 없단다."

(나라가 곤경에 처한 상황 → 공동체의 문제 발생)

그랬어요.

"무신 사신인가요?"

하니까는,

"중국이 너무 넓아서……"

인제 중국이…… 임금님한테 찾아 갔에요. 가 가주구,

"무신 사신을 보내시는데 사신이 그렇게 귀합니까?"

하니까는,

「"에 중국에서 바람이 셔서 중국을 막을 바람 막을 휘장(揮帳)을 가져오는 사람, 또 두만강을 퍼 가주구 한 가마가 되게—물이 남지두 않구 모자라지두 않게 똑같으게 가마 져 가주구—궈 가주구 들어오는 사람이믄에 자기네 사 — 충신을 삼겠다."」

(「 」: 중국 천자의 요구. 중국 땅 모두를 덮어 바람을 막을 휘장과 두만강 물을 모두 담을 가마를 바치라는 말)
(충신을 삼겠다: 보상의 제시)

그랬어요.

▶ 중국 천자의 무리한 요구로 인한 문제 상황의 발생

주목 "그러니 그거 아는 인재가 우리 한—우리 조선 땅에 있느냐?"

(그거: 중국 땅 모두를 덮을 바람막이 휘장과 두만강 물을 모두 담을 가마를 마련할 방법)
(임금의 말. 중국의 천자가 조선에 인재가 있는지 시험한다는 것을 명목 삼아 비합리적 요구를 함)

그러니까는 그 열두 살 먹은 정승의 아드님이 하는 소리가,

(열두 살 먹은 정승의 아드님: 천자를 이긴 아이. 임금이 근심하는 소식을 전해 듣고 임금님을 찾아옴)

"제가 가겠습니다."

(정승의 아들이 문제를 해결하기 위해 중국으로 가겠다고 함)

## 작품 분석 노트

• 논박형 '아이 지혜담'

주장이나 요구가 부딪히는 대결이나 투쟁의 상황에서 논란이 벌어지고, 주로 언어를 통한 지적인 대결을 펼쳐 상대의 생각이나 주장이 잘못된 것임을 공격하면서 승부가 갈리는 이야기

• 인물 간의 대결

| 천자 | | 정승의 아들 |
|---|---|---|
| 조선의 인재가 있는지 확인하겠다는 이유로 무리한 요구를 함 | ↔ | 천자의 요구가 비합리적인 것임을 깨닫게 하여 문제를 해결함 |

그랬어요.

"그러믄 가마를 얼마나 크게 궈 주랴. 그러면 포장을 얼마나 크게 해 주랴?"
조력자로서의 임금의 모습. 정승의 아들을 도와주려는 말

그러니까는,

"가마도 싫고 포장도 싫고 자 하나하구 주발 하나하구만 주십시오."
정승의 아들이 문제 해결의 수단으로 요구한 것

그랬어요. 「그래서 그거를 참 디 임금님께서 해 주시니깐 그거를 이 도포 소매 안에 다 너가주구 중국을 건너갔에요. 그래 중국을 건너가 중국 천자한테로 들어스니까는,」
「 」: 유사한 말의 반복 → 구비 문학의 특성

"조선서 들어온 사신입니다—사신입니다."
정승의 아들이 사신이 되어 중국 천자를 만나러 옴

하구 아뢰니,

"아 그러냐?"구.
천자의 말

"그러믄 내가 첩서(牒書) 내린 거를 알구 왔느냐?"
천자의 요구가 담긴 공문서

"예 알구 왔습니다."

"그러믄 뭐를 해 가주구 왔느냐? 가마 궈 가주구 왔느냐?"
두만강 물을 모두 담을 가마

"예."

"그러믄 포장두 해 가주구 왔느냐?"
중국 땅을 모두 덮을 바람막이 포장

"예."

"그러믄 가지구 들어오너라."

하니까는, 이 도포 소매에서 자 하나하구 주발 하나하구 내놔 줬어.
천자의 요구가 비합리적임을 드러내기 위한 수단

"그래 이게— 이걸루 어떻게 두만강을 재치며 이 바람을 막느냐?"니깐,
정승의 아들이 내놓은 물건에 의아해하는 천자

「"제아무리 천재라두 중국 땅이 몇 자 몇 치가 되는 줄 알아야 포장을 똑같이 지어 올 겁니다. 제아무리 천재래두…… 두만강에 물이 몇 백에 몇 말이 되는 거를 재 주십시오. 글쎄 이 자로는 재서 적어 주시구 두만강은 이 주발루 퍼서 물을 재 주신다면, 제가 우리 조선에 나가서 그와 같이 똑같이 해 가주구 들어오겠습니다."」
「 」: 천자의 요구를 실현하기 위한 기본 전제로 중국 땅의 크기와 두만강 물의 양을 측량해 달라고 요청함 → 문제 해결의 책임을 중국 천자에게로 넘긴 것

그러니깐 천자가 무릎을 딱 치면서,
천자가 자신의 요구가 비합리적이라는 것을 인정함

"아 조선도 인재가 있구나!"

그러고 그때 벼슬을 줬대는 거예요.
정승의 아들이 보상을 받음

▶ 정승의 아들이 지혜를 발휘하여 문제를 해결함

**감상 포인트**

중국 천자의 주장을 아이가 논리적으로 반박해 나가는 양상을 파악해야 한다.

• 소재의 의미와 기능

| | |
|---|---|
| 포장, 가마 | • 정승의 아들이 거부한 것<br>• 천자의 요구에 따라 마련해야 하는 대상 |
| 자, 주발 | • 정승의 아들이 요청한 것<br>• 천자의 요구가 비합리적인 것임을 드러내기 위해 활용한 대상 |

• 논박형 '아이 지혜담'의 일반적인 대화 구성

(어른의 주장)
어른의 온당치 않은 주장이나 요구, 처사 등이 제시됨

↓

(아이의 요구/대응)
아이가 어른의 특정한 반응을 유도하기 위해 새로운 상황을 조성함

↓

(어른의 반응)
어른이 첫 번째 주장과 모순되는 질문이나 답변을 함

↓

(아이의 반문)
아이가 상대방 발화 사이의 모순 관계를 지적함

↓

(어른의 인정)
어른이 자신의 주장이나 요구가 잘못되었음을 인정함

(※ 본문은 색 부분만 나타남)

• '하늘 덮을 천' 유형의 이야기

• 이 작품은 아이 지혜담 중에서도 '하늘 덮을 천' 유형에 해당하며 세부적 변이가 다양하게 나타난다.
• 권력관계에 있는 두 인물이 등장하고, 불가능한 요구를 하는 것이 특징이다. 이 유형의 불가능성은 무한에 가까운 어마어마한 수나 크기에서 기인하는 경우가 많다.
• 불가능한 요구나 질문에 대해서 같은 방식의 불가능한 요구나 질문으로 대응함으로써 논박하는 구조로 나타난다.
• 논박형 아이 지혜담의 일반적인 대화 구성에서 (어른의 반응 → 아이의 반문)이라는 세네 번째 단계가 함축되어 나타난다.

## 핵심 포인트 1 대화의 특징 파악

이 작품은 문제 상황 → 지혜 발휘 → 해결 결과(문제 해결)의 구조로 이루어진 아이 지혜담이다. 이때 아이의 지혜 발휘 과정이 상대방과의 논리적 대화 형태로 구체화되므로 이를 알아 두어야 한다.

| 단계 | 발화자 | 내용 |
|---|---|---|
| 1단계 | 어른 | (요구) 어른의 온당치 않은 주장이나 요구, 처사 등이 제시됨 |
| | | 중국 천자가 조선에 첩서를 보내어 중국의 모든 땅을 덮을 만한 바람막이 포장과 두만강 물 전체를 담을 가마를 바치라는 명령을 함 |
| 2단계 | 아이 | (대응) 아이가 어른의 특정한 반응을 유도하기 위해 새로운 상황을 조성함 |
| | | 정승의 아들이 천자에게 가 중국 땅의 크기와 두만강 물의 양을 먼저 측량해 달라는 요구를 함<br>→ 천자의 불가능한 주장에 대해 동일하게 불가능한 요구를 기본 전제로 내세움으로써 문제 해결의 책임을 천자에게 돌림(전제 실현 불가 → 요구 실현 불가) |
| 3단계 | 어른 | (질문) 어른이 첫 번째 주장과 모순되는 질문이나 답변을 함 |
| | | 생략 |
| 4단계 | 아이 | (반문) 아이가 상대방 발화 사이의 모순 관계를 지적함 – 직접적인 반박 |
| | | 생략 |
| 5단계 | 어른 | (인정) 자신의 주장이나 요구가 잘못되었음을 인정함 |
| | | 중국 천자가 자신의 요구가 비합리적이라는 것을 깨닫고 잘못을 인정함<br>→ 중국 땅의 크기와 두만강 물의 양을 측량할 수 없으므로, 중국 땅을 모두 덮을 포장과 두만강 물을 모두 담을 가마를 준비하라는 요구는 실현될 수 없는 비합리적인 것임 |

**⊕ 〈천자를 이긴 아이〉의 대화에서 3 · 4단계가 생략된 것에 대한 추측**

- 3단계에서는 중국의 천자가 '어떻게 중국 땅의 크기와 두만강 물의 양을 측량할 수 있겠는가?' 정도의 질문을 하는 것이 가능함. 그러나 중국 천자는 그 말이 자신이 앞서 한 요구와 배치된다는 것을 깨달아 이와 같은 질문을 하지 않고 바로 5단계의 반응을 보였다고 볼 수 있음
- 3단계에서 천자의 질문이 나타나지 않았으므로 4단계 아이의 반문도 제시되지 않음. 만약 천자의 질문이 있었다면 '(측량하지 못한다면) 중국 땅을 모두 덮을 바람막이 포장과 두만강 물 전체를 담을 가마는 어떻게 만들 수 있겠습니까?'와 같은 반문을 통해 원래 요구의 부당함을 드러낼 수 있음

→ 천자와 아이의 대결을 중국과 조선이라는 국가적인 대결로 해석할 때 이를 대화의 형식으로 드러내는 것이 곤란하여 함축하고 있다는 추측이 가능함

## 핵심 포인트 2 외적 준거에 따른 감상

아이 지혜담에 등장하는 아이는 통념을 상징하는 어른에 맞서 대화를 통해 자신의 지적 능력을 보여 주는 존재로서 신화적 아이의 이미지를 가진 인물에 해당한다. 민담이 신화의 내용을 이어받아 형성되는 과정에서 일부 내용이 세속화되어 나타나므로 이를 파악해 두어야 한다.

**⊕ 신화의 내용을 이어받은 '아이 지혜담'**

| | 신화 | 민담 |
|---|---|---|
| 아이의 성격 | 신화적 영웅 | 세속적 인재 |
| 아이와의 대결 대상 | 신 · 신적인 존재 | 세속적 권력관계에서 우위의 존재<br>(중국, 정승, 양반, 아버지) |
| 아이와의 대결 원인 | 신적 능력의 확인 | 권력자들의 세속적인 욕망 |
| 아이의 능력 표현 | 초현실적 능력이 과장된 형태로 나타남 | 과도하게 포장되지 않고 세속적인 훌륭함을 드러낼 수 있는 정도로 표현됨 |
| 아이의 능력 입증 후 결과 | 건국이나 왕위 계승 등을 통해 세상을 다스리게 됨 | 훌륭한 인재, 높은 관직에 진출했다는 식의 세속적인 성공으로 귀결됨 |

### 작품 한눈에

• 해제

〈천자를 이긴 아이〉는 논박형 아이 지혜담 중에서도 '하늘 덮을 천' 유형에 해당하는 민담이다. 중국 천자의 온당치 않은 요구에 나라가 근심에 빠지고 지혜로운 아이가 사신이 되어 집단의 문제를 해결한다는 비교적 단순한 구조의 이야기이다. 문제 해결의 과정에서 아이와 천자 사이에 논리적 연관 관계를 맺고 있는 대화가 펼쳐진다는 점이 특징적이다.

• 제목 〈천자를 이긴 아이〉의 의미

– 논리적 대화법으로 천자를 이긴 아이의 이야기

천자가 중국의 모든 땅을 덮을 바람막이 포장과 두만강 물을 모두 담을 가마를 요구하자 어린 정승의 아들이 논리적 대화를 통해 그 주장의 비합리성을 인정하게 한다는 내용을 함축적으로 표현한 말이다.

• 주제

천자의 무리한 요구로 발생한 집단의 문제를 논리적 대화로 지혜롭게 해결한 아이의 재치

**전체 줄거리**

옛날 중국의 천자는 자신의 권위를 과시하기 위해, 조선에 인재가 있는지 시험해 본다는 명목으로 중국 땅 전체를 덮을 수 있는 휘장과 두만강 물을 모두 담을 수 있는 가마를 바치라는 명령을 내렸다. 조선의 왕은 불가능하지만 들어줄 수밖에 없는 천자의 요구를 해결할 만한 인재를 찾지 못해 근심하였다. 한 정승에게 열두 살 된 아이가 있었는데 어머니에게서 왕의 근심에 대해 들은 아이는 왕을 찾아가 사신이 되기를 자청하였다. 아이는 왕에게 자 하나와 주발 하나를 마련해 달라고 하여 받은 뒤 중국의 천자를 만나러 갔다. 포장과 가마를 가져왔는지를 묻는 천자의 물음에 아이는 자와 주발을 꺼내 놓고, 아무리 천재라도 중국의 땅 크기와 두만강 물의 양을 알아야 포장과 가마를 만들 거 아니냐며, 크기와 양을 알려 주면 만들어 오겠다고 했다. 아이의 말을 들은 천자는 조선에도 인재가 있다고 감탄하며 아이에게 벼슬을 내렸다.

고전 산문 17

한 줄 평 원하는 것을 얻기 위해 거짓말로 상전을 속인 하인의 재치를 그린 이야기

# 종놈이 상전을 속이다 작자 미상

## 장면 포인트 1 주목

- 이 작품은 득거리라는 하인이 거짓말로 상전인 김 진사를 속여 이득을 취하는 내용을 담은 문헌 설화이다. 인간적인 배려가 없는 주인을 재치와 임기응변으로 속여 넘기는 득거리의 말하기 방식에 주목하여 감상하도록 한다.
- 해당 장면은 득거리가 김 진사를 속여 밥과 술을 빼어 먹고 그가 용변을 보는 사이에 말을 달려 골탕을 먹이는 상황이다.
- 득거리와 김 진사의 대결 구도와 자신의 욕망을 실현하기 위해 김 진사를 속이는 득거리의 말하기 방식을 파악하도록 한다.

성주(星州) 김 진사 댁에 득거리란 이름의 하인이 있었는데 매우 교활한 놈이었다. 하루는 김 진사가 어디 긴히 볼일이 있어 득거리에게 말고삐를 잡히고 길을 떠나, 날이 저물어서 여점에 들었다. 득거리가 상전의 밥상을 보니 진수성찬이 상에 가득히 차려져 있다. 물론 식욕이 동해 군침을 흘렸지만 상전은 단 한 숟가락도 베풀어 주지 않았다. 이에 분한 마음이 들어서 '내게 좋은 꾀가 있다. 내일 아침은 상전이 숟가락을 들지도 못하게 만들고 내 다 빼어 먹으리라.'라고 혼자 다짐하였다.

(김 진사와 득거리의 관계를 알 수 있음 → 수직적 관계 / 득거리의 성격을 직접적으로 제시함 / 득거리가 상전인 김 진사를 모시고 길을 떠나게 됨 / 여점: 예전에, 오가는 길손이 음식을 사 먹거나 쉬던 집 / 김 진사가 인간적인 배려가 없는 이기적 인물임이 드러남. 사건의 발단 / 득거리의 심리적 반응 – 혼자 저녁밥을 먹은 상전을 속여 밥을 먹고 싶은 욕구를 채우고자 함 ▶ 득거리가 몰인정한 김 진사를 골탕 먹이기로 다짐함)

득거리가 이튿날 아침에 부엌으로 들어가니 여점 아낙이 마침 밥상을 차리는 중이었다. 날씨가 몹시 추워 수저에도 얼음이 붙어 있었다.

(시간적 배경(겨울)이 득거리의 말에 신빙성을 부여함)

「"우리 샌님은 수저가 차면 잡숫지 않고 역정을 몹시 내시니 아무래도 뜨겁게 해야겠소."」

(역정: 몹시 언짢거나 못마땅하여서 내는 성 / 「 」: 날씨가 추운 상황을 교묘히 이용한 거짓말. 밥을 빼앗아 먹기 위해 상전인 김 진사를 위하는 척함)

득거리가 그 아낙에게 이렇게 말하고는, 수저를 숯불에 묻었다가 상에 올리는 것이었다. 김 진사는 상을 받아 놓고 앉아 숟가락을 들다가 뜨거워서 저도 모르게 소리쳤다. / "드거라!"

(숟가락을 뜨겁게 달구어 김 진사가 숟가락을 들지 못하게 하려 함 / '뜨거워라'의 방언)

그때 마침 득거리가 옆에서 시중들고 섰다가 잽싸게

(시중들고: 옆에서 직접 보살피거나 심부름을 하고)

"예이! 득거리 여기 있습니다요."

('드거라(뜨거워라)'와 자신을 부르는 말(득거라)의 말소리가 유사하다는 점을 이용함. 자신의 이름을 부른 것으로 오해한 것처럼 행동하는 득거리)

하며, 상전의 밥상을 들고 툇마루로 나와서 날름 먹어 치웠다.

('내 다 빼어 먹으리라.'라는 다짐과 연결됨)

"네놈을 부른 게 아니라, 수저가 너무 뜨거워서 나도 모르게 '드거라' 하고 소리친 것이다. 나는 밥 한술도 뜨지 않았는데, 네놈이 어찌 감히 당돌하게 주인 밥상을 들고 나가서 냉큼 먹어 치운단 말이냐?"

(네놈: 득거리)

"쇤네는 샌님께서 이 밥상을 물려주시려고 쇤네 이름을 부른 줄로 알았습죠. 참으로 죽을죄를 지었습니다요."

(김 진사가 자신을 배려해 밥을 남긴 줄 알았다고 거짓으로 둘러댐 → 당시 하인은 상전이 먹고 남긴 밥을 먹었음)

상전은 여점 아낙을 불렀다. / "너는 어찌하여 내 수저를 불에 달구어 놓았느냐?"

(여점 아낙이 숟가락을 달구었다고 판단하여 여점 아낙을 추궁함 → 김 진사의 어리석음이 드러남)

"쇤네가 한 짓이 아닙니다. 나리 댁 하인이 부엌에 들어와 제게 샌님은 수저가 차면 진지를 잡숫지 않는다고 제멋대로 수저를 가져다가 숯불에 달군 것입니다. 쇤

(쇤네: 신분이 낮은 자가 자신을 낮추어 이르는 말 / 나리 댁 하인: 득거리 / 샌님: 김 진사)

## 작품 분석 노트

- 〈종놈이 상전을 속이다〉의 구성

〈종놈이 상전을 속이다〉는 각 편으로 존재하여 구비 전승되던 이야기가 결합하여 한 편의 작품이 된 것으로, 각각의 이야기는 다음과 같다.

| 첫 번째 삽화 | 김 진사가 저녁밥을 혼자서만 먹자, 이에 화가 난 득거리가 김 진사를 속여 김 진사의 아침밥을 빼어 먹음 |
|---|---|

↓

| 두 번째 삽화 | 김 진사가 목이 말라 득거리에게 술을 사 오라고 하자, 득거리가 김 진사를 속여 술을 빼어 먹음 |
|---|---|

↓

| 세 번째 삽화 | 김 진사가 볼일을 보기 위해 말에서 내리자, 그 사이에 득거리가 말을 달려 김 진사를 골탕 먹임 |
|---|---|

↓

| 네 번째 삽화 | 득거리가 수령에게 편지를 전하라는 김 진사의 심부름을 하던 길에 방아 찧던 젊은 아낙을 속여 삶은 콩을 훔침 |
|---|---|

↓

| 다섯 번째 삽화 | 득거리가 김 진사의 심부름을 하던 길에 꿀 장사를 속여 꿀을 빼앗음 |
|---|---|

↓

| 여섯 번째 삽화 | 득거리가 길에서 만난 학동에게 부탁하여 김 진사의 편지 내용(고을 수령에게 득거리의 죄를 다스려 달라는 내용)을 알게 되자 멀리 도망침 |
|---|---|

네는 정말로 아무 잘못도 없습니다."

김 진사가 다시 득거리를 꾸짖자 득거리가 아뢰었다.

「"쇤네는 수저에 얼음이 얼어붙어 있기에 차서 들지 못하시겠다 싶어 불에 쬐어 녹여, 나리께서 잡숫기 편하게 하려 한 것이었습니다. 이처럼 죄를 짓게 될 줄은 몰랐사옵니다."」

지체가 높거나 권세가 있는 사람을 높여 부르는 말

「 」: 김 진사의 호된 꾸지람을 피하기 위한 득거리의 변명

김 진사는 더 어찌할 도리가 없었다. 밥상을 종놈에게 빼앗기고 다시 한 상을 시켜서 먹을 수밖에 없었다.

▶ 득거리가 꾀를 내어 김 진사의 아침밥을 빼어 먹음

그러고 나서 다시 길을 떠나 10여 리를 갔다. 김 진사는 갑자기 목이 심히 말라 종놈에게 돈을 주고 술을 사 오도록 하였다. 득거리는 술을 사 오다가 저도 마시고 싶은 생각이 불쑥 일어났다. 그래서 길에 한참 서서는 손가락으로 술을 휘저었다.

사건의 발단

상전을 속여 술을 마시고 싶은 욕구를 채우고자 함

"너 지금 뭣하는 짓이냐?"

"콧물이 술에 떨어져 꺼내지 않을 수 없기에 이렇게 건져 내고 있습니다요."

콧물이 술에 빠졌다고 거짓으로 고하여 김 진사가 술을 마시지 못하도록 손을 씀

김 진사는 구역질이 나서 "난 안 마신다. 네놈이나 실컷 처먹어라."라고 소리 질렀다.

득거리의 거짓말에 속아 술을 뺏김

▶ 득거리가 김 진사를 속여 술을 빼어 먹음

득거리는 얼씨구나 하고 그것을 쭉 들이켰다. 다시 10여 리를 갔다. 김 진사가 똥이 마려워 말을 종놈에게 맡기고, 후미진 곳에 가서 일을 보고 돌아와 보니 사람이고 말이고 어디 갔는지 눈에 띄지 않았다. 깜짝 놀라 주변을 둘러보았으나 그림자도 눈에 띄지 않았다. 문득 앞길 몇 정 되는 곳에서 득거리 놈이 말을 달리는데 나는 듯하였다. 김 진사는 있는 힘을 다해서 소리쳤다.

득거리의 속내가 드러남 / 술 / 사건의 발단 / 득거리가 말과 함께 사라짐 / 득거리와 말이 나타날 기미가 없음 / 거리의 단위, 약 109미터 / 김 진사를 골탕 먹이려는 의도

"득거라, 네 이놈, 무슨 버르장머리냐? 빨리 말을 돌이켜 오너라."

김 진사의 이동 수단

득거리는 그 소리를 듣고야 달리던 말을 멈추었다. 김 진사는 노기가 충천하여 빠르게 쫓아가느라 정신이 아찔하고 숨을 헐떡여 곧 죽을 지경이었다. 겨우 따라잡아 말고삐를 잡고 꾸짖었다.

잔뜩 성이 남 / 상전으로서의 권위와 체통이 무너짐

"네놈에게 말을 달리지 말라고 당부했거늘 감히 상전을 무시하고 멋대로 말을 달렸으니 네 죄는 단단히 매를 맞아야 할 것이다."

하며 주먹을 들고 호통치자 득거리는 또 사죄하였다.

**감상 포인트**
작품이 지닌 서사 구조(상대 속이기 → 욕구 충족하기)를 바탕으로 작품의 주제 의식을 파악한다.

「"쇤네는 말을 타고 달릴 생각은 없었습니다. 한번 시험 삼아 올라타 보니 이놈 말이 질주하는데 바람같이 빨라서 쇤네 힘으로는 제어할 수가 없었습니다. 이놈이 달리는 대로 맡길 수밖에 없었는데, 샌님의 목소리를 듣고서야 멈추고 더 닫지를 않습니다요. 필시 말도 역시 주인을 알아보아서 소인으로 하여금 함부로 내닫지 못하게 하는 것 같습디다. 백번 죽을죄를 지었습지요."」

「 」: 김 진사를 골탕 먹이기 위해 일부러 말을 달렸으면서도 천연덕스럽게 거짓말을 함. 표리부동(表裏不同)

말을 핑계로 대며 말을 타고 달린 것이 고의가 아니라고 주장함 / 김 진사 / 김 진사 / 득거리 / 표면적으로는 순종적인 태도를 취함

김 진사는 분을 참고 참으며 집으로 돌아왔다.

▶ 김 진사가 볼일을 보는 사이에 득거리가 말을 달려 김 진사를 골탕 먹임

• 〈종놈이 상전을 속이다〉의 대립 구도

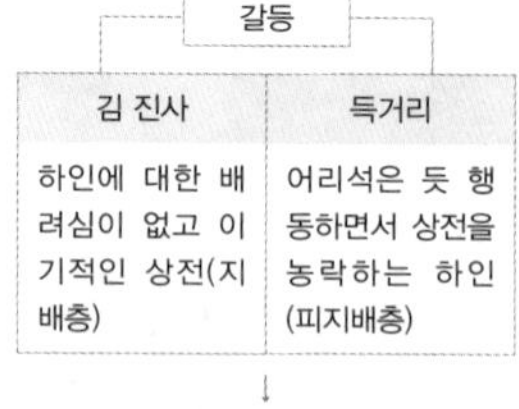

갈등
김 진사
득거리
하인에 대한 배려심이 없고 이기적인 상전(지배층)
어리석은 듯 행동하면서 상전을 농락하는 하인(피지배층)


↓

득거리는 인색하고 근엄한 상전을 꾀를 내어 속임으로써 원하는 바를 얻음

↓

**효과**
- 골계미를 드러냄
- 지배층과 당대 세태에 대한 조롱과 비판을 드러냄

• '득거리'가 술을 차지할 수 있었던 이유

- 김 진사는 득거리가 손가락으로 술을 휘젔는 것을 봄
- 김 진사는 콧물이 술에 떨어졌다는 득거리의 말을 믿음

↓

득거리는 김 진사가 더러운 것을 싫어한다는 점을 이용하여 술을 독차지할 수 있었음

• 소재의 의미

| | |
|---|---|
| 밥, 술 | • 양반만 저녁상을 받음 → 상하의 엄격한 구분과 김 진사의 몰인정함을 보여 줌<br>• 김 진사의 밥과 술을 득거리가 뺏어 먹음 → 득거리가 상전을 속여서 얻은 이익 |
| 말 | • 양반의 이동 수단 → 상하의 엄격한 구분을 보여 줌<br>• 김 진사를 두고 득거리 혼자 말을 달림 → 득거리가 상전을 농락하는 수단 |

**장면 포인트 2**

• 해당 장면은 득거리가 꿀 파는 사람을 속여 꿀을 빼앗고, 지나가는 학동의 도움으로 김 진사의 편지 내용을 듣고는 벌 받을 것이 두려워 도망치는 부분이다.
• 속고 속이는 것이 반복되는 서사 전개를 중심으로 득거리의 심리와 태도를 이해하고, 편지의 의미와 기능을 파악하도록 한다.

[앞부분의 줄거리] 득거리는 고을 수령에게 편지를 전하라는 김 진사의 분부에 따라 읍내로 향하던 중 아이를 업은 채 삶은 콩을 찧는 젊은 아낙을 보고, 아이를 봐 주겠다며 아낙을 속이고 콩을 훔쳐 도망친다.

득거리는 삶은 콩 자배기를 들고 길을 계속 가다가 꿀 파는 사람을 만났다.
(삶은 콩 자배기: 아낙을 속여 얻은 이익)

"이 꿀 값이 얼마요?"
(꿀: 욕망의 대상)

"한 사발에 오 전이오."

「"내 이 꿀을 몽땅 사리다. 당신은 꿀을 이 자배기에다 쏟아부으슈."」
(자배기: 둥글넓적하고 아가리가 넓게 벌어진 질그릇)
(「 」: 꿀을 살 듯이 하면서 일단 돈을 주지 않고 삶은 콩에 꿀을 묻히려 함 → 꿀 장사를 기만하여 꿀을 가로채려 함)

꿀 장사는 그의 말대로 꿀을 전부 자배기에 쏟았다. 득거리가 하늘을 쳐다보고 한참 서 있더니 묻는다.
(꿀 장사는 그의 말대로 꿀을 전부 자배기에 쏟았다: 득거리의 말을 무조건 믿는 실수를 함)

"이 꿀이 모두 몇 되나 되우?"
(되: 부피의 단위)

"다섯 되요."

득거리는 깜짝 놀라며 말했다.
(거짓으로 놀란 척함. 교활함)

"다섯 되라면 값이 두 냥 오 전이 아니오? 내 힘을 헤아리지 않고 경솔히 말했소. 지금 생각해 보니 값이 많아 살 수가 없구려. 꿀을 도로 가져가구려."
(꿀을 도로 가져가구려: 꿀 장사가 꿀을 되돌려받기 어렵다는 것을 알고 있으면서도 모르는 체함)

꿀 장사는 화를 내 봤자 아무 소용이 없었다. 다시 꿀을 따르니 태반이나 삶은 콩이 묻어 있었다. 꿀 장사가 꿀 값을 내놓으라고 독촉하자 득거리가 말하는 것이었다.

"나를 따라오슈. 내 꼭 집에 가서 셈해 주리다."
(꿀 값을 치르겠다고 상대를 안심시키며 자신을 따라오도록 유인함)

꿀 장사는 하는 수 없이 그의 뒤를 따라갔다. 득거리는 삶은 콩에 뒤범벅이 된 꿀과 콩을 섞어서 꿀떡을 만들었다. 그걸 꿀 장사에게 주며 말했다.
(꿀 장사는 하는 수 없이 그의 뒤를 따라갔다: 자신을 속인 득거리가 못 미더우나 돈을 받기 위해 그를 따라감)

"이거 참 맛이 좋군. 한번 먹어 보려요?"
(꿀떡을 먹임으로써 꿀 값을 대신하려는 의도가 담김)

꿀 장사는 무심코 받아먹었다. 그러자 득거리는 그에게 꿀떡 값을 내놓으라고 하는 것이었다. 꿀 장사는 당황하여 꿀 값은 더 추궁하지 못하고 돌아섰다. ▶ 득거리가 꾀를 내어 꿀 장사의 꿀을 가로챔
(그러자 득거리는 그에게 꿀떡 값을 내놓으라고 하는 것이었다: 적반하장(賊反荷杖). 자신의 욕구를 충족하기 위해 꿀 장사를 기만함)
(꿀 장사는 당황하여 꿀 값은 더 추궁하지 못하고 돌아섰다: 꿀떡을 받아먹는 바람에 낭패를 본 꿀 장사 → 득거리에게 꿀을 빼앗김)

득거리는 읍내에 당도해 김 진사의 편지 내용이 궁금하여 지나가는 학동을 붙들고 말을 붙였다.
(학동: 글을 아는 사람. 득거리가 위기를 모면하도록 도움)

**감상 포인트** 서사 전개에 주목하여 인물의 심리와 태도를 파악한다.

"이 꿀떡을 줄 터이니 편지를 읽어 다오."
(득거리는 종의 신분이므로 글을 읽을 수 없음)

학동은 편지를 개봉해서 내용을 들려주었다.

"맑은 바람이 이는 연막에 들르지 못한 지도 오래되었소. '석양 노을, 봄 나무'에 그대를 간절히 그리며 우러러 읊기를 하오만 한 몸이 얽매인바 되어 대신 종놈을 보내 안부를 전합니다. 이번에 가는 이놈은 교활하고 사나워 상전을 모욕하고 제
(들르지 못한 지도 오래되었소: 왕래한 지 오래 되었음)
(이놈: 득거리)

**작품 분석 노트**

• 설화의 유형 – 트릭스터담

• 재치를 발휘하여 사람들을 속이면서 자신의 욕망을 채우는 인물형인 트릭스터(trickster)가 주인공으로 등장하여 그 성격을 잘 표현하는 이야기
• 일종의 사기꾼인 주인공이 기지와 말솜씨를 이용하여 상대방을 속이고 골탕 먹여 자신의 이익을 챙기는 이야기가 많은 부분을 차지함
• 반드시 속이는 사람과 속는 사람이 등장해야 트릭스터담이 되는 것은 아님 → 재미있는 말로 웃음이나 통쾌함을 유발하는 이야기도 트릭스터담이 될 수 있음

※ 트릭스터: '속임수를 쓰는 자'로 정의되어 온 인물형으로, 공간, 시간, 사회, 언어 등 모든 면의 경계에 존재하면서 다른 이를 속이고 장난치며 사회 질서를 공격하는 특성을 가진다. 트릭스터는 자신의 행동이 가져올 결과를 두려워하지 않고 현재의 욕망에 충실하며 자신이 얻고자 하는 것을 얻기 위해서라면 도덕적 규범은 고려하지 않는다.

• '편지'의 내용과 의도

**편지의 내용**

• 김 진사가 친구인 고을 수령에게 안부를 전하고자 함
• 친구에 대한 김 진사의 애틋한 정이 드러남
• 부정적 속성을 지닌 하인 득거리의 행태를 고발함
• 편지를 전하는 득거리를 처벌해 줄 것을 부탁함

↓

**의도**

김 진사가 계층적 우위와 친분을 이용해 자신을 우롱한 득거리를 벌하고자 함

동료들을 능멸하기를 일쑤로 한다오. 내가 치죄를 하자 해도 놈이 강포한 것이 두려워 형벌을 실시하지 못하고 있다오. 이번에 이 편지를 가지고 아문에 이르면 성주께옵선 바라노니 이놈을 잡아다 엄히 죄를 묻고 벌을 독하게 가하여 이놈의 패악한 소행을 영원히 고치도록 해 주시면 천만다행이겠소이다."

허물을 가려내어 벌을 줌 / 몹시 우악스럽고 사나운 / 고을 수령에게 득거리를 처벌해 줄 것을 부탁한 이유 / 경내 / 신분의 우위와 친분을 이용해 득거리에게 보복하고자 함

이 사연을 듣고 나자 득거리는 저도 모르게 등에 땀이 흘렀다. 드디어 학동에게 떡 하나를 집어 주고는 멀리 도망을 쳤다.

자신을 징계해 달라는 편지의 내용을 듣자 두려운 마음이 생김 / 엄벌의 위기에서 벗어남

▶ 득거리가 김 진사의 편지 내용을 듣고 두려워 도망침

## 핵심 포인트 1 인물의 말하기 방식 파악

이 작품은 원하는 것을 얻기 위해 상대를 속이는 인물의 행동이 반복적으로 나타나고 있으므로, 상대를 기만하는 인물의 말하기 방식을 파악할 수 있어야 한다.

**'득거리'의 말하기 방식**

| 말 | 방식 |
|---|---|
| "우리 샌님은 수저가 차면 잡숫지 않고 역정을 몹시 내시니 아무래도 뜨겁게 해야겠소." | 날씨가 몹시 추워 수저에 얼음이 얼어붙어 있는 상황을 교묘하게 이용하여 여점 아낙을 속임 |
| "예이! 득거리 여기 있습니다요." | 발음의 유사성을 이용하여 김 진사가 자신을 부른 것으로 잘못 알아들은 척함 |
| "쇤네는 수저에 얼음이 얼어붙어 있기에 차서 들지 못하시겠다 싶어 불에 쬐어 녹여, 나리께서 잡숫기 편하게 하려 한 것이었습니다." | 김 진사를 위한 행동이었다고 억지를 부림으로써 김 진사의 추궁을 차단함 |
| "필시 말도 역시 주인을 알아보아서 소인으로 하여금 함부로 내닫지 못하게 하는 것 같습디다. 백번 죽을죄를 지었습지요." | 대상의 권위를 인정하는 듯한 말을 하면서 김 진사를 우롱함 |

## 핵심 포인트 2 작품의 종합적 이해

이 작품의 특징을 종합적으로 이해하고 파악할 수 있어야 한다.

**〈종놈이 상전을 속이다〉의 특징**

|  | |  |
|---|---|---|
| 주요 갈등 양상 | | **득거리**: • 신분적으로 우위에 있는 김 진사를 속여 이익(밥, 술)을 취하려 함 • 김 진사의 당부를 어기고 말을 달려 김 진사를 골탕 먹임 ↔ **김 진사**: • 하인인 득거리의 속임수에 넘어가 밥, 술을 빼앗김 • 볼일을 보러 간 사이에 득거리와 말이 사라져 낭패를 봄 |
| 주제 의식 | | 거짓말로 사람들을 속여서 이익을 취하는 하인 득거리의 재치 |
| 소재의 의미 | | '밥', '술', '콩', '꿀'은 모두 득거리가 얻고자 하는 대상이자, 거짓말로 빼앗는 대상에 해당함 |
| 서술상의 특징 | | • 중심인물의 행동을 중심으로 하여 유사한 구조의 이야기가 반복됨<br>• '상대 속이기 → 욕구 충족하기'의 서사 구조를 보여 줌 |
| 인물 | 김 진사 | • 득거리의 배고픔을 헤아려 주지 않는 몰인정한 상전으로, 득거리에게 여러 번 속임과 조롱을 당함<br>• 득거리에게 당한 일에 대한 분을 풀기 위해 친구인 고을 수령에게 득거리를 처벌해 달라는 편지를 보냄 |
| | 득거리 | • 이득을 취하기 위해 꾀를 내어 다른 사람(상전, 젊은 아낙, 꿀 장사)들을 속임<br>• 김 진사가 친구에게 보낸 편지로 인해 벌을 받을 위기에 처하자 도망침 |
| | 젊은 아낙 | 득거리에게 속아 삶은 콩을 빼앗김 |
| | 꿀 장사 | 득거리에게 속아 꿀을 빼앗김 |
| | 학동 | 편지를 읽어 줌으로써 득거리가 위기를 모면하도록 도움 |

### 작품 한눈에

• 해제

〈종놈이 상전을 속이다〉는 《거면록》에 '노만상전'이라는 제목으로 수록된 문헌 설화로, 개별적으로 구비 전승되던 이야기를 한데 유기적으로 연결하여 한 편의 이야기로 만든 작품이다. 이 작품은 전반부에서 하인인 득거리가 상전인 김 진사를 기만하고 골탕 먹이는 세 가지 일화가 연속되다가 후반부에서 득거리가 다른 사람의 콩과 꿀을 빼앗고 편지의 사연을 알아낸 뒤 달아나는 내용으로 끝이 난다. 이 작품의 주인공인 득거리는 트릭스터라는 인물형에 해당하는데, 트릭스터는 이익을 얻기 위해 남을 속이고 장난하며 사회 질서를 공격하는 특성을 가진다. 이러한 득거리의 모습은 해학적 웃음을 주는 동시에 계급 사회에 대한 비판을 담고 있다.

• 제목 〈종놈이 상전을 속이다〉의 의미

– 상전인 김 진사를 농락하는 득거리의 이야기

말솜씨와 재치가 뛰어난 하인 득거리가 주인을 교묘하게 속이고 골탕 먹이는 이야기로, 상하 관계가 역전되는 내용을 통해 독자에게 위안과 웃음을 주고 있다.

• 주제

거짓말로 상전을 속여서 이익을 취하는 하인 득거리의 재치

**전체 줄거리**

김 진사의 집에 있는 교활한 인물인 득거리라는 하인은 김 진사가 여점에서 진수성찬이 가득한 밥상을 혼자만 받자 분노한다. 득거리는 김 진사가 아침밥을 먹지 못하게 하기 위해 다음 날 여점의 아낙에게 김 진사는 숟가락이 차가우면 화를 내니 수저를 뜨겁게 해야 한다고 말한 후 수저를 숯불에 묻어 두었다가 상에 올린다. 김 진사는 숟가락을 들었다가 "드거라(뜨거워라의 방언)!"라고 말하였는데, 이를 들은 득거리는 밥상을 들고 나가 자신이 먹어 버린 후, 자신에게 먹으라는 줄 알았다고 김 진사에게 변명한다. 다시 길을 가던 중 김 진사는 목이 말라 득거리에게 술 심부름을 시킨다. 술이 먹고 싶었던 득거리는 술에 빠진 콧물을 건진다며 술을 손가락으로 젓고, 이를 보고 구역질이 난 김 진사는 술을 득거리에 줘 버린다. 다시 길을 가다 김 진사가 볼일을 보고 온 사이 득거리는 함부로 김 진사의 말을 타고, 시험 삼아 말을 타본 것인데 자신이 말을 제어할 수 없었다며 사과한다. 계속되는 득거리의 만행에 화가 난 김 진사는 친구인 고을 수령에게 득거리의 죄를 다스려 달라는 편지를 쓰고, 득거리에게 편지 심부름을 시킨다. 득거리는 심부름을 가다 아이를 업고 콩을 찧는 아낙을 도와주겠다며 다가가 삶은 콩을 모두 빼앗아 달아나고, 꿀 장수를 속여 꿀을 모두 빼앗는다. 그 후 김 진사가 쓴 편지를 뜯어본 득거리는 멀리 도망친다.

고전 산문 18

한 줄 평 인간의 마음을 의인화하여 심적 조화의 필요성을 강조한 이야기

# 수성지 임제

## 장면 포인트 1

- 이 작품은 인간의 마음과 감정을 의인화한 천군 소설이다. 천군(마음)이 다스리는 나라에 '근심의 성'이 자리 잡으며 원한과 시름을 안고 죽은 이들이 모여 드는 일이 발생하고, 이 '근심의 성'을 국양(술)이 함락시키면서 평온을 되찾는 과정을 그리고 있다.
- 해당 장면은 천군이 시름과 관련한 애공(슬픔)의 상소를 읽고 마음의 평안이 흐트러진 일화와 두 사람이 나타나 천군의 땅 한 귀퉁이에 성을 쌓기를 청하며 '근심이 성'이 만들어지는 부분이다.
- 의인화되어 나타나는 각 인물의 특성 및 역할, 전고(典故, 전례와 고사)의 활용 등 표현 기법에 주목하여 작품을 감상하도록 한다.

[앞부분의 줄거리] 천군이 즉위하여 인 · 의 · 예 · 지, 칠정(희 · 노 · 애 · 낙 · 애 · 오 · 욕)(기쁨 · 노여움 · 슬픔 · 즐거움 · 사랑 · 미움 · 욕심), 오관(귀 · 눈 · 입 · 코 · 피부) 등을 신하로 삼아 다스리니 제각기 맡은 바 임무를 잘 수행하여 태평성대를 이루었다. 2년 뒤, 정신이 맑고 풍모가 고고한 한 노인이 자신을 주인옹이라 하며 천군 앞에 나타나 예기치 않은 변고와 뜻하지 않은 재난을 경계하며 치우침 없이 나라를 다스려 중화에 이를 것을 간언한다.

복초(復初)(연호. 처음의 본성으로 돌아간다는 뜻) 원년 가을 8월에 천군(天君)(마음의 의인화)이 무극옹(無極翁)(천지만물의 본원인 무극의 의인화)과 함께 주일당(主一堂)(마음을 오로지하는 집. '주일'은 성리학의 경(敬)을 의미함)에 앉아 은미하고(묻히거나 작아서 알기 어렵고) 정밀한 이치를 탐구하고 있는데, 갑자기 칠정(七情) 중 애공(哀公)(슬픔의 의인화)이 와서 감찰관(監察官)(눈의 의인화) · 채청관(採聽官)(귀의 의인화)과 함께 상소를 올렸다.

엎드려 살피건대 하늘은 적막하고 가을바람은 서늘하며, 우물가 오동나무에는 차가운 기운이 일고 대숲에는 이슬이 떨어집니다. 귀뚜라미 울음소리에 풀이 시들고 기러기 울음소리에 구름은 차가우며, 낙엽은 우수수 떨어지고 부채는 버려져 잊혀 가며, 반악(潘岳)(미남으로 유명한 진의 문인. 자신의 귀밑머리가 센 것을 보고 〈추흥부〉를 지었다고 함)의 귀밑머리는 하얗게 세고 송옥(초나라의 문인. 굴원의 제자로 애상적이고 낭만적인 시를 씀)의 시름은 깊어 갑니다. 장안의 조각달은 일만 여인의 다듬이질 소리를 재촉하고,(당나라 이백의 시 〈한밤중의 오나라 노래〉에서 따온 말) 여인은 옥관(서역으로 나가는 변경의 관문) 향한 외로운 꿈(변방에 나간 남편을 그리워하는 마음)에 몸이 여위어 옷이 헐렁해지며, 심양의 단풍잎과 갈대꽃에 백거이(白居易)는 눈물로 푸른 적삼을 적시고,(당나라 시인 백거이의 시 〈비파행〉에서 따온 말) 무산의 국화꽃과 일엽편주에 두보의 백발은 더욱 숱이 줄었다는(당나라 시인 두보의 시 〈추흥〉과 〈춘망〉에서 따온 말) 것이 바로 지금의 풍경(근심과 슬픔을 불러일으키는 풍경)입니다. 더구나 밤비는 장문궁(長門宮)(한나라 무제의 진황후가 총애를 잃은 뒤에 거처한 궁궐) 외로운 베개로 들이치고, 달빛 아래 서리는 연자루(燕子樓)에 있는 한 사람을 위해 내리니,(백거이의 시 〈연자루〉에서 따온 말) 초나라 난초는 향기가 다했고 푸른 단풍나무는 쓸쓸하며, 상비(湘妃)의 눈물이 말라 반죽(斑竹)은(소상반죽 고사에서 따온 말) 처연합니다. 「시름이 만물 때문에 시름겨운 것인지, 만물이 시름으로 인하여 시름겨운 것인지 모르겠습니다. 시름겨워도 시름겨운 이유를 알 수 없으니, 또한 시름겹지 않은 이유를 어찌 알겠습니까? 무언가를 보고서 시름겨운 것인지, 무언가를 듣고서 시름겨운 것인지, 실로 그 까닭을 모르겠습니다.」(「 」: 시름겨우나 무엇 때문에 시름하는지 원인을 알지 못함) 신등(애공(슬픔), 감찰관(눈), 채청관(귀))이 모두 외람되이 관직을 차지하고 있어 감히 숨기지 못하고 삼가 번거롭게 아뢰나이다.

천군이 다 읽고 걱정하며 좋지 않은 표정을 지었다.(시름에 관한 상소를 읽고 마음의 평안을 잃음) 그러자 무극옹은 작별 인사도

### 작품 분석 노트

- 〈수성지〉의 표현상 특징
  - 역사적 전례와 고사의 활용이 많음
  - 동일한 음(音)의 한자어를 활용하여 중의적 의미를 형성하는 구절이 많음 → 작품 감상 및 내용 파악을 어렵게 함

- 전고의 활용 ①

| 장안의 조각달은 일만 여인의 다듬이질 소리를 재촉하고 |
|---|
| 장안의 가을 달밤에 일만 집의 여인들이 변방으로 출정을 나간 남편을 그리워하며 남편에게 보낼 옷을 손질함 |
| 심양의 단풍잎과 갈대꽃에 백거이는 눈물로 푸른 적삼을 적시고 |
| 백거이가 강주 사마로 좌천되어 심양으로 갔을 때 그곳에서 비파를 타는 한 여인을 만났는데 그 여인을 소재로 애상적 시를 지음 |
| 달빛 아래 서리는 연자루에 있는 한 사람을 위해 내리니 |
| 당나라 때의 상서 장음에게는 관반반이라는 애첩이 있었는데, 관반반은 장음이 죽은 후에도 절개를 지키며 연자루라는 누각에서 살았다고 함 |
| 상비의 눈물이 말라 반죽은 처연합니다 |
| 순임금의 두 비인 아황과 여영은 순임금이 죽자 슬피 울다 상수에 몸을 던짐. 그 후 상수가에는 눈물 자국으로 얼룩져 반죽(검은 반점이 있는 대나무)이 자랐다고 함 |

↓

| 공통점 |
|---|
| 시름을 불러일으키는 인물들의 이야기 |

하지 않고 떠났다. ▶ 애공이 올린 상소를 읽고 천군의 마음이 흐트러짐

천군은 의마(意馬)에 수레를 연결하도록 명하여 온 천하를 두루 다니며 주(周)나라 목왕(穆王)의 고사를 본받고자 했다. 주인옹이 말 앞을 가로막고 간언하자 천군은 반묘당가에 말을 멈추었다. 이때 격현(膈縣) 사람이 와서 고했다.

의(意)의 사물화. 번뇌나 망상 등으로 헝클어진 마음을 의미함 / 주나라 목왕이 여덟 마리 준마를 타고 천하를 두루 다녔다는 고사 / 천군, 즉 마음에 해당하는 심장이 횡격막 위에 있다고 보아 '격'을 지명으로 비유한 것

「"요사이 흉해(胸海)에 파도가 치며 태산과 화산이 바다 가운데로 옮겨 오고 있습니다. 바라보니 산속에 어렴풋이 사람들이 보이는 데 수천수만 명이나 될 듯합니다."」

가슴을 바다에 빗댄 것 / 「」: 천군의 나라에 평소 없던 변괴가 발생함 → 마음의 평화가 깨어진 상황 ▶ 천군의 나라에 변괴가 생김

이러한 변괴는 평소에 없던 것이어서 의아해하고 있는데, 저 멀리 몇 사람이 읊조리며 걸어오는 것이 보였다. 차츰 가까이 다가왔는데 두 사람이었다. 「앞에 선 사람은 안색이 초췌하고 몸이 수척했다. 절운관(切雲冠)을 쓰고 장검을 차고 기하의(芰荷衣)를 입고 초란(椒蘭)을 허리에 찼는데, 눈썹에는 나라를 걱정하는 마음이 가득하고 눈에는 임금을 그리는 눈물이 가득했다.」 그렇다면 이 사람은 혹 회왕(懷王)을 슬퍼하며 상관대부(上官大夫)에게 한을 품은 자가 아닐까? 뒤따라오는 사람은 정신이 가을 물처럼 맑고 얼굴은 관옥처럼 아름다웠는데, 초나라 옷을 입고 초나라 관을 쓰고 초나라 말로 초나라 노래를 읊조렸다. 그렇다면 이 사람은 혹시 평생 동안 초나라 양 왕을 섬긴 이가 아닐까?

흉해에 파도가 치고 태산과 화산이 바다 가운데로 옮겨 온 일 / 「」: 굴원의 외양 묘사 / 굴원의 〈어부사〉에 쓰인 표현 / 높이 솟은 모양의 관 / 연잎을 엮어 만든 옷. 은자가 입음 / 향기로운 풀. 덕이 있고 고결한 사람의 비유 / 근심하는 원인이 나라를 걱정하고 임금을 그리워하는 마음에 있음을 보여 줌 / 굴원은 회왕에게 간언하였다가 상관대부의 참소로 조정에서 쫓겨남 / 굴원의 제자로 알려진 송옥의 외양 묘사

두 사람이 함께 와서 천군에게 절하고 말했다.

「"전하의 의리가 높다는 말을 듣고 특별히 찾아와 뵙니다. 천지가 비록 넓다 하나 우리들은 용납되지 못하고 있습니다. 지금 보건대 전하의 심지(心地)가 자못 넓으니 한 귀퉁이의 뇌외(磊磈)를 빌려 성을 쌓고자 합니다. 전하께서는 허락해 주시겠습니까?"」

「」: 굴원과 송옥이 천군에게 성을 쌓고자 청함 / 마음을 땅으로 공간화함 / 돌무더기. 가슴속의 불평을 뜻하는 중의적 표현

천군은 옷깃을 여미고 서글픈 얼굴로 말했다.

"장부의 회포는 예나 지금이나 똑같구려. 내 어찌 약간의 땅을 아껴 그대들이 있을 곳을 마련해 주지 않을 리 있겠소?"

천군이 굴원과 송옥에게 근심의 성을 지을 곳을 내어 주기로 함

마침내 명을 내렸다.

"저들이 이곳에 와 살도록 감찰관이 알아서 조치하라. 저들이 성을 쌓도록 뇌외공이 알아서 조치하라."

뇌외를 담당하는 관리

두 사람은 절하여 사례하고 흉해 바닷가로 떠났다. 그 뒤로 천군은 두 사람을 생각하며 마음에 잊지 못하더니 출납관(出納官)으로 하여금 『초사』를 소리 높여 읊조리게 할 뿐 다른 일에는 일절 관여하지 않았다.

입의 의인화 / 중국 초나라 굴원의 사부(辭賦)를 주로 하고, 그의 작품을 이어받은 그의 제자 및 후인의 작품을 모아 엮은 책

▶ 굴원·송옥이 천군에게 성을 쌓기를 청하자 천군이 허락함

가을 9월에 천군은 몸소 바닷가로 가서 성 쌓는 모습을 바라보았다. 1만 줄기 원통한 기운과 1천 주름의 수심 가득한 구름 속에 옛날의 충성스러운 신하와 의로운 선비들, 죄 없이 죽어 간 사람들이 쓸쓸하고 풀 죽은 모습으로 주변을 오가고 있었다.

근심의 성을 쌓는 사람들의 모습

• 의인화된 인물

| | |
|---|---|
| 천군 | 마음 |
| 사단 | • 천군의 신하<br>• 인 · 의 · 예 · 지 |
| 칠정 | • 천군의 신하<br>• 희 · 노 · 애 · 낙 · 애 · 오 · 욕 |
| 애공 | 칠정 중 하나인 애(哀, 슬픔) |
| 오관 | • 천군의 신하<br>• 귀 · 눈 · 입 · 코 · 피부 |
| 감찰관 | 눈 |
| 채청관 | 귀 |
| 출납관 | 입 |
| 주인옹 | 경(敬, 공경하는 마음) |
| 무극옹 | 천지만물의 본원인 무극 |
| 관성자, 모영 | 붓 |

• '근심의 성' 축조를 청한 인물

| | |
|---|---|
| 굴원 | • 중국 초나라의 정치가이자 시인<br>• 초사(楚辭)라고 하는 운문 형식을 처음으로 시작함<br>• 회왕에게 간언하였다가 참소를 입었고 자신의 뜻을 펼치지 못하다가 마침내 멱라수에 빠져 죽음<br>• 울분에 찬 서정성 높은 작품을 많이 지음 |
| 송옥 | • 굴원의 제자로 알려짐<br>• 애꿎은 참소를 당해 쫓겨난 굴원을 애석하게 여겼고 그 비애를 담아 〈구변〉을 지었다고 함 |

그중에 진나라 태자 부소(扶蘇)가 있었다. 부소는 만리장성 쌓는 일을 감독한 바
부소는 진시황의 미움을 받아 변방에서 만리장성 쌓는 일을 감독하다가 진시황이 죽은 뒤 환관 조고의 농간으로 사약을 받고 죽음
있기에 몽염(蒙恬)과 함께 진시황의 분서갱유 때 형곡(硎谷)에 파묻힌 선비 400여
진시황 때 명장으로 흉노를 정벌하고 만리장성을 쌓았으나 진시황이 죽은 뒤 조고 등의 음모로 죽게 됨
명을 부려 급히 서두르지 않고도 며칠 만에 성을 완성했다. 그 성은 흙과 돌을 번거로이 쌓아 만드는 것이 아니었으므로 운반하는 노고도 필요하지 않았다.
흙과 돌이 아니라 근심을 쌓아 만듦

그 성은 큰가 하면 깃들어 살기에는 좁았고, 작은가 하면 그 안에 포괄할 수 있는 것이 많았다. 없는 듯하면서 있고, 형체도 없는 듯하면서 형체가 있었다. 북으로는 태산이 있고, 남으로는 바다에 이어지며, 지맥은 아미산으로부터 내려와서 울퉁불퉁 우뚝 솟았으니, 근심과 한이 모인 곳이므로 '근심의 성'이라 이름 붙였다. 「성안에는
근심의 성의 성격 수성(愁城) 「 」: 근심의 성의 구조
'조고대(弔古臺)'가 있고, 성에는 네 문이 있는데, 충의문(忠義門)과 장렬문(壯烈門)
옛일을 조문하는 누대
과 무고문(無辜門)과 별리문(別離門)이 그것이다.」
심장의 밑부분인 중단전을 지명에 빗댄 것

천군은 단전에서 흉해를 건너 네 문을 활짝 열고 들어가 조고대에 올랐다. 때마
천군이 근심의 성으로 들어감 → 근심에 싸여 마음이 우울해지게 됨
침 서글픈 바람이 솨아아 불어오고 수심에 찬 달빛이 처량히 비쳤다. 그러자 원한과
천군의 심리와 조응하는 외부 풍경
울분을 품은 사람들이 일제히 네 문 안으로 들어왔다. 천군은 애처로이 앉아 관성자
근심의 성을 이루는 사람들
(管城子)에게 그 광경을 대략 기록하게 했다. ▶ 천군이 관성자에게 근심의 성에 대해 기록하도록 함

• '근심의 성'의 구조

| 조고대 | 옛일을 조문하는 곳<br>→ 과거를 비추어 보는 곳 |
|---|---|
| 네 개의 문 | • 충의문: 충성스럽고 절의 있는 사람들, 고금에 걸쳐 나라를 위해 몸 바쳐 의리를 따르고 인(仁)을 이룬 사람들이 들어옴<br>• 장렬문: 뛰어난 용기와 기개를 가졌으나 웅대한 포부를 끝내 이루지 못한 사람들이 들어옴<br>• 무고문: 큰 한을 품고 이승과 저승에 의분이 맺힌 사람들이 들어옴<br>• 별리문: 생이별 · 사별 등 한스러운 이별을 하여 마음 상한 사람들이 들어옴 |

↓

천군의 근심이 내적인 요인이 아니라 현실 세계의 모순과 같은 외적 요인에 의한 것임을 짐작할 수 있음

## 장면 포인트 2 주목

• 해당 장면은 '근심의 성'이 견고하여 천군의 울울함이 깊어지자, 주인옹이 국양(술)에게 벼슬을 내리고 '근심의 성'을 평정하게 하여 옛날의 순박한 기풍을 회복하라는 상소를 올린 이후의 상황이다.
• 화평 – 혼란 – 회복의 서사 구조와 더불어, '근심의 성'을 무너뜨려 천군이 겪는 마음의 혼란을 잠재우는 국양(술)의 역할 · 의미에 주목하여 작품을 감상하도록 한다.

주목

글을 올리자 천군이 비답(批答)을 내렸다. (비답: 상소에 대한 임금의 대답)

"내가 비록 부덕하지만 간언에 대해서만은 물 흐르듯이 따르고자 한다. 국 장군(麴將軍)을 영접하는 일을 모두 주인옹에게 일임하니 힘써 주선하라!" (주인옹이 천군에게 근심의 성을 평정하기 위한 인물로 국양 장군을 천거함 / 간언: 웃어른이나 임금에게 옳지 못하거나 잘못된 일을 고치도록 하는 말 / 국 장군: 술의 의인화)

주인옹이 말했다.

"공방(孔方)이 국 장군과 친분이 있으니 초치(招致)해 올 만합니다." (공방을 시켜 국양을 불러오게 한 이유 / 공방: 돈의 의인화 / 초치: 불러서 안으로 들임)

천군은 즉시 공방을 불러 말했다.

"네가 가서 나를 위해 잘 말해서 인재를 갈망하는 내 뜻에 부응하도록 하라."

▶ 천군이 근심의 성을 평정하기 위해 공방을 시켜 국양을 불러오도록 함

공방이 천군의 명을 받들고 그 무리 백문과 함께 지팡이를 짚고 길을 나서 강촌과 산촌을 두루 다녔지만 국양을 찾지 못했다. 목동 하나가 도롱이를 걸친 채 소를 타고 오는 것을 보고 공방이 물었다. (백문: 1문은 엽전 한 개를 가리킴 → 돈의 의인화)

"국양 장군은 지금 어디에 사느냐?"

목동은 웃으며 말했다.

**감상 포인트**
화평 – 혼란 – 회복의 서사 구조를 중심으로 작품의 내용을 이해한다.

"여기서 멀지 않습니다. 저기 바라보이는 곳에 계십니다."

목동은 녹양촌 안의 붉은 살구꽃이 핀 담장을 가리켰다. 공방은 즉시 풀이 우거진 시냇가 오솔길을 따라가서 담장 앞에 이르렀다. 과연 국양이 푸른 깃발 아래 목로주점의 미인을 데리고 앉아 있다가 공방이 오는 것을 보고 백안(白眼)으로 대하며 말했다. (푸른 깃발: 주점의 깃발 / 목로주점의 미인: 술집의 주모를 가리킴 / 백안: 남을 업신여기거나 냉대하여 흘겨보는 눈)

"힘들게 먼 곳을 찾아오셨는데 제가 무엇으로 보답하지요?"

공방이 꾸짖으며 말했다.

"금초로 바꾸어 오기를 바라오? 서량을 바라는 게요? 왜 이리 나를 경멸하시오? 「복초 임금께서 '근심의 성' 때문에 힘겨워하시다가 장군이 세상의 불평한 일을 제거하는 것을 자기 임무로 삼는 데 뜻을 두고 있다는 말을 들으셨소. 그리하여 아침저녁으로 장군이 오기를 바라며 임금을 올바른 길로 인도해 달라는 부탁을 내리고자 하시오.」 내가 장군과 대대로 교분이 있기에 특별히 보내 맞아 오게 하셨거늘, 어찌 이처럼 무례하오?" (금초로 바꾸어 오기를 바라오? = 지위 높은 신하가 나 대신 와야겠느냐 / 서량을 바라는 게요? = 술을 가지고 오기를 바랐느냐, 주천(酒泉)을 수도로 함 / 임금: 천군 / 세상의 불평한 일을 제거하는 것을 자기 임무로 삼는 데 뜻을 두고 있다: 술로써 세상의 불평한 일을 제거할 수 있다는 인식의 반영 / 「 」: 공방이 국양을 찾아온 이유 / 내가 장군과 ~ 무례하오?: 국양의 무례한 태도에 대한 공방의 질책)

국양은 그제야 백안을 감추고 청안(靑眼)을 보이더니 채준(蔡遵)이 좋아하던 투호를 하며 말했다. (청안: 좋은 마음으로 남을 보는 눈 / 채준: 후한 광무제 때의 장수 / 투호: 두 사람이 일정한 거리에서 청 · 홍의 화살을 던져 병 속에 많이 넣는 수효로 승부를 가리는 놀이)

"근심이 있고 없는 건 오직 자기에게 달려 있소이다." (자기에게: 자기 마음먹기에)

▶ 공방이 국양을 만나 천군의 부름을 전함

국양이 진귀한 천금구를 입고 오화마를 타고 병사를 일으켜 뇌주에 이르니, 이때 (천금구: 진귀한 갖옷(짐승의 털가죽으로 안을 댄 옷) / 뇌주: 큰 술잔을 뜻하는 뇌(雷)를 지명으로 삼음)

**작품 분석 노트**

• 〈수성지〉의 서사 구조

| | |
|---|---|
| 화평 | 사단 · 칠정이 조화를 이루고 천군의 명령을 잘 받들어 나라가 평온함 |
| 혼란 | 초나라의 굴원과 송옥이 근심의 성을 지으며 천군의 울울함이 깊어짐 |
| 회복 | 국양 장군이 근심의 성을 함락하여 천군의 마음이 평화로운 상태가 됨 |

• 의인화된 대상

| | |
|---|---|
| 국양 | 술 |
| 공방, 백문 | 돈 |

• 전고의 활용 ②

**금초로 바꾸어 오기를 바라오**
• 금초 = 높은 벼슬아치. 국양이 자신을 싫은 눈으로 보는 데 화가 난 공방이 자신 대신 지위 높은 신하가 오기를 바라느냐고 질책하는 말
• 동진의 완부가 황문시랑으로 있을 때 금초를 술과 바꾼 고사와 관련됨

**서량을 바라는 게요**
서량은 남북조 시대 5호 16국 중 하나. 감숙성 일대의 호족 이호가 서량을 세우고 주천(酒泉, 술의 샘)을 도읍으로 삼았다는 고사와 관련됨

**국양은 그제야 백안을 감추고 청안을 보이더니**
동진의 완적이 좋은 사람은 청안으로, 싫은 사람은 백안으로 맞이했다는 고사와 관련됨

는 3월 15일이었다. 천군은 모영(毛穎)을 보내 이렇게 위로하게 했다.
붓의 의인화

① 병사 ② 병(甁, 술병)
「고주(孤主)를 버리지 않고 병(兵)을 거느리고 왔으니, 이 기쁜 마음을 어찌 헤아릴
① 외로운 군주 ② 고주(沽酒, 시장에서 파는 술)
수 있겠는가? 경과 같은 큰 그릇이 바야흐로 후설(喉舌)을 맡으니, 우선 경을 옹주
① 국양=큰 인물 ② 큰 술잔 ① 재상 ② 목구멍과 혀
(雍州) · 병주(并州) · 뇌주(雷州)의 삼주 대도독 겸 구수대장군(驅愁大將軍)으로 임명
술동이[瓮], 술병[甁], 술잔[罍]을 지명에 빗댐 근심을 물리치는 대장군
하노라. 도성 안은 과인이 맡을 테니, 도성 밖은 장군이 맡아 진퇴의 시기를 짐작하
① 헤아리다 ② 술을 따르다
여 병을 기울여 토벌하라.」 「」: 동일한 음의 한자어를 활용하여 의미를 중첩시켜 구절이 중의적으로 해석되도록 함
① 온 병사를 동원하여 ② 술병을 기울여
지금 중서랑 모영을 보내 내 뜻을 전하는 한편 장군 곁에 두어 장서기로 삼게 하
궁정의 문서와 조칙을 관장하는 벼슬 절도사 막하에서 문서를 관장하는 벼슬
니, 잘 살펴 시행하라.

국양은 즉시 모영을 시켜 천군에게 감사하는 표(表)를 지어 올렸다.

복초 2년 3월 모일, 옹주 · 병주 · 뇌주의 삼주 대도독 겸 구수대장군 국양은 황공하여 백번 절하고 아룁니다.

저는 곡식을 먹지 않고 정기(精氣)를 단련하며 병 속의 해와 달을 길이 보전하
신선술의 하나로, 국양이 자신을 단련한 방식 오랜 세월 신선처럼 지냈다는 뜻
고, 어지러움을 평정할 성인(聖人)을 기다리다 마침내 벼슬을 내리시는 은택을 입게 되었으니, 스스로 돌아보매 마음 아프고 분수를 헤아려 보건대 실로 외람된 일입니다.

광동성 곡강현의 하천 이름, 물맛이 매우 향기롭다고 함
엎드려 생각하건대 저는 곡성의 후예요 조계(曹溪)의 유파로서, 왕탄지(王坦之)
곡식을 지명에 빗댄 말 동진의 명문가 사람으로 술과 풍류를 즐김
와 사안(謝安)을 따라 노닐며 강동의 풍류를 뽐냈고, 혜강과 유령의 풍치를 함께 즐겨 한적한 정을 죽림에 깃들였습니다.「반평생 동안 드나든 곳은 오직 유리종과
동진의 호족 산간이 늘 술을 마셨다는 연못 하남성 고양 땅의 술꾼이었던 역이기 술잔의 이름
앵무잔뿐이요, 백 년 동안의 사귐은 오직 습가지와 고양의 술꾼뿐이었습니다.」제
「」: 국양은 천군에게 등용되기 전에 술을 마시며 강호에서 한가롭게 지냄 → 술이 술잔에 담겨 술꾼들과 함께한 것
행동이 예법에 맞지 않아 오랫동안 강호에 떠다니는 신세였거늘, 전하께서 저를 버리시지 않고 정벌의 임무를 맡기실 줄 어찌 알았겠습니까? 저 같은 광생(狂生)
미치광이. 고양 사람들이 술꾼 역이기를 광생이라 불렀다는 고사와 관련됨
이 어찌 큰 벼슬을 감당할 수 있겠습니까?

현인(賢人)을 등용하면 대적할 자가 없고, 근심을 공격하는 데에는 방책이 있습니다. 전하께서는 제가 가진 한 가지 작은 재주를 들어 의심치 않고 등용하시며, 뭇사람의 입에 오르내리는 것을 저 홀로 결단하라 하시고, 마침내 얕은 재주를 바
① 뭇사람의 비난을 받음 ② 뭇사람이 술잔을 입에 댐
다 같은 도량으로 포용해 주시니, 감히 맑은 절개를 한층 더하고 향기를 더욱 발
① 임금의 바다와 같은 헤아림 ② 바다와 같은 주량 술 향기의 의미 내포
하지 않을 수 있겠습니까? 비록 술잔으로 병권을 내려놓게 한 조보의 계책에는 미
고사를 활용하여 천군에 대한 충정, 임무 수행의 자신감을 드러냄
치지 못하지만, 가슴속에 일만 병사를 간직한 범중엄의 위엄을 따르고자 합니다.

천군이 표를 읽고는 몹시 기뻐하며 즉시 서주역사를 영적 장군(迎敵將軍)으로 임
적을 맞아 싸우는 장군

- '천군'이 '국양'에게 보낸 글에 담긴 중의적 의미
  - 고주를 버리지 않고 병을 거느리고 왔으니: ① 외로운 군주를 위해 병사를 거느리고 왔으니 ② 시장에서 파는 술을 술병에 담아 왔으니
  - 경과 같은 큰 그릇이: ① 국양과 같은 큰 인물이 ② 큰 술잔이
  - 후설을 맡으니: ① 재상을 맡으니 ② 목구멍 · 혀를 맡으니(술을 마시게 되니)
  - 진퇴의 시기를 짐작하여 병을 기울여: ① 나아가고 물러날 때를 헤아려 병사를 동원하여 ② 술을 따르기 위해 술병을 기울여

- 전고의 활용 ③

| 유리종 |
|---|
| 당나라 이하의 시 〈장진주〉에 나오는 술잔의 이름임 |
| 습가지 |
| 동진의 산간이 사는 곳 근처에 있던, 호족 습씨의 연못을 말함. 산간은 늘 그 연못가에서 술을 마시며, 그 연못을 고양지라 이름 붙임 |
| 술잔으로 병권을 내려놓게 한 조고의 계책 |
| 송나라 태조가 중국을 평정한 뒤 옛 부하였던 장수들의 병권(兵權)이 너무 큰 것을 걱정하자, 신하 조보가 태조에게 주연을 베풀게 하고 계책을 써서 뭇 장수들이 병권을 놓게 만들었다고 함 |
| 가슴속에 일만 병사를 간직한 범중엄의 위엄 |
| 송나라 인종 때 범중엄이 섬서성 일대를 수비했는데, 반란군들이 "범중엄의 가슴속에는 수만 명의 병사가 들어 있다."라고 하고 하며 범중엄이 지키는 땅 일대를 침범하지 못했다고 함 |

명하여 도독의 휘하에 두었다. ▶ 천군이 국양에게 벼슬을 내리고 국양이 감사의 표를 올림

이때 해는 저물어 연기가 피어오르고 산들바람에 제비가 지저귀는데, 양쪽 진영에서는 화살에 매단 격문을 서로 쏘아 보내고 북소리와 피리 소리는 사기를 북돋고 있었다. 장군은 조구(糟丘)에 올라 주허후 유장에게 분부를 내렸다.

술지게미를 언덕에 빗댄 말

"군령이 지엄하니 네가 군령을 담당하여 기둥을 찌르는 교만한 장수와 술을 피해 달아나는 노병이 없게 하라."

한 고조의 손자. 여후가 권력을 잡고 술자리를 벌여 유장에게 술자리를 주관하게 하자, 유장이 군법으로 술자리를 다스리겠나 하며 술을 피해 달아나는 여후의 친족을 칼로 베어 죽였다고 함

그러자 군중이 엄숙해져 감히 떠드는 자가 없었고, 나아가고 물러서는 데 질서가 있었으며, 공격하여 전투를 벌이는 데 법도가 있었다. 진법은 육화진법을 본받았으니, 이것은 해바라기 모양을 본떠 만든 것이다. 옛날 이정이 고구려를 공격할 때 산이 험준해서 제갈공명의 팔진법을 쓸 수 없었으므로 육화진법을 대신 썼던 것인데, 지금 이 진법을 쓴 것이다.

장군은 옥주(玉舟)를 타고 주지(酒池)를 건너면서 칼로 삿대를 치며 맹세했다.

① 옥으로 만든 배 ② 술잔 / 술을 채워 만든 연못

"반드시 '근심의 성'을 소탕하고 돌아올 것을 이 물에 걸고 맹세하노라."

동진의 조적이 강을 건널 때 칼로 삿대를 치며 반드시 중원을 평정하고 오겠노라 맹세한 말을 본떠서 한 말

이윽고 해구에 배를 정박한 뒤 즉시 장서기 모영을 불러 당장 격문을 짓게 했다. 격문은 다음과 같다.

군병을 모집하거나, 적군을 달래거나 꾸짖기 위한 글

모월 모일, 옹주 · 병주 · 뇌주 대도독 겸 구수대장군은 '근심의 성'에 격문을 보내노라.

잠시 머물렀다 가는 하늘과 땅 사이, 나그네처럼 흘러가는 시간 속에서 장수하든 요절하든 매한가지 꿈이거늘, 살아서 시름겹고 한스러운 것이 해골의 즐거움만 못하니 어찌 슬프지 않으랴?

죽음이 근심으로 살아가는 삶보다 낫다는 의미 → 항복의 권유

너희 '근심의 성'이 우환이 된 지 오래다. 임금에게 쫓겨난 신하, 근심에 잠긴 아낙, 절개 있는 선비와 시인들이 '근심의 성'을 찾아와 거울 속의 얼굴이 쉽게 시들고 머리카락이 서리처럼 하얗게 세니, 그 세력을 더 키워 제압하기 어려운 지경에 이르게 해서는 안 될 줄 안다.

근심의 성에 머무는 이들 / 근심으로 인한 부정적 변화 / 근심이 더 커지기 전에 물리쳐야 함

지금 나는 천군의 명을 받아 신풍의 병사를 통솔하여, 서주역사를 선봉으로 삼고, 합리와 해오를 비장으로 삼았으니, 제갈공명이 진을 벌여 풍운진을 펴고 초패왕 항우가 고금 제일의 용맹을 떨친다 한들 우리 앞에서는 아이들 장난에 불과하거늘, 어찌 우리를 당해 내겠느냐? 하물며 초나라에서 홀로 취하지 않은 굴원쯤이야 개의할 게 무엇 있겠느냐? 격문을 받는 날로 어서 백기를 들라!

술을 의미함 / 제갈공명의 팔진법에 속하는 군진의 이름 / 조개와 게. 안주를 가리킴 / 어떠한 적이라도 물리칠 수 있다는 자신감을 드러냄 / 굴원이 〈어부사〉에서 '세상 사람들이 모두 취했지만 나 홀로 깨어 있다'고 한 것을 말함 / 항복을 요구함

▶ 국양이 격문을 지어 근심의 성 사람들에게 항복을 요구함

출납관으로 하여금 소리 높여 격문을 읽어 '근심의 성' 안에 두루 들리게 했다. 그러자 성안 가득한 사람들이 모두 항복할 마음이 생겼지만, 오직 굴원만이 굴복하지

입의 의인화

• 전고의 활용 ④

**기둥을 찌르는 교만한 장수**

한나라 고조 유방이 천하를 통일하고 천자가 되어 궁궐에서 연회를 베풀었는데, 당시 뭇 신하들이 술에 취해 큰 소리를 지르며 칼을 뽑아 들고 궁전 기둥을 치기도 했다고 함

**술을 피해 달아나는 노병**

동진의 환온이 계속하여 술을 권하는 사혁 때문에 아내의 방으로 피하자, 사혁이 환온의 집을 경비하던 병사 하나를 데려가 술을 먹이면서 '노병 하나를 잃고 또 다른 노병 하나를 얻었다'고 말했다고 함

• 전고의 활용 ⑤

**해골의 즐거움**

장자가 길에 버려진 해골을 보고 안타까워했는데, 꿈에 그 해골이 나타나 '죽음이 왕 노릇하는 것보다 낫다'고 말했다고 함

• '격문'의 내용과 기능

- 적을 항복시키기 위한 목적으로 작성됨
- 근심의 성을 나라의 오래된 우환으로 지적함
- 전투에 임하는 아군의 우월함을 자랑하여 상대를 압박함
- 본격적인 전투를 하기 전에 적의 사기를 꺾고 근심의 성을 소탕하고자 하는 국양 장군의 기세를 드러냄

않고 머리를 풀어 헤치고 달아나 어디로 갔는지 알 수 없었다. 장군이 해구(海口)로
굴원은 항복하지 않고 달아남 → 굴원의 울분이 쉽게 풀리지 않음을 암시함 입을 가리킴
부터 병 안의 물을 쏟아붓듯이 기세등등하게 파죽지세(破竹之勢)로 내려오니, 공격
① 거침없는 기세 ② 술병 안의 술을 쏟아부음 적을 거침없이 물리치고 쳐들어가는 당당한 기세
하지 않아도 성문이 저절로 열렸고 싸우지 않고도 온 성이 항복했다. 장군은 무용을
국양 장군이 근심의 성을 함락함
뽐내고 위세를 드날리며 군사를 흩어 외곽을 포위하기도 하고 군사를 모아 내부에 진을 치기도 하니, 바다에 밀물이 몰려오고 강가의 성곽에 비가 퍼부어 범람하는 듯했다.

▶ 국양이 군사를 거느려 근심의 성을 무너뜨림

천군이 영대(靈臺)에 올라 바라보니 구름이 사라지고 안개가 걷히며, 온화한 바람
근심이 사라진 심리와 조응하는 풍경
이 불고 봄날의 따뜻한 햇빛이 비쳤다. 「지난날 슬퍼하던 자는 기뻐하고, 괴로워하던 자는 즐거워하고, 원망하던 자는 원망을 잊고, 한을 품었던 자는 한이 녹아 버리고, 분을 품었던 자는 분이 사라지고, 노여워하던 자는 기뻐하고, 근심하던 자는 환희하
「 」: 근심이 사라지고 평온함을 회복한 상태를 의인화함
고, 답답해하던 자는 마음이 탁 트이고, 신음하던 자는 노래 부르고, 팔뚝을 내지르며 분개하던 자는 발을 구르며 춤을 추었다.」

▶ 천군이 화평을 되찾음

• 결말의 의미

• 천군이 국양 장군의 도움을 받아 근심의 성을 무너뜨림
→ 술과 같은 외부적인 도움 없이 스스로 마음의 평정을 회복하는 것은 어렵다는 의미를 형성함
• 국양 장군을 통해 사람들의 슬픔, 괴로움, 원망과 한, 분노, 근심, 울분 등이 해소됨
→ 마음속의 근심을 술로 해소한 모습을 우의적으로 표현한 것으로 해석할 수 있음

## 핵심 포인트 1 서술상 특징 파악

이 작품은 가전(假傳)의 양식을 계승한 의인체 산문으로 갈래적 특징을 바탕으로 작품을 감상할 수 있어야 한다.

**가전체와 〈수성지〉의 비교**

| 구분 | 가전체 | 〈수성지〉 |
|---|---|---|
| 공통점 | • 의인화의 수법을 사용함<br>• 현실 세계에 대한 비판과 풍자가 드러남 | |
| 차이점 | • 구체적 사물을 의인화함<br>• 일대기 형식을 활용함<br>• 서술자의 직접 평가가 드러남 | • 추상적 마음을 중심으로 구체적 사물을 의인화함<br>• 일대기 형식에서 벗어남: '화평 → 혼란 → 회복'<br>• 서술자의 직접 평가가 드러나지 않음 |

## 핵심 포인트 2 서사 구조 및 글의 의미 파악

이 작품은 작가의 의도를 드러내기 위해 의인화를 통한 알레고리의 방식을 활용하고 있으므로 내용의 표면적 의미와 이면적 의미를 파악할 수 있어야 한다.

**〈수성지〉의 사건 전개 및 의미**

| | |
|---|---|
| 도입(화평) | • 천군이 즉위하여 천하가 태평함: 마음의 중심이 잡혀 편안함<br>• 주인옹이 천군에게 상소하여 천군의 흐트러진 마음을 바로잡음: 경(敬)의 자세로 마음의 평정을 회복함 |
| 전개(혼란) | • 애공(哀公)이 감찰관 · 채청관과 함께 상소하고 굴원과 송옥이 천군의 땅에 성을 쌓기를 청하자 천군이 이를 허락함: 마음에 걱정, 근심이 일어나 시름에 싸임<br>• 근심의 성(愁城, 수성)을 쌓자 원한과 울분을 품은 사람들이 충의문, 장렬문, 무고문, 별리문으로 일제히 들어옴: 고금에 원한과 울분을 품은 자들이 수없이 많음 |
| 결말(회복) | • 천군의 울울함이 깊어지자 주인옹이 천군에게 상소하여 국양 장군을 불러들여 근심의 성을 평정할 것을 간언함: 술로써 마음의 근심을 풀고자 함<br>• 공방을 시켜 국양 장군을 데려옴: 돈을 주고 술을 사옴<br>• 국양 장군이 근심의 성을 공격하여 항복시킴: 술을 마시자 근심이 해소됨<br>• 국양 장군에게 벼슬을 내림: 사람의 마음을 화평하게 하는 술을 예찬함 |

## 핵심 포인트 3 작품의 주제 의식 파악

이 작품 속 '천군'과 '근심의 성'의 특징을 인간 사회와 연관지어 이해하고, 이를 바탕으로 작품의 주제 의식을 파악할 수 있어야 한다.

**주제 의식의 형상화**

| | | | |
|---|---|---|---|
| 천군 | 인간의 마음을 의인화한 존재로 임금으로 형상화됨. 천군의 조정은 인 · 의 · 예 · 지, 칠정(희 · 노 · 애 · 낙 · 애 · 오 · 욕)과 오관(눈 · 귀 · 코 · 입 · 피부) 등으로 구성됨 | | |
| 근심의 성의 축조 배경 | 초나라의 충신이지만 참소를 입어 멱라수에 빠져 죽은 굴원이 그의 제자 송옥과 더불어 천군의 땅에 성을 쌓기를 청하였고, 이를 천군이 허락함 | | |
| 근심의 성의 구조 | 조고대 | 옛일을 조문하는 곳 → 옛일을 드러내는 기능을 함 | |
| | 네 개의 문 | 충의문 | 충성스럽고 절의 있는 사람들이 들어옴 |
| | | 장렬문 | 뛰어난 용기와 기개를 가졌으나 웅대한 포부를 끝내 이루지 못한 사람들이 들어옴 |
| | | 무고문 | 큰 한을 품고 이승과 저승에 의분이 맺힌 사람들이 들어옴 |
| | | 별리문 | 생이별 · 사별 등 한스러운 이별을 한 사람들이 들어옴 |

↓

• 천군이 나라를 다스리는 것과 개인이 마음을 다스리는 것을 동일시함
• 과거의 역사적 사건으로 원한과 울분에 찬 사람들이 근심의 성을 이룸 → 천군의 근심이 현실 세계의 모순과 같은 외적 요인에 의한 것임을 짐작할 수 있음 → 부조리한 역사에 대한 비판으로 연결됨(주제 의식)

### 작품 한눈에

• 해제

〈수성지〉는 인간의 심성(心性)을 의인화한 한문 단편 소설로 '천군 소설'에 속한다. 인의예지의 사단(四端)과 관련한 마음씨, 인간의 감정을 나타내는 칠정(七情) 등 성리학의 개념을 활용하여, 천군(마음)이 국양(술)을 불러들여 근심의 성을 무너뜨리고 마음의 평온함을 회복하는 과정을 그리고 있다. 수많은 전고를 활용하고 있으며 동일한 한자 음을 통해 중의적 의미를 형성하는 구절이 많다는 점에서 높은 수준의 기교를 엿볼 수 있다.

• 제목 〈수성지〉의 의미

– '근심의 성'에 관한 기록

〈수성지〉는 근심의 성에 관한 기록이라는 뜻이다. 천군의 나라에 근심의 성이 축조되며 원한과 한을 가진 사람들이 몰려드는데, 천군이 국양을 불러들여 이 성을 함락시킴으로써 혼란스러웠던 마음에 화평을 되찾는 과정을 그리고 있다.

• 주제

① 근심의 발생 요인과 해소 과정
② 근심의 성을 통한 부조리한 역사와 현실에 대한 비판

**전체 줄거리**

천군이 즉위한 후 주인옹이라는 한 늙은이가 천군에게 위태로움은 편안함에서 생기니 뜻하지 않은 변고와 재난에 대비해야 한다고 충고한다. 하지만 문장과 서화에 빠진 천군이 조언을 듣지 않자 주인옹은 다시 찾아와 한쪽으로 치우침 없는 나라를 만들어야 한다고 충고하고, 그 말에 감동한 천군은 반성한다. 그해 가을 어느 날 갑자기 일곱 가지 감정인 칠정이 찾아와 가을이 되니 이유 모를 시름을 느낀다고 말하자, 천군은 걱정하게 된다. 이때 두 사람이 천군을 찾아와 땅 한 귀퉁이에 성을 쌓기를 청하고 천군은 이를 허락한다. 옛날의 충신과 의로운 선비들, 죄 없이 죽은 사람들이 쌓은 그 성은 근심과 한이 모여 있어 근심의 성이라고 이름 붙인다. 나라 안에 근심의 성이 생기자 천군은 계절이 바뀌어도 근심과 걱정에서 벗어나지 못하고, 이를 본 주인옹은 국양(술)에게 벼슬을 주고 근심의 성을 평정하게 하라고 조언한다. 천군이 주인옹의 말에 따라 국양을 시켜 근심의 성을 토벌하게 하자, 굴원을 달아나고 이밖에 근심의 성 안에 있던 사람들이 모두 항복하자 천군을 비롯해 사람들은 평온한 마음을 되찾게 된다.

고전 산문 19

◇ 한 줄 평 천상에서 죄를 짓고 인간 세상으로 온 선관과 다섯 선녀의 이야기를 그린 작품

# 옥루몽 남영로

▸ 교과서 수록 문학 지학사
▸ 기출 수록 수능 2014 B형 평가원 2010 9월
교육청 2018 3월, 2007 10월

## 장면 포인트 1

• 이 작품은 천상계의 선관 문창성이 죄를 짓고 인간 세상에 적강하여 양창곡으로서 살아가는 삶과 영웅의 행적을 그린 영웅 소설이다.
• 해당 장면은 항주 제일의 기생인 강남홍이 양창곡과 만나 인연을 맺은 후 소주 자사 황여옥이 벌이는 전당호의 잔치에 초대되어 가게 된 상황이다.
• 강남홍과 황 자사 간의 갈등 양상에 주목하여 인물들의 특성을 파악하고, 사건 전개 과정에서 드러나는 소재의 기능을 이해하도록 한다.

[앞부분의 줄거리] 천상계의 선관인 문창성은 선녀들을 희롱한 죄로 인간 세상에서 양현의 아들 양창곡으로 태어나고 다섯 선녀도 인간 세상에 태어난다. 과거를 보러 가던 양창곡은 기생 강남홍과 인연을 맺는데, 소주 자사 황여옥이 강남홍을 취하기 위해 전당호에서 잔치를 벌인다.

「질탕한(신이 나서 정도가 지나치도록 흥겨운) 음악은 푸른 하늘에 또렷이 울리고, 춤추는 사람의 나붓거리는 소매는 강바람에 휘날리며, 알록달록한 화장이 물속에 비쳐(물에 비치는 기생들의 모습) 십 리 전당호가 꽃 세계로 바뀌었더라.」(「」: 전당호에서 펼쳐지는 호사스러운 잔치 풍경을 묘사함) 황 자사가 큰 술잔을 기울여 십여 잔 마시고 취흥이 도도하여 홍랑(강남홍)의 어깨를 어루만지며 웃더라.

"인생 백 년이 저 흐르는 물과 같거늘 어찌 자잘한 생각과 견주리오?(유한한 인생이 흘러가면 다시 오기 어려우므로 절개를 지키고자 하는 생각을 버리라는 의도) 황여옥은 풍류남자요 강남홍은 절대가인이라. 재자와 가인(황여옥과 강남홍)이 같은 경치로 강 위에서 만났으니, 쾌활한 풍정(풍치가 있는 정회)을 어찌 하늘이 내려 주신 인연이라 일컫지 않으리오?"(황 자사가 자신과 강남홍은 하늘이 맺어 준 인연임을 언급하며 강남홍에게 자신을 따를 것을 요청함)

▸ 소주 자사 황여옥이 전당호에서 잔치를 열어 기생 강남홍을 취하고자 함

홍랑이 사태가 점점 급박해짐을 보고는(황 자사가 자신을 희롱하려 함을 눈치챈 강남홍) 씁쓸히 대답하지 않으니, 황 자사가 미친 흥을 이기지 못하여(강남홍을 취하려는 욕망) 좌우를 호령해 작은 배 한 척을 끌어와 강 가운데 띄우라 하더라. 소주의 여러 기생에게 홍랑의 손을 잡고 배에 오르게 하니, 배 안에 비단 장막이 겹겹이 쳐져 있고 다른 물건은 없더라. 황 자사가 배 안으로 뛰어들어 가 홍랑의 손을 잡으며,(급박한 상황 전개)

"네 마음이 비록 쇠와 돌(굳은 절개를 비유함)이라 해도 황여옥의 불 같은 욕심에 어찌 녹지 않으리오?(강남홍의 절개를 꺾고자 하는 황여옥의 욕망이 드러남) 오늘은 내가 오호(五湖)의 조각배에 서시(西施)(중국 월나라의 이름난 미인. 강남홍을 비유함)를 싣고 범려(范蠡)(오나라 왕에게 서시를 보내 미색에 빠지게 하고 나라를 망하게 한 뒤 서시와 배를 타고 오호에 은거함)를 본받아 평생을 즐기리라."

홍랑이 이 행동을 보고 손쓸 겨를이 없어 강포한(몹시 우악스럽고 사나운) 치욕을 면하지 못할까 두려웠으나,(강남홍은 황 자사로 인해 욕된 일을 당할까 봐 두려워함) 얼굴빛이 변하지 않고 태연하더라.(위기의 상황에도 침착함을 잃지 않음)

"상공의 귀중한 지체로 한낱 천한 기생을 이처럼 겁박하시니 좌우에 부끄러운 바라,(황 자사의 잘못된 행동을 지적함 → 권세를 두려워하지 않는 강남홍의 기개가 드러남) 제가 청루(기생집)의 천한 몸으로 어찌 감히 소소한 지조를 말하리까마는(강남홍은 자신이 천한 기생의 신분이므로 지조를 말할 수 있는 처지가 아니라고 인식하고 있음) 「평생 지켜온 바를 오늘 훼손하게 되니, 바라건대 이 자리의 거문고를 빌려 몇 곡 연주하여 근심스러운 마음을 풀고 화락한 기운으로 상공의 즐거움을 도울까 하나이다."」(「」: 거문고 연주로 절개를 잃게 되는 근심스런 마음을 풀어 황 자사를 즐겁게 하겠다는 뜻 → 황 자사를 안심시켜 자신의 손을 놓게 하려는 의도)

## 작품 분석 노트

• 〈옥루몽〉의 구성

| 단계 | 내용 |
|---|---|
| 발단 | • 백옥루 잔치에서 문창성이 인간 세계를 엿보는 시를 지음<br>• 문창성이 다섯 선녀와 함께 술을 마시고 논 후 잠이 듦 → 인간 세계로 적강함 |
| 전개 | • 문창성은 양현의 아들 양창곡으로 태어남<br>• 양창곡은 과거를 보러 가던 중 기생 강남홍과 인연을 맺음<br>• 강남홍은 황 자사의 횡포를 피해 전당호에 투신하지만 구조된 뒤 남쪽 탈탈국에서 백운 도사를 만나 수련함<br>• 양창곡은 장원 급제하여 강남홍이 천거한 윤 소저를 부인으로 맞음 |
| 위기 | • 양창곡이 황 각로의 청혼을 거절한 결과 참소되어 유배됨<br>• 유배지에서 벽성선을 만나 인연을 맺음<br>• 양창곡은 유배에서 풀려나 황 소저와 결혼한 후 남만이 침략하자 명나라의 대원수로 참전함 |
| 절정 | • 양창곡은 남만의 장수가 된 강남홍과 재회함<br>• 축융국의 공주 일지련이 양창곡의 첩이 됨<br>• 전쟁에 승리하여 양창곡은 연왕에, 강남홍은 난성후에 봉해짐 |
| 결말 | 양창곡이 두 부인과 세 첩을 거느리고 부귀영화를 누림 |

황 자사가 이 말을 듣고 홍랑이 자기 위세를 두려워하여 마음을 돌려 즐거이 따르리라 생각하여, 그제야 홍랑의 손을 놓아주고 웃더라.

황 자사는 자신이 의도한 대로 강남홍의 마음을 돌렸다고 판단함

강남홍의 말에 안심하는 황 자사

▶ 강남홍이 거짓으로 황 자사의 뜻을 따르겠다고 함

"그대는 참으로 여자 중의 호걸이요, 수법 역시 묘하도다. 내가 일찍이 황성의 청루를 두루 다녀, 이름을 떨치는 기녀와 지조를 지키는 여자라도 내 손에서 벗어날 수 없었는지라. 그대가 한결같이 고집하여 순종하지 않으면 눈서리의 위세를 면하기 어려울 것이거늘, 이제 이처럼 마음을 돌려 전화위복이 되니 이는 그대의 복이라. 내가 비록 벼슬이 대단히 높지는 않으나, 이 시대에 승상의 사랑하는 아들이요 한 지역의 방백을 겸하였으니, 마땅히 황금 집을 지어 그대가 평생 부귀를 누리게 하리라."

수단을 가리지 않고 자신의 목적을 달성하는 황 자사의 면모 → 방탕한 소인형 인물

강남홍이 자신의 뜻을 따르지 않는다면 죽임을 당할 수 있음

승상 황의병의 아들

조선 시대에 둔, 각 도의 으뜸 벼슬

강남홍이 자신을 따르면 부귀를 누리도록 해 주겠다는 의도

말을 마치매 손수 거문고를 들어 홍랑에게 내려 주더라.

"그대 평생의 솜씨를 다하여 금슬이 화락한 곡조를 드러내 떨치라."

화평하고 즐거운

홍랑이 미소하고 거문고를 받아 한 곡조를 타니, 「그 소리가 화창하고 방탕하여 마치 삼월 봄바람에 온갖 꽃이 만발하는 듯하고, 풍류 소년들이 준마를 달리는 듯하여, 언덕의 버드나무는 비를 머금고 물새는 날갯짓하여 춤추더라.」 황 자사가 호탕한 정을 이기지 못해 장막을 걷고 좌우에 명하여 다시 술상을 내어 오라 하니, 어찌 홍랑에게 다른 뜻이 있음을 알리오?

황 자사를 안심시키기 위해 즐거운 척하면서 거문고를 탐

「 」: 황 자사의 명에 따라 금슬이 화락한 곡조를 연주함

황 자사가 강남홍이 자신의 뜻에 따르기로 했다고 믿게 되었음을 알 수 있음

강남홍이 황 자사의 뜻에 따르지 않을 것임을 나타내는 편집자적 논평

홍랑이 다시 섬섬옥수로 거문고 줄을 골라 한 곡조를 연주하니, 「그 소리가 쓸쓸하고 처절하여 마치 소상 반죽에 성긴 비가 떨어지는 듯하고, 변새 밖 푸른 무덤에 찬바람이 일어나는 듯하더라. 강가 나뭇잎에 비바람이 쓸쓸하고 하늘가 기러기 우는 소리가 서글프니,」 자리의 모든 사람이 애처로운 기색이 있으며, 소주와 항주의 기생이 모두 자기도 모르는 사이 눈물을 흘리더라. 홍랑이 이윽고 곡조를 바꿔 작은 줄을 거두고 큰 줄을 울려 우조(羽調)를 연주하는데 그 소리가 슬프고 강개하여, 저녁에 백정과 칼로 죽일 마음을 의논하고, 대낮에 연나라 남쪽에서 축(筑)에 맞춰 노래로 화답하는 듯하더라. 그 불평한 심사와 오열하는 흉금이 온 자리를 놀라게 하니, 배 안의 모든 사람이 거동과 안색에 두려워하지 않음이 없더라.

가냘프고 고운 여자의 손

순임금이 죽은 후 소상강에 몸을 던진 두 왕비의 피눈물이 얼룩진 대나무

중국 전한 원제의 궁녀로 흉노에게 시집간 왕소군의 무덤

「 」: 강남홍의 슬픈 마음을 드러내는 거문고 소리

의기가 북받쳐 원통하고 슬퍼

연나라 태자 단이 진시황을 암살하기 위해 파견한 위나라 협객 형가의 고사 → 비분강개한 강남홍의 마음이 담긴 거문고 소리를 비유함

▶ 강남홍이 거문고 곡조로 자신의 슬픈 마음을 드러냄

홍랑이 거문고를 밀쳐 놓고 맹렬한 기색이 눈썹에 가득하여 이에 축원하길,

"아득한 푸른 하늘이 홍랑을 세상에 내실 때 처지는 미천하게 하시면서 품성은 특별하게 하시어, 드넓은 천지에 작은 몸을 용납할 곳이 없음은 어떠한 까닭인가? 맑은 강물 고기 배 속에서 누가 굴원을 찾으리오? 오직 바라건대 제가 죽고 나면 시신을 건지지 못하게 하여, 외로운 혼으로 하여금 깨끗한 땅에서 노닐게 하소서."

자신이 비록 미천한 기생의 신분이지만 굳은 절개와 지조를 지닌 인물임을 의미함

절개를 지키며 살 수 있는 상황이 아님

굴원의 고사를 활용하여 지조를 지키기 위해 강물에 빠져 죽겠다는 뜻을 드러냄

권력의 횡포가 없는 곳

말을 마치매 물속으로 뛰어들어 가니, 애석하도다. 마침내 그 목숨이 어찌되리오? 다음 회를 보라.

편집자적 논평

▶ 강남홍이 황 자사의 횡포를 피해 전당호에 투신함

독자의 호기심을 유발. 총 64회의 회장체 소설로 이 부분은 5회에 해당함

(중략)

• 갈등 양상과 인물의 성격

| 황 자사 | ↔ | 강남홍 |
|---|---|---|
| 항주 최고의 기생인 강남홍을 취하기 위해 자신의 권세로 강남홍을 억압함 | | 평생 부귀를 누리게 해 주겠다는 황 자사의 제안에 미혹되지 않고 죽음을 선택함 |
| ↓ | | ↓ |
| 권력과 부를 이용하고, 수단을 가리지 않으며 자신의 목적을 이루고자 하는 소인의 면모를 지님 | | 권력을 두려워하지 않으며 불의를 따르기보다 죽음을 선택하는 강인한 면모를 지님 |

• 황 자사를 안심시키고 투신하는 강남홍

**강남홍의 의도**

황 자사가 자신을 배에 태우자 욕된 일을 피하기 어렵다고 판단함 → 거문고를 연주하여 평생 지켜 온 절개를 잃게 된다는 근심을 풀고 즐거운 마음으로 황 자사의 뜻을 받아들이겠다고 하며 황 자사를 안심시킴

↓

**황 자사의 안심**

강남홍이 마음을 바꾸었다고 생각한 황 자사가 잡고 있던 강남홍의 손을 놓고 거문고를 연주하게 함

↓

**강남홍의 투신**

- 황 자사의 명대로 화락한 곡조를 연주하면서 즐거운 척하며 황 자사를 안심시킴
- 갑자기 곡조를 바꾸어 슬프고 강개한 소리의 우조를 연주하다가 전당호에 투신함

한편 양 공자가 항주의 남종을 돌려보내고 나서 객관의 외로운 회포를 날이 갈수록 풀기 어려워 오직 과거 시험 날만 기다리더라. 이때 변방의 급한 보고가 이르러 조정에서 의논하여 과거 시험 날을 뒤로 미루니 오히려 여러 달이 남았더라. 양 공자가 더욱 울적한 마음을 이기지 못하여 오래도록 고향 생각을 하며 밤마다 잠을 이루지 못하더라. 하루는 책상에 기대어 잠들더니 「비몽사몽 간에 정신이 흩어져 한곳에 이르니, 십 리 강 위에 붉은 연꽃이 한창 피어 있는지라. 한 송이를 꺾으려다가 문득 한바탕 광풍이 물결을 일으켜 꽃송이가 꺾여 강물 속으로 떨어지거늘,」 아까워하고 놀라워하며 잠에서 깨니 덧없는 꿈이라. 상서롭지 않게 여기더니 며칠 지나지 않아 항주의 남종이 갑자기 이르러 홍랑의 편지를 바치거늘, 공자가 기뻐하며 열어 보니 그 편지는 이러하더라.

(양창곡 / 양창곡이 과거를 보러 갈 때 강남홍이 딸려 보낸 종 / 나그네가 묵는 집 / 「 」: 강남홍이 투신한 일이 양창곡의 꿈을 통해 상징적으로 나타남 / 강남홍을 상징함 / 강남홍의 투신을 의미함 / 불길하게 / 강남홍이 자신의 죽음을 알리는 내용)

**감상 포인트**
강남홍에게 횡포를 부리는 황 자사의 모습과 이에 대항하기 위한 강남홍의 선택에 대하여 이해한다.

「"천첩 강남홍은 운명이 기구하여, 어려서는 부모의 가르침을 듣지 못하고 자라서는 청루에 몸을 의탁하여 천한 창기가 되니, 군자에게 버려진 바라.」 오직 마음 한편에 지기를 만나, 형산 박옥이 품은 가치를 논하고 영문에서 불린 〈백설곡〉의 고상한 노래에 화답하여 평생의 숙원을 풀고자 하였나이다. 뜻밖에 공자를 만나 가슴을 서로 비추어, 강비(江妃)가 패옥을 풀어 정교보에게 준 것을 본받고 수건과 빗을 받드는 걸 특별히 허락하시니, 첩실이 될 것을 기약하였나이다. 군자의 말씀이 금석처럼 견고하고 제 소망도 바다처럼 깊더니, 조물주가 시기하고 신명(神明)이 방해함이런가. 소주 자사가 방탕한 마음으로 기생을 천대하여 이해득실로 달래며 위세로 위협하여 압강정에서 가라앉지 않았던 풍파를 다시 전당호에서 일으켜, 오월 초닷새 천중절 경도희를 미끼로 삼아 저를 낚으려 하니, 실낱 같은 목숨은 새장 안의 새요 그물 속의 물고기라. 가까이 있는 맑은 강물에 몸을 던져 바다에 몸 던지는 선비를 따르고자 하나, 「돌아오실 공자를 망부산 꼭대기에서 보지 못하게 되니, 물고기 배 속 외로운 혼백이 비록 영욕을 잊으나 차가운 파도 위에 백마를 탄 원한을 이루 말하기 어렵나이다.」 엎드려 바라건대 공자께서는 저를 생각하지 마시고 청운에 뜻을 두어 금의환향하시는 날에 옛정을 기념하여 종이돈 한 장으로 강 위의 이 외로운 혼백을 위로하여 주소서. 제가 죽은 뒤에는 알지 못하니 말씀드릴 바 아니오나, 만약 혼령이 사라지지 않는다면 명부(冥府)에 소원을 빌어 이승에서 다하지 못한 인연으로 다음 생을 기약할까 하나이다. 돈 일백 냥은 나그네의 취미에 보태시어, 멀리 떠나는 사람으로 하여금 아득한 저승에서 그리워하는 생각을 조금이나마 위로하게 하소서. 붓을 잡으매 가슴이 막혀 생리사별의 심회를 다하지 못하겠나이다."

(「 」: 불행하고 미천한 처지로 인해 자신은 군자의 짝이 되지 못하는 여자임을 드러냄 / 형산 박옥의 고사를 활용하여 자신의 가치를 알아줄 지기를 만나기를 소망하였음을 드러냄 / 자신의 뜻을 이해할 수 있는 지기를 만나기를 소망하였음 / 전설에 등장하는 신녀(神女) / 여자가 남자에게 애정을 드러냄을 의미함 / 여자가 아내나 첩이 됨을 겸손하게 이르는 말 / 양창곡의 맹세가 굳고 양창곡의 첩이 되고자 하는 자신의 소망도 컸음 / 강남홍이 자신을 가리킴 / 압강정 잔치에서 강남홍을 취하고자 했으나 뜻을 이루지 못한 황 자사가 그 뜻을 이루기 위해 전당호 잔치를 다시 엶 / 경도희(뱃놀이)를 핑계로 강남홍의 절개를 꺾고자 함 / 강물에 빠져 죽은 중국 초나라의 굴원 / 강남홍의 위태로운 처지를 비유적으로 표현함 / 강물에 투신하여 자신의 절개를 지키고자 함 / 「 」: 투신하여 죽게 되어 양창곡을 다시 볼 수 없는 강남홍의 한을 드러냄 / 높은 지위나 벼슬을 비유적으로 이름 / 과거에 급제해 출세하면 자신의 혼을 위로해 주기를 바람 / 저승 / 다음 생에도 양창곡과 함께하고 싶은 마음 – 양창곡에 대한 강남홍의 간절한 사랑이 드러남 / 양창곡을 위해 강남홍이 돈 백 냥을 보냄 / 강남홍 자신을 가리킴 / 살아 있을 때에는 멀리 떨어져 있고 죽어서는 영원히 헤어짐)

양 공자가 보기를 마치매 아연실색하여 주먹으로 책상을 치고 눈물을 흘려 옷깃을 적시더라.

(뜻밖의 일에 얼굴빛이 변할 정도로 놀람 / 강남홍의 죽음에 대한 슬픔과 놀람)

▶ 자신의 죽음을 알리는 강남홍의 편지를 받고 양창곡이 슬퍼함

• '꿈'의 의미와 기능

| 꿈 |
|---|
| 양창곡이 붉은 연꽃 한 송이를 꺾으려 하자 꽃송이가 강물 속으로 떨어짐 |
| ↓ |
| 전당호에 강남홍이 투신함을 나타냄 |

• '편지'의 의미와 기능

| 편지 |
|---|
| • 강남홍의 과거를 요약적으로 제시함<br>• 양창곡의 첩이 되기를 간절히 바란 강남홍의 마음을 드러냄<br>• 강남홍이 강물에 투신하게 된 이유를 드러냄<br>• 양창곡이 과거에 급제하여 벼슬하기를 바라는 강남홍의 마음을 드러냄<br>• 자신의 혼백을 위로해 주기 바라며 내생에 다시 인연을 이어 가고자 하는 강남홍의 소망을 드러냄 |
| ↓ |
| 강남홍이 자신의 죽음을 알리고 양창곡에 대한 애절한 사랑을 드러냄 |

## 장면 포인트 2 주목

- 해당 장면은 강물에 투신한 강남홍이 구조되고 백운 도사에게 무술을 배운 후 도사의 지시에 따라 남만 왕을 돕기 위해 명나라와의 전투에 참전한 이후의 상황이다.
- 명나라 원수와 남만 장수의 전술에 주목하여 양창곡과 강남홍이 재회하는 계기가 되는 '옥피리 소리'의 서사적 기능을 이해하고, 여성 영웅 소설의 특징과 연관 지어 영웅으로 거듭나는 강남홍의 모습을 파악하도록 한다.

원래 소유경이 날카로운 젊은 기상으로 창 쓰는 법을 자부해 한번 겨루고자 함이더라. (소유경이 자신의 무예를 믿고 강남홍과 겨루고자 함) 이에 방천극(方天戟)(창의 종류)을 들고 바로 홍랑을 잡으려 하니, 「홍랑이 말을 돌려 여러 합을 싸우매 소유경의 창법(창 쓰는 법)이 정묘함을 보고 말을 몰아 수십 걸음 물러나서 공중을 향해 오른손에 든 부용검을 던지니, 그 칼이 공중으로 날아 떨어져 소유경의 머리를 찌르려 하더라. 소유경이 말 위에서 몸을 피하며 방천극을 들어 막으려 하는데, 홍랑이 물러났다 다시 나아오니, 소유경이 말 위에 몸을 엎드려 허둥지둥 방천극을 휘둘러 막으려 할새, 홍랑이 떨어지는 칼을 왼손으로 받아 말을 달리며 두 손에 든 쌍검을 동시에 던지거늘, 소유경이 허둥지둥 피하되 겨를이 없어 싸울 수가 없더라. 홍랑이 다시 공중을 향해 두 손으로 쌍검을 받고 바람과 같이 몸을 돌려 말 위에서 춤추며 사방으로 내달리니, 휘날리는 흰 눈이 공중에 나부끼는 듯하고 조각조각 떨어진 꽃잎이 바람 앞에 날리는 듯하더니, (강남홍의 뛰어난 무예를 비유적으로 표현함) 「갑자기 한 줄기 푸른 기운이 안개같이 일어나며 사람과 말이 점점 보이지 않더라. 소유경이 크게 놀라 방천극을 들고 동쪽으로 충돌하면 무수한 부용검이 공중에서 떨어져 내려오고, 서쪽으로 충돌해도 무수한 부용검이 공중에서 떨어져 내려오니, 소유경이 허둥지둥해 우러러보니 무수한 부용검이 하늘에 흩어져 있고, 굽어보니 무수한 부용검이 땅에 가득 차 있어 칼날 천지에서 벗어날 길이 없으매, 정신이 혼미하고 진퇴할 길이 없어 마치 구름과 안개 사이에 있는 듯하더라.」 (강남홍의 부용검이 가득 차 있어 움직이기 어려운 상황을 비유적으로 표현함)

「 」: 강남홍과 소유경의 대결 장면을 구체적으로 묘사하여 강남홍의 뛰어난 무예를 드러냄 → 여성 영웅의 면모

「 」: 전기적 요소를 활용하여 강남홍의 탁월한 능력을 드러냄

▶ 남만의 장수로 참전한 강남홍과 명나라 장수 소유경이 대결함

소유경이 하늘을 우러러 탄식해,

"내가 어찌 이곳에서 죽을 줄 알았으리오?"

방천극을 들어 푸른 기운을 헤쳐 나가고자 하는데, 갑자기 공중에서 낭랑하게 외치는 소리가 들리더라. (비현실적, 환상적 요소)

"명나라의 이름난 장수를 내 손으로 죽임은 의리가 아니라. (명나라 사람인 강남홍이 명나라의 장수인 소유경을 죽이는 것은 의리가 아니라는 뜻) 살길을 마련해 주노니, 장군은 원수에게 돌아가 빨리 대군을 거두어 돌아가도록 아뢰어라." (명나라의 항복을 권유함)

말을 마치매 푸른 기운이 점차 사라지고, 홍랑이 다시 부용검을 들고 웃으며 바람에 나부끼듯 본진으로 돌아가니, 소유경이 감히 쫓지 못하고 돌아와 양 원수를 뵙고 숨을 헐떡이며 망연자실하더라.

"제가 비록 용렬하나 (사람이 변변치 못하고 졸렬하나) 병서를 여러 줄 읽고 무예를 약간 배워, 전쟁터에 나서면서 겁낸 적이 없고 적을 대해 용맹을 떨쳤나이다. 그런데 「오늘 남만 장수는 사람이

### 작품 분석 노트

- 서술상 특징
  - 묘사를 통해 전투 장면을 구체적으로 드러냄
  - 비유적 표현을 활용하여 인물의 탁월한 무예를 묘사함
  - 전기적 요소를 활용하여 인물의 영웅적 면모를 드러냄

- 강남홍의 영웅적 면모
  - 강물에 투신하여 죽을 위기에 놓이지만 구조된 뒤 백운 도사에게 도술, 무술을 배워 영웅적 능력을 갖추게 됨
  - 백운 도사의 명을 받고 남만 왕을 돕기 위해 남장을 한 후 참전하여 명나라와 맞서 싸우게 됨

↓

영웅적 활약

- 뛰어난 실력으로 명나라의 장수 소유경을 무력화시키고 승리를 거둠
- 옥피리를 불어 명나라 군사들의 사기를 떨어뜨림

아니요 분명 하늘 위의 신(神)으로, 바람같이 빠르고 번개같이 급해 어지럽고 황홀해 헤아리기 어려우니, 붙잡고자 하나 붙잡을 수 없고 도망가고자 하나 피하기 어렵더이다.」 사마양저의 병법과 맹분(孟賁) · 오획(烏獲)의 용맹이 있더라도 이 장수 앞에서는 소용없을까 하나이다."

「 」: 강남홍에 대한 소유경의 평가 / 사마양저: 중국 춘추 시대 제나라의 명장 / 뛰어난 병법과 용맹으로도 강남홍을 당할 수 없을 것이라는 소유경의 생각이 드러남

양 원수가 이 말을 듣고 매우 근심해,

"오늘은 이미 해가 졌으니 내일 다시 싸우되, 만약 이 장수를 사로잡지 못하면 내가 맹세코 회군하지 않으리라."

남만의 장수(강남홍)와 대결하여 반드시 승리하겠다는 의지를 드러냄

▶ 양창곡이 남만 장수와의 대결에서 승리하고자 하는 의지를 다짐

(중략)

소 사마가 바삐 군막 안으로 들어와 군중의 동태를 아뢰거늘, 양 원수가 놀라 군막 밖으로 나가 시간을 물으니 이미 사오경에 가깝더라. 삼군이 우왕좌왕해 진중이 물 끓듯 하고, 서녘 바람이 한바탕 불어 깃발을 흔드는데, 옥피리 소리가 바람결에 들려오되 슬프고 처절하니, 영웅의 마음으로도 서글픔을 이길 수 없더라.

소 사마: 소유경 / 군중의 동태: 남만 장수(강남홍)가 부는 옥피리 소리를 듣고 명나라 군사들이 슬픔에 젖어 사기가 떨어진 일 / 사오경: 새벽 1~5시 / 가깝더라: 밤이 깊었음 / 삼군: 좌군, 우군, 중군, 군 전체 / 강남홍이 옥피리를 불어 명나라 군대를 어지럽게 함 / 옥피리 소리의 영향이 큼을 알 수 있음

▶ 강남홍이 명나라 군사의 사기를 떨어뜨리기 위해 옥피리를 붊

주목

양 원수가 귀 기울여 들으니 어찌 그 곡조를 모르리오? 여러 장수를 돌아보며,

편집자적 논평

"옛적에 장자방이 계명산에 올라 통소를 불어 초나라 병사들을 흩어지게 했는데, 알지 못하겠도다. 이곳에서 어떤 사람이 능히 이 곡조를 아는고? 내가 어렸을 때 옥피리를 배워 몇 곡조를 기억하니, 이제 마땅히 한 곡조를 시험해 삼군의 처량한 마음을 진정시키리라."

장자방이 옥퉁소로 고향을 생각하게 하는 사향가를 불어 초나라 항우의 병사가 한나라에 투항했다는 고사 / 옥피리를 부는 사람에 대한 호기심과 놀라움 / 옥피리를 불어 강남홍의 옥피리 소리로 싸울 의욕을 상실한 군사들의 사기를 회복시키려 함

상자에서 옥피리를 꺼내어 장막을 높이 걷고 책상에 기대어 한 곡을 부니, 「그 소리가 화평하고 호방해, 마치 봄 물결이 천 리 장강에 흐르는 듯하고, 삼월의 화창한 바람이 아름다운 나무에 불어오는 듯해, 한 번 불매 처량한 마음이 기쁘게 풀어지고, 두 번 불매 호탕한 마음이 저절로 생겨나 군중이 자연히 평온해지더라. 양 원수가 또 음률을 바꾸어 한 곡을 부니, 그 소리가 웅장하고 너그러워 도문의 협객이 축에 맞춰 노래하는 듯하고, 변방에 출전하는 장군이 철기(鐵騎)를 울리는 듯하더라. 막하 삼군이 기세가 늠름해져 북을 치고 칼춤을 추며 다시 한번 싸우길 원하니,」 양 원수가 웃으며 옥피리 불기를 그치고 다시 군막으로 들어가 몸을 뒤척이며 생각하되,

「 」: 양창곡이 옥피리를 불어 사기를 잃은 군사들의 사기를 회복시킴. 비유를 활용하여 양 원수의 옥피리 연주를 묘사함 / 양창곡이 부는 옥피리 소리로 인한 명군의 변화 ① / 양창곡이 부는 옥피리 소리로 인한 명군의 변화 ② / 자객 형가가 연나라 태자의 명으로 진시황을 암살하러 가며 축(현악기)에 맞춰 노래를 불렀다는 고사에 비유하여 양 원수의 옥피리 소리를 표현함 / 양창곡이 부는 옥피리 소리로 인한 명군의 변화 ③

「'내가 천하를 두루 다니며 인재를 다 보지는 못했으나, 오랑캐 땅에 이렇게 뛰어난 인재가 있을 줄 어찌 알았으리오? 남만 장수의 무예와 병법을 보니, 참으로 이 나라의 선비 가운데 그와 견줄 사람이 없고 천하의 기재이거늘,」 이 밤 옥피리 역시 평범한 사람이 불 수 있는 바가 아니로다. 이는 하늘이 우리 명나라를 돕지 않고 조물주가 나의 큰 공로를 시기해 인재를 내어 남만 왕을 도움이로다.'

「 」: 강남홍이 무예와 병법에 탁월한 영웅임을 인정함 / 기재: 아주 뛰어난 재주를 가진 사람 / 옥피리를 불어 군사들의 사기를 떨어뜨린 강남홍의 능력을 높이 평가함 / 뛰어난 인재가 남만의 장수인 데에 대한 양창곡의 안타까움

잠을 이루지 못하다 군막으로 소 사마를 다시 불러 묻기를,

"장군이 어제 진중에서 남만 장수의 용모를 자세히 보았는가?"

남만 장수에 대한 궁금증을 드러냄

• '군중의 동태'의 구체적 내용

| 옥피리 연주 |
|---|
| 남만 장수 강남홍이 삼경에 연화봉에 올라 명나라 진영을 바라보며 옥피리로 처량한 곡조를 연주함 |

↓

| 명나라 군사들 |
|---|
| 처량한 옥피리 소리를 듣고 명나라 군사 십만 대군이 한꺼번에 잠에서 깨어나 부모나 처자식을 그리워하며 눈물을 흘리거나 고향을 노래하며 방황하니 명나라 군대의 대열이 흐트러지게 됨 |

↓

적과 싸울 의욕을 잃음

• 강남홍에 대한 평가

| | |
|---|---|
| 소유경 | • 사람이 아니고 신으로, 바람과 번개같이 빠르고 급해 붙잡을 수 없고 피하기도 어려움<br>• 강남홍의 능력이 누구보다 뛰어나 그 어떤 훌륭한 병법이나 용맹한 장수도 강남홍을 이길 수 없다고 생각함 |
| 양 원수 | • 명나라 선비 중에서 강남홍과 견줄 만한 사람이 없고 천하의 기재임<br>• 옥피리로 명나라 군사의 사기를 떨어뜨리는 것으로 보아 평범한 사람이 아니라고 생각함 |

↓

명나라의 소유경과 양 원수 모두 적군이지만 강남홍이 뛰어난 능력을 가진 영웅임을 인정함

소사마가 대답하길,

"가시덤불 속 꽃다운 풀이 분명하고, 기와 조각 속 보석이 완연하니, 잠깐 보았으나 어찌 잊을 수 있으리이까? 당돌한 기상은 이 시대의 영웅이요, 아리따운 태도는 천고의 가인이라. 연약한 허리와 가느다란 눈썹은 남자의 풍모가 적으나, 빼어난 용모와 용맹한 기상 역시 여자의 자태가 아니니, 대개 남자로 논한다면 고금에 없는 인재요, 여자로 논한다면 나라와 성을 기울게 할 미인일까 하나이다."

남만의 장수(강남홍)가 군계일학(群鷄一鶴)의 뛰어난 인물임을 비유적으로 표현함 / 아름다운 용모와 용맹한 기상을 갖춘 인물 → 강남홍이 남장을 하였기에 여자라고 생각하지 않음 / 경국지색(傾國之色)

양 원수가 듣고 묵묵히 말이 없더라.

▶ 양창곡이 옥피리를 불어 군사를 진정시키고 남만 장수에 대해 호기심을 가짐

이때 홍랑이 사부의 명으로 남만 왕을 도우러 왔으나 또한 부모의 나라를 저버리지 못해, 조용히 옥피리를 불어 장자방이 초나라 병사인 강동(江東)의 자제들을 흩어지게 한 술법을 본받고자 함이거늘, 뜻밖에 명나라 진영 안에서도 옥피리로 화답하니, 「비록 곡조는 다르나 음률에 차이가 나지 않고, 기상은 현격하게 다르나 뜻에 다름이 없어, 마치 아침 햇살에 빛깔 고운 봉황 암수가 화답함과 같더라.」 홍랑이 옥피리 불기를 멈추고 망연자실해 고개를 숙이고 오래 생각하길,

백운 도사. 문수보살로 강남홍에게 병법을 전수함 / 강남홍이 참전한 이유 / 조국, 명나라 / 장자방의 계책을 본받아 옥피리 소리로 명나라 군사들의 사기를 떨어뜨림 / 양창곡이 부는 옥피리 소리 / 「 」: 양창곡의 옥피리 소리를 비범하다고 여김

「'백운 도사께서 말씀하시길, 이 옥피리가 본디 한 쌍으로 한 개는 문창성에게 있으니 그대가 고국에 돌아갈 기회가 이 옥피리에 달려 있노라 하셨거늘, 명나라 원수가 어찌 문창성의 성정이 아니리오?」 그러나 하늘이 옥피리를 만들되 어찌 한 쌍을 만들었으며, 이미 한 쌍이 있다면 어찌 남북에서 그 짝을 잃게 하여 서로 만남이 이같이 더딘고?'

천상 세계에서의 양창곡의 이름 / 「 」: 옥피리 소리를 듣고 백운 도사의 말을 떠올림 → 명나라 원수가 문창성의 정기를 이어받은 사람일지도 모른다고 생각함 / 양창곡을 오랫동안 만나지 못하고 있는 상황에 대한 한탄

**감상 포인트**
강남홍의 여성 영웅으로서의 면모와 '옥피리 소리'의 서사적 기능을 파악한다.

또 생각하길,

'이 옥피리가 짝이 있다면, 그것을 부는 사람이 분명 짝이 될지라. 하늘이 내려다보시고 밝은 달이 비추시니, 강남홍의 짝이 될 사람은 양 공자 한 분이라. 「혹시 조물주가 도우시고 보살께서 자비를 베푸시어 우리 양 공자께서 이제 명나라 진영의 도원수가 되어 오신 것인가?」 내가 어제 진영 앞에서 병법을 보았고 오늘 달빛 아래 다시 옥피리 소리를 들으니, 이 세상에 둘도 없는 인재라. 내가 마땅히 내일 도전해 원수의 용모를 자세히 보리라.'

옥피리를 부는 자신과 명나라 원수가 짝임 → 곧 명나라 원수는 양창곡임 / 「 」: 명나라 원수가 양창곡일지도 모른다고 생각함 / 적군인 명나라 원수 양창곡의 뛰어난 능력을 인정함 / 명나라 원수에게 싸움을 걸어 원수가 양창곡이 맞는지 확인해 보고자 함

▶ 강남홍이 옥피리를 분 명군의 원수가 양창곡이 맞는지 확인하고자 함

- '옥피리'의 의미와 서사적 기능

- 남만의 장수가 된 강남홍이 조국인 명의 군대와 싸우지 않고 돌아가게 하기 위해 옥피리를 붊 → 장자방이 통소를 불어 초나라 군사를 흩어지게 한 계책을 씀
- 강남홍의 옥피리 소리에 명의 군사들이 사기를 잃고 군중이 어지럽게 됨

↓

강남홍이 옥피리를 분 의도를 알고 양창곡 또한 옥피리를 불어 군사들의 사기를 회복시킴

↓

- 강남홍과 양창곡의 비범함을 드러냄: 옥피리 소리로 군사들의 사기를 좌우하는 뛰어난 능력을 지님
- 양창곡과 강남홍이 천정배필임을 드러냄
- 강남홍과 양창곡이 재회하는 계기로 작용함

- 명나라 원수의 정체에 대한 강남홍의 생각

**근거**

- 백운 도사가 옥피리는 한 쌍으로 한 개는 문창성에게 있다고 했으니 옥피리를 부는 명나라 원수가 문창성의 정기를 이어받았을 것임
- 옥피리가 짝이 있다면 그것을 부는 사람이 분명 자신의 짝이 될 것임
- 자신의 짝은 양창곡임

↓

**결론**

옥피리를 부는 명나라 원수가 양창곡일 것이라고 생각함

## 장면 포인트 3

- 해당 장면은 간신 노균이 악기 연주를 잘하는 동홍을 이용해 풍류로 천자를 미혹하게 하여 조정이 어지럽게 된 이후의 상황이다.
- 인물 간의 갈등과 주변 인물들의 평가를 중심으로 이상적인 위정자로서의 양창곡의 모습을 파악하고, 강남홍이 관직을 그만두고 양창곡을 지키는 모습에 주목하여 남성 중심 사회에서 창작된 작품에 등장하는 여성 영웅의 특성을 파악하도록 한다.

[앞부분의 줄거리] 남만의 장수로 출정한 강남홍은 명나라 원수가 양창곡임을 알게 되고 명나라 진영으로 도망하여 명군의 부원수가 된다. 그 후 명나라군은 남만과의 전쟁에서 승리하여 양창곡은 연왕에, 강남홍은 난성후에 봉해진다. 한편, 간신 노균이 주축이 된 탁당이 조정에서 득세하여 나라가 어지워진다.

연왕이 일어났다가 엎드려 아뢰길,
(전쟁에서 승리한 후 양창곡이 연왕에 봉해짐)

「"신이 비록 불초하나 대신의 반열에 있사오니, 폐하께서 저를 예로써 대우해야 하거늘 어찌 이처럼 핍박하시나이까? 참지정사 노균은 폐하의 간신이라. 두 임금에게 등용되는 은덕을 입어 연로한 나이에 지위가 높거늘, 무슨 바라는 것이 있어 아첨으로 예악을 빙자해 임금을 농락하고, 당론을 떠들어 감히 폐하로 하여금 은연중에 탁당의 우두머리가 되게 하여 조정을 일망타진하고자 하니, 폐하께서 만약 노균의 머리를 베지 않으시면, 천하의 선비들이 폐하의 조정에 서는 것을 부끄러워하리이다."」

(양창곡이 간신의 머리를 베어 천자의 윤리를 밝힐 것을 간언하자 천자가 크게 노한 일 / 천자 앞에서 노균이 간신임을 거침없이 간언하는 양창곡 / 예법과 음악 / 노균의 잘못을 지적함: 예악을 빙자하여 천자를 동홍의 음악에 빠지게 하고, 천자를 노균의 당인 탁당의 편에 서게 만듦 / 천자가 올바른 정치를 하지 못함을 꼬집음)

「 」: 천자 앞에서 간언하는 모습 → 권력을 두려워하지 않고 할 말을 하는 당당한 기개를 드러냄

말을 마치매 연왕의 기색이 당당해 노균을 흘겨보니, 이때 노균이 전각 위에서 천자를 모시고 있다가 이 광경을 보매, 소인의 쓸개가 비록 크기가 말(斗)만 하나 어찌 두렵지 않으리오? 등에 땀이 흐르는 채로 전각에서 내려와 머리를 조아리며 죄를 청하거늘, 천자가 대로하여,

(도량이 좁고 간사한 사람. 노균 / 노균이 양창곡의 당당한 기개를 두려워한다는 의미의 편집자적 논평)

> **감상 포인트**
> 양창곡의 훌륭한 성품을 그의 발화와 주변 사람들의 발화 및 행동을 통해 파악한다.

"그대가 이처럼 협박하니 장차 어찌하려는가?"
(천자는 양창곡이 노균을 협박하고 있다고 생각하고 있음)

우레 같은 천자의 음성이 의봉정을 흔들매, 곁에 있던 신하들이 몸을 벌벌 떨고 서로 돌아보며 연왕에게 장차 큰 재앙이 닥칠까 두려워하더라.

(천자가 자신의 처소가 비좁다고 여겨 후원에 새로 지은 수백 칸의 정자 / 천자의 위세에 대한 두려움 / 양창곡의 간언이 천자의 분노를 사서 양창곡이 유배 가게 됨)

▶ 연왕(양창곡)이 천자에게 간신 노균을 죽일 것을 간언함

(중략)

연왕이 물러나와 윤 부인과 작별하고 난성후를 찾아가니, 난성후가 벌써 화장을 지우고 청의(靑衣)를 입고 나와 굳세게 서 있더라. 연왕이 그 뜻을 알고,

(양창곡의 첫째 부인 / 강남홍 / 신분이 천한 사람들이 입었다고 하는 옷 / 강남홍이 연왕의 유배지인 운남으로 같이 가고자 하는 뜻을 드러냄)

"오늘은 낭자 역시 벼슬에 매인 몸이라. 어찌 이처럼 유배객을 따르고자 하는가?"
(강남홍이 병부 상서 겸 난성후의 지위에 있음을 들어 자신과 함께 유배지로 가는 것을 만류함)

난성후가 결연히 대답하길,

"운남은 험한 땅이고, 또 간악한 사람이 독을 품으면 헤아리기 어렵나이다. 듣건대 '삼종지도(三從之道)는 무겁고 몸은 가볍다' 하니, 어찌 편안히 앉아 상공께서 홀로 위험한 땅에 들어가시는 것을 보리이까? 이제 비록 엄한 견책을 받고 길을 떠나시는데 반드시 하인 한 명을 거느려 따르게 하시리니, 바라건대 제 간절한 마음을 받아 주소서. 만약 이 일로 조정에 죄를 얻는다 해도 저는 부끄럽지 않나이다."

(강남홍이 양창곡의 유배지에 함께 가고자 하는 이유: 양창곡의 신변을 보호하기 위함 / 결혼해서는 남편을 따라야 한다는 여자의 도리를 중요하게 생각함 → 남성 중심적 유교적 가치관 / 허물이나 잘못을 꾸짖고 나무람 / 유배 / 하인으로 변장해 유배를 가는 양창곡을 따라가려 함 / 관리로서의 책무보다 양창곡의 안위를 더 중시하는 강남홍의 태도)

연왕이 만류할 수 없음을 알고 길을 재촉해 하인 한 명과 남종 다섯 명과 함께 작
(강남홍)

### 작품 분석 노트

- 갈등 양상과 인물의 성격 ①

| 양창곡 | ↔ | 천자 |
|---|---|---|
| 천자에게 간신 노균을 죽일 것을 간언함 | ↔ | 양창곡의 간언에 분노하여 양창곡을 운남으로 유배 보냄 |
| ↓ | | ↓ |
| 천자를 올바른 길로 인도하기 위해 두려워하지 않고, 자신의 소신을 드러내는 충신의 면모를 드러냄 | | 양창곡의 충심을 이해하지 못하고, 간신을 두둔하는 어리석은 군주의 면모를 보여 줌 |

- 연왕(양창곡)에 대한 강남홍의 태도

  - 연왕을 보호하기 위해 연왕의 유배지까지 따라가고자 함
  - 강남홍이 관직(병부 상서)에 있으므로 자신과 함께 가는 것을 양창곡이 만류하지만 강남홍은 벌을 받는다 해도 양창곡을 따르고자 함
  - 하인의 차림으로 수행원의 무리에 섞여 양창곡을 따라감
  - 잠시도 양창곡의 곁을 떠나지 않고 양창곡을 살피고 챙김

  ↓

  - 양창곡에 대한 강남홍의 절대적 애정이 드러남
  - 탁월한 능력을 지닌 여성 영웅이지만 자신의 능력을 오로지 양창곡을 위해 사용하고자 함 → 남성 중심 사회라는 사회적 배경에서 창작된 작품에 등장하는 여성 영웅의 한계로 볼 수 있음

은 수레를 몰아 출발하더라. 한응문 어사는 일찍이 난성후와 면식이 없는지라, 자주
양창곡을 유배지로 호송하는 임무를 맡음 / 강남홍이 하인의 행색으로 양창곡을 수행함
쳐다보며 도리어 하인의 용모가 비범함을 의아해하더라.
▶ 연왕의 유배지에 강남홍이 하인으로 변장하여 따라감

노균이 연왕에게 품은 원한이 뼈에 사무쳤는데, 이미 만 리 밖으로 쫓아내어 눈앞의 근심은 덜었으나, '이 사람이 세상에 존재하는데 내가 어찌 베개를 높이 하고 잠을 편안히 자리오?' 하고, 심복 남종에게 한응문 일행을 따라가 이리이리하라 시키고, 다시 집에서 부리는 하인 대여섯 명과 자객 한 명을 보내어 중도에 형세를 살펴보아 계책을 도모하라 하니, 그 흉악하고 비밀스러운 계책을 참으로 헤아리기 어렵더라.
노균은 탁당의 우두머리로, 탁당의 득세를 위해 자신들과 맞서는 양창곡을 제거하려 함 / 마음 놓고 부리거나 일을 맡길 수 있는 사람 / 양창곡을 살해하기 위해 노균이 음모를 꾸밈
▶ 노균이 유배지로 가는 연왕을 독살하도록 하인과 자객을 보냄

한편 좌익 장군 동초와 우익 장군 마달이, 연왕이 멀리 유배 가는 것을 보고 분개해 탄식하길,

"우리 두 사람이 연왕의 두터운 은덕을 입어 함께 부귀를 누렸거늘, 이제 환란이 있다고 연왕을 저버리면 의리가 아니라. 이제 연왕께서 만 리 먼 곳으로 심복 하나 없이 가시니, 우리가 마땅히 장군의 인수(印綬)를 풀고 연왕을 좇아 생사를 함께하리라."
동초와 마달은 양창곡이 남방 원정 중에 발탁한 장수로, 남방을 평정한 공로로 각각 좌익 장군, 우익 장군에 제수됨 / 장군의 벼슬을 버리고 / 연왕에 대한 의리를 지키고자 하는 동초와 마달

그리고 한꺼번에 병을 핑계해 사직하니, 노균이 일찍이 두 장수의 풍채와 인품을 아껴 문하에 가까이 두고자 하거늘 즉시 불러 보고 좋은 말로 위로하여,

"장군들이 연왕 문하임을 내가 이미 아노니, 이제 연왕을 우러르던 정성으로 나를 따른다면 벼슬이 어찌 좌익 장군 · 우익 장군에 그치리오?" / 마달이 대답하길,
동초와 마달이 연왕을 따르는 인물임을 노균이 알고 있음 / 노균이 자신을 따른다면 높은 벼슬을 주겠다며 동초와 마달을 회유함

"저는 무인이라. 비록 일찍이 글을 읽지 못했으나 신의를 자못 아나니, 어찌 차마 세력 잃은 옛 주인과 등지고 세력 얻은 새 주인을 따르리이까?"
천자의 총애를 받는 노균보다 유배를 가는 양창곡에 대한 신의를 지키고자 함 → 마달의 강직한 성격이 드러남

말을 마치매 기색이 편안하지 않거늘, 노균이 몹시 못마땅해 시무룩이 대답하지 않더라. 동초가 다시 말하길,
강경하게 자신의 제안을 거부하는 마달에 대한 반감

"저는 본디 소주(蘇州) 사람이라. 고향에 돌아가지 못한 지 벌써 여러 해가 되었으니, 잠시 벼슬을 그만두고 돌아가 어버이의 묘소를 돌보고, 오래된 묘소의 백양나무 아래 자손을 낳아 아쉬운 마음을 풀고 나서 다시 문하에 나와 오늘의 환대를 잊지 않으리이다."
노균의 심기를 건드리지 않기 위해 둘러댐 → 동초가 융통성이 있는 인물임을 드러냄

노균이 미소하며, 두 사람이 자신을 따르지 않을 것을 알고 그들의 관직을 거두더라. 동초와 마달이 흔쾌히 필마단창으로 남쪽을 향해 연왕의 뒤를 따라 말고삐를 나란히 하고 갈새, 동초가 마달을 꾸짖어,
노균이 동초와 마달의 회유를 단념함 / 한 필의 말과 한 자루의 창

「"일을 꾀하려는 사람은 마땅히 치욕을 견뎌야 하거늘 도리어 거친 주먹질을 하고자 하니, 간특한 노균이 한번 노하면 우리도 타향의 유배객이 될지라. 어찌 연왕을 좇아 환란을 서로 구할 수 있으리오?"」
「」: 연왕을 따르고자 하는 의도를 강경하게 드러낸 마달에 대한 동초의 질책 → 노균을 거스르면 자신들도 위험에 처할 수 있어 연왕을 구하기 힘들게 되기 때문임

마달이 웃으며, / "대장부가 불쾌한 말을 들으면 죽더라도 피하지 않는 것이라. 어찌 달콤한 말로 간악한 사람을 달래리오?"
의리에 맞지 않는 말을 들으면 바로잡아야 함 → 동초와 달리 강경한 태도를 보여 줌

• 갈등 양상과 인물의 성격 ②

**노균**
- 악기를 잘 다루는 동홍을 이용해 예악을 빙자하여 천자를 미혹시킴 → 노균이 자신의 당인 탁당에 유리하도록 천자를 조정함
- 유배지로 가는 양창곡을 살해하려 함

↕

**양창곡**
노균을 간신이라 규정하고 천자에게 죽일 것을 간언함

↓

- 양창곡이 유배를 가게 됨 → 충신의 일시적 위기에 해당함
- 노균은 전형적인 간신과 악인의 면모를 보임

• 노균의 회유에 대한 인물들의 대조적 태도

**마달**
- 신의를 지키기 위해 세력 잃은 옛 주인(양창곡)을 등지고 세력 얻은 새 주인(노균)을 따르는 행동은 하지 않겠다고 함
- 불의한 말을 들으면 바로잡아야 함
- 달콤한 말로 간악한 사람을 달래는 것을 부정적으로 봄

↕ 성격의 대조

**동초**
- 고향으로 돌아가 어버이의 묘소와 자손을 돌보겠다고 하며 노균의 환대를 잊지 않겠다고 함: 노균의 심기를 건드려 이후에 발생할 수 있는 위험을 막고자 함
- 대의(연왕 보필)를 위해 융통성을 발휘할 줄 앎

↓

마달과 동초는 모두 의리와 지조가 있다는 공통점이 있으나, 마달은 강경하고 융통성이 없는 반면, 동초는 융통성이 있고 유연한 사고를 지닌 인물임

두 사람이 박장대소하며 가더라. 동초가 또 말하길,

"이제 연왕을 좇아 그 일행에 들어가면 연왕이 분명 즐거워하지 않으시리니, 멀리서 따라가며 뜻밖의 변고를 살핌이 좋을까 하노라."

연왕의 뜻을 헤아려 멀리서 연왕을 살피고 호위하고자 함

하고 숲과 들을 지날 때면 꿩과 토끼를 잡으며 말을 달려, 사냥하는 소년으로 변장해 앞서거니 뒤서거니 하며 가더라.

▶ 동초 장군과 마달 장군이 벼슬을 버리고 연왕의 유배지를 따라감

한편 한응문 어사가 노균의 간특한 말을 믿어 며칠 동안 연왕의 행색을 두루 살피더니 대엿새 뒤에는 자연히 마음이 해이해지더라. 연왕의 행차가 이르니 객점 사람들이 놀라 묻기를,

연왕을 살해하려 음모를 꾸미는 말 / 객점: 주막 / 어진 연왕이 유배를 가는 것에 대한 놀라움

"이 상공께서 지난해 도원수로 출전하실 때 기율이 엄정해 길을 지나면서 민폐가 조금도 없었기에, 이제까지 덕을 칭송해 고금에 없는 일이라 하더니, 지금 무슨 죄로 이 길을 가시나이까?"

기율: 도덕상으로 여러 사람에게 행위의 표준이 될 만한 질서 / 양창곡이 백성의 어려움을 살피는 위정자의 모습을 보여 줌

그리고 앞다투어 술과 음식을 바치며 전별의 뜻으로 금품을 드리거늘, 연왕이 일일이 물리치더라. 사람들이 다시 한 어사에게 바치고 혹 눈물을 흘리며,

전별: 작별 / 연왕을 생각하는 백성들의 마음이 드러남 / 백성을 위하는 연왕의 청렴함

「"저희는 길가에서 살아가는 인생이라. 예로부터 전해 오는 말에 '출전하는 군대가 한번 지나가면 길에 가시덤불이 가득 생긴다' 하는데, 오직 우리 양 원수께서 행군하실 때는 마을 백성이 말발굽 소리만 듣고 술 한잔도 바치지 않았나이다. 길가의 사람들이 모두 '조정이 이런 상공을 등용하면 백성이 편안히 살리라' 하더니, 지금 무슨 죄로 이 길을 가시나이까?"」

군사들을 응대해야 하는 일 등으로 인해 백성의 삶이 황폐해짐을 의미함 / 양창곡은 출정하면서 백성들을 착취하거나 괴롭히지 않음 / 「」: 백성의 말을 통해 양창곡이 이상적인 위정자임을 나타냄

한 어사가 말문이 막히고 귀가 멍멍해 생각하되,

한 어사: 한응문 / 백성들을 통해 연왕이 어질고 높은 덕을 지니고 있음을 깨닫고서 감명받음

'내가 일찍이 연왕이 나이 어린 대신으로 문무를 겸비했다고 들었으나, 어찌 이러한 명망과 덕화가 있을 줄 알았으리오?'

자연히 감복해 객점에 들어갈 때마다 자주 연왕의 처소에 가서 얘기를 나누더라. 연왕이 흔쾌히 대접해 마음을 논하기도 하고 글에 대해 얘기도 하거늘, 번화한 기상은 봄바람이 자리를 가득 메우는 듯하고, 풍부한 학문은 바다가 끝없이 이어지는 듯하더라. 한 어사가 말마다 자기 잘못을 깨닫고 일마다 복종해 탄식하길,

감복해: 감동하며 충심으로 탄복해 / 연왕의 부드러운 기운과 박학한 면모를 비유를 통해 드러냄 / 양창곡을 살해하려는 노균의 뜻에 따라 연왕의 행색을 살피는 일을 한 것에 대한 반성

"반평생을 헛되이 보내어 군자를 보지 못하다가 오늘에야 비로소 봄이라."

한 어사가 연왕의 인품에 감화됨

하고 도리어 연왕의 행차를 더욱 보호하더라.

한 어사는 노균의 의도와 반대로 연왕의 편에 서게 됨

한편 난성후가 열협(烈俠)의 풍모와 충의의 마음으로, 「구차한 행색을 돌아보지 않고 하인으로 변장해 남편의 뒤를 따르면서, 낮에는 몸소 일거일동과 음식을 받들고, 밤에는 몸소 잠자리와 의복을 담당해, 연왕이 물 한 모금 마시고 발걸음 옮기는 데에도 그림자처럼 따라다녀 잠시도 떨어지지 않더라.」

양창곡을 보호하기 위한 강남홍의 태도와 마음 / 「」: 자신의 정체를 드러내지 않고 연왕을 철저하게 지키고자 하는 강남홍 → 양창곡에 대한 강남홍의 절대적 사랑

▶ 유배지로 연왕을 수행하던 어사 한응문이 연왕의 인품에 감화됨

• 연왕(양창곡)에 대한 인물들의 태도

| 인물 | 태도 |
| --- | --- |
| 동초, 마달 | 연왕을 보호하고 따르기 위해 장군 벼슬을 버림 → 어떠한 경우에도 자신을 알아준 양창곡에 대한 의리를 지킴 |
| 한응문 어사 | 연왕을 살해하려는 노균의 음모를 알고 있는 인물로, 연왕을 유배지로 호송하면서 연왕의 덕에 감화를 받음 → 편견에 사로잡히지 않고 상대방의 가치를 평가함 |
| 백성들 | 군대가 출정하면서 백성을 전혀 힘들게 하지 않은 연왕의 덕을 칭송함 → 이제껏 만나지 못한 위정자로 인식함 |

↓

양창곡을 칭송하는 주변 사람들의 평가를 통해 양창곡을 이상적인 위정자의 모습으로 형상화함

## 장면 포인트 4

• 해당 장면은 양창곡이 천상계의 다섯 선녀였던 강남홍, 윤 소저, 황 소저, 벽성선, 일지련과 인간 세상에서 인연을 맺고, 양창곡의 집에서 천자가 베풀어 주는 잔치가 열린 상황이다.

• 강남홍의 '꿈'에 주목하여 이 작품의 환몽 구조가 일반적인 환몽 구조와 어떤 차이점이 있는지를 파악하도록 한다.

난성후(강남홍)가 내당에 들어와 시어머니 허 부인(양창곡의 어머니)과 황 각로 · 윤 각로 부인(양창곡의 부인인 황 소저와 윤 소저의 어머니)을 모시어 잔치를 베푸는데, 윤 부인 · 황 부인(2명의 정실 부인)과 모든 낭자(3명의 첩)가 일제히 늘어서 모시더라. 윤 각로의 소 부인(윤 소저의 어머니)이 말하길,

"제가 난성후를 사랑해 친딸과 다름없이 여김은 그 용모와 자색(여자의 고운 얼굴이나 모습), 총명과 영리함 때문이 아니라. 그 사람됨이 출중한 것을 사랑함이니, 제가 처음 항주를 보매 강남에서 가장 번화한 곳이요 인물 또한 장안도 당하기 어려운지라.(항주는 강남에서 가장 번화한 곳으로 수도인 장안보다 뛰어난 인물이 많은 곳임) 난성후가 한 여자로서 소년 협객과 고을 수령이 사랑하지 않음이 없어 천금을 아끼지 않고 한번 그 웃음을 사고자 하되 난성후가 원하지 않고,(강남홍을 보기 위해 돈을 아끼지 않는 관리와 호방한 남자들이 많았으나 강남홍의 절개가 굳음) 평소 우리 집안에 출입하되 한 번도 눈을 들어 좌우를 돌아보지 않으니 이미 그 재질이 탁월하고 안목이 뛰어나거늘, 게다가 저의 딸을 천거하여 백 년을 함께 지내는 금석 같은 사귐을 맺으니(강남홍이 요조숙녀인 윤 소저를 양창곡에게 부인으로 천거하여 양창곡과 혼인하도록 함) 이것이 어찌 한 여자의 평범한 솜씨리오?(강남홍의 비범함을 칭찬함) 상공께서 늘 말씀하시되 '연왕이 아니라면 난성후의 지아비 될 사람이 없으리라'(비범한 양창곡이 비범한 강남홍에게 어울리는 남편감이라는 의미) 하시니, 연왕과 난성후는 하늘이 정한 배필(천정배필, 천생연분)인가 하나이다."

허 부인(양창곡의 어머니)이 탄식하길,

"저는 산골에서 태어나 자란 한 시골 아낙네에 불과한지라. 늘그막에 외아들(양창곡)을 두어, 비록 아녀자의 덕이 부족하고 못난 여자라도 며느리로 들어온다면 다만 사랑할 따름이니 어찌 여러 며느리의 우열과 장단을 논하리오마는, 난성후가 집안에 들어온 뒤로 조화로운 기운이 가득하여 집안에 화목하지 않다는 탄식이 없고 조금도 잡된 말이 저의 귀에 들리지 않으니, 우리 집안의 오늘날 창대함은 참으로 난성후의 복인가 하나이다."(양창곡의 어머니 허 부인은 집안이 화목하고 가문이 번창하게 된 것이 강남홍 덕분이라 생각함)

황 각로의 위 부인(황 소저의 어머니)이 웃으며,

"저의 딸이 늘 시댁으로부터 오면 난성후를 칭찬해 마지않아, '난성후는 아리따우면서도 정숙하여 사랑스러운 가운데 저절로 공경하는 마음이 생긴다'(강남홍에 대한 황 소저의 평가) 하더니, 오늘 보니 과연 평범한 자태가 아니로소이다." ▶ 잔치에 모인 여인들이 난성후(강남홍)의 인물됨을 칭찬함

(중략)

이날 밤 난성후가 취하여 취봉루(천상 세계로 입몽하는 공간)로 돌아가 옷을 벗지 않고 책상에 기대어 잠깐 잠이 들었는데,(입몽) 문득 정신이 황홀하고 몸이 떠돌아 한 곳에 이르니 하나의 이름난 산이더라. 봉우리는 깎아지르고 바위는 높고 험한데, 마치 한 떨기 옥련화가 평지에(강남홍이 꿈에서 도달한 산의 모습: 천상계의 관음보살이 옥련화를 던져 만든 산)

### 작품 분석 노트

• '잔치'의 의미와 서사적 기능

- 천자가 베풀어 주는 잔치가 양창곡의 집에서 열림
- 양창곡의 모친과 두 장모, 다섯 여인이 한자리에 모여 강남홍의 인물됨을 칭찬함

↓

- 양창곡이 인간 세상에서 지극한 부귀영화를 누리고 있음이 드러남
- 양창곡의 처첩인 다섯 여인의 화목함이 드러남 → 사대부가의 이상적인 모습을 형상화함
- 강남홍이 첩의 위치에 있지만 양창곡의 천정배필로 형상화됨

• 개성적 인물에 대한 이해

|  |  |
|---|---|
| 강남홍 | • 기녀 출신이지만 뛰어난 무예와 병법으로 전쟁에서 큰 공을 세워 능력을 인정받은 한편, 전쟁터에 나가는 양창곡을 곁에서 보좌함<br>• 첩이지만, 양창곡의 여러 부인과 다른 첩 사이에서 집안의 화목함을 위해 힘쓰는 여인임 |
| 벽성선 | • 옥퉁소 연주에 능한 기녀로 귀양 온 양창곡을 만나 인연을 맺고 나서, 황 소저의 모함으로 암자에 숨어 살지만 다시 모해를 입는 등 온갖 고초를 겪음<br>• 노균의 반란으로 곤경에 처한 천자가 벽성선의 악기 연주에 감동을 받고 간신을 물리치는 등 지혜를 되찾음 |
| 황 소저 | 투기가 심해 벽성선을 암살할 음모를 꾸몄다가 실패하고 참회함 |

↓

- 여성 인물들의 성격이 특징 있게 그려짐
- 입체적이거나 개성적인 인물로 형상화됨

피어난 듯하더라. 난성후가 가운데 봉우리에 이르니, 한 보살이 푸른 눈썹과 옥 같은 얼굴에 비단 가사를 입고 석장을 짚고 있다가 웃으며 난성후를 맞이하여,

승려가 장삼 위에 걸쳐 입는 옷 / 보살의 외양 묘사

"난성후는 인간 세상의 즐거움이 어떠한고?"

강남홍이 인간 세상에 적강한 인물임을 알 수 있음

난성후가 멍하니 깨닫지 못하여,

"존사께서는 누구시며, 인간 세상의 즐거움이란 무슨 말씀이니이까?"

'도사'를 높여 이르는 말

보살이 웃고 손 안의 지팡이를 공중에 던지니 문득 한 줄기 무지개가 되어 하늘에 닿거늘, 보살이 난성후를 안내하여 무지개를 밟아 공중에 오르니 앞에 큰 문이 있고 오색구름이 어리었는지라. 난성후가 묻기를,

보살이 도술을 부리는 모습 → 전기적 요소

"이것이 무슨 문이니이까?"

보살이 말하길,

"남천문이니, 그대는 문 위에 올라가 바라보라." ▶ 강남홍이 꿈에서 보살을 만나 천상계로 인도됨

천상 세계

난성후가 보살을 따라 올라가 한 곳을 바라보니, 「해와 달이 밝고 광채가 휘황하며 그 가운데 한 누각이 허공에 솟아올라 있고, 백옥 난간과 유리 마룻대가 영롱하고 찬란하여 눈이 황홀하고, 누각 아래에 푸른 난새와 붉은 봉황이 쌍쌍이 배회하며 선동 여러 명과 시녀 서너 명이 하의(霞衣)와 예상(霓裳) 차림으로 난간머리에 서 있더라.」 누각 위를 바라보니 한 선관과 다섯 선녀가 이리저리 쓰러져 난간에 기대어 취하여 자고 있더라. 보살에게 묻기를,

백옥루 / 「 」: 천상계의 환상적이고 신비로운 분위기

하의: 꿰맬 필요 없이 구름과 노을로 지은 옷이라는 뜻으로, 선인(仙人)을 나타낼 때 쓰는 표현

예상: 무지개와 같이 아름다운 치마라는 뜻으로, 신선의 옷을 이르는 말

인간 세계에 적강하기 전의 문창성(양창곡)과 다섯 선녀의 모습

"이곳은 어느 곳이며, 저들은 어떠한 선인이니이까?"

전생을 알지 못하는 강남홍

보살이 미소하며,

"이곳은 백옥루요. 첫째 자리에 누운 선관은 문창성이요. 그 곁에 차례로 누운 선녀는 제방옥녀 · 천요성 · 홍란성 · 제천선녀 · 도화성이니, 홍란성은 곧 그대의 전신(前身)이라."

백옥루: 문창성이 술을 먹고 다섯 선녀와 놀던 곳 / 문창성: 양창곡의 전신

제방옥녀: 윤 소저의 전신 / 천요성: 황 소저의 전신 / 제천선녀: 벽성선의 전신 / 도화성: 일지련의 전신 / 강남홍이 천상계의 선녀였음을 알려 줌

난성후가 마음속으로 크게 놀라,

"저 다섯 선녀는 모두 천상에서 도(道)에 들어간 선인이라. 어찌 저처럼 취하여 잠들었나이까?"

옥황상제가 백옥루를 수리하고 베푼 잔치에 참석한 문창성과 다섯 선녀가 서로 어울리다가 술에 취해 잠듦: 인간 세상으로 적강한 것은 천상에서의 꿈에 해당함 → 강남홍의 꿈은 꿈속의 꿈임

보살이 문득 서쪽을 향해 합장하고 시 한 구절을 읊으니,

정이 있어 인연이 생기고 / 인연이 있어 정이 생기도다.

양창곡과 다섯 여인과의 인연을 의미함

정은 다하고 인연은 끊어지나니 / 온갖 생각은 다 공허하도다.

인간 세상에서의 인연의 허망함

난성후가 듣고 정신이 상쾌하여 갑자기 깨달아,

"나는 본디 천상의 성정(星精)으로, 문창성과 인연을 맺어 잠시 인간 세상으로 귀양을 간 것이로다."

강남홍이 천상에서의 일을 깨달음

• '천상'의 형상화

해와 달이 밝고 광채가 휘황하며 그 가운데 한 누각이 허공에 솟아올라 있고, 백옥 난간과 유리 마룻대가 영롱하고 찬란하여 눈이 황홀하고, 누각 아래에 푸른 난새와 붉은 봉황이 쌍쌍이 배회하며 선동 여러 명과 시녀 서너 명이 하의와 예상 차림으로 난간머리에 서 있더라.

↓

- 묘사를 통해 환상적이고 신비로운 천상계를 형상화함
- 천상계와 인간계를 구분하여 인식하는 이원론적 세계관을 엿볼 수 있음

• 다섯 선녀에 대한 이해

| | |
|---|---|
| 제방옥녀 | • 인간 세상의 윤 소저로, 양창곡의 첫 번째 부인임<br>• 현숙함을 알아본 강남홍의 추천으로 양창곡과 혼인함<br>• 항주 자사(윤 각로)의 딸로 인자하고 순종적임 |
| 천요성 | • 인간 세상의 황 소저로, 양창곡의 두 번째 부인임<br>• 소주 자사(황여옥)의 딸로 벽성선을 시기하여 없애려 했다가 참회함 |
| 홍란성 | • 인간 세상의 강남홍으로, 양창곡의 첩임<br>• 항주의 기생 출신으로 무예와 병법을 익혀 전쟁터에 나가 큰 공을 세움<br>• 남장을 할 때는 홍혼탈로 행세함<br>• 집안이나 전쟁터에서 주도적 역할을 함 |
| 제천선녀 | • 인간 세상의 벽성선으로, 양창곡의 첩임<br>• 강주의 기생 출신으로 황 소저의 모함을 받아 시련을 겪음 |
| 도화선 | • 인간 세상의 일지련으로, 양창곡의 첩임<br>• 축융국의 공주로, 자신을 전장에서 사로잡은 강남홍에게 복종하고, 아버지 축융 왕을 걸득하여 명나라에 항복하게 함 |

• '삽입 시'의 역할

강남홍은 보살의 시 한 구절을 듣고 천상계에서 문창성과 다섯 선녀가 술에 취해 잠이 든 일을 기억해 냄

↓

강남홍이 인간 세상으로 귀양 오게 된 사건, 즉 천상계에서 있었던 일을 깨닫게 되는 계기임

다시 묻기를,

"모든 선관이 어느 때 잠에서 깨어나리이까?"

보살이 웃고 석장을 들어 하늘 위를 가리키며, / "홍란성은 보라."
강남홍의 천상계 이름을 부름

난성후가 자세히 보니, 큰 별 십여 개가 광채가 황홀하여 모두 백옥루를 향해 정기를 드리웠거늘, 난성후가 말하길,

"저 별들은 무슨 별이며, 무슨 까닭에 광채를 누각 가운데 드리웠나이까?"

보살이 가리키며,

"그 가운데 큰 별은 하괴성이요 그다음은 삼태성이요 그다음은 덕성과 천기성과 복성이니 이미 인간 세상에 태어났고, 그다음의 큰 별 예닐곱 개는 또 장차 차례로 인간 세상으로 귀양 가 티끌 인연을 맺은 뒤에 백옥루의 취한 꿈이 깨어나리라."
양창곡과 다섯 여인 사이에 태어난 자식들을 암시함
속세의 인연
아직 태어나지 않은 양창곡과 다섯 여인의 자식들을 암시함
인간 세상에서의 인연이 다하면 꿈에서 깨어날 것임 = 천상계로 돌아오게 될 것임 = 인간 세계에서의 죽음을 의미함

난성후가 비록 그 말이 의심되나 미처 묻지 못하고, 또 남쪽 하늘을 바라보니 두 별이 광채가 찬란하거늘, 보살에게 묻기를,

"저 별은 무슨 별이니이까?"

**감상 포인트**
강남홍의 '꿈' 등 중심 소재가 하는 역할을 중심으로 이 작품의 특징을 파악한다.

보살이 말하길,

"이는 천랑성과 화덕성이라. 그대와 더불어 한바탕 악연이 있으나 마침내 반드시 그대를 도울 것이라. 이것이 다 인연이니, 훗날 자연히 깨달으리라."
양창곡과 대적하는 남만의 나탁과 축융 왕을 의미함

난성후가 말하길,

"그러면 제자 또한 천상의 성정이라. 이미 이곳에 왔으니, 다시 인간 세상으로 돌아가지 않고자 하나이다."
강남홍이 관음보살에게 천상에 머물고자 하는 뜻을 드러냄

보살이 웃으며,

"하늘이 정한 인연을 사람의 힘으로 바꿀 수 있는 것이 아니니, 그대는 아직 인간 세상의 인연이 다하지 않았으니 빨리 돌아가라. 마흔 해가 지난 뒤에 다시 와서 옥황상제께 조회하고 하늘나라의 즐거움을 누릴지어다."
운명론적 세계관
속세의 인연이 다하지 않았으므로 천상으로 돌아올 수 없음
강남홍의 미래를 알려 줌: 속세와의 인연이 다하면 천상계로 돌아오게 될 것임

난성후가 묻기를,

"보살은 누구시니이까?"

보살이 웃으며,

"나는 남해 수월암 관세음이라. 석가여래의 명을 받들어 그대를 안내하고자 왔노라."
부처가 강남홍이 깨달음에 이르도록 했음을 알 수 있음

말을 마치매 석장을 들어 공중에 던지니, 오색 무지개가 갑자기 일어나고 문득 벼락 소리가 들리며 놀라 깨어나니, 곧 일장춘몽이더라. 여전히 취봉루의 책상 앞에 전과 같이 누워 있거늘, 난성후가 꿈속 일을 의심하여 두 부인과 두 낭자에게 일일이 말하니 네 사람이 또한 이 꿈에 함께 감동하더라.
입몽과 각몽을 할 때 쓰는 도구
각몽(천상계에서 인간 세상으로 돌아옴). 환몽 구조가 나타남
인간 세상으로 각몽하는 공간
윤 소저와 황 소저
벽성선과 일지련

▶ 강남홍이 꿈속에서 관음보살에게 자신의 과거와 미래에 대해 들음

• '꿈'의 의미와 기능

| 꿈속에서의 강남홍 |
|---|
| • 관음보살의 안내로 남천문에 오름<br>• 취해서 쓰러져 잠든 한 선관과 다섯 선녀를 봄<br>• 홍란성이 자신의 전신임을 알게 됨<br>• 관음보살에게 천상에 머물고자 하는 뜻을 드러내나 속세의 인연이 다하면 천상으로 돌아오게 될 것이라는 말을 듣게 됨 |

↓

| '꿈'의 의미와 기능 |
|---|
| • 강남홍이 자신이 천상계의 존재임을 깨닫게 함<br>• 양창곡과 다섯 여인의 과거와 미래에 대해 알려 줌<br>• 인간 세상의 인연이 천상계에 의해 맺어진 것임을 드러냄<br>• 인간 세상과의 인연이 끝나면(죽음) 자연히 천상계로 돌아오게 됨을 알려 줌(각몽을 통해 깨달음을 얻고 각몽 후 곧바로 천상계로 가는 일반적인 환몽 구조와의 차이점)<br>• '강남홍의 꿈'은 천상계에서 취해서 쓰러져 잠든 한 선관과 다섯 선녀의 꿈속(인간 세상의 삶)의 꿈에 해당함 |

• '보살'의 역할

| 보살 |
|---|
| • 남해 수월암의 관세음보살<br>• 부처의 명을 따라 강남홍을 천상계로 인도하여 강남홍이 천상계의 존재임을 깨닫도록 하는 조력자<br>• 강남홍에게 인간 세상의 인연이 다하지 않았으니 빨리 돌아가라고 함 → 천상계에서 속세로의 각몽을 유도하는 존재 |

• 공간의 의미

| | |
|---|---|
| 취봉루 | • 강남홍이 속세에서 잠이 드는 곳으로, 속세에서 천상계로 입몽하는 공간<br>• 강남홍이 잠이 들었다가 깨어나는 곳으로, 천상계에서 속세로 각몽하는 공간 |
| 백옥루 | • 천상계의 문창성과 다섯 선녀들이 잔치에서 술을 마시며 놀다가 잠이 든 공간<br>• 속세에서의 입몽을 통해 천상계에 들어간 강남홍이 보게 되는 공간 |

## 핵심 포인트 1 서사 구조에 대한 이해

이 작품은 환몽 구조를 활용하고 있으나 일반적인 환몽 구조와 다른 형식을 취하고 있으므로 이를 중심으로 작품의 내용과 주제 의식을 파악할 수 있어야 한다.

**환몽 구조에 의한 서사 전개**

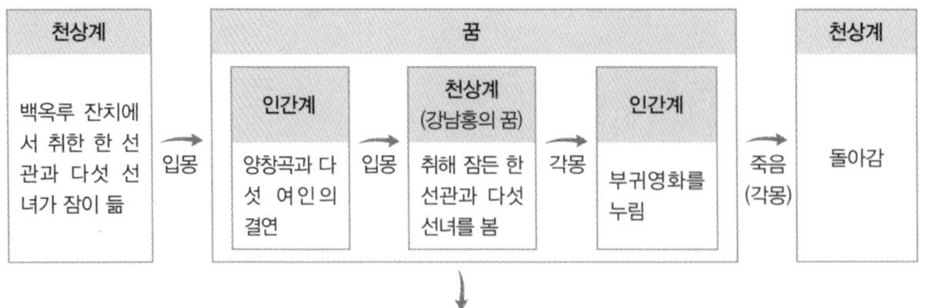


- 꿈을 꾼 인물이 꿈속 사건을 통해 세속적 삶의 허망함을 깨닫고 꿈에서 깬 후 천상계로 가는 몽자류 소설과 달리, 꿈에서 깨어나 속세에서의 삶을 다한 후에 천상계로 복귀하는 결말을 제시함
- '꿈속의 꿈'을 통해 인물의 과거와 미래를 알려 줌 → 양창곡의 삶을 통해 유교 사상을 형상화하면서도 인간 삶의 밑바탕에 불교적 인연관과 도교적 운명관이 작용하고 있다는 인식을 드러냄

## 핵심 포인트 2 인물의 성격과 태도 파악

이 작품에서 갈등 양상을 통해 드러나는 중심인물의 성격과 태도를 파악할 수 있어야 한다.

**중심인물의 성격**

| 인물 | 성격 |
|---|---|
| 양창곡 | • 어린 나이에 한림학사가 되고 남만이 침략하자 대원수로 출정함<br>• 간신의 횡포에 맞서 천자에게 간언하여 유배를 당함<br>• 주변의 인물들이 그의 덕에 감화되어 자신들의 안위를 돌아보지 않고 따름<br>• 백성들의 어려움을 헤아리고 살펴서 칭송받음<br>→ 문무를 겸비한 뛰어난 인재이자 나라를 위해 간언을 서슴지 않는 충신이면서, 뛰어난 인품으로 상대를 감동시키고 백성을 위하는 이상적인 위정자의 모습으로 제시됨 |
| 강남홍 | • 소주의 황 자사가 절개를 빼앗으려 하자 이에 저항하여 전당호에 투신함<br>• 남방의 탈탈국에서 백운 도사에게 무예를 수련하고 도사의 명에 의해 남만의 원수로 참전함<br>• 남만과 명의 전투에서 옥피리를 불어 사기를 떨어뜨려 명군이 싸우지 않고 돌아가게 하려 했으나 명군의 원수가 양창곡임을 확인하고 명군에 투항함 → 양창곡을 만난 이후에는 양창곡에게 헌신함<br>→ 강인한 의지와 탁월한 능력을 지녔으나 양창곡에 대한 절대적 애정으로 자신의 뛰어난 능력을 오로지 남성을 위해 발휘하는 모습은, 남성 중심 사회에서 창작된 작품에 등장하는 여성 영웅의 한계를 보여 줌 |

## 핵심 포인트 3 외적 준거에 따른 감상

이 작품은 남녀 결연담이 중심을 이루면서 여러 사건을 통해 현실에 대한 비판적 인식을 보여 주고 있으므로 당대 사회상과 연관하여 작품을 감상할 수 있어야 한다.

**〈옥루몽〉에 나타나는 당대 현실의 문제점**

| 사건 | 문제점 |
|---|---|
| 강남홍이 기생이라는 신분으로 인해 양창곡과 결혼하지 못하고 스스로 윤 소저를 양창곡의 배필로 추천함 | 신분 질서가 고착된 조선 사회의 모습 |
| 황 자사가 강남홍을 취하려 하자 강남홍이 강물에 투신함 | 당시 부패한 관리의 횡포 |
| 강남홍이 남장을 하고 전쟁에 참여해 공을 세움 | 여성의 사회적 진출이 제한된 남성 중심의 사회상 |
| • 노균이 예악으로 천자를 조종하여 자신의 당인 탁당을 이롭게 함<br>• 수차례 전란이 일어나고 노균이 흉노에 투항하여 명나라를 배반함 | 당쟁을 일삼고 간신이 득세하는 부패한 정치 현실 → 작품의 공간적 배경을 중국으로 설정하여 당대 조선의 문제점을 간접적으로 비판하고자 하는 의도가 담겨 있음 |

### 작품 한눈에

• 해제

〈옥루몽〉은 19세기의 문인 남영로가 지은 장편 국문 소설로 총 64회 회장체 형식으로 이루어져 있다. 이 장편 서사는 적강 화소와 환몽 구조를 바탕으로 양창곡이 전쟁에서 승리하는 과정을 그린 군담, 양창곡의 천정배필인 강남홍이 펼치는 여성 영웅으로서의 활약, 양창곡이 천상계에서 인연을 맺은 다섯 선녀를 인간 세계에서 만나는 과정을 그린 애정담 등을 두루 담아 내고 있다. 이런 다양한 화소로 인해 조선 후기 많은 사람들에게 큰 인기를 얻었다. 이 작품은 몽자류 소설의 구성을 취하고 있지만 일반적인 몽자류 소설이 '현실 → 꿈 → 현실'의 환몽 구조를 통해 인생무상의 주제 의식을 담아 속세의 삶에 대한 부정적 인식을 드러내는 것과 달리, 세속적 삶을 긍정적으로 바라보고 있다는 점이 특징적이다.

• 제목 〈옥루몽〉의 의미

– 천상의 선관 문창성과 다섯 선녀가 꾸는 '백옥루의 꿈'을 그린 이야기

〈옥루몽〉은 천상의 옥황상제가 백옥루를 수리하고 벌인 잔치에서 선관 문창성이 다섯 선녀와 어울려 술을 마시고 취해 잠이 들고, 인간 세상을 엿보는 시를 지은 일로 인간 세계에서 양창곡으로 태어나, 천상계의 선녀였던 다섯 여인과 차례로 인연을 맺고 명나라를 수호하는 과정을 그린 몽자류 소설이다.

• 주제

양창곡의 속세에서의 결연과 영웅적 생애

**전체 줄거리**

선관 문창성군(양창곡)이 인간 세상에 마음이 있다는 것을 안 옥황상제는 그를 제방옥녀(윤 소저), 천요성(황 소저), 홍란성(강남홍), 제천선녀(벽성선), 도화성(일지련)과 함께 인간 세상에 귀양 보낸다. 인간 세상에 내려온 양창곡은 강남홍을 만나 혼인을 약속하고, 강남홍의 천거로 윤 소저와 먼저 혼인하게 된다. 황여옥을 피해 도망가던 강남홍은 손삼랑의 도움으로 목숨을 구하고, 무예와 도술을 익혀 남만의 장수가 되어 명나라와의 전쟁에 참전해 양창곡과 재회한다. 명나라로 귀순한 강남홍은 남만의 왕 나탁의 항복을 받고, 양창곡은 강남홍과 함께 홍도국과의 전쟁에서도 승리한다. 강남홍은 천자에게 자신이 여성임을 밝히나 천자는 오히려 벼슬을 내린다. 강남홍은 양창곡 대신 노균이 보낸 독약을 먹고 쓰러지나 회복하고, 천자가 간신 노균의 꾐에 넘어가 나라가 위기에 처한다. 양창곡과 강남홍은 천자를 구하고, 강남홍은 노균과 오랑캐의 왕 선우를 도운 청운 도사와의 대결에서 승리한다. 양창곡은 선우를 무찌르고, 양창곡의 둘째 부인 황 소저는 벽성선을 질투하여 해치려 하다 개과천선한다. 이후 양창곡은 일지련을 첩으로 삼고, 두 명의 부인과 세 명의 첩이 각각 아들을 낳고서 모두 해로한다.

고전 산문

# 20 낙성비룡 작자 미상

◇ 한 줄 평 불우한 처지의 인물이 자신을 알아주는 사람을 만나 능력을 발휘하여 영웅이 되는 과정을 그린 작품

▸ 기출 수록 평가원 2011 6월

## 장면 포인트 1 

- 이 작품은 불우한 처지의 인물(이경작)이 자신을 알아주는 사람을 만나 능력을 발휘하게 되고, 결국 국가의 위기를 해결하는 영웅이 되는 내용의 영웅 소설이다.
- 해당 장면은 조실부모한 이경작이 자신을 돌봐 주던 유모마저 죽자 부잣집에서 소 먹이는 일을 하며 지내다가 양자윤이라는 퇴임 재상을 만나게 되는 상황이다.
- 이경작의 영웅적 성취 과정은 이경작에 대한 양자윤의 안목이 적중했음을 확인하는 과정이라 할 수 있으므로 '지감 화소'에 바탕을 둔 서사 전개에 주목하여 작품의 내용을 파악하도록 한다.

[앞부분의 줄거리] 명나라 때의 어진 선비 이주현의 아들 이경작은 세 살 때 부모를 잃은 뒤 유모의 손에서 자란다. 일곱 살 때 유모마저 죽은 뒤에는 이웃 마을 부자인 장우의 집에서 소 먹이는 일을 한다.

"네 머슴이라 하는데 네 거동이 천한 사람이 아니니 나를 속이지 마라. 뉘 집 자식이냐?"

경작이 자신을 알아봐 줄 이가 없음을 안타까워하는 글을 읊은 것을 듣고 양자윤이 경작의 비범함을 알아봄

경작이 크게 웃으며 말하였다.

"노인은 모르겠소? 평민의 종이 무슨 가문이 있겠소?"

자신의 현재 처지를 들어 대답을 회피함

주목 "네 아까 읊던 글을 들으니 큰 뜻을 품었음이 분명한데, 나를 속이지 마라."

"잠결에 읊는 것이 무슨 뜻이 있겠소? 말하기 싫으니 가겠소."

경작이 자신에 대해 알고자 하는 양자윤에게 무례한 태도를 보임

일어나 소를 끌고 가려 하자, 양자윤이 잡아 앉혔다.

"네 비록 어린아이나 예의를 모르는구나. 나는 나이 든 사람이고, 너는 나이 어린 아이인데 어찌 그리 버릇없이 구느냐?"

경작의 무례한 태도에 대한 양자윤의 질책

"목동이 무슨 예를 알겠소?"

신분이 낮아 배운 것이 없어서 예절을 모른다고 퉁명스럽게 말함

"너는 내 얼굴을 자세히 봐라."

경작이 머리를 헤쳐 쓸고 보니, 흰옷을 입은 어른이 머리에 갈건을 쓰고 오른손에는 보석으로 장식된 채를 잡고 왼손에는 명아줏대로 만든 지팡이를 짚고 있었다. 흰 수염이 가슴에 늘어졌는데 골격이 맑아 마치 신선 같았다. 경작은 마음속으로 '사람을 많이 보았지만 이러한 사람 없었으니 이 사람은 뭔가 있는 늙은이로구나'라고 생각하였다.

양자윤의 외양에 대한 묘사와 그의 외모에 대한 경작의 인상이 드러남

경작은 양자윤이 범상치 않은 인물임을 알아봄

"제가 대인의 기상을 보니 봉황이 그려진 궁궐의 전각 위에 홀을 받들 기질이요. 구중궁궐의 신하로 나라를 다스리고 백성을 편안하게 할 재주와 덕이 있어 보이는데 무슨 이유로 갈건과 평복 차림으로 이리저리 다니십니까?"

홀: 벼슬아치가 임금을 만날 때에 손에 쥐던 물건

양자윤이 높은 벼슬아치로 덕을 갖춘 훌륭한 위정자가 될 인물이라 판단함 → 사람을 보는 경작의 안목

양자윤이 웃으며 말하였다.

"네 말이 우습구나. 뒤늦게 공경하는 것은 무슨 이유냐? 네 승상 양자윤을 아느냐?"

무례한 태도를 보이던 경작이 자신의 인상을 보고 공손한 태도로 바꾼 것을 두고 하는 말

### 작품 분석 노트

- '지감 화소'에 따른 서사 전개

| 개념 | 사람의 드러나지 않는 자질이나 장래를 알아보는 감식안인 지인지감(知人之鑑) 화소에 의해 전개되는 이야기 |
|---|---|
| 서사 단락 | ① 비범한 피지자(被知者, 영웅)의 제시 → ② 피지자의 처지 몰락 → ③ 지자(知者)의 지감에 의한 피지자의 발탁과 결연 → ④ 피지자가 잠재력을 발휘하기까지의 후원과 장애 → ⑤ 피지자의 수련 → ⑥ 피지자의 능력 발휘 |
| 전개 양상 | • 여섯 개의 단락이 유기적인 관련 속에서 발전적으로 전개됨<br>• 지자가 자신의 지감으로 피지자의 잠재력을 예견한 후 그것이 적중되기까지의 과정을 그려 나감 |

- 경작이 잠결에 읊은 글

서쪽 언덕에 풀이 무성하니 두 소를 이끌고 봄잠이 깊구나. 알지 못하겠구나. 누가 눈이 있어 태산을 알아보겠는가? 춘추 시대 소여물 먹이다 재상이 된 영척을 본받고 있는 나를 과연 예를 갖추어 초빙할 제후 있을까?

↓

자신을 알아봐 줄 사람을 만나기를 기다리는 경작의 마음이 드러남

양자윤의 인물됨을 알 수 있음

"가장 어진 재상이라 들었습니다. 지척에서 만나 뵙게 되었습니다."

경작이 양자윤에 대한 긍정적 평판을 들어 알고 있음 / 아주 가까운 거리

"알아보다니, 얼굴 보기를 좀 하는구나."

"아까 그 말씀에 깨달았습니다."

"내가 비록 보는 눈이 없지만 평생 사람을 눈여겨보았다. 너를 보니 결코 천한 신분의 사람이 아니고, 지은 글이 틀림없이 뜻이 있는 듯하니, 나를 속이지 마라."

겉모습으로 사람을 판단하지 않음

"그렇게 물어보시니 마음속에 담은 일을 말씀드리겠습니다."

처음에 보였던 양자윤에 대한 경계를 풂

이어서 경작은 세 살에 부모를 잃고 유모에게 맡겨졌다가 일곱 살에 유모가 죽자 의지할 데 없어 장우의 집 머슴이 된 사연을 이르고 동쪽 산을 가리키며 말하였다.

과거 사건(경작의 행적)의 요약적 제시

"저 분묘가 제 부모의 분묘입니다."

무덤

경작이 말을 끝내고 눈물을 흘리니, 양자윤이 슬퍼 탄식하며 말하였다.

"예로부터 어려운 처지에 놓인 영웅호걸이 많다 하나, 어찌 너 같은 사람이 있겠느냐? 네 나이 얼마나 되었느냐?"

양자윤은 경작의 겉모습이 남루하고 초라하나 영웅의 관상에 호걸의 체격을 지녔다고 판단함

"속절없이 열네 봄을 지내었습니다."

"내가 너에게 청할 말이 있는데 받아들이겠느냐?"

"들을 말씀이면 듣고 못 들을 말씀이면 못 듣는 것이지 미리 정할 수 있겠습니까?"

"다른 일이 아니다. 내가 두 아들과 두 딸을 두었는데 위로 셋은 결혼을 하고 막내만 남았다. 막내딸의 나이가 열넷인데, 결혼할 때가 되어 제법 아름다우나 현명한 군자를 만나지 못하였다. 이제 너와 내 딸이 쌍을 이루게 하려고 하는데 허락할 수 있느냐?"

양자윤이 경작의 비범함을 알아보고 사위로 삼고자 함 → 양자윤은 지감자이자 조력자의 역할을 함

경작이 하늘을 보며 크게 웃었다.

"어르신의 따님은 재상의 천금과 같은 소저로 존귀하기가 끝이 없습니다. 저는 상민 집의 종인데 어르신의 말씀이 사실인가 의심이 갑니다. 하지만 정말로 숙녀라면 어찌 사양하겠습니까?"

서로의 신분 차이를 언급하며 상대방의 제안이 사실인지 의심하는 마음을 드러냄

경작이 혼인을 수용할 뜻을 드러낸 것

"네 말이 이러하니 비단과 패물을 장우의 집에 보내 양민이 되게 하고, 곧 혼례를 치를 것이다. 내일 중매쟁이를 장우의 집에 보내어 장우에게 구혼하겠다."

몸값을 주고 경작을 종의 신분에서 풀어 주려고 함

▶ 양자윤이 경작의 비범함을 알아보고 딸과 혼인시키고자 함

경작이 특별히 사양하지 않고 허락하였다. 양자윤이 기뻐 서로 약속하고, 각각 돌아갔다. 집에 돌아온 양자윤의 눈썹 언저리에 기쁜 기색이 나타났다. 부인 한 씨가 맞으면서 물었다.

자신이 찾던 사윗감을 얻은 데 대한 만족감

"무슨 좋은 일이 있는데 기쁜 빛이 이러합니까?"

"내 사위 정하는 일로 병을 얻었는데 오늘 영웅을 만나 사위로 허락하였소. 딸아이의 재주와 덕을 저버리지 않게 되었으니 어찌 기쁘지 않겠습니까?"

경작이 자신이 찾던 영웅적 인물이라는 확신이 드러남

딸의 재주와 덕에 걸맞은 사위감을 얻게 되었음을 의미함

한 씨 역시 기뻐하면서 말하였다.

**감상 포인트**

지감 화소의 서사 구조를 바탕으로 주인공의 비범함을 알아보는 과정과 인물 간의 갈등 양상을 파악한다.

- 경작이 영웅호걸임을 양자윤이 알아본 근거

| 경작의 외모 |
|---|
| • 남루한 의복과 헝클어진 머리 사이로 비범한 기상이 비침<br>• 햇빛에 그을려 검은 얼굴은 옥이 먼지와 흙에 묻힌 것 같고, 밝은 달이 검은 구름에 가린 듯함<br>• 옷차림은 초췌하였지만, 형색과 골격이 수려하고 웅장하여 푸른 바다에 용이 어린 듯함<br>• 가는 눈은 붉은 봉황새를 닮았고, 긴 눈썹은 누에 같아 엄숙한 품격이 온몸에 어려 있음<br>• 두 미간은 강산의 영묘한 기운을 담아 아름다우니 뛰어난 문장을 품은 듯하고, 이마는 달이 보름을 맞은 듯 넓음<br>• 큰 입과 높은 코는 짐짓 영웅의 모양이었고, 몸집은 호걸의 체격임 |

\+

| 경작이 읊은 글 |
|---|
| 자신을 알아봐 줄 이가 없음을 안타까워하는 내용 |

↓

양자윤은 경작이 비범한 인물, 즉 영웅호걸이라고 판단함

- 지자에 의한 피지자의 발탁과 결연

| 지자의 지감 |
|---|
| 양자윤이 경작이 영웅호걸임을 알아봄 |

↓

| 피지자의 발탁과 결연 |
|---|
| • 경작을 종의 신분에서 벗어나게 함<br>• 경작을 자신의 딸과 혼인시키려 함 |

"영웅을 고르셨다 하시니, 뉘 집 자제이며 문벌이 어떠합니까?"
인품보다 문벌을 중시하는 한 씨의 태도

"인품만 보면 되지 어찌 문벌을 따지겠습니까?"
문벌보다 인품을 중시하는 양자윤의 태도

말을 마치고 경작에 대하여 이야기하자 한 씨의 안색이 흙빛으로 변하였다. 한 씨가 발을 동동 구르며 크게 놀라 말하였다.
사윗감이 머슴이라는 사실을 알게 된 한 씨의 놀랍고 당황스러운 심리

"다시는 말도 꺼내지 마십시오. 경주는 계수나무 궁전의 모란꽃이요, 달 속의 선녀입니다. 마땅히 어울리는 재상 가문의 멋있는 낭군을 구하여 짝짓는 것을 보아야 하는데 저 집의 종을 배필로 삼고자 하시다니요? 막내딸 계집종도 그리하지는 못하니 상공은 열 번 생각하시고 다시는 말하지 마십시오."
양자윤이 막내딸 / 딸 경주에 대한 비유. 경주가 경작과는 상대가 되지 않는 고귀한 인물임을 나타냄 / 문벌을 중시하는 한 씨 / 경작 / 경작이 막내딸 계집종의 짝으로도 어울리지 않는 미천한 인물이라는 한 씨의 생각

"사람을 말하는 데 있어 어찌 부귀한 것으로 말하겠습니까? 사람이 어질지 못할까 근심해야지, 어찌 부귀하지 못한 것을 근심하겠습니까? 내 뜻은 이미 정해졌으니 부인은 편협한 말을 다시 하지 마시오. 이 아이 지금은 이렇지만 훗날 그 이름이 온 세상에 가득한 성현 군자가 될 것이오. 이 사람을 따를 자가 없을 것이오."
외적 조건이 아닌 인품으로 사람을 평가하는 양자윤의 인간관이 드러남 / 양자윤이 종살이를 하고 있는 경작의 비범함을 알아봄 → 현재보다 미래의 가능성을 중시하는 태도

말을 마치고 경주를 나오게 하여 사랑하고 아끼면서 말하였다.

"내 아이 이같이 아름다워 속절없이 늙은 아비가 마음이 쓰였는데 이제 마음에 드는 사위를 골랐으니 저승에 가도 한이 없구나."
경작의 인물됨에 대한 양자윤의 확신이 나타남

한 씨가 혀를 끌끌 차면서 화를 냈다.

"상공이 자식을 망치려 합니다."

"자식을 영화롭고 귀하게 할 것입니다. 두 아들과 설생이 비록 재주와 풍채가 뛰어나다 해도 산과 들의 짐승 종류에 불과하지만, 이 사람은 용과 호랑이의 기상과 금빛 봉황새의 재질을 가졌습니다. 제비와 참새가 어찌 기러기의 큰 뜻을 알겠습니까?"
(음영): 비유와 비교를 통해 이경작이 비범한 인물임을 강조함 / 맏사위 설인수 / 평범한 인물의 비유: 두 아들과 설생 / 영웅적 인물의 비유: 경작의 인물됨을 의미함

"어디 가서 귀신 형상을 보고 와서 신선 같은 아들과 사위가 당하지 못할 것이라고 하십니까?"
경작 / 한 씨는 경작의 비범함을 알아보지 못하고 남편의 말을 못마땅하게 여김 / 경작에 대한 한 씨의 평가

「"신선 같은 아들과 사위는 귀신 모양 같은 이 아이에게 견주지 못할 것이니, 후일에 내 말이 옳은 줄을 깨달을 것입니다. 이 아이 비록 그을려 검고, 힘든 일에 시달려서 겉모습이 초췌하고 옷차림이 남루하나 비범한 골격과 웅장하고 수려한 풍채는 당대는 물론이고 고금에도 비길 사람이 없을 것입니다. 그 속에 해와 달의 정기와 바다 같은 마음을 깊이 감추고 있습니다. 지금은 비록 얼굴이 검고 초췌하나 불과 수일 후면 옥 같은 군자가 될 것이니 의심하지 마시오."」
경작은 자신의 아들이나 사위와 비교할 수 없을 정도로 뛰어난 인물이라는 양자윤의 생각이 드러남 / 「 」: 양자윤이 경작의 영웅적 면모에 대해 확신하고 있음 / 경작이 겉모습은 초라하지만 탁월한 기상을 지닌 인물이라고 판단함 / 양자윤은 현재의 처지가 아니라 미래의 가능성을 내다보고 사람을 판단함

양자윤은 매파를 장우의 집에 보내어 혼인을 청하였다.
중매쟁이

▶ 한 씨가 경작을 사위로 삼지 않으려 하나 양자윤이 경작에게 구혼함

• 경작에 대한 양자윤과 한 씨의 입장

| 양자윤 |
|---|
| • '영웅', '성현 군자'<br>• 외모, 문벌, 부귀, 현재의 처지보다 인품과 장래의 가능성을 중시함<br>• 경작의 인물됨을 알아보는 지감자이자 적극적인 조력자 역할을 함 |

↕

| 한 씨 |
|---|
| • '저 집의 종', '귀신 형상'<br>• 인품보다 문벌, 부귀, 현재의 처지를 중시함<br>• 경작의 인물됨을 알아보지 못하고 경작을 못마땅하게 여김 |

↕

양자윤은 경작을 딸과 혼인시키려 하지만 한 씨와 가치관의 차이로 인해 갈등하게 됨 → 양자윤이 죽은 후 한 씨가 경작을 박대하여 시련을 겪게 됨 → 경작이 집을 나와 세상 밖으로 나가는 계기로 작용함 → 경작이 수련을 통해 영웅성을 발휘하게 됨

• 소재의 비유적 의미

| 소재 | 의미 |
|---|---|
| 모란꽃, 선녀 | 한 씨가 막내딸 경주를 빗댄 말로, 아름답고 고귀한 인물임을 나타냄 |
| 용, 호랑이, 봉황새 | 양 승상이 경작을 빗댄 말로, 보통 사람들보다 뛰어난 능력을 지닌 비범한 인물임을 나타냄 |
| 산과 들의 짐승 | 양 승상이 자신의 두 아들과 맏사위를 빗댄 말로, 평범한 인물임을 나타냄 |

## 장면 포인트 2 주목

- 해당 장면은 경작의 조력자인 양자윤이 죽은 뒤 경작이 장모 한 씨의 냉대 끝에 집을 나온 이후로, 길거리를 떠돌다 부인이 마련해 준 돈(은자 삼백 냥)마저 어려운 처지의 노인에게 줘 버리고 하룻밤 신세질 곳을 찾은 상황이다.
- 경작을 도와주는 '백의 노인'의 역할과 이 과정에서 나타나는 소재의 기능을 파악하도록 한다.

서당에 촛불이 휘황하고 누각이 기이하여 세상 같지 않았다. 백의 노인이 당상에 앉아 있는데, 맑고 기이하여 평범한 사람 같지 않았다. 경작이 다가가 계단 가운데에서 예를 취하였다. 노인이 팔을 들어 인사하며 말하였다.

(숙소를 찾던 경작이 동쪽 마을의 재상가로 보이는 집을 찾아감 → 현실의 공간이 아님 / 죽은 양자윤 / 노인의 비범함을 직감함)

"귀한 손님이 저녁을 못 하셨을 것이니 밥 한 그릇 내오는 것이 어떻겠느냐?"

경작이 감사히 여겨 말하였다.

"궁한 선비가 길을 잘못 들어 귀댁에 이르렀습니다. 이렇게 과하게 대접하시니 몸 둘 바를 모르겠습니다."

"대인은 작은 인사는 하지 않는다고 합니다. 어찌 작은 일에 감사하려 합니까?"

(대인군자. 말과 행실이 바르고 점잖으며 덕이 높은 사람)

그러고 나서 동자를 불러 말하였다.

"귀한 손님의 양이 매우 많아 보이니 밥을 한 말을 짓고 반찬을 갖추어 내어 오라."

(열 되가 들어가게 나무나 쇠붙이를 이용하여 원기둥 모양으로 만든, 곡식 등의 분량을 재는 데 쓰는 그릇 / 경작이 대식가임을 이미 알고 있음 – 식사량이 많은 경작에 대한 배려)

경작이 '처음 보는데도 내 양이 많은 줄을 아니 슬기로운 어른이구나.' 하고 생각하였다. 이윽고 동자가 식반을 가져오는데 과연 말밥이 푸짐하고 산채가 정결하면서도 많았다. 경작이 저물도록 주렸던 까닭에 밥술을 크게 떠서 먹었다. 노인이 말하였다.

(음식을 차려 놓은 상 / 한 말가량의 쌀로 지은 밥 / 굶주렸던)

"양에 차지 못할 터인데 더 가져오라고 하는 것이 어떠합니까?"

경작이 사양하여 말하였다.

"주신 밥이 많아서 소생의 넓은 배를 채웠으니 그만하십시오."

"그대는 양이 적군요! 나는 젊어서는 이렇게 두 그릇을 먹었습니다. 그대가 오늘 큰 적선을 하여 깊이 감동하였소."

(노인이 경작이 불쌍한 노인에게 은자 삼백 냥을 모두 준 일을 알고 있음)

경작이 노인장이 이렇듯 신기한 것을 보고 평범한 사람은 아닐 것이라 생각하며 의아해 마지않았다.

(자신의 식사량과 과거 행적을 알고 있음을 근거로 노인이 범상치 않은 인물이라고 짐작함)

"어르신이 무엇을 말씀하시는 것입니까? 저는 가난하여 적선한 일이 없습니다."

(자신의 선행을 드러내지 않는 경작의 겸손한 면모)

"대인은 사람 속이는 일을 하지 않소. 그런데 그대 그렇게 많이 먹으면서 양식 없이 어찌 다니려 하는 것이오?"

(노인은 경작이 사실대로 말하지 않고 있음을 알고 있음)

"이처럼 얻어먹으면 못 살겠습니까?"

(앞일에 대해 걱정하지 않는 낙천적인 태도)

"젊은 사람의 말이 사정에 어둡구료. 나는 마침 그대 먹는 양을 알아 대접하였지만, 누가 그대의 먹는 양을 알겠소? 나는 그대의 성명을 알거니와 그대는 나의 성명을 알아도 부질없으니 말하지 않겠소. 「그대는 이렇게 떠도느니 평안히 거처하며 학문을 하는 것이 어떻겠소? 길거리에 떠돌아다니는 것은 무익하오. 낙양 땅 청운사가 평안하고 조용한데, 그 절의 중이 의롭고 부유하여 어려운 선비를 많이

(노인이 경작에 대해 이미 알고 있음이 드러남 / 경작의 새로운 조력자가 됨)

「 」: 노인이 경작에게 학문을 할 것을 권하며 청운사로 가는 데 필요한 돈을 제공하고자 함 → 조력자의 역할

### 작품 분석 노트

- 백의 노인의 역할

| 백의 노인 |
|---|
| • 경작이 삼백 냥의 돈을 불쌍한 노인에게 적선한 일을 알고 있음<br>• 경작이 밥을 많이 먹는다는 사실을 알고 있음<br>• 경작의 성명을 알고 있음<br>• 경작이 잠이 많음을 알고 있음 |

↓

경작에 대해 이미 알고 있는 인물(죽은 양자윤)로 경작을 도와주는 조력자 역할을 함

- 경작의 성격

| 행동 | | 성격 |
|---|---|---|
| 불쌍한 노인에게 적선함 | → | 선량함 |
| 자신이 적선한 사실을 드러내지 않음 | → | 겸손함 |
| 돈 없이 떠돌아다니면서도 양식 걱정을 하지 않음 | → | 낙천적 |

대접하였다오. 그리로 가서 몸을 편안히 하고 공부를 착실히 하시오. 노자가 없으니 노부가 간단하게나마 차려 주겠소.」

말을 마치고 문득 베개 밑에서 돈 네 꾸러미를 내어 주었다.

"이 징도면 가는 길에 풍족하게 먹을 것이오. 청운사로 가면 좋은 일이 많을 것이외다."

경작이 사례하는데 노인이 웃으며 말하였다.

"삼백여 냥 은자는 통째로 주고도 사례하는 것에 대해 기뻐하지 않더니 도리어 네 냥 화폐를 사례하시오?"

경작이 길에서 만난 어려운 처지의 노인에게 준 돈 / 노인이 경작에게 준 노잣돈

그리고 이어서 말하였다.

"여행의 피로로 노곤할 것이고, 본래 잠이 많으니 어서 자고 내일 떠나시오. 그리고 다시 나를 찾지 마시오. 내일 부어 놓은 차를 마시고 가시오. 후일 영화를 이루고 부귀할 것이니 미리 축하하오."

경작이 잠이 많다는 사실을 알고 있음 / 경작의 미래를 예고함

**감상 포인트**
지감 화소의 서사 구조를 바탕으로 조력자의 도움을 파악한다.

경작이 깜짝 놀라 물었다.

"어르신의 말씀이 예사롭지 않으니 무슨 뜻입니까?"

"내 말이 그르지 않을 것이니 의심치 마시오."

경작이 의심스러웠지만 여러 날 고생한 탓에 졸음이 몰려와 잠이 들었다.

▶ 양자윤의 집을 나와 떠돌던 경작이 한 노인의 집에 들러 밥을 얻어먹음

동방이 밝은 줄을 깨닫지 못하다가 막 일어나 보니 곁에 돈과 차 한 종지와 글이 쓰여진 종이 한 장이 있을 따름이었다. 웅장한 누각은 없어지고 편한 바위 위에 누워 있었다. 노인의 자취가 없어 신선인가 의심하고 스스로 탄식하면서 종이를 펼쳐 보았다.

노인과의 만남이 비현실적 사건임이 드러남

"장인 양 공이 사랑스러운 이 서방에게 부친다.「노부가 세상을 버린 뒤 너의 몸이 항상 괴롭구나.」떠나가는 길에 행낭마저 사람에게 적선하고 밤늦도록 숙소를 찾지 못하여 배가 고픈데도 행낭을 아쉬워 않는구나. 마음이 크고 덕이 넓어 사람을 감동케 하니 푸른 하늘이 어찌 감동하지 않겠는가? 내 너를 위하여 하늘에 하루 말미를 급하게 구하였다. 가르친 말을 어기지 말고 차를 마시고 빨리 떠나라."

「 」: 양자윤이 죽은 뒤 장모 한 씨가 경작을 박대한 일을 말함 / 경작이 만난 백의 노인의 정체 / 부인 경주가 마련해 준 은자 삼백 냥 / 경작이 어진 인품을 지녔음을 나타냄 / 양자윤이 죽어서도 경작의 조력자 역할을 하고 있음 / 청운사로 가서 공부할 것에 대한 당부

경작이 편지를 다 읽고 크게 놀라고 슬퍼 눈물을 흘렸다. 차를 마시니 정신이 상쾌하였다. 차 종지를 거두고 돈을 허리에 찼다. 옛일을 생각하며 어젯밤을 떠올리고는 슬픔을 금치 못하여 돌 위에 어린 듯이 앉아 있었다. 한바탕 부는 바람에 종이와 차 종지가 간데없고 다만 공중에서 어서 가라는 소리만 들렸다. 경작이 공중을 향해 두 번 절하고 떠났다.

비현실적 요소 / 죽어서까지 자신을 돕는 양자윤에 대한 고마움을 표현함

▶ 죽은 양자윤이 나타나 경작에게 청운사로 갈 것을 지시함

• 경작과 백의 노인의 만남

| | |
|---|---|
| 경작 | • 양자윤의 집을 나온 후 수중에 있는 은자 삼백 냥을 관가에 진 빚을 갚지 못해 울고 있는 노인에게 모두 준 후 묵을 곳을 찾다가 재상가 같이 보이는 큰 집으로 감<br>• 그곳에서 백의 노인에게 한 말 밥을 대접받음 |
| 백의 노인 | • 경작의 식사량을 알고 한 말의 밥을 대접한 후 청운사에 머물며 학문을 닦을 것을 경작에게 권함<br>• 경작이 앞으로 부귀영화를 누리게 될 것임을 알려 줌<br>• 네 냥의 노잣돈과 차, 자신의 정체를 밝히는 글을 남김 |

↓

• 비현실적 요소를 활용하여 양자윤이 지속적으로 경작을 조력하고 있음을 보여 줌
• 앞으로 전개될 사건을 암시하는 기능을 함

• 소재의 기능

| | |
|---|---|
| 삼백 냥의 은자 | 경주가 노자로 마련해 준 돈으로, 경작이 빚을 진 노인에게 적선함 → 경작의 선량한 성품을 드러냄 |
| 네 냥 화폐 | 양자윤이 경작에게 청운사를 가는 데 쓸 노자로 준 돈으로, 빈털터리인 경작을 도움 |
| 종이 | 노인의 정체를 드러내고 앞으로 전개될 사건(경작이 청운사에 가서 학문을 닦음)을 예고함 |

• 비현실적 요소

• 죽은 양자윤이 등장함
• 누각이 사라짐
• 한바탕 바람이 불자 종이와 차 종지가 간데없음
• 공중에서 어서 가라는 소리가 들림

↓

현실에서 이루어질 수 없는 전기적인 요소를 활용하여 경작을 조력함

## 장면 포인트 3

• 해당 장면은 경작이 과거에 장원 급제하고 번왕 남곽이 침략하자 대원수로 임명되어 출전한 이후의 상황이다.
• 경작이 적군을 굴복시키는 방법에 주목하여, 전쟁에 참가한 주인공이 탁월한 군담을 펼쳐 승리하는 대부분의 영웅 소설과는 다른 주인공(경작)의 영웅적 면모를 파악하도록 한다.

경모가 강서 지방에 이르러 진을 치고 병사들을 편안하게 하고 움직이지 않았다. (= 경작. 혼인 이후 관명을 쓴 것) 남곽이 싸움을 두어 번 걸어 왔는데 경모가 직접 병사를 이끌고 나아가 싸워 매번 다 이기고 적병 오십여 인을 사로잡았다.(경작이 비범한 무예를 갖추었음을 알 수 있음) 남곽이 크게 놀라 싸움을 그치고 높은 곳에 올라가 경모의 진을 굽어보니 군용이 엄숙하고 정기가 하늘에 닿았다.(경작의 군대가 위엄이 있고 사기가 높음) 그때 경모는 홀로 장검을 짚고 학과 같은 옷차림에 당건을 쓰고 진 밖에서 사면을 살피고 있었다. 얼굴에 가득 찬 온화한 기운은 봄의 달빛이 부드러운 바람을 맞는 것 같은데, 그 속의 엄숙하고 위용 있는 기상과 웅장한 골격은 사람을 두렵게 하였다.(경작이 덕과 위엄을 함께 갖춘 장수임을 드러냄)

▒: 경작의 인품과 영웅적 모습이 나타남

▶ 경작이 탁월한 무술로 적병을 사로잡음

번왕 남곽이 멀리서 바라보고 크게 놀라 말하였다.

"저 사람이 이렇듯 대단하니 싸움으로는 당하지 못할 것이다. 굳건하게 벽을 치고 나오지 않다가 저들이 피곤해지기를 기다려 칠 것이다."(남곽은 경작의 비범함을 알고 작전을 바꿈)

모든 신하가 또한 살을 떨며(남곽의 신하들이 경작을 두려워함) 마땅하다고 하니, 남곽이 싸움을 그치고 군사를 고향으로 돌려보냈다. 다음 해 봄에 이르도록 경모가 전쟁을 돋우지 않고 덕을 펴 백성을 진정시키고 위로하니 경모의 넓은 덕이 강서에 진동하였다.(경작이 덕장의 면모를 지닌 인물임을 알 수 있음) 백성이 마음 놓고 축원하며 부모같이 여겨 다투어 투항하는 자가 구름 같았다.(경작의 덕에 감화된 백성들)

남곽이 크게 근심하여 여러 신하들에게 물었다.

"중국의 대장 이경모가 재주와 덕이 많고, 병사를 쓰는 것이 귀신같아 세 번을 싸워 다 이기고도 덕을 베풀어 투항한 백성이 많으니(경작에 대한 번왕 남곽의 평가) 이를 장차 어찌하느냐?"

"그 사람은 만고의 영웅이요, 뛰어난 호걸입니다.(경작에 대한 번왕 신하들의 평가) 당할 수가 없으니 가만히 자객을 보내어 살해하면 그 남은 사람들은 치기가 쉬울 것입니다.(경작을 죽이면 전쟁에서 승리할 것이라고 판단함) 그리하면 손에 침 뱉고(손쉽게) 중국을 얻을 것입니다."

▶ 번왕이 경작을 살해하기 위해 자객을 보내기로 함

남곽이 크게 기뻐하여 금을 내걸고 자객을 찾아보았다. 요방은 가장 빨라 높은 데 넘고 오르기를 흔적없이 하고 날래기를 당할 사람이 없었다.(뛰어난 능력을 지닌 요방 → 경작을 죽일 자객으로 요방이 뽑힌 이유) 남곽은 요방에게 만금을 주고(요방이 사람을 죽이는 일을 하는 이유) 이경모를 죽이기를 도모하니 요방이 크게 기뻐 그날 밤 삼경에 명나라의 진으로 왔다.

이날 이경모는 진중에 명령을 내어 진을 단단히 지키라 하였다. 모든 장수가 명령을 듣고 모든 진을 단단히 지켰다. 경모가 홀로 장중에 앉아 촛불을 밝히고 당건을 쓰고 흰옷을 입은 채 책상에 의지하여 병법 책을 보고 있었다. 밤이 깊은데 문득 찬 바람이 몸을 거슬러 불며 공중으로부터 한 사람(요방)이 내려 책상머리에 섰다. 경모는 눈을 들어 보지 않았다. 요방은 경모에게 가까이 갔다가 놀라 물러나기를 여러 번 하였다.(요방이 경작의 위세를 두려워하여 접근하지 못하는 모습)

### 작품 분석 노트

• 경작과 번왕 남곽의 갈등

| 명의 대원수 경작 |
|---|
| 탁월한 무술로 명을 침략한 번왕과의 싸움에서 매번 이기고 적병을 사로잡음 |

↕

| 번왕 남곽 |
|---|
| • 경작의 비범함을 알고 싸움으로는 명 군대를 이길 수 없다고 판단함<br>• 경작을 죽이면 전쟁에서 승리할 것이라고 판단해 경작을 죽이기 위해 자객을 보냄 |

• 경작의 영웅적 면모

| 경작의 모습에 대한 서술 |
|---|
| • '얼굴에 가득 찬 온화한 기운은 ~ 그 속의 엄숙하고 위용 있는 기상과 웅장한 골격은 사람을 두렵게 하였다.'<br>• '중국의 대장 이경모가 재주와 덕이 많고, 병사를 쓰는 것이 귀신 같아 세 번을 싸워 다 이기고도 덕을 베풀어 투항한 백성이 많으니'<br>• '그 사람은 만고의 영웅이요, 뛰어난 호걸입니다.' |

↓

• 영웅호걸의 모습을 부각함
• 뛰어난 무예 실력이 있음을 드러냄
• 적들의 입을 통해 경작이 넉넉한 덕을 지닌 인물임을 드러냄

경모가 눈을 들어 보니 한 남자가 허리에 서리 같은 날카로운 검을 차고 자기를 해하고자 하다가 자신의 위세를 두려워하여 어찌지 못하고 있었다.

경모가 들었던 책을 놓고 천천히 물었다.

"너는 누구인데 깊은 밤중에 진중에 침입했느냐?"
대범하고 침착한 경작의 모습

요방이 경모를 보니 얼굴 가득 온화한 기운을 보이는 듯하나 웅장함이 있어 감히 나아가지 못하다가 원수가 묻는 소리에 크게 놀라 무릎을 꿇으면서 말하였다.
덕과 위엄을 갖춘 경작의 모습을 부각함

"소인은 자객 요방입니다. 번왕의 명령을 받고 원수를 해치려고 합니다."

"가장 충성스러운 남자구나. 깊은 밤 진중에서 분명히 들킬 줄 알면서도, 두려움을 잊고 임금을 위하여 죽음을 돌아보지 않으니 진실로 충성스러운 지사로다. 그러나 이제 국왕의 뜻을 받아 왔다가 그저 돌아가면 계면쩍을 것이니 내 목숨을 허락하니 빨리 베어 가서 국왕께 드리고 큰 상을 얻어라. 내가 너의 충성스러움에 깊이 감동하였다."
자신을 죽이러 온 상대방의 행동을 충의 사상에 근거하여 긍정적으로 평가함
요방에게 자신의 머리를 베어 가라는 경작의 대범함이 드러남

경모가 웃으며 긴 목을 빼니 요방이 즉시 칼을 버리고 엎드려 죽기를 청하였다.
요방은 경작의 위세와 인품에 항복함

"네 나를 해치려 왔기에 내가 그 충성에 감동하여 목숨을 허락하였는데 도리어 죽기를 청하는 것은 어쩐 일이냐?"

요방이 땅에 엎드려 말하였다.

"소인이 국왕의 꾐으로 여기까지 이르러 어른께 죄를 지으니 저의 삼족을 멸해야 마땅한데, 어르신께서 오히려 이렇게 하시니 빨리 죽어 죗값을 치르겠습니다."
삼족: 친가와 외가와 처가의 가족

"너의 말을 들으니 불한당의 무리는 아니구나. 내 너를 속이는 것이 아니고 진심으로 죽기를 허락했는데 네 결국 이렇게 하니 남자 중의 남자구나."
불한당: 남 괴롭히는 것을 일삼는 파렴치한 사람들의 무리
죽음으로써 자신의 죗값을 치르겠다는 것으로 보아 염치가 없지는 않다고 하며 상대방의 행동을 높이 평가함

웃으며 말을 마치고는 얼굴색을 단정히 하고 부드러운 목소리로 말하였다.

"사람의 목숨은 만물 중에 큰 것이라서 비명에 죽는 자는 분명히 복이 없는 것이요, 덕이 부족한 것이다. 이제 네 얼굴과 거동이 사람을 죽일 것 같지는 않구나. 그러니 산속에서 전답을 가꾸는 어진 백성이 되지 못하고 스스로 날카로운 검을 잡아 밤중에 분주한 그 신세가 어찌 괴롭지 않겠느냐? 또 그 마음에 살생을 하여 복이 달아나게 하겠느냐? 무슨 뜻으로 이 수고를 달게 여기느냐?"
비명: 뜻밖의 재난으로 죽음. 자객에 의해 살해당하는 것을 가리킴
설의적인 표현으로, 양민으로 순탄하게 살아가지 못하고 자객 노릇을 하는 요방에 대한 연민을 드러냄
힘든 자객 노릇을 하는 요방의 사연을 알고자 함

요방이 백배사죄하고 엎드려 아뢰었다.

"소인은 본래 농민이라 이런 일을 하지 않았습니다. 그러나 흔히 말하기를 '사흘을 굶으면 아니 날 마음이 없다' 하더니, 칠 년 흉작을 당하여 여러 해 굶으니 어진 마음이 없어졌습니다. 더구나 자객 짓을 하면 돈이 많이 생기는 까닭에 이 노릇을 면하지 못했습니다. 눈이 있어도 태산을 몰라봐 죄를 범하니 뒤늦게 후회하지만 되돌리지 못하겠습니다."
이런 일: 사람을 죽이는 일
요방이 원래 농민이었으나 굶주림으로 인해 자객이 됨
먹고살기 위해 돈을 많이 버는 자객 일을 하게 됨
태산: 큰 덕을 지닌 경작의 비유

"어찌 너만의 죄이겠느냐?"
요방이 자객이 된 것이 단지 개인의 문제만은 아니라는 인식을 엿볼 수 있음

• 경작과 요방의 갈등과 해결

| 자객 요방 |
| --- |
| • 번왕에게 돈을 받고 경작을 죽이고자 함<br>• 경작의 위세를 보고 두려워하여 죽이기를 망설임 |

↓

| 경작 |
| --- |
| • 요방에게 자신의 죽음을 생각하지 않고 임금을 위한 위험을 무릅쓰니 충성스러운 신하라고 칭찬함<br>• 요방에게 자신을 죽이지 않고 돌아가면 위험할 것이니 자신의 목을 베어 갈 것을 허락함 |

↓

| 갈등 해소 |
| --- |
| 요방이 경작의 위세와 인품에 감화되어 항복하고 경작에게 사죄함 |

• 경작의 말하기 방식

| | |
| --- | --- |
| 자신을 죽이려고 온 자객을 임금을 위해 목숨을 돌아보지 않는 충성스러운 신하라고 함 | 적군인 상대방의 행위를 유교적인 충의 사상에 입각해 긍정적으로 평가함 |
| 자신을 죽이지 못하고 그냥 돌아가면 상대방의 목숨이 위험해질 수 있음을 염려하며 자신을 죽이라고 함 | 상대방에게 있을 수 있는 부정적 상황을 가정하여 상대방의 본래 의도를 달성하라고 제안함 |

↓

적대 관계에 있는 상대방을 질책과 호령보다는 칭찬과 배려를 통해 설득함 → 요방의 항복

경모가 위로하고 말하였다.

"네가 이렇게 다녔으니 가련한 인생을 몇이나 해쳤느냐?"

"수십 명을 해쳤습니다."

경모가 오래도록 한탄하다가 얼굴색을 고치고 다시 앉아 말하였다.
요방의 삶과 그에게 죽임을 당한 사람들에 대한 안타까움을 드러냄

"내가 너에게 부탁 하나 하고자 한다."

"죽을죄를 무릅쓴 죄인이니 어찌 감히 평안히 어르신의 엄한 명령을 받겠습니까?"

"사람이 비록 처음에 어질지 못하나 나중에 어질게 되면 성인도 귀하게 여기신다 하니, 이는 처음에 어진 사람보다 낫게 생각하시는 것이다. 네가 지금의 행동거지를 버리고, 장사하고 밭을 가는 것으로 자객 일을 대신하면 일신이 편할 것이다. 네가 만일 장사 밑천이 없으면 내 마땅히 도울 것이다."
요방이 자객 일을 그만두도록 하기 위한 의도의 말
요방을 도울 구체적인 방법을 제시함

말을 마치고 상자 가운데에서 은자를 한 주머니 주며 말하였다.
자객 일을 그만두고 새로운 삶의 기반을 다지는 데 필요한 비용을 줌

"여기 백 냥이니 비록 많지 않으나 가져가 농업을 힘쓰고 이 노릇을 버려라."
사람을 죽이는 자객 일
요방에게 자객의 일을 버리고 농민으로 살아갈 것을 권유하는 경작

요방이 머리를 책상에 두드리며 죽기를 청하였으나 원수의 명쾌하고 깨끗한 인상과 너그러운 말씀으로 인해 오히려 감동하여 눈물을 흘리고 절을 하고 다시 꿇어앉았다.
경작의 너그러운 인품에 감동하여 굴복함

"소인이 하늘에 죄를 지어 죽음으로써 악한 마음을 뉘우치고 어진 마음을 가져 한 목숨을 마쳐도 부질없을까 하였습니다. 그런데 도리어 어르신이 이렇게 죄를 용서해 주시고 은혜가 이와 같으시니 마음이 감동하여 흐르는 눈물을 어찌할 줄 모르겠습니다. 어르신이 관대하고 넓은 마음으로 목숨을 용서하시니 목숨이 다하도록 가르친 바를 잊지 않겠습니다."
경작의 어진 덕에 감화되어 경작의 뜻에 따라 살아가고자 하는 요방

요방이 감동하여 눈물이 샘솟는 듯하였다. 경모가 저렇게 깨우치는 것을 보니 기쁘고 어질게 여겨 부드러운 목소리로 은근하게 위로하여 말하였다.

"날이 밝으면 군중이 분명 너를 용서하지 않을 것이니 빨리 돌아가야 할 것이다."
군사들에 의해 요방의 목숨이 위태로울 것을 염려함 → 경작의 남을 배려하는 면모

요방이 즉시 일어나 비검을 빼어 다섯 조각을 내고 경모를 향하여 백번 절을 한 후 감사의 말을 전하고 다시 진지를 넘어갔다. 경모가 촛불 아래 홀로 앉아 저 흉악스러운 사람이 깨우친 것을 다행스럽게 여기어, 이튿날 여러 장수에게 말하지 않으니 군중은 까마득히 몰랐다.
자객 일을 그만두겠다는 의지의 행동

▶ 자객 요방이 경작의 덕에 감화되어 양민이 되기로 함

• 경작의 성격과 영웅적 면모

| 요방에 대한 경작의 태도 |
| --- |
| • 요방을 죽이지 않고, 오히려 빈손으로 돌아갈 요방을 염려하여 자신을 베어 가라고 허락함<br>• 경작은 요방이 자객이 된 사연을 듣고 안타까워하며 양민으로 살아갈 수 있도록 돈을 주어 돌려보냄<br>• 요방이 자신의 잘못을 깨닫고 자객 일을 그만두는 것을 진심으로 기뻐함<br>• 날이 새면 자신의 군사들에게 요방의 목숨이 위험해질 것을 염려하여 빨리 돌아가도록 하고 자신의 부하들에게 이 사실을 말하지 않음 |

↓

경작의 인자한 인품을 부각함

↓

| 경작의 영웅적 면모 |
| --- |
| 경작은 탁월한 무예보다 덕과 인품으로 적을 굴복시키는 영웅으로 형상화됨 |

• 영웅 소설의 주인공으로서 경작의 변별성

| 일반적인 영웅 소설의 주인공 |
| --- |
| • 초현실적 능력을 뽐냄<br>• 전장에서 자신의 뛰어난 무술로 승리함 |

↓

| 경작의 성격 |
| --- |
| • 게으르고 잠꾸러기에 엄청난 먹성으로 밥만 축내는 인물로 그려짐<br>• 전장에서 넉넉한 인품으로 적을 감복시켜 자진해서 항복하게 함 |

↓

| 〈낙성비룡〉의 특징 |
| --- |
| 경작의 성격이 드러나는 모습을 중점적으로 형상화하는 반면 영웅 소설에서의 군담 부분이 축소되어 있음(전투 장면이 많이 등장하지 않음) |

## 핵심 포인트 1 서사 구조에 대한 이해

이 작품은 인간의 드러나지 않는 자질이나 장래를 알아보는 감식안인 지인지감(知人之鑑) 화소를 바탕으로 전개되는 이야기이므로, 이러한 '지감 화소'를 중심으로 내용을 파악할 수 있어야 한다.

**'지감 화소'를 중심으로 한 서사 구조**

| 지감 화소 | 〈낙성비룡〉 | 영웅의 일대기 구조 |
|---|---|---|
| 피지자(= 주인공) 제시 | • 별이 떨어져 용이 되어 승천하는 꿈을 꾸고 잉태한 뒤 18개월 만에 경작이 태어남<br>• 경작이 남다른 영웅호걸의 모습을 지님 | • 고귀한 혈통<br>• 기이한 출생<br>• 비범한 능력 |
| ↓ | ↓ | ↓ |
| 피지자의 처지 몰락 | 어려서 부모가 죽자 고아가 되어 머슴살이를 함 | 어린 시절의 고난 |
| ↓ | ↓ | ↓ |
| 지자의 지감에 의한 피지자 발탁과 결연 | 양자윤이 초라한 행색인 경작의 비범함을 알아보고 막냇사위로 삼음 | 조력자의 도움 |
| ↓ | ↓ | ↓ |
| 피지자에 대한 후원과 장애 | • 양자윤이 많이 먹고 잠만 자는 경작을 감쌈<br>• 양자윤이 죽자 한 씨의 박대로 경작이 집을 나옴 | 성장 후 위기 |
| ↓ | ↓ | ↓ |
| 피지자의 수련과 잠재력 발휘 → 지감의 적중 | • 죽은 양자윤의 권유로 청운사에서 공부하여 장원 급제하고, 대원수가 되어 번왕을 물리침<br>• 아내와 재회하여 백년해로함 | 위기 극복과 승리 |

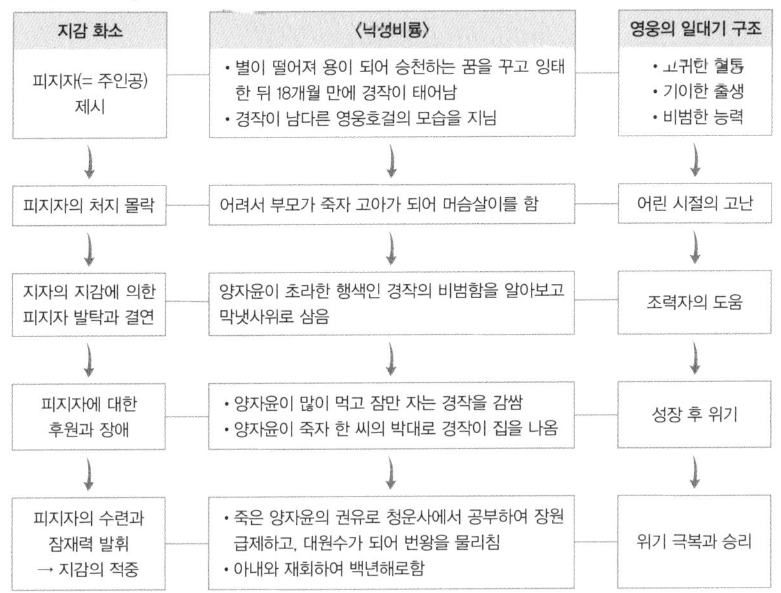

## 핵심 포인트 2 소재의 의미와 기능 파악

사건 전개 양상을 바탕으로 다양한 소재들의 의미와 서사적 기능을 파악할 수 있어야 한다.

**공간적 배경 및 소재의 기능**

| | |
|---|---|
| 누각 | 백의 노인과 만난 곳으로 잠에서 깨니 사라짐 → 비현실적, 환상적 공간 |
| 삼백 냥 은자 | 관가에 빚을 갚지 못해 울고 있는 노인에게 경작이 준 것 → 경작의 덕과 선량함을 드러냄 |
| 네 냥 화폐, 차 | 죽은 양자윤이 등장하여 경작에게 준 것 → 양자윤이 죽은 후에도 경작을 조력하고 있음을 드러내고, 현실과 환상 속 세계를 매개하는 기능을 함 |
| 종이 | • 경작을 도와준 백의 노인의 정체와 그가 경작에게 나타난 이유가 드러남<br>• 경작에게 청운사에서 학문할 것을 권유함 → 앞으로 전개될 사건을 예고하는 기능을 함 |

## 핵심 포인트 3 인물에 대한 이해

이 작품 속 인물의 성격과 그로 인한 갈등이나 갈등 해결 양상을 파악할 수 있어야 한다.

**인물의 성격과 갈등 양상**

| 인물 | 인물의 성격 | 갈등 양상 |
|---|---|---|
| 양자윤 | 사람을 판단할 때 외모, 문벌, 부귀, 현재의 처지보다 인품과 장래의 가능성을 중시함 | 이경작의 비범함을 알아보고 경작을 딸과 혼인시키려는 양자윤 ↔ 머슴이라는 이유로 이를 반대하는 한 씨 ⇒ 가치관의 차이로 인한 갈등 |
| 한 씨 | 사람을 판단할 때 인품보다 문벌, 부귀, 현재의 처지를 중시함 | |
| 경작 | • 자신이 가진 돈을 모두 불쌍한 노인에게 줌<br>• 자객인 요방을 살려 주면서 앞으로의 살길을 제시하고 돈을 주어 보냄 | 경작의 인품에 감동한 요방과 번왕이 항복함 ⇒ 경작의 인품은 갈등을 해소하는 중요한 요인으로 작용함 |
| 요방, 번왕 남곽 | 경작의 인물됨을 알아보고 그의 인품에 감화됨 | |

### 작품 한눈에

• 해제

〈낙성비룡〉은 명나라를 배경으로 조실부모한 이경작이 시련을 극복하고 과거에 장원 급제한 뒤 번왕의 난을 평정하는 과정을 그린 영웅 소설이다. 조선 시대의 대표적 영웅 소설인 〈소대성전〉이 〈낙성비룡〉의 영향을 받아 창작된 것으로 평가되는데, 두 작품의 주인공이 모두 엄청난 먹보에 잠만 자는 게으름뱅이며, 주인공의 비범함을 알아본 인물의 조력을 받는 지감 화소를 근간으로 한다는 공통점을 지닌다. 그러나 〈소대성전〉의 소대성이 탁월한 무예를 지닌 초월적 영웅으로 형상화되어 군담을 전개하고 있다면, 〈낙성비룡〉의 이경작은 훌륭한 덕과 인품을 지닌 영웅으로 형상화되어 상대방을 감화시켜 갈등을 해결하는 양상을 보여 준다.

• 제목 〈낙성비룡〉의 의미

– '떨어진 별이 용이 되어 승천한다'라는 뜻으로, 고난을 극복하고 국가의 위기를 해결하는 주인공의 영웅적 삶을 그린 이야기

〈낙성비룡〉은 어려서 부모가 죽고 고아로 자란 주인공 이경작이 갖은 고생을 하다가 자신의 능력을 알아본 조력자를 만나 성장함으로써 국가의 위기를 해결하는 과정을 그린 영웅 소설이다.

• 주제

고난을 극복하고 국가의 위기를 해결하는 영웅 이경작의 삶

**전체 줄거리**

명나라의 선비 이주현과 부인 오 씨는 오랫동안 자식이 없어 슬퍼하다 별이 황룡이 되는 기이한 꿈을 꾸고 아들 경작을 낳는다. 어려서 부모와 유모를 모두 잃은 경작은 부유한 이웃 장우의 도움으로 그의 집에서 함께 살게 되나 장우의 아내 노 씨는 게으른 경작을 미워하며 궂은 일을 시킨다. 사윗감을 찾던 승상 양자윤은 우연히 만난 경작이 비범한 인물임을 알아보고서 가족들의 반대에도 불구하고 그를 사위로 삼기로 결심한다. 장모 한 씨는 둘째 사위 경작이 밥만 많이 먹고 잠만 자는 것을 못마땅하게 생각하고, 과거에 급제한 큰사위 설인수를 편애한다. 양자윤이 죽자 한 씨는 경작을 더 박대하고, 병에 걸린 한 씨는 경작을 내쫓으면 자신의 병이 나을 것 같다는 이유로 경작을 집에서 내쫓는다. 경작은 아내 경주에게 받은 노잣돈을 어려운 처지의 노인에게 모두 주고, 백의 노인으로 나타난 양자윤은 경작에게 청운사에 가서 공부하라고 조언한다. 경작은 장인의 말에 따라 청운사에서 공부하고 과거에 급제한 후 번왕 남곽을 물리치는 공을 세운다. 경작은 우연히 재회한 설인수를 통해 경주가 병에 걸린 것을 듣고서 십일 년 만에 집에 돌아가 경주와 재회하고 해로한다.

고전 산문 21

◇ 한 줄 평 삼대에 걸친 유씨 가문의 번성과 혼인에 관한 이야기를 그린 작품

# 유씨삼대록 작자 미상

▸ 기출 수록 수능 2020

## 장면 포인트 1

- 이 작품은 유씨 가문의 삼대(三代, 아버지 · 아들 · 손자의 세 대)에 관한 이야기이다. 혼사나 그로부터 파생된 갈등을 중심으로 사건이 전개된다.
- 해당 장면은 유우성의 둘째 아들 유세형의 결혼 생활과 관련된 이야기 중 일부로, 진양 공주를 독살하려고 한 범인이 일종의 처첩 관계에 있는 장 씨임이 밝혀지는 부분이다.
- 진양 공주와 장 씨 간의 갈등에 주목하여 인물의 성격을 파악하도록 한다.

[앞부분의 줄거리] 명나라 때 유우성의 차남 세형은 장준의 딸과 정혼하지만, 천자에 의해 부마로 간택되어 진양 공주와 혼인하게 된다. 세형은 장 씨를 잊지 못해 공주를 박대하는데, 공주는 부마를 위해 태후에게 청하여 장 씨를 후처로 맞아들이도록 한다. 유씨 가문에 들어온 장 씨는 공주를 시기하여 음모를 꾸미고, 세형은 더욱 심하게 공주를 박대하다가 엄벌을 받고 잘못을 뉘우친 후 가정을 잘 다스린다.

태후(천자, 진양 공주의 모친)가 더욱 염려하시어 상(천자)을 돌아보고 말씀하셨다.

"진양 공주의 병이 이같이 중대한데 좌우에서 조심함이 없어 그 먹는 약에 독을 넣었다(진양 공주의 약을 달이는 궁녀가 잠든 사이에 장 씨가 독을 넣음) 하니 어찌 역모를 꾀하는 무리가 아니리오?(공주를 죽이려 한 행위는 역모와 다름없는 중요한 사건이라고 판단함) 상께서는 빨리 형벌을 갖추어 궁궐에 속한 사람들을 심문하소서.(독을 넣은 사람이 이들 가운데 있을 것이라고 판단함)"

상이 명을 받드시자 태후가 또 말씀하셨다.

"공주가 어려서부터 성스러운 덕이 있으니(진양 공주의 인품에 대한 평가 → 진양 공주를 해치려는 자가 궁인이 아닐 것이라고 판단하는 근거) 궁인들이 무슨 연고로 그 주인을 몰래 해치려 하리오? 짐이 전일에 친히 누에를 칠 때 장 씨를 보았는데 가장 간악하고 음흉한 여자였다.(장 씨에 대한 태후의 평가 → 장 씨를 범인으로 추정하는 근거) 이 일이 어찌 장 씨가 저지른 악행이 아니겠는가?"

▸ 진양 공주를 해하려 한 범인으로 장 씨를 의심하는 태후

이에 장 씨의 주변 사람들을 먼저 심문하라 하셨다. 태후가 안에서 상과 사사로이 의논하신 옥사(獄事)(반역, 살인 등의 중대한 범죄를 다스림. 또는 그런 사건)로 유사(有司)(어떤 단체의 사무를 맡아보는 사람)가 비록 삼척(三尺)의 법률 조문을 잡지는 않았으나(태후가 진양 공주를 죽이려 한 범인을 잡기 위해 사사로이 의논한 사건이므로) 내시와 사관(史官)이 뜰 아래 시위하고 어림군(御臨軍)이 수풀 같아서 형장(刑杖) 기구들을 진열해 놓았으니(범인을 잡기 위한 살벌하고 엄중한 분위기) 진공(부마인 유세형. 천자에 의해 진공에 봉해짐) 또한 마음이 두려워 계단 아래에서 죄를 청하였다.

장 씨가 비록 매우 대담하나 이때를 당해서는 넋이 날아가고 담이 떨어지는 듯하여 단지 가슴을 두드리며 자결하고자 하였다.(장 씨가 대담한 성격이나 엄중한 분위기에 심한 두려움을 느끼고 있음을 나타냄) 그러나 좌우에서 붙들어 말리니 대(臺) 아래에서 명령을 기다리게 되었다. 상이 엄한 형벌로 먼저 장 씨의 시녀를 심문하셨다. 평범한 사람들이 하인들을 심문하는 위세라도 오히려 두렵거늘 하물며 천자의 위세일 것인가?(편집자적 논평을 통해 천자의 심문에 대한 사람들의 두려움을 부각함) 호령이 벽력 같으니 불과 십여 장에 장 씨의 시녀 채운이 자백하였다.(곤장 십여 대를 맞은 시녀 채운이 자백함)

「"이 일은 신첩(臣妾)의 일이 아닙니다. 저의 안주인인 장 씨가 옥주(玉主)(진양 공주)가 주공(主公)(진공 유세형)으로부터 총애를 받는 것을 시기하고 질투하여(장 씨가 진양 공주를 모해한 이유) 모해하고자 하나 동모할 사

## 작품 분석 노트

- '늑혼 화소'와 서사 전개

| 늑혼 화소 | |
|---|---|
| 강제에 의해 이루어진 혼인으로 인한 갈등을 다룬 이야기 | |
| 발단 | 유세형과 장 씨의 정혼 |
| 전개 | 황제의 명에 의한 유세형과 진양 공주의 혼인 → 세형이 진양 공주를 박대함 → 진양 공주의 청에 따라 장 소저가 세형의 계비가 됨 |
| 위기 | 진양 공주를 시기한 장 씨의 음모→ 진양 공주를 박대한 세형이 벌을 받음 → 세형이 잘못을 반성하고 진양 공주와 화목하게 지냄 |
| 절정 | 진양 공주에 대한 장 씨의 독살 시도 → 진양 공주가 독살 사건을 은폐함 → 장 씨의 소행이 밝혀짐 → 장 씨가 하옥됨 |
| 결말 | 진양 공주가 태후에게 간청하여 장 씨를 풀어 줌 → 장 씨가 반성할 줄 모르고 무례하게 행동함 → 진양 공주의 감화를 받은 장 씨가 개과천선함 |

↓

- 늑혼이 유세형, 장 씨, 진양 공주의 갈등 계기로 작용함
- 진양 공주는 부덕을 갖춘 이상적인 여인으로 형상화됨
- 결말을 통해 악인도 개과천선할 수 있다는 긍정적 인간관을 보여 줌

람이 없고 이목이 많으니 일을 꾸밀 수 없음을 한하더니 옥주께서 마침 병환이 계신 틈을 타서 짐독을 가져다가 일을 꾸미고자 하였습니다. 마침 궁녀 사채홍이 약을 달이다가 졸고 있는 것을 보고 안주인이 가만히 약에 짐독을 넣고 섞은 뒤 돌아왔더니 이제 발각된 것입니다. 이 밖에는 알지 못하나이다."

독이 있는 짐새의 깃에 있는 맹렬한 독

진양 공주의 악에 독을 넣은 것이 장 씨임이 밝혀짐

「」: 장 씨가 진양 공주를 질투하여 저지른 짓이라는 채운의 진술

상과 태후께서 매우 놀라고 진노하시어 공주의 좌우 사람들을 잡아 물어보셨다. 장손 상궁이 먼저 고하였다.

"주공께서 장 부인을 박대하시어 한 번도 찾아가 보지 않았기에 이 일이 일어났습니다. 이에 옥주께서 그 사정을 불쌍하게 여기시고 그 신세를 측은해 하시어 죄를 은닉코자 저희 시비들에게 당부하시고 약을 없애시니 저희 비자들이 감히 고하지 못하였나이다."

장손 상궁은 장 씨에 대한 주공(유세형)의 무심함으로 인해 이번 사태가 일어났다고 봄

진양 공주의 어진 성품이 드러남

장 씨의 심정을 이해한 진양 공주가 장 씨의 죄를 감추어 줌

태후가 더욱 노하여 말하였다.

"진양이 짐이 낳고 길러 준 큰 은혜를 잊고 천한 장가 여자를 위하여 짐을 속이는 것이 이에 미쳤느냐?"

공주가 황공하여 땅에 엎드려 감히 대답하지 못하였다. 태후가 즉시 장 씨를 칼 씌워 하옥하라 하시고 부마에게 집안을 잘 다스리지 못한 죄로 추고(推考)하시고 사채홍을 다 옥중에 가두어 조정의 법으로 처치하라고 하셨다. 진공이 머리를 조아리고 죄를 청하여 추고를 받고 물러나고 장 씨는 옥에 갇히었다.

벼슬아치의 허물을 추문(推問)해서 고찰하시고

악행에 대한 처벌

유세형

▶ 장 씨의 죄가 밝혀지면서 유세형이 추문을 받고 장 씨가 옥에 갇힘

(중략)

장 씨가 감옥 문을 나와 의상을 고치고 궁인을 대하여 봉관(鳳管)과 옥패(玉佩)를 끌러 돌려보내면서 사기가 태연자약하여 조금도 구속됨이 없었다. 침소에 돌아와 비단으로 된 창에 비스듬히 앉아 오랫동안 생각하다가 채 상궁을 대하여 말하였다.

한 달이 지난 후 진양 공주가 태후에게 장 씨의 사면을 청하는 글을 올려 장 씨가 감옥에서 풀려남

태후가 장 씨를 사면하면서 공주의 시첩으로 삼고 그 직첩을 환수하라 명함

"사람이 비록 어질지 못하나 지은 죄는 스스로 아네. 내가 아득히 어리석어 죄를 알지 못하고 운명이 기구하여 세상에 드문 일을 겪고 몸이 시첩이 되었도다. 『시경(詩境)』에 이르기를 '어머니의 마음은 하늘과 같이 넓으시니 어찌 내 마음을 알아주지 못하시나?'라고 하였는데, 태후 마마께서 만민의 어미가 되시어 차마 어찌 이런 일을 하시는가? 시비 채운이 주인을 모해하여 나를 세상에 용납하지 못하게 하고 스스로 살기를 도모하니 천신이 용납하지 않을 것이다. 머물러 두는 것은 후세 사람들을 징계할 바가 아니리라."

장 씨가 자신의 잘못을 인정하기는 함

함께 있으면서 시중드는 첩

「시경」을 인용하여 진양 공주를 질투한 자신의 마음을 알아주지 못하는 태후를 원망함

시비 채운을 원망하며 죽이려고 함

후세 사람들에게 경계가 되도록 채운을 죽이겠다는 의지를 드러냄

드디어 주렴을 걷고 궁노를 불러 채운을 잡아들이라 하였다. 극형으로 당 아래에서 채운을 죽이면서 죄를 꾸짖어 말하였다.

"사람이 천하에 두 임금이 없으니 태후 마마는 나의 임금이시고 「나는 너의 임금이다. 내가 비록 어질지 못하나 네가 주인을 함정에 몰아넣어 주인의 임금에게 팔아 고발하고 그 삼족(三族)과 몸이 무사하겠느냐? 오늘 너를 살려 두어 후세 사람들

「」: 종과 상전의 관계를 군신 관계로 인식하고 자신을 위험에 빠뜨린 채운의 행위를 징계하고자 함

• 인물의 성격

| | |
|---|---|
| 진양 공주 | • 장 씨의 처지를 이해하여 세형이 장 씨를 계비로 맞이하도록 태후에게 간청함<br>• 장 씨의 독살 사건을 은폐하기 위해 시비들에게 입단속을 시킴<br>• 장 씨가 하옥되자 태후에게 풀어 줄 것을 청함<br>→ 어질고 사려 깊은 인물 |
| 장 씨 | • 공주를 시기하여 음모를 꾸밈<br>• 공주를 독살하고자 하나 실패함<br>• 감옥에서 풀려난 후 자기의 공주 독살 행위를 발설한 시비 채운을 죽임<br>→ 표독하고 잔인한 인물 |

↓

선인과 악인, 부덕을 갖춘 며느리와 악한 며느리의 대립 → 대조적 인물의 갈등을 통해 진양 공주의 선함과 부덕이 부각됨

에게 불충함을 본받게 하지는 못하리라."」

드디어 시체를 끌어 내치고 공주에게 나아가 사죄할 뜻이 없이 사기가 맹렬하여 자신이 죽는 것을 당연하게 여겼다. 채 상궁이 자신이 말로써 장 씨를 깨우치지 못할 뿐만 아니라 장 씨의 행동이 매우 강하고 독하여 반드시 자결할 듯하였기에, 놀랍고 두려워 공주에게 자세히 아뢰었다. 이에 공주가 탄식하여 말하였다.

장 씨가 채운을 죽이고 자신도 죽고자 하는 생각을 가짐 → 장 씨의 표독한 성격이 드러남

"장 씨가 연소한 혈기로 사생을 가볍게 여긴다면 다시 제어하기 어려우니 이렇듯 인명을 상하게 하고 궁중을 소란하게 하는 것이 무엇이 좋겠는가? 잠깐 내 병이 낫기를 기다려 처리하리니 비자는 삼가 장 씨의 곁을 떠나지 말고 지켜보며 면밀히 살펴라."

연소한 혈기로: 나이가 어려 사리 분별이 부족한 태도로
비자: 여자 종
잠깐 내 병이 낫기를 기다려 처리하리니: 진양 공주는 자신의 병이 나은 후에 장 씨를 깨우치고자 함
장 씨의 곁을 떠나지 말고 지켜보며 면밀히 살펴라: 장 씨가 자결하지 못하도록 살피도록 함

채 상궁이 명을 받들어 물러났다. 부마의 둘째 누이동생인 현영 소저가 마침 공주를 문병 왔다가 이 일을 알고 돌아가 모친에게 고하였다. 이 부인이 장 씨가 채운을 죽였다는 말을 듣고 놀람을 이기지 못하여 탄식하여 말하였다.

부마: 유세형
이 일: 장 씨가 시비 채운을 죽인 일
모친: 유세형의 어머니. 공주와 장 씨의 시어머니인 이 부인

"부녀자의 호령은 중문 밖을 나가서는 안 되거늘, 궁노와 장획을 불러 인명을 살해하다니! 이 사람의 행동이 이와 같으니 죽는다 한들 아까울 것이 있겠느냐?"

부녀자의 호령은 중문 밖을 나가서는 안 되거늘: 아녀자는 집안의 일을 조용히 처리해야 한다는 가부장적 사회 인식이 반영됨
이 사람의 행동이 이와 같으니 죽는다 한들 아까울 것이 있겠느냐: 장 씨가 자결한다고 해도 막을 뜻이 없음

맏며느리 소 씨가 고하여 말하였다.

소 씨: 유세기의 아내. 합리적으로 일을 판단하고 잘못을 포용할 줄 아는 어진 여인

"장 씨의 행동이 진실로 패악하오니 어머님의 가르침이 대도(大道)에 마땅하십니다. 「그러나 돌이켜 생각하면 장 씨를 슬하에 어루만져 사랑하신 것이 여러 해이시니 그 죄를 깨우쳐 꾸짖으시고 그 기구한 신세를 가련하게 여기시는 것이 저희들이 바라는 일입니다. 그 죄가 비록 중대하나 진공 아주버님의 박대가 심하시고 아버님, 어머님께서 나쁘게 여기시어 그 사생을 상관없이 여기신다면, 장 씨의 평생이 어찌 가련하지 않겠습니까?"」

장 씨의 행동이 진실로 패악하오니 어머님의 가르침이 대도(大道)에 마땅하십니다: 시어머니의 가르침이 옳다고 인정함
「 」: 장 씨의 자결을 방조하기보다 장 씨를 불쌍히 여겨 포용해 주기를 바라는 마음

부인이 칭찬하며 말하였다.

"며늘아기의 어진 마음과 통달한 식견은 내가 미칠 바가 아니구나. 나 또한 장 씨를 불쌍하게 여기지 않는 것은 아니지만 여러 번 훈계해도 듣지 않고 갈수록 악행이 놀라우니 분하여 내버려 두었다. 그러나 며늘아기의 말을 좇아 다시 장 씨를 깨우치리라."

며늘아기의 어진 마음과 통달한 식견은 내가 미칠 바가 아니구나: 소 씨의 생각을 수용함
여러 번 훈계해도 듣지 않고 갈수록 악행이 놀라우니: 장 씨의 악행이 반복되면서 더욱 심해졌음을 알 수 있음
며늘아기의 말을 좇아 다시 장 씨를 깨우치리라: 장 씨를 교화하고자 하는 이 부인의 의지 → 악인도 개과천선할 수 있다는 의식이 깔려 있음

소 씨 등이 사례하였다.

▶ 소 씨가 이 부인에게 장 씨를 포용해 줄 것을 설득함

• '장 씨'에 대한 주변 인물의 태도

| | |
|---|---|
| 진양 공주 | 장 씨의 행동을 안타깝게 여기며 장 씨가 자결하지 못하도록 상궁에게 장 씨를 살피도록 함 |
| 이 부인 | 며느리 장 씨가 시비를 죽인 사실을 알고 장 씨가 자결한다고 해도 막을 뜻이 없음을 드러냄 → 맏며느리 소 씨의 말을 듣고 장 씨를 깨우치고자 함 |
| 소 씨 | 장 씨를 너그럽게 포용하여 깨우쳐 주어야 한다는 생각을 드러냄 |

## 장면 포인트 2

- 해당 장면은 유우성의 차녀 현영이 출가하여 겪은 수난과 극복에 관한 이야기 중 일부로, 현영의 시조모 팽 씨의 악행과 개과천선의 과정이 드러난 부분이다.
- 인물 간의 갈등 관계와 해결 과정, 결과를 정리하며 읽어 보도록 한다.

[앞부분의 줄거리] 유우성의 차녀 현영은 양 참정의 장자인 선과 혼인한다. 양 참정의 서모인 팽 씨는 선을 자신의 조카딸인 민순랑과 혼인시키고자 하였으나 뜻대로 되지 않자 민순랑을 선의 후실로 받아들이도록 한다. 팽 씨의 말을 거역하지 못해 선과 민순랑이 혼인하자 팽 씨는 유 소저를 매질하고 학대하며 민순랑을 정실처럼 대우하도록 한다. 이후 유 소저가 아이를 낳고 기절을 하였는데, 이때 팽 씨가 양 참정 부부와 양생에게 유 소저가 낳은 것은 아이가 아니라 괴이한 핏덩이여서 즉시 없애 버렸다고 말한다.

팽 씨가 유 소저의 신생아를 감추고(유 소저의 아이를 감추고 유 소저가 아이가 아닌 핏덩이를 낳았다고 거짓말을 함) 순랑과 육 씨(양 참정의 두 번째 부인)와 더불어 의논하였다. 육 씨는 지식이 남보다 뛰어난 여자였다. 유 소저를 그윽이 불쌍하게 여겨 거짓으로 계책을 아뢰는 척하고 말하였다.(육 씨가 유 소저를 위해 팽 씨에게 거짓 계책을 말함)

"이 아이가 기골이 비상하고 얼굴이 빼어나 가히 가문을 흥기할 자입니다. 민 낭자가 아들을 낳는다고 장담할 수 없으니, 이 아이를 아직 이웃집에 젖 있는 여자에게 맡겼다가(유 소저가 낳은 아들을 살리기 위한 계책) 민 낭자가 해산하는 날에 남녀를 보아 가며 처치하는 것이 옳습니다.(민순랑이 딸을 낳으면 아이를 바꿔치기하고, 아들을 낳으면 그때 죽이자고 제안함)"

팽 씨가 기뻐하며 말하였다.

"며늘아기는 제갈공명이 다시 태어난 사람이구나.(육 씨의 제안을 지혜롭게 여겨 흡족해함)"

▶ 유 소저가 낳은 아들을 살리기 위해 육 씨가 팽 씨에게 거짓 계책을 제안함

유 소저가 낳은 아이를 가만히 이웃집에 감추었다. 며칠 후에 순랑이 또 아이를 낳았는데, 과연 한낱 여자아이였다.(민순랑이 딸을 낳음) 팽 씨가 드디어 심복 시녀로 감춘 아이(유 소저가 낳은 아들)를 데려다가 순랑의 방에 두고 순랑의 딸은 시비를 맡겨 길가에 버렸다. 그 아이가 길에서 죽으니 천도(天道)가 밝음이었다.(팽 씨와 민순랑의 악행으로 인해 민순랑의 딸이 죽게 된 것은 하늘의 이치임) 팽 씨가 순랑을 간호하면서 양생(현영의 남편인 양선, 팽 씨의 손자)을 불러 꾸짖었다.

"유 씨를 그리 기특하게 여기나 거짓 자식을 낳아(유 소저가 괴이한 핏덩이를 낳았다는 팽 씨의 거짓말) 얼굴도 못 보았다. 내 조카딸은 그리 박대함이 참혹하였으나 하늘이 도와 기린 같은 아들을 낳았으니(유 소저가 낳은 아들을 민순랑이 낳은 아들이라고 속임) 어찌 이상하지 않으리오? 너는 마땅히 들어가 아비로서의 도리를 행하여라."

▶ 팽 씨가 유 소저의 아들을 민순랑의 딸과 바꿔치기함

이때 집안의 시비들이 팽 씨의 심복을 빼고는 상하 사람들이 다 양 참정 부부와 양생 부부의 성스러운 마음과 인자한 덕을 우러러보는 바였다. 팽 씨의 악행을 어찌 감추겠는가?(팽 씨의 악행을 팽 씨의 심복을 제외하고는 모두 알고 있음) 하물며 육 씨가 가만히 임 부인(양 참정의 첫 번째 부인)에게 고하였으므로 양생 부자가 도리어 기뻐하여 이 사연을 유 소저에게 일러 안심하게 하고,(육 씨의 계교로 유 소저의 아들을 살리게 된 것을 유 소저가 알게 됨) 팽 씨의 심술을 참혹스럽게 여겨 시비로 하여금 길가에 버린 아이를 찾아 물어보게 하고는 탄식하기를 마지않았다.

▶ 육 씨를 통해 양생 부부가 유 소저의 아이가 살아 있음을 알게 됨

양생이 팽 씨의 말을 듣고 억지로 영파정에 이르자 팽 씨가 양생의 손을 이끌어 들어갔다. 아이가 일척의 백옥 같은 몸으로 빼어난 기상이 사람의 마음을 움직임에 양생이 애중함을 이기지 못하나 또한 탄식하였다.(아들에 대한 양생의 애정과 민순랑의 아들로 키우고 있는 상황에 대한 안타까움) 이후로 양생이 아들을 잊지 못하고 행여 순랑이 아이를 상하게 할까 두려워(양생이 순랑을 극진히 대한 이유) 순랑과 더불어 담소를 흔쾌히 하면서 아

### 작품 분석 노트

- 양씨 가문의 인물

| | |
|---|---|
| 1대 | 팽 씨: 도어사 양중기의 계실. 시기심이 많고 음험하며 잔인하고 포악한 성격으로 집안의 모든 일을 독단적으로 결정함 → 훗날 유 소저의 정성에 감동하여 개과천선함 |
| 2대 | • 양계성: 참정 벼슬을 지냄. 서모 팽 씨의 말에 순종하며 잘 받듦<br>• 임 부인: 양 참정의 첫째 부인. 어질고 자애로우며 유 소저를 특별히 아끼고 보호함<br>• 육 씨: 팽 씨가 임 부인을 내치기 위해 들인 양 참정의 둘째 부인. 지혜롭고 어진 성품 |
| 3대 | • 양선: 양 참정의 장자. 신중하고 효심이 극진함<br>• 유 소저: 유우성의 차녀로 아름다운 얼굴과 깨끗한 마음을 지녔으며 총명하고 지혜로움. 팽 씨에게 학대받으나 팽 씨를 극진히 봉양함<br>• 민순랑: 팽 씨의 조카딸로 양선의 둘째 부인. 교만하고 무례하고 이기적인 악인 |

- 팽 씨에 대한 절대적 순종

• 삼대록 소설에서 최고 권위를 지니는 조부모 세대는 가문의 수장(首長) 역할을 함
• 조부모 세대의 결정을 자손 세대가 절대적으로 수용함으로써 수직적 질서를 확고하게 함

↓

팽 씨의 악행을 알면서도 양 참정 부부나 양생 부부가 절대적으로 순종하는 이유임

이를 보호하기를 당부하며 극진히 대하였다. 팽 씨와 순량이 매우 즐거워하며 계책이 이루어졌다고 자부하였다.
자신들의 악행이 들통난 사실을 알지 못함
▶ 양생이 아들을 보호하기 위해 민순랑을 극진히 대함

(중략)

이때 춘삼월에 이르러 팽 씨가 전염병을 얻어 병세가 위독하게 되었다. 참정 부부 역시 이 병으로 증세가 매우 위독하였다. 양생과 유 소저가 매우 초조히 근심하였다. 순랑은 행여 자신에게 병이 전염될까 두려워하여 아이를 데리고 친정에 간다 하고 달아났다. 양생이 그 언행을 괴이하게 여기나 집 안에 없는 것을 쾌하게 여겨 육 씨와 소저와 더불어 지성으로 간호하니 양 참정과 임 부인은 오래지 않아 차도가 있었다.
민순랑의 이기적인 면모를 알 수 있음
상쾌하게
육 씨와 유현영의 헌신적인 태도

그러나 팽 씨는 회복되었다가 다시 위중하기를 반복하면서 병이 매우 오랫동안 낫지 않았다. 「소저가 밤낮으로 팽 씨 곁을 떠나지 않고 낮이 다하고 밤이 다하도록 조금도 쉬거나 졸거나 하는 일 없이 죽과 마실 것을 받들고 이불을 편히 하며 약을 맛보았다. 병중의 그 더러운 집물들을 하나하나 친히 잡으면서 시녀를 맡기지 않았으니, 지극한 성효(成孝)와 신기한 재주가 못 미칠 곳이 없었다.」 양생이 비록 저의 효행을 알았으나 이처럼 기특한 것을 채 알지 못하다가 이를 알게 되자 더욱 공경하고 감격함을 이기지 못하였다. 자기가 낳은 자식 없이 죽을 병 가운데에서 팽 씨가 외로운 것을 양생이 슬프게 여기면서 지극한 효성으로 의약을 쓰면서 삼가고 조심하는 정성이 지극하였다. 달을 넘긴 후에야 팽 씨가 비로소 살길을 얻어 정신을 차리게 되었다. 바야흐로 팽 씨가 양생과 소저의 지성에 감동하고 순랑이 달아난 것에 분노하여 소저의 손을 잡고 울며 말하였다.
「 」: 자신을 학대한 팽 씨를 지극정성으로 간호하는 유 소저 → 부덕을 갖춘 이상적인 여인상으로 형상화됨
팽 씨는 양생 조부가 늘그막에 얻은 후처로 자기가 낳은 자식이 없음 → 양생이 팽 씨의 외로운 처지를 이해하고 극진하게 간호함
팽 씨가 양생 부부의 효성에 감동하고 자신이 애정을 쏟은 민순랑의 배은망덕함에 분노함
▶ 전염병에 걸린 팽 씨가 유 소저의 지극한 간호에 감동함

「"내가 죽지 못해 살아가다가 너의 부부가 간호함에 힘입어 살아나게 되었구나. 이로부터 이전 일들이 그름을 크게 깨달았다. 사람이 죽을 때가 되면 그 말이 선하고 새가 죽을 때가 되면 그 우는 소리가 슬프다 하더니 내가 죽기에 이르러서야 잘못을 뉘우치고 깨달아 조카딸의 상식 없음과 나의 어질지 못함을 생각하게 되었구나. 너희 부부를 볼 낯이 없다. 너희들은 마땅히 편히 쉬어 약한 몸을 보중하여라."」
팽 씨가 지난날의 과오를 깨닫게 됨
민순랑
「 」: 팽 씨가 개과천선함

양생과 소저가 감사함을 이기지 못하여 계단 위에서 두 번 절하였다. 팽 씨의 성스러운 자애에 감격하여 간호하는 정성이 더욱 지극하였다. 팽 씨가 매우 기뻐하고 대견해하여 도리어 양생 부부를 사랑하고 아끼는 것이 손 위에 보배로운 옥과 진귀한 보물로 알아 소저의 손을 잡고 이전에 자신의 괴팍한 행실과 악행을 스스로 말하면서 손자를 바꿔 순랑에게 준 사연을 갖추어 말하였다.
팽 씨가 양생 부부를 귀하게 여김

"내가 내 스스로 낳은 자식이 없고 며느리와 손자가 효도하나 끝내 의(義)로 맺은 자손들이니 골육과 다르다고 생각하여 조카딸을 손자며느리로 들여 각별히 친하고자 하였다. 그래서 내가 네 아들을 앗아 이리이리 하였구나. 그런데 이제 내가
팽 씨가 유 소저를 박대하고 민순랑을 특별하게 생각한 이유가 드러남

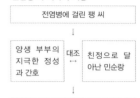

• '전염병'의 서사적 기능

| 전염병에 걸린 팽 씨 | | |
|---|---|---|
| ↓ | | |
| 양생 부부의 지극한 정성과 간호 | 대조 ↔ | 친정으로 달아난 민순랑 |
| ↓ | | |

• 팽 씨의 성격을 변화시키는 계기가 됨
• 팽 씨와 양생 부부 간의 갈등이 해소되는 계기로 작용함
• 팽 씨가 자신의 행위를 성찰하는 계기가 됨
• 팽 씨가 민순랑의 실체를 파악하는 계기가 됨

병든 것을 보고 조카딸이 막연히 돌아가 조금도 나를 유념함이 없으니, 만일 너희 부부의 효성이 아니었다면 어찌 오늘날이 있으리오? 조카딸이 다시 오더라도 결단코 정을 끊고 네 아들을 찾아 주리니 모름지기 이전 일을 한(恨)하지 마라."

골육보다 의로 맺어진 자손들에 대한 신뢰를 드러냄

소저가 손을 맞잡고 두 번 절하면서 말하였다.

"제가 할머님께서 굽어 불쌍히 여기시는 은택이 제 일신에 젖었으니 어찌 감히 옛일을 생각하여 불효할 생각이 있겠습니까?"

양생 또한 감동하여 눈물을 흘리고 절하면서 말하였다.

"할머님께서 몸소 낳으신 자식이 아니 계시어 저희 부자를 길이 의탁하셔야만 하는 사정이 이미 제 마음에 슬프거늘 어찌 원망하는 마음을 품고 스스로 죄를 범하겠습니까? 민 씨는 진실로 패악한 계집입니다. 그 성품이 사갈(蛇蝎)과 같아 제가 마음에 두지 않았으나 할머님께서 매우 사랑하시니 감히 박대하지 못하였습니다. 이제 행실이 이와 같으니 어찌 용납하겠습니까?"

팽 씨의 처지를 이해하고 팽 씨가 과거에 저지른 일을 원망하지 않음 → 양생의 어진 마음

사갈(蛇蝎): 뱀과 전갈

팽 씨가 양생 부부를 더욱 사랑하고 귀중해 하여 일마다 기특히 여기니 도리어 자애가 병이 될 정도였다.

개과천선한 팽 씨가 양생 부부를 극진히 사랑함

▶ 팽 씨가 자신의 잘못을 반성하고 양생 부부를 사랑함

• 팽 씨의 개과천선 과정

| 팽 씨의 처지와 인식 |
| --- |
| • 스스로 낳은 자식이 없음<br>• 의로 맺은 며느리, 손자보다 골육인 조카딸이 더 낫다고 생각함 |

↓ 결과

유 소저를 박대하고 민순랑을 각별히 아낌

↓ 전염병을 앓음

유 소저의 효심을 깨닫고 민순랑의 실체를 알게 됨

↓ 개과천선

자신의 잘못을 뉘우치며 민순랑에게 정을 끊고 양생 부부를 매우 사랑함

## 장면 포인트 3

- 해당 장면은 유우성의 삼녀 옥영이 교만하고 질투심 많은 성격으로 남편과 갈등을 겪는 이야기 중 일부로, 친정 식구들과 남편의 의도적 냉대로 성격을 바꿔 가는 과정이 나타난 부분이다.
- 옥영의 말과 행동에서 나타나는 인물의 성격, 옥영을 대하는 주변 인물들의 태도를 파악하며 읽어 보도록 한다.

[앞부분의 줄거리] 유우성의 셋째 딸 옥영은 빼어나게 아름다운 외모와 총명하고 지혜로운 성품을 지녔으며 여공과 문필에 뛰어났지만 사람됨이 매우 강하고 말이 가벼워 숙녀의 덕이 부족하므로 부모의 엄한 꾸지람을 받는 경우가 많았다. 13세에 이르러 각로 사천의 아들 사강과 혼인을 하였다.

유 소저(옥영)가 재상가 귀한 딸로 재상가의 귀한 며느리가 되어 시부모와 남편의 총애를 받자 동서로 두려워할 것이 없어 말이 방자하고 행동이 교만하게 되었다.(옥영이 남편 사 어사와 갈등하는 원인이 됨) 사 각로는 관대한 군자이기에 아들을 훈계하고 부인을 당부하여 유 소저의 단점을 덮고 어루만져 사랑하였다.(옥영의 시아버지인 사 각로는 아들과 부인에게 옥영을 잘 타이르도록 훈계하고 옥영의 허물을 덮어 줌) 그러나 사 어사(사강)는 본래 뜻이 높은 산과 같고 소망이 하주(河洲)(문맥상 덕이 높은 요조숙녀를 뜻함) 위에 있더니 소저의 교만한 행사가 온순한 부녀자의 덕이 없는 것을 보고 그윽이 마음에 들어 하지 않았다.(옥영이 요조숙녀의 덕을 갖추지 못한 것을 못마땅하게 여김) ▶ 사 어사가 부인 옥영의 교만하고 드센 성품을 못마땅하게 여김

몇 개월이 지나 부부의 정이 소원해지자 사 어사의 마음이 풍류스러움과 번화함으로 돌아가 외당에서 유명한 기생들을 모아 술을 마시고 풍악을 울리기를 끊이지 않았다.(옥영에 대한 마음이 멀어진 사 어사가 기생들과 어울림) 사 각로는 관아(官衙)에 일이 많아 알지 못하고(공무에 바빠 아들 사 어사의 행실을 알지 못함) 부인은 비록 알지만 며느리를 좋지 않게 여기고 아들을 편애하기에 꾸짖지 않았다.(며느리에 대한 못마땅함과 아들에 대한 편애로 아들의 방탕한 행실을 꾸짖지 않음) 이에 사 어사가 더욱 꺼릴 것 없이 즐기게 되었다.(옥영과 사 어사의 갈등이 심화되는 원인이 됨) 유 소저가 타고난 성품이 편협하고 투기가 심하기에(옥영의 성격 직접 제시) 신부의 몸인 줄을 잊고 노기가 얼굴에 가득하여 모든 시녀들을 거느리고 외당에 나와 사 어사가 정을 둔 창기를 잡아 내어 어지럽게 치면서 사 어사를 꾸짖어 말하였다.(옥영이 사대부 아녀자로서 품위에 어긋나는 행실을 함)

"내가 일찍이 옛일과 현재의 일을 두루 보았으나 그대같이 행실 없이 어긋나고 사나운 사람을 보지 못하였소, 그대는 스스로 부끄럽지 않은가?"(옥영이 창기와 어울리는 남편의 행실을 질책함)

사 어사가 소저의 버릇없고 패악한 언행을 보자 크게 노하여 노비를 불러 소저의 유모와 소저를 모시고 나온 시녀를 매우 치고 교자를 갖추라 하여 소저에게 말하였다.

"나의 행실이 어긋나고 사나워 그대가 근심이 되니 그대가 감히 이곳에 머물러 있지 못할 것이오.(남편의 행실을 질책한 아내를 쫓아내겠다는 의도) 훗날 마땅히 규방의 예법을 닦아 잘못을 뉘우친다면 서로 볼 것이고 끝내 뉘우치지 않는다면 특별한 호걸을 가려 섬기고 무례한 나를 생각하지 마시오."(무례한 행동을 뉘우치고 투기하지 않는 부덕을 갖춘 여인이 되지 않으면 부부의 인연을 끊겠다는 의미)

소저가 매우 노하여 분한 모습으로 교자에 올라 꾸짖어 말하였다.

"짐승 같은 무리가 감히 나를 내치니 친정으로 돌아가는 것이 영화롭구나. 어찌 네 집에 머무르겠느냐?"(남편에게 험한 말을 하며 자신의 마음을 그대로 드러냄 → 자기 주장이 강하고 말이 신중하지 못한 옥영의 성격을 알 수 있음) ▶ 옥영이 창기와 어울리는 사 어사를 질책하며 갈등함

드디어 소저가 교자를 부리는 사람을 재촉하여 유씨 집안에 이르렀다. 승상과 모든 형제들이 소저가 느닷없이 나타나고 유모와 시비가 분분히 쫓아오는 거동을 보

### 작품 분석 노트

- 인물의 성격

| 인물 | 성격 |
|---|---|
| 옥영 | • 유우성의 셋째 딸<br>• 사람됨이 매우 강하고 말이 가벼워 숙녀의 덕이 부족하여 부모의 엄한 꾸지람을 받는 경우가 많음 |
| 사 어사(사강) | • 각로 사천의 아들<br>• 15세에 알성시에 급제하여 어사대부가 됨<br>• 문장과 재주, 풍류가 빼어남 |

- 갈등 양상

| 옥영 ↔ 사 어사 |
|---|
| • 자기 주장이 강하고 순종적이지 않은 옥영의 성격을 사 어사가 못마땅하게 여겨 옥영과의 사이가 소원해짐<br>• 사 어사가 창기와 어울리자 이를 질투한 옥영이 창기를 매우 치고 사 어사를 질책함<br>• 사 어사가 옥영을 친정으로 내쫓자 옥영이 유씨 집안으로 돌아감 |

자, 놀라고 의혹되어 물어보았다. 소저가 전후의 사연을 자세히 고하자 승상이 매우 노하여 말하였다.

"너는 가문을 욕 먹이는 자식이다. 옥주의 성스러운 덕과 현영의 일을 눈앞에 보면시도 본받지 못하니 짐승과 다르지 않구나. 눈앞에 두지 못할 것이다."

진양 공주 / 옥영의 언니 / 옥영의 행실이 가문을 수치스럽게 만들었다는 분노 / 진양 공주와 유현영은 부덕을 갖춘 이상적 인물임 / 옥영의 행실을 짐승에 빗댐

이 부인 또한 엄히 꾸짖고 모든 오라버니와 두 언니가 부녀자의 예법을 훈계하면서 한 사람도 옳다고 하는 이가 없었다. 그러나 소저는 눈을 독하게 뜨고 말이 추상(秋霜) 같았으니 끝내 자신이 그른 것을 알지 못하였다.

옥영의 모 / 당시의 가부장제 사회에서 아내가 가장에게 순종하지 않고 오히려 가장을 꾸짖는 행위는 용납될 수 없음 / 자신의 잘못을 인정하지 않는 옥영의 태도

이 부인이 눈물을 흘리며 말하였다.

"내가 재주가 없고 덕이 없어 자녀가 다른 사람에게 떨어지는 점이 없을까 그윽이 두려워하였다. 이제 너의 불초함이 이와 같으니 이는 나의 가르침이 그릇된 것이다. 무슨 면목으로 사 서방을 보리오?"

부족한 / 못나고 어리석음 / 부모로서 옥영을 제대로 가르치지 못했다고 자책함 / 사위를 볼 낯이 없다고 생각함

드디어 하영당에 소저를 가두고 자녀의 항렬에 있는 것을 용납하지 않아 그 마음을 제어하려 하였다.

옥영을 별채에 가두고 자식으로 인정하지 않겠다는 강경한 태도로 옥영의 강한 성격을 제어하고자 함

▸ 친정으로 온 사연을 들은 유 승상 부부가 옥영의 잘못을 꾸짖음

이때 사 각로가 아들이 그 아내를 내친 사연을 듣고 놀라고 어이없어 말하였다.

쫓아낸

"며늘아기가 비록 허물이 있으나 네가 어찌 마음대로 내치기를 쉽게 하였는가?"

부모의 의사를 묻지 않고 마음대로 부인을 내친 아들에 대한 질책

드디어 사 어사를 잡아 죄를 묻고 삼십 대를 매우 친 뒤 빨리 유 소저를 데려오고 유 승상에게 사죄하라 하였다. 사 어사가 감히 명령을 거역할 수가 없어 유씨 집안에 이르렀다.

엄격한 사 각로의 성격을 알 수 있음

▸ 옥영을 내쫓은 일로 부친의 질책을 받은 사 어사가 옥영을 데리러 감

(중략)

사 어사는 심지가 원대하고 지략이 과인한 남자였다. 소저의 강한 예기가 꺾이어 가는 것을 알고 짐짓 위엄을 돋우며 매섭게 하기를 한층 더하였다. 「종일토록 하는 말이 아름다운 희첩을 모으고 재취할 계획이고, 소저를 비록 연모하나 소저의 넋이 사라져 정신이 희미하더라도 못 본 체하며 행인같이 여기고, 눈을 흘기고 낯빛을 억지로 지어 미워하는 노복같이 대하니」 아녀자의 염치로 능히 당돌할 수 있겠는가?

보통 사람보다 뛰어난 / 날카롭고 굳센 기세 / 사 어사의 성격 직접 제시 / 사 어사가 유씨 집안에 온 이후 시간이 흐르면서 옥영의 강한 기세가 꺾이어 간 / 「 」: 옥영의 강한 성격을 꺾기 위한 사 어사의 의도적인 말과 행동

▸ 유씨 집안으로 온 사 어사가 옥영의 성격을 고치기 위해 의도적으로 냉대함

이부 상서인 유세기는 본래 희롱을 하지 않는 군자였기에 이에 관여하지 않았지만 「진공으로부터 여러 형제들은 소저의 투기를 밉게 여겨 사 어사를 도와 거짓으로 소저 듣는 데서 사 어사에게 소저 침소에 가서 자라고 하였다. 그러면 사 어사가 매몰차게 떨치면서 부친의 명으로 마지못하여 이에 있으나 부부간의 도리를 행할 뜻이 없음을 크게 말하면서 소저에게 치욕을 갚았다.」

유우성의 장남 / 유세형 / 「 」: 옥영의 굳센 성격을 꺾기 위해 의도적으로 사 어사를 도와주는 옥영의 형제들

▸ 옥영의 형제들이 옥영의 성격을 고치기 위해 사 어사를 도와줌

소저가 마음이 본래 빙옥 같기에 사 어사가 오지 않는 것을 기뻐하고 자신의 침소에서 나가는 것을 시원하게 여겼다. 그러나 이유 없는 일과 달리 사 어사가 자기의 졸렬함을 비웃는 것인가 여겨 그윽한 한밤중과 고요한 아침에 남모르는 눈물을 흘리며 감히 자신의 그릇됨을 말하지는 않으나 사람을 대하면 부끄러운 빛이 앞섰다. 사

주변 사람들과 사 어사의 태도로 인해 심경의 변화를 일으키는 옥영의 모습

• 친정으로 돌아온 옥영에 대한 사람들의 반응

| | |
|---|---|
| 유우성 (유 승상) | • 가문을 수치스럽게 했다며 옥영의 행실에 분노함<br>• 진양 공주와 현영의 부덕을 본받지 못하고 짐승 같은 행동을 했다고 질책함 |
| 이 부인 | • 자신이 딸을 잘못 가르쳤다며 자책함<br>• 사위를 볼 면목이 없음을 걱정함 |
| 형제자매 | 부녀자의 예법을 갖추지 못했음을 들어 옥영의 잘못을 질책함 |

어사가 이를 알고 마음속으로 가련하게 여기나 행여 소저의 본성이 나타나면 제어하기 어려울까 한결같이 매몰하고 준절하게 대하였다.

옥영의 심경에 변화가 있음을 알고 안타깝게 여기면서도 옥영의 성격을 제어하기 위해 일부러 매몰차게 굶

▶ 옥영이 자신의 처지로 인해 심경의 변화가 생김

이미 해가 바뀌어 새해가 되었으나 소저는 방 밖을 나가지 않았다. 사 어사가 자신의 집에 가자, 부모가 사 어사에게 소저를 데리고 돌아오라고 말하였다. 이에 어사가 고하였다.

시간의 흐름

"집사람이 아직 나이가 어려 세상 물정을 모릅니다. 아직 몇 년을 더 그 친정에 머물러 잘못을 뉘우치기를 기다릴 것입니다."

옥영이 친정인 유씨 집안에 있는 것이 강한 성격을 고치는 데 도움이 될 것이라 생각함

각로는 소저가 아직 나이가 어리고 아들의 말이 사리에 맞으므로 허락하여 내버려 두었다. 사 어사가 소저를 친정에 계속 머물게 한 것은, 대개 소저가 시댁으로 돌아오면 시부모가 따뜻하게 대해 주시는 것이 지극하여 유 승상 부부의 엄정한 가르침과 다르고, 또 진공 형제가 좌우에서 도와 소저로 하여금 죽고자 하나 죽을 땅이 없게 제어할 수 있는 길이 없기 때문이었다. 사 어사가 기운을 펴는데 자기 집이 유씨 부중만 못하기 때문에 이렇게 한 것이었다.

사 어사가 옥영을 시가로 데리고 오지 않는 이유 - 유 승상 부부와 진공 형제의 도움이 있어야 옥영의 강한 성격을 제어할 수 있음

집안

▶ 사 어사가 옥영의 성격을 고치기 위해 옥영을 친정에 두기로 함

• 옥영에 대한 주변 인물의 태도

| | |
|---|---|
| 사 어사 | • 옥영의 굳센 성격을 고치기 위해 의도적으로 옥영을 냉대함<br>• 옥영의 심경에 변화가 있음을 눈치채고 안타깝게 여기면서도 옥영의 성격을 제어하기 위해 일부러 매몰차고 엄하게 대함<br>• 유 승상 부부의 엄한 가르침과 형제들의 도움으로 옥영의 성격을 변화시키기 위해 유씨 집안에 옥영을 둠 |
| 사 각로 | • 옥영을 시가로 데려올 것을 아들에게 명함<br>• 아들이 옥영의 성격을 고치기 위해 친정에 두도록 권하자 이를 수용함 |
| 유씨 집안 사람들 | 옥영을 엄정하게 가르치고, 사 어사가 기운을 펼 수 있게 도와서 옥영의 성격을 고치려고 함 |

## 장면 포인트 4 주목

- 해당 장면은 유우성의 삼남인 유세창과 설초벽의 혼인과 관련된 서사 중에서 남장을 한 설초벽(설생)이 유세창과 결의형제한 후 과거에 급제하여 천자의 힘을 통해 유세창과 혼인하게 되는 상황이다.
- 남장한 설초벽이 유세창과 혼인하기 위해 한 행동들에 주목하여 설초벽의 주체적인 면모를 파악하고 이 작품에 활용된 늑혼 화소의 서사적 기능을 알아보도록 한다.

[앞부분의 줄거리] 유우성의 셋째 아들 유세창은 14세에 추밀사 남효공의 딸 남 씨와 혼인한다. 15세에 등과하여 간의태우가 되었는데, 천촉 절도사 풍양이 난을 일으키자 부친 유우성을 따라 정서장군이 되어 출전한다. 난을 평정한 뒤 부친에게 말미를 얻어 산천을 유람하다가 전임 예부 상서 설경화의 남장(男裝)한 딸 설초벽을 만나 의형제를 맺는다.

하루는 객점에서 머물러 쉬면서 율시로 화답하다가 문득 설생의 팔을 빼어 웃고 말하였다.

"아우의 옥 같은 팔과 섬섬옥수가 미인 중에도 매우 작네. 남자 중에 이런 사람이 있는 것이 괴이하구려."

(설생이 남장한 여인임을 알아차리지 못하는 유세창)

설생이 얼굴빛이 변하면서 바삐 손을 떨쳐 멀리 가 배회하면서 그 말에 대답하지 않았다. 태우(유세창)가 미처 비홍(肥紅)(팔 위에 있는 붉은 앵혈. 순결한 여성임을 나타내는 징표)을 보지 못하나 기색을 보니 분명히 여자인 듯하였다(설생의 태도를 보고 여성임을 의심하게 됨). 그러나 그 기상과 재주로 보았을 때는 세상에 그런 여자가 없을 것이기에 끝내 망설이며 판단할 수가 없었다(뛰어난 기상과 재주가 여자라 보기 어려움 → 설생이 여자일 것이라고 확신하지 못함).

▶ 유세창이 결의형제한 설생이 여자인지 의심하지만 확신하지 못함

태우가 경사(한 나라의 중앙 정부가 있는 곳. 여기서는 천자가 있는 곳을 가리킴)에 다다라 먼저 대궐에 가서 천자의 은혜에 정중하게 사례하였다. 상이 크게 반기시어 불러 보시고 공적을 표창하시어 예부상서 영릉후에 임명하셨다. 태우가 천자의 성은에 감사를 드리고 집안에 돌아와 부모를 뵈었다. 기한을 어긴 지 석 달이 지났기에 식구들이 기다리는 근심이 끝이 없더니 온 집안에 반김이 무궁하였다(세창이 돌아올 날짜를 넘겨서 귀가함). 승상과 부인이 태우가 더디게 온 것을 꾸짖었다. 태우가 사죄하고 설생을 데리고 왔음을 고하자 모두들 놀라고 괴이하게 여겼다.

승상이 모든 자식들과 더불어 서헌에 나와 설생을 보았는데, 맑고 높은 기질이 표연히 선풍도골(仙風道骨)(신선의 풍채와 도인의 골격)이었으니, 수려하고 깨끗한 풍채가 눈을 놀라게 하였다(남달리 뛰어나게 고아한 풍채를 지닌 설생의 모습). 승상 및 태우의 여러 형제들이 매우 놀라서 십분 공경하고 별채인 송죽헌에 거처하게 하면서 의식을 각별히 하여 후대하였다. 승상은 설생이 너무 청아하고 아름다움을 괴이하게 여기었고 이부 상서 유세기는 한 번 설생을 보자 결단코 남자가 아닌 것을 알았지만 입을 열어 말하지 않고(단번에 설생이 여자임을 알았지만 드러내지 않음 → 진중한 성격) 아우들에게 당부하였다.

"설생이 타향 사람으로 우리를 서먹하게 여길 것이다. 너희들은 번잡하게 가서 보지 말고 설생을 편히 있게 하여라."

(설생의 처지를 고려하여 설생을 배려할 것을 아우들에게 당부함)

이부 상서 형제가 명을 받들어 구태여 설생을 찾지 않으나 유독 영릉후가 된 세창의 자취가 송죽헌을 떠나지 않았다(설생에 대한 세창의 마음이 각별함). 이날 영릉후가 매화정에 나가 부인인 남 소저를 대하자 소저가 얼굴에 희색을 띠어 맞이하고 서너 명의 자녀가 겹겹이 반겼다. 영릉

### 작품 분석 노트

- 인물의 성격

| 인물 | 성격 |
|---|---|
| 설생<br>(설초벽) | • 전임 예부 상서 설경화의 딸<br>• 부모가 죽자 자신을 보호하기 위해 남장을 하고 다님<br>• 뛰어난 무예와 학문, 고고한 자태를 지님<br>• 유세창을 만나 결의형제한 후 그와 혼인하기 위해 등과하여 자신의 뜻을 이룸 → 자신의 욕망을 실현하기 위해 주체적 · 적극적으로 행동하는 인물 |
| 유세창 | • 유우성의 셋째 아들<br>• 14세에 추밀사 남효공의 딸 남 씨와 혼인함<br>• 15세에 등과하여 간의태우가 됨<br>• 부인 남 씨와의 사이에 갈등이 없었으며, 천자의 명에 의해 설초벽과 혼인함 |

후가 다시금 애정이 새롭게 솟아오르면서 이별의 회포를 이르며 반가워하는 것이 끝이 없었다.」 그러나 영릉후의 한 조각 마음에는 설생이 객수(객지에서 느끼는 쓸쓸한 마음)에 가득 차 있는 것을 잊지 못할 뿐만 아니라(설생의 처지에 대한 걱정) 남자인지 여자인지가 미심쩍어 마음이 갈리니(설생의 정체에 대한 의심이 계속됨) 이 밤을 겨우 새워 아침 문안 인사를 끝낸 후 바로 송죽헌에 가 설생을 보았다. 영릉후가 설생과 종일토록 말하였는데, 말마다 의기투합하는 것을 신기하게 여겨 밥 먹고 잠자기를 다 잊을 정도였다.(설생에 대한 영릉후의 각별한 마음을 알 수 있음)

▶ 유세창이 설생을 집으로 데려와 친밀하게 지냄

(중략)

상이 매우 기뻐하시어 말씀하셨다.

"짐이 문신은 많으나 좋은 장수가 적은 것을 근심하였다. 이제 경의 출중한 무예를 보니 국가의 주석지신(나라의 중요한 신하)으로 변방의 쇄약(鎖鑰)(자물쇠)을 삼을 만하다. 어찌 국가에 다행 중 다행이 아니겠는가?(훌륭한 인재를 얻은 데 대한 만족감) 유세창이 사람을 알아보는 총명이 귀신같아서 이같이 문무를 모두 갖춘 인재를 얻어 국가에 보익이 되게 하니 그 공이 또한 적지 아니하도다."

이에 상이 설초벽(= 설생)으로 표기장군 병부시랑을 시키시어 군무를 담당하라 하셨다.(설초벽이 과거에 급제하여 벼슬에 오름)

주목

초벽이 머리를 조아리고 죄를 청하였다.

▶ 설생이 문무과에 장원으로 급제함

"신이 일월(천자)을 속이고 음양(陰陽)을 바꾼 죄(여자이면서 남자로 행세한 죄를 가리킴)가 있으니 감히 조정에 아뢰지 못하겠으나, 신의 죄를 용서하시면 진정을 아뢰겠습니다."

차설(且說). 천자가 놀라시어 설초벽에게 마음속에 품은 것을 숨기지 말고 아뢰라 하시자, 초벽이 다시 머리를 조아리고 아뢰었다.

「"신(臣)은 본래 설경화의 어린 딸입니다. 부모가 함께 돌아가시자 혈혈단신의 아녀자가 강포한 자로부터 욕을 볼까 두려워(설초벽이 남장을 한 이유) 남장(男裝)을 하고 무예를 배워 풍양의 진중에 들어갔다가 산으로 도망하여 은거하면서 천신만고를 겪었습니다. 그러다가 유세창을 만나게 되었습니다.」(「 」: 유세창을 만나게 된 과정을 요약적으로 드러냄) 유세창이 비록 제가 여자인 줄을 알지 못하고 지기(知己)로 허락하였으나, 신이 여자의 몸으로 세창과 동행하여 먹고 자기를 한가지로 하였사오니 의리로 다른 사람을 좇지 못할 것이고(세창에 대한 의리를 지켜 다른 사람에게는 시집가지 않겠다는 의미) 스스로 구하여 유세창에게 시집간다면(혼례의 절차를 거치지 않고 시집간다면) 뽕나무밭과 달빛 아래에서 몰래 만나는(남녀가 은밀하게 만나는 것을 의미함) 비루한 행실과 다를 것이 없습니다. 그렇기에 뜻을 결정하여 인륜을 폐하고 몸을 깨끗하게 마치는 것이 소원입니다.

그러나 돌아보건대 부모의 혈맥(혈통, 핏줄)이 다만 신첩(臣妾)의 한 몸에 있기에 차마 사사로운 염치와 의리 때문에 죽어 종족을 멸망시키고 후사(後嗣)를 끊게 하는 죄인이 되지는 못할 것입니다.(세창에 대한 염치와 의리를 지키기 위해 죽어서는 안 되는 이유) 온갖 계책을 생각해도 방법이 없으나 그윽이 생각하건대 폐하께서는 만민의 부모가 되시니 반드시 신첩의 사정을 불쌍히 여기시고 윤리를 완전케 해 주실 것 같았습니다. 그런 까닭에 일만 번 죽기를 무릅쓰고 감히 방목(과거 합격자 명부)(세창과 정식으로 혼인하기 위해 무과에 응시하여 합격한 것임을 알 수 있음)

**감상 포인트**
남장 화소와 늑혼 화소의 서사적 기능과 이를 통해 드러나는 인물의 성격을 파악한다.

• 남장 화소와 늑혼 화소의 결합

| | |
|---|---|
| 남장 화소 | • 설초벽은 부모가 죽은 후 자신을 보호하기 위해 남장을 하고 무예를 배움<br>• 유세창과 혼인하여 몸을 의탁하기로 마음먹음<br>• 유세창과 정식 혼인을 하기 위한 방법으로 천자에게 간청하기로 함<br>• 천자를 만나 유세창과의 혼인을 간청하기 위해 과거에 응시하였고, 탁월한 실력으로 문무과에 장원으로 급제함<br>• 천자가 설초벽의 사정을 측은히 여겨 설초벽의 간청을 들어줌 |

+

| | |
|---|---|
| 늑혼 화소 | 설초벽은 남장한 상황에서 만난 유세창과 정식 혼인을 하기 위해 남장을 활용하여 등과한 후 천자에게 자신의 정체를 밝히고 자신이 원하는 바를 드러냄<br>→ 설초벽은 천자의 명에 의한 늑혼을 통해 유세창의 둘째 부인이 됨 |

(榜日)에 이름을 걸어 성총을 어지럽게 함으로써 저의 진정한 회포를 아룁니다."

▶ 설생이 천자에게 여자임을 밝히고 과거에 급제하고자 한 의도를 밝힘

상께서 매우 놀라고 기특하게 여기시어 영릉후인 유세창을 돌아보셨다. 영릉후 또한 매우 놀라 안색이 흙빛이었다. 상이 유 승상에게 명령하여 말씀하셨다.

설생이 여인이라는 사실에 놀람

"설씨녀의 재주와 용모와 의협심이 옛사람보다 뛰어나고 사정이 불쌍하니 짐(朕)이 중매가 되어 세창과 혼인시킬 것이다. 경(卿)은 육례(六禮)를 갖추어 저 설씨녀를 맞이하고 평범한 며느리로 대접하지 마라. 저 사람이 타향에 떠도는 나그네가 되어 혼사를 말하기가 어려운 까닭에 과거에 급제하는 것을 계기로 뜻을 이루고자 하였으니 이 또한 묘책이다. 충성심이 세상을 덮을 만하고 문무 장원을 하였으니 삼백 칸 집과 가동(家僮)과 노비를 전례대로 사급하며 특별히 여학사(女學士) 여장군에 임명하여 영릉후 세창의 둘째 부인으로 칭하나니 선생은 명심하라."

의협심: 남의 어려움을 돕거나 억눌림을 풀어 주기 위해 자신을 희생하는 의로운 마음

육례: 유교 사회에서 행하는 여섯 가지 큰 의식

천자의 명으로 설초벽과 세창을 혼인시키고자 함 → 늑혼 화소

정식 혼인 절차에 따라 혼례를 치르고 설초벽을 귀하게 대접할 것을 당부함

과거에 급제하여 천자의 명을 통해 혼인하고자 한 설초벽의 계책을 칭찬함

가동: 심부름하는 사내아이 종

사급: 나라나 관청에서 금품을 내려줌

▶ 천자가 유우성에게 설초벽과 유세창의 혼인을 명함

승상이 어이없어 하나 마지못해 성은에 감사를 드리자 영릉후가 반열에서 나와 아뢰었다.

설초벽과 세창의 혼인을 받아들이기 어려우나 천자의 명이므로 수용하고자 함

"당초 산에서 유람하다가 설씨 여자를 만나니 당세에 기이하고 재주 있는 남자로 알아 다만 성스러운 조정에 인재가 성대하게 될 것을 기뻐하고 신의 평생 좋은 친구가 될까 기뻐하였습니다. 어찌 여자가 남자로 변장하였던 것을 알았겠습니까? 오늘 이 행동을 보니 놀라움을 이기지 못하겠습니다. 혼인은 풍속을 교화하는 대사이니 이같이 서로 친한 벗이었다가 혼인한다면 일세의 시비와 의심을 면치 못할 것입니다. 일이 비록 적으나 풍속을 교화하는 일에 관계되오니, 원컨대 어전에서 설씨녀의 앵혈(鶯血)을 상세히 살펴 일을 명백히 한 후에 성지를 받들기를 원합니다."

설초벽이 남자이며 뛰어난 인재이므로 지기가 되었음

설초벽이 여자임을 몰랐음을 주장함

자신과 설초벽의 혼인이 세간의 구설수에 오를 수 있음을 염려함

설초벽의 순결을 확인하는 한편, 설초벽과 자신이 지기였음을 천자에게 확인시키고자 하는 의도

성지: 임금의 뜻

상이 웃으며 말하였다.

"경이 의심이 많도다. 설씨 여자의 사람됨이 얼음같이 맑고 금옥과 같이 견고하니 어찌 경에게 사사로운 마음을 둘 자이겠는가? 그러나 경이 불안하다면 마땅히 즉시 살펴보리라."

드디어 상이 설초벽의 팔을 내어 보이라 하셨다. 설씨가 어전에서 옥 같은 팔을 내어 상께서 보시기를 기다렸다. 눈 같은 살 위에 앵혈이 단사(丹沙) 같자, 만조백관이 눈을 기울여 감탄하였다.

▶ 영릉후(유세창)가 설초벽의 정절을 확인함

• '앵혈'의 서사적 의미

- 여자의 팔 위에 찍는 앵무새 피로, 순결한 처녀일 때는 이 핏자국이 선명하게 보이고 남자와 동침을 한 경우에는 핏자국이 없어진다고 함
- 설초벽의 앵혈은 설초벽이 순결한 여성임을 드러냄
- 고전 소설에서 '앵혈'은 여성임을 확인하거나 여성의 정절을 확인하기 위한 수단으로 자주 등장함

## 핵심 포인트 1 남장 화소의 서사적 의미와 기능

이 작품에서 설초벽은 여성 영웅의 특성을 지닌 인물이다. 여성 영웅 소설에 나타나는 남장 화소의 서사적 기능이 설초벽의 경우에 어떻게 형상화되고 있는지 파악할 수 있어야 한다.

**남장 화소의 서사적 의미와 기능**

- 여성이 남성의 영역인 공적 영역에 진출하기 위한 수단: 남장한 설초벽이 과거에 응시하여 문무과에서 장원을 차지함
- 여성 주인공이 위기를 극복하기 위해 선택한 방법: 설초벽은 부모가 모두 죽은 후 강포한 자로부터 자신을 지키기 위해 남장을 선택함
- 새로운 사건이 발생하는 계기: 설초벽은 자신을 남성으로 알고 있는 유세창과 의형제를 맺고 같이 지내게 된 후, 유세창과 혼인하고자 하는 마음을 먹고 자신의 욕망을 실현함 → 주체적이고 적극적인 여성의 면모를 보여 줌

## 핵심 포인트 2 혼사 장애의 양상 파악

이 작품은 삼대록계 소설이지만 남녀의 혼사 장애를 주된 서사로 하고 있으므로, 작품에 나타나는 다양한 인물들의 혼사 장애와 극복 양상을 파악할 수 있어야 한다.

**등장인물의 혼사 장애 양상**

| 인물 | 혼사 장애의 양상과 인물의 특징 |
| --- | --- |
| 유세형 | • 장 씨와 정혼한 유세형이 천자의 명령으로 진양 공주와 혼인하게 됨 → 진양 공주가 장 씨를 세형의 계비로 들임 → 장 씨의 음모에 의해 진양 공주가 시련을 겪음 → 진양 공주가 장 씨를 감화시켜 혼사 장애를 극복함<br>• 늑혼의 피해자인 장 씨가 악인으로, 늑혼의 당사자인 진양 공주가 부녀자의 모범이 될 만한 이상적인 여인으로 형상화됨 |
| 유세창 | • 천자의 명에 의해 설초벽과 혼인함 → 유세창이 부인 남 씨를 소홀하게 대하지만 남 씨가 설초벽을 어질게 대함 → 유세창이 남 씨를 소홀하게 대하자 설초벽이 자신의 옛집으로 간 후 돌아오지 않음 → 유세창이 남 씨와 화목하게 지냄<br>• 처첩 관계에 있는 남 씨와 설초벽이 모두 부덕을 갖춘 여인으로 형상화됨 |
| 유현영 | • 시조모인 팽 씨의 횡포로 인해 정실 자리를 민순랑에게 빼기다시피 하고 혹독한 시련을 겪게 됨 → 병든 팽 씨를 극진히 간호하여 감화시킴<br>• 어떤 상황에도 시어른의 명을 거스르지 않는 덕을 지니고 있는 인물로, 악인을 감화시키는 이상적인 여인으로 형상화됨 |
| 유옥영 | • 호탕한 성품의 사 어사(사강)와 혼인하였으나 옥영의 드센 성품으로 인해 옥영이 친정으로 쫓겨남 → 사 어사가 옥영의 기를 꺾기 위해 의도적으로 매몰차게 대함 → 옥영이 죽을 위기를 겪고 나서 남편의 뜻에 순종하는 여인이 됨<br>• 자기주장이 강하여 시련을 겪는 옥영이 남편에게 순종하는 여인으로 변화함 |

## 핵심 포인트 3 외적 준거에 따른 감상

이 작품에 나타나는 늑혼(억지로 혼인을 시킴) 화소를 중심으로 갈등 양상과 인물의 성격을 파악하고 작품의 의미를 감상할 수 있어야 한다.

**〈유씨삼대록〉에 나타나는 늑혼 화소**

| 인물 | 늑혼의 양상 |
| --- | --- |
| 유세형 | • 유세형이 장 씨와 정혼함 → 천자의 명에 의해 유세형이 진양 공주와 혼인하게 됨(늑혼) → 유세형의 계비가 된 장 씨가 진양 공주를 시기해 독살을 시도함<br>• 늑혼은 유세형과 진양 공주, 진양 공주와 장 씨 사이의 갈등을 유발하는 계기가 됨 |
| 유세창 | • 유세창이 남 씨와 혼인함 → 남장한 설초벽이 유세창과 혼인하기 위해 늑혼을 활용함(남장 화소와 늑혼 화소가 결합됨)<br>• 늑혼이 설초벽의 욕망을 실현하는 데 조력하는 기능을 함: 영웅 소설에서 주인공의 혼인은 영웅적 행위에 대한 '보상'의 의미를 지님 → 설초벽의 혼인도 설초벽의 영웅적 능력에 대한 긍정적 인식을 보이는 천자의 명에 의해 이루어짐 |

### 작품 한눈에

• 해제

〈유씨삼대록〉은 18세기 초반에 창작되어 널리 향유된 작자 미상의 국문 장편 소설로, 전편인 〈유효공선행록〉의 속편이다. 이 작품은 삼대록계 소설의 전형적인 구조를 갖추고 있으면서 상층 중심의 품격 높은 취향을 잘 보여 주며, 남녀의 혼사 장애와 결연 서사를 통해 다양한 부부 갈등을 형상화하고 있다는 점이 특징이다. 이 작품에는 3대에 걸쳐 다양한 인물들이 등장하지만 2세대인 유우성 자식들의 서사가 중심을 이룬다. 각 서사는 개별적으로 전개되는데 남녀 간의 애정 문제와 혼인 문제를 중심으로 하고 있다. 주로 일부다처의 혼사담을 통해 가부장제하에서 여성들이 지녀야 할 부덕이 중시되는데 이는 가문의 번영을 위해 여성의 역할이 중요하다는 작가 의식이 반영된 것으로 보인다.

• 제목 〈유씨삼대록〉의 의미

– 유씨 가문 주요 인물들의 삼대에 걸친 이야기

〈유씨삼대록〉은 혼인을 중심으로 각 세대 인물들의 이야기가 개별적으로 전개되는데 그중에서도 유우성의 자식인 세형, 세창, 세필, 현영, 옥영 등의 부부 이야기가 중심이 되어 펼쳐지는 가문 소설이다.

• 주제

3대에 걸친 유씨 가문의 창달과 번영

**전체 줄거리**

백 년 거족이자 명문 집안의 후예인 유우성의 아들 유세기가 태어나고, 유백경은 유세기를 양자로 삼아 후사를 잇는다. 유세기는 소 씨와 혼인하고, 유우성의 둘째 아들 유세형은 장씨 집안과 혼인을 약속하나 천자의 누이 진양 공주의 부마로 간택된다. 유세형이 진양 공주와 혼인한 후에도 장 씨를 그리워하자 그녀를 둘째 부인으로 들이고, 장 씨의 간교한 말에 속은 유세형은 진양 공주를 박대한다. 장 씨는 시부모에게 계교가 탄로 나 친정으로 쫓겨나고, 유우성의 셋째 아들 유세창은 남 씨와 혼인한다. 집으로 돌아온 장 씨는 진양 공주의 약에 독을 탔다가 발각된 후 개과천선한다. 유우성은 차녀 유현영과 참정 양계성의 아들인 양선을 혼인시키지만, 유현영은 시조모인 팽 씨의 횡포로 고난을 겪다 병든 팽 씨를 극진히 간호하여 팽 씨를 개과천선시킨다. 셋째 딸 옥영은 각로 사천의 아들인 사강과 혼인하나 옥영의 드센 성품으로 인해 두 사람은 싸우다 화해한다. 유세형의 둘째 아들 유현은 3대 중 가장 뛰어난 인물로 양 소저와 혼인하나 그녀를 박대하고, 둘째 부인 장소저와 셋째 부인 왕 씨도 양 소저를 모해한다. 유세창의 아들 유몽은 유세형과 함께 오랑캐를 진압하는 공적을 세워 왕의 작위를 받는다. 유씨 가문은 대를 거듭하며 부귀영화를 누리고 사람들은 영웅 군자의 면모를 가진 유우성의 다섯 아들을 아름답게 여겨 따르고자 한다.

고전 산문 22

◇ 한 줄 평 남편에 대한 사랑으로 죽음도 초월한 열녀의 이야기를 그린 작품

# 춘매전 작자 미상

## 장면 포인트 1

- 이 작품은 죽은 남편을 살려 낸 유씨 부인의 행적을 통해 열행의 중요성과 낭위심을 그린 열녀계 소설이다.
- 해당 장면은 과거에 급제하여 한림학사가 된 춘매가 조정 백관들의 모함으로 인해 귀양을 간 이후의 상황이다.
- 중심 소재 '꿈'과 '편지'의 기능에 주목하여 사건의 전개 양상을 파악하도록 한다.

[앞부분의 줄거리] 춘매는 과거에 급제하여 한림학사가 되지만 이를 시기한 조정 백관의 모함으로 귀양을 가던 도중에 병이 들어 귀양지에서 죽게 된다. 춘매의 친구 양옥은 종들을 시켜 유씨 부인에게 춘매의 부고를 전하게 한다.

차설(화제를 전환할 때 첫머리에 씀. 각설. 화설), 이때 유씨 부인이 몽사(夢事)(꿈에 나타난 일)를 얻었는데, 꿈인지 생시인지 어떤 한 남자가 울고 있으므로 유 씨가 깨어나서 생각하니

'부부가 동품('동침'의 평북 방언)하여 귀한 아들을 낳을 꿈이건만 나 홀로 있으므로 속절없도다(어찌할 도리가 없다).'(유씨 부인이 몽사를 아들을 낳을 꿈으로 해몽함)

하였는데 삼 일 후 대낮에 꿈을 꾸니(불길한 사건 예고) 춘매가 와서 이르기를

"그대는 어머님을 지성으로 섬기고 계시는가? 슬프다. 나는 귀양 가서 수풀 잎 앞의 이슬처럼, 달아오른 불에 나무처럼 사라지니 화살 끝에 부는 바람이 수풀에서 우는 짐승을 버들가지 삼아 이리저리 다니건만 그대는 이런 줄 모르는가?(춘매가 자신의 죽음을 부인에게 알림) 이왕 그렇게 되었으니 어머님을 지성으로 섬기시오.(춘매가 부인에게 어머니를 잘 봉양할 것을 당부함) 나는 급하도다."

라고 한 후 간데없으므로 깨어나니 한바탕의 꿈이었다. 유 씨가 생각하기를

'낭군이 죽었는가? 적소(謫所)(귀양지)에서 중병이 들었도다.'(유 씨가 꿈을 남편이 유배지에서 죽었거나 병이 든 것으로 해몽함)

하고 문밖만 바라보면서 정신이 달아난 가운데 앉아 있었다.

**감상 포인트** 유씨 부인이 꾼 꿈의 서사적 기능을 이해한다.

▶ 유씨 부인이 꿈을 꾸고 남편의 안위를 걱정함

그날 진시(辰時)(오전 7~9시)에 종들(유배지에서 춘매를 모시는 종들)이 들어오므로 유씨 부인이 바삐 내달아 가서

"너희는 어찌하여 왔느냐? 너희 상전님(춘매)은 편하시냐? 어서 자세하게 아뢰어라."

라고 하니 종들이 묵묵부답(默默不答)하고 서로 미루다가(춘매의 죽음을 알리는 것을 꺼림) 품에서 봉한 편지를 내어놓으므로 유 씨가 편지를 가지고 종을 불러 진정하라고 하고는 글을 읽다가 엎어지면서 가슴을 두드리다가 통곡하고 기절하였다. 대부인(남의 어머니를 높여 이르는 말. 춘매의 어머니)이 또한 기절하고 말하기를,

"내 노경(老境)(늙어서 나이가 많은 때)에 이런 참혹한 일(아들이 먼저 죽은 일)을 보고 살아 무엇 하겠는가!"

하면서 애통해하시니 진정하여 이르기를

"호주(춘매의 귀양지)의 상사(喪事)(호주에서 춘매가 죽은 일)는 속절없거니와 대부인이 저렇게 애통해하시다가 분명히 일이 날까 염려스럽습니다."(아들의 죽음으로 인한 충격으로 춘매의 노모에게 불상사가 일어날까봐 걱정함) / 하면서 모두 위로하였다. 유 씨가 생각하기를

'부부 사이에 소중한 정이 있는데 어찌 종과 말을 부려서 수만 리 험한 길에 신체를 평안히 모셔 오겠는가.'(종과 말을 보내 남편의 시신을 옮겨 오는 일은 부부간의 도리가 아니라고 생각함) / 라고 하고는,

## 작품 분석 노트

- '꿈'에 대한 유씨 부인의 반응

| 한 남자가 울고 있는 꿈 | 춘매가 나타난 꿈 |
|---|---|
| 아들을 낳을 꿈이라 생각함 → 좋은 징조로 여김 | 남편의 안위를 걱정함 → 불길한 징조로 여김 |

- 편지의 기능과 유씨 부인의 반응

**편지의 기능**

유배된 춘매의 죽음을 알림

↓

**유씨 부인의 반응**

- 남편을 잃은 슬픔 속에서도 아들을 잃은 충격으로 시어머니에게 불상사가 일어날까 봐 자신보다 시어머니를 먼저 걱정함 → 효부로서의 면모
- 춘매의 시신을 종에게 맡겨 옮겨 오지 않고 부부간의 도리를 생각해 자신이 직접 가서 옮겨 오려 함 → 열녀로서의 면모, 적극적이고 주체적인 모습

"자부가 직접 가서 낭군의 죽은 얼굴이라도 보고 다행히 하늘의 도움이 있으면 신체를 모셔다가 선대의 묘하(墓下)에 아래 묻고자 하나이다."

며느리. 유 씨가 자신을 가리킴 / 조상의 산소가 있는 땅 / 유배지에서 남편의 시신을 옮겨 와 선산에 묻는 일이 하늘의 도움이 필요한 일이라고 여김

라고 말하니, 모여 있던 사람이 이르기를,

"남자라도 일곱 달 만에 도착할 수 있거니와 하물며 연약하고 약질(弱質)인 여자의 몸으로서 어찌 갈 수 있을지." / 하였다. 유 씨가

허약한 체질 / 먼 길이라서 연약한 여자의 몸으로 시신을 옮기기가 어렵다고 만류함

"벌써부터 이런 말 이리 마옵시고 서로 간에 부모 아래 동기(同氣)가 없으니 소중한 청을 말리지 마옵소서."

형제와 자매, 남매 / 자신과 춘매가 모두 형제가 없으니 직접 가서 시신을 옮겨 오겠다는 의지를 드러냄

라고 하며 건실한 종 열 명을 거느리고 시녀 처량을 데리고 길을 떠나는 거동이 성화(成火)와 같았다. 누구라 막을 수 있겠는가!

남편 춘매의 시신을 옮겨 오기 위해 서둘러 떠남 / 유 씨의 의지를 꺾을 수 없음(편집자적 논평)

▶ 유 씨가 남편 춘매의 시신을 옮겨 오기 위해 유배지로 떠남

(중략)

한편, 이때 유 씨는 백설 같은 얼굴에 수양버들 같은 눈썹과 주홍 같은 입술을 드러내어 슬프게 우니, 가는 사람들이 보고 울지 않은 이가 없었다. 여러 날 길을 걸어 여행길이 민망(憫惘)하였는데, 회평관에 다달아 날이 저물므로 회평 읍내에 숙소를 정하였다. 유 씨가 저녁밥을 받아 놓고 종을 불러 이르기를

유 씨의 아름다운 외모 / 보기에 답답하고 딱하여 안타까웠는데

"나는 날마다 따뜻한 방에 자건마는 너희 서방님은 어느 수풀에서 우는 짐승을 벗을 삼아 이리저리 다닐까."

자신의 처지와 대비하여 죽은 남편에 대한 안타까움을 드러냄

하면서 박명주(薄明紬) 치마에 눈물이 비 오듯 흘러내렸다. 그날 밤을 지내고 이튿날 아침에 즉시 떠나려 하니 회평 원이 여행객을 문안하면서 보고는

얇은 명주실로 짠 치마 / 회평의 지방관 / 여기서는 '고되다', '위험하다'의 의미

"숙소를 정하소서. 오늘 출발하면 여행길이 불행하다고 하니 머물렀다 가소서."

회평 원이 유 씨에게 다음 날 출발하기를 권하는 표면적 이유

라고 하니, 유 씨 생각하되 '일각(一刻)이 여삼추(如三秋)라' 즉시 가고자 하는데 종들도 말하기를

아주 짧은 시간이 삼 년과 같이 길게 느껴짐. 몹시 애타게 기다리는 마음

「"소인 등도 여러 달 여러 날을 길을 걸었으므로 발병도 나옵고 몸도 피곤하여 움직이기가 어렵사오니 오늘만 머물렀다가 가사이다."」

「 」: 유 씨가 회평에서 하룻밤을 더 묵게 된 결정적 이유

라고 하니 유 씨가 생각하기를

'하루 쉬기는 어려우나 일의 형세가 그러하니 알지 못하겠다.' / 하고는 머물렀다.

쉬어 갈 형편이 아니라고 생각하지만 종들의 권유에 따라 다음 날 출발하기로 함 / ▶ 유배지로 가던 중 회평에서 머물게 됨

그날 회평 원이 유 씨를 자세히 보고는 생각하기를

'비록 수심에 가득 차 있으나 얼굴이 다 피지 못한 목당화가 아침 이슬을 머금은 듯하고 옥 같은 두 귀밑에는 눈물이 아롱거리고 눈 가운데는 옥매화가 흩날리고 보름달이 햇빛을 받은 듯하다. 옥이 곱다고 한들 이보다 더할쏘냐. 한 번 보니 천하의 일색이 내 고을에 들어왔도다.'

남편을 잃은 슬픔 / 회평 원의 시선을 통해 유씨 부인의 미모를 드러냄. 비유를 활용한 주관적 묘사 / 유씨 부인의 아름다운 외모에 반함

하고는 마음에 얻은 듯이 자신만만하게 여기면서 일모(日暮)만을 기다리고는, 그날 밤에 회평 원이 유 씨가 자는 방에 들어갔다.

날이 저묾 / 회평 원이 유 씨에게 더 머물다 갈 것을 권유한 진짜 이유 → 유 씨를 유린하기 위함

▶ 회평 원이 유씨 부인이 자는 방에 들어감

• 유 씨의 외양 묘사

백설 같은 얼굴에 수양버들 같은 눈썹과 주홍 같은 입술을 드러내어 슬프게 우니

↓

비유를 통해 유 씨의 아름다움을 구체적으로 묘사함

얼굴이 다 피지 못한 목당화가 아침 이슬을 머금은 듯하고 옥 같은 두 귀밑에는 눈물이 아롱거리고 눈 가운데는 옥매화가 흩날리고 보름달이 햇빛을 받은 듯하다.

↓

다른 인물(회평 원)의 시선을 통해 유 씨의 아름다움을 주관적으로 묘사함

• 회평 원의 의도

회평에서 하룻밤 더 묵어 가기를 유 씨에게 권함

↓

| 표면적 이유 | ↔ | 이면적 이유 |
| --- | --- | --- |
| 오늘 출발하면 여행길이 불행하다고 보기 때문임 | | 유 씨의 미모를 탐하여 유 씨를 유린하기 위함 |

장면 포인트 2 주목

- 해당 장면은 유씨 부인이 남편인 춘매의 시신을 옮겨 오기 위해 길을 떠나 회평에서 묵게 된 이후의 상황이다.
- 갈등 상황에 대처하는 유 씨의 태도에 주목하여 유 씨의 성격을 파악하고, 남편에 대한 유 씨의 태도를 통해 드러내고자 하는 당대의 윤리 의식을 이해하도록 한다.

「유 씨는 벌써부터 수잠(깊이 들지 않은 잠)을 자면서 큰 칼을 들고 문 옆에 서 있다가 치려 했는데 정말 들어오므로」(「 」: 유 씨가 수상한 낌새를 느끼고 있었음을 알 수 있음) 큰 칼을 잡고 목을 치니 목은 맞지 않고 팔이 맞아 떨어졌다.(정절을 지키기 위한 유 씨의 행동) 그 고을 하인들이 황급하여 유씨 부인을 잡아 칼(죄인에게 씌우던 형틀)을 씌워 옥에 가두고는 감사에게 보고하기를

주목 '어떠한 부인이 이곳에 와서 계시면서 머물렀는데 간밤에 이경(二更)(밤 9~11시)에 무단이(아무 이유 없이) 앉은 사또님을 목을 벤 연유로 고하나이다.'(하인들이 감사에게 유 씨가 이유 없이 회평 원의 목을 베려 했다고 보고함)

라고 하니 감사가 크게 놀라시면서 엄중하게 다스리라고 하시고 급히 와 형벌을 다스리면서 유씨 부인을 잡아 올 때, 저놈들 거동 보소.(서술자의 개입) 구름 같은 머리카락을 왼손으로 거두어 잡고 가늘고 연약한 몸이 큰칼을 견디지 못하여 휘어지는 듯하고(하인들이 유 씨를 함부로 대하며 잡아감) 허리는 백공단(비단의 한 종류)을 자른 듯하고「눈 가운데 옥매화가 핀 듯하였다. 호련(瑚璉)(고귀한)한 광채와 쇄락(灑落)(상쾌하고 깨끗한)한 태도는 비할 데가 없었다.」(「 」: 잡혀가는 상황 속에서도 빛나는 유 씨의 외모와 자태) 연약한 허리를 형틀에 걸치고 여쭈기를.

"소녀는 본래 양주 땅에 사는 유 판관의 여식이고 한림학사 이춘매의 아내였는데,(유 씨가 자신의 신분을 먼저 밝힘) 「낭군이 애매한 누명을 입고 수만 리 땅에 귀양을 가서 죽었으므로 신체나 운구(시신을 넣은 관을 운반함)하였다가 조상의 산소가 있는 땅에 묻고자 하여 신첩이 분상(奔喪)(먼 곳에서 부모의 부음(訃音)을 듣고 급히 집으로 돌아감을 뜻하는 말, 여기서는 남편의 시신을 옮겨 옴을 뜻함)을 차려 가는 중이었습니다.」(「 」: 남편의 시신을 옮겨 오기 위해 가는 중이었다며 자신의 상황을 밝힘) 「마침 회평관에 들어왔을 때 날이 저물어 여기에서 하룻밤을 묵고 이튿날 아침에 가려 하는데 회평 원이 문안하되 그날 출행 길이 불행하다고 하면서 머물렀다가 가라고 하므로 가지 못할 뿐이었습니다. 종들도 발이 아파서 머무르자고 하므로 확실하게 알지 못하여 거기서 머물렀습니다.」(「 」: 자신이 일행과 회평에 머물게 된 경위를 밝힘) 그날 밤에 원이 내가 자는 방에 들어오므로 분명히 도적인 줄 알고 큰 칼을 잡고 목을 쳤는데(회평 원을 해친 이유를 밝힘 → 자신의 행위가 정당한 것이었음) 목은 맞지 않고 팔이 맞아 떨어졌거늘 목을 선참(先斬)(먼저 벰)하지 못한 것이 지금도 한이로소이다."(회평 원을 죽이지 못한 데 대한 분한 심정을 드러냄)

감사가 이 말을 들으시고 크게 놀라 얼굴빛이 하얗게 질려 즉시 형틀에 매인 것을 풀고 세초(洗草)(범죄 사실을 기록한 글)를 정하라고 한 후,

"이렇게 놀라운 일이 어찌 있으리오!"

라고 하면서 즉시 절도사와 원주 목사에게 보고하였다.(유 씨의 진술을 토대로 한 세초에 의해 이루어짐)

▶ 유 씨가 회평 원의 팔을 자른 일로 붙잡혔다가 사건의 진상이 밝혀짐

그 연유를 들으시고 깜짝 놀라 와 계시면서 유 부인을 모시고는 보시기 위해 바닥에 내려와서,

"한림학사의 상사(喪事)(춘매의 죽음)에 대한 말씀은 할 말이 없거니와 중도에서 이렇듯이 욕을 당하시오니 이런 참혹한 일이 어디에 있겠습니까!"(춘매의 죽음과 유씨 부인이 당한 일에 대해 유씨 부인을 위로함)

라고 하였다. 유 씨가 원통한 심정으로 사례하면서 말하기를

**작품 분석 노트**

- 갈등 양상과 그 의미

| 회평 원 | ↔ | 유씨 부인 |
|---|---|---|
| 회평 원이 유씨 부인을 유린하기 위해 유 씨의 방에 침입함 | ↔ | 자신을 지키기 위해 회평 원의 팔을 자름 |

↓

투옥되는 유씨 부인
회평 원의 팔을 자르게 된 연유를 적극적으로 밝힘

↓

- 정절을 지키고자 하는 유씨 부인의 의지와 단호한 성격이 드러남
- 유 씨의 절행이 드러나는 계기가 됨

- 유씨 부인의 말하기 방식

- 자신의 신분과 출행 길의 목적을 밝힘
- 회평관에 머물게 된 경위를 순차적으로 밝히면서 그 과정에서 주변 인물의 입장과 자신의 입장을 구체적으로 제시함
- 회평 원이 부정행위를 하였음을 강조하며 자신이 회평 원을 해친 행위가 정당함을 논리적으로 주장함
- 부정행위를 한 상대에 대한 자신의 분한 감정을 표출하여 상대의 잘못을 강조함

↓

사건의 진상을 밝힘

"소녀의 끝이 없는 원통함은 일을 속히 결정을 짓고 급히 정사를 결단하옵소서. 빨리 낭군의 원통하신 우리 군자님의 신체를 찾아보고자 하나이다."

라고 하며 원통한 심정에도 말하는 모습이 흐트러짐이 없었으니, 조룡(雕龍)이 대강론(大講論)하시는 듯하였다. 급히 회평 원의 죄목을 나라에 보고하니 전하께서 들으신 후 별도로 교지(敎旨)를 보내어,

담천조룡(談天雕龍)에서 나온 말. 하늘이 이야기하고 용을 조각한다는 뜻으로, 언변이나 문장이 원대하고 고상함

교지: 임금이 사품 이상의 벼슬아치에게 내리던 명령

'즉시 회평 원의 죄목을 엄중하게 다스려 죽이고, 유씨 부인을 가둔 하인을 모두 죽이고 자손을 다 잡아 죽이라. 또한 유씨 부인 부부의 설치(雪恥)를 저저(這這)이 다 헤아려 주라.'

유 씨의 정절을 훼손하고자 한 죄로 사형을 명함 / 열녀인 유 씨를 함부로 대한 죄로 형벌을 받게 됨 / 설치: 설욕 / 저저이: 사실대로 낱낱이

라고 하셨다.

「유씨 부인이,

"치욕스러운 일은 잊고자 하니, 소녀의 망극(罔極)한 일을 갚아 주시니 하해 같으신 은혜를 백골난망이로소이다. 또한 옛글에 이른 것처럼, 머리를 깨어 신을 삼고 이를 빼내어 총을 박아 갚아도, 백골이 진토(塵土)가 되어도 잊지 못할 것입니다."」

「 」: 자신의 억울함을 풀어주는 내용의 교지를 내린 임금의 은혜에 대한 감사함을 표함

망극: 망극지통. 끝이 없는 슬픔 / 백골난망: 죽어 백골이 되어도 잊기 어려움 → 남에게 큰 은덕을 입었을 때 고마움의 뜻 / 총: 짚신 · 미투리 등의 앞쪽의 두 편짝으로 둘러 박은 낱낱의 울

▶ 회평 원이 유 씨를 유린하려 한 사건을 임금이 엄하게 처결함

원주 목사가 말하기를

「"한림학사가 귀양 가실 때 내 집에서 머물렀다가 가셨고, 약간 노비를 보첨(補添)한 후에 다시 연락할 길이 없어 매양 한탄하던 바였습니다. 또한 내 자식과 나이가 같은데 같이 벼슬을 하고 귀양을 갔고, 유 판관께서도 우리 어머니와 친하시고 친자식과 같이 여기시는데,」 수만 리 험한 길에 이러한 일이 있을 수 있습니까?"

한림학사: 춘매 / 보첨: 보충해서 더한 / 유 판관: 유 씨의 아버지

「 」: 원주 목사와 춘매의 인연 – 춘매를 각별하게 생각했음

하면서 각별히 행장을 차려 주시니 유씨 부인이 하직하고 백설 같은 얼굴과 수양버들가지 같은 눈썹과 주홍 같은 단순(丹脣)과 백설 같은 호치(皓齒)를 드러내어 애애(哀哀)히 통곡하면서 남은 땅 그 어간(於間)을 들어가니 감사와 절도사와 목사 세 사람이 그 거동을 보시고 세상에 다시없는 열녀라고 하시더라.

단순: 붉고 고운 입술 / 호치: 희고 깨끗한 이 / 애애히: 매우 슬프게 / 어간: 시간이나 공간의 일정한 사이 / 다시없는 열녀: 유 씨의 됨됨이를 단적으로 드러냄

그 후 시간이 지나 여섯 달 만에 호주 땅에 도착했는데, 유씨 부인이 가늘고 고운 양손을 대어 옥면(玉面)을 가리고 슬프게 울면서 들어가니 그곳 사람들이 보고서 울지 않는 사람이 없었다. 풀과 나무와 동물들이라도 슬퍼하지 않겠는가!

호주 땅: 춘매의 유배지 / 옥면: 옥같이 깨끗하고 아름다운 얼굴 / 풀과 나무와 동물들이라도 슬퍼하지 않겠는가!: 편집자적 논평

▶ 유 씨가 춘매의 시신이 있는 호주에 도착함

- 유 씨와 화평 원의 갈등 해결
  - 원주 목사가 회평 원의 죄목을 나라에 보고함
  - 회평 원과 유 씨를 잡아들일 때 유 씨에게 난폭하게 함부로 행동한 하인을 죽이라는 교지를 왕이 내림

↓

나라에서 유 씨의 절행을 인정하고 유씨 부인이 설욕할 수 있도록 함

- '원주 목사'의 역할
  - 춘매가 귀양 갈 때 원주 목사의 집에서 머물다 갔으며, 원주 목사가 약간의 노비를 춘매에게 마련해 줌
  - 유 씨가 춘매의 시신을 찾으러 호주로 떠날 때 유 씨에게 행장을 차려 줌

↓

춘매와 유 씨의 처지를 안타깝게 여기고 도와주는 조력자 역할을 함

장면 포인트 3 주목

• 해당 장면은 유씨 부인이 춘매의 시신을 옮겨 오기 위해 유배지인 호주로 가서 죽은 춘매의 얼굴을 본 이후의 상황이다.
• 작품에 나타나는 환상적 요소, 재생 화소를 활용한 결말 구조를 바탕으로 주제 의식을 파악하도록 한다.

주목

「유씨 부인이 삼 일 밤낮으로 울어 그치지 않으니 염라대왕이 들으시고 춘매를 불러 분부하기를 (「」: 유 씨의 지극한 애통함 → 염라대왕의 마음을 움직임 → 춘매와 만나게 됨)

"너의 아내가 저기 왔으니 너 나가서 잠깐만 만나 보고 들어오너라!" (잠깐: 춘매에게 허락된 시간)

라고 하셨다.」 ▶ 염라대왕이 춘매가 유 씨를 만날 수 있도록 허락함

춘매가 즉시 깨어나 보니 유 씨가 혼미(昏迷)한 가운데 잠깐 잠이 와 졸고 있거늘 춘매가 깨워서 말하기를 (춘매가 즉시 깨어나 보니: 죽었던 춘매가 염라대왕에 의해 잠시 되살아남 / 혼미(昏迷)한: 의식이 흐린)

"어떠한 부인이 이리 와서 슬퍼하는가?"

라고 하므로 반갑게 붙들고 울면서 말하기를,

"어찌 이 땅에 오게 하며 늙으신 모친은 문에 기대어 비스듬히 서서 오늘 올까 내일 올까 바라는 것이 전부인데, 이렇도록 속이는고. 신첩은 수만 리 험한 길에 힘든 줄을 모르는 것처럼 이렇듯이 속이는고." (이 땅: 호주 / 문에 기대어 ~ 바라는 것: 학수고대(鶴首苦待) / 속이는고: '애타게 하는가'의 의미 / 신첩: 여자가 자기를 낮추어 이르는 말(유 씨))

하면서 마음속에 품은 생각과 정을 다 풀지 못한 채 날이 새었다. 춘매가 말하기를,

"내 몸을 가져다가 고향에 묻고 어머님을 지극정성으로 섬기시니 내가 죽었다고 말씀드려 주시오." (어머님을 지극정성으로 섬기시니: 유 씨가 지극한 효부임을 알 수 있음)

라고 하니 유씨 부인이 울면서 말하였다.

"나를 버리고 어디로 가려 하는지요."

춘매가, / "밝은 달이 지기 전에 계수나무에 이슬이 마르기 전에 들어오라고 하시는데 인간 세상의 임금과 같으니 따라야 합니다." (밝은 달이 ~ 들어오라: 춘매가 유 씨를 만날 수 있는 시간이 잠깐 동안임을 의미함 / 세상의 임금과 같으니 따라야 합니다: 저승의 염라대왕에 대한 인식 - 절대적 권위자임)

하고 자는 듯이 사라졌다. 유씨 부인이 함께 죽어 들어가므로 춘매가 부인을 데리고 염라대왕에게 가니 대왕이 말하기를 (유씨 부인이 ~ 가니: 죽은 유 씨의 영혼이 염라대왕을 만남 → 사후에 영혼으로 부활함)

"너는 어떠한 계집을 데려왔느냐?"

하니 춘매가 여쭈었다. / "저의 아내로소이다."

유 씨가 여쭙기를

"소녀는 유 판관의 여식이고 이 학사의 아내옵더니 낭군이 억울한 일로 수만 리 가서 죽었으므로 팔십 노모는 내내 문에 기대어 서서 오늘 올까 내일 올까 주야장천(晝夜長川)으로 바라는 것이 전부이옵니다." (낭군이 ~ 죽었으므로: 춘매가 모함을 받아 귀양 온 후 유배지에서 죽음 / 주야장천(晝夜長川): 밤낮으로 쉬지 아니하고 연달아)

절하고 백배사죄(百拜謝罪)하면서 말하였다.

"비나이다, 비나이다. 대왕님 앞에 비나이다. 대왕님이시어 적선(積善)하소서. 대왕님이시어 적선하소서, 소녀는 이십 세 전이로소이다. 대왕님께서는 적선하소 (비나이다 ~ 적선하소서: 염라대왕이 살려 주기를 바람 → 염라대왕이 인간의 수명을 관장한다는 인식이 바탕에 깔려 있음 / 소녀는 ~ 적선하소: 자신의 처지를 드러내어 염라대왕에게 살려 주기를 호소함)

작품 분석 노트

• 춘매와 유 씨의 재회

• 유씨 부인이 춘매의 시신을 보고 사흘 밤낮을 울자 염라대왕이 춘매와 유 씨를 만날 수 있도록 해 줌
• 춘매가 살아나 유씨 부인을 잠깐 동안 만나고 사라짐
• 유씨 부인이 함께 죽어 저승으로 가서 염라대왕을 만남

↓

• 유 씨의 정성에 감동한 염라대왕에 의해 춘매가 일시적으로 되살아남 → 춘매가 일시적으로 이승에 복귀함
• 유씨 부인과 염라대왕의 만남을 통해 죽은 자가 영혼을 통해 저승에서 부활한다는 인식을 엿볼 수 있음
• 염라대왕이 인간의 생사를 관장한다는 인식을 엿볼 수 있음

좋은 적합한 배필을 만났다는 뜻

서. 낭군과 원앙 녹수 되자마자 이별되었사오니 어찌 슬프지 않겠습니까!"

대왕이 말하기를

"저 불행한 몰골은 안됐으나 이곳에 온 사람의 삶을 내 마음대로 출입하게 하기 쉽겠느냐!"

염라대왕의 마음대로 죽은 사람을 살려 줄 수 없음

라고 하니, 유 씨가 다시 당(대청 마루) 아래에서 네 번 절하고 여쭙기를,

춘매를 살리고자 하는 간절함과 의지가 담김

"대왕님요 적선하소. 소녀는 청춘이 만 리 같고, 모친은 연세가 팔십이니 이곳을 매일 바라보는 것이 전부로소이다. 대왕님요, 적선하여 주소."

밤낮으로 칠 일로써 땅에 엎드려 애걸하니, 대왕이 말하기를

칠 일 동안 밤낮으로 염라대왕에게 살려 주기를 애걸함

"너의 마음이 간절하니 너희 둘이 나갔다가 팔십 살이 되거든 같은 날 같은 시에 들어오너라."

유 씨의 지극한 정성과 의지로 부부가 재생의 기회를 얻음 → 유 씨의 도덕성에 대한 보상

▒: 유 씨의 지극정성에 대한 평가

라고 하시니 춘매가 유 씨를 데리고 나와서 금강을 지나는데, 밧줄을 놓아서 건너가라고 하므로 다음 디딜 곳을 몰라 밧줄에 올라섰다가 발이 꺾어 자빠지니 깨어나 생시(生時)가 되었다. ▶ 염라대왕이 유 씨의 간청에 춘매와 유 씨를 되살려 줌

이승과 저승의 경계가 되는 공간

유 씨와 춘매가 재생함 → 비현실적 요소

춘매의 시신을 옮기러 온 유 씨마저 죽게 된 것에 대한 당혹스러움과 슬픔

이때 양옥이 유씨 부인의 주검을 보고 더욱 망극하여 종을 불러 말하기를,

춘매의 유배지에 먼저 귀양 온 인물로 춘매와 호형호제하며 지내고 춘매의 죽음을 유씨 부인에게 알림

"타국에 남편의 신체를 보시러 왔다가 이곳에서 죽사오니 너희는 어떻게 하려느냐?"

하시고 어찌할 줄 몰라 하였다.

**감상 포인트**
재생 화소의 서사적 기능을 주제와 관련하여 이해한다.

춘매와 유 씨가 깨어나니 양옥이 춘매의 손을 잡고 통곡하면서 말하기를

"내가 자다가 깨었느냐? 네가 자다가 꿈인 양 깨었느냐? 아무리 생각하여도 모르겠다."

춘매의 재생에 대한 양옥의 놀라움이 드러남

하고 어떻게 되었는지를 물으므로 춘매가 자초지종(自初至終)을 말하였다. 양옥이 유씨 부인을 칭찬하시고 함께 즐거워하였다. ▶ 춘매가 다시 살아난 사연을 양옥에게 말함

지극정성으로 염라대왕을 감동시켜 춘매를 살려 낸 일을 칭찬함

춘매가 이렇게 된 일의 사유를 고향에 전하니 처부모 두 분과 자친(慈親)이 들으시고 이루 다 말할 수 없이 즐거워하시면서 어떻게 해야 할 줄을 모르시는 것이었다.

남에게 자기 어머니를 높여 이르는 말. 춘매의 어머니

이렇게 기뻐하고 있는데, 이때 나라의 정사(政事)에 대하여 벼슬하고 죄인이 된 사람을 방송(放送)하라는 교지를 각 도에 내리시고 호주 땅에 귀양을 간 사람도 돌려보내라고 하였다.

죄인을 풀어 줌

춘매가 유배에서 풀려나게 됨

춘매와 유 씨가 역마를 잡아타고 고향에 돌아와 모부인(母夫人)을 뵈오니, 어머니가 손을 잡고 처음에는 눈물이요, 웃음은 그다음이었다. 유정랑 부부도 이루 다 말할 수 없이 탄복하였다. 양주 사람들이 상하 남녀노소 할 것 없이 유 씨의 정신이 지극하여 춘매가 살아왔다고 말하였다. ▶ 유 씨와 춘매가 고향으로 돌아와 부모를 만남

남의 부인을 높여 이르는 말. 춘매의 어머니

감격의 눈물을 흘리며 기뻐함

유 씨의 부모

정성, 마음

지성감천(至誠感天)

• 재생 화소의 의미

- 염라대왕이 저승에 온 사람의 삶을 자기 마음대로 할 수 없음
- 유 씨가 칠 일 동안 밤낮으로 살려 달라고 애걸하자 춘매와 유 씨를 이승으로 돌려 보냄

↓

- 죽은 사람을 다시 살리는 것은 염라대왕의 임의대로 결정할 수 없으며 영계(영혼 세계)의 법칙에 따라 이루어짐
- 유 씨의 지극한 정성과 도덕성에 대한 보상으로 유 씨와 춘매의 재생이 이루어짐 → 환상적(비현실적) 요소를 통해 인물의 도덕성에 대한 보상이 주어짐

• 공간적 배경의 의미

금강
- 이승과 저승의 경계가 되는 공간
- 죽음을 강을 건너는 것으로 인식함을 알 수 있음

• 유씨 부인의 인간상

- 춘매가 다시 저승으로 돌아갈 때 따라 죽어 함께 저승으로 들어감
- 염라대왕에게 춘매 모친의 상황을 언급함: 춘매의 어머니가 팔십이라고 하며 늙으신 모친이 오매불망 아들을 기다리고 있음을 말함
- 염라대왕에게 자신의 처지를 언급함: 자신이 나이가 어리고 결혼한 지 얼마 되지 않아 남편을 잃었다고 하며 남편을 살려 주기를 간곡하게 호소함
- 염라대왕에게 계속 절을 하며 밤낮으로 칠 일 동안 엎드려 살려 주기를 애걸함

↓

- 남편을 위해 죽음마저 불사하는 열녀로서의 모습을 보임
- 초월적 존재 앞에서도 의지를 굽히지 않는 당당한 태도를 보임
- 자신에게 닥친 문제를 주체적이고 적극적으로 해결함

## 핵심 포인트 1 작품의 갈등 양상 파악

이 작품에 나타나는 인물 간의 갈등을 통해 주요 사건을 파악할 수 있어야 한다.

**⊕ 인물 간의 갈등 양상**

| | |
|---|---|
| 춘매 ↔ 조정 백관 | • 춘매가 18세에 한림학사가 되자 조정 백관들이 이를 시기하여 춘매가 주색을 탐하고 국사를 그르치며 조정 대신을 업신여긴다는 거짓 상소를 함<br>• 왕이 춘매를 호주 절강으로 귀양 보내고, 춘매는 병을 얻어 귀양지에서 죽게 됨 |
| 유 씨 ↔ 회평 원 | • 유 씨가 춘매의 시신을 옮겨 오기 위해 호주로 가던 중 회평관에서 묵게 됨<br>• 회평 원이 유 씨를 유린하기 위해 방으로 들어오자 유 씨가 칼로 회평 원의 팔을 벰<br>• 유 씨는 체포된 후 사건의 진실을 밝히고, 이를 알게 된 왕이 회평 원을 죽이라 명함 |
| 유 씨 ↔ 염라대왕 | • 죽은 유 씨가 염라대왕을 만나 살려 줄 것을 애원하나 염라대왕은 죽은 사람의 삶을 마음대로 정할 수 없다며 들어주지 않음<br>• 칠 일 동안 계속되는 유 씨의 애원에 염라대왕이 유 씨와 춘매를 살려 보내고 80세까지 살도록 수명을 정해 줌 → 유 씨의 지극한 정성에 대한 보상으로 춘매가 살아남 |

## 핵심 포인트 2 등장인물에 대한 이해

이 작품에 나타난 주요 인물의 태도와 성격, 역할을 바탕으로 당대의 가치관과 작품의 주제를 파악할 수 있어야 한다.

| | |
|---|---|
| 춘매 | • 18세에 한림학사가 되었으나 조정 백관의 시기로 귀양을 가서 그곳에서 죽게 됨<br>• 유 씨의 지극정성으로 살아나 이부 상서에 오르고 유 씨와 80세까지 해로한 후 같은 날 죽음 |
| 유 씨 | • 춘매의 부고를 받고 시신을 옮겨 오기 위해 춘매의 귀양지로 직접 가던 중 자신을 유린하려는 회평 원의 팔을 벰 → 주체적이고 강인한 면모를 지님<br>• 염라대왕에게 애원하여 남편을 이승으로 데리고 옴 → 남편을 지극정성으로 섬김 |
| 회평 원 | • 유 씨를 유린하기 위해 회평에서 하룻밤 더 묵어 가기를 청한 후 밤에 유 씨의 방에 들어갔다가 유 씨의 칼에 팔을 베임 |
| 양옥 | • 춘매의 친구로 먼저 호주로 귀양 옴<br>• 춘매의 처지를 위로하며 춘매의 죽음을 유씨 부인에게 알리고 장례를 준비함<br>• 춘매와 유 씨의 조력자 역할을 함 |
| 원주 목사 | • 유 씨와 회평 원의 사건을 임금께 보고함<br>• 춘매와 유 씨가 호주에 무사히 갈 수 있도록 노비와 행장을 준비해 주는 조력자 역할을 함 |
| 임금 | 회평 원의 죄를 엄하게 다스려 유 씨가 설욕할 수 있도록 함 |
| 염라대왕 | • 춘매가 유 씨를 만날 수 있도록 해 줌<br>• 유 씨의 정성에 감동하여 유 씨의 소원을 들어줌 → 도덕적 행위의 심판자 역할을 함 |

## 핵심 포인트 3 외적 준거에 따른 감상

이 작품은 재생 화소(모티프)를 통해 행복한 결말을 보여 주므로 비현실적 결말과 관련된 외적 준거를 바탕으로 주제 의식을 파악하며 작품을 감상할 수 있어야 한다.

**⊕ 환상성의 서사적 기능과 의미**

고전 소설에서 현실계와 환상계는 이원화되어 있으면서도 상호 간섭적으로 나타난다. 현실계와 비현실계가 교유하기 위해 종종 '꿈'을 활용하여 '죽은 자와의 교유', '이계 탐색', '사물과의 대화' 등이 이루어진다. 고전 소설에서 환상적 요소는 작중 인물의 존재 의미와 운명을 드러내는 기능을 하는데, 대체로 출생담을 통해 실현된다. 〈춘매전〉의 경우에는 재생 화소를 통해 주인공의 윤리적 행위를 보상하고 있는데, 이는 환성성이 도덕성을 지지하는 기능을 하고 있음을 보여 준다.

**⊕ 〈춘매전〉의 재생 화소**

| | |
|---|---|
| 이승으로의 일시적 복귀 | 죽은 춘매가 살아나 유 씨를 만났다가 다시 저승으로 돌아감 |
| 사후 영혼의 재생 | 유 씨가 저승으로 돌아가는 춘매와 함께 죽어 저승에서 부활함 |
| 이승으로의 재생 | 유 씨의 지극정성에 감동한 염라대왕이 춘매와 유 씨를 이승으로 돌려보냄 |

### 작품 한눈에

• 해제

〈춘매전〉은 죽은 남편을 살려 내는 여인의 행적을 담은 한글 소설로, '유부인전'·'유씨부인전'·'유씨열녀전'·'유씨열행록'·'유씨전('劉氏傳)'·'류씨전(柳氏傳)'·'뉴씨전'·'이춘매전'·'춘매전'·'춘무전' 등의 다양한 제목으로 전하고 있다. 제목은 〈춘매전〉이지만 내용은 춘매의 부인인 유 씨에 초점이 맞추어진 작품으로, 열녀 설화와 재생 설화 등의 영향을 받아 형성되었을 것으로 보인다. 이 작품은 열행(烈行)의 중요성과 당위성을 강조하기 위해 죽음과 재생이라는 모티프를 활용하여 부인의 열행을 부각하는 열녀계 소설이다. '염라국'이라는 비현실계를 설정하여 유교 윤리인 열행을 실천한 유씨 부인에게 재생의 기회를 제공함으로써 행복한 결말로 마무리되고 있다.

• 제목 〈춘매전〉의 의미

– 열녀 유씨 부인이 죽은 남편 춘매를 살려 내는 이야기

〈춘매전〉은 남편에 대한 유씨 부인의 지극한 정성과 열행(烈行)에 감동한 염라대왕이 춘매를 다시 살려 보내 두 사람이 80세까지 해로하는 내용을 담은 열녀계 소설이다.

• 주제

유씨 부인의 고난과 열행(烈行)

전체 줄거리

강릉에 사는 춘매는 양주에 사는 유정랑의 딸과 혼인을 하고, 어린 나이에 과거에 급제하나 관리들의 시기를 받아 살아 돌아오기 어려운 곳으로 유배를 가게 된다. 춘매는 아내 유 씨에게 어머니를 부탁한 후 유배지로 가다 석 달 만에 병을 얻고, 일곱 달 만에 유배지에 도착한다. 병세가 깊어진 춘매는 종을 통해 자신이 분고 소식을 전하게 하고, 유 씨는 꿈에 춘매가 나타나자 그의 안위를 걱정한다. 그날 새벽 춘매의 부고 소식을 들은 유 씨는 춘매의 시신을 직접 찾아 오기 위해 길을 떠나고, 회평관에서 묵던 중 회평 원의 유린을 피하기 위해 칼로 그의 목을 치려다 팔을 베는 바람에 누명을 쓰고 옥에 갇힌다. 감사, 원주 목사, 절도사에 의해 유 씨의 억울함이 밝혀지고, 여섯 달 만에 춘매가 있던 유배지에 도착한 유 씨는 그의 시신을 수습한다. 유 씨가 삼 일 밤낮을 울자 염라대왕은 춘매가 유 씨를 잠깐 만나고 올 수 있게 하고, 춘매를 만난 유 씨는 그가 다시 저승으로 돌아가자 따라 죽은 후 염라대왕을 만나 자신들을 살려 달라고 빈다. 유 씨는 포기하지 않고 염라대왕에게 칠 일간 호소하고, 이에 감동한 염라대왕은 결국 춘매와 유 씨를 살려 준다. 이승으로 돌아온 춘매와 유 씨는 고향을 찾아오고, 이들의 사연을 들은 왕은 이들을 궁으로 불러 술을 내린다. 이후 두 사람은 해로하다 함께 생을 마감한다.

고전 산문 23

◇ 한 줄 평 아름다운 기생의 유혹에 고고한 선비가 훼절하는 내용을 풍자적으로 그린 작품

# 오유란전 작자 미상

## 장면 포인트 1 주목

• 이 작품은 고고한 선비 이생이 친구와 기생의 계교에 빠져 훼절하는 과정을 통해 양반들의 위선과 허위의식을 드러내는 풍자 소설이다.
• 해당 장면은 이생이 평안 감사로 부임하는 친구 김생의 권유로 함께 평양에 가게 된 이후의 상황이다.
• 김 감사가 베푼 잔치에서 유희를 거절하는 이생의 행동에 주목하여, 이생의 성격 및 김 감사와 오유란이 계략을 꾸미는 이유를 파악하도록 한다.

[앞부분의 줄거리] 절친한 친구 사이인 김생과 이생은 함께 과거 시험을 보았는데, 김생이 장원 급제를 하여 평안 감사가 된다. 김생은 이생에게 평양에 같이 가자고 권유한다.

김생은 부임 인사를 하고는 이튿날 아침에 특명으로 분부를 내려 깊숙하고 고요한 곳에 있는 별당을 깨끗하게 소제하고(청소하고) 경서를 갖추어 놓게 하고서는 이생을 조용히 거처할 수 있도록 해 주었다.(이생이 학문에 전념할 수 있도록 하기 위한 김생의 배려) 이생도 번화한(번거롭고 화려한) 일에는 뜻이 없어 문자에만 둘 뿐이었다.(책 읽기만을 함)

하루는 감사가 이생을 위하여 주연(酒宴)(갈등의 계기가 됨)을 베풀고 방자를 보내어 이생을 초대하였다.

「"오늘은 바로 형(김생)이 급제하고 처음 맞는 날이니 시인으로서의 시상을 어찌 능히 폐할(그만둘) 수 있겠나. 날씨가 따뜻하고 바람도 화창하여 친구(이생)에 대한 생각이 간절하니, 형(이생)은 금옥 같은 귀한 몸을 아끼지 말고 한번 찾아와서 성긴 우정을 펴 봄이 어떠한가?"」

「 」: 평안 감사가 된 김생이 자신과의 친분 관계를 내세워 이생이 잔치에 참석할 것을 설득함

이생은 마음속으로는 비록 뜻에 맞지 않았으나(주연보다 독서에 힘쓰고자 함) 거절할 만한 이유가 없어서(이생이 잔치에 참여한 이유) 책을 덮고 읽기를 그만두고 바로 통인(수령의 잔심부름을 하던 구실아치)을 따라 선화당(각 도의 관찰사가 사무를 보던 대청)으로 오니「차려 놓은 음식은 처음 보는 이생의 귀와 눈을 놀라게 하였다.(화려한 상차림에 이생이 놀람) 여러 고을의 원님들이 좌우로 늘어앉았고, 수많은 기녀들이 앞뒤로 모시고 앉아서 금슬관현(거문고와 비파와 관악기와 현악기) 등의 오음(五音)(궁상각치우의 다섯 음률)을 방 안에서 연주하고 있으며, 뜰에서는 금석포토(악기를 만드는 재료인 쇠, 돌, 바가지, 흙) 등의 팔음(아악에 쓰이는 여덟 가지 악기의 소리)을 번갈아 연주하고 있었다. 술잔과 쟁반은 헝클어졌고 안주 그릇은 얽혀 있었다.」

「 」: 화려한 잔치를 베풀며 유흥을 즐기고 있는 관리들의 모습

이생을 맞이하여 좌석을 정하고 인사를 겨우 마치고 나니, 좌우에 앉아 있던 기생들이 다투어 이생에게 술잔을 권하며 노래를 부르기 시작하였다. 이에 이생은 불끈 화를 내며 소매를 뿌리치고(여색(女色)을 멀리하는 이생의 면모가 드러남) 갑자기 일어나,

"오늘의 이 잔치는 실로 인간의 도리를 위한 것이 아니오."(김생이 베푼 주연이 도리에서 벗어난 것이라는 이생의 생각이 드러남 → 이생의 고고한 선비로서의 면모)
하며 물러가겠다고 하였다.

감사가 소매를 붙잡고 웃으며,

"형은 일찍부터 독서하는 사람이 아닌가. 정백자(중국 송나라 때의 학자이자 관리로, 부역을 감독할 때 인부들과 동고동락했다고 함)를 본받고자 아니하고, 또 내 진

### 작품 분석 노트

• '주연'의 서사적 기능

| 주연 |
|---|
| • 김생이 이생을 위해 마련한 술자리<br>• 이생은 참석하고 싶지 않았으나 거절할 만한 이유가 없어 참석함<br>• 기녀들과 여러 고을 사또가 참석하여 화려하게 술잔치를 벌임 |
| ↓ |
| • 이생은 화려한 술판을 벌이는 것이 도리에 맞지 않는다고 생각하여 물러나고자 함<br>• 감사가 이생을 만류하나 끝내 듣지 않고 돌아감 |
| ↓ |
| • 이생의 선비로서의 도덕관념과 고집스러운 면모가 드러남<br>• 김생이 이생의 훼절을 모의하는 계기가 됨 |

• 이생과 김생의 가치관 차이

| 이생 |
|---|
| • 번화한 일에는 뜻이 없어 독서만 함<br>• 향락을 모르고 여색을 멀리함<br>• 책을 읽는 선비로서 유흥을 즐기는 것은 도리에 맞지 않는다고 생각함 |
| ↕ |
| **김생(감사)** |
| • 관리 사회의 유흥 문화를 인정함<br>• 이생이 책만 읽은 사람으로서 고지식하여 유흥과 여색에 대해 지나치게 예민한 태도를 보인다고 생각함 |

심으로 거리낌 없이 일러 주는 말을 들으려고 하지 않으니, 무엇 때문에 이렇듯이 상을 찡그리고 지나친 행동을 하는가?"
이생의 태도를 이해하지 못하는 김생

하며 누누이 타일렀으나 끝내 만류시키지 못하였다. ▸ 화려한 잔치를 못마땅해하며 자리를 떠나는 이생

「이날 잔치하는 자리에서 이생의 행동을 보고 그 지나친 고집에 대하여 눈살 찌푸리고 비웃지 않은 사람이 없었다.」 잔치가 파하자 감사는 수노에게 분부하였다.
김생이 이생을 훼절시키려고 한 계기
「」: 지나치게 고고한 태도를 보인 이생에 대한 부정적 반응
관노의 우두머리

"기녀 가운데서 지혜롭고 쓸 만한 자가 누구냐?"
기녀를 통해 이생을 훼절시키고자 하는 김생의 의도

"오유란(烏有蘭)이올시다. 나이 19세로서 가르쳐 주지 아니하여도 잘할 것입니다."
오유란이 김생의 의도대로 이생을 훼절시킬 수 있는 총명함을 갖춘 인물임을 나타냄

감사는 즉시 오유란을 불러 분부하였다.

"너는 별당의 이랑을 알고 있느냐?"
이생

"네, 알고 있습니다."

**감상 포인트**
훼절담의 서사 구조를 바탕으로 김생이 이생을 훼절시키려는 이유를 파악한다.

"그러면 네가 한번 이랑을 모실 수 있겠느냐?"
오유란이 이생의 정조를 깨뜨릴 수 있는지를 물음. 김생이 훼절 계획을 세우고 오유란에게 실행을 지시함

"하룻저녁으로는 할 수 없거니와 한 달 동안의 말미만 주신다면 반드시 할 수 있겠습니다."
한 달 내에 이생을 훼절시킬 수 있다는 오유란의 자신감이 드러남

"한 달 동안의 말미를 주고서 혹 성공하지 못할 때에는 죽여도 좋겠지?"
권력자의 횡포를 알 수 있음

"네, 좋습니다." ▸ 오유란에게 이생을 훼절시키도록 명하는 김생

오유란은 분부를 듣고 물러 나와서 붉고 푸른 옷을 벗어 흰옷으로 갈아입고는, 한 동녀로 하여금 두어 필의 베를 가져오라 해서 작은 동이에 담고 짤막한 방망이를 가지고 앞뒷길을 인도하게 하여 별당 앞에 있는 작은 연못가로 가서 얼굴을 가다듬고 맵시 있게 앉아 빨래를 하기 시작하였다.
과부인 척하기 위해 소복을 함
주로 물을 긷는 데 쓰는 질그릇
이생의 주의를 끌기 위한 행동

때는 병인년 춘삼월 보름께였다. 이생은 별당에서 달을 바라보며 홀로 앉아 있었다. 꽃시절을 당하여 춘정이 없을 수 없어 시를 읊으며 섬돌 위를 거닐고 있는데, 갑자기 바람 편에 빨래하는 방망이 소리가 높았다 낮았다 하며 우명지로부터 들려왔다. 전에 들어 보지 못한 소리인지라, 의아하여 고개를 들고 사방을 바라보니, 풍경이 바야흐로 새롭고 물색은 사랑스러웠다. 은행나무 밑 석가산 가에 두어 자나 되는 은비늘이 마름 위에서 뛰놀고 있었고, 둥근 금빛이 물결 위에서 둥실거리고 있는 그 가운데 어떤 한 미인이 앉아 있는데, 「흡사 서왕모가 요지에 내려온 것 같기도 하고, 양태진이 태액지에 임한 것 같기도 하였다. 꽃은 얼굴이 되고 옥이 모습이 되어 한 송이 금련이 이슬을 머금고 바야흐로 터지려고 하는 것과도 같았다. 눈썹은 꼬부라졌고 뺨은 통통하여 외롭게 둥근 흰 달과 같은데,」 얼굴에는 달빛이 비치고 있었다.
봄의 정취
이생이 오유란에게 시선을 돌리는 계기
수의 욱음소리가 들릴 만한 거리에 있는 연못
자연 경치
낭만적이고 아름다운 밤 풍경의 묘사
오유란
중국 신화 속 인물
연못
양귀비의 본명
연못
「」: 오유란의 아름다운 모습을 비유를 통해 묘사함
달빛에 비치는 오유란의 얼굴을 이생이 보게 됨

「이생이 한번 돌아보고는 비록 정절을 지키고 있는 선비의 아들로서도 경국의 미색임을 가만히 탄복하지 아니할 수 없었다. 흘겨보는 눈초리로 정을 보내면서 바라보고 또 바라보았다.」
경국지색. 나라를 위태롭게 할 만한 미모
「」: 여색을 멀리하던 이생이 오유란의 아름다운 외모에 반함

이윽고 오유란이 엿보고 있음을 깨닫고서 몸을 돌려 일어나 가는데, 걸음걸이가
이생이 자신을 엿보고 있음을 눈치채고 자리를 뜨는 오유란

• 〈오유란전〉의 남성 훼절 화소

**남성 훼절담**
- 남성 훼절담은 어떤 남자가 남의 책략에 속아 평소 지켜 왔거나 지키겠다고 하던 금욕적 절조를 스스로 훼손함으로써 웃음거리가 되는 이야기를 가리킴
- '훼절 대상자(주인공) – 훼절 수행자(기녀) – 훼절 모의자'라는 유형화된 인물이 나타남
- '여색을 지나치게 멀리하는 남성 – 훼절 모의 – 훼절 수행 – 훼절로 인한 망신'이라는 정형화된 서사 구조를 보여 줌

↓

**〈오유란전〉**
'훼절 대상자(이생) – 훼절 수행자(오유란) – 훼절 모의자(김 감사)'의 구도로 나타나며 훼절담의 서사 구조를 보여 주는 대표적인 남성 훼절담임

• 이생에 대한 훼절 계획과 실행

**훼절 계획을 세운 이유**
잔치에 와서 유흥과 여색을 지나치게 멀리하는 이생을 망신 주기 위함

↓

**훼절 과정**
김생이 기녀를 통해 고고한 이생을 훼절시키려 함 → 오유란을 고용함 → 오유란이 소복을 입고 과부인 척하며 연못에서 빨래를 하면서 이생의 시선을 끎 → 이생이 빨래하는 방망이 소리에 관심을 가지게 되고, 빨래하는 오유란의 아름다운 외모에 반하게 됨

• 비유 속의 인물

| | |
|---|---|
| 서왕모 | 중국 신화에 나오는 신녀(神女)의 이름. 불사약을 가진 선녀라고 함 |
| 양태진(양귀비) | 중국 당나라 현종의 비로, 아름답고 총명하였음 |
| 서시 | 중국 춘추 시대 월나라의 미인. 오나라 왕 부차가 그녀의 미모에 빠져 있는 사이 월나라 왕이 오나라를 멸망시켰음 |

↓

모두 미인으로, 오유란의 아름다운 외모를 이 인물들에 빗대어 나타냄

단정하고 우아하여 완연히 서시가 월나라 궁전 뜰을 걷는 것과 같아서 정말로 절대 가인이었다.

이생의 눈에 비친 오유란의 모습

▶ 연못에서 빨래하는 아름다운 오유란에게 반한 이생

「이러한 후로부터 혹은 닷새를 간격하여 혹은 사흘을 간격하여 오유란은 언제나 전과 같은 모습을 하고 그곳에 가서 앉아 돌아보기도 하고 엿보기도 하면서 그 아름다움을 자랑하는 듯이 하고 있었다.」

「 」: 이생의 마음을 사로잡기 위한 오유란의 계획된 행동

여기에 있어 괴이한 것은,「이생이 오유란을 한번 보고 난 후로 방탕하여져서 공부하는 마음을 멀리하고, 한 번 보면 두 번 보고 싶고, 두 번 보면 세 번 보고 싶고, 네 번 다섯 번 봄에 이르러서는 오로지 마음을 그 미인에게만 두었다. 결심이 풀어져서 공부를 하여도 힘쓸 줄 모르고, 밥을 먹어도 밥맛을 알지 못하였다.」책을 덮고 홀로 앉아 실심한 듯이,

편집자적 논평 / 「 」: 이생이 오유란의 미색에 빠져 학문에 소홀해짐 / 결심: 학문 수양의 의지 / 실심한: 마음이 산란해짐

'사람이 세상에 태어나 사는 것이 얼마나 되며 그 즐거움이 또한 얼마나 되는고.'

오유란의 미색에 빠진 후 이생이 추구해 온 고고한 도학적 가치 체계가 흔들림

하면서 길이 탄식하였다.

이로부터 날짜를 헤아리며 그 여인을 기다리는데, 오유란은 일부러 가지를 않았다. 이생이 하루가 삼추와 같아 항상 마음이 불안하였다. 못가를 살펴보니 언덕은 고요하고, 길게 뻗어 있는 담머리에는 사람의 그림자를 찾아볼 수 없었다. 이생은 인정의 박정함을 슬퍼할 뿐이었다. 여인이 오지 않으므로 인하여 머리를 싸매고 이불을 덮어쓰고 누웠으니 곡기와 물이 목에 내려가지 못한 지가 수일이 되었다.

이생의 애를 태우기 위한 의도 / 하루가 삼 년처럼 길게 느껴짐 / 오유란이 빨래를 하던 연못인 우명지 / 오유란이 오지 않는 것 / 오유란에 대한 그리움으로 상사병이 난 이생

▶ 오유란을 본 후 상사병에 걸린 이생

• 오유란으로 인한 이생의 변화

- 오유란이 소복을 입고 이생이 있는 별당 근처의 못에서 빨래를 함
- 이생이 빨래 방망이 소리에 오유란을 보게 됨
- 이생이 오유란의 아름다운 모습에 반함
- 오유란은 규칙적으로 빨래를 하러 나타났다가 일부러 날짜를 어겨 나타나지 않음

↓

- 오유란을 본 이후로 방탕한 마음이 들게 됨
- 점차 공부를 소홀히 하게 되고 식욕도 잃음
- 오유란이 오지 않자 결국 병이 듦

• 선비인 이생의 가치관 변화

| 여색을 멀리하던 이생 |
| --- |
| 선비로서의 지조, 절개 추구 |

↓ 오유란을 본 후

| 오유란에 빠진 이생 |
| --- |
| 남녀 간의 애정 추구 |

## 장면 포인트 2

- 해당 장면은 이생이 오유란과 사귀게 되고, 김 감사와 오유란의 계략에 의해 오유란과 자신이 죽었다고 믿게 된 이후의 상황이다.
- 고고한 선비로서의 면모를 보여 주던 이생이 오유란에게 빠져 이성적 판단을 상실하고 보여 주는 행동에 주목하여 작품에서 드러나는 신랄한 풍자 의식을 파악하도록 한다.

이생을 계교에 빠지게 해서 죽었다고 한 후로 한두 가지 가련한 마음이 없지는 않았으나, 이날 이후부터는 오유란이 수시로 출입하니, 혹은 낮에도 자며 즐거워하고 혹은 밤에 술 마시며 이야기하기에 밤 가는 줄 모르고 도취하니, 즐거움은 미진하였고 사랑은 무궁하였다. 이생은 자득한 듯이 희언(戱言)을 오유란에게 보내며 말하였다.

(오유란은 이생에게 자신을 귀신이라 속이고 이생도 죽었다고 믿게 만듦 / 이생이 오유란에게 빠져 향락과 여색을 즐기는 방탕한 생활을 하게 됨 / 미진하였고: 아직 다하지 못했고 / 자득한: 스스로 만족하게 여겨 뽐내며 우쭐거림 / 희언: 웃음거리로 하는 실없는 말)

"낭자의 묘술로 능히 나로 하여금 목숨을 좋이 마치게 하여 주오. 목숨을 좋이 마치는 것은 오복의 하나라 감사하여 마지않겠소."

(자신이 죽었다고 믿고 있으면서 오유란에게 농담을 함 → 오유란에게 빠져 이성적 판단을 상실한 이생)

오유란은 대꾸를 하지 않았다. 오유란은 본시 민첩하고 다정한 사람이었다. 자주 배고프고 목마른가를 물으며 때때로 좋은 음식을 갖다 대접했다. 이생은 이러한 좋은 음식을 가지고 오는 데에 대하여 감탄하면서 말하였다.

(오유란의 성격을 서술자가 직접 제시함 / 토식을 하러 가기 위한 계략)

"거기에도 또한 묘방이 있는 것 같은데, 그 묘방은 어떠한 것이요?"

(묘방: 아주 교묘한 꾀 / 좋은 음식을 가져오는 비결이 무엇인지 물음)

"토식(討食)이라는 것이요?" / "토식이라 이르는 것은 어떠한 것이오?"

(토식: 음식을 강제로 청하여 먹음)

"능히 말로 표현할 수 없습니다."

"자세한 이야기는 좋아하지 아니하니, 나로 하여금 한번 보게 해 주는 것이 어떠하오?"

"꼭 보시고 싶고 아시고 싶으면 택일할 필요 없이 오늘 아침 낭군님과 더불어 같이 가 봅시다."

(택일할: 날을 가려서 고름)

▶ 오유란이 이생을 속여 토식을 하러 가자고 함

이생은 좋아하고 관의 먼지를 털어 쓰고 옷을 떨쳐입고는 곧 나서려고 하였다.

(예법을 중시하는 이생)

때는 오월이라 날씨가 매우 더웠다. 오유란은 옆에 섰다가 침이 튀도록 웃으면서 말하였다.

**감상 포인트**
훼절담의 서사 구조를 바탕으로 훼절의 방법과 과정, 그리고 '이생'의 태도 변화를 파악한다.

"'이같이 더운 날씨에 의관은 무엇 때문에 하십니까?"

"큰길에 나서면 여러 사람이 보고 손가락질할 것 아닌가. 내 무뢰배가 아닌 이상 더벅머리에다 관을 쓰지 않는 것이 어찌 옳다고 말할 수 있소?"

(무뢰배: 성품이 막되어 예의와 염치를 모르며 직업도 없이 불량한 짓을 하는 무리 / 자신이 죽었다고 생각하면서도 더운 날씨에도 외출하기 위해 의관을 갖추어 입음 → 예법과 체면을 중시하는 이생)

"낭군님이 불통함은 어찌하여 그렇게 고지식하십니까? 살았을 때와 죽었을 때의 몸도 구별하지 못하고, 다만 몸가짐의 조심만을 말할 뿐이니, 사람은 우리를 볼 수 없지만 우리는 볼 수 있고, 사람들은 우리의 말을 들을 수 없지만 우리는 들을 수 있습니다. 소리가 없고 냄새가 없는 것은 하늘이며 귀신의 도는 공허하고 형체도 없고 자취도 없는 것은 음양이온데, 낭군님과 저의 처신에 있어서는 돌아보고 꺼리어 할 바가 무엇이 있으며 꾸미거나 차릴 필요가 무엇이 있어요?"

(불통함: 말이 통하지 않음 / 고지식하십니까: 융통성이 없음을 지적함 / 자신과 이생이 귀신임을 환기하는 오유란 / 이생이 옷을 벗는 데 작용한 논리 / 귀신이므로 꾸미거나 옷을 입을 필요가 없음 → 이생이 옷을 벗고 다니게 만들어 망신을 주고자 하는 의도가 담겨 있음)

### 작품 분석 노트

- 오유란의 거짓말을 이생이 믿게 되는 과정
  - 감사가 이생의 부친이 위독하다는 거짓 편지로 이생을 서울로 가게 만듦
  - 중도에서 부친의 병환이 나았다는 소식을 들은 이생이 다시 평양으로 돌아감
  - 이생이 오유란의 가짜 무덤을 발견함. 주변 사람이 이생이 급히 서울로 떠나자 자신을 배반했다고 생각한 오유란이 자결했다고 알려 줌
  - 이생이 슬퍼하고 있을 때 오유란이 나타나 귀신이라고 하자 오유란의 말을 믿음
  - 귀신인 체하는 오유란과 함께 지내던 이생은 자고 일어나자 자신도 죽었다는 오유란의 말을 들음
  - 이생은 종들이 시체를 관에 넣는 시늉을 하는 것을 보고 자신이 죽었다고 믿게 됨

↓

- 자신의 생사(生死)도 구분하지 못할 정도로 오유란에게 빠진 이생의 모습이 드러남 → 여색을 멀리하던 이생의 고고한 모습이 허위임을 드러냄
- 이생을 제외한 주변의 모든 사람들이 이생을 속이는 데 가담하고 있음을 보여 줌

- 이생의 태도
  - 여색을 멀리하고 술자리를 부정적으로 보던 이생이 오유란에게 빠져 향락을 즐기는 방탕한 생활을 함
  - 자신이 죽었다고 믿으면서도 남들이 손가락질할까 봐 더운 날씨에도 양반으로서의 의관을 갖추어 입음

↓

- 위선적임
- 예법, 남들의 이목, 체면을 중시함

↓

양반의 허위의식을 드러냄

"사람들은 비록 보지 못한다 할지라도 나로서는 어찌 마음에 부끄럽지 아니하겠소? 그러나 자취가 없다는 말을 들으니 적이 마음이 놓이는군."
형체가 없는 귀신이라서 지나가는 흔적이 없음

이생은 가벼운 홑옷을 입고 오유란의 손을 잡고 문을 나가면서도 자기 몸을 돌아보고는 혹 사람들이 알아볼까 두려워하니, 「걸음걸이는 인어가 해막을 엿보는 것과도 같고, 마음은 마치 꾀꼬리의 집이 바람 부는 가지에 걸려 있는 것과 같았다.」 어느덧 저자 있는 곳을 지나 이방의 집으로 갔다. 3, 4리를 지나는 동안 이미 수천 명의 어깨를 스치고 지나가고 팔을 치는 자가 많았으나 한결같이 보거나 아는 시늉을 하는 자는 없었다. 때에 이방의 집에 돌아와 아침을 먹고 있었다. 오유란은 먼저 방문 밖에 가서 이생을 보며 말하였다.

오유란의 말을 듣고 옷을 가볍게 갈아입음 / 걸음걸이가 조심스러움을 나타냄 / 「 」: 의관을 제대로 차리지 못한 자신의 모습에 대한 이생의 두려움과 불안감을 비유를 통해 드러냄 / 시장 / 김 감사의 명에 의해 사람들이 이생을 모른 척함 → 이생이 자신을 죽었다고 믿게 만들기 위함

"낭군님은 여기에 머물러 있다가 가만히 보세요."

바로 들어가서 밥상을 대하나 사람들은 깨닫거나 알지 못하는 체했다. 「왼손으로 뺨을 한 번 치고 오른손으로 가슴을 세 번 치니, 이방은 갑자기 젓가락을 떨어뜨리고 양손으로 가슴을 안으며 침을 흘리고 눈을 두리번거리면서 아프다고 하는 소리가 대단했다.」 온 집안이 놀라고 급히 서둘렀다. 큰아들, 둘째 딸이며 처첩들이 손을 모아 주물러 구완하고는 부랴부랴 장가란 무당을 찾아가 물어보고, 다시 오가란 맹인을 찾아가 물어보았으나, 다 그대로 두면 죽는다고 하며 원통하게 죽은 남자 귀신과 여자 귀신이 서로 짜고는 앞서거니 뒤따르거니 와 가지고 일시에 달려들었으니, 술과 밥을 성대히 차려 놓고 귀신을 불러 배부르게 먹이면 괜찮을 것이라고 하였다.

이생과 오유란이 보이지 않는 척함 → 주변 사람들이 한통속이 되어 이생을 속이고 있음 / 이방이 오유란을 모른 척함 → 이생을 속이기 위한 의도 / 「 」: 오유란이 이방의 몸을 치자 이방이 병이 든 것처럼 꾸밈 / 오유란과 이생을 가리킴. 무당과 맹인도 이생을 속이는 데 동조하고 있음 / 토식을 하기 위해 푸짐한 음식으로 귀신을 대접하는 것이 이방의 병을 낫게 하는 방법이라고 함

이에 점쟁이의 말을 시험해 보기 위하여 떡을 사고 술을 받고 양고기를 삶고 굽고 해서 들 가운데 자리를 펴고 음식을 낭자에게 차려 놓았다. 오유란은 이것을 보고 이생에게,

음식을 바치게 하는 것 → 토식

"묘방은 바로 이것이랍니다."
오유란이 말한 '토식'을 가리킴

하고는 이생의 손목을 끌어다가 술을 마시게 하였다. 이생은 굳이 사양하였으나 할 수 없이 조금 마시고는 젓가락을 놓았다. 오유란은 마른고기를 싸면서,

"후일의 양식으로 삼읍시다."

하고는 보자기에 싸고 자루에 넣어 가지고, 사나이는 지고 계집은 이고 하여 별당으로 돌아왔다. 이생은 배를 어루만지고 쉰 냄새를 토하면서 말하였다.

"오늘 일은 참 묘하군. 내가 전세에 있어서 굳게 귀신의 말을 믿지 아니하였다가 오늘에야 유명의 다름을 겪어 보았소. 이로 본다면 마음 놓고 무당들을 일시에 농락하기란 손바닥에 있는 것을 쥐는 것과 같군." ▶ 이생이 오유란과 이방의 집으로 가 토식을 함

이생이 자신이 귀신임을 확인하는 계기가 됨 / 이승과 저승 / 아주 쉽다는 의미

수일 후에 오유란은 또 물었다.

"낭군님은 한번 배불러 보시고 싶은 뜻은 없으십니까?"
자신이 귀신임을 확신하는 이생을 농락하기 위해 또 다른 계교를 실행하고자 함

"뜻이 있고말고."

---

- 오유란의 설득으로 옷을 벗게 되는 이생

| 귀신의 도를 말하는 오유란 |
| --- |
| • 귀신이라서 다른 사람들 눈에 보이지 않음<br>• 귀신이라서 형체도 없고 자취도 없음(결정적 이유) |

↓ 안심함

| 이생의 변화 |
| --- |
| 더운 날씨에도 양반으로서의 의관을 갖추어 입음 → 가벼운 홑옷으로 갈아입음 |

| 후에 이생이 김 감사에게 알몸으로 가는 계기로 작용함 |
| --- |

- '첫 번째 토식'의 의미와 서사적 기능

| |
| --- |
| • 이생이 오유란에게 가끔 좋은 음식을 가져오는 묘방에 대해 물음<br>• 오유란이 강제로 음식을 청하는 토식을 알려 줌<br>• 오유란과 이생이 토식을 하기 위해 이방의 집으로 감<br>• 오유란이 이방의 몸을 치자 이방이 병이 든 척함<br>• 무당이 원통하게 죽은 남자 귀신과 여자 귀신의 짓이라며 음식을 푸짐하게 차려 귀신을 대접하라고 함<br>• 오유란과 이생이 차려진 음식을 먹고 남은 음식을 싸 가지고 옴 |

↓

| |
| --- |
| • 이생이 자신이 죽었음을 더욱 믿게 되는 계기가 됨<br>• 이생을 골탕 먹이기 위해 이방과 무당, 맹인 등 모든 사람이 공모하여 이생을 속이고 있음을 보여 줌<br>• 이생의 허위의식을 드러내는 기능을 함 |

"여염집 사이를 동서로 다니며 함부로 빼앗아 먹는 것이 매우 잔인할 뿐더러 행세가 고상하지 못합니다. 이번엔 사또한테 가서 빼앗아 먹고 싶으나 낭군님의 뜻이 어떠한지를 알지 못하겠습니다."
일반 백성의 집 / 이생의 친구 김 감사 / 이생을 조롱하기 위한 계교를 실행하고자 함

"그게 무슨 말이오. 「그와 나의 사이는 일찍부터 형제와 같은 정의가 있었는데, 내 비록 십순에 구식(九食)하는 일이 있더라도 어찌 차마 빼앗아 먹겠소.」 다시 다른 곳을 찾아보시오."
「 」: 제대로 먹지 못하는 어려운 처지라도 김생의 것을 빼앗아 먹지 않겠다는 뜻을 드러냄 / 백 일 동안 아홉 끼니밖에 먹지 못한다는 뜻

"의리를 가지고 말씀하십니까? 정의를 가지고 말씀하십니까? 가령 낭군님이 살아 있었을 때에 사또한테서 얻어먹은 것의 정의가 깊어져서 그리하십니까? 인정이 많아서 그리하십니까? 저는 매우 친밀하였습니다. 그래서 살았을 때나 조금도 멀리함이 없으니 이제 한 번쯤 음식을 빼앗아 먹는 데 대하여 무슨 꺼릴 것이 있겠어요?"
김 감사의 음식을 빼앗아 먹자고 이생을 설득함

"낭자의 말이 옳소."
오유란의 말에 설득당함

이에 오유란은 홑치마만 걸치고 일어나면서 말하였다.
이생이 옷을 입지 않도록 하기 위한 의도적인 행위

"날이 더워 염려할 여지가 없습니다. 낭군님은 이미 시험해 보았거니와 사람이 누가 봅디까요?"
이방에게 토식을 하러 갔을 때 아무도 자신들을 알아보지 못한 일

이생은 그렇게 여기고 알몸으로 문을 나서니 행동이 어수룩하고 모습이 초라했다.
귀신이라서 사람들 눈에 자신들이 보이지 않는다고 여김 / 이생이 많은 사람들에게 웃음거리가 되는 계기
▶ 이생이 오유란의 제안에 따라 토식을 하기 위해 김 감사에게 알몸으로 감

(중략)

즉시 선화당 대청 위로 올라가서 오유란이 물러서며 이생에게 속삭이기를,
이생이 치욕을 겪는 공간

"사또가 저기 있으니 낭군님은 이전 이방의 집에서 한 것과 같이 들어가서 사또를 치고 그 거동을 보십시오."
음식을 빼앗아 먹기 위해 이방을 때려 병이 들도록 한 일

"나는 익숙하지 못한데 어찌 마음 놓고 할 수 있을까?"
이생이 자연스럽게 행동하지 못하겠다는 의도를 드러냄

"일은 그렇게 어렵지 아니합니다. 저는 상하의 분수가 있어서 감히 할 수 없거니와 낭군님은 무슨 꺼릴 것이 있겠습니까?"
기생의 신분으로 감사를 칠 수 없다고 핑계를 댐 → 이생을 망신 주려는 의도

이생은 마지못하여 허리를 구부리고 슬금슬금 앞으로 가서 머뭇거리고 서성대면서 보는 것도 같고 아는 것도 같아서 바로 곧 행동을 취하지 못하고 이상한 눈초리로 살피고 있는데, 감사가 가만히 담뱃대로 이생의 배를 쿡 찌르면서 말하였다.
자신이 죽었다고 믿으면서도 사람들이 자신을 알아볼까 봐 조심하고 있음 / 감사와 오유란이 꾸민 계교를 이생이 알아차리도록 폭로하는 행위

"형장(兄長)은 이 무슨 꼴인가?"
이생이 알몸으로 다니는 것

이생은 깜짝 놀라며 털썩 주저앉고는 비로소 자기가 살아 있음을 깨달으니, 「취몽이 삼월 봄날에 깬 것과 같고 훈풍이 한 가닥 불어온 것과 같이 정신이 들었다.」 순간 어리둥절하고 어찌할 바를 몰랐으나 곧 정신을 차려 보니 조금도 의심할 것이 없고 한 무덤에 자기가 팔렸음을 비로소 깨달았다. 기운이 탁 풀리고 맥이 없어 어떻게 해야 좋을지를 몰랐다.
이생이 감사와 오유란의 계교에 속았음을 비로소 깨닫게 됨 / 자신이 귀신이라서 보이지 않을 것이라 여겼는데 감사가 자신을 보았기 때문 / 술에 취해 자는 동안에 꾸는 꿈 / 「 」: 이생이 속았음을 깨달은 것을 비유적 표현을 통해 나타냄 / 가짜 무덤을 만들어 자신이 죽었다고 속였음을 깨달음 / 현실을 자각한 이후에 이생이 느끼는 무력감과 절망감
▶ 이생이 오유란과 김 감사의 계략에 속았음을 깨달음

- '두 번째 토식'의 의미와 서사적 기능
  - 오유란이 이생에게 감사의 음식을 빼앗아 먹자고 제안함
  - 자신이 사람들 눈에 보이지 않는 귀신이라 생각하는 이생이 오유란의 권유에 따라 알몸으로 거리로 나감
  - 선화당에 도착한 이생이 감사를 치라는 오유란의 말에 감사 앞으로 감
  - 감사가 이생의 배를 담뱃대로 찌름
  - 이생이 자신이 살아 있음을 깨달음

  ↓

  - 주변의 모든 사람이 공모하여 이생을 속이고 있음을 알 수 있음
  - 이생이 공개적으로 망신을 당함으로써 공모에 의한 이생의 훼절담이 마무리됨
  - 이생의 허위의식이 적나라하게 폭로되는 기능을 함
  - 이생이 평양을 떠나 복수를 다짐하며 학업에 열중하는 계기가 됨

- 이생에게 망신을 주기 위한 오유란의 계교
  - 공개적으로 망신을 주기 위해 백성들의 음식을 빼앗아 먹는 것은 잔인하고 고상하지 않은 행동이라는 점을 들어 양반인 사또의 음식을 빼앗아 먹자고 제안함
  - 이생이 친구의 것을 빼앗아 먹을 수 없다고 하자 이생을 설득함
  - 더워서 자신은 홑치마만 입는다고 하고 이전의 경험을 근거로 들어 사람들 눈에 자신들이 보이지 않으니 꺼릴 것이 없다고 이생을 안심시키며 이생이 옷을 입지 않도록 유도함

  ↓

  이생이 알몸으로 문을 나섬

  ↓

  사람들에게 큰 웃음거리가 되는 계기가 됨

## 장면 포인트 3 주목

- 해당 장면은 김 감사와 오유란의 계교에 속아 망신을 당한 이생이 공부에 전념하다가 임금의 눈에 들어 암행어사로 평양에 내려온 이후의 상황이다.
- 결말 처리 방식에 주목하여 훼절담으로서 이 작품의 특징과 의미를 파악하도록 한다.

감사는 반신반의하여 정말 그런 것 같지 않아 곧 오유란을 불러 분부하였다.
관노가 암행어사의 인상착의가 이생과 흡사하다고 보고한 데 대한 감사의 반응

"너는 이랑과 다정하고도 친숙한 사이였으니, 오늘의 어사또가 이랑과 흡사하다 하거니와 아직 그 진안을 알지 못하고 있으니, 모름지기 잘 살펴보고 자세히 보고하라."
이랑: 이생 / 진안: 진짜 얼굴

오유란이 선화당으로 물러 나와 몸을 숨기고 가만히 살펴보니, 오늘의 어사는 전날의 이랑이며 전날의 이랑은 오늘의 어사가 아닌가? 때는 비록 다르나 사람인즉 같아서 추호도 다름이 없고 조금도 의심할 바가 없었다. ▶ 오유란이 암행어사가 이생임을 확인함
선화당: 이생이 자신의 치욕을 씻는 공간 / 암행어사가 이생임을 확인함

곧 돌아와서 보고하기를,

"다시는 지나친 근심을 하지 마옵소서. 어사 되시는 사람은 곧 전날의 이랑입니다."
암행어사가 이생임을 알아본 오유란이 감사를 안심시킴

감사는 기뻐서 얼굴빛을 고치며,

"내 이미 이 친구의 등과를 들었으나 오늘의 어사임을 알지 못했구나."
등과: 과거 급제

하고 말하였다. 이에 빼앗겼던 혼을 거두고 의관을 가다듬어 한 통인으로 하여금 어사에게 명첩을 올리게 하였다.
암행어사 출또로 긴장했던 감사가 친구 이생이 암행어사임을 알고 안심함
명첩: 성명 등을 적은 종이. 흔히 처음 만난 사람에게 자신의 신상을 알리기 위해 건네줌

「어사는 날카로운 소리로 거절하면서,
「 」: 과거에 자신에게 망신을 준 김 감사에 대한 분한 감정이 남아 있음을 알 수 있음

"내 본래 너를 알지 못하노라. 사또가 명첩을 올림은 무슨 까닭인고?"
이생은 일부러 감사를 모른 척함

하고는 즉시 통인을 묶어 내려놓고 종아리 33대를 치라 하였다.」 ▶ 암행어사가 김 감사의 명첩을 올린 통인을 벌함

감사는 거절당했다는 까닭을 탐지하고는 친히 나아가 보고자 했으나, 다시는 명첩이 없기로 뛰어 들어가 빳빳이 서서 어사를 향하여 말하였다.
빳빳이 서서: 친구라는 이유로 암행어사에 대한 예의를 갖추지 않음

**주목** "고인은 평안하셨는가?"
고인: 죽은 사람, 오래된 벗의 의미를 동시에 지님 → 이생이 자신을 귀신이라 생각한 일을 희롱하는 의도

어사가 보고도 못 본 체하고 듣고도 못 들은 체하니, 감사는 앞으로 나아가서 손목을 잡으며 말하였다.

"형은 정말로 남아로서 뜻있는 사람이라고 말할 수 있으니, 자네 일은 드디어 이루어졌네. 오늘 동생이 경악하고 황급하고 곤경에 빠졌던 것으로 말하면 오히려 형이 옛날에 속임을 당한 것보다 못하지는 않을 것일세. 한번 깊이 생각해 보게. 형이 별안간 영화의 길에 올랐음은 어찌 나의 한 정성의 소치로 말미암은 것이 아닌가. 이로써 말할진댄 형이 안 졌다고 말할 수 있으나 진 사람은 어사 자네일세."
자네 일은 드디어 이루어졌네: 벼슬길에 오름
김 감사가 암행어사 출또로 인해 놀랐음을 드러냄
자신의 계략으로 이생이 곤경에 처한 일이나 이생의 어사출또로 자신이 곤경에 처한 일이 다르지 않다는 의미
이생이 높은 관직을 얻게 된 것은 자신이 꾸민 일 덕분(망신을 줌 → 학문에 매진하게 됨 → 벼슬길에 오름)이라는 김 감사
이생이 암행어사가 되어 자신을 놀라게 했으므로 이생이 이겼다고 할 수 있으나 출세한 것은 자신이 꾸민 일 덕분이므로 이생이 졌다는 뜻 → 언어유희

이 말을 들은 어사가 되풀이해서 생각해 보고 또 생각해 보니 마음은 스스로 열리고 입에서는 절로 웃음이 나와서,

"때는 이미 지났고 일도 오래되어 할 수 없군."
김 감사가 자신에게 한 일을 용서함

### 작품 분석 노트

- '선화당'의 공간적 의미

| 사건 | 의미 |
|---|---|
| 주연 | • 화려한 술잔치에 대해 이생이 거부감을 드러낸 장소 → 이생의 고고하고 고지식한 면모가 드러남<br>• 김 감사가 이생의 훼절을 모의하는 계기가 되는 장소 |
| 토식 | • 이생이 김생에게 토식을 하러 알몸으로 갔다가 자신이 살아 있음을 깨닫게 됨 → 공개적으로 망신을 당한 수치스러운 장소<br>• 이생의 고고함이 허위라는 것이 적나라하게 폭로되는 장소 |
| 암행어사 출또 | • 이생이 김 감사에게 설욕하고 오유란을 처벌하고자 하는 장소<br>• 이생이 감사와 오유란을 용서하고 술잔치를 여는 장소 |

↓

- '주연'에 대해 부정적이던 이생의 인식과 태도가 달라짐(주연을 즐기게 됨)
- 인간의 흥취와 유흥 문화를 거부하며 고지식한 모습을 보였던 이생이 이를 인정하며 유연하게 변화함

- 김 감사의 말하기 방식

- 이생의 뛰어남을 추켜세움
- 자신이 암행어사로 온 이생으로 인해 곤경에 처한 일과 과거에 자신이 이생에게 했던 일을 비교하여 크게 다르지 않음을 언급함
- 이생이 높은 벼슬에 오른 것은 자신이 과거에 이생에게 망신을 준 일 때문이라고 함

↓

이생에게 자신을 용서해 줄 것을 설득함

하고는 곧 술을 가져오게 해서 감사와 즐겁게 마셨다. 감사는 너무 지나치게 속인 장난을 책망하고 용서를 입은 영광을 사례하니, 어사는 얼굴을 붉히고 웃으며 말하였다.

학문에 전념하고자 모든 유흥을 거부하던 때와 달라진 이생의 모습이 드러남

"오늘은 소유문(蘇孺文)이 되어 친구와 더불어 술 마시고, 내일은 기주 자사가 되어 일을 살핌은 마치 나를 두고 이름일세."

오늘은 벗으로 만날 것이나 내일은 암행어사로 임무를 할 것이라는 의미

▶ 암행어사가 되어 나타난 이생이 김 감사를 용서함

이튿날 날이 밝자 어사는 공청에 나아가 앉고 여러 형장을 갖추어 놓고 오유란이란 여인을 묶어 오게 해서 거적자리에 앉혀 섬돌 아래에 엎드리게 하고는 문을 닫고 날카로운 목소리로 문초를 하였다.

"너의 죄를 네가 스스로 알고 있으니 매로써 죽이리라."

김 감사와 모의해 자신에게 치욕을 준 일에 대한 복수를 하려 함

오유란은 나지막한 소리로 간곡히 아뢰었다.

"소녀가 어리석어서 무슨 죄인지 알지 못하겠나이다."

과거에 일어난 일을 이생이 직접 말하게 하려는 의도 → 오유란의 지혜로움이 나타남

어사가 크게 노하여 문지방을 두드리며 꾸짖었다.

"관청에 매여 있는 여자로서 장부를 속여 희롱하기를 산 사람을 죽었다고 하고 사람을 가리켜 귀신이라 하였으니, 어찌 죄 없다고 하느냐? 빨리 처치하고 늦추지 말라."

관기의 신분인 오유란 / 오유란이 이생을 속인 일의 내용

오유란은 빌면서 말하였다.

"원하옵건대 어사께서는 잠시 문을 열고 한 번만 보아 주시어 소녀가 다만 한 말씀만 드린다면 회초리 아래 귀신이 된다 할지라도 다시는 원통함이 없겠사옵니다."

어사의 얼굴을 보고 자신의 생각을 드러내고자 하는 오유란 / 매를 맞아 죽는다 하더라도

어사는 일찍이 인정이 없는 사람이 아닌지라 그 말을 듣고 낯익은 얼굴을 한 번 보니, 오유란이 몸을 나타내고 살짝 쳐다보고 생긋 웃으며 말하였다.

서술자의 개입 – 이생의 성격을 직접 제시함

"산 것을 보고 죽었다고 한 것은 산 사람이 스스로 죽지 아니한 것을 판단 못 함이요, 사람을 가리켜 귀신이라고 한 것은 스스로 귀신이 아님을 깨닫지 못한 것이니, 속인 사람이 나쁩니까? 너무 지나치게 속인 사람은 혹 있다고 할지라도 속임을 당한 사람으로서는 차마 말할 수 없을 것입니다. 또한 저는 사졸이 되어 오직 장군의 명령을 들을 따름입니다. 일을 주장한 사람에게 책임이 돌아가야 할 것이어늘, 어찌 사졸을 베려 하십니까?"

이생의 어리석음에 대한 비판 / 이생을 속인 일이 김 감사의 명령에 의한 것이었음 / 일을 주도적으로 꾸민 김 감사가 아니라 그 명을 받은 자신에게 책임을 묻는 데 대한 오유란의 항변

어사 듣기를 마치고 보니 사정이 또한 없을 수 없고, 사실이 또한 그러하였으므로 즉시 풀어 주도록 명하고 단상으로 오르게 하여 한 번 웃어 얼굴을 보여 주며,

오유란을 용서함

"너는 묘기가 되고 나는 소년이 되어 일이 조금도 괴이함이 없으며, 가운데서 일을 꾸민 사람이 매우 나쁘고 또 괴이하였으나 지금에 와서 생각한들 어찌 말할 수 있겠는가."

아름다운 기생 / 김 감사 / 이미 지나간 일임

하고는 술을 가져오게 해서 잔치를 베풀고 그 옛날의 정회를 다 털어놓고 이야기하였다.

관리가 된 이생이 술잔치를 베풂 → 관리 사회의 유흥 문화를 수용하였음을 의미함

▶ 오유란을 문초한 이생이 오유란을 용서함

**감상 포인트**

훼절담의 서사 구조를 바탕으로 갈등 양상과 주제를 파악한다.

• 이생이 감사와 함께 술을 마시며 한 말의 유래

"오늘은 소유문이 되어 친구와 더불어 술 마시고, 내일은 기주 자사가 되어 일을 살핌은 마치 나를 두고 이름일세."

소유문은 중국 후한 때의 사람으로, 그가 기주 자사일 때 태수로 있던 친구의 부정을 처리하게 된다. 이에 소유문은 주연을 베풀어 친구와 함께 즐기면서 "오늘 저녁에 소유문이 옛 친구와 함께 술을 마시는 것은 사사로운 은혜이고, 내일 기주 자사로서의 일을 살피는 것은 공법(公法)인 것이다."라고 하였고, 그 다음 날, 그의 죄를 들추어 바르게 처리했다.

• 오유란의 말하기 방식

- 질문을 통해 산 사람과 귀신을 스스로 판단하지 못하는 이생의 잘못이 더 크다는 것을 지적함
- 이생을 지나치게 속인 면을 인정하면서도 속은 사람이 자신의 어리석음을 인정해야 함을 강조함
- 자신의 행위는 오로지 감사의 명에 의한 것이지 자신이 주도한 일이 아니므로 벌을 받을 이유가 없다고 주장함

↓

- 오유란의 지혜로움이 드러남
- 어사(이생)를 설득하여 화해의 결말로 이끎

• 작품의 결말 처리 방식

**결말**

이생이 자신을 속이고 망신을 준 김 감사와 오유란을 용서함

↓

망신을 당하는 것으로 마무리되는 다른 훼절담과 달리 망신을 당한 인물이 자신을 속인 인물들을 용서함으로써 관계를 회복하는 것으로 결말을 처리함

↓

갈등을 극복하고 융화를 지향하는 의식이 반영되어 있음

## 핵심 포인트 1 서사 구조에 대한 이해

이 작품은 여색과 유흥을 멀리하던 인물이 훼절하고 웃음거리가 되는 훼절 모티프를 활용하고 있으므로 훼절담의 서사 구조를 바탕으로 작품 내용을 파악할 수 있어야 한다.

**훼절담의 서사 구조에 따른 내용 전개**

**지나치게 고고한 인물의 태도**

김생과 이생은 절친한 벗으로, 평안 감사가 된 김생이 이생에게 평양에 함께 가자고 권유함 → 이생은 평양에 가서도 별당에 파묻혀 독서에 전념함 → 잔치에 참석한 이생이 화를 내며 돌아감

**훼절 음모와 계략**

김생은 이생을 골려 주려고 기생 오유란에게 이생을 유혹하도록 명령함 → 오유란은 빨래하는 과부로 변장해 이생을 유혹함 → 이생이 오유란에게 반함

**계략에 의한 훼절 음모의 심화**

이생은 부친이 위독하다는 편지(김생의 계략)를 받고 상경하다가 부친의 병환이 완쾌되었다는 소식을 듣고 돌아옴 → 이생은 자신이 서울로 급히 떠나자 이를 비관하여 자살했다는 오유란의 무덤을 발견함 → 이생은 귀신으로 가장한 오유란의 꾀에 넘어가고 오유란의 거짓말에 자신도 죽어 귀신이 되었다고 믿게 됨

**훼절한 인물이 망신을 당함**

자신이 귀신이라 다른 사람에게 보이지 않는다고 믿은 이생이 감사의 음식을 빼앗아 먹겠다며 발가벗은 채로 관청으로 감 → 이생은 김생이 자신의 배를 찌르자 비로소 자신이 속았다는 것을 깨닫고 즉시 평양을 떠남

## 핵심 포인트 2 작품의 갈등 양상 파악

이 작품의 갈등과 해결 양상 및 작품의 주제 의식을, 훼절의 내용을 중심으로 파악할 수 있어야 한다.

**훼절담의 요소와 갈등 전개 양상**

|  |  |
|---|---|
| 훼절 주체 ↔ 훼절 대상 | 평안 감사 김생 ↔ 친구 이생 |
| 훼절 음모 수행자 | 관기 오유란: 김 감사의 지시에 의해 이생을 훼절시키고자 함 |
| 훼절시키려는 이유 | 세상 물정을 모르고 지나치게 고고한 태도를 고수하는 이생에게 망신을 주려 함 |
| 훼절을 위한 접근 방법 | 오유란이 빨래하는 과부로 변장하여 이생을 유혹함 |
| 훼절 수단 | 가짜 편지, 가짜 무덤, 가짜 귀신 등 |
| 훼절 결과 | • 이생이 알몸으로 다니며 김생(감사)의 음식을 빼앗아 먹으려다 공개적으로 망신을 당함 → 양반의 위선과 호색에 대한 풍자<br>• 분한 마음을 품은 이생이 암행어사가 되어 평양으로 내려오게 됨 |
| 훼절 주체 · 공모자와 훼절 대상의 갈등 해소 | • 이생이 김생을 용서하고 두 사람이 우정을 회복함<br>• 이생이 감사의 지시에 따랐을 뿐이라는 오유란의 말을 수긍하고 오유란을 용서함 |

## 핵심 포인트 3 외적 준거에 따른 감상

이 작품의 훼절담이 지니는 의미를 작품이 창작된 사회적 배경과 연관하여 해석할 수 있어야 한다.

**〈오유란전〉의 사회사적 의미**

조선 시대는 사대부 지배층과 기녀와의 향락이 관기 제도 등을 통해 공인된 사회였다. 〈오유란전〉에서 감사가 벌인 주연은 관리 사회의 공인된 유흥의 자리였지만 관리 사회에 편입되지 못한 이생 입장에서는 관리들과 기녀들이 어울리는 타락한 자리에 불과하다. 부정적인 이생의 태도는 주연에 참석한 관리들이 납득하기 힘든 것이며 감사는 이런 이생의 관점을 깨뜨리고 이생이 가진 도덕적 결벽성이 허위임을 폭로하기 위해 훼절을 계획한다. 이 과정에서 훼절 수행자로 가담한 오유란이 그 역할을 충실히 수행함으로써 이생은 치욕을 겪게 된다. 그러나 이생은 관료 사회에 편입되어 그런 관행을 수용함으로써 보복보다 용서를 선택하게 된다.

### 작품 한눈에

• 해제

〈오유란전〉은 유흥과 여색을 멀리하던 고고한 선비 이생이 감사와 기녀가 공모한 계략에 속아 훼절하고 망신을 당하는 훼절 모티프를 통해 양반의 호색(好色)과 위선을 비판하는 풍자 소설이다. 이 작품은 김생과 이생을 통해 윤리의식을 내세우면서도 향락적인 삶을 살아간 조선 시대 사대부들의 허위성을 폭로하고 있다. 한편 주인공 이생이 계교에 넘어가 기녀인 오유란과 사랑에 빠져 이성적 판단을 상실하고 결국 귀신 행세를 하며 알몸 소동을 벌이는 등 망신을 당하는 과정은 전형적인 훼절담의 서사 구조를 따르지만, 이를 계기로 학문에 전념하여 출세한 주인공이 훼절 모의자들을 용서하고 화해에 이르는 결말은 다른 훼절담에서 찾아보기 어렵다는 점에서 특징적이다.

• 제목 〈오유란전〉의 의미

– 기녀 오유란이 고고한 선비 이생을 속여 훼절시키는 이야기

〈오유란전〉은 학문에만 전념하고자 하는 고지식하고 경직된 사고를 지닌 이생이 평안 감사가 된 친구 김생과 관기 오유란이 공모한 계략에 속아 훼절하고 망신을 당하는 내용을 담은 풍자 소설이다.

• 주제

양반들의 위선에 대한 풍자

**전체 줄거리**

아버지들의 친분으로 어릴 때부터 함께 공부하며 자란 김생과 이생이 함께 과거를 보는데, 김생은 장원 급제하고 이생은 진사 급제를 한다. 평안 감사가 된 김생은 이생에게 함께 평양에 갈 것을 권유하고, 이생은 마지못해 동행한다. 어느 날 김생은 잔치를 열어 이생을 초대하고, 잔치에 간 이생은 기생들을 보고는 화를 내고 돌아간다. 이에 김생은 가장 지혜로운 기생인 오유란을 불러 이생을 유혹할 것을 제안하고, 이생을 유혹한다. 이생은 결국 오유란과 사랑에 빠지는데, 어느 날 이생은 아버지가 위독하다는 거짓 편지를 받고 집에 돌아가다 아버지의 병이 나았다는 소식을 듣고 다시 돌아온다. 이생은 그 사이에 오유란이 죽었다는 거짓말을 믿게 되고, 오유란은 귀신인 척하며 이생 앞에 등장한다. 오유란에게 빠진 이생이 죽고 싶어하자 오유란은 그를 속여 귀신이 되었다고 믿게 만든다. 다른 사람의 눈에는 자신들이 보이지 않는다는 오유란의 말을 믿은 이생은 알몸으로 거리를 다니다가 김생을 만나고, 결국 자신이 오유란과 김생에게 속았다는 것을 깨닫는다. 이생은 두 사람에게 복수하기로 결심하고 학문에 정진하여 과거에 급제하고, 암행어사가 되어 두 사람과 재회한다. 그러나 이생은 결국 그들을 용서하고 이생과 김생은 훗날 정승이 된다.

고전 산문 24

◇ 한 줄 평 | 형제간의 우애와 권선징악을 다룬 작품

# 흥부전 작자 미상

▸ 교과서 수록 [국어] 비상, 좋은책 [문학] 미래엔, 좋은책
▸ 기출 수록 [수능] 1994 1차 [평가원] 2015 6월 A형, 2009 9월 [교육청] 2007 3월

## 장면 포인트 1 주목

- 이 작품은 심술궂고 악하면서 부자인 형 놀부와 착하고 가난한 동생 흥부 간의 갈등을 통해 조선 후기 빈민의 삶을 보여 주면서 권선징악과 형제간의 우애라는 주제 의식을 전하고 있는 판소리계 소설이다.
- 해당 장면은 부모의 재산을 독차지한 놀부에게 쫓겨난 흥부가 초라한 집을 짓고 살아가지만 끼니를 해결하지 못해 굶주린 자식들이 각자 먹고 싶은 음식을 말하는 상황이다.
- 비참한 흥부의 상황을 형상화하는 방식에 주목하여 판소리계 소설이 지니는 서술상 특징을 파악하도록 한다.

[앞부분의 줄거리] 놀부는 심술궂고 욕심이 많아 부모의 재산을 독차지한 후 착하고 어진 동생인 흥부와 그의 가족을 집에서 쫓아낸다.

주목

흥부는 집도 없어, 집을 지으려고 집 재목을 내려가려고 만첩청산(萬疊靑山)에 들어가서 소부등(小不等)·대부등(大不等)을 와드렁 통탕 베어다가 안방·대청·행랑·몸채·내외 분합 물림퇴에 살미살창 가로닫이 입 구자로 지은 것이 아니라, 이 놈은 집 재목을 내려 하고 수수밭 틈으로 들어가서 수수깡 한 뭇을 베어다가 안방·대청·행랑·몸채 두루 짚어 아주 작은 말집을 꽉 짓고 돌아보니, 수숫대 반 뭇이 그저 남았다. 방 안이 넓든지 말든지 「양주(兩主) 드러누워 기지개를 켜면, 발은 마당으로 가고 대가리는 뒤꼍으로 맹자 아래 대문하고 엉덩이는 울타리 밖으로 나가니, 동리 사람이 출입하다가,

(소부등: 그리 굵지 아니한 둥근 나무 / 대부등: 아름드리 매우 굵은 나무 / 살미살창 가로닫이 입 구자로 지은 것: 전통적인 건축 양식에 맞춘 그럴듯한 좋은 집 / 뭇: 짚, 장작, 채소 따위의 작은 묶음을 세는 단위 / 말집: 추녀가 사방으로 빵 돌아가게 지은 집 / 수숫대 반 뭇이 그저 남았다: 수숫대 반 단으로 집을 지음 → 허술한 집 / 양주: 바깥주인과 안주인, 부부 / 맹자 아래 대문: 맹자(시각 장애인)가 정문을 바로 찾아 들어간다는 뜻의 '맹자직문(盲者直門)', 맹자정문(盲者正門)'을 풀어 쓴 말, 문맥상 '곧바로' 정도의 의미로 볼 수 있음)

"이 엉덩이 불러 들이소."」

(「 」: 흥부 내외가 매우 비좁은 집에서 사는 상황을 과장을 통해 해학적으로 표현함)

하는 소리를 흥부 듣고 깜짝 놀라 대성통곡 우는 것이었다.

"애고 답답 서럽구나. 어떤 사람은 팔자 좋아 대광보국숭록대부(大匡輔國崇祿大夫) 삼정승과 육조 판서로 태어나서 고대광실 좋은 집에 부귀공명 누리면서 호의호식 지내는가. 내 팔자는 무슨 일로 말(斗)만 한 오막집에 별빛이 빈 뜰에 가득하니 지붕 아래 별이 뵈고, 청천한운세우시(靑天寒雲細雨時)에 우대량이 방중이라. 문밖에 가랑비 오면 방 안에 큰비 오고, 해어진 자리와 허름한 베잠방이, 찬 방 안에 헌 자리 벼룩 빈대 등이 피를 빨아먹고, 앞문에는 살만 남고 뒷벽에는 외(椳)만 남아 동지섣달 한풍이 살 쏘듯 들어오고, 어린 자식 젖 달라 하고 자란 자식 밥 달라니 차마 서러워 못살겠네." ▸ 가난한 처지에 대한 흥부의 한탄

(애고 답답 서럽구나: 흥부의 심정을 직접 제시함 / 대광보국숭록대부: 조선 시대 문무관의 정일품 품계 / 고대광실: 매우 크고 좋은 집 / 내 팔자는 무슨 일로: 가난한 처지를 운명의 탓이라 생각하는 흥부 / 청천한운세우시: 맑은 날 찬 구름이 끼어 가랑비 내릴 때 / 우대량이 방중이라: 많은 비가 방으로 들어옴 / 문밖에 가랑비 오면 방 안에 큰비 오고: 방 안에 비가 새는 상황을 과장하여 표현함 / 살: 문살 / 외: 흙벽을 바르기 위해 벽 속에 엮은 나뭇가지 / 살: 화살 / 차마 서러워 못살겠네: 가난을 한탄함, 흥부의 감정을 직접 제시함)

가난한 중에 웬 자식은 풀마다 낳아서 한 서른남은 되니, 입힐 길이 전혀 없어, 한 방에 몰아넣고 멍석으로 씌우고 대강이만 내어놓으니, 한 녀석이 똥이 마려우면 뭇 녀석이 시배(侍陪)로 따라간다. 그중에 값진 것을 다 찾는구나. 한 녀석이 나오면서,

"애고 어머니, 우리 열구자탕(悅口子湯)에 국수 말아 먹었으면."

(가난한 중에 ~ 멍석으로 씌우고: 가난한 형편에 자식이 너무 많아 제대로 입히고 돌보는 것이 어려움 / 대강이: '머리'를 속되게 이르는 말 / 뭇 녀석: 많은 녀석 / 시배: 시중드는 하인 / 열구자탕: 신선로에 따라 여러 가지 어육과 채소를 색스럽게 넣고 맛있게 끓인 탕)

## 작품 분석 노트

- 웃음으로 드러나는 풍자와 해학
  - 판소리 사설이나 판소리계 소설에는 등장인물이 위기에 처하거나 어렵고 힘든 상황에도 웃음을 유발하는 장면이 나타나는 경우가 많음
  - 이때의 웃음은 ① 지배층이나 부정적 사회 현상에 대한 비판적 의도가 담긴 풍자적인 웃음과 ② 슬픔을 웃음으로 해소하려 하는 해학적인 웃음으로 나눌 수 있음
  - 대상을 과장하거나 왜곡함으로써 웃음을 유발하는 공통점이 있음
  - 풍자와 해학의 수법으로 비극적이거나 부정적인 상황에서도 웃음을 잃지 않음으로써 즐거움을 주는 미적 범주를 '골계미'라고 함

- 〈흥부전〉에 나타나는 해학적 표현
  - 양주(兩主) 드러누워 기지개를 켜면, 발은 마당으로 가고 대가리는 뒤꼍으로 맹자 아래 대문하고 엉덩이는 울타리 밖으로 나가니, 동리 사람이 출입하다가, / "이 엉덩이 불러들이소." 하는 소리를 흥부 듣고 깜짝 놀라 대성통곡 우는 것이었다.
  - 가난한 중에 웬 자식은 풀마다 낳아서 한 서른남은 되니, 입힐 길이 전혀 없어, 한방에 몰아넣고 멍석으로 씌우고 대강이만 내어놓으니, 한 녀석이 똥이 마려우면 뭇 녀석이 시배(侍陪)로 따라간다.

↓

흥부의 가난을 과장하여 표현함으로써 웃음을 유발하고 연민을 드러냄

또 한 녀석이 나앉으며,

"애고 어머니, 우리 벙거지전골 먹었으면."
벙거지 모양의 그릇에 끓인 전골

또 한 녀석이 내달으며,

"애고 어머니, 우리 개장국에 흰밥 조금 먹었으면."
개고기를 여러 가지 양념, 채소와 함께 고아 끓인 국

또 한 녀석이 나오며,

"애고 어머니, 대추찰떡 먹었으면."

"애고 이 녀석들아, 호박국도 못 얻어먹는데, 보채지나 말려므나."
호박국도 못 먹는 가난한 처지에 비싼 음식을 요구하는 아이들의 철없음이 드러남

또 한 녀석이 나오며,

"애고 어머니, 왜 올부터 불두덩이 가려우니 날 장가들여 주오."
남녀의 생식기 부근의 불룩한 부분

이렇듯 보챈들 무엇 먹여 살려 낼까. (편집자적 논평) 집 안에 먹을 것이 있든지 없든지 소반이 네 발로 하늘에 축수하고, 솥이 목을 매어 달렸고, 조리가 턱걸이를 하고, 밥을 지어 먹으려면 책력을 보아 갑자일이면 한 때씩 먹고, (60일에 한 끼씩 먹음. 삼순구식(三旬九食)) 생쥐가 쌀알을 얻으려고 밤낮 보름을 다니다가 다리에 가래톳이 서서 종기를 침으로 따고 앓는 소리에 동리 사람이 잠을 못 자니, (흥부가 쌀알 한 톨도 없는 처지임을 생쥐가 쌀알을 구하러 흥부 집에 온 상황에 빗대어 과장하며 해학적으로 표현함) 어찌 아니 서러울 건가. (편집자적 논평)

"아가 아가 우지 마라. 아무리 젖 달란들 무엇 먹고 젖이 나며, 아무리 밥 달란들 어디서 밥이 나랴."
아이들이 보채어도 밥을 해 먹일 수 없는 상황임

▶ 먹을 것을 보채는 자식들과 이들을 달래는 흥부 아내

이렇게 달랠 때, 흥부는 마음이 인후하여 (인물의 성격 직접 제시) 청산유수와 곤륜산의 옥결(玉玦)과 같았다. (흥부의 어질고 후덕한 성품을 비유적으로 표현함) 성덕을 본받고 악인을 저어하며, (두려워하며) 물욕에 탐이 없고 주색에 무심하니, 마음이 이러하니 부귀를 바랄 것인가. (흥부가 부귀에 대한 욕심이 없음)

흥부 아내가 하는 말이,

"애고 여봅소, 부질없는 청렴 맙소. 「안자(顏子) 단표(簞瓢)는 주린 염치로 삼십조사(三十早死)하였고, 백이숙제(伯夷叔齊)는 주린 염치로 청루(靑樓) 소년이 웃었으니,」 부질없는 청렴 말고 저 자식들 굶겨 죽이겠으니, 아주버님네 집에 가서 쌀이 되나 벼가 되나 얻어 옵소."

- 단사표음 → 소박하고 청빈한 생활
- 안자: 공자의 제자 안회
- 삼십조사: 서른의 젊은 나이에 일찍 죽음
- 백이숙제: 주나라 곡식을 먹지 않고 수양산에 굶어 죽은 은나라 충신들
- 청루: 기생집
- 청루 소년: 놀부를 가리킴
- 웃었으니: 비웃었으니
- 「 」: 명분보다 실리를 중요하는 태도
- 고루한 명분에 집착하지 말고 양식을 얻어 오기를 바라는 흥부 아내

흥부가 하는 말이,

"낯을 쇠우에 슬훈고. 형님이 음식 끝을 보면 사촌을 몰라 보고 똥 싸도록 때리는데, 그 매를 뉘 아들놈이 맞는단 말이요?"
- 놀부의 포악한 성격이 간접적으로 제시됨
- 음식을 달라고 하면 놀부에게 맞게 될 것이므로 가기를 꺼리는 흥부의 마음

"애고 동냥은 못 준들 쪽박조차 깨칠손가. 맞으나 아니 맞으나 쏘아나 본다고, 건너가 봅소."
- 돕지는 못할망정 때리기야 하겠느냐는 의미
- 놀부에게 가서 음식을 달라고 시도하기를 권함 → 흥부 아내의 적극적 태도가 드러남

▶ 놀부 집에서 쌀을 얻어 오라고 흥부에게 권하는 흥부 아내

**감상 포인트**

판소리계 소설의 서술상 특징을 중심으로 해학적 표현이 드러나는 양상을 파악한다.

• 흥부의 가난을 형상화하는 방식

| | |
|---|---|
| 의(衣) | 멍석으로 씌워 자식들 머리만 나오게 함 → 겨우 몸만 가린 상태 |
| 식(食) | • 자식들에게 호박국도 못 먹이는 형편<br>• 갑자일이면 한 때씩 먹음<br>• 생쥐가 쌀알을 찾을 수 없음 |
| 주(住) | 수숫대 반 뭇으로 지은 작은 말집 |

• 흥부 — 조선 후기 빈민의 형상화

조선 후기에 사회 경제적 변화가 급격하게 일어나 자영 농민층이 분화됨 → 임진왜란 이후 농업 기술의 발달로 농촌의 생산력이 증대됨 → 부의 축적에 성공한 일부 농민들은 놀부와 같은 부민층으로 성장하지만 대다수 농민들은 토지를 빼앗기고 유민이나 임금 노동자가 됨

↕

흥부는 조선 후기 급속한 사회적 변화 속에서 양산된 빈농의 전형을 보여 줌

**흥부의 가난이 드러나는 장면**

집 짓는 장면, 흥부 자식들의 음식 사설, 가난한 임금 노동자의 노동 행위를 보여 주는 흥부 부부의 품팔이 열거 장면 등

**장면 포인트 2** 주목

- 해당 장면은 큰 구렁이에게 잡아먹히려던 제비 새끼가 둥지에서 떨어져 다리가 부러지자 흥부가 제비를 치료해 주었는데, 다음 해 돌아온 제비가 물어다 준 박씨를 심어 다 자란 박을 흥부 부부가 켜는 상황이다.
- 박에서 나온 보물들을 제시하는 방식을 통해 판소리계 소설의 서술상 특징을 파악하고, 가난한 흥부가 박에서 나온 보물로 부자가 되는 비현실적 상황이 지니는 사회적 의미를 당대의 시대 상황과 연관 지어 이해하도록 한다.

흥부가 내달아 하는 말이,

"옳다, 이것이 박씨로다."

하고, 날을 보아 동편 처마 담장 아래 심어 두었더니, 3, 4일에 순이 나서 마디마디 잎이 나고, 줄기줄기 꽃이 피어 박 네 통이 열렸는데, 고마 수영의 전선같이 대동강상의 당두리 배같이 덩그렇게 달렸구나. 흥부가 반갑게 여겨 문자로써 말하기를,

(고마 수영: 전남 완도에 있는 고마도의 수영(수군절도사가 있는 군영) / 당두리: 바다로 다니는 나무로 만든 큰 배 / 커다란 박이 열린 모습을 비유를 통해 묘사함 → 흥부에게 큰 행운이 생길 것을 암시함)

"유월에 화락(花落)하니 칠월에 성실(成實)이라. 대자(大者)는 항아리 같고 소자(小者)는 분(盆)만 하다. 어찌 아니 좋을쏘냐. 여봅소 비단이 한 끼라 하니, 한 통을 따서 속일랑 지져 먹고 바가지는 팔아 쌀을 팔아다가 밥을 지어 먹어 봅세."

(화락: 꽃이 떨어지니 / 성실: 열매가 열림 / 분: 화분 / 비단이 한 끼라: 호화롭게 살다가도 가난하게 되면 귀한 비단도 한 끼 밥과 바꾸게 됨을 이르는 속담 / 한 통을 ~ 봅세: 흥부의 소박한 소망이 드러남)

흥부 아내 하는 말이,

"그 박이 유명하니 한로(寒露)를 아주 마쳐 실해지거든 따 봅세."

(한로: 찬 이슬이 내리기 시작한다는 절기)

주목

그달 저 달 다 지나가고 8, 9월이 다다라서 아주 견실하였으니, 박 한 통을 따 놓고 양주(兩主)가 켰다.

(그달 ~ 다다라서: 시간의 흐름 / 박 한 통: 제비의 보은이 담긴 소재. 가난한 흥부의 상황이 반전되는 계기)

"슬근슬근 톱질이야, 당기어 주소 톱질이야. 북창한월성미파(北窓寒月聲未罷)에 동자박(童子朴)도 좋도다. 당하자손만세평(堂下子孫萬世平)에 세간박도 좋도다. 슬근슬근 톱질이야."

(북창한월성미파: 북쪽 창밖에 서늘한 달이 뜨고 노랫소리가 끝나지 않음 / 당하자손만세평: 집안의 자손이 오래동안 화평함)

▶ 흥부 내외가 박 한 통을 켬

툭 타 놓으니, 오운(五雲)이 일어나며 청의동자(靑衣童子) 한 쌍이 나오는데, 저 동자 거동 보소. 만일 봉래에서 학을 부르던 동자가 아니면 틀림없이 천태채약동이라. 왼손에 유리반 오른손에 대모반을 눈 위에 높이 들어 재배하고 하는 말이,

(오운이 ~ 나오는데: 박에서 청의동자가 나옴 → 비현실적 요소 / '~보소': 판소리의 어투 → 판소리계 소설의 서술상 특징 / 천태채약동: 천태산에서 약초를 캐는 동자 / 유리반: 유리로 만든 쟁반 / 대모반: 음식을 담아 나르는 나무 그릇)

「"천은병(天銀甁)에 넣은 것은 죽은 사람을 살려 내는 환혼주(還魂酒)요, 백옥병에 넣은 것은 소경 눈을 뜨이는 개안주(開眼酒)요, 금잔지(金盞紙)로 봉한 것은 벙어리 말하게 하는 개언초(開言草)요, 대모 접시에는 불로초(不老草)요, 유리 접시에는 불사약이니, 값으로 의논하면 억만 냥이 넘사오니 매매하여 쓰옵소서."」

(「」: 박에서 나온 청의동자가 귀한 약을 줌 → 비현실적 요소)

하고 간 데 없는지라, 흥부 거동 보소.

"얼씨고 절씨고 즐겁도다. 세상에 부자 많다 한들 사람 살리는 약이 있을쏘냐."

(세상에 ~ 있을쏘냐: 세상의 부자들이 가지지 않은 약을 얻게 된 흥부의 즐거움)

흥부의 아내가 하는 말이,

"우리 집 약국을 연 줄 알고 약 사러 올 사람이 없고, 아직 효험 빠르기는 밥만 못하외."

(아직 ~ 못하외: '약'보다 '밥'이 더 절실한 것임 → 당대 민중의 소망이 드러남)

▶ 박 속에서 나온 동자가 진귀한 약을 주고 감

흥부 말이,

**작품 분석 노트**

- 흥부가 얻은 '박'의 의미와 기능
  - 흥부의 선행에 대한 보은이라는 도덕적 의미를 지님
  - 환상적(비현실적) 요소를 통해 부자가 되기를 바라는 가난한 서민의 소망을 실현하는 서사적 장치
  - 박을 통해 가난한 흥부가 부자가 되는 비현실성 → 가난한 흥부가 현실적으로는 결코 부자가 될 수 없음을 드러냄

"그러하면 저 통에 밥이 들었나 타 봅세."

하고 또 한 통을 탔다.

"슬근슬근 톱질이야, 우리 가난하기 일읍(一邑)에 유명하매 주야 설워하더니, 부지허명(不知虛名) 고대하던 천 냥을 일조에 얻었으니 어찌 좋지 않을건가. 슬근슬근 톱질이야. 어서 타세 톱질이야."

헛된 것인 줄 알지 못하고 / 하루아침

「툭 타 놓으니, 온갖 세간이 들었는데, 자개함롱 · 반닫이 · 용장 · 봉장 · 제두주 · 쇄금(鎖金)들미 삼층장 · 게자다리 옷걸이 · 쌍룡 그린 빗접고비 · 용두머리 · 장목비 · 놋촛대 · 광명두리 · 요강 · 타구 벌여 놓고, 선단이불 비단요며 원앙금침 잣베개를 쌓아 놓고, 사랑 기물로 보자면 용목쾌상 · 벼룻집 · 화류책장 · 각게수리 · 용연벼루 · 앵무 연적 벌여 놓고, 『천자(千字)』 · 『유합(類合)』 · 『동몽선습(童蒙先習)』 · 『사략(史略)』 · 『통감(通鑑)』 · 『논어(論語)』 · 『맹자(孟子)』 · 『시전(詩傳)』 · 『서전(書傳)』 · 『소학(小學)』 · 『대학(大學)』 등 책을 쌓았고, 그 곁에 안경 · 석경(石鏡) · 화경(畵鏡) · 육칠경 · 각색 필묵 퇴침에 들어 있고, 부엌 기물을 의논하자면 노구새옹 · 곱돌솥 · 왜솥 · 전솥 · 통노구 · 무쇠두멍 다리쇠 받쳐 있고, 왜화기 · 당화기 · 동래 반상 · 안성 유기 등물이 찬장에 들어 있고, 함박 · 쪽박 · 이남박 · 항아리 · 옹박이 · 동체 · 깁체 · 어레미 · 김치독 · 장독 · 가마 · 승교(乘轎) 등물이 꾸역꾸역 나오니, 어찌 좋지 않을쏜가.」

「 」: 박에서 여러 가지 세간이 나옴 → 열거를 통해 구체화함 / 제두주: 귀가 달린 뒤주 / 쇄금들미 삼층장: 자물쇠가 달린 삼 층으로 된 옷장 / 빗접고비: 빗을 넣어 두게 만든 제구 / 장목비: 수꿩의 꽁지털로 만든 비 / 광명두리: 나무로 만든 등잔걸이 / 타구: 가래나 침을 뱉는 그릇 / 선단이불 비단요며 원앙금침 잣베개를: 공간에 따라 살림살이를 분류하여 나열함 ① – 안방에 위치한 기물 / 사랑 기물로 보자면: 공간에 따라 살림살이를 분류하여 나열함 ② – 사랑에 위치한 기물 / 노구새옹: 놋쇠로 만든 작은 솥 / 부엌 기물을 의논하자면: 공간에 따라 살림살이를 분류하여 나열함 ③ – 부엌에 위치한 기물 / 무쇠두멍: 물을 길어 붓고 쓰는 큰 가마 / 깁체: 깁으로 쳇불을 메운 체. 고운 가루를 치는 데 사용함 / 어레미: 바닥의 구멍이 굵은 체 / 어찌 좋지 않을쏜가: 편집자적 논평

▶ 박 속에서 값비싼 세간들이 차례로 나옴

또 한 통을 탔다.

"슬근슬근 톱질이야. 우리 일을 생각하니 엊그제가 꿈이로다. 부지허명 고대 천 냥을 하루아침에 얻었으니 어찌 아니 즐거우랴. 슬근슬근 톱질이야."

우리 일을 생각하니 엊그제가 꿈이로다: 가난하던 때가 꿈같이 생각됨 → 박에서 나온 물건으로 인한 흥부의 감격

(음영): 간절히 바라던 돈을 뜻밖에 얻게 된 데에 대한 흥부의 감격을 드러냄

▶ 흥부 부부가 세 번째 박을 타기 시작함

• 흥부의 '박 네 통'에서 나온 것들

| | |
|---|---|
| ① | 환혼주, 개안주, 개언초, 불로초, 불사약 → 세상의 어떤 부자도 갖지 못한 귀한 약이지만 밥보다 못하다고 여김 → 가난하고 굶주린 서민의 절실한 소망을 엿볼 수 있음 |
| ② | 안방 기물, 사랑 기물, 부엌 기물 등의 온갖 사치스러운 세간이 차례로 나옴 |
| ③ | 집 짓는 목수와 오곡, 온갖 값비싼 비단이 나옴 |
| ④ | 양귀비 → 흥부의 첩이 됨 → 사대부 남성의 욕망을 해학적으로 드러냄<br>*네 번째 통에 관한 내용은 이본에 따라 나타나지 않기도 함 |

↓

• 생존을 위해 부자가 되기를 바라던 흥부의 소망이 이루어짐
• 흥부가 처한 상황이 반전되는 계기가 됨

**장면 포인트 3**

- 해당 장면은 놀부가 흥부가 부자 된 사연을 듣고 박씨를 얻고자 일부러 제비 다리를 부러뜨린 이후 벌을 받게 되는 부분이다.
- 흥부의 박 타기와는 다른 결말이 나타나는 놀부의 박 타기에 주목하여 인과응보라는 주제 의식이 구현되는 양상을 파악하도록 한다.

놀부 놈의 거동 보소. 동지 선달부터 제비를 기다린다.(흥부가 부자 된 사연을 듣고 한겨울부터 제비를 기다림 → 놀부의 탐욕적 성격을 보여 줌) 그물 막대 둘러메고 제비를 몰러 갈 제, 한곳을 바라보니 한 짐승이 떠서 들어오니 놀부 놈이 보고,

"제비 인제 온다."

하고 보니, 태백산 갈가마귀 차돌도 돌도 바이 못 얻어먹고 주려 청천에 높이 떠 갈곡갈곡 울고 가니, 놀부 눈을 멀겋게 뜨고 보다가 할 수 없이 동네 집으로 다니면서 제비를 제 집으로 몰아 들이는데도 제비가 오지 않는다.

그달 저 달 다 지내고 3월 3일 다다르니,(겨울이 지나고 봄이 옴) 강남서 나온 제비가 옛집을 찾으려 하고 오락가락 넘놀 때에, 놀부가 사면에 제비 집을 지어 놓고 제비를 들이모니,(제비를 유인함 → 부자가 되고 싶은 욕망을 이루기 위한 놀부의 행위) 그중 팔자 사나운 제비(놀부에 의해 제비 다리가 부러질 것임을 의미. 놀부 집에 집을 지은 제비에 대한 서술자의 주관적 평가) 하나가 놀부 집에 흙을 물어 집을 짓고 알을 낳아 안으려 할 때, 놀부 놈이 주야로 제비 집 앞에 대령하여 가끔가끔 만져 보니,(빨리 부자가 되고 싶은 놀부의 조급함을 보여 줌) 알이 다 곯고 다만 하나가 깨었다. 「날기 공부를 힘쓸 때, 구렁 배암이 오지 않으니,(구렁이에 의해 제비가 둥지에서 떨어져 제비 다리가 부러지기를 바라는 놀부) 놀부는 민망 답답하여 제 손으로 제비 새끼를 잡아 내려 두 발목을 자끈 부러뜨리고,(놀부의 악한 성품. 놀부가 벌을 받게 되는 원인) 제가 깜짝 놀라 이르는 말이,

"가련하다, 이 제비야."」(「」: 제비의 발목을 일부러 부러뜨리고 걱정하는 척하는 놀부의 위선적 면모) ▶ 놀부가 박씨를 기대하며 일부러 제비 다리를 부러뜨림

하고 조기 껍질을 얻어 찬찬 동여 뱃놈의 닻줄 감듯 삼층 얼레 연줄 감듯하여(제비 다리에 조기 껍질을 찬찬 동여매는 모습의 비유) 제 집에 얹어 두었더니, 10여 일 뒤에 그 제비가 구월 구일을 당하여(제비가 강남으로 돌아가는 때) 두 날개를 펼쳐 강남으로 들어가니, 강남 황제 각처 제비를 점고(點考)(명부에 일일이 점을 찍어 가며 그 수를 조사함)할 때, 이 제비가 다리를 절고 들어와 엎드렸더니, 황제가 제신으로 하여금,

"그 연고(제비가 다리를 절게 된 이유)를 사실하여 아뢰라."

하시니, 제비가 아뢰되,

"작년에 웬 박씨를 내어보내어 흥부가 부자 되었다 하여 그 형 놀부 놈이 나를 여차여차하여(흥부가 부자 된 사연을 듣고 놀부가 일부러 제비 다리를 부러뜨림 → 모방담의 성격이 드러남) 절뚝발이가 되게 하였사오니, 이 원수를 어찌하여 갚고자 하나이다."(놀부의 악행에 대한 벌이 내려질 것임을 암시함)

황제가 이 말을 들으시고 대경(大驚)(크게 놀라)하여 말하기를,

「"이놈 이제 전답 재물이 유여(有餘)(여유가 있음)하되 동기(同氣)(형제)를 모르고 오륜(유학에서 사람이 지켜야 할 다섯 가지 도리)에 벗어난 놈을 그저 두지 못할 것이요, 또한 네 원수를 갚아 주리라."」(「」: 부자이면서도 형제의 어려움을 외면하고 악행을 저지른 놀부에 대한 징계 – 심판자의 역할을 하는 제비 황제) ▶ 강남 간 제비가 황제에게 놀부의 악행을 고발함

하고, 박씨 하나를 보수표(報讐瓢)('원수를 갚는 박'의 의미)라 금자로 새겨 주니, 「제비가 받아 가지고 명년 3월을 기다려 청천을 무릅쓰고 백운을 박차 날개를 부쳐 높이 떠 높은 봉 낮은 뫼를 넘으며, 깊은 바다 너른 시내며, 개골창 잔 돌바위를 훨훨 넘어 놀부 집을 바라보고 너훌너훌 넘놀거늘,(「」: 제비가 박씨를 물고 놀부의 집으로 가는 과정. 행동의 열거 및 음성 상징어의 활용) 놀부 놈이 제비를 보고 반겨 할 때, 제비가 물었던 박씨를 툭

**작품 분석 노트**

- 고방담
  - 전통 설화의 한 유형으로 행운을 얻게 된 선량한 사람의 행동을 모방한 악인이나 욕심쟁이가 오히려 화를 입고 벌을 받게 되는 내용으로 구성된 이야기
    예 〈금도끼 은도끼〉, 〈혹부리 영감〉
  - 모방 대상과 모방자(模倣者) 사이에 선행과 악행, 지혜와 우매함, 성실과 불성실, 무욕과 탐욕 등의 대립적 성격을 토대로 함

- 모방담의 구조로 본 〈흥부전〉
  〈흥부전〉에서 놀부는 흥부가 부자가 된 사실을 알고 더 큰 부자가 되겠다는 욕망으로 흥부의 행위를 모방함

| 흥부 | | 놀부 |
|---|---|---|
| 선함 | | 악함 |
| • 다리 부러진 제비를 구해 줌<br>• 비의도적 선행 | ↔ | • 제비 다리를 부러뜨림<br>• 의도적 악행 |
| 복을 받음 | | 벌을 받음 |

→ 표면적으로는 유사한 행위의 반복(모방)으로 보이지만 근본적으로 대립적 속성을 바탕으로 함

떨어뜨리니, 놀부 놈이 집어 보고 기뻐하며 뒷담장 처마 밑에 거름 놓고 심었더니, 4, 5일 후에 순이 나서 덩쿨이 뻗어 마디마디 잎이요, 줄기줄기 꽃이 피어 박 십여 통이 열렸으니, 놀부 놈이 하는 말이,

큰 부자를 점잖게 이르는 말 / 항해와 무역으로 큰 부자가 된 중국 서진의 인물

"흥부는 세 통을 가지고 부자 되었으니, 나는 장자 되리로다. 석숭(石崇)을 행랑에 살리고, 예황제를 부러워할 개아들 없다."

자신이 흥부보다 훨씬 부자가 될 것이라는 놀부의 기대감이 드러남 / 부자가 되어 안락한 생활을 하리라는 놀부의 기대감

하고, 굴지계일(屈指計日)하여 8, 9월을 기다린다.

손가락을 꼽아 가며 예정된 날을 기다림

▶ 놀부가 제비가 물어 온 박씨를 심고 박이 열리기를 기다림

때를 당하여 박을 켜라 하고 김 지위 이 지위 동리 머슴 이웃 총각 건넛집 쌍언청이를 다 청하여 삯을 주고 박을 켤 때, 째보 놈이 한 통의 삯을 정하고 켜자 하니, 놀부 마음에 흐뭇하여 매 통에 열 냥씩 정하고 박을 켠다.

박을 켜기 위해 여러 명의 삯꾼을 부름 → 박을 얼른 켜서 보물을 얻으려는 놀부의 기대감이 나타남 / 박 속에 온갖 보화가 들었으리라 예상하고 있음

"슬근슬근 톱질이야."

힘써 켜고 보니 한 떼 거문고쟁이가 나오며 하는 말이,

놀부의 기대에 어긋나는 대상 ①

"우리 놀부 인심이 좋고 풍류를 좋아한다 하기에 놀고 가옵네."

'둥덩둥덩 둥덩둥덩' 하기에, 놀부가 이것을 보고 째보를 원망하는 말이,

"톱도 잘 못 당기고, 네 콧소리에 보화가 변하였는가 싶으니 소리를 모두 하지 말라."

자신의 기대와 달리 보물이 아니라 거문고쟁이가 나온 것을 째보의 탓으로 돌림

하니, 째보 삯 받아야겠기에 한 말도 못 하고 그리하라 하니, 놀부 일변 돈 백 냥을 주어 보내고, 또 한 통을 타고 보니 무수한 노승(老僧)이 목탁을 두드리며 나와 하는 말이,

한 떼의 거문고쟁이에게 돈을 줌 / 놀부의 기대에 어긋나는 대상 ②

"우리는 강남 황제 원당시주승(願堂施主僧)이라."

죽은 사람의 명복을 비는 절의 시주승

하니, 놀부 놈이 어이없이 돈 5백 냥을 주어 보내니, 째보 하는 말이,

무수한 노승에게 돈을 줌

"지금도 내 탓이냐?"

하고 이죽거리니, 놀부 이 형상을 보고 통분하여 성결에 또 한 통을 따 오니, 놀부 아내가 말리며 하는 말이,

화가 난 김에 / 욕심과 기대를 여전히 버리지 못하는 놀부

"제발 덕분에 켜지 마오. 그 박을 켜다가는 패가망신할 것이니 덕분에 켜지 마오."

집안의 재산을 다 써 없애고 몸을 망침

▶ 보수박을 켜고 낭패를 당하는 놀부

• 놀부의 '박'에서 나온 것들

| 나온 것 | 내용 |
|---|---|
| 거문고쟁이 | 백 냥을 주어 보냄 |
| 강남 황제 원당시주승 | 오백 냥을 주어 보냄 |
| 상제(喪制) | 오천 냥을 주어 보냄 |
| 팔도 무당 | 굿값 오천 냥을 줌 |
| 초라니 | • 오천 냥을 내어 줌<br>• 생금(生金) 독이 든 박이 있다고 놀부에게 알려 줌 |
| 양반들 | • 놀부 조상의 상전<br>• 오천 냥을 내어 줌 |
| 사당거사패 | 전답 문서를 내어 줌 |
| 왈자패 | • 놀부를 폭행함<br>• 금강산 구경 노잣돈으로 오천 냥을 줌 |
| 팔도 소경 | 경 읽은 값으로 오천 냥을 주어 보냄 |
| 장비 | 놀부를 호령하고 돌아감 |
| 똥 줄기 | 집 위까지 똥이 쌓임 |

↓

• 박 속에서 보물이 나올 것이라는 놀부의 끝없는 기대감과 탐욕을 계속하여 무너뜨림
• 놀부가 가장 귀하게 여기는 돈을 내어 줌 → 도덕적 가치보다 경제적 가치를 최고의 우위에 두는 인간의 몰락을 형상화함

## 핵심 포인트 1 서술상 특징 파악

이 작품은 판소리 사설이 소설로 정착된 판소리계 소설로 극 갈래인 판소리와 서사 갈래인 소설의 서술상 특징을 공유하고 있으므로 이를 파악할 수 있어야 한다.

**서술상 특징**

- 생생한 구어적인 표현을 사용함
- 상투적 비유와 관용어가 빈번하게 사용됨
- 판소리의 어투(~보소), 현재형 시제 등이 사용됨
- 과장된 표현, 대상에 대한 희화화, 언어유희 등 해학적인 표현을 사용하여 골계미를 드러냄
- 동일하거나 유사한 어구의 반복이 두드러지며 운문체, 음성 상징어 등의 사용이 빈번하게 나타남
- 비속한 서민층의 언어와 고사 · 한문 어구 등을 사용한 양반층의 언어가 공존함 → 언어적 표현의 이중성
- 열거, 대구, 반복 등의 표현법을 활용하여 독자가 관심을 보이는 인상적인 대목을 확장적으로 서술함 → 장면의 극대화

## 핵심 포인트 2 소재의 의미와 기능 파악

이 작품의 전체적인 맥락을 바탕으로 중요한 서사적 기능을 하는 소재의 의미와 기능을 파악할 수 있어야 한다.

**주요 소재의 의미와 기능**

| | |
|---|---|
| 말집, 멍석, 호박국 | 가난으로 인한 흥부의 비참한 상황을 드러냄 |
| 제비 | • 인물이 지닌 선함과 악함을 드러내는 기능을 함<br>• 인간 세계와 우화적 공간을 연결하는 매개자의 기능을 함 |
| 박(씨) | • 개인의 행위에 대한 보은과 응징의 도덕적 결과물로서의 의미를 지님 → 인간 세계에 있는 존재들의 삶에 영향을 끼침 → 흥부와 놀부가 처한 상황을 반전시키는 계기가 됨<br>• 환상적(비현실적) 요소를 통해 부자가 되기를 바라는 가난한 서민의 소망을 실현하는 서사적 장치<br>• 박을 통해 가난한 흥부가 부자가 되는 비현실성을 통해 가난한 흥부가 현실에서 결코 부자가 될 수 없다는 역설적이고 사회적인 의미를 지님 |

## 핵심 포인트 3 작품의 주제 의식 파악

이 작품은 인물의 갈등 양상을 중심으로 다양한 측면에서 작품의 주제를 파악할 수 있어야 한다.

**표면적 주제와 이면적 주제**

| 주제 양상 | 갈등 양상 | 주제 의식 |
|---|---|---|
| 표면적 주제 | 놀부(형) ↔ 흥부(아우) | 형제간의 우애 |
| | 놀부(악행) ↔ 흥부(선행) | 권선징악, 인과응보, 선자필흥 악자필멸 |
| 이면적 주제 | 놀부(부민) ↔ 흥부(빈민) | • 조선 후기의 빈부 갈등<br>• 선한 흥부가 가난하고, 악한 놀부가 부유한 상황을 설정하여 현실적 모순에 대한 비판적 의식을 드러냄 |

↓

표면적 주제는 유교 이념에 기반한 도덕적 · 윤리적 주제 의식을, 이면적 주제는 조선 후기의 사회적 변화를 반영한 사회적 · 경제적 문제와 관련한 주제 의식을 형성함

**흥부와 놀부의 '부'에 대한 욕망**

| | |
|---|---|
| 흥부 | • 가난으로 인한 비참한 상황에서 비롯된 욕망 → 외적 조건에 의해 유발됨<br>• 생존에 필요한 의식주의 요건들이 갖추어짐으로써 해결됨 |
| 놀부 | • 놀부의 부에 대한 욕망은 계속되는 실패에도 좌절하지 않고 박 타기를 계속하는 집요함을 보여 줌 → 인간의 본능적 소유욕에서 비롯된 내적 욕망<br>• 재물에 대해 인간이 지닌 무한한 이기심과 탐욕을 보여 줌 |

### 작품 한눈에

• 해제

〈흥부전〉은 판소리 '흥보가'가 문자로 정착된 판소리계 소설로, 작품은 전반부와 후반부로 나누어 볼 수 있다. 전반부는 선량하지만 극심한 가난으로 고생하던 흥부가 제비 다리를 고쳐 주고, 제비가 은혜를 갚기 위해 물어다 준 박씨를 심어 부자가 되는 내용이다. 후반부는 욕심 많고 심술궂은 놀부가 동생이 부자된 사연을 듣고 일부러 제비 다리를 부러뜨리고 고쳐 준 후, 제비가 원수를 갚기 위해 물어다 준 박씨로 인해 패가망신하는 내용이다. 표면적으로는 형 놀부와 동생 흥부라는 대조적인 인물을 통해 형제간의 우애와 권선징악의 주제를 드러내고 있지만, 그 이면에서는 조선 후기 신분 변동에 따라 나타난 부민과 빈민 사이의 경제적인 갈등을 그려 내고 있다.

• 제목 〈흥부전〉의 의미

– 가난하지만 착한 흥부가 복을 받는 이야기

주인공 '흥부'는 돈이 없어 하루하루의 생계를 걱정해야 하는 빈민이다. 아무리 노동을 해도 가난한 삶에서 벗어나지 못하지만, 도덕성을 잃지 않으며 우애 있는 인물로 결국 선행에 대한 보답을 받는다.

• 주제

① 형제간의 우애와 권선징악

② 조선 후기의 빈부 갈등

**전체 줄거리**

심술궂은 형 놀부는 재산을 독차지한 후 동생 흥부를 내쫓고, 가난한데 자식도 많은 흥부는 늘 굶주리며 산다. 흥부는 놀부에게 식량을 구걸하러 가지만 매만 맞고 돌아오고, 흥부 부부는 발품을 팔며 근근이 살아간다. 이듬해 봄에 흥부는 구렁이로부터 제비 새끼를 구한 후 부러진 발목을 치료해 준다. 완치된 후 제비 황제를 만난 제비는 흥부의 선행을 보고하고, 은혜를 갚고자 박씨를 물어다 준다. 흥부 부부가 잘 자란 네 통의 박을 타자 온갖 금은보화가 쏟아져 나와 부자가 된다. 흥부의 소식을 들은 놀부는 자신의 집에 제비가 새끼를 낳게 한 뒤 구렁이가 오지 않자 제비 새끼의 발목을 부러뜨린 후 치료해 준다. 제비는 제비 황제에게 놀부의 악행을 보고하고, 놀부는 제비가 물어온 박씨를 심는다. 그런데 놀부가 탄 박에서는 거문고쟁이, 노승, 상제, 팔도 무당, 초라니, 양반 등이 나와 놀부를 괴롭히고, 놀부는 어쩔 수 없이 돈을 주고 그들을 돌려보낸다. 놀부는 욕심에 박을 계속 타고, 박에서 나온 사당거사에게 논밭 문서를 뺏기고, 왈패와 팔도 소경에게는 또 돈을 주고, 장비 장군에게 혼이 나고, 마지막 박을 타자 똥이 쏟아져 나와 집이 똥으로 덮힌다. 결국 패가망신한 놀부는 흥부를 찾아간다.

# 영역별 찾아보기

# 극·수필

메가스터디
문학 총정리
**고전 문학**

극·수필 01

◇ 한 줄 평 글쓴이가 유배 가서 지은 정자에 '규정'이라는 이름을 붙인 이유를 적은 한문 수필

# 규정기 조위

▸ 기출 수록 교육청 2020 5월

글쓴이
내가 의주로 귀양 간 이듬해 여름이었다. 세든 집이 낮고 좁아서 덥고 답답함을 참
공간적 배경(의주)과 시간적 배경(여름)이 드러남 유배 생활의 열악한 환경 – 정자를 짓게 된 연유
을 수가 없었다. 그래서 채소밭에서 좀 높고 바람이 잘 통하는 곳을 골라 서까래 몇 개로 정자를 얽고 띠로 지붕을 덮어 놓으니, 대여섯 사람은 앉을 만했다. 옆집과 나란히
정자의 구조와 규모가 드러남
붙어서 몇 자도 떨어지지 않았다. 채소밭이라고 해야 폭이 겨우 여덟 발인데, 단지 해
작은 규모('발'은 두 팔을 양옆으로 펴서 벌렸을 때 한쪽 손끝에서 다른 쪽 손끝까지의 길이임)
바라기 수십 포기가 푸른 줄기에 부드러운 잎을 훈풍에 나부끼고 있을 뿐이었다. 그걸
훈훈한 바람
보고 이름을 규정(葵亭)이라고 했다. ▸ 유배지에서 정자를 짓고 '규정'이라 이름 붙임
해바라기 규(葵) + 정자 정(亭): '해바라기 정자'라는 뜻

손님 가운데 나에게 묻는 이가 있었다.

"저 해바라기는 식물 가운데 보잘것없는 것입니다. 옛날 사람들은 여러 가지 풀이
해바라기에 대한 손님의 평가 – 보잘것없음
나 나무, 또는 꽃 가운데서 어떤 이는 그 특별한 풍치를 높이 사기도 하고, 어떤
식물을 평가하는 주된 기준 – 풍치, 향기
이는 그 향기를 높이 치기도 하였습니다. 그래서 많은 이들이 소나무, 대나무, 매
풍치나 향기가 뛰어나다는 평가를 얻은 식물들
화, 국화, 난이나 혜초로 자기가 사는 집의 이름을 지었지, 이처럼 하찮은 식물로
해바라기에 대한 기존의 부정적 통념
이름을 지었다는 말은 아직까지 들어 보지 못했습니다. 당신은 해바라기에서 무
해바라기의 가치에 대한 글쓴이의 관점을 궁금해함
엇을 높이 사신 것입니까? 이에 대한 말씀이 있으십니까?"
▸ 손님의 질문: 하찮은 해바라기로 정자 이름을 지은 것에 대한 의문

내가 그 말에 이렇게 대답했다.

"사물이 한결같지 않은 것은 그리 타고나서 그런 것입니다. 귀하고 천하고 가볍고
사물의 선천적 다양성 인정
무겁고 하여 만의 하나도 같은 것이 없습니다. 저 해바라기는 식물 가운데 연약하
해바라기에 대한 기존의 통념 인정
고 보잘것없는 것입니다. 사람에 비유하면 더럽고 변변치 못하여 이보다 못한 것이 없는 것과 같습니다. 소나무, 대나무, 매화, 국화, 난초, 혜초는 식물 가운데 굳고도 세어서 특별한 풍치가 있거나 향기를 지닌 것들입니다. 사람에 비유하면
지조, 절개의 표상으로 간주됨
무리에서 뛰어나며, 세상에 우뚝 홀로 서서 명성과 덕망이 우뚝한 것과 같습니다.
'군계일학'과 같은 존재

내가 지금 황량하고 머나먼 적막한 바닷가로 쫓겨나서, 사람들은 천히 여겨 사
유배당해 천대를 받으며 어려움을 겪고 있는 글쓴이의 상황
람 대접을 하지 않고, 식물도 나를 서먹서먹하게 내치는 형편입니다. 내가 소나무나 대나무 같은 것으로 나의 정자 이름을 짓고자 한다 해도, 또한 그 식물들의 수치가 되고 사람들의 비웃음거리가 되지 않겠습니까?
자신의 처지와 어울리지 않게 고결함을 상징하는 식물로 정자 이름을 짓는 것은 부적절함

버림받은 사람으로서 천한 식물로 짝하고, 먼 데서 찾지 않고 가까운 데서 취했
유배 중인 자신을 해바라기와 동일시함 글쓴이의 채소밭에 해바라기가 많으므로
으니 이것이 나의 뜻입니다. 또 내가 들으니 천하에 버릴 물건도 없고 버릴 재주
만물은 저마다의 쓰임새와 가치를 지닌다는 관점
도 없다고 합니다. 그래서 어저귀나 살바귀, 무나 배추 같은 하찮은 것들도 옛사람들은 모두 버려서는 안 된다고 했습니다. 거기다 해바라기는 두 가지 훌륭한 점을 가지고 있습니다. 해바라기는 능히 해를 향하여 그 빛을 따라 기울어집니다. 그
글쓴이가 생각하는 해바라기의 장점 ①

**작품 분석 노트**

• 작품의 표현 – 대조

| 해바라기 |
|---|
| • 사람들이 보잘것없고 연약한 대상으로 인식(부정적 통념)<br>• 사람들에게 특별한 풍치나 향기가 없다고 평가받는 식물(부정적 통념)<br>• 더럽고 변변치 못한 사람과 같음(비유) |

↕

| 소나무, 매란국죽, 혜초 |
|---|
| • 사람들이 굳고도 센 대상으로 인식(긍정적 통념)<br>• 사람들에게 특별한 풍치나 향기가 있다고 평가받는 식물(긍정적 통념)<br>• 무리에서 뛰어나며, 명성과 덕망이 우뚝한 사람과 같음(비유) |

• 글쓴이가 정자 이름을 '해바라기'로 삼은 이유

| | |
|---|---|
| 유사성 | 임금에게 버림받은 자신의 처지가 천한 식물인 해바라기와 유사함 |
| 근접성 | 집 근처에서 쉽게 볼 수 있는 식물인 해바라기를 취함 |
| 지향성 | 전부터 흠모해 온 충성과 지혜라는 덕목을 해바라기가 갖춤 |

러니 이것을 충성이라고 해도 괜찮을 것입니다. 또 분수를 지킬 줄 아니 그것을 지
글쓴이가 생각하는 해바라기의 장점 ②
혜라고 해도 괜찮을 것입니다. 대개 충성과 지혜는 남의 신하 된 자가 갖추어야 할
글쓴이가 해바라기에서 이끌어 낸 두 가지 가치
절조이니, 충성으로써 임금을 섬겨 자기의 정성을 다하고 지혜로써 사물을 분별하
절개와 지조 / 글쓴이가 지향하는 인간상
여 시비를 가리는 데 잘못됨이 없는 것, 이것은 군자도 어렵게 여기는 바이지만, 내가 옛날부터 흠모해 오던 덕목입니다.

「이런 두 가지의 아름다움이 있는데도 연약한 뭇 풀들에 섞여 있다고 해서 그것
충성과 지혜
을 천하게 여길 수 있겠습니까?」 이로써 말하면 유독 소나무나 대나무나 매화나 국
「 」: 해바라기를 천하게 여길 수 없다는 견해(설의)
화나 난이나 혜초만이 귀한 것이 아님을 살필 수 있습니다.

지금 내가 비록 귀양살이를 하고 있지만, 자고 먹고 하는 것이 임금님의 은혜가
유배지에서도 변함없는 연군의 정
아님이 없습니다. 낮잠을 자고 일어나 밥을 한 술 뜨고 나서 심휴문(沈休文)■이나 사마군실(司馬君實)■의 시를 읊을 때마다 해를 향하는 마음을 스스로 그칠 수가 없
임금(해)에 대한 충성
었으니, 해바라기로 나의 정자의 이름을 지은 것이 어찌 아무런 근거도 없다 하겠
해바라기로 정자 이름을 지은 근거(충절 표출)가 있음을 밝힘(설의)
습니까?"

▶ 글쓴이의 답변: 해바라기로 정자 이름을 지은 이유

손님이 말했다.

"나는 하나는 알고 둘은 알지 못했는데, 그대 정자의 이야기를 듣고 보니 더할 것
자신의 생각이 부족했음을 깨닫고 인정함 / 글쓴이가 해바라기로 정자 이름을 지은 이유를 수긍함
이 없어졌소이다."

그리고는 배를 잡고 웃으면서 가버렸다.

기미년 6월 상순에 적는다.

▶ 정자 이름에 대한 손님의 납득

■ 심휴문: 중국 남조 시대의 학자(441~513). 이름은 약(約). 음운학의 거두로 사성(四聲)을 처음으로 연구하고, 시의 팔병설(八病說)을 제창하였다.
■ 사마군실: 중국 북송 때의 학자 · 정치가(1019~1086). 이름은 광(光). 신종 초에 왕안석의 신법(新法)에 반대하여 은퇴하고 철종 때에 재상이 되자, 신법을 폐하고 구법(舊法)으로 통치하였다.

**감상 포인트**

작품에 나타난 문답의 방식을 통해 글쓴이가 말하고자 하는 작품의 주제, 글쓴이의 가치관 등을 종합적으로 파악한다.

• 작품의 표현 – 설의

'이런 두 가지의 아름다움이 있는데도 ~ 그것을 천하게 여길 수 있겠습니까?'

해바라기는 충성과 지혜라는 두 가지 훌륭한 점을 갖추고 있으므로 천하게만 여길 수 없음(자신의 견해 강조)

'낮잠을 자고 일어나 ~ 어찌 아무런 근거도 없다 하겠습니까?'

정자의 이름을 해바라기로 지은 근거는 일상생활에서 해바라기와 같이 임금에게 충성하는 마음이 지속되는 데에 있음(근거 제시를 통해 주장의 타당성 강조)

• 작품에 반영된 작가의 삶

이 작품은 무오사화에 휘말려 유배당한 글쓴이 조위의 생애와 관련이 있다. 조위는 《성종실록》 편찬에 힘을 쏟은 인물로, 《성종실록》에 실린 사초(역사책의 초고) 〈조의제문〉이 문제가 되자 이에 연루되어 참형을 당할 뻔하다 가까스로 목숨을 건져 의주로 유배를 가게 되었다. 그는 유배당한 자신의 억울함과 결백함을 가사 〈만분가〉를 통해 표출하기도 하였다.

※ 무오사화: 조선 연산군 4년(1498), 유자광 중심의 훈구파가 김종직 중심의 사림파에 대해 일으킨 사화. 유자광이 《성종실록》에 실린 사초(역사책의 초고) 〈조의제문〉이 세조의 왕위 찬탈을 비판하고 공신들을 비난한 것이라고 문제 삼아 많은 선비들이 죽거나 귀양 가는 일들이 벌어졌다.

## 핵심 포인트 1 내용 전개 방식 파악

이 작품은 '기(記)'의 양식에서 자주 찾아볼 수 있는 문답 형식의 대화체를 통해 글이 전개되고 있으므로, 문답 형식에 주목하여 작품을 감상할 수 있어야 한다.

**작품의 구조**

| 도입 | 손님의 질문 | '나'(글쓴이)의 대답 | 손님의 말 |
|---|---|---|---|
| 글쓴이가 유배지에서 작은 정자를 짓고 '규정'이라 이름 붙임 | 소나무, 매난국죽, 혜초 등과 달리 보잘것없는 '해바라기'를 정자의 이름으로 삼은 데 대하여 의문을 나타냄 | • '해바라기'를 정자의 이름으로 선택한 이유: 유배 중인 자신의 처지와 어울림<br>• '해바라기'에서 발견한 덕목: 해를 향하여 기울어지는 속성 → 충성, 분수를 지킬 줄 아는 속성 → 지혜 | 자신의 생각이 짧았음을 인정하고 정자의 이름에 수긍함 |

↓

손님의 질문에 대한 글쓴이의 대답을 통해 글쓴이의 경험 및 그로부터 얻은 깨달음과 가치관을 파악할 수 있음

## 핵심 포인트 2 소재의 의미와 기능 파악

이 작품에서 글쓴이가 정자의 이름을 '규정'으로 지은 이유와 관련하여 '해바라기'의 의미와 기능을 파악할 수 있어야 한다.

**'해바라기'의 의미와 기능**

| 기존의 인식 | 글쓴이의 인식 |
|---|---|
| 특별한 향기나 풍취가 없는 보잘것없고 하찮은 식물 | 해를 향하여 그 빛을 따라 기울어지는 충성심과 분수를 지킬 줄 아는 지혜를 갖추었다는 장점이 있음 |

↓

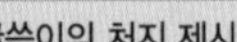

| 글쓴이의 처지 제시 | 글쓴이의 지향 제시 |
|---|---|
| 임금에게 버림받고 황량한 바닷가로 귀양 와서 사람들에게 천한 대우를 받는 글쓴이의 처지를 상징적으로 드러냄 | 충성으로 임금을 정성껏 섬기고 지혜로써 사물을 분별하여 시비를 바르게 가리고자 하는 글쓴이의 지향을 드러냄 |

글쓴이와 동일시되는 대상, 귀양살이 중에도 변함없는 연군의 정 표현

## 핵심 포인트 3 글쓴이의 관점 파악

이 작품에 나타난 사물에 대한 글쓴이의 생각과 가치관, 관점 등을 파악할 수 있어야 한다.

**작품에 드러난 글쓴이의 가치관 및 관점**

| | |
|---|---|
| 만물의 다양성과 선천성에 대한 인식 | '사물이 한결같지 않은 것은 그리 타고나서 그런 것입니다. 귀하고 천하고 가볍고 무겁고 하여 만의 하나도 같은 것이 없습니다.' |
| 해바라기에 대한 기존의 평가 수용 | '해바라기는 식물 가운데 연약하고 보잘것없는 것입니다. 사람에 비유하면 더럽고 변변치 못하여 이보다 못한 것이 없는 것과 같습니다.' |
| 만물은 고유의 가치와 기능을 지닌다는 관점 수용 | '천하에 버릴 물건도 없고 버릴 재주도 없다고 합니다. 그래서 어저귀나 삳바귀, 무나 배추 같은 하찮은 것들도 옛사람들은 모두 버려서는 안 된다고 했습니다.' |
| 임금에 대한 충의 (유교적 가치관) | '충성과 지혜는 남의 신하 된 자가 갖추어야 할 절조이니 ~ 옛날부터 흠모해 오던 덕목입니다.', '자고 먹고 하는 것이 임금님의 은혜가 아님이 없습니다.' |

### 작품 한눈에

• 해제

〈규정기〉는 글쓴이가 유배지에서 지은 정자에 '규정(해바라기 정자)'이라는 이름을 붙인 이유를 밝히고 있는 한문 수필이다. '기(記)'는 특정 대상과 관련한 경험 등을 기록하면서 그로부터 얻은 교훈이나 깨달음을 제시하는 한문 양식의 하나이다. 이 글 역시 글쓴이가 유배지에서 정자를 짓고 '규정(해바라기 정자)'으로 명명한 일과 그 과정에서의 깨달음을 제시하고 있다. 글쓴이는 유배 중인 자신의 비참한 처지를 '해바라기'에 빗대고 해바라기의 속성에서 충성과 지혜라는 가치를 도출해 내어 정자의 이름을 해바라기로 정하였음을 밝히고 있다. 이를 통해 글쓴이는 비록 유배지로 내몰렸지만 충의를 중시하며 임금의 은혜를 잊지 않고 있음을 드러내고 있다.

• 제목 〈규정기〉의 의미

– '규'는 해바라기, '정'은 정자를 뜻하는 말로, '해바라기 정자'라는 이름을 짓게 된 연유를 밝힌 글

글쓴이는 유배지에 작은 정자를 짓고, 정자에 '규정(해바라기 정자)'이라는 이름을 붙였다. 주변에 많이 자라고 있던 보잘것없는 해바라기를 보면서 자신의 형편과 유사하다고 여겼고, 또 해를 향하고 그 빛에 따라 기울어지며 분수를 지킬 줄 아는 해바라기의 모습에서 임금에게 충성하고 지혜를 갖춘 훌륭한 신하의 모습을 연상했기 때문이다.

• 주제

정자의 이름을 '규정(해바라기 정자)'으로 지은 까닭

극·수필 02

한 줄 평 | 사별한 아내와의 영원한 사랑을 소망하며 아내의 무덤가에 나무를 심게 되었음을 밝힌 한문 수필

# 아내의 무덤에 나무를 심으며 심노숭

나의 남원(南園)* 집은 옛날부터 꽃나무가 많았는데 날이 갈수록 황폐해졌다. 내가 주변이 없고 게을러서 가꾸지 않은 탓도 있지만, 한편으로는 집이 낡아서 집 안의 꽃나무까지 가꾸기가 싫어져 그렇기도 하다.

주변머리. 일을 잘 처리하는 재주
글쓴이가 남원 집에서 꽃나무를 가꾸려 하지 않는 이유

「아내가 언젠가 내게 말했다.

「 」: 아내와의 추억 회상(문답)

"다른 집 남자들을 보면, 꽃나무를 좋아하는 자가 많아 방에 들어가 비녀와 팔찌를 뒤져 사들이기까지 한다는데, 당신은 어째서 그와 반대로 집이 낡았다고 꽃나무까지 팽개쳐 두나요? 집은 낡았어도 꽃나무를 잘 가꾸면 우리 집의 좋은 구경거리가 될 거예요."

꽃나무를 가꾸지 않는 남편에 대한 질책
글쓴이의 아내는 글쓴이가 꽃나무를 가꾸도록 유도함

나는 이렇게 대꾸했다.

"꽃나무를 가꾸려 한다면 집도 손을 봐야 할 게요. 나는 이 집에서 오래 살 마음이 없으니 남들 구경거리를 만들어 주자고 신경 쓸 필요가 굳이 있겠소? 늙기 전에 당신과 고향에 돌아가 집을 짓고 꽃나무를 심어 열매는 따서 제사상에 올리고 부모님이 드시도록 하며, 꽃을 구경하며 머리가 세도록 함께 즐길 생각이오. 내 계획은 이런 것이오."」

남원 집이 낡았다는 이유로 꽃나무를 가꿀 필요가 없다는 글쓴이의 생각(설의법)
파주
백년해로: 부부가 되어 한평생을 사이좋게 지내고 즐겁게 함께 늙음

내 말에 아내는 웃으며 즐거워했다.

글쓴이의 생각에 대한 아내의 긍정적 반응

▶ 고향에 새집을 짓고 꽃나무를 심어 가꿀 계획을 세웠던 글쓴이와 아내

지난해 파주에 작은 새집을 짓기 시작하자 아내는 기뻐하며

글쓴이의 고향

"이제야 당신의 뜻을 이루겠어요."

새집을 짓고 꽃나무를 심어 부부가 함께 즐기는 것

라고 말했다. 뜰과 담장을 배열하고 창문과 방의 위치를 잡는 일을 아내와 상의하여 했다. 공사가 끝나기를 기다려 꽃나무를 심으려고 했는데, 미처 공사가 끝나기도 전에 그만 아내가 병들고 말았다. 나는 아내의 병을 간호하다 차도가 있으면 파주로 가서 공사를 감독했다. 공사가 거의 끝날 무렵 아내가 위독해졌다. 임종을 앞에 두고 내게

새집 곳곳을 함께 계획한 글쓴이와 아내
병이 조금씩 나아지는 정도
새집을 짓는 일

"파주 집은요? 집 옆에 묻어 줄 거죠?"

아내의 유언 – 죽어서도 남편과 함께하고 싶은 마음

라고 말하며 눈물을 흘렸다.

온 집안이 파주로 이사 오던 날, 아내는 관(棺)에 실려서 왔다. 집에서 백 보도 떨어지지 않은 곳에 장지를 정하니 기거하고 밥을 먹을 때 아내가 오가는 듯했다.

새집으로 이사하기 전 아내가 임종을 맞음
집에서 가까운 곳에 아내의 무덤을 정함 – 아내의 유언에 따름 → 아내에 대한 사랑을 알 수 있음

우리 산에는 아름드리나무가 많아 울창하기 때문에 서도(西道)의 많은 산 가운데 으뜸이다. 선조고(先祖考) 무덤 아래에 아내의 무덤을 썼기 때문에 굳이 나무를 심을 필요가 없었다. 하지만 장례를 치르고 나서 무덤 가까운 곳의 나무를 베어, 칡덩

선산이자 아내가 묻힌 산
황해도와 평안도
글쓴이의 할아버지
아내의 무덤 주변을 가꿈

## 작품 분석 노트

• 글쓴이 '심노숭'에 대한 이해

조선 후기의 문신(1762~1837)으로, 호는 몽산거사(夢山居士)·효전(孝田), 자는 태등(泰登)이다. 부인인 이씨와의 사이에 1남 3녀를 두었으나 둘째 딸을 제외하고 모두 일찍 죽었다. 이 씨 역시 병이 들어 1792년에 사망하였다.
그는 성리학의 영향으로 감정의 순화와 절제를 중시하던 당대의 관점에서 벗어나 인간의 욕구와 감정을 표출해야 한다는 관점을 바탕으로 한 시문을 여러 편 남겼다.

• 글의 종류

| | |
|---|---|
| 기(記) | • 한문 문학 양식의 하나로, 어떤 경험이나 사건의 과정을 기록한 것을 말함<br>• 대개 글쓴이의 깨달음이나 교훈을 전하는 것을 목적으로 함<br>• 끝부분에 글을 쓴 이유, 글을 쓴 날짜나 장소 등을 제시하는 경우도 있음 |
| 도망문(悼亡文) | '도망(悼亡)'은 '죽은 아내를 생각하여 슬퍼함.'을 뜻하고, '도망문'은 사별한 아내를 생각하며 지은 글을 가리킴. 심노숭은 아내 이 씨의 사후 약 2년 동안 20편이 넘는 도망문을 지어 남김 |

• 글쓴이의 계획

남원 집이 낡아서 꽃나무를 가꿀 필요가 없다고 생각함

↓

고향 파주에서 새집을 짓고 꽃나무를 가꾸며 아내와 행복하게 살기를 소망함

쿨과 나무뿌리가 뻗어 그늘지는 것을 막았다. 또 좋지 못한 나무들을 베어 내고 소나무와 삼나무 따위만을 남겨 두자 나무들이 듬성듬성 서 있게 되었다. 그래서 다시 나무를 심기로 하여 이듬해 한식날, 삼나무 치목(稚木) 서른 그루를 심었다. 지금부터 내가 죽기 전까지 봄가을에 나무 심는 일을 관례로 할 것이다.

나서 한두 해쯤 자란 나무, 어린나무

아내와 계획했던 나무 심기를 실천하기로 다짐함

▶ 아내와 사별하고 아내의 무덤을 쓴 산에 나무를 심기로 함

오호라! 이것은 참으로 오래 묵은 계획이었다. 남원을 떠나 파주로 옮기겠다고 떠벌려 왔던 지난날의 내 계획은, 아내와 하루도 함께하지 못하고 뒤에 남은 자에게 슬픔만 더하는 꼴이 되고 말았다. 그러고 보면 인간이 구구하게 살기를 도모하여 장구한 계획을 세우는 것 자체가 미련한 일이 아닌가!

감탄사 – 글쓴이의 탄식(영탄법) 고향에 집을 짓고 꽃나무를 가꾸며 살겠다는 계획

아내와 사별한 글쓴이 자신

아내의 죽음을 경험한 글쓴이의 깨달음 – 인생무상

돌아보면 나는 심기가 허약해서 스스로 어떻게 될지 자신이 없다. 여생이라야 수삼십 년을 넘지 않을 것이고, 한번 죽고 나면 그 뒤로는 천년 백년 끝이 없는 세월이다. 그렇다면 내가 어떤 길을 선택해야 할지 잘 알겠다. 남원에서 파주로 집을 옮기는 것은 아무것도 아니다. 살아서는 파주의 집에서 살지 못했지만 죽어서는 영원히 파주의 산에서 함께 살 수 있기에 그 즐거움이 그지없다. 이것이 내가 무덤을 새로 쓴 산에 나무를 심고, 집에 심었던 것을 종류에 따라 하나같이 산에다 옮겨 심는 까닭이다. 「그렇게 하여 나의 꿈을 보상받고, 나의 슬픔을 실어 보내며, 또 나의 자손과 후인들로 하여금 내 마음을 알게 하려는 것이다.」그러니 손상치 말지어다.

인간의 삶은 유한하지만 사후 세계는 영원할 것이라는 글쓴이의 생각

자연의 영원성에 의탁하여 아내와의 못다 한 사랑을 이어 가고자 함 – 아내의 무덤이 있는 산에 나무를 심는 이유

산에 나무를 심는 이유를 밝힘 – 기(記)의 특성

고향에 집을 짓고 꽃나무를 가꾸며 아내와 즐겁게 살겠다는 꿈 / 아내를 잃은 슬픔

「 」: 아내의 무덤이 있는 산에 나무를 심는 일의 가치를 드러냄

누군가는 이렇게 말하리라.

글쓴이를 비판하는 입장

"그대는 앞으로 살아갈 방도는 꾀하지 않고 사후의 일만 계획한다. 죽은 뒤에는 지각이 없으니 계획한들 무슨 소용이 있는가!"

죽어서 아내와 함께 할 곳으로서의 산을 가꾸는 일

현세적 관점에서 글쓴이를 비판함

글쓴이에 대한 비판의 근거

나는 이렇게 말하련다.

"죽은 뒤에 지각이 없다는 말은 내가 차마 들을 수 없는 말이다."

죽음 뒤의 영원한 삶을 소망하는 글쓴이 – 사후 세계에 대한 부정적 입장을 수용하기 어려움

「계축년(1793) 4월 3일, 태등은 분암(墳菴)에서 쓴다.」「 」: 기록 일시와 장소를 밝힘 – 기(記)의 특성

글쓴이의 자(본이름 외에 부르는 이름) 무덤 근처의 암자

▶ 무덤을 새로 쓴 산에 나무를 심는 까닭을 밝힘

■ 남원: 서울의 남산 아래 주자동(지금의 필동 부근)을 가리킴.

**감상 포인트**

작품에 나타난 글쓴이의 경험을 살펴보고, 이에 대한 글쓴이의 정서와 깨달음 및 태도의 변화를 파악한다.

• 공간에 따른 대조적인 모습

| 남원 |
|---|
| • 집이 낡음<br>• 아내가 살아 있음<br>• 글쓴이가 꽃나무를 가꾸지 않음 |

↕

| 파주 |
|---|
| • 집을 새로 지음<br>• 아내가 죽음 → 파주 집에서 함께 살지 못함<br>• 글쓴이가 나무를 열심히 가꿈: 아내의 무덤이 있고 자신도 죽어 묻힐 산에 나무를 심고 가꿈 → 아내와 영원히 함께할 수 있다고 생각함 |

• '나무를 심는 행위'의 의미

| | |
|---|---|
| 글쓴이의 소망 실현 | 아내의 죽음으로 새집을 짓고 나무를 가꾸며 아내와 살아가려 했던 계획이 무산됨 → 아내의 무덤가에 나무를 심어 가꿈으로써 자신의 소망을 이루려 함 |
| 아내의 죽음으로 인한 슬픔의 극복 | 죽은 아내를 기리고 슬픔을 달래는 일종의 의식과도 같은 행위에 해당함 |
| 영원한 삶과 사랑의 성취 | 아내의 무덤이 있고 자신도 죽어 묻힐 산에 나무를 심는 것 → 영속성을 지닌 자연의 일부가 되어 아내와 영원히 함께하는 방법임 |

## 핵심 포인트 1 글쓴이의 경험과 깨달음 파악

이 작품에서는 글쓴이가 아내의 무덤가에 나무를 심어 가꾸게 되기까지의 과정에서 겪는 일과 깨달음을 파악하고, 이를 작품 제목과 관련해 이해할 수 있어야 한다.

**글쓴이의 경험:** 아내와의 사별

| 글쓴이의 깨달음 | |
|---|---|
| '인간이 구구하게 살기를 도모하여 장구한 계획을 세우는 것 자체가 미련한 일이 아닌가!', '한번 죽고 나면 그 뒤로는 천년 백년 끝이 없는 세월이다.' → 인간의 유한성, 인생무상 | '살아서는 파주의 집에서 살지 못했지만 죽어서는 영원히 파주의 산에서 함께 살 수 있기에 그 즐거움이 그지없다.' → 죽음 이후에 자연 속에서 아내와 영원히 함께할 수 있음(내세 지향적 태도) |

## 핵심 포인트 2 표현상 특징 파악

이 작품에서 글쓴이의 정서나 생각을 나타내기 위해 사용된 표현상의 특징을 파악할 수 있어야 한다.

| | |
|---|---|
| 문답 | 꽃나무를 가꾸지 않는 이유에 대한 아내의 질문과 글쓴이의 답변 → 글쓴이의 계획을 드러냄 |
| 설의 | '나는 이 집에서 오래 살 마음이 없으니 남들 구경거리를 만들어 주자고 신경 쓸 필요가 굳이 있겠소?' → 글쓴이가 남원 집을 꾸미지 않는 이유를 밝힘 |
| 영탄 | '오호라! ~ 인간이 구구하게 살기를 도모하여 장구한 계획을 세우는 것 자체가 미련한 일이 아닌가!' → 아내의 죽음으로 인한 슬픔과 인간 삶의 덧없음에 대한 탄식을 드러냄 |

## 핵심 포인트 3 다른 작품과의 비교

이 작품을 창작하게 된 동기는 아내와의 사별이다. 아내와의 사별을 제재로 하는 여러 갈래의 작품들은 죽은 아내에 대한 사랑과 그리움, 사별의 슬픔, 회한 등의 감정을 다양한 방식으로 표현한다. 따라서 이런 작품들을 비교, 감상할 수 있어야 한다.

**◎ 아내와의 사별을 노래한 한시, 김정희의 〈배소만처상〉**

| | |
|---|---|
| 월하노인을 통하여 저승에 하소연해 | 聊將月老訴冥府 |
| 내세에는 내가 아내 되고 그대가 남편 되어, | 來世夫妻易地爲 |
| 나는 죽고 그대는 천 리 밖에 살아서, | 我死君生千里外 |
| 그대에게 이 슬픔 알게 했으면. | 使君知有此心悲 |

→ 이 작품은 유배지에서 뒤늦게 아내의 죽음을 전해 들은 작가가 죽은 아내를 애도하며 지은 한시이다. 화자가 아내를 잃은 슬픔을 직접적으로 호소하는 것이 아니라 서로의 처지가 바뀌어 자신의 슬픔을 아내가 알도록 하고 싶다고 표현함으로써 죽은 아내에 대한 그리움과 안타까움을 절절하게 나타내고 있다.

**◎ 아내와의 사별을 노래한 현대시, 김춘수의 〈강우〉**

조금 전까지 거기 있었는데 / 어디로 갔나, / 밥상은 차려 놓고 어디로 갔나,
넙치지지미 맵싸한 냄새가 / 코를 맵싸하게 하는데 / 어디로 갔나,
이 사람이 갑자기 왜 말이 없나, / 내 목소리는 메아리가 되어 / 되돌아온다.
내 목소리만 내 귀에 들린다. / 이 사람이 어디 가서 잠시 누웠나,
옆구리 담괴가 다시 도졌나, 아니 아니 / 이번에는 그게 아닌가 보다.
한 뼘 두 뼘 어둠을 적시며 비가 온다. / 혹시나 하고 나는 밖을 기웃거린다.
나는 풀이 죽는다. / 빗발은 한 치 앞을 못 보게 한다.
왠지 느닷없이 그렇게 퍼붓는다. / 지금은 어쩔 수가 없다고,

→ 이 작품은 아내와의 사별을 받아들이지 못하는 화자의 심정을 애절하게 나타낸 현대시이다. 화자는 여느 때와 같은 일상 속에서 계속해서 아내를 찾는 행위를 통해 아내를 잃은 상실감과 절망감, 체념의 정서를 부각하고 있다.

### 작품 한눈에

• 해제

〈아내의 무덤에 나무를 심으며〉는 조선 후기의 문인인 심노숭이 아내를 사별한 후의 심정을 기(記)의 형식으로 쓴 글이다. 글쓴이와 아내는 새집을 짓고 꽃나무를 가꾸며 소박한 행복을 누리면서 일생을 함께할 것을 꿈꾸었으나 새집을 다 짓기도 전에 아내가 그만 병이 들어 죽고 만다. 글쓴이는 죽은 아내와의 영원한 삶을 기약하며 아내의 무덤가에 나무를 심고 가꾼다. 이처럼 이 작품은 글쓴이가 아내의 무덤이 있는 산에 나무를 심게 된 이유를 밝히며 아내에 대한 애틋한 사랑을 드러내고 있다.

• 제목 〈아내의 무덤에 나무를 심으며〉의 의미

– 원제목인 '신산종수기(新山種樹記)'를 풀어 쓴 것으로, 아내의 무덤을 새로 쓴 산에 나무를 심게 된 까닭을 기록한 글이라는 의미

**아내 생전에 둘이 함께 꽃나무를 가꾸며 살자고 했던 계획을, 아내가 죽은 이후에 홀로 실행하는 글쓴이의 모습을 통해 사별로 인한 슬픔과 아내에 대한 절절한 사랑을 전하고 있는 고전 수필이다.**

• 주제

① 사별한 아내에 대한 사랑
② 아내의 무덤이 있는 산에 나무를 심는 까닭

# 찾아보기

# 메가스터디북스 수능 시리즈

레전드 수능 문제집

## 메가스터디 N제

- [국어] EBS 빈출 및 교과서 수록 지문 집중 학습
- [영어] 핵심 기출 분석과 유사·변형 문제 집중 훈련
- [수학] 3점 공략, 4점 공략의 수준별 문제 집중 훈련

**국어** 문학 I 독서
**영어** 독해 I 고난도·3점 I 어법·어휘
**수학** 수학 I 3점 공략 I 4점 공략
수학 II 3점 공략 I 4점 공략
**확률과 통계** 3점 · 4점 공략 I **미적분** 3점 · 4점 공략
**과탐** 물리학 I I 화학 I I 생명과학 I I 지구과학 I
**사탐** 사회·문화 I 생활과 윤리

수능 만점 훈련 기출서 ALL × PICK

## 수능 기출 올픽

- 최근 3개년 기출 전체 수록 ALL
  최근 3개년 이전 우수 기출 선별 수록 PICK
- 북1 + 북2 구성으로 효율적인 기출 학습 가능
- 효과적인 수능 대비에 포커싱한
  엄격한 기출문제 분류 → 선별 → 재배치

**국어** 문학 I 독서
**영어** 독해
**수학** 수학 I I 수학 II I 확률과 통계 I 미적분

내신·수능 1등급 실전 대비서

## 메가스터디 실전 N제 국어영역

- 수능 연계 작품과 제제 한눈에 정리
- 최신 수능 및 평가원 모의고사 신경향 적극 반영
- 고퀄리티 실전 N제로 내신·수능 한번에!

**국어** 문학 134제 I 독서 112제

수능 기초 중1~고1 수학 개념 5일 완성

## 수능 잡는 중학 수학

- 하루 1시간 5일 완성 커리큘럼
- 수능에 꼭 나오는 중1~고1 수학 필수 개념 50개
- 메가스터디 현우진, 김성은 쌤 강력 추천

메가스터디 수능 영어 대표 조정식 기초 어법

## 괜찮아 어법

- 조정식 선생님의 명확한 개념 설명
- 시험에 나오는 문법 중심으로 효율적인 학습
- 긴 문장으로 어법 개념 및 독해 기초 완성
- 별책 '워크북'으로 완벽한 마무리

수능 영어 듣기 실전 대비

## 메가스터디 수능 영어 듣기 모의고사

- 주요 표현 받아쓰기로 듣기 실력 강화
- 최신 수능 영어 듣기 출제 경향 반영
- 실제 수능보다 어려운 난이도로 완벽한 실전 대비

20회 I 30회

메가스터디

# 문학 총정리

고전 문학

진짜 공부 챌린지 내/가/스/터/디

공부는 스스로 해야 실력이 됩니다.
아무리 뛰어난 스타강사도, 아무리 좋은 참고서도 학습자의 실력을 바로 높여 줄 수는 없습니다.
내가 무엇을 공부하고 있는지, 아는 것과 모르는 것은 무엇인지 스스로 인지하고 학습할 때 진짜 실력이 만들어집니다.
메가스터디북스는 스스로 하는 공부, **내가스터디**를 응원합니다.
메가스터디북스는 여러분의 **내가스터디**를 돕는 좋은 책을 만듭니다.

**메가스터디BOOKS**

**내용 문의** 02-6984-6897 | **구입 문의** 02-6984-6868,9 | www.megastudybooks.com

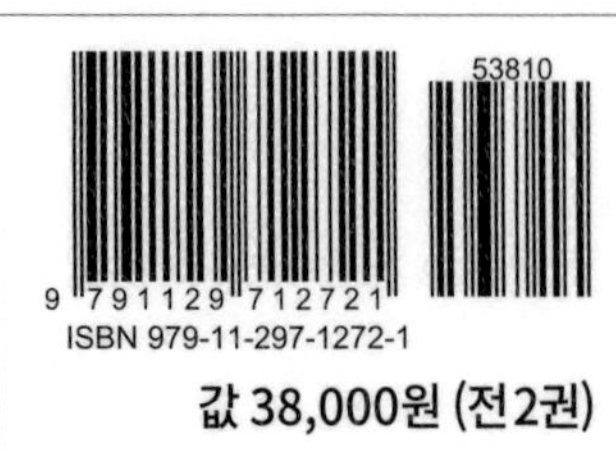
ISBN 979-11-297-1272-1

값 38,000원 (전2권)

2025 대비

메가스터디

# 문학 총정리

현대 문학

메가스터디BOOKS

집필진 강민철, 김지현, 김희중, 문동열, 박상돈,
배정희, 송태은, 양은경, 이석호, 이윤희

메가스터디

# 문학 총정리

2025 수능 연계 164 작품 현대 문학


| | |
|---|---|
| **발행일** | 2024년 7월 29일 |
| **펴낸곳** | 메가스터디(주) |
| **펴낸이** | 손은진 |
| **개발 책임** | 배경윤 |
| **개발** | 김인순, 송향미, 송연재, 정혜은, 김지안, 지하연, 서미리 |
| **디자인** | 이정숙, 윤재경 |
| **마케팅** | 엄재욱, 김세정 |
| **제작** | 이성재, 장병미 |
| **주소** | 서울시 서초구 효령로 304(서초동) 국제전자센터 24층 |
| **대표전화** | 1661.5431 (내용 문의 02-6984-6897 / 구입 문의 02-6984-6868,9) |
| **홈페이지** | http://www.megastudybooks.com |
| **출판사 신고 번호** | 제 2015-000159호 |
| **출간제안/원고투고** | 메가스터디북스 홈페이지 <투고 문의>에 등록 |




**메가스터디BOOKS**

'메가스터디북스'는 메가스터디㈜의 교육, 학습 전문 출판 브랜드입니다.
초중고 참고서는 물론, 어린이/청소년 교양서, 성인 학습서까지 다양한 도서를 출간하고 있습니다.

메가스터디

# 문학 총정리

현대 문학

# 차례

## 현대시

### 수능 연계 작품 (시즌 1)



### 수능 연계 작품 (시즌 2)

CONTENTS

## 현대 소설

### 수능 연계 작품 시즌 1



### 수능 연계 작품 시즌 2

# 차례

CONTENTS

## 극·수필

### 수능 연계 작품 시즌1



### 수능 연계 작품 시즌2

# 구성과 특징

STRUCTURE

<메가스터디 문학 총정리>는 2025 수능 연계 문학 작품을 모두 꼼꼼하게 분석하여 학생들이 스스로 학습할 수 있게 하고 좀 더 효율적으로 시험에 대비할 수 있도록 구성하였습니다.

**작품 이력**

수능 · 평가원 · 교육청 기출 여부, 국어 · 문학 교과서의 수록 여부를 제시하여 수능 연계 문학 작품의 이력을 확인할 수 있도록 하였습니다.

**핵심 포인트**

수능 연계 문학 작품을 학습하면서 꼭 알아 두어야 할 핵심 내용과 개념을 정리하여 효율적 학습이 가능하도록 하였습니다.

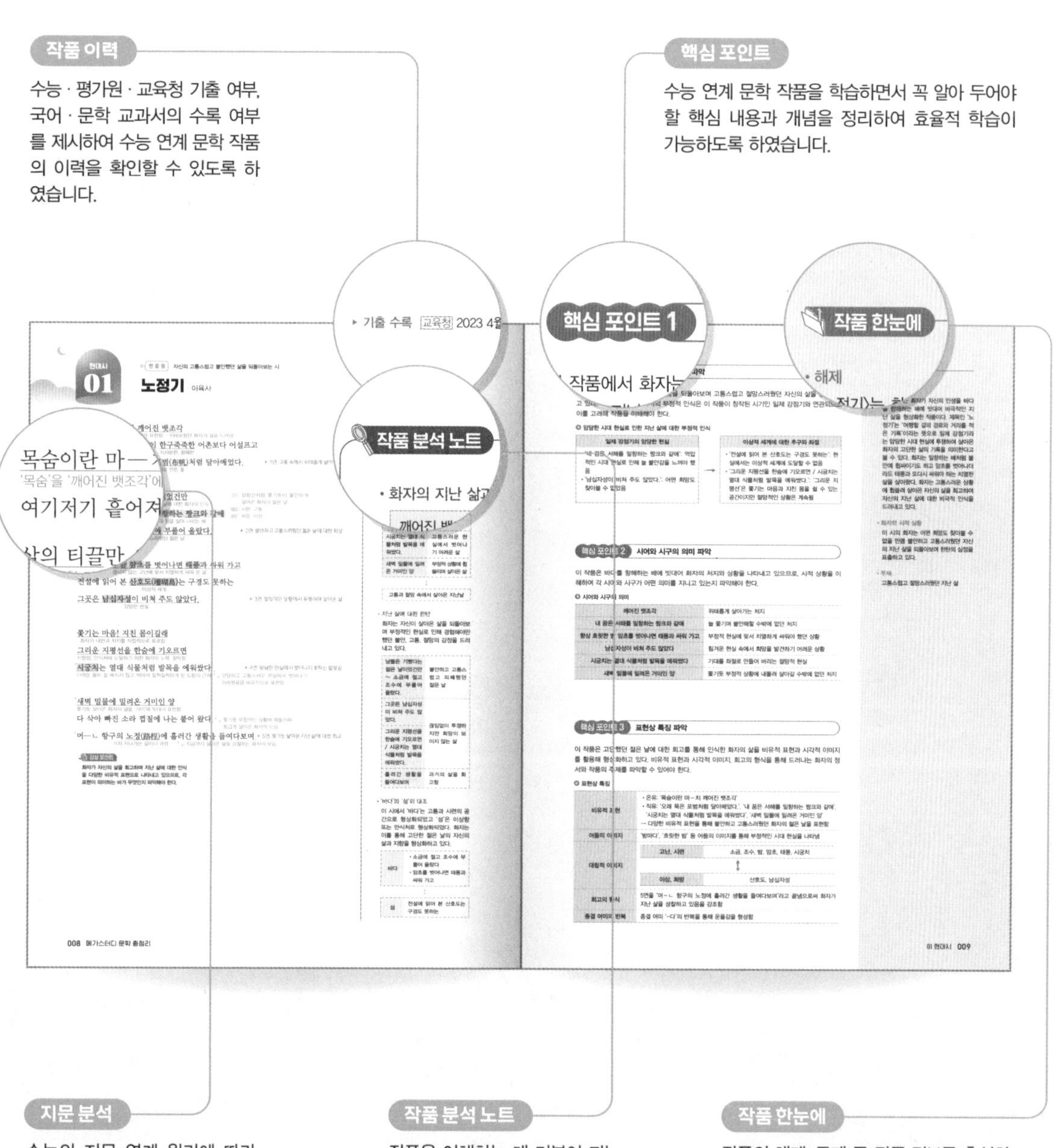


**지문 분석**

수능의 지문 연계 원리에 따라 전문을 수록하거나 지문을 재구성하여 수록하였습니다.

**작품 분석 노트**

작품을 이해하는 데 기본이 되는 핵심 요소를 한눈에 파악할 수 있도록 정리하였습니다.

**작품 한눈에**

작품의 해제, 주제 등 작품 정보를 충실하게 제시하여 작품의 빠른 분석과 이해가 가능하도록 하였습니다.

# 영역별 찾아보기

# 현대시

메가스터디
문학 총정리
**현대 문학**

현대시 01

◇ 한 줄 평 자신의 고통스럽고 불안했던 삶을 되돌아보는 시

# 노정기 이육사

▸ 기출 수록 교육청 2023 4월

목숨이란 마—치 깨어진 뱃조각
'목숨'을 '깨어진 뱃조각'에 빗대어 표현함 – 위태로웠던 화자의 삶을 드러냄
여기저기 흩어져 마을이 한구죽죽한 어촌보다 어설프고
지저분한, 황폐한
삶의 티끌만 오래 묵은 포범(布帆)처럼 달아매었다. ▸ 1연: 고통 속에서 위태롭게 살아온 삶
무가치한 것 / 베로 만든 돛

남들은 기뻤다는 젊은 날이었건만
자신과 비교하여 본, 다른 사람들의 젊은 날에 대한 화자의 인식
밤마다 내 꿈은 서해를 밀항하는 짱크와 같애
정크(Junk). 중국 연해나 하천에서 사람과 짐을 실어 나르는 배
소금에 절고 조수(潮水)에 부풀어 올랐다. ▸ 2연: 불안하고 고통스러웠던 젊은 날에 대한 회상
화자의 피폐하고 고통스러웠던 젊은 날

(음영): 밀항선처럼 쫓기듯이 불안하게 살아온 화자의 젊은 날
(음영): 시련, 고통
(음영): 희망, 이상

항상 흐릿한 밤 암초를 벗어나면 태풍과 싸워 가고
끊이지 않는 고난에 맞서 치열하게 싸워 온 삶
전설에 읽어 본 산호도(珊瑚島)는 구경도 못하는
이상적 세계
그곳은 남십자성이 비쳐 주도 않았다. ▸ 3연: 절망적인 상황에서 투쟁하며 살아온 삶
암담한 현실

쫓기는 마음! 지친 몸이길래
화자의 내면과 처지를 직접적으로 토로함
그리운 지평선을 한숨에 기오르면
지향점, 안식처에 도달하기 위한 화자의 노력, 절박함
「시궁치는 열대 식물처럼 발목을 에워쌌다.」 ▸ 4연: 암담한 현실에서 벗어나지 못하는 절망감
더러운 물이 잘 빠지지 않고 썩어서 질척질척하게 된 도랑의 근처 「 」: 암담하고 고통스러운 현실에서 벗어나기 어려웠음을 비유적으로 표현함

「새벽 밀물에 밀려온 거미인 양
쫓기듯 살아온 화자의 삶을 '거미'에 빗대어 표현함
다 삭아 빠진 소라 껍질에 나는 붙어 왔다」 「 」: 쫓기듯 부정적인 상황에 휘둘리며 힘겹게 살아온 화자의 모습
「머—ㄴ 항구의 노정(路程)에 흘러간 생활을 들여다보며」 ▸ 5연: 쫓기듯 살아온 지난 삶에 대한 회고
거쳐 지나가는 길이나 과정 「 」: 지금까지 살아온 삶을 성찰하는 화자의 모습

**감상 포인트**

화자가 자신의 삶을 회고하며 지난 삶에 대한 인식을 다양한 비유적 표현으로 나타내고 있으므로, 각 표현이 의미하는 바가 무엇인지 파악해야 한다.

## 작품 분석 노트

• 화자의 지난 삶과 '배'

| | |
|---|---|
| 깨어진 뱃조각 | 위태로운 삶 |
| 서해를 밀항하는 짱크 | 불안한 삶 |
| 소금에 절고 조수에 부풀어 올랐다. | 고통스러운 삶 |
| 항상 흐릿한 밤 암초를 벗어나면 태풍과 싸워 가고 | 치열한 삶 |
| 시궁치는 열대 식물처럼 발목을 에워쌌다. | 고통스러운 현실에서 벗어나기 어려운 삶 |
| 새벽 밀물에 밀려온 거미인 양 | 부정적 상황에 휩쓸리며 살아온 삶 |

↓

고통과 절망 속에서 살아온 지난날

• 지난 삶에 대한 한탄

화자는 자신이 살아온 삶을 되돌아보며 부정적인 현실로 인해 경험해야만 했던 불안, 고통, 절망의 감정을 드러내고 있다.

| | |
|---|---|
| 남들은 기뻤다는 젊은 날이었건만 ~ 소금에 절고 조수에 부풀어 올랐다. | 불안하고 고통스럽고 피폐했던 젊은 날 |
| 그곳은 남십자성이 비쳐 주도 않았다. | 끊임없이 투쟁하지만 희망이 보이지 않는 삶 |
| 그리운 지평선을 한숨에 기오르면 / 시궁치는 열대 식물처럼 발목을 에워쌌다. | 끊임없이 투쟁하지만 희망이 보이지 않는 삶 |
| 흘러간 생활을 들여다보며 | 과거의 삶을 회고함 |

• '바다'와 '섬'의 대조

이 시에서 '바다'는 고통과 시련의 공간으로 형상화되었고 '섬'은 이상향 또는 안식처로 형상화되었다. 화자는 이를 통해 고단한 젊은 날의 자신의 삶과 지향을 형상화하고 있다.

| | |
|---|---|
| 바다 | • 소금에 절고 조수에 부풀어 올랐다<br>• 암초를 벗어나면 태풍과 싸워 가고 |

↕

| | |
|---|---|
| 섬 | 전설에 읽어 본 산호도는 구경도 못하는 |

## 핵심 포인트 1 작품의 주제 의식 파악

이 작품에서 화자는 자신의 젊은 날을 되돌아보며 고통스럽고 절망스러웠던 자신의 삶을 형상화하고 있다. 지난 삶에 대한 화자의 부정적 인식은 이 작품이 창작된 시기인 일제 강점기와 연관되므로 이를 고려해 작품을 이해해야 한다.

**암담한 시대 현실로 인한 지난 삶에 대한 부정적 인식**

| 일제 강점기의 암담한 현실 | | 이상적 세계에 대한 추구와 좌절 |
|---|---|---|
| • '내 꿈은 서해를 밀항하는 짱크와 같애': 억압적인 시대 현실로 인해 늘 불안감을 느껴야 했음<br>• '남십자성이 비쳐 주도 않았다.': 어떤 희망도 찾아볼 수 없었음 | → | • '전설에 읽어 본 산호도는 구경도 못하는': 현실에서는 이상적 세계에 도달할 수 없음<br>• '그리운 지평선을 한숨에 기오르면 / 시궁치는 열대 식물처럼 발목을 에워쌌다.': '그리운 지평선'은 쫓기는 마음과 지친 몸을 쉴 수 있는 공간이지만 절망적인 상황은 계속됨 |

## 핵심 포인트 2 시어와 시구의 의미 파악

이 작품은 바다를 항해하는 배에 빗대어 화자의 처지와 상황을 나타내고 있으므로, 시적 상황을 이해하여 각 시어와 시구가 어떤 의미를 지니고 있는지 파악해야 한다.

**시어와 시구의 의미**

| 시어와 시구 | 의미 |
|---|---|
| 깨어진 뱃조각 | 위태롭게 살아가는 처지 |
| 내 꿈은 서해를 밀항하는 짱크와 같애 | 늘 쫓기며 불안해할 수밖에 없던 처지 |
| 항상 흐릿한 밤 암초를 벗어나면 태풍과 싸워 가고 | 부정적 현실에 맞서 치열하게 싸워야 했던 상황 |
| 남십자성이 비쳐 주도 않았다 | 힘겨운 현실 속에서 희망을 발견하기 어려운 상황 |
| 시궁치는 열대 식물처럼 발목을 에워쌌다 | 기대를 좌절로 만들어 버리는 절망적 현실 |
| 새벽 밀물에 밀려온 거미인 양 | 쫓기듯 부정적 상황에 내몰려 살아갈 수밖에 없던 처지 |

## 핵심 포인트 3 표현상 특징 파악

이 작품은 고단했던 젊은 날에 대한 회고를 통해 인식한 화자의 삶을 비유적 표현과 시각적 이미지를 활용해 형상화하고 있다. 비유적 표현과 시각적 이미지, 회고의 형식을 통해 드러나는 화자의 정서와 작품의 주제를 파악할 수 있어야 한다.

**표현상 특징**

| 특징 | 내용 |
|---|---|
| 비유적 표현 | • 은유: '목숨이란 마－치 깨어진 뱃조각'<br>• 직유: '오래 묵은 포범처럼 달아매었다.', '내 꿈은 서해를 밀항하는 짱크와 같애', '시궁치는 열대 식물처럼 발목을 에워쌌다', '새벽 밀물에 밀려온 거미인 양'<br>→ 다양한 비유적 표현을 통해 불안하고 고통스러웠던 화자의 젊은 날을 표현함 |
| 어둠의 이미지 | '밤마다', '흐릿한 밤' 등 어둠의 이미지를 통해 부정적인 시대 현실을 나타냄 |
| 대립적 이미지 | 고난, 시련: 소금, 조수, 밤, 암초, 태풍, 시궁치<br>↕<br>이상, 희망: 산호도, 남십자성 |
| 회고의 형식 | 5연을 '머－ㄴ 항구의 노정에 흘러간 생활을 들여다보며'라고 끝냄으로써 화자가 지난 삶을 성찰하고 있음을 강조함 |
| 종결 어미의 반복 | 종결 어미 '－다'의 반복을 통해 운율감을 형성함 |

### 작품 한눈에

• 해제

〈노정기〉는 화자가 자신의 인생을 바다를 항해하는 배에 빗대어 비극적인 지난 삶을 형상화한 작품이다. 제목인 '노정기'는 '여행할 길의 경로와 거리를 적은 기록'이라는 뜻으로 일제 강점기라는 암담한 시대 현실에 투쟁하며 살아온 화자의 고단한 삶의 기록을 의미한다고 볼 수 있다. 화자는 밀항하는 배처럼 불안에 휩싸이기도 하고 암초를 벗어나더라도 태풍과 또다시 싸워야 하는 치열한 삶을 살아왔다. 화자는 고통스러운 상황에 휩쓸려 살아온 자신의 삶을 회고하며 자신의 지난 삶에 대한 비극적 인식을 드러내고 있다.

• 화자와 시적 상황

이 시의 화자는 어떤 희망도 찾아볼 수 없을 만큼 불안하고 고통스러웠던 자신의 지난 삶을 되돌아보며 한탄의 심정을 표출하고 있다.

• 주제

고통스럽고 절망스러웠던 지난 삶

현대시 02

◇ 한 줄 평 | 이국땅에서 고향을 그리워하는 유랑민의 마음을 노래한 시

# 우라지오 가까운 항구에서 이용악

▸ 기출 수록 교육청 2009 3월

삽살개 짖는 소리
청각적 이미지 – 고향에 대한 그리움을 심화시킴
눈보라에 얼어붙는 「섣달 그믐
시각적 이미지 – 화자가 처해 있는 냉혹한 현실
밤이」 「 」: 시간적 배경, 의도적 행갈이를 통한 강조
화자가 처한 부정적 상황이자 '불타는 소원'을 촉발시킨 시간적 배경
얄궂은 손을 하도 곱게 흔들길래
'밤'의 의인화 – '술'을 마시고 '부두'에 오게 된 원인 제시
술을 마시어 불타는 소원이 이 부두로 왔다 ▸ 1연: 고향을 그리워하는 마음으로 찾은 부두
고향으로 돌아가고 싶은 간절한 마음 / '우라지오'와 가까운 부두 – 고향에 대한 그리움을 드러내는 공간적 배경

지나온 인생길 / 소박한 행복, 삶의 작은 보람
걸어온 길가에 찔레 한 송이 없었대도
표범 – 현실에 당당히 맞서 온 화자 자신(은유법)
나의 아롱범은 / 자옥 자옥을 뉘우칠 줄 모른다
화자 = 고향을 떠난 유랑민 / 지나온 발자취(삶)에 대해 후회하지 않음
어깨에 쌓여도 하얀 눈이 무겁지 않고나 ▸ 2연: 힘들지만 당당히 살아온 삶
시련과 고난에도 괴로워한 적이 없음

철없는 누이 고수머릴랑 어루만지며
어린 누이동생 / 곱슬머리
우라지오의 이야길 캐고 싶던 밤이면
러시아의 항구 도시 '블라디보스토크'의 일본어식 표현
울 어머닌 / 서투른 마우재 말도 들려 주셨지
'러시아인'을 이르는 함경도 방언
('우라지오'를 동경하던 과거의 모습 회상)
「졸음졸음 귀 밝히는 누이 잠들 때꺼정
등불이 깜박 저절로 눈 감을 때꺼정」 ▸ 3연: 우라지오의 이야기를 들었던 어린 시절에 대한 추억
방언의 활용 → 토속적 이미지
활유법
「 」: 통사 구조의 반복 – ① 밤이 깊어짐을 의미 ② 운율감 형성

다시 내게로 헤여드는 / 어머니의 입김이 무지개처럼 어질다
현재로 돌아옴 / 비유(직유법) – 어머니에 대한 그리움
나는 그 모두를 살뜰히 담았으니
과거의 추억을 온전히 간직하고 있음
어린 기억의 새야 귀성스럽다
어린 시절의 기억 / 제법 수수하면서도 은근한 맛이 있어 마음을 끄는 데가 있음
거사리지 말고 마음의 은줄의 작은 날개를 털라 ▸ 4연: 어머니를 그리며 떠올려 보는 어린 시절의 추억
빙빙 돌려서 포개지 말고 / 명령형 어미, 적극적으로 어린 시절의 추억을 떠올리려 함

**감상 포인트**
시간적 배경과 공간적 배경을 중심으로 화자의 정서와 태도를 이해한다.

드나드는 배 하나 없는 지금
외롭게 단절된 절망적 현실
부두에 호젓 선 나는 멧비둘기 아니건만
고향으로 돌아가고 싶은 화자의 소망이 투영된 대상
날고 싶어 날고 싶어 / 머리에 어슴푸레 그리어진 그곳
반복 – 고향으로 돌아가고 싶은 소망의 심화 / 고향에 대한 기억이 희미함 → 떠나온 지 오래되었음
우라지오의 바다는 얼음이 두텁다
고향으로 돌아갈 수 없는 절망적 현실

고향에 가고 싶지만 그럴 수 없는 화자의 처지 투영
등대와 나와 / 서로 속삭일 수 없는 생각에 잠기고
그리움이 심화되는 시간
밤은 얄팍한 꿈을 끝없이 꾀인다
가고 싶으나 갈 수 없는 고향에 대한 꿈
가도오도 못할 우라지오 ▸ 5~6연: 고향으로 돌아갈 수 없는 절망적 상황
명사 종결 – 고향으로 갈 수 없는 화자의 절망적인 처지를 강조하고 여운을 남김

## 작품 분석 노트

• 시간적 배경

| 밤 |
|---|
| • 얄궂은 손을 하도 곱게 흔듦<br>• 얄팍한 꿈을 끝없이 꾀임 |

↓

| 고향에 대한 화자의 그리움을 심화시킴 |
|---|

• 과거와 현재의 상황 대비

고향에 돌아가지 못하고 타국을 떠돌고 있는 화자가 어린 시절 동경했던 '우라지오'와 가까운 항구에서 고향을 그리워하고 있다.

| 과거 | ↔ | 현재 |
|---|---|---|
| 누이, 어머니와 함께 지냄 | | 홀로 있음 |
| 고향에서 '우라지오'를 동경함 | | '우라지오'와 가까운 항구에서 고향을 그리워함 |

• 소재의 의미와 기능

화자의 정서가 투영된 소재의 의미를 파악함으로써 화자의 처지와 작품의 주제 의식을 확인할 수 있다.

| 멧비둘기 | ↔ | 등대 |
|---|---|---|
| • 그리운 곳을 찾아갈 수 있는 존재<br>• '부두'에 서 있는 '나'의 처지와 대조적임 | | • 바다를 향해 서 있지만 항구를 벗어날 수 없는 존재<br>• '부두'에 서 있는 '나'의 처지와 유사함 |

↓

| 얼음이 두텁다 |
|---|
| 고향으로 돌아갈 수 없는 화자의 절망감을 표현함 |

## 핵심 포인트 1 시상 전개 방식과 시적 공간의 의미 이해

이 작품의 화자는 '우라지오' 근처의 항구에서 과거를 회상하며 고향으로 돌아가기를 바라고 있다. '현재 → 과거 → 현재'의 순서로 전개되는 시상 전개의 특징을 파악하고, 어린 시절의 화자가 기억하는 '우라지오'와 현재 화자가 위치한 '우라지오'와 가까운 '부두'의 의미를 이해할 수 있어야 한다.

**◎ 시적 공간의 의미 이해**

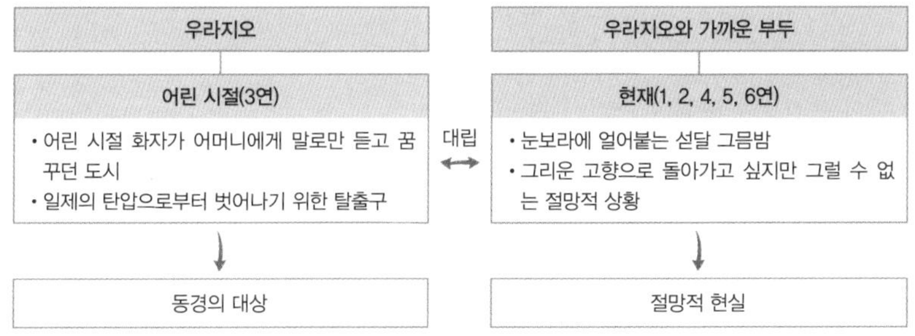


## 핵심 포인트 2 시어와 시구의 의미 파악

비유적 · 상징적 표현들로 이루어진 시어와 시구의 의미 파악을 통해 화자의 처지와 정서를 이해할 수 있어야 한다.

**◎ 주요 시어 및 시구의 역할과 의미**

| | |
|---|---|
| 밤 | 부정적 상황이자 고향에 대한 화자의 그리움을 고조시키는 시간적 배경 |
| 불타는 소원 | 고향으로 돌아가고 싶은 유랑민의 간절한 마음 |
| 찔레 한 송이 | 위안이 될 만한 소박한 행복, 삶의 작은 보람 |
| 아롱범 | 아롱무늬가 있는 표범으로, 고단한 현실을 당당하게 헤쳐 온 화자를 비유한 표현 |
| 멧비둘기 | 고향으로 돌아가고 싶은 화자의 소망이 투영된 소재 |
| 얼음 | 귀향을 방해하는 장애물로 고향으로 갈 수 없는 화자의 처지와 이에 대한 절망감을 드러내는 소재 |
| 등대 | 현재의 공간에서 벗어날 수 없는 화자의 처지가 투영된 소재 |

## 핵심 포인트 3 표현상 특징 파악

이 작품의 주제 의식을 형상화하기 위해 사용된 다양한 표현상의 특징을 이해하고, 그 구체적 효과를 파악할 수 있어야 한다.

**◎ 표현상 특징**

- 함경도 방언('마우재', '꺼졍')을 사용하여 향토적 정서를 환기함
- 다양한 감각적 이미지의 사용을 통해 시적 상황을 형상화함
  → 청각적 이미지: '삽살개 짖는 소리' 등
  → 시각적 이미지: '눈보라 얼어붙는', '불타는 소원', '하얀 눈' 등
- 다양한 비유적 표현을 통해 주제 의식과 화자의 정서를 부각함
  → 직유법: '어머니의 입김이 무지개처럼 어질다'
  → 은유법: '나의 아롱범'
- 통사 구조의 반복('~때꺼졍')과 시어의 반복을 통해 운율감을 형성하고 화자의 정서와 상황을 강조함
- 명령형 어투의 진술을 통해 화자의 지향을 강조함
  → '마음의 은줄의 작은 날개를 털라'
- 명사 종결을 통해 화자의 안타까움과 절망감을 강조하고 여운을 남김
  → '가도오도 못할 우라지오'

### 작품 한눈에

• 해제

〈우라지오 가까운 항구에서〉는 일제 강점기에 정든 고향을 떠나 낯선 이국땅을 떠돌던 화자가 고향과 가족을 그리워하는 마음을 노래한 작품이다. 일제 강점기의 피폐한 현실로 인해 가족 공동체가 해체되고 고향을 떠날 수밖에 없었던 유랑민의 한과, 고향을 간절히 그리워하지만 돌아갈 수 없게 되어 버린 안타까움을 다양한 비유적 표현과 상징적 시어를 통해 형상화하고 있다.

• 화자와 시적 상황

이 시의 화자는 이국땅을 떠돌며 고향을 그리워하고 있는 사람으로, 어린 시절에는 동경의 대상이었던 '우라지오'와 가까운 항구에서 과거를 회상하고 고향에 대한 그리움을 노래하고 있다.

• 주제

고향에 대한 간절한 그리움과 고향에 돌아갈 수 없는 절망감

현대시 03

◇ 한 줄 평 공간에서 시련을 견디어 내려는 의지를 노래한 시

# 장수산 1 정지용

▸ 기출 수록 교육청 2023 3월, 2017 7월, 2006 10월

벌목정정(伐木丁丁)이랬거니 아람드리 큰 솔이 베어짐 직도 하이 골이 울어 메아리 소리 쩌르렁 돌아옴 직도 하이 다람쥐도 좇지 않고 멧새도 울지 않아 깊은 산 고요가 차라리 뼈를 저리우는데 눈과 밤이 종이보다 희고녀! 달도 보름을 기다려 흰 뜻은 한밤 이 골을 걸음이란다? 윗절 중이 여섯 판에 여섯 번 지고 웃고 올라간 뒤 조찰히* 늙은 사나이의 남긴 내음새를 줏는다? 시름은 바람도 일지 않는 고요에 심히 흔들리우노니 오오 견디란다 차고 올연(兀然)히* 슬픔도 꿈도 없이 장수산(長壽山) 속 겨울 한밤내—

(음영): 예스러운 말투 사용 → 탈속적인 분위기를 고조시킴
(네모): '~ 만도 하다'는 뜻, 반복 – 운율 형성

- 벌목정정(伐木丁丁): 나무를 벨 때 울리는 쩌렁쩌렁한 소리 – 청각적 이미지
- 아람드리 큰 솔: 둘레가 한 아름이 넘는 큰 소나무
- 골이 울어 ~ 돌아옴 직도 하이: 소나무 베는 소리가 쩌렁쩌렁한 메아리가 되어 돌아올 만큼 장수산이 고요함
- 다람쥐도 ~ 깊은: 다람쥐나 산새가 살지 않을 정도로 깊고 고요한 장수산
- 깊은 산 고요가 차라리 뼈를 저리우는데: 고요가 뼈에 사무쳐 저릴 정도로 절대 고요의 상태
- 눈과 밤이 종이보다 희고녀!: 눈으로 뒤덮여 종이보다 흰 장수산의 모습 – 시각적 이미지
- 걸음이란다?: '걷기 위한 것인가?', '걷게 하려는 것인가?'라는 뜻
- 윗절 중: 탈속적 존재 – 장수산의 이미지와 닮음
- 여섯 번 지고 웃고 올라간 뒤: 승부에 연연하지 않는 모습 – 무욕의 자세
- 조찰히 ~ 줏는다?: 늙은 '윗절 중'의 모습을 본받으려는 태도
- 시름은 ~ 흔들리우노니: 마음이 흔들리고 있는 화자의 모습 – 내면적 동요
- 오오: 영탄적 표현 → 화자의 의지를 부각함
- 견디란다: 시름을 견디겠다는 화자의 태도

- 조찰히: 아담하고 깨끗하게. 맑고 그윽하게.
- 올연히: 홀로 우뚝하게.

**감상 포인트**

공간적 배경이 작품의 주제 의식과 어떤 관련이 있는지를 파악한다.

## 작품 분석 노트

• 시상 전개 방식

이 작품에서는 앞부분에 장수산의 모습을 제시한 뒤, 뒷부분에서는 화자의 삶의 태도를 드러내고 있다.

| 선경 | 후정 |
|---|---|
| 벌목정정이랬거니 ~ 골을 걸음이란다? | 윗절 중이 ~ 겨울 한밤내— |
| ↓ | ↓ |
| 고요하고 깊은 장수산의 모습 | 무욕을 본받으려는 태도와 시련 극복의 의지 |

• '윗절 중'의 의미

이 작품에서 '윗절 중'은 승부에 연연해하지 않는 인물로, 화자가 본받고자 하는 존재라 할 수 있다.

| 윗절 중 | 바둑을 여섯 판이나 졌음에도 웃고 절로 돌아감 |
|---|---|

↓

여유롭고 무욕의 경지에 도달한 존재

• 화자의 상황과 태도

| 시름은 고요에 심히 흔들림 | 장수산의 겨울밤을 슬픔도 꿈도 없이 견디겠다고 함 |
|---|---|
| ↓ | ↓ |
| 내면에 시름을 지니고 있음 | 인고의 자세로 시름을 극복하겠다는 의지를 보임 |

• 시어나 시구의 의미

| 눈, 달 | 겨울 장수산의 고요함을 효과적으로 드러내는 대상 |
|---|---|
| 달도 보름을 기다려 흰 뜻은 한밤 이 골을 걸음이란다? | 달이 보름을 기다려 뜬 것은 화자로 하여금 장수산을 걷게 하려는 것이라는 뜻 → 흰 눈으로 뒤덮인 달밤의 장수산 정경을 부각함 |
| 늙은 사나이의 남긴 내음새 | 늙은 윗절 중의 탈속적인 태도 |

## 핵심 포인트 1 시적 공간의 이해

이 작품에서 화자는 절대 고요의 공간인 '장수산'의 모습을 묘사하면서 '장수산'에서 시름을 극복하려는 인고의 자세를 보이고 있으므로, 주요 공간인 '장수산'의 의미를 파악할 수 있어야 한다.

**'장수산'의 의미**

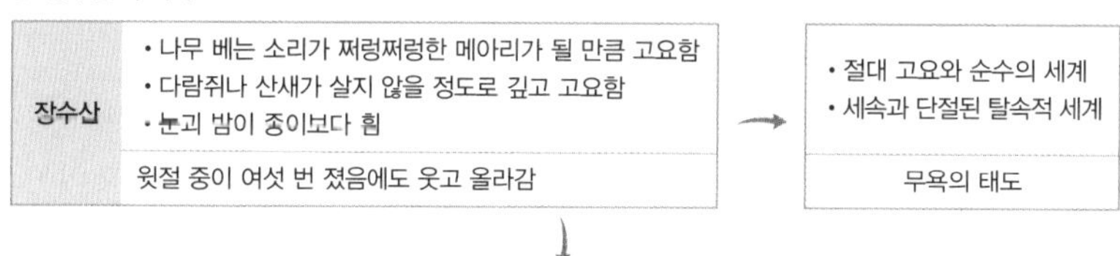


## 핵심 포인트 2 화자의 정서와 태도 파악

이 작품에서 화자는 '윗절 중'이 바둑을 하는 모습을 드러내며 '윗절 중'을 따르고 '장수산'에서 시름을 견뎌 내려는 태도를 보이고 있다. 따라서 '윗절 중'의 의미를 이해하고 그에 대한 화자의 태도를 파악할 수 있어야 한다.

**시적 화자의 태도**

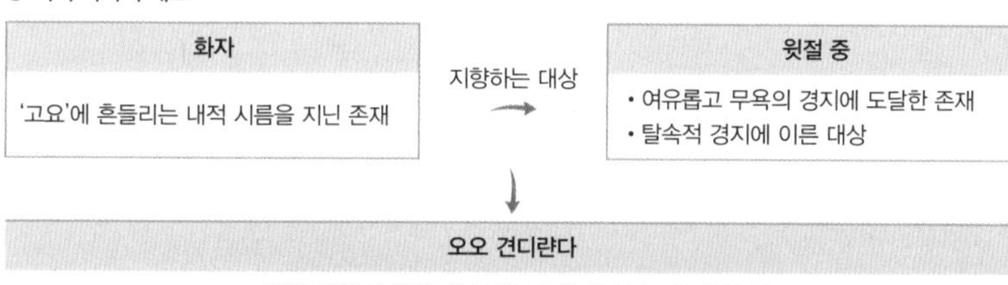


## 핵심 포인트 3 표현상 특징 파악

이 작품에서는 다양한 감각적 이미지와 수사법, 예스러운 말투 등을 사용하고 있다. 이러한 표현상 특징이 '장수산'의 모습이나 화자의 태도를 드러내는 데 어떤 역할을 하는지 파악할 수 있어야 한다.

**표현상 특징 및 효과**

| | | |
|---|---|---|
| 다양한 감각적 이미지 | • '벌목정정', '골이 울어 메아리 소리 쩌르렁': 청각적 이미지<br>• '뼈를 저리우는데', '차고': 촉각적 이미지<br>• '종이보다 희고녀!': 시각적 이미지(색채 이미지) | '장수산'의 정경과 고요한 분위기를 효과적으로 표현함 |
| 예스러운 말투 | '직도 하이', '희고녀', '조찰히' 등의 예스러운 표현을 사용하여 탈속적인 분위기를 고조시킴 | |
| 영탄법 | • '눈과 밤이 종이보담 희고녀!': 눈이 내린 달밤의 '장수산'의 모습과 이를 바라보는 화자의 감정을 부각함<br>• '오오 견디랸다': '장수산'에서 시름을 견디고자 하는 화자의 의지를 효과적으로 드러냄 | |
| 의문형 표현 | • '달도 보름을 기다려 흰 뜻은 한밤 이 골을 걸음이랸다?': 의문형 표현을 통해 눈이 내린 겨울 달밤의 '장수산'의 정경을 부각함<br>• '늙은 사나이의 남긴 내음새를 줍는다?': 의문형 진술을 통해 무욕의 경지에 도달한 '윗절 중'을 닮고자 하는 화자의 태도를 효과적으로 드러냄 | |
| 산문시 형식 | '골이 울어 메아리 소리  쩌르렁  돌아옴 직도 하이': 연과 행이 없는 산문시 형식을 사용하였으며, 두 칸 띄어쓰기를 통해 연과 행의 구분을 대체하고 청각적 이미지를 부각함 | |

### 작품 한눈에

• 해제

〈장수산 1〉은 깊고 고요한 산속 겨울 달밤을 배경으로 탈속적 경지에 대한 지향과 시련에 대한 인고적 자세를 보여 주는 작품이다. 화자는 고요하고 탈속적인 공간인 장수산에서 무욕의 경지에 이른 윗절 중을 본받으려 한다. 그리고 화자는 장수산의 고요 속에서도 시름에 흔들리지만 인고적 삶의 지세로 시름을 극복하려는 의지를 드러내고 있다.

• 화자와 시적 상황

이 시의 화자는 고요한 장수산을 거닐다가 윗절 중의 무욕적 자세를 본받으려 하고 시름을 견디겠다는 태도를 지니게 된다.

• 주제

탈속적 공간에서의 시련 극복 의지

현대시 04

◇ 한 줄 평 기린으로 비유된 거문고를 통해 암울한 일제 강점기의 억압된 현실을 노래한 시

# 거문고 김영랑

▸ 기출 수록 평가원 2010 6월

**감상 포인트**
상징적 의미를 지니는 시적 대상을 통해 일제 강점기의 암울한 현실을 드러내고 있으므로 시적 대상에 투영된 화자의 현실 인식에 주목하여 감상한다.

검은 벽에 기대선 채로
(암울한 상황, 일제 강점기)
해가 스무 번 바뀌었는디
(절망적 상황의 지속, 3 · 1 운동 이후 20년이 지난 시점으로 추정)
내 기린(麒麟)은 영영 울지를 못한다
(거문고, 우리 민족 / 마음껏 소리 내지 못하는 억압적 상황)

▸ 1연: 울지 못하는 기린(거문고)

(의성어, 거문고 소리 / '기린'을 울게 했던 존재 → 거문고를 소리 나게 했던 존재)
그 가슴을 퉁 흔들고 간 노인의 손
(거문고에서 현이 있는 부분 / 주체: 노인)
지금 어느 끝없는 향연(饗宴)에 높이 앉았으려니
(기다림의 대상('노인')이 현실에 존재하지 않는 상황)
땅 우의 외론 기린이야 하마 잊어졌을라
(① 외로운 기린 → 감정 이입 ② '외론': 시적 허용 / '벌써'의 방언 / ① '노인'이 '기린'을 잊었을까 우려함 ② 설의법, '노인'이 '기린'을 잊지 않았으리라는 기대감)

▸ 2연: 노인이 기린을 잊지 않았기를 바라는 마음

(수미상관)

바깥은 거친 들 이리떼만 몰려다니고 (음영: 일제 및 친일파 세력)
(자유를 억압하는 불의의 세력들)
사람인 양 꾸민 잔나비떼들 쏘다다니어
내 기린은 맘둘 곳 몸둘 곳 없어지다
(일제의 억압으로 인해 자유를 향유할 곳을 상실함)

▸ 3연: 부정적 현실에 처한 기린

문 아주 굳이 닫고 벽에 기대선 채
(부정적 시대를 단절한 채 은거함, 일제에 대한 내면적 저항, 순수한 삶에 대한 의지)
해가 또 한 번 바뀌거늘
(절망적 현실의 지속)
이 밤도 내 기린은 맘 놓고 울들 못한다
(암담한 상황, 일제 강점기 / 억압적 상황에 대한 안타까움)

▸ 4연: 해가 바뀌어도 울지 못하는 기린

■ 기린: 성인이 이 세상에 나올 징조로 나타난다고 하는 상상 속의 짐승. 몸은 사슴 같고, 꼬리는 소 같고, 발굽과 갈기는 말과 같으며 빛깔은 오색이라고 한다.
■ 향연: 특별히 융숭하게 손님을 대접하는 잔치.
■ 잔나비: '원숭이'를 이르는 말.

## 작품 분석 노트

• 반영론적 관점에서 본 각 연의 의미

| 연 | 의미 |
|---|---|
| 1연 | 벽에 기대선 채로 해가 스무 번이 바뀌어도 울지 못하는 '기린'(거문고) |
| | 우리 민족이 마음껏 소리 내지 못하는 억압적 상황 |
| 2연 | 거문고를 울릴 수 있는 희망적 존재인 '노인'이 부재하는 암담한 현실이지만, '노인'이 거문고를 잊지 않았기를 바람 |
| | 우리 민족에게 희망이 있기를 기대하는 상황 |
| 3연 | '이리떼', '잔나비떼들'이 판치는 부정적인 현실 속에서 정처를 잃은 '기린' |
| | 일제, 친일 세력에 의해 자유로움을 누리지 못하는 상황 |
| 4연 | 문을 굳게 닫고 '벽'에 기대선 채 해가 지나도 여전히 울지 못하는 '기린' |
| | 부정적 현실과 단절되어 자신의 순수성을 지키고자 하나 바깥은 여전히 엄혹한 일제 강점의 현실인 상황 |

• 김영랑 시의 특징

김영랑은 1930년대 초반과 중반에는 자신의 내면적 순결성과 자연의 아름다움에 관심을 둔 순수시를 주로 창작하였다. 이를 위해 언어를 조탁하고 방언과 울림소리를 사용하여 음악성과 정제된 형식미가 두드러진 시를 썼다. 그러한 그도 1930년대 말로 접어들면서 일제의 탄압이 날로 극심해지자 엄혹한 현실에 반응하지 않을 수 없었다. 그러한 반응이 표출된 시로는 〈독을 차고〉, 〈춘향〉과 같은 작품이 있다.

## 핵심 포인트 1 시어의 의미 파악

이 작품의 주제 의식과 연관된 시어의 함축적 · 상징적 의미를 종합적으로 파악할 수 있어야 한다.

**시어의 함축적 · 상징적 의미**

| 거문고의 의미 | | 거문고의 현재 상황 |
|---|---|---|
| • 암울한 시대 상황에서 자유를 빼앗긴 화자 자신을 의미<br>• '기린'으로 비유됨<br>→ 기린 = 거문고 = 시적 화자 = 우리 민족 | — | 울지 못함: 아름다운 가락을 잃어버림<br>→ 자유가 억압된 일제 강점기의 암담한 현실 |

| 노인 | | 이리떼, 잔나비떼 |
|---|---|---|
| • 거문고를 소리 나게 하는 이상적 존재<br>• 거문고를 '퉁' 흔들었던 때: 일제의 식민 통치에 저항하던 시기(3 · 1운동), 일제 강점기 이전의 자유로운 세상 | ↔ | 우리 민족을 억압하는 일제, 일제와 야합하는 친일 세력, 매국노<br>→ 우리 민족을 위협하는 존재 |

## 핵심 포인트 2 시적 공간의 이해

이 작품의 화자는 '문'을 굳게 닫고 부정적 현실을 피해 '문' 안에 은거하고자 한다. 불의가 지배하는 세상을 단절하고 내면의 순수성을 지키고자 하는 화자의 의지를 시적 공간의 대비와 관련지어 파악할 수 있어야 한다.

**시적 공간의 대비**

| 바깥 | | 굳게 닫은 문 안쪽 |
|---|---|---|
| • '이리떼'와 '잔나비떼들'에 의해 지배되는 공간<br>• '맘둘 곳 몸둘 곳' 없는 공간<br>→ 일제와 친일 세력에 의해 자유가 억압되고 화자가 내면의 순수성을 지키기 어려운 엄혹한 공간 | ↔ | '바깥'과 단절된 공간<br>→ 부정적 현실로부터 단절되어 화자가 내면의 순수성을 지키며 은거하는 공간 |

## 핵심 포인트 3 표현상 특징 파악

이 작품은 다양한 표현법을 활용하여 일제 강점기의 부정적 현실과 화자의 암울한 정서를 효과적으로 드러내고 있으므로, 각각의 표현법과 그 효과를 파악할 수 있어야 한다.

**표현상 특징**

| 표현법 | 내용 | | 효과 |
|---|---|---|---|
| 수미상관 | 1연의 표현이 4연에서 반복 · 변주되어 제시됨 | → | 구조적 안정감을 주고 절망적 현실에 대한 화자의 안타까움을 강조함 |
| 의인화 · 감정 이입 | '기린(거문고)'를 의인화하고 화자의 외로운 심정을 투영함<br>→ '내 기린은 영영 울지를 못한다', '외론 기린' 등 | → | 화자가 처한 억압적, 부정적 상황을 부각함 |
| 부정적 서술어 | 부정적 의미의 서술어를 사용하여 연을 마무리함<br>→ '못한다', '없어지다' | → | 일제 강점의 부정적인 상황을 부각함 |
| 현재형 진술 | 현재형 종결 어미를 반복함<br>→ '울지를 못한다', '울들 못한다' | → | 암담한 현실에 대한 화자의 인식을 강조함 |
| 감각적 이미지 | 시각적 · 청각적 이미지의 시어를 사용함<br>→ 시각적 이미지: '검은 벽', 청각적 이미지: '퉁' | → | 화자의 상황을 효과적으로 드러냄 |
| 방언 · 구어적 표현 | 방언과 구어적 표현을 활용함<br>→ '바뀌었는디', '땅 우의', '하마', '울들' | → | 화자의 내면을 진솔하게 표현함 |

### 작품 한눈에

• 해제

〈거문고〉는 1939년 《조광》에 발표된 작품으로 김영랑의 〈돌담에 속삭이는 햇발〉과 같은 초기의 시적 경향과는 결을 달리한 작품이다. 본래 아름다운 시어와 낭만적 감수성이 두드러지는 시를 썼던 김영랑은 1930년대 말 일제의 민족 말살 통치가 극심해지자 엄혹한 사회 현실을 반영한 시를 쓰게 된다. '검은 벽'에 기대어 자유롭게 소리 내지 못하는 '기린(거문고)'과 '이리떼', '잔나비떼'가 몰려다니는 현실 등을 통해 당시의 억압적 상황을 비판하고, 그러한 현실 속에서 단단히 '문'을 닫고 은거하는 모습을 통해 시인의 현실 인식과 순수한 삶에 대한 의지를 드러내고 있다.

• 화자와 시적 상황

이 시의 화자는 일제 강점기라는 암울한 현실에 비애를 느끼고, 내면의 순수성을 지키기 위해 문을 굳게 닫고 은거하고 있다.

• 주제

일제 강점기의 부정적 현실에 대한 비극적 인식

현대시 05

◇ 한 줄 평 우리 민족의 부끄러운 역사를 회상하는 시

# 북방에서 - 정현웅에게 백석

삽화가이자 백석의 친구

▸ 기출 수록 교육청 2019 10월

아득한 옛날에 나는 떠났다
부여(扶餘)를 숙신(肅愼)을 발해(渤海)를 여진(女眞)을 요(遼)를 금(金)을
흥안령(興安嶺)을 음산(陰山)을 아무우르를 숭가리를
범과 사슴과 너구리를 배반하고
송어와 메기와 개구리를 속이고 나는 떠났다

(과거 / 우리 민족을 대변하는 인물 / 반복적 표현 / 북방을 떠나 한반도로 내려옴 / 아득한 옛날 북방에 있던 나라와 민족들 / 북방의 산과 강들 / '나'가 떠난 북방(우리 민족의 옛 터전) – 도치법('떠났다' 앞에 들어갈 내용), 열거법 / 북방을 떠난 것에 대한 '나'의 부정적 인식)

▸ 1연: 아득한 옛날 북방의 터전을 떠나온 '나'

나는 그때 / 자작나무와 이깔나무의 슬퍼하던 것을 기억한다
갈대와 장풍의 붙드던 말도 잊지 않았다
오로촌이 멧돌을 잡아 나를 잔치해 보내던 것도
쏠론이 십릿길을 따라 나와 울던 것도 잊지 않았다

(아득한 옛날 / 소나무과의 낙엽 교목 / 의인법 / '창포'라는 식물 / '나'가 북방을 떠나는 것에 대한 북방 존재들의 안타까운 마음이 드러남, '나'의 슬픔이 투영됨 / 의인법 / 멧돼지 / 북방의 소수 민족)

▸ 2연: '나'가 떠나는 것을 아쉬워하는 북방의 자연과 민족들

나는 그때 / 아무 이기지 못할 슬픔도 시름도 없이
「다만 게을리 먼 앞대로 떠나 나왔다」
그리하여 따사한 햇귀에서 하이얀 옷을 입고 매끄러운 밥을 먹고 단 샘을 마시고
낮잠을 잤다

(아득한 옛날 / '슬픔'과 '시름'을 외면하는 태도 / 「」: 광활한 영토인 북방을 잃고 한반도로 이주한 우리 민족의 역사와 연결 지을 수 있음 / 남쪽 지방 – 한반도 / 과거의 상황 전환: 북방 → '앞대' / 열거법 – 북방을 떠나온 우리 민족이 편안한 현실에 안주하는 모습을 보여 줌)

밤에는 먼 개 소리에 놀라나고
아침에는 지나가는 사람마다에게 절을 하면서도
나는 나의 부끄러움을 알지 못했다

(불안과 두려움에 떨며 살아가는 모습 – 수많은 외적의 침입으로 인한 불안정한 삶 / 비굴하게 살아가는 모습 / 북방을 떠나 안일하게 살아온 부끄러움)

**감상 포인트**
'나'가 북방을 떠날 때, '앞대'에서 살아갈 때, 다시 북방에 돌아왔을 때 변화되는 정서와 태도를 파악한다.

▸ 3연: 먼 앞대에서 편안하지만 부끄럽게 살게 된 '나'

「그동안 돌비는 깨어지고 많은 은금보화는 땅에 묻히고 가마귀도 긴 족보를 이루었는데」
이리하여 또 한 아득한 새 옛날이 비롯하는 때
이제는 참으로 이기지 못할 슬픔과 시름에 쫓겨
나는 나의 옛 하늘로 땅으로 — 나의 태반(胎盤)으로 돌아왔으나

(북방에서의 삶을 기록한 돌로 된 비석 / 오랜 세월의 흐름, 의인법 / 「」: 북방을 떠나온 지 오래 되었음을 나타냄 / 현재의 상황 전환: '앞대' → 북방 / 현재 – '앞대'를 떠나 북방에서의 새로운 시작을 계획하는 때 / 현재 / '슬픔'과 '시름'을 견딜 수 없는 처지 – 일제의 탄압으로 삶의 터전을 잃고 유랑민이 될 수밖에 없는 현실 / 우리 민족의 옛 터전인 북방으로 돌아옴)

▸ 4연: 슬픔과 시름을 피해 북방으로 돌아온 '나'

이미 해는 늙고 달은 파리하고 바람은 미치고 보래구름만 혼자 넋 없이 떠도는데

(보랏빛 구름 / 과거의 영화를 찾아볼 수 없는 허무한 현실, 의인법과 활유법)

▸ 5연: 과거의 영화가 사라진 허무한 모습의 북방

아, 나의 조상은 형제는 일가친척은 정다운 이웃은 그리운 것은 사랑하는 것은 우러르는 것은 나의 자랑은 나의 힘은 「없다 바람과 물과 세월과 같이 지나가고 없다」

(영탄법 – 상실감 부각 / 이제는 북방에서 찾을 수 없는 '나'의 삶의 근원, 열거법 / 허무하게 흘러가는 존재들 / 「」: '없다'의 반복 → 상실감 강조)

▸ 6연: 자랑과 힘이 사라진 '나'의 현실

## 작품 분석 노트

• 북방의 존재들

'나'가 떠나온 북방의 수많은 존재들을 열거하여, 북방은 우리 민족의 삶의 터전이 되는 곳이었음을 드러낸다.

| 나라 | 부여, 발해, 요, 금 |
|---|---|
| 민족 | 숙신, 여진, 오로촌, 쏠론 |
| 산 | 흥안령, 음산 |
| 강 | 아무우르, 숭가리 |
| 동물 | 범, 사슴, 너구리, 송어, 메기, 개구리 |
| 식물 | 자작나무, 이깔나무, 갈대, 장풍 |

↓

'배반하고', '속이고'를 통해 북방을 떠난 것에 대한 성찰을 드러내고, '슬퍼하던', '붙드던', '울던'을 통해 '나'와의 이별을 아쉬워하던 북방 존재들의 마음을 표현함 → 우리 민족의 삶의 터전인 북방을 떠나온 것에 대한 안타까움

• 과거와 현재의 대비

1~2연은 북방을 떠나온 과거, 3연은 먼 앞대로 이주해 살던 과거, 4~6연은 다시 북방으로 돌아온 현재에 해당한다. 특히 '아득한 옛날'과 '아득한 새 옛날'을 통해 과거와 현재를 대비하며 비참한 현재 상황을 부각한다.

| 아득한 옛날 | ↔ | 아득한 새 옛날 |
|---|---|---|
| • 과거<br>• 북방을 떠나 '먼 앞대'(한반도)로 온 때 | | • 현재<br>• '먼 앞대'를 떠나 북방으로 돌아와 새로운 삶을 시작하려는 때 |

• '북방'의 의미

**북방**

아득한 옛날에 '나'가 살던 곳이자 '나'가 자신의 '태반'이라 여기고 돌아가는 곳

↓

• '나의 조상, 형제, 일가친척, 정다운 이웃, 그리운 것, 사랑하는 것, 우러르는 것'이 있던 곳
• '나의 자랑'과 '나의 힘'이 있던 곳

↓

• 삶의 근원, 삶의 터전이 되는 공간
• 찬란한 영화를 누리던 곳이지만 현재는 상실과 절망의 공간임

## 핵심 포인트 1 시상 전개 방식 파악

이 작품은 화자가 북방을 떠났던 때로부터 시작해, '앞대'에서 살아가던 모습과 다시 북방에 돌아오게 된 상황을 노래하고 있으므로, 상황 변화에 따른 화자의 정서를 파악할 수 있어야 한다.

⊕ 시상 전개에 따른 화자의 정서 및 태도

| 먼 과거 | 북방을 떠나옴 | 북방의 여러 나라와 민족, 자연을 떠나 '앞대'로 오던 상황에 대한 부정적 인식('배반하고', '속이고')을 드러내며, 북방의 자연과 민족이 북방을 떠나는 '나'에 대해 보여 주었던 아쉬운 마음을 기억함 |
|---|---|---|

그리하여 ↓

| 과거 | '앞대'에서 살아감 | '앞대'(한반도)의 따뜻한 기후 속에 편안한 의식주를 누리며 안일하게 살면서도 불안하고 비굴하게 사는 삶에 대한 부끄러움을 알지 못함 |
|---|---|---|

이리하여 ↓

| 현재 | 북방에 돌아옴 | '앞대'에서 견딜 수 없는 슬픔과 시름에 쫓겨 북방에 돌아왔으나, 이제는 과거의 영화가 사라지고 아무런 자랑도 힘도 없다는 상실감과 절망감을 느낌 |
|---|---|---|

## 핵심 포인트 2 시구의 의미 파악

이 작품의 시구의 의미를 파악하여 시적 상황과 화자의 태도 및 주제 의식을 이해할 수 있어야 한다.

| 먼 앞대로 떠나 나왔다 | 우리 민족이 북방에서 한반도로 이주한 상황을 의미함 |
|---|---|
| 따사한 햇귀에서 하이얀 옷을 입고 ~ 낮잠을 잤다 | '앞대'에서의 편안한 삶을 형상화함<br>→ 안위를 찾으며 살아왔던 우리 민족의 태도를 드러냄 |
| 밤에는 먼 개 소리에 놀라나고 ~ 절을 하면서도 | '개 소리'에 놀라는 것을 통해 불안에 떨며 살아가는 삶을, '지나가는 사람마다에게 절'하는 것을 통해 비굴하게 살아가는 삶을 나타냄 |
| 돌비는 깨어지고 ~ 가마귀도 긴 족보를 이루었는데 | 북방을 개척했던 우리 민족의 흔적과 많은 보물들이 사라지고 허무하게 오랜 세월만이 흘러갔음을 의미함 |
| 나의 옛 하늘로 땅으로 — 나의 태반으로 돌아왔으나 | 옛 하늘과 땅이 있는 북방이 '나'에게는 어머니의 뱃속 같은 시원의 공간임을 나타냄 |
| 이미 해는 늙고 ~ 보래구름만 혼자 넋 없이 떠도는데 | 과거의 영화를 더 이상 찾아볼 수 없는 북방의 허무한 현실을 형상화함 |

## 핵심 포인트 3 표현상 특징 파악

이 작품의 주제 의식과 화자의 정서 및 태도를 드러내기 위해 사용된 다양한 표현상의 특징과 그 효과를 파악할 수 있어야 한다.

| 시상 전개 방식 | '아득한 옛날'(과거)부터 '이제'(현재)까지 이어지는 시간의 흐름과 북방에서 '앞대'로, 다시 '앞대'에서 북방으로 변화되는 공간의 이동에 따라 시상이 전개됨 |
|---|---|
| 열거와 유사한 통사 구조의 반복 | • 열거: '부여를 숙신을 발해를 ~ 아무우르를 숭가리를', '나의 조상은 형제는 일가친척은 ~ 우러르는 것은 나의 자랑은 나의 힘은' 등<br>• 유사한 통사 구조의 반복: '자작나무와 이깔나무의 슬퍼하던 것을 기억한다 / 갈대와 장풍의 붙드던 말도 잊지 않았다', '밤에는 먼 개 소리에 놀라나고 / 아침에는 지나가는 사람마다에게 절을 하면서도' 등<br>→ 운율을 형성하며, 대상에 대한 화자의 정서와 태도 및 화자의 상황을 드러냄 |
| 의인화 | '자작나무와 이깔나무의 슬퍼하던 것', '갈대와 장풍의 붙드던 말', '바람은 미치고 보래구름만 혼자 넋 없이' 등에서 자연물을 의인화하여 화자가 처한 상황을 부각함 |
| 반복적 표현 | '나는 떠났다', '나는 그때', '잊지 않았다' 등의 반복을 통해 화자의 상황과 정서를 강조함 |

### 작품 한눈에

• 해제
〈북방에서 – 정현웅에게〉는 백석이 친구인 삽화가 정현웅에게 보내는 편지의 성격을 띤 작품으로, 작가가 1940년에 발표한 시이다. 일제 강점기의 암담한 현실에서 유랑민으로 살아갈 수밖에 없는 화자의 회한과 자책을 노래하고 있다. 특히 구체적 지명과 상황의 변화를 열거함으로써 광활한 영토를 버리고 한반도에 정착하게 된 안일한 민족의 역사를 성찰하고 있으며, 과거의 영화가 사라진 북방에서 우리 민족의 슬픈 역사에 대한 절망과 상실감을 드러내고 있다.

• 화자와 시적 상황
이 시의 화자는 아주 먼 옛날 우리 민족의 터전이었던 북방에서, 지나온 역사를 회상하며 비극적 현실에 대한 부끄러움을 드러내고 있다.

• 주제
민족의 지난 과거에 대한 성찰과 부끄러움

◇ 한 줄 평 분단의 아픔과 통일에 대한 염원을 노래한 시

# 나비와 철조망 박봉우

□: '나비'의 비행을 방해하는 장애물 ▒: 현재형 시제, 분단으로 인한 시련이 지속됨을 드러냄

지금 저기 보이는 시푸런 강과 또 산을 넘어야 진종일을 별일 없이 보낸 것이 된다. 서녘 하늘은 장밋빛 무늬로 타는 큰 눈의 창을 열어…… 지친 날개를 바라보며 서로 가슴 타는 그러한 거리(距離)에 숨이 흐르고.

('나비'를 가로막는 장애물, 넘어야 할 대상, 시각적 이미지 / 시각적 이미지 – 노을이 지는 모습, 해 질 무렵 / '나비'의 고단함 / 안타까움)

▶ 1연: 해가 질 무렵 지친 날개로 나는 나비

모진 바람이 분다.

(시련, 답답한 현실)

그런 속에서 피비린내 나게 싸우는 나비 한 마리의 생채기. 첫 고향의 꽃밭에 마즈막까지 의지하려는 강렬한 바라움의 향기였다.

(분단의 상처, 후각적 이미지 / '나비'가 지향하는 공간, 분단 이전의 민족 공동체 / ▒: 시적 허용, 의미 강조 / '나비'가 날 수 있는 원동력, 후각적 이미지)

▶ 2연: 꽃밭을 떠올리며 상처 입은 채 날고 있는 나비

앞으로도 저 강을 건너 산을 넘으려면 몇 '마일'은 더 날아야 한다. 이미 날개는 피에 젖을 대로 젖고 시린 바람이 자꾸 불어 간다. 목이 빠삭 말라 버리고 숨결이 가쁜 여기는 아직도 싸늘한 적지.

('나비'가 날아가야 할 거리, '아방'의 '철조망'까지의 거리 / 시련, 현실에 대한 부정적 인식, 촉각적 이미지 / 남북 대립의 상황)

▶ 3연: 적지를 헤쳐 나가는 나비

벽, 벽…… 처음으로 나비는 벽이 무엇인가를 알며 피로 적신 날개를 가지고도 날아야만 했다. 바람은 다시 분다 얼마쯤 날으면 아방(我方)의 따시하고 슬픈 철조망 속에 안길,

('나비'를 가로막는 장애물 / '적지'와 '아방'의 경계, 분단 상황 / 우리 쪽 / 역설적 표현)

▶ 4연: 벽을 인식하며 날고 있는 나비

이런 마즈막 '꽃밭'을 그리며 숨은 아직 끝나지 않았다 어설픈 표시의 벽. 기(旗)여……

('나비'가 지향하는 곳, 분단을 극복한 공동체 / 공동체 회복에 대한 의지, 염원 / 분단의 상황이 극복 가능한 것임을 나타냄 / 대립의 깃발)

▶ 5연: 꽃밭을 그리며 나는 나비

**감상 포인트**

나비의 여정을 중심으로 '나비', '철조망', '꽃밭', '벽' 등의 상징적 의미를 이해하며 작품을 감상한다.

**작품 분석 노트**

• '나비'와 '철조망'의 의미

상처 입은 '나비'는 분단의 현실에서 고통받으면서도 통일을 염원하고 평화를 꿈꾸는 우리 민족을 상징하고, '철조망'은 분단된 우리 민족의 현실을 상징한다. 이처럼 이 작품은 대립되는 이미지의 '나비'와 '철조망'을 통해 우리 민족이 겪는 분단의 아픔을 형상화하고 있다.

| 나비 | | 철조망 |
|---|---|---|
| 연약한 이미지 | ↔ | 단단하고 차가운 금속성의 이미지 |
| 상처 입은 날개로 '꽃밭'을 그리며 비행을 이어 가는 존재 → 분단의 현실로 고통을 겪지만 통일을 꿈꾸는 우리 민족을 상징함 | | '적지'와 '아방'의 경계 → 분단의 아픔 속에 있는 우리 민족의 현실을 상징함 |

• 서술 시점의 변화

'나비'의 시점에서 시상을 전개한 부분과 화자의 시점에서 '나비'에 대해 서술한 부분이 교차되어 나타남

| 1, 3, 5연 | 나비의 시점 |
|---|---|
| 2, 4연 | 화자의 시점 |

↓

우리 민족('나비')이 분단으로 인해 겪는 고통과 아픔을 효과적으로 형상화하기 위해 시점을 교차하여 표현함

## 핵심 포인트 1 시어의 의미 파악

이 작품은 '나비'의 여정을 통해 분단의 아픔과 그에 대한 극복 의지를 상징적, 우의적으로 드러내고 있다. 따라서 '나비'를 중심으로 시어의 의미 관계를 파악할 수 있어야 한다.

| 철조망 / 벽 | | 나비 | | 꽃밭 |
|---|---|---|---|---|
| **철조망**<br>• 현재 '나비'가 날고 있는 '적지'와 '나비'가 도달하고자 하는 '아방'의 경계<br>• 남북의 대립이 지속되는 상황<br>**벽**<br>• '나비'가 숙명적으로 넘어야 할 장애물<br>• 우리 민족이 해결해야 할 과제<br>• 의지로 극복할 수 있는 분단 상황('어설픈 표시의 벽') | ← '나비'의 극복 대상 | • 외부적 시련에 의해 상처 입은 존재<br>• 강렬한 소망을 가지고 있는 존재<br>• 의지와 목표를 가지고 있는 존재<br>• 현실의 문제를 극복해야 할 숙명을 지니고 있는 존재 | → '나비'의 지향 공간 | • 남북 통일과 화해의 세계<br>• '나비'가 궁극적으로 지향하는 세계 |

## 핵심 포인트 2 표현상 특징 파악

이 작품은 다양한 표현 방법과 감각적 이미지를 활용하여 분단에 대한 화자의 인식과 정서를 효과적으로 드러내고 있다. 따라서 표현상의 특징과 그 효과를 파악할 수 있어야 한다.

| 표현 방법 | 시어 및 시구 | 효과 |
|---|---|---|
| 은유법 | 장밋빛 무늬로 타는 큰 눈의 창 | 노을 지는 해를 효과적으로 표현함 |
| 역설적 표현 | 따시하고 슬픈 철조망<br>→ '따시하고'와 '슬픈'의 모순 | 우리 쪽 진영에서 느끼는 따스함과 분단 현실의 슬픔을 드러냄 |
| 현재형 시제 | 된다, 분다, 한다, 불어 간다 등 | 분단으로 인한 아픔이 현재에도 지속되고 있음을 나타냄 |
| 감각적 이미지 | 시각적 이미지: 시푸런 강, 장밋빛 무늬로 타는 큰 눈의 창 | 나비의 여정과 상황을 형상화함 |
| | 후각적 이미지: 피비린내, 강렬한 바라움의 향기 | |

## 핵심 포인트 3 외적 준거에 따른 감상

이 작품은 한국 전쟁의 상처와 남북 분단 현실에 대한 극복 의지를 형상화하고 있다. 따라서 작품의 외적 준거를 고려하여 시어의 의미를 파악할 수 있어야 한다.

**외적 준거에 따른 시어 및 시구의 의미**

| 시어 및 시구 | 의미 |
|---|---|
| 나비 | 분단으로 인해 시련을 겪는 우리 민족 |
| 첫 고향의 꽃밭 | 남북 분단 이전의 민족 공동체 |
| 벽 | 남과 북을 가로막는 장애물 |
| 철조망 | 남북 분단의 상황 |
| 마즈막 꽃밭 | 분단을 극복하여 재결합을 이룬 민족 공동체 |
| 숨은 아직 끝나지 않았다 | 통일에 대한 간절한 염원과 의지 |

### 작품 한눈에

• 해제

〈나비와 철조망〉은 '꽃밭'을 찾아가려는 '나비'의 비행을 통해 분단의 비극을 우의적으로 드러내며 통일에 대한 염원을 노래한 시이다. '나비', '바람', '철조망', '벽' 등의 상징적 시어를 사용하여 분단 상황을 드러내고 있으며 연약하지만 의지를 가지고 비행을 계속해 나가는 '나비'의 행위를 통해 통일에 대한 소망을 강조하고 있다. 대립적 이미지의 시어를 사용하여 남북 분단의 모습을 형상화하고 서술 시점의 변화, 감각적 이미지, 현재형 시제 등을 활용하여 분단으로 인한 고난과 시련을 효과적으로 드러내고 있다.

• 화자와 시적 상황

1, 3, 5연의 화자인 '나비'는 현재 '적지'를 날고 있으며 '철조망'으로 분단된 공간에서 고난과 시련을 겪으며 '아방'으로 이동하고 있다. '나비'는 상처를 입었음에도 '꽃밭'에 닿기를 꿈꾸며 날기를 멈추지 않고 있다. 2, 4연의 화자는 '꽃밭'을 떠올리며 상처 입은 채 날고 있는 '나비'의 모습과 '벽'을 인식하며 '아방'으로 향하는 '나비'의 모습을 형상화하고 있다.

• 주제

분단의 슬픔과 통일에 대한 염원

현대시 07

한줄평 적군의 묘지 앞에서 느끼는 전쟁의 비극과 그 치유에 대한 의지를 노래한 시

# 초토의 시 · 8 – 적군 묘지 앞에서 구상

감탄사, 슬픔과 안타까움의 표출
오호, 여기 줄지어 누웠는 넋들은
전쟁으로 죽은 적군 병사들의 영혼
눈도 감지 못하였겠구나.
전쟁으로 목숨을 잃고 타지에 묻힌 한으로 인함
▶ 1연: 전쟁으로 죽은 적군 병사의 한(恨)

어제까지 너희의 목숨을 겨눠
적군 병사
방아쇠를 당기던 우리의 그 손으로 / 썩어 문드러진 살덩이와 뼈를 추려
적대감으로 서로를 죽였던 민족상잔의 비극 / 전쟁의 비극성과 참혹성을 드러냄, 죽음의 시각화
그래도 양지바른 두메를 골라 / 고이 파묻어 떼마저 입혔거니
적군 병사를 묻어 줌 – 죽은 자에 대한 관용과 연민(휴머니즘)
「죽음은 이렇듯 미움보다도 사랑보다도 / 더 너그러운 것이로다.」
이념의 대립
「 」: 죽음은 사랑과 미움을 초월하게 함 → 이념적 대립의 허망함
▶ 2연: 적군 병사를 묻어 주며 미움과 사랑을 초월하는 죽음의 의미를 깨달음

적군 묘지
이곳서 나와 너희의 넋들이
고향으로 돌아갈 수 없다는 점에서 같은 처지임(동병상련)
돌아가야 할 고향 땅은 삼십(三十) 리면
북한 땅 / 휴전선까지의 거리
가로막히고
휴전하면서 남과 북으로 국토가 분단됨
▶ 3연: 국토 분단의 현실

「무인공산의 적막만이
사람이 살지 않는 산
천만근 나의 가슴을 억누르는데,」
「 」: 분단 현실에 대한 비통함과 안타까움, 답답함
▶ 4연: 분단 현실로 인한 비통함

살아서는 너희가 나와 / 미움으로 맺혔건만
이념적 대립
이제는 오히려 너희의 / 풀지 못한 원한이 나의
적군이 죽은 상황 / 전쟁과 분단으로 고향에 돌아가지 못하는 한
바램 속에 깃들어 있도다.
화자의 태도 변화: 미움 → 연민
▶ 5연: 적군 병사의 원한에 대한 연민과 이해

손에 닿을 듯한 봄 하늘에
분단 현실과 대조되는 평화로운 자연
「구름은 무심히도

북(北)으로 흘러가고,」
「 」: 화자의 처지와 달리 '구름'은 북으로 자유로이 흘러감 – 대조를 통해 분단의 현실을 부각함
▶ 6연: 분단 현실과 대조되는 자연의 모습

어디서 울려오는 포성 몇 발
아직도 전쟁이 완전히 끝나지 않았음을 보여 줌 – 남북 대치의 상황이 지속됨
나는 그만 이 은원(恩怨)의 무덤 앞에
은혜와 원한 – 동포로서의 사랑과 적으로서의 미움이 동시에 드러남
목 놓아 버린다.
통곡 – 인간적 행위를 통한 전쟁의 상처 토로와 치유 의지
▶ 7연: 분단 현실에 대한 극복 의지

- 두메: 도회에서 멀리 떨어져 사람이 많이 살지 않는 변두리나 깊은 곳.
- 떼: 흙이 붙어 있는 상태로 뿌리째 떠낸 잔디.

**감상 포인트**
시적 상황(분단 현실)에 대한 화자의 태도와 정서 및 주요 시어들이 지닌 함축적 의미를 파악한다.

## 작품 분석 노트

• 제목 '초토의 시'의 의미

| 초토(焦土) |
| --- |
| 불에 타서 검게 그을린 땅 |
| ↓ |
| 6 · 25 전쟁의 참화를 겪은 우리나라의 모습을 가리킴 |

시인은 6 · 25 전쟁 당시 종군 기자로 활동했던 자신의 경험을 토대로, 민족상잔의 비극적 현실을 '초토의 시'라는 제목의 연작시로 창작했다.

• 화자의 행동과 정서
화자는 '어제까지' 적군 병사에게 총을 쏘며 미움과 적대감을 느꼈으나, 오늘은 죽은 적군을 묻어 주며 이념적 증오를 넘어선 인간적 슬픔과 연민을 느끼고 있다.

| | 어제 | 오늘 |
| --- | --- | --- |
| 행동 | 적군에게 방아쇠를 당김 | 적군의 시신을 묻고 무덤에 떼를 입힘 |
| 정서 | 적대감 | 관용, 연민 |

• 시구의 의미

이제는 오히려 너희의 풀지 못한 원한이 나의 바램 속에 깃들어 있도다.

- 분단 상황으로 고향에 돌아가지 못하는 '너희'의 한과 '나'의 한이 같음 → 자신처럼 고향이 북쪽인 적군 병사들에 대한 화자의 연민
- 전쟁이 완전히 끝나고 남북이 통일되어 화자와 적군 병사의 영혼이 고향에 돌아가 안식할 수 있기를 염원함

※ 시인은 서울 태생이나 어릴 때 함경남도 원산으로 이주해 그곳에서 성장함

## 핵심 포인트 1 표현상 특징 파악

이 작품은 6 · 25 전쟁의 휴전 직후에 쓰인 시로, 적군 묘지 앞에서 느끼는 전쟁의 참혹함과 적군 전사자에 대한 애도의 마음을 형상화하였다. 따라서 이를 드러내기 위해 사용된 표현상 특징을 파악할 수 있어야 한다.

**표현상 특징**

| | |
|---|---|
| 영탄 | '오호'라는 감탄사, '눈도 감지 못하였겠구나.', '더 너그러운 것이로다.', '바람 속에 깃들어 있도다.' 등과 같은 감탄형 어미 사용<br>→ 화자의 고조된 감정(전쟁의 참혹한 결과에 대한 슬픔과 안타까움)을 표출함 |
| 추상적 개념의 구체화 | '무인공산의 적막만이 / 천만근 나의 가슴을 억누르는데'<br>→ 추상적인 개념인 '적막'을 '가슴을 억누르'는 구체적인 사물처럼 표현하여 분단 현실에 대한 화자의 비통한 마음을 드러냄 |
| 대조 | '구름은 무심히도 / 북으로 흘러가고'<br>→ 북쪽으로 자유롭게 흘러가는 '구름'과 분단으로 인해 고향인 북쪽으로 가지 못하는 화자 및 적군 전사자의 상황이 대조됨 |
| 청각적 이미지 | '어디서 울려오는 포성 몇 발'<br>→ 청각적 이미지를 사용하여 전쟁이 아직 끝나지 않은 상황을 드러냄 |

## 핵심 포인트 2 화자의 정서와 태도 파악 / 작품의 주제 파악

이 작품에 나타난 화자의 정서 변화와 주제 의식을 연관 지어 파악할 수 있어야 한다.

**화자의 정서 변화와 주제 의식**

| 공간적 배경: 전장 | 화자의 정서 변화 | 공간적 배경: 적군 묘지 |
|---|---|---|
| 이념의 대립으로 인해 발발한 전쟁에서 화자는 '방아쇠'를 당기며 적군에게 적대감을 느낌 | → | 휴전 후 분단된 현실에서 화자는 죽은 적군을 묻어 주고 무덤에 떼를 입히며 그들의 넋을 위로함 |

| 작품의 주제 의식 |
|---|
| 전쟁의 참혹한 상처와 그 치유에 대한 의지 |

## 핵심 포인트 3 시어, 시구의 의미 파악

이 작품에서 전쟁으로 죽은 적군들을 묻어 주고 그들의 묘지 앞에 있는 화자의 상황을 바탕으로 시어, 시구의 상징적, 함축적 의미를 파악할 수 있어야 한다.

**시어, 시구의 의미**

| | |
|---|---|
| 적군 묘지 | 민족상잔 후 분단된 현실을 드러내며, 이에 대해 화자가 통한을 느끼게 되는 계기가 됨 |
| 방아쇠, 포성 | 전쟁과 분단의 현실을 환기함. 특히 '포성'은 아직도 전쟁이 끝나지 않았음을 드러냄 |
| 무인공산 | 적군 병사가 묻혀 있는 곳. 무연고라 찾아오는 사람이 없어서 적막한 곳 |
| 구름 | 화자의 처지와 대조되는 자연물로 분단의 현실을 부각함 |

### 작품 한눈에

• 해제
〈초토의 시 · 8 – 적군 묘지 앞에서〉는 전쟁으로 죽은 적군의 묘지 앞에서 느끼는 전쟁의 상처와 치유에 대한 의지를 노래한 작품이다. 이 작품은 15편의 연작시 가운데 8번째 작품으로 남북 분단의 비극적 현실을 다루면서 이데올로기에 앞서는 휴머니즘을 강조한다. 화자는 서로 총을 겨누며 대치하던 적군이 죽어 묻힌 묘지 앞에서 분단 현실의 비통함을 느낀다. 이념적으로 대립하며 적군을 적대시하던 화자는 휴전 후 분단된 현실에서 적군의 죽음을 애도하며 동족애와 연민의 감정을 갖게 된다.

• 화자와 시적 상황
이 시의 화자는 전쟁터에서 싸우던 적군을 묻어 주고 적군의 죽음을 안타까워하며 이념적 대립의 허망함을 느끼고 있다. 화자는 아직 전쟁이 종결되지 않은 분단의 현실을 인식하며, 인간애로 전쟁의 비극과 상처를 치유하고자 하는 의지를 드러내고 있다.

• 주제
적군 묘지 앞에서 느끼는 전쟁의 아픔과 그 치유에 대한 의지

현대시 08

◇ 한 줄 평 | 사회적 부조리에는 저항하지 못하면서 사소한 일에 분개하는 소시민적 삶의 태도를 성찰하는 시

# 어느 날 고궁을 나오면서 김수영

▸ 교과서 수록 [문학] 금성, 신사고, 지학사, 천재(김)

비본질적이고 사소한 문제
왜 나는 조그마한 일에만 분개하는가
자조적 질문 – 본질적인 문제에 대해 방관하고 비본질적이고 사소한 문제에 분개하는 화자의 소시민적 삶의 자세를 보여줌
저 왕궁 대신에 왕궁의 음탕 대신에
시적 상황 – 화자가 왕궁(고궁)에서 나옴 └ 독재 권력의 부도덕함과 탐욕 – 진정으로 분개해야 할 본질적인 것 ①
50원짜리 갈비가 기름덩어리만 나왔다고 분개하고
비본질적이고 사소한 것 ①
옹졸하게 분개하고 설렁탕집 돼지 같은 주인년한테 욕을 하고 □: 강자 ↔ ○: 약자
└ 자신을 향한 부정적 인식(자조적) 비속어 사용 → 자신의 속된 모습을 드러내기 위한 장치
옹졸하게 욕을 하고 ▸ 1연: 사소한 일에만 분개하며 살아가는 '나'의 모습

한번 정정당당하게
붙잡혀 간 소설가를 위해서
베트남
언론의 자유를 요구하고 월남 파병에 반대하는
언론 탄압, 베트남 전쟁에 파병 – 진정으로 분개해야 할 본질적인 것 ②
자유를 이행하지 못하고
정의롭다고 생각하는 것을 행동으로 옮기지 못하고 침묵하는 소시민적인 모습
20원을 받으러 세 번씩 네 번씩
밤사이에 화재나 범죄가 없도록 살피고 지키는 사람
찾아오는 야경꾼들만 증오하고 있는가 ▸ 2연: 중요한 일을 실천하지 못하는 소시민적인 '나'의 모습
비본질적이고 사소한 것 ②

**감상 포인트**
이 작품의 주제 의식은 당시의 시대 현실과 긴밀하게 관련되어 있으므로 작품이 창작된 당시의 시대상을 염두에 두고 감상하도록 한다.

옹졸한 나의 전통은 유구하고 이제 내 앞에 정서(情緖)로
옹졸한 소시민적 삶의 태도가 오랫동안 지속되어 익숙해짐(무기력한 삶)
가로놓여 있다

이를테면 이런 일이 있었다

「부산에 포로수용소의 제14야전병원에 있을 때
전쟁 중의 부상병을 일시적으로 수용하고 치료하기 위해 전투 지역 가까운 후방에 설치하는 병원
정보원이 너스들과 스펀지를 만들고 거즈를
간호사(nurse)
개키고 있는 나를 보고 포로경찰이 되지 않는다고
정보원이 생각하는 가치 있는 일
남자가 뭐 이런 일을 하고 있느냐고 놀린 일이 있었다

너스들 옆에서」 ▸ 3연: 포로수용소 시절부터 몸에 밴 '나'의 옹졸한 삶
「 」: 화자의 유약하고 옹졸한 태도가 과거부터 지속된 것임을 보여주는 일화

지금도 내가 반항하고 있는 것은 이 스펀지 만들기와
사소한 일에만 분개하는 것 ▬: 사소하고 보잘것없는 일들
거즈 접고 있는 일과 조금도 다름없다

「개의 울음소리를 듣고 그 비명에 지고
「 」: 무기력한 화자의 모습
머리에 피도 안 마른 애놈의 투정에 진다」

떨어지는 은행나무 잎도 내가 밟고 가는 가시밭 ▸ 4연: 무기력하고 왜소한 자신에 대한 인식
사소한 일상도 견디기 어려운 고통으로 느껴짐(왜소한 화자의 모습 강조)

아무래도 나는 비켜서 있다 절정 위에는 서 있지
불의에 맞서는 삶 – 본질적인 문제에 적극적으로 비판하고 저항하는 것

**작품 분석 노트**

• 대조적 상황을 통한 시상 전개

| 화자의 행위 | | 화자가 하지 못한 행위 |
|---|---|---|
| 설렁탕집 주인에게 욕함 | | 왕궁(부정한 권력)에 분개함 |
| 돈을 받으러 계속 찾아오는 야경꾼을 증오함 | | 언론의 자유를 요구하고 월남 파병에 반대함 |
| 절정에서 옆으로 비켜서 있음 | ↔ | 절정 위에 서서 불의에 저항함 |
| 이발쟁이, 야경꾼 등 힘 없는 약자에게 분개함 | | 땅 주인, 구청 직원, 동회 직원 등 힘 있는 강자에게 대항함 |
| ↓ | | ↓ |
| 사소한 일과 힘없는 약자에게 분개하는 소시민적인 모습 | | 부조리한 현실과 힘 있는 권력에 저항하는 모습 |

시적 화자는 자신이 일삼는 행위와 하지 못하는 행위를 대조적으로 보여줌으로써 사소한 일에 분개하면서도 진정으로 분개해야 할 본질적인 것을 방관하고 있는 자신의 소시민적 태도에 대한 성찰을 부각하고 있다.

• 제목의 의미

| 고궁 |
|---|
| • 사라진 왕조의 유물<br>• 전제 군주들과 지배자들의 본거지<br>• 시어 '왕궁', '왕궁의 음탕'과 연결됨 |

↓

비판받아야 할 부정한 권력을 상징함

↓

| '어느 날 고궁을 나오면서'의 의미 |
|---|
| 고궁을 나오면서 타파되어야 할 부정한 권력의 존재를 인식하고 분개함 |

않고 암만해도 조금쯤 옆으로 비켜서 있다
불의에 맞서지 못하고 방관하는 삶 – 화자가 반성하는 소시민적 삶의 태도(현재 모습)

그리고 조금쯤 옆에 서 있는 것이 조금쯤

비겁한 것이라고 알고 있다!
중심에 서지 못하고 주변에서 옹졸하게 살아가는 소시민적 삶의 태도가 비겁한 것임을 고백함

▸ 5연: 절정에서 비켜선 '나'의 비겁함에 대한 반성

그러니까 이렇게 옹졸하게 반항한다
본질적인 문제에 반항하지 못하는 자신에 대한 반성

이발쟁이에게

땅 주인에게는 못하고 이발쟁이에게

구청 직원에게는 못하고 동회 직원에게도 못하고

야경꾼에게 20원 때문에 10원 때문에 1원 때문에

우습지 않으냐 1원 때문에
자조적 태도

▸ 6연: 약자에게만 반항하는 옹졸한 소시민적 삶에 대한 자조

「모래야 나는 얼마큼 작으냐
보잘것없는 자연물
바람아 먼지야 풀아 나는 얼마큼 작으냐」
「 」: '나'의 왜소한 모습을 보잘것없는 자연물에 비교하여 자조함

정말 얼마큼 작으냐……
왜소하고 보잘것없는 자신을 향한 자조적 독백

▸ 7연: 왜소하게 느껴지는 자신에 대한 자책

• 시어의 의미

| 모래, 바람, 먼지, 풀 |
| --- |
| 작고 보잘것없는 자연물 |

↓

자신의 왜소한 모습을 미미한 자연물에 비교하여 자신의 '작음'을 강조함 → 사회 현실에 적극적으로 대응하지 못하는 자신의 소시민적 태도에 대한 반성과 자조를 부각함

• '소시민'의 의미

소시민은 부르주아(자본가) 계급과 프롤레타리아(노동자) 계급의 중간에 존재하여, 중간적 의식을 가진 계층을 뜻한다. 문학 작품에서는 주로 '사회적 정의와 진실의 추구, 사회적 약자를 위한 배려' 등을 관념적으로는 인정하지만 이를 실천하기 위한 사회 구조적 변혁에는 무관심하거나 우유부단한 존재로 등장한다.

• 참여시

1960년대에 4 · 19 혁명을 기점으로 부조리한 당대의 사회 현실을 비판하고 고발하는 참여시가 등장하였다. 참여시는 시의 사회 참여를 지향하고 형식적인 아름다움을 추구하는 순수시와 대비된다. 대표 시인으로는 김수영과 신동엽이 있다.
김수영은 현실에 대한 비판적 사유를 통해 민주주의와 자유에 대한 열망을 모더니즘적인 감각으로 노래하였고, 신동엽은 전통적인 서정성과 역사의식을 결합하여 분단 현실을 극복하고 민족 동질성 회복을 지향하는 시를 썼다.

## 핵심 포인트 1 작품의 종합적 이해

이 작품은 대조적 상황을 열거하여 시상을 전개하고 있으므로 이와 관련지어 화자의 정서 · 태도 및 작품의 주제 의식을 파악하여야 한다.

**◎ 대조적 상황과 작품의 주제 의식**

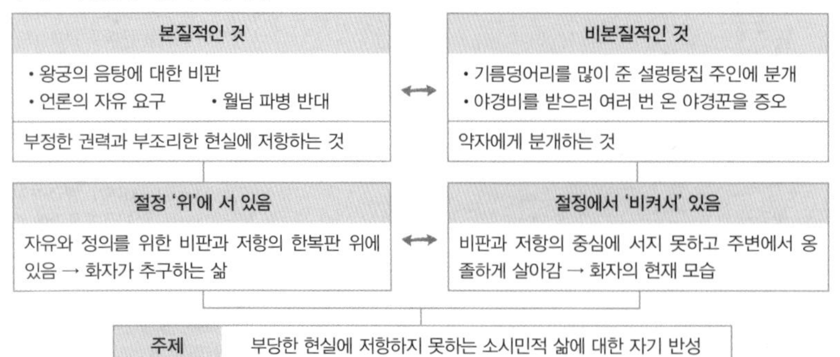
본질적인 것
• 왕궁의 음탕에 대한 비판
• 언론의 자유 요구
• 월남 파병 반대
부정한 권력과 부조리한 현실에 저항하는 것
비본질적인 것
• 기름덩어리를 많이 준 설렁탕집 주인에 분개
• 야경비를 받으러 여러 번 온 야경꾼을 증오
약자에게 분개하는 것
절정 '위'에 서 있음
자유와 정의를 위한 비판과 저항의 한복판 위에 있음 → 화자가 추구하는 삶
절정에서 '비켜서' 있음
비판과 저항의 중심에 서지 못하고 주변에서 옹졸하게 살아감 → 화자의 현재 모습

| 주제 | 부당한 현실에 저항하지 못하는 소시민적 삶에 대한 자기 반성 |
|---|---|

## 핵심 포인트 2 외적 준거에 따른 감상

이 작품은 1965년 《문학 춘추》에 발표된 작품으로 당시의 시대상 및 작가의 삶이 반영되어 있으므로 이에 근거하여 작품을 감상할 수 있어야 한다.

**◎ 작품에 반영된 당시 시대상**

| | | | |
|---|---|---|---|
| 붙잡혀 간 소설가 | 권력의 압제를 비판하고 정의를 외치는 작품을 쓴 소설가가 구속된 사건 | → | • 당대의 경직된 군부 독재 권력의 모습을 반영<br>• 저항해야 할 진정한 부조리 |
| 월남 파병 | 한국은 미국의 요청으로 베트남 전쟁에 1965년부터 1973년까지 파병하였음 | | |
| 야경꾼 | 6 · 25 전쟁 이후에 주민들이 '자경단'을 조직하여 야간 순찰을 돌았는데, 이들을 '야경꾼'이라 불렀음. 민간 자치조직이었지만 월말이 되면 야경비를 받았음 | → | 사소한 부조리에만 분개하는 시적 화자의 소시민성을 부각하는 소재 |

**◎ 작품에 표현된 작가의 삶**

| | | | |
|---|---|---|---|
| 포로수용소의 제14야전 병원에서의 일화 | 작가는 의용군에 끌려갔다가 탈출했으나 국군에게 잡혀서 거제도 포로수용소에 있다가 포로수용소 소속 부산의 야전 병원으로 옮겨졌음 | → | 시적 화자의 소시민성을 부각하고 반성하기 위해 언급한 작가의 삶의 경험 |

## 핵심 포인트 3 표현상 특징 파악

주제 의식 형성에 기여하고 있는 다양한 표현법과 그 효과를 파악할 수 있어야 한다.

**◎ 표현상 특징**

| | |
|---|---|
| 대조적 상황 | 대조적인 상황(분개해야 할 일 – 조그마한 일, 절정 위 – 조금쯤 옆, 강자 – 약자)을 반복적으로 제시하여 화자의 태도를 부각함 |
| 자조적 질문 | '왜 나는 조그마한 일에만 분개하는가'에서 자기비판과 반성적 태도를 보여줌 |
| 독백적 어조 | 화자인 '나'가 자신의 심정을 직접적으로 드러내 진정성 있고 진솔한 자기 고백과 반성이 드러남 |
| 구체적 일화 | 부산의 포로수용소에서 있었던 구체적 일화를 제시해 고궁을 보고 나오며 느낀 상념을 제시함 |
| 비속어, 일상어 사용 | '주인년', '50원짜리 갈비', '애놈의 투정' 등에서 비속어와 일상어를 구사함. 시어와 일상어의 구분이 사라지고 비속어까지 동원하는 시어를 구사해 소시민적이고 일상적인 삶을 생생하게 표현함 |

### 작품 한눈에

• 해제

〈어느 날 고궁을 나오면서〉는 사회 현실의 부조리와 불합리함에 대해서는 저항하지 못하면서 사소한 일에는 크게 분개하는 자신을 고발하고 반성하는 작품이다.
시의 전반부에서는 언론의 자유를 억압하는 권력에 대해서는 침묵하고 동네 설렁탕집 주인이나 야경꾼들의 작은 부조리에만 분개하는 자신의 옹졸한 모습이 적나라하게 드러난다.
시의 후반부에서는 역사와 사회의 부조리에 직면하며 '절정 위'에 서지 못하고 비겁하게 '비켜서' 있는 방관자적인 자신의 태도를 반성한다.
이러한 시적 화자의 소시민적 자아에 대한 가차 없는 자기 폭로와 반성, 심리적 갈등은 부정한 시대를 살아가는 독자들에게 복합적인 감정을 불러일으킨다.

• 화자와 시적 상황

이 시의 화자('나')는 자유가 억압된 군부 독재정권 하에서 자유와 정의를 위해 적극적으로 비판 · 저항하지 못하고 사소한 것에만 분개하는 자신의 무기력한 소시민적 태도를 반성 · 성찰하고 있다.

• 주제

사회적 부조리에 저항하지 못하는 소시민적 삶에 대한 자기 반성

◇ 한 줄 평 사냥꾼에게 희생당하는 사슴을 통해 생명의 존엄성이 파괴되는 현실을 고발하는 시

# 성탄제 오장환

① 생명이 위협받는 공간 ② 암울한 현실 상징

산 밑까지 내려온 어두운 숲에 □: 부정적인 공간과 시간

부정적 공간의 확장 / 사냥하는 소리

몰이꾼의 날카로운 소리는 들려오고, △: 폭력성과 비정함

짐승이나 물고기를 잡기 위해 목으로 몰아넣는 사람 – 생명을 유린하는 존재

쫓기는 사슴이 ▒: 폭력적인 대상에게 생명을 위협받는 존재

연약한 존재

눈 위에 흘린 따뜻한 핏방울. ▶ 1연: 피 흘리며 몰이꾼에게 쫓기는 사슴

① 흰색과 붉은색의 색채 대비 ② 차가움과 따뜻함의 촉각적 대비 – 생명이 희생당하는 상황의 잔혹성, 비정함을 부각함

골짜기와 비탈을 따라 내리며

넓은 언덕에 (부정적 공간의 확장)

타오르는 사냥의 열기, 생명 유린의 광기

「밤 이슥히 횃불은 꺼지지 않는다.」 ▶ 2연: 밤이 깊도록 꺼지지 않는 몰이꾼의 횃불

폭력과 살상의 시간 「 」: 밤 늦게까지 사냥이 계속됨 → '몰이꾼'의 집요함, 인간의 끝없는 탐욕을 드러냄

뭇짐승들의 등 뒤를 쫓아

며칠씩 산속에 잠자는 포수와 사냥개,

사냥꾼의 집요함 / 생명을 위협하는 존재

나어린 사슴은 보았다

나이가 어린

오늘도 몰이꾼이 메고 오는

표범과 늑대. ▶ 3연: 사냥으로 죽은 표범과 늑대를 지켜보는 어린 사슴

'사슴'보다 강한 짐승조차 살육당하는 냉혹한 상황을 부각함 → 두려움 유발

**감상 포인트**

작품의 우화적 성격을 바탕으로 시어의 상징적 의미를 파악하고, 역설적인 시구를 통해 전달하는 주제 의식을 이해한다.

반복, 변주

어미의 상처를 입에 대고 핥으며

가장 순결하고 연약한 생명

어린 사슴이 생각하는 것

의인화

그는

그것('샘', '약초')은 → 짧은 시행을 통한 집중의 효과

어두운 골짜에 밤에도 잠들 줄 모르며 솟는 샘과 ○: 현실과 대비되는 영원한 생명의 세계, 소생에 대한 희망

절망적인 상황

깊은 골을 넘어 눈 속에 하얀 꽃 피는 약초. ▶ 4연: 어미의 치유와 소생을 소망하는 어린 사슴

'어두운 골짜'과 대비됨

① 사냥할 때 내는 '몰이꾼'들의 종소리(생명을 위협하는 상황)
② 예수의 탄생을 알리는 성탄제의 종소리를 연상시킴

아슬한 참으로 아슬한 곳에서 쇠북 소리 울린다.

위태로운 상황

죽은 이로 하여금

죽는 이를 묻게 하라.

성경의 구절 인용 – 다양한 해석이 가능한 역설적 표현
① 어미 사슴의 죽음은 어쩔 수 없으니 어린 사슴만이라도 생명의 길을 가라는 메시지
② 인간의 잔혹한 폭력과 살상에 대한 고발과 비판

▶ 5연: 울려 퍼지는 쇠북 소리

길이 돌아가는 사슴의

① 영원한 죽음의 세계로 가는 어미 사슴 ② 길을 돌아 도망가는 어린 사슴

두 뺨에는

① 죽어 가는 어미 사슴의 눈물 ② 도망가는 어린 사슴의 눈물

맑은 이슬이 내리고

희생당한 존재가 남긴 흔적

눈 위엔 아직도 따뜻한 핏방울…… ▶ 6연: 죽어 가는 순결한 생명의 비극성

색채 대비(흰색과 붉은색)와 촉각적 대비(차가움과 따뜻함), 부사어 '아직도'의 사용을 통한 비극성 부각, 말줄임표를 통한 여운 형성

## 작품 분석 노트

**• 반영론적 관점의 감상**

우리 민족에 대한 일제의 탄압과 말살이 극단으로 치닫던 창작 시기를 고려하면 이 작품은 일제에 핍박받던 우리 민족의 모습을 그려낸 것이라고 볼 수 있다.

| 몰이꾼, 포수와 사냥개 | ↔ | 사슴, 나어린 사슴 |
|---|---|---|
| 일제의 잔인한 폭력 | | 고통받는 우리 민족 |

**• 감각적 이미지를 통한 형상화**

이 작품은 다양한 감각적 이미지의 사용을 통해 주제 의식을 형상화하고 있다.

| | |
|---|---|
| 시각적 이미지 | • '어두운 숲', '어두운 골짝', '밤'의 시각적 이미지를 통해 부정적 상황을 형상화함<br>• 흰색의 '눈'과 붉은색의 '핏방울'이 만드는 색채 대비를 통해 비극성을 부각함 |
| 촉각적 이미지 | 차가운 이미지의 '눈'과 '따뜻한 핏방울'이 만드는 냉온 대비를 통해 비정함을 부각함 |
| 청각적 이미지 | '몰이꾼의 날카로운 소리'를 통해 생명을 위협하는 폭력성, 비정함을 부각함 |

**• 성경 구절의 인용**

이 작품은 성경의 구절을 인용함으로써 성탄제의 의미를 부각하며, 역설적인 표현을 통해 생명을 유린하는 현실에 대한 비판적 인식을 드러낸다.

죽은 이로 하여금 / 죽는 이를 묻게 하라

마태복음 8장의 '예수께서 가라사대 죽은 자들로 저희 죽은 자를 장사하게 하고 너는 나를 좇으라 하시니라.'라는 구절을 인용한 것으로, 죽은 아버지의 장례를 치른 후 예수를 따르겠다는 제자에게 세속적인 일보다 영적 구원이 더 중요함을 강조한 말

↓

어린 사슴에게만이라도 생명의 구원이 이루어지기를 바라는 소망의 의미로 이해할 수 있음

## 핵심 포인트 1 소재의 의미 파악

이 작품은 우화적인 성격을 지니고 있으므로 소재의 상징적 의미와 대립적 관계를 통해 드러나는 주제 의식을 파악할 수 있어야 한다.

**상징적 소재의 대립적 의미**

| 사슴, 이슬, 핏방울, 샘, 약초 | | 몰이꾼, 포수, 사냥개 |
|---|---|---|
| 생명의 순수성과 연약성('쫓기는 사슴', '나어린 사슴', '이슬', '핏방울'), 생명의 소생에 대한 희망('샘', '약초') | 대립  | 생명을 유린하고 살육하는 폭력성과 잔혹성, 비정성 |

| 작품의 주제 의식 |
|---|
| • 생명을 유린하고 살상하는 인간 문명에 대한 비판<br>• 생명의 순수성과 생명에 대한 연민과 사랑 |

## 핵심 포인트 2 표현상 특징 파악

이 작품의 주제 의식을 형상화하기 위해 사용된 표현 방법과 그 효과를 파악할 수 있어야 한다.

**표현상 특징**

- '사슴'을 주요 소재로 삼아 일제 강점기의 시대적 현실을 형상화하는 우화적 성격을 지님
- 다양한 감각적 이미지(시각, 청각, 촉각)와 감각의 대비(색채 대비, 냉온 대비)를 통해 시적 상황을 부각하고 주제를 형상화함
- 명사 종결('따뜻한 핏방울')과 명령형 어투('죽는 이를 묻게 하라.')를 통해 주제 의식을 강조함
- 말줄임표('핏방울……')를 사용하여 시적 여운을 형성함

## 핵심 포인트 3 다른 작품과의 비교

동일한 소재를 활용하여 시적 상황을 형상화하고 있는 다른 작품과의 공통점과 차이점을 비교 · 분석할 수 있어야 한다.

**김종길의 〈성탄제〉와의 비교**

어두운 방 안엔 / 바알간 숯불이 피고,
(색채 대비)

외로이 늙으신 할머니가 / 애처로이 잦아드는 어린 목숨을 지키고 계시었다.
(어린 화자)

이윽고 눈 속을 / 아버지가 약(藥)을 가지고 돌아오시었다.

아, 아버지가 눈을 헤치고 따 오신 / 그 붉은 산수유 열매—.
(색채 대비 → 시련의 상황과 숭고한 사랑의 대비)

나는 한 마리 어린 짐승, / 젊은 아버지의 서느런 옷자락에 / 열(熱)로 상기한 볼을 말없이 부비는 것이었다.
(냉온 대비 → 아버지의 사랑과 고통받는 어린 화자의 대비)

이따금 뒷문을 눈이 치고 있었다. / 그날 밤이 어쩌면 성탄제의 밤이었을지도 모른다. (후략)

| 오장환의 〈성탄제〉 | 김종길의 〈성탄제〉 |
|---|---|
| 생명이 유린되는 비극적 상황을 묘사하고 고발함으로써, 독자의 성찰을 유도하고 이를 통해 성탄제의 의미를 떠올리도록 함 | 어린 시절 경험한 아버지의 사랑을 회상함으로써, 화자가 느끼는 숭고한 사랑을 성탄제의 의미와 연결함 |

시각적 이미지를 통한 색채 대비와 촉각적 이미지를 통한 냉온 감각의 대비가
두 작품의 주제 의식을 형상화하는 데 크게 기여함

### 작품 한눈에

• 해제

〈성탄제〉는 일제의 군국주의가 극단으로 치닫던 1930년대에 창작된 작품으로, 성스러운 사랑과 생명의 탄생을 의미하는 '성탄제'라는 제목을 통해 고귀한 생명이 살상되는 비극적 현실에 대한 성찰을 유도하고 있다. '몰이꾼'에게 쫓기는 연약한 생명('사슴')과 이를 유린하는 인간의 폭력성을 대비함으로써 시대적 상황을 우화적으로 형상화하고 있으며, 생명의 존엄성을 파괴하는 인간 문명에 대한 비판적 의식 또한 드러내고 있다.

• 화자와 시적 상황

이 시의 화자는 어미 사슴과 어린 사슴이 처한 비극적 상황을 묘사함으로써 비판적 주제 의식을 드러내며 독자의 성찰을 유도하고 있다.

• 주제

① 생명을 유린하고 살상하는 부정적 현실에 대한 고발
② 생명의 순결성과 순결한 생명에 대한 연민과 사랑

현대시 10

◇ 한 줄 평 자연의 순수성을 옹호하고 인간 문명의 폭력성을 비판한 시

# 새 1 박남수

▸ 기출 수록 평가원 2012 9월

1.

하늘에 깔아 논

바람의 여울터에서나
자연의 세계 ①

속삭이듯 서걱이는

나무의 그늘에서나, 새는
자연의 세계 ② 순수, 생명, 자연을 상징함

노래한다.「그것이 노래인 줄도 모르면서
「 」: 목적이나 의도를 지니지 않은 '새'의 순수함

새는 그것이 사랑인 줄도 모르면서」

「두 놈이 부리를
「 」: '새'의 순수한 '사랑'을 구체적으로 형상화함

서로의 쭉지에 파묻고
새의 날개가 몸에 붙어 있는 부분

다스한 체온을 나누어 가진다.」 ▸ 1연: 순수한 새의 노래와 사랑
촉각적 이미지

2.

새는 울어

뜻을 만들지 않고, : 인간과 대비되는 '새'의 순수성, 인간처럼 자신의 행위에 의미를 부여하지 않음
인간의 인위성

지어서 교태로
아양을 부리는 태도 – 인간의 인위성

사랑을 가식하지 않는다. ▸ 2연: 인위적이거나 가식적이지 않은 새의 순수함

3.

인간, '순수'의 파괴자, 인간 문명

— 포수는 한 덩이 납으로
인위적인 것, '순수'를 얻기 위한 도구, 인간 문명의 폭력성

그 순수를 겨냥하지만,
'새'의 상징적 의미

늘, 항상

「매양 쏘는 것은 「 」: '포수'는 '새'를 공격할 수는 있지만 '새'의 순수성은 얻지 못함 → 현실의 한계를 보여 줌
시각적 이미지

피에 젖은 한 마리 상한 새에 지나지 않는다.」 ▸ 3연: 새를 훼손한 포수
'포수(인간 문명)'가 훼손시킨 자연

**감상 포인트**

인간과 자연의 대립적 구조를 통해 화자가 비판하고자 하는 바를 파악한다.

**작품 분석 노트**

• 작품의 구조

| 1, 2 | | 3 |
|---|---|---|
| '새'(자연)의 순수함 | ↔ | '포수'(인간, 문명)에 의해 훼손된 '새'(자연) |

↓

'새'의 순수함과 인간의 폭력성을 대비하여 인간 문명에 대한 비판적 시각을 드러냄

• 시어 및 시구의 의미

| 시어 및 시구 | 의미 |
|---|---|
| 바람의 여울터, 나무의 그늘 | 순수한 존재('새')가 살아가는 자연의 세계 |
| 노래 | 꾸밈이 없는 '새'의 순수한 행위 |
| 다스한 체온을 나누어 가진다. | 서로를 배려하는 '새'의 순수한 사랑 |
| 뜻, 교태 | 가식적이고 인위적인 인간의 모습 |
| 한 덩이 납 | '새'의 순수함을 파괴하려는 인간 문명의 폭력성 |
| 피에 젖은 한 마리 상한 새 | 인간 문명의 폭력성으로 인해 훼손된 자연 |

## 핵심 포인트 1 시어의 의미 파악

이 작품은 대립적 이미지의 시어를 통해 주제를 형상화하고 있으므로 대비되는 시어의 의미를 파악할 수 있어야 한다.

**◎ '새'와 '포수'의 대비**

| 새 | 포수 |
|---|---|
| • 자연, 순수, 생명<br>• 목적이나 의도를 지니지 않은 순수한 행위('노래', '다스한 체온을 나누어' 가짐)의 주체<br>• 인위적이거나 가식적이지 않은 순수함의 표상 | • 인간, 순수의 파괴자, 인간 문명<br>• '한 덩이 납'(총알, 인간 문명)으로 순수한 존재인 '새'를 공격함<br>• '새'의 순수성을 얻지 못함 |

• '새'로 표상된 순수, 자연에 대한 옹호와 추구
• 순수('새')를 파괴하는 인간('포수')의 행위에 대한 비판 의식을 드러냄
• 잘못된 방법('한 덩이 납')으로는 부정적 결과('상한 새')를 초래할 수 밖에 없다는 인식을 드러냄

## 핵심 포인트 2 표현상 특징 파악

이 작품에 활용된 다양한 표현상 특징과 그 효과를 파악할 수 있어야 한다.

**◎ 표현상 특징**

| 시구 | 표현상 특징과 효과 |
|---|---|
| 나무의 그늘에서나, 새는 노래한다. | 한 행에 배열해야 할 시구를 의도적으로 두 행에 배치하여(행간 걸침) 시상 전개에 집중을 하게 함 |
| 그것이 노래인 줄도 모르면서 / 새는 그것이 사랑인 줄도 모르면서 | 유사한 통사 구조를 반복하여 '새'가 목적이나 의도를 지니지 않은 순수한 존재임을 강조함 |
| 두 놈이 부리를 ~ 나누어 가진다. | 추상적 관념을 구체적으로 표현하여 '새'의 순수한 사랑을 형상화함 |
| 다스한 체온, 피에 젖은 | 감각적(촉각적, 시각적) 이미지를 통해 '새'의 모습을 부각함 |
| 새는 울어 / 뜻을 만들지 않고, 지어서 교태로 / 사랑을 가식하지 않는다. | 대구적 표현을 통해 '새'가 지닌 순수성을 강조함 |

## 핵심 포인트 3 다른 작품과의 비교

이 작품과 김규동의 〈나비와 광장〉은 모두 인간 문명의 폭력성에 대한 비판 의식을 보여 주므로 두 작품을 비교하여 감상할 수 있어야 한다.

**◎ 김규동의 〈나비와 광장〉과의 비교**

기계처럼 작열한 심장을 축일
한 모금의 샘물도 없는 허망한 광장에서
어린 나비의 안막을 차단하는 건
투명한 광선의 바다뿐이었기에—

진공의 해안에서처럼 과묵(寡默)한 묘지 사이사이
숨가쁜 Z기의 백선과 이동하는 계절 속—
불길처럼 일어나는 인광(燐鑛)의 조수에 밀려
이제 흰나비는 말없이 이즈러진 날개를 파닥거린다.

→ 〈나비와 광장〉은 전쟁으로 인해 피폐해진 현실과 거대한 현대 문명에 의해 인간성이 상실된 비극적 상황을 형상화한 작품이다. 대비되는 시어를 활용하여 시적 의미를 강조하고 다양한 감각적 이미지를 활용하였으며 감정의 노출을 절제하여 비판적 주제 의식을 형상화하고 있다는 점에서 〈새 1〉과 유사하다.

### 작품 한눈에

• 해제

〈새 1〉은 순수를 상징하는 '새'와 이를 파괴하는 '포수'의 대비를 통해 인간 문명의 폭력성을 비판하는 작품이다. 이 작품에서 '새'는 순수의 상징으로 목적이나 의도를 지니지 않고 따스한 사랑을 나누는 존재로 형상화되어 있다. 또한 인간이 지니고 있는 인위성과 달리 의미를 억지로 만들어 행동에 뜻을 부여하지 않는 존재이다. 반면 '포수'는 순수를 파괴하는 인간 혹은 인간 문명을 상징하는 존재로, 작가는 '포수'가 쏘는 것이 한 마리 상처 입은 '새'에 지나지 않는다고 표현함으로써 인간의 무분별한 욕망과 인간 문명의 폭력성을 부각하고 있다.

• 화자와 시적 상황

이 시의 화자는 순수성을 지닌 자연물인 '새'와 '새'를 겨냥하는 '포수'를 통해 순수의 가치를 옹호하고 인간 문명의 폭력성을 비판하고 있다.

• 주제

순수에 대한 옹호와 인간 문명의 폭력성 비판

◇ 한 줄 평 삶에 대한 회한을 노래한 시

# 질투는 나의 힘 기형도

▸ 교과서 수록 [문학] 지학사

「아주 오랜 세월이 흐른 뒤에 「」: 미래의 일을 가정함
미래의 어느 시점
힘없는 책갈피는 이 종이를 떨어뜨리리」 ▸ 1~2행: 미래에서 현재의 글을 보게 될 '나'
이 시를 쓴 종이. 젊은 날의 방황에 대해 고백하는 글을 쓴 종이
그때 내 마음은 너무나 많은 공장을 세웠으니
미래에서 바라본 현재 화자의 상념이 생성되는 곳을 상징함 ▒: 감탄형 어미 사용, 현재 삶에 대한 회한과 탄식
「어리석게도 그토록 기록할 것이 많았구나」 「」: 미래에서 봤을 때 의미 있는 기록은 아님
상념
구름 밑을 천천히 쏘다니는 개처럼
직유법 – 젊은 날 방황하는 화자의 모습을 '개'에 비유함
지칠 줄 모르고 공중에서 머뭇거렸구나 ▸ 3~6행: 방황과 고뇌로 허비한 삶을 반성
의미 없는 일에 몰두함 시간을 헛되이 소모함
나 가진 것 탄식밖에 없어
무의미한 삶에 대한 후회 젊은 날의 화자의 삶을 객관화
「저녁 거리마다 물끄러미 청춘을 세워 두고
추상적 관념을 구체적 실체를 지니는 대상으로 표현함
살아온 날들을 신기하게 세어 보았으니」
「」: 자신의 삶을 되돌아봄
그 누구도 나를 두려워하지 않았으니
타인에게 인정받지 못함
내 희망의 내용은 질투뿐이었구나 ▸ 7~11행: 질투밖에 없던 삶에 대한 반성
화자가 추구했던 것이 타인에 대한 부러움, 시기뿐이었음을 깨달음
그리하여 나는 우선 여기에 짧은 글을 남겨 둔다
반성을 담은 글
「나의 생은 미친 듯이 사랑을 찾아 헤매었으나
화자가 추구한 것, 타인의 인정 타인에게 인정받기 위해 노력함
단 한 번도 스스로를 사랑하지 않았노라」 「」: '짧은 글'의 내용, 성찰의 글
스스로를 인정하지 못한 자신에 대한 반성
▸ 12~14행: 스스로를 사랑하지 못했던 자신에 대한 반성

**감상 포인트**
작품에 나타나는 지배적 정서에 주목하여 감상하도록 한다.

## 작품 분석 노트

• **화자의 정서 및 태도**

화자는 미래의 어느 시점을 가정하여 자신의 과거와 현재의 삶에 대해 성찰하고 있다. 이 과정에서 화자는 부정적 자기 인식을 드러내고 있으며 젊은 날에 대한 반성을 표현하고 있다.

| 부정적 자기 인식 | • '구름 밑을 천천히 쏘다니는 개처럼'<br>• '지칠 줄 모르고 공중에서 머뭇거렸구나'<br>• '나 가진 것 탄식밖에 없어'<br>• '내 희망의 내용은 질투뿐이었구나' |
|---|---|

↑

| 이유 | '단 한 번도 스스로를 사랑하지 않았노라' |
|---|---|

'질투'뿐이었던 삶을 고백하며 '단 한 번도 스스로를 사랑하지 않았'음을 반성하는 것은 스스로를 사랑하는 일의 중요성을 강조하는 것으로 볼 수 있다.

• **감탄형 종결 어미 사용의 효과**

| 감탄형 종결 어미를 사용한 표현 |
|---|
| • '많았구나'<br>• '머뭇거렸구나'<br>• '질투뿐이었구나'<br>• '사랑하지 않았노라' |

↓

| 효과 |
|---|
| • 미래 시점에서 현재를 돌아보며 탄식하고 반성하는 화자의 모습을 부각함<br>• 운율 형성 |

• **제목의 의미**

제목 '질투는 나의 힘'은 타인에 대한 질투가 젊은 시절 화자의 삶에 원동력이었음을 의미한다. 즉 화자는 타인의 사랑과 인정을 바랐을 뿐 스스로에게 단 한 번도 사랑과 인정을 보내지 않았던 질투뿐이었던 삶을 고백하며 반성하고 있다.

## 핵심 포인트 1 시어 및 시구의 의미 파악

이 작품은 비유적 표현과 상징적 시어를 통해 젊은 시절의 방황과 고뇌에 대한 인식을 드러내고 있다. 각 시구의 의미를 정확히 파악하여 시적 화자의 깨달음과 자기 인식을 이해할 수 있어야 한다.

**시어 및 시구의 의미**

| 시어 및 시구 | 의미 |
|---|---|
| 이 종이 | 미래의 시점에서 볼 현재의 기록. 이 시를 쓴 종이 |
| 너무나 많은 공장을 세웠으니 | 여러 가지 상념으로 혼란스러운 화자의 모습 |
| 구름 밑을 천천히 쏘다니는 개처럼 | 방황하는 화자의 모습 |
| 저녁 거리마다 물끄러미 청춘을 세워 두고 | 청춘, 화자의 젊은 날을 반복적으로 성찰하는 행위 |
| 내 희망의 내용은 질투뿐이었구나 | 자신이 추구했던 삶이 타인을 시기하는 것이었음을 자각함 |

## 작품 한눈에

• 해제
이 작품은 미래에서 현재의 삶을 되돌아보는 방식으로 화자의 자아 성찰과 반성을 보여 주고 있다. '공장', '청춘'과 같은 상징적 시어와 '구름 밑을 천천히 쏘다니는 개처럼'과 같은 비유적 표현을 통해 젊은 시절의 방황과 공허한 삶을 형상화하고 있으며 감탄형 어미 '-구나', '-노라'를 통해 회한의 정서를 효과적으로 표현하고 있다. 타인과 비교하기보다는 스스로를 사랑할 줄 알아야 한다는 깨달음을 강조하고 있다.

• 화자와 시적 상황
미래의 시점을 가정하여 방황해 왔던 화자의 삶을 성찰하고 반성하고 있다.

• 주제
젊은 날의 방황과 이에 대한 성찰

## 핵심 포인트 2 작품의 종합적 이해

이 작품의 시적 화자는 미래의 어느 시점을 가정하여 현재의 삶을 되돌아보는 방식으로 자신의 삶을 성찰하고 있다. 이러한 점을 고려하여, 시상 전개 방식이나 화자의 정서와 태도, 표현상의 특징 등을 적절하게 파악할 수 있어야 한다.

**작품의 종합적인 감상**

| | |
|---|---|
| 시상 전개 방식 | 미래의 어느 시점을 가정하여 현재를 회상하는 방식으로 시상을 전개함 |
| 화자의 정서와 태도 | • 무의미하고 헛된 일에 삶을 소모한 자신의 젊은 날을 성찰함<br>• 질투로 가득 찬 삶을 살고 있었음을 깨달음<br>• 타인의 인정을 갈구하였으나, 스스로를 사랑하지는 못했음을 반성함 |
| 표현상의 특징 | '-구나', '-노라'와 같은 감탄형 어미를 사용하여 영탄적 어조가 드러남 |

## 핵심 포인트 3 다른 작품과의 비교

이 작품과 〈쉽게 씌어진 시〉에는 모두 화자의 성찰적 삶의 태도가 담겨 있다. 두 작품에 담긴 화자의 자기 인식과 자기 성찰을 통해 각각의 화자가 추구하는 삶의 방향을 비교하여 감상할 수 있다.

**윤동주의 〈쉽게 씌어진 시〉와의 비교 감상 – 화자의 태도**

창밖에 밤비가 속살거려 / 육첩방은 남의 나라. //
시인이란 슬픈 천명인 줄 알면서도 / 한 줄 시를 적어볼까. //
땀내와 사랑내 포근히 품긴 / 보내 주신 학비 봉투를 받아 //
대학 노-트를 끼고 / 늙은 교수의 강의 들으러 간다. //
생각해 보면 어린 때 동무들 / 하나, 둘, 죄다 잃어버리고 //
나는 무얼 바라 / 나는 다만, 홀로 침전하는 것일까? //
인생은 살기 어렵다는데 / 시가 이렇게 쉽게 씌어지는 것은 / 부끄러운 일이다. //
육첩방은 남의 나라 / 창밖에 밤비가 속살거리는데, //
등불을 밝혀 어둠을 조금 내몰고, / 시대처럼 올 아침을 기다리는 최후의 나. //
나는 나에게 작은 손을 내밀어 / 눈물과 위안으로 잡는 최초의 악수.

→ 〈질투는 나의 힘〉의 화자는 헛되고 공허한 일에 몰두하고 타인의 삶을 시기하며 스스로를 사랑하지 못하는 자신을 반성하고 있다. 〈쉽게 씌어진 시〉의 화자는 부정적 현실에 안주하는 자신을 반성하며 무기력한 자아에서 벗어나 부정적 현실에 적극적으로 대응하고자 하는 의지를 제시하고 있다.

◇ 한 줄 평 겨울 감나무에 대한 관찰을 통해 삶을 성찰하는 시

# 나무 속엔 물관이 있다 고재종

▸ 기출 수록 교육청 2018 10월

화자의 관찰 대상 / 잎이 떨어진 '겨울 감나무'의 가지들 / 「 」: 가지의 다양한 형태를 열거함

잦은 바람 속의 [겨울 감나무]를 보면, 그 가지들이 「가는 것이나 굵은 것이나 아예
'가지들'이 흔들거리는 원인 / 서로의 가치를 인정하는 모습

실가지거나 우듬지거나,」 모두 다 서로를 훼방 놓는 법이 없이 제 숨결 닿는 만큼의
'가지들'이 욕심을 부리지 않고 공존하는 공간 / 의태어 / 「 」: 나뭇가지의 의인화 / 의태어

찰랑한 허공을 끌어안고, 「바르르 떨거나 사운거리거나 건들대거나 휙휙 후리거나,」
각자가 할 수 있는 만큼 최선을 다하는 모습 / 「 」: 가지가 흔들거리는 다양한 모습을 열거함

제 깜냥껏 한세상을 흔들거린다. ▒: '이나'와 '거나'의 반복 – 운율 형성
자신의 분수에 맞게 저마다 가치 있는 존재로 살아가는 모습

▸ 1연: 자기의 분수에 맞게 살아가는 감나무 가지

'감나무'를 비유함

그 모든 것이 웬만해선 흔들림이 없는 한 집의
의도적 행갈이 – '둥치'가 '한 집의 주춧기둥' 같은 역할을 함을 강조함

주춧기둥 같은 둥치에서 뻗어 나간 게 새삼 신기한 일.
큰 나무의 밑동 – '감나무'의 중심을 잡는 존재 / 명사 종결 – '감나무'의 생명력에 대한 경이로움 강조

▸ 2연: 한 둥치에서 뻗어 나간 감나무 가지를 보며 느낀 경이로움

더더욱 그 실가지 하나에 앉은 조막만 한 새의 무게가 둥치를 타고 내려가, 칠흑
'새'의 무게를 감당할 힘을 지님 / '실가지'에 의지하는 생명체 / '땅심'이 있는 곳

땅속의 그중 깊이 뻗은 실뿌리의 흙샅에까지 미쳐, 그 무게를 견딜힘을 다시 우듬지
'땅심'을 '실가지'까지 전달하는 매개체 / '새'의 무게

에까지 올려 보내는 땅심의 배려로, 산 가지는 어느 것 하나라도 어떤 댓바람에도
생명력과 강인함의 근원 / 생명을 가진 가지 / 어떤 시련과 고난에도 굴하지 않는 힘

꺾이지 않는 당참을 보여 주는가.
의문형 진술 – 가지의 생명력에 대한 '감동'

▸ 3연: 땅심을 받아 당차게 살아가는 감나무 가지

화자 – '나'의 깨달음을 인간 보편으로 확대

아, 우린 너무 감동을 모르고 살아왔느니. ▒: 생명과 자연의 경이로움을 모른 체 살아온 삶에 대한 성찰
영탄법 '겨울 감나무'를 보며 깨달은 생명의 원리 / 성찰적 태도

▸ 4연: 겨울 감나무를 통한 인간의 삶에 대한 성찰

- 우듬지: 나무의 꼭대기 줄기.
- 사운거리다: 가볍게 이리저리 자꾸 흔들리다.
- 깜냥: 스스로 일을 헤아림. 또는 헤아릴 수 있는 능력.
- 땅심: 농작물을 길러 낼 수 있는 땅의 힘.

**감상 포인트**

시적 대상인 겨울 감나무에 대한 관찰로 시작하여 화자의 깨달음이 인간의 삶에 대한 성찰로 확장되는 시상 전개의 과정을 파악한다.

## 작품 분석 노트

• 열거와 반복의 효과

'가지'의 다양한 형태를 나열하고 동일한 조사와 연결 어미를 반복함으로써, 리듬감을 형성하며 '겨울 감나무'의 상황과 시적 의미를 부각하고 있다.

**조사와 연결 어미의 반복**

- 조사 반복: 가는 것이나 굵은 것이나 아예 실가지거나 우듬지거나 → 가지의 다양한 형태
- 연결 어미 반복: 바르르 떨거나 사운거리거나 건들대거나 휙휙 후리거나 → 가지가 흔들리는 다양한 모습

↓

모든 가지의 형태와 흔들림이 저마다 가치가 있음을 부각함

• 시어의 의미

| 시어 | 의미 |
| --- | --- |
| 가지들 | 자신의 분수와 능력에 맞게 살아가는 존재 |
| 조막만 한 새 | '실가지'에 의지해 사는 존재로, '실가지'가 다른 생명의 무게를 견딜힘이 있음을 드러내는 역할을 함 |
| 둥치 | 흔들림이 없도록 '감나무'의 중심을 잡아 주는 존재 |
| 땅속 | '땅심'이 있는 곳으로, '감나무'가 생명을 유지할 수 있도록 물과 양분을 제공하는 터전 |
| 땅심 | '가지'가 다른 생명의 무게와 댓바람을 견딜 수 있게 하는 힘, 생명력의 근원 |

• '물관'의 역할

제목의 '물관'은 나무가 생명력을 유지하기 위해 반드시 필요한 기관이다. '새'의 무게와 '댓바람'을 견딜 수 있는 힘인 '땅심'이 '우듬지'까지 전달될 수 있는 것은 나무에 '물관'이 있기 때문이다.

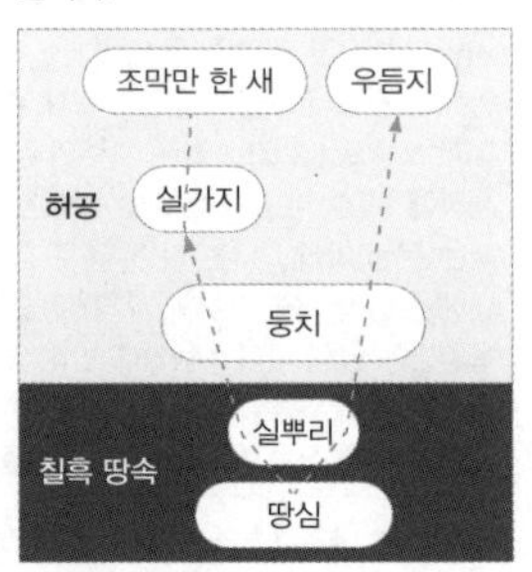

## 핵심 포인트 1 시상 전개 방식 이해

이 작품의 화자는 1연의 '겨울 감나무'에 대한 관찰을 바탕으로 2연에서 경탄, 3연에서 감동, 4연에서 깨달음과 성찰을 드러내고 있다. 이러한 화자의 인식 변화와 확장은 각 연의 종결 방식을 통해서도 실현되고 있으므로, 이를 통해 시상 전개 방식을 이해할 수 있어야 한다.

| 1연 | 흔들거린다 | 화자가 '겨울 감나무'를 관찰하고 알게 된 사실을 평서형 종결 어미를 통해 전달함 |
|---|---|---|

↓

| 2연 | 신기한 일 | 하나의 '둥치'에서 다양한 '가지'가 뻗어 나왔다는 자연의 신비에 대한 경탄을 명사 종결을 통해 강조함 |
|---|---|---|

↓

| 3연 | 보여 주는가 | '실가지'가 '새'의 무게를 견뎌 낼 수 있는 이유인 '땅심'은 '실뿌리'로부터 '우듬지'까지 전해짐. 이와 같은 '감나무'의 강인함과 생명력에 대한 감동을 의문형 종결 어미를 통해 부각함 |
|---|---|---|

↓

| 4연 | 살아왔느니 | '감동'을 모르고 살아온 인간에 대한 성찰을 진리나 으레 있는 사실을 일러 줄 때 사용하는 종결 어미 '-느니'를 통해 부각함 |
|---|---|---|

## 핵심 포인트 2 시구의 의미 파악

이 작품의 화자가 '겨울 감나무'를 통해 관찰하고 발견한 사실들이 인간의 삶에도 적용될 수 있음을 시구를 통해 파악할 수 있어야 한다.

**시구와 그 유추적 의미**

| 겨울 감나무의 생태 | 인간의 삶 |
|---|---|
| '가지들이 가는 것이나 굵은 것이나 ~ 모두 다 서로를 훼방 놓는 법이 없이 제 숨결 닿는 만큼의 찰랑한 허공을 끌어안고, ~ 제 깜냥껏 한 세상을 흔들거린다.' | 사람은 자신만의 방식에 따라 살되 자기의 분수에 맞게 살아야 함 |
| '웬만해선 흔들림이 없는 한 집의 / 주춧기둥 같은 둥지에서 뻗어 나간 게 새삼 신기한 일.' | 외부의 상황에 동요되지 않도록 중심을 잡아 주는 이가 있어 세상이 번창하는 것임 |
| '실가지 하나에 앉은 조막만 한 새의 무게' | 때로는 내가 아닌 누군가의 삶을 받쳐 주어야 할 때가 있음 |
| '그 무게를 견딜힘을 다시 우듬지에까지 올려 보내는 땅심의 배려' | 모든 삶의 무게를 견뎌 내는 힘의 근원은 보이지 않는 내면에 존재함 |
| '산 가지는 어느 것 하나라도 어떤 댓바람에도 꺾이지 않는 당참을 보여 주는가.' | 생명력의 근원, 삶의 근원이 되는 힘이 강인하면 어떤 시련에도 당당히 맞설 수 있음 |

## 핵심 포인트 3 표현상 특징 파악

이 작품의 시상을 전개하고 주제 의식을 형상화하는 데 쓰인 다양한 표현 방식과 그 효과를 파악할 수 있어야 한다.

**표현상 특징**

- '겨울'이라는 계절적 배경을 바탕으로 시상을 전개함
- 다양한 종결 방식으로 연을 끝맺어 화자의 인식 변화와 확장을 부각함
- 조사 '이나', '거나', 연결 어미 '-거나'의 반복과 열거법을 통해 운율을 형성하고 시적 의미를 부각함
- '바르르', '휙휙' 등의 음성 상징어를 활용하여 대상의 모습을 생생하게 묘사함
- 의인법('서로를 훼방 놓은 법이 없이 제 숨결 닿는 만큼의 찰랑한 허공을 끌어안고'), 직유법('주춧기둥 같은 둥치'), 영탄법('아'라는 감탄사) 등의 다양한 표현 방법을 통해 주제 의식을 강조함

### 작품 한눈에

- 해제
  〈나무 속엔 물관이 있다〉는 '겨울 감나무'를 관찰하고 깨달은 생명과 자연에 대한 경이로움을 노래한 작품이다. 1연과 2연에서 화자는 서로 훼방 놓지 않고 제 능력껏 흔들리는 '가지들'이 '한 둥치'에서 뻗어 나왔지만 저마다 자신만의 가치를 드러내며 살아가고 있음을 발견한다. 3연에서는 또 다른 생명인 '조막만 한 새'의 무게를 '실가지'가 감당할 수 있도록 생명력을 전달하는 '땅심'의 강인한 힘에 감탄한다. 4연에서는 이러한 생명의 경이로움을 모른 체 살아가는 우리 인간에 대한 성찰을 드러내고 있다.
- 화자와 시적 상황
  이 시의 화자는 겨울 감나무를 관찰하며 깨달은 생명의 원리에 감탄하면서 자연과 생명에 대한 경이로움을 모른 체 살아온 삶을 성찰하고 있다. 이때 화자는 자신을 '나'가 아닌 '우리'로 지칭함으로써, 깨달음의 대상을 개인이 아닌 인간 보편으로 확대하고 있다.
- 주제
  겨울 감나무를 통해 느낀 생명에 대한 경이로움과 삶의 성찰

현대시 13

◇ 한 줄 평 소시민적 삶에 대한 반성을 노래한 시

# 희미한 옛사랑의 그림자 김광규

4·19 혁명
4·19가 나던 해 세밑 / 우리는 오후 다섯 시에 만나
1960년 / 한 해가 끝날 무렵
반갑게 악수를 나누고 / 불도 없이 차가운 방에 앉아 ▒: 젊은 날의 모습
가난하고 열악한 환경
하얀 입김 뿜으며 / 열띤 토론을 벌였다
세상을 변화시킬 수 있다는 열정과 희망
어리석게도 우리는 무엇인가를 / 정치와는 전혀 관계없는 무엇인가를
현실과의 타협 / 순수한 이상적 가치
위해서 살리라 믿었던 것이다 / 결론 없는 모임을 끝낸 밤
현실과는 거리가 있는 이상적인 주제들로 토의함
혜화동 로터리에서 대포를 마시며 / 사랑과 아르바이트와 병역 문제 때문에
큰 술잔으로 마시는 술 – 가난하고 소박한 삶
우리는 때 묻지 않은 고민을 했고 / 아무도 귀 기울이지 않는 노래를

누구도 흉내 낼 수 없는 노래를 / 저마다 목청껏 불렀다
이상을 추구하는 순수하고 열정적인 모습
돈을 받지 않고 부르는 노래는 / 겨울밤 하늘로 올라가
대가를 바라지 않고 열망하는 순수한 이상
별똥별이 되어 떨어졌다 ▶ 1~19행: 순수와 열정에 찬 젊은 시절 회상
하강의 이미지 – 젊은 날의 순수한 열정이 사라지게 될 것을 암시
그로부터 18년 오랜만에
시간이 흐름
우리는 모두 무엇인가 되어 / 혁명이 두려운 기성세대가 되어 ▒: 현재의 모습
기성세대, 소시민 – 7, 8행의 '무엇인가'(순수한 이상적 가치)와 대비
넥타이를 매고 다시 모였다 / 회비를 만 원씩 걷고
현실과 생계에 얽매어 살아가는 모습
처자식들의 안부를 나누고 / 월급이 얼마인가 서로 물었다

치솟는 물가를 걱정하며 / 즐겁게 세상을 개탄하고
진지하지 않게, 건성으로
익숙하게 목소리를 낮추어 / 떠도는 이야기를 주고받았다
목청껏 노래를 부르던 과거의 모습과 대비됨
모두가 살기 위해 살고 있었다 / 아무도 이젠 노래를 부르지 않았다
생활에 찌들어 살아감 / 젊은 날의 순수와 열정을 상실함
(현실에 순응하며 살아가는 소시민의 모습)
적잖은 술과 비싼 안주를 남긴 채
경제적으로 여유가 있는 모습 – 4, 11행('차가운 방', '대포')과 대비
우리는 달라진 전화번호를 적고 헤어졌다
세월이 많이 흘렀음을 암시
몇이서는 포커를 하러 갔고 / 몇이서는 춤을 추러 갔고
세속적이고 향락적인 삶을 추구하는 모습
몇이서는 허전하게 동숭동 길을 걸었다 ▶ 20~37행: 중년의 기성세대로 살아가는 현재의 모습
11행의 '혜화동 로터리'와 이어지는 길 – 젊은 시절 추억의 장소
돌돌 말은 달력을 소중하게 옆에 끼고
세월의 흐름에 순응하며 살아가는 모습
오랜 방황 끝에 되돌아온 곳 / 우리의 옛사랑이 피 흘린 곳에
젊은 날의 열정과 순수 / ① 과거의 열정과 순수함이 사라진 곳 ② 4·19 혁명을 일으켰던 곳
낯선 건물들 수상하게 들어섰고

플라타너스 가로수들은 여전히 제자리에 서서
변하지 않은 존재 – 젊은 시절과 달라진 현재의 삶을 반성하게 만드는 존재
아직도 남아 있는 몇 개의 마른 잎 흔들며 / 우리의 고개를 떨구게 했다
현재의 소시민적 삶에 대한 부끄러움을 느끼게 함
부끄럽지 않은가 / 부끄럽지 않은가
현재 삶에 대한 자책감, 내면의 울림, 의문형 어미 반복 – 화자의 반성적 태도 부각
바람의 속삭임 귓전으로 흘리며 / 우리는 짐짓 중년기의 건강을 이야기했고
변화를 촉구하는 존재 / 외면함 / 일상적이고 현실적인 이야기
또 한 발짝 깊숙이 늪으로 발을 옮겼다 ▶ 38~49행: 현재의 삶에 대한 부끄러움과 반성
일상적인 소시민적 삶이 지속될 것임을 암시

**감상 포인트**
화자의 과거와 현재 모습이 대비되고 있음에 주목하여 작품을 감상한다.

## 작품 분석 노트

• 반영론적 관점에서의 '4·19 혁명'

4·19 혁명이란 1960년 4월에 학생을 비롯한 국민들이 이승만 자유당 정부의 독재와 부정부패, 부정 선거에 항의하여 벌인 민주 항쟁을 말한다. 4·19 혁명은 당시의 젊은 세대에게 세상을 변혁할 수 있으리라는 희망과 열정을 품게 했다. 그로 인해 4·19 세대들은 거짓과 위선에 대해 강한 거부감을 지니고 현실적인 가치보다는 이상적인 가치를 추구하고자 했다. 이 작품에 나타나는 '우리' 또한 이상적인 가치인 '무엇인가를 위해서 살리라 믿었던' 젊은이들이었지만, 18년이 흐른 지금은 여느 기성세대와 다를 바 없이 소시민적인 삶을 살아가고 있는 중년일 뿐이다. 이에 대해 화자는 안타까움과 부끄러움을 느끼고 있다.

4·19 혁명
↓

| | |
|---|---|
| 독재 타파를 목적으로 함 | 거짓과 위선에 대한 거부감 |
| 학생 중심으로 전개됨 | 이상적인 사회를 꿈꾼 순수와 열정 |
| 민주주의의 시작점이 됨 | 세상을 변혁할 수 있으리라는 희망 |

• '노래'와 '이야기'의 대비

이 작품에서 과거와 현재를 상징적으로 보여 주는 두 소재는 '노래'와 '이야기'이다. 저마다 목청껏 부르던 '노래'는 순수함과 열정을 지닌 젊은 세대의 모습과 연관되는 반면, '이야기'는 현실적이고 전형적이라는 점에서 현실에 안주하고 기득권을 지키려는 기성세대의 소시민적 모습과 연관된다.

| 노래 | 이야기 |
|---|---|
| • 아무도 귀 기울이지 않고 누구도 흉내 낼 수 없음<br>• 돈을 받지 않고 부름<br>• 별똥별이 되어 떨어짐 | • 서로 주고받을 수 있는 내용으로 보편성을 띰<br>• 월급, 물가 등 돈과 관련됨<br>• 세간에 떠도는 것임 |
| ↓ | ↓ |
| 젊은 날의 순수와 열정을 보여 줌 | 현실에 안주한 기성세대의 소시민성을 보여 줌 |

## 핵심 포인트 1 시상 전개의 특징 파악

이 작품에서 화자는 4 · 19 혁명과 같은 역사적 사건이 일어난 과거와 그로부터 오랜 시간이 흐른 현재를 대조하며 시상을 전개하고 있다. 이는 순수와 열정으로 이상을 추구했던 과거와 달리 소시민적 삶을 이어 나갈 수밖에 없는 현실의 한계와 그러한 현실에 순응하며 살고 있는 자신에 대한 성찰적 태도를 강조하기 위한 것이므로, 시상 전개 과정에서 나타나는 과거와 현재의 대립적 구조를 파악할 수 있어야 한다.

### 과거와 현재의 대립적 구조

| 과거 | ↔ | 현재 |
|---|---|---|
| '반갑게 악수를 나누고' | | '회비를 만 원씩 걷고' |
| '열띤 토론', '결론 없는 모임' | | '포커', '춤' |
| '무엇인가를 / 위해서 살리라 믿었던' | | '무엇인가 되어' |
| '불도 없이 차가운 방에 앉아', '대포를 마시며' | | '적잖은 술과 비싼 안주를 남긴 채' |
| '사랑과 아르바이트와 병역 문제',<br>'때 묻지 않은 고민' | | '처자식들의 안부', '월급',<br>'치솟는 물가' |
| '누구도 흉내 낼 수 없는 노래를 /<br>저마다 목청껏 불렀다' | | '익숙하게 목소리를 낮추어 /<br>떠도는 이야기를 주고받았다' |
| ↓ | | ↓ |
| 금전적으로 여유가 없어도<br>열징과 순수함이 있었던 젊은 시절 | | 현실에 순응하며 향락적이고<br>전형적인 삶을 살아가는 소시민적 중년 |

## 작품 한눈에

• 해제

〈희미한 옛사랑의 그림자〉는 과거에 지녔던 젊음과 열정, 순수와 이상을 잃어버리고 현실에 얽매어 살아가는 중년의 소시민적 삶과 그에 대한 반성을 다루고 있는 작품이다. 이 시의 제목인 '희미한 옛사랑의 그림자'는 4 · 19 혁명을 겪으며 느꼈던 열정과 순수함을 뜻하는 '옛사랑'이 이제는 '희미한 그림자'로만 남아 있다는 의미로, 소시민적 삶을 살아가는 화자의 부끄러움을 집약적으로 보여 준다.

• 화자와 시적 상황

이 시의 화자는 4 · 19 혁명 세대인 '우리'의 과거의 삶과 현재의 삶을 비교하고 있다. 화자는 이상을 추구하며 '노래'를 불렀던 과거의 모습과 현실에 순응하며 '이야기'를 나누는 현재의 모습을 대비하고 있다. '동숭동 길'에 이른 화자는 시간이 흘러 변해 버린 것과 변하지 않은 것들을 보며 예전의 순수와 열정을 잃고 변해 버린 스스로를 반성하고 있다.

• 주제

소시민적 삶에 대한 반성과 부끄러움

## 핵심 포인트 2 소재의 의미와 기능 파악

이 작품은 과거, 현재, 성찰의 세 부분으로 나누어 볼 수 있으며, 각 부분에서 상징적인 소재를 사용하여 주제 의식을 효과적으로 드러내고 있다. 과거를 표현한 부분에 활용된 '노래', '별똥별'과 같은 소재는 젊은 날의 순수함과 열정을 형상화하고 있고, 현재를 표현한 부분에 활용된 '넥타이', '포커' 등과 같은 소재는 기성세대가 된 '우리'의 세속적이고 소시민적인 삶을 형상화하고 있다. 과거의 추억이 존재하는 '혜화동 로터리'와 이어지는 '동숭동 길'은 화자가 삶을 성찰하고 있는 공간이며 '플라타너스', '바람' 등과 같은 다양한 소재를 통해 화자의 성찰을 효과적으로 표현하고 있다.

### 소재의 의미와 기능

| 구분 | 소재 | 의미와 기능 |
|---|---|---|
| 과거<br>(1~19행) | 노래 | '우리'가 젊은 날에 불렀던 것이며, 아무도 귀 기울이지 않고 누구도 흉내 낼 수 없다는 점에서 이상을 추구하는 열정과 순수함을 지녔던 젊은 날을 상징적으로 드러냄 |
| | 별똥별 | 젊은 시절의 '노래'를 '별똥별'이라고 표현하여 젊은 날의 순수와 열정이 간직한 아름다움을 상징적으로 나타내면서도, '별똥별'이 지닌 하강의 이미지를 통해 이러한 순수와 열정이 사라지게 될 것임을 암시함 |
| 현재<br>(20~37행) | 넥타이 | 일반적으로 직장인들이 착용하며 목을 압박한다는 점에서, 현실과 생활에 얽매인 '우리'의 현재 상황을 상징적으로 드러냄 |
| | 포커, 춤 | 기성세대가 된 '우리'가 즐기는 것으로, 이상을 좇는 것이 아닌 향락을 추구하는 삶을 상징적으로 드러냄 |
| 성찰<br>(38~49행) | 달력 | 일반적으로 '달력'은 시간의 흐름을 나타낸다는 점에서, 흐르는 시간에 순응하며 사는 현재의 '우리'를 상징적으로 드러냄 |
| | 플라타너스,<br>바람 | '플라타너스'는 시간이 흘러도 변하지 않는 존재이고, '바람'은 부끄럽지 않느냐고 묻는 존재라는 점에서 현재의 삶을 반성하는 계기가 되며 '우리'가 마음 속에 묻어 두었던 부끄러움을 상기시키는 자연물임 |
| | 늪 | 부끄러움을 일깨우는 '바람'의 속삭임을 외면하고 현실의 이야기로 회피할 때 발을 옮기게 되는 곳이므로, 소시민적이고 타협적인 삶의 굴레를 벗어나기 어려울 것임을 보여 줌 |

현대시 14

◇ 한 줄 평 | 고통을 견뎌 내려는 강한 의지와 미래에 대한 희망을 노래하는 시

# 상한 영혼을 위하여 고정희

▸ 기출 수록 [평가원] 2014 9월 A형 [교육청] 2005 7월

「상한 갈대라도 하늘 아래선 (■: 상처 입은 존재, 시련과 고통을 거친 뒤 성숙하는 존재)
(상처를 입은 존재, 상한 영혼)
한 계절 넉넉히 흔들리거니
(의연하게 고통에 맞서는 모습에 대한 긍정적 평가)
뿌리 깊으면야
(삶을 지탱하려는 강한 의지)
밑둥 잘리어도 새순은 돋거니」 (「」: 상처를 입은 존재도 그 상처를 극복하며 살아갈 수 있음)
(밑둥: 고통, 시련 / 새순: 고통을 이겨낸 생명력)
「충분히 흔들리자 상한 영혼이여
(고통과 시련을 겪은 상처 받은 영혼)
충분히 흔들리며 고통에게로 [가자]」 ▸ 1연: 고통을 회피하지 않고 대면하려는 의지
(「」: 고통에 적극적으로 맞서겠다는 의지 / □: 청유형 종결 어미를 사용해 화자의 의지를 드러냄)

(삶의 기반조차 없는 약한 존재, 시련에 직면한 존재)
뿌리 없이 흔들리는 부평초 잎이라도
(생명의 결실)
물 고이면 꽃은 피거니
(생명을 유지시키는 힘, 희망)
「이 세상 어디서나 개울은 흐르고
(희망)
이 세상 어디서나 등불은 켜지듯」 (「」: 대구법 – 고난 극복의 가능성을 환기함)
(희망)
[가자] 고통이여 살 맞대고 [가자]
(고통을 적극적으로 수용함)
「외롭기로 작정하면 어딘들 못 가랴
(「」: 설의법 – 고통에 맞서고자 하는 강한 의지를 나타냄)
가기로 목숨 걸면 지는 해가 문제랴」 ▸ 2연: 부정적 현실에 적극적으로 맞서 고통을 수용하려는 자세
(고난, 시련)

고통과 설움의 땅 훨훨 지나서

뿌리 깊은 벌판에 [서자]
(상한 영혼이 고통을 겪으며 더욱 성숙해지고 굳건해진 공간)
두 팔로 막아도 바람은 불듯
(시련은 항상 존재함)
「영원한 눈물이란 없느니라
(「」: 대구법 – 시련이나 고통은 언젠가는 끝이 남, 미래에 대한 긍정적 인식)
영원한 비탄이란 없느니라」

캄캄한 밤이라도 하늘 아래선
(부정적 현실)
마주 잡을 손 하나 오고 있거니 ▸ 3연: 고통을 수용하는 성숙한 삶의 자세
(시련과 고통을 함께 극복할 대상(동반자), 기다림의 대상)

**감상 포인트**
시어의 함축적 의미를 바탕으로 고통에 맞서고자 하는 화자의 태도를 파악한다.

## 작품 분석 노트

• 표현상 특징

| | |
|---|---|
| 종결 어미의 반복 | • '–거니', '–느니라' 같은 예스러운 표현을 반복하여 바람직한 삶의 태도를 전달하려는 설득적인 의도를 드러냄<br>• '–자'라는 청유형 어미를 반복하여 고통을 수용하려는 의지적 태도를 강조함 |
| 설의법 | '못 가랴', '문제랴'에서 의문형 종결 표현인 '–랴'를 사용하여 시련과 고통을 수용할 수 있다는 각오를 드러냄 |
| 대구법 | '이 세상 어디서나 개울은 흐르고 / 이 세상 어디서나 등불은 켜지듯', '영원한 눈물이란 없느니라 / 영원한 비탄이란 없느니라'에서 비슷한 구조의 문장을 나란히 제시하여 희망을 강조하고, 미래에 대한 긍정적 인식을 드러냄 |
| 말을 건네는 방식 | '상한 영혼이여 ~ 고통에게로 가자', '고통이여 살 맞대고 가자'에서 말을 건네는 방식을 활용해 시적 청자와의 소통을 표현함 |

• 고통을 대하는 화자의 태도
1~3연에서 고통을 대하는 화자의 의지가 점차 강화됨을 확인할 수 있다.

| | |
|---|---|
| 고통에게로 가자 | 고통을 직시하고 대면하려는 의지 |
| ↓ | |
| 고통이여 살 맞대고 가자 | 고통을 받아들이겠다는 의지 |
| ↓ | |
| 고통과 설움의 땅 훨훨 지나서 / 뿌리 깊은 벌판에 서자 | 고통을 겪으며 더욱 굳건해지겠다는 의지 |

## 핵심 포인트 1 시어와 시구의 의미 파악

이 작품은 상징적, 대립적 의미를 지닌 시어 및 시구를 활용하여 고통을 수용하는 성숙한 삶의 추구라는 주제 의식을 형상화하고 있다. 따라서 시어 및 시구의 의미와 관계에 유의해야 한다.

**시어 및 시구의 의미**

| | |
|---|---|
| 상한 갈대, 부평초 잎 | 고통 받은 존재, 상처 입은 존재 |
| 밑둥 잘리어도, 뿌리 없이 흔들리는, 지는 해, 고통과 설움의 땅, 바람, 캄캄한 밤 | 시련, 고난, 고통을 겪어야 하는 암울한 현실 |
| 뿌리 | 삶을 지탱하려는 의지 |
| 새순, 꽃 | 고통을 이겨낸 존재, 고통을 겪으며 맺은 결실 |
| 물, 개울, 등불 | 고통을 이겨낼 수 있다는 희망, 믿음 |
| 뿌리 깊은 벌판 | 고통을 겪으며 더욱 굳건해진 상한 영혼이 딛고 있는 공간 |
| 마주 잡을 손 | 힘께 연대하여 시련과 고통을 이겨낼 대상(동반자) |

**대립적 의미를 나타내는 시어**

| | |
|---|---|
| 밑둥 잘리어도, 뿌리 없이 흔들리는, 지는 해, 고통과 설움의 땅, 바람, 캄캄한 밤 | 시련, 고난, 고통을 겪어야 하는 암울한 현실 |
| ↕ | |
| 물, 개울, 등불 | 고통을 이겨낼 수 있다는 희망, 믿음 |
| 새순, 꽃 | 고통을 이겨낸 존재, 고통을 겪으며 맺은 결실 |

## 핵심 포인트 2 작품의 주제 의식 파악

이 작품은 자연물을 관찰하고 얻은 깨달음을 인간의 삶에 확장시켜 적용함으로써 바람직한 삶의 태도를 전하고 있다. 자연물의 모습과 화자가 추구하는 삶의 자세의 유사성을 파악하며 감상해야 한다.

**자연물을 통해 화자가 깨달은 바람직한 삶의 태도**

| 자연물 | | 인간의 삶 |
|---|---|---|
| • '상한 갈대'의 '뿌리' 즉 내면의 의지가 강하면 '새순'이 돋음<br>• '뿌리 없이 흔들리는 부평초 잎'이라도 '물이 고이면' 즉 희망이 있으면 '꽃'이 핌 | → | • 고통과 시련을 회피하지 않고 의연하게 맞서는 삶의 태도<br>• 어려운 상황에도 굴하지 않는 의지와 희망 |

## 핵심 포인트 3 다른 작품과의 비교

이 작품과 곽재구의 〈새벽 편지〉는 고통 받는 존재에 주목한다는 점, 희망이 있다고 믿는다는 점, 고통을 회피하지 않겠다는 자세를 드러낸다는 점에서 공통적이므로 두 작품을 비교 감상할 수 있다.

**곽재구의 〈새벽 편지〉와의 비교**

새벽에 깨어나 / 반짝이는 별을 보고 있으면
이 세상 깊은 어디에 마르지 않는 / 사랑의 샘 하나 출렁이고 있을 것만 같다
고통과 쓰라림과 목마름의 정령들은 잠들고 / 눈시울이 붉어진 인간의 혼들만 깜박이는
아무도 모르는 고요한 그 시각에 / 아름다움은 새벽의 창을 열고
우리들 가슴의 깊숙한 뜨거움과 만난다 / 다시 고통하는 법을 익히기 시작해야겠다 (후략)

| | 고정희, 〈상한 영혼을 위하여〉 | 곽재구, 〈새벽 편지〉 |
|---|---|---|
| 고통 받는 존재 | 상한 갈대, 뿌리 없이 흔들리는 부평초 잎 | 고통과 쓰라림과 목마름의 정령들 |
| 화자의 태도 | 고통을 수용하고 견뎌 내는 자세를 긍정적으로 평가하여 고통과 맞서려 함 | 희망의 아침을 맞기 위해 고통과 맞서려는 의지를 드러냄 |

### 작품 한눈에

• 해제

〈상한 영혼을 위하여〉는 역경에 굴하지 않고 견뎌 내려는 강한 의지와 고난을 극복할 수 있다는 낙관적 믿음을 표현한 작품이다. 갈대, 부평초 잎 등의 자연물의 모습에서 고통과 시련을 겪을 수밖에 없는 인간의 삶의 모습을 발견하고, 강한 의지와 희망이 있다면 삶의 고난을 극복할 수 있음을 전함으로써 고통과 시련을 회피하지 않고 의연하게 맞서는 성숙한 삶의 자세를 드러내고 있다.

• 화자와 시적 상황

이 시의 화자는 상처 받은 영혼을 '상한 갈대'로 표현하며 고통과 시련을 피하지 않고 직시해야 한다고 말하고 있다. 뿌리가 깊으면 밑둥이 잘려도 새순이 돋는 상한 갈대와 뿌리 없이 흔들려도 물 고이면 꽃을 피우는 부평초 잎을 통해 고난과 시련의 상황에도 강한 의지와 생명력으로 견뎌 내는 삶의 태도를 시각적으로 형상화하고 있다. 마지막 연에서는 고통에 굴하지 않고 그것을 수용하는 성숙한 삶의 자세를 드러내며 고통을 함께 극복할 대상이 오고 있다고 말하고 있다.

• 주제

고통에 맞서고자 하는 성숙한 삶의 자세

현대시 15

◇ 한 줄 평 힘겨운 현실을 이겨 내고자 하는 의지를 노래한 시

# 들길에 서서 신석정

▸ 기출 수록 수능 2007

푸른 산이 꿈꾸는 대상

푸른 산이 흰 구름을 지니고 살 듯
화자가 자신과 동일시하는 존재

내 머리 우에는 항상 푸른 하늘이 있다
화자가 지향하는 대상, 미래에 대한 희망이나 이상

□: 푸른 산, 흰 구름 — 대응 관계 — ○: 나, 푸른 하늘

▒: 희망과 이상을 추구하는 삶에 가치를 부여함

「하늘을 향하고 산림처럼 두 팔을 드러낼 수 있는 것이 얼마나 숭고한 일이냐」
「 」: 희망과 이상을 추구하는 삶을 긍정하고 지향하는 자세

▸ 1, 2연: 희망과 이상을 추구하는 삶의 숭고함

두 다리는 비록 연약하지만 젊은 산맥으로 삼고
젊은 패기와 열정

부절히 움직인다는 둥근 지구를 밟았거니……
끊이지 아니하고 계속

**감상 포인트**
'푸른 하늘, 푸른 별'의 의미와 '저문 들길'이라는 시적 공간의 의미를 파악할 수 있어야 한다.

푸른 산처럼 든든하게 지구를 디디고 사는 것은 얼마나 기쁜 일이냐
힘든 현실에 좌절하지 않고 굳세게 살아가는 것

▸ 3, 4연: 희망과 이상을 추구하는 삶의 기쁨

뼈에 저리도록 '생활'은 슬퍼도 좋다
힘겨운 현실, 부정적 현실에 굴복하지 않으려는 의지

「저문 들길에 서서 푸른 별을 바라보자……」
부정적 현실 / 미래에 대한 희망과 이상
「 」: 청유형 어미를 사용해 혹독한 상황 속에서도 희망을 지향하는 태도를 강조함

끊임없이 희망과 이상을 추구하는 모습

푸른 별을 바라보는 것은 하늘 아래 사는 거룩한 나의 일과이거니—
힘겨운 현실에 좌절하지 않고 희망과 이상을 추구하는 삶

▸ 5, 6연: 역경에 굴하지 않고 희망과 이상을 지향하는 삶의 거룩함

## 작품 분석 노트

• '푸른 산'과 화자('나')의 관계

'푸른 산'은 '흰 구름'을, '나'는 '푸른 하늘'을 지니며 살아간다는 것으로 보아 '푸른 산'은 화자와 대응되는 대상으로 동일시되고 있음을 알 수 있다.

| 푸른 산 | | 화자('나') |
|---|---|---|
| '흰 구름'을 지니고 삶 | = | 머리 위에 '푸른 하늘'이 있음 |

↓

희망과 이상을 추구하며 살아감

• 화자의 상황과 태도

화자는 '뼈에 저리도록' 힘겨운 생활을 하고 있으면서도, 희망과 이상을 추구하는 삶을 살려고 한다.

| 화자의 상황 | '뼈'가 저리는 고단하고 힘겨운 현실에 처해 있음 |
|---|---|

↓ 태도

부정적 현실 속에서도 희망과 이상을 추구하는 삶을 살겠다고 다짐함
→ 긍정적이고 의지적인 삶의 태도

• 이미지의 대비

이 시에서는 밝음과 어둠이라는 이미지의 대비를 통해 희망과 이상을 추구하는 화자의 삶의 자세를 부각하고 있다.

| 밝음의 이미지 | | 어둠의 이미지 |
|---|---|---|
| • 푸른 하늘<br>• 푸른 별 | ↔ | 저문 들길 |

↓

부정적 현실에 처해 있으면서도 희망과 이상을 추구하는 화자의 의지적인 삶의 자세를 형상화함

## 핵심 포인트 1 시적 공간의 의미 이해

이 작품에서 '저문 들길'은 화자가 현재 서 있는 시적 공간에 해당한다. '저문 들길'의 상징적 의미를 바탕으로 저문 들길에 선 화자의 태도를 이해할 수 있어야 한다.

**'저문 들길'의 의미**

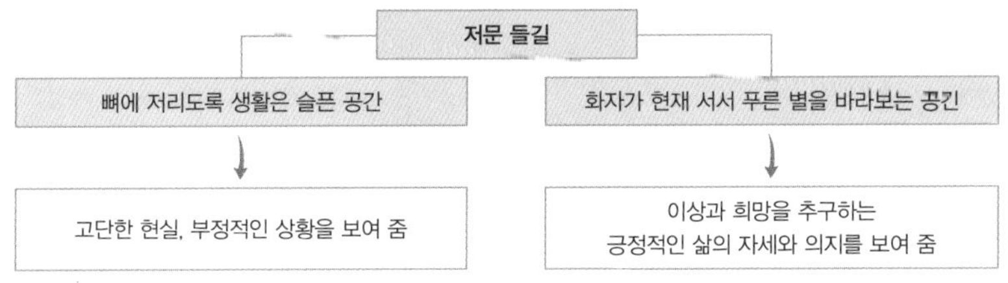


## 핵심 포인트 2 시구의 의미 및 화자의 정서와 태도 파악

이 작품에서 '푸른 하늘', '푸른 별'은 화자의 정서 및 태도와 관련하여 상징적 의미를 담고 있으므로 관련된 시구의 의미를 파악할 수 있어야 한다.

**시구의 상징적 의미**

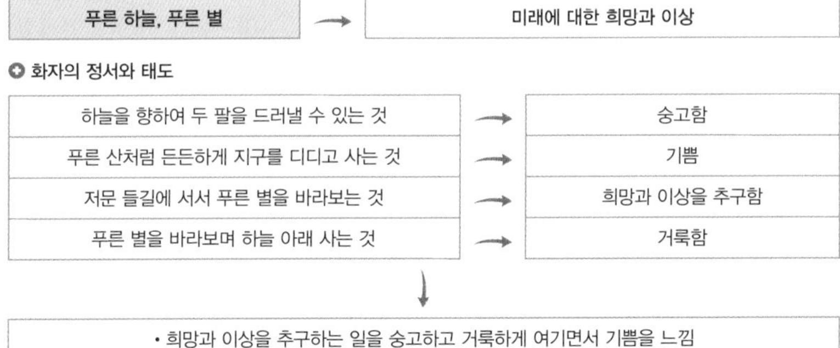


## 핵심 포인트 3 표현상 특징 파악

이 작품은 설의적 표현, 비유적 표현 등을 활용하여 화자의 삶에 대한 인식과 작품의 주제 의식을 효과적으로 드러내고 있다. 따라서 작품에 쓰인 다양한 시적 형상화 방법을 파악할 수 있어야 한다.

**표현상 특징**

| | |
|---|---|
| 설의적 표현 | '얼마나 숭고한 일이냐', '얼마나 기쁜 일이냐'에서 의문형 진술을 사용하여 희망과 이상을 지향하는 일의 가치를 강조함 |
| 비유적 표현 | '하늘을 향하고 산림처럼 두 팔을 드러낼 수 있는 것이', '푸른 산처럼 든든하게 지구를 디디고 사는 것은' 등에서 화자 자신을 산림, 푸른 산에 빗대어 힘겨운 현실에서도 의연함을 잃지 않는 모습을 형상화함 |
| 대비 | 저문 들길과 푸른 별을 대비하여 주제를 형상화함 |
| 시어 및 시구의 반복 | '푸른', '얼마나 ~ 일이냐', '~거니'의 반복을 통해 운율을 형성하고 의미를 강조함 |
| 색채 이미지 | '푸른 산', '푸른 하늘', '푸른 별'에서 푸른색의 색채 이미지를 사용하여 이상을 추구하며 사는 바람직한 삶의 모습을 나타냄 |

### 작품 한눈에

• 해제

〈들길에 서서〉는 '푸른 산'의 모습을 통해 화자의 긍정적이고 의지적인 삶의 태도를 표현한 시이다. 화자는 암울한 현실을 인식하면서도, 희망과 이상을 추구함으로써 부정적 현실을 극복하려는 삶의 자세를 보여 주고 있다. 희망, 이상을 의미하는 '푸른 하늘', '푸른 별'을 지향하는 화자의 모습을 통해 '저문 들길'이라는 부정적 상황을 극복하려는 화자의 의지를 엿볼 수 있다. 한편 창작 시기 및 시대적 상황을 고려할 때, '저문 들길'은 일제 강점기의 암울한 현실을 의미한다고 볼 수 있다.

• 화자와 시적 상황

이 시의 화자는 힘겨운 현실 속에서도 굳은 의지를 가지고 이상과 꿈을 추구하며 굳세게 살아가겠다고 다짐하고 있다.

• 주제

현실 극복의 의지와 이상의 추구

현대시 16

◇ 한 줄 평 세상을 바라보는 균형 잡힌 관점의 중요성을 드러낸 시

# 장자를 빌려 - 원통에서 신경림

장자의 생각을 빌려

설악산 대청봉에 올라 □: 공간적 배경
공간적 배경 ①
「발아래 구부리고 엎드린 작고 큰 산들이며 ▒: 반복적 표현
'산'을 의인화한 표현
떨어져 나갈까 봐 잔뜩 겁을 집어먹고
'마을'을 의인화한 표현
언덕과 골짜기에 바짝 달라붙은 마을들이며
다만 무릎께까지라도 다가오고 싶어
안달이 나서 몸살을 하는 바다를 내려다보니」 「 」: 산에서 내려다본 자연의 풍경을 주관적으로 묘사함
'바다'를 의인화한 표현
「온통 세상이 다 보이는 것 같고 「 」: 높은 곳에서 내려다볼 때 세상을 다 이해할 수 있을 것 같은 느낌, 삶이 단순해 보임
또 세상살이 속속들이 다 알 것도 같다」 ▶ 1~8행: 설악산 대청봉에서 내려다본 세상의 모습
공간적 배경 ②
그러다 속초에 내려와 하룻밤을 묵으며
공간의 이동에 따른 시상의 전환
「중앙시장 바닥에서 다 늙은 함경도 아주머니들과
노령노래 안주해서 소주도 마시고
함경도 지방의 민요. 생계를 위해 러시아로 이주한 사람들의 애달픈 심정을 담은 노래
피난민 신세타령도 듣고
다음 날엔 원통으로 와서 뒷골목엘 들어가
시간의 흐름 공간적 배경 ③ 기를 써서 다투며 하는 욕설
지린내 땀내도 맡고 악다구니도 듣고
후각적 이미지 청각적 이미지
싸구려 하숙에서 마늘 장수와 실랑이도 하고
젊은 군인 부부 사랑싸움질 소리에 잠도 설치고 보니」 「 」: 가까이에서 본 세상의 다양한 모습을 열거함
청각적 이미지
세상은 아무래도 산 위에서 보는 것과 같지만은 않다 ▶ 9~17행: 속초와 원통에서 본 세상의 모습
화자의 인식 전환: 가까이에서 볼 때 단순하지 않은 세상의 모습, 삶은 복잡하여 쉽게 이해할 수 없음
지금 우리는 혹시 세상을
행위의 주체를 화자 자신뿐 아니라 '우리'로 확대하여 삶에 대한 성찰을 유도함
「너무 멀리서만 보고 있는 것은 아닐까 아니면
설악산 대청봉에서의 관점 – 삶을 단순하게 보는 것
너무 가까이서만 보고 있는 것은 아닐까」 ▶ 18~20행: 세상을 바라보는 관점에 대한 깨달음
속초, 원통에서의 관점 – 삶을 복잡하게 보는 것
「 」: 세상을 바르게 보고 있는지 되돌아봐야 한다는 성찰적 태도가 나타남. 의문형의 통사 구조를 반복하여 독자의 성찰을 유도함

**감상 포인트**

공간의 이동에 따라 달라지는 화자의 경험과 이에 따른 인식 변화에 주목하여 화자의 태도, 작품의 주제 의식을 이해할 수 있어야 한다.

**작품 분석 노트**

• 공간에 따른 화자의 관점과 깨달음

| 설악산 대청봉 | | 속초와 원통 |
|---|---|---|
| • 높은 산 위에서 세상을 내려다봄<br>• 세상살이를 속속들이 다 알 것도 같음 | ↔ | • 가까이에서 세상살이를 직접 경험해 봄<br>• 세상살이가 산 위에서 보는 것과 같이 단순하지는 않음 |

↓

• 세상을 멀리서도 볼 줄 알아야 하고 가까이서도 볼 줄 알아야지 어느 한쪽으로 치우쳐 보아서는 안 됨
• 삶은 단순하기도 하고 복잡하기도 하기 때문에 하나의 관점으로 세상을 바라봐서는 안 됨

↓

삶을 바라보는 균형 잡힌 관점이 필요하다는 깨달음을 얻게 됨

## 핵심 포인트 1 표현상 특징 파악

이 작품에서는 감각적 이미지와 의인화를 통해 화자가 바라본 세상의 모습을 형상화하고 있으며, 동일한 어미와 통사 구조가 반복되고 있다. 따라서 이러한 다양한 표현 방법이 어떻게 구현되고, 그 효과는 무엇인지 파악할 수 있어야 한다.

| 표현상 특징 | 효과 |
| --- | --- |
| 의인법 | '산', '마을', '바다'를 의인화하여 '대청봉'에서 바라본 자연과 마을의 특징적인 모습을 형상화함<br>→ '발아래 구부리고 엎드린 작고 큰 산들이며 ~ 안달이 나서 몸살을 하는 바다' |
| 동일한 어미의 반복<br>통사 구조의 반복 | • '-고', '-ㄹ까' 같은 어미를 반복하여 화자의 행위와 인식을 나열하고 운율감을 형성함<br>• 통사 구조를 반복하여 세상을 바라보는 관점에 대한 깨달음을 강조하고 독자의 성찰을 유도함<br>→ '너무 멀리서만 보고 있는 것은 아닐까 아니면 / 너무 가까이서만 보고 있는 것은 아닐까' |
| 감각적 이미지의 활용 | 감각적 이미지를 사용하여 복잡하고 힘겨운 삶의 모습을 구체화함<br>→ 청각적 이미지: '피난민 신세타령도 듣고', '악다구니도 듣고', '젊은 군인 부부 사랑싸움질 소리' 등<br>→ 후각적 이미지: '지린내 땀내' |

## 핵심 포인트 2 시상 전개 방식 이해

이 작품은 공간의 이동('설악산 대청봉' → '속초' → '원통')에 따라 시상을 전개하고 있으므로 공간의 이동에 따른 화자의 인식 변화를 통해 주제를 파악할 수 있어야 한다.

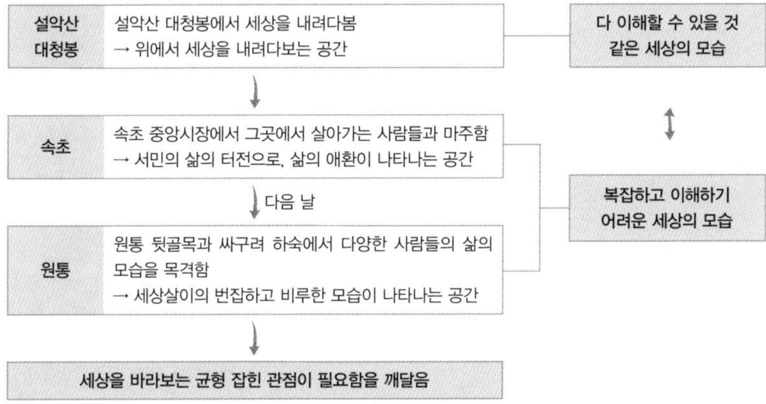

| 공간 | 내용 |
| --- | --- |
| 설악산 대청봉 | 설악산 대청봉에서 세상을 내려다봄<br>→ 위에서 세상을 내려다보는 공간 |
| 속초 | 속초 중앙시장에서 그곳에서 살아가는 사람들과 마주함<br>→ 서민의 삶의 터전으로, 삶의 애환이 나타나는 공간 |
| 원통 (다음 날) | 원통 뒷골목과 싸구려 하숙에서 다양한 사람들의 삶의 모습을 목격함<br>→ 세상살이의 번잡하고 비루한 모습이 나타나는 공간 |

설악산 대청봉 → 다 이해할 수 있을 것 같은 세상의 모습

↕

속초, 원통 → 복잡하고 이해하기 어려운 세상의 모습

↓

세상을 바라보는 균형 잡힌 관점이 필요함을 깨달음

## 핵심 포인트 3 외적 준거에 따른 감상

이 작품은 중국의 사상가인 장자가 지은 『장자』의 「추수」 편에 나오는 어구를 바탕으로 창작한 시이므로, 이에 대해 이해할 수 있어야 한다.

| 대지관어원근(大知觀於遠近): 큰 지혜를 지닌 사람은 멀리서도 볼 줄 알고 가까이서도 볼 줄 안다.<br>→ 대상을 거시적인 관점에서도 보고, 미시적인 관점에서도 봐야 한다는 의미 | → | '지금 우리는 혹시 세상을 / 너무 멀리서만 보고 있는 것은 아닐까 아니면 / 너무 가까이서만 보고 있는 것은 아닐'까 |
| --- | --- | --- |

→ '대지관어원근'이 '설악산 대청봉'에서 바라본 세상의 모습과 '속초', '원통'에서 바라본 세상의 모습이 다르다는 화자의 깨달음과 관련이 있어, 시인은 제목을 '장자를 빌려 – 원통에서'라고 지은 것이다.

### 작품 한눈에

• 해제

<장자를 빌려 – 원통에서>는 화자가 '설악산 대청봉'에서 바라본 세상의 모습과 '속초', '원통'에서 바라본 세상의 모습을 대비하며 세상을 바라보는 관점에 대해 새롭게 얻게 된 깨달음을 전하는 시이다. 화자는 '설악산 대청봉' 위에서 세상과 인간 삶에 대해 모든 것을 다 알 것 같다는 생각을 하지만 산 아래로 내려와 복잡하고 고단한 삶을 사는 이들을 직접 만나며 산 위에서 자신이 했던 생각이 경솔했음을 깨닫는다. 화자는 이러한 체험을 통해 세상살이는 단순하면서도 동시에 복잡한 것이기에 세상을 가까이서 볼 줄도 알고 멀리서도 볼 줄도 알아야 한다고 성찰한다. 즉 어느 한쪽에 치우치지 말고 세상을 보아야 삶의 진실을 제대로 통찰할 수 있다는 깨달음을 전하고 있는 것이다.

• 화자와 시적 상황

이 시의 화자는 설악산 대청봉에 올랐다가 속초에 내려와서 하룻밤을 묵고 시장을 돌아다니며 그곳 사람들이 살아가는 구체적인 모습을 보게 된다. 다음 날에는 원통의 뒷골목과 싸구려 하숙에서 유쾌하지 못한 경험을 한다. 이를 통해 자신이 한쪽에 치우친 관점에서 세상을 바라 보고 있지 않은지 성찰하고 있다.

• 주제

세상을 바라보는 관점에 대한 성찰과 깨달음

현대시 17

한 줄 평 겸허하고 너그러운 마음으로 살아가려는 설날의 다짐을 노래한 시

# 설일 김남조

① 새해 첫날 ② 눈 오는 날

감상 포인트
삶에 대한 화자의 태도에 주목하여 감상하도록 한다.

겨울나무와 바람
(고독한 존재 / 떠도는 존재)
「머리채 긴 바람들은 투명한 빨래처럼
「 」: 의인법, 직유법 – '바람'을 시각적으로 형상화함
진종일 가지 끝에 걸려」
(온종일)
나무도 바람도
혼자가 아닌 게 된다
(혼자가 아니라는 인식 – 겨울 나무와 바람이 함께 존재함)

▶ 1연: 나무도 바람도 혼자가 아님

「혼자는 아니다
「 」: 시구의 반복 – 겨울 나무와 바람을 보고 얻은 화자의 깨달음을 점층적으로 강조함
누구도 혼자는 아니다」
(보편적 진술로 깨달음을 확장함)
나도 아니다
('나'도 혼자가 아니라는 깨달음. 인식의 대상 전환(외부 세계 → 내면 세계))
「하늘 아래 외톨이로 서 보는 날도 「 」: 누구도 혼자가 아니라고 생각하는 이유
(절대자, 신앙의 대상 / 화자가 힘들고 어려웠던 시기)
하늘만은 함께 있어 주지 않던가」
(설의법 – 힘든 상황에서도 절대자가 함께함을 강조함)

▶ 2연: 어느 누구도 혼자가 아니라는 깨달음

「삶은 언제나
「 」: 은유법 – 추상적 대상(삶, 사랑)의 특성을 구체적 사물에 비유함
은총의 돌층계의 어디쯤이다 ▒: 고난과 시련
(삶에서 겪는 고난도 신의 은총이라는 의미)
사랑도 매양
섭리의 자갈밭의 어디쯤이다」
(사랑하면서 겪는 시련도 신의 섭리라는 의미)

▶ 3연: 삶과 사랑에 대한 깨달음

('지금까지는', '이제까지는'의 방언)
이적진 말로써 풀던 마음
(불평과 원망의 말)
말없이 삭이고
얼마 더 너그러워져서 이 생명을 살자 ▒: 청유형 어미 사용 – 화자의 다짐을 강조함
(삶에 대한 각성. 관용적인 삶의 자세)
「황송한 축연이라 알고
한세상을 누리자」
「 」: 겸손하고 긍정적인 삶의 자세

▶ 4연: 너그럽고 겸허한 삶에 대한 다짐

새해의 눈시울이
(시간적 배경)
순수의 얼음꽃 ▒: '백설'의 비유적 표현
승천한 눈물들이 다시 땅 위에 떨구이는
백설을 담고 온다
(순수의 상징)

▶ 5연: 눈을 바라보며 새해를 맞는 순수한 마음

## 작품 분석 노트

• 자연 현상을 통해 얻은 인식

화자는 고독한 존재인 '겨울나무'와 떠도는 존재인 '바람'이 함께 있는 것을 보고 누구도 혼자는 아니라는 인식을 얻게 된다.

| 겨울나무 | 바람 |
|---|---|
| 고독한 존재 | 떠도는 존재 |

바람이 겨울나무 가지 끝에 걸려 있음

↓

| 화자의 인식 |
|---|
| 누구도 혼자가 아님 |

• 화자의 태도

4연에서 화자는 청유형 어미를 사용하여 너그럽고 겸손하게 살아가자는 삶의 자세를 드러내고 있다.

| 시구 | | 자세 |
|---|---|---|
| '너그러워져서 이 생명을 살자' | → | 너그러운 삶의 자세 |
| '황송한 축연이라 알고 / 한 세상을 누리자' | → | 겸손한 삶의 자세 |

↓

너그럽고 겸손한 자세로 살겠다는 화자의 다짐이 드러남

• '백설'의 의미

이 시에서는 '백설'을 비유적으로 표현하여, '백설'이 지닌 순수함이라는 시적 의미를 효과적으로 전달하고 있다.

| '백설'의 비유적 표현 |
|---|
| • '순수의 얼음꽃'<br>• '승천한 눈물들' |

순수의 상징으로서의 '백설'을 나타냄 → 새해의 눈시울이 담고 오는 것임

## 핵심 포인트 1 시적 화자의 인식 파악

이 작품에서 화자는 '겨울나무'와 '바람'이라는 자연 현상을 바라보며 삶에 대한 새로운 인식을 얻고 있다. '겨울나무'와 '바람'의 모습을 화자가 어떻게 인식하고 있는지 파악할 수 있어야 한다.

**시적 화자의 인식**

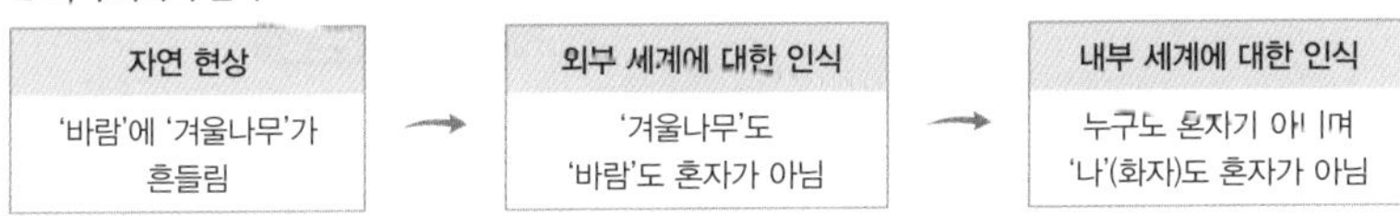

자연 현상
'바람'에 '겨울나무'가 흔들림
외부 세계에 대한 인식
'겨울나무'도 '바람'도 혼자가 아님
내부 세계에 대한 인식
누구도 혼자가 아니며 '나'(화자)도 혼자가 아님


## 핵심 포인트 2 시적 화자의 삶의 자세 파악

이 작품에서 화자는 '삶'과 '사랑'이 '은총의 돌층계', '섭리의 자갈밭'의 '어디쯤'이라 여기면서 앞으로의 삶에 대한 다짐을 하고 있다. 이를 바탕으로 화자의 삶의 자세를 파악해야 한다.

**시적 화자의 삶의 자세**

| 삶 | 사랑 |
|---|---|
| '은총의 돌층계' | '섭리의 자갈밭' |

→ 삶과 사랑이 신의 은총과 섭리라는 깨달음을 얻음

↓ 화자의 자세

너그럽고 겸손하게 살아갈 것을 다짐함

- '얼마 더 너그러워져서 이 생명을 살자'
- '황송한 축연이라 알고 / 한세상을 누리자'

## 핵심 포인트 3 표현상 특징 파악

이 작품에서는 비유적 표현, 청유형 어미 등을 사용하여 대상을 구체화하거나 화자 자신의 생각을 효과적으로 표현하고 있으므로 이를 통해 얻고 있는 효과를 파악해야 한다.

**표현상 특징 및 효과**

| | | |
|---|---|---|
| 비유 | '머리채 긴 바람들은 투명한 빨래처럼'(의인법, 직유법) | 바람을 시각화하여 표현함 |
| | '삶은 언제나 / 은총의 돌층계', '사랑도 매양 / 섭리의 자갈밭'(은유법) | 삶의 고난과 사랑의 시련을 구체화함 |
| | '순수의 얼음꽃', '승천한 눈물들'(은유법) | 순수함을 상징하는 '백설'의 이미지를 표현함 |
| 청유형 어미 | '얼마 더 너그러워져서 이 생명을 살자 / 황송한 축연이라 알고 / 한세상을 누리자' | 너그럽고 겸손하게 살겠다는 화자의 자세를 강조함 |
| 시구의 반복 | '혼자는 아니다 / 누구도 혼자는 아니다' | 운율을 형성하면서 누구도 혼자가 아니라는 의미를 강조함 |
| 설의법 | '하늘만은 함께 있어주지 않던가' | 혼자가 아니라는 화자의 인식을 강조함 |

## 핵심 포인트 4 다른 작품과의 비교

시에서 '눈'은 다양한 의미로 사용되므로 시의 내용을 고려하여 의미를 파악할 수 있어야 한다. 이육사의 〈광야〉에 나온 '눈'과 비교하여 어떤 차이점이 있는지 파악해야 한다.

**이육사의 〈광야〉와 비교 – 시어의 의미 이해**

까마득한 날에 / 하늘이 처음 열리고 / 어디 닭 우는 소리 들렸으랴 //
모든 산맥(山脈)들이 / 바다를 연모(戀慕)해 휘달릴 때에도 / 차마 이곳을 범(犯)하던 못하였으리라 //
끊임없는 광음(光陰)을 / 부지런한 계절(季節)이 피어선 지고 / 큰 강물이 비로소 길을 열었다 //
지금 눈 내리고 / 매화 향기(梅花香氣) 홀로 아득하니 / 내 여기 가난한 노래의 씨를 뿌려라 //
다시 천고(千古)의 뒤에 / 백마(白馬) 타고 오는 초인(超人)이 있어 / 이 광야(曠野)에서 목 놓아 부르게 하리라

→ 〈설일〉에서 '눈'은 순수함을 상징하지만, 〈광야〉에서 '눈'은 암울한 현실, 즉 일제 강점기의 부정적 현실을 상징적으로 드러낸다.

### 작품 한눈에

- 해제
  〈설일〉은 눈이 오는 새해의 풍경을 바라보면서 겸허하고 너그러운 마음으로 살아가고자 하는 다짐을 노래한 작품이다. 화자는 '겨울나무'와 '바람'이라는 자연 현상을 바라보면서 고독하고 떠도는 존재라도 서로 함께할 수 있으므로 누구도 혼자가 아니라는 인식을 하게 된다. 그리고 화자는 삶의 시련이나 고통은 모두 신의 은총과 섭리임을 깨달으면서, 너그럽고 겸허하게 살아가겠다는 다짐을 하고 있다.
- 화자와 시적 상황
  눈이 오는 새해에 겨울나무와 바람을 바라보면서 삶에 대해 생각하고 있다.
- 주제
  너그럽고 겸손한 삶을 살아가려는 새해의 다짐

현대시 18

◇ 한 줄 평 | 등산을 통해 진리 탐구의 과정을 형상화한 시

# 등산 오세영

등산용 밧줄
자일을 타고 오른다. : 현재형 표현의 사용 → 현장감 부여, 긴장감 강조
등산하는 상황 제시
흔들리는 생애의 중량
삶의 무게
확고한

가장 철저한 믿음도
자신이 기존에 확고히 믿고 있었던 인식이나 신념
한때는 흔들린다.
확실하고 완전한 것은 없다는 인식 → 진리 추구의 어려움
'흔들리다'라는 시어의 반복 → 불안정한 삶을 드러냄
▶ 1연: 흔들리고 불완전한 삶

암벽을 더듬는다.

빛을 찾아서 조금씩 움직인다.
'무명'의 상태를 벗어나게 하는 대상 – 진리
결코 쉬지 않는
부단히 노력하는 모습
불교 용어로, 진리에 도달하지 못한 상태
무명의 벌레처럼 무명을 : 동음이의어를 활용한 이중적 의미
이름이 없음
더듬는다.
빛(진리)을 찾기 위한 노력
▶ 2연: 빛(진리)을 찾으려는 부단한 노력

함부로 올려다보지 않는다.
함부로 내려다보지도 않는다.
유사한 문장 구조의 반복, 진지하고 경건하게 암벽을 오르는 화자의 모습 제시 → 진리를 찾는 모습을 부각함
벼랑에 뜨는 별이나, : 가까이할 수는 있지만 소유할 수 없는 존재
피는 꽃이나,
이슬이나,
「세상의 모든 것은 내 것이 아니다.
다만 가까이 할 수 있을 뿐이다.」
「 」: 세상 만물에 접근할 수는 있으나 소유할 수 없다는 깨달음, 진리를 추구하는 겸허한 태도
▶ 3연: 세상 만물에 대한 겸허한 태도

조심스럽게 암벽을 더듬으며
신중한 태도
가까이 접근한다.
「행복이라든가 불행 같은 것은
생각지 않는다.」 「 」: 행복이나 불행에 연연하지 않고 묵묵히 암벽을 오르는 모습, 진리를 추구하는 신중한 태도
▶ 4연: 묵묵히 암벽을 오르는 신중한 태도

**감상 포인트**
암벽을 오르는 화자의 모습을 통해 진리를 추구하는 태도가 어떤 것인지를 파악한다.

반복·변주
발붙일 곳을 찾고 풀포기에 매달리면서
위태로운 상황에서도 암벽을 오르는 모습 → 진리에 도달하고자 하는 간절함이 나타남
다만,
가까이,
가까이 갈 뿐이다.
진지하면서도 묵묵하게 진리에 다가가려는 노력
▶ 5연: 목표를 향해 가까이 가려는 노력

## 작품 분석 노트

• 현재형 표현의 효과
현재형 표현을 반복적으로 사용하여 운율을 형성하면서도, 암벽을 오르는 시적 상황을 구체화하고 있다.

오른다, 흔들린다, 더듬는다, 움직인다, 않는다, 접근한다

↓

• '-ㄴ다 / -는다'를 반복하여 운율을 형성함
• 화자가 암벽을 오르는 상황의 현장감을 부여함
• 화자가 조심스럽고 경건한 마음으로 암벽을 오르는 긴장감을 강조함

• 시어의 다양한 의미

빛
• 산의 정상
• 화자가 지향하는 목표
• 진리, 깨달음(해탈)의 경지, 존재의 본질 등

↓

무명
• 목표에 도달하지 못한 상태
• 진리, 깨달음을 얻지 못한 상태, 존재의 본질을 알기 이전의 상태

• '무명의 벌레'의 의미

| 무명(無名)의 벌레 | 무명(無明)의 벌레 |
| --- | --- |
| 이름도 없는 보잘것없는 존재 | 진리에 도달하지 못한 상태에 있는 존재 |
| 보잘것없고 삶의 진리를 깨닫지 못한 존재 | |

↓

빛(진리)을 향해 나아가고자 하는 화자와 동일시되는 대상

• 시구의 의미 강조
5연 2~4행 3연 7행의 반복·변주가 나타난 부분으로 의도적인 행갈이와 쉼표를 사용하고, '가까이'라는 시어를 반복하여 진리를 향해 묵묵히 나아가는 태도를 강조한다.

## 핵심 포인트 1 시상 전개 방식 이해 / 화자의 정서 및 태도 파악

이 작품의 핵심어는 '무명'이다. '무명'은 불교에서 어둠과 같은 무지의 상태, 즉 해탈에 이르지 못한 상태를 가리킨다. 화자는 '무명'의 상태에서 벗어나기 위해 빛(진리)을 추구하는 과정을 산을 오르는 행위에 빗대어 표현하고 있다. 따라서 산을 오르는 행위에 드러나는 화자의 정서와 태도를 중심으로 진리 추구에 대한 화자의 태도를 유추할 수 있어야 한다.

**시상 전개에 따른 화자의 정서 · 태도**

| | 산을 오르는 행위 | 화자의 정서 · 태도 | → | 진리 추구에 대한 화자의 태도 |
|---|---|---|---|---|
| 1연 | 자일을 타고 오르며 흔들림을 느낌 | 가장 철저한 믿음이 흔들리는 것을 인식함 | → | 진리 추구의 어려움을 인식함 |
| 2연 | 암벽을 더듬어 조금씩 움직임 | 빛을 찾아서 쉬지 않고 무명을 더듬음 | → | 부단한 노력으로 진리를 찾고자 함 |
| 3연 | 힘부로 올려다보지도 내려다보지도 않음 | 세상의 모든 것에 대한 깨달음을 얻음 | → | 진지하고 겸허한 지세로 임함 |
| 4연 | 조심스럽게 암벽을 더듬으며 가까이 접근함 | 행복이나 불행을 생각하지 않음 | → | 감정의 동요 없이 묵묵한 태도로 임함 |
| 5연 | 가까이 가기 위해 발붙일 곳을 찾고 풀포기에 매달림 | 천천히, 조심스럽게 등산을 지속함 | → | 절박하고 진지하게 노력을 지속하려 함 |

## 핵심 포인트 2 시어의 의미 파악

이 작품은 상징적 시어를 활용하여 진리를 추구하고자 하는 화자의 의지를 드러내고 있다. 따라서 시어가 상징하는 의미를 파악할 수 있어야 한다. 특히 다양한 자연물과 '암벽'이라는 공간이 갖는 의미를 시의 맥락 속에서 파악할 수 있어야 한다.

**'암벽'의 의미**

| | | → | |
|---|---|---|---|
| 암벽 | 지상에서 산의 정상으로 오르기 위해 반드시 지나야 하는 곳 | → | 진리를 얻기 위해 거쳐야 하는 공간 |
| | 빛을 향해 가기 위해 더듬어야 하는 곳, 발붙일 곳을 찾고 풀포기에 매달리는 곳 | → | 온갖 어려움을 견디어 내며 진리에 도달하기 위해 노력하는 공간 |

**자연물의 의미**

| | | → | |
|---|---|---|---|
| 무명의 벌레 | 빛을 찾는 일을 결코 쉬지 않는 대상 | → | 진리를 찾기 위해 쉬지 않고 노력하겠다는 태도를 나타냄 |
| 별, 꽃, 이슬 | 가까이 할 수는 있지만, 내 것이 아닌 대상 | → | 세상의 모든 것이 '나'의 소유가 아니라는 것을 깨달음 |

### 작품 한눈에

• 해제

〈등산〉은 진리를 추구하는 과정을 산을 오르는 행위에 빗대어 노래한 작품이다. 화자는 암벽을 타고 오르는 과정에서 지금까지 가지고 있던 신념의 불완전성을 인지하고, '빛'을 찾기 위해 암벽을 더듬어 나가는 부단한 노력을 한다. 그 과정에서 빛을 찾는 겸허하고 신중한 태도를 제시하고 있다.

• 화자와 시적 상황

이 시의 화자는 암벽을 더듬어 조심스럽게 산을 오르고 있으며, 그 과정에 임하는 자신의 마음가짐을 담담하게 말하고 있다.

• 주제

빛(진리)에 도달하기 위한 노력

현대시 19

◇ 한 줄 평 | 등꽃을 바라보며 깨닫게 된 삶의 이치를 노래한 시

# 등꽃 아래서

송수권

한껏 구름의 나들이가 보기 좋은 날
흘러가는 '구름'을 의인화함
등나무 아래 기대어 서서 보면
시상 전개의 계기
가닥가닥 꼬여 넝쿨져 뻗는 것이
'등나무' 덩굴이 복잡하게 얽혀서 자라는 모습
참 예사스러운 일이 아니다
화자에게 특별한 의미로 다가옴 → 깨달음의 시작
철없이 주걱주걱 흐르던 눈물도 이제는
삶의 비애 – 과거의 삶의 모습 / 시간의 경과 → 인식 변화의 시간
잘게 부서져서 구슬 같은 소리를 내고
아름답게 승화된 '눈물' – 시각적 이미지인 '눈물'을 청각적 이미지로 전이함
슬픔에다 기쁨을 반반씩 버무린 색깔로
삶에는 슬픔과 기쁨이 공존한다는 인식 – 추상적 대상의 구체화
연등 날 지등(紙燈)의 불빛이 흔들리듯
기쁨과 슬픔이 복합된 화자의 내면 심리를 비유적으로 표현함, 시각적 · 동적 이미지
「내 가슴에 기쁨 같은 슬픔 같은 것의 물결이
「 」: 기쁨과 슬픔의 감정이 하나로 통합되어 녹아 흐르게 된 경험 / 추상적인 대상의 구체화
반반씩 한꺼번에 녹아 흐르기 시작한 것은」
부정적 감정의 해소
평발 밑으로 처져 내린 등꽃 송이를 보고 난
① 부정적 감정이 해소되는 계기
그 후부터다
② 삶을 되돌아보게 하는 성찰의 매개체

▶ 1연: 등꽃 송이를 보며 내면의 변화를 겪음

밑뿌리야 절제 없이 뻗어 있겠지만

「아랫도리의 두어 가닥 튼튼한 줄기가 꼬여
「 」: 조화로운 공동체를 이룬 모습
큰 둥치를 이루는 것」을 보면
큰 나무의 밑동
그렇다 너와 내가 자꾸 꼬여 가는 그 속에서
깨달음의 표지 / 서로의 갈등을 극복하고 조화를 이루며 상생하는 모습
좋은 꽃들은 피어나지 않겠느냐?
아름다운 가치, 결실 / 설의법 – 미래에 대한 낙관적 · 긍정적 태도

▶ 2연: 등나무의 모습을 통해 더불어 살아 가는 삶의 의미를 깨달음

「 」: 바람이 불어 '구름'이 흘러가고 '등꽃'이 흔들리는 상황
「또 구름이 내 머리 위 평발을 밟고 가나 보다
'구름'의 의인화
그러면 어느 문갑 속에서 파란 옥빛 구슬
'등꽃'을 비유함, 소중하게 간직해 온 가치 있는 존재
꺼내 드는 은은한 소리가 들린다.」
아름다운 가치의 형상화

▶ 3연: 등꽃 송이가 지닌 아름다운 가치

**감상 포인트**

감각적 이미지의 활용과 그 효과를 파악하고 이를 통해 화자의 정서와 태도를 이해한다.

**작품 분석 노트**

• '등꽃(등나무)'의 기능

'등꽃(등나무)'는 삶에 대한 화자의 인식과 태도가 변화하게 되는 계기로, 화자는 '등꽃(등나무)'을 보며 자신의 삶을 되돌아보고 삶의 의미를 깨닫고 있다.

| 등꽃(등나무) | • 화자가 기대어 서서 바라보는 대상<br>• 삶에 대한 성찰을 가능하게 한 자연물<br>• 부정적 감정을 해소시키는 자연물<br>• 조화로운 삶의 의미를 깨닫게 한 자연물 |
|---|---|

• 유추의 활용

| 등꽃(등나무) | | 인간의 삶 |
|---|---|---|
| • 튼튼한 줄기가 꼬여 튼 둥치를 이룸<br>• 좋은 꽃들이 피어남 | 유추 → | • 타인과 조화를 이루며 살아감<br>• 타인과 상생하며 인간의 삶이 고양됨 |

## 핵심 포인트 1 작품의 종합적 이해

이 작품은 '등꽃(등나무)'을 통해 바람직한 삶의 모습을 형상화하고 있으며, 각 연에서 화자의 인식 변화가 두드러지게 나타나고 있으므로, '등꽃(등나무)'을 본 화자의 반응과 작품의 구조를 종합적으로 파악할 수 있어야 한다.

**'등꽃(등나무)'의 모습과 화자의 반응**

| '등꽃(등나무)'의 모습 | | 화자의 반응 |
|---|---|---|
| • 등꽃 송이가 평발 밑으로 처져 내림<br>• 아랫도리의 두어 가닥 튼튼한 줄기가 꼬여 큰 둥치를 이룸 | → | • 내면 속 슬픔과 기쁨이 어우러져 녹아 흐름<br>• 타인과 조화를 이루며 더불어 살아가는 삶의 의미를 깨달음 |

**작품의 구조**

| 1연 | | 2연 | | 3연 |
|---|---|---|---|---|
| 등꽃 송이를 보며 기쁨과 슬픔이 어우러져 녹아 내리는 복합적인 정서를 느낌 | → | 타인과 조화를 이루며 살아가는 삶이 아름답다는 것을 깨달음 | → | 등꽃 송이에서 아름다운 가치를 발견함 |

## 핵심 포인트 2 시어 및 시구의 의미 파악

이 작품의 주제 의식과 연관된 시어 및 시구의 함축적 의미를 파악할 수 있어야 한다.

**시어 및 시구의 의미**

| 시어 및 시구 | 의미 |
|---|---|
| 가닥가닥 꼬여 넝쿨져 뻗는 것 | 등나무 덩굴이 서로 복잡하게 얽혀 살아가는 모습 |
| 철없이 주걱주걱 흐르던 눈물 | 화자의 내면이 슬픔으로 차 있던 과거의 삶 |
| 등꽃 송이 | 부정적 감정이 해소되는 계기, 삶을 되돌아보게 하는 성찰의 매개체 |
| 큰 둥치 | 타인과 더불어 살아가며 조화로운 공동체를 이룬 모습 |
| 좋은 꽃 | 귀중한 삶의 결실, 아름다운 가치 |

## 핵심 포인트 3 표현상 특징 파악

이 작품은 다양한 표현법을 통해 시상을 효과적으로 전개하고 있으므로, 표현상 특징과 그 효과를 파악할 수 있어야 한다.

**표현상 특징 및 효과**

| 특징 | 효과 |
|---|---|
| 비유 | 비유적 표현을 사용하여 화자의 내면을 생생하게 표현함<br>→ '구슬 같은 소리를 내고', '연등 날 지등의 불빛이 흔들리듯' |
| 감각적 이미지 | 다양한 감각적 이미지를 활용하여 시상을 구체화함<br>→ '지등의 불빛이 흔들리듯', '파란 옥빛 구슬'(시각적 이미지)<br>→ '구슬 같은 소리', '은은한 소리'(청각적 이미지) |
| 추상적 대상의 구체화 | 추상적 대상을 구체적으로 표현하여 화자의 심리 상태를 드러냄<br>→ '슬픔에다 기쁨을 반반씩 버무린 색깔로', '내 가슴에 기쁨 같은 슬픔 같은 것의 물결이 / 반반씩 한꺼번에 녹아 흐르기 시작한 것은' |
| 설의적 표현 | 설의적 표현을 사용하여 삶의 의미에 대한 화자의 깨달음을 부각함<br>→ '좋은 꽃들은 피어나지 않겠느냐?' |
| 의인화 | 자연물을 의인화하여 대상의 움직임을 부각함<br>→ '구름의 나들이', '구름이 내 머리 위 평발을 밟고 가나 보다' |

### 작품 한눈에

• 해제

〈등꽃 아래서〉는 '등나무' 아래에서 '등나무'를 관찰하며 느낀 복합적 감정과 삶의 의미를 형상화한 시이다. 화자는 '등꽃 송이'를 보며 삶을 되돌아보고 기쁨과 슬픔이 뒤섞여 녹아 흐르는 경험을 하게 된다. 또한 '튼튼한 줄기'가 꼬여 '둥치'를 이루는 '등나무'의 모습을 보며 타인과 조화를 이루며 사는 삶이 가치가 있음을 깨닫게 된다. 이처럼 이 작품은 화자의 정서 변화와 깨달음을 다양한 감각적 이미지를 활용하여 효과적으로 형상화하고 있다.

• 화자와 시적 상황

이 시의 화자는 등나무 아래에서 등나무를 바라보며 복합적인 감정을 느끼고 삶의 의미를 깨닫고 있다.

• 주제

등꽃(등나무)을 통해 깨달은 삶의 의미와 가치

현대시 20

◇ 한 줄 평 높은 정신적 경지에 대한 지향을 노래한 시

# 고고 김종길

▸ 기출 수록 수능 2007 평가원 2015 9월 B형

북한산(北漢山)이

다시 그 높이를 회복하려면
화자가 추구하는 정신적 경지, 봉우리 아래 세속과의 거리
다음 겨울까지는 기다려야만 한다. ▸ 1연: 높이를 회복한 겨울 북한산에 대한 기다림
고고함이 드러나는 시간 ▒: 단정적 진술의 반복 – 고고한 삶을 지향하는 화자의 의지를 드러냄

밤사이 눈이 내린,

그것도 백운대(白雲臺)나 인수봉(仁壽峰) 같은
북한산의 높은 봉우리– 실제 지명을 제시하여 사실감을 높임
높은 봉우리만이 엷은 화장을 하듯
북한산의 고고한 모습 – 눈이 살짝 덮인 모습(비유)
가벼웁게 눈을 쓰고

온(전부의)
왼 산은 차가운 수묵(水墨)으로 젖어 있는,
북한산의 모습을 수묵화에 빗댐 – 탈속적 분위기
「어느 겨울날 이른 아침까지는 기다려야만 한다.」
화자가 기다리는 북한산의 모습이 드러나는 때 ▸ 2~3연: 높은 봉우리만 가볍게 눈이 덮인 겨울 북한산에 대한 기다림

신록이나 단풍, ▒: 북한산의 높이가 드러나지 않게 하는 소재

골짜기를 피어오르는 안개로는,

눈이래도 왼 산을 뒤덮는 적설(積雪)로는 드러나지 않는,

심지어는 장밋빛 햇살이 와 닿기만 해도 변질하는,

그 고고(孤高)한 높이를 회복하려면
화자가 추구하는 삶의 모습과 정신세계

백운대와 인수봉만이 가벼웁게 눈을 쓰는

「어느 겨울날 이른 아침까지는

기다려야만 한다.」 ▸ 4~6연: 고고한 높이를 회복한 겨울 북한산에 대한 기다림
「 」: 동일한 문장의 반복과 변주(행 변화) – 화자의 기다림의 자세 강조

감상 포인트
'높이'에 주목하며 화자가 지향하는 삶의 자세를 파악한다.

## 작품 분석 노트

• 화자가 지향하는 삶의 자세

| 화자가 추구하는 북한산의 모습 |
| --- |
| • 높은 봉우리만이 엷은 화장을 하듯 / 가볍게 눈을 쓰고<br>• 왼 산은 차가운 수묵으로 젖어 있는 |

↓

| 화자가 지향하는 삶의 모습 |
| --- |
| 높은 정신적 경지의 고고한 삶 |

• 표현상 특징

| 표현 | 특징 |
| --- | --- |
| '기다려야만 한다.', '어느 겨울날 이른 아침까지는 기다려야만 한다.'의 반복 | • 단정적 진술을 반복하여 화자의 의지적인 자세를 강조함<br>• 고고한 삶을 추구하는 화자의 태도를 부각함 |
| 엷은 화장을 하듯, 차가운 수묵, 장밋빛 햇살 | 감각적 이미지를 통해 북한산의 모습이나 이에 영향을 미치는 요인을 형상화함 |

## 핵심 포인트 1 작품의 종합적 이해와 감상

이 작품에서 대비되는 시어나 시구를 구분하고 그 의미를 바탕으로 작품의 주제를 파악할 수 있어야 한다.

**대비되는 표현의 의미**

| 북한산의 높이를 가리거나 변질시키는 존재 | ↔ | 가벼운 눈에 덮여 높이를 회복한 북한산의 모습 |
|---|---|---|
| '신록', '단풍', '안개', '적설', '장밋빛 햇살' | | '옅은 화장', '가볍게 눈을 쓰고', '차가운 수묵' |

↓

고고한 경지 및 정신세계에 대한 기다림과 소망

## 핵심 포인트 2 시어, 시구의 의미 파악

이 작품은 화자가 지향하는 삶의 모습을 북한산의 모습에 빗대어 표현하고 있으므로 관련 시어나 시구를 찾아 그 의미를 파악할 수 있어야 한다.

**주요 시어 및 시구의 의미**

| 시어 및 시구 | 의미 |
|---|---|
| 북한산이 다시 그 높이를 회복 | 고고한 높이(정신적 경지)를 회복한 삶 |
| 다음 겨울, 어느 겨울날 이른 아침 | 북한산의 고고한 높이가 회복되는 시간 |
| 옅은 화장을 하듯 | 눈이 살짝 덮인 북한산의 모습 → 북한산의 높이를 드러냄 |
| 장밋빛 햇살 | 높은 봉우리에 가볍게 덮인 눈을 녹여 북한산의 높이를 변질시키는 존재 |
| 고고 | '세상 일에 초연하여 홀로 고상함'이라는 의미로, 화자가 추구하는 삶의 자세 |

## 핵심 포인트 3 다른 작품과의 비교

이 작품과 김수영의 〈폭포〉는 자연물을 통해 화자가 지향하는 삶의 자세를 형상화하고 있다. 두 작품에 나타난 화자의 지향과 현실 인식 등을 비교할 수 있어야 한다.

**김수영의 〈폭포〉**

폭포는 곧은 절벽을 무서운 기색도 없이 떨어진다.

규정할 수 없는 물결이 / 무엇을 향하여 떨어진다는 의미도 없이
계절과 주야를 가리지 않고 / 고매한 정신처럼 쉴 사이 없이 떨어진다.

금잔화도 인가도 보이지 않는 밤이 되면
폭포는 곧은 소리를 내며 떨어진다.

곧은 소리는 소리이다. / 곧은 소리는 곧은
소리를 부른다.

번개와 같이 떨어지는 물방울은
취할 순간조차 마음에 주지 않고
나타(懶惰)와 안정을 뒤집어 놓은 듯이
높이도 폭도 없이 / 떨어진다.

→ 김수영의 〈폭포〉에서 '폭포'는 '곧은 정신', '고매한 정신'을 형상화하고 있다. 화자는 '폭포'의 고매한 정신을 지향하며 현실에 안주하는 소시민적 태도를 극복하고자 한다. 김종길의 〈고고〉는 북한산의 고고한 모습을 통해 높은 정신적 경지에 대한 화자의 지향을 드러내고 있다. 하지만 김수영의 〈폭포〉와 달리 화자의 현실 인식은 김종길의 〈고고〉에 명확하게 드러나 있지 않다. 다만 고고한 삶의 경지에 도달하는 것이 쉽지 않다는 인식은 나타나고 있다.

### 작품 한눈에

• 해제
〈고고〉는 '북한산'이라는 자연물을 통해 높은 정신적 경지를 추구하는 삶의 자세를 보여 주는 시이다. 화자가 기다리는 북한산은 조건이 있다. '신록이나 단풍', '안개'가 있는 다른 계절의 산이 아니고 겨울이라도 온 산에 눈이 쌓여서는 안 된다. 밤사이 눈이 내린 겨울날 이른 아침, 높은 봉우리에만 가볍게 눈이 쌓인 산이 바로 화자가 기다리는 '고고한 높이를 회복'한 북한산이다. 이처럼 높이를 회복한 북한산의 모습은 곧 고고한 삶의 경지를 의미한다. 그리고 '기다려야만 한다.'의 반복을 통해 화자는 그러한 높은 경지에 도달하고자 하는 의지적 태도를 나타내고 있다.

• 화자와 시적 상황
이 시의 화자는 북한산의 고고한 모습이 회복되는 겨울이 오기를 기다리고 있다.

• 주제
높은 정신적 경지에 대한 지향

현대시 21

한 줄 평 자연의 섭리에 대한 경이로움과 삶에 대한 깨달음을 노래한 시

# 과목 박성룡

과목에 과물(果物)들이 무르익어 있는 사태처럼
나를 경악케 하는 것은 없다.

뿌리는 박질(薄質) 붉은 황토에
가지는 한낱 비바람들 속에 뻗어 출렁거렸으나

모든 것이 멸렬(滅裂)하는 가을을 가려 그는 홀로
황홀한 빛깔과 무게의 은총을 지니게 되는

과목에 과물들이 무르익어 있는 사태처럼
나를 경악케 하는 것은 없다.

— 흔히 시를 잃고 저무는 한 해, 그 가을에도
나는 이 과목의 기적 앞에서 시력을 회복한다

(주석)
- 과목: 과일나무 / 과물: 과일 / 과목에 과물들이 무르익어 있는: 과일나무에 과일이 열린 것 → 자연스러운 변화
- 사태, 경악 (음영): 다소 과장스러운 한자어의 사용
- 나를 경악케 하는 것은 없다: 과목의 변화를 관찰한 화자의 감회 – 감정의 직접적 제시
- ▶ 1연: 과목의 성숙이 주는 경이로움
- 박질: 메마른 성질이라는 의미로, 시인이 만든 단어
- 붉은: 색채어. 박질의 황토가 지닌 속성을 보여 줌
- 박질 붉은 황토, 비바람들 (음영): ① 과목이 겪는 고난과 시련 ② 과목에게 주어진 부정적 조건
- ▶ 2연: 과목이 겪은 시련
- 멸렬: 찢기고 흩어져 완전히 형태를 잃음
- 모든 것이 멸렬하는: 부정적 상황
- 그: 과목
- 황홀한 빛깔과 무게의 은총: 부정적 조건들을 극복하고 얻은 과목의 결실(= 무르익은 과물)
- ▶ 3연: 가을에 과목이 누리는 결실의 은총
- 4연: 1연의 반복 → 화자가 느끼는 경이로움 강조
- ▶ 4연: 과목의 성숙이 주는 경이로움
- 시: 시인에게 삶의 의미가 되는 것
- 시를 잃고: 허무감을 불러일으키는 상황
- 저무는 한 해, 그 가을: 소멸 · 상실 · 조락의 계절로서의 가을
- 과목의 기적: 척박한 환경 속에서 결실을 맺은 것
- 시력을 회복한다: 자연의 섭리를 바탕으로 삶에 대한 새로운 깨달음을 얻음 → 인간도 어려움을 이겨 냄으로써 내적인 성장과 결실을 이룰 수 있다는 인식과 연결 지을 수 있음
- ▶ 5연: 삶에 대한 깨달음

**감상 포인트**
'과목'의 변화에 대한 화자의 인식에 주목한다.

## 작품 분석 노트

• 한자어의 사용 및 효과

| 사태, 경악 |
|---|
| 사물(과목)에 대한 새로운 발견과 그에 대한 화자의 감회를 표현하는 말 |

↓

- 과목의 평범한 변화에서 화자가 느낀 경이로움, 깨달음의 충격을 부각함
- 독자로 하여금 일상적인 현상(과목에 과물들이 무르익은 것)을 낯설게 느끼도록 함

• 화자의 현실 인식

| 시를 잃고 저무는 한 해, 그 가을에도 / 나는 |
|---|
| 소멸 · 상실 · 조락의 계절인 가을에 삶의 의미를 이루는 시를 잃음 |

↓

고난, 시련을 이겨 내고 과목의 과물들이 무르익은 것을 관찰함

↓

시련을 겪으며 성장하는 인간의 모습과 연결하여 삶을 긍정적으로 인식하게 됨

• '시력'에 대한 견해

5연 1행 '시를 잃은'을 고려할 때, 화자가 회복한 것을 시력(詩力)을 해석할 여지가 있음 → 화자가 시를 잃고 저무는 한 해에 과목을 바탕으로 새로운 깨달음을 얻어 다시 시를 쓸 수 있는 능력을 회복한 것

## 핵심 포인트 1 화자의 정서와 태도 파악

이 작품의 화자는 과목에서 과물들이 익어 가는 평범한 일상의 관찰로부터 깨달음을 얻어 삶에 대한 긍정적 인식을 보이므로, 화자를 중심으로 주제 의식의 형상화 과정을 알아 둘 필요가 있다.

**◎ 주제 의식의 형상화**

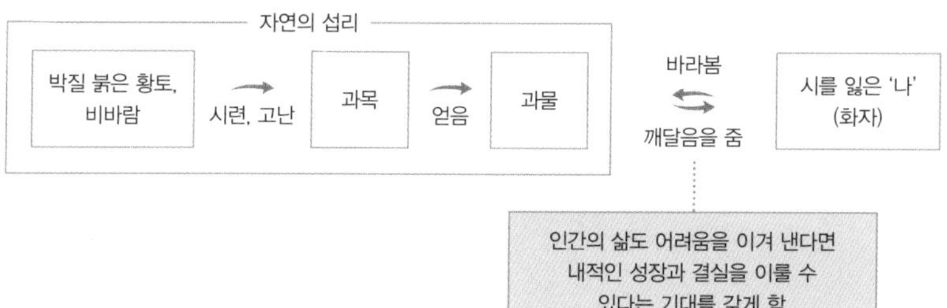


인간의 삶도 어려움을 이겨 낸다면 내적인 성장과 결실을 이룰 수 있다는 기대를 갖게 함

## 핵심 포인트 2 시어 · 시구의 의미 파악

이 작품의 주제와 연관 지어 시어 · 시구의 의미를 파악할 수 있어야 한다.

**◎ 시어 · 시구의 의미**

| | |
|---|---|
| 과목 | • 화자에게 깨달음을 주는 존재<br>• 시련, 고난 속에서도 결실을 맺는 존재 |
| 과물 | 과목이 맺은 열매 |
| 사태 | 과목에 과물들이 무르익어 있는 것<br>→ 평범한 일상, 자연스러운 변화 |
| 뿌리는 박질 붉은 황토에 | 과목이 메마른 땅에 뿌리 내린 것<br>→ 과목이 겪는 시련, 고난(부정적 조건) |
| 가지는 한낱 비바람들 속에 | 과목의 가지가 비바람을 견디는 것<br>→ 과목이 겪는 시련, 고난(부정적 조건) |
| 황홀한 빛깔과 무게의 은총 | 과목이 맺은 결실 |
| 과목의 기적 | 과목이 박질 붉은 황토, 비바람을 견디고 얻은 결실<br>→ 척박한 환경을 이겨 내고 맺은 결실 |
| 시력을 회복한다 | 삶에 대한 새로운 깨달음을 얻은 화자의 긍정적 변화 |

## 핵심 포인트 3 표현상 특징 파악

이 작품에서는 동일한 문장의 반복, 색채어의 사용 등 다양한 표현상 특징을 활용하여 주제 의식을 드러내고 있으므로 이를 파악할 수 있어야 한다.

**◎ 표현상 특징**

| | |
|---|---|
| 동일한 문장의 반복 | 1연의 내용을 4연에서 반복하여, 화자가 자연물의 변화(과목에 과물들이 무르익은 것)에서 느낀 경이로움을 강조함<br>→ '과목에 과물들이 무르익어 있는 사태처럼 / 나를 경악케 하는 것은 없다.' |
| 색채어의 사용 | 색채어 '붉은'을 활용하여 박질의 황토가 지니는 속성을 표현함<br>→ '뿌리는 박질 붉은 황토에' |
| 비유적 표현 | 과물을 '황홀한 빛깔과 무게의 은총'으로 비유함(→ 과목이 과물을 맺는 자연의 변화를 절대자의 섭리와 관련지어 인식하는 것으로 볼 수 있음)<br>→ '모든 것이 멸렬하는 가을을 가려 그는 홀로 / 황홀한 빛깔과 무게의 은총을 지니게 되는' |

### 작품 한눈에

• 해제

〈과목〉은 어느 가을날 시련을 극복하고 열매를 맺은 과목을 보고 느낀 경이로움과 깨달음을 노래한 작품이다. 계절의 순환에 따라 과일나무에 과일이 익어 가는 것은 새로울 것 없는 자연의 섭리이지만, 화자는 이를 '사태'라고 부르고 이 상황에서 느끼는 감정을 '경악'이라고 다소 과장되게 지칭함으로써 특별한 의미를 부여하고 있다. 그리고 자연의 섭리로부터 얻은 깨달음은 화자가 삶을 새롭게 바라볼 수 있는 '시력을 회복'하는 긍정적 변화로 나타나고 있다.

• 화자와 시적 상황

이 시의 화자는 박질의 토양에 뿌리를 내리고 비바람에 가지가 출렁거리는 고난과 시련 속에서도 끝내 열매를 맺은 과목을 바라보며 경이로움을 느끼고, 삶에 대한 새로운 시각을 갖게 된다.

• 주제

자연의 섭리에 대한 경이로움과 삶에 대한 깨달음

현대시 22

◇ 한 줄 평 | 산의 다양한 모습을 통해 깨달은 올바른 삶의 덕목을 노래한 시

# 산 김광섭

▸ 기출 수록 수능 1996

□: 시간의 흐름에 따른 산의 모습

이상하게도 내가 사는 데서는 / 새벽녘이면 산들이
(내가 사는 데서는: 인간 세상 / ▒: 직유법 – 산 · 산 그림자를 비유적으로 표현한 시어)

학처럼 날개를 쭉 펴고 날아와서는 / 종일토록 먹도 않고 말도 않고 엎댔다가는
(학처럼 날개를 쭉 펴고 날아와서는: 활유법 – 새벽에 드리워지는 산 그림자 / 종일토록 먹도 않고 말도 않고 엎댔다가는: 의인법 – 낮 시간 동안의 산 그림자)

해질 무렵이면 기러기처럼 날아서 / 틀만 남겨 놓고 먼 산 속으로 간다.
(해질 무렵이면: 활유법 – 해가 지며 사라지는 산 그림자 / 「 」: 새벽부터 해질 무렵까지 산 그림자의 모습을 묘사)

▸ 1연: 인간 세상을 감싸는 산의 모습

「산은 날아도 새둥이나 꽃잎 하나 다치지 않고
(새둥이: 새 둥지 / ▒: 현재형 시제 '-ㄴ다'의 반복, 운율감)

짐승들의 굴 속에서도 / 흙 한 줌 돌 한 개 들성거리지 않는다.
(「 」: 무생물 · 생물을 보듬어 안고 배려하는 덕성을 지닌 산의 모습)

새나 벌레나 짐승들이 놀랄까 봐 / 지구처럼 부동(不動)의 자세로 떠간다.」
(다른 생명을 배려하는 자애로움)

그럴 때면 새나 짐승들은 / 기분 좋게 엎대서 / 사람처럼 날아가는 꿈을 꾼다.

▸ 2연: 작은 존재에게도 자애롭고 다정다감한 산

「산이 날 것을 미리 알고 사람들이 달아나면 / 언제나 사람보다 앞서 가다가도
(「 」: 인간과 함께하는 포용력 있는 산의 모습)

고달프면 쉬란 듯이 정답게 서서 / 사람이 오기를 기다려 같이 간다.」

산은 양지바른 쪽에 사람을 묻고 / 높은 꼭대기에 신을 뫼신다.
(양지바른 쪽에 사람을 묻고: 인간의 죽음을 받아 주는 산의 모습 / 신을 뫼신다: 산의 성스러움)

▸ 3연: 인간과 함께하는 너그럽고 성스러운 산

산은 사람들과 친하고 싶어서 / 기슭을 끌고 마을에 들어오다가도
(인간 친화적인 산의 모습)

「사람 사는 꼴이 어수선하면 / 달팽이처럼 대가리를 들고 슬슬 기어서
(사람 사는 꼴이 어수선하면: 산의 속성에 어긋난 모습으로 사는 세속화된 인간의 삶 → 부정적 인식)

도로 험한 봉우리를 올라간다.」
(「 」: 세속화된 인간 세상을 거부하는 산의 모습)

▸ 4연: 혼탁한 속세를 거부하는 산

**감상 포인트**
'산'의 모습에서 인간이 본받아야 할 덕목을 파악하며 작품을 감상해야 한다.

산은 나무를 기르는 법으로
(나무를 기르는 법: 생명의 성장을 기다리는 인내심)

벼랑에 오르지 못하는 법으로 / 사람을 다스린다.
(벼랑에 오르지 못하는 법: 욕심을 버리는 겸허함)

▸ 5연: 사람들에게 가르침을 주는 산

산은 울적하면 솟아서 봉우리가 되고
물소리를 듣고 싶으면 내려와 깊은 계곡이 된다.
(울적하면: 슬픔 – 인간적 감정 / 솟아서: 상승 이미지 / 물소리를 듣고 싶으면: 욕망 – 인간적 감정 / 내려와: 하강 이미지 / 인간처럼 감정을 지닐 수 있는 존재로 산을 의인화. 친근한 모습)

산은 한 번 신경질을 되게 내야만
고산(高山)도 되고 명산(名山)이 된다.
(신경질을 되게 내야만: 인간적 감정 – 번뇌, 갈등 / 고산(高山)도 되고 명산(名山)이: 인격적으로 성숙함 / 번뇌와 갈등을 겪은 뒤 인격적으로 성숙해지는 산의 모습)

▸ 6~7연: 인간적인 면모를 지닌 산

산은 언제나 기슭에 봄이 먼저 오지만 / 조금만 올라가면 여름이 머물고 있어서

한 기슭인데 두 계절을 / 사이좋게 지니고 산다.
(두 계절을 함께 품는 산의 너그러움과 포용성)

▸ 8연: 서로 다른 대상을 포용하는 산

## 작품 분석 노트

• 시간의 흐름에 따른 '산'의 모습

| 새벽녘의 산 | '학처럼 날개를 쭉 펴고' 날아옴 |
|---|---|
| 해질 무렵의 산 | '기러기처럼' 날아 먼 산 속으로 감 |

↓

새벽에서 해질 무렵까지 하루 동안 변화하는 산의 모습을 '학'과 '기러기'에 비유함. 기품 있는 '학'의 모습과 아늑한 '기러기'의 모습을 통해 산 그림자가 지고 사라지는 모습을 역동적으로 표현함

• 산이 주는 가르침

| 나무를 기르는 법 | 돌봄, 배려, 사랑의 정신 |
|---|---|
| 벼랑에 오르지 못하는 법 | 자기의 한계를 알고 분수를 지키며 살아가라는 겸손의 정신 |

↓

산은 사람에게 돌봄, 배려, 사랑의 정신(인내)과 겸손함을 가르쳐 줌

• 구절의 의미

'한 기슭인데 두 계절을 / 사이좋게 지니고 산다'에서 '한 기슭'에 '봄', '여름', 두 계절이 사이좋게 지내고 있는 것은 서로 다른 대상이 공존하는 자연의 이치를 보여준다.

| 한 기슭 | |
|---|---|
| 봄 | 여름 |

↓

두 계절을 함께 품는 산의 너그러움과 포용성으로부터 갈등이 없어지고 대립의 요소가 평화롭게 통합되는 올바른 인간 삶의 모습을 확인할 수 있음

## 핵심 포인트 1 시적 대상의 이해

이 작품에서 '산'은 인간이 추구해야 하는 이상적인 덕목을 갖춘 존재로, 인간적인 면모를 지닌 한편 인간이 본받아야 하는 모습을 지닌 존재로 표현되어 있다. 따라서 '산'이 지닌 다양한 면모를 파악할 수 있어야 한다.

**◎ '산'의 의미**

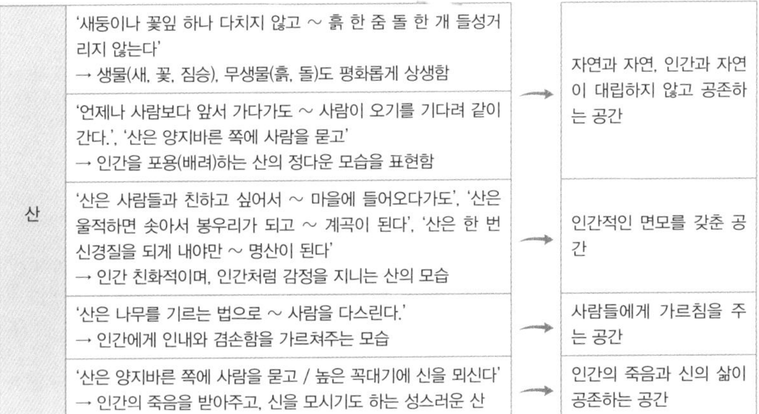

| | | | |
|---|---|---|---|
| 산 | '새둥이나 꽃잎 하나 다치지 않고 ~ 흙 한 줌 돌 한 개 들성거리지 않는다'<br>→ 생물(새, 꽃, 짐승), 무생물(흙, 돌)도 평화롭게 상생함 | → | 자연과 자연, 인간과 자연이 대립하지 않고 공존하는 공간 |
| | '언제나 사람보다 앞서 가다가도 ~ 사람이 오기를 기다려 같이 간다.', '산은 양지바른 쪽에 사람을 묻고'<br>→ 인간을 포용(배려)하는 산의 정다운 모습을 표현함 | | |
| | '산은 사람들과 친하고 싶어서 ~ 마을에 들어오다가도', '산은 울적하면 솟아서 봉우리가 되고 ~ 계곡이 된다', '산은 한 번 신경질을 되게 내야만 ~ 명산이 된다'<br>→ 인간 친화적이며, 인간처럼 감정을 지니는 산의 모습 | → | 인간적인 면모를 갖춘 공간 |
| | '산은 나무를 기르는 법으로 ~ 사람을 다스린다.'<br>→ 인간에게 인내와 겸손함을 가르쳐주는 모습 | → | 사람들에게 가르침을 주는 공간 |
| | '산은 양지바른 쪽에 사람을 묻고 / 높은 꼭대기에 신을 뫼신다'<br>→ 인간의 죽음을 받아주고, 신을 모시기도 하는 성스러운 산 | → | 인간의 죽음과 신의 삶이 공존하는 공간 |

## 핵심 포인트 2 표현상 특징 파악

이 작품은 다양한 표현법을 사용해 '산'의 다양한 면모를 드러내고 있으므로, 이에 주목하여 작품을 이해할 수 있어야 한다.

**◎ 표현상 특징과 효과**

| | |
|---|---|
| 직유법 | '학처럼', '기러기처럼', '지구처럼', '달팽이처럼'<br>→ '산'의 모습을 각 대상에 빗대어 시각적으로 형상화함 |
| 활유법 | '산들이 / 학처럼 날개를 쭉 펴고 날아와서는', '해질 무렵이면 기러기처럼 날아서'<br>→ 무생물인 '산'의 그림자를 생물인 '학', '기러기'의 날갯짓에 빗대어 표현함으로써 '산 그림자'를 생명체처럼 표현함 |
| 의인법 | '종일토록 먹도 않고 말도 않고 엎댔다가는', '산은 울적하면 ~ 물소리를 듣고 싶으면 내려와 깊은 계곡이 된다'<br>→ '산'을 의인화해 낮 시간동안 산 그림자가 인간 세상을 감싸고 있는 모습을 형상화하고 '산'을 인간처럼 감정을 지닐 수 있는 존재로 형상화해 인간적인 모습을 표현함 |
| 현재형 어미 '-ㄴ다' 반복 | '산 속으로 간다', '들성거리지 않는다', '사람이 오기를 기다려 같이 간다' 등<br>→ 산의 모습을 생생하게 표현하며 화자의 생각을 드러냄 |
| 독백적 어조 | '이상하게도 내가 사는 데서는 / 새벽녘이면 산들이 ~ 먼 산 속으로 간다'<br>→ 산을 관찰, 관조하여 얻은 화자의 생각을 담담하게 전달함 |

## 핵심 포인트 3 외적 준거에 따른 감상

이 작품에서 주요 제재인 '산'의 의미가 중요하므로, 시인이 산에 주목한 이유를 창작 당시의 시대적 배경 및 생태주의와 연관지어 감상해야 한다.

**◎ 시대적 배경과 '산'의 의미**

1960년대를 기점으로 진행된 급속한 도시 개발은 사람들로부터 거주할 장소, 그곳에서 살던 사람들의 생업을 박탈했다. 획일성을 유발하는 도시 경관과 달리 자연과 자연, 인간과 자연이 평화롭게 공생하는 '산'은 김광섭 시인에게 진정한 장소감을 불러일으키는 장소로 그려진다. '산'은 인위적인 문명의 공간과는 대척적인 위치에 존재하는 생명의 공간이며, '산'이 보여주는 포용, 배려, 공생의 정신이야말로 이 시대가 수용해야할 진정한 생태주의의 정신일 것이다.

### 작품 한눈에

• 해제

〈산〉은 '산'의 다양한 모습을 감각적으로 나타내면서도 단순히 풍경을 묘사하는 데에 그치지 않고 산을 의인화하여 산의 모습을 통해 얻은 인간의 삶에 대한 깨달음을 전하는 작품이다. 산은 배려심과 포용력을 지닌 존재이며, 다정하며, 성스러운 존재로 형상화되어 있다. '산'을 비유적으로 나타내는 다양한 표현을 통해 인간이 추구해야 할 삶의 태도를 교훈으로 전달하고 있다.

• 화자와 시적 상황

화자는 관찰자의 입장에서 '산'을 바라보며 올바른 삶의 덕목을 발견하고 산의 인간적인 면모를 제시하고 있다.

• 주제

산을 통해 깨달은 올바른 삶의 모습

현대시 23

◇ 한 줄 평 다양한 생명체를 포용하는 자연과 교감하며 위로받고 있음을 노래한 시

# 가을 떡갈나무 숲 이준관

떡갈나무 숲을 걷는다. 떡갈나무 잎은 떨어져
(계절적 배경 – 가을 / 화자가 지향하는 이상적인 공간, 모든 것을 포용하는 공간)
너구리나 오소리의 따뜻한 털이 되었다. 아니면,
(촉각적 이미지)
쐐기 집이거나, 지난여름 풀 아래 자지러지게
(▒: '떡갈나무 숲'이 다른 생명체에게 베풀어 주는 여러 가지 혜택)
울어 대던 벌레들의 알의 집이 되었다.
(청각적 이미지) ▶ 1연: 생명체를 품어 주는 떡갈나무 숲

「이 숲에 그득했던 풍뎅이들의 혼례(婚禮),
('지난여름'에 넘쳐났던 풀벌레들의 만남)
그 눈부신 날갯짓 소리 들릴 듯한데,」 (「」: '지난여름' 생명력이 넘쳤던 '떡갈나무 숲'의 모습)
(공감각적 이미지(청각의 시각화))
「텃새만 남아
산(山) 아래 콩밭에 뿌려 둔 노래를 쪼아
(공감각적 이미지(청각의 시각화))
아름다운 목청 밑에 갈무리한다.」 (「」: '떡갈나무 숲'의 현재(가을)의 모습) ▶ 2연: 떡갈나무 숲의 가을 풍경

나는 떡갈나무 잎에서 노루 발자국을 찾아본다.
('떡갈나무 숲'이 '노루'가 자유롭게 살아가던 삶의 공간이었음을 알 수 있음)
그러나 벌써 노루는 더 깊은 골짜기를 찾아,
(겨울의 추위를 피할 수 있는 공간)
겨울에도 얼지 않는 파릇한 산울림이 떠내려오는
(공감각적 이미지(청각의 시각화))
골짜기를 찾아 떠나갔다. ▶ 3연: 떡갈나무 숲에 남아 있는 노루의 흔적을 찾아봄

**감상 포인트**
'떡갈나무 숲'에 대한 화자의 인식과 이러한 인식을 드러내기 위해 사용한 표현상 특징을 파악한다.

나무 등걸에 앉아 하늘을 본다. 「하늘이 깊이 숨을 들이켜
(줄기를 잘라 낸 나무의 밑동 / 「」: 화자와 '하늘'의 교감, 일체감 – 주객전도의 발상이 드러남)
나를 들이마신다.」 나는 가볍게, 오늘 밤엔
이 떡갈나무 숲을 온통 차지해 버리는 별이 될 것 같다. ▶ 4연: 자연과 교감하며 일체감을 느낌
('하늘'의 '별'이 될 것 같은 느낌 – 자연에 동화됨(물아일체), 자연과의 교감)

「떡갈나무 숲에 남아 있는 열매 하나.
('떡갈나무 숲'속 생명체들의 따뜻한 교감을 보여 주는 소재)
어느 산(山)짐승이 혀로 핥아 보다가, 뒤에 오는
(화자의 추측, 상상)
제 새끼를 위해 남겨 놓았을까? 그 순한 산(山)짐승의
(「」: '떡갈나무 숲'을 생명체들 간의 따뜻한 사랑과 배려가 담겨 있는 공간으로 인식함)
젖꼭지처럼 까맣다.」 ▶ 5연: 포용적이고 배려 있는 떡갈나무 숲의 모습
(열매)

나는 떡갈나무에게 외롭다고 쓸쓸하다고
(정서의 직접적 표출)
중얼거린다.
그러자 떡갈나무는 슬픔으로 부은 내 발등에
(화자의 '슬픔'을 시각적으로 형상화 – 추상적 대상의 구체화)
잎을 떨군다. 「내 마지막 손이야. 뺨에 대 봐,
('떡갈나무'의 잎 / 「」: '떡갈나무'의 위로와 배려 – 자연과 화자의 교감, 의인법, 대화체)
조금 따뜻해질 거야.」 잎을 떨군다. ▶ 6연: 떡갈나무 숲이 주는 위로
(촉각적 이미지 / ▒: '떡갈나무'의 위로 – 반복을 통한 강조)

## 작품 분석 노트

• '떡갈나무 숲'이 주는 혜택

화자는 '떡갈나무 숲'이 숲에 사는 여러 생명체에게 편안한 안식처이자 삶의 터전이 되어 준다고 인식하고 있다.

| 떡갈나무 숲 | | 혜택 |
|---|---|---|
| 가을에 잎을 떨어뜨림 | → | • 너구리나 오소리의 따뜻한 털<br>• 쐐기 집<br>• 벌레들의 알의 집 |

↓

숲속의 다양한 생명체에게 혜택을 줌

• 주객전도의 표현

이 시에서는 주체와 객체가 뒤바뀌는 주객전도의 표현을 사용하여 화자와 자연의 교감을 효과적으로 형상화하고 있다.

| | | |
|---|---|---|
| 하늘이 깊이 숨을 들이켜 / 나를 들이마신다. | → | 화자가 '하늘'을 보며 숨을 들이마신 것을 '하늘'이 화자를 들이마신다고 표현함 |

↓

자연을 의인화하여 자연과 일체감을 느끼는 화자의 모습을 드러냄

• '잎을 떨군다'의 의미

'떡갈나무'는 '외롭다고 쓸쓸하다고' 하는 화자에게 '잎을 떨'구며 '조금 따뜻해질 거'라 말하고 있다. 이는 '떡갈나무'의 '잎'이 떨어지는 숲속에서 외롭고 쓸쓸한 심정을 위로받는 화자의 모습을 나타낸 것이라 할 수 있다.

| 화자 | | 떡갈나무 |
|---|---|---|
| 외롭고 쓸쓸함 | ↔ | 따뜻해질 거라며 '잎'을 떨구어 줌 |

↓

'발등'으로 떨어지는 '떡갈나무'의 '잎'을 바라보며 따뜻함을 느끼는 화자

## 핵심 포인트 1 시적 공간에 대한 이해

이 작품은 가을날 '떡갈나무 숲'을 걷는 화자가 '숲'의 풍경을 바라보며 상상하고 느끼는 감정들을 표현한 시이다. 따라서 '떡갈나무 숲'의 모습에 대한 화자의 인식을 통해 시적 공간인 '떡갈나무 숲'의 의미를 파악할 수 있어야 한다.

**'떡갈나무 숲'에 대한 화자의 인식**

| 연 | 내용 | 화자의 인식 |
|---|---|---|
| 1연 | 따뜻한 털, 쐐기 집, 알의 집 | 떡갈나무 숲이 숲에 사는 생명체들에게 혜택을 베풀어 준다고 생각함 |
| 2연 | 풍뎅이들의 혼례, 눈부신 날개짓 소리 | 여름의 떡갈나무 숲은 생명력이 넘쳤던 공간이라고 생각함 |
| 3연 | 노루 발자국을 찾아본다. | 떡갈나무 숲은 노루가 자유롭게 뛰어놀았던 삶의 공간이라고 생각함 |
| 5연 | 남아 있는 열매 하나 | 떡갈나무 숲이 생명체 간의 사랑과 배려가 존재하는 공간이라고 생각함 |
| 6연 | 잎을 떨군다. | 떡갈나무 숲이 화자(인간)에게 위로가 되어 주는 공간이라고 생각함 |

↓

| 떡갈나무 숲 | 화자가 지향하는 따뜻한 안식처이자 생명력 넘치는 공간 |
|---|---|

## 핵심 포인트 2 시구의 의미 파악

이 작품에는 화자가 '떡갈나무 숲'에서 여러 자연물과 교감하는 모습이 제시되어 있으므로 이에 대해 이해할 수 있어야 한다.

**화자와 '떡갈나무 숲'의 교감**

| 시구 | 의미 |
|---|---|
| 하늘이 깊이 숨을 들이켜 / 나를 들이마신다. | 화자와 '떡갈나무 숲'속 '하늘'과의 교감 |
| 나는 떡갈나무에게 외롭다고 쓸쓸하다고 / 중얼거린다. ~ 내 마지막 손이야. 빰에 대 봐. / 조금 따뜻해질 거야. 잎을 떨군다 | 화자와 '떡갈나무'와의 교감 |

## 핵심 포인트 3 표현상 특징 파악

이 작품에서는 다양한 감각적 이미지와 주객전도의 표현, 대화체 등을 사용하여 주제를 효과적으로 나타내고 있으므로 각 표현이 어떤 효과를 주고 있는지 파악할 수 있어야 한다.

**표현상 특징**

|  | | | |
|---|---|---|---|
| 감각적 이미지 | 촉각적 이미지 | '따뜻한 털', '따뜻해질 거야' 등 | '떡갈나무 숲'의 모습을 효과적으로 형상화함 |
| | 시각적 이미지 | '산짐승의 젖꼭지처럼 까맣다' 등 | |
| | 공감각적 이미지 | '눈부신 날개짓 소리', '콩밭에 뿌려 둔 노래', '파릇한 산울림'(청각의 시각화) | |
| 주객전도의 표현 | '하늘이 깊이 숨을 들이켜 / 나를 들이마신다.'를 통해 화자와 '하늘'의 교감을 표현함 | | |
| 의인법과 대화체 | '내 마지막 손이야. 빰에 대 봐. / 조금 따뜻해질 거야'에서 의인법과 대화체를 사용하여 화자가 '떡갈나무'를 통해 위로받고 있음을 드러냄 | | |
| 추상적 대상의 구체화 | '슬픔으로 부은 내 발등'에서 추상적 대상을 구체적으로 표현하여 화자의 '슬픔'을 강조함 | | |
| 현재형 어미 | '걷는다, 갈무리한다, 하늘을 본다, 중얼거린다, 잎을 떨군다' 등에서 현재형 어미를 사용하여 시적 상황을 생동감 있게 드러냄 | | |

### 작품 한눈에

• 해제

〈가을 떡갈나무 숲〉은 생명체들이 서로 따뜻하게 배려하며 살아가는 '떡갈나무 숲'의 아름다운 모습과 '떡갈나무 숲'이 주는 위안을 노래한 작품이다. 화자는 '떡갈나무 숲'이 다른 생명체를 품어 주는 따뜻한 안식처이자 생명력이 넘치는 공간, 생명체 간의 교감이 이루어지는 공간이라고 인식하여 '떡갈나무 숲'을 포용과 상생의 공간으로 그리고 있다. 또한 의인화된 '떡갈나무'가 화자를 위로하는 말을 건네는 모습을 통해 자연과 교감하며 위안을 얻는 화자의 모습을 표현하고 있다.

• 화자와 시적 상황

이 시의 화자는 가을날 떡갈나무 숲을 거닐며 자연과 일체감을 느끼고 쓸쓸한 심정을 위로받고 있다.

• 주제

생명체를 포용하고 배려하는 떡갈나무 숲의 아름다움

현대시 24

◇ 한 줄 평 속세를 떠나 자연에 동화되고 싶은 마음을 표현한 시

# 청산행 이기철

▸ 기출 수록 평가원 2025 6월

손 흔들고 떠나갈 미련은 없다
세속적 삶에 대한 미련을 부정함
며칠째 청산(靑山)에 와 발을 푸니
화자가 지향하는 공간
흐리던 산(山)길이 잘 보인다.
'청산'에 점차 적응함
▸ 1~3행: 청산에 와서 변화된 화자의 인식
상수리 열매를 주우며 인가(人家)를 내려다보고
'청산'에서의 소박한 삶
쓰다 둔 편지 구절과 버린 칫솔을 생각한다.
속세에 대한 미련을 완전히 떨치지는 못함
▸ 4~5행: 속세에 남겨 둔 것을 떠올림
남방(南方)으로 가다 길을 놓치고
두어 번 허우적거리는 여울물
산 아래는 때까치들이 몰려와
모든 야성(野性)을 버리고 들 가운데 순결해진다.
자연 또는 본능 그대로의 거친 성질
길을 가다가 자주 뒤를 돌아보게 하는
속세에 대한 미련
서른 번 다져 두고 서른 번 포기했던 관습(慣習)들
내적 지향점이 흔들려 고뇌했던 날이 오래 지속되었음
서(西)쪽 마을을 바라보면 나무들의 잔숨결처럼
'저녁 연기'의 모습을 묘사(직유법)
가늘게 흩어지는 저녁 연기가
한 가정의 고민의 양식으로 피어오르고
속세의 괴로움(은유법)
▸ 6~14행: 청산에서 본 속세의 모습과 지난날에 대한 성찰
생목(生木) 울타리엔 들거미줄
조화로운 자연의 모습
맨살 비비는 돌들과 함께 누워
실로 이 세상을 앓아 보지 않은 것들과 함께
현실의 고통을 겪어 보지 않은 자연
잠들고 싶다.
자연에 동화되고 싶은 화자의 바람
▸ 15~18행: 자연에 동화되고 싶은 마음

(음영: 자연 ↕ 음영: 속세 / □: 화자의 시선 이동)

**감상 포인트**

화자의 시선이 이동하고 있음을 확인하고, 화자의 시선이 머무는 공간 또는 소재에 대한 화자의 태도를 파악한다.

## 작품 분석 노트

• '손 흔들고 떠나갈 미련은 없다'의 의미

화자는 '손 흔들고 떠나'는 것을 '미련'이라고 표현하며, 인사를 건네는 행위조차도 세속에 대한 '미련'이라고 여기고 있다.

| 손 흔들고 떠나갈 미련은 없다 |
|---|
| 세속적 삶을 미련 없이 떠나 '청산'을 지향하려는 태도를 보여 줌 |

• '서른 번 다져 두고 ~ 관습들'의 의미

| 서른 번 다져 두고 서른 번 포기했던 |
|---|
| '청산'에 귀의하고자 했으나 속세에 대한 미련으로 인해 포기했던 경험 |

↓

| 관습 |
|---|
| 화자의 내적 갈등이 긴 시간 지속되었음을 표현함 |

## 핵심 포인트 1 시적 공간의 이해

이 작품에서는 대립적 의미를 지닌 두 공간을 통해 화자의 내적 갈등과 주제 의식을 선명하게 드러내고 있으므로 두 공간의 시적 의미를 파악할 수 있어야 한다.

**◎ 대립적 의미를 지닌 공간**

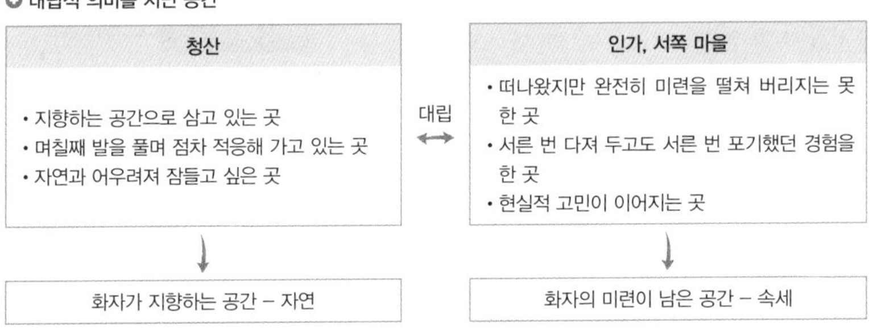


## 핵심 포인트 2 시구의 의미 파악

이 작품은 대립적 의미의 두 공간과 관련된 화자의 정서를 개성적인 방식으로 표현하고 있으므로, 작품의 주제 의식과 관련지어 시구의 의미를 파악할 수 있어야 한다.

**◎ 화자의 정서를 표현한 시구의 의미**

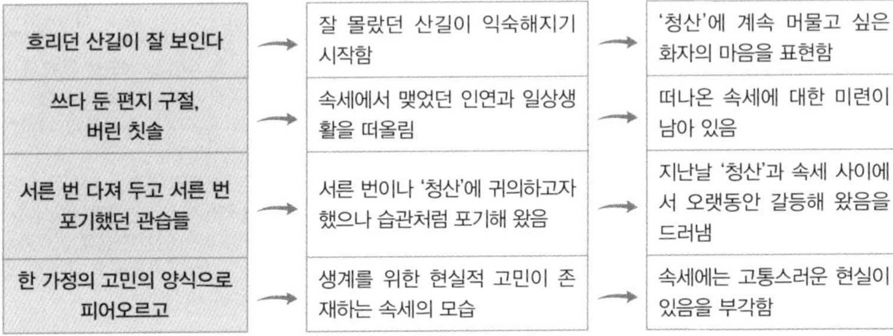


## 핵심 포인트 3 표현상 특징 파악

이 작품은 다양한 표현법을 통해 작품의 주제 의식을 드러내고 있으므로, 작품에 쓰인 다양한 표현법을 파악하고 그 효과를 이해할 수 있어야 한다.

**◎ 표현상 특징**

| 직유법 | '나무들의 잔숨결처럼 가늘게 흩어지는 저녁 연기' | '저녁 연기'가 흩어지는 모습을 선명하고 생생한 이미지로 묘사함 |
|---|---|---|
| 은유법 | '가늘게 흩어지는 저녁 연기가 한 가정의 고민의 양식으로 피어오르고' | '고민의 양식'은 '저녁 연기'를 은유적으로 표현한 것으로, 이를 통해 속세에 존재하는 현실적 고통을 인식하는 화자의 모습을 드러냄 |
| 활유법 | '맨살 비비는 돌들' | '돌들'은 화자가 동화되고 싶어 하는 순결한 존재를 표현한 것으로, 자연물에 대해 화자가 느끼는 친밀감을 부각함 |

### 작품 한눈에

• 해제

〈청산행〉은 자연에 동화되어 살고 싶은 소망을 '청산'이라는 공간적 배경을 통해 노래한 작품이다. 화자는 현실에 대한 미련 없이 '청산'에 와 있다고 하지만 미련을 버리지 못하고 속세의 삶을 되돌아보며 내적 갈등을 느낀다. 그러나 속세에서의 현실적인 고통을 상기하고, 청산에서 순결한 존재들과 동화되고 싶은 소망을 드러내고 있다.

• 화자와 시적 상황

이 시의 화자는 청산에 와서 머물면서도 속세에 대한 미련을 버리지 못하는 자신을 성찰하며 자연과 함께 살고자 하는 마음을 드러내고 있다.

• 주제

현실을 벗어나 자연에 동화되고 싶은 소망

현대시 25

◇ 한 줄 평 석류꽃의 개화를 보며 자연과 합일되는 경험을 노래한 시

# 화체개현 조지훈

꽃의 몸체가 열리면서 드러난다는 뜻

: 현재 시제의 활용 → 자연 현상이 일어나는 과정과 화자의 행동을 생동감 있게 나타냄

실눈을 뜨고 벽에 기대인다 아무것도 생각할 수가 없다 ▸ 1연: 꽃이 피는 순간을 기다림

① 아무 생각 없이 벽에 기댄 상태 ② 석류꽃의 개화(또는 일출)에 대한 관심, 기대 / 몰아의 경지 – 꽃이 피는 상황에 몰입함 / : 동일한 시구의 반복 → 석류꽃의 개화를 보기 전후 화자의 상태를 강조함

짧은 여름밤은 촛불 한 자루도 못다 녹인 채 사라지기 때문에 섬돌 우에 문득 석류꽃이 터진다 ▸ 2연: 석류꽃이 개화하는 순간

계절적 배경 / '짧은 여름밤'의 강조, 시간의 흐름(밤 → 아침) / 집채의 앞뒤에 오르내릴 수 있게 놓은 돌층계 / ① 석류꽃의 개화 ② 아침이 되어 동이 트는 모습을 비유적으로 표현한 것으로 보기도 함

꽃망울 속에 새로운 우주가 열리는 파동! 아 여기 「태고(太古)적 바다의 소리 없는 물보래가 꽃잎을 적신다」 ▸ 3연: 새로운 우주가 탄생하는 것과 같은 석류꽃의 개화

석류꽃의 꽃봉오리가 터지는 모습. 석류꽃의 개화를 우주 탄생의 순간으로 인식함 / 강렬한 생명력을 느낌 / 「 」: ① 석류꽃이 펼쳐지는 과정 ② 아침 햇살이 사방으로 퍼지는 과정

방안 하나 가득 석류꽃이 물들어 온다 내가 석류꽃 속으로 들어가 앉는다 아무것도 생각할 수가 없다 ▸ 4연: 석류꽃의 개화를 보며 느낀 일체감과 감동

공간적 배경. 석류꽃(아침 햇살)과 일체되는 충만감을 느끼는 공간 / ① 석류꽃을 보며 느끼는 충만감, 황홀감 ② 동이 터서 햇살이 방 안으로 들어오는 모습 / ① 석류꽃과의 일체감 ② 화자에게 아침 햇살이 쏟아지는 상황 – 아침 햇살과의 일체감 / 물아일체의 상태. 자연의 신비로움을 느끼는 화자의 감동

**감상 포인트**

석류꽃의 개화를 보며 화자가 느끼는 감동이 어떻게 표현되어 있는지를 파악한다.

**작품 분석 노트**

• 동일한 시구의 반복과 그 효과

1연과 4연에서 '아무것도 생각할 수가 없다'라는 시구를 반복하고 있다. 이를 통해 석류꽃의 개화를 본 이후 화자가 느끼는 감동을 부각하고 있다.

| (1연) 아무것도 생각할 수가 없다 | ① 꽃이 피는 상황에 몰입한 상태<br>② 꽃이 피는 순간 또는 동이 트는 것을 기다리는 상태 |
|---|---|

↓

| (4연) 아무것도 생각할 수가 없다 | 생명의 탄생과 물아일체의 경지에서 느끼는 경이로움 |
|---|---|

• '여름밤'의 속성과 '석류꽃'의 비유적 의미

화자는 여름밤이 '촛불 한 자루도 못다 녹인 채 사라'질 정도로 짧기 때문에 '석류꽃이 터진다'라고 표현하여 밤이 끝나는 것과 석류꽃의 개화를 연결 짓고 있다.

밤이 지나고 해가 뜨는 아침은 모든 생명이 약동하는 시간이다. 이 시에서 석류꽃이 피는 아침은 생명을 약동시킨다는 점에서 '석류꽃'은 일출을 비유한다고도 볼 수 있다.

| 여름밤 |
|---|
| 촛불 한 자루도 못다 녹일 만큼 짧음 |

↓ 그렇기 때문에 아침이 빨리 와서

석류꽃이 터진다

‖

해가 뜨고 아침이 된다

## 핵심 포인트 1 작품의 종합적 이해

이 작품은 시간의 흐름에 따라 시상을 전개하면서 석류꽃이 개화하는 순간을 선명한 이미지로 표현하여 그때 느끼는 화자의 감동을 나타내고 있다. 한편, 이 작품에서 석류꽃의 개화는 아침이 되어 동이 트는 모습을 비유한 것으로 파악할 수도 있으므로 '석류꽃'의 다양한 의미까지 파악해야 한다.

**시간의 흐름에 따른 시상 전개와 '석류꽃'의 비유적 의미**

| 구분 | 내용 | 의미 |
|---|---|---|
| 밤 | 실눈을 뜨고 벽에 기댐<br>'아무것도 생각할 수가 없다' | … 꽃이 피는 순간을 기다리며 몰입함 |
| ↓ 시간의 흐름 | …… 촛불 한 자루도 녹이지 못할 만큼 짧은 여름밤이 지나감 | |
| 아침 | • 문득 석류꽃이 터짐<br>• 꽃망울 속에 새로운 우주가 열림<br>• 태고적 바다의 소리 없는 물보라가 꽃잎을 적심<br>• 방 안 하나 가득 석류꽃이 물들어 옴 | ≒ 일출을 비유적으로 표현한 경우<br>• 갑자기 해가 뜨기 시작함<br>• 햇살을 보며 새로운 아침의 생명력을 느낌<br>• 햇살이 방 안에 들어오는 아늑함과 감동 |
| 화자의 반응 | '내가 석류꽃 속으로 들어가 앉는다' | … 석류꽃(또는 아침 햇살)과 하나가 되는 신비로운 체험 |
| | '아무것도 생각할 수가 없다' | … 자연과 합일되는 충만감, 황홀감을 느낌 |

## 핵심 포인트 2 시구의 의미 파악

이 작품은 석류꽃의 이미지를 '물'의 이미지와 결합하여 형상화하고 있다. 따라서 이와 관련된 시구의 의미를 파악할 수 있어야 한다.

**주요 시구의 의미**

| 시구 | 의미 |
|---|---|
| 꽃망울 속에 새로운 우주가 열리는 파동! | 꽃봉오리가 터지는 모습 또는 햇살이 퍼져 나가는 모습을 표현함. '새로운 우주'는 석류꽃이라는 생명의 탄생으로 만들어진 작은 세계를 나타냄 |
| 태고적 바다의 소리 없는 물보래가 꽃잎을 적신다 | 꽃잎이 펼쳐지는 모습 또는 아침 햇살이 퍼지는 모습을 바다에 물보라가 일어나는 것에 빗대어 표현함 |
| 방안 하나 가득 석류꽃이 물들어 온다 | 석류꽃이 펼쳐져 방 안까지 물들어 오는 것 또는 아침 햇살이 방 안 가득 들어오는 것을 나타냄 |

## 핵심 포인트 3 표현상 특징 파악

이 작품은 석류꽃이 개화하는 순간에 느낀 감동과 일체감을 다양한 표현 방식을 활용하여 표현하고 있다. 따라서 작품에 쓰인 다양한 시적 형상화 방법을 파악할 수 있어야 한다.

**표현상 특징**

| 특징 | 내용 |
|---|---|
| 계절감이 드러나는 소재 사용 | '짧은 여름밤'에서 계절감이 드러나는 표현을 통해 짧은 밤이 지나간 뒤 경이롭고 황홀한 생명력을 체험한 화자의 놀라움을 부각함 |
| 동일한 시구의 반복 | '아무것도 생각할 수가 없다'를 반복하여 석류꽃의 개화를 보고 느낀 감동을 부각함 |
| 현재 시제 사용 | '기대인다', '터진다', '적신다', '물들어 온다', '들어가 앉는다'에서 현재형 어미 '-ㄴ다 / -는다'를 사용하여 꽃이 피거나 동이 트는 현상이 일어나는 과정과 화자의 행동을 생동감 있게 표현함 |
| 색채 대비 | '석류꽃'과 '바다'는 각각 붉은색과 푸른색으로 선명한 색채 대비를 이루어 생명 탄생의 순간을 부각함 |
| 명사 종결과 영탄적 표현 | '우주가 열리는 파동!'에서 명사로 시구를 종결하면서 느낌표를 사용하고 '아 여기 태고적 ~ 꽃잎을 적신다'에서는 감탄사를 사용하여 꽃망울이 터지는 순간의 황홀감, 경이로움 등의 감정을 부각함 |

### 작품 한눈에

• 해제

〈화체개현(花體開顯)〉은 석류꽃이 피는 모습에서 새로운 우주가 열리는 듯한 경이로움을 느낀 감동을 표현하고 있는 작품이다. 화자는 석류꽃이 피는 순간 아무것도 생각할 수 없는 몰아의 상태에 있다가 석류꽃과 하나가 되는 물아일체의 상태에 이르는 황홀감을 경험한다. 이 작품에서 석류꽃의 개화는 아침에 동이 트는 모습을 비유한 것으로 해석되기도 한다.

• 화자와 시적 상황

이 시의 화자는 아무 생각을 할 수가 없는 밤에 벽에 기대어 실눈을 뜨고 석류를 바라보고 있다. 밤이 지나고 석류꽃이 개화하는 것을 보며 우주 탄생의 순간을 떠올리고, 석류꽃이 펴서 방 안이 모두 환해진 것을 보며 경이로움을 느끼고 있다.

• 주제

① 석류꽃의 개화(일출)를 보며 느낀 신비로움
② 생명 탄생의 감동
③ 자연과 합일되는 경이로운 경험

현대시 26

◇ 한 줄 평 스스로 고치를 만들고 나비가 되는 누에의 노력을 노래한 시

# 누에

최승호

누에들은 은수자(隱修者)다. 「자승자박의 흰 동굴로 들어가 문을 닫고 조용히 몸을 감춘다.」 혼자 웅크린 번데기의 시간에 존재의 변모는 시작된다. 세포들이 다시 배열되고 없었던 날개가 창조된다. 이 신비로운 변모가 꿈의 힘 없이 가능했을까. 어느 날 해맑은 아침의 얼굴이 동굴을 열고 나온다. 회저(壞疽)처럼 고통스러웠던 연금술의 긴 밤을 지나 비로소 하늘 백성의 날갯짓이 시작되는 것이다. 밖에서 구멍을 뚫어주는 누에의 왕은 없다. 누에들은 언제나 자신들이 벽을 뚫어야 하며 안쪽에서 뚫어야 한다는 것을 잘 알고 있다.

- 은수자: 은유법, 의인법 – 고치 속에 있는 누에를 비유함
- 자승자박: 스스로 실을 뽑아 자신을 얽매는 행위
- 흰 동굴: 누에의 고치를 비유함, 색채 이미지
- 「 」: 누에들을 '은수자'에 비유한 이유
- 혼자 웅크린 번데기의 시간: 고독하게 변화를 감내해야 하는 시간
- 존재의 변모: 나비로 되는 과정
- □: 설의법 – 꿈의 힘이 있어야 나비가 될 수 있음
- 세포들이 다시 배열되고 없었던 날개가 창조된다: '존재의 변모'가 진행되는 과정
- 동굴을 열고: 고치를 뚫고
- 꿈의 힘: 나비가 되겠다는 의지 ▶ 나비가 되려는 누에의 꿈
- 해맑은 아침의 얼굴: 나비가 된 누에 – 순수하고 생명력 넘치는 모습
- 회저처럼 고통스러웠던 연금술의 긴 밤: 번데기가 나비가 되는 과정이 고통스럽고 신비하고 어려웠을 것이라는 인식
- 하늘 백성의 날갯짓: 나비가 된 누에 – 하늘을 날 수 있는 자유를 얻음 ▶ 고통을 극복하여 얻은 날개
- 구멍을 뚫어주는 누에의 왕: 나비가 고치 밖으로 나오도록 돕는 존재
- 자신들이 벽을 뚫어야 하며: 스스로의 힘으로 '존재의 변모'를 완성해야 함 – 주체 스스로의 노력의 중요성 강조
- 안쪽: 다른 존재의 도움이 없는 공간
- ▒: 현재형 어미의 활용 → 누에가 변모하는 과정을 생동감 있게 표현함
- ▶ 자기가 힘으로 나비가 된 누에

- 은수자: 숨어서 도를 닦는 사람.
- 자승자박: 자기의 줄로 자기 몸을 옭아 묶는다는 뜻으로, 자기가 한 말과 행동에 자기 자신이 옭혀 곤란하게 됨을 비유적으로 이르는 말.
- 회저: '괴저'의 비표준어로, 살점이 문드러져 떨어져 나가는 병.
- 연금술: 고대 이집트에서 시작되어 아라비아를 거쳐 중세 유럽에 전해진 원시적 화학 기술. 구리 · 납 · 주석 따위의 비금속으로 금 · 은 따위의 귀금속을 제조하고, 나아가서는 늙지 않는 영약(靈藥)을 만들려고 한 화학 기술.

**감상 포인트**

누에가 나비가 되는 과정을 바탕으로 비유적 표현의 의미와 그 과정에 대한 화자의 생각을 파악한다.

## 작품 분석 노트

• 비유적 표현

이 작품은 누에가 고치 속에 들어가 번데기가 되었다가 나비가 되는 과정을 다양한 비유적 표현으로 나타내고 있다.

| | |
|---|---|
| 누에 | 은수자: 누에가 나비가 되기 위해 고치 속에 들어가 있는 모습을 표현함 |
| 번데기, 고치 | • 자승자박의 흰 동굴: 누에가 실을 뽑아 스스로 그 속으로 들어가는 곳인 고치를 형상화함<br>• 고통스러웠던 연금술: 고치 안에서 번데기가 나비로 변하는 과정의 고통과 신비로움을 표현함 |
| 나비 | • 해맑은 아침의 얼굴: 순수하고 생명력 넘치는 나비의 모습을 형상화함<br>• 하늘 백성: 땅을 벗어나 하늘을 자유롭게 날 수 있는 나비를 표현함 |

↓

나비가 되기 위해 꿈과 의지를 갖고 고독하고 고통스러운 과정을 견딘 누에의 변모를 형상화함

• '안'과 '밖'의 대비

이 작품에서는 누에가 만든 고치의 안과 밖이 대비되고 있다. 이러한 공간의 대비를 통해 바깥과 완전히 차단된 공간에서 진행되는 존재의 변모와 그 결과를 나타내고 있다.

| 고치 안 | 고치 밖 |
|---|---|
| • 혼자 웅크려 있는 공간<br>• 존재의 변모를 이루어 내는 공간: 세포들이 다시 배열되는 고통스러운 공간, 날개가 만들어지는 창조의 공간<br>• 스스로 구멍을 뚫는 공간 | • 나비가 되어 나올 수 있는 공간<br>• 날갯짓을 할 수 있는 공간 → 자유를 얻을 수 있는 공간 |

↓

존재가 변모되기 위해서는 고통을 감내하고 스스로 내면에서부터 변화할 필요가 있음을 나타냄

## 핵심 포인트 1 작품의 주제 의식 파악

이 작품은 누에가 고치 속에 들어가 번데기로 있다가 고치에서 나와 나비가 되는 과정에 따라 시상이 전개되고 있다. 따라서 이 과정에서 변화되는 대상의 모습을 살펴보고 나비가 되기 위해 필요한 태도를 파악할 수 있어야 한다.

**누에의 변모 과정에 따른 시상 전개**

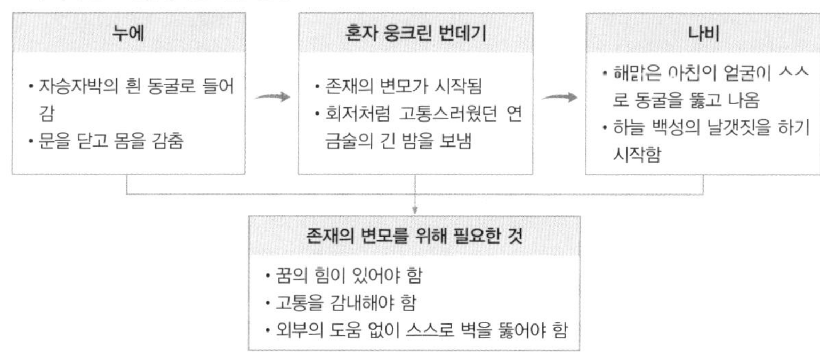


| 존재의 변모를 위해 필요한 것 |
|---|
| • 꿈의 힘이 있어야 함<br>• 고통을 감내해야 함<br>• 외부의 도움 없이 스스로 벽을 뚫어야 함 |

## 핵심 포인트 2 표현상 특징 파악

이 작품은 다양한 표현 방법을 활용하여 누에의 변모 과정과 그에 대한 화자의 인식을 효과적으로 드러내고 있다. 따라서 이처럼 작품에 쓰인 형상화 방법들을 파악할 수 있어야 한다.

**표현상 특징**

| | |
|---|---|
| 의인화 | '누에들은 은수자다.'에서 고치 속에 있는 누에를 숨어서 도를 닦는 사람에 빗대어 의인화하여 나타냄 |
| 설의법 | '가능했을까.'에서 설의법을 통해 '꿈의 힘'이 없이는 누에의 변모가 불가능했을 것임을 강조함 |
| 단정적 어조 | '없다', '잘 알고 있다'에서 단정적 어조를 사용해 존재의 변모를 위해 스스로를 감춘 뒤 고통을 감내하고 나비가 되는 누에에 대한 화자의 감상을 드러냄 |
| 현재 시제의 활용<br>과정을 나타내는 어휘 | '감춘다', '시작된다', '창조된다', '나온다'에서 현재형 어미를 사용하고, '시작' – '다시 배열' – '창조', '긴 밤을 지나' – '날갯짓이 시작'과 같은 과정을 나타내는 어휘를 사용하여 누에가 나비로 변모하는 과정을 생동감 있게 표현함 |

## 핵심 포인트 3 다른 작품과의 비교

이 작품은 고통을 감내하고 꿈을 이루어 내는 자연물에 대한 감상을 노래하고 있으므로, 유사한 소재와 주제 의식을 가진 시와 함께 비교할 수 있어야 한다.

**도종환의 〈담쟁이〉와의 비교**

저것은 벽
어쩔 수 없는 벽이라고 우리가 느낄 때
그때 / 담쟁이는 말없이 그 벽을 오른다.

물 한 방울 없고 씨앗 한 톨 살아남을 수 없는
저것은 절망의 벽이라고 말할 때
담쟁이는 서두르지 않고 앞으로 나간다

한 뼘이라도 꼭 여럿이 함께 손을 잡고 올라간다
푸르게 절망을 다 덮을 때까지
바로 그 절망을 잡고 놓지 않는다

저것은 넘을 수 없는 벽이라고 고개를 떨구고 있을 때
담쟁이 잎 하나는 담쟁이 잎 수천 개를 이끌고
결국 그 벽을 넘는다.

→ 〈담쟁이〉에서는 담쟁이가 벽을 오르는 모습을 보며 부정적인 현실의 벽 앞에서 쉽게 포기하고 좌절하는 사람들에게 교훈적인 메시지를 전달하고 있다. 〈누에〉와 〈담쟁이〉는 자연물의 본능적인 행위와 모습을 인간의 삶에 적용하여, 절망과 고통을 감내하고 극복해 내는 인간의 모습을 형상화하고 있다는 점에서 공통적이다. 그러나 〈누에〉의 '누에'는 스스로 만든 고치 속에서 고독하고 고통스러운 시간을 보낸 뒤 혼자의 힘으로 이를 헤쳐 나가는 모습을 보이는 한편, 〈담쟁이〉의 '담쟁이'는 외부의 절망과 고통을 극복하기 위해 여럿이 함께 헤쳐 나간다는 점에서 차이가 있다.

### 작품 한눈에

• 해제

〈누에〉는 누에가 나비가 되어 가는 과정을 숨어서 도를 닦는 사람에 빗대어 형상화하고 있는 작품이다. 누에는 나비가 되기 위하여 스스로 실을 내뿜어 고치를 짓고 그 속으로 들어간 뒤 번데기로 변모를 한다. 그 후 스스로의 힘으로 고치의 벽을 뚫고 나와야 한다. 화자는 자신의 꿈을 이루기 위해 고통을 감내하고, 자신의 힘으로 나비가 된 누에의 노력을 표현하고 있다.

• 화자와 시적 상황

이 시의 화자는 누에가 스스로 고치를 만든 뒤 나비가 되는 과정에 대한 자신의 인식을 드러내고 있다. 화자는 누에가 고치 속에서 고독한 시간을 보내며 고통을 감내하고, 그 끝에 스스로 고치를 뚫고 나옴으로써 새로운 존재로 탈바꿈한다는 것에 주목하고 있다.

• 주제

고통을 감내하여 나비로 변모하는 누에의 노력

◇ 한 줄 평 사랑하는 사람을 잃은 비탄과 절망감을 격정적으로 노래한 시

# 초혼 김소월

▸ 교과서 수록 [문학] 미래엔
▸ 기출 수록 [교육청] 2003 3월

임의 부재, 죽음 암시

산산이 부서진 이름이여!

허공중에 헤어진 이름이여!
(헤어진: 흩어진)

불러도 주인 없는 이름이여!
(죽은 사람의 이름을 부르고 있는 화자의 모습)

부르다가 내가 죽을 이름이여!
(극단적 표현 → 임을 잃은 슬픔과 그리움을 격정적으로 드러냄)

(이여: 반복법, 영탄법 – 조사 '이여'를 반복 → 임을 잃은 화자의 애절한 심정 강조, 운율 형성)

▸ 1연: 죽은 임의 이름을 부르는 슬픔과 절규

심중에 남아 있는 말 한마디는
(심중에: 마음속에 / 말 한마디: 임을 사랑한다는 말)

끝끝내 마저 하지 못하였구나.
(임에게 사랑을 고백하지 못한 것에 대한 후회)

사랑하던 그 사람이여!

사랑하던 그 사람이여!

(□: 반복법, 영탄법 – 사별의 아픔과 임에 대한 그리움 강조)

▸ 2연: 사랑을 고백하지 못한 안타까움

붉은 해는 서산마루에 걸리었다.
(① 낮에서 밤으로 넘어가는 시간적 배경 → 소멸의 이미지, 애상적 분위기 형성 ② 낮과 밤의 경계: 삶과 죽음의 경계 상징)

사슴의 무리도 슬피 운다.
(감정 이입)

떨어져 나가 앉은 산 위에서
(① 임과 멀리 떨어진 곳(거리감, 좌절감) ② 임이 있는 곳(하늘)과 가까운 곳(간절한 그리움))

나는 그대 이름을 부르노라.

▸ 3연: 영원한 이별로 인한 무력감과 좌절감

**감상 포인트**
시적 공간의 특성을 이해하고 이를 바탕으로 작품의 주제 의식을 파악하도록 한다.

(화자의 심정을 직설적으로 드러냄)

설움에 겹도록 부르노라.
(겹도록: 견딜 수 없을 정도로)

설움에 겹도록 부르노라.

부르는 소리는 비껴가지만

하늘과 땅 사이가 너무 넓구나.
(임(저승)과 화자(이승) 사이의 거리 확인 → 절망감의 심화)

▸ 4연: 삶과 죽음 사이의 절망적 거리감

선 채로 이 자리에 돌이 되어도
(망부석 설화 차용: 임에 대한 화자의 간절한 그리움이 응집된 상징물)

부르다가 내가 죽을 이름이여!

사랑하던 그 사람이여!

사랑하던 그 사람이여!

▸ 5연: 임을 향한 그리움과 영원한 사랑

## 작품 분석 노트

• 제목 '초혼'의 의미

| 초혼 |
|---|
| 죽은 사람의 이름을 세 번 부름으로써 그 사람을 소생하게 하려는 전통적인 의식 |
| 죽은 이를 보내야 하는 슬픔과 안타까운 마음을 표현 |

• 시의 공간 구성과 화자의 행위

화자는 자신이 있는 '땅'과 임이 존재하는 '하늘'의 거리감을 확인하고 절망감을 느끼지만 임의 이름을 부르는 행위를 멈추지 않음으로써 임에 대한 간절한 그리움을 표현하고 있다.

| 하늘(죽음) | | 땅(삶) |
|---|---|---|
| '사랑하던 그 사람'(임)이 있는 곳 | 거리감 ↔ | '나'(시적 화자)가 있는 곳 |

임의 이름을 부르는 행위 → 임에 대한 간절한 그리움을 표현

• 망부석 설화

| | |
|---|---|
| 내용 | 절개 굳은 아내가 멀리 떠난 남편을 고개나 산마루에서 기다리다가 돌이 되었다는 이야기 |
| 대표 설화 | 신라 눌지왕 때 고구려에 볼모로 잡혀간 왕제(王弟)를 구해 온 박제상은 집에도 들르지 아니하고 바로 왜국에 건너가서 또 다른 왕제를 구해서 신라로 보냈다. 이 일이 탄로나 왜국의 신하가 되라는 강요를 받게 되는데, 신라의 신하를 고집하다가 결국 죽는다. 제상의 부인은 남편을 그리워하며 세 딸을 데리고 치술령이라는 고개에 올라가 왜국 쪽을 바라보며 통곡하다가 죽어서 망부석이 되었다. |

• '돌'의 의미

| | 망부석 설화와 관련됨 |
|---|---|
| 의미 | • 그리움과 한의 응결체<br>• 임의 죽음에도 자신의 사랑은 영원하다는 화자의 의지 표현 |

## 핵심 포인트 1 작품의 배경과 그 의미 파악

이 작품은 해 질 무렵, 산 위라는 시간적 · 공간적 배경을 통해 삶과 죽음, 사별한 임에 대한 절절한 그리움을 표현하므로 이와 연관된 시구를 파악하고 이해할 수 있어야 한다.

**작품의 시간적 · 공간적 배경 파악**

| 시구 | 배경 | 의미 |
|---|---|---|
| 붉은 해는 서산마루에 걸리었다 | 시간적 배경 | 낮에서 밤으로 넘어가는 시간적 배경<br>→ 소멸의 이미지, 애상적 분위기 형성 |
| 떨어져 나가 앉은 산 위에서 | 공간적 배경 | ① '떨어져 나가 앉은': 고립과 단절의 공간<br>→ 화자의 고립감<br>→ 죽은 임과의 거리감, 단절감을 의미함<br>② '산 위': 죽은 임이 있는 곳(하늘)과 가까운 수직적 공간, 죽은 임과의 소통을 시도하는 공간<br>→ 죽은 임에 대한 간절한 그리움 |

## 핵심 포인트 2 작품에 나타난 전통적 요소 파악

이 작품은 한국 시가 전통을 계승하고 있는 작품이므로 내용, 형식 면에서 어떤 전통을 계승하고 있는지 파악할 수 있어야 한다.

**〈초혼〉이 계승한 한국 시가의 전통**

| 내용 | 형식 | |
|---|---|---|
| 전통적 정서인 설움과 한(恨)의 정서가 드러남 | 3음보의 민요조 율격이 사용됨 | |
| | 〈초혼〉 | 산산이 / 부서진 / 이름이여! |
| | 고려 가요 〈가시리〉 | 가시리 / 가시리 / 잇고 |

↓

내용이나 형식 면에서 민족적 보편성이 드러남

## 핵심 포인트 3 표현상 특징 파악

이 작품은 다양한 표현법을 통해 사랑하던 임과 사별한 슬픔을 절절하게 드러내고 있으므로 표현상의 특징과 그 효과를 파악할 수 있어야 한다.

**표현상 특징과 효과**

| 표현 | 시구 | 효과 |
|---|---|---|
| 영탄법 · 반복법 | • '~ 이름이여!'<br>• '사랑하던 그 사람이여!'<br>• '부르다가 내가 죽을 이름이여!' | → 임을 잃은 화자의 애절한 그리움과 슬픔을 강조함 |
| 감정 이입 | '사슴의 무리도 슬피 운다.' | → 이별로 인한 슬픔과 허무함을 '사슴의 무리'에 의탁해서 표현함 |
| 과장 | '부르다가 내가 죽을 이름' | → 임과 사별한 슬픔을 격정적으로 드러냄 |

### 작품 한눈에

• 해제

〈초혼〉은 전통 상례에서 죽은 이의 영혼을 불러들이는 초혼 의식을 소재로 하여, 사랑하는 사람을 잃은 한(恨)을 3음보 민요조의 율격으로 형상화한 작품이다. 시적 화자는 생과 사의 경계의 시간인 해 질 무렵, 고립과 단절의 공간인 산 위에서 애절하게 임을 부르며 서러워하고 있다. 그러한 화자의 애타는 '설움'은 '사슴의 무리'에 이입되어 나타나기도 한다. 화자는 '하늘과 땅 사이'의 너무도 넓은 간극을 확인하고 절망감에 빠진다. 그러나 화자는 마지막 연에서 '돌'이 될지라도 임의 '이름'을 부르겠다며 영원한 사랑을 다짐한다.

• 화자와 시적 상황

이 시의 화자('나')는 임과 사별한 상황에서 애절하게 임의 '이름'을 부르며 그리워하고, 슬퍼하고 있다.

• 주제

임의 죽음으로 인한 슬픔과 임에 대한 그리움

◇ 한 줄 평 죽음으로 인한 이별의 안타까움과 생사를 초월한 인연에 대해 노래한 시

# 이별가 박목월

▸ 기출 수록 수능 1997

'뭐라고 하느냐?'라는 의미의 경상도 방언
뭐락카노, 저편 강기슭에서
'니'(청자)가 있는 공간 – 저승
「니 뭐락카노, 바람에 불려서」 「」: 바람 때문에 상대의 말이 잘 안 들림
청자(망자) △: 화자(이승)와 청자(저승) 간 소통의 장애 요소

이승 아니믄 저승으로 떠나는 뱃머리에서
이승과 저승의 갈림길(화자의 위치)
나의 목소리도 바람에 날려서
▸ 1, 2연: 이승과 저승 사이의 거리감

뭐락카노 뭐락카노

썩어서 동아밧줄은 삭아 내리는데
화자와 청자(망자)의 인연(동아밧줄)이 소멸되어 감

하직을 말자 하직 말자
이별에 대한 거부(반복)
인연은 갈밭을 건너는 바람

▒: 점층, 반복 – 망자와의 소통 단절과 그로 인한 안타까움 심화
뭐락카노 뭐락카노 뭐락카노

니 흰 옷자라기만 펄럭거리고……
수의(죽음을 상징하는 소재)를 환기 □: 말줄임표의 사용 – 말로 표현하기 어려운 정서의 표현
▸ 3~5연: 인연이 다함에 대한 안타까움

오냐. 오냐. 오냐.
▒: 죽음의 수용, 화자가 청자(망자)의 말을 알아들음(반복)
이승 아니믄 저승에서라도……
▒: 망자와의 인연 지속에 대한 소망(반복)

이승 아니믄 저승에서라도

인연은 갈밭을 건너는 바람
▸ 6, 7연: 인연을 이어 가고자 하는 소망

뭐락카노, 저편 강기슭에서

니 음성은 바람에 불려서
○: 화자(이승)와 청자(저승) 간 소통의 매개

오냐. 오냐. 오냐.

나의 목소리도 바람에 날려서.
▸ 8, 9연: 이승과 저승의 거리감과 생사를 초월한 인연

**감상 포인트**
죽음을 대하는 화자의 정서와 태도 및 이를 드러내는 표현상 특징을 파악한다.

## 작품 분석 노트

• '강'의 의미와 기능

• 삼도천: 불교에서 말하는, 사람이 죽어서 저승으로 가는 도중에 있는 큰 강
• 스틱스강: 그리스 신화에 등장하는, 저승을 둘러싸고 흐르는 강

동서양을 막론하고 '이승과 저승의 경계'를 의미함(원형적 상징)

↓

• 이 작품에서도 이승의 화자와 저승의 청자 사이에 놓인 경계로 기능함
• 화자와 청자가 소통을 시도하는 공간적 배경으로 기능함

• '바람'의 의미와 기능

**1, 2연의 '바람'**
이승의 화자와 저승의 청자 간 소통을 방해하는 역할

↓

**4, 7연의 '바람'**
'인연'으로 의미가 전환됨

↓

**8, 9연의 '바람'**
이승의 화자와 저승의 청자 간 소통을 도와주는 역할

## 핵심 포인트 1 화자의 정서와 태도 파악

이 작품의 시적 상황과 공간적 배경의 특징을 파악하고 이를 바탕으로 화자의 정서와 태도를 파악할 수 있어야 한다.

**시적 상황과 공간적 배경**

| 청자('니') | | 화자('나') |
|---|---|---|
| '저편 강기슭'(저승) → 죽음으로 인한 이별의 상황 | 바람에 불림 ← 강 → 바람에 날림 | '뱃머리'에서 죽은 청자와의 소통을 시도하고 있는 상황 |

**죽음에 대한 화자의 정서와 태도**

| | |
|---|---|
| 썩어서 동아밧줄은 삭아 내리는데 // 하직을 말자 하직 말자 | 죽음으로 인해 인연이 소멸되는 데 대한 안타까움으로 이별을 거부하는 태도를 나타냄 |
| 오냐. 오냐. 오냐. / 이승 아니믄 저승에서라도 | 죽음을 수용하며 저승에서라도 죽은 청자와의 인연을 이어 나가고 싶어 함 |

## 핵심 포인트 2 표현상 특징 파악

이 작품에서 죽음을 대하는 화자의 정서와 태도를 드러내기 위해 사용된 표현상 특징을 파악할 수 있어야 한다.

**표현상 특징과 효과**

| | |
|---|---|
| 반복 | • '뭐락카노, 저편 강기슭에서', '니 ~ 바람에 불려서', '나의 목소리도 바람에 날려서'<br>→ 이승과 저승 사이에서 화자가 느끼는 단절감을 강조함<br>• '하직을 말자 하직 말자'<br>→ 이별을 거부하는 화자의 태도를 강조함<br>• '인연은 갈밭을 건너는 바람', '이승 아니믄 저승에서라도'<br>→ 저승에서라도 인연을 이어 가고자 하는 화자의 간절함을 나타냄<br>• '오냐. 오냐. 오냐.'<br>→ 청자의 말에 수긍하는 듯한 화자의 대답을 통해 죽음을 수용하는 화자의 태도를 드러냄 |
| 점층 | [1연] '뭐락카노'<br>[3연] '뭐락카노 뭐락카노'<br>[5연] '뭐락카노 뭐락카노 뭐락카노'<br>→ '뭐락카노'를 점진적으로 늘려 사용하여 화자가 느끼는 단절감과 안타까움이 심화됨을 나타냄 |
| 문장 부호 활용 | '니 흰 옷자라기만 펄럭거리고……', '이승 아니믄 저승에서라도……'에서 말줄임표(……) 사용<br>→ 화자의 정서를 말로는 다 표현할 수 없음을 드러내며 여운을 남김 |

## 핵심 포인트 3 외적 준거에 따른 감상

이 작품은 지인의 죽음을 제재로 하고 있으므로 이와 관련한 외적 준거를 통해 작품을 해석할 수 있어야 한다.

**박목월의 시적 경향과 〈이별가〉**

박목월의 초기 시들은 자연과의 교감과 향토적 서정을 다룬 작품이 많았다. 그러나 이후 전쟁의 경험에 가장이라는 생활인으로서의 경험이 더해지면서 삶과 죽음, 일상의 문제로 시적 경향의 변화가 나타났다. 특히 〈하관〉, 〈이별가〉와 같은 작품은 죽음으로 인한 단절의 비극성을 드러내는데, 여기에는 시인이 겪은 아버지와 아우 등의 죽음이 영향을 미친 것으로 보인다. 두 작품 모두 산 자와 죽은 자의 이별을 다루고 있으며 이승과 저승 간 거리감을 독창적으로 표현하고 있다. 또한 똑같이 죽음을 다루고 있으나 김소월의 〈초혼〉처럼 격정적으로 정서를 표출하기보다는 절제된 대응이 나타나는데, 이는 죽음을 유한한 인간의 어쩔 수 없는 한계로 받아들이는 인식과 태도를 바탕으로 한다.

### 작품 한눈에

• 해제

〈이별가〉는 죽은 이에 대한 그리움과 안타까움의 정서를 형상화한 작품이다. 화자는 이승(삶의 공간)과 저승(죽음의 공간)의 경계인 '강'을 사이에 두고 죽음을 넘어서는 인연에 대한 소망과 의지를 드러내고 있다.

• 화자와 시적 상황

화자인 '나'는 이승과 저승을 가르는 강을 사이에 두고 저편 강기슭에 위치한 죽은 지인과 소통하려 하지만 서로의 말은 바람에 날리거나 불려 가 버린다. 인연이 소멸되어 가는 것을 안타까워하던 화자는 죽은 지인과 저승에서라도 인연을 이어 가기를 소망하며 지인의 죽음을 받아들인다.

• 주제

생사를 초월한 이별의 정한

현대시 29

◇ 한 줄 평 이별의 긍정적 수용을 통한 내면의 성숙을 노래한 시

# 낙화 이형기

▸ 기출 수록 수능 2014 A형

「가야 할 때가 언제인가를
꽃이 지는 순간 ≒ 이별의 순간
분명히 알고 가는 이의」
「」: 지는 꽃(낙화) ≒ 이별해야 할 때 이별을 받아들이는 사람
뒷모습은 얼마나 아름다운가.
설의법 – 가야할 때를 알고 떠나는 성숙한 이별의 아름다움 강조
▸ 1연: 이별의 아름다움

젊은 시절
「봄 한철

격정을 인내한
강렬하고 갑작스러워 누르기 어려운 감정
나의 사랑은 지고 있다.」「」: 이별을 꽃이 지는 모습에 빗대어 표현함. 하강적 이미지
개화한 꽃 ≒ 젊은 시절의 사랑
▸ 2연: 이별의 순간

분분한 낙화……
꽃이 떨어지는 모습 ≒ 이별하는 모습 → 시각화하여 구체화함
결별이 이룩하는 축복에 싸여
역설법 – 이별이 주는 정신적 성숙을 의미. 이별에 대한 긍정적 인식
지금은 가야 할 때,
이별을 순리로 수용하는 태도
▸ 3연: 이별의 수용

무성한 녹음(綠陰)과 그리고
여름 – 낙화 이후의 과정 ①
머지않아 열매 맺는
가을 – 낙화 이후의 과정 ② 영혼의 성숙을 의미함
가을을 향하여

나의 청춘은 꽃답게 죽는다.
결실을 위한 낙화, 내적 성숙을 위한 이별
▸ 4, 5연: 이별의 의의

헤어지자
이별의 수용
섬세한 손길을 흔들며
의인법 – 낙화를 통해 이별을 시각적으로 형상화함
「하롱하롱 꽃잎이 지는 어느 날」「」: 낙화를 시각적으로 형상화함
작고 가벼운 물체가 떨어지면서 잇따라 흔들리는 모양
▸ 6연: 이별의 아름다운 모습

나의 사랑, 나의 결별,
'낙화'를 화자의 이별과 연관시켰음을 알 수 있음
「샘터에 물 고이듯 성숙하는
직유법
내 영혼의 슬픈 눈.」「」: 영혼이 성숙하는 과정을 샘터에 물이 고이는 모습에 비유함
슬프지만 이별을 아름답게 받아들이는 모습 – 정신적 성숙
▸ 7연: 이별을 통한 영혼의 성숙

**감상 포인트**

꽃이 진 후 열매가 맺히는 자연 현상을 통해 인생에서 이별의 의미를 어떻게 형상화했는지 파악한다.

**작품 분석 노트**

• 소재의 상징적 의미

이 작품에서 '꽃', '낙화', '열매'는 인생사와 연결되어 상징적 의미를 지니고 있다.

|  | |  |
|---|---|---|
| 꽃 | → | 사랑 |
| 낙화 | → | 이별 |
| 열매 | → | 성숙 |

• 역설법

이 시에서는 역설법을 사용하여 이별을 겪고 난 뒤 인간의 영혼이 더욱 성숙해질 수 있다는 화자의 인식을 표현하고 있다.

결별이 이룩하는 축복
↓

| 결별 | 축복 |
|---|---|
| 꽃이 떨어짐(낙화) | 무성한 녹음과 열매 맺음 |

↓

| | |
|---|---|
| 사랑하는 대상과의 이별 | 이별을 통해 얻는 정신적 성숙 |

↓

고통스러운 이별을 통해 내적 성숙을 이룰 수 있다는 인식

## 핵심 포인트 1 '이별'에 대한 화자의 인식

이 작품에서 화자는 꽃이 지는 광경(낙화)을 바라보면서 이별에 대한 인식을 드러내고 있으므로 화자의 인식이 드러난 시어나 시구의 의미를 파악할 수 있어야 한다.

**● 이별에 대한 화자의 인식**

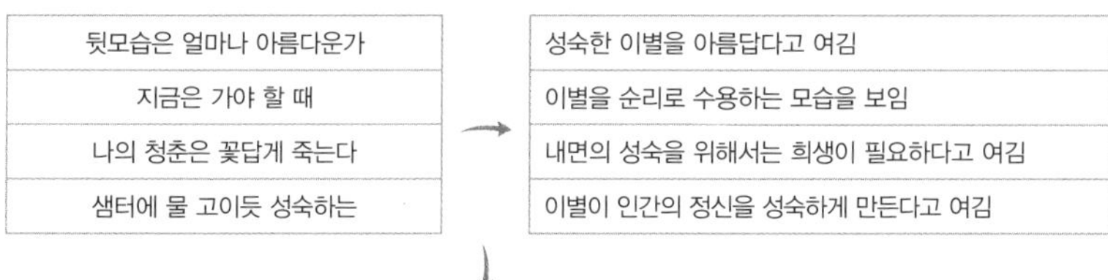

|  | |  |
|---|---|---|
| 뒷모습은 얼마나 아름다운가 | → | 성숙한 이별을 아름답다고 여김 |
| 지금은 가야 할 때 | → | 이별을 순리로 수용하는 모습을 보임 |
| 나의 청춘은 꽃답게 죽는다 | → | 내면의 성숙을 위해서는 희생이 필요하다고 여김 |
| 샘터에 물 고이듯 성숙하는 | → | 이별이 인간의 정신을 성숙하게 만든다고 여김 |

↓

이별을 긍정적으로 수용하면서 내적으로 성숙한 삶을 추구함

## 핵심 포인트 2 자연 현상과 인생사의 대응

이 작품에서는 꽃이 떨어지는 자연 현상과 인생에서 경험하는 이별의 순간이 어떻게 연결되고 있는지 파악할 수 있어야 한다.

**● 낙화 현상과 이별의 경험**

| 자연 현상 | | 인생사 |
|---|---|---|
| 꽃이 핌(개화) | → | 격정적인 사랑 |
| 낙화 | → | 이별(이별의 시련) |
| 녹음, 열매 | → | 이별을 통한 내면의 성숙 |

## 핵심 포인트 3 표현상 특징 파악

이 작품에서는 설의법, 역설법 등을 사용하여 이별의 의미를 나타내고 있으므로 표현상 특징과 효과를 파악할 수 있어야 한다.

**● 표현상 특징과 효과**

|  |  |
|---|---|
| 설의법 | '얼마나 아름다운가'를 통해 순리에 따라 이별을 수용하는 모습을 나타냄 |
| 역설법 | '결별이 이룩하는 축복'을 통해 이별을 통해 내면이 성숙해진다는 인식을 나타냄 |
| 의인법 | 꽃이 '섬세한 손길을 흔'든다고 표현하여 이별을 시각적으로 형상화함 |
| 음성 상징어 | '하롱하롱'을 통해 꽃이 지는 모습을 묘사함 |

## 핵심 포인트 4 다른 작품과의 비교

이 작품에서 '열매'가 의미하는 바와 오세영의 〈열매〉에서 '열매'가 의미하는 바를 비교하여 파악할 수 있어야 한다.

**● 오세영의 〈열매〉와의 비교**

세상의 열매들은 왜 모두 / 둥글어야 하는가. / 가시나무도 향기로운 그의 탱자만은 둥글다. //
땅으로 땅으로 파고드는 뿌리는 / 날카롭지만 / 하늘로 하늘로 뻗어가는 가지는 / 뾰족하지만
스스로 익어 떨어질 줄 아는 열매는 / 모가 나지 않는다. //
덥썩 / 한입에 물어 깨무는 탐스런 한 알의 능금
먹는 자의 이빨은 예리하지만 / 먹히는 능금은 부드럽다. //
그대는 아는가. / 모든 생성하는 존재는 둥글다는 것을
스스로 먹힐 줄 아는 열매는 / 모가 나지 않는다는 것을.

→ 이 작품에서 '열매'는 이별 후 성숙하는 인간의 내면을 의미한다면 오세영의 〈열매〉의 중심 제재인 '열매'는 원만한 삶의 태도, 자기희생적 사랑과 이타적 헌신 등의 바람직한 삶의 태도를 의미하므로 두 시어의 함축적 의미를 비교하여 감상할 수 있어야 한다.

### 작품 한눈에

• 해제

〈낙화〉는 꽃이 떨어지는 자연 현상을 인간의 이별에 대응하여 이별의 긍정적 수용과 이별 후의 내면의 성숙을 노래한 작품이다. 화자는 꽃이 지는 '낙화'의 상황에서 사랑하는 사람과 이별한 모습을 떠올리며, 사랑이 끝났을 때 미련 없이 떠나는 모습이 아름답다고 말하고 있다. 또한 꽃이 진 후 열매가 맺히는 것처럼 고통스러운 이별의 경험을 통해 훗날 영혼의 성숙을 이룬다는 깨달음을 '결별이 이룩하는 축복'이라는 역설적 표현을 통해 나타내고 있다.

• 화자와 시적 상황

이 시의 화자는 꽃이 지면 녹음이 무성해지고 열매가 맺히는 것처럼 사랑이 끝난 순간에 미련 없이 이별하는 것은 아름다우며 이별 뒤에는 영혼이 성숙해진다고 이야기하고 있다.

• 주제

이별을 통한 정신적 성숙

◇ 한 줄 평 봄비 내리는 날 임과 이별한 이의 애상감을 읊은 시

# 봄비 이수복

시상 유발의 매개체 → 애상적 분위기 조성, 하강 이미지

「이 비 그치면
상황의 가정을 통한 시상 전개 → 봄비가 그친 후 만물이 소생할 봄날을 상상함

내 마음 강나루 긴 언덕에
화자의 마음속 관념적 공간, '마음'이라는 추상적 대상을 구체화한 표현

서러운 풀빛이 짙어오것다.」 ▒: 반복을 통한 운율 형성 ▶ 1연: 봄비 그친 후 서러운 풀빛이 짙어올 내 마음속 강나루
감정 이입, 시각적 이미지, 화자의 정서 → 서러움
「 」: 비 그친 언덕의 푸른빛은 싱그러운 봄 풍경을 나타내는 색채이지만, 화자에게 서러움을 불러일으킴

색채어 → 봄의 생명력 부각
푸르른 보리밭길
봄의 생명력
맑은 하늘에
청각적 이미지
종달새만 무에라고 지껄이것다. ▶ 2연: 봄비 그친 뒤 푸르른 보리밭에서 지저귈 종달새
봄의 생동감을 느낄 수 있는 대상

상실의 감정이 배제된 화사한 풍경을 제시하여 화자의 정서를 부각함 → 생동감 있는 풍경이 사별로 인해 서러움을 느끼는 화자의 처지를 부각함

이 비 그치면
꽃이 활짝 피어나는 것 → 생명력
시새워 벙글어질 고운 꽃밭 속
시샘하듯 앞다투어 피어날 / 봄의 생명력이 가득한 공간
처녀애들 짝하여 새로이 서고 ▶ 3연: 봄비 그친 뒤 처녀애들 짝하여 새로이 서는 꽃밭

→ 화자가 서러움을 느끼는 이유: 임과의 사별로 인한 것임을 짐작할 수 있음

임 앞에 타오르는
① 그리움의 대상 ② 부재하는 대상
향연(香煙)과 같이
향이 나며 타는 연기 → 임의 죽음을 암시함(원관념: 아지랑이)
땅에선 또 아지랑이 타오르것다. ▶ 4연: 봄비 그친 뒤 향연같이 타오를 아지랑이
봄이 왔음을 알게 하는 존재(계절감), 상승 이미지

**감상 포인트**

생동감이 느껴지는 봄의 풍경과 화자의 정서가 대비를 이루는 이유와 그 효과를 파악해야 한다.

## 작품 분석 노트

• 시상의 전개

봄비가 그친 뒤 생동하는 자연의 모습을 상상함

↓

부재하는 임을 떠올리며 그리움과 슬픔을 느낌

• 자연과 대비되는 화자의 정서

| 보리밭, 종달새, 꽃밭, 아지랑이 | ↔ 대비 | 임을 잃은 화자의 애상감 |
|---|---|---|
| • 봄의 계절감<br>• 생명력 넘치는 자연 | | |

• 종결 어미의 반복

| -것다 | • 각운 형성, 운율감 조성<br>• 그리움과 슬픔을 절제하는 듯한 어조 형성 |
|---|---|

## 핵심 포인트 1 시어 · 시구의 의미와 기능 파악

이 작품은 임을 잃은 화자의 애상적 정서를 봄날의 풍경을 통해 형상화한 시이다. 화자의 정서와 관련된 시어 및 시구의 의미와 기능을 파악할 수 있어야 한다.

**시어 및 시구의 의미와 기능**

| 시어·시구 | 의미와 기능 |
|---|---|
| 비 | 시상 유발의 매개체. 애상적 분위기 조성 |
| 강나루 긴 언덕 | 화자의 마음속 공간(관념적 공간) |
| 고운 꽃밭 | 봄의 생명력이 가득한 공간 |
| 향연 | 향이 타며 나는 연기<br>→ 임 앞에 타오르는 향불의 연기로, 제사 상황 및 임의 죽음을 연상시킴 |
| 푸르른 보리밭길, 종달새 | 봄의 생명력을 느낄 수 있는 대상 |

## 핵심 포인트 2 표현상 특징 파악

이 작품은 봄날의 아름다운 정경과 화자가 느끼는 애상적 정서를 다양한 표현 방식을 활용하여 효과적으로 전달하고 있으므로 표현상 특징을 알아 두어야 한다.

**표현상 특징**

|  |  |
|---|---|
| 대립적 이미지 | 활기찬 이미지: 푸르른 보리밭길, 종달새, 고운 꽃밭, 처녀애들 ↕ 애상적 이미지: 비, 서러운 풀빛, 향연 → 생동감 넘치는 봄에 느끼는 슬픔과 한(恨) 강조<br>하강 이미지: 비 ↕ 상승 이미지: 아지랑이 → 화자의 애상감 심화 |
| 감정 이입 | '서러운 풀빛이 짙어오것다.'<br>→ 임의 부재로 인한 서러움을 자연물에 이입하여 나타냄 |
| 색채어 | '푸르른 보리밭길'<br>→ 색채어를 활용하여 봄의 생명력을 부각함 |
| 비유적 표현, 추상적 대상의 구체화 | '내 마음 강나루 긴 언덕에 / 서러운 풀빛이 짙어오것다.'<br>→ 임을 잃은 서러움을 강나루 긴 언덕에 서러운 풀빛이 짙어 오는 것에 빗대어 나타냄. '마음'이라는 추상적 대상을 '강나루 긴 언덕'이라는 공간으로 구체화함 |

## 핵심 포인트 3 다른 작품과의 비교

이 작품과 김춘수의 〈강우〉는 임과 사별한 슬픔을 노래했다는 공통점이 있으므로 두 작품을 비교 감상할 수 있어야 한다.

**김춘수의 〈강우〉와의 비교**

조금 전까지는 거기 있었는데
어디로 갔나,
밥상은 차려 놓고 어디로 갔나,
(중략)
한 뼘 두 뼘 어둠을 적시며 비가 온다.
혹시나 하고 나는 밖을 기웃거린다.
나는 풀이 죽는다.
빗발은 한 치 앞을 못 보게 한다.
왠지 느닷없이 그렇게 퍼붓는다.
지금은 어쩔 수가 없다고.

|  |  |
|---|---|
| 제재 | 아내의 부재(죽음) |
| 주제 | 아내의 죽음으로 인한 상실감과 아내에 대한 그리움 |
| '비'의 기능 | 우울한 분위기를 형성하고 화자의 슬픔을 심화함 |
| 정서와 태도 | 아내의 부재를 받아들이지 못하고 일상의 곳곳에서 아내를 찾지만, 오히려 아내의 부재를 확인하고 비통해함 |

### 작품 한눈에

• 해제

〈봄비〉는 봄비가 그친 뒤 다가올 생명력 넘치는 자연의 풍경을 배경으로 사랑하는 임과 이별한 화자가 느끼는 애상감을 읊은 작품이다. 봄비가 그친 뒤 약동하는 봄날의 풍경은 임의 부재로 인해 서러움을 느끼고 있는 화자의 처지와 대비를 이루어 화자의 슬픔을 부각하는 효과가 있다. 3음보의 민요적 율격, 향토적 소재의 사용, '-것다'의 반복 등으로 전통적 애상감을 자아내고 있다.

• 화자와 시적 상황

이 시의 화자는 임과 이별한 이로 봄비 내리는 날, 아름다운 봄날의 정경을 떠올리며 애잔한 슬픔, 서러움 등을 느끼고 있다. 화자가 4연에서 봄의 아지랑이를 '임 앞에 타오르는' 향불의 연기에 비유한 데서 임과 사별한 처지에 놓여 있음을 짐작해 볼 수 있다.

• 주제

봄비 내리는 날의 애상감

현대시 31

한 줄 평 이별의 아픔을 승화시킨 성숙한 사랑을 드러낸 시

# 찔레 문정희

▸ 기출 수록 교육청 2017 4월

꿈결처럼
직유법
화자의 지난 사랑을 환기시키는 시간적 배경
초록이 흐르는 이 계절에 ▒: 색채 대비
찔레가 피는 시기, 시각적 이미지
그리운 가슴 가만히 열어

한 그루
▒: 동일한 시구의 반복 → 화자의 간절한 바람 강조
찔레로 서 있고 싶다 ▸ 1연: 찔레가 되어 서 있고 싶은 마음
그리움, 사랑의 아픔까지 아름답게 간직하려는 화자의 표상

사랑하던 그 사람
과거형 표현 → 지나간 사랑임이 드러남
「조금만 더 다가서면 「 」: 아름다운 사랑을 이루지 못한 상황(현재) → 화자의 아쉬움이 드러남
가정적 상황 제시
서로 꽃이 되었을 이름」
아름다운 사랑
오늘은
과거의 아픈 사랑을 포용한 현재
찔레꽃이 무더기로 피어있는 모습
송이송이 흰 찔레꽃으로 피워 놓고 ▸ 2연: 이루지 못한 사랑의 아픔을 담은 찔레꽃
이루지 못한 사랑으로 인한 아픔, 화자의 사랑을 풍성하고 순수한 흰 꽃으로 피움

먼 여행에서 돌아와
① 이별의 아픔으로 인한 방황 ② 이별을 경험한 후 아파했던 시간
이슬을 털듯 추억을 털며
추상적 관념의 구체화 – 아픈 사랑의 추억을 털어 버린다는 의미
초록 속에 가득히 서 있고 싶다 ▸ 3연: 아픈 추억을 털어 내고 싶은 마음

**감상 포인트**
찔레의 상징적 의미와 각 시구에 담긴 화자의 정서, 태도를 이해한다.

그대 사랑하는 동안 / 내겐 우는 날이 많았었다
사랑의 아픔과 고통으로 힘들었던 시간들을 떠올림

추상적 관념의 구체화 – 사랑으로 인한 아픔을 구체화함
아픔이 출렁거려 / 늘 말을 잃어 갔다 ▸ 4~5연: 사랑의 아픔으로 힘들었던 날들
사랑의 아픔으로 실의에 빠졌던 시간들을 떠올림

오늘은 그 아픔조차
보조사 '은'의 사용 → 과거와 다른 현재를 나타냄
예쁘고 뾰족한 가시로
역설법 – 사랑은 아픔을 주기도 하지만 아름다운 것임을 나타냄
꽃 속에 매달고 ▸ 6연: 사랑의 아픔을 아름답게 승화하려는 의지
사랑의 아픔마저 끌어안는 포용의 자세

슬퍼하지 말고
스스로에게 하는 다짐
「꿈결처럼
「 」: 수미상관의 변형
초록이 흐르는 이 계절에
사랑의 아픔을 승화시키는 계절(봄)
무성한 사랑으로 서 있고 싶다」 ▸ 7연: 사랑의 아픔까지 수용하는 성숙한 태도
아픔을 승화한 성숙한 사랑, 찔레꽃

## 작품 분석 노트

• 시상 전개 과정

| | |
|---|---|
| 1~3연 (현재) | • 오늘, ~고 싶다 → 현재<br>• 사랑하던 사람을 떠올림<br>• 이루지 못한 사랑을 아쉬워함<br>• 과거의 추억을 털어 버리고 찔레로 서 있고 싶어 함 |
| 4~5연 (과거) | • ~았었다 / 았다 → 과거<br>• 사랑의 아픔과 고통을 겪었던 지난날을 떠올림 |
| 6~7연 (현재) | • 오늘, ~고 싶다 → 현재<br>• 사랑의 아픔마저 포용하는 내면의 성숙을 보여 줌 |

↓

이루지 못한 옛사랑으로 괴로워하던 화자가 사랑의 아픔까지도 포용하는 성숙한 사랑을 추구함

• '찔레'의 상징적 의미

• 사랑하던 사람에 대한 그리움, 사랑을 간직한 화자의 모습
• 사랑의 아픔까지 아름답게 간직한 화자의 모습

• 시구의 의미

| 가시 | |
|---|---|
| 예쁘고 | 뾰족한 |
| 사랑의 아름다움 | 사랑의 아픔 |

↓

가시를 꽃속에 매다는 것은 사랑의 아픔을 승화한 성숙한 사랑을 드러냄

## 핵심 포인트 1 표현상 특징 파악

이 작품은 색채 대비, 동일한 시구의 반복, 추상적 개념의 구체화 등 다양한 표현 방법을 활용하여 주제 의식을 형상화하고 있으므로 표현상 특징과 효과를 정리해야 한다.

**◎ 표현상 특징**

| | |
|---|---|
| 색채 대비 | '초록이 흐르는 이 계절에', '흰 찔레꽃으로 피워 놓고'<br>→ 초록과 흰 찔레꽃의 색채 대비를 통해 사랑으로 인한 아픔을 승화하려는 화자의 심정 강조 |
| 동일한 시구의 반복 | '찔레로 서 있고 싶다', '초록 속에 가득히 서 있고 싶다', '무성한 사랑으로 서 있고 싶다'<br>→ '서 있고 싶다'를 반복하여 화자의 소망을 강조함 |
| 추상적 관념의 구체화 | • 추억(추상적 관념)을 털며(구체적 행동)<br>→ 추상적 관념을 구체적 행동과 연결하여 사랑으로 인한 방황을 끝내겠다는 태도를 표현함<br>• 아픔(추상적 관념)이 출렁거려(구체적 움직임)<br>→ 추상적 관념을 구체적 움직임과 연결하여 지난날 경험했던 사랑의 고통을 시각화함 |
| 역설법 | '예쁘고 뾰족한 가시'<br>→ 사랑이 아픔을 주지만 아름다운 것임을 나타냄 |
| 수미상관 | (1연) '꿈결처럼 / 초록이 흐르는 이 계절에 ~ 찔레로 서 있고 싶다', (7연) '꿈결처럼 / 초록이 흐르는 이 계절에 / 무성한 사랑으로 서 있고 싶다'<br>→ 1연의 내용을 7연에서 변형하여 반복함으로써 구조적 안정감을 확보함 |

## 핵심 포인트 2 시어 · 시구의 의미 파악

이 작품은 가시가 있지만 아름다운 꽃을 피우는 찔레에 빗대어 이별의 아픔을 승화한 성숙한 사랑을 표현하고 있다. 따라서 화자의 정서 및 태도를 드러내는 시어 · 시구의 의미를 파악할 수 있어야 한다.

**◎ 시어 · 시구의 의미**

| | |
|---|---|
| 찔레 | 그리움, 사랑의 아픔까지 아름답게 간직한 화자의 모습 |
| 조금만 더 다가서면 / 서로 꽃이 되었을 이름 | 사랑을 이루지 못한 화자의 아쉬움, 안타까움 |
| 이슬을 털듯 추억을 털며 | 과거의 사랑으로 인한 방황과 아픔을 끝내고자 함 |
| 내겐 우는 날이 많았었다 | 사랑으로 인해 아팠던 적이 많음 |
| 늘 말을 잃어 갔다 | 사랑으로 인해 실의에 빠졌던 시간들이 많음 |
| 예쁘고 뾰족한 가시 | 아픔을 주면서 아름다운 사랑 |
| 무성한 사랑으로 서 있고 싶다 | 아픔을 승화시킨 성숙한 사랑의 자세를 지향함 |

## 핵심 포인트 3 다른 작품과의 비교

이 작품과 한용운의 〈님의 침묵〉은 이별에 대응하는 화자의 정서를 중심으로 시상을 전개하고 있다. 따라서 두 작품에 나타난 화자의 정서 · 태도를 비교 감상할 수 있어야 한다.

**◎ 한용운의 〈님의 침묵〉과 비교**

님은 갔습니다. 아아, 사랑하는 나의 님은 갔습니다.
푸른 산빛을 깨치고 단풍나무 숲을 향하여 난 작은 길을 걸어서, 차마 떨치고 갔습니다.
(중략)
그러나 이별을 쓸데없는 눈물의 원천을 만들고 마는 것은 스스로 사랑을 깨치는 것인 줄 아는 까닭에, 걷잡을 수 없는 슬픔의 힘을 옮겨서 새 희망의 정수박이에 들어부었습니다.
우리는 만날 때에 떠날 것을 염려하는 것과 같이, 떠날 때에 다시 만날 것을 믿습니다.

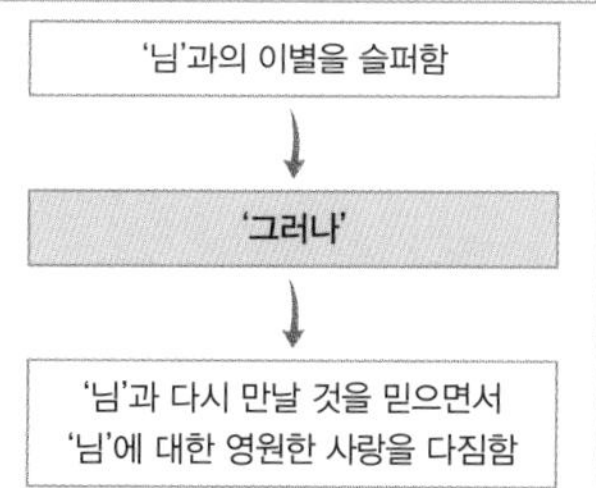

'님'과의 이별을 슬퍼함
'그러나'
'님'과 다시 만날 것을 믿으면서
'님'에 대한 영원한 사랑을 다짐함

→ 〈찔레〉의 화자는 사랑하던 그 사람과 이별 후 방황하다가 '오늘은' 이별의 아픔마저 끌어안고 아름답게 승화시키겠다고 다짐한다. 〈님의 침묵〉의 화자는 임과의 이별을 슬퍼하다가 '그러나' 이후에 재회를 믿으며 영원한 사랑을 다짐한다.

### 작품 한눈에

• 해제

〈찔레〉는 가시를 품고 있지만 아름다운 꽃을 피우는 찔레꽃의 이미지를 통해 사랑의 아픔까지도 포용하려는 성숙한 사랑의 자세를 형상화한 작품이다. 찔레의 뾰족한 가시는 사랑의 아픔을, 가시를 달고도 흰 꽃을 피우는 찔레는 사랑의 아픔을 승화한 화자를 의미한다고 볼 수 있다. 또한 '서 있고 싶다'라는 구절이 반복되는 데에서는 아픔을 승화시킨 성숙한 사랑을 꿈꾸는 화자의 소망과 의지를 확인할 수 있다.

• 화자와 시적 상황

이 시의 화자는 이루지 못한 옛사랑에 대한 아쉬움을 느끼면서 지난날 겪은 사랑의 아픔과 고통을 떠올리고 있다. 그리고 이제는 그 아픔을 승화하려는 소망을 드러내며 성숙한 사랑의 자세를 보여 주고 있다.

• 주제

아픔을 승화시킨 성숙한 사랑

한 줄 평 첫사랑의 실패를 통해 사랑의 본질에 대한 깨달음을 노래한 시

# 낙화, 첫사랑 김선우

1

그대가 아찔한 절벽 끝에서
꽃 → 화자의 첫사랑 / 이별의 상황
바람의 얼굴로 서성인다면 그대를 부르지 않겠습니다
꽃이 떨어지는 모습, 화자와 헤어지는 '그대'의 모습
옷깃 부둥키며 수선스럽지 않겠습니다
이별을 만류하거나 슬퍼하는 모습
그대에게 무슨 연유가 있겠거니
사랑하는 이에 대한 신뢰, 이해
내 사랑의 몫으로
그대를 사랑하는 화자가 감당해야 할 몫
그대의 뒷모습을 마지막 순간까지 지켜보겠습니다
꽃이 떨어지는 모습, 이별하는 모습
손 내밀지 않고 그대를 다 가지겠습니다
이별을 수용하는 것이 곧 사랑의 완성이라는 인식을 역설적으로 드러냄

(음영): 동일한 어미의 반복 → 의지적 태도 강조

(1~3행) 이별을 수용하는 태도

(4~6행) 떠나는 그대를 이해하고 포용하는 태도

▶ 1연: 이별을 수용함으로써 사랑을 완성하려는 의지

2

아주 조금만 먼저 바닥에 닿겠습니다
가장 낮게 엎드린 처마를 끌고
추락하는 그대의 속도를 앞지르겠습니다
진정한 사랑을 위해 자신부터 먼저 구원하려는 의지
내 생을 사랑하지 않고는
다른 생을 사랑할 수 없음을 늦게 알았습니다
그대보다 먼저 바닥에 닿아
어린아이의 작은 이불 = 포대기
강보에 아기를 받듯 온몸으로 나를 받겠습니다
매우 소중하게 다루는 모습 / 진정한 사랑을 위해 자신부터 사랑해야 한다는 인식을 드러냄

(네모): ① '치마'의 방언 – 모성의 이미지
② 비나 눈을 막는 지붕의 끝부분 – 추락하는 것을 부드럽게 받을 수 있는 곡선의 이미지

(4~5행) 사랑의 본질에 대한 새로운 깨달음

▶ 2연: 진정한 사랑을 위해 자신을 먼저 사랑하려는 의지

**감상 포인트**

이별에 대한 화자의 태도와 첫사랑의 경험을 통해 화자가 얻은 깨달음이 무엇인지를 파악한다.

## 작품 분석 노트

• 시상 전개 방식

이 작품은 화자가 1연에서 첫사랑의 실패로 인해 맞게 된 이별을 온전히 수용하는 태도를 보이다가 2연에서는 진정한 사랑에 대한 새로운 깨달음을 바탕으로 자신을 먼저 사랑해야 한다는 인식을 드러내고 있다.

| | |
|---|---|
| 1연 | '그대'가 떠나더라도 떠나는 그대를 포용하고 이별을 받아들이려는 태도 → 이별의 수용이 곧 사랑의 완성임 |

↓

| | |
|---|---|
| 2연 | 자신을 소중히 여기고 사랑하려는 태도 → 진정한 사랑을 위해 자신을 먼저 사랑해야 함 |

• 동일한 어미 반복과 변주의 효과

동일한 어미를 반복하여 운율을 형성하고, 특히 '–습니다'라는 경어체를 통해 주제 의식을 강조하고 있다.

–겠습니다 / –았습니다

↓

• '–겠습니다'를 반복적으로 사용하여 사랑에 임하는 화자의 의지적 태도를 나타내어 주제 의식을 강조함
• 2연에서 '–았습니다'로 변주하여 1연과 2연에 나타난 화자의 태도를 매개하는, 사랑의 본질에 대한 깨달음을 제시함

• 역설적 표현

| 손 내밀지 않음 (그대를 순순히 보냄) | 모순 ↔ | 그대를 다 가지겠음 |
|---|---|---|

↓

이별의 수용을 사랑의 완성으로 보고 그대와의 사랑을 온전히 간직하겠다는 의지를 강조함

• 시구의 의미

2연 6~7행 '그대'와 '나' 중에서 '나'만을 구원하겠다는 의미라기보다는 '나'를 구원함으로써 그대를 진정으로 사랑할 수 있게 된다는 의미로 해석할 수 있다.

## 핵심 포인트 1 작품의 주제 의식 파악

이 작품에서 화자는 낙화의 떨어지는 이미지를 중심으로 진정한 사랑에 대한 깨달음을 보여 주고 있다. 낙화의 이미지와 화자의 인식을 관련지어 이러한 통찰의 내용을 파악할 수 있어야 한다.

**◎ 시상 전개에 따른 화자의 사랑에 대한 인식**

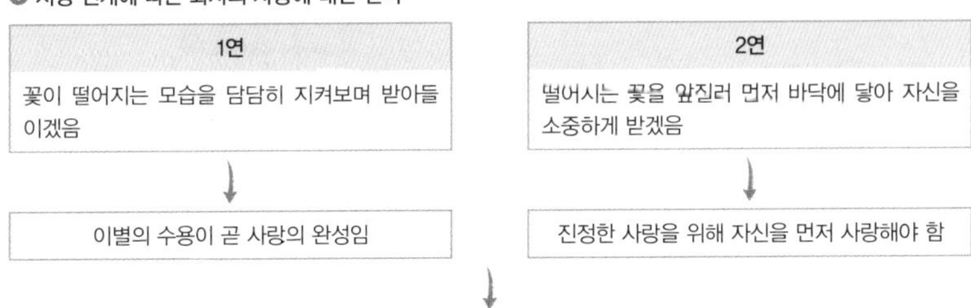

1연
꽃이 떨어지는 모습을 담담히 지켜보며 받아들이겠음
2연
떨어지는 꽃을 앞질러 먼저 바닥에 닿아 자신을 소중하게 받겠음
이별의 수용이 곧 사랑의 완성임
진정한 사랑을 위해 자신을 먼저 사랑해야 함


**작품의 주제 의식**

첫사랑의 경험을 통해 얻은 정신적 성숙과 사랑의 본질에 대한 깨달음

## 핵심 포인트 2 화자의 정서 및 태도 파악

이 작품에서는 의지적 어조를 활용하여 화자의 정서 및 태도 변화를 나타내고 있다. 1연에서 '그대'와의 이별에 대한 태도를 드러내는 시구와 2연에서 사랑의 본질에 대한 태도를 드러내는 시구의 의미를 파악할 수 있어야 한다.

**◎ 화자의 태도**

| '그대'와의 이별에 대한 태도 | | 사랑의 본질에 대한 태도 |
|---|---|---|
| • 그대를 부르지 않겠습니다: 억지로 붙잡지 않음<br>• 수선스럽지 않겠습니다: 차분히 지켜봄<br>• 마지막 순간까지 지켜보겠습니다: 마지막까지 이해하고 포용함 | → | • 먼저 바닥에 닿겠습니다: 그대와의 사랑을 위해 화자 자신부터 구원하려 함<br>• 그대의 속도를 앞지르겠습니다: 상대보다 자신을 더 소중히 여김 |
| ↓ | | ↓ |
| 손 내밀지 않고 그대를 다 가지겠습니다: 이별을 온전히 수용함 | | 그대보다 먼저 바닥에 닿아 ~ 나를 받겠습니다: 스스로를 먼저 사랑하고 구원함 |

## 핵심 포인트 3 다른 작품과의 비교 감상

이 작품을 사랑의 본질에 대한 깨달음을 노래한 다른 작가의 작품과 비교 감상할 수 있어야 한다.

**◎ 황동규의 〈즐거운 편지〉와의 비교**

> Ⅰ
> 내 그대를 생각함은 항상 그대가 앉아 있는 배경에서 해가 지고 바람이 부는 일처럼 사소한 일일 것이나 언젠가 그대가 한없이 괴로움 속을 헤매일 때에 오랫동안 전해 오던 그 사소함으로 그대를 불러 보리라.
>
> Ⅱ
> 진실로 진실로 내가 그대를 사랑하는 까닭은 내 나의 사랑을 한없이 잇닿은 그 기다림으로 바꾸어 버린 데 있었다. 밤이 들면서 골짜기엔 눈이 퍼붓기 시작했다. 내 사랑도 어디쯤에선 반드시 그칠 것을 믿는다. 다만 그때 내 기다림의 자세를 생각하는 것뿐이다. 그동안에 눈이 그치고 꽃이 피어나고 낙엽이 떨어지고 또 눈이 퍼붓고 할 것을 믿는다.

→ 〈즐거운 편지〉의 화자는 '그대'와 서로 사랑하는 사이가 아니더라도 '그대'에 대한 생각 속에서 '기다림'을 지속하는 것이 곧 그대에 대한 사랑이라는 통찰을 드러내고 있다. 〈낙화, 첫사랑〉과 〈즐거운 편지〉는 사랑하는 상대와 이루어지지 못한 상황을 바탕으로 사랑에 대한 새로운 통찰을 제기하고 있다는 점에서 공통적이다. 그러나 〈즐거운 편지〉의 화자는 시간이 지나 상대에 대한 사랑이 '그칠' 날에도 그대를 기다리는 것이 사랑의 본질이라고 보는 한편, 〈낙화, 첫사랑〉의 화자는 자신에 대한 사랑이 우선되어야 그대를 온전히 사랑할 수 있다는 것이 사랑의 본질이라고 본다는 점에서 차이가 있다.

### 작품 한눈에

• **해제**

〈낙화, 첫사랑〉은 낙화의 이미지를 활용하여 첫사랑의 실패로 인한 이별의 경험, 그로부터 새롭게 얻게 된 사랑의 본질에 대한 깨달음을 표현하고 있는 작품이다. 첫사랑에 실패한 화자는 이별을 담담히 수용하며 사랑의 완성을 위해 이별을 기꺼이 감내하겠다는 의지를 보인다. 또한 누군가를 사랑하기 위해서는 자신을 먼저 사랑해야 한다는 깨달음을 통해, 화자는 이별을 통한 정신적 성숙의 경지를 보여 주고 있다.

• **화자와 시적 상황**

이 시의 화자는 1연에서 떠나는 그대를 이해하고 포용하면서 이별을 담담히 수용하고 있다. 그리고 2연에서는 진정한 사랑을 위해 자신을 먼저 사랑하고자 하는 의지를 드러내며 사랑의 본질에 대한 깨달음을 전달하고 있다.

• **주제**

첫사랑의 실패를 통해 얻은 사랑의 본질에 대한 깨달음

현대시 33

◇ 한 줄 평 가을날 도시에서 느끼는 고독과 애수를 노래한 시

# 추일서정 김광균

▸ 기출 수록 평가원 2020 6월

낙엽은 폴―란드 망명정부의 지폐 ▒: 은유법의 활용
'낙엽'의 보조 관념(은유) – 수북이 쌓여 쓸모없는 것, 무가치함, 황량하고 쓸쓸한 이미지
포화(砲火)에 이즈러진
총포를 쏠 때에 일어나는 불
도룬 시(市)의 가을 하늘을 생각게 한다
폴란드의 도시 이름 – 이국적 이미지
길은 한 줄기 구겨진 넥타이처럼 풀어져 □: 근대화 · 도시 문명과 관련한 소재
구불구불 이어진 길의 모습, 직유법
일광(日光)의 폭포 속으로 사라지고
눈부시게 쏟아지는 햇살, '폭포'의 원관념: 일광
조그만 담배 연기를 내어 뿜으며
증기를 내뿜는 급행차의 모습(의인법), '조그만 담배 연기'의 원관념: 급행차의 연기
새로 두 시의 급행차가 들을 달린다
'근골'의 원관념: 포플라 나무의 빈 가지
「포플라 나무의 근골(筋骨) 사이로
앙상한 나뭇가지, 가을날의 황량함을 환기하는 이미지
공장의 지붕은 흰 이빨을 드러내인 채
'흰 이빨'의 원관념: 공장 지붕
한 가닥 꾸부러진 철책이 바람에 나부끼고

그 위에 세로팡지(紙)로 만든 구름이 하나」 ▸ 1~11행: 도시의 황량하고 쓸쓸한 가을 풍경
인공물을 활용해 자연물을 표현함 「 」: 황량하고 삭막한 도시 풍경
자욱―한 풀벌레 소리 발길로 차며
공감각적 이미지
호올로 황량한 생각 버릴 곳 없어
가을 풍경을 보고 느낀 화자의 정서 직접 표출
허공에 띄우는 돌팔매 하나
황량함과 고독감에 돌멩이를 허공에 던지는 화자
기울어진 풍경의 장막 저쪽에
'장막'의 원관념: 풍경 ┌ 하강의 이미지
고독한 반원을 긋고 잠기어 간다 ▸ 12~16행: 황량한 풍경 속 고독한 마음을 느끼는 화자
고독에서 벗어날 수 없음

**감상 포인트**

작품에 사용된 소재의 이미지, 가을날 풍경에 대한 화자의 인식과 행동에 주목하여 작품을 이해해야 한다.

**작품 분석 노트**

• 시상 전개 방식

이 작품은 먼저 경치를 보여 주고, 그 다음에 화자의 정서를 제시하는 선경후정의 구조로 시상을 전개하고 있다.

| 선경 | 1~11행에서 도시의 황량한 가을 풍경을 제시함 |
|---|---|
| 후정 | 12~16행에서 황량한 도시의 가을 풍경을 보며 고독을 느끼는 화자의 정서를 제시함 |

• 표현상 특징

| 감각적 이미지 | • '공장의 지붕은 흰 이빨을 드러내인 채'에서 시각적 이미지를 사용하여 근대 문명에 대한 부정적 인식을 나타냄<br>• '자욱―한 풀벌레 소리 발길로 차며'에서 청각적 이미지를 시각 또는 촉각적 이미지로 전이하여 나타냄 |
|---|---|
| 시적 허용 | '호올로'라는 문법에 어긋나는 표현을 사용해 운율적 효과를 주며 화자의 정서(고독감)를 강조함 |
| 시선의 이동에 따른 풍경 묘사 | 낙엽 → 길 → 급행차 → 포플라 나뭇가지 → 공장의 지붕 → 구름 |

## 핵심 포인트 1 소재의 의미와 기능 파악

이 작품에서는 가을날 도시의 황량하고 쓸쓸한 풍경, 화자의 고독을 형상화하기 위해 사용된 소재들에 대해 알아둘 필요가 있다.

**소재의 의미와 기능**

| | |
|---|---|
| 낙엽 | '폴란드 망명정부의 지폐'와 연결되어 쓸쓸한 이미지를 형성함 |
| 포플라 나무, 공장의 지붕 | 각각 '근골', '흰 이빨을 드러내인 채'와 연결되어 앙상하고 황량한 느낌을 줌 |
| 돌팔매 | 황량한 현실에서 벗어나고 싶은 화자의 행위로 나타남 |

**도시적 · 이국적 이미지의 소재 활용**

'폴―란드 망명정부의 지폐', '도룬 시', '넥타이', '급행차', '공장의 지붕', '철책', '세로팡지'

- 가을의 풍경을 현대적 감각으로 신선하게 표현함
- 당시 시대 상황에 대한 불안감, 도시 문명에 대한 비판 의식을 드러냄

## 핵심 포인트 2 외적 준거에 따른 감상

이 작품이 1930년대 모더니즘, 그중에서도 이미지즘 경향의 시라는 점을 바탕으로 그 특징을 이해할 수 있어야 한다. 또한 작품 창작 당시의 시대적인 분위기와도 관련지어 작품을 해석할 수 있어야 한다.

**1930년대 모더니즘의 특성**

문학에서 모더니즘은 주로 전통과의 단절 속에 새로운 형식을 실험하는 형태로 나타났다. 그런 까닭에 내용보다는 형식을 중시하는 경향을 보였는데, 1930년대 모더니즘은 주로 시각적(회화적) 이미지를 중시하는 이미지즘적인 경향을 보였다. 대표적인 시인으로는 김광균, 김기림, 정지용, 장만영 등이 있다. 〈추일서정〉에서는 공감각적 이미지를 비롯한 회화적인 이미지가 잘 드러나 있다.

**1930년대 시대적 상황**

1930년대에 일제는 식민지 공업화를 본격적으로 추진하기 시작하였다. 대공황에 직면한 일본이 경제 위기로부터 벗어나기 위해 식민지 수탈을 위한 공장을 건설하였고, 이 과정에서 조선은 급속한 도시화가 이루어졌다. 〈추일서정〉은 이러한 급속한 도시화에 적응하지 못한 한 개인의 고독을 통해 도시 문명에 대한 비판을 간접적으로 드러내고 있다고 볼 수 있다.

## 핵심 포인트 3 다른 작품과의 비교

시각적 이미지를 활용한 회화적 구성으로 화자의 정서를 표현하는 이미지즘 경향의 다른 작품과 비교하여 감상할 수 있어야 한다.

**김기림의 〈바다와 나비〉와의 비교**

아무도 그에게 수심(水深)을 일러 준 일이 없기에 / 흰 나비는 도무지 바다가 무섭지 않다.

청(靑)무우밭인가 해서 내려갔다가는 / 어린 날개가 물결에 절어서 / 공주(公主)처럼 지쳐서 돌아온다.

삼월(三月)달 바다가 꽃이 피지 않아서 서글픈 / 나비 허리에 새파란 초생달이 시리다.

→ 이 시의 화자는 순수한 나비가 바다에서 겪는 시련과 좌절을 통해 근대화된 현실의 냉혹함을 보여 주고 있다. 삼월 바다의 푸른색, 흰 나비, 새파란 초생달 등 시각적 이미지가 주로 쓰였다는 점에서 다양한 소재를 활용해 가을날 풍경을 회화적으로 표현한 〈추일서정〉과 연계하여 학습할 수 있다.

### 작품 한눈에

- 해제
〈추일서정〉은 쓸쓸하고 황량한 가을날의 풍경과 화자의 고독감을 형상화한 시이다. 근대 문명과 관련한 소재를 활용하여 도시 풍경을 독창적으로 표현한 다음, 이 가운데 느끼는 삶의 고독과 비애를 드러내는 구성을 취하고 있다. 비유적 표현과 감각적 이미지의 활용이 두드러진다는 점이 매우 특징적이다.

- 화자와 시적 상황
이 시의 화자는 수북이 쌓인 낙엽, 길, 들판을 달리는 급행차, 앙상한 포플라 나무와 공장 지붕의 철책, 구름 등을 차례로 바라보고 보고 있다. 그리고 이 황량하고 삭막한 도시 풍경 속에서 깊은 고독감을 느끼고 있다.

- 주제
쓸쓸하고 황량한 가을날의 풍경과 고독감

현대시 34

◇ 한 줄 평 유년 시절의 평화로운 여름 풍경을 노래한 시

# 흑백 사진 - 7월 정일근

내 유년의 7월에는 냇가 잘 자란 미루나무 한 그루 솟아오르고 또 그 위 파란 하늘에 뭉게구름 내려와 어린 눈동자 속 터져나갈 듯 가득 차고 찬물들은 반짝이는 햇살 수면에 담아 쉼 없이 흘러갔다. 냇물아 흘러 흘러 어디로 가니, 착한 노래들도 물고기들과 함께 큰 강으로 헤엄쳐 가버리면 과수원을 지나온 달콤한 바람은 미루나무 손들을 흔들어 차르르 차르르 내 겨드랑에도 간지러운 새 잎이 돋고 물 아래까지 헤엄쳐가 누워 바라보는 하늘 위로 삐뚤삐뚤 헤엄쳐 달아나던 미루나무 한 그루. 달아나지 마 달아나지 마 미루나무야, 귀에 들어간 물을 뽑으려 햇살에 데워진 둥근 돌을 골라 귀를 가져다 대면 허기보다 먼저 온몸으로 퍼져오던 따뜻한 오수, 점점 무거워져 오는 눈꺼풀 위로 멀리 누나가 다니는 분교의 풍금소리 쌓이고 미루나무 그늘 아래에서 7월은 더위를 잊은 채 깜빡 잠이 들었다

- 시간적 배경
- 현재의 '나'가 유년 시절을 회상하고 있음
- ▒: 화자가 떠올린 유년 시절의 아름다운 풍경
- 상승 이미지
- 하강 이미지
- 자연과 동화된 화자의 모습
- 원관념: 시냇물 소리
- 「 」: 유년 시절에 물놀이를 하던 냇가의 아름다운 풍경
- 동요 '시냇물'의 한 구절 – 순수한 동심을 드러냄
- 공감각적 이미지(청각의 시각화)
- ▒: 음성 상징어
- 의인법
- 자연과 동화된 화자의 모습
- [ ]: 유년 시절의 아름답고 평화로운 여름 풍경
- 물속에서 바라본 미루나무가 바람에 흔들리는 모습
- 말을 건네는 어투 – 미루나무와 하나가 되고 싶은 마음
- 낮잠
- 촉각적 이미지, 시각적 이미지
- 낮잠을 자는 화자의 모습 – 평화로운 정경
- 「 」: 나른하게 졸린 가운데 들려오는 풍금소리를 통해 느끼는 평화로움
- 공감각적 이미지(청각의 시각화)
- [ ]: 물놀이를 하다 잠이 든 평화로운 유년 시절
- 화자가 잠든 것을 7월이 잠든 것으로 표현함(자연과 동화된 화자)

**감상 포인트**

유년 시절을 회상하는 작품의 전반적 분위기와 화자의 정서를 이해해야 한다.

## 작품 분석 노트

• 화자의 상황

'내 유년의 7월'을 통해 알 수 있듯이, 이 작품은 성인이 된 화자가 어린 시절의 추억을 회상하고 있다.

| 성인이 된 화자 | 유년 시절 어느 여름날을 회상하고 있음 |
|---|---|
| 유년 시절의 화자 | 평화롭고 아름다운 자연에서 물놀이하다 낮잠에 빠짐 |

↓

유년 시절의 아름다운 추억과 유년 시절에 대한 그리움

• '따뜻한 오수'의 의미

'따뜻한 오수'는 화자가 냇가에서 헤엄을 치고 난 후 미루나무의 그늘에서 낮잠에 빠져드는 상황으로 유년 시절의 평화로운 정경을 보여 준다.

따뜻한 오수

↓

화자가 자연 속에서 놀다가 낮잠을 자는 모습 – 유년 시절 어느 여름날의 평화로운 정경을 보여 줌

• 자연과 동화된 화자

이 작품에서 유년 시절의 화자는 아름답고 평화로운 자연 속에서 뛰어놀면서 자연과 일체감을 느끼고 있다.

- 파란 하늘에 뭉게구름 내려와 어린 눈동자 속 터져나갈 듯 가득 차고
- 차르르 차르르 내 겨드랑이에도 간지러운 새 잎이 돋고
- 달아나지 마 달아나지 마 미루나무야
- 햇살에 데워진 둥근 돌을 골라 귀를 가져다 대면 허기보다 먼저 온몸으로 퍼져오던 따뜻한 오수
- 미루나무 그늘 아래에서 7월은 더위를 잊은 채 깜빡 잠이 들었다.

↓

아름답고 평화로운 자연에 동화된 유년 시절 화자의 모습을 형상화함

## 핵심 포인트 1 제목의 의미 파악

이 작품은 자연 속에서 뛰어놀다 잠이 든 화자의 유년 시절의 한 장면을 그리고 있다. 이와 관련하여 제목인 '흑백 사진'의 의미가 무엇인지 파악할 수 있어야 한다.

**'흑백 사진 – 7월'의 의미**

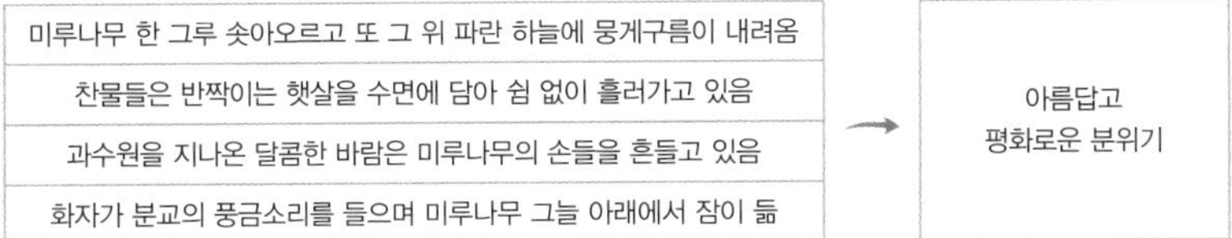

흑백 사진 – 7월
유년 시절 어느 여름날 냇가에서 물놀이하다 잠이 든 일을 회상함
유년 시절의 평화롭고 아름다운 추억의 한 장면을 의미함

## 핵심 포인트 2 시구의 표현상 특징과 효과 파악

이 작품에서 형상화된 화자의 유년 시절의 정경과 분위기를 파악하고, 이를 위해 활용한 표현상 특징과 효과를 파악할 수 있어야 한다.

**유년 시절 여름날의 정경과 분위기**

| 정경 | 분위기 |
|---|---|
| 미루나무 한 그루 솟아오르고 또 그 위 파란 하늘에 뭉게구름이 내려옴 | 아름답고 평화로운 분위기 |
| 찬물들은 반짝이는 햇살을 수면에 담아 쉼 없이 흘러가고 있음 | |
| 과수원을 지나온 달콤한 바람은 미루나무의 손들을 흔들고 있음 | |
| 화자가 분교의 풍금소리를 들으며 미루나무 그늘 아래에서 잠이 듦 | |

**표현상 특징 및 효과**

| 시구 | 특징 및 효과 |
|---|---|
| 냇가 잘 자란 ~ 쉼 없이 흘러갔다. | 유년 시절 화자의 시선에 포착된 미루나무, 하늘, 뭉게구름, 냇물의 모습을 시각적 심상을 활용하여 한 폭의 그림을 보듯 표현함 |
| 냇물아 흘러 흘러 ~ 헤엄쳐 가버리면 | '노래'가 헤엄쳐 간다는 비유적 표현과 공감각적 이미지를 활용하여 유년 시절 화자가 물놀이하던 평화로운 자연의 모습을 그려 냄 |
| 차르르 차르르 내 ~ 간지러운 새 잎이 돋고 | 음성 상징어를 활용하여 생동감을 주고, 내 겨드랑이에 간지러운 새 잎이 돋는 듯한 느낌이 든다고 하여 화자가 자연과 동화된 모습을 표현함 |
| 달아나지 마 달아나지 마 미루나무야, | 말을 건네는 어투로 자연물인 미루나무에 대한 애정을 드러냄 |
| 점점 무거워져 오는 ~ 풍금소리 쌓이고 | 공감각적 심상(청각의 시각화)을 통해 물놀이에 지쳐 나른하게 졸린 가운데 들려오는 풍금소리를 통해 화자가 느끼는 평화로움을 나타냄 |
| 7월은 더위를 잊은 채 깜빡 잠이 들었다. | 화자가 잠든 것을 7월이 잠든 것으로 표현함으로써 자연과 동화된 유년 시절 화자의 모습을 나타냄 |

## 핵심 포인트 3 다른 작품과의 비교 감상

이 작품과 기형도의 〈엄마 걱정〉은 공통적으로 유년 시절의 추억을 그리고 있다. 이 작품과 비교하여 〈엄마 걱정〉의 화자가 자신의 유년 시절을 어떻게 추억하고 있는지 파악할 수 있어야 한다.

**기형도의 〈엄마 걱정〉과의 비교**

> 열무 삼십 단을 이고 / 시장에 간 우리 엄마
> 안 오시네, 해는 시든 지 오래 / 나는 찬밥처럼 방에 담겨
> 아무리 천천히 숙제를 해도
> 엄마 안 오시네, 배춧잎 같은 발소리 타박타박 / 안 들리네, 어둡고 무서워
> 금 간 창틈으로 고요히 빗소리 / 빈방에 혼자 엎드려 훌쩍거리던
>
> 아주 먼 옛날 / 지금도 내 눈시울을 뜨겁게 하는
> 그 시절, 내 유년의 윗목

→ 이 작품은 화자의 유년 시절의 아름답고 평화로운 추억을 그리면서 유년 시절에 대한 그리움을 드러내고 있다. 반면 기형도의 〈엄마 걱정〉에서는 고단한 삶을 살았던 엄마와 엄마를 기다리며 느꼈던 어린 시절 화자의 외로움과 무서움을 형상화하고 있다.

### 작품 한눈에

- **해제**
〈흑백 사진 – 7월〉은 화자가 유년 시절의 여름 풍경을 회상하며 자연과 동화되었던 순수한 어린 시절의 모습을 감각적으로 그려 낸 작품이다. 시각, 청각, 촉각, 공감각 등 다양한 이미지와 비유적 표현, 음성 상징어를 사용해 유년 시절 자연의 풍경과 추억을 아름답고 생동감 있게 묘사하고 있다. 또한 이 작품은 유년의 추억을 한 편의 흑백 사진처럼 그려 내어 유년 시절에 대한 추억과 그리움이라는 주제 의식을 효과적으로 형상화하고 있다.

- **화자와 시적 상황**
이 시의 화자는 자연과 하나가 되었던 유년 시절을 회상하며 그리워하고 있다.

- **주제**
유년 시절에 대한 그리움

현대시 35

◇ 한 줄 평 다산 정약용의 삶을 통해 현실의 모순을 비판한 시

# 귤동리 일박 곽재구

아흐레 강진장 지나 / 장검 같은 도암만 걸어갈 때
겨울 바람은 차고 / 옷깃을 세운 마음은 더욱 춥다
황건 두른 의적 천만이 진을 친 듯
바다갈대의 두런거림은 끝이 없고
후두둑 바다오리들이 날아가는 하늘에서
그날의 창검 부딪는 소리 들린다
「적폐의 땅 풍찬노숙의 길을 / ㉠ 역시 맨발로 살 찢기며 걸어왔을까」
스러져 가는 국운, 해소 기침을 쿨럭이며
바라본 산천에 찍힌 소금 빛깔의 / 허름한 불빛 부릅뜬 눈 초근목피
어느덧 귤동 삼거리 주막에 이르면

얼굴 탄 주모는 생굴 안주에 막걸리를 내오고
그래 한잔 들게나 다산 / 혼자 중얼거리다 문득 바라본
벽 위에 빛바랜 지명 수배자 전단 하나
가까이 보면 낯익은 얼굴 몇 있을까
㉡도 모르는 사이에 하나하나 더듬어 가는데
누군가 거기 맨 나중에 / 덧붙여 적은 뜨거운 인적 사항 하나

정다산(丁茶山) 1762년 경기 광주산
깡마른 얼굴 날카로운 눈빛을 지님
전직 암행어사 목민관
「기민시 애절양 등의 애민을 빙자한
유언비어 날포로 민심을 흉흉케 한
자생적 공산주의자 및 천주학 수괴」

바람은 차고 바람 새에 / 톱날 같은 눈발 섞여 치는데
일박 사천 원 뜨겁게 군불이 지펴진 / 주막 방에 누워도 잠이 오지 않았다
「사람을 사랑하고 시대를 사랑하고 / 스스로의 양심과 지식을 사랑하여」
끝내는 쇠사슬에 묶이고 찢긴
누군가의 신음 소리가 문풍지에 부딪쳤다.

[주석]
- 강진장: 다산 정약용의 유배지인 전남 강진 – 시상 전개의 계기(강진 부근을 지나면서 다산의 삶을 떠올림)
- 아흐레: 9일에 열리는 강진의 장 / 장검 같은: 좁고 긴
- 음영: 화자의 여정 = 공간 이동('강진장 → 도암만 → 귤동 삼거리 주막')
- 겨울 바람은 차고: 계절적 배경 → 부정적 현실 암시 / 옷깃을 세운 마음: 추상적 대상의 구체화 – 부정적 현실에 대응하는 화자의 자세
- 빗금: 감각적 이미지 → 현실이나 시적 상황을 형상화함
- 황건 두른 의적 천만: 동학 농민 운동에 참여한 수많은 의병들 (연상)
- 바다갈대의 두런거림: 현재 도암만의 풍경
- 1~6행: 과거와 현재의 교차(도암만의 바다 갈대와 바다오리들에서 과거 동학 농민 운동의 장면을 떠올림)
- 그날의 창검 부딪는 소리: 동학 농민 운동의 치열한 전투 상황 (연상)
- ▶ 1~8행: 도암만을 걸으며 떠올린 의병들의 행적
- 적폐: 오랫동안 쌓인 폐단 / 적폐의 땅: 민중들이 고통받는 현실
- 풍찬노숙: 바람을 먹고 이슬을 맞으며 잠을 잔다는 뜻으로 객지에서의 고생을 이름
- ㉠: 다산 정약용
- 「」: 다산의 고통스러운 유배 생활을 떠올림
- 스러져 가는 국운: 조선 말의 어지러운 현실
- 해소 기침을 쿨럭이며: 비극적 현실에 대한 백성들 또는 다산의 분노
- 소금 빛깔의: 궁핍한 현실 / 초근목피: 풀뿌리와 나무껍질로 연명하는 백성들의 비참한 현실
- ▶ 9~13행: 다산의 유배 생활과 당시의 현실 상상
- 얼굴 탄 주모: 고달픈 삶을 사는 민중의 모습 대변
- 그래 한잔 들게나 다산: 말을 건네는 어조 → 다산에 대한 화자의 위로와 연민 표현
- 지명 수배자 전단: 범죄자들을 잡아들이기 위한 것. 당시는 민주화 운동을 했던 지식인들을 지명 수배했음 – 여기서는 양심적 지식인을 가리킴
- 낯익은 얼굴: 부당한 권력에 저항하다 수배된 양심적 지식인
- ㉡: 화자 – 다산에게 연민을 느끼며 부당한 현실에 대한 비판적 인식을 지닌 인물
- 뜨거운 인적 사항: 고통받는 백성과 나라를 걱정하며 치열하게 살아온 다산의 삶 → 촉각적 이미지를 통한 의미 강조
- ▶ 14~22행: 귤동 삼거리 주막에서 떠올린 다산의 삶
- 정다산(丁茶山): 다산 정약용 / 1762년: 출생 연도 / 경기 광주산: 경기도 광주 출생
- 깡마른 얼굴 날카로운 눈빛을 지님: 다산의 외양 묘사 → 강직한 성품 암시
- 목민관: 백성을 다스려 기르는 벼슬아치라는 뜻으로, 고을의 원이나 수령 등을 이름
- 기민시 애절양: 백성들이 고통받는 현실을 비판한 다산의 한시들
- 「」: 지배 계층의 시각에서 바라본 다산의 죄목 ← 화자의 의도로 볼 때 메모 내용은 지배 계층의 부당한 폭력을 우회적으로 비판하는 반어적 표현으로 볼 수 있음
- 유언비어 날포로 민심을 흉흉케 한: 비참한 현실을 비판한 점 → 유언비어 날포
- 자생적 공산주의자: 공동 소유, 경제적 평등을 주장한 점 → 공산주의자
- 천주학 수괴: 천주교도인 점 → 수괴 / 수괴: 못된 무리의 우두머리
- ▶ 23~28행: 다산에 대해 적은 어떤 사람의 메모
- 새: 사이에
- 바람은 차고 ~ 치는데: 계절적 배경(겨울) → 암울한 시대 현실 암시
- 뜨겁게 군불이 지펴진: 안락한 잠자리
- 잠이 오지 않았다: 시대 현실에 대한 번민과 고뇌 속에서 잠을 이루지 못함
- 「」: 화자가 생각하는 다산(양심적 지식인)의 모습 → 이것이 탄압의 이유가 되는 현실에 대한 비판적 인식
- 쇠사슬에 묶이고 찢긴: 양심적 지식인에게 가해지는 구속과 탄압
- 누군가: ① 다산 ② 다산과 같은 양심적 지식인
- 누군가의 신음 소리: 바람 소리에서 연상된 현실의 비극성을 드러냄
- ▶ 29~36행: 시대를 사랑하고 양심과 지식을 사랑하는 이가 탄압받는 현실

**감상 포인트**

여정에 따른 추보식 구성을 통해 화자가 주목하고 있는 시적 대상의 의미를 파악한다. 특히 다산에 대한 메모에 담겨 있는 반어적 의도를 이해한다.

## 작품 분석 노트

• 추보식 구성에 따른 시상 전개

화자의 여정을 따라 공간의 이동이 이루어지면서 시적 대상이 제시되고 이에 대한 화자의 태도가 드러난다.

| 강진장 | '강진'은 4일과 9일과 같이 5일마다 장이 열리는 곳으로, 다산 정약용이 유배 생활을 한 지역이며, '장'은 민중들의 삶의 터전이라는 의미를 지님 |
|---|---|

↓

| 도암만 | 강진읍, 도암면 등으로 둘러싸인 좁고 긴 바다로, 화자는 이곳에서 불의에 저항한 민중들의 치열한 항쟁을 떠올림 |
|---|---|

↓

| 귤동 삼거리 주막 | '귤동리'는 다산이 유배 중 10년 동안 거처한 다산 초당이 있는 지역으로, 이곳 주막에서 화자는 다산과 같은 양심적 지식인이 고통을 받는 현실을 비판함 |
|---|---|

• 다산 정약용의 삶과 평가

지명 수배자 전단에 덧붙여 적힌 인적 사항은 다산 정약용에 대한 지배층의 부정적 평가를 반어적으로 비판하고자 하는 의도를 나타낸다.

정약용(1762~1836): 호는 다산. 조선 후기 문관, 실학자. 경기도 광주 출생.
- 목민관과 암행어사로 백성들의 고통을 살핌
- 〈기민시〉, 〈애절양〉 등 고통받는 백성들의 아픔을 대변하는 한시를 지음
- 천주교 박해 사건인 신유박해에 연루되어 18년간 유배 생활을 함
- 국가 제도와 법규의 준칙, 법 집행의 유의점, 목민관의 올바른 자세에 관한 저술로 《경세유표》, 《흠흠신서》, 《목민심서》 등을 남김
- 토지의 무상 분배와 공동 경작, 노동량에 따른 소득 분배 등을 내세운 '정전론', '여전론'을 주장함

↓

| 다산의 죄목 | 대조 ↔ | 화자의 인식 |
|---|---|---|
| • 유언비어 날포로 민심을 흉흉케 함<br>• 자생적 공산주의자<br>• 천주학 수괴 | | 사람과 시대를 사랑하고 스스로의 양심과 지식을 사랑함 |

↓

지배 계층의 부당한 권력을 우회적으로 비판함

## 핵심 포인트 1 시상 전개 방식 이해

이 시는 다산의 유배지였던 강진에서 현재와 과거의 교차를 통해 부당한 권력에 의해 양심적 지식인이 탄압받는 현실을 비판하고 있다. 따라서 과거와 현재가 만나는 방식에 대해 이해할 수 있어야 한다.

**과거와 현재의 만남**

[현재] 도암만의 풍경
두런거리는 바다갈대와 후두둑 날아가는 바다오리
[과거] 창검 부딪는 의병들의 현장

[현재] 귤동 삼거리 주막
시벙 수배자 전단 위에 덧붙여 적은 뜨거운 인적 사항
[과거] 다산 정약용의 삶

## 핵심 포인트 2 시구의 의미 파악

화자가 처한 현실 상황과 작품의 주제 의식을 이해하기 위해 시구의 의미를 파악할 수 있어야 한다.

**중요 시구의 의미와 역할**

| 시구 | 의미와 역할 |
|---|---|
| 겨울 바람은 차고 / 옷깃을 세운 마음은 더욱 춥다 | '겨울 바람'을 통해 암울한 현실을 암시하고, 그런 현실을 살아가는 괴로운 '마음'을 '춥다'라는 촉각적 이미지로 형상화함 |
| 덧붙여 적은 뜨거운 인적 사항 하나 | 촉각적 이미지 '뜨거운'을 통해 백성을 사랑하고 나라를 걱정한 다산의 치열한 삶을 형상화함 |
| 사람을 사랑하고 시대를 사랑하고 / 스스로의 양심과 지식을 사랑하여 | 조선 후기 백성들이 수탈로 고통받는 현실을 비판하다 유배당한 다산 정약용의 모습임과 동시에 현재 다산과 같이 부당한 권력의 횡포 속에서 살고 있는 양심적 지식인의 모습임 |
| 끌려가는 쇠사슬에 묶이고 찢긴 / 누군가의 신음 소리가 문풍지에 부딪쳤다 | 차갑고 단단한 이미지의 '쇠사슬'을 통해 양심적 지식인에게 가해지는 시련과 탄압을 구체화하고, 그들이 처한 고통스러운 상황을 '신음 소리'라는 청각적 이미지로 형상화함 |

## 핵심 포인트 3 다산의 작품에 대한 이해

다산이 지은 한시를 감상해 봄으로써 다산에게 씌워진 죄목이 부당한 것임을 이해하고, 이러한 반어적 평가를 통해 작가가 드러내고자 하는 주제 의식을 파악할 수 있어야 한다.

**다산의 한시 〈기민시〉와 〈애절양〉**

(전략) 누런 얼굴 생기 없이 푸석하여
가을도 오기 전에 시든 버드나무 꼴.
구부정하여 제대로 걷지도 못해
담벼락 부여잡고 겨우 추스르니,
골육도 보전하지 못하는 판에
길 가는 남을 어찌 슬퍼하랴. (중략)
벼슬아치는 집에 술 고기 쟁여 두고
기생을 맞이해 풍악 울리며,
태평세월 만난 듯 한껏 즐겨
조정 고관의 위엄을 차리는데 (후략)
– 정약용, 〈기민시〉

(전략) 자식 낳고 사는 이치는 하늘이 준 것이라서
하늘의 도는 사내를 만들고 땅은 계집을 만들거늘,
말과 돼지 거세함도 오히려 슬프다고 말할진대
하물며 백성들이 자손 이을 것을 생각함에서랴.
세도 있는 집에서는 일 년 내내 풍악을 울리지만
쌀 한 톨, 비단 한 조각 세금 내는 일 없다네.
우리 백성들 똑같아야 하거늘 어찌 가난하고 부유한가
나그네 창가에서 거듭 시구편만 읊조린다오.
– 정약용, 〈애절양〉

| 〈기민시〉 | 〈애절양〉 |
|---|---|
| 암행어사로 나가 목격한 농촌의 피폐한 현실과 백성들을 돌보아야 할 지배층의 무능하고 위선적인 논리를 비판함 | 갓난아이의 이름까지 군적에 올려 세금을 거둬들이는 현실에서, 군포를 감당할 수 없었던 사람이 아이를 낳지 않겠다며 자신의 생식기를 자른 현실을 고발함 |

↓

〈귤동리 일박〉은 백성들의 비참한 현실을 고발하고 문제를 제기한 다산의 작품들을 '유언비어 날포'로 보고 '민심을 흉흉케' 한 죄를 씌운 부당한 현실에 대한 우회적 비판을 드러냄

### 작품 한눈에

- 해제
  〈귤동리 일박〉은 화자가 강진 부근에서 지배층에 항거했던 민중들과 다산 정약용을 떠올리며 양심적 지식인이 고통받는 현실을 비판하고 있는 작품이다. 이 시는 화자의 여정을 따라 시상이 전개되면서 과거와 현재가 공존한다. 화자가 바라보는 도암만의 풍경은 과거 동학 농민 운동에 참여한 민중들의 치열한 항쟁과 교차하며, 귤동 삼거리 주막에서 본 지명 수배자 전단을 통해서는 다산 정약용의 안타까운 삶과 양심적 지식인이 탄압을 받는 암울한 현실이 교차하고 있다. 특히 반어적 표현을 통해 다산의 죄목을 언급하는 부분에서는 지배 계층의 부당한 폭력에 대한 비판적 인식을 드러내고 있으며, 이를 통해 양심적 지식인들이 고통을 받는 현실이 여전히 존재하고 있음을 우회적으로 고발하고 있다.
- 화자와 시적 상황
  이 시의 화자는 귤동 삼거리 주막에서의 일박을 통해 다산의 삶을 떠올리며 양심적 지식인이 오히려 탄압을 당하는 암울한 현실에 대한 비판적 인식을 드러내고 있다.
- 주제
  다산 정약용을 통해 성찰한 부정적 현실

현대시 36

한 줄 평 존재의 본질 탐색을 노래한 시

# 꽃을 위한 서시* 김춘수

시적 화자, 인식의 주체
나는 시방 위험한 짐승이다. : 현재형 표현 → 존재의 본질 탐구 과정에서 느끼는 화자의 긴장감 표현
존재의 본질에 무지한 존재
나의 손이 닿으면 너는
존재 본질의 탐구 / 존재의 본질, 인식의 대상
미지의 까마득한 어둠이 된다.
존재의 본질을 인식하려는 시도로 인해 존재의 본질이 숨어 버린 상태
▶ 1연: 존재의 본질을 인식하지 못하는 상태

존재의 흔들리는 가지 끝에서
존재의 불안정성
너는 이름도 없이 피었다 진다.
존재로서 인식되지 못하는 상태 / '너'가 꽃으로 설정되어 있음
눈시울에 젖어드는 이 무명의 어둠에
존재의 본질이 인식되지 못한 상태, 부정적 상황
추억의 한 접시 불을 밝히고
모든 경험의 총체 / 존재의 본질을 밝히기 위한 노력
나는 한밤내 운다.
존재의 본질을 규명하지 못한 슬픔
▶ 2연: 존재의 본질 인식을 위한 노력

나의 울음은 차츰 아닌 밤 돌개바람이 되어
존재의 본질을 인식하기 위한 노력 / 노력의 치열함
탑을 흔들다가
존재의 견고한 외형(존재의 본질에 접근하기 어려움)
돌에까지 스미면 금(金)이 될 것이다.
존재의 본질을 규명한 상태
▶ 3연: 존재의 본질 인식에 대한 염원과 기대

……얼굴을 가리운 나의 신부여,
존재의 본질을 인식하기 어려움에 대한 안타까움과 언젠가는 본모습을 규명할 수 있을 것이라는 기대감
▶ 4연: 존재의 본질을 인식하지 못한 안타까움과 본질 인식에 대한 기대감

* 서시(序詩): 긴 시에서 머리말 구실을 하는 부분. 또는 책의 첫머리에 서문 대신 쓴 시.

**감상 포인트**
시적 화자가 존재의 본질을 탐색하는 과정이 구체적 시어를 통해 형상화되고 있으므로, 시어 및 시구가 가진 의미를 정확하게 파악하도록 한다.

**작품 분석 노트**

• '나'와 '너'의 관계

| 나(화자) |
| --- |
| • 존재의 본질을 인식하기 위해 노력하지만 규명하지 못하고 슬퍼하는 존재<br>• 언젠가는 존재의 본질을 인식할 수 있을 것이라고 기대하며 노력하는 존재 |

↓ 존재의 본질 인식을 위해 노력함

| 너(존재의 본질) |
| --- |
| • 작품 속에서 '꽃'으로 설정되어 있으며, 존재의 본질을 의미함<br>• 존재의 본질 인식이 쉽지 않음 |

## 핵심 포인트 1 시어 및 시구의 의미 파악

이 작품은 존재의 본질 탐색이라는 추상적인 과정을 구체적인 사물을 통해 형상화하고 있다. 따라서 존재의 본질 인식에 관한 각각의 시어 및 시구의 의미를 이해해야 한다.

**존재의 본질 인식과 관련한 시어 및 시구**

| 인식의 주체 | 인식의 대상 | 존재의 본질 인식을 위한 노력 | 존재의 본질 인식에 이르지 못한 상태 |
|---|---|---|---|
| • '나' | • '너(꽃)' | • '나의 손이 닿으면'<br>• '추억의 한 접시 불을 밝히고 나는 한밤내 운다'<br>• '나의 울음은 차츰 아닌 밤 돌개바람이 되어' | • '미지의 까마득한 어둠'<br>• '이름도 없이 피었다 진다'<br>• '무명의 어둠'<br>• '얼굴을 가리운 나의 신부' |

## 핵심 포인트 2 다른 작품과의 비교 감상

존재의 본질 인식에 대한 염원이라는 동일한 주제를 표현한 신동집의 〈오렌지〉와 비교하여 감상할 수 있어야 한다.

**신동집의 〈오렌지〉와의 비교**

오렌지에 아무도 손을 댈 순 없다.
오렌지는 여기 있는 이대로의 오렌지다.
더도 덜도 아닌 오렌지다.
내가 보는 오렌지가 나를 보고 있다.

마음만 낸다면 나도
오렌지의 포들한 껍질을 벗길 수 있다.
마땅히 그런 오렌지 / 만이 문제가 된다.

마음만 낸다면 나도
오렌지의 찹잘한 속살을 깔 수 있다.
마땅히 그런 오렌지 / 만이 문제가 된다.

그러나 오렌지에 아무도 손을 댈 순 없다.
대는 순간 / 오렌지는 이미 오렌지가 아니고 만다.
내가 보는 오렌지가 나를 보고 있다.

나는 지금 위험한 상태다.
오렌지도 마찬가지 위험한 상태다.
시간이 똘똘 / 배암의 또아리를 틀고 있다.

그러나 다음 순간, / 오렌지의 포들한 껍질에
한없이 어진 그림자가 비치고 있다.
누구인지 잘은 아직 몰라도.

| | 김춘수, 〈꽃을 위한 서시〉 | 신동집, 〈오렌지〉 |
|---|---|---|
| 인식 주체 | '나': '위험한 짐승' | '나': '위험한 상태' |
| 인식 대상 | '너(꽃)' | '오렌지' |
| 본질의 상태 | '존재의 흔들리는 가지 끝에서 / 너는 이름도 없이 피었다 진다' | '내가 보는 오렌지가 나를 보고 있다' |
| '나'의 탐색에 의한 본질의 변화 | '나의 손이 닿으면 너는 / 미지의 까마득한 어둠이 된다' | '대는 순간 / 오렌지는 이미 오렌지가 아니고 만다' |
| 탐색 결과 | '얼굴을 가리운 나의 신부여' | '한없이 어진 그림자가 비치고 있다 / 누구인지 잘은 아직 몰라도' |
| 주제 | 존재의 본질 인식에 대한 염원 | |

### 작품 한눈에

• 해제
이 작품은 존재의 본질을 인식하기 위한 화자의 노력과 실패의 과정을 형상화한 시이다. '너', '꽃'으로 표상된 존재를 인식하기 위해 화자는 '추억의 한 접시 불을 밝히고 나는 한밤내 운다'와 같이 부단한 노력을 하지만, 끝내 존재의 본질 인식에 실패한다. 그러나 화자는 존재의 본질을 인식하기 어려운 상황 속에서도 '나의 신부여'라고 하며 언젠가 존재의 본질이 규명될 것이라는 기대와 희망을 드러내고 있다.

• 화자와 시적 상황
화자는 존재의 본질을 인식하기 위해 치열하게 노력하지만 본질 인식에 이르지 못하고 있다. 그리고 이에 대한 안타까움과 언젠가 존재의 본질을 규명할 수 있을 것이라는 기대감을 드러내고 있다.

• 주제
존재의 본질 인식에 대한 염원

◇ 한 줄 평 교목처럼 꿋꿋하게 살아가고자 하는 의지를 표현한 시

# 교목 이육사

▸ 기출 수록 수능 2007

: 화자가 지향하는 것 ↔ : 화자가 거부하는 부정적인 것

푸른 하늘에 닿을 듯이
교목이 지향하는 세계 – 이상과 염원의 세계

세월에 불타고 우뚝 남아 서서
고통과 시련을 겪은 부정적 현실을 드러냄

: ① 부사어 사용 – 화자의 단호하고 굳은 의지를 표현함
② 부정 표현 – 화자의 저항 의지를 효과적으로 드러냄

차라리 봄도 꽃피진 말아라.
부정적 상황에 영합하여 영화를 누리지 않겠다는 의미(부정적 현실 극복에 대한 강한 결의)
–라: 명령형 종결 어미

▸ 1연: 우뚝 서 있는 교목의 신념과 의지

낡은 거미집 휘두르고
화자가 처한 부정적 현실

끝없는 꿈길에 혼자 설레이는
현실 극복을 위한 끝없는 투쟁

마음은 아예 뉘우침 아니라.
자신의 선택에 대해 후회가 없음을 강조함

▸ 2연: 후회 없는 삶에 대한 교목의 결의

**감상 포인트**
'교목'의 모습과 관련한 화자의 태도를 이해하고, 화자의 태도를 강조하기 위해 사용한 표현상 특징을 파악한다.

검은 그림자 쓸쓸하면
암울한 상황

마침내 호수 속 깊이 거꾸러져
하강적 이미지
죽음의 이미지, 시련을 견뎌 내기 위한 공간 → 화자의 굳은 의지를 드러냄

차마 바람도 흔들진 못해라.
외부의 유혹이나 시련

▸ 3연: 죽음마저 불사하는 교목의 결연한 의지

## 작품 분석 노트

• '푸른 하늘'의 상징적 의미

'푸른 하늘'은 '세월에 불타'지만 '우뚝 남아' 선 '교목'이 지향하는 세계로, 이상과 염원의 세계를 의미한다. 더불어 이 작품의 작가가 일제 강점기의 독립투사였다는 점을 고려하여 감상하면, '푸른 하늘'은 화자가 염원한 '조국 광복'이라는 상징적 의미를 지닌다고 할 수 있다.

| 푸른 하늘 | '교목'이 지향하는 이상과 염원의 세계 |
|---|---|

↓

일제 강점기의 암울한 상황에서 화자가 추구하는 조국 광복을 상징함

• 이 작품에 나타난 화자의 태도

화자는 자신을 '교목'에 비유하여 암담한 현실을 극복하고자 하는 태도를 드러내고 있다. 또한 각 연의 마지막 행에서는 부사어와 부정 표현을 사용하여 현실과 타협하지 않겠다는 화자의 단호한 태도와 저항 의지를 효과적으로 드러내고 있다.

| 1연 | 차라리 봄도 ~ 말아라. |
|---|---|
| 2연 | 마음은 아예 ~ 아니라. |
| 3연 | 차마 바람도 ~ 못해라. |

↓

화자의 단호한 태도와 저항 의지를 드러냄

• 강인하고 의지적이며 남성적인 어조

'우뚝 남아 서서', '차라리', '휘두르고', '아예', '마침내', '깊이 거꾸러져' 등의 강인하고 의지적이며 남성적인 어조를 사용하여 부정적 현실에 굴복하지 않겠다는 화자의 의지를 드러내고 있다.

'우뚝 남아 서서', '차라리', '휘두르고', '아예', '마침내', '깊이 거꾸러져'

↓

강인하고 의지적이며 남성적인 어조

## 핵심 포인트 1 소재의 상징적 의미 파악

이 작품의 제목이자 주요 소재인 '교목'은 '줄기가 곧고 굵으며 높이 자란 큰 나무'로, 화자가 지향하는 가치를 보여 주는 대상이자 화자를 상징하는 시어라고 할 수 있다. 따라서 '교목'의 모습에 주목하여 화자의 모습을 파악할 수 있어야 한다.

**'교목'의 상징적 의미**

| 교목 | 화자가 지향하는 가치를 보여 주는 대상이자 화자를 상징 |
|---|---|

↓

| 교목의 모습 | | 화자의 모습 |
|---|---|---|
| • 세월에 불타고 우뚝 남아 섬<br>• 낡은 거미집을 휘두름<br>• 호수 속에 깊이 거꾸러짐<br>• 차마 바람도 흔들지 못함 | → | • 부정적 상황에서도 저항 의지를 지님<br>• 안락을 거부하는 강인한 모습을 보임<br>• 비굴한 삶을 거부하고 죽음을 불사하며 저항함<br>• 외부의 유혹이나 시련(일제의 탄압)에도 굴복하지 않음 |

↓

'교목'을 통해 부정적 현실에서도 굴복하지 않는 화자의 강인한 신념과 의지를 형상화함

## 핵심 포인트 2 표현상 특징 파악

이 작품에서는 부사어와 이에 호응하는 부정 표현, 명령형 종결 어미를 사용하여 시상을 전개하고 있다. 따라서 이러한 표현상의 특징과 효과를 파악할 수 있어야 한다.

**부사어와 부정 표현의 사용 효과**

| | | |
|---|---|---|
| 부사어의 사용 | '차라리', '아예', '차마' | 극단적 의미의 부사어를 사용하여 부정적 현실과 타협하지 않겠다는 화자의 단호한 태도를 드러냄 |
| 부정 표현의 사용 | '말아라', '아니라', '못해라' | 부정 표현을 사용하여 암울한 현실에 굴복하지 않고 저항하겠다는 화자의 굳은 의지를 드러냄 |

↓

부정적 상황을 극복하기 위한 화자의 신념과 의지를 강조함

## 핵심 포인트 3 시어 및 시구의 의미 파악

이 작품에는 일제 강점기에 독립운동을 한 작가의 의지적 태도가 드러나 있다. 따라서 작품에 드러난 시어 및 시구의 의미뿐만 아니라 창작 배경과 작가의 삶을 고려한 시어 및 시구의 의미도 파악할 수 있어야 한다.

**시어 및 시구의 의미**

| | |
|---|---|
| 푸른 하늘 | 교목이 지향하는 세계<br>→ 일제 강점기 상황에서의 조국 광복 |
| (불타는) 세월 | 고통과 시련을 겪은 부정적 현실<br>→ 일제 강점기의 암울한 현실 |
| 낡은 거미집,<br>검은 그림자 | 부정적인 현실<br>→ 일제 강점기의 암울한 현실 |
| 바람 | 외부의 유혹이나 시련<br>→ 일제의 현혹과 탄압 |

### 작품 한눈에

• 해제

〈교목〉은 냉혹한 세월에 불타 버렸지만 우뚝 서 있는 교목을 통해 부정적 상황을 극복하고자 하는 화자의 의지를 드러낸 작품이다. 이 작품에서는 특히 부사어와 부정 표현, 명령형 종결 어미를 사용하여 부정적 현실 극복의 의지를 효과적으로 보여 주고 있다. 한편 작가 이육사의 삶을 참고할 때, 이 작품은 일제 강점기의 시련 속에서도 교목처럼 꿋꿋하게 살아가며 조국 광복의 의지와 결의를 다지고자 한 이육사의 의연한 삶의 자세를 보여 주고 있다고도 할 수 있다.

• 화자와 시적 상황

이 시의 화자는 암울한 시대 상황에서 시련과 고난을 겪고 있지만, 굳은 의지로 이를 극복하려는 태도를 보이고 있다.

• 주제

부정적 현실에도 굴복하지 않는 강인한 신념과 의지

현대시 38

◇ 한 줄 평 자아가 분열된 현대인의 내적 불안을 그린 시

# 거울 이상

▸ 교과서 수록 [문학] 천재(김)

거울속에는소리가없소
자의식 속의 또 다른 자아를 인식하게 하는 매개체

저렇게까지조용한세상은참없을것이오 ▸ 1연: 현실과 단절된 조용한 거울 속의 세계
소리가 없는 거울 속 세계 – 거울 밖 세계와 단절되어 소통이 어려운 상황

(음영): 본질적 · 내면적 자아 (음영): 현실적 · 일상적 자아

거울속에도내게귀가있소
거울 밖의 나 / 거울 속의 나

내말을못알아듣는딱한귀가두개나있소 ▸ 2연: 의사소통이 단절된 거울 속의 세계
현실적 자아와 내면적 자아의 의사소통의 단절을 드러냄. 자아 분열

**감상 포인트**
'거울'의 상징적 의미를 이해하고, 주제 의식을 드러내기 위해 사용한 표현상 특징을 파악한다.

거울속의나는왼손잡이오
현실의 자아와 상반된 존재

내악수(握手)를받을줄모르는 — 악수를모르는왼손잡이오 ▸ 3연: 두 자아의 화해의 실패
두 자아의 화해 / 화해가 불가능한 불화의 상태 – 두 자아 사이의 단절의 심화

「 」: 거울의 이중성 – 단절의 장치이자 연결의 매개체

「거울때문에나는거울속의나를만져보지를못하는구료마는
두 자아가 소통이 불가능한 단절의 상태임을 보여 줌

거울이아니었던들내가어찌거울속의나를만나보기만이라도했겠소」 ▸ 4연: 거울의 이중성
거울을 매개로 '거울 속 나'를 인식하게 되었음을 보여 줌

나는지금(至今)거울을안가졌소만거울속에는늘거울속의내가있소
내면적 자아인 '거울 속 나'는 항상 존재함

잘은모르지만외로된사업(事業)에골몰할게요 ▸ 5연: 자아 분열의 심화
현실적 자아의 의도와 인식에서 벗어난 내면적 자아의 행동 – 자아 분열의 심화

거울속의나는참나와는반대(反對)요마는 / 또꽤닮았소
두 자아의 본질적인 모순성 – 역설적 표현

나는거울속의나를근심하고진찰(診察)할수없으니퍽섭섭하오 ▸ 6연: 자아 분열에 대한 안타까움
자아 분열에 대한 안타까움 – 두 자아 사이의 관계 회복과 합일을 소망하는 심리가 내재됨

## 작품 분석 노트

• 〈거울〉의 대칭 구조

이 작품에서는 또 다른 자아를 인식하게 해 주는 '거울'을 매개로 하여 '거울 밖의 나'와 '거울 속의 나'가 대칭 구조를 이루며 단절과 분열의 양상을 보여 주고 있다.

| 거울 밖의 나 | | 거울 속의 나 |
|---|---|---|
| 현실적, 일상적 자아 | ↔ 거울 | 본질적, 내면적 자아 |

↓

단절과 분열

• '악수'의 의미

이 작품에서 '거울 밖의 나'는 '거울 속의 나'에게 '악수'를 건네려 하지만, '거울 속의 나'는 '악수를 모르는 왼손잡이'여서 '악수'를 하지 못한다. 이것으로 볼 때 '악수'는 두 자아의 '화해'를 의미한다고 할 수 있다.

거울 밖의 나
'거울 속의 나'에게 '악수'를 건네려 함

↓

| 악수 | '거울 속의 나'와 화해하려는 시도 |
|---|---|

↓

거울 속의 나 – 왼손잡이
'거울 밖의 나'와 '거울 속의 나' 사이의 화해가 불가능함을 보여 줌
→ 두 자아 사이의 단절의 심화

• '외로된 사업'에 '골몰'하는 것의 의미

'외로된 사업'은 '거울 속의 나'가 '거울 밖의 나'와 상관없이 하는 혼자만의 일을 의미한다. '거울 속의 나'는 '거울 밖의 나'와는 상관없이 '외로된 사업'에 '골몰'하고 있는데, 이러한 '거울 속의 나'의 모습은 두 자아 사이의 단절과 분열이 심화되었음을 보여 준다고 할 수 있다.

'외로된사업에골몰할게요'
현실적 자아의 의도와 인식에서 벗어난 내면적 자아의 행동

↓

두 자아의 단절 · 분열의 심화

## 핵심 포인트 1 소재의 의미와 기능 파악

이 작품에서 '거울'은 '거울 밖의 나'가 '거울 속의 나'를 인식하게 하는 매개체로, 자아 분열로 인한 갈등과 고뇌라는 주제 의식을 구현하는 핵심적인 소재이다. 따라서 작품에 드러난 '거울'의 의미와 기능에 대해 파악할 수 있어야 한다.

**'거울'의 의미와 기능**

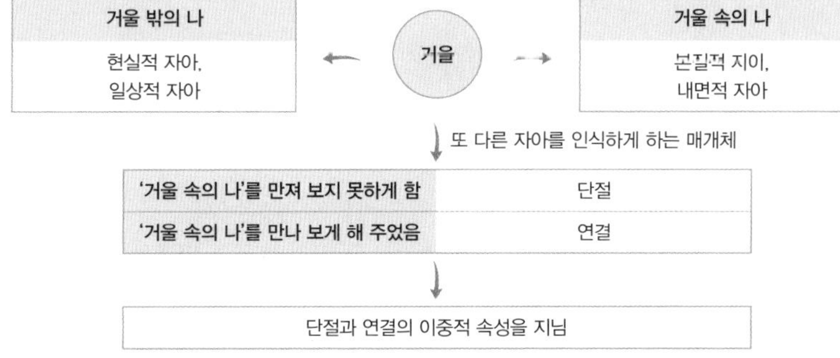


## 핵심 포인트 2 표현상 특징 파악

이 작품은 여타의 작품과는 다른 독특한 표현 방식을 사용하여 주제 의식을 형상화하고 있다. 따라서 이 작품의 표현상 특징을 파악할 수 있어야 한다.

**표현상 특징**

| | |
|---|---|
| 관념적 대상의 형상화 | '거울'이라는 일상적 소재를 활용하여 '내면 의식(자아)'이라는 관념적 대상을 형상화함 |
| 띄어쓰기의 무시 | '거울속에는소리가없소'처럼 띄어쓰기를 무시하여 분열된 자아의 내면 심리를 효과적으로 표현함 |
| 역설적 표현 | '거울속의나는참나와는반대요마는 / 또꽤닮았소'를 통해 두 자아의 분열과 모순을 효과적으로 드러냄 |

## 핵심 포인트 3 외적 준거에 따른 감상

이 작품은 띄어쓰기를 무시하는 등 실험적인 기법을 사용하고 분열된 자아의 내면 심리를 다루고 있다는 점에서 초현실주의와 연결 지을 수 있다. 따라서 이와 관련된 외적 준거를 바탕으로 작품을 해석해 볼 필요가 있다.

**초현실주의 자동기술법**

초현실주의는 제일차 세계 대전 뒤에, 모든 예술의 전통적 요소를 부정한 다다이즘의 격렬한 파괴 운동을 수정하여 발전시킨 예술 운동으로, 이성의 속박에서 벗어나 비합리적인 것이나 의식 속에 숨어 있는 비현실의 세계를 자동기술법과 같은 수법으로 표현하였다. 이때 자동기술법이란 이성이나 기존의 미학을 배제하고 무의식의 세계에서 생긴 이미지를 그대로 기록하는 연상 작용을 통해 무의식의 세계를 서술하는 방식이다.

→ 〈거울〉에서는 띄어쓰기를 무시하는 방법으로 분열된 자아를 표현하고 무의식의 세계를 연상 작용을 통해 자동으로 기술하는 자동기술법을 사용하여 주제를 강조하고 있다.

### 작품 한눈에

• 해제

〈거울〉은 거울에 비치는 상이 반대 방향인 점에 착안하여 한 개인의 자아 분열로 인한 갈등과 고뇌를 표현한 작품이다. 이 작품에서 화자는 또 다른 자아를 인식하게 하는 매개체인 '거울'을 통하여 '거울 밖의 나'가 '거울 속의 나'를 만나지 못하는 두 자아 사이의 분열과 단절을 형상화하고 있다.

• 화자와 시적 상황

이 시의 화자('나')는 거울을 바라보며 분열된 자아의 모습을 확인하고 이를 안타까워하고 있다.

• 주제

자아 분열로 인한 갈등과 고뇌

현대시 39

◇ 한 줄 평 사랑을 떠나보내는 슬픔과 이별 후의 그리움을 노래한 시

# 배를 밀며 장석남

배를 민다
사랑하는 사람을 떠나보내는 일
배를 밀어 보는 것은 아주 드문 경험
계절적 배경, 이별의 쓸쓸함을 부각함
희번덕이는 잔잔한 가을 바닷물 위에
물고기 따위가 몸을 젖히며 번득이는
배를 밀어 넣고는

온몸이 아주 추락하지 않을 순간의 한 허공에서
배를 밀면서 몸의 중심을 잃어 바다에 빠지지 않을 정도
밀던 힘을 한껏 더해 밀어 주고는
모든 힘을 쏟아 사랑을 떠나보냄 – 이별의 어려움
「아슬아슬히 배에서 떨어진 손, 순간 환해진 손을
이별의 순간에 느낀 아쉬움과 안타까움 / 이별로 인한 허전함
허공으로부터 거둔다」 「 」: 미련을 떨쳐 버리려는 행위
이별 이후의 허전함 강조

▸ 1연: 배를 밀어 본 경험

**감상 포인트**

배를 미는 행위에서 이별의 상황을 유추하여 시상을 전개하고 있으므로 이별 상황에서의 화자의 정서를 파악한다.

인식의 확장(유추): 배 → 사랑
사랑은 참 부드럽게도 떠나지 ▒: 종결 어미의 반복
사랑이 자연스럽게 떠나는 모습
뵈지도 않는 길을 부드럽게도
이별 이후의 상황을 알 수 없는 막막한 상황

▸ 2연: 부드럽게 떠나는 사랑

「배를 한껏 세게 밀어내듯이 슬픔도
「 」: 이별의 슬픔을 감내, 극복하려는 화자의 의지
그렇게 밀어내는 것이지」

▸ 3연: 이별의 슬픔을 극복하려는 의지

배가 나가고 남은 빈 물 위의 흉터
배가 떠난 후의 잔물결 – 추상적 관념의 구체화(이별로 인한 마음의 상처)
잠시 머물다 가라앉고
시간이 지나면 이별의 상처가 회복되리라고 믿음

▸ 4연: 금방 가라앉을 것이라 생각한 이별의 상처

영탄법 – 감탄사를 사용하여 화자의 정서를 부각함
그런데 오, 「내 안으로 들어오는 배여 □: 호격 조사 '여' 반복
시상의 전환 / 잊은 줄 알았던 상대에 대한 그리움
아무 소리 없이 밀려 들어오는 배여」
떠난 사랑에 대한 그리움이 무의식적으로 갑자기 밀려옴
「 」: 유사한 시구의 변주 – 잊지 못한 상대에 대한 그리움과 미련을 드러냄

▸ 5연: 사랑을 떠나보내지 못한 마음

**작품 분석 노트**

• 작품의 구성

이 작품은 '그런데'를 기준으로 이별의 슬픔을 극복하려는 화자의 모습이 나타난 부분과 슬픔을 견디려는 화자의 의지에도 불구하고 문득 떠오르는 대상에 대한 그리움이 드러난 부분으로 나눌 수 있다.

| 1~4연 | 사랑을 떠나보내며 느끼는 허전함과 슬픔, 슬픔을 극복하기 위한 의지와 다짐 |
|---|---|

'그런데'(시상의 전환)

| 5연 | 잊지 못한 상대에 대한 그리움 |
|---|---|

• 감탄사 '오'를 사용한 영탄법

화자는 이별을 수용하고 슬픔을 극복하려 하지만 갑작스럽게 떠오른 감정에 놀란 심정을 감탄사를 활용하여 드러내고 있다.

① 이별한 상대에 대한 그리움
② 예상하지 못한 감정으로 인한 당혹감

↓

잊지 못한 상대에 대한 그리움과 미련을 드러냄

## 핵심 포인트 1 시상 전개 방식 파악

이 작품은 유추의 방식을 활용하여 배를 미는 구체적 행위와 사랑을 떠나보내는 이별의 상황을 비교하며 시상을 전개하고 있다. 시적 화자가 전달하고자 하는 의미를 파악하기 위해 배를 밀거나 배가 들어오는 상황이 이별의 상황에서 무엇을 의미하는지 파악할 수 있어야 한다.

**유추에 의한 시상 전개 방식**

| 시어 및 시구 |
| --- |
| 배를 민다 |
| 배가 나가고 남은 빈 물 위의 흉터 |
| 아무 소리 없이 밀려 들어오는 배여 |

유추 →

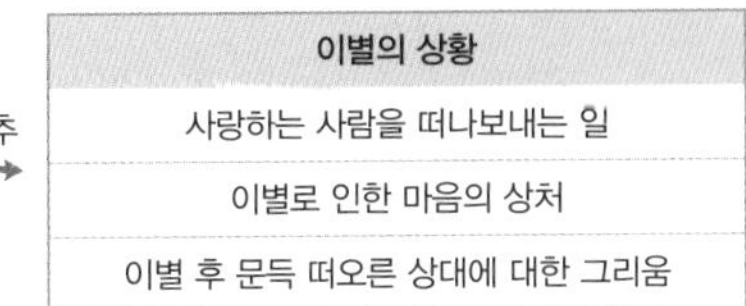

| 이별의 상황 |
| --- |
| 사랑하는 사람을 떠나보내는 일 |
| 이별로 인한 마음의 상처 |
| 이별 후 문득 떠오른 상대에 대한 그리움 |

## 핵심 포인트 2 표현상 특징 파악

이 작품에서는 종결 어미를 반복하여 이별의 상황을 수용하려는 화자의 태도를 드러내고 있으며, 접속 부사와 영탄적 표현을 사용하여 이별 후에 찾아온 그리움으로 인한 화자의 당혹감을 표현하고 있다. 따라서 다양한 표현 방법과 그 효과를 파악할 수 있어야 한다.

**표현상 특징**

| | |
| --- | --- |
| 종결 어미의 반복 | '떠나지', '것이지'에서 종결 어미 '-지'를 반복하여 이별을 수용하고, 이별의 슬픔을 극복하려는 화자의 태도를 드러냄 |
| 접속 부사의 사용 | 접속 부사 '그런데'를 사용하여 시상을 전환하고 있음 |
| 영탄적 표현 | 감탄사 '오'를 활용하여 갑작스럽게 떠오른 그리움의 감정과 예상하지 못한 감정에 대한 화자의 당혹감을 표현함 |
| 유사한 시구의 변주 | '내 안으로 들어오는 배여', '아무 소리 없이 밀려 들어오는 배여'에서 유사한 시구를 변주하여 이별 후에도 상대를 그리워하는 화자의 마음을 강조함 |

## 핵심 포인트 3 화자의 정서와 태도 파악

이 작품에서는 배를 밀거나 배가 들어오는 상황을 표현한 시구를 통해 화자의 정서를 간접적으로 드러내고 있다. 따라서 배와 연관된 시적 상황을 통해 화자의 정서와 태도를 파악할 수 있어야 한다.

**화자의 정서와 태도**

| | |
| --- | --- |
| 밀던 힘을 한껏 더해 밀어 주고는 / 아슬아슬히 배에서 떨어진 손, 순간 환해진 손을 / 허공으로부터 거둔다 | 사랑을 떠나보내는 것의 어려움, 사랑하는 사람을 떠나보낸 뒤의 허전함 |
| 슬픔도 / 그렇게 밀어내는 것이지 | 이별의 슬픔을 극복하려는 의지 |
| 물 위의 흉터 / 잠시 머물다 가라앉고 | 이별로 인한 마음의 상처가 회복되리라고 믿음 |
| 내 안으로 들어오는 배여 / 아무 소리 없이 밀려 들어오는 배여 | 잊은 줄 알았던 상대에 대한 그리움이 무의식적으로 떠오름 |

### 작품 한눈에

• 해제

〈배를 밀며〉는 '배'에 관한 연작시 3편 중 두 번째 시로, 사랑을 떠나보내는 슬픔과 떠나보낸 후의 그리움을 노래한 작품이다. 배를 미는 행위에서 이별의 상황을 유추하여 시상을 전개하고 있으며 이별하는 순간의 아쉬움, 슬픔을 극복하려는 의지, 이별 후의 그리움 등의 정서를 형상화하고 있다. 1연에 이별의 상황, 3연에 이별의 슬픔을 극복하기 위한 화자의 다짐이 드러나 있고, 5연의 '그런데'에서 시상이 전환되며 이별 후의 그리움을 표현하고 있다.

• 화자와 시적 상황

이 시의 화자는 이별하는 과정에서 슬픔을 극복하고자 하고 이별 후에도 상대에 대한 그리움을 느끼고 있는 상황이다.

• 주제

이별의 슬픔과 이별한 상대에 대한 그리움

현대시 40

◇ 한 줄 평 꽃의 개화 과정을 이별의 과정으로 형상화한 시

# 꽃 피는 시절 이성복

멀리 있어도 나는 당신을 압니다
귀먹고 눈먼 당신은 추운 땅속을 헤매다
누군가의 입가에서 잔잔한 웃음이 되려 하셨지요

▶ 1연: 추운 땅속에서 때를 기다리는 당신

(당신: 꽃 / 나: 화자. 꽃의 겉껍질(의인화) / 압니다: 경어체 사용 → 차분하고 경건한 분위기를 조성함 / 추운 땅속: 개화를 위해 거쳐야 하는 시련 / 귀먹고 눈먼 당신은 추운 땅속을 헤매다: 개화 이전 씨앗으로 땅속에 묻혀 있는 상태 / 잔잔한 웃음: 꽃이 기쁨과 행복을 주는 존재임을 알 수 있음)

「부르지 않아도 당신은 옵니다
생각지 않아도, 꿈꾸지 않아도 당신은 옵니다」
당신이 올 때면 먼발치 마른 흙더미도 고개를 듭니다

▶ 2연: 때가 되면 반드시 올 당신

(「 」: 자연의 섭리에 따라 개화가 필연적으로 이루어짐을 강조함 / 먼발치 마른 흙더미도 고개를 듭니다: 흙에서 움이 트는 것을 형상화함)

당신은 지금 내 안에 있습니다
당신은 나를 알지 못하고
나를 벗고 싶어 몸부림하지만

▶ 3연: '나'를 벗어나려고 몸부림치는 당신

(당신은 지금 내 안에 있습니다: '나'와 '당신'의 관계를 암시함 – '나(꽃의 겉껍질)'가 '당신(꽃)'을 감싸고 있는 상황임 / 나를 벗고 싶어 몸부림하지만: 꽃의 겉껍질에서 벗어나려는 모습 – 개화를 위한 꽃의 강한 의지와 열망이 드러남)

내게서 당신이 떠나갈 때면
「내 목은 갈라지고 실핏줄 터지고
내 눈, 내 귀, 거덜 난 몸뚱이 갈가리 찢어지고」

▶ 4연: 당신이 떠날 때 느끼는 '나'의 고통

(내게서 당신이 떠나갈 때면: 개화의 순간을 이별의 순간으로 형상화함 / 「 」: 꽃을 피우기 위한 시련의 과정 – '당신'이 떠날 때의 '나'의 고통을 감각적으로 형상화함)

「나는 울고 싶고, 웃고 싶고, 토하고 싶고
벌컥벌컥 물 사발 들이켜고 싶고 길길이 날뛰며」
절편보다 희고 고운 당신을 잎잎이, 뱉아 낼 테지만

▶ 5연: '나'의 고통 속에서 피어나는 당신

(「 」: 당신과 헤어지는 개화의 과정에서 느끼는 '나'의 고통을 구체적으로 묘사함 / 벌컥벌컥: 음성 상징어 / 절편보다 희고 고운 당신을 잎잎이, 뱉아 낼 테지만: 흰 꽃이 피어나는 순간을 시각적으로 묘사함)

감상 포인트
꽃을 피워 내는 과정을 이별의 과정으로 형상화하고 있다는 점에 주목하여, '나'의 정서를 파악한다.

부서지고 무너지며 당신을 보낼 일 아득합니다
굳은 살가죽에 불 댕길 일 막막합니다
불탄 살가죽 뚫고 다시 태어날 일 꿈같습니다

▶ 6연: 당신을 떠나보내는 것에 대한 '나'의 두려움

(부서지고 무너지며: 꽃이 피어나는 순간의 '나'의 고통과 시련 / 당신을 보낼 일 아득합니다: 꽃을 보내는 데서 느끼는 '나'의 아득한 심정 / 굳은 살가죽에 불 댕길 일: 꽃을 피우는 순간의 고통에 대한 '나'의 두려움 / 불탄 살가죽 뚫고: 꽃을 피우기 위한 '나'의 고통과 희생)

지금 당신은 내 안에 있지만
나는 당신을 어떻게 보내 드려야 할지 모르겠습니다
「조막만 한 손으로 뻣센 내 가슴 쥐어뜯으며 발 구르는 당신」

▶ 7연: 당신이 '나'를 떠나는 것에 대한 아쉬움

(지금 당신은 내 안에 있지만: 당신과의 이별을 앞두고 있는 시간 / 나는 당신을 어떻게 보내 드려야 할지 모르겠습니다: 꽃이 피어나는 순간, 즉 이별의 상황에서 느끼는 막막함, 아쉬움, 안타까움 / 조막만 한 손: 막 피어나기 시작한 연약한 꽃 / 뻣센 내 가슴: 꽃을 감싸고 있는 굳은 껍질 / 「 」: 개화에 대한 '당신'의 강한 열망과 의지가 드러남)

## 작품 분석 노트

• '나'와 '당신'의 의미

이 작품은 꽃이 피는 상황을 이별의 상황에 빗대어 형상화하고 있다. 따라서 화자인 '나'와 시적 대상인 '당신'은 의인화된 대상이라 할 수 있다.

| 시적 상황 | 봄에 꽃이 피는 상황 |
|---|---|

↓

| '나' | 당신 |
|---|---|
| 꽃의 겉껍질 또는 꽃나무의 가지 | 꽃 |

• 개화를 위한 고통이 지니는 의미

이 작품에서는 개화의 순간 '나'가 겪는 고통이 드러나는데, 이는 자연의 섭리에 따라 이루어지는 개화에는 시련과 고통이 따른다는 인식을 보여 주는 것이라 할 수 있다.

| 당신(꽃) | 봄이 되어 '나'를 떠나감 |
|---|---|

↓

| '나' | • 목이 갈라지고 실핏줄이 터짐<br>• 눈, 귀, 거덜 난 몸뚱이가 갈가리 찢어짐 |
|---|---|

↓

자연의 섭리에 따른 개화 과정에는 시련과 고통이 따르기 마련이라는 인식을 보여 줌

• '당신'의 태도

이 작품에서 '당신'은 '나'를 벗고 싶어 몸부림치고, 뻣센 내 가슴을 쥐어뜯으며 발을 구르는 모습을 보이고 있다. 이러한 '당신'의 모습은 개화를 위한 꽃의 의지와 열망을 보여 준다고 할 수 있다.

• '나를 벗고 싶어 몸부림하지만'
• '조막만 한 손으로 뻣센 내 가슴 쥐어뜯으며 발 구르는'

↓

| '당신'의 태도 |
|---|
| 개화를 위한 의지와 열망 |

## 핵심 포인트 1 화자의 정서와 태도 파악

이 작품은 꽃이 피어나는 상황을 이별의 상황에 비유하며 시상을 전개하고 있다. 따라서 시적 상황과 '나'와 '당신'의 정서와 태도를 파악할 수 있어야 한다.

**시적 상황 및 '나'와 '당신'의 정서와 태도**

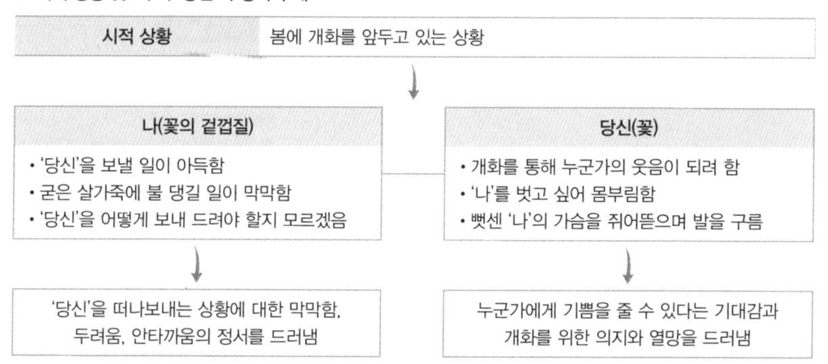

시적 상황
봄에 개화를 앞두고 있는 상황
나(꽃의 겉껍질)
• '당신'을 보낼 일이 아득함
• 굳은 살가죽에 불 댕길 일이 막막함
• '당신'을 어떻게 보내 드려야 할지 모르겠음
당신(꽃)
• 개화를 통해 누군가의 웃음이 되려 함
• '나'를 벗고 싶어 몸부림함
• 뻣센 '나'의 가슴을 쥐어뜯으며 발을 구름
'당신'을 떠나보내는 상황에 대한 막막함, 두려움, 안타까움의 정서를 드러냄
누군가에게 기쁨을 줄 수 있다는 기대감과 개화를 위한 의지와 열망을 드러냄


## 핵심 포인트 2 표현상 특징 파악

이 작품에서는 다양한 표현 방식을 활용하여 개화의 과정에서 따르는 고통과 희생이라는 주제 의식을 드러내고 있으므로, 작품의 표현상 특징을 파악할 수 있어야 한다.

**표현상 특징**

| | |
|---|---|
| 의인법 | 꽃의 겉껍질을 '나'로, 꽃을 '당신'으로 의인화하여 꽃이 피는 상황을 이별의 상황에 빗대어 표현함 |
| 말을 건네는 방식 | '나'가 '당신'에게 말을 건네는 방식으로 시상을 전개하여 화자인 '나'의 정서를 효과적으로 표현함 |
| 이별 상황의 가정 | '당신'이 '나'를 떠나는 상황, 즉 꽃이 피어나는 상황을 가정하여 '나'의 고통과 희생을 효과적으로 형상화함 |
| 감각적 이미지 | '당신'이 떠날 때 '나'가 겪는 고통을 감각적으로 그려 냄으로써 화자의 고통과 희생을 생동감 있게 형상화함<br>→ '내 목은 갈라지고 ~ 몸뚱이 갈가리 찢어지고' |
| 경어체 | '압니다, 옵니다, 듭니다' 등의 경어체를 사용하여 '당신'에 대한 화자의 존중을 드러내고 차분하고 경건한 분위기를 조성함 |

## 핵심 포인트 3 외적 준거에 따른 감상

이 작품은 표면적으로 '나'와 '당신'의 관계를 명확하게 제시하지 않고 있다. 따라서 다양한 외적 준거를 바탕으로 작품을 감상할 수 있어야 한다.

**이 작품의 주제를 '꽃의 강인한 생명력'으로 보는 경우**

> 이 작품은 '당신'과의 이별 상황을 가정하여 꽃이 추운 땅속에서 벗어나 개화하는 과정을 형상화하고 있다. 시에서는 화자('나')를 꽃을 둘러싼 겉껍질로, '당신'을 꽃으로 설정하여 꽃이 '나'에게서 벗어나 '희고 고운' 꽃잎으로 피어나는 과정을 그리고 있다. 이를 통해 어려움을 이겨 내고 피어날 꽃의 강인한 생명력을 표현하고 있다.

→ '당신은 지금 내 안에 있습니다'는 꽃이 아직 피어나지 않은 상황을 가리키는군.
→ '나를 벗고 싶어 몸부림하지만'에서는 꽃에 의해 꽃의 겉껍질이 벗겨지는 것으로 표현하여 꽃을 능동적인 존재로 그리고 있군.
→ '내 목은 갈라지고 실핏줄 터지고 ~ 거덜 난 몸뚱이 갈가리 찢어지고'는 꽃이 피어날 때의 '나'의 고통을 드러낸 것이군.
→ '조막만 한 손으로 뻣센 내 가슴을 쥐어뜯으며 발 구르는' '당신'의 모습은 개화에 대한 꽃의 강한 의지를 보여 주는 것이라 할 수 있군.

### 작품 한눈에

• 해제

〈꽃 피는 시절〉은 꽃의 개화 과정을 '당신'이 '나'에게서 떠나는 이별의 과정에 비유한 작품이다. 즉, 꽃의 겉껍질을 화자인 '나'로, 꽃을 '당신'으로 의인화하여 절절한 사랑의 정서를 개화와 연결 지어 보여 주고 있다. 한편 이 작품에서 화자는 '당신'을 떠나보내면서 몸이 갈가리 찢어지는 고통을 겪을 것이라 표현하고 있는데, 이는 개화를 위해서는 고통과 희생이 뒤따라야 한다는 작가의 인식이 반영된 것으로 볼 수 있다.

• 화자와 시적 상황

이 시의 화자('나')는 '당신'인 꽃을 품고 있는 겉껍질로, '당신'을 떠나보내는 것에 대한 막막함, 두려움, 안타까움의 정서를 드러내고 있다.

• 주제

개화의 과정에 따르는 고통과 희생

현대시 41

◇ 한 줄 평 무기력한 현대인들의 삶을 비판한 시

# 북어 최승호

▸ 기출 수록 평가원 2006 6월

밤의 식료품 가게
부정적인 시간적 배경
케케묵은 먼지 속에
부정적인 현실을 암시함
죽어서 하루 더 손때 묻고
생명력을 상실함
터무니없이 하루 더 기다리는
비판적 의식 없이 습관화된 삶의 모습
북어들,
화자가 부정적으로 바라보는 대상 – 무기력한 현대인들을 상징함
「북어들의 일 개 분대가
군대 용어를 통해 군사 독재 시대를 암시함
나란히 꼬챙이에 꿰어져 있었다.」
「 」: 억압 속에서 획일화됨
나는 죽음이 꿰뚫은 대가리를 말한 셈이다.
생명력을 상실함
▸ 1~8행: 식료품 가게에 진열된 북어의 모습

「한 쾌의 혀가
북어를 세는 단위. 한 쾌는 북어 스무 마리
자갈처럼 죄다 딱딱했다.」
「 」: 말하는 능력을 잃어버림 – 부정적 현실에 침묵함
나는 말의 변비증을 앓는 사람들과
부조리한 현실에 저항하지 못하는 현대인
무덤 속의 벙어리를 말한 셈이다.

말라붙고 짜부라진 눈,
현실을 제대로 직시하지 못함
북어들의 빳빳한 지느러미.
현실을 헤쳐 나갈 의지를 상실함 – 꿈을 상실한 현대인의 모습
막대기 같은 생각
경직되고 획일적인 사고
빛나지 않는 막대기 같은 사람들이
무기력하고 획일화된 현대인
가슴에 싱싱한 지느러미를 달고
부정적 현실을 극복해 나갈 삶의 의지
헤엄쳐 갈 데 없는 사람들이
삶의 목표나 지향점을 잃어버린 현대인
불쌍하다고 생각하는 순간,
현대인에 대한 화자의 연민
▸ 9~19행: 북어의 모습에서 떠올린 현대인의 무기력한 모습
느닷없이
시상의 전환 – 비판의 주체였던 화자가 비판의 대상이 됨
북어들이 커다랗게 입을 벌리고

「거봐, 너도 북어지 너도 북어지 너도 북어지,」
「 」: 북어가 하는 말 – 북어와 다를 바 없는 화자 자신에 대한 반성
귀가 먹먹하도록 부르짖고 있었다.
▸ 20~23행: 북어와 같은 화자 자신에 대한 반성

**감상 포인트**

'북어들'의 상징적 의미를 바탕으로, 화자가 현대인들의 어떤 모습을 비판하고 있는지 파악한다. 아울러 비판의 주체가 비판의 대상으로 전환되는 상황이 주는 효과도 파악한다.

## 작품 분석 노트

• '북어들'의 상징적 의미

화자는 '밤의 식료품 가게'에서 바라본 '북어들'의 모습을 통해, 부정적 현실에 순응하고 살아가는 현대인을 비판하고 있다.

| 북어들 | 밤의 식료품 가게에서 손때가 묻은 채 터무니 없이 하루를 기다림 |
|---|---|

↓

생명력을 잃고 무기력한 모습

↓

무기력하게 부정적 현실에 순응하는 현대인들을 상징

• 화자가 비판하는 북어의 모습

이 작품은 '북어들'의 모습을 통해, 암울하고 부정적인 사회를 살아가는 현대인들의 무기력한 모습을 비판하고 있다.

| 북어의 모습 | | 현대인들 |
|---|---|---|
| '죽음이 꿰뚫은 대가리' | | 생명력을 상실함 |
| '혀가 자갈처럼 죄다 딱딱했다' | → | 부정적 현실에 침묵함 |
| '말라붙고 짜부라진 눈' | | 현실을 제대로 직시하지 못함 |
| '빳빳한 지느러미' | | 삶의 의지와 꿈을 상실함 |

• 시상의 전환

| 1~19행 | 화자가 비판의 주체가 되어 부정적 현실에 침묵하는 '북어들'을 비판함 |
|---|---|

'느닷없이' ↓ 시상 전환

| 21~23행 | 북어처럼 무기력하게 살아가는 화자 자신의 삶에 대해 반성함 |
|---|---|

## 핵심 포인트 1 표현상 특징 파악

이 작품은 감각적 이미지와 비유적 표현을 통해 대상을 구체적으로 형상화함으로써 주제를 효과적으로 전달하고 있다. 따라서 이러한 표현 방식이 작품의 주제를 전달하는 데 어떻게 기여하고 있는지 파악할 수 있어야 한다.

**○ 표현상 특징**

| | |
|---|---|
| 감각적 이미지 | '나란히 꼬챙이에 꿰어져 있었다.'<br>'말라붙고 짜부라진 눈'<br>'북어들의 빳빳한 지느러미' → 시각적 이미지<br>'귀가 먹먹하도록 부르짖고' → 청각적 이미지 |
| 비유적 표현 | '한 쾌의 혀가 / 자갈처럼 죄다 딱딱했다.'<br>'막대기 같은 생각 / 빛나지 않는 막대기 같은 사람들이' |

↓

시적 대상('북어들')의 부정적 속성을 구체적으로 형상화함으로써
'현대인의 무기력한 모습'을 효과적으로 비판함

## 핵심 포인트 2 시구의 상징적 의미 파악

이 작품에서 '북어들'은 무기력하고 부정적 현실에 침묵하는 현대인들을 상징한다. 따라서 이러한 상징적 표현을 통해 화자가 비판하고 있는 현대인의 모습이 어떤 것인지 파악할 수 있어야 한다.

**○ 주요 시구의 상징적 의미**

| 시구 | 상징적 의미<br>– 화자가 비판하는 현대인의 삶 |
|---|---|
| '케케묵은 먼지 속에 / 죽어서 하루 더 손때 묻고'<br>'죽음이 꿰뚫은 대가리' | 생명력을 상실함 |
| '터무니없이 하루 더 기다리는' | 비판 의식 없이 습관화된 삶을 살고 있음 |
| '한 쾌의 혀가 / 자갈처럼 죄다 딱딱했다.'<br>'말의 변비증을 앓는 사람들'<br>'무덤 속의 벙어리' | 말하는 능력을 잃어버림,<br>부조리한 현실에 침묵함 |
| '말라붙고 짜부라진 눈' | 현실을 제대로 직시하지 못함 |
| '빳빳한 지느러미'<br>'헤엄쳐 갈 데 없는 사람들' | 부정적 현실을 헤쳐 나갈 의지,<br>삶의 방향, 꿈을 상실함 |
| '막대기 같은 생각'<br>'빛나지 않는 막대기 같은 사람들' | 경직되고 획일화됨 |

## 핵심 포인트 3 시상의 전환에 따른 시적 효과 파악

이 작품은 비판의 주체이던 화자가 비판의 대상이 되는 시상의 전환이 이루어짐으로써 화자를 비롯한 현대인 모두가 비판의 대상이 될 수 있음을 강조하고 있다. 따라서 이러한 시상 전개의 시적 효과를 파악할 수 있어야 한다.

**○ 시상 전개의 시적 효과**

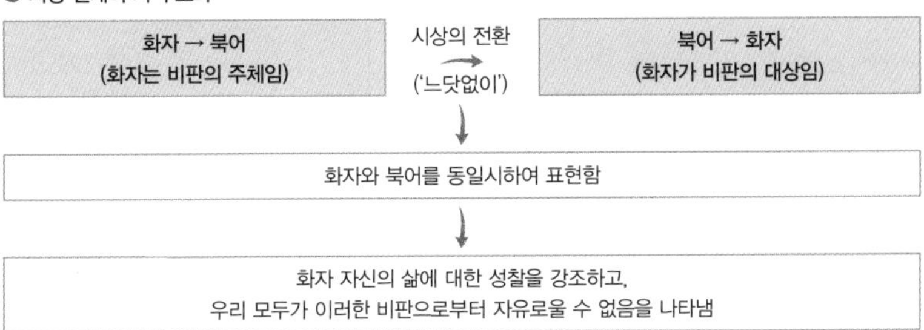

화자 → 북어
(화자는 비판의 주체임)
시상의 전환
('느닷없이')
북어 → 화자
(화자가 비판의 대상임)
화자와 북어를 동일시하여 표현함
화자 자신의 삶에 대한 성찰을 강조하고,
우리 모두가 이러한 비판으로부터 자유로울 수 없음을 나타냄

### 작품 한눈에

• 해제

〈북어〉는 비판 정신과 삶의 지향성을 잃은 현대인의 삶을 '밤의 식료품 가게'에 진열되어 있는 '북어'를 통해 비판하고 있다. 이 작품에서는 북어의 모습을 구체적으로 묘사하여 비판 대상이 되는 현대인들의 삶을 보여 주고 있다. 그리고 시상의 전환을 통해 화자 자신 또한 이러한 비판의 내상임을 고백함으로써 자기 성찰적 태도를 보여 주고 있다.

• 화자와 시적 상황

이 시의 화자인 '나'는 '밤의 식료품 가게'에 놓여 있는 '북어들'을 바라보면서, 부정적인 삶을 살고 있는 현대인들을 비판하고 자기반성적 태도를 보여 주고 있다.

• 주제

무기력한 현대인에 대한 비판

현대시 42

◇ 한 줄 평 어린 시절을 떠올리며 아버지의 사랑을 그리워하는 시

# 성탄제 김종길

▸ 기출 수록 평가원 2011 6월

어두운 방 안엔 : 검은색과 붉은색의 대비(시각적 이미지)

빠알간 숯불이 피고,
(시각적 이미지로 따뜻하고 아늑한 분위기를 형성함)

외로이 늙으신 할머니가 / 애처로이 잦아드는 어린 목숨을 지키고 계시었다.
(애처로이 잦아드는 어린 목숨: 열병을 앓고 있는 어린 화자)

이윽고 눈 속을 / 아버지가 약(藥)을 가지고 돌아오시었다.
(눈: 시련과 고난 / 약: 산수유 열매(해열제) – 자식에 대한 아버지의 사랑을 상징함)

아, 아버지가 눈을 헤치고 따 오신 : 흰색과 붉은색의 대비(시각적 이미지) → 자식에 대한 아버지의 사랑을 강조함

그 붉은 산수유 열매 —
(아버지의 헌신적인 사랑을 시각적인 이미지로 형상화함)

나는 한 마리 어린 짐생,
(어린 시절의 자신을 연약한 존재로 인식함)

젊은 아버지의 서느런 옷자락에 : 차가움과 뜨거움의 대비(촉각적 이미지)
(서느런 옷자락: 눈 속을 돌아다녔을 아버지의 수고로움과 사랑)

열로 상기한 볼을 말없이 부비는 것이었다.
(아버지의 사랑을 느끼는 어린 화자의 행위)

이따금 뒷문을 눈이 치고 있었다.

그날 밤이 어쩌면 성탄제의 밤이었을지도 모른다. ▸ 1~6연: 어린 시절에 대한 회상(과거)
(△ → □: 아버지의 사랑이 보편적이고 숭고한 의미(인류에 대한 사랑)로 확대됨)

「어느새 나도 「 」: 시상 전환(과거 회상 → 현재)
(나: 시적 화자 – 성인이 된 '나')

그때의 아버지만큼 나이를 먹었다.」
(그때: 열병에 걸린 화자를 위해 아버지가 산수유 열매를 따 오신 때)

「옛것이라곤 찾아볼 길 없는 「 」: 각박하고 삭막한 현대 사회
(옛것: 아버지의 헌신적인 사랑 같은 것)

성탄제 가까운 도시에는
(현재 화자가 아버지의 사랑을 떠올리고 있는 공간)

이제 반가운 그 옛날의 것이 내리는데,
(눈 – 과거와 현재를 이어 주는 회상의 매개체)

**감상 포인트**
시상 전개 방식과 색채 대비를 이해하고, 중심 소재인 '눈', '산수유 열매'의 의미와 기능을 정확히 파악한다.

서러운 서른 살 나의 이마에
(아버지만큼 나이를 먹은 화자 – 헌신적인 사랑이 부재하는 각박한 현실에 서러움을 느낌)

불현듯 아버지의 서느런 옷자락을 느끼는 것은,
(눈의 촉감 – 아버지의 사랑을 떠올림)

「눈 속에 따 오신 산수유 붉은 알알이 : 흰색과 붉은색의 대비(시각적 이미지)
(「 」: 아버지의 사랑이 화자의 마음속에 남아 있음을 의문형으로 강조함)

아직도 내 혈액 속에 녹아 흐르는 까닭일까.」 ▸ 7~10연: 아버지의 사랑에 대한 그리움(현재)

## 작품 분석 노트

• '눈'의 의미

이 작품에서 '눈'은 화자가 회상하는 과거와 과거를 회상하고 있는 현재에서 각각 다른 의미를 가진다.

| [3연] 눈 (과거) | 아버지가 겪은 시련과 고난을 의미함 |
|---|---|
| [8연] 그 옛날의 것 (현재) | 과거를 회상하는 매개체. 화자에게 아버지에 대한 그리움을 유발함 |

• '붉은 산수유 열매'의 상징적 의미

'붉은 산수유 열매'는 어린 시절 화자가 열병에 걸렸을 때 아버지가 눈 속을 헤치고 따 온 것으로, 어린 화자의 열병을 낫게 해 주었던 '약'이다.

| 붉은 산수유 열매 | 자식에 대한 아버지의 헌신적인 사랑을 상징함 |
|---|---|

• '성탄제'의 이해

어린 시절을 회상하는 화자는 아버지가 산수유 열매를 따 온 '그날 밤'을 인류를 구원한 예수의 탄생일(성탄제)과 연결시켜 아버지의 사랑을 보편적인 의미로 확장하고 있다.

| 그날 밤 | 아버지가 산수유 열매를 따 온 밤 – 아버지의 사랑을 의미함 |
|---|---|

↓ 의미 확대

| 성탄제의 밤 | 인류를 구원한 예수의 탄생일인 성탄제와 연결시킴 |
|---|---|

아버지의 사랑을 인류에 대한 보편적인 사랑의 의미로 확대함

## 핵심 포인트 1 과거와 현재의 대비 이해

이 작품에서는 현재의 화자가 과거를 회상하는 방식으로 시상을 전개하면서, 과거와 현재를 대비하고 있다. 따라서 이 작품에서 과거와 현재가 어떻게 대비되고 있는지, 이를 통해 드러내고자 하는 주제 의식은 무엇인지 파악할 수 있어야 한다.

**과거와 현재의 대비**

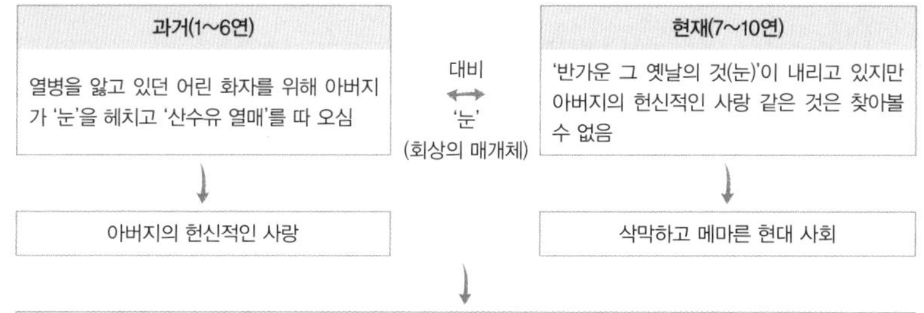


## 핵심 포인트 2 감각적 이미지의 대비 이해

이 작품에서는 시각적, 촉각적 이미지의 대비를 활용하여 대상을 선명하게 형상화하고 있다. 따라서 이러한 시각적, 촉각적 이미지의 대비를 통해 어떤 시적 효과를 형성하고 있는지 파악할 수 있어야 한다.

**감각적 이미지의 대비**

| | | |
|---|---|---|
| 색채 대비 | 어두운 방 ↔ 빠알간 숯불 | 따뜻하고 아늑한 방 안의 분위기를 형성함 |
| | 눈 ↔ 붉은 산수유 열매<br>눈 ↔ 혈액 | 아버지의 사랑을 선명하게 드러냄 |
| 촉각 대비 | 서느런 옷자락 ↔ 열로 상기한 볼 | 열병에 앓던 어린 화자가 느낀 아버지의 사랑을 효과적으로 부각함 |

## 핵심 포인트 3 화자의 정서와 태도 파악

이 작품은 과거에서 현재로 시상이 전환되면서 과거와 다른 화자의 정서와 태도를 드러내고 있다. 따라서 현재 화자가 어떤 정서와 태도를 드러내고 있는지 파악할 수 있어야 한다.

**화자의 정서**

| | |
|---|---|
| 옛것이라곤 거의 찾아볼 길 없는 ~ 도시 | 헌신적 사랑이 사라진 도시에 삭막함을 느낌 |
| 반가운 그 옛날의 것 | 과거를 떠올리게 하는 '눈'을 보고 반가움을 느낌 |
| 서러운 서른 살 | 헌신적인 사랑이 부재하는 각박한 현실에 서러움을 느낌 |
| 불현듯 아버지의 서느런 옷자락을 느끼는 것은 | 아버지의 사랑을 그리워함 |

### 작품 한눈에

• 해제

〈성탄제〉는 성탄제 무렵 도시에 내리는 눈을 바라보며, 어린 시절 아픈 자신을 위해 눈 속을 헤치고 산수유 열매를 따 오신 아버지의 사랑에 대한 그리움을 드러내고 있다. 이 작품은 과거와 현재의 대비, 감각적 이미지의 대비를 통해 시상을 전개함으로써 아버지에 대한 화자의 사랑과 그리움을 효과적으로 형상화하고 있다.

• 화자와 시적 상황

이 시의 화자 '나'는 성탄제가 가까워진 도시에서 내리는 눈을 보고 열병으로 고통스러워하던 어린 시절 아버지가 준 헌신적인 사랑을 떠올리며 아버지를 그리워하고 있다.

• 주제

아버지의 헌신적인 사랑에 대한 그리움

현대시 43

◇ 한 줄 평 깨진 그릇을 통한 영혼의 성숙을 노래한 시

# 그릇 · 1 오세영

깨진 그릇은 (: 변형된 수미상관)
절제와 균형의 중심에서 빗나간 상태, 불안정한 상태, 부서진 원
칼날이 된다.
그릇의 깨진 면 → 의식의 각성을 일으키는 날카로움
▶ 1연: 칼날이 된 깨진 그릇

절제(節制)와 균형(均衡)의 중심에서
그릇이 깨지기 전의 상태, 원, 안일한 상태
빗나간 힘,
안일한 상태를 깨뜨리는 힘
부서진 원은 모를 세우고
깨진 그릇
이성(理性)의 차가운
눈을 뜨게 한다.
냉철한 이성을 깨움, 의식의 각성
▶ 2연: 이성의 차가운 눈을 뜨게 하는 깨진 그릇

맹목(盲目)의 사랑을 노리는
안일한 상태, 그릇이 깨어지기 전 / 직시하는
사금파리여,
깨진 그릇의 조각, 각성을 일으킴
지금 나는 맨발이다.
성숙의 순간을 기대하는 시간
베어지기를 기다리는
안정된 상태에서 벗어나고자 하는 의지, 성숙에 이르고자 하는 기다림
살이다.
상처 깊숙이서 성숙하는 혼(魂)
성숙으로 나아가는 과정에서의 고통
▶ 3연: 깨진 그릇으로 인한 영혼의 성숙

**감상 포인트**
'상처 깊숙이서 성숙하는 혼'을 긍정하는 화자의 인식을 바탕으로 시어의 상징적 의미를 파악한다.

깨진 그릇은
칼날이 된다.
불안정한 상태가 냉철한 의식의 각성, 영혼의 성숙을 일으킴
무엇이나 깨진 것은
칼이 된다.
의미의 확장을 통한 일반화
▶ 4연: 깨진 그릇을 통한 존재의 의미에 대한 통찰

## 작품 분석 노트

• 시어 및 시구의 의미

| 시어 | 상징적 의미 |
|---|---|
| 깨진 그릇 | 불안정한 상태로, 의식의 각성과 성숙의 계기 |
| 칼날 | 의식의 각성을 일으키는 날카로움. 성숙한 존재가 되게 하는 힘 |
| 절제와 균형 | 안일한 상태 |
| 빗나간 힘 | 안일한 상태를 깨뜨리는 힘 |
| 맹목의 사랑 | 안일한 상태 |
| 사금파리 | 상처를 내며 성숙한 영혼으로 이끄는 불안정한 존재 |
| 베어지기를 기다리는 | 안정된 상태에서 벗어나고자 하는 의지, 성숙에 이르고자 하는 기다림 |
| 상처 | 성숙으로 나아가는 과정에서의 고통 |
| 성숙하는 혼 | 상처를 통해 성숙에 이름. '깨진 그릇'의 가치 |

• 의미의 확장을 통한 일반화

4연에서는 '깨진 그릇은 / 칼날이 된다.'라는 특정 상황에서 얻은 화자의 깨달음이 '무엇이나 깨진 것은 / 칼이 된다.'로 확장됨으로써 보편적인 삶의 진리를 표현하고 있다.

| '깨진 그릇은 / 칼날이 된다.' | → | '무엇이나 깨진 것은 / 칼이 된다.' |
|---|---|---|
| '깨진 그릇'의 불안정한 상태가 냉철한 의식의 각성, 영혼의 성숙을 이끄는 '칼날'이 된다는 화자의 깨달음을 표현함 | → | '무엇이나'를 더해 인생의 보편적인 상황에서도 화자의 깨달음이 적용될 수 있음을 밝히며 의미를 확장함 |

## 핵심 포인트 1 시어 · 시구의 이중적 의미 파악

이 작품의 '깨진 그릇'은 균형과 절제의 중심에서 벗어났을 때 나타날 수 있는 상태이기 때문에 '깨진'은 긍정적 의미, 부정적 의미를 모두 내포하고 있다. 앞서 '깨진 그릇'을 긍정적 관점에서 바라보았을 때의 시어 및 시구의 의미를 파악하였으므로 '깨진 그릇'을 부정적 관점에서 바라보았을 때의 시어 및 시구의 의미도 파악해 둘 필요가 있다.

**'깨진 그릇'을 부정적 관점에서 바라보았을 때의 시어 및 시구의 의미**

| | |
|---|---|
| 깨진 그릇 | 절제와 균형이 깨진 불안정한 상태 |
| 칼날 | 왜곡되거나 편향된 이념을 강요하는 위협적인 존재 |
| 절제와 균형, 원 | 조화롭고 균형 잡힌 상태 |
| 빗나간 힘 | 절제와 균형의 중심을 파괴하는 힘 |
| 이성의 차가운 / 눈을 뜨게 한다 | ① 왜곡되거나 편향된 이념을 강요받는 상황에서 이성적 판단력을 각성함<br>② 왜곡되거나 편향된 이념으로 인해 따뜻한 시각을 잃어버림 |
| 맹목의 사랑 | 획일화된 이념과 사상 |
| 사금파리 | 획일화된 이념을 강요하는 위협적인 존재 |
| 베어지기를 기다리는 | 수동적인 삶의 자세 |
| 상처 | 획일화된 이념으로 인한 상처 |
| 성숙하는 혼 | 상처와 고통 가운데 성숙하는 영혼 |

**'깨진 그릇'의 양면적 속성**

| 그릇 | | 깨진 그릇 | | 칼날 / 사금파리 |
|---|---|---|---|---|
| • 절제와 균형이 조화를 이룬 상태<br>• 안정된 상태 | 빗나간 힘 → | • 절제와 균형의 중심에서 빗나간 상태<br>• 불안정한 상태 | → | • 상처를 냄<br>• 의식을 각성하게 하고 영혼을 성숙하게 함 |

→ '깨진 그릇'은 안정적인 상태를 벗어나 상처로 이어지기도 하지만, 의식을 각성하게 하고 영혼을 성숙하게 한다는 점에서 양면적 속성을 지님

## 핵심 포인트 2 표현상 특징 파악

이 작품에서는 종결 어미의 반복과 변형된 수미상관 구조를 통해 운율을 형성하고 주제 의식을 강조하고 있다. 따라서 이러한 표현상의 특징과 효과를 파악해 두어야 한다.

**표현상 특징과 효과**

| 표현 방법 | 시구 | 특징 및 효과 |
|---|---|---|
| 변형된 수미상관 | • 첫 연: 깨진 그릇은 / 칼날이 된다.<br>• 마지막 연: 깨진 그릇은 / 칼날이 된다. 무엇이나 깨진 것은 / 칼이 된다. | 첫 연과 마지막 연에서 동일한 구절을 반복함으로써 운율을 형성하고, '무엇이나 깨진 것은 칼이 된다.'라는 구절을 마지막에 추가하여 화자의 깨달음을 강조함 |
| 현재형 종결 어미 반복 | • 종결 어미 'ㄴ다'의 반복 | '된다', '한다'에서 현재형 종결 어미 'ㄴ다'를 반복하여 운율을 형성하고 단정적 어조를 통해 삶의 보편적 진리 등을 강조함 |

### 작품 한눈에

• 해제

〈그릇 · 1〉은 절제와 균형에서 벗어난 '깨진 그릇'에 대한 새로운 인식을 보여 주고 있다. 이 작품에서 '깨진 그릇'은 다양한 관점에서 해석되지만, '깨진 그릇'이 가지고 있는 날카로움과 불안정성이 의식의 각성을 이끌어 영혼을 성숙하게 하는 힘으로 작용한다는 것은 모두 동일하다고 볼 수 있다.

• 화자와 시적 상황

이 시의 화자('나')는 맨발로 '깨진 그릇'을 바라보는 이로, '깨진 그릇'을 통한 영혼의 성숙을 노래하고 있다.

• 주제

깨진 그릇을 통한 영혼의 성숙

현대시 44

◇ 한 줄 평 존재의 본질을 파악하고 싶은 소망을 노래한 시

# 오렌지 신동집

인식의 대상, 화자가 본질을 파악하고 싶어 하는 대상
오렌지에 아무도 손을 댈 순 없다
본질에 다가가기 어려움
오렌지는 여기 있는 이대로의 오렌지다
외부의 영향을 받지 않은 본질적인 모습
더도 덜도 안 되는 오렌지다
시적 화자, 인식의 주체
내가 보는 오렌지가 나를 보고 있다 ▶ 1연: 본질 규명의 대상으로서의 오렌지
오렌지가 '나'의 인식 대상인 동시에 '나'를 인식 대상으로 보는 주체임 → '나'와 오렌지가 동등한 위상을 보임

마음만 낸다면 나도
마음만 먹는다면
오렌지의 포들한 껍질을 벗길 수 있다 : 오렌지에 손을 대는 것 → 주관적 인식에 근거하여 대상의 본질을 이해하려는 시도
마땅히 그런 오렌지 : 존재의 본질에서 벗어나게 됨
만이 문제가 된다

**감상 포인트**
'오렌지'와 '나'의 관계를 바탕으로 존재의 본질 파악이 어려운 이유를 이해한다.

마음만 낸다면 나도
오렌지의 찹잘한 속살을 깔 수 있다
마땅히 그런 오렌지
만이 문제가 된다 ▶ 2, 3연: 화자가 손대면 파악할 수 없는 오렌지의 본질

그러나 오렌지에 아무도 손을 댈 순 없다
대면 순간
껍질을 벗기거나 속살을 까기 위해 손을 대는 순간 – '나'의 주관, 일방적이고 인위적인 방법으로 대상의 본질을 규명하려는 순간
오렌지는 오렌지가 아니 되고 만다
오렌지의 본질에서 벗어나게 됨
내가 보는 오렌지가 나를 보고 있다 ▶ 4연: 본질적 존재로서의 오렌지
'나'와 오렌지의 대치 상황 – 본질에 대한 인식은 인간과 대상의 상호 작용임을 보여 줌

「나는 지금 위험한 상태다
「 」: 대상의 본질에 다가가지 못하고, 본질을 오해할 수도 있음
오렌지도 마찬가지 위험한 상태다」

「시간이 똘똘
「 」: 존재의 본질을 파악하지 못하는 무의미한 시간이 흐르고 있음 – 시간의 흐름을 시각적으로 형상화함(추상적 관념의 구체화)
배암의 또아리를 틀고 있다」 ▶ 5연: 존재의 본질을 파악하지 못하는 무의미한 시간

그러나 다음 순간
시상의 전환
오렌지의 포들한 껍질에
한없이 어진 그림자가 비치고 있다
존재의 본질을 파악할 수 있을 것 같은 가능성, 희망
누구인지 잘은 아직 몰라도. ▶ 6연: 존재의 본질을 파악할 수 있다는 희망
실체가 드러나지 않은 막연한 상태

**작품 분석 노트**

• '나'와 '오렌지'의 관계
이 작품에서 '나'는 '오렌지'를 바라보고 있고, '오렌지' 역시 '나'를 바라보고 있다. 따라서 '나'와 '오렌지'는 인식의 주체로서 동등한 위상에 있다고 할 수 있다.

내가 보는 오렌지가 나를 보고 있다
→ '나'와 '오렌지'의 대치 상황

↓

| '나' | 오렌지 |
|---|---|
| 인식의 주체이자 인식의 대상 | 인식의 대상이자 인식의 주체 |

## 핵심 포인트 1 시적 대상의 의미 이해

이 작품에서 '오렌지'는 화자가 본질을 파악하고 싶어 하는 대상으로 나타난다. 작품의 내용을 바탕으로 '오렌지'가 어떤 의미를 지니고 있는지 파악하도록 한다.

**'오렌지'의 의미 이해**

오렌지

↓

| 여기 있는 이대로의 오렌지 | 아무도 손을 댈 순 없는 오렌지 |
|---|---|
| 인식 주체의 영향을 받지 않은 본질적인 모습 | 인식 주체의 주관적인 인식에 근거한 접근으로는 본질을 규명할 수 없는 존재 |

## 핵심 포인트 2 화자의 정서와 태도 파악 / 시상 전개 과정 파악

이 작품에서 화자인 '나'는 '오렌지'를 통해 대상의 본질을 파악하려는 노력을 보이므로 '나'가 대상의 본질에 접근하는 과정을 이해하도록 한다.

**'나'가 존재의 본질에 접근하는 과정**

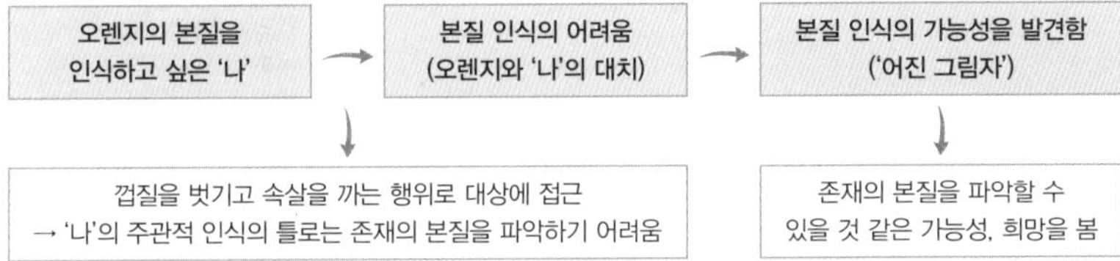


## 핵심 포인트 3 표현상 특징 파악

이 작품은 유사한 시구나 문장 구조를 반복하는 등 다양한 표현 방식을 활용하여 주제 의식을 형상화하고 있으므로 이를 파악할 수 있어야 한다.

**표현상 특징**

| | |
|---|---|
| • 1연의 시행이 4연에서 반복됨<br>→ (그러나) 오렌지에 아무도 손을 댈 순 없다 | 존재의 진정한 본질을 파악하는 것의 어려움을 나타냄 |
| • 1연의 시행이 4연에서 반복됨<br>→ 내가 보는 오렌지가 나를 보고 있다 | '나'와 '오렌지'의 동등한 위상 또는 둘의 상호 작용을 강조함 |
| • 2연의 문장 구조가 3연에서 반복됨<br>→ '마음만 낸다면 나도 / 오렌지의 ~ 수 있다' | '나'의 인위적인 행위(주관적 접근)로는 존재의 본질을 규명하기 어려움을 강조함 |
| • 2연의 시행이 3연에서 동일하게 반복됨<br>→ 마땅히 그런 오렌지 / 만이 문제가 된다 | |

**시상의 전환**

이 작품에서 화자는 오렌지에 '손'을 대면 오렌지가 오렌지가 아닌 것이 된다고 하여 존재의 본질 파악이 어려움을 드러내고 있다. 하지만 화자는 6연의 '그러나' 이후 이러한 존재의 본질을 이해할 수 있을 것도 같다는 희망을 드러내고 있다.

존재의 본질 파악이 어려운 상태(1~5연) —'그러나' → 시상 전환— 존재의 본질을 이해할 수 있을 것 같다는 희망(6연)

### 작품 한눈에

• 해제

〈오렌지〉는 '오렌지'를 제재로 하여 존재의 본질을 규명하고자 하는 의지를 표현하고 있다. 여기서 '오렌지'는 본질적 존재로서의 대상이다. 화자가 대상의 본질에 다가가 보려 하지만 '오렌지에 아무도 손을 댈 순 없다'라고 하는 데서 보듯, 존재의 본질 파악은 쉬운 일이 아니다. 그러나 이 '오렌지'에 한없이 어진 그림자가 비친다는 점에서 본질 파악의 가능성이 열려 있다는 것을 알 수 있다.

• 화자와 시적 상황

이 시의 화자는 '오렌지'라는 존재의 본질을 파악하려는 이로, 자기 주관에 근거한 접근 방식으로는 본질을 파악하는 데 한계가 있음을 인식하고 있다. 그러나 '오렌지'에 어진 그림자가 비치는 것을 보고 어쩌면 본질을 이해할 수 있을 것 같은 희망을 갖는다.

• 주제

존재의 본질 파악에 대한 소망

현대시 45

◇ 한 줄 평 비우는 삶에 대한 지향을 노래한 시

# 뺄셈 김광규

덧셈은 끝났다
밥과 잠을 줄이고
뺄셈을 시작해야 한다
남은 것이라곤
때 묻은 문패와 해어진 옷가지
이것이 나의 모든 재산일까
돋보기안경을 코에 걸치고
아직도 옛날 서류를 뒤적거리고
낡은 사전을 들추어 보는 것은
품위 없는 짓
찾았다가 잃어버리고
만났다가 헤어지는 것 또한
부질없는 일
이제는 정물처럼 창가에 앉아
바깥의 저녁을 바라보면서
뺄셈을 한다
혹시 모자라지 않을까
그래도 무엇인가 남을까

- 덧셈: 욕망을 좇으며 채우는 삶 비유
- 끝났다: 과거형 진술 – 단정적 태도
- 뺄셈: 욕망을 버리고 비우는 삶 비유
- 시작해야 한다: 당위적 진술 – 단호한 태도
- ▶ 1~3행: '뺄셈'의 삶에 대한 다짐
- 남은 것: '덧셈'으로 살아온 결과
- 때 묻은, 해어진: 부정적 의미의 수식어 사용 → '덧셈'의 부질없음 강조
- △(문패, 옷가지): 과거에 추구하던 외형적, 물질적 가치
- 이것이 나의 모든 재산일까: '덧셈'으로 살아온 삶에 대한 성찰적 태도
- 재산일까: 의문형 종결 ① 성찰적 태도 강조 ② 반복을 통한 운율감 형성
- ▶ 4~6행: '덧셈'으로 살아온 결과에 대한 성찰
- 돋보기안경을 코에 걸치고: ① 화자의 나이, 상황에 대한 단서(노년) ② 대상에 대한 집착을 드러냄
- 아직도, 이제는: 대비
- 옛날 서류를 뒤적거리고: 과거의 삶에서 벗어나지 못하는 모습 → 자신의 모습에 대한 반성과 성찰이 담김
- 「 」(옛날 서류를 ~ 들추어 보는 것은): '덧셈'의 삶의 방식
- 품위 없는 짓, 부질없는 일: ① 명사 종결 → 단정적 태도 부각 ② '~없는 ~'의 반복 → 운율감 형성
- 「 」(찾았다가 ~ 헤어지는 것): 덧셈의 삶의 방식은 허망한 결과를 초래함
- ▶ 7~13행: 품위 없고 부질없는 욕망과 집착에 대한 반성
- 이제는: 새로운 삶으로의 전환을 지향하는 모습
- 정물처럼 창가에 앉아: '덧셈'의 삶을 멈춘 모습
- 「 」(정물처럼 ~ 바라보면서): 삶에 대한 관조적 · 성찰적 태도
- 한다: 현재형 진술
- 혹시 모자라지 않을까: 비움이 부족할 것에 대한 걱정
- 그래도 무엇인가 남을까: 모든 것을 비우고자 하는 의지
- ▶ 14~18행: '뺄셈'과 같은 비우는 삶에 대한 의지

**감상 포인트**

'뺄셈'과 '덧셈'의 의미를 이해하고 화자가 살아온 삶의 모습과 앞으로 살아가고자 하는 삶의 모습을 파악한다.

## 작품 분석 노트

• 대조적 의미의 시어

화자의 삶의 방식을 빗댄 두 시어를 통해, 화자가 과거에 살아온 삶의 모습과 앞으로 살아가고자 하는 삶의 모습을 대비적으로 제시하며 주제 의식을 드러내고 있다.

| 덧셈 | ↔ | 뺄셈 |
|---|---|---|
| • 욕망을 좇으며 채우는 삶<br>• 화자가 살아온 지금까지의 삶 | ↔ | • 욕망을 버리고 비우는 삶<br>• 화자가 지향하는 앞으로의 삶 |

• 대비적 시어의 사용

대비적 의미의 부사와 보조사를 활용한 시어를 통해 화자의 현재 상황과 화자가 앞으로 지향하고자 하는 상황을 구분하여 시상을 전개하고 있다.

**아직도**
- 부사 '아직' – 과거의 삶이 지속되고 있음을 의미함
- 보조사 '도' – 이미 어떤 것이 포함되고 그 위에 더함의 뜻을 나타냄

↓

**이제는**
- 부사 '이제' – 지나온 삶의 태도와 단절하는 느낌을 부각함
- 보조사 '는' – 어떤 대상이 다른 대상과 대조됨을 나타냄

## 핵심 포인트 1 표현상 특징 파악

이 작품에서는 과거형과 현재형의 진술, 의문형 종결과 명사 종결 등의 다양한 종결 표현을 통해 대상에 대한 화자의 인식과 태도를 드러내고 있으므로 이를 파악해 두어야 한다. 또한 화자의 어조 등 주제 의식 구현에 기여하는 다양한 표현상 특징을 파악할 수 있어야 한다.

**다양한 종결 표현의 특징과 효과**

| | | |
|---|---|---|
| 평서형 종결 | 덧셈은 끝났다 | 과거형 진술을 통해 욕망을 추구하던 삶이 끝났음을 단정적으로 선언함 |
| | 뺄셈을 시작해야 한다 | 당위적 진술을 통해 현재의 화자에게 필요한 것이 비우는 삶임을 단호하게 제시함 |
| | 뺄셈을 한다 | 현재형 진술을 통해 욕망을 비우는 삶에 대한 실천과 다짐을 드러냄 |
| 의문형 종결 | 이것이 나의 모든 재산일까 | 화자가 스스로에게 질문을 던짐으로써 욕망을 채우며 살아온 삶을 반성함 |
| | 모자라지 않을까, 무엇인가 남을까 | 화자 자신에게 성찰적인 질문을 반복함으로써 온전히 비우는 삶에 대한 의지를 드러냄 |
| 명사 종결 | 품위 없는 짓 부질없는 일 | 서술격 조사 '이다'가 생략된 명사 종결을 통해 과거의 삶에 대한 화자의 부정적 평가를 단정적으로 제시함 |

**표현상 특징**

- 비유적 표현인 '덧셈'과 '뺄셈'의 대비를 통해 화자의 지향과 주제 의식을 드러냄
- '문패', '옷가지'의 대유적 표현을 통해 욕망을 좇으며 얻게 된 물질적 가치를 형상화함
- 의문형 종결 어미 '-(으)ㄹ까'의 반복을 통해 성찰적 태도를 드러내며 운율을 형성하고 여운을 남김

## 핵심 포인트 2 시어 및 시구의 의미 파악

이 작품에서는 일상적 언어를 시어로 사용하여 삶의 의미를 그려 내고 있다. 따라서 시어 및 시구의 의미를 파악해 두어야 한다.

**시어 및 시구의 의미**

| | |
|---|---|
| 덧셈 | 화자가 지금까지 살아온 삶을 셈법에 빗대어 표현한 것으로, 외형적 · 물질적 욕망을 좇아 많은 것을 채우며 사는 삶을 의미함 |
| 뺄셈 | 화자가 앞으로 살아가고자 하는 삶의 자세를 셈법에 빗대어 표현한 것으로, 욕망을 버리고 비우며 사는 삶을 의미함 |
| 때 묻은 문패와 해어진 옷가지 | ① '문패'는 집의 주인이라는 소유의 의미와 세상에 자신의 이름을 드러내는 명예 · 명성 등의 의미를 지니며, '옷가지'는 자신의 겉모습을 꾸미는 외형적 · 물질적 가치의 의미를 지님<br>② '때 묻은'과 '해어진'이라는 수식어를 통해, '덧셈'의 삶에 대한 화자의 부정적 인식을 드러냄 |
| 돋보기안경을 코에 걸치고 | ① 화자가 중년 또는 노년의 나이에 이르러 삶을 관조하고 성찰할 수 있는 때가 되었음을 의미함<br>② 아직 욕망과 집착에서 벗어나지 못하는 모습을 형상화함 |
| 옛날 서류, 낡은 사전 | 덧셈의 삶과 관련된 사물들로, '옛날'과 '낡은'이라는 수식어를 통해 이들에 대한 화자의 부정적 인식을 드러냄 |
| 정물처럼 | '정물'은 고요하고 정적인 존재로, 덧셈의 활동을 끝낸 화자의 모습을 비유한 표현임 |
| 바깥의 저녁 | '바깥'은 욕망을 비워 낸 화자가 관조적 태도로 바라보는 세계이며, '저녁'은 성찰의 시간을 의미함 |

### 작품 한눈에

- 해제

〈뺄셈〉은 욕망을 추구하는 삶과 비우는 삶의 자세를 덧셈과 뺄셈이라는 셈법에 빗대어, 자신의 삶을 성찰하고 있는 작품이다. '돋보기안경'을 걸친 모습으로 형상화된 나이 든 화자는 삶에 대해 관조적 태도를 드러내며, 지금까지 '덧셈'의 삶을 통해 욕망하고 집착하던 것들의 부질없음을 노래하고 비우는 삶에 대한 다짐을 드러내고 있다. 일상적인 소재의 사용과 평이한 시어로 이루어진 비유적 표현을 통해, 화자가 지향하는 삶의 자세와 주제 의식을 쉽고 간명하면서도 단호하게 제시하고 있다.

- 화자와 시적 상황

이 시의 화자('나')는 '돋보기안경'을 코에 걸친 나이 든 인물로 삶에 대한 성찰의 태도를 드러내며, 자신이 지향하는 비우는 삶에 대한 다짐을 제시하고 있다.

- 주제

욕망을 버리고 비우며 사는 삶에 대한 다짐

현대시 46

◇ 한 줄 평 | 폐어와의 비교를 통해 현대인의 삶을 성찰한 시

# 물증 오규원

아프리카 탕가니카호(湖)에 산다는
콩고 민주 공화국과 탄자니아 사이에 있는 세계에서 두 번째로 깊은 담수호
폐어(肺魚)는 학명이 프로톱테루스 에티오피쿠스
시적 대상 – '우리'와의 비교 대상
「그들은 폐를 몸에 지니고도
양서류에서 발견되는 진화적 특성
3억만 년 동안 양서류로 진화하지 않고
진화하지 않고 '폐어'로 머물러 있는 시간 / 긍정적인 발전
살고 있다 네 발 대신
의도적 행갈이 → 시적 긴장감 유발 – '살고 있다'의 강조
가느다란 지느러미를 질질 끌며
음성 상징어 → 진화하지 못한 '폐어'에 대한 부정적 인식 부각
물이 있으면 아가미로 숨 쉬고
물이 마르면 폐로 숨을 쉬며
대구법, 유사한 통사 구조의 반복
① 진화의 중간 단계에서 정체된 '폐어'의 모습 부각
② 운율감 형성
고생대(古生代) 말기부터 오늘까지 살아」 「 」: 보다 나은 방향으로 진보하지 않은 채 답보 상태에 빠져 있는 상태
= 3억만 년: '폐어'의 진화가 이루어지지 않은 시간
어느 날 우리나라의 수족관에
화자가 '폐어'를 만난 시 · 공간적 배경
그 모습을 불쑥 드러냈다

▶ 1~11행: 3억만 년 동안 진화하지 못한 폐어의 내력

뻘 속에서 4년쯤 너끈히 살아 견딘다는
'폐어'의 공간 / '폐어'의 시간 / 반어적 어조
프로톱테루스 에티오피쿠스여 뻘 속에서
돈호법, 의인법 – '폐어'를 청자로 설정함 / '우리(인간)'의 공간, 부정적인 현대 사회
수십 년 견디는 우리는
'우리(인간)'의 시간 / 시적 화자이자 시적 대상 – '폐어'와의 비교 대상 → 초점의 이동('폐어' → '우리')
그렇다면 30억만 년쯤 진화하지 않겠구나
깨달음 강조 / 인간에게 닥칠 비극 예측 ① / (음영): 영탄법, 자조적 어조
깨끗하게 썩지도 못하겠구나
인간에게 닥칠 비극 예측 ②

▶ 12~16행: 30억만 년 동안 진화하지 못할 인간의 현실

■ 폐어(肺魚): 몸이 가늘고 긴 뱀장어 모양의 민물고기로, 아가미 외에 부레가 호흡 기관으로 발달되어 있으며, 우기에는 물속에서 아가미로 숨을 쉬고 건기에는 모래펄에 기어들어 부레로 숨을 쉰다. 고생대 말부터 중생대에 걸쳐 번성하였으나 그 후 급격히 쇠퇴하여 현재는 오스트레일리아, 남아메리카, 아프리카 등에서 명맥을 유지하고 있으며, 이른바 살아 있는 화석으로 불린다.

**감상 포인트**

'폐어'와 '우리'의 비교를 통해 현대인의 삶을 성찰하는 작품의 주제 의식을 이해한다.

## 작품 분석 노트

• 제목 '물증'의 의미

'물적 증거'의 준말인 '물증'은 어떤 사실을 증명할 수 있는 객관적인 근거를 의미한다. 따라서 부정적인 현대 사회를 살아가고 있는 인간이 오랜 기간 진화하지 못할 것이라는 심증만 갖고 있던 화자에게, 어느 날 수족관에서 '폐어'를 만나는 시적 상황은 인간에게 닥칠 비극에 대한 물증이 된다.

| 물증 |
|---|
| • 물적 증거<br>• '폐어'를 가리킴 |

↓

진화하지 못하고 답보 상태를 거듭하는 현대인의 모습

• '폐어'와 '우리'의 관계

화자는 오랜 세월 진화하지 않고 살아온 '폐어'의 내력을 통해, 우리 인간 또한 그처럼 부정적 상황을 살아가게 될 것임을 예측하고 있다.

| 폐어 | | 우리(인간) |
|---|---|---|
| 3억만 년 동안 진화하지 않고 지느러미를 질질 끌며 살고 있음 | 유추 → | 30억만 년쯤 진화하지 않고 부정적 상황에서 살아갈 것임 |

• 의도적 행갈이의 효과

이 작품의 5행에서는 문장의 자연스러운 흐름과 어긋나는 의도적인 시행 배열을 통해, 시적 긴장감을 형성하고 특정 시어와 시구를 부각시키고 있다.

3억만 년 동안 양서류로 진화하지 않고 살고 있다
네 발 대신 가느다란 지느러미를 질질 끌며

↓

3억만 년 동안 양서류로 진화하지 않고
살고 있다 네 발 대신
가느다란 지느러미를 질질 끌며

## 핵심 포인트 1 시상 전개 방식과 주제 의식 이해

이 작품의 화자는 수족관에서 발견한 폐어의 내력과 인간의 현실을 대응시킴으로써, 현대인들이 처한 부정적 현실을 비판하면서 앞으로 닥칠 암울한 미래의 상황을 예측하고 있다. 따라서 이러한 유추적 시상 전개를 통해 현대인들의 성찰을 유도하는 화자의 태도와 주제 의식을 이해할 수 있어야 한다.

**유추적 시상 전개와 주제 의식**

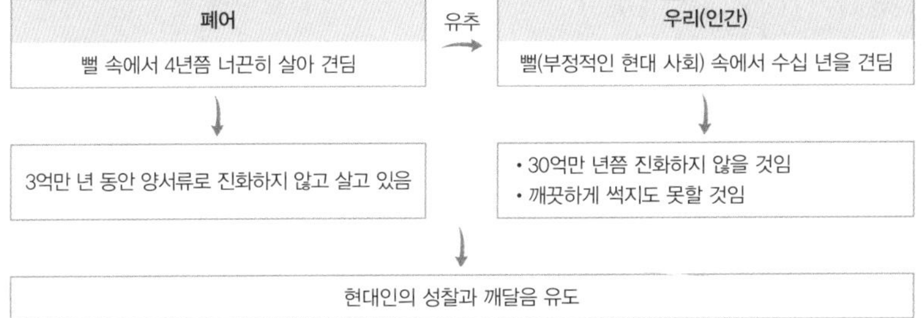


## 핵심 포인트 2 시어 및 시구의 의미 파악

이 작품에서는 시어 및 시구를 통해 폐어와 인간에 대한 화자의 생각과 태도를 드러내고 있다. 따라서 화자의 생각과 태도를 함축하고 있는 시어 및 시구의 의미를 파악할 수 있어야 한다.

**시어 및 시구의 의미**

| 시어 및 시구 | 의미 |
|---|---|
| 진화 | 화자가 생각하는 긍정적인 변화를 의미함 |
| 네 발 대신 / 가느다란 지느러미를 질질 끌며 | • '네 발'은 진화의 결과로 얻는 것으로, '뻘'에 안주함으로써 포기한 가치를 의미함<br>• '가느다란 지느러미'는 진화가 이루어지지 못한 상태로, 진화를 위해 버려야 할 것을 의미함<br>• 음성 상징어 '질질'을 통해 진화가 이루어지지 않은 상태에 대한 화자의 부정적 인식을 드러냄 |
| 뻘 속에서 4년쯤 너끈히 살아 견딘다는 | • '뻘'은 '네 발'이 없는 '폐어'가 벗어날 수 없는 삶의 공간을 의미함<br>• 모자람이 없이 넉넉하다는 긍정적 의미의 부사 '너끈히'를 사용하여, 진화하지 않고 오랫동안 뻘 속에서 살아가는 '폐어'의 부정적 모습을 반어적 어조로 표현함 |
| 뻘 속에서 / 수십 년 견디는 | 현대인들이 살아가는 부정적인 현대 사회를 '뻘'로 비유하고, 인간의 삶 전체를 '수십 년'으로 표현함 |
| 우리 | 시의 표면에 등장하는 시적 화자로, '폐어'와 비교 대상이 되며 화자가 성찰을 요구하는 시적 대상이기도 함 |
| 깨끗하게 썩지도 못하겠구나 | '뻘'과 같은 부정적 현실에서 벗어나지 못하고, 자연의 섭리마저 거스를 수밖에 없는 현대인들의 상황을 자조적 태도로 드러냄 |

## 핵심 포인트 3 표현상 특징 파악

이 작품의 주제 의식을 형상화하기 위해 사용된 다양한 표현상의 특징과 그 구체적 효과를 이해할 수 있어야 한다.

**표현상 특징과 효과**

- 시적 대상을 의인화하여 작품의 주제를 부각함
- 유추를 통해 시상을 전개하고 주제 의식을 드러냄
- 의도적인 행갈이를 통해 시적 긴장감을 형성하며 특정 시구를 강조함
- 반어적 어조와 자조적 어조를 통해 현대인이 처한 부정적 현실을 드러냄
- 유사한 통사 구조의 반복과 감탄형 종결 어미 '-구나'의 반복을 통해 운율을 형성함

### 작품 한눈에

- 해제
  〈물증〉은 화자가 어느 날 수족관에서 우연히 보게 된 '폐어'를 통해 인간의 미래를 예측하고 있는 작품이다. 폐어의 처지와 인간의 현실을 유추의 방식으로 대응시켜 표현하였으며, 의인법, 돈호법, 영탄법 등의 다양한 표현 방식과 반어적 · 자조적 어조의 진술을 통해 현대인들이 처한 부정적 현실을 드러내고 있다. 또한 이 작품은 '폐어'를 통해 시적 화자이자 동시에 시적 대상인 '우리'의 성찰과 깨달음을 유도하고 있다.
- 화자와 시적 상황
  이 시의 화자는 시의 표면에 '우리'로 등장하여, 수족관에서 '폐어'를 보고 깨달은 현대인들의 부정적인 현실과 이에 대한 성찰을 드러내고 있다.
- 주제
  현대인들의 부정적 현실에 대한 성찰

# 영역별 찾아보기

# 현대 소설

메가스터디
문학 총정리
**현대 문학**

현대 소설 01

◇ 한 줄 평 3·1 운동 직전 조선의 암울한 현실을 지식인의 시선으로 그린 작품

# 만세전 염상섭

▸ 교과서 수록 문학 금성, 동아, 미래엔, 천재(정)
▸ 기출 수록 평가원 2014 6월 B형, 2006년 9월

## 장면 포인트 1 주목

- 이 작품은 아내가 위독하다는 소식에 일본에서 조선으로 들어왔다가 다시 일본으로 돌아가는 '나'의 여정을 통해 3·1 만세 운동 직전의 민족의 현실을 그리고 있는 소설이다.
- 해당 장면은 서울로 가는 기차 안에서 '나'가 갓 장사를 하는 청년을 만나 단발, 공동묘지 법 시행에 관해 대화를 나누는 부분이다.
- 단발과 공동묘지에 대한 '나'와 갓 장수의 생각 차이에 주목하여 당시의 조선 현실과 이에 대한 '나'의 인식을 파악하도록 한다.

"아, 일본 갔다 오시는 분은 모두 그런 양복을 입으십디다그려." (당시 개화인, 지식인의 외양적 특징을 지적함)

하며 궐자는 외투 위로 내다보이는 학생복 깃에 달린 금글자를 바라보고 웃었다. ('나'가 일본 유학생임을 알 수 있음) 일본 유학생이 더구나 합병(1910년 한일 강제 병합) 이후로는 신시대, 신지식의 선구인 듯이 쳐다보이는 때라, (유학생을 선망의 대상으로 보던 당시 세태) 이 촌 청년도 부러운 눈으로 나를 자꾸 쳐다보며 이것저것 묻고 싶으나 무얼 물을지 몰라서 망설이는 모양 같다.

"당신은 무엇을 하슈?"

나는 대답 대신에 딴소리를 하였다.

"네에, 갓[笠] 장사를 다니는 장돌뱅이(떠돌아다니는 장사꾼)입니다."

그는 자비(自卑)(자기 자신을 낮춤)하듯이 웃지도 않으며 자기 입으로 장돌뱅이라 한다.

"갓(전통을 상징하는 물건)이오? 그래 요새두 갓이 잘 팔리나요?"

"그저 그렇지요. 촌에서들은 그래두 여전히 갓을 쓰니까요." (도시와는 대조되는 농촌의 모습)

나는 좀 의외로 생각하였다. 두 사람은 잠깐 말을 끊었다가, 나는 다시 물었다.

"그러나 당신부터 왜 머리는 안 깎으우?(단발 – 개화의 상징) 세상이 바뀌었을 뿐 아니라 귀찮고 돈도 더 들지 않소?"

"웬걸요, 촌에서 머리를 깎으려면 더 폐롭고(성가시고 귀찮고) 실상 돈도 더 들죠. …… 게다가 머리를 깎으면 형장(비슷한 또래의 사람들 중에서 상대를 높여 이르는 말)네들 모양으로 '내지어(內地語)'(일본어를 가리킴. '내지'는 외국이나 식민지에서 본국을 이르는 말임)도 할 줄 알고 시체(時體)(그 시대의 풍습·유행을 따르거나 지식 따위를 받음. 또는 그런 풍습이나 유행) 학문(學問)도 있어야지 않겠나요. 머리만 깎고 내지 사람(일본 사람)을 만나도 말대답 하나 똑똑히 못 하면 관청에 가서든지 순사를 만나서든지 더 성이 가신 때가 많지요. 「이렇게 망건을 쓰고 있으면 요보라고 해서 좀 잘못하는 게 있어도 웬만한 것은 용서를 해 주니까 그것만 해도 깎을 필요가 없지 않아요.」

(「」: 머리를 깎고 성가신 일을 당하느니 멸시를 당해도 속 편하게 사는 것이 낫다고 여김 – 일제의 부당한 대우에 저항하기보다는 개화되지 못한 모습을 보임으로써 현실에 안주하는 비굴한 태도)

하며 껄껄 웃어 버린다.

"그두 그럴듯하지마는 같은 조선 사람끼리라도 머리만 깎고 양복을 입고 개화장(개화기에 단장(짧은 지팡이)를 이르던 말)을 휘두르고 하면 대접이 다른 것같이, 역시 머리라도 깎는 것이 저 사람들에게 천대를 덜 받지 않소. 언제까지든지 함부로 홀뿌리는 대로 꿉적꿉적하고 요보란 (언제까지나 멸시를 받으며 살 수 없음을 지적함)

## 작품 분석 노트

- 〈만세전〉의 구조 – 여로형 구조

| 장소 | 내용 | 장 |
|---|---|---|
| 동경 | '나'는 아내가 위독하다는 전보를 받고 출발함, 술집 여급을 만남 | 1~2장 |
| 하관 | 배를 탐, 일본인들의 대화와 형사의 검문 | 3장 |
| 부산 | 경찰의 조사를 받음, 국숫집에서 계집애들과 이야기를 나눔 | 4~5장 |
| 김천 | 형님과 만남 | 6장 |
| 대전 | 조선인들이 처한 실상을 목격함 | 7~8장 |
| 서울 | 가족, 지인과 만남 | 7~8장 |
| 서울 | 아내가 죽고 다시 동경으로 떠남 | 9장 |

↓

여정에 따라 '나'가 조선의 현실에 눈을 뜨며 현실에 대한 의식이 변화함

소리만 들으려우?"

나는 궐자의 말이 일리가 있다고 동정은 하면서도, 무어라고 하나 들어 보려고 이렇게 물었다.

감상 포인트 인물 간의 대화를 통해 알 수 있는 당시의 현실과 이에 대한 '나'의 인식과 태도를 파악한다.

「"훌뿌리거나 요보라고 하거나 천대는 받을 때뿐이지마는, 머리나 깎고 모자를 쓰고 개화장이니 짚고 다녀 보슈. 가는 데마다 시달리고 조금만 하면 뺨따귀나 얻어맞고 유치장 구경을 한 달에 한두 번쯤은 할 테니!」 당신네들은 내지어나 능통하시지요? 하지만 우리 같은 놈이야 맞으면 맞았지 별수 있나요!"

「 」: 일본인에게 천대받는 조선인의 실상이 구체적으로 드러남

우리 같은 놈: 일본어도 못 하고 지식도 없는 촌사람

천대를 받아도 얻어맞는 것보다는 낫다! 그도 그럴 것이다. 미친 체하고 떡 목판에 엎드러진다는 세음으로 미친 체하고 어리광 비슷한 수작을 하거나, 스라소니 행세를 하거나 하여, 어떻든지 저편의 호감을 사고 저편을 웃기기만 하면 목전에 닥쳐오는 핍박은 면할 것이다. 속으로는 요놈 하면서라도 얼굴에만 웃는 빛을 띠면 당장의 급한 욕은 면할 것이다. 공포, 경계, 미봉, 가식, 굴복, 도회, 비굴…… 이러한 모든 것에 숨어 사는 것이 조선 사람의 가장 유리한 생활 방도요, 현명한 처세술이다. 실상 생각하면 우리의 이러한 생활 철학은 오늘에 터득한 것이 아니요, 오랫동안 봉건적 성장과 관료 전제 밑에서 더께가 앉고 굳어 빠진 껍질이지마는, 그 껍질 속으로 점점 더 파고들어 가는 것이 지금의 우리 생활이다.

미친 체하고 떡 목판에 엎드러진다: 멀쩡한 사람이 떡이 먹고 싶어 미친 척 떡판에 넘어진다는 뜻으로, 일부러 모르는 체하고 자기 욕심을 부리는 경우를 비꼬는 말

세음: 셈

스라소니 행세: 상대방이 취한 이윤의 찌꺼기라도 얻기 위해 비굴하게 행동하는 것

어떻든지 저편의 호감을 사고 ~ 핍박은 면할 것이다: 천대받는 것을 오히려 다행으로 여기는 사람들의 모습에 대한 인식

공포, 경계, 미봉, 가식, 굴복, 도회, 비굴: '나'가 생각하는 조선인의 이미지 – 조선인에 대한 냉소적 · 비판적 태도

조선 사람의 가장 유리한 생활 방도요, 현명한 처세술: 천대를 받으며 비굴하게 살아가는 조선인들의 생활 방식에 대한 냉소적 태도

오랫동안 봉건적 성장과 관료 전제 밑에서 ~ 껍질이지마는: 억압과 수탈에 익숙해져 무기력하고 나약하며 굴종적인 태도를 보이게 됨

▶ 갓 장수와 대화하며 조선인들의 비굴한 모습을 인식하는 '나'

"어떻든지 그저 내지인과 동등한 대우만 해 주면 나중엔 어찌 되든지 살아갈 수 있겠죠."

내지인: 일본인

청년은 무엇에 쫓겨 가는 사람처럼 차 안을 휘휘 돌려다 보고 나서 목소리를 한층 낮추어서 다시 말을 잇는다.

청년은 무엇에 ~ 말을 잇는다: 일제의 감시를 의식하는 청년 – 감시가 일상적임을 알 수 있음

"가령 공동묘지만 하더라도 내지에도 그런 법률이 있다 하면 싫든 좋든 우리도 따라가는 수밖에 없겠죠. 하지만 우리에게는 또 우리의 유풍이 있지 않습니까? 대관절 내지에도 그런 법이 있나요?"

공동묘지: 일제에 의해 시행되는 새로운 장례 제도

내지: 일본을 가리킴

우리의 유풍: 선산에 따로 무덤을 쓰는 일

의외에 이 장돌뱅이도 공동묘지 이야기를 꺼낸다. 나는 아까 형님한테 한참 설법을 듣고 오는 길에 또 이러한 질문을 받고 보니, 언제 규정이 된 것이요 어떻게 시행하라는 것인지는 나로서는 알고 싶지도 않고, 그까짓 것은 아무렇거나 상관이 없는 일이지마는, 아마 요사이 경향에서 모여 앉으면 꽤들 문젯거리, 화젯거리가 되는 모양이다. 나는 한번 껄껄 웃어 주고 싶었으나 그리할 수는 없었다.

아까 형님한테 한참 설법을 듣고 오는 길: 형님에게 공동묘지에 관한 이야기를 들었음을 알 수 있음

언제 규정이 된 것이요 ~ 상관이 없는 일이지마는: 현실에 무관심한 방관자적 태도를 보이는 '나'

경향: '서울'과 '시골'을 아울러 이르는 말

"일본에도 공동묘지야 있다우."

「나 역시 누가 듣지나 않는가 하고 아까부터 수상쩍게 보이던 저편 뒤로 컴컴한 구석에 금테를 한 동 두른 모자를 쓴 채 외투를 뒤집어쓰고 누웠는 일본 사람과 김천서 나하고 같이 오른 양복쟁이 편을 돌려다 보았다.」 나의 말이 조금이라도 총독 정치를 비방하는 것은 아니지만, 그중에서 무슨 오해가 생길지 그것이 나에게는 염려되는

「 」: 대화를 감시하는 사람이 있는지 경계하는 '나'

그중에서 무슨 오해가 ~ 염려되는: 자신의 말이 정치적으로 잘못 해석되는 것을 염려함

• 단발에 대한 '나'와 갓 장수의 태도

| '나' | 갓 장수 |
| --- | --- |
| • 세상이 바뀌었을 뿐만 아니라 덜 귀찮고 돈도 덜 듦<br>• 머리라도 깎는 것이 천대를 덜 받음 | • 더 폐롭고 실제로는 돈이 더 듦<br>• 머리만 깎고 일본 사람을 만나 일본어를 못 하면 성가신 일이 더 많음<br>• 망건을 쓰고 있으면 '요보'라고 해서 웬만한 것은 용서를 해 줌 |
| 단발에 긍정적임 | 단발에 부정적임 |

것이었다.

"정말 내지에도 공동묘지가 있에요? 하지만 행세하는 사람야 좀 다르겠죠?"
돈과 권력이 있는 사람은 공동묘지가 아닌 '우리의 유풍'과 같은 매장이 가능하리라 생각함

"그야 좀 다르겠지마는, 어떻든지 일본에서는 주로 화장을 지내기 때문에 타고 남은…… 아마 목구멍 뼈라든가를 갖다가 묻고 목패든지 비석을 세운다우. 「그러지 않어도 살아 있는 사람도 터전이 좁아서 땅 조각이 금 조각 같은데, 죽는 사람마다 넓은 터전을 차지하다가는 이 세상에는 무덤만 남고 말지 않겠소, 허허허."」
「 」: 무덤 때문에 산 사람의 터전이 좁아짐을 비판적으로 보며 현실적인 관점에서 공동묘지가 필요하다고 생각함

나는 이러한 소리를 하면서도 묘지를 간략하게 하여 지면을 축소하고 남는 땅은 누구의 손으로 들어가고 마누 하는 생각을 하여 보았다.
공동묘지를 유도하는 일제의 의도에 대한 의구심을 갖게 됨

"그리구서니 자기의 부모나 처자를 죽었다구 금세루 살라야 버릴 수가 있습니까? 더구나 대대로 내려오는 제 집 산소까지를."
화장에 대해 부정적으로 생각함 – 가족과 근본 등을 중시하는 봉건적 태도

이 사람은 나의 말이 옳다는 모양으로 고개를 끄덕끄덕하면서도 그래도 반대를 한다.
기차에서 만난 갓 장수

"화장을 지낸다기루 상관이 뭐겠소. 예전에 애급이라는 나라에서는 왕후장상의 시체는 방부제를 쓰고 나무 관에 넣은 시체를 다시 석관까지에 튼튼히 넣어서 피라미드라는 큰 굴속에 묻어 두었지만, 지금 와서는 미이라밖에는 되지 않고 만 것을 보면 죽은 송장에게 능라주의(綾羅紬衣)를 입히고 백 평, 천 평 되는 땅에다가 아무리 굳게 파묻기로 그것이 무엇이란 말이오. 동상을 세우면 무얼 하고 송덕비를 세우면 무엇에 쓴다는 말이오."
애급: '이집트'를 음역한 말
능라주의(綾羅紬衣): 비단옷과 명주 옷. 송장에 좋은 옷을 입히는 것
백 평, 천 평 되는 땅: 넓은 땅에 무덤을 만드는 것
동상, 송덕비: 죽은 후 공덕을 기리는 것
□: 삶보다 죽음에 공을 들이는 허례허식을 비판하기 위한 소재들

내 앞에 앉았는 장꾼은 무슨 소리인지 귀에 자세히 들어오지 않는 모양이다.

"녜에, 그런 것이 있에요?"

하고 멀거니 앉았다.

"하여간 부모를 생사장제(生事葬祭)에 예(禮)로써 받들어야 할 거야 더 말할 것 없지마는, 예로 하라는 것은 결국에 공경하는 마음이나 정성을 말하는 것 아니겠소? 그러니 공동묘지 법이란 난 아직 내용도 모르지마는, 그것은 별문제로 치고라도, 그 근본정신은 생각지 않고 부모나 선조의 산소치레를 해서 외화(外華)나 자랑하고 음덕(蔭德)이나 바란다는 것도 우스운 수작이란 것을 알아야 할 거 아니겠소. 지금 우리는 공동묘지 때문에 못살게 되었소? 염통 밑에 쉬스는[■] 줄은 모른다구, 깝살릴[■] 것 다 깝살리고 뱃속에서 쪼르륵 소리가 나도 죽은 뒤에 파묻힐 곳부터 염려를 하고 앉았을 때인지? 너무도 얼빠진 늦둥이 수작이 아니오? 허허허."
생사장제(生事葬祭): 살아서 섬기고 죽어서 장사와 제사 지내는 일
외화(外華): 화려한 겉치레
음덕(蔭德): 조상의 덕
조선인의 전근대적 인식에 대한 비판 ① – 장례의 근본정신은 생각지 않고 허례허식에만 사로잡힘
염통 밑에 쉬스는 줄은 모른다구: 작은 문제에만 집착하여 큰일이나 큰 손해를 알아채지 못하는 어리석음을 비판한 속담
조선인의 전근대적 인식에 대한 비판 ② – 현실은 도외시하고 관습에만 집착함
현실의 삶보다 죽은 뒤 묻힐 곳에만 골몰하는 모습에 대한 부정적 인식을 드러냄

나는 형님에게 하고 싶던 말을 장돌뱅이로 돌아다니는 이자를 붙들고 한참 푸념을 하였다. 이야기를 하고 나니까 어쩐지 열적었다[■].
공동묘지에 대한 '나'의 생각이 형님이나 갓 장수의 생각과는 다름을 알 수 있음

▶ 공동묘지에 대한 '나'와 갓 장수의 대화

• 공동묘지 법 시행에 대한 '나'와 갓 장수의 인식

| 갓 장수 |
| --- |
| • 일본에도 그런 법률이 있으면 싫어도 따라야겠지만, 우리의 유풍에 맞지 않음<br>• 부모나 처자가 죽었다고 금세 화장을 하는 것은 꺼림칙함 |
| 전근대적 사고 |

↕

| '나' |
| --- |
| • 일본에도 공동묘지가 있음<br>• 일본에서는 주로 화장을 하기 때문에 목패나 비석을 세움<br>• 송장에게 잘할 필요가 없으므로 화장을 한다고 해도 큰 상관이 없음<br>• 근본정신을 생각하지 않는 산소치레는 허례허식에 불과함 |
| 현실적 사고 |

■ 궐자: 삼인칭 '그'를 낮잡아 이르는 말.
■ 훌뿌리다: 업신여겨 함부로 냉정하게 뿌리치다.
■ 깝살리다: 재물이나 기회 따위를 흐지부지 다 없애다.
■ 요보: 일제 강점기에 일본인들이 조선인을 멸시하여 이르던 말.
■ 쉬슬다: 파리가 알을 여기저기에 낳다.
■ 열적다: 열없다. 좀 겸연쩍고 부끄럽다.

장면 포인트 2 주목

- 해당 장면은 서울로 올라가는 기차를 탄 '나'가 대전역에 잠시 내렸다가 조선의 현실을 목격하는 부분과, 아내의 초상을 치르고 난 '나'가 동경에 있는 정자에게 이별 편지를 쓰고 다시 동경으로 돌아가는 부분이다.
- '나'가 조선과 조선인의 현실을 자각하고 인식하는 과정과 '나'의 현실 대응 방식을 중심으로 이 작품에서 전달하고자 하는 주제 의식을 파악하도록 한다.

정거장 문밖으로 나서서 눈을 바삭바삭 밟으며 큰길 거리로 나가니까 칠 년 선에 일본으로 달아날 제(‘나’가 7년 전에 일본으로 유학을 갈 때), 오정 때 대전에 내려서 점심을 사 먹던 그 집이 어디인지 방면(어떤 장소나 지역이 있는 방향. 또는 그 일대)도 알 수 없이 시가(市街)가 변하였다. 길 맞은편으로 쭉 늘어선 것은 빈지를 들였으나 모두가 신축한 일본 사람 상점이다.(일제에 의해 조선인의 삶의 터전을 잃게 된 현실) 「우동을 파는 구루마가 쩔렁쩔렁 흔드는 요령(놋쇠로 만든 종 모양의 큰 방울) 소리만이 괴괴한(쓸쓸한 느낌이 들 정도로 고요한) 거리에 처량하다. 열네다섯쯤에 말도 모르고 단신 일본으로 공부간다는 데에 호기심이 있었던지 친절히 대접을 해 주던, 그때의 그 주막집 주인 내외가 그립다.」(「」: 변한 조선의 현실을 보며 처량함을 느끼고 과거를 회상함)

▶ 칠 년 사이에 일본 상점 거리로 변한 대전 시가

다시 돌쳐(되돌아) 들어오며 보니, 찻간에서 무슨 대수색을 하는지(일제의 감시와 억압을 보여 줌) 승객들은 아직도 아니 들여보내고, 결박을 지은 여자는 업은 아이가 깨어서 보채니까 일어서서 서성거린다.

'젖이나 먹이라고 좀 풀어 줄 일이지.'

하는 생각을 하니 곁에 시퍼렇게 얼어서 앉은 순사가 불쌍하다가도 밉살맞다.(추위에 떠는 순사에게 인간적인 연민을 느끼다가도 조선 사람들을 억압하는 그들의 모습에 분노를 느낌) 목책 안으로 들어오며 건너다보니까 차장실 속에 있던 두 청년과 헌병도 여전히 이야기를 하고 섰다. 나는 까닭 없이 처량한 생각이 가슴에 복받쳐 오르면서 한편으로는 무시무시한 공기에 몸이 떨린다.(헌병 앞에서 비굴한 청년들의 모습에서 처량함을 느끼는 동시에 일본의 탄압과 억압을 받는 조선의 현실에 무서움을 느낌)

젊은 사람들의 얼굴까지 시든 배춧잎 같고 주눅이 들어서 멀거니 앉았거나(조선 젊은이들의 모습 ① – 생기도 의욕도 없음), 그렇지 않으면 빌붙는 듯한 천한 웃음이나 '헤에' 하고 싱겁게 웃는 그 표정(조선 젊은이들의 모습 ② – 비굴한 태도)을 보면 가엾기도 하고, 분이 치밀어 올라와서 소리라도 버럭 질렀으면 시원할 것 같다.(일제의 억압에 굴복하는 조선 청년들의 모습에 연민과 반감을 함께 느낌)

'이게 산다는 꼴인가? 모두 뒈져 버려라!'(굴욕적인 조선의 현실에 대한 분노)

찻간 안으로 들어오며 나는 혼자 속으로 외쳤다.(생각만 할 뿐, 행동으로 실천하지는 못하는 나약한 모습)

'무덤이다! 구더기가 끓는 무덤이다!'(일제 강점하의 비참한 조선의 현실과 봉건적이고 무기력한 조선인들의 모습을 '구더기가 끓는 무덤'으로 인식함. 자조적 한탄)

나는 모자를 벗어서 앉았던 자리 위에 던지고 난로 앞으로 가서 몸을 녹이며 섰었다. 난로는 꽤 달았다. 뱀의 혀 같은 빨간 불길이 난로 문틈으로 날름날름 내다보인다.(난로의 모습을 비유적으로 묘사함. '나'의 현실에 대한 의식이 투영됨) 찻간 안의 공기는 담배 연기와 석탄재의 먼지로 흐릿하면서도 쌀쌀하다. 우중충한 남폿불은 웅크리고 자는 사람들의 머리 위를 지키는 것 같으나 묵직하고도 고요한 압력으로 지그시 내리누르는 것 같다.(분위기 묘사를 통해 당시 일제의 억압을 암시적으로 표현함) 나는 한번 휘 돌려다 보며,

'공동묘지다! 공동묘지 속에서 살면서 죽어서 공동묘지에 갈까 봐 애가 말라 하는 갸륵한 백성들이다!'(찻간 안의 모습을 바라보며 피폐하고 무기력한 조선인들의 모습에 자조하는 '나') / 하고 혼자 코웃음을 쳤다.

▶ 조선의 현실을 무덤으로 인식하는 '나'

(중략)

작품 분석 노트

- '공동묘지'와 '구더기'의 상징적 의미

| 공동묘지 |
|---|
| • 일제에 저항할 생각조차 하지 않는, 비굴한 태도의 조선인들이 살아가는 곳<br>• 생기 없고 무기력한 조선의 암울한 현실을 상징함. |

+

| 구더기 |
|---|
| 억압적 현실 속에서 생존 본능만을 지닌 채 비참하게 살아가는 조선 사람들 |

↓

조선의 현실을 구더기가 들끓는 무덤으로 비유함

주목 「모든 것이 순조로이 해결되어 가고 학교에 들어가시게 되었다 하오니 얼마나 반가운지 모르겠습니다. 과거 반년간의 쓰라린 체험이 오늘의 신생을 위한 커다란 준비 시기이셨던 것을 생각하면, 그동안 나의 행동이 부끄럽지 않을 수 없습니다마는, 한편으로는 내 생애에 있어서도, 다만 젊은 한때의 유흥 기분만에 그치지 아니하였던 것을 감사하며 기뻐합니다.」 그러나 뒷날에 달콤하고 아름다운 추억으로 남아 있으리라고 생각할 뿐이라면 이렇게 섭섭한 일도 없고, 당신은 또 자기를 모욕하였다고 노하실지도 모르나, 언제까지 그런 기쁨과 행복에 잠겨 있도록 이 몸을 안온하고 자유롭게 내버려두지 않으니 어찌하겠습니까. 나도 스스로를 구하지 않으면 아니 될 책임을 느끼고, 또 스스로의 길을 찾아가야 할 의무를 깨달아야 할 때가 닥쳐오는가 싶습니다. …… 지금 내 주위는 마치 공동묘지 같습니다. 생활력을 잃은 백의(白衣)의 백성과, 백주에 횡행하는 이매망량(魑魅魍魎)* 같은 존재가 뒤덮은 이 무덤 속에 들어앉은 나로서 어찌 '꽃의 서울'에 호흡하고 춤추기를 바라겠습니까. 눈에 보이는 것, 귀에 들리는 것이 하나나 내 마음을 부드럽게 어루만져 주고 용기와 희망을 돋우어 주는 것은 없으니, 이러다가는 이 약한 나에게 찾아올 것은 질식밖에 없을 것이외다. 그러나 그것은 장미꽃 송이 속에 파묻히어 향기에 도취한 행복한 질식이 아니라, 대기에서 절연된 무덤 속에서 화석(化石) 되어 가는 구더기의 몸부림치는 질식입니다. 우선 이 질식에서 벗어나야 하겠습니다. ……

「 」: 정자가 역경을 극복하고 성취를 이룬 것을 치하함
과거 반년간의 쓰라린 체험 ↔ 오늘의 신생
'이 몸을 안온하고 자유롭게 내버려두지 않'는다고 한 이유
식민지 조선의 현실
조선의 암담한 실상과 거기에 속한 스스로의 처지에 대한 인식
설의적 표현을 통해 답답한 현실에 대한 절망적 심리를 드러냄
비유적 묘사를 통해 조선의 현실에서 '나'가 느끼는 절망감을 부각함
조선에서 벗어나 동경으로 도피하려는 심리가 나타남

소학교 선생님이 사벨(환도)*을 차고 교단에 오르는 나라가 있는 것을 보셨습니까? 나는 그런 나라의 백성이외다. 고민하고 오뇌하는 사람을 존경하시고 편을 들어 주신다는 그 말씀은 반갑고 고맙기 짝이 없습니다. 그러나 스스로 내성(內省)하는 고민이요 오뇌가 아니라, 발길과 채찍 밑에 부대끼면서도 숨이 죽어 엎디어 있는 거세된 존재에게도 존경과 동정을 느끼시나요? 하도 못생겼으면 가엾다가도 화가 나고 미운증이 나는 법입넨다. 혹은 연민의 정이 있을지 모르나, 연민은 아무것도 구하는 길은 못 됩니다. …… 이제 구주의 천지는 그 참혹한 살육의 피비린내가 걷히고 휴전 조약이 성립되었다 하지 않습니까. 부질없는 총칼을 거두고 제법 인류의 신생(新生)을 생각하려는 것 같습니다. 그러나 이 땅의 소학교 교원의 허리에서 그 장난감 칼을 떼어 놓을 날은 언제일지? 숨이 막힙니다. ……

의문문을 활용하여 조선이 처한 현실의 폭력성을 강조함
정자의 말을 인용하여 그 말에 담긴 호의에 감사하는 마음을 전함
자신을 돌이켜 살펴봄
식민 지배를 받는 민족의 한 사람인 자신을 나타냄
1918년 제1차 세계대전이 독일의 항복으로 끝나고 휴전 협정을 함
식민지 조선이 해방될 날

우리 문학의 도(徒)는 자유롭고 진실된 생활을 찾아가고, 이것을 세우는 것이 그 본령인가 합니다. 우리의 교유, 우리의 우정이 이것으로 맺어지지 않는다면 거짓말입니다. 이 나라 백성의, 그리고 당신의 동포의, 진실된 생활을 찾아 나가는 자각과 발분을 위하여 싸우는 신념 없이는 우리의 우정도 헛소리입니다. ……

지식인이라는 정체성을 바탕으로 '나'가 내적 갈등을 해소할 수 있는 실마리를 모색함

▶ 동경에 있는 정자에게 '나'가 쓴 편지

나는 형님이 떠날 제 초상에 쓰고 남은 것이라고, 동경 갈 노자와 함께 책값이며

정자에게 편지와 함께 돈을 부침

• 〈만세전〉에 드러난 조선의 현실

**일제의 억압과 수탈**
- 조선인이 노동자로 팔려 가 노동력을 착취당함
- 농촌이 몰락하고 농민들의 삶이 붕괴됨
- 일제의 감시로 학교에서조차 자유를 박탈당함

↓

**조선인의 대응**
- 시대의 변화를 따라가지 못하고 과거의 전근대적인 의식에서 벗어나지 못함
- 무기력하게 현실을 살아가면서 일제에 굴종적인 태도를 보임

↓

**지식인의 한계**
- 조선의 현실을 비판만 할 뿐 극복 방안을 내세우지 못함
- 냉소적인 시선만을 보이고 현실에서 도피함

용돈으로 내놓고 간 삼백 원 속에서 백 원을 이 편지와 함께 부쳐 주었다. 혹시는 다른 의미나 있는 줄로 오해할 것이 성가시기도 하나, 「동경에서 떠날 제 선사받은 것도 있으려니와, 정자의 새 출발을 축하하는 의미라고 한마디 쓰고, 다소 부조가 될까 하여 보낸 것이다.」 실상은 동경 가는 길에 들르지 않겠다는 결심을 다시 하였기 때문에, 아주 이것으로 마감을 하여 버리고, 나도 이 기회에 가뜬한 몸이 되고 싶었던 것이다.

「 」: 편지와 함께 돈을 부친 까닭
대학 입학
일본에 가서도 정자와 다시 만나지 않기로 결심함

**감상 포인트**
조선의 현실을 무덤으로 인식하는 '나'의 생각을 작품의 주제 의식과 연관하여 이해한다.

나는 한 열흘 더 있다가 졸업 논문도 있고 아무래도 학교 일이 걱정이 되어서 떠나고 말았다. 정거장에는 큰집 형님, 병화 내외, 을라 들이 나왔다. 을라는 입도 벌리지 않고 오도카니 섰고, 병화 내외도 플랫폼의 보꾹에 매달린 시계만 쳐다보며 선하품을 하고 섰었다. 그러나 병화의 얼굴에는 그렇게 보아서 그런지 모든 오해를 풀고, 인제는 안심하였다는 듯이 화평한 기색이 도는 것 같았다.

동경으로 다시 떠난 '나'
지붕의 안쪽

차가 떠나려 할 제 큰집 형님은 승강대에 섰는 나에게로 가까이 다가서며,

"내년 봄에 나오면 어떻게 속현(續絃)할 도리를 차려야 하지 않겠나?"

거문고와 비파의 끊어진 줄을 다시 잇는다는 뜻으로, 아내를 여읜 뒤에 다시 새 아내를 맞는 일을 비유적으로 이르는 말

하고 난데없는 소리를 하기에, 나는,

내년에 아내를 맞으라는 형님의 말

"겨우 무덤 속에서 빠져나가는데요? 따뜻한 봄이나 만나서 별장이나 하나 장만하고 거드럭거릴 때가 되거든요……!"

조선의 현실에서 탈출함
거만스럽게 잘난 체하며 자꾸 버릇없이 굴

하며 웃어 버렸다.

▶ 다시 일본으로 떠나는 '나'

- 빈지: 한 짝씩 끼웠다 떼었다 할 수 있게 만든 문. 흔히 가게에서 문 대신 쓴다.
- 이매망량: 온갖 도깨비. 산천, 목석의 정령에서 생겨난다고 함.
- 환도: 예전에, 군복에 갖추어 차던 군도(軍刀).

• 〈만세전〉의 시점

**1인칭 주인공 시점**

- 주인공인 '나'가 자신이 체험한 일을 그대로 전달하는 것처럼 느껴지게 함
- 주인공의 생각과 심리를 보다 생생하게 전달할 수 있음

↓

'나'의 시선을 통해 일제에 수탈당하고 있던 당시 조선의 암울한 현실과 일본인에게 멸시받고 핍박받던 조선인의 비참한 모습을 사실적으로 드러냄

## 핵심 포인트 1 서사 구조에 대한 이해

이 작품은 여로형 구조로 사건이 전개되며 여정에 따라 주인공의 의식도 변화하고 있으므로, 이를 중심으로 전체적인 내용의 흐름을 파악할 수 있어야 한다.

**◎ 여정에 따른 '나'의 체험 및 인식의 변화 과정**

| 동경 | 하관(배를 탐) | 부산(배가 도착함) |
|---|---|---|
| 아내가 위독하다는 전보를 받고도 술집 여급을 만나는 '나' → 식민지 조선의 현실과 아내에 대해 무관심함 → | 조선을 비하하는 일본인들의 대화를 듣고 형사의 검문을 받음 → 수탈과 억압에 시달리는 조선의 현실을 인식함 → | 경찰 조사를 받고 국숫집 계집애들의 넋두리를 듣게 됨 → 변화한 조선의 현실에 놀라워함 ↓ |

↑ 답답한 현실에 대한 도피로 동경으로 돌아감

| 서울 | 대전(기차 안) | 김천(경유지) |
|---|---|---|
| 아내의 죽음을 확인함 → 세상의 변화와 동떨어진 조선의 현실에 절망하고 조선의 답답한 현실에서 도피하고자 함 | ← 서울로 오는 기차 안에서 조선인의 실상을 목격함 → 조선의 현실을 무덤으로 인식하게 됨 | ← 보수적인 성격의 김천 형님과 만남 → 무지하고 전근대적 인식에 젖어 있는 조선인의 모습에 분노함 |

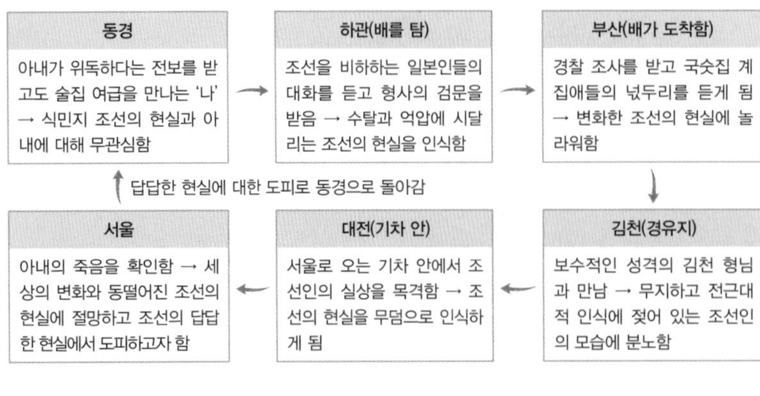

## 핵심 포인트 2 서술상 특징 파악

이 작품의 서술자는 대상과 일정한 심리적 거리를 유지하고 있는데, 이와 같은 거리 두기가 어떤 효과를 일으키는지 파악할 수 있어야 한다.

**◎ 〈만세전〉의 거리 두기**

| 구분 | 효과 |
|---|---|
| '나'의 눈에 비친 조선의 실상 | 일제의 혹독한 탄압과 수탈 및 조선인에 대한 차별, 이에 대한 조선인들의 비굴한 태도 등이 제시됨 → 독자들은 당시 조선의 실상에 대해 비판적 성찰을 하게 됨 |
| 독자의 눈에 비친 '나' | '나'는 참담한 조선의 현실을 보면서도 적극적으로 행동하지 않고 결국 다시 동경으로 돌아감 → 독자들은 한계에 부딪힐 수밖에 없는 당대 지식인의 고뇌에 공감할 수도 있고 현실을 적극적으로 개선하지 못하는 지식인의 한계를 비판할 수도 있음 |

## 핵심 포인트 3 소재의 상징적 의미 파악

이 작품에 드러난 조선의 현실 상황을 고려하여 '무덤', '공동묘지'의 상징적 의미를 파악할 수 있어야 한다.

**◎ 조선의 현실과 '무덤', '공동묘지'의 상징적 의미**

| | |
|---|---|
| 조선의 현실 | 노동자로 팔려 가 노동력 착취를 당하고 일제의 감시로 인해 자유를 박탈당하는 등 일제 강점으로 인해 참담하고 암울한 상황에 처해 있음 |
| 조선인들의 모습 | • 전근대적인 사고에서 벗어나지 못한 채 허례허식에 빠져 있음<br>• 삶의 생기를 잃어버린 채 노예적 삶을 살면서 저항도 하지 못함 |

→ 조선과 조선인에 대한 인식을 '무덤이다! 구더기가 끓는 무덤이다!'와 같은 내적 독백을 통해 드러냄

↓

| | |
|---|---|
| 무덤, 공동묘지 | • 작품의 원제인 '묘지'와 의미가 상통하는 '무덤'은 일제 강점기 조선의 참담한 현실을 상징함<br>• 현실을 타개하려는 시도조차 하지 않은 채 비참하고 비굴하게 살아가는 우리 민족의 모습이자, 이를 바라보는 '나'의 허무주의적인 인식이 반영된 표현 |

### 작품 한눈에

• 해제

〈만세전〉은 3 · 1 운동이 일어나기 전, 동경에서 유학 중인 지식인 주인공이 아내가 위독하다는 소식을 듣고 귀국했다가 돌아가는 여정 속에서 식민지 조선의 현실에 눈떠 가는 모습을 그린 중편 소설이다. 주인공 '나'(이인화)의 시선을 통해 당시 우리 민족이 처한 암담하고 비참한 현실을 효과적으로 전달하고 있다. 한편 '나'는 조선의 암담한 현실에 울분을 느끼지만, 현실 개선을 위한 노력을 보이지 않는 무기력한 모습을 나타내고 있기도 하다.

• 제목 〈만세전〉의 의미

– 3 · 1 운동 전 조선의 암울한 현실

이 작품의 제목은 3 · 1 운동이 일어나기 직전을 시대적 배경으로 하고 있음을 의미한다. 그런데 이 작품의 원래 제목은 '묘지'로서, 이는 주인공이 작품 속에서 당시의 현실을 '구더기 끓는 무덤'으로 표현한 것과 관련된다. 즉 원제인 '묘지'는 일제의 억압과 수탈 속에서 삶의 생기를 잃어버리고 무덤 속 구더기처럼 살아가는 조선 민중들의 삶을 담아낸 제목이다.

• 주제

식민지 지식인의 눈으로 본 일제 강점하 조선의 암담한 현실

(전체 줄거리)

만세 운동이 일어나기 전 동경에서 유학 중이던 '나'는 아내가 위독하다는 전보를 받는다. 하지만 이곳저곳을 돌아다니며 여행 제구를 사고 이발소에 가 면도를 하며, 단골 술집 여급 정자와 음악 학교 학생 을라를 만나는 등 한껏 늦장을 부리다 열한 시 야행으로 서울로 출발한다. 부산으로 가는 연락선을 타기 위해 도착한 대합실에서 '나'는 신상을 캐묻는 형사를 만나 취조를 당하고, 배 안 목욕탕에서는 조선인을 조롱하는 일본인들의 대화를 듣고 분개한다. 또한 이유 없이 형사에게 불려 가 짐 수색을 당하여 집에서 온 편지와 소설 초고가 들어 있는 서류 뭉치 등을 압수당하는 일을 겪는다. 부산에 도착한 '나'는 이번에도 어김없이 파출로로 끌려가 조사를 받고, 김천으로 이동하여 사촌 형님과 만나서는 집안 문제로 언쟁을 벌인다. '나'는 서울로 가는 기차 안에서 일본 순사와 헌병 보조원들이 끊임없이 조선인들을 감시하고 조사하는 것을 목격하고 조선의 현실이 구더기가 끓는 무덤 같다고 생각한다. '나'가 서울 집에 도착하고 얼마 지나지 않았을 무렵 재래식 의술에만 의존하던 아내가 결국 죽는다. '나'는 아내의 죽음에도 눈물 한 방울 나오지 않는다. 열흘 후, '나'는 탈출하듯 다시 동경으로 떠난다.

현대 소설 02

한 줄 평 일제 강점기 농촌 사회의 비참한 현실을 고발한 작품

# 만무방 김유정

▸ 기출 수록 수능 2007

## 장면 포인트 1 주목

- 이 작품은 일제 강점기에 착취와 소외로 고통받으며 살아가는 농민들의 삶을 사실적으로 그려 낸 소설이다.
- 해당 장면은 응오가 아내의 병간호를 핑계로 벼를 수확하지 않고 있는 상황과, 응칠이 응오네 논의 벼 도둑을 잡으러 응고개로 가는 상황이다.
- 인물이 처한 상황을 중심으로 일제 강점기 농촌의 현실을 파악하도록 한다.

[앞부분의 줄거리] 가을 추수가 한창때인데 응칠은 농사일을 하지 않고 산속을 돌아다니며 송이 채집을 한다. 그는 여기저기 떠돌아다니며 도박과 절도를 일삼는 만무방으로 살아가는 중이다. 산을 내려오던 응칠은 우연히 성팔이를 만나 동생 응오가 농사짓는 논의 벼가 없어졌나는 소식을 듣고 가슴이 내려앉는다.

응오는 진실한 농군이었다.(응오의 성격을 단적으로 제시함) 나이 서른하나로 무던히 철났다 하고 동리에서 쳐 주는 모범 청년이었다.(마을에서 응오의 평판이 좋은 편임) 그런데 벼를 베지 않는다. 남은 다들 거둬들였고 털기까지 하련만 그는 벨 생각조차 않는 것이다.(응오의 평소 성격이나 평판과는 다른 행동)

지주든 혹은 그에게 장리(돈이나 곡식을 꾸어 주고, 받을 때에는 한 해 이자로 본디 곡식의 절반 이상을 받는 변리. 흔히 봄에 꾸어 주고 가을에 받음)를 놓은 김 참판이든 뻔찔 찾아와 벼를 베라 독촉하였다.

"얼른 털어서 낼 건 내야지."

하면 그 대답은,

"계집이 죽게 됐는데 벼는 다 뭐지유—"(벼를 베지 않는 것에 대한 응오의 변명)

하고 한결같이 내뱉는 소리뿐이었다.(성실한 농민, 벼를 수확해 봤자 지주와 빚쟁이에게 빼앗기고 나면 아무것도 남는 게 없는 상황에서, 추수를 미루고 자기 논의 벼를 몰래 훔치는 소극적 현실 대응 태도를 보임)

하기는 응오의 아내가 지금 기지 사경(거의 죽을 지경에 이름)이매 틈은 없었다 하더라도 돈이 놓아서 약을 못 쓰는 이 판이니 진시 벼라도 털어야 할 것이다.(아내의 약을 쓰기 위해서는 벼를 털어 돈을 마련해야 함) / 그러면 왜 안 털었던가.(서술자의 목소리가 직접 드러남)

「그것은 작년 응오와 같이 지주 문전에서 타작을 했던 친구라면 묻지는 않으리라. 한 해 동안 애를 졸이며 홑자식 모양으로 알뜰히 가꾸던(벼를 자식처럼 아끼며 정성껏 가꿈) 그 벼를 거둬들임은 기쁨에 틀림없었다. 꼭두새벽부터 엣, 엣, 하며 괴로움을 모른다. 그러나 캄캄하도록 털고 나서 지주에게 도지를 제하고, 장리쌀을 제하고, 색초를 제하고 보니, 남는 것은 등줄기를 흐르는 식은땀이 있을 따름.(고생해서 농사를 지어도 소작료, 빚, 세금 등을 내고 나면 남는 것이 없는 일제 강점기 농촌 사회의 구조적 모순) 그것은 슬프다 하기보다 끝없이 부끄러웠다. 같이 털어 주던 동무들이 뻔히 보고 섰는데 빈 지게로 덜렁거리며 집으로 돌아오는 건 진정 열적기 짝이 없는 노릇이었다.(열심히 농사지은 벼를 수확해 봤자 남는 것이 없는 자신의 처지에 대한 슬픔, 부끄러움 등이 담김) 참다 참다 못해 응오는 눈에 눈물이 흘렀던 것이다.(불합리한 현실에 자괴감, 절망감을 느낌)

가뜩한데 엎치고 덮치더라고(설상가상(雪上加霜)) 올해는 고나마 흉작이었다. 샛바람과 비에 벼는 깨깨(몹시 여위어 마른 모양) 비틀렸다. 이놈을 가을하다간((벼나 보리 등의) 농작물을 거두어들이다간) 먹을 게 남지 않음은 물론이요 빚도 다 못 가릴 모양. 에라, 빌어먹을 거. 너들끼리 캐다 먹든 말든 멋대로 하여라, 하고 내던져 두지 않을 수 없었다. 벼를 거뒀다고 말만 나면 빚쟁이들은 우— 몰려들 거니깐.」

「」: 응오가 농사지은 벼를 수확하지 않는 진짜 이유가 나타남

▸ 벼를 수확하지 않고 버티는 응오

[중략 부분의 줄거리] 응칠은 벼 도둑이 벼를 다시 훔치러 올 것이라고 생각하여 도둑을 직접 잡으러 나선다.

### 작품 분석 노트

- 인물이 처한 상황

|  |  |
|---|---|
| 응칠 | • 농사꾼으로 살다가 빚 때문에 야반도주한 뒤 가족과 헤어짐<br>• 도박과 절도 등 전과가 있는 만무방으로 동생에 대한 애정이 깊음 |
| 응오 | • 성실한 농사꾼이지만 열심히 일해도 아무것도 벌어들이지 못한 경험이 있음<br>• 흉작이 들자 벼를 수확해도 아무것도 남지 않는 현실에 절망함 |

- '응오'가 벼를 베지 않는 이유

• 작년에 자신이 지은 벼를 추수하고 나서 도지와 장리쌀 등을 제하고 보니 아무것도 남지 않았음
• 올해는 설상가상으로 흉작이 들어 추수를 해도 빚도 갚지 못할 형편이 됨

↓

벼를 수확해도 빚만 남는 현실에 대한 절망감으로 벼 베기를 포기함

주목

응칠이는 모든 사람이 저에게 그 어떤 경의를 갖고 대하는 것을 가끔 느끼고 어깨가 으쓱거린다. 백판 모르던 사람도 데리고 앉아서 몇 번 말만 좀 하면 대뜸 구부러진다. 그렇게 장한 것인지 그 일을 하다가, 그 일이라야 도적질이지만, 들어가 욕보던 이야기를 하면 그들은 눈을 커다랗게 뜨고,

도적질을 한 자신에 대한 다른 사람의 반응에 자부심을 느낌

그 일: 도적질

들어가 욕보던 이야기: 도적질을 하면서 고생한 이야기

"아이구, 그걸 어떻게 당하셨수!"

하고 적이 놀라면서도,

"그래 그 돈은 어떡했수?"

"또 그럴 생각이 납디까유?"

"참, 우리 같은 농군에 대면 호강살이유!"

도적질을 하며 살아가는 응칠을 부러워함

하고들 한편 썩 부러운 모양이었다. 저들도 그와 같이 진탕 먹고살고는 싶으나 주변 없어 못 하는 그 울분에서 그런 이야기만 들어도 다소 위안이 되는 것이다. 응칠이는 이걸 잘 알고 그 누구를 논에다 거꾸로 박아 놓고 달아나다가 붙들리어 경치던 이야기를 부지런히 하며

응칠처럼 도적질을 하며 살아가고 싶어 하지만 현실이 그렇지 못하여 생기는 울분

가난한 농사꾼들이 응칠의 이야기를 들으며 대리 만족을 함

경치던: 혹독하게 벌을 받던

"자네들은 안적 멀었네, 멀었어."

자신을 부러워하는 사람들에게 으스대는 응칠

하고 흰소리를 치면 그들은, 옳다는 뜻이겠지, 묵묵히 고개만 꺼떡꺼떡하며 속없이 술을 사 주고 담배를 사 주고 하는 것이다.

흰소리: 터무니없이 자랑으로 떠벌리거나 거드럭거리며 허풍을 떠는 말

그런데 이번 벼를 훔쳐 간 놈은 응칠이를 마구 넘보는 모양 같다.

도둑이 응칠의 동생인 응오네 논에서 벼를 훔쳐 감

이렇게 생각하면 응칠이는 더욱 괘씸하였다. 그는 물푸레 몽둥이를 벗 삼아 논둑길을 질러서 산으로 올라간다.

벼를 훔친 도둑에게 분노를 느끼며 그를 응징하러 가는 응칠

이슥한 그믐은 칠야…….

칠야: 아주 캄캄한 밤

길은 어둡고 흐릿한 언저리만 눈앞에 아물거린다.

깜깜한 밤이라 시야가 어두워 잘 보이지 않음

그 논까지 칠 마장은 느긋하리라. 이 마을을 벗어나는 어귀에 고개 하나를 넘는다. 또 하나를 넘는다. 그러면 그담 고개와 고개 사이에 수목이 울창한 산중턱을 비겨대고 몇 마지기의 논이 놓였다. 응오의 논은 그중의 하나이었다. 길에서 썩 들어앉은 곳이라 잘 뵈도 않는다.

비겨대고: 비스듬하게 기대고

사람들의 눈에 띄지 않는 곳임

동리에 그런 소문이 안 났을 때에는 천행으로 본 놈이 없을 것이나 반드시 성팔이의 성행임에는…….

응오네 논의 벼를 훔쳐 간 도둑을 본 사람이 없음

응칠은 성팔이를 벼 도둑으로 의심함

응칠이는 공동묘지의 첫 고개를 넘었다. 그리고 다음 고개의 마루턱을 올라섰을 때 다리가 주춤하였다. 저 왼편 높은 산 고랑에서 불이 반짝 하다 꺼진다. 짐승불로는 너무 흐리고…… 아―하, 이놈들이 또 왔군. 그는 가던 길을 옆으로 새었다. 더듬더듬 나뭇가지를 짚으며 큰 산으로 올라간다.

응칠이 산 고랑에서 사람의 것으로 의심되는 불빛을 목격함

마을 노름꾼들이 노름판을 벌였다고 예상함

▶ 도적질을 일삼던 응칠이 응오네 논의 벼를 훔친 도둑을 잡으러 감

• 작품에 드러난 일제 강점기 농촌의 현실

일반 농민들은 고생을 해서 농사를 지어도 소작료, 빚 등을 내고 나면 아무것도 남지 않고 오히려 빚이 쌓여 감

↓

| 정신적 파탄 | 경제적 파탄 |
| --- | --- |
| 빚 때문에 농사를 그만두고 도박을 하거나 도적질을 하는 등의 일탈 행위가 만연함 | 쌓여 가는 빚 때문에 가족이 뿔뿔이 흩어져 떠돌이 신세가 됨 |

↓

열악하고 궁핍한 소작농들의 현실을 통해 일제 강점기 농촌 사회의 구조적 모순을 드러냄

장면 포인트 2
주목

- 해당 장면은 응칠에 의해 응오네 논의 벼를 훔친 도둑이 응오 자신임이 밝혀지는 상황이다.
- 도둑의 정체가 자신의 동생인 응오임을 알게 된 응칠의 심리와 어쩔 수 없는 상황에 내몰려 자신의 벼를 훔칠 수밖에 없었던 응오의 상황에 주목하여 작품의 주제 의식을 파악하도록 한다.

주목

얼마나 되었는지 몸을 좀 녹이고자 일어나서 서성서성할 때이었다. 논으로 다가오는 희미한 그림자(벼를 훔치러 온 도둑의 그림자)를 분명히 두 눈으로 보았다. 그러고 보니 피로고, 한고이고 다 딴소리다.(피로나 추위도 느끼지 못할 정도로 범인을 잡는 데 집중함) 고개를 내대고 딱 버티고 서서 눈에 쌍심지를 올린다.(도둑의 정체를 확인하기 위해 집중함)

흰 그림자는 어느 틈엔가 어둠 속에 사라져 보이지 않는다. 그리고 다시 나올 줄을 모른다. 바람 소리만 왱왱 칠 뿐이다. 다시 암흑 속이 된다. 확실히 벼를 훔치러 논 속으로 들어갔을 것이다. 여깽이('여우'의 방언) 같은 놈이 궂은 날씨를 기화(뜻밖의 이익을 얻을 수 있는 물건. 또는 그런 기회) 삼아 맘껏 하겠지. 의리 없는 썩은 자식, 격장*에서 같이 굶는 터에……(마을에서 함께 농사짓고 있는 사람 중 한 명이 도둑일 것이라 생각함) 오냐 대거리만 있어라. 이를 한 번 부윽 갈아붙이고 차츰차츰 논께로 내려온다.

응칠이는 논께로 바특이(두 대상이나 물체 사이가 조금 가깝게) 내려서서 소나무에 몸을 착 붙였다. 섣불리 서둘다간 낫의 횡액(뜻밖에 닥쳐오는 불행)을 입을지도 모른다.(어설프게 도둑을 잡으려다 오히려 자신이 다칠지도 모름) 다 훔쳐 가지고 나올 때만 기다린다. 몸뚱이는 잔뜩 힘을 올린다.(만반의 준비를 하고 도둑을 기다리는 응칠의 모습 – 긴장감 고조)

한 식경(밥을 먹을 동안이라는 뜻으로, 잠깐 동안을 이르는 말)쯤 지났을까, 도적은 다시 나타난다. 논둑에 머리만 내놓고 사면을 두리번거리더니 그제야 기어 나온다. 얼굴에는 눈만 내놓고 수건인지 뭔지 헝겊이 가리었다.(도둑의 정체를 알 수 없음) 볏짐을 등에 짊어 메고는 허리를 구붓이(조금 굽은 듯하게) 뺑소니를 놓는다. 그러자 응칠이가 날쌔게 달려들며,

**감상 포인트**

자신의 논을 훔칠 수밖에 없는 인물의 상황과 당시의 현실을 관련지어 작품을 감상한다.

"이 자식, 남우 벼를 훔쳐 가니!"

하고 대포처럼 고함을 지르니 논둑으로 고대로 데굴데굴 굴러서 떨어진다.(응칠의 고함 소리에 깜짝 놀라 넘어지는 어리숙한 도둑의 모습을 해학적으로 표현함) 얼결에 호되게 놀란 모양이다.

응칠이는 덤벼들어 우선 허리께를 내리조겼다. 어이쿠쿠, 쿠 하고 처참한 비명이다. 이 소리에 귀가 번쩍 띄어(귀에 익은 비명 소리에 도둑이 동생임을 알아차림) 그 고개를 들고 팔부터 벗겨 보았다. 그러나 너무나 어이가 없었음인지 시선을 치걷으며 그 자리에 우두망찰한다.(도둑의 정체가 응오임을 확인하고 충격을 받음)

그것은 무서운 침묵이었다. 살똥맞은(말이나 하는 짓이 독살스럽고 당돌한) 바람만 공중에서 북새를 논다.(부산을 떨고 법석인다)

한참을 신음하다 도적(응오)은 일어나더니

"성님까지 이렇게 못살게 굴기유?"(자기 논의 벼를 훔칠 수밖에 없는 처지에 대한 울분과 형에 대한 원망이 담김)

제법 눈을 부라리며 몸을 홱 돌린다. 그리고 느끼며 울음이 복받친다.(자신을 방해하는 형에 대한 야속함, 절망적 현실과 자신의 처지에 대한 서러움 등이 복합적으로 표출됨) 볏짐도 내버린 채,

"내 것 내가 먹는데 누가 뭐래?"(자신의 벼를 훔칠 수밖에 없는 비참한 현실에 대한 분노)

하고 데퉁스러이(말과 행동이 거칠고 미련한 데가 있게) 내뱉고는 비틀비틀 논 저쪽으로 없어진다.

형은 너무 꿈속 같아서 멍하니 섰을 뿐이다.(도둑의 정체가 응오라는 사실에 허탈감을 느낌)

▶ 도둑의 정체가 동생 응오임을 알게 된 응칠

**작품 분석 노트**

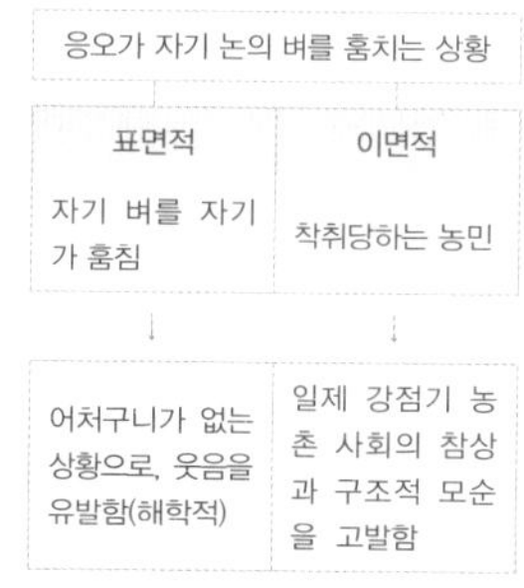
• 반어적 상황
응오가 자기 논의 벼를 훔치는 상황
표면적
이면적
자기 벼를 자기가 훔침
착취당하는 농민
어처구니가 없는 상황으로, 웃음을 유발함(해학적)
일제 강점기 농촌 사회의 참상과 구조적 모순을 고발함

• '만무방'에 해당하는 인물

| 만무방 | |
|---|---|
| 염치가 없이 막된 사람 | |
| **응칠** | **응오** |
| 성실한 농부였으나 빚을 감당하지 못해 도박과 노름을 일삼으며 떠돎 | 성실한 농부였으나 벼 수확을 거부하고 자신의 논에서 벼를 훔침 |

↓

'만무방'은 일제 강점기 농촌 사회의 구조적 모순이 빚어낸 인간이라는 의미를 함축하는 반어적, 냉소적 표현임

그러다 얼마 지나서 한 손으로 그 봇짐을 들어 본다. 가뿐하니 끽 말가웃이나 될 는지. 이까짓 걸 요렇게까지 해 가려는 그 심정은 실로 알 수 없다. 벼를 논에다 도로 털어 버렸다. 그리고 아내의 치마이겠지, 검은 보자기를 척척 개서 들었다. 내 걸 내가 먹는다. 그야 이를 말이랴. 하나 내 걸 내가 훔쳐야 할 그 운명도 얄궂거니와 형을 배반하고 이 짓을 벌인 아우도 아우이렷다. 에이 고얀 놈, 할 제 볼을 적시는 것은 눈물이다. 그는 주먹으로 눈물을 쓱 비비고 머리에 번쩍 떠오르는 것이 있으니 두리두리한 황소의 눈깔. 시오 리를 남쪽 산속으로 들어가면 어느 집 바깥뜰에 밤마다 늘 매여 있는 투실투실한 그 황소. 아무렇게 따지든 칠십 원은 갈데없으리라. 그는 부리나케 아우의 뒤를 밟았다.

(그 봇짐: 응오가 훔친 벼가 든 봇짐 / 말가웃: 한 말쯤 되는 분량 / 검은 보자기: 훔친 벼를 쌌던 천 / 내 걸 내가 먹는다. 그야 이를 말이랴: 내 손으로 농사지은 것을 내가 먹는 것이 당연하나 현실은 그렇지 못함. 일제 강점기 농촌의 불합리한 현실 / 형을 배반하고: 응칠이 벼 도둑으로 몰릴 수 있는 상황임 / 고얀 놈: 응오에 대한 연민이 섞인 반어적 표현 / 눈물: 동생의 비참한 처지에 대한 연민 / 두리두리한: 둥글고 커서 시원하고 보기 좋은 / 아무렇게 따지든 칠십 원은 갈데없으리라: 응칠은 남의 집 황소를 훔쳐 팔아 응오에게 돈을 마련해 줄 생각임)

공동묘지까지 거반 왔을 때에야 가까스로 만났다. 아우의 등을 탁 치며,

(거반: 거의 절반)

"얘, 존 수 있다. 네 원대로 돈을 해 줄게 나구 잠깐 다녀오자."

(존: 좋은 / 존 수: 남의 집 황소를 훔치는 일 – 절망적인 현실을 벗어나기 위한 방법으로 도둑질을 제안함)

씩씩한 어조로 기쁘도록 달랬다. 그러나 아우는 입 하나 열려 하지 않고 그대로 실쭉하였다. 뿐만 아니라 어깨 위에 올려놓은 형의 손을 부질없단 듯이 몸으로 털어 버린다. 그리고 삐익 달아난다. 이걸 보니 하 엄청이 나고 기가 콱 막히었다.

(그러나 아우는 … 실쭉하였다: 응오의 마음이 풀리지 않음 / 어깨 위에 … 털어 버린다: 응칠의 제안을 매몰차게 거절함)

「"이놈아!"

(「 」: 자신의 마음을 알아주지 않는 응오에 대한 야속함과 답답함이 나타남)

하고 악에 받치어

"명색이 성이라며?"」

(성: 형)

「대뜸 몽둥이는 들어가 그 볼기짝을 후려갈겼다. 아우는 모로 몸을 꺾더니 시나브로 찌그러진다. 뒤미처 앞정강이를 때리고 등을 팼다. 일지 못할 만치 매는 내리었다. 체면을 불고하고 땅에 엎드리어 엉엉 울도록 매는 내리었다.」

(시나브로: 모르는 사이에 조금씩 조금씩 / 「 」: 표면적으로는 자신의 제안을 거절한 응오를 홧김에 때린 것이나, 그 이면에는 응오의 처지에 대한 연민과 세상에 대한 분노가 담김)

홧김에 하긴 했으되 그 꼴을 보니 또한 마음이 편할 수 없다. 침을 퉤 뱉어 던지곤 팔자 드센 놈이 그저 그렇지 별수 있나, 쓰러진 아우를 일으키어 등에 업고 일어섰다. 「언제나 철이 날는지 딱한 일이었다. 속 썩는 한숨을 후 하고 내뿜는다. 그리고 어청어청 고개를 묵묵히 내려온다.」

(침을 퉤 … 일어섰다: 응오에게 미안한 마음과 동정심을 느끼는 응칠 / 「 」: 응오를 염려하는 응칠의 형제애가 나타남 / 어청어청: 키가 큰 사람이나 짐승이 이리저리 천천히 걷는 모양)

▶ 응오에게 연민을 느끼는 응칠

■ 격장: 담 하나를 사이에 두고 이웃함.

• '응칠'이 눈물을 흘리는 이유

응칠이 응오가 자기 논의 벼를 훔친 것을 알고 '고얀 놈'이라고 했다가 눈물을 흘림

↓

'내 걸 내가 훔쳐야 하는' 어쩔 수 없는 상황에 내몰린 동생을 가엽게 여기는 마음이 드러남

## 핵심 포인트 1 인물의 성격 파악

이 작품은 대조적인 성격을 지닌 응칠와 응오 형제의 이야기를 중심으로 내용이 전개된다. 즉, 도박과 도적질을 일삼는 형 응칠과 성실한 농사꾼이지만 현실 때문에 자기 논의 벼를 훔치는 응오의 이야기가 사건의 주축을 이루고 있다. 따라서 두 인물의 성격과 현실 인식 방식을 비교하며 작품을 감상하도록 한다.

**인물의 성격과 현실 대응 방식**

| | 성격 | 현실 대응 방식 |
|---|---|---|
| 응칠 | • 원래는 성실한 농부였으나 쌓여 가는 빚 때문에 떠도는 만무방이 됨<br>• 응오에 대한 애정이 있음 | 도박과 절도 등의 반사회적인 행동을 통해 적극적으로 현실에 대응하려 함 |
| 응오 | • 순박하고 모범적인 농민이지만 소작료와 빚을 감당할 수 없는 상황에 처함<br>• 아내까지 병을 얻게 되는 절망적인 상황에 놓임 | 자기 논의 벼를 도둑질하는 소극적 현실 대응 방식을 보여 줌 |

## 핵심 포인트 2 서술상 특징 파악

이 작품은 1930년대 식민지 농촌 사회를 살아가는 두 형제의 이야기를 통해 당시 사회의 모순을 반어적 상황으로 묘사하고 있다. 이에 주목하여 작품을 감상하도록 한다.

**반어적 상황**

- 도박과 절도를 일삼는 응칠이 마을 사람들의 부러움을 받음
- 응오가 생계를 이어 가기 위해 자신의 논에서 벼를 훔침
- 도둑으로 밝혀진 응오에게 응칠이 황소를 훔치자고 제안함

→ 반어적 상황

## 핵심 포인트 3 외적 준거에 따른 감상

이 작품은 일제 강점기 농촌의 비참한 현실을 고발하면서 만무방이 될 수밖에 없는 두 형제의 이야기를 다루고 있다. 시대적 상황과 관련된 외적 준거를 바탕으로 작품을 감상하도록 한다.

**1930년대 일제 강점기의 농촌 현실**

이 작품은 1930년대 일제 강점기를 배경으로 하고 있는데, 당시에 대부분의 농민들은 자기 소유의 토지가 없는 소작농들이었다. 일제는 농작물을 수탈해 가기 위해 지주-소작농의 관계를 이용하여 소작농을 지배하고 가혹한 통치를 펼쳤다. 그 결과 소작농들은 소작료로 수확의 70~80% 가까이를 지불해야 했으며, 지주로부터 언제든 소작지에서 쫓겨날 위험을 부담하고 있었다. 결국 당시 농촌에서는 아무리 열심히 농사를 지어도 정상적인 생활을 영위할 수 없는 사람들이 속출하였다.

↓

**작품 속 반영된 농촌의 현실**

- 성실한 농사꾼으로 살다가 빚에 쫓겨 고향에서 도망침
- 도박과 절도 등의 행위를 하며 만무방이 됨

] 응칠이 처한 현실

- 열심히 농사를 지어도 소작료와 빚을 감당하지 못하는 상황에 처함
- 자기 논의 벼를 훔칠 수밖에 없는 상황에 내몰림

] 응오가 처한 현실

### 작품 한눈에

• 해제

〈만무방〉은 추수를 해도 아무런 수확도 얻을 수 없는 소작농 응오가 제 논의 벼를 도둑질하는 사건을 통해 일제 강점기 농촌의 궁핍한 생활을 풍자적으로 그려 낸 소설이다. 등장인물 중 응칠은 원래는 성실한 농사꾼이었지만, 농사를 지어도 늘어나는 빚 때문에 고향을 떠나 떠돌이가 되고 결국 도박과 도적질을 일삼아 살아가는 만무방이 되고 만다. 응칠의 동생 응오도 역시 순박한 농사꾼이지만 감당하기 어려운 소작료와 빚 때문에 추수를 거부하다가 결국 자기 논의 벼를 몰래 도둑질하는 상황에 이르게 된다. 이처럼 이 작품은 두 형제의 삶을 통해 일제 강점기 농촌 사회의 비참한 현실을 고발하고 있다.

• 제목 〈만무방〉의 의미

– '염치없이 막돼먹은 사람'이라는 의미로, 일제 강점기 농촌의 암울한 현실에서는 누구나 만무방이 될 수밖에 없음을 나타냄

이 작품에서 빚 때문에 농촌을 떠나 도박과 절도를 일삼는 응칠이나, 성실한 농민이었지만 자기 논의 벼를 도둑질하는 응오 모두 만무방이라고 할 수 있다. 이 작품은 응칠과 응오 형제가 만무방 같은 삶을 살아야 했던 원인이 일제 강점기의 모순된 사회 현실에 있음을 보여 주고 있다.

• 주제

일제 강점기 농민들이 겪는 비참한 삶

(전체 줄거리)

응칠은 오 년 전만 해도 아내와 자식이 있는 성실한 농민이었으나 빚뿐이 남는 게 없자 가족과 헤어져 절도와 도박을 일삼는다. 응칠은 동생 응오가 그리워 한 달 전쯤 고향으로 돌아왔는데, 가을 추수가 한창때인데도 농사일은 하지 않고 산을 다니며 송이로 요기할 뿐이다. 어느 날, 응칠은 응오네 논의 벼가 없어졌다는 소식을 듣는다. 응오는 동리에서 인정하는 모범 청년이었는데 올해는 지주나 김 참판이 찾아와 벼를 베라고 독촉을 해도 아내의 병간호 핑계를 대며 이를 미루고 있다. 사실 응오는 벼를 털어 봐야 남는 게 없고 올해는 빚조차 갚을 수 없을 것 같기에 아예 추수를 하지 않기로 작정한 것이다. 응칠은 전과자인 자신이 도둑으로 몰릴 수도 있다고 생각하여 벼 도둑을 잡기로 한다. 한밤중에 논에 간 응칠은 논둑에서 나오는 벼 도둑을 잡는데, 얼굴을 보니 바로 동생 응오였다. 응오는 내 것을 내가 먹는데 누가 뭐라고 하냐며 울음을 터뜨린다. 응칠은 응오에게 어느 집 황소를 함께 훔칠 것을 제안하지만 응오는 단호하게 거절한다. 기가 막힌 응칠은 악에 받쳐 응오를 일어나지 못할 정도로 때린다. 그리고 모든 것을 팔자 탓으로 돌리며 응오를 업고 고개를 내려온다.

현대 소설 03

◇ 한 줄 평 | 내일을 기약할 수 없는 무기력한 지식인의 삶을 풍자한 작품

# 명일 채만식

▸ 기출 수록 교육청 2014 7월 B형

## 장면 포인트 1 주목

- 이 작품은 끼니조차 해결하기 어려운 현실에 대한 자조와 냉소를 보이는 한 지식인을 통해 일제 강점기를 살아가는 지식인 계층의 무력감을 그린 소설이다.
- 해당 장면은 끼닛거리를 걱정해야 하는 현실 속에서 양복을 담보로 잡히는 문제와 자식 교육 문제로 범수와 영주 부부가 갈등하는 상황이다.
- 등장인물의 갈등 양상을 통해 현실 상황에 대한 인물들 간의 인식과 태도 차이를 파악하도록 한다.

[앞부분의 줄거리] 범수는 대학까지 나왔으나 번듯한 직업이 없고, 고등 보통학교를 졸업한 영주도 삯바느질을 하며 근근이 살아가고 있다. 범수는 이력서를 몇 군데 넣어 놓고 소식을 기다리지만 아무런 연락도 없다.

**감상 포인트** 인물이 처한 상황과 갈등 양상을 파악한다.

주목

"저녁거리가 없지?" (하루의 저녁거리도 없는 곤궁한 살림)

범수는 할 수 없으면 양복이라도 잡혀야겠어서 (취직이 되면 입고 다닐 양복을 담보로 맡겨서 돈을 빌릴 생각까지 하는 범수) 떼어 입고 나가기를 주저하는 것이다. /「"번연한 속이지 (당연한 사실이지) 물어서는 무얼 허우?"」「」: 저녁거리가 없는 것이 뻔하다는 의미

영주는 풀 죽은 대답을 한다. / "그럼 저 양복이라두 잽혀 오구려."

"그것마저 잽히구 어떡헐랴구 그러우?"

「"그리 긴하게 (꼭 필요하게) 양복을 입구 출입을 헐 일은 무엇 있나?"」「」: 범수는 자신이 취직될 것이라는 기대를 가지고 있지 않음

영주는 그래도 느긋한 희망을 지니고 있었다. 남편이 몇 군데 이력서를 보내 두었으니 그런 데서 갑자기 오라는 기별이 올지도 모르는 터(남편 범수의 취직에 희망을 가지고 있는 영주)에 양복을 잡혀 버리면 일껏 된 취직도 낭패가 되고 말 것이다. / 그리고 또 남편이 밖에 나가 있는 동안만은 행여 무슨 반가운 소식(범수가 취직을 했다는 소식)이나 가지고 돌아오나 해서 한심한 기대를 하는 터였었다.

"천하 없어두 그건 안 잽혀요." (범수의 제안을 거부함) / "거참 괘사스런 (변덕스럽게 익살을 부리며 어그러지게 나가는 듯한 태도가 있는) 성미도 다 보겠네!"

하고 범수는 더 우기려 하지 아니했다. ▸ 취직의 기대를 버린 범수와 남편의 취직을 기대하는 영주

"정말 큰일 났수! 하두 막막한 때는 죽어 바리기라두 하구 싶지만 자식들을 생각하면 그럴 수두 없구…… 글쎄 왜 학교는 안 보내려 드우? (범수와 영주의 갈등 요인: 자식들의 교육 문제) 우리는 이 지경이 되었으나 자식이나 잘 가르켜야지?"

영주는 아이들이 생각나자 가슴을 찢고 싶게 보풀증(제힘에 겨운 일에 몹시 악을 쓰고 덤비는 짓)이 나는 것이다. 범수와 영주 사이에 제일 큰 갈등은 아이들의 교육 문제인 것이다.

영주는 아이들을 공부를 시켜서 장래의 희망을 거기다 붙이자는 것이다.(교육과 지식의 가치를 긍정함) 「그는 하다 못하면 자기가 몸뚱이를 팔아서라도 아이들의 뒤는 댄다고(뒷바라지를 한다고) 하고 또 그의 악지(잘 안될 일을 무리하게 해내려는 고집)로 그만 짓을 못할 것도 아니었었다.」「」: 영주는 수단과 방법을 가리지 않고 돈을 마련해 자식 교육을 시키려 함

그러나 범수는 듣지 아니했다. 「선불리 공부를 시켰자 허리 부러진 말처럼 아무짝에도 쓸데없는 반거충이(무엇을 배우다가 중도에 그만두어 다 이루지 못한 사람)가 될 것이요, 그러니 그것이 아이들 자신 장래에 불행하게」「」: 범수가 자식들을 학교에 보내지 않고 있는 이유

### 작품 분석 노트

- 인물의 처지

| 과거 |
|---|
| • 범수: 대학을 졸업함<br>• 영주: 고등 보통학교를 졸업함 |

↓

| 현재 |
|---|
| • 저녁거리가 없음<br>• 양복을 담보로 잡혀 저녁거리를 마련해야 할 처지임<br>• 아이들을 학교에 보내지 않음 |

일제 강점기에 대학과 고등 보통학교를 졸업한 범수와 영주는 고학력 지식인이라고 할 수 있다. 하지만 두 사람은 저녁거리를 걱정할 만큼 곤궁한 상황에 처해 있다.

- '양복'의 의미와 이를 둘러싼 갈등

| 양복 | 범수 | 가족의 생계를 위해 담보로 잡히려는 옷 → 취직에 대한 기대를 버림 |
|---|---|---|
| | 영주 | 남편이 취직하면 입고 다닐 옷 → 남편의 취직을 기대함 |

할 뿐 아니라, 따라서 부모의 기쁨도 되지 아니한다고」 내내 우겨 왔던 것이다. 그러면서 그는 자기가 보통학교의 교과서 같은 것을 참고해 가며 산술이니 일어니 또 간단한 지리 역사니를 우선 가르치고 있었다.

일상생활에 쓰이는 수학적 계산 방법 / 살아가는 데 필요한 기본적 소양을 직접 가르치고 있는 범수

그러나 영주가 보기에는 그것이 도무지 시원찮고 미덥지가 못했다. / 범수는 아내에게 너무도 번번이 듣는 푸념이라 그 대답을 또다시 되풀이하기가 성가시어 아무 말도 아니 하려 했으나 아내는 오늘은 기어코 요정을 낼 듯이 기승을 부리려 든다.

범수가 자식들을 학교에 보내지 않고 직접 가르치는 일 / 결판을 내어 끝마침

"글쎄 여보! 당신은 당신이 희망하는 일이나 있어서 그런다구 나는 어쩌라구 그리우?"

"낸들 희망을 따루 가지구 그리는 건 아니래두 그래! 자식들이 장래에 잘되어 잘 살게 하자는 생각은 임자허구 꼭 같지만 단지 내가 골라낸 방법이 옳으니까 그러는 거지……."

"나는 그 말 믿을 수 없어…… 공부 못한 놈이 막벌이 노동사가 되어 남의 하시나 받지 잘될 게 어데 있드람!"

남을 얕잡아 낮춤 / 영주는 배우지 못하면 잘살 수 없다고 생각함

"그건 이십 년 전 사람이 하든 소리야. 번연히 눈앞에 실증을 보면서 그래?"

시대에 뒤떨어진 말이라는 의미 / 확실한 증거(범수 자신)

"무어가 실증이란 말이요?"

"허! 그거참…… 여보 임자도 여자 고보를 마쳤지? 나도 명색 대학을 마쳤지? 그런데 시방 우리 둘이 살어가는 꼴을 좀 보지 못해?"

당시 여성이 고등 보통학교를 나온 것은 고학력에 해당함 / 범수도 고등 교육을 받은 지식인임 / 끼니를 걱정할 정도로 곤궁하게 살아가는 처지

"그거야 공부한 게 잘못이요? 당신 잘못이지……." / "세상 탓이야……."

유별난 성미로 세상에 섞이지 못하는 범수 때문임 / 사회 현실의 문제 때문임

"이런 세상에서두 남은 제가끔 공부를 해 가지구 잘들 살어갑디다."

지식이 유용하다고 믿는 영주 / ▸ 자식들의 교육 문제로 다투는 범수와 영주

"그건 우연이고 인제 세상은 갈수록 우리 같은 인간이 못살게 돼요…… 내 마침 생각이 났으니 비유를 하나 허께 들어 볼려우?" / "듣기 싫여요."

지식인 계층

영주는 말로는 언제든지 남편을 못 당하는지라 또 무슨 묘한 소리를 해서 올가미를 씌우나 싶어 톡 쏘아 버렸다.

"하따 그러지 말구 들어 보아요…… 자, 시방 내가 돈이 일 원이 있다구 헙시다. 그런데 그놈 돈을 어떻게 건사하기가 만만찮거든…… 돈을 넣을 것이 없단 말이야. 알겠수?" / "말해요." / "그래 척 상점에 가서 일 원짜리 돈지갑을 사잖았수?"

물건을 거두어 보호하기가

"일 원밖에 없는데 일 원짜리 지갑을 사?" / 영주는 유도를 받아 무심코 이렇게 대꾸를 한다. / "거봐! 글쎄……." / 하고 범수는 싱글벙글 웃는다.

아내를 설득하려는 범수의 유도 / 영주가 자신이 유도한 대로 대답을 했기 때문임

「"우리가 시방 공부를 한다는 것이 그렇게 일 원 가진 놈이 일 원을 넣어 두랴고 일 원을 다 주구 지갑을 사는 셈이야."」 / "어째서?"

교육을 비유함 / 자신들의 현재 경제력을 비유함

「 」: 끼니를 걱정하는 상황에서 교육을 시키는 것은 어리석다는 것을 비유적으로 표현함

"지갑을 쓸데가 있어야지?" / "두었다가 돈 생기면 넣지?"

"그 두었다가가 문제여든…… 그 지갑에 돈이 또 생겨서 넣게 될 세상은 우리는 구경도 못 해…… 알겠수?" / "난 모를 소리요."

현실에 대한 범수의 부정적, 냉소적 인식이 드러남

"못 알아듣기도 괴이찮지…… 그렇지만 세상은 부자 사람허구 노동자의 세상이지, 그 중간에 있는 인간들은 모다 허깨비야." ▸ 자식들을 가르칠 필요가 없다고 영주를 설득하는 범수

그다지 이상하지 않지 / 자본가 계층 / 노동자 계층 / 세상에 자신과 같은 지식인 계층이 설 자리가 없음 → 자식들을 노동자로 키우는 것이 나음

• 자식 교육을 둘러싼 인물 간의 갈등

범수는 지식이 쓸모가 없다는 입장을 보이며 현실을 냉소적으로 인식하고 있으나, 영주는 지식이 유용하다는 입장을 보이며 살기 힘든 세상이지만 공부를 해서 잘살 수 있다는 희망을 가지고 있음

| 범수 | 영주 |
|---|---|
| • 주장: 공부를 시킬 필요가 없음 | • 주장: 공부를 시켜야 함 |
| • 근거: 자신과 아내는 모두 고학력자이지만 생활고를 겪고 있음 | • 근거: 공부를 해서 잘사는 이들도 있음 |

↓

**영주를 설득하려 하는 범수**

• 자신들 처지에 공부를 시키는 것은 일 원을 넣기 위해 일 원짜리 지갑을 사는 것처럼 어리석은 일임

• 세상은 부자와 노동자의 세상이며 갈수록 지식인은 못살게 됨

• 가난의 원인에 대한 인물들의 생각 차이

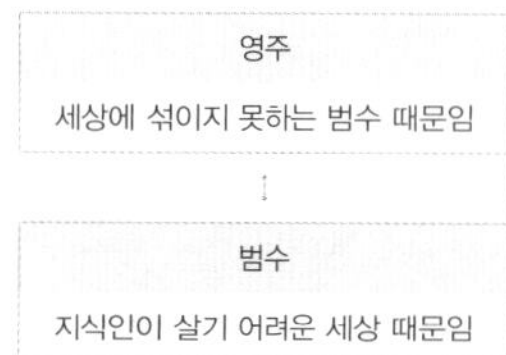

| 영주 |
|---|
| 세상에 섞이지 못하는 범수 때문임 |

↕

| 범수 |
|---|
| 지식인이 살기 어려운 세상 때문임 |

일제 강점기 조선인들은 고등 교육을 받아도 교육 수준에 맞는 일자리를 구하기 어려웠다. 범수도 대학까지 나왔지만 취직을 하지 못한 채 끼니 걱정을 하며 살아간다. 이러한 시대적 상황에서 범수는 현실에 대한 냉소적 인식을 가지게 된다.

## 장면 포인트 2 주목

• 해당 장면은 집을 나와 거리를 배회하던 범수가 금은상에 들어가 물건을 훔치려다 실패하는 상황이다.
• 도적질을 하려다 실패한 자신을 자조하는 범수의 인식과 태도에 주목하여 식민지 지식인의 모습을 파악하도록 한다.

[앞부분의 줄거리] 종로에 나온 범수는 배고픔에 현기증을 느끼면서도, 경성역 앞에서는 차표 판 돈이 얼마일까 짐작하고, 지나가는 은행원의 가방에는 돈이 많을 것이라고 상상한다. 넋을 잃고 있다가 교통순경에게 꾸지람을 들은 범수는 금은상에 진열된 금비녀를 발견한다.

팔십이 원인가 하는 금비녀 한 개가 유독 눈에 들었다.
(금비녀의 물질적 가치)

잡히면 오십 원은 줄 듯싶었다.「그러나 오십 원을 가지고 이것저것 쓸데를 생각하니 모자랐다.
(전당포에 담보로 잡히면 받을 수 있는 금액을 짐작해 봄)

값이 비슷한 놈으로 가락지를 하나만 더…… 이렇게 투정을 하다가 문득— 기왕 도적질을 하는 바이면 그까짓 것 백 원? 하고 돌아서 버렸다.」
(필요한 돈이 많아 금비녀 하나를 훔쳐서는 부족하므로 가락지까지 훔치려고 생각함)
(「」: 훔칠 물건에 대한 욕심이 자꾸 커짐)

그는 비로소 도적질이라는 생각에 연달아 내가 도적질을 하려고까지 하다니! 하고 얼굴이 화틋 달아올랐다. / 엣! 치사스럽다. 이렇게 거진 입 밖으로 말이 흘러져 나올 만큼 중얼거리고 그곳을 떠나려다가 지남철에 끌리는 쇠끝처럼 뒤를 돌아본다.
(도적질을 할 생각을 했다는 것에 대한 부끄러움과 자책)
(지남철: 자석)
(너무 자연스럽게, 강하게 이끌려)

돌아다보니 눈에 다시 아까 그 금비녀와 금가락지가 어른거리자 그는 그대로 금은상으로 들어섰다.
▶ 물건을 훔칠 결심을 하고 금은상에 들어가는 범수

"어서 옵쇼."

젊은 점원이 진열창 너머서 직업적으로 인사는 하나 이 초라한 손님의 몸맵시를 여살펴 본다.
(이 초라한 손님: 행색이 볼품없는 범수)
(여살펴: 눈여겨 살펴)

"저기 진열창에 있는 금비녀 좀 보여 주시오."

범수는 떨리는 가슴을 겨우 누르고 말을 했다.

"네, 어느 겁쇼?"

하고 점원은 진열창의 유리문을 열면서 내려다본다.

"바로 고 팔십이 원 정가 붙은 놈…… 그러고 여러 가지로 좀…… 그러고 가락지도 여러 가지로……."
(팔십이 원 정가 붙은 놈: 금비녀)
(훔치려고 생각해 둔 물건들을 점원에게 보여 달라고 요청함)

점원은 비녀를 여러 개 가로 꽂아 놓은 곽과 가락지를 끼워 놓은 곽을 집어다가 범수 앞에 내놓는다.
(곽: 물건을 담는 작은 상자)

주목

「"이게 몇 돈쭝이지요?"
(돈: 무게의 단위)
(-쭝: '무게'의 뜻을 더하는 접미사)
(「」: 점원이 금비녀의 무게를 재는 사이 다른 물건을 훔치려 함)

범수는 아까 눈독 들인 금비녀를 빼어 손바닥에 놓고 출싹거려 보며 묻는다.

점원이 그것을 받아 저울에 달고 있는 동안에 범수는 다른 놈을 두어 개 빼어 가지고 어림하는 듯이 양편 손바닥에 올려놓고 출싹거려 본다.」
(무게를 가늠하기 위해 이리저리 들어 보는 척하며 물건을 훔칠 기회를 엿봄)

이것이 기회인 것이다. 그는 그 기회를 이용하려고 다뿍 긴장이 되어서 점원이
(기회: 물건을 훔칠 기회)
(다뿍: 분량이 다소 넘치게 많은 모양)

"닷 돈 두 푼쭝입니다."

### 작품 분석 노트

• '금비녀'와 '금가락지'의 기능

| 금비녀, 금가락지 |
| --- |
| 범수가 도적질을 하려고 하는 대상으로, 범수는 이를 담보로 돈을 빌려 생계 문제를 해결해려 함 |
| ↓ |
| 일제 강점기 지식인의 무능력하고 무력한 삶을 보여 줌 |

하는 소리도 귀에 들어오지 아니했다.
물건을 훔치려는 초조함 때문임

점원이 저울질을 하는 잠깐 동안에 손 빠르게 한 개를 요술하듯이 소매 속에든지 어디든지 감추었어야 할 것을 막상 닥뜨리고 보니 범수에게는 그러한 재치도 없고 기술도 없으려니와 또한 담보의 단련도 없다.
겁이 없고 용감한 마음보 / 도적질을 할 기술도 용기도 없음

첫 시험은 실패를 하고 그담에는 가락지를 가지고 시험을 해 보았다.

그러나 역시 실패를 하고 말았다. ▸ 금은상에서 물건을 훔치려다 실패한 범수

그는 점원의 멸시하는 시선을 뒤통수에 받으면서 금은상을 나와 화신 앞으로 건너왔다. 그는 혼자 속으로 생각했다.
화신 백화점

「보통학교부터 쳐서 대학까지 십육 년이나 공부를 한 것이 조그마한 금비녀 한 개 감쪽같이 숨기는 기술을 배우니만도 못하다고.
지식인이지만 경제적으로 무능한 자신에 대한 자조와 지식이 무가치하다는 인식이 드러남

그렇다면…… 그렇다면…… 하고 그는 그 뒤를 생각하다가 도스토옙스키의 〈죄와 벌〉의 라스콜니코프가 도끼를 높이 들어 전당쟁이 노파를 내리찍는 장면을 생각하고 오싹 등허리가 추워 눈을 감았다.
도적질을 했을 때 벌어질 수도 있는 극단적인 상황을 상상함

그는 허우대가 이만이나 하고 명색이 대학까지 마쳐 소위 교양이 있다는 사람으로 도적질을 하려고 한 자기를 나무라 보았다.
겉으로 드러난 체격. 주로 크거나 보기 좋은 체격을 이름 / 지식인으로서의 자책감을 드러냄

그러나 그는 바로 자기 자신에게 항거를 한다.
순종하지 아니하고 맞서서 반항함

도적질을 하는 것이 왜 나쁘냐고.

이 말에는 자기로서도 자기에게 대답할 말이 나오지 아니한다.
마땅한 대답이 없음. 즉 당위적으로 도적질은 나쁜 것임

아니, 도적질을 하는 것이 나쁘고 악하고 하다는 것보다도 무엇보다도 더럽다. 치사스럽다. 이 해석이 마침 자기의 비위에 맞았다. 그래 그는 싱그레 혼자 웃었다. 그러면서 마침내
'도적질을 하는 것이 왜 나쁘냐고.'라는 질문에 범수가 찾은 답변. 도적질을 하려다 실패한 것에 정당성을 부여함

"뱃기지 않는 놈은 도적질할 권리가 없다."고 고개를 끄덕거렸다.」
「 」: 도적질과 관련한 범수의 내적 갈등

어느 결에 구름은 흩어져 서편 하늘가로 몰려가고 불볕이 쨍쨍 내려쪼인다. 범수는 팔을 짚어 쓰러지려는 몸뚱이를 지탱했던 전신주 옆을 떠났다.
▸ 도적질을 하려다 실패하자 고뇌하는 범수

**감상 포인트**

지식인으로서 도적질까지 하려고 한 범수가 자신의 행동을 어떻게 생각하고 있는지 인물의 심리를 파악한다.

• 도적질에 실패한 '범수'의 태도

대학까지 공부한 것이 금비녀 한 개를 숨기는 기술을 배우는 것만도 못하다고 여김

↓

• 지식인이면서 무능한 자신에 대해 자조함
• 지식의 효용성에 대해 회의적인 태도를 보임

## 장면 포인트 3

• 해당 장면은 자식들이 두부를 훔쳐 먹은 일로 인해 범수와 영주가 갈등하는 상황이다.
• 자식들이 두부를 훔쳐 먹은 사건에 대한 범수와 영주의 반응에서 차이점을 파악하고, 이후 둘의 갈등이 어떤 양상으로 전개되는지를 이해하도록 한다.

[앞부분의 줄거리] 범수가 외출한 사이 영주는 재봉틀을 구입할 돈을 빌리러 간다(삯바느질을 하며 생계를 이어 가는 영주는 그동안 재봉틀이 없어 재봉틀을 세주는 집에 가서 바느질을 해 옴). 그사이 아들 종석과 종태가 두부 장수의 두부를 훔쳐 먹다 들키고, 두부 장수는 영주에게 두부값을 달라고 한다. 화가 난 영주는 아이들을 회초리로 때린다.

"웬일야?

범수는 대뜰에 선 채 이렇게 물었으나 아내는 눈물 젖은 눈을 들어 원망스럽게 한 번 치어다보고는 도로 엎드려 울기만 한다.(아이들이 굶주림에 못 이겨 두부를 훔쳐 먹었기 때문임)

영주는 폭포같이 말을 쏟뜨려 놓고 싶어도 무슨 말을 어떻게 해야 좋을지 다만 남편이 원망스럽고 노여워 울음이 앞을 서는 것이다.(무능한 남편에 대한 원망과 분노)

"너, 요놈 또 어머니 말 아니 듣구 싸웠든지 그랬구나?"

하고 나무람 반 물었으나 아이 역시 대답이 없다.

그러자 아내가 고개를 번쩍 쳐들더니 범수를 치올려 보며

"무슨 낯으루 자식을 나무래요? 다 에미 애비 죄지(부모로서 자식을 굶긴 죄)." / 하고 악을 쓴다.

"아니 그건 무슨 소리야?" / "자식을 굶겨 노니 안 그럴까?"

"아니 글쎄 왜 그러는 거야. 굶은 게 오늘 처음이요, 또 우리뿐이게 새삼스럽게 이리나?" / "그러니까 자식이 도적질을 해두 괜찮단 말이요?" / "도적질?"

"그렇다우…… 배가 고파서 두부 장수 두부를 훔쳐 먹다가 들켰다우. 자, 시어허우.(무능해서 자식을 굶주리게 한 남편에 대한 원망)" / 범수는 피가 한꺼번에 머리로 치밀어 올랐다.

그는 무어라고 아이를 나무래려다가 문득 자기가 오늘 낮에 겪던 일이 선연히 눈앞에 나타나 그만 두 어깨가 축 처져 버렸다.(범수 자신도 낮에 도적질을 시도했음 → 식민지 현실의 무기력한 지식인 가장의 모습)

그는 종석이를 흘겨보며 / "흥! 이놈의 자식 승어부(勝於父)(자식이 아버지보다 나음. 아들은 도적질에 성공했기 때문임(자조적 표현))는 했구나."

하고 두런거렸다. 영주도 남편이 무슨 말을 했는지 알아듣지 못했다.

▶ 자식들이 두부를 훔친 일로 영주와 범수가 다툼

이튿날 아침 일찍이.

영주는 종태만이라도 근처의 사립 학교에나마 보낸다고 데리고 나섰다.(영주의 방침 – 종태를 학교에 보내려 함) 종석이까지 데리고 간다고 밤늦게까지 우기며 다투었으나 범수는 듣지 아니하고 정 그러려든 작은아이 종태나 마음대로 하라고. 그래 말하자면 두 사람의 소산(범수와 영주의 자식들)을 둘이선 반분한(절반으로 나눈) 셈이다.

종태를 데리고 나가는 아내의 뒷모습을 바라보며 범수는 혼자 중얼거렸다.

"두구 보자— 네 방침이 옳은지 내 방침이 옳은지."(아들을 공장에 보내는 것이 옳다고 생각하는 것은 지식이 무가치하다는 현실 인식에서 비롯됨 – 나라를 잃은 상황에서의 지식인의 한계)

뒤미처 범수는 종석이를 데리고 서비스 공장으로 최 씨를 찾았다.(범수의 방침 – 종석을 공장에 취직시키려 함)

▶ 영주는 종태를 학교에, 범수는 종석을 공장에 데리고 감

### 작품 분석 노트

• 두부 사건과 그 이후

| | |
|---|---|
| 종석, 종태 | 굶주림에 못 이겨 두부를 훔쳐 먹음 |

↓

| | |
|---|---|
| 영주 | 아이들을 때리고 엎드려 울 |
| 범수 | '승어부는 했구나.'(아버지보다 낫다.)라고 말함 |

↓

| 영주 | 범수 |
|---|---|
| 종태를 사립 학교에 입학시키러 감 | 종석을 자동차 공장에 취직시키러 감 |

• 두부를 훔쳐 먹은 자식들에 대한 '범수'의 반응

| 범수 | | 자식들 |
|---|---|---|
| 물건을 훔치려 했으나 실패함 | ↔ | 두부를 훔쳐 먹음 |

↓

'이놈의 자식 승어부는 했구나.'

도적질을 하려다 실패한 자신보다 도적질에 성공한 한 자식이 나음

↓

식민지 지식인의 자조적인 태도
→ 지식인의 자기 풍자로 볼 수 있음

## 핵심 포인트 1 서사 구조에 대한 이해

이 작품은 범수와 영주의 갈등을 바탕으로 이야기가 전개되고 있다. 가난한 현실 속에서 범수와 영주가 지향하는 방향은 차이가 있다. 이 때문에 벌어지는 갈등 양상을 파악할 수 있어야 한다.

**갈등 구조에 의한 서사 전개**

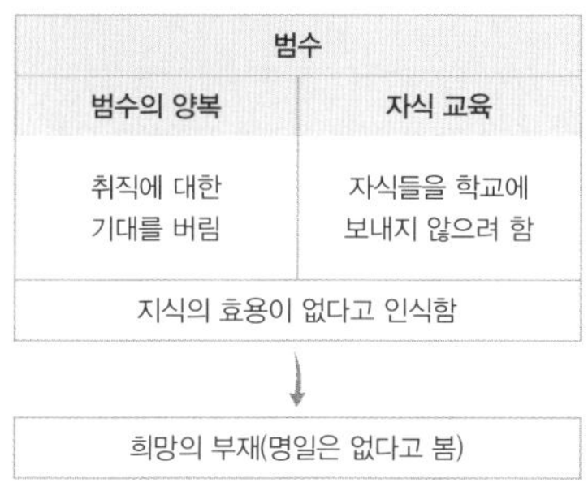

| 범수 | | 대립 | 영주 | |
|---|---|---|---|---|
| 범수의 양복 | 자식 교육 | | 범수의 양복 | 자식 교육 |
| 취직에 대한 기대를 버림 | 자식들을 학교에 보내지 않으려 함 | ↔ | 남편의 취직에 대한 기대를 가짐 | 자식들을 가르치기 위해 어떻게든 돈을 마련하고자 함 |
| 지식의 효용이 없다고 인식함 | | | 지식의 효용이 있다고 믿음 | |
| ↓ | | | ↓ | |
| 희망의 부재(명일은 없다고 봄) | | | 희망의 존재(명일에 희망이 있다고 봄) | |

## 핵심 포인트 2 작품의 종합적 이해

이 작품은 여러 가지 사건이 전개되고 있다. 각 사건이 일어나는 장소에 따라 갈등의 양상을 파악하며 작품을 종합적으로 이해할 수 있어야 한다.

**공간에 따른 갈등 양상**

| 범수네 집 | → | 금은상 | → | 범수네 집 |
|---|---|---|---|---|
| • '양복'이 갈등의 발단이 됨<br>범수: 끼니 마련을 위해 양복을 담보 잡혀야 한다.<br>영주: 범수가 취직할 수 있으므로 양복을 담보로 잡힐 수 없다.<br>↓<br>• 자식 교육 문제로 갈등이 고조됨<br>영주: 자식들을 학교에 보내야 한다.<br>범수: 자식들을 학교에 보낼 필요가 없다. | | • '금비녀'가 갈등의 발단이 됨<br>• 도적질을 할 마음을 먹지만 실행에 옮기지 못함<br>• 도적질을 실패한 후 겪는 범수의 심리적 혼란: 도적질을 하려 했던 자신을 책망하는 한편 합리화하기도 함 | | • '두부'가 갈등의 발단이 됨<br>– 자식들이 두부를 훔쳐 먹은 일로 범수에 대한 영주의 원망이 표출됨<br>↓<br>• 자식 교육 문제로 갈등이 고조됨<br>영주: 자식들을 학교에 보내야 한다. → 종태만이라도 학교에 보내려 함<br>범수: 자식들을 학교에 보낼 필요가 없다. → 종석을 공장에 취직시키려 함 |
| 범수와 영주의 외적 갈등 | | 범수의 내적 갈등 | | 범수와 영주의 외적 갈등 |

↓

일제 강점기 무기력한 지식인의 부정적 현실 인식과 자조적 태도가 나타남

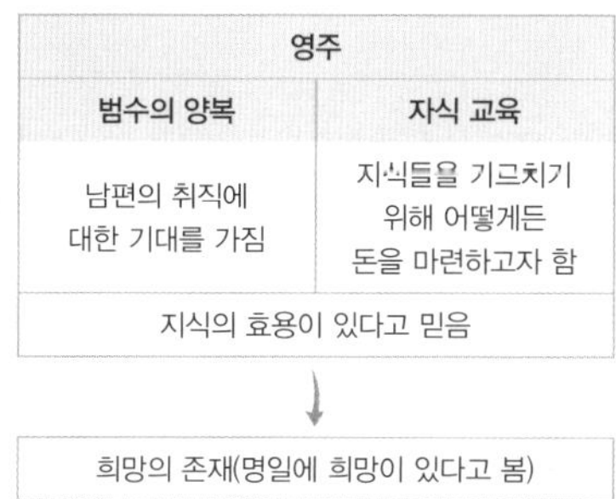

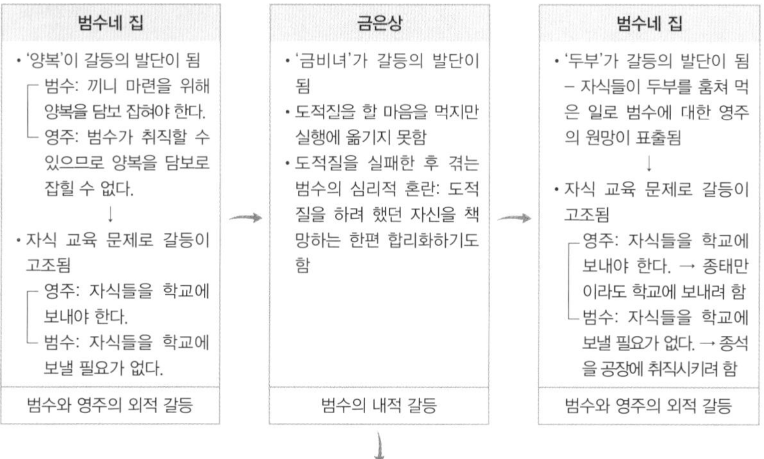

## 핵심 포인트 3 구절의 의미 파악

이 작품의 주제나 인물의 가치관이 잘 드러나는 구절을 찾아 그 의미를 파악할 수 있어야 한다.

**인물의 가치관이 드러나는 구절**

| | |
|---|---|
| **'일 원 가진 놈이 일 원을 넣어 두랴고 일 원을 다 주구 지갑을 사는 셈'** | 범수는 '일 원'밖에 없고 또 돈이 더 생길 가능성이 없는 상황에서 그것을 넣고 다니려고 '지갑'을 사는 것이 어리석은 행동인 것처럼, 대학까지 졸업하고도 끼니를 걱정해야 하는 형편에 자식 교육을 한다는 것은 어리석은 일이라고 봄 |
| **'두구 보자— 네 방침이 옳은지 내 방침이 옳은지. —'** | 범수는 아들을 공장에 보내어 취직시키려 하는 자신의 방침이 옳다고 여기고 있는데, 이는 교육과 지식이 무가치하다는 현실 인식에서 비롯된 것임 |

### 작품 한눈에

• 해제

〈명일〉은 대학까지 다녔지만 취업을 하지 못한 채 급기야 도적질까지 하려고 하는 주인공의 모습을 통해 식민지 현실을 살아가는 지식인 계층의 무기력한 삶을 풍자하고 있다. 교육을 시켜야 한다는 아내와 달리 '범수'가 큰아들을 공장에 보내려 하는 것은, 식민지 시대에서의 교육의 무가치함에 대한 지식인의 고뇌와 현실 인식이 반영된 결과이다. 이렇게 이 작품은 현실에 대한 지식인의 냉소적인 인식과 무기력한 자신에 대한 조소가 잘 드러난다.

• 제목 〈명일〉의 의미

– 내일이 없는 무기력한 지식인의 삶

'명일'은 '내일'이라는 뜻으로, '명일'의 희망을 안고 대학까지 마친 지식인 범수가 '명일'이 없는 무기력한 삶을 사는 상황을 의미한다.

• 주제

일제 강점기 무능력한 지식인의 삶에 대한 풍자

**전체 줄거리**

범수는 아내 영주와 두 아들인 종석, 종태와 함께 살아가는 가장이다. 범수는 대학까지 나온 지식인지만 마땅한 일자리를 구하지 못하고 있어 경제적으로 매우 어려운 처지이다. 영주는 자식들을 공부시키는 것에 희망을 걸어 보기를 바라나, 범수는 자식들을 공부시켜 봤자 이것도 저것도 못하는 반거충이가 될 것이라며 아이들을 학교에 보내는 것을 반대한다. 거리로 나온 범수는 돈이 좀 생겼으면 좋겠다고 생각하면서 이곳저곳을 떠돈다. 금은상의 금비녀를 보고는 도적질을 떠올리는데, 이내 자기가 도적질한 재주도 대담성도 없음을 깨닫는다. 그리고 대학까지 공부한 것이 금비녀 한 개 숨기는 기술을 배우는 것만도 못하다고 생각한다. 범수는 중학교 동창생 S에게 돈을 좀 빌려 보고자 하나 차마 입을 떼지 못하고, P를 만나서도 그의 돈을 훔쳐 보고자 하나 끝내 실행하지 못한다. 한편, 영주는 집주인에게 그믐까지 집세를 내지 않으면 집을 비워 줘야 한다는 말을 듣고 재봉틀을 이용해 돈을 벌 생각을 한다. 그사이 종석과 종태가 두부 장수의 두부를 훔쳐 먹다 들키는 일이 발생한다. 술에 취해 돌아온 범수는 도적질할 용기도 없는 자신보다 아이들이 낫다는 생각에 자식들을 혼내지 못한다. 다음 날 영주는 종태만이라도 학교에 보내겠다며 집을 나서고, 범수는 기술을 가르치기 위해 종석을 데리고 자동차 서비스 공장으로 향한다.

◇ 한 줄 평 피난 생활을 하는 한 가족의 고달픈 삶의 모습을 그린 작품

# 곡예사 황순원

## 장면 포인트 1 주목

- 이 작품은 6 · 25 전쟁 당시 대구와 부산 등의 피난지에서 작가 황순원이 겪었던 피난 체험을 소재로 하여 피난민들의 힘겨운 생활상을 그린 소설이다.
- 해당 장면은 '나'의 어린 딸의 신발 한 짝이 없어진 사건과 '나'의 가족이 세 들어 살던 헛간에서 쫓겨나는 상황이 나타나는 부분이다.
- 작중 상황에 대한 인물들의 심리 및 태도를 작품의 주제 의식과 연관 지어 파악할 수 있도록 한다.

[앞부분의 줄거리] 전쟁이 발발하자 '나'는 가족을 먼저 대구로 보낸 후 뒤따라 내려간다. '나'의 가족은 화재로 뼈대만 남은 재판소 옆, 모 변호사 댁의 헛간에 세를 얻어 피난살이를 시작한다.

한 열흘 남짓 지나서였다.
(남짓: 크기, 수효, 부피 따위가 어느 한도에 차고 조금 남는 정도임을 나타내는 말)

하루 아침 일어나 보니, 우리 아홉 살잡이 선아의 신발 한 짝이 온데간데없었다. (주인댁의 몰인정함을 짐작할 수 있는 사건) 아무리 찾아봐도 없었다. 온 식구가 넓은 뜰을 편답했다. (편답: 이곳저곳을 널리 돌아다님) 누가 집어 갔다면 많은 신발 가운데 하필 그 애의 것만, 그것도 한 짝만 집어 갈 리 만무했다. (만무했다: 절대로 없다) 결국 이 댁 셰퍼드란 놈이 어디 멀리 물어다 팽개쳤으리라는 결론을 내리는 수밖에 없었다. (선아의 신발이 없어진 이유에 대한 추측 ①)

없는 돈이나 겨울철에 맨발로 두는 수 없어, 아내가 거리에 나가 신발을 사 들고 돌아오더니 이런 말을 한다. 신발 한 짝 없어지는 건 흔히 자기 집에 앓는 식구가 있는 사람의 짓이라는 것이다. (선아의 신발이 없어진 이유에 대한 추측 ②) 앓는 사람의 나이와 같은 사람의 신발 한 짝을 가져다 어찌어찌하면, 그 앓는 사람의 병이 신발 주인에게로 옮아간다는 것이다. 그러면서 아내는 이 댁에 우리의 선아만 한 애가 하나 며칠 전부터 무얼로 앓아누웠다는 말이 있었는데, 그래서 신발 한 짝이 없어진 거나 아닌지 모르겠다는 것이다. 불안스럽고 노엽고 슬프기까지 한 아내의 표정이었다.
(병이 딸에게 옮지 않을까 하는 불안과 딸의 신발을 가져갔을지 모를 주인댁에 대한 분노와 슬픔)

나는 그럴 리가 없다고 했다. 그러면서도 나 역시 아내에게 못지않게 불안스럽고도 무엇에 노여운 감정이 가슴속에 움직임을 어찌할 수 없었다. 그게 아무 근거 없는 미신의 짓이라 하자, 그리고 아무리 보잘것없는 사람의 자식이라 하자, (보잘것없는 사람의 자식: 헛간에 세를 들어 피난살이를 하는 '나'의 자식) 자기네 애가 귀하면 남의 자식도 귀한 법이다. 더욱이 우리의 선아는 네 애 중에 그중 약한 애다. 이렇게 피난까지 나와 병이라도 들리면 구완할 길이 그야말로 막연한 것이다.
(미신대로 신발 주인인 선아에게 병이 옮아올 경우 간호하기 어려운 상황임)

남몰래 불안스러운 며칠이 지났다. (선아가 병을 앓게 될지 모른다는 불안감이 지속됨) 이 댁 애가 나아서 일어났다는 말이 들렸다. 그리고도 우리 선아는 앓아눕지 않았다. 역시 그때 그 신발 한 짝은 이 댁 셰퍼드란 놈이 물어다 팽개친 것임에 틀림없다. ('나'는 주인댁이 아니라 주인댁 개가 한 일로 여기기로 함) 「그처럼 날을 받아 절에 가서 불공을 드리는 노파가 사는 이 댁에서, 그 같은 몰인정한 짓이야 꿈엔들 할까 보냐.」
(「 」: 자비를 중시하는 불교를 믿는 노파가 몰인정한 행동을 할 리 없다는 뜻)
(몰인정한 짓: 자신의 아이의 병을 낫게 하기 위해 선아의 신발을 가져가는 짓)

▶ 피난을 온 대구에서 딸 선아의 신발 한 짝이 사라짐

그리고 이삼일 뒤의 일이었다.

### 작품 분석 노트

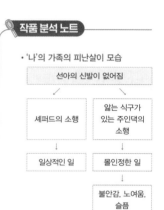

- '나'의 가족의 피난살이 모습

선아의 신발이 없어짐
↙ ↘
셰퍼드의 소행 → 일상적인 일
앓는 식구가 있는 주인댁의 소행 → 몰인정한 일 → 불안감, 노여움, 슬픔

주목

밖에서 들어오니, 아내가 어둡고 추운 방에 혼자서 앉았다가 대뜸 근심스런 어조로, 좀 전에 이 댁 노파가 나와 이 방을 비워 달라더라고 한다. 「이유는 이제 구공탄을 들이는데 이 방(실은 헛간)을 사용하여야겠다는 것이다.」 그러나 그날로 아내가 이 댁 식모한테서 들은 말은 이와는 아주 다른 것이었다.

헛간 → 열악한 생활 환경 / 주인댁 노파의 몰인정함을 알 수 있는 사건 / 구멍이 뚫린 연탄 / 전쟁 중이라 '나'의 가족이 헛간을 빌려 방으로 쓰고 있었음 / 「」: 주인댁 노파가 이야기한 방을 비워야 하는 이유 / 구공탄을 들이기 위해 방을 비워 달라는 주인댁 노파의 말

아까 낮에 예의 노파 한 패가 몰려왔는데, 그중 한 노파가 이쪽 뜰 구석 다복솔 뒤에 감춘 거적닢을 발견했나는 것이나. 이런 때는 늙이시 눈 안 어두운 것도 탈이었다. 그게 무엇인가 싶어 가까이 가 들여다보고는 홱 고개를 돌리며, 애퉤퉤! 대체 이런 데다 뒷간을 만들다니 될 말인가. 그 달음으로 이 댁 노파에게, 정원에다 그런 변소를 내다니 아우님도 환장을 했는지요? 여기서 주인 노파도 한바탕, 「거지 떼란 할 수 없다느니, 사람이 사람 모양만 했다고 사람이냐고 사람의 행실을 해야 사람이 아니냐느니, 자기네 집이 피난민 수용소가 아닌 바에 당장 내보내고 말아야겠다느니,」 야단법석을 했다는 것이다. 그러고는 아내한테 나와 방을 비워 줘야겠다는 영을 내린 것이었는데, 그래도 이 노파가 우리한테 나와서는 거기다 뒷간을 만들었으니 나가 달라는 말은 못 하고, 이제 구공탄을 들이게 됐으니 방을 비워 줘야겠다고 한 것이었다. 실은 이 점이 이 노파로 하여금 자신이 말한 인간은 인간다운 행실을 해야 한다는 것을 몸소 실천해 뵈는 대목이 아닌가 한다. 왜냐하면, 「노파 자신이 우리들에게 안뜰 변소를 사용치 못하게 하고, 거기다 거적닢을 치게끔 분부를 해 놓았으니, 진드기 아닌 우리가 오줌똥 안 눌 수는 없고, 실로 면목이 없는 행실이나 거기 대소변을 보지 않을 수 없었다는 걸 잊지 않은 점에서, 그리고 한 걸음 더 나아가 지금 우리가 들어 있는 곳이 실은 사람이 살 방이 아니라, 구공탄이나 들일 헛간이라는 걸 밝혀 준 점에서.」

이미 잘 알고 있는 / 가지가 탐스럽고 소복하게 많이 퍼진 어린 소나무 / 거적으로 만든 '나'의 가족의 임시 변소 / 서술자의 생각 제시 – 눈이 밝아서 거적닢을 발견하여 문제가 생겼다는 의미 / 변소 / 어떤 행동의 여세를 몰아 계속함 / 주인댁 노파 / 피난민, '나'의 가족 / '나'의 가족이 사람의 행실을 하지 않는다고 생각함 → 주인댁 노파의 몰인정함이 뚜렷하게 드러남 / 「」: 정원 변소를 발견한 노파의 말에 대한 주인댁 노파의 반응 – '나'의 가족을 멸시함 / 명령 / 주인댁 노파가 방을 비워 달라고 요구한 실제 이유 / 방을 비워 달라고 요구한 표면적 이유 / 구공탄을 들이는 것을 이유로 들어 '나'의 가족에게 방을 비워 달라고 한 점 / '나'의 가족이 임시 변소를 만들게 된 이유, 노파의 몰인정한 모습 / 정원에 임시 변소를 만든 것은 주인댁 노파 때문임 / '나'의 가족이 헛간에서 생활할 수밖에 없는 비참한 처지임을 알 수 있음 / 「」: 노파의 인간답지 못한 행실 – ① '나'의 가족에게 안뜰 변소를 사용하지 못하게 함 ② '나'의 가족에게 세준 방을 헛간이라고 스스로 밝힘

이쯤 되어, 변호사 댁 헛간에서 쫓겨난 우리 초라하기 짝이 없는 황순원 가족 부대는 대구 시내를 전전하기 수삼차, 드디어 삼월 하순께는 부산으로 흘러 내려오게까지 되었다.

이 작품이 자전적 소설임을 알 수 있음 / 두서너 차례

▶ '나'의 가족은 대구 변호사 댁에서 쫓겨나 부산으로 피난을 가게 됨

**감상 포인트**

'방'을 둘러싸고 벌어지는 갈등 상황 속에서 주인댁 노파의 태도를 파악한다.

- '주인댁 노파'에 대한 이해

> • '나'의 가족에게 방이 아닌 헛간을 세를 줌
> • '나'의 가족에게 안뜰 화장실을 쓰지 못하게 함
> • 정원의 임시 변소를 사용하는 '나'의 가족을 모욕함
> • 구공탄을 들인다는 핑계로 '나'의 가족에게 방을 비우라고 함
>
> ↓
>
> 자신의 안일만을 추구하고 타인의 고통을 외면하는 이기적이고 몰인정한 인물

- '헛간'의 의미와 기능

| 헛간 | |
|---|---|
| '나'의 가족이 거처하고 있는 공간 | 주인댁 노파가 구공탄을 들이겠다며 비워 달라는 공간 |

↓

사람이 살 만한 공간이 아님에도 '나'의 가족은 그곳에서 피난살이를 함

⬇

'나'의 가족의 절박하고 비참한 상황을 드러냄

- '황순원 가족 부대'의 의미

> '황순원'이라는 이름을 가진 인물이 작품에 등장하는 것을 통해, 이 작품이 작가의 피난 경험을 바탕으로 재구성된 자전적 서사의 형식을 지니고 있음을 알 수 있음

장면 포인트 2 주목

- 해당 장면은 방을 비워 주어야 하는 문제로 '나'와 '나'의 아내가 주인댁과 갈등을 벌이는 상황을 보여 주고 있다.
- 집주인과 갈등하는 '나'의 가족의 태도를 통해 삶의 터전을 잃고 생존의 위기에 몰린 피난민들의 모습을 파악하도록 한다.

[앞부분의 줄거리] 부산에서도 '나'의 가족은 방을 구하기가 쉽지 않았다. '나'의 가족은 급한 대로 처제의 방에서 지내려 하지만 그곳의 사정도 여의치 않았다. 결국 '나'의 가족은 대구에서처럼 주인에게 방을 비워 달라는 요구를 받게 된다.

주목

내가 이리로 옮겨 온 지 사흘째 되는 날 저녁, 아내와 나는 의논한 결과, 어쩌면 주인댁에서 타협을 받아 줄는지도 모른다는 생각에서, 아내가 한 달 방세를 가지고 가서 다시 사정을 해 보기로 했다. 그래, 가지고 갈 방세의 금액이 문제였는데, 이만 원, 삼만 원으로는 말이 통하지 않을 것 같고, 사만 원으로 할까 하다가, 에라 모르겠다 하고 오만 원으로 결정을 했다. 방세 오만 원 씩을 물고 우리가 어떻게 살아가나 하는 생각도 들었으나, 들리는 말에 다다미 한 장에 만 원씩이라는 말도 있고, 정하고 있던 방세를 올릴 참으로 방을 비워 달라는 수가 비일비재란 말이 있는 데다, 더욱이 우리는 변호사 영감의 말대로 법적으로 해결을 지어서 노상이나 여관으로 쫓겨 나가는 날이면 큰일이라, 「이런 방세나마 내고 타협을 얻은 후 마음 놓고 나가 열심히 장사를 해 살아 나갈 변통을 하는 게 나을 성싶었던 것이다.」 그리고 사실 우리는 벌써 장사를 시작하고 있었다. 아내는 남은 옷가지를 갖고 국제 시장으로 나가고, 큰애 둘은 서면에서 가서 미군 부대 장사를 시작한 것이다. 지금의 오만 원도 아내의 장삿돈에서 떼어 낸 돈이었다.

> 이리로 옮겨 온: '나'는 부모님 댁에 따로 떨어져 지내다가 아내와 아이들이 있는 변호사 댁으로 거처를 옮김
> 타협: 이곳에서 더 지낼 수 있도록 하는 것
> 에라 모르겠다 하고 오만 원으로 결정을 했다: 전쟁 속에서 구하기 어려운 돈이지만 어쩔 수 없이 지불하기로 결정함
> 다다미: 방에 까는 일본식 돗자리
> 비일비재: 같은 현상이나 일이 한두 번이나 한둘이 아니고 많음
> 정하고 있던 방세를 올릴 참으로 방을 비워 달라는 수가 비일비재란 말이 있는 데다: 방세를 올리기 위해 방을 비워 달라고 통보하기도 함 → 전쟁으로 인간성과 유대감이 상실된 사회 현실을 드러냄
> 노상: 길거리나 길의 위
> 변호사 영감: 집주인
> 법적으로 해결을 지어서: 집주인이 방을 비우지 않으면 법으로 해결하겠다고 했음
> 큰일이라: 생존에 대한 위기감과 불안감
> 변통: 형편과 경우에 따라서 일을 융통성 있게 잘 처리함
> 「 」: 비싼 방세를 지불하더라도 거처를 마련하는 것을 우선순위로 둠
> 남은: 남아, 동아
> 사실 우리는 벌써 장사를 시작하고 있었다 ~ 시작한 것이다: 생존을 위해 어린 자식까지 장사에 나선 '나'의 가족의 열악한 상황

안방에 들어갔다 좀 만에 아내가 돌아왔다. 손에 돈이 들려 있지 않다. 그러면 됐나 보다 했다. 그러나 아내의 말은 그렇지가 않았다. 아무래도 이 방을 비워 달란다는 것이다. 「영감과 큰아들은 다다미 여덟 장 방에서 자고, 큰 온돌방에는 작은아들과 부인이 각각 자고 있는데, 그러고는 좁아서 못 견디겠다는 말은 못 하겠던지, 장발한 딸들의 말이 할머니 코 고는 소리에 도시 잠을 잘 수 없으니 기어코 그 방을 할머니 방으로 쓰게 내 달라더라는 것이다.」 여기서 아내는 또 우리가 어떻게든 할머니 주무실 자리를 넉넉히 내어 올릴 테니 그렇게 하자고 해도, 그렇게는 못 하겠다더라는 것이다. 그리고 부인이 한다는 말이, 자기네 딸 친구가 있어 방 하나만 구해 주면 금 손목시계를 프레젠트하겠다는 것도 못 하고 있단다는 것이다. 나는 간이 서늘해옴을 느꼈다. 금 손목시계라니 문제가 좀 큰 것이다. 그래, 가지고 갔던 돈은 어쨌느냐니까, 좌우간 딸들 책이라도 한 권 사 보라고 놓고 오긴 했다고 한다. 그 돈만 돌아오지 않으면, 하는 것이 희망이었다. 그러나 이튿날 그 돈은 도로 돌아오고 말았다.

> 돈: 타협을 위해 방세로 가져간 오만 원
> 됐나 보다: 방을 비워 주지 않아도 되나 보다
> 음영: '~ 것이다'라는 표현을 통해 인물의 대화를 설명적 진술로 바꾸어 제시함
> 「 」: 넓은 방에서 지내면서 작은 방 하나를 비워 달라고 하는 변호사 댁의 비인간적인 모습
> 그 방을 할머니 방으로 쓰게 내 달라더라는 것이다: 방을 비워 달라는 요구에 대한 구실
> 여기서 아내는 ~ 그렇게 하자고 해도: 방을 얻기 위한 아내의 간절한 부탁 → 삶의 절박함을 보여 줌
> 그렇게는 못 하겠다더라는 것이다: 딱한 사정을 외면하는 몰인정한 모습
> 그리고 부인이 한다는 말이: 주인댁 부인의 속물근성을 드러냄
> 자기네 딸 친구가 ~ 것이다: 타인의 고통은 외면하고 자신의 이익만 챙기는 비인간적 모습
> 금 손목시계: 금 손목시계와 비교하면 오만 원은 턱없이 적은 금액임
> 가지고 갔던 돈은 ~ 놓고 오긴 했다고 한다: 방세로 가져간 오만 원을 돌려주지 않으면 타협이 이루어진 것이므로 방을 비우지 않아도 되기 때문임
> 그 돈은 도로 돌아오고 말았다: 주인댁이 오만 원을 돌려줌 → '나'의 가족이 방을 비워 주어야만 함

▶ '나'와 아내의 사정에도 집주인은 방을 비워 달라고 요구함

그리고 그날 저녁이었다. 나는 학교 나가는 날은 학교로 해서, 그렇지 않은 날은 아침에 직접 남포동 부모가 계신 곳에 가 하루를 보낸다. 이곳 피난민들은 대개 담

> 이곳 피난민들은 대개 담: 피난민들의 일상적인 생활 모습을 알 수 있음

### 작품 분석 노트

- 주인댁 가족과 '나'의 가족의 상황

| | |
|---|---|
| 영감, 큰아들 | 다다미 여덟 장 방에서 지냄 |
| 부인, 작은아들 | 큰 온돌방에서 지냄 |
| 할머니, 딸 둘 | 한방에서 지냄 |

↕

| | |
|---|---|
| '나'의 가족 | 처제네 식구와 한 방에서 지냄 |

- '오만 원'의 의미

| 오만 원 |
|---|
| • '나'의 가족이 방을 비워 달라는 주인댁과 타협하려고 내놓은 방법<br>• '나'의 형편에 무리가 되는 금액이지만, 비싼 방세를 내고서라도 안정된 거처를 마련한 다음 장사를 해서 살길을 찾는 것이 낫다고 생각해서 마련한 돈임 |

↓

변호사 댁에서 계속 살 수 있다는 기대감

↓

| 오만 원이 돌아옴 |
|---|
| '나'의 기대가 좌절됨<br>→ 주인댁에서 쫓겨날 처지에 놓임 |

배 장사를 하느라고 애들만 남기고 모두 나간다. 부모도 그 축의 하나였다. 나는 여기서 서면 간 내 큰애들이 돌아오길 기다려 국제 시장엘 들러 애들 엄마를 만나 가지고 집으로 돌아가는 게 한 일과였다. 그날도 그랬다.
남포동에서 애들을 기다렸다가 국제 시장에 들러 애들 엄마를 만나 집으로 돌아감

우리가 저녁에 모여 들어가니, 방 안에 말 같은 처녀 둘이 와서 버티고 섰다. 이 댁 딸들인 것이다. 누가 형이고 동생인 것도 구별 안 되는, 좌우간 큰딸은 시내 모 여학교 졸업반이라는 것이고, 작은딸은 사 학년이라는 처녀들이었다. 이들이 오늘 저녁엔 이 방에 와 자야겠다는 것이다. 나는 이 두 말 같은 처녀 중의 누가 친구한테 방 하나만 구해 주면 금 손목시계를 프레젠트 받을 수 있는 아가씨일까 생각해 보았다. 그러면서 나는 이 자리를 피해야 할 걸 느꼈다.
주인댁 두 딸
'나'의 가족을 방에서 몰아내려는 의도가 드러남
주인댁 부인이 오만 원을 가지고 간 아내에게 방 문제와 관련하여 금 손목시계를 언급한 일을 떠올림
주인댁 딸들의 방문에 압박감을 느낌

그러는데 이 말 같은 두 처녀가 누구에게랄 것 없이, 이삼일 내로 반드시 방을 내놓으라는 말과 함께, 나에게 시선을 한 번씩 던지고 나가 버렸다. 「그 시선들이 멸시에 찬 눈초리였든 어쨌든 그것은 벌써 아무래도 좋았다. 그저 이들의 전법이 그 효과에 있어서 내게는 이들의 오빠 되는 청년이 내 따귀를 몇 번 갈기는 것보다 더 컸다는 것만은 자인하지 않을 수 없었다.」 ▶ 주인댁 딸들이 방을 점거하면서까지 방을 빼 달라고 압박함
딸들을 이용하여 '나'의 가족을 내보내려는 방법
스스로 인정함
물리적인 폭력
「 」: '나'는 주인댁 딸들의 행동에 심한 모멸감을 느낌

그러지 않아도 아침이면 나가는 나는 이날은 어서 이곳을 나가고만 싶었다. 이날은 학교 가는 날이기도 했다.
인간적인 면모를 상실한 곳을 벗어나고자 하는 '나'의 마음

풍경 달린 현관문을 열고 나서니, 응접실 앞 거기 꽃이 진 동백나무 이편에 변호사 영감이 허리를 구부리고 서서 회양목인지를 매만져 주고 있다. 첫눈에도 여간 그것들을 아끼고 사랑하는 태가 아니었다. 좋은 취미다. 인생이란 이렇듯 한 포기의 조목까지도 아끼고 사랑하면서 유유자적할 수 있는 생활을 해야 할 종류의 것인지도 모른다. 나는 무엇에 쫓기듯이 그곳을 빠져나왔다. ▶ 집주인의 취미 생활을 보며 쫓기듯 주인집을 빠져나옴
처마 끝에 다는 작은 종
유유자적하게 관목을 가꾸는 집주인의 모습
태도, 모습
피난민을 내쫓으려 하면서 나무를 사랑으로 돌보는 집주인의 모습을 보며 떠올린 '나'의 생각

**감상 포인트**
'방'을 둘러싼 갈등 양상과 그 상황 속에서 집주인을 바라보는 '나'의 태도를 파악한다.

• 주인댁 딸들의 행동에 대한 '나'의 심리

**주인댁의 딸들의 행동**
- '나'의 가족이 거처하는 방에서 자야겠다고 함
- 이삼일 내로 방을 비우라고 요구하면서 '나'에게 시선을 던지고 나감

↓

**'나'의 심리**
- 수치심과 모멸감을 느낌
- 방을 비워야 하는 것에 대해 심리적 압박감을 느낌

**장면 포인트 3**

• 해당 장면은 '나'가 장사를 마치고 온 아이들과 아내를 만나 방으로 돌아가는 상황이다.
• 주인댁의 눈치에서 벗어난 자식들의 즐거운 모습을 위태롭게 보는 '나'의 시선을 통해 '곡예단'의 의미를 파악하도록 한다.

[앞부분의 줄거리] '나'가 방을 구하지 못해 나가지 않고 버티자 주인댁은 전기까지 끊으며 압박을 한다. '나'의 가족은 주인댁의 독촉을 피해 낮에는 방을 비워 두었다가 밤에만 모이는 생활을 하게 된다. '나'는 서면에서 껌이나 담배를 파는 아이들을 기다렸다가 함께 국제 시장으로 가 아내를 데리고 낮 동안 비워 두었던 방으로 돌아간다.

부성교에 이르러 우리는 오른편으로 꺾인다. 개천 둑길은 어둡다. 하늘에는 별이 총총한데 어둡다.

남아가 무슨 생각을 했는지, 우리 노래 불러요, 한다. 내가, 노래는 무슨 노래, 하려는데 엄마 곁에 붙어서 가던 선아가, 노래라는 말에 기다리고나 있었던 듯 부르기 시작한다. 전우의 시체를 넘고 넘어…… 나는 이 선아가 변호사 댁에서는 꾸지람이 무서워 어린 동생에게 노래는커녕 소리 한번 못 내게 주의시키던 일을 생각하고, 노래를 그만두라는 말을 못 한다. 남아, 동아도 따라 부른다.

(노래: '나'가 '곡예사'라는 말을 떠올리는 계기가 됨)
(전우: 전투를 함께하는 동료)
(선아가, 노래라는 말에 기다리고나 있었던 듯 부르기 시작한다: 동생들이 떠들면 주의를 주던 선아가 먼저 노래를 부름)
(전우의 시체를 넘고 넘어: 아이들이 군가를 부름(시대적 상황: 6 · 25 전쟁))
(무서워 어린 동생에게 노래는커녕 소리 한번 못 내게 주의시키던 일을 생각하고: '나'가 선아에게 노래를 그만두라는 말을 하지 못하는 이유 – 주인댁 눈치를 보는 선아에 대한 안쓰러움)

「이 노래가 끝나기가 바쁘게 남아가, 찌리링 찌리링 비켜 나세요, 자전거가 나갑니다, 찌리리리링, 하며 자전거를 탄 시늉을 하고 어둠 속을 달린다. 어제저녁에는 그렇게 졸던 애가 오늘은 웬일일까. 오늘 장사에 수지가 맞았다는 것인가. 저기 가는 저 영감 꼬부랑 영감, 우물쭈물하다가는 큰일납니다. 이번에는 자전거가 이리로 달려와 아빠 새를 돌아 나간다. 아빠 되는 이 영감은 자전거에 치지 않기 위해 비켜나야만 했다.

(수지: 거래 관계에서 얻는 이익)

등에서 진아가 잠을 깼다. 깨어나서는 누나가 다시 부르기 시작한, 나비야 나비야 이리 날아 오너라를 같이 불러 본다. 선아는 율동까지 섞어 가며 한다. 흡사 어둠 속을 날아가는 나비와도 같이.

(누나: 선아)
(선아는 율동까지 섞어 가며 한다. 흡사 어둠 속을 날아가는 나비와도 같이.: 노래를 부르고 춤을 추는 자식들의 모습에서 '나'는 곡예를 하는 곡예사를 떠올림)

누나의 노래가 끝나자, 그제는 온전히 정신이 든 듯 진아가, 산토끼 토끼야를 꺼낸다. 이놈은 또 토끼 뛰는 시늉을 하는 것이었는데, 내 등에서는 맛이 안 나는지 어깨로 기어올라 가 무둥을 타고서 야단이다. 깡충깡충 뛰면서 어디로 가느냐, 산고개 고개를 나 혼자 넘어서 토실토실 밤 토실 주워서 올 테야. 진아는 노래가 끝난 뒤에도 그냥 토끼 뛰는 시늉을 한다.」

(무둥: '목말'의 방언)
(「 」: 어린 자식들의 순수한 동심의 세계를 보여 줌 → '나'의 가족이 처한 고통스러운 상황과 대비되어 피난지에서의 비참한 현실을 부각함)

나는 여섯 살잡이 진아의 엉덩이 밑에서 중심을 잃지 않으려고 애쓰면서, 생각한다. 토끼라고 하면 이 아빠도 엄마도 토끼띠다. 「그러나 이 아빠 토끼는 깡충깡충 산고개를 넘어가 토실 밤을 주워 오기는커녕 이렇게 어두운 개천 둑에서 요맛 무게 요맛 움직임 밑에서도 비틀거리며 재주를 부리고 있는 것이다.」

(「 」: 가족이 살 방 하나 구하지 못하는 가장으로서 느끼는 좌절감을 엿볼 수 있음)
(비틀거리며 재주를 부리고 있는 것이다: '나'는 자신을 비틀거리며 재주를 부리는 곡예사로 생각함)
▶ '나'의 가족이 밤늦게 집으로 돌아가면서 노래를 부름

그러다가 문득 나는 곡예사라는 말을 떠올렸다. 옳아, 지금 나는 진아를 어깨에

(곡예사: 줄타기, 곡마, 요술, 재주넘기, 공 타기 따위의 연예를 전문으로 하는 사람 → 삶의 고통과 고단함을 견뎌 내야 하는 한 가정의 가장의 인생을 비유적으로 표현함)

**작품 분석 노트**

• '곡예사'의 의미

| 곡예사 |
| --- |
| 아슬아슬하게 무대 위에서 재주를 부림 |

≒ 비유

| '나'의 가족 |
| --- |
| • 방을 비워 달라는 집주인의 요구에 쫓겨날 수밖에 없는 비참한 처지<br>• 어린 자식들까지도 경제적 행위에 내몰리는 어려운 처지 |

'곡예사'는 피난지에서 생존 위기에 내몰려 위태롭게 살아가는 '나'의 가족의 삶의 모습을 비유적으로 나타낸 말이다.

올려놓고 곡예를 하고 있는 것이다. 그러고 보면 진아도 내 어깨 위에서 곡예를 하고 있고, 선아는 나비의 곡예를 했다. 남아는 자전거 곡예를 했다. 이 남아가 이제 몇 센트의 군표를 위해 그 꼬마와 같은 지랄을 해야 하는 것도 일종의 슬픈 곡예인 것이다. 그리고 동아의 풀리즈 쌜 투미도 그런 곡예요, 이들이 가슴이나 잔등에서 또는 허리춤에서 담배 보루며 껌 곽을 재빨리 꺼내고 넣는 것도 훌륭한 곡예의 하나인 것이다. 이렇게 해서 이들은 황순원 곡예단의 어린 피에로요, 나는 이들의 단장인 것이다. 지금 우리의 무대는 이 부민동 개천 둑이고.

율동까지 섞어 가며 〈나비야〉를 부른 것 / 〈자전거〉를 부르며 자전거 탄 시늉을 한 것 / 생계를 위해 돈을 벌어야 하는 것 / 전쟁 지역이나 점령지에서 군대에 필요한 물품을 구입할 때 사용하는 긴급 통화(돈) / 미군을 상대로 장사할 때 물건을 팔아 달라고 하는 말 / 남아와 동아 / 피난 상황 속에서 어린 자식들까지 돈벌이에 내몰린 상황을 드러냄 / '나', 즉 황순원 가족의 위태로운 처지를 드러냄. 작가의 자전적 소설임을 알 수 있음 / 한 가정의 가장 / 현재 '나'의 가족이 있는 곳

피에로 동아가 소렌토를 부른다. 그래 마음대로들 너희의 재주를 피워 보아라. 나는 너희가 이후에 오늘의 이 곡예를 돌이켜 보고, 슬퍼해 할는지 웃음으로 돌려 버릴지는 그건 모른다. 따라서 너희도 이날의 너희 엄마 아빠가 너희들의 곡예를 보고 웃었는지 울었는지 어쨌는지를 몰라도 좋은 것이다. 그저 원컨대 나의 어린 피에로들이여, 너희가 이후에 각각 자기의 곡예단을 가지게 될 적에는 모쪼록 너희들의 어린 피에로들과 더불어 이런 무대와 곡예를 되풀이하지 말기를 바란다. 이거 대단히 실례했습니다. 쓸데없는 어릿광대의 넋두리였습니다. 자, 그러면 피에로 동아 군의 독창을 경청해 주십시오.

소설의 서술 주체인 동시에 실제 작가 '황순원'으로 호명된 작중 인물 / 힘들고 고달픈 피난살이 / '나'의 자식들 / 자식들이 커서 각자 가정을 꾸리게 될 때 / '나'는 어린 자식들의 미래의 삶이 현재 자신의 삶보다 더 나아지기를 소망하고 있음 / ▨: 곡예사의 공연 상황을 가정함

「한 걸음 떨어져 오던 아내가 가까이 와 한 팔을 내 허리에 돌린다. 이 단장 부인은 남편 되는 단장의 곡예가 위태로워 보였던 모양이다. 나는 염려 말라고 아내의 손을 꼭 잡아 주었다.」 그러는데 피에로 동아의 노래가 마지막 대목 다 가서 뚝 그친다. 이미 우리는 그 변호사 댁이 있는 골목에 다다른 것이었다.

「 」: 피난살이의 어려운 상황에서 서로 위로하고 응원하는 부부의 모습 / '나'는 힘들고 고달픈 피난살이를 긍정적으로 극복해 내고자 함 / 주인댁 눈치를 봐야 하는 피난민의 처량한 신세가 드러남

그러면 여러분, 오늘 밤 프로는 이것으로 끝막기로 하겠습니다. 준비가 없었던 탓으로 이렇게 초라한 곡예가 되어 부끄럽기 짝이 없습니다. 내일을 기대해 주십시오. 우리 곡예단을 이처럼 사랑해 주시는 데 대해서는 단을 대표해 감사의 뜻을 표해 마지않는 바입니다. 그러면 안녕히들 주무세요. 굿바이!

▶ '나'는 자신과 가족을 위태로운 곡예를 하는 곡예사라고 생각함

**감상 포인트**

작품의 제목 '곡예사'가 지니는 의미와 인물 간의 갈등 양상을 이해하고, 이를 바탕으로 작품의 주제 의식을 파악한다.

• '나'의 바람

'너희가 이후에 각각 자기의 곡예단을 가지게 될 적에는 모쪼록 너희들의 어린 피에로들과 더불어 이런 무대와 곡예를 되풀이하지 말기를 바란다.'

↓

• 가족의 고통스러운 삶을 지켜볼 수밖에 없는 가장으로서의 자책과 슬픔에서 비롯된 말임
• 자식들이 피난과 같은 비참한 삶을 살아가는 고통을 겪지 않기를 바라는 마음이 담김

## 핵심 포인트 1 서술상 특징 파악

이 작품은 작가의 실제 경험을 담은 자전적 소설로, '나'는 작품의 서술자인 동시에 작가 '황순원'으로 호명된 작중 인물로 설정되어 있다. 이러한 자전적 서사 형식이 주는 효과와 시점, 서술 방식 등 작품에 나타난 서술상의 특징 및 효과를 종합적으로 파악할 수 있어야 한다.

**서술상의 특징 및 효과**

| | |
|---|---|
| 1인칭 주인공 시점, 자전적 소설 | • 작중 인물인 '나'(서술자)의 시각으로 작중 상황과 '나'의 가족의 삶이 서술됨. '나'가 피난지에서 겪은 직접적인 체험을 서술함으로써 작품의 사실성과 신뢰감, 진실성을 확보함<br>• '이렇게 해서 이들은 황순원 곡예단의 어린 피에로요.': 주인공의 이름이 작가 자신의 이름 '황순원'과 동일한 것에서 알 수 있듯이 자전적인 내용을 담고 있음 |
| 간접 인용 (간접 화법) | '이 댁 식모한테서 들은 말은 ~ 아까 낮에 예의 노파 한 패가 몰려왔는데, 그중 한 노파가 이쪽 뜰 구석 다복솔 뒤에 감춘 거적닢을 발견했다는 것이다.', '아무래도 이 방을 비워 달란다는 것이다. ~ 기어코 그 방을 할머니 방으로 쓰게 내 달라더라는 것이다. ~ 그렇게는 못하겠다더라는 것이다.': 인물의 대화를 직접적으로 제시하지 않고 설명적 진술로 바꾸어 서술자인 '나'가 다른 인물에게서 들은 내용을 '나'의 목소리를 통해 전달함 |
| 상징적 소재 | 피난지에서 생존을 위해 힘겹고 고통스럽게 살아가는 '나'와 '나의 가족'의 삶을 '곡예사'에 비유하여 작품의 주제 의식을 효과적으로 드러냄 |

## 핵심 포인트 2 갈등의 양상 파악

이 작품은 '방'으로 인한 '나'의 가족과 집주인 간의 갈등을 중심으로 사건이 전개된다. 따라서 인물 간의 갈등 양상 및 인물들의 태도를 이해하고 이를 바탕으로 작품의 주제 의식을 파악할 수 있어야 한다.

**인물 간의 갈등 양상과 작품의 주제 의식**

| '나', '나'의 가족 | | 집주인 – 변호사, 변호사의 가족 |
|---|---|---|
| • 피난민 일가족 6명의 가장인 '나'는 가족과 함께 대구의 모 변호사 저택의 헛간에서 피난살이를 시작하지만 쫓겨남<br>• 거처를 부산으로 옮겨, 변호사 집에 세 들어 사는 처제네와 한방에서 지내지만 얼마 지나지 않아 방을 비워 줘야 할 상황에 처함<br>• '나'의 가족은 방이 구해질 때까지 버티기로 하고 주인의 독촉을 피해 낮에는 방을 비워 두었다가 밤에만 온 가족이 모이는 생활을 하게 됨 | 대조  | • 대구의 집주인인 변호사의 장모는 헛간에 구공탄을 들여야 한다는 이유로 '나'의 가족을 쫓아냄<br>• 부산의 집주인인 변호사는 식모(실제는 식모 노릇을 하는 할머니)의 방으로 사용한다고 '나'의 가족에게 방을 비우라고 함 → 변호사의 딸들이 방을 점거하고 '나'의 일가족이 애걸복걸하며 버티자 집주인은 방에 전기까지 끊으며 압박을 함 |
| 전쟁의 상처를 온몸으로 체험하며 살아감 → 피난살이의 고통과 어려움을 가족 간의 사랑과 긍정적 태도로 극복해 내고자 함 | | 전쟁의 상처를 크게 겪지 않음 → 자신의 안일만을 추구하고 타인의 고통을 외면하는 이기적이고 비인간적인 모습을 드러냄 |

↓

**작품의 주제 의식**

- 6 · 25 전쟁 당시 피난민들의 고통스러운 삶과 설움을 '나'의 가족의 삶을 통해 형상화함
- 타인의 고통을 외면한 채 자신의 안일만을 추구하는 이기적인 인물들을 통해 전쟁으로 인해 인간성과 유대감이 사라진 현실을 비판함
- 피난살이의 고통과 서러움을 긍정적 태도로 극복하려는 의지적 삶의 자세를 '나'의 가족의 삶을 통해 보여 줌

### 작품 한눈에

• 해제

<곡예사>는 작가 황순원이 6 · 25 전쟁 직후 피난지인 대구와 부산에서 직접 겪었던 피난 생활의 고통과 설움을 그린 자전적인 작품으로, 작가는 이를 통해 전쟁으로 인해 인간성이 상실된 현실을 비판하고 있다. 또한 작가 자신과 가족을 '곡예사'에 비유하여 피난지에서 생존을 위해 절박하게 살아가는 위태로운 삶을 효과적으로 보여 주고 있다. 이 작품은 전쟁의 참상을 직접적으로 묘사하지 않고도 전쟁이 개인의 윤리를 얼마나 피폐하게 하며, 피난민의 삶이 얼마나 비참한지를 사실적으로 보여 준다.

• 제목 <곡예사>의 의미

– '곡예사'처럼 피난지에서 생존 위기에 내몰려 위태롭게 살아가는 주인공 '나'와 '나'의 가족

'곡예사'는 피난지에서 생존 위기에 내몰려 위태롭게 살아가는 주인공 '나'와 '나'의 가족을 비유한 것으로, 이를 통해 전쟁 상황에서 힘겹게 살아가는 피난민들의 삶을 보여 주고 있다.

• 주제

① 피난민의 고통스러운 삶과 설움
② 피난살이의 어려움을 극복하려는 의지적 삶의 자세

**전체 줄거리**

6 · 25 전쟁이 나자 '나'와 가족은 대구로 피난을 가고 모 변호사 댁의 헛간에서 생활한다. 변호사의 장모인 노파가 엄격한 생활 규율을 강요하며 안뜰 화장실조차 쓰지 못하게 하자, '나'의 가족은 몰래 뜰 구석에 거적닢 변소를 만들어 사용한다. 그러다 '나'의 딸아이 선아의 신발 한 짝이 사라지는 일이 발생한다. '나'는 아내에게 앓는 사람의 병이 잃어버린 신발 주인에게로 옮아 간다는 이야기를 듣고 변호사 댁 아이의 병이 딸에게 옮아갈까 불안해하지만 다행히 그런 일은 발생하지 않는다. 이삼일 뒤, 노파가 뜰 안쪽의 변소를 발견하고 구공탄 들일 헛간이 필요하다는 핑계를 대며 '나'의 가족을 내쫓는다. '나'의 가족은 부산의 변호사 댁에 방 한 칸을 얻어 생활하는 처제의 방에서 신세를 지기로 한다. 그러나 곧 이곳의 방도 비워 줘야 하는 처지에 놓이게 되고, 주인은 계속에서 방을 비워 달라고 재촉한다. '나'의 가족은 끝내 방을 구하지 못하고, 낮에는 방을 비워 두고 저녁에만 방을 쓰는 방법을 생각해 낸다. '나'의 가족이 그렇게 생활을 이어 가던 어느 날 저녁, 방으로 가던 길에 아이들이 노래를 부르는 것을 본 '나'는 자기는 물론 자녀들이 곡예단의 곡예사 같다는 생각을 한다.

◇ 한 줄 평 해방 전후를 배경으로 지식인의 현실 인식과 이념적 갈등을 그린 작품

# 해방 전후 이태준

▸ 기출 수록 [교육청] 2002 6월

## 장면 포인트 1 주목

- 이 작품은 광복 전과 후를 배경으로 지식인의 내면적 갈등을 그린 소설이다. '한 작가의 수기'라는 부제를 통해 알 수 있듯이 이 작품에는 작가 이태준의 자전적 체험이 담겨 있다. 작품에 드러난 시대적 상황을 고려하여 인물의 태도를 파악하도록 한다.
- 해당 장면은 일제의 통제를 피해 서울에서 강원도 산읍으로 은신한 현이 김 직원을 만나 교우하는 상황이다.
- 일제의 삼엄한 감시 속에서도 서로를 공경하고 존중하는 김 진사와 현의 관계에 주목하여 작품을 감상하도록 한다.

[앞부분의 줄거리] 일제 강점기 시국에 대해 소극적이던 작가 현은 일제의 압력에 못 이겨 대동아 전기의 빈역에 손을 빌려준 일에 괴로워하다가 살던 집을 세놓고 강원도 철원의 산골로 들이간다.

주목

현은 집을 팔지는 않았다. 구라파에서 제이 전선이 아직 전개되지 않았고 태평양에서는 일본군이 아직 라바울을 지킨다고는 하나 멀어야 이삼 년이겠지 하는 심산으로 집을 최대한도로 잡혀만 가지고 서울을 떠난 것이다. 그곳 공의(公醫)를 아는 것이 반연으로 강원도 어느 산읍이었다. 철도에서 팔십 리를 버스로 들어오는 곳이요, 예전에 현감이 있던 곳이나 지금은 면소와 주재소뿐의 한적한 구읍이다. 어느 시골서나「공의는 관리들과 무관하니 무엇보다 그 덕으로 징용이나 면할까 함이요, 다음으로 잡곡의 소산지니 식량 해결을 위해서요, 그러고는 가까이 임진강 상류가 있어 낚시질로 세월을 기다릴 수 있음도 현이 그곳을 택한 이유의 하나였다.」

(현: 중심인물 / 집을 팔지는 않았다: 서울로 다시 돌아올 계획임을 알 수 있음 / 구라파: 유럽 / 라바울: 남서 태평양의 항구 도시 / 멀어야 이삼 년이겠지 하는 심산: 일본의 패망이 멀지 않았다는 생각으로 / 공의: 공공의료에 종사하는 의사 / 반연: 얽히어 맺은 인연 / 강원도 어느 산읍: 현이 거처를 옮긴 곳 / 산읍: 깊은 산골 / 무관하니: 서로 허물없이 가까우니 / 「 」: 현이 강원도 산읍으로 거처를 옮긴 이유)

그러나 와서 실정에 부딪혀 보니 이 세 가지는 하나도 탐탁한 것은 아니었다. 면사무소엔 상장(賞狀)이 십여 개나 걸려 있는 모범 면장으로 나라에서 상을 타나 백성에겐 그만치 원망을 사는 이 시대의 모순을 이 면장이라고 예외일 리 없어 성미가 강직해 바른말을 잘 쏘는 공의와는 사이가 일찍부터 틀린 데다가, 공의는 육 개월이나 장기간 강습으로 이내 서울 가 버리고 말았으니 징용 면할 길이 보장되지 못했고 그 외에 아는 사람이라고는「공의의 소개로 처음 지면한 향교 직원으로 있는 분인데 일 년에 단 두 번 춘추 제향 때나 고을 사람들의 기억에서 살아남는 '김 직원님'으로는 친구네 양식은커녕 자기 식구 때문에도 손이 휜, 현실적으로는 현이나 마찬가지의, 아직도 상투가 있는 구식 노인인 선비였다.」

(이 세 가지: ① 징용 문제 ② 식량 해결 ③ 낚시질 / 탐탁한: 모양이나 태도, 또는 어떤 일 따위가 마음에 들어 만족하다 / 상장이 십여 개나 걸려 있는 모범 면장: 면장이 친일적 인물임을 알 수 있음 / 사이가 일찍부터 틀린 데다가: 면장과 공의의 관계가 좋지 않음 / 지면한: 처음 만나서 서로 알게 된 / 친구네 양식은커녕 자기 식구 때문에도 손이 휜: 김 직원도 형편이 넉넉하지 않음 / 「 」: 김 직원 영감의 처지와 특성 제시)

▸ 강원도 산읍에 거처를 마련한 현

「낚시터도 처음 와 볼 때는 지척 같더니 자주 다니기엔 거의 십 리나 되는 고달픈 길일 뿐 아니라 하필 주재소 앞을 지나야 나가게 되었고 부장님이나 순사 나리의 눈을 피하려면 길도 없는 산등성이 하나를 넘어야 되는데 하루는 우편국 모퉁이에서 넌지시 살펴보니 가네무라라는 조선 순사가 눈에 띄었다.」 현은 낚시 도구부터 질겁을 해 뒤로 감추며 한 걸음 물러서 바라보니 촌사람들이 무슨 나무껍질 벗겨 온 것을

(지척: 아주 가까운 거리 / 자주 다니기엔 거의 십 리나 되는 고달픈 길: 자주 다니기 힘듦 / 십 리: 약 4km / 주재소: 순사가 머무르면서 사무를 맡아보던 경찰의 말단 기관. 시대상을 알 수 있는 소재 / 가네무라: 창씨개명을 한 조선인 / 「 」: 낚시질을 하며 세월을 기다리려 했던 계획이 어긋남 / 한 걸음 물러서 바라보니: 놀란 마음을 가라앉힌 후 조선 순사를 관찰함)

### 작품 분석 노트

- 작품의 공간적 배경

**강원도 산읍**

'철도에서 팔십 리를 버스로 들어오는 곳이요, 예전에 현감이 있던 곳이나 지금의 면소와 주재소뿐의 한적한 구읍이다.'
→ 현이 거주지로 선택한 강원도의 산읍은 현이 일제의 감시를 피할 수 있다고 생각해 도피한 곳임

**현이 이곳을 거주지로 삼은 구체적 이유**

- 관리들과 친분이 있는 공의의 도움으로 징용을 면할 수 있음
- 곡식이 생산되는 곳이므로 식량 문제를 해결할 수 있음
- 임진강이 가까이 있어 낚시로 소일하며 일제가 패망하기까지 이삼 년 정도의 세월을 기다릴 수 있음

- 작품의 시대적 배경을 알 수 있는 소재

- 일본 기관과 계급: 주재소, 총독부, 순사
- 일본식 성명 : 조선 순사 가네무라
- '태평양에서 일본군이 아직 라바울을 지킨다고 하자' → 태평양 전쟁기

↓

**일제 강점 말기 (1940년대)**

발목에서 무릎 아래까지 돌려 감거나 싸는 띠

면서기들과 함께 점검하는 모양이다. 웃통은 속옷 바람이나 다리는 각반을 치고 칼을 차고 회초리를 들고 이 사람 저 사람에게 거드름을 부리고 있었다. 날래 끝날 것 같지 않아 현은 이번도 다시 돌아서 뒷산등을 넘기로 하였다.

순사의 옷차림과 행동 묘사 / 빨리 / 순사와 마주치는 것을 피하고 싶었기 때문에

길도 없는 가닥숲을 젖히며 비 뒤의 미끄러운 비탈을 한참이나 헤매어서 비로소 펑퍼짐한 중턱에 올라설 때다. 멀지 않은 시야에 곰처럼 시커먼 것이 우뚝 마주 서는 것은 순사 부장이다. 현은 산짐승에게보다 더 놀라 들었던 두 손의 낚시 도구를 이번에는 펄썩 놓아 버리었다. / "당신 어데 가오?"

순사의 눈을 피해 일부러 길을 돌아가다 순사 부장을 만났으므로 / 순사 부장을 보고 매우 놀람

현의 눈에 부장은 눈까지 부릅뜨는 것으로 보였다. / "네, 바람 좀 쏘이러요."

순사 부장에게 나무람을 들을까 겁먹은 현

그제야 현은 대팻밥모자를 벗으며 인사를 하였으나 부장은 이미 딴 쪽을 바라보는 때였다. 부장이 바라보는 쪽에는 면장도 서 있었고 자세 보니 남향하여 큰 정구 코트만치 장방형으로 새끼줄이 치어져 있는데 부장과 면장의 대화로 보아 신사(神社) 터를 잡는 눈치였다. 현은 말뚝처럼 우뚝 섰을 뿐 어찌해야 좋을지 몰랐다. 놓아 버린 낚시 도구를 집어 올릴 용기도 없거니와 집어 올린댔자 새끼줄을 두 번이나 넘으면서 신사 터를 지나갈 용기는 더욱 없었다. 게다가 부장도 면장도 무어라고 쑤군거리며 가끔 현을 돌아다본다. 꽃이라도 있으면 한 가지 꺾어 드는 체하겠는데 패랭이꽃 한 송이 눈에 띄지 않는다. 얼마 만에야 부장과 면장이 일시에 딴 쪽을 향하는 틈을 타서 수갑에 채였던 것 같던 현의 손은 날쌔게 그 시국에 태만한 증거물들을 집어 들고 허둥지둥 그만 집으로 내려오고 만 것이다.

일본에서 조상이나 신을 모시는 사당 / 부장과 면장이 산 중턱에 있는 이유 / 어찌할 바를 모르는 현의 모습을 비유적으로 표현함 / 낚시를 하러 다니는 현을 못마땅해하고 있음을 알 수 있음 / 일제 강점기 / 꼼짝 못하고 있던 현의 상황을 비유적으로 표현함 / 낚시 도구들

**감상 포인트**
작품에 담긴 시대적 배경과 사회적 상황을 고려하여 인물의 태도를 파악한다.

"아버지 왜 낚시질 안 가구 도루 오슈?"

낚시터에 간 아버지가 도중에 돌아온 것을 의아해하는 아이들의 질문

현은 아이들에게 대답할 말이 미처 생각나지도 않았거니와 그보다 먼저 현의 뒤를 따라온 듯한 이웃집 아이 한 녀석이,

"너이 아버지 부장한테 들켜서 도루 온단다." / 하는 것이었다.

낚시를 안 가고 돌아온 이유가 들통남

▶ 순사 부장을 만나 낚시터에 못 가고 돌아온 현

낚시질을 못 가는 날은 현은 책을 보거나 그렇지 않으면 김 직원을 찾아갔고 김 직원도 현이 강에 나가지 않았음직한 날은 으레 찾아왔다. 상종한다기보다 모시어 볼수록 깨끗한 노인이요, 이 고을에선 엄연히 존경을 받아야 옳을 유일한 인격자요 지사였다. 현은 가끔 기인여옥(其人如玉)이란 이런 이를 가리킴이라 느끼었다. 기미년 삼일 운동 때 감옥살이로 서울에 끌려왔었을 뿐, 조선이 망한 이후 한 번도 자의로는 총독부가 생긴 서울엔 오기를 피한 이다. 창씨를 안 하고 견디는 것은 물론, 감옥에서 나오는 날부터 다시 상투요 갓이었다. 현과는 워낙 수십 년 연장인 데다 현이 한문이 부치어 그분이 지은 시를 알지 못하고 그분이 신문학에 무관심하여 현대문학을 논담하지 못하는 것엔 서로 유감일 뿐, 불행한 족속으로서 억천 암흑 속에 일루의 광명을 향해 남몰래 더듬는 그 간곡한 심정의 촉수만은 말하지 않아도 서로 굳게 잡히고도 남아 한두 번 만남으로 서로 간담을 비추는 사이가 되었다.

낚시를 가지 / 서로 따르며 친하게 지낸다기보다 / 김 직원에 대한 현의 긍정적 평가 / 인품이 옥과 같이 맑고 깨끗한 사람. 김 직원을 이르는 말 / 일본식 성명을 강요하던 정책 / 일제에 대한 김 직원의 반감을 짐작할 수 있음 / 김 직원이 조선의 전통을 따르는 강직한 인물임을 알 수 있음 / 현보다 수십 년 나이가 많음 / 모자라거나 미치지 못해 / 사물의 옳고 그름 따위를 논하여 말하지 / 일제 강점기를 살아가고 있으므로 / 해방 / 간담상조(肝膽相照). 서로 속마음을 털어놓고 친하게 사귀는 사이

▶ 지사적 면모를 지닌 김 직원과 교우하는 현

하룻저녁은 주름 잡히었으나 정채 돋는 두 눈에 눈물이 마르지 않은 채 찾아왔다.

정묘하고 아름다운 빛깔

- '낚시 도구'의 의미

**'낚시 도구'의 의미**

- 현이 때(일제의 패망)를 기다리며 소일하는 데 필요한 도구
- 일본 제국주의의 강압이 극심했던 일제 강점기 말의 시국과는 어울리지 않는 사물
- 현이 순사의 눈을 피하는 것이나 순사 부장을 마주치고는 놀라는 것과 연관이 있음

현은 아끼는 촛불을 켜고 맞았다. / "내 오늘 다 큰 조카자식을 행길에서 매질을 했소."
정성을 다해 김 직원을 맞음 김 직원이 현을 찾아온 이유

김 직원은 그저 손이 부들부들 떨며 있었다. 「조카 하나가 면서기로 다니는데 그의 매부, 즉 이분의 조카사위 되는 청년이 일본으로 징용당해 가던 도중에 도망해 왔다. 몸을 피해 처가에 온 것을 이곳 면장이 알고 그 처남더러 잡아 오라 했다. 이 기미를 안 매부 청년은 산으로 뛰어올라 갔다. 처남 청년은 경방단의 응원을 얻어 산을 에워싸고 토끼 잡듯 붙들어다 주재소로 넘기었다는 것이다.」
면서기로 다니는 김 직원의 조카 / 일이 되어 가는 분위기 / 도망을 감 / 매부 청년을 / 「 」: 사건의 요약적 제시 – 김 직원이 조카를 매질한 이유를 알려 줌

"강박한 처남이로군!" / 현도 탄식하였다.
매우 딱딱하고 인정이 없는

"잡아 오지 못하면 네가 대신 가야 한다고 다짐을 받었답디다만 대신 가기루서 제 집으로 피해 온 명색이 매부 녀석을 경방단들을 끌구 올라가 돌풀매질을 하면서 꺼정 붙들어다 함정에 넣어야 옳소? 지금 젊은 놈들은 쓸개가 없습넨다!"
김 직원의 조카가 매부를 필사적으로 붙잡아 온 이유 / 일제에 타협해 자신의 안녕을 돌보는 행태에 대한 김 직원의 비판

"그러니 지금 세상에 부모기로니 그걸 어떻게 공공연히 책망하십니까?"
조카를 매질한 김 직원의 행동이 정도가 지나친 것일 수 있다는 현의 생각

"분해 견딜 수가 있소! 면소서 나오는 놈을 노상이면 어떻소. 잠자코 한참 대설대가 끊어져 나가도록 패 주었지요. 맞는 제 놈도 까닭을 알 게고 보는 사람들도 아는 놈은 알었겠지만 알면 대사요."
조카를 때린 자신의 행위가 정당하다고 여기고 있음

▶ 조카를 매질한 김 직원의 이야기를 듣는 현

이날은 현도 우울한 일이 있었다. 서울 문인 보국회(文人報國會)에서 문인 궐기 대회가 있으니 올라오라는 전보가 온 것이다. 현에게는 엽서 한 장이 와도 먼저 알고 있는 주재소에서 장문전보가 온 것을 모를 리 없고 일본 제국의 흥망이 절박한 이때 문인들의 궐기 대회에 밤낮 낚시질만 다니는 이자가 응하느냐 안 응하느냐는 주재소뿐 아니라 일본인이요 방공 감시 초장인 우편국장까지도 흥미를 가진 듯, 현의 딸아이가 저녁때 편지 부치러 나갔더니, 너의 아버지 내일 서울 가느냐 묻더라는 것이다.
반민족적 친일 문학 단체 / 일제의 감시를 받고 있는 현 / 시국에 어울리지 않게 낚시로 소일하는 현에 대한 부정적 인식이 나타남 / 현에 대한 은근한 감시가 이루어짐

김 직원은 처음엔 현더러 문인 궐기 대회에 가지 말라 하였다. 가지 말라는 말을 들으니 현은 가지 않기가 도리어 겁이 났다. 그랬는데 다음 날 두 번째 그다음 날 세 번째의 좌우간 답전을 하라는 독촉 전보를 받았다. 이것을 안 김 직원은 그날 일찍이 현을 찾아왔다.
김 직원의 말을 듣자니 일제의 위해를 입을 것 같아서 / 문인 궐기 대회의 참석 여부를 알려 달라고 현을 압박함

"우리 따위 노혼한 것들이야 새 세상을 만난들 무슨 소용이리까만 현 공 같은 젊은이는 어떡하든 부지했다가 그예 한몫 맡아 주시오. 그러자면 웬만한 일이건 과히 뻗대지 맙시다. 징용만 면헐 도리를 해요."
늙어서 정신이 흐린 / 해방된 조국 / 현을 높여 부르는 말 / 어떻게든 살아 남아 독립한 새 세상이 오면 큰일을 해 달라고 부탁함 / 일본 관리들의 뜻을 거스르면 징용을 가게 되므로 / 현을 아끼는 마음이 나타남

그리고 이날은 가네무라 순사가 나타나서, 이틀밖에 안 남았는데 언제 떠나느냐, 떠나면 여행증명을 해 가지고 가야 하지 않느냐, 만일 안 떠나면 참석 안 하는 이유는 무엇이냐, 나중에는, 서울 가면 자기의 회중시계 수선을 좀 부탁하겠다 하고 갔다. 현은 역시, / '살고 싶다!'
현에 대한 감시가 강화되고, 압박이 가해지고 있음 / 행동의 선택 폭이 좁아진 상황에 처한 지식인의 내면 의식이 나타남

또 한번 비명을 하고 하루를 앞두고 가네무라 순사의 수선할 시계를 맡아 가지고 궂은비 뿌리는 날 서울 문인 보국회로 올라온 것이다.
'살고 싶다' / 김 직원의 충고를 따름

▶ 김 직원의 충고를 듣고 문인 궐기 대회에 참가하는 현

• 등장인물의 특징

| 현 | 김 직원 |
| --- | --- |
| • 일제의 감시를 피해 산읍으로 도피하여 낚시로 소일함<br>• 괴로워하면서도 반민족 친일 문학 단체인 서울 문인 보국회의 궐기 대회에 참석함 | • 창씨개명을 하지 않고 상투를 틀고 갓을 쓰고 다님<br>• 징용을 가다 도망한 매부를 붙잡아 주재소에 넘긴 조카를 길바닥에서 매질함 |
| 현실을 파악하고 있으면서도 주체적으로 문제를 해결하고자 하는 의지나 기개가 부족한 인물 | 강원도 산읍에 거주하는 봉건적 유학자로, 전통을 따르며 강직한 성품을 지닌 인물 |

↓

현과 김 직원 모두 일제 강점의 현실을 부정적으로 인식하고 있으며, 어려운 시절이 머지 않아 끝이 날 것이라는 시대 인식을 지니면서 조국의 독립을 염원함 → 서로 속마음을 터놓고 가까이 지냄

## 장면 포인트 2

• 해당 장면은 해방 이후 신탁 통치에 대해 현과 대립하던 김 직원이 한참 후에 현을 찾아와 시골로 내려가겠다고 말하는 상황이다.
• 현과 김 직원의 대화를 바탕으로 두 인물 간의 입장과 가치관의 차이를 파악하도록 한다.

[앞부분의 줄거리] 현은 8월 16일 친구의 전보를 받고 서울로 상경하던 중에 일제의 패망과 조선의 독립 소식을 듣게 된다. 좌익 문인 단체에서 활동하던 현은 신탁 통치에 대한 논쟁으로 시국이 어수선한 가운데 상경한 김 직원을 만나게 된다.

김 직원은, 밖에서는 소련, 안에서는 공산당이 조선 독립을 방해하는 것이라 하였다. (좌익 세력에 대한 김 직원의 부정적 인식이 나타남) 이렇게, 역사적, 또는 국제적인 견해가 없이 단순하게, 독립 전쟁을 해 얻은 해방으로 착각하는 사람(봉건적 사고에 매몰된 김 직원을 가리킴)에겐 여간 기술로는 계몽이 불가능하고, 현 자신에게 그런 기술이 없음을 깨닫자 그는 웃는 낯으로 음식을 권했을 뿐이다. (김 직원을 설득할 수 없음을 깨달음 → 설득을 포기함) / 김 직원은 그 이튿날도 현을 찾아왔고 현도 그 다음 날은 그의 숙소로 찾아갔다. 현이 찾아간 날은,

「"어째 당신넨 탁치 받기를 즐기시오?"(신탁 통치를 당연히 여깁니까?) / 하였다. / "즐기는 게 아닙니다."

"그러면 즐겁지 않은 것도 임정(임시정부)에서 반탁을 허니 임정에서 허는 건 덮어놓고 반대하기 위해서 나중엔 탁치꺼지를 지지헌단 말이지요?" (상대 세력에 대한 반대를 목적으로 신탁 통치를 지지한다고 단정함)

"직원님께서도 상당히 과격하십니다그려." / "아니, 다 산 목숨이 그러면 삼국 외상(미국, 영국, 소련)헌테 매수돼서 탁치 지지에 잠자코 끌려가야 옳소?"

"건 좀 과하신 말씀이구! 저는 그럼, 장래가 많어서 무엇에 팔려서 삼상 회담을 지지허는 걸로 보십니까?"」 (「 」: 현과 김 직원의 대화를 통해 두 인물 사이의 이념 차이를 드러냄)

그 말에는 대답이 없으나 김 직원은 현의 태도에 그저 못마땅한 눈치만은 노골화하면서 있었다. (자신과 정치적 입장이 다른 현을 언짢게 여기는 김 직원) 현은 되도록 흥분을 피하며, 「우리 민족의 해방은 우리 힘으로가 아니라 국제 사정의 영향으로 되는 것이니까 조선 독립은 국제성의 지배를 벗어날 수 없는 것, 삼상 회담의 지지는 탁치 자청이나 만족이 아니라 하나는 자본주의 국가(미국)요 하나는 사회주의 국가(소련)인 미국과 소련이 그 세력의 선봉들을 맞댄 데가 조선이란 국제간에 공개적으로 조선의 독립과 중립성이 보장되어야지, 급히 이름만 좋은 독립을 주어 놓고 소련은 소련대로, 미국은 미국대로, 중국은 중국대로 정치 · 경제 모두가 미약한 조선에 지하 외교를 시작하는 날은, 다시 이조 말의 아관 파천식의 골육상쟁과 멸망의 길밖에 없다는 것, 그러니까 모처럼 얻은 자유를 완전 독립에까지 국제적으로 보장되는 길을 택할 수밖에 없다는 것,」 (「 」: 현이 신탁 통치를 지지하는 이유 제시) 이 왕조의 대한(김 직원이 섬기는 나라)이 독립 전쟁을 해서 이긴 것이 아닌 이상, (조선의 독립이 독립 전쟁에 승리하여 쟁취한 것이 아니라는 인식이 드러남) '대한' '대한' 하고 전제 제국 시대의 회고감으로 민중을 현혹시키는 것(대한 제국의 시대로 돌아가는 것)은 조선 민족을 현실적으로 행복되게 지도하는 태도가 아니라는 것, 지금 조선을 남북으로 갈라 진주해 있는 미국과 소련은 무엇으로 보나 세계에서 가장 실제적인 국가들인만치, 조선 민족은 비실제적인 환상이나 감상으로가 아니라 가장 과학적이요, 세계사적인 확실한 견해와 준비가 없이는 그들(미국, 소련)에게 적정한 응수를 할 수 없다는 것, 현은 재주껏 역설해 보았으나 해방 이전에는 현 자신이 기인여옥(其人如玉)

---

**작품 분석 노트**

• 작품의 시대적 배경을 알 수 있는 구절

• '김 직원은, 밖에서는 소련, 안에서는 공산당이 조선 독립을 방해하는 것이라 하였다.'
→ 좌익과 우익의 사상적 갈등이 첨예화됨
• '오늘 '반탁' 시위가 있으면 내일 '삼상 회담지지' 시위가 일어났다.'
→ 신탁 통치에 대한 찬반 운동이 일어났음

↓

해방 직후 정치적으로 혼란했던 시기

※ 모스크바 3상 외상 회의

| 모스크바 3상 외상 회의 |
|---|
| 1945년 12월 16일 미국, 영국, 소련이 세계 2차대전 이후의 문제를 처리하기 위해 모스크바에서 개최한 외무장관 회의.<br>이 회의에서 한반도의 임시 민주 정부 수립, 임시정부 수립을 위한 미 · 소 공동 위원회 설치, 미국, 소련, 영국, 중국의 신탁 통치 실시를 결정함. 그러나 우리나라의 우익 세력은 신탁 통치를 반대하는 운동을 전개했고, 좌익 세력은 신탁 통치를 찬성하여 3상 회담의 결의를 국제적 합의로 받아들임. 이러한 국내 상황과 미국, 소련 간의 대립이 복합적으로 작용하여 모스크바 3국 외상 회의의 결정 사항은 실현되지 못했음 |

이라 예찬한 김 직원은, 지금에 와서는, 돌과 같은 완강한 머리로 조금도 현의 말을
김 직원에 대한 현의 인식 변화(강직함 → 완고함)가 단적으로 드러남
이해하려 하지 않고, 다만 같은 조선 사람인데 '대한'을 비판하는 것만 탐탁치 않았
현이 전 왕조를 비판한 것으로 인해 마음이 상함
고, 그것은 반드시 공산주의의 농간이라 자가류의 해석을 고집할 뿐이었다.
객관적 사실에 근거하지 않고 자신의 주관이나 관습대로 하는 방식 ▶ 신탁 통치에 관해 김 직원과 의견 대립을 보이는 현

「그후 한동안 김 직원은 현에게 나타나지 않았다. 현도 바쁘기도 했지만 더 김 직
「 」: 현과 김 직원 모두 정치적 갈등을 해소하려는 의지를 상실함
원에게 성의도 나지 않아 다시는 찾아가지 못하였다.」

탁치 문제는 조선 민족에게 정치적 시련으로 너무 심각한 것이었다. 오늘 '반탁'
신탁 통치를 반대함
시위가 있으면 내일 '삼상 회담 지지' 시위가 일어났다. 그만 군중은 충돌하고, 지도
신탁 통치를 찬성함
자들 가운데는 이것을 미끼로 정권 싸움이 악랄해 갔다. 결국, 해방 전에 있어 민족 수난의 십자가를 졌던 학병(學兵)들이, 요행 죽지 않고 살아온 그들 속에서, 이번에도 이 불행한 민족 시련의 십자가를 지고 말았다.

이런 우울한 하루였다. 현의 회관으로 김 직원이 나타났다. 오늘 시골로 떠난다는
신탁 통치에 대한 찬반 논쟁으로 혼란스러운 상황이 지속되고 있음
것이었다. 점심이나 같이 자시러 나가자 하니 그는 전과 달리 굳게 사양하였고, 아
현의 배웅을 거절함
래층까지 따라 내려오는 것도 굳게 막았다. 전날 정리로 보아 작별만은 하러 들리었
인정과 도리
을 뿐, 현의 대접이나 인사는 긴치 않게 여기는 듯하였다.

"언제 서울 또 오시렵니까?" / "이런 서울 오고 싶지 않소이다. 시골 가서도 그 두
일제 강점기에 서울을 떠난 것처럼 시국이 혼란한 시기에 다시 서울을 떠남
문동 구석으로나 들어가겠소."

하고 뒤도 돌아다보지 않고 분연히 층계를 내려가고 마는 것이었다. 현은 잠깐 멍청히 섰다가 바람도 쏘일 겸 옥상으로 올라왔다. 미국군의 지프가 물매미떼처럼 서물거리는 사이에 김 직원의 흰 두루마기와 검은 갓은 그 영자 너무나 표표함이 있었
구한말 선비의 모습이 나타남
다. 현은 문득 청조말(淸朝末)의 학자 왕국유의 생각이 났다. 그가 일본에 와서 명곡
현이 김 직원과 동일시한 인물
에 대한 대학 강연이 있을 때, 현도 들으러 간 일이 있는데, 그는 청나라식으로 도야
구시대의 것 → 김 직원의 상투와 유사한 성격을 지님
지 꼬리 같은 편발을 그냥 드리우고 있었다. 일본 학생들은 킬킬 웃었으나 그의 전조(前朝)에 대한 충의를 생각하고 나라 없는 현은 눈물이 날 지경으로 왕국유의 인
처음 현이 김 직원의 지사적 면모를 존경했던 것처럼 왕국유의 충의를 마음속으로 공경했음
격을 우러러보았었다. 그 뒤에 들으니, 왕국유는 상해로 갔다가 북경으로 갔다가 아무리 헤매어도 자기가 그리는 청조(淸朝)의 그림자는 스러만 갈 뿐이므로, 곤명호에 빠져 죽었다는 것이었다. 이제 생각하면 청나라를 깨트린 것은 외적이 아니라 저
청나라는 민족 혁명에 의해 사라지게 된 것임
희 민족, 저희 인민의 행복과 진리를 위한 혁명으로였다. 한 사람 군주에게 연연히 바치는 뜻도 갸륵한 바 없지 않으나「왕국유가 그 정성, 그 목숨을 혁명을 위해 돌리
「 」: 현의 사상적 입장이 드러남 – 새로운 민족 국가의 건설을 옹호함
었던들, 그것은 더 큰 인생의 뜻이요 더 큰 진리의 존엄한 목숨일 수 있었을 것 아닌가?」 일제 강점기에 그처럼 구박과 멸시를 받으면서도 끝내 부지해 온 상투 그대로, '대한'을 찾아 삼팔선을 모험해 한양성에 올라왔다가 오늘, 이 세계사의 대사조 속에 한 조각 티끌처럼 아득히 가라앉아 가는 김 직원의 표표한 뒷모양을 바라볼 때, 현
사람의 생김새나 풍채, 옷차림 따위가 눈에 띄게 두드러진
은 왕국유의 애틋한 최후를 연상하지 않을 수 없었다. ▶ 시골로 떠나는 김 직원과 결별하는 현
구시대적 가치의 소멸을 상징함

• '김 직원'과 '왕국유'의 공통점

| 김 직원 | 왕국유 |
|---|---|
| 조선을 숭상한 인물 | 청조를 숭상한 인물 |
| 외형적 특성: 상투, 갓 | 외형적 특성: 편발 |
| 시골로 돌아감 | 곤명호에 빠져 죽음 |

• 표표함을 간직한 인물
• 전 왕조의 부활을 꿈꾸는 봉건적 인물
• 시대에 적응하지 못해 사라짐

## 핵심 포인트 1 서술상 특징 파악

이 작품은 전지적 작가 시점이지만 중심인물인 현의 내면을 중심으로 사건에 대한 해석이 제시되고 있다. 이를 바탕으로 특정 부분에 나타나는 서술상 특징과 그 효과를 파악할 수 있어야 한다.

**중심인물의 내면에 대한 서술**

| | |
|---|---|
| '그제야 현은 대팻밥모자를 벗으며 ~ 그만 집으로 내려오고 만 것이다.' | 낚시터에 가려다 들켜서 집으로 돌아온 현의 내면 심리를 서술자가 직접 서술함 |
| '현은 문득 청조말의 학자 ~ 연상하지 않을 수 없었다.' | 서울을 떠나 시골로 돌아가는 김 직원의 모습을 보면서 왕국유를 떠올리는 현의 내면 심리를 서술자가 직접 서술함 |

**대화를 통한 사건 전개**

| | |
|---|---|
| 매부를 잡아 넘긴 조카를 매질한 김 직원과 현의 대화 | 조카가 매부를 잡아 주재소에 넘긴 일을 못마땅해하는 김 직원과 그에 대한 현의 반응이 드러남 |
| 신탁 통치에 관해 입장 차이를 보이는 김 직원과 현의 대화 | 좌익 단체의 행동이나 논리를 이해하지 못하고 신탁 통치를 반대하는 김 직원과 이와 대립되는 견해를 지닌 현의 이념적인 갈등이 드러남 |

## 핵심 포인트 2 서사 구조에 대한 이해

이 작품에서 현과 김 직원은 해방 전에는 서로를 존중하다가 해방 후에는 시대적 과제를 두고 갈등을 빚는다. 따라서 작품에 나타난 인물 간의 관계 변화를 파악할 수 있어야 한다.

**현과 김 직원의 관계 변화**

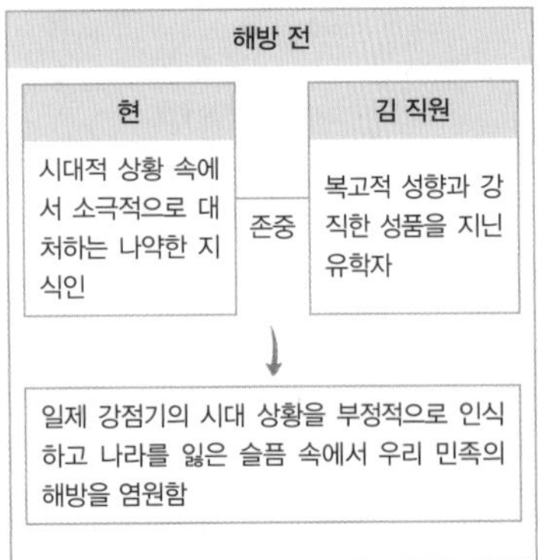


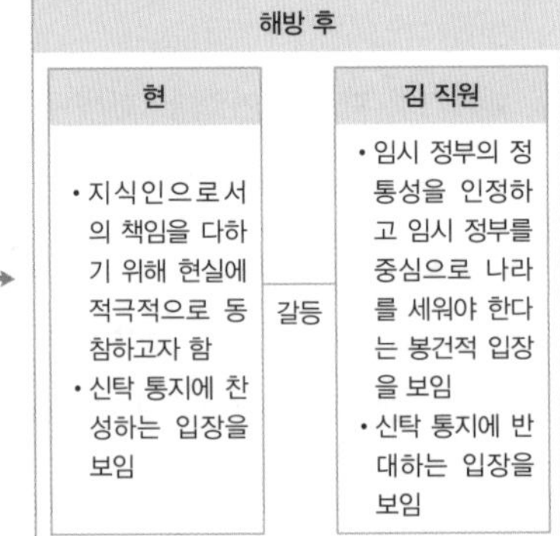


## 핵심 포인트 3 배경의 의미 파악

작품의 배경이 지니는 의미를 이해하고, 이를 바탕으로 작품의 주제 의식을 파악할 수 있어야 한다.

**작품에 나타난 배경의 의미**

| 시대적 배경 – 1940년대 해방 전후 | | 공간적 배경 – 강원도 산읍과 서울 |
|---|---|---|
| • 일제 강점 말기: 일제가 전시 동원 체제에 돌입하면서 우리의 문화를 말살하던 시기로, 문인들에게 친일 작품이나 시국물 창작을 강요함 | – | • 강원도 산읍: 현이 시국 협력 강요에 못 이겨 도피한 공간으로, 이곳에서도 일본 관리들의 간섭과 회유가 계속되었음 |
| • 해방 직후: 강대국의 신탁 통치에 대해 찬반 논쟁이 일어나고, 민족 내부의 이념적 갈등이 발생했던 혼란한 시기 | – | • 서울: 현이 해방 이후 복귀한 공간으로, 이곳에서 '문협'이라는 단체의 임원을 맡아 현실에 적극적으로 참여함 |

↓

| 작품의 주제 의식 |
|---|
| 일제 강점기와 해방 직후를 배경으로, 한 지식인의 현실 인식과 그로 인한 갈등을 그리고 있으며, 이념적 지향성을 보여 줌 |

### 작품 한눈에

• 해제

〈해방 전후〉는 '한 작가의 수기'라는 부제가 붙어 있는 작품으로, 해방을 전후하여 작가 이태준의 구체적 행적을 간접적으로 엿볼 수 있는 자전적 소설이다. 이 작품의 주인공 현은 해방 직전에는 현실 대응에 소극적인 모습을 보이지만, 해방 후에는 문학 단체에 관여하는 등 적극적인 모습을 보여 준다. 특히 해방 전 서로 공명하던 김 직원과 현의 관계가 해방 후대립적 관계로 변화하는 것을 통해 해방 이후의 사회적 상황과 작가 이태준의 사상적 전환을 드러낸다.

• 제목 〈해방 전후〉의 의미

– 일제 강점 말기와 해방 직후 사회적 혼란기

'해방 전후'란 일제 강점 말기와 해방 직후 사회적으로 혼란했던 시기, 즉 1940년대 민족의 격동기를 의미한다. 이 작품은 현의 모습을 통해 해방 전후 문단의 상황과 작가 이태준의 문학적 전향을 사실적으로 보여 주고 있다.

• 주제

해방 전후, 한 지식인의 고뇌와 갈등

**전체 줄거리**

사상가도, 주의자도, 전과자도 아닌 현은 경찰서로 출두하라는 호출을 받는다. 쓰루다 형사가 현에게 시국을 위해 협력할 것을 강요하자, 현은 결국 대동아 전기 번역을 맡는다. 이후 현은 강원도 어느 한적한 구읍으로 거처를 옮긴다. 그리고 향교 직원이자 이조 왕조의 복원을 꿈꾸는 유학자 김 직원과 가까이 지낸다. 어느 날, 서울 문인 보국회에서 개최하는 문인 궐기 대회에 참석하라는 전보가 도착한다. 현은 소설부를 대표해 연설을 해야 했는데 자기 차례가 되자 슬쩍 대회장을 빠져나온다. 어찌 되었든 간에 서울에 다녀온 후 가네무라 순사, 면장 등이 현을 보는 눈이 달라져 현은 마음 놓고 낚시를 즐기며 생활하게 된다. 한편, 김 직원은 주재소에 불려 가 머리를 자르고 국민복도 마련하라는 압박을 받고 구금된다. 며칠 뒤 현은 급히 상경하라는 친구의 전보를 받고 서울로 올라가는 버스 안에서 일본이 전쟁에서 졌다는 소식을 듣는다. 현은 우리 민족을 우선시한다는 문협에 관여하다 이들이 조선 인민 공화국을 지지한다는 현수막을 내건 사건을 계기로 프로 예맹과의 합동 운동을 계획한다. 신탁 통치로 사회가 어수선할 무렵, 김 직원이 현을 찾아온다. 김 직원은 찬탁을 지지하며 공산당을 지지하는 듯 구는 현을 못마땅해한다. 그리고 현은 자신과 이념이 다른 김 직원과 헤어지며 청조의 몰락에 자살로 생을 마감한 학자 왕국유를 떠올린다.

현대 소설 06

한 줄 평 남과 북의 두 병사의 공존을 통해 민족의 동질성 회복을 모색한 작품

# 단독 강화 선우휘

## 장면 포인트 1

- 이 작품은 극한 상황에 처한 국군과 인민군 두 병사가 서로에게 마음을 열고 화합하는 과정을 통해 이념의 대립을 초월하는 민족애를 보여 주는 소설이다.
- 해당 장면은 동굴에서 보급품을 나누어 먹던 두 병사가 서로의 소속을 확인한 후 적대감을 가지고 대화를 나누는 상황이다.
- 대화와 행동을 중심으로 인물들이 서로에게 갖는 심리와 정서를 파악하도록 한다.

[앞부분의 줄거리] 6 · 25 전쟁 중 낙오되어 산속을 헤매던 국군 병사와 인민군 병사가 우연히 마주치게 된다. 두 사람은 어느 동굴에서 미군이 떨어뜨린 시(C) 레이숀을 나누어 먹는다.
(시(C) 레이숀: 군인들에게 지급되는 전투 식량으로, 부패하지 않게 깡통에 들어 있음)

"동무?"
(인민군 병사가 국군 병사에게 '동무'라는 말을 하자 국군 병사가 인민군 병사의 정체를 알게 됨)

순간 키 큰 편은 손에 들었던 깡통을 집어 던지고 몸을 일으키며 허리에 찬 대검을 쑤욱 뽑아들었다.
(키 큰 편: 국군 병사 / 깡통: 시 레이숀 / 허리에 찬 대검을 쑤욱 뽑아들었다: 공격 태세를 취함)

「"너 괴뢰구나." / "괴뢰?"
(너: 인민군 병사 / 괴뢰: 남이 부추기는 대로 따라 움직이는 사람을 비유적으로 이르는 말)

"괴뢰지! 꼼짝 마라, 손 들어."
(상대가 인민군임을 눈치채고 적대적으로 행동함)

가냘픈 편의 손에서 깡통이 떨어져 땅바닥에 굴렀다.
(가냘픈 편: 인민군 병사)

"너 괴뢰지?" / "아, 아냐 난 인민군야."

"역시 괴뢰군." / "너, 넌 뭐가?"

가냘픈 편의 목소리가 떨렸다.
(목소리가 떨렸다: 긴장한 인민군 병사)

"나? 난 국군이다."

"국방군! 괴 괴뢰구나."
(인민군 입장에서는 국군이 괴뢰임)

"자식이, 꼼짝 마."」
(「」: 당시 남과 북이 서로를 각각 소련과 미국의 꼭두각시라며 비난했는데, 이에 따라 국군 병사와 인민군 병사가 서로를 '괴뢰'라고 부름)

국군 병사는 인민군 병사의 가슴에 총검을 겨눈 채 그의 옆으로 다가가며 거기 놓여진 총을 힘껏 구둣발로 걷어찼다. ▶ 우연히 만난 남과 북의 병사가 서로가 적군임을 알게 됨
(거기 놓여진 총: 인민군 병사의 총 / 인민군 병사가 자신을 공격하지 못하도록 무기를 멀리 떨어뜨려 놓음)

"어쩔 테야?"
(인민군 병사가 국군 병사에게 자신을 어떻게 처분할 것인지를 물음 – 불안한 심리가 드러남)

인민군 병사가 높이 팔을 든 채 국군 병사에게 물었다.

"어쩔 테야라구? 손을 모아 뒷덜미에 다 엮어!"

"어쩔 테야?" / "어쩔 것 같애?"
(인민군 병사의 질문에 오히려 반문하며 겁을 줌)

대답이 없었다.

"네가 선수를 썼더면 어떡허지?" / 그래도 대답이 없었다.

"죽이겠지?" / 역시 대답이 없었다.
(상대가 먼저 자신을 제압했다면 자신을 죽였을 것이라고 추측함)

"들어 봐, 넌 벌써 죽은 셈야."

### 작품 분석 노트

- 작품의 배경

| 시간적 배경 | 6 · 25 전쟁이 한창이던 어느 겨울 |
| --- | --- |
| 공간적 배경 | 눈 덮인 어느 산중의 동굴 |

- '괴뢰'의 의미와 상징성

**괴뢰**
꼭두각시놀음에 나오는 여러 가지 인형을 뜻하는 말로, 꼭두각시라고도 함 → 꼭두각시처럼 조종하는 대로 움직인다는 뜻

↓

6 · 25 전쟁 당시 남과 북이 서로를 소련과 미국의 꼭두각시라며 비난하던 말

↓

국군 병사와 인민군 병사가 서로를 '괴뢰'라고 부르는 모습을 통해 남북의 이데올로기 대립이 가져온 갈등을 극명하게 보여 줌

그러곤 국군 병사는 잠깐 말을 못 잇고 그대로 거기 버티고 서 있었다.

"여기서 널, 지금 죽인다? 어디 시체하구야 한밤을 새울 수 있나. 살려 두자니 잘 못하면 내가 죽을 거구, 어떡헐까."
국군 병사는 인민군 병사가 비록 적군이지만 차마 상대를 죽일 수는 없어서 그럴듯한 이유를 찾으며 갈등함

국군 병사는 오히려 인민군 병사에게 반문하는 조로 중얼거렸다.

"어떡허면 좋지?"
계속 갈등하는 국군 병사

인민군 병사는 그저 먹먹하니 앉아 있었다.

"별수 없군. 묶어야겠어."

국군 병사는 결심한 듯 뇌까렸다.
아무렇게나 되는대로 마구 지껄였다

"어때?"
인민군 병사를 묶어야겠다고 결심하였으나 계속 갈등하면서 인민군 병사의 생각을 묻고 있음

인민군 병사는 대답이 없었다.

국군 병사는 그러고도 한참 동안 힘없이 그대로 서 있었다.
인민군 병사를 차마 결박하지 못하고 주저함

"묶어 놓고 내 손으로 먹일 수 없구. 여, 손 내려. 우선 제 손으로 먹고 싶은 대루 처먹어."
국군 병사는 인민군 병사에게 총을 겨누고 있는 상황에서도 인민군 병사가 음식을 먹을 수 있도록 배려함

인민군 병사는 손을 내려놓고도 그대로 한참 동안 멍하니 앉아 있었다.
① 목숨을 위협받고 있기 때문에 ② 이후 사건으로 미루어 보아 배탈이 났기 때문에

"왜 그래? 못 먹겠나?"

대답이 없었다.

"먹어! 안 먹으면 별수 있어?"

국군 병사는 발밑에 있는 따진 통조림 하나를 들어 인민군 병사의 턱 밑에 내밀었다.
통조림을 먹지 않는 인민군 병사에 대한 배려와 인정이 나타남

"이건 쇠고기야, 먹어 봐."

인민군 병사는 느릿느릿 손을 내밀었다. 깡통을 받아 들고도 좀처럼 숟가락을 들지 않았다.

서향한 탓으로 동굴 안은 아직 희미하게나마 빛이 있었다.
시간적 배경 – 저녁 무렵

"여, 그 대신 너, 아예 그 깡통을 들어 나한테 내던질 생각은 마."
인민군 병사에 대한 경계심을 늦추지 않고 있음

인민군 병사는 반 통도 못 먹고 나서 깡통을 땅바닥에다 놓았다.

"더 먹지 그래." / "……."
국군 병사의 배려심과 너그러움을 알 수 있음

"그럼 이제 묶는다아, 돌아앉어, 팔을 뒤로 돌려."

인민군 병사는 맥없이 시키는 대로 돌아앉더니 뒤로 두 팔을 돌렸다.
맥없이: 기운이 없이

국군 병사는 야전잠바 한가운데를 조이는 노끈을 풀어내어 인민군 병사의 팔목을 묶기 시작했다.
야전잠바: 야전에서 병사들이 입는 방풍 · 방수용 점퍼

"너 장갑도 없구나?" / "……."
국군 병사가 인민군에게 적대적이지만은 않음을 드러냄

묶고 난 국군 병사는 인민군의 어깨에 손을 가져가 그의 몸을 자기 켠으로 돌렸다.
자신이 통조림을 먹는 동안 인민군이 다른 행동을 못 하도록 감시하기 위함임

그러고 나서 천천히 통조림 하나를 골라 가지고 먹기 시작했다.

인민군 병사는 가만히 밑으로 눈을 깔았다.

▶ 국군 병사가 재빠르게 손을 써 인민군 병사를 결박함

• 국군 병사의 심리 변화

| 행동 | 심리 |
|---|---|
| 인민군 병사가 '동무'라고 한 말을 들음 | 적군인 것을 알아차리고 '괴뢰'라고 하며 총검을 겨누면서 적대적으로 행동함 |
| ↓ | |
| "어떡허면 좋지?"라고 인민군 병사에게 물음 | 상대를 어떻게 처분할지 심리적으로 갈등함 |
| ↓ | |
| 인민군 병사를 묶을 것이라고 말을 하면서 한참 동안 힘없이 그대로 서 있음 | 상대를 차마 묶지 못하고 주저함 |
| ↓ | |
| 인민군 병사에게 통조림을 건넴 | 상대가 음식을 먹을 수 있도록 배려함 |
| ↓ | |
| 인민군 병사가 통조림을 남기고 내려놓자 노끈으로 팔목을 묶음 | 상대에 대한 적대감이 남아 있음 |

## 장면 포인트 2 주목

- 해당 장면은 양과 장 두 사람이 서로 해치지 않기로 약속하고 각자의 총을 함께 묶은 뒤 잠을 자다가, 장의 뒤척임을 오해한 양이 장을 때리고 나서 미안해하는 상황이다.
- 양과 장의 대화와 행동에 주목하여 두 인물 간의 갈등 해소 과정을 파악하도록 한다.

주목

둘은 총 묶음을 기대고 어깨와 어깨를 비볐다. 레이숀의 모닥불은 거의 꺼져 가고 있는데 동굴 밖 설경은 어스름 달밤 속에 고요히 잠늘고 있었다.

(군인들에게 지급되는 전투 식량으로, 그 갑(곽)을 모아 불을 피우기도 함 / 남과 북의 화해를 상징적으로 드러냄 / 전쟁 중이지만 평화로운 정경이 나타남)

장의 가느다란 코 고는 소리를 들으면서 반잠을 자고 있던 양은 깜박 떨어진 지 얼마가 되었을까 갑자기 확! 세차게 가슴을 윽박지르는 충격에 소스라쳐 일어나자 가슴을 쥐어 잡은 장의 두 손을 날쌔게 뿌리쳤다.

(장이 잠결에 양에게 충격을 가함 / 양: 스물네 살의 국군 병사. 전쟁과 전쟁을 일으킨 자들을 혐오하면서도 인민군 병사인 장을 만나 민족애를 느끼지만 중공군의 총탄에 장과 함께 최후를 맞이함 / 양은 장이 자신을 공격했다고 생각하여 재빠르게 대응함)

"이 자식이." / 그의 주먹이 기우는 장의 얼굴에서 터졌다.

(장: 가평 출신으로 농사를 짓던 열여덟 살 인민군 병사. 동굴에서 국군 병사인 양을 만나서 헤어지지만 다시 돌아와 양을 돕다가 중공군의 총탄에 최후를 맞이함)

"우악!" / 하고 장은 땅바닥에 쓰러졌다.

"너 이 새끼." / 장은 쓰러진 채 우우우 신음하면서 손으로 땅바닥을 더듬었다.

"너 죽인다."

전신에 돋았던 소름이 걷히며 양은 어느 만큼 마음을 가라앉힐 수 있었다.

(놀란 마음이 어느 정도 진정됨 / ▶ 양이 잠을 자던 중 가슴에 충격을 받고 놀람)

「장은 신음 소리를 내며 좀처럼 일어나지를 못했다. 양은 조심성 있게 성냥을 그어 레이숀 곽의 조각에 불을 붙였다. 그는 그 불길을 땅바닥을 더듬고 있는 장의 얼굴 가까이로 가져갔다. 장의 코에서 피가 흘러내리고 있었다.

(장의 상태를 확인하기 위해서)

불길을 의식한 장은 힘없이 두 눈을 뜨고 조금 부신 듯이 얼굴을 찡그리더니 어어어 하고 헛소리를 틀어 냈다.」

(「 」: 장과 양의 행동을 순차적으로 서술하여 두 사람 사이에 일어난 사건을 제시함)

"이 새끼야 너!"

그 소리에 장은 '예' 하고 정신을 거두었다. 양은 장의 멱살을 잡아 치켜올렸다.

"이 죽일 놈의 새끼." / "예?"

장은 언뜻 흩어진 시선을 모두며 양의 노여움에 찬 얼굴을 건너보았다.

(잠결에 있던 장이 갑작스러운 양의 공격을 받았다가 정신을 차리고 양을 쳐다봄)

"요 쥐 같은 새끼 날 죽여 볼려구?"

(양은 장이 자신을 죽이려는 의도로 자신을 공격했다고 생각함)

"예? 무어요?" / "너 고런 수작을……."

(장은 양의 말을 이해하지 못하고 있음)

양은 장의 몸을 힘껏 밀어젖히며 멱살을 잡았던 손을 놓았다. 장은 뒤로 쓰러지며 넋 없는 표정을 지었다.

(갑작스러운 상황에 당황한 장의 모습)

양은 그것을 한번 노려보고 레이숀 껍데기를 긁어모아 모닥불을 만들기 시작했다. 흥분이 가라앉으며 으스스 몸이 떨렸다.

"장 이리 가까이 와." / 장은 흐르는 코피를 손등으로 닦아 내며 황급히 모닥불 가까이로 다가왔다. / "너 그런 짓이 되리라 여겼나?" / "예?"

(양은 흥분이 가라앉자 장의 잘못을 찬찬히 따져 보려고 그를 모닥불 가까이로 부름 / 양의 지시를 순순히 따르는 장의 모습 / 양은 장이 자신을 해치려 했다고 오해함)

"예라니 내 목을 조르려 했지?" / "아뇨, 무슨 말씀예요?"

"왜, 가슴을 쥐어박았어?" / "아뇨, 전 그저 꿈을, 꿈을 꾸었을 뿐예요." / "꿈?"

(장이 무서운 꿈을 꾸던 중에 무의식적으로 양의 가슴을 쥐어박았음을 알 수 있음)

### 작품 분석 노트

- '동굴'의 의미와 상징성

| 동굴 |
|---|
| 우연히 만난 국군 병사 양과 인민군 병사 장이 하룻밤을 같이 지내는 공간 |
| ↓ |
| 국가 권력 또는 이데올로기로부터 격리된 공간 |
| ↓ |
| 서로에게 가진 적대감을 해소하고 적군이 아닌 인간 대 인간으로서 우호적 관계를 형성하는 공간 |
| ↓ |
| 이데올로기의 대립과 갈등을 극복하는 공간 |

- '가슴을 윽박지르는 충격'의 기능
  - 양의 경계심을 일깨움
  - 장에 대한 양의 오해를 불러일으킴
  - 장의 심리적 불안을 간접적으로 드러냄

"예, 무슨 꿈인지 잊었는데 아주 무서운 꿈을 꾸고 그만 놀래서……."

순간 양의 전신을 쭉 소름이 스쳤다. 소름은 연거푸 파상적으로 그의 전신을 스쳐 갔다. 가슴에서 뭉클하고 어떤 커다란 뜨거운 덩어리가 치밀어 올랐다.

장을 오해하여 장의 얼굴을 때린 자신의 행동에 대한 놀람과 자책

장이 자신을 해치려던 것이 아니라는 것을 알고 느끼는 안도감과 장에 대한 미안함

"장!" / 양은 그 덩어리를 간신히 목구멍에서 삼켜 버렸다.

양은 소용돌이치는 마음을 가누며 장한테로 가까이 가서 손으로 그의 얼굴을 젖히고 장갑을 뒤집어 그것으로 코피를 닦아 주었다.

두 병사 간의 대립이 사라지고 화해가 이루어진 모습

"장, 난 그것을 모르고 자네가 날……."

장의 얼굴을 때린 것을 사과하는 양

"아뇨, 제 잘못이죠, 퍽 놀라셨겠네요." / "아냐, 장."

양의 행동을 이해하는 모습을 보이는 장

양은 깡통 속에서 휴지를 꺼내 그것을 조그맣게 말아 그의 콧구멍에 찔러 주었다.

"장, 좀 더 가까이 다가앉어 불을 쪼여, 좀 있으면 날이 밝겠지."

장에 대한 미안함과 호의가 나타남

장은 모닥불 옆에 다가와서 다리를 꺾으며 쪼그리고 앉았다.

▶ 양이 장의 말을 듣고 오해를 풀게 됨

양은 한참 동안 종이가 타는 조그만 불길을 넋 잃은 사람처럼 물끄러미 쳐다보았다.

그는 혼잣말처럼 중얼거렸다. 그 음성은 신음에 가까웠다.

"정말 그들을 죽이고 싶네." / "예?" / "전쟁을 일으킨 놈들을 말야."

전쟁을 일으킨 자들과 전쟁에 대한 혐오

「양은 일어서서 동굴 밖으로 나갔다. 희뿌연 하늘을 올려보고 또 흰 눈이 깔린 골짜구니를 굽어보았다. / 한번 크게 숨을 내어 쉬었다.

「 」: 새벽에서 아침까지의 시간적 배경의 변화가 드러남

날이 밝자 뜬눈으로 드새운 양이 레이숀의 모닥불을 피우고 반합에 눈을 넣어 물이 끓도록 장은 총 묶음에 기대어 자고 있었다.」

직접 밥을 지을 수 있게 된, 알루미늄으로 만든 밥그릇

볼과 인중에는 아직 여기저기 코피가 말라붙어 있었다. 양이 가만히 그의 어깨를 두드려 깨웠을 때 장은 멋쩍은 듯이 얼굴에 미소를 지어 보였다.

간밤에 양에게 맞은 흔적이 장의 얼굴에 아직 남아 있음

둘은 눈으로 얼굴을 닦고 나서 아침을 먹었다. 장은 따뜻이 데운 통조림과 양이 끓여 낸 커피를 먹으며 퍽이나 즐겨 했다.

이념의 대립과 갈등에서 벗어난 평화로운 공존의 모습

"장 너, 저 레이숀을 모두 가져." / "아 저걸 다 어떻게요."

먹을 것을 양보하는 양의 모습 – 장에 대한 배려

"난 한 통이면 돼, 집어넣을 수 있는 대로 가져가지그래."

장이 갑자기 시무룩해졌다. / "이전 헤어지게 됐군요?"

양과 헤어지는 것이 아쉬움 – 두 병사 간의 대립이 사라지고 화해가 이루어진 모습

"안 만났던 것만 못하군, 코언저리가 아프지?" / "아뇨, 괜찮아요."

양이 때린 얼굴 부위

식사를 끝낸 둘은 저마다 짐을 꾸렸다. / "자 탄환을 받아."

양은 레이숀 한 통을 꾸려 들고, 장은 두 통을 꾸려 메었다.

둘은 함께 동굴을 나섰다. / "장" / "예?"

"잘 가라니 못 가라니 인사를 말기로 해. 자네는 저리로 가고 난 이리로 갈 뿐이야. 뒤도 돌아보지 마."

두 사람은 적군이며 앞으로 생사를 알 수 없으므로

남과 북으로 갈린 두 사람의 처지가 반영됨

양은 동굴을 내려서서 눈을 헤치며 골짜구니를 향해 비탈을 더듬었다.

장은 그것을 한참 보고 섰더니 저편 골짜구니로 발을 옮겼다.

작별의 아쉬움과 양에 대한 고마움이 드러남

▶ 날이 밝자 양과 장은 작별하여 각자의 길을 가게 됨

**감상 포인트**

두 사람의 대화와 행동을 통해 갈등이 해소되는 과정을 파악한다.

• '단독 강화'의 상황과 주제 의식

**'단독 강화'의 사전적 의미**

한 나라가 동맹국에서 이탈하여 단독으로 상대국과 강화하는 일. 또는 많은 상대국 가운데 한 나라와만 강화하는 일

↓

**작중 상황에서의 '단독 강화'**

- 등장인물 '양'과 '장'이 서로의 총을 묶고 평화로운 상태로 지냄
- 남과 북의 전쟁 상황에서도 화합을 이루어 낸 두 사람의 상황을 빗대어 표현함

↓

남과 북의 대립을 해소할 수 있는 가능성을 모색함

## 핵심 포인트 1 서술상 특징 파악

이 작품은 인물의 대화와 행동을 통해 인물의 심리를 드러내고 있으며, 묘사를 통해 인물의 행동이나 시간의 변화를 나타내고 있으므로, 이러한 서술상의 특징을 파악해 두어야 한다.

**서술상의 특징**

| | | |
|---|---|---|
| 인물의 대화와 행동 제시 | 대부분에서 서술자가 직접 인물의 심리를 서술하지 않고 인물의 대화와 행동을 그대로 드러내고 있음 | 인물의 심리와 갈등하는 모습을 간접적으로 드러냄 |
| 인물들의 행동 묘사 | '장은 신음 소리를 내며 좀처럼 일어나지 못했다. ~ 불길을 의식한 장은 힘없이 두 눈을 뜨고 조금 부신 듯이 얼굴을 찡그리더니 어어어 하고 헛소리를 틀어 냈다.' | 인물들의 행동을 순차적으로 제시함으로써 상황을 실감 있게 드러냄 |
| 배경 묘사 | '양은 일어서서 동굴 밖으로 나갔다. 희뿌연 하늘을 올려보고 또 흰 눈이 깔린 골짜구니를 굽어보았다.'<br>'날이 밝자 뜬눈으로 드새운 양이 ~ 기대어 자고 있었다.' | '희뿌연 하늘'이라는 표현을 통해 날이 밝기 전 새벽임을 알 수 있고, '날이 밝자'라는 표현을 통해 아침이 되었음을 알 수 있음. 이를 통해 시간적 배경의 변화를 나타냄 |

## 핵심 포인트 2 인물의 심리와 태도 파악

이 작품은 국군 병사 양과 인민군 병사 장의 대화와 행동을 중심으로 사건이 전개되고 있다. 따라서 두 사람의 대화와 행동에 주목하되, 특히 사건 전개에 따른 양의 심리 변화를 중심으로 작품을 감상해야 한다.

**사건 전개에 따른 양의 심리 변화**

| | |
|---|---|
| 양이 '동무'라고 하는 장의 말을 들음 | 장이 적군인 것을 알아차리고 '괴뢰'라고 하며 총검을 겨누면서 적대적으로 행동함 |
| 양이 장을 묶을 것이라고 말하면서도 한참 동안 힘없이 그대로 서 있음 | 장을 어떻게 처분할지 심리적으로 갈등함 |
| 양이 장을 묶지 않고 음식을 먹게 함 | 장이 음식을 먹을 수 있도록 배려함 |
| 장이 통조림을 남기고 내려놓자 양이 결국 노끈으로 장의 팔목을 묶음 | 장에 대한 적대감이 남아 있음 |
| 장이 잠결에 양의 가슴을 쥐어박음 | 장이 자신을 해치려고 했다고 생각함 |
| 장이 양에게 꿈을 꾸었을 뿐이라고 말함 | 장을 오해했음을 깨닫고 장에게 미안해함 |
| 양이 장의 코피를 닦아 줌 | 장에게 미안한 마음을 행동으로 표현함 |
| 양이 장에게 먹을 것을 양보함 | 장이 굶주리지 않도록 배려함 |

## 핵심 포인트 3 소재와 배경의 의미 파악

이 작품에서 인물들이 서로를 지칭하는 말인 '괴뢰'와 공간적 배경인 '동굴'에 대한 이해를 바탕으로 작품의 주제 의식을 파악할 수 있어야 한다.

**'괴뢰'와 '동굴'의 의미와 기능**

| | | | |
|---|---|---|---|
| 괴뢰 | – | • 꼭두각시놀음에 나오는 여러 가지 인형을 뜻하는 말<br>• 양과 장이 서로를 괴뢰라고 부름 | → 남북의 이데올로기 대립이 가져온 갈등을 극명하게 보여 줌 |
| 동굴 | – | • 우연히 만난 국군 병사 양과 인민군 병사 장이 하룻밤을 같이 지내는 공간<br>• 서로에 대한 적대감을 해소하는 공간 | → 적군이 아닌 인간 대 인간으로서 우호적 관계로 거듭나는 공존의 공간 → 이데올로기의 대립과 갈등을 극복하는 공간 |

### 작품 한눈에

• 해제

〈단독 강화〉는 이념의 대립을 초월한 순수한 인간애와 전쟁의 비정함을 보여 주는 소설이다. 이 작품의 중심인물인 남과 북의 두 병사는 우연히 만나 보급 식량을 나눠 먹다가 서로 적군임을 알고 경계하지만, 하룻밤을 보내면서 서로에게 인간적인 정을 느끼게 된다. 이 작품은 두 인물이 함께 중공군에 맞서 싸우다가 죽음을 맞이하는 비극적인 결말로 끝을 맺고 있는데, 이를 통해 전쟁의 폭력성과 비정함을 드러내면서도 민족의 동질성 회복이라는 주제 의식을 선명하게 드러내고 있다.

• 제목 〈단독 강화〉의 의미

– 전쟁 상황에서 이루어 낸 국군 병사 '양'과 인민군 병사 '장'의 화합

'단독 강화'는 남과 북의 전쟁 상황에서도 이루어 낸 국군 병사 '양'과 인민군 병사 '장'의 화합을 의미한다. 이 작품은 두 사람만의 단독 강화를 통해 남과 북의 화해와 우리 민족의 동질성 회복에 대한 가능성을 모색하고 있다.

• 주제

전쟁의 비극성 고발과 민족의 동질성 회복

(전체 줄거리)

간밤에 전투가 끝난 후 눈이 내린 산에서 낙오된 국군 병사 양과 인민군 병사 장이 수송기에서 떨어뜨린 덩어리를 향해 달려든다. 거의 동시에 덩어리를 잡은 두 병사는 함께 동굴로 간다. 양이 짐짝 안에 든 것이 미군 전투 식량임을 알고 초콜릿이며 비스킷, 통조림 등을 꺼내자 장이 신기한 듯 냄새를 맡는다. 곧이어 둘은 허겁지겁 그것들을 먹는데, 장의 '동무'라는 말에 서로의 신분을 알게 된 두 병사가 서로를 '괴뢰'라고 부르며 대립한다. 양은 한참을 고민하다 장에게 그냥 먹던 음식이나 마저 먹으라며 소고기 통조림을 건네고, 이후 둘은 속 깊은 대화를 나눈다. 두 병사는 동굴에서 하룻밤을 보내기로 한다. 그러다 양이 자기 가슴을 때리는 장의 공격에 놀라서 장의 얼굴에 주먹을 날리는 일이 발생한다. 장은 악몽을 꾸다가 양을 친 것이었는데, 양은 자신의 오해를 알고 사과한다. 다음 날 아침, 양은 장에게 남은 식량을 챙겨 주고 두 사람은 헤어진다. 산에서 내려가던 양은 중공군을 맞닥뜨리고 날아오는 총알을 피해 동굴 앞 바위에 몸을 숨긴다. 총소리를 들은 장이 그냥 갈 수 없다며 양에게 되돌아오지만, 두 사람 모두 중공군의 총에 맞아 죽음을 맞이한다.

현대 소설 07

◇ 한 줄 평 | '마당 깊은 집'이라는 공간을 중심으로 전쟁 직후 서민들의 고단한 생활상을 다룬 작품

# 마당 깊은 집 김원일

▸ 기출 수록 교육청 2011 7월

## 장면 포인트 1 주목

- 이 작품은 어린 시절의 '나'와 성인인 '나'의 시선을 동시에 사용하여 6·25 전쟁 직후 서민들의 힘겨운 삶과 그 속에서 '나'가 정신적으로 성장하는 과정을 사실적으로 그려 낸 소설이다.
- 해당 장면은 대구의 '마당 깊은 집'에 살게 된 '나'가 어머니로부터 장남으로서의 의무를 강요받는 부분과, 배가 고팠던 '나'가 위채에서 밥을 훔쳐 먹다 걸린 일과 그 일이 '나'의 삶에 끼친 영향에 대해 서술하는 부분이다.
- 이 작품의 서술자인 '나'가 과거와 현재를 오가며 사건을 서술하고 있으므로 이에 주목하여 과거 사건이 일어난 시대 현실과 인물이 처한 상황, 이에 따른 인물의 심리를 파악하도록 한다.

안마당 정원에 철쭉꽃이 활짝 핀 5월 초순 어느 날이었다(시간적, 계절적 배경). 길중이('나'의 첫째 아우)가 오전반 공부를 끝내고 돌아와, 길수('나'의 둘째 아우 – 막내)까지 합쳐 네 식구(어머니, '나', 길중이, 길수)가 점심밥을 먹고 나서였다. 어머니(남편 없이 홀로 4명의 자식을 먹여 살리기 위해 기생들의 옷 삯바느질을 함. 억세지만 정직하고 곧은 성품을 지님)는 나를 불러 재봉틀 앞에 앉히더니, 재봉틀 서랍에서 돈을 꺼내어 내 앞에 밀어 놓았다.

"얼만가 세어 봐라."

돈을 세어 보니 80환(우리나라의 옛 화폐 단위)으로, 공작 담배(당시에 피던 담배의 하나)로 따지면 네 갑을 살 수 있었다. 나는 어머니가 무슨 심부름을 시키려는 줄 알았다. 어머니는 나를 빤히 바라보았다.

"길남(아버지 없이 어머니와 누나, 동생 둘과 살고 있음. 어머니의 말에 순순히 따르면서도 자신이 홀대 받는다고 생각하기도 함)아, 내 말 잘 듣거라. 니는 인자 애비 읎는 이 집안의 장자('나'의 아버지는 홀로 월북한 상황임)다. 가난하다는 기 무신 죈지. 그 하나 이유로 이 세상이 그런 사람한테 얼매나 야박하게 대하는지(가난한 사람에게 세상 사람들이 더 인정 없게 대함) 니도 알제? 난리 겪으며 배를 철철 굶을 때, 니가 아무리 어렸기로서니 두 눈으로 가난 설움이 어떤 긴 줄 똑똑히 봤을 끼다. 오직 성한 몸뚱이뿐인 사람이 이 세상 파도를 이기고 살라 카모 남보다 갑절은 노력해야 겨우 입에 풀칠한다.('나'에게 신문팔이를 시키려는 어머니의 의도가 드러남) 니는 위채에 사는 학생들(주인집 아들들)과 처지가 다른 기라. 양친 부모 있고, 집 있고, 묵을 것 넉넉하이까('나'와는 상반된 환경에서 살아가는 주인집 자식들의 모습) 저들이사말로 머가 부럽겠노. 지만(자기만) 열심히 공부하모 좋은 대학 졸업하고 좋은 직장을 가지겠제. 돈 있고 집안 좋으이 남보다 출세도 빨리할끼라. 니가 위채 학생들보다 갑절로 노력해서 어른이 되더라도 그 차이는 하나 달라지지 않고 지금 처지와 똑같을란지 모른다. 그렇다고 「가뭄 심한 농사철에 농사꾼이 하늘만 쳐다본다고 어데 양식이 그저 생기겠나(환경만 탓하지 말고 주어진 환경에서 노력해야 함을 강조하기 위한 비유적 표현). 앞으로도 지금처럼 늘 위채를 올려다보고 살게 되더라도, 니는 니대로 우짜든동 힘자라는 대로 노력해 보는 길밖에 더 있겠나.」(「」: 집안 사정이 어려우므로 '나'가 세상살이의 어려움을 알고 노력해야 한다는 의도가 들어 있음) 내사 인제 너그 성제간(형제간) 잘 크고 남한테 눈총 안 받으며 사람 구실 하고 사는 기라 바라보고 살아갈 내리막 인생길(자신은 늙었다는 의미) 아인가……."

어머니 목소리에 물기가 느껴졌다. 머리 숙이고 있던 나는 눈을 조금 치켜떠 어머니를 보았다. 어머니 속눈썹에 눈물이 묻어 있었다. 아직 마흔 살도 안 된 나이에 어머니는 노인 티를 내고 있었다(어머니의 고달픈 삶이 내포됨). 사실 어머니는 전쟁이 나고 서너 해 사이 나이를 곱

### 작품 분석 노트

- 〈마당 깊은 집〉의 전체 구성

| | |
|---|---|
| 발단 | • '나'는 시골에서 초등학교를 졸업하고 대구로 올라와 가족들과 함께 지내게 됨<br>• '나'의 가족은 '마당 깊은 집'에 세 들어 살면서 어머니가 삯바느질을 하여 생계를 유지함 |
| 전개 | • 어머니는 장남인 '나'를 엄하게 가르치며, 세상살이를 위한 경험을 위해 신문팔이를 권유함 |
| 위기 | • 계속된 장마로 바느질 일감이 끊기자 굶는 일이 잦아진 '나'는 배고픔에 위채 주인집 밥을 훔쳐 먹다 안 씨의 타이름에 잘못을 뉘우침<br>• 겨울을 앞두고 세를 든 가구 중 하나가 방을 비워 주어야 한다는 주인집의 말에 아래채 사람들이 동요함<br>• 겨울이 되고 '나'의 가족은 바깥채로 이사함 |
| 절정 | • 주인집 파티를 구경하던 '나'는 어머니에게 심한 꾸지람을 듣고 가출함<br>• '나'는 어머니의 사랑을 느끼고 다시 집으로 돌아옴 |
| 결말 | • 집주인이 아래채를 허물고 서양식 새집을 짓게 되면서 세 들어 살던 식구들이 모두 흩어짐 |

절로 먹은 듯 윤기 흐르던 탱탱한 살결은 어디에도 찾아볼 수 없었다. 어머니는 손
외양의 변화를 통해 인물이 처한 고단한 현실을 나타냄
수건에 물코를 풀곤 말을 이었다.

"길남이 니는 앞길이 구만리 같은 창창한 세월이 남았잖나. 그러이 지금부터라도 악심 묵고 살아야 하는기라. 내가 보건대 지금 우리 처지에서 니 장래는 두 가지 길밖에 없다. 한 가지는, 공부 열심히 해서 배운 바 실력이 남보다 월등하여 훌륭한 사람이 되는 길이다. 평양댁 정민이 학생 봐라. 아부지 없이 저거 엄마가 군복 장수해도 공부를 얼매나 잘하노. 위채 학생 둘 가르쳐서 번 돈을 가용에 보태고, 12시 넘어까지 호롱불 켜 놓고 자기 공부를 안 하나. 그러이 반장하고 늘 일등이라 안 카나. 갸는 반드시 판검사나 대학교 교수가 될 끼다. 또 한 가지,「니가 이 세상 파도를 무사히 타 넘고 이기는 길은, 세상살이를 몸으로 겪어 갱험을 많키 쌓는 길이다.」재주 없고 공부하기 싫으모 부지런키라도 해야제.「준호 아부지는 한 팔이 없어도 묵고살겠다고 매일 아침에 집을 나서잖나. 남자는 그렇게 밥숟가락 놓자마자 밥상을 걸터 넘고 나서서 부랄이 요령 소리 나도록 뛰댕겨야 제 식구를 믹이 살린다.」그러이 내 하는 말인데, 너도 이렇게 긴 해를 집에서마 보내기 오죽 심심하겠나. 그래서 내가 궁리를 짜낸 끝에 그 돈을 니한테 주는 기다."

악심: '독기(사납고 무서운 기운)'와 비슷한 말
공부 열심히 해서 배운 바 실력이 남보다 월등하여 훌륭한 사람이 되는 길: '나'의 처지에서 가능한 장래 ①
평양댁 정민이 학생: 아래채에 함께 세 들어 있는 집의 아들. 경북고 졸업반 학생으로 공부를 잘함
위채 학생: 위채는 주인집을 말함. 정민 학생이 주인집의 두 아들을 가르치고 있음
가용: 집안 살림에 드는 비용
세상 파도: 세상의 고난
「 」: '나'의 처지에서 가능한 장래 ②
세상살이를 몸으로 겪어 갱험을 많키 쌓는 길: '나'에게 사회에 나가 일을 할 것을 말함
준호 아부지: 퇴역 장교로 전쟁 때 오른팔을 잃고 전장의 악몽에 시달림. 위협적인 겉모습과 달리 식견이 넓고 마음은 따뜻함
「 」: 세상살이를 몸으로 겪어 경험을 많이 쌓은 사례로 준호 아버지를 제시함

"이 돈으로 멀 우째 하라고예?"

나는 어리둥절하여 손에 쥔 돈을 내려보았다.

**감상 포인트**
어머니가 '나'에게 신문팔이를 시키는 이유를 시대적 배경과 연결 지어 파악한다.

"길남아, 그 80환으로 신문을 받아서 팔아 봐라. 신문 팔아 돈을 얼매만큼 버는 기 문제가 아이라, 니 힘으로 돈벌이해 보모, 돈이 얼매나 귀한 줄 알 수 있을 끼다. 이 세상으 쓴맛을 알라 카모 그런 갱험이 좋은 약이 될 테이께. 초년고생은 돈 주고도 몬 산다는 속담도 있느니라……."

그 80환으로 신문을 받아서 팔아 봐라: 어머니는 어린 '나'가 돈을 벌어 세상살이에 대한 경험을 해 보기를 바람. 가장의 역할을 기대하는 어머니

내가 깊이 기억할 수 없는 어머니의 옹이 박인 말이었다.
옹이 박인: 옹이가 박인다는 것은 굳은살이 생겼다는 의미임. 마치 굳은살이 박이듯 단호한 어머니의 말을 나타냄

지금 생각해 보면, 어머니 그 말씀은,「입학기가 지난 뒤 나를 대구로 불러올렸을 때 이미 예정해 둔 계산임이 분명했다. 시골서 내놓은 망아지로 지내며 초등학교나마 근근이 마치고 올라왔으니 한 해 동안 도시 물정이나 익히게 하며, 제가 벌어 제 학비를 조달할 수 있는 길을 뚫게 해 주자. 어머니는 그런 궁리를 해 두었고, 내가 대구시로 나온 지 열흘쯤 지나자 드디어 실행의 용단을 내렸음에 틀림없었다.」

지금 생각해 보면: 현재 시점의 서술자가 과거 어린 시절의 사건을 회상하고 있음을 알 수 있음
시골서 내놓은 망아지: 어머니가 있는 대구로 오기 전 고삐 풀린 망아지처럼 자유분방하게 지냈음을 나타냄
「 」: 어머니의 의도에 대한 현재 시점의 '나'의 추측

나는 돈 80환을 주머니에 넣고 막막한 심정으로 집을 나섰다.「"신문을 팔지 몬하겠거덩 그 돈으로 차비해서 다시 진영으로 내려가 술집 중노미가 되든 장돌뱅이가 되든 니 마음대로 해라."」어머니의 아귀찬 마지막 말을 떠올리자, 나는 용기를 내지 않을 수 없었다. 길거리나 어슬렁거리다 돌아가면 어머니는 틀림없이 저녁밥을 굶기고, 어쩌면 방에서 잠을 자지 못하게 내쫓을는지도 몰랐다. 어머니는 누구보다 자식에게만은 엄격하고 냉정한 분이셨다.

나는 돈 80환을 주머니에 넣고 막막한 심정으로 집을 나섰다: 아직은 어린 '나'가 갑자기 사회에 나가 일을 하고 돈을 벌어야 하는 것에 막막함을 느낌
「 」: 자신의 뜻을 이루기 위해 부정적인 미래 상황을 가정하여 제시함
아귀찬: 휘어잡기 어려울 만큼 벅찬

▶ '나'에게 신문 팔 것을 권하는 어머니

- 위채 학생들과 길남의 처지 대비

| 위채 학생들 | • 양친 부모가 있음<br>• 집이 있음<br>• 경제적으로 넉넉함 |
|---|---|
| ↕ | |
| 길남 | • 부친은 없고 모친만 있음<br>• 집이 없음<br>• 경제적으로 부족함 |

↓

길남 어머니 → 길남은 위채 학생들보다 갑절로 노력해야 입에 풀칠할 수 있음

- 어머니가 '나'에게 신문팔이를 시키는 이유

• '나'는 아버지 없는 집안의 장자임
• 가난한 사람일수록 더 많이 노력해야 함
• 어머니는 내리막 인생길이니 '나'가 더 힘자라는 대로 노력해야 함
• 재주 없고 공부하기 싫으면 부지런하기라도 해야 함

↓

'나'에게 장자의 역할을 기대하며 신문팔이를 권유함 → 집안의 장자로서 책임감을 부여함

- 어머니의 상황과 성격

• 남편을 잃고 4남매를 데리고 대구로 내려옴
• 삯바느질을 하며 자식들의 생계를 책임짐
• 누구보다 자식에게만큼은 엄격하고 냉정하면서도 성품은 정직하고 곧음

↓

아버지를 대신하여 가족을 책임지면서 강인한 모습을 보임

(중략)

어느 날, 저녁 끼니로 보리죽 한 그릇을 먹고도 나는 얼마나 배가 고팠던지 밤중에 위채 부엌으로 몰래 찾아든 적이 있었다. 속이 쓰려 한밤중에 눈을 뜬 나는 주인집 부엌의 남은 밥을 뒤져 먹기로 작정했던 것이다. 그런 작정을 하기까지 식모 안 씨가 남은 밥을 부엌 어디에 두는지를 엿보아 두었다. 나는 살그머니 잠자리에서 빠져나와 반바지를 껴입고 마당으로 나섰다. 몇 시인지 몰랐으나 사위는 고요했다. 나는 우선 변소로 갔다. 먹는 양이 적다 보니 건더기 없는 똥을 누는 체 변소간에 앉아 위채 동정을 살폈다. 방마다 불이 꺼져 있었다. 나는 위채 부엌으로 살쾡이처럼 다가가 닫힌 부엌문을 살짝 열었다. 안 씨가 쓰는 부엌 골방은 깜깜했다. 「나는 부엌 안으로 들어가서 시렁 위를 더듬었다. 소쿠리가 만져졌다. 안 씨는 밤새 남긴 밥이 쉴까 보아 밥뚜껑을 덮지 않고 소쿠리로 덮어 두곤 했다. 놋쇠 밥그릇은 밥이 반 그릇쯤 남아 있었다. 나는 손으로 밥을 한 움큼 집어내어 찬도 없이 허겁지겁 먹기 시작했다.」 그날은 그렇게 반 그릇 밥을 비워 내고 다시 우리 방으로 돌아와 잠자리에 들었다. 이튿날 아침, 내가 숯불을 피우자 위채 부엌에서, 쥐가 소쿠리를 벗기고 밥그릇을 뒤졌다고 안 씨가 종알거렸다. 내가 부리나케 위채 부엌에서 나오느라 소쿠리를 제대로 덮지 않았음을 알았으나, 나는 시침을 떼었다.

어려운 형편임을 알 수 있음 / 배고픔 때문에 / 어리지만 나름대로의 치밀함이 드러남 / 동정: 일이나 현상이 벌어지고 있는 낌새 / 골방: 큰방의 뒤쪽에 딸린 작은 방 / 시렁: 선반 / 들키지 않고 허기짐을 채우기 위한 행동 – 긴장감을 조성함 / 「 」: 짧은 문장을 활용하여 '나'가 밥을 훔쳐 먹을 때의 상황을 긴장감 있게 묘사함 / 밥을 쥐가 먹었다고 생각함

하루걸러 이틀 뒤, 밤중에 나는 또 그 짓을 했다. 이제는 좀 더 대담해져 찬장의 김치 사발까지 부뚜막에 내려 반찬과 함께 남은 밥 한 그릇을 몽땅 비웠다. 종지가 있어 손가락으로 건덕지를 집어내어 먹다 보니 풋고추 넣은 쇠고기 장조림이었다. 나로서는 난생처음 먹어 보는 찬이었다. 부자는 쇠고기를 이런 반찬으로도 만들어 먹는구나 싶었다. 다음은 이틀을 건너뛰어 사흘 만에 위채 부엌을 뒤졌다.

하루걸러: 하루씩 건너서 / 밥을 훔쳐 먹은 일이 반복될수록 더욱 대담해져 감 / 부뚜막: 아궁이 위에 솥을 걸어 놓으려고 흙과 돌을 섞어 쌓아 편평하게 만든 언저리 / 건덕지: '건더기'의 전라도 방언 / 전후의 궁핍한 상황에서 매우 귀한 음식이었음 – '나'의 집과 대조되는 주인집의 풍족한 환경 / 밥 도둑질이 습관화되어 가고 있음 / ▶ 위채에서 밥을 훔쳐 먹고 시치미를 떼는 '나'

세 차례째 그렇게 훔쳐 먹고 난 이튿날이었다. 나는 신문을 받아 팔려고 집을 나섰다. 내가 바깥마당으로 나서자 뒤쪽에서, "길남아, 나 좀 보제이." 하고 누군가가 불렀다. 돌아보니 안 씨였다.

바깥마당: 바깥채에 딸린 마당

"부, 불렀습니꺼?"

나는 말부터 더듬거렸고 얼굴이 불을 쐰 듯 달아올랐다. 가슴이 뛰었다.

관련 속담 – 도둑이 제 발 저린다.

"길남아, 니가 밤중에 우리 부엌으로 들어오는 거 안데이."

"아, 아지매가 봤다 말이지예?"

「"내 누구한테도 그 말 안 할 테이 다시는 그런 짓 말거래이. 설령 점심밥을 굶어 배가 쪼매 고프더라도 사나이 대장부가 될라 카모 그쯤은 꿋꿋이 참을 줄 알아야제. 너거 어무이는 물론이고 성제간도 그렇게 참으미 이 여름철을 힘겹게 넘기고 안 있나. 내 아무한테도 이 말 안 하꾸마."」

「 」: '나'의 잘못을 꾸짖기보다는 '나'가 알아듣도록 타이름 – 안 씨는 '나'의 정신적 성장에 도움을 주는 인물임 / 성제간: 형제간

안 씨가 부드러운 목소리로 말하며 고개 빠뜨린 내 어깨를 다독거렸다.

• 이 작품에 나타난 성장 소설의 특징

- '나'는 중학교에 입학할 나이임에도 아버지가 없고 가정 형편이 어려워 장자의 역할을 해야 하는 상황임
- 삯바느질을 하며 가계를 책임지던 어머니의 권유로 신문 배달을 함
- 배고픔을 견디지 못하다가 주인집 밥을 훔쳐 먹게 됨
- 엄격한 어머니의 훈육에 반발하여 가출하였다가 귀가함

↓

'나'는 세상의 냉혹함을 경험하고 가족의 소중함을 깨달으며 정신적으로 성장함

• 서술상의 특징

- 지금 생각해 보면
- 나는 지금도 기억하고 있다.
- 그때 안 씨의 따뜻한 충고 덕분이었다.

↓

이야기 속의 서술자인 '나'가 과거와 현재를 오가며 사건을 서술함

"알았심더." 내가 조그만 목소리로 대답했다.

안 씨 충고에는 도둑이란 말이 한마디도 들어 있지 않았음을, 나는 지금도 기억하고 있다. 고개 빠뜨린 내 얼굴이 홍당무가 되었고, 어느 사이 뜨거운 눈물이 뺨을 타고 흘러내렸다. 「안 씨가 내 밥 도둑질을 어머니한테 귀띔했다면 나는 숯 포대 회초리로 종아리며 등줄기에 지렁이 자국이 나도록 매를 맞았을 테고, 몇 끼니 밥은 굶게 되었을 터였다.」 또한 두고두고 어머니로부터, "집안으 장자가 남으 밥도둑질까지 하다니." 하는 지청구를 들었을 것이다. 그러나 안 씨는 내 행실을 왜자기지 않겠다는 약속을 지켰고, 그 뒤부터 나는 남의 물건이라면 운동장이나 교실 바닥에 떨어진 동전, 도막 연필이라도 내 것으로 하지 않았으니, 그때 안 씨의 그 따뜻한 충고 덕분이었다.

'나'를 배려한 안 씨의 따뜻한 마음씨를 느낌 / 유년 시절을 회상하고 있음 / 밥을 훔쳐 먹은 것에 대한 부끄러움 / 「 」: 어머니의 엄격하고 곧은 성격을 알 수 있음 / 어머니는 '나'에게 맏아들로서의 강한 책임감을 부여하고 있음 / 안 씨의 따뜻한 충고의 영향

▶ 밥 도둑질을 한 '나'를 따뜻하게 다독여 준 안 씨

밥 훔쳐 먹은 이야기까지 했으니 한 마디 더 보탠다면, 세 끼니 먹는 걱정을 하지 않게 된 지 오래인 지금도 나는 배를 가득 채워야 숟가락을 놓는 식사 습관을 버리지 못하고 있다. '위장을 늘 칠 할쯤만 채워라.', '과식이 모든 성인병의 주범이다.', '허리 둘레는 수명과 필연의 관계가 있다.' 모두 옳은 말인 줄 알지만 포식을 하지 않고 밥을 먹은 것 같지 않고, 그렇게 맛 좋은 밥의 양조차 줄여 가며 오래 살기보다는 차라리 수명이 얼마쯤 단축되는 쪽을 택하고 싶다는 마음은 지금도 변함이 없다. 자고 깨면 아침 밥상을 빨리 받고 싶고, 아침밥 먹고 나면 점심 외식은 무엇으로 할까, 저녁 밥상에는 이런 찬이 올랐으면 좋겠다는 상상이야말로 하루를 살아가는 보람 중에 가장 중요한 일건의 하나요, 뺄 수 없는 즐거움이다. "당신 허리 둘레가 얼만지 아세요? 몇 년 전까지만도 삼십육이라더니 이제 삼십팔이잖아요. 애들이 손가락으로 아빠 부른 배 콕콕 찌르며 배불뚝이라 놀려도 부끄럽지 않아요? 밥을 줄이는 대신 싱싱한 야채와 과일을 많이 먹으면 오죽 건강에 좋아요." 아내가 날마다 노래 삼아 이렇게 말하지만, 나는 다른 무엇은 절제할 수 있어도 밥 양은 줄일 수 없다. 찬을 많이 먹고 밥을 적게 먹어야 함은 좋은 줄은 알고 있으나 라면이나 빵 따위는 배가 차지 않고 오직 밥으로 배를 채워야 한 끼를 때운 것 같다. 몇 년 전, 아내가 내 밥그릇을 주먹만 한 공기로 대치했을 때 나는 벌컥 화를 내고 말았으니, 먹는 데 포원이 진 내 경우로서는 그런 수모를 참아낼 수 없었다.

현재 시점의 '나'에 의한 서술이 나타남 / 과거에 굶주렸던 경험이 현재의 식사 습관에도 영향을 줌 / 수명이 줄어드는 것과의 비교를 통해 포식의 습관을 버릴 수 없음을 강조함 / 한 벌. 또는 한 가지 / 건강을 위해 밥의 양을 줄일 것을 권함 / 음식 중에서도 특히 밥에 집착함 / '나'가 밥 양을 줄이게 하려고 아내가 선택한 방법 / 먹는 데 한(恨)이 있는

▶ 굶주림에 대한 과거의 한(恨) 때문에 포식을 해야만 만족을 느끼는 '나'의 현재 삶

- 중노미: 음식점, 여관 따위에서 허드렛일을 하는 남자.
- 지청구: 아랫사람의 잘못을 꾸짖는 말.
- 왜자기지: 왁자지껄하게 떠들지.

• 식모 안 씨의 역할

- '나'가 위채의 밥을 훔쳐 먹는 것을 목격함
- '나'의 행동을 비난하거나 어머니에게 이르지 않고, '나'의 잘못을 부드럽고 따뜻한 말로 타이름

↓

'나'에게 잘못된 행동을 알려 주어 '나'가 정신적으로 성장할 수 있도록 도와줌

## 장면 포인트 2

- 해당 장면은 늦가을이 되어 세를 든 네 가구 중 한 가구는 집을 비워 주어야 한다는 위채 노마님의 말에 아래채 사람들이 동요하다가 겨울철 장작을 다 땔 때까지는 쫓겨나지 않을 것이라는 말을 들은 '나'의 어머니를 따라 아래채 사람들이 장작을 쌓아 놓는 상황이다.
- 겨울철에 이사해야 하는 처지에 놓인 아래채 사람들의 모습에 주목하여 전쟁 직후 집 없는 피란민 가족의 삶의 애환을 파악하도록 한다.

"인제사 제우 바느질 일에 터를 잡았는데, 이사를 해도 이웃집이라모 모를까 큰길 두 개만 건넌다 캐도 걸음품 팔기 싫어하는 젊은 것들이 길 물어 가며 옷감 들고 찾아오겠습니껴(이사를 가게 되면 손님들이 오지 않게 될 것임을 걱정함). 일감 떨어지모 우리 다섯 식구야 깡통 들고 길거리 나가야 될 신세(바느질 일이 가족의 생계를 책임지는 중요한 수단임을 나타냄) 아입니껴. 다른 집은 몰라도 우리사 증말로 장사 목이 중요한데, 낯짝만 한 이 장관동 바닥에 겨울철 닥치는데 세놓을 집이 어데 있을라고(겨울을 앞두고 주인집의 강요로 쫓겨날 처지가 됨)……."

어머니가 물코를 들이켰다. 목소리가 젖은 만큼 근심에 찌든 얼굴이었고, 내가 자세히 보니 손조차 힘이 빠졌는지(어머니의 근심이 매우 깊음) 인두질이 겉놀았다.

"안감 안 떨어졌어요?(화제를 전환함) 입동 온다구 포목값이 뛲디다레. 한번 시장 구경 나오더라구요." / 대답이 궁해진 평양댁이 자리에서 일어섰다.

"건너가이소. 일간 한 분 나가께예."(사투리를 사용하여 사실성을 부여함)

평양댁과 어머니는「전쟁(6·25 전쟁)으로 지아비를 잃고 생활 전선에 나선 미망인(남편 없이 가족의 생계를 책임짐)으로서의 닮은꼴 상처를 지닌 데다 그 억척스러운 부지런함」(「」: 평양댁과 어머니의 공통점)으로, 마당 깊은 집에서는 그 사이가 누구보다 가까웠다. 평양댁은 어머니의 바느질에 필요한 실과 동정감은 물론 한복의 안감 따위를 양키시장에서 싸게 구입케 해 주는 친절도 베풀고 있었다(어머니가 평양댁의 도움을 받고 있음).

"그래도 평양때기는 셋방 쫓기날 걱정은 눈곱만큼도 안 하네. 민이가 위채 아아들 둘을 가르치고 있으이께(평양댁이 셋방에서 쫓겨날 걱정이 없을 것이라고 생각하는 이유) 매정하게 나가 달라는 소리사 몬하겠제. 민이가 잘 가르쳐서 아아들 성적이 올랐다 카이 주인인들 우째 방 비우라는 소리가 나오겠노. 위채 방이라도 한 칸 내주지사 몬할 망정……."

평양댁이 자기네 방으로 돌아가자 어머니가 흘린 말(평양댁이 어머니보다 사정이 나음)이었다. 어머니는 우리 형제가 들으라고 한마디를 더 보태었다. "평양때기는 같은 과부 처지라도 벌씨러 막내자슥 덕을 다 보누만."(같은 과부 처지에 있는 어머니가 자식 덕을 보는 평양댁을 부러워함)

그날 밤 어머니는 오랫동안 잠을 이루지 못하며(겨울에 쫓겨나게 될까 봐 걱정이 큼을 보여 줌), 이 겨울에 쫓겨나게 되면 어쩌냐, 내 집 한 칸 없는 설움이 이렇구나 하며 한숨만 쉬셨다.

"아무래도 내일 성님 만나 상의를 해 봐야겠데이.(장관동에 살던 이모님이 주인아주머니와 안면이 있어서 '나'의 가족이 '마당 깊은 집'에 세를 얻었음) 성님이 주인댁을 만내서, 우째 우리는 계속 있게 해 달라고 통사정해 봐 달라고 부탁하는 수밖에."

어머니의 혼잣말이 잠에 빠져드는 내 귀에 흐릿하게 들렸다.

▶ 겨울철에 이사를 해야 하는 상황을 걱정하는 어머니

낮이 하루 다르게 짧아져(겨울이 다가오고 있음) 해가 달성공원(대구에 있는 공원. 작품의 공간적 배경이 대구임을 알 수 있음) 너머로 지고 나서야 나는 신문 배달을 끝낼 수 있었다. 쪼르락거리는 배 속을 달래며 집에 도착될 때쯤이면 하늘빛도 바래어 어스름이 찾아왔다. 평양댁과 어머니가 아래채 방 하나를 비우는 문제(아래채에 세를 든 가구 중 하나가 이사를 나가야 하는 상황임)로 이야기를

### 작품 분석 노트

- 겨울철 이사의 의미

겨울이 다가오는 시기에 주인집으로부터 이사를 강요받는 상황

↓

- 자신의 삶의 터전을 타인의 강요로 인해 옮겨야 하는 현실
- 겨울철이라는 계절적 상황이 더해져 서민들의 고통이 심화됨

나는 사흘 뒤였다.

신문 배달을 마치고 집으로 들어가니 우리 방 옆 담을 의지하여 웬 장정이 통나무를 가로세로 엇지게 쌓고 있었다. 어머니와 누나가 마당에 부려 놓은 통나무를 장정에게 넘겨주며 일을 거들었다.

어머니가 이모님을 통해 겨울 장작을 다 땔 때까지는 아래채에서 내보내기 힘들 것이라는 말을 전해 들음

"아지매예, 마 내일 장작을 패 뿌리이소. 그라모 100환이나 깎아 400환에 몽땅 패 주겠심더."

통나무를 키 높이루 쌓는 개털모자를 쓴 장정이 말했다.

"우리 집에도 나무 팰 아들이 있다 카이 자꾸 저카네. 400환이모 양석 사서 우리 식구 이틀은 묵겠심더."

장작 패는 데 돈을 쓰기 싫음 / 양식

"바로 쟈가 장작 팰 아들늠인교? 젓가락 같은 쟈가?"

통나무를 옮겨 주는 누나 옆에 섰는 나를 보며 장정이 삥시레 웃었다.

'나'의 왜소한 모습에 어이없어 함

"안 팬다 카이. 그 사람 증말로 말이 많네. 인자 끝이 났으이께 어서 가소. 돈은 아까 나무 부라 놓은 사람한테 다 줬심더."

부려 놓은

"쟈가 통나무 팬다 카모 반은 부씨레기가 돼서 허실이 많을 낀데……. 400환 애낄라 카다 1000환 손해 볼 낌더. 만약에 통나무 쪼개다 다치기라도 하모 병원값이 나무값보담 더 들지도 모르고."

장작 패는 일도 쉽지 않은 일이어서 아무나 하기는 어려움을 강조함 / 자신이 장작 패는 일을 하고 싶다는 의도를 우회적으로 드러냄

장정이 나를 보며 고개를 갸우뚱거렸다.

"씰데없는 소리 처주께지 말고 일 마치모 퍼뜩 가소."

장정은 장작을 다 쌓고 나자 개털모자를 들썩해 보이며, "겨울 따시게 지내소." 하곤 중문으로 향했다. 도끼와 징을 담은 자루를 어깨에 메고 걷는 그의 뒷모습이 저물녘이어서 그런지 쓸쓸해 보였다.

어머니의 태도에 머쓱해 함

▶ 이사를 가지 않기 위해 겨울철 땔나무를 미리 준비하는 어머니

(중략)

마치 땔감 장만에 경쟁이나 하듯이 이틀 뒤에는 평양댁 역시 달구지 한 차 분량 통나무를 들여놓았다. 그래서 중문 옆 변소에서 우리 방 담까지는 아래채 세 집에서 들여다놓은 땔감이 마치 나무전처럼 쌓이게 되었다. 준호네만 그런 경쟁에 무관심했기에, 아래채에서 방을 비워야 할 집으로 은연중 준호네를 지목하게 되었다.

'나'의 집이 장작을 들여놓는 것을 본 아래채 사람들이 그 속뜻을 눈치채고 경쟁적으로 땔감을 마련함 / 겨울철 땔감을 장만하지 않음 / 땔감이 없는 집이므로 방을 비우지 못할 핑계거리가 없음

▶ 이사를 가지 않으려고 땔감을 마련하며 경쟁하는 아래채 사람들

**감상 포인트**

아래채 사람들이 이사를 해야 하는 상황에 주목하여 당시 서민들의 삶의 애환을 파악한다.

- '장정'에 대한 '나'의 연민

| 장정 |
|---|
| • 마당에 부려 놓은 통나무를 장작으로 패는 데 싸게 일해 주겠다고 함<br>• '나'의 몸을 보고 젓가락 같다고 함<br>• '나'가 장작을 패면 허실이 더 많아 손해를 볼 것이라고 함 |

↓

| '나' |
|---|
| 장작을 쌓아 두고 돌아가는 장정의 뒷모습이 쓸쓸하게 느껴짐 |

↓

장정도 '나'의 가족과 같이 궁핍한 환경 속에서 살아남기 위해 노력하는 서민이기 때문에 그의 뒷모습에 쓸쓸함을 느끼게 됨

## 핵심 포인트 1 서술상 특징 파악

이 작품은 어린아이인 '나'의 시점과 어른이 된 '나'의 시점이 교차되며 과거와 현재가 서술되고 있다. 이러한 서술 방식을 통해 인물과 사건을 효과적으로 제시하고 있으므로, 작품에 드러난 서술상 특징과 효과를 파악할 수 있어야 한다.

**서술상 특징과 효과**

| | |
|---|---|
| 시점 | 성인이 된 '나'가 과거를 회상하는 내용으로, 과거 사건은 주로 어린 '나'의 시점에서 서술되나 성인인 '나'의 사건이 드러나기도 함 → 이를 통해 추억을 상기하고 보다 순수한 시선으로 어려웠던 당시의 상황을 그려 냄으로써 과거의 사회상을 드러내는 동시에 과거 사건에 서정성을 부여하고 있음 |
| 표현 | 구어체를 활용한 서술과 방언을 그대로 사용하여 사건과 인물을 생생하게 그려 내며 보다 사실적으로 전달함 |
| 구성 | '나'가 냉정한 어머니를 원망하며 가출을 하지만, 세상은 더욱 냉혹하다는 것과 어머니의 그늘이 따뜻했음을 깨닫고 다시 집으로 돌아오는 과정으로 구성함 → 주인공이 성숙하게 되는 성장 소설의 구성을 보여 줌 |
| 자전적 소설 | 작가 김원일은 전쟁이 막 끝난 1954년 다섯 식구가 단칸 셋방에서 힘들게 살았는데, 그의 어머니는 실제로 바느질로 형제 넷을 기르며 자식들을 엄하게 훈육하였음 → 작가의 삶이 녹아든 자전적인 작품임 |

## 핵심 포인트 2 인물 간의 관계 파악

작품의 주요 모티프인 '가장의 부재'를 중심으로 어머니와 '나'의 갈등 양상 및 갈등의 해소 과정을 파악할 수 있어야 한다.

**어머니와 '나'의 관계**

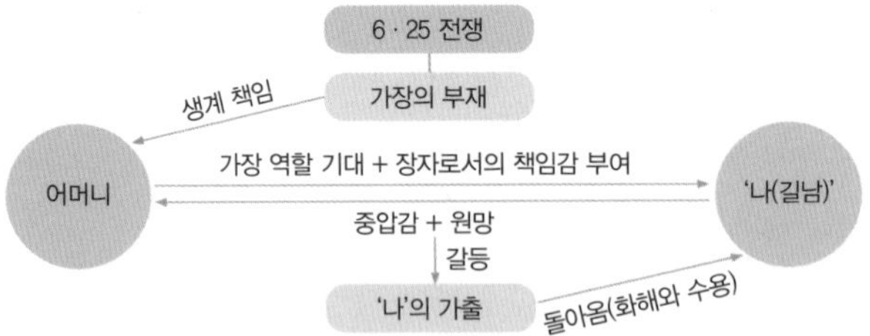


→ 6·25 전쟁으로 아버지가 부재하게 된 상황에서 어머니는 '나'에게 가장의 책임감을 기대하며 엄하게 대하고, '나'는 그런 어머니를 원망하여 가출을 한다. 하지만 '나'는 세상의 냉혹함과 가족의 소중함을 깨닫고 다시 돌아와 자신의 역할을 수용하며 어머니와 화해한다.

## 핵심 포인트 3 외적 준거에 따른 감상

이 작품은 전쟁 직후 한 가족이 겪은 삶의 이야기를 통해 6·25 전쟁 직후 우리 사회의 모습을 여실히 보여 주고 있다는 점에서 작품 속에 담겨진 사회적·역사적 의미를 파악할 수 있어야 한다.

**6·25 전쟁 직후 우리 사회의 축소판인 '마당 깊은 집'**

| 위채(주인집) |
|---|
| • 여러 대에 걸친 지방 토호 집안<br>• 전후 상황에도 부를 유지하며 파티를 즐김 |
| ↓ |
| 전쟁의 상황에도 구애받지 않고 부를 누리는 가진 자 |

↔

| 아래채와 바깥채(세입자들) | | | | |
|---|---|---|---|---|
| 궁핍한 서민(피란민)들로, 여러 부류의 사람들이 모여 있음 | | | | |
| 첫째 방 | 둘째 방 | 셋째 방 | 넷째 방 | 바깥채 |
| 경기댁 | 준호네 | 평양댁 | 길남이네 | 김천댁 |
| ↓ | | | | |
| 상이군인, 군복 장수, 풀빵 장수, 삯바느질꾼 등 6·25 전쟁 직후 궁핍하게 살아가는 피폐한 민중 | | | | |

### 작품 한눈에

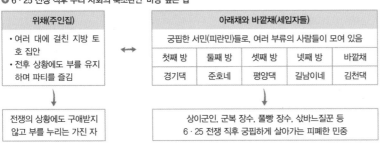

• 해제

이 작품은 작가의 자전적 이야기로, 6·25 전쟁 직후의 시대상과 사회상을 사실적으로 그려 낸 소설이다. 이 작품에서는 궁핍한 생활을 하는 아래채 사람들과 부유한 생활을 하는 위채 사람들의 대조적인 모습을 통해 당시의 사회 현실을 그려 내고 있다. 한편, 이 작품에서 '나'와 '나'에게 가장의 역할을 기대하는 어머니의 갈등이 드러나는데, 그 과정에서 '나'는 가출을 경험하게 된다. 가출 후 '나'는 가족의 소중함을 깨닫고 정신적으로 성장하게 된다. 이처럼 이 작품은 '나'라는 소년의 시각을 통해 가족의 이야기를 전개하고 있지만, 이를 통해 당시 사회의 모습을 연결시키고 있다.

• 제목 〈마당 깊은 집〉의 의미

– 주인공 가족이 세 들어 살던 집으로, 6·25 전쟁 직후 서민들의 삶을 보여 주는 축소판

'마당 깊은 집'에서 살아가는 사람들의 삶의 모습은 전쟁 직후 서민들의 고단한 생활상을 사실적으로 보여 준다. 따라서 '마당 깊은 집'은 전쟁 직후 피폐했던 우리 민중의 삶을 압축적으로 보여 주는 공간이라고 할 수 있다.

• 주제

6·25 전쟁 직후 서민들의 힘겨운 삶과 애환

**전체 줄거리**

6·25 전쟁이 나자 '나'의 가족은 셋방을 아홉 집이나 옮겨 다니며 살다 17여 년만에 갖게 된 집을 '마당 깊은 집'이라고 부른다. 마당 깊은 집의 위채에는 주인집 식구가 살고, 아래채의 네 방에는 경기댁 가족, 퇴역 장교 상이군인 가족, 평양댁 가족, '나'의 가족이 산다. '나'의 아버지는 전쟁이 나자 월북해 버렸고, 가족들은 어머니가 바느질 일을 하여 끼니를 해결하고 있다. 어머니는 중학교 입학을 놓쳐 놀고 있는 '나'에게 신문팔이를 제안하고, 나는 신문팔이를 하다 친구의 도움으로 정식 신문 배달원이 된다. 그러던 어느 가을날, 위채 노마님이 어느 집이든 아래채 방 하나를 비워 달라고 하고, 이로 인해 네 가족은 술렁인다. 방을 비워야 하는 일은 일단락되는 듯했으나 겨울에 다시 말이 나오고, 제비뽑기를 통해 '나'의 가족이 방을 비워야 하는 처지에 놓이게 된다. '나'의 가족은 바깥채 가겟방에서 겨울을 나게 되고, '나'는 위채의 크리스마스 파티를 구경하다 어머니에게 혼난 후 반항심에 집을 나오나 찾아온 어머니를 만나 집으로 돌아온다. 그 후 셋째 방 정태 씨가 가겟방 김천댁과 월북을 하려다 잡히는 사건이 일어나고, 서양식 새집을 짓겠다는 주인집의 결정으로 아래채 네 가구는 모두 마당 깊은 집을 떠난다. 어른이 된 '나'는 휴가 때 대구에 내려왔다가 마당 깊은 집 식구들의 소식을 듣는다.

◇ 한 줄 평 속삭임을 통해 화해와 공존에 대한 지향을 드러낸 작품

# 속삭임, 속삭임 최윤

▸ 기출 수록 교육청 2021 10월

## 장면 포인트 1 주목

- 이 작품은 남로당 간부였던 이재비와 북에서 월남한 아버지가 화합하는 모습, '나'에게 깊은 사랑을 준 아재비와의 추억을 통해 이념 대립을 초월하는 화해와 공존에 대한 지향을 드러낸 소설이다.
- 해당 장면은 '나'가 지인의 과수원에 와서 자신의 집 과수원에서 일했던 아재비와의 추억을 떠올리고 있는 상황이다.
- 인물 간의 관계에 주목하여 '과수원', '호수' 그리고 '아재비'가 어떤 의미를 지니는지를 파악하도록 한다.

주목 과수원(작품의 주요 배경, '나'가 아재비와의 추억을 떠올리는 계기). 내가 알고 있던 과수원(자신의 집 과수원)은 깊은 산골의 야산 자락에 위치한 작고 황량한 것이었다. 그리고 거기에는 호수(‘나’에게 아재비와의 추억을 떠올리게 하는 매개체, 아버지와 아재비의 속삭임이 있었던 곳)……가 있었다. 그 호수는 어렸을 때 나의 은근한 자랑거리였다. 일찍이 서울로 단신 유학을 떠난 나에게는 서울내기들에게 억울한 놀림을 당할 때마다 내심으로 부르짖을 수 있는 유일한 조커(여기서는 서울내기들에게 자신의 자존심을 세울 수 있는 요소나 자랑거리 정도로 볼 수 있음)* 패였다. 시골 우리 과수원에는 말이지 호수가 있다구. 호수가. 그 호수라는 말을 그토록 자랑스럽게 발음하는 것은, 그 호수라는 마술의 단어를 발음하자마자 어김없이 딸려 오는 얼굴(아재비의 얼굴)이 있었기 때문이었다. 바로 그 얼굴의 주인에게서 받은 비밀스런 사랑, 거의 무조건적이라고 느낀 서툰 사랑, 서툴렀기 때문에 오랫동안 남는 사랑(아재비가 '나'에게 준 사랑의 모습)이 있었던 것이다.

▸ 과거 추억 속 아재비를 떠올림

사라져 버린 모든 것이 다 아름답지는 않다(자신에게 깊은 사랑을 주었던 아재비를 통해 알게 된 것)는 것을 나는 일찍이 배웠다. 일생 – 최소한 반생 – 동안, 내 부모가 어렵사리 장만한 고향의 황량한 과수원의 과수원지기(과수원을 돌보는 사람)로 일하던 아재비를 통해서. 그는 스스로를 그렇게 비하해서 칭했고 어느새 그는 누구에게나 아재비('아저씨'의 낮춤말)가 되었었다. 지금은 과수원도 아재비도 사라져 버렸다. 그의 삶에 대해 나는 많은 시간 거의 잊고 지냈다. 그는 일찍, 쉰 중반을 겨우 넘기고 죽었으며(이제는 사라진 아재비), 오래전부터 누적된 빚을 처리하느라(과수원을 팔 수밖에 없었던 이유), 딸애가 태어나기 바로 전에 우리는 그 과수원을 팔 수밖에 없었다(이제는 사라진 과수원). 지금 그 자리에는 산장 비슷한 여관이 들어섰으니 어디에고 흔적은 없다. 그도 갔고 과수원(아재비와의 추억이 있는 곳)도 사라졌으며, 호수도 흙에 묻혔다(호수도 사라짐). 그러나 아무리 생각해 보아도 그것은 내게 울먹거림(아재비와의 추억에 대한 아쉬움, 아재비에 대한 그리움)만을 남겼다. 「깊이 받은 사랑을 한 번도 갚지 못한 사람이, 삶의 가감 계산에 어렴풋이 눈떠 그 사랑을 조금이라도 갚으려고 했을 때(아재비에 대한 그리움이 강할 때), 대상이 이미 사라져 버린 것을 느끼는 순간(아재비가 죽어서 아재비에게 받은 사랑을 갚지 못함) 샘처럼 가득 고이는, 그런 울먹거림.」(「」: 아재비의 사랑을 갚지 못한 '나'의 회한) 그리고 그 울먹거림이 치솟아 올 때마다, 「나의 자랑이던 그 빛진 사랑('나'에 대한 아재비의 사랑)에 대해, 그 사랑의 작은 상징인 호수('나'에게 있어 '호수'의 의미)에 대해 끝도 없이 말을 토해 내고 싶은 그 광증(미친 증세)과 깊은 욕구.」(「」: 아재비와의 추억을 말하고 싶은 욕구) 사라져 버린 모든 것(아재비, 과수원, 호수)은 사람을 울먹거리게 만든다.

▸ '나'에 대한 아재비의 사랑에 울먹거림

그러나 나는 아무에게도 그 얘기(아재비와의 추억)를 끝까지, 모두, 말해 본 적이 없다. 남편에게조차도. 남편도 내게 그토록 중요했던 과수원을 팔 때, 나만큼은 아니더라도 나를 위

## 작품 분석 노트

- '아재비'에 대한 '나'의 연상 과정

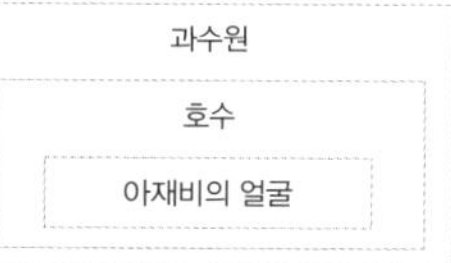


과수원에서 자란 '나'가 친구들에게 자랑하던 '호수'는 아재비가 장마로 팬 물웅덩이를 사흘 밤낮으로 파서 만들어 준 것이기에 '나'는 '과수원 → 호수 → 아재비의 얼굴'의 순으로 연상하게 된다.

- '호수'의 의미

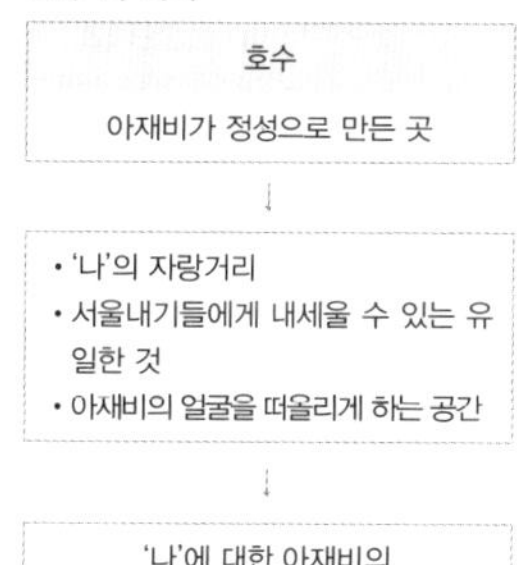

호수
아재비가 정성으로 만든 곳
• '나'의 자랑거리
• 서울내기들에게 내세울 수 있는 유일한 것
• 아재비의 얼굴을 떠올리게 하는 공간
'나'에 대한 아재비의 사랑을 상징하는 공간


- '아재비'와 '나'의 현재

| 과수원 | 누적된 빚을 처리하느라 팔아 버림 |
|---|---|
| 호수 | 흙에 묻힘 |
| 아재비 | 쉰 중반도 못 넘기고 사망함 |

↓

'나'의 울먹거림
아재비에 대한 간절한 그리움

로할 만큼 충분히 슬픔을 표시했고, 그를 만났을 때는 이미 저세상 사람이 된 지 오래인 과수원지기 아저씨의 존재에 대해 들을 만큼 들었다.「그렇지만 한 사람의 삶에 대해, 그를 알지 못했던 누군가에게 모두를 이야기한다는 것은 얼마나 많은 조바심을 자아내는가 말이다. 처음부터 하나하나 설명해야 하는 참을성이 내게는 없었다. 그건 그러니까 불가능한 것이었다. 뿐만 아니라 듣는 사람이 나와 동일한 감정의 굴곡을, 같은 장소에서 전달받지 않는 것 때문에 오히려 더 외로움을 겪기 일쑤인 것이다. 이런저런 이유로 그것은 늘 진부하고 싱거운 이야기로 변해 버렸다. 설령 다 얘기했다고 생각하는 순간이 있어도 바로 다음 순간 예기치 않은 공백이 생겨나 나를 당황시키는 것이다.」

남편은 아재비의 존재를 알지만 '나'와 아재비와의 추억에 대해 구체적으로 알지는 못함

「 」: 아재비 이야기를 잘 하지 않는 이유

내가 의식적으로 무엇을 감지하기도 전에, 때로는 커튼의 미동 때문에, 때로는 화초의 그림자 때문에, 자주 아무것도 아닌 어떤 것에 부추겨져, 예의 울먹거림이 나도 모르게 심장에서 목구멍으로 여울져 올라올 때면 나는 난감해진다. 그 과수원의 이야기는, 아재비의 이야기는 어떤 어조로 말해야 하는 것일까. 금지된 속내 이야기를 어렵사리 털어놓는 것처럼 속살거려야 하는가. 아니면 무관한 한 사람의 이야기를 전달하듯이 과장을 섞어서 부산스럽게? 어머, 저런, 그래서 말인지 하는 식으로 호들갑스럽게? 그보다는 비극적인 어투로 작은 일화들에 요철을 줄 수도 있다. 그것이 어쩌면 가장 사실에 가까운 것일 수도 있지만 이상한 우수가 그 이야기에 비극적인 어조를 부여하는 것에 훼방을 놓는다. 그만 그것에 함몰되어 말이 사라져 버릴 것 같은 느낌 말이다.

아재비에 대한 그리움이 간절할 때

오목함과 볼록함. 여기서는 변화, 다양한 기복의 의미임

비극적인 어투

▶ 아재비의 이야기를 함부로 할 수 없었던 이유

■ 조커: 트럼프(카드 놀이)에서, 다이아몬드 · 하트 따위에 속하지 아니하며 가장 센 패가 되기도 하고 다른 패 대신으로 쓸 수 있는 패.

감상 포인트

아재비와의 추억과 관련하여 '과수원'과 '호수'의 의미를 파악한다.

• '나'가 아재비의 이야기를 하지 않는 이유

- 한 사람의 삶 모두를 그를 알지 못하는 사람에게 이야기한다는 것이 조바심을 자아냄
- 듣는 사람이 '나'와 동일한 감정의 굴곡을 전달받지 못하므로 더 외로움을 겪기 일쑤임
- 다 얘기했다고 생각하는 순간이 있더라도 예기치 않은 공백이 생겨나 당황스러움을 느낌

**장면 포인트 2**

- 해당 장면은 아재비가 우리 과수원의 과수원지기가 된 이후 어린 '나'에게 깊은 사랑을 주고 있는 상황이다.
- 아재비의 행동과 태도에 주목하여 아재비가 '나'와 '나'의 가족에게 어떤 의미를 지니는지를 파악하도록 한다.

이북에 있을 때는 순진한 사회 초년생이었던 나의 부모는 남쪽으로 단신(홀로) 내려와 정착해서는 지어 본 적 없는 농사도 짓고, 야산을 일구어 밭도 만들고 유실수(유용한 열매가 열리는 나무)도 심었다.('나'의 부모는 북에서 남으로 내려와 과수원을 가꾸기 시작함) 그렇다고 일생 동안 한 번도 풍족하게 지낸 기억은 없다.(궁핍한 '나'의 형편) 과수원 이름도 – 나의 이름이기도 한 – 고향 이름을 딴 송림 농원이었건만 소나무는 드물었다.(부모님의 고향인 황해도 송림을 딴 이름) 경험이 많지 않은 두 사람에게는 벅찬 과수원 일 때문이었는지 아버지는 일찍부터 병치레가 잦았다. 만약에 어느 날 밤, 한 남자(아재비)가 과수원으로 살러 오지 않았다면(아재비가 '나'의 집의 과수원지기로서 중요한 역할을 했던 이유) 그렇지 않아도 전전긍긍하던 과수원의 살림이 얼마나 어려워졌으리라는 것은 쉽사리 상상할 수 있는 일이었다.(아재비가 우리 집에 얼마나 중요한 사람이었는지가 드러남) 그 사람의 손길이 아니었다면 과수원은 더욱 조야한(거칠고 막된) 야산의 모습으로 되돌아갔을 것이다. 그가 사라져 버린 후에 그랬듯이.(아재비가 죽은 후 과수원은 황폐해짐) ▶ 부모님의 과수원 '송림 농원'

그 젊은이가 과수원지기로 나의 부모와 어려운 반생(한평생의 반)을 같이 보낸 정 씨 아저씨(아재비)다. 그렇다고 나의 기억 속에서 그가 젊었던 적은 없다. 어머니를 누님으로 아버지를 형님이라고 불러 친척인 줄만 알았던 아재비는…… 우리의 과수원에서 살길을 찾은 석방된 반공 포로(실제는 도망친 공산주의자임)라고 들었다. 어린 시절 몰래 주워들은 부모의 대화에 의하면 어느 날, 실신 상태로 산 밑에서 발견되었다고 했다. 다행히 그를 본 사람은 아버지밖에 없었고 반 달이 넘게 신열(병으로 인해 오르는 몸의 열)을 앓은 후에 겨우 몸을 추스른 그는 나의 부모의 먼 친척(새로운 신분을 얻음)으로 차츰차츰 마을에 알려졌다. 마을이라야 이십여 호(집)가 고작인 깊은 산골에 그는 하늘에서 떨어진 것처럼(운명처럼) 우리 과수원에 흘러들어 온 것이다. 「내가 웬만큼 컸을 때까지도 마을 사람들이 그에 대해 말할 때 포로라는 단어가 한두 번 묻어 나오기도 했다. 그러나 그 단어(반공 포로)의 음험한 분위기와 나를 바라볼 때면 그의 눈에 활짝 지펴지는 미소를 일치시키지 못해 나는 그 단어의 어두움을 곧 잊어버렸다.」(「」: 아재비는 반공 포로라는 단어의 이미지와 달리 온화한 모습임. '나'가 아재비가 반공 포로임을 의식하지 못한 이유) 그리고 사람들도 나처럼, 마을의 궂은일을 도맡아 해 주는 그에게 그렇게 익숙해지면서 그 단어를 잊었을 것이다.(성실함으로 마을 사람들과 조화를 이룸. 이념을 떠나 인간적으로 화합하는 모습) 이렇게 나의 탄생과 비슷한 즈음에 우리 과수원으로 들어와 가족의 일원이 된 그는 우리에게뿐만 아니라 마을 사람들에게도 꼭 필요한 사람이 되어 있었다.('아재비'가 지니는 의미) 부모들이 구수하고 정겹게 쓰는 이북 사투리를 쓰지 않는, 무심히 일만 하는 친척 아재비, 이것이 어릴 때 가진 그에 대한 나의 느낌이었다.

아버지의 이른 병고 때문에, 어머니는 고된 일과 병간호에 매달려 있었기 때문에 내게는 아재비와의 기억이 훨씬 더 많았다.('나'와 아재비와의 추억이 많은 이유) 「그의 무릎에서 재롱을 피웠으며, 초등학교에 들어가기 전에 그에게서 한글을 익혔고, 족히 오 리는 되는 초등학교까지 데려다주고 데려오는 것도 그의 몫이었다.(「」: 아재비가 '나'에게 준 사랑. 부모님을 대신해 '나'에게 깊은 사랑을 줌) 지금 내가 딸애에게 하듯이 옆에 앉혀 놓고 숙제를 돌보아 주는 것에서부터 더듬거리는 느린 말투로 일부러 영감 흉내를 내면

**작품 분석 노트**

• '송림 농원'의 형성과 '아재비'의 행적

'나'의 부모가 이북에서 내려와 땅을 구함
↓
'나'의 부모는 농사를 짓고, 밭을 만들고, 유실수도 심음
↓
과수원 '송림 농원'이 만들어짐
↓
아버지는 일찍부터 병치레가 잦음
↓
과수원의 살림이 어려움
↓
아재비가 과수원에 나타남
↓
아재비가 과수원지기가 됨

• '아재비'의 새로운 삶

- 석방된 반공 포로라는 소문
- 실신 상태로 산 밑에서 발견됨
- 반 달 넘게 신열을 앓음

↓

- 과수원지기가 되어 우리 집에 살게 됨
- 마을 사람들에게는 부모의 친척으로 알려짐
- 마을의 궂은일을 도맡아 함

↓

'나'의 가족의 일원이 되었고, 마을 사람들에게도 꼭 필요한 사람이 되었음

서 해 주는 귀신 얘기, 도깨비 얘기까지. 과수원은 그의 과수원이었을 정도로 모든 일이 그의 손을 거쳐 이루어졌다. 학교만 파하면 그를 졸졸 따라다니면서 나는 꽃씨 심는 법도 익히고 나무의 쓸데없는 가지 치는 법도 배웠다. 여름 방학이면 얇은 판자를 엮어서 내가 들어가 앉아 놀 수 있는 나무 위의 놀이 집도 그가 만들어 주었다. 날씨가 좋을 때는 어머니가 북에 두고 온 할아버지 할머니 생신상 차리는 데 쓰려고 따로 아껴 놓은 곡식을 그가 슬쩍 광에서 꺼내서 우리끼리 몰래 천렵도 갔다.」 가난의 기억이 완전히 삭제될 정도로 두고두고 생각해도 맛나는 사건들이었다. 나는 그렇게 정신없이 그를 쫓아다니면서 열 살이 된 것이다.

아재비는 병치레가 잦은 아버지를 대신해 자신의 과수원처럼 과수원을 돌봄

집안 살림에 쓰는 온갖 물건 등을 넣어 두는 곳

냇물에서 고기잡이하는 일

여러 번에 걸쳐 오랫동안

행복한 추억들

▶ 아재비와 나눈 어릴 적 따뜻한 추억

나의 열 살. 그날은 아재비의 선보는 날이었다. 이미 삼십 후반에 들고서도 혼인을 거부하던 그가 갑작스레 어머니의 고집에 꺾인 것인지, 아니면 그냥 그래 본 것인지 이십 리가 넘는 이웃 읍내의 국밥집에서 일하고 있다는 한 아낙을 보러 가는 길에 나를 데려간 것이다. 재를 넘어가는 그날의 흙길은 유난히도 희고 길었다. 조야한 과수원에서 야생 동물처럼 뒹굴던 내게 그것은 참으로 희한한 경험이었다. 누가 해 보라면 생생하게 모든 세부를 다 말해 줄 수 있을 정도로. 게다가 그 국밥집의 어두운 내부와, 담배를 빽빽 피워 대면서 술잔을 부지런히 채우던 난생처음 본, 남자같이 코밑에 수염이 난 노파를 사이에 두고 앉아 굳게 입을 다물고 있는 남녀의 우울한 얼굴은 어린 내게 선본다는 일에 대한 확고한 편견을 만들었다.

아재비가 선을 보는 일이 '나'에게도 특별한 기억이었음

중매쟁이

(중략)

내가 그의 삶의 첫 번째의 증인이 된 것은 바로 그날이었다. 결정적인 순간은 – 적어도 결과를 두고 생각하면 – 돌아오는 길에서 내게 한 그의 질문이었다.

아재비에게 아내와 자식이 있다는 사실을 알게 된 것

"송이야, 봤쟈. 아줌마가 네 마음엔 어찌 보이던?"

'나'의 이름

못 마시는 술에 벌겋게 얼굴이 달아올라 그랬는지 눈빛이 무섭게 빛나 보이던 그가 나를 쳐다봤을 때 나는 장난을 쳐서도 안 되고, 가짜로 대답해도 안 된다는 것을 알았다. / "무어, 우리 과수원에서는 못 살 것 같더라 그치?"

평소와 다른 아재비의 눈빛에서 진지한 분위기를 알아차림

아재비가 과수원을 떠날까 봐 걱정되어 하는 말

그 선이라는 것이 성사되면 그가 영영 과수원을 떠나 그 국밥집으로 예쁘지도 않은 슬픈 얼굴의 여인과 아주 살러 갈 수도 있으리라는 심각한 우려에서 나온 대답이었다.

아재비와 오랫동안 함께 지내고 싶은 마음

그는 한참을 침묵했고 우리는 어느새 시장 거리를 떠나 묵묵히 희디흰 흙길을 걷고 있었다. 그때는 봄이었다. 그가 꽃나무 가지를 꺾어 풀피리를 만들어 주었으니.

"그래. 송이 말이 맞다. 아마도 나랑은 못 살 것이다. 아재비도…… 아들이 하나 있단다. 여편네도 뻔히 살아 있는데 또 뭔 장가냐."

"아재비 아들이면 내 오빠가 동생인가? 어디 있는데 내가 가서 데려올까?"

"송이가 알아도 못 데려와."

아재비는 남로당 간부 출신의 도망자 신세로 가족을 만날 수 없음

"피이, 아재비 거짓말하네." / "그래. 송이 놀리려고 한 거짓말이네. 괜시리 해 본 소리."

▶ 아내와 아들을 그리워했던 아재비

• '나'에 대한 '아재비'의 사랑

- 한글을 가르쳐 줌
- 학교에 데려다주고 데려옴
- 숙제를 돌보아 줌
- 귀신 얘기, 도깨비 얘기를 해 줌
- 꽃씨 심는 법, 나무의 쓸데없는 가지 치는 법을 알려줌
- 나무 위에 놀이 집을 만들어 줌
- 천렵을 감

↓

**맛나는 사건**

'나'와 아재비와의 따뜻한 추억들로, '나'에 대한 아재비의 깊은 사랑을 드러냄

• '아재비'의 가족

**아내와 아들**

아내와 아들이 살아 있지만, 아재비가 도망자 처지이기에 만날 수가 없음

↓

**그의 삶의 첫 번째의 증인**

아재비의 비밀을 알고 있는 '나'

## 장면 포인트 3 주목

• 해당 장면은 '나'가 잠든 딸에게 아재비와의 추억에 대해 속삭이고 있는 상황이다.
• 아버지와 아재비의 속삭임과 '나'가 딸에게 하는 속삭임에 주목하여 '속삭임'이 가지는 의미를 파악하도록 한다.

[앞부분의 줄거리] 지인의 과수원에서 남편, 딸과 함께 휴가를 보내던 '나'는 어린 시절 '아재비'와의 일들을 떠올리고 아재비와의 추억을 딸에게 전하고 싶어 한다.

주목 *이애, 사람들은 모두가 언제나 너만큼 크냐? 너의 양미간은 참으로 넓고 깊구나. 그 작은 호수 모양, 채송화꽃이 쪼르르 둘레에 피어 있던 그 호수 모양, 너를 보고 있노라면 나는 목이 마르다. 이애, 저 길 앞으로 나가 보자. 이래서는 안 되는데, 네가 자고 있을 때면 이애, 나는 너를 흔들어 깨우고 싶다. 그리고 자꾸 수다를 떨고 싶구나. 그래 옛날 옛적에 사람들이 모두 평화로이 잠들어 있는 사이에 말이지, 그만 땅에 틈이 생기더니…… 그게 바로 옛날이야기가 되어 버린 오늘의 이야기. 아, 이애 나는 아직도 찾지 못했구나. 어떻게 얘기를 해 주랴. 폭풍의 이야기로, 아니면 가벼운 봄비의 이야기로, 그것도 아니면 지금처럼 피융피융 내리박히는 여름 햇살의 이야기로?*

(양미간: 두 눈썹 사이 / 그 작은 호수 모양 … 그 호수 모양: 딸의 얼굴을 보며 과수원의 호수를 떠올림 / 나는 목이 마르다: 말(속삭임)을 하고 싶음 – 아재비와의 추억을 딸에게 전하고 싶음 / 자꾸 수다를 떨고 싶구나: 아재비의 이야기를 하고 싶은 욕구 / 틈: 이념 대립, 전쟁, 분단 / 어떻게 얘기를 해 주랴: 딸에게 아재비 이야기를 전할 방법에 대한 고민)

▸ 딸에게 전하는 '나'의 속삭임

한때 남로당 고위급 간부였던 그는 사형 이외의 구형은 예상할 수 없는 도망자였다. 그는 고위 간부의 자격으로 월북의 기회를 엿보며 도피해 있다가 검거되었고, 검거되어 송환되던 중 도망하였다. 도망하지 못하도록 동행하던 호송자들이 소지품과 의복을 빼앗아 놓은 상태에서 하룻밤을 나던 중, 그는 그 상태에서 기적적으로 도망한 것이다. 검은 몇 날의 밤을 말처럼 집어타고. 한 과수원 속으로. 영원히.

(남로당: 1946년 11월 서울에서 조직된 공산주의 정당인 '남조선 노동당'의 줄임말 / 사형 이외의 구형은 예상할 수 없는: 사형이 확실시됨 / 한때 … 도망자였다: 아재비의 과거 이력 / 호송자들이 … 도망한 것이다: 남로당 고위급 간부에서 아재비로 변하는 순간 / 한 과수원: '나'의 집으로)

아버지에 이어 그의 장례를 치르러 시골집에 내려갔을 때 지쳐 있는 어머니의 입에서 당신도 모르게 넋두리처럼 흘러나온 말들이었다. 아마도 그를 잃은 슬픔이 무한히 컸던 때문이었겠으나, 나는 그렇게 뒤늦게 들은 사실을 핑계로 그를 미워할 술구를 찾았다. 어떤 종류의 거대한 도망을 나는 그에게서 기대했던 것일까. 바보 같은 아재비. 멍청이. 겁쟁이. 아, 비겁한 도피자. 그렇게 딱한 사람의 삶의 증인으로 채택된 것이, 그의 삶을 억누르고 있는 음험한 그 무엇인가에 감염되어 입 한번 뻥끗 못 하고 그토록 강한 열망으로 말을 붙이고 싶었던 그의 아내와 아들과의 만남을 방해한 것이 바로 그이기라도 한 것처럼 말이다. 이상하게 꼬인 감정의 매듭이었다. 당신들의 남편, 아버지가 저기 야산 자락에 살고 있다고 한 번도 외쳐 보지 못하고 그의 편지 심부름을 한 것이 미치도록 미웠던 것이다. 그를 열렬히 미워하면서 조금씩 나의 슬픔이 진정되었다고나 할까. 그 미움의 기간은 다행히도 그리 길지 않았다.

(아버지에 이어 그의 장례를 치르러: 아버지가 아재비보다 먼저 죽음 / 어머니의 입에서 … 말들이었다: 아재비의 장례식에서야 그의 과거를 알게 됨 / 술구: 핑겟거리 / 바보 같은 아재비. 멍청이. 겁쟁이. 아, 비겁한 도피자: 아재비에 대한 '나'의 안타까운 평가 / 딱한 사람의 삶의 증인으로: 아재비에게 아내와 자식이 있다는 것을 알고 있는 '나' / 당신들의 남편 … 미웠던 것이다: 아재비의 가족에게 아재비의 소식을 전하지 못한 '나'의 아쉬움)

▸ 아재비의 과거 이력을 그가 죽은 후에 알게 됨

그가 간 후 한참이 지나, 이미 야산으로 변해 버린 과수원을 정리하기 위해 내려갔었다. 인력도 달리었거니와 무엇보다도 오래된 아버지의 투병으로 진 빚 감당으로

(그가 간 후: 아재비가 죽은 이후 / 이미 야산으로 변해 버린 과수원: 과수원을 돌보던 아재비가 죽었기 때문임 / 인력도 달리었거니와: 과수원에서 일할 사람의 부족 / 인력도 … 빚 감당으로: 과수원을 팔 수밖에 없었던 이유)

### 작품 분석 노트

• 딸에게 하는 '나'의 속삭임

| 딸의 넓고 깊은 양미간 |
|---|
| 딸의 얼굴을 보고 채송화꽃이 둘레에 피어 있던 과수원의 작은 호수를 떠올림 |

↓

| '나는 목이 마르다.', '나는 너를 흔들어 깨우고 싶다.', '자꾸 수다를 떨고 싶구나.' |
|---|
| 딸에게 아재비에 관한 이야기를 하고 싶은 욕구를 느낌 |

↓

| 폭풍의 이야기, 봄비의 이야기, 여름 햇살의 이야기 |
|---|
| 어떻게 이야기를 할지 고민함 |

• '나'의 편지 심부름

| 편지 심부름 |
|---|
| 아재비의 부탁으로 '나'는 아재비의 아내와 아들이 사는 집에 편지를 던져 놓는 심부름을 함 |

↓

아재비는 남로당 간부로서 쫓기고 있어 가족을 만날 수 없는 상황이기에 '나'에게 심부름을 시킨 것임

↓

'나'는 아재비의 삶의 증인으로 채택된 것이라 생각함

팔려 나간 과수원에 방책을 만들러 벌써 남자 서너 명이 와서 일하고 있었다. 나는 딸애의 출산을 얼마 남겨 놓고 있지 않은 때였다.

(방책: 외부의 침입을 막기 위해 세운 울타리)

과수원의 길이 곧게 뻗어 나가는 게 보이는 호숫가에 앉아서 나는 다시는 못 보게 될지도 모르는 낯익은 풍경들 하나하나에 나의 애정 어린 시선을 나누어 주었다. 과수원은 황폐했어도 내게는 평화였다. 설령 그것이 어느 날 없어졌다 해도, 그 안에서 일어난 일을 알고 있는 무언의 동반자인 나무들은, 내일에 다가올 걱정에는 무관심한 채 늠연하게 푸른 하늘에 미세한 실핏줄을 그리고 있었다. 잎이 다 진 가을이었던 것이다.

(낯익은 풍경들: 어린 시절, 추억이 담긴 곳 호수가의 풍경들 / 과수원은 황폐했어도 내게는 평화였다: 겉모습은 황폐하지만 과수원에서 있었던 과거의 기억은 아름다움 / 늠연하게: 위엄 있고 당당하게 / 미세한 실핏줄을 그리고 있었다: 잎이 떨어져 나뭇가지만 있는 상태)

▶ 과수원을 다시 찾아감

그 비어 있는 길 위에 하나의 영상이 떠올랐다. 「아재비의 어깨에 팔을 얹어 기대고 불편한 몸을 움직이며 짧은 산책을 하는 아버지와 그 옆에 그림자처럼 엉킨 아재비의 모습이었다.」 그들은 늘 할 말이 많았다. 단둘이서. 나는 그럴 때의 그들이 제일 아름다웠다고 생각한다. 그들은 무에 그리 할 말이 많았을까. 홀홀단신 가족을 모두 버리고 남쪽을 택해 내려온 아버지였던 만큼 건강이 좋았던 젊은 시절만 해도 읍으로 나가서 또는 내가 다니는 초등학교에 와서 가끔 반공 강연을 하곤 했었다. 모든 사람이 고개를 끄덕여 주어 내 어깨를 으쓱하게 한 강연들이었다.

(비어 있는 길: 황폐해진 과수원 / 하나의 영상: 아재비에 대한 추억 – 아재비와 아버지가 함께하는 모습 / 「 」: 아버지와 아재비가 가까운 사이임을 보여 줌 / 그들은 늘 할 말이 많았다: 아버지와 아재비의 '속삭임' / 제일 아름다웠다고 생각한다: 아재비와 아버지의 관계에 대한 '나'의 인식 / 홀홀단신: 혈혈단신: 의지할 곳이 없는 외로운 홀몸 / 반공 강연: 공산주의를 반대하는 내용의 강연 – 반공주의자인 아버지 / 모든 사람이 고개를 끄덕여 주어 내 어깨를 으쓱하게 한 강연들이었다: 아버지를 자랑스럽게 여겼던 어린 시절의 '나')

바로 그가 남로당의 열성 간부였던 아재비를 과수원에서 발견했고 그의 불안한 신원의 바람막이가 되어 주었으며 그와 일생의 의형제가 된 것이다. 그리고 어머니가 내준 아재비의 공책에는 자연을 읊은 글만 있었던 것은 아니었다. 거기에는 잘 알아볼 수 없을 정도로 흘려 쓴 글씨이기는 하지만 그가 일생 동안 붙잡고 있었던 생각들이 두서없이 채워져 있었다. 그가 겪어 온 사고의 모든 갈피들. 어떻든 그는 변하지 않은 채로 일생을 살았던 것 같고 그것을 아버지나 어머니한테 그다지 숨겼던 것 같지도 않다. 상식으로는 설명되지 않는 일들이, 그 이전 혹은 그것을 뛰어넘은 어떤 곳에 그들의 삶과 함께 위치해 있었던 것이다.

(남로당의 열성 간부였던 아재비: 공산주의자인 아재비 / 불안한 신원: 사형이 확실시되는 도망자 / 그와 일생의 의형제가 된 것이다: 이념을 뛰어넘은 인간애 / 그가 일생 동안 붙잡고 있었던 생각들: 아재비 내면의 목소리 – 남로당 간부였을 때 가지고 있던 신념을 버리지 않음 / 갈피: 일이나 사물의 갈래가 구별되는 어름 / 그것을 아버지나 어머니한테 그다지 숨겼던 것 같지도 않다: '나'의 부모는 아재비가 공산주의자로서의 신념을 포기하지 않은 것을 알고 있었음 / 상식으로는 설명되지 않는 일들: 공산주의자와 반공주의자가 의형제로 지내는 것)

과수원의 사방에 그들의 속삭임이 있었다. 그들이 근본적으로 지니고 있는 차이가 끝도 없는 속삭임을 만들었던 것일까. 특히 늦은 밤의 집 앞에 내놓은 평상 위와 과수원의 좁은 길들, 야산 밑에 파여진 호수 주변…… 사방에서 귀만 기울이면 바람 소리 같은 그들의 속삭임이 들려왔다. 무엇보다도 호수 주변에. 「그것이 수많은 세월이 흐른 지금까지도 황량하고 지난하던 과수원의 생활을 안온한 미소로써 기억하게 하는 것이다.」

(그들의 속삭임: 아버지와 아재비가 나눈 이야기, 제목과 연결됨 / 근본적으로 지니고 있는 차이: 아버지와 아재비의 사상의 차이 / 늦은 밤의 집 앞에 내놓은 평상 위와 과수원의 좁은 길들, 야산 밑에 파여진 호수 주변: 과수원 곳곳에서 아버지와 아재비는 많은 이야기를 나눔 / 지난하던: 지극히 어려운 / 안온한: 조용하고 편안한 / 「 」: 아버지와 아재비의 속삭임은 어려웠던 과수원의 생활을 따뜻한 추억으로 기억하게 함)

▶ 아버지와 아재비의 속삭임

또 다른 영상이 있다. 내가 몇 살 때쯤이었을까. 스물여섯, 스물일곱? 여전히 여름이었고 과수원에서 보낸 연휴의 끝이었다. 나는 서울에서 직장에 다니고 있었고 주말이 끝나고 출근하기 위해 서울행 기차를 타려고 어머니가 준비해 준 밑반찬을 들고 거기, 호숫가에서 곧바로 보이는 그 길을 거의 다 걸어 나왔었다. 사각사각 흙

(또 다른 영상: 또 다른 추억 – '나'와 아재비와의 추억 / 여전히 여름이었고 과수원에서 보낸 연휴의 끝이었다: 과수원으로 여름 휴가를 온 현재의 '나'와 연결됨)

• 아버지와 '아재비'의 관계

| 아버지 | 아재비 |
|---|---|
| 남쪽을 택해 내려옴 | 월북하려고 함 |
| 반공 강연을 함 | 남로당의 열성 간부임 |

↓

- 과수원에 쓰러진 아재비를 아버지가 발견함
- 아버지는 아재비의 불안한 신원의 바람막이가 됨
- 아재비는 아버지 과수원의 과수원지기가 됨

↓

- 몸이 불편했던 아버지는 아재비의 어깨에 팔을 얹어 기대고 산책함
- 아버지와 아재비는 늘 할 말이 많았음

↓

제일 아름다운 모습

• '상식으로는 설명되지 않는 일들'의 의미

| 아버지 | | 아재비 |
|---|---|---|
| 반공 강연을 다닐 만큼 공산주의를 싫어했음 | ↔ | 남로당의 열성 간부로 공산주의자임 |

↓

| 상식으로는 설명되지 않는 일들 |
|---|
| 사상이 다른 두 사람이 대립하지 않고 조화롭게 지내는 것 |

• '그들의 속삭임'의 의미

| 그들의 속삭임 |
|---|
| 아버지와 아재비는 집 앞 평상 위, 과수원의 좁은 길들, 호수 주변 곳곳에서 많은 이야기를 나눔 |

↓

이념적으로 대립하는 아버지와 아재비가 이념을 뛰어넘어 인간적인 사랑과 교감을 나눔

↓

마음을 나누는 대화를 통해 분단의 아픔을 치유할 수 있다는 가능성을 드러낸 것으로 볼 수 있음

길 위에 속살거리듯 작은 간지럼을 만드는 자전거의 바퀴 소리가 들렸다. 머리가 허
아재비가 '나'에게 다가오는 소리. 자전거의 사각거리는 속삭임은 작품의 제목과도 연결됨
연 아재비였다. 송이야! 하고 부르지도 않았다. 그저 이를 한껏 드러내고 깊은 주름
늙은 아재비 / '나'에게 보내는 아재비의 환한 미소 → '나'에 대한 아재비의 깊은 사랑이 드러남
이 잡히는 미소를 짓는 것이 다였다. 자전거의 사각거림이 멎고 그가 내렸다. 자전거 뒤쪽에 얹혀 있는 허름한 바구니에는 채송화 화분이 하나 들어 있었다.
아재비의 사랑이 담긴 마지막 선물

창가에 놓고 아재비 생각도 해여.
도시 생활을 하는 '나'를 생각하는 아재비의 마음이 담김

다시 자전거를 뒤돌아 세우고 이어서 멀어져 가던 사각거리는 소리. 그것이 그를
아재비의 사랑
마지막으로 본 것이었다. 「그때 그의 미소는 그토록 깊었는데, 직장 생활에 얽매여
「 」: 아재비의 사랑을 갚지 못한 '나'의 안타까움이 담겨 있음
고향에 들르지 못하는 기간이 점점 길어지던 그즈음 어느 날 아주 갑작스럽게 그는 그렇게 가 버린 것이다. 내게 채송화 화분 하나를 아프게 남겨 놓고.」
아재비를 떠올리게 함 / ▶ 아재비의 마지막 선물인 채송화 화분

*아, 이애, 오늘은 왜 이리 목이 마르냐, 너의 잠은 또 왜 이리 깊으냐, 사방에 정*
잠이 든 딸을 깨워 아재비 이야기를 하고 싶은 욕구를 느낌
*적이다. 이애, 어서 깨어 내 말을 좀 들어 주렴. 눈을 잠시 감았다가 떴을 때, 저 앞*
아재비가 타고 다니던 것 → 아재비를 떠올리게 하는 소재
*으로 부활한 호수가 걸어온다면…… 그늘에 쉬고 있던 먼지 덮인 자전거의 바퀴가*
아재비와의 따뜻한 추억이 있는 호수
*둥글둥글 소리 없이 홀로 돌기 시작한다면…… 아, 세상의 모든 속삭임이 물이 되어 흐른다면……. 이애, 우리가 한 몸일 때 그랬던 것처럼, 네게 해 줄 속삭임이 이다지*
딸애를 임신하고 있었을 때 / 딸에게 아재비 이야기를 전할 방법을 고민함
*도 많은데, 이제는 어떻게 그 얘기를 해야만 할까. 울음처럼, 웃음처럼, 옛날이야기로 혹은 미래의 이야기로, 기체의 이야기 아니면 액체의 이야기로? 이애, 햇볕이 아*
폭풍의 이야기 / 봄비의 이야기
*직도 이렇게 따가운데…… 우리가 예전에 한 몸이었을 때처럼, 그렇게 얘기해 볼까.*
'나'가 딸이 배 속에 있을 때 들려주던 속삭임처럼 / ▶ 딸에게 전하는 '나'의 속삭임

• '아재비'의 마지막 선물

**채송화 화분**
아재비가 마지막으로 '나'에게 준 선물

↓

• '나'에 대한 아재비의 사랑을 상징하는 소재
• 아재비의 모습을 떠올리게 하는 소재

• '딸에게 하는 속삭임'의 기능

**'나'가 딸에게 하는 속삭임**
아재비와의 추억과 그로부터 유발되는 상념들을 털어놓음

↓

• '나'의 내밀한 속마음을 잘 드러냄
• 다음 세대에게 화해와 공존에 대한 염원이 담긴 메시지를 건네는 것으로 볼 수 있음

## 핵심 포인트 1 서사 구조에 대한 이해

인물 간의 관계에 주목하여 작품의 서사 전개 및 주제 의식을 파악 수 있어야 한다.

**○ 인물 간의 관계에 의한 서사 전개**

**아버지와 아재비가 나눈 이야기**

- 아버지와 아재비는 서로 이념은 다르지만 모두 전쟁, 분단의 상처를 지닌 인물임. 많은 대화를 통해 아픈 상처를 공유하며 서로를 이해하고 교감함
- 과수원의 평상 위, 좁은 길, 호수 주변 등에서 귀만 기울이면 들을 수 있는 것으로, 공간과 연계되어 형상화됨

**'나'가 딸에게 하는 이야기**

- 아재비에게 받은 깊은 사랑을 딸에게 전하고 싶음
- '나'의 어릴 적 이야기와 그에 대한 생각을 잠들어 있는 딸에게 속삭이듯이 전하고 있음
- 다양한 감각적 이미지를 동원하여 자신의 바람을 드러냄

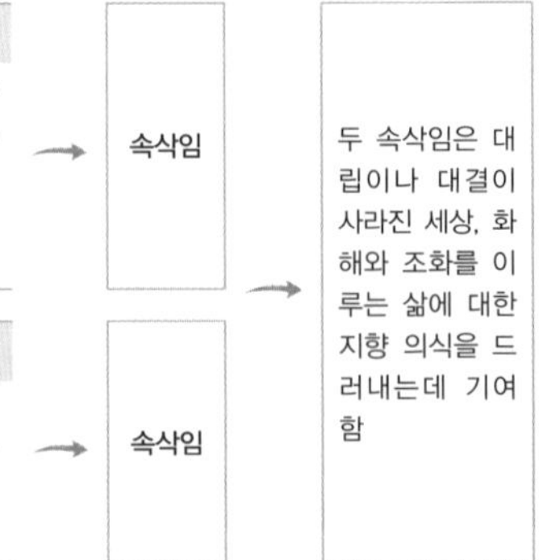

속삭임
속삭임
두 속삭임은 대립이나 대결이 사라진 세상, 화해와 조화를 이루는 삶에 대한 지향 의식을 드러내는데 기여함

## 핵심 포인트 2 인물 및 공간적 배경에 대한 이해

주요 인물인 아재비에 대한 '나'의 정서와 태도를 이해하고, 공간적 배경인 '과수원', '호수'의 의미를 알아 둘 필요가 있다.

**○ 아재비와 관련한 '나'의 인식 · 태도**

| | |
|---|---|
| 과수원지기 | '나'의 부모가 애써 일군 과수원을 책임지고 돌봐 줌 |
| 아버지의 의형제 | 몸이 불편한 아버지가 의지할 수 있는 대상으로, 친형제처럼 서로 마음을 나눔 |
| '나'의 가족의 일원 | • 부모를 대신해 '나'를 보살피고 '나'에게 무조건적일 만큼 깊은 사랑을 줌<br>• '나'는 아재비에게 받은 깊은 사랑을 아재비가 죽어 갚지 못한 것을 안타까워함 |
| 남로당 간부 | 도망 와서도 공산주의자로서 가졌던 신념을 포기하지 않음 |
| 아재비의 가족 | • '나'는 만나지 못하는 아내와 아들이 있다는 아재비의 비밀을 알고 있음<br>• '나'는 아재비의 가족에게 아재비 소식을 전하지 못한 아쉬움을 드러냄 |

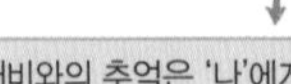

아재비와의 추억은 '나'에게 울먹거림을 느끼게 함

아재비에 대한 사랑과 그리움

**○ 공간의 상징적 의미**

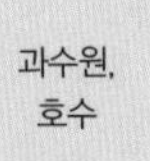

과수원,
호수

- '나'와 아재비와의 추억이 있는 공간
- '나'에 대한 아재비의 사랑을 보여 주는 공간
- 사상이 다른 아버지와 아재비가 대화를 나누며 교감하는 공간
- 과수원이 세상으로부터 아재비를 은폐해 주는 공간이라면, 호수는 아재비와의 추억과 아재비에 대한 그리움이 더 심화되어 나타나는 공간임

## 핵심 포인트 3 서술상 특징 파악

'나'의 이야기를 중심으로 작품에 드러난 서술상 특징을 파악할 수 있어야 한다.

**○ 서술상 특징**

| | |
|---|---|
| 과거와 현재의 교차 | 서술자인 '나'가 자신이 어린 시절 겪은 일을 회상하는 방식으로 서술함<br>→ 현재 지인의 과수원에 머물며 추억 속 과수원의 일을 회상하는 것 |
| 고백적 진술 | '나'가 과거에 대한 기억과 그 기억에 부여한 의미를 고백적 진술을 통해 제시함 |
| 말을 건네는 방식 | 아재비와의 추억들이 불러일으키는 상념을 딸에게 말하듯이 털어놓음 |
| 감각적 표현 | 과거와 현재의 과수원의 모습을 다양한 감각적 이미지를 활용하여 표현함 |

### 작품 한눈에

• 해제

〈속삭임, 속삭임〉은 '나'가 딸에게 하는 속삭임과 아버지와 아재비가 나눈 속삭임을 통해 이념을 초월하는 화해와 공존에 대한 염원을 드러낸 작품이다. 전자의 속삭임은 아재비와의 추억에서 떠오르는 상념들을 털어놓는 것으로 제시되고, 후자의 속삭임은 사상이 다른 아버지와 아재비가 서로 의지하며 교감을 나누는 모습으로 제시된다. 이 둘의 속삭임은 과수원이라는 공간을 통해 과거와 현재를 넘나들며 서로 유기적으로 연관되면서 주제 의식을 형성하고 있다. 즉 두 개의 속삭임이라는 서사를 통해 마음을 나누는 대화로 갈등과 그로 인한 상처를 극복할 수 있다는 가능성을 모색한 작품이라고 볼 수 있다.

• 제목 〈속삭임, 속삭임〉의 의미

– 아버지와 아재비의 속삭임, 그리고 그들의 이야기를 '나'가 딸에게 전하는 속삭임을 그린 이야기

이 작품의 제목은 '나'가 딸에게 하는 속삭임과 아버지와 아재비가 나눈 속삭임을 의미하며, 이를 바탕으로 대립을 초월하는 화해와 공존에 대한 지향을 드러내고 있다.

• 주제

이념 대립을 초월하는 화해와 공존에 대한 염원

(전체 줄거리)

가족과 지인의 과수원에서 휴가를 보내던 '나'는 어린 시절 자신을 돌보아 준 아재비를 떠올린다. '나'의 부모는 월남한 후 과수원을 했는데, 어느 날 한 남자가 실신한 상태로 아버지에게 발견된다. 그 남자는 부모의 먼 친척으로 알려지고 과수원 일을 도와주거나 '나'를 돌봐주며 함께 지내면서 아재비로 불리게 된다. 그 후 '나'는 아재비가 무언가로부터 도망친 도망자임을 직감하게 되고, 중학교에 입학하기 위해 서울로 올라온다. 그해 여름 무렵 아버지의 건강이 악화되고, 아재비는 방학을 맞아 집에 온 '나'에게 어느 집 대문에 편지를 던지고 와 달라는 부탁을 한다. 그리고 '나'는 아재비가 죽기 전까지 모두 다섯 번의 이상한 편지 심부름을 하게 된다. '나'는 심부름을 하는 동안 편지를 받는 사람이 아재비의 친아들과 아내이며, 편지는 아재비가 살아 있다는 신호임을 알게 된다. 아버지에 이어 아재비의 장례를 치르러 갔을 때, '나'는 어머니로부터 아재비 정체가 남로당 고위 간부 출신의 도망자였다는 것을 듣게 된다. 어른이 된 '나'는 아재비를 그리워하며 그의 이야기를 전할 방법을 찾기로 결심한다.

현대 소설 09

한 줄 평 6·25 전쟁 이후 이상과 현실 사이에서 방황하는 지식인의 고뇌를 그린 작품

# 제3 인간형 안수길

## 장면 포인트 1 주목

- 이 작품은 6·25 전쟁으로 변화한 세 인물의 삶을 보여 주면서 바람직한 삶의 방향이란 무엇인지 묻고 있는 소설이다.
- 해당 장면은 6·25 전쟁 후 피란지 부산에서 교사를 하던 석이 오랫동안 행방불명이 되어 여러 가지 소문만 무성했던 친구 조운을 만나는 상황이다.
- 이야기 밖 서술자를 통해 드러나는 석의 내면, 조운의 과거 행적 등을 파악하도록 한다.

「"어느 구름 속에 숨었다가 이렇게 불쑥 나타났는가?"

"그 구름장을 벗겨 버린 바람이 불었다네."

"자네가 구름 속에 숨고, 또 이렇게 나타나구 사람은 오래 살고 볼 일일세."

"여부가 있는가, 지긋지긋하게 살아야지." / "죽었는가 했을 때도 있었네."

"추도회나 할 거지."」 「」: 전쟁 이후 행방불명되어 소문만 무성했던 조운이 석을 찾아온 상황임. 대화 내용으로 보아 이들이 매우 가까운 사이이며 문학적 소양을 갖추었음을 짐작할 수 있음

문을 열고 들어오는 손님(조운)을 나가면서 맞은 석(→ 전쟁 전에는 문학을 마음의 지주이자 생활의 목표로 삼고 작가로 활동하였으나, 피란지 부산에서 생계유지를 위해 Y 학교 교사가 됨)은, 그의 손을 덥석 쥐고 이런 수작으로 말을 주고받았다.

그리고 그를 책상 옆에 안내하여 옆자리에 비어 있는 의자를 끌어다 앉으라고 권하였다.

토요일 방과 후의 정신적 포만을 즐기면서 슬금슬금 집으로 돌아간 직원이 많아, 오십여 명 교사가 한창 때이면 무슨 시장판같이 들끓던 교실도 한결 조용하였다.(토요일 방과 후 조운이 석을 만나러 학교로 온 상황임) 사무적인 일을 정리하느라고 남아 있던 직원들은 고급 차의 방문객(조운이 경제적으로 매우 성공했음을 알 수 있음) 조운(→ 자기 성찰에 충실하며 철저한 작가 의식을 지녔던 문인이었지만, 전쟁 중 자동차 사업가로 변신하여 경제적으로 성공하면서 안일한 삶을 추구함)과 석이 떠드는 소리에 책상에서 머리를 들었다. 그리고 호기심이 가득 찬 눈으로 그들 둘의 하는 수작을 주목하였다. 그들의 호기심을 끈 것은 방문객이 고급 차를 타고 왔나는 점이 아니었다. 방약무인(곁에 사람이 없는 것처럼 아무 거리낌 없이 함부로 말하고 행동하며)하게 높은 소리로 떠들어 대는 둘 사이의 대화 때문도 아니다.

주목

서로 말로 하는 수작을 보아서는 지극히 친밀하고 흉허물 없는 사이인 것 같은데, 어쩌면 하나는 저렇게 풍부하고 기름이 흐르고(조운의 외양), 하나는 저렇게도 몰골이 초라할까(석의 외양)? 둘 사이의 주고받는 대화와는 어울리지 않는 외면의 현격한 차이가 마치 만화의 인물이 튀어나와 실제로 움직이는 것을 보는 듯했을 것이다. 동료들의 호기심은 이 점에 있는 것은 아닐까?

「사실, 석도 몸집과 차림차림이 얼른 알아볼 수 없으리만큼 변해 버린 작가(作家) 조운을 대할 때, 경이의 눈을 뜨지 않을 수 없었다.(조운의 외양이 이전과는 많이 달라져서 석도 놀람)

억지로 전에 하던 버릇대로 농조로 말을 끄집어는 냈으나, 그와 대조하여 석 자신의 몰골이 얼마나 초라할까가 마음에 걸려 미상불(아닌 게 아니라 과연) 주눅이 잡히기까지 하였다.」 「」: 이야기 밖 서술자를 통해 드러나는 석의 내면

### 작품 분석 노트

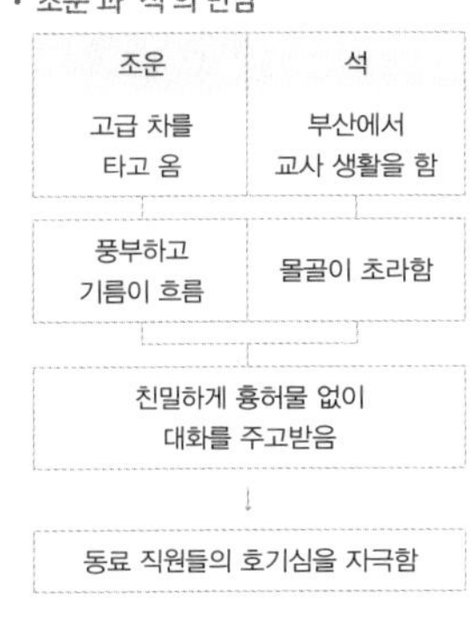

• '조운'과 '석'의 만남
조운
고급 차를 타고 옴
풍부하고 기름이 흐름
석
부산에서 교사 생활을 함
몰골이 초라함
친밀하게 흉허물 없이 대화를 주고받음
동료 직원들의 호기심을 자극함

"아니, 자네도 이렇게 몸이 나고, 이렇게 좋은 옷을 입고, 이렇게 훌륭한 모자를 쓰고, 또 고급 차로 출입을 하고 할 때가 있었던가? 세상은 변하고 볼 일일세."

"기적 같단 말이지?"

사실 기적이라고 말할 수도 있었다. ▶ 6·25 전쟁 후 피란지 부산에서 조운이 석을 찾아옴

6 · 25 전쟁 전후로 조운의 모습이 놀라울 정도로 달라졌기 때문임

「작가 조운이라면 독특한 철학적인 명제를, 그것을 담는 난삽한 문체에 고집하는 작가로서 개성이 뚜렷한 존재였다. 더욱이 자신에 충실하고 문학에 대한 결백성을 굳게 지켜 오는 것으로 문단인의 존경을 받아오던 사람이었다.

난삽한: 글이나 말이 매끄럽지 못하면서 어렵고 까다로운

「 」: 이야기 밖 서술자가 석의 시선을 매개로 하여 조운의 과거를 요약적으로 제시함

그를 따르는 문학소녀가 많았다. 무엇이 깃들어 있는 것 같은 풍모와 작품, 범속한 것을 싫어하는 문학소녀들의 단순한 호기심이라고 할까?

문학소녀: 문학을 좋아하고 문학 작품 창작에 뜻이 있는 소녀. 또는 문학적 분위기를 좋아하는 낭만적인 소녀

무엇이 깃들어 있는 것 같은 풍모와 작품: 문학소녀들의 호기심을 자극하는 것들

범속한: 평범하고 속된

그러나 그 반면에 문학적인 적도 많이 가지고 있는 사람이었다.

그리고 그의 난해한 문장은 독자를 많이 갖고 있지 않았다.

'신음하면서 찾아 얻으려는 사람만을 시인(是認)할 수 있다'는 그의 인간적인 신념은 그대로 그의 문학적인 신조였다.

어려운 문장일지라도 그 뜻을 이해하려는 사람만을 자신의 독자로 인정하겠다는 조운의 신념

항상 생각하고, 자신이 생각해서 도달한 것만이 진리라고 단정하는 그는, 그러므로 과작이었고 생활은 늘 궁하였다.

과작: 작품 따위를 적게 지음

그러나 생활을 유지하기 위하여 매문(賣文)은 하지 않았다.

매문: 돈을 벌기 위해 실속 없는 글을 써서 파는 것

6 · 25 전쟁 전 조운은 세속적 가치에 초연한 사람으로 자신과 문학에 충실한 삶을 살아왔음을 알 수 있음

항상 초라한 몰골을 하고 있는 그는 외면적인 차림에 도무지 무관심이었다.

6 · 25 전쟁 전 조운의 외양과 성격 → 문학적인 것을 최우선으로 여김

생활력이 어지간한 부인의 덕으로 아이들은 굶기지 않았으나, 가정을 돌보지 않는 것이 몸차림에 무관심한 것이나 다를 것이 없었다. 무슨 회합에든 공식 모임에는 통 나가지 않았다.」

조운은 그나마 생활력이 있는 부인 덕분에 가족의 생계를 유지할 수 있었음

결혼식과 장례에는 머리가 쑤셨다.

전송과 마중, 그런 것은 생각해 본 일이 없었다. 그렇던 조운이 오늘의 모습으로 나타났으니 기적이 아니랄 수 없었다. ▶ 6·25 전쟁 전 조운의 문학적 성향과 생활

(중략)

그 후 암흑의 구십 일간에 한 번도 만나지 못하였고, 서울 수복 후에도 조운은 나타나지 않았다.

암흑의 구십 일간: 6 · 25 전쟁이 일어난 직후

서울 수복 후: 구체적인 시대적 배경 ①

나타나지 않았다는 것은 결국은 그들의 사회, 즉 문단에였고, 다방에였다.

이 나타나지 않는 명물 조운에 대하여 처음 억측들이 구구했다. 부역해서 따라갔느니, 납치되었다느니…… 또는 폭격에 맞아 죽었느니…… 그러나 1 · 4 후퇴로 부산에 내려와 보니, 신문 소식란에 조운이 자동차 회사 중역이 되어 피난도 제일착으로 했고, 돈도 듬뿍 벌었다는 것이 보도되었다. 놀란 것은 석뿐이 아니었다.

구구했다: 각각 달랐다

부역해서 따라갔느니, 납치되었다느니…… 또는 폭격에 맞아 죽었느니……: 소식이 끊긴 조운에 대한 다양한 추측들

1 · 4 후퇴로 부산: 구체적인 시대적 배경 ②

신문 소식란에 ~ 보도되었다: 전쟁 중에 조운이 완전히 세속적으로 변해 버렸음을 알 수 있음

그렇게 문학에 대하여 결벽하고 순교자적 태도였던 조운의 일이었으니 놀랄 수밖에 없었다.

전쟁 이전, 순수하게 문학만을 추구하며 세속과는 거리가 멀었던 조운

▶ 전쟁을 겪으며 순수 문학가에서 세속적인 사업가로 변해 버린 조운

• 서술상 특징

[이야기 밖 서술자]

• 사실, 석도 몸집과 차림차림이 ~ 경이의 눈을 뜨지 않을 수 없었다.
• 억지로 전에 하던 버릇대로 ~ 미상불 주눅이 잡히기까지 하였다.

↓

석의 내면을 드러냄

• 작가 조운이라면 ~ 존경을 받아오던 사람이었다.
• 그를 따르는 ~ 생활은 늘 궁하였다.
• 그러나 생활을 유지하기 위하여 ~ 공식 모임에는 통 나가지 않았다.

↓

조운의 과거를 요약하여 제시함

• '조운'의 변화

| 6 · 25 전쟁 이전 |
| --- |
| • 자신에 충실하고 문학에 대한 결백성을 굳게 지킴<br>• 생활이 궁해도 생활 유지를 위한 매문을 하지 않음 |

↓

| 6 · 25 전쟁 이후 |
| --- |
| • 부산에 제일 먼저 피난함<br>• 자동차 회사 중역이 되어 돈을 많이 벎 |

↓

전쟁을 겪으며 결벽하고 순교자적인 문학가에서 세속적인 사업가로 변화함

• 해당 장면은 조운이 석에게 종이 꾸러미를 내놓고 미이에 대한 이야기를 전하면서 자신의 정신적 타락을 고백하는 상황이다.
• 조운의 제안을 거절하고 자신의 사명을 위해 간호 장교의 길을 가기로 결정한 미이의 선택에 대해 석과 조운이 보이는 반응을 파악하도록 한다.

조운은 큰 놈 한 개를 집어 입에 넣고 씹으면서,

"삼 년 동안 나는 타락했네." / 하였다.
조운이 이전과 달리 작가 의식을 잃고 정신적으로 타락했음을 고백함

"타락이라니? 난 자네의 세계가 넓어지고 커졌으리라 기대하고 있는 판인데
석은 조운의 문인으로서의 세계와 정신적 깊이가 더욱 넓어지고 커졌으리라 기대하고 있었음
……."

조운은 얼굴에 또 복잡한 표정이 서리더니, 잔에 술을 부어서 먼저 들이마시고 빈
조운이 심리적 갈등을 겪고 있음을 짐작할 수 있음 → 간접 제시
잔을 석에게 건넸다.

잔은 왔다 갔다 하였다.

석은 얼굴이 화끈해지면서 거나해 간다. 한 달 만에 접구하는 것이라 좋은 안주에
술 따위에 취한 정도가 어지간해 / 음식을 입에 대는
술맛을 한결 돋우었다.

말하기 꼭 좋았다.

"나는 이를테면 넓은 데서 좁은 구멍으로 기어 들어가 옴짝달싹 못 하고 기진맥진
석은 생계유지를 위해 학교 교사로 얽매여 살므로 작품에 힘쓰지 못하고 있음
하고 있는 터이지마는, 자네야 넓은 세계에 활활 날아다니는 셈 아닌가? 작품 세
계가 커지고 힘차리라고, 오늘 자네를 대할 때부터 그런 기대를 가지고 있었네."
석은 조운이 세상과 연락을 끊고 지내면서 내면세계를 살찌우고 대작을 이루었으리라는 생각을 했음

"작품?"
현재 작품과는 동떨어진 삶을 살고 있는 조운의 반응

"그래!"

잠깐 머리를 푹 숙이었다가 조운은 갑자기 일어나더니, 벗어 못에 걸어 놓았던 외
투 안주머니에서 종이에 싼 것을 끄집어냈다.
미이의 편지와 검정 넥타이가 담긴 종이 꾸러미

"이걸 보게."

내미는 종이 꾸러미를 펴 보고 석은 어리둥절하지 않을 수 없었다.
① 조운이 석을 찾아오는 계기가 되는 소재 ② 조운과 석에게 자신의 삶을 되돌아보게 하는 역할을 하는 소재

"이건 뭔가?"

거기에는 새것인 검정 넥타이 위에 흰 봉투가 놓여 있는 것이 나타났다.

봉투에는 '조운 선생님'이라고 틀림없는 여자의 글씨가 단정하게 씌어 있었다.
미이

어안이 벙벙해 앉았는 석에게, 조운은 편지를 집어 알맹이를 내어 주었다.
뜻밖에 놀랍거나 기막힌 일을 당하여 어리둥절해

"읽어 보게." / "읽어두 괜찮은가?" / "읽게."

펴 보니 간단한 문면이었다.
문장이나 편지에 나타난 대강의 내용

선생님 호의는 뼈에 사무치오나 제가 취할 길은 이미 작정되었습니다. 그 사이 저
미이에게 디방을 차려 주겠다는 조운의 제안
는 선생님 몰래 간호 장교 시험에 지원했습니다. 시험은 월요일 대구에서 치르나,
미이는 생활을 위해서가 아니라 자신의 사명을 다하기 위해 간호 장교가 되고자 결정함
준비 때문에 지금 떠납니다…….

작품 분석 노트

• 전쟁으로 변화한 '석'과 '조운'의 삶

| | |
|---|---|
| 석 | 좁은 구멍으로 기어 들어가 기진맥진하고 있음 |
| 가장으로서의 책임감(생계)과 문인의 길(꿈)에 대한 미련 사이에서 방황하고 고뇌하고 있음 | |

\+

| | |
|---|---|
| 조운 | 삼 년 동안 타락함 |
| 문인의 길을 버리고 현실에 충실한 세속적인 삶을 살고 있음 | |

전쟁 중 미이의 집에 불이 나며 검정 넥타이도 타 버림

그때 그 검정 넥타이는 집와 함께 재가 되었습니다. 이것은 그 대신입니다. 선생님

전쟁 전 조운이 항상 하고 다니던 넥타이. 미이는 인생을 즐겁게 보라면서 화려한 새 넥타이를 사 주고, 조운의 검정 넥타이를 가져감

은 역시 검정 넥타이를 매셔야 격에 어울립니다. 안녕히.

전쟁 이전, 검정 넥타이를 매던 조운은 철저한 작가 의식을 지닌 문인이었음. 정신적으로 타락한 조운에게 미이가 검정 넥타이를 건넨 것은 조운이 세속적인 것에 초연했던 예전의 모습을 되찾기를 바라는 마음과 관련이 있음

미이 올림.

모 회사 중역의 딸로 철부지 문학소녀였으나 전쟁 중 가족의 죽음, 집안의 몰락 등을 겪으며 신념을 지닌 인물로 성장함. 다방을 차려 주겠다는 조운의 제안을 거절하고 간호 장교의 길을 선택함

"미이?"

석은, / "그 미이인가?" / 하고 가볍게 놀라면서 물었다.

석과 조운 모두가 알고 있는 인물임을 알 수 있음

"그렇네." / 미이는 조운을 따라다니던, 석도 잘 아는 문학소녀였다.

▶ 석에게 미이의 편지를 보여 주는 조운

(중략)

주목

"선생님은 살아가는 것을 즐겁다고 생각하세요?"

오금 박듯 말하였네.

나는 뜨끔하였네. 그리고 일부러 내 편에서 더 명랑성을 띠며 응수했네.

조운 / 조운이 자신의 속마음을 감추기 위해 즐거운 듯 꾸며 말함

"건 미이답지 않은 질문인데. 오오라, 사변 통의 불행으로 미이 인생관이 변했군그

한 나라가 상대국에 선전 포고도 없이 침입하는 일. 여기에서는 6·25 전쟁을 가리킴

래…… 그러니까, 이를테면 백팔십도 전환으루 지금은 인생을 비관한단 말이지?"

전쟁 이전의 미이는 인생이 즐겁고 고마워 견딜 수가 없다며 매우 낙관적인 태도를 보였음

"비관하는 건 아녜요."

"비관 안 해? 그럼 안심이야. 비관 안 함 역시 낙관이겠군."

"비관두 낙관두 아니에요."

"그럼? 중간판가? 중간판 없어졌어."

1920년대 후반, 계급주의 문학론과 민족주의 문학론 간의 갈등을 해소하기 위하여 절충적인 문학론을 제기한 작가들을 이르는 말

"호, 호, 호, 말재주 어디서 그렇게 느셨어요?"

▶ 미이를 즐겁게 하기 위해 노력하는 조운

미이의 침울이 풀려지는 듯해 나는 될 수 있으면 그로 하여금 명랑하였던 서울 시절을 회상하도록, 기억에 남아 있는 서울서의 화제를 끄집어내었네.

"이것두 저것두 아님, 세상 나오질 않을 걸 그랬군. 오빤지 언닌지 모르는 그 애기

미이의 어머니가 미이를 배기 전에 유산한 적이 있어, 미이는 그 아기가 태어났다면 자신이 세상 구경을 못 했었을 것이라고 했음

에게 양보할걸 그랬어……. 하, 하……."

"선생님 기억두 참 좋으시네. 그 말 잊지 않으셨군요…… 그러나 그렇게 생각진 않아요. 역시 이 세상에 나온 걸 고맙게 여겨요. 기쁘게 여겨요."

비관도 낙관도 안 하지만 세상에 태어난 것을 고맙고 기쁘게 여김

"그렇게 생각한다? 그럼 더욱 안심이군. 그러니까 결국 미이 생각 변한 게 없구먼…… 서울 때처럼 명랑해지구 기운을 내라구."

"생각 변한 게 있다면 이걸까요?"

"뭐? 역시 변한 거 있나?"

"그 어려운 목숨과 형체를 받아 사람이 세상에 나오게 된 것이니, 필요 없이 내보

전쟁을 겪고 난 뒤 미이는 자신이 태어난 존재 이유를 생각하며 성숙해짐

내지 않았을 거예요. 이 세상에 꼭 할 일이 있기에 내보낸 것이 아닐까요."

"사명(使命)을 지고 나왔다는 말이지?"

"예. 사명이에요. 보람 있는 사명이에요."

미이가 가치 있는 삶에 대해 모색하고 있음

"……." / 문득, 나는 나 자신을 돌이켜 보고 움찔했으나, 미이는 말을 이었네.

미이의 말을 듣고 자신을 돌아보며 뜨끔한 조운 → 사명에 대한 생각을 잊고 있었기 때문에

• 종이 꾸러미의 기능

| 종이 꾸러미 |
| --- |
| 미이의 편지 + 검정 넥타이 |

↓

- 조운이 석을 찾아오는 계기가 되는 소재
- 조운과 석으로 하여금 자신의 삶을 되돌아보게 하는 역할을 하는 소재

• '미이'의 변화

| 6·25 전쟁 이전 |
| --- |
| 부유한 집에서 자란 명랑한 문학소녀 |

↓

| 6·25 전쟁 이후 |
| --- |
| • 집안이 몰락함<br>• 피란지 부산에서 취직자리를 구하는 중임<br>• 자신이 태어난 것은 세상에 꼭 할 일이 있기에 내보내진 것이라고 생각함<br>• 보람 있는 사명을 고민하고 모색함 |

↓

전쟁을 겪으며 정신적 성장을 이룸

"그러나 제 사명을 바루 찾아 그 사명을 다하는 사람두 있구, 못 찾구 거지처럼 보람 없이 인생을 마치는 사람도 있을 게라구 생각해요."

"그럼, 미이 사명은?" / "……."

미이는 머리를 숙이더니 숙인 채로 낮은 목소리로 중얼거리듯 말하였네.

"헤치구 찾아봐야잖아요."
미이는 자신이 어떻게 살아가는 것이 바람직한가에 대해 고민하고 있음

이튿날부터 부산에서의 새 사업 계획에 분망한 틈을 타서, 나는 미이를 하루 한 번씩은 만났고, 그의 판잣집에도 찾아가 보았네. 그 생활이란 것이 말이 아니데. 꼼짝 못 하고 누워 있는 미이 아버지의 얼빠진 모양, 고생 모르고 늙던 어머니의 목판 장사하는 정경.
매우 바쁜
전쟁으로 인해 미이의 집안이 경제적으로 몰락함

나는 미이의 가족을 구해야겠다는 생각이 더욱 간절했네. 그러나 미이와 자주 만나는 사이 처음의 순수했던 생각보다도 야심이 더 앞을 섰다는 것을 고백하네. 술과 계집이 마음대로였던 내 생활이라, 미이에 대해 밖으로 나타나는 태도도 좀 다르다고 미이 자신이 눈치챘을 것일세.
조운이 순수한 마음만으로 미이를 돕고자 했던 것이 아님을 고백함
전쟁 이후 조운의 타락한 삶의 모습

나는 다방을 하나 차려 줄 것에 생각이 미치었네. 이것이면 내 힘으로 자금 유통도 되고, 미이의 명랑성도 센스도 살릴 수 있고, 수입 면도 문제없다고 생각했네. 이 계획을 말했더니, 처음에는 그럴싸하게 듣고, 얼굴에 희망의 불그레한 홍조까지 떠올렸던 미이였으나, 다음 날 오 일간의 생각할 여유를 달라는 것이었었네. 더 생각할 여지도 없는 일일 터인데 망설이는 것이 수상쩍었으나, 그러마 하고 나는 동아극장 옆에 있는 마침 물려주겠다는 다방 하나를 넘겨 맡기로 이야기가 다 되었었네. 그 닷새 되는 날이 오늘이고, 정한 시각에 연락 장소인 다방엘 갔더니, 레지가 내민 것이 종이 꾸러미였었네. 펴 보고 놀라지 않을 수 없었네. 다른 길과 달라 간호 장교이고 보니, 생활 방편을 위한 것이 아님이 대뜸 짐작이 갔고, 더욱 나의 뒤통수를 때린 것이 검정 넥타이였었네. 그러면 미이가 첫날 다방에서 '사명 운운'했던 것은 그 길을 말함이었던가? 나는 부끄럽기 짝이 없었네. 검정 넥타이를 들고, 나는 비로소 삼 년 동안 내가 정신적으로 타락의 길을 걷고 있었다는 것을 뼈아프게 느끼었네. 미이가 말하는 그 사명을 찾는 길, 사명을 다하는 일을 나는 사변이라는 외적인 격동 때문에 포기하고 만 것일세. 「가장 잘 생각하는 체하던 나는 가장 바보같이 생각했고, 부박하다고 세상을 모른다고 여기었던 미이는 사변에서 키워졌고 굳세어졌고, 올바른 사람이 된 것일세.」 이렇게 생각하자 나는 천야만야한 낭떠러지를 굴러 떨어지는 듯했네. 구르면서 걷어잡으려고 한 것이 친구의 구원이었네. 자네를 찾은 것은 이 때문일세…….
미이에 대한 조운의 배려. 조운은 '보람 있는 사명'을 찾겠다는 미이의 말을 흘려버리고 생활 문제만을 고민함
다방을 차려 주겠다는 조운의 제안에 잠시 마음이 흔들린 미이
다방 종업원
미이가 생활 방편으로서가 아니라 사명을 추구하기 위해 직업을 택했음을 알게 됨
미이가 건네 검정 넥타이가 현재 자신의 타락한 삶을 일깨움
문인으로서의 사명을 잊은 채 방탕하게 살아온 자신에 대한 반성
전쟁을 겪으며 작가로서의 사명을 포기함
「 」: 미이와 자신을 대조하며 부끄러움을 느낌
실없고 경솔하며 어리석다고 생각했던 전쟁 이전의 미이
전쟁을 겪으며 미이가 정신적으로 성장함
까마득한 벼랑으로 떨어진 것 같은 정신적 충격
석

▸ 미이를 통해 자신을 돌아보게 되었음을 고백하는 조운

**감상 포인트**

사명을 찾아 떠난 미이의 결정을 대하는 석, 조운의 반응을 파악한다.

• '조운'과 검정 넥타이

| 조운 |
| --- |
| • 전쟁 이전의 조운은 검정 넥타이가 잘 어울렸던, 신념을 가진 문인이었음<br>• 전쟁 이후의 조운은 세속적 삶에 젖어 검정 넥타이를 잊고 살아감 |

• '미이'가 검정 넥타이를 건넨 의도

| 미이 |
| --- |
| • 검정 넥타이가 잘 어울렸던 전쟁 이전의 조운의 모습을 기억함<br>• 편지와 함께, 검정 넥타이를 돌려줌으로써 조운이 과거의 모습을 되찾기를 바라는 마음을 표현함 |

↓

조운은 자신이 정신적으로 타락했음을 느끼게 됨

## 핵심 포인트 1 등장인물에 대한 이해

이 작품의 인물들은 전쟁을 겪으며 모두 삶이나 문학에 대한 인식과 태도 변화를 보인다. 이를 바탕으로 전쟁이 빚어낸 세 가지 인간형을 파악할 수 있어야 한다.

**◎ 전쟁이 빚어낸 세 가지 인간형**

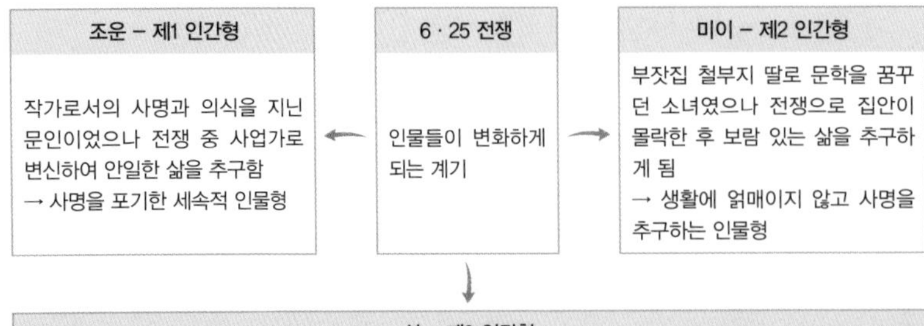
조운 – 제1 인간형
작가로서의 사명과 의식을 지닌 문인이었으나 전쟁 중 사업가로 변신하여 안일한 삶을 추구함
→ 사명을 포기한 세속적 인물형
6 · 25 전쟁
인물들이 변화하게 되는 계기
미이 – 제2 인간형
부잣집 철부지 딸로 문학을 꿈꾸던 소녀였으나 전쟁으로 집안이 몰락한 후 보람 있는 삶을 추구하게 됨
→ 생활에 얽매이지 않고 사명을 추구하는 인물형

| 석 – 제3 인간형 |
| --- |
| 문학에 대한 열정으로 창작열을 불태우던 문학청년이었으나 피란지 부산에서 생계를 위해 교사로 살아감. 생활(현실)과 문학(이상) 사이에서 방황하며 고뇌함 → 사명을 추구하지도, 사명을 포기하지도 못하는 인간형 |

## 핵심 포인트 2 소재의 의미와 기능 파악

이 작품에서는 사건 전개에 영향을 미치는 소재의 의미와 기능을 파악하는 것이 중요하다. 특히, 미이가 조운에게 남긴 '종이 꾸러미'와 조운의 삶의 태도를 단적으로 보여 주는 '검정 넥타이'의 의미와 기능을 파악할 수 있어야 한다.

**◎ '종이 꾸러미'의 기능**

| 종이 꾸러미 | • 조운이 석을 찾아오는 계기가 되는 소재<br>• 조운과 석으로 하여금 자신의 삶을 되돌아보게 하는 역할을 하는 소재 |
| --- | --- |

**◎ '검정 넥타이'의 의미와 기능**

| 검정 넥타이 | • 세속적인 것에 연연하지 않고 문학에 대한 사명, 신념을 지켜 나가던 조운의 과거 삶을 상징함<br>• 조운이 과거의 모습으로 돌아가길 바라는 미이의 바람이 담김<br>• 조운의 자기반성을 이끌어 내는 기능을 함 |
| --- | --- |

## 핵심 포인트 3 서술상 특징 파악

이 작품은 이야기 밖 서술자가 대체로 석의 시선에서 인물의 내면, 과거 행적 등을 드러내는 서술 방식을 취하고 있다. 그러나 뒷부분에 나타나는 조운과 미이에 관한 사건은 조운의 말을 직접 인용함으로써 일인칭 시점으로 바뀌는 듯한 효과를 내고 있으므로 이러한 특징들을 알아 두어야 한다.

**◎ 〈제3 인간형〉의 서술상 특징**

| 전체적인 서술 | • 이야기 밖 서술자가 석의 생활과 고뇌 등 인물의 내면을 제시함<br>• 이야기 밖 서술자가 주로 석의 시선에서 조운과의 만남, 조운의 과거를 서술함 |
| --- | --- |
| 조운의 말이 인용된 부분 | 조운이 석에게 미이와의 만남을 언급하는 부분에서는 조운의 말이 직접 인용됨<br>→ 시점이 1인칭 '나', 즉 조운으로 교체되는 듯한 효과가 나타나면서 조운의 내면이 생생하게 드러남 |

### 작품 한눈에

• 해제

〈제3 인간형〉은 6 · 25 전쟁과 피난 생활이라는 특수한 상황 속에서 살아가는 세 사람의 삶의 방식을 조명하면서 역사의 소용돌이 속에서 어떻게 살 것인가 하는 문제를 제기하고 있는 소설이다. 전쟁 이후 각자의 방식으로 살아가는 조운, 미이, 석으로 대표되는 다양한 인간상을 보여 줌으로써 전쟁이라는 극한 상황에서 인간이 지닌 의미와 사명의 의미를 묻는 동시에 어떤 삶이 올바른 삶인가를 일깨우고 있다.

• 제목 〈제3 인간형〉의 의미

– 전쟁 이후 이상과 현실 사이에서 방황하는 인간형

이 작품에서는 사명을 포기하고 현실의 성공을 추구하는 세속적 인물형인 조운과 생활에 얽매이지 않고 사명을 위해 꿈을 찾아나서는 인간형인 미이, 그리고 사명을 추구하지도, 포기하지도 못하는 인간형인 석이 등장한다. '제3 인간형'은 석이라는 인물로 상징되는, 현실과 이상 사이에서 방황하는 전후의 지식인을 의미한다고 볼 수 있다.

• 주제

생활과 사명 사이에서 고민하는 지식인의 방황과 새로운 인간형에 대한 탐구

**전체 줄거리**

석은 Y 학교의 교원이다. 그에게 삼 년 만에 친구 조운이 찾아온다. 석은 문단의 존경을 받았으나 생활이 늘 궁했던 조운의 달라진 모습에 크게 놀란다. 6 · 25 전쟁을 겪는 동안 조운은 자동차 회사의 중역이 되어 부자가 됐고, 석은 교편을 잡아 안정된 생활을 하며 작품을 창작하려 했지만 단 한 편의 글도 쓰지 못한 채 작가답지 못한 생활을 하고 있었다. 조운은 우연히 미이를 만난 일을 꺼내며 자신이 지난 삼 년 동안 타락했다고 고백한다. 미이는 부유한 집안의 딸로 조운을 따라다니던 문학 소녀였다. 그 명랑한 소녀였던 미이가 사변을 겪으면서 침착하고 어른스럽게 변해 있었다고 한다. 조운은 미이의 명랑함을 되찾아 주고 싶은 마음에 다방을 차려 주겠다고 제안했는데, 미이는 자기 사명을 찾아 떠난다는 편지와 함께 검정 넥타이를 남기고 떠났다고 한다. 예전에 미이가 조운이 매일 하고 다니던 검정 넥타이를 가져가고 화려한 넥타이를 사 준 일이 있었는데, 그것을 보자마자 조운은 자신이 정신적으로 타락했음을 깨달았다고 한다. 조운은 미이와 달리 자기는 스스로의 사명을 포기한 것이라고 자책하고, 이 말은 들은 석은 자신을 사명을 포기하지도 시대의 요구에 충실하지도 못한 존재라고 생각한다.

<> 한 줄 평 전쟁의 상처와 그 치유 과정을 그린 작품

# 아버지의 땅 임철우

▸ 기출 수록 평가원 2025 6월 교육청 2015 3월 A/B형, 2004 10월

## 장면 포인트 1 주목

- 이 작품은 좌익 활동을 하다 행방불명된 아버지를 둔 '나'를 중심으로 6 · 25 전쟁 전후로 생긴 상처와 그 치유 과정을 그린 소설이다.
- 해당 장면은 야영 중인 '나'의 부대에서 참호를 파던 중 이름 모를 유골이 나오면서 인근 마을 노인을 데려와 유골을 수습하는 상황이다.
- 유골을 수습하고 아버지의 환영을 보는 과정에서 아버지, 어머니에 대한 '나'의 인식이 어떻게 변화하는지 파악하도록 한다.

[앞부분의 줄거리] 전방에서 군 복무 중인 '나'는 어느 날 오 일병과 함께 참호를 파다가 6 · 25 전쟁 때 죽은 것으로 생각되는 유골을 발견한다. '나'와 오 일병은 유골의 신원을 확인하기 위해 인근 마을에 사는 한 노인을 데려온다.

주목

"알고 보면 조금도 이상스런 일은 아니지요. 이 부근이 워낙 그런 자리였으니까요." (6 · 25 전쟁 당시 전투가 치열했던 곳)

노인은 한동안 묵묵히 그것들을 내려다보고 있다가 입을 열었다. (전쟁을 체험한 피해자. 유골을 수습하며 전쟁의 상처를 감싸안는 모습을 보임)

"그럼, 역시 우리 짐작대로 육이오 때에……."

"여기만은 아니지요. 마을에서 십여 리 안팎 어디를 파 보더라도 이렇듯 주인 없는 뼈다귀 하나쯤 찾아내기란 그리 어려운 일이 아닐 거외다." (6 · 25 전쟁 당시, 이 마을에서 인명 피해 사건이 광범위하게 벌어졌음을 짐작하게 함)

"그렇게까지 심했습니까. 예전에 여기서 무슨 유명한 전투가 있었다는 말은 듣지 못한 것 같은데."

부쩍 호기심을 보이며 되묻는 소대장의 앳된 얼굴을 흘깃 쳐다보더니, 노인은 몸을 돌려 짧은 동안 먼 산을 응시하는 것 같았다. (유명한 전투도 없었던 곳인데 주인 모를 유해가 많다고 하자 호기심을 보임)

"하기야 그게 어디 꼭 이 마을에 한한 일이겠소만, 유난히도 여기선 사람 죽는 꼴을 지겹도록 지켜본 셈이지요. 저기를 보시구려." (전쟁의 비극적 참상이 여러 곳에서 벌어짐 / 특히 이 마을에서 인명 피해가 극심했음) ▸ 유골이 발견된 이유를 짐작하는 노인

노인은 손가락을 들어 멀리 산을 가리켰다. 반도의 등줄기라고들 하는 태백산맥의 거대한 모습이 잔뜩 찌푸린 하늘 한쪽을 가린 채 몸을 틀고 엎드려 있었다. 그러고 보니 사방 어디에나 험준한 산으로 시야가 꽉 막혀 있는 지형이었다. 어디를 향해 나아가든지 이내 깎아 세운 듯한 산허리에 맞부딪히고 말 게 뻔했다.

"저기가 바로 태백산맥의 원 등줄기인 셈이오. 저길 타고 올라 등성이만 따라가노라면 남북으로, 지리산에서부터 금강산까지 곧장 이어져 있다고들 하지요. 예전엔 하늘이 뵈지 않을 만큼 울창한 산이었소." (인민군 등이 북쪽으로 이동하는 통로가 됨)

우리는 노인의 손가락 끝을 따라 시선을 움직였다. 거대한 파충류의 등허리처럼 꿈틀거리며 뻗어져 나온 산맥의 등줄기는 곧바로 마을 북쪽에 마주 뵈는 산으로 잇닿아 있었다. 그런데 그 산엔 사람의 힘으로는 도저히 건널 수 없는 깎아지른 벼랑이 병풍처럼 둘러쳐져 있다는 것이었다. 때문에 어쩔 수 없이 그 절벽을 멀리 돌아 나가자면 자연히 이 마을 근처를 지나가게 된다는 것이었다. (비유 / 전쟁이 끝날 무렵, 이곳에 낯선 사람이 몰려들어 전투가 벌어진 이유 → 지리적 특성과 관련됨)

### 작품 분석 노트

- 등장인물의 이해

|  |  |
|---|---|
| '나' | 홀어머니를 모시고 살고 있으며 지금은 군 복무 중임. 좌익 활동을 하다 행방불명된 아버지로 인해 정신적 고통을 겪음. 이름 모를 유골을 발굴하면서 전쟁의 폭력성을 확인하고 아버지를 연민하게 됨 |
| 노인 | 유골을 수습함으로써 상처받은 영혼을 위로하며, 이데올로기의 허구성을 인식하고 비판함 |
| 어머니 | 행방불명된 아버지를 계속해서 기다리고 있음 |
| 아버지 | 6 · 25 전쟁 중 좌익 활동을 하다 행방불명됨 |

- '노인'의 증언의 의미

노인의 증언
- 마을 십여 리 안팎 어디를 파 보더라도 주인 없는 뼈다귀 하나쯤 찾아내기란 그리 어려운 일이 아님
- 이 마을에선 유난히도 사람 죽는 꼴을 지겹도록 보았음

↓

6 · 25 전쟁 중 인명 피해가 광범위하게 일어났음을 드러내어 전쟁의 폭력성을 고발함

노인의 말로는 그게 바로 문제였다고 했다. 전쟁이 끝나 갈 무렵부터 낯선 사람들이 밀어닥치기 시작하더라는 것이었다. 「전선이 훨씬 남쪽으로 내려갔을 때엔 정작 총성조차 뜸하던 마을은 느닷없이 쑥밭이 되다시피 했다. 산사람들은 주로 밤에만 나타나 식량이며 옷가지를 약탈해 갔고, 때로는 길잡이로 쓰기 위해 마을 주민들을 끌고 가기도 했다. 지리산에서부터 줄곧 걸어왔다는 패거리들도 있었는데, 그들은 모두 한결같이 굶주리고 지친 몰골로 북쪽을 향해 도주하는 중이었다. 마침내 그들의 퇴로를 막기 위해 국군이 들어왔고, 그때부터 전투는 산발적이나마 밤낮으로 계속되어졌다.」

낯선 사람들: 북쪽으로 쫓겨 가는 인민군
「 」: 마을에서 벌어진 비극적 사건에 대한 요약적 제시
지리산에서부터 줄곧 걸어왔다는 패거리: 지리산에서 북쪽으로 이동하는 인민군, 빨치산 등으로 짐작할 수 있음
퇴로: 뒤로 물러날 길
산발적: 때때로 여기저기 흩어져 발생하는 것

"끝내는 소개령이 내려져서 마을은 이주를 하게 되었으나 그 와중에 주민들의 수효도 꽤 줄었지요."

소개령: 공습이나 화재 등에 대비하기 위해, 한곳에 집중되어 있는 주민이나 물자, 시설물 등을 분산시키는 명령

노인은 밤새 총소리가 어지럽던 다음 날엔 들녘이며 산기슭에 허옇게 널린 시체를 모아다 묻는 일을 해야 했다는 것이다. 전쟁이 끝났고 사람들은 마을로 되돌아왔다. 그리고 이름도 고향도 모르는 그 숱한 낯선 시신들을 묻었던 자리엔 해마다 키를 넘기는 잡초들이 무성하게 돋아나곤 했다. 그 때문에 몇 년 동안은 누구도 아예 감자나 무 따위는 밭에 심으려고 하지 않았노라고 노인은 말했다.

밤새 총소리가 어지럽던: 밤새 많은 사람들이 희생됨
들녘이며 ~ 일을 해야 했다: 전쟁 중 노인이 한 일
▶ 6·25 전쟁 중 이 마을에서 많은 사람들이 희생됨

누군가가 헌 타월과 신문지를 가져왔다. 노인은 뼛조각을 하나씩 집어 들고 수건으로 흙을 닦아 낸 다음 그것을 펼쳐진 신문지 위에 가지런히 정리해 놓기 시작했다.

헌 타월과 신문지: 유골을 수습하기 위한 도구
노인은 ~ 시작했다: 경건하고 정성어린 태도로 유골을 수습함

"그렇다면 이치도 아마 빨갱이였겠구만. 안 그래요?"

이치: '이 사람'을 낮잡아 이르는 말

소대장이 지휘봉의 뾰족한 끝으로 쿡쿡 찌르듯 유해를 가리키며 말했다. 인사계가 되물었다.

소대장이 ~ 말했다: 유골의 주인을 존중하지 않는 태도, 소대장이 이념에 따른 이분법적 사고를 지닌 인물임을 보여 줌

**감상 포인트**
노인이 유골을 수습하는 동안 '나'가 아버지에 대해 지녔던 감정과 인식이 어떻게 변화하는지 파악한다.

"어째서요."

"산을 타고 도망치던 빨치산들이 그리 많이 죽었다잖아. 이치도 보기엔 군인은 아니었을 것 같고, 그렇다고 근처의 주민이었다면 가족이 있을 텐데 임자 없이 이 꼴로 팽개쳐 뒀을라구."

빨치산: 6·25 전쟁 전후 우리나라 각지에서 활동했던 공산주의자들로 구성된 소규모 전투 부대
이치도 ~ 뒀을라구: 소대장이 유골의 주인을 빨치산이라고 추측하는 이유

"그걸 누가 압니까. 그때야 워낙 피차로 서로 죽고 죽이던 판인데……."

그걸 ~ 판인데……: 인사계 김 중사는 소대장의 말에 선뜻 동의하지 않음

그때였다. 쭈그려 앉아서 손을 움직이고 있던 노인이 불쑥 소리치는 것이었다.

쭈그려 ~ 노인: 유골을 수습하던 노인

「"어허, 대관절…… 대관절 그게 어떻다는 얘기요. 죽어서까지 원, 아무리 이렇게 죽어 누운 다음에까지 이쪽이니 저쪽이니 하고 그런 걸 굳이 따져서 무얼 하자는 말이오. 죽은 사람이 뭘 알길래…… 죄다 부질없는 짓이지. 쯧쯧."」

「 」: 소대장의 태도에 부정적 반응을 보이는 노인
아무리 ~ 말이오: 죽은 사람마저 좌우 이념에 따라 판단하는 소대장의 이분법적 사고에 대한 비판이 담김

노인의 음성은 낮았지만 강하고 무거웠다. 그러면서도 노인은 고개를 숙인 채 뼛조각에 묻은 흙을 정성스레 닦아 내고 있었다. 무슨 귀한 물건마냥 서두르는 기색도 없이 신중히 손질하고 있는 노인의 자그마한 체구를 우리는 둘러서서 지켜보았다. 모두들 한동안 입을 다물었고, 나는 흙에 적셔진 노인의 손끝이 가늘게 떨리고 있음

노인은 ~ 닦아 내고 있었다: 유골을 수습하는 데 정성을 다하는 노인
무슨 ~ 지켜보았다: 노인의 태도 → 유골을 소중하고 신중하게 다룸
나는 ~ 떨리고 있음: 노인의 감정적 동요가 드러남

- 6·25 전쟁 당시 마을의 상황
  - 후퇴하는 인민군이 들어오고 이어 국군이 들어옴
  - 북으로 도주하는 이와 이들의 퇴로를 막으려는 국군들의 산발적인 전투가 밤낮으로 계속됨
  - 전투가 끝나면 허옇게 시체들이 널려 있었음
  - 마을 주민들은 들녘이며 산기슭에 널린 시체들을 모아 묻음

- '유골'을 대하는 상반된 태도

| 소대장 |
|---|
| • 지휘봉의 뾰족한 끝으로 쿡쿡 찌르듯 유골을 가리킴<br>• 유골의 주인을 존중하지 않는 태도를 보이며 이념에 따른 이분법적 사고를 드러냄 |

↕

| 노인 |
|---|
| • 유골을 소중한 물건을 다루듯이 정성스럽게 수습함<br>• 죽은 사람까지 이념에 따른 잣대로 판단하는 것을 비판함 |

을 깨달았다.

"땅속에 누운 사람의 잠을 살아 있는 사람이 깨워서야 되겠소. 또 그럴 수도 없는 법이고, 원통한 넋이니 죽어서라도 편히 눈감도록 해야지, 암. 그것이 산 사람들의 도리요…… 하기는, 이렇게 불편한 꼴로 묶여 있었으니 그 잠인들 오죽했을까만."

전쟁으로 인해 억울하게 죽은 사람의 넋

철삿줄로 묶인 유골의 주인에 대한 연민

▶ 유골을 대하는 소대장의 태도에 대한 노인의 꾸짖음

노인은 어느 틈에 꾸짖는 듯한 말투로 혼자 중얼거리고 있었다. 두개골과 다리뼈를 꼼꼼히 문질러 닦은 뒤, 노인은 몸통뼈에 묶인 줄을 풀어내기 시작했다. 완강하게 묶인 매듭은 마침내 노인의 손끝에서 풀리어졌다. 금방이라도 쩔걱쩔걱 쇳소리를 낼 듯한 철삿줄은 싱싱하게 살아 있었다. 살을 녹이고 뼈까지도 녹슬게 만든 그 오랜 시간과 땅 밑의 어둠을 끝끝내 견뎌 내고 그렇듯 시퍼렇게 되살아 나오는 그것의 놀라운 끈질김과 냉혹성이 언뜻 소름 끼치도록 무서움증을 느끼게 했다.

전쟁의 고통, 이념 대립으로 인한 상처가 여전히 계속되고 있음

전쟁의 폭력성과 비극성은 쉽게 사라지지 않는 것임을 나타냄

전쟁의 고통, 속박이 지금까지 지속되는 것에서 두려움을 느낌

노인은 손목과 팔에 묶인 결박까지 마저 풀어낸 다음 허리를 펴고 일어서더니 줄 묶음을 들고 저만치 걸어 나갔다. 그가 허공을 향해 그것을 멀리 내던지는 순간, 나는 까닭 모르게 마당가에서 하늘을 치어다보며 서 있는 어머니의 가녀린 목줄기와 그녀가 아침마다 소반 위에 떠서 올리곤 하던 하얀 물사발이 눈앞에 떠올랐다가 스러져 버리는 것이었다.

유골을 철삿줄의 구속에서 해방시켜 주려는 행동 – 폭력적 이념의 굴레에 대한 거부

아버지가 집으로 무사히 돌아오기를 바라던 어머니의 정성

▶ 유골을 수습하는 노인의 행동을 보며 어머니를 떠올리는 '나'

나는 담배를 피워 물었다. 멀리 메마른 초겨울의 야산이 헐벗은 등을 까 내놓고 죽은 듯이 엎드려 있었다. 사위는 온통 잿빛의 풍경이었다. 피잉, 현기증이 일었다.

아버지를 대신해 가족의 생계를 책임진 어머니

「광주리를 머리에 인 어머니가 모래밭을 걸어오고 있었다. 돌돌거리며 흐르는 물소리를 거슬러 강변 모래밭을 어머니가 혼자 저만치서 다가오고 있었다. 모래밭은 하얗게 햇살을 되받아 쏘며 은빛으로 반짝였다. 허리띠를 질끈 동인 어머니의 치맛자락이 흐느적이며 바람결에 흔들리고 있었다. 나는 햇살에 부신 눈을 가늘게 오므리고 줄곧 그녀를 지켜보고 있었다. 그때였다. 꿈속에서처럼 나는 그녀의 뒤를 바짝 따라오고 있는 한 사내의 환영을 보았다. 그건 아버지였다. 언젠가 어머니의 낡은 반닫이 깊숙한 밑에 숨겨져 있던 액자 속에서 학생복 차림으로 서 있던 그대로 그건 영락없는 그 사내였다. 나를 어머니의 배 속에 남겨 놓은 채 어느 바람이 몹시 부는 날 밤, 산길을 타고 지리산인가 어디로 황황히 떠나가 버렸다는 사내. 창백해 뵈는 뺨에 마른 몸집의 그 사내가 어머니와 함께 걸어오고 있는 것이었다. 놀란 눈으로 풀밭에 앉아 나는 그들을 지켜보고 있었다. 이윽고 어머니의 눈썹과 코, 입의 윤곽과 야윈 목줄기까지 뚜렷이 드러날 만큼 가까워졌을 때 사내의 환영은 어느 틈에 사라져 버리고 없었다. 몇 번이나 눈을 비비고 보았으나 역시 마찬가지였다. 하얗게 반짝이는 모래밭 위로 어머니가 찍어 내는 발자국만 유령처럼 끈질기게 그녀의 발꿈치를 뒤따라오고 있을 뿐이었다.」

「 」: 환영을 보게 된 '나'

어머니에 대한 기억에 '한 사내(아버지)'의 환영이 겹쳐짐

사진으로만 봤던 아버지의 모습이 환영으로 나타남

'나'는 유복자로 태어나 아버지의 실물을 보지 못함

'나'의 아버지가 좌익 활동을 하다가 집을 떠났음

▶ 어머니에 대한 기억과 아버지의 환영을 보게 된 '나'

우리는 관 대신에 신문지로 싼 유해를 맨 처음 그 자리에 다시 묻어 주었다. 도톰

환영을 보는 것에서 현실로 돌아옴

• '노인'의 유골 수습 과정과 의미

- 뼛조각에 묻은 흙을 정성스레 닦아 냄
- 유골의 손목과 팔에 묶인 철삿줄 결박을 풀어냄
- 철삿줄을 멀리 허공을 향해 던짐

↓

전쟁의 폭력으로 훼손된 인간성 회복 의지

• '아버지'에 대한 인물들의 태도

| 아버지 | |
|---|---|
| 좌익 활동을 하다가 어느 날 밤에 산길을 타고 지리산 어딘가로 떠나 버림 | |
| ↓ | |
| '나' | • 유복자로 태어나 아버지와의 추억이 없음<br>• 사진에서 본 아버지의 모습을 기억함. 아버지의 환영에 시달리며 원망함 |
| 어머니 | 남편을 그리워하며 기다림 |

하니 봉분을 만들고 뗏장까지 입혀 놓고 보니 엉성한 대로 형상은 갖춘 듯싶었다.
흙을 둥글게 쌓아 올려서 무덤을 만듦. 또는 그 무덤

노인은 술을 흙 위에 뿌려 주었다. 그리고 자신이 먼저 한 모금 마신 다음에 잔을 돌렸다. 오 일병이 노파가 준 북어를 내놓았고, 덕분에 작은 술판이 벌어졌다. 음복인 셈이었다.
유골을 수습한 후 그 넋을 위로하기 위해 간단히 제사를 지내고 음복하는 형식을 갖춤
제사를 지내고 난 뒤 제사에 쓴 음식을 나누어 먹음

"암마, 이런 느닷없는 장례식도 모두 너희 두 놈들 때문이니까, 자 한잔씩 마셔라."

"그래그래, 어쨌든 너희들은 좋은 일 했으니 천당 가도 되겠다."
땅에 묻혔던 이름 모를 유골을 수습함

소대장이 병을 기울였고 다른 녀석들도 낄낄대며 한마디씩 보태었다.

▶ 유골을 수습한 후 간단한 제사와 음복을 함

술이 가득 차오른 반합 뚜껑을 나는 두 손으로 받쳐 들었다. 저것 봐라이. 날짐승도 때가 되면 돌아올 줄 아는 법이다. 어머니가 말했다.「저만치 웬 사내가 서 있었다. 가슴과 팔목에 철삿줄을 동여맨 채 사내는 이쪽을 응시하며 구부정하게 서 있었다. 퀭하니 열려 있는 그 사내의 눈은 잔뜩 겁에 질려 있는 채로였다. 애앵. 총성이 울렸고 그는 허물어지듯 앞으로 고꾸라지고 있었다.」불현듯 시야가 부옇게 흐려 왔다.
직접 밥을 지을 수 있게 된, 알루미늄으로 만든 밥 그릇
날짐승과 같이, 어느 때가 되면 아버지가 돌아올 것이라고 믿는 어머니의 말
아버지
환영 속 아버지의 모습 – 유골의 모습과 동일시됨
아버지가 느꼈을 공포, 고통
「 」: 철삿줄이 묶인 유골로부터 아버지의 죽음 직전 모습을 연상함
비극적 최후를 맞았을 아버지에 대한 '나'의 연민

아아, 아버지는 지금 어디에 쓰러져 누워 있을 것인가. 해마다 머리맡에 무성한 쑥부쟁이와 엉겅퀴꽃을 지천으로 피워 내며 이제 아버지는 어느 버려진 밭고랑, 어느 응달진 산기슭에 무덤도 묘비도 없이 홀로 잠들어 있을 것인가.
아버지가 누워 계신 곳 → 아버지의 땅 → 전쟁의 상흔이 남아 있는 공간
아버지 역시 이름 모를 유골처럼 전쟁의 상처를 지닌 존재라고 생각함

반합 뚜껑에서 술이 쫄쫄 흘러 떨어지고 있었다.

▶ 아버지를 생각하며 연민을 느끼는 '나'

(중략)

"저, 영감님, 아까 할머니 말씀을 얼핏 들으니까 누구를 찾고 계시는 것 같던데요."

찬찬히 잘 살펴보라고 당부하던 노파의 말이 생각나서 물었으나 노인은 한동안 묵묵히 걷기만 했다. 괜한 소리를 꺼냈나 싶은 생각을 하고 있으려니까 노인이 입을 열었다.

"실은 그때 나도 형님 한 분을 잃어버렸어. 내 다리가 이 꼴이 된 것도 그때부터이고……. 형님은 길잡이로 앞세워져서 한밤중에 끌려나갔다네. 산을 넘다가 함께 총에 맞아 죽었다는 소문을 듣고 달려가 봤지만 어찌 된 영문인지 형님의 시체는 끝내 찾지 못했어."
노인에게도 6 · 25 전쟁 중 행방불명된 형님이 있음
노인은 다리를 절고 있음 → 전쟁으로 인한 상흔

우리는 그새 마을로 통한 샛길로 접어들고 있었다. 거기서부터는 언덕길이었다.

「"그런데 간밤 꿈에 그 사람이 꿈을 꾸었다는구먼. 실없는 할멈 같으니라구……. 이런 일이 생길려구 그랬는지 원."
「 」: 지금까지 형님의 유골이라도 찾고 싶어 하며 다른 이의 유골에 정성을 다하는 노인의 모습은 '나'가 아버지를 기다리는 어머니의 마음을 이해하는 계기가 됨
6 · 25 전쟁 중 죽은 이의 유골이 발견된 일

상여를 보았다던 오 일병의 꿈 얘기를 기억해 내며 나는 묘한 기분이 되었다.

"그럼 좀 전의 그 유해가 혹시…… ."
수습한 유골이 노인의 형님인지를 물음

"허허, 이제 와서 누가 그걸 어떻게 알아볼 수가 있겠는가. 무슨 특별한 표식이 남아 있다면 또 몰라도…… 하지만 누구이든지 간에 불쌍한 영혼 하나, 늦게나마 땅속에 편히 눕게 해 준 것만으로도 다행한 일이 아닌가. 허허."
노인이 정성껏 유골을 수습한 것에는 형님처럼 억울하게 죽었을 사람들에 대한 연민과 위로의 마음이 담겼음을 알 수 있음

노인은 쓸쓸히 웃었다.」

▶ 노인을 배웅하며 노인의 형님에 얽힌 사연을 들은 '나'

• '유골'과 '아버지'를 동일시한 결과

| 유골 |
| --- |
| • 오랜 시간 땅 밑의 어둠 속에 묻혀 있었음<br>• 손과 팔목, 몸통이 철삿줄로 묶인 채 불편한 모습으로 묻혀 있었음 |

↓

| 아버지와의 동일시 |
| --- |
| 유골의 모습을 아버지와 동일시하여 아버지가 가슴과 팔목에 철삿줄을 동여맨 채 겁에 질린 모습으로 있다가 총성에 쓰러지는 장면을 상상함 |

↓

| '나'의 시야가 흐려짐 |
| --- |
| '나'가 아버지에게 연민을 느끼고 있음을 보여 줌 |

## 장면 포인트 2

- 해당 장면은 노인을 배웅하던 길에 '나'가 아버지를 애타게 기다렸던 어머니의 마음을 이해하고 아버지의 최후를 상상하며 연민을 느끼는 부분이다.
- '까마귀', '함박눈', '사기대접' 등 소재가 지닌 의미와 기능을 파악하도록 한다.

어머니는 훌쩍 등을 돌리고 앉았다.(아들에게 눈물을 보이지 않기 위해) 그러고는 주섬주섬 저고리섶을 끌어올리는 것이었다. 어머니가 울고 있었다. 외아들 앞에서 좀체 눈물을 비치지 않던 그녀였다. 아무리 앓아누웠을 때라도 입술을 앙다물고 애써 태연하게 보이던 그녀가 쫄쫄 눈물을 흘리고 있는 것이다.

아아, 나는 까맣게 잊고 있었다. 어머니가 오랫동안 누군가(아버지)를 기다려 왔었음을. 내 유년 시절의 퇴락한 고가의 마루 밑 그 깜깜한 어둠 속에서 음습하고 불길한 냄새와 함께 나를 쏘아보고 있던 한 사내의 눈빛을('나'를 고통스럽게 했던 아버지의 환영), 그리고 청년이 된 지금까지도 가슴을 새까맣게 그을려 놓으며 깊숙한 상흔으로만 찍혀져 있을 뿐인 그 증오스런 사내의 이름을(아버지에 대한 부정적 감정이 청년이 되어서도 지속됨), 어머니는 스물다섯 해가 넘도록(어머니가 아버지를 기다려 온 시간) 혼자서 몰래 불씨처럼 가슴속에 키워 오고 있었던 것이다(어머니는 아버지를 가슴속에 묻고 그리워하며 살아옴). 어머니한테 그 사내는 다른 아무것도 아니었다. 다만 곱고 자상한 눈매로서만, 나직한 음성(어머니가 가지고 있는 아버지에 대한 인상)으로만 늘 곁에 남아 있었던 것이다.

하지만 그녀가 울고 있는 건 그 미련스럽도록 끈질긴 기다림 때문만은 아니었으리라. 아니, 사실상 어머니는 누구보다도 더 잘 알고 있을 터였다. 그녀의 기다림이 얼마나 까마득하게 손이 닿지 않는 먼 곳으로 자꾸만 자꾸만 밀려 나가고 있는 것인가를 말이다.(어머니는 아버지를 만날 수 있으리라는 기대가 점차 실현되기 어려워지고 있음을 앎) 스물다섯 해의 세월이, 스스로 묶어 놓은 그 완고한 기만(아버지가 돌아올 수 없음을 알면서도 계속 아버지가 돌아오기를 기다리는 것)이 목에 잠기어 흐느낌도 없이 지금 어머니는 울고 있는 것이었다. 밥상을 받아 놓은 채 나는 고개를 처박고 앉아 있었다. 눈앞에는 우리 가족의 그 오랜 어둠과 같은 미역 가닥이 국그릇 속에서 멀겋게 식어 가고 있을 뿐이었다.

「 」: '나'가 아버지를 기다리는 어머니와 다투었던 일에 대한 회상

이제 노인의 모습은 더 이상 보이지 않았다.(현실 상황 → 노인을 배웅하고 오는 길임) 그새 수북이 쌓인 눈을 밟으며 나는 오던 길을 천천히 되돌아가기 시작했다.('나'가 부대로 복귀하기 위해 걷기 시작함) 걸음을 옮길 때마다 어깨에 멘 소총이 수통과 부딪치며 쩔렁쩔렁 소리를 냈다. 나는 어깨로부터 전해 오는 그 섬뜩한 쇠붙이의 촉감과 확실한 중량(전쟁의 폭력성, 이념의 냉혹함)을 새삼스레 확인하고 있었다. 그리고 항상 누구인가를 겨누고 열려 있는 총구의 속성을, 그 냉혹함을, 또한 그 조그맣고 둥근 구멍 속에서 완강하게 똬리를 틀고 앉아 있는 소름 끼치는 그 어둠의 깊이(전쟁, 남북 분단으로 인한 민족의 대립과 갈등)를 생각했다.

까우욱, 까우욱.

어느 틈에 날아왔는지 길옆 밭고랑마다 수많은 까마귀(음산하고 불길한 분위기 조성)들이 구물거리고 있었다. 온 세상 가득히 내려 쌓이는 풍성한 눈발 속에 저희들끼리만 모여서 새까맣게 구물거리며 놈들은 그 음산함과 불길함을 역병처럼 퍼뜨리고 있는 것이었다.(흑백의 대비를 통해 까마귀의 부정적 이미지를 부각함) 얼핏, 쏟아지는 그 눈발 속에서 나는 얼어붙은 땅 밑에 새우등으로 웅크리고 누운 누군가의 몸

### 작품 분석 노트

- '아버지'에 대한 인상과 심리

| '나' | 어머니 |
|---|---|
| 퇴락한 고가의 마루 밑 그 깜깜한 어둠 속에서 음습하고 불길한 냄새와 함께 나를 쏘아보던 사내 | 곱고 자상한 눈매, 나직한 음성으로만 곁에 남아 있던 사내 |
| 증오스런 사내 | 가슴속 불씨 |
| ↓ | ↓ |
| 원망 | 기다림 |

뒤척이는 소리를 들었다. 아버지였다. 손발이 묶인 아버지가 이따금 돌아누우며 낮은 신음을 토해 내고 있었다. 나는 황량한 들판 가운데에 서서 그 몸집이 크고 불길한 새들의 펄렁거리는 날갯짓과 구물거리는 모습을 오래오래 지켜보았다.

발견된 유골과 아버지를 동일시함 → 아버지에게 느끼는 연민의 반영

머리 위로 눈은 하염없이 쏟아져 내리고 있었다. 함박눈이었다. 굵고 탐스러운 눈송이들은 세상을 가득 채워 버리려는 듯이 밭고랑을 지우고, 밭둑을 지우고, 그 위에 선 내 발목을 지우고, 구물거리는 검은 새 떼를 지우고, 이윽고는 들판과 또 마주 바라뵈는 거대한 산의 몸뚱이마저도 하얗게 하얗게 지워 가고 있었다. 그것은 어머니가 새벽마다 샘물을 길어 와 소반 위에 떠서 올려놓곤 하던 바로 그 사기대접의 눈부시도록 하얀 빛깔이었다.

함박눈: 포용의 이미지

검은 새 떼: 이념 갈등을 조장하는 세력 등 부정적 의미의 상징

하얗게 하얗게 지워 가고 있었다: 경계가 사라짐 – 화합과 통합

그 사기대접: 아버지를 기다리는 어머니의 정성이 담겨 있는 것

▶ 노인을 배웅하고 돌아오는 길에 아버지와 어머니를 이해하게 되는 '나'

• '함박눈'과 '사기대접'의 의미

| 함박눈 |
|---|
| 밭고랑과 밭둑을 지움 |
| 내 발목을 지움 |
| 검은 새 떼를 지움 |
| 거대한 산의 몸뚱이마저 지움 |

↓

세상의 모든 이데올로기와 이를 이용한 차별과 갈등을 덮음

‖ 흰색의 유사성

| 하얀 빛깔의 사기대접 |
|---|
| 아버지의 무사 귀환을 기원하는 어머니의 순수한 마음이 담겨 있음 |

## 핵심 포인트 1 서사 구조의 이해

이 작품은 아버지에 대한 '나'의 이해가 현재 이야기와 과거 이야기가 교차되는 이중 구조 속에서 나타나고 있다. 따라서 이러한 서사 구조의 특징과 효과를 파악할 수 있어야 한다.

**⊙ 〈아버지의 땅〉에 나타난 이중 구조**

| 이중 구조 | | | |
|---|---|---|---|
| 현재 이야기 | 과거 이야기 | | |
| 이름 없는 유골을 수습하는 '나'의 개인적인 체험이 나타남 | 아버지에 대한 기억을 어머니와 관련지어 회상하는 '나'의 내면이 그려짐 | → | • 한 세대에서 다음 세대로 이어지는 이념 대립의 비극성을 더욱 효과적으로 부각함<br>• 어머니를 평생 얽어매고 있었던 굴레가 바로 '나'를 얽어매고 있던 굴레와 다르지 않고, 전쟁이라는 과거의 문제가 오늘의 것이기도 하다는 사실을 보여 줌 |

## 핵심 포인트 2 인물의 성격과 태도 파악

이 작품에서 '나'는 참호를 파던 중 발견한 유골을 수습하는 과정과 노인을 배웅하고 돌아오는 과정에서 어머니와 아버지에 대한 인식이 변화된다. '나'가 어머니와 아버지에 대해 기존에 가졌던 생각이 어떻게 변화되는지 파악할 수 있어야 한다.

**⊙ 사건 전개에 따른 '나'의 인식 변화**

| 유골을 발견한 상황 | | 노인이 유골을 수습하는 상황 | | 노인을 배웅하고 돌아오는 길에 함박눈이 내리는 상황 |
|---|---|---|---|---|
| • 좌익 활동을 하다 행방불명된 아버지에 대해 증오와 거부감을 느낌<br>• 아버지를 기다리는 어머니도 탐탁지 않게 생각함 | → | • 유골과 아버지의 모습을 동일시함<br>• 아버지에 대한 연민의 감정이 생김 | → | • 함박눈을 보며 어머니의 하얀 사기대접을 떠올림<br>• 편견과 오해를 극복하고 아버지와 어머니를 모두 이해하게 됨 |

## 핵심 포인트 3 소재의 의미와 기능 파악

이 작품에서는 '철삿줄', '까마귀'와 '함박눈' 등의 소재들이 작품의 주제 의식을 부각하는 데 큰 역할을 하고 있다. 따라서 작품에 등장하는 소재의 상징적 의미와 기능을 파악할 수 있어야 한다.

**⊙ '철삿줄'과 이를 푸는 행위의 의미**

| 철삿줄 | • 여전히 우리를 억압하고 있는 이념의 폭력성, 잔인성을 상징함<br>• 이념 대립으로 인한 상처 | ↘ | 분단 현실의 상처와 극복이라는 주제 의식을 부각함 |
|---|---|---|---|
| **철삿줄을 푸는 행위** | | | |
| 노인이 철삿줄을 풀어 허공에 던지는 행위는 이제는 이념의 굴레에서 벗어나 진정한 자유와 평화를 얻어야 한다는 메시지와 연결 지어 해석할 수 있음 | | ↗ | |

**⊙ '까마귀'와 '함박눈'의 상징적 의미**

| 까마귀 | | 함박눈 |
|---|---|---|
| • 저희들끼리만 모여서 구물거리며 음산함과 불길함을 역병처럼 퍼뜨림<br>• 불길함, 세상의 화해를 방해하는 모든 부정적 세력 등을 상징함 | ↔ | • 검은 새 떼는 물론 세상 모든 것을 하얗게 지워 감<br>• 불길함을 지우는 존재이자 세상의 모든 것을 덮어 포용하는 존재<br>• 하나로 어우러진 세상에 대한 염원을 담고 있음 |

### 작품 한눈에

• 해제

〈아버지의 땅〉은 6·25 전쟁 때 좌익 활동을 하다가 행방불명된 아버지로 인해 정신적 고통을 겪어 오던 '나'가 군 복무 중에 우연히 발견한 유골을 수습하는 일을 다루고 있다. 이때 철삿줄에 묶여 있는 유골은 이념 대립의 고통이 현재까지 지속되고 있음을 의미하는 것으로, 현재까지도 아버지로 인해 여전히 고통받고 있는 '나'의 가족의 모습과 닮아 있다. 한편 '나'는 전쟁으로 가족을 잃은 노인이 유골을 정성스럽게 수습하는 모습을 보면서, 이념과 전쟁의 희생자였던 아버지와 아버지를 기다리는 어머니의 마음을 이해하며 오랜 원망의 대상이었던 아버지와 화해를 하게 된다.

• 제목 〈아버지의 땅〉의 의미

– 아버지의 유해가 어딘가에 버려져 묻혀 있을 땅으로, 전쟁의 상흔이 남아 있는 공간

이 작품은 이념 대립으로 인한 가족사의 아픔을 지닌 '나'가 아버지를 연민하고 이해하는 과정을 그려 내면서 우리가 살아가는 이 땅이 아버지 세대의 상처가 깃들어 있는 공간임을 드러내고 있다.

• 주제

전쟁으로 인한 상처와 이해, 연민을 통한 치유

### 전체 줄거리

'나'는 전방에서 군 복무를 하는 군인으로, 아버지가 죄를 짓고 집을 떠난 사실을 알고 난 후부터 아버지의 환영과 죄악감에 시달리고 있다. '나'는 훈련을 대비해 참호를 파던 중 철삿줄에 감긴 유골을 발견한다. 그리고 유골을 수습하던 중 [illegible] 가을 철새가 날아오는 것을 보고 서 있던 어머니의 모습과 어머니가 누군가를 기다리고 있는 것 같다고 생각했던 일을 떠올린다. '나'는 인근 마을로 내려가 구멍 가게 노인을 만나 신원 미상의 유골에 대해 이야기하고 유골이 나온 자리로 함께 돌아온다. 노인은 6·25 전쟁으로 인해 마을이 쑥대밭이 되었던 일과 마을에서 벌어진 전투로 희생된 사람들을 묻는 일을 했던 사연 등을 들려준다. 노인은 유골을 정성스럽게 수습하고 유골을 묶고 있던 철삿줄을 풀어내 던져 버린다. 그 모습을 지켜보던 '나'는 현기증이 일면서 어머니와 사내의 환영을 보게 된다. 그리고 다시 가슴과 팔목에 철삿줄을 동여맨 한 사내가 총성에 고꾸라지는 환영을 보며 아버지가 지금 어디에 쓰러져 누워 있을까 하는 생각을 하게 된다. 이후 '나'는 첫 휴가를 나왔을 때 아버지의 생일을 챙기는 어머니와 말다툼했던 기억을 떠올리고, 노인을 배웅하고 난 뒤 땅 밑에 웅크린 아버지가 신음하는 환영을 본다.

현대 소설 11

◇ 한 줄 평 세 인물의 우연한 만남을 통해 인간 사이의 단절과 소외의 문제를 그려 낸 작품

# 서울 1964년 겨울 김승옥

▸ 교과서 수록 문학 미래엔, 해냄
▸ 기출 수록 교육청 2002 10월

## 장면 포인트 I 주목

- 이 작품은 1960년대 서울을 배경으로 현대 사회 속 인간의 고독과 소외를 다루고 있는 소설이다. 익명화된 등장인물들이 우연히 만나 나누는 대화와 행동에 주목하여 연대감을 상실하고 파편화된 개인의 모습을 파악하도록 한다.
- 해당 장면은 작품의 발단 단계로, '나'와 '안'이 선술집에서 만나 무의미한 대화를 이어 가는 부분이다.
- 등장인물을 구체적인 이름이 아닌 '나', '안', '사내' 등과 같이 제시한 것에 주목하여 인물들의 피상적이고 삭막한 관계를 파악하도록 한다.

주목 1964년(시대적 배경) 겨울을(계절적 배경) 서울(공간적 배경)에서 지냈던 사람이라면 누구나 알 수 있겠지만, 밤이 되면 거리에 나타나는 선술집(술청 앞에 선 채로 간단하게 술을 마실 수 있는 술집. – '나'와 '안'과 '사내'가 처음 만나는 장소) — 오뎅과 군참새와 세 가지 종류의 술 등을 팔고 있고, 얼어붙은 거리를 휩쓸며 부는 차가운 바람(을씨년스러운 분위기)이 펄럭거리게 하는 포장을 들치고 안으로 들어서게 되어 있고, 그 안에 들어서면 카바이드 불(탄화 칼슘을 이용해 켠 등)의 길쭉한 불꽃이 바람에 흔들리고 있고, 염색한 군용 잠바를 입고 있는 중년 사내가 술을 따르고 안주를 구워 주고 있는 그러한 선술집에서, 그날 밤, 우리 세 사람은 우연히 만났다. 「우리 세 사람이란 나와 도수 높은 안경을 쓴 안(安)이라는 대학원 학생과 정체는 알 수 없지만, 요컨대 가난뱅이라는 것만은 분명하여 그의 정체를 꼭 알고 싶다는 생각은 조금도 나지 않는(타인에 대한 관심이 사라진 삭막한 인간관계를 드러냄) 서른대여섯 살짜리 사내를 말한다.」(「」: 등장인물의 익명화 – 인물의 개성을 드러내지 않음. 인물 사이에 진정한 의사소통이 부재함)

먼저 말을 주고받게 된 것은 나와 대학원생이었는데, 뭐 그렇고 그런 자기소개(형식적인 자기소개)가 끝났을 때는 나는 그가 안씨라는 성을 가진 [스물다섯 살짜리] 대한민국 청년, 대학 구경을 해 보지 못한 나로서는 상상이 되지 않는 전공을 가진 대학원생, 부잣집 장남이라는 걸 알았고, 그는 내가 [스물다섯 살짜리] 시골 출신, 고등학교는 나오고 육군 사관 학교를 지원했다가 실패하고 나서 군대에 갔다가 임질(임균에 의해서 감염되는 성병의 한 가지)에 한 번 걸려 본 적이 있고 지금은 구청 병사계(兵事係)(병역에 관련된 일을 담당하는 부서)에서 일하고 있다는 것을 아마 알았을 것이다. ([ ]: 정신적 성숙과 부적응의 경계에서 방황하는 젊은 나이)

자기소개들은 끝났지만 그러고 나서는 서로 할 얘기가 없었다.(현대인의 피상적인 인간관계가 드러남) 잠시 동안은 조용히 술만 마셨는데 나는 새카맣게 구워진 군참새를 집을 때 할 말이 생겼기 때문에 마음속으로 군참새에게 감사하고 나서 얘기를 시작했다.

> **감상 포인트** 인물을 '나', '안', '사내'로 지칭하여 서술하는 것의 효과를 파악한다.

「"안 형, 파리를 사랑하십니까?"(의미 없는 질문)

"아니오, 아직까진……." 그가 말했다. "김 형(‘나’)은 파리를 사랑하세요?"

"예"라고 나는 대답했다. "날 수 있으니까요. 아닙니다. 날 수 있는 것으로서 동시에 내 손에 붙잡힐 수 있는 것이니까요. 날 수 있는 것으로서 손안에 잡아 본 적이 있으세요?"

"가만 계셔 보세요." 그는 안경 속에서 나를 멀거니 바라보며 잠시 동안 표정을 꼼

## 작품 분석 노트

- 배경의 의미와 기능

① 공간적 배경

| 서울 | • 도시화가 진행되면서 자본주의의 모순이 드러나는 공간<br>• 공동체 의식이 약화되면서 개인주의가 심화되어 인간관계의 단절이 일어나는 공간 |
|---|---|

② 시간적 배경

| 1964년 | • 4 · 19 정신을 훼손하는 군사 정부의 독재로 민주주의가 억압받던 시기<br>• 정치적, 사회적 부조리가 팽배하여 사람들이 당대 사회에 대해 회의감과 무력감을 느낌 |
|---|---|
| 겨울 | 차가운 계절로, 작품의 우울하고 쓸쓸한 분위기를 부각함 |

- 등장인물의 익명성

'나', '안', '사내'

↓

- 그 시대를 살았던 평범한 시민 중 한 명임을 나타냄
- 이름을 드러내지 않음으로써 인간관계의 단절을 부각함
- 등장인물의 개성을 드러내지 않음

- '나'와 '안'의 대화 소재 – 파리

| 파리 | • '나'와 '안'이 자기소개를 마친 후 '나'가 시작한 이야기<br>• 별다른 의미 없는 이야기로 진정한 의사소통이 이루어지지 않음을 나타냄 |
|---|---|

지락거리고 있었다. 그리고 말했다. "없어요, 나도 파리밖에는……."

「」: 상대방이 하는 말에 대한 깊이 있는 이해 없이 무의미한 대화를 이어 감

낮엔 이상스럽게도 날씨가 따뜻했기 때문에 길은 얼음이 녹아서 흙물로 가득했었는데 밤이 되면서부터 다시 기온이 내려가고 흙물은 우리의 발밑에서 다시 얼어붙기 시작했다. 소가죽으로 지어진 내 검정 구두는 얼고 있는 땅바닥에서 올라오고 있는 찬 기운을 충분히 막아 내지 못하고 있었다. 사실 이런 술집이란, 집으로 돌아가는 길에 잠깐 한잔하고 싶은 생각이 든 사람이나 들어올 데지, 마시면서 곁에 선 사람과 무슨 얘기를 주고받을 만한 데는 되지 못하는 곳이다. 그런 생각이 문득 들었지만 그 안경잡이가 때마침 나에게 기특한 질문을 했기 때문에 나는 '이놈 그럴듯하다'고 생각되어 추위 때문에 저려 드는 내 발바닥에게 조금만 참으라고 부탁했다.

차갑고 삭막한 분위기 조성

'선술집'이라는 공간에 대해 '나'가 내린 판단 – 선술집에서 만난 세 인물의 단절적 관계를 나타냄

▶ 선술집에서 만난 '나'와 '안'이 의미 없는 대화를 이어 감

"김 형, 꿈틀거리는 것을 사랑하십니까?" 하고 그가 내게 물었던 것이다.

현실에 부대끼면서도 살아 있는 것

"사랑하구말구요." 나는 갑자기 의기양양해져서 대답했다. 추억이란 그것이 슬픈 것이든지 기쁜 것이든지 그것을 생각하는 사람을 의기양양하게 한다. 슬픈 추억일 때는 고즈넉이 의기양양해지고 기쁜 추억일 때는 소란스럽게 의기양양해진다.

말없이 다소곳하거나 잠잠하게

"사관 학교 시험에서 미역국을 먹고 나서도 얼마 동안, 나는 나처럼 대학 입학시험에 실패한 친구 하나와 미아리에서 하숙하고 있었습니다. 서울엔 그때가 처음이었죠. 장교가 된다는 꿈이 깨어져서 나는 퍽 실의(失意)에 빠져 있었습니다. 그때 영영 실의해 버린 느낌입니다. 아시겠지만 꿈이 크면 클수록 실패가 주는 절망감도 대단한 힘을 발휘하더군요. 그 무렵 재미를 붙인 게 아침의 만원 된 버스 칸이었습니다. 함께 있는 친구와 나는 하숙집의 아침 밥상을 밀어 놓기가 바쁘게 미아리 고개 위에 있는 버스 정류장으로 달려갑니다. 개처럼 숨을 헐떡거리면서 말입니다. 시골에서 처음으로 서울에 올라온 청년들의 눈에 가장 부럽고 신기하게 비치는 게 무언지 아십니까? 부러운 건, 뭐니 뭐니 해도, 밤이 되면 빌딩들의 창에 켜지는 불빛, 아니 그 불빛 속에서 이리저리 움직이고 있는 사람들이고, 신기한 건 버스 칸 속에서 일 센티미터도 안 되는 간격을 두고 자기 곁에 이쁜 아가씨가 서 있다는 사실입니다. 그것 때문에 나는 하루 종일을 시내버스를 이것 저것 갈아타면서 보낸 적도 있습니다. 물론 그날 밤엔 너무 피로해서 토했습니다만……."

사관 학교 시험에서 떨어짐

실의에 빠져 소일거리로 만원 버스를 탐

아침을 먹자마자

입학시험에 떨어진 자신과 다르게 바쁘게 일하며 살아가는 사람들을 부러워함

▶ '나'가 꿈틀거림과 관련한 추억을 이야기함

- '선술집'의 의미와 기능

**선술집**

- 집으로 돌아가는 길에 잠깐 한잔하고 싶은 생각이 든 사람이 들어오는 곳
- 마시면서 곁에 선 사람과 무슨 얘기를 주고받을 만한 데는 되지 못하는 곳

- '나'와 '안'이 우연히 만나 술을 마신 장소로 임시적인 공간
- 길거리에 포장을 쳐서 만들어신 싱소라는 점에서 안정되지 못한 1960년대 당시의 시대 상황 암시

## 장면 포인트 2 주목

- 해당 장면은 선술집에서 만나 동행하게 된 '나'와 '안', '사내'가 중국집에 들어가서 대화를 나누는 부분이다.
- 자신의 이야기를 털어놓는 사내의 심리와 이에 대해 '나'와 '안'이 보이는 반응을 중심으로 타인에게 무관심하며 인간관계가 파편화된 현대 사회의 모습을 파악하도록 한다.

"말씀드리고 싶은 게 있는데요." 마음씨 좋은 아저씨('사내')가 말하기 시작했다. "들어 주셨으면 고맙겠습니다……('사내'가 '나', '안'과 대화하기를 원함) 오늘 낮에 제 아내가 죽었습니다('사내'가 '나', '안'에게 자신에게 닥친 불행을 이야기함). 세브란스 병원에 입원하고 있었는데……." 그는 이젠 슬프지도 않다는 얼굴로 우리를 빤히 쳐다보며 말하고 있었다.

"네에에." "그거 안되셨군요."(형식적인 위로)라고, 안과 나는 각각 조의(남의 죽음을 슬퍼하는 뜻)를 표했다.

「"아내와 나는 참 재미있게 살았습니다. 아내가 어린애를 낳지 못하기 때문에 시간은 몽땅 우리 두 사람의 것이었습니다. 돈은 넉넉하진 못했습니다만, 그래도 돈이 생기면 우리는 어디든지 같이 다니면서 재미있게 지냈습니다. 딸기 철엔 수원에도 가고, 포도 철엔 안양에도 가고, 여름이면 대천에도 가고, 가을엔 경주에도 가 보고, 밤엔 함께 영화 구경, 쇼 구경 하러 열심히 극장에 쫓아다니기도 했습니다……."」 「 」: 아내가 살아 있을 때 넉넉하지 않은 형편이었지만 행복했던 추억을 말하는 '사내'

"무슨 병환이셨던가요?" 하고 안이 조심스럽게 물었다.

"급성 뇌막염이라고 의사가 그랬습니다. 아내는 옛날에 급성 맹장염 수술을 받은 적도 있고, 급성 폐렴을 앓은 적도 있다고 했습니다만 모두 괜찮았었는데 이번의 급성엔 결국 죽고 말았습니다…… 죽고 말았습니다.(반복을 통해 '사내'의 슬픔을 드러냄)"

사내는 고개를 떨구고 한참 동안 무언지 입을 우물거리고 있었다. 「안이 손가락으로 내 무릎을 찌르며 우리는 꺼지는 게 어떻겠느냐는 눈짓을 보냈다. 나 역시 동감이었지만('사내'와의 소통을 거부하는 '안'과 '나') 그때 사내가 다시 고개를 들고 말을 계속했기 때문에 우리는 눌러앉아 있을 수밖에 없었다.」 「 」: 타인의 상처와 고통에 무관심한 현대인의 모습

"아내와는 재작년에 결혼했습니다. 우연히 알게 됐습니다. 친정이 대구 근처에 있다는 얘기만 했지 한 번도 친정과는 내왕이 없었습니다. 난 처갓집이 어딘지도 모릅니다. 그래서 할 수 없었어요.(아내의 죽음을 알릴 처갓집의 위치를 몰라서 시체를 팔 수밖에 없었던 상황을 말함)" 그는 다시 고개를 떨구고 입을 우물거렸다.

"뭘 할 수 없었다는 말입니까?" 내가 물었다.

그는 내 말을 못 들은 것 같았다. 그러나 한참 후에 다시 고개를 들고 마치 애원하는 듯한 눈빛(아내의 시체를 팔 수밖에 없었던 자신의 행위에 대한 이해와 위로를 구하는 눈빛)으로 말을 이었다.

"아내의 시체를 병원에 팔았습니다. 할 수 없었습니다. 난 서적 월부 판매 외교원(은행이나 회사에서 교섭이나 권유, 선전, 판매를 위하여 고객을 방문하는 일이 주된 업무인 사원)에 지나지 않습니다(가난한 '사내'의 형편). 할 수 없었습니다(같은 말을 반복하는 '사내'의 심리 – 아내의 시체를 판 죄책감에서 벗어나고자 함). 돈 사천 원을 주더군요. 난 두 분을 만나기 얼마 전까지도 세브란스 병원 울타리 곁에 서 있었습니다. 아내가 누워 있을 시체실이 있는 건물을 알아보려고 했습니다만 어딘지 알 수 없었습니다. 그냥 울

### 작품 분석 노트

- '나'와 '안'과 '사내'의 대화

| | |
|---|---|
| '사내' | 아내의 죽음에 대하여 '나'와 '안'에게 이야기하고 싶어 함 |
| '나', '안' | '사내'의 제안에 주저하면서 '사내'의 불행에 신경 쓰려 하지 않음 |

↓

- 진정한 의사소통이 단절된 현대인의 삭막한 인간관계가 드러남
- 사회적 연대감, 유대감을 상실한 현대인의 소외가 드러남

타리 곁에 앉아서 병원의 큰 굴뚝에서 나오는 희끄무레한 연기만 바라보고 있었습니다. 아내는 어떻게 될까요. 학생들이 해부 실습하느라고 톱으로 머리를 가르고 칼로 배를 찢고 한다는데 정말 그러겠지요?"

아내의 시체를 판 자신의 행위에 대해 죄책감을 느끼고 있음

▶ 아내의 죽음과 아내의 시체를 판 이야기를 '나'와 '안'에게 하는 '사내'

우리는 입을 다물고 있을 수밖에 없었다. 사환이 단무지와 파가 담긴 접시를 갖다 놓고 나갔다.

"기분 나쁜 얘길 해서 미안합니다. 다만 누구에게라도 얘기하지 않고서는 견딜 수 없었습니다. 한 가지만 의논해 보고 싶은데, 이 돈을 어떻게 하면 좋을까요? 저는 오늘 저녁에 다 써 버리고 싶은데요."

아내의 시체를 판 행위를 '나'와 '안'에게 털어놓으며 위로받고자 하는 '사내'의 심리가 드러남

아내의 시체를 판 돈을 모두 써서 죄책감에서 벗어나고 싶어 함

"쓰십시오." 안이 얼른 대답했다.

"이 돈이 다 없어질 때까지 함께 있어 주시겠어요?" 사내가 말했다. 우리는 얼른 대답하지 못했다. "함께 있어 주십시오." 사내가 말했다. 우리는 승낙했다.

'사내'와 함께 있어 주는 것을 주저하는 '나'와 '안'

"멋있게 한번 써 봅시다."라고 사내는 우리와 만난 후 처음으로 웃으면서 그러나 여전히 힘없는 음성으로 말했다.

'나', '안'과 함께 있음으로써 불행을 극복해 보려 함

중국집에서 거리로 나왔을 때는 우리는 모두 취해 있었고, 돈은 천 원이 없어졌고 「사내는 한쪽 눈으로는 울고 다른 쪽 눈으로는 웃고 있었고, 안은 도망갈 궁리를 하기에도 지쳐 버렸다고 내게 말하고 있었고, 나는 "악센트 찍는 문제를 모두 틀려 버렸단 말야, 악센트 말야."라고 중얼거리고 있었고,」「거리는 영화 광고에서 본 식민지의 거리처럼 춥고 한산했고, 그러나 여전히 소주 광고는 부지런히, 약 광고는 게으름을 피우며 반짝이고 있었고, 전봇대의 아가씨는 '그저 그래요.'라고 웃고 있었다.」

공간의 이동

다른 사람의 불행에 관여하지 않으려는 태도

「」: 서로 연결되지 않는 인물들 각각의 행동 나열 – 유대감이 상실된 채 단절된 인간관계

「」: '나'의 눈에 비친 거리의 풍경 묘사 – '나'와 '안', '사내'의 관계처럼 삭막하고 단절되어 있음

▶ '사내'가 아내의 시체를 판 돈을 모두 쓰기로 함

「"이제 어디로 갈까?" 하고 아저씨가 말했다.

"어디로 갈까?" 안이 말하고,

"어디로 갈까?"라고 나도 그들의 말을 흉내 냈다.」

「」: 삶의 목적성과 방향성을 잃어버린 현대인의 모습

아무 데도 갈 데가 없었다. 방금 우리가 나온 중국집 곁에 양품점의 쇼윈도가 있었다. 사내가 그쪽을 가리키며 우리를 끌어당겼다. 우리는 양품점 안으로 들어갔다.

"넥타이를 골라 가져. 내 아내가 사 주는 거야." 사내가 호통을 쳤다.

'사내'가 아내의 시체를 판 돈으로 행하는 무의미한 소비 행위

우리는 알록달록한 넥타이를 하나씩 들었고, 돈은 육백 원이 없어져 버렸다. 우리는 양품점에서 나왔다.

"어디로 갈까?"라고 사내가 말했다.

갈 데는 계속해서 없었다.

정처 없이 헤매는 세 사람

▶ 갈 곳을 몰라 방황하는 세 사람

**감상 포인트**

인물들의 심리와 태도를 통해 드러나는 사회상을 파악한다.

• '중국집'의 의미와 기능

중국집

- '사내'가 '나'와 '안'에게 아내의 죽음과 시체를 병원에 판 이야기를 하는 공간
- '사내'의 이야기를 귀담아듣지 않는 '나'와 '안'의 모습이 나타나는 공간

↓

세 사람 간에 진정한 소통이 이루어지지 않음을 드러냄

• '거리'의 의미와 기능

거리

- 소주 광고는 부지런히, 약 광고는 게으름을 피우며 반짝이고 있었고, 전봇대의 아가씨는 '그저 그래요'라고 웃고 있었다.
- 아무 데도 갈 데가 없었다.
- 갈 데는 계속해서 없었다.

↓

- 여러 광고로 가득 차 자본주의의 소비 지향적인 성격을 드러내는 공간
- 목적지를 상실한 인물들의 모습을 드러내는 공간

### 장면 포인트 3

- 해당 장면은 여관에 들어간 세 사람이 각각 다른 방을 쓰고 다음 날 '사내'의 자살을 알게 된 '나'와 '안'이 황급히 여관을 도망쳐 나오는 작품의 결말 부분이다.
- '나'에게 기어 오는 '개미'가 가리키는 바를 파악하고 '개미'를 피해 자리를 옮기는 '나'의 행위의 의미를 이해하도록 한다.
- '사내'의 죽음이라는 사건을 대하는 '나'와 '안'의 말과 행동을 중심으로 단절된 인간관계 및 고독과 소외라는 현대 사회의 문제를 파악하도록 한다.

우리는 모두 고개를 숙이고 어두운 골목길을 걸어서 거리로 나왔다. 적막한 거리에는 찬바람이 세차게 불고 있었다.
인물들의 삭막한 관계와 대응하는 환경

"몹시 춥군요."라고 사내는 우리를 염려한다는 음성으로 말했다.

"추운데요. 빨리 여관으로 갑시다." 안이 말했다.

"방을 한 사람씩 따로 잡을까요?" 여관에 들어갔을 때 안이 우리에게 말했다.
'안'의 개인주의적인 태도가 드러남

"그게 좋겠지요?"

"모두 한방에 드는 게 좋겠지요."라고 나는 아저씨를 생각해서 말했다.
'사내'를 배려하는 '나' – '안'보다는 다소 인간적인 면모를 지니고 있음

아저씨는 그저 우리 처분만 바란다는 듯한 태도로 또는 지금 자기가 서 있는 곳이 어딘지도 모른다는 태도로 멍하니 서 있었다. 여관에 들어서자 우리는 모든 프로가 끝나 버린 극장에서 나오는 때처럼 어찌할 바를 모르고 거북스럽기만 했다. 여관에 비한다면 거리가 우리에게는 더 좁았던 셈이었다. 벽으로 나누어진 방들, 그것이 우리가 들어가야 할 곳이었다.
정신적으로 불안정한 '사내'의 모습
친밀하고 가까운 관계를 맺지 못하는 세 사람의 상황을 드러냄
단절과 소외의 공간

▶ '나'와 '안', '사내'가 여관에 들어감

"모두 같은 방에 들기로 하는 것이 어떻겠어요?" 내가 다시 말했다.
'사내'를 혼자 두지 않으려는 '나'의 배려

"난 지금 아주 피곤합니다." 안이 말했다.

"방은 각각 하나씩 차지하고 자기로 하지요."

"혼자 있기가 싫습니다."라고 아저씨가 중얼거렸다.
앞으로 일어날 사건(사내의 죽음)을 암시함

"혼자 주무시는 게 편하실 거예요." 안이 말했다.
'사내'의 호소를 무시함

우리는 복도에서 헤어져서 사환이 지적해 준, 나란히 붙은 방 세 개에 각각 한 사람씩 들어갔다. / "화투라도 사다가 놉시다." 헤어지기 전에 내가 말했지만,
파편화된 현대인의 인간관계를 드러냄

"난 아주 피곤합니다. 하시고 싶으면 두 분이나 하세요."라고 안은 말하고 나서 자기의 방으로 들어가 버렸다.
'안'의 이기적인 성격 – 단절감의 증폭

"나도 피곤해 죽겠습니다. 안녕히 주무세요."라고 나는 아저씨에게 말하고 나서 내 방으로 들어갔다. 숙박계엔 거짓 이름, 거짓 주소, 거짓 나이, 거짓 직업을 쓰고 나서 사환이 가져다 놓은 자리끼를 마시고 나는 이불을 뒤집어썼다. 나는 꿈도 안 꾸고 잘 잤다.
'안'에게 동조하는 '나'
익명화된 존재로 남으려 함 – 진실된 모습을 감추고 살아가는 현대인의 모습
밤에 자다가 마시기 위하여 잠자리의 머리맡에 준비하여 두는 물
'사내'의 자살과 대조됨

▶ 세 사람은 각각 방을 잡고 잠을 잠

다음 날 아침 일찍이 안이 나를 깨웠다.

"그 양반, 역시 죽어 버렸습니다." 안이 내 귀에 입을 대고 그렇게 속삭였다.
'안'이 '사내'의 자살을 예감하고 있었음을 드러냄

"예?" 나는 잠이 깨끗이 깨어 버렸다.

#### 작품 분석 노트

- 여관의 '방들'의 의미와 기능

  - 벽으로 나누어진 방들, 그것이 우리가 들어가야 할 곳이었다.
  - 나란히 붙은 방 세 개에 각각 한 사람씩 들어갔다.

  ↓

  - 소외되고 단절된 현대인들의 삶의 공간
  - 서로에 대한 연대감을 상실하고 파편화된 모습을 드러냄
  - 진정한 의사소통이 부재한 채로 서로에게 무관심한 도시인의 모습을 보여 줌

  ↓

  작품의 주제 의식을 드러내는 상징적 소재

"방금 그 방에 들어가 보았는데 역시 죽어 버렸습니다."

"역시……." 나는 말했다. "사람들이 알고 있습니까?"

"아직까진 아무도 모르는 것 같습니다. 우린 빨리 도망해 버리는 게 시끄럽지 않을 것 같습니다." / "자살이지요?" / "물론 그것이겠죠."

사람의 생명보다 자신의 편의를 더 중요하게 여기는 이기적 성향을 알 수 있음

나는 급하게 옷을 주워 입었다. 개미 한 마리가 방바닥을 내 발이 있는 쪽으로 기어 오고 있었다. 그 개미가 내 발을 붙잡으려고 하는 것 같은 느낌이 들어서 나는 얼른 자리를 옮겨 디디었다.

죽은 '사내'를 연상시키는 소재

'사내'의 죽음에 연관되지 않고 싶어 하는 '나'의 심리를 드러냄

▶ '나'와 '안'은 '사내'의 죽음을 확인하고 서둘러 여관을 나옴

밖의 이른 아침에는 싸락눈이 내리고 있었다. 우리는 할 수 있는 한 빠른 걸음으로 여관에서 떨어져 갔다.

서늘하고 침울한 분위기 조성

'사내'의 죽음에 자신들이 휘말리는 것을 피하기 위해

"난 그 사람이 죽으리라는 걸 알고 있었습니다." 안이 말했다.

"난 짐작도 못 했습니다."라고 나는 사실대로 얘기했다.

"난 짐작하고 있었습니다." 그는 코트의 깃을 세우며 말했다.

"그렇지만 어떻게 합니까?"

"그렇지요. 할 수 없지요. 난 짐작도 못 했는데……." 내가 말했다.

"짐작했다고 하면 어떻게 하겠어요?" 그가 내게 물었다.

"어떻게 합니까? 그 양반 우리더러 어떡하라는 건지……."

타인의 불행에 관여하지 않으려는 태도

"그러게 말입니다. 혼자 놓아두면 죽지 않을 줄 알았습니다. 그게 내가 생각해 본 최선의 그리고 유일한 방법이었습니다."

'안'의 개인주의적이고 폐쇄적인 태도

"난 그 양반이 죽으리라고는 짐작도 못 했다니까요. 약을 호주머니에 넣고 다녔던 모양이군요."

□: 자살을 예상하지 못했다는 말을 반복함 – '사내'의 죽음에 대해 양심의 가책을 느낌. '사내'의 죽음은 자신의 책임이 아님을 강조함

안은 눈을 맞고 있는 어느 앙상한 가로수 밑에서 멈췄다. 나도 그를 따라서 멈췄다. 그가 이상하다는 얼굴로 나에게 물었다.

"김 형, 우리는 분명히 스물다섯 살짜리죠?"

"난 분명히 그렇습니다." / "나두 그건 분명합니다." 그는 고개를 한 번 갸웃했다.

"두려워집니다." / "뭐가요?" 내가 물었다.

사내의 죽음으로 인해 '안'이 고독감과 허무함을 인식하기 시작함

"그 뭔가가, 그러니까……." 그가 한숨 같은 음성으로 말했다.

"우리가 너무 늙어 버린 것 같지 않습니까?"

타인이나 세상사에 관심이 없는 자신의 상태에 대한 인식

"우린 이제 겨우 스물다섯 살입니다." 나는 말했다.

"하여튼……." 하고 그가 내게 손을 내밀며 말했다.

"자, 여기서 헤어집시다. 재미 많이 보세요." 하고 나도 그의 손을 잡으며 말했다.

형식적인 인사를 나누고 무의미하게 헤어짐

우리는 헤어졌다. 나는 마침 버스가 막 도착한 길 건너편의 버스 정류장으로 달려갔다. 버스에 올라서 창으로 내다보니 안은 앙상한 나뭇가지 사이로 내리는 눈을 맞으며 무언지 곰곰이 생각하고 서 있었다.

▶ '나'와 '안'이 무덤덤하게 헤어짐

• '개미'의 의미와 기능

'나'에게 다가오는 개미

• 소외된 채 자살한 '사내'를 연상시킴
• '사내'를 그대로 죽게 놓아둔 것에 대해 '나'가 양심의 가책을 느끼게 함

개미가 '나'의 발을 붙잡으려고 하는 것 같은 느낌이 들어 자리를 옮김

'사내'의 죽음에 양심의 가책을 느끼지만 '사내'의 죽음에 휘말리고 싶지 않은 '나'의 심리를 드러냄

• '사내'의 죽음에 대한 '나'와 '안'의 태도

| | |
|---|---|
| '안' | • '사내'의 죽음을 예상하면서도 내버려둠<br>• '사내'의 죽음을 방치한 것에 대해 변명함 |
| '나' | • '사내'의 죽음을 예상하지 못했다는 말을 반복함<br>• '사내'의 죽음에 대해 양심의 가책을 느낌 |

↓

'사내'의 죽음에 자신들이 휘말리는 것을 피하기 위해 여관을 급히게 나옴

↓

타인에게 무관심하고 냉정한 현대인의 비인간적인 모습

## 핵심 포인트 1 인물의 성격과 태도 파악

이 작품은 세 명의 인물을 중심으로 사건이 전개되므로 각 인물의 상황, 태도 등을 파악할 수 있어야 한다.

**주요 등장인물**

| '나' | • 스물다섯 살 난 시골 출신의 평범한 인물. 육사 시험에 떨어지고 나서 구청 병사계에서 근무함<br>• 타인과 적극적으로 교류하지 않고 자신의 세계에 틀어박혀 살아감 |
|---|---|

동정적 ↓ ↑ 소통 요구

| '사내' | • 서른대여섯 살의 가난한 서적 외판원. 아내가 죽고 그 시체를 병원에 팔고 난 뒤 죄책감을 느끼다가 여관에서 자살함<br>• 자신의 슬픔과 고뇌를 타인과 나누기를 원함 |
|---|---|

냉소적 ↑ ↓ 소통 요구

| '안' | • '나'와 나이가 같은 스물다섯 살이며 부잣집 장남으로 대학원에 다님<br>• '사내'의 자살을 짐작하지만 함께 있자는 '사내'의 간청을 외면함 |
|---|---|

## 핵심 포인트 2 공간의 의미와 기능 파악

이 작품에 드러난 여러 공간의 상징적 의미를 작품의 주제와 연관 지어 파악할 수 있어야 한다.

**작품 속 공간**

| 선술집 | → | 중국집 | → | 거리 | → | 여관 |
|---|---|---|---|---|---|---|
| • '나', '안', '사내'가 우연히 만나는 계기가 공간<br>• 길거리에 세워진 임시적 성격의 공간으로 지속되지 못하는 세 인물의 피상적 관계와 관련됨 | | • '사내'가 자신의 이야기를 털어놓는 공간<br>• '사내의 이야기를 부담스러워하는 '나', '안'의 태도를 통해 현대인의 단절된 인간관계가 드러남 | | • 개별적인 광고로 가득 차 자본주의 사회의 모습을 드러냄<br>• 갈 곳이 없어 방황하는 세 인물들의 모습을 통해 방향성을 상실한 현대인의 모습이 드러남 | | • 벽으로 나뉜 각각의 방에 인물들이 따로따로 들어감<br>• 혼자 있기 싫어하던 '사내'가 결국 자살함<br>• 현대인의 소외되고 단절된 삶의 모습이 드러남 |

## 핵심 포인트 3 외적 준거에 따른 감상

이 작품은 제목에서도 알 수 있듯이 1960년대의 서울을 배경으로 하고 있으므로, 당시 사회상을 외적 준거로 삼아 작품을 이해할 수 있어야 한다.

**작품의 배경**

| 1960년대 서울의 사회적 상황 |
|---|
| • 본격적으로 경제 성장이 시작됨<br>• 4 · 19 혁명 이후 군사 정권의 등장으로 정치적 혼란이 지속됨<br>• 산업화와 근대화, 도시화에 따라 농촌에서 도시로 대규모 이농 현상이 나타남 |

**산업화와 근대화, 도시화의 영향**

| 산업화와 근대화, 도시화로 인한 변화 |
|---|
| • 서울을 비롯한 대도시의 인구가 급격히 늘어남<br>• 소득 격차가 발생하고 인간 소외 현상이 나타남<br>• 개인주의적 삶에 익숙해진 시민들은 공동체적 유대감을 상실하고 인간관계의 단절을 경험함 |

### 작품 한눈에

• 해제

〈서울 1964년 겨울〉은 1960년대 서울을 배경으로, 우연히 만난 세 사람이 하룻밤 동안 무의미한 동행을 한 뒤 헤어지는 과정을 통해 현대 사회가 안고 있는 문제를 상징적으로 드러낸 작품이다. 서적 외판원인 '사내'는 자신의 문제를 '나'와 '안'과 공유하려 하지만, '나'와 '안'에게 '사내'는 부담스러운 존재일 뿐이다. 세 사람이 여관으로 가서도 각기 다른 방을 쓰는 모습, 사내가 자살할 것을 짐작하면서도 이를 말리지 않는 '안'의 모습 등을 통해 인간적 유대가 없는 현대 사회의 파편화된 인간관계를 단적으로 드러내고 있다. 인물들 간의 단편적이고 뚝뚝 끊어지는 대화는 현대인들이 서로 소통하지 못하고 단절되어 있음을 나타낸다. 또한 이 작품은 공간의 상징성을 통해 주제 의식을 구현하고 있는데, 여관에서 세 인물이 각각 들어간 '벽으로 나누어진 방'은 고독과 소외에 내몰린 현대인의 상황을 의미한다.

• 제목 〈서울 1964년 겨울〉의 의미

– 1964년 겨울, 서울에서 만나 진정한 소통을 하지 못한 채 방황하는 세 인물의 이야기

제목에서 알 수 있듯이 이 작품의 시대적 배경은 1960년대, 공간적 배경은 서울, 계절적 배경은 겨울이다. 1960년대는 정치적으로 혼란한 시기였고, 사람들은 서로 단절된 채로 살아가고 있었다. 이 작품은 익명의 세 인물을 통해 당시 사람들의 고독과 소외감, 현실의 암울함을 그려 내고 있다.

• 주제

현대 도시인들의 심리적 방황과 인간적 연대감의 상실

**전체 줄거리**

1964년 서울의 어느 겨울밤, '나'는 선술집에서 우연히 만난 대학원생 안과 무의미한 이야기를 나눈다. 그때 한 낯선 사내가 나타난다. 이 사내는 '나'와 안에게 돈은 얼마든지 있다며 동행하기를 청하고, '나'는 유쾌한 예감이 들지는 않았지만 제안을 수락한다. 사내는 오늘 낮에 아내가 죽었는데 아내의 시체를 병원에 판 돈을 다 써 버리고 싶으니 그때까지만 함께 있어 달라고 부탁한다. 셋은 넥타이와 귤을 사는 데 돈을 쓰고 화재가 난 곳에서 불구경을 하는데 사내가 불속으로 가진 돈을 모두 던져 버린다. 그리고 혼자 있기 무섭다며 같이 있어 달라는 사내의 말에 셋은 여관으로 향한다. 안의 제안에 따라 세 사람은 나란히 붙은 방 세 개에 각각 들어간다. '나'는 숙박계에 신상 정보를 모두 거짓으로 남기고 편안히 잘 잔다. 다음 날 아침, 안은 '나'에게 사내가 자살했음을 알려 주고 '나'는 안과 헤어져 버스를 탄다.

현대 소설 12

◇ 한 줄 평 물질적 부를 위해 모범적인 어른의 행세를 하던 인물의 위선을 그린 작품

# 모범 동화 최인호

## 장면 포인트 1

- 이 작품은 D 국민학교 앞에서 잡화상을 하는 강 씨가 한 조숙한 소년과 대결을 반복하다 큰 상처를 입고 좌절하는 내용을 그린 소설이다.
- 해당 장면은 강 씨가 경험에서 우러나온 처세와 교묘한 연기력으로 가식적인 모범 어른 행세를 하며 D 국민학교 아이들의 신뢰를 얻어 돈을 벌어 왔음을 보여 주는 상황이다.
- 강 씨가 아이들을 '과목'이나 '동전'으로 비유한 이유를 파악하도록 한다.

초가을의 어느 날 D 국민학교 앞 잡화상 강 씨가 자살을 한 이유는 아무도 모른다.
이 작품이 '강 씨가 왜 자살을 했는가'라는 질문에 대한 답을 찾아가는 서사라는 것을 보여 줌 ▶ D 국민학교 앞 잡화상 강 씨의 죽음

그는 피난민이었다. 대부분의 피난민이 그러하듯, 동란으로 인해 그는 양순하던 그의 아내와 두 아이를 포함한 그의 가족을 잃었다. 그는 완전히 혼자인 셈이었다.
강 씨는 6 · 25 전쟁 중 가족을 모두 잃고 혼자가 됨

꽤 많은 저금을 그의 소유로 하고 있었다. 그만한 돈이면 시장 거리에 나가 어물전까지 낼 수 있었지만, 그는 절대 그런 짓을 하지 않았다. 그것은 위험한 일처럼 생각되는 것이었다. 그에게 가장 안전한 방법은 D 국민학교 앞에서 장사를 한다는 것뿐이었다.
조금이라도 돈을 잃을 위험이 있다고 판단되는 행위는 결코 하지 않음
강 씨는 D 국민학교 앞에서 잡화상을 하며 아이들의 동전을 긁어모으는 일에 만족함

그의 눈엔 D 국민학교 어린애들 삼천 명이 모두 동전처럼 보이곤 했다. 아침마다 책가방을 둘러메고 재잘거리며 올라오는 어린애들의 모습은 흡사 잘 닦인 동전이 햇빛에 반짝거리며 열병식을 올리는 모습과도 같았다. 그가 하는 일이라곤 하루 종일 담 밑에 쭈그리고 앉아 그 동전들을 긁어모으는 일이었다.
강 씨는 아이들을 돈을 벌 수 있는 수단으로만 인식함
열병식: 정렬한 군대의 앞을 지나면서 검열하는 의식
동전들: 아이들이 물건을 사고 내어놓는 돈

그것은 적은 돈이긴 했으나 매우 즐거운 장사였다.

그는 일종의 과수원을 내고 있는 셈이었다. 그는 그저 떨어지는 열매를 줍고 있을 뿐이었다. 그러나 그는 그 일만으로도 충분히 그의 벙어리저금통을 가득가득 채울 수 있었다. 그는 그의 과목(果木) 모두를 사랑하고 있었다.
벙어리저금통: 푼돈을 넣어 모으는 데 쓰는 조그마한 저금통
과목(果木): 아이들을 열매를 얻을 수 있는 과일나무에 비유함 ▶ D 국민학교 아이들을 상대로 장사를 해 돈을 버는 강 씨

다른 장사치들은 D 국민학교 앞에서 얼씬도 못 했다. 하루가 멀다 하고 다른 장사치들이 몰려들었으나 이내 철거당하곤 했다. D 국민학교 애들은 강 씨 이외의 장사치들을 용납하지 않았다.

토요일 어린이회 시간이면 아이들은 잡화상에 대한 철거 문제를 토의하고 결정한 안건에 따라 독하게 생긴 어린이 회장과 함께 담당 선생이 거들먹거리며 그들에게 철거를 요구했다. 말을 듣지 않을라치면 곧 실력 행사에 들어갔다. 어린이 회장은 당장 다음 월요일부터 불매 운동을 전개한다고 선언했고 정말 그 약속은 실현되었다.
잡화상: 여러 가지 잡다한 일용품을 파는 장사. 또는 그런 장수
실력 행사: 대화나 타협, 설득 따위의 방법을 쓰지 아니하고 힘으로 맞서는 일

## 작품 분석 노트

- '강 씨'가 아이들을 바라보는 시선

D 국민학교 아이들
- 동전(잘 닦인 동전)
- 그의 벙어리저금통을 가득 채울 수 있는 과목(果木)

↓

돈을 벌게 해 주는 대상
(물질적 대상)

주번 완장을 단 상급반 애들이 학교 앞 정문에 서서, 누가 그들에게 물건을 사는가를 감시하고 이름을 적었다. 그것은 매보다도 무서운 일이었다. 그렇다고 장사치들이 이 꼬마들에게 어떻게 압력을 가할 수는 없었다. 왜냐하면 노상에서, 더욱이 국민학교 정문 앞에서 장사판을 벌인다는 것이 정당한 행위가 아니라는 것쯤은 잘 알고 있었기 때문이었다. 별수 없이 그들은 눈물을 머금고 짐을 싸야 했다.

▶ 강 씨 이외의 장사치들은 D 국민학교 앞에 자리 잡지 못함

강 씨는 같은 장사치면서도 어린이 국회의 치외법권자로서 행사할 수 있었다. (다른 장사치들과 달리, 강 씨가 아이들을 상대로 모범적인 어른 행세를 하며 신뢰를 얻었기 때문임) 그것은 강 씨가 단신 월남한 후, 그곳에서 솜사탕 장수를 할 때부터 으레 정문 앞에는 털보 강 씨가 노트 몇 권이나 사탕 등을 놓고 팔고 있으려니 하는 이미 굳어진 일종의 잠재의식 때문만은 아니었다. 그가 D 국민학교 어린애들에게 인정받을 수 있었다는 것은 오직 그의 경험에서 우러나온 처세와, 그리고 교묘한 그의 연기력 때문이었다. (① 강 씨가 아이들의 신뢰를 얻을 수 있었던 이유 ② 강 씨가 다른 경쟁자(장사치)들을 물리칠 수 있었던 이유)

그는 아이들이 무엇에 굶주려 있는가를 잘 알고 있었고, 또 그들이 어른들에게서 진실로 무엇을 보기 원하는가도 잘 알고 있었다. (아이들이 어른들에게 원하는 바를 꿰뚫어 본 강 씨) 이를테면 아이들은 모두 열쇠 구멍으로 어른들을 엿보기 좋아하고 있었던 것이다. 그리고「이미 어린애들은 코안경을 높이 세우고 도덕을 역설하던 어른들도 일단 열쇠 구멍을 통해 볼 때는 비루할 수 있다는 평범한 진리에 지쳐 있었다. 그들은 열쇠 구멍 저편에서는 편하게 마련인 이론만의 윤리와 도덕을 저주하고 있었고,」(「」: 겉으로만 윤리, 도덕을 외치는 어른들의 위선적 행동에 싫증을 느낌) 아이들은 누구든 어른들의 은밀한 모범을 갈구하고 있었다. (진정으로 모범적인 어른의 모습을 기대함) 그것을 알고 있는 강 씨로서는 아이들에게 찬사를 받는 것쯤은 쉬운 일이었다. 그는 아침마다 학교 앞을 손수 비로 쓸었고, 어린이 회의에서 수재의연금(수재민을 돕기 위한 목적의 기부금) 모집 안건이 통과되면 아깝지 않다는 듯 헌금을 했다. (모범적인 어른으로 보이기 위한 강 씨의 위선적 행동) 아이들은 강 씨의 왼손 팔뚝을 보고 싶어 했다. 그곳에는 길이 십 센티미터 정도의 긴 상흔(傷痕)이 있었다. 언젠가 강 씨는 몇몇 아이들이 물건을 사다 말고 그 상처를 자기네끼리 감탄해 가며 쳐다보고 있는 모습을 발견했다. 그 순간 강 씨는 이 상처는 빨갱이와 싸울 때 다친 상처라고 거짓말을 했다. (아이들에게 빨갱이를 무찌른 용감한 어른으로 위장하는 강 씨) 그러면서 강 씨는 이런 얘기가 분명 아이들 간에 인기를 끌 수 있을 것임을 의심치 않았다. 왜냐하면 그들의 머릿속엔 항상 기관총을 난사하는 비장한 표정의 만화 주인공이 자리 잡고 있기 때문이었다.

과연 이 얘기는 삽시간에 귀에서 귀로 전해졌다. 아이들은 침을 삼키며 강 씨의 팔뚝을 보려고 몰려들었다. 그리고 그들은 한숨을 쉬면서 감탄을 했다. (아이들이 강 씨의 거짓말을 믿고 강 씨를 우러러봄)

강 씨는 그들 삼천 명 하나하나에게서 존경의 훈장을 받아야 했다. 그는 스스로 삼천 명을 속인 셈이었다. (합리적 판단이 미숙한 아이들을 교묘한 연기로 속인 강 씨) 말하자면 그의 교묘한 연기가 적중되어 가는 것이었다.

▶ 모범 어른 행세를 하며 아이들의 인정을 얻은 강 씨

• 아이들의 어른에 대한 인식

| 어른 | 윤리, 도덕을 힘주어 말하면서도 그렇게 행동하지는 않는 위선적인 모습을 보임 |
|---|---|

↓

모범적인 어른을 갈구함

• 모범적인 어른으로 위장한 '강 씨'

| 강 씨 |
|---|
| • 아침마다 학교 앞을 비로 쓺<br>• 수재의연금을 아깝지 않다는 듯 냄<br>• 빨갱이를 무찌르다 상처를 입은 적이 있음(→ 거짓말) |

↓

경험에서 우러나온 처세와 교묘한 연기력으로 모범적인 어른의 행세를 한 것

↓

D 국민학교 아이들을 상대로 돈을 벌기 위해 위선적인 행동을 한 것으로 볼 수 있음

주목

- 해당 장면은 D 국민학교 아이들이 서커스 요술(마술) 쇼를 구경하는 상황에서 한 '선병질적인 아이'가 요술의 원리를 폭로하여 요술을 하던 여인을 곤경에 빠뜨리는 부분이다.
- 서커스의 요술과 어른 세계의 연관성을 이해하고, 서커스 요술의 비밀을 폭로하는 소년의 행위에 담긴 상징적 의미를 파악하도록 한다.

[앞부분의 줄거리] 잡화상 강 씨가 죽던 해의 신학년 초, 6학년 1반으로 아이답지 않은 한 소년이 전학을 온다. 그리고 D 국민학교의 육 학년 학생 모두가 서커스 구경을 가는 일이 발생한다.

주목

요술은 자꾸 진행되었다. 누웠던 사내가 공중으로 뜨기도 하고 주전자에서 물이 나오기도 하고 나오지 않기도 했다. 그럴 때마다 그 선병질적인 아이는 설명을 하고 마치 그 여인과 대결하듯 기침을 발했다.

(요술은 자꾸 진행되었다: 아이들이 서커스의 요술(마술) 쇼를 보고 있는 상황임 / 선병질적인: 피부샘병의 경향이 있는 약한 체질. 신경질을 이르기도 함 / 그 여인: 요술을 진행하는 인물)

「"저건 주전자 손잡이에 구멍이 뚫려 있는 것이다. 물이 나올 때는 구멍을 열고, 나오지 않을 때에는 구멍을 닫는 것이다. 마치 우리가 생달걀을 먹을 때 한쪽만 구멍을 뚫어서는 먹을 수 없는 이치와도 같은 것이다. 우리는 속아서는 안 된다."」

(「 」: 소년이 요술의 원리를 낱낱이 밝히며 속임수에 넘어가서는 안 된다고 함)

「"저건 이중 뚜껑이다. 우리가 보고 있는 것은 다른 면이다. 아까 까 넣은 달걀은 그 이중 뚜껑 속으로 들어가게 된다. 때문에 아무리 저 상자를 거꾸로 놓아도 달걀은 쏟아지지 않는다. 속아선 안 된다. 저것보다 신기한 요술일지라도 속아서는 안 된다."」

(「 」: 요술의 원리를 설명하며 속아서는 안 된다는 소년의 발언이 계속됨 / 저것보다 신기한 요술일지라도 속아서는 안 된다: 소년이 어른 세계의 위선을 꿰뚫고 있는 인물임을 보여 줌)

「한 아이 두 아이 그렇게 합세하기 시작했다. 그들은 그 전학생을 앞세운 한 무리의 아웃사이더였다. 그들은 주위의 분위기를 파괴하기 시작했다. 몇몇 아이들은 큰 소리로 기침을 하기 시작했고 여자애들은 수군거렸다. 몇몇 아이들은 휘파람을 날리기도 했다. 그 아이로써 불붙은 최초의 동요는 기괴한 반응을 일으켰다. 그들은 자기들이 속았다는 것에 굉장한 분노를 느끼는 것 같았다. 그러면서도 그들의 얼굴엔 저 톱으로 써는 어릿광대가 결국엔 죽지 않고 그저 죽는 체하는 것뿐으로, 결국엔 일어나리라는 새로운 확신에 일종의 아슬아슬한 안도감까지도 넘쳐흐르고 있었다.」

(「 」: 소년의 반복적 발언으로 아이들이 동요하면서 요술에 대한 부정적 분위기가 확산됨 / 몇몇 아이들은 큰 소리로 기침을 하기 시작했고: 요술을 진행하는 여인에 대한 조롱의 의미가 담긴 행위 ① / 몇몇 아이들은 휘파람을 날리기도 했다: 요술을 진행하는 여인에 대한 조롱의 의미가 담긴 행위 ② / 저 톱으로 써는 ~ 확신: 요술의 원리를 알게 된 아이들이 무대 위 어릿광대가 죽지 않으리라는 것을 확신하게 됨)

▶ 요술의 원리를 설명하며 속아서는 안 된다고 하는 소년과 이에 동조하는 아이들

하나 요술은 아직도 진행되고 있었다. 밑이 다 들여다보이는 요술이라는 것은 우리가 텔레비전을 켜고 소리를 죽였을 때, 금붕어처럼 입을 벙긋거리는 아나운서의 맥 빠진 유희와 같은 것이었다. 아이들은 그 여인이 새로운 요술을 할 때마다 그녀의 교묘하게 위장된 트릭 놀음을 지적해 내었다.

(밑이 다 들여다보이는 요술: 원리를 다 알고 보는 요술 / 맥 빠진 유희와 같은 것이었다: 아이들은 요술의 비밀을 안 뒤로, 더 이상 요술을 즐길 수 없게 됨 / 아이들은 그 여인이 ~ 지적해 내었다: 요술을 하는 여인을 곤란하게 만드는 상황들)

"왼손 소매에 든 시계를 내놔라."

"가슴에 감추어진 수건을 내놓아라."

이제 그 여인에게서 살인범의 매력도 상실되었고, 카우보이식 여유도 상실되었다.

▶ 아이들이 더 이상 요술을 즐기지 못하고 요술의 트릭만을 계속 지적함

(중략)

작품 분석 노트

- 요술의 의미

| 요술 | 교묘하게 은폐된 트릭으로 아이들을 현혹함 → 어른 세계의 비밀 |
|---|---|

- '소년'의 당부에 담긴 의미

저것보다 신기한 요술일지라도 속아서는 안 된다

소년은 이미 꿰뚫고 있는 은폐된 어른 세계의 허위, 위선에 대한 경계의 의미로 이해할 수 있음

「그녀는 당황해서 이윽고 몇 방울의 눈물을 흘리고 있었다. 그 모습은 아이들에게 굉장한 조소를 불러일으켰다. 엄청난 아우성이 그녀를 향해 던져졌다. 그녀는 버림받았다. 그 여인의 모든 것은 이미 분해되어 가엾게도 빈 위장을 드러내고 말았다.」

아이들에 의해 요술의 비밀이 폭로된 여인(어른)의 반응

「 」: 소년의 폭로에 아이들이 동조하며 요술을 진행하던 여인이 곤경에 빠짐

▶ 요술을 진행하던 여인이 곤경에 빠짐

그 아이의 별명은 거기에서 유래된 것이었다.「그 아이는 참으로 놀랍게도 모든 것을 알고 있었다. 손쉽게 구할 수 있는 독초, 사람의 혈압을 재는 법부터 선생님의 추문, 어른들의 관심거리, 무스탕의 엔진 원리와 B29의 성능, 화염 방사기와 바주카포의 화력, 소련제 탱크와 미제 탱크의 차이 따위에 이르기까지 모든 것을 해설하고 있었다. 미다스*의 손길처럼 그의 손에 닿는 것들은 모두 부끄러워하면서 옷을 벗었다.」

「 」: 소년은 보통의 아이들과는 달리, 어른 세계의 많은 것들을 알고 있기에 '만물박사'라는 별명이 붙게 됨

정말 그는 저조한 성적을 제외한다면 '만물박사'라는 굉장한 별명에 조금도 손색이 없이, 합당한 완벽하고도 충실한 천재 소년인 셈이었다.

소년의 별명

▶ 아이들에게 '만물박사'라고 불리게 된 소년

* 미다스: 그리스 신화에 나오는 소아시아의 왕. 디오니소스에 의하여, 손에 닿는 모든 것을 황금으로 변하게 하는 힘을 얻었으나, 먹으려는 음식과 사랑하는 딸마저 황금으로 변하자, 슬퍼하던 끝에 디오니소스에게 빌어 그 힘을 버렸다고 한다.

• '소년'의 폭로로 인한 결과

아이들이 요술을 진짜라고 믿음

↓

소년의 폭로

↓

• 요술의 트릭을 알게 된 아이들이 감정적으로 동요함
• 요술이 아이들에게 매력을 상실하면서 요술을 진행하던 여인이 곤경에 빠짐

 주목

- 해당 장면은 강 씨가 사행성이 짙은 '원판 경기' 장사를 새롭게 시작하면서 아이들이 열광하고, 강 씨가 전학 온 한 소년과도 대결을 하게 되는 상황이다.
- 아이들이 '원판 경기'에 몰입하는 이유를 이해하고, 소년과의 원판 경기 후 강 씨의 심리 상태를 파악하도록 한다.

[앞부분의 줄거리] 강 씨는 일종의 도박에 가까운 원판 경기 장사를 하기로 마음먹는다. 이것은 번호를 부른 뒤 돌아가는 원판에 꼬챙이를 내리꽂아 숫자를 맞히는 놀이로, 자신이 외친 번호와 꼬챙이가 원판에서 가리킨 번호가 일치하면 정가의 다섯 배에 해당하는 사탕을 받게 되는 식이었다.

주목 그들이 영영 자리를 뜨려 하지 못하는 데는 두 가지 이유가 있었다. 물론 그 두 가지 이유를 강 씨 자신도 미리 계산에 넣지 못한 바는 아니지만.

(아이들이 원판 경기에 몰입하여 쉽게 그만두지 못함 / 아이들의 호기심, 열망 등을 이용하여 사행성 높은 놀이로 돈을 벌 것을 계획함 → 강 씨의 기만적 상술)

「그중의 하나는 다섯 개의 동전으로만 가능한 열 개의 사탕을, 단 하나의 동전으로 획득할 수 있다는 명제가 전혀 강냉이 튀기듯 허무맹랑한 것이 아니라 실제로 손을 내밀어 낚아챌 수도 있으리라는 가능성의 유희에 말려든 때문이었다. 눈앞에서 엄청나게 불어 가는 이자의 묘미, 맞는다는 가정하에 눈앞에 황홀히 전개되는 다섯 배의 자본, 네 개의 답 중에서 골라 쓰는 객관식 시험에서 우연히 아무 번호나 동그라미를 쳐서 맞은 경험이 있는 아이들에겐 이 가능성이 유독 자기만을 저버리라고는 생각지 않았고, 그들은 더욱이 성장하는 이자의 생생한 환희를 벌써 알고 있었기 때문이었다.」

(원래라면 동전 하나(일 원)로 사탕 두 개를 살 수 있음 / 원판 경기에서 이기면 동전 하나로 사탕 열 개를 얻을 수 있으리라는 '가능성의 유희'에 말려듦 / 원판 경기에서 이기기만 하면 다섯 배의 이득을 얻을 수 있다는 것 → 아이들을 유혹하는 요행)

「 」: 아이들이 원판 경기에 몰입하는 이유 ① – 가능성의 유희

「다른 하나는 오 원을 가지고 다섯 번 비수를 던지다가 그중의 하나가 적중하면 최소한도 본전을 뽑을 수 있으리라는 가정, 더욱이 단 한 번의 승부가 아니라 적어도 다섯 번은 겨누어 볼 수 있으리라는 막연한 기대로 말미암아 아이들은 한 번의 실패에도 굴하지 않고 그 모순적인 논리에 말려들어 대여섯 번 비수를 던지게 되어 버리는 것이었다.」

(다섯 번 중 한 번만 적중해도 열 개의 사탕을 받으므로, 정가에 따라 일 원에 사탕 두 개씩 구매한 꼴이 됨 / 이길 확률이 매우 낮음에도 불구하고 막연한 기대를 하게 되면서 원판 경기에 여러 번 도전함)

「 」: 아이들이 원판 경기에 몰입하는 이유 ② – 막연한 기대

드디어 아이들은 손의 온기에 뜨뜻이 익은 동전을 내던지고 침을 삼키며 비수를 들어 시도해 보는 것이나, 그들의 꿈은 일시에 무너져 버리는 것이었다.

(원판 경기에서의 승리를 기대하며 내어놓는 돈)

다섯 배의 꿈은 이상이었고, 사탕 두 알은 현실이었던 것이다.

(원판 경기에서 이기는 것은 매우 어려움)

▶ 강 씨가 시작한 원판 경기 장사에 아이들이 빠져듦

그러던 어느 날 웬 아이가 원판 앞에 모여 선 아이들을 비집고 앞으로 나서며 강 씨에게 얼굴을 내밀었다.

(전학을 온 아이. 아이답지 않은 모습과 태도를 보이는 소년)

"아저씨, 정말 열 개 주는 겁니까?"

강 씨는 소리 나는 쪽을 보았는데 그곳엔 방금 낮잠을 깬 듯한 얼굴을 가진 아이가 서 있었다.

(나른한 표정)

"아무렴, 자, 할 테냐?"

"……."

그 아이는 대답 대신 누런 이빨을 내보이며 노파처럼 웃었다. 그러고는 손바닥 안

(아이답지 않은 이미지. 애늙은이 같은 태도)

### 작품 분석 노트

- 아이들이 원판 경기에 몰입하는 이유

| 가능성의 유희 |
|---|
| 원판 경기에서 이기면 다섯 배의 이익을 얻을 수 있다는 가능성에서 오는 즐거움 |

| 막연한 기대 |
|---|
| 단 한 번의 승부가 아닌, 오 원으로 다섯 번은 겨누어 볼 수 있으리라는 기대감. 그중 한 번만 적중해도 최소한 본전은 뽑을 수 있다는 생각 |

↓

원판 경기는 아이들의 열망, 호기심을 이용한 강 씨의 계산된 상술로 볼 수 있음

에서 동전을 굴러뜨렸다.

"몇 번으로 할 테냐?"

"아무 번이나."

그 아이는 굉장히 피로하고 귀찮아하는 소리로 대답하며 바지춤을 추켜올렸다.
아이답지 않은 이미지. 다른 아이들과 달리 원판 경기에 귀찮은 듯 대충 응하고 있음

"얘, 내가 몇 번으로 할까?"

갑자기 그는 옆에 서 있는 급우에게 생각난 듯 물었다.

"글쎄 일 번이 어때?"

"일 번? 그래, 참 좋은 번혼데."

그는 과장의 수긍을 했다. 그는 서서히 비수를 들었고 길든 원판을 내려다보았다. 그의 태도는 어딘가 치수가 모자란 녀석처럼 별스러웠다.

"돌려요, 아저씨."

강 씨는 원판을 쥐고 힘껏 잡아당겼다. 소년의 높이 쳐든 손아귀 안에서 비수는 소리도 없이 번득였다. 그와 동시에 그 아이의 입은 날카롭게 비틀거렸다.

"사 번, 사 번이에요, 아저씨."
소년이 자기 판단에 따라 번호를 부름

원판은 비수를 맞고 태엽 풀린 구식 축음기같이 점점 지쳐 갔다. 정확한 결정타를 맞은 권투 선수인 양 원판은 그의 매니저 앞에 처참하게 무릎을 꿇었다.

"사 번이다."

둘러서서 원판을 응시하고 있던 아이들이 감격의 환호성을 발했다. 비수는 정확히 사 번에 꽂혀 있었다. 강 씨는 순간 그 아이를 쳐다보았는데, 벌써부터 그 아이는 나른한 표정이 되어 강 씨를 올려다보고 있었다.
소년이 원판 경기에서 단번에 번호를 맞힘
소년은 원판 경기에서 이긴 후에도 별다른 감정을 드러내지 않음 → 강 씨의 기만적 상술을 간파하고 있음을 짐작하게 함

▶ 소년이 원판 경기에서 번호를 맞힘

「"한 번 더 하겠어요, 이번에도 맞으면 열 개 주는 거죠?"
「 」: 강 씨의 의도대로 흘러가지 않는 상황

"물론이지."

강 씨는 어딘가 겁먹은 말투로 대답했다.」
소년의 태도에 강 씨가 놀라움, 당황스러움을 느낌

"얘, 이번엔 몇 번으로 할까?"

이번에도 그 소년은 비수를 피살자의 가슴에서 뽑아 들며 조금 전의 급우에게 물었다. 그러나 그 아이는 자기가 말했던 번호가 무시당했음을 의식했기 때문에 무안해하며 대답하지 않았다.
원판

"사 번이 어떨까, 사 번이 괜찮지?"

"그래."

딴 아이가 뒤에서 대답하자, 소년은 비수를 높이 쳐들었다. 원판은 새로운 경주를 시작했고 비수는 사생아처럼 내던져졌다.
원판 경기가 다시 시작됨

"일 번이에요, 아저씨."

▶ 소년이 원판 경기에 다시 도전함

소년은 권태로운, 마치 낮잠이 오는 듯한 그런 나른한 목소리를 내었다. 순간 원
다른 아이들이 원판 경기를 하며 느끼는 긴장감이나 흥분은 찾아볼 수 없음

• '소년'에 관한 정보

- 신학년 초에 D 국민학교로 전학을 옴
- 나이답지 않게 주름살이 가득하고 남루한 옷차림을 함
- 성적은 좋지 않으나 '만물박사'라고 불릴 정도로 어른의 세계에 속한 많은 것들을 알고 있음
- 요술의 트릭을 밝히며 요술을 진행하던 여인을 곤란하게 만듦
- 강 씨와 대결을 반복하며 그에게 큰 상처를 입혀 좌절하게 만듦

↓

아이들에게서 보통 기대되는 생기나 순진함은 찾아볼 수 없는 애어른의 모습으로 표현됨

판을 둘러싼 모든 것은 정지 상태로 일변하였다. 둘러서 있는 아이들과 강 씨의 시선은 필사적으로 회전하는 원판 위에서 꼼짝도 할 수 없었다. 이윽고 한 무리의 정지 상태는 뻣뻣이 고개를 돌리기 시작했고 나지막하게 숨을 고르면서 기지개를 켜기 시작했다. 한바탕의 소요가 가라앉자, 원판은 일 번을 가리키고 있었다. 그 녀석은 단 두 개의 동전으로 스무 개의 사탕을 획득했다. 소년은 그 사탕들을 둘러서서 감탄의 눈으로 바라보고 있는 아이들에게 골고루 나누어 주었다. 그의 얼굴엔 기쁨도 환희도 아무것도 엿보이질 않았다. 그는 오직 매우 피로하고 지쳐 있는 것처럼 보였을 뿐이었다. 소년은 사탕을 모조리 나누어 준 다음, 천천히 책가방을 들고 시내 쪽으로 걸어 나갔다.

아이들과 강 씨가 소년의 원판 경기 결과에 집중함 / 소년이 다시 도전한 원판 경기에서도 번호를 맞히면서 큰 이익을 얻음 / 일반적인 아이들의 태도 / 소년의 아이답지 않은 모습. 기쁨이나 환희 같은 감흥을 찾아볼 수 없음 / 소년이 사탕을 얻기 위해 원판 경기에 참여한 것이 아님을 짐작할 수 있음

아이들은 배급 탄 사탕을 굴리며, 그가 전차가 달리는 거리로 꼬부라질 때까지 한 번 정도 뒤를 돌아다봐 줄 것을 기대하였다. 그러나 소년은 한 번도 뒤를 돌아보지 않았다.

▶ 소년이 원판 경기에서 얻은 사탕을 모두 나누어 주고 떠남

그날 저녁 강 씨는 가게 문을 일찍 닫았다. 이상하게도 더 이상 경기를 계속하고 싶지 않았기 때문이었다. 그 꼬마 녀석이 한바탕 휘저어 놓은 끈적끈적한 불쾌감과 도전해 오는 듯한 태도는 좀처럼 가라앉지 않았다. 저녁밥을 해치운 그는, 꽁초를 갈아 피우며 바람 소리를 듣고 있었다. 그는 쉽사리 잠들 수가 없었다. 「눈을 감으면 그 아이의 힐책하는 눈초리와 굽어진 어깨, 작은 손아귀에 들린 쇠꼬챙이가 번득이며 원판을 내리찍던 광경이 나타나는 것이었다.」

소년의 태도에 불쾌감을 느끼는 강 씨 / 「 」: 소년이 아이들의 욕망을 돈벌이에 이용하고 있는 자신의 속내를 알아채고 비난하는 것 같은 느낌을 받음 → 죄책감에 기반한 생각

"뛰어 봐라, 아무 데건 뛰어 봐라."

그 안색 나쁜 소년은 이죽이면서 속삭였다. 강 씨는 얼핏 잠이 들면 그 아이가 비수로 내리찍는 꿈을 꾸었고 그럴 때마다 숨 막힌 비명을 지르며 몸을 일으켜야 했다. 이상한 일이었다. 그에게는 좀처럼 없었던 불면의 밤이었다.

자꾸 밉살스럽게 지껄이고 짓궂게 빈정거리면서 / 강 씨가 악몽에서 깨어나며 지르는 것 / 소년을 만난 뒤로 강 씨가 평소와 달리 괴로운 시간을 보내게 됨

▶ 소년의 원판 경기 이후 불쾌감을 느끼며 괴로워하는 강 씨

**감상 포인트**
소년과의 원판 경기 후 강 씨의 심리 상태를 파악하도록 한다.

• 원판 경기를 대하는 여느 아이들과 '소년'의 모습

| 아이들 | 소년 |
| --- | --- |
| 다섯 배의 사탕을 얻기 위한 욕망을 가지고 원판 경기에 집중함 | 원판 경기에서 이겼으나 별 감흥 없이 사탕을 다른 아이들에게 모두 나누어 줌 |

• '소년'과 '강 씨'의 대결

• 소년이 첫 번째 원판 경기에서 이겼으나 감정적 동요 없이 두 번째 경기를 하고자 함
→ 강 씨가 자신의 의도대로 흘러가지 않는 상황, 소년의 당당한 태도에 놀라움, 당황스러움을 느낌
• 소년이 두 번째 원판 경기에서도 이겼으나 기쁨, 환희 등의 감정 표현 없이 다른 아이들에게 사탕을 모두 나누어 주고 자리를 떠남
→ 강 씨가 소년의 도전해 오는 듯한 태도에 불쾌감을 느끼고 심리적으로 위축됨

## 핵심 포인트 1 인물의 성격과 태도 파악

이 작품에는 강 씨와 강 씨를 추종하는 아이들, 그리고 D 국민학교로 전학을 온 한 조숙한 소년이 등장한다. 따라서 인물의 성격과 태도를 중심으로 각 인물의 특성을 파악하도록 한다.

**인물의 특성**

| | |
|---|---|
| 강 씨 | • 6 · 25 전쟁으로 가족을 잃은 피란민<br>• D 국민학교 아이들을 돈벌이 수단으로 인식함<br>• 모범적인 어른인 척 위선적인 행동을 하며 아이들의 신뢰를 얻음<br>• 아이들의 심리적 욕망을 이용하여 도박에 가까운 원판 경기 장사를 하며 물질적 이익을 얻음 |
| 소년 | • D 국민학교로 전학을 온 인물<br>• 아이다운 욕망이나 호기심, 순진함 등은 찾아볼 수 없는 애어른의 이미지<br>• 어른 세계가 허위와 위선으로 만연해 있음을 일찍 깨닫고 어른들을 곤란하게 함<br>• 원판 경기 등 강 씨와의 대결을 반복하며 강 씨에게 큰 상처와 좌절을 경험하게 함 |
| 아이들 | • 진정으로 모범적인 어른을 갈구함<br>• 강 씨를 훌륭한 어른, 용감한 어른으로 바라보며 찬사를 보냄<br>• 강 씨의 교묘한 처세와 연기를 알지 못하는 합리적 판단이 미숙한 모습을 보임<br>• 가능성의 유희, 막연한 기대로 인해 원판 경기에 몰입하며 다섯 배의 사탕을 얻고자 함 |

## 핵심 포인트 2 인물 간의 갈등 파악

이 작품은 강 씨와 D 국민학교로 전학 온 한 조숙한 소년과의 대결을 통해 어른 세계의 허위와 위선을 드러내고 있다. 강 씨와 소년의 대결을 중심으로 작품의 내용을 파악하도록 한다.

**강 씨와 소년의 반복적 대결**

| 원판 경기 | | 주사위 던지기 | | 심지 뽑기 |
|---|---|---|---|---|
| • 소년이 이김<br>• 소년의 도전해 오는 듯한 태도에 강 씨가 불쾌감, 분노를 느낌 | → 복수 계획 | • 강 씨는 긴장한 모습으로 소년과의 대결을 원함<br>• 소년은 여유로운 숙련공의 태도로 강 씨를 패배시킴 | → 복수 계획 | • 강 씨는 온 힘을 다해 대결에 임함<br>• 소년은 강 씨의 교묘한 술수를 간파하고 대결에서 승리함 |

↓

| 소년 | 강 씨 |
|---|---|
| 강 씨와 마지막 대결(심지 뽑기)을 마치고 나서 그의 죽음을 예견하며 일종의 죄의식을 느낌 | 교묘한 처세, 연기력으로 구축한 자신의 위선적 세계가 폭로되었다는 생각에 무력감, 공허를 느끼고 죽음 |

## 핵심 포인트 3 소재의 의미와 기능 파악

이 작품에 나타난 소재의 의미와 기능을 파악하도록 한다.

**소재의 의미와 기능**

| | |
|---|---|
| 동전 | • 강 씨가 돈을 벌 수 있는 수단인 아이들을 비유한 것<br>→ 강 씨가 아이들을 물질적 대상으로만 인식함을 보여 줌<br>• 아이들이 원판 경기에 참여하기 위해 내어놓는 돈<br>→ 요행에 대한 기대가 담김 |
| 과목 | 강 씨가 돈을 벌 수 있는 수단인 아이들을 비유한 것<br>→ 강 씨가 아이들을 물질적 대상으로만 인식함을 보여 줌 |
| 요술(요술의 비밀) | 교묘한 트릭으로 아이들을 현혹시키는 허위의 대상 |
| 원판 경기 | 아이들의 호기심, 욕망을 이용하여 돈을 벌기 위해 고안해 낸 놀이 |
| 열 개의 사탕 | 아이들이 바라는 욕망의 대상 |
| 비명 | 소년과의 대결에서 불쾌감을 느낀 강 씨가 악몽에서 깨어나며 지르는 것 |

### 작품 한눈에

• 해제

〈모범 동화〉는 D 국민학교 앞에서 아이들을 상대로 잡화상을 하며 모범적인 어른 행세를 하는 강 씨와 어른 세계의 허위와 위선을 일찍이 깨달아 버린 한 소년의 대결을 중심으로 1970년대 산업화 시대의 어두운 사회상을 보여 주고 있는 작품이다. 소년은 아이들에게 일반적으로 기대되는 순진함이나 생기발랄함은 찾아볼 수 없는 애어른의 모습으로 나타나 어른들의 비밀을 폭로하고 드러내는 행동을 서슴지 않는다. 그리고 그런 소년을 마주하는 어른들이 당황하고 좌절하는 모습을 통해 아이들의 욕망을 이용하는 세태에 대한 비판을 드러내고 있다.

• 제목 〈모범 동화〉의 의미

– 물질적 부를 위해 모범적인 어른 행세를 하는 위선적 인물의 이야기

'모범'은 아이들이 어른들에게 기대하는 모습이다. 그러나 강 씨는 모범적인 어른 행세를 하며 아이들을 유혹하여 돈을 벌어들이는 위선적 인물에 해당한다. 이 작품은 위선적 인물이 어른 세계의 비밀을 간파한 한 소년에 의해 좌절하는 과정이 나타나고 있다.

• 주제

어른들의 허위, 위선에 대한 비판

**전체 줄거리**

강 씨는 6 · 25 전쟁 중 가족을 모두 잃은 피난민으로, D 국민학교 앞에서 아이들을 상대로 잡화상을 하며 돈을 번다. 강 씨는 교묘한 처세와 연기력으로 모범적인 어른 행세를 하여 인기를 끌지만 아이들을 그저 돈벌이 수단이라고만 생각한다. 어느 날, D 국민학교로 아이답지 않은 한 소년이 전학을 온다. 이 소년은 친구들과 서커스 구경을 간 자리에서 요술의 비밀을 폭로하고 요술은 사기이자 악질 행위이니 절대 속아서는 안 된다고 말하여 어른들을 곤란하게 만든다. 한편, 강 씨는 불경기를 극복할 묘안으로 일종의 도박에 가까운 원판 경기 장사를 시작한다. 아이들은 이 놀이에 몰입하여 쉽게 자리를 뜨지 못한다. 어느 날, 아이답지 않은 소년이 원판 경기에 참여한다. 이 소년이 연달아 승리하자 강 씨는 자신에게 도전해 오는 듯한 소년의 태도에 불쾌감과 분노를 느낀다. 강 씨는 소년이 자신을 비웃는 듯한 환각을 본 후, 또 다른 놀이로 복수할 계획을 세운다. 하지만 소년은 강 씨가 제안하는 놀이에서 번번이 승리하기만 한다. 소년이 마지막으로 놀이에서 이긴 날 저녁, 소년은 친구에게 강 씨가 죽어 버릴 것 같다고 말한다. 얼마 후 강 씨는 실제로 자살하는데, 경찰은 귀찮은 듯한 태도로 강 씨가 이유 모를 실의와 생활고로 목숨을 끊었다고 발표한다.

현대 소설 13

◇ 한 줄 평 제복 착용을 둘러싼 갈등을 통해 구성원을 획일화하려는 권력에 대한 비판을 나타낸 작품

# 날개 또는 수갑 윤흥길

## 장면 포인트 1

- 이 작품은 《아홉 켤레의 구두로 남은 사내》 연작 중 하나로, 한 회사의 제복 도입 문제로 빚어지는 갈등을 통해 폭력적인 1970년대 사회를 우회적으로 비판하고 있는 소설이다.
- 해당 장면은 제복 착용을 위한 사복 제정 준비 위원회를 발족시킨다는 회람이 게시된 직후 관리과 직원들이 부정적 반응을 나타내는 부분이다.
- 회람에 대한 직원들의 반응에 주목하여 제복 제정에 대한 인물들의 생각을 파악하도록 한다.

「죽여 주는군, 아주 죽여 줘.(제복 착용에 대한 반감)

자네 제복 입혀 달라고 애걸복걸한 적 있나?

이 사람이 갑자기 돌았나, 내가 미쳤다고 그런 여론을 비등시켜?(비등: 물이 끓듯 떠들썩하게 일어남)

그럼 자네는?

나 역시 아직은 노망들 정도로 늙진 않았어.

그렇다면 이상하잖아. 내가 알기로 적어도 우리들 중에선 제복 타령을 한 사람이 아무도 없는 것 같은데 어디서 그런 여론이 나왔다는 거지?(제복 착용이 직원들 의견은 아님)

도대체 어느 놈 대가리에서 그따위 묘안이 나왔을까?(묘안: 뛰어나게 좋은 생각(반어) / 그따위 묘안: 제복 착용)

보나 마나 뻔하지. 사장 아니면 누구겠어.

아냐, 실장일지도 몰라.(실장: 사장의 아들)

사장이나 실장이나 그 애비에 그 아들인데 구분할 거 뭐 있어.

여론이란 건 말야, 원래 대다수 사람들 의견이 똑같은 경우를 가리키는 말 아닐까? 그런데 한두 사람, 그것도 부자지간 머리에서 나온 의견을 여론이라고 떳떳하게 얘기할 수 있을까? 그렇게 거짓말해도 법에 안 걸리고 무사할까?

무사하고 말고, 얼마든지 무사할 수 있을 거야. 무사하지 않을 건 거짓말한 쪽이 아니라 거짓말을 거짓말이라고 보는 쪽이겠지.(사실을 사실대로 말하는 사람이 손해를 봄) 왜냐하면 힘을 쥔 사람의 말은 소리가 외가닥으로 나와도 여론이 될 수 있고 무력한 대중의 말은 천 가닥 만 가닥이 합쳐져도 여전히 독창으로 취급받기 때문이야.(권력자들의 횡포가 만연한 당시의 사회상) 다수를 빙자한 소수의 여론은 언제나 대중의 솔로를 유린해 온 게 사실이거든.(유린: 남의 권리나 인격을 짓밟음) 이를테면 혼인을 빙자한 간음 같은…….

그나저나 이거 야단인걸. 제복을 입게 되면, 소인은 보시다시피 삼류 회사 말단 사원이로소이다 하고 시내에 광고 돌리는 꼴 아닌가. 그 수모를 어떻게 다 견디지?(말단: 조직에서 제일 아랫자리에 해당하는 부분 / 제복을 입을 경우의 불이익을 언급하여 제복 착용에 반대의 뜻을 드러냄)

한마디로 그나마 있던 우리의 알량한 사생활은 깡그리 없어지는 거야.(사생활: 자유) 다들 이제부터 죽었다고 복창해 두는 게 좋을걸.(복창: 남의 말을 그대로 받아서 다시 욈)

간판만 안 메었다 뿐이지 샌드위치맨하고 다를 게 하나도 없어.(샌드위치맨: 광고의 효과를 높이기 위하여 몸의 앞뒤에 두 장의 광고판을 달고 거리를 돌아다니는 사람)

## 작품 분석 노트

- 소재의 기능 – 회람

| 회람 |
| --- |
| 사원들에게 제복을 입혀 단결력을 높이고 생산성이 향상되도록 하겠다는 사장의 방침에 따라 사복 제정 준비 위원회를 발족시킨다는 내용 |

↓

회사와 사원들 간의 갈등이 발생하는 계기

- 제복 착용에 대한 관리과 직원들의 반응

  - 제복 입혀 달라고 애걸복걸한 적 없음
  - 제복 착용의 여론을 비등시킨 적 없음
  - 사장과 실장의 생각이라고 여김
  - 알량한 사생활도 없어질 것임
  - 샌드위치맨과 다를 게 없음

↓

제복 착용을 반대함

기왕 시작할 바엔 차라리 우리가 자청해서 '빨아도 줄지 않고 다림질이 필요 없는
어떤 일에 나서기를 스스로 청함　　홍보 효과가 있다는 점에서 샌드위치맨과 유사함
동림 산업 목화표 섬유 제품'이라고 등에다 커다랗게 써 붙이고 다니는 게 낫지 않을
「 」: 제복 제도의 도입에 대한 회람을 읽은 관리과 직원들의 반응
까?」

글 따위를 여러 사람이 차례로 돌려봄. 또는 그 글
느닷없는 회람이 몰고 온 파문은 의외로 심각한 것이어서 관리과 사무실의 오후
제복 제도의 도입에 대한 회람을 읽고 관리과 직원들은 오후 업무를 제대로 볼 수 없었음
나절을 완전히 결딴내 놓았다. 관리과 직원들이 끼리끼리 모여 중구난방으로 쏟아 놓은 말들을 도로 주워 담아 보면 대충 위와 같은 내용이 되겠는데, 물론 그 가운데
「 」 부분
는 민도식이 씨부려 댄 불평도 상당 부분을 차지하고 있었다. 민도식은 주로 옷이
못난 사람도 옷을 잘 입으면 잘나 보인다는 뜻
날개라는 전래의 속담을 들어 그런 종류의 날개를 달고는 세상을 훨훨 날아다닐 수
제복　　제복을 입으면 자유를 박탈당할 것이라는 생각
없음을 누누이 강조하는 편이었다. 그의 말은 사생활이 없어지는 셈이라는 총각 사원 우기환의 주장과 맞바로 통했다.

▶ 제복 착용에 반대하는 관리과 직원들

• 제복에 대한 두 인물의 생각

| 민도식 | 제복을 입고는 세상을 훨훨 날아다닐 수 없다고 강조함 |
| --- | --- |
| 우기환 | 제복을 입으면 사생활이 없어진다고 봄 |

↓

제복을 입으면
자유가 박탈당한다고 생각함

 장면 포인트 2 주목

• 해당 장면은 준비 위원회 발족이 요식 행위임을 알게 된 관리과 직원들이 권 씨와 만나 제복 이외에 또 다른 중요한 문제가 있음을 알게 되는 부분이다.
• 권 씨의 등장이 다른 인물들에게 미치는 영향을 파악하고, 제복을 둘러싼 갈등과 권 씨와 회사 측 간 갈등의 의미를 비교하여 이해하도록 한다.

 주목

"지랄은 자네가 하고 있어. 자네더러 동림 산업 사원 전체의 의사를 대변해 달라고는 안 했어. 「최소한 우리 과의 의사만이라도 전달했어야만 될 게 아닌가. 통과가 되고 안 되고는 문제가 아냐. 책임을 맡았으면 적어도 그 책임을 이행하려는 자세만이라도 보여 주는 게 도리라고 생각해.」"

(자네: 관리부 과장에 의해 사원 대표 준비 위원으로 추천된 장상태 / 우리 과: 관리과)
「 」: 사복 제정 준비 위원회에 사원 대표로 참석한 장상태가 제복 착용을 반대하는 직원들의 의사를 전달하지 못한 것을 비난함

"회의가 시작되자마자, 똑똑히 잘 들어 달라면서 기획실장이 자기네가 작성한 초안을 낭독했어. 낭독을 끝내더니 잘들 들었냐고 물어. 잘 들었다고 끄덕거릴 수밖에. 그랬더니 질문 있으면 하라는 거야. 모두들 어안이 벙벙해서 앉아 있는 판인데 실장이 씨익 웃어. 그러면서 하는 말이 질문이 없다는 건 원안에 전적으로 찬성하는 것으로 믿고 수정 없이 실행에 옮기겠다고, 회사 발전을 위한 중요 사업에 이처럼 만장일치로 협조해 줘서 고맙다고 이러는 거야. 용가리 통뼈라도 손가락 하나 까딱 못 할 상황이었다니까."

(회의: 사복 제정 준비 위원회 / 기획실장: 사장의 아들. 제복 제도를 도입하려고 함 / 질문이 없다는 건 ~ 협조해 줘서 고맙다고: 제복 착용에 대한 직원들의 의견을 반영하지 않고 독단적으로 결정하는 회사 / 용가리 통뼈라도 ~ 상황이었다니까: 제복 착용에 대한 직원들의 의사를 말하기 어려운 상황이었음을 표현함)

"장 선배님 말에 좀 어폐가 있는 것 같습니다. 회의는 랑데부가 아닙니다. 특히 노사 간의 회의는 회의라는 형식을 빌린 전쟁입니다. 사용자 측에서 수단 방법을 다해서 계획을 밀고 나가려 하는 건 당연합니다. 필요하다면 피용자 측에서 용가리 통뼈 아니라 통뼈 할아버지라도 돼서 따질 건 따지고 반대할 건……."

(어폐: 모순 / 랑데부: 프랑스어로 '만남, 회의'라는 뜻 / 피용자: 피고용자 / 필요하다면 ~ 반대할 건: 상황이 아무리 어려워도 할 말은 해야 한다는 뜻 → 제복 착용에 대한 반대 의사를 전하지 못한 것을 비판함)

"그러게 내 첨부터 뭐랬어. 난 그런 일에 적임이 아니니까 우 군이 맡으라고 했잖아!"

(장상태는 자신이 사원 대표 준비 위원에 알맞은 사람이 아니었다고 하며 자신을 비판하는 우기환과 갈등함)

"이미 끝난 일이야. 지금 와서 아무리 떠들어 대 봤자 제복은 벌써 우리 몸에 절반쯤이나 입혀져 있어."

(제복은 ~ 입혀져 있어: 제복을 만들기로 결정됨. 수갑의 반쪽이 채워짐)

민도식이 나서서 험악해진 분위기를 간신히 가라앉혔다.

(험악해진 분위기: 장상태와 우기환 사이에서 벌어지는 갈등 때문)

"준비 위원회를 구성하고 회의를 소집한 건 처음부터 요식 행위에 지나지 않았던 거야. 경영자 독단으로 처리하지 않고 사원들의 의사를 물어서 전폭적인 지지를 얻어 가지고 결정했다는 인상을 대내외에 풍길 필요가 있었던 거야. 이제 길은 두 가지뿐야. 나머지 절반을 찾아서 마저 몸에 꿰든가, 아니면 기왕 우리 몸에 입혀진 절반을 아예 벗어 버리든가 각자가 알아서 결정할 일이야. 저기 좀 보라고. 저 사람이 아까부터 우릴 비웃고 있어. 제복 얘기 앞으로는 그만하기로 하지."

(요식 행위: 일정한 형식을 필요로 하는 행위 / 경영자 독단으로 ~ 있었던 거야: 사복 제정 준비 위원회를 발족한 이유 / 나머지 절반을 ~ 벗어 버리든가: 채워진 한쪽 수갑을 벗든가, 나머지 한쪽 수갑도 채울 것인가)
▶ 사복 제정 준비 위원회가 끝난 후 서로 갈등을 빚는 직원들의 모습

생산부 공원 복장을 한 사내가 엇비뚜름한 자세로 이쪽을 돌아다보며 야릇한 웃음을 입가에 물고 있었다. 그를 보더니 장상태가 화를 벌컥 내면서 큰 소리로 미스

(생산부 공원 복장을 한: 생산부 공장 직원은 제복을 입고 있음 / 장상태가 화를 벌컥 내면서: 생산부 공장 직원이 자신들을 비웃고 있다고 생각해서 화가 남)

**작품 분석 노트**

• 장상태와 관리과 직원들 간 갈등

| 관리과 직원들 |
|---|
| • 관리과 대표로 회의에 참석한 장상태가 직원들의 의사를 전달하지 못함<br>• 아무리 상황이 어려워도 할 말을 했어야 함 |

↕

| 장상태 |
|---|
| • 회의 진행 과정을 차례로 제시하여 직원들의 의사 전달이 어려웠던 이유를 드러냄<br>• 자신이 사원 대표로 적임자가 아니라고 사양했었음을 밝힘 |

• '제복'과 '수갑'의 의미

• '제복은 벌써 우리 몸에 절반쯤이나 입혀져 있어.'
• '나머지 절반을 찾아서 마저 몸에 꿰든가, 아니면 기왕 우리 몸에 입혀진 절반을 아예 벗어 버리든가'

↓

| 제복 | 회사 측이 단결력과 생산성 향상을 위해 직원들에게 강요하는 것. 직원들을 통제하기 위한 수단 |
|---|---|
| 수갑 | 국가가 국민들을 통제하고 자유를 억압하기 위해 사용하는 수단 |

윤을 불렀다.

"이봐, 저기 앉은 저 사람 내가 좀 보잔다구 전해!"

눈이 휘둥그레진 미스 윤이 종종걸음으로 그에게 다가가기 전에 그쪽에서 자진해서 먼저 일어섰다. 그가 충분히 알아들을 수 있을 정도로 장의 목소리가 컸던 것이다.

남이 시키는 것을 기다리지 아니하고 스스로 나서서

「"저를 부르셨습니까?"

「 」: 초면에 존댓말을 하는 권 씨와 달리 장상태는 반말을 함

여전히 웃음기를 입에 문 얼굴이 장을 정면으로 상대했다.

"당신 뭐야? 뭔데 어제부터 남의 얘길 엿듣고 비웃지, 비웃길?"」

권 씨의 웃음을 오해하는 장상태

"비웃음으로 보셨다면 용서하십쇼. 엿듣고 싶은 생각은 없었습니다. 가만히 앉아 있어도 들릴 정도로 선생님들 말소리가 컸습니다. 말씀 내용이 동림 산업에 계신 분들 같아서 저도 모르게 관심이 컸나 봅니다."

권 씨가 장상태 일행의 이야기를 듣게 된 이유

"오오라, 그러고 보니 당신도 동림 가족의 일원이 분명하군. 부서가 어디야?"

"생산부 제1 공장입니다. 거기서 잡역부로 근무하고 있습니다."

"이름은?" / "권입니다."

"이름이 권이다? 그럼 성까지 아주 짝을 채워 보게."

"성이 권입니다."

**감상 포인트**
직원들 간의 갈등, 직원들과 권 씨와의 갈등을 바탕으로 인물들의 생각을 파악한다.

만만한 상대를 만난 장은 권 씨를 노리갯감으로 삼아 화풀이할 작정임을 분명히 하면서 동료들에게 은밀히 눈짓을 보냈다. 함께 놀이에 끼어들라는 뜻일 것이다. 그러나 도식이 보기엔 첫눈에 결코 만만한 상대가 아니었다. 그는 참을성 좋게 여전히 웃고 있었다. 그것은 생산부 공원들이 본사의 사무직을 대할 때 일반적으로 갖는 비굴한 표정이 아니었다. 그렇다고 적대감도 아닌 그것은 일종의 자신감의 표현임이 분명했다. 「두툼한 입술과 커다란 눈이 얼핏 눈에 띄는 특징이었다. 장상태하고 비교해서 둘이 서로 어금버금할 정도로 작은 체구였다. 실제 나이는 장보다 두세 살쯤 위일 것 같은데 적어도 이삼십 년은 더 세상을 살아 냈을 법한 관록 같은 게 엿보이는 얼굴이었고,」 그것이 교양이라는 것하고도 연결되어 잡역부라던 자기소개가 아무래도 믿어지지 않는 그런 사람이었다.

권 씨가 생산부 공장 직원임을 알고서 낮잡아 보는 권위적 태도

민도식이 권 씨를 만만한 상대가 아니라고 생각한 이유

「 」: 권 씨의 외양을 묘사함

어금버금할: 서로 엇비슷하여 정도나 수준에 차이가 없을

관록: 세상살이에 대한 많은 경험으로 생긴 위엄이나 권위

권 씨의 정체가 평범한 생산부 공원은 아님을 짐작할 수 있음

"짝을 채우기 싫다 이거지? 좋았어. 그런데 자네가 하는 잡역일하고 무슨 상관이 있어서 우리 얘기에 이틀 동안이나 관심을 갖지?"

짝을 채우기 싫다: 성과 이름을 모두 이야기하지 않음

"물론 상관은 없습니다. 「그렇지만 한쪽에선 작업 중에 팔이 뭉텅 잘려져 나간 사람이 있고 그 팔값을 찾아 주려고 투쟁하는 사람들이 있는 반면에 다른 한쪽에선 몸에 걸치는 옷 때문에 거기에 자기 인생을 걸려는 분들도 계시구나 하는 생각이 들어서 그냥 지나칠 수가 없었습니다.」"

산업 재해를 입은 동료를 위해 회사 측과 싸우는 권 씨의 처지

「 」: 권 씨가 관리과 직원들의 이야기를 듣고 있었던 이유. 관리과 직원과 공장 직원은 회사 측과 싸우는 이유가 다름

그 순간 장상태의 얼굴색이 하얗게 질리는 것 같았다. 장이 어물거리는 사이에 우기환이 나섰다. 우 역시 장처럼 권 씨의 나이를 전혀 셈해 주지 않는 말투였다.

권 씨의 말에 대한 당혹감

권 씨가 장상태보다 두세 살 위인 것 같은데 장상태와 우기환이 권 씨에게 반말을 함

▶ 생산부 직원 '권 씨'와의 만남

• 장상태와 권 씨 간 갈등

**장상태**
- 권 씨가 자신들의 이야기를 엿듣고 비웃는다고 생각함
- 권 씨가 생산부 공장 직원임을 알고 무시하는 태도를 보임
- 준비 위원회에 반대 의사를 전달하지 못한 일로 직원들에게 비난받은 것을 권 씨에게 화풀이할 생각을 함
- 산업 재해를 입은 동료를 위해 회사 측과 싸운다는 권 씨의 말에 얼굴이 하얗게 질릴 만큼 당황함
- 다방에 앉아 투쟁을 하느냐고 비아냥거림

↕

**권 씨**
- 말소리가 커서 우연히 듣게 된 것이라고 하며 사과함
- 산업 재해를 입은 동료를 위해 회사 측과 싸우는 자신과 달리 옷 때문에 회사 측과 싸울 수도 있다는 사실에 장상태 일행의 이야기에 관심을 가졌다고 밝힘
- 팔을 찾으려는 사람을 함부로 대하는 태도를 삼가 달라고 요청함
- 사장이 면담을 거부하는 상황임을 드러냄

• '권 씨'에 대한 이해

| 외양 | 세상사에 대한 관록과 교양이 느껴짐 |
|---|---|
| 처지 | 생산부 제1 공장 잡역부로, 팔이 잘려 나간 동료를 위해 회사 측과 갈등을 빚음 |

↓

- 만만한 상대가 아님
- 회사의 권력에 맞서 노동자의 권리를 찾기 위해 투쟁함

"팔도 중요하지만 그에 못지않게 옷도 중요해. 옷을 지키려는 건 다시 말해서 팔을 찾으려는 거나 마찬가지 일이야. 팔이 옷에 우선한다 생각하고 우릴 비웃었다면 당신은 분명히 덜떨어진 사람이야."

우기환은 팔(생존)과 옷(자유)은 같다고 인식함 / 우기환은 자신의 관점에서 권 씨를 판단하고 무시함

"그래서 다방에 앉아서 투쟁을 하신다 이런 말씀이지?"

팔이 잘려 나간 동료를 위해 투쟁한다는 권 씨를 비아냥거림

우의 응원에 힘입어 전열을 가다듬고 난 장이 입꼬리를 비틀면서 이렇게 말했다.

"제가 드리고 싶은 말씀이 바로 그겁니다. 「옷도 중요하고 팔도 중요하다는 말씀에 전적으로 동감입니다. 그렇기 때문에 팔을 찾으려는 사람이라고 함부로 대하는 자세만큼은 삼가해 주셨으면 합니다.」 선생님들한테 팔이 있듯이 옷은 우리들도 필요하니까요. 이제 또 들어가 봐야죠. 사장님이 면담을 받아 주시질 않아서 이렇게 매일같이 허탕을 치고 있는 중입니다."

생산직인 권 씨를 무시하는 태도를 두고 하는 말 / 「」: 권 씨는 우기환의 의견에 일단 공감을 표시한 후 자신이 하고 싶은 말을 함 / 동료의 팔값을 찾기 위한 투쟁이 외면당하고 있는 상황

▶ 장상태 일행과 권 씨와의 갈등

[중략 부분의 줄거리] 이튿날, 양복점 재단사들이 사무실을 돌면서 제복 치수를 재는데 민도식은 자신의 차례가 오기 전에 슬그머니 사무실을 빠져나온다.

어느새 뒤따라 나왔는지 현관 수위실 옆을 지나는 도식을 우기환이가 불러 세웠다. 그들은 함께 다방으로 들어갔다.

"어제 여기서 생산부 사람한테 한 얘기…… 실제로 그럴까?"

우기환이 권 씨에게 옷과 팔이 모두 중요하다고 한 말

"무슨 얘긴데요?"

"팔 못지않게 옷도 중요하다는 얘기."

"원 민 선배님두, 아니 그만한 신념도 없으면서 사무실을 뛰쳐나왔습니까?"

제복 치수를 재지 않고 나온 민도식의 행동을 두고 하는 말

"권 씨란 사람을 만나기 전까진 나도 그렇게 생각해 왔어. 그런데 그 사람 얘길 듣고 난 후로는 어딘지 모르게 흔들리는 기분이 든단 말야. 결국 이렇게 흔들리는 상태에서는 아무 일이고 할 수 없다는 생각이 들어서 사이즈를 안 재고 나와 버린 거야."

권 씨를 만난 이후 제복 제도 도입에 대한 생각이 흔들리게 되는 민도식 / 민도식이 치수를 재지 않고 사무실을 나온 이유

"우리하고 생산부하고 하는 일이 다르기 때문에 방식만 다를 뿐이지 실은 팔과 옷은 똑같다고 믿어요. 우리한테 옷인 것이 그들한테는 팔이고 우리한테 팔인 것이 그들한테 옷이 되잖을까요?"

우기환은 생존과 자유가 같다고 인식함

"반드시 그렇지만은 않을 거야. 다분히 허세가 섞인 것이 우리들 옷이고 허세 없이 그저 절실하기만 한 것이 권 씨의 팔인지도 몰라."

민도식은 권 씨와의 만남을 계기로 제복보다 절박한 현실 문제를 직시하게 됨

"자유와 생존은 다 같이 중요하다는 제 신념에는 변함이 없습니다."

"그야 물론 그렇지. 내 얘긴 우리가 제복을 입음으로써 제약당하는 개인의 사생활을 저들이 팔을 잃음으로써 위협받는 생계만큼 그렇게 절박하게 느끼고 있느냐는, 일테면 치열도의 차이라는 거야."

자유와 생존이 모두 중요하다는 우기환의 말에 동의함 / 민도식은 권 씨를 통해 생존이 위협받는 위기에 놓인 사람들의 현실에 주목하게 됨

▶ 권 씨를 만난 후 흔들리는 민도식

• '옷'과 '팔'의 의미

| | |
|---|---|
| 옷 | • 자유와 개성을 상징함<br>• 사무직 직원들이 당면한 문제와 관련됨: 회사 측이 제복을 입도록 강요함 |
| 팔 | • 생계를 위해 반드시 필요한 것<br>• 생산직 직원들이 처한 문제와 관련됨: 작업 중에 팔이 잘려 나가 보상을 요구함 |

• '옷'과 '팔'에 대한 인식 차이

우기환
옷(자유)과 팔(생존)은 모두 중요함

↕

민도식
옷과 팔은 치열도에서 차이가 있다고 생각함 → 제복을 입음으로써 억압당하는 자유보다는 팔을 잃음으로써 생계를 위협받는 상황이 더 절박하다고 여김

## 장면 포인트 3 주목

- 해당 장면은 제복 착용을 반대하는 민도식과 우기환이 사장과 만나 면담한 후 우기환은 회사를 그만두고 민도식은 제복을 입지 않은 채 회사의 체육 대회에 참가하러 와서 방황하는 부분이다.
- 면담에서 민도식과 우기환, 사장이 내세우는 논리를 파악하고, 인물들의 선택이 어떤 의미를 지니는지를 이해하도록 한다.

"옷에는 보호 기능과 표현 기능이 있다고 들었습니다. 우리가 옷에서 바랄 수 있는 건 그 두 가지 기능만으로 충분하다고 믿고 있습니다.(회사가 내세우는 단결력과 생산성 향상은 옷의 기능이 아님) 「제복으로 사원들 간에 일체감을 조성해서 회사를 더욱더 발전시키겠다고(제복 제도를 시행하는 회사 측 근거) 그러시지만 제 생각엔 그렇게 해서 얻어지는 단결력보다는 제복에 눌려서 개성이 위축되고 단결력에 밀려서 자유로운 창의력이 퇴보되는 데서 오는 손실이 더 클 것 같습니다.(제복을 착용하면 사원들의 개성과 창의성이 위축될 것임)」(「」: 회사가 제복을 통해 얻는 것이 기대와 달리 많지 않을 것이라는 의견)

"아주 좋은 말을 했어. 하지만 그건 일이 실천에 옮겨지기 전에 했어야 할 얘기야.(이미 시간이 지났다는 회사 측의 주장) 대다수 사원들 지지를 얻어서 실천 단계에 들어선 지금은 사정이 달라. 그리고 기업 발전에 단결력이 중요하냐 창의력이 중요하냐 하는 문제는 자네가 아니라 내가 결정할 문제야.(권력자의 권위적인 태도가 드러남) 또 제복을 입었다고 어제는 있던 창의력이 오늘 싹 죽는다는 논리도 설득력이 없어. 민 군, 자네는 일찍이 제복 제도를 도입한 K 직물이 창의력 없이 그저 눈감땡감(가치를 잘 모르는 것에 대해 대충 어림잡아 판단하는 것을 가리키는 말)으로 오늘날의 위치에 올라섰다고 생각하나?"

"K 직물은 사정이 다릅니다."

잠자코 있던 우기환(제복 착용에 강하게 불만을 표시하며 결국 이에 불복하고 회사를 그만두는 인물)이가 불쑥 말했다. / "호오, 그래? 어떻게 다르지?"

"자기 개성에 맞는 옷을 입을 권리를 포기할 때는 뭔가 그 이상의 보상이 뒤따라야 합니다. 그런 면에서 K 직물의 기업 정신은 아주 훌륭하다고 봅니다.(K 직물은 제복을 도입하면서 사원들에게 보상을 해 주었음을 알 수 있음)"

이때 옆방이 다소 소란해졌다. 사장실 도어 저쪽에서 여비서가 누군가(권 씨)하고 들어가겠다느니 안 된다느니 하면서 실랑이하는 눈치였다. 그 소리를 듣더니 사장의 낯빛이 싹 달라졌다.(누가 왔는지를 짐작하고 긴장함)

"자네들이 이러지 않아도 난 지금 복잡한 일(산업 재해를 입은 직원들에 대한 보상 문제 등)이 많은 사람이야. 우 군이 K 직물을 동경하는 그 심정은 나도 알아. 허지만 앞으로 가까운 장래에 다른 사람들이 자네들을 동경하도록 만들기 위해서는 나도 노력하고 자네들도 적극 협조해야 되잖겠나.(회사 발전을 명목으로 규율과 통제에 따를 것을 강요함. 끝까지 자신의 방침을 포기하지 않는 권력자의 모습이 드러남) 그동안을 못 참아서 협조할 수 없다면 별수 없지. 이런 일엔 누군가 한 사람쯤 희생이 따른다는 사실을 각오해야 돼.(조금도 손해를 보지 않으려는 사장의 속내(제복 착용을 반대하는 직원은 회사를 그만두길 바람)가 드러남)"

"무슨 뜻인지 알겠습니다. 제가 희생이 되죠. 피고용자한테도 권리(회사를 그만둘 수 있는 권리)는 있습니다. 들어올 때는 제 맘대로 못 들어오지만 나갈 때는 제 맘대로 나갈 수 있으니까요."

우기환이가 분연히(떨쳐 일어서는 기운이 세차고 꿋꿋한 모양) 소파에서 일어나 빠른 걸음으로 도어를 향해 갔다.(우기환은 제복 착용을 반대하는 자신의 신념을 굽히지 않고 결국 회사를 그만둠) 순식간의 일이었다. 사장실을 나서는 우기환이와 엇갈려 웬 사내(권 씨)가 잽싸게 뛰어들었다. 다방에서 두 번 본 적이 있는 생산부의 잡역부 권 씨였다. **주목** 사장실로 들어서기 무섭게 권 씨는 민도식을 향해 눈자위를 하얗게 부릅떠 보였다.(자리를 비켜 달라는 권 씨의 압박) 우기환의 돌연한 행동(회사를 그만두는 일)에 초벌(먼저)

### 작품 분석 노트

- '제복'의 상징성

| 제복 |
|---|
| 은연중에 조직이 부과하는 책임과 의무를 수행하도록 강제하여 자연인으로서 누릴 수 있는 자유와 권리를 제약하고 속박하는 수단 |

↓

| 작품의 제목과 같이 옷은 '날개 또는 수갑'이 될 수 있는데 '제복'은 '수갑'으로서의 옷에 해당함 |
|---|

- 제복 착용에 대한 견해 차이

| 민도식 |
|---|
| 회사에서 기대하는 효과보다는 개성이 위축되고 창의력이 퇴보되는 것에서 오는 손실이 크다고 제복을 입을 때의 단점을 언급하며 제복 착용에 대한 반대 의견을 펼침 |
| **우기환** |
| 개성에 맞는 옷을 입을 권리를 포기할 경우, K 직물처럼 그 이상의 보상이 있어야 함을 강조함 |

↕

| 사장 |
|---|
| • 제복 제도가 필요한 절차를 거쳐서 이루어졌음을 강조하여 제복을 입기로 한 결정의 정당함을 부각함<br>• 회사의 방침에 협조하면 회사가 K 직물처럼 발전할 수 있다는 점을 은연중에 강조하고, 회사의 방침에 협조하지 않으면 희생이 따를 것을 언급함 |

놀랐던 도식은 권 씨의 험악한 표정에 재벌 놀라면서 엉거주춤 궁둥이를 들었다. 빨리 자리를 비켜 달라는 권 씨의 무언의 협박이 빗발치고 있었다.

두 번

작업 중 팔이 잘려 나간 동료의 보상 문제가 여전히 해결되지 않았음을 알 수 있음

"죄송해요, 사장님. 한사코 안 된다는데두 부득부득 우기면서 이 사람이……."

뒤쫓아 들어온 여비서를 손짓으로 내보낸 다음 사장이 말했다. / "어서 오게, 권 군."

자기보다 더 사정이 절박한 사람을 위해서 민도식은 사장실에서 물러나지 않을 수 없었다. / "잘 생각해서 스스로 결정을 내리도록 하게."

권 씨

제복을 입든지 회사를 그만두든지 하라는 의미

도어가 채 닫히기 전에 사장의 껄껄한 목소리가 도식의 등 뒤에 따라붙는다.

▶ 제복 착용에 반대하며 회사를 그만두는 우기환

"장 선생 집에 전화 걸었더니 부인이 받데요. 새로 맞춘 유니폼 입구 아침 일찍 출근했다구요."

• 제복 착용에 반대했던 장상태는 결국 제복을 입고 출근함 → 장상태의 순응적 태도
• 다른 동료들처럼 제복을 입고 회사에 가기를 바라는 민도식 아내의 마음이 담김

아내의 바가지 긁는 소리로 창업 기념일의 아침은 시작되었다. 체육 대회가 열리는 제1 공장까지 가자면 다른 날보다 더 일찍 나서야 되는데도 여전히 뭉그적거리고만 있는 남편 곁에서 아내는 시종 근심스런 눈초리를 거두지 않았다. 제복 때문에 총각 사원 하나가 사표를 던졌다는 소문을 아내는 믿지 않았다. 사표를 제출한 게 아니라 강제로 모가지가 잘린 거라고 굳게 믿고 있었다.

회사 측에서 중요하게 생각하는 날

제복을 입어야 하는 상황에서의 민도식의 갈등

회사를 잘릴까 하는 걱정

우기환

"까짓것 난 필요 없어. 거기 아니면 밥 빌어먹을 데 없는 줄 알아? 세상엔 아직도 유니폼 안 입는 회사가 수두룩하단 말야!"

**감상 포인트**
인물들의 말과 행동을 통해 작품의 주제 의식을 파악한다.

거듭되는 재촉에 이렇게 큰소리로 대거리는 했지만 결국 민도식은 뒤늦게나마 집을 나서고 말았다.

제도의 시행에 저항하려 하지만 끝내 현실을 받아들임

시내를 멀리 벗어나서 교외에 널찍하게 자리 잡은 제1 공장 앞에 당도했을 때는 벌써 개회식이 시작된 뒤였다. 공장 정문 철책 너머로 검정 곤색 일색의 운동장을 넘어다보는 순간 민도식은 갑자기 숨이 턱 막혀 옴을 느꼈다. 새로 맞춘 제복으로 단장한 남녀 전 사원이 각 부서별로 군대처럼 질서 정연하게 도열해 서서 연단에 선 지휘자의 손끝을 우러러보며 사가(社歌)를 제창하기 직전의 예비 운동으로 목청을 가다듬는 헛기침들을 하고 있었다. 이윽고 공장 일대를 한바탕 들었다 놓는 우렁찬 노래가 터지기 시작했다. 노래 부르는 사원들 모두가 작당해서 지각한 사람을 야유하는 듯한 기분이 들었다. 검정 곤색의 제복들이 일치단결해 가지고 사복 차림으로 꽁무니에 따라붙으려는 유일한 사람을 완강히 거부하는 듯한 기분에 사로잡혔다. 세상 전체가 온통 제복투성이인 가운데 저 혼자만 외돌토리로 떨어져 있는 셈이었다. 자기 한 사람쯤 불참한다 해도 아무렇지도 않게 체육 대회 개회식은 진행될 수 있다는 사실이 민도식을 무척 화나면서도 그지없이 외롭게 만들었다. 정문으로 들어서지도 못하고 그렇다고 뒤돌아서서 나오지도 못한 채 그는 일단 멈춘 자리에 붙박혀 버린 듯 언제까지고 움직일 줄을 몰랐다.

어떤 곳에 다다름

획일적인 모습에 답답함을 느낌

한 가지의 빛깔

획일화된 모습의 사원들

개인의 자유를 통제하려는 억압을 상징함

많은 사람들이 죽 늘어서 있음

회사를 대표하는 노래

같은 제복을 입고 같은 노래를 부름 → 획일주의적 사회의 모습

때를 지어서

민도식

제복을 입지 않고 회사 행사에 나온 민도식을 가리킴

획일주의적 사회, 개성을 인정하지 않는 사회에서 느끼는 소외감

직원들과 어우러지지 못하는 것에 대한 감정

회사 측이 제복을 강압적으로 입히는 것에 대한 감정

제복 착용에 반대하여 끝까지 제복을 입지는 않았지만 회사를 그만두지도 못하며 방황하는 민도식

▶ 창업 기념일 체육 대회에 가는 민도식

• 창업 기념일 체육 대회의 모습

| 전 직원 |
| --- |
| 유니폼을 입고 군대처럼 도열하여 사가를 제창함 → 개인의 자유를 잃고 회사에 의해 획일화된 모습 |

↕

| 민도식 |
| --- |
| 뭉그적거리다가 사복을 입고 가서 분노와 외로움을 느낌 → 획일화된 사회에서 소외된 존재 |

• 서로 다른 선택을 하는 인물들

제복 착용을 반대하는 입장

| 우기환 | 민도식 |
| --- | --- |
| • 자신의 뜻이 받아들여지지 않자 회사를 그만둠<br>• 자신의 신념을 행동으로 실천하는 모습을 보임 | • 제복을 입지 않고 회사 행사에 참여함<br>• 문제의식은 있지만 부정적 현실에서 벗어나지 못하는 우유부단한 모습을 보임 |

## 핵심 포인트 1 인물의 성격과 태도 파악

이 작품은 제복 제도 시행 과정에서 빚어지는 인물들의 갈등을 바탕으로 이야기가 전개된다. 따라서 제복 착용과 관련한 여러 인물들의 태도와 그 의미를 파악할 수 있어야 한다.

◎ 제복 제도 시행에 대한 인물들의 태도와 의미

| 인물 | 태도 | 의미 |
|---|---|---|
| 사장 | 회사의 제복을 만들어 모든 사원이 입도록 지시함 | 획일화를 통한 통제, 구속 |
| 우기환 | 제복 착용에 강력히 반대하며, 회사가 이를 계속 강요하자 결국 회사를 그만둠 | 불의에 저항 및 불응 |
| 장상태 | 제복 착용에 찬성하지는 않지만 회사 방침에 따라 제복을 입음 | 소시민적 순응 |
| 민도식 | 제복 착용에 반대하지만 사복(자유복) 차림으로 회사 행사에 참여하며, 제복을 입은 다른 사원들의 모습에 외로움을 느낌 | 소시민적 갈등 |

## 핵심 포인트 2 소재의 의미와 기능 파악

이 작품은 '제복'을 입히려는 회사와 이에 대응하여 '사복(私服)'을 지키려는 직원들 간의 갈등을 드러내고 있다. 따라서 작품에 등장하는 '옷'의 의미와 기능을 파악할 수 있어야 한다.

◎ '옷'과 관련한 '날개와 수갑'의 의미

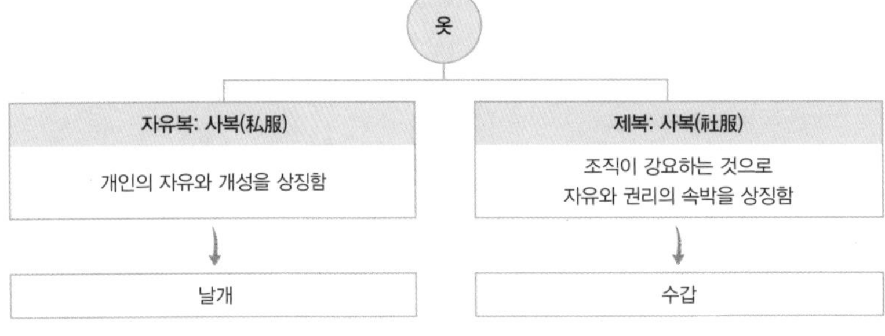


## 핵심 포인트 3 외적 준거에 따른 감상

이 작품의 배경인 1970년대의 시대적 상황에 대한 외적 준거를 바탕으로 작품을 이해할 수 있어야 한다.

◎ 1970년대의 사회상

1970년대에는 장발과 미니스커트가 '풍기 문란(풍속이나 규범 따위를 어기고 어지럽히는 일)'이라는 죄목으로 단속의 대상이었다. 경찰들은 가위나 바리캉을 들고 장발족을 찾아다녔다. 한때는 머리카락이 귀만 덮으면 잡을 정도로 단속이 심했다. 치마 길이도 무릎 위 15㎝ 이상이면 처벌 대상이었다. 그리고 당시에는 영화관에서 영화를 상영하기 전에 의무적으로 '대한뉴스'를 틀었고, 애국가가 나오면 모두 기립해야 했다.

◎ 〈날개 또는 수갑〉의 외적 준거로 활용할 수 있는 내용

| | |
|---|---|
| 옷의 상징성 | • 회사 측은 제복을 통해 조직의 책무를 수행하도록 강요함으로써 개인의 자유와 권리를 구속한다는 점에서 직원들에게 '수갑'을 채우려는 권력층이라고 볼 수 있음<br>• 작가는 제복 착용을 반대하는 직원들을 통해 옷이 개인의 자유와 개성을 드러내는 '날개'로 존재해야 함을 말하고 있음<br>• 이 작품은 한 회사의 제복 착용을 둘러싼 갈등을 통해 개인의 개성과 자유를 억압하여 권력에 유리하도록 획일화하려 했던 당시의 사회상을 비판하고 있음 |
| 소시민적 특성 | 제복 착용에 불만이 있으면서도 대다수가 이를 따르는 모습은 자신의 이익을 지키거나 부당한 처우를 당하지 않기 위해 사회적, 조직적 부조리를 따르고 마는 소시민적 특성과 관련이 있음 |

### 작품 한눈에

• 해제

〈날개 또는 수갑〉은 동림 산업이라는 회사를 배경으로, 회사 측에서 강제적으로 진행한 제복 제정으로 인한 인물들의 다양한 갈등을 그리고 있다. 제복 착용에 반대하며 회사를 그만두는 '우기환', 회사 방침에 따라 제복을 입는 '장상태', 그리고 제복 착용을 반대하다 제복을 입지 않고 회사 행사에 참가하는 '민도식' 등의 인물들은 부당한 권력에 각기 다른 대응 모습을 보여 준다. 이렇게 제복으로 사원들을 통제하려는 회사와 갈등을 빚는 이들의 모습을 통해 작가는 국민들을 획일화하고 통제했던 1970년대의 국가 권력을 우회적으로 비판하고 있다.

• 제목 〈날개 또는 수갑〉의 의미

– 작품의 중심 소재인 '제복'과 관련하여, 옷이 '날개'로 존재할 수도 있고 '수갑'으로 존재할 수도 있다는 의미

'날개'는 자유를, '수갑'은 구속을 의미한다. 옷은 자유와 개성을 드러낸다는 점에서 '날개'와 같은 존재일 수 있다. 그러나 이 작품에서 갈등을 유발하는 '제복'은 소시민인 사원들의 자유를 억압하고 획일적이고 폭력적인 현실의 질서에 순응하게 만드는 수단(수갑)이다.

• 주제

① 불합리한 권력에 대응하는 소시민들의 모습

② 국민을 획일화하고 통제하는 국가 권력에 대한 비판

(전체 줄거리)

동림 산업은 회사의 기개를 과시하고 단결력을 강화하겠다는 목적으로 회사 전체에 제복을 도입하기로 한다. 느닷없는 회사의 통보에 직원들은 불만을 토로한다. 특히 옷이 날개라고 생각하는 민도식과 제복을 수갑이나 족쇄라고 보는 우기환은 부정적인 생각을 드러낸다. 퇴근 후 동료들과 다방에 모인 자리에서, 우기환은 유니폼을 입으면 자유와 권리는 제약당하고 책임과 의무에 끌려다니게 된다는 말을 한다. 민도식은 늘 교도관 제복을 입고 있던 아버지를 떠올리는데, 거리로 나와 의외로 유니폼을 입은 사람들이 많다는 것을 깨닫게 된다. 이윽고 준비 위원회가 열려 회사의 의도대로 모든 안건이 일방적으로 통과된다. 그 후 다방에서 민도식 일행이 이런저런 말을 나누고 있는데 한 생산식 사내가 다가온다. 그러고는 한쪽에선 작업 중 잘려 나간 팔값을 찾아 주려고 투쟁하는 사람이 있는 반면, 다른 한쪽에선 옷 때문에 자기 인생을 거는 사람이 있다는 생각에 그냥 지나칠 수 없었다고 한다. 이튿날 옷 치수를 재지 않은 민도식과 우기환은 사장에게 불려 가고, 우기환은 퇴사를 결정한다. 창업 기념일에 혼자서만 사복을 입은 민도식은 모든 사원이 제복을 입고 군대처럼 서 있는 모습을 보고는 움직이지 못한다.

◇ 한 줄 평 언론의 자유가 억압된 현실을 비판하는 작품

# 개는 왜 짖는가 송기숙

## 장면 포인트 1 주목

- 이 작품은 신문 기자로서 무력한 모습을 보여 주는 주인공 영하를 통해 언론의 자유를 억압하는 어두운 시대 현실을 비판하는 소설이다.
- 해당 장면은 통새암거리 노인들이 영하에게 불효자 또철의 악행을 기사로 내 달라고 요청한 이후로, 또철이 순경을 데리고 나타나 좁쌀영감이 자기의 이름을 개에게 붙여 부르며 자신을 모욕한다고 항의하는 상황이다.
- 개에게 비윤리적인 사람의 이름을 붙이는 좁쌀영감의 행위에 주목하여 통새암거리 노인들과 영하의 삶의 태도를 비교하도록 한다.

[앞부분의 줄거리] 어느 날 동네 노인들이 신문 기자인 영하에게 동네의 또철이라는 사람이 부모에게 불효한다 하며 이 사실을 신문에 내 달라고 한다. 영하가 사적인 일은 기사로 내기 어렵다면서 곤란해하고 있을 때, 또철이 순경을 데리고 나타난다.

주목

"젊은 순경, 봤지요? 저렇게 자기 허물을 뉘우칠 줄 모르고 큰소리만 치고 있으니 개가 짖지 않고 배기겠소? 정부에서도 충효(忠孝) 어쩌고 했으면, 저런 작자들부터 묶어 가야 할 게 아니요? 그리고 박 기자, 어떻소. 이런 사람을 신문에 안 내면 뭣을 신문에 낸단 말이요?"

(부모에게 불효하는 사내가 반성은 하지 않고 노인들에게 오히려 큰소리를 치고 있는 상황)

(→ 유약하고 온순한 성품의 신문 기자. 정의감 넘치는 노인들을 보면서 무기력한 자신의 삶을 되돌아보게 됨)

털보 영감이 이번에는 영하를 물고 들어갔다.

(털보 영감이 또철과의 갈등에 신문 기자인 영하를 끌어들임)

"뭐요? 신문에 내다니, 뭣을 신문에 낸단 말이요?"

사내가 털보 영감 말을 채뜨리며 시퍼렇게 악을 쓰고 나섰다.

(사내: 또철)

"임자 같은 사람을 신문에 안 내면 뭣을 신문에 낸단 말이여? 개는 짖으라고 있고 신문은 나팔을 불라고 있는 것인데, 개도 못 봐서 짖는 일을 신문 기자가 손 개 얹고 있으란 말이여? 신문 기자가 개만도 못한 줄 알아?"

('개는 왜 짖는가'라는 제목과 관련이 있는 표현 – 사회를 감시하는 언론의 의무, 신문의 역할에 대해 말하는 것)

여태 말이 없던 굴때장군이 깡, 내질렀다. 민 영감은 배실배실 웃고만 있었다.

"영감들이 괜히 나를 못 잡아먹어서 환장이지 내가 어째서 신문에 난단 말이요?"

사내는 신문 이야기가 나오자 제정신이 아니었다.

(자신의 악행이 세상에 알려질까 봐 두려워하는 모습)

**감상 포인트**
개가 짖는 행위와 기자가 기사를 쓰는 행위를 비교하며 그 의미를 이해한다.

"두고 봐. 신문에 나는가 안 나는가 두고 보라구."

"잡것, 어뜬 놈이든지 신문에만 내 봐라. 그때는 저 죽고 나 죽고 정말 사생결단을 하고 말 것이다."

(비속어를 사용하며 영하를 위협함) (사생결단: 죽고 사는 것을 돌보지 않고 끝장을 내려고 함)

작자는 이를 악물며 들떼놓고 을러멨다. 영하는 소한테 물린 것처럼 헤프게 웃고만 있었다.

(기사를 쓰지 말라는 사내의 협박에 제대로 대응하지 못하는 영하의 모습 – 무력한 당대 언론을 떠오르게 함)

"신문 기자가 그렇게 만만한 줄 아나?"

"만만 안 하면 신문 기자 배때기에는 철판 깐 줄 아슈?"

(자기의 악행을 기사로 내지 못하도록 영하에게 계속 위협을 함)

"허허, 잘 논다."

**작품 분석 노트**

- '좁쌀영감'과 '또철'의 갈등

| 좁쌀영감 | | 또철 |
|---|---|---|
| 개의 이름에 부도덕한 사람의 이름을 붙임 | ↔ | 부모에게 불효한다는 소문이 난 부도덕한 인물 |
| ↓ | | ↓ |
| 그중 한 마리에게 부모에게 불효하는 사내의 이름을 붙여 '또철'이라고 부름 | | 개에게 자신의 이름을 붙였다는 사실을 알고 순경을 불러 항의함 |

"생사람을 못 잡아먹어 환장을 하더니 나중에는 신문 기자까지 끌어다 대는구만."

"환장? 그게 어디다 대고 하는 말버릇이야?"

좁쌀영감이 소리를 질렀다.

"그럼 환장이 아니고 뭡니까?" ▶ 또철의 악행을 신문 기사로 내는 문제를 둘러싼 갈등

사내가 좁쌀영감한테 삿대질을 하며 악을 썼다.(노인에게 버릇없이 대하는 또철의 모습) 순간 왕왕, 셰퍼드(좁쌀영감의 개 또철이)가 짖었다. 스피츠도 포인터도 덩달아 짖고 나섰다.

"또철아, 또철아, 가만있어. 가만!"(개를 진정시키는 말이자 또철을 조롱하는 말 → 해학적 표현)

개들이 다시 누그러졌다.

"방금은 저 개들이 왜 짖은 줄 알아? 제 주인한테 대드니까 짖었어. 개는 까닭 없이는 안 짖어. 사람 못된 것들은 할 소리 안 할 소리 자발없이(행동이 가볍고 참을성이 없이) 씨부렁대지만, 개는 짖을 놈만 봐서 꼭 짖을 때만 짖어.(사람 못된 것들보다 나은 개 – 제 역할을 다하지 못하는 당대 언론에 대한 비판 의식이 담겨 있음) 저 시퍼런 눈 봐. 저 눈으로 사람 못 보는 데까지 훤히 꿰뚫어 보고 꼭 짖을 놈만 찾아 짖는단 말이야."(비판할 대상을 비판하는 모습 – 불의한 권력을 견제해야 하는 언론의 책무를 떠오르게 함)

털보 영감이 능청을 떨었다.

"뭐가 어쩌고 어째요? 저 영감이 시키니까 짖지 개가 뭣을 알아 짖는단 말이오. 저 개한테 붙인 또철이란 이름이 뉘 이름이요.(좁쌀영감은 셰퍼드의 이름을 또철이라고 지음) 개한테 멀쩡한 사람 이름을 가져다 붙인 것부터가 속내가 환한데, 시키지도 않는데 제 사날로 짖는단 말이요?"

사내는 이를 앙다물며 좁쌀영감을 노려봤다. 작자는 이만저만 끈질긴 성미가 아니었다. 이쯤 했으면 진력이 날 법도 한데 기어코 물고 늘어졌다.

"또철이가 뉘 이름이냐 이 말인가? 아까도 말했듯이 그것은 임자(나이가 비슷하면서 잘 모르는 사람이나, 알고는 있지만 '자네'라고 부르기가 거북한 사람, 또는 아랫사람을 높여 이르는 이인칭 대명사) 이름인 것 같기도 하지만 저 개 이름이기도 해. 임자가 또철이란 이름 지을 때 누구한테 허락 맡고 지었나? 나도 내 맘대로 지었는데, 어째서 시비야? 또철이란 이름은 임자 혼자 이름이라고 전세 내서 등기라도 해 두었어?"(또철이라는 이름은 개인이 독점할 수 있는 것이 아니므로 개의 이름을 또철이로 지어도 문제가 없음)

좁쌀영감이 차근하게 따졌다.

"일부러 내 이름을 개한테 붙인 것이 아니고 뭐요?"

"저 사람(또철)이 남의 말 들을 귀에 말뚝을 박았나?(말을 잘 알아듣지 못하는 사람을 핀잔할 때 쓰는 관용어) 대한민국에 또철이가 임자 혼자뿐이 아닌데 어째서 그게 임자 혼자 이름이란 말이야?"

영감이 삿대질을 하자 또 셰퍼드가 컹 짖었다. 영감 말이 옳다는 소리 같았다.

"이 골목에 사는 또철이는 나 하나뿐이니, 나 들으라고 지은 이름이 아니고 뭡니까? 바둑이 · 도크 · 쫑 · 검둥이, 세상에 쌔고 쌘 개 이름 놔두고, 아무런들 개한테 사람 이름을 붙여 허구한 날 또철아, 또철아, 도대체 이런 법도 있습니까?"(자신의 이름으로 개의 이름을 지은 것에 대한 분노, 억울함)

사내는 순경을 돌아보며 입에 거품을 물었다.(감정이 몹시 격해진 상태로 말할 때 쓰는 표현) 그가 소리를 지르자 또 개가 으르렁거렸다.

"개한테 그런 이름을 붙이면 안 된다는 무슨 법조문이라도 있단 말이야?(개에게 또철이라는 이름을 짓지 못할 이유가 없음) 있으면

• 통새암거리의 노인들

| | |
|---|---|
| 좁쌀영감 | 셰퍼드 한 마리, 포인터 두 마리, 스피츠 두 마리를 기름. 한 마리를 제외하고 부도덕한 사람의 이름을 개의 이름으로 지음 |
| 털보 영감 | 몸집이 깍짓동같이 우람하고 시커먼 수염이 온통 얼굴을 뒤덮고 있음 |
| 굴때장군 | 장사형으로 뼈대가 단단하고 눈꼬리가 치켜 올라감 |
| 호적 계장 | 잘했으면 호적 계장으로 정년을 맞았을 골샌님 |
| 민 영감 | 서당 훈장풍. 다른 노인들에 비해 기품이 있음 |

↓

동네의 버릇없는 사람들이나 부도덕한 사람들을 혼내 주며 동네의 질서를 바로잡는 인물들

가져와 봐. 이놈은 일본 총독 이토, 이놈은 인규, 이놈은 아민, 이놈은 또철이, 또
조선을 병탄한 일본의 정치가 이토 히로부미
이놈은 뭔 줄 아나? 모를 게야. 아직 안 짓고 아껴 뒀어."
부도덕한 인물이 나타나면 그 이름으로 짓기 위해 개 이름을 짓지 않음 수십만 명을 학살한 우간다의 독재자
「영감은 개 이름을 하나하나 세어 갔다. 인규는 4 · 19 때 최인규겠는데, 아민까지
자유당 시절 부정 선거를 총지휘한 내무부 장관
들어 있을 줄은 몰랐다. 영감은 국제적으로까지 놀고 있었다.」 「」: 영하의 시선에서 좁쌀영감의 행동을 서술한 부분
해학적 표현

"이런 것뿐만이라면 말도 않겠소. 중이 절 보기 싫으면 떠나더라고 이 골목에서
자신의 이름을 개에게 붙여 부르며 조롱하는 것
이사를 가 버리려고 집을 내놔도, 이 영감들이 집을 꽉 누르고 있기 때문에 반 년
통새암거리 노인들의 마을에서의 영향력을 알 수 있음
이 넘도록 집도 안 팔려요. 이것은 법에 안 걸리는 일입니까?"

사내는 순경과 영하를 번갈아 보며 호소하듯 말했다.

"그 집 얘긴가? 그것 절대로 안 팔릴 거로구만."

여태 말이 없던 민 영감이 나섰다.

"우리가 작당을 해서 누르고 있어 안 팔리는 것이 아니고, 저절로 안 팔리는 거여.
떼를 지음. 또는 무리를 이룸
우리가 복덕방은 아니지만, 이 골목에서 집 팔고 사는 것을 오래 지켜보았으니 말
또철의 악행이 소문이 나 또철과 거래하려는 사람이 없을 것이라는 의미
인데, 날날 보면 이런 집 하나 팔리는 것도 심성을 곱게 지니는 사람이라야 쉽게 팔리더라구. 더구나, 요새 같은 불경기에는 두말할 것도 없지. 코째기 내기를 하면 해도 일이 년 안에는 안 팔려."

"아무렴. 절대로 팔릴 까닭이 없지. 일이 년 안에 그 집이 팔리면 내 코도 팍 째고 말겠어."

굴때장군이었다. 손가락을 팍 쑤셔 코를 째는 시늉까지 하며 맞장구를 쳤다.
▶ 노인들이 개에게 자신의 이름을 붙여 부르며 모욕한다고 또철이 항의함

- 들떼놓고: 꼭 집어 바로 말하지 않고.
- 을러메다: 위협적인 언동으로 을러서 남을 억누르다.
- 사날: 제멋대로만 하는 태도.

• '좁쌀영감'의 개 이름

| | |
|---|---|
| 이토 | 을사조약을 체결한 일본의 이토 히로부미 |
| 인규 | 자유당 시절 부정 선거를 총지휘한 내무부 장관 |
| 아민 | 수십만 명을 학살한 우간다의 독재자 이디 아민 |
| 또철 | 마을에서 부모에게 불효를 저지르는 사내 |
| 이름 없는 개 | 아직 안 짓고 아껴 둠 |

↓

나쁜 인간들의 이름으로 개 이름을 지어 부름

↓

악행을 저지른 인간들에 대한 비판

## 장면 포인트 2 주목

- 해당 장면의 앞부분은 영하가 통새암거리 노인들을 통해 자기의 무기력한 삶을 성찰하며 노인들이 써 달라는 기사를 쓰기 위해 메모하는 상황이다. 뒷부분은 작성한 기사를 버리고 자괴감에 술을 마신 영하가 다음 날 자기가 술주정을 했다는 사실을 아내에게 전해 듣고 매미의 죽음을 목격하는 상황이다.
- 영하의 인식에 주목하여 '오동나무', '분재', '매미의 죽음'이 각각 의미하는 바를 파악하도록 한다.

비싼 나무를 사다가 잘 손질한 정원은 인위적으로 정돈된 바로 그만큼 자연의 질서와 조화에서는 어긋나 있는 것이 아니겠는가 하는 생각이 들며 매미가 붙어 있는 오동나무가 새삼 대견스럽게 여겨졌다.
(인위적인 정원과 대비되는 자연스러운 존재에 대한 영하의 긍정적 인식)

저 오동나무는 통새암거리 노인들 같다는 생각이 들었다. (오동나무에 노인들의 모습을 투영함) 그 노인들은 저 오동나무처럼 거침없이 살다가 구김 없이 늙으며, 어디서나 자기 할 소리 하며 자기 분수껏 이 세상에 나온 자기 몫을 하고 죽어 갈 사람들이었다. (노인들의 당당하고 정의로운 성격)

화단 한쪽 햇볕에 내논 분재로 눈이 갔다. (화분에 심어서 줄기나 가지를 보기 좋게 가꾼 화초나 나무) 오동나무에 비기면 저게 뭔가?「봄이 되어도 가지 하나를 뻗고 싶은 대로 뻗지 못하고, 뿌리는 또 비좁은 화분 속에서 얼마나 궁색스럽게 비틀고 얽혀서 뻗어야 하는가? 저렇게 최소한의 생존 조건 속에서 생명을 부지해야 사랑받고, 그 생존 조건의 극한점이 올라가면 올라갈수록 가치도 그에 비례하는 것이 분재였다.」
(「 」: 궁색하게 삶을 이어 가는 분재. 신문 기자로서 할 말을 하지 못하고 살아가는 영하의 모습과 연결됨)

통새암거리 노인들이 오동나무라면 나는 뭔가? 저 분재일까? 그렇게 빗대어 놓고 보니 너무 신통하게 들어맞는 것 같았다. (영하가 외부 환경에 궁색하게 길들여진 분재에 자신을 빗댐. 통새암거리 노인들과 대비되는 삶) 영하는 멀쩡게 웃었다.

울음을 그쳤던 매미가 또 찌이, 장대 같은 소리를 내질렀다. 거침없이 내지르고 있는 매미 소리는, 더위에 내려앉을 것 같은 여름 한낮에 하늘로 치솟아 오르는 한 줄기 시원한 분수였다. (매미 울음소리에 대한 영하의 긍정적 인식)

매미는 지상의 생애 1주일 혹은 3주일을 살려고 땅속에서 7년 내지 17년을 유충으로 기다린다는 것이다. 적어도 7년에서 17년을 별러 태어나 7일을 살다 죽는, 그 7일로 응축된 매미의 생애가 이상한 감상을 불러왔다. 찌이 하는 울음소리가 단순한 곤충의 울음으로 들리지 않았다.「그 기나긴 기간을 땅속에서 벼르고 별렀던 자신의 무슨 절실한 의지를 저렇게 단음으로 표출하고 있는 것이 아닌가 싶었다. 저 크고 우람한 소리는 그 짧은 생애 한순간 한순간을 아껴 내지르는 뭔가 그만큼 절실한 삶의 표출일 것이다.」
(「 」: 영하가 매미 울음소리에서 절실한 의지를 느낌)

「매미 소리에 취해 있던 영하는 책상머리로 갔다. (매미 소리가 무기력한 영하를 일깨움) 아까 그 기사를 써야겠다고 생각했다. (노인들이 써 달라던 불효자 사내(또출)에 대한 기사) 매미처럼 무슨 거창한 소리를 지르자는 것이 아니고 매미 소리를 듣다 보니 뭔가 끄적이고 싶었다.」
(「 」: 매미 울음소리에 자극을 받아 기사를 써야겠다는 의지가 생김)

△ 개한테 사람 이름을 붙여 말썽이 되고 있다. 시내 ××동 골목 어귀에 몰려 지내는 노인들이 셰퍼드에다 '또철이'란 이름을 붙였는데, 그 골목 안에 사는 사

### 작품 분석 노트

**• 서술상 특징**

- 이야기 밖의 서술자가 영하의 심리를 모두 알고 서술하고 있으므로, 3인칭 전지적 작가 시점임
- 서술자는 주로 영하의 시각으로 다른 인물들의 대화와 행동을 관찰하여 전하고 있음
- 서술자가 오동나무와 분재를 바라보며 자신의 삶을 성찰하는 영하의 내면 심리를 서술함

↓

전지적 서술자가 특정 인물인 영하의 시각으로 사건을 전개하는 동시에, 영하의 내면 심리를 자세하게 전달하고 있음

**• '오동나무'와 '분재'의 상징성**

| 오동나무 | ↔ | 분재 |
|---|---|---|
| 자유롭게 뿌리와 가지를 뻗고 사는 존재 | ↔ | 최소한의 생존 조건에서 궁색하게 삶을 이어가는 존재 |
| 통새암거리 노인들 | | 영하 |
| 어디서나 자기 할 소리를 하며 세상에 나온 자기 몫을 하며 사는 삶 | ↔ | 신문 기자이지만 하고 싶은 말을 하지 못하고 무력하게 사는 삶 |

람 이름이 또철이어서 시비가 붙은 것.

△ 노인들은 사람 이름이라고 개한테 붙이지 말라는 법이 있느냐고 되레 큰소린데, 그 또철이란 이가 평소 그 부모를 학대한다고 이 노인들이 닦달하던 다음이라 그 이름 임자는 그게 의도적이라는 것이다.

노인들이 윤리에 어긋나는 행위를 한 사람의 이름을 개에게 붙여서 갈등이 일어남

△ 더구나, 그 또철이라는 셰퍼드는 사람 또철이만 나타나면 눈에 시퍼렇게 불을 켜고 잡아먹을 듯이 짖어 대는 바람에 화를 참다 못한 또철 씨는 경찰까지 불러오는 등 골목이 사뭇 소란스럽다.

△ 다섯 마리의 개를 거느리고 있는 이 영감들은 그중 한 마리한테는 이토라는 이름을 붙이고 있는데, 이토는 조선 총독부 초대 총독 이토 히로부미의 이토. 누구든지 이 영감들의 눈 밖에 나는 사람만 있으면 다른 개한테도 그 사람의 이름이 붙을 판이다.

노인들이 부도덕한 인물의 이름으로 개의 이름을 짓고 있음을 알 수 있음

써 놓고 보니 가십 기사로는 훌륭했다. 개가 사람을 물면 기사가 안 되지만 사람이 개를 물면 기사가 된다고 했다. 따라서 개한테 사람 이름을 붙인 이 사건은 교과서적 기삿거리인 셈이었다.

흔히 있을 수 있는 사건

특이한 사건

▶ 매미의 절실한 울음소리를 들은 영하가 기사를 작성함

(중략)

"몇 시에 왔더냐구요?"

"한 시도 넘어서 파출소 순경이 모셔 왔습디다. 어이구, 금주하신다더니 사흘도 제대로 못 가는구려."

"무슨 실수를 한 것 같진 않아요?"

하는 수 없이 한 발 내치고 말았다. 아내는 어이없다는 듯 또 웃었다. 성격이 무던한 아내는 영하의 주사를 크게 타박하지 않는 편이었다. 요사이는 그게 더했다. 예사 때는 그게 여간 고맙지가 않았는데, 이럴 때는 그게 되레 짜증스러웠다. 박박 바가지를 긁으면 그래도 실수를 했는지 어쨌는지를 알 수 있을 것인데 말을 않고 웃기만 하니 답답했다.

솔직하게 묻고 싶은 사실을 물음

술 마신 뒤에 버릇으로 하는 못된 언행. 술주정

"말을 좀 해 봐요!"

"앞으로 살인 많이 나겠습디다."

영하가 술에 취해 누군가를 죽이겠다고 말했기 때문임

아내는 여전히 웃으며 핀잔이었다.

"살인? 그게 무슨 소리요?"

영하는 놀라 물었다. 어슴푸레 짚이는 것이 있었다.

"그렇게 뒤가 무른 분이 술만 마시면 어디서 그런 객기가 나와요? 저 아래 통새암거리에서부터 다 때려죽인다고 동네가 떠나가게 악을 씁디다."

객쩍게 부리는 혈기나 용기

억눌려 있던 영하의 울분이 술주정으로 드러남

"누굴 죽인다고?"

• 통새암거리 노인들과 '영하'의 태도 비교

| 통새암거리 노인들 |
|---|
| • 할 말은 함<br>• 옳은 것을 주장하며 사는 삶 |

↕

| 신문 기자 영하 |
|---|
| • 할 말을 하지 못함<br>• 진실조차도 말하지 못하며 사는 삶 |

• 중략 부분의 내용

신문사로 출근한 영하는 선배의 기사가 편집국 국장에게 거절되는 것을 목격한다. 그 순간 영하는 신문에 자기 기사를 쓰기만 해 보라며 독기를 피우던 또출의 눈빛이 생각난다. 영하는 그 사내가 무섭다기보다는 모든 것이 귀찮아져 슬그머니 작성한 기사를 쓰레기통에 버린다. 영하는 통새암거리 노인들의 얼굴, 좁쌀영감의 차가운 눈이 떠오르지만 모른 척한다. 그날 밤 영하는 술에 취해 동네에서 소리를 고래고래 지르다 순경에게 이끌려 집에 돌아온다.

"죽인다는 이가 모르시면 내가 그걸 어떻게 알아요?"

"에이 참, 어제저녁에는 너무 마셨어. 이젠 정말 술 끊어야겠어."

영하는 우거지상을 한껏 찡그리며 담배를 태물었다.

"그런데, 무슨 장군 어쩌고 하시던데 그게 누구예요?"

"뭐, 장군이라니?"

영하는 다시 눈이 둥그래졌다.

"또 뭐라더라, 호적 계장?"

"그들 보고 뭐라 했어요, 내가?"

"무슨 장군, 호적 계장 어쩌고 막 악을 쓰기에 처음에는 그런 사람들하고 싸우는 줄 알았어요."
영하가 통새암거리 노인들과 관련지어 술주정을 했음을 알 수 있음

"그래, 그들을 죽인다고 하던가요?"

"하도 큰 소리로 고래고래 악을 쓰는 통에 무슨 소리가 무슨 소린지 모르겠는데, 죽인다고 하기도 하고, 또 무슨 개 주둥이를 묶어 버린다고도 하고 도무지 종잡을 수가 없었어요. 하여간 창피해서 이 동네서 다 살았어요."
영하가 술주정으로 내뱉은 말

"내가 개 주둥이까지 묶어 버린다고 하더란 말이오?"
말할 자유의 상실 → 언론에 대한 탄압

"그래요. 헌데 개라면 통새암거리 그 셰퍼드 얘긴가요?"
또철이

"에이 참!"

"개는 짖는 것이 사람으로 치면 말하는 것이나 마찬가진데, 언론 자유가 어떻고 하시는 분이 개 주둥이를 묶어 버린다면 그건 뭐예요?"
영하가 언론 자유에 대해 이야기해 왔음이 드러남

아내는 어이가 없다는 듯 경황 중에도 핀잔이었다.

영하는 얼음장에 나자빠진 황소처럼 얼빠진 눈으로, 웃고 있는 아내의 얼굴만 멍청하게 건너다보고 있었다.

아내는 출근 시간이 늦었다며 얼른 세수나 하라고 채근한 다음 부엌으로 나갔다.

영하는 잔뜩 얻어맞고 그로기가 되어 링에 기대고 있는 복싱 선수처럼 벽에 등을 기대고 축 처져 있었다. 힘없이 눈길을 허공에 띄우고 그렇게 한참 앉아 있었다.
영하가 무기력함을 느낌

그러고 있던 영하의 눈에 갑자기 긴장이 피어올랐다. 초점이 한곳에 모아지며 상체를 일으켰다.

책상 위에 놓여 있는 분재 소나무에 매미가 실을 친친 감고 죽어 있었다. 소나무 가지에 목이 매달려 대롱대롱 대롱거리고 있었다.
언론의 자유가 억압된 현실, 영하의 내면을 비유적으로 나타냄

▶ 현실에 좌절하여 술을 마시고 난 다음 날 매미의 죽음을 목격함

• 영하의 성격과 태도

| 영하 |
| --- |
| 유약하고 온순한 성품의 신문 기자 |

↓

- 자신이 쓰고 싶은 기사를 쓰지 못한다는 자괴감에 빠져 있음
- 새로 이사 간 동네의 정의감 넘치는 노인들을 보며 자신의 삶의 태도를 되돌아보게 됨

↓

기사를 쓰겠다는 의지가 생겨 또철과 통새암거리 노인들의 사건을 기사로 씀

↓

선배의 기사가 편집국에서 거절당하는 것을 보고 의욕이 꺾여 작성한 기사를 버림

↓

별다른 저항을 하지 못하고 무력감을 느끼다 매미의 죽음을 목격함

• '매미의 죽음'의 의미

분재 소나무가 신문 기자로서 하고 싶은 말을 제대로 하지 못하는 영하의 궁색한 삶을 비유한 것이라고 했을 때, 매미의 죽음은 불의한 시대에 표현의 자유를 억압당해 의지를 상실한 영하의 정신 상태를 나타낸다고 볼 수 있음

## 핵심 포인트 1 서술상 특징 파악

이 작품은 이야기 밖 서술자가 작중 인물인 박영하의 시각에서 통새암거리 노인들과 또철의 갈등 등을 관찰하여 서술하고 있으므로 이러한 서술상 특징이 두드러진 부분을 파악할 수 있어야 한다.

**특정 인물의 시각에 따른 서술**

| 이야기 밖 서술자가 박영하의 시각에서 인물과 사건을 관찰하여 서술함 |
|---|
| • 사내는 이를 앙다물며 좁쌀영감을 노려봤다. 작자는 이만저만 끈질긴 성미가 아니있다. 이쯤 했으면 진력이 날 법도 한데 기어코 물고 늘어졌다.<br>• 영감은 개 이름을 하나하나 세어 갔다. 인규는 4 · 19 때 최인규겠는데, 아민까지 들어 있을 줄은 몰랐다. 영감은 국제적으로까지 놀고 있었다.<br>• 저 오동나무는 통새암거리 노인들 같다는 생각이 들었다. |

## 핵심 포인트 2 인물의 성격과 태도 파악

이 작품 속 인물들은 서로 다른 현실 대응 태도를 보이므로, 이들의 성격과 태도를 구분하여 알아 둘 필요가 있다.

**인물의 성격 및 태도**

| 통새암거리 노인들 | 박영하 |
|---|---|
| • 동네의 버릇없는 사람들이나 부도덕한 사람들을 혼내 주며 동네의 질서를 바로잡는 인물들<br>• 좁쌀영감은 자신의 개의 이름을 부도덕한 사람들의 이름으로 지어 조롱함 | • 쓰고 싶은 기사를 쓰지 못하는 것에 자괴감, 무력감을 느낌<br>• 정의감 넘치는 노인들을 보며 자신의 삶의 태도를 되돌아보게 됨 |
| 불의한 상황에 대해 할 말은 함 | 불의한 사회에 저항하지 못함 |

| 또철 |
|---|
| • 부모에게 불효하는 사내<br>• 자신의 이름으로 개 이름을 짓자 이에 항의함 |

## 핵심 포인트 3 소재의 의미와 기능 파악

이 작품에는 비유적, 상징적 의미의 소재들이 쓰이고 있으므로 이를 파악할 수 있어야 한다.

**소재와 인물의 상징성**

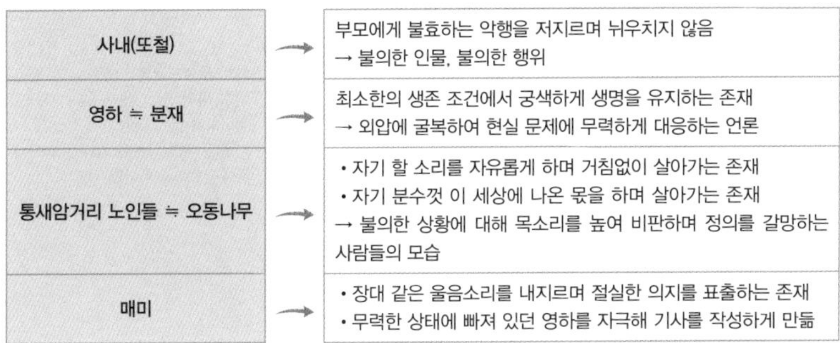

| 소재 | 의미 |
|---|---|
| 사내(또철) → | 부모에게 불효하는 악행을 저지르며 뉘우치지 않음<br>→ 불의한 인물, 불의한 행위 |
| 영하 ≒ 분재 → | 최소한의 생존 조건에서 궁색하게 생명을 유지하는 존재<br>→ 외압에 굴복하여 현실 문제에 무력하게 대응하는 언론 |
| 통새암거리 노인들 ≒ 오동나무 → | • 자기 할 소리를 자유롭게 하며 거침없이 살아가는 존재<br>• 자기 분수껏 이 세상에 나온 몫을 하며 살아가는 존재<br>→ 불의한 상황에 대해 목소리를 높여 비판하며 정의를 갈망하는 사람들의 모습 |
| 매미 → | • 장대 같은 울음소리를 내지르며 절실한 의지를 표출하는 존재<br>• 무력한 상태에 빠져 있던 영하를 자극해 기사를 작성하게 만듦 |

### 작품 한눈에

• 해제

〈개는 왜 짖는가〉는 언론의 자유를 억압하는 불의한 시대 현실을 비판하고 있는 작품이다. 부도덕한 인물의 이름을 개에게 붙여 조롱하고, 부모에게 불효하는 사내의 악행을 신문에 내 달라고 당당하게 요구하는 통새암거리 노인들은 정의를 갈망하는 국민의 모습으로 볼 수 있다. 신문 기자 박영하는 통새암거리 노인들을 관찰한 것을 계기로 자기 삶을 성찰하며 기사를 쓰는 일에 잠시 의욕을 갖지만 결국 현실에 순응하는 모습을 보이고 만다는 점에서 현실의 문제에 무기력한 언론의 모습을 여실히 보여 준다. 이러한 박영하의 내면은 분재 소나무에 실을 친친 감고 죽어 있는 매미의 모습으로 극명하게 표현되어 나타난다.

• 제목 〈개는 왜 짖는가〉의 의미

– 언론의 자유가 억압된 현실을 비판함

좁쌀영감의 셰퍼드 '또철이'는 심성이 비뚤어지거나 제 주인에게 대드는 사람을 향해 짖는다. 이것은 짖을 만한 대상을 향해 짖는, 개로서는 당연한 행위이다. 이와 대조적으로 박영하는 신문 기자로서 할 말을 제대로 못하고 사는 인물이다. 자유롭게 짖는 개와 자유롭게 말하지 못하는 박영하를 통해 언론의 자유가 억압된 현실을 풍자하는 소설인 것이다.

• 주제

① 양심을 외면하는 삶에 대한 반성
② 표현의 자유가 억압된 시대 풍자

(전체 줄거리)

신문사 기자 박영하는 고향 같은 동네를 찾아 이사를 온다. 그리고 이 동네에는 못된 놈이 있으면 어떻게든 혼쭐을 내서 버릇을 고쳐 놓는다는 유별난 성격의 다섯 노인이 있다는 것을 알게 된다. 어느 날, 다섯 노인 중 하나인 좁쌀영감이 자신의 개에게 불효하는 사내의 이름을 붙여 '또철이'라고 부르면서 사내가 이에 대해 크게 항의하는 일이 벌어진다. 사내는 순경까지 데리고 와 개가 자기만 보면 짖는다고 계속 화를 낸다. 다섯 노인은 자기 허물을 뉘우칠 줄 모르는 사내를 신문에 내 달라고 영하에게 부탁한다. 영하는 불의한 상황에 대해 할 말은 하는 다섯 노인을 보고 밑둥을 베어 버려도 다시 자라나는 오동나무 같다고 생각하고, 자신은 비좁은 화분 속에 궁색하게 얹혀 있는 분재 같다고 느낀다. 영하는 다섯 노인과 또철이 등에 대한 기사를 쓰나, 다음 날 그 기사를 버리고 만다. 그리고 술에 취해 순경에게 끌려 귀가한 영하는 다음 날, 분재 소나무에 매미가 실을 친친 감고 죽어 있는 것을 본다.

◇ 한 줄 평 네 친구의 짧은 시골 여행을 통해 도시인의 허위의식을 그린 작품

# 서울 사람들 최일남

## 장면 포인트 1 주목

- 이 작품은 고등학교 동기 동창생인 네 친구의 짧은 여행을 소재로 도시인의 허위의식을 그린 소설이다. 일행의 여행 목적에 주목하여 인물들의 심리 변화 과정을 파악하도록 한다.
- 해당 장면은 시골로 여행을 떠나기로 약속한 네 명의 친구들이 여행의 목적과 원칙을 이야기하는 부분이다.
- '나'와 친구들의 서울 생활에 대한 생각에 주목하여 일행이 시골 여행을 기대하는 이유를 파악하도록 한다.

[앞부분의 줄거리] 건축 설계 사무소를 운영하는 '나'는 어느 토요일 오후, 시외버스 터미널에서 세 친구를 기다린다. 국영 기업체의 비서실장인 김성달, 고등학교 교사인 윤경수, TV 가게를 하는 최진철과 '나'는 모두 서울로 올라와 대학을 마친, 고향도 엇비슷하고 나이도 고만고만한 고등학교 동기 동창생들로 지속적으로 만남을 이어 왔다. 어느 날 술자리에서 '나'와 친구들은 시골 여행을 결정하게 되었다.

판이 어느 정도 식어 간다 싶을 무렵(친구들과의 술자리가 끝나갈 무렵)인데 TV 상회를 하는 최진철이 불쑥 밑도 끝도 없이(여행 제안이 즉흥적으로 이루어짐) 한마디 했다.

"언제 날을 잡아서 우리끼리 여행이나 한번 갔다 오면 어떨까?"

마침 화제가 시들해서 별다른 의도도 없이 한 말인 것 같았는데 의외로 윤경수와 김성달이도 금방 동의를 하고 나섰다.

**감상 포인트** 서울에 거주하는 '나'와 친구들이 시골로 여행을 가기로 한 이유를 파악한다.

"그거 좋지, 맨날 서울 바닥에서 비비적거리고 살다 보니까 고단해 죽겠어.(서울 생활에서 느끼는 피로감) 계절이 어떻게 바뀌는지도 모르겠단 말야.(도시의 분주한 삶)"

"사실 그러고 보니까 우리끼리 이렇게 만나면서도 한번도 여행을 해 본 적이 없군 그래. 지금쯤 시골은 좋을 거야. 추수도 끝났것다, 뜨뜻한 아랫목에 지지고 앉아서 동동주라도 한잔 마시면, 아 그 기분 서울 사람들은 모를걸.(여행 전 기대했던 시골의 모습 – 풍요롭고 여유로움)"

얘기의 방향이 좀 엉뚱하다 싶었지만 나 자신도 그것이 굳이 싫은 것은 아니었고 가능하다면 언젠가 그런 기회를 만들어 보자고 말했다.(바로 여행을 떠날 수 있다고는 생각하지 않음) 그랬는데 최진철이는 이런 일은 기왕 얘기가 나왔을 때 아주 결정을 보고 말아야지 차일피일(이날 저 날 하고 자꾸 기한을 미루는 모양)하다가는 흐지부지되고 마는 법이라고 우습게 다그치는 바람에 오늘의 모임(친구들과의 시골 여행)까지 발전하고 만 것이다. 그날 밤 내친걸음(이왕에 시작한 일)에 날짜까지 정해 놓고 나머지 몇 가지 원칙까지 세웠다. 우선 목적지를 미리 정하지 말고 어느 날 어느 시 버스 터미널에 모여서 가장 멀리 가는 버스를 집어타고 갈 것(여행의 원칙 ①), 짐은 일체 갖지 말고 되도록 빈 몸으로 갈 것(여행의 원칙 ②) 등이었는데, 그것은 이번 우리의 여행이 「도시의 문명이나 잡답(雜沓)(많은 사람들로 북적북적하고 복잡한 상태) 등을 피해서 다만 며칠이라도 깊숙이 자연의 품에 안기러 가는 것」(「 」: 여행의 목적)이므로 우리가 일상생활에서 쓰던 잡동사니들을 끌고 가지 말자는 의도에서였다. 누군가가 그러나 최소한도 치약, 칫솔 따위(서울에서 쓰는 물건)는 있어

### 작품 분석 노트

- 등장인물 소개

| '나' | 건축 설계 사무소 운영 |
|---|---|
| 김성달 | 국영 기업 비서실장 |
| 윤경수 | 고등학교 교사 |
| 최진철 | TV 가게 운영 |

↓

크게 생계를 걱정하지 않고 가족들과 평범하게 살아가는 서울 중산층에 속하는 인물들

- 여행의 의미

| 여행의 목적 |
|---|
| 도시의 문명과 잡답을 피해 자연의 품에 깊숙이 안기는 것 |
| **여행의 원칙** |
| • 목적지를 정하지 않고 터미널에서 가장 멀리 가는 버스를 탈 것<br>• 짐 없이 빈 몸으로 갈 것 |

↓

- 도시 문명으로부터 잠시나마 분리되어 추억 속 고향의 분위기를 만끽하고자 하는 여행
- 시골에 대한 막연한 기대감 속에서 즉흥적으로 이루어진 여행

야 할 것이 아니냐고 하자, 제안자인 최진철이 시골에 가면 왜 돌소금이라는 게 있지 않으냐, 그걸로 닦아야 그런 곳에 간 기분이 나는 법이라고 우겼다.

시골에서 쓰는 물건 ↔ 치약, 칫솔

"그래 좋았어. 비록 우리들의 고향은 아니라도 좋아. 고향과 엇비슷한 데로 가서 우리를 키워 준 고향 같은 무드 속에 며칠 묻혔다 오는 거야. 알고 보면 우리들 넷이 모두 산골 촌놈들 아니니, 먹고사느라고 너무 오래 그런 정경과 등을 지고 살아왔고."

시골 여행에서 기대하는 것 – 고향의 정취

비서실장으로 있는 김성달이 마침내 이렇게 결론을 내리는 바람에 넷이 이구동성으로 그러자 그러자 하고 손뼉을 치고 말았다. 김성달의 말마따나 넷은 한결같이 산골 출신이고 그런 속에서 뼈가 굵었는데, 어쩌다가 서울서 부산하게 살다 보니 십년 이쪽 저쪽 고향에 다녀온 녀석이 없는 것도 퍽 우연한 일치였다. 공교롭게도 넷이 다 부모를 모셔 온다든가, 생활의 그루터기를 서울로 옮겨 온다든가 해서, 이미 고향에는 피차 아무 근거가 없는 탓이기도 했겠지만, 어쨌든 그만한 세월을 지나오는 동안 거의 고향과 인연을 끊고 살아온 것은 지방 출신으로서는 좀 희귀한 일이었다. 물론 이런 연줄로 고향에서 올라오는 사람들과 인연을 맺어 오고 있는 동안 그쪽 소식을 풍문으로 들어 오고 있는 터이긴 해도 그것은 이미 어디까지나 풍문일 뿐 우리들의 생활과는 별로 직접적으로 닿는 데가 없었다. 앞에서도 잠깐 얘기했듯이 우리들의 이번 여행은 극히 우연한 기회에 극히 우연한 동기에서 이루어진 것이다. 알고 보면 그것은 우리가 무슨 큰 벼슬을 했다거나 큰돈을 모은 후 걸어온 길을 여유 있게 돌아보는 몸짓에서라기보다는 「이제는 구차하나마 그런대로 서울 바닥에서 자리를 잡고 잠시 숨을 돌려 보는 고갯마루에 서서 한번 생활에 휴지부(休止符)를 찍어 보는 그런 포즈」에서였다고 보는 것이 옳은지도 몰랐다.

그루터기: 밑바탕이나 기초를 비유적으로 이르는 말

그만한 세월을 지나오는 동안 거의 고향과 인연을 끊고 살아온 것: 고향과 단절되어 살아온 '나'와 친구들

좀 희귀한 일: 고향을 떠나 서울에 살아도 여전히 고향과의 인연을 이어 가는 사람들이 많음

풍문: 바람처럼 떠도는 소문

「 」: '나'가 생각하는 친구들과의 시골 여행의 의미

휴지부(休止符): 일이나 활동 따위가 일정 기간 멈추는 시기

▶ 시골 출신인 '나'와 친구들이 시골로 여행을 떠나기로 약속함

- '나'와 친구들의 공통점
  - 시골 출신으로 서울에 올라와 자리를 잡음
  - 고향에 연고가 없어져 오랜 기간 고향과 인연을 끊고 살아옴

↓

고향(시골)의 변화나 현재의 실상을 잘 알지 못함

## 장면 포인트 2

- 해당 장면은 여행의 원칙에 따라 외딴 시골 마을로 간 '나'와 친구들이 시골 생활을 직접 체험하는 부분이다.
- 인물들의 말과 행동에 주목하여 시간의 흐름에 따라 '나'와 친구들의 심리와 태도가 어떻게 변화하는지 파악하도록 한다.

[앞부분의 줄거리] 먼 곳으로 가는 버스를 탄 '나'와 친구들은 서울을 벗어난 후련함을 느끼고, 시골의 정취를 느끼기 위해 읍에서도 한참 더 들어간 외딴 마을에 도착한다. 일행은 그곳의 이장을 설득하여 방을 하나 얻어 3박 4일 동안 머물기로 한다.

우리는 그 외에도 많은 얘기를 했다. 주로 고향에서 자랄 때의 사연들이었지만 결국 우리들은 촌놈이라는 것, 언젠가는 다시 농촌에 묻혀 살고 싶다는 뜻(고향에 대한 그리움)의 얘기들이었다. 네 사람은 서로 성격은 달랐지만 공통의 경험(시골에서 태어나고 자람)을 가졌다는 점에서 얘기는 술술 풀려만 갔고, 거짓말 같게도 십여 년 만에 재현해 보는 청소년 시절의 분위기로 하여 쉽게 마음들이 들떠 있는 것 같았다.(친구들과 고향과 같은 산골로 여행을 온 첫날의 심리 – 들뜨고 설렘)

"이 남폿불(고향의 정취를 느낄 수 있는 소재 ①)이 주는 무드 어때? 좋지? 그전엔 미처 몰랐는데 말야 이런 게 좋다구."

윤경수의 이런 말에 나머지 세 사람('나', 최진철, 김성달)은 금방 동의를 표하고 나설 만큼 우리는 어느 한구석이 붕 떠 있었다(여행 첫날의 흥분된 분위기). 그것이 괜히 허세만은 아닌 것은 누군가가 이런 소중한 기회를 오래오래 잊지 말자(시골 여행을 소중하게 여기는 마음)고 유행가 가락 같은, 소년 같은 여린 감상을 말했을 때 모두가 제법 진지한 표정을 짓던 것으로 알 수 있었다. ▶ 여행 첫날, 시골 생활에 즐거워하는 '나'와 친구들

다음 날 아침 우리는 일부러 주인집에 부탁해서 돌소금(고향의 정취를 느낄 수 있는 소재 ②)으로 이를 닦았다. 소금은 입안에서 이리저리 몰리기만 할 뿐 여간해서 이가 잘 닦아지지 않았으나 우리는 애써 옛날 시골에서 이런 굵은 소금으로 이를 닦던 일을 생각하면서 소금 묻은 이를 벌린 채 히죽이죽 웃어 댔다.(고향에서의 옛 추억을 떠올리며 여행을 즐기려고 노력하는 태도) 이장이 찬이 없다면서 정말로 미안해하는 표정으로 들여온 밥상은 아닌 게 아니라 간단했다. 시퍼런 무총김치에 깍두기와 뭇국(고향의 정취를 느낄 수 있는 소재 ③)이 전부였다. 하지만 우리는 그게 무슨 말씀이냐고, 이런 걸 맛보기 위해서 일부러 여기까지 왔노라고, 조금도 그런 생각 마시라고, 되레 미안해했다. 그것은 사실이었다. 뭇국은 멸치가 몇 마리 들어 있고, 소금으로 간을 본 국물에 고춧가루만 뿌린 것이었다.(음식의 재료가 부실함 – 넉넉하지 못한 형편) 윤경수가 먼저 국물을 떠먹더니 갑자기 무릎을 쳤다.

"야 이거다. 옛날 맛이다. 맛난이(화학조미료)(서울 사람들이 쓰는 것)를 안 쳤어. 집에서는 그렇게 맛난이 들 지지 말라고 해도 말을 안 듣는다 말야. 또 혀가 그렇게 단련이 되었는지 그걸 안 치면 미심심하고(음식 맛이 조금 싱겁고) 말야. 그런데 여기서는 비로소 순수한 제맛이 나는군."

"그렇군. 그러고 보면 우리들의 미각이 그동안 얼마나 잡스럽게 변했는가를 알 수 있지. 누가 들으면 그까짓 입맛 하나 가지고 뭐 그리 대단치도 않게 후라이를 까느냐고(사실이 아닌 것을 사실인 것처럼 꾸며 대어 말하느냐고) 할지 모르지만 흥, 그게 다 촌에서 살아 본 사람이 아니면 이 맛 모르지. 가을 무의 이 시원한 맛."

우리는 희멀건 뭇국 한 대접씩을 놓고 입에 침이 마르게 감격해했다.(여행에 어울리는 음식에 감격하고 있는 친구들의 모습) 그것은 다분

### 작품 분석 노트

- 인물들의 심리와 태도 ①

여행 초반(1일차 ~ 2일차 낮)

↓

| | |
|---|---|
| 남폿불 | 무드가 좋다며 만족해함 |
| 돌소금 | 옛 추억을 떠올리며 즐거워함 |
| 밥상 | 순수한 맛이라며 호들갑스럽게 좋아함 |
| 주인집 | 인심이 좋다며 고마워함 |

↓

시골 생활을 긍정적으로 여기고 즐기려는 태도

히 어떤 분위기에 애써 자기를 함몰시키고, 거기에서 자기 나름의 기쁨을 얻으려는 의식적인 노력이 가세된 것 같기도 했으나, 꼭 그것만으로는 설명할 수 없는 구석이 있었다. 우리는 아무리 돈을 준다고는 하지만 생판 알지도 못하는 껄렁한 손님을 넷이나 자기 집에 재워 주고 먹여 주는 인심이 도시 같으면 어림이나 있겠느냐고 고마워하면서 종일 그 집에서 뒹굴기도 하고 산책을 나가기도 하였다. 낮에는 또 그런 반찬에 옥수수로 빚었다는 노란 막걸리가 들어왔다. 짐작하겠지만 우리들은 또 한바탕 너스레를 떨면서 배가 띵하도록 마셔 대었다. 이날 저녁에도 우리는 아침과 비슷한 밥상과 옥수수 술을 받았다. 주인은 이번에도 찬이 변변치 않다고 노상 같은 말을 했으나, 우리는 그게 무슨 말씀이냐고, 이런 걸 맛보기 위해서 일부러 여기까지 왔노라고, 조금도 그런 생각 마시라고, 되레 미안해했다. 그러나 그렇게 말을 하면서도 우리는 아침이나 어젯밤처럼 그렇게 호들갑을 떨지는 않았다. 마지못해 국물을 몇 숟갈 떠넣었을 뿐 모두 입에 당기지 않는 것 같았다. 우선 나부터도 그랬다. 「간밤부터 마신 막걸리가 쉰 냄새와 함께 목구멍에 괴어 오르고 돌소금으로 이를 닦다가 생채기가 난 잇몸이 이따금 아렸다. 간밤에는 못 느꼈는데 남폿불에서는 매캐한 냄새가 코를 찌르고, 한옆으로 쌓아 놓은 이부자리에서는 퀴퀴한 냄새가 나는 것 같았다.」 「그리 넓지 않은 들판에 섰을 때는 그렇게도 속이 시원했는데 이틀째가 되면서부터는 들판은 그냥 들판일 뿐 별다른 감흥을 가져다주지 않았다. 산천이 마음속에 있을 때는 그렇게 좋았는데 막상 그 속에 파묻혀 보니까 갑갑하기만 하다고 윤경수도 말했다.」 그는 더 말은 안 했지만 서울서 떠나올 때의 마음과는 달리 누가 자기의 생활을 이런 곳으로 끌어내릴까 봐 겁을 먹고 있는 것 같기도 했다.

소박한 음식에 감격하는 모습이 온전히 진실된 것은 아님을 알 수 있음

서울과 다른 시골의 넉넉한 인심

무종김치, 깍두기, 뭇국 등

계속 반복되는 음식 차림

달라지고 있는 친구들의 심리와 태도

반복되는 밥상에 입맛을 잃음

「 」: 소재들에 대한 인식 변화(긍정적 → 부정적)

「 」: 점점 시골 생활에 갑갑함을 느끼는 '나'와 친구들

도시 문명에서 벗어나 시골에 묻히고 싶음

도시 생활을 잃는 데 대한 두려움(시골 생활에 대한 불만족)

▶ 여행 둘째 날, 시골 생활에 감흥을 잃은 '나'와 친구들

• 인물들의 심리와 태도 ②

여행 후반(2일차 저녁 ~ )

↓

| | |
|---|---|
| 남폿불 | 매캐한 냄새가 남 |
| 돌소금 | 잇몸에 생채기를 냄 |
| 밥상 | 입에 당기지 않아 억지로 먹음 |
| 주인집 | 이부자리에서 퀴퀴한 냄새가 남 |

↓

하루 만에 시골 생활에 부정적 인식을 갖게 됨

 주목

- 해당 장면은 '나'와 친구들이 계획했던 일정보다 빨리 서울로 돌아오는 부분이다.
- 서울로 돌아오는 '나'와 친구들의 심리에 주목하여 작품의 주제 의식을 파악하도록 한다.

[앞부분의 줄거리] 외딴 마을에서 시간을 보내던 '나'와 친구들은 점차 커피와 맥주를 마시고 싶어 하고 TV를 보고 싶어 하며 서울을 그리워한다. 하루 일찍 서울로 돌아가기로 한 '나'와 친구들은 서울 가는 첫차를 놓치고, 다음 버스가 올 때까지 동네 앞산을 오르기로 한다. 산 중턱의 어느 초가집 마루에서 잠시 쉬던 '나'와 친구들은 미군을 상대하는 작부들과 만나고 당황하여 돌아온다.

주목

서울로 오는 버스 속에서 우리는 너무 말이 없었다. 그까짓 삼 박 사 일을 제대로 채우지도 못하고 하루를 앞당겨 온다든가 하는 것보다도 달라진 환경 속에 다만 며칠을 견디어 내지 못하고 도망하듯 그 마을을 떠나온 데 대한 부끄러움 같은 것(서울로 오는 버스 속에서 말이 없었던 이유)이 있었는지도 몰랐다. 무교동이나 종로 바닥에서 맥주를 마시며 산촌(山村)의 정경을 얘기하던 자신들이 얼마나 얄팍하고, 배부른 여담(餘談)(이야기하는 과정에서 본 줄거리와 관계없이 흥미로 하는 딴 이야기)이었던가를 느끼는 순간이기도 했는데, 그러나 우리는 그런 한편으로 숨이 칵칵 막히는 지점(자신들의 기대와 달랐던 여행지에 대한 평가)에서 쉽게 빠져나온 것을 다행으로 생각하는 것 같은 안도감을 느끼는 자신들을 발견하고 있었다. 「우리는 밤늦게 서울에 도착하자마자 그 길로 다방에 들러서 커피(서울 사람들의 기호식품 ①)를 마시고 다시 무교동으로 나가 오백 시시짜리 생맥주(서울 사람들의 기호식품 ②)를 단 한 번에 꺾어 단숨에 들이켰다.」(「 」: 서울 생활에 바로 젖어 듦)

"인제 살 것 같군."(도시의 일상으로 돌아온 데 대한 안도감이 드러남)

우리는 동시에 이런 말을 뇌까리고 그전에 그랬던 것처럼 떠들고 웃곤 하였다.(모두 같은 생각을 하며 소시민적 모습을 보이고 있음) 초가을, 이 서울 동네에서 풍기는 술 냄새, 여자 냄새, 고기 냄새, 하수도 냄새에 자기를 휩쓸어 넣었을 때 우리는 비로소 물고기가 물을 만난 듯이 헤헤거리며 지껄여 댔다.

"우린 이제 별수 없이 서울 사람 다 됐는갑다."(시골 출신이지만 서울 생활을 더 편안해하는 정체성 인정)

한참 만에 윤경수가 퍽 힘없이 얘기하자 김성달이나 최진철도 그래, 그런 모양이야 하고 동의를 했다. 술집을 나오자 우리는 아이들에게 줄 요량으로 각기 과자 봉지 하나씩을 사들고 불광동으로, 미아동으로, 중곡동으로 뿔뿔이 헤어졌다. 서로 잘 가라고, 또 만나자고 손을 흔들 때 나는 이놈들아, 우리들이야말로 촌놈이라고, 형편없는 촌놈이라고(도시인의 소시민적 속성에 대한 자조감이 드러남) 속으로 몇 번씩이나 되뇌었다. 동시에 우리들의 등골뼈 밑으로 칠팔 센티미터쯤 자란 속물(俗物)의 꼬리(소시민이 가진 속물성)가 대롱대롱 매달려 있는 걸 의식하고 있었다.

▶ 서울로 조기 귀환하여 안도하는 '나'와 친구들

**감상 포인트**

여행 초반과 달라진 '나'와 친구들의 심리와 태도를 파악한다.

**작품 분석 노트**

- 인물들의 심리와 태도 ③

서울로 귀환

↓

| 부끄러움 | 며칠도 견디지 못하고 시골을 떠나옴 |
|---|---|
| 안도감 | 답답한 시골을 쉽게 빠져나옴 |

↓

도시 생활이 더 익숙해진 '서울 사람'으로서의 정체성 인식

- 서울로 돌아온 '나'의 생각과 태도

'이놈들아, 우리들이야말로 촌놈이라고 ~ 속물의 꼬리가 대롱대롱 매달려 있는 걸 의식하고 있었다.'

- 고향을 상실하고 '서울 사람'으로 변화한 자신과 친구들의 모습에 대한 자조
- 당장의 편의와 눈앞의 이익을 추구하는 도시인의 소시민적, 속물적 속성에 대한 회의

## 핵심 포인트 1 서사 구조에 대한 이해

이 작품은 인물들의 여행을 중심으로 서사가 전개되고 있다. 따라서 여행의 과정과 그 속에서 나타나는 인물들의 심리를 파악할 수 있어야 한다.

**회귀형 서사 구조**

| 공간 | 서울 | 시골 | 서울 |
|---|---|---|---|
| 사건 | • 시골에서 서울로 상경하여 자리를 잡은 고등학교 동기 동창생인 '나', 김성달, 윤경수, 최진철이 즉흥적으로 시골 여행을 결정함<br>• 목적지를 정하지 말고 빈 몸으로 떠나자는 원칙을 세움 | • 첫째 날: 어느 산골 외딴 마을의 이장 댁에서 묵으며 남폿불, 소박한 반찬 등에 찬사를 보냄<br>• 둘째 날: 모든 것이 시들해지고 도시 문물을 떠올림<br>• 셋째 날: 일정을 앞당겨 서울로 돌아갈 것을 결정함 | • 도착하자마자 커피를 마시고, 생맥주를 들이킴<br>• '서울 사람'이 다 된 것 같다고 모두들 동의함<br>• 아이들에게 줄 과자를 사 들고 각자의 집으로 흩어짐 |
| 인물의 심리 | • 바쁘고 고단한 서울 생활에서 벗어나고 싶음<br>• 자연 속에서 고향의 무드를 느끼고 싶음 | • 고향에서의 옛 추억을 떠올리며 감격하다가 곧 갑갑함을 느끼며 도시 문물을 그리워함.<br>• 시골에서 며칠도 못 견딘 부끄러움과 빠져나온 안도감을 느낌 | • 도시의 일상으로 돌아온 데 안도감과 즐거움을 느낌<br>• '나'는 자신들의 소시민적, 속물적 태도에 대해 자조감을 느낌 |

## 핵심 포인트 2 인물의 성격과 태도 파악

이 작품에서 그려지는 여행 속에서 드러나는 인물들의 모습을 통해 인물들의 특징과 태도를 파악할 수 있어야 한다.

**인물들의 특징과 태도**

**'나'와 3명의 친구들**

• 시골 출신으로 서울로 상경해 대학을 나온 후 자리를 잡아 어느 정도 출세함
• 고향과 인연을 끊고 살아온 지 오래됨

**여행 전, 여행 초반**

• 도시의 삶에서 벗어나고 싶어 함
• 시골(고향)의 삶을 찬양함

**여행 후반, 여행 후**

• 이틀도 안 되어 시골에서 벗어나고 싶어 함
• 서울로 돌아와 안도함

시골(고향)을 그리워하면서도 도시 문명에 길들여져
막상 시골 생활을 견디지 못하는 이중적, 모순적 태도를 나타냄

## 핵심 포인트 3 외적 준거에 따른 감상

이 작품의 소재인 '촌놈'은 작가의 여러 작품에서 자주 나타난다. 따라서 이와 관련한 외적 준거를 바탕으로 '촌놈'의 의미와 이를 통해 드러내고자 하는 작가의 의도를 파악할 수 있어야 한다.

**최일남의 작품에 등장하는 '촌놈'**

최일남의 작품에 등장하는 '촌놈'은 근대화, 산업화 과정에서 대거 나타난 '출세한 촌놈'이라 할 수 있다. 〈서울 사람들〉에서 '나'와 친구들 역시 '촌놈'들로 막연하게 시골 생활을 꿈꾸며 다소 무모하고 즉흥적으로 시골 여행을 감행하지만, 하루 만에 질려 서울로 급히 돌아온다. '촌놈'들의 이러한 희화적 행태를 통해 작가는 속물근성과 위선으로 삶의 진정성이 훼손되는 상황을 고발하고자 한다고 볼 수 있다.

### 작품 한눈에

• 해제

〈서울 사람들〉은 산업화, 도시화가 이루어지고 물질만능주의가 퍼져 나가던 1970년대를 배경으로, 자칭 '촌놈'인 고등학교 동기 동창생 네 명의 짧은 여행을 그려 낸 단편 소설이다. 시골 출신으로 서울에 와서 어느 정도 출세하여 생활에 여유를 갖게 된 '나'와 친구들은 정신없는 도시를 벗어나 사연의 품에 안기고자 시골 여행을 떠나지만, 며칠 버티지 못하고 급히 서울로 올라온다. 일행은 시골 생활을 견디지 못한 데에서 부끄러움을 느끼면서도 다시 돌아온 서울 생활을 편안해하며 이제 '서울 사람'이 다 된 것 같다고 말한다. 자신과 친구들이 '형편없는 촌놈', '속물'이라고 여기며 자조하는 '나'의 모습을 통해 작품의 주제 의식이 잘 드러나고 있다.

• 제목 〈서울 사람들〉의 의미

– 시골이 고향인 '촌놈들'이지만 이제는 서울 생활에 완전히 익숙해져 '서울 사람들'이 된 '나'와 세 친구

이 작품의 제목은 시골을 떠나 도시로 와 출세의 기회를 잡고 살아가며 시골에서 불편함을 느끼고 도시(서울)에서 안도감을 느끼는 인물들의 모습을 나타낸다.

• 주제

도시인의 허위의식과 소시민적 안일

(전체 줄거리)

'나'는 고등학교 동기 동창인 친구 셋과 고향의 정취를 느끼고자 서울을 떠나 삼박 사 일 여행을 가기로 한다. 목적지도 없이 버스를 타고 되도록 먼 곳으로 가기로 한 네 사람은 강원도와 충청도 경계쯤 되는 어느 읍 소재지에 내리고, 좀 더 깊숙이 들어가 S리에 도착한다. 버스에서 내리고도 십 리쯤 걸어 외딴 마을에 도착한 네 사람은 이장 댁을 찾아가 방을 빌린다. 그리고 단출한 식사를 얻어먹고 일부러 굵은 돌소금을 얻어 이를 닦으며 고향의 정취를 누린다. 그러나 연달아 보잘것없는 밥상을 받자 이들은 더 이상 음식이 입에 당기지 않는 것을 느낀다. 또한 네 사람은 빌린 방에서 나는 냄새가 신경 쓰이기 시작하고 자연에서 별다른 감흥을 느끼지 못하면서, 커피와 텔레비전을 그리워하고 서울을 생각한다. 이들은 일정을 바꾸기로 결정한다. 다음 날 바로 서울로 가기로 한 것인데, 다음 날 늦잠을 자는 바람에 버스를 놓쳐 동네 앞산에 올랐다가 미군들을 상대하는 여자를 만나고 씁쓸한 마음으로 산을 내려온다. 말없이 서울로 올라온 네 사람은 도착하자마자 커피와 생맥주를 마시고 이제 우리도 어쩔 수 없는 서울 사람이라는 말을 지껄인다.

◇ 한 줄 평 삶의 터전을 지키려는 조마이섬 사람들의 이야기를 그린 작품

# 모래톱 이야기 김정한

▸ 기출 수록 평가원 2015 6월 A/B형

## 장면 포인트 1 주목

- 이 작품은 낙동강 하류의 모래톱인 조마이섬을 배경으로 하여 일제 강점기부터 겪어 온 그곳 주민들의 수난의 역사를 조명하고 있는 소설이다.
- 해당 장면은 K 중학교 교사인 '나'가 조마이섬에 사는 건우네로 가정 방문을 가면서 건우 할아버지와 윤춘삼 씨로부터 조마이섬의 내력을 듣게 되는 부분이다.
- 권력자에 의해 삶의 터전을 부당하게 빼앗기는 상황을 거듭하여 겪어 온 조마이섬 사람들의 원한과 분노에 주목하여 인물 간의 갈등과 대립을 파악하도록 한다.

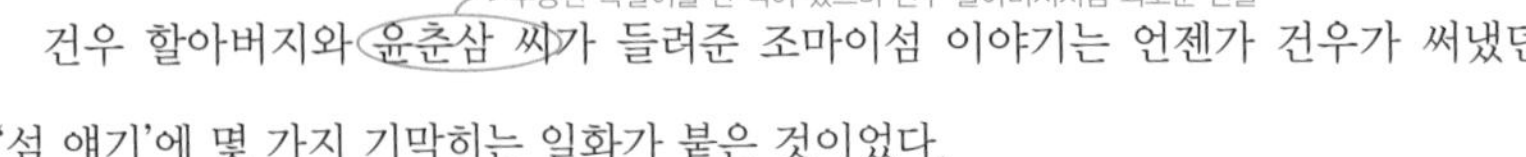

[앞부분의 줄거리] K 중학교 교사인 '나'는 조마이섬에서 나룻배로 통학을 하는 건우에게 관심을 가지게 된다. 그러던 어느 날 '나'가 건우네로 가정 방문을 간다. '나'는 그곳에서 예전에 알았던 윤춘삼 씨를 우연히 만나면서 갈밭새 영감이라고 불리는 건우의 할아버지와 함께 술을 마시게 된다.

주목

건우 할아버지와 윤춘삼 씨(→부당한 옥살이를 한 적이 있으며 건우 할아버지처럼 의로운 인물)가 들려준 조마이섬 이야기는 언젠가 건우가 써냈던 '섬 얘기'에 몇 가지 기막히는 일화가 붙은 것이었다.

"우리 조마이섬 사람들은 지 땅이 없는 사람들이요.(조마이섬에서 대대로 살던 사람들이 땅을 수탈당함 – 조마이섬 주민들이 분노하는 이유) 와 처음부터 없기싸 없었겠소마는 죄다 뺏기고 말았지요. 옛적부터 이 고장 사람들이 젖줄같이 믿어 오는 낙동강 물이 맨들어 준 우리 조마이섬은……."(조마이섬을 낙동강이 만들어 준 곳으로 인식함)

건우 할아버지(→유력자의 횡포에 저항하며 조마이섬을 지키는 강인한 인물)는 처음부터 개탄조로 나왔다.(조마이섬에서 벌어진 사건들에 대한 원통함의 표출) 선조로부터 물려받은 땅, 자기들 것이라고 믿어 오던 땅(조마이섬을 선조들에게 물려받은 삶의 터전이라 생각함)이 자기들이 겨우 철들락 말락 할 무렵에 별안간 왜놈의 동척(동양 척식 주식회사) 명의로 둔갑을 했더란 것이었다.

"이완용이란 놈이 '을사 보호 조약'이란 걸 맨들어 낸 뒤라 카더만!"

윤춘삼 씨의 퉁방울(품질이 낮은 놋쇠로 만든 방울) 같은 눈에도 증오의 빛이 이글거리기 시작했다.(조마이섬을 빼앗은 이들에 대한 원한)

▸ 건우 할아버지와 윤춘삼 씨로부터 조마이섬의 내력을 들음

1905년 — 을사년 겨울, 일본 군대의 포위 속에서(일제의 강압에 의해) 맺어진 '을사 보호 조약'이란 매국 조약을 계기로, 소위 '조선 토지 사업'이란 것이 전국적으로 실시되던 일, 그리고 이태(두 해) 후인 정미년에 가서는 "한국 정부는 시정 개선에 관하여 통감의 지도를 수할 사"란 치욕적인 조목으로 시작한 '한일 신협약'에 따라, 더욱 그 사업을 강행하고 역둔토(驛屯土)(역토와 둔토를 아울러 이르는 말. 여기서는 국유지의 별칭으로 쓰임)의 대부분과 삼림 원야(森林原野)들을 모조리 국유로 편입시키는 등 교묘한 구실과 방법으로써 농민들로부터 빼앗은 뒤, 다시 불하하는(국가 또는 공공 단체의 재산을 개인에게 팔아넘기는) 형식으로 동척과 일인 수중에 옮겨 놓던 그 해괴망측한 처사들(교묘한 구실과 방법으로 조선의 토지를 빼앗은 일제의 행적)이 문득 내 머릿속에도 떠올랐다.

▸ 조마이섬의 일화에서 역사적 사건을 떠올림

"죽일 놈들."(부당한 권력에 대한 분노, 비판) → '나'의 비판적 역사의식이 반영된 표현

건우 할아버지는 그렇게 해서 다시 국회 의원, 다음은 하천 부지의 매립 허가를 얻은 유력자……(해방 후에도 조마이섬 사람들의 의사와 무관하게 권력자, 유력자들이 섬의 소유권을 가로채 옴) 이런 식으로 소유자가 둔갑되어 간 사연들을 죽 들먹거리더니,

"이 꼴이 되고 보니 선조 때부터 둑을 맨들고 물과 싸워 가며 살아온 우리들은 대(조마이섬을 지켜 온 사람들은 소외된 채 섬의 소유가 달라지는 현실에 대한 울분)

### 작품 분석 노트

- 조마이섬의 소유권 변천 과정과 조마이섬의 상징적 의미

| 일제 강점기 이전 |
|---|
| 섬사람들 |
| ↓ |
| 일제 강점기 |
| 동척, 일본인 |
| ↓ |
| 해방 이후 |
| 국회 의원, 유력자 |
| ⇩ |
| 한국 근대사의 부조리한 현실을 압축적으로 보여 주는 공간 |

관절 우찌되는기요?"

▸ 조마이섬에서 나룻배로 통학하는 학생으로 조마이섬을 둘러싼 부조리한 현실을 어느 정도 인식함

그의 껄껄한 목소리에는, 건우가 지각을 하고 꾸중을 듣던 날 "나릿배 통학생임더" 하던 때의, 그 무엇인가를 저주하듯 한 감정이 꿈틀거리고 있는 것 같았다. 얼마나 그들의 땅에 대한 원한이 컸던가를 가히 짐작할 수가 있었다.

▶ 일제와 권력자들에게 삶의 터전을 빼앗겨 온 조마이섬 사람들의 원한과 분노

"섬사람들도 한번 뻗대 보시지요?"

이렇게 슬쩍 건드려 봤더니 이번엔 윤춘삼 씨가 얼른 그 말을 받았다.

"선생님은 그런 걸 잘 알면서 그러네요. 우리 겉은 기 멀 알며, 무슨 힘이 있십니꺼. 하도 하는 짓들이 심해서 한분 해 보기는 해 봤지요. 그 문딩이 떼를 싣고 왔을 때 말임더……."

권력을 가진 이들의 부당한 횡포에 저항하기 쉽지 않은 조마이섬 사람들의 처지

윤춘삼 씨는 그때의 화가 아직도 사라지지 않는 듯이 남은 술을 꿀꺽 들이켰다.

"쥑일 놈들!"

마치 그들의 입버릇인 듯 되어 있는 이 말을 안주처럼 되씹으며 윤춘삼 씨는 문둥이들과 싸운 얘기를 꺼냈다.

— 큰 도둑질은 언제나 정치하는 놈들이 도맡아 놓고 한다는 게 서두였다. 그러면서도 겉으로는 동포애니 우리들의 현 실정이 어떠니를 앞세우것다! 그때만 해도 불쌍한 문둥이들에게 살 곳과 일거리를 마련해 준다면서 관청에서 뜻밖에 웬 문둥이들을 몇 배 해 싣고 그 조마이섬을 찾아왔더란 거다. 그야말로 섬사람들에게는 아닌 밤중에 홍두깨 내미는 격으로 —. 옳아, 이건 어느 놈의 엉큼순지는 몰라도 필연 이 섬을 송두리째 집어삼킬 꿍심으로 우릴 몰아내기 위해서 한때 문둥이를 이용하는 거라고……. 누군가의 입에서부터 이런 말이 퍼지기 시작하고, 그래서 그 섬사람들뿐 아니라 이웃 섬사람들까지 한 둥치가 되어 그 문둥이 떼를 당장 내쫓기로 했더란 거다.

- 큰 도둑질은 ~ 한다: 대대로 권력자에게 삶의 터전을 빼앗겨 온 조마이섬 사람들의 인식
- 문둥이: '나환자'를 낮잡아 이르는 말
- 불쌍한 ~ 준다: 문둥이들을 조마이섬에 데리고 온 표면적 이유
- 아닌 밤중에 홍두깨 내미는 격: 별안간 엉뚱한 말이나 행동을 함을 비유적으로 이르는 말
- 엉큼순지는: 엉큼한 술수인지는
- 한 둥치가 되어: 한마음이 되어, 똘똘 뭉쳐

▶ 관청에서 문둥이들을 데려오며 조마이섬에 갈등이 벌어짐

• 서술자 '나'의 역할

K 중학교 교사
건우의 담임이자 소설가

↓

- 이 소설의 서술자
- 조마이섬 사람들의 삶, 그들이 겪었던 사건을 관찰하고 전달하는 보고자
- 조마이섬 사람들이 경험한 부조리, 권력자와 유력자의 횡포를 폭로하는 고발자

## 장면 포인트 2

• 해당 장면은 유례없는 홍수가 지자 건우네가 걱정된 '나'가 조마이섬으로 향하던 도중 접낫패를 만난 상황이다.
• 홍수 피해 상황을 관찰하며 조마이섬으로 가는 '나'의 내면 심리, 자연재해로 인해 위기를 맞은 인물들의 대응 양상을 파악하도록 한다.

부슬비가 계속 광풍에 흩날리고 있었다. (조마이섬 사람들에게 닥친 위협) 얼핏 홍적기(洪積期)(인류가 발생하여 진화한 시기로, 지구가 널리 빙하로 덮여 몹시 추웠음)를 연상케 하는 몽롱한 안개비 속이라, 어디가 어딘지 분별할 도리가 없었다.

'건우네 집은 벌써 홍수에 잠기지나 않았을까?' (건우네를 걱정하는 '나')

불안한, 그리고 불길한 예감이 자꾸 들기 시작했다.

「"물이 이 정도로 불어나면 건너편 조마이섬께는 어찌 되지요?"

생면부지한(서로 한 번도 만난 적이 없어서 전혀 알지 못하는) 접낫패(접낫을 들고 홍수에 떠내려가는 것을 건지려는 패거리)들에게 불쑥 묻기까지 하였다.」(「」: 건우와 조마이섬 사람들에 대한 '나'의 걱정과 불안이 반영된 행동)

"조마이섬?"

돼지 새끼를 안아 내겠다던 키다리가 나(건우의 담임으로, 소설 속 사건의 관찰자이자 고발자 역할을 수행하는 인물)를 흘끗 쳐다보더니,

"맹지면에서는 땅이 조금 높은 편이라카지만, 물이 이래 불으면 마찬가지지요. 만약 어제 그런 소동(섬사람들이 둑을 파헤쳐 물길을 터놓아 홍수로 인한 피해를 막은 사건. 섬사람들의 생존을 위한 절박한 투쟁)이 안 일어났으문 밤새 무슨 탈이 났을지도 모를 끼요."

"어제 무슨 일이라도 있었던가요?"

나는 신경이 별안간 딴 곳으로 쏠렸다.

「"있다 뿐이라요? 문딩이 쫓아낼 때보다는 덜했겠지만 매립인강 먼강 한답시고 밀가리만 잔뜩 띠이 처먹고 그저 눈가림으로 해 놓은 둘(둑)(엉터리로 설치한 둑. 홍수가 일어났을 때 조마이섬 사람들을 위험에 빠뜨리는 요소)을 섬사람들이 우 대들어서 막 파헤쳐 버리고, 본대대로 물길을 티놨다 카드만요. 글 안 했으문……(조마이섬은 물에 완전히 잠겼을 것이라는 의미가 내포됨)."」(「」: 인물의 말을 통해 사건을 요약적으로 제시함)

키다리는 혼자서 신을 내 가며 떠들었다.

"쓸데없는 소리 말게. 괜히 혼날라꼬."

곁에 있던 약삭빠른 얼굴의 사내가 이렇게 불쑥 쏘아붙이듯 하더니, 마침 저만큼 떠내려오는 널빤지를 향해 잽싸게 접낫을 던졌다. 그러나 걸리진 않았다. 그렇게 허탕을 친 게 마치 이쪽의 잘못이나 되는 듯,

"조마이섬에 누가 있소?"

내뱉듯 한 소리가 짐짓 퉁명스러웠다.

"건우란 학생이 있어서……."

나는 일부러 학생의 이름까지 대 보았다.(건우네 소식을 알지 않을까 하는 기대가 담김) 약삭빠른 눈초리가 다시 물굽이만 쏘아보고 말이 없으니까, 또 키다리가,

"그 아이 아배가 누군교?"

하고 나를 새삼 쳐다보았다.

"아버진 없고, 즈 할아버지 별명이 갈밭새 영감(건우 할아버지)이라더군요."

나는 건우 할아버지의 이름이 얼른 생각나지 않았다.

### 작품 분석 노트

• 등장인물의 성격 및 역할

| 인물 | 성격 및 역할 |
|---|---|
| '나' | • 건우의 담임이자 소설가<br>• 스스로 '이방인'이라 칭하는 관찰자로서 조마이섬 주민들이 겪은 비극적 현실을 고발함 |
| 갈밭새 영감 | • 건우의 할아버지, 조마이섬을 지켜 온 토박이, 큰아들은 6 · 25 전쟁으로 잃고, 둘째아들은 바닷일을 하던 중 죽음<br>• 조마이섬을 둘러싼 유력자와 주민들 사이의 갈등 속에서 앞장서서 불의에 항거함<br>• 외압에 억눌리지 않는 의지가 굳은 성격, 의로운 성격 |
| 건우 | K 중학교 학생으로 조마이섬에서 나룻배로 통학함 |
| 윤춘삼 | • 부당한 옥살이를 한 적이 있으며 갈밭새 영감과 같이 의로운 성격을 지님<br>• 갈밭새 영감과 마을의 비극을 '나'에게 전해 줌 |

"아, 그렁기요? 좋은 노인임더."

건우 할아버지에 대한 긍정적 평가

키다리는 접낫대를 세워 들더니,

"조마이섬의 인물 아잉기요. 어지(어제) 아침 이곳을 지내갔는데, 그 뒤 대강 알아

갈밭새 영감이 조마이섬을 앞장서 지켜 온 인물임을 짐작할 수 있음

봤거든…… 가고 난 뒤 얼마 안 돼서 그 일이 났단 말이여."

말머리가 어느덧 자기들끼리로 돌아갔다. 나는 굳이 파고 묻지 않았다.

▶ 접낫패들에게 조마이섬의 소식을 전해 들은 '나'

그때 마침 판삿십 용마루 비슷한 길다린 나무기 감겼다 떴다 하며 떠내려가자, 조금 떨어진 신신바위 짬에서 별안간 쬐깐 쪽배 하나가 쏜살같이 나타나더니, 기어코 그놈에게 달라붙어서 한참 파도와 싸우며 흐르다가 마침내 저 아래쪽 기슭에 용케 밀어다 붙였다. 박수를 치기보다는 모두 숨을 죽이고 바라보기만 했다. 용감하다기보다 차라리 처참한 광경이었다.

목숨을 걸고 나무를 힘겹게 얻어 내는 모습. 보잘것없는 것에도 목숨을 걸 만큼 사람들의 생활이 절박함을 알 수 있음

나는 거기서 누구에게도 보장을 받아 오지 못한 절박한 생활을 읽었다. 한 표의 값어치로서가 아니라, 다만 살기 위해서 스스로 죽을 모험을 무릅쓰는 그러한 행위는 부질없이 그것을 경계하거나 방해하는 힘을 물리침으로써만 오히려 목숨 그 자체를 이어 갈 수 있다는 산 증거 같기도 했다.

국회 의원 같은 권력자에게 사람이 아니라 표로만 인식되는 민중들의 처지

'갈밭새 영감이나 송아지 빨갱이도 그냥 있지는 않았으리라!'

윤춘삼 씨의 별명

나는 조마이섬의 일이 불현듯 더 궁금해져서 이내 구포 가는 버스를 잡아탔다. 다리만 건너면 조마이섬 가까이까지 갈 수 있으리라 믿었다.

구포 다릿목에서 차를 내렸으나 물은 이미 위험 수위를 훨씬 돌파해서, 다리는 통금이 돼 있었다. 비상경계의 붉은 깃발이 찢어질 듯 폭풍우에 펄럭이고, 다릿목을 건너지른 인줄 곁에는 한국인 순경과 미군이 버티고 있었다. 무거워 보이는 고무 비옷에 철모를 푹 눌러쓰고 방망이를 해 든 폼이 여간 엄중해 뵈지 않았다.

통금: 통행금지

□: 감각적 묘사 → 긴박한 분위기 조성

인줄: 사람들이 함부로 드나들지 못하게 건너질러 매는 줄

삼엄하고 살벌한 분위기

그런데도 무슨 핑계들을 꾸며 대고 용케 건너가는 사람들이 있었다. 더러는 다리 위에서 유유히 물 구경을 하는 사람들도. 나도 간신히 그들 틈에 끼었다. 우르르르 하는 강 울림은 다리 위에서 듣기가 한결 우람스러웠다.

매우 위험한 상황. 조마이섬 사람들에게 닥친 위험을 짐작하게 함

통행금지의 팻말이 서 있어도, 수해 시찰을 나온 듯한 새까만 관용차만은 사뭇 물을 튀기며 지나갔다. 바람이 휘몰아칠 때는 거기에 날리기나 하듯이 더욱 빨리 지나갔다. 요컨대 일종의 모험이기도 했으리라. 안에 타고 있는 얼굴들은 알 길이 없었지만 어련히 심각한 표정들을 했으랴 싶었다.

권력자의 위선에 대한 우회적 비판

내려다봄으로 해서 한결 사나운 물굽이가 숫제 강을 주름잡듯 둘둘 말려 오다간, 거의 같은 지점에서 쏴아 하고 부서졌다. 그럴 때마다 구슬, 아니 통방울 같은 물거품이 강 위를 휘덮고 때로는 바람결을 따라서 다리 위까지 사뭇 튕겼다. 그러한 강 한가운데를 잇달아 줄을 지어 떠내려오는 수박이랑 두엄 더미들이, 하단서 볼 때보다 훨씬 많았다.

홍수로 인해 파괴되는 민중의 삶. 조마이섬 사람들이 겪었을 고난 암시

▶ 홍수로 인해 파괴되는 민중의 삶

장면 포인트 3 주목

- 해당 장면은 '나'가 윤춘삼 씨로부터 갈밭새 영감이 엉터리 둑을 허무는 문제로 유력자의 하수인과 실랑이를 하다 감옥에 가게 되었다는 소식을 듣는 부분이다.
- 조마이섬 사람들이 엉터리 둑을 허물다 일어난 사건에 주목하여 조마이섬 사람들과 유력자 간의 갈등을 파악하도록 한다.

바로 어제 있은 일이었다. 하단서 들은 대로 소위 배짱들(조마이섬의 소유권을 가진 유력자들)이 만들어 둔 엉터리 둑(매립을 위해 쌓은 둑)을 허물어 버린 얘기였다.

—「비는 연 사흘 억수로 쏟아지지, 실하지도 않은 둑(유력자 세력이 만든 둑)을 그대로 두었다가 물이 더 불었을 때 갑자기 터진다면 영락없이 온 섬이 떼죽음을 했을 텐데,」(「 」: 갈밭새 영감과 섬사람들이 엉터리 둑을 허문 이유) 마침 배에서 돌아온 갈밭새 영감이 설두를 해서 미리 무너뜨렸기 때문에(갈밭새 영감이 인명 피해를 막기 위해 엉터리 둑을 허무는 일에 앞장섬) 다행히 인명에는 피해가 없었다는 것이다.

> **감상 포인트**
> 조마이섬 사람들과 유력자의 앞잡이 간의 갈등이 의미하는 바를 파악한다.

"그런데 와 건우 할아버진(갈밭새 영감) 끌고 갔느냐고요?"

윤춘삼 씨는 그제야 소주를 한 잔 훅 들이켜고 다음을 계속했다. 섬사람들이 한창 둑을 파헤치고 있을 무렵이었다 한다. 좀 더 똑똑히 말한다면, 조마이섬 서쪽 강둑길에 검정 지프차가 한 대 와 닿은 뒤라 한다. 웬 깡패같이 생긴 청년 두 명(유력자의 앞잡이)이 불쑥 현장에 나타나더니, 둑을 허물어뜨리는 광경을 보자, 이내 노발대발 방해를 하기 시작하더라고(조마이섬 사람들의 안전보다 유력자의 이익을 중시함). 엉터리 둑을 막아 놓고 섬을 통째로 집어삼키려던 소위 유력자의 앞잡인지(깡패같이 생긴 청년들의 정체) 뭔지는 모르되, 아무리 타일러도, "여보, 당신들도 보다시피 물이 안팎으로 이렇게 불어나는데 섬사람들은 어떻게 하란 말이오?" 해 봐도, 들어주긴커녕 그중 힘깨나 있어 보이는, 눈이 약간 치째진 친구가 되레 갈밭새 영감의 괭이를 와락 뺏더니 물속으로 핑 집어 던졌다는 거다.(갈밭새 영감의 분노를 자아 낸 행동)

▶ 유력자의 앞잡이가 나타나 엉터리 둑을 허무는 문제로 갈등이 벌어짐

그러곤 누굴 믿고 하는 수작(유력자를 믿고 하는 행동)일 테지만 후욕패설을 함부로 뇌까리자, 순간 화가 머리끝까지 치밀었을 갈밭새 영감도,

"이 개 같은 놈아, 사람의 목숨이 중하냐, 네놈들의 욕심이 중하냐?"(갈등의 내용 – 조마이섬 사람들의 목숨과 유력자의 이익이 대립함)

말도 채 끝내기 전에 덜렁 그자를 들어 물속에 태질을 해 버렸다는 것이다.(갈밭새 영감이 잡혀간 이유) 상대방은 '아이고' 소리도 못 해 보고 탁류에 휘말려 가고, 지레 달아난 녀석의 고자질에 의해선지 이내 경찰이 둘이나 달려왔더라고.

"내가 그랬소!"

갈밭새 영감은 서슴지 않고 두 손을 내밀었다는 거다. 다행히도 벌써 그때는 둑이 완전히 뭉개지고, 섬을 치덮던 탁류도 빙 에워 돌며 뭉그적뭉그적 빠져나가고 있었다는 것이다.

"정말 우리 조마이섬을 지키다시피 해 온 영감인데……(조마이섬 사람들이 갈밭새 영감을 어떻게 평가하고 있는지를 알 수 있음) 살인죄라니 우짜문 좋겠능기요?"

게까지 말하고 나를 쳐다보는 윤춘삼 씨의 벌건 눈에서는 어느덧 닭똥 같은 눈물

**작품 분석 노트**

- '홍수'의 의미와 기능

> 조마이섬을 위험에 빠뜨리는 자연재해
> - 조마이섬 사람들의 생존을 위협하는 요인
> - 조마이섬 사람들과 유력자 사이의 갈등을 심화하는 요인
>
> ↓
>
> 사람의 목숨보다 자신의 이익을 중시하는 유력자의 탐욕과 실체가 드러나는 사건의 계기가 됨

이 뚝뚝 떨어지기 시작했다.

법과 유력자의 배짱과 선량한 다수의 목숨…… 나는 이방인처럼 윤춘삼 씨의 캬캬한 얼굴을 건너다보았다.

갈등의 핵심 / 조마이섬의 안타까운 사연을 듣고만 있어야 하는 '나'의 무력한 처지

▶ 갈밭새 영감이 경찰에 잡혀감

폭풍우는 끝났다. 「육십 년래 처음이니 뭐니 하고 수다를 떨던 라디오와 신문들도 이젠 거기에 대해선 감쪽같이 말이 없었다. 그저 몇몇 일간 신문의 수해 구제 의연란에 다소의 금액과 옷가지들이 늘어 갈 뿐이었다.」

「 」: 홍수 피해에 대한 피상적인 관심에서 그침

섬사람들의 애절한 하소연에도 불구하고 육십이 넘는 갈밭새 영감은 결국 기약 없는 감옥살이로 넘어갔다.

갈밭새 영감에 대한 선처를 바라는 것

그리고 구월 새 학기가 되어도 건우 군은 학교에 나타나지 않았다. 끝내 돌아오지 않았다. 그의 일기장에는 어떠한 글이 적힐는지.

황폐한 모래톱 — 조마이섬을 군대가 정지를 하고 있다는 소문이 들렸다.

조마이섬이 결국 유력자들의 차지가 되었음을 암시함 / 정지: 땅을 반반하고 고르게 만듦. 또는 그런 일

▶ 감옥에 간 갈밭새 영감과 군대가 정지하게 된 조마이섬

• 조마이섬 사람들('갈밭새 영감')과 유력자 사이의 갈등

| 조마이섬 사람들(갈밭새 영감) |
| --- |
| • 조마이섬에서 대대로 살아옴<br>• 홍수로 인해 섬사람들이 위험에 빠지자 둑을 허물려고 함 |

↕

| 조마이섬을 소유한 유력자 |
| --- |
| • 조마이섬에 살던 주민들을 몰아내고 섬을 차지하려 함<br>• 섬사람들이 위험에 처해도 둑을 허물지 못하게 방해함 |

⇩

| 결과 |
| --- |
| • 갈밭새 영감이 감옥에 감<br>• 조마이섬에 군대가 들어와 땅을 고름 |

## 핵심 포인트 1 서술상 특징 파악

이 작품은 서술자 '나'의 역할, 후일담 형식의 마무리 등 서술상 특징을 알아 둘 필요가 있다.

**서술상 특징**

- 비속어와 방언을 사용한 데서 현장감과 생동감이 느껴짐
- '을사 보호 조약', '한일 신협약' 등 역사적 사실을 언급하여 사실성을 부여함
- 이야기 속 서술자 '나'가 자신이 보고 들은 사건을 전달하는 관찰자이면서 조마이섬 사람들이 겪어 온 권력자와 유력자의 횡포를 드러내는 고발자 역할을 함께 수행함

**'후일담' 형식의 마무리**

| 후일담 | | |
|---|---|---|
| • 폭풍우가 끝난 뒤 언론의 관심이 금세 사그라듦<br>• 조마이섬 사람들이 갈밭새 영감의 선처를 위해 노력함<br>• 갈밭새 영감이 기약 없는 감옥살이를 하게 됨<br>• 새 학기가 되었지만 건우가 학교로 돌아오지 않음<br>• 조마이섬에 군대가 들어와 땅을 고른다는 소문이 들림 | → | 폭풍우가 끝난 이후 조마이섬 사람들이 겪었을 비극적 상황을 요약적으로 보여 줌 |

## 핵심 포인트 2 배경의 의미 파악 / 외적 준거에 따른 감상

이 작품에서 조마이섬 사람들의 목숨을 위협하는 자연재해인 '홍수'와 '둑'을 허무는 조마이섬 사람들의 행위가 작품의 주제 의식과 관련하여 어떠한 의미를 지니는지 파악하도록 한다.

**'홍수'의 의미와 기능**

- 조마이섬 사람들의 생존을 위협하는 요인이자 조마이섬 사람들과 유력자들 사이의 갈등을 심화하는 요인
- 사람의 생명보다 자신의 이익을 중시하는 유력자들의 탐욕과 실체가 극명하게 드러나는 사건의 계기

**'둑'을 허무는 행위**

- 자신들의 생존을 지키기 위한 조마이섬 사람들의 노력과 의지를 보여 줌
- 조마이섬을 차지하려고 하는 유력자의 부당한 행위에 대한 섬사람들의 저항을 보여 줌

## 핵심 포인트 3 사건의 의미 파악

이 작품의 공간적 배경인 '조마이섬'이 의미하는 바를 이해하고 이 '조마이섬'을 둘러싸고 벌어지는 인물 간의 갈등 양상을 파악할 수 있어야 한다.

**'조마이섬'의 상징적 의미**

이 작품은 '조마이섬'이라는 가상의 공간을 배경으로 소수의 권력자가 힘없는 다수의 민중을 수탈하고 억압하는 부조리한 현실을 다루고 있다. 이는 섬 전체가 소수의 권력자의 손으로 넘어가게 되려는 절박한 상황과 섬사람들의 목숨도 아랑곳하지 않는 이들의 횡포를 통해 극대화되어 나타난다. 섬사람들은 갈밭새 영감을 중심으로 연대하여 자신들의 생존을 위해 부당한 권력에 저항한다. 따라서 작가가 소설 속에서 창조해 낸 조마이섬은 당시 우리나라가 처한 부조리한 현실을 압축적으로 보여 주는 공간이라 할 수 있다.

| 조마이섬 | 낙동강 하류의 모래톱으로 섬사람들의 삶의 터전 | 조마이섬의 소유권 변화 → | 한국 근대사의 비극적이고 부조리한 현실을 압축적으로 보여 주는 공간 |
|---|---|---|---|

### 작품 한눈에

• 해제

〈모래톱 이야기〉는 낙동강 하류의 조마이섬에서 일어난 사건을 통해 소외된 인간들의 비참한 삶과 부조리한 현실에 대한 저항 의지를 형상화한 소설이다. 1인칭 관찰자인 '나'의 시선으로 조마이섬 사람들의 삶의 내력을 서술하면서 소수의 유력자들과 다수의 선량한 민중 사이의 갈등과 대립을 선명하게 부각하고 있다. 대대로 조마이섬에 살며 피땀으로 토지를 일구면서도 외세의 압제와 불합리한 제도로 말미암아 한 번도 그 땅을 소유하지 못했던 민중들의 한과 설움은 핍박하는 자에 대한 갈밭새 영감의 살인 행위를 통해 극대화된다. 조마이섬이라는 공간은 낙동강 하류의 조그만 섬에 불과한 것이 아니라, 그 땅의 소유권 변천 과정을 통해 근대 한국 사회의 부조리한 현실을 압축적으로 보여 주는 상징적 공간이라고 할 수 있다.

• 제목 〈모래톱 이야기〉의 의미

– 삶의 터전을 지키려는 섬사람들의 이야기

'모래톱 이야기'라는 제목에서 '모래톱'은 단순한 모래톱이 아니라 오래전부터 사람들이 살아오던 조마이섬이라는 공간이다. 하지만 자신들의 노력으로 일구어 온 그 땅을 그들은 한 번도 소유하지 못했다. 반면 그 땅을 소유한 자는 섬사람들을 몰아내기 위해 부당한 횡포를 서슴지 않는데, 이에 대항하여 삶의 터전을 지키려는 섬사람들의 처절한 저항이 나타나고 있다.

• 주제

소외된 사람들의 비참한 삶과 부당한 현실에 대한 저항

**전체 줄거리**

교사인 '나'는 나룻배 통학생인 건우의 집으로 가정 방문을 간다. '나'는 집안을 살피다 건우의 방에서 '섬 얘기'라는 노트를 발견한다. 거기에는 섬사람들을 정치에 이용하는 현실이나 자기 아버지처럼 6 · 25 전쟁 때 군에 갔다가 생사를 몰라 국군 묘지에도 묻히지 못하는 군인들과 관련된 울분 같은 것들이 녹아 있었다. '나'는 돌아가는 길에 윤춘삼 씨와 갈밭새 영감으로 불리는 건우 할아버지를 만나 조마이섬의 내력을 알게 된다. 조마이섬은 일제 강점기부터 계속해서 소유자가 바뀌는 과정에서 섬사람들의 의사와 무관하게 이용당하고 있었다. 두어 달 후, 사흘 넘게 폭우가 내린다. 걱정이 된 '나'가 건우네로 향하던 중 윤춘삼 씨를 만난다. 그리고 건우 할아버지가 물길을 트기 위해 둑을 무너뜨리다 유력자의 하수인을 강물에 던지면서 살인죄로 잡혀갔다는 이야기를 듣는다. 결국 건우 할아버지는 감옥에 가게 되고, 건우는 학교에 오지 않는다. 그리고 조마이섬에는 군대가 들어와 정지를 하고 있다는 소문이 들린다.

한 줄 평 도시 변두리에서 살아가는 서민들의 삶을 그린 작품

# 비 오는 날이면 가리봉동에 가야 한다 양귀자

▸ 교과서 수록 [문학] 금성, 지학사, 천재(정)

## 장면 포인트 1 주목

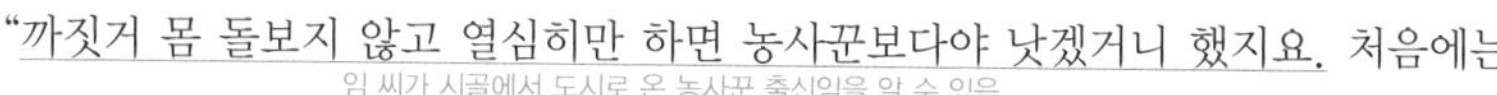

- 이 작품은 도시 변두리에 사는 소외된 사람들의 삶을 그린 연작 소설집 《원미동 사람들》 중의 한 편으로, 원미동으로 이사 온 '그'의 가족이 임 씨에게 욕실 수리를 맡기며 발생한 사건을 다루고 있다.
- 해당 장면은 '그'가 점심 식사 후 임 씨의 살아온 내력을 듣는 부분과, '그'와 아내가 예상보다 훨씬 적은 공사비에 놀라 임 씨에게 미안해하는 부분이다.
- 임 씨에 대한 '그'와 아내의 오해가 풀리는 상황에 주목하여 인물이 하는 말의 의도를 파악하도록 한다.

주목

"까짓거 몸 돌보지 않고 열심히만 하면 농사꾼보다야 낫겠거니 했지요.(임 씨가 시골에서 도시로 온 농사꾼 출신임을 알 수 있음) 처음에는 땅 판 돈이 좀 있어서 생선 장사를 하다가 밑천 잘라먹고 농사꾼 출신이라 고추 장사는 자신 있지 싶어 덤볐다가 아예 폭삭 망했어요.(도시에서 장사를 하다 실패를 거듭함)"

밥그릇 비우는 솜씨도 일솜씨 못지않아서 임 씨는 그가 반도 비우기 전에 벌써 숟가락을 놓았다.(임 씨의 일솜씨가 능숙한 것처럼 임 씨의 밥 먹는 속도가 빠름) 그리고 은하수 한 개비를 물었다.

"밑천 댈 돈이 없으니 그다음부터는 닥치는 대로죠.(장사에 실패한 뒤 밑천이 없어 할 수 있는 일은 다 함) 서울서 밑천 털리고 부천으로 이사 온 게(도시 변두리로 밀려남) 한 육 년 되나. 이 바닥서 안 해 본 게 없어요. 얼음 장수, 채소 장수, 개장수, 번데기 장수, 걸리는 대로 했으니까요. 장사를 하려면 단돈 천 원이라도 밑천이 들게 마련인데 이게 걸핏하면 밑천 까먹기라 이겁니다.(장사를 해도 손해만 본 임 씨) 좀 되는가 싶어도 자식새끼가 많다 보니 쓰이는 돈도 많고. 그래서 재작년부터는 몸으로 벌어먹는 노가다(막일 – 이것저것 가리지 아니하고 닥치는 대로 하는 노동) 일을 주로 했지요. 뼁끼쟁이(페인트칠을 하는 사람), 미쟁이, 보일러쟁이 뭐 손 안 댄 게 없어요. 잡부가 없다면 잡부로 뛰고, 도배쟁이가 없다면 도배도 해요. 그러다 겨울 닥치면 공터에 연탄 부려 놓고 연탄 배달로 먹고살지요."

키 작은 하청일과 키 큰 서수남(1960~70년대의 가수)이 재잘재잘 숨넘어가게 가사를 읊어 대는 노래가 생각날 만큼 그가 주워섬기는 직업 또한 늘어놓기 힘들 만큼 많았다.(생계를 꾸려 나가기 위해 여러 가지 잡일을 하며 힘들게 살아온 임 씨) 그렇게 많은 일을 했다면서 아직도 요 모양 요 꼴인가 싶으니 견적에서 돈 남기고 공사에서 또 돈 남기는 재주는 임 씨가 막판에 배운 못된 기술인지도 몰랐다.(임 씨에 대한 의심과 오해가 커짐)

"연탄 배달이 그래도 속이 젤로 편해요. 한 장 배달에 얼마, 이렇게 금새(물건의 값. 또는 물건값의 비싸고 싼 정도)가 매겨져 있으니 한철에 얼마큼만 나르면 입에 풀칠은 하겠다는 계산도 나오구요. 없는 살림에는 애들 크는 것도 무서워요. 지하실에 꾸며 놓은 단칸방에 살면서 하루에 두 끼는 백 원짜리 라면으로 때우게 되더라구요.(형편이 넉넉하지 않은 임 씨의 처지) 그래도 농사질 때는 명절 닥치면 떡 한 말쯤이야 해 놓을 형편이었는데……. 시골서 볼 때는 돈이란 돈은 왼통 도시에 몰려 있는 것 같음서도 정작 나와 보니 돈 구경하기 힘들데요.(돈을 벌 기대로 도시로 왔으나 어렵게 살아감)"

### 작품 분석 노트

- 임 씨를 대하는 '그'의 태도

**임 씨의 말**
- 도시에 올라와 장사를 하다가 실패를 거듭함
- 밑천이 없어 온갖 막일을 하다가 겨울에 연탄 배달 일을 함

↓

**임 씨에 대한 '그'의 생각**
- 임 씨가 공사비를 부풀려서 청구할 것이라고 의심함
- 임 씨에게 속아 금전적으로 손해를 입을 것이라고 생각함

그는 또 공사 맡아서 주인 속여 남긴 돈은 다 뭣 하누 하는 생각에 임 씨 얼굴을 다시 보게 된다. 하기야 임 씨 같은 뜨내기 인부에게 일 맡길 집주인도 흔치 않겠지 하고 어림하다 보니 스스로가 바보가 된 것 같아서 그는 입맛이 다 썼다.

임 씨의 이야기를 들으면서도 임 씨를 의심하는 '그'

임 씨에게 목욕탕 공사를 맡긴 자신을 탓하는 '그' ▶ 임 씨의 살아온 내력을 들으면서도 임 씨를 불신하는 '그'

(중략)

"돈 드려야지요. 그런데……."

임 씨에 대한 오해가 풀렸음에도 아내는 견적 금액을 깎고 싶어 함

아내는 뒷말을 못 잇고 그의 얼굴을 말끄러미 올려다보았다. 그는 술잔을 들어 올리며 짐짓 아내를 못 본 척했다. 역시 여자는 할 수 없어. 옥상 일까지 시켜 놓고 돈을 다 내주기가 아깝다는 뜻이렷다. 그는 아내가 제발 딴소리 없이 이십만 원에서 이만 원이 모자라는 견적 금액을 다 내놓기를 대신 빌었다. 그때 임 씨가 먼저 손을 휘휘 내젓고 나섰다.

원래 맡긴 일 외에 덤으로 시킨 일

'그'는 임 씨가 성실하게 일해 준 것이 고마워 수리비를 제대로 주고 싶어 함

"사모님, 내 뽑아 드린 견적서 좀 줘 보세요. 돈이 좀 틀려질 겁니다."

아내가 손에 쥐고 있던 견적서를 내밀었다. 인쇄된 정식 견적 용지가 아닌, 분홍 밑그림이 아른아른 내비치는 유치한 편지지를 사용한 그것을 임 씨가 한참씩이나 들여다보았다. 그와 그의 아내는 임 씨의 입에서 나올 말에 주목하여 잠깐 긴장하였다.

임 씨의 본래 직업이 수리공이 아님을 짐작할 수 있음

원래 견적보다 금액이 올라갈 것이라고 예상함 → '그'와 아내의 소시민적 모습

"술을 마셨더니 눈으로는 계산이 잘 안 되네요."

임 씨는 분홍 편지지 위에 엎드려 아라비아 숫자를 더하고 빼고, 또는 줄을 긋고 하였다.

견적 금액이 달라지는 상황

그는 빈 술병을 흔들어 겨우 반 잔을 채우고는 서둘러 잔을 비웠다. 임 씨의 머릿속에서 굴러다니고 있을 숫자들에 잔뜩 애를 태우고 있는 스스로가 정말이지 역겨웠다.

술자리를 마무리함

임 씨가 견적보다 높은 비용을 청구할까 봐 마음을 졸이는 자신에 대한 자괴감이 나타남

"됐습니다, 사장님. 이게 말입니다. 처음엔 파이프가 어디서 새는지 모르니 전체를 뜯을 작정으로 견적을 뽑았지요. 「아까도 말씀드렸지만 일이 썩 간단하게 되었다 이 말씀입니다. 그래서 노임에서 사만 원이 빠지고 시멘트도 이게 다 안 들었고, 모래도 그렇고, 에, 쓰레기 치울 용달차도 빠지게 되죠. 방수액도 타일도 반도 못 썼으니 여기서도 요게 빠지고 또……."」

공사가 커질 것으로 예상하고 견적을 뽑았음

공사 비용이 견적보다 줄어든 이유

「」: 꼼꼼하게 견적서를 수정하고 이에 대해 설명하는 임 씨. 정직하게 노동의 대가를 받고자 하는 태도가 드러남

임 씨가 볼펜 심으로 쿡쿡 찔러 가며 조목조목 남는 것들을 설명해 갔지만 그의 귀에는 제대로 들리지 않았다. 뭔가 단단히 잘못되었다는 기분, 이게 아닌데, 하는 느낌이 어깨의 뻐근함과 함께 그를 짓누르고 있을 뿐이었다.

임 씨의 정직한 태도에 당혹감을 느낌

"그렇게 해서 모두 칠만 원이면 되겠습니다요."

일한 만큼만 계산하여 견적서를 수정함

선언하듯 임 씨가 분홍 편지지를 아내에게 내밀었다. 놀란 것은 그보다 아내 쪽이 더 심했다. 그녀는 분명 칠만 원이란 소리가 믿기지 않는 모양이었다.

예상보다 훨씬 적은 금액의 견적서를 받았기 때문에

"칠만 원요? 그럼 옥상은……."

• (중략) 부분에 나타난 임 씨에 대한 '그'와 아내의 생각 변화

- 일을 더디게 하는 임 씨를 못 미더워하고 의심함
- 임 씨가 자신들을 속이고 목욕탕 공사비를 많이 받으려 한다고 생각함

↓

더 수리할 곳이 없냐는 임 씨의 말에 그를 믿지 못하면서도 옥상 공사를 추가로 부탁함

↓

밤늦게까지 성실하게 일하는 임 씨의 모습에 심적으로 부담을 느낌

• '견적서'의 기능

원래의 견적보다 훨씬 적은 금액을 제시함으로써 임 씨의 정직함과 착한 심성을 드러냄

↓

임 씨가 높은 금액을 청구할까 봐 애태우는 '그'와 아내의 소시민성과 속물적 성격을 부각함

"옥상에 들어간 재료비도 여기에 다 들어 있습니다. 그거야 뭐 몇 푼 되나요."
옥상 공사비는 견적 계산에 거의 들어가지 않음

"그럼 우리가 너무 미안해서……."
임 씨가 한 일에 비해 7만 원은 너무 적은 비용이라고 생각함

아내가 이번에는 호소하는 눈빛으로 그를 쳐다보았다. 할 수 없이 그가 끼어들었다.
공사비를 더 주려는 쪽으로 아내의 태도가 변함 → 임 씨에 대한 불신이 해소되면서 임 씨를 배려하게 됨

"계산을 다시 해 봐요. 처음에는 십팔만 원이라고 했지 않소?"
처음 견적과 큰 차이가 나는 금액에 의아해함

"이거 논을 더 내시겠다 이 말씀입니까? 에이, 사장님도. 제가 어디 공일 해 줬나요. 조목조목 다 계산에 넣었습니다요. 옥상 일한 품값은 지가 써비스로다가……."
인정 많은 임 씨의 성품

"써비스?"

그는 아연해서 임 씨의 말을 되받았다.
너무 놀라거나 어이가 없어서

"그럼요. 저도 써비스할 때는 써비스도 하지요."

그는 입을 다물어 버렸다. 뭐라 대꾸할 말이 없었다.
인정을 베푸는 임 씨의 모습을 보며 말문이 막힘

"토끼띠이면서도 사장님이 왜 잘사는가 했더니 역시 그렇구만요. 다른 집에서는 노임 한 푼이라도 더 깎아 보려고 온갖 트집을 다 잡는데 말입니다. 제가요, 이 무식한 노가다가 한 말씀 드리자면요, 앞으로 이 세상 사시려면 그렇게 마음이 물러서는 안 됩니다요. 저는요, 받을 것 다 받은 거니까 이따 겨울 돌아오면 우리 연탄이나 갈아 주세요."
이기적이고 타산적인 사람들의 모습이 드러남, 각박한 세태를 알 수 있음
막일꾼
정직한 임 씨가 이해타산적인 '그'과 아내에게 충고하는 상황 → 임 씨의 순박함이 부각됨
싼 수리비에 불편해하는 부부를 배려하는 임 씨의 마음씨가 드러남

임 씨는 아내가 내민 칠만 원을 주머니에 쑤셔 넣고 자리에서 일어섰다.

그는 일 층 현관까지 내려가 임 씨를 배웅하기로 했다. 어두워진 계단을 앞서거니 뒤서거니 내려가면서 임 씨는 연장 가방을 몇 번이나 난간에 부딪혔다. 시원한 밤공기가 현관 앞을 나서는 두 사람을 감쌌고 그는 무슨 말로 이 사내를 배웅할 것인가를 궁리하던 중이었다. 수고했다라는 말도, 고맙다는 말도 이 사내의 그 '써비스'에 대면 너무 초라하지 않을까.
임 씨의 정직함과 인간미에 감동하여 미안함을 느낌

▶ 양심적으로 견적서를 수정한 임 씨와 부끄러움을 느끼는 '그'

• 임 씨에 대한 '그'와 아내의 생각의 변화

- 임 씨에게 공사를 맡긴 것을 후회함
- 임 씨가 처음에 제시했던 견적보다 공사비를 더 달라고 할까 봐 긴장함

↓

- 임 씨가 성실하고 꼼꼼하게 일을 끝냄
- 임 씨가 처음의 견적보다 적은 공사비를 청구함

↓

- 예상보다 훨씬 적은 공사비에 놀람
- 스스로에게 부끄러움을 느끼고 임 씨에게 미안함을 느낌

## 장면 포인트 2 주목

- 해당 장면은 공사를 마친 임 씨가 '그'와 김 반장네 슈퍼에서 술을 마시면서 '그'에게 자신이 비 오는 날이면 가리봉동에 가는 이유를 들려주는 상황이다.
- 성실하게 일하지만 가난에서 벗어날 수 없는 임 씨의 사연에 주목하여 1980년대의 경제 성장과 풍요 속에서 소외된 사람들의 고단한 삶을 파악하도록 한다.

"어따, 동갑끼리 사장은 무슨 사장님. 오늘 종일 그 말 듣느라고 혼났어요. 말 놓으십시다."
'그'가 임 씨와 심리적으로 가까워지려고 함

그가 거품이 넘치는 잔을 내밀며 큰소리를 쳤다. 임 씨가 잠시 아연한 눈길로 그를 바라보았다.
'그'의 말에 당황하는 임 씨

주목

"좋수다, 형씨. 한잔하십시다."
호칭의 변화 – '그'와 임 씨의 심리적 거리가 가까워짐

임 씨가 호기를 부리며 소리 나게 잔을 부딪쳤다.

"그렇지, 그렇지. 다 같은 토끼 새끼 주제에 무슨 얼어 죽을 사장이야!"
동갑임을 강조하여 임 씨와 심리적으로 가까워지려 함

그의 허세도 임 씨 못지않았으므로 이윽고 두 사람은 주거니 받거니 술잔을 비우기 시작하였다.

"내가 이래 봬도 자식 농사는 꽤 지었지요."
임 씨가 자신의 가족 이야기를 시작함

임 씨는 자신의 아들딸이 네 명이란 것, 큰놈은 국민학교 4학년인데 공부를 썩 잘하고 둘째 딸년은 학교 대표 농구 선수인데 박찬숙 못지않을 재주꾼이라고 자랑했다.
'초등학교'의 옛 용어
1980년대 우리나라의 대표적인 여자 농구 선수 – 시대적 배경 반영, 현실감 있는 분위기 조성

"그놈들 곰국 한번 못 먹인 게 한이오, 형씨. 내 이번에 가리봉동에 가면 그 녀석 멱살을 휘어잡아야지."
자식들에 대한 임 씨의 애정
1980년대 당시 공장이 밀집했던 곳
임 씨의 연탄값을 떼먹고 도망간 스웨터 공장 사장

임 씨가 이빨 사이로 침을 찍 뱉었다. 뭐 맛있는 거나 되는 줄 알고 김 반장의 발발이 새끼가 쪼르르 달려왔다.

"가리봉동에 가면 곰국이 나와요?"

임 씨가 따라 주는 잔을 받으면서 그는 온몸을 휘감는 술기운에 문득 머리를 내둘렀다. 아까부터 비 오는 날에는 가리봉동에 간다는 임 씨의 말이 술기운과 더불어 떠올랐다.
임 씨가 일하지 않는 날

"곰국만 나오나. 큰놈 자전거도 나오고 우리 농구 선수 운동화도 나오지요. 마누라 빠마값도 쑥 빠집니다요. 자그마치 팔십만 원이오, 팔십만 원. 제기랄. 쉐타 공장 하던 놈한테 일 년 내 연탄을 대 줬더니 이놈이 연탄값 떼어먹고 야반도주했어요. 공장이 망했다고 엄살을 까길래, 내 마음인들 좋았겠소. 근데 형씨, 아, 그놈이 가리봉동에 가서 더 크게 공장을 차렸지 뭡니까. 우리네 노가다들, 출신이 다양해서 그런 소식이야 제꺼덕 들어오지, 뭐."
○: 자식들에 대한 임 씨의 애정이 드러나는 소재
아내에 대한 임 씨의 애정이 드러나는 소재
남의 눈을 피하여 한밤중에 도망함
착하고 여린 임 씨의 마음이 드러남
이기적이고 탐욕적인 자본가의 모습
막일을 하는 것을 직업으로 하는 사람

"그럼 받아야지, 암. 받아야 하구 말구."

그는 딸국질을 시작했다. 임 씨에게 술을 붓는 손도 정처 없이 흔들렸다. 그에 비
'그'가 술에 몹시 취함

### 작품 분석 노트

- '그'에 대한 임 씨의 호칭 변화

| 사장님 |
|---|
| 공사를 맡긴 고용인이어서 부르게 된 호칭 |

↓

| 형씨 |
|---|
| '그'가 동갑이라고 하며 말을 놓으라고 하자 부르게 된 호칭 |

↓

임 씨와 '그'의 심리적 거리가 가까워짐

- '그'의 성격

  - 임 씨가 성실하게 일하자 일한 만큼의 대가를 아내가 주지 않을까 봐 걱정함
  - 비가 오는 날에는 가리봉동에 가는 임 씨의 이야기를 듣고 공감함

↓

도시 변두리에 사는 서민으로, 다른 사람을 배려하고 남의 처지에 연민을 느끼는 선량한 인물

하면 임 씨의 기세 좋은 입만큼은 아직 든든하다.

"누군 받기 싫어 못 받수. 줘야 받지. 형씨, 돈 있는 놈은 죄다 도둑놈이오. 쫓아가면 지가 먼저 울상이네. 여공들 노임도 밀렸다, 부도가 나서 그거 메우느라 마누라 목걸이까지 팔았다고 지가 먼저 성깔 내."
연탄값을 주지 않으려는 스웨터 공장 사장의 이기적이고 몰염치한 모습

"죽일 놈."
임 씨의 말을 듣고 공감하는 '그'

그는 스웨터 공장 사장을 눈앞에 그려 본다. 빤질빤질한 상판에 배는 툭 불거져 나왔겠지.
외양 묘사를 통해 뻔뻔하고 탐욕적인 인물을 상상함 – '그'가 임 씨의 분노에 공감하고 있음을 나타냄

"그게 작년 일인데 형씨, 올여름에 비가 오죽 많았소. 비만 오면 가리봉동에 갔지요. 비만 오면 갔단 말이오."
일을 못 하는 날이 많아 경제 사정이 더욱 안 좋았음 / 떼인 돈을 받기 위해

"아따, 일 년 삼백육십오 일 비 오는 날은 쌔고 쌨는디 머시 그리 걱정이당가요?"

김 반장이 맥주를 새로 가져오며 임 씨를 놀려 먹었다.

"시끄러, 임마. 비가 와야 가리봉동에 가지, 비가 와야……."

"해 뜨는 날은 돈 벌어서 좋고, 비 오는 날은 돈 받아서 좋고, 조오타!"
임 씨를 놀리는 김 반장

김 반장이 젓가락으로 장단까지 맞추자 임 씨는 김 반장 엉덩이를 철썩 갈긴다.
▶ 임 씨가 비 오는 날이면 가리봉동에 가는 사연

'그'를 가리킴
"형씨, 형씨는 집이 있으니 걱정할 것 없소. 토끼띠면 어쩔 거여. 집이 있는데, 어디 집값이 내리겠소?"
'그'가 집을 소유하고 있으므로 자신보다 처지가 낫다고 여김

"저런 것도 집 축에 끼나……."
'그'는 자신이 소유한 집에 만족하지 못하고 있음

이번엔 또 무슨 까탈을 일으킬 것인지, 시도 때도 없이 돈을 삼키는 허술한 집이라고 대꾸하려다가 임 씨의 말에 가로채여서 그는 입을 다물었다.
집수리 비용으로 돈이 계속 들어감

"난 말요, 이 토끼띠 사내는 말요, 보증금 백오십만 원에 월세 삼만 원짜리 지하실 방에서 여섯 식구가 살고 있소. 가리봉동 그 새끼는 곧 죽어도 맨션아파트요, 맨션아파트!"
임 씨의 가난하고 비참한 현실을 보여 줌
스웨터 공장 사장으로 임 씨의 돈을 떼어먹고 야반도주한 파렴치한 인물
돈을 떼먹고 도망간 사장은 경제적으로 여유로운 생활을 하고 있음

임 씨는 주먹을 흔들며 맨션아파트라고 외쳤는데 그의 귀에는 꼭 맨손 아파트처럼 들렸다.

"돈 받으러 갈 시간도 없다구. 마누라는 마누라대로 벽돌 찍는 공장에 나댕기지, 나는 나대로 이 짓 해서 벌어야지. 그래도 달걀 후라이 한 개 마음 놓고 못 먹는 세상!"
온 가족이 성실하게 일해도 가난에서 벗어나지 못하는 현실에 대한 울분과 비판

임 씨의 목소리가 거칠어졌다. 술이 너무 과하지 않나 해서 그는 선뜻 임 씨에게 잔을 돌리지 못하고 있었다.

"돌고 돌아서 돈이라고? 돌고 도는 돈 본 놈 있음 나와 보래! 우리 같은 신세는 평생 이 지랄로 끝장이야. 돈? 에이! 개수작 말라고 해."
임 씨와 같은 처지의 하층민들이 가난에서 벗어나지 못하는 현실에 대한 울분과 한탄

임 씨가 갑자기 탁자를 내리쳤다. 그 바람에 기우뚱거리던 맥주병이 기어이 바닥으로 나뒹굴면서 요란한 소리를 내었다.

**감상 포인트**
도시 빈민으로 살아가는 임 씨와 소시민으로 살아가는 '그'의 처지가 어떻게 표현되고 있는지 주목한다.

• 임 씨가 비 오는 날에 가리봉동에 가는 이유

• 비가 오지 않는 날은 생계를 위해 일을 해야 함
• 스웨터 공장 사장에게 떼인 연탄값을 받아서 가족들을 부양하기 위해 비가 와서 일을 못 하는 날마다 가리봉동에 감

↓

부조리한 현실에서 힘겹게 살아가는 임 씨의 모습을 보여 줌

• 공간의 상징적 의미

| 임 씨의 지하실 방 |
|---|
| 성실하게 일하지만 가난에서 벗어나지 못하는 삶 |

↕

| 스웨터 공장 사장의 맨션아파트 |
|---|
| 부당하게 부를 축적하는 사람들의 부유한 삶 |

"참고 살다 보면 나중에는……."

"모두 다 소용없는 일이야!"

임 씨의 기세에 눌려 그는 또 말을 맺지 못하고 입을 다물었다. 나중에는 임 씨 역
임 씨의 말처럼 아무리 노력해도 가난에서 벗어나기 힘든 현실 때문에
시 맨션아파트에 살게 되고 달걀 프라이쯤은 역겨워서, 곰국은 물배만 채우니 싫어서 갖은 음식 타박에 비 오는 날에는 양주나 찔끔거리며 사는 인생이 될 것이다, 라고 말할 수는 없었다. 천 번 만 번 참는다고 해서「이 두터운 벽이, 오를 수 없는 저
부조리한 현실 불평등한 사회의 현실
꼭대기가 발밑으로 걸어와 주는 게 아님을 모르는 사람이 그 누구인가.」
「 」: 아무리 노력해도 하층민이나 서민이 부유해지기 어려운 현실

그는 임 씨의 핏발 선 눈을 마주 보지 못하였다. 엉터리 견적으로 주인 속이는 일꾼이라고 종일토록 의심하며 손해 볼까 두려워 궁리를 거듭하던 꼴을 눈치채이지는
이해타산을 따지는 소시민의 속물 근성
않았는지, 아무래도 술기운이 확 달아나 버리는 느낌이었다. 제아무리 탄탄해도 라면 가닥으로 유지되는 사내의 몸뚱이는 술 앞에서 이미 제 기운을 잃고 있음이 분명했
어렵게 생계를 이어 가는 도시 빈민의 삶
다. 임 씨의 몸이 자꾸만 한쪽으로 쏠리는 것을 보면서 그는 점차 술이 깨고 있었다.

"어떤 놈은 몇 억씩 챙겨 먹고 어떤 놈은 한 달 내내 뼈품을 팔아도 이십만 원 벌
비도덕적인 행위를 하는 가진 자들과 성실하게 일하지만 가난한 자신을 비교함
이가 달랑달랑한데, 외제 자가용 타고 다니며 꺼덕거리는 놈, 룸싸롱에서 몇십만 원씩 팁 뿌리는 놈은 무슨 재주로 그리 사는 거야? 죽일 놈들. 죽여! 죽여!"
가진 자들에 대한 분노

임 씨의 입에 거품이 물렸다.

"비싼 술 잡숫고 왜 이런당가요, 참으시오. 임 씨 아저씨. 쪼매 참으시오."

김 반장이 냉큼 달려들어 빈 술병과 잔들을 챙겨 갔다. 임 씨는 탁자에 고개를 처박고서 연신 '죽여'를 되뇌고 그는 속수무책으로 사내의 빛바랜 얼굴만 쳐다보았다.
임 씨에 대한 연민과 안타까움을 느끼는 '그'
아무리 생각해도 저 '죽일 놈들' 속에는 그 자신도 섞여 있는 게 아니냐는, 어쩔 수
도시 빈민층인 임 씨의 처지보다는 나은 상황이므로
없는 괴리감이 사내의 어깨에 손을 대지 못하게 막고 있었다.

▶ 도시 빈민층인 임 씨의 고달픈 현실과 세상에 대한 울분과 비판

• 공간적 배경의 의미

| 원미동 |
|---|
| • 서울 외곽에 위치한 소도시<br>• 서울에 정착하지 못한 사람들이 밀려와 살고 있는 곳 |

| 가리봉동 |
|---|
| • 1980년대 공장이 밀집했던 동네<br>• 공장 노동자들이 생활했던 공간 |

↓

가난한 서민, 하층민이 살아가던 삶의 공간을 사실적으로 보여 줌

## 핵심 포인트 1 인물의 심리와 성격 파악

대화를 통해 인물의 심리와 성격을 종합적으로 이해하면서 특정 구절에서 인물의 대화나 행동이 어떤 기능을 하는지 파악하도록 한다.

**◎ 인물의 심리 및 성격**

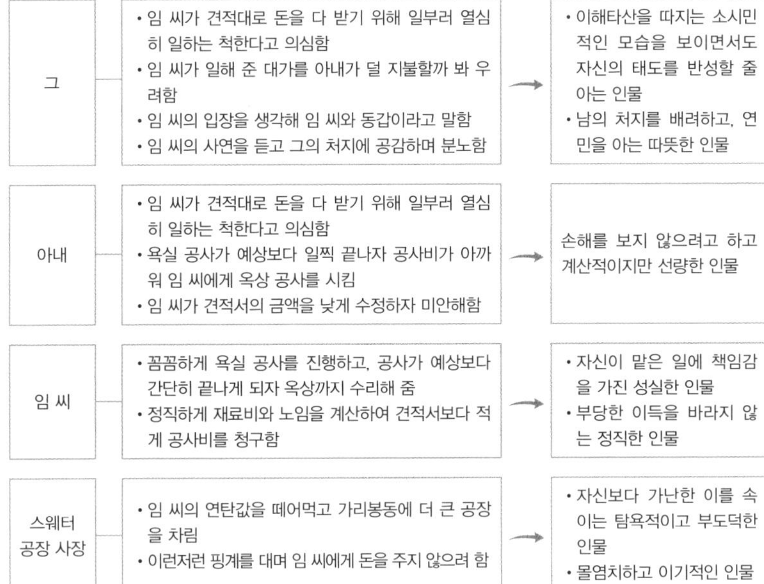

| 인물 | 심리 및 행동 | | 성격 |
|---|---|---|---|
| 그 | • 임 씨가 견적대로 돈을 다 받기 위해 일부러 열심히 일하는 척한다고 의심함<br>• 임 씨가 일해 준 대가를 아내가 덜 지불할까 봐 우려함<br>• 임 씨의 입장을 생각해 임 씨와 동갑이라고 말함<br>• 임 씨의 사연을 듣고 그의 처지에 공감하며 분노함 | → | • 이해타산을 따지는 소시민적인 모습을 보이면서도 자신의 태도를 반성할 줄 아는 인물<br>• 남의 처지를 배려하고, 연민을 아는 따뜻한 인물 |
| 아내 | • 임 씨가 견적대로 돈을 다 받기 위해 일부러 열심히 일하는 척한다고 의심함<br>• 욕실 공사가 예상보다 일찍 끝나자 공사비가 아까워 임 씨에게 옥상 공사를 시킴<br>• 임 씨가 견적서의 금액을 낮게 수정하자 미안해함 | → | 손해를 보지 않으려고 하고 계산적이지만 선량한 인물 |
| 임 씨 | • 꼼꼼하게 욕실 공사를 진행하고, 공사가 예상보다 간단히 끝나게 되자 옥상까지 수리해 줌<br>• 정직하게 재료비와 노임을 계산하여 견적서보다 적게 공사비를 청구함 | → | • 자신이 맡은 일에 책임감을 가진 성실한 인물<br>• 부당한 이득을 바라지 않는 정직한 인물 |
| 스웨터 공장 사장 | • 임 씨의 연탄값을 떼어먹고 가리봉동에 더 큰 공장을 차림<br>• 이런저런 핑계를 대며 임 씨에게 돈을 주지 않으려 함 | → | • 자신보다 가난한 이를 속이는 탐욕적이고 부도덕한 인물<br>• 몰염치하고 이기적인 인물 |

## 핵심 포인트 2 공간의 상징적 의미 이해

스웨터 공장 사장의 '맨션아파트'와 임 씨의 '지하실 방'은 서로 대비되며 이 작품의 주제 의식을 부각하고 있으므로 그 상징적 의미를 파악하며 작품을 감상하도록 한다.

**◎ 맨션아파트와 지하실 방**

| 맨션아파트 | | 지하실 방 |
|---|---|---|
| • 가리봉동의 스웨터 공장 사장이 사는 곳<br>• 부당하게 부를 축적한 사람이 여유롭게 사는 공간 | 두터운 벽이 존재함<br>↔<br>모순된 현실 상징 | • 임 씨 가족 여섯 식구가 사는 곳<br>• 성실하게 일해도 가난에서 벗어날 수 없는 공간 |

## 핵심 포인트 3 외적 준거에 따른 감상

이 작품에서 '원미동'이 어떤 공간으로 형상화되어 있는지를 산업화와 1980년대 경제 성장이라는 외적 준거를 바탕으로 파악하여 공간적 배경의 상징적 의미와 주제 의식을 이해하도록 한다.

**◎ '원미동'의 상징적 의미**

| 원미동 | • '멀고 아름다운 동네'라는 의미로, 절망적인 상황 속에서도 꿋꿋하게 살아가는 서민들의 동네<br>• 경제적인 어려움 때문에 서울에 정착할 수 없었던 사람들이 밀려와 사는 동네<br>• 이해타산적으로 살아가는 인물과 양심적으로 순수하게 살아가는 인물이 공존하는 동네 |
|---|---|

↓

도시에서 변두리로 밀려난 사람들이 살아가는 모습을 사실적으로 보여 주는 공간

### 작품 한눈에

• 해제

〈비 오는 날이면 가리봉동에 가야 한다〉는 도시 변두리에 사는 서민들의 삶을 소재로 한 작품으로, 타자에 대한 불신이 공감과 이해로 바뀌는 일상의 이야기를 다루고 있다. 이 작품은 임 씨에 대한 '그'와 아내의 불신이 해소되는 과정을 통해 이해타산적이고 속물적인 소시민적 특성을 비판하고, 타자에 대한 이해와 존중의 필요성을 전하고 있다. 나아가 세속적이고 탐욕스러운 현대인들의 반성을 촉구하고 소외된 계층에 대해 따뜻한 연민의 시선을 보내고 있다.

• 제목 〈비 오는 날이면 가리봉동에 가야 한다〉의 의미

– 도시 빈민층으로 살아가는 임 씨의 힘겨운 삶의 모습

임 씨는 일을 못 하는, 비가 오는 날에는 스웨터 공장 사장에게 떼인 연탄값을 받기 위해 가리봉동에 간다. 이러한 임 씨의 사연은 부도덕한 이들이 부유하게 살아가고, 정직하고 성실한 이들이 도시에서 힘겹게 살아가는 부당한 현실을 보여 준다.

• 주제

소시민들의 갈등과 화해, 도시 노동자의 고달픈 삶에 대한 연민

**전체 줄거리**

'그'의 가족은 오랜 서울 셋방살이를 청산하고 부천 원미동의 연립 주택을 구입하여 거주하던 중 목욕탕 수리를 위해 인부 임 씨를 고용한다. '그'는 임 씨가 사실 연탄 배달부이고 여름에만 잡일을 하는 어설픈 막일꾼이라는 것을 알고 목욕탕 공사 맡긴 것을 후회한다. 우려와 달리 임 씨는 정확한 일솜씨를 보여 주었는데, '그'의 아내는 임 씨가 견적을 부풀려 비용을 청구하려고 한다며 의심하기 시작한다. '그'가 임 씨에게 언제부터 이 일을 했는지 묻자, 임 씨는 땅을 팔아 서울에서 생선 장수와 고추 장사를 하다가 망해 부천으로 이사를 왔고 부천에서는 안 해 본 일이 없다고 답한다. '그'의 아내는 임 씨의 수완이 보통이 아니라면서 공사 대금을 확실하게 얘기하자고 한다. 임 씨는 목욕탕 공사 말고 다른 곳도 손봐 주겠다고 제안한다. '그'가 옥상 방수 공사를 부탁하자 임 씨는 꼼꼼하게 일을 마무리하고 애초의 견적보다 훨씬 적은 공사 비용을 청구한다. '그'와 아내는 임 씨에게 미안함과 부끄러움을 느낀다. '그'는 임 씨를 이끌고 형제 슈퍼로 간다. 임 씨는 술을 마시며 비가 오는 날이면 떼인 연탄값을 받기 위해 스웨터 공장이 있는 가리봉동에 가야 한다는 이야기를 하고, 그 돈을 받으면 고향으로 가겠다며 눈물을 보인다.

현대 소설 18

◇ 한 줄 평 해산 바가지에 얽힌 이야기를 통해 남아 선호 사상에 대한 비판과 생명 존중 의식을 그린 작품

# 해산 바가지 박완서

▸ 교과서 수록 문학 동아

## 장면 포인트 1 주목

- 이 작품은 1980년대의 사회적 문제였던 남아 선호 사상에 대한 비판과 전통적 생명 존중 의식을 보여 주는 소설이다.
- 해당 장면은 남아 선호 사상에 젖어 며느리에게 아들을 낳으라고 압박하는 '나'의 친구의 이야기와 치매에 걸린 시어머니를 돌보며 정신적인 고통을 겪는 '나'의 이야기가 제시되는 부분이다.
- '나'의 친구가 분개하는 이유에 주목하여 당시 사회에 팽배했던 남아 선호 사상의 문제가 작품에 어떻게 형상화되어 있는지 파악하도록 한다.

[앞부분의 줄거리] '나'는 며느리가 둘째도 딸을 낳았다고 속상해하는 친구와 함께 출산한 친구 며느리의 병문안을 간다. 옆자리의 산모가 아들을 낳아 축하받는 병실의 분위기에 친구는 더욱 불쾌해하고 친구의 사돈은 친구에게 미안해서 어찌 줄을 모른다.
(며느리가 아들, 딸 상관없이 둘째까지만 낳겠다고 선언)

"쟤가 시에미 대접을 어찌 이리할 수가 있습니까? 한 번쯤 쳐다봐도 쟤가 시에미 같은 건 안중에 없다는 걸 모를 내가 아닌데."
(딸을 낳은 며느리를 못마땅해하는 '나'의 친구)

친구가 착 가라앉은 그러나 떨리는 소리로 사돈 마님한테 이렇게 쓰고 드러누운 며느리를 나무랐다.

"저도 면목이 없어서 안 그럽니까. 잘 먹지도 않고 시시때때로 저렇게 울고 속을 끓이니 저애 꼴이 말이 아닙니다."
(시어머니의 구박으로부터 딸을 보호하고자 하는 친구의 사돈)

"아니죠. 쟤가 시에미 알기를 워낙 개떡같이 아는 앱니다. 벼르고 별러서 한마디 해도 어느 바람이 부나 하는 식이죠. 그러니 말해 뭘하겠습니까. 그래도 이번 일만은 어른 된 입장에서 한마디 다짐을 받고 넘어가야겠다 싶어 이렇게 왔더니만 바로 내가 하고 싶은 말을 아까 그 사람들이 다 해 주지 뭡니까? 저도 귀가 있으니까 들었겠죠. 더 보태지도 덜지도 않을 테니 그 사람들한테서 들은 소리를 고스란히 명심하고 있으라 이르세요. 나 절대로 심한 시에미 아닙니다. 이번에 또 딸 낳은 것 가지고 뭐라지 않아요. 이 친구는 딸을 넷 낳고 기어이 아들을 낳았답니다. 딸 둘이 흉 될 것 하나 없어요. 그렇지만 남의 집 대를 끊어 놓겠다는 걸 어떻게 가만히 보고만 있습니까. 그건 안 될 말이죠. 부처님 가운데 토막도 눈을 부라릴 일입니다. 알아들으셨죠? 사돈 마님. 더 긴 말은 안 하겠어요. 「아까 그 사람들이 내 속에 들어갔다 나온 것처럼 내 하고 싶은 말 다 해 줬으니까. 그 사람들처럼 젊고 교양 있는 사람들이 그렇게 말했으니 이 시에미 생각을 덮어놓고 구닥다리 낡은 생각으로 치지도외하지는 못하겠죠.」이만 가 보겠습니다. 지가 시에미 꼴 안 보려고 흉물을 떨고 있는데 시에미라고 제 꼴 보고 싶겠습니까? 애, 가자."
(벼르고 별러서 한마디 해도 어느 바람이 부나 하는 식이죠: 자신의 말을 귀 기울여 듣지 않는다는 의미)
(한마디 다짐: 아들을 낳아 집안의 대를 잇겠다는 다짐)
(그 사람들한테서 들은 소리: 아들을 낳은 옆자리의 산모를 병문안 온 사람들의 말)
(이 친구: '나'를 가리킴)
(이 친구는 딸을 넷 낳고 기어이 아들을 낳았답니다: 아들을 낳기 위해 또 아이를 가지라는 의미)
(남의 집 대를 끊어 놓겠다는 걸 어떻게 가만히 보고만 있습니까: 아들을 낳아 집안의 대를 잇는 것이 중요하다는 생각 – 남아 선호 사상이 만연하던 당대 사회의 분위기를 드러냄)
(부처님 가운데 토막도 눈을 부라릴 일입니다: 아들을 낳지 않아 집안의 대를 끊는 것은 아무리 순한 사람도 화를 낼 만한 일이라는 뜻)
(「 」: 아들을 낳아야 한다는 자신의 생각이 사회의 일반적인 통념임을 강조하는 친구)
(치지도외: 마음에 두지 아니함)

친구가 서슬이 퍼렇게 말하고 나서 내 소매를 잡아끌었다.

## 작품 분석 노트

- 〈해산 바가지〉의 구성

| | |
|---|---|
| 발단 | '나'는 남아 선호 사상으로 주위 사람들을 힘들게 하는 친구에게 자신의 이야기를 들려주기로 함 |
| 전개 | '나'는 네 명의 딸을 내리 낳고 마지막으로 아들을 낳았는데, 그때마다 시어머니가 차별 없이 정성스럽게 아기를 돌보아 주었음 |
| 위기 | '나'는 치매에 걸린 시어머니를 돌보며 효부여야 한다는 압박감에 시달리고 신경 안정제를 복용할 만큼 심신이 황폐해짐 |
| 절정 | 결국 시어머니를 요양 시설에 보내기로 하고 남편과 함께 요양 시설을 보러 가던 중, '나'는 초가지붕의 박을 보며 '해산 바가지'를 떠올림 |
| 결말 | '나'는 아이를 낳을 때마다 정갈한 해산 바가지를 준비해 아들, 딸 차별 없이 한결 같은 사랑을 주던 시어머니의 생명 존중 의식을 깨닫고 시어머니의 임종 때까지 곁을 지킴 |

"이대로 가면 어떡허니? 안 오니만도 못 하게."

나는 친구 눈치를 봐 가며 모포 위로 슬며시 산모의 어깨를 잡았다. 격렬한 떨림이 손아귀에 닿자마자 나는 미리 준비한 축하와 위로를 겸한 인사말을 까먹고 말았다.

아들만 바라는 시어머니의 모진 말로 인해 친구의 며느리가 아이를 낳고도 축하받지 못하고 질타를 받는 것에 안타까움을 느끼는 '나'

"가자니까, 시에미 우습게 아는 게 시에미 친군들 안중에 있을라구."

친구는 내 등을 떠다밀다시피 해서 먼저 문밖으로 내쫓고 따라 나왔다. 뒤쫓아 나온 사돈 마님은 참회하는 죄인보다 더 기운 없이 고개를 떨구고 파리한 입술을 간신히 들먹여 면목 없다는 소리만 되풀이했다.

자신의 딸이 아들을 낳지 못한 것에 대해 죄스러워함

▶ 남아 선호 사상에 젖어 며느리에게 아들을 낳으라고 질타하는 '나'의 친구

(중략)

그분의 망가진 부분이 육신보다는 정신이었다는 걸 알아차린 건 그 후였다. 우리는 그걸 서서히 알아차리게 됐다. 처음엔 아이들 이름을 헷갈려 부르는 정도였다. 노인들이 흔히 그러는 걸 봐 온지라 대수롭지 않게 알았다. 그러나 바로 가르쳐 드려도 믿지를 않고 한사코 자기가 옳다고 주장하는 건 묘하게 신경에 거슬렸다. 숫제 치지도외하기로 했다. 어쩌면 나는 그걸 기화로 그때까지도 그분이 한사코 움켜쥐고 있던 살림 권리를 빼앗을 수 있어서 은근히 기뻤는지도 모르겠다. 그러니까 그분의 노망을 근심하는 소리는 집 안에서보다 집 밖에서 먼저 났다. 오래간만에 고모님을 뵈러 온 당신 조카한테 당신 누구요? 하며 낯선 얼굴을 해서 조카를 당황하게 하더니 어찌어찌해서 그가 조카라는 걸 알아보고 나서 아이가 몇이냐고 물었다. 아들이 둘이라고 하자 아이구 대견해라 일찌거니 농사 잘 지었구나라고 정상적인 대답을 했다. 그러나 곧 똑같은 질문을 하고 똑같은 덕담을 했다. 똑같은 질문은 한없이 되풀이됐다. 그는 내가 애써 차려 준 점심을 뜨는 둥 마는 둥 진저리를 치며 달아나 버렸다. 그렇게 해서 그분이 노망났다는 소문은 그분의 친정 쪽으로부터 먼저 퍼졌다.

앞으로 '나'가 고통을 겪게 되는 원인 / '나'와 가족들 / '나'의 자식들, 즉 노인의 손자들 / 처음에는 치매인 줄 알아차리지 못함 / 평소와 다른 시어머니의 모습에 신경이 쓰였으나 문제 삼지 않고 내버려두기로 함 / 뜻밖의 이익을 얻을 수 있는 물건, 또는 그런 기회 / 같이 살지 않는 사람들이 시어머니의 상태를 먼저 알아차리고 걱정함 / 시어머니의 정신 상태가 온전하지 않음을 나타내는 사건

집에서도 같은 말의 되풀이가 점점 심해졌다. 그 대신 그분의 주된 관심사에서 제외된 어휘는 급속도로 잊혀지는 것 같았다. 쌀 씻어 놓았냐? 빨래 걷었냐? 장독 덮었냐? 빗장 걸었냐? 등 주로 의식주에 관한 기본적인 관심이 온종일 되풀이되는 대화 내용이었다. 하루 이틀도 아니고 허구한 날 같은 말에 같은 대꾸를 해야 된다는 것도 쉬운 일은 아니었다. 더구나 그 빈도가 하루하루 잦아지고 있었다. 「"쌀 씻어 놓았냐?" "네." "쌀 씻어 놓아라. 저녁때 다 됐다." "네, 씻어 놓았다니까요." "쌀 씻어 놓았냐?" "씻어 놓았대두요." "쌀 씻어 놓았냐?" "쌀 안 씻어 놓으면 밥 못 할까 봐 그러세요. 진지 안 굶길 테니 제발 조용히 좀 계세요."」 이렇게 짜증이 나게 마련이었다. 그렇다고 그 줄기찬 바보 같은 질문이 조금이라도 뜸해지거나 위축되는 것도 아니었다. 남들은 몇 년씩 똥오줌 싸는 노인도 있는데 그만하면 곱게 난 망령이라고 나를 위로했지만 나는 온종일 달달 볶이고 있는 것처럼 신경이 피로했다. 차라리 똥오줌 치는 게 온종일 같은 말 대꾸하는 것보다 덜 지겨울 것 같았다.

시어머니의 치매 증상이 점점 심해짐 / 시어머니의 주된 관심사 / 시어머니의 치매가 점점 심해지자 '나'가 지쳐 가기 시작함 / 「 」: 시어머니와의 대화 내용을 직접 인용함으로써 '나'의 괴로운 상황을 생생히 표현함 / 시어머니의 치매 증상으로 인해 정신적으로 괴로운 상태가 된 '나'

▶ 치매에 걸린 시어머니를 돌보며 겪는 '나'의 괴로움

• 등장인물 소개 – '나'와 '나'의 친구

**'나'의 친구**

- '나'의 고교 동창으로 남아 선호 사상을 지님
- 며느리가 둘째도 딸을 낳아 상심함
- 대를 이을 아들을 낳기 위해 또 아이를 가질 것을 며느리에게 강권함

**'나'**

- 시어머니의 보살핌을 받으며 시집살이를 함
- 시어머니가 치매에 걸린 후 간병을 하다 힘들어 포기하려 함
- 과거 시어머니의 정성과 사랑을 환기하며 생명의 소중함을 깨닫게 됨

## 장면 포인트 2

- 해당 장면은 시어머니의 치매 증세로 인해 고통받고 괴로워하던 '나'가 시어머니를 목욕시키며 억눌러 왔던 증오심을 표출하는 부분이다.
- 1인칭 주인공 시점으로 서사가 전개된다는 점에 주목하여 치매에 걸린 시어머니를 돌보는 '나'의 이중적 심리를 파악하도록 한다.

[앞부분의 줄거리] 치매에 걸린 '나'의 시어머니는 밤중에 부부의 방에 건너와 요강을 놓고 가고 아침이 되면 요강을 들고 나가는 일을 반복한다.

행여 그 일을(부부의 방에 들어와 요강을 놓고 내가는 일 – 치매 증상) 누구한테 빼앗길세라 첫새벽(날이 새기 시작하는 새벽)에 요강을 비우러 들어올 때나 이슥한 밤에 요강을 들고 들어올 때의 그분(시어머니)의 표정은 아무도 흉내 낼 수 없을 만치 특이했다. 가장 신령스러운 일에 영혼이 부림을 당하고 있는 무당처럼 요괴스러워 보이기도 하고 자기 아니면 안 되는 일에 헌신한다고 생각하는 독재자처럼 고집스럽고 당당해 보이기도 했다. 나는 내가 숨 쉬기 위해 매일 밤 그분을 죽였다.(밤마다 시어머니가 죽는 상상을 함 → 시어머니의 치매 증상으로 인해 정신적 고통을 받는 '나') 「밝은 날엔 간밤의 내 잔인한 소망을 부끄러워했지만 내 잔인한 소망은 매일 밤 살쪄 갔다.」(「 」: '나'의 이중적 심리) 그 기운을 조금이라도 죽일 수 있는 방법은 신경 안정제밖에 없었다.(치매에 걸린 시어머니를 돌보며 '나'의 정신이 황폐해짐) 은밀히 먹던 그 약을 남편 앞에서 당당히 입에 털어 넣었고 분량도 여봐란듯이 늘려 갔다. 그가 약을 빼앗으려는 시늉을 하면 마귀처럼 무섭게 이를 갈며 덤볐다.

"괜히 이러지 말아요(신경 안정제를 먹는 것을 말리지 말라는 의미). 이 약 없으면 내가 당신 어머니를 죽일 거예요. 그래도 좋아요? 그것보다는 당신 어머니가 나를 죽이는 게 나을걸요. 그게 낫다는 걸 알기 때문에 이 약을 먹는단 말예요. 이래도 당신 말릴 수 있어요?"

요강을 계기로 시작된 시어머님의 우리 방 밤출입은 그 빈도가 점점 잦아졌다.(시어머니의 치매 증세가 점차 악화됨)

▶ '나'가 시어머니의 치매 증세로 인해 고통받음

(중략)

「이렇게 나는 구원의 가망이 조금도 안 보이는 지옥을 살면서도 아이들이나 친척과 이웃들에겐 여전히 무던하고 참을성 있는 효부(시부모를 잘 섬기는 며느리)로 보이길 바랐다.」(「 」: 위선적인 태도로 시어머니를 부양함) 내가 양다리를 걸친 두 세계 사이의 심한 격차로 미구(얼마 오래지 않아)에 자신이 분열되고 말 것을 번연히 알면서도 나는 나의 이중성에 악착같이 집착했다.(시어머니의 치매 증상 때문에 고통받으면서도 주변 사람들에게는 효부로 보이고 싶어 함) 어쩌면 나는 내가 처한 고통으로부터 벗어날 수 있는 길이 자신의 분열밖에 없다는 자포자기한 생각을 하고 있었는지도 모른다.

그 무렵 집에 드나들던 파출부가 어느 날 나한테 이런 소리를 했다.

"세상 사람들이 눈이 멀어도 분수가 있지. 왜 사모님 같은 분을 효부 표창에서 빠뜨리느냐 말예요.('나'가 주변 사람들에게 치매에 걸린 시어머니를 돌보는 고통을 드러내지 않았음을 알 수 있음) 별거 아닌 사람들이 다 효자 효녀 효부라고 신문에 나고 상금도 타던데."

그 여자가 순진하게(파출부는 '나'의 위선적인 모습을 알지 못함) 분개하는 소리를 들으며 나는 나의 완벽한 위선(시어머니로 인해 황폐해진 마음을 겉으로 드러내지 않고 남들에게는 효부인 척하는 위선적인 모습)에 절망했다. 나는 막다른 골목에 쫓긴 도둑이 살의를 품고 돌아서듯이 그 여자에게 돌아서서 무서운 얼굴로 말했다.('나'가 시어머니에 대한 증오심을 드러내고자 마음먹음)

"오늘 우리 어머님 목욕을 좀 시키고 싶은데 아줌마가 좀 도와줘야겠어요."

### 작품 분석 노트

- '나'의 이중적인 심리 ①

| 밤 | 밝은 날(낮) |
|---|---|
| 시어머니를 돌보는 일이 너무 힘들어 시어머니가 죽는 상상을 함 | 시어머니가 죽는 상상을 한 것에 대해 부끄러움을 느낌 |

- '나'의 이중적인 심리 ②

| 현실이 구원의 가망이 조금도 안 보이는 지옥 같다고 여김 | ↔ | 아이들, 친척, 이웃들에게는 무던하고 참을성 있는 효부로 보이길 바람 |
|---|---|---|

'나'는 시어머니의 치매 증세로 괴로운데도 남들의 눈을 의식하여 이를 내색하지 못하는 자신의 모습에 '완벽한 위선'이라며 괴로워함

"그러믄요, 도와 드리고 말고요."

"목욕탕에 물 받으세요."

▶ '나'가 시어머니에게 느끼는 증오심을 표출하기로 결심함

나는 벌써부터 내 속에서 증오와 절망적인 쾌감이 지글지글 끓어오르는 걸 느끼
치매에 걸린 시어머니를 모시며 생겨난 미움 / 효부인 척하는 위선에서 벗어나고자 함
고 있었다. 아줌마 보는 앞에서 시어머님의 옷부터 벗기기 시작했다. 조금도 인정사
정 두지 않고 거칠게 함부로 다루었다. 「목욕 한번 시키려면 아이들까지 온 집안 식
「 」: 치매에 걸린 시어머니를 목욕시키는 것이 어려운 일임을 알 수 있음
구가 총동원해 좋은 말로 어르고 달래 가며 아무리 참을성 있고 부드럽게 다루다가
도 종당엔 다소 폭력적으로 굴어야 겨우 그게 가능했다.」 그러나 이번엔 처음부터 폭
일의 마지막
력적으로 다루기로 작정하고 있었다. 그분도 내 살기등등한 태도에 뭔가 심상치 않
시어머니에 대한 증오심을 표출하기로 결심했기 때문에 / 남을 해치거나 죽이려는 무시무시한 기운이 표정과 행동에 잔뜩 나타남
은 걸 느끼고 그 어느 때보다도 심한 반항을 했다. 믿을 수 없을 만큼 강한 힘으로 저항했지만 나 역시 거침없이 증오를 드러내니까 힘이 무럭무럭 솟았다. 옷 한 가지를 벗겨 낼 때마다 살갗을 벗겨 내는 것처럼 처절한 비명을 질렀다. 보다 못한 아줌마가 제발 그만해 두라고 애걸했다. 알지 못하면 가만있어요. 이 늙은이는 이렇게
시어머니에 대한 '나'의 증오심이 단적으로 나타남
해야 돼요. 나는 씨근대며 말했다. 그리고 아줌마도 내 일을 도울 것을 명령했다. 노
고르지 아니하고 거칠고 가쁘게 숨 쉬는 소리를 자꾸 내며
인은 겁에 질려 목쉰 소리로 갓난아기처럼 울었다. 발가벗긴 노인을 반짝 들어다 탕
'나'의 폭력적인 태도에 두려움을 느낀 노인의 반응
속에 집어넣고 다짜고짜 때를 밀기 시작했다. 나 죽는다. 나 죽어. 저년이 나 죽인다. 노인이 온 동네가 떠나가게 비명을 질렀다. 나는 그러면 그럴수록 더 모질게 때를 밀었다.

"너무하세요. 그렇게 아프게 밀 게 뭐 있어요?"

아줌마가 노인 편을 들었다. 그녀는 이제 아무 도움도 안 됐다. 혼비백산한 얼굴
시어머니를 함부로 대하는 '나'의 태도에 놀람
로 구경만 했다.

"알지 못하면 가만히나 있으라니까요. 아무리 살살 밀어도 죽는시늉할 게 뻔해요."

골치가 빠개질 듯이 띵하고 귀에서 잉잉 소리가 났다. 나는 남의 일처럼 내가 미쳐 가고 있다고 생각했다. 골속에 아니 온몸에 가득 찬 건 증오뿐이었다. 그런데도
시어머니에 대한 '나'의 본심
나는 자꾸자꾸 증오를 불어넣고 있었다. 마치 터뜨릴 작정하고 고무풍선을 불듯이. 자신이 고무풍선이 된 것처럼 파멸 직전의 고통과 절정의 쾌감을 동시에 느끼고 있
폭력적인 행동으로 시어머니에게 증오심을 표출한 것에 대한 이중적 심리
었다. 별안간 아찔하면서 온몸에서 힘이 쭉 빠졌다. 그런 중에도 나는 냉혹한 미소
자신을 효부로 보는 사람들에 대한 냉소
를 잃지 않았다. 이래도 나를 효부라고 할 테냐고 묻고 싶었다.
'나'를 효부로 보는 사람들에 대한 반발심

그날 이후 나는 몸져누웠다. 파출부도 다시는 우리 집에 오지 않았다. 몸살에 신
시어머니를 목욕시키며 증오심을 표출한 날
경 안정제의 후유증까지 겹쳐 정신과 치료까지 받지 않으면 안 되었다.
'그날' 이후 '나'의 건강이 이전보다 악화됨

▶ '나'가 시어머니를 목욕시키며 파출부 앞에서 증오심을 드러냄

• '절망적인 쾌감'의 의미

| | |
|---|---|
| 절망적 | 효부인 척하는 위선에서 벗어나기 위해서는 시어머니에 대한 증오와 분노라는 부정적 감정을 드러내야 함 |
| 쾌감 | 괴로움을 속으로 참으며 주변 사람들에게 효부인 척하는 위선에서 벗어날 때 느끼는 해방감 |

• '목욕'의 기능

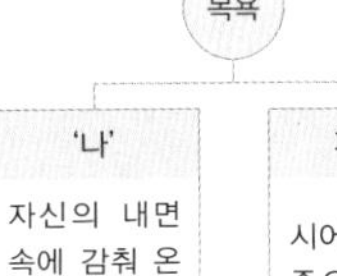


| '나' | 파출부 |
|---|---|
| 자신의 내면 속에 감춰 온 시어머니에 대한 증오심을 표출하는 수단 | 시어머니에게 증오심을 품고 있던 '나'의 실체를 알게 되는 계기 |

장면 포인트 3 주목

- 해당 장면은 남편과 함께 시어머니를 맡아 줄 수용 기관을 보러 가던 '나'가 초가지붕에 걸려 있는 박을 보고 시어머니가 태어날 아이들을 위해 준비했던 해산 바가지를 떠올리는 부분이다.
- 아이의 성별에 관계없이 정성껏 해산바라지를 하는 시어머니의 모습에 주목하여 '나'의 심리 변화와 갈등 해소가 나타나는 과정을 파악하도록 한다.

남편이 좌판에 털썩 주저앉았다. 그러고 주인도 찾지 않고 막걸리 병마개를 비틀었다. 등허리뿐 아니라 이마에도 번드르르 땀이 배어 있었다. 서늘한 미풍이 숲을 이루다시피 한 길가의 코스모스를 잠시도 가만 놔두지 않았다. 색색 가지 꽃이 오색의 나비 떼처럼 하늘댔다. 쾌적한 날씨였다. 그런데도 우린 둘 다 달군 프라이팬에 들볶이고 있는 것처럼 안절부절못했다. 막걸리를 병째 마시는 그가 조금도 호방해 보이지 않고 조바심만이 더욱 드러나 보이는 걸 나는 쓰라린 마음으로 곁눈질했다.

불편함, 긴장감 때문

부부의 심정과 가을 날씨를 대조적으로 나타냄 – 인물들의 불편하고 긴장된 심리 부각

어머니를 시설에 보내야 하는 남편과 그러한 남편을 바라보는 '나'의 심정이 모두 불편함

주목

"라면이라도 하나 끓여 달랠까요?"

시어머니 문제로 남편과 불편한 상황이 되자 이를 누그러뜨리기 위해 '나'가 남편에게 한 말

"당신 시장하오?"

"아뇨, 당신 술안주 하게요."

"안주는 무슨……."

어머니 문제로 안주 먹을 기분이 나지 않음

나는 주인을 찾아 가게터 뒤로 돌아갔다. 좀 떨어진 데 초가가 보였다. 초가지붕 위엔 방금 떠오른 보름달처럼 풍만하고 잘생긴 박이 서너 덩이 의젓하게 자리 잡고 있었다.

과거 시어머니가 준비했던 해산 바가지를 떠올리게 함 – 과거 회상의 매개체

"여보, 저 박 좀 봐요. 해산 바가지 했으면 좋겠네."

초가지붕 위의 박을 통해 해산 바가지를 떠올림. '박'은 시어머니로 인한 '나'의 내적 갈등을 해소하는 매개체가 됨

나는 생뚱한 소리로 환성을 질렀다.

"해산 바가지?"

남편이 멍청하게 물었다.

"그래요. 해산 바가지요."

실로 오래간만에 기쁨과 평화와 삶에 대한 믿음이 샘물처럼 괴어 오는 걸 느꼈다.

과거 회상

해산 바가지를 통해 생명을 소중하게 여겼던 시어머니의 모습을 떠올렸기 때문에

내가 첫애를 뱄을 때 시어머님은 해산달을 짚어 보고 섣달이구나, 좋을 때다, 곧 해가 길어지면서 기저귀가 잘 마를 테니, 하시더니 그해 가을 일부러 사람을 시켜 시골에 가서 해산 바가지를 구해 오게 했다.

아이를 낳을 달

새로운 생명을 맞이하기 위해 준비해 두는 그릇. 새 생명에 대한 시어머니의 사랑을 떠올리게 하는 대상 – 갈등 해소의 매개체

"잘생기고, 여물게 굳고, 정한 데서 자란 햇바가지여야 하네. 첫 손자 첫국밥 지을 미역 빨고 쌀 씻을 소중한 바가지니까."

손주의 탄생을 경건하게 준비하는 시어머니의 모습

이러면서 후한 값까지 미리 쳐주는 것이었다. 그럴 때의 그분은 너무 경건해 보여 나도 덩달아서 아기를 가졌다는 데 대한 경건한 기쁨을 느꼈었다. 이윽고 정말 잘 굳고 잘생기고 정갈한 두 짝의 바가지가 당도했고, 시어머니는 그걸 신령한 물건인 양 선반 위에 고이 모셔 놓았다. 또 손수 장에 나가 보얀 젖빛 사발도 한 쌍을 사다

새 생명을 맞이하는 시어머니의 경건한 태도가 '나'에게 긍정적 영향을 미침

생명 탄생을 맞이하는 정성

감상 포인트

'해산 바가지'의 의미와 역할을 작품의 주제와 연관 지어 파악한다.

작품 분석 노트

- 치매에 걸린 시어머니를 보낼 수용 기관으로 가는 '나'와 남편의 심리

| 남편 | '나' |
|---|---|
| 땀을 흘리며 막걸리를 병째 마시고 안주도 거절함 | 남편의 모습을 곁눈질하며 술안주라도 챙겨 주려고 함 |

↓

- 치매 노인을 시설로 보내는 것과 관련한 불편한 마음
- 서로의 눈치를 보며 느끼는 긴장감

가 선반에 얹어 두었다. 그건 해산 사발이라고 했다.

▶ '나'는 남편과 함께 시어머니를 맡길 시설을 찾아가다 박을 보고 해산 바가지를 떠올림

나는 내가 낳은 첫아기가 딸이라는 걸 알자 속으로 약간 켕겼다. 외아들을 둔 시어머니가 흔히 그렇듯이 그분도 아들을 기다렸음 직하고 더구나 그분의 남다른 엄숙한 해산 준비는 대를 이를 손자를 위해서나 어울림 직했기 때문이다. 그러나 퇴원한 나를 맞아들이는 그분에게서 섭섭한 티 따위는 조금도 찾아볼 수 없었다. 그 잘생긴 해산 바가지로 미역 빨고 쌀 씻어 두 개의 해산 사발에 밥 따로 국 따로 퍼다가 내 머리맡에 놓더니 정성껏 산모의 건강과 아기의 명과 복을 비는 것이었다.「그런 그분의 모습이 어찌나 진지하고 아름답던지, 비로소 내가 엄마 됐음에 황홀한 기쁨을 느낄 수가 있었고, 내 아기가 장차 무엇이 될지는 몰라도 착하게 자라리라는 것 하나만은 믿어도 될 것 같은 확신이 생겼다.」 대문에 인줄을 걸고 부정을 기(忌)하는 삼칠일 동안이 끝나자 해산 바가지는 정결하게 말려서 다시 선반 위로 올라갔다. 다음 해산 때 쓰기 위해서였다. 다음에도 또 딸이었지만 그 희색이 만면하고도 경건한 의식은 조금도 생략되거나 소홀해지지 않았다. 다음에도 딸이었고 그다음에도 딸이었다. 네 번째 딸을 낳고는 병원에서 밤새도록 울었다.「의사나 간호사까지 나를 동정했고 나는 무엇보다도 시어머니의 그 경건한 의식을 받을 면목이 없어서 눈물이 났다.」 그러나 그분은 여전히 희색이 만면했고 경건했다. 다음에 아들을 낳았을 때도 더도 아니고 덜도 아닌 똑같은 영접을 받았을 뿐이었다. 그분은 어디서 배운 바 없이, 또 스스로 노력한 바 없이도 저절로 인간의 생명을 어떻게 대접해야 하는지를 알고 있는 분이었다. 그분이 아직 살아 있지 않은가. 그분의 여생도 거기 합당한 대우를 받아 마땅했다. 나는 하마터면 큰일을 저지를 뻔했다. 그분의 망가진 정신, 노추한 육체만 보았지 한때 얼마나 아름다운 정신이 깃들었었나를 잊고 있었던 것이다. 비록 지금 빈 그릇이 되었다 해도 사이비 기도원 같은 데 맡겨 있지도 않은 마귀를 내쫓게 하는 수모와 학대를 당하게 할 수는 없는 일이었다.

> 남아 선호 사상이 강했던 당시의 상황에서 시어머니가 경건하게 손주 맞을 준비를 했기 때문에 딸을 낳은 것에 마음이 불편함
> '나'의 예상과 달리 딸을 낳았음에도 정성스레 해산구완을 해 준 시어머니. 아들과 딸을 차별하지 않는 시어머니의 태도가 나타남
> 「 」: 아들과 딸을 차별하지 않는 시어머니의 모습에 기쁨을 느끼는 '나'
> 아이가 태어난 후 스무하루 동안 아이에게 해가 되지 않도록 인줄을 달아 외부인의 출입을 금하던 풍속
> 해산 바가지, 해산 사발을 사용하며 산모의 건강과 아이의 명과 복을 비는 일
> 「 」: 사랑으로 경건하게 아이를 받아 주시는 시어머니께 아들을 낳아 드리지 못한 죄스러움을 느낌
> 딸과 아들을 구별하지 않는 시어머니의 모습 – 생명 그 자체를 소중히 여기는 마음
> 생명 자체를 소중히 여긴 시어머니 역시 소중한 대우를 받아야 한다는 생각이 듦 → 시어머니를 수용 기관에 보내려던 마음을 바꾸게 됨
> 늙고 추한
> 아들, 딸의 구별 없이 생명을 존중하는 정신
> 치매에 걸려 이지를 상실한 시어머니를 비유함
> 겉은 노인 요양 시설이나 실제로는 문제가 많음

▶ 생명을 경건하게 대하던 시어머니의 모습을 떠올리고 시어머니를 집에서 모시기로 함

나는 남편이 막걸릿병을 다 비우기도 전에 길을 재촉해 오던 길을 되돌아섰다. 암자 쪽을 등진 남편은 더 이상 땀을 흘리지 않았다. 시어머님은 그 후에도 삼 년을 더 살고 돌아가셨지만 그동안 힘이 덜 들었단 얘기는 아니다. 그분의 망령은 여전히 해괴하고 새록새록해서 감당하기 힘들었지만 나는 효부인 척 위선을 떨지 않음으로써 조금은 숨구멍을 만들 수가 있었다.「너무 속상할 때는 아이들이나 이웃 사람의 눈치 볼 것 없이 큰 소리로 분풀이도 했고 목욕시키거나 옷 갈아입힐 때는 아프지 않을 만큼 거칠게 다루기도 했다. 너무했다 뉘우쳐지면 즉각 애정 표시에도 인색하지 않았다.」

> 시어머니를 수용 기관에 맡기지 않고 직접 모시기로 결정함
> 어머니를 수용 기관에 보내는 것에 불편해하던 남편의 마음이 풀림
> 치매에 걸린 시어머니의 행동
> 시어머니의 간병이 힘들 때는 힘들다고 표현을 함 → 자신의 감정에 솔직해짐
> 「 」: 효부인 척 위선으로 시어머니를 대하지 않고 진심으로 대하기 시작함

▶ 시어머니를 다시 집에서 모시면서 '나'는 자신의 감정에 솔직해짐

• '해산 바가지'의 기능과 의미

| 과거 회상의 매개체 |
|---|
| '나'는 시어머니를 보낼 수용 기관을 살펴보러 가는 길에 초가지붕에 놓인 잘생긴 박을 보면서 해산 바가지를 떠올리고 시어머니의 예전 모습을 회상함 |
| **갈등 해소의 매개체** |
| '나'는 해산 바가지를 통해 손주의 탄생을 경건하게 준비했던 시어머니의 생명 존중 의식을 깨닫고, 시어머니를 임종 때까지 모시기로 함 |

↓

남녀를 차별하지 않는 생명 존중의 상징

## 핵심 포인트 1 서사 구조에 대한 이해

이 작품은 며느리에게 아들 낳기를 강권하는 '나'의 친구의 이야기와 아이의 성별에 관계없이 정성껏 해산바라지를 했던 '나'의 시어머니의 이야기로 구성되어 있으므로, 이를 바탕으로 사건의 전개를 파악할 수 있어야 한다.

**작품의 서사 구조**

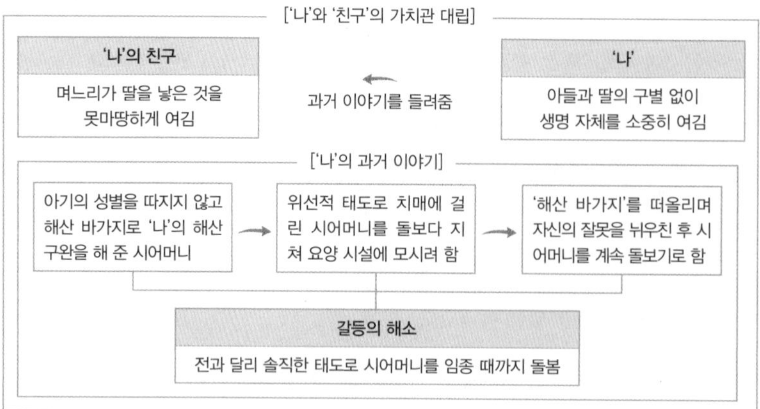


## 핵심 포인트 2 소재의 의미와 기능 파악

이 작품의 제목이자 중심 소재인 '해산 바가지'의 의미와 사건 전개에서의 역할을 파악할 수 있어야 한다.

**'해산 바가지'의 역할**

**'나'의 회상**

- 시어머니를 보낼 수용 기관을 보러 가는 길에 초가지붕의 '박'을 보고 시어머니의 '해산 바가지'를 떠올림
- 아이의 성별과 무관하게 정성껏 해산구완을 했던 시어머니의 모습을 생각함

→

**'나'의 깨달음**

- 시어머니는 생명을 그 자체로 소중하게 여긴 분이었음
- 시어머니 역시 여생 동안 합당한 대우를 받아야 함
- 시어머니를 수용 기관에 보내는 잘못된 일을 저지를 뻔하였음

**해산 바가지**

과거 회상 및 사건 전환, 갈등 해소의 매개체

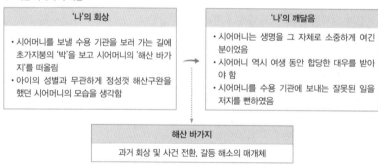

## 핵심 포인트 3 외적 준거에 따른 감상

이 작품은 '남아 선호 사상'과 '치매 노인 부양'이라는 사회적 문제를 다루고 있다. 따라서 이에 대한 외적 준거를 바탕으로 작품을 해석하고, 작품의 주제 의식과 관련하여 문제에 대한 해결 방안을 모색할 수 있어야 한다.

**작품 속 사회 문제와 해결 방안**

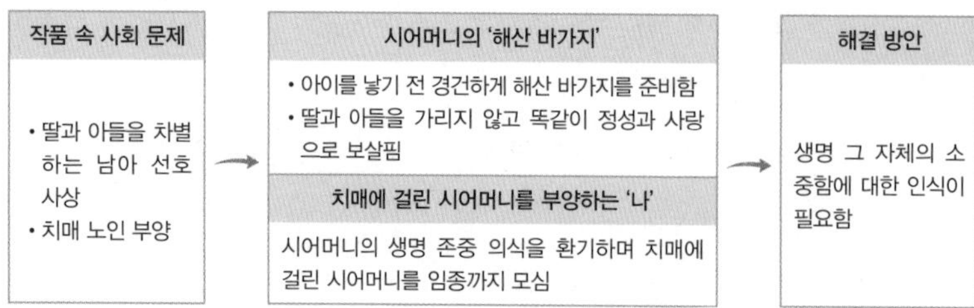


### 작품 한눈에

• 해제

〈해산 바가지〉는 시어머니의 치매 문제로 갈등을 겪던 주인공 '나'가 생명 존중을 몸소 실천하여 보여 준 과거의 시어머니를 회상함으로써 갈등을 해소하는 이야기를 그린 소설이다. 남아 선호 사상이 팽배했던 1980년대를 배경으로 하는 이 작품은, 딸을 출산한 며느리를 질타하는 '나'의 친구의 이야기로 시작해 치매에 걸린 시어머니를 부양하며 갈등을 겪었던 과거의 '나'의 이야기로 맺어진다. 치매에 걸린 시어머니를 돌보며 심신이 지쳐 가던 '나'는 과거에 아들인지 딸인지 상관없이 새 생명을 경건하게 맞이했던 시어머니의 모습을 회상하며 자신을 성찰한다. 생명은 그 자체로 소중하다는 '나'의 깨달음을 통해 남아 선호 사상과 치매 노인 부양과 같은 사회 문제에 대해 긍정적인 해결 방향을 제시하는 작품이라고 볼 수 있다.

• 제목 〈해산 바가지〉의 의미

– 박으로 만든 바가지로, '나'의 시어머니가 손주의 성별과 상관없이 정성껏 해산구완을 할 때 사용한 것

이 작품 속 '해산 바가지'는 치매에 걸린 시어머니 부양을 포기하려던 '나'에게 과거 새 생명을 경건하게 맞이하던 시어머니의 모습을 떠올리게 하여 '나'가 시어머니를 계속 돌볼 것을 결심하도록 하는 계기로 작용한다. 즉 '해산 바가지'는 시어머니로부터 '나'에게 이어지는 생명 존중 의식의 상징이다.

• 주제

남아 선호 사상에 대한 비판과 생명 존중 사상

**전체 줄거리**

'나'는 늘 당당하고 쾌활하던 친구의 며느리가 둘째도 딸을 낳고 흐느끼며 우는 모습과 지금 남의 집 대를 끊어 놓겠다는 것이냐며 며느리를 심하게 나무라는 친구의 모습을 본다. 그리고 친구에게 자기 이야기를 들려주기로 마음먹는다. '나'는 외아들인 남자와 결혼하여 별다른 시집살이 없이 다섯 아이를 낳고 시어머니의 도움을 받아 길렀다. '나'는 딸 넷을 낳고 막내아들을 낳았지만 시어머니는 남녀 구분 없이 정성껏 해산 구완을 해 줄 뿐이었다. 시간이 흘러 시어머니가 치매를 앓게 되었다. '나'는 시어머니의 이해할 수 없는 행동에 지쳐 갔고 그녀의 죽음을 바라는 지경에 이르렀다. 결국 남편과 시어머니를 맡길 시설을 찾으러 갔는데, 그 길에서 우연히 초가지붕 위의 박 덩이를 보고 시어머니가 '나'의 출산 때마다 해산 바가지를 구해 산후 뒷바라지를 해 준 일을 떠올렸다. 이후 '나'는 집으로 돌아와 더 이상 효부인 척 위선 떨지 않게 되면서 시어머니를 임종까지 마음을 다해 모신 후 보내 드렸다.

현대 소설 19

◇ 한 줄 평 72세 농촌 노인의 죽음을 통해 1990년대 농촌의 실상을 드러낸 작품

# 장곡리 고욤나무 이문구

## 장면 포인트 1

- 이 작품은 평생 농사만 짓다 스스로 목숨을 끊은 72세 노인 '기출'을 통해 1990년대 당시 농촌의 실상을 드러낸 소설이다.
- 해당 장면은 봉출이 기출의 장례식에 찾아가는 길에 평소와 달랐던 기출의 행동을 떠올리는 부분이다.
- 기출의 죽음이라는 사건에 주목하여 평소와 다른 기출의 행동에 대한 봉출의 반응을 파악하도록 한다.

[앞부분의 줄거리] 봉출 씨는 장곡리에 사는 사촌 형 기출 씨가 목을 매서 자살했다는 소식을 듣고 버스를 타고 장례식에 간다. 버스 안 사람들은 기출 씨가 왜 죽었는지 의아해하며 저마다 한마디씩 한다. (기출 씨의 자살 원인을 짐작함)

"참 그이는 엊그제까장두 멀쩡허던 이가 워째 느닷없이 시상을 그냥 싸게 놔 번졌대유?" (기출 씨의 갑작스런 죽음을 의아해함) / 공산짝에 솔껍데기 비어지듯이 삐쭉하고 불그러지면서 누구보다도 자주 나부대는 것이었다. (: 인물의 특징을 비유와 외양 묘사를 통해 나타냄)

"멀쩡은 해두 원판 뙤똥허게 살던 노인네였쥬." ('별나게'의 방언)

서서 가는 사람 중에 이마는 이마대로 주먹 하나가 튀어나오고, 뒤통수는 뒤통수대로 주먹 하나는 더 붙은 남북대가리가 그렇게 받아 주었다. (남북대가리: 머리가 앞뒤로 튀어나온 사람)

"깨묵 같은 소리 되게 허구 있네. 세상이 재밋성이 읎단 말을 장 입에다 달구 살던 인디 그게 뙤똥허게 산 게라나? 하나 보태기 하나는 둘, 둘 곱허기 둘은 닛, 해 가며 읎는 건건이루 있는 밥 축내는 새에 막운이 닥친 거지."

(깨묵: 깻묵. 기름을 짜고 남은 깨의 찌꺼기 / 깨묵 같은 소리: 말 같지 않은 소리 / 장: 늘, 항상 / 세상이 재밋성이 읎단 말을 장 입에다 달구 살던 인디: 세상에 대한 기출 씨의 인식을 드러냄 / 건건이: 변변치 않은 반찬. 또는 간략한 반찬)

봉출 씨 앞자리에서 오갈든 어깨에 비듬을 허옇게 얹고 가던 사내가 잔뜩 수리목 지른 목소리로 퉁바리를 주었다.

(오갈든: 오그라든 / 수리목 지른 목소리로: 방언으로 '쉰 목소리로 소리를 지른'이라는 뜻 / 퉁바리: 퉁명스러운 핀잔)

▶ 버스 승객들이 기출 씨의 죽음에 대해 이야기함

(중략)

기출이 형님이 손수 목을 매다니, 그것도 적지않이 일흔둘이나 된 나이에 새삼스럽게 사는 것이 재미가 없다고 스스로 세상을 놓다니, 봉출 씨는 생각이 그에 미칠 때마다 다만 어처구니없고 기가 막힐 뿐이었다. (기출 씨의 죽음에 대한 버스 승객들의 말을 들은 봉출 씨의 반응)

기출 씨네 이웃에 사는 조춘만이가 아침에 전화로 부음을 전할 때만 해도 봉출 씨는 당최 믿기지가 않아서 조춘만이가 해장술에 실성하여 말 같잖은 소리로 장난을 하는 줄만 알았었다.

(부음: 사람이 죽었다는 사실을 알리는 말이나 글 / 조춘만이가 ~ 알았었다: 사촌 형 기출 씨의 죽음이 갑작스러워 믿기지 않음)

"얼라, 아 그저께 밤에두 당신허구 하냥 젊은것덜 노는 디 가서 백구야 허구 자셨다던 분이 그게 워쩐 일이랴, 교통사고가 났다담유?"

믿기지 않기는 마누라도 마찬가지였을 것이다. 기출 씨를 대접하다가 주머니를 톡 털고 들어온 줄 알고 찌그렁이 붙는 바람에 새로 한 시가 넘도록 웬수니 악수니 하고 대판거리를 벌인 터였으니까.

(주머니를 톡 털고: 가진 돈을 다 쓰고 / 찌그렁이: 남에게 무턱대고 억지로 떼를 쓰는 짓 / 대판거리: 크게 차리거나 벌어진 판)

## 작품 분석 노트

- 사건의 발생과 주변의 반응

**사건**
장곡리에 사는 기출 씨(72세)의 자살

↓

**주변의 반응**
- 건강하던 기출 씨의 죽음에 대한 충격
- 갑작스러운 기출 씨의 죽음에 의아해하며 이유를 궁금해함

- 기출 씨의 죽음에 대한 봉출 씨의 반응

**버스 안 사람들의 생각**
버스 안 사람들이 갑작스런 기출 씨의 죽음의 원인에 대해 다양한 의견을 내놓는데, 결론은 사는 것이 재미가 없어서라는 것임

↓

**봉출 씨의 반응**
- 사촌 형인 기출 씨가 자살을 했다는 것도 믿기지 않지만, 72살이나 되는 노인이 새삼스럽게 사는 것이 재미가 없어서 죽었다는 것이 황당하고 어처구니가 없음
- 기출 씨가 했던 행동들을 떠올리며 기출 씨가 왜 자살이라는 극단적인 선택을 하게 되었는지 추적함

"당신이 택시 잡어 드리구 운전수헌티 차비까장 미리 줘 보냈더라메유."

봉출 씨 / 미처 생각하지 않았던 뜻밖에 닥쳐오는 불행

마누라는 불의의 횡액이 아닌 다음에야 그렇게 허무할 리가 없다는 거였다. 봉출 씨도 그랬으면 싶었다. 그러나 조춘만이의 말을 들으면 그것이 아니었다. 형수가 시내에서 보일러 대리점을 하는 작은아들네 집에 다니러 가서 묵어 오는 틈에 뒤꼍의 고욤나무에다 송아지 목사리를 걸어 일을 냈다는 것이었다. ▶ 기출 씨의 자살 소식을 들은 봉출 씨

봉출 씨의 아내가 기출 씨의 죽음이 교통사고 때문이라고 짐작하는 이유 / 기출 씨 부인 / 기출 씨의 죽음이 자살이 아닌 교통사고 때문이었으면 하는 마음 / 기출 씨의 아내가 집을 비운 사이에 / 집 뒤에 있는 뜰이나 마당 / 개나 소 따위의 짐승의 목에 두르는 굴레 / 자살을 했다는

이럴 줄 알았으면 그러지나 말 것을. 봉출 씨는 그저께 자기가 했던 말이 되살아 날수록 후회막급일 뿐이었다.

'성님은 때가 아까워서 워치기 이런 디를 다 오셨댜.'라며 구두쇠인 기출 씨가 목욕탕에 온 일을 두고 한 말

봉출 씨가 기출 씨를 만난 것은 그저께 다저녁때 시내의 목욕탕 안에서였다. 봉출 씨는 그날 풍년 농약사에 묵은 외상값을 지우러 나왔다가 농약사 주인이 가서 구경이나 하다 가라고 자꾸 따라붙는 통에 할 수 없이 동남 여관까지 따라가서 구둣방 신재일이, 안경점 하는 최충성이, 바르게살기운동협의회 지부장 강준원이 따위와 어울렸다가 외상값은 외상값대로 고스란히 뉘어 놓은 채 두 손 탁 털었고, 자기보다 먼저 떨어져서 물러앉아 양수거지하고 있던 사거리 서점 주인 양문재를 부추겨서 기분 전환차로 그 목욕탕을 찾았던 것이다. / 기출 씨는 한여름의 등멱 외에는 생전 목욕이 무엇인지도 모르던 터였으니만큼 그렇게 느닷없이 목욕탕에 발걸음을 한 것부터가 무엇이 씌어 댄 짓이었는지도 모를 일이었다.

저녁이 다 된 때 / 과거 회상 – 기출 씨가 자살하기 전 했던 이상한 행동들을 떠올림 / 갚으러 / 외상값을 갚지 못한 채 / 두 손을 마주 잡고 서 있음 / 바닥에 엎드려서 허리에서부터 목까지를 물로 씻는 일 / 죽음 전 기출 씨의 이상한 행동 ①

봉출 씨가 사촌 형인 기출 씨를 부르는 호칭 / 목욕탕

"업세, 성님은 때가 아까워서 워치기 이런 디를 다 오셨댜."

'어머'의 방언 / 구두쇠인 기출 씨가 평소와 달리 목욕탕을 온 것에 의아해함

하도 이상해서 그런 시답잖은 농을 다 건넸을 정도로 기출 씨는 본래 돈이라면 단돈 백 원 한 장에도 부르르 하던 구두쇠였다.

기출 씨의 성격을 직접적으로 제시함

"모처럼 이발을 했더니 똑 장화 신고 오바 입은 것 같아서 싸우나나 허구 갈까 해서 왔지." / 그러고 보니 머리도 시내 이발소에서 손을 본 머리였다.

서로 어울리지 않는 것을 비유함 / 죽음 전 기출 씨의 이상한 행동 ②

"면도사는 웬만허담유?" / 봉출 씨는 내친김에 한 번 더 떠보았다.

"생긴 게 똑 현철이 노래 같은디, 그냥 나왔더니 애번에 눈깔을 흰죽사발 허구 자빠졌데."

면도를 하지 않고 나왔더니

그러나 봉출 씨가 정작 놀란 것은 그다음이었다. 만지면 톡 하고 터질 것만 같은 그대 봉선화라 부르으으리, 하고 현철이 노래를 입속으로 흥얼거리고 있는데

비싼 양담배를 피우고 있는 것에 대한 놀라움

"이늠 한번 펴 볼려?"

기출 씨가 탕 속에 들어갈 생각은 않고 탈의장 걸상에 주저앉으면서 담배를 권하는데 말보로 담배였던 것이다. 봉출 씨는 사람이 않던 짓을 하기 시작하면 으레 얼마 못 가던데 하면서 기출 씨의 얼굴을 여겨보다가, 사위스럽게 이건 또 무슨 방정맞은 생각이냐 하고 얼른 눈을 돌렸지만, 속심에 걸쩍지근하던 구석만은 비누칠을 두 번 세 번 하고 나온 뒤에도 영 개운하지가 않았다. 기분을 홀가분하게 덜려고 왔다가 오히려 더쳐 놓은 느낌이기도 하였다. ▶ 평소와 다른 기출 씨를 이상하게 생각했던 봉출 씨

죽음 전 기출 씨의 이상한 행동 ③ – 구두쇠인 그가 비싼 양담배를 피움 / 기출 씨와 관련해 불길한 일이 일어날 것임을 암시함 / 마음에 불길한 느낌이 들고 꺼림칙하게 / 평소와 다른 기출 씨의 행동을 이상하게 생각함 / 언짢게 해

• 인물에 대한 이해 – 기출 씨

| 기출 씨 |
| --- |
| • 세상 사는 것이 재미없다고 평소에 말해 옴<br>• 목욕탕 같은 문물을 멀리하는 시골 노인임<br>• 돈이라면 백 원 한 장에도 벌벌 떠는 구두쇠임 |

• 평소와 다른 기출 씨의 행동 ①

| 기출 씨의 행동 |
| --- |
| • 목욕탕에 가 목욕을 함<br>• 시내 이발소에서 머리를 손봄<br>• 비싼 말보로 담배를 피움 |

↓

| 봉출 씨의 반응 |
| --- |
| 평소와 다른 기출 씨의 행동이 꺼림칙함 → 불길한 사건의 암시 |

 주목

• 해당 장면은 정부의 농촌 정책에 불만을 가지고 있었던 기출이 술집에서 경찰관들에게 억지를 부리는 부분이다.
• 농촌 정책에 대한 기출의 생각을 파악하고, 정부의 농촌 정책과 기출의 죽음이 어떤 관련이 있는지 이해하도록 한다.

주목 모르면 몰라도 오늘날 농촌에서 농사를 짓고 있는 농민이라면 아마 열에 일고여덟은 역시 같은 생각일 것이었다. (농민 대부분이 정부의 농촌 정책에 대해 기출 씨와 같은 생각일 것임)

기출 씨는 그동안 그만했으면 부동산 투기를 할 사람 투기할 것 다 하고, 졸부가 될 사람 졸부 될 것 다 된 뒤에야, (농지 이외의 땅은 값이 올라 부동산 투기로 졸부가 된 사람들이 많음) 농산물이나 농짓값은 하락이 곧 안정이라면서 없는 법까지 만들어서 농짓값을 하락시키고, (정책적으로 농지 가격을 하락시킴) 그리하여 자기처럼 손을 놓아야 할 나이(나이가 많이 듦. 고령)에 이르렀거나, 되도록이면 어서 처분하고 나가서 다른 방도를 찾아야 할 영세농들로 하여금 잘 받았댔자 그전의 반값이요, 보통은 반의반도 안 되는 헐값에 땅을 내놓게 한 농지 매매 증명제와 토지 거래 허가제를 (농지 거래를 어렵게 하여 결국 농짓값을 떨어뜨림) 두루 물어뜯은(모두 비판하고 난) 끝에 겨우 비치적거리고(몸을 한쪽으로 약간 비틀거리거나 가볍게 절룩거리고) 일어서면서

「"이 나쁜 늠덜."

하고 주먹으로 테이블을 내리쳤다.」(「」: 정부의 농촌 정책에 대한 강한 불만을 드러냄) 그것이 푸닥거리의 시초였다.(이후 술집에서 작은 소란이 일어날 것임을 알 수 있음) 왈그랑 퉁탕 맥주병이 넘어지고 술잔이 떨어지는 와중에 ▶ 정부의 농촌 정책에 대한 기출 씨의 불만

"뭐가 나쁜 늠덜이라는 거요?"

발끈하고 대거리하는(상대편에게 맞서서 대듦. 또는 그런 말이나 행동) 소리와 함께 기출 씨의 옆구리를 밀치는 손(경찰관의 손)이 있었다. 봉출 씨가 얼른 기출 씨를 부축하면서 여겨보니 그쪽은 두 사람이 일행인 모양인데, 경찰서 근처에 가면 흔히 왔다 갔다 하던 그런 종류의 얼굴들(경찰관을 가리킴)이었다. 두 사람이고 세 사람이고 심야 영업을 단속하러 나온 경찰관에게 찍자(괜한 트집을 잡으며 덤비는 짓을 속되게 이르는 말)를 부려 봤자 생기는 게 없을 것이 뻔한 데다, 「알고 보니 바닥에 떨어지는 술병을 잡아 주려고(경찰관의 선의의 의도) 서두른 탓에 팔꿈치가 기출 씨의 옆구리를 건드린 것이어서」(「」: 기출 씨의 오해로 인해 시비가 붙음) 애초에 따지고 자시고 할 건더기도 없는 일이었다. 그러나 기출 씨는 트집을 잡았다.

"이런 싸가지 읎는 늠, 늙은이 치는 거 보게, 이게 뭐허는 늠인디 시방 누구를 치는겨?"

"치긴 누가 누굴 쳐요, 아저씨가 테블을 쳤지."

경찰관은 잘해야 서른대여섯밖에 안 된 젊은이였으나 버릇이 되어서 그런지 대뜸 짜증 어린 말투로 퉁명(못마땅하거나 시답지 아니하여 불쑥 하는 말이나 태도가 무뚝뚝함)을 부렸다.

"그려, 테블은 내라쳤다. 왜 테블 점 치면 안 되겄네?「야 인마, 도시서는 자구 나면 억(億) 억 억 허구 애덜 입에서까장 억 소리가 나는디 촌에서는 왜 억 소리가 나면 안 된다는 거냐.(도시와 농촌의 빈부 격차에 대한 비판적 인식) 야 인마, 우덜두 그늠으 억 소리 점 들어 가며 살아 보자, 나쁜 늠덜 같으니라구. 야 인마, 하두 억 소리가 안 나와서 그늠으 억 소리 점 나오라구 탁 쳤어.」어쩔래, 지금 볼래, 두구 볼래?"

「」: 동음이의어 '억'을 통해 정부의 정책으로 인해 빈곤해진 농촌의 현실을 비판함

**작품 분석 노트**

• 작품에 반영된 농촌의 현실

| 농지 매매 증명제, 토지 거래 허가제 등의 정책 |
|---|
| 나이 많은 농부나 영세농들로 하여금 땅을 헐값에 내놓게 하여 농짓값을 하락시킴 |

↓

| 부당한 정책에 대한 농민들의 불만이 커짐 |
|---|

• 동음이의어를 활용한 기출 씨의 불만 표출

| 억(億) | 억 |
|---|---|
| 만(萬)의 만 배가 되는 수(돈의 액수) | 갑자기 몹시 놀라거나 쓰러질 때 내는 소리 |

| 동음이의어를 활용하여 도시와 농촌 간의 격차를 가중한 정부의 정책을 비판하며 테이블을 친 자신의 행동이 정당한 것임을 드러냄 |
|---|

"아따, 애덜마냥 그 말 같잖은 말씀 좀 웬만치 허시랑께는."

봉출 씨가 핀잔을 하며 기출 씨의 겨드랑이를 끼고 나오는데

"우덜두 바쁘닝께 아저씨덜두 어여 가 보세유."

하며 경찰관이 기출 씨의 등을 밀었다.
기출 씨를 친 것이 아니라 어서 가라는 뜻에서 등을 민 것임

"야 인마, 비겁하게 사람을 뒤에서 쳐?"
현실에 대한 불만으로 인해 계속해서 억지를 부리는 기출 씨

기출 씨는 또 등을 쳤다고 억지를 썼다.

"친 게 아니라 민 거구유, 또 내가 아저씨를 민 게 아니라 법이 민 거예유. 그러잖어두 걸프만 즌쟁으루 비상이 걸린 판인디, 아저씨 같은 노인네덜까지 밤늦도록 이러시면 어쩌자는 겁니까. 날두 찬디 살펴 가세유."
경찰관으로서 한 행동임을 밝힘
1991년에 미국 등 다국적군과 이라크 사이에 벌어진 전쟁

경찰관은 웃는 얼굴로 한 말이었으나 기출 씨는 그전 같지 않고 기어이 오기를 부렸다. 기출 씨는 봉출 씨가 막을 새도 없이 몸을 휙 돌리며 한 손으로 경찰관의 어깨를 힘껏 쥐어지르더니
죽음 전 기출 씨의 이상한 행동 ④

"야 인마, 이건 인간 이기출이가 자네를 친 게 아니라, 장곡리 농민 이기출이가 법을 친 거여, 알겄네?"
'법이 민 거'라는 경찰관의 말을 빈정거리며 한 개인으로서가 아니라 농촌 정책에 불만을 가진 농민으로서 한 행동이라고 자신을 변호함

"알겄슈."

두 경찰관이 저희끼리 마주 보고 웃어넘기는 바람에 푸닥거리는 그만해서 그쳤으나, 봉출 씨는 매끼가 풀어지고 사개가 물러난 듯한 기출 씨의 심상치 않은 변모에 일말의 불안감을 떨쳐 버릴 수가 없었던 것이다. 그리고 그것이 기출 씨를 본 마지막 모습이기도 하였다.
곡식 따위를 묶을 때 쓰는 새끼나 끈
상자 따위의 모퉁이를 끼워 맞추기 위하여 서로 맞물리는 끝을 들쭉날쭉하게 파낸 부분. 또는 그런 짜임새
평소와 다른 기출 씨의 행동에 불안감을 느낌

▶ 경찰관들에게 억지를 부리던 기출 씨

**감상 포인트**
기출 씨와 경찰관들 간 갈등을 통해 농촌 현실에 대한 기출 씨의 태도를 파악한다.

• 평소와 다른 기출 씨의 행동 ②

| 기출 씨의 행동 |
| --- |
| 자신이 경찰관을 오해했음에도 시비를 걸고 계속 오기를 부림 |

↓

| 봉출 씨의 반응 |
| --- |
| 기출 씨의 변화가 심상치 않다고 생각하며 불안감을 느낌 |

## 장면 포인트 3 주목

- 해당 장면은 기출의 집에 간 봉출이 형수에게 유산부터 챙기는 기출의 자식들의 행태에 대해 들은 후 뒤꼍의 고욤나무를 베려다 기출의 모습을 떠올리는 부분이다.
- 인물 간 갈등 양상에 주목하여 기출의 죽음의 원인을 파악하도록 한다.

[앞부분의 줄거리] 사촌 형 기출 씨의 집에 도착한 봉출 씨는 미끈하게 뻗은 고욤나무를 보고 진저리를 친다(기출 씨가 고욤나무에 목을 매어 죽었기 때문임). 기출 씨가 자살을 한 터라 상갓집에는 윷판이나 화투장을 떼는 모습은 보이지 않는다(익상인 탓에 적막한 상갓집의 모습). 봉출 씨는 형수와 이야기를 나눈다.

주목

"즤(기출 씨) 아베 부고(사람의 죽음을 알림. 또는 그런 글) 받구 온 것덜이 들어단짝(들어오자마자 대뜸)으로 농이구 서랍이구(장롱) 들들 뒤며 논문서 밭문서버텀 밝히러 드니(아버지의 갑작스런 죽음에도 유산부터 챙기려 하는 이기적이고 몰인정한 자식들의 모습)…… 하두 기가 맥혀서 머리 풀 새두 읎이(아내로서 장례를 준비할 틈도 없이) 문서랑 통장이랑 챙겨설낭 작은서방님게다 맽겨 놨구먼유."

"장례 모시구 나면 바루 시끄럽겄는디(기출 씨의 유산 상속 문제로 다툼이 있을 것임)."

"시끄럽구말구두 읎슈, 나두 다 생각이 있으닝께유."

하더니 형수(기출 씨의 부인)는 음성을 한결 낮추면서(비밀스럽게)

"저것들이 시방 즤 아버지가 빚이 월만지 몰러서 지랄덜이거던유. 단협(단위(지역) 농협)에 자빠져 있는 것만두 그럭저럭 팔백만 원 돈인디, 즤 아베 내다 묻구 나면 불러 앉히구서 이럴라구 그류, 늬덜이 늬 아버지 재산을 일대일씩 노나 갖구 싶걸랑 늬덜이 먼저 이렇게 해 봐라, 시방 늬 아베 빚이 암만이구 암만이다, 그러니 늬덜버터 늬 아베 빚을 일대일씩 노나서 갚어 줘 봐라, 한번 이래 볼튜(유산을 받기 전 아버지 기출 씨의 빚부터 갚으라고 할 계획임)."

"잘 생각허셨슈."

봉출 씨는 상제들(가족이 죽어 장례를 치르는 사람)에게 잘코사니라(미운 사람의 불행을 고소하게 여길 때 쓰는 말) 싶은 생각이 들어서 기분이 한결 가벼워졌다. 형수는 말을 이었다.

"아마 펄쩍 뛰구 모르쇠 허겄지유, 그러구서 나 죽는 날만 지달릴 테지유. 그이가 생전에 장 허던 말이, 시상에서 기중 못난 늠은 저 죽어서 새끼덜헌티 재산 물려주려구 안 먹구 안 쓰구 가는 사람이라게 그게 다 뭔 소린가 했더니, 막상 자긔가 이렇게 되니께 나버터 당장 알어지너먼그류. 팔리는 대루 팔어서 내라두 죽기 전에 쓸 거나 쓰다가 가야 헐 텐디……(평생 구두쇠로 살다가 갑작스럽게 간 기출 씨의 죽음에 대한 허망함에서 한 말)."

"그럼유, 그러시야지유. 그런디 그동안 성님은 무슨 이상헌 말씀을 허신다든지, 무슨 이상헌 눈치를 뵈신다든지, 아줌니는 뭐 좀 느끼신 게 읎으셨던감유?(기출 씨의 자살 원인을 찾고 있는 봉출 씨)"

"글쎄유, 사는 게 재밋성이 읎다읎다 허는 소리(정부의 농촌 정책으로 인해 삶이 피폐해진 것에서 하는 말)야 전버텀 장 허던 소리구, 이럴라구 그랬는지 생일날 애덜이 댕겨간 댐이버터(기출 씨의 행동이 변하게 된 계기 – 효근의 사업 자금 부탁) 댐배를 솔 담배두 애껴 피던 이가 양담배루 바꿔서 보루루 사다 놓구 피구, 술두 쇠주뱁이 모르던 이가 맥주만 자시려 들구, 시내에 나갔다 허면 꼭 택시루 들어오구, 땅이 안 팔링께 단협에서 대출을 해다가 그러구 풍덩그렸는디(물 쓰듯이 하는 모양을 뜻하는 말)(기출 씨가 평소에 하지 않던 행동), 생전 않던 짓을 헌다 싶기는 했지만(봉출 씨가 기출 씨가 죽기 전 만났을 때 느낀 것과 비슷함)…… 그러구서

### 작품 분석 노트

- 기출 씨 사후 가족들의 태도

| 기출 씨의 자식들 |
|---|
| 부고를 받고 집에 오자마자 집을 뒤지며 논밭 문서를 찾음 |
| 아버지의 죽음을 슬퍼하기보다 유산부터 먼저 챙기려는 이기적인 모습 |

↕

| 기출 씨 부인 |
|---|
| • 자식들의 행동에 기가 막혀서 장례를 준비하기 전에 문서와 통장을 시동생에게 맡겨 놓음<br>• 유산 상속 문제로 다툼이 일어날 것을 예상하고 기출 씨가 진 빚부터 갚으라고 할 생각임 |
| 이기적인 자식들을 괘씸하게 생각하면서 유산을 받으려면 책임도 져야 함을 일깨워 주려 함 |

- 평소와 다른 기출 씨의 행동 ③

| 기출 씨의 행동 |
|---|
| • 양담배를 보루로 사 놓고 피움<br>• 맥주만 마시려고 함<br>• 택시를 자주 이용함<br>• 대출까지 해서 돈을 씀 |

↕

| 기출 씨 부인의 반응 |
|---|
| 생전 안 하던 행동을 한다고 생각함 → 죽기 얼마 전 봉출 씨와 만났을 때 기출 씨가 했던 행동이 평소와 달랐던 것과 같은 맥락 |

딴 사건은 읎었지유."

"사건이야 성님이 이렇게 되셨다는 게 바루 사건이지, 이버덤 더헌 사건이 워디 또 있겄슈."

▶ 기출 씨 부인에게 듣는 기출 씨의 모습

봉출 씨는 형수를 보고 나오는 길로 톱을 찾아서 뒤꼍으로 갔다. (고욤나무를 베기 위해) 기출 씨가 송아지 목사리를 걸었음 직한 곁가지부터 치고 볼 작정으로 이리저리 살펴보고 있자니, 문득 지난 정월 초이렛날 기출 씨가 큰아들하고 큰소리를 낸 끝에 북창문을 열고 하던 말이 불현듯이 떠올랐다. (기출 씨가 자신의 생일날 사업 자금을 위해 땅을 팔자는 큰아들 효근과 언쟁을 벌였던 일을 회상함)

「"두구 보니께 이 고욤나무(늙어 쓸데없어진 기출 씨와 닮음)만이나 쓸다리읎는 나무두 드물레그려. 과일나문가 허면 그게 아니구, 그게 아닌가 허면 그것두 아니구…… 어린것 같으면 감나무 접목허는 대목으루나 쓴다건만, 그두 저두 아니게 늙혀 노니께 까치나 꾀들어서 시끄럽지 천상 불땔감이더먼."」

「 」: 봉출 씨가 기억하는 기출 씨의 말 – 쓸모가 별로 없는 고욤나무를 통해 자신과 농민의 현실을 드러냄

**감상 포인트**
인물 간 갈등을 통해 '고욤나무'의 의미와 기출 씨의 죽음의 원인을 파악한다.

봉출 씨는 톱을 대려다가 놓고 담배를 붙여 물었다. (고욤나무가 기출 씨처럼 느껴져서 벨 수 없음)

기출 씨가 생일날조차 구순하게(서로 사귀거나 지내는 데 사이가 좋아 화목하게) 넘기지 못한 것도 땅이 안 팔린(농촌 정책의 결과) 탓이었다.

아침상을 물리기가 바쁘게

"솔직히 말씀드려서유 지가 저번에 그 말씀을 드린 것두유, 솔직히 지가 예비 상속자(아버지가 죽으면 자신이 유산을 받는 상속자임을 근거로 기출 씨에게 사업 자금을 받으려 함)닝께 그 자격으루다가 말씀을 드린(땅을 팔아 자신의 사업 자금으로 쓰자는 것) 거예유."

하고 먼저 말을 꺼낸 것은 효근(기출 씨의 아들)이었다.

기출 씨는 욱하고 북받치는 울뚝성(참지 못하고 성을 잘 내는 성격. 또는 그런 짓)을 삭이느라고 효근이를 찢어지게 흘겨보더니

"너 내 앞에서 대이구 사업 자금 해 쌓는디, 그것두 내 보기에는 난봉쟁이(허랑방탕한 짓을 일삼는 사람) 거울 들여다보기여.(아들 효근이 하는 일에 대한 믿음이 없음) 「어려서버터 일만 보면 미서워 미서워 허던 늠이 이 애비가 마디마디 뼛소리가 나도록 일을 해서 그만치 해 노니께는, 이제 와서 그 땅을 팔어서 사업 자금이나 협시다…… 못 헌다.」 농사는 수고구 사업은 수단인디, 수고가 뭔지두 모르는 것이 수단은 워디서 나와서 사업을 혀?('수고'의 가치를 아는 것이 중요하다는 인식) 맨손으루 나간 늠은 나가서 손에 쥐는 것이 있어두, 논 팔구 밭 팔아서 나간 늠은 넘덜 되듯이 되는 것두 못 봤거니와,(집안에 손 벌리지 않고 나간 자식은 돈을 벌기도 하지만 집안의 돈을 들고 나가 사업에 성공한 사람은 드묾) 뭐? 개같이 벌어두 정승같이 쓰기만 허면 되여?(과거 효근이 한 말(속담)을 언급하며 천한 일이라도 해서 돈을 벌어 떵떵거리고 살면 된다고 생각하는 효근에 대한 불만을 드러냄) 니가 그따우 정신머리를 뜯어고치지 못허는 한은, 땅이 아침 먹다 팔려 즘슨 먹다 잔금을 받더래두(땅 매매가 일사천리로 이루어져도) 지나가는 으덩박씨('거지'의 방언)는 줄망정 너 같은 늠헌티는 못 줘, 못 주구말구. 대법원장이 주라구 해두 못 줘 이늠아."

「 」: 기출 씨는 어려서부터 농사일을 돕지 않고 싫어했던 효근의 행실을 언급하며 사업 자금을 줄 수 없다고 함

▶ 땅을 팔자고 하는 아들 효근과 기출 씨의 다툼

• '고욤나무'의 의미

| 고욤나무 |
|---|
| • 과일나무도 아니고 과일나무가 아닌 것도 아님<br>• 어린것은 감나무 접목하는 데 쓰이지만 늙으면 땔감으로나 쓰이는 등 쓸데가 별로 없음 |

↓

• 정부 정책으로 인해 피폐해진 기출 씨 또는 농민들의 삶을 상징함
• 평생 농사지은 땅의 가치를 존중받지 못하고 자식과 갈등을 빚은 기출 씨의 처지를 상징함

• 기출 씨와 아들 효근 간 갈등

| 효근 |
|---|
| 예비 상속자라고 스스로 칭함 |

↓

땅을 팔아 자신의 사업 자금으로 달라고 함

↕

| 기출 |
|---|
| • 효근의 평소 행실이 나빠서 신뢰할 수 없음<br>• 집안의 돈으로 성공한 사람은 보지 못했음<br>• 개같이 벌어도 정승같이 쓰면 그만이라는 효근의 가치관은 잘못된 것임 |

↓

땅을 팔아 사업 자금으로 줄 수 없음

## 핵심 포인트 1 인물의 성격과 태도 파악 / 소재의 의미와 기능 파악

이 작품은 고욤나무에서 죽음을 맞이한 '기출 씨'에 대한 이야기이다. 따라서 기출 씨가 죽음을 선택한 이유에 주목하여 '기출 씨'와 '고욤나무'와의 연관성을 파악할 수 있어야 한다.

**'기출 씨'와 고욤나무**

| 기출 씨 | | 고욤나무 |
|---|---|---|
| • 구두쇠로 살아갈 만큼 삶이 변변하지 않음<br>• 72세의 노인으로 늙어 농사를 짓기가 힘들어짐<br>• 사업 자금을 위해 땅을 팔아 달라는 아들의 성화, 부당한 농촌 정책으로 삶의 허무함을 느낌 | = | • 과일나무도 아니고, 과일나무가 아닌 것도 아님<br>• 어린 나무는 감나무 접목할 때 쓰지만, 늙으면 불땔감으로나 쓰임 |
| ↓ | | ↓ |
| 삶의 의미를 잃고 자살함 | | 별 쓸데도 없이 나중에 베어짐 |

## 핵심 포인트 2 작품의 종합적 이해

이 작품은 '기출 씨'의 삶을 통해 피폐해진 농촌의 실상을 드러내고 있다. 따라서 이러한 주제를 형상화하기 위한 서술상 특징이나 갈등 양상 등을 종합적으로 파악할 수 있어야 한다.

**작품의 특징**

| | |
|---|---|
| 초점 화자 | 전지적 시점이지만 사촌 동생 '봉출 씨'의 시선에서 주인공 '기출 씨'의 삶의 모습을 서술함 |
| 역전적 구성 | 기출 씨의 죽음의 원인을 찾으며 봉출 씨가 기출 씨의 과거 모습을 회상함 |
| 객관적 서술 | 죽은 '기출 씨'의 이야기를 봉출 씨가 비교적 담담하게 전달함 |
| 일상적 소재 | '버스', '목욕탕', '담배' 등의 일상적 소재들을 사용하여 작중 상황이 우리 주변에 존재하는 듯한 현실감과 친근감을 줌 |
| 향토적 어휘 | 특정 지역에서 사용되는 방언을 구사하여 생생한 현장감을 더함 |
| 풍자 | 돈의 액수인 '억(億)'과 비명 소리인 '억'과 같은 동음이의어나 '이건 인간 이기출이가 자네를 친 게 아니라, 장곡리 농민 이기출이가 법을 친 거여.'와 같은 대사를 통해 당시 부당한 정부의 정책으로 인해 피폐해진 농촌의 현실을 풍자적으로 나타냄 |

**작품의 갈등 양상**

| | |
|---|---|
| 기출 씨 ↔ 정부 | 기출 씨는 농지 매매 증명제와 토지 거래 허가제 등의 정부 정책으로 농짓값이 하락하게 된 상황에 불만을 가지고 있고 이를 강하게 비판함 |
| 기출 씨 ↔ 경찰관들 | 술집에서 기출 씨의 오해로 인해 경찰관과 시비가 붙음 → 정부의 농촌 정책에 대한 기출 씨의 불만이 표출됨 |
| 기출 씨 ↔ 아들 효근 | 아들이 논밭을 팔아 자신의 사업 자금을 지원해 달라고 요청하자 기출 씨는 농사일을 외면하고 불성실한 아들의 태도를 지적하며 거절함 |

## 핵심 포인트 3 외적 준거에 따른 감상

이 작품은 '나무 연작'이라고도 불리는 이문구의 연작 소설 《내 몸은 너무 오래 서 있거나 걸어왔다》의 일부이다. 따라서 이와 관련된 외적 준거를 바탕으로 작품을 이해할 수 있어야 한다.

**이문구의 '나무 연작'**

이문구의 소설집 《내 몸은 너무 오래 서 있거나 걸어왔다》는 〈장평리 찔레나무〉, 〈장천리 소태나무〉, 〈장동리 싸리나무〉, 〈장곡리 고욤나무〉, 〈장석리 화살나무〉, 〈장이리 개암나무〉, 〈장척리 으름나무〉 등으로 구성되어 있으며, 인간의 다양한 삶의 양태를 각기 다른 나무들을 통해 나타내고 있다. 이 나무들은 우리 농촌에서 흔히 볼 수 있는 초라하고 볼품없는 나무들로, 한국의 황폐해진 농촌을 표현한다. 작가는 이 소설집을 통해 1990년대 농촌과 농민의 이야기를 풍자와 해학을 통해 전해 주고 있다.

### 작품 한눈에

• 해제

〈장곡리 고욤나무〉는 고령의 농부인 기출이 갑작스레 자살을 택했다는 소식을 접한 사촌 동생 봉출의 시각을 통해 1990년대 농촌의 실상을 보여 주고 있는 소설이다. 평소와 다른 행동을 하는 기출의 모습에 불길함을 느꼈던 봉출은 기출의 죽음에 정부의 잘못된 정책이 큰 역할을 했다는 것을 깨닫게 된다. 기출은 농지 보호라는 명분 속에 실시된 농지 매매 증명제와 토지 거래 허가제로 인해 농짓값이 많이 떨어져 거래가 끊긴 현실에 불만이 컸다. 이러한 상황에서 기출은 땅을 둘러싸고 자식과도 갈등을 빚게 되었다. 평생 농사를 지으며 살아온 기출은 허무함과 소외감을 느꼈을 것이다. '농사는 수고이고, 사업은 수단이다. 수고가 없이는 수단도 없다.'라는 기출의 말에서 알 수 있듯이, 이 작품은 근본인 노동과 농업을 무시한 채 물질만을 추구하는 세태에 대한 비판을 드러내고 있다.

• 제목 〈장곡리 고욤나무〉의 의미

– 장곡리에 사는 '이기출 씨'가 고욤나무에 목을 매 죽은 이야기

〈장곡리 고욤나무〉는 정부의 잘못된 농촌 정책에 떠밀려 삶의 의미를 잃고 고욤나무에서 죽은 장곡리 이기출 씨의 삶을 다룬 소설이다.

• 주제

소외된 농촌의 황폐한 현실

**전체 줄거리**

이봉출은 시내버스를 타고 장곡리로 향한다. 봉출은 자기 사촌 형 기출이 일흔둘이라는 나이에 세상을 스스로 떠났다는 사실에 기가 막혔다. 어제도 봉출은 목욕탕에서 기출을 만났다. 봉출은 백 원 한 장도 아까워하던 기출이 목욕탕에 온 것이나 이발소에서 이발을 한 것 등 안 하던 행동을 하는 것이 이상해서 그를 데리고 술집에 갔었다. 그곳에서 기출은 부동산 투기를 막겠다며 만든 법 때문에 땅을 팔려고 내놓아도 거래가 없다는 이야기를 하며 농촌 경제를 망쳐 놓은 정부 관료들, 학자들, 기자들 욕을 했다. 그러다 옆자리 경찰관에게 억지를 부리며 시비를 거는 모습이 봉출이 본 기출의 마지막이었다. 봉출이 도착하자 형수는 기출이 목을 맨 고욤나무를 당장 베어 달라고 부탁했다. 그리고 자식들이 부고를 받고 와서는 통장부터 내놓으라고 한다며 한탄을 했다. 봉출은 기출의 생일날, 기출의 큰아들이 물려줄 유산이라면 미리 사업 자금으로 대 달라고 해 기출을 화나게 한 일을 떠올렸다. 또한 봉출은 선거를 맞아 내놓은 정부의 농어촌 정책이 사실상 보통의 농민들과는 아무 상관도 없는 것이라고 보도되며 기출이 기다렸던 정책이 물거품이 된 일을 떠올리고, 고욤나무를 베어 버렸다.

현대 소설 20

◇ 한 줄 평 | 일제 강점기 농토를 잃고 간도로 이주한 조선인의 비극적 삶을 그린 작품

# 소금 ▸ 강경애

## 장면 포인트 | 주목

• 이 작품은 일제 강점기를 배경으로, 조선에서 땅을 잃고 간도 지역으로 이주해야 했던 빈민 계층 여인의 고통스러운 삶을 형상화한 소설이다.
• 해당 장면은 봉염네가 간도에서도 여전히 수탈당하는 삶을 사는 가운데, 봉염 어머니가 지주 팡둥이 왔다는 기별을 받고 집을 나간 남편에 대한 불안감을 떨쳐 내지 못하고 있는 부분이다.
• 시대적 배경과 공간적 배경에 주목하여 인물이 처한 상황과 중심 소재인 '소금'의 상징적 의미를 파악하도록 한다.

농가 (작품의 소제목. 이 작품은 사건의 진행 과정에 따라 '농가', '유랑', '해산', '유모', '어머니의 마음', '밀수입' 등의 소제목을 붙임 / 중국의 간도에서 소작인으로 살아가는 주인공 가족을 상징함)

용정서 팡둥(중국인 지주)이 왔다고 기별이 오므로 남편은 벽에 걸어 두고 아끼던 수목 두루마기를 꺼내 입고 문밖을 나갔다. 봉식 어머니는 어쩐지 불안을 금치 못하여 문을 열고 바쁘게 가는 남편의 뒷모양을 물끄러미 바라보았다. 참말 팡둥이 왔을까? 혹은 자×단(自×團)들이 또 돈을 달래려고 거짓 팡둥이 왔다고 하여 남편을 데려가지 않는가? 하며 그는 울고 싶었다. 동시에 그들의 성화를 날마다 받으면서도 불평 한마디 토하지 못하고 터들터들 애쓰는 남편이 끝없이 불쌍하고도 가여워 보였다. 지금도 저렇게 가고 있지 않은가! 그는 한숨을 푹 쉬며 없는 사람은 내고 남이고 모두 죽어야 그 고생을 면할 게야, 별수가 있나, 그저 죽어야 해 하고 탄식하였다. 그리고 무심히 그는 벽을 긁고 있는 그의 손톱을 발견하였다. 보기 싫게 기른 그의 손톱을 한참이나 바라보는 그는 사람의 목숨이란 끊기 쉬운 반면에 역시 끊기 어려운 것이라 하였다.

(용정: 봉염 어머니의 노동력을 착취하고 강제로 겁탈하는 인물 / 중국 길림성의 도시. 중국인 지주 팡둥이 사는 곳; 기별: 소식; 수목 두루마기: 낡은 솜으로 실을 켜서 짠 무명; 봉식 어머니: 주인공(= 봉염 어머니); 어쩐지 불안을 금치 못하여: 늘 불안에 떨어야 하는 이주민의 삶 + 앞으로 전개될 사건 암시; △: 조선인 이주민을 비롯한 농민들을 수탈하는 세력; 남편을 데려가지 않는가: 남편이 불려 나간 것에 불안감을 느낀 이유; 그들의 성화: 돈을 내놓으라는 재촉; 끝없이 불쌍하고도 가여워 보였다: 남편에 대한 봉염 어머니의 마음; 없는 사람은 내고 남이고 모두 죽어야 그 고생을 면할 게야: 힘들게 살아가는 생활에 대한 체념적 인식; 무심히 그는 벽을 긁고 있는 그의 손톱: 남편에 대한 걱정이 무의식적 행동으로 드러남; 보기 싫게 기른 그의 손톱: 손톱을 다듬을 여유가 없음)

▸ 고통스럽게 살아가는 봉염네 가족

「그들이 바가지 몇 짝을 달고 고향서 떠날 때는 마치 끝도 없는 망망한 바다를 향하여 죽음의 길을 떠나는 듯 뭐라고 형용하여 아픈 가슴을 설명할 수 없었다. 그러나 불행 중 다행으로 이곳까지 와서 어떤 중국인의 땅을 얻어 가지고 농사를 짓게 되었으나 중국 군대인 보위단(保衛團)들에게 날마다 위협을 당하여 죽지 못해서 그날그날을 살아가곤 하였다. 그러기에 그들은 아침 일어나는 길로 하늘을 향하여 오늘 무사히 보내기를 빌었다.」

(바가지 몇 짝: 가난한 살림살이; 고향: 조선; 끝도 없는 망망한 바다를 향하여 죽음의 길을 떠나는 듯: 희망을 지닐 수 없는, 막막하고 암담한 심정; 이곳: 간도의 '싼더거우(三頭溝)'; 어떤 중국인: 팡둥; 죽지 못해서 그날그날을 살아가곤 하였다: 당시 간도로 이주한 조선인들의 삶을 단적으로 제시함; 그러기에 그들은 아침 일어나는 길로 하늘을 향하여 오늘 무사히 보내기를 빌었다: 수탈과 위협으로부터 벗어나고 싶은 소망)

「 」: 서술자가 봉염네 가족이 처한 상황을 간략하게 제시하여 독자의 이해를 도움

보위단들은 그들이 받는 바 월급만으로는 살 수가 없으니 농촌으로 돌아다니며 한 번 두 번 빼앗기 시작한 것이 지금에 와서는 으레 할 것으로 알고 아무 주저 없이 백주에도 농민을 위협하여 빼앗곤 하였다. 그러니 농민들은 보위단 몫으로 언제나 돈이나 기타 쌀을 준비해 두지 않으면 목숨이 위태한 것을 깨닫고 아무것도 못 하더라도 준비해 두곤 하였다. 그동안 이어 나타난 것이 공산당이었으니「그 후로 지주

(월급만으로는 살 수가 없으니 농촌으로 돌아다니며 한 번 두 번 빼앗기 시작한 것: 보위단은 처음에는 먹고살기 위해 농민들의 돈이나 식량을 수탈함; 백주: 환히 밝은 낮)

## 작품 분석 노트

• 서술상 특징

| | |
|---|---|
| 특정 인물의 시각을 통한 서술 | • '남편은 벽에 걸어 두고 아끼던 수목 두루마기를 꺼내 입고 문밖을 나갔다.'<br>• '애쓰는 남편이 끝없이 불쌍하고도 가여워 보였다. 지금도 저렇게 가고 있지 않은가!'<br>→ 전지적 시점에서 사건을 전개하면서 부분적으로 봉염 어머니의 시각을 빌려 상황이나 다른 인물에 대해 서술함 |
| 서술자의 직접 제시 | • '봉식 어머니는 어쩐지 불안을 금치 못하여 ~'<br>• '참말 팡둥이 왔을까? ~ 하며 그는 울고 싶었다.'<br>→ 주인공인 봉염 어머니의 심리나 생각은 전지적 시점에서 서술자가 직접 제시함 |

• 농민들을 위협하는 세력들

| | |
|---|---|
| 지주, 보위단 | • 지주: 농민들의 노동력을 착취하는 존재임<br>• 보위단: 농촌으로 돌아다니며 농민들을 위협해 수탈해 감 |
| 공산당 | • 지주, 보위단 등과 대립하는 세력: 지주, 보위단은 공산당을 두려워하여 도시로 몰리거나 공산당이 있는 농촌에는 들어가지 않음<br>• 농민들의 생명을 위협하기도 하는 존재: 지주, 보위단, 자×단과의 첨예한 갈등 과정에서 민중들이 희생됨 |
| 자×단 | 공산당이 퇴각하면서부터 나타난 수탈 세력임 |

와 보위단들은 무서워서 전부 도시로 몰리고 간혹 농촌으로 순회를 한다더라도 공산당이 있는 구역에는 감히 들어오지를 못하게 되었다.」 그러나 시국이 바뀌며 공산당이 쫓기어 들어가면서부터 자×단들이 나타나게 된 것이었다. 그는 그의 손톱을 바라보며 몇 번이나 보위단들에게 죽을 뻔하던 것을 생각하며 그나마 오늘까지 목숨이 붙어 있는 것이 기적같이 생각되었다. 그리고 남편을 찾았을 때 벌써 남편의 모양은 보이지 않았다. 그는 멀리 토담 위에 휘날리는 깃발을 바라보며 남편이 이젠 건넛마을까지 갔는가 하였다. 그리고 잠깐 잊었던 불안이 또다시 가슴에 답답하도록 치민다. 남편의 말을 들으니 자×단들에게 무는 돈은 다 물었다는데 「참말 팡둥이 왔는지 모르지, 지금이 씨 뿌릴 때니 아마 왔을 게야, 그러면 오늘 봉식이는 팡둥을 보지 못하겠지, 농량도 못 가져오겠구먼」 하며 다시금 토담을 바라보았다. 저 토담은 남편과 기타 농민들이 거의 일 년이나 두고 쌓은 것이다. 마치 고향서 보던 성같이 보였다. 그는 토담을 볼 때마다 지금으로부터 사오 년 전 그 어느 날 밤 일이 문득문득 생각되었다. 그날 밤 한밤중에 총소리와 함께 사면에서 아우성소리가 요란스러이 났다. 그들은 얼핏 아궁 앞에 비밀리에 파 놓은 움에 들어가서 며칠 후에야 나와 보니 팡둥은 도망가고 기타 몇몇 식구는 무참히도 죽었다. 그 후로부터 「팡둥은 용정에다 집을 사고 다시 장가를 들고 아들딸을 낳아서 지금은 예전과 조금도 차이가 없이 살았던 것이다.」

「」: 지주, 보위단에게 공산당은 위협적인 존재임 / 자×단: 지주와 보위단에 이어 나타난 수탈 세력 / 죽을 뻔하던 것: 생명까지 위협당하는 현실 / 남편을 찾았을 때: 남편의 뒷모습을 찾아봄 / 토담: 흙으로 쌓아 만든 담 / 깃발: 마을이 자×단의 세력권임을 상징함 / 건넛마을: 자×단의 사무실(팡둥의 옛집)이 있는 곳 / 팡둥이 왔는: 팡둥은 용정에 살고 있으나 싼더거우에 땅을 가지고 있어 농사철에 옴 / 봉식이: 아들. 아버지가 죽은 뒤 집을 나가 공산당 활동을 하다 공개 처형을 당함 / 농량: 농사짓는 동안 먹을 양식 / 「」: 서술자가 봉염 어머니의 생각을 인용 표시 없이 직접 제시함 – 봉염 어머니의 시각에서 서술함 / 토담은 남편과 기타 농민들이 거의 일 년이나 두고 쌓은 것: 마적단 등의 위협에 대비하기 위한 담 / 그 어느 날 밤 일: 지주인 팡둥의 집이 어떤 집단에게 습격당해 그의 가족이 살해당한 일 / 토담을 볼 때마다: 봉염 어머니가 팡둥의 가족이 살해당한 사건을 떠올리는 매개체 / 총소리: 누군가가 죽었음을 암시하는 소리 → 불안감, 공포감 형성 / 그들: 봉염네 가족 / 비밀리에 파 놓은 움: 일시적으로 숨어서 지낼 수 있는 비밀 토굴 → 늘 목숨의 위협을 받아야 하는 상황임을 보여 줌 / 「」: 빈민인 농민 계층과 달리 지주인 팡둥은 큰 시련을 겪고도 어렵지 않게 본래 생활을 회복함

팡둥이 용정으로 쫓기어 들어간 후에 저 집은 자×단들의 소유가 되었다. 그래서 저렇게 기를 꽂고 문에는 파수병이 서 있었다.

저 집: 싼더거우에 있는 팡둥의 집 / 기를 꽂고 문에는 파수병이 서 있었다: 위압감을 주는 모습

▶ 늘 부당하게 수탈당하며 살아온 날들

그는 눈을 옮겨 저 앞을 바라보았다. 그 넓은 들에 햇볕이 가득하다. 그리고 조 겨 같은 새 무리들이 그 푸른 하늘을 건너질러 펄펄 날고 있다. 우리도 언제나 저기다 땅을 가져 보나 하고 그는 무의식간에 탄식하였다. 그리고 그나마 간도 온 지 십여 년 만에 내 땅이라고 묶을 짓게 된 붉은 산을 보았다. 저것은 아주 험악한 산이었는데 그들이 짬짬이 화전을 일구어서 이젠 밭이 되었다. 그러나 아직도 완전한 곡식은 심어 보지 못하고 해마다 감자를 심곤 하였다.

조 겨: 조를 찧어 벗겨 낸 껍질 / 언제나 저기다 땅을 가져 보나: 안정적으로 생계를 유지할 수 있는 생활에 대한 바람 / 무의식간에 탄식: 자신의 땅을 소유하지 못한 이주민의 소외감 / 붉은 산: 나무가 적어 맨땅이 드러난 산. '햇볕 가득한 넓은 들'과 대조적임 / 그들이 짬짬이 화전을 일구어서 이젠 밭이 되었다: 자신의 농지를 가지려는 노력의 결과 / 완전한 곡식은 심어 보지 못하고: 제대로 된 농사를 지을 만큼 완전히 개간되지는 않았음 / 감자: 척박한 땅에서도 잘 자라는 작물

올해는 저기다 조를 갈아 볼까, 그리고 가녘으로는 약간 수수도 갈고…… 그때 그의 머리에는 뜻하지 않은 고향이 문득 떠오른다. 무릎을 스치는 다복솔밭 옆에 가졌던 그의 밭! 눈에 흙 들기 전에야 어찌 차마 그 밭을 잊으랴! 아무것을 심어도 잘되던 그 밭! 죽일 놈! 장죽을 물고 그 밭머리에 나타나는 참봉 영감을 눈앞에 그리며 그는 이렇게 중얼거렸다. 그리고 가슴이 울렁거리며 손발이 가늘게 떨리는 것을 깨달으며 그는 고향을 생각지 않으려고 눈을 썩썩 부비치고 정신을 바짝 차렸다. 그때 뜰 한구석에 쌓아 둔 짚난가리에 조잘대는 참새 소리를 요란스러이 들으며 우두커니 섰는 자신을 얼핏 발견하였다. 그는 곧 돌아섰다. 방 안은 어지러우며 여기 일감

가녘: 둘레나 끝에 해당되는 부분, 가장자리 / 고향이 문득 떠오른다: 간도에서의 자신의 불우한 처지를 더욱 느끼게 함 / 다복솔밭: 가지가 탐스럽고 소복하게 많이 퍼진 어린 소나무가 많이 들어선 밭 / 눈에 흙 들기 전에야 어찌 차마 그 밭을 잊으랴: 고향에서 억울하게 빼앗겨 버린 자신들의 밭을 떠올리며 안타까워함 / 아무것을 심어도 잘되던 그 밭: '화전 밭'과 대조됨 / 죽일 놈: 참봉 영감에 대한 적대감 / 참봉 영감: 고향에서 봉염네의 밭을 빼앗은 인물 / 가슴이 울렁거리며 손발이 가늘게 떨리는 것: 자신들의 땅을 빼앗은 참봉 영감에 대한 분노와 증오, 억울함 등이 담김 / 부비치고: 문맥상 '비비고'라는 의미로 보임 / 우두커니 섰는 자신을 얼핏 발견하였다: 과거 회상에서 벗어남

• 간도 지역에 이주한 조선인의 상황

**부정적인 외적 상황**
- 지대를 과도하게 부과하는 등의 중국인 지주의 횡포
- 보위단, 자×단, 마적단 등의 재물 수탈과 목숨 위협
- 자신의 농지를 가지기 힘든 상황
- 고통스러운 현실을 벗어날 희망이 보이지 않는 암울한 상황

↓

보다 나은 삶을 기대하고 이주하였으나 오히려 고향(조선)에서의 삶보다 더 고통스럽고 비참한 생활을 함

• 공간적 배경(간도)의 상황 및 의미

당시 간도의 상황을 작가의 다른 작품을 통해 구체적으로 알 수 있다.

이곳은 간도다. 서북으로는 시베리아, 동남으로는 조선에 접하여 있는 땅이다. 영하 40도를 중간에 두고 오르고 내라는 이 땅이다.
그나마 애써 농사를 지어 놓고도 또다시 기한(飢寒)에 울고 있지 않은가! 백미 1두(斗: 말)에 75전, 식염(食鹽: 소금) 1두에 2원 20전, 물경 백미 값의 3배! 이 일단을 보아도 철두철미한 ××수단의 전폭을 엿보기에 어렵지 않다. '가정이 공어맹호야(苛政 恐於猛虎也: 가혹한 정치가 무서운 호랑이보다 공포스럽다.)'라던가? 이 말을 일찍 들어 왔다.
– 강경애, 〈이역의 달밤〉

↓

1930년대 중반 간도는 고향(조선)보다 나을 것도 없는 지역임

↓

조선 이주민들의 비극적인 삶이 이루어지는 곳

• 봉염네의 상황

**조선**
- 무엇을 심어도 잘되는 밭을 가지고 있었음
- 참봉 영감에게 기름진 밭을 빼앗김

↓

**간도**
- 중국인의 땅을 소작하여 살아감
- 보위단, 자×단, 마적단 등에게 수탈을 당하고 생명까지 위협당함
- 십여 년 만에 화전을 일구어 밭을 만듦
- 화전 밭에는 감자 정도를 심을 수 있을 뿐, 아직은 완전한 곡식을 심지 못함

↓

삶의 터전을 잃고 고향을 떠나 간도로 왔지만 고향에서보다 더 열악한 환경과 비참한 처지에 놓이게 됨

이 나부터 손질하시오 하는 것 같았다. 그는 분주히 비를 들고 방을 쓸어 내었다. 그리고 군데군데 뚫어진 삿자리 구멍을 손끝으로 어루만지며 잘살아야 할 터인데 그놈 그 참봉 놈 보란 듯이 우리도 잘살아야 할 터인데⋯⋯ 하며 그의 눈에는 눈물이 글썽글썽해졌다. 「아무리 마음만은 지독히 먹고 애를 써서 땅을 파나 웬일인지 자기들에게는 닥치느니 불행과 궁핍이었던 것이다. 팔자가 무슨 놈의 팔자야 하느님도 무심하지 누구는 그런 복을 주고 누구는 이런 고생을 시키고⋯⋯」 이렇게 생각하며 그는 방 안을 구석구석이 쓸었다. 그리고 비 끝에 채어 대구루루 대구루루 굴러다니는 감자를 주워 바가지에 담으며 시렁을 손질하였다. 이곳 농가는 대개가 부엌과 방 안이 통해 있으며 방 한구석에 솥을 걸었다. 그리고 그 옆에 시렁을 매곤 하였다. 그가 처음 이곳에 와서는 무엇보다도 방 안이 맘에 안 들고 도야지굴이나 쇠 외양간같이 생각되었다. 그리고 어쩌다 손님이 오면 피해 앉을 곳도 없었다. 그러니 멍하니 낯선 손님과도 마주 앉지 않으면 안 되게 되었다. 그러나 시일이 차츰 지나니 낯선 남성 손님이 온다더라도 처음같이 그렇게 어색하지는 않았다. 그저 그렁저렁 지낼 만하였다. 그리고 반드시 부뚜막 앞에는 비밀 토굴을 파 두는 것이다. 그랬다가 「어디서 총소리가 나든지 개소리가 요란스레 나면 온 식구가 그 움 속에 들어가서 며칠이든지 있곤 하였다. 그리고 옷이나 곡식도 이 움에다 넣고서 시재 입는 옷이나 먹을 양식을 조금씩 꺼내 놓고 먹곤 하였다. 말할 것도 없이 보위단이며 마적단 등이 무서워서 이렇게 하곤 하였다.」

> 갈대를 엮어서 만든 자리
> 땅을 빼앗기고 고향을 떠나 정착한 곳에서도 가난을 면치 못하는 서러움
> 「 」: 바람과 달리 아무리 노력해도 궁핍함에서 벗어나지 못하는 자신의 처지에 대한 안타까움
> 경제적으로 풍족한 것
> '팡둥'이나 '참봉 영감' 같은 사람
> 자기 자신
> 물건을 얹어 놓기 위하여 방이나 마루 벽에 두 개의 긴 나무를 가로질러 선반처럼 만든 것
> ☆주목 고향에서와 달리 방과 부엌이 벽으로 구분되지 않음
> '돼지'의 방언
> 간도 지역의 방에 대한 첫인상 – 사람이 살기에 열악함
> 방이 비좁기 때문임
> 시간이 지나면서 간도 지역의 집 구조에 점차 익숙해짐
> 위협을 느낄 때 숨을 수 있는 곳
> 위협적 존재를 알리는 소리
> = 비밀 토굴
> 옷과 식량이 있기에 오래 숨어 있을 수 있음
> 지금의 시간, 현재
> 말을 타고 떼를 지어 다니는 도둑의 무리
> ▶ 간도에서의 궁핍하고 불안한 생활
> 「 」: 보위단이나 마적단 때문에 늘 생명의 위협을 느끼는 불안감 속에 살아야 하는 상황

시렁을 손질한 그는 바구니에 담아 둔 팥을 고르기 시작하였다. 고요한 방 안에 팥알 소리만 재그럭 자르르 하고 났다. 팥알과 팥알로 시선이 옮아지는 그는 눈이 피곤해지며 참새 소리가 한층 더 뚜렷이 들린다. 동시에 저 참새 소리같이 여러 가지 생각이 순서 없이 생각났다. 「내일이라도 파종을 하게 되면 아침 점심 저녁에 몇 말의 쌀을 가져야 할 것, 오늘 봉식이가 팡둥을 만나지 못해서 쌀을 못 가져올 것, 그러나 나무를 팔아서 사라고 한 찬감은 사 오겠지⋯⋯」 생각이 차츰 희미해지며 졸음이 꼬박꼬박 왔다. 그는 눈을 부비치고 문밖으로 나오다가 무심히 눈에 뜨인 것은 벽에 매달아 둔 메주였다. '참 메주를 내놓아야겠다.' 하며 바구니를 밖에 내놓고서 메주를 떼어서 문밖에 가지런히 내놓았다. 그리고 그는 비를 들고 메주의 먼지를 쓸어 내었다. 그는 하나하나의 메줏덩이를 들어 보며, 간장이나 서너 동이 빼고 고추장이나 한 단지 담그고⋯⋯ 그러자면 소금이나 두어 말은 가져야지 소금⋯⋯ 하며 그는 무의식간 한숨을 푹 쉬었다. 그리고 또다시 고향을 그리며 멍하니 앉아 있었다. 고향서는 소금으로 이를 다 닦았건만⋯⋯ 다리는 데도 소금 한 줌이면 후련하게 내려갔는데 하였다. 그가 고향 있을 때는 하도 없는 것이 많으니까 소금 같은 데는 생각이 미치지 못하였는지는 모르나 어쨌든 이곳 온 후부터 그는 소금 때문에 남

> 「 」: 순서 없이 떠오르는 여러 가지 생각
> 농사를 시작해 수확할 때까지 소작인이 먹을 식량을 지주가 빌려줌
> 반찬의 재료
> 중국 땅에서도 고향에서의 식생활을 유지함
> 장을 만들기 위해서는 소금이 많이 필요함
> 소금이 비싸서 구하기 어려운 현실로 인한 근심
> 소금이 풍족했던 고향을 떠올림 → 고향에 대한 그리움의 매개체인 '소금'
> 고향에서는 소금이 풍족해서 일상 곳곳에서 쉽게 사용함
> '체한'의 방언
> (체한 것이)
> 일제의 수탈로 인해 고향에 있을 때도 궁핍했음

• 간도의 집에 대한 인식 변화

간도의 집 구조
• 부엌과 방이 별도의 공간으로 나누어져 있지 않고 하나로 통해 있었고 방 한구석에 솥을 걸었음
• 방이 좁아서 손님이 오면 피해 앉을 곳이 없었음

↓

간도의 집에 대한 첫인상
방 안이 맘에 안 들고 도야지굴이나 쇠 외양간같이 생각됨 → 동물의 우리라고 생각될 만큼 사람이 살기에 적합한 환경이 아님

↓

간도의 집에 대한 적응
낯선 손님이 와도 처음같이 어색하지 않게 되었고 그럭저럭 지낼 만함 → 열악한 환경이지만 간도의 집 구조에 차차 익숙해짐

• '토굴'의 의미

부뚜막 앞에 파 둔 비밀 토굴
총소리가 나거나 개소리가 요란스러우면 그 속에 들어가 지내는 곳 → 보위단이나 마적단 등이 무서워서 숨는 곳

↓

봉염네 가족의 불안한 삶을 보여 주는 소재

• 중심 소재 '소금'의 제시 방법

팥알을 고르다가 참새 소리에 주목함

↓

파종을 하고 나면 필요한 쌀, 봉식이가 쌀을 가져오는 문제, 찬감 등 여러 가지 생각이 떠오름

↓

문밖으로 나오다가 메주를 발견함

↓

메주로 장을 담글 생각을 함

↓

장을 담기 위해 필요한 소금을 떠올림

↓

소금이 비싸 구하기 힘든 문제를 생각함

⬇

대상을 옮겨 가며 전개되는 봉염 어머니의 사고의 흐름에 따라 중심 소재인 '소금'에 접근함

고향에서는 소금 한 말에 삼십 전이 되지 않음 → 봉염 어머니가 소금 밀수를 하는 이유와 관련됨(소금이 비싸서 돈을 많이 벌 수 있음)
몰래 운 적이 한두 번이 아니었다. 소금 한 말에 이 원 이십 전! 농가에서는 단번에
소금이 비싸서 필요할 때 쓰지 못하는 데에서 오는 서러움
한 말을 사 보지 못한다. 그러니 한 근 두 근 극상 많이 산대야 사오 근에 지나지 못한다. 그러므로 장 같은 것도 단번에 담그지를 못하고 소금 생기는 대로 담그다가도
소금이 비싸서 간장이나 고추장을 제대로 담글 만한 양을 사지 못함
어떤 때는 메주만 썩여서 장이라고 먹곤 하였다. 장이 싱거우니 온갖 찬이 싱거웠다.
소금이 없어서 메주만으로 장처럼 만들어 먹음 → 싱거움

끼니때가 되면 그는 남편의 얼굴부터 살피게 되고 어쩐지 맘이 송구하였다. 남편
간이 제대로 되지 않은 반찬을 내놓아야 하는 상황에 대한 미안함
은 입 밖에 말은 내지 않으나 번번이 얼굴을 찡그리고 밥술이 차츰 느려지다가 백없
숟가락 음식이 싱거워 맛이 없다는 말 반찬이 싱거워서 밥을 먹기 어려움 – 소금이 부족해서 생긴 문제
이 술을 놓곤 하는 때가 종종 있었다. 이 모양을 바라보는 그는 입안의 밥알이 갑자기 돌로 변하는 것을 느끼며 슬며시 술을 놓고 돌아앉았다. 그리고 해종일 들에서
남편에 대한 미안함 때문에 자신도 밥을 제대로 먹기 어려움 하루 종일
일하다가 들어온 남편에게 등허리에 땀이 훈훈하게 나도록 훌훌 마시게 국물을 만들
제대로 만들어진 장을 이용하여 만든 뜨거운 국물 음식
어 놓지 못한 자기! 과연 자기를 아내라고 할 것일까?
아내의 역할을 하지 못했다는 죄책감

어떤 때 남편은 식욕을 충동시키고자 고춧가루를 한 술씩 떠 넣었다. 그리고는 매
돋우려고
워서 눈이 빨개지고 이맛가에서는 주먹 같은 땀방울이 맺히곤 하였다. '고춧가루는 왜 그리 잡수셔요?' 하고 그는 입이 벌어지다가 가슴이 무뚝해지며 그만 입이 다물어지고 말았다. 동시에 음식을 맡아 만드는 자기, 아아 어떻게 해야 좋을까?
음식이 싱거워서 남편이 고춧가루를 넣었다는 것을 깨닫고는 미안해함 ▶ 소금 부족으로 인한 식생활의 불편과 서러움

이러한 생각을 되풀이하는 그는 한숨을 땅이 꺼지도록 쉬며 오늘 저녁에는 무슨
소금을 넉넉하게 살 형편이 아니기에 남편 입맛에 맞는 반찬을 만들 수 없는 안타까움
찬을 만드나 하고 메주를 다시금 굽어보았다. 그때 신발 소리가 자박자박 나므로 그
가볍게 발소리를 내면서 자꾸 가만가만 걷는 소리. 또는 모양
는 머리를 들었다. 학교에 갔던 봉염이가 책보를 들고 이리로 온다.
책을 싸는 보자기

"왜 책보 가지고 오니?"
왜 학교에서 공부하지 않고 집으로 왔는지에 대한 의문

"오늘 반공일이어. 메주 내놨네."
오전만 일을 하고 오후에는 쉬는 날이라는 뜻. 토요일을 이르던 말

봉염이는 생글생글 웃으며 메주를 들어 맡아 보았다.

"아버지 가신 것 보았니?"

"응, 정팡둥이 왔더라, 어머이."

"팡둥이? 왔디?"
팡둥이 왔다고 남편을 불러 낸 일이 거짓은 아님을 확인함

이때까지 그가 불안에 붙들려 있었다는 것을 느끼며 가볍게 한숨을 몰아쉬었다.
남편이 자×단에게 위협받고 있을지도 모른다는 불안감 약간 안심이 됨

"어서 봤니?"

"팡둥 집에서…… 저 아버지랑 자×단들이랑 함께 앉아서 뭘 하는지 모르겠더라."
자×단이 사용하고 있는, 팡둥의 옛집

약간 찌푸리는 봉염의 양미간으로부터 옮아 오는 불안!
뭔지 모를 불안감이 다시 듦 → 이후에 전개될 비극적 내용 암시 ▶ 남편에 대해 계속되는 불안감

**감상 포인트**

간도에서의 봉염 어머니 가족의 생활과 '소금'의 상징적 의미를 파악한다.

• '소금'의 의미

조선에서는 싸고 흔했던 소금이 간도에서는 매우 비싸서 함부로 쓸 수 없는 상황

↓

소금

• 생명 유지에 꼭 필요한 식재료로, 기본적인 생존권 상징
• 고향(조선)에 비해 척박한 이국에서의 삶을 보여 줌
• 봉염네의 궁핍함 부각
• 고향(조선)에 대한 그리움 강화
• 남편에 대한 봉염 어머니의 죄책감 형성

↓

간도로 이주한 조선인들의 고달픈 삶 상징

↓

'유랑' 부분에서 빈부 격차를 자각하는 계기가 되는 소재: 지주 팡둥의 집에서 소금을 흔하게 쓰는 것을 보고 돈 많은 자와 없는 자의 차이를 인식함

• 봉염 어머니의 불안감

봉염 어머니가 실제로 중국인 지주가 왔다는 말을 듣고 나서도 불안감을 떨쳐 버리지 못함

↓

비극적 사건 전개 암시

↓

중국인 지주를 만나러 간 남편이 총에 맞아 죽은 채 봉식에게 업혀서 돌아옴(이어지는 '유랑' 부분의 사건)

↓

남편의 죽음이 원인이 되어 봉식이 집을 나가고, 봉식을 찾기 위해 봉염 어머니도 살던 곳을 떠나 도시(용정)으로 이주하면서 비극적 사건이 연이어 발생함

## 장면 포인트 2

- 해당 장면은 남편과 아들의 죽음에 이어 두 딸마저 잃은 봉염 어머니가 슬퍼하는 와중에 유모로 들어가서 키우던 아이 명수를 그리워하는 상황이다.
- 두 딸의 죽음 이후 괴로워하는 봉염 어머니의 태도에 주목하여 이중적인 봉염 어머니의 심리를 파악하도록 한다.

[앞부분의 줄거리] 중국인 지주를 만나러 갔던 남편이 시체가 되어서 돌아오고, 아들 봉식이는 장례를 끝내자마자 집을 나가 버린다. 아들을 찾아서 봉염이와 함께 용정까지 온 봉염 어머니는 팡둥의 집에서 식모로 지내다가 팡둥에게 겁탈당한 뒤 임신을 한다. 그러나 봉식이 공산당이라는 이유로 처형당하는 장면을 우연히 본 팡둥은 그녀를 집에서 내쫓는다. 봉염 어머니는 남의 집 헛간에서 출산한 뒤, 아기 이름을 봉희로 짓는다. 다행히 이전에 살던 곳에서 가까이 지내던 용애 어머니를 만나 그녀의 소개로 어느 중국인 집에 젖어멈(유모)으로 들어간다. 하지만 봉염이와 봉희는 데려갈 수 없기에 따로 셋방을 얻어 지내게 하고는 가끔 중국인 주인 몰래 다녀간다. 그렇게 1년이 좀 지난 어느 날 봉염이와 봉희가 열병에 걸린다.

(싼더거우 / 장티푸스, 염병)

어머니의 마음
(소제목. 봉염 어머니의 본능적인 모성애가 강하게 드러나는 장면)

사흘 후에 봉염이는 드디어 죽고 말았다. 그의 어머니는 할 수 없이 유모를 그만두고 명수네 집에서 나오게 되었으며 봉희 역시 몹시 앓더니 그만 죽었다. 형제가 죽는 것을 본 주인집에서는 그를 나가라고 성화 치듯 하였다. 그는 참다못해서 주인 마누라와 아우성을 치면서 싸웠다. 그리고 끌어내기 전에는 움직이지 않을 뜻을 보이고 하루 종일 방 안에 누워 있었다. 전날에 그는 미처 집세를 못 내서 주인 대하기가 거북하였는데 지금은 어디서 이러한 대담함이 생겼는지 그 스스로도 놀랄 만하였다.

(봉염이는 드디어 죽고 말았다: 열병에 걸린 봉염이 죽은 사실을 먼저 제시하여 비극성을 강화함 / 그의 어머니: 봉염 어머니 / 형제: 봉염과 봉희 / 명수: 봉염 어머니가 입주해서 자신의 젖을 먹이며 키운 아이 / 봉희 역시 몹시 앓더니 그만 죽었다: 돌을 겨우 넘긴 봉희도 죽음 → 가족이 모두 죽음(비극적 상황 심화) / 주인: 봉염과 봉희를 따로 지내게 하려고 봉염 어머니가 얻은 셋방 주인 / 그는 참다못해서 주인 마누라와 아우성을 치면서 싸웠다: 평소의 봉염 어머니와 다른 모습 → 하루아침에 두 딸을 잃은 상황에서 나온, 울분이 담긴 극단적인 행동)

어제도 그는 주인 마누라와 한참이나 싸웠다. 만일 주인 마누라가 좀 더 야단을 쳤다면 그는 칼이라도 가지고 달라붙고 싶었다. 그러나 다행히 주인 마누라는 그 눈치를 채었음인지 슬그머니 들어가고 말았다.

(그는 칼이라도 가지고 달라붙고 싶었다: 자식을 모두 잃은 처지라서 사리 분별을 못할 정도로 매우 분노한 상태)

"흥! 누구를 나가래. 좀 안 나갈걸, 암만 그래두."

이렇게 중얼거리며 그는 문 편을 노려보았다. 그리고 좀 더 싸우지 않고 들어가는 주인 마누라가 어쩐지 부족한 듯하였다. 그는 지금 땅이라도 몇십 길 파고야 견딜 듯한 분이 우쩍우쩍 올라왔던 것이다.

(땅이라도 몇십 길 파고야 견딜 듯한 분이 우쩍우쩍 올라왔던: 자신이 봉염과 봉희를 제대로 보살피지 못했다는 죄책감이 주인 마누라에 대한 분노로 표출됨)

분이 내려가더니 잠깐 잊었던 봉염이 봉희, 명수까지 뻔히 떠오른다. 생각하면 할수록 그들은 자기가 일부러 죽인 듯했다. 그가 곁에 있었으면 애들이 그러한 병에 걸렸을는지도 모르거니와 설사 병에 걸렸다더라도 죽기까지는 않았을 것 같았다. 그는 가슴을 탁탁 쳤다.

(그들은 자기가 일부러 죽인 듯했다: 봉염과 봉희에 대한 죄책감 / 그러한 병: 열병 / 그는 가슴을 탁탁 쳤다: 봉염, 봉희의 죽음에 대한 후회와 자책의 행동)

「"남의 새끼 키우느라 제 새끼를 죽인단 말이냐…… 이년들 모두 가면 난 어쩌란 말이. 날 마자 다려가라."」

(남의 새끼: 명수 / 제 새끼, 이년들: 봉염과 봉희 / 「」: 자식들과 먹고살기 위해 남의 자식을 키웠지만 결국 자기 자식을 죽이게 된 것에 대한 통한)

하고 소리를 내어 울었다. 그러나 음성도 이미 갈리고 지쳐서 몇 번 나오지 못하고 콱 막힌다. 그리고는 목구멍만 찢어지는 듯했다. 그는 기침을 칵칵 하며 문밖을 흘

(음성도 이미 갈리고 지쳐서 몇 번 나오지 못하고 콱 막힌다: 너무 슬피 울고 한탄하다가 목이 메임)

### 작품 분석 노트

- 봉염 아버지의 죽음('유랑' 부분)

| 봉염 아버지가 죽을 당시의 상황 |
|---|
| • 지주 팡둥이 왔다는 기별을 받고 만나러 나감<br>• 자×단이 사용하고 있는 팡둥의 옛집에서 자×단과 함께 앉아 있었음<br>• 봉염 어머니는 총소리를 듣게 되고 마적단이나 공산당을 떠올림 |

↓

지주와 자×단은 공산당과 적대 관계임

↓

지주, 자×단과 같이 있던 봉염 아버지는 공산당의 총에 맞아 죽은 것으로 추정할 수 있음

- 봉염 어머니의 태도 변화

| 봉염 어머니의 성격 |
|---|
| 현실 수용적인 소극적 성격: 남편의 어이없는 죽음도 수용하고, 팡둥의 아이를 임신한 채로 팡둥의 집에서 내쫓기면서도 별다른 항의를 하지 않음 |

↓

| 셋방 주인과 맞서 싸우는 사건 |
|---|
| • 자신은 더 이상 잃을 것이 없다는 자포자기의 심정<br>• 하루아침에 자식들이 모두 죽은 절망적 상황에 대한 분노 |

↓

억눌렸던 감정들이 두 딸의 죽음이 계기가 되어 셋방 주인 여자에 대한 적의로 표출됨

끔 보았을 때 며칠 전 일이 불현듯이 떠올랐다. ▶ 두 딸의 죽음으로 인한 봉염 어머니의 슬픔과 분노
아픈 봉염이를 마지막으로 보았던 일

그날 밤 비는 좍좍 퍼부었다. 봉염의 어머니는 봉염이가 앓는 것을 보고 가서 도무지 잠들 수가 없었다. 그래서 밤중에 그는 속옷 바람으로 명수의 집을 벗어났다. 그가 젖 유모로 처음 들어갔을 때 밤마다 옷을 벗지 못하고 누웠다가는 명수네 식구가 잠만 들면 봉희를 찾아와서 젖을 먹이곤 하였다. 이 눈치를 챈 명수 어머니는 밤마다 눈을 밝히고 감시하는 바람에 그 후로는 감히 옷을 입지 못하고 누웠다가는 틈만 있으면 벗은 채로 달려오는 때가 종종 있었던 것이다. 그 밤, 낮에 다녀온 것을 명수 어머니가 뻔히 아는 고로 다시 가겠단 말을 못 하고 누웠다가 그들이 잠든 틈을 타서 소리 없이 문을 열고 나온 것이다. 사방은 지척을 분간할 수 없이 어두우며 몰아치는 바람결에 굵은 빗방울은 그의 벗은 어깨를 사정없이 내리쳤다. 그리고 눈이 뒤집히는 듯 번갯불이 번쩍이고 요란한 천둥 소리가 하늘을 때려 부수는 듯 아뜩아뜩하였다.

과거 회상 / 사건의 비극성을 더하는 자연적 배경 / 자식을 걱정하는 모성애 / 딸들에게 가는 것을 명수 부모에게 들키지 않으려는 모습 / 젖어멈(남의 아이에게 그 어머니 대신 젖을 먹여 주는 여자) / 어린 봉희에게 젖을 먹이러 가기 위해 / 봉희에게 젖을 먹이면 명수에게 먹일 젖이 상대적으로 부족해지기 때문임 / 자식에 대한 모성애가 드러나는 행동 / 봉염이 아픈 것을 보고 온 날의 밤 / 봉염 어머니가 속옷 바람으로 명수네 집을 나온 까닭

그러나 그는 지금 아무것도 무서운 것이 없었다. 오직 그의 앞에는 저 하늘에 빛나는 번갯불같이 딸들의 신변이 각일각으로 걱정되었던 것이다.

천둥, 번개도 두려워하지 않는 강한 모성애 / 끊이지 않고 계속하여. 시시각각

그가 숨이 차서 집까지 왔을 때 문밖에 허연 무엇이 있음에 그는 깜짝 놀랐다. 그러나 그것은 봉염인 것을 직각하자 그는 와락 달려들었다.

아픈 몸으로 비를 맞고 누워 있는 봉염 / 명수 어머니가 눈치채기 전에 빨리 다녀와야 해서 딸들이 있는 집까지 매우 급하게 뛰어옴

"이년의 계집애 뒈지려고 예가 누웠냐?"

봉염이 아픈 몸으로 엄마를 기다리고 있었음

비에 젖은 봉염의 몸은 불 같았다. 그는 또다시 아뜩하였다. 그리고 간 폭을 갉아 내는 듯함에 그는 부르르 떨었다. 「따라서 젖 유모고 무엇이고 다 집어뿌리겠다는 생각이 머리가 아프도록 났다.」 그러나 그들이 방까지 들어와서 가지런히 누웠을 때 그의 머리에는 또다시 불안이 불 일듯 하였다. 「명수가 지금 깨어서 그 큰 집이 떠나갈 듯이 우는 것 같고, 그리고 명수 어머니 아버지까지 깨어서 얼굴을 찡그리고 자기의 지금 행동을 나무라는 듯, 보다도 당장에 젖 유모를 그만두고 나가라는 불호령이 떨어지는 듯, 아니 떨어진 듯, 그는 두 딸의 몸을 번갈아 만지면서도 그의 손끝의 감촉을 잃도록 이런 생각만 자꾸 들었다.」 그는 마침내 일어났다. 자는 줄 알았던 봉희가 젖꼭지를 쥐고 달려 일어났다. 그리고 "엄마!" 하고 울음을 내쳤다. 봉염이는 차마 어머니를 가지 말란 말은 못 하고 흑흑 느껴 울면서 어머니의 치마깃을 잡고,

몹시 열이 남 / 문맥상 '집어치우다'의 뜻 / 「 」: 자식을 돌보기 위해 젖 유모를 그만둘까 생각함 / 딸들에게 온 사실을 명수 부모가 알게 될까 봐 불안해함 / 「 」: 봉염과 봉희에 대한 모성애와 '젖 유모'라는 일자리 사이에서 갈등하는 모습 / 일자리를 잃게 될지 모른다는 불안감 → 생존에 대한 위기의식 / 몸(두 딸에게 있음)과 마음(명수에게 가 있음)이 따로 놂 / 명수의 집으로 돌아가기로 함 / 갓 돌이 지난 나이기에 본능적으로 엄마와 떨어지지 않으려 함 / 어머니의 사정을 알고 이해하는 태도

"조금만 더……."

하던 그 떨리는 그 음성— 그는 지금도 들리는 듯하였다. 아니 영원히 잊혀지지 않을 것이다. ▶ 아픈 봉염과 봉희를 두고 간 것에 대한 회상과 회한

조금만 더 있어 달라는 봉염의 마지막 소망을 들어주지 못했기 때문임

그는 벌떡 일어났다. 그리고 이 모든 생각을 하지 않으려고 방 안을 빙빙 돌았다. 그러나 불똥 튀듯 일어나는 이 쓰라린 기억은 어쩔 수가 없다. 그리고 명수의 얼굴까지 떠올라서 핑핑 돌아간다. 빙긋빙긋 웃는 명수.

의식적으로 막을 수 없이 떠오르는

• 봉염 어머니의 모성애가 드러나는 장면

- 유모 일을 시작하고는 밤마다 명수네 식구가 잠들면 봉희에게 젖을 먹이러 감
- 명수 어머니의 감시를 피해 속옷 바람으로 딸들에게 달려갔다 옴
- 봉염이 앓는 것을 보고는 한밤중에 속옷 바람으로 몰래 찾아옴
- 봉염의 몸이 불 같은 것을 알고는 간 폭을 갉아 내는 듯한 아뜩함을 느낌
- 자신의 젖을 먹고 자란 명수가 깨어나서 울고 있을 것을 걱정함
- 봉염과 봉희가 죽은 뒤에 간절히 명수를 그리워함

• 봉염 어머니의 내적 갈등

**자식에 대한 모성애**
아픈 봉염을 보며 유모 일을 그만두고 자식들을 돌보고 싶음

↕

**일자리에 대한 불안**
명수 부모가 자신이 없다는 사실을 알게 되면 유모 일을 할 수 없음

↓

먹고살기 위해 돈을 벌려면 아픈 자식을 그냥 둔 채 명수네로 돌아가야 함 → 생존의 위기에 몰린 상황

"그놈 울지나 않는지……."
어린 명수에 대한 걱정

나오는 줄 모르게 이렇게 중얼거리고는 그는 억지로 생각을 돌리려고 맘에 없는 딴말을 지껄였다.
무의식 중에 / 죽은 두 딸에 대한 죄책감 때문임

"에이, 이놈의 자식 너 때문에 우리 봉희 봉염이는 죽었다. 물러가라!"
자신이 명수를 돌보느라 딸들을 방치했기 때문에 봉염과 봉희가 죽은 것으로 여김

그러나 명수의 얼굴은 점점 다가온다. 손을 들어 만지면 만져질 듯이…… 그는 얼른 손등을 꽉 물었다. 손등이 아픈 것처럼 그렇게 명수가 그립다. 그리고 발길은 앞으로 나가려고 주춤주춤하는 것을 꾹 참으며 어제 이맘때 명수의 집까지 갔다가도 명수 어머니에게 거절을 당하고 돌아오던 생각을 하며 맥없이 머리를 떨어뜨리었다.
명수에 대한 간절한 그리움 / 자기 젖을 먹여 키운 아이에 대한 본능적 모성애 / 명수를 보러 가고 싶은 마음이 행동으로 드러남 / 젖 유모 자리를 잃게 됨

'흥! 제 자식 죽이고 남의 새끼 보고 싶어 하는 이 어리석은 년아, 왜 죽지 않고 살아 있어? 왜 살아, 왜 살아, 그때 죽었으면 이 고생은 하지 않지' 하며 남편의 죽은 것을 보고 따라 죽을까? 하던 그때 생각을 되풀이하였다. 그리고 자신이 이러한 비운에 빠지게 된 것은 남편이 죽었기 때문이라고 단정하였다. ▶ 명수에 대한 그리움과 그런 자신에 대한 자책
이해할 수 없는 자신의 마음에 대한 자아비판, 죄책감 / 싼더거우에서 남편이 죽었을 때 / 자식들을 모두 잃게 된 고통
남편의 죽음 → 봉식의 가출 → 봉식을 찾으러 용정에 옴 → 용정에서 팡둥에게 겁탈당하고 쫓겨남 → 봉희를 낳고 젖어멈(유모)으로 들어감 → 봉염과 봉희의 방치 → 봉염과 봉희의 죽음

[뒷부분의 줄거리] 한순간에 봉염과 봉희를 잃고는 슬픔에 빠져 지내던 봉염 어머니에게 용애 어머니가 찾아와 위로한다. 그리고 조선에서 용정으로 소금을 밀수하면 많은 돈을 벌 수 있다는 말을 한다. 이에 봉염 어머니는 소금 밀수를 결심한다.

• 명수를 둘러싼 봉염 어머니의 내적 갈등

| 원망 | | 모성애 |
|---|---|---|
| 명수 때문에 봉염과 봉희가 죽었다고 여기며 명수를 원망함 | ↔ | 젖을 먹이면서 정이 들어 명수를 보고 싶어 함 |

| 모성애 | | 죄책감 |
|---|---|---|
| 명수가 보고 싶고 그리움 | ↔ | 명수를 돌보느라 딸들을 돌보지 못하고 죽음에 이르게 한 것을 괴로워함 |

• 봉염 어머니가 명수를 그리워하는 이유

봉염 어머니는 갓 태어난 봉희와 떨어진 채 다른 아기에게 자신의 젖을 주는 입주 유모를 해야 했음

↓

① 봉희와 달리 1년이 넘도록 곁에서 보살피면서 젖을 준 명수에게 육체적, 정서적 친밀감이 깊게 형성됨
② 봉염과 봉희는 죽어서 애정을 줄 수 없는 상황인 반면 명수는 살아 있음

↓

①과 ②와 같은 점들이 복합적으로 작용하여 명수에 대한 강렬한 그리움으로 표출됨

장면 포인트 3 주목

• 해당 장면은 식구들을 모두 잃고 홀로 된 봉염 어머니가 먹고살기 위해 남성들로 구성된 밀수 패거리에 끼어 소금 밀수를 하는 상황이다.
• 생명의 위협을 받는 상황에서 보인 주인공의 행동에 주목하여 '소금 자루'의 상징적 의미를 파악하도록 한다.

밀수입
소제목. 봉염 어머니가 생계를 위해 목숨을 거는 절박한 상황이 잘 드러나는 장면

주목

북국의 가을은 몹시도 스산하다. 우레 같은 바람 소리가 대지를 뒤흔드는 어느 날 밤 봉염의 어머니는 소금 너 말을 자루에 넣어서 이고 일행의 뒤를 따랐다. 그들 일행은 모두가 여섯 사람인데 그중에 여인은 봉염의 어머니뿐이었다. 앞에서 걷는 길잡이는 십여 년을 이 소금 밀수로 늙었기 때문에 눈 감고도 용이하게 길을 찾아가는 것이다. 그러므로 그들은 이 길잡이에게 무조건 복종을 하였다. 그리고 며칠이든지 소금 짐을 지는 기간까지는 벙어리가 되어야 하며 그 대신 의사 표시는 전부 행동으로 하곤 하였다.

(북쪽에 있는 나라. 중국 / 고난의 상황을 부각하는 자연적 배경 / 조선에서 소금을 사서 용정으로 돌아오고 있는 상황 / 소금 밀수는 매우 고되고 위험해 여성이 하는 경우가 드묾 → 봉염 어머니의 강인한 생활력 / 소금 밀수가 끝날 때까지 / 국경을 지키는 순사에게 들키지 않기 위해서)

그들은 열을 지어 나란히 걸었다. 바람은 여전히 불었다. 그들은 앞 사람의 행동을 주의하며 이 바람 소리가 그들을 다그쳐 오는 어떤 신발 소리 같고 또 어찌 들으면 순사의 고함치는 소리 같아 숨을 죽이곤 하였다. 그리고 어제도 이 근방 어디서 소금 짐을 지다 총에 맞아 죽은 사람이 있다지 하며 발걸음 옮김을 따라 이러한 불안이 저 어둠과 같이 그렇게 답답하게 그들의 가슴을 캄캄케 하였다.

(순사가 뒤쫓아 오는 소리처럼 느껴짐 → 두려움, 압박감 / 밀수꾼들을 두렵게 만드는 소문 / 답답하고 불안한 내면의 심리를 시각적 이미지(밤길의 어둠)로 나타냄)

▶ 소금 밀수를 하게 된 봉염 어머니

남들은 솜옷을 입었는데 봉염의 어머니는 겹옷을 입고 발가락이 나오는 고무신을 신었다. 그러나 추운 것은 모르겠고 시간이 지날수록 머리에 인 소금 자루가 무거워서 견딜 수 없다. 머리 복판을 쇠뭉치로 사정없이 뚫는 것 같고 때로는 불덩이를 이고 가는 것처럼 자꾸 따가웠다. 「그가 처음에 소금 자루를 일 때 사내들과 같이 엿 말을 이려 했으나 사내들이 극력 말리므로 아쉬운 것을 참고 너 말을 이게 된 것이다.」 그런 것이 소금 자루를 이고 단 십 리도 오기 전에 이렇게 머리가 아팠다. 그는 얼굴을 잔뜩 찡그리고 두 손으로 소금 자루를 조금씩 쳐들어 아픈 것을 진정하렸으나 아무 쓸데도 없고 팔까지 떨어지는 듯이 아프다. 그는 맘대로 하면 이 소금 자루를 힘껏 쥐어뿌리고 그 자리에서 자신도 그만 넌떡 죽고 싶었다. 그러나 그것은 공연한 맘뿐이었다. 발길은 여전히 사내들의 뒤를 따라간다. 사내들과 같이 저렇게 나도 등에 져 봤더라면…… 이제라도 질 수가 없을까. 그러려면 끈이 있어야지 끈이…… 좀 쉬어 가지 않으려나. 쉬어 갑시다. 금시로 이러한 말이 입 밖에까지 나오다는 콱 막히고 만다. 그리고 여전히 손길은 소금 자루를 들어 아픈 것을 진정하려 하였다.

(소금 밀수 경험이 있는 남자들 / 계절, 밀수 상황에 맞지 않는 부실한 차림 → 육체적 고통의 심화 / 머리에 인 소금 자루가 무겁게 느껴짐 / 소금 자루에서 흘러나온 소금기가 두피를 상하게 하여 따가움 / 있는 힘을 다해 / 「」: 소금 밀수를 해 본 경험이 있는 사람들의 조언 / 여성인 봉염 어머니가 힘에 부칠 것을 짐작함 / 약 4km / 매우 힘들고 고통스러움 / 도움이 되지 않음 / 아무 데나 흘리거나 뿌리고 / 소금 자루를 등에 진 사내들과 달리 봉염 어머니는 머리에 이고 있음 / 봉염 어머니가 사내들에게 하고 싶었던 말)

이마와 등허리에서는 땀이 낙수처럼 흘러서 발밑까지 내려왔다. 땀에 젖은 고무신은 왜 그리도 미끄러운지 걸핏하면 그는 쓰러지려 하였다. 그래서 그는 정신을 바

(추운 날씨인데도 온몸에서 땀이 남 → 무거운 소금 자루를 이고 옮기는 고통)

**작품 분석 노트**

• 봉염 어머니가 소금 밀수를 나선 이유

'마침내 자기 일신을 살리려라는 결론을 얻었을 때 그는 너무나 적적함을 느꼈다. 그러나 아무리 자기 일신일지라도 스스로 악을 쓰고 벌지 않으면 누가 뜨물 한 술이나 거저 줄 것일까? 굶는다는 것은 차라리 죽음보다도 무엇보다 무서운 것이다. 보다도 참기 어려운 것은 그것이다. 요전까지는 그의 정신이 흐리고 온 전신이 나른하더니 지금 밥술을 입에 넣으니 확실히 다르지 않은가. 그리고 가슴을 누르는 듯하던 주위의 공기가 가뿐해 오지 않는가. 살아서는 할 수 없다. 먹어야지…….'
– '어머니의 마음'에 제시된 내용

↓

굶주림에 대한 두려움 + 살아남기 위한 수단

• 봉염 어머니의 부적절한 차림

| 겹옷 | 북쪽 지역의 추운 가을 날씨를 견디기 어려운 옷차림 |
|---|---|
| 고무신 | 오랜 동안 걷고 강물을 건너며 밭고랑을 지나는 데 적절하지 않은 신발 |

↓

• 소금 밀수의 상황을 알지 못하는 초보자임을 드러냄
• 옷과 신을 제대로 갖추기 어려운 궁핍한 처지임을 보여 줌

• 인물의 처지 비교

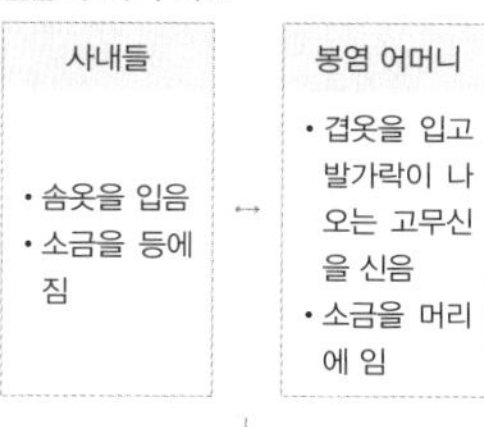

| 사내들 | ↔ | 봉염 어머니 |
|---|---|---|
| • 솜옷을 입음<br>• 소금을 등에 짐 | ↔ | • 겹옷을 입고 발가락이 나오는 고무신을 신음<br>• 소금을 머리에 임 |

↓

소금 밀수를 같이하는 일행인 사내들과의 비교를 통해 봉염 어머니가 처한 상황이 사내들보다 더 힘겨움을 부각함

짝 차리면 벌써 앞에 신발 소리는 퍽으나 멀어졌다. 그는 기가 나서 따라오면 숨이
봉염 어머니 앞에 가는 사내들과의 간격이 많이 벌어짐
칵칵 막히고 옆구리까지 결린다. 두 말이나 일 것을…… 그만 쏟아 버릴까? 어쩌누?
욕심을 낸 것에 대한 후회
소금 자루를 어루만지면서도 그는 차마 그리하지는 못하였다.
돈을 벌어야 한다는 생각에 힘들어도 소금을 버리지 못함
▶ 머리에 인 소금 자루로 인한 육체적 힘겨움

어느덧 강물 소리가 어렴풋이 들린다. 그들은 이 강물 소리만 들어도 한결 답답한
국경에 다다름
속이 좀 풀리는 듯하였다. 강가에 가면 이 소금 짐을 벗어 놓고 잠시라도 쉴 것이며
밀수 일행이 모두 간절히 바라는 것
물이라도 실컷 마실 것 등을 생각하였던 것이다. 그러면서도 강 저편에 무엇들이 숨
밀수꾼을 쫓는 사람들
어 있지나 않을까? 하는 불안이 강물 소리를 따라 높아진다. 봉염의 어머니는 시원한 강물 소리조차도 아픔으로 변하여 그의 고막을 바늘 끝으로 꼭꼭 찌르는 듯 이 모
힘겨움, 두려움 때문에 강물 소리마저 고통스럽게 느껴짐
양대로 조금만 더 가면 기진하여 죽을 것 같았다. 마침 앞의 사내가 우뚝 서므로 그
머리에 인 소금 자루로 인한 고통이 한계에 이름
도 따라 섰다. 바람이 무섭게 지나친 후에 어디선가 벌레 울음소리가 물결을 따라
사람들의 심리와 상반되는 서정적 정경
들렸다. 낑 하고 앞에 사내가 앉는 모양이다. 그도 털썩 하고 소금 자루를 내려놓으
사내들도 봉염 어머니 못지않게 육체적으로 힘들어함
며 쓰러졌다. 그리고 얼른 머리를 두 손으로 움켜쥐며 바늘로 버티어 있는 듯한 눈
눈이 감기는 것을 간신히 참고 있었음
을 억지로 감았다. 그러면서도 앞의 사내들이 참말로 다들 앉았는가 나만이 이렇게
쓰러졌는가 하여 주의를 게을리하지 않았다.
▶ 두만강가에 도착한 밀수 일행

아픈 것이 진정되니 온몸이 후들후들 떨린다. 그는 몸을 웅크릴 때 앞의 사내가
추운 날씨에도 옷을 제대로 갖추어 입지 못한 처지임
그를 꾹 찌른다. 그는 후닥닥 일어났다. 사내들의 옷 벗는 소리에 그는 한층 더 정신
강물을 건너갈 준비를 함
이 바짝 들었다. 그는 잠깐 주저하다가 옷을 훌훌 벗어 돌돌 뭉쳐서 목에 달아매었
다. 그때 그는 놀릴 수 없이 아픈 목을 어루만지며 용정까지 이 목이 이 자리에 붙어
움직이기 힘들 만큼 목이 아픔
소금 자루를 이고 가야 하는 것에 대한 두려움을 과장해서 드러냄
있을까? 하는 의문이 들었다. 그리고 사내가 이어 주는 소금 자루를 이고 다시 걷기
시작하였다.

**감상 포인트**
소금 밀수를 하게 된 이유를 생각하며 밀수 과정에서 나타난 인물의 태도를 파악한다.

벌써 철버덕철버덕 하는 물소리가 나는 것으로 보아 앞의 사람은 강물에 들어선
모양이다. 벌써 그의 발끝이 모래사장을 거쳐 물속에 들어간다. 그는 오스스 추우며
알 수 없는 겁이 버쩍 들어서 물결을 굽어보았다. 시커멓게 보이는 그 속으로 물결
어둠 속의 강
소리만이 요란하였다. 그리고 뭉클뭉클 내리 밀치는 물결이 그의 몸을 을러 주었다.
거센 물결 때문에 몸이 흔들림
그때마다 머리끝이 쭈뼛해지며 오한을 느꼈다. 그리고 흑 하고 숨을 들이마셨다.
두려움과 추위를 참기 위한 본능적 행동

물이 깊어 갈수록 발밑에 깔린 돌이 굵어지며 걷기도 몹시 힘들었다. 그것은 돌
바닷물 따위에서 흙과 유기물이 썩어서 이루어진 진흙탕
이 께느른한 해감탕 속에 묻히어 있기 때문이다. 그래서 걸핏하면 미끈하고 발끝이
돌이 부드럽고 미끄러운 진흙 속에 묻혀 있음
줄달음을 치는 바람에 정신이 아득해지곤 하였다. 봉염의 어머니는 몇 번이나 발이
미끄러운 돌을 밟아서 발이 앞으로 확 밀려 나감
미끄러지고 또 곱디디었다. 물은 젖가슴을 확실히 지나쳤다. 「그때 그의 발끝은 어
발을 접질리게 디딤
강물의 깊이가 가슴께를 넘음
떤 바위를 디디다가 미끈하여 달음질쳐 내려간다.」 그 순간 온몸이 화끈해지도록 그
「 」: 봉염 어머니가 길잡이가 안내하는 길과 다른 길로 들어서서 그만 미끄러짐 → 위기감 고조
는 소금 자루를 버티고 서서 넘어지려는 몸을 바로잡으려 하였다. 그러나 벌어지는
온몸의 힘을 다해서 중심을 잡으려 함 → 넘어지면 머리에 이고 있는 소금 자루가 물에 빠짐
다리와 다리를 모으는 수가 없었다. 그리고 소리를 쳐서 앞에 사내들에게 구원을 청
다시 걷기 위해 두 다리를 모았다가는 또 미끄러질 것 같아서 어떻게 할 수 없는 상황임
하려 하나 웬일인지 숨이 막히고 답답해지며 암만 소리를 질러도 나오지도 않거니와
너무 놀라고 다급하여 목소리가 제대로 나오지 않음

• '소금 자루'의 의미

| 이국 땅에서 겪어야 하는 고통 | 무거운 소금 자루를 머리에 이고 가느라 목이 몹시 아픔 |
|---|---|
| 생계를 위해 목숨을 걸어야 하는 절박함 | 국경을 감시하는 순사를 만나면 죽을 수 있다는 두려움 |

↓

생계를 위해 목숨을 걸고 소금 밀수를 하는 것 → 조선인 이주민들의 절박한 처지와 비극적 상황을 단적으로 보여 주는 소재

• 강물에서 겪는 봉염 어머니의 시련과 태도

- 순사의 눈을 피해 조선에서 소금을 밀수함
- 가슴까지 오는 깊은 물속을 걷다가 바위를 잘못 디뎌 미끄러짐
- 넘어지는 상황에서도 머리에 이고 있는 소금 자루를 놓지 않음
- 왼발로 중심을 잡고 넘어지지 않으려 애씀

↓

생명이 위급한 상황에서도 삶에 대한 강한 의지를 보임

약간 나오는 목소리도 물결과 바람결에 묻혀 버리곤 하였다. 그는 죽을힘을 다하여
길이 가는 일행이 봉염 어머니의 위기 상황을 알지 못하는 이유
왼발에 힘을 들이고 섰다. 그때 그는 죽는 것도 무서운 것도 아뜩하고 다만 소금 자
중심이 되는 왼발에 온 힘을 모아서 넘어지지 않으려고 애쓰고 있음
루가 물에 젖으면 녹아 버린다는 생각만이 미끄러져 내려가는 발끝으로부터 머리털
반드시 소금 자루를 지켜야 한다는 일념으로 물속에서 온 힘을 다해 몸의 중심을 잡고 있음 → 강인하고 의지적인 태도
끝까지 뻗치었다.
▶ 물속에서 미끄러져 오도 가도 못하게 된 봉염 어머니

앞서가는 사내들은 거의 강가까지 와서야 봉염의 어머니가 따르지 않는 것을 눈
강을 거의 다 건너서야
치채고 근방을 찾아보다가 하는 수 없이 길잡이가 오던 길로 와 보았다. 길잡이는 용
들킬 수 있는 위험을 무릅쓰고 봉염 어머니를 찾아 나섬
이하게 그를 만났다. 그리고 자기가 조금만 더 지체하였더라면 봉염이 어머니는 죽
구사일생(九死一生)
었으리라 직각되었다. 그는 봉염이 어머니의 손을 잡아 일으키며 일변 소금 자루를
물에 빠져 죽을 지경에 이르렀는데도 소금 자루를 이고 있음 → 봉염 어머니의 강인한 의지
내리어 자기의 어깨에 메었다. 그리고 그의 발끝에 밟히는 바위를 직각하자 봉염이
어머니가 이렇게 된 원인이 여기 있는 것을 곧 알았다. 그리고 자기는 이 바위 옆을
초행길인 봉염 어머니가 길잡이가 인도한 길과 다른 길로 들어서 미끄러운 바위를 밟게 된 것임
훨씬 지나쳐 길을 인도하였는데 어쩐 일인가 하며 봉염이 어머니의 손을 꼭 쥐고 걸
었다.

봉염의 어머니는 정신이 흐릿해졌다가 이렇게 걷는 사이에 정신이 조금 들었다.
길잡이의 손을 잡고 강을 건너는 사이에
그러나 몸을 건사하기 어렵게 어지러우며 입안에서 군물이 실실 돌아 헛구역질이 자
보살피기 / 죽을 만큼 다급한 상황에서 오는 신체적 반응
꾸 나온다. 그러면서도 머리에는 아직도 소금 자루가 있거니 하고 마음대로 머리를
길잡이가 소금 자루를 대신 들어 주고 있는 것도 인식하지 못할 정도로 정신이 없음
움직이지 못하였다. 그들이 강가까지 왔을 때 맘을 졸이고 있던 나머지 사람들은 우
쓸어 일어났다. 그리고 저마다 두 사람을 어루만지며 어떤 사람은 눈물까지 흘리었
안도와 감동, 연대감 등의 표출
다. 자기들의 신세도 신세려니와 이 부인의 신세가 한층 더 불쌍한 맘이 들었다. 동
동병상련의 심정에서 나온 연민
시에 잠 한잠 못 자고 오롯이 굶어 오며 자기들을 기다리고 있을 아내와 어린것들이
며 부모까지 생각하고는 뜨거운 한숨을 푸푸 쉬었다.
자신들의 신세에 대한 자각, 가족에 대한 안타까움
▶ 봉염 어머니를 구조한 길잡이와 봉염 어머니에 대한 사내들의 연민

그 순간이 지나가니 또다시 맘이 졸이고 무서워서 잠시나마 가만히 앉아 있을 수
소금 밀수가 발각되면 죽을 수도 있기 때문임
가 없었다. 그래서 그들은 이번에는 봉염의 어머니를 가운데 세우고 여전히 걸었다.
봉염 어머니를 보호하려는 태도
이번에는 밭고랑으로 가는 셈인지 봉염이 어머니는 발끝에 조 벤 자국과 수수 벤 자
국이 찔리어서 견딜 수 없이 아팠다. 그는 몇 번이나 고무신을 벗어 버리렸으나 그
나마 버리지는 못하였다. 그는 언제나 이렇게 맘을 내고도 한 번도 그의 속이 흡족
고무신이 아깝기 때문임 / 봉염 어머니의 성격에 대한 서술자의 직접 제시
하게 실행하지는 못하였다. 그저 망설였다. 나중에는 고무신이 찢어져 조 뿌리나 수
수 뿌리에 턱턱 걸려 한참씩이나 진땀을 뽑으면서도 여전히 버리지는 못하였다.
가난이 지속되는 생활로 인한 집착
▶ 강물을 건넌 뒤 밭고랑을 힘겹게 걸어가는 봉염 어머니

• 봉염 어머니에 대한 사내들의 연대 의식

- 길잡이가 들킬 위험을 무릅쓰고 온 길을 되돌아가 봉염 어머니를 찾음
- 길잡이가 봉염 어머니의 소금 자루를 자신의 어깨에 대신 멤
- 맘을 졸이던 사내들이 무사히 돌아온 길잡이와 봉염 어머니를 어루만지며 눈물까지 흘림
- 봉염 어머니를 가운데 세우고 길을 걸음

↓

비슷한 처지에 있는 사람들 간의 공감과 연민

• 봉염 어머니의 변화

싼더거우와 용정에서의 생활

- 가부장적 질서에 예속된 여성의 모습: 소금이 없어 남편에게 입맛에 맞는 음식을 만들어 주지 못하는 것을 미안해하며 아내의 도리를 못하고 있다고 자책함
- 소극적인 태도: 팡둥의 겁탈을 문제 삼지 않거나 팡둥의 집에서 쫓겨날 때도 저항하지 않음

↓

가족을 모두 잃은 후

삶에 대한 적극적인 의지: 가족을 모두 잃은 비극적 현실에 매몰되어 절망하지 않고 여자의 몸으로 밀수를 하며 적극적으로 살아감

## 핵심 포인트 1 서사 구조에 대한 이해

이 작품은 공간적 배경의 변화에 따라 '봉염 어머니'와 관련된 비극적 사건이 순차적으로 전개된다. 따라서 공간에 따라 사건이 어떻게 전개되는지 파악할 수 있어야 한다.

**공간의 이동에 따른 사건 전개**

| | |
|---|---|
| 싼더거우[三頭溝] | • 봉염 어머니 가족은 고향에서 땅을 빼앗긴 뒤 10여 년 전 간도의 싼더거우로 이주함<br>• 중국인 지주 팡둥의 땅을 빌려 농사를 짓지만 수확량의 대부분을 지주에게 바쳐야 하고 자×단이나 마적단 등에게 수탈당해 궁핍에서 벗어나지 못함<br>• 봉염 어머니의 남편이 총에 맞아 죽고, 남편의 장례 후 아들 봉식이 집을 나감 |
| 용정 | • 봉식이 소식이 없자 봉염 어머니가 봉식의 행방을 찾아 지주 팡둥이 사는 용정에 옴<br>• 봉염 어머니는 팡둥의 집에서 식모 노릇을 하면서 봉식의 소식을 기다리던 중 팡둥의 아이를 임신함<br>• 봉식이 공산당에 가입했다가 공개 처형을 당했다는 이유로 팡둥이 봉염 어머니를 쫓아냄 |
| 해란강변 | • 봉염 어머니가 중국인 집의 헛간에서 팡둥의 자식인 딸 봉희를 출산함<br>• 봉염과 봉희는 셋방을 얻어 따로 지내도록 하고, 봉염 어머니는 명수네에 젖 유모로 들어감<br>• 봉염과 봉희가 열병에 걸려 죽고, 이 일로 봉염 어머니는 유모 자리에서 쫓겨남 |
| 강 | • 두 딸을 잃은 봉염 어머니는 혼자라도 살아가기 위해 돈을 벌 수 있는 소금 밀수에 가담함<br>• 소금 네 말을 이고 강물을 건너면서 엄청난 고통을 겪고 죽을 위기를 넘김 |
| 용정 | • 겨우 소금 자루를 가지고 집으로 돌아오지만, 다음 날 순사에게 들켜 소금을 모두 빼앗김 |

## 핵심 포인트 2 소재의 의미 파악

소금은 다양한 사건에서 중요한 의미를 지니므로 중심 소재인 '소금'의 상징성을 파악해야 한다.

**'소금'의 상징적 의미**

| | |
|---|---|
| 인간의 기본적인 생존권 상징하는 소재 | 소금은 사람의 생명 유지에 필요한 음식의 재료임 |
| 이주민의 궁핍하고 고달픈 삶을 드러내는 소재 | • 간도에서는 소금이 고향(조선)보다 훨씬 비싸 쉽게 살 수 없어 싱거운 음식을 먹으며 살아감<br>• 생계를 위해 목숨을 걸고 소금을 밀수하지만 순사에게 빼앗김 |
| 고향(조선)을 떠올리는 매개체 | 소금이 싸고 풍족한 고향을 그리워함 |
| 계층 간 빈부 차이를 자각하는 계기 | 지주의 집에 소금이 많은 것을 보고 빈부의 차이를 인식함 |

## 핵심 포인트 3 외적 준거에 따른 감상

이 작품은 역사적 사실을 바탕으로 하층민 여성의 힘겨운 삶과 인식의 변화 과정을 보여 준다는 점에 주목하여 감상할 수 있어야 한다. 또한 배경이나 작중 상황이 유사한 작품과 비교할 수 있다.

**〈소금〉의 '봉염 어머니'에 대한 이해**

'간도, 여성, 계급' 등은 강경애 소설을 이해하는 핵심 키워드이다. 강경애의 소설은 간도 이주민들의 참담한 생활상이나 여성들의 고단한 삶의 역경을 중심 내용으로 삼는다. 〈소금〉도 피식민지 하층 계층 여성의 질곡 어린 삶을 사실적으로 형상화하고 있다. 주인공인 '봉염 어머니'의 간도 이주와 그곳에서의 여러 가지 시련, 사회화가 순차적으로 아루어진다. 간도에서 힘겹게 살아가는 과정에서 가족들이 하나씩 죽고 결국 봉염 어머니 혼자 남는다. 하지만 이때까지는 그녀의 의식은 개인적인 생존 차원에 머무른다. 하지만 사내들 패거리에 끼어 두만강을 건너는 소금 밀수를 하면서 조금씩 사회적인 차원의 문제의식이 형성되고, 사회적 자각에 이른다.

– 정현숙, 〈균열과 통합의 여성 서사〉

### 작품 한눈에

• 해제

〈소금〉은 일제 강점기에 고향(조선)을 떠나 간도로 이주했던 조선인 이주민의 비참한 삶을 '봉염 어머니'라는 하층 계층의 여성을 통해 사실적으로 묘사하고 있다. 봉염 어머니 가족은 나은 삶을 꿈꾸며 간도로 이주하여 소작농으로 살아가지만 궁핍함에서 벗어날 수 없으며 늘 목숨의 위협을 받는 불안감 속에서 살아간다. 그러다가 남편과 자식들을 모두 잃고 홀로 남아 돈을 벌기 위해 소금 밀수에 나선다. '싼더거우 → 용정 → 해란강변 → 두만강'으로 이어지는 주인공의 이주와 가족이 해체되는 시련은 식민지 여성이 겪어야 했던 질곡과 사회적 각성 과정을 극명하게 보여 준다.

• 제목 〈소금〉의 의미

– 일제 강점기 이주민의 궁핍한 삶을 실감하게 하는 소재

소금은 사람이 살아가는 데 필수적인 식재료이다. 하지만 간도 지역에서는 소금이 매우 비싸므로 가난한 처지의 봉염 어머니는 서러움을 느낀다. 또한 봉염 어머니는 가족을 모두 잃은 뒤에 소금 밀수에 나서지만 그마저도 순사에게 빼앗긴다. 결국 '소금'은 봉염 어머니가 간절히 바라는 것이지만 결국 필요한 만큼 가질 수 없는 대상이다. 따라서 제목의 '소금'은 최소한의 인간다운 생활도 누릴 수 없는 이주민들의 고달픈 삶을 드러낸다고 볼 수 있다.

• 주제

일제 강점기 간도 이주민의 비극적인 삶의 모습

**전체 줄거리**

빚에 쫓겨 간도로 이주한 봉염네 가족은 중국인 지주 팡둥의 소작농으로 생계를 이어 궁핍하게 생활한다. 봉염 아버지가 팡둥을 만나러 간 사이, 봉염 어머니는 운동화를 사 달라고 조르는 딸 봉염과 말다툼을 한다. 갑자기 총소리가 들려오고, 곧 아들 봉식이 피투성이를 하고 공산당에게 죽임을 당했다는 아버지를 데리고 온다. 아버지의 장례를 치른 봉식이 집을 나가 돌아오지 않자 봉염 모녀는 봉식을 찾아 용정으로 향한다. 거처가 없는 봉염 모녀는 팡둥을 찾아가는데 팡둥은 두 사람을 일꾼으로 부릴 생각에 받아 준다. 이후 봉염 어머니는 원치 않게 팡둥의 아이를 임신하는데, 봉식이 공산당에 들어갔다 처형당한 일로 봉염 모녀는 팡둥의 집에서도 쫓겨나게 된다. 헛간에서 봉희를 낳은 봉염 어머니는 용애 어머니의 소개로 명수네 집 유모 일을 하며 생계를 잇는다. 그러나 봉염과 봉희가 열병을 앓아 모두 죽자 봉염 어머니는 명수네 집에서마저 쫓겨난다. 살길이 막막한 봉염 어머니는 소금 밀수를 시작하고, 죽을 고생을 하며 소금을 밀수해 오지만 순사에게 사염을 파는 것을 들켜 잡혀간다.

◇ 한 줄 평 일제 강점기 농촌 진흥 정책과 농촌의 현실을 고발한 작품

# 모범 경작생 ▸ 박영준

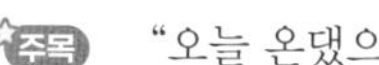

## 장면 포인트 1 주목

- 이 작품은 개인적 이익 때문에 일제의 수탈 정책에 동조하는 인물을 통해 일제 강점기 농촌의 부조리한 현실을 고발하고 가난한 농민들의 삶의 애환을 그려 내고 있는 소설이다.
- 해당 장면은 서울에서 열리는 농사 강습회에 참가하고 돌아오는 길서를 동네 사람들이 기다리고 있는 상황이다.
- 성두와 기억을 비롯한 동네 사람들의 대화에 주목하여 이 작품에 반영된 당시 농촌의 현실을 파악하도록 한다.

주목

"오늘 온댔으니 꼭 올 텐데……."

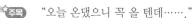

성두가 못단을 왼손에 쥐며 말했다.

(보통 서너 움큼씩 묶은 볏모나 모종의 단)

"글쎄…… 꼭 올 텐데…… 요새 모를 못 내면 금년에는 상을 못 탈 것 아냐."

(① 길서가 모를 내지 못할까 봐 걱정함 ② 농사와 관련하여 농민에게 상을 주는 정책이 있었음이 암시됨)

기울어지는 햇살을 쳐다보며 진도 애비가 말했다.

(시간의 경과)

"너 원통할 게 무어 있니? 길서가 상을 탄대두 너는 마꼬 한 개 못 얻어먹어, 이 자식아!"

(담배 이름의 하나 / 길서가 상을 타도 돌아올 이득은 아무것도 없음)

기억이가 툭 쏘았다.

"그래도 올랴고 한 날에는 올 텐데……."

은근히 기다리던 성두가 다시 말했다.

(동네에서 유일하게 소학교를 졸업한 인물로 '모범 경작생'으로 뽑혀 일제의 정책적 혜택을 받음. 자신의 이익을 위해 동네 사람들을 배신하는 인물)

길서는 그 마을에서 가장 칭찬을 받는 사람이다. 물론 사촌 형뻘이 되면서도 기억이 같은 몇 사람은 길서를 시기하고 속으로는 미워까지 했으나, 「동네 전체로 보아 소학교 졸업을 혼자 했고, 군청과 면사무소에 혼자서 출입하고, 공부를 많이 한 사람에게도 지지 않으리만큼 동네 사람들을 가르치며 지도했다.」 나이 젊은 사람으로 일을 부시런히 해서 돈도 해마다 벌며 저축을 하여 마을의 진흥회니 조기회니, 회마다 회장을 도맡고 있는 관계로 무식하고 착한 농부들은 길서를 잘난 위인이라고 생각하지 않을 수가 없었다.

(작품 밖의 서술자가 작중 인물에 대해 직접적으로 설명함 / 기억이 길서를 시기하며 부정적으로 바라보고 있음을 알 수 있음 / 「」: 길서에 대한 소개 – 동네 사람들과는 다르게 교육을 받고 부유한 삶을 누리고 있는 길서 / 동네 사람들이 길서의 실체를 모른 채 표면으로 드러난 것만 보고 길서를 높게 평가함)

더욱이 서울서 모이는 농사 강습회에 군에서 보내는 세 사람 중에 한 사람으로, 한 주일 전에 그리로 떠난 뒤로 길서를 칭찬하는 소리는 더 커졌다.

평양 구경도 못 한 마을 사람들이 서울까지 가서 별한 구경을 다 하고 돌아온 그에게서 서울 이야기를 들을 생각을 하니 그의 돌아옴이 기다려지는 것도 할 수 없는 일이었다.

(보통 것과 이상스럽게 다른 / 동네 사람들이 길서를 기다리는 이유)

▸ 서울의 농사 강습회에 갔다가 돌아오는 길서를 기다리는 동네 사람들

점심을 먹은 뒤, 한 번도 쉬지 못한 성두의 논에서 일하던 사람들은 논두렁으로 올라가 담배를 피우기로 했다. 다른 동네에서는 점심 뒤 한 번 쉬는 참에는 새참을 먹는 것이었으나 이들은 몇 해 전부터 그런 것을 잊어버렸다. 그래서 밥은 못 먹어도 그저 몸이나 쉬는 것이었다.

(몇 해 전보다 더 가난해진 동네 사람들의 형편이 드러남)

## 작품 분석 노트

- 주요 인물 정리

|  |  |
|---|---|
| 길서 | 자신의 이익을 위해 일제 관료들에게 동조하며, 마을 사람들을 배신하는 인물 |
| 성두 | 길서와 같은 동네에 사는 농부. 일제의 농업 정책으로 피폐해진 농촌의 현실에 대해 거부감을 지니고 있으며, 경제적인 어려움에 처해 있음 |
| 의숙 | 성두의 여동생으로 길서의 애인. 길서의 행동에 대해 적극적으로 나서지 못하고 고민만 하는 소극적인 인물 |

- 길서와 동네 청년들의 대조

**길서**
- 소학교를 졸업함
- 군청과 면사무소를 출입함
- 동네 사람들을 교육하고 지도함
- 돈도 많고 각종 모임의 회장임
- 자기 논이 있음

↑ 부러움, 시기, 미움

**동네 청년들**
- 소학교를 졸업하지 못함
- 군청과 면사무소에 출입 못 함
- 길서의 가르침과 지도를 받음
- 돈도 없고 가난함
- 자기 논이 없이 남의 논을 소작함

길서네만 내놓고는 전부가 소작으로 사는 그들이 여름철에는 보리밥도 마음대로
길서네와 동네 사람들의 형편이 대조됨
먹을 수가 없는 터에 새참쯤은 물론 생각도 못 했다.

"나두 돈이 있으면 죽기 전에 서울 구경이나 한번 해 봤으면 좋겠다."
진도 애비의 말. 길서를 부러워함

진도 애비가 드러누워 풍뎅이로 얼굴을 가리며 말했다.

"나는 평양이라두 구경해 보구 죽었으문 좋갔다."
성두의 말. 서울까지는 바라지 않고 평양이라도 구경할 수 있으면 좋겠음

신문지 조각으로 희연을 말아 침으로 붙이던 성두가 웃었다.
일제 강점기의 싸구려 담배로, 신문지 같은 안 쓰는 종이에 직접 담배를 말아 넣어 피웠음

"하늘에서 돈이나 좀 떨어지지 않나……."
기억이의 말

풀 위에 엎드려 풀을 손으로 뜯던 기억이의 말이다.

여름 하늘은 구름 한 점 없이 말갛고, 곡식의 싹이 돋은 들판은 물들인 것같이 파
궁핍한 농촌 사람들의 처지와 대조되는 배경
랗다.

"그런데 금년엔 나두 길서네처럼 금비를 사다가 한번 논에 뿌려 봤으면…… 길
돈을 주고 사서 쓰는 거름
서는 밭에다 조합 비료래나, 암모니아를 친대. 그것을 한번 해 보았으문 좋겠는
농작물에 필요한 세 가지 성분인 질소, 인산, 칼리 가운데 두 가지 이상이 들어 있는 비료
데……."

하고 성두가 말할 때 진도 애비는 벌떡 일어나 앉았다.

"말 말게. 골메(동네 이름)서는 누가 돈을 빚내다가 그것을 했다는데 본전도 못 빼
금비를 치는 것
구 빚만 남었다네……."

"그럼! 윗동네 니특이네두 녹았대더라. 설사 잘된다 한들 우리가 많이 먹을 듯하
심하게 손해를 보았음
나? 소작료가 올라가면 그뿐이야……."
자기들 마음대로 소작료를 책정하여 농민들을 수탈하는 지주들의 횡포가 암시됨

기억이가 성난 것처럼 말했다.

"얼마 전에 지주한테 가니까 니특이 칭찬을 하며 우리가 금비 안 쓴다는 말을 하
지주는 비싼 금비를 써서 수확을 늘리기를 바람
던데……."

"글쎄 말이야…… 금비라는 게 또 못살게 하는 거거든. 그것은 어떤 놈이 만들었
금비를 사용하면 수확량은 늘어날지 몰라도 비룟값이 비싸서 더 손해를 보기 때문
는지 모르지만 아마 돈 있는 놈들이 만들었을 게야. 빚 안 내고 농사를 지어도 굶
돈 있는 사람이 농민들을 착취하여 더 많은 돈을 벌기 위해 만들었을 것이라고 생각함
을 지경인데 빚까지 내래니 살 수 있나?"

기억이가 큰소리를 할 때 진도 애비는 무엇을 생각하고 있다가 말을 꺼내었다.

변리. 남에게 돈을 빌려 쓴 대가로 치르는 일정한 비율의 돈
「"길서야 돈 있고 제 땅이 있으니 무슨 짓이든 못 하리…… 또 변[利子] 없이 얼마
비싼 금비도 살 수 있음
든지 보통학교에서 돈을 갖다 쓸 수도 있으니까."

"나두 보통학교나 다녔으면 모범 경작생이나 되어 돈을 가져다 그런 것을 한번 해
일제가 자신들의 정책에 협조하며 순응한 길서에게 붙여 준 호칭
보았으문 좋을 텐데. 보통학교란 물도 못 먹었으니."」
「 」: 길서에 대한 부러움, 자신들의 처지에 대한 불만과 탄식이 드러남

성두가 절반이나 거의 꽂힌 모를 둘러보며 말했다. 그들은 이런 의미에서도 길서를 부러워했다. 물론 제 땅이 얼마만큼 있어야 모범생이라도 될 것이나, 보통학교도
길서처럼 자기 땅을 가지고 있어야
다니지 못한 형편에 그런 꿈을 꿀 수도 없고 따라서 길서처럼 서울 구경을 공짜로 할 생각을 못 해 보는 것이 억울했다.

▶ 길서에 대한 성두와 진도 애비, 기억의 부러움과 억울함

• 작품에 나타난 동네 사람들의 현실

- 대부분 소작농으로 살아가고 있음
- 농사를 지으며 새참을 먹지 못할 정도로 가난함
- 농사를 짓느라 서울이나 평양 구경을 할 틈이 없고 돈도 없음
- 금비를 살 돈이 없으며, 빚을 내서 금비를 사용해도 빚만 더 쌓임

↓

일제 강점기 농촌 현실을 보여 줌

• 지주의 말에 담긴 의도

금비를 쓰는 '니특이 칭찬' + '우리가 금비 안 쓴다는 말'

↓

| 말의 의도 | 니특이처럼 금비를 써서 벼의 생산량을 늘리라는 말 → 빚을 내서 금비를 사야 하는 농민들의 처지는 생각하지 않고 자신이 얻을 이익만 생각함 |
|---|---|

## 장면 포인트 2

- 해당 장면은 길서가 서울에서 구경한 것과 농사 강습회에서 들은 이야기를 동네 사람들에게 전해 주는데, 이에 대해 기억이 의문을 제기하는 부분이다.
- 길서가 전달하는 강습회 내용과 이에 대한 동네 사람들의 생각에 주목하여 길서에 의해 형상화된 인간 유형과 당시 농촌 현실을 파악하도록 한다.

길서는 서울서 구경한 놀랄 만한 일을 하나도 빼지 않고 이야기했다.

전차는 수백 대나 되며 자동차가 수천 대나 있어 귀가 아파 다닐 수 없었다는 말까지 했다. 혀를 빼고 멍하니 듣던 사람들이 숨을 몰아쉬려 할 때 그는 그 자리에서 일어서며 강연조로 말을 꺼냈다.

서울 구경 이야기를 할 때와 달리, 농사 강습회에서 들은 이야기를 전달하려고 어조와 태도를 바꿈

"이제는 강습회에서 배운 것을 조금 말하겠습니다. 농사짓는 법이란 제가 보통학교에 다니면서 다 배운 것이며, 지금 제가 채소밭 하는 것과 꼭 같은 것이었으니까 말할 것도 없지요. 하나 새로 배운 것이 있다면 닭을 칠 때 서울서 레그혼이라는 흰 닭을 사다 기르면 그놈이 알을 굉장히 낳는다는 것입니다. 그밖에는 배운 것이라고 별로 없습니다."

강습회: 일제가 농촌 진흥 정책의 일환으로 시행한 행사

강습회의 농사와 관련한 교육 내용은 이미 자신이 다 알고 있는 것들임 → 농사 강습이 주 목적이 아님

이 말을 끝맺고 다시 말을 이을 때는 기침을 한번 하고 목청을 올리었다.

"제가 강습회에서도 가장 많이 들은 일입니다마는 우리가 제일 깨달아야 할 것이 하나 있습니다. 「그것은 다름 아니라 가장 어렵고 무서운 시국이라는 것입니다. 까딱 잘못하다가는 죽을 죄를 짓기 쉽고 일을 아니 하고 놀려고만 생각하면 농사도 못 짓게 됩니다. 불경기, 불경기 하지만 이것이 얼마 오래 갈 것이 아니며 한 고비만 넘기면 호경기가 온다는 것입니다. 들으니까 요사이에 감옥에 가장 많이 갇힌 죄수들은 일하기가 싫어서 남들까지 일을 못 하게 한 놈들이래요. 말하자면 공산주의자라나요. 공연히 알지도 못하고 그런 놈들의 말을 들었다가는 부치던 땅까지 못 부치게 될 것이니 결국은 농군들의 손해가 아니겠소……."

가장 어렵고 무서운 시국이라는 것입니다: 지금이 가장 어렵고 무서운 시국이니 모두 제 일에 충실해야 함을 강조함

불경기: 경제 활동이 일반적으로 침체되는 상태

호경기: 경제 활동이 정상 이상으로 활발한 상태

감옥에 가장 많이 갇힌 죄수들: 공산주의자(일제의 관점)

일하기가 싫어서 남들까지 일을 못 하게 한 놈들: 공산주의자에 대한 일제의 부정적 관점을 그대로 따름

결국은 농군들의 손해가 아니겠소……: 돌아올 손해를 언급하며 공산주의를 경계할 것을 당부함

듣고 있던 사람들은 길서의 얼굴만 쳐다보며 멍하니 앉아 있었다.

"또 무슨 전쟁이 일어날 것도 같습니다. 하라는 일을 아니 하면 우리가 어떻게 될는지도 모르지요. 그러나 같은 값이면 마음 놓고 하라는 일을 잘 하며 살아야 하겠어요. 에에, 우리는 일을 부지런히 합시다. 그러면 굶어 죽는 법이 없으니깐요. 유명하게 된 사람들은 전부 부지런했던 덕택이었다는 것을 우리는 잘 알지 않습니까!"

같은 값이면 마음 놓고 하라는 일을 잘 하며 살아야 하겠어요: 일제의 정책, 즉 일제가 시키는 대로 무조건 따를 것을 설득함

이 말을 끝맺고 한참이나 섰다가 앉을 때」 옆에 앉았던 늙은이가 이마를 긁으며 물었다.

「 」: 길서가 농사 강습회에서 들은 내용을 그대로 전달함 → 길서의 친일적, 무비판적인 사고가 드러남. 일제의 입장에 서서 일제의 농촌 정책을 선전하고 일제에 협조하는 반민족적인 성향을 보여 줌

"너 서울 가서 그런 말도 배웠니?"

길서는 그저 웃었다. 의숙이도 재미있게 듣는 동네 사람들을 볼 때 길서가 더 훌륭한 것같이 생각했다.

의숙이도 재미있게 듣는 동네 사람들을 볼 때: 길서의 말에 긍정적으로 반응함

▶ 강습회의 교육 내용을 전달하는 길서와 그것을 듣는 동네 사람들

### 작품 분석 노트

- 〈모범 경작생〉의 의의

| 시대적 의의 |
|---|
| 일제 농업 진흥책의 허구를 폭로하고 당시 농촌 사회의 피폐해진 실상과 농민들의 고통스러운 삶을 고발함 |
| 문학적 의미 |
| 1930년대 일제 강점기의 부패한 관료층과 식민지 수탈 정책과 관련한 농촌 사회의 문제점을 포착하고, 농촌의 참상과 농민들이 겪던 가난의 고통 등을 생생하게 묘사한 농민 소설임 |

"그런데 호경긴가 그것은 언제 온대던?"
길서의 이야기에 의문을 드러내는 기억

아닌 밤중에 홍두깨 내밀듯 기억이가 한참 동안 잔잔하던 공기를 깨뜨리고 말했다. 대답에 궁했던 길서는 한참이나 생각하다가,
예상하지 못했던 질문에 대해 마땅히 아는 것이 없으므로

"얼마 안 있으면 온대더라……."

라고 대답했으나, 어째서 불경기니 호경기니 하는 것이 생기느냐고 캐어물을 때에는 모르겠다는 솔직한 대답밖에 더 할 수가 없었다. 농민들이 나날이 못살게 되어 가는 것이 불경기 때문이냐고 묻는다면 자신 있는 말로 그렇다고 대답했을는지도 모른다.
길서가 강습회에서 들은 이야기를 의미도 모른 채 전달하고 있음을 알 수 있음

"암만 호경기가 온다 해두 팔아먹을 것이 있어야 호경기지. 팔 거 없는 놈이 호경기는 무슨 소용이냐. 호경기가 되면 쌀이 많이 생기기나 하나……."
길서의 이야기에 대한 기억의 반론과 현실에 대한 비판

이러한 기억의 말은 아무런 생각도 없이 나온 듯했으나 호경기가 쌀을 많이 가져다주는 것이 아니라는 것을 아는 그들은 길서의 말보다도 더 그럴 듯이 생각했다.
일제의 수탈로 가난해진 동네 사람들
길서가 전해 준 이야기보다 기억의 말에 더 공감함

아무리 불경기라 해도 십 리 밖 읍내에 있는 지주 서(徐)재당은 금년에도 맏아들을 분가시키고 고래 같은 기와집을 지어 주었다.
불경기라고 하지만 잘사는 사람은 더 잘사는 현실

쌀값이 조금 오르면 고무신값이 조금 오르고, 쌀값이 떨어지면 물건값도 떨어지는 것을 잘 아는 그들은 불경기니 호경기니 해도 그것이 그들에게는 아무 관계가 없는 것같이 생각되었으며 돈 있는 사람들도 불경기에 땅 팔았다는 말을 못 들었으므로 경기라는 것이 무엇인지 참으로 알 수 없었다. 그러나 그러면서도 길서가 힘든 말을 자기들보다 많이 아는 사람같이 생각하며 집으로 돌아갔다.
불경기든 호경기든 자신들의 피폐한 삶은 나아진 적이 없으므로
어려운 말, 유식한 말

▶ 길서의 강연에 대한 기억의 의문 제기

다음 날, 서울 갈 때 입었던 누런 양복을 벗고 무명 잠방 적삼을 갈아입은 뒤 논에 나가 모를 꽂고 돌아온 길서는 컴컴한 저녁때쯤 해서 의숙의 집 뒤 모퉁이로 의숙이를 찾아갔다.
잠방이와 적삼
당시 남녀가 자유롭게 만나는 분위기가 아니었음을 알 수 있음

기쁨을 기쁘다고 말하지 못하던 의숙이도 이날만은 자기도 모르게 웃음이 솟아오르며, 무슨 말이든 가슴이 시원하게 털어놓고 싶었다. 길서가 서울서 사 왔다고 파란 비누를 손에 쥐어 줄 때 의숙은 진정이 서린 눈초리로 길서의 손을 듬뿍 잡았다. 비누 세수라고 평생 못 해 본 의숙이가 비누 세수를 하면 금세 자기의 탄 얼굴이 희어지며 예뻐질 것 같아 춤을 추고 싶게 기뻤다.
의숙의 심리 직접 제시
당시에 구하기 어려웠던 물건 – 의숙에 대한 길서의 마음이 드러나는 소재

▶ 길서와 의숙의 재회

• 길서의 강연에 대한 사람들의 반응

| 길서의 강연 |
| --- |
| 서울 강습회의 교육 내용을 의미도 모른 채 들은 그대로 전달함 |

↑ ↑

| 대부분의 사람들 | 기억 |
| --- | --- |
| 어려운 말을 아는 길서를 대단하게 여김 | 호경기, 불경기에 대한 의문을 제기함 |

• 의숙에 대한 길서의 마음이 드러나는 소재 ①

| 파란 비누 |
| --- |
| 길서가 비누 세수를 못 해 본 의숙을 생각하여 서울에서 사 온 선물 |

↓

| 의숙의 반응 | • 진정이 서린 눈초리로 길서의 손을 듬뿍 잡음<br>• 춤을 추고 싶게 기뻐함 |
| --- | --- |

장면 포인트 3 주목

• 해당 장면은 길서가 면장과 결탁하여 혜택을 누리는 한편 소작료 감면과 관련한 농민들의 부탁을 거절하는데, 마을 사람들이 이러한 길서의 실체를 알고 분노를 표출하는 부분이다.
• 길서의 이중성과 그 실체를 안 사람들이 보인 행동에 주목하여 모범 경작생의 의미와 일제 강점기의 농촌 현실, 그리고 작가가 전달하려는 주제 의식을 파악하도록 한다.

주목

길서는 인사를 하고 서울 갔던 이야기를 보고했다.

보고를 듣고 수고했다는 말을 한 뒤는 곧장,

"그런데 이번 호세(戶稅)*는 자네 동네에서도 조금 많이 부담해야겠네. 보통학교를 육 학급으로 증축해야겠으니까."
동네 사람들에게 더 많은 세금을 부과하려고 함 / 호세 인상의 이유

하고, 길지도 않은 수염을 쓸며 호세 이야기를 했다.
길서와 마을 사람들 간의 갈등이 일어나게 된 결정적 계기

"거야 제가 압니까?"

"아니야, 자네 동네서야 자네만 승낙하면 되는 게니까. 그렇다구 자네에게 해로운 것은 없을 게고……."
길서라는 모범 경작생을 이용해 동네 사람들을 수탈하려 함 / 호세 인상으로 인해 길서가 피해를 보지 않을 것이라는 의미

"글쎄요."

길서는 면장의 말에 무엇이라고 대답할 수가 없었다. 「만약 그에게 조금이라도 재미없는 말을 해서 비위에 거슬리게 하면, 자기도 끼니때를 굶고 지내는 동네 소작인들이나 다름이 없는 생활을 해야 할 것을 잘 알고 있다.」 일본은 둘째로 하고라도 묘목도 못 팔아먹을 것이며, 그런 말이 보통학교 교장 귀에 들어가면 돈도 빌려다 쓸 수 없게 된다.
마음에 들지 않는 말 / 시찰단으로 뽑혀 일본에 가는 일 / 「 」: 자신의 처지를 먼저 걱정하는 모습 → 길서가 면장과 결탁하여 마을 사람들의 고통을 가중시킬 것임을 암시함 / 문맥상 길서가 길러다 관청에 판매하는 뽕나무

「그러면 묘목 심었던 밭에 조를 심게 되고, 면사무소 사무원들과 학교 선생들에게 팔던 감자와 파도 썩어 버리게 된다. 삼백 평밖에 안 되는 논에 비료를 많이 내지 않으면 미곡 품평회(米穀品評會)에 출품도 못 해 볼 것이며, 그러면 상금을 못 탈 뿐 아니라 벼가 겨우 넉 섬밖에 소출* 못 날 것이다. 그러면 동네 사람들과 똑같이 일 년 양식도 부족할 것이 아닌가.」
쌀의 좋고 나쁨을 평하는 모임 / 「 」: 면장의 협조에 응하지 않으면 자신도 동네 사람들처럼 소작농으로 전락하여 비참한 삶을 살아갈 것이라고 생각함 → 면장의 요구를 수용하는 길서의 자기 합리화

"자네 동네 사람들은 얌전하게 근심 없이 사는 모양이던데."

면장이 다시 말을 꺼낼 때 길서는 곧 대답했다.

"그러문요. 근심이 조금도 없다고야 할 수 없지마는 무던한 편은 됩니다."
면장의 호세 인상 제안에 동의하는 발언
▶ 동네 사람들에게 호세를 더 부과하겠다는 면장의 요청을 수용하는 길서

벼는 누릇누릇해서 이삭들이 뭉친 것이 황금 덩이 같았다. 그러나 얼굴의 주름살을 편 사람이라고는 하나도 없었다.
길서의 발언과 달리 동네 사람들의 근심이 깊음

강충이가 먹어 예년에 비해서 절반도 곡식을 거둘 수가 없었기 때문이었다.
마을 사람들이 근심하는 이유

길서만이 평양 가서 북어 기름을 통으로 사다가 쳤기 때문에 그의 논만은 작년보다도 더 잘되었으나, 다른 논들은 털 빠진 황소 가죽같이 민숭민숭해졌다.
길서가 일제에 협조한 결과, 길서가 다른 농민들보다 경제적 여건이 됨

이[蝨] 새끼만 한 작은 벌레까지가 못 살게 하는 것이 원통했으나, 여름내 땀을 빼

작품 분석 노트

• 〈모범 경작생〉에 나타난 갈등 구조

| 길서<br>자기의 이익을 위해 일제 관료들의 편에 섬 |
|---|
| 지주와 일제의 이익을 대변하는 계층 |
| ↕ |
| 성두를 비롯한 농민<br>일제의 농업 정책이 초래한 농촌의 피폐한 현실에 반감을 가짐 |
| 지배 계층에게 착취당하는 계층 |

고도 제 입으로 들어올 것이 없을 것을 생각하니 눈물이 솟아오를 지경이었다.
열심히 농사지었지만 수확할 것이 없는 현실에 대한 서러움과 분노

그들은 할 수 없으므로 성두의 말대로 길서를 시켜 읍내 지주 서재당에게 가서 금년만 도지를 조금 감해 달래 보자고 했다.
소작료의 감세를 주장함 / 길서를 농민들의 입장을 대변해 줄 존재로 여기고 있음

그러나 길서는 자기와 관계가 없을 뿐 아니라 정해 놓은 도지를 곡식이 안 되었다고 감해 달라는 것은 흔히 일어나는 소작 쟁의와 같은 당치 않은 짓이라고 해서 거절했다. 그러고는 며칠 있다가 일본 시찰단으로 뽑히어 떠나가 버렸다.
소작권과 소작료 따위의 이해관계를 둘러싸고 지주와 소작인 사이에 벌어지는 투쟁
길서는 친일 지주 계층의 논리를 내세워 동네 사람들의 요청을 거절함. 소작 쟁의에 대한 부정적 인식이 드러남
면장과의 결탁으로 얻은 혜택

동네 사람들은 어찌할 줄을 몰랐다. 더구나 금년 겨울에는 기어이 잔치를 하려고 하던 성두는 가끔 우는 얼굴을 하곤 했다. 그들은 할 수 없이 큰마음을 먹고 떼를 지어 읍내로 들어가 서재당에게 사정을 말해 보았으나, 물론 들어주지 않았다. 오히려 아들을 분가시킨 관계로 돈이 몰린다는 근심까지를 들었다.
병충해로 벼의 수확량이 적을 뿐만 아니라 길서마저 부탁을 거절했기 때문
혼인조차 할 수 없을 정도로 형편이 어려움
▶ 동네 사람들이 지주를 찾아가 감세를 사정하지만 거절당함

"너희들 마음대로 그렇게 하려거든 명년부터는 논을 내놓아라."
소작료(도지)의 감세를 거절함 – 정해진 소작료를 내지 않으면 논을 빼앗겠다고 협박함(지주의 횡포)

하는 말에는 더 할 말이 없어 갈 때보다도 더 기운 없이 돌아왔다. 그들은 돌아가는 길에 길서의 논 앞에 서서 '모범 경작'이라고 쓴 말뚝을 부럽게 내려다보았다.
문제를 해결할 방법이 없음(절망적 심정)
반어적 명명. 지주나 친일 관료(면장)와 결탁하여 자신의 이익을 챙기는 길서의 처세를 비판하려는 의도

볏대가 훨씬 큰데 이삭이 한 길만큼 늘어선 것이 여간 부럽지 않았다. 그러나 말도 잘하고 신망도 있다고 해서 대신 교섭을 해 달라고 부탁했음에도 불구하고 못 들은 체 들어주지 않은 길서가 미웠다.
길서에 대한 동네 사람들의 부러움
길서에 대한 동네 사람들의 태도 변화 – 미움, 야속함

"나도 내 땅이 있어 비료만 많이 하면 이삼 곱을 내겠다. 그까짓 것……."
소작농의 비참한 현실 – 땅이 없는 서러움과 땅에 대한 소망 의식

기억이가 침을 탁 뱉으며 말했다. 며칠 뒤 그들이 다시 놀란 것은 값도 모르는 뽕나뭇값이 엄청나게 비싸진 것과, 십삼 등 하던 호세가 십일 등으로 올라간 것이다.
길서가 친일 관료(면장)와 결탁한 결과가 드러남

그것보다도 십 등이던 길서네만은 그대로 십 등으로 있는 것이 너무도 이상했다. 길서네는 그래도 작년에 돈을 모아 빚을 주었으나, 다른 사람들은 흉년까지 만나 먹고살 수도 없는데 호세만 올랐다는 것이 우스우면서도 기막힌 일이었다. 무엇을 보고 호세를 정하는지 알 수 없었다.
대조되는 길서네의 상황 → 동네 사람들이 길서네만 호세가 오르지 않는 것에 의문을 품고 있음
소작농을 더욱 힘들게 하는 일제의 착취
부당한 현실에 대한 동네 사람들의 의문

흉년, 그러면서도 도지를 그대로 바쳐야 하는 데다가 호세까지 오른 그들의 세상은 캄캄했다.
일제 강점하 소작농의 절망적이고 암담한 현실. 고향을 떠나는 원인이 됨

**감상 포인트**
부조리한 현실에 대한 인물들의 태도 및 갈등 양상을 파악한다.

'아마 북간도나 만주로 바가지를 차고 떠나야 하는가 보다.'
고향을 떠날 것을 고려해야 할 정도로 궁핍한 농촌의 현실을 보여 줌

성두는 혼자 생각했다. 그들은 마을에 대한 애착심도 잊었고, 제 고장이라는 것도 생각하기 싫었다. 다만 못살 놈의 땅만 같았다.
→ 소작농. 장가 밑천으로 키우던 돼지마저 팔고 북간도로 이주해야 할 형편임
일제의 농촌 수탈과 흉년으로 인해 극도로 피폐해진 농촌의 현실

마을 사람들은 길서의 장난으로 호세까지 올랐다는 것을 다음에야 알고 누구 하나 그를 곱게 이야기하는 이가 없게 되었다. 길서 때문에 동네를 떠나야겠다는 오빠의 말을 들은 의숙이도 눈물을 흘리며 길서가 그렇지 않기를 속으로 바랐다.
호세 인상의 내막
길서에 대한 동네 사람들의 태도가 부정적으로 변함

길서는 일본서 돌아올 때 우선 자기 논두렁에서 가슴이 서늘함을 느꼈다. 논에 박은 '김길서'라고 쓴 푯말은 간 곳도 없고, '모범 경작생'이라고 쓴 말뚝은 쪼개져서 흐트러져 있었다.
자신에게 좋지 않은 일이 생겼음을 직감한 길서의 불안감이 드러남
동네 사람들이 길서의 위선적인 행위를 인식하고 길서에 대한 분노를 표출한 것

• '모범 경작생' 말뚝에 대한 농민들의 태도 변화

길서의 논에 서 있던 '모범 경작'이라는 말뚝을 부러운 눈으로 바라봄
→ 선망의 태도

↓

'모범 경작생' 말뚝을 쪼개 버림
→ 적대적 태도

|

**이유**

마을에서 유일하게 소학교를 졸업하여 동네 사람들의 권익을 대변해 줄 것이라고 여겼던 길서가, 동네 사람들 몰래 자신의 집을 제외하고 호세를 올리는 것에 동조한 사실을 알고 배신감을 느낌

• 길서와 면장의 결탁 결과

| 뽕나뭇값 인상 | 뽕나무 묘목을 심어 파는 길서에게 이득임 |
| --- | --- |
| 호세 인상 | • 세금을 더 많이 거둘 수 있어 일제 관청(관리들)에 이득임<br>• 길서는 전년도와 동일한 호세로 책정되는 혜택을 받음 |

심술궂은 애들이 장난을 했는가 하고 생각하려 했으나 그 한 짓으로 보아서 반드시 무슨 일이 일어난 것 같은 예감이 들었다. 동네에 들어섰을 때 동네에는 어른이라고 한 사람도 찾아볼 수 없었다.
예전에 서울(농사 강습회)에서 돌아올 때 자신을 반기던 동네 사람들의 분위기와는 사뭇 다름을 느낌

읍내 서재당 집엘 가서 저녁때가 되도록 아직 돌아오지 않았다는 말을 듣자 서울 갔다 돌아왔을 때보다도 더 의기양양해 온 길서의 마음은 조각조각 깨지고 말았다.
길서의 심경 변화: 의기양양함 → 두려움

보지도 못했고 이름소차 들어 보지 못하던 바나나를 가지고 밤이 이슥했을 무렵 의숙이를 찾아갔건만 그를 본 의숙이도 얼굴을 돌리고 울기만 했다. 길서의 마음은 터지는 듯했다. 뒤에서 몽둥이를 들고 따라오던 사람의 숨소리를 듣는 듯 가슴이 떨리었다. 불길한 징조가 눈에 보이는 듯했다.
당시에 구하기 어려웠던 과일 – 의숙에 대한 길서의 마음이 드러나는 소재
길서가 동네 사람들과 성두를 배신했기 때문

성두가 충혈된 눈으로 아랫문으로 뛰어들었을 때 길서는 들고 왔던 바나나를 들고 뒷문으로 도망쳤다.

▶ 길서의 이중성에 대한 동네 사람들의 분노

- 호세: 예전에, 살림살이를 하는 집을 표준으로 하여 집집마다 징수하던 지방세.
- 소출: 논밭에서 나는 곡식. 또는 그 곡식의 양.
- 도지: 풍년이나 흉년에 관계없이 해마다 일정한 금액으로 정하여진 소작료.

- 〈모범 경작생〉의 한계

농민들의 분노는 지주와 일제의 이익을 대변하는 인물로 대표되고 있는 길서에게 향하고 있다. 고통의 근본적인 원인인 일제와 일제에 야합하여 농민들을 착취하고 있던 지주에게 그 분노가 향하고 있지 않다는 점에서 한계가 있다고 볼 수 있다.

- 의숙에 대한 길서의 마음이 드러나는 소재 ②

| 바나나 | |
|---|---|
| 의숙을 위해 당시 구하기 힘든 과일을 일본에서 구해 옴 | |

↓

| 의숙의 반응 | 길서의 이면을 알게 된 뒤 길서를 보고 얼굴을 돌리고 울기만 함 |
|---|---|

↓ 성두의 출현

길서는 바나나를 들고 뒷문으로 도망감

## 핵심 포인트 1 서사 구조에 대한 이해

이 작품은 동네 사람들의 신망을 받고 부러움의 대상이던 '길서'라는 인물의 실체가 폭로되어 결국 동네에서 배척당하게 되는 것으로 마무리되고 있다. 이러한 이야기의 흐름 속에서 인물에 대한 정서와 태도가 변화하는 양상을 파악하도록 한다.

**◎ 길서에 대한 동네 사람들의 태도 변화**

| 호의적 태도 | | 부정적 태도 |
|---|---|---|
| 동네 사람들의 신망을 받는 부러움의 대상: 동네 사람들은 농사 강습회에 참가하고 돌아오는 길서를 기다리고, 그의 말을 경청하며, 그에게 소작료 교섭을 맡기는 등 길서를 신뢰함 | → | 배척과 분노의 대상: 길서의 농간으로 호세가 올랐음을 알게 된 동네 사람들은 길서가 지주와 친일 관료들의 협력자임을 깨닫고 길서의 논에 박혀 있던 '모범 경작생'이란 팻말을 쪼갬 |

## 핵심 포인트 2 제목의 의미 및 주제 의식 파악

이 작품의 제목인 '모범 경작생'은 반어적 의미를 지니고 있다. '모범 경작생'이라는 제목을 통해 드러내고자 한 작품의 주제 의식이 무엇인지 파악할 수 있어야 한다.

**◎ 제목의 반어적 명명 및 주제 의식**

| '모범 경작생'의 의미 – 반어적 명명 | |
|---|---|
| 일제의 관점: 일제의 정책을 잘 따르는 순종적이고 부지런한 훌륭한 농사꾼 → 모범적인 인물 | 농민의 관점: 지주와 일제의 앞잡이 노릇을 하는 위선적이고 이기적인 인물 → 모범적이지 않은 인물 |

↓

| 작가의 의도 및 주제 의식 |
|---|
| • 작가의 의도: 지주나 친일 관료들과 결탁하여 그들의 착취를 간접적으로 도와주면서 뽐을 내고 살아가는 이중적인 길서의 처세를 비판하고자 하는 의도 → 가진 자와 결탁하여 이기적인 욕망만을 채우며 자신의 동류(농민)를 괴롭히는 존재에 대한 비판 의식을 드러냄<br>• 작품의 주제 의식: 구조적 모순을 안고 있는 일제 치하 농촌 사회의 부조리한 현실 고발 |

## 핵심 포인트 3 인물 간의 관계 및 갈등 양상 파악

이 작품에서는 '길서'와 '성두'를 비롯한 동네 사람들이 갈등을 빚으며 사건이 진행되고 있다. 따라서 '길서'와 '성두'를 비롯한 동네 사람들의 갈등 양상을 파악하도록 한다.

**◎ 갈등 구조**

| 길서 | | 동네 사람들 |
|---|---|---|
| 자기 이익만을 위해 친일 관료들 편에 서서 그들의 위선적인 농업 정책에 협조하고, 동네 사람들의 호세 인상에 동조하며 각종 혜택을 누림 |  | 호세 인상의 내막을 알고 길서를 증오하여 길서의 논에 있는 푯말과 말뚝을 훼손함 |
| ↓ | | ↓ |
| 일제와 일제에 협력하는 친일 관료, 농민<br>(지배 계급) | | 가난한 소작농<br>(피지배 계급) |

### 작품 한눈에

• 해제

〈모범 경작생〉은 1930년대 일제의 농업 진흥책이 갖는 허구적 성격과 농민들의 현실 자각 과정을 현실감 있게 표현한 작품으로, 구조적 모순을 안고 있었던 일제 강점기 농촌 사회의 부조리한 현실을 풍자한 소설이다. 계몽적인 농민 소설과 달리 농촌의 문제를 농민의 시각에서 그리고 있으며, 농민들이 일제의 정책을 점차 비판적으로 인식하게 되는 과정을 자세히 그리고 있다. 중심인물인 '길서'는 일제의 입장에 서서 농촌 정책을 선전하고 일제에 협조하는 반민족적인 성향을 보여 주는 인물이며, 가난한 농부들은 처음에는 길서의 실체를 파악하지 못하다가, 그가 자신의 이익만 취하는 배신자라는 것을 깨닫게 된다.

• 제목 〈모범 경작생〉의 의미

– 일제에는 모범적이지만, 일제 강점하에서 살아가는 농민들에게는 모범적이지 않은 인물

'길서'는 일제 농촌 정책을 선전하면서 농민의 삶은 안중에 없는 인물로 자신을 모범적인 농부라고 믿고 있으나, 농민들은 그가 비도덕적이며 이기적인 인물임을 깨닫게 된다는 점에서 '모범 경작생'이라는 이름 뒤에 숨어 있는 반어적 의미를 알 수 있다.

• 주제

일제 강점하 농촌의 부조리한 현실과 피폐해진 농촌에서의 농민 삶에 대한 고발

(전체 줄거리)

동네에서 유일하게 소학교를 졸업하여 신망 받는 젊은이인 길서는 모범 경작생으로 인정받아 서울 농사 강습회에 참여한다. 마을 사람들은 서울 이야기를 듣고 싶어 하며 길서를 기다리고, 일부는 이런 길서를 시기하는 동시에 부러워한다. 길서를 제외하고는 모두 소작농인 마을 사람들은 농사를 지어도 빚만 남는 신세를 한탄하며 일을 한다. 서울에서 돌아온 길서는 농사 강습회에서 듣고 온 대로 일본의 입장을 대변하는 소식을 들려준다. 다음 날, 길서는 서울에 다녀온 일을 면장에게 보고하는데 면장은 대뜸 학교 증축을 위해 돈이 필요하다며 마을의 호세를 올리겠다고 한다. 길서는 자기에게는 피해가 없을 것이라는 면장의 말을 믿고 호세 인상에 동조한다. 마을 사람들은 병충해로 인해 농사가 망하자 소작료 감면 교섭을 길서에게 부탁할 지경이었는데, 엎친 데 덮친 격으로 호세 인상 소식까지 듣자 절망한다. 호세 인상의 내막과 길서의 이중성을 알게 된 마을 사람들은 분노하며 모범 경작생이라고 써진 길서 논의 팻말을 부순다. 시찰단으로 뽑혀 일본에 다녀온 길서는 마을의 심상치 않은 분위기를 느끼고 의숙의 오빠 성두를 피해 도망친다.

현대 소설 22

◇ 한 줄 평 떠돌이 개를 통해 민족의 수난과 생명의 소중함을 그려 낸 작품

# 목넘이 마을의 개 ▸ 황순원

## 장면 포인트 1

- 이 작품은 목넘이 마을에 나타난 떠돌이 개 신둥이(흰둥이)를 미친개 취급하며 잡으려는 마을 사람들과 신둥이를 도망치게 도와준 간난이 할아버지의 이야기를 통해 신둥이로 상징되는 우리 민족의 수난과 강인한 생명력을 그려 낸 소설이다.
- 해당 장면은 목넘이 마을에 들어온 떠돌이 개 신둥이가 동장 형제네 집을 오가며 굶주림을 해결하고 몸을 회복해 가는 부분이다.
- 신둥이의 행동에 주목하여 신둥이가 살아남는 방식과 그것이 지닌 의미를 파악하도록 한다.

[앞부분의 줄거리] 어느 해 봄철, 서북간도로 이주할 때 반드시 거쳐가는 길목에 있는 목넘이 마을에 떠돌이 개인 신둥이(흰둥이)가 나타난다. 신둥이는 황톳물이 들어 지저분하고 다리를 전다.

방앗간을 나온 신둥이는 바로 옆인 간난이네 집 수수깡바자문 틈으로 들어갔다. 토방 밑에 엎디어 있던 간난이네 누렁이가 고개를 들고 일어서더니 낯설다는 눈치로 마주 나왔다. 신둥이는 저를 물려고나 나오는 줄로 안 듯 꼬리를 찰싹 올라붙은 배 밑으로 껴 넣고는 쩔룩거리는 걸음으로 달아 나오고 말았다.

간난이 할아버지네 개 – 훗날 마을 개들 중에 혼자 살아남음 / 신둥이의 겁먹은 모습 / 다리를 다친 상태

게딱지 같은 오막살이들이 끝난 곳에는 채전이었다. 신둥이는 채전 옆을 지나면서 누렁이가 뒤따라오지 않는다는 것을 안 다음에도 그냥 쩔룩거리는 반 뜀걸음으로 달렸다. 채전의 끝난 곳은 판이 고르지 못한 조각뙈기 밭이었다. 조각뙈기 밭들이 끝난 곳은 가물에는 물 한 방울 남지 않고 조약돌이 그냥 드러나는, 지금은 군데군데 끊긴 물이 괴어 있는 도랑이었다. 신둥이는 여기서 괴어 있는 물을 찰딱찰딱 핥아 먹었다.

채소를 심어 가꾸는 밭 / 신둥이가 처해 있는 열악한 생존 상황이 드러남 ▸ 다리를 절며 지독한 굶주림에 시달리고 있는 신둥이

도랑 건너편이 바로 비스듬한 언덕이었다. 이 언덕 위 안쪽에 목넘이 마을 주인인 동장네 형제의 기와집이 좀 새를 두고 앉아 있었다. 이 두 기와집 한중간에 이 두 집에서만 전용하는 방앗간이 하나 있었다. / 신둥이는 이 방앗간으로 걸어갔다. 그냥 절뚝이는 걸음으로. 그래도 여기에는 먼지와 함께 쌀겨가 앉아 있었다. 신둥이는 풍구 밑을 분주히 핥으며 돌아갔다. 이러는 신둥이의 달라붙은 배는 한층 더 바삐 할딱이었다.

신둥이를 핍박하는 인물들 / 곡물에 섞인 쭉정이, 겨, 먼지 따위를 날려서 제거하는 농기구 / 신둥이가 쌀겨를 먹으며 살아남음 / 떠돌이 생활을 하며 제대로 먹지 못했음을 드러냄

신둥이가 풍구 밑을 한창 핥고 있는데 저편에서 큰 동장네 검둥이가 보고 달려왔다. 이 검둥이가 방앗간 밖에서 잠깐 걸음을 멈추고 이쪽을 향해 그 윤택한 털을 거슬러 세우면서 이빨을 사리물고 으르렁댔을 때, 신둥이는 벌써 이미 한군데 물어뜯기우기나 한 듯이 깽 소리와 함께 꼬리를 뒷다리 새에 끼면서도 핥는 것만은 멈추지 않았다. 그러자 검둥이는 이내 신둥이가 자기와 적대할 상대가 안 된다는 것을 알아챈 듯이 슬금슬금 신둥이의 곁으로 와 코를 대 보는 것이었다.

큰 동장네 개 – 이후 동장 형제에게 잡아먹힘 / '신둥이의 달라붙은 배'와 대조됨 / 힘주어 이를 꼭 물고 / 겁먹은 신둥이의 모습 / 풍구를 핥으며 쌀겨를 먹는 것을 멈추지 않음 – 굶주린 신둥이의 상태를 보여 줌 / 검둥이가 신둥이에게 경계를 풂

신둥이가 암캐인 것을 안 검둥이는 아주 안심된 듯이 곁에 서서 꼬리까지 저었다. 신둥이는 이런 검둥이 옆에서 또 자꾸만 온몸을 후들후들 떨었다. 그러나 핥는 것만은 여전히 멈추지 않았다.

신둥이가 마을 개들의 새끼를 가지게 되는 복선 / 지독한 굶주림의 상태를 짐작하게 함 / 허기를 채우려는 생존 욕구가 강함 ▸ 먹을 것을 찾아 큰 동장네 방앗간으로 들어간 신둥이

### 작품 분석 노트

- 신둥이가 처한 상황

| 신둥이 | • 절뚝거리는 걸음<br>• 달라붙은 배<br>• 떨리는 몸<br>• 검둥이가 곁에 와도 쌀겨를 핥는 것을 멈추지 않음 |
|---|---|

↓

떠돌이 생활이 순탄하지 않았으며 극도의 굶주림에 시달리고 있음을 보여 줌

(중략)

사실 대문에서 들여다뵈는 부엌문 밖 개 구유에는 검둥이가 붙어 서서 첩첩첩첩 밥을 먹고 있었다. 신둥이는 저도 모르게 꼬리를 뒷다리 새에 끼고 후들후들 떨면서 그리로 가까이 갔다. 그러나 신둥이가 채 구유 가까이까지 가기도 전에 검둥이는 그 윤택한 털을 거슬러 세우며 흰 이빨을 사리물고 으르렁대기 시작하는 것이었다. 신둥이는 걸음을 멈추고 구유 쪽만 바라보다가 기다리려는 듯이 거기 앉아 버렸다.

소나 말 따위의 가축들에게 먹이를 담아 주는 그릇

배가 고파 밥을 먹는 검둥이 곁으로 감

좀 만에야 검둥이는 다 먹었다는 듯이 그 길쭉한 혀를 여러 가지 모양의 길이로 빼내 가지고 주둥이를 핥으며 구유를 물러났다. 신둥이는 곧 일어나 그냥 떨리는 몸으로 구유로 가 주둥이부터 갖다 댔다. 그래도 밑바닥에 밥이 남아 있었고, 구유 언저리에도 꽤 많은 밥알이 붙어 있었다. 신둥이는 부리나케 핥았다. 그러는 신둥이의 몸은 점점 더 떨리었다. 몇 차례 되핥고 나서 더 핥을 나위가 없이 된 뒤에야 구유를 떠나, 자기 편을 지키고 앉았는 검둥이 옆을 지나 그 집을 나왔다.

신둥이가 마을 개들이 남긴 밥을 핥아 먹으며 목숨을 부지함

신둥이가 다시 방앗간을 찾아가는데 개 한 마리가 앞을 막아 섰다. 작은 동장네 바둑이였다. 신둥이는 또 겁먹은 몸을 움츠릴밖에 없었다. 바둑이는 신둥이 몸에 코를 갖다 대었다. 그러자 이번에는 신둥이 편에서 무슨 냄새를 맡아 낸 듯 코를 들었다. 그러고는 바둑이의 금방 밥을 먹고 나온 주둥이에 붙은 물기를 핥기 시작하는 것이었다.

작은 동장네 개 – 이후 동장 형제에게 잡아먹힘

신둥이가 바둑이에게 맡은 냄새(밥 냄새)의 실체를 짐작할 수 있음

바둑이가 귀찮다는 듯이 자기 집 쪽으로 걸어갔다. 신둥이는 그 뒤를 바싹 따랐다. 바둑이는 자기 집 안뜰로 들어가더니 한가운데 자리를 잡고 앉아 버렸다. 신둥이는 곧장 부엌문 앞 구유로 갔다. / 구유 바닥에는 큰 동장네 구유 밑처럼 밥이 남아 있었고 언저리로 돌아가며 밥알이 꽤 많이 붙어 있었다. 신둥이는 급히 그것을 짤짤 핥아 먹고 나서야 그곳을 나와 방앗간 풍구 밑으로 갔다.

먹이를 찾아 배고픔을 해결하기 위한 행동

신둥이가 동장 형제네를 오가는 이유가 됨

신둥이가 바둑이가 남긴 밥도 핥아 먹음

밤중에 궂은비가 내리기 시작했다. 이튿날도 그냥 구질게 비가 내렸다. 신둥이는 날이 밝자부터 빗속을 떨며 어제보다는 좀 나았으나 그냥 저는 걸음걸이로 몇 번이고 큰 동장과 작은 동장네 개구멍을 드나들었는지 몰랐다. 처음에는 몇 번을 왔다 갔다 해도 구유 속은 궂은비에 젖어 있을 뿐, 좀처럼 아침 먹이가 나오지 않는 것이었다. 그러는 동안에 밥이 나왔으나 이번에는 주인 개가 구유에서 물러나기를 기다려야 했다. 이렇게 해서 주인 개들이 먹고 남은 구유를 핥아 먹고, 그리고 뒷간에를 들러 방앗간 풍구 밑으로 가서는 다시 누워 버렸다. 낮쯤해서 신둥이는 그곳을 기어나와 빗물을 핥아 먹고 되돌아가 누웠다. / 저녁때가 돼서야 비가 멎었다. 신둥이는 또 미리부터 두 기와집 새를 여러 번 왔다 갔다 해서 구유에 남은 밥을 얻어먹을 수 있었다. 이날 저녁은 작은 동장네 바둑이가 입맛을 잃었는지 퍼그나 많은 밥을 남기고 있었다.

신둥이의 몸 상태가 회복되고 있음

신둥이가 검둥이와 바둑이가 남긴 밥을 먹기 위해 동장 형제의 집을 계속해서 찾아감

신둥이의 은신처

다음 날은 아주 깨끗이 갠 봄날이었다. 이날도 신둥이는 꼭두새벽부터 두 집 새를 오고 가고 해서야 구유에 남은 밥을 얻어먹을 수 있었는데, 이날 신둥이의 걸음은 거의 절룩거리지 않았다. 방앗간으로 돌아가자 볕 잘 드는 곳에 엎디어 해바라기를 시작했다.

열악한 상황 속에서도 신둥이가 목숨을 부지하고, 다친 다리가 낫게 됨

▶ 동장 형제네를 오가며 먹이를 해결하고 몸을 회복한 신둥이

• 신둥이의 상징성

신둥이 = 우리 민족

목넘이 마을에 들어온 신둥이는 쌀겨를 핥고, 동네 개들이 남긴 밥을 얻어먹으며 목숨을 이어 가면서 강인한 생명력을 보여 줌

↓

이러한 신둥이의 상황은 일제 강점기에 우리 민족이 처한 힘겨운 생존 상황을 의미하는 것이자, 우리 민족의 끈질긴 생명력을 드러냄

• 신둥이의 회복 과정

| 목넘이 마을에 들어올 때 | 절뚝거리는 걸음 |
|---|---|
| ↓ 동장 형제네서 굶주림 해결 | |
| 이튿날 아침 | 그냥 저는 걸음걸이 |
| ↓ 동장 형제네서 많은 밥을 먹음 | |
| 다음 날 | 거의 절뚝거리지 않음 |

**장면 포인트 2**

• 해당 장면은 마을 사람들이 신둥이를 미친개라고 생각하여 주의를 기울이기로 하는데, 간난이 할아버지가 실제 신둥이를 마주한 후 신둥이는 미친개가 아님을 확인하는 부분이다.
• 인물들의 말과 행동에 주목하여 신둥이에 대한 마을 사람들과 간난이 할아버지의 인식과 태도 차이를 파악하고, 간난이 할아버지와 신둥이가 교감하는 내용이 지닌 사건 전개상의 기능을 이해하도록 한다.

이날 어두운 뒤, 서쪽 산 밑 사람들은 아직 마당에들 모여 앉기에는 좀 철 이른 때여서 몇 사람 안 되는 사람들이 차손이네 마당귀(마당 귀퉁이)에 쭈그리고 앉아 금년 농사 이야기며 햇보리 나기까지의 양식 걱정 같은 것을 하던 끝에, 오늘의 미친개 이야기(신둥이와 관련된 화제)가 나왔다. 그러자 김 선달이, 바로 그젯밤에 소를 빌리러 남촌에를 갔다 늦어서야 산목을 넘어오는데 꽤 먼 뒤에서 이상한 개 울음소리(청각적 요소를 통해 미친개를 떠올리게 함)가 들려와 혼났다는 이야기를 꺼냈다. 흡사 병든 개가 앓는 듯한 소린가 하면, 누구에게 목이 매여 끌리면서 지르는 듯한 소리기도 하더라는 것이었다. 그런데 이상한 것은 누가 목을 잡아매어 끄는 것치고는 한자리에서 그냥 지르는 소리더라는 것(미친 개의 소리라고 판단하는 근거)이었다. 그래 지금 와서 생각하니 그놈이 아까의 미친개였는지도 모르겠다는 것이었다.(김 선달이 개소리를 들었던 일을 떠올리며 신둥이를 미친개로 취급함)

쩍하면(조금이라도 일이 있기만 하면 곧) 남을 잘 웃기는 꾸밈말질을 잘해, 벌써부터 동네에서뿐 아니라 근동에서들까지 현세의 봉이 김 선달이라 하여 김 선달이란 별호로 불리는 사람의 말이라 어디까지가 정말이고 어디서부터가 꾸밈말인지를 분간하기 어렵다고 동네 사람들은 생각하는 것이었으나(김 선달이 평소에 말을 잘 꾸며내었기에 마을 사람들이 그의 말을 온전히 믿지는 않음), 차손이 아버지가 김 선달의 말 가운데 누가 개 목을 매 끌 때 지르는 것 같은, 그러면서도 한자리에서 그냥 지르는 개 울음이더라는 대목(김 선달의 말 중 차손이 아버지가 주목한 부분)에 무언가 생각하는 바가 있는 듯 담배침을 퉤 뱉더니, 혹시 그것이 며칠 전 이곳을 지나간 서북간도 이사꾼의 개인지도 모른다는 말을 했다.(목넘이 마을에 서북간도 이사꾼이 지나간 일이 있었음) 그 서북간도 나그네가 어느 나무에다 매 논 것(이사를 하며 함께 데려온 개에게 줄 먹을 것이 없어 버림)이 그만 발광을 해 가지고 목에 맨 줄을 끊고 이렇게 동네로 들어온 것인지도 모른다는 것이었다.(추측의 서술) 그리고 짐승이란 오랫동안 굶으면 발광을 하는 법이라고 하며, 기실 김 선달이 들은 개 울음소리는 이렇게 발광한 개가 목에 맨 끈을 끊으려고 지른 소리였음(차손이 아버지가 신둥이에 대한 추측을 하며 김 선달의 말을 뒷받침함)에 틀림없다는 것이었다.(상황의 단정)

그러나 거기 한자리에 앉았던 간난이 할아버지는 차손이 아버지의 말도 그럴듯하다고는 생각했지만 좀 전에 마누라에게서 들은, 아침에 동장네 방앗간에서 보았을 때나, 방아를 다 찧고 돌아오는 길에 이쪽 방앗간에서 보았을 때나, 그 신둥이개가 미친개로는 뵈지 않더라는 말(간난이 할머니는 자신이 목격한 신둥이의 모습에 근거해 신둥이가 미친개가 아닐 수 있다고 생각함)이 떠올라, 좌우간 그 개가 참말 미쳤는지 어쨌는지 자기가 직접 보지 않고는 알 수 없는 일이라고 했다.(간난이 할아버지는 신둥이가 진짜 미친개인지는 단정할 수 없다고 생각함) 그 개가 미쳤건 안 미쳤건 이제 다시 동네로 내려올 것도 분명하니. 차손이 아버지도 그놈의 미친개가 이제 틀림없이 또 내려올 테니 모두 주의해야겠다(마을 사람들의 경계 → 신둥이에게 위기로 이어짐)고 했다.

▸ 신둥이를 미친개로 여기는 마을 사람들과 확신하지 않는 간난이 할아버지

그런데 이때 벌써 신둥이는 어둠 속에 묻혀 서쪽 산을 내려와 조각뙈기 밭 새를

**작품 분석 노트**

• 신둥이에 대한 마을 사람들의 태도

|  |  |
|---|---|
| 김 선달 | 개 울음소리를 들었던 일을 바탕으로 신둥이를 미친개라고 생각함 |
| 차손이 아버지 | 서북간도 나그네가 마을에 들렀던 일을 떠올리고 신둥이를 미친개라고 생각함 |
| ↕ | |
| 간난이 할머니 | 방앗간에서 신둥이를 보았을 때 미친개로는 보이지 않는다고 생각함(이후 신둥이를 미친개라고 생각하게 됨) |
| 간난이 할아버지 | 자기 눈으로 보지 않았으므로 미친개라고 단정할 수 없다고 생각함 |

지나 반 뛰걸음으로 동장네 집들을 찾아가고 있었다. 어둠 속에서도 주의성 있는 걸음걸이였다.

언덕길을 올라서서는 멈칫 걸음을 멈추고 방앗간 쪽이며, 두 동장네 집 쪽을 살펴보는 것이었다. 그러고 나서야 아주 조심성 있는 반 뛰걸음으로 큰 동장네 집 가까이로 갔다.

(언덕길: 신둥이가 방앗간과 두 동장네 집을 살피기에 적합한 위치)

개구멍을 들어서니 검둥이는 이제는 신둥이와는 낯이 익다는 듯이 아무 으르렁댐 없이 맞아 주었다. 신둥이는 곧장 구유부터 가서 핥기 시작했다.

(검둥이가 신둥이를 경계하지 않음)

작은 동장네 바둑이도 이제는 신둥이와는 낯이 익다는 듯이 맞아 주었다. 여기서도 신둥이는 곧장 구유부터 가서 핥았다.

(신둥이가 큰 동장네 검둥이와 작은 동장네 바둑이가 남긴 밥을 먹는 일이 반복됨 → 신둥이가 동네 개의 새끼로 추정되는 강아지를 낳는 일에 필연성을 부여함)

작은 동장네 집을 나온 신둥이는 동장네 방앗간으로 가 낮에 한물 핥아 먹은 자리며 남은 자리를 또 핥았다. 그러나 거기서 잘 생각은 없는 듯 그곳을 나와 다시 서쪽 산 밑을 향하는 것이었다.

이튿날 아침, 일찍 일어나기로 유명한 간난이 할아버지가 수수깡바자문을 열고 나오다가 방앗간 풍구 밑에 엎디어 있는 신둥이를 발견하고 되들어가 지게 작대기를 뒤에 감추어 가지고 나왔다. 미친개기만 하면 단매에 죽여 버리리라. 신둥이 편에서도 인기척 소리에 놀라 일어났다. 그러면서 어느새 신둥이는 꼬리를 뒷다리 새로 끼고 있었다. 저렇게 꼬리를 뒷다리 새로 끼는 게 재미적다. 간난이 할아버지는 한자리에 선 채 신둥이 편을 노려보았다. 뒤로 감춘 작대기 잡은 손에 부드득 힘을 주며.

(미친개기만 하면 단매에 죽여 버리리라: 신둥이가 미친개인지 알 수 없으나, 만약 미친개라면 때려죽이려 함)
(그러면서 어느새 신둥이는 꼬리를 뒷다리 새로 끼고 있었다: 간난이 할아버지를 보고 겁을 먹은 신둥이)
(뒤로 감춘 작대기 잡은 손에 부드득 힘을 주며: 신둥이가 미친개일 수 있어 경계함)

그래도 주둥이에 거품을 물었다든가 군침을 흘린다든가 하지 않는 걸 보면 이 개가 미쳤대도 아직 그닥 심한 고비엔 이르지 않은 것 같았다. 눈을 봤다. 신둥이 편에서도 이 사람이 자기를 해치려는 사람인가 어떤가를 알아보기나 하려는 것처럼 마주 쳐다보았다. 미친개라면 눈알이 붉게 충혈되거나 동자에 푸른 홰를 세우는 법인데 도무지 그렇지가 않았다. 그저 눈곱이 끼어 있는 겁먹은 눈이었다. 「이런 신둥이의 눈은 또, 보매 키가 장대하고 검은 얼굴에 온통 희끗희끗 세어 가는 수염이 덮여 험상궂게만 생긴 간난이 할아버지의 역시 눈곱이 낀, 그리고 눈꼬리에 부챗살 같은 굵은 주름살이 가득 잡힌, 노리는 눈이긴 했으나」 그래도 이 눈이 아무렇게 보아도 자기를 해치려는 사람의 눈이 아님을 알아챈 듯이, 뒷다리 새로 껴넣었던 꼬리를 약간 들기 시작하는 것이었다. 미친개가 아니다. 적어도 아직까지는 미치지는 않은 개다. 간난이 할아버지는 뒤로 감추었던 작대기 든 손을 늘어뜨리고 말았다.

(그래도 주둥이에 ~ 않은 것 같았다: 신둥이의 모습을 직접 본 간난이 할아버지는 신둥이가 아직은 미친개가 아니라고 판단함)
(미친개라면 ~ 세우는 법인데: 미친개의 특징)
(도무지 그렇지가 않았다: 신둥이는 미친개가 아님을 드러냄)
(그저 눈곱이 끼어 있는 겁먹은 눈이었다: 겁먹은 신둥이의 순박한 모습)
(키가 장대하고 ~ 험상궂게만 생긴: 간난이 할아버지의 외양 묘사 – 눈곱이 낀 순박한 눈이 신둥이와 닮음)
(「 」: 신둥이의 시선에서 본 간난이 할아버지의 모습과 그에 대한 신둥이의 판단)
(이 눈이 ~ 알아챈 듯이: 신둥이가 간난이 할아버지가 자신을 해치지 않을 것이라고 생각함 – 꼬리를 들며 경계를 풂)
(간난이 할아버지는 ~ 말았다: 간난이 할아버지가 작대기를 놓으며 경계를 풂)

▶ 신둥이가 미친개가 아니라고 판단하는 간난이 할아버지

• 신둥이와 간난이 할아버지의 교감

| 신둥이의 외양 | 간난이 할아버지의 외양 |
|---|---|
| • 눈곱이 끼어 있는 겁먹은 눈<br>• 꼬리를 뒷다리 사이에 끼고 있음 | • 키가 장대함<br>• 검은 얼굴에 흰 수염이 있음<br>• 눈곱이 낀 눈 |
| ↓ | ↓ |
| **간난이 할아버지의 판단** | **신둥이의 판단** |
| • 간난이 할아버지는 신둥이를 미친개가 아니라고 판단함<br>• 뒤로 감추었던 작대기 든 손을 늘어뜨림 | • 신둥이는 간난이 할아버지가 자신을 해치려고 하지 않는다고 판단함<br>• 꼬리를 약간 들기 시작함 |

교감

장면 포인트 3 주목

- 해당 장면은 간난이 할아버지로 인해 마을 사람들이 신둥이를 잡으려다 놓친 이후로, 간난이 할아버지가 신둥이의 새끼들을 마을 사람들에게 나누어 주는 부분이다.
- 신둥이를 향한 마을 사람들의 행동에 주목하여 신둥이에게 가해지는 폭력과 이를 헤쳐 나간 신둥이를 통해 작가가 전달하고자 하는 바를 파악하도록 한다.

동네 사람들이 방앗간의 터진 두 면을 둘러쌌다.(마을 사람들이 신둥이를 잡기 위해 방앗간을 둘러쌈) 그리고 방앗간 속을 들여다보았다. 과연 어둠 속에 움직이는 게 있었다. 그리고 그게 어둠 속에서도 흰 짐승(신둥이)이라는 걸 알 수 있었다. 분명히 그놈의 신둥이 개다. 동네 사람들은 한 걸음 한 걸음 죄어들었다. 점점 뒤로 움직여 쫓기는 짐승의 어느 한 부분(신둥이의 눈)에 불이 켜졌다.(위기 상황에서 신둥이의 생존 본능이 발동함) 저게 산개의 눈이다. 동네 사람들은 몽둥이 잡은 손에 힘을 주었다. 이 속에서 간난이 할아버지도 몽둥이 잡은 손에 힘을 주었다. 한 걸음 더 죄어들었다. 눈앞의 새파란 불이 빠져나갈 틈을 엿보듯이 휙 한 바퀴 돌았다.(신둥이가 겁을 먹고 도망치려고 함) 별나게 새파란 불이었다. 문득 간난이 할아버지는 이런 새파란 불이란 눈앞에 있는 신둥이 개 한 마리의 몸에서 나오는 것이 아니고 여럿의 몸에서 나오는 것이 합쳐진 것이라는 생각이 들었다.(신둥이가 새끼를 밴 것을 눈치챔) 말하자면 지금 이 신둥이 개의 배속에 든 새끼의 몫까지 합쳐진 것이라는. 그러자 간난이 할아버지의 가슴속을 흘러 지나가는 게 있었다.(새끼를 밴 신둥이에게 연민을 느낌 – 생명을 소중히 여기는 간난이 할아버지의 태도) 짐승이라도 새끼 밴 것을 차마?(생명에 대한 경외감. 간난이 할아버지가 신둥이를 도울 것임을 암시함)

이때에 누구의 입에선가, 때레라! 하는 고함 소리가 나왔다. 다음 순간 간난이 할아버지의 양옆 사람들이 욱 개를 향해 달려들며 몽둥이를 내리쳤다. 그와 동시에 간난이 할아버지는 푸른 불꽃이 자기 다리 곁을 빠져나가는 것을 느꼈다.(새끼를 밴 생명을 죽일 수 없다고 생각한 간난이 할아버지가 빈틈을 내어 신둥이가 도망치게 됨)

뒤이어 누구의 입에선가, 누가 빈틈을 냈어? 하는 흥분에 찬 목소리가 들렸다. 그리고 저마다, 거 누구야? 거 누구야? 하고 못마땅해하는 말소리 속에 간난이 할아버지 턱밑으로 디미는 얼굴이 있어,

"아즈반(아저씨)이웨다레." / 하는 것은 동장네 절가(머슴을 이르는 말)였다.

그러자 저편 어둠 속에서 궁금한 듯 큰 동장의,

"어떻게들 됐노?" / 하는 소리가 들려왔다.

"파투(화투 놀이에서, 잘못되어 판이 무효가 됨에서 비롯된 말로, 일이 잘못되었음을 비유함 → 신둥이를 잡는 일에 실패한 것)웨다."

절가의 말에 크고 작은 동장이 한꺼번에 지르는 목소리로,

"파투라니?" / 하는 소리에 이어 큰 동장이 이리로 걸어오는 목소리로,

"틈새를 낸 놈이 누구야?" / 는 결난 소리가 들려왔다.

간난이 할아버지는 옆의 자기 집으로 들어갔다.

좀 뒤에 역시 큰 동장의 결난 목소리로, / "늙은 것은 뒈데야 해, 뒈데야 해."(신둥이를 놓친 간난이 할아버지에 대한 비난. 비인간적이고 몰인정한 면모가 나타남) 하는 소리가 집 안까지 들려왔다. ▶ 마을 사람들로 인해 위기에 처한 신둥이를 도망치게 도와준 간난이 할아버지

이런 일이 있은 지 한 달쯤 뒤,(시간의 흐름 – 신둥이가 새끼를 낳아 기른 시간) 가을도 다 끝나고 이제 곧 겨울 나무 준비로 바쁜

**감상 포인트**

신둥이의 상징적 의미를 바탕으로 작가가 전달하려는 주제 의식을 파악한다.

**작품 분석 노트**

- 주요 인물

|  |  |
|---|---|
| 신둥이 개 | • 핍박을 이겨 내고 새끼를 낳아 대를 이음<br>• 강인한 생명력을 보임 |
| 큰 동장, 작은 동장 (동장 형제) | 신둥이를 핍박하고 죽이려 함 |
| 간난이 할아버지 | • 따뜻한 인간성을 지닌 인물<br>• 신둥이를 해치지 않으려는 유일한 인물 |

- '새파란 불'의 의미와 기능

• '새파란 불'은 신둥이가 보인 생존에 대한 강렬한 욕망을 의미하며, 새끼를 지키려고 한 태도를 드러냄
• '새파란 불'이 나타내는 의미를 알아차린 간난이 할아버지가 틈을 만들고, 신둥이가 달아날 수 있게 됨

어느 날, 간난이 할아버지는 서산 너머의 옛날부터 험한 곳이라고 해서 좀처럼 나무꾼들이 드나들지 않는, 따라서 거기만 가면 쉽게 나무 한 짐을 해 올 수 있는 여웃골로 나무를 하러 갔다. 손쉽게 나무 한 짐을 해 가지고 돌아오는 길에, 무심코 길 한 옆에 눈을 준 간난이 할아버지는 거기 웬 짐승의 새끼가 뭉켜 있는 걸 보았다. 이게 범의 새끼나 아닌가 하고 놀라 자세히 보니, 그것은 다른 것 아닌 잠든 강아지들이었다. 그리고 저만큼에 바로 신둥이 개가 이쪽을 지키고 서 있는 것이었다. 앙상하니 뼈만 남아 가지고.

인적이 닿지 않는 곳으로 신둥이가 사람을 피해 새끼를 낳고 기르기에 적당한 환경임
인적이 닿지 않는 곳, 신둥이가 이곳에서 새끼를 낳음
새끼를 지키려는 태도
새끼를 낳은 신둥이의 고단한 삶, 모성애를 보여 줌

간난이 할아버지가 강아지께로 가까이 갔다. 다섯 마린가 되는 강아지는 벌써 한 스무 날은 넉넉히 됐을 성싶었다. 그러자 간난이 할아버지는 다시 한번 속으로 놀라고 말았다. 잠이 들어 있는 다섯 마리 강아지 속에는 틀림없는 누렁이가, 검둥이가, 바둑이가, 섞여 있는 게 아닌가. 그러나 다음 순간, 이건 놀랄 일이 아니라 응당 그럴 일이라고, 그 일견 험상궂어 뵈는 반백의 텁석부리 속에 저절로 미소가 지어지는 것이었다. 좀 만에 그곳을 떠나는 간난이 할아버지는 오늘 예서 본 일을 아무한테나, 집안사람한테도 이야기 말리라 마음먹었다. ▶ 신둥이의 새끼를 발견하고 비밀로 하는 간난이 할아버지

신둥이가 마을 사람들에 해를 입을 것을 걱정함 – 생명을 소중하게 여기는 간난이 할아버지의 태도

이것은 내 중학 이삼년 시절 여름방학 때 내 외가가 있는 목넘이 마을에 가서 들은 이야기로, 그때 간난이 할아버지와 김 선달과 차손이 아버지가 서산 앞 우물가 능수버들 아래에 일손을 쉬며 와 앉아 이런 이야기 저런 이야기 끝에 한 이야기다. 간난이 할아버지가 주가 되어 이야기를 해 나가는 도중 벌써 수삼 년 전 일이라 이야기의 앞뒤가 바뀐다든가 착오가 있으면 서로 바로잡고, 빠지는 대목은 서로 보태 가며 하는 것이었다.

액자식 구성 – 내부 이야기에서 외부 이야기로 전환됨. 전지적 시점 → 1인칭 시점
간난이 할아버지로부터 이야기를 전해 들음

간난이 할아버지는 여웃골에서 강아지를 본 뒤부터는 한층 조심해서 누가 눈치채지 못하게 나무하러 가서는 이 강아지들을 보는 게 한 재미였다. 사람이 먹기에도 부족한 보리범벅이었으나, 그 부스러기를 집안사람 몰래 가져다주기도 했다. 아주 강아지가 밥을 먹게쯤 됐을 때 간난이 할아버지는 집안사람들보고 아무 곳 아무개한테서 얻어 오는 것이라 하며 강아지 한 마리를 안고 내려왔다. 한동네 곱단이네도 어디서 얻어 준다고 하고 한 마리 안아다 주었다. 그리고 여웃골에서 그냥 갈 수 있는 절골 사는 아무개네도 한 마리, 서젯골 사는 아무개네도 한 마리, 이렇게 한 마리씩 다섯 마리를 다 안아다 주었다.

먹을 것을 가져다주며 새끼들을 돌봄 – 생명에 대한 애정
간난이 할아버지가 생명을 확산시킴

이런 이야기 끝에, 간난이 할아버지는 지금 자기네 집에 기르는 개가 그 신둥이의 증손녀라는 말과 원체 종자가 좋아서 지금 목넘이 마을에서 기르는 개란 개는 거의 다 신둥이의 증손이 아니면 고손이라고 했다. 크고 작은 동장네 두 집에서까지도 요새 자기네 개가 낳은 신둥이 개의 고손자를 얻어 갔다는 말도 했다.

혈통의 동질성 → 우리 민족과 연결됨

▶ 신둥이 새끼를 마을 사람들에게 나눠 준 간난이 할아버지

• 시점의 변화

| 내부 이야기 | • 전지적 시점<br>• 신둥이에 얽힌 과거의 사건 |
|---|---|

↓

| 외부 이야기 | • 1인칭 시점<br>• 간난이 할아버지와 김 선달, 차손 아버지가 신둥이의 일을 이야기하는 것을 '나'가 들음 |
|---|---|

↓

'나'가 내부 이야기를 전해 들었다는 설정을 통해 내부 이야기에 대한 신뢰성을 부여함

• 신둥이가 낳은 강아지의 의미

• 신둥이는 암캐로, 큰 동장네의 검둥이, 작은 동장네의 바둑이, 간난이 할아버지네의 누렁이와 어울림
• 새끼 속에 누렁이, 검둥이, 바둑이가 섞여 있음

↓

신둥이가 자신이 어울렸던 다른 개들과 같은 무늬를 지닌 새끼들을 출산한다는 설정은 우화적 상징으로 볼 수 있음
→ 신둥이와 누렁이, 검둥이, 바둑이의 어울림은 우리 민족의 조화와 화합을 상징함

## 핵심 포인트 1 서술상 특징 파악

이 작품은 신둥이에 얽힌 과거 사건이 내부 이야기로, 여러 해가 지난 뒤 그 사건에 관련되었던 사람들이 나누는 이야기를 들은 서술자 '나'의 중학 시절의 사건이 외부 이야기로 배치된 액자식 구조로 이루어져 있다. 따라서 내부 이야기와 외부 이야기의 시점이나 서술상의 특징을 이해하고, 액자식 구조를 취함으로써 얻는 효과를 파악할 수 있어야 한다.

**◎ 액자식 구성과 그 효과**

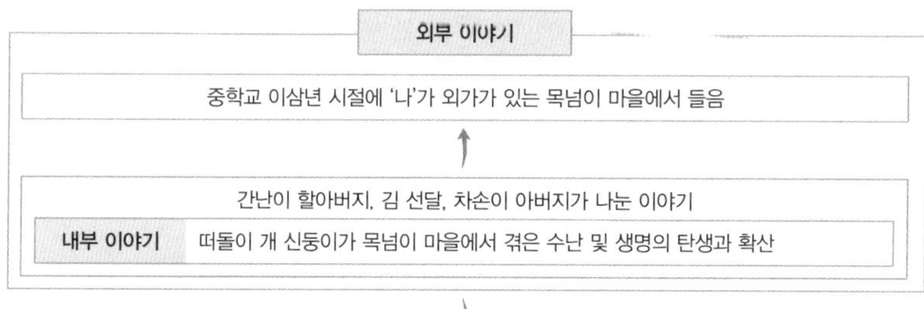


'신둥이'에 대한 이야기를 외가에서 들은 것이라고 밝혀 내부 이야기가 허구가 아님을 드러냄으로써, '신둥이' 이야기에 대한 신뢰성을 부여하는 효과를 줌

## 핵심 포인트 2 인물에 대한 이해

이 작품에서는 신둥이에 대해 서로 다른 입장을 가진 인물들의 갈등이 나타나고 각 인물에 대한 서술자의 태도가 다르므로, 갈등 양상과 각 인물에 대한 작가의 인식을 파악할 수 있어야 한다.

**◎ 인물 간의 갈등 양상**

**신둥이**
핍박 속에서 살아남는 끈질긴 생명력을 보임

연민, 보호 ↖ ↗ 핍박

| 간난이 할아버지 | | 동장 형제 |
|---|---|---|
| • 생명을 소중하게 여김<br>• 신둥이를 보호하고, 신둥이의 새끼를 보살핌<br>• 신둥이의 새끼들을 사람들에게 나눠 주며 생명력이 확산되도록 함 | 갈등<br>⟷ | • 신둥이와 어울렸던 자신의 개를 잡아먹음<br>• 신둥이를 미친개로 취급하며 죽이려 함 |

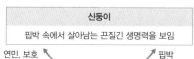

**◎ 동장 형제에 대한 작가의 부정적 인식**

동장 형제는 큰 동장네의 '검둥이'와 작은 동장네의 '바둑이'가 '신둥이'와 어울렸다는 이유로, 두 마리의 개를 잡아먹는다. 동장 형제들은 웃통을 벗고 개기름땀을 흘리며 개를 잡아먹는데, 이를 짐승의 모습과 같다고 묘사하고 있다. 또한 함께 개를 먹는 다른 이들이 노래를 부르는 소리를 잡아먹힌 개가 살아서 짖던 소리와 비슷하다고 표현하고 있다. 작가는 이러한 묘사와 서술을 통해 동장 형제에 대한 비판적 인식을 드러내고 있는데, 신둥이가 우리 민족을 상징한다는 점에서 동장 형제는 우리 민족에게 고난을 주는 인물로 볼 수 있다.

## 핵심 포인트 3 외적 준거에 따른 감상

이 작품의 신둥이와 동장 형제는 각각 우리 민족과 일제를 상징하는 것으로 보기도 하므로, 이 작품의 시대적 배경인 일제 강점기와 관련된 외적 준거를 바탕으로 작품을 감상할 수 있어야 한다.

**◎ 시대적 배경과 관련된 상징적 의미**

이 작품의 배경은 일제 강점기의 평안도 어느 산골 마을이다. 이러한 시대적 배경을 고려할 때, 신둥이를 핍박하고 죽이려는 큰 동장, 작은 동장은 우리 민족에게 고난을 주는 일제의 폭력성을 상징한다고 볼 수 있다. 그리고 이들의 핍박에도 몸을 보호하여 대를 잇는 신둥이는 우리 민족의 강인한 생명력을 상징하는 존재이다. 흰색의 신둥이로 설정한 것은 백의 민족인 우리 민족을 상징하기 위함으로 볼 수 있고, 작품 초반에 신둥이가 황토에 물들고 다리를 전다는 설정은 우리 민족이 고난과 핍박을 당하는 현실을 암시한 것으로 볼 수 있다.

### 작품 한눈에

• 해제
〈목넘이 마을의 개〉는 일제 강점기 평안도 어느 산골 마을인 목넘이 마을에 '신둥이'라는 개가 나타남으로써 벌어진 사건을 다룬 소설이다. '신둥이'의 강인한 생명력을 통해 일제 강점기의 핍박을 이겨 낸 우리 민족의 생명력을 형상화하고 있다.

• 제목 〈목넘이 마을의 개〉의 의미
– 끈질긴 생명력을 보여 준 '신둥이'에 대한 이야기
〈목넘이 마을의 개〉에서 '목넘이 마을'이라는 공간은 일제 강점기 일제의 수탈로 모든 것을 잃고 서북간도로 이주해 가던 우리 민족의 현실을 압축적으로 드러내는 배경으로 볼 수 있다. 이곳에 나타난 '신둥이'를 흰색으로 설정한 것은 백의 민족을 형상화한 것으로 볼 수 있으므로, 신둥이는 일제의 핍박과 고난을 이겨 내는 우리 민족을 형상화한 것으로 이해할 수 있다.

• 주제
① 생명력의 강인함과 생명에 대한 외경심(畏敬心)
② 우리 민족의 강인한 생명력과 끈기

(전체 줄거리)
어느 해 봄, 서북간도로 이주할 때 반드시 거쳐가는 길목에 있는 목넘이 마을에 신둥이(흰둥이)라는 떠돌이 개가 나타난다. 신둥이는 마을 방앗간을 드나들며 쌀겨 등으로 주린 배를 채우다 큰 동장네 검둥이, 작은 동장네 바둑이와 어울리고 두 개가 남긴 밥을 얻어먹으며 지낸다. 동장 형제는 신둥이를 미친개 취급하며 마을 사람들을 선동해 신둥이를 해치려 든다. 자신의 개 누렁이와 어울리는 신둥이를 본 간난이 할아버지만이 신둥이가 미친개가 아님을 확신한다. 어느 날, 신둥이와 마을 개들이 뒷산에서 어울리는 모습이 사람들에게 목격된다. 동장 형제의 주도로 사람들은 신둥이와 어울린 검둥이와 바둑이를 잡아먹고 신둥이까지 잡아먹으려 한다. 사람들이 신둥이를 한쪽으로 몰았을 때, 간난이 할아버지는 신둥이가 새끼를 가진 것을 알고 길을 터 도망치도록 해 준다. 겨울이 되고, 산에 나무를 하러 간 간난이 할아버지는 앙상한 신둥이와 다섯 마리 새끼를 발견한다. 간난이 할아버지는 남몰래 강아지를 돌보고 그 새끼들을 한 마리씩 데려와 마을 사람들에게 나눠 준다.

현대 소설
23

◇ 한 줄 평 자유가 억압된 개인이 파멸에 이르는 과정을 그린 작품

# 고장 난 문 ▸ 이범선

## 장면 포인트 1 주목

- 이 작품은 화실이 질식사할 만한 환경이 아니었음에도 불구하고, 이곳에 고립된 화가가 질식사하게 된 사건을 통해 개인의 자유가 외적 요소에 의해 억압되던 현실을 형상화한 소설이다.
- 해당 장면은 화실에 갇힌 시간이 길어지자 마음이 조급해진 화가가 문을 고칠 생각을 안 하는 만덕에게 화를 내는 상황이다.
- 화가의 말과 행동 그리고 만덕의 대응을 중심으로, 화가의 심리와 이에 대한 만덕의 이해 정도를 파악하도록 한다.

[앞부분의 줄거리] 한 화가의 심부름 일을 하던 만덕이 화가의 죽음으로 인해 조사받게 된다. 만덕은 자신을 신뢰하지 않는 수사관에게 억울함을 호소하며 사건에 내막을 진술한다. 어제 아침이었다. 화실의 문이 고장 나 화가가 화실에 갇혔고, 만덕이 열쇠로 문을 열려고 했으나 결국 문이 열리지 않았다. 화실은 사방으로 창이 나 있으며 음식과 화장실 등 생활에 필요한 것들은 모두 안에 있어서 만덕은 화가의 고립을 대수롭지 않게 생각했다.

"야, 이 자식아!"
화실에 갇힌 화가가 만덕에게 화를 냄

"……?"

나 – 만덕(서술자)

「나는 멈칫 섰습니다. 그리고 선생님의 얼굴을 살폈죠. 커다란 곰방대를 입에 물고 있는 선생님은 화가 몹시 난 눈으로 나를 노려보고 있었습니다. 사실이지 나는 그때까지 선생님의 입에서 이 자식이란 말을 들어 본 적이 한 번도 없었거든요.」

「」: 만덕의 구어체 진술 → 수사관에게 하는 말이기 때문
화실에 갇힌 화가가 조급함을 느끼기 시작함
평소 화가는 만덕에게 인자한 모습을 보였음

"부르셨어요?"

하고 나는 겁에 질려서 나직이 물었습니다. 그랬더니 대뜸 선생님은,
'나'의 심리를 직접 제시함

"임마, 내가 뭐랬지?"

하고 고함을 지르는 것이었습니다. 나는 얼이 빠져서 그저 멍멍히 서 있었죠.
화가가 거친 태도를 보임

"문을 열라고 하잖았어?" / "예…… 그런데 그 문이 열리질 않는걸요."
만덕은 화실의 문이 열리지 않는 상황을 적극적으로 해결하려는 노력을 하지 않음

"그렇다고 그냥 가만 두면 열리니?" / "……?"

"가만 둬도 문이 생각해 가며 혼자 열리냐 말이다? 문이 살았니?"

딴은 그럴 리는 없죠. 문이 무슨 생각이 있어서 얼마큼 곯리다가 적당히 열려 줄 턱은 없죠. / "어떻게 열어 봐얄 게 아냐." / "……."
만덕에게 어떻게든 문을 열 수 있는 방법을 찾을 것을 요구함 – 조급해진 화가의 심리

"네 힘으로 안 되면 읍내 목수한테라도 가서 열어 달래야잖아."
목수에게 문을 열어 달라고 요청하도록 만덕에게 시킴

"예, 그럼 곧……."

"바보 같은 녀석, 사람을 죄수처럼 철창 안에 가두어 놓고 태평으로 딴짓만 하고 있어!"
화가가 화실에 갇힌 상황과 자신을 이해하지 못하는 만덕을 답답하게 생각함

▸ 화실에 갇혀 갑갑해하며 화를 내는 화가

나는 돌아서 나오며 등 뒤에 선생님의 역정 소리를 들었습니다. 하기야 갇혔다면 분명히 갇혔지만, 그렇다고 여느 때는 곧잘 며칠씩 꼼짝도 않고 화실 안에서 잘도
자의적으로 화실에 갇혀 있던 상황 – 그림을 그리는 일에 집중함

### 작품 분석 노트

- 〈고장 난 문〉의 구조

| 만덕에 대한 수사관의 심문(현재) |
|---|
| • 수사관이 화가의 죽음과 관련하여 만덕을 의심함<br>• 만덕은 억울함을 호소함 |

↓

| 만덕의 진술(회상) |
|---|
| • 어느 날 화실의 문이 고장 나 화가가 화실에 갇힘<br>• 만덕이 문을 고칠 수 있는 목수를 데리러 갔으나, 데려오지 못함<br>• 화가가 점차 이성을 잃고 난폭해 짐<br>• 만덕이 화실에 갇힌 화가를 두고 별채로 자러 감<br>• 다음 날 아침 목수가 와서 문을 열었으나, 화가가 죽어 있었음 |

↓

| 수사관의 단정(현재) |
|---|
| 수사관이 만덕의 진술을 믿지 않고 만덕을 수감함 |

- 과거 사건의 서술 방식

| | |
|---|---|
| 따옴표 없는 구어체 서술 | 현재 만덕이 수사관에게 과거 사건의 내막을 진술하고 있음을 나타냄 |
| 대화 + 따옴표 | 만덕과 화가의 대화를 따옴표로 제시하여 현재 만덕의 진술과 과거 사건의 대화를 구분함 |

지내시면서 막상 문이 고장이 나서 안 열리니까 그날따라 그렇게 화를 내는 선생님
외적 요소에 의해 갇혀 고립된 상황 – 답답함, 조급함을 느낌
이 좀 이상도 하고 고깝기도 했습니다. 그러나 나는 어째서 진작 읍내 목수한테 나
만덕은 화가의 상황과 심리를 이해하지 못하고 반감을 가짐
가서 부탁할 생각을 못 했던가 하고 정말 멍충이인 나를 탓하면서 그 달음으로 곧 십리쯤 되는 읍내로 들어왔죠. 그런데 목수 아저씨가 집에 없지 뭐예요. 어디 일 갔는데 저녁때에나 돌아올 거라고 하더군요. 그래, 미안하지만 저녁 늦게라도 나와서 문을 좀 손봐 달라고 부인한테 부탁을 하고 돌아왔죠. 바로 그 문을 단 목수 아저씨였
목수가 집에 없어서 목수의 부인에게 부탁을 하고 만덕이 돌아옴
거든요. 사실 문제는 그때 목수 아저씨가 집에 없었던 데 있다구요. 목수 아저씨가 있기만 했더라면 같이 나가서 쉽게 문을 고칠 수 있었던 걸, 그날 저녁 늦게까지 기다려도 목수 아저씨가 들어오질 않았지 뭡니까.
결국 저녁 늦게까지 목수가 오지 않고, 상황이 더욱 심각해짐 ▶ 문을 열 수 있는 목수를 찾아갔다가 허탕을 치고 돌아온 만덕

주목

"야 임마, 너 정말 목수한테 가긴 갔었어?"
목수가 오지 않자 화가는 만덕이 목수에게 간 사실을 의심함

선생님은 저녁 해가 떨어지자 역정을 내시더군요.
화실에 갇혀 있는 시간이 오래 되자 답답함을 느끼는 화가의 심리 제시

"아 그럼요. 제가 선생님한테 거짓말을 하겠어요." / "그럼 왜 아직 안 와!"

"글쎄 꼭 오라고 부탁을 했다니까요." / "그런데 아직 안 오지 않아."

"헤 참, 선생님도 급하시긴. 전에는 며칠씩도 문밖에 안 나오시곤 했으면서 뭘 그
만덕은 화가가 화실에 며칠씩 갇혀서 그림을 그리던 일을 언급하며 지금의 상황을 대수롭지 않게 여김
러셔요."

나는 화실 창문 밖 등나무 밑에 쭈그리고 앉아서 쇠창살 안의 선생님 말동무를 해
창문을 통해 만덕(외부)과 화가(내부)의 소통이 이루어짐
주며 그렇게 웃었죠. 그랬더니 창턱에 걸터앉은 선생님은 곰방대를 뻐끔뻐끔 빨면서,
만덕의 웃음 – 화가가 느끼는 심각성을 이해하지 못하고 있음을 보여 줌

"이 녀석 봐라! 그거야 내가 나가고 싶지 않아서 안 나간 거구 지금은 내가 안 나
화가가 자신의 의지대로 화실에 갇혀 그림을 그리던 때와 강제적으로 갇혀 있는 상황이 다름을 강조
가는 게 아니라 못 나가는 거 아냐."

하며 웃더군요.
화가 나 있기는 하지만 아직 심각한 상태는 아님을 보여 줌

"마찬가지죠 뭘. 안 나가나 못 나가나 화실 안에 있는 건 같지 않아요. 뭘 심부름
화가의 상황을 이해하지 못하는 만덕
시킬 일 있으면 시키셔요. 제가 다 해 드릴게요."

"일은 무슨 일이 있어, 이 녀석아."
밖에 해야 할 일이 있어서가 아니라 갇혀 있는 것 그 자체가 문제 상황임을 드러냄

"그럼 됐죠 뭐."

"허 녀석, 정말 바보 같은 녀석이구나, 넌."
화가가 자신의 상황과 심리를 이해하지 못하는 만덕을 비난함

"어디 제 말이 틀렸어요. 뭐 불편하신 게 있어요, 서울 가실 일이라도 있다면 모르지만요."

"듣기 싫다, 이 녀석아. 너하고 이야길 하느니 차라리 우리 안의 돼지하고 하겠다."
자신의 상황을 이해하지 못하는 만덕에 대한 화가의 답답함 – 화가와 만덕의 소통 부재, 단절감

"헤 참, 선생님도, 이제 목수 아저씨가 올 겁니다. 조금만 더 기다려 보시죠. 그동안 선생님 저녁이나 드셔요. 전 식은 밥이라도 한술 먹어야겠어요."

난 일어나 별채로 나왔어요. 선생님은 화실에 전등을 켤 생각도 않고 그대로 창턱에 걸터앉아 있더군요.

그런데 기다려도 목수 아저씨는 오지 않았습니다.
유일하게 문을 열 수 있는 목수가 오지 않음

▶ 해가 지면서 조급함이 심화되는 화가

**감상 포인트**

화실에 갇힌 상황에 대한 화가와 만덕의 인식 차이를 파악하도록 한다.

• 화실에 갇힌 화가의 상황과 태도

| 자의적으로 화실에 갇힘 | • 평소 화가는 만덕에게 인자한 태도를 보임<br>• 화가는 며칠씩 그림을 그리는 일에 집중함 |
|---|---|
| ↕ | |
| 강제적으로 화실에 갇힘 | • 화실에 갇힌 상황을 견디지 못하고 불안감을 느낌<br>• 평소와 달리 만덕에게 욕을 하고 화를 냄<br>• 이성을 잃고 난폭해짐 |

## 장면 포인트 2 주목

- 해당 장면은 화실에 갇힌 화가가 시간이 지나도 문제가 해결되지 않자 점차 이성을 잃고 난폭해지고 있는 상황이다.
- 화가가 보인 행동과 그에 대한 주변 인물의 태도에 주목하여 화가의 행동 원인, 주변 사람들과의 소통 양상을 파악하도록 한다.

"야 인마! 가면 어떡해! 어서 목수 못 불러 와!"

선생님은 창문으로 달려와 쇠창살을 두 손으로 꽉 쥐고 마구 흔들어 대며 소리소리 지르지 뭡니까.(행동을 통해 화가의 불안정한 심리, 문제 상황을 해소하고 싶은 강한 욕망 등을 나타냄) 그건 언제나 인자하시던 그 선생님이 아니었어요. 무서웠어요.(이전에 보지 못했던 화가의 난폭한 모습에 만덕이 겁을 먹음) 난 전엔 그런 선생님의 무서운 얼굴을 본 일이 없었거든요. 아마 창에 쇠창살이 없었더라면 뛰어넘어 나와서 날 박살을 냈을 겁니다. 정말 겁났어요. 이마엔 핏줄이 서고 입은 꽉 다물고, 선생님은 자기 성질을 못 이겨서 두 손으로 그 긴 머리카락을 마구 쥐어뜯더군요.(외부 세계와 단절되어 고립된 상황에서 시간이 흐를수록 점점 이성을 잃어 가는 모습)

"야! 빨리 문 열어!"

갑자기 선생님이 미친 것이나 아닌가 했다니까요.

"예, 목수 아저씨한테 또 갔다 올게요, 선생님!" ▶ 문을 열라고 하며 점점 더 과격하게 행동하는 화가

나는 겁이 나서 그렇게 말하고는 돌아서서 읍내로 달렸습니다. 그땐 벌써 밤이 꽤 깊었죠.(점점 과격해지는 화가의 모습에 겁이 난 만덕이 늦은 시간임에도 목수를 다시 부르러 감) 캄캄한 길을 나는 거의 단숨에 읍내에까지 달렸어요. 그런데 뭡니까. 목수 아저씨는 잔뜩 술에 취해서 자고 있지 뭡니까.(문을 열 수 없는 상황, 화가의 고립 상황이 지속될 것을 암시함)

"아저씨, 빨리 좀 일어나세요. 문을 좀 열어 주어야 해요."

"음, 문……? 문을 열면 되지 뭘 그래."

목수 아저씨는 눈도 안 뜨고 그렇게 중얼거릴 뿐이었습니다.

"아저씨, 좀 일어나요. 우리 선생님 지금 잔뜩 화났단 말예요!"

"화가 나……? 왜 화가 나……."

목수 아저씨는 여전히 눈을 감은 채였습니다.(화가의 일에 대한 무관심한 태도) 그러니까 그건 취해서 아무렇게나 지껄이는 말이죠.

"문이 고장이 나서 안 열린단 말예요!"

"문이…… 고장이 났다!"

"예, 그래요."

"임마, 문이 무슨 고장이 나고 말고가 있어…… 열면 되지…… 문이란 임마, 열리게 돼 있는 거지, 임마."(목수가 술에 취해 소통이 되지 않음)

목수 아저씨는 그렇게 중얼거리며 쓱 몸을 돌려 벽을 향해 돌아누워 버렸어요.

"그게 아냐요. 아저씨가 달아 준 저의 선생님 화실 문 알잖아요."

"에이, 시끄럽다! 걷어차라 걷어차! 그럼 제가 열리지 안 열려! 열리지 않는 문이 어디 있어, 임마."(목수가 술에 취해 화가가 처한 상황의 심각성을 이해하지 못함)

### 작품 분석 노트

- 화가의 현재 상황에 대한 주변 인물의 태도

| 인물 | 태도 |
|---|---|
| 만덕 | • 화가가 갇힌 것을 대수롭지 않게 여기고 여유를 부림<br>• 화가가 점차 이성을 잃고 난폭해지자 무서움을 느끼나, 화가의 처지와 심리를 이해하지는 못함 |
| 목수 | 술에 취해 화가의 상황을 인식하지 못함 |
| 목수의 아내 | 화가가 처한 문제 상황의 심각성을 전혀 공감하지 못함 |

목수 아저씬 잔뜩 몸을 꼬부리며 좀처럼 깨어 일어날 것 같지도 않았어요.

"총각, 웬만하면 낼 아침 일찍 고치지. 저렇게 취했으니 뭐가 되겠어 어디."
목수를 데려가려는 것을 만류함

목수네 아주머니가 말했어요.

"글쎄 그런데 그게 안 그렇단 말입니다. 우리 선생님 지금 미칠 지경이거든요."

"미쳐? 아니 문이 안 열린다고 미칠 거야 뭐 있어?"

"글쎄나 말이죠. 내 생각도 그런데 우리 선생님은 안 그런 걸 어떡해요."
만덕은 화가의 처지에 공감하지 못하고 있음

"왜, 뒷간에라도 가고 싶은가?"

"뒷간엔요! 그런 건 다 안에 있죠."

"그럼 배가 고픈가?"

"허 참, 아주머니도. 먹을 건 얼마든지 안에 다 있다구요!"

"그런데 왜 그래. 먹을 것 있구 뒤볼 데 있으면 됐지, 그런데 미치긴 왜 미쳐? 오,
의식주와 같은 생리적 욕구 충족에 필요한 것들이 다 갖추어져 있다면 미칠 이유가 없음
바람이 안 통해서 숨이 답답한가 보구먼그래."

"허 참, 그런 게 아니라니까요. 바람이 왜 안 통해요. 스무 평 방의 사방이 창문인데!"

"그럼 뭐야, 알다가도 모를 일이네. 더구나 지금 밤인데, 열어 놓았던 문도 걸어
목수의 아내도 화실의 외적 환경에만 초점을 두고 화가의 심리를 이해하지 못하는 태도를 보임
잠그고 잘 시간인데 문이 열리지 않는다고 발광이야 그래! 원 참 별난 양반 다 보겠네."

"글쎄 그러니까 딱하죠. 낸들 알아요. 그러니 제발 좀 아저씰 깨워 주세요, 아주머니."

"가만 둬요, 총각. 그런 일이라면 내일 아침에 일찍 깨워 보낼게. 그러니까 총각, 그만 돌아가서 그 선생님께 말하지 그래. 문을 열 게 아니라 단단히 걸어 잠그고 주무시라구. 난 또 무슨 큰일이나 났다구, 원!" ▶ 화가의 다급한 상황을 인식하지 못하는 목수와 그의 아내
목수의 아내가 화가의 문제를 대수롭지 않게 여김

목수네 아주머니까지 이젠 상대를 안 해 주더군요. 그러니 어떡해요. 난 그대로
만덕이 목수를 데려가지 못해 어쩔 수 없이 혼자 돌아옴
돌아갈 수밖에요. 밤길을 다시 걸어서 나는 집으로 돌아갔죠. 선생님의 짜증이 두려워서 될수록 천천히 걸어서 집에까지 갔어요. 조심조심 화실 가까이로 다가갔습니
만덕은 진심으로 문제를 해결하려는 것이 아니라, 화가가 화를 낼 것이 두려워 행동함
다. 그랬더니 선생님은 앞 창문의 쇠창살을 두 손으로 잔뜩 움켜쥐고 한 발을 창턱
밖으로 나가고자 하는 욕망의 표출. 갇힌 공간에서 벗어나고자 하는 몸부림
에다 올려 디디고 금세라도 밖으로 튀어나오려는 것 같은 몸짓으로 서 있더군요.

"야 인마! 빨리빨리 좀 못 다니냐. 사람이 지금 죽을 지경인데…… 그래 목수는 데리고 왔어?"

"그게, 그…… 취해서 자던걸요."

"뭐라구! 취해서 자! 그래 혼자 왔단 말야?"

선생님은 꽥 소리를 지르며 창살을 마구 흔들어 대었습니다. 우적우적 금시 쇠창
갇힌 상황에서 벗어나고자 하는 저항의 몸짓으로 볼 수 있음
살이 비틀려 떨어질 것 같았어요.

• 화실의 환경과 화가의 심리

| 객관적인 화실의 환경 | • 화장실과 음식을 갖추고 있음<br>• 사방에 창문이 있어 바람이 잘 통함 |
|---|---|
| 화가가 질식사할 만한 환경이 아님 | |

↕

| 화가가 인식하는 주관적인 화실의 환경 | • 자유가 억압당한 단절과 고립의 공간임<br>• 견딜 수 없이 답답하고 숨 막히는 공간임 |
|---|---|
| 화가는 자유가 억압된 상황에 답답해하다가 질식사함 | |

• 화실에 갇힌 화가의 심리 변화

• 평소와 달리 만덕에게 '자식'이라고 말하며 거친 태도를 보임
• 자신의 상황을 이해하지 못하는 만덕을 답답하게 생각함

↓ 시간의 흐름

• 만덕에게 심한 욕지거리를 함
• 문제 해결의 시급함과 절박함을 느낌
→ 행동이 과격해지고 이성을 잃음

"암만 흔들어도 안 깨던데요. 낼 아침 일찍 온대요."

"무슨 개소리야! 낼이 아니라 이 밤이 당장 문제란 말이다!"
자신의 처한 상황이 매우 시급하고 절박한 것임을 강조함

선생님은 이번에는 주먹으로 쇠창살을 두들겨 댔어요.

"그러니 선생님, 이 밤은 그냥 주무셔요. 어차피 밤이니까 문을 잠가야 게 아냐요.
화가의 심리를 이해하지 못하고 만덕이 어설픈 조언을 건넴
그냥 주무셔요, 선생님."

나는 달래듯이 말했죠. 그랬더니 그 말이 선생님을 더욱 흥분시켰던가 봐요.

"이 병신 같은 새끼야, 네가 뭘 안다고 주절거리냐! 누가 밤인 줄 몰라서 안 자는
문제의 심각성을 이해하지 못하는 만덕으로 인해 화가가 이성을 잃고 난폭해짐
줄 아냐!"

선생님은 정말 제정신이 아닌 듯 마구 상말로 욕지거리를 퍼붓더군요. 그러나 난 조금도 어떻게 안 생각했어요.

"도끼 가져와!"
문을 부수기 위한 도구 ①

"도끼가 어디 있어요, 선생님."

"그럼 무슨 망치라도 가져와!"

"망치는 또 어디 있어요!"
문을 부수기 위한 도구 ②

"임마, 그럼 날 이렇게 밤새도록 가둬 두겠단 말야!"

"가두긴요…… 아 이제 주무시면 되지 않아요. 밤도 깊었는데요."
만덕이 화가의 심리를 전혀 이해하지 못함

"이 새끼가 누굴 약을 올리나. 응, 너 날 약올리는 거야! 이 죽일 놈의 새끼가!"

선생님은 점점 더 흥분했습니다. 선생님은 그렇게 마구 욕지거리를 하며 화실 안을 한 바퀴 둘러보더니 마침내 발작을 하더군요. 걸상을 둘러메고 가서 문을 패는
문을 부수어 문제를 해결하려는 태도가 나타남. 화가의 심리적 불안, 분노가 최고조에 이름을 보여 줌
것이었습니다.

▶ 화실에 갇혀 심리적 불안이 극에 달한 화가

• 화가의 행동에 담긴 의미

| 행동 | • 한 발을 창턱에 올려 디디고 밖으로 튀어나오려는 몸짓을 함<br>• 소리를 지르며 창문의 쇠창살을 마구 흔듦<br>• 고장 난 출입문을 걸상으로 마구 팸 |
|---|---|

↓

• 자유가 억압된 환경에서 벗어나고자 하는 욕망의 표출
• 화실에 갇힌 문제 상황을 해결하려는 적극적 의지 표출
• 외부와 단절 · 고립되어 느끼는답답하고 불안한 심리의 심화

### 장면 포인트 3

• 해당 장면은 화실의 문을 열었을 때 화가가 죽어 있었다는 만덕과 이를 믿지 않는 수사관이 만덕을 수감하는 부분이다.
• 화가를 이해하지 못한 만덕과 만덕의 말을 믿지 않는 수사관의 모습을 통해 작가가 전달하려는 주제 의식을 파악하도록 한다.

선생님은 또다시 무엇인가 던질 것을 찾고 있었습니다. 난 재빨리 도망쳤죠. 내 방으로요. 정말입니다. 그리고 자 버렸어요. 선생님은 차라리 혼자 가만히 두는 편이 좋겠다고 생각했죠. 사실 화실 안은 아무 불편도 없거든요. 그랬다가 다음 날 아침에 조심조심 창밖으로 가서 안을 살펴보았더니 선생님은 화실 한켠 벽에 붙여 놓은 침대 위에 엎드려 자고 있지 않겠어요. 참 어린애 같은 분예요. 나는 그길로 읍내로 들어갔습니다. 선생님이 잠들어 있을 때 아침 일찍 목수 아저씨를 불러다가 문을 고치는 것이 좋겠다고 생각했죠. 다행히 읍내 길 중간쯤에서 목수 아저씰 만났어요.

(목수를 데려오지 못한 만덕에게 화가가 물건을 던지려고 함 / 만덕이 화실에 갇힌 화가를 방치함 / 화실의 외적 요소만 고려한 판단으로, 화가의 내적 불편함은 이해하지 못함 / 화가가 죽은 것을 엎드려 있는 것으로 생각함)

"엊저녁엔 내가 취했어. 그래 이렇게 일찍 오는 길이지."

목수 아저씨는 미안해하더군요. 그래 우린 화실로 돌아왔죠. 선생님은 아직 그대로 엎드려 잠들어 있었습니다. 목수 아저씨는 연장을 내려놓고 문 손잡이를 몇 번 돌려 보더군요. 열릴 리가 있나요. 결국 끌을 가지고 문설주를 도려냈죠. 그렇게 만 하루 만에 문이 열렸어요. 아닌 게 아니라 밖에 있던 나까지도 숨통이 확 틔는 것 같데요. 그거 참 묘하죠. 뭐 별 답답한 것도 느끼지 못했었는데 막상 문이 활짝 열리니까 정말 가슴이 다 시원하던데요. 난 확 열어젖혀진 문으로 단번에 몰려들어 가는 바람에 빨려 들어가기나 하듯이 화실 안으로 달려들어 갔어요. 의자다 액자다 캔버스 따위가 마구 흐트러진 위를 넘어서요.

(문설주: 문짝을 끼워 달기 위하여 문의 양쪽에 세운 기둥 / 화실 문이 열리자 만덕도 해방감을 느낌 / 화실에 갇힌 화가가 난동을 부렸던 흔적)

"선생님! 선생님, 문이 열렸어요!"

소리 질렀죠. 그래도 선생님은 침내에 엎드린 채 꿈쩍도 안 하더군요. 어지간히 피곤했던 모양이었어요.

(화가가 죽은 것을 파악하지 못함)

"선생님! 문이 열렸다니까요! 어서 밖에 나가 보셔요!"

나는 침대 곁으로 가서 엎드린 선생님을 흔들었습니다. 그런데!

(▶ 화실의 문을 열고 난 후 화가의 죽음을 확인한 만덕)

"그런데 죽어서 몸이 굳어 있더란 말이지?"

('그런데'가 맞물려 과거 사건에서 현재의 상황으로 전환됨 / 수사관이 만덕의 진술을 의심함 – 만덕의 회상에서 수사관에게 조사를 받는 상황으로 바뀜)

수사관이 느릿한 몸짓으로 걸상 등받이에서 등을 펴며 책상 위의 조서를 집어 올려 폈다.

"정말입니다. 목수 아저씨도 다 보았습니다!"

(만덕이 목수 아저씨를 증인으로 삼아 자신의 결백을 주장함)

만덕은 안타까운 눈으로 수사관을 쳐다보았다.

(만덕에 대한 지칭 변화: 만덕의 진술 장면 '나' (1인칭) → 수사관에게 조사를 받는 장면 '만덕' (3인칭))

"물론 목수 아저씨도 보았지. 그에게 보여 주기 위해서 그를 불러 갔으니까. 그러나 목수 아저씨가 본 건 죽은 시체였지 그가 죽는 광경은 아니었지 않아!"

(수사관은 만덕이 화가를 죽인 다음 목수를 데려왔을 것이라고 의심함)

"형사 아저씨! 제 말을 믿어 주십쇼. 정말입니다. 지금 이야기한 대로 모두 사실입

#### 작품 분석 노트

• 문을 열기 전과 후의 만덕의 인식

| 문을 열기 전 | • 화가가 엎드려 자고 있다고 생각함<br>• 화가를 어린애 같다고 여김 |
|---|---|
| ↕ | |
| 문을 연 이후 | • 가슴이 시원해짐을 느낌<br>• 화가의 죽음을 확인함 |

• 시점의 변화

1인칭 시점: 만덕이 사건의 내막을 진술하는 부분
↓
3인칭 시점: 만덕이 수사관에게 조사를 받는 부분

니다. 억울합니다. 제가 왜 우리 선생님의 목을 누릅니까. 또 그리구, 목수 아저씨도 잘 압니다. 우리가 갔을 때까지도 문은 그대로 고장 나 잠겨 있었거든요. 그래 그걸 뜯고야 들어갔단 말입니다. 그런데 어떻게……."

화실 문이 고장 났으므로 화실로 들어가 화가를 죽일 수 없다는 말

"그야 그랬지. 그런데 너는 열쇠를 가지고 있었단 말야. 안 그래?"

만덕이 열쇠로 화실 문을 열고 들어가 화가를 죽였을 것이라고 의심함

수사관은 열쇠를 집어 들어 방울을 딸랑딸랑 흔들어 보였다.

"허지만 아저씨! 문은 고장이었습니다요! 그걸 목수 아저씨가 뜯고야 들어갔다니까요!"

"거짓말 마!"

처음부터 만덕을 믿지 않고 있었음

수사관이 주먹으로 책상을 쾅 치며 고함을 질렀다. 만덕은 수사관을 노려보는 채 무릎 위에서 두 주먹을 꽉 쥐었다.

"억울합니다. 정말 너무 억울합니다!"

"인마! 그럼 네 말대로 이십 평 화실에 사방의 창문이 모두 활짝 열렸는데 그 속에서 혼자 숨이 막혀 죽었단 말이야!"

수사관 역시 다른 사람들처럼 화실의 환경에 근거해 화가가 질식사할 수 없다고 생각함

"글쎄 그거야……."

"거짓말도 씨가 먹어야지……! 김 순경, 이 자식 끌어다 수감해!"

옆방에서 순경이 들어왔다. 만덕의 죽지를 붙들어 끌고 나갔다. 만덕은 이제 모든 것을 체념한 듯 고개를 떨구고 걸었다. 수사관은 거기 조서 밑의 의사의 검안서(檢案書)를 슬쩍 들쳐 보았다.

의사가 사람의 사망 사실을 의학적으로 확인한 후 그 결과를 기록한 문서

"질식사."

"돌팔이 같은…… 사방의 창문이 활짝 열린 방 안에서 질식해 죽어!"

수사관은 콧방귀를 뀌며 걸상에서 일어나 두 팔을 활짝 쳐들고 기지개를 켰다.

▶ 만덕의 말을 믿지 않고 수감하는 수사관

• 만덕의 수감에 담긴 작가의 의도

| | |
|---|---|
| 화가의 죽음 | 화가가 자유가 억압된 화실에서 벗어나기 위해 몸부림치다 끝내 답답함을 견디지 못하고 질식사함 |
| ↓ | |
| 만덕 | 만덕이 화가의 처지와 심리를 이해하지 못하고 문을 여는 일에 적극적으로 참여하지 않음<br>→ 화가를 죽인 범인으로 몰려 수감됨 |
| ↓ | |
| 작가의 의도 | 자유가 억압당하는 현실을 인식하지 못하고 진정한 소통을 이루지 못하는 사람들에 대한 비판 의식을 담아냄 |

## 핵심 포인트 1 작품의 내용 파악

이 작품에서 문제를 야기하는 소재라고 할 수 있는 '고장 난 문'의 의미와 결말의 '만덕의 수감'이 갖는 의미를 파악할 수 있어야 한다.

**'고장 난 문'의 상징적 의미**

모든 사건의 발단은 문이 고장 난 것이다. '고장 난 문'으로 인해 화가는 화실에 갇혀 외부 세계와 단절 · 고립되고 비극적인 죽음을 맞는다. 화가가 마주한 단절과 고립의 상황은 자유가 억압당하는 부조리하고 모순된 사회적 현실을 상징적으로 드러낸 것이라고 할 수 있다.

**결말의 의미**

수사관은 만덕의 진술을 모두 듣고도 그를 신뢰하지 않았고, 결국 만덕은 수감된다. 이러한 결말은 타인(사회)의 문제를 인식하지 못하고, 제대로 된 소통을 이루지 못하는 사람들에 대한 비판적 태도를 '만덕의 수감'이라는 사건으로 형상화한 것이라 할 수 있다.

## 핵심 포인트 2 사건의 전개 방식

이 작품은 만덕과 수사관이 대화하는 외부 이야기와, 만덕의 사건 진술인 내부 이야기로 이루어져 있다. 외부 이야기와 내부 이야기는 등장인물, 서술상 특징, 갈등 양상 등이 다르게 나타나므로 각 이야기에 나타나는 특징을 바탕으로 작품을 종합적으로 이해하고 파악할 수 있어야 한다.

**액자식 구성에 따른 사건 전개**

**외부 이야기**

- 시 · 공간: 현재, 경찰서 조사실
- 인물: 만덕, 수사관
- 사건: 화가의 죽음과 관련하여 만덕이 수사관에게 조사받고 있는 상황임
- 시점: 이야기 밖의 서술자가 사건과 인물을 제시하는 3인칭 시점

**내부 이야기**

- 시 · 공간: 과거, 화가의 별장에 있는 화실
- 인물: 만덕, 화가, 목수, 목수 아내
- 사건: 문이 고장 나 화실에 갇힌 화가가 죽음에 이르는 과정이 제시됨
- 시점: 이야기 안에 등장하는 '나(만덕이)'가 화가에 대한 사건을 전하는 1인칭 시점

## 핵심 포인트 3 외적 준거에 따른 감상

이 작품은 1977년에 발표된 단편 소설로, 1970년대의 억압적 시대 현실과 관련지어 다양한 해석이 가능하다. 1970년대는 예술마저도 검열받으며 표현의 자유가 억압되었던 시기로, 화실에 갇혀 자유를 억압받는 화가나 그를 이해하지 못하는 주변 인물들은 당시의 현실과 함께 그 시대를 살아간 사람들을 형상화한 것으로 볼 수 있다.

**작품에 형상화된 당대 현실**

화실은 음식과 화장실이 갖추어져 있고, 사방에 창문도 나 있어 질식할 위험이 없는 공간이다. 그럼에도 화실에 갇힌 화가는 공포감을 느낀다. 이는 1970년대 유신 정권하의 억압적 시대 현실 속에서 자유를 빼앗긴 사람들이 느끼는 불안과 공포를 상징하는 것으로 볼 수 있다. 한편 만덕을 비롯한 주변 인물들은 화가의 공포감을 이해하지 못하는 모습을 보인다. 이는 당시 억압적 시대 현실에 무지하거나 무관심한 사람들을 상징한다. 결국 화가는 자신의 상황을 극복하지 못하고 죽음에 이르고 마는데, 이는 자유를 박탈당한 사람들이 맞는 비극적 운명을 의미한다.

### 작품 한눈에

• 해제

〈고장 난 문〉은 화실에 갇힌 화가의 죽음을 다룬 소설이다. 화가의 자잘한 일을 봐주고 있는 만덕이 수사관에게 조사받는 상황은 현재이고, 작품의 주를 이루는 만덕의 진술은 과거 회상에 해당한다. 만덕의 시각에서 진술되는 과거 사건은 화가의 행동을 통해 그의 심리가 간접적으로 드러나며, 이를 이해하지 못하는 인물의 태도가 부각된다. 화가는 문을 열기 위해 노력하지만 결국 실패하고 질식사하고 만다.

• 제목 〈고장 난 문〉의 의미

– 개인의 자유를 억압하는 외적 요소, 사회 현실

〈고장 난 문〉은 화실에 갇혀 자유를 잃은 화가가 극도의 답답함을 느끼며 미쳐 가다 끝내 죽게 되는 상황을 통해 자유를 빼앗긴 현실 상황을 되돌아보게 하고 있다. 그리고 만덕을 비롯한 주변 인물들은 자유가 억압당하는 부조리한 당시 현실에 무지하고 무관심한 존재들을 형상화한 것으로, 풍자의 대상이 된다.

• 주제

① 자유를 억압당하는 개인의 비극적 결말
② 개인의 자유를 억압하는 사회와 이 속에서 진정한 소통을 이루지 못하는 사람들에 대한 비판

**전체 줄거리**

만덕은 한 유명 화가의 밑에서 잔심부름을 하고 작업실을 관리하는 청년이다. 이 화가는 그림에만 몰두하는 인물로 며칠씩 작업실에 틀어박혀 나오지 않기도 한다. 두 사람은 서로 간섭하지 않고 각자의 일을 하며 잘 지낸다. 어느 날, 한 통의 편지가 도착하여 만덕이 이것을 전해 주기 위해 화실로 가는데 문이 잠겨 열리지 않는다. 화가가 만덕에게 문을 열라고 하지만 만덕이 아무리 해 보아도 문은 열리지 않는다. 만덕은 화실 안에는 생활에 필요한 거의 모든 것이 준비되어 있기에 별 문제 없을 것이라고 생각하고 자기 일을 하러 가 버린다. 화가는 만덕을 다시 불러 읍내에 가서 목수라도 데려와 문을 열라며 화를 낸다. 만덕이 목수를 부르러 가지만 그는 외출 중이었고 밤늦도록 오지 않는다. 화실에 갇힌 화가는 화를 내며 점차 더 난폭한 행동을 보인다. 만덕은 화가의 지나친 행동을 전혀 이해하지 못하고 다시 목수를 부르러 가지만 목수는 술에 취해 올 수 있는 상태가 아니다. 다음 날 아침, 목수가 도착하여 문을 뜯는다. 만덕이 화실 안에 들어가 보니 화가는 이미 사망한 상태이다. 화가의 사인은 질식사로 판명되나, 경찰은 사방으로 창문이 있는 화실에서 화가가 질식사했다는 것을 믿지 못하고 만덕을 범인으로 의심하여 그를 수감한다.

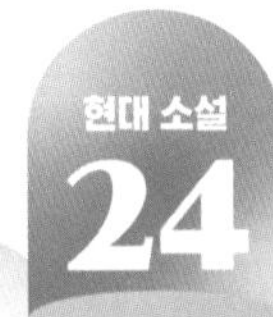

현대 소설 24

◇ 한 줄 평 | 군대를 배경으로 집단과 개인 간의 허위와 진실의 문제를 다룬 작품

# 빙청과 심홍 ▸ 윤흥길

## 장면 포인트 1 주목

- 이 작품은 화재 사고를 당한 우 하사를 영웅화하려는 군 집단과 집단적 의사에 방해가 되는 신 하사 간의 갈등을 중심으로 군대라는 특수한 집단에서 일어나는 허위와 진실의 문제를 다룬 소설이다.
- 해당 장면은 우 하사가 군 집단에 의해 영웅으로 조작되는 과정과 기자 회견에서 다른 병사들과 달리 신 하사가 진실을 증언하는 상황이다.
- 진실이 조작되고 은폐되는 과정에 주목하여 군대 권력이 우 하사를 영웅화하려는 시도와 신 하사의 진실된 태도를 비교하여 파악하도록 한다.

[앞부분의 줄거리] 폭력적이고 병사를 착취하던 우 하사가 격납고에 발생한 화재로 인해 심각한 화상을 입고 장교 병동에 입원한다. 병사들은 악취를 풍기며 죽은 것과 다름없는 상태의 우 하사를 간호하는 당번으로 차출되는 것을 꺼린다. 신 하사는 간호 당번으로 나설 필요가 없음에도 선뜻 자원하여 우 하사를 간호한다. 한편, 부대 내에서는 우 하사가 화재 현장에서 사람과 장비를 구하다가 화상을 입은 영웅으로 꾸며진다.

주목

건의서 내용을 소상히 밝힐 만큼 우 하사의 동기생들은 친절하지 않았다(조작된 우 하사의 활약상을 근거로 그에게 훈장을 내려줄 것을 요청하는 건의서). 다만 도장을 지참하고 일렬로 주욱 늘어서게 한 다음 이렇게 말하는 것이었다(우 하사를 위한 건의서의 내용을 자세히 설명해 주지 않고 일방적으로 병사들에게 도장을 찍게 함).

"뒈지기 전에 불쌍헌 놈 호강이나 시키자구!"(우 하사가 심각한 화상을 입은 비극을 보상해 주고자 하는 의도에서 그가 훈장을 받을 수 있도록 하려 함)

그러나 우리는 우리가 찍는 도장이 장차 무엇에 소용될 것인지를 곧 알았고, 각자가 도장으로 확인해 준 내용의 엄청남에 경악을 금할 수 없었다(건의서의 내용을 모른 채 도장을 찍음으로써 자신도 모르게 진실을 조작하는 데 동참하게 됨). 우 하사의 동기생들은 술을 진탕 마시고는 비틀걸음으로 각 내무반을 돌면서 엉엉 소리 내어 울다가 우 하사의 이름을 부르다가 했다(우 하사 동기생들이 우 하사의 사고를 안타까워하며 슬퍼함). 누구도 그들의 서슬을 꺾을 수는 없었다. 그들이 보이는 광란에 가까운 전우애는 누가 만약 입바른 소리라도 할라치면 당장에 때려죽일 것 같은 기세였으며(우 하사 동기생들의 권력화된 힘과 영향력을 보여 줌), 그들의 눈물겨운 노력이 대대 분위기를 점점 최면시켜 진실과 허위의 구분을 애매하게 만들어 놓았다(집단 최면의 상황에서 우 하사의 영웅담에 진실과 허위가 뒤섞임). 목석이 아닌 이상 그것은 감동하지 않고는 못 배기는 신들린 상태였다. 우리 주위에 그런 인물이 있었던가 새삼스레 돌아다보아질 정도였다. 심지어는 건의서상으로 우 하사에 의해 구출된 것으로 지목된 세 명의 사병(우 하사가 구출한 것처럼 여겨지며 진실과 허위의 경계가 모호해짐을 드러냄)마저도 정말 자기를 구한 것이 우 하사 그 사람인 줄로 믿어 버릴 정도였다(꾸며진 우 하사의 영웅담을 진실로 믿는 집단적 최면 상태). 우리는 모두 합심해서 하나의 미담을 엮어 내었고(부대원들 모두가 우 하사의 영웅담 조작에 동참함), 그 미담 속에서 우 하사는 하루가 다르게 완벽한 영웅의 모습을 갖추어 나갔다.

대대장 또한 마찬가지였다. 전체 사병의 귀감이 될 영웅적인 하사관 한 명쯤 자기 휘하에 두었대서 조금도 손해날 일은 아니었다(대대장도 우 하사의 미담이 부풀려지는 것을 긍정적으로 여김). 대대장의 확인을 거쳐 단본부에 제출된 우리들의 진정 내용은 일차로 단장을 감동시켰다. 그는 자기 권한으로 할 수 있는 모든 조처를 취했다(군 지휘관이 자신의 권력을 우 하사를 미화하는 데 사용함). 우선 빈사의 하사관을 장교 병동에 입실시킨 다음 민간인 연고자가 영내에 거주하면서 간호에 임하도록 했다(우 하사의 약혼자가 영내에서 우 하사를 간호할 수 있게 됨). 훈장은 시간이 걸리는 거니까 먼저 비행단 이름으로 표창장을 수여함으로써 아쉬운 대로 성의를 표시했다. 그리고

## 작품 분석 노트

- 우 하사의 행적에 대한 조작과 동조

| | |
|---|---|
| 우 하사의 동기생 | • 우 하사에게 훈장을 내려 줄 것을 요청하는 건의서를 제출함<br>• 우 하사와의 친분을 바탕으로 우 하사를 미화함 |
| 세 명의 사병 | 군중 심리에 휩쓸려서 실제와는 달리 자신들이 우 하사에게 구출되었다고 믿고 동조함 |
| 군 지휘관들 | • 영웅으로 평가받는 부하가 있는 것이 이익이 된다고 생각하여 동조함<br>• 군에서의 권력을 이용해 할 수 있는 모든 조처를 취함으로써 우 하사의 영웅화에 일조함 |

각 언론 기관에 연락하여 일단의 기자들을 초청해서 취재를 하도록 했다.
우 하사의 활약상을 알리기 위해 기자 회견을 엶 ▶ 우 하사의 행적이 집단적·조직적으로 미화되고 조작됨

기자 회견에 참석할 사람들이 정해졌다. 우 하사를 생명의 은인으로 삼게 된 세
우 하사를 공식적으로 영웅화하려는 시도 → 군대의 의도와 달리 신 하사에 의해 우 하사에 대한 진실이 폭로됨
사병과 우 하사의 동기생 한 명과 대대장 및 대대 부관이었다. 그리고 거기에다 신
우 하사의 영웅화에 일조한 인물들임
하사가 추가되었다. 그는 우 하사의 인간성에 감복하여 헌신적으로 간호를 도맡은
우 하사의 간호를 흔쾌히 맡아 온 신 하사도 기자 회견에 참여함
또 하나의 미담의 주인공 자격으로 참석하게 되었다. 참석자들은 대대장실에 모여 예상되는 기자들의 질문에 대비하는 훈련을 받은 다음 회견장인 단장실로 향했다.
기자 회견이 조작되고 계획됨
단장이 배석한 가운데 정훈장교의 사회로 기자 회견이 시작되었다.

"사고 당시 각자가 겪었던 체험담을 말씀해 주시기 바랍니다."

주목 회견은 예정된 순서에 따라 톱니바퀴가 물리듯 한 치의 오차도 없이 정연하게 진
기자 회견이 군 조직의 계획대로 흘러감
행되었다. 육하원칙에 의해서 각자가 겪은 일들을 진술하는데, 누구를 막론하고 결정적인 순간에 가서는 한 개인의 경험을 떠나 우 하사의 행위와 교묘하게 결부시키
자신이 실제 경험한 진실은 왜곡하고, 우 하사를 영웅화시키기 위한 허위를 강조함
는 화법들을 썼다. 기자들은 열심히들 기록을 하고 사진을 찍었다. 누가 봐도 결과
기자 회견을 개최한 이들의 의도에 맞게 회견이 진행됨
는 만족할 만한 것임이 거의 확실해진 순간이었다.

"혼자서 간호를 전담하다시피 해 오셨다죠?"

여태껏 한쪽 구석지에 우두커니 앉아만 있던 신 하사에게 일제히 시선이 집중되
기자 회견이 마무리될 무렵 신 하사에게로 시선이 집중됨 → 새로운 반전을 예고함
었다.

"연일 수고가 많으시겠군요. 어때요, 신 하사가 보는 우 하사의 인간 됨됨이랄까 병상에서 있었던 일화 같은 걸 소개해 주실까요?"

자리나 메우는 역할이라면 몰라도 직접 입을 열어 뭔가를 조리 있게 설명해야 할
신 하사가 우 하사를 영웅화하려는 계획을 수행할 만한 성격과 능력을 갖추지 못함
사람치고는 분명히 자격 미달이었다. 신 하사를 그런 자리에 끌어들인 그 자체가 애
신 하사로 인해 우 하사를 영웅화하려는 계획에 차질이 생길 것임을 암시함
당초 잘못된 배역임이 뒤늦게 드러나기 시작했다. 신 하사는 꿀 먹은 벙어리였다.

"어떻습니까, 평소의 그답게 투병 생활도 영웅적입니까?"

"……."

"사고 당시 격납고 안에서 우 하사를 본 적이 있습니까?"

기자들은 쉽게 포기하지 않았다. 신 하사가 맡은 몫을 기어코 감당하게 만들 작정으로 그들은 번갈아 가며 질문을 던져 말문을 열게 하려 했다.

"예" / 하고 마침내 신 하사의 입에서 대답이 떨어졌다.

"그때 우 하사가 뭘 어떻게 하고 있던가요?"

"불에 타고 있었습니다."
다른 부대원들의 발언과 다르게 진실을 말함

신 하사가 입을 열었을 때 깜짝 반가워하는 표정이던 기자들은 이 예상 밖의 답변에 점잖지 못하게 웃음을 터뜨렸다. 이때부터 그들은 신 하사를 노골적으로 깔아 보
진실이 담긴 발언임을 인지하지 못함 / 신 하사의 어리숙한 태도를 조롱함
기 시작했다.

"그가 불에 탔다는 건 우리도 압니다. 내가 묻고 싶은 건 그냥 불에 타기만 했냐는
우 하사의 영웅적인 면모를 드러내는 답변을 원함
겁니다."

**감상 포인트**
우 하사에 대한 신 하사와 다른 부대원의 상반된 태도를 통해 작가가 전달하고자 하는 바가 무엇인지 파악한다.

• 기자 회견의 목적과 계획
- 우 하사의 미담을 대외적으로 알리고자 하는 목적에서 기자 회견을 엶
- 의도된 목적에 따라 기자 회견을 계획하였고, 계획대로 진행됨
- 신 하사의 돌발 발언에 의해 기자 회견을 망칠 뻔함

• 군중 심리와 집단주의의 특징
① 동조 현상: 구성원들은 집단의 의견에 동조하여, 다른 의견을 제시하지 않음
② 만장일치 추구: 집단의 구성원들은 만장일치를 추구하여, 소수의 의견을 무시하거나 억압함
③ 정보의 왜곡: 집단의 구성원들은 자신들에게 유리한 정보만 선택하고, 불리한 정보는 무시하거나 왜곡함

"예."
우 하사의 영웅화(조작, 허위)에 동참하지 않고 자신의 소신대로 진실을 말함

회견장이 소란해졌다. 여기저기에서 웅성거리는 소리가 들렸다.
기자들이 예상치 못한 신 하사의 발언에 놀라고 당황함

"좀 더 자세히 말씀해 주실까요? 불이 붙기 전에 우 하사는 무슨 일을 했습니까? 그리고 불이 붙은 다음에 어떻게 행동했습니까?"

아아, 가엾은 신 하사…….
기자 회견을 망치고 있는 신 하사에 대한 서술자의 탄식과 연민, 신 하사가 맞이하게 될 부정적 상황을 암시함

"작업이 거의 끝나 가던 참이었습니다.「우 하사는 작업복이 기름투성이였습니다. 평 소리가 나더니 눈앞이 캄캄해졌다가 훤해졌습니다. 정신을 차리고 보니 우 하사가 불덩이가 되어서 훌쩍훌쩍 뛰고 있었습니다.」너무 갑자기 당한 일이라서 무슨 영문인지……."
「 」: 우 하사가 영웅적 활약상 없이 화상만 입었을 뿐이라고 신 하사가 증언함
우 하사를 영웅화하려는 집단적인 의도를 무시하고 진실을 밝힘
▶ 기자 회견 중에 신 하사에 의해 진실이 폭로됨

그날 오후에는 누구나 다 그렇게 당했다.「일과가 끝나 갈 무렵에 격납고 안에 있었던 사람들의 공통된 이야기가 그랬다. 평 하고 터지는 폭발음이 울림과 동시에 졸지에 주위가 불바다로 변하더라는 것이었다. 때마침 운 좋게 격납고 밖에 있다가 사고를 목격하게 된 사람들의 얘기는 격납고 안에 있던 사람들이 얼이 빠져 가지고 불길 속을 우왕좌왕하는 것도 무리가 아니었음을 뒷받침해 주었다. 순간적이었다는 것이다.」「훈련 비행기 한 대가 착륙 자세를 잡은 채 내려오고 있었는데 그간 뜨고 내리는 비행기를 숱하게 보아 왔지만 예감과 함께 유독 그것만은 눈길을 끌더라는 것이다. 똑바로 자기를 겨냥하듯이 눈 깜짝할 사이에 접근해 오는 걸 보니 조종사가 낙하산 탈출할 때 조종석 덮개가 벗겨져 나가면서 꼬리 날개를 자른 흔적이 얼핏 눈에 띄었고, 그것은 바람을 가르는 쇳소리를 거느리면서 활공 비행으로 내려오다가는 활주로를 멀리 벗어나 퍼런 스파크를 튀기면서 용하게 주기장(駐機場) 빈터에 접지한 다음 휑하게 개방된 격납고 문 안으로 마치 골인하듯이 곧장 뛰어들더라는 것이다.」
「 」: 우 하사의 사고 당시에 격납고 안팎에서 상황을 목격한 부대원들의 이야기를 요약하여 재진술함
화재가 순식간에 일어남
화재의 위험에서 벗어나 있었음
사건이 순간적으로 일어남 → 우 하사가 영웅적 행위를 할 수 없는 상황임
「 」: 화재 사건의 진실
▶ 우 하사가 겪은 화재 사건의 진실

"신 하사가 목격한 것은 아마 쓰러지기 직전의 마지막 광경이었을 겁니다. 자아, 그럼 이것으로 회견을 모두 마치겠습니다."
계획과 다른 신 하사의 발언으로 기자 회견이 망쳐지는 것을 막기 위해 서둘러 회견을 마침

사회를 보던 정훈 장교가 서둘러 질문을 마감해 버렸다. 이렇게 해서 모처럼 마련한 기자 회견의 자리는 더 이상의 불상사 없이 끝마칠 수 있었다.
신 하사의 폭로가 기자들의 관심을 받는 것, 사건의 진실이 드러나는 것

회견이 끝난 그 직후부터 신 하사는 몹시 바쁜 몸이 되었다. 여기저기 오라는 데는 많은데 몸뚱이는 하나여서 그야말로 오줌 싸고 뭣 볼 틈조차 없어 보였다. 회견석상에서의 신 하사의 마지막 언급이 그만 단장과 대대장의 비위를 상하게 만들었던 것이다. 일단 그 양반들의 비위를 건드려 놓은 이상 신 하사가 온전치 못할 것임을 상상하기는 어렵지 않았다.
기자 회견을 망친 신 하사가 상관들에게 불려 다니게 됨
집단적 의도에 따르지 않는 개인에게 처벌이 내려질 것임을 예상할 수 있음
▶ 진실 폭로 후 군 지휘관들에게 불려 다니는 신 하사

• 신 하사에 대한 정보

- 처음 전속되어 왔을 때 어리숙해 보이는 성격으로 인해 놀림감이 됨
- 조소나 수모를 잘 참아 내는 성격
- 자신의 기준을 넘는 부당한 상황에서 공격적으로 돌변하기도 함
- 화상을 입은 우 하사를 간호하는 일에 자발적으로 나섬

• 진실과 허위의 대립

**군대 – 집단**
- 우 하사의 활약상을 꾸며 내어 그를 영웅화하려고 함
- 집단적 시도: 진실보다 집단적 · 조직적으로 조작한 허위를 따름
- 조작된 계획대로 기자 회견을 진행함

↕

**신 하사 – 개인**
- 집단적 계획에 동참하지 않음
- 화재 당시 상황을 진실대로 증언함

↓

군대(집단)는 집단의 의견에서 벗어나는 행동을 한 신 하사(개인)를 처벌함

**장면 포인트 2**

• 해당 장면은 신 하사의 편지를 통해 우 하사가 그를 영웅화하려는 군의 집단적 시도에 끌려다니지 않고 있는 그대로 명예롭게 죽기를 바라는 신 하사의 바람이 잘 드러나는 부분이다.
• 신 하사가 쓴 편지의 내용에 주목하여 신 하사가 진실을 폭로한 이유와 이를 통해 작가가 전달하려는 주제 의식을 파악하도록 한다.

우 하사는 중화상을 입은 후로 유월 한 달을 꼬박 버티는 놀라운 투병 끝에 숨을 거두었다(우 하사의 죽음). 불과 며칠을 못 넘길 거라던 군의관들의 말에 견주면 끔찍할 정도로 모질게도 연명한 셈이었고(며칠이 아닌 한 달을 살았으므로) 순전히 군대식 우격다짐으로 현대 의학이 동원할 수 있는 모든 수단과 방법을 다해서 어떻게든 살려 내라던 단장의 명령(단장이 자신의 권한을 이용하여 우 하사의 행적을 미화하고 조작하는 데 동조하였음을 짐작할 수 있음)에 비기면 결코 오래는 끌지 못한 목숨이었다. 어느 편이냐 하면, 우리들 당번 요원들은 그가 운명했다는 소식을 전해 듣는 순간에, 솔직히 얘기해서 너무 오래 살았다는 느낌을 배제할 수가 없었다(간호 당번을 나가는 것을 꺼리던 병사들은 우 하사가 빨리 죽기를 기대했음 - 비인간적인 태도). 마지막 날 밤에 간호를 나갔던 사병은 우 하사의 최후가 잠자듯이 평안한 것이었음을 우리에게 전했다. 그는 비난받을 우려에도 불구하고 마지막을 가는 사람에 대한 자신의 봉사가 그렇게 성실한 것이 아니었다고 고백했다.

"깜빡 졸다가 깨 가지고 시계를 보니 미스 양(우 하사를 간호하기 위해 영내로 들어와 있는 우 하사의 약혼녀)하고 당번 교대허기로 약속한 시간이 훨씬 지났잖아. 그래서 당직 간호 장교실로 달려가서 자고 있는 미스 양을 깨워 가지고 데리고 왔지. 들어와서 보더니 여자는 대뜸 알아차리더군. 콧구멍만 남기고 붕대로 친친 동여맸으니 말이야, 내 보기엔 간만에 한번 한숨 잘 자고 있는 것 같은데 여잔 그게 아니야. 콧구멍에다 손가락을 대고 확인해 보더니 조용히 입을 열더군. 군의관님을 불러 달라고 말이지(약혼녀가 우 하사의 죽음을 확인함)……."

토요일 오후에 우 하사의 장례식이 기지 극장에서 비행단장으로 엄수되었다(영웅으로 꾸며진 우 하사의 장례식이 성대하게 치러짐). 구슬픈 진혼곡이 울려 퍼지는 가운데 하얀 장갑에 예복 차림의 동기생들에 들려 영정과 위패와 유골이 차례로 입장을 했고, 일 계급 특진해서 이젠 중사가 된 고인(죽은 우 하사가 특진하여 중사가 됨)의 약력 보고와 제주(祭主) 자격으로 등단한 단장의 진혼문 낭독과 복받치는 울음으로 자주 끊기곤 하는 동기생 대표의 조사 낭독(우 하사의 영웅화를 공고히 하는 역할을 함) 등을 통해 고 우상진 중사는 진정으로 불길 속의 영웅이었음을 다시금 확인한 다음 그날따라 유난히도 간장을 쥐어뜯는 취침 나팔을 끝 순서로 우리는 고인에게 영결을 고했다. 사람들을 기죽이는 장엄한 의식 절차로 뒤를 받친(영웅적 인물의 죽음에 합당한 장례식이 치러짐) 우 하사(중사)의 죽음은 무척이나 감동적이었다. 우리들 가운데 아직도 우 하사가 영웅인가 아닌가를 따지는 친구가 있다면 그의 따귀를 갈기고 복장을 걷어차 버리는 역할을 수행한 것은 바로 그 장례식이었다(우 하사의 장례식으로 인해 그를 영웅으로 인정하는 집단적 사고와 믿음이 더욱 강화됨). 그만큼 그것은 엄숙과 굉장을 극한 의식이어서 흐름에 역행하려는 아무리 사소한 기도라 할지라도 제대로 용납지 않을 어마어마한 기세였다. 이제 대세는 일방적으로 기울어진 셈이었다(진실은 감추어지고 집단에 의해 조작된 허위와 그에 대한 믿음이 대세가 됨).

▶ 영웅적 인물로 미화된 우 하사의 장엄한 장례식이 치러짐

우 하사(중사)의 장례를 마치고 난 대대 분위기는 잔치 마당의 뒤끝인 양 매우 어수선했다. 아직도 장례식의 여운을 말끔히 떨어 버리지 못한 상태에서 외출증을 받

**작품 분석 노트**

• 우 하사 장례식의 의미

- 우 하사의 장례식이 성대하고 엄숙하게 치러짐
- 우 하사가 일 계급 특진하여 중사가 됨
- 우 하사의 장례식으로 그를 영웅으로 인정하는 집단적 사고와 믿음이 더욱 강화됨
- 산 사람들을 위한 허위적 의식에 해당함

↓

- 죽은 우 하사의 의지와는 관련이 없음
- 죽은 우 하사에게 도움이 되지 않고 의미가 없음

은 사람들은 세탁해 둔 옷을 꺼내어 주름을 세우고 구두코에 하늘이 비칠 광을 올리기에 여념이 없었고, 영내에 잔류하게 된 사람들은 또 그들대로 마음을 잡지 못하고 뒤숭숭한 얼굴로 내무반 안팎을 서성거렸다. 잔류파인 신 하사가 내게로 다가왔다.
외출을 하지 않는 사람들

"멀리 나가나?"

그가 나에게 말을 걸어 왔다는 사실은 실로 기록에 남을 만한 일이었다. 동기생 사이라 해도 그 친구하고 대화가 끊긴 지는 벌써 오래전이었기 때문이다.
신 하사가 부대원들과 잘 어울리지 못하는 인물이었음을 알 수 있음

"멀진 않아. 시내에서 누구하고 만날 약속이 있어." / "이건가?"
신 하사가 '나'에게 만날 사람이 애인이냐고 물어봄

그는 오른손 새끼손가락을 세워 보이며 빙긋 웃었다.
애인을 가리키는 손 모양

"말하자면 그런 셈이지. 넌 뭐 하고 지낼래?"

"나도 시내에서 만나기로 약속한 사람이 있긴 한데……." / "이건가?"
농담으로 신 하사의 말을 똑같이 따라하며 만나기로 약속한 사람에 대해 물음

나는 그저 농담 삼아 지나가는 말로 한번 물었을 뿐이었다. 그런데 그의 입에서는 천만뜻밖의 대답이 예사롭게 튀어나왔다.

"그래, 말하자면 그런 셈이야."
신 하사가 애인과의 만남을 약속하였음을 '나'에게 고백함

"여자하구 약속했어? 그렇다면 왜 미리 외출 신청을 안 했지?"

"그만두기로 했어. 남아서 할 일이 있어. 부탁이 있는데…… 너 이것 좀 대신 전해 줄래? 역전 구내 다방이야. 저녁 일곱 시에 나가면 너도 잘 아는 얼굴이 기다리고 있을 거야."
자수를 하려고 함 / 우 하사의 약혼녀였던 미스 양

그는 두툼한 봉투 하나를 내 앞에 내밀었다.

"얘기가 점점 이상하게 돌아가는군. 그냥 무턱대고 전해 주기만 하면 되나?"

"못 나올 사정이 있었다고, 편지 읽어 보면 다 알게 될 거라고 그렇게만 얘기해 줘."

"물론 내가 뜯어 봐선 안 될 내용이겠지?"
'나'가 뜯어 볼 것임이 암시됨

신 하사는 잠자코 웃어 보였다. 빙긋 웃고 나서 그는 전에 없이 가뿐한 걸음으로 내무반을 나갔다.
신 하사의 마음이 홀가분해졌음을 암시함

물론 나는 그 편지를 중간에서 뜯어 보았다. 시내에 닿기가 무섭게 아무 데나 다방을 찾아가서 신서개피죄(信書開披罪)를 범하고 있다는 죄책감도 별로 느끼지 않으면서 정성스럽게 침을 발라 피봉을 뜯은 다음 알맹이를 빼내었다. 양면 괘지 앞뒤에 인쇄체같이 정교하게 박아 쓴 장문의 편지였다.
이유 없이 남의 편지를 뜯어 봄으로써 성립하는 범죄 / 신 하사의 곧은 성격을 간접적으로 드러냄

……(전략) 이 편지를 읽으실 때쯤이면 저는 이미 범죄 수사대에 자진 출두하여 조사를 받고 있을 겁니다.
신 하사가 자수하기로 하였기 때문에 약속 장소에 나가지 못함

이미 숨이 져 있는 사람을 그런 줄도 모르고 살해할 목적으로 그에게 손을 댔다면 그것도 법적으로 살인 미수에 해당되는 건지 지금의 저로서는 알 수가 없습니다. 당번병은 그때 졸고 있었습니다. 저는 손수건을 꺼내 들고 발소리를 죽이며 다가갔습
우 하사 / 신 하사가 우 하사를 죽이려고 하였으나 이미 우 하사는 죽어 있었음 / 신 하사의 실행이 가능했던 이유

- 신 하사가 '나'에게 편지 전달을 부탁한 이유

| 역전 구내 다방에서 신 하사와 미스 양(우 하사 약혼녀)의 만남이 약속됨 | |
|---|---|
| ↓ | |
| 약속에 나갈 수 없는 이유 | 신 하사는 약속 시간에 범죄 수사대에 출두해 있을 것이므로 약속 장소에 나갈 수 없음 |
| ↓ | |
| 신 하사는 자신의 사정을 담은 편지를 미스 양에게 전달해 달라고 '나'에게 부탁함 | |

니다. 우 하사를 살해하는 걸 어렵게 생각한 적은 한번도 없었습니다. 한 오 분 동안 손수건으로 콧구멍만 틀어막고 있으면 끝나는 겁니다. 저는 실제로 손수건을 갖다 대기까지 했습니다. 갑자기 이상한 예감이 들더군요.(우 하사의 죽음을 알아차림) 얼른 손수건을 치우고 살펴보았습니다. 우 하사는 이미 차디차게 식어 있었습니다. 믿어도 좋습니다. 우 하사는 저절로 죽은 겁니다. 제가 그에게 살의를 품은 것이 진실이듯이(우 하사를 죽이러 병실을 찾아감) 제가 그를 죽이지 않은 것 또한 진실입니다.(우 하사는 이미 죽어 있었음) ……(중략)…… 범죄 수사대에서 제 말을 믿어 줄지는 의문입니다. 어쩌면 살인 혐의를 자초하는 결과가 될지도 모릅니다. 어리석은 만용(분별없이 함부로 날뛰는 용맹)이라고 손가락질하는 사람도 생길 겁니다.(진실과 무관하게 영웅으로 칭송받는 우 하사를 죽이려 한 신 하사의 시도가 용납되지 않을 것임) 그런데도 저는 잠자코 있을 수가 없었습니다. 양심의 가책 때문이 아닙니다. 사내들이란 때로는 우스꽝스런 동물이 되기도 합니다. 아무리 하찮은 거라도 자기 믿음(신 하사의 신념)을 지키기 위해서 스스로 좋아서 동물이 되는 수도 있습니다. 살인 미수를 자백함으로써 끝까지 제가 옳았다는 걸 증명해 보일 작정입니다.(신 하사가 살인 미수를 자백하려는 이유) 가능하다면 그렇게 함으로써 저를 비웃던 사람들을 잠시라도 부끄럽게 만들고 싶습니다.(자수하고 자신의 의도를 밝힘으로써 진실을 왜곡하는 이들을 부끄럽게 만들고자 함) ……(중략)…… 이미 불행해질 만큼 불행해진 우 하사를 두 번 죽이고 싶지는 않았던 겁니다.(우 하사를 영웅으로 만드는 것을 두 번째 죽음으로 여김) 우 하사는 전신이 불길에 휩싸였을 때 벌써 죽은 사람입니다. 그 후 부대 안에서 벌어진 모든 일들은(군중 심리와 집단 최면에 빠져 진실을 은폐하고 우 하사를 영웅으로 조작했던 일) 우 하사하고는 전혀 상관이 없는, 우 하사가 살아 있다는 가정하에 살아 있는 사람들끼리 펼친 일장의 쇼에 불과합니다. 산 사람들이 즐기는 놀이를 위하여 죽은 사람이 개처럼 질질 끌려다닌다는 건 도저히 용서할 수 없는 일입니다.(신 하사는 죽은(심각한 화상을 입은) 우 하사가 그를 영웅으로 만들려는 군의 의도에 끌려다니는 것을 용납하지 못함) 우 하사는 우 하사인 채로 죽어야 마땅합니다. 우 하사에서 더도 덜도 아니어야 합니다. 하루아침에 그를 영웅으로 떠받들면서 법석을 떨어 대고 존경을 강요하는 건 불행하게 죽은 자에 대한 예의가 아니며, 오히려 그의 인간다운 죽음을 모독하는 처사입니다.(우 하사를 영웅으로 만드는 것은 오히려 우 하사에게 치욕적인 일이라고 생각함) 제가 우 하사에게 자기를 되찾아 주고 더도 덜도 아닌 우 하사 본래의 자격으로 잠들 수 있도록 이 모든 추잡스런 놀음에 종지부를 찍으려고 결심하게 된 것은(군의 집단적 조작을 멈추게 하여 우 하사가 조작된 대상이 아닌 한 인간으로서 존엄한 죽음을 맞게 하고 싶었음) 바로 이런 이유 때문이었습니다. 하루라도 앞당겨 죽게 하는 것이 이런 상황 아래서는 적선이라고 확신했던 겁니다. ……(중략)…… 제가 보인 모든 행동을 이해해 주시기 바랍니다. 그리고 부디 용서해 주시기 바랍니다. 용기를 가지고 새로운 삶을 스스로 열어 나가십시오.(미스 양이 우 하사와 그가 영웅으로 꾸며진 일로부터 벗어나 새로운 삶을 살기를 희망함) 아무쪼록 우 하사의 영상을, 미스 양과는 전혀 무관한 사람들에 의해서 제멋대로 무책임하게 장식되고 채색된 그 허상을 마음으로부터 말끔히 제거해 버리십시오. 미스 양은 미스 양대로 충분히 행복해질 이유가 있다는 걸 기억하시기 빕니다. 행운을 빕니다.

토요일 저녁 일곱 시에 미스 양은 역전 구내 다방에서 신 하사를 기다리고 있었다. 미스 양과 얼굴을 마주하는 순간 내가 느낀 감정이 신 하사가 바라던 대로 일말의 부끄러움이었는지는 꼬집어 말할 수 없다.(집단적 사고에 빠져 있는 이들이 느끼기를 바랐던 부끄러움에 대한 '나'의 성찰)

▶ 편지를 통해 드러나는 신 하사의 행위 이유와 신념

• '두 번 죽음'의 의미

| | |
|---|---|
| 첫 번째 죽음 | 화상으로 인한 우 하사의 신체적 · 물리적 죽음 |
| 두 번째 죽음 | 우 하사의 의도와는 무관하게 그를 영웅으로 만들려는 군의 의도로 우 하사의 명예를 훼손하는 정신적 죽음 |

• 신 하사가 남긴 편지의 내용

**우 하사를 죽이려고 한 상황의 진실**

우 하사를 죽이려고 했으나 우 하사가 이미 죽어 있었음

↓

**우 하사를 죽이려고 한 의도**

- 우 하사를 영웅으로 떠받들며 존경을 강요하는 것이 우 하사에 대한 예의가 아니라고 생각함
- 우 하사가 인간적인 죽음을 맞이할 수 있게 해 주고자 함

↓

**미스 양이 새로운 삶을 살기를 희망함**

우 하사의 약혼녀였던 미스 양이 우 하사에 관한 허상을 마음에서 제거하고 새로운 삶을 살아가기를 소망함

## 핵심 포인트 1 사건의 전개 과정 파악

이 작품은 진실을 조작하려는 집단(군대와 그 구성원들)과 이를 폭로하려는 개인(신 하사) 사이의 대립을 통해 진실과 허위의 문제를 다루고 있다. 따라서 이 작품 속 사건의 진실과 허위를 구분해서 파악할 수 있어야 한다.

**사건의 진실과 허위**

| 사건의 진실 | 격납고에서의 갑작스러운 화재 사고로 그 안에 있던 우 하사가 손 쓸 틈도 없이 심각한 화상을 입음 |
|---|---|

↕

**사건의 조작(허위)**

| 우 하사 동기생들의 진정서 | → | 부대원들의 동참 | → | 군 간부들의 동참 |
|---|---|---|---|---|
| 우 하사가 화재 상황에서 세 명의 병사를 구하고 격납고 안의 장비를 밖으로 옮기는 등 영웅적 행위를 했다는 내용 | | • 진정서의 내용을 모르는 채로 확인 도장을 찍어 줌<br>• 군중 심리에 휩쓸려 진정서의 내용을 사실처럼 받아들이며 동조함 | | 영달을 위해 자신들의 권한을 이용하여 우 하사의 영웅화를 공고하게 함 |

군의 수직적 · 계급적 특성으로 인해 병사들의 동참이 강제되고,
군중 심리가 작동하여 우 하사의 우상화는 집단적 · 조직적으로 강화됨

## 핵심 포인트 2 작품의 주제 의식 파악

군대라는 집단은 명령과 복종, 집단적 목표와 결정을 중요하시는 특수한 집단으로, 집단주의적 성격에서 벗어나는 개인을 용납하지 않는다. 그럼에도 신 하사는 집단의 의사에 반하는 행동을 하는데, 그 이유는 결말 부분에 제시된 신 하사의 편지를 통해 확인할 수 있다. 따라서 신 하사의 편지에 담긴 내용과 이를 통해 드러내고자 한 작가의 의도와 주제 의식을 파악할 수 있어야 한다.

**결말 부분에 담긴 작가의 의도**

| 신 하사가 우 하사를 죽이려 한 이유 | • 산 자들은 우 하사를 영웅으로 만들고 존경을 강요하는 의식을 조작해 나가고, 병상에 누워 있는 우 하사는 자신의 의도와 무관하게 끌려다님<br>• 신 하사는 군 집단의 행위가 우 하사에 대한 예의가 아니라고 생각하여, 이로부터 우 하사를 해방시켜 주고자 그를 죽이려고 함 |
|---|---|
| 우 하사가 이미 죽어 있었다는 설정 | 우 하사의 죽음에 대한 신 하사의 도덕적인 책임을 덜고, 독자들이 그의 행위가 가진 의도에 초점을 두도록 유도함 |
| 서술자인 '나'의 성찰 | 신 하사가 말한 '일말의 부끄러움'에 대해 '나'가 고찰하는 내용으로 작품을 마무리함으로써 독자들로 하여금 집단 권력에 대한 비판적 인식을 갖게 함 |

### 작품 한눈에

• 해제

〈빙청과 심홍〉은 한 개인을 영웅화하려고 한 집단의 위선과 허위를 폭로하는 소설이다. 군 부대에서 일어난 화재 사고로 인해 우 하사가 목숨이 위태로운 화상을 입자, 군대 구성원들은 그를 영웅화하려고 한다. 신 하사만이 이러한 군의 집단적 시도에서 벗어나 기자 회견에서 진실을 밝히려 하지만 군에 의해 통제되고, 결국 진실은 은폐되어 허위가 진실처럼 되어 버린다. 결말 부분에서 신 하사의 편지를 통해 신 하사가 우 하사를 죽임으로써 위선과 허위에서 해방시켜 주려고 했음이 밝혀지는데, 작가는 이러한 결말을 통해 진실을 조작하고 왜곡하는 집단 권력의 행태를 고발하며 비판하고 있다.

• 제목 〈빙청과 심홍〉의 의미
– 차가운 진실과 뜨거운 광기

〈빙청과 심홍〉에는 진실을 밝히려는 신 하사의 모습과 우 하사에 대한 군 집단의 광기가 대비되어 나타난다. '빙청(氷靑)'은 얼음처럼 맑고 차가운 푸른색을, '심홍(深紅)'은 아주 짙은 다홍색을 뜻하는 말로, 각각 차가운 진실과 뜨거운 광기를 의미한다고 볼 수 있다. 또한 겉으로 드러나는 조작된 허위와 그 이면에 감추어진 진실을 표현한 것으로 볼 수도 있다.

• 주제

① 한 개인을 영웅화하려고 한 군대의 위선과 허위의 고발
② 진실을 왜곡하고 허위를 만들어 내는 집단의 행태 폭로

**전체 줄거리**

어느 날, 군대 비행단의 훈련 비행기가 격납고 안에서 터지는 사고가 발생한다. 격납고 안에 있던 우 하사는 작업복에 불길이 옮겨 붙는 바람에 전신 화상을 입는다. 우 하사의 동기들은 그에게 훈장을 내릴 것을 건의하며 우 하사의 공적을 허위로 부풀려 작성한다. 병사들은 돌아가며 우 하사를 간호한다. 그러나 우 하사가 심각한 화상을 입어 고약한 악취를 풍기자 점점 그를 피한다. 이때 동료들과 어울리지 못하던 신 하사가 우 하사의 간호를 맡겠다고 자원한다. 얼마 후, 단장은 우 하사의 약혼녀를 기지 내로 불러 병 수발을 할 수 있게 하면서 기자들을 초청해 취재하게 한다. 이날 신 하사는 우 하사의 사고와 관련된 진실을 폭로한다. 그리고 신 하사는 우 하사를 죽이려고 병실을 찾는데, 우 하사가 이미 죽은 것을 발견한다. 우 하사의 장례 후, '나'는 신 하사로부터 우 하사의 약혼녀에게 편지를 전해 달라는 부탁을 받는다. '나'는 이것을 열어 보고 신 하사가 우 하사의 인간다운 죽음을 돕기 위해 그를 죽이려 한 것을 알게 된다.

현대 소설

# 25

한 줄 평 갈매나무를 통해 절망을 뛰어넘고자 하는 의지를 그린 작품

# 갈매나무를 찾아서

▸ 김소진

▸ 교과서 수록 문학 좋은책

## 장면 포인트 | 주목

- 이 작품은 백석의 시 〈남신의주 유동 박시봉방〉을 바탕으로 하여 갈매나무처럼 시련 속에서도 꿋꿋하게 살아가려는 의지를 그린 소설이다.
- 해당 장면은 두현이 아내 윤정과 이혼한 뒤 '아름다운 지옥'이라는 찻집의 갈매나무 앞에서 찍은 사진을 발견하고 그 찻집으로 가는 상황과 갈매나무에 얽힌 할머니와의 추억을 떠올리는 상황이다.
- 자신의 삶을 갈매나무와 연관시켜 보는 두현의 태도와 두현에게 건네는 할머니의 말에 주목하여 '갈매나무'의 의미를 파악하도록 한다.

아름다운 지옥(갈매나무가 있는 찻집으로, 아내였던 윤정과 자주 갔던 장소) 근처로 서서히 다가가면서 사뭇 달라진 주위 지형 속에서도 눈에 익은 광경이 언뜻언뜻 비치자(‘아름다운 지옥’에 방문하는 것이 오랜만임을 알 수 있음) 두현은 느꺼운(어떤 느낌이 마음에 북받쳐서 벅차는) 가슴을 쓰다듬어 내렸다. 아파트 개발 바람의 여파인지 군데군데 농사를 그만둔 땅은 묵정밭(오래 내버려두어 거칠어진 밭)이 되어 있었고 곳곳에 파인 웅덩이를 따라 가슴팍까지 닿을 것 같은 잡풀들이 긴 목으로 서성거리고 있었다.

▸ 찻집이었던 ‘아름다운 지옥’을 찾아가는 두현

주목 어제 우연히 책 정리를 하다 보니 낯익은 배경을 두르고 윤정이의 어깨에 팔을 걸뜨린 채 다정스레 찍은 사진이 발등에 떨어졌다(‘아름다운 지옥’에 방문하게 된 계기). 둘은 너무나도 환히 웃고 있었다(이혼한 현재와 대비되는 과거의 모습). 특히 이마가 초가집 지붕 선처럼 푸근하고 서늘했던 그녀(윤정에 대한 인상을 비유적으로 표현함). 우리에게도 이렇게 환한 웃음이 깃들인 적이 있었던가. 그는 갑자기 콧마루가 시큰해져 왔다(사진에 있는 갈매나무를 보고 옛날 생각이 나서 울컥함). 둘 뒤에 이파리 무성한 갈매나무가 눈에 띄었던 것이다. 그 갈매나무만 아니었다면 두현이 불현듯 출판사에 지독한 몸살이라는 전화를 넣고(사진 속 갈매나무를 보고 강한 열망에 사로잡혀 ‘아름다운 지옥’을 찾아가기로 함) 이렇듯 아름다운 지옥을 향해 실성한 사내처럼 마음만 급해 허둥지둥 비바람 부는 들판을 가로질러 가고(두현의 불안정한 심리를 드러냄) 있진 않았을 것이다.

갈매나무는 두현의 기억이 미칠 수 있는 어린 시절부터 내면에 자리 잡아 온 움직일 수 없는 한 풍경이었다(어린 시절부터 갈매나무는 두현에게 유의미한 존재였음). 어릴 적 한때 할머니 손에서 자란 두현이도 그 갈매나무와 더불어 컸다. 할머니 집 안마당에 어른 키의 갑절만큼 자라 있던 그 늙은 나무는 노년 들어 홀로 대청마루에 나앉는 일이 잦았던 할머니에게는 무언의 친구이기도 했을 터였다(할머니에게도 갈매나무가 각별한 의미가 있었음을 나타냄).

가지 끝에 뾰족뾰족한 가시를 달고 있는 그 갈매나무는 두현에겐 지옥이자 천당이었다(이중적 의미의 갈매나무). 갈매나무 아래서 윤정이와 사진을 찍고 난 다음 그녀와 가진 첫 입맞춤이 천당에 대한 기억(사랑의 기쁨을 함께한 갈매나무와의 기억)에 해당한다면 아내가 됐던 윤정이와 이 년이 채 안 돼 헤어지기로 동의한 다음 이혼 서류에 마지막으로 도장을 찍고 내려가 찾아뵌 할머니 집 앞의 갈매나무는 바로 캄캄한 지옥(이혼의 고통을 함께한 갈매나무와의 기억)이었다.

▸ 갈매나무를 통해 윤정과의 사랑과 이별을 떠올리는 두현

현아 니 맴이 많이 아프제…….(이혼한 손자 두현을 위로하는 할머니의 말)

두현은 두렵고 송구스런 마음(결혼해 잘 살지 못하고 이혼한 것이 할머니에게 죄송스러움) 때문에 엎드려 드린 큰절을 차마 일으키지 못하고

## 작품 분석 노트

• ‘아름다운 지옥’의 의미

| 아름다운 지옥 |
|---|
| 두현이 이혼한 아내와 연애 시절에 자주 갔던 찻집의 이름. 그곳에 갈매나무가 있었음 |

↓

현재는 손님이 잘 들지 않는 오리탕 전문점으로 바뀌었으나 갈매나무는 여전히 서 있음

↓

- 두현이 과거를 회상하게 되는 매개체
- ‘아름다움’과 ‘지옥’은 어울리지 않음 → 역설적 표현

• 사진의 역할

두현이 책 정리를 하다가 우연히 사진을 발견하게 됨

↓

아내였던 윤정과 찍은 사진의 배경에 있는 갈매나무를 보게 됨

↓

출판사에 거짓말을 하고 갈매나무를 보러 감

↓

| 사진 |
|---|
| • 두현이 과거의 기억을 떠올리게 되는 매개체<br>• 두현이 자신의 상처와 대면하도록 이끎 |

• 두현과 윤정의 관계

두현과 윤정은 대학 시절 『자본론』을 공부하는 그룹에서 만나 결혼을 했으나 경제적인 문제 등으로 인해 오래지 않아 이혼함

살아 있는 나무에 붙어 있는, 말라 죽은 가지

등짝을 들썩거리며 흐느꼈다. 그 격정의 잔등을 삭정이처럼 야윈 할머니의 손길이 잔잔히 더듬고 지나갔다.

이혼의 슬픔과 할머니에 대한 죄송함 때문임 / 두현을 위로하는 할머니

할머니…… 이 매욱한 손자가 세상에 다시없는 불효를 저지르고 이렇게 찾아뵈었으니 이 일을 어쩌면 좋습니까? 호되게 꾸짖어 주세요, 부디!

하는 짓이나 됨됨이가 어리석고 둔한 / 윤정과의 이혼

꾸짖긴 눌로? 어림도 없지러. 니가 아프면 낼로(나를) 찾아와야지 그럼 눌로(누구를) 찾아…… 옹냐 잘 왔네라. 에구 불쌍한 내 새끼야, 니 맴 할미가 알제 하모하모…….

두현과 할머니의 돈독한 관계와 두현에 대한 할머니의 깊은 사랑을 엿볼 수 있음

부엌 문짝에 옆 이마를 기대어 집게손가락으로 눈가를 꼭꼭 찍어 누르고 섰던 작은 숙모한테 더운밥을 지어 내오도록 한 할머니는 그가 물에 만 밥그릇을 앞에 두고 천근만근으로 무거워진 깔깔한 밥술을 놀리는 걸 지켜보다가 숙모의 부축을 받아 갈매나무 아래 평상에 나앉으셨다. 그러고는 등을 돌린 채 눈물을 지으셨다. 두현은 밥이 아니라 눈물을 떠 넣고 씹었다.

작은 숙모도 이혼으로 힘들어 하는 두현을 보고 슬퍼함 / 두현의 무거워진 마음을 알 수 있음 / 두현의 슬픔을 비유적으로 나타냄

지집한테 찔리운 까시는 오래가는 벱인디……

이혼으로 인한 두현의 아픔이 오랫동안 지속될 것을 걱정함

할머니가 갈매나무 우듬지께를 망연자실한 눈길로 쳐다보시며 중얼거렸다. 그러자 그도 어릴 적 겁도 없이 갈매나무에 오르려다 가시에 찔려 떨어졌던 기억이 났던 것이다. 아마 할머니도 그때 기억 때문에 더 북받치시는 것일지도 모를 일이었다. 눈물이 그렁그렁한 어린 손자의 손바닥에 깊숙이 박힌 가시를 입김을 몇 번이고 호호 불어 가면서 빼 주실 때 해 주던 할머니의 말씀이 새삼 엊그제 일인 양 생생할 뿐이었다.

나무의 꼭대기 줄기

까시 아프제? 앞으로두 세상의 숱해 많은 까시가 널 괴롭힐지도 모르제. 그래도 사내니깐 울지는 말그래이. 그럴수록 더 독한 까시를 가슴속에 품어야 하니라. 알긋제?

앞으로 닥칠 수많은 고통과 고난을 극복하며 살아가기를 당부하는 할머니

야아……. 할무이.

세상의 독한 가시를 이기라는 그 말씀은 삼 년 전 늦깎이 시인으로 등단한 그가 여태껏 시의 화두로 삼아 온 것이었다. 그러나 윤정이와 헤어지고 난 여섯 달 뒤 할머니는 세상의 육신을 훌훌 벗고 떠나셨다. 두현의 가슴은 갈가리 찢어지는 듯했지만 그나마 한 가지 위안은 돌아가신 할머니의 얼굴 위에 감돈 평온한 미소였다. 그는 그 미소가 자신에게 보내는 할머니의 이 세상에서의 마지막 위안으로 여겨졌다.

관심을 두어 중요하게 생각하거나 이야기할 만한 것 / 어릴 적 할머니께서 해 주신 말씀이 두현에게 큰 영향을 줌 / 할머니의 죽음을 슬퍼하면서도 할머니의 미소를 보며 위안을 느끼는 두현

▶ 이혼 후 찾아간 할머니 집에서의 일화와 갈매나무에 얽힌 기억을 떠올리는 두현

• '갈매나무'의 역설적 의미

| 윤정과 사진을 찍고 난 다음 그녀와 첫 입맞춤을 한 '아름다운 지옥'의 갈매나무 | | 윤정과 이혼한 뒤 찾아간 할머니 집 앞의 갈매나무 |
|---|---|---|
| ↓ | | ↓ |
| 천당에 대한 기억 | + | 캄캄한 지옥 |

↓

**'갈매나무'의 역설적 의미**

- 지옥이자 천당인 갈매나무는 사랑과 이별, 기쁨과 아픔이 공존하는 대상임
- '아름다운 지옥'이라는 찻집 이름과 연결하면 아름다운 기억과 지옥 같은 기억을 모두 떠올리게 하는 것임

• '할머니의 말씀'의 의미

**그럴수록(가시가 아프게 할수록) 더 독한 까시를 가슴속에 품어야 하니라.**

갈매나무를 오르려다 가시에 찔려 떨어진 두현에게 할머니가 한 말로, 세상을 살아가면서 겪게 될 많은 시련을 이겨 내야 한다는 의미

↓

**두현에게 미치는 영향**

- 늦게 등단한 그가 지금껏 시의 화두로 삼아 옴: 살면서 겪게 되는 시련과 그것을 이겨 내는 내용을 시로 형상화함
- 이혼 등 삶의 시련을 이겨 낼 수 있는 원동력이 됨

**장면 포인트 2**

• 해당 장면은 윤정과의 추억이 남아 있는 찻집 '아름다운 지옥'에 찾아갔으나 찻집 대신 새로 생긴 오리탕 전문점에서 주모와 술을 마시며 이야기를 나누는 상황이다.
• 두현이 '아름다운 지옥'(현재의 오리탕 전문점)에서 갈매나무를 바라보며 백석의 '절망을 뛰어넘는 시'를 쓰고자 하는 의도를 파악하고, 주모와의 대화에서 찾아볼 수 있는 현실에 대한 두현의 인식 변화를 확인하도록 한다.

두현은 술잔을 들어 입술을 댄 채로 눈을 치떠 창밖의 갈매나무를 바라보았다. 찬 술이 코끝에 차란차란 와 닿았다. 씨익 웃음이 새 나왔다. 자신도 모르게 남이 읊은 시가 주저리주저리 엮어져 나왔다.

(차란차란: 물건의 한쪽 끝이 다른 물건에 가볍게 스칠 듯 말 듯한 모양 / 창밖의 갈매나무: 오리탕 전문점으로 변한 찻집 '아름다운 지옥'의 갈매나무 / 씨익 웃음이 새 나왔다: 예전에 자신이 본 갈매나무가 변함없이 그대로 있어서 반가움을 느낌 / 남이 읊은 시: 백석의 시 〈남신의주 유동 박시봉방〉)

「어느 사이에 아내도 없고, 또,
아내와 같이 살던 집도 없어지고,
그리고 살뜰한 부모며 동생들과도 멀리 떨어져서,
그 어느 바람 세인 쓸쓸한 거리 끝에 헤매이었다」

(「 」: 백석의 시 〈남신의주 유동 박시봉방〉 인용 / 세인: 센)

평안북도 정주 출신의 가객 백석(白石)의 시 〈南新義州 柳洞 朴時逢方(남신의주 유동 박시봉방)〉이 아니었더라면 두현 자신이 먼저 썼음 직한 시구였다. 좀전에 입가에 머물렀던 웃음이 채 가시기도 전에 울음기가 숨을 턱 가로막고 왈칵 밀려들었다. 두현은 당황스러웠다. 쿨럭쿨럭 기침이 새 나왔다. 그 바람에 입과 코로 밀려 나온 숨 바람 때문에 술 방울이 사발 밖으로 마구 튀어 나갔다. 입 주변을 비롯해 온 얼굴로 술이 끼얹어졌다. 두현은 숨을 한 번 고른 다음 사발 안에 있는 술을 단숨에 빨아들였다. 그가 탁자 위에 술잔을 소리 나게 탁 내려놓자 옆에서 주모가 기다리고 있었다는 듯 차가운 물수건을 내밀었다.

(가객: = 시인 / 〈南新義州 柳洞 朴時逢方〉: 이 시의 소재인 '갈매나무'는 화자가 지향하는 고결한 삶의 자세를 상징적으로 드러냄 / 두현 자신이 먼저 썼음 직한 시구였다: 두현은 자신의 처지가 백석 시의 화자와 동일하다고 여김 / 좀전에 입가에 머물렀던 웃음: 예전 그대로인 갈매나무를 보며 느낀 반가움 / 울음기가 숨을 턱 가로막고 왈칵 밀려들었다: 백석의 시를 떠올리고 자신의 처지에 슬픔을 느낌 / 주모: 술청에서 술을 파는 여인)

▶ 백석의 시를 떠올리며 자신의 처지를 슬퍼하는 두현

에구, 천천히 마시지……

(주모는 두현이 술을 급하게 마셔서 사레가 들렸다고 생각함)

저한테도 수건 있어요.

마른 수건보다 젖은 수건이 안 나아요?

고맙습니다. 아주머니. 갑자기……

그는 입가보다는 눈가를 먼저 훔쳤다. 그런 다음 입가를 틀어막고 얼굴 전체를 수건에 파묻었다. 얼굴을 닦고 나니 개운한 느낌이 들었다. 그는 눈을 커다랗게 뜨며 창밖의 갈매나무를 다시 응시했다. 갈매나무 너머로 집 한 채가 눈에 어른거렸다. 신혼살림을 차렸던 산기슭 바로 아래 그린벨트 안의 허름한 양옥 이 층 방이었다. 보일러가 자주 고장 나서 가끔은 습내도 나고 누긋한 바로 그 방바닥 위에서 둘은 얼마나 서로에게 코를 박고 뒹굴었던가. 아아, 그때를 기억하며 시를 짓고 싶다. 저 백석의 절망을 뛰어넘는 시를, 두현은 숨이 찬 듯 헐떡거렸다. 그러나…….

(그는 입가보다는 눈가를 먼저 훔쳤다: 사레가 들려서 나온 기침이 아니라 자신의 처지로 인한 슬픔 때문에 나온 기침이기 때문임 / 갈매나무 너머로 집 한 채가 눈에 어른거렸다: 갈매나무를 매개로 자신의 신혼집을 떠올림 / 신혼살림을 차렸던 … 이 층 방: 이혼한 아내와 같이 살던 집 / 보일러가 자주 고장 나서 … 방바닥: 경제적으로 여유롭지 못한 상황을 알 수 있음 / 아아, 그때를 기억하며 … 뛰어넘는 시를: 자신의 절망적인 처지를 승화하여 시를 창작하고 싶어 함 / 그러나…….: 시가 잘 지어지지 않고 있음을 함축함)

**작품 분석 노트**

• 백석 시의 역할

백석의 시 〈남신의주 유동 박시봉방〉

⋮

• 시적 화자의 상황: 아내도 집도 없이 고향을 떠나 쓸쓸한 거리 끝에서 헤매고 있음
• 두현의 상황: 이혼의 상처로 쓸쓸하게 살아감

↓

두현도 백석의 시 속 화자와 비슷한 상황에 처해 있음을 드러냄

• 백석의 '절망을 뛰어넘는 시'를 쓰고자 하는 이유

아내도 없고 아내와 같이 살던 집도 없어졌다는 내용의 백석 시를 떠올리며 두현은 이혼해 혼자 쓸쓸하게 살아가는 자신의 처지에 슬픔을 느낌

↓

두현은 자신의 어려웠던 때를 기억하며 백석과 같이 절망을 뛰어넘는 시를 짓고 싶어 함

↓

백석 시의 화자의 처지 ≒ 두현의 처지로, 백석의 절망을 뛰어넘는 시는 곧 두현이 자신의 절망을 이겨 내는 내용의 시임

↓

두현은 자신의 절망을 이겨 내고 싶어 백석 시와 같이 절망을 뛰어넘는 시를 쓰고 싶어 하는 것임

「기다리는 사람이 없는 집은 집이 아니로구나. 집이 없는 사내여 스산한 바람 가득
두현의 처지에 대응되는 시구
찬, 텅 빈 집을 굽은 등에 지고 가는 사내여」
「 」: 안찬수의 시 〈갈매나무〉를 활용하여 자신의 처지와 심정을 드러냄

달팽이처럼 느린 사내여…… 아, 이 이미지는 내 꺼가 아냐! 진부해! 두현은 눈을
해당 시구가 자신의 심정을 제대로 대변하지 못한다고 느낌
감고 고개를 저었다. 그의 시는 거기서 한 자도 더 이상 나가지 못했다. 두현은 아랫
입술을 윗니로 지그시 깨물었다. 주모가 슬그머니 앞자리에 앉는 모습이 보였다. 두
시 창작이 진척이 없어서 괴로워함
현은 아무 말도 하지 않고 목덜미를 닦아 낸 물수건을 탁자 위에 던져 놓았다.
▶ 백석의 절망을 뛰어넘는 시를 쓰고자 하는 두현

몇 살이세요 그래? / 주모는 두현과 시선을 나란히 해 창밖을 보면서 말을 꺼냈다.
주모가 두현에게 관심을 보임

얼마로 보이세요? / 그저 한 서른 남짓?

비슷해요. 오늘로 딱 삼십 년 하고도 사십이 일을 더 살았습니다.

호호호…… 적당한 나이구료!
세상이 돌아가는 것을 이해할 만한 나이라고 판단함

입을 가리고 웃는 주모의 손가락 틈새로 하얀 치열이 비쳤다. / 적당하다니요?

아니 그저…… 왠지 세상 물정을 알 만큼은 아는 나이 같아서요. 신경 쓰지 마세요.

세상 물정은요? 아직 멀었죠 뭐. 한잔 드릴까요? 이거 혼자 마시려니……

그야 주시면 마셔야죠.

주모의 붙임성 있는 성격은 두현이 자신의 이야기를 하도록 이끎
손님이 없는 술청에 단 둘이 마주 앉은 주모는 보기보다는 붙임성이 있었다. 그녀
술집에서 술을 따라 놓는 널빤지로 만든 긴 탁자. 또는 그런 탁자를 두고 술을 마실 수 있게 한 곳
는 두현의 앞에 앉기 전에 이미 눈자위가 불콰해지도록 동동주를 몇 잔 마셔서 그런
얼굴빛이 술기운을 띠거나 혈기가 좋아 불그레해지도록
지도 몰랐다. 주모에게 줄 잔을 간신히 채우고 나니 동이 바닥을 표주박이 다그락다
그락 긁어 대는 소리가 들렸다.

이번 동동주 한 동이는 지가 낼 거구만요. / 장사 준비는 어떻게 허실려구요?
손님이 없는 술청에서 두현과 술을 마시며 주모가 한 동이의 술값을 내겠다고 함

흥, 장사? 장사는 무슨 오뉴월에 얼어 죽을 장사…… 하루에 한 번 손님이 들까
장사가 잘 안 되는 상황
말까 한데. / 아깐 바깥양반이 장 보러 가셨다면서요?

그럼 기껏 찾아온 손님한테 파리만 날리고 있다고 할 텐가요? / 주모가 눈을 곱게
흘겼다. 두현은 불쑥 관자놀이께를 엄습한 취기 때문에 고개를 흔느적거렸다.
▶ 붙임성 있는 주모와 술을 마시며 대화를 나누는 두현

(중략)

그렇겠지요…… 지옥이 아름답다는 건 거짓말이겠죠? 지옥은 괴롭고 끔찍하고 추
'아름다운 지옥'이라는 찻집 이름이 모순적이라는 것을 나타냄 / 지옥에 대한 일반적인 통념
하고 불결한 것 아닙니까? 이건 누구나 다 아는 평범한 사실이죠. 안 그래요? 저도
사실은 오 년 전만 해도 그런 상식을 붙들고 늘어졌던 사람입니다. 예, 그랬지요. 그
두현이 지옥에 대한 생각의 변화가 있었음을 알 수 있음
때는 내가 지옥을 분명히 볼 줄 안다고 굳게 믿었던 거니까요. 그래서 지옥을 두고
과거의 두현은 지옥이 분명히 존재하고, 지옥과 같은 현실을 바꿀 수 있다고 믿었음
아름답다고 누군가 말했을 때는 말이죠, 이렇게 쉽게 생각을 먹었어요.「이 땅의 이
숨막히는 현실을 받아들이자! 그래서 지옥과 같은 이 현실을 아름답게 바꾸도록 가
「 」: 현실을 바꿀 수 있다고 믿고 노력과 실천을 중요하게 생각했던 때의 두현
열차게, 예 가열차게요. 그렇게 노력하고 실천하자. 세계를 좋게 바꾸자! 좋게 이랬
죠.」하하하!

• 서술상 특징

| | |
|---|---|
| 역전적 구성 (부분적) | 어린 시절 갈매나무에 얽힌 추억, 아내와의 이혼 당시 상황, 이혼 후 어떤 아이의 꿈을 꾸었던 일 등 과거의 기억이 중간중간 삽입됨 |
| 다른 작품의 인용 | 다른 작가의 시를 인용하여 인물의 상황을 드러냄 |
| 대화의 직접 제시 | 인물들의 대화를 인용 부호 없이 직접 제시함 |

• 주모의 역할

주모

찻집 '아름다운 지옥' 자리에 새로 생긴 오리탕 전문점의 주인

↓

붙임성 있게 두현에게 말을 붙이고 같이 술을 마심

↓

두현이 자신의 이야기를 주모에게 함

↓

두현의 사연과 속마음을 이끌어 내는 역할

알듯 말 듯 쪼금은 이해가 될 것도 같구…… 그런데 지금 와서는요?

주모는 사뭇 진지한 표정이었다. 그녀는 술기운이 설핏 갠 말간 눈동자로 그를 쳐다보고 있었다. 두현은 순간 그 눈동자, 그 눈빛을 박제로 만들어 두면 좋겠다는 이상한 충동이 명치께에 부젓가락처럼 스치는 걸 느꼈다. 그는 술이 번진 입가를 훔쳐 낸 손등을 털며 고개를 가로저었다.

화로에 꽂아 두고 불덩이를 집거나 불을 헤치는 데 쓰는 쇠로 만든 젓가락

아, 지금요? 여기 우리가 서로 얼굴을 마주 보고 있는 현 시점을 묻는 겁니까? 그런데 지금은 말이죠. 그게 말이죠. 어떻게 된 거냐 하면 말이죠. 말하자면 말이죠……」이런 게 아닐까요? 이게 지옥이니 낙원이니 하는 것 자체가 보이지 않는다 이 말이지요. 지금은 그런 생각이 주욱 들어요.「지옥이나 낙원이 있다면 그게 도대체 무엇일까……? 정녕 그게 무엇이란 말인가. 있으면 한번 나와 봐라! 더군다나 그 가혹한 지옥을 두고 아름답다, 아름다운 지옥이다 했을 땐…… 거기에 한때 현혹되었을 내가 결코 장난일 수 없다면 그 지옥이란 게 진짜로 뭔지 또 가짜로는 뭔지…… 그것이 알고 싶어 토옹 견딜 수가 없어졌단 말이죠.」그렇다면 지옥이라도 좋으니 그곳에서라도 기다리는 사람이 있는 집이 있어서 진저리가 나도록 지지고 볶으며 다시 살고 싶다는 생각이 간절히 들어요.

현재는 지옥과 낙원의 구분이 분명하지 않다고 생각함 – 현실에 대한 두현의 인식 변화

「 」: 지옥도 낙원도 보이지 않을 만큼 비관적인 상황. 두현은 어느 쪽도 보이지 않는 현실에 답답해함

아름다움의 요소

힘들고 고통스럽더라도 기다리는 사람과 부대끼며 살고 싶은 소망을 드러냄

애써 휘저어 논 술 다 가라앉기 전에 마시며 한숨 돌리고……

예, 그건 중요한 게 아녜요. 제 말 아시겠어요?「기껏 나이 서른 문턱에 벌써부터 집이 없어진 이 사내의 길고 긴 절망과 한숨의 그림자를 끌고 가는 무엇인가를 묻고픈 겁니다. 저 지푸라기인들, 먼지인들 그리고 티끌들이라도 황혼 녘에는 휩쓸여 들어가 박히는 집구석이, 하다못해 썩어 가는 마구간 구석이라도 있는 법인데 하물며 나이 서른의 사내가 말이죠……」왜 헐헐헐, 제가 좀 취한 것 같아요? 아니라구요? 그러니깐 이 지옥이라는 말은 함정인 겁니다. 함정!

「 」: 이혼하고 쓸쓸하게 살아가는 자신의 처지와 그 절망감을 드러냄

빠져 버리는 거 말예요?

그렇죠! 빠져 버리게 되는 거죠. 그러니까 앞이 보이지 않는 겁니다. 한시바삐 지옥에서 벗어나 아름다운 쪽으로 가고픈 욕망만 헐떡거리고 있고…… 물론 가야 하는 거지만…… 하지만 지옥이 있으니까 아름다움이 있어 그 둘이 본래는 하나이듯이…… 왜냐하면 아름다운 건, 그리고 어떤 걸 아름답다고 부르기도 한다면 그건 애진작부터 지옥이 아니었지요. 물론 그걸 낙원이라고 부르기도 어렵고…… 하지만 어떤 꿈을 가리키는 것만큼은 분명해요. 그 꿈은 뭘까요? 그것은 아득한 기억뿐일지도 모르죠. 사실인지 착각인지도 잘 모르겠고…… 아무튼 흔적 없이 지나간 시간을 붙드는 유일한 육체처럼 흔들림 없이 버티고 섰는 그 기억의 집 말예요. 바로 저 갈매나무 같은 것!

지옥과 아름다움은 분명히 다르다는 것에서 둘이 원래는 하나라는 것으로 생각이 변화됨

희망과 절망, 성취와 실패 등을 겪은 모든 시간을 버티고 서 있는 갈매나무

▶ 주모에게 자신의 이야기를 털어놓는 두현

• 두현의 인식 변화

**과거**

- 지옥과 낙원의 구분이 명확함
- 지옥을 분명히 볼 줄 안다고 굳게 믿음

→ 두현은 지옥을 아름답게 바꿔 보려 노력함

↕

**현재**

- 지옥이나 낙원 자체가 보이지 않음: 지옥과 낙원의 구분이 모호하다고 생각함

→ 지옥과 아름다움이 원래 하나라고 생각하게 됨: 지옥과 아름다움이 하나로 뒤섞여 있는 것이 삶이라는 깨달음을 얻음

• '아름다운 지옥'의 의미

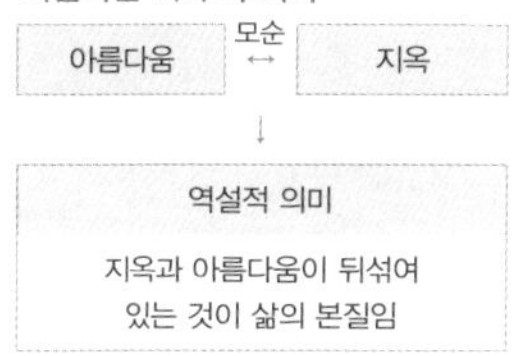
아름다움
모순
지옥
역설적 의미
지옥과 아름다움이 뒤섞여 있는 것이 삶의 본질임

 주목

- 해당 장면은 찻집 '아름다운 지옥'이었던 오리탕 전문점에서 두현이 윤정과의 이혼 과정을 떠올리면서 수칼매나무를 꿈꾸는 자신의 이야기를 주모에게 하는 상황이다.
- 두현의 회상을 통해 윤정과의 이혼을 겪은 두현의 아픔을 이해하고, 수칼매나무를 꿈꾸는 두현의 소망을 파악하도록 한다.

나 영국 유학 가기로 했어. 동의해 줄 거지?
영국 유학을 결정하고 남편인 두현에게 그 사실을 통보하는 아내 윤정

헤어지기 두 달 전부터 친정에 가 있어 사실상 별거 상태에 있던 윤정이는 그 집에 돌아와 그렇게 말했었다. 두현은 그게 무슨 뜻인지 알고도 남았다. 아, 결국은 이렇게 되는 것인가? 내가 무슨 말을 꺼내야 한단 말인가. 두현은 등허리께에서 배어 나오는 후끈한 땀기가 목덜미 쪽으로 뻗지 못하도록 애써 억누르며 말없이 고개를 끄덕였다. 어차피 그가 동의하고 말고 할 여지는 사라진 터였다.
(아내가 친정에 간 뒤 만나지 않았음을 알 수 있음 / 두현은 두 사람의 사이가 다시 가까워지기 어렵다는 것을 인지하고 있었음 / 윤정의 통보에 어쩔 수 없이 동의함)

그래…… 아무 걱정하지 마.
영국 유학을 간다는 윤정의 말에 마지못해 동의하는 두현

별거 직전 우연히 임신한 사실을 안 윤정이는 두현이를 거칠게 닦아세웠다.
윤정의 임신이 두 사람이 별거하게 되는 계기였음을 알 수 있음

「지금 내가 얼마나 중대한 고비에 있는 줄 알아? 일분일초를 아껴 한창 논문을 준비해야 할 땐데 말이야. 이렇게 무책임하게 일을 덜컥 저질러 놓으면 도대체 어쩌자는 거야. 두현씬 정신이 있는 남자야 없는 남자야! 난 도저히 이해할 수도 그리고 묵과할 수도 없어.」
「 」: 아이가 자신의 학업에 지장을 준다고 생각함

우리 멀리 생각해 보자구. 기왕에 연이 닿은 생명인데 그 아이를 기르면 안 될까?
현재의 어려움은 있지만 멀리 내다보고 아이를 낳자는 두현

「그따위 소리는 다신 입 밖에 내지도 말아! 누가 애를 키우냐고? 그게 쉬운 일인 것 같아? 자기 시 쓴답시고 거의 룸펜처럼 생활한 게 벌써 언제부터던데. 그럴 능력이나 제대로 있어서 하는 말이냐구? 결국 나보고 애나 키우며 집 안에 주저앉으라는 얘긴데 비열해 넌! 정말이지 그동안 치른 맘고생만 해도 남세스러워 죽을 지경인데! 우린 이것으로 끝장이야! 더 이상 나도 참을 수가 없어! 정말이야. 흑흑.」
(그따위 소리: 아이를 낳자는 소리 / 누가 애를 키우냐고? 그게 쉬운 일인 것 같아?: 두현이 경제적 능력이 없어 애를 키울 수 없다고 생각하는 윤정 / 룸펜: 부랑자 또는 실업자 / 남세스러워: 남에게 놀림과 비웃음을 받을 듯하여 / 그동안 치른 맘고생: 경제적인 능력이 없는 남편 때문에 치른 정신적 고통)
「 」: 두현의 경제적 무능력을 이유로 아이를 낳는 것을 거부함

경제적 무능력이 애를 못 키우는 온당한 이유가 된다고 믿니 넌?
설득력이 떨어지는 말로 윤정에게 대응하는 두현 ▶ 유학 가는 아내 윤정과 이혼하는 두현

(중략)

**주목** 아내가 가고 없는 그 신혼방에서 두현은 한사코 자신에게서 달아나려는 어떤 아이에 대한 꿈을 서너 번 꾸었다. 힐끗 뒤를 돌아다보는 꿈속의 작은 아이는 그를 닮아 보일 때도 있었고 얼굴이 하얗게 지워져서 나타날 때도 있었다. 아주 무서운 꿈이었다. 꿈자리에서 깨어날 때마다 그는 눈물이 핑 돌아 낯선 곳에서 잠이 설깬 아이처럼 훌쩍거리곤 했다.
(꿈에서 아이의 환상을 봄 / 두현의 서럽고 무서운 심리를 비유를 통해 드러냄)

그래서요? ▒: 질문을 통해 두현의 과거 이야기와 내면을 이끌어 내는 주모
주모의 질문 – 두현이 이혼한 이야기와 아이 꿈을 꾸는 이야기를 주모에게 했음을 알 수 있음

그래서 그렇다는 말이죠.

에이, 시시해. 그럼 전 부인은 진짜 유학을 갔어요?

아직까지 한 번도 못 만났으니 그럴 가능성도 있을 겝니다.
이혼 후 아내의 소식을 들은 적이 없음을 나타냄

**작품 분석 노트**

- 인물 간의 갈등

| 윤정 |
| --- |
| • 대학 시절 순수한 열정으로 두현과 함께 『자본론』을 공부했으나 두현과 결혼한 후 현실적으로 변함<br>• 두현이 경제적 능력이 없고 자신의 학업에 지장을 준다는 이유로 아이 낳는 것을 거부함 |

↕

| 두현 |
| --- |
| • 시를 쓰지만 경제적 능력이 없음<br>• 아이를 키울 능력은 안 되지만 아이를 낳기를 원함 |

↓

이혼

그럼 요즘도 아이 꿈을 꾸세요?

아뇨. 요즘은 한 나무에 대한 꿈을 꾸는 편이죠.
수칼매나무 – 삶에 대한 소망과 의지를 드러냄

나무요?

나뭅니다. 아주 헌걸차고 씩씩한 녀석이죠. 바로 수칼매나무입니다. 갈매나무가 암수딴그루 나무인 건 아시죠?
암꽃과 수꽃이 각각 다른 그루에 있어서 식물체의 암수가 구별됨

암수딴그루라뇨?

왜, 은행나무처럼 암수가 따로 있다 이겁니다. 제가 여태껏 보아 온 건 모두 암그루였죠. 아직 수그루를 한 번도 보지 못했죠. 아마 어느 깊은 계곡 어디에선가 뿌리를 박고 홀로 눈보라와 찬비와 거친 바람을 맞으며 추운 계절을 꿋꿋이 견디며 힘차게 수액을 높은 우듬지 위로 뽑아 올리는 자태를 간직한 수그루를 알아보게 될 겁니다. 그런 날이 꼭 올 겁니다. 제 꿈이 그렇거든요. 그놈을 봤어요. 한 번도 아니고, 두 번도 아니고…… 몹시 앓을 땐 내가 직접 그 수칼매나무가 되는 꿈을 꿔요. 아주 편안한 나무가 되는 꿈을 꿔요.
두현이 보았던 갈매나무는 모두 암꽃이 피는 암칼매나무였음
두현이 상상하는 수칼매나무의 모습 → 어떤 시련에도 굴하지 않고 의연함
수칼매나무를 알아보게 되는 날 – 현실에 꿋꿋하게 맞서게 되는 날
수칼매나무와 자기의 동일시, 수칼매나무처럼 꿋꿋하게 삶을 살아가겠다는 의지가 내재됨
▶ 아이의 꿈을 꾸며 괴로워하던 두현이 수칼매나무의 꿈을 꾸게 됨

**감상 포인트**
'수칼매나무'를 통해 드러나는 두현의 삶의 태도를 파악한다.

• 두현의 꾸는 꿈의 변화

자신에게서 달아나려는 아이에 대한 꿈
자신의 과거에 대한 슬픔

↓

몹시 앓을 때 직접 수칼매나무가 되는 꿈
현실의 고통에 맞서 꿋꿋하게 삶을 살아가겠다는 의지

• '갈매나무'의 역할

갈매나무가 등장하는 백석의 시를 떠올리게 하는 매개체
두현은 '아름다운 지옥'에서 갈매나무를 바라보며 갈매나무가 등장하는 백석의 시 〈남신의주 유동 박시봉방〉을 떠올림('쌀랑쌀랑 소리도 나며 눈을 맞을, / 그 드물다는 굳고 정한 갈매나무라는 나무를 생각하는 것이었다.' 구절)

↓

현실의 고통과 절망을 극복할 수 있는 의지를 가지도록 하는 소재
두현은 추운 계절을 꿋꿋이 견디는 수칼매나무가 되는 꿈을 꿈

## 핵심 포인트 1 서사 구조에 대한 이해

이 작품은 두현이 '아름다운 지옥'이라는 찻집을 찾아가고 주모와 이야기를 나누는 상황에서 부분적으로 과거의 기억이 삽입되는 역전적 구성이 나타난다. 두현의 사고를 따라가며 이야기의 흐름을 파악할 수 있어야 한다.

**〈갈매나무를 찾아서〉의 흐름**

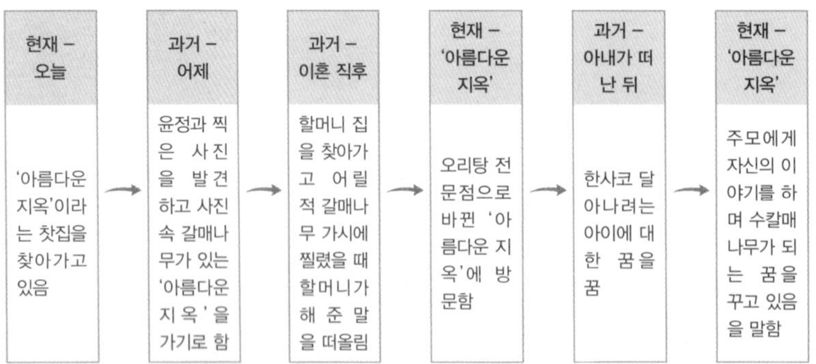

현재 – 오늘
'아름다운 지옥'이라는 찻집을 찾아가고 있음
과거 – 어제
윤정과 찍은 사진을 발견하고 사진 속 갈매나무가 있는 '아름다운 지옥'을 가기로 함
과거 – 이혼 직후
할머니 집을 찾아가고 어릴 적 갈매나무 가시에 찔렸을 때 할머니가 해 준 말을 떠올림
현재 – '아름다운 지옥'
오리탕 전문점으로 바뀐 '아름다운 지옥'에 방문함
과거 – 아내가 떠난 뒤
한사코 달아나려는 아이에 대한 꿈을 꿈
현재 – '아름다운 지옥'
주모에게 자신의 이야기를 하며 수칼매나무가 되는 꿈을 꾸고 있음을 말함


## 핵심 포인트 2 인물에 대한 이해

주인공 두현을 중심으로 한 인물들의 관계에 주목하여 인물들의 성격과 역할을 파악하도록 한다.

**등장인물의 관계**

| 윤정 | ↔ | 두현 | ← | 주모 |
|---|---|---|---|---|
| • 대학 시절 두현과 함께 『자본론』을 공부했으며 결혼 후 현실적 인식을 보임<br>• 경제적으로 무능력한 두현을 비난하며 아이 낳기를 거부하고 두현과 이혼함 | | • 결혼 후 경제적 능력이 없어 아이를 낳는 문제로 갈등하다가 아내 윤정과 이혼하게 됨<br>• 이혼 후 할머니를 찾아가 위로를 받고 어릴 적 세상의 숱한 가시를 이길 독한 가시를 가슴속에 품으라고 한 말씀을 떠올림<br>• 과거 윤정과 찍은 사진 속 갈매나무가 있는 '아름다운 지옥'을 찾아가 속엣말을 토로함 | | • 찻집 '아름다운 지옥' 대신 새로 생긴 오리탕 전문점의 주인<br>• 두현과 술을 마시며 두현의 이야기를 들어 줌 |

↑

| 할머니 |
|---|
| • 두현을 길렀고 두현에게 깊은 사랑을 보임<br>• 이혼한 두현을 위로하고, 어릴 적 갈매나무 가시에 찔린 두현에게 세상의 가시(시련)를 이기며 살아가기를 당부함 |

## 핵심 포인트 3 소재의 의미 파악

이 작품의 중심 소재인 '갈매나무'의 역설적 의미와 역할에 대해 파악할 수 있어야 한다.

**'갈매나무'의 역설적 의미**

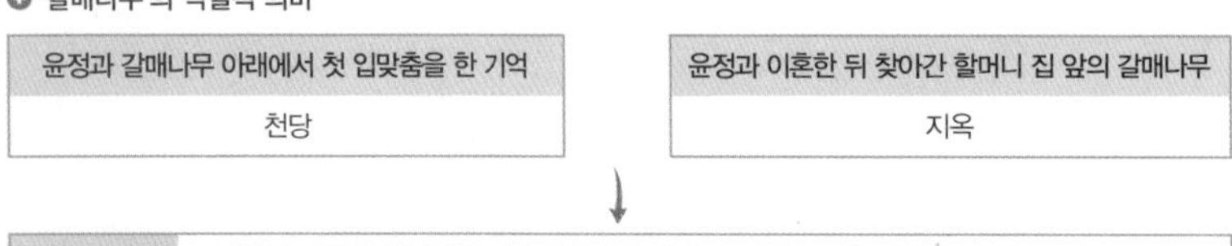

윤정과 갈매나무 아래에서 첫 입맞춤을 한 기억
천당
윤정과 이혼한 뒤 찾아간 할머니 집 앞의 갈매나무
지옥
'갈매나무'의 의미와 역할
• 기쁨과 아픔의 양면성을 지닌 역설적인 대상 → 삶의 본질을 일깨움
• 두현이 수칼매나무를 떠올리며 현실의 고통을 꿋꿋하게 극복해 내겠다는 의지를 다지게 됨


### 작품 한눈에

• 해제

〈갈매나무를 찾아서〉는 백석의 시 〈남신의주 유동 박시봉방〉과 연관이 있는 작품이다. 주인공인 두현은 〈남신의주 유동 박시봉방〉의 화자와 비슷한 상황으로, 아내와 헤어지고 방황하고 있으며 할머니가 들려준 '가시'의 의미를 생각하며 현실의 고통을 극복하려 하고 있다. 아름다운 곳이면서 동시에 크나큰 아픔을 지닌 세상 속에서 두현은 수칼매나무를 꿈꾸며 고통스러운 삶일지라도 꿋꿋한 태도로 삶을 이어 갈 것을 다짐하게 된다.

• 제목 〈갈매나무를 찾아서〉의 의미

– 천당이자 지옥인 역설적인 삶 속에서 꿋꿋한 삶을 꿈꾸는 이야기

〈갈매나무를 찾아서〉는 지옥이자 천당인 삶 가운데, 깊은 계곡 어디에선가 추운 계절을 꿋꿋이 견디며 힘차게 수액을 높은 우듬지 위로 뽑아 올리고 있을 수칼매나무와 같이 꿋꿋하게 살아가겠다는 의지를 담아낸 것이다.

• 주제

시련을 극복하고자 하는 의지

**전체 줄거리**

늦깎이 시인 두현은 결혼한 지 이 년이 채 안 되어 아내 윤정과 이혼하고 방황한다. 두현은 책을 정리하다 우연히 '아름다운 지옥'이라는 찻집에서 아내 윤정과 찍은 사진을 발견한다. 그리고 사진 속 갈매나무를 보고는 이 찻집을 당장 찾아가기로 마음먹는다. 두현은 갈매나무를 천당이며 지옥이라고 생각한다. 윤정과 갈매나무 아래에서 첫 입맞춤을 한 것이 천당에 대한 기억이라면, 윤정과 이혼한 뒤 찾아간 할머니 집 앞의 갈매나무는 캄캄한 지옥인 것이다. 두현이 찾은 '아름다운 지옥'은 이제 오리탕 전문점으로 바뀌고 말았으나 갈매나무만은 여전한 모습이다. 두현은 그곳 주모의 권유로 식당에 들어가 술을 마신다. 그리고 윤정과의 추억과 백석의 시를 떠올리며 절망을 극복하는 시를 쓰고 싶다고 생각한다.

# 영역별 찾아보기

# 극·수필

메가스터디
문학 총정리
**현대 문학**

극 · 수필
01

◇ 한 줄 평 천명의 비극적인 죽음을 통해 당대 어촌의 현실을 그려 낸 작품

# 무의도 기행 함세덕

## 장면 포인트 1

- 이 작품은 일제 강점기 어민들의 비참한 현실과 천명의 비극적인 삶을 인천 앞바다의 무의도라는 섬을 배경으로 하여 그려 낸 희곡이다.
- 해당 장면은 자신의 배가 헐었다는 공 씨의 말을 들은 천명의 외삼촌이자 공 씨의 남동생인 공주학이 공 씨를 비난하는 상황과 이 상황을 벗어나기 위해 천명에게 배를 탈 것을 종용하는 공 씨와 이를 거부하는 천명의 대화 상황이다.
- 인물 간의 대화를 중심으로 천명을 배에 태우려는 공주학 및 공 씨를 비롯한 가족들과 이를 거부하는 천명의 갈등을 파악하도록 한다.

[앞부분의 줄거리] 낙경은 떼무리(무의도)의 어부로 첫째와 둘째 아들을 바다에서 잃었다. 혼인 날짜까지 잡은 딸은 처남 공주학이 중선을 장만할 때 밑천을 보태기 위해 중국의 술집에 팔아넘겼고 보통학교를 졸업한 막내아들 천명을 생계를 위해 처남의 배에 태우려고 한다. 두 형을 바다에서 잃은 천명은 어떻게든 배를 타지 않기 위해 항구에서 일을 하지만 마땅한 일자리를 구하지 못하고 고기잡이를 시키려는 부모에 의해 다시 섬으로 돌아온다. 천명의 어머니 공 씨는 막내아들만은 바다에 보내고 싶지 않으나 나중에 선장을 만들어 주겠다는 남동생의 말에 결국 천명이 배를 타기를 바란다.

**공 씨:** (풀 죽은 소리로) 아범, 내가 잘못했네. 내가 잘못했어.
아범: 공 씨의 남동생이자 천명의 외삼촌인 공주학

**공주학:** 그만두슈. 난 설마하니, 누님 입에서 그런 소리가 나올 줄은 몰랐소. 여섯 살에 부모 잃구. 동기라군, 누님 하날 믿구 살아온 내가 아니요?
그런 소리: 공주학의 배가 헐었다는 이야기
동기: 형제와 자매, 남매를 통틀어 이르는 말

**공 씨:** 내가 말을 잘못했네.

**낙경:** 주책없이 한 소릴 뭘 그러나? 그것두 남한테 그랬다문 몰를까, 집안끼리 한 소리 아닌가? / **공주학:** 아무리 동기간이래두, 할 말이 있구 못 할 말이 있지 않소? 그래, 그 배가 어데가 썩었단 말이요?
그 배: 공주학의 배

**공 씨:** (울음 섞인 소리로) 구 주부가 눈을 벌겋게 휩뜨고 달려와서 그러니까, 난 그 말을 또 곧이들었지 그만.
구 주부가 … 곧이들었지 그만: 천명을 자신의 딸과 혼인시키려는 구 주부가 공 씨에게 공주학의 배가 헐었다고 이야기하였음

**공주학:** 누님 같아서야, 중선 부릴 사람이 누가 있겠소? 해마다 새 밸 사드려야 하지 않겠소? 그야 돈 있는 사람들이야 돈지랄루 무슨 짓은 못하겠소만, 우리 같은 처지루야, 누가 4, 5천 원씩 주구 장만해서, 3, 4년 쓰다가 내버리겠소?
누님 같아서야 … 누가 있겠소?: 공 씨처럼 공주학의 배가 헐었다고 말하면 고깃배를 부릴 사람이 없을 것이라는 말
돈지랄: 분수에 맞지 아니하게 아무 데나 돈을 함부로 쓰는 짓을 속되게 이르는 말
우리 같은 처지루야 … 내버리겠소?: 가난한 어민의 입장에서는 자주 새 배를 살 여력이 없음

**낙경:** 그 배가 헐지만 않었으문 그만이지, 천명 어미가 헐었다구 했다구 말쩡한 배가 금세 헐어지겠나? 그만두게.
천명 어미: 공 씨

**공주학:** 누님은 입때 보선두 안 겨서 신구, 바가지두 안 겨서 썼소? 바가지 겨 쓰니까 물 샙디까? 누님 같아서야 집두 새 집에서만 살구, 한 틀에 4, 5백 원씩 주구 산 그물두, 구멍만 나믄 다시 떠서 쓰진 못하겠구료? 그래서야 배 목수 누가 해 먹겠답디까?
입때: 지금까지. 또는 그 아직까지
겨서: 기워서 – 떨어지거나 해어진 곳에 다른 조각을 대거나 또는 그대로 꿰매어서

**공 씨:** 내가 본맘에서 그런 소릴 했겠나? 구 주부 말을 듣구 그랬대두 그러네.
본맘: 본심

## 작품 분석 노트

- 주요 등장인물

|  |  |
|---|---|
| 천명 | 낙경과 공 씨의 막내아들. 두 형이 바다에서 죽자 배를 타는 것에 강한 거부감을 보임. 부모의 강권으로 결국 배를 탔다가 죽음을 맞이함 |
| 낙경 | 천명의 아버지. 바다에서 두 아들을 잃었지만 천명이 배를 타도록 하기 위해 항구에 있는 천명을 집으로 데리고 옴 |
| 공 씨 | 천명의 어머니. 바다에서 두 아들을 잃어 천명이 배를 타는 것을 원하지 않으나 천명을 선장으로 만들겠다는 동생 공주학의 말을 듣고 난 후 생계를 위해 천명에게 배를 타도록 권유함 |
| 공주학 | 공 씨의 남동생이자 천명의 외삼촌. 선주로, 천명에게 뱃일을 시켜 선장을 만들겠다는 생각으로 천명을 배에 태우려고 함. 천명의 가족을 돌보고 있음 |
| 공주학의 아내 | 천명의 숙모. 성질이 사납고 천명을 강압적으로 배에 태우려 함 |
| 구 주부 | 인근 섬에서 한약방을 하는 사람으로, 보통학교에서 수석을 한 천명을 데릴사위로 맞이하기 위해 천명이 배를 타지 않도록 일을 꾸밈 |

공주학: 구 주부가, 주학이가 옆집에다 불 질렀다구 하믄, 누님은 경찰서에 가서 내가 질렀다구 일러바치겠구료? 그 영감쟁이가 제 아무리 천명일 사랑한대두, 그는 남이요, 난 그래두 명색이 삼촌 아니요?

공 씨에게 구 주부의 말은 무조건 다 믿는 것이냐며 반문함

구 주부는 자신의 딸을 천명과 혼인시키려 함

실속 없이 그럴듯하게 불리는 허울만 좋은 이름

공 씨: 아범, 못 들은 심 대구 흘려버리게. 그리구 노엽게 생각 말게.

듣지 못했다고 생각하고 / 주의 깊게 듣지 아니하고 넘겨 버리게

공주학: 난 인젠 노엽게 생각할 것두 없소. 누님하구, 오늘부터라두 의절하믄 그만 아니요? / 낙경: 빈말이래두 그게 무슨 소린가?

친구나 친척 사이의 정을 끊음

실속 없이 헛된 말

공주학: 빈말이 뭐요? 인젠 내가 누님네 발 디려놓지두 않을 테니, 매부하구 누님두 내 집에 들르실 필요 없어요. / 낙경: 그게 무슨 어린애 같은 소린가?

공 씨: 에이, 내가 미친년이지, 내가 미친년이야.

공주학의 배가 헐었다고 말한 자신을 자책함

공주학: 오늘부턴 아주 남남이요. 내가 매부하구 누님을 몇 핼 멕여 살렸소? 근 3년 동안을 금다 쓰단 말 한마디 없이, 양식 낭굴 대 디리지 않었소?

서로 아무런 관계가 없는 남과 남

천명 가족이 공주학에게 경제적으로 의지했음을 알 수 있음

공 씨: 저승엘 간들, 내가 아범 공을 잊겠나?

공주학: 천명이 공분 누가 시켰소? 항구 팔목 상점에 넣 준 건 또 누구요? 하다못해 그눔이 여관집에서 외상 밥 먹은 밥값까지 내가 치러 주지 않었소?

공 씨: 아범, 내가 잘못했네. (울며) 입동이 낼 모랜데, 이 긴긴 겨울을 아범이 봐 주지 않으믄 어떡허겠나?

계속하여 공주학에게 경제적인 원조를 받아야 하는 천명 가족의 처지를 알 수 있음

공주학: 나두 할 만큼 했으니 인젠 모르겠소. 그만하믄 예전에 매부가 중선 밑천 대 준 것은 갚었을 꺼요. / 낙경: 내가 언제 그걸 갚아 달라든가?

이전에 낙경이 공주학에게 배를 살 돈을 보태 주었음을 알 수 있음

공주학: 매부두 말 마슈, 천명일 사공을 시키자구 할 쩍마다, 매부두 내가 그눔을 부려 먹을려구 하는 것처럼, 꽁한 생각을 했지 뭐예요? 그러군 돌아서서, 날더러 심하다구 했지요? / 낙경: 그건 자네 곡핼세. / 공주학: 곡해가 뭐예요? 사실이지.

공주학이 예전부터 천명에게 뱃사공 일을 시키려고 했음을 알 수 있음

속으로만 언짢고 서운하게 여기는

남의 말이나 행동을 본뜻과는 달리 좋지 아니하게 이해함. 또는 그런 이해

노틀 할아범: 배 임자, 그만두십쇼, 물참 다 됐쉬다.

밀물이 들어오는 때

공주학: 내가 천명일 돈 안 주구, 거저 쓰자구 합디까? 먹구 한 달에 10원씩 주는 게 아니에요? 같은 돈 주구 나가기 싫다는 눔 억지루 쓸 필요 있겠소? 다른 사람 얻어 쓸 테니 그만두슈.

▶ 자신의 배가 헐었다는 이야기를 한 누나 공 씨를 비난하는 공주학

공주학, 뒤도 돌아보지 않고 가도로 나간다. 공 씨, "아범.", "아범." 하고 부르며 따라가다가 다시 되돌아온다.

큰 길거리

공 씨: (천명에게) 빨리 좇아가서, 나가겠다구 그래라. 삼촌이 그래두 네 말은 들을지 몰른다. / 천명: (부동(不動))

움직이지 않음 – 배를 타고 싶어 하지 않는 천명의 심리가 담겨 있음

공 씨: (애가 타서 초조히) 어서 이눔아, 좇아가 봐라. 어머니가 주책없이 그런 소릴 했다구 하구. 어서 빨리. / 천명, 공 씨의 손을 뿌리치고, 한 걸음 뒤로 물러선다.

배를 타고 싶어 하지 않는 천명의 심리가 담겨 있음

낙경: 이 망할 자식이, 그래두 속을 못 채리구?

천명이 이전부터 배를 타지 않겠다고 했음을 알 수 있음

돌연 부엌 앞에 가로놓였던 그물말[網枕木]을 집어들고, 천명을 내려 갈긴다. 노틀 할

그물을 괴는 데 쓰는 나무토막

• 이 작품의 시간적 배경

10월

섬사람들이 가장 기피하는 황량한 겨울에 접어드는 때

↓

당대 어민들의 가혹한 현실을 상징함

• 이 작품의 공간적 배경 ①

바다

- 섬사람들에게 생계 유지를 위한 생업의 터전이 되는 공간 → 삶을 위한 공간
- 천명에게는 두 형의 죽음으로 인해 두려움을 불러일으키는 공간 → 천명과 주변 인물 간의 갈등이 비극적으로 마무리되는 잔혹한 죽음의 공간
- 인간의 힘으로 극복할 수 없는 거대한 힘(운명)의 공간
- 천명이 자신의 의지와 상관없이 내몰린 공간 → 자신의 운명에서 벗어날 수 없는 공간

↓

일제 강점기 가난한 어민의 비극적 운명을 드러내는 공간

아범, 낙경의 팔을 붙들고, "놓세요. 놓세요. 말루 하시지, 때리긴 왜 때리십니까?" 하고 말린다.

공 씨: (불쌍해서) 이눔아, 어서 삼촌네루 가라. 가믄 안 맞지.

천명: (쥐어짜는 듯한 소리로 규환을 친다.) 죽으믄 죽었지 그 밴 안 타요. 그 밴 부자리가 헐었어요.
큰 소리로 부르짖음 → 배를 타는 것에 대한 강한 거부감 / 배의 상태를 이유로 배를 타지 않겠다는 천명

낙경: 헐긴, 그 배가 왜 헐어? 이눔아 나가기 싫든 참에 핑계 하나 잘 잡었구나?
천명이 배를 타지 않으려고 핑계를 댄다고 생각하는 낙경

천명: 성 서방이 거짓말했을 리가 없어요. 그 밴 대깔루 구멍을 메 놔서, 겨우 물이 안 들오지만, 대깔만 빠지문, 배 밑창으루 고태꿀이 빌 거예요. 더군다나 골관에서 노대나 한 번 만나믄, 부자리가 철썩 갈라질 거예요.
공주학이 배에 난 구멍을 임시로 땜질했다고 성 서방이 알려 줌 / 메워

공 씨: 이눔아, 그건 구 주부가 널 배에 못 타게 하느라구, 꾸며서 한 소리야.

천명: 내가 배에 가서, 대깔을 빼 봤어요. 나무가 썩어서, 우기적 우기적해요.
일제 강점기 어민들의 열악한 상황을 드러냄

낙경: 이눔이, 어데가 썩었든? 응, 나하구 같이 가 보자. / 천명, 낙경의 팔을 뿌리친다.
낙경에 대한 천명의 거부감이 드러남

공 씨: (다시 천명에게 달려들려는 낙경에게 매달리며) 임잔, 어서 아범한테나 가 보슈.
동생 공주학

낙경: 괜히 방정맞은 소릴 해 가지구, 일을 이렇게 저즐러 놔?

**감상 포인트**
등장인물의 대사와 행동을 통해 인물 간의 갈등 관계를 파악한다.

낙경, 중얼거리며 공주학 나간 곳으로 나간다.

공주학의 아내, 사장에서 들어와 증오에 찬 눈으로 말없이 쏘아보고 있다.
강가나 바닷가에 있는 넓고 큰 모래 벌판 / 가족의 말을 듣지 않고 배를 타지 않겠다는 천명에 대한 못마땅함을 드러냄

천명: (공 씨의 손을 끌어 자기 뺨에다 비비며) 어머니, 뭍에서 버나, 물에서 버나, 돈만 벌문 마찬가지 아니에요? 참말이지 참말이지 배 타긴 싫어요.
천명이 정착하기를 바라는 공간

공 씨: (천명을 떠다밀며) 그런데 왜 이눔아, 어저껜 타겠다구 했니?

천명: 어머니가 하두 불쌍해서 그랬어요.
어머니에게 연민을 느끼는 천명

공 씨: 에미 불쌍한 줄 아는 눔이, 항구 상점은 왜 나왔니, 왜 나왔어?
천명이 일하던 곳

천명: 공부해 가지구 트럭 운전수 시험 볼려구 나왔드랬어요.
천명이 트럭 운전수가 되어 뭍에서 정착하려고 생각했음이 드러남

공 씨: 네깐 눔이 무슨 재주루 운전술 들어가?

천명: 왜 못 들어가요? 경인 트럭 운전수가 조수루 넣어 준다구 했어요. 자리가 나는 대루 넣어 줄 테니 기초 공부나 열심히 하구 있으라구 했어요.

공 씨: 거짓말 말어 이눔아.
천명이 배를 타지 않으려고 거짓말을 한다고 생각하는 공 씨

천명: 지금이래두 항구만 가믄, 벌써 자리가 났을지도 몰라요.

공 씨: (악을 쓰며) 사람 치구 콩밥 먹을려구 그 무서운 운전수 자릴 들어가? 네눔 꼬락서닐 안 봤으믄, 내가 십 년은 더 살겠다. (공주학의 아내에게) 아들 셋에 딸 하날 났지만, 이렇게 속 썩이는 자식은 보길 첨일세. 다-들 순산이었는데, 저눔만 뱃가죽을 쥐어뜯구 지랄을 치문서 나오드니, 이날 입때까지 내 속을 이렇게 폭폭 썩이네그려.
운전하다 사고를 냈을 경우를 들어 뭍에서의 삶을 반대함

▶ 배를 타지 않으려는 천명과 배를 태우려는 부모의 갈등

- 부자리: 배의 밑바닥과 가운데 부분 사이에 있는 중간 부분.
- 노대: 바다에서 바람이 사납고 물결이 크게 일어나는 현상.
- 대깔: 대나무를 얇게 쪼갠 부스러기.

• 이 작품의 공간적 배경 ②

무의도
서해안의 떼무리(무의도)라는 작은 섬
↓
일제 강점기 가난한 어민의 비극적 현실이 드러나는 공간 → 가난으로 인해 딸을 팔고, 세 아들을 바다로 내모는 공간
↓
천명과 주변 인물 간의 갈등이 심화되는 공간

주목

- 해당 장면은 배를 타지 않겠다고 가족과 갈등을 벌이다가 결국에는 배를 타고 나간 천명이 죽음에 이르게 되는 상황이다.
- 희곡의 장르적 특성에 주목하여 마지막 부분을 낭독으로 처리한 이유와 효과를 파악하도록 한다.

주목 공주학의 아내: 형님, 저 녀석을 그대루 뒀다간, 또 항구루 도망가서 외상 밥 처먹구, 우리 못 할 일 할 거요. 우리가 그 밥값 장만하느라구 얼마나 애쓴 줄 아우? 내년 봄에 팔랴든 새우젓을 모두 미리 팔아서 변통을 했었소.

(저 녀석: 천명 / 우리 못 할 일 할 거요: 천명이 엉뚱한 일을 저지를 것이라고 생각함 / 그 밥값: 천명이 항구로 나가 일할 때 여관집에서 외상으로 먹은 밥값 / 내년 봄에 ~ 변통을 했었소: 남편의 배에 조카인 천명을 태우기 위해 천명을 데리고 오려고 돈을 씀)

공 씨: 자네 볼 낯 없네.

공주학의 아내: 저 담 밑에, 보퉁이 보시구료. 어쩐지 하는 짓이 수상합디다만, 설마 그러랴 했었소.

(보퉁이: 천명이 섬을 떠나려고 생각하고 있음을 보여 줌 → 뱃사람이라는 운명에서 벗어나고자 하는 의지가 드러남)

공 씨, 비로소 보퉁이를 발견하고 경악한다.

(천명이 섬을 떠나기 위해 짐을 챙긴 것을 알고 놀람)

공주학의 아내: 내가 쌍심지가 나서두, 저 녀석을 기어쿠 내보내구 말겠수. 저런 녀석은 댁기에서 안짱물두 뒤집어써 보구, 마파람에 돛줄 붙들구 휘날려 보기두 해야, 정신을 좀 차릴 거요.

(쌍심지가 나서두: 두 눈에 불이 일 것처럼 화가 몹시 나서도 / 저 녀석을 기어쿠 내보내구 말겠수: 천명을 억지로 뱃사람으로 만들려고 함 / 댁기: 갑판)

공 씨: (천명에게) 어서 개루 나가, 이놈아.

(개: 강이나 내에 바닷물이 드나드는 곳)

공주학의 아내: 싫다는 놈을 달래면 듣겠수? 그냥 끌구 나갑시다.

(천명이 스스로 배를 타기를 바라는 공 씨와 달리 강압적으로 천명을 배에 태우려 함)

공주학의 아내, 목반을 땅에다 내려놓고, 달려가 천명을 잡아끈다.

(목반: 목판)

천명: (다리에 힘을 주고 버티며) 놔요, 놔요.

공주학의 아내: 놓으면 또 항구에 가서 사람 디려받구 이번엔 벌금 가조라구 하게?

(가조라구: 가져오라고)

천명: 누나가 천진으루 갈 때, 나한테 한 말이 있어요.

(천진: 천명의 누나가 팔려 간 곳 / 나한테 한 말: 천명이 배를 타지 않으려고 결심하게 된 이유 ①)

공 씨: 이렇게 에미 속 썩이라구 하든?

천명: 죽어두 항구에 가서 죽지, 떼무리서 사공은 되지 말라구 했어요.

(떼무리: 무의도 / 사공은 되지 말라구: 누나가 천명에게 배를 타지 말 것을 당부함)

공주학의 아내: 사공하구 무슨 대천지원수가 졌다든? 지금 세상에 어수룩한 건 뭐니 뭐니 해두, 백정하구 괴기잡이밖엔 없어. 잡아먹는 덴 밑질 게 없거든?

(대천지원수: 하늘을 함께 이지 못하는 원수라는 뜻으로, 이 세상에서 같이 살 수 없을 만큼 큰 원한을 가진 원수를 비유적으로 이르는 말 / 지금 세상에 ~ 없거든?: 고기잡이를 하면 생계에 지장이 없으리라는 인식이 드러남)

천명: 「큰성두 작은성두 벌에서 죽었어요. 큰성은 조기사리 나갔다가, 덕적서 황 서방이 베 등거리만 찾어왔구, 작은성은 새우사리 나갔다가 댐마 다리 밑에 대가릴 처박구 늘어진 걸, 누나하구 어머니가 끌어내 왔어요.」

(큰성두 작은성두 벌에서 죽었어요: 천명이 배를 타지 않으려고 결심하게 된 이유 ② / 덕적: 덕적도 / 등거리: 등만 덮을 만하게 걸쳐 입은 홑옷 / 「 」: 천명의 비극적인 가족사. 천명이 배를 타지 않으려는 이유를 알 수 있음(두 형의 죽음으로 인해 바다를 죽음의 공간으로 인식함))

공주학의 아내: 그때 노대에 죽은 사람이, 어디 네 성들뿐이었든? 떼무리서만 엎어진 낙배가 스무 척이 넘었구, 옘평서 깨진 중선이 쉰 척이 넘지 않었냐?

(그때 노대에 ~ 뿐이었든?: 천명의 형들의 불행한 사건을 많은 섬사람들이 경험한 것임을 강조하여 뱃사람이 되기를 거부하는 천명의 행동을 유별난 것으로 대함 / 낙배: 거룻배 / 옘평서: 연평에서 / 중선: 큰 고기잡이배)

천명: 내가 나가구 나서, 비나 억수같이 퍼붓구, 높새에 부엌 문짝이 덜그덕거리기나 해 보세요? 우리 어머닌, 또 산으루 개루, 밤새 울구 댕길 거예요. 난, 배 타면 속이 울렁거려서 그러는 게 아니에요. 어머니 울구 댕기는 게 진절머리가 나서 그래요.

(높새: 높새바람. 북동풍 / 우리 어머닌 ~ 댕길 거예요: 두 형의 죽음 때처럼 자신이 죽으면 슬퍼할 어머니에 대한 천명의 연민이 드러남)

공 씨: 너 같은 애물에 자식은, 하루바삐 잡아갑시사구, 내가 서낭님께 축수하겠다.

(애물: 몹시 애를 태우거나 성가시게 구는 물건이나 사람 / 축수: 두 손바닥을 마주 대고 빎)

### 작품 분석 노트

- '보퉁이'의 의미

| 보퉁이 |
|---|
| 섬을 떠나기 위해 천명이 마련한 보따리 |
| ↓ |
| 자신을 배에 태우려 하는 가족들 몰래 섬을 떠나려 하는 천명의 의도를 드러냄 |
| ↓ |
| 새우젓을 판 돈으로 천명이 항구에서 먹은 밥값을 치른 공주학의 아내에게 기어코 천명을 바다로 내보내겠다는 오기를 불러일으킴 |

이놈아.

공 씨, 말은 모질게 하나, 눈에서는 눈물이 펑펑 쏟아진다.
마음에 없는 말을 해 놓고 가슴 아파하는 공 씨의 심리가 드러남

천명: (다시 어머니에게 매달리며) 「어머니, 뭍에서 하는 일이면, 뭐든지 할 테에요. 어렸을 때부터 일하면서 한 번이라두, 투정한 적 있었어요? 학교 갔다 와선, 물 끝따라 십 리나 나가서 밤새 조개를 잡었지요? 행여 조개가 밟힐까 하구, 개펄을 일 년 열두 달 후비적거리는 발자죽을 뫄 보세요? 만주를 가구두 남을 테니. 겨우내 동아젓 · 황새기젓을 절이구 나믄, 손등이 터진 자리에 호소금이 들어가, 씨라려 죽겠지만, 한 번인가 난 싫다구 안 했어요.」
「 」: 가난한 살림으로 인해 천명은 어렸을 적부터 생계를 위해 힘든 일을 했었으나 이를 부모에게 투정하지 않았음
날마다 갯벌에 나가 조개를 잡았음
발자국 / 모아
한 번도

공주학의 아내: 아주 청산유수 같구나. 이를테믄 어머니한테 네가 공치사하는 셈이냐?
남을 위하여 수고한 것을 생색내며 스스로 자랑함

천명: (숙모의 말에는 대답지 않고, 흐느껴 우는 듯한 소리로 말을 계속한다.) 「야기 상점에서두 그렇지. 6시면, 어업 조합서 생선을 받어 오니까, 새벽 3시부터 쓰루배[釣瓶]질을 해서 물을 길어요. 고길 혀 가지구, 하루 종일 호—죠—[鉋丁]루 펄펄 뛰는 놈을, 대가리 토막을 치구, 창자를 가르고 있으면,」 나중엔 그놈의 조기 눈깔들이, 모두 나를 흘겨보는 것 같어, 몸서리가 쳐요. 그렇지만, 난 참을 때까진 참어 왔어요.
두레박
식칼
「 」: 하루 종일 힘든 노동을 감내하며 살았던 상황을 이야기함

공 씨: (울며) 이놈아, 에미 애비하구 살아갈랴는데, 어디 수월한 게 있는 줄 아니?
천명의 고된 생활에 안쓰러워하면서도 어쩔 수 없는 상황임을 말함

천명: 없으니까, 선창에서 소금을 날르면서두, 어디 내가 고생한다구 편지했어요? 안 했지요?
물가에 다리처럼 만들어 배가 닿을 수 있게 한 곳

공 씨: 이놈아, 네가 지금 뭍에서 버느니, 물에서 버느니 하구 있게 됐니? 긴긴 겨울을 뭘 먹구살구, 할 때가 아니냐?
긴 겨울 가족의 생계를 위해 일을 해야만 하는 상황임을 강조함. 공 씨에게 바다는 생계의 공간임

천명: 「그러니까 항구에 가서 벌면 되지 않어요? 축항에 가서, 마가대[起重機] 짐두 지구, 선창에 가서 하시깨[浮船] 날일두 할 테에요.」
「 」: 배를 타지 않고 뭍에서 돈을 벌겠다는 천명. 천명에게는 항구가 생계의 공간임
배에서 짐을 부리는 기구
거룻배
▶ 바다에 나가지 않으려는 천명과 고기잡이배에 천명을 태우려는 가족 간의 갈등

(중략)

젊은 어부: 아, 뭣들 하구 있는 거예요? 빨리빨리, 개루 나오시지들 않구? 어젯밤 물에 동아 떼가 여덟미서 덕적으루 몰려가는 걸, 용유 춘필 할아버지가, 추수 곡 신구 지나다가 봤대요. 어떻게 떼가 큰지, 바다가 시커멓드라구 해요.
팔미도에서 덕적도로 / 용유도 / 추수한 곡식
▒: 물고기 떼가 많다는 점을 강조하는 표현

노틀 할아범: 곧 갈 테니, 돛이나 올려놓게.

젊은 어부: 동아 떼, 이렇게 큰 것 보긴, 십 년 만이라구 하대. 갔다 와서 쉰 독을 저릴랴면, 어지간히 손등이 또 터질걸요.
새우
새우가 많이 잡혀 새우젓을 많이 절여야 할 것이라고 예상함

젊은 어부, 다시 개로 나간다. 공주학, 헌 고무장화를 한 켤레 들고, 가도에서 나온다. 사금 파는 광부들이 신는 볼기짝까지 닿는 신이다. 뒤따라 그의 아내.

공 씨: 아범, 나간다구 하네.

• 이 장면에 나타난 갈등

이 작품에는 천명이 뱃사람이 되는 문제가 갈등의 주축을 이루고 있다. 천명의 부모인 낙경과 공 씨는 두 형들의 죽음과 누이의 당부 등을 이유로 뱃사람이 되기를 거부하는 천명의 마음을 알면서도 생계를 위해 천명에게 공주학의 배에 타기를 강권한다. 공 씨의 남동생인 공주학과 그의 부인은 조카인 천명을 자신의 배에 타게 만들어 재산을 늘리려고 한다. 반면 천명은 공주학의 배는 헐었다고 말하며 부실한 배를 타지 않겠다고 하고, 또 자신은 뱃사람이 되기를 원하지 않으며 항구, 즉 뭍에서 일하여 생계를 이어 가고자 하는 뜻을 드러냄으로써 갈등을 촉발시키고 있다.

| 천명 | |
|---|---|
| • 보통학교를 수석으로 졸업한 수재로 뱃사람이 되지 않으려 함<br>• 항구에서 하역 노동 등을 하며 뭍에서 돈을 벌고자 함 | |

↕

| 공주학과 그의 아내 | 천명의 부모 |
|---|---|
| 천명을 뱃사람으로 만들어 재산을 늘리려고 함 | 천명과 공주학 사이에서 우왕좌왕하다가 결국 천명을 바다로 보내 뱃사람을 만들고자 함 |

• '공 씨'와 '천명'의 생각의 차이

| 공 씨 | | 천명 |
|---|---|---|
| 뱃일을 통해 생계를 유지할 수 있다고 생각함 → 바다에 나가 배를 타는 것을 천명으로 여김 | 대립 ↔ | 뱃일이 아닌 다른 일(항구에서의 일, 트럭 운전수 등)로 생계를 유지할 수 있다고 생각함 |

↑

갈등의 배경: 시대의 변화

공주학: (천명에게) 나갈 테니? / 천명: (꺼질 듯한 소리로) 나가요.
배를 타야 하는 상황으로 인한 체념적 심리를 드러냄

공주학: 안짱물이 뱃전을 넘드라두, 발 시렵지 않게, 이거 신구 나가라.
바다에 나가는 조카 천명을 챙기는 주학의 따뜻한 마음이 드러남

공 씨, 장화를 받아 천명에게 신긴다. 천명, 신을 신고 어머니를 따라 개로 나간다. 일동 뒤따르든다. 무대 공허. 판성이가 개에서 떠들며 달려온다.
뱃사람인 공주학이 신던 신을 천명이 물려받음 – 뱃사람이 된 천명의 처지 상징

판성: 내가 걸어서 천진은 못 갈 줄 알구? 걸어선 못 갈 줄 알구? 죽어두 내가 한 번 보구 죽을걸. 전순일 꼭 한 번 보구 죽을걸.
판성: 낙경의 외동딸 천순과 혼인하기로 하였으나 낙경이 딸을 중국의 유곽에 팔아 버리는 바람에 혼인을 하지 못함. 배를 타서 번 돈으로 천순을 데리러 갈 생각을 지니고 있음
천순을 만나러 천진에 가고자 함 → 천순에 대한 판성의 애정이 드러남

판성, 가도로 달려간다. 공 씨, 잊어버린 거나 있는 듯이, 사장에서 창황히 올라온다. 부엌으로 들어가더니, 사발에 물을 떠서 소반에 받쳐 들고나와, 사당 앞에 내려놓고, 서낭님께 두 손을 비비며 축수를 한다.
창황히: 미처 어찌할 사이 없이 매우 급작스럽게
천명의 무사귀환을 간절히 바라는 공 씨의 마음이 드러남

개에서는 배를 내는 벅적한 소요. 노틀 할아범이 메기는 가락에 응하여, 서해안 어부들의 청승이 뚝뚝 떠는 뱃노래가 이어 들려온다. 동리 아이들이 "그물안네 배 나간다." "장안에 개미 새끼 한 마리 없구나." 등등 떠들며 무대를 달려간다.
소요: 떠들썩함

공 씨, 기도를 끝마치고, 개로 다시 나간다. 무슨 생각을 했는지, 발을 뚝 멈춘다. 돌연 전신에 설움이 복받치나 보다. 휘청휘청 마당으로 들어오더니, 마루 기둥에 얼굴을 묻고, 조용히 오열한다. 깜깜한 부엌에 공 씨 혼자 우두커니 앉아서 멀거 — 니 바다를 내다보고 있다. 마이크를 통해 흘러오는 소리.
배를 타지 않겠다는 천명을 억지로 보내고 난 뒤에 설움을 느끼는 공 씨

낭독: 나는 이 서글픈 이야기를 그만 쓰기로 하겠다. 「그 후 이 배는 동아를 만재(滿載)하고 돌아오다, 10월 하순의 모진 노대를 만나 파선하였다 한다. 해주 수상 경찰서의 호출장을 받고, 공주학과 낙경이 달려가 천명의 시체는 찾어왔다 한다. 그는 부서진 널쪽에다 허리띠로 몸을 묶고 해주 항내까지 흘러갔던 모양이다. 노틀 할아범 외 여러 동사들은 모두 행방불명이었다고 한다.」
나: 천명의 보통학교 6학년 담임 교사. 천명의 죽음을 알려 주는 인물로 식민지 지식인
낭독: 결말을 압축적으로 전달하는 방식. 소설의 서술과 유사함. 비극적 결말을 통해 비장미를 조성함
만재: 배에 고기가 가득함
파선: 풍파를 만나거나 암초 따위의 장애물에 부딪쳐 배가 파괴됨
천명의 비극적 운명
동사: 같은 종류의 일을 하는 사람들
「 」: 사건에 대해 들은 내용을 요약적으로 전달함

「내가 작년 여름 경성이 너무도 우울하여 수영복 한 벌과 책 몇 권을 싸들고 스물한 살의 내 꿈과 정열과 감상이 흩어져 있는 이 섬을 찾았을 때, 도민들은 여전히 고기를 잡으러 나갔고 동리에는 부녀자와 노인들만 있었다. 천명의 집을 찾아가니, 공 씨는 얼빠진 사람같이 부엌에서 멀거 — 니 바다만 내다보고 있었다. 나를 보더니 달려와 손을 꼭 붙들고 "선생님, 그렇게 나가기 싫다는 놈을, 그렇게 나가기 싫다는 놈을……." 할 뿐, 말끝을 잇지 못하고 울기만 하였다.」
막내아들 천명마저 바다에서 죽은 것에 대한 충격
천명을 강제로 바다에 내보낸 것에 대한 자책감
「 」: 천명의 죽음 이후의 무의도 상황과 천명의 집 분위기를 전달함

천명은 그가 6학년 때 내가 가르치던 아이였다.
천명과 낭독자의 관계(사제지간)를 밝힘으로써 안타까움과 여운을 전달함

▶ 가족의 강권으로 고기잡이배를 타고 나간 천명의 비극적 죽음

**감상 포인트**

희곡의 장르적 특징과 관련하여 극적 형상화 방식을 파악한다.

• '장화'의 의미

| 장화 |
|---|
| • 뱃사람인 공주학이 신던 헌 고무장화<br>• 배를 타러 떠나는 천명에게 외삼촌인 공주학이 건네주는 것 |

↓

• 바다에 나가는 천명을 챙겨 주는 공주학의 따뜻한 마음이 드러남
• 천명이 뱃사람이 되었음을 상징함

• '낭독'을 통한 결말의 처리

| 낭독 |
|---|
| • '나'의 독백 형식을 통해 결말을 압축적으로 제시함<br>• '나'는 소설의 1인칭 관찰자와 같은 역할을 함<br>• 바다에서의 처참한 죽음을 무대 위에서 보여 주지 않고 에필로그(후일담) 형식으로 처리함 |

\+

| 내용 |
|---|
| • 천명이 탄 배가 동아를 가득 잡았으나 돌아오는 길에 바다의 사나운 물결로 파선되었음<br>• 그 배를 탄 천명과 노틀 할아범 외 여러 동사들이 죽거나 행방불명 상태임<br>• '나'가 본 천명이 죽은 후의 무의도 상황과 공 씨의 자책감과 회한을 전달함 |

↓

누구보다 총명한 제자였던 천명의 죽음에 대한 '나'의 안타까움을 관객도 공감하게 하는 효과를 지님

## 핵심 포인트 1 작품의 내용 파악

이 작품 속 갈등이나 소재 등에 드러난 인물의 심리와 태도를 중심으로 작품의 내용을 파악하도록 한다.

**소재에 드러난 인물의 심리와 태도**

| | |
|---|---|
| 보퉁이 | • 자신을 배에 태우려 하는 가족들 몰래 섬을 떠나려 하는 천명의 의도를 드러냄 → 뱃사람이라는 자신의 운명에서 벗어나려는 천명의 의지를 상징함<br>• 새우젓을 판 돈으로 천명이 항구에서 먹은 밥값을 치른 공주학의 아내에게 기어코 천명을 바다로 내보겠다는 오기를 불러일으킴 |
| 장화 | • 뱃사람인 천명의 외삼촌 공주학이 신던 헌 고무장화로, 천명이 뱃사람이 되었음을 의미함<br>• 바다에 나가는 천명을 챙겨 주는 공주학의 따뜻한 마음이 담김<br>• 뱃사람이라는 운명에 순응하게 된 천명의 처지를 상징함 |
| 물(정화수) | 천명을 위한 축수에 쓰인 것으로, 천명이 무사하게 돌아오기를 바라는 천명의 어머니 공 씨의 간절한 마음을 상징함 |

## 핵심 포인트 2 극적 형상화 방식의 이해

희곡은 무대에서의 상연을 전제로 하고 있으므로 배우의 연기나 조명 처리, 무대 장치, 소품 사용 등 극적 형상화 방식을 파악하며 감상해야 한다. 특히 이 작품은 결말 부분을 '낭독'으로 처리하고 있으므로 그 효과를 파악하도록 한다.

**대사 및 결말 처리 방식**

| | |
|---|---|
| 대사 | 대사에 활용된 방언과 '동아(새우), 낙배, 중선' 등의 어휘를 통해 어촌의 치열한 삶을 사실적으로 그려 냄 |
| '낭독'에 의한 결말 처리 방식 | • '나'의 독백 형식을 통해 결말을 압축적으로 제시함<br>• 바다에서의 처참한 죽음을 무대 위에서 보여 주지 않고 에필로그(후일담) 형식으로 처리함<br>⇒ 천명이 배를 탄 이후의 비극적 사건과 인물의 회한을 요약적으로 전달하며 관객들의 공감을 이끌어 내고 관객들이 결말의 의미를 되새길 수 있도록 함 |

## 핵심 포인트 3 배경의 의미와 기능 파악

이 작품의 주인공인 '천명'은 자신을 바다로 내보내려는 가족과 갈등을 빚는다. 따라서 인물 사이의 갈등 과정에서 시간적 · 공간적 배경이 어떤 의미를 지니는지 작품의 주제 의식과 연관하여 파악하도록 한다.

**시간적 · 공간적 배경의 상징적 의미**

| | | |
|---|---|---|
| 시간적 배경 | 10월 | 섬사람들이 가장 기피하는 황량한 겨울에 접어드는 때 → 당대 어민들의 가혹한 현실을 상징함 |
| 공간적 배경 | 바다 | • 생업을 위한 공간 → 낙경과 공 씨의 입장에서 생계를 유지하고, 팔려 간 딸을 데려올 수 있는 돈을 마련할 수 있는 공간<br>• 천명의 입장에서 두 형의 죽음으로 인해 두려움을 불러일으키는 재난의 공간 → 천명과 주변 인물 간의 갈등이 천명의 죽음이라는 비극으로 마무리되는 잔혹한 죽음의 공간<br>• 인간의 힘으로 극복할 수 없는 거대한 힘(운명)의 공간<br>• 천명이 자신의 의지와 상관없이 내몰린 공간 → 자신의 운명에서 벗어날 수 없는 공간<br>• 일제 강점기 가난한 어민의 비극적 운명을 드러내는 공간 |
| | 떼무리(무의도) | • 일제 강점기 가난한 어민의 비극적 현실이 드러나는 공간 → 가난으로 인해 딸을 팔고, 세 아들을 바다로 내모는 곳<br>• 천명과 주변 인물 간의 갈등이 심화되는 공간 |

### 작품 한눈에

• 해제

〈무의도 기행〉은 일제 강점기의 가난한 어민의 현실을 비극적으로 형상화한 희곡이다. 바다로 나간 두 형을 잃은 천명은 배를 타기를 원하지 않지만 외삼촌 부부와 부모의 끈질긴 설득에 못 이겨 결국에는 배를 탔다가 죽음을 맞이하게 된다. '천명(天命)'은 하늘이 정한 운명이라는 뜻을 지니는데, 그 이름처럼 천명은 자신의 운명을 거역하지 못함으로써 운명(자연)과 현실 앞에 패배할 수밖에 없는 인간의 한계를 드러낸다.

• 제목 〈무의도 기행〉의 의미

– 무의도라는 섬을 배경으로 한 비극적 현실

'기행'이란 '여행하는 동안에 보고, 듣고, 느끼고, 겪은 것을 적은 것'을 뜻하는 말이다. 제목처럼 이 작품은 무의도라는 가난한 섬마을을 배경으로 일제 강점기 어부들의 빈곤한 삶의 모습을 한 보통학교 교사의 눈으로 전달하고 있다.

• 주제

일제 강점기 어민들의 비참한 현실과 천명의 비극적인 삶

**전체 줄거리**

한의사인 구 주부는 천명을 딸 희녀와 혼인시키고자 하고, 천명의 어머니인 공 씨는 집안의 생계를 책임지고 있는 동생 공주학이 아들 천명을 배에 태운다고 할까 봐 노심초사한다. 어부 일을 지독히 싫어한 천명은 외삼촌 공주학이 상점에 취직시켜 주었으나 그만둔 후 막일을 하며 지낸 일을 들키는 바람에 섬으로 돌아오게 된다. 공주학은 내일 고기잡이를 마지막으로 새 배를 사겠다는 계획과 천명을 선장으로 만들겠다는 말을 하고, 이를 들은 천명의 아버지 낙경은 공주학의 제안을 따르기로 한다. 아들 둘을 바다에서 잃고, 배를 살 밑천이 필요하다는 공주학의 요구에 딸을 외국에 팔아넘긴 공 씨는 하나 남은 아들 천명마저 배를 태워야 하자 절규하지만 선장을 만들려 한다는 공주학의 말에 솔깃한다. 얼마 후 구 주부는 공 씨에게 공주학의 배가 너무 낡아 위험하므로 천명을 배에 태워서는 안 된다는 말을 하고, 공주학은 공 씨가 사실을 묻자 더 이상 공 씨 일가의 생계를 책임지지 않겠다고 선언한다. 천명은 배 타기를 거부하지만 부모의 압박에 모든 것을 포기하고 결국 배에 오르고, 만선을 이뤄 돌아오던 중 풍랑을 만나 목숨을 잃게 된다. 천명의 선생님이었던 '나'는 아들을 억지로 바다로 내보낸 일을 후회하는 공 씨의 모습을 회상한다.

극·수필 02

◇ 한 줄 평 해방 직후 돈을 위해 수단과 방법을 가리지 않는 기회주의적 인물을 풍자한 작품

# 살아 있는 이중생 각하 오영진

▸ 기출 수록 수능 2001

## 장면 포인트 1

- 이 작품은 해방 직후 혼란한 사회상을 틈타 부를 축적하는 기회주의적인 인물을 풍자하고 있는 희곡이다.
- 해당 장면은 특별 보석으로 풀려나온 이중생이 최 변호사와 국가에 재산을 몰수당할 위기에서 벗어날 수 있는 방법을 모의하고, 자신이 처한 현재 상황을 알리려 가족회의를 하는 부분이다.
- 인물 간의 대사에 주목하여 인물 유형과 인물 사이의 갈등 관계가 어떻게 드러나는지 파악하도록 한다.

[앞부분의 줄거리] 이중생은 일제 강점기에 외아들(하식)을 솔선하여 징용에 보낸 전형적인 친일파이다. 그는 광복 직후 사회적 혼란을 틈타 국유림을 차지하기 위해 무허가 산림 회사를 차리고 불법적으로 구입하려다가 발각되어 체포 수감된다. 한 달 후 이중생은 재산 정리를 명목으로 하여 특별 보석으로 풀려나온다.
(중심인물인 이중생의 인물됨 ①) (중심인물인 이중생의 인물됨 ②)

이중생: 에에또, 「이 뭉치가 죄다 대지와 가옥 등기구, 이게 공장, 이것들은 아직 되지도 않은 건국 제지와 한국 제재 주권이니 어서 치워 버리는 게구…… 이게 반도 임업이니 쓸데없구……」 여기 있군, 대지니 가옥 등기두 명의 변경을 촌수 있는 대루 바삐 옮겨야 헐 게 아뇨.
(「 」: 이중생이 부정하게 축적한 재산들) (자신의 재산을 국가에 빼앗기지 않으려는 의도가 담긴 말)

최 변호사: 물론 그렇습죠. 왜 그자들헌테 영감 재산에 손꼬락 하나 다치게 한단 말씀입니까, 어디 가만 계십쇼. 채근채근 좀 바쳐야 할 공금 총액이 육억 이천만 환에 이에 해당하는 세금과 연체 이자라…….
(재산을 빼돌리려는 이중생의 의도에 동의하는 말) (이중생이 국가에 내야 할 세금이 많음을 알 수 있음 – 재산을 빼돌리려는 이유에 해당함)

옥순과 용석 아범, 삐이루와 안주상을 방 안에 들이고 다시 퇴장. 하연은 임표운과 툇마루에 가지런히 걸터앉았다.
('맥주'를 의미하는 일본식 발음) (이중생의 비서)

하연: 싱크러운 일루 임 선생만 고단하시죠? 자기 일두 아닌 걸 가지구.
(이중생을 보석으로 빼내 오는 일을 가리킴)

임표운: 온 천만에요, 사장 영감 일이니 당연히 제가 해야 할 일이죠.
(이중생)

하연: 도와드릴 사람두 없는 걸 가지고 애만 쓰셔서, 근데 아버지가 어떻게 이렇게 쉽사리 나오셨어요? / 임표운: 놓아 보낸 게 아니죠.
(유치장에 갇혔던 이중생이 쉽게 나온 것에 대한 의문) (재산 정리 명목으로 가석방된 것임)

하연: 그럼요? / 임표운: 아가씨 놀라지 마십쇼. / 하연: …….

임표운: 사장께선…… 사장뿐 아니라 댁 전체의 문제지만 큰 곤경에 빠졌답니다.
(국가에 재산을 몰수당하는 상황을 가리킴)

하연: 네에?……. / 임표운: 아버님 명의루 있는 재산은 아마…….
(놀람)

이중생: (온돌방으로 나오며) 에— 또 그럼 최 선생, 잠깐 실례합니다. 이리들 올라오너라. 여보, 마누라도 와 앉어. 하주두…… 임 군. / 임표운: 네.
(자신의 신상과 관련하여 가족회의를 하려는 이중생)

이중생: 하연이두 게 있느냐? / 임표운: (하연에게) 아버님이 말씀하실 모양입니다.

일동 온돌방으로 들어가 반달형으로 둘러앉는다.

이중생 좌중을 훑어보고 내려다보고 하더니 침통한 어조로 말을 꺼낸다.

이중생: 「이런 소문 저런 소문으로 대강 짐작이 갈 줄 안다마는 이번 일이야말루 이씨
(「 」: 이중생이 가족회의를 소집한 이유 – 곤경에 빠진 이씨 가문 문제를 논의하기 위함)

### 작품 분석 노트

- '이중생'의 상황 및 행동

| 상황 | 불법 행위로 수감되어 있다가 재산 정리를 명목으로 하여 특별 보석으로 풀려나온 처지 |
|---|---|
| 행동 | 국가에 재산을 몰수당할 위기에 처하자 재산을 빼돌릴 계획을 세우고 있음 |

↓

불법으로 축적한 자신의 재산을 지키기 위해 계략을 꾸미는 부정적인 인물 → 비판과 풍자의 대상

- '최 변호사'의 인물됨 ①

| 최 변호사 | • 이중생의 고문 변호사<br>• 재산을 빼돌리려는 이중생의 계략을 이해하고 이에 적극 동조하는 인물 |
|---|---|

↓

윤리 의식이 결여된 부정적인 인물 → 비판의 대상

가문의 부침에 관한 큰 문제이다.」 그런 줄이나 알구 들어. 그러구 난 아직 자유로
세력 따위가 성하고 쇠함을 비유적으로 이르는 말 재산 정리를 명목으로 하여 특별 보석으로 풀려나온 상태이기 때문임

운 몸이 아니니 이번에는 그야말루 일 년 걸릴지 십 년 걸릴지 또 모르는 일이야.
수감 생활을 몇 년이나 해야 할지 알 수 없는 이중생의 상황

우 씨: 네? / 하주: 자유로운 몸이 아니시다뇨?
이중생이 자유로운 몸이 아니라는 말을 듣고 놀람

이중생: 내가 집으루 가야 모든 걸 정리할 수 있다는 핑계로 특별 단기 보석으루 나
자신의 재산 정리를 가리킴 이중생이 자유로운 몸이 아니라고 말한 이유

왔으니 오래 지연할 수가 있겠니, 내 한 몸 고생살이허는 게야 머 대수롭겠느냐마
무슨 일을 더디게 끌어 시간을 늦춤 사기, 배임, 횡령, 탈세 등의 혐의로 감옥 생활을 하는 것

는 자칫하면 내 재산꺼정…… 알어듣겠니? 할아버지 때부텀 물려받은 이 재산이
자신이 모은 재산뿐만 아니라 물려받은 재산까지 없어질 상황에 처해 있음

하룻밤에 녹아나는 판국이란 말이야. 졸지에 우리 집안이 거지가 되구 만단 말이야.

우 씨: 세상에 그런 법이 어딨수?
현실에 대해 무지하며 윤리의식이 결여됨

이중생: 가만 듣구만 있어, 에에또 오 · 이 · 씨 융자를 얻느라구 이용한 반도 임업이

니 제재 회사는 애당초 내 것이 아니고 그야 대부분이 나라의 귀속이니 헐 수 없다
국유지에 무허가로 임업 회사와 제재 회사를 설립했기 때문 – 이중생의 불법 행위로 인한 재산은 국가에 귀속되는 것임

하지만서두 할아버지께서 받은 재산이라두 죽음으로 지켜야 할 게 아니냐 말이다,
재물을 최고 가치로 여기는 이중생의 모습을 엿볼 수 있음

응. 할아버지께서 어떻게 모우신 거냐 말이다.

우 씨: (임에게) 그럼요, 왜 이유 없이 자기 재산을 다 바칩니까?
우매함을 엿볼 수 있음
▶ 국가에 재산을 몰수당할 상황에 처한 이중생

하연: 언닌 그럼 아버지가 이유 없이 달포나 그 챙피한 유치장 신셀 졌다구 생각하
한 달이 조금 넘는 기간

우? 난 까닭없이 인천서 쫓겨 오구?
아버지의 불법 행위를 인정하는 말 – 아버지에 대한 부정적 태도가 드러남

하주: 그럼 까닭이 있어서 아버님을 데려갔더란 말이냐?

> **감상 포인트**
> 인물의 대사를 통해 인물의 유형과 갈등 관계를 파악한다.

하연: 「그럼 반도 임업이니 건국 제재는 왜 갖다 바쳐요? 일편 오빠꺼정 갖다주고 얻
아버지를 비꼬는 말투 – 이중생의 위선을 폭로하는 말

은 걸 어데까지라두 싸우시지.」
「 」: 이중생이 물질적 욕망에 사로잡혀 일제 강점기에 자식인 하식을 전쟁터에 보낸 일을 가리킴

이중생: 하연아, 넌 애비를 힐책하는 게냐? 어디 불만이 있으면 말하렴.
잘못된 점을 따져 나무람

하연: 밖에선 아버질 뭐라고 말하는지 아셔요?
이중생에 대한 평판이 좋지 않음

이중생: 그래 뭐라더냐…… 왜 말 안 해. / 최 변호사는 옆방에서 슬며시 엿본다.

하연: 아버지 너무 하셨지뭐유.
이중생의 행동이 잘못되었다는 의미

이중생: 입 닥쳐, 요망한 년 같으니라구. 딸년에게 낱낱이 고해바치지 않었다구 오늘
비속어를 사용하여 하연을 나무라는 말 – 하연과의 갈등이 부각됨

와서는 애비에게 항역이냐? 이십 년이나 키워 낸 갚음이 이래야만 헌단 말이냐, 요년.
맞서 거역함 자기를 비난하는 하연에 대한 못마땅함이 담긴 말

「우 씨: 이 계집애야 잘했건 못했건 네 아버지 아니냐. 부모의 은혤 모르는 건 짐생만

두 못해, 응. 은혜를 은혜루 생각잖구 되려 부모 앞에서 발악을 해?

하주: 아버지 앞에서 그 말버르장머리가 뭐냐? 넌 성도 없고 부모도 없어?」
「 」: 하연을 나무라는 말. 우 씨와 하주 역시 이중생 편을 드는 부정적 인물들임을 알 수 있음

하연: 언닌 왜 한술 더 떠 야단이유. / 하주: 뭣이 어쩌구 어째, 그래 네가 잘했어?

임표운: (하연에게) 아가씨 그만허세요, 아가씨…….

하연: 어머니! 갚음을 바라고 기르셨거든 좋을대루 하셔요……. 오빠처럼 전쟁판에

못 내보내시겠거든 랜돌프놈에게 팔아 자시든지…….
비꼬는 말투를 사용하여 부모의 위선을 폭로하고 있음

이중생: 에끼, 여우 같은 년. 나가! 썩 못 나가! (후려갈길 듯이 벌벌 뛴다.)
이중생과 하연과의 갈등이 심화되고 있음

하주: 아버지 고정하셔요, 네. 하연아, 어서 잘못했다구 빌어, 어서 빌어.

하연: 언닌 내가 아버지 노염을 풀어도 괜찮수? 그렇지도 않을걸 뭐.
▶ 이중생과 이중생을 비난하는 하연의 갈등

• '이중생'이 가족회의를 소집한 이유

| 이중생이 가족회의에서 한 말 |
|---|
| • 자신이 특별 단기 보석으로 나온 사실을 알림<br>• 자신이 모은 재산뿐만 아니라 물려받은 재산까지 없어질 상황에 처해 있음<br>• 할아버지께서 받은 재산은 죽음으로 지켜야 함 |

↓

국가에 재산이 몰수될 중대한 사안에 처해 있기 때문에 가족회의를 소집한 것임

• '하연'의 역할

| 하연 | • 아버지가 불법 행위를 저질러 유치장 신세를 진 것이라 여김<br>• 아버지가 반도 임업과 건국 제재를 얻기 위해 오빠를 전쟁터에 내보낸 것은 잘못된 행동이었다고 생각함<br>• 아버지에 대한 사람들의 평판이 좋지 않다고 말함 |
|---|---|

↓

이중생의 부정적인 면모를 비판하는 역할을 함

• '이중생'과 '하연'의 갈등

이 장면에서 하연이 아버지의 잘못과 평판을 지적하자, 이중생은 비속어를 사용하며 하연을 나무라고 있다. 그리고 부모의 은혜를 생각하라는 말에 하연은 자신을 랜돌프놈에게 팔라 말하고, 이에 이중생은 비속어를 써 가면서 하연을 내쫓으려 하고 있다. 이렇게 볼 때, 이 장면에서는 하연과 이중생의 외적 갈등이 점점 심화되고 있음을 알 수 있다.

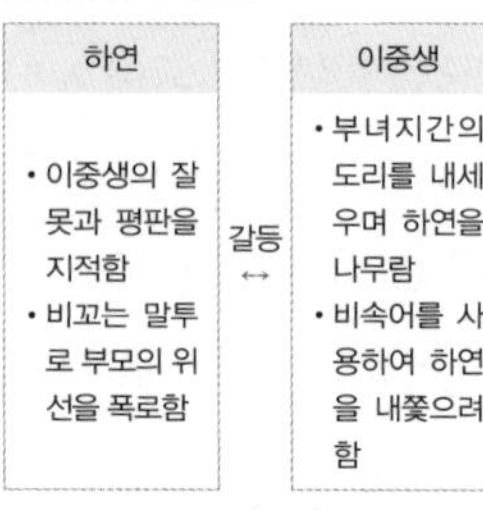

| 하연 | | 이중생 |
|---|---|---|
| • 이중생의 잘못과 평판을 지적함<br>• 비꼬는 말투로 부모의 위선을 폭로함 | 갈등 ↔ | • 부녀지간의 도리를 내세우며 하연을 나무람<br>• 비속어를 사용하여 하연을 내쫓으려 함 |

↓

갈등 심화

주목

- 해당 장면은 재산을 헌납한 송달지로 인해 재산을 모두 잃은 이중생이 최 변호사와 갈등을 일으키고, 살아 돌아온 하식에게 자신의 처지를 하소연하는 부분이다.
- 재산을 잃은 이중생의 심리와 태도를 파악하고, 이 과정에서 인물 간의 갈등이 어떻게 드러나는지 이해하도록 한다. 아울러 이 장면을 중심으로 제목이 지닌 상징적 의미를 파악하도록 한다.

[앞부분의 줄거리] 이중생은 국가에 재산을 몰수당하지 않기 위해 사위 송달지에게 재산을 상속하기로 하고 죽음을 위장한다.

주목 최 변호사: 영감, 그만두십쇼. 또 좋은 방법이 서겠죠. 철머리가 없어서 그렇게 된걸.
송달지가 재산을 헌납한 것을 되찾아 올 수 있는 방법 / 송달지의 행위를 비난하는 말

「이중생: (최에게) 뭣이 어쩌구 어째? 그래, 자넨 철머리가 있어서 일껀 맹글어 논게 이 모양인가? / 최 변호사: 고정하십쇼. 저보구꺼정 왜 야단이슈.
「 」: 자신들의 계획이 잘못된 것에 대한 이중생과 최 변호사의 갈등이 드러남
재산을 지키려던 계획이 물거품이 된 상황에 대해 나무라는 말

이중생: 자네가 뭘 잘했길래 왜 나더러 죽으라고 해, 응. (면도칼을 휘두르며) 여보, 최 변호사. 내가 뭘 잘못했길래 이걸로 목 따는 시늉까지 하구 나흘 닷새를 두고 이 고생, 이 망신을 시키는 거냐아! 유서는 왜 쓰라구 했어! 내 재산을 몰수하는 증거가 되라고! 고문 변호사라구 믿어 온 보람이 이래야만 옳단 말이야. 이 일을 다 망쳐 버린게 누구 탓이야, 응? 유서는, 저 사람에게 책잡힐 유서는 왜 쓰랬어! 왜 내 입으로 발명 한마디 못 하게 죽여 놨냐 말이야, 나를 왜 죽여! 이 이중생을…….
최 변호사와 위장 자살을 모의한 일을 가리킴 / 최 변호사에 대한 원망과 분노 표출 / 죽음을 위장하기 위해 고생한 일을 가리킴 / 모든 재산을 사위인 송달지에게 상속한다는 내용 – 이 유서로 송달지는 이중생의 재산을 헌납하게 됨 / 자승자박(自繩自縛) / 김 의원을 가리킴 / 죄나 잘못이 없음을 밝히는 말 / 대서나 필사를 직업으로 하는 사람

최 변호사: 영감, 왜 노망이슈. 누가 당신 서사구 머슴인 줄 아슈. 누구에게 욕설이구 누구에게 패담이야!
사리에 어긋나게 하는 말 / 자신에게 험담을 하는 이중생에 대한 반감을 직접적으로 드러냄 / 정도에 넘침. 또는 분수에 맞지 아니함

이중생: 예끼 적반하장두 유만부동이지. 배라먹을 놈 같으니라구! 은혜도 정리두 몰라 보구 살구도 죽은 송장을 맨들어 말 한마디 못 하구 송두리째 재산을 빼앗기게 해야 옳단 말인가!
잘못한 사람이 아무 잘못도 없는 사람을 나무람을 이르는 말 / 인정과 도리

최 변호사: 헛헛…… 영감 말씀 좀 삼가시죠. 영감 가정일은 가정일이구, 내게 내줄 것이나 깨끗이 셈을 하십쇼. 영감 사위께 내 수수료를 청구하리까?
자신의 이익만을 추구하는 최 변호사의 이기적인 면모를 엿볼 수 있음

임표운: 최 선생, 오늘은 어서 그냥 돌아가세요.

최 변호사: 왜? 나만 못난이 노릇을 허란 말인가? 영감이 환장을 해두 분수가 있지, 내게다 욕지거리라니 당찮은 짓 아닌가 말일세, 임 군!
계획이 틀어진 것에 대해 자신만을 탓하는 이중생을 비난함

이중생: (벌벌 떨며) 에끼 사기꾼 같으니라구, 아직두!

최 변호사: 사기꾼? 영감은 무엇이구, 응, 영감은 뭐야!」
자신과 함께 일을 꾸민 이중생도 사기꾼이라는 의미 ▶ 자신들의 계획이 틀어진 것에 대한 이중생과 최 변호사의 갈등

독경 소리 처량히 들려온다. 일동 무거운 침묵과 긴장한 공기 가운데 싸였다. 용석 아범 룩색을 손에 들고 총총히 등장.
이중생을 추도하는 소리로, 무거운 분위기를 심화함 / 서로 눈치만 보는 상황 / 등산이나 하이킹 따위를 할 때 필요한 물건을 넣어 등에 지는 등산용 배낭

용석 아범: 영감 마님! 도련님이 돌아오십니다, 도련님이. 이런 경사로울데가 어딨습니까. 어서 좀 나가 보십쇼. (달지, 방에서 뛰쳐 내려와 하수에서 등장하는 하연과 하식과 만난다.) / 송달지: 오! 하식이! / 하식: 형님…… 아버지.
하식이 돌아옴 – 새로운 인물의 등장 / 이중생이 처한 상황을 모름 / 무대 하수를 일컬음. 관객을 향하고 있는 배우의 입장에서 본 무대 중심의 왼쪽 구역

## 작품 분석 노트

- '이중생'과 '최 변호사'의 갈등

| 상황 | 이중생이 죽은 척 위장하며 송달지에게 재산을 상속했지만, 송달지가 이 재산을 무료 병원 건립을 위해 헌납함 |
|---|---|

↓

| 이중생 | 갈등 ↔ | 최 변호사 |
|---|---|---|
| • 죽음을 위장하며 재산을 지키려고 했던 계획이 틀어진 것에 대해 최 변호사에게 책임을 따져 물음<br>• 끝까지 자신의 재산을 지키려 함 | | • 자신에게 책임을 묻는 이중생에게 반발하며 이중생을 '영감'이라고 부르고 반말을 함<br>• '수수료 청구'로 자신의 이익을 지키려 함 |

- '유서'의 역할

| 유서 | 이중생의 재산을 사위인 송달지에게 상속한다는 내용을 담고 있음 |
|---|---|

↓

송달지는 유서 내용에 기인하여 상속받은 재산을 무료 병원을 건립하는 데 헌납함

↓

- 이중생이 재산을 잃게 만드는 데 절대적으로 기여함
- 송달지가 양심을 지킴으로써 죽음을 위장하여 재산을 지키려 했던 이중생의 계획이 좌절됨

- '최 변호사'의 인물됨 ②

| 최 변호사 | 재산을 잃은 이중생과 다툰 뒤 자신이 일한 비용을 이중생에게 청구함 |
|---|---|

↓

자신의 이익만을 추구하는 이기적인 모습을 드러냄

임표운: 하식 씨. / 하식: 임 선생.

최 변호사: 영감, 내일 사무원 해서 청구서를 보내 드릴테니 잘 생각허슈. 괜히 그러시단 서루 좋지 않지! 살구두 죽은 척하는 죄는…… 헛 헛 참, 이거 무슨 죄에 해당하누? 형법인가 민법인가! (퇴장)

사무원을 시켜서

자살로 죽음을 위장한 이중생의 죄를 폭로하겠다는 협박

이중생: 하식아! / 하식: (비로소 아버지의 의상을 보고) 아버지, 이게 웬일이십니까?

죽은 척하기 위해 입고 있는 수의를 가리킴

이중생: 하식아, 네가 살아왔구나. 네가……. (상수로부터 우 씨, 하주, 옥순 등장.)

무대 상수를 일컬음. 관객을 향하고 있는 배우의 입장에서 본 무대 중심의 오른쪽 구역

우 씨: 에그 네가 웬일이냐. (운다.) / 하주: 하식아! / 하식: 어머니! 누나 잘 있었수?

하식이 전쟁터에서 살아 돌아온 것에 대한 반가움

우 씨: 에그…… 네가 살아 돌아올 줄이야…….

하주: 얼마나 고생했니? 자, 어서 들어가자……. 아버진 나와 계셔두 괜찮수?

죽은 사람으로 위장한 이중생이 사람들에게 들킬 것을 우려함

이중생: 다 틀렸다, 틀렸어! 네 남편 놈 때문에 다 뺏기구 말았어. 네 남편 놈이 내 돈으로 종합 병원 세우고 싶다구 했어. / 하주: 네?

송달지를 가리킴

송달지가 이중생이 상속한 재산을 사용한 용도를 알 수 있음

「이중생: 하식아, 최가 놈의 말을 들었지. 내가 죽어서라두 집 재산이나마 보전하려던게 아니냐. 그런 걸 예끼, (달지에게) 내가 글쎄 자네에게 뭐랬던가, 응? 난 무료 병원 세울 줄 몰라 자네 내세웠나? 자네만 못해 죽은 형지꺼정 하는 줄 아나? 하식아, 글쎄 그놈들이 나를 아주 모리꾼, 사기횡령으로 몰아내는구나. 그러니, 죽은 형지라두 해야만 집 한 칸이라두 건져 낼 줄 알았구나. 왜 푼푼이 모아 대대로 물려 오던 재산을 그놈들에게 털커덕 내주냐 말이다. 왜 뺏기느냐 말이다. 그래 갖은 궁리를 다했다는 게 이 꼴이 됐구나. 에이 갈아 먹어두 션치 않은 놈! 최 변호사 그놈두 그저 한몫 볼 생각이었지. 하식아, 인제 집엔 돈두 없구 아무것두 없는 벌거숭이다. 내겐 소송할 데두 없구 말 한마디 헐 수도 없게 됐구나. (흐느낀다.) 네 매부 놈이, 매부 놈이 다 후려 먹었다. 저놈들이 우리 살림을 뒤집어엎었어! 하식아.」

최 변호사 / 이중생이 죽음을 위장한 이유에 해당함

'죽은 척하는 행동'을 의미함

김 의원을 비롯한 관청 사람들 / 이중생이 수감된 죄명

전 재산을 송달지에게 남기는 유서를 쓰고 위장 자살함

경제적인 파산 상태

① 죽은 사람이 되어 버린 자신의 처지 ② 재산을 다 잃고 아무것도 남지 않은 처지

「 」: 자신의 현재 상황을 하식에게 하소연하는 이중생 - 혼란스러운 내면 심리를 엿볼 수 있음

하식: 아버지! / 이중생: 오냐, 하식아.

하식: 제가 하식인 걸 아시겠습니까. 제 이야긴 왜 하나도 묻지 않으십니까?

자신의 안부를 묻지 않는 것에 대한 야속한 마음이 담겨 있음

이중생: 오 참! 그래 얼마나 고생했니?

하식:「일본 놈에게 끌려가 죽을 고생을 하다가 그것두 모자라 우리나라가 독립된 줄도 모르고 화태에서 십 년이나 고역을 치르고 돌아온 하식이올시다. 화태에서는 아직두 아버지 같은 사람이 떠밀다시피 보낸 젊은이와 북한에서 잡혀 온 수많은 동포가 무지막도한 소련 놈 밑에서 강제 노동을 허구 있어요.」

이중생의 친일 행각 때문에 학도 지원병으로 일본 군대에 끌려가 고생을 함

사할린

광복 이후에도 고국으로 돌아오지 못하고 강제 노동에 시달리는 사람들의 비참한 상황을 드러냄

「 」: 자신의 경험을 요약적으로 말하는 하식 - 이중생에 대한 원망이 담겨 있음

하주: (달지에게) 여보, 당신은 뭣이 잘났다구 챙견했수.

송달지에 대한 책망

송달지: 누가 하겠다는 걸 시켜 놓구 이래? 이런 탈바가지를 억지로 씌워 논 건 누군데? (상복을 벗어 내동댕이친다.) / 하주: 누가 당신더러 무료 병원 이야기하랬소?

장인의 재산 관리인

송달지: 하면 어때? 난 의견두 없구 생각두 없는 천치 짐승이란 말야? 난 제 이름 가지구 살 줄 모르는 인간이구? 왜 사람을 가지구 볶는 거야.

자신을 이용할 뿐 자신의 생각을 존중하지 않는 이중생과 하주에 대해 반발 의지를 강력하게 표명함

주관, 정체성

▶ 살아 돌아온 하식에게 하소연하는 이중생

• 이 작품에 반영된 시대상

이 작품은 시사성이 강한 사회 풍자극으로 이 작품이 창작된 1949년의 시대상을 반영하고 있다. 1949년은 해방 직후로 이 작품은 일본에 붙어 권세를 누리다가 해방 후에 또 다른 세력에 붙어 건재한 이중생을 내세워 당시의 친일 경제 사범의 모습을 그리고 있다. 또한 작가는 일제에 의해 군에 끌려갔다가 돌아온 이중생의 아들 하식을 통해 이중생으로 대표되는 기존 세력에 대해 비판을 가하고 있다. 여기서 드러나는 이중생과 하식의 갈등은 부자간의 갈등이기도 하지만, 당시의 사회가 겪고 있던 구세대와 신세대의 갈등, 혹은 권력에 붙어 자신의 영달을 추구하는 자들과 사회를 바꿔 보고자 하는 자들 간의 갈등을 대변하기도 한다.

| 이중생 | | 하식 |
|---|---|---|
| 개인의 부귀와 영달만 추구함 | 갈등 ↔ | 국가와 민족의 앞날을 우려함 |

• '송달지'의 성격 변화

송달지는 이전에는 말도 당당하게 못하고, 주변 사람의 뜻대로 따르는 인물이었으나 장인이 자신을 원망하는 처사에 분노하며 자신의 의사를 분명하게 표시하는 등 적극적인 인물로 변모한다.

| 송달지 |
|---|
| 자신을 원망하는 처사에 분노하며 자신의 의사를 분명하게 표시함 |

↓

성격이 변화하는 입체적 인물

(중략)

이중생: 하식아. / 하식: ……네?

이중생: 나는 어쩌란 말이냐. 네 애빈 그럼 어떻게 하면 좋단 말이냐?
자신의 처지에 대한 이중생의 절망감

하식: …… 아버지, 어서 그 구차스러운 수의를 벗으십쇼, 창피하지 않아요?
개인의 부귀와 영달을 추구하는 물질적인 욕망에서 벗어나라고 말하며 이중생을 비판함

하식 퇴장. 무대에서는 이중생 혼자 넋 잃은 사람처럼 서 있다. 독경 소리 커진다.「후원에서는 "아범, 아범! 아까부텀 술상 봐 오라는데 뭣 하구 있어!" 하는 중건의 소리와 지껄이는 조객의 소리.」박 씨, 혼자 중얼거리며 하수로부터 등장.
이중생의 비참한 모습을 부각함
「 」: 이중생의 초상이 치러지는 상황
조객: 조문하러 온 사람

박 씨: 내가 뭐라구 했수.「형님은 참 유복두 허시지, 자기 아버지 장사 전에 생사조차 모르던 아드님이 돌아오셨다니 천우신조로 하느님이 인도하였지.」귀, 귀신, 귀신이야! (온 길로 달아난다. 이중생, 다시 나와 사방을 살피고 방 안에 떨어져 있는 면도칼을 무심코 들여다본다.)
형님: 이중생의 아내 우 씨를 가리킴
「 」: 모든 것을 잃은 이중생이 복이 많은 사람으로 표현되고 있는 아이러니한 상황
천우신조: 하늘이 돕고 신령이 도움
귀, 귀신, 귀신이야!: 죽은 줄 알았던 이중생이 살아 있는 것을 보고 놀람
방 안에 떨어져 있는 면도칼을 무심코 들여다본다: 이중생이 자살할 것임을 암시함

이중생: 귀신? 헛헛! 그럼 내게는 집두 없구, 돈두 없구, 자식두 없구……. 벗지 못할 수의밖엔 아무것도 없는 귀신이란 말이냐. 하식아……. (이윽고 후면으로 사라진다. 독경 소리와 달빛이 처량하다. 무대는 잠시 비었다.)
헛헛!: 자신의 상황에 대한 자조
그럼 내게는 집두 없구, 돈두 없구, 자식두 없구……: 모든 것을 잃은 이중생
벗지 못할 수의밖엔 아무것도 없는 귀신: 생명도 잃을 것임을 암시함
독경 소리와 달빛이 처량하다: 이중생의 쓸쓸한 처지 부각

▶ 모든 것을 잃고 절망감에 빠진 이중생

**감상 포인트**
이중생의 대사를 바탕으로 이중생의 심리와 태도를 파악한다.

• '이중생'의 심리

| 이중생 | 집도 없고, 돈도 없고, 자식도 없고, 벗지 못할 수의밖에 없는 귀신의 처지 |
|---|---|

↓

모든 것을 잃고 절망감에 빠져 있음

↓

이중생이 실제로 죽음을 택하게 될 것임을 암시함

## 핵심 포인트 1 인물 간의 관계 파악

이 작품은 이중생을 중심으로 한 부정적 인물 유형과 긍정적 인물 유형을 대비하여 극을 전개하고 있다. 따라서 작중 인물들의 대사나 행동을 바탕으로 인물 간의 관계를 파악하도록 한다.

**◆ 인물 간의 관계**

| 부정적 인물 | | 관계 | 긍정적 인물 | |
|---|---|---|---|---|
| 이중생 | 친일 행각으로 부를 축적한 기회주의적이며 이기적인 인물 | 대립 ↔ | 김 의원 | 이중생의 재산을 무료 종합 병원 건립에 사용하자고 제안하는 인물 |
| 최 변호사 | 자신의 이익을 위해 윤리의식을 팽개친 이기적인 인물 | | 송달지 | 이중생의 사위로 양심을 지키려 하면서 김 의원의 제안을 수용하는 인물 |
| 우 씨, 이하주 | 이중생의 아내와 맏딸로 속물 근성을 지닌 인물 | | 이하연, 이하식 | 이중생의 자식들로 이중생의 부정적인 면모를 지적하는 인물 |

## 핵심 포인트 2 인물 간의 갈등 파악

이 작품에서는 이중생을 중심으로 인물 간의 외적 갈등이 드러나 있으므로, 이중생이 어떤 인물과 갈등을 벌이고 있는지 갈등 양상을 파악하도록 한다.

**◆ '이중생'과 '하연'의 갈등**

| 갈등의 원인 | 이중생이 부정한 방법으로 재산을 모아 온 정황이 탄로 나면서 이중생과 하연의 윤리적 가치관이 충돌함 |
|---|---|

↓

| 하연(이중생의 딸) | 갈등 | 이중생 |
|---|---|---|
| • 아버지가 재산 축적을 위해 오빠를 전쟁터로 내몬 것과 아버지의 평판이 좋지 못한 것을 지적함<br>• 부모의 은혜를 생각하라는 말에, 오빠처럼 전쟁터에 내보내지 못할 거면 자신을 랜돌프에게 팔라고 함 | ↔ | • 부녀지간의 도리를 바탕으로 키워 준 부모의 은혜를 모른다고 하연을 나무람<br>• 비속어를 사용하며 하연을 내쫓으려 함 |

**◆ '이중생'과 '최 변호사'의 갈등**

| 갈등의 원인 | 죽은 척하며 재산을 지키려 하던 계획이 잘못되어 이중생이 돈을 모두 잃게 됨 |
|---|---|

↓

| 이중생 | 갈등 | 최 변호사 |
|---|---|---|
| 최 변호사의 계략 때문에 재산을 잃게 되었다고 최 변호사를 질책하며 욕함 |  | 자신을 함부로 대하는 이중생에게 맞서 대들며 수수료를 청구해 자신의 이익을 지키려함 |

## 핵심 포인트 3 인물의 심리 및 태도 파악

이 작품에서 이중생은 살아 돌아온 하식에게 안부를 묻지 않은 채 자신의 이야기만 전달하고 있고, 하식은 이중생에게 그간의 경험을 말하고 있다. 이러한 인물들의 대사를 살펴보고 그 속에 담긴 인물의 심리를 파악하도록 한다.

**◆ '이중생'과 '하식'의 대사에 담긴 심리**

| 이중생 | | 하식 |
|---|---|---|
| • 모리꾼, 사기횡령으로 몰린 억울한 사정<br>• 재산을 지키기 위해 죽은 척한 일<br>• 송달지로 인해 재산을 모두 잃게 된 상황 | 하소연함 ⇄ 요약적으로 말함 | 아버지 때문에 전쟁터로 끌려가 죽을 고생을 하다가, 광복이 된 줄도 모르고 화태(사할린)에서 십 년 동안 고역을 치렀음 |
| ↓ | | ↓ |
| 재산을 잃은 상황에서 이중생의 혼란스러운 심리가 내재되어 있음 | | 자신을 전쟁터에 보낸 이중생에 대한 원망의 마음이 담겨 있음 |

### 작품 한눈에

• 해제

〈살아 있는 이중생 각하〉는 해방 직후 혼란한 사회상을 틈타 부를 축적하는 기회주의적인 인물인 이중생을 풍자하고 있는 작품이다. 일제 강점기에 친일을 한 이중생은 해방 직후 혼란한 사회상을 틈타 부를 축적하지만, 이로 인해 재산이 몰수될 상황에 처한다. 이러한 상황에서 이중생은 거짓 유서를 쓰고 죽음을 위장하여 재산을 지키려 하지만 상속자인 송달지가 재산을 헌납하며 재산을 모두 잃게 된다. 이 작품은 이러한 일련의 과정을 통해 기회주의적이고 이기적인 인물인 이중생을 풍자하면서도 당시의 부조리한 사회상을 비판, 풍자하고 있다.

• 제목 〈살아 있는 이중생 각하〉의 의미

– 재산을 지키기 위해 죽은 체하지만 실제로는 살아 있는 이중생의 이야기

'살아 있는 이중생 각하'는 중심인물인 이중생을 풍자하기 위한 의도가 담긴 제목으로 다음과 같이 분석할 수 있다.

| | |
|---|---|
| 살아 있는 | '살아 있는'이라고 재차 강조하여 죽음을 위장한 이중생을 조롱함 |
| 이중생 | 이름을 통해 이중적인 삶, 생활을 연상시킴 |
| 각하 | 지위가 높은 사람에게 적용되는 극존칭을 부정적인 인물에게 적용하여 비판, 풍자의 의미를 드러냄 |

• 주제

해방 직후 기회주의적이며 이기적인 인물에 대한 풍자

**전체 줄거리**

나라의 산림 사업을 거의 독점하여 부를 쌓은 이중생은 랜돌프라는 외국인과 함께 새로운 사업을 벌일 계획을 세운다. 그런데 한 직원이 랜돌프라는 사람이 미국 기관에 없는 인물이며 랜돌프와의 통역을 담당했던 최 군 역시 자취를 감추었다는 소식을 전한다. 얼마 후 이중생은 경찰에 연행되고, 랜돌프가 미국 기관 직원을 사칭한 사기꾼이었음이 밝혀진다. 사기, 배임, 공금 횡령 등으로 체포된 이중생은 한 달여간 유치장 생활을 하다 임시로 풀려나고, 변호사 최 씨와 함께 재산을 몰수당하지 않을 방법을 논의한다. 최 변호사는 이중생을 죽은 사람으로 위장하는 방법을 제안하고, 제안을 수락한 이중생은 자신의 사후 재산 관리인으로 사위 송달지를 선택한 후 거짓 유서를 작성하고, 사망 진단서를 위조한다. 이중생의 거짓 장례식이 치러지고, 송달지는 이중생의 재산을 무료 병원 건립에 쓰자는 김 의원의 제안을 받아들인다. 이를 알게 된 이중생은 병풍 뒤에서 뛰쳐나와 송달지를 다그치고, 최 변호사는 이중생이 자신을 원망하자 등을 돌린다. 이후 모든 재산을 잃은 이중생은 자살하고, 가족들은 말을 잃고 굳어 버린다.

극 · 수필 03

◇ 한 줄 평 만선을 향한 욕망이 불러온 한 어부 일가의 좌절을 그려 낸 작품

# 만선 천승세

▸ 기출 수록 수능 2008

## 장면 포인트 1

- 이 작품은 가난한 어촌을 배경으로 만선의 꿈을 버리지 못하는 한 어부의 집념과 이로 인한 비극을 다룬 희곡이다.
- 해당 장면은 곰치가 만선을 꿈꾸며 선주 임제순의 무리한 요구를 받아들이는 부분이나.
- 곰치와 임제순의 계약을 중심으로 인물들의 갈등 관계, 인물의 태도나 심리를 파악하도록 한다.

[앞부분의 줄거리] 칠산 바다에 부서 떼가 몰려들면서 어부 곰치는 조금만 더 부서를 잡으면 악덕 선주 임제순에게 진 빚을 갚고 작은 배라도 한 척 장만할 수 있으리라는 꿈에 부푼다. 그러나 임제순은 부서를 다 가져가 버리고 곰치의 항의에 배를 묶어 버린다.

('부서(민어과의 바닷물고기)'의 방언 / 곰치가 잡고자 하는 대상, 만선의 꿈을 이루어 주는 대상 / 배가 없는 곰치를 이용하여 자신의 욕심을 채우려는 부정적 인물)

이때 그물을 메고 풀이 죽은 연철이 들어온다. 네 사람, 우르르 몰려가 연철을 에워싼다. (곰치, 도삼, 성삼, 구포댁)

곰치: 그래 을마나 올렸어? (잡은 물고기의 값을 얼마나 쳐주었는지 묻는 말 – 기대감이 담김)

도삼: 기다리는 사람들 생각을 해 줘사 쓸 것 아니라고! 자네 기다리다가 지쳤어! (네 사람이 연철을 애타게 기다렸음을 알 수 있음) (기대에 찬 얼굴로) 어서 어서 말이나 해 보게! / 성삼: 석 장은 올랐제?

구포댁: 「저 사람 무담씨 장난치고 싶응께는 일부러 쌍다구 딱 찡그리고 말 않는 거 봐! 그라제? 어이? 놀려 묵고 싶어서 그러제?」(수선스럽게 웃어댄다.)

('편히'의 전남 방언 / 「 」: 연철이 자기들을 놀리려고 일부로 풀이 죽은 척한다고 여김)

연철: (아무 말 없이 마루 끝에 가 앉으며 침통하게) 놀려라우? 맘이 기뻐사 놀릴 맘도 생기지라우? (기대감에 들뜬 분위기를 반전시키는 말)

곰치: (영문을 몰라) 믄 소리여? (와락 연철의 팔을 붙들고) 아니, 믄, 믄소리여? 엉?

연철: (처절하게) 다, 다 뺏겼오! 아무것도 없이 다 뺏겼오! (임제순에게 고기를 전부 빼앗겼다는 말. 무대 바깥에서 일어난 사건을 무대 안 사람들에게 알리는 말)

일동: (비명처럼) 뭇이라구? (당황스러움이 담김)

곰치: (미친 사람처럼) 뺏기다니? 뺏기다니? 뭇을 누구한테 뺏겼단 말이여? 엉? (고기를 빼앗긴 것에 대한 궁금증을 강하게 드러냄)

연철: (처절하게) 빚에 싹 잽혔지라우! 그것도 빚은 이만 원이나 남고……. (잡은 고기가 빚 때문에 헐값으로 넘겨졌음을 드러낸 말) (절규하듯) 믄 도리로 막는단 말이요? / 성삼: (주먹을 불끈 쥐곤) 죽일 놈! (고기를 빼앗아 간 임제순에 대한 분노를 드러냄)

도삼: (두 손바닥으로 얼굴을 감싸 버리며) 아아! (절망감이 드러난 도삼의 행동과 말)

구포댁: (손바닥을 철썩 철썩 때려 가며) 시상에! 믄 소리랑가? 시상에 믄 소리여?

곰치: (실성한 사람처럼) 그렇게 됐어? 뺏겼어? (신음처럼) 허어! (고기를 헐값에 넘긴 상황에 대해 허탈해하는 모습)

▶ 잡은 물고기가 헐값에 넘어가자 탄식하는 사람들

(중략)

연철: (사립 쪽을 가리키며) 쉬잇!

임제순 영감이 들어온다. 흰 모시 저고리 바지에 금테 안경을 썼다. (가난한 어부의 삶과 대비되는 화려한 행색) 손엔 계약서인 듯 종이 두 장을 들었다. 기쁨에 넘친 세 사람의 얼굴. (출항할 수 있게 됨을 기뻐하는 곰치, 도삼, 연철의 모습)

**감상 포인트**

'연철'의 역할과 계약을 통해 나타나는 인물 간의 갈등 관계를 파악한다.

## 작품 분석 노트

- '부서 떼'의 의미

| 부서 떼 |
|---|
| 곰치가 만선을 위해 바다에 나가 잡으려는 물고기 |
| ↓ |
| 만선의 희망을 지닌 곰치의 꿈을 이루어 주는 대상 |

- '연철'의 역할

| 연철 | • 무대 바깥에서 일어난 사건을 무대에 있는 등장인물들에게 전달하는 역할을 하는 인물<br>• 기대감에 가득찬 분위기를 반전시키는 인물<br>• 임제순의 등장을 알리는 인물 |
|---|---|

- '임제순'에 대한 이해

| 임제순 | • 곰치에게 배를 빌려주는 선주<br>• 곰치에게 무리한 계약을 요구하여, 곰치가 잡은 부서를 헐값으로 사는 인물<br>• 가난한 어부와 대비되는 화려한 차림을 한 인물 |
|---|---|

↓

곰치와 대립하는 반동적인 인물

곰치: (연방 넙죽넙죽 절을 하며) 어서 오시게라우!
배를 가지고 있는 임제순의 비위를 맞추려는 비굴한 태도

임제순: 준비는 다 됐어? / 곰치: (희열에 들떠) 아문이랍녀!
부서 떼를 잡을 준비가 되었느냐는 물음 / 부서 떼를 잡으러 갈 수 있다는 데서 오는 반응

임제순: (하늘을 향해 얼굴을 들곤, 뱅그르 돌아보고 나서) 기가 맥힌 날이여! 날쌔 좋다아! / 곰치: (덩달아) 부서 잡을라고 하늘하고 짰지랍녀!
부서를 잡을 수 있게 하늘도 도와준다는 의미

임제순: 으음— (그 자리에 쭈그려 앉으며) 앉게여! 그라고…….

곰치: (따라 앉으며 연방) 예에! 예에!

임제순: 보자— (종이를 펴 들며 조끼 주머니에서 돋보기 안경을 꺼내 쓴다.) 내가 요참에는 참말로 자네 땀세 망하는 것 같은 마음뿐이여! 배를 빌려 돌란 사람이 집 마당에 밀리는디도 딱 잡아뗐어! 자네 땀세 말이여! (응큼한 눈으로 힐끗 곰치의 눈치를 살핀다.) / 곰치: (머리를 조아리며) 모를 리가 있겄읍녀?
배를 빌려주는 것을 마치 특별한 인심을 쓰는 것처럼 생색 내는 임제순의 뻔뻔함을 엿볼 수 있음
무리한 요구를 제시하려는 교활한 태도

임제순: 아문! 공을 알어사……. (은근하게) 요참 물은 뻔한 것잉께 접세나 두둑허니 줄 것으로 믿고 한 일이고……. 허엄—.
의미상 '사람이지.'가 생략됨.

곰치: (곤란한 듯, 희비가 교차하는 표정으로) 예에! 예에……. (머리를 긁적거린다.)
무리한 요구에 대한 곰치의 반응

임제: 보자아— 계약서를 이렇게 썼네, 열엿세니까 내일이시! 좀 짧네만은 내일 저녁까지 밀린 뱃삯 이만 원을 치르기로 돼 있어!
다음 날까지 밀린 빚을 모두 갚으라는 무리한 요구 – 부당한 요구

곰치: (어안이 벙벙해서) 너, 너무나 시일이 짧습니다요! 너무나 시일이 짧습니다요! 나는 오늘부터 사흘 안으론지 알었지라우!
돈을 갚기에는 무리한 시간임을 강조한 말
곰치가 알고 있는 빚을 갚을 시기

임제순: 무슨 소리! 어지께 자네하고 합의한 것인께 계약날은 어지께여야 되지 안컸어? / 곰치: 글씨라우— 글씨라우…….
무리한 요구에 당황스러워하는 심리가 담김

임제순: (벌떡 일어서며) 뭇이여? 씨! 자네가 그런다면 난 다 파계하고 다시 배를 묶겄어!
요구에 응하지 않으면 계약을 깨뜨리고 배를 빌려주지 않겠다는 위협

곰치: (황급히 일어서서 임제순의 팔을 잡고는) 아닙니다! 영감님 말씀이 옳지랍녀! 예에! 예!
임제순의 위협에 빚을 갚을 시기를 순순히 인정하는 곰치의 모습 → 곰치가 파멸하는 데 영향을 미침

임제순: (서너 번 헛기침을 해 내고 나선) 으음! 아문! 그래사제! (계약서를 펴 들곤) 나는 찍었응께 자네나 찍어. (인주를 꺼내) 자아! ▶ 배를 빌려주는 조건으로 무리한 요구를 하는 임제순

도삼: 도장 갖꼬 올끄랍녀? / 곰치: (급하게) 오냐! 어서 갖고 와!

임제순: 가만! 도장은 안 돼! 도장은 파면 또 있제만 지장은 시상에 하난께 지장을 눌러 줘! / 도삼 · 연철: (기가 차서) 후유—.
곰치를 꼼짝 못하게 옭아매려는 임제순의 지독한 모습
임제순의 태도에 대한 반응

곰치: (꾹 지장을 찍고 나선) 자, 인자는 됐지라우? (얼굴에 희열의 미소가 번진다.)
무리한 요구에 대한 부담보다도 만선의 꿈을 이룰 수 있다는 기쁨이 담겨 있음
임제순의 무리한 요구를 어쩔 수 없이 받아들이는 모습

임제순: 으음! (계약서 한 장을 곰치에게 내밀며) 자, 이것은 자네가 갖고 있어! (남은 계약서 한 장을 소중히 조끼 주머니에 넣곤) 꼭 지켜사 써! 이참에는 가차 없응께!
계약을 위반하면 계약서대로 반드시 실행하겠다는 말

곰치: (자신만만하게) 염려 마시게라우!
빚을 갚을 수 있다는 곰치의 자신감 있는 모습

임제순: (흡족해서) 아문! 말은 분명해사 쓰는 것이니……. / 곰치: 아문이랍녀!

• '계약서'의 의미

| 계약서 | • 내일 저녁까지 밀린 뱃삯 이만 원을 갚는다는 것<br>• 빚을 갚지 않을 경우 일체의 재산을 몰수하겠다는 것 |
|---|---|

↓

곰치가 받아들이기에는 무리한 요구에 해당함

↓

배가 없는 곰치를 이용하여 자신의 욕심을 채우려는 임제순의 욕망이 담겨 있음

• '배를 묶겠다'는 것의 의미

임제순은 계약날에 이의를 제기한 곰치에게 '배를 묶겠다'고 곰치를 협박하고 이에 부서를 잡아 만선의 꿈을 이루려는 곰치는 배가 없으면 자신의 꿈이 좌절될 수 있으므로 할 수 없이 임제순이 내민 계약서에 지장을 찍고 있다. 이렇게 볼 때, '배를 묶겠다'는 말은 임제순이 곰치의 상황을 이용하여 곰치를 위협함으로써 계약을 유리하게 이끌어 내기 위한 협박이라고 할 수 있다.

• '임제순'에 대한 '곰치'의 태도

| 곰치 |
|---|
| • 배를 묶는다는 말에 임제순의 말이 옳다고 말함<br>• 무리한 요구가 담긴 계약을 지키라는 말에 계약을 지킬 것을 약속함<br>• 악덕 선주인 임제순이 배를 풀어 준 것을 흡족하게 여김 |

↓

만선의 꿈을 이루기 위해 임제순의 요구에 순응하는 태도

임제순: 자아— 그라믄 (손을 번쩍 들곤) 뜨게! (한동안 손을 들고 잔뜩 위엄을 부리고 섰다간 서서히 퇴장.)

도삼: (격분해서) 여시(여우) 같은 영감탱이!(임제순에 대한 부정적 반응) 이번 계약이 무너져도 자기는 이익잉께! 천상 널린 돈은 걷기 마련이고 걸린 돈은 크기 마련잉께!(빌려준 돈은 이자가 불어나기 마련이라는 의미) 어어? (곰치의 손에서 계약서를 받아 읽어 보곤 눈이 휘둥그래져서) 계약 불이행 시는 일체의 재산 몰수라? 이거 집이고 뭇이고 싹 잡혔구먼!(임제순이 배를 빌려주면서 무리한 요구를 하였음을 알 수 있음) 아부지! 여기다가 무턱대고 지장을 눌르셨오?(잘 헤아려 보지도 않고 계약서에 지장을 찍은 곰치에 대한 원망이 담긴 말)

곰치: (태연하게) 무턱대고 눌러? (비장한 목소리로) 다아 알어! 하여튼 눌러야 해!(출항하기 위해서는 어쩔 수 없음을 강조한 말) (언성을 높여) 두고 보면 안다! 곰치는 안 죽는다! 곰치는 스고 말어!(만선의 꿈을 이뤄 독립하겠다는 곰치의 강한 의지를 엿볼 수 있음)

연철: 영감 너무해! 임 영감 너무 한단 말이여!

곰치: (침착하게) 못써! 원망하면 못써! 배 풀어 준 것만도 오지게(흡족하게) 생각해사……. (갑자기 수선을 피운다.) 어서! 어서! 어서들 나서!(만선을 위해서는 빨리 출항해야 한다는 다급함이 드러남)

곰치 부랴부랴 그물을 지고 나서고, 도삼이 돛을 메고 나선다.

▸ 불공정한 계약서에 지장을 찍고 출항을 서두르는 곰치

• '곰치'의 성격과 '곰치'가 처한 비극적 현실

곰치의 성격

가난한 어부로, 좌절을 모르며 만선의 꿈을 절대적 가치로 삼아 이를 고집스럽게 추구함

↓

현실

칠산 바다에 부서 떼가 몰려들자 곰치는 만선의 꿈을 이루기 위해 선주 임제순에게 불리한 조건으로 배를 빌려 출항하게 됨

↓

곰치 일가가 파국에 이르는 데는 만선에 대한 곰치의 고집과 집착이 주요한 원인으로 작용함

## 장면 포인트 2 주목

- 해당 장면은 부서를 잡으러 출항했던 곰치의 배가 풍랑을 만나 좌초되고 곰치만 겨우 구조되어 돌아온 상황에서 곰치가 다시 부서를 잡으러 바다로 나가려고 하는 상황이다.
- 곰치의 배가 좌초된 상황에 주목하여 인물의 대사와 행동에 드러나는 곰치, 구포댁, 슬슬이의 심리와 태도를 파악하도록 한다.

[앞부분의 줄거리] 임제순과 불리한 조건의 계약을 맺은 곰치는 아들 도삼과 딸 슬슬이의 애인 연철과 함께 물고기를 잡으러 배를 타고 나가지만 풍랑에 배가 뒤집혀 곰치만 겨우 살아 돌아온다.
(만선에 대한 곰치의 희망이 좌절되었음을 드러냄)

주목 **어부 A**: 한나절 되도록 제대로 고기 잡은 배는 없었어! 돛이 머여? 돛대가 부러질듯 바람을 타는 판에 배는 뒤집어질 것같이 뱅글뱅글 돌기만 하고…… 그랑께 우리가 고기 잡기는 다 틀렸다고 배를 돌릴 때였든갑만! 그때 처음으로 곰치 배를 봤네!
(어부 B와 함께 무대 밖의 사건을 무대 안의 사람들에게 전달하는 역할을 함 / 바람이 거세게 부는 열악한 상황이었음을 알 수 있음 / 거센 바람 때문에 고기 잡는 것을 포기하였다는 의미)

**구포댁**: (다급하게) 그래서라우?

**어부 A**: (기가 맥히다는 듯) 아, 그란디 이 곰치 놈 좀 보게! 글씨 쌍돛을 달고는 부서 떼를 좇아 한정 없이 깊이만 백혀 든단마시!
(곰치의 행동에 대한 반응 / 풍랑이 거센데도 부서를 잡으려는 곰치의 무모함)

**성삼**: 므, 뭇이라고?! 쌍돛? / **구포댁**: 시상에! 므,믄 일이끄나!

**슬슬이**: (곰치를 측은하게 바라보다 말고, 곰치 곁에 가서 사지를 주무르기 시작한다.)
(아버지를 위하는 슬슬이의 따뜻한 마음씨를 엿볼 수 있음)

**어부 B**: 아암! 꼭 자동차같이 미끄러져 백히는디 아무리 돛 내리라고 소락때기를 쳐야 곰치란 놈은 뉘 집 개가 짖나하고는 들은 신청도 않데!
(풍랑 때문에 배가 밑으로 거꾸러지는 상황을 비유적으로 표현함 / 곰치가 부서를 잡기 위해 온 신경을 다하였음을 알 수 있음)

**구포댁**: 아니, 눈이 뒤집혀도 분수가 있제, 그랄 수가 있을끄라우? / **성삼**: 미친놈!!
(곰치의 무모한 행동에 대한 비난이 담김 ▶ 거친 풍랑에도 아랑곳하지 않고 쌍돛을 달고 부서 떼를 쫓은 곰치)

**어부 B**: 하다하다 못 하겄어서 우리도 곰치를 따라갔지 뭔가? 쌍돛단배하고 우리 배하고 같어? 따라가다 못 하겄어서 우리는 그냥 되돌아와서 바람 안 타는 동구섬 앞에다 그물 놓고 주저앉었제! 저녁나절까지 그물 담궜등가?…… (기가 맥히다는 듯) 아, 그라다가 봉께는 믄 배 한 척이 팔랑개비같이 놈시러 떠밀리는 것이 멀리 뵈데!
(곰치의 상황을 걱정함 / 곰치 배를 더 이상 쫓을 수 없었던 이유 / 곰치 배가 좌초될 정도로 흔들리고 있는 상황을 드러냄)

**성삼**: (곰치를 멀거니 쳐다보며) 쯔쯧! 미친놈, 열두 불로 미친노옴. (다시 어부 A, B에게) 그래서?
(곰치의 무모한 행동에 대한 평가)

**구포댁**: 시상에 으짜꼬! 그 배가 바로 저 냥반 배구먼? / **슬슬이**: 으째사 쓰꼬!
(안타까움이 담겨 있음)

**어부 A**: 여북 있오? 저놈 배제…… 그래도 그때는 돛을 내렸드만…… 배 노는 것이 첫눈에 만선이여…….
('얼마나', '오죽', '작히나'의 뜻으로 정도가 매우 심하거나 상황이 좋지 않을 때 쓰는 말 / 곰치가 추구하는 목표이자 이루고자 하는 소망을 상징함)

**성삼**: (신음처럼) 만선……! / **구포댁**: (간이 타게) 그랬는디?!

> **감상 포인트**
> 대사를 통해 인물의 심리와 태도를 파악한다.

**어부 B**: (비통하게) 오리 물길도 못 저어 갔지라우! (손바닥을 뒤집으며) 그냥 팔딱 해버립디다! / **구포댁**: 옴매 으짜꼬! (마루를 텅텅 쳐 대며) 시상에! 시상에!
(만선인 곰치 배가 좌초되었음 / 곰치 배가 좌초된 상황에 대한 비통함이 극에 달함)

**슬슬이**: (황급히 구포댁을 부축하며) 엄니이!!

**어부 A**: ……그때부터 지금까지 저놈 건지느라고…… (비통하게) 후유—.
(곰치가 어부 A, B에 의해 구조되었음을 알 수 있음)

**어부 B**: 그나저나 곰치 저놈 지독한 놈이여! 「그 산채 같은 물결 속에서 장작 쪽만 한

### 작품 분석 노트

- '어부 A, B'의 역할

| 어부 A, B | • 무대에 있는 성삼, 구포댁, 슬슬이에게 무대 밖에서 일어난 사건을 전달함<br>• 비극적 분위기를 조성해 주는 역할을 함 |
|---|---|

- '곰치'의 태도

| 상황 | 바다에 거센 바람이 불어 고기를 잡기 어려운 상황 – 열악한 자연 환경 |
|---|---|

↓ 행동

풍랑을 피한 다른 배들과 달리 쌍돛을 올리고 고기잡이를 강행함

↓ 태도

부서 떼를 잡아 만선의 꿈을 이루려는 무모한 모습

- '곰치'의 배가 좌초된 것이 지니는 의미

| 배 | • 만선을 이루었지만 풍랑에 의해 좌초됨<br>• 곰치는 어부들에 의해 살아 돌아왔지만 도삼과 연철은 살아돌아오지 못함 |
|---|---|

↓

- 만선의 꿈을 이루려는 곰치의 욕망이 좌절됨
- 사건이 비극적으로 끝날 것임을 암시함

나무판자 하나 딱 보듬고는 그 통에도 호령이시! 곰치는 안 죽네, 느그 아니어도
「 」: 배가 좌초된 상황에서도 삶에 대한 강한 의지를 보이는 곰치의 모습
곰치는 사네!」 이람시러는…… (처절하게) 그나저나 뱃놈 한세상은 너머나 드러워!
뱃사람들의 힘겨운 삶에 대한 한탄
개 목숨만도 못한 놈의 숨줄! (침을 퉤 뱉으며) 이고 더러워!
▶ 풍랑으로 배가 뒤집혀 간신히 살아 돌아온 곰치

구포댁: (바싹 다가앉으며) 그람 우리 도삼이는 은제 건졌오? 예에?
도삼이가 살아 있을 것이라는 기대감이 담긴 말

어부 A: (민망스러운 표정으로 어부 B와 성삼의 눈치만 살핀다.)
도삼을 구하지 못했다는 말을 차마 하지 못하고 있음

성삼: (절규하듯) 그, 다음은 말하지 말어! 말하지 말어어! (얼굴을 감싸 버리며) 안 돼! 말해서는 안 돼에—.
구포댁이 도삼을 구하지 못한 것을 알고 절망할 것에 대한 염려가 담김

슬슬이: (용수철 튀듯 일어서며 목석처럼 움직일 줄을 모른다.)
성삼의 말에 도삼이 죽었음을 알고 난 슬슬이의 모습

곰치: (몸뚱이를 한두 번 뒤적거리며) 내, 내 부, 부서…… 부, 부서 으디 갔어어!
부서에 대한 곰치의 집착을 알 수 있음

성삼: (우악스럽게 곰치를 잡아 흔들며) 이놈! 이놈 곰치야? (처절하게) 말을 해! 정신을 채리고 말을 해!

구포댁: (미친 사람처럼 어부 A에게) 우리 도삼이는? 예에? (어부 B에게 매달리며 비명처럼) 예에? 우리 도삼이는? / 어부 B: 모, 못 봤지라우?
도삼이 돌아오지 못했다는 사실에 충격을 받음

구포댁: (정신이 나가 기절할 듯) 므, 뭇이라고?!
도삼의 죽음에 충격을 받은 모습

슬슬이: (황급히 구포댁을 부축하며) 오빠! 오빠! (흐느낀다.)

구포댁: (실성한 사람처럼) 뭇이여? 뭇이여?

어부 A: (울먹이는 소리로) 도삼이도, 연철이도 다 다아 못 봤지라우!
도삼과 연철이 풍랑으로 죽었음을 알 수 있음

슬슬이: 아아! 아아! (점점 심한 오열로 변해 간다.)
오빠 도삼뿐 아니라 연철마저 죽었음을 알고 충격과 비통함을 느낌

구포댁: (칼날처럼 날카롭게) 뭇이여?! 내 도삼이를 못 봐?!

어부 A, B 머뭇머뭇 망설이며 안절부절못하다가 도망치듯 퇴장. 몸을 뒤치든 곰치, 별안간 벌떡 일어나 앉아 사방을 두리번거린다.
아들을 잃은 구포댁을 마냥 쳐다볼 수 없는 데서 오는 심리. 좌불안석(坐不安席)

곰치: (미친 사람처럼) 내 부서! 부서! 으디 갔어? 응? (미친 듯이 마당에 내려선다.) 아니 배가 터지는 만선이었는디 내 부서! 부서는 으니 갔어!
▶ 도삼이 죽은 것을 알고 충격을 받은 구포댁

(중략)

성삼: (어리둥절해서) 아니, 갑자기 믄 일잉가? / 곰치: (퉁명스럽게) 내버려둬!

성삼: 얼굴이 사색인디? / 곰치: 미친 것! 흥! 곰치는 안 죽어! 내가 죽나 봐라!
구포댁의 안색이 좋지 않음 / 삶에 대한 강한 집념과 의지를 엿볼 수 있음

성삼: 자네 그 소리 좀 고만허게! 아짐씨도 오죽허면 저래? 시상에 한나 남은 도삼이까지 물속에다 처박었으니…… (손바닥을 털며) 말이 아니여!
구포댁의 정신이 이상해진 이유 / 구포댁이 도삼이 죽은 뒤 거의 미쳐 있음을 드러낸 말

곰치: 일일이 눈물 쏟음시러 살려먼 한정 없어! 뱃놈은 어차피 물속에 달린 목숨이여!
지난 일에 연연하면 아무것도 못 한다는 의미 / 뱃사람의 삶과 죽음은 바다에 달려 있다는 의미. 운명론적 사고

성삼: 자네도 그만 고집 버릴 때도 됐어! / 곰치: (불만스럽게) 고집?
만선을 이루기 위한 곰치의 집착

성삼: (못을 박아) 아니고 뭇잉가?

곰치: (꼿꼿이 서선) 나는 고집 부리는 것이 아니다! 뱃놈은 그렇게 살어사 쓰는 것이

• '도삼'의 죽음이 지닌 의미

| 도삼의 죽음 |
|---|
| 풍랑으로 배가 뒤집혀 고기잡이를 나간 도삼이 죽게 됨 |

↓

| 가족의 반응 |
|---|
| 도삼이 돌아오지 못했다는 소식을 들은 구포댁은 정신이 나가 기절하고, 슬슬이는 슬픔에 젖음 |

↓

곰치네 가족이 파국에 이르게 될 것임을 암시함

• '곰치'의 모습

- 간신히 살아 돌아와 정신이 없음에도 자신이 잡은 부서에 대한 집착을 보임
- 아들 도삼을 잃고 구포댁이 실성한 상황임에도 고기를 잡으러 바다에 나가려 함
- 고기를 잡기 위해 마지막 남은 아들마저도 뱃사람으로 키우려 함

↓

만선의 꿈을 이루기 위해 집착을 버리지 않는 의지적인 모습

• 사투리와 비속어 사용의 효과

이 작품에서는 전남 사투리와 비속어가 많이 사용되고 있는데, 이러한 사투리와 비속어의 사용은 작품에 사실감을 부여해 주는 한편, 중심인물인 곰치의 성격을 효과적으로 보여 주기도 한다. 한편 사투리의 사용은 전남 바닷가 마을의 향토색을 드러내 준다.

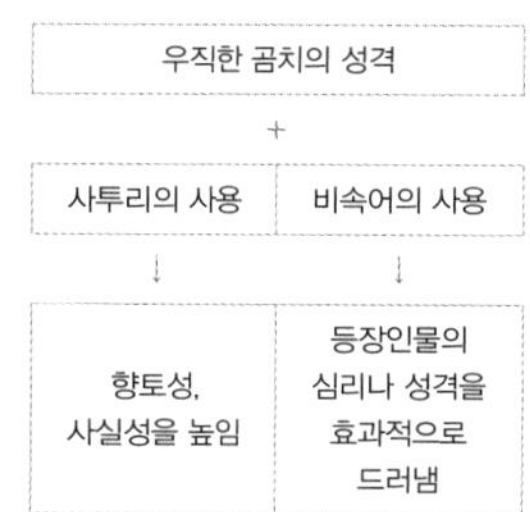
우직한 곰치의 성격
+
사투리의 사용
비속어의 사용
향토성, 사실성을 높임
등장인물의 심리나 성격을 효과적으로 드러냄

여! 누구는 아들 잃고 춤춘다냐? (무겁게) 내 속은 아무도 몰라! 이 곰치 썩는 속은 아무도 몰라…… (회상에 잠기며)「내 조부님이 그러셨어, 만선이 아니면 노 잡지 말라고…… 우리 아부지도 만선 될 고기 떼는 파도가 집채 같어도 쌍돛 달고 쫓아가라 하셨어!」(쓸쓸하게) 내 형제 위로 셋, 아래로 한나 남은 동생 놈마저 죽고 말었제…… 어…… (허탈하게) 독으로 안 살면 으찌께 살어?

아들 도삼을 잃은 것에 곰치 역시 슬픔과 괴로움을 느끼고 있음

「 」: 곰치가 풍랑이 거세도 부서를 잡기 위해 쌍돛을 펴고 가게 된 이유를 알 수 있음

곰치네 가족의 비극적인 삶

독한 마음을 먹어야 바다와 싸우며 살아갈 수 있다는 말

성삼: 그래, 조부님이나 춘부장 말씀대로만 하실 참잉가?

곰치: (단호하게) 내일이라도 당장 배 탈 참이다! 흥! 임 영감 배 아니면 탈 배 없어?

만선에 대한 집착을 버리지 않는 곰치의 결연한 태도를 알 수 있음

성삼: 도삼이 생각도 안 나서?

곰치: (격하게) 시끄럿! (침착하게) 또 있어! 아들은 또 있어…….

하나 남은 아들마저도 고기잡이를 시키겠다는 말

성삼: 갓난쟁이? (고개를 설레설레 내저으며) 후유— 지독한 놈!

곰치의 강한 집념에 답답함을 느낌

곰치: …… 그놈도…… 그놈도…… 열 살만 묵으면 그물 말어…….

하나 남은 아들도 뱃사람으로 키우려는 곰치의 의지가 드러남

▶ 구포댁은 도삼의 죽음에 실성하고 갓난 아들마저 어부로 만들기로 결심하는 곰치

• '도삼'의 죽음에 대한 '곰치'의 심리

| "(무겁게) 내 속은 아무도 몰라! 이 곰치 썩는 속은 아무도 몰라……" |
|---|
| 부모로서 아들을 잃은 것에 대해 슬픔과 괴로움을 느낌 |

\+

| "(단호하게) 내일이라도 당장 배 탈 참이다!" |
|---|
| 어부로서 자신의 삶의 목표인 만선의 꿈을 이루어야 함 |

• 제목 '만선'의 아이러니

| 만선 |
|---|
| • 물고기 따위를 많이 잡아 배에 가득 실음<br>• 중심인물인 곰치가 이루고자 하는 목표이자 소망 |

↓

파멸의 원인으로 작용하여 곰치와 곰치 가족들을 비극으로 몰아넣음

↓

아이러니

## 핵심 포인트 1 인물 간의 관계 및 갈등 양상 파악

이 작품은 다양한 갈등이 복합적으로 드러나고 있으므로, 등장인물 간의 관계를 파악하고 그들 사이에서 벌어지는 갈등의 양상 및 그 원인을 파악하도록 한다.

**인물 간의 관계**

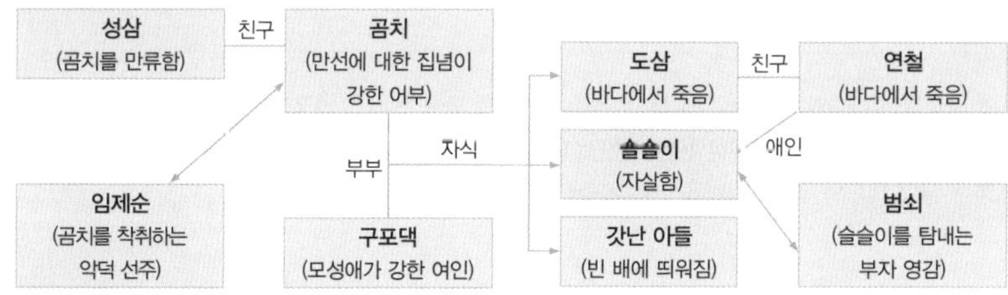


**갈등의 양상**

| | |
|---|---|
| 곰치 VS 바다 | 인간과 자연 간의 갈등 – 바다에 도전하는 인간의 투쟁과 갈등 |
| 곰치 VS 만선 | 인간과 운명 간의 갈등 – 만선이라는 어부의 숙명과 이에 도전하는 인간의 갈등 |
| 곰치 VS 임제순 | 빈부 간의 갈등 – 악덕 선주 및 고리대금업자와 이에 착취당하는 어부의 갈등, 가난에서 벗어날 수 없는 사회 구조적 문제로 인한 갈등 |
| 곰치 VS 구포댁 | 인간과 인간 간의 갈등 – 주어진 운명적 삶에 대한 대응 방식의 차이로 인한 갈등, 어부의 운명을 받아들이며 이에 도전하고자 하는 곰치와 자신의 자식은 어부의 운명에서 도망치게 만들고자 하는 구포댁의 갈등(제시된 지문 밖에 드러남) |

## 핵심 포인트 2 인물의 역할 파악

이 작품은 무대 위에서 공연을 하는 연극의 대본에 해당하므로 공간적으로 제약을 받을 수밖에 없다. 따라서 관객은 작품 밖에 일어나는 사건을 인물의 대사를 통해 파악해야 한다. 이러한 희곡의 특징을 고려하여 연철과 어부 A, B의 역할을 파악하도록 한다.

**'연철'과 '어부 A, B'의 역할**

| | |
|---|---|
| 연철 | 임제순에게 빚진 것 때문에 부서를 임제순에게 헐값에 넘겼다는 사실을 곰치 등에게 알려 줌 |
| 어부 A, B | 곰치가 바다에서 보인 행동과 곰치를 구조했던 상황을 성삼 등에게 알려 줌 |

↓

무대 밖의 사건을 무대에 있는 인물들이나 관객들에게 전달해 주는 역할을 함

## 핵심 포인트 3 인물의 심리 및 태도 파악

이 작품의 중심인물인 곰치는 만선에 대한 꿈을 안고 살아가는 인물로, 만선에 집착을 보이고 있다. 따라서 만선을 중심으로 곰치의 태도를 파악하도록 한다.

**'곰치'의 상황에 따른 태도**

| | | |
|---|---|---|
| 임제순에게 보이는 태도 | 배를 묶는다는 말에 임제순의 말이 옳다고 말하며, 무리한 요구가 담긴 계약을 지키라는 말에도 계약을 지킬 것을 약속함 | 만선의 꿈을 이루기 위해 임제순의 무리한 요구에도 불구하고 그에 순응함 |
| 바다에서 보이는 태도 | 바다에 거센 바람이 불어 고기를 잡기 어려운 상황임에도 풍랑을 피한 다른 배들과 달리 쌍돛을 올리고 고기잡이를 강행함 | 부서 떼를 잡아 만선의 꿈을 이루려는 무모한 모습을 보임 |
| 바다에 빠져 죽을 뻔했다가 겨우 살아 돌아온 뒤의 태도 | 아들 도삼을 잃고 아내 구포댁이 실성한 상황임에도 고기를 잡으러 바다에 나가려 하고, 고기를 잡기 위해 마지막 남은 아들마저도 뱃사람으로 키우려 함 | 만선에 대한 집착을 버리지 못함 |

↓

만선이라는 꿈을 이루기 위한 곰치의 집착과 집념을 엿볼 수 있음

### 작품 한눈에

• 해제

〈만선〉은 가난한 어촌을 배경으로, 만선의 꿈을 버리지 못하는 한 어부의 집념과 그로 인한 비극을 다룬 사실주의 연극의 대표작이다. 다양한 갈등 양상이 복합적으로 드러나 있으며, 사투리와 비속어를 사용하여 향토성과 사실성을 높이고 있다. 이 작품의 중심인물인 곰치는 만선이라는 욕망 성취에 집착하는 인물로 그려지고 있는데, 이러한 집착은 결국 가족이 파멸하는 비극적인 결과로 이어지게 된다. 한편 이 작품은 가난에서 벗어날 수 없고 악덕 선주에게 착취당하는 곰치의 상황을 통해 당시 사회의 구조적 문제에 대한 비판 의식도 함께 드러내고 있다.

• 제목 〈만선〉의 의미
– 곰치가 이루고자 하는 목표이자 소망

'만선'은 배에 가득 찰 정도로 고기를 잡은 배를 가리키는 말로, 곰치가 이루고자 하는 삶의 목표이자 소망을 의미한다고 할 수 있다. 또한 곰치가 '만선'에 집착한다는 점에서 인간의 욕망을 상징한다고도 할 수 있다.

• 주제

만선에 대한 한 어부의 집념과 좌절

**전체 줄거리**

마을 앞바다에 부서 떼가 출몰하자 어부 곰치는 빚을 청산하고 자기 배를 장만할 꿈을 꾼다. 곰치와 가족들이 만선을 자축하던 중 어부 연철이 빚을 제한다는 명목으로 배 주인 임제순에게 잡은 부서를 모두 빼앗겼음을 이야기한다. 임제순은 곰치를 찾아와 남은 빚을 청산할 때까지 배를 묶겠다고 통보하고 돌아간다. 구포댁은 다른 배를 얻어 타고 바다에 나갔다 돌아온 곰치에게 딸 슬슬이를 아내로 맞고 싶다던 범쇠의 말을 전하고, 곰치뿐 아니라 슬슬이와 인연을 맺고 있던 연철도 분노한다. 곰치는 모레까지 빚을 갚기로 임제순과 약속하고 배를 받아 만선의 꿈을 안은 채 연철, 아들 도삼과 함께 바다로 나가지만, 바다로 나간 곰치 일행이 돌아오지 않는다. 이후 성삼이 다른 어부들과 함께 정신을 잃은 곰치를 데려오고, 다른 어부들은 곰치네 배가 폭풍을 만나 전복되어 도삼과 연철이 실종된 이야기를 전한다. 이틀날 도삼과 연철의 사망 소식이 전해지고, 갓난아이인 아들을 어부로 만들겠다는 곰치의 말을 들은 구포댁은 막내아들만큼은 제명대로 살길 바라며 배에 실어 보낸다. 곰치는 아들을 찾겠다며 나가고 헛간에서 목을 멘 슬슬이를 발견한 성삼은 곰치의 이름을 부르짖는다.

◇ 한 줄 평 〈온달 설화〉의 아름다운 사랑 이야기를 재해석한 작품

# 어디서 무엇이 되어 만나랴 최인훈

▸ 기출 수록 평가원 2011 9월

## 장면 포인트 1

- 이 작품은 〈온달 설화〉를 재해석하여 평강 공주의 주체적인 의지와 평강 공주에 대한 온달의 헌신적 사랑, 그리고 비극적 죽음을 그린 희곡이다.
- 해당 장면은 상념에 젖어 있는 평강 공주의 꿈에 온달이 나타나 평강 공주에 대한 자신의 마음을 드러내는 부분이다.
- 평강 공주가 꾼 '꿈'을 중심으로 평강 공주에 대한 온달의 태도와 '꿈'의 기능을 파악하도록 한다.

[앞부분의 줄거리] 궁에서 쫓겨난 평강 공주는 대사와 함께 절로 가던 길에 온달을 만나 결혼한다. 10년 후 온달과 함께 궁으로 돌아온 공주는 온달이 장군이 되도록 돕는다. 이후 온달은 신라와의 전쟁에 참전하고 공주는 지난날을 회상하며 온달의 승전보를 기다린다.
(대사: 공주가 출가할 때부터 공주가 죽임을 당할 때까지 공주를 위로하며 곁을 지키는 인물)

공주: 이번 싸움에 이기고 돌아오시면 대장군이 되셔야지. 벌써 됐어야 할 것을……. 그때마다 이러쿵저러쿵하던 무리들도 이번 승전에는 반대할 구실이 없을 테지. 장군을 멀리 보내려고 하지만 그건 안 돼. 장군은 이 몸 가까이, 늘 이 몸 가까이서 이 몸을 지켜 주어야지. 내가 그날 장군을 뵈었던 그날부터 장군은 이 몸의 방패요, 이 몸의 울타리였지. 비록 용맹하다고는 하나 산속에서 짐승들의 왕으로 평생을 바치었을 장군을 대고구려의 장군까지 밀어 온 것이 이 몸인데……. 아니, 나도 할 만큼 한 것이지. 어느 여염집 아낙네가 나만큼 했으랴. 장군과 함께 걸어온 이 길에서 나는 어떤 반대자들이건 사정없이 물리쳐 왔다. 앞으로도 내 길을 막는 자는 용서치 않으리라. 그런데 (귀를 기울이며) 아직 날은 밝지 않고, 싸움터에서 오는 파발마도 이르지 않았겠고……. 이상스럽게 마음이 설레는군.

(대장군: 공주가 기대하는 것 / 이러쿵저러쿵하던 무리들: 공주와 대립하는 무리 – 온달이 지금까지 대장군이 되지 못한 이유 / 장군은 이 몸의 방패요, 이 몸의 울타리였지: 비유적 표현으로 온달이 자신을 지키는 보호자임을 드러냄 / 산속에서 짐승들의 왕으로 평생을 바치었을 장군을 대고구려의 장군까지 밀어 온 것이 이 몸인데: 공주가 온달을 대리자로 내세워 성공하고자 하는 인물임을 알 수 있음 / 장군과 함께 걸어온 이 길에서 나는 어떤 반대자들이건 사정없이 물리쳐 왔다: 공주가 복수를 위해서 온달을 이용하였음을 알 수 있음 / 파발마: 공무로 급히 가는 사람이 타던 말)

온달의 영(靈) 등장. 갑옷을 입고 투구는 벗었다. 온몸에 낭자한 피. (적절한 조명과 분장으로 유명을 달리한 온달의 모습을 강조.)

(온달의 영(靈) 등장: 온달이 죽었음을 알 수 있음. 전기적 요소 / 낭자한: 여기 저기 흩어져 어지러운 / 유명: 저승과 이승을 아울러 이르는 말. '유명을 달리하다'는 '죽다'를 완곡하게 이르는 말)

**감상 포인트** 인물의 성격과 '꿈'의 의미를 바탕으로 작품을 감상한다.

공주: 오, 장군. (달려간다.) / 온달: (손을 들어 막으며) 가까이 오지 마시오.
(오, 장군. (달려간다.): 온달에 대한 반가움)

공주: (멈춰 선다.) 장군. / 온달: 가까이 오지 마시오. / 공주: 이게 어찌된 일입니까?
(가까이 오지 마시오.: 산 자와 죽은 자의 구분을 명확히 인식하며 나온 말)

온달: 나는 이미 이 세상 사람이 아니오. / 공주: (경악하며) 오!
(나는 이미 이 세상 사람이 아니오.: 자신이 죽었음을 알리는 말 / (경악하며): 온달에게 모든 것을 의지해 온 공주의 절망감이 담김)

온달: 공주, 이번 싸움에 나는 기필코 이기려 하였소. 나는 싸웠소. 그리고 이겼소.
(공주에게 힘이 되기 위해 싸워 이긴 전황을 알림)

공주: 그러나 장군께서……. / 온달: 나를 죽인 것은 신라 군사가 아니오.
(고구려 장수인 온달은 신라군과 맞서 싸우던 중이었음)

공주: 그것이 웬 말입니까? / 온달: 나를 죽인 것은 고구려 사람이오.
(온달이 아군에게 죽임을 당했음을 드러낸 말 – 공주와 대립하던 무리들이 온달을 죽였음)

공주: 내 편이…….

온달: 그렇소, 우리 사람이 나를 죽였소. / 공주: 그놈이, 오호, 누굽니까?
(온달을 죽인 아군에 대한 궁금증 – 공주의 분노가 담김)

온달: 그 일은 급하지 않소. 공주. 내가 여기 온 것은 당신에게 작별을 고하기 위함이오.
(자신의 죽음에 대한 억울함을 토로하기 위해서가 아니라 사랑하는 공주에게 이별을 고하고 마음을 전하기 위해 찾아온 것임을 밝힘)

## 작품 분석 노트

- '온달'에 대한 '공주'의 인식

| 공주 |
| --- |
| • 온달을 대고구려의 장군까지 밀어 옴<br>• 온달과 함께 자신의 길을 막는 반대자들을 물리쳤고, 자신의 길을 막는 자들을 용서하지 않으려 함<br>• 온달을 대리자로 내세워 적대 세력에게 복수를 하려고 함 |

↓

온달을 방패이면서 울타리, 자신을 지키는 보호자로 여김

- '꿈'의 의미

| 꿈 | 온달이 피투성이인 채로 공주의 꿈에 나타나 작별을 고함 |
| --- | --- |

↓

온달의 죽음을 암시함 → 비극적 결말을 암시해 주는 장치에 해당함

**공주:** 하느님, 이것이 꿈입니까?

**온달:** 꿈이 아니오, 공주. 내 말을 잘 들으시오. 장수가 싸움에서 죽는 것은 마땅한 일. 비록 내 편의 흉계에 죽음을 당했을망정 나는 상관없소. 공주, 당신을 이 세상에 두고 가는 것이 내 한이오. 내가 없는 궁성에 의지 없을 당신을 생각하면 차마 내 어찌 저승길의 걸음을 옮기리까. 공주, 이 몸에게 베푸신 크나큰 은혜 티끌만큼도 갚지 못하고 가는 이 사람은 죽어도 죽지 못하겠습니다. 10년 전 그날, 이 몸이 하늘을 보던 그날, 당신이 내 오막살이에 오신 날, 이 몸은 당신의 꽃다운 얼굴에 눈멀고 당신의 목소리에 귀먹었습니다. 당신은 그 전날 밤에 내게 오셨습니다. 산에서 동굴에서 지낸 하룻밤에 당신은 나와 더불어 천년을 맹세하셨습니다. 그날, 당신께서 내 앞에서 갓을 벗어 보이셨을 때 나는 알아보았습니다. 당신이 내 하늘인 것을 알아보았습니다. 벙어리 된 이 몸은 당신의 망극한 말씀을 들으면서도 벙어리 된 입을 놀릴 수 없었습니다. 당신은 이후 내 하늘이었습니다. 산짐승과 더불어 살던 이 몸에게 사람 세상의 온갖 지혜를 가르치신 당신, 창으로 곰을 잡듯, 덫으로 이리를 잡듯, 적의 군사를 잡는 것은 쉬운 일이었습니다. 당신을 위해서 나는 싸웠습니다. 당신의 기쁨을 위해서 신라와 백제의 성과 장수들을 나는 취하였습니다. 싸움터의 길은 내가 짐승들을 쫓던 그 길보다 더는 험하지 않았습니다. 설사 천 배나 그 길이 험하였기로서니 나에게 그것이 무슨 두려움이었겠습니까. 이 천한 몸에게 주어진 영광도 공주를 위한 방패라 생각하고 나는 두려운 줄도 몰랐습니다. 공주, 고구려 평양성의 인심은 무섭더이다. 이 몸은 산에서 활을 쏘고 창으로 끼니를 얻던 그때처럼 편한 마음을 한시도 가지지 못하였습니다. 나보다 뛰어난 사람들이 구름처럼 모인 평양성에서 나는 눈멀고 귀먹은 짐승이었습니다. 나는 보지도 듣지도 않았습니다. 부마 될 내력 없다고 이 몸을 비웃는 소리도 나에게는 가을날 산의 가랑잎 스치는 소리더군요. 하늘인 당신을 모신 이 몸은 아무것도 듣지도 보지도 않았습니다. 무엇을 들어야 할 이치가 있었을까요? 숱한 사람들이 나에게 말했습니다. 공주 당신께서 하시는 이야기를 다 들어서는 안 된다고. 온달은 나라의 부마이고 나라의 장군이라고……. 그러나 다 이 몸에게는 부질없는 말들. 공주, 당신이 나의 고구려였습니다. 고구려, 그것은 당신이었습니다. 덕이 높으신 왕자의 말씀도 내 귀는 듣지 못하였습니다. 그분들은 모두 다른 고구려를 섬기는 어른들인 것을 나는 알게 되었지만 지금까지도 이 몸과는 상관없는 일입니다. 지금 나는 당신에게서 떠납니다. 나는 두렵습니다. 당신 말고 다른 고구려를 섬기는 사람들이 당신을 해칠 일이, 공주…….

- 장수로서 사명감을 느낄 수 있는 온달의 말
- 고구려 왕자가 사주한 온달의 부하에게 살해당한 일을 가리킴
- 설의적 표현으로 공주에 대한 염려의 마음을 강조함
- 산속에 사는 자신을 고구려의 장수로 만들어 준 은혜
- 역설적 표현으로 공주의 은혜를 갚지 못하는 한스러움을 강조함
- 공주를 비유한 말 – 온달에게 공주는 지고지순한 존재임
- 공주와의 운명적인 인연에 순응하였음을 의미하는 말
- 공주를 절대적으로 생각하고 공주와의 만남을 운명이라 여김
- 온달에게 가르침을 주는 공주의 말
- '망극한 말씀'의 내용 → 공주는 온달을 가르쳐 장군으로 만들었음
- 온달이 용맹스러운 장수였음을 알 수 있음. 비유적 표현
- 공주를 위해 헌신적으로 전쟁에 임한 온달
- 설의적 표현으로 공주를 위해 싸우는 데 두려움이 없었음을 강조함
- 공주에 대한 절대적인 사랑의 표현
- 산속에서 편히 지내던 때와 달리 삭막한 도성에서의 생활은 불안하고 힘겨웠음을 토로함
- 온달이 부마가 된 것에 대해 시기하는 사람들의 말
- 자신을 비난하는 말에 개의치 않았다는 의미
- 오직 공주만을 위하는 온달의 헌신적인 태도를 엿볼 수 있음
- 공주의 말에 대한 절대적인 신뢰감이 담김
- 온달이 부질없다고 여기는 말들
- 공주를 자신이 지키려는 고구려와 동일시함 – 공주에 대한 절대적인 신뢰가 담긴 말
- 공주를 견제하는 인물. 공주와 적대적 관계를 이룸
- 공주와 적대적인 세력이라는 의미
- 자신의 죽음 이후 공주의 적대 세력이 공주에게 해를 끼칠까 염려하는 마음

**공주:** 장군. (가까이 다가선다.)

**온달:** (다가서다가) 안 됩니다. (손을 들어 막으면서 한 발 물러선다.)

• '공주에 대한 '온달'의 인식

| 온달 |
|---|
| • 공주의 꽃다운 얼굴과 목소리에 눈이 멀고 귀가 먹었음<br>• 공주가 '망극한 말씀'을 통해 사람 세상의 온갖 지혜를 자신에게 가르쳐 주었음<br>• 자신에게 주어진 영광도 공주를 위한 방패라고 생각함<br>• 공주의 말에 대해 절대적인 신뢰를 보임 |

↓

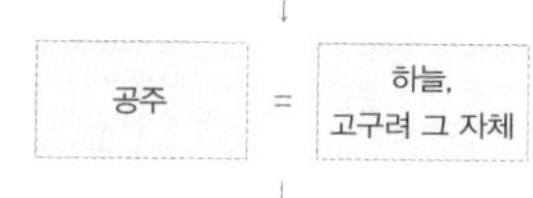


↓

공주를 절대적 존재라 여기며 신뢰함

• '온달'의 심리

| 온달의 말 |
|---|
| "나는 두렵습니다. 당신 말고 다른 고구려를 섬기는 사람들이 당신을 해칠 일이, 공주……." |

↓

공주가 적대 세력에 해를 당할까 염려하는 마음이 담겨 있음

공주: 가지 마시오. 장군.

온달: 이윽고 새벽이 되겠으니, 죽은 자는 제 몸이 있는 곳을 찾아가야지요. (이때 새벽 종소리)
자신은 죽은 몸이므로 저승으로 가야 한다는 말 – 공주와 온달이 이승과 저승으로 단절됨을 보여 줌

공주: 장군. 장군을 해친 자가 누굽니까?

온달: 머리에, 머리에 상처가 있는 장수, 잠든 나를 찌른 그자를 내가 칼로 쳤소. (뒷걸음질로 물러간다.)
자신을 죽인 자를 알아볼 수 있도록 단서를 남김

공주: 장군 이름을, 그자의 이름을…….

온달: (고개를 젓는다.) 공주, 어머니를, 어머니를……. (영 사라진다.)

공주: 아아 장군…….
온달과 이별하는 공주의 안타까움이 담김

▶ 자신이 아군에게 살해당했음을 밝히고 사라지는 온달의 혼령

• 이 장면의 특징과 효과

온달의 대사: "머리에, 머리에 상처가 있는 장수, 잠든 나를 찌른 그자를 내가 칼로 쳤소."

온달이 공주에게 자신을 죽인 장수의 특징을 알려 주는 장면으로 온달은 장수의 이름은 밝히지 않음

↓

효과

• 관객(독자)의 궁금증을 유발함
• 극의 긴장감을 조성함

- 해당 장면은 움직이지 않은 온달의 관을 움직이게 한 공주가 적대 세력의 명을 받고 온 장교 무리들에게 죽임을 당하는 부분이다.
- 비현실적 사건이 지닌 상징적 의미를 파악하고, 인물 간의 갈등 양상과 인물의 태도 변화를 이해하도록 한다.

[앞부분의 줄거리] 전쟁터에서 죽은 온달의 장례를 치르려고 하지만 관이 움직이지 않는다.(비현실적 사건. 온달의 한을 상징적으로 보여 줌) 이때 공주가 온달을 찾아온다.

주목 공주: 장군, 비록 어제까지 장군이 치달던 벌판(신라군과 싸운 전쟁터)이라 하나, 이제 누구를 위해 여기 머물겠다고 이렇게 떼를 쓰십니까?(온달의 관이 움직이지 않는 상황) 장군의 마음(아군에게 암살당한 온달의 한)을 내가 알고 있으니 집으로 돌아가십시다. 「고구려는 내 아버지의 나라. 당신의 원수를 용서치 않으리다. 평양성에 가서 반역자들을 모조리 도륙(사람이나 짐승을 함부로 참혹하게 마구 죽임)을 합시다.」(「 」: 온달의 죽음에 관여된 반역자들을 처단하려는 공주) 자, 돌아가십시다. (손짓을 한다.)

의병장들, 관 뚜껑을 닫고 관을 올려놓은 받침의 채(가마, 들것, 목도 따위의 앞뒤로 양옆에 대서 매거나 들게 되어 있는 긴 나무 막대기)를 감는다.

공주: 들어 올려라. / 올라오는 관. 모두 놀라는 소리.(움직이지 않던 관이 공주의 말을 듣고 움직였기 때문에 – 비현실적 사건)

공주: 가자, 평양성으로. 「그곳에서 잔악한 반역자들(왕자의 사주를 받아 온달을 죽인 자들)을 샅샅이 가려내어 목을 베리라.」(「 」: 온달의 복수를 다짐하는 공주) (공주 움직인다.)

▶ 온달을 위로하며 온달의 복수를 다짐하는 공주

공주, 시녀, 관, 군사들, 서서히 퇴장. 부장과 장수 몇 사람만 무대에 남는다.

장수 1: (부장에게) 공주의 노여워하심이 두렵습니다.(온달을 죽인 자신들의 행동이 들통날 것을 두려워하는 말)

장수 2: 필시 무슨 기미(낌새. 어떤 일을 알아차릴 수 있는 눈치. 또는 일이 되어 가는 야릇한 분위기)를 알아보셨음이 틀림없습니다.

부장: 어떻게 알 수 있단 말인가?

장수 3: 투구를 벗으라고 하신 것이 증거가 아닙니까?(온달이 공주의 꿈에 나타나 자신을 죽인 자의 머리에 상처가 있다고 말한 것과 관련이 있음)

부장: 어떻게 알았을까? (둘러보고) 너희들 중에 배반하는 자가 있으면 행여 온전히 상금을 누릴 목숨이 있거니는 생각 말아라.(온달을 죽인 것을 들통나지 않게 하려고 부하들을 단단히 단속하는 말)

장수들: 무슨 말씀입니까. 억울합니다.

부장: 그렇겠지. 이것을 문제 삼는다 치더라도 (투구를 벗는다. 머리를 처맸다. 피가 배어 있다.)(온달을 죽인 장수가 부장임을 알 수 있음) 이것이 어쨌단 말인가. 이토록 신라 놈들과 싸운 것이 군법에 어긋난단 말인가?(온달을 죽일 때 난 상처를 신라군과 싸우다 난 상처로 둔갑시키려는 계략) (음험한 웃음) 두려워 말라. 공주보다 더 높은 분이 우리 편이야.(왕자의 사주를 받았기 때문에)

장수들: (비위 맞추는 너털웃음)

부장: 가자, 평양성으로. 그곳에서 과연 누구의 목이 먼저 떨어지는가를 보기로 하자.(앞으로 전개될 내용을 암시함 – 공주보다 높은 이가 자신을 보호해 줄 것이라고 여기며 자신이 아닌 공주가 죽임을 당할 것이라 생각함)

(모두 퇴장.)

▶ 온달을 암살한 일이 들통날까 걱정하는 장수들

(중략)

공주, 비(婢) 뒤를 따른다. 이때 많은 사람들이 가까이 오는 기척. 장교, 군사 여럿 등장.(적대 세력의 사주를 받고 공주를 죽이러 오는 인물들) 들어가던 사람들이 멈춰 서다가 다시 나온다.

대사: (장교를 알아보고) 오, 당신이군. 웬일이시오?

**작품 분석 노트**

- 비현실적 사건의 의미

| 비현실적 사건 | • 죽은 온달의 관이 움직이지 않음<br>• 공주의 말을 듣고 관이 움직임 |
|---|---|

↓

온달이 반역자들에게 억울하게 죽어 그 한이 깊다는 것을 암시함

- '온달'을 죽인 증거

| 온달의 말 |
|---|
| 온달이 공주의 꿈에 나와 머리에 상처가 있는 인물이 자신을 죽였다고 말함 |

↓

| 부장 | 머리를 처맸으며 피가 배어 있는 흔적이 있음 |
|---|---|

↓

부장이 공주의 적대 세력(왕자)의 명을 받아 온달을 죽였음을 알 수 있음

- '부장'의 인물됨

| 부장 | • 공주보다 높은 사람이 자신의 편이라 말하면서 온달을 죽인 반역자를 찾아 처단하겠다는 공주를 두려워하지 않음<br>• 자신의 행동을 합리화함 |
|---|---|

↓

잘못된 명령을 그대로 따르고 그것을 당당하게 여기는 부정적 인물

공주: 웬일인가? / 장교: 왕명을 받들어 공주를 모시러 왔소.
공주를 죽이기 위해 거짓으로 둘러대는 말

공주: 나를? / 장교: 그러하오.

공주: 나는 여기서 살기로 했느니라. / 장교: 돌아오시라는 분부시오.
온달 모와 함께 산속에서 살겠다는 의미

공주: 내 일은 내가 알아서 할 것이니 돌아가서 그렇게 여쭈어라.
궁에 가지 않겠다는 단호한 의지를 드러냄

장교: 아니 됩니다. / 공주: 무엇이라? 네 이놈. 네가 실성을 했느냐?
자신의 말을 거역하는 장교에 대한 노여움이 담김

장교: 실성한 것도 아니오. / 공주: 아니 이놈이…….

장교: 온달 장군도 돌아가신 이 마당에 공주는 궁을 지키지 않고 왜 함부로 거동하셨소?
온달이 죽었으므로 공주는 궁에 머물러야 한다는 말

온모: 무엇이? 온달이, 온달이…….
온달이 죽은 줄을 모르고 있었음을 알 수 있음

장교: (그쪽을 보고 웃으며) 모르고 계셨습니까? 온달 장군은 한 달 전에 세상을 떠났습니다. / 온모: (쓰러진다. 비, 공주, 붙든다.) 온달이, 온달이…….
교활한 면모가 드러남

어려워하거나 조심스러워하는 태도가 없이 무례하고 건방짐

공주: 이놈, 네 이 무슨 짓이냐? 네가 어떻게 죽고 싶어서 이다지 방자하냐?
온달의 어머니에게 온달이 죽은 것을 함부로 말한 것에 대한 분노

장교: 방자? (껄껄 웃는다.) 세상이 바뀐 줄도 모르시오? 온달 없는 공주가 누구를 어떻게 한다는 말이오?
공주의 적대 세력이 권세를 잡았음을 알 수 있음 / 온달이 없는 공주는 무기력하다는 말

대사: 이게 어찌 된 일이오? (장교에게) 지나치지 않는가?
장교의 행동을 꾸짖는 말

장교: 가만히 비켜 서 있거라. / 대사: 오! / 장교: 아니, 이놈을 끌어가라.

병사들 일부, 대사를 끌고 퇴장.

**감상 포인트**
사건의 전개 과정을 바탕으로 인물 간의 갈등 양상과 인물의 태도 변화를 파악한다.

장교: (공주에게) 자 걸으시오. / 공주: 네가 정녕 내 말을 듣지 못하겠느냐?
강한 거부 의사를 드러냄

장교: 내 말을? 왕명을 받들고 온 사람에게?

공주: 이놈이 정녕 실성했구나. 내가 돌아가면 어찌 될 줄을 모르느냐? 나는 이곳에 머물기로 하고 이미 아버님께도 여쭙고 오는 길, 누가 또 나를 지시한단 말이냐? 정 그렇다면 근일 중에 내가 궁에 갈 것이니 오늘은 물러가라.
장교의 무례한 태도에 대한 추후 처분을 위협적으로 이야기함
왕명을 듣고 왔다는 장교의 말을 반박하는 말
근일: 미래의 가까운 날

장교: 정 안 가시겠소?

장교를 대하는 태도가 변하였음을 알 수 있음

공주: (분을 누르며) 내가? 말을 어느 귀로 듣느냐? (타이르듯) 네가 아마 잘못 알고 온 것이니, 그대로 돌아가면 오늘의 허물을 내가 과히 묻지 않으리라.
장교가 온 근본적인 이유를 모르고 하는 말
상대를 회유하는 방식으로 태도를 바꿈

장교: (들은 체를 않고) 정 소원이라면 평안하게 모셔 오라는 명령이었다. 잡아라.
공주를 죽여도 좋다는 명령

병사들, 공주의 팔을 좌우에서 잡는다. / 공주: 어머니. / 장교: 편하게 해 드려라.

「병사 1, 칼을 뽑아 공주를 앞에서 찌른다. 공주, 앞으로 쓰러진다. 붙잡았던 병사들, 서서히 땅에 눕힌다.
권력 다툼에서 패배한 공주의 비극적 결말

장교, 손으로 지시한다. / 병사 2, 큰 비단 보자기로 공주의 시체를 싼다.

장교, 또 지시한다. / 병사들, 공주를 들고 퇴장. 장교, 뒤따라 퇴장. 공주의 살해에서 퇴장까지의 동작은 마치 의전(儀典) 동작처럼, 기계적으로 마디 있게 처리.」

「」: 공주를 죽여 시체를 옮기기까지 일사분란하게 움직이는 것을 통해, 공주를 죽이는 일이 계획된 것임을 알 수 있음

대사: 공주. 좋은 세상에서 또다시 만납시다.
불교의 윤회설에 의거하여 다시 만나기를 바람

▶ 적대 세력에 의해 죽임을 당한 공주

• 인물 간의 갈등 양상

| 공주 | 갈등 ↔ | 장교 |
|---|---|---|
| 자신을 데리러 온 장교 무리들이 자신의 말을 듣지 않는 것에 분노를 드러냄 | | 공주의 노여움에도 아랑곳하지 않고 공주를 데려오라는 명을 수행하려 함 |

• 인물의 태도 변화

| | |
|---|---|
| 공주 | 명을 듣지 않고 불손한 언행을 하는 장교에게 화가 나 호통을 침<br>→ 말을 듣지 않는 장교에게 분을 누르고 타이름 |
| 장교 | 공주의 신분을 고려하여 형식적으로 공주를 깍듯이 모시는 체함<br>→ 죽여도 좋다는 명령을 받았음을 밝히며 공주를 함부로 대하며 죽임 |

• 비극적 결말

| | |
|---|---|
| 공주 | 적대 세력의 명을 받은 장교에게 살해를 당함 |

↓

• 온달을 죽인 적대 세력에 대한 복수의 좌절을 드러냄
• 작품이 비극적 결말로 끝나고 있음을 보여 줌

온모, 사건이 진행되는 동안 전혀 움직이지 않고 서 있다가 모두 퇴장한 다음 무대 정면으로 조금씩 움직여 나온다. 밝은 진홍빛 배자와 성성한 백발이 강하게 대조되게, 날이 저물 무렵, 이 조금 전, 병사들의 퇴장 무렵부터 눈이 조금씩 내리기 시작. 흰 눈, 진홍빛 배자, 백발이 이루는 색채의 덩어리를 인상적으로 나타낼 수 있도록 조명을. 온모 소리는 없이 입속에서 중얼거리는 표정.

추울 때에 저고리 위에 덧입는, 주머니나 소매가 없는 옷

색채 대비를 통해 공주의 비극적 죽음을 강조함

온모: (얼굴을 약간 쳐들어 눈발을 보며) 눈이 오는군…… 오늘은…… 산에서…… 자는 날도 아닌데……왜…… 이렇게 늦는구? (계속 내리는 눈발 속에)

온달이 죽었음을 알고 실성한 채 온달을 기다리는 모습 → 비극성 강조

▶ 온달을 기다리는 온모

• 이 작품의 결말과 주제 의식

이 작품의 결말 부분은 공주가 궁을 떠나 온달 모친과 함께 여생을 보내려 하지만 군사들에게 살해를 당하는 것으로 마무리되고 있다. 이는 원작인 〈온달 설화〉에는 없는 새로운 내용으로 작가는 이러한 원작의 변형과 재해석을 통해 정치적으로 희생되는 개인의 비극을 그림으로써 새로운 주제 의식을 구현하고 있다.

## 핵심 포인트 1 인물의 심리 및 태도 파악

이 작품은 온달과 평강 공주의 신분을 초월한 사랑과 비극적 죽음을 그리고 있다. 따라서 중심인물들의 대사나 행동을 바탕으로 인물의 심리 및 태도를 파악하도록 한다.

**'온달'과 '평강 공주'의 태도**

| 온달 | 평강 공주 |
|---|---|
| • 산골에서 홀어머니와 함께 살던 순박한 인물로, 바보 온달로 불리지만, 평강 공주와 만난 뒤 공주의 노력으로 장군이 됨<br>• 공주를 하늘이자 고구려 그 자체로 여김 → 공주를 절대적 존재라 생각하며 신뢰함 | • 고구려의 공주로, 권력 싸움에서 밀려나 출가함. 우연히 만난 온달과 혼인한 뒤 온달을 고구려의 장군으로 만듦. 온달을 통해 정치적 힘을 키우려 함<br>• 온달을 방패이면서 울타리, 자신을 든든히 지키는 보호자로 여김 |

↓

온달과 평강 공주 모두 서로에 대해 존중하며 신뢰하는 태도를 보임

## 핵심 포인트 2 소재의 의미와 기능 파악

이 작품에서는 인물들이 꾸는 '꿈', 즉 온달이 꾸는 꿈, 공주가 꾸는 꿈, 온달의 모친이 꾸는 꿈을 통해 사건이 전개되고 있다. 따라서 작품의 전개 과정을 고려하여 '꿈'의 의미를 파악하도록 한다.

**인물이 꾸는 '꿈'의 내용과 의미**

| | 온달 | 평강 공주 | 온달의 모친 |
|---|---|---|---|
| 꿈의 내용 | 구렁이에게 죽임을 당할 뻔함 | 온달의 승전보를 기다리던 중, 온달의 혼이 찾아옴 | 온달이 눈부신 관을 쓰고 있지만 피를 흘리고 있음 |
| 꿈의 의미 | 새로운 세계로 나아갈 통과제의를 의미함 | 의지했던 온달의 죽음과 비극적 결말을 암시함 | 온달의 결혼과 죽음을 암시함 |

**'공주'의 꿈에 '온달'이 나타난 이유**

| 꿈의 내용 | • 온달이 자신이 죽었음을 알림<br>• 공주의 은혜에 감사하고 공주에 대한 자신의 마음을 전함<br>• 자신이 죽은 뒤 적대 세력이 공주를 해칠 것을 염려함 |
|---|---|

공주에 대한 사랑과 염려의 마음을 전하기 위해 공주의 꿈에 나타난 것임

## 핵심 포인트 3 다른 작품과의 비교

이 작품은 〈온달 설화〉를 바탕으로 새롭게 창작된 희곡이다. 따라서 〈온달 설화〉와 비교하여 이 작품이 지닌 특징적인 면을 파악하도록 한다.

**〈온달 설화〉와 〈어디서 무엇이 되어 만나랴〉의 비교**

| 〈온달 설화〉 | 〈어디서 무엇이 되어 만나랴〉 |
|---|---|
| • 순박하지만 바보 같은 온달이 평강 공주를 만나 장수로 성장하게 됨<br>• 장군으로 성공한 온달은 신라와의 전쟁에 나가 장렬한 죽음을 맞이함 | • 온달은 순박하고 바보 같지만 호랑이를 맨손으로 잡을 정도로 이미 비범한 장수의 면모를 갖추었음<br>• 권력 암투 속에서 온달은 왕자의 사주를 받은 자국(고구려)의 병사에게 죽임을 당함 |

↓

설화와 달리 〈어디서 무엇이 되어 만나랴〉는 정치적 대결과 권력 투쟁의 구도 안에서 온달과 공주의 운명적인 만남과 결혼, 그리고 이 둘의 비극적 죽음을 그려 내고 있음. 또한 산속에서 평온하게 살던 온달이 결국 권력 다툼으로 인해 희생된다는 점에서 사회적, 역사적인 권력 다툼 속에서 희생되는 민중, 개인의 모습을 그려 낸 것이라고도 볼 수 있음

### 작품 한눈에

• 해제

〈어디서 무엇이 되어 만나랴〉는 〈온달 설화〉를 재해석한 작품으로, 평강 공주의 주체적인 의지와 평강 공주에 대한 온달의 헌신적 사랑, 그리고 비극적 죽음을 그리고 있다. 이 작품은 설화에서 기본적인 모티프를 가져왔지만, 설화와 달리 평강 공주의 정치적 욕망과 공주에 대한 온달의 헌신적 사랑이 두드러지게 나타나고 있다. 한편 온달과 평강 공주가 외적이 아닌 내부의 적대 세력에 의해 죽임을 당하는 비극적 결말을 제시하여, 권력 다툼으로 인한 냉혹적 정치 현실을 드러내고 있다.

• 제목 〈어디서 무엇이 되어 만나랴〉의 의미

– 온달과 평강 공주의 비극적 사랑이 이루어지기를 바라는 마음

이 작품은 온달과 평강 공주의 만남과 사랑, 그리고 비극적 죽음을 그려 내고 있다. 따라서 제목인 '어디서 무엇이 되어 만나랴'는 이러한 온달과 평강 공주의 만남의 신비로움과 비극적 죽음으로 인해 다시 만날 수 없는 상황에서 둘의 사랑이 이루어지기를 바라는 작가의 마음을 담고 있다고 할 수 있다.

• 주제

온달과 평강 공주의 순수한 사랑과 비극적 죽음

**전체 줄거리**

산에서 길을 잃은 온달은 여인으로 변한 구렁이를 만나 신세를 지고, 다음 날 구렁이는 하늘의 딸인 자신이 하늘로 돌아가기 위해 심부름꾼을 만나기로 한 위치인 고목을 베어 버린 온달을 잡아먹겠다고 한다. 어머니를 걱정하는 온달의 말에 구렁이는 자신의 말이 끝나고 바로 앞산 절의 종이 세 번 울리면 살려 주기로 하는데, 말처럼 되자 온달을 풀어 준다. 동굴 안에서 잠이 깬 온달은 구렁이를 만난 일이 꿈이었음을 깨닫는다. 한편 산속 암자로 가던 대사와 공주는 잠시 쉬기 위해 온달의 집에 들리고, 공주는 자꾸 울면 온달에게 시집 보내겠다는 아버지의 농담 속 온달이 실존 인물임을 알고 놀란다. 집에 돌아온 온달은 공주를 만나고, 온달의 아내가 되겠다는 공주의 결심으로 두 사람은 부부가 된다. 십 년 후 궁으로 돌아간 공주는 장군이 되어 전쟁터에 나간 온달을 기다리는데, 온몸이 피로 물든 온달의 혼이 꿈에 나타나 자신을 해친 범인에 대한 정보를 알려 주고 사라진다. 잠시 후 온달의 전사 소식이 전해지고, 공주는 온달의 관이 있는 곳에 직접 찾아가 움직이지 않던 관과 함께 평양성으로 돌아오며 온달을 죽인 사람에 대한 복수를 다짐한다. 궁을 나와 온달의 어머니를 모시고 살던 공주는 자신을 데려가기 위해 찾아온 군사들의 손에 결국 죽게 된다.

◇ 한 줄 평 개인의 비극적인 삶 속에 현대사의 고난을 녹여 낸 작품

# 한씨 연대기 황석영 원작, 김석만 · 오인두 각색

▸ 기출 수록 평가원 2008 6월

**장면 포인트 1**

- 이 작품은 북한 대학 병원의 의사인 한영덕이 6 · 25 전쟁으로 인해 수난을 겪는 과정을 통해 역사 속 개인의 비극을 그린 희곡이다.
- 해당 장면은 한영덕이 북한에서 월남한 인물이라는 이유로 수사 대상이 되고, 생계를 유지하기 위해 무면허 의사인 박가와 동업하지만 그의 배신으로 인해 고발당하게 되는 상황이다.
- 대화를 통해 드러나는 한영덕이라는 인물의 성격을 파악하고, 서사극의 특징을 중심으로 사건 전개 방식을 이해하도록 한다.

[앞부분의 줄거리] 6 · 25 전쟁이 발발하자 북한의 대학 병원 의사인 한영덕은 특별 병동의 환자를 치료하지 않고 일반 병동 환자를 치료하였다는 이유로 반역자로 몰려 처형장으로 끌려간다. 처형장에서 기적적으로 살아난 한영덕은 잠시 피신할 목적으로 가족을 북한에 남겨 두고 남한으로 내려온다.

제8장 수사

「소리: (타자 치는 소리와 함께) 정보 보고서. 수신. 미국 제2 기지 한국군 파견대 조사반장. 제목. 적성 용의자에 관한 건.
(타자로 작성하는 문서의 내용을 알려 줌 / 적성 용의자: 공산주의 사상을 가진 것으로 의심되는 인물)

1. 입건 일시 및 장소. 1951년 11월 23일 15시 20분경. POW 캠프 부근.
(POW: prisoner of war. 포로수용소)

2. 인적 사항. 성명. 한-영-덕. 생년월일. 1911년 5월 18일생(당 40세). 직업. 의사. 평안남도 평양시. 현주소. 경상북도 대구시 덕상동.」
(「」: 수사 보고서 형식을 통해 한영덕에 대한 정보와 현재 상황을 전달함 / 한영덕이 북에서 월남한 인물임을 알 수 있음)

(조명 밝아지면, 무대 전면에는 오른쪽부터 배우 3, 1, 2가 일렬로 서 있다. 오른쪽 무대 위에는 MP 완장을 두른, 한국군(심문관)과 미국 장교가 트럼프 놀이를 하고 있다. 이들은 트럼프 놀이를 하면서 심문을 한다.)
(MP: military police. 헌병 / 카드 놀이를 하면서 한영덕을 심문하는 한국군 심문관과 미군 장교 → 한영덕의 수난을 부각함)

미군 장교(5): (정보 보고서를 내던지고 나서) O.K. Let's go!

심문관(4): 이상 사실과 맞습니까?

한영덕: 예.

(이하 심문 과정에서 한영덕을 비롯한 배우 세 명은 군대의 제식 훈련, 단체 기합을 받는 동작을 일사불란하게 수행한다. 라디오에선 당시 미군이 잘 듣던 재즈 가락이 흘러나온다.)
(제식 훈련: 집단적이면서도 통일성이 필요한 군인에게 절도와 규율을 익히게 하는 훈련 / 한영덕과 배우들이 일사불란하게 기합을 받는 동작과 재즈 가락의 대비를 통해 상황의 비극성을 부각함)

▸ 심문을 받는 한영덕

심문관: 1951년 11월 20일부터 23일 사이에 포로 캠프 근처에서 배회한 적이 있지요?

한영덕: 예.

심문관: 무슨 목적으로 캠프에 왔습니까?

한영덕: 아들을 만나기 위해서였습니다. 평양 태생, 당년 18세, 한창빈입니다.
(한영덕이 포로 캠프를 배회한 목적)

심문관: 포로 명단을 조사했더니 그런 자는 없다는데, 누구에게서 언제 그런 사실을 들었습니까?

**작품 분석 노트**

- '소리'의 기능
  - 타자로 작성하는 문서의 내용을 알려 줌
  - 수사 보고서 형식을 통해 한영덕에 대한 정보와 '적성 용의자'로 체포된 현재 상황을 드러냄

- 등장인물과 배역
  - 배우(해설자) 1: 한영덕, 참모, 트루먼, 국회 의원
  - 배우(해설자) 2: 서학준, 마셜, 감시원, 조사관, 깡패, 기관원
  - 배우(해설자) 3: 박가, 맥아더, 원장, 한창빈, 강 노인, 깡패, 기관원
  - 배우(해설자) 4: 한영숙, 당원, 할머니, 심문관, 깡패들, 깡패, 기관원
  - 배우(해설자) 5: 한혜자, 간호원, 창빈 어머니, 미군 장교, 윤미경, 깡패, 기관원

  ↓

  한 인물이 여러 배역을 맡아 연기함 → 서사극의 특징을 보여 줌

한영덕: 고향 사람이, 지난 10월 부산으로 오는 포로 수송 열차에 그 애가 타고 있는 것을 먼 데서 본 것 같다고 했습니다.
한영덕의 아들, 한창빈

심문관: 캠프 지역에 민간인의 접근이 금지되어 있다는 걸 알고 있었지요?

한영덕: 예.

심문관: 왜, 근무자의 정지 명령에 불응하고 도주했습니까?

한영덕: 잡상인이 달아나길래 저도 같이 섞여서 달아났습니다.

미군 장교: Son of a bitch!
개자식이라는 뜻의 비속어

(세 명의 배우는 엎드려뻗쳐 자세를 취한다.) ▶ 포로수용소로 아들을 찾으러 왔다가 체포된 한영덕

심문관: 피의자는 언제 월남했습니까?

한영덕: 51년 1월입니다.

심문관: 속이지 마시오! (발을 구른다.)
한영덕의 말을 믿지 않음

(배우들은 옆으로 쓰러진다. 이후 온갖 종류의 기합을 받는다.)
포로들에 대한 인권 유린

피의자가 51년 1월에 월남했다면 어째서 아직도 인민복을 입고 있습니까?
신해혁명 이후 쑨원(孫文)이 입던 것과 같은 모양의 중국의 국민복

한영덕: 인민복은 마구 입기가 좋고 목에까지 단추가 달려 있어 추위를 막는 데 적합한 옷입니다.
월남 후에도 북한에서 입는 인민복을 입고 있는 이유를 설명함

심문관: 의사가 옷이 없다니 말이 됩니까? 인민복을 입어야만 포로들과 접선이 수월했던 게 아닙니까?
한영덕의 남한에서의 삶을 이해하지 못하는 심문관의 반응 / 한영덕을 공산주의자로 몰아가고자 하는 의도

한영덕: 아닙니다. 단지 버리기가 아까워 그냥 입었을 뿐입니다.

미군 장교: Oh, my gosh! Go on! ▶ 인민복을 입고 있는 한영덕에 대한 심문관의 불신
한영덕의 말을 믿기 어렵다는 반응

(세 명의 배우, 낮은 포복 자세로 바꾸어 기어간다.)

심문관: 이남에 친척이 있습니까?
남한. 남북으로 분단된 대한민국의 휴전선 남쪽 지역을 가리키는 말

한영덕: 예, 전쟁 전에 남하한 손아래 누이가 서울 어딘가에 살고 있다는 소식을 들었습니다. ▶ 전쟁 전에 남하한 한영덕의 가족에 대한 심문
한영숙

「심문관: 피의자는 이북에서도 의업에 종사했습니까?
북한. 남북으로 분단된 대한민국의 휴전선 북쪽 지역을 가리키는 말

한영덕: 예, 처음엔 대학에 있다가 인민 병원에서 반년간 근무했습니다.

심문관: 대학이라면 소위 김일성 대학 의학부를 말하는가요? 직책과 전공은?

한영덕: 산부인과학 교수였습니다.
지식인인 한영덕의 면모

심문관: 인민 병원서 직책은?

한영덕: 특병동 담당 의사였습니다.
특별 병동

심문관: 특병동이란 무엇을 하는 곳인가요?

한영덕: 군인과 준군인, 당원, 행정 요원과 그들의 가족을 치료하는 병원이었습니다.
특별 병동의 치료 대상자

심문관: 그렇다면, 그것은 피의자가 공산주의자들로부터 절대적으로 신임을 받았다
북한의 고위직 인사들을 치료하였음을 근거로 북한에서 한영덕의 위상을 추측함

• '한영덕'이 수사를 받게 된 이유와 과정

**한영덕이 체포된 경위**

민간인인 한영덕이 아들을 찾기 위해 포로수용소 근처를 배회함 → 정지하라는 명령을 듣지 않고 도주하다 체포됨

↓

**심문 과정**

- 심문관은 한영덕이 월남한 인물이라는 이유로 한영덕을 공산주의자로 의심함
- 심문에 대한 한영덕의 대답을 신뢰하지 않음 → 한영덕의 과거는 모두 그를 공산주의 첩자로 의심하게 하는 계기로 작용함

↓

**심문관의 회유와 한영덕의 거절**

심문관은 한영덕이 군의관으로 입대하면 체포하지 않겠다는 의도를 드러냄 → 한영덕이 심문관의 제의를 거절함

↓

**결과**

한영덕은 교도소에 수감됨 → 자신의 소신에 따라 행동하지만 처세에 능하지 못하고 고지식한 한영덕의 성격이 수난을 초래하는 계기로 작용함

는 증거 같은데…….

한영덕: 그때의 북한 상황을 모른다면 내 입장을 이해할 수가 없을 겁니다. 오히려 징집된 자들보다도 더 나쁜 환경 아래서 혹사당했으니까요.
열악한 환경에서 부상자들을 치료해야 했음

심문관: 믿을 수가 없소. 후방 근무가 전방 근무보다 더 위험하고 곤란하다는 건 이해할 수가 없어요. 그건 바로 적의 정수분자들과 접촉, 교류했다는 말이 아닙니까?
핵심 인사
군대나 학교 따위의 단체 생활을 하는 곳에서 잘못한 사람을 단련한다는 뜻에서 정신적 · 육체적 고통을 가하는 것

한영덕: (기합으로 기진맥진한 상태로) 몇 번을 얘기해야 합니까? 난 살기 위해 월남했을 뿐이오.
한영덕이 월남한 이유가 드러남 – 처형장에서 기적적으로 살아난 한영덕이 잠시 피신하기 위해 남하하였음

심문관: 그래요? 좋습니다. 지금까지 진술한 내용은 모두 사실이지요?

한영덕: 예.」
「 」: 심문을 통해 한영덕이 월남하기 전 북한에서의 삶이 드러남

(배우, 세 명 모두 바닥에 엎드리거나 누워 쓰러져 있다.)
▶ 월남 전 북한에서 특병동을 담당한 한영덕의 과거

심문관: (카드 놀이를 그만두고 일어나 한영덕을 쳐다보며) 지금은 전쟁 중이오. 이번 전쟁은 어느 편이 이길 거라고 생각합니까?

한영덕: …….

심문관: 전시에는 사람의 생명을 구하는 의술이야말로 커다란 효용 가치를 가지고 있습니다. 살기 위해서 월남했다면 군의관으로 입대할 생각은 없습니까?
군의관으로 입대한다면 살려 줄 수 있다는 의미가 담겨 있음

한영덕: 전쟁을 돕는다는 명목으로 신분 보장이나 바라고 싶지는 않습니다.
심문관의 제의를 거절함 → 한영덕의 고지식한 성격이 드러남

(잠시, 침묵)

심문관: (미군 장교 앞에 부동자세를 취하며) 이상과 같이 심문했음. 아직은 공작 첩자 여부를 밝힐 수는 없으나 요시찰 인물로 추정되므로 민간 경찰에 이첩함이 가하다고 사료됨. 조사 반장, 대위 박, 윤, 구!(거수경례를 한다.)
움직이지 아니하고 똑바로 서 있는 자세 / 공산주의자들이 꾸미는 일의 스파이
사상 · 보안 문제 따위와 관련하여 행정 당국이나 경찰의 감시가 필요한 사람 / 다른 부서로 넘김
▶ 군의관으로 입대하면 신분을 보장하겠다는 심문관의 제의를 거절하는 한영덕

(중략)

### 제9장 낙태 수술
한영덕이 남한에서 생계를 위해 선택한 일

해설자 2: (무대 전면 중앙으로 나와서) 1951년 6월 소련의 제의를 미국이 받아들여서 시작된 휴전 회담은 포로 교환 문제를 놓고 오랫동안 지연되고 있었습니다. 한편, 대구 경찰서에서 한 달간 옥고를 치르고 나온 한영덕은 수도 육군 병원에서 영관급 장교로 복무하는 서학준을 통해, 이남에 먼저 월남하여 살고 있던 누이동생 한영숙을 만날 수 있었습니다. 그녀의 집에 얹혀살면서 겨우 안정을 찾아 가던 한영덕은 자기도 생활비를 벌어야 한다는 생각에서 무면허 의사 박가와 함께 (무대 왼편을 가리키면 의사 가운을 입은 박가가 황급히 들어온다.) 내키지 않는 동업을 시작했습니다.
당시의 시대적 상황과 한영덕의 상황을 설명함 / 포로 교환 문제로 인해 휴전 회담이 지연되던 당시의 시대적 상황
아들을 찾기 위해 포로수용소 근처를 배회하다 잡힌 한영덕이 북한 첩자로 의심받고 수감됨
생계를 위해 무면허 의사 박가와 동업하여 주로 낙태 수술을 함

(수술대를 박가와 함께 무대 전면 우측으로 옮긴다.)
▶ 옥고를 치르고 나와 생계를 위해 박가와 동업을 시작한 한영덕

• '심문'의 기능

한영덕에 대한 심문
• 정보 보고서의 내용을 한영덕에게 확인함
• 월남 후에도 한영덕이 인민복을 입고 있는 이유에 대해 심문함
• 전쟁 전에 남하한 한영덕의 가족에 대해 심문함
• 월남 전에 북한에서 특병동을 담당한 한영덕의 과거에 대해 심문함

↓

심문의 기능
• 북한 의사인 한영덕의 과거 삶을 드러냄
• 심문관에게는 특병동을 담당한 한영덕의 사회적 위치를 추측하여 북한의 핵심 인사들과 교류했다고 판단하는 근거로 작용함

해설자 2: (차트를 넘기고) 1952년 서울에서 일어난 일이었습니다. (퇴장)
무면허인 박가가 낙태 수술을 하다가 일으킨 의료 사고가 일어난 배경을 제시함

차트 11: 1952년 서울
시간적, 공간적 배경을 명확하게 제시함

(라디오에서 〈닐리리 맘보〉가 흘러나온다.)

박가(3): (한참 동안, 환자를 매만지다가, 흠칫 놀라 두리번거리다가) 한 선배님, 한 선배님, 한 선배님!

한영덕: (뛰어 들어오며) 무슨 일요?

박가: 큰일 났습니다. 유산입니다.

한영덕: 몇 개월이었소?

박가: 5개월이었습니다. 애가 죽은 대로 나오긴 했는데 출혈이 그치질 않습니다.

한영덕: 자궁 천공을 일으켰거나 경관이 파열되어 내출혈을 일으킨 게요.
의사인 한영덕의 전문성이 드러남

박가: 제발 어떻게든 좀 도와주십시오. 선배님.

한영덕: 나도 자신이 없어요, 정당한 사유가 있는 중절이라믄 책임을 개지구 최선을 다해 보갔지만. 「만약 이런 만용으루 환자가 죽는다믄 누구레 그 책임을 져야 되갔소.」
만용: 분별없이 함부로 날뛰는 용기
「 」: 무면허인 박가가 수술을 한 데 대한 질책

박가: 그럼, 어떡합니까? 애당초 선배님을 모시기로 한 건 이런 불상사를 위해서가 아니었습니까?
불상사: 상서롭지 못한 일

한영덕: 불상사? 그러니까, 박씨는 손대지 말라고 기렇게 내 당부하지 않았소? (사이) 우선, 수혈을 해 놓구 환자레 가족을 부릅시다. 때에 따라선 자궁 적출(摘出)을 해야 할지도 모르니깐.
한영덕은 무면허 의사인 박가가 낙태 수술을 해서는 안 된다고 주의를 줌
적출(摘出): 끄집어내거나 도려냄

박가: (놀라서) 제발 생존 조치나 해 주십시오. 환자가 죽으면, 전 끝장입니다. 선배님. (사이)
환자를 살려 줄 것을 당부함

한영덕: 휴, 이 짓도 더 이상 못해 먹갔구만. 날래 환자부터 옮깁시다.
날래: 빨리

(둘은 수술대를 옮겨 놓고 퇴장.)

▶ 무면허 의사인 박가가 일으킨 의료 사고를 수습하는 한영덕

제11장 취체
취체: 단속

(무대 조명이 밝게 들어오면, 가죽점퍼를 입고 서류철을 든 의료 감시원이 두리번거리며 병원을 조사한다.)

감시원(2): 흥. 꼴에 병원 하나는 번듯하게 차려 놨군. 많이 해 처먹었겠어.
무면허 의사인 박가가 부당하게 많은 돈을 벌었으리라고 추측하고 비난함

(손과 발로 여기저기를 툭툭 건드린다.)

박가(3): (무대 오른쪽에서 나오며 자신 있게) 이거 보시오! 도대체 무슨 죄를 졌다고 남의 병원을 들쑤시고 그래요!
의료 감시원에게 오히려 큰소리를 치는 박가의 뻔뻔함이 드러남

• '차트 11'의 기능

| 차트 11의 내용 |
| --- |
| 1952년 서울에서 무면허 의사인 박가가 낙태 수술을 하다가 의료 사고를 일으키자 이를 한영덕이 수습한 내용을 담고 있음 |

↓

| 차트 11의 기능 |
| --- |
| • 시간적, 공간적 배경을 관객들에게 명확하게 제시함<br>• 관객이 극에 몰입하는 것을 방해하고 사건을 객관적으로 바라보게 함 |

감시원: 이 양반아. 무면허 영업은 최고 5년 이하의 징역이야.
박가가 무면허 의사임을 알고 왔음을 보여 줌

박가: 아니 무면허라니. 당신이 의료 감시원이면 다요? 나도 면허증이 있는 사람이에요. (면허증을 내보인다.) 자. 똑똑히 보시오. 똑똑히!
가짜 의사 면허증을 제시함
▶ 의료 감시원에게 가짜 면허증을 내보이는 박가

감시원: 가짜 면허증? 돈이면 다 되는 줄 아는 모양이지? (면허증을 내던진다.)
박가가 감시원에게 제시한 것은 돈을 주고 만든 가짜 면허증임 → 당대 혼란한 남한의 사회상을 드러냄

박가: (땅에 떨어진 면허증을 황당하게 보면서) 이거 당신네 과장 허가 아래서 나온 거야, 이 사람아. (면허증을 주워서 소중하게 다루는네)
뇌물을 주고 과장에게 받은 가짜 면허증임을 알 수 있음

감시원: 흥. 당신이 알던 과장? 벌써 전출 가서 없어!

박가: (당황하며) 글쎄, 난 전쟁 전에 이북에서 개업까지 하고 살던 사람이에요, 뭔가 착각하신 모양인데 나중에 관계처로 항의하겠소.
북한에서 개업한 의사라고 항변하는 박가

감시원: 맘대로 하쇼, 면허 등록 대장엔 당신에 관한 사항이 없으니까, 당신 면허증은 유령 번호를 달고 있다 이 말씀이야. 이번엔 혼 좀 날걸. 살맛 날 거야.
죽을맛이라는 의도를 드러내는 반어적 표현
박가의 면허증이 가짜 면허증임을 분명히 함 / 처벌이 가볍지 않을 것임

박가: (망설이다가 돈을 꺼내어 세어 본 뒤에 다가가서) 자, 저, 저, 형씨. 저 좀 봅시다. 전쟁 통에 다 알 만한 사람들끼리 이럴 거 없잖수?
의료 감시원에게 뇌물을 주려는 박가

감시원: 이거 봐요, 괜히 얼렁뚱땅하지 마쇼.

박가: 글쎄 안다구요. 당신네 심정을 모르는 게 아니라구. 우리 툭 까놓구 애기합시다.

감시원: 까긴 뭘 깐단 말이요?

박가: 에헤, 정말 같은 동포끼리 매정하게 할 겁니까?

감시원: 매정하긴 뭐가 매정하단 말요? 무면허 영업을 하지 말아야지.

박가: 글쎄. 그걸 누가 모릅니까? 우리 같은 사람들이 있으니까 형씨들도 먹고살게 마련 아니오, 그리고 사귀다 보면 서로 편리하게 주고받으며 지내는 거 아니겠소. (돈을 건네주고) 우리 트고 지냅시다.
부도덕하고 비양심적이며 뻔뻔한 박가의 성격이 드러남

감시원: (액수를 파악하고 정색을 하며) 감방 생활 5년이면 짧은 세월이 아닐 텐데…….
박가가 건넨 돈의 액수가 흡족하지 않음

박가: (호락호락하지 않은 상대를 만난 듯) 에이, 무슨 말씀, 나 하나 처넣어 봤자 형씨가 신통할 게 뭐 있소? (돈을 꺼내 일부를 떼어 내고) 어려울 때 서로 도와 가며 살이야지. (돈을 건네주고 악수를 청한다.)
뇌물을 받고 자신의 불법을 눈감아 달라는 의미

감시원: 이 양반, 그러고 보니까 덩치보다 소심하구만. (박가의 주머니에서 나머지 돈을 꺼내며) 하지만 수완이 보통은 아니야. 돈 많이 버슈.
박가가 돈을 꺼내 일부를 떼어 내고 준 것을 비꼬려는 의도 / 박가가 떼어 낸 돈마저 챙김
돈으로 문제를 해결하는 박가에 대한 비난, 반어적

박가: 아, 네. 안, 안녕히 안녕히 가십시오.

감시원: (나가다 말고) 아, 또 봅시다.
▶ 의료 감시원에게 뇌물을 주고 무면허 영업을 무마한 박가

박가: 아, 네. 조심히 가십시오……. (감시원이 안 보일 때까지 인사를 하다가) 아-이런 니기미, 씨……. 아. 지난번에 면허증 내면서 들어간 돈이 얼만데 한 달도 못 돼서 이 꼴이야, 그래, 아, 씨……. (사이) 아, 가만, 그러고 보니까. 한영덕이. 그 새끼가 그만둔 지 일주일도 안 돼서 저 치가 들이닥쳤단 말야. 아. 아무래도 한영
박가의 비굴한 태도
가짜 면허증을 만드느라 돈을 많이 썼는데 의료 감시원이 찾아와 무면허 영업을 적발하려 하는 상황에 대한 박가의 분노
한영덕이 자신을 고발했을 것이라 의심하는 박가

• '한영덕'과 '박가'의 갈등

**불법 낙태 수술**
• 생계를 위해 한영덕은 박가의 병원에서 근무하며 불법 낙태 수술을 함
• 한영덕은 무면허 의사인 박가에게 수술을 하지 말라고 하나 박가가 수술하다 의료 사고가 남

↓

• 박가가 한영덕에게 환자를 살려 달라며 도움을 청함 → 한영덕이 환자를 구함
• 한영덕이 박가의 병원을 그만둠

↓

**취체**
• 한영덕이 병원을 그만둔 후 박가의 병원에 의료 감시원이 단속을 나옴
• 박가는 감시원에게 뇌물을 주고 위기를 모면함

↓

• 박가는 한영덕이 그만둔 후 단속이 나온 것이 한영덕의 고발에 의한 것이라 판단함
• 한영덕을 간첩이라며 기관에 고발하는 투서를 넣음

↓

| 한영덕 | 갈등 ↔ | 박가 |
|---|---|---|
| 무면허인 박가가 불법 낙태 수술을 하는 것에 반대함 | | 한영덕이 자신을 고발한 것이라고 생각해 한영덕을 간첩으로 고발함 |

• '제11장 취체'를 통해 알 수 있는 내용

**인물의 모습**
• 박가는 돈을 주고 가짜 면허증을 발급받음
• 박가는 병원 단속을 나온 의료 감시원에게 돈을 주고 무면허 영업에 대한 처벌을 무마함

↓

**알 수 있는 내용**
• 1950년대 불법과 뇌물이 판치는 혼란한 시대상이 드러남
• 박가의 비양심적이고 불법적인 면모와 돈을 이용한 처세술이 드러남

덕이가 고발한 거 같은데, 아, 이 새끼, 아. 지가 싫어서 그만뒀으면 됐지. 아, 고
불법으로 낙태 수술을 하는 것이 괴로워 박가의 병원을 그만둔 한영덕

발할 건 또 뭐야. 아, 이 자식이 밥 멕여 준 은공도 모르고 말야. 좋아, 이 새끼.
한영덕이 자신의 병원에서 일한 덕분에 먹고살았다고 생각하는 박가

아, 학교 나온 녀석들이 잘 해 처먹나 못 나온 놈들이 잘 해 처먹나 어디 두고 보
의사 면허를 가지고 있는 의사에 대한 박가의 반감이 드러남

자구. 나도, 배알이 있는 놈이라 이거야, 개새끼!
배짱 / 한영덕에게 되갚아 주겠다는 태도 / 한영덕에 대한 분노

(박가는 바닥에 엎드려 투서를 쓴다. 그와 동시에 스피커에서 박가의 음흉한 목소리가 흘러나온다. 조명은 서서히 어두워진다.)
드러나지 않은 사실의 내막이나 남의 잘못을 적어서 어떤 기관이나 대상에게 몰래 보내는 일. 또는 그런 글. 한영덕이 구속되는 계기가 됨
박가는 체제와 이데올로기를 악용하는 인간의 전형임

소리(3): 대한민국의 온건한 사상을 지닌 국민으로서 삼가, 귀중한 정보 사실을 알려 드리는 바입니다. 현재 부산 시립 병원에서 의사로 근무하고 있는 한영덕은 1948년 김일성 대학 의학부 산부인과학 교수직에 취임한 뒤, 1950년부터는 당의 배려 아래 특별한 대우를 받으며 부역한 사실이 있습니다.
박가의 투서 내용을 알려 줌 / 한영덕이 불온한 사상을 가졌음을 고발하고자 하는 의도가 담김
국가에 반역하는 일에 동조하거나 가담함

(투서가 계속되는 동안 어둠 속에서 플래시 라이트를 비추며 배우 2, 4, 5가 등장한다. 이들은 무대 바닥이나 극장 천정을 비추며 수색하고 있다.)
불온한 사상을 지닌 자들을 색출하는 당대의 시대 상황을 보여 줌

(계속) 한영덕은 1950년 12월에 군사 기밀 수집과 불평 분자 포섭의 임무를 띠고 피난민으로 가장하여 남파되었으며, 1951년도엔 대구 미군 제2 기지 군사 정보대에 검거되었다가 대구 경찰서로 넘겨진 사실이 있습니다. 한영덕은 선량한 국민으로 가장하기 위하여 이남에서 결혼까지 했으며, 1개월 전에는 평양 의학 전문학교 동창회를 구실로 모인 의사들을 포섭하는 데 성공했습니다. 그들은 제일 병원을 근거지로 조직을 확대하고 있습니다. 특히 한영덕은 북한 방송을 계속 청취해 왔으며 지방 출장이 잦고 직장을 여기저기 옮겨 다니며 주거가 안정되어 있지 않은 것으로 추측컨대 이번에 부산으로 직장을 옮긴 것도 적의 첩자와 접선하려는 게 분명합니다. 1952년 5월.
피난민인 한영덕이 월남한 이유를 조작하여 무고함
아들의 소식을 듣기 위해 포로수용소 근처를 배회하다 체포된 일을 간첩 혐의로 체포된 것처럼 날조함
남한에서 살아가기 위한 한영덕의 결혼을 간첩 임무 수행을 위한 것처럼 왜곡함
단순한 동창 친구들의 모임을 과장하여 한영덕을 불온한 인물로 몰아감
가족이 있는 북한의 소식을 알기 위해 북한 방송을 듣고 살기가 힘들어 직장을 옮긴 한영덕의 행동을 왜곡함
한영덕을 남파 간첩으로 단정하여 누명을 씌우는 박가

▶ 한영덕을 간첩이라고 고발하는 박가

• '박가'의 인물 유형

| 박가 | • 가짜 의사 면허로 병원을 차려 한영덕을 이용해 병원을 운영함<br>• 낙태 수술을 하던 중 의료 사고를 일으키자 한영덕에게 도움을 받아 환자의 목숨을 살리나 한영덕이 병원을 그만두고 병원이 의료 단속을 받자 한영덕을 간첩으로 고발함 |
|---|---|

↓

인간성이 파괴된 악인의 전형

• '투서'의 극적 기능

| 투서의 내용 |
|---|
| • 한영덕이 김일성 대학 의학부 산부인과학 교수직에 취임한 뒤 북한 공산당에 부역하였다고 함<br>• 한영덕이 군사 기밀 수집 및 불평분자 포섭의 임무를 띠고 피난민으로 가장하여 남파된 후 간첩 혐의로 체포된 적이 있다고 전함<br>• 한영덕이 간첩 임무 수행을 위해 결혼을 했고 동창회에 모인 의사들을 포섭하였다고 말함<br>• 한영덕이 북한 방송을 청취하고 주거가 안정되어 있지 않다는 것을 근거로 간첩이라고 주장함 |

↓

| 극적 기능 |
|---|
| • 비양심적이며 부도덕한 박가의 성격을 드러냄 → 체제와 이데올로기 대립을 이용하여 선량한 사람을 괴롭힘<br>• 한영덕이 혼란한 시대적 상황 속에서 수난을 겪게 되는 계기가 됨 |

주목

- 해당 장면은 1952년 이승만이 재집권을 위해 대통령 직선제를 골자로 하는 개헌을 단행하고, 박가가 한영덕을 간첩 혐의로 고발해 한영덕이 경찰에 체포되어 심문을 받고 구속된 이후의 상황이다.
- 무대 위 사건을 전개하는 과정에서 나타나는 극적 형상화 방식과 효과를 파악하고, 한국 현대사를 관통하면서 희생당하는 한영덕의 삶을 통해 작가가 드러내고자 하는 의도를 이해하도록 한다.

주목 제14장 면회

무대 전면에 의자가 하나 놓여 있고, 한영덕은 죄수복을 입었다.
박가의 무고로 인해 구속된 한영덕

소리: 158번 한영덕 면회, 158번 한영덕 면회.

(몹시 초췌한 모습의 한영덕이 의자 쪽으로 걸어온다. 하얀 한복을 입은 한영숙이 왼쪽 단 위로 올라간다.)

「한영숙: 오라바니!

한영덕: (기겁을 하고 몸을 사린다.)
심문 과정에서 심한 학대가 있었음을 암시함

한영숙: 오라바니, 저야요. 영숙이야요.
한영덕에게 자신의 존재를 인식시키려 함

한영덕: (실성한 채) 난 피난민이오…….
여동생인 한영숙을 알아보지 못하고 자신은 간첩이 아니라 단순한 피난민임을 드러냄

한영숙: 아이고 하나님, 오라바니가 무슨 죄를 졌다고 이 모양입네까, 네?
오빠인 한영덕의 상황에 대한 안타까움이 드러남

한영덕: 살기 위해서, 살기 위해서 월남했습니다. (바닥에 엎드려 벌벌 떤다.)
한영덕이 월남한 것은 생존을 위해서일 뿐 이데올로기와 무관한 것임

한영숙: 나 영숙이야요. 오라바니 정신 차리시라요. 박가, 이놈의 새끼, 무고죄로 고소하갔시오.
박가의 무고로 인해 한영덕이 구속되었다고 생각하고 분노하는 한영숙

한영덕: 난 피난민일 따름이오.

한영숙: 그놈의(박가) 새끼 뼈를 갈아 한강 물에, 아니 그러면 한이 맺혀서 안 되지, 이다음에 우리 고향 대동강에 개져다가 훌훌 뿌리갔시오.
박가의 무고로 인해 한영덕이 구속된 데 대한 분노

한영덕: 나, 난 간첩이 아니오.
심문 과정에서 한영덕을 간첩으로 몰아세웠음을 알 수 있음

한영숙: 우리가 누굴 믿고 남으로 남으로 내려왔갔시오. 무조건 빨갱이라고 몰아세우면 우린 누굴 믿고 어드메로 가서 살란 말이야요?
분단 상황에서 이념적 대립으로 인해 남한 사회에서 빨갱이로 몰리며 쉽게 정착하지 못한 월남민의 상황을 드러냄

한영덕: 난, 난…….」
「」: 실성한 한영덕의 모습 → 분단 상황에서 이념적 대립으로 인해 폭력적 현실에 희생된 개인의 모습을 드러냄

한영숙: 오라바니, 오라바니, 오라바니!

(한영숙, 절규하며 쓰러져 운다. 한영덕은 더욱 겁에 질린다. 사이.)

▶ 박가의 투서로 수감된 한영덕을 면회하러 온 한영숙

(중략)

소리: 158번 한영덕 면회. 158번 한영덕 면회.

(오른쪽 무대 위로 아기를 업은 윤미경이 올라온다.)
한영덕이 남한에서 재혼한 아내. 한혜자를 낳음

윤미경: 여보.

한영덕: 고생이 많구려.

작품 분석 노트

- 등장인물에 대한 이해 ①

|  |  |
|---|---|
| 한영덕 | • 북한 출신의 양심적이고 인도주의적인 의사<br>• 6·25 전쟁과 분단의 한국 현대사 속에서 희생당하는 비극적 개인 |
| 한영숙 | • 한영덕의 여동생으로 전쟁 전에 월남함<br>• 한영덕과 재회한 후 한영덕을 돌보고 그의 처지를 안타깝게 여김 |
| 서학준 | • 한영덕의 친구이자 의사<br>• 자신의 안위를 중시하여 살길을 찾아가는 현실주의적인 인물로 현실에 대한 적응력이 빠름<br>• 남한에서 한영덕과 재회함 |
| 윤미경 | • 한영덕이 월남한 후 재혼한 아내로 한영덕과의 사이에서 딸을 낳음<br>• 한영덕이 출소한 후 집을 나가자 다른 남자와 재혼함 |

윤미경: 자주 못 와서 죄송해요. 애 때문에 쉽게 올 수가 있어야죠.

한영덕: 어디, 애 좀 봅시다레.

윤미경: (몸을 돌려 애를 보이며) 딸이에요.

한영덕: (고개를 끄덕이고 나서) 내 간밤에 이름을 지었소. 은혜, 혜, 혜자, 한혜자.

윤미경: 혜자? 한, 혜, 자? 예쁜 이름이에요.

한영덕: (갑자기 기침을 한다.)

윤미경: 여보, 여보, 어디 아프세요?

한영덕: (서둘러 진정하며) 몸살이 난 모양이오.
감옥살이로 몸이 망가진 한영덕의 상태를 알 수 있음

윤미경: 서학준 씨 말로는 아무 일도 아니라고 그러시던데,
서학준은 윤미경을 안심시키려는 의도에서 한영덕의 상태를 사실대로 전하지 않았음

한영덕: (진정하고 긍정한다.) …….
윤미경을 안심시키려는 의도에서 자신의 상태를 사실대로 전하지 않고 있음

윤미경: 당신 언제쯤 나오게 될까요?

한영덕: 글쎄, 나도 잘 모르갔소. (기침) 전쟁 통이라 좀 늦어질 수도 있고……. (기침) 이제 가 봐요. 난 괜찮으니까. (기침)
괜찮다는 말과 달리 감옥살이로 몹시 몸이 망가진 한영덕의 모습이 드러남

윤미경: 저…… 오늘 아침 열 시에, 휴전이 됐어요. 휴전이오, 휴전이 됐어요…….
휴전이 이루어진 소식을 수감된 한영덕에게 전해 줌

(한영덕, 허탈해져서 맥이 풀려 그 자리에 무릎을 꿇고 쓰러진다.)
휴전으로 인해 고향인 북한으로 돌아갈 가능성이 더욱 멀어진 데 대한 한영덕의 절망감이 나타남

▶ 면회를 온 아내에게 휴전 소식을 듣고 절망하는 한영덕

소리: 피고 한영덕, 의료법 위반. 환자의 위탁이나 승낙 없이 낙태 중 치상시킨 죄에 해당하므로 징역 1년 자격 정지 3년에 처한다.
한영덕의 판결 내용을 알려 줌 / 박가가 낙태 수술 중 일으킨 의료 사고의 책임을 한영덕에게 물어 한영덕이 처벌을 받음

(망치 소리, 세 번. 조명, 암전. 휴전 협정 조인을 알리는 라디오 뉴스가 들린다. 1953년 7월 27일.)
약정서에 도장을 찍음 / 판결이 확정되었음 / 장면의 마무리와 전환의 기능 / 매체를 활용하여 역사적 상황을 드러냄 → 현실성을 부여함

▶ 한영덕의 판결과 휴전 협정 조인

## 제15장 1972년 서울

차트 14: 1972년 서울
시간적, 공간적 배경의 변화를 알려 줌

(모시 적삼을 입은 한영덕이 오른쪽 무대 아래에서 허리를 굽힌 채 염을 하고 있다. 수술 장면에서 사용했던 수술대와 환자용 마네킹이 그대로 이용된다. 허름한 옷차림의 강노인이 차트를 넘기고 관에 엎드려 잠을 잔다. 여고생 겨울 교복을 입은 한혜자, 한영덕을 쳐다보면서 무대 오른쪽 위로 올라간다.)
죽은 사람의 몸을 씻은 뒤에 수의를 입히고 염포로 묶는 일 / 다른 상황에 동일한 소품을 활용함 → 한영덕이 의사였음을 환기하는 기능 / 1953년에서 1972년으로의 시간의 변화 → 한혜자의 성장 / 장면이 이중적으로 전개됨

한혜자: (전보를 보면서) 오늘 아침에 아버지가 돌아가셨다는 전보를 받았습니다. 난, 아버지에 대해 아는 게 별로 없습니다. 「날마다 허리를 앓거나 날마다 폭음을 하던 술꾼이라는 기억뿐이에요. 아버지는 식구들과 말도 건네지 않고 항상 골이 난 사람처럼 보였어요. 술이 깨면 무슨 이상한 소리가 들린다면서 솜으로 두 귀를 꼭 틀어막고 지냈었죠.」 나는 자라는 동안, 양친의 일가친척 집에 거의 왕래를 하지 않고 살았습니다. 어느 쪽에서도 혈육의 대접을 기대할 수가 없었거든요. 내가 태어나
방백을 통해 아버지인 한영덕에 대한 회상과 평가를 전달함 / 술을 한꺼번에 많이 마심 / 화 / 「」: 감옥에서 출소한 이후 한영덕은 온전한 삶을 살지 못했음 → 한혜자는 한영덕의 삶의 관찰자, 목격자의 역할을 함 / 한혜자의 외로운 성장 과정

---

**감상 포인트**
작품에 활용된 극적 형상화 장치의 기능을 중심으로 작품을 감상한다.

• '휴전 협정 조인'의 의미

| 당시의 역사적 상황 |
| --- |
| 1953년 7월 27일에, 6·25 전쟁을 휴전하기 위해 유엔군과 조선 인민군, 중국 인민 지원군 간에 휴전 협정이 체결됨 |

↓

| 한영덕의 상황 |
| --- |
| 북한의 의사인 한영덕이 일반 병동의 환자를 치료한다는 이유로 반동 분자로 몰림 → 잠시 피신하기 위해 월남한 한영덕이 휴전 협정으로 인해 고향으로 돌아가기 어려운 절망적 상황에 놓이게 됨 |

↓

| 의미 |
| --- |
| 이념 대립으로 인한 전쟁과 분단 현실의 시대 상황이 개인의 삶에 미치는 폭력성 |

• 극적 형상화 방식의 의미와 기능

| | |
| --- | --- |
| 망치 소리 | • 한영덕의 판결이 확정되었음을 알림<br>• 한영덕의 수난을 드러냄<br>• 한영덕의 안타까운 운명을 드러냄 |
| 암전 | • 연극에서 장면을 바꿀 때, 막을 내리지 않고 어둡게 해 놓고 다음 장면으로 옮기는 일<br>• 조명을 활용하여 장면이 마무리되었음을 드러냄 |
| 라디오 뉴스 | • 매체를 통해 역사적 상황을 생생하게 전달함<br>• 역사적 사실에 대해 현실성을 부여함 |

서 지금까지 아버지가 의사 노릇을 했었다는 기억이 없습니다. 난 아버지가 의사인 줄도 몰랐으니까요.

▶ 출소 후 한영덕의 삶에 대해 전해 주는 한혜자

한영덕: (염을 끝내고 흰 천을 씌우면서) 자, 이제 염은 끝났소. 이승에서 못다 한 일, 저승에 가서라도 꼭 이루시구려.

의사인 한영덕이 장의 일을 하고 있음 → 몰락해 버린 한영덕의 삶을 드러냄

(한영덕이 강 노인 쪽으로 걸어온다.)

강 노인: (인기척에 잠을 깨며) 일은 다 끝났수?

한영덕: 네.

강 노인: 내가 깜박 잠이 들었나 보이…….

(한영덕은 관 앞에서 소주를 마신다.)

한혜자: 「어느 날 아침에 아버지는 아무 얘기도 없이 집을 나가서 다시는 돌아오지 않았습니다. 우리 엄마 윤 마담은 내가 열다섯 살 때 여관업을 하던 홀아비 노인과 다시 재혼해 버렸죠. 훨씬 뒤에 난 아버지의 소식을 들었습니다. 미션 계통의 지방 대학 기숙사에서 관리인 노릇을 하신다구요. 첫 번째는 고모와 함께, 두 번째는 나 혼자서 아버지를 만났습니다. 그러나 세 번째 찾아갔을 때는 아버지가 거길 그만 두고 떠나 버린 다음이라 만날 수가 없었습니다.」

윤미경이 다방을 운영하여 붙여진 이름 / 기독교 계열 / 의사인 한영덕의 삶이 점점 몰락해 가는 과정을 보여 줌 / 가족과도 단절한 채 홀로 살아가는 한영덕의 삶을 짐작할 수 있음

「 」: 한혜자의 설명을 통해 한영덕의 삶이 드러남

강 노인: (망치를 들며) 에구, 늙으면 죽어야지. 오래 살면 뭐하누. (관을 두드린다.) 에휴, 관 짜는 노릇두 힘이 들어서 못 해 먹겠어.

강 노인은 장의 관련 일을 하는 인물임을 알 수 있음

한영덕: 그럼, 좀 쉬었다가 하시구려. 술 한 모금 하시갔수?

강 노인: (거절하고) 또 술이야? 늙마에 무슨 꼴이야, 그래! 나야 워낙 팔자가 개팔자라서 이러구 산다지만, 한 씨한테는 딸이 하나 있는 모양인데 이제 그만 집으로 들어가지 않구.

늙마: 늘그막 / 한영덕의 처지에 대한 강 노인의 안타까움

**감상 포인트**

작품의 결말을 통해 작가가 드러내고자 한 주제 의식을 파악한다.

한영덕: 여기가 내 집이외다. 내레 갈 곳이 없시오.

돌아갈 곳이 없는 한영덕 → 가족과의 관계가 해체됨

강 노인: (혀를 차며) 필시 무슨 사연이 있을 게야. 하기사 한 씨가 우리 장의사에 처음 찾아왔을 때부터 무슨 기막힌 사연이 있는 줄 알았지. (사이) 근데, 거, 한 씨 염하는 솜씨를 보니까 보통 솜씨가 아니던데 전에도 사람 몸 다뤄 본 적이 있소?

한영덕의 과거에 대해 짐작만 할 뿐 잘 알지 못함 / 한영덕이 의사인 줄 모르는 강 노인 → 관객에게 한영덕이 의사였음을 환기함

한영덕: (뭔가 얘기를 하려다 화제를 돌려서) 노인장은 집 짓던 목수가 어째 관을 짜게 되었수?

자신의 사연을 궁금해하는 강 노인의 관심을 다른 곳으로 돌리기 위한 질문

강 노인: (피식 웃으며) 나야 뭐, 늙어서 쉬운 일을 찾다 보니까 이렇게 되었지. 하지만 이 관으로 말할 것 같으면, 죽은 사람의 집이니까 마찬가지예요.

한영덕: 기왕이면 내 것도 하나 짜 주시구레.

자신의 죽음을 암시함

강 노인: (어이없다는 듯이) 거 무슨 소리! 나보다 젊은 양반이 못 하는 소리가 없어. 갈라면 이 늙은이가 먼저 가야지. (사이) 정말, 한 씨 염하는 솜씨가 내 맘에 꼭 들

• 무대 설정의 특징

이 작품에서는 장면이 이중적으로 전개되는데, 무대의 오른쪽 위는 한혜자가 등장하여 방백으로 현재의 상황을 전달하고, 무대에서는 강 노인과 한영덕이 등장하여 과거의 상황을 전달하고 있다. 즉 이러한 무대 설정을 통해 과거와 현재의 사건을 한 무대에서 중첩시켜 보여 주고 있다.

| 무대 오른쪽 위 | 무대 |
|---|---|
| 한혜자가 방백으로 아버지 한영덕에 대해 회상하며 그의 인생을 평가함 | 강 노인과 한영덕이 대사를 주고받으며 집을 나간 이후의 한영덕의 모습을 보여 줌 |

• 등장인물에 대한 이해 ②

| | |
|---|---|
| 한혜자 | • 한영덕이 남한에서 낳은 딸로 늘 술에 취해 화가 난 듯한 아버지를 본 기억만 있음<br>• 아버지의 괴로운 삶에 대한 목격자 역할을 함 |
| 강 노인 | • 관을 짜는 목수<br>• 한영덕이 집을 나와 떠돌다가 장의 일을 하며 지낼 때 만난 인물 |

어. 그러니까 내가 가거들랑 내 염을 해 주고 나서 뒤따라올 생각을 해도 늦지 않아요.

한영덕: 그럼, 내 관은 누가 짜 줍네까?

강 노인: (한영덕을 바라보다가 망치로 관을 두드린다.) ▶ 집을 나온 후 장의 일을 하며 살아가는 한영덕

한혜자: 한영덕 씨가 사망했다는 전보를 받고서도 울음이 나오지 않았습니다.(아버지인 한영덕에 대한 한혜자의 심리적 거리감 → 객관적인 입장에서 아버지의 죽음을 전달함) 「난 그가 살았던 시대를 새롭게 실감했기 때문이죠.(아버지인 한영덕의 비극적인 삶을 통해 시대를 새롭게 인식하게 됨) 아버지 한영덕 씨는 시대와 더불어 캄캄한 어둠 속에 박제될 거예요.(아버지인 한영덕의 비극적인 삶은 시대와 함께 영원히 남게 될 것임) 저 정지된 폐허 가운데 들꽃과 잡초에 뒤덮여 쓰러진 녹슨 기관차처럼 그의 매장은 아직 끝나지 않았습니다.(분단이라는 역사적 현실 속에서 그의 죽음은 해결되지 않고 여전히 현재형으로 남아 있음)」

「 」: 한영덕의 삶에 대한 한혜자의 평가 → 관객이 현실의 문제점을 자각하도록 하는 역할로 작가의 목소리를 대변함

(술에 취한 한영덕, 관 앞에 쓰러져 눕는다.(시대의 비극에 희생된 한영덕의 비참한 모습) 강 노인의 망치 소리가 계속된다. 음악이 고조되면서 조명 서서히 어두워진다.) ▶ 아버지 한영덕의 삶에 대한 한혜자의 평가

• '한영덕'의 삶에 대한 '한혜자'의 발언의 기능

| 한혜자의 발언 |
| --- |
| • 아버지인 한영덕을 '한영덕 씨'라고 지칭하며 객관적인 입장에서 아버지의 죽음을 전달함<br>• 아버지의 삶을 지켜본 목격자의 입장에서 아버지의 죽음을 통해 아버지가 살았던 시대를 새롭게 인식하게 되었음을 밝힘<br>• 아버지인 한영덕의 비극적인 삶은 시대와 함께 영원히 남게 될 것이라는 생각을 드러냄 |

↓

| 기능 |
| --- |
| • 한영덕의 삶에 대한 한혜자의 인식과 평가가 드러남<br>• 관객에게 현실의 문제점을 비판적으로 자각하도록 하는 역할을 함 |

## 핵심 포인트 1 갈등 양상에 대한 이해

이 작품은 6 · 25 전쟁과 민족 분단의 소용돌이 속에서 몰락해 가는 개인의 삶을 그리고 있으므로, 작품 속의 주된 갈등 양상을 파악하도록 한다.

**◎ 〈한씨 연대기〉에 나타난 갈등 양상**

| | |
|---|---|
| 한영덕 ↔ 사회 | • 6 · 25 전쟁 및 분단의 역사적 상황은 양심적이고 인도주의적인 한영덕의 인생을 말살하는 폭력으로 작용함<br>• 혼란한 시대 상황 속에서 도덕과 양심을 지키고자 하는 한영덕의 고지식한 성격은 자신의 삶을 더욱 힘들게 하는 요인으로 작용함 |
| 한영덕 ↔ 박가 | 박가가 체제와 이데올로기를 이용해 한영덕을 간첩으로 고발함으로써 한영덕의 삶이 망가지게 됨 |

## 핵심 포인트 2 등장인물에 대한 이해

이 작품 속 등장인물의 성격과 극적 기능을 파악하도록 한다.

**◎ 등장인물의 성격과 극적 기능**

| | |
|---|---|
| 한영덕 | • 북한 출신의 양심적이고 인도주의적인 의사<br>• 6 · 25 전쟁과 분단의 현대사 속에서 희생당하는 비극적 개인을 형상화함 |
| 박가 | • 가짜 의사 면허로 병원을 차려 한영덕을 이용해 병원을 운영함<br>• 낙태 수술을 하던 중 의료 사고를 일으키고 한영덕에게 도움을 받아 환자의 목숨을 살리지만 한영덕이 병원을 그만두고 의료 감시원의 단속을 받자 한영덕을 간첩으로 고발함<br>• 자신의 이익을 위해 타인을 이용하거나 부도덕하고 불법적인 행동을 서슴지 않음 → 한영덕의 몰락을 초래하는 계기를 제공함 |
| 한혜자 | • 한영덕이 남한에서 낳은 딸로 늘 술에 취해 화가 난 듯한 아버지를 본 기억만 있음<br>• 아버지의 괴로운 삶에 대한 목격자 역할을 함<br>• 한영덕이 출소한 이후의 삶과 죽음에 대한 정보를 전달함<br>• 아버지의 죽음을 통해 시대에 대한 인식을 새롭게 함 → 관객들에게 시대와 개인의 문제를 인식하고 성찰하게 하는 역할을 함 |

## 핵심 포인트 3 외적 준거에 따른 작품 감상

이 작품은 서사극의 방식을 활용하여 주제 의식을 전달하고 있으므로, 서사극의 개념과 이 작품에 나타나는 서사극의 특징을 파악하도록 한다.

**◎ 서사극의 특징과 〈한씨 연대기〉**

| | |
|---|---|
| 서사극의 개념 | • 브레히트의 연극 이론으로 무대 위에 도덕 문제와 현대의 사회 현실을 재현함<br>• 관객이 등장인물에 감정적으로 동화되는 것을 방해하고 관객의 이성에 호소함<br>• 관객들이 연극에 대하여 객관적으로 생각하게 하고 연극의 주제를 심사숙고하게 함 |

↓

| | |
|---|---|
| 삽화적 구성 | • 각 장들은 독립되어 있어 인과 관계에 의한 사건 전개보다 시간과 공간, 시대적인 상황의 변화에 따른 주인공의 삶의 변화에 초점을 둠<br>• 막간극의 형식으로 정치적 상황을 보여 주는 다큐멘터리가 삽입되어 사회 속에 한 개인인 한영덕의 삶을 투영시켜 시대와 사회의 영향에 의해 변화하는 인간의 모습을 그림 → 극의 흐름을 객관적으로 시각화할 수 있게 함 |
| 해설자 등장 | • 국내외 정치 상황과 극의 시간적, 공간적 배경을 설명함<br>• 차트를 통해 시간의 흐름과 공간적 배경, 과거의 사건과 상황을 알려 줌<br>• 해설자가 극 중 인물로도 등장하여 소외 효과를 강화함 |
| 음향 효과의 사용 | • 정보 수사대에서의 소리, 박가의 투서, 망치 소리 등 소리를 자주 사용함 → 관객의 상상력을 증대시키는 역할을 함 |
| 소외 효과 | • 관객이 무대에서 일어나는 사건과 객관적 거리를 유지할 수 있도록 하는 수단이며 냉정하고 비판적인 입장을 갖도록 하는 데 목적이 있음<br>• 관객이 극에 몰입하거나 인물과 감정적으로 동화되는 것을 의도적으로 방해함 → 해설자가 등장하여 사건을 전달하거나 고문 장면은 마네킹을 사용하는 것 등 |

### 작품 한눈에

• 해제

〈한씨 연대기〉는 황석영의 소설 《한씨 연대기》를 각색한 희곡이다. 북한 대학 병원의 산부인과 교수인 한영덕은 6 · 25 전쟁 당시 특별 병동 담당 의사로 근무하다가 원장의 명령을 거부하여 총살형을 당하지만 운이 좋게 목숨을 건져 월남한다. 한영덕은 생계를 위해 무면허 의사 박가와 함께 일하다가 남파 간첩으로 고발당하고, 간첩 누명은 벗지만 불법 의료 행위로 인해 재판을 받고 감옥살이를 한다. 출소한 한영덕은 집을 떠나 장의 일을 하다가 삶을 마친다. 이 작품은 서사극의 형태로 분단 현실이라는 역사적 상황과 이데올로기의 대립으로 인해 몰락해 가는 한영덕의 삶을 그려 내어 비극적 시대와 개인의 수난이라는 문제를 되돌아보게 한다.

• 제목 〈한씨 연대기〉의 의미

– 주인공인 한영덕의 삶에서 일어난 중요한 사건에 대한 기록

'연대기'는 역사적으로 중요한 사건을 연대순으로 적은 기록을 뜻한다. 이 작품은 한영덕의 삶이 한국 현대사의 소용돌이 속에서 파괴되어 가는 비극적 과정을 그리고 있다.

• 주제

분단 현실로 인한 개인의 수난과 비극

**전체 줄거리**

6 · 25 전쟁 당시 김일성 대학 의학부 산부인과 교수였던 한영덕은 정치적 신념이 충실하지 않다고 평가되어 총동원령에서 제외되고 대신 인민 병원에서 근무하게 된다. 한영덕은 병원 규정을 어기고 복부에 파편상을 입은 어린아이를 몰래 수술하려다가 관통상을 입은 경무원을 수술하라는 원장의 명령을 거부하여 총살형을 당할 위기에 처한다. 확인 사살을 하지 않은 인민군의 실수로 인해 한영덕은 목숨을 건지고, 평양에 남아 있을 수 없던 한영덕은 가족들을 남긴 채 홀로 월남한다. 아들을 만나기 위해 포로 수용소 캠프를 배회하던 한영덕은 간첩으로 몰려 옥살이를 하게 되고, 출소 후 동생 한영숙과 재회한다. 한영덕은 생활비를 벌기 위해 무면허 의사인 박가와 동업하는데, 박가가 낸 의료 사고를 수습하느라 괴로워한다. 병원의 무면허 영업과 의사 면허증 위조 등의 죄가 발각된 박가는 한영덕이 자신을 고발한 것이라 생각하고 그를 남파 간첩으로 고발한다. 이로 인해 한영덕은 체포당하고 간첩 협의는 불기소 처분되나 박가의 의료 사고를 뒷수습한 일이 불법 의료 행위로 문제가 되어 재판을 받게 된다. 세월이 흘러 한혜자가 아버지 한영덕의 부고 소식을 듣고는 그가 살아온 시대의 굴곡을 새롭게 실감한다.

극 · 수필 06

◇ 한 줄 평 | 창고지기의 삶을 통해 산업 사회의 문제점을 상징적으로 그려 낸 작품

# 북어 대가리 이강백

▸ 교과서 수록 [문학] 좋은책, 창비, 천재(김)

## 장면 포인트 1 주목

• 이 작품은 자신의 삶에 대한 자각을 잃은 채 기계의 부속품처럼 살아가는 인물의 삶을 보여 주며 삶의 진정한 가치가 무엇인가를 질문하게 하는 희곡이다.
• 해당 장면은 상자를 분류하여 트럭에 상자를 싣고 내리기를 반복하는 창고지기인 자앙과 기임이 대화하는 상황이다.
• 자앙과 기임의 대화에 주목하여 책임감이 강하고 자기가 맡은 일에 최선을 다하는 자앙과 반복된 일상을 지겨워하며 불만을 느끼는 기임의 성격을 파악하도록 한다.

주목 자앙: 사람이란 하나를 보면 열을 알 수 있다구. 네 바지는 너무 더러워. 아무렇게나 상자를 다루듯이, 옷을 함부로 입기 때문이지. 자주 세탁을 하구, 미리 깔끔하게 손질해 두면 좀 좋아. 그런데 오늘 저녁 또다시 만나기로 한 여자, 어떻게 생겼어?

(기임의 조심성이 없는 태도가 기임의 단정하지 못한 차림새와 연관이 있다고 생각하는 자앙 / 트럭 운전수의 딸인 다링)

기임: 그런 건 네가 알 것 없어.

자앙: 나이는 몇 살인데?

기임: 알 것 없다니까.

자앙: 이름은? 설마 이름이야 가르쳐 주겠지?

기임: 다링이야.

자앙: 다링……?

기임: 응, 모두들 그 여자를 보면 마이 다링이라고 불러.

(다링이 여러 남자와 사귄다는 것을 알 수 있음)

자앙: 그건 본명이 아니라 별명 같은데?

(다링이라는 이름을 미심쩍게 여김)

기임: 그러니까 알 것 없다구 했잖아!

(자앙의 추궁을 불쾌하게 여기고 짜증 섞인 반응을 보임)

자앙: 걱정이 돼서 그런 거야. 혹시 어떻게 생겼는지 잘 보지도 않고, 그저 여자니깐 쫓아다니는 건 아닌지 말야.

기임: 너 요즘 잔소리가 부쩍 심해졌어!

(기임은 잔소리가 심하다는 이유로 자앙을 '의붓어미'라고 부름)

자앙: 나도 그걸 느껴. 아마 나이 탓이겠지.

기임: 나이 탓이라구? 천만에! 난 너와 나이가 비슷한데 잔소리가 없잖아.

(자앙의 생각에 동의하지 않는 기임)

자앙: 어쨌든 늙으면 잔소리가 많아져.

기임: 우리가 늙었다는 거야?

자앙: 젊었다곤 할 수 없지. 인정할 건 인정하자구. 너와 나는 이젠 젊진 않아. 여자 뒤를 쫓아다니는 건 젊은 애들이나 하는 짓이야. 이젠 조용히 자기 자신을 생각해야지.

(보수적이면서 원칙주의자인 자앙의 성격이 드러남)

▸ 자앙의 잔소리를 듣고 불평하는 기임

기임: 나도 생각이 있어. 난 아무 까닭 없이 여자를 쫓아다니는 게 아냐. 빌어먹을,

### 작품 분석 노트

• '자앙'과 '기임'의 성격과 태도

| 자앙과 기임이 처한 현실 | |
|---|---|
| 창고 안에 사는 창고지기로, 매일 상자를 분류하여 트럭에 상자를 싣고 내리는 일을 반복하고 있음 | |
| **자앙** | **기임** |
| 책임감을 가지고 자신의 일에 최선을 다해야 한다고 생각하는 인물 | 반복되는 일상에 회의와 불만을 느끼며 게으름을 부리는 인물 |
| ↓ | ↓ |
| 현실에 순응하여 자신의 임무를 성실하고 꼼꼼하게 수행하며 창고를 지키려 함 | 창고 밖에서는 새로운 삶이 펼쳐질 것이라 생각하고 창고 밖의 삶을 막연히 동경하며 창고를 떠나려 함 |

이 창고 속을 보라구! 상자들을 운반하고 보관하는 일이 지겨워 죽겠는데, 먹고 자는 생활도 이 창고 속에서 하고 있잖아! 난 늙기 전에 결혼해서 이 창고 속을 빠져나가고 싶은 거야!

창고지기 생활에 회의와 불만을 표현하는 기임 / 창고에서 탈출하고 싶어 하는 기임

자앙: 일하는 것과 사는 것은 같은 거야. 그게 서로 다르면, 사람은 불행해져.

삶과 일을 동일시하는 자앙의 가치관이 드러남

기임: 정말 고리타분한 소릴 하고 있군!

자앙의 말을 못마땅하게 여기는 기임

자앙: 그리고 말야, 이 창고를 빠져나가면 또 뭐가 있을 것 같아? 저 하늘의 해와 달, 별들이 빛나는 우주는 거대한 창고지. 「세상은 그 거대한 창고 속에 들어 있는 조그만 창고이고, 우리의 이 창고는 그 조그만 창고 속에 들어 있는 수많은 창고 중에 하나의 아주 작은 창고거든. 결국은 창고를 빠져나가도 또다시 창고에 지나지 않으니깐, 그 누구든지 완전하게 창고 밖으로 빠져나간다는 건 불가능해.」 만약 우리가 이 창고 속에서 행복할 수 없다면, 다른 창고에 들어가 본들 행복할 수는 없어. 그래서 바로 이 창고, 이 창고 속에서 열심히 일하고 성실하게 사는 것이 중요한 거라구. (다림질을 마치고 바지를 기임에게 준다.) 바지 입어. 오늘 입고 나갔다가 돌아와서는 벗어 놔. 내가 깨끗하게 빨아 줄게.

창고: 소외된 노동의 현장 / 「 」: 인간을 소외시키는 분업화되고 단순화된 현대 산업 사회의 시스템에서 벗어나기는 어렵다는 인식 / 자앙이 창고에서의 삶에 성실하게 임하려는 이유 / 현실에서 벗어날 수 없으므로 주어진 현실 속에서 열심히 성실하게 살아야 함을 강조하는 자앙 / 기임을 따뜻하게 챙겨 주는 자앙

(기임, 잔뜩 찌푸린 표정으로 바지를 받아 입는다. 자앙은 침대 밑 상자에서 깨끗한 손수건을 꺼내 다림질로 곱게 다려 접는다.)

자앙의 깔끔한 성격이 드러남

자앙: 깨끗한 손수건 없지? 이걸 가져가. □: 기임을 따뜻하게 챙겨 주는 자앙의 마음씨가 담긴 소재

기임: (손수건을 호주머니에 집어넣는다.)

자앙: 돈은 있어?

기임: 걱정 마. 있으니깐.

자앙: (자신의 상자에서 돈을 꺼내 기임에게 준다.) 「잘해 봐. 사람들이 북적거리는 술집에 가지 말고, 오늘은 어디 조용한 음식점엘 가라구. 그리고는 절대로 여자 허벅지를 만지면 안 돼. 점잖게 두 손은 식탁 위에 올려놓고, 다만 눈으로 그 여자의 눈을 바라보는 거야. 말할 때는 한마디, 한마디씩.」 마치 상자를 정확하게 쌓듯이, 정성 들여 자신의 진실을 말해. 아참, 한 가지 더 주의할 게 있어. 너는 식사할 때 음식 묻은 입을 손으로 쓱쓱 문질러 닦는데 말야. 꼭 손수건을 꺼내 닦으라구. 그런 모습 하나하나가 여자한테는 매우 중요하게 보이는 법이야.

「 」: 다링을 만나기 위해 창고 밖으로 나가려는 기임에게 충고를 하는 자앙 / 자앙과 기임이 상자를 쌓는 일을 하므로 그러한 경험에 빗대어 말을 함 / 자앙이 기임에게 준 손수건

▶ 창고지기 일에 성실한 자앙과 불만을 갖고 있는 기임

• '창고'의 의미

| 창고 |
|---|
| 매일 같은 시각에 트럭이 와서 보관할 상자들은 내리고 출고할 상자들을 실어 가는 곳 |

↓

| 창고에 대한 자앙의 말 |
|---|
| • "세상은 그 거대한 창고 속에 들어 있는 조그만 창고이고, 우리의 이 창고는 그 조그만 창고 속에 들어 있는 수많은 창고 중에 하나의 아주 작은 창고거든."<br>• "바로 이 창고, 이 창고 속에서 열심히 일하고 성실하게 사는 것이 중요한 거라구." |

↓

• 분업화 · 개별화되고 획일화된 현대 산업 사회를 상징하는 공간
• 어둡고 조그만 공간으로 자앙의 삶을 지배하는 세계

주목

- 해당 장면은 상자를 잘못 보낸 것을 알게 되자 상자 주인에게 이를 알리는 편지를 전달하려는 자앙과 편지를 보내는 행위가 쓸모없다고 주장하는 운전수가 갈등하는 상황이다.
- 편지의 의미를 파악하고, 운전수와 자앙이 갈등하고 있는 상황을 이해하도록 한다.

[앞부분의 줄거리] 창고지기 일에 싫증이 난 기임은 상자 하나를 고의로 잘못 보내 놓고 자앙에게 이를 말한다. 자앙은 편지를 써서 상자 주인에게 이 사실을 알리려 하고, 기임은 다링과 함께 창고를 떠나려 한다.

주목 (창고 밖으로 상자들을 옮기고 있던 자앙과 트럭 운전수 사이에 언쟁이 벌어진다. 자앙은 트럭 운전수에게 편지를 전달해 주도록 간청하고 운전수는 목청을 높여 가며 거절의 이유를 설명한다.)

운전수: 그건 미친 짓이야! 일부러 잘못했다고 편지를 보낸 필요는 없어!
상자를 잘못 보낸 일에 대해 사과하는 편지를 보내려는 자앙을 비판하는 운전수

자앙: (편지를 운전수에게 내밀며) 제발 보내야 해요!
자앙의 성실성과 책임감, 고지식함을 드러내는 소재

운전수: 여봐, 내가 상자를 운반하고 다니니깐 상자 주인과 통할 수 있다고 생각한 모양인데, 그건 큰 착각이야. 난 말이야, 뭐가 뭔지도 모르고 그냥 싣고 왔다가 그냥 실어 가는 거라구.
기계의 부품처럼 같은 일을 반복하며 살아가는 현대인의 모습
실제로 내가 아는 건, 정거장에서 여러 트럭들이 상자를 나눠 받을 때 만나는 분배 반장 딸기코하고, 창고에 보관했다가 다시 나눠 싣고 정거장에 가서 만나는 접수 반장 외눈깔, 그 둘뿐이라구.
코끝이 빨갛게 된 코 / '외눈'을 속되게 이르는 말
딸기코와 외눈깔은 내가 붙인 별명인데, 물론 진짜 이름이야 있겠지. 하지만 그들이 내 이름을 부르지 않고 노름꾼이라 하듯이 나도 그들을 별명으로만 불러.
개인의 고유한 가치를 상실한 채 살아가는 현대인의 모습을 별명을 통해 드러냄(현대인의 익명성)
어쨌든 딸기코가 상자를 분배하는 곳은 정거장의 왼쪽이고, 외눈깔이 상자를 접수하는 곳은 정거장의 오른쪽이야. 그래서 그들은 같은 정거장에서 둘 다 상자를 취급하면서도 서로 얼굴 한번 볼 수조차 없어.
분업화되고 파편화되어 소통이 단절된 현대인의 모습

자앙: 별명이든 이름이든 상관없어요. (편지를 억지로 운전수 손에 쥐여 준다.) 상자를 싣고 가는 곳에 내 편지를 갖다주면서, 다음 사람에게 전달하라고 하면 되거든요.
자앙의 성실하고 정직한 성격이 드러남 / 자앙의 의도가 드러남 → 현실에 대한 무지와 순진성

운전수: 「내가 자네 편지를 외눈깔에게 주면, 외눈깔은 그다음 사람에게 전달하고, 그 다음 사람은 또 다음 사람에게…… 계속해서 운반되는 상자들을 따라가 맨 나중엔 주인에게 전달되기를 바라는 거지?」
「 」: 자앙의 의도를 풀어 설명하여 그 의미를 확인함 / 자앙은 부속품 상자들은 맨 나중에 다 모이게 될 것이라고 믿고 있음

자앙: 네, 바로 그겁니다. / 운전수: 그게 또 큰 착각이라구. 부속품이 든 상자들은 말야, 중간중간에서 여러 갈래로 수없이 나눠지거든.
현대 산업 사회의 복잡성 – 자앙의 의도대로 될 수 없음

자앙: 부속품 상자들은 결국 한군데로 모아지는 것이 아닙니까?

운전수: 물론, 모아지는 곳도 있겠지. 상자들이 한군데에서 나와 여러 군데로 흩어지느냐, 여러 군데에서 나와 한군데로 모아지느냐……. 그건 그럴 수도 있구, 그렇지 않을 수도 있어. 어쨌든 중간에 있는 우리가 어떻다고 확실하게 알 수는 없지.
창고 밖에서 상자들이 어떻게 처리되는지 확실하게 알 수 없음 / 생산 과정에서 주체가 되지 못하고 사회의 부속품처럼 살아가는 현대인의 모습

### 작품 분석 노트

- 인물의 이름에 드러난 특징

| | |
|---|---|
| 자앙, 기임 | 성씨(장, 김)만으로 이름을 대신함 |
| 운전수 | 직업으로 이름을 대신함 |
| 다링, 딸기코, 외눈깔 | 별명으로 이름을 대신함 |

↓

**익명성**
- 소통이 단절된 채 살아가는 현대인의 모습
- 기계의 부속품처럼 개성을 잃고 살아가는 자본주의 사회의 개인의 모습

- '자앙'과 '운전수'의 갈등

**자앙**: 성실하고 책임감이 강한 인물로 상자가 뒤바뀐 사실을 편지를 보내 상자 주인에게 알려야 한다고 주장함

↕

**운전수**: 맡은 일만 하고 세속적이고 현실적 인물로 편지를 보내도 상자 주인에게 편지가 도착할 수도 없으므로 편지를 보낼 필요가 없다고 주장함

자앙: 그래도 상자 주인에게는 반드시 알려 줘야죠. 엉뚱하게 바뀌어진 상자 하나 때문에 뭔가 잘못 만들어지면 안 되잖아요.
자앙의 책임감과 성실한 면모가 드러남 / 자앙이 편지를 반드시 전달하려는 이유

운전수: 잘못 만들어진다니……. 그게 뭔데?
자앙의 말이 이해되지 않아 의아해함

다링: (멀리서 듣고 있다가 큰 소리로 외친다.) 「어떤 굉장한 기계래요! 이 세상 모든 사람들을 즐겁고 기쁘게 해 주는 신기한 기계죠!
유익한 물건 / : 대상의 실체나 쓰임을 제대로 알지 못함

운전수: (다링에게 외친다.) 무슨 기계라구?

다링: (큰 소리로) 기계가 아니라 폭탄이래요! 이 세상 모든 사람들을 한꺼번에 죽여요!」
위험한 물건
「 」: 자신이 어떤 물건을 만드는 과정에 참여하는지 모르는 현대인의 모습을 다링의 말을 통해 풍자함

운전수: 도대체 무슨 소리인지 모르겠네! (자앙에게) 어쨌든 상자 속의 부속품으로 뭘 만드는지 알 수는 없어. 만약 폭탄을 만든다면 오히려 상자가 바뀐 것이 사람들의 목숨을 살릴 테니깐 잘된 일이잖아? (자앙의 편지를 허공에 들고 두 조각으로 찢으며) 여봐, 자넨 너무 배짱이 약해. 이 조그만 창고 속에서 모든 걸 성실하게 잘했다는 것이, 창고 밖에서는 매우 큰 잘못이 된다고 생각해 봐. 그럼 상자 하나쯤 틀렸다고 안절부절못하진 않을 거야. (두 조각으로 찢은 편지를 자앙의 바지 양쪽 호주머니에 쑤셔 넣는다.) 무슨 일이 생겨도 창고 밖으로 알릴 필요는 없어. 그게 잘한 일인지 못한 일인지 모를 바에야 그냥 덮어 두라구. 창고 속의 자네한테는, 그게 배짱 편한 거야.
다링의 말을 이해할 수 없다는 의미 / 기계적인 노동을 하고 있는 소외된 노동자의 모습
창고 밖은 자앙이 있는 창고 속과 다른 질서를 지닌 세계일 수 있음을 의미함. 자앙의 성실함이 사회에 해를 끼칠 수도 있음
타인의 상황에 관심을 두지 않으려 함. 지극히 현실적인 운전수의 태도를 엿볼 수 있음

자앙: (손에 들고 있는 서류를 가리키며) 그렇다면 이런 서류들은 뭡니까? 누군가 이 서류들을 보면, 상자가 잘못된 것을 알 수 있을 텐데요?
자앙이 생각하는 업무 처리의 기준 / 서류를 신뢰하는 자앙의 태도

운전수: 서류가 완전하다고 믿는 건 바보들뿐이지! 좋은 예가 있어. 내 아내는 옛날에 죽었는데 사망 신고를 안 했거든. 그래서 구청에서 호적을 떼어 보면 지금도 서류상으로는 버젓하게 살아 있는 것으로 나온다구. 자, 굼벵이 양반, 꾸물대지 말고 어서 상자들이나 옮겨!
서류를 신뢰하지 않는 운전수 / 자신의 경험을 통해 서류의 허구성을 주장하는 운전수. 서류는 실제 상황을 제대로 반영하지 못함 / 자앙을 가리킴
▶ 잘못 보낸 상자에 대한 사과 편지를 보내 달라는 자앙의 부탁을 거절하는 운전수

(자앙과 트럭 운전수, 핸들 카에 실은 상자들을 창고 밖으로 운반해 간다. 침대에 앉아 있던 기임은 일어나서 자신의 담요를 둘둘 말아 걷는다. 그리고 침대맡의 낡은 트렁크를 꺼내 물건을 주워 담는다. 미스 다링, 기임의 곁으로 다가온다.)
창고를 떠나기로 결심한 기임

다링: 마침내 결정한 거예요?

기임: 그래, 함께 가서 살기로 했어.

**감상 포인트**
무대 공간과 등장인물, 소재의 상징적 의미를 작품의 주제 의식과 연결하며 작품을 감상한다.

다링: (살림 도구들이 있는 곳에서 접시, 그릇, 찻잔들을 가져와 낡은 트렁크에 담으며) 무조건 다 가져가요.
다링의 이기적인 면모

기임: (다링이 담은 것들을 다시 꺼내 놓으며) 아냐, 절반만 내 것인걸!

다링: 둘이서 함께 쓰던 물건은 어쩌려구요? 반절로 나눌 수도 없잖아요.
▶ 창고를 떠나 다링과 함께 살기로 결심하고 짐을 싸는 기임

• '기계'와 '폭탄'의 의미

| 상자 속 부속품으로 만들어질 수 있는 것 | |
|---|---|
| 기계 | 폭탄 |
| 이 세상 모든 사람들을 즐겁고 기쁘게 해 주는 신기한 기계 | 이 세상 모든 사람들을 한꺼번에 죽이는 폭탄 |
| ↓ | ↓ |
| 유익한 물건 | 위험한 물건 |

↓

**운전수의 말**
- 상자를 잘못 보낸 것이 어떤 결과가 될지 알 수 없음
- 자앙이 성실하게 일하는 것은 의미가 없는 행동임

• '서류'에 대한 '자앙'과 '운전수'의 인식 차이

**자앙**
서류를 신뢰하여 판단과 행위의 기준이 된다고 생각함
↓
사회가 정상적으로 운영되고 있다는 믿음을 보여 주는 소재
↕
**운전수**
서류를 믿는 사람은 바보라고 여기며 서류를 신뢰할 수 없다고 생각함
↓
사회가 부조리하다고 여기며 사회에 대한 불신을 드러내는 소재

## 장면 포인트 3

- 해당 장면은 기임이 운전수와 그의 딸 다링과 함께 창고를 떠나고, 홀로 창고에 남게 된 자앙이 기임이 주고 간 북어 대가리를 보며 막이 내리는 상황이다.
- 홀로 남게 된 자앙이 북어 대가리를 바라보며 독백하는 장면을 중심으로 작품의 주제 의식을 파악하도록 한다.

(자앙과 운전수, 핸들 카에 상자를 싣고 창고 안으로 들어온다.)

운전수: 우린 트럭에 상자들을 다 옮겼어. 그런데 너희는 짐도 안 싸고 뭘 했지?
자앙과 운전수 / 기임과 다링

자앙: 짐이라니……?
기임이 창고를 떠나려고 짐을 싼다는 것을 이제 알게 됨

기임: 으음, 그렇게 됐어. 오늘 나는 이 창고 속을 떠난다구!
창고 일에 염증을 느낀 기임이 떠나겠다고 선언함

자앙: 정말 가는 거야? 이렇게 갑자기……?

기임: 미안해! 그런데 막상 떠나려니까 조금은 서운하군. (창고 안을 둘러보며) 너하고 여기서 얼마나 살았더라…… 몇십 년은 훨씬 더 될 거야. 아마…….
이별을 앞둔 기임의 심정

자앙: 그래…… 우린 철부지 시절부터 이 창고지기였어.
두 사람이 오랜 세월 동안 함께했음을 알 수 있음

기임: 언제나 너는 나를 고맙게도 보살펴 줬지.
자앙의 보살핌에 대해 고마움을 느끼는 기임

자앙: 날 의붓어미라고 미워했으면서 뭘…….
기임이 엄격한 자앙을 비꼬며 부르던 말

기임: 진짜로 미워한 건 아니잖아?
기임의 속마음

자앙: 나도 알아. (기임을 껴안는다.) 제발 가지 말아! 이 창고도, 나도, 전혀 달라진 게 없잖아?
기임이 떠나는 것을 만류해 보려고 하는 말

기임: 그건 안 돼. 이 창고는 더 이상 내가 살 곳이 아냐.
창고를 떠나려는 자신의 뜻을 분명히 드러냄

운전수: 남자들끼리 헤어지면서 무슨 말이 그렇게 많아? (창고 밖으로 나가며) 시간 없어! 나 먼저 트럭에 가서 있을 테니까 너희는 어서 짐 싸 들고 나와!

다링: (놋쇠 국자로 소리 나게 두드리며) 그만하고, 서로 자기 물건들이나 골라 봐요.
이별하는 기임과 자앙의 심정을 고려하지 않는 태도

기임: (자앙의 포옹을 풀며) 난 내 물건을 잘 모르겠어. 굼벵아, 네가 골라 줘.
자앙을 가리킴

자앙: 아냐, 쓸 만한 게 있거든 모두 네가 가져.
기임에게 너그러운 자앙의 모습

기임: 너는 이 창고 속에서 혼자 살 텐데…….
자앙을 염려하는 기임의 모습

자앙: 내 걱정은 말고 어서 먼저 골라 봐. 그리고 내가 너한테 줄 게 있어. (침대 밑의 상자들 중에서 화려한 색깔의 스웨터를 찾아낸다.) 너의 생일날 주려고 두었던 건데, 헤어지는 날 선물이 됐군.
이별의 선물. 기임에 대한 자앙의 마음

기임: (자앙에게서 스웨터를 받아 몸에 대본다.) 근사한데!

다링: (자앙의 침대 밑을 바라보며) 좋은 건 이 속에 다 있잖아요! 이걸 가져가도 돼요?
다링의 속물적인 성격

기임: 안 돼, 그건 손대지 마. / 자앙: 가져가요.
자앙에 대한 배려

다링: (자앙의 침대 밑에서 상자 하나를 꺼낸다.) 이건 뭐죠?

자앙: 북어 대가리죠. 그건 가져가세요. 꼭 필요할 겁니다. / 다링: 북어 대가리……?
자앙이 술을 마신 기임에게 끓여 주던 해장국의 재료

### 작품 분석 노트

- 창고를 떠나기로 한 '기임'

| 창고 안 |
|---|
| 기임은 창고 안에서의 기계적인 생활에 회의를 느끼면서 창고 밖의 생활에 대해 막연한 동경심을 가지고 있음 |

↓

창고를 떠나기로 결심을 함

↓

| 창고 밖 |
|---|
| 기임은 창고 밖의 세계에 대한 정확한 정보나 인식이 없이 떠나는 것이므로 창고 밖의 생활이 희망적이라고 장담할 수 없음 |

기임: 이게 왜 필요한지는 두고 보면 알게 될 거야. (상자를 열어서 북어 대가리를 하나 꺼내 자앙에게 준다.) 난 너한테 이것밖에 줄 게 없군. 내 생각이 날 거야, 항상 곁에 두고 보라구.
자신을 잊지 말라는 의미

자앙: (북어 대가리를 받으며) 그래, 언제나 내 곁에 두고 볼게.
기임과의 추억을 간직하겠다는 의미

(창고 밖에서 트럭의 재촉하는 경음기가 울린다. 미스 다링은 서둘러서 물건들을 담요에 담는다.)
경음기: 자동차 따위에서, 주의 신호로서 소리를 낼 수 있게 만든 장치

다링: 아버지가 재촉해요. (상자와 담요를 들며) 어서 들고 나가요.

기임: (트렁크를 들고, 자앙에게) 그럼 잘 있어.

자앙: (마지못해 대답한다.) 잘 가……. 가서 행복해.
기임과의 이별을 아쉬워하는 자앙

(기임과 미스 다링, 창고 밖으로 나간다. 자앙은 북어 대가리를 식탁 위에 놓고, 떠나는 기임을 바라본다. 창고 문 앞에서 자앙과 기임의 외치는 소리가 들린다.)

기임: (소리) 이 창고 앞의 상자들은 어쩔 거야? 내가 좀 창고 안에 옮겨 주고 갈까?
자앙에 대한 배려

자앙: 괜찮아! 나 혼자서도 할 수 있어!

▶ 다링 부녀와 함께 창고를 떠나는 기임

(창고 밖으로 떠나는 것이 즐겁다는 듯이 기임의 환호성이 들린다. 트럭 운전수와 다링의 웃음소리도 들린다. 잠시 후, 트럭이 경음기를 울리며 떠나는 소리가 들린다. 창고는 조용해진다. 자앙, 식탁 앞에 힘없이 주저앉는다. 늙고 허약해진 모습이다. 그는 식탁 위에 놓여 있는 북어 대가리를 물끄러미 바라본다.)
창고 안과 밖의 대비를 통해 자앙의 쓸쓸한 모습 부각
북어 대가리: 몸뚱이를 잃고 굳어 버린 모습

자앙: 그래, 나도 너처럼 머리만 남았군. 그저 쓸쓸하고…… 허무한 생각으로…… 가득 찬…… 머리만…… 덜렁…… 남은 거야. (두 손으로 북어 대가리를 집어서 얼굴 가까이 마주 바라보며) 말해 보렴, 네 눈엔 내가 어떻게 보이는지? 그토록 오랜 나날…… 나는 이 어둡고 조그만 창고 속에서…… 행복했었다. 상자들을 옮겨 오고…… 내보내며…… 내가 맡고 있는 일을 성실하게 잘하고 있다는 뿌듯한…… 그게 내 삶을 지탱해 왔었는데…… 그러나 만약에…… 세상이 엉뚱하게 잘못되고 있는 것이라면…… 이 창고 속에서의 성실함이…… 무슨 소용 있는 거지? (사이) 북어 대가리야, 왜 말이 없냐? 멀뚱멀뚱 바라만 볼 뿐 왜 대답이 없어? (북어 대가리를 식탁 위에 내려놓는다.)「아냐, 내 의심은 틀린 거야. 덜렁 남은 머릿속의 생각만으로 세상을 잘못됐다구 판단해선 안 돼. (핸들 카에 실린 상자를 서류와 대조하며 혼자서 쌓기 시작한다.) 제자리에 상자들을 옮겨 놓아라! 정확하게 쌓아! 틀리면 안 돼! 단 하나의 착오도 없게, 절대로 틀려서는 안 된다!」
나도 너처럼 머리만 남았군: 북어 대가리에 동질감을 느낌
그저 쓸쓸하고…… 남은 거야: 방향성을 상실하고 가치관의 혼란을 느끼는 무기력한 자앙의 모습
어둡고 조그만 창고: 자앙의 삶을 지배하는 세계
내가 맡고 있는 일을 … 뿌듯한: 자신의 일에 사명감을 지니고 있음
이 창고 속에서의 성실함이…… 무슨 소용 있는 거지?: 성실하게 살아온 자신의 삶에 대한 회의가 나타남. 가치관의 혼란을 느끼는 현대인의 모습
아냐, 내 의심은 틀린 거야: 성실하게 살아온 자신의 삶을 회의하는 태도가 잘못되었다고 인식함
핸들 카에 실린 … 시작한다: 삶의 태도와 추구하는 바가 달라지지 않는 자앙
「 」: 냉철한 성찰 없이 기계적으로 일함으로써 자신의 존재 이유를 찾으려 함

(자앙, 느릿느릿 정성을 다해 상자들을 쌓는다. 무대 조명, 서서히 자앙에게 압축되면서 암전한다.)
암전: 연극에서, 무대를 어둡게 한 상태에서 무대 장치나 장면을 바꾸는 일

▶ 창고지기 일에 회의를 느끼지만 마음을 다잡고 다시 일을 하는 자앙

• '자앙'의 내적 갈등

**자앙의 갈등 과정**

맡은 일을 성실하게 잘하고 있다는 뿌듯한 감정이 삶을 지탱해 옴

↓

세상이 엉뚱하게 잘못된 것이라면 창고 속에서 성실하게 사는 것이 소용없다고 생각하며 회의감을 느낌

↓

자신의 의심은 틀린 것이라고 단정하며 상자를 쌓기 시작함

↓

세계에 대한 인식을 상실하고 분업화된 사회를 살아가는 개인의 모습을 보여 줌

• '북어 대가리'의 의미

**북어 대가리**

몸뚱이를 잃고 머리만 남음

↓

- 몸뚱이를 잃음: 실천력과 방향성을 상실함
- 머리만 남음: 쓸쓸하고 허무한 생각으로 가득 참

↓

방향성을 상실하고 가치관의 혼란을 겪는 현대인의 모습

## 핵심 포인트 1 인물의 성격 파악

대사와 행동으로 사건과 인물이 제시되는 희곡의 특성을 바탕으로 인물의 성격을 파악하도록 한다.

◎ 인물의 성격 및 인물에 반영된 현대인의 모습

| | |
|---|---|
| 자앙 | • 창고 안에 살고 있는 창고지기로 동료인 기임과 오랜 세월 동안 창고지기 일을 해 온 인물<br>• 창고 밖의 세계로 가고자 하는 기임과 상반된 삶의 태도와 가치관을 보여 줌<br>• 창고지기 일에 사명감을 가지고 일을 처리하며 신념을 지켜 나가는 보수적이고 고지식한 원칙주의자<br>• 기임에게 '의붓어미'라 불릴 정도로 잔소리를 하면서도 기임을 따뜻하게 챙겨 주는 인물 |
| 기임 | • 창고지기로 창고 안에 살지만 자앙의 삶의 방식을 이해하지 못하며 창고 밖 세상을 동경하는 인물<br>• 현실에 대한 회의와 불만으로 요령을 부리며 쾌락을 추구함<br>• 믿을 것은 자기 배짱뿐이라고 생각하며 창고 밖으로 나가는 인물 |
| 운전수 | • 딸이 사귀는 남자들과 노름을 하며 이익을 얻는 등 세속적이며 현실적인 인물<br>• 자앙과 기임에 비해 다양한 일을 경험함 |
| 다링 | • 트럭 운전수의 딸. 쾌락을 추구하는 인물로 근처 모든 창고지기와 사귈 정도로 자유분방함<br>• 주변의 창고지기들과 다른 면을 보이는 자앙에게 관심을 갖지만 자앙이 유혹에도 흔들리지 않자 결국 기임을 꼬드겨 함께 창고 밖으로 떠남 |
| 딸기코, 외눈깔 | • 무대에 등장하지는 않고 별명으로 불리는 인물들<br>• 현대인의 익명성을 드러내며, 자신의 고유한 가치를 상실한 채 살아가는 현대인의 모습을 상징함 |

## 핵심 포인트 2 소재의 상징적 의미 파악

작품의 제목이기도 한 '북어 대가리'와 그 외의 소재가 상징하는 의미를 문맥을 통해 파악하도록 한다.

◎ 소재의 상징적 의미

| | |
|---|---|
| 상자 속 부속품 | 현대 산업 사회에서 부속품으로 전락해 버린 현대인 |
| 찢긴 편지 | 문제점이 있어도 아무도 책임을 지려 하지 않는 무책임한 현대 사회의 모습 |
| 북어 대가리 | 방향성을 상실하고 가치관의 혼란을 겪는 현대인의 모습 |

## 핵심 포인트 3 공간의 상징적 의미 파악

작품의 주제 의식을 구현하는 공간인 '창고'와 이와 대비되는 '창고 밖'의 상징적 의미를 파악하도록 한다.

◎ '창고'와 '창고 밖'의 상징적 의미

| 창고 | 창고 밖 |
|---|---|
| • 매일 같은 시각에 트럭이 와서 보관할 상자들은 내리고 출고할 상자들을 실어 가는 곳 → 분업화 · 개별화 · 획일화된 현대 산업 사회를 상징하는 공간<br>• 어둡고 조그만 공간으로 자앙의 삶을 지배하는 세계. 자앙이 현재의 창고 안에서 행복할 수 없다면 다른 곳에서도 행복할 수 없다고 여기는 공간 | • 자앙에게는 현재의 창고를 벗어난 창고 밖도 또 다른 창고에 지나지 않는 곳임<br>• 기임에게는 현재의 창고와는 다른 삶이 기다리고 있을 것이라고 생각되는 공간임 |

### 작품 한눈에

• 해제

〈북어 대가리〉는 세계에 대한 인식이나 자신의 삶에 대한 자각이 결여된 채 기계의 부품처럼 살아가는 인물의 삶을 통해 삶의 진정한 가치가 무엇인가를 되돌아보게 하는 희곡이다. 이 작품의 주요 인물인 '자앙'과 '기임'은 창고에서 매일 상자를 쌓아 올리고 트럭에 실어 보내는 일을 하는 부속품과 같은 생활을 하고 있다. 작가는 두 창고지기를 통해 획일화되고 기계적으로 분업화된 현대 산업 사회의 문제점을 비판하고 있다. 또한 마지막 부분에서 자신의 신념에 의혹을 품게 되는 자앙의 인식을 '북어 대가리'를 통해 드러내면서 현대 산업 사회에서 진정한 삶의 가치를 상실하고 소외되어 가는 인간의 모습을 상징적으로 표현하고 있다.

• 제목 〈북어 대가리〉의 의미

– 방향성을 상실한 채 가치관의 혼란을 겪고 있는 현대인의 모습

제목인 '북어 대가리'는 작품 내에서는 생각이 너무 많은 자앙의 모습을 나타내면서 동시에 방향성을 상실한 채 가치관의 혼란을 겪고 있는 현대인의 모습을 나타낸다고 볼 수 있다.

• 주제

산업 사회에서 방향성을 상실한 채 기계적으로 살아가는 현대인의 삶과 인간 소외에 대한 비판

전체 줄거리

창고지기인 자앙과 기임은 창고에서 생활하며 생활과 직업이 분리되지 않은 매일 똑같은 삶을 산다. 고지식하고 굼뜬 자앙 때문에 새벽부터 저녁까지 일하는 것에 대해 기임은 불만을 토로하고, 자앙은 다링이라는 여자를 만나러 가는 기임을 챙겨 주면서 자신이 있는 창고에서 성실하게 사는 것이 중요하다고 기임에게 조언한다. 새벽에 창고 안에 들어온 트럭 운전수는 다링이 자신의 딸임을 밝히고, 기임에게 돈내기 화투를 제안하여 그가 가진 돈을 뜯어낸다. 이후 상자 하나를 잘못 내보내라는 다링의 꼬임에 넘어간 기임은 자앙 몰래 상자 하나를 다른 상자와 일부러 바꿔 버리고, 상자 하나를 잘못 실은 트럭이 떠난다. 기임은 자신의 행동을 자앙에게 털어 놓고, 자앙은 잘못 실려 나간 상자를 찾기 위해 고군분투한다. 다링은 잘못 나간 상자 때문에 걱정하는 자앙 앞에서 상자를 뜯어 내용물을 확인하고, 이를 본 자앙은 후회하며 상자 주인에게 자신의 잘못을 고백하는 편지를 쓴다. 자앙은 트럭 운전수에게 자신의 편지를 상자 주인에게 전해 달라고 부탁하지만 트럭 운전수는 편지를 전달하는 것은 불가능하다며 거절한다. 기임은 트럭 운전수와 다링을 따라 창고를 떠나고 혼자 남아 회의감을 느끼던 자앙은 마음을 다잡고 일에 열중한다.

극·수필 07

◇ 한 줄 평 시간을 뛰어넘어 엄마의 젊은 시절을 함께한 딸의 이야기를 담은 작품

# 인어 공주 송혜진 · 박흥식

## 장면 포인트 1 주목

- 이 작품은 어머니를 이해하지 못하던 주인공이 과거로 돌아가 부모의 젊은 시절을 지켜보면서 어머니와 화해하는 과정을 그린 시나리오이다.
- 해당 장면은 현재의 나영이 억척스러운 어머니 연순을 이해하지 못하고 못마땅하게 여기는 상황이다.
- 지시문의 기능에 대한 이해를 바탕으로 하여 각 지시문의 의도와 인물의 행동을 중심으로 작품의 내용을 파악하도록 한다.

주목 S# 7. 나영네 집 → 현재

도현: 어머니 해녀셨어?

나영: 그랬나 봐.
(나영 → 연순의 딸. 힘들게 살아가는 부모를 보면서 엄마처럼 살지 않겠다고 생각하는 20대의 여성. 과거로 돌아가 엄마의 삶을 지켜보고 그녀를 이해하게 됨)
(어머니에 대해 묻는 도현의 질문에 나영은 못마땅한 듯 대답함)

도현: 와아…… 멋지다. 왜 말 안 했어?

나영: 뭐든지 다 말해야 되냐?
(현재 어머니에 대해 나영이 좋지 않은 감정을 갖고 있음을 알 수 있음)

도현: 당연하지. 어? 너랑 많이 닮았다.

나영: (엄마의 사진을 본다. 바다를 배경으로 수줍게 웃는 엄마 연순의 젊은 모습)

도현: 와…….

나영: (안 닮았다는 뜻으로) 어디이…….

도현: 원래 자기는 몰라. 닮았어. (나영의 얼굴에 대보고) 닮은 게 아니라 진짜 똑같아. 너 나이 들면 어머니하고 똑같겠다.

나영: (사진을 확 낚아채며) 안 닮았어. 하나도 안 닮았어.
(어머니와 닮았음을 부정하며 어머니에 대한 부정적 정서를 드러냄)

핸드폰 벨이 울린다.

나영, 발신자를 확인, 반갑지는 않다. 핸드폰을 열어 두고 딴짓.
(발신자가 어머니임을 확인하고 반갑지 않아 함)

여보시오- 이게 짐 왜 이러냐 여보시오 — 여보시오 —.

전화기 너머에서 소리가 들리면 그제야 핸드폰을 드는 나영.

나영: 어. 왜요. 소리 좀 지르지 마아…… 아이…… 참…… 그냥 두고 와아……. (자기 할 말만 하고 일방적으로 전화를 끊은 모양이다.) 엄마! 엄마! …… 아이 참…….
(어머니인 연순이 일방적으로 전화를 끊고 나영이 이에 당황함)
▶ 어머니와 닮았다는 말을 부정하며, 어머니와의 소통에 어려움을 겪는 나영

S# 8. 아파트 앞 → 현재

구청에서 발급한 노란색 폐기물 처리 딱지. / 연순은 길가에 앉아 낡은 서랍장 옆면에 붙은 폐기물 처리 노란 딱지를 떼고 있다.
(남이 버린 낡은 서랍장을 가져가려는 연순 – 연순의 억척스러움이 드러남)

나영이 오는 것을 확인하고 캬악~ 하고 침을 뱉는다.
(연순의 괄괄한 성격이 드러남)

나영: (찡그리고) 아이 참! 아무 데나 뱉으면 어떡해.
(연순의 행동에 대한 부정적인 반응)

## 작품 분석 노트

- '사진'의 기능

**연순의 젊은 시절 사진**
- 바다를 배경으로 수줍게 웃는 젊은 시절 연순의 모습이 담김
- "어머니 해녀셨어?"라는 도현의 대사로 볼 때 해녀복을 입고 있음을 알 수 있음
- 도현의 대사로 볼 때 딸인 나영과 닮았음을 알 수 있음

↓

**나영의 반응**
- 연순에 대한 도현의 질문에 나영이 못마땅하게 반응함
- 닮았다고 하는 도현의 말에 나영이 하나도 안 닮았다고 부정함

↓

**기능**
어머니 연순에 대해 부정적으로 인식하는 나영의 태도가 드러남

- 장면 간의 연결 ①

**S# 7**
연순이 나영에게 전화하여 버려진 서랍장을 같이 집으로 들고 가자고 제안함

↓

**S# 8**
나영은 연순을 만나자마자 연순의 행동에 불쾌감을 표현함

↓

S# 7의 전화 통화 내용이 서랍장을 둘러싼 연순과 나영의 갈등과 관련 있음을 알 수 있음

연순: 아이고. 올 거면 기분 좋게 오지. (나영을 가로등 빛이 있는 쪽으로 끌며) 보자, 주딩이 얼마나 부었나.

나영의 어머니. 젊을 때는 해녀로 혼자서 남동생을 키운 씩씩하고 억척스러운 여인. 우체부 진국과 결혼했으나 남편의 빚보증으로 생계가 어려워지자 때밀이를 하며 억척스럽게 사는 여인

나영, 대답하지 않고 서랍장 한쪽을 든다.

연순, 서랍장이 썩 마음에 드는지, 침을 탁 뱉고 일어서며 서랍장을 탁탁 친다.

연순: 내 눈이 귀신이지, 멀찍한데도 보니께 딱 좋은 거더라고, 내가 부로 저그다 숨켜 놨으니께 있지, 암만, 암만, 그냥 냅뒀으면 누가 실어 갔어도 발싸 실어 갔지, 암만.

억척스럽고 생활력이 강한 연순의 성격이 드러남

나영: 아, 됐어. 빨리 가.

흐뭇한 연순과 불만에 찬 나영이 낑낑 어설프게 서랍장을 들고 걸어온다. 서로 발이 맞지 않아 스텝이 엉키고 힘이 더 들자

두 사람의 갈등 상황을 얼굴 표정을 통해 드러냄 / 서랍장을 둘러싼 갈등이 행동으로 드러남

연순: 아, 발 쫌 맞촤 봐야. 자꾸 엉키잖어어. 내가 하나 하면 오른짝이고 두울 하면 왼짝이다이.

연순이 하나아 두울 하는 소리가 반복된다. 발맞추어 걷기 시작한다. 나영의 얼굴이 더 찌푸려진다.

주위를 신경 쓰지 않는 연순과 그런 연순의 태도에 불만을 표출하는 나영

▶ 남이 버린 서랍장을 가져가려는 연순과 이를 못마땅하게 여기는 나영

S# 9. 나영의 집 → 현재

나영 들어오다 빨랫줄에 걸린다. 짜증스런 표정.

아버지는 텔레비전을 보고 있고, 엄마는 나영 방으로 서랍장을 넣으려고 낑낑대고 있다.

연순: 잘 왔다, 이것 좀 들어 봐. 말만헌 년이 다 늦게 워딜 그리 쏘댕기냐…….

시집갈 나이가 다 된 성숙한 처녀

나영: 엄마! 뭐 하는 거야, 하지 마.

서랍장을 자신의 방에 넣으려는 연순의 행동에 거부감을 표현함

연순: 뭘 하지 마.

나영: 싫어. 뭐 하는 거야, 남의 방에서.

연순: 넘의 바앙? 말뽄새 하고는…….

말본새 – 말하는 태도나 모양새

나영, 서랍장을 다시 끄집어낸다. 실랑이.

나영과 연순의 갈등

▶ 가져온 서랍장을 나영의 방에 넣으려는 연순과 이를 말리는 나영

• '서랍장'의 의미

| 서랍장 | 폐기물로 버려진 가구 |
|---|---|

↓

**연순과 나영의 반응**

- 연순은 길가에서 주운 서랍장을 흐뭇하게 옮기고 나영은 이러한 연순의 행동을 못마땅하게 생각함
- 연순은 서랍장을 나영의 방에 옮기려 하고 나영은 이를 거부함

↓

**서랍장의 의미**

- 억척스럽고 생활력이 강한 연순의 면모가 드러나는 소재
- 어머니 연순과 딸 나영의 갈등이 표면적으로 드러나게 하는 소재

• 인물 간의 갈등

**나영의 처지**

무능력한 아버지와 억척스러운 어머니의 딸로 태어난 자신의 신세를 한탄하며 살아감

↓

| 나영 | | 연순 |
|---|---|---|
| 엄마를 닮았다는 말에 불쾌해하고 버려진 서랍장을 자기 방에 들이려 하는 엄마의 억척스러움을 못마땅하게 여김 | 갈등 ↔ | 자신을 퉁명스럽게 대하고 자신이 말하는 바를 잘 따르지 않는 딸의 말과 행동을 못마땅하게 여김 |

장면 포인트 2 주목

- 해당 장면은 아버지를 찾으러 제주도에 갔다가 어머니와 아버지의 과거 시절로 돌아간 나영이 아버지인 진국을 짝사랑하는 어머니 연순을 도와주는 상황이다.
- 진국을 짝사랑하는 연순의 모습에 주목하여 연순을 도와주려고 하는 나영의 심리를 파악하도록 한다.

[앞부분의 줄거리] 어느날 이버지가 집을 나간 뒤 나영은 아버지가 병에 걸린 사실을 알게 되고 아버지를 찾아 제주도로 떠나는데, 갑자기 시간이 과거로 이동하여 그곳에서 자신과 같은 모습을 하고 있는 젊은 시절의 어머니(연순)와 아버지(진국)를 만나게 된다. 나영은 착하고 잘생긴 우체부 진국을 짝사랑하며 가슴앓이하는 해녀 연순의 모습을 지켜본다.

시간 여행 모티프 – 현재의 나영이 과거의 연순을 만나 연순을 이해하게 되는 기능을 함

배우가 1인 2역을 하게 될 수 있음

주목 S# 53. 연순의 방 → 과거

파도 소리만 들리는 밤.

나영과 연순, 얇은 이불을 덮고 각기 누워 있다.

뒤척거리며 잠을 이루지 못하는 연순.

과거의 연순이 진국을 짝사랑하는 상황임

나영: 연순 씨, 잠이 안 와요?

대답 없이 돌아눕는 연순.

나영과 대화를 이어 가지 않으려 하는 연순

그런 연순을 보다 한숨을 쉬며 돌아눕는 나영.

짝사랑하는 연순에 대한 안타까움 때문에

▶ 진국을 짝사랑하여 가슴앓이를 하는 연순과 이를 보며 안타까워하는 나영

S# 54. 길 → 과거

나영, 주위를 둘러보며 연순을 찾는다.

연순은 보이지 않고 멀리 진국의 자전거가 온다.

나영과 진국, 가볍게 목례를 한다.

진국 → 나영의 아버지. 착하고 따뜻한 마음씨를 지닌 우체부로, 이후에 연순과 결혼함. 지인들의 빚보증으로 인해 월급도 번번이 못 받는 신세가 되면서 무능한 가장으로 살아감

나영: (지나쳐서 저만큼 간 진국에게) 저기요…….

짝사랑하는 연순을 돕기 위해 진국에게 말을 붙이는 나영

진국: (자전거를 세우고 나영을 본다.)

나영: 저 시간 있으시면…… 아니에요. 안녕히 가세요.

연순에 대한 이야기를 차마 못하고 주저함

진국, 어색하게 웃고는 돌아서 길을 간다.

나영, 조금 걷다가 돌아보면 진국의 자전거가 멀어지다 얼추 사라진다. 나영이 다시 걷기 시작하는데 샛길에서 해녀 2가 이리저리 길을 둘러보며 황급히 걸어온다.

해녀 2: (급한 목소리로) 아, 연순네 샥시이…….

나영: (인사를 하며) 밭에 가세요?

해녀 2: (길을 둘러보며) 자전차 못 봤능가아, 우체부 자전차아. / 나영: 방금…….

자전차: 진국이 탄 자전거 / 우체부: '우편집배원'을 일상적으로 이르는 말

해녀 2: (너무 급해서 숨 쉬느라 나영의 말을 듣지 못하고 이어서 말한다.) 이를 워째…… 아이고 이를 워째…… 큰일 났네에…… 관씨네 할매가 오락가락하는데…… 자전차 못 봤지?

우체부에게 소식을 빨리 전해야 하는 상황임

**작품 분석 노트**

- 젊은 시절의 '연순'이 '나영'과 같은 모습을 한 효과

| 연순과 나영의 외적 유사성 |
|---|
| S# 7에서 과거 해녀였던 연순의 모습이 나영과 유사함 |

↓

| 효과 |
|---|
| • 작품 후반부에 1인2역으로 제시되는 상황에 개연성을 제공함<br>• 젊은 시절의 연순과 나영의 외모의 유사성을 통해 나영이 어머니 연순과 자신의 동질성을 발견하게 됨을 강조함 |

- 장면 간의 연결 ②

| S# 53 |
|---|
| 연순이 우체부인 진국을 짝사랑하여 가슴앓이를 하자 나영이 연순을 염려함 |

↓

| S# 54 |
|---|
| 연순이 우체부 진국과 만날 수 있도록 하기 위해 나영이 우체부 진국에게 말을 건넴 |

↓

| 가슴앓이를 하는 연순을 도와주기 위해 나영이 노력하고 있다는 것을 알 수 있음 |
|---|

나영: (나영의 표정에 밝은 빛이 스친다.) 아아까…… 저기…… 아아까 지나갔어요. 한참 됐는데…….
연순을 도울 수 있는 방법이 떠올랐기 때문임

해녀 2: 아이고…… 그라지…… 아이고…… 큰일 났네에…… 우체국꺼지 가야겠네…….

나영: 저기 제가 갔다 올까요.
실제로는 연순에게 맡기려고 함

해녀 2: (화들짝 반가워서 고마워서 어쩔 줄을 모르며) 그라 줄랑가, 고마워서 워쩐디아…….

나영, 쪽지를 들고 뛰기 시작한다.
해녀에게 전해 받은 쪽지

▶ 연순과 진국을 만나게 해 주기 위해 기회를 마련하려는 나영

S# 55. 조밭이 보이는 들 → 과거

조밭 끝에 김매는 연순이 보인다.

나영: 연순 씨! 조연순 씨이!

S# 56. 조밭 가장자리 → 과거

화면 가득 삐뚤빼뚤 주소가 쓰여진 종이
해녀에게 전해 받은 쪽지

그 위로 들리는

**감상 포인트**
시간 여행 모티프를 통해 전달하고자 하는 작품의 주제를 파악한다.

나영: (소리) 한 번 더 해 봐요.

연순: (자신 없는 목소리) 경기도 시흥군 군곡면…….
연순이 글을 읽는 것에 서툴다는 것을 알 수 있음

나영: 연순 씨 안되겠다. 이거 아주 중요한 전보 같던데. 제가 갔다 올게요, 주세요.

연순: 아, 아니요! 경기도 시흥군 군곡면 박. 달. 리 24에 5 관. 석. 용 씨 댁. 모친 위독 빨리 오라이. 딩겨올께요이!
진국을 만나기 위한 의지를 보이는 연순

급하게 뛰어가는 연순.

그 뒷모습에 기대와 설렘이 묻어 있다.
짝사랑하고 있는 진국을 만난다는 기쁨이 담겨 있음

나영, 그 모습을 보고 돌아서서 한 번 뿌듯하게 호, 하고 숨을 뱉는다.
연순을 도울 수 있게 된 것을 뿌듯해하는 나영

▶ 연순이 진국을 만날 수 있게 된 것을 뿌듯해하는 나영

• '전보'의 역할

| 전보 | • 해녀가 우체부 진국에게 전해 주려는 것<br>• 관씨네 할머니가 위독하다는 내용을 담고 있음 |
|---|---|

↓

| 나영의 반응 |
|---|
| • 우체국 용무를 자원하고 쪽지를 들고 뛰기 시작함<br>• 연순을 찾아 쪽지를 건넴 |

↓

| 전보의 역할 |
|---|
| • 나영이 진국을 짝사랑하는 연순에게 전보를 전달함으로써 연순과 진국이 만날 수 있는 기회가 생김<br>• 연순과 진국의 사랑을 도와주는 나영의 조력자로서의 역할을 드러냄 |

• '나영'의 행동에 나타난 의도

| 나영의 행동 |
|---|
| • 자전거를 타고 오는 진국에게 말을 건넴<br>• 전보를 보내겠다고 해녀에게 쪽지를 받음<br>• 쪽지의 내용을 연순에게 외우게 함 |

↓

| 의도 |
|---|
| 진국을 짝사랑하는 연순에게 진국과 만날 수 있는 기회를 만들어 줘서 연순과 진국을 연결시키려 함 |

• 인물의 태도 변화

| 나영 | 현재에서는 어머니인 연순의 말과 행동을 못마땅해하지만 과거로 와서는 우체부 진국을 짝사랑하여 가슴앓이하는 연순을 안타까워하며 도와주려고 함 |
|---|---|
| 연순 | 현재에서는 억척스럽고 괄괄하지만 과거에서는 부끄러움이 많고 짝사랑하는 우체부 진국을 보고 싶어 하며 가슴앓이를 함 |

## 장면 포인트 3

• 해당 장면은 연순이 물질을 하다가 사고가 나자 진국과 나영이 연순을 보살피다가 나영이 연순의 어린 시절 이야기를 듣는 상황이다.
• 나영이 연순의 어린 시절 이야기를 듣는 상황과 나영이 과거의 연순에게 현재의 연순, 즉 자신의 어머니 이야기를 하는 상황에 주목하여 인물의 심리가 어떻게 변했는지 파악하도록 한다.

S# 93. 연순의 집 → 과거

가마솥에 물을 붓고 군불을 지피는 진국. 이제 새벽이다. 나영, 부엌문 밖에서 지켜보고 있다.
(군불: 음식을 하기 위해서가 아니라 오로지 방을 덥히려고 아궁이에 때는 불)

진국: (잠깐 동안 현실의 아버지 모습으로) 연순 씨 좀…… 부탁드려요. 잘 좀…….

나영: (고개를 끄덕인다.)

진국이 가고 부엌으로 들어가던 나영의 눈에 보자기가 들어온다. 보자기를 풀어 보는 나영. 공책, 연필들 위에 놓인 동화책《인어 공주》. 나영, 울지도 못하고 참지도 못하겠어서 숨소리만 고통스럽다. 동화책을 넘겨 보는 나영.
(공책, 연필들 위에 놓인 동화책《인어 공주》: 연순에 대한 진국의 마음이 드러나는 소재)
(나영, 울지도 못하고 참지도 못하겠어서 숨소리만 고통스럽다: 부모의 젊은 시절의 애틋한 사랑에 대한 안타까움과 사고가 난 연순에 대한 연민 때문에)
▶ 사고가 난 연순을 보살피다가 동화책《인어 공주》를 보게 된 나영

S# 94. 나영의 회상 → 과거(나영의 어린 시절)

연순: (소리) 옛날에 인어 공주가 살았는디 어느 날 물에 빠진 왕자님을 살려 줬어. 인어 공주니께 다리는 엄꼬 물괴기겉이 지느러미가 달렸겄지? 그러니께 헤엄도 잘 쳤겄재이……. 이? 이? 이, 근디 왕자님은 딴 사람이 구해 준 중 알었어, 그것도 또 공준디 뭍에 사는 공주여, 진짜로 구해 준 거슨 인어 공주고이……. 자 인제 기억이 나쟈?
(그러니께 헤엄도 잘 쳤겄재이……: 해녀인 연순과 동일시됨)

누워서 듣고 있는 어린 나영.

연순: (소리)「자 그러믄 여그서부텀은 책으로 읽어 줄 것잉께 잘 들어 봐라이. 우리 나영이, 자냐아? 안 자지? 아부지 오믄 자야지이, 잉.」
(「」: 남편을 기다리며 자신에게 책을 읽어 주는 젊은 날의 연순의 모습을 떠올리는 나영. 남편을 사랑하고 존중하는 연순의 태도가 드러남)

(인서트)
(인서트: 화면의 특정 동작이나 상황을 강조하기 위해 삽입한 화면. 또는 삽입하는 것)

낡은《인어 공주》동화 책장에 나오는, 크레용으로 그려진 그림들, 천천히 또박또박 읽어 내려가는 연순의 목소리.

연순: 인어 공주는 슬펐습니다. 매일 바닷속 왕인 아버지를 속이고 물 위로 올라갔어요. 바위에 앉아 인어 공주는 왕자님을 바라보았습니다. 기다리고 기다리고 또 기다렸습니다.
(왕자에 대한 인어 공주의 애틋한 마음을 통해 진국에 대한 연순의 애정을 드러냄)

어느 순간 연순의 낭독과 어울려 동화책의 그림들은 해녀 연순과 우체부 옷을 입은 진국의 모습으로 대체된다.
(동화책의 주인공들과 연순과 진국을 동일시함 – 연순도 과거에는 동화 속 인어 공주처럼 진국을 애틋한 마음으로 사랑했음을 극적으로 보여 줌)
▶ 어린 시절《인어 공주》를 읽어 주던 연순의 모습을 떠올리는 나영

### 작품 분석 노트

• 동화책《인어 공주》의 기능

| 《인어 공주》 동화책 | • 진국이 연순을 위해 가져온 보자기에 담겨 있음<br>• 나영이 보자기를 풀어 공책, 연필들과 함께 발견하게 됨 |
|---|---|

↓

| 기능 |
|---|
| 나영으로 하여금 연순이 자신에게 이야기를 들려주던 어린 시절을 회상하게 함 |

• '인어 공주 이야기'의 기능

| 극 중 상황 |
|---|
| 연순이 어린 나영에게 인어 공주 이야기를 들려줌 |

↓

| 이야기 속 인어 공주 |
|---|
| • 헤엄을 잘 침 → 연순이 인어 공주와 자신을 동일시함<br>• 슬퍼하며 왕자를 기다리고 기다림 → 연순이 진국에 대한 애정을 드러냄 |

↓

동화책의 그림들이 해녀 연순과 우체부 옷을 입은 진국의 모습으로 대체됨 → 연순과 진국의 애틋한 사랑을 극적으로 보여 줌

S# 95. 연순의 방(밤) → 과거

연순의 몸을 정성스럽게 닦아 주는 나영, 울고 있다. (중략)
연순에 대한 나영의 애정과 연민이 드러남

연순 가늘게 눈을 뜬다. 나영, 땀 때문에 젖어 이마에 붙은 연순의 머리를 옆으로 넘겨 준다.

연순: 나가 짬 아프다고 호강이네요이.
누구의 보살핌도 받지 못하고 억척스럽게 살아온 연순의 삶을 알 수 있음

나영: 더 자요.

연순: 고마워요. 언니. (나영의 손을 꼭 잡는다.)
연순은 미래의 딸인 나영을 알아보지 못함

나영: 그냥 나영이라고 해요. 그래야 내가 맘이 편해요.
연순은 나영 어머니의 어릴 적 모습이기 때문

연순: 꿈에서 엄니를 봤어라.

나영: …….

연순:「지는 주워 왔대요. 지도 몰랐는디 아지메들이 말하는 거 듣고 알았어요. 첨엔 놀랐는디……. 가끔씩 이상허니 맴이 허하고 짠하게 슬픈 것이 그래서 그랬던 거구나. 나가 첨부터 버림받은 아이라서. 그랬었는데 그게 아니었어요.
연순의 불우한 처지를 알 수 있음. 연순의 강인하고 억척스러운 면모 뒤에 숨어 있는 슬픔과 고독감을 보여 줌

나영: …….

연순: 보고 잡아서 그랬던 거예요. 그냥 보고 잡아서. 엄니 얼굴이. (까맣게 그은 볼을 타고 눈물이 흐른다.) 나가 말여요 다시 태어난다면…… 엄니하고 헤어지고 싶덜 않아요. 물질도 하고 싶덜 않아요. 그냥 넘들맨키로 핵교도 다니고…… 그라구…….」
어머니에 대한 그리움을 안고 살아가는 연순의 모습
연순의 소박한 소망 – 연순의 고달팠던 삶과 순수함이 드러남

「 」: 연순이 나영에게 자신의 삶에 대해 솔직하게 고백함 → 나영이 어머니인 연순에 대해 이해하게 되는 계기가 됨

나영: (눈물이 나올 것 같지만 참고 있다.)

연순: (나영이 품으로 파고든다.) 고마워요. 고마워요.

연순, 나영의 품속에서 다시 잠이 든다. 한동안 연순을 바라보던 나영.

나영: 우리 엄마는 때밀이예요. 매일 목욕탕에서 젊은 여자들 때 밀어 주고 돈을 받아요. 한 명 밀어 주면 만 원. 10명이면 10만 원. 돈이 제일 중요하죠. 엄마한텐. 욕도 잘해요. 챙피한 것도 모르죠. 아버지한테도 모질게 대해요. 그게 우리 엄마예요. 나는 엄마를 싫어해요. 절대로 엄마처럼은 살지 않겠다고 생각하고 또 생각했어요. 근데 왜 이러지…… 엄마…… 엄마가 가엽고 엄마가 불쌍하고 자꾸 엄마 생각이 나요. 이렇게 엄마를 보고 있는데도 자꾸 엄마 생각이 나.
현재 연순의 모습. 생활에 찌들어 변해 버렸음을 드러냄. 억척스러운 면모만 남은 연순
젊은 날 진국에게 가졌던 마음도 생활에 찌들어 변해 버림
현재의 엄마 연순에 대한 나영의 마음
연순에 대한 나영의 심리적 변화 – 젊은 날의 연순을 보고 엄마를 이해하고 엄마에게 연민을 가지게 된 나영의 모습

나영, 잠든 연순의 손을 잡고 참았던 눈물을 흘린다. ▶ 연순의 삶을 이해하고 눈물을 흘리는 나영
나영이 그동안 연순에게 가졌던 미움과 원망에 대한 회한의 눈물

• 작품에 나타난 시간 여행 모티프

| 현재의 나영 |
|---|
| • 어머니인 연순을 못마땅하게 여기며 연순처럼 살지 않겠다고 생각함<br>• 생활에 시달려 다투는 부모의 모습에 실망함 |

↓ 과거로 시간 여행

| 과거의 나영 |
|---|
| • 젊은 시절 부모의 사랑하는 모습을 통해 두 사람의 사랑을 이해함<br>• 어머니의 불우한 처지를 듣고 어머니에게 연민을 느끼며 어머니의 삶을 이해하게 됨 |

↓

현실에서 겪는 갈등을 시간 여행이라는 환상적인 장치를 통해 극복함

## 핵심 포인트 1 지시문의 의미와 기능 파악

이 작품은 시나리오로 지시문을 통해 등장인물의 행동과 심리를 지시하고 있다. 따라서 작품 속에 나타나 있는 지시문의 내용을 파악하며 연출자가 어떻게 배우에게 지시할 것인지, 그리고 배우가 어떻게 연기할 것인지를 상상하며 작품을 감상하도록 한다.

**작품에 제시된 지시문과 그 기능**

| | |
|---|---|
| 등장인물의 행동 지시 | • '나영, 발신자를 확인, 반갑지는 않다. 핸드폰을 열어 두고 딴짓.' → 전화의 발신자를 확인하고 전화를 받지 않으려는 나영의 모습을 표현하도록 함<br>• '서로 발이 맞지 않아 스텝이 엉키고 힘이 더 들자' → 연순과 나영이 서랍장을 옮기는 모습을 표현하도록 함<br>• '나영, 쪽지를 들고 뛰기 시작한다.' → 연순에게 전달할 쪽지를 가지고 나영이 뛰는 행동을 표현하도록 함 |
| 등장인물의 감정 표현 지시 | • '사진을 확 낚아채며' → 자신과 어머니인 연순이 닮았다는 도현의 말에 나영이 불쾌한 감정을 표현하도록 함<br>• '자기 할 말만 하고 일방적으로 전화를 끊은 모양이다.' → 일방적으로 전화를 끊은 연순의 행동에 대한 나영의 당황스러움을 표현하도록 함<br>• '찡그리고' → 아무 데나 침을 뱉는 연순의 행동에 대한 나영의 못마땅한 감정을 표현하도록 함<br>• '흐뭇한 연순과 불만에 찬 나영이 낑낑 어설프게 서랍장을 들고 걸어온다.' → 서랍장을 주운 연순의 흐뭇한 감정과 이를 못마땅하게 여기는 나영의 감정을 표현하도록 함<br>• '뒤척거리며 잠을 이루지 못하는 연순.' → 연순이 우체부 진국을 만나고픈 마음으로 가슴앓이를 하고 있음을 표현하도록 함 |

## 핵심 포인트 2 영화적 장치의 기능 파악

시나리오에서는 주제를 효과적으로 전달하기 위해 다양한 영화적 장치를 활용할 수 있다. 따라서 이 작품에 등장하는 시간 여행 모티프 기법이 지니는 기능과 그 효과를 파악하도록 한다.

**시간 여행 모티프 – 이해와 화해의 장치**

| | |
|---|---|
| 〈인어 공주〉에 나타나는 시간 여행 모티프 | • 현재의 나영이 시간을 뛰어넘어 과거로 돌아가 사건을 전개함<br>• 시간적 배경에 변화를 주거나 독특한 영상 처리 기법을 통해 과거와 현재가 자연스럽게 연결되도록 함 |

| 현재 | 나영의 시간 여행 → | 과거 |
|---|---|---|
| • 나영은 어머니인 연순을 못마땅하게 여기며 연순처럼 살지 않겠다고 생각함<br>• 나영은 억척스러운 어머니와 무능력한 아버지가 다투는 모습에 부모와 함께 지내는 일상을 벗어나고 싶어 함 | • 젊은 시절 부모의 사랑하는 모습을 통해 두 사람의 사랑을 이해함<br>• 어머니의 불우한 처지를 듣고 어머니에게 연민을 느끼며 어머니의 삶을 이해하게 됨 | • 나영이 젊은 날의 연순과 진국의 풋풋한 사랑을 엿보게 됨<br>• 나영은 연순의 고백을 통해 어머니 없이 자란 연순의 고달픈 과거사와 연순이 지닌 한을 알게 됨 |

## 핵심 포인트 3 다른 작품과의 비교 감상

원작인 안데르센의 동화 〈인어 공주〉가 이 작품 속에서 어떻게 재해석되었는지를 작품의 주제와 연관하여 비교 감상하도록 한다.

**원작 〈인어 공주〉와 시나리오 〈인어 공주〉**

| 원작 〈인어 공주〉 | 시나리오 〈인어 공주〉 |
|---|---|
| • 바닷속의 인어<br>• 바닷속 고귀한 신분의 공주<br>• 왕자님에 대한 애틋한 인어 공주의 사랑<br>• 비극적 운명에 의한 갈등 | • 바닷속에서 물질하는 해녀 연순<br>• 부모에게 버림받은 불행한 처녀<br>• 진국에 대한 애틋한 연순의 사랑<br>• 가난한 현실로 인한 모녀간의 갈등 |

### 작품 한눈에

• 해제

〈인어 공주〉는 현실에서 어머니를 이해하지 못하며 어머니처럼 살지 않겠다고 다짐하던 주인공 나영이 과거로 돌아가 부모의 젊은 시절을 지켜보면서 어머니와 화해하는 과정을 그린 시나리오이다. 현재의 나영은 억척스럽고 생활력이 강한 어머니 연순에게 불만을 갖고 살면서 갈등을 겪고 있다. 아버지의 가출로 제주도로 가게 된 나영이 어머니와 아버지의 젊은 시절인 과거로 시간 여행을 하게 되면서 나영은 어머니의 삶과 사랑을 관찰하게 된다. 이를 통해 나영은 어머니에게 연민을 느끼면서 어머니의 삶을 이해하게 된다.

• 제목 〈인어 공주〉의 의미

– 동화 속 주인공과는 또 다른 삶을 살게 된 어머니의 이야기

이 작품은 나영의 회상 장면에서 안데르센의 동화책 《인어 공주》를 나영에게 읽어 주는 연순의 모습을 보여 준다. 그러면서 동화책의 그림들이 해녀인 연순과 우체부인 진국의 모습으로 바뀌는 장면이 연출된다. 이를 통해 《인어 공주》는 동화책 내용으로 머물던 '인어 공주의 이야기'가 아니라 현실 속에 살고 있는 나영의 어머니 연순의 삶임을 드러낸다.

• 주제

부모의 젊은 시절 사랑을 통한 모녀간의 화해

**전체 줄거리**

뉴질랜드 여행을 앞두고 있는 우체국 직원인 나영은 남자 친구 도현과 앨범을 보다가 어릴 적 사진 배경에 도현이 찍힌 것을 보고 신기해하고, 도현은 젊은 연순이 나영과 똑같이 생겼다고 말한다. 어느 날 나영의 아버지가 직장을 그만두고 갑작스럽게 가출을 하고, 나영은 병원에서 아버지의 병세에 대해 알게 된다. 다음 날 공항에 간 나영은 뉴질랜드가 아니라 외삼촌이 아버지가 있을 만한 곳이라며 알려 준 제주도로 간다. 하리라는 마을을 찾아간 나영은 자신과 똑같이 생긴 젊은 여자를 보고 놀라는데, 이윽고 그녀가 젊은 시절의 연순임을 깨닫는다. 다음 날 나영은 우체부인 젊은 시절의 아버지(진국)를 만나고, 해녀인 젊은 시절의 어머니(연순)가 진국을 짝사랑하는 모습을 관찰한다. 진국은 까막눈이던 연순에게 한글을 가르쳐 주며 가까워지지만, 진국의 전근 소식에 상심한 연순은 물질을 하던 중 바다에 빠졌다가 구출된다. 연순을 간호하던 나영은 엄마를 이해하게 되고, 현실로 돌아온다. 아버지를 만난 나영은 도현의 도움으로 연순을 설득해 하리로 오게 하고, 옛집에서 재회한 연순과 진국은 해묵은 감정을 털어낸다. 훗날 나영과 도현은 결혼을 하여 가정을 꾸리고, 어느 날 나영은 연순의 젊은 시절이 담긴 사진의 배경에 아버지가 찍혀 있는 것을 발견한다.

극 · 수필 08

한 줄 평 전쟁의 포화로부터 동막골을 지켜 낸 남북 군인들의 이야기를 담은 작품

# 웰컴 투 동막골 장진

## 장면 포인트 1 주목

- 이 작품은 6 · 25 전쟁 중 강원도 동막골이라는 마을에 국군, 인민군, 연합군이 모여들어 갈등을 빚다가 순수한 마을 사람들에게 동화되어 가는 과정을 그린 시나리오이다.
- 해당 장면은 동막골 촌장의 집에 와 있던 국군과 이후에 온 인민군이 대치하는 상황에서 순수한 부락민들이 상황의 심각성을 모르고 감자밭을 망친 멧돼지에 대해 걱정하는 부분이다.
- 국군과 인민군의 대치 상황과 이에 대한 부락민들의 반응에 주목하여 갈등 양상을 파악하도록 한다.

[앞부분의 줄거리] 강원도 산골의 동막골 부락민들은 전쟁 상황을 이해하지 못한 채 순박하게 살고 있다. 어느 날 연합군의 전투기가 추락하여 미군 조종사가 동막골에 들어오고, 국군 병사인 현철과 상상도 동막골 촌장의 집에 들어서게 된다.

S# 21. 촌장집 마당 N / EXT
(N: Night, 밤 장면 / EXT: Exterior, 실외 장면)

혼자 떨어져 앉아 있는 현철(국군)…… 주변 소리에 민감해진다.(전쟁 상황에서 적군을 마주치지 않을까 경계함)

(부엌에서 난 소리, 부락민들(동막골 사람들)…… 상상(국군) 수다, 누렁이 하품 소리, 모기 소리 등……)

달수: 전쟁이요? 진짜 전쟁이 났다 말이래요?

촌장: 아니…… 어데서 쳐들어온 거래요? 왜놈이나…… 떼놈이나……?(일본인이나 중국인이 남한을 쳐들어왔다고 생각함)

상상: 그게…… 딴 나라서 쳐들어온 게 아니구요…… 가만 딴 나란가……? 설명하기 힘드네……. 그러니까 우리 국군하고 이북의 괴뢰들하고 싸우는 거죠.(6 · 25 전쟁 발발)

부락민들 무슨 말인지 좀처럼 이해가 되지 않는데.(6 · 25 전쟁의 의미를 이해하지 못하는 순수한 동막골 사람들)

달수 처: (스미스 방을 가리키며) 그리믄 저짝 방에 코 이래 큰 저이(연합군 스미스)는 누구 편이래요?

달수: 아…… 이짝 편이니 딱 보고 아는 척을 하지!

달수 처: 그름…… 2대 1이네요…… 이 사람들 치사하네.(국군과 연합군의 관계를 이해하지 못함)

상상: 그게요…… 그렇게 보시면 안 되고요…….

현철: (저만치 앉아 있다가 상상의 말을 자르며) 저희는 내일 바로 떠나겠습니다.

촌장: 뭐이 그리 급해요…… 올겨울 여서 나고 가시지…….

상상: (눈치를 보며) 그…… 그래요…… 당분간 여기 있죠?

그때…… 멀리부터 노랫소리가 들린다. 아이들이다.

달수: 아—들이네…….

달수 처: 이래……? 왜 일루들 다 오나? 집에 안 가고?

촌장: (환해지는 얼굴로) 어……! 마치맞게 김 선상이 오시네.

두 손을 번쩍 들고 잔뜩 우거지상이 된 채 마당에 들어선 김 선생…… 엉거주춤 서서(인민군의 위협을 받았기 때문에)

### 작품 분석 노트

- 주요 등장인물

|  |  |
|---|---|
| 현철 | 국군 소위로, 부대에서 탈영하여 동막골에 들어옴. 인민군에 대한 적대감과 경계심을 가장 늦게 푸는 인물 |
| 상상 | 국군으로 인민군에게 인간적으로 다가가는 인물 |
| 치성 | 인민군 중대장으로 자신들을 적대시하는 현철과 갈등하나 동막골 사람들의 인정에 제일 먼저 감화되는 인물 |
| 영희 | 인민군 하사로, 감정을 솔직하게 표현하고 특유의 넉살로 국군에게 다가가는 인물 |
| 택기 | 인민군 소년병 |
| 촌장 | 동막골의 지도자로, 동막골을 찾아온 국군과 인민군들을 화해하도록 이끄는 인물 |
| 스미스 | 미국 연합군 병사로, 예기치 못한 비행기 추락으로 동막골로 오게 되는 인물 |

부들부들 떨고 있다.

촌장: (현철을 소개하듯) 김 선상…… 서로 인사들 하게…… 배켵에서 손님이 오셨아.
('바깥'의 방언 / 국군인 현철과 상상)

김 선생: (울먹이며) 뒤에도 손님이 왔걸랑요…….
(인민군)

김 선생이 몸을 돌리자 등잔불에 스윽 어둠이 거치면…… 아이들 사이에 정중하게 선 인민군이 보인다. / 잠시 멍하니 서로 보고만 있다가……

순간 눈이 휘둥그래져 잽싸게 총을 들어 겨누는 현철.
(적군인 인민군에게 총을 겨눔)

군화를 벗고 마루에 앉았던 상상은 양말 바람으로 튀어 내려와 다급하게 총을 든다.
(예상하지 못했던 인민군 출현에 대한 반응)

인민군 역시, 생각지도 못한 국군을 발견하고 놀라서 총을 겨눈다.

「누가 먼저랄 것도 없이 핏발 선 눈을 부릅뜨고 살벌한 말들을 토해 내며 서로를 위협하는 양측 군인들.

"총 내려놔!!!" "움직이지 말앗!!!" "다 죽여 버린다!! 빨리 총 버려."
(상대방을 제압하기 위한 말들)

"아가리 닥치고 엎디라!!!"」 ▶ 동막골에서 우연히 만나 대치하는 국군과 인민군

「 」: 6·25 전쟁 중이므로 전쟁터가 아니더라도 국군과 인민군이 대치하는 상황

(중략)

주목 S# 22. 조종사가 누워 있는 방 N / INT
(Interior, 실내 장면)

갑자기 소란스러워진 밖이 궁금한 조종사, 부상당한 몸을 간신히 움직여 머리로 문을 밀어낸다.
(국군과 인민군의 대립으로 소란스러워짐 / 미군 조종사 스미스)

겨우 열려진 틈으로 밖을 내다본다. "저건 또 뭐하는 짓들이지……?"

평상 위에 부락민들이 죽 올라서 있는 이상한 행동을 보며 머리를 갸웃거리는 조종사.
(부락민들의 행동을 이해하지 못함)

S# 23. 다시 촌장집 마당 N / EXT

부락민들 사이사이로 간간이 보이는 적군의 모습들…… 싸늘한 기운이 흐르고…….
(남북한 군인들의 대치 상황을 나타냄)

영희: (겁에 질린 투로) 상위 동지…… 아니 군대 없대서 왔는데…… 결정하는 것마다 와 이럽네까?
(인민군 / 치성에 대한 영희의 원망과 불신이 드러남. 과거에도 치성의 결정에 문제가 있었음이 드러남)

치성: (이를 악문다.) ……!!
(인민군 / 부하의 질타를 참고 있음)

택기: 열 발 안짝에 있습니다…… 우린 셋이고 저게는 둘입니다…… 확 까 치웁시다!
(인민군 / 국군을 없애 버릴 것을 제안함)

치성: 전사 동무, 그냥 내 뒤에 있으라우……!
(택기의 섣부른 행동을 만류하는 말)

영희: 아새끼래…… 쫄랑거리며 일 맨들디 말구 가만 좀 있수라우…….
(택기의 섣부른 제안에 대한 핀잔)

상상: 수적으로 우리가 밀리는데 어떡해요? 그러게…… 그냥 지나쳐 가자니까…… 왜 여기까지 와 가지구…… 씨바…… 난 되는 게 없어…… 니미…….
(인민군은 3명이고 국군은 2명임 / 동막골에 들어오자는 결정을 한 현철을 원망함)

현철: (무섭게 인민군을 노려보다 소리 지른다.) 야—!!

• 인물 간의 갈등 양상

국군 '현철'과 인민군 '치성'이 동막골에서 총과 수류탄으로 대치하는 상황에서 나타나는 마을 사람들의 엉뚱한 대사와 행동은 관객의 웃음을 유발하고 서사적 긴장감을 완화시킨다. 이처럼 이 작품은 남과 북의 갈등 상황을 동막골 사람들의 웃음과 소소한 인간미를 통해 해소하고 있다.

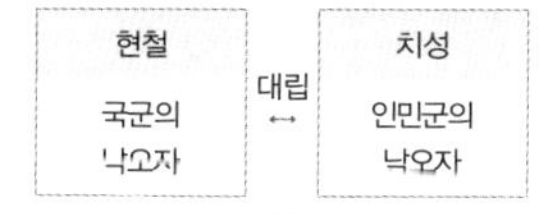


동막골 사람들

이념과 무관한 엉뚱하고 순수한 대사와 행동으로 해학적 분위기를 조성함

• 시나리오 용어

| | |
|---|---|
| S# (Scene Number) | 장면 표시 번호 |
| INT. (Interior) | 실내 장면 |
| EXT. (Exterior) | 실외 장면 |
| F.I. (Fade-In) | 화면이 처음에 어둡다가 점차 밝아지는 것 |
| F.O. (Fade-Out) | 화면이 처음에 밝았다가 점차 어두워지는 것 |
| O.L. (Over Lap) | 화면이 끝나기 전에 다음 화면이 겹치면서 앞선 화면이 차차 사라지게 하는 기법 |
| INS. (Insert) | 화면과 화면 사이에 넣는 삽입 장면 |
| C.U. (Close Up) | 등장하는 배경이나 인물의 일부를 화면에 크게 나타내는 것 |
| PAN (Panning) | 카메라의 위치를 바꾸지 않고 카메라를 좌우로 움직이면서 촬영하는 기법 |
| E. (Effect) | 효과음 |
| NAR. (Narration) | 화면에는 나타나지 않으면서 장면의 진행에 따라 그 내용이나 줄거리를 장외(場外)에서 해설하는 것 |

인민군 셋…… 침묵……. / 마을 사람들…… 인민군과 국군을 번갈아 보다가…….

달수: (인민군들에게) 안 들려요? 부르는 거 같은데…….
현철이 인민군을 향해 지르는 소리를 듣고도 인민군이 침묵하자 달수가 인민군에게 하는 말로 희극적 분위기를 자아냄

달수 처: (현철에게) 우리한테 말해요. 전해 줄 테니…….
군인들의 대치 상황을 이해하지 못하고 군인들의 말을 전해 주려고 하는 희극적 상황임

치성: 와?…… 방아쇠에 손가락 집어넣었으면 땡겨야지…… 다른 볼일 있네?
상대방의 심리를 알아보려고 하는 의도가 담겨 있음

영희: 상위 동지…… 거 괜히 세게 나가디 마시라요…… 우린 총알도 없는데…….

현철: 여기서 이러지 말고 나가서 제대로 한번 붙자!!
마을 사람들에게 피해를 주지 않으려는 의도

상상: 미쳤어요…… 수적으로 밀린다니까…….

**감상 포인트**
등장인물 사이에 일어나는 갈등의 양상과 그에 따른 심리를 이해한다.

현철: 죄 없는 부락 사람들 피해 주지 말고 일단 나가자……!
부락민의 안전을 우선으로 생각함

석용: 우리 때문이면 괜찮아요…….
자신들의 안전을 생각하지 않아도 된다는 의미로, 현재 사태를 파악하지 못해서 하는 말임

촌장: (지긋이) 석용아…….
상황을 이해하지 못하고 국군과 인민군 사이에 개입하는 석용의 행동을 만류함

치성…… 자신의 빈총이 의식됐는지 고민하다 이를 악물고 수류탄을 빼 든다.

치성: 내 말 잘 듣으라우……! 괴뢰군(국군) 아새끼나 부락 사람이나 조금만 허튼짓했단 그 즉시 직살하는(죽는) 거야……! 지금 한 말 허투루 듣디 말라!

영희와 택기도 눈치챘다…… 옆으로 총을 집어 던지고 모두 수류탄을 꺼내 든다.

부락민들 치성의 말뜻을 전혀 이해하지 못했는지 그저 수군거리고만 있다.
수류탄이 무엇인지 알지 못하여 상황의 심각성을 모름

치성: 뭐 이런 것들이…… 야 말 같디 않네!! (버럭) 전체 손 버쩍 들라우!!
적들이 대치하고 있는 심각한 상황을 이해하지 못하는 것을 보고 어이없어함

부락민들 서로 눈치를 보다 하나둘…… 손 올린다. 왼손을 드는 사람…… 오른쪽 손을 드는 사람…….
전쟁 상황에 물들지 않은 동막골 사람들 → 해학적 분위기

카메라의 위치를 바꾸지 않고 카메라를 좌우로 움직이는 촬영 기법

현철의 소총 가늠자로 보이는 흥분한 치성의 얼굴…… 옆으로 팬하면 손에 들린 수류탄이 보인다. / 무슨 이유에선지 불안한 표정이 되는 현철…….
총을 목표물에 조준할 때 이용하는 장치의 하나. 인민군에 대한 국군의 적대적 태도를 나타냄

▸ 국군과 인민군의 대치 상황과 그 심각성을 모르는 부락민들

이때, 밖에서 용봉이 뛰어 들어온다. / 용봉: 촌장님요!!
새로운 인물의 등장으로 사건이 전환됨

일제히 용봉을 향해 총과 수류탄을 겨누는 군인들. 무슨 상황인지 몰라 잠시 멍하게 서 있는 용봉.

부락민 모두: 거 섰지 말고 얼른 일루 올라와. 이 사람들 부애가 마이 났아.
'부아'(노엽거나 분한 마음)의 방언

치성: 올라 가라우.

택기: 쌍!! 빨리 게바라 올라가간!!

소리치는 바람에 깜짝 놀라…… 평상 위로 올라서는 용봉.

촌장: 용봉아 우터 이리 늦었나?
'어찌'의 방언

용봉: 벌토으— 좀 보고 오느라고요…… 아 그보다 짐 난리 났어요!
화제 전환 → 긴장감의 일시적 완화

달수 처: 용봉 아재…… 소느— 들고 얘기하래요…….
해학적 분위기 연출

• 작품의 전체 구성

| | |
|---|---|
| 발단 | 강원도 동막골에 연합군인 스미스의 비행기가 추락함. 이후 국군 현철과 상상, 인민군 치성, 영희, 택기가 우연히 동막골에서 만나 대치함 |
| 전개 | 실수로 마을의 곡간을 폭발시킨 국군과 인민군은 휴전을 하고, 부락민들과 함께 옥수수밭에서 농사를 지으며 서로에 대한 경계를 풂 |
| 절정 | 국군 조사관이 동막골에 찾아와 연합군 비행기가 추락한 원인을 조사함. 부락민들은 군인과 인민군을 부락민인 것처럼 속이지만 그들의 정체가 발각되고, 군인들이 싸우는 과정에서 이연이 목숨을 잃음 |
| 하강 | 연합군이 동막골을 폭격하기로 하자 스미스는 본부로 가서 폭격을 막으려 하고, 국군과 인민군은 협력하여 동막골을 지키려 함 |
| 대단원 | 국군과 인민군은 동막골과 떨어진 곳으로 연합군의 폭격을 유도하는 과정에서 목숨을 잃게 됨 |

• 소재의 의미와 기능

| | |
|---|---|
| 평상 | 국군과 인민군을 공간적으로 분리함 |
| 총 | 6·25 전쟁 상황에서 국군과 인민군의 갈등을 드러냄 |
| 소총 가늠자 | 총을 목표물에 조준할 때 이용하는 장치로, 인민군에 대한 국군의 적대적 태도를 나타냄 |
| 수류탄 | 인민군이 국군과 부락민을 위협하는 도구로, 서사적 긴장감을 높임 |
| 멧돼지 | 부락민의 생계를 위협하는 존재로 외부인의 존재가 동막골을 위험에 처하게 할 수 있음을 암시함 |

어색하게 손 하나 드는 용봉……. "아…… 예……."
군인과 인민군이 무력으로 대치하는 상황임을 모르는 순진한 모습

용봉: 그 뭐냐…… 실천 위 감자밭 있잖아요…… 새로 심군 데…… 그 밭 초입부터 멧돼지가 길을 내 버렸어요!! 길 크기를 보아 그기 한두 마리가 아인 거 같애요.
부락민들의 생계를 위협하는 존재

부락민들, 그 말에 모두 놀라고…….

마님: 우터 거다 길을 냈데…….

응식: 재작년에도 옥시기밭을 헤집고 돌아댕기미 싹 마호나서 겨울 한 달을 굶었는데…….
'옥수수'의 방언
옥수수가 동막골 사람들의 주된 식량임을 알 수 있음

촌장: (아주 근심스럽게) 흥분하지들 말고 차근차근 얘기르— 해 보자고…….
국군과 인민군이 대치하는 상황보다 멧돼지 문제를 더 걱정함

석용: 감재나 캐믄 그리지…… 우리 천식이 좋아하는 감재 인제 엄따.
'감자'의 방언

아쉬워하는 꼬마 천식…… 사람들 모두 한숨…… 휴—.

군인들은 안중에도 없고 모두들 멧돼지 문제로 걱정이 태산이다.
동막골 사람들의 순수함이 부각됨

치성: 이보라우……! (수류탄 치켜들며) 이거이 안 보이네? 까딱하면 다 죽을 판에…… 그깟 돼지 길이 뭐이가 걱정이가……!! (여전히 반응은 없고) 이놈 까문 이 마당에 송장 길 생게!!
군인들의 대치에도 별다른 반응을 보이지 않는 부락민들을 위협함
자신이 수류탄을 터뜨리면 모두 죽을 수 있다고 부락민들을 위협함 → 부락민들을 통제하려는 의도

버럭 겁을 줘도 심각하게 논의를 하는 건지…… 수군수군…… 시끄럽다.
치성의 위협에도 멧돼지 문제에 대해 이야기를 나누는 부락민들

영희: (혼란스러운) 기리니까니…… 이 부락…… 뭐이래 좀…… 이상하디 않습네까……?
일반적인 마을과는 다른 동막골의 분위기

▶ 감자밭에 길을 낸 멧돼지로 인해 근심하는 부락민들

• 이 작품의 배경

| | |
|---|---|
| 시간적 배경 | 1950년 겨울(6 · 25 전쟁 중) |
| 공간적 배경 | 태백산맥 깊숙이 자리 잡아 외부와 단절된 동막골 → 현실과 동떨어진 평화로운 순수의 세계를 그려 내기 위한 필연적 배경 |

장면 포인트 2 주목

- 해당 장면은 국군과 인민군이 대치하다가 실수로 수류탄을 터뜨려 마을의 식량 창고인 곡간이 사라지고, 이를 보상하기 위해 군인들이 함께 옥수수밭을 일구다가 마을로 돌아오며 전쟁 상황에 대해 이야기를 나누는 부분이다.
- '수류탄'으로 인해 긴장감이 조성되고 '팝콘 비'가 내리며 긴장감이 해소되는 과정에 주목하여 인물의 심리 및 태도를 파악하도록 한다.

주목 S# 28c. 촌장집 마당 D / EXT (시간 경과)
낮 장면

쨍하게 내리쬐는 햇볕. / 이제 군인들은 지칠 대로 지쳐 사물이 일렁이며 보인다. 피로와 졸음이 그들을 괴롭히고 있다. / 이 와중에도 김 선생은 심각한 얼굴로 아이들에게 글을 가르치고…… 부락민은 자연스레 일상을 보내고…… 이제 군인들도 선 채로 눈을 감고 있다.
심리적 긴장감을 느슨하게 하는 날씨 / 시간의 경과를 드러냄, 대치 상태가 지속되어 지쳐 가고 있음 / 이념 대립에 무관심한 모습

수류탄을 쥐고 있는 택기만이 잔뜩 인상을 찌푸린 채 군인들을 둘러본다…… 야속하지만 어쩔 수 없다. / 이제 손도 저리고, 졸음도 밀려오고……. / 끝내 졸음을 참지 못하고 스르르 감기는 택기의 눈. 손에 힘이 풀리면서 수류탄이 떨어진다. / 수류탄이 굴러가는 대로 이연의 시선도 따라간다…… 배시시 웃는 이연. / 평상 밑을 굴러 현철의 발에 맞고 멈춰 서는 수류탄. 뭔가 부딪히는 느낌에 눈을 뜨는 현철…….
동막골의 소녀. 정신이 온전하지 않음 / 수류탄의 위험성을 알지 못함

감상 포인트
인물 간의 긴장감이 해소되고 환상적인 분위기가 형성되는 장면을 이해한다.

**현철:** (화들짝 놀라서) 위험해!! 모두 피해!!

악!! 소리를 지르며 급하게 수류탄을 끌어안고 엎드리는 현철. 놀란 군인들 사방으로 피한다. 폭발 일보 직전…… 이를 악무는 현철……. / ……. / ……. / 잠잠하다…… 불발탄……. / 하나둘 고개를 들고…… 잔뜩 웅크렸던 현철도 슬며시 눈을 뜨며 수류탄을 살핀다. / 그런 현철을 예의 주시하는 치성의 눈빛. / 겨우 안심이 되는 현철…… 불발탄을 집어 들고는 인민군을 본다. 비웃듯 코웃음을 치고는 불발탄을 뒤로 던진다.
현철의 희생정신 – 주위 사람들을 살리고자 함 / 발사되지 않았거나 발사되었어도 터지지 않은 폭탄 / 주위 사람들을 살리려고 한 현철의 희생적 행동을 인상 깊게 봄 / 인민군의 수류탄이 터지지 않은 것에 대해 비웃음

**현철:** (조롱 섞인) 뭐 하나 제대로 된 것도 없는 것들이…….

**영희:** 뭐…… 좀 종종 그 따우메두 있을 수 있디 뭐…… 아새끼 노골적으루다…….
수류탄이 터지지 않은 것을 노골적으로 조롱한 현철에 대한 불만 / ▸ 불발탄이 된 택기의 수류탄

인민군들…… 좀 쪽팔리다…… 자신이 들고 있는 수류탄도 한번 보고는…… "혹시 이것도……?"
자신들이 가진 수류탄이 불발탄이었기 때문에 / 자신들의 수류탄도 불발탄이 아닌지 의심함

갑자기, 엄청난 폭발음과 함께 곡간의 지붕이 날아간다. 놀란 군인들, 몸을 날려 엎드린다. / 거대한 불길과 함께 치솟는 곡물들…… 하늘로 치솟았던 노란색 옥수수들…… 내려올 땐 하나씩 터져 팝콘이 된다.
현철이 뒤로 던진 수류탄으로 인해 동막골 사람들의 식량 창고가 터져서 사라짐 / 국군과 인민군 간의 대치 상황을 종결짓는 환상적 장면 – 고조되었던 긴장이 이완됨

(그 광경이 아이러니하게도 벚꽃이 날리는 것처럼 너무나 아름답다.)
상황과 대조적인 환상적인 분위기 → 인민군과 국군의 갈등 해소 암시

「"눈이다……." 웃음 띤 얼굴로 팝콘 비 사이로 걸어 들어가는 이연……. / 그리곤 이상한 몸짓으로 춤을 추기 시작한다. 엎드린 채 그 모습을 보는 군인들. / 조종사도, 내리는 팝콘 비를 물끄러미 본다. / 이연의 몸짓에 신비로운 음악이 덧씌워지면서 촌장집 마당은 묘한 기운으로 출렁인다.
수류탄이 터져 곡간 속의 옥수수가 팝콘으로 변함 → 긴장 관계를 변화시킴 / 환상적인 분위기가 고조됨

작품 분석 노트

- '현철'의 심리 및 태도 변화

| | |
|---|---|
| 인민군과 대치함 | 대치 상태가 계속되며 지치고 피로해짐 |
| ↓ | |
| 수류탄을 끌어안음 | 주위 사람들을 보호하기 위해 희생정신을 보임 |
| ↓ | |
| 수류탄이 터지지 않음 | 인민군을 비웃으며 조롱함 |
| ↓ | |
| 불발탄이 터짐 | 자신이 던진 불발탄이 터져 마을 곡간의 지붕이 날아가자 놀람 |
| ↓ | |
| 옥수수들이 팝콘 비가 되어 떨어짐 | 긴장감이 해소됨 |

- '동막골' 사람들의 특징

동막골 사람들의 모습
- 남북이 전쟁을 하는 이유와 이념 대립에 무지하고 순수한 모습을 보임
- '왼손을 드는 사람…… 오른손을 드는 사람…….' → 수류탄을 빼 들며 손을 들라고 한 치성의 말을 이해하지 못함
- '부락민은 자연스레 일상을 보내고……' → 국군과 인민군이 대치하는 상황에 무관심함
- '웃음 띤 얼굴로 팝콘 비 사이로 걸어 들어가는 이연…….' → 곡간이 터져 동막골 사람들의 식량이 사라진 상황을 제대로 인식하지 못함

↓

순박하고 순수함

사방이 조용해지고…… 오직 신비한 음악 소리와…… / 이연의 몸짓……. / 서서히 환각에 휩싸이는 군인들…… 정신이 혼미해지고…… / 한 명씩 두 명씩 자신도 모르게 스르르 눈이 감긴다. / 누렁이도 쩍 하품을 한다.

국군과 인민군 간의 갈등 해소 암시

엎어진 채로 아이처럼 잠이 드는 군인들……. / 마지막까지 안간힘을 쓰며 잠들지 않으려는 현철…… 퀭한 눈으로 이연을 보다가…… / 스르르 빨려 들어가듯 잠이 든다. / 바닥에 떨어지는 팝콘이 점점 흐릿하게 보인다. 아주 천천히 F.O.」

「 」: 긴장감이 해소되는 장면

회면이 처음에 밝았다가 점차 어두워짐

▶ 수류탄 때문에 팝콘이 되어 터진 곡간의 옥수수들과 잠이 드는 군인들

[중략 부분의 줄거리] 동막골의 곡간에 있던 일 년치 양식을 날린 군인들은 옥수수를 채우기 위해 부락민들과 함께 밭에서 옥수수를 딴다.

S# 36. 허수아비 길 해 질 녘 / EXT

일을 끝내고 돌아가는 부락민과 군인들…….

군인들의 긴장감은 좀처럼 수그러들지 않는다. 서로 간의 냉랭한 기운이 차갑게 흐른다.

국군과 인민군 사이에 조성된 긴장감

**치성**: 이보라우……! / **현철**: (치성을 쏘아본다.)

**치성**: 곡간…… 님자가 날렸음에도 불구하고 우리가 채울 테니 님자네들은 그냥 내려가라우. 섞여 있어 봤자 좋을 게 뭐이가 있간.

택기가 떨어뜨린 수류탄을 현철이 곡간으로 던져 곡간이 터짐 / 국군인 현철과 상상

**현철**: 웃기지 말고 니들이나 내려가라.

**치성**: 왜 안 내려갈라 기네……? 저 양키 새끼 데리구 내려가문 훈장감일 텐데.

연합군인 스미스

**현철**: (순간, 인상 굳어진다.) ……!!

**택기**: 내려갈 때 조심하는 게 좋겠소 동무……! 산 아래 우리 인민군이 쫙 깔렸을 게야.

인민군이 전쟁에서 이기고 있을 것으로 짐작함

**현철**: 이 산 통틀어…… 빨갱이 새끼들은 니들 셋이 전부일 거다.

국군이 전쟁에서 이기고 있을 것으로 짐작함

**택기**: (피식) 썅간나새끼 우리 놀리나?

**현철**: 니놈들…… 왜 여기까지 쫓겨 왔는지 아직도 모르겠냐? 뭔가를 기대하고 있다면 하지 마라……. 인천에 연합군 상륙해서 이미 평양까지 밀고 올라갔어……. 조만간 이 전쟁 끝난다. 조심할 게 있다면 니놈들이 해야지……!

강원도 동막골 / 인민군의 승리 / 국군이 전쟁에서 이기고 있는 상황 / 국군의 승리가 예상되는 상황

표정이 확 굳어지는 인민군들.

예상치 못한 인민군의 패전 소식에 당황함

**영희**: 상위 동지…… 데거이 웬 소립네까? / **치성**: ……!!

**택기**: (확 달려들며) 이 쫑간나새끼!!! 개나발 집어치우라!!!

인민군이 지고 있다는 현철의 이야기를 믿고 싶지 않아 함

달려드는 택기를 가로막는 치성…… 분이 풀리지 않아 식식대는 택기…… 그들을 빤히 보는 부락민들.

날카롭게 서로를 쏘아보는 치성과 현철…… 그 중간에 쪼그리고 앉아 웃고 있는 이연.

국군과 인민군이 대립하는 상황을 이해하지 못하는 순수한 모습

▶ 북한이 전쟁에서 지고 있다는 사실을 알게 된 인민군

---

• '팝콘 비'가 내리는 장면이 갖는 의미

**극 중 상황**

수류탄이 곡간에 날아들고 그곳에 쌓여 있던 옥수수가 터지면서 하늘에서 팝콘 비가 내림

↓

**의미**

- 남북한 군인들의 대치 상황을 종결짓기 위한 환상적인 장면임
- 남북한 군인들의 대립이 이 장면 이후 급속도록 반전되기 시작함
- 비현실적이고 환상적인 분위기를 표현하여 '전쟁'이라는 냉혹한 현실 속 분위기를 완화함

## 장면 포인트 3

• 해당 장면은 동막골을 적진으로 오인하여 공격하려는 연합군의 폭격기를 국군과 인민군이 유인하기 위해 합동 작전을 펼치는 부분과 작전을 성공시키고 마을을 구한 후 일행이 그곳에서 죽음을 맞이하는 부분이다.
• 서로 대립하던 국군과 인민군이 연합군의 폭격을 유도하기 위해 합심하는 모습에 주목하여 작품의 주제 의식을 파악하도록 한다.

[앞부분의 줄거리] 동막골에 들어온 군인들(국군과 인민군)은 부락민들의 순박함에 동화되어 서로 친해진다. 그러던 중 동막골을 적진으로 오인하여 폭격하려는 연합군의 계획을 알게 되고, 이를 막기 위해 스미스를 연합군 기지로 보낸 후 국군과 인민군은 마을에서 먼 곳에 가짜 기지를 만들어 폭격을 유도한다.

S# 111. 산등성 오후 4시경 / EXT (최후의 작전지)

고도가 높은 산 중턱 분지(국군과 인민군이 연합군을 유도하기 위해 가짜 기지를 만든 곳)에 도착한 5인…… 그들의 뒤편으로 동막골이 있는 함백산이 보인다. / 그 자리에 쓰러져 죽을 듯 숨을 토해 내는 5인.

현철: (일어나 시계를 보고) 4시간 후면 이 위를 지나게 될 겁니다.

모두들 겁먹은 표정들이다. 서로의 눈치만 볼 뿐 말이 없다.

치성: 자자 시간이 없어. 힘들 내자우…….

상상: 구름 위로 가는 폭격기(동막골을 적진으로 오해하여 폭격하려는 연합군의 군용 비행기)를 어떻게 잡으려고 그래요?

현철: 이 산 높이라면 위협사격(살상의 의도는 없이 단순히 겁을 줄 목적으로 하는 사격)이 가능해. 놈들을 유인할 방법이 있어.

지도와 지형을 비교해 가며 작전(연합군의 폭격기를 유도하려는 작전) 계획을 설명하는 현철…… 모두들 진지한 표정으로 설명을 듣는다. / 현철의 작전 설명을 유심히 듣는 치성……. / 박스를 깨고 무기를 꺼내는 현철…… 대공포(지상이나 해상에서 공중 목표를 겨냥하여 쏘는 포)와 로켓포의 위치를 잡고…… 지시를 한다. / 땅을 파서 풀 더미를 사방에 두르고는 나무들을 잘라 총처럼 배치한다.(연합군의 폭격기를 유도하기 위한 장치 ①) / 그 주변에 위장망을 쳐 군부대처럼 보이게 한다.(연합군의 폭격기를 유도하기 위한 장치 ②)

다른 상자 열자 허수아비가 들어 있다. 꺼내면서 씩 웃는 영희. / 허수아비를 곳곳에(연합군의 폭격기를 유도하기 위한 장치 ③) 배치하는 영희. 기관총을 장착하고 방아쇠에 굵은 실을 연결한다. / 둔덕 위에는 폭약을 묻고 도화선을 깐다. 이런 일에는 의외로 날렵한 영희. / 서서히 해가 지고 있다. / 준비를 마치자 긴장된 표정으로 모두를 한번 둘러보는 현철.

영희: (불안한……) 성공할 수 있갔디?

현철: 놈들이 나타나면 최대한 우리를 노출시켜야 돼요.(가짜 기지를 적진으로 보이도록 하기 위함) 만약 놈들이 우릴 못 보고 가면 그땐 진짜 방법이 없어요.(연합군이 동막골을 적진으로 오해하고 폭격할 것임)

상상: …… 스미스(연합군의 동막골 폭격을 막기 위해 연합군 기지로 향함)는 어디쯤이나 갔을까……?

현철: 늦을 거다…….

택기: 그쪽 일은 잊어버리기요.

상상: 니미…….

치성: 위협사격을 하는데 놈들이 우릴 못 보간……?(위협사격을 통해 연합군의 관심을 끌 수 있음) 그땐 날쌔게 탈출하문 되지 않

### 작품 분석 노트

• '국군'과 '인민군'의 합동 작전

연합군이 스미스가 타고 있던 미군 비행기가 인민군에 의해 폭격했다고 오인하고, 동막골을 적진으로 판단함
↓
연합군은 동막골을 폭격하려는 계획을 세움
↓
스미스는 연합군의 오해를 풀기 위해 연합군 기지로 향함
↓
국군과 인민군은 연합군 폭격기를 유도하기 위해 동막골에서 멀리 떨어진 곳에 가짜 기지를 만듦
↓
국군과 인민군은 동막골 사람들을 지키는 데 성공하지만 목숨을 잃음

간? 죽을 수 있으면 살 수도 있는 거야.
작전을 성공시키고 생존할 수 있다며 전의를 북돋음

**현철:** (다시 시계를 보며) 한 시간 정도 남았어요.

불안한 표정으로 말없이 먼 산을 보는 5인…… 서로 두려움을 드러내지 않기 위해 간혹 눈이 마주치면 웃어 보인다. 모두 말이 없다. …… 숨이 막힐 것 같은 적막감.

**영희:** 와 이렇게 조용하네……?

**택기:** (조용히 영희에게) 쉬…… 마렵지 않소?

▶ 연합군의 폭격기를 유도하기 위해 작전을 펼치는 군인들

[중략 부분의 줄거리] 국군과 인민군이 합심하여 연합군의 폭격을 유도하던 중 영희와 상상이 폭격에 맞아 사망하고, 작전을 이어 가던 치성, 현철, 택기 위로 포탄들이 떨어진다.

「S# 122. 산등성 N / EXT 「 」: 동막골을 보호하기 위해 군인들이 희생되는 사건에 대해 서로 다른 공간의 인물들이 보이는 상이한 반응을 제시함

그들을 향해 떨어지고 있는 거대한 포탄 밑에서 서로를 보는 세 사람…… 치성, 현철, 택기…… 그렁그렁 눈물 맺힌 눈으로 행복한 미소를 짓고 있는 주인공들. "우리 잘한 거지……?"
동막골 사람들을 지키기 위해 희생하는 것을 가치 있게 여김

▶ 동막골을 지키기 위해 희생하는 군인들

S# 123. 동막골 N / EXT

자신들을 지키기 위해 군인들이 희생한 사실을 알지 못함

산 너머 먼 하늘에 섬광이 일고 있다. 신비한 듯 보고 있는 동막골 사람들. / 멍한 표정의 김 선생…… 뒤돌아서며 욕지거리를 하는 노모……. / 표정 없이 보는 촌장……. / 천진난만한 아이들이 깔깔거리며 뛰어다니는 평화로운 동막골.
연합군이 치성, 현철, 택기를 향해 포탄을 떨어뜨리는 상황
전쟁과 대비되는 순진무구한 아이들의 모습 → 순수한 인간애가 있는 공간인 동막골

▶ 연합군의 폭격을 알지 못하는 동막골 사람들의 천진난만한 모습

S# 124. 숲 어딘가 N / EXT

그 자리에 주저앉아 소리도 내지 못하고 들풀을 쥐어뜯으며 울음을 터뜨리고 있는 스미스. 그 모습을 보는 한국군 2……. / (F.O.)」
동막골을 지키기 위해 군인들이 희생되는 것을 슬퍼하는 모습 → 전쟁의 비인간성을 간접적으로 비판함
Fade Out, 화면이 차츰 어두워짐

S# 125. 산등성 아침 / EXT (눈이 내린……)

다음 날 아침……. / 간밤에 내린 눈으로 전날 밤의 치열했던 흔적은 보이지 않는다. 간혹 허수아비만이 비죽 튀어나와 있다. / 짙게 깔린 안개……. / 안개 속에서 점차로 드러나는 형태들…… 수색 나온 토벌대다.
국군과 인민군이 연합군을 유도한 현장과 연합군의 폭격
국군과 인민군이 연합군을 유인하기 위해 사용한 것
무력으로 적을 응징하는 임무를 맡은 부대

폭격 지점으로 조심스럽게 이동하는 군홧발들……. / 문득, 그들 중 누군가의 시선…… 눈 속에 파묻힌 인민군 군복이 얼핏 보인다. / 그런데…… 그 옆에는 국군의 군복도 보인다. / 알 수 없다는 듯 갸웃거리는 그의 표정에서 카메라 서서히 빠져 공중으로 올라간다.
동막골을 위해 희생한 인민군의 흔적을 발견함
동막골을 위해 인민군과 국군이 함께 희생했음을 알 수 있음

• 각 장면에 나타나는 인물의 심리 및 태도

| | |
|---|---|
| S# 122 | 치성, 현철, 택기가 동막골을 지키기 위해 자신을 희생하며 비극적 상황 속에서도 행복감을 느낌 |
| S# 123 | 동막골을 위한 군인들의 희생을 모르는 동막골 사람들이 산등성 너머 불꽃을 신기해함 |
| S# 124 | 동막골을 지키기 위해 군인들이 희생하는 것을 알고 스미스가 그들의 죽음을 슬퍼함 |

↓

동막골을 지키기 위해 군인들이 희생되는 사건에 대해 서로 다른 공간의 인물들이 보이는 반응을 순차적으로 제시함

• 동막골 사수 작전이 갖는 의미

동막골 사수 작전

국군과 인민군이 합심하여 연합군의 폭격기를 가짜 기지로 유인하고 자신들은 죽음을 맞이함

↓

• 민족의 적을 6·25 전쟁을 유도한 미국으로 제시함으로써 민족주의 이데올로기를 보여 줌
• 민족 간의 갈등은 따뜻한 인간애로 극복될 수 있다는 메시지를 전달함

…… 여기에 나비 다섯 마리가 스윽 날아오른다.
동막골의 군인들을 상징하는 존재. 동막골 부락민들에 대한 군인들의 희생정신을 암시함

현철(소리): 우리가 이긴 거…… 맞죠?
화면에는 인물의 얼굴이 등장하지 않고 목소리만 나옴

치성(소리): 고럼…… 완전히 대승이디…… 하하하…….

상상(소리): 나 솔직히…… 아까는 도망가고 싶었어요……. 노을이 딱 지는데…… 미치겠더라구.
죽음에 대한 두려움 때문

택기(소리): 지금 생각해 보니까 잘했다고 생각되지비……?

상상(소리): 도망갔으면 자세 안 나오지…….

영희(소리): 아새끼래…… 아까 우는 거 다 봐서야…….

상상(소리): 이 아저씨가 정말…… 울기는 누가 울었다고…….

영희(소리): 창가나 한번 더 불러 보라우…….

상상(소리): 지금 노래할 기분인 거 같아요?

▸ 토벌대가 동막골 군인들의 흔적을 발견함

**감상 포인트**
연합군의 폭격기를 유도하는 작전을 펼친 국군과 인민군이 어떤 결말을 맞이했는지 이해한다.

• '나비 다섯 마리'의 의미

| 나비 다섯 마리 |
| --- |
| 토벌대가 희생된 동막골 군인들의 흔적을 발견한 곳에서 나비 다섯 마리가 날아오름 |

↓

| 동막골의 군인들을 상징하는 존재로 동막골 부락민들에 대한 군인들의 희생정신을 암시함 |
| --- |

## 핵심 포인트 1 인물 간의 갈등 양상 파악

이 작품에서는 6 · 25 전쟁 중 동막골에 모인 국군과 인민군의 갈등과 대립, 해소의 과정을 그리고 있다. 따라서 작품 속에 나타나는 갈등 양상을 파악하도록 한다.

**〈웰컴 투 동막골〉에 나타난 갈등 양상**

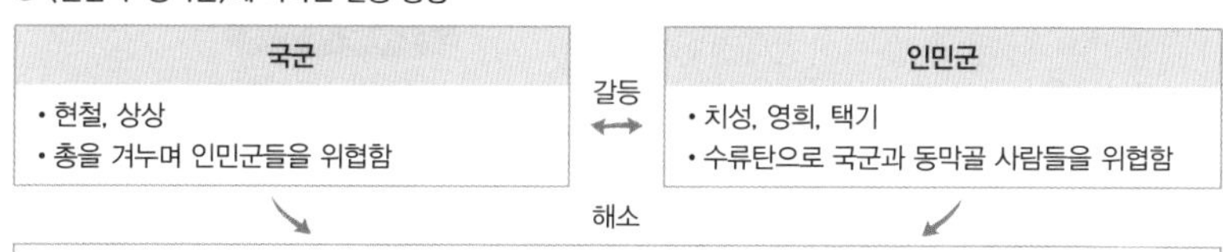


## 핵심 포인트 2 극적 공간의 이해

이 작품에서 '동막골'이라는 공간적 배경은 다양한 의미를 갖는다. 따라서 '동막골'이 작품 속에서 가지는 상징적 의미와 그 의미 변화를 이해하도록 한다.

**'동막골'의 의미**

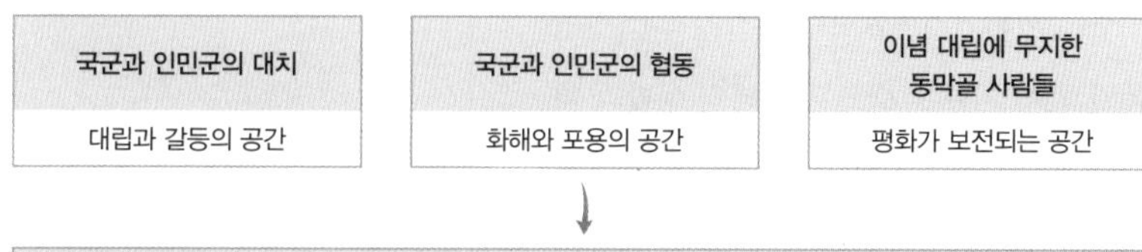


## 핵심 포인트 3 다른 작품과의 비교 감상

이 작품은 6 · 25 전쟁을 배경으로 삼고 있다는 점에서 남북한 대립 상황과 전쟁이라는 극한 상황을 제재로 삼고 있는 다른 작품과 비교하여 감상할 수 있어야 한다.

**장진의 〈웰컴 투 동막골〉과 오상원의 〈유예〉 비교**

| | 장진의 〈웰컴 투 동막골〉 | 오상원의 〈유예〉 |
|---|---|---|
| 상황 | 6 · 25 전쟁이 벌어지던 와중 강원도 동막골에 연합군, 국군, 인민군이 들어오면서 벌어지는 사건을 다룸 | 인민군을 피해 남하하던 국군 소대장이 소대원을 잃어버리고, 포로를 구해 주다가 인민군에게 잡혀 처형당하는 사건을 다룸 |
| 서술상 특징 | • 개성적인 인물과 희극적인 상황을 통해 웃음을 유발함<br>• 사투리를 사용하여 토속적이고 순박한 삶의 모습을 그림 | • 현재형 진술을 활용하여 현장감을 부각함<br>• 의식의 흐름 기법을 통해 주인공의 심리를 서술함 |
| 주제 | 이념 대립을 뛰어넘은 인간애와 희생정신 | • 전쟁의 비인간성에 대한 비판<br>• 전쟁 상황 속에서의 인간 실존에 대한 고뇌 |

### 작품 한눈에

• 해제

〈웰컴 투 동막골〉은 6 · 25 전쟁이 일어났는지도 모를 만큼 깊은 두메산골에 국군, 인민군, 연합군이 한데 모이며 일어난 갈등과 화해의 과정을 그리고 있다. 순박한 동막골 사람들 덕분에 서로 반목하던 국군과 인민군, 연합군은 자신들을 감싸고 있던 이데올로기와 국적의 굴레를 벗어던지고 친구가 된다. 이 작품은 서로를 증오하던 군인들의 마음을 서서히 녹인 동막골 사람들의 순수함을 통해 반전(反戰)의 의미를 되새기고 있다.

• 제목 〈웰컴 투 동막골〉의 의미

– 민족 분단의 극복과 인간애 회복의 가능성

작품에 등장하는 '동막골'은 남과 북의 이념과 정치적 목적이 제거된 평화와 인간애가 가득한 공간이다. 이러한 공간에 국군, 인민군, 연합군이 모이게 되고, 동막골 주민에 의해 서로 인간적인 교감을 나누게 된다는 이야기는 곧 이 작품이 민족 분단의 극복 가능성과 인간애 회복에 대한 희망을 그리는 것이라고 볼 수 있다.

• 주제

이념 대립을 뛰어넘은 인간애와 희생정신

(전체 줄거리)

6 · 25 전쟁 중, 강원도 동막골에 전투기 한 대가 추락하고, 동치성이 이끄는 인민군 무리는 국군을 피해 도망치다 정신이 온전치 않은 동막골 주민 이연을 만난다. 그들은 이연을 따라 동막골로 오고, 국군 소위 표현철이 이끄는 국군 무리는 약초를 캐던 동막골 주민 달수를 만나 동막골로 온다. 동막골 부락민들은 외지인의 방문을 신기해하고, 인민군과 국군은 촌장집 마당에서 마주하게 되자 서로를 향해 총을 겨눈다. 한편 추락한 전투기에서 구조된 조종사 스미스가 방안에서 이 상황을 지켜보다 문밖으로 굴러떨어지면서 숨 막히는 대치 상황이 밤새도록 계속된다. 인민군과 국군이 모두 지쳐 있던 중 이연이 수류탄의 안전핀을 뽑고, 졸음 때문에 택기가 놓친 수류탄이 옥수수 곳간에서 터지는 바람에 대치 상황이 끝나게 된다. 동막골 부락민들과 어울려 생활하던 인민군과 국군은 서로를 향해 마음을 열게 되지만, 연합군 사령부가 동막골에 폭격 지시를 내리자 마을을 습격한 특수 부대원들로 인해 마을은 아수라장이 된다. 동막골 폭격 계획을 알게 된 양측 군인들과 스미스는 동막골을 구하기 위해 다른 곳으로 폭격을 유도하는 작전을 실행한다. 이 과정에서 양측 군인들은 희생되지만 결국 동막골을 구해 낸다.

극 · 수필 09

◇ 한 줄 평 '참새'에 대한 상념과 삭막해진 현대 사회에 대한 비판적 인식을 담은 수필

# 참새 윤오영

▸ 교과서 수록 문학 비상

「짹짹 짹, 짹 짹. 뭇 참새의 조잘대는 소리, 반가운 소리다. 벌써 아침나절인가. 오늘도 맑고 고운 아침. 울타리에 햇발이 들어 따스하고 명랑한 하루를 예고해 주는 귀여운 것들의 조잘대는 소리다. 기지개를 펴며 눈을 비빈다.」「캄캄한 밤이 아닌가. 전등의 스위치를 누르고 책상 위의 시계를 보니, 새로 세 시다. 형광등만 훤하다. 다시 눈을 감아도 금방 들렸던 참새 소리는 없다.」눈은 멀거니 천정을 직시한다.

(글쓴이가 아침나절이라고 여긴 이유 / 반가운 소리다: 참새에 대한 글쓴이의 우호적인 태도를 엿볼 수 있음 / 「 」: 참새 소리에 글쓴이가 잠을 깸 – 참새에 대한 상념에 잠기는 계기 / 참새 소리에 잠에서 깬 글쓴이 / 「 」: 참새 소리가 실제 들린 것이 아니라 꿈에서 들린 것임을 알 수 있음)

▸ 잠결에 참새 소리를 듣고 잠에서 깨어남

「참새는 공작같이 화려하지도, 학같이 고귀하지도 않다. 뀌꼬리의 아름다운 노래도, 접동새의 구슬픈 노래도 모른다.」 시인의 입에 오르내리지도, 완상가에게 팔리지도 않는 새다.「그러나 그 조그만 몸매는 귀엽고도 매끈하고, 색깔은 검소하면서도 조촐하다. 어린 소녀들처럼 모이면 조잘댄다. 아무 기교 없이 솔직하고 가벼운 음성으로 재깔재깔 조잘댄다. 쫓으면 후루룩 날아갔다가 금방 다시 온다. 우리나라 방방곡곡, 마을마다 집집마다 없는 곳이 없다.」

(「 」: 참새와 다른 새 대비 – 참새의 외양과 소리가 특별하지 않음 / 참새가 인기 있는 새가 아님 / 참새, 직유법 / 「 」: 참새의 특징을 나열하여 제시함 / 참새의 특징 ① 외양 / 참새의 특징 ② 소리 / 음성 상징어 / 참새의 특징 ③ 행동 / 참새의 특징 ④ 우리나라에서 흔히 볼 수 있는 새임)

▸ 참새의 평범함과 특징

「진달래꽃을 일명 참꽃이라 부르는 것은 무슨 까닭인가. 삼천리강산 가는 곳마다 이 연연한 꽃이 봄소식을 전해 주지 않는 데가 없어 기쁘든 슬프든 우리의 생활과 떠날 수 없이 가까웠던 까닭이다.」

(빛이 엷고 산뜻하며 고운 / 「 」: 문답법 – 독자의 흥미를 유발 / 진달래꽃을 '참꽃'이라 부르는 이유 – 우리의 생활과 밀접하게 관련 있음)

민요 시인 김소월이 다른 꽃 다 버리고 오직 약산의 진달래를 노래한 것도 다 이 나라의 시인인 까닭이다. 하고한 새가 많건만 이 새만을 참새라 부르는 것도 같은 뜻에서이다. 이 나라의 민요 시인이 새를 노래한다면 당연히 이 새가 앞설 것이다. 「우리 집 추녀에서 보금자리를 하고 우리 집 울타리에서 자란 새가 아닌가. 이 새 울음에 동창에 해가 들고 이 새 울음에 지붕에 박꽃이 피었다.」

(김소월도 우리의 삶의 방식과 밀접한 진달래를 소재로 시를 지음 / 많고 많은 / 참새라고 부르는 것도 참새가 우리 생활과 밀접하게 관련되어 있어서임 / 「 」: 참새가 우리의 삶과 밀접함을 드러냄)

미물들도 우리와 친분이 같지가 않다.「제비는 반갑고 부엉새는 싫다. 까치 소리는 반갑고 까마귀 소리는 싫다.」이 참새처럼 한집안 식구같이 살아온 새도 없고, 이 참새 소리처럼 아침에 반가운 소리도 없다.

(「 」: 대조를 통해 미물에 대한 사람들의 친분이 다름을 드러냄 / 참새가 우리와 친분이 매우 두터움을 드러냄)

▸ 우리의 생활과 밀접하며 친분 있는 참새

"위혀어, 위혀어" 긴 목소리로 새 쫓는 소리가 가을 들판에 메아리친다. 들곡식을 축내는 새들을 쫓는 소리다. 그렇게 보면 참새도 우리에게 해로운 새일지 모르지만 봄여름에는 벌레를 잡는다. 논에 허수아비를 해 앉히고 새를 쫓아, 나락 먹는 것을 금하기는 하지만 쥐 잡듯 잡아 없애지는 않는다. 만일 참새를 없애자면 그리 불가능한 일은 아니다. 반드시 추녀 끝에 서식하기 때문이다. 그러나 그렇게 매몰하지도 않았고, 이삭이나 북데기까리나 겻속의 낟알, 수채의 밥풀에까지 인색하지는 아니했다. "새를 쫓는다."고 하지 않고 "새를 본다."고 하는 것도 애기같이 귀엽게 여긴 부

(가을 들판의 곡식을 축내기 때문에 / '벼'를 이르는 말 / 참새가 지닌 이로움 / 참새를 대하는 우리 민족의 태도 ① / 참새를 없애는 것이 불가능한 일이 아닌 이유 / 짚이나 풀 따위가 함부로 뒤섞여 엉클어진 뭉텅이 / 참새를 대하는 우리 민족의 태도 ② 인색하지 않음 / 참새를 대하는 우리 민족의 태도 ③)

## 작품 분석 노트

• '참새'의 특징과 '참새'에 대한 글쓴이의 태도

| 다른 새와의 비교 |
|---|
| • 공작이나 학, 뀌꼬리, 접동새와 달리 외양과 소리가 평범한 새임<br>• 사람들에게 인기가 있는 새도 아님 |
| **참새의 특징** |
| • 몸매는 귀엽고 매끈하며 색깔은 검소함<br>• 솔직하고 가벼운 소리로 지저귐<br>• 우리나라 어디든 없는 곳이 없음<br>• 우리의 삶과 밀접하여 친분이 매우 두터움 |

↓

'참새'에 대해 긍정적으로 인식하는 글쓴이의 태도를 엿볼 수 있음

• 글쓴이가 '진달래꽃'을 언급한 이유

진달래꽃이 우리 생활과 밀접하게 연관되어 '참꽃'이라 부름

↓

참새 역시 우리 생활과 밀접하게 연관되어 '참새'라고 부르는 것임을 강조함

• '참새'를 대하는 우리 민족의 태도

• 쥐 잡듯 잡아 없애지는 않음
• 이삭이나 북데기까리, 낟알, 수채의 밥풀에 인색하지 않음
• 애기같이 귀엽게 여긴 부드러운 말씨로 '새를 본다'고 함
• 저녁 때가 되면 참새와 함께 집으로 돌아옴

↓

'참새'에 대해 너그러운 태도를 보이며 '참새'를 한집안 식구같이 여김

드러운 말씨다. 그리하여 저녁때는 다 같이 집으로 돌아온다.
참새를 대하는 우리 민족의 태도 ④ 참새와 더불어 살아가는 모습 ▶ 참새에게 너그러운 태도를 보인 우리 민족

지금 생각하면 황금빛 들판에서 푸른 하늘을 향하여 "위혀어, 위혀어" 새 쫓는 소리도 유장하기만 하다. 새 보는 일은 대개 소녀들의 일이다. 문득 목단이 모습이 떠오른다. 목단이는 우리 집 앞 논에 새를 보러 매일 오는 아랫말 처녀다. 나는 웃는 목단이가 공주 같다고 생각한 일이 있다. 나보다 네댓 살 손위라 누나라고 불러 달라고 했지만, 나는 굳이 목단이라고 부르고 누나라고 불러주지 아니했다. 그는 가끔 삶은 밤을 까서 나를 주곤 했다. 혼자서는 종일 심심한 까닭에 내가 날마다 와서 같이 놀아 주기를 바라는 것이었다. 그도 만일 지금 살아 있다면 물론 할머니가 되었을 것이다.
급하지 않고 느릿하기만 / 글쓴이가 '참새 소리'를 듣고 과거를 회상함 / 글쓴이가 과거를 회상하며 떠올린 대표적 인물 / 목단이와 관련된 정보 ① / 목단이에 대한 글쓴이의 호감을 엿볼 수 있음 / 목단이와 관련된 정보 ② / 목단이가 나에게 삶은 밤을 까 준 이유 / 현재 나이가 많은 글쓴이가 과거를 회상하고 있음을 드러냄
▶ 새를 보던 목단이와의 어린 시절의 추억

「패가한 집을 가리켜 "참새 한 마리 안 와 앉는 집"이라고 한다. 또 참새 많이 모이는 마을을 복마을이라고도 한다.」 후덕스러운 말이요, 이유 있는 말이기도 하다. 참새는 양지바르고 잔풍한 곳을 택한다. 여러 집이 오밀조밀 모인 대촌(大村)을 택하고 낟알이 풍족하고 방앗간이라도 있는 부유한 마을을 택하니 복지일 법도 하다. 풍족한 마을에서는 새한테도 각박하지가 않다. 언제인가 나는 어느 새 장수와 만난 적이 있었다. 조롱(鳥籠) 안에는 십자매, 잉꼬, 문조, 카나리아 기타 이름 모를 새들도 많았다. 나는 "참새만 없네." 하다가, 즉시 뉘우쳤다. 실은 참새가 잡히지 아니해서 다행인 것을……. 나는 어려서 조롱을 본 일이 없다. 시골서 새를 조롱에 넣어 기르는 사람은 한 사람도 없었다. 「제비는 찾아와서 《논어》를 읽어 주고, 까치는 찾아와서 반가운 소식을 전해 주고, 꾀꼬리는 문 앞 버들가지로 오르내리며 "머리 곱게 빗고 담배 밭에 김매러 가라."고 일깨워 주고, 또한 참새는 한집의 한 식구인데」 조롱이 무엇이 필요하랴. 「뒷문을 열면 진달래 개나리가 창으로 들어오고, 발을 걷으면 복사꽃 살구꽃 가지각색 꽃이 철따라 날고, 뜰 앞에 괴석에는 푸른 이끼가 이슬을 머금고 있다.」 「여기에 만일 꽃꽂이를 한다고 꽃가지를 꺾어 방 안에서 시들리고, 돌을 방구석에 옮겨 놓고 먼지를 앉혀 이끼를 말리고 또 새를 잡아 가두어 놓고 그 비명을 향락하는 자가 있다면,」 그는 분명 악취미요, 그것은 살풍경이었을 것이다.
재산을 다 써 버려 집안을 망친 / 「 」: 참새가 먹을 것이 없는 곳에 오지 않기 때문임 / 보기에 덕이 후한 데가 있는 / 고요하고 잔잔한 바람이 부는 듯한 / 참새가 주로 살아가는 공간 – 낟알이 풍족한 부유한 공간 / 낟알이 풍족하여 먹을 걱정이 없는 땅 / 새가 먹을 수 있는 낟알이 풍부하기 때문임 / 새장 / 조롱에 갇혀 있는 새들 / 참새에 대한 글쓴이의 애정을 엿볼 수 있음 / 어린 시절 시골 사람들이 새를 함부로 대하지 않았음 / 《논어》 위정편의 '지지위지지 부지위부지, 시지야'를 빨리 읽으면 제비 소리처럼 들림 / 「 」: 시골에서 조롱이 필요하지 않은 이유 – 새들이 사람들의 삶과 밀접하다고 여겼기 때문 / 참새가 우리 민족과 친숙한 새임 / 「 」: 자연 그대로의 아름다움 – 자연과 더불어 살아간 과거의 삶의 방식 / 괴상하게 생긴 돌 / 「 」: 자연의 생태를 거스르고 소유하려는 모습 – 자연을 대하는 현대인의 태도 / 보잘것없이 메마르고 스산한 풍경 / 글쓴이의 비판적 태도가 드러남
▶ 참새의 복스러움과 자연의 생태를 거스르는 것에 대한 비판적 인식

그런데 이제는 이 참새도 씨가 져서 천연 기념조로 보호 대책이 시급하다는 이야기다. 세상에 참새들조차 명맥을 보존할 수가 없게 되었는가. 그동안 이렇게 세상이 변했는가. 생각하면 메마르고 삭막하고 윤기 없는 세상이다.
과거에 흔하던 참새가 사라져 버린 오늘날의 현실 / 참새가 사라진 상황에 대한 글쓴이의 안타까움 / 참새가 사라진 현대 사회에 대한 부정적 인식

달 속의 돌멩이까지 캐내도록 악착같이 발전해 가는 인간의 지혜가 위대하다면 무한히 위대하지만, 한편 인간의 행복을 위하여 한 마리의 참새나마 다시금 아쉽고 그립지 아니한가.
과학 기술의 발전 / 참새가 사라진 현대 사회에 대한 글쓴이의 아쉬움
▶ 참새가 사라져가는 현실에 대한 비판과 참새에 대한 그리움

연화봉(蓮花峯)에서 하계로 쫓겨난 양소유(楊少遊)가 사바 풍상을 다 겪고 또 부귀공명을 한껏 누리다가, 석장(錫杖) 짚은 노승의 "성진아." 한마디에 황연대각, 옛
많이 겪은 세상의 어려움과 고생을 비유적으로 이르는 말 / 괴로움이 많은 인간 세계 / 승려가 짚고 다니는 지팡이 / 환하게 모두 깨달음

• '참새 소리'의 역할

| 참새 소리 | 어린 시절 논에서 새를 보던 목단이와의 추억을 떠올림 |
|---|---|

↓

과거를 회상하게 해 주는 매개체로서의 역할을 함

• '조롱'의 역할과 그에 대한 글쓴이의 태도

| 조롱 | 십자매, 잉꼬 등의 새를 가두어 놓은 새장 |
|---|---|

↓

꽃꽂이를 한다고 자연 그대로의 꽃을 꺾어 방안에서 시들게 하는 것과 유사함

↓

악취미이며 살풍경임

↓

자연 생태를 거스르고 소유하려는 인간의 행태에 대한 비판적 태도를 드러냄

• 과거와 현재에 대한 글쓴이의 인식과 태도

| 과거 | 우리나라 방방곡곡 참새가 있었음 |
|---|---|
| 현재 | 참새가 씨가 져서 보호 대책이 시급함 |

↓

과거에 우리 민족은 자연과 더불어 사는 후덕한 정서를 지녔으나, 현재 자연의 생태를 거스르는 메마른 사회가 되었음. 글쓴이는 과거에 대해 우호적 태도, 현재에 대해 비판적 태도를 드러냄

연화봉이 그리워 다시 연화봉으로 돌아갔다.

짹 짹 짹. 잠결에 스쳐 간 참새 소리는 나에게 무엇을 깨우쳐 주려는 것인가.(참새 소리를 글쓴이에게 깨달음을 주려는 소리로 인식) 나더러 어디로 돌아가라는 것인가. 사십 년간 꿈에도 생각해 본 적이 없는 네 소리. 무슨 인연으로 사십 년 전 옛 추억―. 가 버린 소년 시절, 고향 풍경을 이 오밤중에 불러일으켜 놓고(참새 소리가 과거의 추억을 떠올리게 해 줌) 어디로 자취를 감춘 것이냐. 잠결에 몽롱하던 두 눈은 이제 씻은 듯 깨끗하다.(잠이 다 달아나고 맑은 정신 상태가 됨)

나는 문득 일어나 불을 피워 차를 달이며 고요히 책상머리에 앉는다.

▶ 참새 소리로 인한 상념과 어린 시절에 대한 그리움

**감상 포인트**

글쓴이가 참새 소리를 계기로 떠올린 상념과 참새를 대하는 태도에 주목하여 작품을 감상하도록 한다.

• 《구운몽》을 언급한 이유

성진의 깨달음: 성진이 꿈속에서 양소유가 되어 부귀공명을 누린 뒤에 노승의 한 마디를 통해 부귀영화와 욕망의 덧없음을 깨닫고 참된 삶을 회복함

↓

글쓴이의 깨달음: 글쓴이가 참새 소리를 통해 자연과 더불어 살아가는 삶의 중요성에 대해 깨달음
→ 구운몽의 주인공 성진이 노승의 한 마디를 통해 깨달음을 얻은 것처럼, 글쓴이가 참새 소리를 통해 깨달음을 얻었다는 것을 강조하기 위해 구운몽의 내용을 언급함

• 구절의 의미

'참새 소리는 나에게 무엇을 깨우쳐 주려는 것인가'

참새 소리를 글쓴이에게 깨달음을 주려는 소리라고 인식함

↓

- 글쓴이는 참새 소리를 통해 우리 민족의 후덕한 정서와 어린 시절을 떠올린 뒤, 자연 생태를 거스르는 현대 사회의 모습을 비판함
- 참새 소리는 글쓴이로 하여금 '자연과 더불어 살아가는 삶의 중요성'에 대한 철학적 깨달음을 얻게 해 줌

## 핵심 포인트 1 작품의 종합적 이해

이 작품에는 '참새'에 대한 글쓴이의 인식과 상념이 드러나 있다. 따라서 참새에 대한 글쓴이의 인식을 바탕으로 작품 내에서 참새의 역할을 파악해야 한다. 또한 현대 사회에 대한 글쓴이의 정서와 태도를 파악해야 한다.

**참새에 대한 글쓴이의 인식**

| '참새'의 특징 | '참새'라 불린 이유 |
|---|---|
| • 몸매는 귀엽고 매끈하며 색깔은 검소하고 조촐함<br>• 솔직하고 가벼운 소리로 지저귐<br>• 우리나라 어디든 없는 곳이 없음 | 진달래꽃이 우리 삶과 밀접한 관련이 있어서 '참꽃'이라 불린 것처럼, 참새도 우리의 삶과 밀접한 관련이 있어서 '참새'라 불림 |
| **'참새'를 대하는 우리 민족의 태도** | **'참새'와 관련된 추억** |
| '참새'에 대해 너그러운 태도를 보이며 참새를 한집안 식구라고 여김 | 논에서 새를 보던 목단이와 놀았던 어린 시절의 추억 |

↓

'참새'를 우리의 삶과 함께 하는 동반자적 관계로 여기며 우호적이고 긍정적으로 인식함

**'참새'의 역할**

| | |
|---|---|
| 참새 소리에 잠을 깨어 참새에 대해 생각하게 되는 계기 | 글쓴이의 잠을 깨우고 상념을 불러일으키는 매개물 |
| 어린 시절 목단이와의 추억을 회상하는 계기 | 과거를 회상하게 해 주는 매개체의 역할을 함 |
| 현대 사회의 삶을 비판하면서 《구운몽》을 떠올림 | 글쓴이로 하여금 철학적 깨달음을 얻게 해 줌 |

**글쓴이의 정서와 태도**

| 현실 | | 정서·태도 | |
|---|---|---|---|
| 참새도 씨가 져서 천연 기념조로 보호 대책이 시급한 현실 | → | 정서 | 사라져 가는 참새에 대한 안타까움과 그리움 |
| • 자연 생태 그대로를 거스르고 소유하려는 인간의 모습<br>• 참새들조차 명맥을 보존할 수가 없게 된 세상 | | 태도 | 현대 사회에 대한 부정적, 비판적 태도 |

↓

자연과 함께 살아온 과거와 달리 자연의 생태를 거스르는 오늘날의 사회를 비판함

## 핵심 포인트 2 다른 작품과의 비교

이 작품과 이제현의 〈사리화〉는 모두 '참새'를 중심 제재로 삼고 있다. '참새'에 대한 글쓴이의 태도를 중심으로 두 작품을 비교 · 감상해야 한다.

**이제현의 〈사리화〉와 비교**

| | |
|---|---|
| 黃雀何方來去飛 | 참새야 어디서 오가며 나느냐 |
| 一年農事不曾知 | 일 년 농사는 아랑곳하지 않고 |
| 鰥翁獨自耕耘了 | 늙은 홀아비 홀로 갈고 맸는데 |
| 耗盡田中禾黍爲 | 밭의 벼며 기장을 다 없애다니 |

→ 〈참새〉에서 글쓴이는 우리 민족의 삶과 함께하는 참새의 모습을 언급하며 참새에 대해 우호적이고 긍정적인 태도를 드러내고 있다. 반면에 〈사리화〉의 화자는 '참새'가 늙은 홀아비가 지은 '벼'와 '기장'을 다 없앤다며 참새에 대해 부정적인 태도를 드러내고 있다. 〈사리화〉가 우의적인 작품임을 고려할 때, '참새'는 백성의 재물을 약탈하는 관리들을 상징적으로 나타낸다.

### 작품 한눈에

• 해제

〈참새〉는 한밤중에 들린 참새 소리를 계기로 참새에 대한 글쓴이의 상념과 과거에 대한 회상, 현대 사회에 대한 인식을 드러낸 수필이다. 글쓴이는 '참새'의 특징과 '참새'라 불린 이유, '참새'를 대하는 우리 민족의 태도, '참새'와 관련된 추억을 통해 참새에 대한 우호적이고 긍정적인 인식을 드러낸다. 또한 자연 생태를 거스르는 현대 사회의 모습을 비판하면서, 참새가 사라져 가는 현실에 대한 안타까움과 참새에 대한 그리움을 드러낸다. 이처럼 이 작품은 '참새'라는 소재를 활용하여 자연과 더불어 사는 삶의 중요성이라는 깨달음을 전달하고 있다.

• 제목 〈참새〉의 의미

– 참새 소리가 계기가 되어 떠오른 상념

'참새'는 과거 우리의 삶과 밀접한 관련이 있는 자연물로, 글쓴이는 이러한 참새를 통해 과거에 대한 그리움과 오늘날의 현실에 대한 비판 의식을 효과적으로 전달하고 있다. '참새'는 상념의 계기가 되는 대상이자 과거를 회상하는 매개체로서의 역할을 한다.

• 주제

어린 시절을 떠올리게 해 주는 참새에 대한 상념

◇ 한 줄 평 '게'를 화제로 선택하는 이유를 밝히며 인간 세태를 풍자한 수필

# 게 김용준

▸ 기출 수록 수능 2004

난초의 뿌리를 그리지 않는 것으로 원나라에게 국토를 빼앗긴 울분을 표현하여 송나라에 대한 충정을 드러냄

정소남이란 사람이 난초를 그리는데 반드시 그 뿌리를 흙에 묻지 아니하니 타족에게 짓밟힌 땅에 개결(慨潔)한 몸을 더럽히지 않으려 함이란다.

송말 원초 때 시인이자 화가로 원나라에 의해 송나라가 패망한 뒤에도 고국인 송나라를 잊지 못한 인물 / 이민족, 원나라 / 분노하며 홀로 깨끗한

▸ 난초 그림을 통해 송나라에 대한 절개를 지킨 정소남

붓에 먹을 찍어 종이에다 환을 친다는 것이 무엇이 그리 대단한 노릇이리오마는 「사물의 형용을 방불하게 하는 것만으로 장기(長技)로 치는 데 그치지 않고, 자연을 빌려 작가의 청고(淸高)한 심경을 호소하는 한 방편으로 삼는다는 데서 비로소 환이 예술로 등장할 수 있고 예술을 위하여 일생을 바치기도 하는 것이다.」

'그림을 그리다'를 낮추어 표현함 / 「 」: 글쓴이의 예술관 / 유사하게 그리는 것 / 가장 잘 하는 재주 / 맑고 고결한

▸ 자연물을 통해 작가의 청고한 심경을 드러내는 것을 예술로 여기는 글쓴이의 예술관

그런데 나란 사람이 일생을 거의 3분의 2나 살아온 처지에 아직까지 나 자신 환쟁인지 예술가인지까지도 구별하지 못한다는 것은 딱하고도 슬픈 내 개인 사정이거니와, 되든 안 되든 그래도 예술가답게나 살아 보다가 죽자고 내 딴엔 굳은 결심을 한 지도 이미 오래다. 되도록 물욕과 영달에서 떠나자, 한묵(翰墨)으로 유일한 벗을 삼아 일생을 담박(淡泊)하게 살다 가자 하는 것이 내 소원이라면 소원이라 할까.

환쟁이. '화가'를 낮잡아 이르는 말 / 지위가 높고 귀하게 됨 / 자연을 그림으로써 청고한 심경을 드러내며 욕심 없이 사는 예술가가 되고자 함 / 글을 짓거나 쓰는 것 / 욕심이 없고 마음이 깨끗하게

▸ 예술가답게 그림을 그리며 욕심 없이 살기를 소원함

이 오죽잖은 나한테도 아는 친구 모르는 친구한테로부터 시혹(時或) 그림 장이나 그려 달라는 부질없는 청을 받는 때가 많다. 내 변변치 못함을 모르는 내가 아닌지라 대개는 거절하고 마는 것이나, 그러나 경우에 따라서는 할 수 없이 청에 응하는 수도 있고, 또 가다가는 자진해서 도말(塗抹)해 보내는 수도 없지 아니하니, 이러한 경우에 택하는 화제(畵題)란 대개가 두어 마리의 게를 그리는 것이다.

'혹시'의 옛말 / 제대로 갖추어지지 못하여 부족한 점이 있음 / 이리저리 임시변통으로 발라맞추거나 꾸며 댐, 즉 그림을 대충 그림 / ① 그림의 이름 또는 제목 ② 그림 위에 쓰는 시문

게란 놈은 첫째, 그리기가 수월하다. 긴 양호(羊毫)에 수묵을 듬뿍 묻히고 호단(毫端)에 초묵을 약간 찍어 두어 붓 좌우로 휘두르면 앙버티고 엎드린 꼴에 여덟 개의 긴 발과 앙증스런 두 개의 집게발이 즉각에 하얀 화면에 나타난다. 내가 그려 놓고 보아도 붓장난이란 묘미가 있는 것이로구나 하고 스스로 기뻐할 때가 많다.

글쓴이가 게를 화제로 택하는 이유 / 양털로 촉을 만든 붓 / 붓의 끝 / 진한 먹 / 끝까지 대항하여 버팀 / 붓으로 글을 쓰거나 그림을 그리는 일을 낮잡아 이르는 말 / 자신이 그린 '게' 그림에 만족함

▸ 친구의 청으로 그림을 그릴 때 '게'를 선택하는 이유

그리고는 화제를 쓴다.

| | |
|---|---|
| 「滿庭寒雨滿汀秋<br>만 정 한 우 만 정 추 | 뜰에 가득 차가운 비 내려 물가에 온통 가을인데 |
| 得地縱橫任自由<br>득 지 종 횡 임 자 유 | 제 땅 얻어 종횡으로 마음껏 다니누나. |
| 公子無腸眞可羨<br>공 자 무 장 진 가 선 | 창자 없는 게가 참으로 부럽도다. |
| 平生不識斷腸愁<br>평 생 불 식 단 장 수 | 한평생 창자 끊는 시름을 모른다네.」 |

「 」: 조선 후기 한문 학자인 윤우당(윤희구)의 한시 〈무장공자〉를 인용함

역대로 게를 두고 지은 시가 이뿐이랴만 내가 쓰는 화제는 십중팔구 윤우당의 작이라는 이 시구를 인용하는 것이 항례다.

보통 있는 일

**작품 분석 노트**

• '정소남'과 글쓴이의 예술관 비교

| | |
|---|---|
| 정소남 | 송나라에 대한 지조를 지키기 위해 난초를 그릴 때 뿌리를 흙에 묻지 않음 |
| 글쓴이 | 자연을 빌려 청고한 심경을 드러내며, 물욕과 영달에서 떠나 예술가답게 살고자 함 |

↓

| | |
|---|---|
| 공통점 | 그림에 자신의 심경을 담는 예술관을 지님 |

• 글쓴이가 '게'를 그리는 이유

• '게'는 그리기가 수월하며 그리는 묘미가 있음
• 다양한 속성을 지니고 있기에 좋은 화제가 됨

중국 명나라의 문학자

왕세정의 "橫行能幾何 終當墮人口 마음껏 횡행하기를 얼마나 하겠는가. 결국에는

횡 행 능 기 하 종 당 타 인 구 — 옆으로 걷는 게의 속성

사람 입에 떨어질 신세인 것을." 하는 대문도 묘하기는 하나 무장공자(無腸公子)로

: 창자가 없는 동물이라는 뜻으로, '게'를 이르는 말. 창자가 없으므로 창자가 끊어지는 듯한 슬픔을 느끼지 못함

서 단장(斷腸)의 비애를 모른다는 대문이 더 내 심금을 울리기 때문이다.

글쓴이는 왕세정의 대문보다 윤우당의 한시에 더 공감함 ▸ '게'를 화제로 선택하는 이유

이 비애의 주인공은 실로 나 자신이 아닌가. 단장의 비애를 모르는 놈, 약고 영리

윤우당의 시구에 더 공감하는 이유: '게'와 글쓴이의 특성이 유사하기 때문임

하게 처세할 줄 모르는 눈치 없는 미물! 아니 나 자신만이 아니라 우리 민족 중에는

자신에 대한 인식을 공동체 전체에 대한 인식으로 확장함

이러한 인사(人士)가 너무나 많지 않은가. ▸ '게'와 글쓴이의 유사성

맑은 동해 변 바위틈에서 미끼를 실에 매어 달고 이 해공(蟹公)을 낚아 본 사람은

'게'를 칭하는 말

대개 짐작하리라. 「처음에는 제법 영리한 듯한 놈도 내다본 체 않다가 콩알만큼씩한

「 」: '게'의 특성, 행태

새끼 놈들이 먼저 덤비고 그 곁두리를 보아 가면서 차츰차츰 큰 놈들이 한꺼번에 몰

려나와 미끼를 뺏느라고 수십 마리가 한 덩어리가 되어 동족상쟁을 하는」 바람에 그

같은 겨레끼리 다툼

때 실을 번쩍 추켜올리면 모조리 잡혀서 어부의 이(利)가 되게 하고 마는 것이다.

어부지리, 두 사람이 이해관계로 서로 싸우는 사이에 엉뚱한 사람이 애쓰지 않고 가로챈 이익을 이르는 말

어리석고 눈치 없고 꼴에 서로 싸우기 잘하는 놈! ▸ '게'의 어리석은 행태

괘씸하고 얄미움

귀엽게 보면 재미나고, 어리석게 보면 무척 동정이 가고, 밉살스레 보면 가증(可

긍정적인 면과 부정적인 면을 두루 지닌 '게'에 대한 글쓴이의 인식이 드러남

憎)하기 짝이 없는 놈!

「게는 확실히 좋은 화제다. 내가 즐겨 보내고 싶은 친구에게도 좋은 화제가 되거니

「 」: '게'는 다양한 속성을 지니고 있기 때문에 상황에 어울리는 의미를 전달할 수 있어 좋은 화제임

와 또 뻔뻔스럽고 염치 없는 친구에게도 그려 보낼 수 있는 확실히 좋은 화제다.」

▸ 다양한 속성을 지녀 좋은 화제가 되는 '게'

- 대문: 이야기나 글 따위의 특정한 부분.
- 단장의 비애: 단장지애(斷腸之哀). 창자가 끊어질 듯한 슬픔. 자식을 잃은 부모의 슬픔을 이르는 말. 중국 진나라의 환온 장군이 촉나라를 정벌하기 위해 가던 중 한 군사가 원숭이 새끼를 잡아 배에 태우자 그 어미가 슬피 울며 따라오다가 배 안으로 뛰어내려 죽고 말았는데, 어미 원숭이의 배를 갈라 보니 장이 조각조각 끊어졌다고 하는 이야기에서 유래됨.

**감상 포인트**

작품에 제시된 주요 소재의 속성과 이에 대한 글쓴이의 인식을 파악한다.

• '게'에 대한 다양한 인식

| | |
|---|---|
| 윤우당 | 창자가 없어 창자가 끊어지는 아픔, 즉 단장의 비애를 모르는 존재 |
| 왕세정 | 마음껏 횡행해도 사람의 입에 떨어질 존재 |
| 글쓴이 | 눈앞의 이익을 좇으며 욕심을 부려 서로 싸우다가 모두 어부에게 잡히는 어리석고 눈치 없는 존재 |

• '게'의 어리석은 행태를 통한 인간 세태 풍자

| | |
|---|---|
| 새끼 놈들이 먼저 덤비고 ~ 큰 놈들이 한꺼번에 몰려나와 미끼를 뺏느라고 수십 마리가 한 덩어리가 되어 동족상쟁을 하는 바람에 그때 실을 번쩍 추켜올리면 모조리 잡혀서 | 욕심을 부리다가 어부에게 한꺼번에 잡히는 '게'들의 모습 |

↓

'게'의 어리석은 모습을 통해 욕심을 부리다가 자멸하고 마는 인간의 세태를 풍자함

## 핵심 포인트 1 작품의 종합적 이해

이 작품에 나타난 서술상 특징 및 그 효과와 '게'에 대한 글쓴이의 인식을 종합적으로 파악할 수 있어야 한다.

**서술상 특징과 효과**

| | |
|---|---|
| 일화 제시 | 난초 그림을 통해 고국에 대한 자신의 지조를 드러낸 '정소남'의 일화를 제시하여 글쓴이의 예술관을 부각함<br>→ '정소남이란 사람이 난초를 그리는데 반드시 그 뿌리를 흙에 묻지 아니하니 타족에게 짓밟힌 땅에 개결한 몸을 더럽히지 않으려 함이란다.' |
| 옛 문인의 글 인용 | '윤우당'의 한시, '왕세정'의 대문을 인용하여 '게'의 속성을 드러냄 |
| 영탄적 표현 | 영탄적 표현을 사용하여 '게'에 대한 글쓴이의 인식을 부각함<br>→ '단장의 비애를 모르는 놈, 약고 영리하게 처세할 줄 모르는 눈치 없는 미물!', '어리석고 눈치 없고 꼴에 서로 싸우기 잘하는 놈! / 귀엽게 보면 재미나고, 어리석게 보면 무척 동정이 가고, 밉살스레 보면 가증하기 짝이 없는 놈!' |

**'게'에 대한 글쓴이의 인식**

| | |
|---|---|
| 무장공자 | • '단장의 비애를 모르는 놈'<br>→ 아픔, 슬픔을 느끼지 못하는 '게'의 속성<br>• '약고 영리하게 처세할 줄 모르는 눈치 없는 미물'<br>• '나 자신만이 아니라 우리 민족 중에는 이러한 인사가 너무나 많지 않은가.'<br>→ 세사에 무딘 글쓴이 자신과 우리 민족에 대한 자조적 태도 |
| 해공 | '콩알만큼씩한 새끼 놈들이 먼저 덤비고 ~ 그때 실을 번쩍 추켜올리면 모조리 잡혀서 어부의 이가 되게 하고 마는 것이다.'<br>→ 어리석고 눈치 없으며 서로 싸우기 잘하는 '게'의 속성 |

### 작품 한눈에

• 해제

〈게〉는 화가이자 수필가인 글쓴이가 친구들에게 그림을 부탁받았을 때 자주 화제(畵題)로 삼은 '게'에 대한 자신의 독특한 관점을 드러낸 수필이다. 글쓴이는 '정소남'의 일화를 제시하며 욕심 없이 예술가답게 살고자 하는 자신의 소망을 밝히고 있다. 또한 '게'의 속성에 관한 옛 문인의 글을 인용하고 자신의 경험을 제시하여 인간 세태에 대한 비판적 인식을 드러내고 있다.

• 제목 〈게〉의 의미

– 다양한 속성을 지니고 있어 글쓴이가 좋은 화제라고 여기는 대상

'게'는 그리기가 수월하고 그리는 묘미가 있으며 다양한 속성을 지녀 글쓴이가 자주 화제로 삼는 대상이다. 글쓴이는 자신의 예술관을 밝히며 '게'에 대한 독특한 관점을 보여 주고 있다.

• 주제

① 게를 화제로 선택하는 이유
② 게의 속성을 통한 인간 세태 풍자

## 핵심 포인트 2 다른 작품과의 비교

이 작품과 〈두꺼비 연적을 산 이야기〉는 모두 김용준의 수필로 주요 소재에 대한 글쓴이의 인식과 태도를 중심으로 두 작품을 비교하여 감상할 수 있어야 한다.

**김용준의 〈두꺼비 연적을 산 이야기〉와의 비교**

> 나는 너를 만든 너의 주인이 조선 사람이란 것을 잘 안다.
> 네 눈과, 네 입과, 네 코와, 네 발과, 네 몸과, 이러한 모든 것이 그것을 증명한다.
> 너를 만든 솜씨를 보아 너의 주인은 필시 너와 같이 어리석고, 못나고, 속기 잘하는 호인(好人)일 것이리라.
> 그리고 너의 주인도 너처럼 웃어야 할지 울어야 할지 모르는 성격을 가진 사람일 것이리라.
> 내가 너를 왜 사랑하는 줄 아느냐.
> 그 못생긴 눈, 그 못생긴 코 그리고 그 못생긴 입이며 다리며 몸뚱어리들을 보고 무슨 이유로 너를 사랑하는지를 아느냐.
> 거기에는 오직 하나의 커다란 이유가 있다.
> 나는 고독한 사람이기 때문이다!
> 나의 고독함은 너 같은 성격이 아니고서는 위로해 줄 수 없기 때문이다.

| | 〈게〉 | 〈두꺼비 연적을 산 이야기〉 |
|---|---|---|
| 대상 | 게 | 두꺼비 연적 |
| 대상에 대한 글쓴이의 인식 | • '게'는 단장의 비애를 모르며, 약고 영리하게 처세할 줄 모르는 눈치 없는 미물임<br>• '게'는 글쓴이 자신이나 우리 민족과 유사함<br>• 다양한 속성을 지닌 '게'는 좋은 화제에 해당함 | • '두꺼비 연적'은 조선 사람, 어리석고 못나고 속기 잘하는 호인(好人)이 만들었을 것임<br>• 못생긴 '두꺼비 연적'을 사랑함<br>• 볼품없는 모습의 '두꺼비 연적'이 고독한 자신을 위로해 줌 |

극·수필 11

한 줄 평 젊은이들에게 꿈을 향해 끝없이 도전하기를 당부하는 내용의 수필

# 그때 알았더라면 좋았을 것들 정여울

주목 어린 시절 가장 많이 받은 질문. "너 커서 뭐가 될래?"

내 꿈은 계절마다 바뀌어서,(꿈이 자주 바뀌었음) 지금은 기억조차 가물가물하다. 하지만 초등학교 시절까지 가장 오래 간직했던 꿈은, 부끄럽지만 피아니스트였다.(글쓴이의 어릴 적 꿈) 사실 피아니스트의 삶이 어떤 건지도 잘 몰랐지만 나는 그저 피아노가 좋았다. 「내가 피아노를 치면 웃어 주는 아빠의 미소가 좋았고, 나 몰래 숨어서 내가 치는 피아노곡을 조용히 연습하는 동생의 귀여운 모방 심리도 좋았고, 내 피아노 소리에 맞춰서 춤추고 노래하는 막냇동생의 재롱이 좋았다. 합창단의 반주를 하는 일도 재미있었고, 대회에 나가기 위해 한 곡만 죽어라 쳐대는 것조차 좋았다.」(「」: 글쓴이가 피아노를 좋아하게 된 이유) 주목 피아노를 '잘 쳐서' 좋은 것이 아니라, '그냥 좋아서' 좋아했다.(글쓴이가 피아니스트의 꿈을 갖게 된 이유) 특출한 재능이 있는 것은 아니었다. 하지만 그렇게 앞뒤를 재지 않고 무언가를 순수하게 좋아하는 일은 인생에 다시 없을 것만 같다.

▶ 어릴 적 피아니스트의 꿈을 가졌던 글쓴이

주목 꿈의 불꽃(꿈을 향한 열정)이 타오르기 시작한 순간은 이상하게도 잘 기억하지 않는데, 꿈의 불꽃이 사그라지던 순간은(피아니스트의 꿈을 접은 순간) 정확히 기억이 난다.(꿈을 접어야 하는 순간의 충격이 큼) 어린 시절 우리 집에서 같이 살던 이모와 곧잘 수다를 떨었는데, 이모가 하루는 나에게 이런 질문을 했다.

"여울아,(글쓴이의 이름) 넌 커서 뭐가 될래?"

난 또 아무 대책 없이 해맑게 대답했다.

"뭘 물어, 피아니스트지."

이모는 걱정스런 얼굴로 물었다.

"아직도? 그거 돈 엄청 많이 드는 거, 알아?"

"응? 돈?"

난 무슨 말인지 몰라, 눈을 깜빡거리며 물었다. 난 그저 피아노만 있으면 되는데, 돈이 더 필요하다니?

"그거 부잣집 딸들이나 하는 거다. 뒷바라지하는 거, 엄청 힘들어."(피아니스트가 되는 데에 돈이 많이 들기 때문에 부모님께 부담이 될 수 있다는 의미)

주목 난 할 말을 잃었다.(이모의 말을 듣고 글쓴이가 충격을 받음) 내가 그저 어떤 꿈을 꾼다는 것이 부모님께 부담이 된다는 것(글쓴이가 피아니스트라는 꿈을 포기하게 된 이유)을 미처 헤아리지 못했던 것이다. 하지만 조숙한 척만 했지 전혀 철들지 못했던 초등학생에게 이 사실은 커다란 충격이었다.(꿈을 이루는 데 현실적 제약이 있음을 깨달음)

그다음부터 나는 피아노 연습을 게을리하기 시작했다.(피아니스트의 꿈을 포기함) 피아노를 보는 눈이 달라졌다. 이제 피아노는 '꿈'이 아니라, '취미'가 되어 버렸다. "넌 공부도 잘하니까, 너무 피아노만 좋아하진 마라."라고 말씀하시던 어른들의 충고가 그제야 들리기 시작했다. 피아노보다는 공부에 집중하는 것이 부모님을 기쁘게 해 드리는 것임을 깨닫기 시작했다.

**감상 포인트**
작품에 나타난 일화를 통해 '꿈'에 대한 글쓴이의 생각 변화를 파악한다.

**작품 분석 노트**

• 피아니스트를 꿈꾼 글쓴이

피아니스트의 꿈을 갖게 된 이유
그냥 피아노가 좋아서

↓

피아노를 좋아하게 된 이유
• 내가 피아노를 치면 웃어 주는 아빠의 미소가 좋았음
• 내가 치는 피아노곡을 연습하는 동생의 모방 심리도 좋았음
• 내 피아노 소리에 맞춰서 춤추고 노래하는 막냇동생의 재롱이 좋았음
• 합창단의 반주를 하는 일도 재미있었음
• 대회에 나가기 위해 한 곡만 연습하는 것조차 좋았음

부모님과는 그런 이야기를 한 번도 직접적으로 해 본 적이 없다. 그런데 시간이 지날수록 부모님이 나 때문에 마음 아파하신다는 것을 알게 되었다. 정작 나는 중학생이 되면서 피아노에 대한 꿈은 완전히 접었는데, 부모님은 오랫동안 나를 예고에 보내지 못하신 걸 미안해하셨다. 게다가 내가 공부 때문에 스트레스를 받을 때마다, 부모님은 악기를 사 주셨다. 중학교 때는 멋진 통기타를 사 주셨고, 고등학교 때는 전자 키보드를 사 주셨다. 그리고 내 방에서는 항상 일곱 살 때 아빠가 사 주신 낡은 피아노가 수호천사처럼 나를 지켜 주었다.

(피아니스트의 꿈을 지켜 주지 못해서 / 예술 고등학교 / 공부 스트레스로 힘들어하는 글쓴이에 대한 부모님의 위로)

나는 음악 시간이나 수련회나 합창 대회가 있을 때 단골 반주자가 되었고 그 역할에 100퍼센트 만족했다. 사춘기 시절 내 별명은 '딴따라'였다. 그리고 그 별명의 뉘앙스는 '샌님 같은 범생이가 의외로 놀 줄 안다'는 것이었다.

(피아노를 취미로 치는 것에 만족함 / 얌전한 모범생)

▶ 피아니스트의 꿈을 포기하게 된 사연

주목

그 이후로도 나는 꿈을 여러 번 포기했다. 때로는 성적이 모자라서, 때로는 사람들의 평가가 두려워서, 때로는 그저 꿈만 꾸는 것이 싫증 나서 수도 없이 꿈을 포기했다. 내 꿈의 역사는 '포기의 역사'였다. 그런데 그 수많은 꿈들을 포기하며 살아가다 보니, 정말 인정하기 싫지만 나의 진짜 문제를 알게 되었다. 실패가 두려워 한 번도 제대로 된 도전을 해 보지 못했다는 것을. 아무리 이모의 말이 충격적이었더라도, 내가 피아노를 좀 더 뜨겁게 사랑했더라면, 좀 더 세상과 싸워 볼 용기가 있었다면, 그렇게 쉽게 포기하진 않았을 것이다.

(꿈을 포기하는 것이 습관화되었음 / 꿈을 포기한 다양한 이유 / 실패가 두려워 도전하지 않음 / 꿈을 포기함 = 도전을 해 보지 못함 / 글쓴이의 때늦은 후회)

나는 달걀로 바위를 치는 심정으로, 자신의 꿈을 향해 도전하며 처절하게 실패하는 사람들을 마음속 깊이 질투하고 존경한다. 「이제야 알았기 때문이다. 포기의 역사보다는 실패의 역사가 아름답다는 것을. 제대로 부딪혀 보지도 않은 채 포기하는 것보다는, 멋지게 도전하고 처참하게 실패하는 사람들이 훨씬 많은 것을 배운다는 것을. 꿈을 이루는 데 실패하더라도, 삶에서 실패하는 것은 아님을.」

(실패할 것을 예상하고도 도전하는 마음(풍유법) / 꿈을 향해 도전하는 사람들을 높이 평가함 / 「 」: 도치법, 열거법 / 그때 알았더라면 좋았을 것, 글쓴이가 전하고 싶은 말 ① / 그때 알았더라면 좋았을 것, 글쓴이가 전하고 싶은 말 ② / 그때 알았더라면 좋았을 것, 글쓴이가 전하고 싶은 말 ③)

얼마 전 내 소중한 벗이 불쑥 물었다.

(글쓴이의 허점을 정확히 파악해 충고함)

"넌 왜 그렇게 매사에 자신감이 없냐?"

(자주 포기하는 이유)

나는 아무렇지도 않다는 듯 적당히 둘러대긴 했지만, 그 말이 오랫동안 아팠다. 가슴에 날카로운 사금파리가 박힌 것처럼, 시리게 아팠다. 내 삶의 치명적인 허점을 건드리는 말이었기 때문이었다. 나를 오래 알아 온 사람만이 알아볼 수 있는 내 아픔이었기 때문이다. 어린 시절 엄마는 늘 나를 걱정했다. '꿈속에 사는 사람'이라고. 나는 꿈을 포기하는 것이 좀 더 현실적인 사람이 되는 법이라 믿었다. 내 꿈은 늘 허황했으므로. 내 꿈은 늘 나와 어울리지 않았으므로.

(사기그릇의 깨어진 작은 조각 / 자신의 치명적인 허점을 친구가 정확하게 건드렸기 때문 / 직유법, 촉각적 이미지를 통해 심리적 고통을 형상화함 / 불충분하거나 허술한 점. 또는 주의가 미치지 못하거나 틈이 생긴 구석 / 도전을 하지 않고 꿈을 포기한 이유)

주목

나는 이제야 깨닫는다. 피아노를 포기한 것이 문제가 아니라, 그때부터 '포기하는 버릇'을 가슴 깊이 내면화한 것이 문제라는 것을. 도전하기 전에, 미리 온갖 잔머리를 굴려 내 인생을 머릿속으로 그려 보고, 안 되겠구나 싶어 지레 포기하는 것.

(벗의 말을 들은 후에 글쓴이가 얻은 깨달음(도치법))

- 글쓴이가 말하는 '그때 알았더라면 좋았을 것들'
  - 포기의 역사보다는 실패의 역사가 아름답다는 것
  - 멋지게 도전하고 처참하게 실패하는 사람들이 훨씬 많은 것을 배운다는 것
  - 꿈을 이루는 데 실패하더라도 삶에서 실패하는 것은 아니라는 것

- 글쓴이에게 꿈을 포기하는 버릇이 생긴 이유

| 피아니스트의 꿈을 포기한 상황 |
| --- |
| • 내 꿈은 늘 허황하다고 생각함<br>• 내 꿈은 늘 나와 어울리지 않다고 생각함 |

↓

| 피아니스트의 꿈을 포기한 이후의 상황 |
| --- |
| • 도전하기 전에 미리 잔머리를 굴려 지레 포기함<br>• 나도 모르게 포기하는 버릇이 생김<br>• 포기하는 버릇이 가슴 깊이 내면화됨 |

아주 어릴 때부터 나도 모르게 생긴 버릇이라 쉽게 고칠 수도 없었다.
포기하는 버릇

내게 주어진 현실을 실제 상황보다 훨씬 나쁘게 인식하는 것. 내가 가진 것을 실제보다 훨씬 작게 생각하는 버릇. 가슴 깊이 감추어진, 생에 대한 뿌리 깊은 비관. 그것은 금속에 슬기 시작한 '녹' 같다. 처음에는 아주 하찮아 보이지만 나중에는 가득 덮인 녹 때문에 원래 모습조차 알 수 없게 되어 버리는. 나는 진로에 대한 공포 때문에, 미래에 대한 비관 때문에, 나의 원래 모습마저 잃어버린 것 같았다.
꿈을 쉽게 포기하는 내면화된 습성
▶ 포기하는 버릇에 대한 후회와 반성

「나의 글을 읽어 주는 젊은이들은 나 같은 실수를 반복하지 말았으면 한다.」「진로를 생각할 때 '실현 가능성'부터 생각하지 말자. 진로를 생각할 때 곧바로 '직업'과 연결시키지도 말자. 미래를 생각할 때 생활의 안정을 1순위로 하지 말자.」
「 」: 글쓴이가 이 글을 쓴 목적
도전하지 않고 포기하는 것
△: 꿈을 선택할 때 고려하지 말아야 할 것
「 」: 글쓴이가 자신이 했던 실수를 다시 하지 않기를 바라며 젊은이들에게 전하는 말

하지만 이런 건 괜찮다. 예컨대, 내가 얼마나 그 꿈에 몰두해 있을 수 있는지 실험해 보는 것. 밥 먹는 것도 잊고, 잠자는 것도 잊고, 약속 시간도 잊고, 무언가에 몰두해 본 적이 있는가. 그게 바로 우리들의 가슴을 뛰게 만드는 것이다. 그것이 무엇이든, 밥이 되든 안 되든, 그런 것은 우리의 짐작만큼 중요하지 않다.
젊은이들이 꿈을 선택할 때 고려했으면 하는 것
진정한 꿈

아이들의 장래 희망 1순위가 '연예인'인 시대도 문제였지만, 이제 아이들의 장래 희망 1순위가 '공무원'인 시대는 더욱 앞이 캄캄하다. 희망의 직종이 문제가 아니라 희망의 획일성이 문제다. 그것은 '장래 희망'이 아닌 '장래를 향한 강박'으로 느껴진다.
▶ 글쓴이가 젊은이들에게 해 주고 싶은 말

• 포기하는 버릇으로 인해 생겨나는 것들

- 내게 주어진 현실을 실제 상황보다 훨씬 나쁘게 인식하는 버릇
- 내가 가진 것을 실제 가진 것보다 훨씬 작게 생각하는 버릇
- 생에 대한 뿌리 깊은 비관

• 글쓴이가 젊은이들에게 해 주고 싶은 말

글쓴이는 젊은이들에게 포기하는 버릇을 버리고 도전하는 삶을 살라는 당부의 말을 전하고 있다.

꿈을 선택할 때 경계해야 할 것

- 진로를 생각할 때 '실현 가능성'부터 고려하는 것
- 진로를 생각할 때 곧바로 '직업'과 연결시켜 살피는 것
- 미래를 생각할 때 생활의 안정을 1순위로 삼는 것

↕

꿈을 선택할 때 지향해야 할 것

- 실패를 예상하고도 자신의 꿈을 향해 도전하기
- 내가 얼마나 그 꿈에 몰두해 있는가를 실험해 보기
- 가슴을 뛰게 하는 것에 도전하기

## 핵심 포인트 1 작품의 내용 파악

〈그때 알았더라면 좋았을 것들〉은 글쓴이 정여울의 어린 시절 경험이 담겨 있는 수필이다. 글쓴이는 어린 시절 피아니스트의 꿈을 포기했던 경험으로 인해 포기하는 버릇이 생겼음을 고백하면서 젊은이들에게 자신과 같은 실수를 하지 말고 꿈을 향해 도전하기를 당부하고 있다. 따라서 글쓴이가 이 작품을 통해 전하고 싶은 말이 무엇인지 파악하도록 한다.

**글쓴이가 전하고 싶은 말**

| | |
|---|---|
| 그때 알았더라면 좋았을 것들 | • 포기의 역사보다는 실패의 역사가 아름다움<br>• 멋지게 도전하고 처참하게 실패하는 사람이 훨씬 많은 것을 배움<br>• 꿈을 이루는 데 실패하더라도 삶에서 실패하는 것은 아님 |
| 글쓴이의 당부 | • 진로를 생각할 때 '실현 가능성'부터 생각하지 말 것, 곧바로 '직업'과 연결시키지 말 것, 생활의 안정을 1순위로 생각하지 말 것<br>• 진정한 꿈은 밥 먹는 것도 잊고 잠자는 것도 잊고 약속 시간도 잊고 무언가에 몰두하게 함 → 우리들의 가슴을 뛰게 만드는 것임<br>⇒ 자신과 같이 꿈을 쉽게 포기하지 말고 꿈을 향해 도전하기를 당부함 |

## 핵심 포인트 2 소재의 의미 파악

이 작품에서 글쓴이는 자신의 '쉽게 포기하는 버릇'을 금속의 '녹'에 비유하여 제시하고 있다. 따라서 '쉽게 포기하는 버릇'과 '녹'의 의미를 통해 둘의 연관성을 파악하도록 한다.

**'녹'과 '쉽게 포기하는 버릇'**

| 금속의 '녹' | | 쉽게 포기하는 버릇 |
|---|---|---|
| 처음에는 하찮아 보이다가 나중에는 가득 덮인 녹 때문에 원래 모습조차 알 수 없게 되어 버림 | = | 나도 모르게 포기하는 버릇이 가슴 깊이 내면화되면서 자신의 본래 모습마저 잃어버림 |

## 핵심 포인트 3 서술상 특징 파악

이 작품에는 글쓴이의 경험과 함께 젊은이들에게 전하는 글쓴이의 당부와 조언이 직접적으로 드러나 있다. 따라서 이를 중심으로 작품에 나타난 서술상의 특징을 파악하도록 한다.

**〈그때 알았더라면 좋았을 것들〉에 나타난 서술상 특징**

| | |
|---|---|
| 진솔한 표현 | 어린 시절 꿈을 포기한 글쓴이의 경험을 진솔하게 드러냄 |
| 비유적 표현 | • 글쓴이의 쉽게 포기하는 버릇을 금속에 슨 '녹'에 비유함<br>• '달걀로 바위를 치는 심정'에서 풍유법을 통해 실패할 것을 예상하고도 도전하는 마음을 표현함 |
| 직설적인 어조 | 젊은이들에 대한 당부와 조언을 돌려 말하지 않고 직설적으로 제시함 |
| 열거법, 도치법 | 열거법과 도치법을 활용하여 주제를 효과적으로 드러냄 |

### 작품 한눈에

• 해제

〈그때 알았더라면 좋았을 것들〉은 글쓴이가 자신의 경험을 통해 얻게 된 깨달음을 바탕으로 젊은이들에게 당부의 말을 전하고 있는 글이다. 글쓴이는 어린 시절 피아니스트를 꿈꾸었지만 그 꿈이 부모님을 힘들게 할 것이라는 이모의 말을 듣고 피아니스트의 꿈을 포기한다. 그 이후 여러 꿈들을 포기했던 글쓴이는 '자신감'이 없다는 친구의 충고를 듣고 난 후 자신에게 포기하는 버릇이 생긴 것을 알게 된다. 어른이 된 글쓴이는 젊은이들이 자신처럼 포기하는 버릇을 가지지 말기 바라며, 달걀로 바위를 치는 심정으로 꿈을 향해 도전하기를 당부하고 있다.

• 제목 〈그때 알았더라면 좋았을 것들〉의 의미

– 글쓴이가 어른이 되어 깨닫게 된 것들

글쓴이는 자신이 꿈을 쉽게 포기하는 버릇을 가지고 있었음을 고백하고 젊은이들에게 자신과 같은 실수를 하지 말라고 당부하고 있다.

• 주제

꿈을 포기하는 것에 대한 경계와 꿈을 향해 도전하는 것에 대한 당부

극·수필
12

◇ 한 줄 평 두물머리를 바라보며 깨달은 삶의 이치를 담은 수필

# 두물머리 유경환

사람들은 이곳을 두물머리라고 부른다. 한자로 표기되면서 양수리(兩水里)가 된 것이나, 사람들은 여전히 두물머리라 일컫는다. 두물머리. 입속으로 가만히 뇌어 보면, 얼마나 정이 가는 말인지 느낄 수 있다.

(이 글의 소재, 북한강과 남한강이 서로 만나는 합수 지점 / 한 번 한 말을 여러 번 거듭 말해 보면 / '두물머리'라는 말이 주는 느낌)

그토록 오래 문서마다 양수리로 기록되어 왔어도, 두물머리는 시들지 않고 살아 우리말의 혼을 전해 준다. 끈질기고 무서운 힘이기도 하다.

(한자어로 기록되어 왔어도 / '두물머리'라는 우리말로 여전히 불리고 있음)

두물머리를 시원스럽게 볼 수 있는 곳은, 물가가 아닌 산 중턱이다. 가까운 운길산, 남양주 운길산에 이르는 산길에 올라 보면, 눈앞에 두물머리가 좌악 펼쳐진다. 두 물줄기 만나는 모습이 한눈에 들어온다.

(두물머리는 높은 곳에서 잘 보임 / 글쓴이가 두물머리를 바라보고 있는 곳, 글쓴이의 여행지 / 두물머리에서는 북한강과 남한강이 서로 만나는 모습을 볼 수 있음)

교통 체증에 걸리지 않는다면 서울에서 불과 한 시간. 그래 주말은 피하고, 날씨가 고우면 오늘처럼 주중에 온다. 주위엔 볼거리가 여러 곳에 있다. 다산 선생의 유적지, 차 맛을 제대로 맛볼 수 있는 수종사, 연꽃이 볼 만한 세미원, 또 종합 영화 촬영소도 있다.

(서울에서 두물머리까지의 이동 시간 / 구체적인 장소를 열거하여 두물머리 근처 볼거리를 제시함)

▶ 두물머리에 대한 소개

만나면 만날수록 큰 하나가 되는 것이 물이다. 두 물줄기가 만나 큰 흐름이 되는 모습을 내려다보노라면, '물이 사는 방법이 저것이로구나.' 하는 생각이 절로 든다. 만나고 만나서 줄기가 커지고 흐름이 느려지는 것. 이렇게 불어난 폭으로 바다에 이르는 흐름이 되는 것.

(물의 속성 / 두물머리를 보고 깨달은 물이 사는 방법)

바다에 이르면 엄청난 힘을 지닌 승천이 가능해진다. 물의 승천이야말로 새롭게 다시 사는 실제 방법이다. 만약 큰 하나가 되지 못하고 갈라지게 되면, 「지천이나 웅덩이로 빠져들어 말라 버리게 된다.」 이것은 물의 실종이거나 죽음인 것이다.

(물이 수많은 만남을 거듭하여 큰 하나가 된 결과 / 강의 원줄기로 흘러들거나 원줄기에서 갈려 나온 물줄기 / 「 」: 물의 실종이거나 죽음)

두 물이 만나서 하나의 물이 되는 것을 글자로 표기할 때 '한'은 참으로 크고 넓다는 뜻을 지닌다. 두 물줄기가 서로 껴안듯 만나, 비로소 '한강'이 된다. 운길산 산길에서 내려다보면, 이 모든 것을 실감하게 된다.

(북한강과 남한강 / 의인법 / 크고 넓은 강)

한강을 발견하는 곳이 운길산이라고 말하고 싶다. 만나도 격정이 없는 다소곳한 흐름, 서로가 서로를 편안하게 받아들이는 모습은 정말 아름다운 풍광이다. 만나서 큰 하나가 되는 것이 어디 이곳의 물뿐이랴.

(운길산에서 한강을 바라본 글쓴이의 감상. 의인법을 활용하여 두물머리의 조화로운 인상을 드러냄 / 설의법)

▶ 만나서 더 큰 하나가 되는 물의 미덕

살펴보면 우주 만물이 거의 다 그렇다. 들꽃도 나무도 꽃술의 꽃가루로 만난다. 그리하되, 서로 만나서 하나 되는 기간이 봄 여름 가을 겨울의 네 철 안에 이루어지도록 틀 잡혀 있어 짧은 편인데, 다만 사람의 경우엔 이 계절의 틀이 무용이다. 계절의 틀을 벗어날 능력이 사람에겐 주어져 있다.

(거의 모든 것이 만남을 통해 큰 하나가 됨. 물의 미덕을 우주 만물로 확장하여 생각함 / 쓸모가 없음 / 사람의 경우 '서로 만나서 하나가 되는 기간'이 우주 만물에 비해 길다는 의미)

**감상 포인트**
'두물머리'에 대한 글쓴이의 감상을 통해 작품의 주제 의식을 파악한다.

**작품 분석 노트**

• '두물머리'에 대한 소개
- 한자어로 양수리(兩水里)라고 함
- 북한강과 남한강이 만나는 곳임
- 남양주 운길산에서 잘 보임
- 서울에서 불과 한 시간 거리에 있음
- 다산 유적지, 수종사, 세미원, 종합 영화 촬영소 등 주위에 볼 것이 많음

하나가 다른 하나를 만나서 새로운 하나를 만들지 못하면, 그 끝 간 데까지 외로울 수밖에 없다. 외롭지 않을 수 없는 이치가 거기 잠재해 있다. 다른 하나를 선택하기 위한 기다림. 선택을 결정하기까지, 채워지지 아니하는 목마름이 자리 잡기에, 외로울 수밖에 없는 노릇이다. 원래 거기 자리 잡고 있는 바람은, 완성을 기다리는 바람인 것이다.

외로움을 숙명이라고 생각함

이 외로움을 견디면서 참아 내느라 스스로 생각하고 또 생각하다가 때로는 뒤를 돌아보게 된다. 여기 반성과 성찰의 기회가 오면, 명상도 따르게 마련이다. 명상은 해답을 찾는 노력의 사색이다.

외로움을 참아 내는 과정에서 반성과 성찰의 기회가 오며 명상도 따라옴

외로움으로 인한 물음의 대답

해답을 얻는다 하여도, 그것은 물음표인 갈고리 모양 또 다른 물음을 이어 올리고 끌어올리기 일쑤다. 이런 과정을 통해 삶을 진지하게 짚어 보는 기회와 만난다. 곧 자기와의 만남이 가져오는 성숙인 것이다. ▶ 외로움을 견뎌 내는 과정을 통해 성숙에 도달할 수 있다는 생각

완전히 해소되기는 어려운 외로움

외로움에 대응하는 과정에서 성숙에 도달할 수 있음

반성, 성찰, 명상을 통해 경험할 수 있음

물은 개체(個體)라는 것을 만들지 않는다. 스스로 그것을 받아들이지 않기에, 큰 하나를 만들 수 있다. 개체를 부정하기 때문에, 새로운 하나에로의 융합이 가능하다.

전체나 집단에 상대하여 하나하나의 낱개를 이르는 말

개체를 허용하지 않고 큰 하나를 이루는 물

개체를 허용치 않으므로 큰 하나일 수 있다는 사실, 이는 큰 하나가 되기 위한 순명일 수도 있다. 다른 목숨들이 못 따를 뜻을 물이 지니고 있음을 이렇게 안다.

천명(天命)에 순종함

물의 숭고함

「사람이 그 어떤 목숨보다 길고 긴 사색을 한다지만, 물이 바다에 이르기까지 맞고 또 겪는 것에 비하면, 입을 다물어야 옳다.」 흐르면서 부딪혀야 하고, 나뉘었다 다시 만나야 하고, 갇히면 기다렸다 넘어야 한다. 이러기를 얼마나 되풀이하는가. 그러면서도 상선약수(上善若水)의 본을 잃지 않는다. ▶ 물의 숭고함에 대한 예찬

「 」: 당위적 표현을 통해 물이 숭고하다는 인식을 드러냄

말을 하지 아니하거나 하던 말을 그쳐야

물이 바다에 이르기까지 겪는 긴 인고의 시간들

인간이 본받아야 할 것

최고의 선은 물과 같다는 뜻으로, 물을 이 세상에서 으뜸가는 선의 표본으로 여기는 노자의 관점이 반영되어 있음

두물머리를 내려다보면 이곳에 이르기까지 얼마나 많은 만남이 있었던가를 짐작해 본다. 수없이 거친 만남. 하나, 작은 만남은 이름을 얻지 못하고, 큰 것만 이름을 얻는다. 작은 것들이 있기에 큰 것이 있거늘, 큰 것에만 이름이 붙은 것을 어쩌랴.

두물머리에 이르기까지 작은 물줄기가 합쳐지고 큰 흐름이 되는 과정을 떠올림

산전수전 다 겪은 사람이 지닌 인품의 향기처럼, 두물머리에서부터 물은 유연한 흐름을 지닌다. 여기 비끼는 햇살이 비치니, 흐름이 반짝이기 시작한다. 두물머리는 그 어느 곳보다 아름답다. 보기에 아름다운 것보다 깊이 지니고 있는 뜻이 아름답다.

직유법을 활용하여 물의 유연한 속성을 드러냄

물의 덕성 ▶ 물의 덕성과 아름다움

낮에는 꽃들이 앉고 밤에는 별들이 앉는 숲이 아름답다고 여겼는데, 오늘 보니 두물머리는 그 이상이다. 조용한 물고기들 삶터에 날이 저물자, 하늘의 별이 있는 대로 다 내려와 쉼터가 된다. 만나서 깊어진 편안한 흐름, 이 흐름이 그 위의 모든 것 다 받아 안을 수 있는 넉넉한 품까지 여니, 이런 수용이 얼마나 황홀한지 어느 시인이 이를 다 전해 줄 수 있을까 묻고 싶다. ▶ 두물머리의 황홀한 아름다움

두물머리를 보기 전 글쓴이의 생각

숲보다 더욱 아름다움

사색의 결과 다른 것을 끌어안을 수 있는 포용력을 지닌 물

두물머리의 모습

두물머리에서 느끼는 감동

글로는 다 전달할 수 없을 만큼의 깊은 감동을 받은 글쓴이

• 인간이 외로움에 대응하다 성숙에 이르는 과정

| 외로움 | |
|---|---|
| 기다림 | 목마름 |

↓ 견딤

반성과 성찰, 명상

↓ 반복

자기와의 만남을 통한 성숙

• '상선약수(上善若水)'의 의미

| 上 | 善 | 若 | 水 |
|---|---|---|---|
| 위 상 | 착할 선 | 같을 약 | 물 수 |
| 최고의 선은 물과 같다. | | | |

물은 세상 만물을 성장하게 하는 자양분이다. 본연의 성질대로 위에서 아래로 흐르면서 막히면 돌아가고 기꺼이 낮은 곳에 머문다. 이로 인해 도가(道家)에서 물을 으뜸가는 선의 경지로 여긴다. 둥근 그릇에 담으면 둥근 모양으로, 네모난 그릇에 담으면 네모난 모양으로 담기듯, 물은 늘 변화에 능동적인 유연성을 보이며 어떤 상대와도 다툼이 없기 때문에 모든 생명이 있는 것들을 유익하게 해준다. 그러므로 물은 무위(無爲) 속에 자연과 하나되고 자연과 같이 살아가는 것을 중시하는 도가의 가장 이상적인 선의 표본이다.

## 핵심 포인트 1 작품의 내용 파악

〈두물머리〉는 글쓴이 유경환이 두물머리를 바라보며 깨달은 삶의 이치를 담은 수필이다. 이 작품에서 글쓴이는 북한강과 남한강이 만나 한강을 이루는 모습을 바라보면서, 우주 만물의 이치와 만남의 이치를 이끌어 냄과 동시에 '물'이 지닌 미덕을 예찬하고 있다. 따라서 '물'의 순환, '물'의 속성을 바탕으로 작품을 감상하도록 한다.

**글쓴이가 '두물머리'를 통해 살펴본 '물'의 순환**

| 물이 사는 방법 | | 물이 죽는 방법 |
|---|---|---|
| 만날수록 큰 하나가 됨 | 대비 ↔ | 큰 하나가 되지 못함 |
| 만나고 만나서 큰 줄기를 이룸 | | 만나지 않고 서로 갈라짐 |
| 바다에 이르는 흐름이 됨 | | 지천이나 웅덩이로 빠져들어 말라 버림 |

**글쓴이가 생각하는 '물'의 속성**

| 물의 속성 | • 개체를 만들지 않고 융합을 통해 새로운 큰 하나가 됨<br>• 바다에 이르기까지 긴 인고의 시간을 보내기를 반복함<br>• 다른 것을 끌어안을 수 있는 포용력을 지님 |
|---|---|

## 핵심 포인트 2 서술상 특징 파악

이 작품은 다양한 서술 방식을 활용하여 '두물머리'를 바라본 후의 감상을 드러내고 있다. 따라서 이 작품에 사용된 서술상 특징을 파악하도록 한다.

**〈두물머리〉에 나타난 서술상 특징**

| 열거법 | 구체적인 장소를 열거하여 두물머리의 위치와 관련된 정보를 드러냄<br>→ '다산 선생의 유적지, 차 맛을 제대로 맛볼 수 있는 수종사, 연꽃이 볼 만한 세미원, 또 종합 영화 촬영소도 있다.' |
|---|---|
| 의인법 | 자연물에 인격을 부여하여 두물머리에서 느끼는 조화로운 인상을 드러냄<br>→ '두 물줄기가 서로 껴안듯 만나', '서로가 서로를 편안하게 받아들이는' |
| 당위적 표현 | 당위성을 드러내는 표현을 통해 물이 숭고하다는 인식을 드러냄<br>→ '사람이 그 어떤 목숨보다 길고 긴 사색을 한다지만, 물이 바다에 이르기까지 맞고 또 겪는 것에 비하면, 입을 다물어야 옳다.' |
| 직유법 | 직유적 표현을 통해 물이 지닌 유연한 속성을 드러냄<br>→ '산전수전 다 겪은 사람이 지닌 인품의 향기처럼, 두물머리에서부터 물은 유연한 흐름을 지닌다.' |

## 핵심 포인트 3 다른 작품과의 비교

이 작품의 글쓴이는 생활 속의 경험을 바탕으로 삶의 이치에 대한 깨달음을 드러내고 있다. 따라서 글쓴이가 쓴 다른 작품과의 비교를 통해 작품의 의미를 파악하도록 한다.

**〈돌층계〉와의 비교**

유경환의 〈돌층계〉는 우리 주변에서 흔히 볼 수 있는 평범한 소재인 '돌층계'를 인생의 과정에 비유하여 성실한 삶의 중요성을 깨닫게 하는 작품이다. 글쓴이는 경복궁에 들러 돌층계를 바라보면서 자신의 삶을 반성한다. 그리고 돌층계의 계단 하나하나가 우리 인생의 단계라고 말하면서 최선을 다하며 사는 삶의 중요성을 강조하고 있다.

→ 〈두물머리〉는 운길산에서 두물머리를 바라본 경험을, 〈돌층계〉는 경복궁에 들러 국립 중앙 박물관 돌층계를 바라본 경험을 바탕으로 하고 있다. 또한 〈두물머리〉와 〈돌층계〉 모두 비유적 표현을 적절하게 활용하여 인간의 삶에 대한 글쓴이의 통찰을 잘 보여 주고 있다.

### 작품 한눈에

• 해제

〈두물머리〉는 글쓴이가 남양주의 운길산에서 두물머리를 보고 느낀 감상을 기록한 기행 수필이다. 글쓴이는 두물머리에서 북한강과 남한강이 만나는 모습을 통해 우주 만물의 만남의 이치에 대한 깨달음을 얻고 있다. 아울러 글쓴이는 만남의 이치에 대한 사색을 통해 인간에 비해 물이 얼마나 큰 미덕을 지녔는지 깨닫고 두물머리의 아름다움을 예찬하고 있다.

• 제목 〈두물머리〉의 의미

– 글쓴이가 삶에 대한 깨달음을 얻은 장소

'두물머리'는 북한강과 남한강이 만나 한강을 이루는 첫 시작인 곳으로, 글쓴이는 두물머리를 바라보며 삶의 이치를 깨닫고 있다.

• 주제

두물머리를 바라보며 깨달은 삶의 이치

극 · 수필
13

한 줄 평 사라져 가는 다락에 대한 추억과 그리움을 표현한 수필

# 다락 강은교

예전엔 집집마다 다락들이 있었다. 하긴 지금도 한옥이라든가 하는 집들엔 다락이 있겠지만 양옥 혹은 아파트가 주거 생활의 많은 부분을 차지하고, 「도시가 점점 위로 솟아만 가는 동안 옆으로 푸근하게 펼쳐 앉았던 한옥들」은 어느새 사라졌고 그 속 가장 깊은 곳에 있던 다락들도 사라져 갔다.

주거 공간의 변화 / 「 」: 대비를 통한 전개 / 한옥에 대한 글쓴이의 긍정적인 태도

그때 다락 속의 어둠에선 향내가 났었다. 그것은 무수한 것들을 '품던 공간'의 향내이기도 했다. 그건 좀 해지고 허접스러운, 그러나 가장 우리의 삶에 가까운 것들에게서 풍기는 향내―다락엔 무엇인가 보여 주고 싶지 않은 그 집의 비밀스러운 것들이 많이 있었으니까―이기도 했다.

글쓴이가 떠올린 다락에 대한 인상 / 글쓴이가 생각하는 다락의 의미 / 닳아서 떨어지고 / '품던 공간'으로서의 다락의 의미

'품는다'는 것이야말로 모든 집의 출발점이다. 거기서부터 사람들은 자기들이 어느 곳에선가 보호받고 있음을 느낀다. 그 '보호소'에서 어둡고 천장이 낮은 그리고 가장 깊숙한 곳에 자리 잡았던 다락. 그 안온함은 마치 생명이 품어지는 자궁과도 같다고나 할는지. 그뿐만 아니라 사람들에겐 간혹 자기의 삶을 숨기고 홀로 충만한 존재감을 느끼고 싶은 '구석'이라는 공간이 필요한 법인데, 다락은 이런 역할을 충분히 하는 것이었다고 생각한다.

'보호소'로서의 다락의 의미 / ◯: 글쓴이가 생각하는 '다락'의 역할 / 조용하고 편안함 / 누군가로부터 보호받는 듯한 안온함을 느끼게 하는 공간이기 때문에, 직유법 / '구석'으로서의 다락의 의미 – 정서적 측면에서 다락이 가진 가치

하긴 다락의 내음을 향기라고 표현하는 것에 반발하는 사람도 있으리라. 거기선 오랫동안 방치된 어둠 속으로부터 혹은 낡고 곰팡이 낀 것들로부터 풍기는 음습한 습기 같은 것이 다락에 들어가는 이의 살을 건드려 움츠리게 한다고 말이다. 그러나 다락의 그 음습함을 음습함으로만 돌릴 수는 없다. 거기엔 곰삭은 것들에게서만 풍기는 향내, 「어떤 이에게는 악취로밖에 생각되지 않는 것을 어떤 이들은 기가 막힌, 아무 데서도 맡을 수 없는 향내로 인식하는」 어떤 젓갈의 냄새와도 같은 향기를 풍긴다.

다락에 대해 부정적으로 인식하는 사람도 있음 / 그늘지고 축축한 / 다락의 냄새를 부정적으로 느끼는 사람 / 다락의 냄새를 긍정적으로 느끼는 사람 / 「 」: 다락에 대한 상반된 인식을 '악취'와 '향내'라는 말을 통해 드러냄 / ▶ 무수한 것들을 품은 공간이었던 다락

어린 시절 우리 집엔 다락이 안방에 붙어 있었다. 사다리처럼 높은 곳에 달린 문을 열고, 기어 올라가야 하는 다락, 나는 거기서 많은 것들을 찾아내곤 하였다. 온갖 귀한 것들이 거기 있었다. 아버지가 돌아가신 다음엔 다락을 정리하던 끝에 아버지의 새 모자가 거기서 나오기도 했다. 반짝반짝 윤이 나는, 첨 보는 회색 중절모였다. 아까워서 한 번도 쓰시지 않으셨던 것이다. "한 번 써 보시지도 못하고……." 어머니는 살그머니 눈물을 훔치셨다. 우리들이 함부로 못 꺼내게 감춰 놓은 수밀도 캔도 있었다. 하긴 '복숭아 깡통'이라고 해야 그 시절의 기분이 난다. 그때 '복숭아 깡통'이 준 거부의 경험 때문에 결혼하자마자 내 돈으로 맨 처음 실컷 사 먹은 것이 그것이었다. 그런가 하면 아주 낡은 사진첩도 있었다. 어느 날 다락 속으로 올라가 잔뜩 몸을

다락과 관련된 추억을 회상함 / 온갖 물건이 있었던 다락은 글쓴이에게는 추억 속의 물건이 담긴 공간임. 글쓴이가 알지 못했던 것들을 발견한 장소 / 모자가 아까워서 한 번 써 보지도 못하고 돌아가신 아버지에 대한 안타까움을 표현함 / 글쓴이의 어린 시절에는 수밀도 캔이 귀한 물건이었음 / 어렸을 적에는 복숭아 깡통을 함부로 꺼내 먹지 못했기 때문에 / 젊은 시절 아버지와 어머니의 모습이 담김

## 작품 분석 노트

• '다락'의 공간적 의미

| 다락 |
|---|
| • 집의 가장 깊은 곳에 있는 공간<br>• 우리의 삶에 가까운 것들로 채워진 공간<br>• 무엇인가 보여 주고 싶지 않은 그 집의 비밀스러운 것들이 많은 공간<br>• 보호받는 듯한 안온한 느낌을 주는 공간<br>• 충만한 존재감을 느낄 수 있는 은밀한 공간 |

↓

보호소, 생명이 품어지는 자궁(생명의 자궁), 집의 혼, 집의 구석에 달린 심장으로 비유됨

• '다락'에 얽힌 글쓴이의 추억

어린 시절 글쓴이의 집에는 다락이 안방에 붙어 있었음

| 아버지의 회색 중절모, 수밀도 캔, 어머니와 아버지의 젊은 시절의 사진이 들어 있는 아주 낡은 사진첩 등 다락에서 많은 물건을 찾아냄 | 가족들로부터 깊은 소외감을 느끼고 다락에 숨었다가 어머니에게 들켜 발견된 후 세상에서 가장 다정한 힘을 경험함 |
|---|---|
| ↓ | ↓ |
| 그동안 알지 못했던 것들을 발견하는 장소인 다락 | 도피처이자 어머니의 다정함을 경험하게 한 장소인 다락 |

웅크리고 그 사진첩을 넘기니, 어머니와 아버지의 젊은 시절의 사진이 있었다. 두 분이 어떤 바위 앞에서 찍은 사진이었다. 어머니와 아버지에게도 이런 시절이 있으셨나 내심 어둠에 뒤통수라도 한 대 맞은 듯 놀라면서 사진첩을 넘겼던 기억이 난다.
부모님의 젊은 시절이 담긴 사진을 본 놀라움

또 이런 일도 생각난다. 어느 날 나는 가족들로부터 깊은 소외감을 느끼고 다락에 숨었다. 다락의 어두운 한구석에 웅크리고 앉아 나를 찾아 집의 이곳저곳을 살피는 식구들의 발걸음 소리를 들었다. 드디어 어머니에게 들켜 화가 나신 어머니의 손을 잡으며 나락에서 끌어내려질 때 나는 세상에서 가장 다정한 힘을 경험했다. 아, 그것이야말로 다정함이다. '버려지지 않았다'는 안도감이 나의 숨에서는 그대로 흘러나왔다.
글쓴이에게 도피처가 된 공간
가족들을 피해 숨었지만, 어머니가 자신을 찾게 되자 가족으로부터 버려지지 않았다는 안도감을 느낌

그 집의 가장 깊은 곳에 있으며 그 집의 많은 비밀을 품고 있기 마련인 다락은 집의 혼이다. 집의 구석에 달린 심장이다. 그것이 두근거릴 때 그 집에 살고 있는 이들은 모두 가슴이 두근거린다.
그 집의 추억과 비밀을 담은 물건이 들어 있는 공간이므로
▶ 다락과 관련한 어린 시절의 추억

요즘의 아파트들은 그 깊은 자궁, 다락을 잃어버린 셈이다. 아파트의 집들을 방문하면 실은 우리는 그 집의 나신(裸身)과 만난다. 없어진 문패라는 것에서부터 시작하여 문을 열고 들어서면 바로 그 집 사람들이 사는 벌거벗은 공간과 한 치의 가림도 없이 맞닥뜨리는 것이다. 옛날 마당을 지나 댓돌을 밟고 올라서야 했던 그런 휴지기(休止期)가 없이 곧바로 그 집의 내부와 부딪히는 것이다. 하긴「아파트에도 다락과 같은 역할을 일정 부분 한다고 할 수 있는 다용도실이 있긴 하지만, '구석'이라는 것이 없이 온몸을 일시에 노출하기 마련인 아파트의 다용도실과 다락을 어떻게 비견하랴.」
다락이 없는 아파트에 대해 글쓴이가 느끼는 안타까움
아파트에서는 비밀스러운 공간이 없이 내부 전체가 한눈에 보임
아파트에는 감출 수 있는 공간이 없음
잠시 여유를 갖고 쉬어 가는 기간
자기의 삶을 숨기고 홀로 충만한 존재감을 느끼고 싶은 '구석'이라는 공간이 없음
설의적 표현
「 」: 아파트의 다용도실과 한옥의 다락을 비교함

이제 한 해도 저물어 간다. 우리의 이 생명이라는 다락 앞에서, 생명의 자궁인 다락 앞에서, 잠시 합장하고 뒤를 돌아봐야 하는 시점이다.
다락은 생명이 품어지는 자궁과 같이 누군가로부터 보호받는 듯한 안온함을 주는 공간임
독자에게 반성적 성찰을 유도함
▶ 다락을 잃어버린 안타까움

**감상 포인트**

'다락'에 대한 글쓴이의 생각을 중심으로 작품의 내용을 파악한다.

• '아파트'의 공간적 의미

| 아파트 |
|---|
| • 다락을 잃어버린 공간<br>• 한 치의 가림도 없는 벌거벗은 공간<br>• 휴지기가 없이 곧바로 집의 내부와 부딪히는 공간<br>• '구석'이 없어서 온몸이 일시에 노출되는 공간 |

↓

| 다락이 사라지고 있는 현실에 대한 안타까움 |
|---|

## 핵심 포인트 1 작품의 내용 파악

이 작품에서 글쓴이는 다락과 관련한 추억을 이야기하며 다락의 의미를 되새기고 있다. 따라서 이 작품에서 다락과 관련된 글쓴이의 추억과 다락에 대한 글쓴이의 생각을 파악하도록 한다.

**'다락'과 관련된 글쓴이의 추억과 '다락'에 대한 글쓴이의 생각**

| | |
|---|---|
| '다락'과 관련된 글쓴이의 추억 | • 어린 시절 글쓴이의 집에는 다락이 안방에 붙어 있었음<br>• 아버지가 돌아가신 다음 다락에서 한 번도 안 쓴 아버지의 회색 중절모를 찾아냄<br>• 다락에서 함부로 못 꺼내게 감춰 놓은 수밀도 캔과 아버지와 어머니의 젊은 시절 사진이 담긴 아주 낡은 사진첩을 발견함<br>• 가족들에게 깊은 소외감을 느끼고 다락에 숨었다가 들켜서 끌어내려진 후 어머니의 다정함을 경험했음 |
| '다락'에 대한 글쓴이의 생각 | • '보호소'와 같이 어느 곳에선가 보호받고 있다고 느끼게 함<br>• 생명이 품어지는 자궁과 같은 안온함을 느끼게 함<br>• 간혹 자기의 삶을 숨기고 홀로 충만한 존재감을 느끼고 싶은 '구석'이라는 공간이 있음 |

## 핵심 포인트 2 소재의 의미와 기능 파악

이 작품에서는 다락에 대한 추억과 그리움을 다루고 있으므로 다락의 의미와 기능을 작품의 주제 의식과 연관하여 파악하도록 한다.

**'다락'의 의미와 기능**

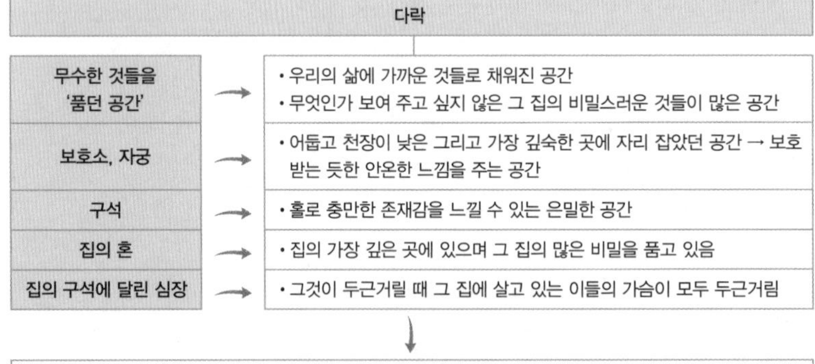


## 핵심 포인트 3 글쓴이의 관점 및 태도 파악

글쓴이는 아파트 문화의 확산으로 인해 다락이 점점 사라져 가는 현실을 안타까워하고 있으므로, 아파트에 대한 글쓴이의 관점과 태도를 파악하도록 한다.

**'아파트'의 문제점과 이에 대한 글쓴이의 관점 및 태도**

| 아파트의 문제점 | 글쓴이의 관점 및 태도 |
|---|---|
| • 깊은 자궁인 다락을 잃어버림<br>• 한 치의 가림도 없는 벌거벗은 공간을 지님<br>• 휴지기가 없이 곧바로 집의 내부와 부딪히는 공간을 지님<br>• 다용도실이 있지만 '구석'이 없어서 온몸을 일시에 노출함 | • 아파트의 다용도실과 한옥의 다락은 비교할 수 없음 → 다락의 의의를 분명하게 밝힘<br>• 다락이 사라지고 있는 현실에 대해 안타까움을 드러냄 |

### 작품 한눈에

• 해제

〈다락〉은 점점 사라져 가고 있는 다락과 관련된 추억을 담고 있는 수필이다. 글쓴이는 다락의 모습과 특징을 감각적인 표현과 비유를 사용하여 나타내며 다락에 얽힌 추억들을 떠올리고 있다. 아울러 한옥의 다락과 아파트의 다용도실을 비교함으로써 점점 사라져 가고 있는 다락에 대한 안타까움을 드러내고 있다.

• 제목 〈다락〉의 의미

– 추억이 담긴 공간, 안온함, 충만한 존재감을 느끼게 하는 공간

글쓴이는 자신의 추억이 깃들었던 다락을 회상하면서 안온함과 충만한 존재감이 담겨 있던 공간으로서의 다락이 사라져 가는 것을 안타까워하고 있다.

• 주제

다락에 대한 추억과 사라져 가는 다락에 대한 안타까움

극 · 수필
14

◇ 한 줄 평 어릴 적 생긴 흉터에 대한 글쓴이의 인식 변화를 보여 주는 수필

# 아름다운 흉터 이청준

나의 두 손등과 손가락들에는 세 종류의 흉터가 선명하게 남아 있다.
(글쓴이 / 이 글의 제재)

초등학교 일 학년 때 첫 소풍을 가기 전날 오후 마음이 들뜨다 못해 토방 아래에 엎드려 있는 누렁이 놈의 목을 졸라 대다 숨이 막힌 녀석이 내 왼손을 덥석 물어뜯어 생긴 세 개의 개 이빨 자국 세트가 하나, 역시 초등학교 오 학년 때쯤 남의 산으로 나무를 하러 갔다가 조급한 도둑 톱질 끝에 내 쪽으로 쓰러져 오는 나무둥치를 피하려다 마른 가지 끝에 손등을 찍혀 생긴 기다란 상처 자국이 그 둘, 고등학교엘 다닐 때까지 방학이 되면 고향 집으로 내려가 논밭걷이와 푸나무를 하러 다니며 낫질을 실수할 때마다 왼손 검지와 장지 손가락 겉쪽에 하나씩 더해진 낫 상처 자국이 나중엔 이리저리 이어지고 뒤얽히며 풀려 흐트러진 실타래의 형국을 이루고 있는 것이 그 세 번째 흉터의 꼴이다.
(첫 소풍에 대한 설렘 / 방에 들어가는 문 앞에 좀 높이 편평하게 다진 흙바닥 / 첫 번째 흉터가 생긴 이유 – 첫 소풍에 대한 설렘으로 무심코 했던 행동 때문 / 도둑질로 하는 톱질, 재빨리 끝내야 하는 톱질 / 두 번째 흉터가 생긴 이유 – 가난한 형편 때문 / 풀과 나무를 아울러 이르는 말 / 세 번째 흉터가 생긴 이유 – 가난한 형편 때문)

그런데 나는 시골에서 광주로 중학교 진학을 나오면서 한동안 그 흉터들이 큰 부끄러움거리가 되고 있었다. 도회지 아이들의 희고 깨끗하고 부드러운 손에 비해 일로 거칠어지고 흉터까지 낭자한 남루하고 못생긴 내 손 꼴새라니.
(도회지의 학교로 진학을 한 글쓴이 / 중학교 시절 흉터에 대한 글쓴이의 인식 / 글쓴이에게 열등감을 불러일으킴 / 자신의 흉터에 대한 글쓴이의 생각, 가난한 형편 때문에 생긴 흉터를 부끄럽게 생각함)
▶ 어린 시절에 생긴 세 종류의 흉터와 그로 인한 열등감

그러나 「그후 세월이 흘러 직장 일을 다니는 청년기가 되었을 때 그 흉터들과 볼품없는 손꼴이 거꾸로 아름답고 떳떳한 사랑과 은근한 자랑거리로 변해 갔다.」
(「」: 흉터에 대한 글쓴이의 인식 변화 / 청년기 때 흉터에 대한 글쓴이의 인식)

"아무개 씨도 무척 어려운 시절을 힘차게 살아 냈구만. 나는 그 흉터들이 어떻게 생긴 것인 줄을 알지."
(흉터를 자랑거리로 여기는 선배의 말 – 흉터가 어려운 시절을 성실하게 살아온 증거임을 일깨움 / 직장의 선배도 글쓴이와 비슷한 흉터를 가지고 있기 때문에, 흉터가 어떻게 생긴 것인지 알고 있음)

직장의 한 나이 많은 선배님이 어떤 자리에서 내 손등의 흉터를 보고 그의 소중스런 마음속 비밀을 건네주듯 자신의 손을 내게 가만히 내밀어 보였을 때, 그리고 그 손등에 나보다도 더 많은 상처 자국들이 수놓여 있는 것을 보았을 때부터였다.
(흉터가 생긴 어린 시절의 경험 / 글쓴이가 동질감을 느끼는 대상 / 손등의 흉터가 아름답고 떳떳한 사랑과 은근한 자랑거리로 여겨지게 된 계기)
▶ 부끄럽던 흉터가 자랑거리가 된 글쓴이

그렇다. 그 흉터와, 흉터 많은 손꼴은 내 어려웠던 어린 시절의 모습이요, 그것을 힘들게 참고 이겨 낸 떳떳하고 자랑스런 내 삶의 한 기록일 수 있었다. 그 나이 든 선배님의 경우처럼, 「우리 누구나가 눈에 보이게든 안 보이게든 삶의 쓰라린 상처들을 겪어 가며 그 흉터를 지니고 살아가게 마련이요, 어떤 뜻에서는 그 상처의 흔적이야말로 우리 삶의 매우 단단한 마디요 숨은 값이라 할 수도 있을 것이기 때문이다.」
(글쓴이의 깨달음의 매개 / 흉터가 부끄러웠던 이유 / 흉터가 아름답고 떳떳한 자랑거리가 된 이유, 어린 시절 가난으로 인한 고통의 흔적을 긍정적으로 수용함 / 「」: 흉터에 대한 글쓴이의 생각 변화가 드러남, 외형적 흉터뿐만 아니라 심리적 상처까지 깨달음 확대 → 보편적 차원의 진술 제시 / 숨겨진 가치)

그렇다면, 그것은 오직 나만의 자랑이나 내세움거리로 삼을 수는 없으리라. 그것은 오히려 우리 누구나가 자신의 삶을 늘 겸손하게 되돌아보고, 참삶의 뜻과 값이 무엇인가를 새롭게 비춰 보는 거울로 삼음이 더 뜻있는 일일 것이다.
(흉터 / 자랑거리 / 글쓴이가 생각하는 흉터의 역할과 가치)
▶ 흉터가 주는 삶의 교훈과 깨달음

**작품 분석 노트**

• '흉터'가 생긴 이유

| | |
|---|---|
| 첫 번째 흉터 | 초등학교 1학년 첫 소풍 전날, 들뜬 마음에 누렁이 목을 조르다 물린 세 개의 개 이빨 자국 세트 |
| 두 번째 흉터 | 초등학교 5학년 남의 산으로 나무를 하러 갔다가 조급한 도둑 톱질에 쓰러지는 나무둥치를 피하려다 마른 가지 끝에 손등을 찍혀 생긴 기다란 상처 자국 |
| 세 번째 흉터 | 고등학교 때 방학을 하고 고향 집에 내려가 논밭걷이와 푸나무를 하러 다닐 때 낫질 실수로 생긴 낫 상처 자국 |

• '흉터'에 대한 글쓴이의 인식 변화

**중학교 시절 – 부끄러움**

도회지 아이들의 희고 깨끗하고 부드러운 손에 비해 거칠고 흉터까지 있는 자신의 손이 남루하고 못생겨 보여 흉터를 부끄럽게 생각함

↓

**청년기 시절 – 자랑스러움**

- 직장 선배의 "아무개 씨는 무척 어려운 시절을 힘차게 살아 냈구만. 나는 그 흉터들이 어떻게 생긴 것인 줄을 알지."라는 말을 들음
- 직장 선배의 흉터 많은 손을 봄
- 손등의 흉터가 어려웠던 어린 시절을 힘들게 참고 이겨 낸 흔적임을 깨닫고 흉터를 떳떳하고 자랑스러운 삶의 기록으로 여김

• '흉터'의 의미

**흉터의 의미**

- 나의 어려웠던 어린 시절의 모습
- 어려웠던 시절을 힘들게 참고 이겨 낸 떳떳하고 자랑스러운 내 삶의 한 기록

↓ 깨달음의 확대

- 우리 삶의 단단한 마디요, 숨은 값
- 자신의 삶을 늘 겸손하게 되돌아보고 참삶의 뜻과 값이 무엇인가를 새롭게 비춰 보는 거울

이런 생각 속에서도 때로 아쉽게 여겨지는 일은 요즘 사람들 가운데엔 작은 상처나 흉터 하나 지니지 않으려 함은 물론, 남의 아픈 상처 또한 거기 숨은 뜻이나 값을 한 대목도 읽어 주지 못하는 이들이 흔해 빠진 현상이다.

작은 흉터도 갖지 않으려는 현대인에 대한 비판

타인의 흉터를 이해하지 못하는 현대인에 대한 비판

▶ 현대인의 모습에 대한 비판

아무쪼록「자기 흉터엔 겸손한 긍지를, 남의 흉터엔 위로와 경의를, 그리고 흉터 많은 우리 삶엔 찬가를 함께할 수 있기를!」

「 」: 글쓴이의 당부 → 긍정적 삶의 태도가 드러남

찬가: 찬양하는 노래

▶ 고난 극복으로 이루어지는 삶에 대한 애정

**감상 포인트**

'흉터'를 바라보는 글쓴이의 인식이 어떻게 변화하고 있는지에 주목하여 작품을 감상한다.

• 현대인에 대한 비판

| 현대인에 대한 비판 ① |
| --- |
| 요즘 사람들은 작은 상처나 흉터 하나 지니지 않으려 함<br>→ 어렵고 힘든 삶을 견디고 이겨 내려 하지 않음 |

+

| 현대인에 대한 비판 ② |
| --- |
| 남의 아픈 상처에 숨은 뜻이나 값을 한 대목도 읽어 주지 못함<br>→ 다른 이의 고된 삶을 위로하지 않고 그것을 참고 이겨 낸 행위에 경의를 표하지 않음 |

## 핵심 포인트 1 작품의 주제 의식 파악

이 작품은 어린 시절 손에 생긴 세 가지 흉터를 바라보는 글쓴이의 인식 변화를 드러내고 있다. 따라서 흉터에 대한 글쓴이의 인식 변화에 주목하여 작품의 주제 의식을 파악하도록 한다.

**⊙ 글쓴이의 인식 변화와 주제 의식**

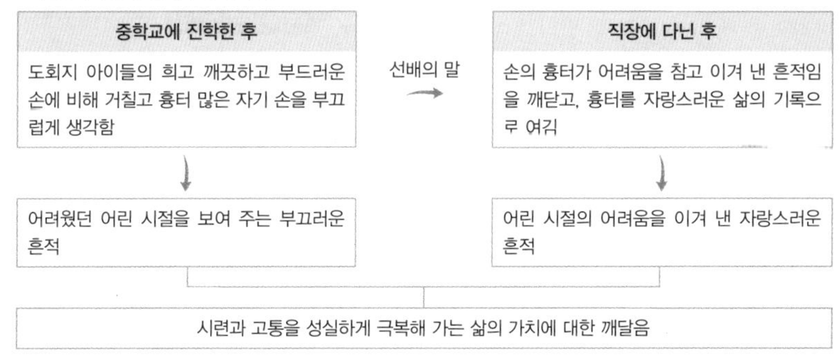


## 핵심 포인트 2 글쓴이의 관점 및 태도 파악

이 작품에서 글쓴이는 자신의 흉터에 대한 인식이 변하면서 다른 사람의 흉터까지도 다른 시각으로 바라보는 인식의 확장을 보여 주고 있다. 따라서 이 작품에서 글쓴이의 인식 확장이 어떻게 이루어지고 있는지 파악하도록 한다.

**⊙ 글쓴이의 인식 확장**

| 개인적 차원 | | 보편적 차원 |
|---|---|---|
| '흉터 많은 손꼴'을 매개로, 자신의 흉터가 어려웠던 어린 시절의 모습이자 그것을 힘들게 참고 이겨 낸 떳떳하고 자랑스러운 삶의 기록임을 깨달음 | 확대 적용 → | 눈에 보이게든 안 보이게든 삶의 쓰라린 상처들을 겪을 수밖에 없는 것이 인생이라는 생각을 드러냄 |

## 핵심 포인트 3 서술상 특징 파악

이 작품은 진리나 삶에 대한 느낌이나 사상을 간결하고 날카롭게 표현하는 말을 뜻하는 경구를 사용하여 글을 마무리하고 있다. 따라서 이러한 경구 사용의 효과를 파악하도록 한다.

**⊙ 경구 사용의 효과**

| 구절 | | 효과 |
|---|---|---|
| '아무쪼록 자기 흉터엔 겸손한 긍지를, 남의 흉터엔 위로와 경의를, 그리고 흉터 많은 우리 삶엔 찬가를 함께할 수 있기를!' | → | • 주제를 압축하여 전달함<br>• 일면적 의미를 보편적 의미로 확대함<br>• 인상적인 여운을 남김 |

### 작품 한눈에

• 해제

〈아름다운 흉터〉는 어릴 적 생긴 흉터에 대한 글쓴이의 인식 변화를 통해 인생의 참된 가치와 삶에 대한 올바른 태도를 전하고 있다. 사춘기 시절 자신의 흉터에 부끄러움을 느꼈던 글쓴이는 청년기가 되었을 때 자신처럼 손에 흉터가 있는 직장 선배의 말을 듣고 난 후 흉터에 대한 자부심을 느끼게 된다. 즉, 흉터는 시련과 고난의 상징이 아니라 그것을 극복하는 과정에서 더욱 단단해진 우리의 삶을 보여 주는 흔적임을 깨닫게 된 것이다. 글쓴이는 이러한 깨달음을 바탕으로 자신과 타인의 삶, 나아가 흉터 많은 모든 인간의 삶에 사랑의 찬가를 보내며 올바른 삶의 자세가 무엇인지를 전달하고 있다.

• 제목 〈아름다운 흉터〉의 의미

– 어려운 시절을 힘들게 참고 이겨 낸 떳떳하고 자랑스러운 삶의 기록

흉터는 상처가 아물고 남은 자국으로, 흉한 모습으로만 인식된다. 하지만 이 작품에서는 흉터를 상처를 이겨 낸 아름다운 흔적이라고 역설적으로 표현하고 있다. 따라서 제목 '아름다운 흉터'란 흉터는 어려운 시절을 힘들게 참고 이겨 낸 떳떳하고 자랑스러운 삶의 기록이므로, 부끄러운 것이 아니라 아름답고 자랑스러운 것이라는 의미를 담고 있다.

• 주제

시련과 고통을 성실히 극복해 가는 삶의 아름다움

극 · 수필 15

한 줄 평 연경당의 아름다움과 문화적 가치를 알려 주는 수필

# 연경당에서 최순우

주목 연경당 넓은 대청에 걸터앉아 세상을 바라보면 마치 연보랏빛 필터를 낀 카메라의 눈처럼 세월이 턱없이 아름다워만 보인다. 이렇게 「담담하고 청초하게 때를 활짝 벗은 우리 것의 아름다움」 앞에 마주 서면, 아마 정말 마음이 통하는 좋은 친구를 만났을 때처럼 세상이 저절로 즐거워지는 까닭인지도 모른다.

(연경당의 아름다움이 연경당의 지나온 세월과 결부되어 아름답게 느껴짐 – 색채 이미지와 비유적 표현 사용 / 청초하게: 화려하지 않으면서 맑고 깨끗하게 / 「 」: 연경당의 한국적 아름다움)

아마도 왕자의 금원 속에 깊숙이 자리 잡고 있으니 어딘가 거추장스러운 위엄이나 호사가 물들었을 것 같기도 하고 궁원다운 요염이 깃들일 성도 싶지만 연경당에는 도무지 그러한 티가 없다. 다만 「그다지 넓지도 크지도 않은 조촐한 서재 차림의 큰 사랑채 하나가 조용하고 밝은 뜰에 감싸여 이미 태곳적부터 있었던 것처럼 편안하고 자연스럽게 놓여 있을 뿐이다.」 여기에는 수다스러운 공포도 단청도 그리고 주책없는 니스 칠도, 일체 속악한 것이 발을 붙일 수 없는 곳이다.

(금원: 예전에, 궁궐 안에 있던 동산이나 후원 / 궁궐에 속한 정원이지만 화려하지 않음 / 「 」: 연경당의 모습 – 소박하고 편안함 / 공포: 처마 끝의 무게를 받치기 위하여 기둥머리에 짜맞추어 댄 나무쪽 / 속악한: 속되고 고약한 / 전통 건물에는 니스 칠이 어울리지 않으므로 주책없다고 한 것임)

「다만 미끈한 굴도리 팔작집에 알맞은 방주, 간결한 격자 덧문과 용자(用子) 미닫이, 그리고 순후하게 다듬어진 화강석 댓돌들의 부드러운 감각이 조화되어서 이 건물 전체의 통일된, 간결한 아름다움을 가누어 주고 있는 듯싶다.」

(굴도리: 둥근게 만든 도리 / 팔작집: 네 귀에 모두 추녀를 달아 지은 집 / 방주: 네모진 기둥 / 순후하게: 온순하고 인정이 두텁게 / 댓돌: 집채의 낙숫물이 떨어지는 곳 안쪽으로 돌려 가며 놓은 돌 / 「 」: 건축물을 구성하는 요소를 열거하고 촉각적 이미지를 사용하여 건물 전체의 통일된 아름다움을 강조함)

정면 여섯 칸, 측면 두 칸의 큼직한 이 남향판 대청마루에 앉아서 보면 동에는 석주를 세운 높직한 마루방, 서에는 주실인 널찍한 장판방, 서재가 있어서 복도를 거치면 안채로 통하게 된다. 「지금은 모두 빈방이 되었지만 보료와 의자 등속, 그리고 문갑 · 연상 · 사방탁자 · 책탁자 · 수로 같은 세련된 문방 가구들이 알맞게 이 장판방에 곁들여졌을 것을 생각하면 연경당의 아름다움은 지금, 아마 그만치 반실이 되어 버린 것인지도 모른다.」

(석주: 돌을 다듬어서 만든 기둥 / 보료: 앉는 자리에 늘 깔아 두는 두툼하게 만든 요 / 문갑: 문서나 문구 따위를 넣어 두는 방세간 / 수로: 손을 쬐게 만든 조그마한 화로 / 반실: 절반가량 잃거나 손해를 봄 / 「 」: 원래 있던 세련된 문방 가구들이 배치되어 있지 않기 때문에 연경당의 아름다움이 반감된 것임)

이 연경당이 세워진 것은 순조 28년(1828)이다. 이 무렵은 추사 선생이 40대에 갓 들어선 창창한 시절이었고, 바야흐로 「지식인 사회는 주택의 세련과 문방 정취에 신경을 쓰던 시대였으니, 이 연경당의 아름다움은 이만저만한 만족이 아님을 알 수 있다.」

(순조 28년(1828): 연경당이 세워진 시기 / 추사 선생: 김정희, 조선 후기의 문신 · 서화가 / 문방 정취: 서재를 꾸미는 흥과 취미 / 「 」: 조선 후기 지식인들의 취향이 당대 주택 문화에 영향을 끼쳤음 → 연경당이 아름다운 이유를 알 수 있음)

▶ 연경당의 소박하고 편안하면서도 간결한 조화미

으레 지내보면 이 연경당의 아름다움은 5월보다 11월이 더 좋다. 어쩌다가 가을 소리 빗소리에 낙엽이 촉촉이 젖는 하오, 인적도 새소리도 끊긴 비원을 찾으면 빈숲을 등진 연경당은 마치 젊은 미망인처럼 담담하고 외롭다. 알맞게 무겁고 미끄러운 기와지붕의 곡선, 「사뿐히 고개를 든 두 처마 끝이」 그의 지붕 밑에 배꽃처럼 소박하고 무던한 한국의 마음씨들을 감싸안고 있다. 「밝고 은은한 창과 창살엔 쾌적한 비율이 깃을 드리웠고 장대(壯大)나 화미(華美) 따위는 발을 붙일 수도 없는 질소(質素)

(계절적, 시간적 배경 – 가을 오후 / 비원: 창덕궁의 금원으로 여기에 연경당이 있음 / 인적과 새소리가 끊긴 고요한 연경당 / 「 」: 의인화 / 소박하고 무던한 한국인의 정서가 반영됨 / 장대: 웅장하고 씩씩함 / 화미: 환하게 빛나며 곱고 아름다움 / 질소: 꾸밈이 없고 수수함)

## 작품 분석 노트

• 색채 이미지와 비유적 표현의 사용

**색채 이미지와 비유적 표현**

'마치 연보랏빛 필터를 낀 카메라의 눈처럼 세월이 턱없이 아름다워만 보인다.'

↓

- '마치 ～ 카메라의 눈처럼'에서 직유법을 사용함
- '연보라빛 필터'에서 색채 이미지를 사용함

↓

**효과**

글쓴이가 연경당 대청에서 바라본 풍경의 아름다움을 감각적으로 묘사함

• 촉각적 이미지와 열거 활용

**촉각적 이미지와 열거**

'다만 미끈한 굴도리 팔작집에 알맞은 방주, 간결한 격자 덧문과 용자(用子) 미닫이, 그리고 순후하게 다듬어진 화강석 댓돌들의 부드러운 감각이 조화되어서 이 건물 전체의 통일된, 간결한 아름다움을 가누어 주고 있는 듯싶다.'

↓

- '팔작집, 방주, 격자 덧문, 용자 미닫이, 화강석 댓돌들'로 연경당을 구성하는 부분들을 열거함
- '미끈한 굴도리', '화강석 댓돌들의 부드러운 감각'에서 촉각적 이미지를 사용함

↓

**효과**

건물 전체의 통일된, 아름다움을 강조하여 드러냄

의 미덕이 시새움도 없이 여러 궁전들과 함께 가을비를 맞는다.」
「」: 연경당의 수수한 분위기

자연에서 번져 와서 자연 속으로 이어진 것 같은 이 연경당의 고요 속엔 아마도 가을의 정기가 주름을 잡는 것일까. 낙엽을 밟고 뜰 앞에 서면 누구의 슬픔인지도 모를 적요가 나를 엄습해 온다. 춘녀사 추사비(春女思秋士悲)라 했는데 나의 이 슬픔은 아마도 뜻을 못 이룬 한 범부의 쓸쓸한 눈물일 수만 있을 것인가.
적요: 적적하고 고요함 / 춘녀사 추사비: 봄에 여인들은 사모하는 마음이 생기고 가을에 선비들은 슬픔을 느낌 / 범부: 평범한 사내

나는 가끔 이 연경당이 내 것이었으면 하는 공상을 할 때가 있다. 그리고 친구들에게 곧잘 나의 평생소원은 연경당 같은 집을 짓고 그 속에 담겨 보는 것이라는 농담을 해 본다. 그러나 이것은 진정 숨김없는 나의 현실적인 소망이면서도 또한 영원히 이루어질 수 없는 허전한 꿈이기도 하다. 세상에 진정 잊을 수 없는 연인이 두 번 다시 있을 수 없는 것과 같이 아마 세상에는 정말 못 잊을 집도 다시 있기는 힘들지도 모른다.
영원히 이루어질 수 없는 허전한 꿈: 연경당만큼 애정을 느낄 집이 없음 / 진정 잊을 수 없는 연인: 연경당에 대한 애정을 강조하기 위해 비유한 대상

「그 육간대청에 스란치마를 끌고 싶었던 심정과 그 밝고 조용한 서재의 창가에서 책장을 부스럭이고 싶은 심정이 이제 모두 다 지나간 꿈이라면 나는 아마도 평생 잊을 수 없는 여인과 연경당의 영상을 안고 먼 산을 바라보며 살아가야 된다는 말이 되는지도 모른다.」
스란치마: 치맛단에 금박을 박아 선을 두른 것을 단 긴치마 / 육간대청: 여섯 칸이 되는 넓은 마루 / 「」: 연경당 같은 집에서 사는 것은 이루어질 수 없는 꿈임 / 평생 잊을 수 없는 여인: 연경당에 대한 애정을 강조하기 위해 비유한 대상

▶ 가을에 느끼는 연경당의 아름다움과 연경당에 대한 애정

어쨌든 연경당은 충분히 아름답고 또 한국 문화의 결정 같은 것이라고 나는 생각한다. 한국과 한국 사람이 낳은 조형 문화 중에 우리가 몸을 담고 살아온 이 주택 문화처럼 실감 나게 한국의 개성을 드러내는 것이 또 없고, 그중에서도 가장 세련된 예의 하나가 바로 이 연경당인 것이다. 민족의 이름으로 세련시켜 온 한국의 주택 2천 년 역사는 아마도 이 아름다운 결정체 하나를 낳기 위해서 존재했던 것인지도 모른다.
결정: 애써 노력하여 보람 있는 결과를 이루는 것이나 그 결과를 비유적으로 이르는 말 / 주택 문화처럼 ~ 없고: 주택 문화에는 한국인의 생활 양식과 정서가 담겨 있음 / 이 아름다운 결정체: 연경당 – 한국의 개성을 가장 세련되게 잘 드러낸 건축 문화재임

다른 부문의 미술도 그러하지만 조선 시대에 들어서면서부터 한국의 주택은 한층 한국적인 양식을 갖추게 되었고, 한국의 아름다움이 마치 한국인의 체취처럼 자연스럽게 몸에 배게끔 되었던 것이라고 믿는다.

그러나 19세기 말 이후 한국에는 문명개화의 구호와 함께 밀려든 어중간한 왜식 · 양식의 생활 양식이 분별없이 스며들어 오면서부터 아름다운 조선의 주택 문화는 발육을 멈춘 것이다.
조선의 주택 문화가 어중간한 외국의 생활 양식의 침투로 발전하지 못함 → 글쓴이의 비판적 태도가 드러남

추한 것이 진정 아름다운 것들을 짓밟는 행패 속에 얼마 안 남은 우리 주택 건축사의 결정들은 지금 이 순간에도 하나하나 그 아름다운 자취를 감추어 가고 있다. 물론 세계의 각 지역 간에 문화 교류가 활발해지고 있는 오늘날 현대 한국인의 생활에서 오로지 주택 문화만은 고격을 고수하자는 것은 아니다. 그러나 비판 없이 남의 것만을 새롭고 곱게 보려는 풍조는 우리 민족처럼 틀이 잡힌 문화 전통을 가진 사회에서는 있을 수 없는 일이라고 생각한다.
진정 아름다운 것들: 아름다운 우리나라의 전통 양식 / 추한 것: 어중간한 왜식 · 양식의 생활 양식 / 얼마 안 남은 ~ 있다: 아름다운 우리나라의 전통 건축물들이 사라지고 있는 현실에 대한 안타까움 / 고격: 옛 격식 / 비판 없이 ~ 풍조: 무비판적으로 외국 것만을 숭상하는 풍조 → 글쓴이의 비판적 태도가 드러남

우리의 일반 미술이나 문화가 당당한 관록을 보여 왔듯이 우리의 조선 시대 주택
우리 문화에 대한 글쓴이의 자부심이 엿보임

• '연경당'에 대한 글쓴이의 공상

| 연경당에 대한 글쓴이의 공상 |
|---|
| • 연경당이 자신의 것이었으면 함<br>• 연경당 같은 집을 짓고 그 속에 담겨 보고 싶음 |
| ↓ |
| • 현실적인 소망이면서도 영원히 이루어질 수 없는 허전한 꿈임<br>• 세상에는 연경당과 같이 정말 못 잊을 집이 다시 있기 힘들지 모름<br>• 연경당의 영상을 안고 먼 산을 바라보며 살아가야 함 |
| ↓ |
| 연경당에 대한 글쓴이의 애정이 드러남 |

• '연경당'을 비유한 표현

| 연경당 | • 진정 잊을 수 없는 연인<br>• 평생 잊을 수 없는 여인 |
|---|---|
| ↓ | |
| 연경당에 대한 글쓴이의 애정을 강조함 | |

• 한국 주택 문화에 대한 글쓴이의 생각 ①

| 현실 세태 |
|---|
| • 19세기 말 이후 문명개화의 구호와 함께 어중간한 왜식 · 양식의 생활 양식이 분별없이 들어오면서 조선의 주택 문화가 발육을 멈춤<br>• 우리 주택 건축사의 결정들이 지금 이 순간에도 자취를 감추어 가고 있음 |
| ↓ |
| **글쓴이의 생각** |
| • 전통 건축이 사라져 가는 데에 대한 안타까움을 드러냄<br>• 비판 없이 남의 것(일본식, 서양식 문화)만을 새롭고 곱게 보려는 풍조를 비판함 |

은 우리 민족이 쌓아 온 생활 문화의 기념탑이라고 할 수 있는 것이다. 그리고 이 조
조선 시대 주택의 가치 ①, 함축적인 표현으로 조선 시대 주택이 오래도록 기념하면서 후대에 전할 만한 가치가 있음을 드러냄
선 주택은 아직도 우리의 생활에 가장 가까울 뿐만 아니라 아직도 새롭고 또 앞으로
조선 주택의 가치 ② 조선 주택의 가치 ③
도 새로울 수 있는 한국미의 요소를 담뿍 지니고 있다. 「이 고유한 한국 주택의 풍성한 아름다움은 우리의 현대 주택에 충분히 도입되어야 하고, 또 뛰어난 재래 주택들
「 」: 당위적 표현을 활용하여 한국 건축의 문화적 가치를 계승해야 한다는 글쓴이의 생각을 드러냄
은 살아 있는 민족 문화재로서 길이 보존되어야 마땅하다.」 한국은 미국이 아니며 또
한국은 한국만의 개성과 주체성이 있는 문화가 있음
일본이 아닌 것이다. 장미는 영국에서 피어야 곱고 국화는 한국에서 피어야 제격이듯이 장미꽃으로 세계를 뒤덮을 수도 없고 국화꽃으로 세계를 뒤덮을 수도 없는 일
각 나라의 문화가 세계 모두의 문화가 될 수는 없음 – 문화의 주체성을 강조함
이 아닌가 생각한다.

연경당 말고도 아름다운 조선 시대의 주택들이 아직도 적잖이 남아 있다. 그러나 나는 이 연경당 예찬이 지나쳤다고도 그릇됐다고도 생각하지 않는다. 오히려 연경당 같은 문화재는 국보로 지정된 어느 궁전이나 어느 절간보다도 우리의 민족 문화재로
우리의 생활에 가장 가까울 뿐만 아니라 아직도 새롭고 또 앞으로도 새로울 수 있는 한국미의 요소를 담뿍 지니고 있으므로
서는 앞서야 할 막중한 가치를 지녔다고 나는 믿어 의심치 않는다.

조선의 주택, 그중에서도 가장 매력적인 것은 사랑채의 효용과 그 평면의 묘에 있
집의 안채와 떨어져 있는, 바깥주인이 거처하며 손님을 접대하는 곳으로 쓰이는 집
다. 이 연경당이야말로 서재풍으로 된 가장 전형적인 큰 사랑채 하나의 부분으로는
서재와 같은 양식으로 만들어진
절묘한 작품이라고 해야겠다. 「동쪽 뜰 기슭으로 선향재라는 나지막한 서고를 거느렸
「 」: 연경당 주변의 지형 및 서고, 정자 등의 건물 배치 → 연경당 분위기에 풍류를 더함
고, 또 이 선향재의 뒤 언덕 위에는 난간을 두른 아기자기한 단칸 정자 농수정을 둔
연경당 후원 높은 곳에 있는 정자
것은 담담하기만 한 이 연경당의 분위기에 한 가닥의 풍류를 더하기 위한 것이라고 할까.」 어쨌든 설계자는 이 연경당 한 채가 주위의 자연 속에서 어떻게 멋지게 바라
글쓴이의 추측 – 연경당을 설계한 사람은 의도적으로 연경당 주위에 선향재와 농수정을 배치한 것임
보일까를 먼저 계산하고 있는 것이다.

지금 우리는 이 연경당을 설계하고 감역한 건축가의 이름을 모른다. 그러나 우리
토목이나 건축 따위의 공사를 감독한
는 19세기에 있어서 어느 나라 어느 민족의 뛰어난 건축가의 심미안에도 뒤설 수 없
19세기에 지어진 연경당의 아름다움이 세계 어느 나라의 건축물에도 뒤지지 않음을 표현함
는 멋진 눈의 주인공들을 적잖게 가졌던 것을 자랑해야겠다.

한국미의 증징, 그리고 한국미의 주체, 이것은 에누리 없이 우리 조선 주택 속에
증명이 될 만한 사물
너무나 뚜렷하게 너무나 멋있게 표현되어 있는 것이다. 비록 목조 건축의 전통이 2천년 전 한족의 중국 문화에서 받아들였다고는 하지만 한국의 주택은 벌써 제 발걸음
한국 주택 문화는 독창성을 지니고 있음
을 한 지 오래인 것이다. 그리고 이 속에서 한국 사람들의 꿈이 자라나고 노래가 자
'자라나고'를 반복하여 한국 주택이 지닌 전통을 강조함
라나고 또 아들딸들이 자라났다. 연경당, 이것은 우리 주택 문화의 영원한 상징이 아닐 수 없다.

▸ 한국 주택 문화와 연경당의 가치에 대한 성찰

비록 비원의 깊숙한 숲속에 자리 잡았지만 어느 왕자의 절절한 염원, 인간에의 향수를 사무치게 품은 채 너는 오늘도 담담하고 값진 미소를 오월의 하늘 아래 말없이
연경당
풍기고 있다.

▸ 비원의 깊숙한 숲속에서 아름다움을 간직한 연경당

**감상 포인트**

'연경당'에 대한 글쓴이의 생각과 우리 문화를 대하는 글쓴이의 태도를 파악한다.

- 한국 주택 문화에 대한 글쓴이의 생각 ②

**전통 주택의 가치**

- 조선 시대 주택은 우리 민족이 쌓아 온 생활 문화의 기념탑임
- 우리의 생활에 가장 가까움
- 아직도 새롭고 앞으로도 새로울 수 있는 한국미의 요소를 담뿍 지니고 있음

↓

**전통 주택의 계승**

- 고유한 한국 주택의 풍성한 아름다움이 현대 주택에 충분히 도입되어야 함
- 뛰어난 재래 주택들은 민족 문화재로 길이 보존해야 함

## 핵심 포인트 1 서술상 특징 파악

이 작품의 글쓴이는 창덕궁의 후원에 있는 건물인 연경당을 보며 연경당의 아름다움과 그 가치를 드러내고 있다. 따라서 이를 위해 글쓴이가 작품에서 사용한 서술 방식과 그 효과를 파악하도록 한다.

**서술상 특징과 효과**

| 특징 | 내용 | | 효과 |
|---|---|---|---|
| 다양한 감각적 이미지 | • '연보랏빛 필터' – 시각적 이미지<br>• '미끈한 굴도리', '화강석 댓돌들의 부드러운 감각' – 촉각적 이미지 | → | 연경당의 모습을 생생하게 표현함 |
| 열거법 | • '팔작집, 방주, 격자 덧문, 용자 미닫이, 화강석 댓돌들'로 연경당을 구성하는 부분들을 열거함 | → | 연경당의 조화롭고 통일되면서도 간결한 아름다움을 드러냄 |
| 비유법, 의인법 | • '마치 연보랏빛 필터를 낀 카메라의 눈처럼'<br>• '사뿐히 고개를 든 두 처마 끝이 그의 지붕 밑에 배꽃처럼 소박하고 무던한 한국의 마음씨들을 감싸안고 있다.'<br>• '인간에의 향수를 사무치게 품은 채 너는 오늘도 담담하고 값진 미소를 오월의 하늘 아래 말없이 풍기고 있다.' | → | • 연경당의 아름다움을 드러냄<br>• 연경당의 수수한 분위기를 드러냄<br>• 연경당에 대한 애정을 드러내며 아름다움을 예찬함 |
| 계절을 나타내는 표현 | • '가을 소리 빗소리에 낙엽이 촉촉이 젖는 하오'<br>• '가을비' | → | 연경당의 수수한 분위기를 환기함 |

## 작품 한눈에

• 해제

〈연경당에서〉는 우리나라 전통 미술에 대한 글을 담은 수필집인 《무량수전 배흘림기둥에 기대서서》에 실려 있는 수필로, 창덕궁 비원에 있는 연경당에 대한 글쓴이의 애정과 사색이 담겨 있다. 글쓴이는 연경당을 보며 그 속에 담겨 있는 청초함, 자연스러움, 조화로움, 수수함 등의 한국적인 아름다움에 대해 이야기하고 있다. 또한 글쓴이는 우리의 전통 주택 문화가 살 계승되지 않고 있는 현실을 비판하면서 예전부터 내려온 한국 전통 주택의 아름다움을 현대에도 수용해야 한다는 생각을 드러내고 있다.

• 제목 〈연경당에서〉의 의미

– 글쓴이가 한국의 아름다움과 문화적 가치를 느낀 장소

'연경당'은 창덕궁의 후원에 있는 궁궐의 부속 건물로 궁궐 양식으로 지어진 집이 아니라 사대부 집의 양식으로 지어진 집이다. 글쓴이는 연경당을 보며 한국의 아름다움이 화려한 궁궐의 전각보다는 소박한 듯하면서도 절제된 조화가 있는 연경당과 같은 건축물에 있음을 이야기하고 있다.

• 주제

연경당으로부터 느끼는 한국의 아름다움과 문화적 가치

## 핵심 포인트 2 소재의 의미와 기능 파악

이 작품의 주요 소재인 '연경당'이 글쓴이에게 어떤 의미와 가치를 지니고 있는지를 파악하도록 한다.

**연경당의 의미와 가치**

| 소재 | 의미와 가치 | | 상징 |
|---|---|---|---|
| 연경당 | • 소박하고 편안하며 간결한 아름다움을 지님<br>• 한국인의 생활과 정서가 담긴 한국 문화의 결정체임<br>• 한국의 개성을 가장 세련되게 잘 드러낸 건축 문화재임 | → | 우리 주택 문화의 영원한 상징 |

## 핵심 포인트 3 글쓴이의 관점 및 태도 파악

연경당에 대한 이해를 바탕으로 한국 주택 문화를 바라보는 글쓴이의 관점을 이해하고 이를 토대로 작품의 주제 의식을 파악하도록 한다.

**한국 주택 문화에 대한 글쓴이의 생각과 태도**

| 태도 | 내용 | | 생각 |
|---|---|---|---|
| 전통 건축이 가지는 위상을 돌아봄 | 조선 시대 주택은 우리 민족이 쌓아 온 생활 문화의 기념탑으로서 우리의 생활에 가장 가까우며 한국미의 요소를 담뿍 지니고 있음 | → | 고유한 한국 주택의 풍성한 아름다움이 현대 주택에 도입되어야 하며, 뛰어난 재래 주택들을 민족 문화재로 길이 보존해야 한다는 생각을 드러냄 |
| 사회 구성원들이 주택 문화를 대하는 태도를 비판함 | 19세기 말 이후 왜식 · 양식의 생활 양식이 분별없이 들어오면서 조선의 주택 문화가 발육을 멈추었으며 우리 건축사의 결정들이 자취를 감추어 가고 있음 | → | 전통 건축이 사라져 가는 데에 대한 안타까움을 드러내며 비판 없이 남의 것만을 새롭고 곱게 보려는 풍조를 비판함 |

극·수필 16

한줄평 시와 그림의 공통점을 통해 한시의 본질을 제시하는 수필

# 그림과 시 정민

주목

시와 그림은 전통적으로 서로 연관이 깊다. 시는 '소리 있는 그림(有聲之畵)'이요, 그림은 '소리 없는 시(無聲之詩)'란 말도 있다. 특히 한시는 경물의 묘사를 통한 정의(情意)의 포착을 중시한다. 이는 마치 화가가 화폭 위에 자신의 마음을 담아 표현하는 것과 같다. 경물은 객관적 물상에 지나지 않는다. 여기에 어떻게 자신의 마음을 얹을 수 있는가. 화가는 말을 할 수 없으므로 경물이 직접 말하게 하지 않으면 안 된다. 이를 '사의전신(寫意傳神)'이라 한다. 말 그대로 경물을 통해 '뜻을 묘사하고 정신을 전달'해야 한다. 그 구체적 방법은 '입상진의(立像盡意)'이니, 상세한 설명 대신 형상을 세워 이를 통해 뜻을 전달한다. 이제 몇 가지 실례를 들어 보기로 하자.

시와 그림의 관련성을 제시하여 독자의 궁금증을 유발함 / 따뜻한 마음과 참된 의사 / 한시는 경물 묘사를 통해 작가의 감정과 시의 의미를 드러내는 것을 중요시함 / 인간의 주관적 정서와 무관한 사물 / 그림 속 경물이 말을 해야 하는 이유 / '사의전신'의 의미 / '입상진의'의 의미 / '입상진의'의 사례

▶ 경물의 묘사를 통해 정의를 포착하는 한시와 그림

송나라 휘종(徽宗) 황제는 그림을 몹시 좋아하는 임금이었다. 그는 곧잘 유명한 시 가운데 한두 구절을 골라 이를 화제(畵題)로 내놓곤 했다. 한번은 "어지러운 산이 옛 절을 감추었네.(亂山藏古寺)"란 제목이 출제되었다. 깊은 산속의 옛 절을 그리되, 드러나게 그리면 안 된다는 주문이었다. 화가들은 무수한 봉우리와 계곡, 그리고 그 구석에 보일 듯 말 듯 자리 잡은 퇴락한 절의 모습을 그리느라 여념이 없었다. 그런데 1등으로 뽑힌 그림은 화면 어디를 둘러보아도 절을 찾을 수가 없었다. 그 대신 숲속 작은 길에 중이 물동이를 지고 올라가는 장면을 그렸다. 중이 물을 길러 나왔으니 가까운 곳 어딘가에 분명히 절이 있겠는데, 어지러운 산에 가려 보이지 않는다. 절을 그리라고 했는데, 화가는 물 길러 나온 중을 그렸다. 화제에서 요구하고 있는 '장(藏)'의 의미를 화가는 이렇게 포착했던 것이다.

① 그림의 이름 또는 제목 ② 그림 위에 쓰는 시문 / ░: 전달해야 하는 뜻 / ░: 뜻을 전달하는 형상 / 화폭에 절을 그리지 않음 / 관객이 그림을 보고 짐작해야 하는 내용 / '드러나게 그리면 안 된다는 주문'

▶ '입상진의'의 실례 ①

유성(俞成)의 『형설총설(螢雪叢說)』에도 이런 이야기가 보인다. 한번은 그림 대회에서 "꽃 밟으며 돌아가니 말발굽에 향내 나네.(踏花歸去馬蹄香)"라는 화제가 주어졌다. 말발굽에서 나는 꽃향기를 그림으로 그리라는 희한한 요구였다. 모두 손대지 못하고 끙끙대고 있을 때, 한 화가가 그림을 그려 제출하였다. 달리는 말의 꽁무니로 나비 떼가 뒤쫓는 그림이었다. 말발굽에서 향기가 나므로 나비는 꽃인 줄 오인하여 말의 꽁무니를 따라간 것이다.

▶ '입상진의'의 실례 ②

"여린 초록 가지 끝에 붉은빛 한 점, 설레는 봄빛은 굳이 많을 것이 없네.(嫩綠枝頭紅一點, 動人春色不須多)"라는 시가 출제된 적도 있었다. 화가들은 너나없이 초록빛 가지 끝에 붉은 꽃잎 하나를 그렸다. 모두 등수에는 들지 못했다. 어떤 사람은 푸른 산허리를 학 한 마리가 가르고 지나가는데, 그 학의 이마 위에 붉은 점 하나를 찍어 '홍일점(紅一點)'을 표현하였다. 그런데 정작 1등으로 뽑힌 그림은 화면 어디에서

## 작품 분석 노트

- '정민'에 대한 이해

〈한시 미학 산책〉을 출간하여 크게 호평을 받은 한양대 국문과 교수이다. 그는 이 책에서 동아시아의 한시 이론을 빌려 중국과 한국 한시를 주제, 형식, 작법에 따라 24개의 테마로 분석했는데, 중국의 두보, 이백뿐만 아니라 신라의 최치원, 고려의 정지상 등 문학사를 장식한 대시인의 작품을 다루었다. 편안한 문장으로 개인적인 경험과 다양한 사례를 제시함으로써 대중에게 한시를 쉽게 설명하여 한시 입문서로 평가받는다.

- 입상진의(立象盡意)의 사례 ①

| 형상 | | 뜻 |
|---|---|---|
| 숲속 작은 길에 물동이를 지고 올라가는 중 | → | 깊은 산속의 옛 절 |
| 달리는 말의 꽁무니를 뒤쫓는 나비 떼 | → | 말발굽에서 나는 꽃향기 |

도 붉은색을 쓰지 않았다. 다만 버드나무 그림자 은은한 곳에 자리 잡은 정자 위에 한 소녀가 난간에 기대어 서 있는 모습을 그렸을 뿐이었다. 중국 사람들은 흔히 여성을 '홍(紅)'으로 표현한다. 화가는 그 소녀로써 '홍일점'을 표현했던 것이다. 진선(陳善)의 『문슬신어(捫蝨新語)』에 나온다.

▸ '입상진의'의 실례 ③

"들 물엔 건너는 사람이 없어, 외로운 배 하루 종일 가로걸렸네.(野水無人渡, 孤舟盡日橫)" 적막한 강나루엔 하루 종일 건너는 사람 하나 없다. 할 일 없는 빈 배만 가로놓여 강물에 흔들린다. 이 제목이 주어졌을 때, 2등 이하로 뽑힌 사람 가운데 어떤 이는 물가에 매여 있는 빈 배의 뱃전에 백로가 한쪽 다리로 서서 잠자고 있는 장면을 그렸다. 또 어떤 이는 아예 배의 뜸 위에 까마귀가 둥지를 튼 모습을 그렸다. 그런데 1등 한 그림은 그렇지가 않았다. 사공이 뱃머리에 누워 피리를 빗겨 불고 있었다. 시는 어디까지나 건너는 사람이 없다고 했지 사공이 없다고 하지는 않았던 것이다. 아예 사공도 없이 텅 빈 배보다는 하루 종일 기다림에 지친 사공이 드러누워 있는 배가 오히려 이 시의 무료하고 적막한 분위기를 드러내기에는 제격일 듯싶다. 이 화가는 상식을 뒤집어 의표를 찌른 것이다. 등춘(鄧椿)의 『화계(畫繼)』에 나오는 이야기다.

(뱃전: 배의 양쪽 가장자리 부분 / 뜸: 물에 띄워서 그물, 낚시 따위의 어구를 위쪽으로 지탱하는 데에 쓰는 물건 / 의표: 생각 밖이나 예상 밖)

▸ '입상진의'의 실례 ④

(중략)

감상 포인트
작품에 제시된 개념과 예시를 연관 지어 이해한다.

지금까지 살펴본 여러 예화는 모두 같은 원리를 전달한다. 즉 그리려는 대상을 직접 보여 주는 대신, 물 길러 나온 중, 말의 꽁무니를 쫓아가는 나비, 난간에 기댄 소녀, 피리 부는 뱃사공, 남녀의 신발 한 켤레로 대신 전달하고 있다는 점이 그것이다. 동양화의 화법 가운데 '홍운탁월법(烘雲托月法)'이란 것이 있다. 수묵으로 달을 그릴 때 달은 희므로 색칠할 수 없다. 달을 그리기 위해 화가는 달만 남겨 둔 채 그 나머지 부분을 채색한다. 이것을 드러내기 위해 저것을 그리는 방법이다. 시에서 시인이 말하는 법도 이와 같다. '성동격서(聲東擊西)'라는 말처럼 소리는 이쪽에서 지르면서 정작은 저편을 치는 수법이다. 나타내려는 본질을 감춰 두거나 비워 둠으로써 오히려 더 적극적으로 그 본질을 설명할 수 있다는 것이다.

(모두 같은 원리: 그리려는 대상을 직접 보여 주는 대신 형상을 세워 뜻을 전달함 = 입상진의 / 물 길러 나온 중 ~ 신발 한 켤레: 뜻을 전달하기 위한 형상들 / 성동격서: 동쪽에서 소리를 치고 서쪽에서 적을 침)

주목 화가가 그리지 않고 그리는 방법과 시인이 말하지 않고 말하는 수법 사이에는 공통의 정신이 있다. 구름 속을 지나가는 신룡(神龍)은 머리와 꼬리만 보일 뿐 몸통은 다 보여 주지 않는다. "한 글자도 덧붙이지 않았으나 풍류를 다 얻었다.(不著一字, 盡得風流)"는 말이 있다. 또 "단지 경물을 묘사했는데도 정의(情意)가 저절로 드러난다.(只須述景, 情意自出)"고도 말한다. 요컨대 한 편의 훌륭한 시는 시인의 진술을 통해서가 아니라 대상을 통한 객관적 상관물(objective correlative)의 원리로써 독자와 소통한다. 시인은 하고 싶은 말을 직접 건네는 대신, 대상 속에 응축시켜 전달한다. 그래서 "산은 끊어져도 봉우리는 이어진다.(山斷雲連)"라는 말이 나왔다. 지금 눈앞에 구름 위로 삐죽 솟은 봉우리의 끝만 보인다 해서 그 아래에 봉우리가 없는 것

(그리지 않고 그리는 방법: 홍운탁월법 / 말하지 않고 말하는 수법: 성동격서 / 공통의 정신: 나타내려는 본질을 감춰 두거나 비워 둠으로써 본질을 드러내는 것 / 단지 경물을 ~ 드러난다: 사의정신, 입상진의 / 객관적 상관물: 시에서 정서와 사상을 표현하기 위하여 찾아낸 사물, 정황, 사건 / 대상 속에 응축시켜 전달: 함축성, 응축성 / 산은 끊어져도 봉우리는 이어진다: 전체를 그리지 않아도 의미가 전달됨)

• '홍일점'의 유래
중국 북송의 정치가이자 학자인 왕안석이 읊은 '만록총중홍일점(萬綠叢中紅一點)'에서 유래된 말로, 푸른 잎 가운데 피어 있는 한 송이의 붉은 꽃이라는 뜻이다. 많은 남자 사이에 끼어 있는 한 사람의 여자를 비유적으로 이르는 말로도 쓰인다.

• 입상진의(立象盡意)의 사례 ②

| 형상 | | 뜻 |
|---|---|---|
| 버드나무 그림자 은은한 곳에 자리 잡은 정자 위 난간에 기대어 서 있는 한 소녀 | → | 여린 초록 가지 끝에 붉은 빛 한 점, 설레는 봄빛은 굳이 많을 것이 없네.(홍일점) |
| 뱃머리에 누워 피리를 빗겨 불고 있는 사공 | → | 들 물엔 건너는 사람이 없어, 외로운 배 하루 종일 가로걸렸네. |

• 객관적 상관물
시에서 정서와 사상을 표현하기 위하여 찾아낸 사물, 정황, 사건을 이르는 말로, 영국의 작가이자 평론가 엘리엇(Eliot, T. S.)이 처음 사용하였다. 가령 사랑하는 이와 헤어져 슬픔을 느끼는 이의 정서를 문학적으로 드러내고 싶다면, '슬프다.'라고 직접 표현하기보다는 '새가 운다.'라고 표현한다. 새소리가 임과 이별한 자신의 슬픔과 연관이 있다고 여겨 이렇게 표현했다면 이는 비로소 문학적으로 작가의 정서를 표현한 것이 되며, 이때 '새'가 객관적 상관물이 된다. 또한 '훨훨 나는 저 꾀꼬리는 / 암수 정답게 노니는데 / 외로울사 이 내 몸은 / 누구와 함께 돌아갈꼬'(〈황조가〉)에서는 '꾀꼬리'가 객관적 상관물에 해당한다.

이 아니다. 다만 가려져 보이지 않을 뿐이다. 이와 같이 시 속에서는 "말은 끊어져도 뜻은 이어진다.(辭斷意屬)" 시인이 말하고 있는 것은 구름 위에 솟은 봉우리의 끝뿐이지만, 그것이 결코 전부는 아니다. 시인이 진정으로 하고 싶은 말은 구름 아래 감춰져 있다.

시인은 하고 싶은 말을 직접 건네는 대신 대상 속에 응축시켜 전달함 – 말하지 않고 말하는 방법

▸ 그림과 시의 공통점

1920년대 이미지즘 시인 아치볼드 매클리시(Archibald MacLeish)는 〈시의 작법(Ars Poetica)〉이란 시에서 "시는 의미해서는 안 된다. 다만 존재할 뿐이다.(A Poem should not mean / But be)"라고 했다. 그는 또 "시는 사실 그 자체를 진술해서는 안 되고 등가적이어야 한다.(A Poem shuold be equal to / Not true)"고 했다. 시는 이미지를 통해 간접적으로 의경(意境)을 전달해야 함을 말한 것이다.

등가: 같은 값이나 가치
의경: 작가의 주관적인 감정, 인식이 객관적인 사물과 만나 새롭게 형성되는 의미

▸ 아치볼드 매클리시가 말하는 '시'

한시에서 이러한 원칙은 이미 천 년이 넘는 문학 전통 속에서 불변의 준칙으로 엄격하게 지켜져 왔다. 다시 말해 시인은 할 말이 있어도 직접 말하지 않고 사물을 통해 말한다는 것이다. 아니, 사물이 제 스스로 말하게 한다. 시는 어떤 사실이나 사물에 대한 정보를 전달하는 데 그 목적이 있지 않다. 시는 언어 그 자체로 살아 숨 쉬는 생물체여야 한다. 시인은 외롭다는 말을 해서는 안 된다. 그러면서 독자를 외로움에 젖어 들게 해야 한다. 괴롭다는 말을 해서도 안 된다. 그래도 독자가 그 마음을 읽을 수 있어야 한다. 만약 시인이 직접 나서서 시시콜콜한 자신의 감정을 죽 늘어놓는다면 넋두리나 푸념일 뿐, 시일 수는 없다.

준칙: 준거할 기준이 되는 규칙이나 법칙
할 말이 있어도 직접 말하지 않고 사물을 통해 말한다는 것이다: 글쓴이가 시와 그림의 공통점으로 제시한 것: 사의전신
시는 언어 그 자체로 살아 숨 쉬는 생물체여야 한다: 글쓴이가 생각하는 시의 조건

▸ 사물이 스스로 말하게 하는 한시의 원칙

| | | |
|---|---|---|
| 돌아가던 개미가 구멍 찾기 어렵겠고 | 대구 | 返蟻難尋穴 (반 의 난 심 혈) |
| 돌아오던 새들이 둥지 찾기 쉽겠구나. | | 歸禽易見巢 (귀 금 이 견 소) |
| 복도에 가득해도 스님네는 싫다 않고 | 대구 | 滿廊僧不厭 (만 랑 승 불 염) |
| 하나로도 속객은 많다고 싫어하네. | | 一個俗嫌多 (일 개 속 혐 다) |

위 시는 무엇을 노래한 것인가. 개미는 왜 구멍을 찾지 못하며, 새는 둥지를 왜 쉽게 찾는가. 복도에 가득한데도 스님네가 싫어하지 않는 것은 무엇일까. 속객은 왜 이것을 싫어할까. 이것은 당나라 때 시인 정곡(鄭谷)이 낙엽을 노래한 시이다. 낙엽이 쌓이는 형상을 염두에 두고 읽으면, 시의 모든 상황은 석연해진다. 그러나 어디에도 낙엽과 관계되는 말은 조금도 비치지 않았다. 낙엽귀근(落葉歸根)이라 했다. 한 인연이 끝나면 다시 흙으로 돌아가는 것은 낙엽만이 아니다. 우리네 인생도 또한 그러하지 아니한가. 그러므로 스님네가 이를 싫어하지 않는다 함은 담긴 뜻이 유장하다. 하지만 한 잎 낙엽을 속객이 싫어하는 까닭은 세시이변(歲時移變)에 초조한 상정(常情)의 속태(俗態)를 내보임이 아니겠는가. 이러한 정황 속에 쓸쓸한 가을날의 풍경이 어느덧 가슴을 가득 메운다.

무엇: 제재
속객: 속세에서 온 손님
석연해진다: 의혹이나 꺼림칙한 마음이 없이 환해지다
낙엽귀근: 잎이 떨어져 뿌리로 돌아간다는 뜻으로, 결국은 자기가 본래 났거나 자랐던 곳으로 돌아감을 이르는 말
유장하다: ① 길고 오래다 ② 급하지 않고 느릿하다
세시이변: 세상의 많은 변화
상정: 사람에게 공통적으로 있는 보통의 인정
속태: 고상하거나 아담스럽지 못한 모습

▸ 정곡의 작품에 드러난 한시의 원칙

• 아치볼드 매클리시의 〈시의 작법(Ars Poetica)〉

시는 만질 수 있고 잠잠해야 한다
둥근 과일처럼,

소리가 없어야 한다
엄지손가락으로 느끼는 오래된 메달처럼,

침묵해야 한다, 이끼가 자라는 창틀의,
소매가 닳아진 돌처럼

말이 없어야 한다
새가 날아가는 것처럼.

시는 시간 속에서 움직이지 않아야 한다
달이 떠오르듯이,

달이 밤에 얽매인 나무들의
가지를 하나하나 풀어 주듯이

겨울 잎에 가린 달처럼
기억 하나하나를 되새기며 마음을 놓아주어야 한다

시는 시간 안에서 움직이지 않아야 한다
달이 떠오르듯이.

시는 등가적이어야 한다
사실 그 자체를 진술해서는 안 되고.

슬픔의 모든 역사가
텅 빈 문 입구와 단풍잎 하나로.

사랑이
바람에 눕는 풀들과 바다 위 두 불빛으로 그려지듯이

시는 의미해서는 안 된다
다만 존재할 뿐이다.

흔히 시인이 시를 짓는 것은 무엇을 말하는 과정이 아니라 하고 싶은 말 가운데서 불필요한 것을 덜어 내는 과정(시 창작의 과정)이라고 한다. 시인이 200자의 할 말이 있다면, 그는 이것을 어떻게 20자로 줄여 말할 것인가로 고민하는 것이 아니라, 어떻게 180자를 걷어 낼 것인가(시인의 고민)로 고민한다는 말이다. 반대로 독자는 시인이 하고 싶었지만 절제하고 걷어 낸 말, 즉 행간에 감추어 둔 뜻을 어떻게 충분히 이해하고 깨닫느냐(독자의 관심사)의 문제가 주요한 관심사가 된다. 다음은 두보(杜甫)의 유명한 〈춘망(春望)〉(① 봄에 보는 경치 ② 봄날의 소망)이란 시이다.

| | |
|---|---|
| 나라는 망했어도 산하는 남아<br>(산하: 산과 내라는 뜻으로, '자연'을 이르는 말) | 國破山河在<br>국 파 산 하 재 |
| 봄 성엔 초목만 우거졌구나. | 城春草木深<br>성 춘 초 목 심 |
| 시절 느껴 꽃 보아도 눈물이 나고 | 感時花濺淚<br>감 시 화 천 루 |
| 이별을 한해 새소리에 마음 놀라네. | 恨別鳥驚心<br>한 별 조 경 심 |

이 시를 지을 당시 두보는 안녹산의 난리 중에 반군의 손에 사로잡혀 경성에 갇혀 있는 처지였다. 만신창이가 된 종묘사직(왕실과 나라)과 도탄(진구렁에 빠지고 숯불에 탄다는 뜻으로, 몹시 곤궁하여 고통스러운 지경을 이르는 말)에 빠진 백성의 생활은 그로 하여금 무한한 감개(마음 깊은 곳에서 배어 나온 감동이나 느낌)에 젖어 들게 했다. 그는 이러한 감개를 흐드러진 봄날의 경물에 얹어 노래하고 있다. 사마광(司馬光)(중국 북송 때의 학자이자 정치가)은 이 시를 평하며 『온공속시화(溫公續詩話)』에서 이렇게 적었다. "산하가 남아 있다고 했으니 나머지 물건은 없는 것이 분명하다. 초목이 우거졌다 했으니 사람이 없는 것이 분명하다. 꽃과 새는 평상시에는 즐길 만한 것인데, 이를 보면 눈물 나고, 이를 들으면 슬프다 하였으니 그 시절을 알 수 있겠다." 즉 시인의 기억 속에 남아 있던 태평성대(어진 임금이 잘 다스려 태평한 세상이나 시대)는 무참히 사라지고, 세상은 어느새 폐허로 변하여 시인으로 하여금 무한한 감개와 슬픔 속으로 젖어 들게 한다.

시인이 말한 것은 '나라는 망했지만 산하만은 남아 있다.'는 것인데, 시인이 말하려 한 것은 '나라가 망하고 보니 남은 것은 산하뿐이다.'이다. 시인이 말한 것은 '봄날 성에는 풀과 나무가 우거졌다.'는 것이지만, 시인이 말하고자 하는 것은 '사람들로 붐비던 성에는 사람의 자취를 찾을 길 없고, 단지 잡초만 우거져 있다.'는 것이다. 만일 이러한 것들을 일일이 다 설명한다면 여기에 무슨 여운이 남겠는가. 그래서 사마광은 윗글에 이어 "옛사람은 시를 지음에 뜻이 말 밖에 있는 것(입상진의: 형상을 세워 이를 통해 뜻을 전달함)을 귀하게 여겨, 사람으로 하여금 생각하여 이를 얻게 하였다(시의 뜻을 이해하고 깨닫게 함)." 시인이 다 말해 버려서 독자가 더는 생각할 여지가 없는 것은 시가 아니다.

▶ 두보의 <춘망>에 드러난 한시의 원칙

• 시을 짓고 이해하는 법

시인

시 속에서 말은 끊어져도 뜻은 이어진다.

시인은 할 말이 있어도 직접 말하지 않고 사물을 통해 말한다.

시를 짓는 것은 무엇을 말하는 과정이 아니라, 하고 싶은 말 가운데서 불필요한 것을 덜어 내는 과정이다.

↓

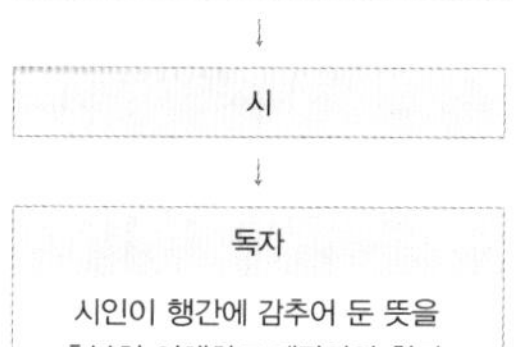

시

↓

독자

시인이 행간에 감추어 둔 뜻을 충분히 이해하고 깨달아야 한다.

• 두보, 〈춘망(春望)〉

나라는 망했어도 산하는 남아
봄 성엔 초목만 우거졌구나.
시절 느껴 꽃 보아도 눈물이 나고
이별을 한해 새소리에 마음 놀라네.
봉홧불이 석 달이나 계속되니
집에서 온 편지는 만금만큼 소중하네.
흰머리는 긁으니 더욱 짧아져
(남은 머리카락을 다 모아도) 거의 비녀를 꽂을 수 없을 지경이네.

〈춘망〉의 화자는 반군에게 함락된 경성에서 참혹한 광경을 지켜보며 봄이 찾아오는 것을 슬퍼하고 있다. 만물이 소생하는 봄에 초록 잎은 무성해지고 꽃도 피어나는 상황에서 사람들의 죽음을 지켜봐야 했던 작가의 비통한 심정이 담겨 있다.

## 핵심 포인트 1 작품의 종합적 이해

이 작품은 경물을 통해 뜻을 묘사하고 정신을 전달하는 '사의전신'의 개념과 그 구체적인 방법인 '입상진의'의 개념과 실례를 설명하고 있으므로 이에 대해 이해할 수 있어야 한다.

**'사의전신'과 '입상진의'의 관계**

| 수단 | 입상진의 | 형상을 세워 뜻을 전달함 |
|---|---|---|
| | 객관적 상관물 | 시에서 정서와 사상을 표현하기 위하여 찾아낸 사물, 정황, 사건 |

↓

| 목적 | 사의전신 | 경물을 통해 뜻을 묘사하고 정신을 전달함 |
|---|---|---|

**'입상진의'를 보여 주는 실례**

| 형상 | 뜻 |
|---|---|
| 숲속 작은 길에 물동이를 지고 올라가는 중 | • 어지러운 산이 옛 절을 감추었네.<br>• 깊은 산속의 옛 절 |
| 달리는 말의 꽁무니를 뒤쫓는 나비 떼 | • 꽃 밟으며 돌아가니 말발굽에 향내 나네.<br>• 말발굽에서 나는 꽃향기 |
| 버드나무 그림자 은은한 곳에 자리 잡은 정자 위 난간에 기대어 서 있는 한 소녀 | • 여린 초록 가지 끝에 붉은빛 한 점, 설레는 봄빛은 굳이 많을 것이 없네.<br>• 홍일점 |
| 뱃머리에 누워 피리를 빗겨 불고 있는 사공 | 들 물엔 건너는 사람이 없어, 외로운 배 하루 종일 가로걸렸네. |

## 핵심 포인트 2 소재의 특징 파악

이 작품에서는 '시'와 '그림'의 특징과 공통점을 밝히고 있으므로 이를 파악할 수 있어야 한다.

**'시'와 '그림'의 특징 및 공통점**

| | 시 | 그림 |
|---|---|---|
| 특징 | • 소리 있는 그림<br>• 시인이 말하지 않고 말하는 수법을 사용함<br>→ 성동격서(소리는 이쪽에서 지르면서 정작은 저편을 치는 수법)<br>• 시인이 하고 싶은 말을 직접 건네는 대신 대상 속에 응축시켜 전달함 | • 소리 없는 시<br>• 화가가 그리지 않고 그리는 방법을 사용함<br>→ 홍운탁월법(이것을 드러내기 위해 저것을 그리는 방법)<br>• 화가가 말을 할 수 없으므로 경물이 직접 말하게 함 |
| 공통점 | • 사의전신(경물을 통해 뜻을 묘사하고 정신을 전달함)<br>• 입상진의(형상을 세워 이를 통해 뜻을 전달함) | |

## 핵심 포인트 3 서술상 특징 파악

이 작품에서 '시'와 '그림'의 연관성을 밝히고, 그 공통점을 설명하기 위해 사용한 서술상 특징과 그 효과를 파악할 수 있어야 한다.

| 예시 | 다양한 예를 들어 글쓴이가 소개한 개념('입상진의')을 구체적으로 설명함 |
|---|---|
| 정의 | 특정 용어의 의미를 밝혀 독자의 이해를 도움<br>→ '화가는 말을 할 수 없으므로 경물이 직접 말하게 하지 않으면 안 된다. 이를 '사의전신'이라 한다. ~ 상세한 설명 대신 형상을 세워 이를 통해 뜻을 전달한다.' |
| 대구 | 대구적 표현을 통해 대상의 특징을 강조함<br>→ '시는 '소리 있는 그림'이요, 그림은 '소리 없는 시'란 말도 있다.' |

### 작품 한눈에

• 해제

<그림과 시>는 한양대 국문과 교수인 글쓴이가 시와 그림의 유사성을 바탕으로 한시의 미학을 소개하는 현대 수필이자 예술론이다. 글쓴이는 시와 그림이 전통적으로 서로 연관이 깊다는 점에 주목하여 한시, 나아가 시 일반의 감상 방법을 제시한다. 이 글에 따르면 시는 소리 있는 그림이요, 그림은 소리 없는 시이며, 시는 마치 화가가 화폭 위에 자신의 마음을 담아 표현하는 것과 같다. 글쓴이는 경물을 통해 뜻을 묘사하고 정신을 전달하는 '사의전신'에 대해 설명하고 그 구체적 방법인 '입상진의'를 보여 주는 여러 예화를 소개한다. 또한 훌륭한 시는 시인의 진술을 통해서가 아니라 대상을 통한 객관적 상관물의 원리로써 독자와 소통함을 강조한다.

• 제목 <그림과 시>의 의미

– 이 수필의 주요 소재로 '그림과 시'의 연관성을 다룰 것임을 알 수 있음

시는 소리 있는 그림이고, 그림은 소리 없는 시라는 점에 착안하여 시와 그림이 형상을 내세워 뜻을 전달한다는 공통점을 갖고 있음을 설명하고 있다.

• 주제

경물을 통해 독자와 소통하는 시와 그림의 공통점

◇ 한 줄 평 금강산 기행의 여정과 견문, 글쓴이의 감상을 기록한 기행 수필

# 산정무한 정비석

▸ 기출 수록 교육청 2019 3월

산길 걷기에 알맞도록 간편히만 차리고 떠난다는 옷치장이, 정작 푸른 하늘 아래서 떨치고 나서니 멋은 제대로 들었다. 스타킹과 니커팬츠(무릎 근처에서 졸라매는 품이 넓고 느슨한 바지)와 점퍼로 몸을 거뿐히 단속한 후, 등산모 젖혀 쓰고 바랑(배낭)을 걸머지고 고개를 드니, 장차 우리의 발밑에 밟혀야 할 일만 이천 봉이 천리로 트인 창공(맑고 푸른 하늘)에 뚜렷이 솟아 보이는 듯하다. (금강산 등반을 앞둔 기대감)

그립던 금강으로, 그리운 금강산으로! 떨치고 나선 산장에서는 어느새 산의 향기가 서리서리 풍긴다. 산뜻한 마음으로 활개 쳐 가며 산으로 떠나는 지완(之完)(등산에 글쓴이와 동행하는 인물)과 나는 이미 진고개에 방황하던 창백한 인텔리(지식이나 학문, 교양을 갖춘 사람)가 아니라, 역발산기개세(力拔山氣蓋世)(힘은 산을 뽑을 만큼 매우 세고 기개는 세상을 덮을 만큼 웅대함)의 기개(氣槪)를 가진 갈데없는 야인(野人)(교양이 없고 예절을 모르는 사람) 문서방(文書房)이요, 정생원(鄭生員)이었다.

▸ 금강산 등반에 대한 기대감

차 안에서 무슨 흘게 빠진(정신이 똑똑하지 못하고 흐릿하거나 느릿느릿함) 체모(몸가짐, 모양)란 말이냐? 우리 조상들의 본을 떠서 우리도 할 소리 못할 소리 남 꺼릴 것 없이 성량(聲量)껏 떠들었으면 그만이 아닌가?

「스스로 야인의 긍지에 도취되어서 뒤로 흘러가는 창밖의 경개(景槪)(산이나 들, 강, 바다 등의 자연이나 지역의 모습)를 우리는 호화로운 심정으로 영접하였다. 고리타분한 생활을 항간에 남겨 두고, 잠시나마 자연인으로 돌아간다는 것이 이처럼 쾌사(快事)(통쾌하고 기쁜 일)였던가?」(「」: 답답한 생활을 세속에 두고 금강산에 가서 자연을 즐기고자 함) 인간 생활이 코답지근하고('고리타분하다'의 방언) 답답하기 한없음을 이제서 깨달은 듯하였다. 「잠시나마 악착스러운 생활을 벗어나 순수한 자연의 품 안에 들어 본다는 것은, 항상 오만한 인간 생활의 순화를 위하여 얼마나 긴요한 일일까?」(「」: 자연 유람의 필요성 제시)

허심탄회 인화지와 같은 마음으로 앞으로 전개될 자연들을 우리는 해면(海綿)처럼 흡수했으면 그만이었다.

▸ 금강산 등반을 앞둔 마음가짐

철원서 금강 전철로 차를 바꿔 탄 것이 저무는 일곱 시쯤(: 시간의 흐름)—「먼 시골에는 황혼이 어리고, 대지는 각일각(시간이 지나감) 회색으로 용해되어 가는데, 개성을 추상(抽象)당한 산령(산에서 뾰족하게 높이 솟은 부분)들이 묵직한 윤곽만으로 서녘 하늘에 웅크렸다.」(「」: 해가 지는 저녁 풍경을 묘사함)

「고요하기 태고(아득한 옛날) 같은 이 풍경 속에서 순시(매우 짧은 시간)도 멎음 없이 변화를 조종하는 기막힌 조화는 대체 누가 부리는 요술이던가?」(「」: 해가 지는 저녁 풍경에 대한 감탄) 창명(愴冥)히(빛이 환하게 밝은 정도로) 저무는 경개에 심취하여 창가에 기대인 채 마음의 평화를 즐기다가, 우리는 어느덧 저 모르게 가슴 깊이 지녔던 비밀들을 서로 이야기하고 있었다. 보배로 여기던 비밀을 아낌없이 털어놓도록 그만큼 우리를 에워싼 분위기는 순수했던 것이다.

▸ 해가 지는 풍경을 바라보고 동행자와 이야기를 나눔

유리창 밖으로 비치는 지완의 얼굴을 하염없이 바라보며, 그의 청춘사(靑春史)에서도 가장 깨끗하고 아름다웠을 사랑담(談)을 허심히(마음에 거리낌이 없이) 들어 넘기며, 나는 몇 번이고 담배를 바꿔 피웠다. 침착한 여인네가 장롱에 옷가지 챙겨 넣듯 차근차근 조리 있게

## 작품 분석 노트

• 작가 '정비석'에 대한 이해

1936년 소설 〈졸곡제〉로 동아일보 신춘문예에 입선하고, 1937년 소설 〈성황당〉이 조선일보 신춘문예에 당선되었다. 1950~1980년대까지 주로 신문 연재 소설을 통해 대중 작가로 사랑받았다. 1954년에 쓴 장편소설 〈자유부인〉은 당대 최대의 베스트셀러였다. 1940년대 초 금강산을 여행하고 돌아와 쓴 수필인 〈산정무한〉은 화려한 표현으로 우리 수필 문학의 수준을 한 단계 끌어올렸다는 평가를 받았다.

• 기행문의 3요소

| 여정 | 여행의 일정(일시, 장소, 과정) |
|---|---|
| 견문 | 여행 중에 직접 보거나 들은 것 |
| 감상 | 여행하면서 느낀 점이나 생각 |

↓

이 작품은 금강산을 기행한 경험을 기록한 기행 수필이므로 여정, 견문, 감상을 갖추고 있음

말재주

읽어 나가는 지완의 능숙한 화술은, 맑은 그의 음성과 어울려서 귓가에 도란도란 향기로웠다.

추상적 대상의 구체화 – '화술'이 '향기로웠다'고 추상적 대상을 후각적 이미지를 통해 표현함

사랑이 그처럼 담담할 수 있을까? 세상에 사랑처럼 쓰라린 것, 매운 것은 없다는데, 지완의 것은 아침 이슬같이 담결(淡潔)했다니, 그도 그의 성격의 소치일까? 창밖에 금풍(金風)이 소슬해서, 그 사람이 유난히 고매하게 느껴졌다.

어떤 까닭으로 생긴 일 / 맑고 깨끗함 / 인격이나 품성, 학식, 재질 따위가 높고 빼어남 / 가을바람 / 으스스하고 쓸쓸함

▶ 지완이 들려준 사랑 이야기와 그에 대한 생각

내금강역에 닿으니, 밤 열 시!「어느 사찰을 연상시키는 순 한국식 거하(巨廈)가 달빛 속에 우리를 반기는 듯 맞는다.」

□: 글쓴이의 여정 / 「 」: '내금강역'을 의인화한 표현 / 크고 웅장한 집 = 내금강역

내금강 역사(驛舍)다.

어느 외국인의 산장을 그대로 떠다 놓은 듯이 멋진 양관(洋館) 외금강역과 아울러 이 한국식 내금강역은 산을 찾아오는 사람에게 무한 정겨운 호대조(好對照)의 두 건물이다. 내(內)와 외(外)를 여실히 상징한 것이 더 좋았다.

서양식으로 지은 건물 / 좋은 대조를 이룸 / 내금강 역사, 외금강 역사

▶ 내금강역의 모습

「십삼 야월(夜月)의 달빛 차갑게 넘실거리는 역 광장에 나서니, 심산의 밤이라 과시 바람은 세찬데, 별안간 계간(溪澗)을 흐르는 물소리가 정신을 빼앗을 듯 소란해서 추위는 한층 뼈에 스민다. 장안사(長安寺)로 향하여 몇 걸음 걸어가며 고개를 드니, 산과 산들이 병풍처럼 사방에 우쭐우쭐 둘러선다. 기쓰고 찾아온 바로 저 산이 아니었던 가고 금세 어루만져 보고 싶은 충동을 느끼며, 힘껏 호흡을 들이마시니, 어느덧 간장도 청수(淸水)에 씻기운 듯 맑아 온다. 청계를 끼고 물소리를 즐기며 걸어가기 10분쯤, 문득 발부리에 나타나는 단청된 다리는 이름부터 격에 어울려 함부로 건너기조차 외람된 문선교(問仙橋)!」

깊은 산 / 아닌 게 아니라 정말로 / 산골짜기에 흐르는 시냇물 / 비유적 표현 – 글쓴이를 둘러싼 산의 모습을 묘사함 / 산에 대한 애착 / 비유적 표현, 과장된 표현 / 옛날식 집의 벽, 기둥, 천장 등에 여러 가지 빛깔로 그린 무늬 / 하는 짓이 분수에 지나침 / '신선에게 묻는 다리'라는 의미

「 」: 현재형 진술을 사용해 문선교에 이르는 과정을 현장감 있게 전달

「어느 때 어떤 은사(隱士)가 예까지 찾아와서, 선경(仙境)이 어디냐고 목동에게 차문(借問)한 고사(故事)라도 있었던가? 있을 법한 일이면서 깜짝 소문에조차 듣지 못한 것은, 역시 선경과 속계가 스스로 유별한 탓이었던가?」 '차문주가하처재(借問酒家何處在) / 목동요지행화촌(牧童遙指杏花村)'은 속계의 노래로, 속계에서는 이만하면 풍류객이렷다. 동양류의 선경이란 풍류객들이 사는 고장을 이름이니, 선경과 속계는 백지 한 겹밖에 아닐 듯이 믿어지니, 이미 세진을 떨치고 나선 몸이라 서슴지 않고 문선교를 건너기로 하였다.

은거하는 선비 / 신선이 사는 곳 / 모르는 것을 물음 / 「 」: '문선교'라는 다리 이름에 대한 글쓴이의 생각 / 한시의 구절로 '술집이 어느 곳에 있는지 물으니 목동은 살구꽃 핀 마을을 가리키네.'라는 의미 / 신선 세계와 속세의 차이가 매우 작음 / 속세의 티끌

▶ 밤에 내금강 역에서 출발하여 문선교에 이름

이튿날 아침 고단한 마련해선 일찌거니 눈이 떠진 것은 몸에 지닌 기쁨이 하도 컸던 탓이었을까? 안타깝게도 간밤에 볼 수 없었던 영봉(靈峰)들을 대면하려고 새댁같이 수줍은 생각으로 밖에 나섰으나, 계곡은 여태 짙은 안개 속에서, 준봉은 상기 깊은 구름 속에서 용이하게 자태를 엿보일 성싶지 않았고, 다만 가까운 데의 전나무 · 잣나무들만이 대장부의 기세로 활개를 쭉쭉 뻗고, 하늘을 찌를 듯이 솟아 있는 것이 눈에 띌 뿐이었다.

피곤함에도 불구하고 / 금강산 유람에 대한 기대감 / 신령스러운 산봉우리 / 비유적 표현 – 금강산의 '영봉'을 처음 보는 설렘과 기대감을 '새댁'의 수줍음에 비유함 / 높고 험한 봉우리 / 아직 / 의인화

▒: 전나무, 잣나무를 나타내는 표현 / 나무 따위가 거침없이 잘 자라는 모양

「모두 근심 없이 자란 나무들이었다. 청운(靑雲)의 뜻을 품고 하늘을 향하여 문실

큰 꿈을 이루려는 듯이 하늘을 향해 우뚝 선 나무들

• 여정과 감상 ①

| 내금강역 | • 내금강 역사는 외금강과 좋은 대조를 이루는 한국식 건물<br>• 병풍처럼 둘러선 산을 보며 간장이 씻김을 느낌 |
|---|---|
| ↓ | |
| 문선교 | • '신선에게 묻는 다리'라는 의미를 지닌 단청된 다리<br>• 선경을 묻는 고사가 있을 것이라고 생각될 정도로 아름답다고 느낌 |

• 작품에 인용된 한시 ①

청명절에 비가 부슬부슬 내리니
淸明時節雨紛紛
길 가는 나그네는 애간장이 끊어지네.
路上行人欲斷魂
술집은 어느 곳에 있는가 물으니
借問酒家何處在
목동은 살구꽃 핀 마을을 가리키네.
牧童遙指杏花村
– 두목, 〈청명(淸明)〉

이 작품은 중국 당나라의 시인 두목이 지은 한시로 타향에서 명절인 청명절을 맞이한 나그네의 안타까운 마음을 그려 냈다.

문실 자란 나무들이었다. 꼬질꼬질 뒤틀어지고 외틀어지고 야산 나무밖에 보지 못한 눈에는 「귀공자와 같이 기품이 있어 보이는 나무들이었다.」 ▶ 이른 아침 바라본 나무들의 자태

「 」: 나무를 의인화함

조반(아침 식사) 후 단장(짧은 지팡이) 짚고 험난한 전정(前程)(앞으로 가야 할 길)을 웃음경 삼아 탐승(경치 좋은 곳을 찾아다님)의 길에 올랐을 때에는 어느덧 구름과 안개가 개어져 원근 산악이 열병식하듯 점잖이들 버티고 서 있는데(의인화 – '원근 산악'의 의젓하고 웅장한 모습), 첫눈에 동자(瞳子)(눈동자)를 시울리게 하는 만산(온산)의 색소는 홍(紅)! 이른바 단풍이란 저런 것인가 보다 하였다(단풍의 아름다움에 감탄함, 계절적 배경: 가을).

만학천봉(萬壑千峯)(수많은 산봉우리와 골짜기)이 한바탕 흔들리게 웃는 듯(의인화 – 단풍이 가득한 모습), 산색은 붉을 대로 붉었다.

자세히 보니 홍(紅)만도 아니었다. 「청(靑)이 있고, 녹(錄)이 있고, 황(黃)이 있고, 등(橙)(오렌지색)이 있고,」 이를테면 「산 전체가 무지개와 같이 복잡한 색소로 구성되었으면서도(비유적 표현), 얼핏 보기에 주홍만으로 보이는 것은 스펙터클의 조화던가?」

「 」: 열거와 반복을 통한 리듬감 형성, 색채 이미지

「 」: 단풍이 아름답게 물들어 있는 모습에 대한 감탄

복잡한 것은 색만이 아니었다. 산의 용모는 더욱 다기(多岐)하다(다양하다). 혹은 「깎은 듯이 준초(峻峭)하고(가파르고 험하고), 혹은 그린 듯이 온후하고(성격이 온화하고 덕이 많고), 혹은 막 잡아 빚은 듯이 험상궂고, 혹은 틀에 박은 듯이 단정하고…….」 용모 풍취가 형형색색인 품이 이미 범속(凡俗)(평범하고 속됨)이 아니다.

「 」: 산의 다양한 모습(열거, 대구, 대조)

「 」: 설의적 표현 – 산의 호화로움에 대한 감탄

「산의 품평회(물건 따위를 모아놓고 품질을 평가하여 대중에게 보이는 대회)를 연다면 여기서 더 호화로울 수 있을까?」 문자 그대로 무궁무진(끝이 없고 다함이 없음)이다. 장안사 맞은편 산에 울울창창(큰 나무들이 아주 빽빽하고 푸르게 우거져 있음) 우거진 것은 모두 잣나무뿐인데, 도시(이러니저러니 할 것 없이 아주) 이등변 삼각형(二等邊 三角形)으로 가지를 늘어뜨리고 섰는 품이, 한 그루 한 그루의 나무가 흡사히 고여 놓은 차례탑(茶禮塔) 같다. 부처님은 예불상(禮佛床)만으로는 미흡해서, 이렇게 자연의 진수성찬을 베풀어 놓으신 것일까? 얼른 듣기에 부처님이 무엇을 탐낸다는 것이 천만부당한(사리에 맞지 아니한) 말 같지마는 탐내는 그것이 물욕(物欲) 저편의 존재인 자연이고 보면, 자연을 탐낸다는 것이 이미 불심(佛心)이 아니고 무엇이랴!(자연을 탐내는 마음은 곧 부처의 마음과 같다는 의미)

■: 잣나무의 비유적 표현

▶ 단풍의 아름다움과 장안사에 이르는 여정의 풍경

장안사는 앞으로 흐르는 계류(산골짜기에 흐르는 시냇물)를 끼고 돌며 몇 굽이의 협곡을 거슬러 올라가니, 산과 물이 어울리는 지점에 조그마한 찻집이 있다.

다리도 쉴 겸, 스탬프북(어디를 다녀왔음을 증명하기 위한 도장을 받을 수 있도록 한 책)을 한 권 사서 옆에 구비된 기념인장을 찍으니, 그림과 함께 지면에 나타나는 세 글자가 명경대(明鏡臺)(내금강에 있는 바위. 바위 아래의 깊은 못에 비치는 그림자가 거울 같다고 하여 붙여진 이름)! 부앙(俯仰)(아래를 굽어보고 위를 우러러봄)하여 천지에 참괴(慙愧)(매우 부끄러움) 없는 공명한 심경을 명경지수(明鏡止水)(맑은 거울과 고요한 물 – 헛된 욕심 없이 맑고 깨끗한 마음을 이름)라고 이르나니, 「명경대란 흐르는 물조차 머무르게 하는 곳이란 말인가! 아니면, 지니고 온 악심(惡心)을 여기서만은 정(淨)하게(맑고 깨끗하게) 하지 아니치 못하는 곳이 바로 명경대란 말인가?」 아무려나 아름다운 이름이라고 생각하며 찻집을 나와 수십 보를 바위로 올라가니, 깊고 푸른 황천담(黃泉潭)(금강산 명경대 앞에 있는 못)을 발밑에 굽어보며 반공에 위연(威然)(위엄이 있고 늠름하게)히 솟은 층암절벽이 우뚝 마주 선다. 명경대였다. 틀림없는 화장경(化粧鏡)(화장할 때 쓰는 거울 – '명경대'의 비유적 표현) 그대로였다. 「옛날에 죄의 유무(有無)를 이 명경에 비치면, 그 밑에 흐르는 황천담에 죄의 영자(影子)(물체 뒷면에 생기는 검은 그림자)가 반영되었다고」 길잡이는 말한다.

「 」: 글쓴이가 생각하는 '명경대'의 의미

「 」: 명경대에 얽힌 전설 인용 – 죄를 지으면 죄의 그림자가 명경대 아래에 있는 황천담에 반사되어 비침

명경! 세상에 거울처럼 두려운 물품이 다신들 있을 수 있을까?(실상을 있는 그대로 비추기 때문에) 인간 비극은 거울

• 글쓴이가 생각하는 '명경대'의 의미

| 명경대 | 흐르는 물조차 머무르게 하는 곳 |
|---|---|
| | 악한 마음을 맑고 깨끗하게 하는 곳 |

이 발명되면서 비롯했고, 인류 문화의 근원은 거울에서 출발했다고 하면 나의 지나친 억설일까? 백 번 놀라도 유부족(猶不足)일 거울의 요술을 아무런 두려움도 없이 일상으로 대하게 되었다는 것은 또 얼마나 가경(可驚)할 일인가?

근거도 없이 억지로 고집을 세워서 우기는 말 / 아직도 부족함 / 놀랄 만한 / ▶ 명경대의 장관과 그곳에서의 감회

신라조(新羅朝) 최후의 왕자인 마의 태자(麻依太子)는, 시방 내가 서 있는 바로 이 바위 위에 꿇어 엎드려 명경대를 우러러보며 오랜 세월을 두고 나무아미타불을 염송했다니, 태자도 당신의 업죄(業罪)를 명경에 영조(映照)해 보시려는 뜻이었을까? 「운상기품(雲上氣稟)에 무슨 죄가 있으랴마는 등극하실 몸에 마의(麻衣)를 감지 않으면 안 되었다는 것이, 이미 불법(佛法)이 말하는 전생의 연(緣)일는지 모른다.」

신라 경순왕의 태자 / 마음속으로 부처를 생각하고 불경을 욈 / 전생에 지은 죄 / 밝게 비춤 / 세속됨을 벗어난 고상한 기질과 성품 / 임금의 자리에 오름 / 삼베로 만든 옷 / 「 」: 글쓴이의 숙명론적 세계관 / 불교 / ▶ 명경대에서 마의 태자를 떠올림

두고 떠나기 아쉬운 마음에 몇 번이고 뒤를 돌아다보며 계곡을 돌아 나가니, 앞으로 염마(閻魔)처럼 막아서는 웅자가 석가봉(釋迦峯), 뒤로 맹호같이 덮누르는 신용(神容)이 천진봉(天眞峰)! 전후좌우를 살펴봐야 협착(狹窄)한 골짜기는 그저 그뿐인 듯, 진퇴유곡의 절박감을 느끼며 그대로 걸어 나가니 간신히 트이는 또 하나의 협곡!

웅장한 자태 / 저승에서 지옥에 떨어지는 사람이 지은 생전의 선악을 심판하는 왕 / 거룩한 용모 / 차지하고 있는 자리가 매우 좁음 / 이러지도 저러지도 못하고 꼼짝할 수 없는 궁지

몸에 감길 듯이 정겨운 황천강(黃泉江) 물줄기를 끼고 돌면, 길은 막히는 듯 나타나고 나타나는 듯 막히고, 이 산에 흩어진 전설과 저 봉에 얽힌 유래담을 길잡이에게 들어가며, 쉬엄쉬엄 걸어 나가는 동안에 몸은 어느덧 심해(深海)같이 유수(幽邃)한 수목(樹木) 속을 거닐고 있음을 깨닫게 된다.

깊숙하고 그윽함

천하에 수목이 이렇게도 지천으로 많던가! 박달나무 · 엄나무 · 피나무 · 자작나무 · 고로쇠나무……. 나무의 종족은 하늘의 별보다도 많다고 한 어느 시의 구절을 연상하며 고개를 드니, 보이는 것이라고는 그저 단풍뿐, 단풍의 산이요 단풍의 바다다.

▒: 단풍으로 가득 찬 금강산을 비유한 표현

산 전체가 요원(燎原)한 화원이요, 벽공에 외연히 솟은 봉봉(峯峯)은 그대로가 활짝 피어오른 한 떨기 한 떨기의 꽃송이다. 산은 때아닌 때에 다시 한 번 봄을 맞아 백화요란한 것일까? 아니면, 불의의 신화(神火)에 이 봉 저 봉이 송두리째 붉게 타고 있는 것일까? 진주홍(津朱紅)을 함빡 빨아들인 해면같이 우러러볼수록 찬란하다.

불타고 있는 벌판 / 푸른 하늘 / 산 따위가 매우 높고 우뚝하게 / 온갖 꽃이 불이 타오르듯이 피어 매우 화려함 / 까닭 없이 저절로 일어나는 불

산은 언제 어디다 이렇게 많은 색소를 간직해 두었다가, 일시에 지천으로 내뿜은 것일까?

단풍이 이렇게까지 고운 줄은 몰랐다. 지완 형은 몇 번이고 탄복하면서, 흡사히 동양화의 화폭 속을 거니는 감흥을 그대로 맛본다는 것이다. 「정말 우리도 한 떨기 단풍에 지나지 않아 보인다. 다리는 줄기요, 팔은 가지인 채, 피부는 단풍으로 물들어 버린 것 같다. 옷을 훨훨 벗어 꽉 쥐어짜면, 물에 헹궈 낸 빨래처럼 진주홍 물이 주르르 흘러내릴 것만 같다.」

「 」: 단풍 든 금강산을 보며 경험한 물아일체의 경지 / ▶ 금강산 협곡의 단풍을 감상함

그림 같은 연화담(蓮花潭) 수렴폭(垂簾瀑)을 완상하며, 몇십 굽이의 석계(石階)와 목잔(木棧)과 철삭(鐵索)을 답파(踏破)하고 나니, 문득 눈앞에 막아서는 무려 3백 단의 가파른 사닥다리─한 층계 한 층계 한사코 기어오르는 마지막 발걸음에서 시야는

금강산의 연못과 폭포 / 돌층계 / 나무로 사다리처럼 놓은 길 / 쇠로 만든 밧줄 / 험한 길이나 먼 길을 끝까지 걸어서 돌파하고

- 여정과 감상 ②

| | |
|---|---|
| 장안사 주변 | 장안사 주변에서 본 아름다운 풍경(전나무, 잣나무, 단풍)과 그에 대한 글쓴이의 생각 |
| ↓ | |
| 찻집 | • 장안사에서 명경대 가는 길에 위치해 있음<br>• 글쓴이가 스탬프북 한 권을 구매하여 기념인장을 찍음 |
| ↓ | |
| 명경대 | • 허공에 솟은 층암절벽을 보며 거울과 같다고 생각함<br>• 업죄를 돌아보는 명경대에서 염송했을 마의 태자를 떠올림 |
| ↓ | |
| 협곡 | 단풍으로 가득 찬 금강산 풍경을 보며 물아일체를 느낌 |

- 마의 태자

통일 신라의 마지막 왕인 경순왕의 태자로 이름은 역사에 전하지 않는다. 935년(경순왕 9년) 신라의 국세가 약해지자 고려 태조 왕건에게 나라를 양도할 것을 논의하는 군신 회의가 열렸는데, 태자는 천년 사직을 버릴 수 없다며 반대하였다. 그러나 결국 경순왕이 고려에게 항복하는 국서를 전달하자, 태자는 통곡하며 금강산으로 들어갔다. 이후 태자는 바위 아래에 집을 짓고 마의(麻衣)를 입은 채 풀뿌리와 나무껍질을 먹으며 여생을 보냈다고 한다.

- 작품에 사용된 문체

| |
|---|
| '산 전체가 요원한 화원이요 ~ 진주홍을 함빡 빨아들인 해면같이 우러러볼수록 찬란하다'<br>→ 다양한 수식어, 표현법을 활용해 금강산의 정경을 감각적으로 표현함 |
| '몸에 감길 듯이 정겨운 황천강 물줄기를 ~ 유수한 수목 속을 거닐고 있음을 깨닫게 된다.'<br>→ 금강산을 기행한 경험을 표현할 때 문장의 호흡을 길게 해 세밀하게 표현함 |

일망무제(一望無際)로 탁 트인다. 여기가 해발 5천 척의 망군대(望軍臺)—「아아, 천
한눈에 바라볼 수 없을 정도로 아득하게 멀고 넓어서 끝이 없음

하는 이렇게도 광활하고 웅장하고 숭엄하던가!」 「」: 영탄적 표현 – 망군대에서 느낀 감동을 드러냄
높고 고상하며 범할 수 없을 정도로 엄숙함

「이름도 정다운 백마봉(白馬峰)은 바로 지호지간(指呼之間)에 서 있고, 내일 오르
「」: 망군대에서 바라본 봉우리들　손짓하여 부를 만큼 가까운 거리

기로 예정된 비로봉(毘盧峰)은 단걸음에 건너뛸 정도로 가깝다.」 그 밖에도 유상무상
우주에 존재하는 모든 물체

(有象無象)의 허다한 봉(奉)들이 전시에 할거하는 영웅들처럼 여기에서도 불끈 저기
땅을 나누어 차지하고 굳게 지킴

에서도 불끈, 시선을 낮춰 아래로 굽어보니, 발밑은 천인단애(千仞斷崖), 무한제(無
천 길이나 되는 높은 낭떠러지　끝이 없음

限際)로 뚝 떨어진 황천 계곡에 단풍이 선혈(鮮血)처럼 붉다.
▨: 단풍의 비유적 표현

우러러보는 단풍이 신부 머리의 칠보단장 같다면, 굽어보는 단풍은 치렁치렁 늘
여러 가지 패물로 몸을 꾸밈

어진 규수의 붉은 스란치마폭 같다고나 할까? 수줍어 수줍어 생글 돌아서는 낯 붉은 아가씨가 어느 구석에서 금방 튀어나올 것도 같구나!

▶ 망군대에서 바라본 산봉우리들의 모습과 황천 계곡의 단풍

저물 무렵에 마하연(摩訶衍)의 여사(旅舍)를 찾았다. 산중에 사람이 귀해서였던가
내금강에 있는 절　여관

어서 오십사고 상냥한 안주인의 환대도 은근하거니와, 문고리 잡고 말없이 맞아 주
"어서 오십시오."라고 하는

는 여관집 아가씨의 정성은 무르익은 머루알같이 고왔다. ▶ 마하연 여관에서 받은 환대
비유적 표현

여장을 풀고 마하연사(摩訶衍寺)를 찾아갔다. 여기는 선원(禪院)이어서 불경 공부
여행할 때의 차림　선종의 절

하는 승려뿐이라고 한다. 크지도 않은 절이건만 승려 수는 실로 30명은 됨직하다. 이런 심산에 웬 승려가 그렇게도 많을까?

무한청산행욕진(無限青山行欲盡)
끝없는 청산도 갈 길이 막혔는데
백운심처다노승(白雲深處多老僧)
흰 구름 깊은 곳에 노승도 많다.

한시 인용 효과
① 한시에서 전하는 것처럼 마하연사에 승려가 많음을 전달
② 시를 삽입해 글의 단조로움에서 벗어남

옛글 그대로다. ▶ 마하연사에서 본 승려들

노독을 풀 겸 식후에 바둑이나 두려고 남포등 아래에 앉으니, 온고지정이 불현듯
먼 길에 지치고 시달려서 생긴 피로나 병　추억 회상의 매개체　옛일을 돌이켜 생각하고 그리는 마음이나 정

새로워졌다.

"남포등은 참말 오래간만인데."

하며 불을 바라보는 지완 형의 말씨가 하도 따뜻해서, 나도 장난삼아 심지를 돋우었다 줄였다 하며 까맣게 잊었던 옛 기억을 되살렸다. 그리운 얼굴들이 흐르는 물에 낙화 송이같이 떠돌았다. ▶ 남포등을 바라보며 떠올린 옛 기억

밤 깊어 뜰에 나가니, 날씨는 흐려 달은 구름 속에 잠겼고, 음풍(陰風)이 몸에
흐린 날씨에 음산하고 싸늘하게 부는 바람

신산하다. 어디서 솰솰 소란히 들려오는 소리가 있기에 바람 소린가 했으나, 가만히
맛이 맵고 시다

들어 보면 바람 소리만도 아니요, 물소리인가 했더니 물소리도 아니요, 나뭇잎 갈리는 소린가 했더니 나뭇잎 갈리는 소리만은 더구나 아니다. 아마 필시 바람 소리와 물소리와 나뭇잎 갈리는 소리가 함께 어울린 교향악인 듯싶거니와 어쩌면 곤히 잠든
무질서한 자연의 소리를 조화로운 음악으로 인식함

산의 호흡인지도 모를 일이다. ▶ 뜰에서 나는 소리에 대해 생각함

• 여정과 감상 ③

| 망군대 | • 망군대 주변의 백마봉, 비로봉 그리고 그 외의 봉우리를 보며 땅을 지키는 영웅들처럼 서 있다고 여김<br>• 망군대에서 바라본 황천 계곡의 단풍이 붉게 물든 풍경을 보며 감탄함 |
|---|---|

• 작품에 인용된 한시 ②

고요한 달빛에 끌려 호계를 지나니
虎溪閒月引相過
눈 덮인 솔가지에 덩굴이 걸려 있네.
帶雪松枝掛檗蘿
끝없는 청산도 갈 길이 막혔는데
無限青山行欲盡
흰 구름 깊은 곳에 노승도 많다.
白雲深處多老僧
– 석영일, 〈승원(僧院)〉

중국 당나라 시인인 석영일이 지은 한시로 속세와 단절된 절의 정경을 묘사하고 있다. 작품에서 언급된 '호계(虎溪)'는 중국 여산의 동림사 경내를 흐르는 계곡이다. 승려들이 손님을 배웅할 때 이 계곡을 넘어가지 않도록 되어 있으나, 진나라의 고승 혜원이 시인 도연명과 도인 육정수를 배웅하다가 이들과의 대화에 몰입한 나머지 무심코 호계를 건너 버려 세 사람이 크게 웃었다는 고사가 전해진다.

• 마하연 여사에서의 감상

여행은 평소 지내던 곳을 떠나 낯선 곳을 돌아본다는 점에서 일상에서 벗어나는 경험이다. 이로 인해 여행 중에만 느낄 수 있는 감정이 촉발되는데, 객지에서 느끼는 쓸쓸함과 시름, 낯설음, 고향에 대한 그리움 등이 그것이다.
이 작품에서 글쓴이는 마하연 여사에서 동행자와 함께 남포등 아래에 앉아 대화하며 문득 온고지정을 새롭게 느끼고, 등의 심지를 돋우었다 줄였다 하며 그리운 얼굴들을 떠올리고 있다.

뜰을 어정어정 거닐다 보니, 여관집 아가씨가 등잔 아래에 오롯이 앉아서 책을 읽고 있다. 무슨 책일까? 밤 깊은 줄조차 모르고 골똘히 읽는 품이 춘향이 태형 맞으며 백으로 아뢰는 대목일 것도 같고, 누명 쓴 장화가 자결을 각오하고 원한을 하늘에 고축하는 대목일 것도 같고, 시베리아로 정배 가는 카츄샤의 뒤를 네플 백작이 쫓아가는 대목일 것도 같고……. 궁금한 판에 제멋대로 상상해 보는 동안에 산속의 밤은 처량히 깊어 갔다.

(〈춘향전〉의 대목 / 천지신명에게 고하여 빎 / 죄인을 유배시킴 / 〈장화홍련전〉의 대목 / 톨스토이의 〈부활〉 대목)

▶ 여관집 아가씨가 읽는 책에 대해 상상함

주목 자꾸 깊은 산속으로만 들어갔기에, 어느 세월에 이 골[谷]을 다시 헤어나 볼까 두렵다. 이대로 친지와 처자를 버리고 중이 되는 수밖에 없나 보다고 생각하며 고개를 돌이키니, 몸은 어느새 구름을 타고 두리둥실 솟았는지, 군소봉(群小峰)이 발밑에 절하여 아뢰는 비로봉 중허리에 나는 서 있었다. 여기서부터 날씨는 급격히 변화되어, 이 골짝 저 골짝에 안개가 자옥하고 음산한 구름장이 산허리에 감기더니, 은제(銀梯) 금제(金梯)에 다다랐을 때 기어코 비가 내렸다. 젖빛 같은 연무(煙霧)가 짙어서 지척을 분별할 수 없다. 우장 없이 떠난 몸이기에 그냥 비를 맞으며 올라가노라니까 돌연 일진광풍(一陣狂風)이 어디서 불어왔는가, 휙 소리를 내며 운무(雲霧)를 몰아가자, 은하수같이 정다운 은제와 주홍 주단(朱紅紬緞) 폭같이 늘어놓은 붉은 진달래 단풍이 몰려가는 연무 사이로 나타나 보인다. 은제와 단풍은 마치 이랑이랑으로 엇바꾸어 가며 짜 놓은 비단결같이 봉에서 골짜기로 퍼덕이며 흘러내리는 듯하다. 진달래는 꽃보다 단풍이 배승(倍勝)함을 이제야 깨달았다.

(여러 개의 작은 봉우리 / 의인화 / 구룡연에서 비로봉으로 가는 길에 있는 노란 이끼가 낀 고갯길 / 구룡연에서 비로봉으로 가는 길에 있는 흰 이끼가 낀 고갯길 / 연기와 안개 / 비를 맞지 않기 위한 복장 / 한바탕 몰아치는 사나운 바람 / 구름과 안개 / 은제와 단풍이 어우러진 아름다운 풍경을 생동감 있게 묘사함 / 갑절이나 나음)

▶ 은제와 금제의 아름다운 풍경

오를수록 우세(雨勢)는 맹렬했으나, 「광풍이 안개를 헤칠 때마다 농무(濃霧) 속에서 홀현홀몰(忽顯忽沒)하는 영봉(靈峯)을 영송하는 것도 가히 장관이었다.」 산마루가 가까울수록 비는 폭주(暴注)로 내리붓는다. 일만 이천 봉을 단박에 창해(滄海)로 변해 버리는 것일까? 우리는 갈데없이 물에 빠진 쥐 모양을 해 가지고 비로봉 절정에 있는 찻집으로 찾아드니, 유리창 너머로 내다보고 섰던 동자가 문을 열어 우리를 영접하였고, 벌겋게 타오른 장독 같은 난로를 에워싸고 둘러앉았던 선착객들이 자리를 사양해 준다. 인정이 다사롭기 온실 같은데, 밖에서는 몰아치는 빗발이 어느덧 우박으로 변해서, 「창을 때리고 문을 뒤흔들고 금시로 천지가 뒤집히는 듯하다. 용호(龍虎)가 싸우는 것일까? 산신령이 대로하신 것일까?」 경천동지(驚天動地)도 유만부동이지 이렇게 만상(萬象)을 뒤집을 법이 어디 있으랴고, 간담을 죄는 몇 분이 지나자, 날씨는 삽시간에 잠든 양같이 온순해진다. 변환(變幻)도 이만하면 극치에 달한 듯싶다.

(비가 내리는 기세 / 신령한 봉우리 / 맞이하고 보냄 / 짙은 안개 / 문득 나타났다가 문득 없어짐 / 「 」: 바람으로 안개가 잠깐 걷혀 산봉우리가 보였다가 안 보였다 하는 모습 / 산등성이의 가장 높은 곳 / 비가 갑작스럽게 많이 쏟아짐 / 넓고 큰 바다 / 비유적 표현 – 포근한 찻집 분위기 / 먼저 도착한 손님 / 비유적 표현 – 선착객들에게 인정을 느낌 / 기상 변화를 역동적 이미지로 표현함 / 「 」: 비유적 표현, 물음의 방식 – 기상 현상에 대한 놀라움 / 하늘을 놀라게 하고 땅을 뒤흔듦 / 정도에 넘침 / 온갖 사물의 형상 / 종잡을 수 없이 빠른 변화)

▶ 급변하는 기상 현상에 감탄함

비로봉 최고점이라는 암상(岩床)에 올라 사방을 조망했으나, 「보이는 것은 그저 뭉게이는 운해(雲海)뿐」—운해는 태평양보다도 깊으리라 싶다. 내·외·해(內外海) 삼금강(三金剛)을 일망지하(一望之下)에 굽어 살필 수 있다는 일지점(一地點)에서 허무

(「 」: 비로봉 암상에 올랐으나 구름 때문에 아무것도 보이지 않는 상황 / 산꼭대기나 비행기에서 내려다보았을 때 바다처럼 널리 깔린 구름 / 한눈에 다 바라볼 수 있는 아래)

• 여정과 감상 ④

| 마하연 여사, 마하연사 | • 상냥하고 정성스러운 여관 사람들의 태도에 고마워함<br>• 남포등을 보며 옛 기억, 그리운 얼굴들을 떠올림<br>• 뜰에서 나는 소리를 조화로운 음악으로 인식함 |
|---|---|

• 여정과 감상 ⑤

| 비로봉 중허리 | • 여러 개의 작은 봉우리가 절하여 아뢰는 듯한 비로봉 중허리를 지남<br>• 날씨가 급격히 변함 |
|---|---|
| ↓ | |
| 은제 금제 | • 비가 내리기 시작함<br>• 안개로 인해 지척을 분별할 수 없게 됨<br>• 은제와 단풍이 어우러져 비단결같이 흘러내리는 모습을 봄<br>• 연무 속에서 산봉우리가 나타났다 가려졌다 하는 장관을 목격함 |

• 여정과 감상 ⑥

| 비로봉 찻집 | • 폭주하는 비를 피해 비로봉 절정에 있는 찻집을 찾아감<br>• 자리를 사양해주는 선착객들에게 인정을 느낌<br>• 천지를 뒤집는 것 같던 기상 현상이 순식간에 잠잠해지는 것을 보며 감탄함 |
|---|---|

한 운해밖에 볼 수 없는 것이 가석(可惜)하나, 「돌이켜 생각건대 해발 6천 척에 다시 신장(身長) 5척을 가하고 오연히 저립(佇立)해서, 만학천봉을 발밑에 꿇어 엎드리게 하였으면 그만이지 더 바랄 것이 무엇이랴. 마음은 천군만마에 군림하는 쾌승장군(快勝將軍)보다도 교만해진다.」

몹시 아까우나 / 「」: 비로봉 정상에서 느끼는 만족감- 자연을 정복한 우월함 / 태도가 거만하거나 그렇게 보일 정도로 담담하게 / 우두커니 머물러 서서 / 싸움에서 통쾌하게 이긴 장군

▶ 비로봉 암상에 올라 바라본 운해와 그곳에서 느끼는 호연지기

비로봉 동쪽은 아낙네의 살결보다도 흰 자작나무의 수해(樹海)였다. 설 자리를 삼가 구중심처(九重深處)가 아니면 살지 않는 자작나무는 무슨 수중(樹中) 공주(公主)이던가? 길이 저물어 지친 다리를 끌며 찾아든 곳이 애화(哀話) 맺혀 있는 용마석(龍馬石)—마의 태자의 무덤이 황혼에 고독했다. 능(陵)이라기에는 너무 초라한 무덤—철책도 상석(床石)도 없고, 풍림(風霖)에 시달려 비문조차 읽을 수 없는 화강암 비석이 오히려 처량하다.

'나무의 바다'라는 뜻으로 울창한 삼림의 광대함을 이르는 말 / 밖으로 잘 드러나지 않는 깊숙한 곳 / 비유적 표현 – 깊은 산중에만 사는 귀한 자작나무를 공주에 빗댐 / 슬픈 이야기 / 마의 태자의 말이 변한 것이라고 전해지는 바위 / 무덤 앞에 제물을 차려 놓기 위해 만든 돌상 / 바람과 비

무덤가 비에 젖은 두어 평 잔디밭 테두리에는 잡초가 우거지고, 창명히 저무는 서녘 하늘에 화석(化石)된 태자의 애기(愛騎) 용마(龍馬)의 고영(孤影)이 슬프다. 무심히 떠도는 구름도 여기서는 잠시 머무는 듯, 「소복한 백화(白樺)는 한결같이 슬프게 서 있고 눈물 머금은 초저녁달이 중천에 서럽다.」

음영: 글쓴이의 감정 이입 / 빛이 환하게 밝은 정도로 / 사랑하는 말 / 외롭고 쓸쓸해 보이는 모습. 또는 그런 그림자 / 상복(喪服) / 자작나무 / 「」: 의인화

▶ 마의 태자 무덤에서 느낀 슬픔

태자의 몸으로 마의를 걸치고 스스로 험산에 들어온 것은, 천 년 사직을 망쳐 버린 비통을 한 몸에 짊어지려는 고행이었으리라. 울며 소맷귀 부여잡는 낙랑 공주(樂浪公主)의 섬섬옥수를 뿌리치고 돌아서 입산할 때에 대장부의 흉리(胸裏)가 어떠했을까? 「흥망이 재천이라, 천운을 슬퍼한들 무엇하랴마는」 사람에게는 스스로 신의가 있으니, 태자가 고행으로 창맹(蒼氓)에 베푸신 도타운 자혜가 천 년 후에 따습다.

삼베옷 / 나라 또는 조정 / 가냘프고 고운 손 / 마음속 / 흥하고 망함이 하늘에 달렸음 / 「」: 글쓴이의 운명론적 가치관이 드러남 / 세상의 모든 사람 / 자애롭게 베푸는 은혜

천년 사직이 남가일몽이었고, 태자 가신 지 또다시 천 년이 지났으니, 유구한 영겁으로 보면 천 년도 수유(須臾)던가!

꿈과 같이 헛된 한때의 부귀영화 / 길고 오램 / 영원한 세월 / 짧은 시간

고작 칠십 생애에 희로애락을 싣고 각축(角逐)하다가 한 움큼 부토(腐土)로 돌아가는 것이 인생이라 생각하니, 「의지 없는 나그네의 마음은 암연(暗然)히 수수(愁愁)롭다.」

서로 이기려고 다투며 덤벼듦 / 무덤 / 음영: 인생무상(인생이 덧없음) / 슬프고 침울하게 / 마음이 서글프고 산란함

▶ 마의 태자를 떠올리며 느낀 인생무상

「」: 글쓴이의 감정이 집약적 · 직접적으로 드러남, 여행객이 느끼는 쓸쓸한 정서가 드러남

**감상 포인트**

금강산 기행 수필이라는 점을 고려하여 공간의 이동에 따른 글쓴이의 여정 · 견문 · 감상을 파악한다.

• 여정과 감상 ⑦

| | |
|---|---|
| 비로봉 암상 | • 비로봉 최고점에 올라 운해를 바라봄<br>• 비로봉 정상에서 자연을 정복한 듯한 감정을 느낌 |

↓

흰 자작나무가 울창한 비로봉 동쪽을 지남

↓

| | |
|---|---|
| 마의 태자의 무덤 | • 처량한 마의 태자 무덤을 보며 슬픔, 쓸쓸함을 느낌<br>• 마의 태자의 사연을 생각하며 인생무상을 느낌 |

• '금강산'이 주요 소재로 등장하는 기행 문학

• 이곡, 〈동유기〉
고려 후기의 문신 이곡이 금강산과 동해안 일대를 유람하고 쓴 기행문이다. 경물을 객관적으로 묘사하기보다는 자신의 감상과 함께 경물과 관련된 역사적 정보, 설화의 내용을 주로 기록하였다.

• 정철, 〈관동별곡〉
조선의 문신 정철이 강원도 관찰사로 부임하여 관동 팔경을 두루 유람한 후 그 풍경과 자신의 소회를 읊은 기행 가사이다. 김만중이 '동방의 이소'라고 평가할 만큼 뛰어난 작품으로 금강산을 유람한 감회를 다양한 표현법을 활용하여 드러내었다.

• 이광수, 〈금강산유기〉
〈무정〉을 쓴 소설가 이광수가 서울에서 출발하여 금강산을 여행하고 쓴 기행 수필이다. 금강산의 절경과 역사, 자연의 숭고함 등에 대해 서술하였으며 수필 내에 여행의 감회를 담은 시가 포함되어 있다.

## 핵심 포인트 1 기행의 여정과 견문 · 감상

이 작품은 기행 수필로 여정에 따른 공간적 배경의 변화와 글쓴이의 감상을 파악할 수 있어야 한다.

**여정과 견문 · 감상**

| 여정 | | | 견문과 감상 |
|---|---|---|---|
| 1일차 | 내금강 역사 | | • 한국식 건축물에 대한 반가움<br>• 내금강 역사와 외금강 역사가 좋은 대조를 이룸 |
| | 문선교 | | '문선교'라는 다리의 이름에 대해 생각함 |
| 2일차 | 명경대 | | 마의 태자가 명경대를 우러러보았다는 고사를 떠올림 |
| | 망군대 | | • 전시에 할거하는 영웅들과 같은 봉우리<br>• 황천 계곡에 진 단풍의 아름다움 |
| | 마하연 | 마하연사 | 승려의 수가 많음 |
| | | 마하연 여사 | • 남포등을 바라보며 옛 기억을 떠올림<br>• 뜰에서 나는 소리가 어떤 소리인지 생각함 |
| 3일차 | 은제 금제 | | 운무 사이로 보이는 은제와 단풍의 아름다움 |
| | 비로봉 | 찻집 | 급변하는 날씨에 대한 감탄 |
| | | 최고점(암상) | 운해밖에 보지 못한 아쉬움, 만학천봉을 발밑에 두었다는 만족감 |
| | 마의 태자의 무덤 | | 마의 태자의 무덤에서 느낀 슬픔과 인생무상 |

## 핵심 포인트 2 서술상 특징 파악

이 작품은 다양한 서술상 특징을 통해 금강산의 절경과 글쓴이의 감상을 다채롭게 표현하고 있으므로 서술상 특징과 그 효과에 대해 파악할 수 있어야 한다.

**서술상 특징과 효과**

| | |
|---|---|
| 시간의 흐름과 공간의 이동에 따른 전개 | 시간의 흐름과 공간의 이동에 따라 글쓴이의 여정과 견문, 감상을 서술함 |
| 의인화 | 대상을 의인화하여 자연 풍경을 묘사함<br>→ '원근 산악이 열병식하듯 ~ 버티고 서 있는데', '군소봉이 발밑에 절하여 아뢰는' |
| 비유적 표현 | 비유적 표현을 사용하여 금강산 풍경과 변화된 기상 현상을 표현함<br>→ '산 전체가 요원한 화원이요 ~ 진주홍을 함빡 빨아들인 해면같이', '간담을 죄는 몇 분이 지나자 날씨는 삽시간에 잠든 양같이 온순해진다.' |
| 감정 이입 | 자연물에 감정을 이입하여 글쓴이의 애상감을 효과적으로 드러냄<br>→ '용마의 고영이 슬프다.', '소복한 백화는 한결같이 슬프게 서 있고 눈물 머금은 초저녁달이 중천에 서럽다.' |

## 핵심 포인트 3 다른 작품과의 비교

동일한 대상('비로봉')에 대한 두 작가의 관점과 태도가 드러난 정비석의 〈산정무한〉과 박지원의 〈통곡할 만한 자리〉를 비교하여 감상할 수 있어야 한다.

**박지원의 〈통곡할 만한 자리〉와의 비교**

> "갓난아이의 거짓과 조작이 없는 참소리를 응당 본받는다면, 금강산 비로봉에 올라 동해를 바라봄에 한바탕 울 적당한 장소가 될 것이고, 황해도 장연(長淵)의 금 모래사장에 가도 한바탕 울 장소가 될 것이네. 지금 요동 들판에 임해서 여기부터 산해관(山海關)까지 일천이백 리가 도무지 사방에 한 점의 산이라고는 없이, 하늘 끝과 땅끝이 마치 아교로 붙인 듯, 실로 꿰맨 듯하고 고금의 비와 구름만이 창창하니, 여기가 바로 한바탕 울어 볼 장소가 아니겠는가?"
>
> – 박지원, 〈통곡할 만한 자리〉

→ 〈산정무한〉에서는 '비로봉'을 만학천봉을 발밑에 꿇어 엎드리게 하는 최고점으로 여기고, 자연을 정복한 인간으로서의 우월감을 드러내고 있다. 〈통곡할 만한 자리〉에서는 '비로봉'을 한바탕 울 적당한 장소라고 여기고 있다. 즉, 비로봉을 넓은 세상을 관망하게 하는 곳으로 인식하여 자신의 참신한 발상을 드러내고 있는 것이다.

### 작품 한눈에

• 해제

〈산정무한〉은 글쓴이가 금강산을 등반한 여정과 금강산의 절경에 대한 감상을 서술한 기행 수필이다. 금강산을 오르면서 바라본 풍경과 비로봉 정상에서 조망한 풍경, 마의 태자와 관련된 이야기 등을 다양한 표현법을 활용한 화려하고 섬세한 문체로 서술하였다. 특히 서경(자연의 경치를 담은 글)과 서정(감정이나 정서를 그림)을 조화롭게 담아내고, 마의 태자에 대한 서술에서는 삶에 대한 성찰까지 표현했다는 점에서 단순한 기행문을 뛰어넘은 기행 수필의 명작으로 평가받는다.

• 제목 〈산정무한〉의 의미

– '산에서 느끼는 정취가 한없이 많다'라는 의미로, 금강산 기행의 여정과 견문, 감상을 기록한 글

글쓴이는 금강산 기행을 하며 자연의 아름다움에 감탄하고 황홀함, 그리움, 호연지기, 인생무상 등을 느낀다. 글쓴이는 수필의 제목을 '산정무한'이라고 지음으로써 금강산을 등반하며 느낀 다양한 감회를 전달하고자 했다.

• 주제

금강산을 등반하며 감상한 절경과 감회

극 · 수필
18

◇ 한 줄 평 〈서동요〉의 배경 설화를 모티프로 훗날 무왕이 된 장(서동)의 사랑과 성장을 그린 작품

# 서동요 김영현

## 장면 포인트 1

- 이 작품은 4구체 향가인 〈서동요〉의 배경 설화를 현대적으로 변용하여 창작한 드라마 대본이다.
- 해당 장면은 어린 시절 장과 선화 공주가 재회하는 상황으로 장이 〈서동요〉를 만들어 선화 공주에게 복수를 하려고 하였으나 실패하고 선화 공주와 함께 시간을 보내는 부분이다.
- 설화 속 인물들의 현실적인 모습과 가치관을 파악하고, 〈서동요〉를 창작한 장의 의도를 이해하도록 한다.

[앞부분의 줄거리] 백제 위덕왕의 과오로 무희인 연가모 사이에서 태어난 장은 궁에서 쫓겨나 자신의 신분을 모르고 살아간다. 연가모와 목라수의 인연으로 장은 백제 왕궁의 태학사(기술사 집단) 수장인 목라수에게 교육을 받는다. 백제의 왕권을 탈취하려던 부여선 세력의 음모에 의해 쫓겨난 태학사 집단은 신라로 도망하여 '하늘재 학사'를 차려 백제인임을 숨기고 살아간다. 그러던 중 장은 우연히 만난 선화 공주의 꾐에 빠져 신라 나정제(풍년을 기원하는 제사)에 '김도함'이라는 화랑 신분으로 참가하게 되고 뒤늦게 잘못된 상황임을 알고 선화 공주에게 화를 낸다.

S#35. 장터 아소지 점포

관원 두 명이 예전에 선화의 춤 방으로 들어갔던 장롱을 들고 와서는 내려놓는다.
(장롱: 하늘재에서 만든 물건, 장과 선화 공주의 만남의 매개체)

아소지: 무슨 일이십니까?

관원 1: 마대 한쪽이 자꾸 기운다는구나. 고쳐서 다시 가져오너라.
(마대: 농이나 장 따위의 받침다리)

아소지: 예……. 알겠습니다요. / 하면 관원들은 가고 이때 장이 온다.

아소지: 너 마침 잘 왔다. 내 잠깐 물건을 사 와야 하니 여기 좀 보고 있거라.

장: 예.
(장 → 서동, 백제 제30대 무왕, 명랑하고 밝으며 정의롭고 의지가 강한 인물)

하고는 장은 자신이 가져온 천 종이들을 꺼낸다. 한 열 장은 되는 듯하다. 방으로 붙일 모양이다. 그 천들을 보고는 씩 웃는데…….
(천 종이: 선회 공주를 모함하는 시)

장: 온 장터에 다 붙일 테니……. 두고 봐! / 선화: (E.) 뭘?
(E.: 시나리오 용어로, 화면 밖에서 들리는 음향 효과)

장, 놀라 보면 시녀복을 입은 선화가 관원들이 들고 온 장롱에서 나오고 있다. 놀라는 장.
(시녀복을 입은 선화: 규율이나 체면에서 자유로운 선화 공주의 성격이 드러남)

선화: 뭔데? 나도 같이 붙이자. / 장: (놀라 얼른 천을 치우는데)
(선화 공주 몰래 그녀를 모함하려 했다가 당황함)

선화: (얼른 뺏어 본다. 그러고는 장을 쳐다본다.)

장: (어쩔 줄을 모르고)

선화: (E.–노래를 흥얼거리듯) 선화 공주님은 남몰래 정을 통하고,
(향가 〈서동요〉)

S#36. 장터 일각

선화는 신나서 노래를 부르며 가고 장은 계속 어쩔 줄을 모르는데…….

### 작품 분석 노트

- 시나리오 용어

|  |  |
|---|---|
| S# | 장면 번호, 시나리오 구성 단위 |
| E. | 화면 밖에서 들리는 음향 효과, 화면 안에 사람이 있으나 속마음을 들려줄 때, 문밖에서 노크하거나 대사를 할 때 등 화면 밖의 효과음이나 대사를 의미함 |
| 몽타주 | 따로따로 촬영한 화면을 적절하게 떼어 붙여서 하나의 긴밀하고도 새로운 장면이나 내용으로 만드는 촬영 기법 |

- '장'과 '선화 공주'의 행동 및 정서

| 인물 | 행동 및 정서 |
|---|---|
| 장 | • 선화 공주가 '나정제'에서 자신을 골탕 먹인 일에 화가 남<br>• 선화 공주에게 복수하기 위해 〈서동요〉를 만들어 거리에 방을 붙여서 선화 공주를 망신 주려고 함 |
| 선화 공주 | 장의 행동에 대해 노여워하지 않고 재미있어함 |
| 장 | 선화 공주의 대범한 면모에 당황함 |

↓

둘만의 추억으로 가까워지는 장과 선화 공주

선화: 서동방을 밤에 안고 간다.

장: (더 어쩌지를 못하는데)

선화: 이걸 장안에 퍼트려서! 날 망신 주고 복수하려고 했다고?
장이 향가 〈서동요〉를 만들어 퍼뜨리려고 한 목적

장: …….

선화: (깔깔깔 웃으며) 넌 생각은 시시한데 하는 짓은 재밌구나.
선화 공주의 당차고 대범한 성격이 드러남

장: 날 속였잖아! / 선화: 그게 알려 준 거야. 내 방법으로.
'나정제'에 참가시켜 골탕을 먹인 일

장: 그건 알려 준 게 아니라 앞으로 까불지 말라는 거잖아. 공주한테.

선화: 그래서 겨우 생각해 낸 게 난 안 만나고 나 괴롭힐 꿈을 꾼 거야?
〈서동요〉를 퍼뜨려 선화 공주를 망신 주려 한 일

장: ……. / 선화: 정말 시시하구나. 너.

하고는 돌아서 가 버린다.

장: 아냐. 나 안 시시해. (하며 따라간다.) ▸ <서동요>를 퍼뜨려 선화 공주를 망신 주려던 장의 계획이 실패함

S#37. 장터

선화가 지나가며 두리번두리번 뭔가를 찾는다.

장: (같이 따라가며) 뭘 찾아? / 선화: 너같이 시시하고 쓸모없는 거 찾는다 왜?
가치 있는 존재

장: 내가 왜 시시하고 쓸모없어?

선화: (무시하고 고깃간 주인에게) 아저씨 그 돼지 내장은 쓸모없죠?
▒: 사소한 가치를 지닌 물건들

장: (바로 자기가) 왜 쓸모없어? 불어서 발로 차고 놀아도 되고 가루를 넣어서 폭탄으로 쓸 수도 있는데!
돼지 내장의 쓸모

선화: (상인에게) 꼬리는요? / 장: (또 바로) 그건…… 남 골려 줄 때 매달아 놔.
돼지 꼬리의 쓸모

(중략)

S#38. 선화의 토끼 굴

들어오는 선화. 뒤이어 장이 들어오는데 바닥에 계란 껍질, 닭 털, 깨진 독, 잡초, 불에 탄 나무 등을 주워다 놓은 것이 보인다. 보며 놀라는 장.

장: 이게 다 뭐야?

선화: (답은 않고 앉아서는) 이것도 네가 쓸모 있다고 했고 이것도 쓸모 있다고 했고. 이것도 그렇고. (하면서 버린다.)

장: 이게 뭐야? 이런 것들을 왜 모아 놨어?
쓸모가 없어 보이는 물건들

선화: 우리 친척 중에 보량 법사라는 분이 있거든. / 장: 친척이면 왕족?

선화: 응. 그분이 말씀해 주셨는데「천축국에 명의 지바카라는 사람이 있었대. 하루는 스승이 전국을 돌아다니면서 약이 되지 못할 풀만 캐 오라고 했는데 어느 날 지바카가 빈손으로 돌아온거야.」
「 」: 사소한 물건들의 가치를 알아볼 줄 아는 것의 중요성
약이 되지 않는 풀이 없기 때문

• 주요 등장인물

| | |
|---|---|
| 장(서동) | 백제 제30대 무왕. 호기심이 많고 명랑하며 정의롭고 의지가 강한 인물. 자신의 출생을 모르고 어머니와 함께 마를 팔아 생활하였으나 백제 태학사 박사의 지도하에 격물을 익히며 성장해 나감. 이후 자신이 왕자임을 알고 많은 갈등을 하지만 정당하게 왕위에 오름 |
| 선화 공주 | 신라 진평왕의 셋째 딸. 총명하고 당차지만 장난기가 많고 백성들의 어려움을 생각하는 마음씨 따뜻한 인물. 훗날 무왕의 아내가 되며 어린 시절부터 장을 사랑하고 장에게 도움을 줌 |
| 김도함(사택기루) | 신라의 왕족, 김사흠의 아들. 선화 공주와의 혼인을 조건으로 백제의 기술 공방에 잠입하여 사택기루로 살아감. 선화 공주와 장이 사랑하는 사이임을 알고 가문이 멸문을 당하면서 백제 부여선의 부하가 되지만 잘못을 깨닫고 장을 도움 |

• '선화 공주'의 가치관 ①

장의 시시한 행동
↓ 연상
사소한 물건이지만 쓸모가 있는 것들
↓ 깨달음
사소한 것들의 가치를 알아볼 수 있어야 함
↑
훌륭한 공주가 되기 위해 필요한 자질

장: …….

선화: 약이 되지 않는 풀은 하나도 없더라고. 어떤 풀이든 어느 한 부분은 약이 된다 면서. / 장: …….
세상의 모든 것들은 가치가 있음

선화: 그래서 그 스승님은 너는 이 세상 모든 사소한 것들의 가치도 알아볼 수 있으니 진정한 의사다 하셨대. / 장: …….
지바카

**감상 포인트**
'장'이 〈서동요〉를 창작한 의도를 이해하고 '장'과 '선화 공주'의 가치관을 파악한다.

S#39. 벌판

말을 타고 가는 장과 선화. 그 위로

선화: (E.) 나도 그런 사람이 돼랬어. 신라에 있는 모든 것들의 사소한 가치도 알아서 신라에 필요치 않은 것이 없게. 신라에 도움이 안 되는 것이 없게.
선화 공주가 생각하는 훌륭한 공주의 자질 – 사소한 것들의 가치도 알아봄으로써 신라에 도움이 되도록 하는 것

장: ……. / 선화: (E.) 그럼 난 분명히 훌륭한 공주가 될 거랬어.
▒: '훌륭한'이란 단어를 통해 선화 공주와 장의 인연과 앞으로의 미래를 암시함

장: (E.) 훌륭한 공주? 훌륭한? 훌륭한…….
선화 공주의 말을 통해 어머니의 유언을 떠올림

연가모: (E.) 넌 꼭 훌륭한 사람이 되어야 한다. 그래야 아버지를 만날 수 있어.
어머니의 유언. 아버지가 백제의 위덕왕이기 때문 → 장이 훌륭한 사람이 되어 아버지를 만나겠다는 희망을 품게 됨

그런 둘의 모습.
▶ 선화 공주와 장이 훌륭한 사람이 되고자 하는 꿈을 품음

(중략)

S#79. 선화의 공주 궁(낮)

선화의 앞에 어린 김도함이 서 있다.
→ 신라의 첩자가 됨. 백제에서는 사택기루로 불림

김도함: 저는 이번 나정제 때 물을 올리기로 한 김도함이라 하옵니다.

선화: (잠시 당황)

김도함: 헌데 어찌 공주님 마음대로 바꾸셨는지요?

선화: 너는 마를 먹어 본 적이 있느냐? / 김도함: 없습니다.

선화: 백성들이 마를 먹는 것을 본 적은 있느냐?

김도함: 없습니다. / 선화: 그래서 바꿨다. / 김도함: …….

선화: 먹을 것이 없어 마를 먹어야 하고 그것을 지어 팔기까지 한 아이는 진정으로 풍년의 의미를 알 것이다. 그런 아이가 풍년을 기원하는 나정의 물을 길어 바치는 것이 더 하늘에 닿을 거라 생각했다. 무엇이 잘못되었느냐?
서동(장)을 가리킴
관습보다 '제'의 의미를 중요하게 여기는 태도를 보임

김도함: …….

선화, 그렇게 말하고는 가 버리고 나면, 어린 김도함, 괜히 분하다.
자신의 역할을 빼앗긴 것에 대한 억울함

S#80. 화랑제

격검 대결이 한창 벌어지고 있는 모습. 이때 단연 화랑 김도함이 서너 명을 차례차례

• '장'과 '선화 공주'의 공통점

**선화 공주**
신라에 있는 모든 것들의 사소한 가치를 알고 신라에 도움이 되도록 하는 것을 공주의 자질이라고 여김
→ 선화 공주가 공주의 자질을 갖춤으로써 훌륭한 공주가 되기를 꿈꿈

\+

**장**
선화 공주의 말을 듣고 어머니의 유언을 떠올림. 어머니는 장에게 훌륭한 사람이 되어야 아버지를 만날 수 있다는 말을 남김
→ 장이 훌륭한 사람이 되어 아버지를 만나겠다는 희망을 품게 됨

↓

**공통점**
두 인물 모두 훌륭한 사람이 되고자 하는 꿈을 품고 있음

• '선화 공주'의 가치관 ②

풍년을 기원하는 '나정제'의 의도를 생각함

↓

먹을 것이 없는 아이가 진정으로 풍년의 의미를 이해할 것이므로 그런 아이가 제를 올리는 것이 더 절실하다고 여김

⬇

형식이나 절차보다 '나정제'의 의도와 의미를 중요하게 생각함

물리치고 일등을 하는 모습 몽타주. 일등을 하고는 모두에게 무등이 태워지며 자랑스러
촬영 기법. 따로따로 촬영한 화면을 적절하게 떼어 붙여서 하나의 긴밀하고도 새로운 장면이나 내용으로 만듦
워하는 김도함.

S#81. 화랑제 터의 일각

진평왕과 다른 신하 두엇 그리고 무관 서넛 정도가 사냥을 할 때 입는 옷 등을 입고는
신라 제26대 왕, 선화 공주의 아버지
앉아 있다. 이때, 격검 대회에서 일등을 한 김도함이 진평왕의 앞에 대령한다.
적을 물리치거나 자기 몸을 보호하기 위하여 장검을 사용하는 겨루기 대회

**진평왕**: 어린 나이로 너보다 훨씬 나이가 많은 화랑들을 모두 물리치다니 참으로 훌
김도함의 능력을 높이 평가함
륭하다. 내 이 자리에서 너를 풍월주로 임명하노라!
화랑의 수장

**김도함**: 폐하! 제게 다른 청이 있나이다!
선화 공주와의 혼인

**진평왕**: 다른 청이라? / **김도함**: 예. 소생의 아비 김사흠 대아찬 말로는
신라 때에 둔, 십칠 관등 가운데 다섯째 등급. 자색 관복을 입었으며, 진골만이 오를 수 있었다.

**진평왕**: …….

**김도함**: 백제에서 축출된 박사 집단이 신라로 몰래 숨어 들어와 자신들만의 공간을
하늘재 학사
가지고 있다 들었습니다.

**진평왕**: …….

**김도함**: 헌데 그냥 도륙을 하자니 그들의 기술이 너무도 아깝고 회유를 하자니 그들
참혹하게 죽임
이 모두 죽음을 택한다고 하옵니다.

**진평왕**: 그래. 나도 들었다.

**김도함**: 제가 그들 속으로 들어가 기술을 모두 빼내 오겠습니다.
김도함이 선화 공주와의 혼인을 목적으로 내세운 조건 – 첩자가 되기로 함

**진평왕**: 첩자가 되겠단 말이냐? / **김도함**: 예.

**진평왕**: 만약 네가 그리만 해 준다면야 신라는 더없이 좋은 일이다.
우수한 백제 박사 집단의 기술력을 빼내 오는 일을 긍정적으로 평가하는 진평왕의 태도가 드러남

**김도함**: 예. 그리되면 신라가 대외 교역을 하는 데 주도권을 쥘 수 있다지요.
신라가 백제의 기술력을 손에 넣었을 때 얻을 수 있는 이득

**진평왕**: 그렇지. 그러니 그것은 너의 청이 아니라 내가 너에게 감히 청을 하고 싶구나.
선화 공주와의 혼인, 진평왕의 사위가 되는 것 백제에서 축출된 박사 집단의 첩자가 되는 것

**김도함**: 폐하! 저의 청은 그것이 아니옵니다. / **진평왕**: 아니라?

**김도함**: 예. 선화 공주님을 소생에게 주십시오! / **진평왕**: 뭐라고?

**김도함**: 만약 제가 모든 임무를 완수하고 돌아온다면 선화 공주와 혼인을 시켜 주십
진평왕을 계승할 남자가 없음을 알고 선화 공주와 결혼하여 후계자가 되고자 함
시오!

진평왕, 그런 김도함을 잠시 보다가는 느닷없이 호쾌한 웃음을 터트린다. 그런 진평왕을 진지한 눈빛으로 바라보는 김도함.

▶ 김도함은 선화 공주와 혼인하기 위해 첩자가 되기로 함

[뒷부분의 줄거리] 김도함은 '사택기루'라는 이름으로 하늘재 학사에 잠입해 백제의 기술을 빼돌리려고 하고 장과 선화 공주가 사랑하는 사이임을 알고 충격을 받는다. 아좌 태자(백제의 첫째 왕자)의 옆에서 공을 세운 장의 노력 덕분에 하늘재 학사 사람들은 백제로 돌아간다. 이후 선화 공주는 장과의 애정 관계가 들통나 신라의 궁궐에서 쫓겨나고 백제의 왕이 된 장을 만나기 위해 백제로 향한다. 한편 진평왕은 선화 공주를 지키기 위해 김도함의 집안을 모함하여 멸문시키고 김도함은 도망하여 백제의 왕위를 노리는 부여선의 부하가 된다.

• '진평왕'과 '김도함'의 거래

| 두 사람의 거래 |
|---|
| 김도함이 하늘재 학사에 잠입하여 백제의 기술을 빼내 오기로 하고 진평왕은 김도함에게 선화 공주를 주기로 함 |

↓ 목적

| 진평왕 | 김도함 |
|---|---|
| 신라의 기술력을 향상시키고, 신라가 대외 교역의 주도권을 갖기 위함 | 진평왕의 뒤를 이을 성골 남자가 없으므로 진평왕의 셋째 선화 공주와 혼인하여 진평왕의 후계자가 되기 위함 |

 주목

- 해당 장면은 선화 공주와의 혼인을 계획했지만 실패한 사택기루가 백제의 왕이 된 장을 습격하여 두 사람이 사당에서 대립하는 부분이다.
- 기루와 장의 갈등 관계와 정서 변화를 파악하고, 작품에서 전달하고자 하는 진정한 삶의 가치와 의미에 대해 이해하도록 한다.

S#7. 사당 안(밤)

장과 기루가 아직도 마주 보고 있는데…….

「장: 죽이러 왔어? 죽으러 왔어? / 기루: …….

장: 내가 죽는다면 그건 너일 거라 생각했고, 네가 죽어야 한다면, 그건 나여야 한다고 생각했다. (기루와 장의 깊은 갈등 관계)

기루: (픽 웃으며) 일치하는 게 하나는 있었구나.

장: (다시) 죽으러 왔어? 죽이러 왔어?

기루: 다. / 장: …….

기루: 이제 내겐 섬길 나라도, 가슴에 품고 갈 연모도, 피붙이도 없으니, 가는 길이 너무 외로울 거 같아서. (신라의 배신으로 멸문을 당했고 선화 공주를 향한 자신의 마음이 이루어질 수 없음을 깨닫게 됨)

장 :……. / 기루: 같이 가자.

장: ……. / 기루: 같이 가!

하며 기루가 장을 내리치려고 칼을 드는데……. 장, 일부러 그 틈을 노린 듯 피하고 기루, 칼을 쥔 손을 다시 다잡고 장을 향해 돌진한다. 장, 기둥을 이용해서 피하고. 기루, 장을 향해 칼을 꽂는데 기둥에 박히고 기루가 칼을 뽑아 장을 내리치는데 기루의 손목을 잡는 장.

주목 두 사람의 힘겨루기가 있고, 어느 순간 칼이 바닥에 나뒹군다. 두 사람 모두 칼을 향해 돌진하는데…… 장이 먼저 칼을 집으려는데 뒤의 기루가 장을 때려눕힌다.

둘의 육박전이 이어지다가 다시 칼을 잡는 기루, 장의 목에 또다시 칼을 들이대고…….」

「 」: 장을 죽이려는 기루와 이를 막으려는 장의 외적 갈등 → 두 인물의 치열한 대립을 드러냄

기루: 「너만 아니었으면 신라의 충신으로 살 수 있었어! 너만 아니었으면 선화 공주와 신라가 내 것이었어! 너만 아니었으면 존경하지도 않는 부여선을 주군으로 받들지도 않았어!」 / 장: …….

「 」: 자신의 불행을 장의 탓으로 돌리는 기루

기루: 네가 내 자릴 빼앗아 간 순간, 내게 남은 건 배신자의 길밖에 없었어. 패배자의 길밖에 없었어. 악행밖에는 할 것이 없었어! 그게 벗어날 수 없는 내 운명이 되었어! (하며 절규하는데) (자신이 배신자가 된 것을 장의 탓으로 돌리며 합리화함)

장: (가련한 듯 보고) (기루에게 연민을 느끼는 장)

기루: 그러니 같이 가자! 나를 나락으로 빠뜨린 너를 데리고 가야 해! (자신이 장으로 인해 몰락하게 되었다고 생각하여 분노함)

▶ 기루는 자신의 몰락이 장 때문이라고 생각함

**작품 분석 노트**

- '장'과 '기루'의 갈등

| 장 |
|---|
| • 신라의 첩자로 기루가 하늘재 사람들에게 신분을 속이고 기술을 빼내려 한 것에 대해 배신감을 느낌<br>• 기루가 선화 공주를 거래의 대상으로 여긴 것에 대해 분노함 |

↕

| 기루 |
|---|
| • 장이 선화 공주를 빼앗아 자신이 선화 공주와 혼인하지 못하게 된 것에 대해 분노함<br>• 가문이 멸문을 당하고 신라에서도 쫓겨난 이유가 장이 자신의 자리를 빼앗았기 때문이라고 생각하여 장을 원망함 |

- '장'이 추구하는 가치관

① 적극적이고 의지적인 모습

"벗어날 수 없는 게 운명이 아니라, 피할 수 있는데도 그 길로 가는 것이 운명이야!"

↓

개인의 의지와 선택에 의해 운명이 변화할 수 있다고 생각함

② 자기 스스로를 존중하는 모습

"스스로를 존경하고 사랑했다면, 자리 따위를 위해 너를 그렇게 망가뜨리지 않아."

↓

사회적 지위를 얻기 위해 자신을 버려서는 안 되고 자기 스스로를 사랑하고 존경해야 한다고 생각함

③ 애정 자체를 중시하는 모습

"설레고 가슴 뛰며 사랑을 해야 할 시각에 넌 계산을 하고 있었다고!"

↓

사랑이 사회적 지위를 얻기 위한 수단이 되어서는 안 된다고 생각함

장: (자신의 지난날을 돌이켜 보듯) 벗어날 수 없는 게 운명이 아니라, 피할 수 있는데
소중한 것을 위해, 꼭 지켜야 할 것을 위해 악행에 맞섰던 과거를 회상함
도 그 길로 가는 것이 운명이야!
운명은 개인의 의지와 선택에 의해 바뀔 수 있음을 드러냄

기루: ……!

장: 벗어날 수 없었다고? 넌 언제나 벗어날 수 있었어! 다만 처음부터 가고자 하는
소중한 것을 지키기 위해 악행에 맞서지 않았던 기루의 행동을 질책함
네 길! 네 길이 틀렸을 뿐이야!

기루: …….

장: 소중한 것을 위해서, 꼭 지켜야 할 것을 위해서, 죽을지도 모르면서 악행에 맞서는 길이어야 하고, 죽기보다 힘들 줄 알면서 지키는 연모여야 해!

기루: ……!

장: 네 자신의 영달을 위해 배신을, 악행을, 권력을 선택했으면서, 이제 와서, 벗어
세속적 욕망을 위한 기루의 선택이었음을 질책함
날 수 없었다? 그렇게 쉬운 변명이 어딨어?

기루: (바로 받아) 사람은 누구나 자신의 영달을 원해.
자신의 선택이 잘못되지 않았다고 여기는 기루의 태도가 드러남

장: 너처럼? 누구나 너처럼?
자신의 선택을 합리화하는 기루에 대한 반박

▶ 장이 변명하는 기루를 질책함

(중략)

S#9. 사당 안(밤)

기루와 장, 서로 뚫어지듯 보고 있는데…….

장:「넌 신라도, 공주님도, 하늘재 사람들도, 격물도, 네 인생도 진심으로 사랑하지
사물의 이치를 연구하여 궁극에 도달함
않았어.」
「 」: 세속적 욕망을 위해 살아온 기루의 태도를 비판함

기루: ……!

장: 필요에 따라 연모를 선택하고, 필요에 따라 나라를 선택하고, 필요에 따라 존경
세속적 욕망을 추구하는 기루의 현실적인 모습
하지도 않는 주군을 따랐지! 네가 말하는 영달을 위해, 네가 가지고 싶은 자리를 위해. 마치 자리가 너인 것처럼……. 하지만 자리는 자리일 뿐 네가 아냐. 넌 자리만 흠모했지, 너를 진심으로 사랑한 적이 없어. 스스로를 존경하고 사랑했다면,
진정한 삶의 가치와 의미를 중시함
자리 따위를 위해 너를 그렇게 망가뜨리지 않아.

기루: ……!

장의 질책에 자신의 삶을 부끄러워하며 자책감을 느끼는 기루
장, 이제는 칼을 의식하지 않는 듯 담담해지고, 기루, 고통스러운데…….
두려워하지 않는 장의 태도

장: 내가 공주님을 만나기 위해 연지를 만들고 〈서동요〉를 만들던 시각에 넌 뭘 했어?
사랑하는 사람을 위해 노력과 정성을 기울인 시간

기루: (어린 기루가 진평왕에게 거래하는 장면이 회상으로 깔리면) …….

장: 넌 신라 황제에게 공주님을 놓고 거래를 했어. / 기루: …….
자신의 영달과 욕망만을 추구한 기루

장: 설레고 가슴 뛰며 사랑을 해야 할 시각에 넌 계산을 하고 있었다고!
세속적 욕망을 위해 선화 공주를 이용한 기루의 문제를 질책함

기루: …….

장: 그러고도 벗어날 수 없었다고? 벗어날 수 없었던 게 아니라 피할 수 있는데도 언
기루에게 자신의 선택에 따른 책임을 자신(장)의 탓으로 돌리지 말라고 조언함

• '기루'에 대한 '장'의 질책과 '기루'의 정서 변화

| 기루의 정서 |
| --- |
| 장을 원망하며 장에게 복수를 하려 함 |

↓

| 장의 질책 |
| --- |
| • 기루가 자신의 모든 불행을 장 자신의 탓으로 돌리자 장은 소중한 것을 지키기 위해 악행에 맞서지 않았던 기루의 행동을 질책함<br>• 장은 자신의 영달과 욕망만을 추구해 온 기루의 삶의 방식을 질책함 |

↓

| 기루의 정서 변화 |
| --- |
| 기루 스스로가 잘못된 삶을 살아왔음을 깨닫고 부끄러움을 느껴 스스로의 선택을 자책함 |

• '선화 공주'에 대한 '장'과 '기루'의 태도

| 장 |
| --- |
| • 사랑하는 선화 공주를 위해 노력과 정성을 보임<br>• 어려운 상황 속에서도 사랑을 포기하지 않음 |

↕

| 기루 |
| --- |
| • 자신의 영달과 욕망을 위해 선화 공주를 이용함<br>• 자신의 이익에 따라 사랑을 포기함 |

제나 피할 수 있었는데도 넌 네 운명의 길을 왔어. 악행의 길인 줄 뻔히 알면서 그런 운명의 길을 네가 선택해 여기까지 왔다고!

기루: …….

▶ 장이 자신의 영달과 욕망만을 추구해 온 기루의 삶의 방식을 질책함

기루, 장을 노려보는데…….

부끄러움, 자책감

장, 이제는 죽음도 각오한듯 담담하게 앞을 본다.

두려움 없이 차분한 태도를 보임

장: 그러니 이제 마지막 선택을 해. / 기루: …….

장: 죽이든지! 죽든지!

「기루, 장을 내려칠 듯 손을 떨기 시작한다. 장은 그런 기루를 보고…….

「 」: 두 인물이 상반된 심리를 보임

기루는 떨고…… 장은 보고…… 기루는 떨고…… 장은 보고…….

갑자기 칼을 힘없이 놓아 버리는 기루.

지난날의 과오를 자책하며 죽음을 결심함

장, 그런 기루를 보는데…….

기루, 장을 보더니…… 천천히 문을 향해 걸어가기 시작한다.」

순간, 극단적 선택을 할 것임을 아는 장, 정신이 드는 듯 기루를 부른다.

장: 기루야! 기루야!

기루가 극단적 선택을 할 것임을 눈치채고 급하게 기루를 부르는 소리

▶ 기루가 자신의 잘못을 깨닫고 극단적 선택을 하려고 함

**감상 포인트**

'장'과 '기루'의 갈등 관계를 파악하고 진정한 삶의 가치에 주목하여 작품을 감상한다.

• '장'과 '기루'의 상반된 심리

| 장 | | 기루 |
|---|---|---|
| 기루에게 위협을 당하고 있음에도 담담한 태도를 보임 | ↔ | 장을 칼로 위협하고 있음에도 떨고 있음 |

## 핵심 포인트 1 인물 간의 관계와 갈등 파악

이 작품은 '장'과 '선화 공주'의 애정 관계와 '선화 공주'를 두고 대립하는 '장'과 '기루'의 갈등 관계를 중심으로 극을 전개하고 있다. 따라서 작중 인물들의 대사나 행동을 바탕으로 인물 간의 관계와 갈등을 파악할 수 있어야 한다.

**인물 간의 관계와 갈등**

| 장(서동) | |
|---|---|
| • 선화 공주를 망신 주려고 만든 〈서동요〉는 장과 선화 공주의 사랑 노래임<br>• 선화 공주와 장터를 돌며 함께 시간을 보냄 | • 기루와의 대결을 피하지 않고 맞섬<br>• 필요에 따라 연모, 나라, 주군을 선택하는 기루의 행동을 질책함 |

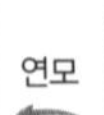 연모　　　 대립

| 선화 공주 | | 기루 |
|---|---|---|
| • 〈서동요〉를 만든 장의 행동을 재미있어함<br>• 신분에 구애받지 않고 장과 장터에서 시간을 보냄<br>• 장에게 자신의 토끼 굴을 보여 줌 | 연모 ← | • 선화 공주의 애정을 빼앗기고 멸문을 당해 신라에서 쫓겨난 이유가 장 때문이라고 생각함<br>• 장이 자신의 자리를 빼앗아 악행을 할 수밖에 없다고 생각함 |

## 핵심 포인트 2 배경 설화와의 비교 감상

이 작품은 《삼국유사》에 실린 〈서동요〉의 배경 설화를 재해석한 작품이다. 따라서 배경 설화가 실제 역사적 인물의 이야기를 바탕으로 한다는 점에서 배경 설화와 드라마 대본의 내용을 비교하여 어떤 차이가 있는지를 파악할 수 있어야 한다.

**〈서동요〉의 배경 설화**

제30대 무왕(武王)의 이름은 장(璋)이다. 그 어머니가 과부가 되어 서울 남쪽 못가에 집을 짓고 살고 있었는데 못의 용(龍)과 관계하여 장을 낳았다. 장은 항상 마를 캐어 팔아서 생업(生業)을 삼았으므로 사람들이 그 때문에 장을 서동이라고 불렀다. 서동은 재능이 뛰어나고 도량이 넓고 깊어 헤아리기 어려웠다.

서동은 신라 진평왕의 셋째 공주 선화가 아름답기 짝이 없다는 말을 듣고 머리를 깎고 수도로 갔다. 마를 동네 아이들에게 먹이니 아이들이 친해져 그를 따르게 되었다. 이에 노래를 지어 여러 아이들을 꾀어서 부르게 하니 그것은 이러하다.

"선화 공주님은 남몰래 시집가 두고 서동방을 밤에 몰래 안으러 간다네."

동요가 도성에 가득 퍼져서 대궐 안에까지 들리자 백관들이 임금에게 극력 간하여 선화 공주를 먼 곳으로 귀양 보내게 했다. 왕후는 선화 공주가 떠날 때 노자로 황금 한 말을 주었다. 귀양지로 가는 길에 서동이 나타나 선화 공주를 맞으며 공주를 모시고 가겠노라고 말하고 둘이 정을 통하게 되었다. 선화 공주가 서동과 함께 백제에 이르러 왕후가 준 금을 내어 장차 살아 나갈 계획을 의논하니 서동이 크게 웃고 말했다. "이것이 도대체 무엇이오?" 선화 공주가 말하기를, "이것은 황금이니 백년의 부를 누릴 것입니다."라고 하였다. 서동이 말하기를, "어릴 때부터 마를 캐던 곳에 황금이 흙처럼 많이 쌓여 있소."라고 하였다. 선화 공주는 이 말을 듣고 크게 놀라면서 말했다. "이것은 천하의 지극한 보물입니다. 그대가 지금 그 금이 있는 곳을 아시면 부모님이 계신 궁전으로 보내는 것이 어떻겠습니까?" 서동은 그러자고 하였다. 이에 금을 모아 언덕과 같이 쌓아 놓고, 용화산(龍華山) 사자사(師子寺)의 지명 법사(知命法師)에게 가서 금을 실어 보낼 방법을 물으니 지명 법사가 말하기를 "내가 신통한 힘으로 보낼 터이니 금을 이리로 가져오시오."라고 하였다. 선화 공주는 편지를 써서 금과 함께 사자사 앞에 가져다 놓았다. 지명 법사는 신통한 힘으로 하룻밤 사이에 금을 신라 궁중으로 보내어 두었다. 진평왕은 그 신비스러운 변화를 이상히 여겨 더욱 서동을 존경해서 항상 편지를 보내어 안부를 물었다. 서동은 이로부터 인심을 얻어서 왕위에 올랐다.

– 《삼국유사》 권2

| 〈서동요〉의 배경 설화 | 드라마 대본 〈서동요〉 |
|---|---|
| • 장이 선화 공주와 결혼하기 위해서 〈서동요〉를 창작함<br>• 장이 우연히 황금의 가치를 알고 황금을 신라 궁중으로 보냄으로써 인심을 얻어 왕위에 오름<br>• 장이 지명 법사의 도움으로 황금을 신라 궁중으로 보내게 됨으로써 순탄하게 왕위에 오름<br>• 선화 공주와의 애정 문제에 기반을 둔 장의 욕망 추구에 초점을 둠 | • 장이 선화 공주를 망신 주고 복수하기 위해서 〈서동요〉를 창작함<br>• 장이 적극적으로 자신의 운명을 개척하여 왕위에 오르게 됨<br>• 장이 기루, 부여선과 같이 대립하는 인물에 의해 시련을 겪고 이를 극복하며 왕위에 오름<br>• 장과 선화 공주의 현실적인 삶의 모습과 진정한 삶의 가치에 초점을 둠 |

### 작품 한눈에

• 해제

〈서동요〉는 4구체 향가인 〈서동요〉를 현실적으로 재해석하여 창작한 드라마 대본이다. 백제 무왕의 특이한 출생과 신분, 성장 과정, 그리고 치열했던 당시 백제의 왕위 계승 투쟁을 현실적으로 다루며 속임수와 모략이 난무한 상황에서 진정한 삶의 가치를 지키며 왕이 된 장의 성장을 다룬 작품이다. 선화 공주와의 애정 관계, 백제와 신라의 갈등, 궁중사를 흥미 있게 극화하고 백제의 기술사 집단을 극의 중심에 배치하여 익숙한 과학 기술을 다룸으로써 극의 재미를 더하였다.

• 제목 〈서동요〉의 의미
– 드라마 내용의 바탕이 된 향가

〈서동요〉는 신라 시대에 창작된 4구체 향가인 〈서동요〉를 모티프로 창작한 드라마 대본으로 〈서동요〉의 배경 설화를 근간으로 장(서동)과 선화 공주의 애정과 혼인 과정을 현실적으로 그려 낸 작품이다.

• 주제

고난을 극복하여 왕이 된 장의 삶과 장과 선화 공주의 사랑

**전체 줄거리**

백제 성왕이 전쟁에서 기습을 받아 죽은 지 26년 후 위덕왕이 백제를 다스리던 중, 궁중 기술자인 목라수의 연인 연가모는 독무를 추다 왕의 눈에 띄어 함께 밤을 보낸 후 장(서동)을 임신하고, 위덕왕은 연가모에게 왕자의 신표인 오색야명주를 준 후 궁에서 내보낸다. 연가모는 장을 목라수가 있는 태학사로 보내고, 목라수와 장은 부여선의 모함으로 죽을 위기에 처하자 신라로 도망간다. 장을 우연히 만난 선화 공주는 그에게 '서동'이라는 이름을 지어 주고, 장은 선화에게 망신을 주고자 '서동요'를 만들어 퍼뜨린다. 두 사람이 헤어진 후 장은 하늘재 기술공이 되고, 선화가 장을 만나려 하나 장이 떠난다. 이후 선화와 장은 재회하지만, 선화는 장이 백제인이라는 사실에 충격에 빠져 헤어지고, 장은 자신이 백제의 왕자임을 알게 된다. 위덕왕을 만난 목라수는 장이 넷째 왕자임을 알리나, 위덕왕은 살해되고 부여계와 부여선이 연달아 백제의 왕이 된다. 장은 점차 세력을 키우고, 신라 진평왕은 선화의 연인이 백제의 태자임을 알게 된다. 장은 자신의 신분을 밝힌 후 부여선과의 대결에서 승리하여 백제의 30대 왕(무왕)이 되고, 장과 선화는 마침내 혼인하게 된다. 그러나 백제와 신라의 전쟁이 끝나지 않자 병을 얻은 선화가 죽게 되고 장은 그녀를 그리워한다.

◇ 한 줄 평 근대화에 매몰된 농촌 사회의 모순과 비극을 그려 낸 희곡

# 농토 윤조병

## 장면 포인트 1

- 이 작품은 할아버지 대부터 150년간 삼대에 걸쳐서 지주 어른 가문의 노비와 소작농으로 살던 돌쇠 가문을 중심으로 내용이 전개되는 희곡이다.
- 해당 장면은 지주 어른이 마을 사람들에게 댐으로 마을이 수몰되기 전에 떠날 것과 석산 땅이 자신의 소유임을 말한 다음 점순네에게 이남박을 들고 집 안으로 들어오라고 하는 상황이다.
- 인물 간의 대화를 중심으로 지주 어른의 성격을 파악하고, 돌쇠와 점순네가 처한 상황을 이해하도록 한다.

「이때 솟을대문이 소리를 내며 열리고 어른과 헬멧을 든 두 사나이가 나온다. 모두 말을 뚝 멎고 주눅이 들어 버린다.」

(솟을대문: 행랑채의 지붕보다 높이 솟게 지은 대문. 좌우의 행랑채보다 기둥을 훨씬 높이어 우뚝 솟게 짓는다.)
(「」: 무대가 지주 어른의 집 앞이며 마을 사람들이 지주 어른의 집 앞에 모여 있음)

돌쇠: (다가가서 사나이에게) 안녕허세유, 선상님들.
(호칭과 지주 어른의 대사로 볼 때 댐 건설과 관련이 있는 인물임을 추측할 수 있음)

어른: 땜이 언제 만수될지 모르니까 주민들의 안전을 생각해서 오늘이라도 당장 철거를 해야 하지만 내가 잘 말씀드려서 얼마간 말미를 얻었네.
(만수: 물이 가득참)
(말미: 일정한 직업이나 일 따위에 매인 사람이 다른 일로 말미암아 얻는 겨를)

돌쇠: 고맙구먼유.

어른: 서둘러 보리 건조해서 수매하고 갈 곳을 마련하게.
(수매하다: '거두어 사들이다.'라는 의미이나 여기서는 '거두어서 팔다.'라는 의미)

돌쇠: 야. 헌디…… 즈이는…… 저 돌산으로 갔으믄 쓰것는……
(돌쇠는 마을이 수몰된 뒤 석산에 정착하고 싶어 함)

어른: (말을 잘라) 석산[■] 문제는 지금 막 결말을 봤네.
(독단적으로 일을 처리하는 지주 어른의 성격을 드러냄)

모두: !? (관심을 집중한다.)

어른: 내가 그걸 자네에게 줬다고 잘못 생각하고 있는 모양인데, 이 문서를 보면 엄연히 내 것이네. 석산을 깨서 둑 쌓는 데 쓰기로 계약을 했네.
(돌쇠는 석산이 자신의 땅이라고 믿고 있었음을 알 수 있음)
(마을 사람들의 처지는 전혀 신경 쓰지 않는 지주 어른의 태도)

돌쇠: 야? (모두 술렁거린다.)

어른: 봉답[■] 있는 골짜기는 땜에 물이 차면 전망이 좋은 곳이라 우선 살려 두기로 했네.
(돌쇠의 봉답이 있는 골짜기는 깨지 않는다고 함 – 나중에 지주 어른의 별장을 만드는 장소로 밝혀짐)

점순네: 어르신네 고맙구먼유.

어른: 허어, 살린다구 해서 꼭 논으로 쓰겠다는 건 아냐.
(봉답이 있는 골짜기에 자신의 별장을 짓는다는 것을 감추며 한 말)

돌쇠: …….
(지주 어른의 말에 아무런 말을 못함)

어른: (두 사나이에게) 됐소이다.
(일처리가 마무리되었으니 가도 좋다는 말)

두 사나이가 인사하고 헬멧을 쓰면서 나가면, 이어서 오토바이 시동 소리가 요란하게 무대를 흔들어대고 달려간다.
(희곡의 특성 – 오토바이를 직접 보여 주지 않고 음향 효과로 대신함)

어른: 자네들은 할 일이 없나?
(마을 사람들을 보내고 점순네를 집 안으로 불러들이기 위해 한 말)

옥돌네: 아녀유. 상치하구 풋고추 따야 저녁 장을 보누만유.

## 작품 분석 노트

- '솟을대문'의 역할

| 솟을대문 | |
|---|---|
| 지주 어른의 집으로 들어가는 입구 | |
| 안쪽 | 바깥쪽 |
| • 함부로 들어갈 수 없는 지주 어른의 공간<br>• 마을 사람들 중 지주 어른의 성적 요구를 들어줄 수밖에 없는 점순네만 들어갈 수 있음 | 마을 사람들의 공간 |

- '지렁내 마을'의 상황

| 지렁내 마을 |
|---|
| • 공간적 배경<br>• 댐 건설로 인해 수몰 지구가 됨 |
| ↓ |
| 마을 사람들은 안전을 위해 거처를 옮겨야 하는 상황에 처함 |

옥돌네와 갑석은 헛간을 돌아 남새밭으로 가고, 덕근은 솟을대문 앞길로 나가고, 돌쇠는 지게를 지고 점순네는 도리깨를 집어 든다.

채소밭

▶ 댐 건설로 마을이 수몰되는 상황에서 지주 어른이 봉답이 있는 골짜기는 남겨 두기로 했다고 돌쇠에게 말함

어른: 점순네.

점순네: 야.

어른: 점순이를 보내든지 자네가 오든지 이남박 갖고 잠깐 들어오게.

안쪽에 여러 줄로 고랑이 지게 돌려 파서 만든 함지박. 쌀 따위를 씻어 일 때에 돌과 모래를 가라앉게 함

점순네: 야? (크게 놀라며 도리깨를 넘어뜨린다.)

돌쇠: 아니, 왜 그려?

점순네의 시아버지인 돌쇠는 어떤 상황인지 모르고 있음

점순네: (순간적으로 태도를 바꿔) 아…… 아니유. 잘못해서 넘어뜨렸구먼유.

「급히 도리깨를 세운다. 매미가 울어댄다. 어른이 대문을 닫는다. 돌쇠가 매미와 어른에게 시선을 보냈다가 뒷마당으로 해서 나간다. 점순네가 도리깨에 기대서 멍해 있다가 우물로 가서 대야에 물을 떠 손을 씻으려다가 부엌 쪽을 본다.」 무대가 어두워지면서, 매미가 요란스레 울면, 빛이 오동나무 숲을 비추는 듯하다가 부엌 쪽을 비춘다. 점순네가 '어멈 점순네'가 되어 이남박을 들고 부엌에서 나온다. 회상 장면이다.

「 」: 지시문을 통해 인물들의 행동을 묘사함

점순네가 '어멈 점순네'로 분장하기 위한 조명의 암전

조명과 음향 효과를 통해 회상 장면으로 전환됨

배우가 1인 2역을 통해 회상 장면을 연기함

어멈 점순네: (우물을 향해) 얘야, 이게 이남박이다. 곡식을 씻고 일 때 쓰는 게여. 큰 건 양반이 쓰구 작은 건 상것들이 쓰는 것여. (사이) 이 이남박에 우리네 상것들이 하얀 쌀을 씻을 때가 있구먼. 아이들 허구 남정네들은 이밥이라구 좋아라 퍼 넣지만 그 이밥 속에는 우리 상것 계집들이 남몰래 흘린 피눈물허구 한이 들어 있는 것이여. (사이) 어르신네가 이남박을 갖구 오라는 분부면 어미 너는 지체 말고 가야허구, 나올 땐 쌀을 내릴 것이니 바로 쌀을 씻으믄서 눈물을 감춰야지 앙탈을 하다가 이남박을 깨기라도 하면 큰일 나는 것이여. (사이) 상것 계집헌틴 은장도가 읎고 열녀문두 읎는 벱이여. 있다믄 입을 옥물고 이마를 펴서 그 티를 내지 않는 것뿐이여. (사이) 니 시할무니가 이걸 갑오년 전 해에 물려받아 왜정 중간에 나헌티 줬는디 내가 이걸 버리지 못허구 오늘 어미헌티 주는 것이여……. 상것 지집은 원혼두 읎어…….

점순네 역할을 하는 배우가 점순네의 시어머니가 되어 하는 말이므로 상대 배우가 등장할 수 없음

신분에 따라 이남박의 크기가 다름

자신들이 하얀 쌀밥을 먹을 때

점순네

악물고

상것은 지조를 지키지 못함

지조가 있다고 하더라도 겉으로 드러내지 말아야 함

지주 가문의 착취가 대를 이어 계속되어 왔음을 알 수 있음

'어멈 점순네'가 부엌으로 들어간다. 부엌문을 비추던 빛이 오동나무로 가고 매미가 울어대고, 잠시 후에 무대가 밝아지면 점순네가 대야 앞에 앉아서 부엌문을 바라보는 장면으로 돌아온다. 솟을대문 안에서 큰 기침 소리가 들려온다. 점순네가 소스라쳐 벌떡 일어서서 대문을 바라본다. 무대가 서서히 어두워진다.

조명과 음향 효과를 통해 회상 장면에서 현실로 돌아옴

점순네가 회상하고 있는 상황을 표현함

점순네에게 어서 들어오라는 지주 어른의 독촉

장면 전환을 위한 암전

▶ 지주 어른이 점순네를 착취할 것임을 암시하고 점순네가 과거를 회상함

■ 석산: 돌이나 바위가 많은 산.
■ 봉답: 빗물에 의하여서만 벼를 심어 재배할 수 있는 논. ≒ 천둥지기. 천수답.

• '이남박'의 의미

| 이남박 |
| --- |
| 쌀을 씻어 돌을 골라내는 도구 |

↓

• 신분에 따라 크기가 다름
• 점순네의 시어머니의 시어머니부터 이어져 내려온 악습인 여성 노비들에 대한 지주 가문의 착취를 상징하는 소재

↓

'상것 계집들'이 남몰래 흘린 피눈물과 한이 들어 있음

• '암전'의 기능

| 암전 |
| --- |
| 연극에서, 무대를 어둡게 하는 것 |

↓

• 암전한 사이에 다음 장면을 위한 세트나 소품을 교체함
• 배우가 등장이나 퇴장을 함
• 작중의 시간과 공간이 크게 변하는 것을 보여 줄 때 자주 쓰임
• 공간적 제약이 큰 연극에서 공간적 제약을 극복하기 위한 수단

↓

| 이 장면의 암전 |
| --- |
| 점순네가 우물로 가서 손을 씻으려다가 부엌 쪽을 볼 때 무대가 어두워지면서 매미가 울고 빛이 오동나무 숲을 비추는 듯하다가 부엌 쪽을 비춤 |

↓

• 점순네가 '어멈 점순네'로 분장하기 위함
• 현재에서 회상 장면으로 전환됨

 주목

- 해당 장면은 댐이 수몰된 이후에 살아야 하는 석산 쪽에서 공사하는 것을 알게 된 돌쇠와 점순네를 비롯한 마을 사람들이 점순의 사고를 접하게 되는 상황이다.
- 희곡의 특성을 파악하고, 지시문과 대사를 통해 사건의 전개 양상과 인물의 정서를 이해하도록 한다.

점순네: 이거 워치키('어떻게'의 방언) 한 대유? (몫을 짚으며)(들어갈 돈의 몫을 따지고 있음) 이삭 거름 값 허구 농약값은 뭔 일이 있어두 떼 놔야 허구, 품(삯을 받고 하는 일) 살라믄 꽁보리밥으룬 안 되니께 쌀을 두어 말 팔아야 허구, 옥돌네서 꾼 돈은 옥이 허구 돌이 학빈디 방학 전에 납부혀야니께 꼭 갚아야 허구, 조합 출자금두 뗀다는 걸 갖다 내겠다구 약속허구 죄 가져왔은께 두어 구좌(금융 기관에 예금하려고 설정한 개인명이나 법인명의 계좌)는 내야 허구, 이달에 어머님허구 점순 아부지 지사니께(시어머니와 남편이 죽었음을 알 수 있음) 고사리는 있지만 조기허구 탕국거리는 사야 허구(제사 음식을 마련해야 함), 밀린 하천 부지 사용료두 두어 차례 독촉을 왔는디 이참은(곧 돌아오거나 이제 막 지나간 차례) 줘야 허구……. 아부님(돌쇠) 작업복이 그거 한 벌 뿐인디(돌쇠가 입고 있는 옷) 다 헤져서 이참 벗으시믄 빨지두 못헌께 사야 허구, (빈 곳을 짚어 가며) 어르신네 빚, 점순이 병원비, 창열이 찾아가는 노자(아들 창열은 도회지에 나가 소식이 끊긴 상황임), 경운기 사용료를 워치키 해야 할지 모르겠네유.

돌쇠: 빈 몫은 왜 짚어?(빈 곳을 짚어 가며 몫을 따진 것)

점순네: 빈 몫이 큰 건디 모른 척 헐 순 없는 노릇이쥬.

돌쇠: …….(점순네의 말에 아무런 말을 못함)

점순네: 어르신네 빚 한 가지만 해결헐래두 이걸루는 턱이 안 되구유.

가까운 곳에서 남포* 소리가 땅을 크게 흔든다.(지주 어른의 별장을 짓기 위해 석산 쪽에서 나는 소리)

> **감상 포인트**
> 희곡의 장르적 특징과 관련하여 극적 형상화 방식을 파악하며 작품을 감상한다.

주목 점순네: 뭔 소리지유? / 돌쇠: 글씨…….

점순네: 공사장 남포 소리룬 너무 가깐 디서 들리네유.(남포 소리가 댐 건설 현장이 아니라 다른 곳에서 들리는 것임을 드러냄)

점순네, 돌쇠, 일수가 시선을 마주치며 불안해하는데,(세 명의 배우가 불안한 연기를 하도록 지시한 지시문) 또 한 차례 땅이 울린다.

일수: 석산 쪽이유. / 점순네: 뭣이여? (벌떡 일어선다.)(석산 쪽은 돌쇠 가족이 수몰된 다음 살기로 한 땅이므로)

점순네가 고샅*으로 달려가고, 일수는 연초 건조장 탑으로 뛰어 올라가고, 돌쇠는 뒷마당으로 간다.(사람들이 흩어져서 남포 소리가 나는 곳을 찾아다님)

점순네: 워디여? / 일수: (탑에서) 석산이 맞구먼유. 석산에서 먼지가 피어올라유.(남포 소리가 석산에서 나는 것임을 알 수 있는 근거)

점순네: 워디……. 워디…….

일수: 봐유, 땜 공사 허는 오봉산이믄 저쪽인디 바루 배암산 뒤에서 먼지가 오르잖유.(댐 공사를 하기로 한 오봉산 쪽이 아니라 석산이 있는 배암산 뒤에서 공사가 진행되고 있음)

점순네: 틀림없구먼. 이 일을 워치키 헌다……. 아부님, 뭔 일이래유? 왜 우리 석산꺼정 깬대유? 야?

돌쇠: (한번 시선을 줄 뿐 대답을 않는다.)(점순네의 질문에 대답을 하지 않고 무덤덤하게 관망하는 태도를 보이고 있음)

일수: 석산두 바루 골채기*구먼유.(지주 어른이 봉답이 있는 골짜기는 우선 살려 두기로 하였다는 것을 상기함)

**작품 분석 노트**

- '점순네'의 대사를 통해 고발한 당시 농촌의 현실

점순네의 대사
- 이삭 거름 값, 농약값은 반드시 떼 놓아야 함
- 품을 사기 위해 쌀 두어 말을 팔아야 함
- 옥돌네에서 꾼 돈은 방학 전에 갚아야 함
- 조합 출자금을 두어 구좌 내야 함
- 제사 음식을 마련할 재료를 사야 함
- 하천 부지 사용료를 줘야 함
- 돌쇠 작업복을 사야 함

\+

- 지주 어른네 빚
- 점순의 병원비
- 창열을 찾아가는 노자
- 경운기 사용료

↓

살림에 들어갈 돈이 부족하며 농가 부채 문제가 심각함

⇓

열심히 일해도 지주만 돈을 벌게 되고 소작농은 고통과 가난에 시달리는 당대 농촌의 구조적인 모순과 문제점을 점순네 가족의 삶을 통해 투영함

점순네: 뭐여? 그럼 우리 봉답은 워치키 된 거여……. 잘 봐.

일수: 골채기 양지짝이 틀림읎어유. 양지짝이유.

점순네: 이 일을 워쩌? 양지짝이믄 봇물을 파 논 딘디 거길 깨면 우리 엿 두럭은 천둥지기두 못 허는디……. 아부님, 뭔 일이래유? 야? 아부님…….

점순네는 석산 양지쪽에 봉답을 경작하는 데 필요한 물을 담아 놓을 수 있는 보를 만들어 놓은 상황임

돌쇠: 봇물은 그대루 남는구먼. 바로 그 윈께.

돌쇠는 석산의 공사가 어떻게 진행될지 이미 알고 있었음

점순네: 봉답허구 봇물은 그대루 남는다구유?

돌쇠: 그려……. 양지짝 위만 깨니께.

점순네: (다행이다 싶어) 야! 그러믄 살았어유! (가슴을 진정시키면서 가까스로 들마루로 다가와서 귀퉁이에 앉는다.)

석산에 일군 봉답에 대해 애착이 강함

▶ 석산 쪽에서 남포 소리가 들려옴

돌쇠: 점순이가 호미로 돌을 깨는 디여.

석산은 점순네의 딸인 점순이 평소에 땅을 가꾸기 위해 돌을 깨는 장소임

점순네: 야? 그럼 우리가 점순이……. (달려가서 아랫방 윗방 문을 열어젖힌다.) 읎어유, 읎구먼유! (툇마루 밑을 본다.) 신발허구 호미가 읎어졌이유. 점순이가 산에 갔이유……. (들마루의 책을 보고) 책은 있는디……. 이 일을 워쩌……. 꼭 산에 갔구먼유. 산에 갔이유…….

돌쇠의 말을 듣고 점순이 공사가 진행 중인 석산에 갔음을 직감함

일수: (탑에서 내려와) 야, 지가 산엔 가두 좋다구 했어유.

지주 어른의 말을 듣고 석산에서는 공사하지 않을 것이라고 판단했음

오토바이가 요란스럽게 달려온다.

헬멧 쓴 사나이의 등장과 관련이 있지만, 한편으로는 음향 효과로 사건의 긴박함을 드러냄

점순네: 워쩌……. 점순이가 석산엘 갔는디 남포가 터졌단 말여……. 워쩌……. 이 일을…….

일수: 가 봐야지 워쩌유……. 지가 가 봐야겠구먼유……. (달려간다.)

석산에 가서 점순의 안위를 확인해야 하는 상황

점순네: 아부님, 지두 댕겨와야겠어유……. (허둥대며 달려간다.)

점순이 석산으로 간 것을 알고 당황함. 점순에 대한 모정이 드러남

[일수·점순네] 점순의 안전을 걱정함

오토바이가 달려와서 급히 멎고, 헬멧 쓴 두 사나이가 어른네로 들어간다. 돌쇠가 불안한 듯 석산 쪽을 바라보다가 들마루에 널려진 뭉뭉의 돈을 물끄러미 바라본다. 석산 쪽에서 사람들의 외침이 들려온다.

무대 밖 석산 방향에서 들리는 소리

소리들: 사고다. 사고여! / 돌쇠가 퍼뜩 그쪽을 본다.

점순에게 사고가 생겼음을 알림

소리들: 점순이가 돌에 맞었다! 점순이가 돌에 맞었다!

예상하지 못한 점순의 사고로 인한 놀람과 다급함이 드러남

돌쇠가 휘청한다. 가까스로 오동나무에 기댄 그가 석산을 향해 뭔가 외치려고 한다. 그러나 소리가 나오지 않아 애를 쓴다. 결국 한마디도 내뱉지 못하고 무릎을 꿇듯 미끄러져 내린다. 무대가 서서히 어두워진다.

손녀인 점순의 사고 소식에 절망하면서도 아무런 소리를 내지 못하는 돌쇠

암전 – 장면 전환

▶ 남포가 터져 석산에 간 점순이 돌에 맞게 됨

■ 남포: 도화선 장치를 하여 폭발시킬 수 있게 만든 다이너마이트.
■ 고샅: 시골 마을의 좁은 골목길. 또는 골목 사이.
■ 골채기: '골짜기'의 방언.
■ 양지짝: 양지쪽. 볕이 잘 드는 쪽.
■ 봇물: 보에 괸 물. 또는 거기서 흘러내리는 물.
■ 두럭: '두렁, 두둑'의 방언.
■ 천둥지기: 빗물에 의하여서만 벼를 심어 재배할 수 있는 논. ≒ 봉답.

• '남포 소리'에 대한 두 인물의 반응

석산 쪽에서 남포 소리가 들려옴

↓

| 돌쇠 | 점순네 |
|---|---|
| 지주 어른의 별장 건설 상황을 알고 있으므로 놀라거나 궁금해하지 않음 | 지주 어른의 별장 건설 상황을 모르고 있으므로 의아해하며 놀람 |

• 돌쇠 가문과 지주 가문의 관계

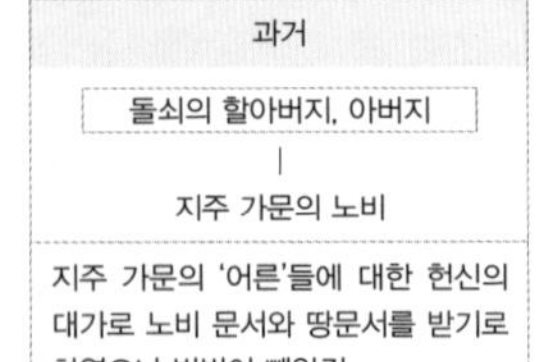

과거
돌쇠의 할아버지, 아버지
지주 가문의 노비
지주 가문의 '어른'들에 대한 헌신의 대가로 노비 문서와 땅문서를 받기로 하였으나 번번이 빼앗김


↓

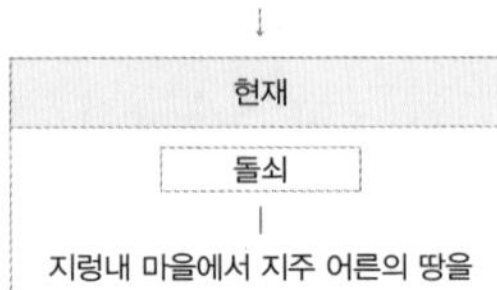

현재
돌쇠
지렁내 마을에서 지주 어른의 땅을 경작하는 소작농
지주 어른이 석산 골짜기 땅을 주기로 한 것을 믿고 며느리, 손녀와 함께 양지 쪽 땅을 일구었으나 지주 어른이 별장을 짓기 위해 석산 골짜기 양지쪽 땅을 빼앗음

장면 포인트 3 주목

• 해당 장면은 돌에 맞아 죽은 점순의 장례식을 마친 상황과 지주 어른이 석산 양지쪽에 별장을 짓기로 했다는 것을 알게 되는 상황이다.
• 지주 어른의 별장 공사 소식을 들은 인물들의 반응을 중심으로 인물의 성격과 태도를 파악하도록 한다.

무대가 밝아진다.(새로운 장면이 시작됨) 낡은 상복을 입은 점순네가 옥돌네 부축으로 툇마루에 걸터앉아서 허공을 바라본다.(점순의 장례를 치른 상황) 돌쇠는 덕근, 진모, 갑석 등 마을 사람과 들마루에 앉아 있다. 점순을 묻고 돌아온 듯 삽, 괭이, 가래 따위가 옆에 놓였다.(마을 사람들이 함께 점순의 장례를 치렀음을 보여 줌)

▶ 돌에 맞아 죽은 점순의 장례를 치름

(중략)

상만이가 급한 걸음으로 들어와서 솟을대문으로 가더니 틈으로 안을 본다.

상만: (돌아 나오며) 그려, 그렇구먼. 인저 그 속심(속셈 – 지주 어른이 석산 양지쪽에 별장을 지으려고 하는 것)이 드러났어. 그럴 수가 읎는 건디 말여. 지(지주 어른)허구, 덕근 자네허구, 돌쇠 이 사람허구, 나허구는 동갑내기여. 살아온 형편이 틀링께 그렇지 동갑내기라구.(지주 어른과 농부인 덕근, 돌쇠, 상만은 65세로 동갑임) 그럴 수가 읎는 거여. 암, 읎지, 읎구말구!

갑석: 아저씨, 왜 그려유?

상만: 내가 안 그러게 됐어? 안 그러게 됐느냐 말여?(석산 양지쪽에 지주 어른의 별장을 짓게 된 것을 알게 됨)

덕근: 이 사람아, 그늘루 들어오기나 혀. 들어와서 뭔 말인지 차분하게 혀야 알지.

상만: (그대로) 내가 말여, 집으루 가다가 찬물 내를 건너는디 너무 뜨거워서 시수(세수)를 안 혔겄어. / 덕근: 그려서?

상만: 시수를 허구 난께 시상(세상)이 야속허구나, 허는 맴이 들어……. 점순이가 누운 자리(점순의 무덤 자리)래두 한 번 더 볼까 허구 돌아보는디, 글씨…… 석산 골채기에 웬 사람들이 잔뜩 몰켜 있잖겄어.(석산 골짜기에 사람들이 많이 몰려 있는 장면을 목격함)

덕근: 그려서?

상만: 올라갔지. 본께 글씨 읍내 사람들허구 서울 사람들이 스무남은 명은 되게 몰켜 있는디, 저 어르신허구 서울서 높은 디 있는 둘째가 보이드란 말여.(지주 어른과 지주 어른의 둘째 아들이 함께 있는 것을 보게 됨)

진모: 그려서유?

상만: 읍내 사람 붙잡구 물어본께…… 글씨…… 어르신네가 거기(석산 골짜기 양지쪽 – 점순네의 봉답이 있는 곳)다가 별장을 짓는댜, 별장을 말여. / 모두: 뭣이여?

점순네: 아니…… 아저씨…… 우리 봉답 있는 디다가 별장을 짓는다구유?

상만: 그렇다니께.

진모: 그럴 리가 있겄어유……. 아니것지유…….

상만: 나두 기연가 미연가('긴가민가'의 본말 – 그런지 그렇지 않은지 분명하지 않은 모양) 혀서 달려왔는디, 지금 본께 참말이구먼그랴,(지주 어른의 집을 보고 확신하게 됨) 가서 보라구. 대문만 남은 거여. 문지방허구 머름지방 다 뜯구 개와꺼정 내려놨어.(지주 어른의 집을 허물고 있음을 알려 줌)

모두: 뭣이여?

모두 우르르 달려가 담 너머로 혹은 문틈으로 안을 들여다본다. 돌쇠는 움직이지 않는(지주 어른이 집을 허물고 석산 쪽으로 이주한다는 사실을 이미 알고 있음)

**작품 분석 노트**

• 인물의 성격

| 인물 | 성격 |
|---|---|
| 돌쇠 | • 지주에 의해 억압받으며 살아가는 전형적인 농민<br>• 성실하게 일해도 계속되는 가난과 가진 자의 횡포 앞에서도 굴복할 수밖에 없는 농민의 삶을 보여 줌 |
| 점순네 | • 시어머니로부터 물려받은 이남박을 통해 지주 어른에게 성적 착취를 당하면서도 이를 말하지 못하는 인물<br>• 늘어나는 빚 속에서도 농토를 일구며 묵묵히 살아가지만 점순의 죽음으로 절망함 |
| 상만, 덕근 | • 돌쇠, 지주 어른과 동갑인 마을의 농민<br>• 돌쇠가 지주 어른에게 농토를 빼앗기자 돌쇠의 어리석음을 비난함 |

다. 그들은 엄청난 사실을 확인한 충격과 마을을 떠날 때가 눈앞에 닥쳤다는 절박한 현실감에 아무도 말을 꺼내지 못하고, 한 사람씩 두 사람씩 서서히 돌아온다.

지주 어른이 돌쇠에게 주기로 한 석산을 빼앗아 석산 쪽으로 이주한다는 사실과 지주 어른의 이주로 마을이 곧 수몰될 것이라는 충격 때문에

상만: 땜에 물이 차면 게가 전망이 젤루 좋다드만, 점순이가 돌에 맞은 것두 땜 공사 남포가 아니구 별장 짓는 남포에 맞은 것이여.

댐에 물이 차면 석산 골짜기 양지쪽이 전망이 좋아 별장을 짓는 공사를 하는 것임

점순이 죽게 된 원인이 댐 공사가 아니라 별장 짓는 공사 때문이었음을 알게 됨

점순네: 몰랐구먼유……. 지두 까맣게 몰랐어유……. 지가 어르신네 간 게 엊그젠디 이럴 수가 있대유? 읎쥬?

지주 어른에게 성적 착취를 당하면서도 그 사실을 몰랐음

점순네가 흩어진 보릿대 위에 무너지듯 주저앉고, 옥돌네가 다가가서 말없이 점순네를 끌어안는다. 침묵이 흐른다.

점순이 죽게 된 원인을 알고 절망하는 점순네와 점순네를 위로하는 옥돌네

▶ 상만이 지주 어른의 별장 공사 소식을 마을 사람들에 전함

갑석: 우리두 인전 떠나야 허는디 워디루 간대유…….

지주 어른의 집을 허물고 있는 상황이라서 마을이 곧 수몰될 것이나 거처로 정한 곳이 없음

돌쇠: (비로소) 쌘 게 산천이구, 쌘 게 논밭인디, 워디 가믄 몸 둘 디 읎것어. (사이) 고향을 떠나는 게 쉰 일이 아니구, 산천마다 주인이 있구, 논밭마다 임자가 있어서 숭이나 몸 둘 디 읎으믄…… 내허구 석산 골채기루 가자구. 음지짝은 몸 둘 수 있으니께…….

갈 곳이 없는 마을 사람들에게 석산 골짜기 음지쪽으로 같이 갈 것을 제안함 → 순종적이고 인정 넘치는 돌쇠의 성격

덕근: 가만, 돌쇠 자넨 어른이 양지짝으로 간다는 걸 알구 있었구만?

돌쇠가 이미 지주 어른이 이주할 곳을 알고 있었음을 알아챔

모두의 시선이 돌쇠에게 집중된다.

덕근: 그렇지? / 돌쇠: ……. / 상만: 싸게 말을 혀!

침묵함으로써 미리 알고 있었음을 드러냄 / 빨리

점순네: 아부님……. / 돌쇠: 그려. / 모두: 뭣이.

돌쇠: 워쩌어……. 주인이 간다는디……. / 덕근: 주인?

자신이 일구었던 농토를 빼앗기고도 이에 대해 저항하지 못하고 순종하는 돌쇠의 태도

돌쇠: 우린 문서가 읎어. (사이) 땜에 수문이 꽂히구, 지렁내가 물에 잠기믄 떠나야 허는디, 우리나 어르신네나 마찬가지여.

석산 골짜기 양지쪽을 소유한다는 문서 / 댐 건설 추진으로 농민들이 삶의 터전을 잃음

상만: 예끼 망할 자석! 우리헌틴 말 한마디 읎이 어른네헌티 가세유 가세유 했어?

▒: 지주 어른에게 땅을 빼앗긴 돌쇠에 대한 비난

덕근: 어른네가 양지짝에 별장을 세우믄 돌쇠 자네헌티 음지짝을 줄 것 같은감? 음지짝에 들어가 봉답 뙈기 부쳐 먹구살 것 같여?

부당한 요구에도 순종하며 착취당하는 돌쇠의 현실을 보여 줌

상만: 「속알갱이두 읎어? 달나라 댕겨오구 별나라꺼정 가는 시상이여. 선대가 당헌 원혼을 몰러?」

조상 대대로 돌쇠네는 지주 어른 집의 종살이를 했음

「 」: 신분제가 폐지되었음에도 여전히 주인에게 순종하는 돌쇠의 어리석음에 대한 비난

점순네: 「아저씨들, 아부님을 너무 닦달허지 마세유. 밭을 살라믄 변두리를 보구, 논을 살라믄 두렁을 보라고 했는디…… 그걸 못 헌 게 한이구먼유.」

무슨 일이나 구체적인 환경 조건을 잘 헤아려서 해야 실수가 없음을 비유적으로 이르는 말

「 」: 돌쇠를 두둔하며 체념적 태도를 보임 / 선대가 당한 원혼을 거론하는 상만에게 하는 말

돌쇠: 내헌티 궁성들 대는 건 괜찮은디, 조상꺼정 말칠렵시키믄 못써.

'웅성대다'의 방언 – 여러 사람이 모여 소란스럽게 떠들다. 또는 그런 소리가 자꾸 나다.

상만: 허, 효자 났구먼. 선대가 종살이해서 맹그러 준 땅두 뺏기믄서!

선대가 종살이하면서 얻은 땅을 지주 어른에게 빼앗긴 돌쇠에 대한 비난

돌쇠: 내두 그분들이 워치기 살아오셨는지 알구 있어. 아부지 한쇠 씨가 말짱 얘기허셨구, 내 눈으루다가 똑똑허게 보기두 했응께…….

'어떻게'의 방언 / 돌쇠는 아버지에게 종살이에 대한 이야기를 들었으며, 자신이 경험하기도 했음

▶ 돌쇠가 선대가 종살이해서 마련한 땅을 지주 어른에게 빼앗기자 마을 사람들이 돌쇠를 비난함

■ 머름: 바람을 막거나 모양을 내기 위해 미닫이 문지방 아래나 벽 아래 중방에 대는 널조각.
■ 개와: 기와로 지붕을 임. 또는 기와.
■ 말칠렵: 말추렴. 다른 사람이 말하는 데 한몫 끼어들어 말을 거드는 일.

• '양지짝'과 '음지짝'의 의미

| | |
|---|---|
| 양지짝 | • '음지짝'과 함께 돌쇠가 지주 어른에게 받기로 한 땅<br>• 별장을 지으려는 지주 어른에게 돌쇠가 저항도 하지 못하고 빼앗기는 곳 |

지주 집안이 삼대에 걸쳐 돌쇠네의 땅을 반복하여 빼앗는 행위를 보여 주면서 지배 계층과 피지배 계층 사이의 부당한 관계를 드러내는 공간

↕

| | |
|---|---|
| 음지짝 | • '양지짝'을 빼앗긴 돌쇠가 지주 어른에게 얻어 낼 수 있다고 믿는 땅<br>• 돌쇠가 마을 사람들에게 마을이 수몰된 뒤에 같이 가서 살자고 제안하는 곳 |

지배 계층의 부당한 요구에 어쩔 수 없이 현실을 받아들이는 피지배 계층의 현실을 드러내는 공간

• '농토'의 의미

| 돌쇠 | 지주 어른 |
|---|---|
| • 선대가 종살이를 통해 어렵게 얻은 땅<br>• 마을이 수몰된 후 가족들과 이주해서 살 공간<br>• 가족들과 함께 일구어 온 공간<br>• 문서가 없어 소유권을 인정받을 수 없는 공간 | • 돌쇠에게 주기로 약속했으나 빼앗은 땅<br>• 수몰될 마을의 모습을 바라볼 수 있는 전망 좋은 공간<br>• 문서가 있어 자신 마음대로 돌쇠에게 빼앗을 수 있는 공간 |

## 핵심 포인트 1 인물의 성격 및 태도 파악

이 작품은 희곡으로 인물의 대사와 행동을 통해 사건이 전개되며 인물의 성격과 태도가 드러난다. 따라서 이러한 희곡의 특성을 바탕으로 인물의 성격을 파악할 수 있어야 한다.

**인물의 대사와 인물의 성격**

| 인물 | 대사 | 성격 |
|---|---|---|
| 지주 어른 | • "내가 그걸 자네에게 줬다고 잘못 생각하고 있는 모양인데, 이 문서를 보면 엄연히 내 것이네."<br>• "허어, 살린다구 해서 꼭 논으로 쓰겠다는 건 아냐."<br>• "점순이를 보내든지 자네가 오든지 이남박 갖고 잠깐 들어오게." | • 지배 계층으로서 피지배 계층에게 군림하며 주기로 약속한 땅을 빼앗음<br>• 피지배 계층의 여성을 성적으로 착취하는 부도덕함을 자행함 |
| 돌쇠 | • "야. 헌디…… 즈이는…… 저 돌산으로 갔으믄 쓰것는……"<br>• "……."<br>• "쌘 게 산천이구, 쌘 게 논밭인디, 워디 가믄 몸 둘 디 읎것어."<br>• "워쩌어……. 주인이 간다는디……." | • 지주 어른에게 자신의 요구를 제대로 전달하지 못함<br>• 지주 어른의 요구에 순종하며, 신분제가 폐지된 변화된 시대에 억울하게 토지를 빼앗기면서도 저항하지 못함 |
| 점순네 (어멈 점순네) | • "어르신네가 이남박을 갖구 오라는 분부면 어미 너는 지체 말고 가야 허구, 나올 땐 쌀을 내릴 것이니 바로 쌀을 씻으믄서 눈물을 감춰야지 앙탈을 하다가 이남박을 깨기라도 하면 큰일 나는 것이여."<br>• "이 일을 워쩌? 양지짝이믄 봇물을 파 논 딘디 거길 깨면 우리 엿 두럭은 천둥지기두 못 허는디……. 아부님, 뭔 일이래유? 야? 아부님……."<br>• "야! 그러믄 살았어유!"<br>• "아부님, 지두 댕겨와야겠어유……. (허둥대며 달려간다.)" | • 지주 어른의 부당한 요구에 동의할 수밖에 없는 상황에 처해 있음<br>• 자신이 일군 농토에 대한 애착이 강함<br>• 점순이 석산으로 간 것을 알고 당황함<br>• 점순에 대한 모정이 드러남 |
| 상만, 덕근 | • "어른네가 양지짝에 별장을 세우믄 돌쇠 자네헌티 음지짝을 줄 것 같은감? 음지짝에 들어가 봉답 뙈기 부쳐 먹구살 것 같여?"<br>• "속알갱이두 읎어? 달나라 댕겨오구 별나라꺼정 가는 시상이여. 선대가 당헌 원혼을 몰러?"<br>• "허, 효자 났구먼. 선대가 종살이해서 맹그러 준 땅두 뺏기믄서!" | 조상 대대로 고생하여 얻게 된 석산 땅을 지주 어른에게 무력하게 빼앗기고서도 저항하지 못하는 돌쇠의 어리석음을 답답해하며 돌쇠를 비난함 |

## 핵심 포인트 2 작품의 내용 파악

이 작품에서는 '지주 어른네'와 '돌쇠네'가 착취 – 피착취의 관계를 이루고 있다. 따라서 이러한 관계 설정을 중심으로 작품의 내용과 주제 의식을 파악할 수 있어야 한다.

**인물의 관계와 주제 의식**

| 지주 어른네 | ↔ | 돌쇠네 |
|---|---|---|
| 조선 시대에는 양반으로서, 일제 강점기에는 친일파로서, 광복 이후에는 고위층 관리로서 마을의 이익을 독점함 | ↔ | 150년간 삼대에 걸쳐 할아버지와 아버지는 지주의 노비로, 현재 돌쇠는 지주의 소작농으로 살아가며 지주 어른 가문에 헌신함 |

↓

지주 어른은 댐 공사가 시작되자 버려졌던 석산으로 인해 더욱 부를 쌓게 되며
마을이 수몰되면 수몰된 마을을 볼 수 있어 전망이 좋다는 이유로 석산 골짜기에 별장까지 짓게 됨

↓

지주 어른의 인간적 배신과 농촌의 사회 구조적인 모순을 고발함

### 작품 한눈에

• 해제

〈농토〉는 삼대째 노비 신분과 소작농 생활을 이어 온 돌쇠네의 삶을 통해 농촌 사회의 현실과 농민의 삶을 예리하게 묘사한 희곡이다. 동학 혁명, 일제 강점기, 6·25 전쟁 등의 굵직한 사건 속에서 지주 어른의 가문은 돌쇠네에게 헌신할 것을 요구하며 이에 대한 보상으로 노비 문서를 없애고 땅문서를 주겠다고 제안하지만, 번번이 이것을 어긴다. 돌쇠도 지주 어른의 배신으로 약속받았던 농토를 빼앗기게 되지만 이에 저항하지 못하고 순응하게 되는데 이를 통해 농민들의 비극적인 운명과 농촌 사회의 구조적인 모순을 부각하고 있다.

• 제목 〈농토〉의 의미

– 사회적 모순을 견디며 살아가는 농민들의 운명을 드러내는 공간

제목인 '농토'는 작품의 주요 인물인 돌쇠 가문이 조상 때부터 얻고자 노력한 땅이다. 할아버지, 아버지와 마찬가지로 돌쇠는 약속받은 땅을 받지 못하게 되는데 이를 통해 지주의 횡포, 근대화의 미명 속에서 억압받고 착취당했던 농민들의 삶과 이를 감내할 수밖에 없었던 전형적인 농민의 모습을 보여 주고 있다.

• 주제

근대화의 폐해와 농촌의 사회 구조적 모순 고발

**전체 줄거리**

소작농인 돌쇠와 점순네가 사는 지렁내 마을은 댐 공사로 인해 수장될 위기에 처하고, 마을 사람들과 대화를 나누던 점순네는 지주인 어른이 가을 도지를 돈으로 갚으라고 한 이유가 마을이 수장될 것을 그가 미리 알았기 때문이라고 말한다. 돌쇠 가문은 3대째 어른 가문의 노비나 소작농을 하고 있으며, 어른 가문의 주인들은 대대로 돌쇠 가문의 조상들에게 험한 일을 시키며 노비와 소작농으로 부려 먹는다. 마을 주민 덕쇠는 어른 집안에 의해 착취당해 온 돌쇠 집안의 내력으로 볼 때, 어른이 돌쇠에게 석산의 봉답을 주지 않을 것이라고 예상한다. 덕쇠의 예상대로 어른은 돌쇠에게 석산의 봉답이 자신의 것임을 강조하고, 어른은 점순네까지 착취하려 한다. 마을 사람들은 울배와 점순네의 두 자식인 창열과 점순이 모두 그들의 할아버지 돌쇠의 권유로 대처로 갔다가, 창열은 공장에서 손가락을 잃는 장애를 얻고서 고향으로 돌아오지 않고, 점순은 재봉기를 돌리는 회사에 다니다가 월급이 나오지 않아 술집에서 일을 하다 정신 질환을 얻게 되었다고 이야기한다. 어느 날 점순은 석산에 들어갔다가 어른의 별장을 짓기 위해 터뜨린 남포가 폭발할 때 튄 돌에 맞아 죽는다. 이에 분노한 마을 사람들이 어른을 죽이러 가자고 하지만, 돌쇠는 이를 말리며 계속해서 농토를 일구어 내겠다고 결심한다.

극 · 수필 20

◇ 한 줄 평 현대 사회의 배금주의와 출세주의를 풍자한 작품

# 국물 있사옵니다 이근삼

### 장면 포인트 1 주목

- 이 작품은 1960년대 산업화 시대에 고조되기 시작한 출세주의와 배금주의를 풍자하고 있는 희곡이다.
- 해당 장면은 소심하지만 성실하게 살아온 상범이 손해만 보게 되면서 세상을 살아가는 상식을 바꾸는 상황이다.
- 인물 간 대화와 상범의 방백을 중심으로 인물의 태도와 정서를 파악하도록 한다.

「[무대] 어떤 아파트와 회사 사무실, 그리고 길거리를 다양하게 나타낼 수 있는 무대. 무대가 구태여 사실적일 필요는 없다. 대체로 무대 우측은 아파트의 실내, 좌측은 회사 사무실로 구분된다. 관객석 가까운 무대 전면은 길거리, 복도 또는 공원 구실을 한다. 관객과 아파트의 실내 사이는 그대로 트여 있지만, 그 사이에 벽이 가로막혀 있다고 상상하면 된다. 실내 앞 무대는 또한 아파트의 복도도 겸한다. 이 극에 등장하는 인물들은 현재 상황 이외에, 과거지사를 말하거나 재연할 때 공간 처리에 구애될 필요가 없다.」

「 」: 한 무대에 여러 시 · 공간을 동시에 배치하는 비사실적 무대 설정을 보여 줌

과거지사: 이미 지나간 때의 일, 과거사

[중략 부분의 줄거리] 선량하고 평범한 청년인 김상범은 정직하게 살고자 노력하지만 번번이 손해만 보다 우연한 기회에 사장의 신임을 얻어 임시 사원에서 정규 사원이 된다. 그러면서 상범은 마음에 두고 있던 이웃의 박용자와의 결혼을 결심한다.

박용자: 상범을 잘 챙기던 이웃 여성. 상범이 뒤늦게 그녀의 마음을 알고 결혼을 생각하지만 형과 결혼함

상학: 자, 아버지 환갑도 지내야겠고…….

아버지 환갑: 상학의 용건

상범: 정말 큰일인데요.

상학: 나…… 이제 한 달 후에 결혼을 하게 될 것 같아.

상범: 네? 결혼이요? 아, 축하해요. 벌써 장가를 들어야 했었는데……. 아닌게 아니라 나도 결혼을 할까 생각하고 있었던 참인데, 암만해도 형님보다 앞서 장가간다는 것이 좀 이상해서…… 참 잘됐어요!

네? 결혼이요? 아, 축하해요.: 상학의 결혼 상대자를 모르고 있음
나도 결혼을 할까 생각하고 있었던 참인데: 박용자와의 결혼을 생각하고 있음

상학: 그러니 말이야, 아버지 환갑에 손님을 좀 초대하고도 싶지만 한 달 후엔 내 결혼식이 있으니 같은 손님들을 두 번 청할 수도 없고…….

아버지 환갑에 ~ 없고…….: 상범이 아버지의 환갑을 주관하도록 떠넘기는 구실, 상학의 영악한 성격이 드러남

상범: 그야 그렇지…….

상학: 그러니 암만해도 이번 아버지 환갑은 네가 좀 주동이 돼서 도와주었으면 좋겠어.

아버지 환갑은 ~ 좋겠어.: 상학이 자신의 결혼 이야기를 꺼낸 의도, 장남으로서의 상학의 책임을 상범에게 떠넘김

상범: 그렇기도 하군요. 사장님한테 직접 사정을 말씀드릴까…….

사장님한테 ~ 말씀드릴까…….: 사장의 신뢰를 얻은 상범

상학: 잘 알아서 해 주렴.

상범: 근데 아주머니 될 분은 어떤 여자예요?

아주머니 될 분: 형의 부인이 될 사람

상학: 너도 잘 아는 여자지. / 상범: 저도요?

상학: 요 위층에 있는 미스 박 말이야. 가정주부로서는 그만이기에…….

미스 박: 박용자

상범: 아니, 박용자 씨 말입니까?

아니, 박용자 씨 말입니까?: 박용자를 결혼 상대자로 염두에 두고 있었기에 놀라고 당황함

### 작품 분석 노트

- 이 작품의 서사극적 특징

서사극은 관객의 사회적 인식을 일깨우고자 하는 연극이다. 이 작품은 종래의 사실주의 연극이 플롯을 중심으로 원인과 결과의 관계를 밝히는 구조로 이루어진 것과 달리 사건만 제시하고 극적 진실은 관객 스스로가 판단하도록 하는 서사극 형식을 띠고 있다.

| 주인공이 해설자 역할을 함 |
| --- |
| • 배우가 사건의 진행자이자 안내자 역할을 함<br>• 관객이 극에 몰입하지 못하게 하여 사건에 대해 생각할 시간을 줌 |

+

| 하나의 무대에 여러 시 · 공간을 동시에 배치함 |
| --- |
| • 사실주의 연극의 시간과 공간의 개념을 의도적으로 무너뜨림<br>• 무대를 현실처럼 보이게 하는 극적 환상을 부정하여 관객이 사건을 능동적으로 판단하게 함 |

- 주요 등장인물

|  |  |
| --- | --- |
| 김상범 | 이해심 많고 선량했으나 출세에 눈을 뜬 후 목적을 위해 수단과 방법을 가리지 않는 비열하고 냉혹한 인간으로 변하는 인물 |
| 김상학 | 상범의 형. 동생이 좋아하는 여자를 가로채고, 아버지의 환갑잔치가 자신의 결혼에 방해가 된다고 생각하여 동생 상범에게 책임을 떠넘기는 영악한 인물 |
| 사장 | 김상범을 신뢰하여 김상범에게 회사의 직원들을 감시하는 스파이 임무를 맡기는 인물 |
| 성아미 | 겉으로는 죽은 남편을 잊지 못하고 있는 것처럼 행동하나 박 전무와 불륜을 저지르는 위선자. 상범과의 결혼으로 물질적 가치를 중시하는 인물임을 보여 줌 |

상학: 그래, 아마 너도 반대는 안 할 거야.

상범: 「저요?…… 아니요…… 아니요.」

「 」: 말줄임표를 사용하여 더듬거리듯 말하는 상범의 모습을 통해 자신이 결혼하고자 했던 여성과 형이 결혼하게 되었다는 것에 대해 당황하고 있음을 알 수 있음. '아니요'를 반복하는 것에는 결혼을 반대하고 싶은 마음이 담겨 있다고 볼 수 있음

상학: (팔뚝시계를 보더니) 이런, 시간에 늦겠다! 그럼 내 2, 3일 내에 또 연락할게.

상범: 박용자 씨하고는 얘기가 다 됐어요?
형이 박용자 씨와 결혼한다는 소식이 믿기지 않아 다시 확인함

상학: 그럼, 인천에도 몇 번 놀러 왔었구. 약혼식은 생략하기로 했어. 결혼식도 간단히 하기로 하구. 그때 같이 영화 구경 간 것이 인연이 됐어. 그럼 몸조심해라.
원래 상범이 박용자 씨와 가기로 되어 있었던 영화 구경을 상학이 대신 가게 되었음

상학이 걸어 나간다. 상범은 움직이지를 못한다. 잠시 그대로 서 있다.
형과 박용자 씨의 결혼에 충격을 받음 ▶ 상범이 형과 박용자 씨의 결혼 소식을 듣고 충격을 받음

주목 상범: (체념하기에는 너무나 억울하다는 태도로) …… 이거…… 「결혼 상대자를 빼앗긴 데다가 아버지 환갑잔치 비용도 내가 주선해야만 하는 팔자입니다. 이젠 할 말이 없습니다. 저의 나이는 서른한 살입니다. 앞으로 살아 봤자 한 20년……. 나머지 20년마저 밤낮 손해만 보는 세월일 것이라고 생각하니 앞이 캄캄해집니다. 저는 여태까지의 모든 생활을 제가 아는 상식의 테두리 안에서 해 왔습니다. 인천서 근무할 때의 일입니다. 여름에 하도 무덥기에 해수욕장에 나갔죠. 갑자기 저쪽 바위 밑에 옷을 입은 채 기어들어 가는 젊은 여자를 보았습니다. 틀림없는 자살입니다. 저는 밀짚모자를 내던지고 달려가 그 여자를 끌어냈습니다. 얼굴도 예쁜데 왜 자살을 하려고 했는지, 모래 위에 끌어내서 살렸더니 그 여자는 고맙다는 말 대신에 저의 뺨을 갈겼습니다. 그러니까 경찰은 저를 파출소로 연행하더군요. 이 사회에선 저의 상식이 통용 안 되는 것 같습니다. 이제부터 물에 빠진 놈에겐 돌을 안겨 줘야겠습니다. 자리를 양보하느니 발로 걷어차 길을 터야겠습니다. 즉 기존 상식을 거부하는 겁니다. 우선 새 상식을 회사에서 한번 실험해 보았습니다.」

(억울하다는: 상범의 심리 / 결국 자신이 손해만 보고 있음을 토로함 / 자신의 삶을 부정적·비관적으로 인식함 / 성실하고 정직한 젊은이로서 살아왔던 김상범의 삶의 태도를 드러냄 / 윤리적으로 행동한 개인이 손해를 보는 부조리한 사회의 모습 / 저의 상식: 정직하고 성실한 삶의 태도 / 새 상식이 비열한 방법임을 드러냄. 새 상식에 따른 행동을 다짐함)

「 」: 극 중 인물인 상범이 마치 소설 속 서술자처럼 상황을 알리고 논평함 ▶ 상범이 새 상식에 따라 살 것을 다짐함

무대 좌측 사무실에 불이 켜진다. 성아미가 소파에 앉아 화장을 고치고 있다. 상범이 엽총을 들고 들어와 손질을 한다.
조명의 조정을 통해 사건이 발생하는 공간을 지시함 / 엽총: 출세와 성공을 상징함. 엽총의 손질은 출세와 성공에 대한 상범의 욕망을 의미함

아미: 조심하셔요. 총알은 다 빼고 하세요?

상범: 네. 실탄은 다 뺐습니다.

아미: 가끔 사냥도 가세요?

상범: 사장님이 가자면 가끔 따라다닙니다.
사장과 친분이 깊은 상범

아미: 상범 씨는…… 아직 독신이세요?

상범: 아직 장가를 못 갔습니다……. 근데 비서님은 결혼 안 하세요?

아미: 저요? …… 저의 남편이 돌아가신 지 8개월밖에 안 돼요.

상범: 사장님의 아드님 말이죠?

아미: 결혼 얘기를 꺼내 저의 마음을 괴롭히지 마셔요. 아직 그분을 못 잊고 있어요.
박 전무와 불륜 관계임에도 겉으로 죽은 남편을 잊지 못하는 척하는 성아미의 위선적 태도

상범: 죄송합니다. 다시는 안 그러겠습니다. (전화벨이 울린다. 엽총을 쥔 채 상범이

**감상 포인트**
'상범'의 '기존 상식'과 '새 상식'이 의미하는 바에 주목하여 작품을 감상한다.

• '상범'의 과거 경험과 가치관의 변화

상범은 자살하려는 여자를 구출하였으나 오히려 뺨을 맞고 파출소에 연행당하는 경험을 한 후 성실하고 정직하게 사는 것이 손해라고 생각하고 자신의 삶을 부정적·비관적으로 인식하게 된다. 그리고 자신의 기존 상식에 따른 생활 태도가 손해만 가져온다고 생각하여 가치관을 바꾼다.

| 상범의 과거 경험 |
|---|
| 자살하려는 여자를 구출하였으나 뺨을 맞고 파출소에 연행당함 |

↓

| 가치관의 변화 |
|---|
| 성실하고 정직한 삶의 방식을 버리기로 함 |

↓

| 옛 상식 | → | 새 상식 |
|---|---|---|
| • 소심하고 어리숙한 상범의 일반적인 상식<br>• 성실하고 정직한 삶의 태도<br>• 사회적 규범에 반하지 않는 윤리적 행동 | → | • 출세의 방법에 눈을 뜨게 된 이후 상범의 상식<br>• 목적을 위해 수단과 방법을 가리지 않는 야비한 행동<br>• 출세주의와 배금주의를 지향하는 태도 |

• '새 상식'의 기능

| 새 상식 |
|---|
| 손해만 보던 상범이 스스로 삶의 방식을 바꾸기로 하여 형성한 새로운 삶의 방식 |

↓

| 기능 |
|---|
| • 상범이 경제적 이득을 얻을 수 있게 함<br>• 상범이 비양심적인 행동을 하는 원인이 됨 |

• '엽총'의 의미

| 엽총의 의미 |
|---|
| • 출세와 성공에의 욕구, 집착을 상징함. 상범이 엽총을 손질하는 모습은 출세와 성공에 대한 상범의 욕망을 상징함<br>• 엽총을 성아미에게 겨누는 것은 성아미의 불륜을 이용할 것임을 암시함 |

받는다.) 네. 네? 성아미 씨요? 계십니다. (수화기 대신 엽총을 내밀며) 박 전무님입
성아미에 대한 비판적 태도
니다. 아, 실례했습니다. (수화기를 준다.)

아미: 네, 저예요. 그분이요? 경리 보는 김상범 씨예요. 괜찮아요. 네? 지금요? 아직 사장님도 계시는데……. 알겠어요. 그리로요? 혼자서 기다리게 하지 마셔요. 네.
대낮에 박 전무와 만날 약속을 하는 성아미의 모습 → 성아미와 박 전무가 불륜 관계임을 알 수 있음

수화기를 놓고 시계를 본다. 상범을 힐끔 본다. 이어 사장실로 들어간다.

상범: 8개월 전에 죽은 남편을 잊을 수가 없다던 여자입니다. 박 전무가 전화를 하니까 대낮에 나갈 생각입니다.
성아미의 표리부동한 태도를 이해할 수 없는 상범
내 상식으로는 도저히 이해를 할 수가 없습니다. 저도 저런 친구들의 상식, 즉 내가 새 상식이라고 부르는 상식으로 살아갈 생각입니다.
정직하지 못한 사람들의 상식

아미가 나와 핸드백을 들고 무대 밖으로 나간다. 상범은 총구를 그의 등에 겨눈다.
상범이 성아미의 약점을 이용할 것임을 암시함
문이 열리며 사장이 나온다. 상범은 몸을 돌려 뜻하지 않게 이번에는 사장에게 총구를 들이댄다.

사장: 에이크, 이 사람아!

상범: 아이, 죄송합니다. 손질을 하고 났더니 갑자기 한번 쏘고 싶어서…….

사장: (총을 받으며) 응, 수고했어. 경리 과장은 어디 갔나?
상범이 자신에게 총구를 겨눴는데도 대수롭지 않게 여김. 상범에 대한 신뢰도가 높음

상범: 네, 배 과장님은 돈 5천 원을 가지고 요 앞에 있는 '바구니' 다방으로 가셨습니다.
새 상식에 따라 경리 과장의 행태를 고자질함

사장: 5천 원? 회사 돈을……?

상범: 네. 저보고 5천 원을 달라고 하시기에…….

사장: 다방엔 뭣하러 갔나?

상범: 어떤 여자가 기다리고 있는 모양입니다. 그리구 성 비서님은 방금 여기에 계셨는데…….

사장: 아, 비서는 이빨이 아파 치과에 간다고 나갔어……. 배 과장이 가끔 돈을 가불하나?
봉급을 정한 날짜 전에 지불함

상범: 글쎄……. 가불증을 안 쓰고 가끔 돈을 가지고 나가시니…… 그 돈이 가불인지 모르겠습니다.
사장이 배 과장에 대해 안 좋게 생각하도록 유도함

사장: 배 과장이 쓰는 돈을 잘 알아 두도록 해.
배 과장을 불신하게 된 사장, 상범에게 배 과장을 감시하도록 함

상범: 네, 계산을 해 놓겠습니다.

사장: 그 다방에 있는 여자가 술집 여자인가?
배 과장에 대한 모함의 근거가 됨

상범: 모르겠습니다. 하기야……. / 사장: 하기야?
사장의 관심을 유도하여 또 다른 모함을 하려는 의도가 담김

상범: 배 과장님이 약주를 참 좋아하십니다. 점심 때도 가끔 한 잔씩 합니다.

사장: 회사의 돈을 맡고 있는 사람이……!
과거 사건을 계기로 술을 경계하는 사장의 태도가 드러남

상범: 사장님, 저…… 제가 이런 말씀을 올렸다고…… 저는 사장님을 존경하고…… 회사의 발전을 무엇보다도 기뻐하기 때문에…… 그래서 이런 말씀을 올렸습니다.
자신의 출세를 위해 배 과장을 모함하고서도 회사를 위한 일이었다고 아부하는 상범. 야비하고 주도면밀한 모습을 보임

• '새 상식'에 따른 '상범'의 행동 ①

- 사장에게 경리 과장의 행태를 고자질함
- 사장이 경리 과장을 불신하도록 유도함
- 사장에게 경리 과장을 모함하는 것이 회사를 위한 일이라고 아부함

↓

- 경리 과장이 강원도 지사로 좌천됨
- 상범이 경리 과장으로 승진함

↓

새 상식에 의한 행동이 출세로 이어지면서 성공하기 위해 수단과 방법을 가리지 않겠다는 상범의 생각이 강화됨

• '상범'의 인물형 변화

이 작품은 평범하고 상식적인 인물인 상범이 야비하고 냉혹한 인간이 되어 가는 과정을 통해 산업 사회의 구조적 모순을 포착하여 비판하고 있다.

**평범한 인간**

- 옛 상식으로 사는 사람
- 정직하고 선량하며 평범한 사람

→ 대가를 받지 못하고 항상 손해를 봄

↓

**야비하고 냉혹한 인간**

- 새 상식으로 사는 사람
- 이기적으로 행동하며 자신의 이득을 위해 남을 모함하고 권력이 있는 대상에게 아부하는 사람

→ 이득을 얻고 성공함

교회에서 사장님의 지도를 받고…….

사장: 알았어. 자네의 심정은 이해할 수 있네. 잘해 보도록 해.

상범의 말을 믿고 그를 신뢰함

사장이 엽총을 들고 들어간다. 상범은 책상에 마주 앉아 일을 시작한다. 잠시 후 배영민이 들어온다.

경리 과장으로, 새 상식에 따라 행동한 상범의 모함으로 강원도 지사로 좌천됨

영민: 무슨 일 없었나? / 상범: 아뇨?

영민이 자기 주머니에 담배를 찾고 있음을 본 상범이 재빨리 티 테이블에 있는 담배를 집어 영민에게 주고 라이터 불을 켜 준다.

사장에게 경리 과장을 모함하고 이를 숨긴 채 경리 과장에게 아부하는 모습을 보임

영민: 사장님은? / 상범: 계시는 모양입니다.

영민: 아. 이거 여편네 성화에 못살겠군! 여편네 친구가 갑자기 맹장염에 걸려 입원했는데 5천 원을 좀 빌려달라는 거야.

경리 과장이 돈을 가지고 다방에 간 진짜 이유

상범: 그럼…… 아까 다방에서 전화하신 분이…… 사모님이신가요?

영민: 그래. 여편네들이 자꾸 남편의 직장까지 찾아오면 곤란해. 재수가 없어. 재수가!

방백 – 관객만 듣는다고 약속한 대사

상범: (관객에게) 네. 재수가 없죠. 재수가 없습니다. 그 후 한 달 있다가 경리 과장은 강원도 지사로 발령을 받아 전출했고 저는 경리 과장이 되었습니다. 회사에서는 저의 출세가 이렇게 빠른 것을 보고 깜짝 놀랐습니다. 내가 아는 상식을 버리고 새 상식에 의해 행동한 첫 효과였습니다. 제가 할 일이 또 하나 있습니다. 사장의 며느리요 과부요 또한 비서인 성아미와 박 전무의 관계를 적당히 이용하는 겁니다. 이리하여 모든 가능한 출세의 문을 내 손으로 내 이 두 발로 젖히고 차서 활짝 여는 겁니다.

경리 과장 영민의 처지를 빗댄 말

새 상식을 적용한 결과 → 출세

새 상식에 따라 경리 과장으로 승진한 상범

상범이 모든 방법을 동원하여 출세하려 할 것임을 암시함

▶ 상범이 경리 과장을 모함하여 그의 자리를 차지함

사무실의 불이 꺼지고 아파트 내실이 밝아진다. 상범이 들어와 손에 들고 있는 큼직한 십자가를 벽에 단다. 문 여사가 나와 그의 도어를 노크한다. 상범이 문을 연다.

• 해설자로서의 '상범'의 기능

상범이 관객에게 직접 이야기를 하는 장면은 서사극으로서의 특징이 드러나는 대목이다. 이 작품에서 상범은 극 중 인물이자 해설자로 상범의 의식의 흐름에 따라 장면이 진행되고 상범의 주관적인 생각에 따라 사건의 의미가 규정된다.

해설자

- 관객에게 말을 건네는 방백 형식을 활용함
- 다른 등장인물보다 우월한 위치에서 극을 이끌어 나감

↓

기능

- 사건을 요약적으로 전달함
- 인물의 내면 심리를 드러냄
- 앞으로 전개될 사건을 안내함
- 무대에서 표현하기 어려운 것들을 설명으로 대신함

장면 포인트 2 주목

• 해당 장면은 새 상식을 적용하여 삶을 살아가는 상범이 아파트 관리인이 가족 몰래 자신에게 맡긴 돈을 유족에게 주지 않고 본인이 가지는 부분과 입사 시험을 준비하는 동생 상출에게 뒷돈을 주고 입사하라는 부도덕한 조언을 하는 부분이다.
• 상범이 비윤리적인 행위를 하며 출세하는 과정을 중심으로 당대 부조리한 사회의 단면을 비판적인 시각으로 파악하도록 한다.

상범: 아, 안녕하세요?

문 여사: 계셨군. 내 정신 좀 봐. 우리 용자(형과 결혼할 여자) 시집갈 준비하느라 그동안 김치도 제대로 못 담갔네.

상범: 괜찮습니다. 바쁘실텐데.

문 여사: 아직 못 들었소?(아파트 관리인의 갑작스러운 죽음)

상범: 뭣을요?

주목 문 여사: 아 글쎄, 이 아파트의 관리인이 저녁에 돌아가셨대요.(문 여사와 상범의 대화 주제)

상범: 네? 관리인이요?

문 여사: 본래 심장이 약하신 분이었는데…….

상범: 그럼 또 심장 마비로…….

문 여사: 그래요. 심장 마비로(아파트 관리인이 죽게 된 원인) 돌아가셨어요. 참 안됐어요. 식구도 많은데……. 그래서 우리 아파트에 들어 있는 사람들끼리 돈을 좀 모아서 조의금이라도 갖다 드릴까 해서요…….(문 여사가 상범의 집을 방문한 이유. 따뜻한 연민을 지닌 문 여사의 인간미가 드러남)

상범: 그거 좋은 생각입니다.

문 여사: 여유가 있는 대로 내일 아침 저희 방으로 갖다주셔요.

상범: 그러죠. (문 여사가 나가려고 한다.) 저…… 어떻게 돌아가셨다죠?

문 여사: 식사를 하시다 그대로 쓰러졌다는걸요.

상범: 마지막에 남긴 말도 없이…… 유언도 없으셨군요?(상범이 질문한 의도 – 아파트 관리인이 상범에게 돈을 맡긴 사실을 아는 사람이 있는지 확인하기 위함)

문 여사: 유언이 다 뭡니까. 그대로 푹 쓰러졌다는데.(상범이 아파트 관리인의 돈을 자신이 갖겠다고 다짐하게 되는 계기)

상범: 그대로 푹 쓰러졌군. 그럼 내일 아침 뵙겠습니다.

문 여사: 네, 전 이 방 저 방을 좀 돌아다녀야 합니다.

▶ 상범이 문 여사를 통해 아파트 관리인의 죽음을 알게 됨

문 여사가 나간다. 상범은 소파 밑에서 관리인이 맡긴 돈 보따리를 꺼낸다.

상범: (관객에게) 이 돈 5만 원! 관리인이 저한테 맡긴 귀중한 돈입니다. 자, 이 돈을 어떡하지? 밥 먹다 푹 쓰러졌다니 이 돈에 대해 말할 여유가 없었을 겁니다.(음영: 관객에게 말을 걸며 해설자 역할을 함. 관객이 극에 몰입하는 것을 차단하는 효과가 있음) 아니, 도대체 이 돈은 비밀로 해 달라고 했으니까. 이 돈에 대해 말을 했을 리가 없어……. 내 옛 상식에 따를 것 같으면 이 돈은 관리인의 미망인에게 돌려줘야 하겠지만(정직하고 도덕적인 행위)…… 아니지, 이미 내 상식은 버리고 새 상식에 따라 생활을 하고 있는 이 마당에 돈을 돌려줄 필요가 없어.(부도덕한 행위) 본시 관리인은 자기의 아내를 싫어했으니까. 오히(아파트 관리인이 남긴 돈을 본인이 가지려고 억지 논리를 내세우며 부도덕한 행위를 합리화함)

작품 분석 노트

• 극의 특징
- 소품을 통해 공간을 상징적으로 연출함
- 방백을 활용하여 관객에게 중심인물인 상범의 생각을 직접적으로 전달함

• '문 여사'의 성격
- 아파트 관리인의 죽음을 애도하며 도움을 주고자 하는 따뜻한 인물
- 상범이 결혼하고자 했던 박용자의 어머니이며 상범에게 아파트 관리인의 죽음을 알리는 인물

• '새 상식'에 따른 '상범'의 행동 ②
- 아파트 관리인이 상범에게 가족 몰래 5만원을 맡김
- 아파트 관리인의 갑작스러운 죽음으로 상범이 5만 원을 갖게 됨

↓

- 상범은 아파트 관리인의 죽음에 대한 애도보다 아파트 관리인이 맡긴 돈에만 관심을 가짐
- 상범 자신이 돈을 가져야 하는 이유를 새 상식에 따라 합리화함

려 나를 좋아했어. 그러니 이 돈을 내가 쓰는 것을 더 좋아할 거야. 질서 정연한 논리야. (또다시 관객에게) 그래서 이 돈을 제가 쓰기로 했습니다. 다음 날 내 동생, 그 이상한 이름의 회사에 들어갈 시험 준비에 골몰하는 내 동생을 시내 어떤 다방에서 만났습니다.

▶ 상범이 아파트 관리인이 남몰래 맡긴 돈을 갖기로 함

상출이 무대 전면 좌측에 의자를 들고 들어와 앉는다. 현소희가 조그만 티 테이블을 들고 들어온다.

극 중 공간이 사실적이지 않음. 소품에 의해 공간을 상징적으로 연출함

소희: 무슨 차 드실까요?

상출: …… 저…… 사람을 기다리는데…… 그 사람이 온 다음에 같이 들겠습니다.

소희: 좋도록 하세요.

소희가 들어간다. 상출은 주머니에서 책을 꺼내 연필로 줄을 그으며 읽는다. 시험 준비다. 잠시 후 상범이 의자를 갖고 들어와 앉는다.

견습 직원이 되기 위해 시험을 준비하는 상출

상범: 오래 기다렸니? / 상출: 아니.

상범: 다방에서도 시험공부야?

상출: 할 수 있나. / 상범: 차 들었니?

상출: 형이 안 오면 혼날라고? 주머니엔 버스표 두 장밖에 없어. 근데 왜 나오라고 했어?

경제적으로 넉넉하지 못한 형편

상범: (뒤로 몸을 돌려 소리 지른다.) 여보시오! 파인주스 두 개만 부탁합니다.

상출: 한 잔에 50원인데…….

상범: 괜찮아. 나…… 경리 과장 됐다.

출세를 위해 사장 앞에서 기존의 경리 과장을 모함하고 비리를 고발한 결과

상출: 뭐? 형이? 경리 과장? 굉장한데! 어떻게 벌써?

상범: 사장이 날 신임하지. 또…… 나도 잘살 수 있는 비결을 배웠고…….

새 상식

상출: 봉급도 두 배쯤 오르겠네?

상범: 봉급이 문제냐. 그런데…… 너도 그 입사 시험인가 하는 데 합격되려면…… 운동이 좀 필요하지 않을까!

뒷돈을 주고 입사하는 부도덕한 방법

상출: 무슨 운동?

상범: 돈을 좀 써야 하지 않을까? 세상은 다 그런 거야. (안주머니에서 돈을 꺼내 상출에게 쥐여 준다.) 이거 5,000원인데…….

뇌물을 써서 입사하는 방법을 제안함 → 성공과 출세만을 추구하는 부조리한 사회에 동화되어 타락해 가는 상범

상출: 5,000원?

상범: 돈을 좀 쓰란 말이야. 세상이 그렇게 단순하지 않단다. 문제는 방 안에 들어가야 하는데 앞문으로 들어가건 뒷문으로 들어가건 문제가 아냐. 어떻게 해서든지 그저 들어가면 돼.

목적을 이루기 위해서는 수단과 방법을 가리지 않아야 함. 도덕성이 상실된 모습

상출: …… 아이…… 나 자신 없는데. 이 돈을 가지고 누굴 찾아가 뭣을 어떻게 해?

융통성이 부족하나 정직하게 사는 소시민인 상출

• '상범'과 '상출'의 대화

| 상범 | ↔ | 상출 |
|---|---|---|
| • 상출에게 뒷돈을 주고 입사하는 부도덕한 행위를 종용함<br>• 잘살기 위해서 비윤리적 행위도 서슴지 않는 부도덕한 모습을 보임 | ↔ | • 융통성이 없고 어리숙하지만 정직한 면모를 보임<br>• 과거의 상범처럼 정직하고 성실히 노력하는 인물임 |

↓

상출과의 대화에서 상범의 부도덕하고 타락한 모습이 부각됨

• 이 장면의 서사적 기능

이 장면에서 상범은 회사 입사 시험을 준비하고 있는 상출을 만나 돈을 건네며 부정한 방법을 사용하여 입사하는 방법을 권유하고 있다.

**사건**

상범이 아파트 관리인이 맡긴 돈의 일부를 동생 상출의 회사 입사 뇌물로 건넴

↓

**기능**

목적을 위해서는 수단과 방법을 가리지 않아야 한다는 상범의 그릇된 가치관을 보여 줌

상범: 그건 네가 좀 연구해 봐야지.

상출: (돈을 테이블 위에 도로 내밀면서) 그럼 더 복잡한데, 공부하기도 바쁜데 그 일까지 하려면 형편없이 복잡해지겠는걸.

상범: 공부를 작작하면 되지 않니!

상출: 공부 안 하면 어떻게 시험을 치지?
상출의 융통성이 부족하고 순박한 모습

상범: 앞뒤가 막혔군! 너도 새 상식이 필요해. 새 상식이!
속물적 처세술

상출: 뭐?

상범: 됐어. 됐어! (현소희가 파인주스를 갖고 나온다.)

▶ 상범이 동생 상출에게 뒷돈을 주고 입사하기를 제안함

• '상범'의 변신

임시 사원
↓ 술을 마시지 못한다는 점에서 사장의 눈에 듦
정식 사원
↓ 경리 과장을 음해하고 비리를 고발함
경리 과장
↓ 건달 '탱크'를 배신하여 영웅이 됨
상무
↓ 성아미와 박 전무의 불륜을 미끼로 성아미를 협박함
사장 며느리와 결혼

## 장면 포인트 3

- 해당 장면은 상범 형제가 각자의 삶에서 각각 성공을 거두어 축하하는 부분이다.
- 상학과 상출의 행복한 삶을 바라보는 상범의 인식과 자신의 삶에 대한 상범의 정서를 파악하고, 작가가 이 작품을 통해 궁극적으로 전달하고자 하는 바를 이해하도록 한다.

[앞부분의 줄거리] 상범은 여자 문제로 자신을 협박하던 '탱크'를 쏘아 죽이고 자신이 강도를 잡은 것처럼 조작하여 서울 시민의 영웅이 되고 상무로 특진한다. 그리고 사장의 며느리이자 비서인 성아미의 불륜, 횡령 사실을 미끼로 성아미와 결혼한다.

**상출**: 형! 형! / **상범**: 상출이구나!

**상출**: 늦어서 미안해. 나, 됐어! 됐어!

**상범**: 뭘? 아, 시험에 붙었어! / **상출**: 그래. 합격했어! 합격!
입사 시험에 합격하여 기뻐함

**사장**: 자, 시간도 없는데……. 우린 형제만 남기고 먼저 나가 밑에서 기다릴까? 할 말도 많을 텐데…….

세 형제만 남기고 모두 나간다.

**아미**: 그럼…….

아미도 나간다.

**상학**: 수고했구나! / **상출**: 3년 만이야, 3년.
상출이 3년 동안 시험 준비를 해 왔음을 알 수 있음

**상학**: 하여튼 반갑다……. 나도 합격했단다.
사립 국민학교의 선생이 된 상학

**상범**: 형님도요?

**상학**: 나 대학 선생 집어치웠다!

**상범**: 언제요?

**상학**: 장가까지 갔는데 가정도 돌봐야지. 대학에 있어 갖고선 밥도 못 먹겠다. 특히 로케트나 주무르고 있으면 말이야. 그래서 국민학교 선생이 됐다.
상학의 전공 분야 / 경제적 이유로 상학이 선택한 직업

**상출**: 국민학교 선생이요?

**상학**: 그렇지만 사립 국민학교 선생 말이다. 내가 받던 봉급의 배는 주더라. 참 세월도, 국민학교 선생 벌이가 대학 선생 벌이보다 낫다니! 옛날 사범 학교를 나온 덕분에. 교장이 내 친구야. 자기에게 알맞은 자리로 가는 것이 중요해. 오히려 요즈음은 편하더라.
자신의 삶에 만족하는 상학

**상출**: 국물도 있어요?
이익이 생기는지 물음

**상학**: 글쎄, 자 늦겠다. 가 봐라.

**상출**: 아버지는 안 오신대. 형이 처녀도 아닌 여자와 결혼한다고.
사별 후 재혼하는 성아미

**상범**: (상학과 상출이 나가자 관객에게) 저의 동생 상출이 행정 계통의 밑바닥 일을 맡아볼 견습 직원이 되었습니다. 3년 동안에 걸친 피와 땀의 결정입니다. 상식 세계
상출의 정직한 노력

## 작품 분석 노트

- '상범' 형제의 상황 및 정서

| | |
|---|---|
| 상학 | 대학 교수를 그만두고 사립 국민학교 선생이 됨<br>→ 행복을 느끼고 의욕적임 |
| 상출 | 행정 계통의 견습 사원이 됨<br>→ 행복해하며 만족스러워함 |
| 상범 | • 제철 회사의 거물이 됨<br>• 사장 며느리인 성아미와 결혼함<br>→ 미래에 대해 불안감을 느낌 |

- 서사극의 특징

서사극은 관객에게 무대로부터 비판적인 거리를 지니게 하여, 극의 내용에 대해 숙고할 수 있는 계기를 마련해 주는 희곡의 한 갈래이다. 관객의 감정 동화를 막기 위해서 해설자를 통해 연극 내용을 구체적으로 설명하며 메시지를 전달하거나, 등장인물들이 자신의 배역을 이탈하여 메시지를 전달하는 등 다양한 장치를 사용한다. 이를 통해 관객은 극을 단순히 지켜보는 수동적인 입장에서 벗어나 스스로가 비판적 사고를 갖고 극을 접할 수 있다.

의 관문을 겨우 통과한 격인데 물론 장래는 막연합니다. 그러나 본인은 퍽 행복을 느끼고 있는 것 같습니다. 반면 형님은 위에서 스스로 떨어져 사립 국민학교의 선생이 되었습니다. 그래도 행복을 느끼고 가정을 꾸며 나가는 데 의욕을 느끼는 모양입니다. 그런데 나는? 돈과 지위와…… 이런 모든 것에 불만이 없는 제철 회사의 거물이 됐습니다. 앞으로 글쎄…… 저의 앞에는 뭣이 있을까…….

상범이 처음으로 행복에 대해 생각함

상학의 사회적 지위가 낮아졌다고 평가하는 상범

삼 형제 중 사회적으로 가장 성공한 상범

행복을 느끼는 두 형제와 달리 미래에 대한 불안감을 느끼는 상범

▶ 상학과 상출이 작은 성취에도 행복을 느끼는 것과 달리 출세한 상범은 미래에 대해 불안감을 느낌

• 작가가 '상범'의 모습을 통해 전달하고자 하는 내용

| 상범의 모습 |
|---|
| 수단과 방법을 가리지 않고 자신의 이익을 챙기는 것을 상식으로 여김 |

↓

| 작가가 전달하고 하는 내용 |
|---|
| • 산업 사회의 배금주의와 출세주의 풍조를 비판함<br>• 현대 사회에서 사라져 가는 상식적인 것들을 되찾아 바른 상식으로 살 수 있는 사회가 되기를 희망함 |

## 핵심 포인트 1 작품의 종합적 이해

이 작품에서는 '상범'은 '옛 상식'을 버리고 부조리한 세상에 맞는 '새 상식'을 적용하여 삶을 살고자 한다. 따라서 '상범'의 '옛 상식'과 '새 상식'에 따른 삶의 모습과 이를 통해 비판하고자 하는 대상을 파악할 수 있어야 한다.

**'옛 상식'과 '새 상식'에 따른 '상범'의 삶의 모습**

| 옛 상식 | 새 상식 | |
|---|---|---|
| | 배영민 과장에 대한 모함 | 아파트 관리인의 돈에 대한 도둑질 |
| • 해수욕장에서 자살하려는 여자를 구했으나 빰을 맞고 파출소에 연행당함<br>• 자신이 결혼하려던 여자를 형인 상학에게 빼앗기고 아버지의 환갑잔치 비용도 본인이 부담하게 됨 | • 사장에게 경리 과장인 배영민 과장의 행위를 고자질하고 배영민 과장을 모함함<br>• 배영민 과장이 좌천되도록 만들고 상범 자신이 경리 과장이 됨 | • 아파트 관리인이 생전에 가족 몰래 상범에게 돈 5만 원을 맡기고 심장 마비로 죽음<br>• 아파트 관리인이 맡긴 돈을 유족에게 주지 않고 상범 자신이 가짐 |

↓

• 소심하지만 정직하고 성실한 주인공 상범이 출세를 위해 비정하고 냉혹한 인간으로 변화하는 모습을 통해 출세와 사회적 성공만을 중시하는 부조리한 사회와 이 시류에 영합하며 비윤리적 행위를 서슴지 않는 인물들을 풍자, 비판함
• '새 상식'으로 출세를 했으나 행복을 느끼기보다 더 큰 불안을 느끼는 상범의 모습에서 출세 지향주의가 올바른 삶의 모습이 아님을 보여 줌

## 핵심 포인트 2 소재의 의미와 기능 파악

이 작품은 제목부터 시대적 배경과 상징적 의미를 담고 있고, 상징적인 소재들을 통해 이야기를 부각시키고 있다. 따라서 작품에 나타난 소재의 상징적 의미와 기능을 파악할 수 있어야 한다.

| | |
|---|---|
| 국물 | 1960년대 유행하던 '국물도 없다.'라는 말에서 '국물'은 약간의 이득을 뜻하는 말인데, 이 작품에서는 이 말을 풍자적으로 활용하여 '국물 있사옵니다'라고 제목을 설정함으로써 수단과 방법을 가리지 않고 욕망을 추구하는 당대 사회상을 비판함 |
| 새 상식 | 정직하고 성실하면 성공하고 인정받는다는 일반적인 상식에 대비되는 것. 부정적 세태에 적응하기 위한 부도덕하고 야비한 방법들을 말함 |
| 엽총 | 출세와 성공에의 욕구, 집착을 상징함. 상범이 엽총을 꼼꼼히 손질하고, 대상을 겨누고, 심지어 사람에게 쏘는 것(탱크를 쏴 죽임) 등은 모두 상범의 욕망을 암시하거나 구체적으로 보여 주는 것으로, 상범 자신에게도 해가 돌아올 수 있음을 상징하기도 함 |

## 핵심 포인트 3 갈래에 대한 이해

이 작품은 서사극으로서의 특징이 잘 드러나는 작품이므로 작품의 서사극적 특징을 파악할 수 있어야 한다.

| 요소 | 특징 | 효과 |
|---|---|---|
| 서사극적 요소 | • 한 무대에 여러 시 · 공간을 동시에 배치하고 암전이나 조명을 통해 시 · 공간적 배경을 연출함<br>• 공간을 따로 꾸미지 않고 등장인물이 소품을 가지고 나와 공간을 상징적으로 연출함 | • 사건이 지금 벌어지고 있는 것처럼 보이게 하는 '극적' 연극과 달리 '서사극'은 관객으로 하여금 무대로부터 비판적인 거리를 유지하게 함 |
| | • 작중 인물이자 주인공인 상범이 작중 상황을 설명하거나 자신의 심리를 직접적으로 서술하기도 하며 사건을 평론하기도 함 | • 극의 상황에 대한 몰입을 방해함으로써 관객들이 이성적인 판단을 하도록 유도함 |

### 작품 한눈에

• 해제

〈국물 있사옵니다〉는 1960년대 산업화 시대에 고조되기 시작한 출세주의와 배금주의를 풍자하고 있는 작품이다. 소심하지만 성실했던 주인공이 출세하는 방법에 눈을 뜬 뒤 남을 이용하고 희생시키는 일도 서슴지 않는 속물적인 냉혈한으로 변화하는 과정을 보여 주고 있다. '국물도 없다.'라는 말을 풍자적으로 활용한 제목이 독특한 작품으로, 관객들의 능동적인 판단을 요구하는 서사극의 특징을 띠고 있다.

• 제목 〈국물 있사옵니다〉의 의미

– 자신의 이득을 위해 수단과 방법을 가리지 않는 사회상을 풍자하는 말

'국물'은 어떤 일의 대가로 다소나마 생기는 이득이나 부수입을 속되게 이르는 말을 의미한다. 따라서 '국물 있사옵니다'는 수단과 방법을 가리지 않고 욕망의 충족을 위해 달리면 무언가 이익이 생기기 마련이라는 것으로, 당대의 속물적 사회상을 풍자하고 있다.

• 주제

현대 사회의 배금주의와 출세주의에 대한 비판

(전체 줄거리)

여자를 만날 기회도 거의 없고 용기도 없어 연애에 서투른 김상범은 같은 교회를 다니는 박용자와 만나지만 깊은 대화를 이어가지 못하고, 여자를 구경하러 간 교회에서 회사 사장을 만난다. 김상범은 자신을 정사원으로 만들어 준 사장을 은인으로 생각하고, 사장은 술을 마시지 않고 교회를 다닌다는 이유만으로 김상범을 신뢰한다. 사장은 김상범에게 회사 내부의 정보를 캐 오는 스파이 역할을 맡기고, 김상범은 자신이 혼자 살기 때문에 자꾸 피해를 입는다고 생각하며 박용자와의 결혼을 결심하지만, 형 김상학이 박용자와 결혼한다는 소식을 듣고는 더 이상 손해 보지 않고 살기 위해 기존의 상식을 거부하기로 결심한다. 김상범은 경리 과장 배영민을 모함하여 횡령 혐의로 좌천시킨 후 그 자리에 앉고, 자신에게 큰돈을 맡긴 관리인이 갑자기 죽자 그 돈을 가족에게 돌려주지 않고 자기가 사용해 버린다. 그 후 김상범은 옆방 사는 탱크에게 이용당한 현소희를 위로하다 그녀와 연인이 되고, 성아미와 박 전무의 밀애 관계를 자신의 출세에 이용한다. 김상범 몰래 혼인 신고를 한 현소희는 탱크와 재결합한 후 김상범에게 위자료를 요구하고, 김상범은 탱크가 회사 돈을 훔치는 걸 돕는 대가로 결혼 신고서와 이혼 동의서를 받는다. 김상범이 탱크를 죽이자 사장은 그가 회사 돈을 지켰다고 생각해 상무로 승진시키고 그는 시민 영웅이 된다. 이후 성아미와 결혼한 김상범은 그녀의 임신을 알게 되고, 신혼 여행 중 혼자 부산 출장을 가다 동전 점을 치고서 뱃속 아이가 자신의 아이일 거라고 믿기로 한다.

극 · 수필 21

◇ 한 줄 평 낙화의 아름다움을 인식하지 못한 것에 대한 성찰과 낙화의 가치에 대한 깨달음을 담은 수필

# 낙화의 적막 이태준

'언제나 나무 있는 뜰 안을 거닐며 살아 보나' 하던 소원이 이루어지매, 그때는 나무마다 벌레 먹은 잎사귀 하나 가지에 남지 않은 쓸쓸한 겨울이었다. 그래서 어서 봄이 되었으면 하고 조석(朝夕)으로 아쉽던 그 봄, 요즘은 그 봄이어서 아침마다 훤하면 일어나 뜰을 거닌다.

(오랜 시간 기다려 온 글쓴이의 소원 / 겨울의 쓸쓸함 강조 / 봄을 간절히 기다리던 시간 / 기다림의 대상 / 아침, 저녁 항상 그립던 / 지시 관형사 '그'를 통한 강조 / 글쓴이의 소원이 충족됨)

「진달래나무 앞에 가서 한참, 개나리 나무 옆에 가서 한참, 살구나무 밑에 가서 한참,」 그러다가 거리에 나올 시간이 닥쳐 밥상을 대하면 눈엔 아직 붉고 누른 꽃만 보이었다. 눈만 아니라 코에도 아직 꽃향기였다.

(「 」: '한참'의 반복 – 꽃의 아름다움을 만끽하는 글쓴이의 즐거움 강조 (→ 낙화의 충격이 큰 이유) / 외출할 / 시각적(색채), 후각적 이미지 – 꽃의 아름다움에 빠져 있던 여운이 남아 있음)

▶ 봄 뜰의 꽃에서 느끼는 기쁨과 즐거움

그러던 꽃이 다 졌다. 며칠 동안 그림 구경하듯 아침저녁으로 한참씩 돌아가며 바라보던 꽃이 간밤 비에 다 떨어져 흩어졌다. 살구꽃은 잎잎이 흩어졌고 진달래와 개나리는 송이째 떨어져 엎어도 지고 자빠도 졌다. 그중에도 엎어진 꽃이 더욱 마음을 찔렀다.

(낙화로 인한 글쓴이의 정서 변화: 기쁨 → 아쉬움 / 꽃의 아름다움 부각(직유법) / 거친 땅에 떨어진 꽃잎에 대한 안타까움과 미안함)

가만히 보면 엎어진 꽃만 아니라 모두가 쓸쓸한 모양이었다. 「가지에 달려서는 소곤거리지 않는 송이가 없는 것 같더니, 떨어진 걸 보니 모두 침묵이요, 적막이요, 슬픔이다.」

(「 」: 낙화 전의 생동감과 낙화 후의 쓸쓸함이 대조됨)

**감상 포인트**
**낙화에 대한 글쓴이의 인식 변화를 파악한다.**

그러나 거기에는 조그만큼도 죽음은 느껴지지 않았다. 오직 삶도 아니요, 죽음도 아닌 마음에 사무칠 따름이었다.

▶ 낙화로 인해 느끼는 슬픔과 사무침

낙화(落花)의 적막! 다른 봄에도 낙화를 보았겠지만 이번처럼 마음을 찔려 본 적은 없었다.

(글의 제재 강조(영탄법) / 글쓴이가 가꾼 꽃나무들의 낙화를 보기 전 / 부끄러움과 죄송함을 느껴 본)

나는 낙화는 생각도 하지 못했었다. 그래서 꽃이 열릴 나뭇가지는 자주 손질을 하였으나 꽃이 떨어질 자리는 한 번도 보살펴 주지 못했다. 이제 그들의 놓일 자리가 거칠음을 볼 때 적지않은 죄송함과 '나도 꽃을 사랑하는 사람인가?' 하고 스스로 부끄러움을 누를 수 없다.

(낙화에 대한 글쓴이의 깨달음, 성찰 / 낙화가 놓인 자리(땅)의 척박하고 험함 / 꽃 = 낙화(의인법) / 성찰적 태도 – 꽃의 아름다움만을 완상하는 것이 아니라, 꽃 자체를 소중히 생각하고 교감하고자 함)

▶ 꽃이 놓일 자리를 준비하지 못한 것에 대한 성찰

낙화는 꽃이 아니냐 하는 옛 말씀도 있거니와 낙화야말로 더욱 볼만한 꽃인가 싶다. 그는 의지할 데 없는 몸이라 가지에 달려서보다 더욱 박명(薄命)은 하리라. 「그러나 떨어진 꽃의 그 적막함, 우리 동양인의 심기로 그 적멸의 경지에서처럼 위대한 예술감이 어디서 일어날 것인가.」 낙화는 한번 보되 그 자리에서 천고(千古)를 보는 양, 우리 심경에 영원한 감촉을 남기는 것인가 한다.

(낙화의 가치를 강조하기 위한 인용 / 낙화(의인법) / 복이 없고 의지할 데 없음 / 「 」: 낙화의 가치 – 위대한 예술감의 원천이 됨 / 사라져 없어짐 / 한 번의 낙화를 통해서도 천 년 세월의 섭리를 깨달을 수 있음)

그런 낙화를 위해 나무 아래의 거칠음을 나는 한 번도 생각하지 못하였다. 다시금 부끄럽다.

(낙화에 걸맞은 자리를 준비하지 못한 글쓴이의 부끄러움을 반복적으로 강조함)

▶ 낙화의 가치에 대한 고찰과 낙화의 아름다움을 인식하지 못한 것에 대한 성찰

**작품 분석 노트**

• 낙화의 의미와 가치

낙화에 대한 일반적인 인식과 다른, 글쓴이가 바라보는 낙화의 의미와 가치를 이해함으로써 글쓴이의 성격과 작품의 주제 의식을 이해할 수 있다.

낙화 → • 의미: 낙화는 죽음이 아닌 적막임 • 가치: 위대한 예술감의 원천이 됨

↓

낙화의 아름다움을 인식하지 못한 것에 대한 부끄러움, 반성, 성찰

• '옛 말씀'의 인용

'낙화'를 대하는 태도가 드러난 옛 말씀을 인용함으로써 글쓴이가 새롭게 깨달은 낙화의 가치를 부각하고 있다.

> 간밤에 부던 바람에 만정도화 다 지거다
> 아이는 비를 들고 쓸오려 하는고야
> 낙화인들 꽃이 아니랴 쓸어 무슴하리요
>
> – 정민교

↓

낙화를 쓸어 버리기보다는 떨어진 그대로 그냥 두고 즐기는 것이 풍취 있는 일임을 노래한 작품

## 핵심 포인트 1 작품의 종합적 이해

이 작품은 글쓴이 이태준이 간밤에 내린 비로 땅에 떨어진 꽃잎을 보며 얻은 깨달음을 담은 수필로, 글쓴이의 성격과 가치관 등이 진솔하게 드러나 있다. 따라서 이 작품에서는 낙화와 관련하여 이루어진 글쓴이의 정서 및 인식 변화에 주목하여 작품의 주제 의식을 파악할 수 있어야 한다.

**상황 변화(시간의 흐름)에 따른 글쓴이의 정서 변화**

| 계절 | 상황 | 정서 |
|---|---|---|
| 겨울 | 나무마다 벌레 먹은 잎사귀 하나 가지에 남지 않음 | 쓸쓸함, 아쉬움 |
| ↓ | | |
| 봄 | 진달래나무 앞, 개나리 나무 옆,<br>살구나무 아래에서 한참씩 돌아가며 꽃을 감상함 | 기쁨, 설렘, 즐거움 |
| ↓ | | |
| 봄 | 간밤에 내린 비에 꽃이 다 떨어짐 | 아쉬움, 슬픔 |
| ↓ | | |
| 봄 | 꽃이 떨어진 자리가 거칢을 깨달음 | 부끄러움 |

**+ '낙화'에 대한 인식 변화**

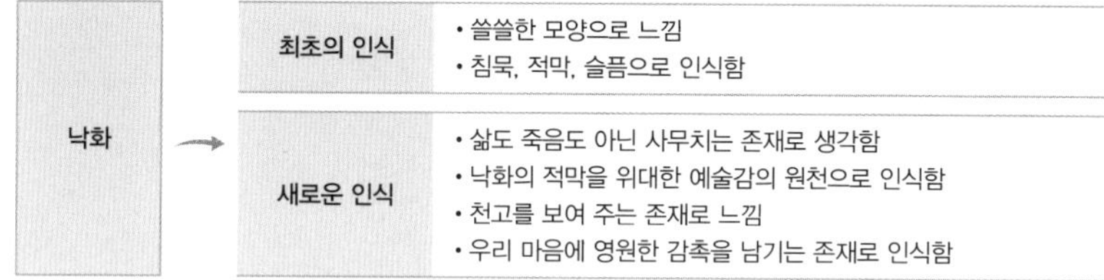

| | | |
|---|---|---|
| 낙화 → | 최초의 인식 | • 쓸쓸한 모양으로 느낌<br>• 침묵, 적막, 슬픔으로 인식함 |
| | 새로운 인식 | • 삶도 죽음도 아닌 사무치는 존재로 생각함<br>• 낙화의 적막을 위대한 예술감의 원천으로 인식함<br>• 천고를 보여 주는 존재로 느낌<br>• 우리 마음에 영원한 감촉을 남기는 존재로 인식함 |

### 작품 한눈에

• 해제

〈낙화의 적막〉은 낙화에 대한 글쓴이의 인식을 드러내는 작품으로, 글쓴이는 자신이 손질하고 가꾼 나무의 꽃들의 아름다움만 감상했을 뿐, 그 꽃들이 떨어질 것을 생각하지 않은 자신의 태도를 성찰하고 있다. 글쓴이는 꽃들을 사랑하고 그 아름다움에 기뻐하고 즐거워했던 사람이지만, 낙화의 순간 닥친 쓸쓸함과 적막에 슬픔을 느낀다. 그러나 글쓴이는 낙화를 죽음으로 인식하기보다는, 그 적막을 위대한 예술감의 원천으로 인식하고 있다. 또한 낙화의 가치와 그 아름다움을 제대로 인식하지 못했음을 부끄러워하면서 과거 자신의 태도를 성찰하고 있다. 이처럼 이 작품은 '낙화'가 지닌 가치와 진정한 아름다움에 대한 글쓴이의 인식을 드러내고 있다.

• 제목 〈낙화의 적막〉의 의미

– 낙화가 지닌 가치와 아름다움

〈낙화의 적막〉은 낙화에 대한 글쓴이의 인식을 단적으로 보여 주는 것으로, 낙화가 위대한 예술감을 일으키는 존재이자 천고의 섭리를 일깨워 주는 존재라는 것, 즉 낙화가 지니는 진정한 아름다움과 가치를 의미한다.

• 주제

낙화의 진정한 가치에 대한 깨달음

## 핵심 포인트 2 서술상 특징 파악

이 작품에 나타난 서술상 특징 및 그 효과와 '낙화'에 대한 글쓴이의 인식을 종합적으로 파악할 수 있어야 한다.

**〈낙화의 적막〉에 나타난 서술상 특징**

| 특징 | 예 | | 효과 |
|---|---|---|---|
| 다양한 감각적 이미지 | '눈엔 아직 붉고 누른 꽃만 보이었다. 눈만 아니라 코에도 아직 꽃향기였다.' – 시각적 이미지, 후각적 이미지 | → | 꽃의 아름다움을 만끽한 여운을 생생하게 표현함 |
| 대조법, 의인법 | • '가지에 달려서는 소곤거리지 않는 송이가 없는 것 같더니, 떨어진 걸 보니 모두 침묵이요, 적막이요, 슬픔이다.' – 대조법<br>• '그는 의지할 데 없는 몸이라 가지에 달려서보다 더욱 박명은 하리라.' – 의인법 | → | • 꽃에 대한 애정과 낙화로 인한 충격을 드러냄<br>• 떨어진 꽃잎의 모습을 형상화함 |
| 특정 어휘의 반복 | '진달래나무 앞에 가서 한참, 개나리 나무 옆에 가서 한참, 살구나무 밑에 가서 한참' | → | 애정을 가지고 꽃과 교감하고자 하는 태도를 부각함 |

극 · 수필 22

◇ 한 줄 평 명태와 관련된 추억을 통해 아버지에 대한 그리움을 드러낸 수필

# 명태에 관한 추억 목성균

중심 소재 – 회상의 매개체
늦가을이나 초겨울이면 명태 한 코가 우리집 부엌 기둥에 걸려 있었다. 그을음 투
명태가 잡히는 철 / 글쓴이의 고향에서 명태 두 마리를 뜻하는 말
성이의 산골 초가집 부엌 기둥에 한 코로 걸린, 다소곳한 주검 한 쌍의 모습은 제자
아버지와의 추억이 존재하는 과거의 풍경 / 명태 두 마리의 모습(의인화)
리를 옳게 차지한 때문인지 '천생연분'이란 제목을 달고 싶은 한 폭의 정물화였다.
산골 초가집과 잘 어울리는 명태 두 마리 / ▶ 명태와 천생연분이었던 산골 초가집

「밤이 이슥해서 취기가 도도하신 아버지가 명태 한 코를 들고 와서 마중하는 며느
밤이 깊어서 / 술기운에 감정과 기분이 고조된
리에게 "옜다!" 하며 건네주시는 걸 본 적이 있다. 남용하시는 게 아닌가 싶은 아버
명태를 내놓는 시아버지의 당당한 태도 / 약간은 지나친 듯싶은
지의 호기가 참 보기 좋았다.」
기운을 내뿜는 태도 / 「」: 크게 대단하다고 할 수 없는 명태 두 마리지만, 며느리에게 당당하게 내놓던 아버지의 모습을 그리워함

그날 "아버님, 저녁 진짓상 차릴까요?" 며느리가 묻자 아버지는 "먹었다." 하시며 두루마기를 벗어서 며느리에게 건네주시고 사랑으로 들어가셨다. 며느리는 두루마기 자락을 추녀 밑에 걸어 놓은 등불에 비춰 보더니 즉시 우물로 가지고 가서 빨
명태로 인해 두루마기가 더럽혀졌기 때문
았다. 아버지는 취한 걸음으로 이강들을 건너서, 은고개를 넘어서, 하골 산모랭이를
글쓴이와 아버지의 삶의 공간이었던 고향의 지명 열거
돌아서 확장되는 대륙성 고기압에 두루마기 앞섶을 휘날리며 오셨을 것이다. 삶의
글쓴이의 추측
어느 경지에 취해서 맘껏 활개 젓는 아버지의 손에 들려 온 명태 두 마리가 얼마나
높은 삶의 연륜 / 명태가 스스로 요동친 것이 아니라 활개 젓는 아버지의 손 때문에 흔들린 것임
요동을 쳤으면 두루마기 자락을 다 더럽혔을까.
설의법

아침에 아버지가 "아가, 두루마기 내오너라." 했을 때, 며느리는 그 지엄한 분부
글쓴이의 아내
에 차질 없이 대령할 수 있도록 푸새 다림질을 해서 늘 횃대에 걸어 둔 두루마기를
풀을 먹여서 하는 다림질
이때다 싶은 마음으로 내다 드렸다. 그 두루마기 자락에 온통 명태 비린내를 칠해
시아버지를 공경하고 정성껏 모시는 며느리의 사려 깊은 마음
오신 것이다. 그리고 당당히 그 명태를 며느리에게 건네고, 며느리는 공손히 받아서
① 아버지의 '대주'로서의 당당한 권위에 대한 감동 ② 아버지의 권위를 존중하고 받드는 사려 깊은 며느리('나'의 아내)로 인한 감동
부엌 기둥에 걸었다. 한 집안 대주(大主)의 권위가 나를 감동시켰다.
한 집안을 이끌어 가는 주인 = 호주 / ▶ 명태를 사 오시던 아버지의 일화와 그 권위에 대한 감동

젊은 날의 어느 늦가을, 갈걷이를 끝내고 어디 갔다가 집으로 돌아오는 길이었다.
명태가 잡히는 철 / 추수 – 가을걷이의 준말 / 물건을 늘어놓고 파는 가게
막차에서 내린 나는 차부 건너편에 있는 전방 앞에서 발걸음을 멈춰 섰다. 등피(燈
종착점에 마련한 차량의 집합소 / 생선 등 어물을 담은 상자
皮)를 잘 닦은 남포 불빛 아래 놓인 어상자에 가지런히 누워 있는 명태들이 왜 그리
바람을 막고 불빛을 밝게 하기 위하여 남포등에 씌우는 유리로 만든 물건
정답던지, 「마치 우리 사랑 간에 모여 놀다가 제사를 보고 가려고 가지런히 누워 곤
「」: 제사를 보고 가려고 기다리는 동네 사람들 → 글쓴이의 집이 유가적 가풍이 있는 집안임이 드러남
하게 등걸잠이 든 마실꾼들 같았다.」 그 명태를 한 코 샀다.
마을에 놀러 다니는 사람들 = 명태들(비유) / 아버지를 닮고 싶은 글쓴이의 마음

「아버지가 두루마기 자락에 명태 비린내를 묻혀 가지고 왔다고 젊은 자식 놈도 그
「」: 아버지와 똑같이 행동하는 것은 아버지를 공경하는 태도가 아니라는 생각 / 글쓴이 자신
러면 불경(不敬)이다. 옷에 비린내를 묻히지 않으려고 각별히 조심을 해서 명태 한
무례함
코를 들고 밤길 십 리를 걸어 집에 오니까 팔이 아팠다.」 연만하신 아버지가 취중에
약 4km / 팔을 자유롭게 흔들지 못했기 때문 / 나이가 아주 많은
두루마기 자락에 비린내를 묻히지 않고 명태 한 코를 들고 밤길 십 리를 걸어온다는 것은 불가능하다는 걸 알았다. 「결코 아버지는 당신의 출입 위상을 위해서 정성을 다
시아버지가 밖에서 깨끗하고 당당한 모습일 수 있도록 애쓴
한 며느리의 침선(針線)을 소홀히 여기신 건 아니었다.」
바느질로 옷을 짓는 일 / 「」: 아버지가 두루마기에 명태 비린내를 칠하고 온 것이 며느리의 정성을 소홀히 여겨서 그런 것이 아님을 깨달음

**작품 분석 노트**

• '명태'의 의미와 기능

이 작품에서 '명태'는 글쓴이의 경험 속에서 특별한 의미를 지니고 있는 소재이다.

| 명태 | • 글쓴이에게 과거와 아버지에 대한 추억을 떠올리게 하는 회상의 매개체<br>• 산골 초가집과 천생연분이었던 존재<br>• 아버지의 한 집안의 대주로서의 당당한 권위를 의미하는 존재<br>• 아버지를 닮고자 하는 아들('나')에게 정겹고 소중한 대상 |
|---|---|

• 인물의 성격과 심리

| 아버지 | • 한 집안의 대주로서 권위를 지닌 존재<br>• 명태 두 마리를 며느리에게 "옜다!"라고 말하며 내놓고 비린내를 칠해 온 두루마기를 벗어 건네주는 당당한 태도를 지닌 인물 |
|---|---|
| 며느리 | • 명태를 공손한 태도로 받아서 걸어 놓으며 시아버지를 공경하는 며느리<br>• 늘상 다림질한 두루마기를 시어버지에게 대령하고, 비린내 칠해 온 두루마기를 부지런히 빨래하는 사려 깊은 마음을 지닌 인물 |
| '나' | • 아버지의 당당한 호기를 좋아하며 그리워하는 아들<br>• 아버지의 권위가 존재하던 그 시절과 아버지를 공경하던 며느리('나'의 아내)의 태도에 감동을 받는 인물 |

다음 날 아침 아내가 명탯국을 끓였다. 아버지가 좋아하시면서 "웬 명태냐?" 하셨다. 아내가 "애비가 사 왔어요." 하자 아버지는 잠깐 나를 쳐다보시더니 "우리 집에 나 말고 명태 사 들고 올 사람이 또 있구나!" 하시는 것이었다. 고전을 면치 못하던 야전 지휘관이 지원군이라도 보충받은 것처럼 사기가 진작된 아버지의 말씀이 왜 그리 눈물겹던지, 그날 아침 햇살 가득 찬 안방에서 아버지와 겸상을 한 담백하고 시원한 명탯국 맛을 생각하면 지금도 잦히는 밥솥처럼 마음이 자작자작 눋는 것이다.

① 자신을 닮은 아들에 대한 반가움 ② 이제는 아들이 자신의 자리를 대신하리라는 기대감 / 아버지 / 글쓴이 / ① 자신을 칭찬하는 아버지에 대한 고마움 ② 연만한 아버지의 자리를 대신하게 되리라는 슬픔 / 밥물이 바짝 졸아들게 만드는

▶ 아버지처럼 명태를 사 갔던 일화와 눈물겹던 감정

내 친구 중에는 명탯국을 안 먹는 놈이 있어서 나는 일단 그를 경멸한다. 명태는 맛이 없는 생선이라는 것이다. 생선 맛이야 비린 맛일 터인데 그놈은 비린 맛을 되좋아하는 놈이다. 사실 맨 북어포를 먹어 보면 알지만 솜을 씹는 것처럼 맛이 없긴 하다. 그런데 고추장을 찍어 먹으면 숨어 있던 북어 살의 구수한 맛이 입안 가득히 살아난다. 그래서 말이지만 명태가 맛이 없는 것은 우리 입맛에 순응하기 위한 담백성 때문이라는 생각을 하게 된다. 명태의 그 담백성을 몰개성적이라고 매도한다면 잘못이다. 생선은 비린 만큼 교만하다. 비린 생선들은 비린 그의 개성을 우선 존중해 주지 않으면 우리가 의도하는 맛을 내주지 않는다. 그러나 명태는 맛에 대한 자기 주장을 관철하려 들지 않는다. 줏대도 없는 놈이라고 할지 모르지만, 그건 줏대가 없는 것이 아니고 줏대 없는 그의 본성 자체가 그의 줏대인 것이다.

명태는 생선 특유의 비린내가 강하지 않음 / 명태가 맛이 없는 이유 / 뚜렷한 개성이 없는 것 / 주목 / 생선의 비린 맛에 대한 부정적 시각 / 비린 생선들은 그 고유의 비린 맛에 맞게 요리해야 함 / 자기만의 당당한 기질이나 기풍 / 명태는 담백하여 어떤 음식이나 요리에도 조화롭게 어울림(의인화) / 역설적 표현 – 어떤 요리에도 잘 어울리는 것이 명태의 본질임 → 명태에 대한 애정

나는 여태껏 썩은 명태를 보지 못했다. 오늘날의 명태 말고, 냉동 산업과 운송 여건이 불비한 시절, 동해안에서 태산준령을 넘어 충청도 산읍 5일장의 어물전까지 실려 온 명태를 두고 하는 말이다. 당연하다. 명태는 썩지 않는 철에만 잡히기 때문이다. 명태는 바닷물이 섭씨 1도에서 5도가 되어야 산란을 하러 북태평양에서 동해로 떼 지어 내려오는데, 그때가 명태의 어획기다. 부패의 철을 비켜서 어획기를 설정한 주체는 어부가 아니라 명태이다. 가급적 주검을 부패시키지 않으려는 명태의 의지가 진화된 결과로 보고 싶다. 어차피 그물코에 걸릴 수밖에 없는 회유성(回游性)이 운명일 바에는 주검을 부패시켜 가지고 혐오스러워하는 사람의 손길에 뒤채이며 어물전의 천덕꾸러기가 될 필요는 없다는 게 명태의 결론이었을지 모른다. 얼마나 생선다운 고결한 결론인가.

냉동과 운송이 용이한 현재의 명태 / 어획 이후 소비자에게 도달하기까지 오랜 시간이 걸리던 시절의 명태 / 썩은 명태를 보지 못한 이유 / 더운 계절 / 겨울철에 잡히게 되는 명태의 생태에 대해 자신만의 의미를 부여한 글쓴이의 독특한 관점이 드러남 / 산란을 위해 이동하는 성질 / 어획된 뒤 썩어서 골칫거리가 되는 일반적인 생선들의 특징 / 썩지 않는 계절에 어획되는 명태에 대한 글쓴이의 긍정적 평가

▶ 명태 맛의 담백성과 썩은 명태를 보기 어려운 이유

'썩어도 준치'란 말이 있다. 참 가소롭기 그지없는 말이다. 명태가 들으면 "무슨 소리야, 썩으면 썩은 것이지—" 하고 실소를 금치 못할 것이다. 부패 직전의 살코기에서는 글리코겐이 분해되며 젖산을 발생시켜서 구수하고 단맛을 낸다는 요리학적 설명이 있긴 하지만, 그건 숙성을 뜻하는 것이지 부패를 이른 말이 아니다. 자연에서 생선의 숙성은 순식간에 지나가는 과정에 불과하다. 숙성을 보전하는 것은 기술이고 부가가치를 창출하는 것으로 요리사의 몫이지 준치의 몫이 아니다.

상해도 그 본질에는 변함이 없음 / 어처구니가 없어 터져 나오는 웃음을 금치 못함(의인화) / 숙성의 과정 / 명태와 비교 → 명태의 가치 부각

'썩어도 준치'란 말은 꼭 청문회장에 나온 사람의 뻔뻔스러운 변명 같아서 부패한

부정부패를 일삼은 부도덕한 사람은 결코 떳떳할 수 없다는 글쓴이의 인식

• 인물의 정서 비교

| '나'가 사 온 명태를 본 아버지의 반응 |  |
|---|---|
| "우리 집에 나 말고 명태 사 들고 올 사람이 또 있구나!" |  |

↓

| | |
|---|---|
| 아버지 | 자신처럼 명태를 사 온 아들에 대한 반가움과 고마움, 아들이 집안의 가장이 되었다는 대견함, 이제는 아들이 자신의 자리를 이을 것이라는 기대감 등을 복합적으로 느꼈을 것으로 볼 수 있음 |
| '나' | 아버지가 명탯국을 반가워하며 칭찬하자 고마움을 느끼지만, 한편으로는 연로한 아버지에 대한 슬픔과 이제는 아버지의 자리를 자신이 대신해야 한다는 책임감 등을 복합적으로 느꼈을 것으로 볼 수 있음 |

• '명태'의 다양한 이름과 쓰임

글쓴이에게 의미 있는 추억의 존재일 뿐 아니라 그 담백한 맛으로 인해 오랜 세월 사랑받은 명태의 많은 이름을 통해, 명태가 얼마나 다양한 쓰임으로 사람들에게 도움이 되는 생선인가를 알 수 있다.

**명태**

- 생태: 말리지도 얼리지도 않은 것
- 동태: 겨울에 잡아서 얼린 것
- 코다리: 반쯤 말린 것
- 황태: 얼리고 말리는 것을 반복해서 3개월 이상 자연 건조한 것
- 흑태(먹태): 황태를 만들다가 색이 검게 변한 것
- 북어: 내장을 꺼내고 말린 것
- 노가리: 어린 명태를 말린 것

이외에도 10개가 넘는 다양한 이름이 있으며, 담백한 맛으로 인해 '게맛살'의 원료로 쓰임

냄새가 코를 찌른다. 준치는 4월에서 7월까지 부패가 촉진되는 철에 잡힌다. 제 주
명태와 대비되는 준치의 어획기 – 쉽게 썩는 이유
검의 선도(鮮度)에 대한 대책도 없는 주제에 '썩어도 준치'라니, 명태에 비하면 비천
신선한 정도 ↔ 명태의 고결함
하기 이를 데 없는 본성이다.

보릿고개가 준치의 어획기다. 배가 고픈 백성들은 준치의 어획을 고마워하며 먹
4월에서 7월까지
었으리라. 어쩌다 숙성된 준치를 먹었을지 모르지만 대개 썩은 준치를 먹고 삶의 비
애를 개탄하는 마음으로 짐짓 '썩어도 준치'라고 역설적인 감탄을 했을지 모른다. 얼
'썩어도 준치'라는 말이 나오게 된 유래에 대한 글쓴이의 추측
마나 우리들의 슬픈 시대를 단적으로 대변하는 감탄구인가.
먹을 것이 없어 굶주리던 시절 ▶ 쉽게 부패하는 준치에 대한 부정적 인식과 '썩어도 준치'라는 말의 의미 해석

명태는 무욕으로 일관한 제 생의 담백한 육질을 신선하게 보전해서 사람들에게
자비심으로 남에게 재물이나 불법을 베풂 – 문맥상 희생(의인화)
보시(布施)했다.「명태는 제 속을 비워 창난젓과 명란젓을 담게 주고 몸뚱이만 바닷
「 」: 열거 → 명태의 다양한 활용
가의 덕장에서 바닷바람에 말라 북어가 되고, 대관령 너머 눈벌판의 덕장에서 눈바
물고기를 말리는 곳 — 황태 제사를 지내는 상
람에 말라 더덕북어가 되었는데, 알다시피 제상의 좌포(左脯)로 진설되거나, 고삿상
많은 사람들이 명태의 쓰임을 알고 있음을 암시함 제사나 잔치 때, 음식을 법식에 따라 상 위에 차려 놓음
떡시루 위에 실타래를 감고 누워 사람들의 국궁 재배(鞠躬再拜)를 받는 귀물(貴物)로
윗사람이나 위패(位牌) 앞에서 존경하는 뜻으로 허리를 굽히고 두 번 절하는 예절
받들어졌다.」

「명태를 생각하면 언뜻 늦가을 텃밭의 황토 흙에 하반신을 묻고 상반신을 햇살에
「 」: 연상을 통한 전개 조선무의 의인화 – 하반신이 묻힌 황토 흙과 파랗게 드러난 상반신의 색채 대비(감각적)
파랗게 드러낸 채 서 있던 청정한 조선무가 떠오른다.」그 순박 무구하고 건강하기가
명태와 맛의 조화를 이루는 존재 순수하고 때 묻지 않음
과년한 산골 큰아기 같은 조선무가 없으면 명태의 담백한 맛을 살려 내기 힘들었을
성숙하면서도 순수한 존재 – 조선무 비유
지 모른다. 산골 동네 텃밭에서 그 청정한 무가 가으내 담백한 맛의 진수를 보여 주
려고 뼈 무르면서 명태를 기다렸다.「순박한 무와 담백한 생선의 만남」, 그야말로 산
청정한 조선무 명태 「 」: 명탯국
해(山海)가 진미로 만나는 것이다. ▶ 명태의 다양한 쓰임과 조선무와의 어울림
육지의 조선무와 바다의 명태가 만나 아주 좋은 맛을 이룸

명탯국을 끓이는 아침, 아내는 내게 텃밭에 가서 무를 두어 개 뽑아다 달라고 했
명태에 대한 추억과 아버지에 대한 그리움을 느끼는 계기
다. 하얗게 무서리가 내린 늦가을 텃밭에 가서 몸을 추스르고 뽑혀 가기를 바라고
계절적 배경의 구체화
있었던 것처럼 클 대로 다 큰 조선무를 뽑아 들면 느껴지는 묵직한 중량감이 결코 하
찮은 삶이란 없다는 방자한 생각을 하게 부추기는 것이었다.
글쓴이 제멋대로의 생각

문득 아버지의 호기가 그립다. 아침 햇살 가득 차오르던 산골 초가집 부엌 기둥에
그리움의 대상 ① – 아버지의 대주로서의 당당함
긍정적인 모습으로 걸려 있던 순박한 명태 한 코가 집안 대주의 권위로 바라보이던
그리움의 대상 ② – 명태 하나로도 대주의 권위가 빛나 보이던, 이제는 돌아갈 수 없는 과거
시절이 그립다. ▶ 명탯국을 끓이는 아침에 느끼는 아버지에 대한 그리움

**감상 포인트**

대상에 대한 글쓴이의 정서와 태도를 파악한다.

• '명태'와 '준치'에 대한 상반된 태도

같은 생선이지만 글쓴이의 관점에 따라 전혀 다르게 평가되고 있는 명태와 준치의 차이를 통해, 명태에 대한 글쓴이의 애정을 확인할 수 있다.

| 명태 | | 준치 |
|---|---|---|
| 썩지 않는 계절에 잡힘 → 명태는 스스로 부패하지 않겠다는 고결한 결론을 내린 의지적 존재임 | ↔ | 부패가 촉진되는 철에 잡힘 → 준치는 숙성에 대한 뜻도, 제 주검의 선도에 대한 대책도 없는 존재임 |

• 속담의 의미에 대한 글쓴이의 추측

'썩어도 준치'라는 속담의 의미를 새롭게 해석함으로써, 한 번 썩은 것은 결코 본래의 모습과 같을 수 없다는 글쓴이만의 관점을 제시하고 있다.

| 썩어도 준치 |
|---|
| 일반적 의미: 본래 좋고 훌륭한 것은 비록 상해도 그 본질에는 변함이 없음을 비유적으로 이르는 말 |

↓

| 글쓴이의 추측: 굶주림을 못 견뎌 썩은 준치를 먹고 살아갈 수밖에 없던 백성들의 자기 위안에서 나온 말 |
|---|

• 그리움의 대상

| 그리움의 대상 |
|---|
| • 명태 한 코를 사 와서 당당하게 내놓으시던 아버지의 호기<br>• 비록 초라한 산골의 초가집이지만 명태 한 코로도 아버지의 권위가 당당히 빛나 보이던 시절 |

## 핵심 포인트 1 작품의 종합적 이해

이 작품은 명태에 관한 추억을 통해 글쓴이가 그리워하는 대상을 떠올리고 있는 수필이다. 따라서 명태를 중심으로 이야기가 전개되는 양상과 글쓴이의 정서를 파악할 수 있어야 한다.

**'명태'와 관련된 일화와 글쓴이의 정서**

| | | | | |
|---|---|---|---|---|
| 일화 1 | 아버지가 명태를 사 옴 | 취기가 도도하신 아버지가 명태를 며느리에게 건넴 → 며느리가 공손하게 명태를 받아 걸고 비린내를 칠해 온 아버지의 두루마기를 빨래함 | → | 감동 |
| 일화 2 | 글쓴이가 명태를 사 옴 | '나'가 아버지처럼 명태를 사 와서 아내에게 건네고 아내는 명탯국을 끓임 → 아버지가 좋아하시며 '나'를 쳐다보고 명태 사 들고 올 사람이 또 있다는 이야기를 함 | → | 눈물겨움 |

## 핵심 포인트 2 서술상 특징 파악

이 작품은 소중한 추억의 대상인 명태에 대한 글쓴이의 애정이 돋보이는 글로, 명태에 대한 의인화와 독특한 관점에서 이루어지는 긍정적 해석 등 글쓴이의 개성이 여실히 드러난다. 따라서 명태에 대한 글쓴이의 예찬적 태도를 두드러지게 만드는 서술상의 특징을 파악할 수 있어야 한다.

**'명태'에 대한 의인화**

| | |
|---|---|
| 의인화 | • '다소곳한 주검 한 쌍'<br>• '명태는 맛에 대한 자기 주장을 관철하려 들지 않는다.'<br>• '가급적 주검을 부패시키지 않으려는 명태의 의지가 진화된 결과'<br>• '실소를 금치 못할 것이다.'<br>• '명태는 무욕으로 일관한 제 생의 담백한 육질을 신선하게 보전해서 사람들에게 보시했다.' |

↓

글쓴이가 명태에 대해 지니고 있는 친근감과 애정, 긍정적 평가 등이 드러남

**대조를 통한 부각**

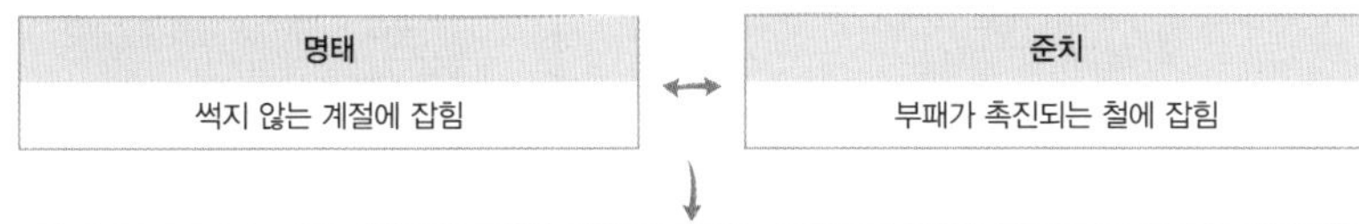

| 명태 | ↔ | 준치 |
|---|---|---|
| 썩지 않는 계절에 잡힘 | | 부패가 촉진되는 철에 잡힘 |

↓

• 명태에 대한 애정을 드러내며, 명태의 특징에 대해 긍정적인 관점에서 의미를 부여함
• 명태와 대조되는 특징을 지닌 준치를 통해 명태를 더욱 돋보이게 만듦

**다양한 표현과 발상**

| | |
|---|---|
| 줏대 없는 그의 본성 자체가 그의 줏대인 것이다. | 어떤 요리에도 잘 어울리는 명태의 담백성을 부각시킴 – 역설적 표현 |
| 가급적 주검을 부패시키지 않으려는 명태의 의지가 진화된 결과로 보고 싶다. | 부패되지 않는 계절에 산란을 하다가 어획되는 명태의 특징을 개성적인 관점으로 표현함 |
| 썩은 준치를 먹고 삶의 비애를 개탄하는 마음으로 짐짓 '썩어도 준치'라고 역설적인 감탄을 했을지 모른다. | 일반적인 인식과 다른 글쓴이의 독특한 관점을 제시함 |
| 늦가을 텃밭의 황토 흙에 하반신을 묻고 상반신을 햇살에 파랗게 드러낸 채 서 있던 | 청정한 조선무의 싱그러운 모습을 부각시킴 – 색채 대비와 의인화 |

### 작품 한눈에

• 해제

〈명태에 관한 추억〉은 명태에 관한 추억을 통해 아버지의 호기와 아버지의 당당한 권위가 빛나 보이던 과거에 대한 그리움을 이야기하고 있는 작품이다. 글쓴이는 의인화된 표현을 통해 명태에 대한 애정을 드러내며, 준치와의 비교를 통해 독특한 관점으로 명태의 긍정적인 특징들을 열거하고 있다. 이 작품에서 글쓴이가 그리워하는 대상인 아버지의 호기와 그 시절의 삶은, 유가적 전통에서 나오는 가부장적 권위를 연상하게 한다. 글쓴이는 자신이 우러러보던 아버지의 권위가 사라지고, 그러한 권위가 존중받던 그 시절로 돌아갈 수 없게 된 현재 시점에서, 추억 속에 선명하게 각인된 명태에 관한 추억을 통해 자신의 지향을 분명히 드러내고 있다.

• 제목 〈명태에 관한 추억〉의 의미

– 글쓴이가 그리워하는 것들과 관련된 추억

이 작품에서 '명태'는 글쓴이가 그리워하는 대상들을 떠올리게 하는 매개체로, 제목 '명태에 관한 추억'은 그리운 대상과 관련된 소재가 '명태'임을 알려 준다.

• 주제

명태에 관한 추억과 아버지에 대한 그리움

극·수필 23

◇ 한 줄 평 1930년대 근대와 전근대가 공존하는 마포의 풍경을 그린 수필

# 마포 백석

모래사장은 물새가 없이 너무 너르고 그 건너 포플러 나무의 행렬은 이 개포의 돛대들보다 더 위엄이 있다. 오래 머물지 못하는 돛대들이 쫓겨 달아나듯이 하구(河口)를 미끄러져 도망해 버린다. 나무 없는 건넛산들은 키가 돛대보다 낮다. 피부 빛은 사공들의 잔등보다 붉다. 물속에 들어간 닻이 얼마나 오래 있나 보자고 산들은 물 위를 바라보고들 있는 듯하다.

바다의 모래벌판 / 강변의 나무들 / 마포의 포구 / 시골에서 올라온 배들(대유법) / 마포의 포구에서 금방 떠나는 배들의 모습 / 원근의 차이에 의한 풍경 묘사 / 민둥산으로 헐벗은 건넛산의 모습 – 시각적(색채) 이미지 / 산들이 강물에 비쳐 깊이 잠긴 듯한 풍경

▶ 마포 포구 주변의 적막한 풍경

개포에는 낮닭이 운다. 기슭 핥는 물결 소리가 닭의 소리보다 낮게 들린다. 저 아래 철교 아래 사는 모터보트가 「돈 많은 집 서방님같이 은회색 양복을 잡숫고 호기 뻗친 노라리 걸음으로 내려오곤 한다. 빈 매생이가 발길에 차이고 못나게 출렁거리며 운다.」

청각적 이미지 / ▒: 근대적 요소 ▒: 전통적·전근대적 요소 / 입고 / 건달처럼 건들거리는 / 주체 – 모터보트 / 노를 젓는 작은 배

▶ 모터보트와 매생이가 만든 마포의 풍경

「 」: 거들먹거리는 듯한 모터보트의 움직임에 수동적으로 흔들리는 매생이의 모습 – 직유법, 의인법

커다란 금 휘장의 모자를 쓴 운전수들이 빈손 들고 내려서는 동둑을 넘어서 무엇을 찾는 듯이 구차한 거리로 들어간다. 구멍 나간 고의를 입은 사공들을 돌아다보지 않는 것이 그들의 예의이다. 모두 머리를 모으고 몸을 비비대고 들어선 배들 앞에는 언제나 운송점의 벌건 트럭 한 대가 놓여 있다. 「때때로 퐁퐁퐁퐁 거리는 것은 아마 시골 손들에게 서울의 연설을 하는지 모른다.」

화려한 차림의 운전수들 – 시각적(색채) 이미지 / 남자의 여름 홑바지 / 크게 쌓은 둑 / 거리에 대한 부정적 인식이 드러난 표현 / 초라한 차림의 뱃사람들 / 눈길도 주지 않는 우월적인 태도를 '예의'라고 비꼬듯 표현 / 부두에 빽빽이 정박한 시골 배들 – 의인법 / 근대 문물 – 시각적(색채) 이미지 / 트럭의 엔진 소리 / 시골에서 올라온 배들 – 의인법

▶ 부두에 정박한 배들과 트럭이 만든 풍경

「 」: '배들'에 대한 '트럭'의 우월적 태도 – 의인법

여의도에 비행기가 뜨는 날, 먼 시골 고장의 배가 들어서는 때가 있다. 「돛대 꼭대기의 팔랑개비를 바라보던 버릇으로 뱃사람들은 비행기를 쳐다본다. 그리고 돛대의 흰 깃발이 말하듯이 그렇게 하늘이 무서운 것이 아니라고 생각한다.」 이럴 때에 영등포를 떠나오는 기차가 한강 철교를 건넌다. 「시골 운송점과 정미소에 내는 신년 괘력(新年掛曆)의 그림이 정말이 되는 때다.

"마포는 참 좋은 곳이여!" 뱃사람의 하나는 반드시 이렇게 감탄한다.」

근대 문물 / 시골에서 올라온 전근대적 존재 / 「 」: 비행기를 보는 뱃사람들의 근대 문물에 대한 순박한 외경심 – 뱃사람의 의식에 밀착된 진술 / 근대 문물 / 쌀을 도정하는 곳 / 벽에 거는 새해 달력 / 마포의 근대식 문물에 대한 시골 뱃사람의 예찬 / 「 」: 시골 뱃사람들이 달력에서나 보던 비행기, 기차를 현실에서 보게 됨

▶ 비행기와 배를 실제로 보게 된 시골 사람들의 모습

흰 수염 난 늙은이가 매생이에서 낚대를 드리우지 않는 날을 누가 보았나? 요단강의 영지(靈智)가 물 위에 차 있을 듯한 곳이다. 강상(江上)에 흐늑이는 나룻배를 보면 「비파행」의 애끓는 노래가 들리지 않나 할 곳이다.

신령스럽고 기묘한 지혜 / 한국화에 등장하는 평화로운 모습 – 마포에서 언제나 볼 수 있는 풍경 / 영적이고 신비로운 분위기가 느껴지는 곳 / 느리게 흔들리는 / 당나라 시인 백거이가 지은 이별 노래의 절창

▶ 마포에서 발견하는 전통적 모습

뗏목이 먼저 강을 내려와서 강을 올라오는 배를 맞는 일이 많다. 배가 떠난 뒤에도 얼마를 지나서야 뗏목이 풀린다. 뗏목이 낯익은 배들을 보내고 나는 때에 개포의 작은 계집아이들이 빨래를 가지고 나와서 그 잔등에 올라앉는다. 「기름 바른 머리, 분칠한 얼굴이 여기가 어딘가 하고 묻고 싶어 할 것이 뗏목의 마음인지 모른다.」

목재 운반을 목적으로 상류에서 내려온 뗏목 / 지방에서 바다를 통해 한강을 거슬러 올라오는 배 / 고향을 떠나 떠도는 존재의 마음 – 의인법 / 도시적 이미지 / 「 」: 고향을 떠난 존재의 낯설어하는 태도 – 글쓴이의 의식 투영

▶ 고향을 떠나 부유하는 존재의 마음

뱃지붕을 타고 먼산바라기를 하는 사람들은 저 산, 그 너머 산, 그 뒤로 보이는 하얀 산만 넘으면 고향이 보인다고들 생각한다. 서울 가면 아무 데나 산이 보인다고

고향 방향에 있는 먼 산을 바라보는 사람들 – 글쓴이의 의식 투영 / '산'의 점층적 반복, 시각적(색채) 이미지 → 고향에 대한 거리감과 그리움의 심화

## 작품 분석 노트

• 공간적 배경의 특징과 변화

포구라는 공간적 배경으로서의 마포가 지니는 특징 및 기능과 시대의 변화 속에서 달라져 가는 마포에 대한 글쓴이의 태도 및 관점을 확인할 수 있다.

**마포**

마포는 한양 도성으로부터 10리(약 4km) 정도 떨어진 한강의 나루터로, 서해안은 물론 전국 각지의 어염(생선과 소금) 상선들이 드나들던 곳이다. 주로 젓갈과 소금 등의 집산 및 매매가 활발히 이루어지며 매우 붐비던 곳이었으나, 육상 교통의 발달과 함께 나루터로서의 기능은 쇠퇴하였다.

↓

글쓴이가 지켜본 1930년대의 마포는 근대화의 물결 속에서 그 모습과 역할이 크게 변하던 시기로, 근대적 문물과 전통적 요소가 공존하는 공간이었다. 당시 마포는 시골에서 올라온 나룻배와 트럭, 기차, 비행기가 공존하는 공간으로, 글쓴이는 전통적 입장에 가까운 태도로 근대 문명에 대해 부정적 시각을 드러내고 있다.

• 마포의 전통적 모습

마포는 근대적 문물을 갖춘 곳인 동시에 전통적 모습 또한 발견할 수 있는 곳으로 양면적인 성격을 가진다.

- 언제나 흰 수염 난 늙은이가 매생이에서 낚대를 드리우고 있을 것 같은 평화로운 곳
- 요단강의 영지가 물 위에 차 있을 것 같은 신비스러운 곳
- 당나라 시인 백거이의 슬픈 이별 노래가 들릴 것만 같은 곳

마을에서 말하고 떠나온 그들이 서울의 개포에 있는 탓이다. ▸ 개포에서 고향을 그리는 사람들

배들은 낯선 개포에서 본(本)과 성명을 말하기를 싫어한다. 그들은 머리에다 커다랗게 붉은 글자로 백천(白川), 해주(海州), 아산(牙山) …… 이렇게 버젓한 본을 담고 금파환(金波丸), 대양환(大洋丸), 순풍환(順風丸), 이렇게 아름답고 길상(吉祥)한 이름을 써 붙였다. 그들은 이 개포의 맑은 하늘 아래 뿔 사납게 서서 흰 구름과 눈 빨기를 하는 전기 공장의 시꺼먼 굴뚝이 미워서 이 강에 정을 못 들이겠다고 말없이 가 버린다.

시조가 난 곳 = 본관 / 본(本)을 버젓이 배에 써서 보여 줌 / 배들의 '본' – 고향에 대한 애착 / 순탄한 항해를 바라는 마음이 담긴, 배들의 이름 / 운수가 좋을 조짐 / 순수한 자연 / 순수한 자연 – 시각적(색채) 이미지 / 눈 흘기기 / 화력 발전소의 부정적 모습 – 시각적(색채) 이미지 / 마포를 떠나는 배들의 심리 – 글쓴이의 의식 투영

▸ 공장에 거부감을 느끼고 고향으로 돌아가는 사람들

**감상 포인트**

글쓴이가 마포에서 관찰한 풍경과 마포에 대한 글쓴이의 인식을 파악한다.

## 핵심 포인트 1 작품의 종합적 이해

이 작품은 글쓴이의 눈에 비친 마포의 다양한 풍경을 그리고 있는 글로, 타지인의 시선으로 바라본 마포의 양면적인 모습이 생생하게 묘사되어 있다. 특히 새로운 문명의 산물로 제시된 근대적 요소와 전근대적 삶의 모습을 보여 주는 전통적 요소의 공존이 두드러지게 나타나 있다. 또한 다른 인물과 사물에 기대어 표현된 글쓴이의 의식과 현실을 바라보는 관점을 파악할 수 있어야 한다.

**◎ 전통적 요소와 근대적 요소의 대립 양상**

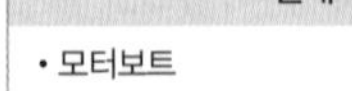

| 전통적 요소 | | 근대적 요소 |
|---|---|---|
| • 매생이<br>• 구멍 나간 고의를 입은 사공들<br>• 머리를 모으고 몸을 비비대고 들어선 배들<br>• 먼 시골 고장의 배<br>• 맑은 하늘, 흰 구름 | 대립 ↔ | • 모터보트<br>• 커다란 금 휘장의 모자를 쓴 운전수들<br>• 벌건 트럭<br>• 비행기, 기차<br>• 전기 공장의 시꺼먼 굴뚝 |

↓

글쓴이는 전통적 요소에 좀 더 밀착된 태도로 근대적 요소에 비판적 인식과 거리감을 드러냄

**◎ 글쓴이의 관점이 투영된 표현**

| | |
|---|---|
| 아마 시골 손들에게 서울의 연설을 하는지 모른다. | '배들' 앞에서 우월적 태도를 보이는 '빨간 트럭'의 모습에 대한 부정적 인식이 투영됨 |
| 그렇게 하늘이 무서운 것이 아니라고 생각한다. | 그림 속의 풍경을 현실에서 보게 된 뱃사람들의 순박한 마음을 긍정적 시선으로 제시함 |
| 예가 어덴가 하고 묻고 싶어 할 것이 뗏목의 마음인지 모른다. | 객지에 있는 글쓴이의 마음을 투영하여 고향을 떠나 부유하는 '뗏목'의 마음을 추측함 |
| 하이얀 산만 넘으면 고향이 보인다고들 생각한다. | 고향과의 거리감과 그로 인한 간절한 그리움을 '사람들'의 생각에 투영하여 드러냄 |
| 이 강에 정을 못 들이겠다고 말없이 가 버린다. | 근대 문물의 부정적 모습에 대한 반감과 거부감을 '배들'의 행동에 투영하여 드러냄 |

## 핵심 포인트 2 표현상 특징 파악

이 작품은 대상에 대한 묘사가 두드러진 글로 감각적 이미지를 사용하여 대상의 긍정적 또는 부정적 속성을 구체화하고 있으며, 의인법을 반복적으로 사용하여 글쓴이의 의식과 심리를 표현하고 있다. 따라서 글쓴이의 태도를 드러내며 주제 의식을 형성하는 표현상 특징을 파악할 수 있어야 한다.

**◎ 시각적 이미지의 사용과 효과**

| | | |
|---|---|---|
| • 피부 빛은 잔등보다 붉다<br>• 커다란 금 휘장의 모자를 쓴 운전수들<br>• 운송점의 벌건 트럭 한 대<br>• 전기 공장의 시꺼먼 굴뚝 | 대립 ↔ | • 돛대의 흰 깃발<br>• 흰 수염 난 늙은이<br>• 커다랗게 붉은 글자<br>• 흰 구름 |
| ↓ | | ↓ |
| 부정적 속성 구체화 | | 긍정적 속성 구체화 |

**◎ 다양한 표현상의 특징과 효과**

• 사물을 의인화하여 표현함으로써 부정적인 면을 부각시키거나 대상과의 일체감을 형성함
• 대조적 성격을 지니는 대상의 대비적 제시를 통해 글쓴이가 지향하는 것을 분명히 드러냄
• 비유적 표현, 음성 상징어의 활용, 열거와 말줄임표의 사용 등을 통해 대상을 부각함
• 시각적 · 청각적 이미지의 사용을 통해 묘사 대상을 구체적으로 형상화함
• 글쓴이의 관점과 인식을 다른 사물과 인물에게 투영하여 간접적으로 드러냄
• 평서형 종결 어미 '-다'를 일관되게 사용하여 풍경과 상념을 단정적인 어조로 제시함

### 작품 한눈에

• 해제
〈마포〉는 1935년 『조광』 창간호에 실린 백석의 수필로, 1930년대 마포나루의 풍경을 그린 작품이다. 이 글에 묘사된 마포는 붐비고 흥성하던 과거의 영화가 사라진 곳으로 근대와 전근대의 모습이 공존하는 풍경이다. 시골에서 올라온 배들과 뱃사람의 모습과 이에 대비되는 근대 문물이 함께 제시되어, 근대 문물에 대한 글쓴이의 비판적 의식이 효과적으로 제시된다. 또한 백석의 작품에서 자주 등장하는, 고향을 떠난 존재의 상념과 고향에 대한 그리움이 이 작품에서도 드러나고 있다.

• 제목 〈마포〉의 의미
– 근대와 전근대의 모습이 공존하는 공간
〈마포〉는 한강의 포구 중 하나이자 작품의 공간적 배경으로, 1930년대의 시대적 단면을 보여 주는 장소인 동시에 글쓴이가 고향으로 돌아가고 싶다는 마음을 드러내게 만드는 곳이다.

• 주제
마포의 양면적 풍경에서 느끼는 상념과 고향에 대한 그리움

# 찾아보기

Memo

Memo

Memo

메가스터디

# 문학 총정리

현대 문학

**진짜 공부 챌린지** **내/가/스/터/디**

공부는 스스로 해야 실력이 됩니다.
아무리 뛰어난 스타강사도, 아무리 좋은 참고서도 학습자의 실력을 바로 높여 줄 수는 없습니다.
내가 무엇을 공부하고 있는지, 아는 것과 모르는 것은 무엇인지 스스로 인지하고 학습할 때 진짜 실력이 만들어집니다.
메가스터디북스는 스스로 하는 공부, **내가스터디**를 응원합니다.
메가스터디북스는 여러분의 **내가스터디**를 돕는 좋은 책을 만듭니다.

ISBN 979-11-297-1272-1
값 38,000원 (전2권)

메가스터디BOOKS

**내용 문의** 02-6984-6897 | **구입 문의** 02-6984-6868,9 | www.megastudybooks.com